〔梁〕蕭統編
〔唐〕李善 呂延濟 劉良 張銑 呂向 李周翰 注

六臣注文選

中華書局

圖書在版編目(CIP)數據

六臣注文選/(梁)蕭統編;(唐)李善等注. —北京:中華書局,2012.5(2025.3 重印)
ISBN 978-7-101-08655-3

Ⅰ.六… Ⅱ.①蕭…②李… Ⅲ.①中國文學:古典文學-作品綜合集②中國文學-古典文學-文學評論③文選-注釋 Ⅳ.①I212.1②I206.2

中國版本圖書館 CIP 數據核字(2012)第 067787 號

責任印製:管 斌

六臣注文選

〔梁〕蕭 統 編

〔唐〕李 善 吕延濟 劉 良 張 銑 吕 向 李周翰 注

*

中 華 書 局 出 版 發 行

(北京市豐臺區太平橋西里 38 號 100073)

http://www.zhbc.com.cn

E-mail:zhbc@zhbc.com.cn

北京建宏印刷有限公司印刷

*

787×1092 毫米 1/16 · 70½印張 · 2 插頁 · 1000 千字

2012 年 5 月第 1 版 2025 年 3 月第 7 次印刷

印數:8001-8500 册 定價:288.00 元

ISBN 978-7-101-08655-3

出版説明

蕭統的《文選》一書，在唐代盛行於世，注家蜂起，蔚然形成「《文選》學」。唐高宗時代的李善，遍徵典籍，集諸家之大成，作《文選注》六十卷，影響最爲廣大。到了唐玄宗開元年間，工部侍郎吕延祚以李善注止引録詞語典故出處，不注意疏通文義，又嫌其繁縟，所以召集吕延濟、劉良、張銑、吕向、李周翰五人重新作注，這就是《五臣注文選》。書成送覽，得到了唐玄宗的嘉奬，於是流傳頗廣。

在文獻學史上，五臣注的價值不及李善注，唐末李匡乂的《資暇集》已指出「五臣所注，盡從李氏注中出」，宋人更稱「五臣真俚儒之荒陋者」（蘇軾《書謝瞻詩》）。今天看來，五臣注確有其迂陋疏失之處，但是正如《四庫全書總目提要》所説：「其疏通文義，亦間有可採。唐人著述，傳世已稀，不必竟廢之也。」

《文選》之有刻本，始於五代時，毋昭裔鏤板於蜀，事見《宋史·毋守素傳》和王明清《揮麈録》。據考，毋昭裔所刻就是五臣注。因爲根據現有資料，《李善注文選》到北宋景德、天聖年間才得以刊行。《宋會要輯稿》云：「（景德）四年八月㈠，詔三館秘閣直官校理分校《文苑英華》、《李善文選》，摹印頒行。……《李善文選》校勘畢，先令刻板，又命官復勘。未幾，宫城火，二書皆燼。」又云：「至天聖中，監三館書籍劉崇起上言：『《李善文選》援引該贍，典故分明，欲集國子監校定净本，送三館雕印。』從之。天聖七年十一月板成，又命直講黄鑑、公孫覺校對焉。」（第五十五《崇儒》四之三）可見，李注付梓約晚於五臣注七十年。嗣後，有將李注與五臣注合刻者，最早的大概是崇寧五年的裴氏刻本。宋陳振孫《直齋書録解題》開始有《六臣注文選》的著録。

自從六臣注本出現之後，五臣注單刻本便漸漸湮没，現在五臣注本已經很難找到，只是在《六臣注文選》中與李注並行流傳。《六臣注文選》的流行，也使李注單刻本日見稀少，今天我們看到的《李善注文選》一般認爲也是從六臣注中摘出的，所以難免有羼合的痕迹。爲了有利於考察李注與五臣注的原貌，推動「《文選》學」的研究進一步發展，我們認爲《六臣注文選》有必要重印出版。

一九一九年，商務印書館將涵芬樓所藏宋刊《六臣注文選》影印，收入《四部叢刊》初編中。這是一個較爲完善的本子，我們此次即據《四部叢刊》本影印出版，以饗讀者。

中華書局編輯部

一九八五年十一月

㈠程俱《麟臺故事》卷二作大中祥符四年。按：宫城火災事在大中祥符八年。

呂延祚進五臣集註文選表

臣延祚言臣受之於師曰同文底績是將大理刋書啓衷有用廣化實昭聖代輙極鄙懷臣延祚誠惶誠恐頓首頓首臣覽古集至梁昭明太子所撰文選三十卷閲翫未巳吟讀無斁風雅其來不之能尚則有遣詞激切揆度其事宅心隱微晦滅其兆飾物反諷假時維情非夫幽識莫能洞究往有李善時謂宿儒推而傳之成六十卷忽發章句是徵載籍述作之由何嘗措翰

使復精覈注引則陷於末學質訪指趣則巋然舊文祗謂攪心胡爲析理臣懲其若是志爲訓釋乃求得衢州常山縣尉臣呂延濟都水使者劉承祖男臣良處士臣張銑臣呂向臣李周翰等或藝術精遠塵遊不雜或詞論穎曜巖居自脩相與三復乃詞周知秘旨一貫於理杳測澄懷目無全文心無留義作者爲志森乎可觀記其所善名曰集注并具字音復三十卷其言約其利博後事元龜爲學之師豁若撤蒙爛然見景載謂激俗誠惟便人伏惟

陛下濬德乃文嘉言必史特發英藻克光洪猷有彰天心是效臣節敢有所隱斯與同進謹於朝堂拜表以聞輕瀆晃旒精爽震越臣誠惶誠恐頓首死罪謹言

開元六年九月十日工部侍郎臣呂延祚上表

上遣將軍高力士宣口勑

朕近留心此書比見注本唯只引事不説意義略看數卷卿此書甚好賜絹及綵一百段即宜領取

六臣註文選序

梁昭明太子撰 施謚曰昭明

唐李善註

唐呂延濟劉良張銑呂向李周翰註

式觀元始眇覿玄風銑曰式用也眇遠也覿見也言用視太初遠見玄風冬穴夏巢之時茹毛飲血之世世質民淳斯文未作濟曰茹如蘊也言上古巢居穴處飲食血肉蘊藉毛羽時人質樸文章未作逮乎伏羲氏之王去天下也始畫八卦造書契以代結繩之政由是文籍生焉濟曰太古結繩以理逮及也由從也及伏羲畫八卦代結繩由是書籍生焉易曰觀乎天文以察時變觀乎人文以化成天下翰曰天文日月星辰時變失常也人文禮樂典籍化成謂化下使成理文之時義遠矣哉翰曰美文功也若夫椎直追輪為大輅路之始大輅寧有椎輪之質增冰為積水所成積水曾昨能微增冰之凜力錦何哉向曰椎輪古棧車大輅玉輅寧安質樸增厚積深曾則微無凜冰也言玉輅因椎輪生增冰由積水成然玉輅無質積水無寒何哉言何故如斯哉蓋自設疑問以發後詞蓋踵腫其事而增華變其本而加厲物既有之文亦宜然隨時變改難可詳悉向曰踵繼也厲嚴也物謂輅冰也言因時變改增加華厲不可備知嘗試論之曰詩序云詩有六義焉一曰風二曰賦三

曰比四曰興去五曰雅六曰頌銑曰嘗歎是試論之六義者謂歌事曰風布義曰賦取類曰比感物曰興政事曰雅成功曰頌各隨作者之志名也至於今之作者異乎古昔古詩之體今則全取賦名良曰言今之述作者詩賦殊體不同古詩隨志立名者也謂班固云賦者古詩之流荀宋表之於前濟曰荀卿宋玉為文章之首也賈馬繼之於末翰曰賈誼司馬相如自茲以降源流寔繁向曰降下也言荀宋已下文章源流寔繁述邑居則有憑虛亡無是之作戒畋遊則有長楊羽獵之制濟曰張衡西京賦相如上林賦並託憑虛亡是以述邑居楊雄作羽獵長楊賦以戒畋獵若其紀一事詠一物風雲草木之興去魚蟲禽獸之流推而廣之不可勝載矣銑曰言紀事詠物其流既廣不可盡載於此也又楚人屈原含忠履潔君匪從流臣進逆耳深思遠慮遂放湘南銑曰言屈原秉節忠諒思慮深遠屢進逆耳時君不能從諫如流遂遭放湘水之南耿介之意既傷壹鬱之懷靡愬音素向曰耿介忠烈也壹鬱憂思也靡無也言無所申愬臨淵有懷沙之志吟澤有憔悴之容良曰原既放逐懷石將自沉於水故作懷沙賦以見志初原行吟澤畔顏色憔悴也騷人之文自茲而作銑曰原於是著離騷離別也騷愁也詩者蓋志之所之也情動於中而形於言向曰形見也凡作詩者言其志也情發於內必見於言關雎七余麟趾止正始之道著桑閒濮卜上亡國之音表故風雅之道粲然可觀濟曰表出也關雎麟趾詩之篇名也明正理也桑閒濮上之音注樂出於亡國風雅謂詞政事粲然喻明白也自炎漢中葉厥塗漸異退傅有在鄒之作降下江將

著河梁之篇四言五言區以別矣翰曰漢火德故稱炎武帝居十
二帝之中故稱中葉言文章漸殊於古退傅謂韋孟傅楚元王孫代作四言詩諷王自此始也降將謂李陵降匈奴蘇武
別河梁上作五言詩自此始也是區分也又少則三字多則九言各體互
興分鑣彼嬌並驅丘遇反取聲也　向曰文始三字起夏侯湛九言出高貴鄉公言此已上各執
一體互有興作亦猶鑣轡雖異馳騖乃同鑣轡排並也頌者所以游揚德業襃
讚成功向曰游揚揄揚也謂揚其德業讚其功成也吉甫有穆目若之
談季子有至矣之歎銑曰尹吉甫作頌曰穆若清風吴公子季札聘魯觀周樂歎曰至矣
哉此亦作頌之體舒布為詩既言如彼總成為頌又亦若此
良曰舒布猶張設也如彼謂吉甫也總成謂總括而成也若此謂今之謌頌也次則箴興於補
闕戒出於弼匡翰曰箴所以攻疾防患亦猶針石之針以療疾也戒警弼輔匡王也言可以補
闕輔正論去則析洗激理精微銘則序事清潤良曰析分
也謂論之體也論則分別精微銘則述其功美使可稱名也美終則誄發圖像則
讚興濟曰誄累也有功業而終者累其功而記之若有德者後世圖畫其形為文以讚美也又詔
誥教令之流表奏牋記之列向曰詔者照也照人之闇使見事宜誥者告也
告喻令曉教者效也言上為下效令領也領之使不相干犯表者思於內以表於外奏進也牋表飾也記之言志也書
誓符檄胡激之品弔祭悲哀之作銑曰書者如也序言如意曰書諸侯約信
曰誓符孚也檄召防偽事資中孚檄者皦也喻彼令皦然明白弔問也祭祀也悲蓋傷痛之文也哀者亦愛念之辭荅
客指事之制三言八字之文濟曰荅客東方朔荅客難指事解嘲之類三言
謂漢武秋風辭八字謂魏文帝樂府詩篇辭引以進序碑碣誌狀濟曰篇猶偏也
偏述一章之事辭猶思也寄辭以遣思序舒也舒其物理碑披也披載其功美也碣傑也亦碑類誌記其年代狀摹其德

行衆制鋒起源流間去出良曰鋒起間出皆衆多也譬陶匏
蒲包異器並為入耳之娛黼甫黻甫勿不同俱為悅
目之翫向曰譬喻也陶塤匏笙也白黑曰黼黑青曰黻言音聲彩色雖異耳目之翫不殊作者
之致蓋云備矣余監緘撫餘閑居多暇日銑曰余昭明自
謂監監國撫撫軍也歷觀文囿泛覽辭林未嘗不心遊目想
移晷軌忘倦向曰歷觀泛覽言偏涉文章之林囿也心遊目想謂慕之深也晷日影言日側不知
其倦自姬漢以來眇焉悠邈時更平七代數去逾
千祀翰曰姬周姓也眇焉悠邈言遠也七代謂自周至梁也逾越也祀年也言數千年也詞人才
子則名溢於縹匹沼囊飛文染翰則卷盈乎緗相
帙向曰縹青白色囊有底衣也用以盛書緗淺黃色也帙書衣盈溢言多也自非略其蕪穢
集其清英蓋欲兼功太半難矣濟曰略除也集取也蕪穢喻惡也清英喻
善也兼倍也言文章之多若不去惡留善雖欲倍加其功太半亦不能徧覽安能盡乎若夫姬公
之籍孔父之書與日月俱懸鬼神爭奧向曰奧深也言周孔
之書明並日月深如鬼神也孝敬之准式人倫之師友銑曰倫理也言可為
孝敬之法式人理之師友豈可重去以芟衫夷加之剪截良曰芟刈夷平
剪刻截裁也豈可著言不可老莊之作管孟之流濟曰老老子莊莊周管管仲孟孟軻
蓋以立意為宗不以能文為本今之所撰又亦
略諸翰曰謂上老莊管孟之書以其無文並略而不取若賢人之美辭忠
臣之抗直濟曰忠正之臣抗直謂進直言謀夫之話下快辯士之端
銑曰謀夫謀策之人也話善言也辯士辯捷之士也言端者辯士有舌端冰釋泉涌金相

玉振濟曰相質也振發聲也言金質玉聲所謂坐狙七余丘議稷下翰曰狙丘稷下皆齊地之丘山也田巴置館於稷下以延遊談之上仲連之却秦軍向曰秦將圍趙聞魯仲連在趙秦爲之退舍食異其饑之下齊國良曰酈食其掉三寸舌下齊七十餘城留侯之發八難去聲銑曰張良封爲留侯時高祖用食其之計將封六國後良以八難理之高祖乃止曲逆之吐六奇銑曰陳平封曲逆侯從高祖平天下凡六出奇計蓋乃事美一時語流千載概古害見墳籍旁出子史銑曰概謂梗概謂大略也子謂諸子史謂史書若斯之流又亦繁博雖傳之簡牘而事異篇章今之所集亦所不取至於記事之史繫年之書所以褒貶是非紀別入異同銑曰春秋序云紀事者以事繫日以日繫月以月繫時以時繫年褒貶謂有德者褒之無德者貶之所以別同異方

之篇翰亦已不同若其讚論去之綜作宋緝此立辭采序述之錯比避文華翰曰讚以美事論言得失也綜緝猶合綴也序序事述述史錯雜比次也事出於沈思義歸乎翰藻故與夫篇什雜而集之濟曰什拾也言讚論用思深遠故與篇章同拾而集之遠自周室迄于聖代良曰迄至也聖代謂梁也都爲三十卷名曰文選云爾凡次文之體各以彙于貴聚詩賦體既不一又以類分類分之中各以時代相次銑曰彙類也

六臣註文選目録
梁昭明太子撰
唐李善註
唐呂延濟劉良張銑呂向李
周翰註

第一卷
賦甲
京都上
班孟堅兩都賦二首
第二卷
張平子西京賦一首
第三卷
賦乙
京都中
張平子東京賦一首
第四卷
張平子南都賦一首
左太沖三都賦序一首
左太沖蜀都賦一首
第五卷

賦丙
京都下
左太沖吳都賦一首
第六卷
左太沖魏都賦一首
第七卷
賦丁
郊祀
揚子雲甘泉賦一首
耕藉
潘安仁藉田賦一首
畋獵上
司馬長卿子虛賦一首
第八卷
畋獵中
司馬長卿上林賦一首
揚子雲羽獵賦一首
第九卷
賦戊
畋獵下

揚子雲長楊賦一首
潘安仁射雉賦一首
紀行上
班叔皮北征賦一首
曹大家東征賦一首
第十卷
紀行下
潘安仁西征賦一首
第十一卷
賦己
遊覽
王仲宣登樓賦一首
孫興公遊天台山賦一首并序
鮑明遠蕪城賦一首
宮殿
王文考魯靈光殿賦一首并序
何平叔景福殿賦一首
第十二卷
江海
木玄虛海賦一首

郭景純江賦一首
第十三卷
賦庚
物色
宋玉風賦一首
潘安仁秋興賦一首
謝惠連雪賦一首
謝希逸月賦一首
鳥獸上
賈誼鵩鳥賦一首
禰正平鸚鵡賦一首
張茂先鷦鷯賦一首
第十四卷
鳥獸下
顏延年赭白馬賦一首并序
鮑明遠舞鶴賦一首
志上
班孟堅幽通賦一首
第十五卷
賦辛

志中
張平子思玄賦一首
歸田賦一首
第十六卷
志下
潘安仁閑居賦一首
哀傷
司馬長卿長門賦一首
向子期思舊賦一首
陸士衡歎逝賦一首
潘安仁懷舊賦一首
寡婦賦一首
江文通恨賦一首
别賦一首
第十七卷
賦壬
論文
陸士衡文賦一首
音樂上
王子淵洞簫賦一首

傅武仲舞賦一首
第十八卷
音樂下
馬季長長笛賦一首
嵇叔夜琴賦一首
潘安仁笙賦一首
成公子安嘯賦一首
第十九卷
賦癸
情
宋玉高唐賦一首
神女賦一首
登徒子好色賦一首
曹子建洛神賦一首
詩甲
補亡
束廣微補亡詩六首
述德
謝靈運述祖德詩二首
勸勵

韋孟諷諫詩一首
張茂先勵志詩一首

第二十卷

獻詩
曹子建上責躬詩一首
應詔一首
潘安仁關中詩一首

公讌
曹子建公讌詩一首
王仲宣公讌詩一首

劉公幹公讌詩一首
應德璉侍五官中郎將建章臺集
詩一首
陸士衡皇太子讌玄圃宣猷堂有
令賦詩一首
陸士龍大將軍讌會被命作詩一
首
應吉甫晉武帝華林園集詩一首
謝宣遠九日從宋公戲馬臺送孔
令詩一首

范蔚宗樂游應詔詩一首
謝靈運九日從宋公戲馬臺送孔
令詩一首
顔延年應詔曲水讌詩一首
皇太子釋奠會詩一首
丘希範侍讌樂游苑送張徐州應
詔詩一首
沈休文應詔樂游餞呂僧珍一首

祖餞
曹子建送應氏詩二首

孫子荊征西官屬送於陟陽候作
詩一首
潘安仁金谷集作詩一首
謝宣遠王撫軍庾西陽集別作詩
一首
謝靈運鄰里相送方山詩一首
謝玄暉新亭渚別范零陵詩一首
沈休文別范安成詩一首

第二十一卷

詩乙

詠史
王仲宣詠史詩一首
曹子建三良詩一首
左太沖詠史詩八首
張景陽詠史詩一首
盧子諒覽古詩一首
謝宣遠張子房詩一首
顔延年秋胡詩一首
五君詠詩五首
鮑明遠詠史詩一首
虞子陽詠霍將軍北伐詩一首
百一
應休璉百一詩一首
遊仙
何敬祖游仙詩一首
郭景純游仙詩七首
第二十二卷
招隱
左太沖招隱詩一首
陸士衡招隱詩一首
反招隱
王康琚反招隱詩一首
游覽
魏文帝芙蓉池作一首
殷仲文南州桓公九井作一首
謝叔源游西池詩一首
謝惠連泛湖出樓中翫月一首
謝靈運從游京口北固應詔一首
晚出西射堂一首
登池上樓一首
游南亭一首
游赤石進帆海一首
石壁精舍還湖中一首
登石門最高頂一首
於南山往北山經湖中瞻眺一首
從斤竹澗越嶺溪行一首
顔延年應詔觀北湖田收一首
車駕幸京口侍遊蒜山作一首
車駕幸京口三月三日侍游曲阿後湖作一首

鮑明遠行藥至城東橋一首
謝玄暉游東田一首
江文通從建平王登廬山香爐峯一首
沈休文鍾山詩應西陽王教一首
宿東園一首
游沈道士館一首
徐敬業古意酬到長史溉登琅邪城一首

第二十三卷

詩丙

詠懷

阮嗣宗詠懷十七首
謝惠連秋懷一首
歐陽堅石臨終詩一首

哀傷

嵇叔夜幽憤詩一首
曹子建七哀詩一首
王仲宣七哀詩二首
張孟陽七哀詩二首
潘安仁悼亡詩三首
謝靈運廬陵王墓下作一首
顏延年拜陵廟作一首
謝玄暉同謝諮議銅爵臺一首
任彥升出郡傳舍哭范僕射一首

贈答一

王仲宣贈蔡子篤一首
贈士孫文始一首
贈文叔良一首
劉公幹贈五官中郎將四首
贈徐幹一首

贈從弟三首

第二十四卷

贈答二

曹子建贈徐幹一首
贈丁儀一首
贈王粲一首
又贈丁儀王粲一首
贈白馬王彪一首
贈丁翼一首

嵇叔夜贈秀才入軍五首
司馬紹統贈山濤一首
張茂先荅何劭二首
何敬祖贈張華一首
陸士衡贈馮文羆遷斥丘令一首
荅賈謐一首 并序
於承明作與士龍一首
贈尚書郎顧彦先二首
贈交阯太守顧公眞一首
贈從兄車騎一首

荅張士然一首
爲顧彦先贈婦二首
贈馮文羆一首
又贈弟士龍一首
潘安仁爲賈謐作贈陸機一首
潘正叔贈陸機出爲吴王郎中令
詩一首
贈河陽詩一首
贈侍御史王元貺詩一首

第二十五卷

詩丁
贈荅三
傅長虞贈何劭王濟詩一首
郭泰機荅傅咸詩一首
陸士龍爲顧彦先贈婦詩二首
荅兄機詩一首
荅張士然一首
劉越石荅盧諶一首
重贈盧諶一首
盧子諒贈劉琨一首

贈崔溫一首
荅魏子悌一首
謝宣遠荅靈運一首
於安城荅靈運一首
謝惠連西陵遇風獻康樂一首
謝靈運還舊園作見顏范二中書
詩一首
登臨海嶠與從弟惠連一首
酬從弟惠連一首

第二十六卷

贈荅四

顔延年贈王太常一首

夏夜呈從兄散騎車長沙一首

直東宮荅鄭尚書一首

和謝監靈運一首

王僧達荅顔延年一首

謝玄暉郡内高齋閑坐荅吕法曹一首

在郡卧病呈沈尚書一首

暫使下都夜發新林至京邑贈西府同僚一首

詶王晉安一首

陸韓卿奉荅内兄希叔一首

范彦龍贈張徐州一首

古意贈王中書一首

任彦昇贈郭桐廬一首

行旅上

潘安仁河陽縣作二首

在懷縣作二首

潘正叔迎大駕一首

陸士衡赴洛二首

赴洛道中作二首

爲吴王郎中時從梁陳作一首

陶淵明作鎮軍參軍經曲阿作一首

辛丑歲七月赴假還江陵夜行塗口作一首

謝靈運初發都一首

過始寧墅一首

富春渚一首

七里瀨一首

發江中孤嶼一首

初去郡一首

初發石首城一首

道路憶山中一首

入彭蠡湖口一首

入華子岡是麻源第三谷一首

第二十七卷

詩戊

行旅下

顔延年北使洛一首
還至梁城作一首
始安郡還都與張湘州登巴陵城樓作一首
鮑明遠還都道中作一首
謝玄暉之宣城出新林浦向版橋一首
敬亭山一首
休沐重還道中一首
晚登三山還望京邑一首

京路夜發一首
江文通望荆山一首
丘希範旦發漁浦潭一首
沈休文早發定山一首
新安江水至清淺深見底貽京邑游好一首

軍戎

王仲宣從軍詩五首

郊廟

顔延年宋郊祀歌二首

樂府上

古樂府四首
班婕妤怨歌行一首
魏武帝樂府二首
魏文帝樂府二首
曹子建樂府四首
石季倫王明君辭一首

第二十八卷

樂府下

陸士衡樂府十七首

謝靈運樂府一首
鮑明遠樂府八首
謝玄暉鼓吹曲一首

挽歌

繆熙伯挽歌一首
陸士衡挽歌三首
陶淵明挽歌一首

雜歌

荆軻歌一首
漢高帝歌一首

劉越石扶風歌一首
陸韓卿中山王孺子妾歌一首

第二十九卷

詩己

雜詩上

古詩十九首
李少卿與蘇武詩三首
蘇子卿詩四首
張平子四愁詩四首
王仲宣雜詩一首

劉公幹雜詩一首
魏文帝雜詩二首
曹子建朔風詩一首
雜詩六首
情詩一首
嵇叔夜雜詩一首
傅休奕雜詩一首
張茂先雜詩一首
情詩二首
陸士衡園葵詩一首

曹顏遠思友人詩一首
感舊詩一首
何敬祖雜詩一首
王正長雜詩一首
棗道彥雜詩一首
左太沖雜詩一首
張季鷹雜詩一首
張景陽雜詩一首

第三十卷

雜詩下

盧子諒時興詩一首
陶淵明雜詩二首
詠貧士一首
讀山海經一首
謝惠連七月七日夜詠牛女一首
擣衣一首
謝靈運南樓中望所遲客一首
齋中讀書一首
田南樹園激流植援一首
石門新營所住四面高山迴谿石

瀨茂林脩竹一首
王景玄雜詩一首
鮑明遠數詩一首
翫月城西門廨中一首
謝玄暉始出尚書省一首
直中書省一首
觀朝雨一首
郡內登望一首
和伏武昌登孫權故城一首
和王著作八公山詩一首
和徐都曹詩一首
和王主簿怨情一首
沈休文和謝宣城詩一首
應王中丞思遠詠月一首
冬節後至丞相第詣世子車中作
一首
直學省愁卧一首
詠湖中鴈一首
三月三日率爾成一首
詩庚

雜擬上
陸士衡擬古詩十二首
張孟陽擬四愁詩一首
陶淵明擬古詩一首
謝靈運擬鄴中詠八首
第三十一卷
雜擬下
袁陽源傚白馬篇一首
傚古詩一首
劉休玄擬古詩二首
王僧達和琅邪王依古一首
鮑明遠擬古詩三首
學劉公幹體一首
代君子有所思一首
范彥龍傚古詩一首
江文通雜體詩三十首
第三十二卷
騷上
屈平離騷經一首
九歌四首

第三十三卷
騷下
屈平九歌二首
九章一首
卜居一首
漁父一首
宋玉九辯五首
招魂一首
劉安招隱士一首
第三十四卷
七上
枚叔七發八首
曹子建七啓八首
第三十五卷
七下
張景陽七命八首
詔
漢武帝詔一首
賢良詔一首
册

潘元茂魏王九錫文一首
第三十六卷
令
任彦昇宣德皇后令一首
教
傅季友爲宋公脩張良廟教一首
脩楚元王墓教一首
文
王元長永明九年策秀才文五首
永明十一年策秀才文五首
任彦升天監三年策秀才文三首
第三十七卷
表上
孔文舉薦禰衡表一首
諸葛孔明出師表一首
曹子建求自試表一首
求通親親表一首
羊祜讓開府表一首
李令伯陳情表一首
陸機謝平原内史表一首

劉越石勸進表一首
第三十八卷
表下
張士然爲吳令謝詢求爲諸孫置
守冢人表一首
庾元規讓中書令表一首
栢子元薦譙元彦表一首
殷仲文自解表一首
傅季友爲宋公至洛陽謁五陵表
一首
任彦昇爲齊明帝讓宣城郡公表
一首
爲宋公求加贈劉前軍表一首
爲范尚書讓吏部封侯第一表一
首
爲蕭揚州薦士表一首
爲褚諮議蓁讓代兄襲封表一首
爲范始興作求立太宰碑表一首
第三十九卷
上書

李斯上秦始皇書一首
鄒陽上書吳王一首
於獄中上書自明一首
司馬長卿上疏諫獵一首
枚叔奏書諫吳王濞一首
重諫舉兵一首
江文通詣建平王上書一首
啓
任彦昇奉荅七夕詩啓一首
爲卞彬謝脩卞忠貞墓啓一首
上蕭大傅固謝奪禮啓一首
第四十卷
彈事
任彦昇奏彈曹景宗一首
奏彈劉整一首
沈休文奏彈王源一首
牋
楊德祖荅臨淄侯牋一首
繁休伯與魏文帝牋一首
陳孔璋荅東阿王牋一首

吴季重荅魏太子牋一首
在元城與魏太子牋一首
阮嗣宗爲鄭沖勸晉王牋一首
謝玄暉拜中軍記室辭隨王牋一首
任彦昇到大司馬記室牋一首
勸進今上梁高祖武皇帝牋
奏記
阮嗣宗奏記詣蔣公一首

第四十一卷

書上
李少卿荅蘇武書一首
司馬子長報任少卿書一首
楊子幼報孫會宗書一首
孔文舉論盛孝章書一首
朱叔元與彭寵書一首
陳孔璋爲曹洪與魏文帝書一首

第四十二卷

書中
阮元瑜爲曹公作書與孫權一首
魏文帝與朝歌令吴質書一首
又與吴質書一首
與鍾大理書一首
曹子建與楊德祖書一首
與吴季重書一首
吴季重荅東阿王書一首
應休璉與滿公琰書一首
與侍郎曹長思書一首
與廣川長岑文瑜書一首
與從弟君苗君胄書一首

第四十三卷

書下
嵇叔夜與山巨源絶交書一首
孫子荆爲石仲容與孫皓書一首
趙景真與嵇茂齊書一首
丘希範與陳伯之書一首
劉孝標重荅劉秣陵沼書一首
劉子駿移書讓太常博士一首
孔德璋北山移文一首

第四十四卷

檄
司馬長卿喻巴蜀檄一首
陳孔璋爲袁紹檄豫州一首
檄吴將校部曲一首
鍾士季檄蜀一首
司馬長卿難蜀父老一首
第四十五卷
對問
宋玉對楚王問一首
設論
東方曼倩荅客難一首
揚子雲解嘲一首
班孟堅荅賓戲一首
辭
漢武帝秋風辭一首
陶淵明歸去來一首
序上
卜子夏毛詩序一首
孔安國尚書序一首
杜元凱春秋左氏傳序一首

皇甫士安三都賦序一首
石季倫思歸引序一首
第四十六卷
序下
陸士衡豪士賦序一首
顏延年三月三日曲水詩序一首
王元長三月三日曲水詩序一首
任彦昇王文憲集序一首
第四十七卷
頌
王子淵聖主得賢臣頌一首
揚子雲趙充國頌一首
史孝山出師頌一首
劉伯倫酒德頌一首
陸士衡漢高祖功臣頌一首
贊
夏侯孝若東方朔畫贊一首
袁彦伯三國名臣序贊一首
第四十八卷
符命

司馬長卿封禪文一首
揚子雲劇秦美新一首
班孟堅典引一首
第四十九卷
史論上
班孟堅公孫弘傳贊一首
于令升晉武帝革命論一首
晉紀總論一首
范蔚宗後漢書皇后紀論一首
第五十卷
史論下
范蔚宗後漢二十八將論一首
宦者傳論一首
逸民傳論一首
沈休文宋書謝靈運傳論一首
恩倖傳論一首
史述贊
班孟堅漢書述高紀贊一首
述成紀贊一首
述韓彭英盧吳傳贊一首

范蔚宗後漢光武紀贊一首
第五十一卷
論一
賈誼過秦論一首
東方曼倩非有先生論一首
王子淵四子講德論一首
第五十二卷
論二
班叔皮王命論一首
魏文帝典論論文一首
曹元首六代論一首
韋弘嗣博弈論一首
第五十三卷
論三
嵇叔夜養生論一首
李蕭遠運命論一首
陸士衡辨亡論上下二首
第五十四卷
論四
陸士衡五等諸侯論一首

劉孝標辨命論一首
第五十五卷
論五
劉孝標廣絕交論一首
連珠
陸士衡演連珠五十首
第五十六
箴
張茂先女史箴一首
銘
班孟堅封燕然山銘一首
崔子玉座右銘一首
張孟陽劒閣銘一首
陸佐公石闕銘一首
新刻漏銘一首
誄上
曹子建王仲宣誄一首
潘安仁楊荊州誄一首
楊仲武誄一首
第五十八卷

誄下
潘安仁夏侯常侍誄一首
馬汧督誄一首
顏延年陽給事誄一首
陶徵士誄一首
謝希逸宋孝武宣貴妃誄一首
哀上
潘安仁哀永逝文一首
第五十八卷
哀下
顏延年宋文元皇后哀策文一首
謝玄暉齊敬皇后哀策文一首
碑文上
蔡伯喈郭林宗碑文一首
陳仲弓碑文一首
王仲寶褚淵碑文一首
第五十九卷
碑文下
王簡栖頭陁寺碑文一首
沈休文齊安陸昭王碑文一首

墓誌
任彦昇劉先生夫人墓誌一首
第六十卷
行狀
任彦昇齊竟陵文宣王行狀一首
弔文
賈誼弔屈原文一首
陸士衡弔魏武帝文一首并序
祭文
謝惠連祭古冢文一首

顔延之祭屈原文一首
王僧達祭顔光禄文一首

六臣註文選目錄終

六臣註文選卷第一

梁昭明太子撰

唐李善并五臣註

賦甲 善曰賦甲者舊題甲乙所以紀卷先後今卷既改故甲乙並除存其首題以明舊式

京都上

班孟堅兩都賦二首 善曰自光武至和帝都洛陽西京父老有怨班固恐帝去洛陽故上此詞以諫和帝大悅也

兩都賦序

班孟堅 善曰范曄後漢書曰班固字孟堅北地人也年九歲能屬文長遂博貫載籍顯宗時除蘭臺令史遷為郎乃上兩都賦大將軍竇憲出征匈奴以固為中護軍憲敗固坐免官遂死獄中 銑曰扶風安陵人同善註明帝脩洛陽西土父老怨帝不都長安固作兩都賦以諷

或曰賦者古詩之流也 善曰毛詩序曰詩有六義焉二曰賦故賦為古詩之流也諸引文證皆舉先以明後以示作者必有所祖述也他皆類此 向曰或者不定之辭 昔成康沒而頌聲寢王澤竭而詩不作 善曰周道既微雅頌並廢也史記曰周武王太子誦立是為成王成王太子釗立是為康王毛詩序曰頌者以其成功告於神明者也樂稽耀嘉曰仁義所生為王毛詩序曰止乎禮義先王之澤也然則作詩稟乎先王之澤故王澤竭而詩不作作興也孟子曰王者之跡息而詩亡 翰曰言成王康王既沒德澤不流詩頌都寢息也 大漢初定日不暇給 善曰漢書曰高祖姓劉氏立為漢王滅項羽即皇帝位荀悅曰諱邦字季史記曰雖受命而日有不暇給也 翰曰高祖自漢王升為天子故稱大漢日不暇給言不暇崇文化 至於武宣之世乃崇禮官考文章 善曰漢書曰孝武皇帝景帝中子荀悅曰諱徹漢書曰孝宣帝武帝曾孫戾太子孫荀悅曰諱詢字次卿 濟曰武帝宣帝始立禮官考校文章 内設金馬石渠之署外興樂府協律之事 善曰史記曰金馬門者宦者署門傍有銅馬故謂之曰金馬門三輔故事曰石渠閣在大祕殿北以閣祕書漢書曰武帝定郊祀之禮乃立樂府以李延年為協律都尉 銑曰金馬門宦者署漢時有賢良並待詔於此石渠閣名主校祕書蕭何所造署司也樂府聚樂之所協律都尉武帝置之以考校律呂 以興廢繼絕潤色鴻業是以衆庶說豫福應尤盛 善曰言能發起遺文以光讚大業也論語子曰興廢國繼絕世然文雖出彼而意微殊不可以文害意他皆類此論語子曰東里子產潤色之劇秦美新曰制成六經洪業也 向曰鴻大也言福祥徵應甚盛 白麟赤鴈芝房寶鼎之歌薦於郊廟 善曰漢武紀曰行幸雍獲白麟作白麟之歌又曰行幸東海獲赤鴈作朱鴈之歌又曰甘泉宮内產芝九莖連葉作芝房歌又曰得寶鼎后土祠傍作寶鼎之歌 良曰薦進也所獲祥瑞並令樂府作歌以進郊廟 神雀五鳳甘露黃龍之瑞以為年紀 善曰

漢書宣紀曰神雀元年應劭曰前年神雀集長樂宮故改年也又曰五鳳元年應劭曰先者鳳皇五至因以改元又甘露元年詔曰乃者鳳皇至甘露降故以名元年又曰黃龍元年應劭曰先是黃龍見新豐因以改元焉 濟曰並因瑞以為年號之紀紀記也 故言語侍從之臣若司馬相如虞丘壽王東方朔枚皋王襃劉向之屬朝夕論思日月獻納 善曰漢書司馬相如字長卿為武騎常侍又曰虞丘壽王字子贛以善格五召待詔遷為侍中中書又曰東方朔字曼倩上書自稱舉上偉之令待詔公車後拜為太中大夫給事中又曰枚皋字少孺上書北闕自稱枚乘之子上得大喜召入見待詔拜為郎又曰王襃字子淵上令襃待詔襃等數從獵擢為諫大夫又曰劉向字子政為郎遷中壘校尉 向曰並以言語才華進為侍從之臣 又曰論思正道獻納於上 而公卿大臣御史大夫倪寬太常孔臧太中大夫董仲舒宗正劉德太子太傅蕭望之等時時間作 善曰漢書倪寬脩尚書以郡選

詣博士孔安國射策爲掌固遷侍御史孔臧集曰臧仲尼之後少以才博知名稍遷御史大夫辭曰臣代以經學爲家乞爲太常專脩家業武帝遂用之漢書曰董仲舒以脩春秋爲博士後爲中大夫又曰劉德字路叔少脩黃老術武帝謂之千里駒爲宗正又曰蕭望之字長倩以射策臣甲科爲郎遷太子太傅　翰曰謂間作文章或以抒與下情而通諷諭或以宣上德而盡忠孝善曰廣雅曰抒泄也食與切諷方鳳切毛詩序曰吟詠情性以諷其上楚詞曰抒中情而屬詩國語泠州鳩曰夫律所以宣布哲人之令德　銑曰抒舒也舒散情性成其文章通諷諫之道宣君上之德盡忠孝之心雍容揄揚著張慮於後嗣抑五臣有國家之遺美五字亦雅頌之亞也善曰說文揄引也以珠切孔安國尚書傳曰揚舉也毛詩序曰言天下之事形四方之風謂之雅　向曰雍和容緩揄引揚舉亞次嗣代也言諷諭之事著於後代亦爲雅頌之次故孝成之世論而録之蓋奏御者千有餘篇善曰漢書曰孝成皇帝元帝太子也荀悅曰諱驁字太孫　良曰成帝使謁者陳農求天下遺失之書千有餘篇而後大漢之文章炳彼永焉與三代同風善曰蒼頡篇曰炳著明也彼皿切論語子曰三代之所以直道而行馬融曰三代夏殷周　向曰言與夏殷周同風炳明也且夫道有夷隆學有麤密濟曰夷平隆盛也言代有平盛學者隨時精麤不可齊也因時而建德者不以遠近易則濟曰建立也言因時立德不以古今易其法則故皐陶歌虞奚斯頌魯同見采於孔氏列於詩書其義一也善曰尚書皐陶歌曰元首明哉股肱良哉庶事康哉韓詩魯頌曰新廟奕奕奚斯所作薛君曰奚斯魯公子也言其新廟奕奕然盛是詩公子奚斯所作也　翰曰皐陶舜臣也奚斯魯公子咸作歌頌以美國風及孔子修詩書並采而列之稽之上古則如彼考之漢室又如此銑曰稽考也如彼謂皐陶如此謂相如之輩斯事雖細然先臣之舊式國家之遺美不可闕也濟曰班固自言作賦之事雖細微然先臣皐陶舊法國家歌頌遺美不可闕之臣竊見海內清平朝廷無事京師脩宮室浚峻城隍而起苑囿以備制度善曰蔡邕獨斷曰朝廷亦皆依違尊者所都連舉朝廷以言之諸侯釋義或引後以明前示臣之任不敢專他皆類此公羊傳曰京師者天子之居也京者何大也師者何衆也天子之居必以衆大之辭言也說文曰城池無水曰隍周禮曰囿遊之獸鄭玄曰囿今之苑　向曰海內國內也京師洛陽也浚深也隍城池也樹菓曰苑畜獸曰囿言備制度不可奢也西土耆老咸懷怨思冀上之睠顧而盛稱長安舊制有陋洛邑之議善曰長安在西故曰西土尚書曰西土有衆　向曰西土長安也長安人怨天子之居洛咸懷怨思冀天子西顧　濟曰長安人欲天子往故盛稱西京之美言洛邑之陋故臣作兩都賦以極衆人之所眩縣曜銑曰極猶上也眩曜猶惑亂也折以今之法度良曰言先作西都賦極陳奢麗後作東都賦盛稱法度以折之辭曰

西都賦

有西都賓問於東都主人曰濟曰假爲賓主以相問荅時漢都洛陽故東稱主西稱賓蓋聞皇漢之初經營也嘗有意乎都河洛矣輟而弗康寔用西遷作我上都主人聞其故而覩其制乎善曰孝經鉤命決曰道機合者稱皇尚書曰厥既得吉卜乃經營東都有河南洛陽故曰河洛也鄭玄論語註曰輟止也張衛切孔安國尚書傳曰康安也穀梁傳曰葬我君桓公我君接上下也　銑曰皇大也經營猶構立也言漢初立有意都洛陽輟止康安也我天子也言天子上於河洛以爲不安是以西遷上都西京　向曰問主人聞遷都之故見長安之制乎主人曰未也願賓攄懷舊之蓄念發思古之幽情博我以皇道弘我以漢京善曰廣雅曰攄舒也孔安國尚書傳曰蓄積也論語顏淵曰夫子博我以文　翰曰攄舒也懷舊都也蓄積也幽情深情也皇

道皇王之道弘大也漢京長安也賓曰唯唯上聲漢之西都在於雍州寔曰長安善曰禮記曰父召無諾唯而起漢書曰秦地於禹貢時跨雍梁二州漢興立都長安良曰唯應敬之詞濟曰漢稱長安言可長安子孫也左據函谷二崤之阻表以太華終南之山善曰戰國策蘇秦曰秦東有殽函之固鹽鐵論曰秦左殽函漢書音義韋昭曰函谷關左氏傳曰崤有二陵其南陵夏后皐之墓其北陵文王所避風雨也表標也山海經曰華首之山西六十里曰太華之山毛詩曰終南何有有條有梅毛萇曰終南周之名山終南也良曰函谷谷名其谷似函故曰函谷二崤兩山名在秦東故曰左濟曰表儀表也太華山在秦東終南山在前膽望以為標表右界褒斜隴首之險帶以洪河涇渭之川衆流之隈汧涌其西善曰長楊賦曰命右扶風發人西自褒斜梁州記曰萬石城泝漢上七里有褒谷南口曰褒北口曰斜長四百七十里鹽鐵論曰秦右隴阺漢白麟歌曰朝隴首覽西垠尚書曰導河自積石南至于華陰山海經曰涇水出長城北尚書曰導渭自鳥鼠同穴向曰褒斜谷名隴首山名良曰洪河大河也涇渭二水名華實之毛則九州之上腴焉防禦之阻則天地之隩烏号區焉善曰春秋文耀鉤曰春致其時華實乃榮左氏傳君子曰澗溪沼沚之毛漢書曰秦地九州膏腴楊雄衛尉箴曰設置山險盡為防禦說文曰隩四方之土可定居者也於報切銑曰華實果木之實毛謂草木蕃滋如毛之生於皮也腴肥沃田居九州之上言第一濟曰言四塞之險易為備禦隩猶深險也是故橫被六合三成帝畿周以龍興秦以虎視善曰漢書音義文穎曰關西為橫孔安國尚書傳曰被及也呂氏春秋曰神通乎六合高誘曰四方上下為六合三成帝畿謂周秦漢也樂稽嘉耀曰德象天地為帝周禮曰方千里曰王畿史記曰周后稷名弃堯舜時為農師號后稷姓姬氏至孫公劉周之道興至文王徙都豐武王滅紂孔安國尚書序曰漢室龍興史記曰秦之先帝顓頊之苗裔至孝公作咸陽政并六國稱皇帝周易曰虎視眈眈其欲逐逐濟曰橫被也六合四方上下也三成周秦漢天子居之千里曰畿龍興喻德虎視喻暴及至大漢

受命而都之也仰悟東井之精俯協河圖之靈善曰漢書漢元年十月五星聚于東井沛公至霸上又曰以曆推之從歲星也此高祖受命之符尚書雒書曰河圖命紀也然五經緯皆河圖也春秋漢含孳曰劉季握卯金刀在軫北字季天下服卯在東方陽所立仁且明金在西方陰所立義成功刀居右字成章刀擊秦枉矢東流水神哭祖龍然則成功在西故都長安濟曰受命天命也悟見也精五星也東井星秦分也高祖入秦五星聚於東井協合也河圖河出圖也帝王符應故曰靈奉春建策留侯演成天人合應以發皇明乃眷西顧寔惟作京善曰漢書高祖西都洛陽戍卒婁敬求見說上曰陛下都洛不便不如入關據秦之固上問張良良因勸上是日車駕西都長安拜婁敬為奉春君賜姓劉氏又曰封張良為留侯也蒼頡篇曰演引也天謂五星也人謂婁敬也皇謂高祖也四子講德論曰天人並應毛詩曰乃眷西顧此惟與宅良曰奉春同善注皇大也此則天意人事合應以發我皇大明之德濟曰高祖眷下民西顧是以作京都於是睎希秦嶺睋俄北阜挾胡蛺灃灞據龍首圖皇基於億載度宏規而大起善曰說文睎望也呼衣切秦嶺南山也漢書曰秦地有南山睋視也五哥切北阜北山也漢書文帝曰以北山石為槨張揖上林賦注曰灃水出鄠南山豐谷漢書曰霸水出藍田谷山海經曰華山之西龍首之山也長楊賦曰規億載孔安國尚書傳曰十萬曰億爾雅曰載年也小雅曰羌發聲也度與羌古字通度或為慶也銑曰挾帶也灃灞二水名據依也龍首山名圖謀也億載久遠也宏大也言謀久遠之道度大規矩而起郡邑肇自高而終平世增飾以崇麗歷十二之延祚故窮泰而極侈善曰漢書高祖張晏曰以為功最高而為漢帝之祖故特起名焉漢書孝平皇帝元帝庶孫荀悅曰諱衎漢自高祖至于孝平凡十二帝也國語曰天地之所祚賈逵曰祚祿也銑曰肇始也始自高祖終於平帝為十二世世增修飾故至窮極奢侈建金城之萬雉呀呼遐周池而成淵善曰鹽鐵論曰秦四塞以為固金城千里鄭玄周禮注曰雉長三丈高一丈字林曰呀大空皃火家切說文曰城有水曰池向曰言立此城基固

如金呀大也言城下池周繞而大乃成深淵　披三條之廣路立十二之通
門　善曰周禮匠人營國方九里旁三門鄭玄曰天子十二門通十二子也　銑曰披開也三條三達之路面三門四面十二門
内則街衢洞達閭閻且千九市開場貨別
隧分人不得顧車不得旋闐音田城溢郭旁流百
廛紅塵四合煙雲相連　善曰說文街四通也音佳爾雅曰四達謂之衢字林曰閻
里門也闤里中門也漢宮闕疏曰長安立九市其六市在道
西三市在道東鄭玄周禮注曰金玉曰貨薛綜西京賦注曰
隧列肆道也音遂鄭玄禮記注曰塡滿也塡與闐同徒堅切
又曰廛市物邸舍也除連切李陵詩曰紅塵塞天地白日何
冥冥　濟曰且千言多也隧市中道闐滿也滿溢城郭流
出百廛五畝曰廛　良曰言人衆塵合火煙與雲相連　於
是既庶且富娛樂無疆都人士女殊異乎五方
遊士擬於公侯列肆侈於姬姜　善曰論語子適衛冉有僕子曰庶矣哉冉

有曰既庶矣又何加焉曰富之毛詩曰惠我無疆又曰彼都
人士又曰彼君子女漢書曰秦地五方雜錯富人則商賈爲
利列侯貴人車服僭上衆庶倣効羞不相及鄭玄周禮注曰
肆市中陳物處也左氏傳君子曰詩云雖有姬姜無棄憔悴
也　銑曰庶衆也既衆又富競爲娛樂無有疆畔言此都士
女麗美過於五方　向曰遊士遊人也皆僭於公侯車服肆
市也市中婦人服飾奢侈過於姬姜　鄉曲豪舉遊俠之雄節慕原常
名亞春陵連交合衆騁騖乎其中　善曰莊子曰治州閭鄉曲史記
魏公子無忌曰平原之遊徒豪舉耳文子曰智過十人謂之
豪漢書曰秦地豪傑則游俠通姦史記曰平原君趙勝者趙
之諸公子也諸子中勝最賢賓客蓋至者數千人又曰孟嘗
君名文姓田氏孟嘗君在薛招致諸侯賓客食客數千人又
曰春申君者楚人也名歇姓黄氏考烈王以歇爲相封春申
君客三千餘人又曰魏公子無忌者魏安釐王弟也安釐王
封公子爲信陵君致食客三千楚辭曰朝騁騖乎江皋說文
曰騁直馳也又曰騖亂馳也音務　濟曰豪舉謂豪俠之人
自相稱舉以誇矜遊俠謂輕死重義之人原平原君常孟嘗
君春春申君陵信陵君並招致賓客競爲奢侈言鄉曲之人

名節與之相次翰曰騁騖猶馳逐　若乃觀其四郊浮遊近縣則南
望杜霸北眺五陵名都對郭邑居相承英俊之
域紱冕所興冠蓋如雲七相五公與乎州郡之
豪傑五都之貨殖三選七遷充奉陵邑蓋以彊
幹弱枝隆上都而觀萬國　善曰鄭玄周禮注王國百里爲郊漢書曰宣帝葬杜
陵文帝葬霸陵高帝葬長陵惠帝葬安陵景帝葬陽陵武帝
葬茂陵昭帝葬平陵文子曰智過萬人謂之英千人謂之俊
蒼頡篇曰紱綬也說文曰冕大夫以上冠也毛詩曰有女如
雲相丞相也漢書韋賢爲丞相徙平陵車千秋爲丞相徙長
陵黄霸爲丞相徙平陵平當爲丞相徙平陵魏相爲丞相徙
平陵公御史大夫將軍通稱也漢書曰張湯爲御史大夫徙
杜陵杜周爲御史大夫徙茂陵蕭望之爲前將軍徙杜陵馮
奉世爲右將軍徙杜陵史丹爲大將軍徙杜陵然其餘不在
七相之數者並以罪國除故也文子曰智過百人謂之傑十
人謂之豪漢書曰王莽於長安及五都立五均更名洛陽邯

鄲臨淄宛成都市長安皆爲五均司市稱師三選謂選三等
之人七遷謂遷於七陵也漢書曰徙吏二千石高訾富人及
豪傑兼并之家於諸陵蓋亦以強幹弱枝非獨爲奉山園也
又元帝詔曰往者有司緣臣子之義奏徙郡國人以奉園陵
自今所爲陵者勿置縣邑然則元帝始不遷人陪陵自元以
上正有十帝也春秋漢含孳曰強幹弱流天之道宋均曰流
猶枝也左傳曰魯諸大夫曰禹會諸侯於塗山執玉帛者萬
國　良曰浮行也宣帝杜陵文帝霸陵在南高惠景武昭帝
此五陵皆在北　銑曰名都謂近都之縣對郭與京都相對
故云邑居指承士人多宅於此故稱英俊之域紱冕士人服
飾興起也　向曰如雲言多也七相謂車千秋黄霸王商王
嘉韋賢平當魏相五公張湯蕭望之馮奉世史丹張安世公
侯御史大夫將軍通稱爲公爲與豪傑之士貨殖之人同遷
於陵五都臨淄邯鄲南陽宛洛蜀也貨殖爲貲富之家三選
一曰七相五公二曰豪傑三曰貨殖七遷爲徧徙居七陵充
供奉也七陵則上所謂杜霸二陵及五陵　銑曰彊幹彊帝
室弱枝弱諸侯壯其上都以臨萬國　封畿之内厥土千里卓犖力角諸
夏兼其所有　善曰漢書曰雒邑與宗周通封畿爲千里又曰秦地沃野千里人以富饒卓犖或作

逴躒逴音卓躒呂角切論語子曰夷狄之有君不如諸夏之亡也　翰曰卓犖超絶也言諸夏超絶兼郡國而有之　其陽則崇山隱天幽林穹谷陸海珍藏藍田美玉善曰上林賦崇山巃嵸崔巍揚雄蜀都賦曰蒼山隱天韓詩曰皎皎白駒在彼空谷薛君曰穹谷深谷也漢書東方朔曰漢興去三河之地止灞滻以西都涇渭之南北謂天下陸海之地范子計然曰玉英出藍田　濟曰海者富有如海故言陸海珍藏謂美玉出藍田　商洛緣其隈鄠戶杜濱其足源泉灌注陂池交屬善曰漢書弘農郡有商縣上雒縣扶風有鄠縣杜陽縣説文曰隈水曲也於回切孔安國尚書傳曰濱涯也又曰澤鄣曰陂停水曰池　濟曰商洛山名　竹林果園芳草甘木郊野之富號為近蜀善曰言秦境富饒與蜀相類故號近蜀焉漢書曰秦地南有巴蜀廣漢山林竹木蔬食果實之饒爾雅曰邑外曰郊郊外曰野　翰曰言水物雜出與蜀相類故云近蜀　其陰則冠古亂以九嵕子紅陪以甘泉乃有靈宮起乎其中秦漢之所極觀古亂淵雲之所頌歎於是乎存焉善曰漢書谷口縣九嵕山在西戰國策范雎説秦王曰大王之國北有甘泉谷口漢書公孫卿曰仙人好樓居於是上令甘泉作延壽館通天臺漢宮闕疏曰甘泉林光宮秦二代造漢書曰王子淵為甘泉頌又曰楊子雲奏甘泉賦　銑曰九嵕山名上有九峯冠猶戴也甘泉山名漢置宮於上以祈祀故言靈宮　良曰秦漢之君皆於此遊觀　下有鄭白之沃衣食之源提五臣本作隄字封五萬疆埸亦綺分五臣本作紛字溝塍乘刻鏤原隰龍鱗決渠降雨荷插楚甲成雲五穀垂穎桑麻鋪棻五臣本作敷紛善曰史記曰韓聞秦之好興事欲罷無令東伐迺使水工鄭國閒説秦令鑿涇水自中山西抵瓠口為渠並北山東注洛溉舄鹵之地四萬餘頃收皆畝稅一鍾命曰鄭國渠又曰趙中大夫白公復奏穿渠引涇水首起谷口尾入櫟陽注渭溉田四千餘頃因曰白渠人得其饒歌之曰田於何所池陽谷口鄭國在前白渠起後舉插為雲決渠為雨涇水一石其泥

數斗且溉且糞長我禾黍衣食京師億萬之口天子畿方千里提封百萬井臣瓚案舊説云提撮凡也言大舉頃畝也韋昭曰積土為封限也毛詩曰疆埸有瓜周禮曰十夫有溝鄭玄曰遂廣深各二尺溝倍之説文曰塍稻田之畦也音繩爾雅曰高平曰原下濕曰隰周禮曰以五穀養病漢書音義韋昭曰黍稷菽麥稻也毛詩曰實穎實栗毛萇曰穎垂穎也小雅曰禾穗謂之穎爾雅曰鋪布也普胡切王逸楚辭注曰紛盛皃也棻與紛古字通　銑曰源本也鄭白同善注人賴此以為衣食　濟曰隄積土也封限也疆埸畔也溝小渠塍畦界隔也高平曰原下濕曰隰綺紛刻鏤龍鱗皆地之畦壟相交錯成文章　銑曰渠以灌苗故比雨插可致水故比雲插鍬也　翰曰穎穗也敷紛盛皃　東郊則有通溝大漕在到潰渭洞河泛舟山東控引淮湖與海通波善曰言通溝大漕既達河渭又可以汎舟山東控引淮湖之流而與海通其波瀾漢書武紀曰穿漕渠通渭如淳曰水轉曰漕蒼頡篇曰潰旁決也胡對切説文曰洞疾流也國語曰秦汎舟於河歸糴於晉史記曰滎陽下引河東南為鴻溝以與淮泗會也　翰曰潰洞皆通也漕水運也言東郊有溝通於河渭泛舟可以通山東之運亦與淮湖海通波瀾　西郊則有上囿禁苑林麓藪澤陂池連乎蜀漢繚以周牆四百餘里離宮別館三十六所神池靈沼往往而在善曰上囿禁苑即林苑也羽獵賦曰開禁苑穀梁傳曰林屬於山為麓鄭玄周禮注曰澤無水曰藪漢書有蜀郡漢中郡繚猶繞也三輔故事曰上林連縣四百餘里繚力鳥切離別非一所也上林賦曰離宮別館彌山跨谷三秦記曰昆明池中有神池通白鹿原毛詩曰王在靈沼　良曰麓山足也有水曰澤無水曰藪陂池旁類皃蜀漢秦川二郡名言林苑旁類連此二郡　濟曰繚繞也周牆謂苑牆周匝四百餘里言廣也離宮別館謂天子行處別署所至之處皆有池沼故言往往稱神靈美之　其中乃有九眞之麟大宛於袁之馬黃支之犀條枝之鳥踰崐崘越巨海殊方異類至于三萬里善曰漢書宣帝詔曰九眞獻奇獸晉灼漢書注曰駒形麟色牛角又武紀曰貳師將軍廣利斬大宛王首獲汗血馬又曰黃支自三萬里貢生犀又曰條

枝國臨西海有大鳥卵如甕山海經曰帝之下都崐崘之墟高萬仞河圖括地象曰崐崘在西北其高萬一千里子虛賦曰東注巨海也　銑同善注　向曰踰越過也三萬里言所從來遠也　**其宮室也體象乎天地經緯乎陰陽據坤靈之正位放**膚罔**太紫之圓方**善曰七畧曰王者師天地體天而行是以明堂之制内有太室象紫微宮南出明堂象太微春秋元命苞曰紫之言此也宮之言中也言天神圖法陰陽開閉皆在此中也周易曰坤地道也楊雄司命箴曰普彼坤靈侔天作制春秋合誠圖曰太微其星十二四方又曰紫宮大帝室也　向曰言建宮室方圓取象天地經南北也緯東西也言東西南北合陰陽之法　良曰坤地也言得地靈中正之位放學也謂學太微紫微星宮以爲規矩　**樹中天之華闕豐冠山之朱堂因瓌材而究奇抗應龍之虹梁列棼**扮**橑**老**以布翼荷棟桴**敷**而高驤**音相　善曰列子周穆王築臺號曰中天之臺漢書曰蕭何立東闕北闕周易曰豐其屋漢書曰蕭何作未央宮潘岳關中記曰未央宮殿皆疏龍首山土作之然殿居山上故曰冠云埤蒼曰瓌瑋珍琦也應龍虹梁梁形似龍而曲如虹也廣雅曰有翼曰應龍爾雅曰螮蝀虹也螮音帝蝀音董虹音紅說文曰棼複屋棟也扶云切又曰橑椽也梁道切又曰翼屋榮也爾雅曰棟謂之桴音浮　翰曰中天言高及天半華麗也豐廣也冠山言未央殿在龍首山上如美戴大冠　濟曰瓌美究盡抗舉也因美材盡奇巧舉應龍之象梁曲如虹故言虹梁　向曰棼桴皆棟也橑椽也言棟上布椽如翼也驤舉也謂虹梁荷負而舉　**雕玉磌**五臣本作瑱字土見切**以居楹裁金璧以飾璫**當**發五色之渥彩光爓**艷**朗以景彰**善曰言雕刻玉礩以居楹柱也爾雅曰玉謂之雕郭璞曰治玉名也廣雅曰磌礩也磌與瑱古字通並徒年切說文曰楹柱也上林賦曰華榱璧璫韋昭曰裁金爲璧以當榱頭又曰毛詩曰顏如渥丹鄭玄曰渥厚漬也渥烏學切字林曰爓火皃也　良曰雕刻楹柱也磌柱下石也璫椽頭飾也渥潤也言刻玉爲柱石以金璧飾椽端爓以五色光焰朗然景影彰明也　**於是左墄**倉則**右平重軒三階閨房周通門闥洞開列**

鐘虡巨**於中庭立金人於端闈**善曰七畧曰王者宮中必左墄而右平摯虞決疑要注曰凡太極乃有陛堂則有階無陛也左墄右平平者以文塼相亞次也墄者爲陛級也言陛級勒墄然七則切王逸楚辭注曰軒樓板也周禮夏后氏世室九階鄭玄曰南面三三面各二也爾雅曰宮中門謂之闈小者謂之閨毛萇詩傳曰闥門内也史記曰始皇大收天下兵器聚之咸陽銷以爲鐘鐻鑄金人十二重各千斤置宮中徐廣曰鐻音巨毛詩曰設業設虡毛萇曰植曰虡與鐻古字通也三輔黃圖曰秦營宮殿端門四達以則紫宮闥他曷切　濟曰墄階級也右乗車上故使平左人上故爲級重軒謂重欄干三階言南面之階有三閨房小室也周通猶徧通也門大門闥中門洞開言相當也　向曰鐘虡鐘格也秦始皇銷兵器鑄金人十二置於門右闥門也　**仍增崖而衡閾臨峻路而啓扉**善曰爾雅曰仍因也仍或爲岌非也孔安國論語注曰閾門限也胡洫切又曰峻高大也爾雅曰闔謂之扉　銑曰仍因也衡閾門限也言端門因龍首增崖以爲限峻路大路也啓開也扉門扉　**徇以離宮別寢承以崇臺閑**閑**館煥若列宿紫宮是環**善曰孔安國尚書傳曰徇循也爾雅曰室無東西廂有室曰寢又曰四方而高曰臺春秋合誠圖曰紫宮大帝室太一之精也漢書曰中宮天極星環之匡衛十二星藩臣皆曰紫宮也　向曰寢寢室崇臺高臺閑館閑居之館　濟曰言太極殿旁諸臺館煥然似鉤陳諸星環遶紫微宮　**清涼宣溫神仙長年金華玉堂白虎麒麟區宇若茲不可殫**丹**論**善曰三輔黃圖曰未央宮有清涼殿宣室殿中溫室殿金華殿太玉堂殿中白虎殿麒麟殿長樂宮有神仙殿孔安國尚書傳曰殫盡也長年亦殿名　向曰宣者宣明殿溫者溫室　銑曰金華而下並殿名殫盡也　**增盤崔**族回**嵬**五回**登降炤**五臣本作照字**爛殊形詭**軌**制每各異觀乘茵**因**步輦惟所息宴**善曰毛萇詩傳曰崔高大也茲瑰切王逸楚辭注曰嵬高也才迴切廣雅曰炤明也音照爛亦明也力旦切應劭漢官儀曰皇后婕好乘輦餘皆以茵四人輿以行鄭玄禮記注曰茵蓐也於申切周易曰君子以嚮晦入宴息　濟曰增盤崔嵬高大皃登降照爛謂上下俱光明詭制言形制詭譎異於

常見　良曰茵褥也輦人車言後宮或行于茵或載于輦所至之處皆可宴息**後宮則有掖庭椒房后妃之室合歡增城安處常寧茝若椒風披香發越蘭林蕙草鴛鸞飛翔之列**善曰漢書曰詔掖庭養視應劭曰掖庭宮人之宮漢官儀曰婕妤以下皆居掖庭三輔黃圖曰長樂宮有椒房殿漢書曰班婕妤居增城舍栢子新論曰董賢女弟爲昭儀居舍號曰椒風漢宮閣名長安有合歡殿披香殿鴛鸞殿飛翔殿餘亦皆殿名　向曰掖庭宮名在天子左右如肘腋椒房以椒塗壁后妃居之　濟曰合歡而下並殿名**昭陽特盛隆乎孝成屋不呈材牆不露形裛**於業**以藻繡絡以綸**五臣本作編字**連隨侯明月錯落其間金釭銜璧是爲列錢翡翠火齊**慈計**流耀含英懸黎垂棘夜光在焉**善曰漢書曰孝成趙皇后弟絕幸爲昭儀居昭陽舍其壁帶往往爲黃金釭函藍田璧明珠翠羽飾之音義曰謂璧中之横帶也引漢書注云音義者皆失其姓名故云音義而已說文曰釭轂鐵也列錢言金釭銜璧行列似錢也釭古雙切說文曰裛纏也於劫切又曰綸糾青絲綬也淮南子曰隨侯之珠和氏之璧得之而富失之而貧高誘曰隨侯漢中國姬姓諸侯也隨侯見大蛇傷斷以藥傅而塗之後蛇於夜中銜大珠以報之因曰隨侯之珠蓋明月珠也李斯上書曰有隨和之寶垂明月之珠張揖上林賦注曰翡翠大小如爵雄赤曰翡雌青曰翠韻集曰玫瑰火齊珠也戰國策應侯謂秦王曰梁有懸黎楚有和璞而爲天下名器左氏傳曰晉荀息請以垂棘之璧假道於虞以伐虢許愼淮南子注曰夜光之珠有似明月故曰明月也高誘以隨侯爲明月許愼以明月爲夜光班固上云隨侯明月下云懸黎垂棘夜光在焉然班以夜光非隨珠明月矣以二都合爲一寶經典不載夜光本末故說者參差矣西京賦曰流懸黎之夜光吳都賦曰隨侯於是鄙其夜光鄒陽云夜光之璧劉琨云夜光之珠尹文子曰田父得寶玉徑尺置於廡上其夜明照一室然則夜光爲通稱不繫之於珠璧也　向曰昭陽殿名成帝作也特獨也呈亦露也裛纏絡繞也言皆以藻繡編綬纏繞不露其土木　濟曰隨侯得大珠色如明月錯落分布珠皃金釭燈盞也鈿璧於中故言銜行列於室有似列錢　向曰翡翠鳥羽也火齊

珠也懸黎垂棘皆璧也夜光亦珠也英明也言流光含明也**於是玄墀釦**叩**砌玉階彤庭碝**而充**磩**戚**綵緻**直利**琳珉**旻**青熒珊瑚碧樹周阿而生**善曰漢書昭陽舍中庭彤朱而殿上髹漆砌皆銅沓黃金塗白玉階然墀以髹漆故曰玄也釦砌以玉飾砌也說文曰釦金飾器枯後切廣雅曰砌阯也且計切說文曰碝石之次玉也如兖切磩砌類也鄭玄禮記注曰緻密也郭璞上林賦注曰珉玉名也張揖上林賦注曰珉石次玉也廣雅曰珊瑚珠也淮南子曰崐崘山有碧樹在其北高誘曰碧青石也韓詩曰曲景曰阿然此阿庭之曲也　銑曰玄墀以漆飾墀墀階也釦砌鑲砌也玉階以玉飾階彤赤色也以彤漆飾庭碝磩珉石之次玉也綵緻言色密也琳玉名青熒光也　良曰珊瑚碧樹寶樹也阿曲也言生於庭曲**紅羅颯**蘇合**纚**所綺**綺組繽紛精曜華燭俯仰如神**善曰薛綜西京賦注曰颯纚長袖皃也颯思合切纚山綺切說文曰綺文繒也孔安國尚書傳曰組綬也楚辭曰紛繽紛其繁飾王逸曰繽紛盛皃也繽匹人切戰國策張儀謂楚王曰彼鄭國之女粉白黛黑立於衢閭非知而見之者以爲神　向曰言宮中美人也颯纚長袖皃繽紛盛皃言精光可燭曜俯仰之態其猶神人**後宮之號十有四位窈窕繁華更盛迭貴處乎斯列者蓋以百數**善曰漢書曰大星正妃餘三星後宮又贊曰漢興因秦之稱號帝正適稱皇后妾皆稱夫人號凡十四等云昭儀位視丞相婕妤視上卿娙娥視中二千石容華視眞二千石美人視二千石八子視千石充衣視千石七子視八百石良人視七百石長使視六百石少使視四百石五官視三百石順常視二百石無涓共和娛靈保林良使夜者皆視百石毛詩曰窈窕淑女君子好逑史記華陽夫人姊說夫人曰不以繁華時樹本方言曰迭代也徒結切娙音刑　濟曰言後宮有十四等謂昭儀婕妤娙娥容華美人八子充衣七子良人長使少使五官順常無涓也窈窕美皃迭遞也蒙寵貴者蓋百數**左右庭中朝堂百寮之位蕭曹魏邴謀謨乎其上**善曰尚書曰百寮師師漢書曰蕭何沛人漢王即皇帝位拜何爲相國又曰曹參沛人也代蕭何爲相國又曰魏相字弱翁濟陰人也宣帝即位代韋賢爲丞相又曰邴吉字少卿魯國人也宣帝即位代魏相爲丞相孔安

國尚書傳曰謨謀也　向曰寮官也言朝廷百寮之位即有丞相蕭何曹參魏相邴吉等爲謀於上佐命則
垂統輔翼則成化流大漢之愷悌蕩亡秦之毒
螫舒亦反　善曰李陵報蘇武書曰其餘佐命立功之士易乾鑿度曰代者赤兗黃佐命宋衷曰此赤兗者謂漢高帝也黃者火之子故佐命張良是也孟子曰君子創業垂統爲可繼也禮記曰保者慎其身以輔翼之長揚賦曰今朝廷出凱悌行簡易四子講德論曰秦之時處位任政者並施螫毒說文曰螫行毒也　濟曰統理也言佐命輔翼以成理化流布也蕩滌也謂布大漢愷悌之德滌亡秦毒螫之風
故令斯人揚樂和之聲
作畫一之歌功德著乎祖宗膏澤洽乎黎庶善曰
孔叢子曰孔子曰古之帝王功成作樂其功善者其樂和樂和則天下且由應之況百獸乎漢書曰蕭何薨曹參代之百姓歌之曰蕭何爲法較若畫一曹參代之守而勿失載其清淨人以寧一又景帝詔曰謌者所以發德舞者所以立功申屠嘉奏曰高皇帝宜爲太祖孝文帝宜爲太宗史記太史公曰成王作頌沐浴膏澤而歌詠勤苦孟子曰膏澤下於民孔

安國尚書傳曰黎庶也　翰曰斯人謂此上人也揚舉也舉樂和之聲祖宗先君也黎庶衆民也又有天祿
石渠典籍之府命夫惇敦誨故老名儒師傅講論
乎六藝稽合乎異同善曰三輔故事天祿閣在大殿北以閣祕書石渠閣亦在大祕殿北然同巻再見者並云已見上文務從省也他皆類此爾雅曰惇勉也孔安國尚書傳曰誨教也周禮曰六藝禮樂射御書數孔安國尚書傳曰稽考也　濟曰天祿石渠閣名藏典籍之處　銑曰惇勉也誨教也言勉教故老名儒師傅並先生稱也稽考也考校典籍之同異
又有承明金馬著作之庭五臣本作廷字大雅宏達
於茲爲羣元元本本殫見洽聞啓發篇章校理祕
文善曰漢書曰嚴助爲會稽太守帝賜書曰君厭承明之盧張晏曰承明盧在石渠閣外史記曰金馬門者宦者署門傍有銅馬故謂之曰金馬門大雅謂有大雅之才者詩有大雅故以立稱焉漢書武帝曰司馬相如之倫皆辯智閎達元元本本謂得其元本也孔叢子曰萇弘曰仲尼洽聞強記考經鈎命決曰丘攬祕文　銑曰承明盧名宏大也著作著述

之所大雅大達君子於此爲羣元元本本謂典籍根本殫盡也洽徧也　濟曰啓開也校理幽祕之文也周以
鈎陳之位衛以嚴更平之署總禮官之甲科羣
百郡之廉孝善曰樂叶圖曰鈎陳後宮也服虔甘泉賦注曰紫宮外營勾陳星也然王者亦法之薛綜西京賦注曰嚴更督行夜鼓也漢書曰奉常掌宗廟禮儀又博士皆屬焉又曰匡衡射策甲科除太常掌固又曰秦分天下爲郡縣又曰興廉舉孝也　翰曰鈎陳星名衛紫微宮今離宮別衛以取象焉嚴更言嚴肅理更也　向曰總羣皆聚也言聚甲科廉孝之人列於禁衛虎賁奔贅章衛衣閹淹尹閽寺陛
戟百重各有典司善曰尚書周公曰綴衣虎賁公羊傳曰贅猶綴也贅之銳切周禮曰內小臣奄上士又有閽人寺人漢書曰太后盛服坐武帳武士陛戟陳列殿下也　銑曰虎賁武士贅衣猶綴衣閹寺皆刑餘人掌宮禁門戶言此等人於階陛之下使執戟陳列百重也司主也言各有所主周盧千列徼
叫道綺錯輦路經營脩除五臣本作塗飛閣自未央

而連桂宮北彌明光而亘長樂陵墱善本作隥道而
超西墉掍五臣本作混字建章而連外屬設璧門之鳳
闕上觚孤稜而棲金爵善曰史記衛令曰周盧設卒甚謹漢書音義張晏曰直宿曰盧漢書曰中尉掌徼循京師如淳曰所謂遊徼循禁備盜賊也輦路輦道也上林賦曰輦道纚屬如淳曰輦道閣道也司馬彪上林賦注曰除樓陛也漢書曰高祖至長安蕭何作未央宮三輔舊事曰桂宮內有明光殿毛萇詩傳曰彌終也方言曰亘竟也亘與縆古字通漢書曰高祖修長樂宮薛綜西京賦注曰墱閣道也丁鄧切毛萇詩傳曰墉城也方言曰掍同也音義與混同胡本切漢書曰建章宮其東則鳳闕高二十餘丈其南有璧門之屬漢書音義應劭曰觚八觚有隅者也音孤說文曰稜柧也柧與觚同稜落登切三輔故事曰建章宮闕上有銅鳳皇然金爵則銅鳳也　翰曰周盧設卒周衛以直宿也徼道循禁道也輦路樓陛也脩長也桂宮宮名明光殿名長樂宮名彌終也亘竟也言長塗飛閣從未央長樂以相連接　銑曰墱閣道也超出墉城混通也閣道出城通達建章宮與外相屬　向曰鳳闕闕名也南有璧門

觚稜闕角也角上棲金爵金爵鳳也內則別風嶕慈遙嶢牛條眇麗巧而聳五臣本作竦字擢張千門而立萬戶順陰陽以開闔爾乃正殿崔嵬層構厥高臨乎未央經駘殆盪而出馺蘇合娑蘇可洞枍烏詣詣以與天梁上反宇以蓋戴激日景而納光善曰三輔故事曰建章宮東有折風闕關中記曰折風一名別風廣雅曰嶕嶢高也嶕慈堯切漢書曰建章宮度為千門萬戶前殿度高未央然前殿則正殿也長門賦曰正殿塊以造天其高臨乎未央高之甚也崔嵬高貌也關中記曰建章宮有馺娑駘盪枍詣承光四殿馺素合切娑蘇可切駘音殆枍烏詣切天梁亦宮名也爾雅曰蓋戴覆也激日景而納光言宮殿光輝外激於日日景下照而反納其光也　向曰言高竦而擢出　良曰闔閉也　言宮殿千門萬戶皆夕閉朝開夕為陰朝為陽正殿露寢也　濟曰言宮殿光色與日景相激射而入宮室神明鬱其特起遂偃蹇而上躋軼逸雲

雨於太半虹霓迴帶於棼汾楣音眉雖輕迅與僄匹昭狡猶愕五各眙勑吏而不能階善曰漢書曰孝武立神明臺王逸楚辭注曰偃蹇高貌也公羊傳曰躋者何躋升也王蒼曰軼從後出前也餘質切漢書音義韋昭曰凡數三分有二為太半尸子曰虹霓為析翳說文曰棼複屋棟也扶云切爾雅曰楣謂之梁靡飢切方言曰僄輕也芳妙切鄭玄禮記注曰狡疾也古飽切字書曰愕驚也五各切字林曰眙驚貌勑吏切　銑曰神明臺名特獨也偃蹇高皃躋升也軼過也太半三分有二雄曰虹雌曰霓楣檻也言此臺高而上升二分過雲雨之上虹霓迴帶於棼楣言縈曲若佩帶於椽檻愕眙驚皃階升也輕迅僄狡謂捷疾也言雖捷疾之人亦驚懼不能升攀井幹寒而未半目眩胡徧轉而意迷捨櫺靈檻而卻五臣本作却字倚若顛墜而復稽魂怳怳況往以失度巡迴途而下低善曰漢書曰武帝作井幹樓高五十丈輦道相屬焉幹音寒司馬彪莊子注曰井幹井欄也然積木有若欄也蒼頡篇云眩視不明也侯遍切說文曰櫺楯闌子也力丁切王逸楚辭曰檻楯也胡黯切說文曰稽留止也長門賦曰神怳怳而外淫王逸楚辭注曰怳失意也況往切　翰曰井幹樓名稽留也言此樓高升之未半目眩意迷捨櫺檻倚立若已墜矣而復留止魂神失度下就低處既懲懼於登望降周流以徬五臣本作彷字徨步甬道以縈紆又杳篠他鳥而不見陽善曰廣雅曰懲恐也楚辭曰猗從容以周流聊逍遙而自恃毛詩序曰徬徨不忍去淮南子曰甬道相連高誘曰甬道飛閣複道也說文縈紆猶回曲也又曰杳杳篠也廣雅曰窈窕深也窈與杳同烏鳥切篠他弔切毛萇詩傳曰陽明也　翰曰言恐懼不敢登望下而彷徨若不忍去也杳篠深也言步此甬道迴曲深邃不見明也排飛闥而上出若遊目於天表似無依而洋洋善曰廣雅曰排推也簿階切闥門闥也楚辭曰忽反顧而遊目王逸楚辭注曰洋洋無所歸貌　良曰排推也闥門也飛闥言臨空如飛也表外也言自閣道排門出望若目見天外洋洋然不知所歸前唐中而後太液覽滄海之湯湯傷揚波濤

於碣石激神岳之嶈嶈七羊濫瀛洲與方壺蓬萊起乎中央善曰漢書曰建章宮其西則有唐中數十里其北沼太液池漸臺高二十餘丈名曰太液池中有蓬萊方丈瀛州臺梁象海中仙山如淳曰唐庭也尚書曰湯湯洪水方割蒼頡篇曰濤大波尚書曰夾右碣石入於河孔安國曰海畔山也毛詩曰應門將將說文曰濫泛也力暫切列子渤海之中有大壑其中有山一曰岱輿二曰員嶠三曰方壺四曰瀛州五曰蓬萊　濟曰碣石海畔山唐中太液皆池名以象滄海湯湯然若揚波濤於碣石之下神岳即碣石也嶈嶈水激山之聲又於池為三山象瀛洲方壺蓬萊蓬萊在二山之中央於是靈草冬榮神木叢生巖峻崷自由崒慈律金石崢仕耕嶸音宏善曰神木靈草謂不死藥也史記曰三神山仙人不死藥皆在焉杜預左氏傳注曰巖險也說文曰峻峭高也峻思俊切崷高貌也慈由切爾雅曰崒者厜㕒也慈恤切郭璞方言注曰崢嶸高峻也崢力耕切嶸胡萌切　濟曰靈草神木言美也冬榮言不凋落崷崒崢嶸高峻皃抗仙掌以承露擢雙立之金莖軼埃壒

善本作揭之混濁鮮顥胡暠氣之清英善曰言承露之高也漢書曰孝武又作栢梁銅柱承露仙人掌之屬矣方言曰擢抽也逵卓切金莖銅柱也王逸楚辭注曰埃塵也許慎淮南子注曰埸埃也埸與壒同於害切鮮絜也楚辭曰天白顥顥說文曰顥白貌胡暠切鮮或爲蠽非也　銑曰抗舉也金莖銅柱也作仙人掌以擎盤於其上軼過也鮮絜也顥白也言過埃塵之上以承絜白清英之露騁文成之丕誕徒旱馳五利之所刑庶松喬之羣類時遊從乎斯庭實列仙之攸館非吾人之所寧善曰漢書曰齊人李少翁以方術見上拜少翁爲文成將軍言上即欲與神通宮室被服非象神物不至乃作甘泉宮中爲臺室畫天地泰一諸鬼神而置祭具以致天神又曰樂成侯登上書言欒大天子見大悅白臣之師有不死之藥可得仙人可致乃拜大爲五利將軍毛萇詩傳曰刑法也列仙傳曰赤松子者神農時雨師也服水土以教神農又曰王子喬者周靈王太子晉也道人浮丘公接以上嵩高山　銑曰同善注丕大誕猶術也言馳騁二人之大術法廣爲宮觀庶使赤松子王喬遊焉此實列仙所館之處

非我常人之所安爾乃盛娛遊之壯觀奮大武乎上囿因兹以威戎夸苦華狄耀威靈而講武事善曰史記相如封禪書曰斯事天下之壯觀禮記曰西方曰戎北方曰狄又曰孟冬之月天子乃命將帥講武習射御毛詩序曰有常德以立武事　濟曰言其娛樂以壯觀望也囿育獸處言講武於此以威戎狄命荆州使起鳥詔梁野而驅獸毛羣內闐田飛羽上覆接翼側足集禁林而屯聚善曰尚書曰荆及衡陽惟荆州又曰華陽黑水惟梁州然則南方多獸故命使之枚乘兔園賦曰翺翔羣熙交頸接翼　向曰言南多鳥西多獸荆人知鳥梁人知獸故命使之毛羣獸類飛羽鳥類接翼側足言多也禁林苑也屯聚也水衡虞人修五臣作理其營表種別羣入分部曲有署善曰周禮川衡鄭玄曰川流水也衡平其大小也周禮曰虞人萊所田之野爲表鄭司農曰表所以識正行列也司馬彪續漢書曰將軍皆有部大將軍營五部部有校尉一人部下有曲曲有軍候一人

銑曰水衡虞人掌山澤之官營表謂正行列也種別羣分言部曲各有所主罘浮網連紘籠山絡野列卒周匝星羅雲布善曰鄭玄禮記注曰獸罟曰罘扶流切紘罘之綱也胡萌切方言曰絡繞也來各切羽獵賦曰漠若天星之羅韓子曰雲布風動　濟曰罘獸網也紘網綱也籠絡猶圍繞列卒周匝謂徧列士卒星羅雲布言衆也於是乘鑾輿備法駕帥羣臣披飛廉入苑門善曰蔡邕獨斷曰天子至尊不敢渫瀆言之故託於乘輿也又曰天子出車駕次第謂之鹵簿有法駕司馬彪曰法駕六馬也漢書武紀曰長安作飛廉館　濟曰同善注言帥百官自飛廉館而入苑遂繞豐豐鄗浩歷上蘭六師發逐百獸駭殫震震爚爚藥雷奔電激草木塗地山淵反覆蹂汝九蹸力振其十二三乃拗於六怒而少息善曰世本曰武王在豐鄗杜預左氏傳注曰豐在始平鄠縣東孚宮切說文曰鎬在上林苑中鎬與鄗同胡道切三輔黄圖曰上林有上蘭觀尚書曰司馬掌

邦政統六師又曰百獸率舞震震爚爚光明貌也震之人切字指曰爚爚電光也弋灼切說文曰電陰陽激燿也漢書曰一敗塗地廣雅曰塗汙也反覆猶傾動也字林曰蹂踐也汝九切說文曰蹸轢也蹸與躪同力振切拗猶抑也於六切　銑曰言天子總六軍逐百獸駭驚踐蹋禽獸十分殺其二三抑士卒怒以少息焉爾乃期門佽且利飛列刃攢鍭侯要腰趹決追蹤鳥驚觸絲獸駭值鋒機不虛掎已弦不再控空矢不單殺中必疊雙善曰漢書武帝與北地良家子期諸殿門故有期門之號又曰佽飛掌弋射佽音次蒼頡篇曰攢聚也攢與鑽同作官切爾雅曰金鍭翦羽謂之鍭胡溝切廣雅曰趹奔也古穴切孔安國尚書傳機弩牙也說文曰掎偏引也居蟻切又曰匈奴名引弓曰控控引也　良曰鍭矰類趹奔也言期門佽飛之徒列刃攢鍭要奔禽獸絲網也鋒兵刃也觸值皆著也謂鳥獸驚而自著鋒網機弩牙也掎發也不虛發言必中也控引也弦不再引言射者不再引弓一發中雙颮颮撲紛紛矰曾繳酌相纏風毛雨血灑野

蔽天善曰颮颮紛紛衆多之貌説文曰颮古飈字也俾姚切周禮曰矰矢也鄭玄曰結繳於矢謂之矰矰高也説文曰繳生絲縷也之若切又曰灑所買切　銑曰颮颮紛紛中物皃矰繳箭上加縷而射相纏謂多也風毛雨血言毛血雜下如風雨平原赤勇士厲猨狖夷秀失木豺狼懾章獵竄善曰郭璞山海經注曰猨似獼猴而大臂長便捷色黑蒼頡篇曰狖似狸與救切爾雅曰豺狗足郭璞曰豺似狗也説文曰狼似犬銳頭白頰淮南子曰猨狖顛蹷而失木鄭玄毛詩箋曰懾懼也章涉切　向曰平原赤言血染勇士猛士也厲嚴整也失木懾竄驚懼也爾乃移師趨五臣本作赴字險並蹈潛穢窮虎奔突狂兕似觸蹶居衛反善曰爾雅曰潛深也慎子曰獸伏就穢字書曰穢蕪也爾雅曰兕似牛廣雅曰蹶跳也蹷居衛切踶徒帝切跳達彫切　濟曰謂移師旅以就深穢言虎兕窮迫自相觸突而顛蹷許少施巧秦成力折制掎几僄匹妙狡抏猛噬脫角挫脰豆徒搏博獨殺所界切善曰許少秦成未詳説文曰捉搤也搤與扼古字通於責切王弼

周易注曰噬齧也音誓鄭玄禮記注曰挫折也祖過切何休公羊傳曰脰頸也徒鏤切爾雅曰㚖虎徒搏也郭璞曰空手執曰搏補洛切　翰曰許少古捷人秦成壯士也掎執也僄狡捷獸猛而噬人挫折脰頸也徒搏空手搏之言使捷壯士搏之或脫其角或折其頸而殺之挾師豹拖徒可熊螭勑離曳犀犛貍頓象羆超洞壑越峻崖宜蹶嶄五臣本作嶃乍監切巖巨石隤松柏仆叢林摧草木無餘禽獸殄夷善曰爾雅曰狻猊如虦貓食虎豹郭璞曰即師子也狻先丸切猊五奚切虦音棧貓音苗説文曰拖曳也徒可切熊獸似豕山居冬蟄歐陽尚書説曰螭猛獸也勑離切郭璞山海經注曰犀似水牛而豬頭黑色有三蹄三角一在頂上一在額上一在鼻上又曰犛黑色出西南徼外力之切又曰象獸之最大者也長鼻大者牙長一丈爾雅曰羆似熊而黃色毛萇詩傳曰嶄巖石高峻之貌也士咸切説文曰仆頓也爾雅曰殄盡也杜預左氏傳注曰夷殺也　翰曰師豹能螭犀犛象羆言猛大獸也挾拖曳頓皆持搬皃洞壑深壑峻高也言越深壑高崖巨大頹落仆倒摧折也言蹶嶄巖令大石下落擊其松柏草木摧倒無

餘也殄盡也夷殺也謂盡殺禽獸於是天子乃登屬玉之館歷長楊之榭覽山川之體勢觀三軍之殺獲于卦原野蕭條目極四裔禽相鎮壓獸相枕藉慈夜切善曰漢書宣紀曰行幸長楊宮屬玉觀服虔曰以玉飾因名焉三輔黃圖上林有長楊宮爾雅曰闍謂之臺有木謂之榭辭夜切羽獵賦曰三軍忙然楚辭曰山蕭條而無獸左氏傳曰投諸四裔以禦螭魅　銑曰屬玉館名長楊宮名榭謂臺上有木於是天子登此臺榭觀山川之形體士卒殺獲原野蕭條盡望四裔無草木但有禽獸相枕而死然後收禽會衆論功賜胙祚陳輕騎以行炰白茅騰酒車以斟酌割鮮野食舉烽命爵善曰爵作釂左傳曰歸胙于公詩曰炰之燔之毛萇曰以毛曰炰薄交切子虛賦曰割鮮染輪孔安國尚書傳曰鳥獸新殺曰鮮方言曰烽虞望也郭璞曰今烽火是也説文曰釂飲酒盡子曜切　銑曰言收所獲之禽會師衆以論功賜胙賜其餘炰炙肉言以騎行炙以車載酒兼割鮮以饗士

卒烽燧火也言舉火以促飲饗賜畢勞逸齊大輅鳴鑾容與徘徊善曰禮記大路者天子之車也白虎通曰天子大路周禮曰巾車掌玉輅凡馭輅儀以鑾和爲節鄭玄曰鑾在衡和在軾皆以金鈴也　濟曰饗賜謂士卒也勞者厚之逸者薄之故言齊大輅天子車鑾車上鈴也容與徘徊順動皃集乎豫章之宇臨乎昆明之池左牽牛而右織女似雲漢之無涯音宜茂樹蔭蔚芳草被隄蘭茝發色曄曄于獵猗猗若摛勑离錦與布繡燭燿乎其陂善曰三輔黃圖曰上林有豫章觀漢書曰武帝發謫吏穿昆明池漢宮闕疏曰昆明池有二石人牽牛織女象毛詩曰倬彼雲漢蒼頡篇曰蔚草木盛貌説文曰隄塘也都奚切爾雅曰芹茝蘼蕪郭璞曰香草也茝齒改切漢書曰華曄曄固靈根説文曰曄草木白華貌毛詩曰瞻彼淇澳綠竹猗猗毛萇曰猗猗美貌説文曰摛舒也勑離切揚雄蜀都賦曰麗靡摛燭若揮錦布繡　濟曰豫章館名也言集此館武帝鑿昆明池作牽牛織女於左右以象天河言廣大猶雲漢無涯際

向曰蘭茝香草也曄曄花色皃猗猗美皃摛舒也言草樹花色美盛如舒布錦繡爗燿於塘陂陂即昆明池

鳥則玄鶴白鷺黃鵠胡穀鵁交鸛貫鶬倉鴰括鴇保鶂五激鳧鷖烏兮鴻鴈朝發河海夕宿江漢沈浮往來雲集霧散

善曰上林賦曰𪇰玄鶴爾雅曰鷺舂鉏郭璞曰白鷺也說文曰鵠黃鵠也爾雅曰鴢頭鵁郭璞曰似鳧鴢烏絞切鵁呼交切毛萇詩傳曰鸛水鳥也爾雅曰鶬麋鴰也鴰音括郭璞曰即鶬鴰也郭璞上林賦注曰鴇似鴈無後指鴇音保杜預左氏傳注曰鶂水鳥也五激切爾雅曰舒鳧鶩毛萇詩傳曰鳧水鳥鄭玄詩箋曰鷖鳧屬也毛萇詩傳曰大曰鴻小曰鴈孝經鉤命決曰雲委霧散　翰曰皆水鳥名也雲集霧散衆多往來皃

於是後宮乘輚士眼輅登龍舟張鳳蓋建華旗袪黼帷鏡清流靡微風澹徒濫淡徒敢浮

善曰埤蒼曰輚臥車也士眼切淮南子曰龍舟鷁首浮吹以虞桓子新論曰乘車玉爪華芝及鳳皇三蓋之屬上林賦曰乘法駕建華旗高誘淮南子注曰袪舉也劉歆甘泉賦曰章黼黻之文帷澹淡蓋隨風之貌也澹徒濫切淡徒敢切　向曰後宮后妃之屬輚輅臥車龍舟畫龍於舟鳳蓋畫名華旗綵旗也袪舉也黼帷繡帷也鏡照也靡隨也微風輕風也澹淡浮皃

櫂直教女謳鼓吹震眞聲激越謍呼宏厲天鳥羣翔魚窺淵

善曰方言曰楫謂之櫂說文曰謳齊歌也於侯切漢武帝秋風辭曰簫鼓鳴兮發櫂歌爾雅曰越揚也聲類曰謍音大也呼宏切韓詩曰翰飛厲天薛君曰厲附也說文曰翔回飛也方言曰窺視也缺規切　良曰震動越揚謍大厲附也櫂女謳舟人歌也言舟女歌與鼓吹齊動其聲大若附於天也鳥聞驚起而飛魚聞窺淵而沈也

招白鷳下雙鵠揄五臣本作投字文竿出比目

善曰西京雜記曰閩越王獻高帝白鷳黑鷳各一雙爾雅曰下落也戰國策更嬴曰臣能虛發而下鳥投與揄同說文曰揄引也晉頭文竿竿以翠羽爲文飾也毛詩曰籊籊竹竿爾雅曰東方有比目魚焉不比不行其名謂之鰈他合切　良曰招取也投引也

撫鴻罿衝御矰曾繳酌方舟並騖務俛仰極樂

善曰爾雅曰䍐謂之罿罿䍐也竹劣切郭璞曰䍐音壁爾雅曰大夫方舟郭璞曰併兩船莊子曰俛仰之閒拄頤左氏傳注曰俛俯也音免　濟曰撫持鴻大罿綱方並也言持綱繳射並舟而騖俯仰以盡其樂

遂乃風舉雲搖浮遊溥普覽前乘秦嶺後越九嵕東薄河華西涉岐雍宮館所歷百有餘區行所朝夕儲不改供

善曰孔安國尚書傳曰薄迫也河黃河也華華山也漢書右扶風美陽縣有岐山又右扶風有雍縣也　翰曰言如風雲之搖舉也溥覽徧覽也岐山雍雍縣言此中宮館百有餘所朝夕行止不改易其儲蓄供具也

禮上下而接山川究休祐之所用采遊童之讙謠第從臣之嘉頌

善曰尚書曰並告無辜于上下神祇又曰望于山川列子曰昔堯理天下五十年不知天下治歟亂歟堯乃微服遊於康衢聞兒童謠曰立我蒸人莫匪爾極不識不知順帝之則漢書曰宣帝頗好儒術王襃與張子僑等並待詔所幸宮館輒爲歌頌第其高下以差賜帛也　銑曰上下謂天地也究盡也休美也祐福也言禮天下山川之神以盡美福之用遊童讙謠即采之從臣獻嘉頌者以高下序之次第也

於斯之時都都相望云邑邑相屬國藉十世之基家承百年之業士食舊德之名氏農服先疇之畎古犬畝商循族世之所鬻以六工用高曾之規矩粲乎隱隱各得其所

善曰周易曰食舊德貞厲終吉漢書音義如淳曰今隴西俗䎸田歲歲種爲宿疇也尚書曰濬畎澮孔安國曰廣尺深尺曰畎古犬切淮南子曰古者至德之時賈便其肆農安其業大夫安其職而處士循其道穀梁傳曰古者有士人有商人有農人有工人　濟曰言此時都邑繁多以相連屬也國諸侯國也言藉十世餘址也大夫稱家亦承百年職業士但食先人舊德族廕而已農謂農人先疇先人畎畝循理也鬻賣也言商人理代族所賣之物工巧人亦用曾祖高祖之法則粲乎隱隱明盛皃得其所言不失業

若臣者翰曰男子之賤稱古人謙退皆稱之此賓之自謂也徒觀迹於舊墟聞之乎故老十分而未得其一端故

不能徧舉也濟曰徒但也舊墟故居也言我但觀故居之迹聞古老之言十分之中未能知其一端故不能周徧舉之

東都賦

東都主人喟然而歎曰痛乎風俗之移人也子實秦人矜夸館室五臣本作宮館保界河山信識昭襄而知始皇矣烏覩大漢之云爲乎善曰論語曰夫子喟然歎曰吾與點也漢書人有剛柔緩急音聲不同繫水土之風氣故謂之風好惡取舍動靜嗜欲故謂之俗鄭玄禮記注曰矜謂自尊大也漢書婁敬曰秦帶河阻山史記曰秦武王卒無子立異母弟是爲昭襄王又曰莊襄王卒子政立是爲始皇帝也銑曰喟然歎聲主將荅賓故先歎也痛乎傷痛之辭言賓生於漢代當有淳和之性長居秦地故爲秦奢侈風俗所移易翰曰昭襄始皇二主也言賓實秦人習秦之風但夸宮館保河山識始皇虐害天下崇其奢侈安知我大漢云爲之意乎

夫大漢之開元也奮布衣以登皇位由數朞而創萬代蓋六籍所不能談前聖靡得而言焉善曰漢書高祖曰吾以布衣提三尺劒取天下高祖五年誅項羽故曰數朞也孔安國尚書傳曰帀四時曰朞六籍六經也封禪書曰六經載籍之傳左氏傳曰籍談司晉之典籍濟曰元始也奮起也布衣庶人之服皇大也言漢始起庶人之服以登大位朞年也創猶建也六籍六經也靡無也言數年間建萬代之業雖六經前聖無能紀述當此之時功五臣作攻有橫而當天討五臣作計有逆而順民故婁敬度入勢而獻其說蕭公權宜而拓五臣本作托字其制時豈泰而安之哉計不得以已也善曰漢書曰高祖西都洛陽戍卒婁敬求見說上曰陛下都洛不便不如入關據秦之固上問張良良因勸上是日車駕西都長安漢書曰蕭何脩未央宮上見其壯麗甚怒何曰天下方未定故可因以就宮室且夫天子以四海爲家非壯麗無以重威且毋令後代有以加也上說之銑曰橫逆不順也言當時功討雖橫逆而順天人也天下初定故婁敬說帝都西以就險蕭何權立宮殿以重威時豈太平而安之計不得已而居之吾子曾不是睹顧曜後嗣之末造不亦暗乎善曰言吾子不覩度勢權宜之由反以後嗣末造而自眩曜不亦暗乎言暗之甚也儀禮曰願吾子教之鄭玄曰吾子相親辭也吾我也子男子美稱良曰吾子謂賓也顧反末無造成也言賓曾不足覩權宜之理而反眩曜後嗣無成之事以爲美是暗也今將語子以建武之治永平之事監于太清以變子之惑志善曰東觀漢記曰建武光武年號也永平孝明年號也淮南子曰太清之化也和順以寂漠質直以素樸高誘曰太清無爲之化翰曰子謂賓也監示也太清謂無爲化也將述二帝之理示無爲之化以變賓惑亂之志往者王莽作逆漢祚中缺天人致誅六合相滅善曰漢書曰王莽字巨君王皇后之弟子也初居攝後即天子位賈逵國語注曰祚位也尚書曰我則致天之罰呂氏春秋曰神通乎六合高誘曰四方上下爲六合向曰言莽作逆以絕漢祚言天意人事同亂六合之內以相殘滅

于時之亂生民幾亡鬼神泯絕壑無完相柩郛孚罔遺室原野厭人之肉川谷流人之血秦項之災猶不克半書契以來未之或紀善曰尚書曰生民保厥居杜預左氏傳註曰幾近也渠機切周禮大宗伯掌天神人鬼之禮禮記曰在牀曰尸在棺曰柩杜預左氏傳曰郛郭也芳俱切揚子法言秦將白起長平之戰四十萬人死原野厭人之肉川谷流人之血史記曰周孝王分非子土爲附庸邑秦至始皇初并天下又曰項籍下相人自立爲西楚伯王周易曰上古結繩後代聖人易之以書契翰曰幾近也盡亡無也言王莽亂時生人近無鬼神盡絕完全郭圍無也無全柩者皆遇害死也無遺室謂被焚燒崩摧也厭猶積也言人肉積原野人血流川谷比於秦末項羽之災猶未及此之半言自書契已來不同紀錄故下人號而上訴上帝懷而降監平乃致命乎聖皇善曰尚書曰並告無辜于上下神祇孔安國曰言百姓兆人訴天地

也毛詩曰皇矣上帝又曰天命降監下民有嚴命于下國封建厥福　向曰聖皇光武也言下人苦莽之亂號泣上訴於天天亦懷而下視故致天手之命於光武也監示也　於是聖皇乃握乾符闡坤珍披皇圖稽帝文赫然發憤應若興雲霆擊昆陽憑怒雷震　音眞　善曰謂光武也東觀漢記曰光武皇帝諱秀王莽末荊州下江平林兵起王匡王鳳爲之渠率上遂率舂陵子弟隨之王莽懼遣大司徒王尋大司空王邑將兵來征上入昆陽城中兵下昆陽穀少留王鳳令守城夜出城南門二公兵到遂還昆陽城時上遂選精兵三千人奔陳二公大奔北殺王尋昆陽城中兵亦出中外並擊二公大潰遂潰亂奔走赴水溺死以萬數滍水爲之不流爾雅曰疾雷爲霆左氏傳吳子之弟蹶由謂楚子曰今君奮焉震雷馮怒　濟曰握持也乾符赤伏符也闡開也坤珍洛書也皇圖謂河圖也稽考也帝文天文也憤怒也赫然怒莽之亂起義兵誅之天下應之如雷擊破莽兵於昆陽城也馮怒盛也言怒盛如雷霆震　遂超大河跨北嶽立號高邑建都河洛　善曰東觀漢記曰聖公爲天子以上爲大司馬

遣之河北安集百姓尚書曰至于北岳東觀漢記曰諸將請上尊號皇帝於是乃命有司設壇場于鄗之陽千秋亭五成陌皇帝即位改鄗爲高邑又曰建武元年十月車駕入洛陽遂定都焉春秋漢含孳曰天子受符以辛日立號也　銑曰大河黃河北嶽常山跨據也餘同善注　紹百王之荒屯因造化之盪滌　音狄　善曰禮記曰百王之所同古今之所一也淮南子大丈夫恬然無爲與造化逍遙高誘曰造化天地也樂緯曰殷湯改制易正蕩滌故俗　向曰紹繼也言百王屯難之後而光武繼之盪滌猶除也言造化始除其惡法　體元立制繼天而作　善曰左氏傳元年春正月公即位春秋元命苞曰元年者何元宜爲一謂之元何曰君之始年也杜預左氏傳注曰凡人君即位欲其體元以居正穀梁傳曰爲天下主者天也繼天者君也周易曰神農氏作　濟曰元善也　系唐統接漢緒茂育羣生恢復疆宇勳兼乎在昔事勤乎三五　善曰爾雅曰系繼也系計切漢書劉向高祖頌曰漢帝本系出自唐帝孔安國尚書傳曰堯以唐侯升爲天子東觀漢記曰光武皇帝高祖九葉孫漢書王太后詔曰奉天地

而成施化羣生而茂育漢書曰羣生啿啿音湛國語曰古曰在昔昔曰先人史記楚子西曰孔丘述三五之法明周召之業春秋元命苞曰伏羲女媧神農爲三皇史記五帝本紀曰黃帝顓頊帝嚳帝堯帝舜也　良曰唐堯漢之先言光武繼唐堯之統接前漢之緒茂育猶滋養也恢大也言滋養羣生大復前後之疆宇勳功也在昔謂先人也三五三皇五帝也　豈特方軌並跡紛綸后辟治近古之所務蹈一聖之險易云爾　五臣有而已哉字　善曰險易喻治亂也周易曰辭有險易也　良曰方軌並跡猶齊駕也紛綸衆也后辟皆君也險易喻理亂也言光武勝三皇五帝之功豈與衆君齊迹而取近古一聖治亂之法　且夫建武之元天地革命四海之內更造夫婦肇有父子君臣初建人倫寔始斯乃伏羲氏之所以基皇德也　善曰周易曰天地革而四時成又曰湯武革命爾雅曰九夷八蠻六戎五狄謂之四海周易曰有天地然後有萬物有萬物然後有男女有男女然後有夫婦有夫婦然後有父子有父子然後有君臣毛詩序

曰厚人倫禮含文嘉曰伏犧德洽上下始畫八卦　銑曰建武年號也革改肇始也言建武元年天地改命夫婦父子君臣人倫之徒皆以更始亦猶伏羲畫八卦之後以成父子君臣之道以立大德　分州土立市朝作舟輿造器械斯乃軒轅氏之所以開帝功也　善曰漢書曰昔在黃帝畫野分州易曰神農氏日中爲市致天下之人聚天下之貨黃帝堯舜氏刳木爲舟剡木爲楫禮記曰聖人殊徽號異器械鄭玄曰器械禮樂之器及兵甲也史記曰黃帝名軒轅　濟曰輿車也器樂器也械兵戈也言今創作此物即與黃帝同功軒轅黃帝之姓　龔行天罰應天順人斯乃湯武之所以昭王業也　善曰尚書武王曰今予惟龔行天之罰周易曰湯武革命應乎天而順乎人禮含文嘉曰湯武順人心應於天史記曰天乙立是爲成湯湯伐夏桀桀奔于鳴條湯踐天子位又曰文王太子發之立是爲武王代殷紂紂走自燔死武王革殷受天明命毛詩序曰七月陳王業也　濟曰言我龔行天罰以誅王莽乃與湯武伐桀紂同事明其功業　遷都改邑有殷宗中興之則焉

善曰尚書曰盤庚遷於殷史記盤庚之時殷已都河北盤庚渡河南復居成湯之故都行湯之政然後殷復興盤庚爲宗班之誤歟　濟曰盤庚居河北後渡河南居成湯故都殷道復興言今居河洛亦中興之則

即土之中有周成隆平之制焉善曰尚書召誥曰王來紹上帝自服于土中孔安國曰今來居洛邑地勢之中也春秋命曆序曰成康之隆醴泉涌出孝經鉤命決曰俱在隆平優劣殊跡　向曰即就也土中洛陽也言我今就洛陽而都有成王太平之制度

不階尺土一人之柄同符乎高祖善曰孟子曰紂之去武丁未久也尺也莫非其有也一人莫非其臣也又曰舜文王相去千有餘歲若合符節也　向曰階因也光武不因尺土之封不孰一人之柄升太子之位與高祖同

克五臣作剋己復禮以奉終始允恭乎孝文善曰論語顏回問仁子曰克己復禮爲仁孫卿子曰生人之始也死人之終也終始俱善人道畢矣尚書曰允恭克讓漢書曰孝文皇帝高帝中子也荀悅曰諱恒　銑曰剋節允信也言節已復禮奉承終始行恭信之道與文帝同

憲章稽古封岱勒成儀炳乎

世宗善曰司馬彪續漢書曰建武三十二年上齋讀河圖會昌符言九葉封禪禮記曰仲尼憲章文武尚書云粵若稽古帝堯漢書武紀曰上登封泰山又宣紀曰尊孝武皇帝廟爲世宗廟　向曰憲法也言法其舊章考其古事封岱山也勒成謂功成而勒石也儀儀禮也封禪之儀炳然與武帝同也世宗武帝廟號

按六經而校德眇古昔而論功仁聖之事既該而帝王之道備矣至于永平之際重熙而累洽盛三雍平之上儀脩袞龍之法服鋪平鴻藻信五臣本作申字景鑠傷酌揚世廟正雅樂神人之和允洽羣臣之序既肅善曰東觀漢記曰孝明皇帝光武中子也以東海王爲皇太子光武崩皇太子即位永平二年正月上宗祀光武皇帝於明堂祀畢登靈臺三月上初臨辟雍行大射禮漢書曰武帝時河閒獻王來朝對三雍宮應劭曰辟雍明堂靈臺也東觀漢記永平二年上及公卿列侯始服冕冠衣裳周禮曰王之吉服享先王即袞冕鄭玄曰袞卷龍衣也續漢書曰明帝爲光武起廟號世祖廟東觀漢記孝明詔曰璇璣鈐曰有帝漢出德洽作樂名雅會明帝改其名郊廟樂曰太子樂正樂官曰太子樂官以應圖讖　翰曰眇遠也該備也言按六經校古人之德今光武過遠之言仁聖之德帝王之道咸備於光武　銑曰熙光明也洽合也言光武既明而明帝繼之故曰重熙累洽也三雍講禮之處袞龍朝服畫龍於上鴻大也藻文章也景大也鑠美也謂申大美於光武廟也雅樂正樂也言明帝脩禮崇樂神人允洽羣臣有序以相敬肅

乃動大輅遵皇衢省方巡狩窮覽萬國之有無考聲教之所被散皇明以燭幽善曰東觀漢記曰永平二年十月西巡幸長安周易曰風行地上觀先王以省方觀民設教也禮記逸禮曰王者以巡狩之禮尊天重人也巡狩者何巡者循也狩牧也謂天子巡行守牧也有無謂風俗善惡也尚書曰東漸于海西被于流沙朔南暨聲教　翰曰大輅天子法駕言動法駕遵天子之衢衢道也省方觀四方也巡狩循行守牧之人謂察四方之士觀諸侯之政窮盡也覽盡萬國土物之所有無被及也燭照也考聲教所及幽遠之處則以皇明照之

然後增周舊脩洛

邑扇巍巍顯翼翼光漢京于諸夏總八方而爲之極五臣本無之字　善曰論語子曰巍巍乎舜禹之有天下也毛詩曰商邑翼翼四方之極論語子曰夷狄之有君不如諸夏之亡也其異篇再見者並云已見某篇他皆類此　向曰言增周之舊制以脩洛邑巍巍翼翼中法度也總統也言脩飾漢京於諸夏之中以統八方之極也

是以皇城之內宮室光明闕庭神麗奢不可踰儉不能侈善曰言奢儉合禮故奢者不可而踰儉者不能更移　濟曰此城內宮室闕庭光色美麗正合禮度奢者居之不可踰儉者見之不以爲侈

外則因原野以作苑填五臣作順流泉而爲沼發蘋藻以潛魚豐圃草以毓獸制同乎梁騶誼合乎靈囿善曰順流泉而爲沼不更穿之也昭明諱順故改爲填毛詩曰魚在在藻蘋亦水草故連言之說文曰潛藏也韓詩曰東有圃草薛君曰圃博也有博大茂草也毓與育音義同毛詩傳曰古有梁騶梁騶者天子之田也毛詩曰王在靈囿麀鹿攸伏　濟曰因

原順泉不穿穿也蘋藻水草潛藏也言可藏魚也囿博也言豐博之草可養獸也梁鄒騶囿詩篇名以美儉也制同義合言與此詩意合也 若乃順時節而蒐搜狩簡車徒以講武 則必臨之以王制考之以風雅 善曰左氏傳臧僖伯曰春蒐夏苗秋獮冬狩皆於農隙以講事也又曰大閱簡車馬禮記曰孟冬之日天子乃命將帥講武習射御禮記王制曰天子諸侯無事則歲三田田不以禮曰暴天物風國風騶虞騶驖是也雅小雅車攻吉日是也 良曰言因蒐狩之時簡兵講武則依王制風雅之節王制禮篇名也風雅詩小雅章 歷騶虞覽四騶姪嘉車攻采吉日禮官整儀乘輿乃出 善曰毛詩序曰騶虞蒐田以時仁如騶虞也又曰駟驖美襄公也始命有田狩之事又曰車攻宣王也能復會諸侯於東都因田獵而選車徒焉又曰吉日美宣王也能慎微接下無不自盡以奉其上焉漢書景帝詔曰禮官具禮儀蔡邕獨斷曰天子至尊不敢渫瀆言之故託於乘輿也 銑曰歷覽皆觀也嘉善也騶虞四驖車攻吉日皆風雅章名禮官掌禮之官整儀法也乘輿天子也 於是發鯨

魚鏗坑華鐘 善曰尚書大傳曰天子左五鐘天子將出則撞黃鐘右五鐘皆應薛綜西京賦注曰海中有大魚曰鯨海邊又有獸名蒲牢蒲牢素畏鯨鯨魚擊蒲牢輒大鳴凡鐘欲令聲大者故作蒲牢於上所以撞之者爲鯨魚鐘有篆刻之文故曰華也 向曰與善注同取其相感而鳴發擊鐘擊也 登玉輅乘時龍鳳蓋棽林麗離 和鑾玲瓏天官景從寖五臣本作祲字音浸 威盛容 善曰周禮曰巾車掌玉輅周易曰時乘六龍栢子新論曰乘車玉爪華芝及鳳皇三蓋之屬劉歆七略曰羽蓋棽麗紛循悠悠說文曰棽大枝條棽儷也周禮曰巾車掌玉輅凡馭輅儀以鑾和爲節鄭玄曰鑾在衡和在軾皆以金鈴也埤蒼曰玲瓏玉聲也玲力經切瓏力東切蔡邕獨斷百官小吏曰天官焦貢易林曰龍渴求飲黑雲景從祲威寖其威武也祲或作寖和或作龢音義通 翰曰玉輅玉飾車也時龍隨方色之馬凡稱龍者美馬之言也鳳蓋羽蓋也棽麗玲瓏貌和鑾鈴也玲瓏玉聲也天官冢宰百官也景影也言如影隨又景慕也言慕聖王之道而從之祲盛也謂盛其威容 山靈護野屬御方神雨師泛灑

風伯清塵 善曰山靈山神也屬御屬車之御也方神四方之神也韓子曰師曠謂晉平公曰黃帝合鬼神於太山之上風伯進掃雨師灑道風俗通曰雨師畢星也風伯箕星也 良同善注 千乘雷起萬騎紛紜元戎竟野戈鋋蟬彗桑萃雲羽旄掃霓旌旗拂天 善曰蔡邕獨斷曰大駕備千乘萬騎毛詩曰元戎十乘以先啓行說文曰鋋小矛也音蟬又曰彗掃竹也蔡類切左氏傳曰晉人假羽旄於鄭 濟曰千乘萬騎天子法駕也紛紜多也元大也戎兵也竟滿也戈鋋矛矟也彗掃也羽毛可以麾衆也掃霓拂天言高也 焱焱蚪念炎炎揚光飛文吐爓生風欱荒合野歕普悶山日月爲之奪明丘陵爲之搖震 善曰說文曰焱火華也弋劒切字林曰炎火光于拑切說文曰欱啜也火合切歕吹氣也歕悶切公羊傳曰地震者何地動也震協韻音眞 濟曰焱焱炎炎旌旗貌飛揚光彩成其文章爓光也欱歕猶吹吸也言車騎儀飾之盛可以欱吸山野之氣歕奪日月之明搖震皆動也 遂集乎中囿陳師案五臣本作按字

屯騑部曲列校隊勒三軍誓將帥 善曰毛詩曰陳師鞠旅漢書音義臣瓚曰律說云勒兵而守曰屯司馬彪續漢書曰將軍皆有部大將軍營五部部有校尉一人部下有曲曲有軍候一人騑猶併也步田切漢書曰從胡人大校獵如淳曰合軍聚衆有幡校擊鼓也杜預左氏傳注曰百人爲一隊徒對切 銑曰中囿苑中也騑併也謂陳師衆併部曲列成校隊勒誓皆教令 然後舉烽伐鼓申令三驅輕車霆激驍騎電騖 善曰毛詩曰鉦人伐鼓鉦之成切孔安國尚書傳曰師出以律三申令之重難之義周易曰王用三驅失前禽也毛詩曰輶車鸞鑣毛萇曰輶輕也說文曰驍良馬也 向曰伐擊也言舉烽擊鼓以申令三驅驅逐也三驅之法背已及左右馳者皆逐之向已者捨之故曰三驅驍勇也霆激電騖言疾也 由基發射范氏施御弦不睼第禽轡不詭遇飛者不及翔走者不及去 善曰左氏傳曰養由基蹲甲而射之徹七札焉括地圖曰夏德盛二龍降之禹使范氏御之以行經南方孟子曰趙簡子使王良與嬖奚乘終日不獲一禽反曰天

下賤工也王良請復之一朝而獲十反曰良工也簡子曰我
使掌汝乘王良曰不可吾爲之範我馳驅終日不獲一焉爲
之詭遇一朝而獲十劉熙曰横而射之曰詭遇説文曰䁝視
也音遷　銑曰由基善射者范氏善御者䁝迎視也詭異也
言射者不迎視其禽御者不詭異以隨物言車
騎輕捷鳥獸不暇翔去而至殺不必盡殺去也指顧倏忽
獲車已實樂不極盤殺不盡物馬踠苑餘足士
怒未渫薛先驅復路屬車按節善曰倏忽疾也高唐賦曰舉功先得
獲車已實鄭玄禮記注曰極盡也爾雅曰盤樂也踠屈也於
遠切先驅則前驅也周禮曰王出入則自左馭而前驅漢書
音義曰大駕車八十一乘作三行子虚賦曰案節未舒　翰
曰指顧指麾也顧迴顧也倏忽言疾也獲車載禽車實滿也言指
麾之間所獲已滿車矣然不極其樂不盡殺物踠屈也渫散
也先驅天子行以靜道也按節猶抑志也言馬之足力有餘
士之憤怒未散以先驅已復其
歸路屬車之士皆抑志隨之於是薦三犧效五牲
禮神祇懷百靈善曰左氏傳鄭子太叔曰爲五牲三犧杜預曰五牲麋鹿麏狼兔三犧祭天地

七七廿　【文選一】　卅三

宗廟三者之犧也周禮曰大宗伯掌天神地祇之禮然天神
曰神地神曰祇也毛詩曰懷柔百神　向曰薦進也效猶報
也同善注覲明堂臨辟雍揚緝熙宣皇風登靈臺考
休徵善曰東觀漢記曰永平二年正月上宗祀武皇帝於明堂禮畢升靈臺三月上初臨辟雍行大射禮周書
曰明堂者明諸侯之尊卑也故周公建焉而朝諸侯於明堂
之位制禮樂頒度量禮記曰天子辟雍毛詩曰維清緝熙文
王之典鄭玄毛詩箋曰天子有靈臺所以觀祲象察氣之妖
祥也尚書曰休徵孔安國曰叙美行之驗也　良曰覲見也
緝熙光明也宣布也言見羣臣於明堂以揚光明之德布天
子之風靈臺觀祲之臺祲氣也休美也徵應也言天子升此
臺觀氣以
考美應俯仰乎乾坤參象乎聖躬善曰周易曰庖犧氏仰則觀象
於天俯則觀法於地近取諸身遠取諸物　銑曰
參比也言俯仰觀天地之象以比其身思與合德目中夏
而布德瞰四裔而抗稜西盪河源東澹徒敢海漘
純北動幽崖宜南曜朱垠音銀善曰禮記曰布德和令字書曰瞰望也苦暫切

漢書詔曰投諸四裔又曰威稜憺乎鄰國李奇曰神靈之威
曰稜漢書曰漢使張騫窮河源案古圖書名河所出曰崐崘
墟毛詩曰寘之河之漘兮毛萇曰漘崖也尚書曰宅朔方曰
幽鄭玄曰垠南方也甘泉賦曰南煬丹崖　向曰目視瞰望也
中夏中國四裔邊荒也言舉德以威之稜威也河源河所出
也海漘海畔也崖垠皆畔岸也盪澹動曜皆威德振爓之貌
殊方别區界絶而不鄰自孝武之所不征孝宣
之所未臣莫不陸讋章涉水慄奔走而來賓善曰孝武
耀威匈奴遠孝宣懾德呼韓入臣舉前代之盛猶不如今
説文曰讋失氣也章涉切　濟曰鄰近也界絶謂絶遠不相
近自孝武孝宣帝以來不能征
討臣服者皆恐懼而來賓服遂綏哀牢開永昌善曰
東觀漢記曰以益州徼外哀牢王率衆慕化地
曠遠置永昌郡也　銑曰綏安也餘同善注春王三朝
陟嬌會同漢京是日也天子受四海之圖籍膺萬
國之貢珍内撫諸夏外綏百蠻善曰漢書董仲舒策曰春秋之文正次王

七七十　【文選一】　三十四

王次春春者天之所爲也正者王之所爲也三朝歲首朔日
也漢書谷永上書曰今年正月朔日有蝕之於三朝之會周
禮曰時見曰會殷覜曰同賈逵國語注曰膺猶受也論語子
曰夷狄之有君不如諸夏之亡也其事煩已重見及易知者
直云已見上文而他皆類此毛詩曰因時百蠻也　翰曰三朝
歲月日之朝歲謂元日會同皆諸侯朝聘之名也言元日諸
侯外藩各以圖籍珍寶而貢焉天子
受之乃設禮樂以安撫諸夏百蠻爾乃盛禮興樂供
帳置乎雲龍之庭陳百寮而贊羣后究皇儀而
展帝容善曰漢書成紀曰三輔長無供帳繇役之勞張晏曰張帷帳也洛陽宫舍記有雲龍門尚書曰百寮
師師又曰班瑞于羣后　濟曰雲龍門名贊助也盛崇禮樂
兼供帳具陳於門庭列百官以助諸國君也究盡也言盡帝
皇之
容儀於是庭實千品旨酒萬鍾列金罍班玉觴
嘉珍御太牢饗音香善曰左氏傳孟獻子言於公曰臣聞聘而獻物於是有庭實旅百毛詩曰
我有旨酒説文曰鍾酒器也孔叢子曰堯飲千鍾毛詩曰我
姑酌彼金罍漢書音義曰觴爵也珍八珍也大戴禮曰牛曰

太宰 向曰庭實器物千品言多也旨美也鍾罍觴皆酒器也珍味也御食也太牢牛也謂饗食羣臣也 爾乃食舉雍徹太師奏樂陳金石布絲竹鐘鼓鏗 苦耕 鍧 呼萌 管絃曄 于獵 煜 音育 善曰蔡邕禮樂志曰漢樂有四品一天子樂郊祀陵廟殿中諸會食舉也禮記曰客出以雍徹周禮曰太師下大夫又曰播之以八音金石土革絲木匏竹鄭玄曰金鐘鎛也石磬也土塤也革鼓鼗也絲琴瑟也木柷敔也匏笙也竹管簫也禮記曰子夏曰鐘聲鏗鏗鍧亦聲也曄煜聲之盛煜由鞠切 翰曰食舉雍徹皆樂名太師官也鏗鍧聲也曄煜樂器之光 抗五聲極六律歌九功舞八佾韶武 五臣本作舞字 備泰古畢 善曰左氏傳曰子曰五聲六律杜預曰五聲宮商角徵羽也六律黃鐘太簇姑洗蕤賓夷則無射陽爲律陰爲呂此十二月之氣也尚書禹貢曰水火金木土穀惟修正德利用厚生惟和九功惟敘九敘惟歌穀梁傳曰舞夏天子八佾馬融論語注曰佾列也八人爲列八八六十四人也論語曰子謂韶盡美矣又盡善也謂武盡美矣未盡善也泰古泰古之樂也 翰曰八佾韶舞皆樂名太古謂上古樂也畢盡也言古今之樂盡奏之 四夷間奏德廣所及僸 禁 佅 莫賣 兜 丁侯 離罔不具 五臣本作俱字 集 善曰孔安國尚書傳曰間迭也古莧切毛萇詩傳曰儛四夷之樂大德廣所及也孝經鉤命決曰東夷之樂曰佅南夷之樂曰任西夷之樂曰林離北夷之樂曰禁毛萇詩傳曰東夷之樂曰韎南夷之樂曰任西夷之樂曰朱離北夷之樂曰禁然說樂是一而字並不同蓋古音有輕重也佅莫芥切 良曰間迭也僸佅兜離四夷樂名言四夷迭奏此樂無不具集於庭是德廣所及 萬樂備百禮曁皇歡浹羣臣醉降烟 因 煴 於羣 調元氣 善曰毛詩曰烝畀祖妣以洽百禮周易曰天地絪縕萬物化醇春秋命歷序曰元氣正則天地八卦孳也 銑曰萬樂百禮廣言之也皇天子也浹霑也言天子之歡霑及羣臣皆醉和樂之氣感天而降烟煴烟煴即元氣也 然後撞鐘告罷百寮遂退 善曰撞猶擊也尚書大傳曰天子將入則撞蕤賓之鐘左右鐘皆應之 向曰言擊鐘告罷百官退居本位也 於是聖上覩萬方之歡娛又沐浴於膏

澤懼其後心之將萌而怠於東作 善曰孝經曰故得萬國之歡心史記太史公曰成王作頌沐浴膏澤而歌詠勤苦孟子曰膏澤下於民尚書曰分命羲叔平秩東作 濟曰怠惰也東作務農也言天子觀萬國之歡樂咸沐浴我膏澤自懼生奢侈之心而惰於農務 乃申舊章下明詔命有司班憲度昭節儉示太素去後宮之麗飾損乘輿之服御抑工商之淫業興農桑之盛務遂令海內棄末而反本背偽而歸眞女脩織紝 任 男務耕耘器用陶匏服尚素玄恥纖美而不服賤奇麗而不珍捐金於山沈珠於淵 善曰左氏傳季栢子曰舊章不可忘也漢書曰文帝躬節儉素也漢書詔曰農天下之大本也而人或不務本而事末故生不遂李奇曰本農也末賈也淮南子曰守道順理者不免于飢寒之患而欲民之去末反本是猶發其源而壅其流也禮記曰女織紝組紃杜預左氏傳注曰織紝繒布也毛萇詩傳曰耘除草也禮記曰器用陶匏尚禮殺也莊子曰捐金於山藏珠於淵不利貨財不尚富貴也 良曰舊章謂勸農之詔下之者言下於人太素質樸也命有司布其法度明節儉質樸之風 濟曰除後宮之美麗減乘輿之服御止工商淫巧之物盛農桑之事耕耘除草也陶瓦匏瓠也皆以爲器珍貴捐棄也捐金於山沈珠於淵言各歸本也 於是百姓滌瑕盪穢而鏡至清形神寂寞耳目不營嗜 常利 欲之源滅廉恥之心生莫不優游而自得玉潤而金聲 善曰揚雄集曰滌瑕蕩穢而猶若然毛萇詩傳曰瑕猶過也字書曰穢不潔清也淮南子曰鏡大清者視大明又曰形者生之舍也神者生之制也又曰和順以寂寞尚書曰弗役耳目百度惟貞淮南子曰至人之治也除其嗜欲優游委縱又曰吾所謂有天下者自得而已禮記孔子曰君子比德於玉焉溫潤而澤仁也尚書傳曰天子諸侯受命於周莫不磬折玉音金聲 銑曰瑕穢惡也鏡清淨也寂寞無外慮也言百姓承天子淳樸之化滌盪穢惡恬然無慮優游自得如金玉之溫潤 是以四海

之內學校如林庠序盈門獻酬交錯俎豆莘莘詵下舞上歌蹈德詠仁善曰漢書曰平帝立學官郡國曰學縣道侯國曰校鄉曰庠聚曰序韋昭曰小於鄉曰聚尚書曰受率其旅若林毛詩曰韓侯顧之爛其盈門又曰獻酬交錯論語孔子曰俎豆之事則嘗聞之矣毛萇詩傳曰莘莘衆多也莘所巾切禮記曰歌者在上匏竹在下貴人聲也毛詩序曰嗟嘆之不足故詠歌之詠歌之不足不知手之舞之足之蹈之　銑曰學校庠序皆學名也如林盈門言多也獻酬之義相酬也俎豆禮器也交錯莘莘多美也言四海既多學校皆手舞足蹈歌詠仁德登降飫宴之禮既畢因相與嗟歎玄德讜言弘說咸含和而吐氣頌曰盛哉乎斯世善曰毛詩曰儐爾籩豆飲酒之飫毛萇曰不脫屨升堂謂之飫薛君韓詩章句曰飲酒之禮下跣而上坐者謂之宴尚書曰玄德升聞乃命以位字林曰讜美言也音黨淮南子曰故聖人執中含和不下廟堂而行于四海　向曰登降猶揖讓也食飽而飲酒曰飫宴也玄遠也讜美也言宴既畢因嗟美玄遠之德皆和合樂頌之聲

【文選一】　廿七

大五八十

今論者但知誦虞夏之書詠殷周之詩講以稱時代之盛義文之易論孔氏之春秋罕能精古今之清濁究漢德之所由善曰尚書有虞書夏書毛詩有周詩商頌周易曰古者庖犧氏始作八卦以通神明之德以類萬物之情又曰易之興也其當殷之末世周之盛德邪當文王與紂之事邪史記孔子曰吾道不行矣乃因史記作春秋　濟曰清濁善惡也言西都賓徒知論說古書不能精辨善惡盡我大漢之所由唯子頗識舊典又徒馳騁乎末流温故知新已難而知德者鮮矣善曰班固漢書游俠傳論曰不入於道德苟放縱於末流論語曰温故而知新可以為師矣又曰由知德者鮮矣　濟曰末流謂奢侈也言子但識舊典徒馳騁奢侈而已凡温習故事而知其新者已為難能知德者鮮矣鮮少也且夫僻界西戎險阻四塞脩其防禦孰與處乎土中平夷洞達萬方輻湊善曰史記曰秦僻在雍州毛詩序秦風曰襄公能備其兵甲以討西戎戰國策蘇秦說孟嘗君曰秦四塞之國也高誘曰四面有山關之固故曰四塞之國楊雄衛尉箴曰設置山險盡為防禦文子曰羣臣輻湊張湛曰如衆輻之集於轂漢書上曰智略輻湊　濟曰西戎西京也言西京偏僻以險為防禦豈知我處天地之中平坦通達使萬國歸之如輻湊轂言此所以折賓則工秦嶺九嵕涇渭之川曷若四瀆五嶽帶河泝洛圖書之淵善曰爾雅曰江河淮濟為四瀆又曰泰山為東岳霍山為南岳華山為西岳恒山為北岳嵩高山為中岳周易曰河出圖洛出書聖人則之　銑曰曷何也言彼秦嶺九嵕涇渭之徒何如我洛都有四瀆五嶽控帶河洛圖書之淵洛出書河出圖故言圖書之淵建章甘泉館御列仙孰與靈臺明堂統和天人善曰漢書曰作建章宮度為千門萬戶又曰公孫卿曰仙人好樓居於是上令甘泉作益壽延壽館禮含文嘉曰天子靈臺以考觀天人之際法陰陽之會也　向曰言彼作建章甘泉之宮以御列仙豈如我靈臺明堂統和天人哉太液昆明鳥獸之囿曷若辟雍海流道德

【文選一】　廿八

卆廿

之富善曰白虎通曰天子立辟雍者何所以宣德化也雍以水象教化流行也三輔黃圖曰辟雍水四周於外象四海也　翰曰辟雍宣德化之所雍水環之以象德教流行也言西京有太液昆明鳥獸之囿何如我辟雍宣布德化之富游俠踰侈犯義侵禮孰與同履法度翼翼濟濟善曰漢書曰秦地豪桀則游俠通姦漢帝年紀曰禁踰侈爾雅曰翼翼恭也毛詩曰濟濟多士毛萇曰多威儀也　濟曰盛稱西賓游俠踰侈是犯義侵禮之事豈與我東都同履法度翼翼濟濟威儀也子徒習秦阿房之造天而不知京洛之有制識函谷之可關而不知王者之無外善曰史記曰秦皇上林苑中作阿房宮未成欲更擇令名作宮阿房故天下謂之阿房宮公羊傳曰天王出居于鄭王者無外此其言出何不能乎母弟也　良曰子謂賓也造至也言徒稱阿房造天不知我京洛有制度知函谷之可關不知我王者之無外言德化之遠主人之辭未終西都賓矍許縛然失容逡巡降階惵徒頰然意

下捧手欲辭主人曰復位今將授子五篇之詩善曰說文曰矍驚視貌也公羊傳趙盾逡巡北面再拜郭璞爾雅注曰逡巡却去也周書曰臨爾以威面氣悚悚猶恐懼也孔子三朝記曰孔子受業而有疑捧手問之不當避席　濟曰主人述東都制度未畢賓乃驚視却行恐懼捧手告辭主人却令復位以授其詩賓既卒業乃稱曰美哉乎斯詩義正乎揚雄事實乎相如匪唯主人之好學蓋乃遭遇乎斯時小子狂簡不知所裁既聞正道請終身而誦之其辭曰善曰揚雄相如辭賦之高者故假以言焉非唯主人好學而當乎辭藻抑亦遭遇太平之時禮文可述也論語子曰吾黨之小子狂簡斐然成章不知所以裁之又曰不忮不求何用不臧子路終身誦之　向曰卒終也謂賓授詩終業乃美之也言此詩事義實揚雄相如之高也匪非也非但主人自好學抑亦遇太平之時禮文可述小子賓自卑稱也狂簡猶妄作也言當時妄作今不知所裁制也正道謂所授詩也言既聞此詩請終身而誦之

明堂詩

於烏昭明堂明堂孔陽善曰毛詩曰於昭于天又曰我朱孔陽　向曰於歎美之詞孔甚也陽明也明堂天子布政之宮聖皇宗祀穆穆煌煌善曰孝經曰宗祀文王於明堂以配上帝毛詩曰穆穆皇皇宜君宜王　銑曰聖皇謂明帝也宗祀謂尊其祀典於明堂之上穆穆煌煌和盛貌上帝宴饗五位時序善曰漢書曰天神之貴者太一其佐曰五帝河圖曰蒼帝神名靈威仰赤帝神名赤熛怒黃帝神名含樞紐白帝神名白招拒黑帝神名汁光紀揚雄河東賦曰靈祇既饗五位時序　濟曰上帝天神宴饗其饗祀也五位五方神也時序謂各得次序誰其配之世祖光武善曰東觀漢記曰明帝宗祀五帝於明堂光武皇帝配之左氏傳輿人誦子産若死其誰嗣之　向曰誰可配上帝於明堂即光武可普天率土各以其職善曰毛詩曰普天之下莫非王土率土之濱莫非王臣孝經子曰四海之內各以其職來祭　濟曰普天率土之濱各以其職助祭於此猗歟緝熙允懷多福善曰毛詩曰猗歟那歟又曰維清緝熙文王之典尚書曰兆人允懷又曰永膺多福　濟曰猗歟歎美也允信懷來也謂有此光明之德信來其多福

辟雍詩

乃流辟雍辟雍湯湯尚聖皇莅止造舟為梁善曰孔安國尚書傳曰湯湯流貌毛詩曰方叔涖止又曰造舟為梁　翰曰辟雍擁水環之故言湯湯莅臨止至也言天子臨至乃編舟為橋梁而度皤皤婆國老乃父乃兄善曰說文曰皤老人皃也蒲河切禮記曰養國老於上庠孝經援神契曰天子尊事三老兄事五更應劭漢官儀曰天子父事三老　翰同善注抑抑威五臣作皇儀孝友光明於烏赫太上示我漢行善曰毛詩曰威儀抑抑爾雅曰善事父母為孝善事兄弟為友毛詩曰於赫湯孫漢書上令傳昭與淮南厲王書曰王欲以親

戚之意望於太上如淳曰太上天子也毛詩曰示我顯德行　翰曰抑抑衆也皇儀天子威儀也善父母為孝善兄弟為友天子無父兄能善事三老五更亦為孝友矣於赫美盛太上天也言天示我漢家所行之事洪化唯神永觀厥成善曰文子曰執玄德於心化馳如神毛詩曰我客戾止永觀厥成　銑曰洪大永長厥其也言我大化乃唯神長觀其成功

靈臺詩

乃經靈臺靈臺既崇帝勤時登爰考休徵三光宣精五行布序善曰毛詩曰經始靈臺經之營之東觀漢記曰永平二年詔曰登靈臺正儀度尚書曰休徵孔安國曰敘美行之驗也淮南子曰夫道紘宇宙而章三光高誘曰三光日月星也尚書曰五行一曰水二曰火三曰木四曰金五曰土也　銑曰經營也靈臺天子觀氣候之臺崇高也帝明帝也爰於也言營此靈臺既高天子勤力而升於此臺以考校歲時政理善惡三光日月星五行金木水火土言三光通其精曜五行布其次序習習

祥風祁祁甘雨百穀蓁蓁庶草蕃(繁)廡(武)屢惟豐年於皇樂胥悉與反善曰毛詩曰習習谷風禮斗威儀曰君乘火而王其政頌平則祥風至宋均曰即景風也其來長養萬物毛詩曰興雨祁祁尚書考靈耀曰熒惑順行甘雨時也韓詩曰帥時農夫播厥百穀薛君曰穀類非一故言百也又曰蓁蓁者茂貌薛君曰蓁蓁盛貌也尚書曰庶草蕃廡毛詩曰綏萬邦屢豐年又曰於皇時周又曰君子樂胥　良曰習習祁祁風雨和貌百穀庶草謂非一種也蓁蓁蕃廡皆盛貌屢數也言能使風雨以時百穀草木皆盛故數致豐年於美也美我皇家之樂胥助語

寶鼎詩

嶽脩貢兮川效珍吐金景兮歊(許妖)浮雲寶鼎見兮色紛縕煥其炳兮被龍文善曰說文曰歊氣上出貌呼朝切東觀漢記曰永平六年廬江太守獻寶鼎出王雒山漢書曰武帝爲人祠后土營旁得鼎有黃雲焉公卿大夫議尊寶鼎有司曰今鼎至甘泉光潤龍變承休無疆也　濟曰廬江熊山破得寶鼎漅湖出黃金鼎故言嶽脩貢川效珍也景光也言鼎之光色歊然出雲而紛紜焉美煥炳明也龍文謂鼎上鏤爲龍文登祖廟兮享聖神昭靈德兮彌億年善曰東觀漢記明帝曰太常其以礿祭之日陳鼎於廟以備器用尚書曰公其以予萬億年敬天之休　濟曰祖廟光武廟也聖神天地神也言以此鼎升宗廟享天地以明神靈之德彌過億萬年也

白雉詩

啓靈篇兮披瑞圖獲白雉兮效素烏嘉祥阜兮集皇都發皓羽兮奮翹英容絜朗兮於淳精善曰范曄後漢書曰永平十年白雉所在出焉東觀漢記章帝詔曰乃者白烏神雀屢臻降自京師也楚辭曰砥室翠翹絓曲瓊王逸曰翹羽名　濟曰啓開也靈篇即瑞圖也光武時日南獻白雉明帝時獲素烏皓白也奮振翹英羽也言此白雉素烏振發其白羽容色絜白明朗也於美也淳精言不雜彰皇德兮侔周成永延長兮膺天慶善曰韓詩外傳曰成王之時越裳氏獻白雉於周公河圖曰謀道吉謀德吉能行此大吉受天之慶也　向曰皇德漢皇之德侔等也周成王時越裳獻白雉言今獲白雉明我皇等成王之德膺當也言代祚延長而當上天之福慶

六臣註文選卷第一

六臣註文選卷第二

梁昭明太子撰

唐李善并五臣註

京都上

西京賦一首

張平子　善曰范曄後漢書曰張衡字平子南陽西鄂人也少善屬文時天下泰平日久自王侯以下莫不踰侈乃擬班固兩都作二京賦因以諷諫十年乃成安帝雅聞衡善術學公車徵拜郎中出爲河間相乞骸骨徵拜尚書卒楊泉物理論曰平子二京文章卓然　濟同善注

薛綜註　善曰舊注是者因而留之並於篇首題其姓名其有乖繆善乃具釋並稱善以别之他皆類此

有憑皮冰虛公子者心奓五臣作侈體忲太雅好博古學乎舊史氏綜曰憑依託也虛無也言無有此公子也奓忲言公子生於貴戚心志奓溢體安驕泰也泰或謂忲習之忲言習於麗好也公子雅好博知古事故學於舊史太史掌圖典者也　善曰博物志曰王孫公子皆古人相推敬之辭聲類曰奓侈字也昌氏切小雅曰忸忲也　向曰假言發問荅也同綜善注是以多識前代五臣本作世字之載言於安處先生曰綜曰公子爲先生言也安處猶烏處若言何處亦謂無此先生也鄭玄禮記注曰先生老人教學者　善曰劉向七言曰博學多識與凡殊小雅曰載事也　濟曰言何處有此先生亦假言也夫人在陽時則舒在陰時則慘此牽乎天者也綜曰陽謂春夏陰謂秋冬牽猶繫也　善曰春秋繁露曰春之信猶偆也偆者喜樂之貌也秋之言猶湫也湫者悲憂之狀也偆充尹切湫子由切　銑曰舒逸也慘戚也言此氣牽屬於天處沃土則逸處瘠土則勞此繫乎地者也善曰國語公甫文伯之母曰沃土之人不材淫也瘠土之人莫不向義勞也韋昭曰磽埆爲瘠沃肥善也　向曰沃肥也瘠瘦也言處肥土則逸樂處瘦土則勞苦此地之所繫慘則尠五臣本作鮮字於驩勞則褊於惠能違之者寡矣小必有之大亦宜然綜曰違猶易也言人慘戚則不能以驩逸勞苦則不能以施惠少有能易此者小謂庶人大謂王者　善曰尠少也與鮮通也廣雅曰褊狹也卑緬切庶人因沃瘠而勞逸殊王者亦因險易而彊弱異也　翰曰褊小也言慘戚寡於爲驩勞苦少於爲惠能違易其理者寡矣餘同綜善注故帝者因天地以致化兆民承上教以成俗化俗五臣本作俗化之本有與推移何以覈乎革諸綜曰言帝王必欲順時居沃土驩逸其人使下承而化之以成奢泰之俗言化之本還與沃瘠相隨逐推移也　善曰管子曰君據法而出令百姓順上而成俗淮南子曰法其所以爲法與化推移也　翰曰爲帝者當順陽時處沃土使人歡逸以

成奢泰之俗俗化之本用此推移也覈驗也何以驗之自發問也秦據雍而彊周即豫而弱高祖都西而泰光武處東而約政之興衰常由此作善曰過秦論曰秦孝公據雍州之地呂氏春秋曰河漢之間爲豫州也按雍州厥土惟黃壤厥田惟上上是沃土也故云秦據雍而彊高祖都西而泰荆河惟豫州厥土惟墳壚厥田中上是瘠土也故云周即豫而弱光武處東而約左氏傳晉叔向曰存亡之道恒由此興周禮曰夫筋恒由此作　濟曰即就也言平王東遷宜王就豫州而都後遂王室微弱則知政之興衰無不由土地而作作起也先生獨不見西京之事歟請爲吾子陳之善曰鄭玄禮記注曰吾子相親之辭也　向曰言先生豈不見西京之事將爲吾子陳之吾子亦先生也漢氏初都在渭之涘秦里其朔寔爲咸陽綜曰涘涯也里居也朔北也寔是也秦地居其北是曰咸陽　善曰漢書東方朔曰漢都涇渭之南毛詩曰在渭之涘史記曰秦孝公作咸陽徙都之　銑曰朔北名也言漢都渭涯號曰長安秦居渭北是爲咸陽左有

崤交戶函重險桃林之塞綴以二華巨靈贔備屓許備高掌遠蹠章適以流河曲厥跡猶存　綜曰崤及函谷關桃林皆在長安東故言左華山名也巨靈河神也巨大也古語云此本一山當河水過之而曲行河之神以手擘開其上足蹋離其下中分爲二以通河流手足之跡于今尚在贔屓作力之貌也　善曰戰國策蘇秦曰秦東有殽函之固鹽鐵論曰秦左殽函漢書音義韋昭曰函谷關左氏傳曰崤有二陵　善曰賈逵國語注曰綴連也山海經曰太華之西少華之山遁甲開山圖曰有巨靈胡者徧得神元之道能造山川出江河揚雄河東賦曰河靈矍踼掌華蹈襄贔扶祕切蹠之石切矍居縛切踼丑略切　翰曰言此二山如綴之於長安右有隴坻丁禮之隘烏介隔閡礙華戎岐梁汧牽雍陳寶鳴雞在焉　綜曰說文曰岐山在長安西美陽縣界山有兩岐因以名焉　善曰漢書音義應劭曰天水有大阪曰隴坻廣雅曰隘狹也說文曰隔塞也小雅曰閡限也五代切漢書右扶風好畤縣有梁山又汧山在扶風汧縣西漢書曰秦文公獲若石于陳倉坂城祠之其神光輝若流星從東方來集于祠城則若雄雉其聲殷殷野雞夜鳴以一大牢祠之名曰陳寶應劭曰時以寶瑞作陳寶祠在陳倉故曰陳寶　濟曰隴坻坂名言此坂爲華夏戎狄之限閡也餘同善注

文選二　三

於前則終南太一隆崛魚屈切五臣作崫崔摧崒情聿切五臣作崒隱嶙呂軫鬱律連岡乎嶓彼冢　綜曰終南太一二名也隆崛之類皆山形容也　善曰尚書曰終南惇物漢書曰太一山古文以爲終南五經要義曰太一一名終南山在扶風武功縣此云終南太一山明矣蓋終南南山之總名太一一山之別號耳埤蒼曰崛特起也魚勿切崔徂回切嶙憐軫切爾雅曰山脊曰岡尚書曰導嶓冢至于荊山　濟曰隆崫猶特起崔崒隱嶙鬱律皆險曲貌嶓冢山名言二山與之相連也　抱杜含鄠戶欱呼合灃豐吐鎬五臣作滈爰有藍田珍玉是之自出　綜曰藍田弘農縣也爾雅曰爰有寒泉范子計然曰玉英出藍田是之自出謂玉出自藍田之中也　善曰世本曰武王在酆鄗杜預左氏傳注曰酆在始平鄠縣東孚宮切說文曰鎬在上林苑中鎬與鄗同胡道切欱歠也呂悅切　向曰杜杜陵鄠鄠縣言山勢含抱也灃水流入故言欱鎬水流出故言吐珍玉玉英也生於藍田故云自出

於後則高陵平原據渭踞據涇澶憚漫莫半靡迤作鎮於近　綜曰澶漫靡迤陵原之形爲作近鎮也　善曰爾雅曰大阜曰陵又曰高平曰原毛萇詩傳曰據依也大戴禮曰獨坐不踞然踞却倚也子虛賦曰登降迤靡案衍澶漫　良曰踞倚也涇渭二水名澶漫靡迤寬長貌言此原陵爲國之近鎮　其遠則有九嵕甘泉涸固陰冱乎故寒日北至而含凍此焉清暑　綜曰九嵕甘泉其處常陰寒日北至謂夏至時猶冱寒而有凍帝或避暑於甘泉宮故云清暑　善曰左氏傳申豐曰涸陰冱寒冱音互漢書曰夏至于東井北近極故晷短爲溫暑上林賦曰盛夏含凍裂地　良曰涸堅冱閉也日北夏至時也九嵕甘泉之地寒氣堅閉至此時猶含凍焉可以清肅其暑氣　爾乃廣衍沃野厥田上上寔爲地之奧區神皐　綜曰神皐接神之聲　善曰鄭玄周禮注下平曰衍漢書曰秦地沃野千里尚書雍州曰厥田惟上上漢書曰自古以雍州積高神明之隩故立畤

文選二　四

郊上帝諸神祠皆聚之廣雅曰皐局也謂神明之界局也　銑曰寔實奧美也神者美言之澤畔曰皐　昔者大帝悅秦繆目公而覲之饗以鈞天廣樂帝有醉焉乃爲金策錫用此土而翦諸鶉首　綜曰大帝天也翦盡也　善曰山海經曰涼風之山或上倍之是謂玄圃或上倍之是謂大帝之居史記曰趙簡子疾扁鵲視之曰昔繆公嘗如此七日而寤寤之日告公孫支曰我之帝所甚樂帝告我晉國且大亂今主君之疾與之同二日簡子寤曰我之帝所甚樂與百神遊于鈞天廣樂九奏萬舞不類三代之樂其聲動心虞喜志林曰喭曰天帝醉秦暴金誤隕石墜謂秦穆公夢天帝奏鈞天樂已有此喭列仙傳讚曰秦穆公受金策祚世之業漢書曰自井至柳謂之鶉首之次秦之分也盡取鶉首之分爲秦之境也　濟曰覲見也言天悅繆公而見之　是時也並爲彊國者有六　綜曰韓魏燕趙齊楚濟注同　然而四海同宅西秦豈不詭哉　綜曰宅居也詭異也初穆公夢然後六國竟滅秦果并而居之豈不異哉　濟曰言六國皆爲秦并而居之豈不異哉

自我高祖之始入也五緯相汁五臣本作叶字以旅于東井綜曰五緯五星也　善曰漢書曰漢元年十月五星聚于東井沛公至霸上又曰以曆推之從歲星也此高祖受命之符方言曰汁叶也之十切郭璞曰叶和也　向曰旅列也言高祖入關五星合列于東井東井星屬秦分婁敬委輅胡格幹干非其議天啓其心人惎忌之謀及帝圖時意亦有慮乎神祇宜其可定以爲天邑綜曰謂五星聚也惎教也謂婁敬之謀言高帝圖此居之時意亦以慮於天地陰陽而思可宜定以爲天邑　善曰漢書婁敬脫輓輅委輅曰臣願見上言便宜又說上曰陛下都洛陽不如入關中言婁敬貧乏之人不合干上妄議其說允合帝心漢書音義應劭曰輅謂以木當胸以輓輦也薛君韓詩章句曰幹正也謂其議非而正之爾雅曰圖謀也尚書王曰敢求爾于天邑商　銑曰委脫也輅鹿車也幹正也言婁敬之脫棄鹿車以議都洛陽爲非而正之天啓謂五星之聚惎謀也人謀謂婁敬也帝高祖也言高祖圖此之時亦有慮神祇之徵宜定以爲天邑天邑帝都也豈伊不虔思于天衢豈伊不懷歸於枌汾榆天命不謟五臣作謟土刀切疇敢以渝綜曰伊惟也虔敬也言此時豈惟不敬思居天氣四交之處邪謂東京也懷思也枌榆豐社高祖所起也豈惟不思歸處枌榆社之域都於洛邑也偷易也天使都長安謂五星聚于東井也　善曰漢書曰高祖禱豐枌榆社張晏曰枌白榆也社在豐東北一十五里是也左氏傳子高曰天命不謟謟與謟音義同　良曰天衢洛陽也謟善也言我豈惟不思洛陽不懷歸豐社天命不善故不都也誰敢易之於是量徑輪五臣本作經綸考廣袤經城洫呼域營郭郛取殊裁去於八都豈稽善本作啓度於往舊綜曰南北爲徑東西爲廣洫域池也裁制也八都猶八方也啓開也言采取八方異制以爲宮室之巧非復遵往日之故法也　善曰周禮大司徒掌九州之地廣輪之數鄭玄曰輪縱也說文曰南北曰袤莫又切周禮曰廣八尺深八尺謂之洫公羊傳曰郛者何域外大郭也　濟曰量度也經綸廣袤謂東西南北也言經營城洫郭郛皆殊異八方之都邑豈考於往故舊制爾乃覽秦制

跨周法狹百堵之側陋增九筵之迫脅綜曰跨越也因秦制故曰覽比周勝故曰跨之也詩曰築室百堵今以爲陋周禮明堂九筵今又增之也　善同綜注　濟曰迫脅迫窄也周宣王築室百堵五板曰堵周制明堂中廣九筵九尺曰筵言欲觀秦之制越周之法度以百堵爲側陋九筵爲迫窄故增廣之正紫宮於未央表嶢闕於閶闔綜曰天有紫微宮王者象之紫微宮門名曰閶闔宮門立闕以爲表嶢者言高遠也　善曰辛氏三秦記曰未央宮一名紫微宮然未央爲總稱紫宮其中別名　向曰嶢高也閶闔天門也言法紫微以造未央立高闕以象天門疏龍首以抗殿狀嵬峩以岌魚立嶪五合亘古鄧雄虹之長梁結棼汾橑以相椄綜曰抗舉也亘徑度也虹蝃蝀也謂殿梁皆徑度矢畫五色如蝃蝀蝃蝀有雌雄雄者色鮮好也　善曰三輔黃圖曰日營未央因龍首以制前殿上林賦曰嵯峨嶕嶪此之謂也楚辭曰建雄虹之采旄說文曰棼屋棟也扶云切又曰橑椽也梁道切　銑曰龍首山名疏之構殿於上故言抗抗舉也嵬峩岌嶪高壯貌蔕帝倒茄加於藻井披紅葩普華之狎獵飾華榱衰與璧璫當流景曜之韡五臣作暐音偉曄于劫反綜曰茄藕莖也以其莖倒殖於藻井其華下向反披狎獵重接貌藻井當棟中交木方爲之如井幹也華榱畫其榱也曜光也暐曄言明盛也　善曰聲類曰蔕果鼻也孔安國尚書傳曰藻水草之有文者也風俗通曰今殿作天井井者東井之像也菱水中之物皆所以厭火也說文曰葩華也西都賦曰裁金璧以飾璫韋昭曰裁金爲璧以當榱頭景光景也　銑曰蔕根也狎獵花葉參差貌華榱謂彩椽也以璧璫飾椽頭也光色曜日而明盛彫楹玉碣昔繡栭而雲楣三階重軒鏤檻文㮰音毗綜曰栭斗也楣梁也皆雲氣畫如繡也檻蘭也皆刻畫又以大板廣四五尺加漆澤焉重置中間蘭上名曰軒　善曰西都賦曰雕玉瑱以居楹說文曰楹柱也廣雅曰碣礩也碣與碣古字通王褒甘泉頌曰采雲氣以爲楣西都賦曰重軒三階王褒甘泉頌曰編瑇瑁之文㮰聲類曰㮰屋連綿也婢低切　濟曰楹柱也栭棻也彫刻也繡畫爲繡文雲畫雲飾之殿有三階軒檻欄也㮰連簷也言皆飾爲文彩右

平左墄倉則青瑣丹墀綜曰墄限也謂階齒也天子殿高九尺階九齒各爲九級其側階各中分左右左有齒右則傍佹平之令輦車得上　善曰西都賦曰左墄右平也漢書曰赤墀青瑣音義曰以青畫戶邊鏤中王逸楚辭注曰文如連瑣漢官典職曰丹漆地故稱丹墀　向曰言階右平坦左致墄墄階劫也青瑣窻也以青飾之丹墀階也以丹漆塗之刊層平堂設切五臣作砌厓隒宜檢反　綜曰刊削也　善曰郭璞山海經注曰層重也宋衷太玄經注曰堂高也切與砌古字通說文曰隒厓也和檢切　向曰層累堂高也厓隒邊限也謂削累其階令平高設砌以爲邊限坻墀崿鱗眴詢棧仕眼齴眼巉助奄嶮宜檢反　綜曰殿基之形勢也　善曰廣雅曰坻除也文字集略曰崿崖也埤蒼曰眴音荀嶮魚儉切鱗眴無涯也棧嶮皆高峻貌　向曰皆殿階高峻之貌襄岸夷塗脩路峻險綜曰襄謂高也夷平也峻升也險危也　向曰岸殿階也言殿階之上塗路甚平而長然升者謂之危重門襲故姦宄是防仰福帝居陽曜陰藏綜曰姦宄邪也竊寶曰宄帝居謂太微宮五

帝所居福猶同也大微宮陽時則見陰時則藏言今長安宮上與之同法矣　善曰周易曰重門擊柝以待暴客淮南子曰閨門重襲以避姦賊郭璞爾雅注曰襲重也孔安國尚書傳曰寇賊在外曰姦在內曰宄　翰曰謂設重門以防寇賊也謂宮殿皆同天帝所居陽曜陰藏陽曰也言光色可以曜日深邃可以藏陰洪鐘萬鈞猛虡巨趪趪黃負筍業而餘怒乃奮翅而騰驤綜曰洪大也猛怒也三十斤曰鈞縣鐘格曰筍植曰虡趪趪張設貌言大鐘乃重三十萬斤虡力猛怒故能勝之焉當筍下爲兩飛獸以背負又以板置上名爲業騰超也驤馳也言獸負此筍業已重乃有餘力奮其兩翼如漸超馳者矣　善曰周禮曰鳧氏寫獸之形大聲有力者以爲鐘虡　良曰猛謂獸也趪趪作力貌虡傍立木直曰筍橫木曰業虡鐘架跌也朝堂承東溫調延北西有玉臺聯以昆德綜曰皆殿與臺名也　善曰爾雅曰延陳也說文注曰聯連也　良曰溫調玉臺昆德皆臺殿之名嵯峨崨嶫罔識所則綜曰形勢也不能名其所法也　翰曰言形狀高峻不能識其法則若夫長年神仙宣

室玉堂善曰三輔黃圖曰長樂宮有神仙殿未央宮有宣室殿太玉堂殿長年亦殿名　綜良注同麒麟朱鳥龍興含章善曰龍興含章皆殿名也漢宮闕名有麒麟殿朱鳥殿　良曰皆館名譬衆星之環北極叛判赫五臣本有盛字戲羲以煇輝煌音皇綜曰極北極也環猶繞也言宮觀臺榭樓閣之周於正殿如衆星之繞北極也叛猶煥也赫戲炎盛也煇煌光燿也　善曰中宮天極星環之匝十二星藩臣西都賦曰煥若列宿紫宮是環淮南子曰焜昱錯眩照燿煇煌　銑曰煥然光輝之盛正殿路寢用朝羣辟大廈耽耽都藍九戶開闢綜曰周曰路寢漢曰正殿羣辟謂王侯公卿大夫士也屋之四下者爲廈耽耽深邃之貌也都南切　善曰三輔三代故事曰大廈殿始皇造銅人十枚在殿前大戴禮曰明堂者古有之凡九室鄭玄禮記注曰天子路寢制如明堂然則九室室有一戶也說文曰闢開也　銑曰周曰路寢漢曰正殿皆朝見諸侯也大廈殿名以象明堂置九室室有一戶故曰九戶嘉木樹庭芳草如積高門有閌抗列坐金

狄善曰韓詩曰綠薋如積也薛君曰薋綠薋盛如積也薋音咨毛詩曰皐門有伉與閌同鄭玄禮記注曰皐之言高也金狄金人也史記曰始皇收天下兵銷以爲金人十二各重千斤致於宮中　翰曰言嘉木芳草積之於庭如積言多也閌門限也金狄金人也謂列金人於門之左右內有常侍謁者奉命當御外有蘭臺金馬遞宿迭居音據叶韻　綜曰常侍閹官謁者寺人也蘭臺臺名　善曰奉傳命而遞當進也左氏傳曰朱也當御蔡邕獨斷曰御進也凡進皆曰御也史記曰金馬門者宦者署門傍有銅馬故謂之曰金馬門爾雅曰遞迭也小雅曰迭更也徒結切　翰曰常侍謁者皆內官也奉命奉詔命以當進御蘭臺臺名校書處也言遞居此宿次有天祿石渠校文之處善曰三輔故事曰天祿石渠閣在大殿北以閣秘書　儕曰天祿石渠皆閣名以校書焉重直龍以虎威章溝嚴更之署徼叫道外周千廬內附衛尉八屯警夜巡晝綜曰虎威章溝未聞其意嚴更督行夜鼓署位也衛尉帥吏士周宮外於四方四角立八屯士士則傳宮

外向爲廬舍晝則巡行非常夜則警備不虞也　善曰西都賦曰徼道綺錯漢書曰衛尉門衛屯兵孔安國尚書傳曰警戒也　濟曰武威章溝皆更署名徼道循更之道廬衛兵舖壘也言千者舉大數也屯營也八營謂長水中壘屯騎武賁越騎步兵射聲胡騎言此八營皆衛尉掌之晝夜巡警**植鎩**所拜**懸獻**代**用戒不虞**綜曰植柱也　善曰說文曰鎩鈹有鐔也一曰鋋似兩刃刀方言曰吾或謂之鈹周易曰君子以除戎器戒不虞鈹芳支切鎩山例切　濟曰植立也鎩兵仗也虞度也獻打更木也言立兵擊木以戒不虞之事**後宮則昭陽飛翔增成合驩蘭林披香鳳皇鴛鸞**綜曰皆後宮別名　善曰長安有合歡殿披香殿鴛鸞殿餘亦皆殿名漢宮闕名有鳳皇殿　向同綜注**羣窈窕之華麗嗟内顧之所觀**綜曰觀覩也謂内顧所觀皆盛好也　善曰毛詩曰窈窕淑女君子好逑小雅曰嗟發聲也三略曰將内顧則士卒慕之也　良曰言羣女窈窕華麗也嗟歎聲也言歎而内顧所見者皆美**故其館室次舍采飾纖縟**辱**裛以藻繡文以朱綠**綜曰采五色也纖細也　善曰周禮曰宮正掌宮中次舍鄭玄禮記注曰次自循止之處說文曰縟繁采飾也西都賦曰裛以藻繡傳毅七激曰楹桷彫藻文以朱綠也　銑曰言爲館室室次爲舍息之處纖細縟繁也謂館室之上纓飾藻繡朱綠之文**翡翠火齊**才計**絡以美玉流懸黎之夜光綴隨珠以爲燭**綜曰明月大珠夜則有光如燭也　善曰翡翠鳥名也火齊玫瑰珠也六韜曰紂作瓊室鹿臺飾以美玉列子曰穆王爲中天之臺絡以珠玉戰國策應侯謂秦王曰梁有懸黎楚有和璞而爲天下名器餘見西都賦注　翰曰火齊珠也懸黎璧也言以衆寶飾之綴明珠於内以當夜燭**金戺**俟**玉階彤庭煇煇**音渾　綜曰彤赤也煇煇赤色貌　善曰廣雅曰戺砌也西都賦曰玉階彤庭　向注同**珊**蘇干**瑚**胡**琳碧瑱**而兗**珉**旻**璘**鄰**彬**悲旻**珍物羅生煥若崐崘雖厥裁**去**之不廣侈靡踰乎至尊**綜曰璘彬玉光色雜也珍美之物羅列布見煥焉如崐崘之所生者謂其裁制雖事狹小於至尊然其靡麗之所乃過之也　善

文選二　九

曰廣雅曰珊瑚珠也說文曰瑱石之次玉也郭璞上林賦注曰珉玉名也璘力神切彬方珉切山海經云崐崘之墟有珠樹文玉樹喪服傳曰天子至尊裁才再切　銑曰珊瑚珠樹也琳碧瑱珉皆玉石璘彬雜色崐崘山天帝居也言以此珍寶之物羅布煥然如崐崘之上雖館宇不至廣大其彫飾華麗越於天子此說後宮**於是鉤陳之外閣道穹隆屬長樂與明光徑北通于桂宮**綜曰長樂桂宮皆宮名明光殿名也　善曰樂汁圖曰鉤陳後宮也服虔甘泉賦注曰紫宮外營句陳星也然王者亦法之穹隆長曲貌漢書武帝故事上起明光宮桂宮長樂宮皆輦道相屬懸棟飛閣北度從宮中西上城至神明臺　向曰鉤陳宮署閣道飛陛也言此道穹崇然連長樂明光二殿徑直也直北通桂宮**命般**班**爾之巧匠盡變態乎其中**綜曰般魯般一云公輸之子魯哀公時巧人爾王爾皆古之巧者也變奇也態巧也　善曰淮南子曰魯般以木爲鳶而飛之又曰王爾無所錯其剞劂　濟曰變態盡其奇態**於是後宮不移樂不徙懸門衛供帳官以物辦**善曰上林賦曰庖厨不徙後宮不移劉向新語曰孟獻子聘於晉韓宣子止而觴之飲三爵鍾石之懸不移而具也漢書曰衛尉掌門衛屯兵漢書成紀曰三輔長無供張繇役之勞張晏曰帳帷帳也　良曰言帝遊行之處宮人伎樂皆不移也懸樂架也張帳之物皆以官辦**恣意所幸下輦成燕窮年忘歸猶弗能徧瓌異日新殫所未見**綜曰瓌奇也殫盡也言奇異之好日日變易皆所未嘗目見之物也　善曰孫卿子曰知物之理没世窮年不能徧也　向曰言天子所幸宮伎既多下輦之處即爲燕樂雖窮年不歸亦不能周徧言中閒瓌奇盡未嘗見之**惟帝王之神麗懼尊卑之不殊雖斯宇之既坦心猶憑而未攄**綜曰坦大也憑懣也攄舒也　向曰言雖宮室神麗猶恐與人臣不殊此宇既大心雖已滿亦未攄散**思比象於紫微恨阿房之不可廬**綜曰廬居也時阿房已壞故不得居也　濟曰思法紫微宮之制作恨阿房之宮不足廬止**覛**脈**往昔之遺館獲林光於秦餘**綜曰覛視也　善曰漢書音

文選二　十

義璞曰林光秦離宮名也覩二狄切　良曰秦始皇作故言秦餘虡甘泉而爽塏愷乃
隆崇而弘敷綜曰甘泉山名應劭曰甘泉在馮翊雲陽縣爽明也隆崇高也弘敷猶延蔓也　善曰左
氏傳曰齊景公欲更晏子之宅曰請更諸爽塏者杜預曰爽高燥也　翰曰爽明也塏大也既新作於
迎風增露寒與儲胥善曰漢書曰武帝因秦林光宮元封二年增通天迎風儲胥露
寒　銑曰武帝先作迎風館於甘泉山後加露寒儲胥二館託喬基於山岡直墆
徒結霓五結以高居綜曰墆霓高貌也　善曰霓五結反濟曰喬高也言階高而又在岡山之上
書霓然墆霓高危貌通天訬五臣本作眇字以竦峙徑百常而莖擢
上辮五臣作辮音葩華以交紛下刻陗七笑其若削綜曰通天臺名
武帝元封二年作漢書舊儀云高三十丈望見長安城訬高也竦立也峙住也徑度也倍尋曰常莖特也擢獨出貌也
辮華敷大也刻陗升高也　善曰訬音眇辮音班　良曰通天臺名峙立也倍尋曰常徑恠也言竦然而立恠高百常擢

拔也莖擢如木上拔也辮華交紛言文綵交錯也刻削謂刻令險陗如削成也翔鶤昆仰而弗
逮況青鳥與黃雀伏櫺零檻而頫五臣本作俯聽聞
雷霆之相激綜曰鶤大鳥青鳥黃雀皆小鳥翔高飛也伏猶憑也檻臺上蘭也頫低頭也蒼頡篇
曰霆霹靂也言臺之高於上低頭聽雷聲乃在下　善曰穆天子傳曰鶤雞飛八百里郭璞曰鶤即鶤雞也鶤與鶤同左
氏傳曰青鳥氏司啓者也杜預曰青鳥鶬鶊也戰國策莊辛曰黃雀俯啄百粒頫古字音府　向曰言臺高大鳥之飛尚
不及況小鳥乎俯下也謂伏於櫺檻下聞雷霆之聲栢梁既災越巫陳方建章
是經用厭於冉火祥營宇之制事兼未央綜曰兼猶倍也所以
順巫言也　善曰漢書曰栢梁災越俗有水災後起居必以大用勝服之於是作建章宮漢武故事曰以香栢爲之香聞
數十里漢書曰劉向上䟽曰項籍燔其宮室營宇　翰曰武帝時栢梁宮遭火越巫令帝起建章宮以厭火倍其宮宇制
度兼未央宮之大也圜闕竦以造去天若雙碣竭之相望鳳

騫軒翥之頊於甍萌標咸遡素風而欲翔綜曰甍棟也標末也
遡向也謂作鐵鳳皇令張兩翼舉頭敷尾以函屋上當棟中央下有轉樞常向風如將飛者焉　善曰字書曰圜亦圓字
也甘泉賦曰直嶤嶤以造天音燥孔安國尚書傳曰造至也又曰碣石海畔山也又曰三山言相望也楚辭曰鳳騫翥而
飛說文曰騫飛貌也騫許言切翥之庶切　翰曰言闕上竦若至天如碣石之山相望矣閶闔之內
別風嶕譙嶢何工巧之瑰瑋偉交五臣作文綺豁以
踈寮綜曰瑰瑋奇好也踈刻穿之也　善曰薛綜曰天有紫微宮王者象之紫微宮門名曰閶闔三輔故事曰
建章宮東有折風闕闕中記曰折風一名別風廣雅曰嶕嶢高也交結綺文豁然穿以爲寮也說文曰綺文繒也廣雅曰
豁空也然此刻鏤爲之蒼頡篇曰寮小窗也古詩曰交踈結綺窗　濟曰寮窗也別風闕在閶闔門內嶕嶢高峻也結綺
爲文以飾之干雲霧而上達狀亭亭以岧岧五臣本作迢迢綜
曰亭亭岧岧高貌也干犯也濟曰干觸也言高觸雲霧神明崛元屈其特起井幹

寒疊而百增峙遊極於浮柱結重欒以相承累
層構而遂隮子兮望北辰而高興綜曰崛高貌跱猶置也三輔名梁爲極作
遊梁置浮柱上欒柱上曲木兩頭受櫨者　善曰廣雅曰增重也漢書曰孝武立神明臺又曰武帝作井幹樓高五十丈
輦道相屬焉司馬彪莊子注曰井幹井欄也然積木有若欄也廣雅曰曲枅曰欒釋名曰欒體上曲拳也隮升也子奚切
北辰北極也山海經曰層重也　向曰神明臺名井幹樓名疊謂樓形重疊極梁也言置遊梁於浮柱以欒櫨相承累積
重構而上也望北極星之高以起此樓也消雰紛埃於中宸集重陽之清
澂瞰勘宛虹之長鬐岐察雲師之所憑上飛闥
而仰眺正覩瑤光與玉繩綜曰消散也雰埃塵穢也宸天地之交宇也言神明
臺高既除去下地之埃穢乃上止於天陽之宇清澂之中也上爲陽清又爲陽故重陽鬐脊也雲師畢星也臺高悉得視
之飛闥突出方木也　善曰楚辭曰集重陽而入帝宮兮造旬始而觀清都雰音氛宸音辰鬐渠祇切廣雅曰瞰視也如

淳漢書注曰虹也小雅曰憑依也廣雅曰雲師謂之豐隆
春秋運斗樞曰北斗七星第七曰瑤光春秋元命苞曰玉衡
北兩星爲玉繩　銑曰中宸天地交會之際上爲陽下爲陰
倩發亦爲陽故云集重陽也宛謂屈曲也髻虹髮也雲師畢
星精也言登此樓見宛虹雲師所依闕闥門
也眺視也上飛門而視正見瑤光玉繩之星
將乍往而
未半怵黜悼慄栗而聳兢非都盧之輕趫去嬌孰
能超而究升綜曰怵恐也悼傷也慄憂戚也言恐墮也
善曰廣雅曰乍暫也方言曰聳慄也先拱切
漢書曰自合浦南有都盧國太康地志曰都盧國其人善緣
高說文曰趫善緣木之士也綺驕切　良曰將往升樓未至
於半已恐懼矣非都盧輕捷誰能超騰究馺蘇臘娑蘇可駘
盡而升也都盧山名其山人善緣高也
殆盪燾徒到奡五告桔吉桀居列枍醫詣承光睽呼圭罛
呼庨呼交豁狐切綜曰燾奡桔桀睽罛庨豁皆形貌　善曰罛計
銑曰馺娑駘盪枍詣承光並臺名餘皆
高峻深邃貌增桴孚重棼汾鍔鍔列列反五臣本作及字宇

業業飛檐轞轞魚桀流景內照引曜日月綜曰凡屋宇皆
垂下向而好大屋飛邊頭瓦皆更微使反上其形業業然檐
板承落也轞轞高貌言皆朱畫華采流引日月之光曜於宇
內　善曰鍔鍔列列皆高貌西都賦曰上反宇以蓋戴向
曰轞轞復起貌流景內照言日月之光含采飾之曜相引而
入宇內也天梁之宮寔開高閨旗不脫扃古熒結駟方
蘄祈轢歷輻福輕騖容於一扉綜曰天梁宮名宮中
之門謂之閨此言特
高大爾雅曰能虎爲旗扃關也謂建旗車上有關制之令不
動搖曰扃每門解下之今此門高不復脫扃結駕駟馬方行
而入也蘄馬銜也　善曰左氏傳曰楚人惎之脫扃巨衣切
楚辭曰青驪結駟齊千乘駁車欲馬疾以筆轢於輻使有聲
也　翰曰扃旗關名蘄馬銜也轢謂轢其車輻爲聲以急車
也言此宮門高大車上載旗亦不脫扃而入四馬齊銜轢輻
而走乃一扉
之地而容也長廊廣廡無連善本作途閣雲蔓閈汗庭
詭異門千戶萬綜曰謂閣道如雲氣相延蔓也　善曰
許慎淮南子注曰廊屋也說文曰廡堂

下周屋也蒼頡篇曰閈垣也胡旦切說文曰詭違也西都賦
曰張千門而立萬戶　銑曰閈隔也言隔一門自有一庭門
千戶萬
言多也重閨幽闥轉相逾延移賤望𥦗五臣本作叫字窱
徒
弔以經廷他頂眇不知其所返方萬反綜曰宮中之門
窱經廷過度之意也言入其中皆迷惑不識還道也　善曰
小者曰閨闥互相周通𥦗
廷他定切　濟曰閨闥互相通而深遠入者眇然而迷不知
還
路既乃珍臺蹇產以極壯墱五臣本作隥字道邐其綺倚
以正東綜曰蹇產形貌也墱閣道也邐倚一高一下一屈
一直也乃從建章館踰西城東入於正宮中也
善曰甘泉賦曰珍臺閒館西都賦曰凌墱道而起西墉墱都
亘切邐力氏切　向曰珍臺臺名在城東蹇產高大貌隥道
閣道也言此閣道西入宮邐倚
長遠之貌自宮言之故言正東似閬風之遐坂橫西
洫而絕金墉城尉不弛詩紙析他各而內外潛通綜
曰
閬風崐崘山名也洫城池也墉謂城也絕度也言閣道似此
山之長遠橫越西池而度金城也西方稱之曰金弛廢也潛

嘿也言城門校尉不廢擊柝之備內外已自嘿通也　善曰
東方朔十洲記崐崘其北角曰閬風之巔周禮曰廣八尺深
八尺謂之洫鄭玄周禮注曰檯戒夜者所擊也析與檯同音
濟曰閬風崐崘山也金墉城也言珍臺之高閣道之長有似
閬風之山也橫越也謂越洫過城也城尉官名也弛廢也柝
擊木以守更也言城尉不廢守更而閣道之中潛行以通內
外前開唐五臣作堂中彌望廣潒五臣作象顧臨太液滄
池漭莫朗沆胡朗反綜曰彌遠也漭沆猶洸潒亦寬大也
善曰漢書曰建章宮其西則有唐中數十里如
淳曰唐庭也漢書曰五侯大治第室連屬彌望漢書曰建章
宮其北治太液池字林曰潒水潒潒也大朗切　良曰建章
宮中有堂中池廣數十里彌望極望也廣象
寬大也太液池色蒼故曰滄池漭沆深大貌漸臺立於
中央赫昈昈戶以弘敞十餘丈埤蒼曰昈赤文也　銑
善曰漢書曰建章宮漸臺高二
曰在太液池中言此臺
赤文赫然而又高敞清淵洋洋神山峩峩列瀛洲
與方丈夾蓬萊而駢羅上林岑以壘魯罪嶵罪下

嶄仕咸巖以嵒巖齬音吾綜曰三山形貌也峩峩高大也善曰三輔三代舊事曰建章宮北作清淵海毛詩曰河水洋洋漢書太液池中有蓬萊方丈瀛洲象海中仙山駢猶並也銑曰駢羅謂三山相布貌林岑壘嵬嶄巖嵒齬言上下皆險峻不齊長風激於別隯五臣作島起洪濤而揚波浸石菌渠殞於重涯濯靈芝以五臣作於朱柯綜曰水中之洲曰隯音島石菌靈芝皆海中神山所有神草名仙之所食者浸濯也重涯池邊也朱柯芝草莖赤色也善曰高唐賦曰長風至而波起菌芝屬也抱朴子曰芝有石菌求殞切濟曰海曲曰隯言風激射於隯而水起其濤波侵灌芝菌於重涯之上重涯岸也芝赤色故云朱柯海若游於玄渚鯨魚失流而蹉跎綜曰海若海神鯨大魚善曰楚辭曰令海若舞馮夷又曰臨沅湘之玄淵薛君韓詩章句曰水一溢而為渚三代舊事曰清淵北有鯨魚刻石為之長三丈楚辭曰驥垂兩耳中坂蹉跎廣雅曰蹉跎失足也濟曰海若海神玄渚池之深也言神游深渚鯨魚蹟波而蹉跎失流貌也於是采少君之端信庶欒大之貞固善曰史記曰李少君亦以祠竈穀道却老方見上上尊之少君者故深澤侯舍人主方漢書曰欒成侯登上書言欒大天子見大悅大曰臣之師有不死之藥可得仙人可致乃拜大為五利將軍向曰武帝信之以為貞固之實凡人姓名及事易知而別卷重見者云見某篇亦從省也他皆類此立脩莖之仙掌承雲表之清露屑瓊蘂以朝飡必性命之可度善曰漢書曰孝武作柏梁銅柱承露仙人掌之屬三輔故事曰武帝作銅露盤承天露和玉屑飲之欲以求仙楚辭曰屑瓊蘂以為糧王逸曰蘂屑也翰曰脩長也屑末也瓊蘂玉英也言承取雲表之露和玉英之末服之則性命可度世而不死美往昔之松喬要平羨門乎天路想升龍於鼎湖豈時俗之足慕善曰列仙傳曰赤松子者神農時雨師也服冰玉以教神農又曰王子喬者周靈王太子晉也道人浮丘公接以上嵩高山史記曰始皇之碣石使燕人盧生求羨門韋昭曰羨門古仙人也枚乘樂府詩曰美人在雲端天路隔無期要烏堯切史記曰齊人公孫卿曰黃帝采首山銅鑄鼎於荊山下鼎既成龍垂

胡髯下迎黃帝黃帝騎龍乃上去名其處鼎湖天子曰嗟乎誠得如黃帝吾視去妻子如脫屣耳翰曰松喬羨門皆仙人也美之思與相逢於天路黃帝乘龍於鼎湖之山以升仙言思想此事不慕時俗之人也若歷世而長存何遽營乎陵墓善曰言若歷代而不死何急營於陵墓乎良曰遽急也言長生不死何急營其陵墓徒觀其城郭之制則旁開三門參三塗夷庭方軌十二街衢相經綜曰街大道也經歷也一面三門門三道故云參塗塗容四軌故方十二軌軌車轍也夷平也庭猶正也善曰方言九軌之塗凡有十二也周禮曰營國方三門鄭玄儀禮注曰方併也周禮曰國中營途九軌西都賦曰立十二之通門濟曰西京城面三門門三道皆平正可齊列十二車其中街衢互相經涉廛里端直甍萌宇齊平綜曰都邑之空地曰廛甍棟也善曰周禮曰以廛任國中之地濟曰廛里猶邑里甍棟宇也北闕甲第當道直啓程巧致功期不阤豕陊豸木衣意綈啼錦土被朱紫武庫禁兵設在蘭錡魚几反綜曰第館也甲言第一也言皆程擇好匠令盡致其功夫既牢又固不傾陊也言皆采畫如錦繡之文章也錡架也武庫天子主兵器之宮也善曰漢書曰贈霍光甲第一區音義曰有甲乙次第故曰第也北闕當帝城之北也方言曰阤壞也阤式氏切說文曰陊落也直氏切說文云綈厚繒也朱紫二色也劉逵魏都賦注曰受他兵曰蘭受弩曰錡音蟻銑曰言第一之宅當道正開門皆擇巧匠以致其功使無崩落之期土木之上加以綈錦朱紫之色武庫藏兵器之處也蘭錡兵架也陳列於甲第之門若今戟門匪石匪董疇能宅此善曰漢書曰石顯字君房少坐法腐刑為黃門中尚書元帝被疾不親政事事無大小因顯口決又曰董賢字聖卿哀帝悅其儀貌拜為黃門郎詔將作監為賢起大第北闕下土木之功窮極技巧柱檻衣以綈錦武庫禁兵盡在董氏向曰同善注言非此二人誰能居此爾乃廓開九市通闤胡關帶闠旗亭五重俯察百隧周制大胥今也惟尉綜曰廓大也闤市營也闠中隔門也崔豹古今注曰市牆曰闤市門曰闠旗亭市樓也善曰漢宮

闕蹊曰長安立九市其六市在道西三市在道東蒼頡篇曰闤市門史記褚先生曰臣爲郎與方士會旗亭下薛綜西京賦注曰隧列肆道也音遂周禮曰司市胥師二十人然尊其職故曰大漢書曰京兆尹長安四市皆屬焉與左馮翊右扶風爲三輔然市有長丞而無尉蓋通呼長丞爲尉耳　翰曰五重言累積五重也隧市道也周禮市致大胥職令但屬三輔都尉瓌貨方至鳥集鱗萃鬻育者兼贏盈求者不匱綜曰瓌奇貨也方四方也奇寶有如鳥之集鱗之萃也鬻賣也兼倍也贏利也匱乏也　翰曰賣者倍贏其利求者無所乏少爾乃商賈古百族裨必彌販夫婦鬻良雜苦蚩眩縣邊鄙綜曰坐者爲商行者爲賈裨販買賤賣貴以自裨益裨必彌切良善也先見良物價定而雜與惡物以欺惑下土之人　善曰周禮曰大市日昃而市百族爲主朝市朝時而市商賈爲主夕市夕時而市販夫販婦爲主周禮曰辨其苦良而買之鄭玄曰苦讀爲鹽蒼頡篇曰蚩侮也廣雅曰眩亂也杜預左氏傳注曰鄙邊邑也　濟曰族類也言裨販之人以善物和惡物欺惑邊遠人何必昏於作勞邪贏

盈優而足恃綜曰昏勉也邪僞也優饒也言何必當勉力作勤勞之事乎欺僞之利自饒足恃也　善曰尚書曰不昏作勞　向曰昏彊也優饒也言何必彊作勤勞之事爲欺詐之利自得豐饒足可恃也彼肆人之男女麗美奢乎許史綜曰言長安市井之人被服皆過此二家　善曰漢書曰孝宣許皇后元帝母帝封外祖父廣漢爲平恩侯又曰衛太子史良娣宣帝祖母也兄恭宣帝立恭已死封恭長子高爲樂陵侯　良曰許皇后史良娣宣成二帝時皆恣爲奢僭市人男女服飾奢麗皆過若夫翁伯濁質張里之家擊鐘鼎食連騎相過東京公侯壯何能加善曰漢書食貨志曰翁伯以販脂而傾縣邑濁氏以胃脯而連騎質氏以洗削而鼎食張里以馬醫而擊鐘　晉灼曰胃脯今太官以十日作沸湯燖羊胃以末椒薑坋之訖曝使燥者也燖在鹽切坋步寸切　如淳曰洗削作刀劍　晉灼曰張里里名也　濟曰同善義雖東京公侯之壯皆不過也都邑游俠張趙之倫齊志無忌擬跡田文輕死重氣結黨連羣

寔蕃有徒其從去如雲綜曰寔實也蕃多也徒衆也　善曰長安宿豪大猾箭張回酒市趙放皆通邪結黨一云張子羅趙君都其長安大俠具游俠傳尚書曰寔繁有徒毛詩曰齊子歸止其從如雲　向曰游俠謂交結豪彊也又曰游俠謂輕死重義也張子羅趙君都言此二人並長安名豪養俠客爲人報怨志氣皆擬魏無忌田文也爲負輕生重氣之志故羣黨蕃多如雲也茂陵之原陽陵之朱趫乞嬌悍汗虓呼交豁如虎如貙勑愚睚五介眦仕懈蠆丑介芥屍僵姜路隅綜曰僵仆也　善曰原原涉也朱朱安世也史記曰誅撓捍撓與趫同欺譙切說文曰悍勇也戸旦切毛詩曰闞如虓虎爾雅曰貙獌似貍貙勑珠切漢書曰原涉字巨先自陽翟徙茂陵涉外溫仁內隱忍好殺睚眦於塵中觸死者甚衆廣雅曰睚裂也說文曰眥目匡也淮南子曰瞋目裂眥睚五懈切眥在賣切張揖子虛賦注曰蔕介刺鯁也蠆與蔕同　向曰茂陵陽陵皆漢帝陵也原涉朱安並居此陵趫捍捷也虓豁勇也言其捷勇如虓虎貙之猛也貙虎類也睚眦蠆芥怒貌言此二人之怒必殺人於路傍也丞相欲以贖子罪陽

石烏汚遇而公孫誅善曰漢書曰公孫賀爲丞相子敬聲爲太僕擅用北軍錢千九百萬下獄是時詔捕陽陵朱安世賀請逐捕以贖敬聲罪後果得安世安世遂從獄中上書曰敬聲與陽石公主私通遂父子俱死獄中也陽石北海縣名也　銑曰同善注若其五縣游麗辯論去之士街談巷議彈射臧否剖析毫氂力之擘百肌分理善曰五縣謂五陵也漢書曰高帝葬長陵惠帝葬安陵景帝葬陽陵武帝葬茂陵昭帝葬平陵五陵也毛詩曰未知臧否聲類曰毫長毛也漢書音義曰十毫爲氂鄭玄周禮注曰擘破裂也補革切說文曰肌肉也　翰曰同善義言此人彈剝善惡雖毫氂肌理之閒亦能分擘所好生毛羽所惡翁故成瘡痏于鬼反　綜曰毛羽言飛揚瘡痏謂瘢痕也　善曰蒼頡曰痏毆傷也胡軌切　銑曰言此辯士所好者譽之使生羽毛惡者毀之令生瘡痏痏亦瘡也郊甸之內鄉邑殷隱賑軫五都貨殖既遷既引商旅聯槅格隱隱展展丁謹冠帶交錯方轅

接軫綜曰五十里爲近郊百里爲甸師殷賑謂富饒也遝及也引致也言賈人多車枙相連屬隱隱展展重聲
也冠帶猶搢紳謂吏人也　善曰尚書曰五百里甸服爾雅曰賑富也之忍切漢書曰王莽於五都立均官更名雒陽邯
鄲臨淄宛城郭市長安皆爲五均遷謂徙之於彼引謂納之於此說文曰槅大車枙也居責切揚雄蜀都賦曰方轅齊轂
隱隱軫軫枚乘兔園賦曰車馬接軫相屬方輪錯轂說文曰軫車後橫木也　翰曰殷賑富饒也貨出曰遷貨入曰引商
旅既多載物之車或出或入隱展相連屬貌冠帶職吏也方並也並轅接軫言多也封畿千里統
以京尹郡國宮館百四十五綜曰離宮別館在諸郡國者　善曰毛詩曰封
畿千里惟民所止漢書曰內史周官武帝更名京兆尹張晏曰地絕高平曰京十億曰兆尹正也三輔故事曰秦時殿觀
百四十五所良注同右極盩知留厔知栗幷卷酆鄠戶左暨其器河
華遂至虢土綜曰盩厔山名因名縣暨言及也蓋陰縣故屬京兆　善曰漢書曰右扶風有盩厔縣盩
張流切厔張栗切漢書右扶風有虢縣　向曰盩厔酆鄠皆縣名河黃河也華華山也虢地名上林禁苑

七〇三　〔文選二　十九

跨谷彌皐東至鼎湖斜界細柳掩長楊而聯五
柞作繞黃山而款牛首綜曰跨越也彌猶掩也大陵曰皐上林苑名禁禁人妄入
也鼎湖細柳皆地名也鼎湖在華陰東細柳在長安西北長楊宮在盩厔五柞亦館名云有株柞樹繞裏也款至也　善
曰鄭玄毛詩箋曰掩覆也漢書右扶風槐里縣有黃山宮三輔黃圖曰甘泉宮中有牛首山　向曰鼎湖山名細柳地名
繚垣緜聯四百餘里植物斯生動物斯止綜曰繚垣猶繞
了也緜聯猶連蔓也四百餘里苑之周圍也植物草木動物禽獸　善曰今並以亘爲垣西都賦曰繚以周牆三輔故事
曰北至甘泉九嵕南至長楊五柞連緜四百餘里也周禮曰動物宜毛物也植物宜皁物也　銑曰繚猶長也垣牆也緜
聯不絕貌植物草樹也動物禽獸也止居也衆鳥翩翻羣獸駓否騃俟散
似驚波聚以京峙綜曰皆鳥獸之形貌也京高也水中有土曰峙言禽獸散走之時如水驚
風而揚波聚時如水中之高土也　善曰薛君韓詩章句曰趨曰駓行曰騃駓音鄙峙直里切　向曰駓騃行走貌京峙

高丘也言鳥獸散若驚波聚如高丘伯益不能名隸首不能紀善曰列子曰北
海有魚名鯤有鳥名鵬大禹行而見之伯益知而名之世本曰隸首作數宋衷曰隸首黃帝吏也　銑曰言苑中禽獸多
而且奇伯益不能知其名隸首不能算其數伯益舜掌山林之官隸首黃帝時筭人林麓之饒于
何不有綜曰木叢生曰林　善曰穀梁傳曰林屬於山曰麓　良曰山足曰麓木則樅七容
栝古活椶子公柟南梓姊棫域楩鼻緜楓音風綜曰樅松葉柏身栝柏葉松身
梓如栗而小棫白桵也楓香木也　善曰郭璞山海經注曰椶一名并閭柟亦作枏爾雅曰梅枏郭璞曰枏木似水楊又
曰棫白桵楠音南郭璞上林賦注曰楩杞也似梓　良曰並木名嘉卉灌叢蔚若鄧林
綜曰嘉猶美也灌叢蔚若皆盛貌也　善曰山海經曰夸父與日競走渴飲河渭不足北飲大澤未至道渴死棄其杖化
爲鄧林　翰曰木叢生曰灌鄧林高茂故以爲比鬱蓊烏董薆烏改薱徒對橚肅
爽櫹蕭槮森吐葩颺揚榮布葉垂陰綜曰皆草木盛貌也葩華

七〇四　〔文選二　廿

也　善曰薱徒對切橚音肅　良曰華葉繁蔚貌草則葴針莎蘇和菅姦蒯古壞
薇蕨荔隸苀胡郎王芻莔萌臺戎葵懷羊皆草名苯
本䔿子本蓬蒲蒙茸如腫彌皐被岡綜曰彌猶覆也言草木熾盛覆被於高澤及山
岡之上也　善曰爾雅曰葴馬藍郭璞曰今大葉冬藍爾雅曰蒿侯莎又曰白華野菅郭璞曰菅茅屬聲類曰蒯草中爲
索苦怪切毛萇詩傳曰薇菜也爾雅曰蕨虌也說文曰荔草似蒲爾雅曰苀東蠡郭璞曰未詳爾雅曰菉王芻郭璞曰今
菉蓐也爾雅曰莔貝母郭璞曰似韭武行切爾雅曰臺夫須又曰菺茙葵郭璞曰今蜀葵菺音肩茙音戎爾雅曰瘣懷羊
郭璞曰未詳　良曰言草茂盛或被滿高岡篠星了簜徒朗敷衍編町定成篁
山谷原隰泱烏黨漭馬黨無疆綜曰篠竹箭也簜大竹也敷布也衍蔓也編連也町
謂畛畝篁竹墟名也泱漭無限域之貌言其多無境限也　善曰尚書曰瑤琨篠簜既敷町音挺泱烏朗切　濟曰町畎
畝也篁竹叢也言竹生敷布蔓延連畎畝而成叢也山谷原隰之上泱漭然無疆畔迺有昆明靈

沼黑水玄阯五臣作沚周以金堤樹以柳杞綜曰小渚曰阯金堤謂以
石爲邊廉而多種杞柳之木 善曰漢書曰武帝穿昆明池
黑水玄阯謂昆明靈沼之水沚也水色黑故曰玄阯也金堤
言堅也子虛賦曰上金堤杞即㮮木也山海經曰杞如楊赤
理 濟曰沚小渚也水色黑故云玄也金堤言堅如金樹植
也柳杞木名豫章珍館揭竭焉中峙牽牛立其左織
女處其右綜曰皆豫章木爲臺館也 善曰三輔黃圖曰上林有豫章觀說文曰揭高舉也渠列切漢宮
闕疏曰昆明池有二石人牽牛織女象銑曰立牽牛織女之象於池之東西以象天河日月於是
乎出入象扶桑與濛汜音似 善曰言池廣大日月出入其中也淮南子曰日出
暘谷拂于扶桑楚辭曰出自暘谷入于濛汜 向曰扶
桑日出處濛汜日入處言此池廣大如日月自中出入其中
則有黿鼉徒多巨鼈鱣陟連鯉鱮翔與鮦童鮪于軌鯢倪
鱨嘗魦沙修額短項大口折鼻詭類殊種綜曰自鱨魦以

上皆魚名也修額至折鼻皆魚形也詭類殊種多雜物也
善曰郭璞山海經曰鼉似蜥蜴郭璞爾雅注曰鱣似鱏知連
切鄭玄詩箋曰鱮似魴爾雅曰鱣鮦也音童毛萇詩傳曰鮪
似鮎鮪于軌切鮎奴謙切又曰鱨楊也魦鮀也 向曰言鱗
介之屬或長額短項或大口折鼻狀類各異非一族亢巨皆大也鳥則鷫宿鷞霜鴰
括鴇保駕加鵝鴻鶤昆上春候來季秋就溫南
翔衡陽北棲鴈門奮五臣作集隼司尹歸鳧沸卉軿五臣
本作砰普萌切訇呼萌衆形殊聲不可勝論綜曰隼小鷹也論說也 善曰高誘淮南
子注曰鷫鷞長脛綠色其形似鴈張揖上林賦注曰駕鵝野
鵝又曰鶤雞黃白色長頸赤喙爾雅曰鶬麋鴰也鴰音括郭
璞曰即鶬鴰也郭璞上林賦注曰鴇似鴈無後指鴇音保凡
魚鳥草木皆不重見他皆類此周禮曰上春生種稑之種禮
記曰孟春鴻鴈來鄭玄曰鴈自南方來將北反其居也又曰
季秋之月鴻鴈來賓鄭玄曰來賓止而未去也列子曰禽獸
之智違寒就溫尚書曰荊及衡陽惟荊州孔安國曰衡山之
陽漢書有鴈門郡也周易曰射隼高墉之上軿芳耕切訇火

宏切廣雅曰勝舉也 濟曰隼鷹類餘皆水鳥名沸卉
砰訇鳥奮迅聲言此鳥形狀既多音響亦異不可勝述於是
孟冬作陰寒風肅殺雨雪飄飄冰霜慘烈百卉
具零剛蟲搏傅摯五臣本作鷙音至 綜曰寒氣急殺於萬物孟冬十月陰氣始盛萬物彫
落飄飄雨雪貌慘烈寒也草木零落陰氣盛殺鷹犬之屬可
摯摯也 善曰禮記曰孟秋天氣始肅仲秋殺氣浸盛李陵
書曰邊土慘烈毛詩曰百卉具腓禮記曰季秋豺祭獸戮禽
也 濟曰言陰氣始盛風霜殺草木之時剛蟲鷹豺也疾殺
氣以祭鳥獸摶摯也摯執也爾乃振天維衍地絡蕩川瀆簸補我
林薄綜曰維綱也絡綱也謂其大如天地矣振整理也衍申布也林薄草木叢生也蕩動也簸揚也謂驅獸也
衍以善切 翰曰振整也衍舒布也謂網網大紀天地也蕩簸謂搖動餘同綜注鳥畢駭獸咸
作草伏木棲五臣作栖寓居穴託起彼集此霍繹紛
泊在彼五臣作於靈囿之中前後無有垠銀鍔綜曰謂禽獸驚

走得草則伏遇木則栖非其常處苟寄而居值穴而託爲人
窮迫之意起彼集此謂爲彼人所驚而來集此人之前霍繹
紛泊飛走之貌前後無有垠鍔言禽獸之多前却顧視無復
齊限也 善曰毛詩曰王在靈囿麀鹿攸伏淮南子曰出於
無垠鄂之門許慎曰垠鍔端崖也 銑曰寓寄也同一往寄託他穴起彼謂起本處集此謂集於靈囿垠鍔際畔虞
人掌焉爲之營域焚萊平場柞五臣作槎音仄木翦棘綜曰
虞人掌禽獸之官 善曰周禮曰山虞若大田獵則萊山之
野周禮曰牧師贊焚萊毛萇詩傳曰萊草也賈逵國語曰槎
邪斫也柞與槎同仕雅切左氏傳曰翦其荊棘 銑曰營域獵場也言焚除草萊斫木翦棘爲驅逐之處結罝
嗟百里迒岡杜蹊塞麀憂鹿麌麌危五于駢田偪
仄五臣作側 綜曰罝網也迒道也蹊徑也皆以網杜塞之也麀牝曰麀麌麌形貌駢田偪仄聚會之意 善曰迒公郎
切小雅曰杜塞也毛詩曰麀鹿攸服麀於牛切麌魚矩切
良曰迒蹊皆獸徑也麌麌攢立貌駢謂駢列於田以相偪側
天子乃駕雕軫六駿駮必邈戴翠帽倚金較角璿

五臣作變弁玉纓遺光儵叔爚音藥綜曰彫畫也天子駕六馬駁白馬而黑畫爲文如虎者翠羽爲車蓋黃金以飾較也古今注曰車耳重較文官青武官赤或曰車蕃上重起如牛角也又髤以瑇玉作之纓馬鞅也以玉飾之遺餘也儵爚有餘光也　善曰毛詩曰倚重較兮說文曰較車輢上曲鉤也較工卓切輢一伎切　良曰軨車也翠帽車蓋也以翠飾之金較以金飾也弁馬纓冠也皆以玉飾之　建玄弋樹招搖棲五臣作栖鳴鳶曳雲梢所交弧旌枉矢虹旃蜺旄綜曰玄弋北斗第八星名爲矛頭主胡兵招搖第九星名爲盾今鹵簿中畫之於旗建樹之以前驅禮記曰前有塵埃則載鳴鳶棲謂畫其形於旗上雲梢謂旌旗之旒飛如雲也弧星名通帛爲旃旌曰虹雌曰蜺　善曰禮記曰招搖在上急繕其怒鄭玄曰繕讀曰勁畫招搖星於其上以起軍堅勁軍之威怒象天師也高唐賦曰建雲旆周禮曰弧旌枉矢以象牙飾楚辭曰建雄虹之采旄上林賦曰拖蜺旌也　濟曰鳴鳶鷂也言畫於旌旗之上以取象焉雲梢雲旗也弧旌枉矢皆星名畫以飾幟也旃旄亦旗類　華蓋承辰天畢五臣作罼前驅綜曰華蓋畫虹蜺於上因名之

七丁八

【文選二】　廿三

星覆北斗王者法而作之畢網也象畢星也前驅載之　善曰劉歆遂初賦曰奉華蓋於帝側韓詩曰伯也執殳爲王前驅　翰同綜注　千乘雷動萬騎龍趨屬車之簉楚瘦載獫呂驗猲五臣本作獥字音歇獢許喬反綜曰大駕最後一乘懸豹尾以前爲省中侍御史載之簉副也　善曰東都賦曰千乘雷起萬騎紛紜古今注曰豹尾車同制也所以象君子豹變言尾者謹也漢雜事曰諸侯貳車九乘秦滅九國兼其車服故大駕屬車八十一乘毛詩曰輶車鸞鑣載獫猲獢毛萇曰獫猲獢皆田犬也長喙曰獫短喙曰猲獢簉初遘切　銑曰千乘萬騎言多也雷動龍趨言迅疾也屬車後車也簉副也獫獥獢皆獵狗也載之以車也　匪惟翫好迺有秘書小說九百本自虞初從容之求寔俟寔儲綜曰小說醫巫厭祝之術凡有九百四十三篇言九百舉大數也持此秘術儲以自隨待上所求問皆常具也　善曰漢書曰虞初者洛陽人明此醫術武帝時乘馬衣黃衣號黃車使者周說九百四十三篇小說家者蓋出稗官應劭曰其說以周書爲本尚書曰從容以和爾雅曰俟待也說文曰儲具也　翰曰從容閒和貌言此非小

說徒翫好閑和亦以書術自隨俟待也儲具也謂備具以待君問　於是蚩尤秉鉞奮鬣被般班禁禦不若以知神姦魑魅蝄蜽莫能逢旃　善曰山海經曰蚩尤作兵伐黃帝史記曰黃帝與蚩尤戰於涿鹿之野蒼頡篇曰鉞斧也毛萇曰鬣般虎皮也上林賦曰被斑文般與班古字通左氏傳曰王孫滿謂楚子曰昔夏鑄鼎象物使人知神姦故人入川澤不逢不若螭魅魍魎莫能逢旃杜預曰若順也說文曰螭山神獸形魅怪物蝄蜽水神毛萇詩傳曰旃之也　良曰蚩尤作兵戈也秉執禁止禦捍若順旃之也言使蚩尤秉鉞斧奮振其鬣被文錦之衣止其不順知神鬼之姦情魑魅山神蝄蜽水神言此神無能逢遇之　陳虎旅於飛廉正壘壁乎上蘭綜曰陳列也　善曰周禮虎賁下大夫旅賁氏中士也漢書武紀曰長安作飛廉館三輔黃圖曰上林有上蘭觀　濟曰陳列也虎旅則虎賁之旅也飛廉館名壘壁星名以爲軍名上蘭觀名　結部曲整行伍燎京薪駴五臣作駭雷鼓縱獵徒赴長莽音畝綜曰積高爲京燎謂燒之莽草長謂深且遠

七丁五

【文選二】　廿四

也方言曰草南楚之閒謂之莽　善曰司馬彪續漢書曰大將軍營五部部有校尉一人部下有曲曲有軍一人左傳曰行出犬雞杜預云二十五人爲行行亦卒之行列也周禮曰五人爲伍周禮曰鼓皆駴鄭玄曰雷鼙鼓曰駴駴與駭同　濟曰部曲行伍皆校隊之名燎燒也京薪謂積之如京以燒之駭震鼙也雷鼓八面鼓也獵徒士卒也莽長草也　迾列卒清候武士赫怒緹帝衣韎賣韐夾睢火佳盱拔五臣本作跋字扈光炎五臣作焰燭天庭囂許朝聲震海浦河渭爲之波盪吳嶽爲之陁雉堵綜曰燭照也海浦四瀆之口波盪搖動也陁落也　善曰鄭玄禮記注曰迾遮也迾旅結切清道候望也鄭玄詩箋曰赫怒意也緹衣韎韐武士之服字林曰緹帛丹黃色他迷切毛詩曰韎韐有奭毛萇曰韎者茅蒐染也字林曰睢仰目也盱張目也毛詩曰無然畔援鄭玄曰畔援猶跋扈也跋扈古字通解嘲曰未仰天庭鄭玄周禮注曰囂讙也漢書曰自華西名山七一曰吳山郭璞云吳岳別名　銑曰迾遮也清候戒道也武夫之士赫然發怒緹衣韎韐武士衣服也跋扈勇壯貌燭照也囂呼聲也天庭海浦謂

照震高遠也吳嶽雍州之鎮也陊堵崩落也百禽㥄陵遽渠庶騤渠追瞿奔觸昌句喪精亡魂失歸忘趨五臣作趣投輪關輻不邀自遇綜曰㥄猶怖也遽促也騤瞿走貌奔觸唐突也言禽獸亡失精魂不知所當歸趨也反關入輪輻之閒不須邀遂往自得之趣向也邀遮也善曰羽獵賦曰虎豹之陵遽白虎通曰禽鳥獸之揔名爲人禽制騤音逵瞿巨駒切銑曰言百獸怖急奔走不知所趣皆自出觸輪關輻不待激遮而逢也關輻謂刺於車輻閒飛罕呼旱切潚五臣作𤄫音肅箾朔流鏑擌普麥㩧朴矢不虛舍五臣本作捨字鋋不苟躍綜曰潚箾罕形也擌㩧中聲也舍放也躍跳也矢鋋所躍必有獲矣善曰說文曰罕網也擌芳邈切說文曰鋋小戈也向曰罕鳥網也潚箾著物貌鏑箭鏃擌㩧中物聲鋋小矛也躍投也矛箭不虛投言發必中矣當足見蹍女展值輪被轢歷僵薑禽斃獸爛若磧七亦礫音歷綜曰足所蹈爲蹍車所加爲轢僵仆也石細者曰礫謂所獲禽鳥爛然如聚細石也向曰足蹈曰蹍車駕

文選二　廿五

曰轢磧砂石也僵斃皆死也言禽獸死者如砂石也但觀罝羅之所羂古犬結竿殳之所揘橫畢五臣本作㦸于筆切綜曰羂縊也結縛也竿竹也殳杖也八稜長丈二而無刃或以木爲之或以竹爲之揘畢謂撞柲也善曰畢于筆切又音筆向曰罝羅網也羂絆結縛也竿殳矛槊之屬揘㦸猶擊刺也叉簇楚角之所攙仕銜捔助角徒搏之所撞直江㧗蒲結切綜曰攙捔貫刺之撞柲猶揘畢也善曰柲旁結切濟曰叉簇攙捔皆貫穿也徒搏擊也撞柲謂撞而柲倒白日未及移晷已獮思衍其十七八綜曰晷景也獮殺也言日景未移禽獸什已殺七八矣善曰漢書張竦曰日不移晷霍然四除銑同綜注若夫游鷮舉喬高翬暉絕阬岡踰斥音尺毚讒兔聯猭五臣本作猭勑緣切陵巒超壑比諸東郭莫之能獲綜曰雉之健者爲鷮尾長六尺詩云有集維鷮翬飛也斥澤崖也毚狡兔也聯猭走也巒山也壑阬谷也自游鷮至此皆謂禽獸輕狡難得也善曰毛詩曰躍躍毚兔猭勑緣切戰國

策淳于髡曰夫韓國盧天下之駿狗也東郭逡海內之狡兔也環山三騰罔五韓盧不能及之鄭玄禮記注曰比猶比方也孔安國尚書傳曰諸之也良曰鷮翬皆雉名遊高飛也毚兔老兔也聯猭走貌絕踰陵超皆越也東郭狡兔也言此兔趫捷比之不可能獲也乃有五臣本作使字迅羽輕足尋景五臣本作影字追括鳥不暇舉獸不得發青骹苦交摯於韝溝下韓盧噬於緤薛末綜曰迅羽鷹也輕足好犬也括箭括之御弦者舉飛也發駭走也青骹鷹青脛者善曰韓盧犬謂黑色毛也摯擊也噬齧也緤攣也韝臂衣鷹下韝而擊犬攣末而齧皆謂急搏不遠而獲又曰高唐賦曰飛鳥未及起走獸未及發說文曰骹脛也戰國策淳于髡曰韓國盧者天下之駿狗也良曰迅羽輕足謂鷹犬括箭也尋影追括言疾也發舉飛走貌青骹鷹名韓盧犬名摯執也韝臂韝著以擊鷹緤牽犬繩也言鷹執雉於韝下犬噬兔於緤末也及其猛毅髬丕髵而隅目高眶威懾之獵兕似虎莫之敢伉五臣本作亢字音岡綜曰髬髵作毛髮鬣也隅目角眼視也高眶深瞳子也皆

文選二　廿六

謂猛獸作怒可畏者兕水牛類也伉當也謂獸猛兕虎且猶畏之人無敢當之者善曰髬普悲切鄭玄毛詩箋曰懾恐懼也伉古郎切翰曰猛毅猛獸也餘同綜注乃使中黃之士育獲之疇朱鬒莫亞䯸作計髽責瓜植髮如竿五臣本作隅中袒但裼先歷戟手奎五臣本作跬羌睽切踽羌禹盤桓綜曰絳帕頟露頭髻植髮如竿以擊猛獸能服之也跬踽開足也盤桓便旋也善曰尸子曰中黃伯曰余左執泰行之猱而右搏雕虎戰國策范雎說秦王曰烏獲之力焉而死夏育之勇焉而死說文曰鬒帶髻頭飾也通俗文曰露髻曰䯸以麻雜爲髻如今撮也髽士瓜切毛詩曰袒裼暴虎左傳曰戟其手廣雅曰盤桓不進也奎欺棰切踽去禹切翰曰中黃國名其俗多勇力育夏育獲烏獲皆古之勇力者朱鬒絳袜頟也䯸髽結束也言結其髮植之如竿袒裼肉袒也戟手手如戟跬踽盤桓搏物之貌鼻赤象圈其兗巨挻延摣側家狒五臣本作𤟭字音費猬胃批俾窳庾狻酸揩苦諧枳止落突棘藩綜曰象鼻赤者怒巨挻麈也怒走者爲𢓜謂能戾象鼻又

穿嚳以著圜彎獸身人面身有毛被髮迅走食人猬其毛如刺窳㺄窫窳也類貙虎亦食人狻猊也一曰師子㩫批皆謂戟撮之　善曰說文曰圈畜閑也㩫子加切狒房沸切猬音謂批側倚切猊五奚切字林曰揩摩也口階切說文曰枳木似橘居紙切杜預左氏傳注曰藩籬也落亦籬也　翰曰赤象大象巨從大獸鼻謂執鼻牽之圈圍也𩬊猬貐狻皆猛獸各㩫批搏撮貌揩摩突觸也言摩觸其藩落藩落皆籬也**梗**古杏**林爲之靡拉**郎荅**樸**補木**叢爲之摧殘**綜曰蘼拉摧殘言揩突之皆擗碎毀拆也　善曰方言曰凡草木刺人爲梗毛萇詩傳曰樸包木也　濟曰蘼拉摧殘言揩突之使擗碎也木有刺曰梗**輕銳僄**匹眇**狡趫捷之徒赴洞穴探封狐陵重巘**魚蹇**獵昆駼**途**杪**眇**木末擭**烏獲**獑**讒**猢**胡**超殊榛**柴臻**摕**庭結**飛鼯**音吾　綜曰輕銳謂便利捷疾也言如此者多也洞穴深且通也探取也封大也陵猶升也山之上大下小者曰巘昆駼如馬跂蹄善登高言能升重巘之嶺而獵取昆駼之獸杪猶表也獑猢猨類而白腰以前黑在木表擭謂搵取之也殊猶大也榛木也摕揩取之也　善曰巘言免切擭於白切獑在銜切爾雅曰鼯鼠夷由郭璞曰狀如小狐肉翅飛且乳摕大結切　濟曰輕銳謂捷疾之徒也洞穴深穴也擭摕皆探投也封狐昆駼二獸名獑猢猨類飛鼯飛生**是時後宮嬖**閉**人昭儀之倫常亞於乘輿慕賈氏之如皐樂北風之同車盤于遊畋其樂只且**子余反　綜曰嬖幸也昭儀後宮官也亞次也乘輿天子所乘車盤樂也　善曰左氏傳曰賈大夫惡取妻三年不言不笑御以如皐射雉獲之其妻始笑而言杜預曰賈國之大夫詩北風曰惠而好我攜手同車尚書曰不敢盤于游畋毛詩曰其樂只且且辭也　良曰常次天子車言盤遊之樂不可極也只且辭也**於是鳥獸殫目觀窮遷延邪睨**五計**集乎長楊之宮**綜曰殫盡也窮極也所觀畢也遷延退旋也　善曰國語伍舉曰若周於目觀　高唐賦曰遷延引身也說文曰睨斜視也魚計切　良曰殫窮皆盡也邪睨邪視也長楊宮名**息行夫展**張輦**車馬收禽舉胔**在智**數課衆寡**綜曰息休也胔死禽獸將腐之

名也數計課録校所得多少　善曰左氏傳曰子反令軍吏繕甲兵展車馬鄭玄禮記注曰展整也胔聚肉名不論腐敗也　銑曰行夫士卒也展息也數謂數其功課多少**置互擺**披**牲頒賜獲鹵**五臣作虜**割鮮野饗犒**苦勞**勤賞功**綜曰互所以挂肉擺謂破磔懸之頒謂以所鹵獲之禽獸賜士衆也謂饗食士衆於廣野中勞勤苦賞有功　善曰擺芳皮切漢書音義曰鹵與虜同子虛賦曰割鮮染輪杜預左氏傳曰犒勞也苦到切　銑曰頒布也生執曰虜互以挂肉擺謂披破牲體以布賜士卒割新殺之獸勞賞勤功**五軍六師千列百重酒車酌醴方駕授饔**邕**升觴舉燧既釂**將曜**鳴鐘**綜曰酒肴皆以車布之燧火也謂行酒舉烽火以告衆也以釂鳴鐘鼓也　善曰漢官儀漢有五營五軍即五營也周禮天子六軍六師即六軍也尚書曰張皇六師千列列千人也鄭玄儀禮注曰方併也杜預左氏傳注曰熟曰饔升進也說文曰釂飲酒盡也焦曜切　銑曰千列百重士卒多也饔熟肉也謂車載酒肉以行也舉燧齊飲鳴鐘告盡也**膳夫馳騎察貳廉空炙炰**步包**夥**楇**清酤**戶**䞡**支**皇恩溥洪德施**善本無此二句**徒御悅士忘疲**綜曰膳夫宰夫也察廉皆視也貳爲兼重也空滅無也言宰人騎馬行視肴有兼重及滅無者詩有炰鱉清酤美酒也　善曰禮記曰御同於長者雖貳不辭鄭玄曰貳重也肴膳也史記曰楚人謂多爲夥毛詩曰既載清酤廣雅曰䞡曰多也毛詩曰徒御不驚毛萇曰徒輦者也御御馬也罷音皮　向曰夥䞡皆多溥博洪大也言皇恩溥洽大德廣施徒御皆悅樂而忘疲勞也**巾車命駕迴旆右移儴**襄**徉**善本作相羊**乎五柞之館旋憩乎昆明之池**綜曰巾車主車官也回車右轉將旋也相羊仿羊也池即所謂靈沼也　善曰孔叢子歌曰巾車命駕將適唐都鄭玄周禮注曰巾猶衣也楚辭曰聊逍遥以相羊憩息也　向曰巾車掌王車官旆旌也儴徉未盡志也五柞館名旋迴也憩息也**登豫章簡**去**矰**曾**紅蒲且**子余**發弋高鴻挂白鶴**善本作白鵠**聯飛龍磻**波**不特絓**胡卦**往必加雙**綜曰豫章池中臺也簡省也繳射矢長八

寸其絲名增挂矢絲挂鳥上也飛龍鳥名也沙石膠絲爲碓非徒獲一而已必雙得之 善曰列子蒲且子之弋弱矢纖繳射乘風而振之連雙鶬於青雲也說文曰磻似石著繳也絓音卦 翰曰豫章館在池中增紅繳射也弋射也挂繳皆羅也磻石箭鏃也挂著也白鶴飛龍皆鳥之名言不著一而已必加於雙於是命舟牧爲水嬉許期浮鷁首翳雲芝垂翟狄葆保建羽旗綜曰舟牧主舟官嬉戲也船頭象鷁鳥厭水神故天子乘之翳覆也爲畫芝草及雲氣以爲船覆飾也垂翟謂垂羽翟爲葆蓋飾建隼羽爲旌旗也 善曰禮記曰舟牧覆舟琴道雍門周曰水嬉則艕龍舟淮南子曰龍舟鷁首甘泉賦曰登夫鳳皇而翳華芝琴道雍門周曰水嬉則建羽旗翰同綜注齊栧陽制女縱櫂五臣作棹歌發引去和去校鳴葭奏淮南度陽阿感河馮懷湘娥驚蝄蜽憚蛟蛇綜曰發引和言一人唱餘人和也葭更校急之乃鳴和胡卧切杜摯葭賦曰李伯陽入西戎所造漢書曰有淮南鼓員四人謂舞人也淮南子曰足蹀陽阿之舞蝄蜽水神蛟龍類驚憚謂皆使駭怖也 善曰栧

女鼓栧之女漢書音義韋昭曰栧楫也楊至切櫂歌引櫂而歌也西都賦曰櫂女謳漢武帝秋風辭曰發櫂歌方言曰楫或謂之櫂郭璞曰今云櫂歌也感動也莊子曰馮夷得道以潛大川說文曰懷念思也楚辭曰帝子降兮北渚王逸曰言堯二女娥皇女英隨舜不及墮湘水中因爲湘夫人楊雄蜀都賦曰其深則有水豹蛟蛇也 銑曰言令妓女鼓棹發其歌聲引以相和也葭管也促曲令急然後釣魴房鱧禮纚所買鰋匽鮋紬摭隻紫貝搏耆龜鳩搤扼水豹馽中立潛牛澤虞是濫何有春秋綜曰罛網笱箕形狹後廣前魴鱧鰋鮋皆魚名搏摭皆拾取之名耆老也龜之老者神水豹潛牛皆謂水處也澤虞主水澤官濫施罛罔也言不順時節常設之也 善曰相貝經曰赤電黑雲謂之紫貝楚辭曰耆蔡兮踊躍王逸曰蔡龜也摭之石切說文曰搤捉也揚雄蜀都賦曰水豹蛟蛇說文曰馽絆馬也上林賦曰沈牛麈麋南越誌曰潛牛形角似水牛搤音厄周禮曰澤虞掌國澤之政國語曰魯宣公濫於泗流 翰曰同二注擿吐歷漻了澥解搜川瀆布九罭域設罜獨麗鹿

摷交鯤昆鮞而殄水族蘧渠藕拔蜃蛤岡苔剝綜曰漻澥小水別名擿搜謂一一周索也鯤魚子鮞細魚族類也摷殄言盡取之蘧芙蕖蜃蛤蚌也 善曰毛詩曰九罭之魚鱒魴爾雅曰九罭魚網國語里革曰罝罣罜麗韋昭曰罜麗小網也擿土狄切澥音蟹罭與緎古字通罭音域罜音獨國語里革曰魚禁鯤鮞蜃音腎 向曰擿探也蘧藕水草蜃蛤蚌屬拔蕖根取也剝取其肉逞欲畋魰魚效獲麑迷麇烏老摎古巧蓼老浶牢浪郎乾池滌藪綜曰逞極也鹿子曰麑麇子曰麇所求徧也 善曰左氏傳季良曰民餒而君逞欲廣雅曰逞快也孔安國尚書傳曰田獵也田與畋同說文曰魰捕魚也魰音魚國語曰獸長麑麇麇音勞孔安國尚書傳曰滌除也鄭玄禮記注曰藪大澤 銑曰摎蓼浶浪謂偏搜索也乾池滌藪言盡也上無逸飛下無遺走獲烏獲胎拾卵蚳遲蝝緣盡取蒼苟取樂今日遑恤我後綜曰皇暇也言且快今日之苟樂焉能復顧後日之長久也 善曰國語烏翼鷇卵蟲舍蚳蝝韋昭曰蚳蟻子也可以爲醢蝝復陶也可

食去銑曰卵蚳直尸切毛詩曰我躬不閱遑恤我後翰曰在腹曰胎卵鳥子也蚳蟻子蝝蝗子謂盡取也既定且寧焉知傾陁音雉綜曰天下已定貴在安樂極意恣心何能復顧後日傾壞也 向曰言今見安焉知後之傾壞陁壞也大駕幸乎平樂之館善本無之館張五臣作帳甲乙而襲翠被綜曰平樂館大作樂處也襲服也李尤樂觀賦曰設平樂之顯觀處金商之維限 善曰班固漢書贊曰孝武造甲乙之帳襲翠被馮玉几音義曰甲乙帳名也左氏傳曰楚子翠被杜預曰翠羽飾被披彼義切 濟曰大駕天子駕也平樂館名襲用也謂用翡翠飾被攢珍寶之玩好紛瑰麗以奓五臣作侈靡臨迥望之廣場程角觝丁禮之妙戲綜曰攢聚也紛猶雜也瑰奇也靡美也奓靡奢放也程課其技能也 善曰漢書曰武帝作角觝戲文頴曰秦名此樂爲角觝兩兩相當角力技藝射御故名角觝也 濟曰迥望寬坦也烏獲扛鼎都盧尋橦直江衝狹鷰五臣本作燕字濯胷突銛息廉鋒跳條

九劒之揮霍走索上而相逢綜曰卷簟席以矛插其中伎兒以身投從中過鸞躍以盤水置前坐其後踊身張手跳前以足偶節踰水復却坐如鸞之浴也揮霍謂丸劒之形也索上長繩繫兩頭於梁舉其中央兩人各從一頭上交相度所謂舞絙者也跳都彫切　善曰史記曰秦武王有力士烏獲孟説皆大官王與孟説扛鼎説文曰扛横開對舉也扛與舡同古尨切漢書曰武帝享四夷之客作巴俞都盧音義曰體輕善緣橦漢書音義曰銛利也息廉切　銑曰挾以草爲環插刀四邊伎人躍入其中胷突刀上如煙之飛躍水也跳弄也丸鈴也揮霍鈴劒上下貌華嶽峨峨岡巒參差神木靈草朱實離離總會仙倡戲豹舞羆白虎鼓瑟蒼龍吹篪音池　綜曰華山爲西嶽峨峨高大貌參差低仰貌神木松栢靈壽之屬靈草芝英朱赤色離離實垂之貌仙倡僞作假形謂如神也羆豹熊虎皆爲假頭也　善曰西都賦曰靈草冬榮神木叢生毛詩曰其桐其椅其實離離萇曰離離垂也　向曰華山西嶽也假作以爲戲即今之山車也上插草木垂其果實離離分布貌總會謂集神仙之倡伎戲豹舞羆並假作其形篪簫也女娥坐而長歌聲清暢而蜲於爲蛇移洪涯立而指麾被毛羽而襳衫襹音師　綜曰蜲蛇聲餘詰曲也洪涯三皇時伎人倡家託作之衣毛羽之衣襳衣毛形也　善曰女娥娥皇女英也襳所炎反襹史宜反　翰曰暢達也指麾謂分析伎樂也襳襹毛衣貌度曲未終雲起雪飛初若飄飄後遂霏霏綜曰飄飄霏霏雪下貌皆巧僞作之　善曰班固漢書曰元帝自度曲瓚曰度曲歌終更授其次謂之度曲也詩曰雨雪霏霏　翰曰雪下貌皆分爲作之　銑曰曲度謂曲之節度也複五臣作復陸重閣轉石成雷綜曰複陸複道閣也於上轉石以象雷聲　翰同綜注礔浦覓礰歷激而增響五臣作音磅五臣作砰浦耕切礚康文象乎天威綜曰增響音重聲也磅礚雷霆之音如天之威怒　善曰礔敷赤切磅怖萌切礚苦盍切　銑曰雲雷霹靂之屬皆幻化爲之砰礚聲也言其聲有似天之威也巨獸百尋是爲蔓延去神山崔巍五臣作嵬欻許律

從背見熊虎升而挐匿加攫鑺猨狖羊究招而高援綜曰作大獸長八十丈所謂蛇龍蔓延也欻之言忽也僞所作也獸從東來當觀樓前背上忽然出神山崔巍也皆僞所作也　善曰漢書曰武帝作漫衍之戲也挐攫相搏持也挐奴加切攫居碧切　銑曰言作大獸名爲蔓延之戲今負神山於背致熊虎猨狖之屬皆相搏持於山上怪獸陸梁大雀踆踆七倫白象行孕垂鼻轔鱗輑善本作囷丘筠切海鱗變而成龍狀蜿蜿苑以蝹蝹於雲切　綜曰皆僞所作也陸梁東西倡佯也踆踆大雀容也七輪切僞作大白象從東來當觀前行且乳鼻正轔囷也海鱗大魚也初作大魚從東方來當觀前而變作龍蜿蜿蝹蝹龍形貌也　善曰尸子曰先生豈無大鳥怪獸之物哉然而不私也轔音鄰囷巨貧切蜿於袁切蝹於君切　良曰陸梁踆踆皆行走貌孕産也謂僞作象令行産其子轔輑象鼻下垂貌蜿蜿蝹蝹龍行之貌含利颬颬呼家化爲仙車驪音離駕四鹿芝蓋九葩蟾蜍與龜水人弄蛇綜曰含利獸名性吐金故曰含利颬颬容也驪猶羅列駢駕之也以芝爲蓋蓋有九葩之采也作千歲蟾蜍及千歲龜行舞於前也水人俚兒能禁固弄蛇也　善曰颬呼加切蟾昌詹切蜍市余切　濟曰颬颬開口貌言初爲獸後化爲仙人車仍以驪馬駕之芝蓋以芝英爲蓋葩花也蟾蜍蝦蟆也奇幻胡辦儵忽易貌分形吞刀吐火雲霧杳冥畫地成川流渭通涇綜曰儵忽疾也易貌分形變化異也　善曰幻下辦切西京雜記曰東海黃公立興雲霧漢官典職曰正旦作樂漱水成霧楚辭曰杳冥兮晝晦西京雜記曰東海黃公坐成山河又曰淮南王好方士方士畫地成河　濟曰奇幻謂幻人能分一身作數人或吞刀或吐火或起雲霧或畫地成川河杳冥陰昏貌東海黃公赤刀粵祝呪冀厭白虎卒不能救挾邪作蠱於是不售常呪切　綜曰東海有能赤刀禹步以越人祝法厭虎者號黃公又於觀前爲之蠱惑也售猶行也謂懷挾不正道者於是時不得行也　善曰西京雜記曰東海人黃公少時能幻制蛇御虎常佩赤金刀及衰老飲酒過度有白虎見於東海黃公

以赤刀往厭之術不行遂爲虎所食故云不能救也皆爲作之也　翰曰同二注爾乃建戲車樹脩旃侲振僮程材上下翩翻突倒投他豆而跟根絓卦譬殞絕而復聯綜曰樹殖也旃謂橦也建之於戲車上也侲之言善善童幼子也程猶見也材伎能也翩翻戲橦形也突然倒投身如將墜足跟反絓橦上若已絕而復連也　善曰史記徐福曰海神云若侲女即得之矣侲之刃切說文曰跟足踵也　翰曰脩長也旃謂橦建於戲車上侲衆也翩翻上下貌百馬同轡騁足並馳橦末之伎態不可彌綜曰於橦子作其形狀彌猶極也言變巧之多不可極也　善曰陸賈新語曰楚平王增駕百馬同行也　向曰於橦上作百馬以一轡馳騁其伎能態不可窮盡彌盡也彎弓射乎西羌又顧發乎鮮卑綜曰彎挽弓也鮮卑在羌之東皆於橦上作之　善曰魏書曰鮮卑者東胡之餘也別保鮮卑山因號焉　翰曰鮮卑北胡也發射也言假作人形彎弓以射西羌北胡也於是衆變盡心酲醉盤樂極悵

懷萃綜曰酲飽也萃猶至也於是游戲畢心飽於悅樂悵然思念明當復至也　善曰孟子曰盤游飲酒馳騁田獵　濟曰衆變謂伎樂也言伎樂畢心飽於悅樂悵懷悵然思念所至之處陰戒期門微行要平屈降尊就卑懷璽藏紱五臣本作黻字　綜曰要或爲徼天子印曰璽紱綬也懷藏之自同卑者也　善曰漢書曰武帝與北地良家子期諸殿門故有期門之號漢書曰武帝微行所出張晏曰騎出入市里不復警蹕若微賤之所爲故曰微行要屈至尊同乎卑賤也　濟曰武帝置期門郎陰爲戒勑與之微行行出不法駕謂之要自上離下謂之屈璽天子印所以世傳黻禮服也言既微行懷藏璽黻自降同賤微便旋閭閻周觀郊遂五臣作隧若神龍之變化彰后皇之爲貴綜曰龍出則昇天潛則泥蟠故云變化章明也天子稱元后皇漢帝稱也　善曰閭里門也閻里中門也鄭玄周禮注王國百里爲郊周禮有六遂也管子曰龍被五色欲小則如蠶蠋欲大函天地也　濟曰便旋猶迴轉也閭閻里門也郊隧近郭之道龍出能變化言天子或同微人或復尊位變化亦猶神龍焉彰明也以此足明天子之貴矣

然後歷掖庭適歡館捐衰色從嬿婉於遠切　綜曰掖庭今官主後宮擇所驩者乃幸之嬿婉美好之貌　善曰毛詩序曰華落色衰韓詩曰嬿婉之求嬿婉好貌婉於萬切捐棄也　良曰歡悅也衰色老惡嬿婉美貌言適所悅而幸之促中堂之陿五臣本作狹字坐羽觴行而無筭祕舞更奏妙材騁伎妖蠱也豔夫夏姬美聲暢勑亮於虞氏始徐進而羸力爲形似不任乎羅綺嚼牆躍清商而却轉增嬋蜎以此五臣家跐音此豸雉紛縱體而迅赴若驚鶴之羣羆媿美切　綜曰中堂中央也秘言希見爲奇也更遞也奏進也清商鄭音嬋蜎此豸姿態妖蠱也縱體舞容也迅疾赴節相越也相鶴經曰復七年學舞又七年舞應節　善曰楚辭曰瑤漿蜜勺實羽觴漢書音義曰羽觴作生爵形儀禮曰無筭爵鄭玄曰筭數也左氏傳子產曰在周易女惑男謂之蠱音古又左氏傳曰楚莊王欲納姬杜預曰夏姬鄭穆公女陳大夫御叔妻七略曰漢興善歌

者魯人虞公發聲動梁上塵暢倡暢也蠱媚也宋玉笛賦曰吟清商追流徵嬋音蟬蜎於緣切　良曰羽觴杯上綴羽以速飲也秘舞謂希見之奇曲也妖蠱豔美也夏姬夏之美女虞氏謂虞公善歌者羸形宮女之形羸弱似不勝羅綺　濟曰嚼吟也謂清商之聲嬋蜎跐豸姿媚妖麗也縱體迅赴言屈容而赴迅節驚鶴羣羆言舞容似之振朱屣五臣本作珠屣於盤樽奮長袖之颯素合纚史要杳紹脩態麗服颺菁精眳藐五臣本作昭邈流眄一顧傾城綜曰振猶掉也朱屣赤絲履也舞人特作長袖颯纚長貌也要紹謂嬋娟作姿容也修爲也態嬌媚意也菁華英也眳眉睫之間藐好視容也流眄轉眼貌也眳亡井切　善曰韓子曰長袖善舞纚所倚切楚辭曰夸容脩態要於妙切漢書李延年歌曰北方有佳人絕世而獨立一顧傾人城再顧傾人國　銑曰言振蹈珠履於盤樽之間颯纚舞袖貌颺明也菁華英也眳邈美視貌言此之美人一顧可使傾城展季桑門誰能不營善曰國語曰臧文仲聞柳下惠之言曰昭曰柳下展禽之邑季字也家語曰昔有婦人召柳下惠不往曰嫗不逮門之女也國人不稱其亂焉桑門

沙門也東觀漢記制楚王曰以助伊蒲塞桑門之盛饌誅文
曰營惑也　良曰展季柳下惠桑門西國沙門此二人至貞
絜見此之美
亦經營也　列爵十四競媚取榮盛衰無常惟愛
所丁綜曰後宮官從皇后以下凡十四等競爭邪媚求榮
愛也　善曰漢書曰大星正妃餘三星後宮又贊曰
漢興因秦之稱號帝正適稱皇后妾皆稱夫人號十四等云
昭儀位視丞相婕妤視上卿娙娥視中二千石傛華視眞二
千石美人視二千石八子視千石十子視八百石良人視七
百石長使視六百石少使視四百石五官視三百石順常視
二百石無涓共和娛靈保林良夜皆視百石爾雅曰丁
當也　銑曰皆競於榮寵盛衰不常惟當意者悅之　衞后
興於鬒軫髮飛燕五臣作鷰寵於體輕　善曰漢書曰孝
武衞皇后字子
夫漢武故事曰子夫得幸頭解上見其美髮悅之毛詩云鬒
髮如雲之忍切荀悅漢紀曰趙氏善舞號曰飛燕上說之事
由體輕而封皇后也　向曰衞皇
后以黑髮見寵趙飛鷰以體蒙幸　爾乃逞志五臣作至究
欲窮身五臣作歡極娛鑒戒唐詩他人是媮音俞　綜
曰逞娛也

娛樂也唐詩刺晉僖公不能及時以自娛樂曰子有衣裳弗
曳弗婁宛其死矣他人是媮言今日之不極意恣嬌亦如此
也　善曰楚辭曰逞志究欲心意安之也國語曰鑒　自君
戒而謀賈逵曰鑒察也　濟曰逞快言快至盡媮也
作故何禮之拘增昭儀於婕妤賢既公而又侯
善曰國語魯侯曰君作故事韋昭曰君所作則爲故事也商
君書曰賢者更禮不肖者拘焉漢書曰孝成帝趙皇后有女
弟爲婕妤絕幸爲昭儀又曰孝元帝傅婕妤有寵乃更號曰
婕妤在昭儀上尊之也又曰封董賢爲高安侯後代丁明爲
大司馬卽三公之職也　濟曰言
自君所作卽爲故事何必拘於禮　許趙氏之無上思致
董於有虞王閎爭於坐側漢載安而不渝　綜曰渝
易也
善曰漢書曰成帝謂趙昭儀曰趙氏故不立許氏使天下無
出趙氏上者漢書曰上置酒麒麟殿視董賢而笑曰吾欲法
堯禪舜何如王閎曰天下乃高帝天下非陛下
有之統業至重天子無戲言　翰曰同善生　高祖創
業繼體承基暫五臣作蹔勞永逸無爲而治耽樂是

從何慮何思善曰劉歆美新曰漢祖創業蜀漢漢書平當
曰今漢繼體承基三百餘年又揚雄曰不一
勞者不久佚論語曰無爲而治其舜也歟尚書曰惟耽樂之
從周易曰天下何思何慮　翰曰高祖創業雖蹔是勞令子孫
繼體以承其基址足爲永逸但
耽樂恣意而已何所思慮哉　多歷年所二百餘朞
綜曰朞一帀也　善曰殷禮配天多歷
年所　翰曰從高祖至莽二百三十年　徒以地沃野豐
百物殷阜巖險周固襟帶易守得之者彊據之
者久流長則難竭柢帶深則難朽故奢泰肆情
而馨烈彌茂　綜曰沃肥也豐饒也殷盛也阜大也謂左
崤函右隴坻前終南後高陵言土地險固
故得放心極意而奢泰之馨香烈益以茂盛　善曰左氏傳曰
制巖邑也李尤函谷關銘曰襟帶咽喉管子曰地形險阻易
守難攻　濟曰但以京師沃野豐厚山川險固足爲襟帶易
爲守備處之者自彊盛據之者能長久亦由水木之深遠難
爲枯竭也　良曰肆放也彌益也烈業也言險
固之地故得放情奢侈而馨香之業益以茂盛　鄙生生乎

三百之外傳聞於未聞之者五臣作口曾髣髴其若
夢未一隅之能覩　綜曰鄙生公子自稱謙辭也三百自
高祖以下至作賦時也　善曰孔叢
子子高謂魏王曰君聞之於耳邪聞之於傳邪者之與切甘
泉賦曰猶髣髴其若夢說文曰彷彿相似見不諦也論語曰
子曰舉一隅而示之　濟曰言我生漢後三百年外
未聞之事傳人之耳髣髴如夢中矣未能見其一隅　此何
與五臣作異於殷人屢遷前八而後五居相圯　備耿
不常厥土盤庚作誥帥人以苦　善曰廣雅曰與如也
言欲遷都洛陽何如
殷之屢遷乎言似之也尚書曰自契至成湯八遷尚書序曰
盤庚五遷又曰河亶甲居相祖乙圯于耿孔安國曰河水所
毀曰圯盤庚遷于殷殷人弗適有居率籲衆慼出矢言　銑
曰此謂東都也言不歸西京何如殷人數遷乎言似之也盤
庚作告人遷都之意
人不欲徙故言苦也　方今聖上同天號于帝皇掩四
海而爲家富有之業莫我大也　綜曰天稱皇天帝今
漢天子號皇帝兼同

之掩覆也三皇以來無大於漢者　善曰方今猶正今也尚書刑德放曰帝者天號也天有五帝春秋元命苞曰皇者煌煌也禮記孔子曰大道既隱天下爲家美曰聖人能以天下爲一家也周易曰富有之謂大業也　濟曰言聖德同天掩括四海爲家也富有之業無大於我漢也**徒恨不能以靡麗爲國華獨儉嗇以齷齪忘蟋蟀之謂何**綜曰儉嗇節愛也蟋蟀唐詩刺儉也言獨爲節愛不念唐詩所刺耶　善曰漢書注曰齷齪小節也王逸楚辭注曰謂說也何休公羊傳注曰諸據疑問所不知者曰何也又曰國語季文子曰吾聞以德爲國華韋昭曰爲國光華也　翰曰但恨不能靡麗華國獨爲節愛以自小也蟋蟀詩也所以刺儉言今忘此詩意不爲遊樂謂何疑問之辭**豈欲之而不能將能之而不欲歟蒙竊惑焉願聞所以辯之之說也**綜曰言我不解何故反去西都從東京置奢逸即儉嗇也說猶分別解說　善曰蒙謙稱也周易曰匪我求童蒙也　向曰豈亦欲得西京奢麗而不能往將能往而不欲去歟　銑曰蒙公子謙也惑爲言我竊惑此意焉願聞所辯說也

六臣註文選卷第二

卅七

六臣註文選卷第三

梁昭明太子撰

唐李善并五臣註

京都中京都有三卷此卷居中故曰京都中

東都賦

東京謂洛陽其賦意與班固東都賦同

張平子　薛綜注

安處先生於是似不能言者憮武**然有閒**綜曰有閒謂有頃之閒也先生聞公子稱西京奢泰之事心怪其所貴者謂違禮失道故愕然有頃乃能言也　善曰安猶烏也處處也言何處有此先生蓋虛假之也論語曰孔子似不能言者孟子曰夷子憮然爲閒也趙岐曰憮然猶悵然也　向曰大辯若訥　良曰憮然猶默然先生怪公子盛稱西京奢麗無度故默然有頃將陳東京之事**乃莧**善作莞**爾而笑曰若客所謂末學膚受貴耳而賤目者也**綜曰莧爾舒張面目之貌也末學謂不經根本膚受謂皮膚之不經於心胸貴耳謂東京先生笑公子以西京爲貴以東爲賤也　善曰論語曰莧爾而笑又曰膚受之愬桓子新論曰世咸尊古卑今貴所聞賤所見　銑曰莞爾小笑貌　濟曰若客謂公子也爲末學近所受膚薄**苟有胸而無心不能節之以禮**綜曰苟猶誠也言實誠信胸臆之所聞而心不能以禮節度其可否也　善曰韓詩曰鄙野之人僻陋無心也論語曰不以禮節之賈逵國語注曰節制也**宜其陋今而榮古矣**綜曰言人不能以禮節度其事情者固宜薄陋今日之事而以此所聞古事爲榮貴也　善曰夫尊古而卑今學者之流也　向曰古謂西京今謂東京言公子外雖有胸內實無心所以不能識禮經之節制若此之用心誠宜以彼西京奢侈爲榮以我東京儉約爲陋**由余以西戎孤臣而悝**苦回**穆公於宮室如之何其以溫故**五臣有而字**知新研覈**胡格**是非近**

一

於此感 五臣有也字 綜曰如奈也覈實也研審也先生如何公子稚好博古溫故知新之德當審實事理之是非而返惑於此事論語曰溫故知新可以爲師矣王襃責髯奴曰研覈否臧 善曰史記曰由余本晉人亡入西戎戎王使來聘秦觀秦之強弱穆公示以宮室引之登三休之臺由余曰臣國土階三尺茅茨不翦寡君猶謂作之者勞居之者淫此臺若鬼爲之則神勞矣使人爲之則人亦勞矣於是穆公大慙鄭玄禮記注曰凡穆或作繆武六切悝猶嘲也 翰曰言由余西戎孤陋臣也尚能嘲穆公之奢泰如何公子有溫故知新研覈是非之資而反近惑於此也 **周姬之末不能厥政政用多僻始於宮隣卒於金虎** 綜曰姬周姓也末謂幽厲二主周末世之王多邪僻之政也鄭近也謂幽王近於宮室惑於褒姒卒有禍敗也金虎西方白虎神王金金白也 善曰應劭漢官儀曰不制之臣相與比周比周者宮隣金虎宮隣金虎言小人在位比周相進與君爲隣貪求之德堅若金讒誘之言惡若虎也 良曰言周之末年不能行政政多邪僻宮君也始自幽厲二王小人在位與君子爲隣堅若金惡若虎卒以此亡 **嬴氏搏** 附 **翼擇肉西邑** 綜曰嬴秦姓也周書曰無爲虎傅翼將飛入邑擇人而食也搏翼謂著翼也搏與附同 翰曰謂據西邑之險擇諸侯而攻之 **是時也七雄並爭競相高以奢麗** 綜曰七雄謂韓魏燕趙齊楚秦也爭謂各強盛而競相高以奢溢將爲國好不復顧於禮法也 善曰答賓戲曰七雄虓闞史記張釋之曰秦以苛察相高尚書曰弊俗奢麗也 **楚築章華於前趙建叢臺於後** 綜曰左氏傳曰楚子成章華之臺於乾谿一朝叛之於前在春秋之時史記曰趙武靈王起叢臺太子圍之三月於後在六國之時 善曰鄒陽上書曰全趙之時武力鼎士袨服叢臺之下臣瓚曰在邯鄲城內也 銑注同 **秦政利觜長距終得擅場思專其侈以莫己若** 五臣有也字 綜曰言秦以天下爲大場踰七雄爲鬬雞利喙長距者終擅一場也史記曰秦始皇秦襄王子名政說文曰擅專也莫無也若如也言始皇所以思專擅其奢侈者以天下之君無如於我也 向曰言始皇甲兵猛銳竟滅六國專有天下思爲奢麗無如己者 **乃構阿房** 倚 **起甘泉** 綜曰三輔故事秦始皇上林苑中作離宮別觀一百

四十六所不足以爲大會羣臣二世胡亥起阿房殿東西三里南北三百步下可建五丈旗在山之阿故號阿房也甘泉山名也戰國策范雎曰秦北有甘泉宮讀其下有甘泉水因以名之 善曰史記曰始皇作前殿阿房東西五百步南北五十丈上可以坐萬人下可以建五丈旗又曰始皇自極廟道通酈山作甘泉前殿 **結雲閣冠** 五臣作觀 **南山** 綜曰結連也雲閣閣名也高如雲故言雲三輔故事曰秦二世胡亥起雲閣欲與山齊冠覆也南山終南在長安南 銑曰二世起雲閣欲與南山齊又起觀於南山巔也 **征稅盡人力殫然後收以太半之賦威以參** 三 **夷之刑** 綜曰言征稅之賦盡於奢泰之用天下之力盡於長城與宮室也殫盡也漢書伍被曰秦作阿房宮收太半之賦韋昭曰凡數三分有二爲太半言秦造宮室奢麗費用不足乃復收其太半之賦百姓賦稅不得者誅其三族漢書曰秦用商鞅之法造參夷之誅參三也謂滅三族也 善曰鄭玄禮記注曰征稅也毛萇詩傳曰稅斂也 翰曰夷殺也 **其遇民也若薙** 士帝 **氏之芟** 所銜 **草既蘊崇之又行火焉** 綜曰遇逢遇也周禮有薙氏掌山澤芟除草菅毛詩載芟載柞也左氏傳曰周任有言曰若農夫之務去草芟夷蘊崇之杜預曰芟殺蘊積也崇聚也言秦始皇酷虐百姓如芟草積而放火焉 向曰薙氏掌除草蘊崇積聚而文撓之秦之虐民有類於此也 **惵惵** 徒頰 **黔首豈徒跼** 局 **高天蹐** 籍 **厚地而已哉乃救死於其頸** 綜曰史記曰秦皇更名民曰黔首謂黑頭無知也跼蹐恐懼之貌也毛詩曰謂天蓋高不敢不跼謂地蓋厚不敢不蹐蹐累足也謂此時之民非徒跼高天蹐厚地而已乃晝夜畏死其頸 善曰豈非也老子曰聖人在天下楪楪焉國語單襄公曰兵在其頸不可久也 銑曰惵惵衆懼皃黔首人也跼傴僂蹐輕足行也言黔首震懼豈但畏天地傴僂輕行而已恐秦法戮之 **敺** 五臣作驅 **以就役唯** 五臣作惟 **力是視** 綜曰謂不復知民有緩急與飢寒唯趨敺令作力而已 善曰左氏傳曰除君之惡唯力是視言所觀者唯力是求餘無所顧也 翰注同 **百姓不能忍是用息肩於大漢而欣戴高祖** 綜曰忍堪也言秦天下之民若檐重物不得休息今來歸漢得息肩膊 善曰左氏

傳曰鄭成公疾子駟請息肩於晉杜預曰以負擔喻也國語
曰祭公謀父曰商王大惡庶民不忍欣戴武王賈逵曰戴奉
也　濟曰百姓不能忍秦之苦若擔重而行
晝夜不息及漢乃捨皆歡欣戴荷高祖之德　高祖膺籙
受圖順天行誅杖朱旗而建大號　綜曰膺籙謂當五勝之籙受圖
卯金刀之語順天謂順天命而起又悟神媼之言舉朱旗而
大呼天下之英雄與其定事也　善曰春秋命曆引曰五德
之運徵符合應籙次相代周易曰順乎天漢書高祖立爲沛
公旗幟皆赤故曰朱也周易曰渙汗其大號鄭玄曰號令也
濟曰膺當也籙五勝之籙
圖河圖大號大發號令也　所推必亡所存必固　綜曰言高祖所
推擊者使之亡所存者使之堅固　善曰尚書曰推亡固
存邦乃其昌　銑曰諸侯無道者則亡之存道者則固之　掃
項軍於垓下紲子嬰於軹　五臣作抶　塗　音度叶韻　綜曰掃除也項項羽也
垓地名漢王圍項羽於垓下羽聞四面有楚歌乃與數百騎
走高祖使灌嬰追之斬羽東城紲猶繫也子嬰秦子嬰也
善曰史記曰秦王子嬰乘素車白馬繫頸以組降於軹道
旁也蘇林曰軹亭名在長安城東十三里軹音紙　向注同　因

文三　四

秦宮室據其府庫作洛之制我則未暇　綜曰因仍也據就也
府庫謂官吏所止爲府車馬器械所居曰庫也作洛謂造洛邑
也我我高祖也謂天下新造草創不暇改作如禮制也　銑
注同　是以西匠營宮目翫阿房　倚　規摹　莫胡　踰溢
不度　入　不臧損之又損然尚過於周堂觀者狹
而謂之陋帝已譏其泰而弗　五臣作不　康　綜曰西匠謂秦之舊匠也
目視也翫習也阿房宮名也漢書曰梧齊侯陽城人名延爲
少府作長樂未央宮也規圖也踰越也溢過也度法也臧善
也謂西匠所圖越過不得禮法皆言不善也損減也言高祖
雖數損減其制度猶過於周家之堂觀視陋小也康安也言
觀者習見秦之奢麗睹今日之減小皆以爲陋然高祖猶已
譏其泰而不安也謂七年冬上自將擊韓王信蕭丞相留長
安營起未央宮立東闕前殿武庫太倉高祖見其壯麗怒曰
何修宮室之過也　善曰聲類曰摹法摹也老子曰損之又
損之以至於無爲也　良曰西匠西人爲匠也高祖既西都
秦中復使西人營理宮室西人嘗翫阿房之踰溢過度不害

雖使抑損尚過周宮觀者謂之狹
陋高祖尚以爲奢泰而不可安　且高既受命建家造
我區夏矣　綜曰高高祖也區區域也夏華夏也言高祖受上天之命建立國家制造區夏　善曰毛詩曰
文王受命作周也鄭玄曰受天命以王天
下尚書盤庚曰永建乃家用肇造我區夏　文又躬自菲
薄治致升平之德　綜曰文文帝也躬自菲薄謂儉約漢書曰文帝欲作露臺召匠計直百金
曰吾奉先帝宮室常恐太奢何用臺爲故文景之際號爲升
平升平謂國太平也　善曰禹菲薄飲食孝經鉤命決曰明
王用孝升平致譽　武有大啓土宇紀禪肅然之功　綜曰武武帝也漢書
武紀曰定越地爲南海七郡北置朔方等五郡故云大啓土
宇啓開也紀記也肅敬也謂登封太山升禪肅然　善曰尚
書曰建邦啓土毛詩曰大啓爾宇
濟曰登太山升禪肅然以紀其功　宣重　直用　威以撫和
戎狄呼韓來享　綜曰宣宣帝也漢書宣紀曰呼韓邪單于款五原塞願奉國珍毛詩曰自彼氐
羌莫敢不來享享獻也撫安也戎狄呼韓並國名也左氏傳
曰子教寡人和戎狄言宣帝能和戎狄　銑曰呼韓單于願

文選三　五

宋國寶也　咸用紀宗存主饗祀不輟　綜曰咸皆也紀錄也宗太宗文帝廟號也
主木主言刻木爲人主神置廟中而祭之輟止也凡天子五
世則毀今廟不遷毀其主各四時祭祀無止絕時　善曰漢
書景紀曰高皇帝爲太祖之廟文皇帝爲太宗廟言天子宜
世世獻祖宗之廟也鄭玄論語注曰輟止也　翰曰高皇帝
爲太祖廟文皇帝爲太宗廟武皇帝爲代宗廟宣皇帝爲中宗廟此四廟代代不遷毀其主　銘勳彝器
歷世彌光　綜曰彝常也宗廟之器稱彝勳功也歷經也彌益也銘勳也勤銘於宗廟之器鐘鼎萬祀彌益
光明　善曰左氏傳臧武仲曰夫以大伐小取所得彝器銘
其功烈以示子孫也字林曰銘題勤　銑曰彝器鐘鼎祖宗
之器以銘紀功勳也　今捨純懿而論奕德以春秋所諱而爲
美談宜無嫌於往初　五臣作故舊　故　五臣無故字　蔽善而揚
惡祗　章移　吾子之不知言也　綜曰爾雅曰純大懿美也奕差也今公子反舍四帝
純大懿美之德而專論說奕差之過失者也春秋諱國之惡
今公子反以爲美談也宜之言義也無猶不也祗是也今公

子之義不嫌於蔽國之善揚國之惡是公子之不知言也
善曰國語曰賈有奕德賈逵曰奕貳也公羊傳曰大惡諱之
小惡書之又云魯人至今以爲美談也說苑楚文侯曰邑中
豪好蔽善而揚惡可親問之論語子曰不知言無以知人也
毛萇詩傳曰祇適也　向曰先生以爲公子之意稱西京之
盛宜不嫌於故舊理當陳飾美事以成其言且春秋諱國惡
今公子捨四帝純大懿美之德不述取元成差奕之
過以談是蔽善揚惡反似嫌於故舊是不知言也 **必以**
肆奢爲賢則是 五臣作是則 **黄帝合宮有虞總期固**
不如夏癸之瑶臺殷辛之瓊室也湯武誰革而
用師哉 綜曰肆放也賢善也謂黄帝明堂以草蓋之名曰
合宮舜之明堂以草蓋之名曰總章言難公子黄
帝等造此是守儉也湯謂殷湯武謂武王革改也言誰遣革
改殷紂夏桀而用師哉以其奢侈婬放所以湯武順天命而
行罰之此譏西京公子也　善曰尸子曰欲觀黄帝之行於
合宮觀堯舜之行於總章章期一也汲冢古文曰夏桀作傾
宮瑶臺殫百姓之財殷紂作瓊室立玉門周易曰湯武革命
順乎天而應乎人孔叢子曰舜禹揖讓湯武用師非相詭乃

文選三　大

時也　銑曰言公子以奢放爲賢則黄帝與帝舜作合宮總
章以是不如桀紂作瑶臺瓊室也若此湯武誰復改易此弊
而用師伐滅之 **盍**合**亦覽東京之事以自寤** 五臣作悟　綜曰盍猶何不也
覽視也自寤自覺寤也言公子何不視東京之行事心
自覺寤耶　良曰何不覽東京儉約悟西京奢泰也 **且夫**
天子有道守 五臣作狩 **在海外** 綜曰淮南子曰若天下無道守在四夷天下有道守在海
外言四夷皆爲臣僕　善曰鄭玄禮記注曰道謂 **守位以**
仁義也　濟曰至德及遠故可巡狩四海之外
仁 綜作人 **不恃隘害** 綜曰人謂衆庶也隘險也言要須擇任賢臣不以隘害爲牢固　善曰周
易曰何以守位曰仁也　濟曰險隘 **苟民志之不諒何**
要害之𢧐也恃險不及守位遠矣
云巖險與襟帶 綜曰苟誠也諒信也公子稱巖險周固襟帶易守故今荅曰誠使人心不信何
用周固反易守乎　善曰李尤函谷關銘曰襟帶咽喉也
翰曰苟且也公子稱巖險周固襟帶易守先生言且人心不
信雖有於此
復何補乎 **秦負阻於二關卒開項而受沛** 綜曰負恃也卒

終也言負二關以爲牢固終受二人所入也二人謂高祖從
武關入項羽從函谷關入　善曰漢書曰沛公使兵守函谷
關項羽使黥布攻破之至戲下又云沛公攻武關入秦應劭
曰武關秦南關　向曰二關皆秦之塞沛公攻武關入秦又
使兵守函谷關項羽使黥布攻
破之若此隘阻不足恃明矣 **彼偏據而規小豈如**
宅中而圖大 綜曰彼謂秦也據依也言彼秦偏據關西所規近在二關之內故曰小豈如東京居
天地之中所圖者四海之外　善曰尚書曰自服于土中孔
安國曰洛邑地勢之中孔叢子曰子貢謂東郭亢曰今子位
卑而圖大　銑曰偏據謂西京宅中謂東京 **昔先王之經邑也掩觀九隩** 烏到
靡地不營土圭測景 五臣作影 **不縮不盈總風雨**
之所交然後以建王城 綜曰先王謂周成王也邑洛邑也掩猶及也九隩謂九州之内
也靡地不營謂徧求之卜瀍澗及黎水皆不吉鄭玄曰土度
也縮短也盈長也謂圭長一尺五寸夏至之日竪八尺表日
中而度之圭影正等天當中也若影長於圭則太近北圭長
於影則太近南近北多寒近南多暑近東多風近西多雨總

文三　七

猶括也王城今河南也周禮曰土圭之法測土深正日景以
求地中四時之所交風雨之所會陰陽之所和乃建王國也
善曰毛萇詩傳曰經度也新亭曰營度也九隩合道四海也
良曰掩度觀視也九隩九州之内也靡無也言成王經始此
邑度視九州之内無地不營以土圭之法測正日影而此地
不縮不盈正得天地之中四時風雨於此交會故建立王城
也 **審曲面勢** 綜曰審度也謂審察地形曲直之勢而建王都　善曰周禮曰或審曲面勢以飭五材以
辨民器鄭司農曰審五材曲直方面形
勢之宜也　濟曰審其曲折觀其面勢 **泝**素 **洛背河左**
伊右瀍 綜曰泝向也洛洛水河黄河伊伊水瀍瀍水　善曰尚書曰予朝至于洛師卜澗水東瀍水西惟洛
食孔安國曰洛出上洛山伊出
陸渾山瀍出河南北山向注同 **西阻九阿東門于旋**
綜曰謂東有旋門在成臯西南十數里阪形周屈故曰于旋
善曰穆天子西升九阿郭璞曰旋今新安縣十里有九坂阻
險也阿曲也　銑曰洛陽西十里
九坂之道謂之九阿旋旋門坂 **盟津達其後太谷通**
其前 綜曰孟津四瀆之長故武王爲諸侯約誓於其上尚
書曰東至于盟津盟津地名在洛北都道所湊古今

以爲津太谷在輔氏北洛陽西也洛陽記曰太谷洛
城南五十里舊名通谷　銑曰盟津河名太谷谷名迴行
道乎伊闕邪徑捷接乎轘轅綜曰伊闕山名也轘轅
阪名也迴曲也捷邪也
謂大道迂曲乃當伊闕之外邪徑趣疾當歷轘轅　善曰賈
逵國語注曰道由也史記吳起曰桀之居伊闕王逸楚辭注
曰捷疾也左氏傳注曰捷邪出也漢書曰沛公從轘轅皆璝
曰左緱氏東南也　翰曰言大道伊闕之界迂迴而行轘轅
之上雖邪
亦捷也太室作鎮揭竭以熊耳綜曰太室嵩高別名
也揭猶表也言以嵩
高之嶽爲國之鎮也復表以熊耳之山　善曰郭璞山海經
注曰太室在陽城縣西羽獵賦曰揭以崇山熊耳山名也尚
書傳曰熊耳山在宜陽
之西也　銑同綜注厎柱輟流鐔徒南以大岯音披綜曰厎
柱山名也在河東縣東南向居河中猶柱然也輟止也　善
曰尚書曰導河至於厎柱東過大岯韻集曰鐔劒口也言大
岯之險同乎劒口也莊子曰天子之劒以周
宋爲鐔　良曰厎柱山在水中若輟止於流也溫液湯泉
黑丹石緇音滓　綜曰言泉水如湯浴之可以除病在河
南梁縣界中也黑丹石緇謂黑石雜色也言溫
液即湯泉之流黑丹石緇之所出　善曰孝經援神契曰德
至山陵則出黑丹張揖子虛賦注曰玄厲黑石可用磨也
良曰緇黑也言
丹黑土石相雜王鮪岫居能奴來鼈三趾綜曰山有穴
曰岫王鮪魚
名也居山穴中長老言王鮪之魚由南方來出此穴中入河
水見日目眩浮水上流行七八十里釣人見之取之以獻天
子用祭其穴在河南小平山　善曰周禮曰春獻鮪鄭玄曰
王鮪鮪魚之大者山海經曰陽狂水西南流注于伊水中有三
足鼈爾雅曰鼈三
足曰能　翰注同虙妃攸館神用挺紀綜曰攸所也
館舍也傳曰
成王遷九鼎於洛邑卜年七百卜世三十後皆始其言故云
神所挺紀謂告年紀之處也　善曰楚辭曰迎虙妃於伊洛
王逸曰虙妃神女蓋伊洛之水精　濟曰虙
妃神女也當亦館於此中其神挺然可紀龍圖授羲
龜書畀以利姒綜曰尚書傳曰伏羲氏王天下龍馬出河遂
則其文以畫八卦謂之河圖又曰天與禹洛
出書謂神龜負文而出列於背　善曰爾
雅曰畀賜也史記禹姓姒氏　良注同召伯相宅卜
惟洛食周公初基其繩則直綜曰相視也宅居也
惟有也食謂吉兆

善曰尚書曰召公既相宅卜惟洛食孔安國曰卜必先墨畫
龜然後灼之兆順食墨吉也謂初造洛邑言召公先相宅卜
之吉周公繩度之合於制度尚書曰周公初基作新大邑于
東國洛毛詩曰其繩則直毛萇曰言不失繩直之宜也　濟
注同萇良直弘魏舒是廓是極綜曰萇弘周大夫也魏舒
晉大夫獻子也廓猶規也
極致也謂二人率諸侯曰敬以致功規度王城三旬而立之
善曰國語曰敬王十年劉文公與萇弘欲城周爲之告晉左
氏傳曰晉魏舒合諸侯之大夫以城周也
向曰廓開也極致也言致功開立之也經途九軌城
隅九雉綜曰南北爲經途道也軌車轍也　善曰周禮國
中經途九軌鄭玄曰塗容九軌謂轍廣也又周禮
曰王城隅之制九雉鄭玄云雉度也謂
高一丈長三丈爲雉　銑曰隅角也度洛徒堂以筵度
室以几綜曰堂明堂也筵席也長九尺几組也長七尺
善曰周禮曰室中度以几堂上度以筵　濟曰取
几筵
爲准京邑翼翼四方所視綜曰京大也大邑謂洛陽
也翼翼禮儀盛貌言常爲
四方觀翼翼然也　善曰毛詩曰商
邑翼翼四方之極　良曰翼翼美貌漢初弗之宅也故

宗緒中圮平彼巨猾閒去釁許覲竊弄神器歷載三
六偷安天位于時蒸民罔敢或貳其取威也重
矣綜曰緒統也圮絕也漢家不居於洛故宗廟之統中途廢
絕也巨王莽字巨君也猾狡也閒候也釁隙也神器帝位
也言王莽因成哀無嗣元后秉政漢祚微弱篡處高位載年
也三六十八年謂王莽篡位一十八年也天位帝位也于於
也蒸衆也罔無也言是時衆民無敢有二心於莽者毛詩曰
于時言言尚書曰蒸民乃粒威畏也重猶多也謂爲天下所
畏已者多矣　善曰天下神器不可爲也爲者敗之韋昭漢
書注曰神器天子璽也尚書曰天位艱哉左氏傳先軫曰報
施救患取威定霸　向曰言漢初不居我東京所以中有毀
絕巨大也大猾王莽閒伺竊盜輕弄帝位歷十八載偷以自
安蒸衆也時衆人不敢貳心於莽者
懼莽之威深重矣此皆由西都之禍我世祖忿之乃龍
飛白水鳳翔參所今墟綜曰世祖光武也忿恚疾于莽威
重始此也白水謂南陽白水縣也
世祖所起之處也初爲更始大司馬討王郎於河北北爲參
虛分野龍飛鳳翔以喻聖人之興也　善曰周易曰飛龍在

天大人造也　良同綜注　**授鉞四七共工是除**　綜曰授與也鉞斧鉞也四七二十八將也共工霸天下者以喻王莽也六韜曰凡國有難君召將以授斧鉞漢書曰顓頊有共工之陣以定水災　翰曰同　**欃槍旬始羣凶靡餘**　綜曰欃槍星名也謂王莽之在位妖氣之在天世祖除之凶惡無餘爾雅曰彗星爲欃槍也旬始妖氣也史記曰旬始狀如雄雞也靡無也今言世祖除凶賊無有遺餘也　銑注同　**區宇乂寧思和求中**　綜曰天地之内稱寓言海内既已又安思求陰陽之和天地之中而居之　良曰天下又安思陰陽和求天地中將都於此　**睿哲玄覽都茲洛宮**　綜曰睿聖也玄通也言通見此洛陽宮也　善曰尚書曰叡作聖明作哲老子曰滌除玄覽河上公曰心居玄冥之處覽知萬物故謂之玄覽王弼曰玄物之極也廣雅曰玄遠也　濟曰言光武聖智通覽洛宮之美而都之　**曰止曰時昭明有融**　綜曰曰辭也時是也融長也言當上居是洛邑必有昭明之德長久之道也　善曰毛詩曰止曰時昭明有融　向曰時是也融長也言光武當止是洛邑必有昭明長久之福　**旣光厥武仁洽道豐**　綜曰止戈曰武謚法曰功格天下曰光剋定禍亂曰武洽合也豐盛也世祖既能止戈故謚光武言仁義之道大豐盛也　善曰洽霑也　翰曰言能光大武德又使仁道滿盛　**登岱勤封與黃比崇**　綜曰登上也岱泰山也謂王者功成作樂治定制禮故封泰山勒功於石以紀號也黃黃帝也史記曰崇高也言世祖與黃帝比其尊號　善曰史記曰黃帝封泰山禪云亭司馬彪續漢書曰建武三十二年乃封禪孔安國尚書傳曰崇尊也　銑同綜注　**逮至顯宗六合殷昌**　綜曰逮及也殷盛也昌熾也顯宗明帝號也六合天地四方也　善曰呂氏春秋曰神通乎六合高誘曰四方上下爲六合也　良曰至顯宗之時天下殷富昌盛也　**乃**五臣作既**新崇德遂作德陽**　綜曰崇德德陽皆殿名也崇德在東德陽在西相去五十步　良曰天下富盛乃理宮室　**啓南端之特闈立應門之將將**七將反　綜曰啓開也端門南方正門應門中門也　善曰爾雅曰宮中門謂之闈洛陽宮舍記曰洛陽有端門毛詩曰應門將將毛萇曰將將嚴正之貌　向曰闈門也言此門特違衆門而起將將高皃　**昭仁惠於崇**

賢抗義聲於金商　綜曰崇賢東門名也金商西門名也謂東方爲木主仁如春以生萬物昭天子仁惠之德故立崇賢門於東也西爲金主義音爲商若秋氣之殺萬物抗天子德義之聲故立金商門於西　善曰漢書曰角爲木爲仁商爲金爲義也　濟注同　**飛雲龍於春路屯神虎於秋方**　綜曰德陽殿東門稱雲龍門德陽殿西門稱神虎門神虎金獸也秋方西方也飛飛龍也易曰雲從龍爲木獸春路東方道也　善曰漢書曰東宮蒼龍又曰東方於時爲春宮殿簿北宮有雲龍門王逸楚辭注曰屯陳也漢書曰西宮白虎又曰西方於時爲秋宮殿簿北宮有神虎門　翰曰雲神皆龍虎所用也龍可使飛集虎可使屯置　**建象魏之兩觀旌六典之舊章**　綜曰象魏闕也一名觀旌表也言所以立兩觀者欲表明六典舊章之法謂懸書于象魏浹日而斂之　善曰周禮曰大宰掌建邦之六典一曰治典二曰教典三曰禮典四曰政典五曰刑典六曰事典左傳曰舊章不可忘　向曰旌明也懸之於闕以明之　**其内則含德章臺天祿宣明溫飭**勑　**迎春壽安永寧**　綜曰八殿皆以休令爲名美時君之德在應門之内也　良注同　**飛閣神行莫我能形**　綜曰言閣道相通不在於地故曰飛人不見行往故曰神形謂天子之形容言我無能説其形狀也　銑同綜注　**濯龍芳林九谷八溪芙蓉覆水秋蘭被涯**宜　**渚戲躍魚淵游龜蠵**音惟　綜曰洛陽圖經曰濯龍池名故歌曰濯龍望如海河橋渡似雷芳林苑名九谷八溪養魚池芙蓉荷華也秋蘭香草生水邊秋時盛也渚水渚也戲游也躍跳也毛詩曰王在靈沼於牣魚躍蠵龜類也凡此物謂取有時非時則恣之游戲不驚動也　善曰楚辭曰秋蘭兮青青鄭玄注周易曰蘭香草也被覆也　良曰濯龍苑名芳林園名　**永安離宮脩竹冬青陰池幽流玄泉洌清**　**鵯**匹**鶋**居**秋棲鶻**骨**鵃**竹交切　善作鵃　**春鳴睢**七余**鳩麗**五臣作鸝呂知**黃關關嚶嚶**　綜曰永安宮名也脩長也冬青謂不彫落也水稱陰幽流謂伏溝從地下流通於河也水黑色故曰玄泉洌清貌爾雅曰鸒斯鵯鶋郭璞曰鵯鶋匹鳥腹下白也又曰鶌鳩鶻鵃郭璞曰鶻鵃似

山鵲短尾青黑色秋棲春鳴謂各得其性也爾雅曰鶅鳩王鴡也郭璞曰鴡鳩鵰類也鶬鶊鵹黃也鸝黃黑也關關嚶嚶謂音聲和也鶖鸝古字通　善曰楚辭曰臨沅湘之玄淵毛詩曰洌彼下泉　濟曰離宮宮名幽流狀流也洌冷也鶤鶏鶻鶹鴡鳩鸝黃皆鳥名也

於南則前殿靈五臣作雲臺龢驩五臣作和歡安福綜曰前殿靈臺也靈臺臺名也龢驩安福二殿名並在德陽殿之南　銑曰三者皆殿名謻直移門曲榭邪阻城洫綜曰謻門冰室門也臺有木曰榭阻依也洫城下池冰室門及榭皆屈曲邪行依城池爲道也　翰曰謻門門名宮室相接謂之謻言邪枕城池奇樹珍果鉤盾垂允所職綜曰奇異也珍貴也鉤盾今官主小苑　善曰鉤盾五丞也爾雅曰職主也　向曰言珍者美之也西登少華亭候修勑綜曰登升也並有亭有候也修治勑整也謂西園中有少華之山　良同綜注九龍之內寔曰嘉德西南其戶匪雕匪刻我后好約乃宴斯息綜曰九龍本周時殿名也門上有三銅柱柱有三龍相糾繞故曰九龍嘉德殿在九

龍門內也詩曰西南其戶不雕不刻尚質也言殿舍之多其戶或西或南也我后謂明帝也宴安息止也　善曰周易曰君子以嚮晦入宴息也　濟曰我天子好儉約乃安止於此也於東則洪池清籞語淥水澹澹徒敢內阜川禽外豐葭菼土敢獻鼈龜蜃示忍與龜魚供蝸古花蠯五臣作蜱蒲佳與菱芡巨儼反　綜曰洪池名也在洛陽東二十里阜多也豐饒也內多魚鼈外饒蘆亂也蝸螺也菱芰芡雞頭也　善曰漢書音義應劭曰籞在池水上作室可用棲鳥鳥則入捕之音圍高唐賦曰水澹澹而盤紆說文曰澹澹水搖貌也爾雅曰葭葦也菼薍也薍五患切周禮曰春獻鼈蜃秋獻龜魚祭祀供蜱蠃鄭玄曰蜃大蛤也杜子春曰蜃蜯也蜱與蠯同禮記曰蝸醢而苽食周禮曰加籩之實有菱芡也音儉　翰注同其西則有平樂都場示遠之觀綜曰平樂觀名也都謂聚會也爲大場於上以作樂使遠觀之謂之平樂在城西也　良注同龍雀蟠盤蜿紆元天馬半漢綜曰龍雀飛廉也天馬銅馬也蟠蜿半漢皆形容也　善曰華嶠後漢書曰明帝至長安迎取

飛廉幷銅馬置上西門平樂觀也　濟注同瑰異譎詭燦爛炳煥綜曰瑰奇也譎詭變化也燦爛炳煥粲白鮮明之貌　銑曰瑰異譎詭並奇也奢未及侈儉而不陋規遵王度動中得趣綜曰言皆合於禮故奢不至奓儉不至陋也規摹遵循趣意也度先王之法度舉動合禮之意也家語孔子曰公甫之婦動中得趣　向曰盡合法則於是觀禮禮舉義具綜曰具足也言觀王之光明禮義皆備具也　善曰左氏傳曰諸侯宋魯於是觀禮　濟曰觀其禮具見其義經始勿亟居力成之不日綜曰勿猶不也亟急也成之不日言不用一日即成之　善曰毛詩曰經始勿亟庶人子來毛萇曰經度也又曰庶民攻之不日成之　良曰亟急也經始之際不務於急百姓慕義不終日而成猶謂爲之者勞居之者逸慕唐虞之茅茨思夏后之卑室綜曰勞苦也逸樂也　善曰賈子曰翟王使使者之楚楚王饗客於章華之臺楚王曰翟亦有臺乎使者曰翟王茅茨不剪采椽不斲猶以作者大勞居者大逸也墨子曰堯舜茅茨不剪采椽不

刋說文曰茅茨蓋屋也論語云禹卑宮室而盡力於溝洫也　銑曰言天子猶以爲百姓爲之勞苦我居之逸樂乃思堯舜茅茨不剪大禹卑其宮室將師法之乃營三宮布政頒班常複福廟重屋八達九房規天矩地授時順鄉綜曰三宮明堂辟雍靈臺頒布也常舊典也所以行教化布典禮之宮也複廟重屋也重屋重棟也謂明堂廟屋前後異制謂宮室之飾圓者象天方者則地也鄉方也言頒政賦常隨時月而居其方月令曰孟春居蒼龍左个　善曰禮記曰複廟重檐達鄉謂天子廟飾也大戴禮曰明堂九室而有八牖然九室則九房也八牖八達也大戴禮曰明堂者上圓下方范子曰天者陽也規也地者陰也矩也三輔黃圖曰明堂方象地圓象天又曰明堂順四時行令也　良曰所以布常禮之宮複廟重檐飾也明堂九房而八牖授猶賦也順隨也言班政賦教必隨時月而居其方造舟清池惟水泱泱音央　綜曰造舟以舟相比次爲橋也毛詩曰造舟爲梁泱泱水流貌　善曰毛詩曰瞻彼洛矣惟水泱泱　濟注同左制辟雍右立靈臺因進距衰表賢簡能奴來反協

韻　綜曰言德陽殿東有辟雍於西有靈臺謂於其上班教令者曰明堂大合樂射鄉者曰辟雍司歷紀候節氣者曰靈臺也進善也衰老也言因其進則舉而用之衰滅者拒而退之謂擇賢以大射所以表明德行簡録其能否謂辟雍也　善曰尸子曰治國有四術一忠愛二無私三用賢四簡能爾雅曰簡猶擇也　向曰謂辟雍也因行禮射有才德者則進用之有衰退者則距絶之此表異其賢簡別所能

馮皮冰相亮息觀祲浸祈禠絲禳災善曰周禮曰春官宗伯馮相氏掌歲日月星辰之位辨其災祥以爲時候鄭玄曰馮乘也相視也祲謂陰陽氣相浸漸以成災也祈求福也禳除也災禍也謂求祈福而除災害也爾雅曰禠福也鄭玄周禮曰却變異曰禳　銑曰祲氛氣也祈求也馮相氏主候星宿氛氣之宮求福除災

於是孟春元日羣后旁戾綜曰尚書曰正月元日舜格于文祖孟春正月也元日正日也羣后公卿之徒也旁四方也戾至也言諸侯正月一日從四方而至各來朝享天子也　翰注同

百僚師師于斯胥洎綜曰尚書曰百僚師師百僚謂百官也師師謂相師法也胥相洎及也言元日百官於此相連及而求朝賀也　良曰百官互相師法於此相及

藩國奉聘要荒來質徵利反　綜曰謂王侯蕃稱國也言要荒之外所奉聘令者盡來朝見　善曰周禮曰鎭服外五百里曰藩服魏相上封曰顯明功臣以鎭藩國鄭司農周禮注曰衆來曰覜寡來曰聘尚書曰五百里要服又五百里荒服漢書曰樓蘭王遣子質漢也　銑曰鎭服外五百里曰藩服藩服外五百里曰綏服綏服外五百里曰要服要服外五百里曰荒服此五服之君皆來聘留子以質之

具惟帝臣獻琛執贄音至　綜曰具之言俱也獻貢也琛寶也執持也贄禮也言蕃國來貢者謂隨土所出寶而貢之也　善曰萬邦黎獻具惟帝臣毛詩曰來獻其琛封禪書曰百蠻執贄周禮曰以六禽作六贄鄭玄曰贄之言至也所執以自致也　向注同

當覲於殿下者蓋數萬以二綜曰覲見也言於此之時當入見於殿下者可數萬人分於闕下來道爲二部　良曰數萬言多也以二列爲二行也

爾乃九賓重平臚盧人列綜曰言鴻臚所主羌胡之人皆羅列於朝廷也　善曰漢書曰羣臣朝十月儀大行人語九賓臚句傳韋昭曰九賓則周禮曰九儀謂公侯伯子男孤卿大夫士也臚傳也次以傳上令也蘇林曰上傳語告下臚下傳告上句臚猶行也二訓雖殊皆以行上語爲臚也　濟曰重言積重多也臚人鴻臚也主賓客之官羅列其尊卑以朝也

崇牙張鏞庸鼓設綜曰崇牙枸虡上板作鋸齒者横曰栒植曰虡張謂樹之以縣鐘鼓也　善曰毛詩曰崇牙樹羽又曰鏞鼓有斁毛萇詩傳大曰鏞　良曰崇牙猶簨虡以挂鐘鼓

郎將司階虎戟交鎩殺龍輅充庭雲旗拂霓五結反　綜曰言虎賁中郎將主夾階而立虎賁或執戟或持鎩而相對也交鎩謂交加而設兵器也馬八尺曰龍輅天子之車也故曰龍輅充滿也庭朝也旗謂熊虎爲旗爲高至雲故曰雲旗也楚辭曰載雲旗之逶夷拂至也霓天邊氣也　善曰漢書曰儀兵郎中夾階説文曰鎩鈹有鐔　銑曰鎩鋒刃也拂霓言高皆述陳設之狀

夏正三朝庭燎晢晢五臣作晰章烈反　綜曰夏家建寅之正漢家所用也三朝歲月日朝晢晢大光明也　善曰東都賦曰春王三朝三朝歲首朔日也毛詩曰夜如何其夜未艾庭燎晰晰　向曰庭燎焚柴也晰晰火明皃

撞洪鐘伐靈鼓旁震八鄙軯普萌磕苦代隱訇火宏若疾霆轉雷而激迅風也綜曰撞擊也伐擊也靈鼓六面鼓也旁四方也震驚也八鄙四方與四角也軯磕隱訇鐘鼓之聲也霆霹靂也迅疾也言鐘鼓之聲又若雷霆之相轉亦如急風之迅疾也　善曰禮曰靈鼓靈鼗　翰曰其發越迅疾若此

是時稱警蹕已下彫輦於東廂綜曰警謂清道也輦人挽車彫謂有彫飾也殿東西次爲廂　善曰漢書儀注曰皇帝輦動則左右侍帷幄者稱警孔安國尚書傳曰彫刻鏤也　銑曰皇帝輦動左右稱警東西序曰廂天子至於此

冠通天佩玉璽徙紆皇組要平干將負斧扆次席紛純之尹左右玉几穆穆而南面以聽矣綜曰通天冠名也佩帶也玉璽天子印也蔡邕獨斷曰天子冠通天紆垂也皇大也組綬也干將劒名也越絶書曰楚王令歐冶子干將爲鐵劒三枚一曰龍淵二曰太阿三曰工市也吳越春秋曰干將者吳人造劒二枚一曰干將二曰莫耶白與黑謂之斧扆屏風樹之坐後也次席竹席也紛純謂以組爲緣周禮曰天子左右玉几鄭玄曰左右有几優至尊也　善曰禮記曰天子負斧扆南向而立鄭玄曰負之言背

也周禮曰大朝覲王設黼依設莞席紛純次席黼純左右玉
几次席紛純謂二席俱設互言之周易曰離者明也南方之
卦也聖人南面聽天下嚮明而治蓋取諸此
也良曰黼黹也扆依也施斧文屏風於後　**然後百辟**
乃入司儀辨等尊卑以班璧羔皮帛之贄既奠
綜曰百辟諸侯也司主也儀法也辨別也言百官有分別者
謂司主之次也班位次也謂尊卑有等差也　善曰百辟其
刑之周禮曰司儀主禮掌九儀之賓客分別五等之諸侯左
傳臧僖伯曰明貴賤辨等差國語曰班爵貴賤以列之周禮
曰子執穀璧孤執皮帛卿執羔大夫執鴈立各有次第奠置
也向曰辟君也司儀掌九儀辨尊卑等班也奠定也言班
等既定　**天子乃以三揖之禮禮之穆穆焉皇皇焉**
濟濟焉將將七羊**焉信天下之壯觀也**　綜曰壯觀言天下之人壯
大觀覽也禮記曰天子穆穆諸侯皇皇大夫濟濟士將將鄭
玄曰威儀容止之貌史記曰天下之壯觀也　善曰周禮曰
王土揖庶姓時揖異姓天揖同姓鄭玄曰庶姓無親者也土
揖推手小下之也異姓昏姻也時揖平推手也天揖推手小

舉之又曰諸侯心平手禮伯男手在心下禮外國君在心上
禮　翰曰三揖者公卿特揖特獨也言一揖之大夫旅揖旅
衆也言衆揖之士傍揖言不正也
穆穆皇皇濟濟將將皆盛美之貌　**乃羨公侯卿士登自**
東除五臣作途　**訪萬機詢朝政勤恤民隱而除其眚**
所景　**人或不得其所若已納之於隍**　綜曰羨延也登進也謂命之上殿也
天子從中階諸侯從東西階言機微之事日有萬種詢謀也
謂與謀朝政有所先後者也恤憂也隱痛也眚病也言有隱
痛不安者令憂恤之也隍城下坑無水者　善曰東除階也
尚書曰一日二日萬機國語祭公謀父曰勤恤民隱而除其
害也孟子曰伊尹思天下之民匹夫匹婦不與被堯舜之澤
者若已推而納之於溝中也鄭玄毛詩箋曰納內也說文曰
城池無水曰隍　良曰東涂東階也眚災也言天子憂
民之所痛爲除其災若不得其所猶已納於隍池之中　**荷**
天下之重任匪怠皇以寧靜　綜曰荷負也怠懈也皇暇也言無有懈怠於寧
靜者謂常有所憂也　善曰孫卿子曰國者天下之大器也
重任也可不善擇而後錯之毛詩曰不敢怠遑　向曰匪敢

怠慢何暇爲安靜自樂　**發京倉散禁財賚皇寮逮輿臺**　綜曰發開
也京大也禁藏也賚賜也皇寮百官也逮及也言天子散發
禁庫之財無問貴賤皆賜及之　善曰尚書曰散鹿臺之財
發鉅橋之粟毛詩曰曾孫之庾如坻如京左氏傳曰人有十
等下臣公公臣大夫大夫臣士士臣皁皁臣輿輿臣隸隸臣
僚僚臣僕僕臣臺漢書公卿言曰陛下出禁錢以振元元應
劭曰少府掌山澤陂池之稅名曰禁錢以給私養　銑曰皇
大也輿臺賤稱上賜大官下及賤人　**命膳夫以大饗饔餼**虛毅**浹**子頰**乎**
家陪　綜曰周禮曰膳夫主食之官孰曰饔腥曰餼浹徧也家陪謂公卿大夫之家　善曰毛詩曰牲牢饔餼論
語曰陪臣執國命　翰曰言大饗賜官寮生孰之物徧於公卿之家　**春醴**禮　**惟醇燔**伐元
炙芬芬　綜曰醇厚也燔炙謂炙肉也芬芬香氣盛也　善曰毛詩曰爲此春酒又曰燔炙芬芬呂氏春秋曰
厚酒肥肉　銑曰醴酒也芬芬香也燔炙飲食之香也　**君臣歡康具醉薰薰**千
品萬官已事而踆七旬反　綜曰康樂也具俱也言君臣皆歡樂而和說也已止也踆退也

謂品秩官寮等並止事而退還也　善曰毛詩云公尸來止
熏熏毛萇曰熏熏和悅也國語曰楚昭王曰百姓千品萬官億
醜管仲曰有司已事而竣踆與竣同　濟曰君臣歡
康盡醉酒氣薰薰然言百官畢禮事皆踆巡而退　**勤屢**
省昔井**懋**五臣作茂**乾乾**也　綜曰屢數也省察也懋勉也乾乾敬也　善曰尚書曰屢省乃成周易曰
君子終日乾乾　良曰言勤茂此道也　**清風協於玄德淳化通於自然**
綜曰協同也淳厚也玄天也自然通神明也言帝如此清惠
之風同於天德淳厚之化通於神明也　善曰孔安國尚書
傳曰風教也老子曰爲而不宰是謂玄德王弼曰玄德者皆
有德不知其至出于幽冥者也老子曰天法道道法自然王
弼曰自然者無稱之言窮極之辭
銑曰言合玄遠之德通自然之道　**憲先靈以齊軌必三**
蘇濫　**思以顧愆**　綜曰憲法也先靈先聖之神靈即謂堯舜也愆過也齊同也軌迹也言有事能思信與先
聖同軌迹也　善曰論語曰季文子三思而後行　翰曰言猶三思懼已有過　**招有道於仄陋**
開敢諫之直言聘丘園之耿絜旅束帛之戔戔

音殘　綜曰招明也有道言使郡國於側陋之中舉有道之士而用之也直言謂直諫者也耿清也湅陳也謂有倩潔者也言丘園中有隱士貞潔清白之人聘而用之束帛謂古招士必以束帛加璧於上周易曰六五賁于丘園束帛戔戔王肅云失位無應隱處丘園蓋蒙闇之人道德彌明必有束帛之聘也戔戔委積之貌也　善曰尚書曰明明揚側陋漢書曰舉能直言極諫者　濟同綜注　**上下通情式宴且盤**　綜曰上謂君下謂臣式用也盤樂也言君情通於下臣情達於上故能國家安而君臣懽樂也　善曰墨子曰古者聖王惟能審以尚同是故上下通情毛詩曰嘉賓式宴以樂也　向注同　**及將祀天郊報地功**　善曰將欲也白虎通曰祭天必在郊者天體至清故祭必於郊取其清潔也周禮以正月上辛郊祀告于上帝祭天而郊以報去年土地之功京房易占曰立秋報地功　銑曰祭南北郊報天地之功　**祈福乎上玄思所以爲虔**　綜曰祈求也玄天也玄黃天地言天子祭天地之際思念所以盡其忠敬　善曰禮記曰共皇天上帝之神以爲人祈福周易曰天玄而地黃　翰曰虔敬也　**肅肅之儀盡穆穆之禮殫然後**

【文選三　十八】

以獻精誠奉禋祀曰允矣天子者五臣無者字**也**　綜曰殫盡也獻進也允信也天子言是天帝之子也　善曰毛詩頌曰至止肅肅禮記曰天子穆穆國語曰精意以享謂之禋祀周禮曰以禋祀祀昊天上帝毛詩曰允矣君子　濟曰言盡獻精誠敬奉禋祀信矣天子之德　**乃整法服正冕帶**　綜曰整理也冕所謂平天冠也言天子素帶朱裏謂三皇已來始冕制有數種鄭玄曰長一尺七寸廣八寸前圓後方以珠玉飾之也法服謂衣服並有法度　善曰孝經曰非先王之法服不敢服　向曰法服天子服也整其冠帶也　**珩**行**紞**丁敢**紘**宏**綖**延**玉笄綦**其**會火龍黼黻藻繂**律**鞶**步干**厲**　綜曰笄簪也謂以玉飾之　善曰左氏傳曰珩紞紘綖昭其度也杜預曰珩維持冠者紘纓從下上者紞冠之垂者也綖冠上覆者周禮曰王之五冕玉笄也又曰王之皮弁會五采玉璂鄭玄曰會縫中璂讀如綦綦謂結皮弁於縫中每貫結五采玉十二以爲飾謂之綦會左氏傳曰火龍黼黻昭其文也藻繂鞞鞛鞶厲斿纓昭其數也杜預曰火畫火也龍畫龍也白與黑謂之黼黻兩已相戾也藻繂以韋爲之所以藉玉鞞佩刀削上飾鞛下飾鞶

厲紳帶之垂者斿旌旗之斿纓在馬膺前　銑注同　**結飛雲之祫**古合**輅**路**樹翠羽之高蓋**　綜曰祫輅次車也次車樹翠羽爲蓋如雲飛也今世謂之羽蓋車也　善曰高唐賦曰翠爲蓋　翰曰祫猶次也　**建辰旒**力求**之太常紛焱**五臣作飇**悠以容裔**　綜曰辰謂日月星也畫之於旌旗垂十二旒也常上畫三辰以象天明也謂天子十二旒諸侯九旒大夫三旒紛盛也悠從風貌容裔高低之貌焱火花也言風鼓動旌旗紛紜盛亂如火花之飛起　善曰周禮曰日月爲常左氏傳曰三辰旂旗昭其明也　向曰辰日月星辰畫之於旒垂十二旒名太常飇悠容裔從風轉薄貌　**六玄虯**渠幽**之奕奕齊騰驤而沛**普外**艾**　綜曰六六馬也玄黑也天子駕六馬騰驤趣走也奕奕光明沛艾作姿容貌也　善曰甘泉賦曰六玄虯毛詩曰四牡奕奕司馬相如大人賦曰沛艾赳螑　良曰馬高七尺曰虯騰驤沛艾馬行貌　**龍輈**張流**華轙**蟻**金鍐**亡犯**鏤鍚**音陽　綜曰輈車轅轅端上刻作龍頭也華采畫也　善曰爾雅曰載轡謂之轙郭璞曰在軾上環轡所貫也蔡邕曰金鍐者馬冠也高廣各五寸

【文選三　十九】

上如玉華形在馬髦前也鏤彫飾也當顱刻金爲之毛詩曰鉤膺鏤鍚　銑曰輈車轅刻爲龍華華彩也載轡謂之轙金鍐鏤鍚皆馬之飾　**方釳**乞**左纛**徒到**鉤膺玉瓖**音襄　綜曰方釳謂轅旁以五寸鐵鏤錫中央低兩頭高如山形而貫中以翟尾結著之轅兩邊恐馬相突也左纛以氂牛尾大如斗置馬頭上以亂馬月不令相見也鉤膺當胸也瓖馬帶玦以玉飾也　善曰廣雅曰釳許乞切　濟曰纛以牛氂尾爲之皆馬上飾　**鑾聲噦噦**呼外**和鈴鈌鈌**於良反　綜曰鑾在衡和在軾皆以金爲鈴也噦噦和鳴聲鈌鈌小聲　善曰毛詩曰鑾聲噦噦和鈴鈌鈌　銑注同　**重輪貳轄疏轂飛軨**　綜曰蔡邕獨斷曰乘輿重轂外復有一轂副轄其外乃復設轄然重輪即重轂也飛軨以緹紬廣八尺長拄地畫左青龍右白虎繫軸頭取兩邊飾蔡邕月令章句曰疏鏤也軨音零　良曰重爲輪以二轄括之疏轂刻其轂爲文飛軨畫緹紬繫軸上　**羽蓋葳**威**蕤葩瑵**爪**曲莖**　綜曰羽蓋以翠羽覆車蓋也葳蕤羽貌葩瑵爪悉以金作華形莖皆曲蔡邕獨斷曰凡乘輿車皆羽蓋金華爪與瑵同　濟曰言羽蓋悉以金作華飾之其莖低曲而靡迤　**順時**

服而設副咸龍旂而繁纓綜曰五時之服各隨其車車各一色以爲副貳副車各一乘今謂之五帝車也龍旂者交龍爲旂也鞶今之馬大帶也纓馬鞅也　善曰毛詩曰龍旂陽陽周禮曰玉路鍚樊纓鄭玄曰樊讀如鞶繁與鞶古字通向曰皆載龍旂繁多纓絡於其間立戈迆弋止戛農輿輅木綜曰戈謂木勾孑戟也戛長孑也孑置車上邪柱之是謂戎輅農輿無蓋所謂耕根車也言耕稼於籍田乘焉無飾故稱木　善曰迆邪也　銑曰戈短故立於車上孑長故靡迆邪柱也農輿藉田車也車無飾曰木屬之欲車九九乘軒並轂綜曰副車曰屬言相連也屬車有蕃者曰軒皆在後爲三行故曰並轂　善曰漢雜事曰諸侯貳車九乘秦滅九國兼其車服故大駕屬車八十一乘　良曰屬車後車也並轂言車多並行

軠伏弩重旃朱旄青屋綜曰通帛曰旃朱旄旄牛尾赤色者也青屋青作蓋裏也　善曰說文曰軠車蘭閒皮篋以安其弩也徐廣車服志曰軠車置弩於軾上載以屬車然置弩於軠曰軠弩　翰注同奉引既畢先輅乃發綜曰奉引謂引道者言道引之次已定前車乃發　善曰漢官儀曰大駕則公卿奉引尚書曰先路在左塾之前　銑注同

鸞五臣作鑾旗皮軒通帛綪五臣作蒨千見反旆綜曰鑾旗謂以象鸞鳥也皮軒以虎皮爲之善曰蔡邕車服志曰鸞旗俗人名曰雞翹上林賦曰前皮軒後道旃通帛曰旗國語曰分魯公以少帛綪茷韋昭曰綪茷大赤也茷音旆　銑曰鑾旗皮軒皆車也通帛綪旆皆旌旗也雲罕九斿由闟五臣作鈒所及戟轇交轕音葛　綜曰雲罕旌旗之別名也九斿亦旗名也闟戟也轇轕雜亂貌　善曰上林賦曰載雲罕說文曰斿旌旗之流也史記曰趙良謂衛鞅曰君之出也操闟戟者旁車而趨王逸楚辭注曰轇轕參差縱橫也　向曰鈒鋋也髶而利髦毛被

繡虎夫戴鶡音曷　綜曰髶髦髦頭並騎也　善曰漢書羿爲髦頭應劭曰繡衣在天子乘輿之前鶡鷙鳥也鬭至死乃止令武士戴之取猛也司馬彪續漢書曰虎賁騎皆鶡冠　翰注同駙附承華之蒲梢所交飛流蘇之騷殺桑葛反　綜曰駙副馬也承華廄名也言取華廄之蒲梢以爲副馬也漢官儀有承華廄　善曰後宫蒲梢汗血之馬流蘇五采毛雜之以爲馬飾而垂之續漢書曰駙馬赤珥流蘇摯虞決疑要注曰凡下垂爲蘇騷殺垂貌　良曰騷殺飄颻貌總輕武於後陳奏

嚴鼓之嘈曹囐才達反　綜曰後陳者謂北軍五營兵在後陳列嘈囐鼓聲也　善曰漢書曰憤銅丸以撾鼓聲中嚴鼓之節晉灼曰疾擊鼓　銑曰輕捷武猛者謂以軍兵在後陳列鼓奏嚴毅之聲嘈囐震發也戎士介而揚揮戴金鉦征而建黃鉞綜曰戎兵也士士卒也介甲也揮爲肩上絳幟如燕尾者也金鉦鐲鐃之屬也黃鉞以黃金飾之　善曰左氏傳尉人僕曰揚徽者公徒也徽與揮古字通蔡邕獨斷曰乘輿後有金鉦黃鉞　翰曰戎士武士也言武士帶甲乃揚舉揮發也鉦鐃類黃鉞金飾斧清道案五臣作按列天行星陳肅肅習習隱隱轔轔隣

殿丁見未出乎城闕旆以迴五臣作巳反乎郊畛音眞協韻　綜曰清道謂蹕止行者列猶次也言天子行如上天之星行羅列有次肅肅敬貌習習行貌隱隱衆多貌轔轔車聲也殿後軍也旆前車也郊畛謂郊界也言從之多後猶未出城闕前巳迴於郊界也　善曰司馬相如上疏曰清道而後行周易

曰天行健尚書大傳曰明明上天爛然星陳論語曰孟之反不伐奔而殿宋衷太玄經注曰畛界也　濟曰天子清道而行若天之行轉星之陳布肅肅習習隱隱轔轔皆車馬聲言後車未出城前驅已自郊而反言車騎之多盛夏后之致美爰恭敬於明神綜曰盛猶嘉也夏后禹也言今嘉欲行禹之事爰布恭敬於神明也　善曰論語曰惡衣服而致美乎黻冕菲飲食而致孝乎鬼神毛詩曰恭敬明神也　向曰言敬神之美盛於夏德爾乃孤竹之管雲和之瑟綜曰孤竹國名出竹善曰周禮曰孤竹之管雲龢之瑟和與龢古字通鄭玄曰孤竹特生者也雲和山名也出美木用爲瑟其聲清亮也　良曰孤竹雲和皆山名生竹與梓可爲管爲瑟因以名之雷鼓鼝鼝烏玄六變既畢綜曰雷鼓八面鼓凡樂六變爲一成則更奏畢盡也　善曰周禮曰雷鼓路鼗奏之若樂六變一變川澤之神見二變山林之神見三變丘陵之神見四變墳衍之神見五變地神見六變天神見毛詩曰鼓鼝鼝　銑同綜注鼝鼝鼓聲冠華秉

翟列舞八佾綜曰冠華以鐵作之上闊下狹以翟雉尾飾之舞人頭戴一行羅列八人八八六十四人

謂今麥筞花也穀梁傳曰舞夏天子八佾　善曰蔡邕獨斷曰大樂郊祀舞者冠建華冠毛詩曰右手秉翟馬融論語注曰佾列也　良曰言舞人冠華冠秉翟毛也**元祀惟稱羣望咸秩**綜曰元大也祀祭也稱舉也謂大祭天地之禮旣舉羣岳衆神望以祭祀之皆有秩次　善曰尚書曰咸秩無文王肅曰秩序也左氏傳曰乃有事于羣望孔安國尚書傳曰在遠者望而祭之　翰注同**颮槱**槱音由五臣作揲**燎之炎煬致高煙乎**善本乎作於**太一**綜曰颮飛颮也槱之言聚也謂聚薪焚之揚其光炎使上達於天也太一天之尊神也曜魄寶也善曰周禮曰以槱燎祀司中司命鄭玄方言注曰火熾猛爲煬說文曰致送也漢書曰中宮天極星其一明者太一常居也　向曰槱木名周禮用之焚燎之煙上至於太一**神歆馨而顧德祚靈主以元吉**綜曰歆饗也顧眷也祚報也靈明也元大也吉福也言天神覩人主之明肅顧饗其馨香之祭故報之以大福尚書曰明德惟馨周易曰黃裳元吉　濟注同**然後宗上帝於明堂推光武以作配**綜曰宗尊也上帝太微中五帝也配對也言尊發五

帝於明堂以光武配之漢書曰明帝宗祀五帝於明堂光武皇帝配之　銑注同**辨方位而正則五精帥而來摧**祖回反　綜曰辨別也方位謂四方中央之位也則法也五精五方星也帥循也摧至也言五帝總集至明堂　善曰漢書曰祀五帝於明堂坐位各處其方孝經鉤命決曰宗祀文王於明堂以配上帝五精之神爾雅曰摧至也　向曰辨五方之位正其法則則五方精靈帥然來至也**尊赤氏之朱光四靈懋**木候**而允懷**綜曰赤氏謂漢火德所統赤帝熛怒也河圖曰四靈蒼帝神名靈威仰赤帝神名赤熛怒黃帝神名含樞紐白帝神名白招拒黑帝神名協光紀今五去四靈謂除赤餘有四懋悅也懷安也　善曰尚書曰民其允懷孔安國曰民信歸之　濟曰四方之靈皆美悅而信安之懋美也允信也懷安也**於是春秋改節四時迭代蒸蒸之心感物增思**綜曰改易迭更也代謝也言感四時之謝而欲享祀也廣雅曰蒸蒸孝也感物謂感四時之物即春韭卵夏麥魚秋黍肫冬稻鴈孝子感此新物則思祭先祖也　善曰易乾鑿度孔子曰天地有春秋冬夏節故生四時又曰五行迭終四時更發尚

書曰虞舜蒸蒸廣雅曰感傷也　良曰不忘祖考**躬追養於廟**五臣作宗**祧**吐堯**奉蒸嘗與禴**藥**祠**綜曰言祭皆追感孝養之道故躬自爲之躬猶身也　善曰禮緯曰祭者所以追養繼孝也禮記曰遠廟爲祧毛詩曰禴祠蒸嘗公羊傳曰春曰祠夏曰禴秋曰嘗冬曰蒸　銑同善注**物牲辯**徧**省設其楅衡**綜曰物牲謂祭祀之物皆徧省視之也橫木於牲角端以備抵觸謂之楅衡　善曰周禮曰牧六牲而阜蕃其物以供祭祀凡祭祀飾其牛牲設其楅衡杜子春曰楅衡所以持令不得抵觸人也　向同善注**毛炰**炮**豚胉**博**亦有和羹**善曰鄭玄周禮注曰毛炰者豚胉去其毛而炰之以備八珍毛詩曰毛炰胾羹周禮曰飲食之豆其實豚胉杜子春曰以胉爲膊謂脅也方薄切毛詩曰亦有和羹　良曰毛炰豚也胉豚脅亦有以和羹**滌濯靜嘉禮儀孔明**綜曰滌濯謂洗滌也靜絜也嘉善也孔甚也言禮儀甚鮮明也　善曰周禮曰大祭祀祗滌濯鄭玄曰滌濯溉祭器也毛詩曰籩豆靜嘉又曰禮儀旣備又曰祀事孔明　濟同善注**萬舞奕奕鐘鼓喤喤**音皇　綜曰萬舞干也奕

奕舞形也喤喤鼓聲也　善曰毛詩曰萬舞奕奕鐘鼓喤喤　濟注同**靈祖皇考來顧來饗**平**神具醉止降福穰穰**而羊反　綜曰靈皇神名謂先帝也言先帝之神顧歆子孫享其食也神謂先神也具俱也止已降下也穰穰衆多也　善曰毛詩曰神具醉止降福穰穰　向注同**及至農祥晨正土膏脉起**綜曰農祥天駟即房星也晨時正中也謂正月初也　善曰國語曰虢文公曰太史順時覛土農祥晨正土乃脉發太史告稷曰土膏其動韋昭曰農祥房星也晨正謂立春之日晨中於午也脉理也膏土潤也　銑曰房星正月中晨見南方農之祥候也是時土脉潤起可以耕也**乘鑾輅而駕蒼龍**善曰禮記曰孟春之月乘鑾輅駕蒼龍鄭玄曰鑾輅有虞氏之車也有鑾和之節而飾之以青輪稀東方色青也馬八尺爲龍　良曰蒼青色乘此將籍田**介馭閒以剡**以冉**耜**綜曰天子車帝在左御在中介處右　善曰禮記曰天子祈穀于上帝親載耒耜措之于參保介之御閒鄭玄曰保介車右置耒耜於車右與御者之閒明以勸農又使勇士衣甲而參乘備非常也保猶衣也毛詩曰以我覃耜毛萇曰覃利也鄭玄

禮記注曰耜耒之金也覃與剡同　向曰剡利也置利耜於介者左馭者右故曰閒耜田器也**躬三推**士回**於天田脩帝籍之千畝**善曰東觀漢記曰永明四年詔書曰朕親耕于籍田以祈農事禮曰躬耕帝籍天子三推爲籍千畝楊雄上林苑箴曰芒芒天田芃芃作穀　濟曰天田天子之籍田**供禘**亭細**郊之粢盛必致思乎勤已**綜曰禘郊謂祭天於南郊也言天子籍田千畝必須親耕者爲敬其祖考用充宗廟之粢盛故云勤已　善曰禮記曰王者禘其祖之所自出鄭玄曰禘大祭也又曰天子籍田千畝以事天地以爲齋盛毛萇詩傳曰器實曰粢在器曰盛鄭玄禮記注曰致之言至也　銑曰禘郊祀於郊以供黍稷勤已戒怠惰也**兆人勸於疆埸**亦**感懋力以耘耔**音子綜曰兆民謂百姓也疆田畔也耘去草耔壅本也　善曰毛詩曰疆埸有瓜或耘或耔爾雅曰懋勉也　翰曰兆民沐化相勸勉理田也**春日載陽合射辟雍**綜曰陽暖也言春三月之時與諸侯合射辟雍行禮教　善曰毛詩曰春日載陽鄭玄曰載之言則也東觀漢記永平二年三月上初臨辟雍行大射禮　銑曰載陽三月也將行射禮**設業設虡**巨**宮懸金鏞**綜曰設施也業栒上板刻爲鋸齒捷業然植者爲虡橫者爲栒以施設縣之宮中也鏞大鐘也　善曰毛詩曰設業設虡周禮曰正樂縣之位王宮縣鄭司農曰宮縣四面也毛詩曰鏞鼓有斁毛萇詩傳曰大曰鏞　向注同**鼖**汾**鼓路鼗**逃**樹羽幢幢**五臣作幢音童　綜曰鼖大鼓也鼗小鼓也幢幢羽貌　善曰周禮曰以鼖鼓鼓軍事又曰路鼓路鼗毛詩曰崇牙樹羽毛萇曰置羽於栒上以爲飾也　翰曰樹羽毛標飾鼓也**於是備物物有其容**綜曰言備具也物禮物也射之禮物並有容飾也　善曰左氏傳晉荀罃曰事有其物物有其容　良曰言此時禮物備有儀容**伯夷起而相儀后夔坐而爲工**綜曰伯夷唐虞時明禮儀之官也后夔舜臣掌樂之官言禮以行旌故云起樂以靜陳故云坐　善曰左氏傳曰孟僖子不能相儀又曰昔玄妻樂正后夔取之儀禮曰大射工六人　翰曰伯夷舜秩宗也使相視禮儀夔舜典樂者使之爲工言后者以其爲諸侯也時雖無此二人言我今使賢皆此類故稱之**張大侯制五正**音征　善曰毛詩曰大侯既抗毛萇

曰大侯君侯也周禮曰王射三侯五正鄭司農曰王張五采之侯即五正之侯也謂天子五正諸侯三正大夫士二正以布畫取五方正色於大侯之上也　翰曰即五正侯也**設三乏厞**翡**司旌**綜曰言大射張三侯故設三乏乏以革爲之護旌者之禦矢也司旌謂執旌司射中當舉之周禮曰服不氏射則以旌居乏而待獲杜子春曰乏之音爲匱乏之乏爾雅曰厞隱也　銑曰乏以皮革爲之令人隱於內舉旌以指箭中不高下**并夾既設**五臣作飾**儲乎廣庭**綜曰并夾鉗矢者周禮曰射則取矢也言侯高則以并夾取之也儲待也廣大也謂張設於大庭以待天子也　濟曰并鉗箭具箭高手取不及當鉗取之儲置於射堂之庭**於是皇輿夙駕輦**仕佳**於東階**綜曰輦之言却也謂却於東階下天子未乘之時也　善曰毛詩曰皇輿夙駕輦音柴　良曰以待天子**以須消啓明掃朝霞登天光於扶桑**綜曰須俟也消不見也掃滅也言晨時啓明先見尚有餘光日出乃不見霞日邊赤氣也謂天子須啓明光消霞滅日上扶桑乃就乘輿也禮天子日出乃視朝　善曰毛詩曰東有啓明西有長庚淮南子曰登于扶桑爰始將行是謂朏明也　向曰須待也天光日也言待啓明星消滅不見朝霞掃除日上於扶桑乃天子出時**天子乃撫玉輅時乘六龍發鯨魚鏗華鐘大丙弭節風后陪乘**綜曰玉輅謂玉飾之也鄭玄禮記注曰撫猶據也東都賓曰登玉輅乘時龍發舉也鏗猶擊也華鐘謂有篆刻文故言華也　善曰周易曰時乘六龍此謂各隨其時而乘之東都賦曰發鯨魚鏗華鐘淮南子曰若夫鉗且大丙之御也馬莫使之而自走高誘曰二人太一之御也楚辭曰吾令羲和弭節兮王逸曰弭按節徐行也史記曰黃帝舉風后以理人鄭玄曰風后黃帝三公也應劭漢官儀曰常伯任侍中出即陪乘也　濟曰弭節猶按節也倍乘從車也大丙太一御也或按節爲御或使從車俱行亦類上文使伯夷與夔**攝提運衡徐至於射宮**綜曰攝提有六星玉衡北斗中星主迴轉並飾於車上徐行至於射宮射宮謂辟雍也　善曰漢書曰攝提失方音義曰攝提隨斗杓所建十二月也杓匹遙切春秋説乾圖曰斗節運衡何休公羊傳曰運轉也　濟曰言天子隨攝提所建玉衡所運至於射宮是與天合德**禮事展樂物具王夏闋騶**側留

虞奏綜曰展謂舒陳器物也物具謂器物皆具備也王夏樂名也天子初出奏也闋終也　善曰周禮曰出入則奏王夏又曰凡射王奏騶虞之樂　銑同善注決拾既次彫弓斯彀古侯反綜曰決以象骨著右手巨指所以鉤弦也拾韝捍著左臂也彫弓謂有刻畫也彀張也　善曰毛詩曰決拾既次鄭玄曰次謂手指相比也　向曰次比也言二物相比彫弓遂張也達餘萌於暮春昭誠心以遠喻綜曰昭明也誠心謂天子之心也　善曰禮記曰季春勾者畢出萌者盡達白虎通曰天子所以親射何助陽氣達萬物也名之爲侯者何明諸侯不朝者則當射之然則射者帝誠心遠諭於下也文子曰誠心可以懷遠也　良曰暮春有草木未生者皆通達使生昭明也明誠心遠喻天下進明德而崇業滌饕叨餮他結之貪欲音喻叶韻　綜曰射義曰射所以觀德也崇猶興也業射業也滌蕩去也言有貪婪嗜慾者皆滌蕩去之也　善曰漢書明帝詔曰親射恭侯蓋選士威惡助微達陽也周易曰君子進德修業杜預左氏傳注曰貪財曰饕貪食曰餮　翰曰饕餮貪財食也言皆以德業滌除之使不生也仁風衍而

【文選三】　卅六

外流誼方激而遐鶩綜曰衍布也方道也激感也遐遠也鶩馳也　善曰典引曰仁風翔乎海表禮記曰射者仁道也又曰右諸侯之射所以明君臣之義也廣雅曰方正也　銑曰言仁義四散及於遠方日月會於龍狵闕恤人事之勞疚綜曰狵尾也日月會於尾謂十月時也疚病也民勞病於歲事到此月乃終也故天子愍恤勞來之　善曰國語云日月會於龍狵國家於是乎蒸嘗也賈逵曰狵龍尾也月令孟冬日在尾漢書曰東宮蒼龍　濟同綜注因休力以息勤致歡忻於春酒綜曰謂田事畢休民力息勤勞也　善曰禮記曰孟冬之月勞農以休息春酒謂春時作至冬始孰也毛詩曰春酒惟淳　良曰使飲酒歡欣執鑾刀以袒割奉觴豆於國叟綜曰言天子親執鑾刀袒右膊而割牲以示敬也　善曰東觀漢記曰永明二年詔曰十月元日始尊事三老兄事五更朕親袒割毛詩曰執其鑾刀孝經援神契曰天子親臨辟雍袒割禮記曰食三老五更於太學天子袒而割牲執醬而饋執爵而酳　翰曰鑾刀上鈴也袒肉袒也觴酒器也豆籩豆也國叟三老五更也言天子親執刀肉袒割牲奉酒

及籩豆於三老五更降至尊以訓恭送迎拜乎三壽綜曰降下也至尊天子也三壽三老也言天子尊而養此三老者以敎天下之敬故來拜迎去拜送焉　善曰左傳曰享以訓恭儉蔡邕獨斷曰天子事三老使者安車輭輪送迎而至家天子獨拜毛詩曰三壽作朋　向同綜注敬愼威儀示民不偷以朱反叶韻　綜曰敬宜也儀禮也毛詩曰敬愼威儀視民不佻毛萇曰佻偷也　濟曰偷踰也我有嘉賓其樂愉愉綜曰嘉賓謂三老五更也愉愉和悅之貌也　善曰毛詩曰我有嘉賓　銑注同聲教布護五臣作濩盈溢天區綜曰布護猶散被也天區謂四方上下也言天子敎愛及之尚書曰聲敎訖于四海　翰曰濩散也言布散溢出區宇文德既昭武節是宣綜曰既已也昭明也宣猶發也言文武之教無媿不臨　善曰尚書曰誕敷文德漢書武帝詔曰射事武節　濟曰文德謂郊祀尊三老等武節謂講武三農之隙曜五臣作耀威中原綜曰隙閒也曜威謂治兵也　善曰三時務農一時講武韋昭曰三時春夏秋也西都賦曰曜威而講武事也　向曰隙

【文選三】　卅七

暇也冬即農之暇也歲惟仲冬大閱西園綜曰西園上林苑也　善曰周禮曰仲冬教大閱公羊傳曰大閱者何簡車馬也後漢書曰先帝左開鴻池右作上林苑　濟注同虞人掌焉先期戒事綜曰先期日勑戒羣吏脩備具也　善曰周禮虞人掌山澤之官度知禽獸多少戒猶告也　良曰先期吉日以戒備事悉率百禽鳩諸靈囿綜曰悉盡也率斂也鳩聚也囿苑也囿謂集禽獸於靈囿之中　善曰毛詩曰悉率左右以燕天子毛萇曰驅禽獸於王之左右鄭玄曰率循也悉率驅禽獸順其左右之宜以安待王之射毛詩曰王在靈囿　向注同獸之所同是謂告備綜曰同亦聚也備具也言禽獸皆已合聚田物具備也　善曰毛詩曰獸之所同禮曰告備于王　向注同乃御小戎撫輕軒綜曰毛詩曰小戎俴收謂小戎之車輕便宜畋獵鄭玄曰輕車驅逆之車　翰注同中畋四牡既佶奇栗且閑綜曰中畋馬謂調良馬可用獵者毛詩曰四牡既佶既佶且閑　銑曰四牡四馬也佶健也閑習也言四馬至于中畋皆翹健慣習也戈矛若林牙旗繽紛

迄于善無于字上林結徒爲善無爲字營綜曰若林言多也繽紛風吹貌兵書曰牙旗者將軍之旌謂古者天子出建大牙旗竿上以象牙飾之故云牙旗迄至也結止也徒衆也營域也上林苑名　善曰說文曰營市居也　濟曰結車徒爲營域次五臣作敘和樹表司鐸授鉦綜曰次比也和軍之正門爲和也表門表也司主也鉦鐸所以爲軍節　善曰周禮曰大閱虞人爲表以旌爲左右和門又曰教振旅辯鼓鐸鐲鐃之用　濟曰言敘列軍門建樹標表鉦鐸所以節進退言司主者授人使擊發也坐作進退節以軍聲綜曰言聲中進退取鐘鼓旌之節　善曰周禮曰司馬執鐸以教坐作進退踈數之節　銑曰言鉦鐸坐而教進退之節是謂軍聲三令五申示戮斬牲綜曰示教也言三令五申示衆人畢有不用命者斬之若牲也　善曰尹文子曰將戰有司讀誥誓三令五申之既畢然後即敵史記曰孫子約束既布三令五申之周禮曰大閱斬牲以徇陣曰不用令者斬之　銑曰牲牛羊豕也斬牲者示人之必戮明不從令者必斬陳師鞫旅教達禁成綜曰陳師循列師衆也鞫之言告也教達謂三令五申禁令已行軍法成也　善曰毛詩曰陳師鞫旅　翰曰皆知教令識禁忌

火烈具舉武士星敷綜曰具俱也敷布也言武士儼徒如星之布也　善曰毛詩曰火烈具舉毛萇曰列人持火也　銑曰使人俱舉火武士布散若星也鵞鸛灌魚麗离箕張翼舒綜曰鵝鸛魚麗並陣名也謂武士發於此而列行如箕之張如翼之舒也　善曰左氏傳曰晉荀吳與華氏戰于赭丘鄭翩願爲鸛其御願爲鵝左氏傳曰王伐鄭鄭原繁爲魚麗之陣　濟曰魚麗陣勢箕張翼舒亦陣之形軌塵掩迒岡匪疾匪徐綜曰掩覆也迒迹謂車軌之塵適自覆跡言得遲疾之中也　善曰穀梁傳曰蒐于紅車軌塵馬候蹄也　向曰言車軌之塵下覆落其迹是不疾不徐而得中馭不詭遇射不翦毛善曰孟子曰爲之詭遇一朝而獲十　劉熙曰橫而射之曰詭遇毛萇詩傳曰面傷不獻翦毛不獻　翰曰射背去者不橫射翦斷其毛升獻六禽時膳四膏綜曰升進也　善曰周禮曰庖人掌共六禽鄭司農曰六禽鴈鶉鷃鴙鳩鴿也　良曰六禽鳧鴈雉鶉鴽鷃也升上也上獻宗廟四膏牛膏香犬膏臊雞膏腥羊膏羶時膳供四時之膳也

馬足未極輿徒不勞成禮三毆五臣作驅解罘伏侯放麟綜曰極盡也輿衆也勞罷勞也大鹿曰麟解散也罘罔也周易曰王用三毆失前禽也毆與驅同　善曰韋昭漢書注曰輿車士也穀梁傳曰四時之田用三焉一曰乾豆二曰賓客三曰充君之庖　銑曰既成禮而解網不欲殺麟獸也稱放則餘獸可知不窮樂以訓儉不殫物以昭仁綜曰窮極也訓教也殫盡也物謂禽獸也言殺禽獸不盡即昭明人君行仁之道謂崇儉故也　善曰列女傳曰周宣王姜后曰好奢必樂窮樂者亂之所興左傳曰享以訓恭儉　翰曰若此可教於儉明於仁也慕天乙之弛式氏罟古因教祝以懷民五臣作人綜曰天乙殷湯名也弛發也　善曰呂氏春秋曰湯見罔置四面湯拔其三面置其一面祝曰昔蛛蝥作罔今之人學紓欲高者高欲下者下吾取其犯命者漢南之國聞之曰湯德至禽獸三十國歸之高誘曰紓緩也毛萇詩傳曰懷來也　向曰今慕此以安萬人儀姬伯之渭陽失熊羆而獲人綜曰儀則也姬伯文王爲西伯也　善曰史記曰太公望呂尚東海人以漁釣于周西伯西伯將出獵卜曰所獲非龍非彲非虎非羆所獲霸王之輔西伯獵果遇太公渭之陽與語大說文王勞之太公曰臣聞君子樂其志小人樂其事遂載與俱歸　濟曰儀法也言我講武法此而思之也

澤浸昆蟲威振八寓綜曰浸潤也八寓八方區宇也　善曰毛詩序曰文王德及鳥獸昆蟲焉鄭玄禮記注曰昆明也明蟲者陽而生陰而藏也蒼頡篇曰宇邊也說文曰寓籒文宇字　翰曰昆蟲小蟲也潤及之言惠澤廣威德遠好樂無荒允文允武綜曰允信也無荒言不好荒淫之樂信與文王武王等其功德也　善曰毛詩曰好樂無荒允文允武昭假烈祖　良曰言好游樂而不荒淫信文武之道薄狩于敖既瑣瑣綜作璅焉岐陽之蒐又何足數綜曰敖鄭地今之河南滎陽也謂周王狩也璅璅小也言鄙不足說也岐陽岐山之陽謂成王所狩之地亦以小不足可數也　善曰詩曰建旐設旄薄獸于敖左氏傳曰成王有岐陽之蒐　濟曰瑣瑣鄙陋也岐陽成王所獵蒐狩皆獵也言天子過之彼皆鄙陋何足比數爾乃卒歲大儺奴何毆五臣作驅除羣癘綜曰卒終

謂一歲之終儺逐疫鬼　善曰漢舊儀曰昔顓頊氏之有三子已而爲疫鬼一居江水爲瘧鬼一居若水爲罔兩蜮鬼一居人宮室區隅善驚人爲小鬼於是以歲十二月使方相氏蒙虎皮黃金四目玄衣丹裳執戈持楯帥百隸及童子而時儺以索室中而敺疫鬼也　銑曰歲終之日爲之以清京室也厲疫厲鬼**方相秉鉞巫覡**胡激**操**七刀**茢**音例　善曰周禮曰方相氏黃金四目玄衣朱裳執戈揚楯國語曰在男謂之覡在女謂之巫也說文曰操把持也左傳曰襄公乃使巫以桃茢先袚殯杜預曰茢乃黍穰也　向曰茢可以敺鬼**侲**震**子萬童丹首玄製**綜曰侲子童男童女也朱丹也玄製皁衣也　善曰續漢書曰大儺選中黃門子弟十歲以上十二以下百二十人爲侲子皆赤幘皁製以逐惡鬼于禁中**桃弧棘矢所發無臬**音刈叶韻**飛礫雨散剛癉**亶**必斃**綜曰桃弧謂弓也棘矢莿也癉難也言鬼之剛而難者皆盡死也　善曰漢舊儀常以正歲十二月命時儺以桃弧葦矢且射之赤九五穀播洒之以除疾殃左氏傳曰桃弧棘矢以除其災說文曰臬射埻的也臬牛列切埻之尹切　良曰弧弓也臬限也無限其數　向曰礫石也癉鬼也言投石如雨剛堅之鬼皆死也**煌火馳而星流逐赤疫於四裔**綜曰煌火光也馳競也赤疫鬼惡者也四裔謂四海也星流謂羣鬼競走煌煌然如火光之與星流也　善曰續漢書曰儺持火炬送疫出端門外騶騎傳炬出宮五營騎士傳火棄洛水中星流言疾也左氏傳曰投諸四裔以禦魑魅　翰曰火馳星流言急也急逐惡鬼奔於四方**然後凌天池絕飛梁**綜曰凌升也　善曰莊子曰北溟者天池也如淳漢書注曰直渡曰絕甘泉賦曰歷到景而絕飛梁　銑曰天池海也凌渡也飛梁浮橋也言逐鬼渡海爲浮橋絕過之將至海外擒殺也**捎**所交**魑魅斮**側角**獝**葵筆**狂斬蜲**紆危**蛇**逸斯**腦**奴老**方良**綜曰魑魅山澤之神獝狂惡戾之鬼名捎殺也斮擊也方良草澤之神也腦陷其頭也　善曰諸鬼之號者各異今隨所釋而載之不改易也莊子蜲蛇之狀其大若轂其長若轅紫衣而朱冠　向曰捎斮斬腦皆殺害也餘並惡鬼名**囚耕父於清泠**零**溺女魃**蒲葛**於神潢**音黃　綜曰清泠水名在南陽西鄂山上神潢亦水名未知所在　善曰山海經曰有神耕父處豐山常

游清泠之淵出入有光又曰大荒之中有山名不句有人衣青衣名曰黃帝女魃所居不雨　良曰言囚溺二鬼於二水之中**殘夔魖**虛**與罔象殪**煙計**野仲而殲**子廉**游光**綜曰殘猶殺也夔木石之怪如龍有角鱗甲光如日月則其邑大旱說文曰魖耗鬼也罔象木石之怪殪殺也殲滅也野仲游光惡鬼也兄弟八人常在人間作怪害　翰曰殘殪殲亦殺害也夔魖罔象野仲游光皆鬼名**八靈爲之震慴**之涉**況鬿**岐**蜮**域**與畢方**綜曰鬿小兒鬼畢方老父神如鳥兩足一翼者常銜火在人家作怪災　善曰楚辭曰合五岳與八靈王逸曰八靈八方之神也爾雅曰震慴懼也漢書儀曰魊鬼也鬿巨宜切魊與蜮古字通　濟曰震驚也鬿蜮小鬼畢方老鬼言擒殺衆鬼於四海之外八方之神尚猶驚慴況老小之鬼乎言怖懼之甚**度朔作梗**哽**守以鬱壘神荼**徒**副焉對操**七刀**索葦**綜曰東海中度朔山有二神一曰神荼二曰鬱壘領衆鬼之惡害者執以葦索而用食虎　善曰風俗通曰黃帝書上古時有神荼鬱壘昆弟二人性能執鬼度朔山上有桃樹二人於樹下常簡閱百鬼鬼無道理者神荼與鬱壘持以葦索執以飼虎是故縣官常以臘祭夕飾桃人垂葦索畫虎於門以禦凶也毛詩傳曰梗病也謂爲人作梗病者　向曰操執也言度朔有鬼爲人病者使二人對執索葦以縛也**目察區陬**祖婁**司執遺鬼**綜曰察觀也區陬隅隙之間也司主也謂於度朔山主執遺餘之鬼也　善曰陬子侯切　銑曰區陬隅隙也言神荼鬱壘視隅隙之間有遺餘之鬼將執之夫大儺驅逐豈能見鬼逐殺於海外持索而縛之乎蓋作者飾其事壯其詞**京室密清罔有不韙**音葦　綜曰密靜也清潔也罔無也韙善也謂無復疫癘皆得安善也　翰曰韙美也言掃去衆鬼京室清淨無有不美**於是陰陽交和庶物時育**綜曰庶衆也漢書曰陰陽和風雨時言疫癘既無陰陽乃和衆物育養也　濟曰若此言德化及之**卜征考祥終然允淑**綜曰征巡行也考問也祥吉也允信也淑善也　善曰左氏傳石奐曰先王卜征五年而歲卜其祥祥習則行周易曰視履考祥毛詩曰終然允臧也　向曰卜征卜行將巡狩也考其嘉祥終然吉善其後行**乘輿巡乎岱嶽勸稼穡於原陸**綜曰乘輿天子

也岱泰山也種曰稼收曰穡謂春勑東方諸侯課民以耕種故尚書云二月東巡狩至於岱宗也　良注同

同衡律而一軌量齊急舒於寒燠於六反　綜曰衡稱也軌法也寒燠猶苦樂同壹齊皆使中不參差也　善曰尚書曰同律度量衡又曰急恒寒若豫恒燠若　濟曰律管也軌車跡也量斗斛也舒緩也燠暑也使天下衡律軌量皆同爲一而寒暑急緩齊均也

省幽明以黜陟乃反旆而迴復綜曰省察也幽暗也黜退也陟升也謂有功者進無功者退也故尚書曰三載考績黜陟幽明也反旆謂迴還也　銑注同

望先帝之舊墟慨長思而懷古綜曰先帝先神也舊墟長安也慨歎息也

俟閶風而西遐致恭祀於高祖古往也謂前漢初也俟待也閶風秋風也祠謂祭祀高祖廟也遐遠也　善曰東觀漢記曰永明二年十月幸長安祠高廟周書曰恭明祠尊明刑易說曰秋閶闔風至　翰曰舊墟西京也言待此風自西遐遠而至乃祀高祖也

既春游以發生啓諸蟄於潛戶綜曰春游謂仲春巡行岱岳是時蟄蟲皆開戶

帝乃東巡助宣氣也　善曰爾雅曰春爲發生禮記曰仲春之月蟄蟲咸動啓戶始出　向曰言春游者爲有蟄蟲皆匿未出者故巡游以啓發出之

度秋豫以收成觀豐年之多稌綜曰晏子曰秋行曰豫謂秋行禮高祖廟此時萬物始成　善曰晏子曰吾王不游吾曷以休吾王不豫吾曷以助一游一豫爲諸侯度爾雅曰秋爲收成毛詩曰豐年多稌毛萇曰稌稻也他杜切　銑曰言秋游者觀收成見豐年之多稌稌稻也

嘉田畯之匪懈勤善本作行致賚于九扈音戶　綜曰嘉善也畯主田官也九扈農正知田事扈正也言天子行慶福致賚於九扈使民不淫放　善曰毛詩曰田畯至喜又曰夙夜匪懈左氏傳曰郯子曰九扈爲九農正杜預曰扈有九種也春扈鳻鶞夏扈竊玄秋扈竊藍冬扈竊黃棘扈竊丹行扈唶唶宵扈嘖嘖桑扈竊脂老扈鷃鷃以九扈爲九農之號各隨其宜以教人事也　良曰嘉其勤而匪懈皆賜賚之

左瞰勘暘谷右睨玄圃眇天末以遠期規萬世而大摹莫補叶韻　綜曰暘谷日出之處玄圃在崑崙山上瞰望也睨視也眇視也摹法也言帝之巡狩眇然以天末爲遠期規欲以爲萬代之大法也　善曰淮南子曰日出于暘谷浴於咸池也又曰懸圃在崑崙閶闔之中玄與懸古字通劉秦美新曰創億兆規萬世　向曰言天子巡狩東視日出之處西視崑崙之上眇然於天末爲期規以萬代之業

且歸來以釋勞膺多福以安悆羊主反　綜曰悆寧也歸謂西征旋乃釋吏士之劬勞佘祀受多福以安寧也　善曰尚書曰永膺多福　銑曰膺當也言自巡游而還受多福以安寧

總集瑞命備致嘉祥綜曰總會也集聚也祥神也即騶虞澤馬之屬也瑞應也即鸞鳳之屬也　善曰墨子曰禹親抱天之瑞命也孝經鉤命決曰帝王起緯語合宿嘉瑞貞祥　良曰瑞命嘉祥皆王者之美應

圉林氏之騶鄒虞擾澤馬與騰黃綜曰圉牢養也林氏山名也騶虞義獸也　善曰山海經曰林氏有珍獸大若虎五采畢具尾長於身其名騶吾乘之日行千里劉芳詩義疏曰騶虞或作吾應劭漢書注曰擾音柔陰嬉讖曰聖人爲政澤出馬山海經曰大封國有文馬縞身朱鬣名曰吉良乘之壽千歲瑞應圖曰騰黃神馬一名吉光然吉良騰黃一馬而異名也　濟曰言皆得牢養擾馴也

鳴女牀之鸞鳥舞丹穴之鳳皇綜曰女牀山名在華陰西六百里山海經曰女牀之山有鳥焉其狀如鶴五色文名曰鸞鳥見則天下安寧又曰丹穴之山有鳥焉其狀如鵠五采名曰鳳皇是鳥也飲食自歌自舞見則天下安寧　向曰言皆集於此而鳴舞

植華平於春圃豐朱草於中唐綜曰植猶種也華平瑞木也天下平其華則平有不平處其華則向其方傾　中唐堂塗也　善曰孝經援神契曰德至於地則華平盛也瑞應圖曰木名也宮閣記有春王圃鶡冠子曰聖王之德下及萬靈則朱草生抱朴子曰朱草長三尺枝葉皆赤莖似珊瑚也如淳漢書注曰唐庭也毛詩曰中唐有甓　銑同綜注

惠風廣被澤洎幽荒綜曰惠恩也旣及也幽荒九州外謂四夷也　向曰惠風仁惠之風化及也幽荒九州之外言惠澤及遠

北燮素頰丁令五臣作零南諧越裳綜曰燮諧皆和也越裳南蠻今九眞是也丁令國名　善曰漢書曰匈奴北服丁令也韓詩外傳曰成王之時越裳氏重九譯而至獻白雉於周公　銑曰言能以德和諧

西包大秦東過樂浪音郎　善曰司馬彪續漢書曰大秦國名犂鞬鞬在西海之西漢書有樂

浪郡音郎　翰曰樂浪大秦東西遠國名言盛德包過於此重舌之人九譯僉稽
首而來王綜曰重舌謂曉夷狄語者九譯言始至中國者也　善曰國語曰夫戎狄坐諸門外而使舌人
體委與之韋昭曰舌人能達異方之志象胥之官也韓詩外傳曰成王之時越裳氏重九譯而至獻白雉於周公晉灼漢
書注曰遠國使來因九譯言語乃通也說文曰譯傳四夷之語者尚書曰禹拜稽首四夷來王　翰曰僉皆也稽首拜也
重舌謂重爲敍其詞舌以譯其意若此譯語度九重之國乃至於此皆來歸于我王而拜首於前也是故善作
以論其遷邑易京則同規乎殷盤改奢節儉則
合美乎斯干綜曰京京師也規法也盤庚殷王之名也斯干謂周宣王儉宮室之詩也今漢光武改西
京奢華而就儉約合斯干之美　善曰韓詩曰宋襄公去奢即儉　銑曰遷邑易京謂改都東京也登封降
禪則齊德乎黃軒爲無爲事無事永有民以孔
安遵節儉尚素樸思仲尼之克己履老氏之常

文選三　卅四

足綜曰登謂上泰山封土降謂下禪梁父也言光武登上泰山下禪梁父則與黃帝齊其功德爲作也事業也永長也
孔甚也以無爲爲功以無事爲業儋然不煩潰也遵循也樸質也言遵循節儉尚其樸素也孔子曰克己復禮馬融曰克
己約身　善曰史記曰黃帝封泰山禪云亭老子曰爲無爲事無事我無爲而民自化我無事而民自富漢書曰文帝躬
節儉莊子曰同乎無欲是謂素樸老子曰知足常足　翰注同將使心不亂其所在
目不見其可欲善曰老子曰不見可欲使心不亂河上公曰放鄭聲遠美人使心不亂不邪淫
也　向同善注賤犀象簡珠玉藏金於山抵紙璧於谷綜曰
簡猶略也藏抵皆謂不取之謂儉故也　善曰長楊賦曰賤瑇瑁而疏珠璣莊子曰藏金於山藏珠於淵說文曰抵側擊
也征氏切　濟曰犀象牙角也賤簡藏抵皆輕棄不用翡翠不裂瑇瑁不蔟音族
綜曰翡翠鳥名也瑇瑁亦名不裂不折其羽以爲玩飾也不蔟不以蔟取之爲器也　良曰不割裂其羽不以蔟其體以
爲用所貴惟賢所寶惟穀善曰尚書曰所寶惟賢則邇人安范子計然曰五穀者萬

人之命國之重寶　翰曰賢可理人穀可食人故特寶貴之民去末而反本咸懷
忠而抱愨苦角反　綜曰詐僞爲末忠信爲本　善曰淮南子云守道順理者不免於飢寒之患而欲人
之去末反本是猶發其原而壅其流也說文曰愨謹也　良曰愨實也末謂浮華本謂忠實人皆去彼取此也于
斯之時海內同悅五臣作說曰吁嘆帝之德馨善無馨字
侯其禕於離而綜曰言於此之時皆同歡樂也于於也悅樂也吁驚也禕美也　銑曰侯惟也而語助
蓋蓂莢爲難蒔神志也故曠世五臣作代而不覿惟我
后能殖五臣作植之以至和平方將五臣作當數所主諸朝
階綜曰覿見也蓂莢瑞應之草王者賢聖太平和氣之所生生於階下始一日生一莢至月半生十五莢十六日落一
莢至晦日而盡小月則一莢厭不落王者以謚知月之小大堯時夾階生之謂不世見故云難蒔也后帝也惟我帝有至
化之德故必能殖之方當生於朝階得以數知月之大小也謂上文蓂莢也　善曰田俅子曰堯爲天子蓂莢生於庭爲

文選三　卅五

帝成曆范曄後漢書班固議曰漢興以來曠世曆年鄭玄毛詩箋曰方直也　向曰蒔栽也言此草不可栽我君能植之
於朝階方數莢之數以辨月大小然則道胡不懷化胡不柔綜曰胡何也懷
來也柔安也言皆安之也　良曰懷安也柔和也聲與風翔澤從雲遊綜曰翔遊皆行也風
者天之號令雲雨者天之膏潤故聲教與風皆翔恩澤與雲俱行也　銑曰言仁聲德澤隨風從雲布霑天下萬
物我賴亦又何求綜曰我賴賴我也言萬物皆賴帝之恩惠以得所無復他求也　濟注同
德寓天覆赴輝烈光燭綜曰寓猶蓋也帝之德蓋如天之覆日月之光輝照於遠
近也　善曰國語勃鞮曰君之德宇何不寬裕也寓與宇同禮記孔子曰天無私覆　翰曰寓猶蓋也言帝德爲蓋如天
之覆下人輝烈光燭皆明也言德之自上而照猶天垂日月而明狹三王之趢祿趗
七木軼五帝之長驅踵二皇之遐武誰謂駕遲而
不能屬綜曰狹謂陋也趢趗局小貌也軼過也驅馳也言以三王禮法爲局小狹陋過五帝而遠馳則繼三

皇之跡也踵繼也二皇伏羲神農也遐遠也武迹也屬逮也誰敢謂今所駕者遲而不能逮言必能逮也　善曰戰國策曰樂毅長驅至齊　向曰我既陋小三王過越五帝追繼二皇之遠迹誰謂車遲而不及言可與爭先也東京之懿未罄值余有犬馬之疾不能究其精詳故粗爲賓言其梗槩如此綜曰懿美也罄盡也先生言東京之美未盡遇我有疾故不能究其美事也粗猶略也賓西京也梗槩不纖密言粗舉大綱如此之言也　善曰孔叢子謂魏王曰臣有犬馬之疾不任國事毛萇詩傳曰詳審也　翰曰究亦盡也梗槩猶大綱賓謂公子也先生稱犬馬謙也若乃流遁忘反放心不覺樂而無節後離其戚綜曰言若流情放心不自反窮恣意所爲淫樂無禮以無節終後卒當罹其憂禍即秦皇王莽是也　善曰淮南子曰凡亂之所由生皆在流遁廣雅曰遁去也孟子曰人有放心不知求學問之道也　銑曰遁去也離罹也戚憂也言隨流而去失其歸心自放不窮樂無節度後必罹其憂患秦莽是也一言幾渠衣於喪國我未之學也

綜曰幾近也先生責公子云取樂今日皇恤我後言今非之也　善曰論語曰一言可以喪邦乎　濟注同且夫挈若結缾之智守不假器況纂祖管帝業而輕天位綜曰言挈缾之小智耳尚不妄以假人也纂繼也今如公子言皆淫心放意之事此乃輕居天王之尊位而禪於董賢　善曰左氏傳曰人有言曰雖有挈缾之智守不假器禮也長楊賦曰儼帝業尚書曰天位艱哉　良曰挈提缾器也言公子多說奢淫之事輕帝位者何足尚也瞻仰五臣作望二祖厥庸孔肆常翹翹以危懼若乘奔而無轡綜曰庸功也孔甚也肆勤也言瞻望高祖功庸甚勤苦而得之也言居天子之位常若乘奔馬而無轡屢恐而負重也　善曰毛詩曰予室翹翹毛萇曰翹翹危也鄧析曰明君之御民若乘奔而無轡　銑曰二祖高祖光武也庸功也肆勤也翹翹危貌言瞻此二祖其功甚勤勞常猶翹翹然若乘奔馬而無轡勤危懼之甚是以成功白龍魚服見困豫且子余雖萬乘之無懼猶怵惕於一夫終日不離於輜重獨微

行其焉如綜曰說苑曰吳王欲從民飲伍子胥曰昔白龍下清冷之淵化爲魚豫且射中目白龍不化豫且不射君今棄萬乘之位而從於臣恐有豫且之患此言先生責公子陰戒期門微行要屈萬乘天子也即秦始皇也高祖也昔秦始皇東游爲張良所擊中其副車漢高祖於柏人亭殆爲貫高所中輜重車也焉言安也如往也公子說微行要屈故先生問之言欲何往也　善曰尚書曰怵惕惟厲孔安國曰怵惕懔懼也方言曰戒備也過秦論曰一夫作難惕驚也老子曰聖人終日行不離輜重張揖曰輜重有衣車也漢書曰武帝微行始出也　向曰焉何也輜靜也言天子行在於安靜遲重獨自輕微行將何往也此折公子稱西京微行要屈之言也夫君人者黈纊塞耳車中不內顧綜曰黈纊言以黃綿大如丸懸冠兩邊當耳不欲妄聞不急之言也內顧謂不外視臣下之私也　善曰大戴禮孔子曰黈纊塞耳所以塞聰也魯論語曰車中不內顧崔駰車左銘曰正位授綏車中不顧塵不出軌鸞以節步　翰注同珮以制容鑾以節塗音度協韻綜曰佩爲行容鑾爲車節　善曰禮記曰君子在車則聞鸞和之聲行則鳴珮玉也　銑曰言聽鑾珮之聲以爲節制行不

變五駕不亂步綜曰行合容則玉聲應爲步齊則鑾和鑾聲並謂君之禮法　良曰行緩急得中則玉聲不變馬步整齊鑾聲乃和却走馬以五臣作於糞車何惜騕烏皎褭寧小與飛兔綜曰却退也老子曰天下無道戎馬生於郊天下有道却走馬以糞何上公曰糞者糞田也兵甲不用却走馬以務農田然今言糞車者言馬不用而車不敗故曰糞車也何惜言不愛之也　善曰呂氏春秋曰飛兔騕褭古之駿馬　濟曰騕日行五千里兔日行三萬里言禮義大布甲兵不起却走馬以務農然有駿馬終無所用誰復愛惜之方其用財取物常畏五臣作懼生類之殄也賦政任役常畏人力之盡也取之以道用之以時綜曰方將也生類謂天下方物之類也殄盡也任役謂使人常畏人力盡也論語曰敬事而信節用而愛人使民以時此之謂也　善曰毛萇詩傳曰太平而微物衆多取之有時用之有道　銑曰言儉約而愛人山無槎仕假栞五葛畋不麑烏老胎綜曰斜斫曰槎斬而復生曰栞不麑胎者言不如公子所道擭胎拾

卯校獲麛麑麇也漢書曰昔先王山不槎蘖畋不殺胎　向曰斫木曰槎斬木而復生曰栟山不爲槎栟畋不傷麛麇胎言仁之至也復折公子獲胎拾卯校獲麛麑麇草木蕃廡武鳥獸阜滋綜曰蕃滋也廡盛也阜大也滋益也　善曰尚書曰庶草蕃廡班固漢書序曰蕃阜庶物　銑注同民善本作人忘其勞樂輸其財綜曰民謂百姓也言民不以力役爲勞苦不以財賦爲損費故文王有子來之人武帝時卜式入錢以助官也　善曰周易曰悅以使人人忘其勞也　銑曰省役薄斂百姓同於饒衍上下共其雍熙綜曰言富饒是同上下咸悅故能雍和而廣也論語曰百姓足君孰與不足　善曰尚書曰黎民於變時雍又曰庶績咸熙　良曰衍溢雍和熙盛也洪恩素蓄民善本作人心固結綜曰洪大也蓄積固牢固也謂高祖已下積恩施惠人心固結故王莽之時皆謳吟而思漢也　善曰四子講德論曰洪恩所潤不可究陳國語甯莊子曰民無結不可以固孫子曰吾將固其結也　良注同執義顧主夫懷貞節綜曰夫猶人人也言執禮義之心顧思漢德人懷貞正之志分也楚辭曰

原生受命于貞節　銑曰王莽時人皆顧思漢主雖匹夫猶懷貞正之節忿姦慝之干命怨皇統之見替音鐵協韻玄謀設而陰行合二九而成譎綜曰慝惡也統嗣也替廢也謂忿王莽之逆命怨漢統之替廢也玄神也譎變也謂王莽之志陰行十八年而成變計也　翰曰姦慝王莽也干逆也玄神也神人之謀陰行登聖皇於天階章漢祚之有秩徒結反　綜曰聖皇光武也章明也秩常也言明漢家之常秩也　善曰甘泉賦曰聖皇穆穆東都賦曰漢祚中缺　濟曰天階天子位也若此故王業可樂焉今公子苟好勦子小民以媮逾樂忘民五臣作人怨之爲仇也綜曰若如此也言如此即王業之可樂也勦盡也媮猶僥倖也仇讎也今公子所言苟好盡人以僥倖須臾之樂不知人好共怨已當成大讎也　善曰毛詩曰致王業之艱難左氏傳晉栢子曰無及於鄭而勦民杜預曰勦勞也左氏傳師服曰怨耦曰仇　良注同好殫物以窮寵忽下叛而生憂也綜曰殫盡

也寵驕也忽忘也生憂謂生已之憂患也言好盡人之財以寵極驕逸之樂忘人叛已之爲大患也漢書谷永曰財竭則下叛下叛則上亡　向曰言盡人財以恣其驕不悟人叛已而取憂患夫水所以載舟亦所以覆舟綜曰覆敗也　善曰孫卿子曰君者舟也人者水也所以載舟所以覆舟　濟曰君之臨人猶舟之在水御之失道必致傾覆堅冰作於履霜尋木起於蘖魚竭栽音哉　綜曰言事皆從微至著不可不慎之於初所以尋木起於牙蘖洪波出於涓泉　善曰周易曰履霜堅冰至說文曰尋八尺也山海經曰尋木長千里枚乘尚書曰十圍之木始生而蘖孔安國尚書傳曰用生枿栽韋昭曰株生曰蘖鄭玄禮記注曰栽植也蘖與枿古字同　銑注同昧旦丕顯後世猶怠況初制於甚泰服者焉能改裁去聲叶韻　綜曰昧早也丕大也顯明也怠懈也謂起行大明之道後世子孫猶尚懈怠譬如爲人裁衣始制之洪大服者得而衣之何能更小之乎　善曰左氏傳鼎之銘曰昧旦丕顯後世猶怠賈逵國語注曰裁制也翰曰首爲奢泰服行之者豈能改而裁之爲儉約故相如

壯上林之觀揚雄騁羽獵之辭雖係計以頹牆填壍十念亂以收罝嗟解罘浮卒無補於風規祇以昭其愆尤綜曰頹壞也亂理也司馬相如上林賦其卒曰乃命有司隤牆填壍使山澤之人得至焉楊雄羽獵賦其末曰放雉免收罝罘也規猶諫也祇適也愆過也尤過也言不能補其愆過　銑注同臣濟奓五臣作奢以陵君忘亡經國之長基故函谷擊柝託於東西朝廷善無廷字顛覆而莫持綜曰濟謂度也奓於奢侈謂僭也陵踰君法若季氏八佾舞於庭左氏傳萇弘曰毛得以濟侈於王都言尊卑所以爲國今反陵之故非所以經國柝守夜所擊木也顛隕也持扶也謂王莽之兵猶擊柝守函谷關而三輔兵已自入長安宮朝廷顛隕無復扶持也東謂函谷在京之東西朝則京師也　善曰周易曰重門擊柝　向曰濟益也是時賊臣益爲奢侈以陵其君不爲國家長久之計故王莽得爲簒逆莽使兵擊木守關而三輔兵已入長安此則西京朝廷顛覆不可扶持凡人心是所

學體安所習鮑肆不知其臭翫其所以先入 綜曰所習爲心所好愛者即學翫習也先入言久處其俗也 善曰書曰夫常人安於俗學溺於所聞家語孔子曰入善人之室如入芳蘭之室久而不知其香入不善之室如入鮑魚之肆久而不知其臭皆循體所習故今言公子以長安爲好亦然也 向曰入染也言凡人以所學爲是以已習爲安猶久處鮑魚之市不覺其臭亦循習染奢侈之事不知其非

咸池不齊度於鼃烏瓜咬而衆聽者或疑 五臣作疑惑 能不惑者其唯子野乎 綜曰齊同也咸池堯樂也鼃咬淫聲也言咸池之音本不與鼃咬同而衆聽者乃有疑惑子野師曠字曉音曲者以諭安處先生也言西京奢泰肆情不依禮度東京儉約依禮行事衆人觀之謂是其一唯安處先生得知其指也 善曰樂動聲儀曰黃帝樂曰咸池荅賓戲曰淫鼃而不可聽者非寵宴之樂也李奇曰淫鼃不正也傳毅琴賦曰絕激哇之淫法言曰哇則鄭李軌曰哇邪也舞賦曰吐哇咬則發皓齒然哇與鼃同咬亦不正之聲也咬烏交切或作蛟非也左氏傳曰叔向曰子野之言君子哉 翰曰鼃咬淫聲其聲豈可齊度而衆人聽者不辨其聲美惡而疑之子野師曠也善音律若聽此音而不疑惑者獨曠而已言公子昧奢儉之得失與衆人聽正樂與淫聲而不相辨豈可同於師曠不惑乎

客既醉於大道飽於文義 綜曰客斥公子謂聞東京文義之道若醉飽焉 銑曰客公子也得道義之味 勸德畏戒喜懼交爭 綜曰勸德謂公子見先生說東京禮法自勸勉行其道德又畏懼先生之戒也 良曰交爭於胷中 罔五臣作惘然若酲朝疲夕倦奪氣褫雉魄之爲者也 善無也字 綜曰罔然猶惘惘然也酲病酒也朝罷夕倦曉夜不卧惘然如神奪其精氣又若魂魄亡離其身今公子亦如之也 善曰說文曰褫奪也直氏切 濟曰褫驚也惘悵然若朝病酒與夕疲倦奪移神氣驚散魂魄其爲如此

忘其所以爲談失其所以爲夸良久乃言曰鄙哉子乎子習非而遂迷也幸見指南於吾子 綜曰公子本以奢侈爲美談今見先生述東京之德所以忘美失夸也良久頃乃復能言也自鄙其迷惑所學者非正也言已之惑不知南北今先生指以示我我則足以三隅反也 善曰論語曰荷蕢曰鄙哉硜硜乎廣雅曰鄙固陋不惠揚子法言曰習非而勝是況習是而勝非乎桓譚上便宜曰管仲相公之指南 翰曰吾子先生也公子自責已迷幸得先生爲我指南

若僕所聞華而不實先生之言信而有徵鄙夫寡識而今而後乃知大漢之德馨咸在於此 綜曰若如也公子言如僕所聞西京之事蓋是虛華而無實錄先生安處先生也徵驗也言先生之言信有徵驗也父子重自鄙曰如今日後日乃知大漢之德在於此耳 善曰左氏傳甯嬴曰晉陽處父華而不實怨之所聚叔向曰君子之言信而有徵論語曰鄙夫不可以事君尚書曰明德惟馨 良注同

昔常恨三墳五典既泯仰不覩炎帝帝魁之美 綜曰三墳三皇之書也五典五帝之書也泯滅也睹見也炎帝神農後也帝魁神農名並古之君號也 善曰左氏傳楚子曰左史倚相能讀三墳五典八索九丘也管子曰管仲對桓公曰神農封泰山炎帝封泰山孝經鉤命訣曰佳己感龍生帝魁鄭玄曰佳己帝魁之母也魁神名宋衷春秋傳曰帝魁黃帝子孫也 銑曰泯絕也

得聞先生之餘論則大庭氏何以尚茲走雖不敏庶斯達矣 綜曰先生安處先生也大庭古國名也尚高也走公子自稱走使之人如今言僕矣不敏猶不達也公子言我雖不敏於大道庶幾先生之識遂達矣 善曰子虛賦曰願聞先生之餘論莊子曰昔容成氏大庭氏結繩而用之若此時則至治也司馬遷書曰太史公牛馬走孝經曾子曰參不敏 向同綜注

六臣註文選卷第三

六臣註文選卷第四

梁昭明太子撰

唐李善并五臣註

京都中

南都賦

善曰摯虞曰南陽郡治宛在京之南故曰南都

張平子 翰曰南都在南陽光武舊里以置都焉桓帝時議欲廢之故衡作是賦盛稱此都是光武所起處又有上代宗廟以諷之

於烏顯樂都既麗且康 善曰毛萇詩傳曰於歎辭於孤切詩曰適彼樂國 向曰於歎美之詞麗美康安也樂都謂南都 陪京之南居漢之陽 善曰京謂洛陽也尚書曰嶓冢導漾東流爲漢鄭玄曰漾水至武都爲漢 濟曰京東京漢漢水 割周楚之豐壤跨荊豫而爲疆體爽塏以閑敞紛郁郁其難詳 善曰西京賦曰周即豫而弱呂氏春秋曰河漢之閒爲豫州也漢書地理志註曰南陽屬荊州楚故都左氏傳曰齊景公欲更晏子之宅曰請更諸爽塏者杜預曰爽高燥也揚雄豫州箴曰郁郁荊河伊洛是經也 銑曰爽明也塏高也閑敞清虛皃郁郁衆美皃難詳難悉也 爾其地勢則武闕關西桐栢揭竭其東 善曰漢書音義文穎曰武闕山爲關而在西弘農界也漢書曰南陽之平陽縣有桐栢山 良曰揭表也以桐栢山爲表 流滄浪而爲隍廓方城而爲墉 善曰尚書曰漢水又東爲滄浪之水左氏傳屈完曰楚國方城以爲城漢水以爲池說文曰城池無水曰隍毛萇詩傳曰墉城也 翰曰滄浪水名流此水以爲城池廓猶開也墉牆也方城山名開以爲城牆 湯谷涌其後淯育水盪其胷 善曰盛弘之荊州記曰南陽郡城北有紫山紫山東有一水無所會通冬夏常溫因名湯谷山海經曰攻離之山淯水出焉南流注于漢郭璞曰今淯水在淯陽縣南淯音育也 良曰胷謂前也 推淮引湍專三方是通 善曰淮水自此而去故曰推湍水自彼而來故曰引說文曰推排也山海經曰翼望之山湍水出焉郭璞曰湍鹿摶切今湍水逕南陽穰縣而入淯也三方東西及南也 銑曰三方謂南有淯水西有滄浪北有湯谷通水東流 其寶利珍怪則金彩玉璞隋珠夜光銅錫鈆錯若駮赭者堊惡流黃綠碧紫英青雘烏郭丹粟太一餘糧中黃轂角玉 善曰彩金之彩也璞玉之未理者隋珠夜光見西都註鄭玄周禮注曰錫鑞也說文鈆青金也又曰九江謂鐵爲錯山海經曰陸郈之山其下多堊若之山其上多赭郭璞曰赭赤土也堊似土白色也郈音跪堊音惡本草經曰石流黃生東海牧陽山谷中本草言其所出此亦兼而有之博物志曰雄黃似石流黃廣志曰碧有縹碧有綠碧本草經曰紫石英生太山之谷山海經曰景山之西曰騩山其下多青雘郭璞曰雘黝屬音瓠山海經曰荊山之首曰景山睢水出焉其中多丹粟郭璞曰細沙如粟本草經曰太一禹餘糧一名石腦生山谷博物志曰石中黃子黃石脂又曰欲得好轂玉用合漿於襄鄉縣舊穴中鑿取大者如魁斗小者如雞子 向曰恠奇也錯白鐵也綠碧紫英玉類太一餘糧石藥名中黃謂石中子黃石脂也轂玉玉名 松子神陂赤靈解角 善曰習鑿齒襄陽耆舊記曰神陂在蔡陽縣界有松子亭下有神陂也赤靈赤龍也解角脫角也事未詳 翰注同 耕父揚光於清泠之淵五臣作泉游女弄珠於漢皐之曲 善曰山海經曰有神耕父處豐山常游清泠之淵出入有光韓詩外傳曰鄭交甫將南適楚遵彼漢皐臺下乃遇二女佩兩珠大如荊雞之卵 濟注同 其山則崆口江峴五江嶱苦葛嵑五葛嵣大朗㟐五臣作㟐嶚遼剌力割反 善曰崆峴嶱嵑山石高峻之貌字書曰崆山貌也嵣㟐山石廣大之貌也嵣音蕩㟐音莽嶚山高而相戾也廣雅曰嶚高也力彫反說文曰剌戾也向注同 岝仕白峉頟嶵祢迴嵬五迴嶔香金巇許宜屹魚乞嶭五結反 善曰埤蒼曰岝嶺山不齊也岝仕革切說文曰嶵嵬山石崔嵬高而不平也嶵昨迴切嵬牛迴切嶔巇山相對而危險之貌也屹嶭斷絕之貌也嶭五轄切 向注同 幽谷嶜岑岑吟夏含霜雪 善曰毛詩曰出自幽谷揚雄蜀都賦曰玉

石巀岑又曰夏含霜雪巀岑高峻之貌也巀士林切　翰曰
巀岑峻極貌言山谷峻極深邃雖當夏之月亦含蓄霜雪
或岧丘䒷嶙鄰而纚力氏聯或豁爾而中絕善曰岧嶙相連之貌
岧丘貧切嶙音隣纚力是切　良曰纚聯纚迆相屬貌鞠巍巍其隱天俯而觀乎
雲霓五結反叶韻　善曰鞠高貌也九六切班孟堅西都賦曰其陽則崇山隱天楊雄蜀都賦曰蒼山隱天
若夫天封大狐列仙之陬子侯反　善曰天封未詳或曰山名也南郡圖經曰大胡
山故縣縣南十里張衡云天封大胡也薛綜注曰區陬隅隙之間也　翰曰天封大狐皆山名聚居爲陬上平
衍而曠蕩下蒙籠而崎綺宜嶇善曰孫子兵法曰草樹蒙籠廣雅曰崎嶇傾側
也崎丘宜切嶇丘隅切　良曰曠蕩寬廣也言山上平衍廣大列仙於此聚居坂坻遲巀截嶭
五結反善作嶭而成巘魚勉反善作巘谿壑錯繆謬而盤紆善曰郭璞上林
賦注曰坻岸也又曰巀嶭高峻也巀在結切毛萇詩傳曰巘小山別大山也魚蹇切錯繆雜亂貌也　銑曰巘山若甑形

也盤紆盘曲也芝房菌奇殞蠢昌尹生其隈玉膏滵密溢流
其隅善曰芝房芝生成房也菌蠢是芝貌也山海經曰滵山丹水出焉其中多白玉是有玉膏滵溢流貌　翰
曰玉膏玉之脂膏隈隅皆側也崑崙無以參五臣作修閬浪風不能踰
善曰東方朔十洲記曰崐崙其北角曰閬風之巔　向曰崑崙閬風皆山名侈大踰過也言此都諸山峻險雖崑崙閬風
無以爲大亦不足過其木則檉勑貞松楔更黠㮨即槾萬柏杻女九
橿彊楓柙甲櫨盧櫪歷帝女之桑楈胥枒邪栟
并櫚閭柍於兩柘之夜檍憶檀善曰檉似栢而香爾雅曰楔曰荊桃郭璞曰楔桃也
華黠切郭璞山海經注曰㮨似松栢有刺子力切槾荊也音萬又曰杻似桑而細葉又曰橿中車材音姜爾雅曰楓欇楓
音風欇之涉切劉逵吳都賦注曰柙香木也郭璞上林賦注曰櫨橐櫨力胡切櫪與櫟同來的切山海經曰宣山有桑焉
其枝四衢名帝女之桑郭璞曰婦人主蠶因以名桑也郭璞上林賦注曰楈枒似栟櫚皮可作索枒以奢切張揖注上林

賦曰栟櫚椶也皮可以爲索柍未詳於良切爾雅曰杻檍郭璞曰似桑蒼頡篇曰檀木名　向曰皆木名結根
竦本垂條嬋蟬媛袁布綠葉之萋萋敷華蘂之
蓑蓑素回反叶韻　善曰結猶同也廣雅曰竦上也嬋媛枝相連引也毛萇詩傳曰萋萋茂盛貌王逸楚辭注
曰蘂實貌也劉淵林蜀都賦注曰蘂一曰花頭點也而髓切蓑蓑下垂皃　濟注同玄雲合而重
陰谷風起而增哀善曰淮南子曰玄雲素朝毛詩曰習習谷風　良曰言林樹柯葉濬然猶
雲森然生風遇雲合是重其陰值風起是增其哀也欑在官立叢駢青冥盰瞑音眠
叶韻　善曰言林木欑羅眾色幽昧也楚辭曰遠望兮芊眠王逸曰芊眠遥視闇未明也芊眠與盰瞑音義同　向曰駢
並也杳藹蓊鬱於谷底森蓴蓴祖本而刺天善曰皆茂盛貌
也司馬相如曰二世曰眾樹之蓊鬱兮　銑曰皆茂盛上指於天虎豹黃熊游其下𧲣
呼穀玃居縛猱奴刀挺廷戲其巔善曰六韜曰散宜生得黃熊而獻之紂說文曰𧲣類

犬腰以上黃以下黑𧲣呼木切爾雅曰玃父善顧郭璞曰似獮猴而大蒼黑色鄭玄禮記注曰猱獮猴也張載吳都賦注
曰猨䝞屬　良曰皆獸名巔山頭也鸞鷟岳鵷於袁鶵仕俱翔其上騰猨
飛鸓壘棲其間善曰國語曰周之興也鸑鷟鳴於岐山賈逵曰鸑鷟鳳之別名也山海經曰南
禺之山有鵷鶵郭璞曰鳳屬也上林賦曰蜼玃飛鸓張揖曰鸓飛鼠也鸓與壘同並音壘　銑曰鸞鷟鵷鶵皆鳥名猨玃
鼠名其竹則籦鍾籠龍篁謹篾銘决篠蘇了簳幹箛孤
箠音追　善曰戴凱之竹譜曰籦籠竹名也伶倫吹以爲律竹篁皮白如霜大者宜爲篙篠出魯郡山堪爲笙孔安國曰
篾桃枝也簳小竹也宋玉笛賦曰奇簳古旱切箛箠二竹名箛公都切箠竹隨切其形未詳　翰曰皆竹名緣延
坻遲坂澶徒幹漫陸離善曰陸離猶參差也　向曰緣衍澶漫布散弱貌阿烏可那
奴可蓊烏孔茸如涌風靡雲披善曰阿那柔弱之貌說文曰蓊竹貌也埤蒼曰茸竹頭有
文也風靡雲披言隨風而靡如雲之披也　翰曰阿那垂皃蓊茸亂密皃風靡雲披皆竹動皃爾其川瀆

則滍雉澧禮濼藥濜想胤發源巖穴善曰水經滍水出南陽縣西堯
山音雉山海經曰澧水出雉山郭璞曰今出南陽字書曰濼水出泚陽泚音此酈善長水經注曰濜水出襄鄉縣東北陽
中出濜自吝切銑曰滍澧濼濜皆水名潛廅於臘洞出没滑骨瀎蔑潏
音決善同良注良曰廅山傍穴也言水洞出此穴没滑瀎潏疾流之貌布濩護漫汗漭
莽沆胡朗洋溢善曰西京賦曰滄池漭沆薛綜注曰漭沆猶洸瀁亦寛大也良曰言廣大也總
括趣趨歙呼荅箭馳風疾善曰說文曰歙歠也慎子曰西河下龍門其流駃於竹箭
孫子曰其疾如風濟曰言江海欲受諸水故捴括而趨流湍投濈戢砏普貧汃八
輣普耕軋烏黠反善曰許慎淮南子注曰湍水行疾也他鑾切埤蒼曰濈水行出也阻立切砏汃輣軋波相
激之聲也埤蒼曰砏大聲也汃普八反翰注同長輸去遠逝漻流淚力計淢
域汨為筆反善曰廣雅曰輸寫也韓詩外傳曰漻清貌也淮南子曰水淚破舟音戾說文曰淢疾流也王逸楚辭

注曰汨去貌銑曰漻淚淢汨疾流貌其水蟲則有蠳龜鳴蛇潛龍伏
螭丑知反善曰抱朴子曰蠳龜啾蛇山海經曰鮮水多鳴蛇其狀如蛇四翼音如磬見則其邑大旱說文曰螭若龍
而黃濟曰皆水蟲名鱏尋鱣張連鰅隅鱅常容黿鼉鮫五臣作蛟音交蟜
以規反善曰劉淵林蜀都賦注曰鱏魚出江中頭與身正半口在腹下郭璞爾雅注曰鱣大魚似鱏而短鼻口在頷下
郭璞上林賦注曰鰅魚有文采音顒鱅似鰱而黑鰱音連山海經注曰鮫鯌屬也皮有班文而堅薛綜注東京賦曰蟜龜
類也濟曰鱏鱣鰅鱅皆魚名黿鼉蛟蟜皆水獸名巨蜯函含珠駮剥瑕五臣作蝦委
五臣作蜲紓危反蛇逸期切善曰揚雄蜀都賦曰蜯函蛛而擘列蚌與蜯同步項切函與含同郭璞爾雅注曰蝦
大者長一二丈委蛇長貌瑕與蝦古字通胡加切濟曰巨駮皆大也言蜯含珠而游大蝦逶迤而行其陂澤
則有鉗盧玉池赭陽東陂善曰杜預表曰所領部曲皆居南鄉界所近鉗盧大
陂下有良田舊說曰玉池在宛也翰曰鉗盧玉池陂澤名貯水渟亭洿烏亘望無

涯音宜善曰說文曰貯積也知旅切廣雅曰渟止也說文曰洿濁水不流也方言曰亘竟也上林賦曰察之無涯
銑注同其草則有藨平表苧直呂薠煩莞桓蔣將蒲孤
蒹葭善曰說文曰藨蒯之屬又曰苧可以為索郭璞山海經注曰薠青薠似莎而大扶袁切鄭玄毛詩箋曰莞
小蒲也胡官切說文曰蔣菰蔣也蔣子詳切菰音孤爾雅曰蒹薕也葭蘆也銑曰皆水草名藻茆卯菱
芡渠儼芙蓉含華從風發榮菲善作斐披芬葩善曰孔安國尚
書傳曰藻水草有文者爾雅曰茆鳧葵茆亡絞切薛綜注東京賦曰菱芰也芡雞頭也芙蓉荷華也向曰藻茆菱芡芙
蓉皆水草名芬葩香氣言芙蓉順風開華菲披然有芳香也其鳥則有鴛鴦鵠鷖
烏兮鴻鴇保鴐加鵞⿱契鳥苦札鶂五臣作鷁雅札反鸊步覓鷉吐雞
鷫肅鷞所良鵾昆鸕盧善曰毛詩曰鴐鵞于飛班孟堅西都賦曰黃鵠鵁鸛鳧鷖鴻鴈張平
子西京賦曰鷫鷞鴰鴇鴐鵞鴻鶤說文曰鸊鷉鳧屬方言曰野鳧甚小而好沒水中者南楚之外謂之鸊鷉鶂與鷁同蒼

頡篇曰鸕鷀似鶂而黑鸕良都切鷀音磁良曰皆鳥名嚶嚶烏耕和鳴澹徒濫淡徒敢
隨波善曰言自恣也毛詩曰鳥鳴嚶嚶爾雅曰關關嚶嚶聲之和也上林賦曰隨風澹淡良曰嚶嚶鳥聲澹
淡自恣貌其水則開竇灑流浸彼稻田善曰鄭玄周禮注曰竇孔穴也
音豆漢書音義曰灑分也所蟹切毛詩曰浸彼稻田銑曰竇水孔也溝澮古會脈連堤塍
繩相輑丘均反善曰爾雅曰水注溝曰澮韋昭國語注曰脈理也西都賦曰溝塍刻鏤說文曰塍稻田之
畦也又曰隄塘也都奚切輑相連之貌翰曰澮溝之類稻畦脈連猶血脈相連輑亦相連也朝雲不興
而潢潦老獨臻善曰左氏傳曰潢汙行潦之水說文曰潢積水池也潦雨水音老濟曰臻至
也潢潦雨水也言決渠灌田雖朝雲不起自當雨水決渫五臣作泄音薛則暵罕為溉
古愛為陸冬稌杜夏穱側角隨時代熟善曰說文曰渫去除也息列反
又曰暵乾也呼但反又曰溉灌也毛詩曰豐年多稌毛萇曰稌稻也楚辭曰稻粢穱麥挐黃粱銑曰暵乾也水入為溉

水出爲陸良曰稌稻穱麥也其原野則有桑漆麻紵菽麥稷黍
百穀蕃廡武翼翼與與善曰說文曰紵麻屬直旅切鄭玄毛詩箋曰菽大豆也班
孟堅靈臺詩曰百穀蓁蓁韓詩曰帥時農夫播厥百穀薛君曰穀類非一故言百也尚書曰庶草蕃廡毛詩曰我黍與與
我稷翼翼　向曰紵紵麻也蕃廡盛皃翼翼與與茂盛皃若其園圃則有蓼了蕺
側立蘘而羊荷諸蔗五臣作柘之夜反薑蟠五臣作蕃菥蓂芋于遇
瓜善曰說文曰蓼辛菜也力鳥切風土記曰蕺香菜根似茆根蜀人所謂葅香蕺與蕺同說文曰蘘荷當葅也薑音十
切葅子余切漢書音義曰藷蔗甘柘也藷之餘切字書曰蟠小蒜也音頌爾雅曰菥蓂大薺菥音析蓂音覓　翰曰皆瓜
菜之屬乃有櫻烏耕梅山柹助滓侯五臣作猴桃梨栗梬郢
棗若榴穰而羊橙直耕鄧橘善曰漢書音義曰櫻桃含桃也郭璞爾雅注曰梅似杏實
酸說文曰柹赤實果也曹毗魏都賦注曰侯桃山桃子如麻子說文曰梬棗似柹如兖切廣雅曰石留若榴也漢書南陽

文選四　七

郡有穰縣鄧縣說文曰橙橘屬也銑曰皆果名穰鄧皆地名出橙橘也其香草則有薜蒲計
荔力計蕙若薇武非蕪蓀孫萇場晻於感曖愛蓊烏揔
蔚含芬吐芳善曰王逸楚辭注曰薜荔香草也郭璞山海經注曰蕙香草也杜若也本草經曰蘪蕪
一名蘼蕪陶隱居曰蕙葉似蛇牀而香王逸楚辭注曰蓀香草也萇萇楚也爾雅曰萇楚銚弋也銚音遥晻曖蓊蔚言草
木闇瞑而茂盛也說文曰晻不明貌王逸楚辭注曰曖闇昧貌　翰注同若其廚膳則有華
薌鄉重秬渠舉滍秩履皐香秔公行反　善曰華薌鄉名也毛萇詩傳曰秬黑黍一
稃二米故曰重也秬音巨稃音敷滍皐滍水之澤也廣雅曰秔私也私音仙　向曰重秬黍名香秔稻名歸鴈
鳴鷄丁滑黃稻鱻魚以爲芍張略藥音略　善曰鴈能候時去來故曰歸
史記曰楚人有以弱弓微繳加歸鴈之上爾雅曰鷄鳩寇雉鷄陟滑切郭璞曰鷄大如鴿羣飛出北方沙漠聲類曰鱻小
魚也音連切子虛賦曰芍藥之和具而後進也文穎曰五味之和　濟曰芍藥五味之主酸甜滋味

百種千名春卵夏筍秋韭冬菁善曰說文曰甜美也徒兼切爾雅曰筍竹
萌也廣雅曰韭其華謂之菁音精　翰曰菁蔓菁蘇蔱殺紫薑拂徹五臣作撤羶
腥善曰爾雅曰蘇桂荏字書曰蔱茱萸也音殺司馬彪上林賦注曰紫色之薑也杜預左氏傳注曰徹猶去也羶尸然
切　向曰言蘇蔱紫薑香辛能拂除羶腥之氣也蘇蔱香菜也酒則九醞甘醴十旬
兼清醪𨠵徑寸浮蟻若蓱善曰魏武集上九醞酒奏曰三日一釀滿九斛米止
廣雅曰醞投也於問切韓詩曰醴甜而不泲也十旬蓋清酒百日而成也鄭玄周禮注曰清酒今之中山冬釀接夏而成
漢書音義晉灼曰百日之末酒也說文曰醪汁滓酒也徑寸蓋酒膏之徑寸也釋名曰酒有汎齊浮蟻在上汎汎然如蓱
之多也　良曰九醞十旬皆酒名𨠵布也酒膏徑寸布於酒上亦有浮蟻如水萍也其甘不爽醉
而不酲善曰老子曰五味令人口爽廣雅曰爽傷也毛萇詩傳曰病酒曰酲　銑曰言甘不傷其口醉不病
其身及其糾宗綏族禴藥祠蒸嘗善曰左氏傳曰召公思周德之不類

文選四　八

故糺合宗族于成周爾雅曰綏安也毛詩曰礿祠蒸嘗祭于先王　向曰論祠蒸嘗四時祭祀之名以速遠
朋嘉賓是將揖讓而升宴于蘭堂善曰儀禮曰速賓鄭玄曰速召
也論語曰有朋自遠方來毛詩曰我有嘉賓鼓瑟鼓琴承筐是將儀禮曰若四方賓燕則揖讓而升賈逵國語注曰不脫
屨升堂漢書曰拔蘭堂　濟曰將進也言此時召遠方之朋故嘉賓是進爲揖讓之禮而升堂蘭者取其芬芳也珍
羞琅玕充溢圓方善曰爾雅曰珍美也方言曰羞孰以羞之美故喻於玉也圓方器也尚書
曰厥貢琅玕又曰惟辟玉食　翰曰羞飲食也琅玕玉名飲食比之所以爲美器有圓方皆充溢其中琢琱
五臣作彫琢狎獵宅甲金銀琳琅善曰爾雅曰玉謂之琱琱與彫古字通也爾雅曰理
玉曰琢都角切狎獵飾之貌狎胡甲切獵士甲切尚書曰厥貢球琳琅玕　向曰狎獵衆飾皃琳琅亦玉名言彫琢金銀
琳琅以爲器侍者蠱冶媚巾幬溝鮮明善曰左氏傳子産曰在周易女惑男
謂之蠱蠱媚也毛萇詩傳曰綦巾女服也字書曰幬上衣　良曰蠱媚美容儀也巾幬皆女服被服雜錯

偃蹋華英善曰雜錯非一也華英光耀也祓皮義切　銑曰華英光輝也言偃蹋生光輝也儇隳緣才齊敏受五臣作授爵傳觴獻酬既交率禮無違善曰方言曰儇急疾也呼緣切齊在雞切毛萇詩傳曰敏疾也毛詩曰獻酬交錯左氏傳晉侯曰魯侯自郊勞至于贈賄禮無違者東觀漢記曰朱浮上疏曰陛下率禮無違　銑曰儇惠也言惠才齊敏授爵獻酬無違於禮彈琴擫奴牒籥流風徘徊善曰言樂聲之結風也說文擫一指按也擫與擫同鄭玄周禮注曰籥舞者所吹也如蓫三孔籥音藥蓫遂音敵　良注同清角發徵聽者增哀善曰言既奏清角而又發徵聲故增哀也韓子師曠曰清徵之聲不如清角許慎淮南子注曰清角絃急其聲清也　翰注同客賦醉言歸主稱露未晞善曰毛詩曰鼓咽咽醉言歸又曰湛湛露斯匪陽不晞厭厭夜飲不醉無歸　濟曰皆詩也所以盡主客之情晞乾也接歡宴於日夜終愷樂之令儀善曰毛詩曰愷樂飲酒又曰莫不令儀　良曰言日夜歡宴終此善儀也於是暮春之禊胡計

元巳之辰方軌齊軫祓弗于陽瀕五臣作濱　善曰毛詩曰惟暮之春史記曰武帝禊霸上續漢書曰三月上巳宫人皆禊於東流水上祓除宿垢疾也周禮女巫掌歲時祓除楊雄蜀都賦曰相與如平陽瀕　向曰元巳三日也言暮春三日並跡齊車禊于水之陽濱祓除垢疾朱帷連綱五臣作綱曜野映雲五臣作映雲男女姣古卯服駱驛繽紛善曰綱維綱也駱驛繽紛往來衆多貌　銑曰綱連帷之繩姣好也致飾程蠱冶偠於眇紹便嬋綿娟善曰廣雅曰程示也便娟則嬋娟也左氏傳子產曰在周易女惑男謂之蠱蠱媚也薛綜注西京賦曰要紹謂嬋娟作姿容也　向曰便紹便娟多容姿也微眺流睇蛾眉連卷五臣作婘　音權　善曰鄭玄禮記注曰睇傾視也徒計切毛詩曰螓首蛾眉郭璞爾雅注曰蠶蛾也連卷曲貌　濟注同於是齊僮唱兮列趙女坐南歌兮起鄭舞白鶴飛兮繭曳緒善曰齊趙二國名也楊惲書曰婦趙女也呂氏春秋曰禹行水見塗山之女禹未之遇而省南土塗山之女乃令其妾往候禹于塗山之陽女乃作歌曰候人猗兮實始為南音周公召公取風焉高誘曰取南音以為樂歌也楚辭曰二八齊容起鄭舞王逸曰鄭國舞也白鶴飛兮繭曳緒皆舞人之容　翰注同猶蠶繭曳絲緒而相連脩袖繚繞而滿庭羅襪躡蘇叶蹀徒頰而容與善曰繚繞袖長貌躡蹀小步貌說文曰躡蹈也許慎淮南子注曰蹀蹈也　向曰脩長也繚繞飄颻皃躡蹀小取步而行其容與也翩緜緜其若絕眩縣將墜而復舉翹遙遷延蹩蒲結躠素結蹁五臣作僊步眠切躚星田切　善曰毛萇詩傳曰緜緜長而不絕貌國語曰觀美而眩貫逵曰眩惑也翹輕舉貌遷延却退貌上林賦曰便躚蹩躠蹁步先切　銑曰皆舞之容狀眩謂顧視結九秋之增傷怨西荊之折盤善曰古樂府有歷九秋妾薄相行歌辭曰齊謳楚舞紛紛歌聲上徹清雲西荊即楚舞也折盤舞貌張衡有七盤舞賦咸以折盤為七盤也　良注同彈箏吹笙更古衡為新聲寡婦悲吟鵾昆雞哀鳴坐者悽欷

虛毅蕩魂傷情善作精　善曰毛詩曰吹笙鼓簧史記曰衛靈公見晉平公曰今者未聞新聲請奏之寡婦曲未詳古調和歌有鵾雞之曲楚辭曰憯悽增欷傷精神也神女賦曰精神相依憑　翰曰悽欷猶悽愴也使人魂神蕩越情意感傷於是羣士放逐馳乎沙場騄綠驥五臣作驥騄齊鑣彼苗黃間機張足逸驚飆鏃祖祿析毫芒俯貫魴房鱮序仰落雙鶬倉魚不及竄七亂鳥不暇翔善曰逐馳逐也騄驥駿馬之名也穆天子傳八駿有赤驥騄耳說文曰鑣馬銜也彼驕反漢書曰李廣以大黃射其裨將鄭氏曰黃間弩淵中黃牙尚書曰若虞機張孔安國曰機弩牙逸驚飆析毫芒言馬疾而矢利毛詩曰其魚魴鱮列子曰蒲且子連雙鶬於青雲之上爾雅曰鶬麋鴰也鴰音括不及竄不暇翔言急遽也高唐賦曰飛鳥未及起走獸未及發　濟曰齊鑣齊轡也黃間弩也逸驚飆言馬足疾也析毫芒言射之妙也魴鱮大魚名俯射之鶬鳥名仰射之不及竄不暇翔言中速也爾乃撫輕舟兮浮清池五臣作青亂北渚兮

揭丘揭南涯汰太灂在咸灂仕角兮船容裔陽侯澆古堯兮掩鳧鷖烏奚追水豹兮鞭蝄蜽憚丁達夔龍兮怖蛟螭勑離反　善曰班孟堅西都賦曰靡微風澹淡浮爾雅曰水正絕流曰亂說文曰揭高舉也丘別切楚辭曰齊吳榜以激汰王逸曰汰水波也徒蓋切上林賦曰瀺灂隕隊瀺士緘切戰國策曰塞漏舟而輕陽侯之波則舟覆矣淮南子曰武王伐紂度于孟津陽侯之波逆流而擊之高誘曰陽侯陽國侯也溺死於水其神能爲大波王逸楚辭注曰回波爲澆公堯切毛詩曰鳧鷖在濛揚雄蜀都賦曰水豹蛟蛇說文曰蝄蜽山川之精物也國語曰木石之怪夔水之怪龍韋昭曰木石爲山也夔一足也西京賦曰憚蛟蛇說文曰螭若龍而黃　向曰揭猶指也瀺灂波皃容裔船行皃大波爲澆鳧鷖水鳥名水豹蛟蛇也蝄蜽水神也夔龍蛟螭水獸也言乘舟追蛟蛇鞭撻水神驚怖水獸憚驚也於是日將五臣作既逮善作遝昏樂者未荒善曰毛詩曰好樂無荒　濟曰雖遊樂者未至荒淫收歡命駕分背迴塘車雷震而風厲馬鹿

超而龍驤善曰孔叢子曰巾車命駕廣雅曰塘堤也雷震言多也風厲言疾也毛詩曰戎車嘽嘽如霆如雷毛萇詩傳曰雷出地奮震驚百里古詩曰涼風率已厲杜預左氏傳注曰厲猛也韓子曰馬如鹿者千金鄒陽上書曰蛟龍驤首奮舞賦曰龍驤橫舉揚鑣飛沫周禮曰凡馬八尺已上爲龍　翰曰言背堤而歸雷震風厲驅車之聲鹿超龍驤比其疾也夕暮言五臣作而歸其樂難忘斯乃游觀之好耳目之娛未覩其美者焉足稱舉五臣作歟　善曰言此遊觀耳目之樂非極美也　良曰言未觀南都之美何足爲稱遊觀耳目之事將述置南陽之意故設此詞夫南陽者眞所謂漢之舊都也遠世五臣作代則劉后甘厥龍醢海視五臣作覛音脈魯縣而來遷善曰左氏傳曰劉累學擾龍氏以事孔甲龍一雌死潛醢以食夏后夏后饗之旣又使求之懼而遷于魯縣漢書曰南陽郡魯陽縣即御龍氏所遷　翰曰魯縣即南陽郡劉累漢之遠祖也覛視也餘同善注奉先帝而追孝立唐祀於堯

山善曰先帝謂堯也皇甫謐曰堯始封於唐今中山唐縣是也後徙晉陽及爲天子都平陽於詩爲唐國是堯以唐侯升爲天子也水經曰南陽縣西堯山酈元曰魯縣立堯祠於西山謂之堯山也　銑曰漢承堯之後故追孝而立固靈根於夏葉終三代而始蕃音繁　善曰言劉氏植根於夏葉終三代而始蕃昌也毛萇詩傳曰葉世也論語子曰三代之所以直道而行馬融曰三代夏殷周　翰曰劉累自夏而遷於此故云固靈根於夏葉終于殷周秦三代然後漢興乃蕃盛非純德之宏圖孰能揆而處旃善曰孔安國尚書傳曰揆度也求癸切鄭玄毛詩箋曰旃之也　銑曰純至也宏大也孰誰也近則考五臣作孝侯思故匪居匪寧穢長沙之無樂歷江湘而北征善曰東觀漢記曰舂陵節侯長沙定王中子買節侯生戴侯戴侯生考侯考侯仁以舂陵地勢下濕難以久處上書願徙南陽守墳墓元帝許之於是北徙考或爲孝非也　濟曰舂陵孝侯上書願徙南陽守墳墓元帝許之於是北徙故云思故也不安居於長沙卑穢之路自湘江北行曜朱光於白水

會九世之飛榮善曰朱光火德也薛綜注東京賦曰赤氏謂漢火德所統東觀漢記曰考侯仁徙封南陽白水鄉又曰世祖承文景之統出自長沙定王榮光榮也封禪書曰發號榮　翰曰孝侯國家南陽也漢火德故言曜朱光也光武高祖九代孫故謂之九世飛榮也察茲邦五臣作都之神偉啓天心而寤靈善曰言考侯旣察此都之神偉且啓上天之心又寤先靈之意使之而王也說文曰偉奇也　向注同於是宮室則有園廬舊宅隆崇崔嵬善曰高大也御房穆以華麗連閣煥其相徽聖皇之所逍遙靈祇之所保綏善曰御房帝舊房也相徽言俱美孔安國尚書傳曰徽美也聖皇謂光武也逍遙謂潛龍之日韓詩外傳曰逍遙也靈祇天地之神也毛詩曰神保是饗又曰綏以多福也　翰曰綏安也章陵鬱以青葱清廟肅以微微善曰東觀漢記曰建武中更名舂陵爲章陵光武過章陵祠園廟爾雅曰青謂之葱林木茂盛之貌微微幽靜貌　向注同皇祖歆而降福彌萬

祀而無衰帝王臧其擅美詠南音以顧懷善曰毛詩曰獻之皇祖說文曰歆神食氣也毛詩曰降福孔夷爾雅曰彌終也又曰祀年也帝王光武也顧懷過章陵祠園廟之時也爾雅曰臧善也說文曰擅專也左氏傳楚鍾儀囚於晉與之琴操南音劉奏美新曰后土顧懷　銑曰皇祖高祖也歆享祭祀使萬代不衰歆也言光武善我此地專擅天下之美猶鍾儀操南音不忘於本顧懷謂光武來過章陵且其君子弘懿明叡五臣作睿哲允恭溫良容止可則出言有章進退屈申與時抑揚善曰班固說東平王蒼曰體弘懿之姿尚書曰叡作聖明作哲又曰允恭克讓論語子貢曰夫子溫良恭儉讓孝經曰容止可觀進退可度毛詩曰其容不改出言有章周易曰往者屈也來者伸也屈伸相感而利害生焉班固漢書叔孫通述曰叔孫奉常與時抑揚　濟曰弘大也懿美也睿聖也哲智也允信也良善也言君子有大善聖智信溫恭善之容止言詞我高祖光武兼之故能隨時屈申抑揚方今天地之睢虛惟剌力達帝亂其政豺虎五臣作狼肆虐

眞人革命之秋也善曰漢書音義曰方向也謂高祖之時蒼頡篇曰今時辭也謂光武天地猶天下也睢剌猶乖亂也謂秦二葉也淮南子曰萬物肝睢楚辭曰獨乖剌而無當王逸曰剌邪也睢許規切帝謂高祖也馬融論語注曰亂理也豺狼貪殘謂王莽也眞人光武也文子曰得天地之道故謂之眞人周易曰湯武革命順乎天而應乎人　良曰向今猶向時也言向時秦莽天下禍難帝失其政教故豺狼得肆其暴虐正是高祖光武革命之秋豺狼喻姦臣爾其則有謀臣武將皆能攫九縛戾執猛破堅摧剛排揵件陷扃鼞此育蹈五臣作蹹咸陽善曰蒼頡篇曰攫搏也說文曰揵距門也又曰扃外閉之關也古熒切　翰曰攫戾執猛壯勇之人也揵拒門也能排之扃門限也能陷之所以鼞蹈咸陽也此皆高祖光武之將士高祖階其塗光武攬五臣作覽其英善曰漢書曰沛公圍宛城南陽守齮降引兵西無不下者爾雅曰階因也齮音蟻東觀漢記曰鄧禹吳漢並南陽人三略曰主將之體務在攬英雄之心　良曰高祖略南陽郡而入武關故謂階其塗光武起於此故謂覽其英是以

關門反距漢德久長善曰言居西而距東居東而距西故言反也杜篤論都賦曰是時山東翕然狐疑意聖朝之西都懼關門之反距　向曰反距謂反覆距關高祖都西而距東光武居東而距西故能久長及其去危乘安視人用遷善曰去危乘安謂太平也視人用遷謂觀人所安而設教　翰同善注周召五臣作邵之儔據鼎足焉以庀匹婢王職善曰史記曰周公旦者周武王弟也輔武王又召公奭姓姬氏成王時召公爲三公漢書曰夫王公鼎足之輔也賈逵國語注曰庀由理也　良曰言漢家亦有周公邵公之儔輔佐可依如鼎足者以理天子之職縉五臣作搢紳之倫經綸訓典賦納以言善曰漢書音義臣瓚曰縉赤白色紳大帶也周奇曰搢挿笏於大帶周易曰君子以經綸國語曰修其訓典尚書曰出納以言也　濟曰倫理也典法也賦布也言賢智之臣經理訓法出入布納以善言是以朝無闕政風烈昭宣也善曰春秋考異郵曰後雖殊世風烈猶合於持方宋均曰持方受命者名　翰曰烈業也昭明也宣通也於是乎鯢

五臣作兒音倪齒眉壽鮐背之叟皤皤然五臣作焉被黃髮者善曰毛詩曰以介眉壽毛萇曰眉壽豪眉也爾雅曰黃髮鯢齒鮐背耇老壽也班孟堅辟雍詩曰皤皤國老　銑曰兒齒眉壽鮐背黃髮皆老人也皤皤亦老貌也喟然相與歌曰望翠華之葳蕤建太常兮䊩䊩音霏善曰上林賦曰建翠華之旗葳蕤翠華貌周禮曰日月爲常上林賦曰紛紛䊩䊩芳非切　良曰翠華蓋也太常旗葳蕤䊩䊩皆旗兒言老人思天子而作是歌駟飛龍兮騤騤逵振和鑾兮京師善曰飛龍言疾也周易曰飛龍在天詩曰四牡騤騤鄭玄禮記注曰鑾輅有虞氏之車也有鑾和之節　向曰騤騤壯健兒和鑾振鑾聲發於京師京師東京也和鑾車上之鈴總萬乘兮徘徊按平路兮來歸善曰薛綜東京都注曰萬乘天子也毛萇詩傳曰迴遲也然徘徊即遲遲也毛詩曰行道遲遲南陽舊居故曰來歸毛詩曰來歸自鎬　銑曰徘徊安行狀來歸歸南都也豈不思天子南巡之辭者哉遂作頌曰善曰毛詩曰豈

不爾思尚書曰五月南巡狩　濟曰南都老人
若此豈曰不思天子之歌辭哉是以復頌之
皇祖止焉光武起焉據彼河洛統四海焉善曰皇祖高祖
也周易曰庖犧氏没神農氏作河洛謂東都也西都賦曰豈
有意乎都河洛　翰曰上謂略南陽也光武起南陽據河洛
謂東京也本枝百世位天子焉永世克孝懷桑梓焉
眞人南巡覩舊里焉善曰毛詩曰文王子孫本枝百世
毛詩曰永世克孝又曰維桑與梓
必恭敬止東觀漢記曰光武征秦豐幸舊宅酈元水經注曰
光武征秦豐張衡以爲眞人南巡覩舊里焉　銑曰本枝俱
茂可以百代克能也桑梓謂南都言光武能行孝思舊因諫
栢帝何不往之意言眞人南巡者亦冀天子復南巡見舊里
邑也

三都賦序

左太沖善曰臧榮緒晉書曰左思字太沖齊
國人也少博覽史記欲作三都賦乃
詣著作郎訪岷邛之事遂構思十稔門庭藩
溷皆著紙筆遇得一句即疏之徵爲祕書賦
成張華見而咨嗟都邑豪貴競相傳寫三都
者劉備都益州號蜀孫權都建業號吳曹操
都鄴號魏思作賦時吳蜀已平見前賢文
之是非故作斯賦以辨衆惑　向同善注

劉淵林註善曰三都賦成張載爲注魏都劉
逵爲注吳蜀自是之後漸行於俗也

蓋詩有六義焉其二曰賦揚雄曰詩人之賦麗
以則善曰子夏詩序文也法言
文也　銑曰美麗有法則班固曰賦者古詩之
流也善曰兩都
賦序文先生采焉以觀土風見綠竹猗猗於
宜則知衛地淇澳於
六之產善曰禮記曰命太師陳詩
以觀民風鄭玄曰陳詩謂
采其詩以觀視之毛詩衛風曰
瞻彼淇澳綠竹猗猗　良注同見在其版屋則知秦
野西戎之宅善曰毛詩秦風曰在其版屋亂我心
曲毛萇曰西戎版屋也　濟注同故能

居然而辨八方善曰河圖龍文曰鎭星光明八方歸
德雖蜀文老曰六合之内八方之外然
相如賦上林而引盧橘夏熟揚雄賦甘泉而陳
玉樹青葱班固賦西都而歎以出比目張衡賦
西京而述以游海若劉曰凡此四者皆
非西京之所有也假稱珍怪
以爲潤色銑曰潤其文
章使有光色若斯之類匪啻失
至于茲善
曰
茲此也假稱珍怪也若斯珍之流不啻於此多
尚書曰不啻如自其口出　向曰匪啻言多也考之果木
則生非其壤校之神物則出非其所於辭則易
爲藻飾於義則虛而無徵且夫玉卮紙
移無當去
雖寶非用劉曰蓋韓非所謂畫鬼魅易爲好畫狗馬難爲
工之類卮一名觶酒器也當底也　善曰韓子
堂谿公謂韓昭侯曰今有白玉之卮無當有瓦卮有當君寧
何取曰取瓦卮也　向曰且有玉器無底雖是寶物終不堪

用侈言無驗雖麗非經善曰劉廙荅丁儀刑禮書曰
崇飾侈言欲其往來　濟曰
侈大也經常也若大言而無
徵驗者雖華麗不可以爲常而論去者莫不詆丁
禮訐
介
謁其研精作者大氐丁
禮舉爲憲章善曰墨子曰雖
有詆訐之人無
所依矣說文曰詆訶也訐面相斥罪也尚書序曰研精覃思
司馬遷書曰詩三百篇大氐賢聖發憤之所爲也禮記曰憲
章文武氐音旨　良曰詆訶訐舉也大氐猶大都也言以
其有研精之處莫敢訶責舉發之大都仍舉以爲法則積
習生常有自來矣劉曰傳曰習貫生常　善曰左傳叔
孫曰叔出季處有自來矣　翰曰言
習常
已久余既思摹莫
蒲二京而賦三都其山川城邑
則稽之地圖鳥獸草木則驗之方志風謠歌舞
各附其俗魁梧長者莫非其舊善曰周禮曰外史掌
四方之志鄭玄曰志
記也漢書音義應劭曰魁梧丘墟壯大之意也音忤韓子曰
重厚自繫謂之長者　銑曰摹法猶考也魁梧猶大德也

何則發言爲詩者詠其所志也升高能賦者頌其所見也美物者貴依其本讚事者宜本（五臣作准）其實匪本匪實（五臣作非本非實）覽者奚信（善曰毛詩序曰詩者志之所之在心爲志發言爲詩毛萇詩傳曰升高能賦可以爲大夫釋名曰稱人之美曰讚）且夫任土作貢虞書所著辨物居方周易所愼（劉曰虞書曰禹別九州任土作貢定其肥饒之所生也而著九州貢賦之法也周易曰君子以愼辯物居方　翰曰今物各當其所故常愼之）聊舉其一隅攝其體統歸諸詁訓焉（銑曰詁訓古言也舉一隅攝取其體裁統理皆歸諸古人之言）

蜀都賦

有西蜀公子者言於東吳王孫（善曰聖主得賢臣頌曰今臣僻在西蜀史記武王得仲雍曾孫周章封之東吳漢書曰漂母謂韓信曰吾哀王孫而進食蘇林曰如言公子也博物志曰王孫公子皆相推敬之辭　向曰太沖假立蜀公子吳王孫相誇以奢麗後以魏先生引法度折之）曰蓋聞天以日月爲綱地以四海爲紀九土星分萬國錯跱崤（胡交）函有帝皇（五臣本作王）之宅河洛爲王者之里（劉曰非日月無以觀天文非四海無以著地理故聖人仰觀俯察窮神盡微者必須綱紀也崤東西崤也函函谷關也賈生過秦曰以崤函爲宮里居也言周漢皆以河洛爲都邑　善曰越絕書范蠡曰天貴持盈不失日月星辰之綱紀毛詩曰滔滔江漢南國之紀周禮曰以星土分辨九州之地所封域尚書曰萬國咸寧張衡靈憲曰星體生於地列居錯峙崔駰河南尹箴曰唐虞商周河洛是居　翰曰錯雜跱立也九土九州也各在星之分野而萬國雜列其中崤函西京河洛東京宅里皆居之）吾子豈亦曾聞蜀都之事歟請爲左右揚搉（古學）而陳之（劉曰韓非有揚搉篇班固曰揚搉古今其義一也　善曰許愼淮南子注曰揚搉粗略也　銑曰吾子謂王孫也公子不直斥王孫而言左右者敬之）夫蜀都者蓋兆基於上世開國於中古廓靈關而爲門包玉壘而爲宇帶二江之雙流抗峨眉之重阻（劉曰揚雄蜀王本紀曰蜀王之先名蠶叢柏濩魚鳧蒲澤開明是時人萌椎髻左言不曉文字未有禮樂從開明上到蠶叢積三萬四千歲故曰兆基於上代也秦惠王討滅蜀王封公子通爲蜀侯惠王二十七年使張若與張儀築成都城其後置蜀郡以李冰爲守地理志曰蜀守李冰鑿離堆穿兩江爲人開田百姓饗其利是時蜀人始通中國言語頗與華同故言開國於中古也靈關山名在成都西南漢壽界在前故曰門也玉壘山名也湔水出焉在成都西北岷山界在後故曰宇也江水出岷山分爲二江經成都南東流經之故曰帶也揚雄蜀都賦曰兩江珥其前峨眉山名也在成都南犍爲界面之故曰抗也　濟曰廓開也包括抗舉險阻也宇猶爲區宇也江水分爲二故云帶二江也餘見劉注）水陸所湊（五臣作臻）兼六合而交會焉豐蔚所盛茂八區而菴（烏覽）藹焉（劉曰八區四方四隅也地理志曰巴蜀土地肥美有山林果實之饒班固西都賦曰郊野之富號爲近蜀美其豐盛　善曰班孟堅西都賦曰橫被六合長楊賦曰洋溢八區　良曰臻至也豐蔚山林果實之饒也菴藹茂盛皃）

於前則跨躡犍（乾）牂（臧）枕（之鴆）輢（五臣作倚）交趾經途所亘五千餘里山阜相屬含谿懷谷岡巒糺紛觸石吐雲（劉曰阜大山也巒山長而狹也一曰山小而銳也水注川曰谿注谿曰谷　善曰漢書志有犍爲郡牂牁郡並屬益州又有交趾郡屬交州輢寄也於蟻切春秋元命苞曰山有含精藏雲故觸石而出也　向曰跨躡枕倚皆憑據也犍牂交趾皆郡名途道也亘長也　濟曰糺紛雜亂也）鬱葐（汾）蒀（於文）以翠微崛（魚物）巍巍以峨峨干青霄而秀出舒丹氣以爲霞（劉曰翠微山氣之輕縹也霞赤雲也嚴夫子哀時命曰紅霓紛其朝霞山澤氣通故曰舒丹氣而爲霞也　善曰甘泉賦曰騰青霄而軼浮景河圖曰崑崙山有五色水赤水之氣上蒸爲霞而赫然也　銑曰葐蒀氣皃崑

特起也巍巍峨峨皆高皃聳天也秀猶拔擢也龍池瀥胡角瀑步角濆扶刎其隈漏
江伏五臣作洑流潰胡內其阿汩骨若湯谷之揚濤沛
普賴若濛汜似之涌波劉曰龍池在朱堤南十里地周四十七里漏江在建寧有水道伏流
數里復出故曰漏江　善曰瀥瀑水沸之聲也瀥呼角切公羊傳曰濆泉者何涌泉也淮南子曰日出于湯谷浴于咸池
楚辭云日出自暘谷入于濛汜　翰曰潰濆皆疾流皃汩沛水壯盛皃言此水類之隈阿皆曲也於是乎
邛竹緣嶺菌桂臨崖宜旁挺龍目側生荔枝布
綠葉之萋萋結朱實之離離迎隆冬而不凋五臣
作彫常曄曄而猗猗劉曰邛竹出興古盤江以南竹中實而高節可以作杖神農本草經曰菌
桂出交阯員如竹爲衆藥通使一曰菌薰也葉曰蕙根曰薰南裔志曰龍眼荔枝生朱提南廣縣犍爲僰道縣隨江東至
巴郡江州縣往往有荔枝樹高五六丈常以夏生其變赤可食龍眼似荔枝其實亦可食邛竹菌桂龍眼荔枝皆冬生不

枯鬱茂於山林　善曰王逸荔枝賦曰綠葉蓁蓁又曰朱實叢生孫卿子曰松柏經隆冬而不凋蒙霜雪而不變班孟堅
西都賦曰蘭茝發色曄曄猗猗　向曰邛竹竹名菌桂木藥名龍目荔枝皆果木名萋萋離離茂盛貌隆盛也言此物無
彫落迎盛冬而生曄曄猗猗皆光色貌孔翠羣翔犀象競馳白雉朝雊
猩猩生夜啼金馬騁光而絕景五臣作影碧雞儵五臣
作倏忽而曜儀火井沈熒於幽泉高爓五臣作焰飛煽
扇於天垂劉曰孔孔雀翠翠鳥也孔雀特出永昌南涪縣翡翠常以二月九月羣翔興古十餘白雉出永
昌猩猩生交阯封谿似猨人面能言語夜聞其聲如小兒啼春秋傳曰豕人立而啼服子慎曰啼呼也淮南子曰猩猩知
往地理志曰金馬碧雞在越巂青蛉縣禺同山漢宣帝時方士言益州有金馬碧雞之神可以醮祭而置也宣帝使諫議
大夫王褒持節而求之襃道病卒竟不能致也蜀郡有火井在臨邛縣西南火井鹽井也欲出其火先以家火投之須臾
許隆隆如雷聲爓出通天光輝十里以筩盛之接其光而無炭也煽熾也　善曰廣雅曰熒光也說文曰爓火爓也音豔

天垂天四垂也　濟曰白雉鳥名金馬碧雞神物也言此二神曜騁光儀也火在井故云沈熒其間則有
虎珀五臣作魄丹青江珠瑕英金沙銀礫五臣作礫音歷符
采彪筆尤炳丙暉麗灼酌爍舒藥反　劉曰永昌博南縣出虎珀牂牁有白曹山
出丹青曾青空青也本草經云皆出越巂郡瑕玉屬也揚雄蜀都賦云瑕英江珠永昌有水出金如糠在沙中興古盤町
山出銀符采玉之橫文也灼爍艷色也　善曰博物志曰虎珀一名江珠　良曰丹青石色也虎魄江珠瑕英金沙銀礫
皆珍寶也彪炳灼爍光彩貌於後則却背華容北指崑崙緣以
劍閣阻以石門劉曰華容水名在江由之北崑崙山名也揚雄蜀都賦曰北屬崑崙劍閣谷名
自蜀通漢中道一由此背有閣道在梓潼郡東北石門在漢中之西襃中之北此二處蜀之險隘於是在焉　銑注同
流漢湯湯傷驚浪雷奔望之天迴即之雲昏水
物殊品鱗介異族或藏蛟螭勑知或隱碧玉嘉魚

出於丙穴良木攢於襃谷劉曰有鱗曰蛟螭蛟螭水神也一曰雌龍也一曰龍
子也相如上林賦曰蛟龍赤螭碧玉謂水玉也尸子曰龍淵生玉英丙穴在漢中沔陽縣北有魚穴二所常以三月取之
丙地名也襃中縣南口斜谷水源在北南流經襃中故北口曰斜南口曰襃同一谷耳長四百七十里襃斜出良材漢書曰
斜谷之木不足爲我械　善曰枚乘七發曰波湧而濤起攢奔似雷行任豫益州記曰嘉魚細鱗似鱒魚　向曰湯湯流皃
雷奔水聲也即就也遠望眩轉若天地之迴就見水氣如雲霧之昏　翰曰鱗魚之屬介甲也龜之屬碧玉水石也良木
大材木也其樹則有木蘭梫七林桂杞櫹蕭椅於其桐椶
宗枒五臣作椰音邪栟八耕樅七松楩頻縣柟南幽藹於谷底松
栢蓊鬱於山峯劉曰木蘭大樹也葉似長生冬夏榮常以冬華其實如小柿甘美南人以爲梅
其皮可食揚雄蜀都賦曰樹以木蘭梫桂木桂也傳曰把梓之木櫹大木也詩曰其桐其椅椶枒出蜀其皮可作繩檴栟
似松有刺也樅栢葉松身楩柟二樹名皆大木也　善曰梫音寢　翰曰幽藹蓊鬱茂盛皃擢脩幹竦

長條扇飛雲拂輕霄羲和假道於峻岐陽烏迴
翼乎高標劉曰言山木之高也　善曰楚辭曰吾令羲和弭節兮廣雅曰日御謂之羲和左傳曰假道於
虞春秋元命苞曰陽成於三故日中有三足烏烏者陽精齊曰岐樹奇枝也高標高枝也馭日至此礙於高樹故假道
而行陽烏日中烏至此亦迴羽翼於高枝而進巢居栖翔聿兼鄧林穴宅奇
獸窠宿異禽熊羆咆步交其陽鵰鶚鴥聿其陰猨
狖戈狩騰希而競捷虎豹長嘯而永吟劉曰鄧林林名也窠鳥巢
也鶚其形如鵰皆鷙鳥也㧞乘曰鷙鳥累百不如一鶚鴥疾貌也　善曰山海經曰夸父與日競走渴飲河渭不足北飲
大澤未至道渴死棄其杖化爲鄧林楚辭曰虎豹鬬兮熊羆咆說文咆嘷也步包切毛詩曰鴥彼晨風春秋元命苞曰猛
虎嘯谷風起杜篤連珠曰長吟永嘯　良曰巢居鳥也聿循是也言衆鳥之遊止兼倍於鄧林　翰曰宅居也咆號也鶚
鷙鳥名狖獸名希空虛捷疾也於東則左緜巴中百濮卜所充外

【文選四　六一】

負銅梁於宕徒浪渠內函含要害於膏腴音俞　劉曰濮夷也
傳曰麋人率百濮今巴中七姓有濮也銅梁山名宕渠縣在巴西出鐵要害地險隘也膏腴土地肥沃也　向曰緜歷也
巴中地名百濮夷名充滿此地要害險固膏腴肥沃也其中則有巴菽巴戟靈
壽桃枝樊以蒩租圃濵以鹽池劉曰巴菽巴豆也巴戟巴戟天也靈壽木
名也出涪陵縣桃枝竹屬也出墊江縣二者可以爲杖樊蕃也詩曰營營青蠅止于樊蒩草名也亦名土茄葉覆地而生
根可食人飢則以繼粮鹽池出巴東北新井縣水出地如涌泉可煮以爲鹽　善曰埤蒼曰蒩蕺也蒩資粗切蕺側及切
向曰樊藩也蒩草名根可食故插之於圃以爲藩籬鹽池利人亦濵其側也蛂父滅蛦五臣作鷩鷩音幣
山棲黿五臣作元龜水處潛龍蟠於沮子預澤應鳴鼓
而興雨劉曰蛂蛦鳥名也如今之所謂山雞其雄色斑雌色黑出巴東黿大鼈也譙周異物志曰涪陵多大
龜其甲可以卜其緣中又似瑇瑁俗名曰靈又沮有菜浦也巴東有澤水人謂有神龍不可鳴鼓鳴鼓其傍即便雨矣

善曰李尤七歎曰龍鼉水處方言曰未升天龍謂之蟠龍綦毋邃孟子注曰澤生草言蒩　良曰沮猶下濕也丹沙
赩許力熾出其坂蜜房郁毓被其阜山圖采而得
道赤斧服而不朽劉曰涪陵丹興二縣出丹砂丹砂出山中有穴尚書禹貢曰厥土赤埴巴
西漢昌縣多野蜂蜜蠟山圖隴西人也隨道士之名山採藥身輕不食莫知所如赤斧巴人也能鍊丹砂與消石服之身
體毛髮盡赤皆古仙者也見列仙傳　善曰毛萇詩傳曰赩赤貌也鄭玄尚書注曰熾赤也昌志切班固終南頌曰蜜房
溜其巔郁毓盛多也　翰曰赩熾赤光丹砂色也蜜蜂房蜜窠房也郁毓豐盛皃山圖赤斧列仙名由采此服之遂得仙道
不朽老也若乃剛悍汗生其方風謠尚其武奮之則
賨叢旅翫之則渝舞銳氣剽於中葉蹻綺驕容世
於樂府善曰廣雅曰悍勇也應劭風俗通曰巴有賨人剽勇高祖爲漢王時閬中人范目說高祖募取賨人
定三秦封目爲閬中慈鳧鄉侯并復除目所發賨人盧朴沓鄂度夕龔七姓不供租賦閬中有渝水賨人左右居銳氣喜

【文選四　六二】

舞高祖樂其猛銳數觀其舞後令樂府習之楊雄荊州箴曰風飄以悍氣銳以剛賨在宗切毛詩曰昔在中葉漢書曰武
帝樂府瀰同善注於西則右挾故蛺岷山涌瀆發川陪以白
狼夷歌成章劉曰江水出岷山也白狼夷在漢壽西界漢明帝時作詩三章以頌漢德益州刺史
朱輔驛傳其詩奏之語在輔傳也　良曰湧發川瀆也坰野草昧林麓黝於糾儵
叔交讓所植蹲存鴟所伏劉曰交讓木名也兩樹對生一樹枯則一樹生如是
歲更終不俱生俱枯也出岷山在安都縣蹲鴟大芋也其形類蹲鴟故卓王孫曰吾聞岷山之下沃野下有蹲鴟至死不
飢　善曰黝儵茂盛貌　濟曰言野外之草昧然布於地百藥灌叢寒卉冬馥異
類衆夥禍于何不育其中則有青珠黃環碧砮
芒消或豐綠荑啼或蕃伐元丹椒蘪蕪布濩護於
中阿風連莚餘戰蔓萬於蘭皐紅葩紫飾柯葉漸

苞五臣作包敷蘂葳蕤落英飄颻劉曰青珠出蜀郡平澤黄環出蜀郡碧石生越
嶲郡無會縣砮可作箭鏃禹貢梁州厥貢砮石芒消出蜀郡
廣陽山緑荑辛荑蘼蕪皆香草也蘼蕪出岷山替陵山風連
出岷山一曰出廣都山岷山特多藥草其椒尤好異於天下
漸苞相苞裹而同長也書曰草木漸苞蘂者或謂之華或謂
之寶一曰花鬚頭點也楚辭曰採薜荔之落英也　銑曰寒
卉冬生草也馥香也彫多也育養也青珠黄環皆寶也碧砮
碧玉可爲矢鏃芒消石藥丹椒椒名風連藥名布濩繁密貌
阿曲也莚蔓相連屬貌蘭皐澤中生蘭也葩花也飾自爲文
飾也漸進長也包叢最生也敷布也蘂花心
也葳蕤花鮮好貌英亦花也飄颻飛揚也神農是嘗盧
附是料聊芳追氣邪味蠲癘痟音消　劉曰扁鵲盧人古良醫揚雄
法言曰扁鵲盧人而醫多盧癘氣不和之氣也痟亦頭病也
周禮四時皆有癘疾春多痟首之疾相如傳曰常有痟病
善曰淮南子曰神農乃始敎人播種五穀嘗百草之滋味史
記曰虢中庶子謂扁鵲曰臣聞上古之時醫有俞附醫病不
以湯液　良曰言此草藥經神農嘗之附俞附古之善醫者
皆料此藥而用之此藥芬芳能退去氣病與邪病其味可以
蠲除癘與痟病也其封域之内則有原隰墳衍通望彌博
演以潛沫末浸以緜洛劉曰禹貢梁州云沱潛既道有水從漢中沔陽縣南流至梓潼
漢壽縣入穴中通岡山下西南潛出今名複水舊說云禹貢
潛水也又有水出岷山之西東流過漢壽南流有高山上合
下開水經其中曰沫水水潛行曰演此二水伏流故曰演以
潛沫緜水在緜竹縣出紫巖山雒水在上雒縣出桐栢山周
禮曰揚州其浸五湖言益州之有緜雒猶揚州之有五湖故
曰浸以緜雒也潛沫緜雒四水所經本皆蜀郡故皆謂之封
域之内也　善曰沫武蓋切翰曰封城土境也博廣也溝洫脉散疆里綺錯黍
稷油油秔古衡稻莫莫五臣作漠指渠口以爲雲門灑
滮皮尤池而爲陸澤雖星畢之滂普郎沲尚未齊其
膏液劉曰廣深四尺爲溝倍溝爲洫左氏傳曰先王疆理天下謂地勢縱横之宜也莫莫茂也李冰於湔山下
造大堋以壅江水分散其流溉灌平地故曰指渠口以爲雲
門也滮流貌詩曰滮池北流浸彼稻田蔡邕曰凝雨曰陸尚
書洪範曰星有好雨月失道而入畢則多雨詩曰月離于畢
俾滂沲矣　善曰鄭玄周禮注曰黄帝樂曰雲門言黄帝之
德如雲之出門也然此唯取雲門之名不取樂也滮扶彪切
陸音六滂普伍切沲度羅切　銑曰脉散言溝洫水分散猶
血脉分散也疆里疆場邑里也如錦綺之雜錯油油漠漠茂
盛貌言水自渠而灌田故指渠口爲雲門猶雲來則雨至也
滮池蓄水池也言自此而灑田實爲陸地之潤澤凡
月附於畢星則雨雖其滂沲終不可齊此之膏液爾乃
邑居隱賑之忍夾江傍山棟宇相望桑梓接連家
有鹽泉之井戶有橘柚之園劉曰隱盛也賑當也梓木名可以爲琴瑟蜀都
臨邛縣江陽漢安縣皆有鹽井巴西充國縣有鹽井數十大
曰柚小曰橘縱爲南安縣出黄甘橘地理志曰蜀都嚴道巴
郡朐忍魚複二縣出橘有橘官　善曰楊雄蜀都賦
曰夾江緣山又曰西有鹽泉鐵冶橘林銅陵　良注同其園
則有林檎枇杷橙柹梬郢楟亭榹斯桃函含列
梅李羅生劉曰皆果名也林檎實似赤柰而小味如梨枇杷冬華黄實本出蜀蜀有給客橙冬夏華實相
繼張揖曰梬山梨　善曰爾雅曰榹桃山桃也　良曰函懷列行羅布也叢生於此中百果甲宅坼
異色同榮朱櫻春熟五臣作就素柰夏成善曰周易曰百果草木皆
甲坼鄭玄曰木實曰果皆讀如人倦之解解謂坼呼皮曰甲
根曰宅宅居也呼火亞切漢書叔孫通曰古有春嘗果今櫻
桃熟可嘗也素柰白柰也王逸荔枝賦曰酒泉白柰
良曰甲坼花開也言同發榮異其光色也就成也若乃
大火流涼風厲列白露凝微霜結劉曰詩曰七月流火禮記月令
孟秋涼風至　善曰毛萇詩傳曰火大火也流下也毛詩曰
白露爲霜楚辭曰微霜結兮眇眇　翰曰大火心星也流行
於西正秋時也言此時風氣高厲霜露凝結也紫梨津潤樼臻栗罅火亞發蒲
桃善作陶亂潰胡對石榴善作若榴競裂甘至自零芬芳
酷苦毒烈劉曰詩云樹之榛栗傳曰榛栗棗脩罅發栗皮坼罅而發也甘至言熟也　善曰西京雜記曰上林
有紫梨郭璞曰上林賦注曰蒲陶以燕薁可作酒馬融西第
頌曰紫房潰漏又曰胡桃自零張平子南都賦曰樗棗若留

廣雅曰石留若榴也上林賦曰酷烈淑郁榛與榛同側鄰切罅呼亞切 良曰紫梨榛栗蒲桃石榴皆果木名津潤梨中含水也罅發栗皮開坼也亂潰蒲桃耎也競裂石榴競開也廿至自零言熟皆自落酷烈香氣也**其圃**善作圃**則有蒟**俱宇**蒻**弱**茱萸瓜疇芋**于句**區甘蔗**之夜**辛薑陽蓲**吁**陰敷**劉曰蒟蒟醬也緣樹而生其子如桑椹熟時正青長二三寸以蜜藏而食之辛香溫調五藏蒻草也其根名蒻頭大者如斗其肌正白可以灰汁煑則凝成可以苦酒淹食之蜀人珍焉茱萸一名藙也疇者界埒小畔際也揚雄太玄經曰陽蓲萬物言陽氣蓲煦生萬物也陰敷薑生於陰也 善曰蓲許于切 向曰蒟蒻茱萸瓜芋甘蔗辛薑皆菜藥之屬可食者區畦也言物皆陽氣蓲煦而生若薑之類皆生於陰地故云陰敷敷布也**往菲微**五臣作微**月來扶疏任土所麗眾獻而儲**劉曰任土任其土地所生也尚書所謂任土作貢也易曰百穀草木麗乎土 銑曰菲微扶疏果大茂密皃麗附也附生於此土任而貢焉所獻眾多而相積**其沃瀛則有攢**在官**蔣**將**叢蒲綠菱**

紅蓮雜以蘊藻糅女又**以蘋蘩**劉曰楚辭曰倚沼畦瀛王逸云瀛澤中也班固以爲畦蔣菰名也蘊藻蘋蘩皆水草也蘊叢也 善曰瀛音盈 翰曰蔣蒲菱蓮蘊藻蘋蘩水中草糅亦雜也**總莖柅柅**奴禮**裛**於業**葉蓁蓁**臻**蕡**墳**實時味王公羞焉**劉曰柅柅蓁蓁茂盛皃也詩云爾肴既時傳曰苟有明信澗谿沼沚之毛蘋蘩蘊藻之菜可薦於鬼神可羞於王公 善曰毛詩曰敦彼行葦維葉柅柅乃禮切 又曰桃之夭夭其葉蓁蓁又曰桃枝夭夭有蕡其實扶云切 向曰總叢也裛重也蕡菓也言葉與實四時食之味可以羞進於王公也**其中則有鴻儔鵠侶鷙鷺鵜鶘晨鳧旦至候鴈銜蘆**劉曰皆水鳥名鴻鵠多羣飛故言侶儔也鷙鷺鵜鶘二鳥名也晨鳧鳥常以晨飛也鴈候時南北故曰候鴈銜蘆以禦繒繳令不得截其翼也淮南子曰鴈銜蘆而翔以備繒繳 善曰毛詩曰振鷺于飛爾雅曰鵜洿澤也郭璞曰即鵜鶘也說文曰魏文侯嗜晨鳧呂氏春秋曰季秋之月候鴈來鵜徒兮切鶘音胡 良同劉注**木落南翔冰泮北徂雲飛**

水宿哢吭胡浪**清渠其深則有白黿命鼈玄獺上祭鱣**陟連**鮪**于鬼**鱒**在本**魴鮷**啼**鱧**禮**鯊鱨**劉曰木葉落秋時也冰泮春時也 善曰淮南子曰木葉落而長年悲家語曰冰泮而農桑起爾雅曰吭鳥嚨胡江切禮記月令曰孟春獺祭魚將食之先以祭也鱣鮪鱣也鮷似鰌鯊似鮒鱒魴皆見詩也楚辭曰乘白黿兮逐文魚張衡應問曰黿鳴而鼈應命呼也 翰曰言此鳥春秋往來也飛于雲宿于水哢吭舉首哢其音聲 銑曰玄白黿獺色也 向曰鱣鮪已下皆魚名**差鱗次色錦質報章躍濤戲瀨中流相忘**劉曰莊周云泉涸魚相與處於陸相呴以濕相濡以沫不若相忘於江湖 善曰毛詩曰終日七襄不成報章 良曰魚鱗參差其色相次若錦之容質重報其文章濤波也謂遊戲各得其性而相遺忘**於是乎金城石郭兼市中區既麗且崇實號成都**劉曰金石言堅也故朝錯曰神農之教雖有金城湯池也 良曰區區域也言美麗崇高也成都蜀都**闢二九之通門畫方軌之**

廣塗營新宮於爽塏愷**擬承明而起廬**劉曰漢武帝元鼎三年立成都十八門周禮經塗九軌畫言端直也爽塏高明也 善曰左氏傳曰齊景公欲更晏子之宅曰請更諸爽塏者杜預曰爽明塏燥也漢書曰嚴助爲會稽太守帝賜書曰君猒承明之廬張晏曰承明廬在石渠門外 濟曰方軌並車迹言塗可以並車行也新宮宮名漢有承明廬此擬而起之**結陽城之延閣飛觀榭乎雲中開高軒以臨山列綺窻而瞰**苦濫**江**劉曰陽城蜀門名也 善曰淮南子曰延閣棧道高軒堂左右長廊之有窻者張載魯靈光殿賦注曰軒檻所以開明也古詩曰交疏結綺窻 向曰陽城閣名延長也言觀榭高若飛于雲中軒檻也綺窻彫畫若綺也瞰視也**內則議殿爵堂武**五臣作虎**義虎威宣化之闥崇禮之闈華闕雙邈重門洞開金鋪交映玉題相暉**劉曰議殿爵堂殿堂名也武義虎威二門名也宣化崇禮皆闈闥之名也金鋪門鋪首以金爲之玉題以玉爲之孟子曰榱題數尺揚雄曰琁題玉英 善曰

西都賦曰樹中天之華闕長門賦曰擠玉戶而撼金鋪　銑曰遊
閈洞通也金鋪門上飾以金爲之王題琢上飾以玉爲之暉映言
光明也**外則軌躅**直六**八達里閈**汗**對出比屋連甍**
千廡武**萬室**劉曰閈里門也管子曰閭閈不可以無闔
廬綰與高祖同里班固曰綰自同閈廡序
也蘇秦說魏襄王曰廬廡之數也　善曰漢書班嗣與桓生
書曰伏孔氏之軌躅音義曰三輔說牛蹄處爲躅爾雅曰八
達謂之崇期孫炎曰崇多也多道會期於此　良曰軌車也
躅迹也八達八通之道對出相對而立甍棟也大屋曰廡皆
言閭閻相次也**亦有甲第當衢向術壇宇顯敞高門納駟**
音悉協韻**庭扣**苦后**鍾磬堂撫琴瑟匪葛匪姜疇能是**
恤劉曰術道也楚辭九章曰燕雀烏鵲巢堂壇兮王逸曰壇
猶堂也漢于公高其門使容駟馬高蓋此言甲第高門可
以納駟疇誰也　善曰西京賦曰北闕甲第當道直啟李尤
高安館銘曰增臺顯敞禁室靜幽壇徒蘭切蜀志曰諸葛亮
爲丞相又曰姜維初爲亮倉曹掾稍遷爲大將軍　濟曰甲
第第一宅也言第一宅皆向道爲之當向也衢道也匪非也

文選四　廿七

恤居也敞高也納駟可納駟馬車也
諸葛亮姜維非此二人誰能居也**亞以少城接乎其**
西市鄽所會萬商之淵列隧百重羅肆巨千賄
呼罪**貨山積纖麗星繁**劉曰少城小城也在大城西市
在其中也　翰曰亞次也言市
鄽之衆商賈如淵隧市中道肆鋪也羅列百重巨千言
多也賄貨財帛也纖麗細好之物山積星繁衆盛貌**都人**
士女袨縣**服靚**才姓**糚**五臣作莊**賈**古**貿**莫構**墆**徒結**鬻舛**
兗**錯縱橫異物詭譎**善本作崛詭**奇於八方布有橦**
華蒟有桄榔邛杖五臣作竹**傳節於大夏之邑蒟**句
醬流味於番潘**禺**愚**之鄉**劉曰蘇林曰袨服謂盛服
也張揖曰靚謂粉白黛黑
也墆貯也橦華者樹名橦其花柔毳可績爲布也出永昌桄
榔樹名也木中有屑如麪可食出興古張騫傳曰臣在大夏
時見邛竹杖蜀布問安得此大夏國人曰吾賈人往市之身
毒國身毒國在大夏東南可數千里南越傳曰使唐蒙諷曉

南越食蒙以蒟醬蒙問所從來答曰西北牂牁江廣數里出
番禺城下故漢書曰感蒟醬竹杖則開牂牁越巂也邛竹杖
以節爲奇故曰傳節也　善曰班孟堅西都賦曰都人士女
殊異乎萬方漢書曰富商大賈㦸墆財河圖龍文曰鎮星光
明八方歸德難蜀父老曰六合之內八方之外墆直例切桄
音光榔音郎　向曰賈賣也貿易也墆貯鬻賣舛錯猶交錯
也　良曰邛竹蒟醬言二物
皆生於蜀而流及遠方也**輿輦雜沓**徒合**冠帶混并**
累轂疊跡叛衍相傾諠譁鼎沸則哤麥江**聒**古活**宇**
宙囂許驕**塵張**陟亮**天則埃壒**烏蓋**曜靈**劉曰叛亂也莊
周曰何貴何賤
是謂叛衍　善曰蔡邕月令章句曰冠首飾也帶大帶所以
東身也司馬彪莊子注曰叛衍猶漫衍也國語管子曰四人
雜處則其言哤莫江切說文曰聒讙語也公達切文子曰四
方上下曰宇說文曰宙舟輿所極覆也西都賓曰軼埃壒之
混濁楚辭曰角宿未旦曜靈焉藏廣雅曰耀靈白日也　翰
曰雜沓衆多貌混并雜亂貌相傾言人稠相抵突而傾側也諠
譁之聲如鼎沸之沸亂聒於天地也車
馬之塵昏上蔽日景也埃壒塵昏也**闤闠之裏伎巧之**

文選四　廿八

家百室離房機杼相和貝錦斐成濯色江波黃
潤比毗二**筒籝**盈**金所過**劉曰闤市巷也闠市外內門
也貝錦錦文醮周益州志云
成都織錦既成濯於江水其文分明勝於初成他水濯之不
如江水也黃潤謂筒中細布也司馬相如凡將篇曰黃潤纖
美宜制禪揚雄蜀都賦曰筒中黃潤一端數金籝勝也韋賢
傳曰黃金滿籝　善曰毛詩曰百室盈止古詩曰札札弄機
杼毛詩曰萋兮斐兮成是貝錦也　濟曰離猶異也言房室
雖異機杼和鳴貝錦斐然成其文章濯於江水益發其色具
錦織文也斐文
貌籝盛金之器**侈侈隆富卓鄭埒**劣**名公擅**常扇**山**
川貨殖私庭藏鏹居兩**巨萬釽**普覓**摫**規**兼呈亦以**
財雄翕習邊城劉曰漢書貨殖傳曰蜀卓氏之臨邛公
擅山川銅鐵上爭王者之利下錮齊人
之業富至僮八百人程鄭亦治鑄富埒卓氏司馬相如傳云
臨邛富人程鄭僮亦數百人鏹錢貫也貨殖志曰藏鏹千萬
揚雄方言云釽摫裁也梁益之間裁木爲器曰釽裂帛爲衣曰
摫兼呈者皆有常課至擬於王者亦以財雄猶班壹以財雄

邊城也漢書班氏敘傳當孝惠高后時以財雄邊出入弋獵旌旗鼓吹以臨卭是蜀郡之邊縣故云邊城　善曰藏鏹管子之文也　濟曰倏倏盛皃隆大也巨萬過萬也卓卓王孫也鄭程鄭也皆蜀之豪富人也埒相校埒其富名也二人皆擅取山川之利遂多財至於過萬鎰習威盛皃言其雄富所致威盛及於邊城**三蜀之豪時來時往養交都邑結儔附黨**劉曰三蜀蜀郡廣漢犍爲也本一蜀國漢高祖分置廣漢漢武帝分置犍爲　善曰孫卿子曰偷合苟容以持祿養　向曰養其交道結附儔黨**劇談戲論扼腕抵**紙**掌出則連騎歸從百兩**劉曰劇甚也鬼谷先生書有抵戲篇桓譚七說曰戲談以要譽張儀傳曰天下之士莫不扼腕以言戰國策曰蘇秦說趙王華屋之下抵掌而言皆談說之客也百兩百乘也詩云之子于歸百兩御之　善曰漢書曰楊雄口吃不能劇談張平子西京賦曰連騎相過漢書食貨志曰濁氏以胃脯而連騎　翰曰抵擊也大車稱兩言從車百乘**若其舊俗終冬始春吉日良辰置酒高堂以御嘉賓金罍中坐肴核**胡革善作槅**四陳觴以清醥**匹眇**鮮以紫鱗羽爵執競絲竹乃發巴姫彈弦漢女擊節**劉曰楊雄蜀都賦曰其俗迎春送冬百金之家千金之公鮮魚鱠也詩云炰鼈鱠鯉巴姫漢之美人楊衛之雅質祭之幼女　善曰楚辭曰吉日兮良辰曹植箜篌引曰置酒高殿上毛詩曰以御賓客且以酌醴毛詩曰肴核維旅鄭玄曰肴菹醢也核桃梅之屬也左氏傳楚共王有巴姫楊與核義同　翰曰醥清酒也鮮新殺也紫鱗魚也羽爵羽觴作鳥形也巴姫漢女蜀之美女也**起西音於促柱歌江上之飉**寮**厲紆長袖而屢舞翩躚**五臣作僊音仙**以蹻蹻**劉曰昔周昭王涉漢中流而隕其右辛游靡拯王遂卒不復還周乃侯其子于西翟實爲長公以楚徙宅西河長公思故處始作西音長公繼是音以處西山秦國之風蓋取乎此見呂氏春秋韓子曰長袖善舞詩曰屢舞躚躚　向曰西音江上皆曲名促柱急弦也飉厲歌聲也翩軒皃僊蹻蹻皆舞貌**合**古合**樽促席引滿相罰樂飲今夕一醉累月**劉曰言頻

飲也　善曰東方朔六言曰合樽促席相娛漢書曰趙李侍中皆引滿舉白毛詩曰今夕何夕又曰一醉日富　銑曰酒將闌故合并其樽促近其席引持也持滿以相罰酒厚樂極故醉累月**若夫王孫之屬郤**郤戟**公之倫從禽于外巷無居人並乘驥子俱服魚文玄黃異校結駟繽紛**劉曰王孫卓王孫也貨殖傳曰卓王孫田宅射獵之樂擬於人君郤公豪俠也揚雄蜀都賦曰若其漁弋郤公之徒相與如乎巨野羅車百乘觀者萬堤服箭服詩云象弭魚服　善曰周易曰即鹿無虞以從禽也毛詩曰叔于田巷無居人桓子新論曰善相馬者曰薛公得馬惡貌而正走名驥子周禮六廐成校校有左右楚辭曰青驪結駟齊千乘　良曰從禽獵也若無居人言皆觀獵也驥子良馬魚文盛箭器也校隊也繽紛衆多貌**西踰金隄東越玉津朔別期晦匪日匪旬**劉曰金隄在岷山都安縣西堤有左右口當成都西也玉津在犍爲之東北當成都之東也揚雄羽獵賦前曰邪界虞淵後曰浮彭蠡張衡羽獵前曰逆自臯斜移曰勞許公于箕隗道里遼迥非一日所游金堤玉津東西分行所欲經營亦非一所其閒悠遠故曰朔別晦期也若云一月之中乃能周徧不以旬之者也　翰曰踰過也自月朔至月晦還非一日一旬也**蹴**秋六**蹈蒙籠涉躐**五臣作獵**寥廓鷹犬倏**五臣作儵音叔**眒**勝胤**罻**尉**羅絡**洛**幕**劉曰倏眒疾速也罻羅鳥罟網也絡幕施張之貌也　善曰孫子兵法曰草樹蒙蘢桓譚新論曰道路皆高草寥廓狼藉子虛賦曰倏眒倩浰　向曰蹴沓也蒙籠草樹茂盛貌涉獵經過也寥廓山谷幽遠貌**毛羣陸離羽族紛泊**普各**翕響揮霍中網林薄**劉曰毛羣獸也羽族鳥也陸離分散也紛泊飛薄也翕響揮霍奄忽之閒也　善曰泊匹各切　濟曰紛泊飛揚也翕響揮霍猶亂貌皆著網於林薄之間**屠麖**京**麋剪旄麈**主**帶文蛇跨彫虎**劉曰皆獵之所得也麖鹿類麋體大故屠之旄麈有尾故翦之蛇虎可畏而帶跨之言其勇也尸子曰中黃伯云余左執太行之獶而右搏彫虎　善曰越人衣文蛇　翰曰屠殺也同劉注**志未騁時欲晚追輕翼赴絕遠出彭門之闕馳九**

折之坂經三峽之崢嶸躡五屼兀之蹇滻五臣作産劉曰岷山郁安縣有兩山相對立如闕號曰彭門揚雄蜀都賦曰彭門嶋屼九折坂在漢壽嚴道縣邛萊山三峽巴東永安縣有高山相對相去可二十丈左右崖甚高人謂之峽江水過其中五屼山名也一山有五重在越嶲當犍爲南安縣之南也揚雄蜀都賦曰五屼參差　善曰楚辭曰下崢嶸兮無地子虛賦曰蹇滻溝瀆　良曰言雖有所獲猶未滿志乃逐鳥於絶遠之處崢嶸蹇産高深詰曲也戟食鐵之獸射噬時制毒之鹿皛五臣作拍貙勑朱氓於葽伊遙草彈言鳥於森木拔象齒戾麗結犀角鳥鎩所札翮獸廢足劉曰貊獸毛黑白臆似熊而小以舌舐鐵須臾便數十斤出建寧郡也有神鹿兩頭主食毒草名之食毒鹿出雲南郡此二事魏宏南中志所記也易曰噬腊肉遇毒貙氓謂貙人也言鳥獸趨之屬皆出南中又鎩翮不能飛廢足不能行也　善曰方言曰噬食也博物志曰江漢有貙人能化爲虎皛當爲拍說文曰拍拊也皛胡了切拍普格切貙丑于切漢書音義曰葽盛貌也於堯切淮南子曰飛鳥鎩羽走獸廢足許愼曰鎩殘也　翰曰貙氓野人也亦獸類戟刺也拍打也森密貌象牙犀角皆拔戾而取之言壯勇也鎩殘羽也言飛鳥傷其羽走獸折其足無不中也殆而朅綺列來相與第如滇丁田池集乎江洲試水客艤五臣作漾輕舟娉江斐五臣作妃與神游劉曰朅去也第且也相如傳曰第如臨邛譙周異物志曰滇池在建寧界有大澤水周二百餘里水乍深廣乍淺狹似如倒池故俗云滇池江州在巴郡揚雄蜀都賦曰分川並注合乎江洲滇池江洲非一處也今連之者說或有在滇池時或有在江洲時無有常也應劭曰艤正也一曰南方俗謂正船迴濟處爲艤項羽傳曰烏江亭長艤船待羽江斐二女遊於江濱逢鄭交甫挑之不知其神女也遂解珮與之交甫悅受珮而去數十步空懷無珮女亦不見語在列仙傳　善曰艤音蟻　向曰殆而游獵之極也第如且往也滇池池名試使也水客舟子也漾浮行也江妃神女也娉取之相與游也罨奄翡翠釣鰋偃鮋長流下高鵠出潛虯音璆劉曰鰋鮋魚名　銑曰罨網也鴻鵠飛高故射下之虯龍在水故釣出之吹洞簫發櫂

宅孝謳感鱏尋魚動陽侯劉曰洞簫長簫無底也王褒所須者也漢元帝能吹洞簫櫂謳鼓櫂而歌也鱏魚出江中頭與身正半口在腹下淮南子曰瓠巴鼓琴鱏魚出聽　善曰班孟堅西都賦曰發櫂謳戰國策曰塞漏舟而輕陽侯之波則舟覆矣淮南子曰武王伐紂渡于孟津陽侯之波逆流而擊之高誘曰陽國侯也溺死於水其神能爲大波　濟曰陽侯大波神皆聞簫鼓而感動騰波沸涌珠貝氾五臣作流浮若雲漢含星而光耀洪流劉曰管子曰若江湖之人求珠貝者不舍也言魚駭波動珠貝浮見也　善曰相貝經曰素質紅裏謂之珠貝　向曰言陽侯騰涌珠貝浮出若天漢之星照於水中將饗獠力召者張帟幕會平原酌清五臣作醪酤劉芳鮮飲御酣賓旅旋車馬雷駭行戒轟轟呼宏闐闐田若風流雨散漫乎數百里之閒劉曰獠獵也帟平帳也周禮曰田則張幕設帟月令曰躬耕帝籍反乃執爵命曰勞酒言以宴羣臣也鮮新殺也一曰生肉也　善曰既載清酤毛萇曰酤酒也音戶　良曰醪酤酒也芳鮮魚肉饗食也轟轟闐闐車馬聲若風吹雨散漫然於數百里閒言衆多也斯蓋宅土之所安樂觀聽之所踊躍也焉獨三川爲世朝市若乃卓犖呂角奇譎倜天歷儻罔已一經神怪一緯人理遠則岷山之精上爲井絡天帝運期而會昌景福肸喜筆蠁而興作碧出萇弘之血鳥生杜宇之魄妄變化方非常嗟見偉於疇昔劉曰張儀曰爭名者於朝爭利者於市今三川周室天下之朝市也河圖括地象曰岷山之地上爲井絡帝以會昌神以建福上爲天井言岷山之地上爲東井維岷山之精上爲天之井星也昌慶也言天帝於此會慶建福也莊周曰萇弘死於蜀藏其血三年化爲碧蜀記曰昔有人姓杜名宇王蜀號曰望帝宇死俗說云宇化爲子規子規鳥名也蜀人聞子規鳴皆曰望帝也　善曰降丘宅土劉向雅琴賦曰觀聽之所至乃知其美也漢書音義韋昭曰有河洛伊

故曰三川上林賦曰肸蠁布寫　濟曰踊躍懽欣也三川謂東京也　向曰卓犖高絕皃譎異也淑儻超越皃經緯猶織文也神怪謂萇弘血杜宇魄之類是也人理相如君平之類是也爲下丈張本於此爲都景大也肸蠁濕生蟲蚊類是也其羣望之如氣之布寫也言大福之興有如此蟲羣飛而多也與作皆起也　銑曰此皆妄爲變化蓋非常理嗟歎聲偉美也歎此見美於昔時

近則江漢炳丙靈世載其英蔚五臣作蔚若相如皭牆爵若君平王褒曄曄而秀發揚雄含章而挺生幽思絢呼絹道德摛勑離藻掞傷豔天庭考四海而爲雋俊當中葉而擅名是故游談者以爲譽五臣作美造作者以爲程也五臣無也字　劉曰相如司馬長卿也君平嚴遵也王褒字子淵揚雄字子雲皆蜀人君平作老子指歸子雲作太玄法言故曰幽思絢道德也鄭玄曰文章成謂之絢漢武帝讀相如子虛賦而善之吾獨不得與此人同時哉元帝善王褒所作甘泉洞簫頌令後宮貴人左右皆誦之揚雄奏羽獵賦天子異焉又云班固述雄傳曰初擬相如獻賦黃門故曰摛藻掞天庭也漢書禮樂志曰長麗前掞光耀明　善曰史記曰屈原浮游於塵埃之外皭然泥而不滓者也徐廣曰皭疎淨之貌也在爵切周易曰含章可貞馮衍德誥曰沈情幽思引六經之精微毛詩曰昔在中葉戰國策蘇秦曰外客遊談之士無敢自進於前也　向曰炳明也載猶生也言江漢明靈故代生英哲鬱蔚繁富皃皭清淨皃也相如爲文繁富故云鬱蔚若君平懷道清淨故云皭若曄曄光彩也言王褒詞論生光彩若草木秀盛而發也揚雄含懷文章挺拔而生絢明也摛猶發也掞猶蓋也四海之內此爲俊異漢之中代此得擅和天下以爲延譽文章取爲程准

至乎臨谷爲塞因山爲障峻岨五臣作阻塍繩埒劣長城豁險吞若巨防去聲　劉曰蘇秦曰齊南有太山東有琅邪北有勃海西有河所謂四塞之國也史遷述蒙恬傳曰據河爲塞大曰隄小曰塍峻岨之嚴視長城若塍埒也豁深貌也戰國策齊有長城巨防足以爲塞也　良曰塍埒猶圍畦之畔隔也言此峻岨視長城同畦隔也言此豁險若兩都關山巨防皆可吞納也一人守隘烏懈萬夫莫向善曰淮南子曰一人

守隘千夫莫向　良曰言路隘險也公孫躍馬而稱帝劉宗下輦而自王去聲　善曰范曄後漢書曰公孫述字子陽扶風人也王莽時爲導江卒正更始立述恃其地險衆附遂自立爲天子蜀志曰先主姓劉諱備漢靖王勝後也益州牧劉璋使人迎先主令討張魯先主遂進圍成都璋出降先主即皇帝位備漢後故曰宗　銑曰公孫述躍馬肉食於此也先主劉備下車而自王之輦天子車也而所以人負之由此言之天下孰尚故雖兼諸夏之富有猶未若茲都之無量也劉曰論語曰夷狄之有君不如諸夏之亡也周禮曰富有之謂大業論語曰唯酒無量　濟曰孰誰尚勝也無量猶無窮也

六臣註文選卷第四

六臣註文選卷第五

梁昭明太子撰

唐李善并五臣註

京都下

吳都賦吳都者蘇州是也後漢末孫權乃都於建業亦號吳

左太冲

劉淵林註

東吳王孫囅勑謹然而咍呼來反　劉曰莊周云齊桓公囅然而笑楚人謂相笑爲咍楚辭曰衆兆所咍　翰曰囅大笑也楚人謂笑曰咍相笑弄皃也謂西蜀公子盛稱山川險阻而王孫以爲未足多盛也故笑弄之欲資其後辭曰夫上圖景宿辨於天文者也下料音聊物土析星辟於地理者也劉曰謂天垂其象而分野形地以別土而區域殊料度也　善曰文子曰天道爲文地道爲理　濟曰謂牛斗星吳分野　向曰料計析分別也言計其土地上下定其貢賦而分別也古先帝世善本作代曾覽八紘之洪緒一六合而光宅翔集遐宇鳥策篆素玉牒五臣本作諜音牒石記烏聞梁岷有陟方之館行宮之基歟劉曰淮南子曰九州外有八澤方千里八澤之外有八紘亦方千里蓋八索也一六合而光宅者并有天下而一家也說文曰牒札也石記刻石書傳記也烏安也梁梁州也岷岷山皆蜀地也書云舜陟方謂南巡守也光武紀云濟陽有武帝行過宮　善曰呂氏春秋曰神通乎六合高誘曰四方上下爲六合尚書序曰光宅天下鳥策鳥書於策也春秋運斗樞曰黃龍負圖出置帝前鳥文漢書音義曰大篆蟲書鳥書是也鄭玄禮記注曰筴簡也篆篆素篆書於素也楊雄書曰齎細素四尺東觀漢記曰封禪其玉牒文祕天子事也說文曰牒記也牒與諜同孝經鉤命決曰封禪刻石紀號也天子行所立名曰行宮　良曰帝世謂虞舜之世也曾經也九州外有八紘紘綱紀也言爲天地之綱紀洪大也緒業也光亦大也宅居也言先帝經覽此八紘大業一統六合方居天下又飛集於遠方之宇游蒼梧會稽六合謂四方上下也　銑曰鳥謂鳥跡書也策竹簡也篆大篆書也素謂帛也所以書之玉諜石記皆典策類也烏何也梁岷蜀之二山名陟方王者巡省之名也館宮舍宅行宮天子行幸所止處也基跡也今觀先代典策何聞蜀之有此跡乎謂舜游吳也而吾子言蜀都之富禺音愚同之有偉五臣本作瑋其區域美其林藪矜巴漢之阻則以爲襲險之右徇辭俊蹲音存鴟昌夷之沃則以爲世濟陽九齷音握善本作握齪而筭固亦曲士之所歎也旁魄蒲愽而論都邑善本無邑字抑非大人之所善本無所字壯觀也劉曰越巂郡蜻蛉縣禺山有金馬碧雞之神巴漢之阻巴郡之扞關也漢中廣漢其路由於劍閣褒斜也易无妄曰災氣有九陽阨陰阨一元之中四千六百一十七歲有九阨陽阨五陰阨四合爲九漢書律歷志其有其事　善曰揚雄城門校尉箴曰盤石唐芒襲險重固漢書酈食其曰其將齷齪好苛禮齷齪楚角切文子曰曲士不可言至道莊子曰將旁礡萬物以爲一司馬彪曰旁礡猶混同也礡與魄同鵩鳥賦曰大人不曲　翰曰瑋美也吾子謂西蜀公子也禺同二山名漢水名言公子恃之以爲險矜之以爲美也右者言其要害猶人有右手蹲鴟芋也沃饒也言其苗有以鴟之蹲也可世世濟人飢厄九陽數謂重陽用事亢陽之時蹲鴟葉大常陰其根不死故得濟陽九之厄也　銑曰齷齪局小皃筭計也曲士小人也言蜀局小人之計且爲小人所歎而況於我乎向曰旁魄混同言若混同而論都邑則蜀都褊小不足以爲大人之壯觀也何則土壤不足以攝生山川不足以周衛公孫國之而破諸葛家之而滅茲乃喪亂之丘墟顛覆之軌轍安可以儷音戾王公而著風烈也劉曰攝持也老子曰善攝生漢書公孫述王此土而亡諸葛亮相此國而敗凡天下存亡惟繫乎人然強弱有常勢利害有常地必有不可守之土不可興之國矣易曰大五

之吉麗王公也　善曰漢武栢梁臺詩曰周衛交戟禁不時
毛詩曰喪亂弘多呂氏春秋燭過曰子胥諫而不聽故吳爲
丘墟毛詩序曰閔周室之顛覆奢靡也尚書周公曰變化奢
麗春秋考異郵曰後雖殊世風烈猶合於持方　向曰發疑
問之詞故言何如此蜀之土地卑濕故不足以養生周衛謂
防衛也　翰曰公孫述爲光武所滅諸葛諸葛亮也卿大夫稱家
亮死後蜀國方滅此言諸葛亮家之亡滅者舉大以明之
銑曰軌轍車跡也麗偶也言蜀都豈可以偶王公之德而著
其風烈　翫其磧七亦礫而不窺玉淵者未知驪龍之
所蟠也習其敝邑而不覩善本作覿上邦者未知英
雄之所躔直連也　劉曰磧礫淺水見沙石之貌玉淵水深之處美玉所出也尸子曰龍淵生玉英
莊子曰千金之珠在九重之淵驪龍頷下故曰不窺玉淵者
不知驪龍之蟠也　善曰上林賦曰下磧礫之坻説文曰磧
水渚有石也且歷切躔音纏左氏傳曰衛州吁曰敝邑與陳
蔡從上邦猶上國也方言曰躔歷行也　良曰翫習也磧礫
淺水而有石者玉淵淵深而有玉也公子所習淺近如此水
之淺近也不知我國如玉淵之深焉驪龍龍名也龍蟠必在
深淵今公子不窺則不知龍在淵　濟曰蜀但知習其敝小
都邑不見上國不知英雄之所行歷也邦國也躔行歷之所

子獨未聞大吳之巨五臣本作壯　麗乎且有吳之開
國也造自太伯宣於延陵蓋端委之所彰高節
之所興建至德以創洪業世無德而顯稱由克
讓以立風五臣本有俗字　輕脱躧五臣本作屣　於千乘五臣本叶韻音
承　若率土而論都則非列國之所觖音決　望也　劉
曰戰國策曰黑齒彫題大吳之國也昔周太伯三以天下讓延
陵季子辭國而不處遂化荊蠻之方與華夏同風二人所興
左氏傳曰太伯端委以治端委禮衣委皃謂冠袖長而裳齊
委至地也孔子曰太伯三以天下讓人無得而稱焉　善曰
端委至德太伯也高節克讓延陵也左氏曰吳子諸樊既除
喪將立季札札曰聖達節次守節下失節爲君非吾節也遂
讓不受史記曰壽命欲立季札讓不可乃立諸樊也漢書曰
武帝曰吾去妻子如脱躧耳聲類曰躧或爲屣説文曰屣屬

所解切諸侯故言千乘之國論語曰導千乘之國漢書曰上
欲王盧綰爲羣臣觖望臣瓚曰觖謂相觖而怨望也　翰曰
子公子也上責公子躧躧小節不見上邦之英雄此將爲公
子説吳都壯麗自設問云獨未聞大吳之美麗乎　銑曰造
始也太伯周太王世子太王欲立之讓弟季歷遂居荊蠻號
曰句吳故吳國始自於此也延陵季子吳公子以其賢將立
之季子讓不受後封延陵也又曰言我吳都復建立太伯延
陵之至德以創制大業世無德而稱美焉　濟曰太伯延陵
端其志操委棄其位以存讓體以興高節又曰言吳能建太
伯延陵之讓節以成風俗蓋讓千乘之重如脱屣棄之躧屣
也　良曰率土謂天下也觖相乂觖姤羨之皃若悉天
下以比論則非列國之所乂觖姤羨而况蜀之小國乎　故李善本作周
其經略上當星紀拓音託土畫疆卓犖呂角兼
幷包括干越跨躡蠻荊　劉曰左傳曰天子經略土地定城國制諸侯略分界也一
曰遠界爲經略也爾雅曰星紀斗牽牛吳分野斗者日月五
星之所經始故謂之星紀意者斗爲星紀則其分域亦所以
能爲綱維故曰卓犖兼幷也越今之蒼梧鬱林合浦交阯九
眞南海日南皆越地吳之所幷也荊蠻吳所得荊州四郡零

陵桂陽長沙武陵　善曰漢書曰戎狄之與干越不相入也
音義曰干南方越名也春秋曰干越入吳杜注曰干越人發
語聲詩曰蠢爾荊蠻　翰曰經略猶經營也星紀斗牛星名
也　良曰言拓土竟畫封疆卓犖高絶出羣也兼幷吞納也
言其廣大可以吞納天下也　向曰干越越地名而爲吳所
幷故云包括跨躡者足之所及也言蠻荊之地亦吳之所得
婺務女寄其曜翼軫寓其精指衡嶽以鎭野目
龍川而帶坰　劉曰越楚地皆屬吳故言婺女翼軫寄曜寓精也　善曰漢書云越地婺女之分
野楚翼軫之分野周禮曰正南曰荊州其鎭衡山漢書南海
有龍川縣爾雅曰林外謂之坰　向曰婺女星越之分翼軫
星楚之分其地並爲吳所吞則其星之精曜若客寄寓於吳
也　濟曰衡山南嶽本不在吳分故指之以爲吳野之鎭龍
川水名目望也言望此水控帶其郊坰　爾其山澤則嵬五回嶷魚力嶢五聊屼五骨
巊烏鼎𡸣莫鼎鬱岪五臣本作茀音拂　濟曰並山高險之貌也　潰渱音供泮
普半汗滇汀晃㴐音盱淼音眇漫向曰並水流廣大貌　或涌川而開

瀆翰曰涌川細水言積細以成其瀆瀆大水之通稱也或吞江而納漢向曰九江南入震澤
故曰吞江漢水南入於江故曰納漢碨碨胡罪磈磈力罪反銑曰皆山石貌滮滮皮流
汧汧古汗反良曰皆水流皃礆丘金碒魚今乎數州之間灌注乎
天下之半劉曰山之大者衡嶽澤之大者彭蠡地理志曰彭蠡澤在豫章彭澤西會稽餘姚縣蕭山潩水
所出錢塘縣武陵龍川出其垌故曰通川九江經廬山而東
故曰開瀆禹貢曰三江既入震澤厎定故曰吞江又曰漢水
東爲滄浪南入于江故曰納漢荆楊交廣故曰數州之間土
地闊遠故曰天下之半善曰字指曰岦兀山也埤蒼曰嵲
嶮山皃淼水皃翰曰言山水廣遠也百川派普拜別歸海而會控清引
濁混濤并瀨音賴濆薄沸騰寂寥長邁濞普秘焉
洶洶呼恭隱焉礚礚劉曰字說曰水別流爲派濤大波也瀨急湍也礚苦蓋切善曰尚
書大傳曰百川趨于海洶洶礚礚皆水聲也翰曰江海下
故百川歸會之控亦引也言水清濁雜流混其波濤合其湍
瀨同入于海也又曰水相激盪曰濆薄波浪涌起爲沸騰也
寂寥無聲也邁行也言衆水混合既入廣大之處無沸騰之
聲潛然常行也向曰濞水暴至聲也
洶洶疾流長貌隱焉礚礚遠聞之聲出乎大荒之中
行乎東極之外經扶桑之中林包暘善本作湯谷之
滂沛潮波汩于筆起迴復萬里歊虛妖霧漨音蓬浡蒲没
雲蒸昏昧劉曰大荒謂海外也爾雅曰觚竹北户西王母日下謂之四荒觚竹在北北户在南日下在東
西王母在西皆四方荒昏之國也又曰東至大遠西至邠國
南至濮鈆北至祝栗謂之四極謂四方之極極遠也言大荒
東極扶桑暘谷者謂海外廣大無所不達也漨薄工切善
同翰注翰曰言大荒國各東極言極大地之東言廣遠也
扶桑暘谷皆日出之所言水流遠至於此滂沛水多貌良
曰汩疾也言江海潮上盛水皆逆流須臾萬里歊氣也漨浡
煩欝之狀水氣烝而爲雲故昏昧也泓澄奫於旻潫於權澒胡貢溶余腫沆户朗
瀁余兩莫測其深莫究其廣澶纏湉恬漠而無涯

文選五　五

惣有流而爲長瓌異之所叢育鱗甲之所集往
長上聲善曰說文曰泓下深大也澄湛也奫迴復之皃澒
胡孔切澶徒旦切湉安流皃翰曰此上皆水深廣皃有流百川言
惣合百川爲之長也究盡也瓌奇言奇異
之物育於此也鱗者龍魚也甲者龜鼈也於是乎長鯨
吞航胡郎脩鯢吐浪向曰鯨鯢大魚能吞舟航吐波浪也躍龍騰蛇蛟
鯔緇琵琶王鮪偉鯸鮐怡鮣印龜鱕翻鯌錯烏
賊擁劒鼅古侯切五臣本作勾鼊辟鯖青鰐鄂涵胡南泳乎其
中劉曰異物志云鯨魚長者有數千里雄曰鯨雌曰鯢或死於沙上得之皆無目俗言其目化爲明月珠鄧析子曰釣
鯢若不於清池一說曰鯨猶言鳳鯢猶言凰也異物志曰朱厓有水蛇鯨魚出合浦長二三尺背上有甲珠文堅強可以
飾刀口可以爲鑢鯔魚形如鯢長七尺吴會稽臨海皆有之琵琶魚無鱗其形似琵琶東海有之鯸鮐魚狀如科斗大者
尺餘腹下白背上青黑有黄文性有毒雖小獺及大魚不敢餞之蒸煑餕之肥美豫章人珍之鮪魚長三尺許無鱗身中
正四方印扶南俗云諸大魚欲死鮣魚皆先封之鱕鯌有横
骨左鼻前如斤形東人謂斧斤之斤爲鱕故謂之鱕鯌魚二
十餘種此其尤異者此魚所繫無不中斷也有出入鯌子朝
出求食暮還入母腹中皆出臨海烏賊魚中藥擁劒蟹屬也
從廣二尺許有爪其螯偏大大者如人大指長二寸餘色不
與體同特正黄而生光明常忌護之如珍寶以利如劒故曰
擁劒其一螯尤細主取食出南海交趾鼅鼊龜屬也其形如
笠四足縵胡無指其甲有黑珠文采如瑇瑁可以飾物肉如
龜肉肥美可食鯖魚出交趾合浦諸郡鰐魚長二丈餘有四
足似鼉喙長三尺甚利齒虎及大鹿渡水鰐擊之皆中斷生
則出在沙上乳卵卵如鴨子亦有黄白可食其頭琢去齒旬
日間更生廣州有之涵沉也楊雄方言曰南楚謂沉爲涵泳
潜行也見爾雅善曰莊子曰吞舟之魚碭而失水周易曰
見龍在田或躍于淵楚辭曰騰蛇芳後從文子曰騰蛇無足
而騰鯌甫亦切向曰言
此水族皆游泳於水中葺七入鱗鏤甲詭類舛錯泝
素洄順流噞牛檢喁魚恭沉浮劉曰葺累也甲爲龜甲也楚辭曰魚葺鱗以自別噞
喁魚在水中羣出口貌文子曰水濁則魚噞喁善曰毛詩曰泝洄從之道阻且長銑曰言海物皆如葺飾其鱗彫鏤

文選五　六

其甲詭怪異類互相糾錯也　翰曰泝逆流上也言水物或逆上或順流驗喁出口於水上也　鳥則鶤雞
鸀燭鳿玉鸘霜鵠鷺鴻鶢爰鶋居避風候鴈造
七報江鸂鶒勑鷛庸鶏渠鶄青鶖秋鸛灌鷗
鶂三激鸕盧泛濫乎其上　劉曰鸀鳿水鳥也鶂如鷺而大長頸赤目其毛辟水毒丹陽鄱
陽皆有之鶢鶋鳥也似鳳左傳曰海鳥爰居止魯東門外三日臧文仲使國人祭之不知其鳥以為神也鸂鶒水鳥也色
黃赤有斑文食短狐蟲在水中無毒江東諸郡皆有之鷛鶏似鴨而雞足鶄鶬出南海桂陽諸郡　善曰鴈應候而南來
毛詩曰有鶬在梁毛萇詩傳曰禿鶬也蒼頡篇曰鷗大如鳩郭璞山海經註曰鷗水鳥　銑曰鶢鶋海鳥避風於魯門造
至也言鴈候時而來居於此也餘皆鳥名也泛濫羣游於水上也　湛淡羽儀隨波參
差理翮整翰容與去自玩彫啄蔓藻刷盪漪瀾
劉曰湛淡迅疾皃漪瀾水波也彫啄鳥食皃蔓藻海藻之屬也　善曰說文曰刷刮也漪蓋語辭也毛詩曰河水清且漣

文選五　七

猗爾雅曰大波為瀾　翰曰言鳥游自得其性也瀾音攔濟曰彫傷蔓藻水草言鳥羣游傷啄蔓藻以食之刷盪毛羽
於湍瀨之上也　魚鳥聱魚幽耴魚乙萬物蠢昌允生芒芒黖黖
許意慌呼廣罔奄欻許勿神化翕忽函含幽育明窮性
極形盈虛自然蚌蛤珠胎與月虧全巨鼇敖贔
備屓許器首冠貫靈山大鵬繽翻翼若垂天振盪
汪流雷抃上重淵殷聲動宇宙胡可勝源　劉曰蠢蠢動也函幽育
明皆謂珠玉光耀之狀也窮性極形物皆極太也呂氏春秋曰月望則蚌蛤實月晦則蚌蛤虛列仙傳曰鼇負蓬萊山而
抃滄海之中莊周曰北溟有魚名鯤化為鵬怒而飛翼若垂天之雲鵬之將徙於南溟水擊三千里摶風扶搖而上九萬
里示振盪之狀也汪流水深皃其聲勢之不可勝盡也淮南子云虛廓生宇宙宇宙生天地者也　善曰埤蒼云聱不聽
也杜篤論都賦曰春蠢生萬類黖黖不明春秋保乾圖曰日以圓照月以虧全宋均曰全十五日時也列子夏革曰渤海之

東曰歸墟其中有五山焉帝命禺強使巨鼇十五舉首而戴五山峙而不動玄中記曰鼇巨龜也西京賦曰巨靈贔屓王
逸楚辭注曰擊手曰抃音卞　向曰聱耴衆聲皃魚當無聲此云魚鳥聱耴者文之失也又曰蚌蛤珠胎皆盈虧之物月
滿則珠全月虧則珠缺巨鼇大龜也贔屓用力之皃靈山海中蓬萊山而大鼇以首戴之冠猶戴也　翰曰蠢動也萬物
蠢生於天地之間皆有氣色芒芒黖黖氣不明皃也又曰殷聲也宇宙天下也謂聲動振於天下何可勝說其本源之所
由也　良曰慌罔不明皃奄欻翕忽變化疾速皃又曰振盪動也汪流漫水也抃猶擊也重淵言深也大龜戴山動擊於
水中其聲加雷霆　濟曰大鵬鳥也繽翻飛皃翼若垂天言至大也　銑曰物在水故曰函幽珠玉生焉故曰育明育養
也窮性極形各得其所　島嶼序緜邈洲渚馮平隆音崇曠瞻迢
遰迥眺冥蒙珍怪麗奇隙充徑路絕風雲通洪
桃函盤五臣作盤函丹桂灌叢瓊枝抗莖而敷蘂珊
瑚幽茂而玲瓏　劉曰島海中山也嶼海中洲上有山石魏武蒼海賦曰覽島嶼之所有水中可

文選五　八

居曰洲小洲曰渚曠瞻迢遰謂島嶼也迥眺冥蒙謂洲渚也徑路絕者人道斷絕風雲通者惟風雲能交通也意者謂奇
怪之徒因風雲以交通水經曰東海中有山焉名曰度索上有大桃函盤三千里桂生蒼梧交阯合浦以南山中所在叢
聚無他雜木也其枝葉皆辛木叢生曰灌瓊樹食其華蘂令人長生楚辭曰精瓊蘂以為糧蓬萊三山神仙所居故宜有
焉漢歌曰上蓬萊咀瓊英珊瑚樹赤有枝扶南傳曰漲海中有盤石珊瑚生其上　善曰後漢黎陽山碑曰山河馮隆有
精英兮朱穆鬱金賦曰丹桂植其東莊子曰南方積石千里名瓊枝高百二十仞　翰曰海中山曰島洲上有山曰嶼緜
邈遠也洲中有草木曰渚馮隆高大皃也又曰洪大也大桃樹盤函三千里丹桂者言吳地多桂而叢生木叢生曰灌
銑曰曠瞻迥眺皆遠望也迢遰長也冥蒙不明皃麗著也隙異也言洲嶼有珍怪奇異之物著處充滿也　良曰絕謂山
海險難惟風雲可通　濟曰抗舉也敷布也瓊枝玉樹生於水下故云幽茂玲瓏枝葉皃　增岡重阻
列眞之宇玉堂對霤石室相距藹藹翠幄嫋嫋
寧鳥素女江斐五臣作妃於是往來海童於是宴語斯

宜神妙之響象嗟難得而覿魯和縷劉曰玉堂石室仙人居也海童
海神童吳歌曲曰仙人齎持何等前謁海童爾雅曰嗟楚人
發語端也　善曰馮衍爵銘曰富如江海壽配列眞楚辭曰
紫貝闕兮玉堂鄭玄禮記注曰堂前有承霤列仙傳曰赤松
子嘗上西王母石室中徐幹齊都賦曰翠幄浮遊埤蒼曰嬙
嬙美也奴鳥切史記曰秦帝使素女鼓五十絃瑟王延壽王
孫賦曰嗟難得而覿縷　銑曰增岡重阻高峻皃其中多居
神仙故曰列眞之宇增岡高山也重阻險也又曰幄帷帳也
嬙嬙素女謂神女言仙人所居有也　向曰玉堂石室皆仙
人所居其欄霤相接至也距至也　良曰江妃解珮與鄭交
甫者海童海神也二者皆於此往來宴語也　翰曰神妙則
所述神仙之事仙道至微事或響象言未審
也嗟發辭之端覿縷次序也言難知其次第也爾乃地
勢坱烏朗圠烏黠卉木䖨烏老蔓遭藪爲圃值林爲苑
異荂苦華蓲敷蘛育夏曄于輒冬蒨五臣作倩方志所辨
中州所美劉曰坱圠莽沕也高下不平皃也卉百草揔名
楚人語也言林藪非一所在皆爲苑圃有國有
家者因天地之自然不復假人功爲園圃也爾雅曰荂榮也
南土草木通曰冬生故曰蒨　善曰鵩鳥賦曰坱圠無垠廣
雅曰䖨長也爾雅曰蕍榮也郭璞曰蕍猶敷蕍亦草之皃也
蓲與蕍同庚俱切蘛與敷同無俱切　向曰坱圠地勢高下
也卉木䖨蔓言草木盛長而蔓延　銑曰遭逢也有草曰圃
有木曰苑言逢藪草爲圃值林木則爲苑言不特故爲之者
也異荂蓲蘛言育植草木多也曄榮皃蒨盛皃言草木夏榮
冬不彫也方志謂四方物土所記録者若分辨色類則必有
中國之所
歎羨也草則藿蒳奴荅豆蔻薑彙謂非一江離
之屬海苔之類綸關組紫絳食葛香茅莫侯石帆
凡水松東風扶留劉曰異物志曰藿香交趾有之豆蔻
生交趾其根似薑而大從根中生形
似益智皮殼小厚核如石榴辛且香蒳草樹也葉如栟櫚而
小三月採其葉細破陰乾之味近苦而有甘并雞舌香食之
益美薑彙大如累氣猛近於臭南土人擣之以爲齏薑一名
廉薑生沙石中薑類也其累大辛而香削皮以黑梅并鹽汁
漬之則成也始安有之彙類也周易曰拔茅連茹以其彙征
古所謂薑彙非一也江離香草也楚辭曰扈江離海苔生海

水中正青狀如亂髮乾之赤鹽藏有汁名曰濡苔臨海出之
爾雅曰綸組似組東海有之紫紫菜也生海水中正青附石
生取乾之則紫色臨海常獻之絳絳草也出臨賀郡可以染
食葛蔓生與山葛同根特大美於芋也豫章間種之香茅生
零陵石帆生海嶼石上草類也無葉高尺許其華離樓相貫
連雖無所用然異物也死則浮水中人於海邊得之希有見
其生者水松藥草生水中出南海交趾東風亦草也出九眞
扶留藤也緣木而生味辛可食檳榔者斷破之長寸許以合
石賁灰與檳榔并咀之口中赤如血始興以南皆有之　善
曰蔻火豆切　向曰江離香草海苔海菜也蜀亦類也　濟
曰綸組紫絳四者皆海中草食葛葛根
也香茅亦草石帆而下四者皆草名也布護皐澤蟬聯
陵丘夤寅緣山嶽之岊節冪覓歷江海之流扤
五骨白蔕帝銜朱蕤鬱兮䓲以說茂曄兮五臣本作曄曄字菲
菲光色炫晃芬馥肸蠁職貢納其包匭離騷詠
其宿莽劉曰許氏記字曰岊陬隅而山之節也扤搖也揚
雄方言曰凡草生而初達謂之䓲包裹也匭猶結
也尚書禹貢曰包匭菁茅菁茅生桂陽可以縮酒給宗廟異
物也重之是故既包裹而又纏結之一曰匭柙也爾雅曰卷
葹草拔其心而不死江淮間謂之宿莽屈原嘉之以其志故
離騷曰夕覽洲之宿莽　善曰毛萇詩傳曰扤動也淮南子
曰草木之勾萌銜翠戴實說文曰蕤草木華垂皃肸蠁濕生
蟲蚊類是也其羣望之如氣之布寫也言大福之興有如此
蟲羣飛而多也夤緣出也䓲以稅切蕤汝誰切　翰曰布護
草衆密皃澤畔曰皐有水曰澤蟬聯謂不絕於丘陵之上夤
緣言衆草滋長皆緣上山嶽而生山曲曰岊冪歷草掩覆於
岸而江海波流於草下也扤搖動也蔕花根而綴于枝上朱
蕤花也言花生於草若草銜之職貢謂獻於君也納猶入也
包裹也匭匣也謂致於裹匣而貢之離騷云宿莽宿短草莽
長草　銑曰鬱鬱多狀也凡草初生之謂䓲曄曄盛皃菲菲美
皃言花卉叢生鬱茂華盛而美之　良曰光色炫晃謂花卉
向曰晃光色之皃芬馥香也肸蠁蚊
類也言香氣積來如肸蠁之羣飛也木則楓柙甲豫章
栟櫚枸古侯榔郎緜杬元杶椿櫨盧文欀襄楨貞
橿薑平仲君遷松梓古度楠南榴留之木相思

之樹劉曰楓柙皆香木名也豫章木也異物志曰栟櫚椶也皮可作索枸根樹也直而高其用與栟櫚同栟櫚出武陵山枸根出廣州木縣樹高大其實如酒杯皮薄中有如絲縣者色正白破一實得數斤廣州日南交趾合浦皆有之杬大樹也其皮厚味甚苦澀剝乾之正赤煎訖以藏眾果使不爛敗以增其味豫章有之枕櫨二木名文木也材密緻無理色黑如水牛角日南有之欀木樹皮中有如白米屑者乾擣之以水淋之可作餅似麵交趾盧亭有之楨櫨二木名劉成曰平仲之木實白如銀君遷之樹子如瓠形松梓二木名古度樹也不華而實子皆從皮中出大如安石榴正赤初時可煑食也廣州有之南榴木之盤結者其盤節文尤可以作器建安所出最大長也相思大樹也材理堅邪斫之則又可作器其實如珊瑚歷年不變東冶有之宗生高岡族茂幽阜擢本千尋垂蔭萬畝攢柯挐女家莖重葩晻五臣本作掩葉輪菌巨筠虬蟠盤埴楚立嶕除立鱗接榮色雜糅女又切綢繆縟繡宵露霮徒感䨴徒外旭許玉日晻烏感䁐蒲對與風颻揺颺㨾颲於酉瀏力九颼搜飀留鳴條律暢飛音響亮蓋象琴筑竹并奏笙竽俱唱劉曰莊周曰匠石見樹百圍其臨千仞而後有枝此大樹之屬也　善曰許慎淮南子注曰挐亂也女居切晻重也於劫切鄒陽上書曰輪囷離奇埴㟴相重之皃毛詩曰旭日始旦晻亦闇也旁妹切颲瀏風聲也律謂籟也殷仲文所謂幽律是也說文曰筑似箏五絃之樂也世本曰隨作竽鄭玄周禮注曰三十六簧也　濟曰言木之宗族茂於岡阜也幽遠也　翰曰本根也言根深枝盛下達千尋傍垂蔭萬畝之也　向曰葩花也言木攢其枝柯亂其莖蔕花葉重疊以相掩覆輪菌蚰曲皃虯龍也埴㟴相重疊皃言木形蚰曲如龍之蟠相重若魚鱗相接也宵夜也旭早也霮䨴霧露重皃掩孛昏暗皃言木茂盛夜含重露朝映赫日常晻然昏暗也　銑曰糅雜彩色綢繆繁密皃五色曰縟言花有彩色繁密相錯如繡也與風颻颺謂木於風颲瀏颼飀風聲也律絲竹音韻也暢通亮高遠也言風之鳴木條聲通音律音響高遠也此重言風摇林木之聲又如此音樂其上則有猨父哀吟貚胡昆子長嘯狖夷又鼯吾猓然

騰趠勑教飛超勑小爭縣接垂五臣本作爭接懸垂競游遠枝驚透沸亂牢落翬輝散劉曰吳越春秋曰越有處女出於南林之中越王使使聘問以劔戟之事處女將北見於越王道逢老翁自稱袁公問處女吾聞子善為劔術願一觀之女曰妾不敢有所隱唯公試之於是袁公即跳於林竹槁折墮地處女即接末袁公操本以刺處女女應節入三入因舉杖擊之袁公即飛上樹化為白猿遂引去異物志曰狖猿類露鼻尾長四五尺樹上居雨則以尾塞鼻建安臨海北有之鼯大如猿肉翼若蝙蝠其飛善從高集下食火煙聲如人號一名飛生飛生子故也東居諸郡皆有之猓然猿狖之類居樹色青赤有文日南九真有之揚雄方言曰透驚也　善曰山海經曰獄法之山有獸狀如犬人面見人則笑名貚枝乘兔園賦曰騰涌雲亂葉翬散超土弔切　向曰猿父猴也言猴猿哀吟於林木之上貚子獸名比重言風摇林　銑曰狖鼯猓然亦猿之類騰趠飛超言其輕捷也　翰曰言猿狖之類爭接木懸垂游遠枝也此言猿狖之類羣游忽遇人則驚亂如沸牢落稀踈也翬雉也雉之驚散以不羣偶而去猨狖之類驚走亦如雉之散也其下則有梟結堯羊麡儕狼猰烏八貐翼俱貙勑俱象於音烏善本作烏菟徒之族犀兕似之黨鉤爪鋸牙自成鋒穎精若曜星聲若雷霆名載於山經形鏤於夏鼎劉曰爾雅曰梟羊一名𤝞如人面長脣黑身有毛及踵見人則笑左手操管海南經所云也異物志云麡麋狼大如麇角前向有枝下出反向上長者四五尺廣州有之常居平地不得入山林山海經曰南海之外有猰貐狀如貙龍首食人貙虎屬也或曰能化為人也象生九真日南山中大者其牙鼻長一丈於菟虎也江淮間謂虎為於菟犀狀如水牛頭似豬四足類象倉黑色一角當額上鼻上角亦墮也又有小角長五寸不墮性好食棘口中灑血武陵巳南山中有之兕獸也似牛左傳曰昔夏之方有德也遠方圖物貢金九牧鑄鼎象物而為之備使人知神姦故人入山澤林藪不逢不若魑魅魍魎莫能逢之故曰形鏤於夏鼎　善曰麡在西切貐以主切猰於八切淮南子曰勾爪鋸牙於是摯矣禮記曰刀却刃授穎鄭玄曰穎鐶也摯伯陵苔司馬遷書曰有能見鋒穎之狀　濟曰其下謂林木之下族種黨類也　良曰言此羣獸爪如鉤戟牙如刀鋸鋒穎言利也精目精也言其目如星之光其聲如雷霆之震怒

也山經山海經也其竹則篔云當簹當林箊於桂箭射筒柚
由梧有篁篻匹眇篣勞有叢劉曰異物志曰篔簹生水邊長數丈圍一尺五六寸
一節相去六七尺或去一丈廬陵界有之始興以南又多小桂夷人績以爲布葛林箊是袁公所與越女試劒竹者也桂
竹生於始興小桂縣大者圍二尺長四五丈箭竹細小而勁實可以爲箭通竿無節江東諸郡皆有之射筒竹細小通長
長丈餘亦無節可以爲射筒筒及由梧竹皆出交阯九眞篻竹大如戟槿實中勁強交阯人銳之爲矛甚利篣竹有毒夷
人以爲觚刺獸中之則必死向曰竹叢曰篁苞筍思尹抽節往往縈結綠葉
翠莖冐霜停雪橚所六矗蓄森萃蓊烏重茸而勇蕭瑟
檀欒蟬蜎一緣玉潤碧鮮梢雲無以踰嶰解谷弗
能連鸑音岳鷟仕角食其實鵷鶵擾其閒劉曰苞筍冬筍也出合浦
其味美於春夏時筍也見馬援傳漢書天文志曰見梢雲其說梢如樹也嶰谷崑崙北谷也黃帝詔伶倫爲音律伶倫乃

之崑崙陰取嶰谷之竹斷其厚均者而吹之以爲黃鍾之管鸑鷟鵷鶵皆鳳類也非竹實不食黃帝時鳳集東園食帝竹
實終身不去馴擾善也　善曰橚矗茂盛皃冐犯也枚乘兎園賦曰脩竹檀欒夾水　濟曰苞謂筍皮抽節謂進長也往
往縈結言多而攢生也　翰曰橚矗深長皃森清蔭之狀萃聚也蓊茸茂盛皃蕭瑟聲也擾亂也言亂處竹閒也　向曰
檀欒嬋娟皆美皃玉潤碧鮮言竹色如玉碧之鮮潤碧亦玉也　良曰言雖梢雲之高亦不能踰也嶰谷山名生美竹言
亦不能連也其果則丹橘餘甘荔枝之林檳榔無柯
椰以嗟葉無蔭龍眼橄敢欖覽棎市瞻榴善本作劉禦霜
結根比景之陰列挺衡山之陽劉曰薛瑩荊陽已南異物志曰餘甘如梅
李核有刺初食之味苦後口中更甘高涼建安皆有之荔枝樹生山中葉綠色正赤肉正白味甘檳榔樹高六七丈正直
無枝葉從心生大如楯其實作房從心中出一房數百實實如雞子皆有殼肉滿殼中正白味苦澀得扶留藤與石賁灰
合食之則柔滑而美交阯日南九眞皆有之椰樹似檳榔無枝條高十餘尋葉在末如束蒲實大如瓠繫在樹頭如挂物

也實外有皮如胡桃核裏有膚白如雪厚半寸如豬脂味美如胡桃膚裏有汁升餘清如水美如蜜飲之可以愈渴核作
飲器也龍眼如荔枝而小圓如彈丸味甘勝荔枝蒼梧交阯南海合浦皆獻之山中人家亦種之橄欖生山中實如雞子
正青甘美味成時食之益善始興以南皆有之南海常獻之棎棎子樹也生山中實似梨冬熟味酸丹陽諸郡皆有之榴
榴子樹也出山中實亦如梨核堅味酸美交阯獻之　善曰漢書音義如淳曰比景日中於頭上景在巳下故名之比景
比方利切宋玉笛賦曰余常觀於衡山之陽　向曰皆藥木及果名禦霜謂冬熟也比景國名衡山南岳也言此果木結
根列梢生於此處素花斐丹秀芳臨青壁係紫房鷓鴣南
翥而中留孔雀綷祖會羽而翱翔山雞歸飛而來
棲翡翠列巢以重行劉曰鷓鴣如雞黑色其鳴自呼或言此鳥常南飛不北豫章已南諸
郡處處有之孔雀毛長六七尺綠色有華彩朱崖交阯皆有之在山草中山雞如雞而黑色樹棲晨鳴今所謂山雞者鷩
鵔也合浦有之翡翠巢於樹顛生子夷人稍徙下其巢子未飛便取之皆出於交阯鬱林郡　銑曰斐美皃也言果木之

花美而且芳香青壁山之石壁色青紫房果之紫者係於木上　向曰五色曰綷鷓鴣鳥常南飛言其經此果木之中翫
其茂盛遂留未去也孔雀以五色羽翰亦常飛集其中　良曰重行言多也其琛賂則琨瑤
之阜銅鍇苦買之垠音銀火齊去之寶駭雞之珍頳
恥盈丹明璣金華銀樸紫貝流黃縹匹眇碧素玉隱
賑之忍崴烏罪𡾛懷雜插楚甲幽屏必井精曜潛穎五臣本作穎古
迴切硩敕列陊直氏山谷碕巨宜岸爲之不枯林木爲之
潤黷隋侯於是鄙其夜光宋玉於是陋其結綠
劉曰琛寶也賂貨也詩云來獻其琛大賂南金琨瑤皆美石也鍇金屬也禹貢揚州貢金三品謂金銀銅也異物志曰火
齊如雲母重沓而可開色黃赤似金出日南頳赤也丹丹砂也出山中有穴禹貢荊州貢丹璣珠屬也朱崖出珠金華采
若銀朴鋌之在石者紫貝以色言之流黃土精也淮南子曰夏至而流黃澤縹碧素玉者亦以色言也硩者言其如硩擿

而隕落山谷者淮南子曰積疊琁玉以純脩碕張衡南都賦曰隋珠夜光張禄先生曰宋有結緑隋侯宋玉於此各鄙其寶也　善曰尚書曰瑶琨篠簜孝經援神契曰神靈滋液則犀駭雞宋衷曰角有光雞見而駭也劉欣期交州記曰金華出珠崖謂金有華采者埤蒼曰崴嵬不平也幽屛謂生處也潛穎謂潛深而有光穎說文曰碧縹空青珊瑚墮之孫卿子曰言無小而不聲行無隱而不形玉在山而木潤淵生珠而崖不枯許愼淮南子注曰碕長邊也　良曰琛賂珍寶也琨瑶玉名錯白鐵也阜山也垠畔也言此之物所出　翰曰火齊寶名駭雞犀角也雞見則驚之頳丹素玉並寶玉之類也隱賑言多也崴嵬排積皃雜揷幽屛謂雜生隱僻之處屛僻也精曜則寶玉之光雖在幽僻之處常顯然有異光也碧縹也隕落也言寶玉生於山谷為人之所擿落也碕岸長岸也銑泉生明珠而岸草不枯玉在山林木潤殰潤黷色盛也曰言隋侯夜光珠宋玉結緑玉名陋鄙不可尚言此所出可謂貴也**其荒陬**子侯**譎**決**詭**鬼**則有龍穴內蒸雲雨所儲陵鯉若獸浮石若桴**音郛**雙則比目片則王餘窮陸飲木極沈水居泉室潛織而卷綃淵客慷**五臣本作忼苦浪反**慨**苦代**而泣珠開北戶以向日齊南冥於幽都**劉曰陬四隅也湘東新平縣有龍穴穴中黑土天旱人人便共以水沾此土則暴雨應之常以此請雨也陵鯉有四足狀如獺鱗甲似鯉居土穴中性好食蟻楚辭曰陵魚曷止王逸曰陵魚陵鯉也浮石體虛輕浮在海中南海有之比目魚東海所出王餘魚其身半也俗云越王鱠魚未盡因以其半棄之為魚遂無其一面故曰王餘也朱崖海中有渚東西五百里南北千里無水泉有大木斷之以盆甕承其汁而飲之水居鮫人水底居也俗傳鮫人從水中出曾寄寓人家積日賣綃綃者竹孚俞也鮫人臨去從主人索器泣而出珠滿盤以與主人日南人北戶猶曰北人南戶也　善曰尚書曰宅朔方曰幽都謂日既在北則南冥與幽都同王餘泉室皆見博物志窮陸見後漢書史記曰秦始皇地南至北向戶北據河為塞　向曰言其荒遠陬隅之所也譎詭怪異也近水有龍穴其內蒸氣為雲雨故云儲儲積也窮高也言高陸之地無水斬木取汁飲之極沈水居有甚沈溺之處人居於水中此說人所居處也泉室則水居者俗傳鮫人從水中出於人間賣綃綃則綃也又云鮫人嘗寄人家臨去

乃泣珠於盤留遺主人忼慨泣皃言日南人開北戶以就明則以南為幽都亦如中國之見北也　濟曰陵鯉似鯉魚四足如獺故云若獸浮石石之輕者水中浮泛猶如桴栰也　良曰雙行者為比目隻行者為王餘片隻也皆魚名**其四野則畛**之忍**畷**綴**無數膏腴兼倍原隰殊品窊**烏華**隆異等**都改反**象耕鳥耘此之自與**攺**穱**捉**秀菰**孤**穗**詞翠**於是乎在**善曰鄭玄毛詩箋曰畛舊田有徑路也說文曰畷兩陌閒道也說文曰窊汙邪下也越絕書曰舜死蒼梧象為之耕禹葬會稽鳥為之耘左傳曰生人之道於是乎在　向曰畛陌中也言阡陌道路多不可數膏腴謂良沃地也兼倍言良沃之地而穫倍於餘都廣平曰原下濕曰隰品類也窊下也隆高也言原隰高下等類殊異　翰曰穱麥也菰草名其子有米可食故云穗也**煑海為鹽採山鑄錢國稅再熟之稻鄉貢八蠶之緜**善曰史記曰吳有豫章郡銅山吳王濞則招致天下亡命者盜鑄錢煑海為鹽國用富饒異物志交趾稻夏熟農者一歲再種劉欣期交州記曰一歲八蠶繭出日南也　銑曰南人種稻一歲再熟有蚕蠶一歲八育也**徙觀其郊隧之內奧都邑之綱紀霸王之所根柢**音帝**開國之所基址郛郭周匝重城結隅通門二八水道陸衢所以經始用累千祀也**善本無也字**憲紫宮以營室廓廣庭之漫漫寒暑隔閡**五蓋**於邃宇虹蜺迴帶於雲館所以跨跱煥炳萬里也**劉曰爾雅曰柢本也吳與周並世世稱王自泰伯至闔閭二十五世益強夫差為盟主故曰霸王之所根柢也越絕書曰吳郭周匝六十八里六十步大城周四十七里二百一十步水門八陸門八其二有樓各門者車船並入昌門今見在銅柱石填地大城中有小城周十二里亦有水陸門皆闔閭宮在高平里寒暑所閡謂冬溫夏涼　善曰西都賓曰虹蜺迴帶於棼楣　向曰徙觀者重美之詞也郭外曰郊郊外曰隧郊隧之內言深奧也為天下都邑之綱紀言吳都之土地富有可以為霸王深根固柢開國之基址柢亦根也憲

法也廓開也漫漫寬大皃言法天紫微星以營宮室開廣庭之寛大　銑曰結隅謂城角相對水道言郛郭之內有門十六水道兼通也　良曰經營也言今所以經營都邑始於此者將傳於千年也　翰曰言宮室深邃冬則寒氣隔而不入夏則熱氣閡而不來雲館館名言此館至高虹蜺之氣繞帶於傍也廻繞也跨跱特立也爣炳言其宮室光曜深遠也

造姑蘇之高臺臨四遠而特建帶朝夕之濬池佩長洲之茂苑窺東山之府則瓌寶溢目覼史海陵之倉則紅粟流衍劉曰姑蘇吳臺名也　善曰越絕書曰吳王起姑胥之臺五年乃成高見三百里　史記曰越伐吳敗之姑蘇　漢書伍被曰子胥云見麋鹿遊姑蘇之臺然姑胥即姑蘇也　漢書枚乘上書曰夫漢諸侯方輸謂錯出其珍怪不如東山之府轉粟西向不如海陵之倉脩治上林圈守禽獸不如長洲之苑遊曲臺臨上路不如朝夕之池　蔡邕月令章句曰穀藏曰倉　蒼頡篇曰覼索視之皃　師蟻切　漢書曰太倉之粟紅腐而不可食　濟曰建立也言臺高臨四望遠而孤立濬深也吳有朝夕池謂潮水朝盈夕虛因爲名焉長洲茂苑言因江海洲渚爲之佩帶猶近也　翰曰覼視也吳之東山多寶玉如府庫也海陵倉名紅粟謂儲久而色赤流衍溢目謂多而廣也

起寢廟於武昌作離宮於建業闡闔閭之所營采夫差之遺法抗神龍之華殿施榮楯時尹而捷獵崇臨海之崔嵬飾赤烏之韡偉曄于輒劉曰吳前都武昌後都建業言離宮者明非吾舊都也　神龍建業正殿名臨海赤烏二殿名也　越絕書曰昔越王勾踐欲伐吳大夫種蠡對以九術於是作榮楯嬰以白璧鏤以黃金狀類龍蛇以獻吳王王大悅子胥諫曰王勿受也王不聽遂受之　闔閭造吳城郭宮室夫差增崇侈靡故曰闡闔閭之所營采夫差之遺法而施榮楯也　春秋左氏傳曰夫差次有臺榭陂池焉死好必從歡樂是務　翰曰武昌建業皆郡名闡開也闔閭夫差皆吳王也言今復得開造采其所營宮殿之法度也　向曰捷獵列次皃言今起神龍殿亦施此物臨海赤烏二殿名崔嵬高大皃韡曄光盛皃東西膠葛南北崢嶸房櫳對櫎五臣本作榥音晃連閣相經閽闥譎決詭異出奇名左稱彎碕巨依右號臨硎苦耕反善曰膠葛長遠之皃　魯靈光殿賦曰洞膠葛其無垠　說文曰櫳房室之疏也又曰櫎帷屏屬然則門牕之廡通名櫎櫎與榥音義同彎碕臨硎閽闥名也　銑曰膠葛廣遠皃崢嶸峻嶮皃　濟曰榥窻也言房皆對窻開道連而相經過也　翰曰言門戶譎詭而奇異也彎碕臨硎皆險峻也

雕欒鏤楶節青瑣丹楹圖以雲氣畫以仙靈雖茲宅之夸麗曾未足以少寧思比屋於傾宮畢結瑤而構瓊劉曰汲郡地中古文冊書曰桀築傾宮飾瑤臺紂作瓊室立玉門言其夸麗　善曰鄭玄禮記註曰栭謂之楶　左氏傳曰丹桓宮楹柱頭曰楹柱也　濟曰欒栱也楶斗也皆雕鏤其上青瑣門窻鏤爲瑣文染以青色楹柱也塗以赤色故曰丹楹　翰曰言於殿內畫作雲氣彩圖神仙靈奇之物言雖居此壯麗蓋未足爲安謂更欲奢侈也　銑曰上言未足少寧今復思比屋於桀之傾宮以瑤爲臺以瓊爲室

高闈有閌抗洞門方軌朱闕雙立馳道如砥樹以青槐亘以淥水玄蔭耽耽耽清流亹亹音尾善曰李尤德陽殿賦曰朱闕巖巖　漢書音義應劭曰馳道天子之道　毛詩曰周道如砥　漢書賈山上書曰秦爲馳道樹以青松然古之表道或松或槐也　韓詩曰亹進也　向曰闈宮中之門閌限也洞通也方軌並車而行也　濟曰砥平也　良曰亘橫也言淥水橫流於其道　向曰耽耽青槐陰深之狀亹亹淥水徐進之勢

列寺七里俠棟陽路屯營櫛比頻必解署棊布橫塘查責加下邑屋隆夸口固長干延屬飛甍萌舛互劉曰建業宮前寺俠道七里也廨署也吳有司徒大監諸署非一也橫塘查下皆百姓所居之區名江東謂山岡閒爲干建鄴之南有山其閒平地吏民居之故號爲干中有大長干小長干皆相屬疑是居稱干也　韓詩曰考槃在干地下而黃曰干　善曰應劭風俗通曰今尚書御史謁者所止皆曰寺俠棟棟相俠也古合切陽路陽也　毛詩曰其崇如墉其比如櫛　向曰寺司也言官司羅列廣七里夾棟謂屋多而相夾陽路向南之道　翰曰櫛梳也屯營軍衛相次如梳齒相比廨謂公廨宅署如棊之分布

銑曰横塘查下閭巷名隆盛也夸奢也言此中之人競作奢盛向曰長干地名延屬言邑室相連也飛甍舛互言棟宇相交互也其居則有善本無有字高門鼎貴魁岸豪桀虞魏之昆顧陸之裔岐嶷繼體老成奕世躍馬疊跡朱輪累轍陳兵而歸蘭錡魚几内設冠蓋雲蔭閭閻闐噎劉曰應劭曰鼎始也乃祖乃父已來皆貴故曰鼎貴也虞魏顧陸吴之舊姓也昆裔皆後世也賈捐之傳石顯方鼎貴躍馬騰躍之謂也蔡澤傳曰躍馬肉食西京賦曰武庫禁兵設在蘭錡　善曰後漢書云江充爲人魁岸毛詩曰克岐克嶷又曰雖無老成人謝承後漢書曰王公位二千石奕世相襲楊惲書曰朱輪者十人　銑曰鼎貴鼎食者魁岸長皃虞魏顧陸皆吴之貴姓也昆後也裔苗裔也岐嶷少而賢者能繼祖考之德老成者亦少而有長老之道衣冠赫奕不絶於代又曰言躍馬朱輪之人皆出入陳兵也蘭錡兵戈之格而設之於内　翰曰躍馬良馬疾行也朱輪以朱飾車也疊跡累轍言其衆多也向曰冠蓋如雲之蔭而閭巷爲其闐噎其隣則有任

俠之靡輕訬眇之客締提細交翩翩儐卑賓從自用弈五臣本作奕奕出躡珠履動以千百里讌巷飲飛觴舉白翹關扛江鼎拚射壺博鄱婆陽暴謔中酒而作劉曰靡美也揚子法言曰聶政荆軻刺客之靡締結也賈誼過秦論曰締交白罰爵名也漢書曰引滿舉白鄱陽人俗性暴急何晏云鄱陽惡戲難與曹也鄱陽本豫章縣　善曰漢書曰季布爲任俠如淳曰相與信爲任同是非爲俠漢書述曰江都輕訬薄爲也締結也弈弈輕靡之貌髙誘淮南子注曰訬輕利急疾也史記曰平原君使人於春申君趙使欲夸楚爲玳瑁簪刀劒室皆以珠飾之請春申君春申君客三千餘人其上客皆躡珠履使大慙列子曰孔子勁能招國門之關而不肯以力聞招與翹同扛舉也史記曰秦武王有力士烏獲孟說皆太官王與孟說舉鼎說文曰扛横開對舉也漢書贊曰元帝時覽拚射孟康曰手摶爲拚壺投壺也禮有投壺論語曰不有博弈者乎　翰曰以義示人人皆信之曰任輕死重義曰俠輕訬之客謂輕捷之人言其隣近之處相次有之又曰翹扛皆舉也關門關也鼎大鼎也手舞曰拚　向曰締結也翩翩往來皃言其結交而往來儐者所以道引於前也從若侍從於後奕奕盛皃又曰鄱陽郡人性多躁急酒半酣之時好爲暴惡之戲中酒爲半酣也　濟曰躡蹈也以珠飾其履者動以千百言多也　良曰行觴疾如飛也大白杯名有犯令者舉而罰之於是樂只衎若干而歡飫無匱都輦殷而四奧來暨水浮陸行方舟結駟唱棹轉轂昧旦永日劉曰昧旦清晨也左傳曰昧旦不顯　善曰毛詩曰其樂只且又曰嘉賓式宴以衎毛詩曰儐爾籩豆飲酒之飫毛萇曰不脫屨升堂謂之飫輦王者所乘故京邑之地通曰輦焉漢書殺身靡骨死事輦轂下楚辭曰青驪結駟齊千乘漢書曰轉轂百數毛詩曰且以永日向曰只辭也衎樂也飽而飲酒曰飫匱乏也唱棹鼓棹行而歌也轉轂謂言方舟結駟唱棹轉轂自早日而至於暮故云永日也　翰曰都輦天子所居之處殷盛奥遠暨至也言帝都殷盛而四遠之人皆來至也方舟並舟也結駟連騎也開市朝而普納橫闤闠而流溢混品物而同廛幷都鄙而爲一士女佇

眙敕吏工賈古駢坒蒲必紵衣絺服雜沓漎先勇萃輕輿按轡以經隧樓船舉颿帆而過肆果布輻湊而常然致遠流離與珂苦何珬音遂劉曰混同也佇眙立視也今市聚人謂之市眙南方多絺葛故曰紵衣絺服也樓船船有樓也颿者船帳也地理志曰越多犀象玳瑁珠璣銅銀果布之湊黃支國多異物入海市明珠流離果橘柚之屬布葛紵之屬近海多寶物湊會處也珬老鵰化西海爲珬巴裁割若馬勒者謂之珂珬者珂之本璞也日南郡出珂珬　善曰楚辭曰覽滓而佇眙許鎭淮南子注曰坒相連也羽獵賦曰萃傱沇溶埤薈曰漎走皃先鞏切漢書有樓船將軍珬音戍　翰曰闤闠市門也言早朝開市普納雜貨如川之流盈溢於市廛也廛市中空地混同品物於此也幷都鄙而爲一者言都中及邊鄙之人皆通貨物而來幷在此一所果橘柚也布絺紵也輻湊來者常也流離珂珬皆寶名自遠至也　銑曰駢坒闤駢相次皃空次也　良曰漎上芥集也雜沓多亂之貌　向曰輿車也按轡緩行也隧市中道也言水流通市故樓船過於肆也舉颿者挂席用風力也繅捷賄紛

紆器用萬端金鎰磊砢力可珠琲補對闌干桃笙象
簟韜於筒中蕉葛升越弱於羅紈劉曰緤纍裹貨名也扶南傳曰
緤貨布帛曰賄金二十四兩爲溢史記貨殖傳曰趙孝成王
一見賜黃金百溢磊砢衆多皃琲貫也珠十貫爲一琲桃笙
桃枝簟也吳人謂簟爲笙又象牙以爲簟蕉葛葛之細者升
越越之細者　濟曰緤賄貨名紛紜多皃又曰韜藏也桃笙
竹簟與象牙簟皆藏於竹筒而致貢也　翰曰貫珠曰琲磊
砢闌干皆言多也　銑曰蕉葛升越皆布類弱於羅紈言細
薄瀺所立讀除立槃胡巧缪力巧交貿木候相競諠喧譁花
喤呼橫呷呼甲芬葩蔭映揮袖風飄而紅塵晝昏流
汗霢麥霂沐而中逵泥濘善曰喬君頡篇曰讀言語不止也槃缪衆相交錯之貌方言
曰缪猥也奴巧切方言曰喤通也說文曰呷吸也史記蘇秦
說齊王衆袂成帷揮汗成雨毛萇詩傳曰小雨謂之霢霂音
脈霂音沐杜預左氏傳注曰濘泥也　向曰瀺讀言語不止
皃衆缪錯亂皃交爲貿易相與競利也諠譁喤呷皆聲也芬

葩蔭映人衆多而相映也揮袖謂人衆之甚也言各動袖求
風而得塵起晝日昏暗汗流於地而道路有泥濘霢霂小雨
言汗似之富中之甿五臣本作氓貨殖之選乘時射利財豐
巨萬競其區宇則并疆兼巷矜其宴居則珠服
玉饌劉曰越絕書曰富中大塘勾踐治以爲義田肥饒故謂之富中珠服珠襦之屬也玉食者尚書曰玉食言
富中之食貨殖之選者各利所以能豐其財也并疆踰田畝
也兼巷踰里閭也　善曰說文曰甿田人也孔安國尚書傳
曰自賢曰矜　銑曰富中之甿謂肥沃田中所居人也言其
貨殖之所選擇者唯乘賤而收之及貴而出乃得財物多至
於巨萬也　翰曰言富家吞射并兼他人之疆巷盡爲己有珠服以珠爲飾玉饌言珍美而比於玉趫起喬材
悍汗壯此爲比盧捷若慶忌勇若專諸危冠而
出竦劍而趨雹帶鮫函扶揄五臣本作拔投屬鏤力鉤劉曰秦
零陵令上書曰荊軻挾匕首卒刺陛下陛下以神武扶揄長
劍以自救謂此也韓非子曰解其長劍免其危冠離騷曰雹

江離楚人謂被爲雹鮫魚甲可爲鎧淮南子曰鮫革犀兕爲
甲冑也周禮曰燕無函孟子曰矢人豈不仁於函人哉傳曰
賜子胥屬鏤以死凡此皆其器用之事義亦其土俗所能出
有嘉服用也　善曰成公綏洛禊賦曰趫才逸態習水善浮
呂氏春秋曰吳王欲殺王子慶忌謂要離曰吾嘗以馬逐之
江上而不能及射之矢左右滿抱而不能中高誘曰慶忌吳
王僚之子也左傳曰吳公子光享王鱄諸寘劍於魚中以進
抽劍刺王遂殺闔閭　向曰言壯勇之人此中比屋皆是
銑曰慶忌吳王僚子也吳王將殺之逐之不及射之不中其
捷如此專諸亦吳之勇士　翰曰危冠高冠也竦劍謂帶劍
竦立而趨　良曰雹者從君主行也鮫函者以
鮫皮飾刀拔投屬鏤劍名也皆帶以從君行也藏鍦施於
人去戟伐自闔家有鶴膝戶有犀渠軍容蓄用
器械兼儲吳鉤越棘純鈞湛盧戎車盈於石城
戈船掩於江湖劉曰鍦矛也揚雄方言曰吳越以矛爲鍦戟楯也鶴膝矛也矛骹如鶴脛者謂之鶴
膝犀渠楯也國語曰奉文犀渠軍容軍之容表司馬法曰古
者軍容不入國國容不入軍軍容入國則人德廢國容入軍

則人德弱越絕書曰闔閭既重莫耶乃復命國中作金鉤有
人貪王賞之重殺其兩兒以血釁鉤遂成二鉤獻之闔閭詣
宮求賞王曰爲鉤者衆多而子獨求賞何以異於衆人之鉤
乎曰我之作鉤也殺二子成兩鉤王曰舉鉤以示之何者是
也於是鉤師向鉤而哭呼其兩子之名吳鴻扈稽曰我在此
王不知汝之神也聲未絕於口兩鉤俱飛著於父之背吳王
大驚曰寡人誠負子遂賞之百金遂服其鉤越絕書曰昔越
王句踐有寶劍五聞於天下客有能相劍者名薛燭王召而
問之對曰歐冶子因天地之精悉其伎巧一曰純鈞二曰湛
盧三曰莫耶四曰豪曹五曰巨闕石城石頭塢也在建業西
臨江其中有庫藏軍儲戈船船下有戈也江湖二水名也
善曰禮記曰越棘大弓天子之戎器也鄭玄曰越國名也環
濟吳紀曰建安十七年城石頭越絕書伍子胥船有戈向
曰吳謂矛爲鍦戟楯也言其兵仗不須出自武庫人皆有之
如藏之於人又游去之時戟楯之器亦自閭里取之鶴膝犀
渠皆楯名軍容則矛戟之類儲積也兼儲蓄積也　良曰吳
鉤劍類越棘戟也純鈞湛盧二劍名也　濟曰石頭城中置
府庫軍儲故云盈於石城戈船掩於江湖言其多遂至掩蔽
於水露往霜來日月其除草木節解鳥獸腯突膚

觀鷹隼司尹誡征夫坐組甲建祀姑命官帥而擁
鐸將校獵乎具區劉曰詩曰今我不樂日月其除國語曰本見而草木節解本氏也謂霜降
之後生氣既衰草木枝葉皆理解也腯肥也左氏傳曰肥腯
謂畜之碩大蕃滋也漢書曰鷹隼未擊矰弋不施於蹊隧於
此時也可以戒戎夫左氏傳曰裹糧坐甲又曰組甲三千馬
融曰組甲以組爲甲祀姑旛也旌旗之屬也國語曰吳王夫
差出軍與晉爭長昏乃戒夜中令服兵擐甲陳士卒官師擁
鐸建祀姑此吳軍容之舊制也周禮校人中大夫掌王田獵
之馬校千二百九十六匹具區澤名也在吳之西　善曰爾
雅曰吳越之間有具區　濟曰露秋也霜冬也除去也言秋
往冬來日月將去草木凋落而鳥獸膚體皆肥腯也　翰曰
言此順時校獵乃勑整戎夫也組甲以黑索連甲也坐猶積
也官司帥將帥擁鐸執鐸以宣令鐸鈴也烏滸土古狼𦡱忽光呼夫南西屠
儋都含耳黑齒之酋自由金鄰象郡之渠驫必由駥許聿
飍香幽矞聿靸蘇合霅徒合驚捷先驅前途劉曰異物志曰烏滸南夷

文選五　六三

別名也其落在深山之中其種族爲人所殺則居其死所且
伺殺主若有過之者是與非則仇而食之狼𦡱金知良夫
南特有才巧不與衆夷同西屠以草染齒染白作黑儋耳人
鏤其耳匡南之外有金鄰國去夫南可二千餘里土地出銀
人衆多好獵大象生得其死則取其牙酋渠皆豪帥也象郡
今日南郡也又有象林郡　善曰馬驫駥飍矞衆馬走皃驫必
幽切駥呼橘切矞以出切靸霅走疾皃　向曰六者皆蠻夷
各金鄰國名象郡郡名酋渠皆長也　良曰驫駥至驚捷並
馳走之皃　向曰言蠻夷酋渠之類爲吳王先驅前道也俞騎騁路指南司方方
出車䡴䡴撫被練鏘鏘吳王乃巾玉輅軺翊焦驌
肅音驦霜旟魚須常重光攝烏頰烏號佩干將羽毛
揚㹠雄戟耀鎧貝冑象弭織織文鳥章六軍袀
羽遵服四騏其龍驤音襄劉曰管子曰桓公北征孤竹見人長尺而人物具焉冠而右袪衣
走馬管仲曰登山之神有俞兒者長尺人物具焉霸王之君
興登山之神見且走馬前導也袪衣示前有水也右袪衣從

右方涉也至卑耳之溪有贊水者從左方涉其深及冠從右
方涉其深至膝已涉大濟也指南指南車也鬼谷子曰鄭人
取玉必載司南之車爲其不惑也鏘鏘行步皃也左傳曰被
練三千馬融曰被練爲甲者所服也玉輅以玉飾車也驌驦
馬也左氏傳曰唐成公如楚有兩驌驦馬子常欲之不與三
年止之唐人竊馬而獻子常子常歸唐侯馬融曰驌驦鳥也
馬似之旟旗之屬交龍爲旟以魚須爲柄也有日月爲常
重光謂日月重光也烏號柘名以爲弓淮南子曰烏號之弓
無弦而射冑兜鍪以貝飾之弭弓末以象飾之鳥章鳥爲章
也左氏傳曰袀服振振袀同也　善曰毛詩曰大車檻檻子
虛賦曰靡魚須之橈旃史記趙良曰屈盧之勁矛干將之雄
戟又曰貝冑朱綅又曰象弭魚服又曰織文鳥章又曰乘其
四騏南都賦曰馬鹿超而龍驤　向曰俞騎引路人也指南
車名上有木人常指其南方故曰司方䡴䡴車聲練甲也鏘
鏘行列皃巾飾輅車也兩馬駕車曰軺軺輕車也驌驦良馬
也　良曰魚須魚之鬚鬚以爲旗竿常幡也畫日月形故曰
重光　翰曰烏號弓名攝而彎之弭弓稍飾之以象牙織當
作幟字之誤也言旗幟之上畫爲鳥文天子六軍袀謂下同
服騏馬也驤舉也謂四馬如龍之飛舉也　濟曰羽旄旌
旗類揚動也㹠羽毛好皃鎧戟刃之端明皃有光耀也峭

文選五　六四

格周施罿衝罻普張罼罕瑣結罠美巾蹏五臣本作蹄連
網阹丘魚以九疑禦以沅元湘輶由軒蓼了擾彀
構騎熠手貴煌劉曰莊周曰峭格羅落罠麋網周易曰蹏所以在兔得兔而忘蹄阹闌也因山谷以遮獸
也禦禁苑也謂爲藩落也楊雄羽獵賦曰禦自涇渭九疑山
名沅湘水名輶輕也詩云輶車鸞鑣彀騎張弓弩之騎也
向曰峭高也格張網之木也周匝施之故曰周施罿罻網也
普偏而張之罼罕皆網名如瑣之連結也網網畔麋麋繩摠連
諸網也　銑曰阹闌也九疑山名言遮闌禽獸以取之禦禁
也沅湘二水名言於水畔爲藩落以禁禽獸　翰曰輶軒輕
車也蓼擾亂皃彀張弓也言騎之張弓而行也熠煌疾皃袒裼徒搏拔距投石之
部猨臂騈脅狂趭子曜獷古猛猤李鷹瞵隣鶚視參
七南譚𪝍力荅䝓徒荅若離若合者相與騰躍乎莽謀謗
罠浪之野劉曰爾雅曰袒裼肉袒也詩云袒裼暴虎拔距
謂兩人以手相案能拔引之也超踰躍也投石

舉石以投擿也王翦傳曰投石拔距俵臂通肩也漢書李廣俵臂爲武騎常侍史記商君傳趙良謂鞅曰君之出多力而駢脅者參乘左傳晉文公駢脅也趫走也　善曰司馬相如大人賦曰騰而狂趭子召切說文曰犬獷不可附也猤壯勇之皃其翠切說文曰瞵目精也糸譚瓝瓅相隨衆多貌系七惑切莽買廣大貌　翰曰袒裼露肘膊也徒搏以手擊獸而殺之拔距投石皆壯士所爲者部伍也言壯士之部伍者倭臂善射駢脅亦壯士也狂趭走也獷猤勇也瞵目精也言壯勇之士如鷹鸇之目以視人　向曰參譚瓝瓅相隨衆皃而離合不常莽買廣大皃言相與騰躍於廣大之野騰躍猶飛走也

干鹵殳殊鋋蟬暘以良夷勃盧之旅長殺呼靚短兵直髮馳騁儇許緣佻他弔坌步寸並銜枚無聲悠悠旆旌者相與聊浪郎乎昧莫之坰劉曰干鹵皆楯也越絕書云越王身披暘夷之甲拔勃盧之矛短兵刀劍也尚書曰稱爾干戈過秦論曰流血漂鹵廣雅曰殺矛也呼伙切楚詞曰車錯轂兮短兵接方言曰儇佻疾也漢書曰相如平二世曰坌入曾宮之崖巖音義曰坋並也周禮銜枚氏下士鄭玄曰止言語譁諠也枚大如箸橫銜之毛詩曰有聞無聲又曰蕭蕭馬鳴悠悠旆旌悠悠流皃也昧莫廣大皃也聊浪放曠皃也鋋曰殳鋋戈類也直髮馳騁疾而髮上直也　良曰儇佻坌並疾走皃枚以竹爲之大如箸口銜止諠譁也聊浪放蕩也昧莫有林木晻暝之處言相與放蕩逐獸至於此坰也

鉦征鼓疊山火烈熛必遙林飛爓五臣本作焰浮煙載霞載陰菈五臣本作拉魯荅切擸力盍雷硠郎崩巒弛五臣本作陁直氏切岑鳥不擇木獸不擇音劉曰疊振疊也鳥擇木而棲左傳曰鳥則擇木又曰鹿死不擇音鹿得美草呦呦而鳴至於困迫將死不暇復擇出音急之至也凡間暇而有好聲逼急不擇音獸皆然非唯鹿也莊周亦曰獸死不擇音以雷硠之至故云鳥不擇木獸不擇音　善曰說文曰鉦鐃也拉擸雷硠崩弛之聲拉朗荅切擸音獵爾雅曰巒山墮山小而高曰岑　翰曰疊疊鼓聲振動也縱火於山猛烈熛於林木之間火焰隨風而飛煙氣滿山而浮火氣時盛時衰如天有霞有陰　濟曰巒岑小山也言士卒鼓怒山乃崩陁拉擸木摧傷之聲雷硠山崩聲也鳥獸遭逼迫鳥不暇擇木而棲獸不暇擇音而出言困甚也

暴甝胡甘虪始育縝司禹麋麖居英驀陌六駮追飛生彈鸞鶄京射猱乃刀挺庭白雉落黑鴆零陵絕嶛寮嶕茲遙聿越巉鋤咸嶮跇勑曳踰耻逾竹柏獑連猭耻緣杞柟而占封豨虛巳蘢呼角善本作蘢神螭掩剛鏃祖祿潤霜刃染劉曰縝絆前兩足也莊周曰連之羈縝麋大麋也桂林有麋山海經曰駮白身黑尾一角虎爪音如鼓詩云隰有六駮飛生鼯也師曠曰南方有鳥羌鵜黃頭赤目五色備也鴆鳥一名雲白黑色長頸赤喙食蝮蛇體有毒古人謂之鴆毒江東諸大山中皆有之霜刃言其殺利也　善曰毛詩曰不敢暴虎毛萇曰暴虎空手以搏也甝與暴同爾雅曰甝白虎虪黑虎音叔說文曰驀上馬也鶄音京史記曰跇萬里如淳曰跇超踰也耻曳切埤蒼曰獑猭逃也獑丑珍切猭耻傳切淮南子曰申包胥曰吴爲封豨脩蛇方言曰南楚人謂豬爲豨虛豈切蘢豨聲呼學切　翰曰暴空手搏虎也驀騎也縝絆也甝虪麋麖六駮飛生皆獸名鸞鶄鳥也猱挺獸也鴆亦鳥也皆彈射而致零落　向曰嶛嶕高皃絕盡也言上陵盡於高處聿疾也疾越於嶮峻之所跇踰踐轢也獑猭奔走也言踐轢於竹柏之間奔走於杞柟之下杞柟木名也封豨大豬也蘢豬聲也神螭猛獸也剛鏃箭鏃也霜刃兵器之刃白如霜也言爲獸之血所染霜也

於是弭節頓轡齊鑣彼苗駐蹕徘徊倘佯寓目幽蔚覽將帥之拳勇與士卒之抑揚羽族以觜距爲刀鈹披毛羣以齒角爲矛鋏古葉皆體著池略而應卒倉忽所以挂扢古紇而爲創瘡痏于美衝踤慈聿而斷筋骨莫不衂女六鋭挫鋩拉捭比買摧藏雖有石林之岝贖崿頟請攘而羊臂而靡之雖有雄虺之九首將抗足以跐此之劉曰離騷曰仰志弭節趣止行者也王者出入警蹕有長鋏短鋏體著者著體而生也楚辭天問篇曰烏有石林北本南方楚圖畫而屈原難問之於義則石林當在南也楚辭招魂曰南方不可以止雄虺九首往來

儵忽雖有石林雖有雄虺者蓋張誕之云非必臨時所遇
善曰左氏傳曰得臣寓目焉毛詩曰無拳無勇拳與權同楚
辭曰帶長鋏之陸離廣雅曰扢摩也蒼頡篇曰痛䧛傷也說
文曰踤觸也䚡折傷也捭兩手擊也廣雅曰跐蹋也且爾切
翰曰此言止行也徘徊倘佯志不安也寓目於幽蔚未行之
處志將不滿將重爲其游獵之事 向曰羽族鳥也毛羣獸
也鈹亦刃也鋏亦劒也扢磨也衝踤謂抵觸也銳鋒捭擲也
摧藏謂折挫也岸崿深險皃攘擧也靡倒也雄虺毒蛇抗舉
跐踏也言馳騁以覽將帥士卒之抑揚則雖鳥獸觜距如刀
戟戈矛劒皆體者卒急挂礙而爲瘡痏抵觸而斷筋骨莫不
䚡挫鋒鍔拉擲折挫之也雖石險林深之處
擧臂則倒之雖毒蛇九頭將擧足而踏之 顛覆巢居
剖普口破窟宅仰攀鵕思俊鸃宜俯蹴七六豺助皆貘音陌
刲劫剞几熊羆之室剽四妙掠虎豹之落猩猩啼
而就擒鸒鸒五臣本作鸑鸑扶沸切笑而被格屠巴蛇出
象骼斬鵬翼掩廣澤劉曰山海經曰猩猩豕身人面異物志曰出交趾封溪有猩猩夜聞
其聲如小兒啼也鸒鸒劉爲鸒鸒梟羊也巴解上章矣張衡云
圖曰梟羊喜獲先笑後愁山海經曰巴虵食象三歲而出其
骨其爲虵青黃赤黑鵬翼大垂天也 善曰許慎淮南子注
曰鵕鸃鷩雉也爾雅曰貘白豹剞亦刲也廣雅曰落居也骼
音格 銑曰傾鳥巢破獸穴餘同善注 翰曰刲剞剽掠發
掘傷擊之也屠殺也骼骨也巴虵大蛇也能食象故殺之出
其骨也鵬大鵬鳥其翼垂天今斬之囿掩藏廣澤也 向曰
猩猩獸性好酒酒醉則不能去乃啼則爲人所擒也鸒鸒獸
食人見人則執手而笑乃食之人因以筒致臂而與之則執
筒而笑笑則脣上掩其目人則抽臂以鑿綴其脣於額而殺
之格殺也 輕禽狡獸周章夷猶狼跋步葛乎紭橫中忘
其所以睒失冉睗適失其所以去就魂褫直氏氣懾
之葉而自踢唐跌蒲北者應弦而飲羽形僨方問景僵
者累積而增益雜襲錯繆傾藪薄倒岬峽岫巖
穴無豣音牽善作豜豵宗翳薈無䴡須鷚力幼思假道

於豐隆披重霄而高狩籠烏兔於日月窮飛走
之棲宿音秀 劉曰楚辭曰君不行兮夷猶王逸曰夷猶
猶豫也紭網綱也踢跌皆頓伏也飲羽謂所射箭
沒其箭羽也闞子曰宋景公以弓人之弓升虎圈之臺東向
而射箭集彭城之東其餘力逸勁猶飲羽於石梁言欲假道
豐隆非實事也然欲窮高極遠究變化備幽明之故設此云
善曰毛詩云狼跋其胡說文曰睒暫視也睗疾視也褫奪也
聲類曰踢跌也漢書音義曰跌崩也爾雅曰僨僵也許愼淮
南子注曰岬山旁爾雅曰山有穴曰岫毛萇詩傳曰獸三歲
曰豣爾雅曰豕生三子曰豵說文曰䴡麛也又曰鷚鳥大雛
也楚辭曰吾令豐隆乘雲兮王逸曰豐隆雷師也春秋元命
苞曰日月兩設以蟾蠩與兔者陰雙居月中有兔已見蜀都
賦 良曰狡勇也周章夷猶恐懼不知所之也 濟曰狼跋
狼狽也獸皆狼狽於網中忘其看視失其去就恐懼之甚也
向曰褫驚也踢跌顛蹶者則射之應弦而沒羽也飲則沒
也僨仆也景影也言其形影而仆僵累積而增多雜錯繆亂
以相襲鳥日中烏兔月中兔言將籠網取之使窮盡天地之
閒飛走之物也 銑曰澤無水曰藪草木俱生曰薄兩山間
曰岬言此中禽獸索然以空也豣豵並獸子䴡麛鷚雉子
翳薈鳥山之處雖鷚小之物亦窮盡也 翰曰假借也假借
行路於雷師霄近天之薄雲冬獵曰狩言在地畋獵猶未以
爲足乃將借道於雷師披此
重雲而上獵故曰高狩也 嶰解澗闃苦鶪罔岵戶童
罾曾罘浮滿效獲衆音終迴靶霸乎行睨魚計觀漁
乎三江汎舟航於彭蠡渾故本萬艘蘇刀而旣同劉曰
闃空也易曰闃其無人爾雅曰山多草木曰岵岡山脊也童
無草木也若童無角靶轡華也彭蠡澤名 善曰爾雅曰小
山別大山曰嶰山夾水曰澗毛萇詩傳曰太平山不童澤不
竭聖主得賢臣頌曰王良執靶左氏傳曰公觀魚于棠尚書
曰三江旣入震澤底定彭蠡旣豬 翰曰嶰山間罾罘皆羅
網也言山澗禽獸以空岡岵草木以盡所施羅網之中禽獸
皆滿功獲衆多也靶馬轡也睨視也言游獵窮於天地之間
將迴轡乎行視之處乃觀漁乎三江之中備舟舫於彭蠡之
澤舟航艘船之揔名萬言多渾雜而同波也 弘舸岡我連舳逐巨檻接艫飛
雲蓋海制非常模疊華樓而島峙時髣髴於方

壺比鶴首之有裕邁艅艎於往初劉曰揚雄方言曰江湖凡大船曰舸舳船前也艫船後也皆彫鏤采畫有軒欄華檻之船也島峙謂似方壺蓬萊二山有宮闕左氏傳曰楚敗吳師獲其乘舟餘皇吳子光請於衆曰喪先君之乘舟豈唯光罪衆亦有焉　善曰釋名曰上下重牀曰艦江表傳曰孫權乘飛雲大船　吳志曰賀齊所乘船彫刻丹鏤望之若山列子曰渤海之中有大壑其中有山一曰岱輿二曰員嶠三曰方壺四曰瀛洲五曰蓬萊　銑曰舳船兩邊挾木也巨檻亦大船名艫船尾言大船連接也飛雲船上樓名其高者蓋海言多也皆彫飾奢麗其制度非常之模軌也疊重峙峻也髣髴象似也言船上華樓重疊如島之峻峙象似方壺之宮闕鶴首艅艎皆船之極麗者有裕多也邁過也言此舟船樓閣之盛皆過於往昔也張組帷構流蘇開軒幌鏡水區篙高工楫子叶師選自閩禺愚習御長風狎翫靈胥責千里於寸陰聊先期而須臾劉曰流蘇謂翦繒彩垂於彫文之樓也水區河中也言開丈軒光輝如鏡照川也閩越名也秦并天下以其地為閩中郡班固述兩越傳曰悠悠外宇閩越東甌禺東禺其彼地人便水方言云刺船曰篙檝橈也淮南子曰來溪谷之流以象禺長風遠風也靈胥伍子胥神也江海之間莫不尊畏子胥將濟者皆敬祠其靈以為性命舟檝之師獨能狎翫之也千里路之長也寸陰晷之短也言水靈輯睦浪濤弭息取長路於短晷獨能先期而到故有須臾之暇也　善曰西京賦曰長風激於別島越絕書曰子胥死王使捐於大江口乃發憤馳騰氣若奔馬乃歸神大海蓋子胥水仙也　向曰組綵色也流蘇五色羽飾帷而垂之軒門也幌帳也言於舟航樓觀之中設此具而居之鏡照也區中也謂此靡麗之色皆照見於水中工謂所善師謂所長皆使其駕行舟者故選擇而用之習御謂便用之也言習舟楫人之便用風波近弄子胥之神恃其所善乃皆無懼　銑曰責求也言風水勢急求千里之程在於寸陰之間先於所期須臾而至櫂棹謳唱簫籟鳴洪流五臣作波響渚禽驚弋磻波放稽鷦鵬明虞機發留鵁鶄劉曰焦鵬鳥也楚辭曰從玄鶴與鷦鵬尚書曰若虞機張鄭氏注曰虞主田獵之地者也機弩牙也鵁鶄鳥也似鳧頭上揔毛羽　善曰方言曰楫謂之櫂說文曰謳齊歌也籟三孔籥也磻似石　向曰籟簫類言渚禽聞棹歌簫管洪流之聲是以驚也　翰曰弋取鳥之名磻箭名稽留也餘同劉注

鉤餌縱橫網罟接緒術兼詹公巧傾任父筌鮔巨鰽莫贈鱺所買鱨常魦沙罩陟教兩魪介罺側稍鰝鰕遐乘鱟胡豆黿鼉同罛孤共羅沈虎潛鹿馽縶襱籠僒隕束鰴暉鯨背善作輩中於羣犗古邁攙搶暴出而相屬雖復臨河而釣鯉無異射鮒附於井谷劉曰易曰結繩而為網罟以畋以漁詹公詹何也任父任公子也莊周曰任公子為大鉤巨繒五十犗牛以為餌蹲會稽投竿東海已而大魚食巨鉤鉤沒而下騖揚奮鬐白波若山海水震蕩任公子得若魚離餌之制河以東蒼梧以西莫不厭此魚者筌所以得魚也莊子曰得魚而忘筌罩篧也編竹籠魚者也詩云南有嘉魚烝然罩罩魪左右魪一目所謂比目魚也云須兩魚並合乃能游若單行落魄著物為人所得故曰兩魪丹陽吳會有之罺抄魚之器也鱟形如惠文冠青黑色十二足似蟹足悉在腹下長五六寸雌常負雄行漁者取之必得其雙故曰乘鱟南海朱崖合浦諸郡皆有之罛魚網也詩云施罛濊濊虎魚頭身似虎或云變而成虎鹿頭魚有角似鹿同罛共羅言皆為網罟所制獲也縶襱僒束者陷網罟之中僒束也鰴鯨魚之有力者也魚大者莫若鯨也故曰鰴鯨也淮南子曰鯨魚死而彗星出易井卦曰九二井谷射鮒鄭玄云九二坎爻也坎為水上直巽生三艮爻也艮為山山下有井必因谷水所生魚無大魚但多鮒魚耳夫感動天地此魚之至大射鮒井谷此魚之至小故以相況　善曰列子曰詹何楚人也以獨繭絲為綸芒針為鉤荊篠為竿剖粒為餌引盈車之魚於百仞之淵鮔鰽鯖也毛萇詩傳曰鱨楊也魦鮀也爾雅曰鰝大魚馽馬絆也今為縶又曰襱兼有也力公切鵩鳥賦曰僒若囚拘求殞切說文曰犗騬牛也騬以陵切　濟曰乘鱟似蟹罛網也言與黿鼉同其羅網　銑曰鉤餌鉤上置食者縱橫言多也緒所以綴網之綱也接謂相接也　向曰鱺鉤也罩籠也罺巢盛魚器也鰝鰕大魚名也鮒小魚也谷水也井水之中其魚小也臨大河而釣鯉者見射小魚於井谷必小之今我於江海之中得此大魚比於臨河而釣鯉者我又輕之無異釣鯉者觀於射鮒之微也　翰曰沈虎潛鹿並魚頭虎鹿之身馽襱僒束言俱陷羅網之

中莊子云以大鉤十二犗牛爲餌言衞鯨吞此鉤爲人所得
攙搶妖星也暴疾也鯨魚死其目精疾出而爲此星以相連
屬結輕舟而競逐迎潮水而振緡巾密想萍實之
復形訪靈䕫於鮫人精衞銜石而遇繳酌文鰩
遥夜飛而觸綸北山亡其翔翼西海失其游鱗
劉曰繳弋綸也緡綸皆釣繳也詩曰其釣伊何惟絲伊緡山
海經曰東海中有獸如牛蒼身無角一足入水則風其聲如
雷以其皮冒鼓聞五百里名曰䕫鮫人居水中故訪之北山
經曰發鳩之山有鳥狀如烏而文首白喙赤足名精衞其鳴
自呼赤帝之女姓姜遊於東海溺而死不反常取西山木石
以塡東海西山經曰秦器之山濩水出焉是多鰩魚狀如鯉
魚身而鳥翼蒼文而白首赤喙常行西海而遊於東海夜飛
而行言吴之綸繳得此鳥故西海北山失其鱗翼也　善曰
家語曰楚昭王渡江江中有物大如斗圓而赤直觸王舟舟
人取之王使使聘于魯問於孔子子曰此所謂萍實者也可
剖而食之吉祥也唯霸者爲能獲焉使者返王遂食之戰國
策曰夏水浮輕舟揚雄蜀都賦曰行舟競　銑同善注䕫山

精也　向曰結謂兩舟並繫齊解而進今以爲競渡者迎逆
也振猶舉也緡綱也逆潮水而上行舉張緡綱也言競渡既
畢復舉網而取魚　翰
曰繳射也綸小網也雕題之士鏤身之卒比飾虬
龍蛟螭與對簡其華質則亄意費把責錦繢會料
遼其虓虎交勇則鵰悍狼戾善曰水經云雕題國在鬱林水南漢書曰昔少康之
庶子封於會稽文身斷髮以避蛟龍之害亄費錦文皃詩曰
闞如虓虎戰國策曰趙王狠戾無親　良曰題額也螭龍也
言夷人雕額鏤身爲文與虬龍之色相似故云此飾又可與
虬龍偶對也　濟曰言上雕題鏤身人也亄費猶依稀也繢
綵也言其依俙如錦綵虓猶猛也言其猛勇也
悍怒目也言如鵰鷄之怒目狼豺之惡戾也相與昧潛
險搜瓌奇摸蝳代蝐味捫觜子規蠵惟剖巨蚌於
回淵濯明月於漣漪劉曰昧冒也巨蚌育明珠者也列
仙傳曰高后時會朱仲獻三寸四
寸珠此非回淵巨蚌不出之珠也風行水成文曰漣漪詩曰
河水清且漣漪明月珠珠之至光者清且漣漪者水極麗也

濯光珠於麗水盡美之　善曰回淵水也　良曰言文身之
徒能冒潛險之處搜求瑰奇寶玉之物　銑曰摸捫以手暗
取蝳蝐以龜類有文觜蠵大龜可爲器　向曰剖開破之也
巨大也回淵深淵也言破大蚌於深淵之中乃見明月之珠
光色洗濯於漣漪漣漪細波文畢天下之至異訖無索而不臻谿
壑爲之一罄川瀆爲之中去貧哂澹臺之見謀
聊襲海而徇珍載漢女於後舟追晉賈而同塵
劉曰于寶搜神記澹臺注同左氏傳曰賈大夫惡娶妻三年
不言不笑御以如皐射雉獲之其妻始笑而言杜預曰賈國
之大夫老子曰和其光同其塵　銑曰畢至訖竟索求臻至
也言盡天下至異之物竟無求之不至者矣言皆得之也
向曰言搜索瓌奇珍異之物而谿壑川瀆爲之罄盡貧窮也
翰曰襲入也徇求也博物志云澹臺子羽賫千金璧於河
河伯欲得之波浪急起兩蛟夾舟子羽怒曰河神欲取吾璧
可以義不可以威乃以劒斬蛟殺之浪乃止子羽投璧於河
中三投三歸之子羽毀璧而去今哂子羽以璧爲河神所謀
取乃復入海求其珠寶漢女漢水之神女也晉賈晉賈大夫也

與其妻如皐射雉今言載漢女以入海求寶如賈
大夫與妻如皐射雉也故云追晉賈而同塵也汩乎筆乘
流以砰普萌宕徒浪翼颸側眉風之颲颲直衝濤而上
瀨常沛沛普對以悠悠汔虛乙可休而凱歸揖一入天
吴與陽侯劉曰汩疾也砰宕舟擊水皃離騷曰溘颸風兮
上征趙固曰颸疾也凱樂也左氏傳曰振旅凱
入于晉山海經曰朝陽之谷神爲天吴是水伯揖之者辭水
靈而歸　善曰詩曰汔可小康鄭玄曰汔幾也虛乞切戰國
策曰塞漏舟而輕陽侯之波則舟覆矣淮南子曰武王代紂
渡于孟津陽侯之波逆流而擊之高誘曰陽侯陽國侯也溺
死於水其神能爲大波　向曰砰宕急也颸疾風也颲颲風
聲也言急疾如鳥之有翼更假颸風之勢也濤瀨皆波也言
舟直衝而上沛沛流皃悠悠遠貌　良曰汔
已也言已可休息凱樂而歸將禮揖而別去指包山而
爲期集洞庭而淹留數軍實乎桂林之苑饗戎
旅乎落星之樓置酒若淮泗積肴若山丘飛輕

軒而酌綠醽靈方雙轡而賦珍羞劉曰班固曰洞庭澤名王逸曰
太湖也湖水中有包山山中有如石室俗謂洞庭吳有桂林
苑落星樓樓在建鄴東北十里左傳曰以數軍實外傳曰射
不過講軍實鄭氏曰軍實所獲也　善曰周處風土記曰陽
羨有湖中有包山左傳晉穆子曰有酒如淮有肉如坻史記
云紂爲肉山也湘州記曰湘州臨水縣有酃湖取水爲酒名
曰酃酒薛綜曰酒肴皆以車布之向同劉注　濟曰數軍實
謂計士卒殺獲之實數饗戎旅謂宴會士卒以勞之　銑曰
言酒食多　翰曰綠醽酒名人衆故以車行酒也方並也雙
轡則四馬也賦猶徧與也言四馬載珍羞徧賦與人也飲烽起釂子曜鼓震音眞士
遺倦衆懷忻幸乎館娃烏佳之宮張女樂而娛羣
臣羅金石與絲竹若鈞天之下陳劉曰吳俗謂好女爲娃楊雄方言曰
吳有館娃宮　善曰薛綜曰謂行酒舉烽火以告衆也以釂
鳴鼓也說文曰釂飲酒盡也史記曰趙簡子疾扁鵲視之曰
昔繆公嘗如此七日而寤告公孫支曰我之帝所甚樂帝告
我晉國且大亂今主君之疾與之同旨簡子寤曰我之帝所

甚樂與百神遊于鈞天廣樂九奏萬舞不類三代之樂其聲
動心娛志左傳曰女樂二八　向曰言擊鼓示盡士卒遺忘
倦而忻悅天子所至之處曰幸張設也言設女樂以娛樂羣
臣　銑曰羅列也鈞天謂神樂也言金石絲竹盛如神樂之
聲下陳於此登五臣作發東歌操南音胤陽阿詠韎莫介任荊
豔余念楚舞吳愉音逾五臣作歈越吟翕習容裔靡靡愔
愔劉曰晏子春秋曰桀作東歌南音徵引也南國之音也左
氏傳曰操南音商角徵羽各有引鍾儀楚人思在楚故操
南音呂氏春秋曰禹行水見塗山之女禹未之遇而南省南土
塗山之女乃令其妾往候禹于塗山之陽女乃作歌曰候人
猗實始作爲南音周公召公取風焉　豔楚歌也漢書云四面
楚歌也愉吳歌也楚辭曰吳愉蔡謳　善曰毛萇詩傳曰東
夷之樂曰韎南夷之樂曰任曹植妾薄相行曰齊謳楚舞紛
紛登樓賦曰莊舃顯而越吟史記曰紂作靡靡之樂左傳曰
楚右尹子革曰祈招之詩曰祈招之愔愔　銑注同　良曰
胤猶演也陽阿舞也荊豔楚歌也亦有舞吳歈越吟越人吟
也翕習盛皃容裔靡靡愔愔閑麗也若此者與夫唱和之隆響動鐘

磬之鏗䡖音橫五臣從金有殷坻丁禮頹於前曲度難勝
皆與謠俗汁五臣作叶協律呂相應其奏樂盧各也則
木石潤色其吐哀也則淒風暴興或超延露而
駕辯或踰淥水而採菱軍馬弭髦而仰秣末淵
魚竦鱗而上升劉曰辯謝曰聲若坻頹楚辭曰伏羲駕
辯伏羲作琴始造此曲淮南子曰瓠巴
鼓琴鱏魚出聽伯牙鼓琴駟馬仰秣　善曰戰國策曰司馬
喜曰臣觀人萌謠俗列子曰鄭師文鼓琴當春而叩商弦以
召南呂涼風至草木實及秋叩角絃以激夾鍾溫風徐迴草
木發榮衛子曰皆與謠俗協言雖遐方異樂皆上合律呂下
應謠俗故能奏和樂之音則木石潤色也淮南子曰夫歌采
菱發陽阿鄙人聽之不若延露以和高誘曰延露曲也淮南
子曰牙會綠水之趨高誘曰綠水古詩也趨節也鏗鍧大聲
汁猶叶也　翰曰隆高殷繁坻山叶猶和也協合也若此者
言上所奏之歌舞使其叶唱而和之則致高響復有鍾磬鏗
鍧其聲殷而繁若山頹於前曲度變轉不可勝記皆與俗之

歌謠和合律呂之音相應接也　向曰潤色暴興樂之至感
有如此也　銑曰延露駕辯綠水採菱皆古曲名言今皆超
踰過之　翰曰弭髦言其毛皆順合秣食草也言仰秣者謂
食草之際聞音樂仰首而聽餘草在口也竦猶踊出也言魚
聞此曲踊鱗而出也酣湑思與半八音并歡情留良辰征魯陽
揮戈而高麾迴曜靈於太清將轉西日而再中
齊既往之精誠劉曰酣酒洽也湑樂也辰時也爾雅曰不辰不時也淮南子曰魯陽公與韓遘
戰酣日暮援戈而麾之日爲之反三舍太清謂天也此言酣
飲與音樂蓋是其中半并會之際歡情之所以留連良辰之
所以覺速故追述魯陽迴日之意而將轉西日於中盛之時
以適己之盛歡也昔光武合呼沱水鄒衍有隕霜之應精誠
之感通天地人神以相應魯陽公麾日抑亦此之謂也苟曰
可麾而迴則精誠可庶而幾故曰齊精誠於既往蓋是酣樂
之至逼時之晏者所以慷慨發歎是故引而況焉　善曰楚
辭曰角宿未旦曜靈焉藏廣雅曰曜靈白日也鶡冠子曰上
及太清下及太寧　翰曰謂酣樂纔半而八音兼并雜奏歡
情欲留而良辰欻行征行也言惜時景也既往往古也言今

思齊古人之精誠使日駐其景矣昔者夏后氏朝羣臣於茲土而
執玉帛者以萬國蓋亦先王之所高會而四方
之所軌則春秋之際要盟之主闔閭申其威夫
差窮其武內果五員之謀外騁孫子之奇勝彊
楚於栢舉棲勁越於會稽闕掘溝乎商魯爭長
於黃池劉曰左傳曰禹會諸侯於塗山執玉帛者萬國國語曰吳王夫差起軍北征闕池爲深溝於商魯之
閒北屬之濟以會晉定公於黃池吳晉爭長吳先歃晉亞之
善曰左傳曰楚師陳于栢舉闔閭之弟夫槩王先擊楚子常
楚師大敗國語曰越王句踐棲於會稽之上難蜀父老曰南
馳使以請勁越　向曰塗山在吳故云茲土玉珪也諸侯執
之帛束帛也來會者萬國也高大軌法也言可以爲四方之
法則也要約也言諸侯約爲盟誓五員吳賢臣孫武以兵法
奇計教闔閭也　銑曰夫差伐越越王大敗夫差盡得越
地而越王走保會稽山言棲者如鳥之棲也　翰同劉注徙

以江湖嶮陂秘物產殷充繞霤李救未足言其固
鄭白未足語其豐士有陷堅之銳俗有節概蓋
之風睚五賣眦助賣則挺劍喑陰嗚烏故則彎弓劉曰漢書王莽
策命前將軍曰繞霤之固南當荊楚鄭白二渠名凡天下言豐者皆多稱關中故引焉韓信曰項羽喑嗚叱咤　善曰太
公陰符經曰無堅不陷也楊惲曰西河魏土漂然皆有節槩漢書曰原涉自陽翟徙茂陵涉外溫仁內隱忍好殺睚眦於塵中觸死者甚
衆廣雅曰睚裂也說文曰眦目匡也淮南子曰瞋目裂家語云孔子曰公良孺者有勇力挺劍而令衆也孟子曰越人彎弓而射我　良曰陂難也
濟曰繞霤關內固險以繞京師如屋霤也言吳有江湖之固物產人充雖關中繞霤鄭白豈足謂其豐言吳之勝也　翰曰言士
之勇壯者雖遇堅敵必破陷之又俗有志節梗槩之人睚眦瞋目小怒也挺拔也喑嗚含怒未發言如此小怒則拔劍彎
弓言勇狹也擁之者龍騰據之者虎視麾城若振槁
考搴蹇旗若顧指雖帶甲一朝而元功遠致雖

累葉百疊而富彊相繼樂滑衍若旱其方域列仙
集其土地桂父練形而易色赤須蟬蛻稅而附
麗劉曰賈誼傳曰權制天下頤指如意也列仙傳曰桂父象林人也常服桂葉以龜腦和之顏色時黑時白時赤南海
淮南事之累世赤須子豐人也豐中傳世見之秦穆公之主令史也數道豐界災異水旱十不失一食栢實石脂絕穀齒
落更生細髮復出後去之吳爾雅曰麗附也莊周曰附離不以膠漆赤松子本非吳人故言附麗也夫土地險固以致強
豐沃以致盛而天下之美皆歸焉霸王之功皆有焉故賦者既舉其富強之業而載其神仙之事　善曰長楊賦曰麾城
擲邑商君曰秦師至鄢郢舉若振槁漢書曰吳晉爭長吳爲帶甲三萬史記曰維祖元功輔臣股肱新序曰齊侯相管仲
國既富強楚辭曰濟江海兮蟬蛻淮南子曰蟬飲而不食三十日而蛻　銑曰若擁此驍勇之衆據此險絕之土則必龍
騰虎視以爲彊霸之鴻業麾指也言攻城一麾若其摧枯槁之木搴取也顧前敵之旗可指而取之　翰曰元大也言雄
勇帶甲一朝而立大功以聞萬代故曰遠致壘重也累葉猶如木葉相襲多也言王霸之業雖壘疊葉百重而富彊不絕故

曰相繼　濟曰滑美也衍出也言樂滑之事皆出此方域之中列仙仙人集其土地故云練形易色赤須仙人食栢葉齒
落復生如蟬之蛻身此人非吳人故曰附麗麗五臣又作美麗美也中夏比焉畢世罕見
丹青圖其象珍瑋貴其寶利也舜禹游焉沒齒
而忘歸精靈留其山阿翫其奇麗劉曰中夏貴其珍寶而不能見
徒以丹青畫其象類也楚辭九歌曰九疑繽兮並迎謂舜神在九疑山也言聖帝明王存亡而淹留於是者貴其奇麗也
善曰山海經曰南方蒼梧之丘有九疑山焉舜之所葬吳越春秋禹老歎曰吾年壽將盡止死斯乎乃命羣臣葬我於會
稽之山論語曰管仲奪伯氏駢邑沒齒無怨言也　翰曰言中夏之國比於吳都之珍異神仙中國則畢世而不見空見
丹青圖畫其象類但知珍寶可貴可利也　良曰沒盡齒年也言舜葬蒼梧禹葬會稽則盡年而忘歸也　向曰阿曲也
精靈神仙之類在其山曲翫其奇異美麗之事剖判庶士商搉角萬俗國有
鬱鞅而顯敞邦有湫子小阨烏介而踡拳跼伊茲都

之函（含）弘傾神州而韞（蘊）櫝仰南斗以斟酌兼二儀之優渥劉曰函弘寬大也左氏傳齊景公欲更晏子之宅曰子宅湫隘不可以居焉所受地說書曰崑崙東南方五千里名曰神州楚詞曰八柱何以東南傾吴國在地勢所傾寫故曰傾神州而韞櫝也論語曰韞櫝而藏諸廣雅曰商度也搉粗略也言商度其粗略天官星占曰南斗主爵祿其宿六星春秋說題辭曰南斗爲吴詩曰既優既渥翰曰割判謂分別也庶衆也言分別衆事商略萬國之風俗也鬱茂也鞅鞅掌也皆盛皃顯敞高廣皃湫下阸小蹐跼不舒也言分別庶士商略萬俗則有鬱茂鞅掌高廣者則有下小蹐跼不舒展也伊惟弘大也神州中國帝居也韞藏櫝匱也言此都之大也而包含中國若藏之於匱中向曰南斗星名將仰取以用酌酒二儀天地也優渥優游也由此而揆之西蜀之於東吴小大之相絶也亦猶棘林螢燿（五臣作曜）而與夫尋木龍燭也否泰之相背也亦猶帝之懸解而與夫桎梏疏屬也庸

可共世而論巨細同年而議豐确（苦角）乎劉曰崔寔政論云使賢不肖相去如日月之與螢火雖頑嚚之人猶察山海經曰尋木長千里又曰鍾山之神名曰燭龍視爲晝瞑爲夜莊周曰老子死秦失弔之三號而出弟子曰非子之友耶曰然然弔若是可乎曰始也吾以其人也而今非也適來夫子時也適去夫子順也安時而處順憂樂不能入也古者謂是帝之懸解山海經曰二負殺猰貐帝乃梏之疏屬之山桎其右足反縛兩手漢宣帝擊磻石於上郡陷得石室其中有反縛械人劉向曰此二負之臣也帝曰何以知之以山海經對帝天也人生稟命於天受拘俗之性憂虞終身不解此乃自終孰縛爲天所繫夫安時處順憂樂不能入此自然放肆爲天所解也天在上者故曰帝之懸解性之永放者也桎梏疏屬形之永拘者也相背之甚故以相况焉凡物安於所守思不易方處窮塞而不識天下之通塗亦如此也确薄也善曰棘聚而成林郭象莊子注曰生曰懸死曰解過秦論曰則不同年而語矣翰曰棘林棘剌之木螢燿螢蟲之光尋木大木龍燭鍾山神也開目以燭天下言吴蜀大小相比則蜀爲棘林螢火之光吴爲大木龍燭之照從此度之則吴蜀相懸絶之極也銑曰否天地不交萬物不通泰天地交萬物通故相背也豐豐沃之也确磽确之地言吴美蜀惡豈可共代而論大小同年而說豐确哉濟曰帝天也懸解猶縱逸也言吴則猶放縱得天之性地之道者而蜀猶杻械拘繫不通之人否泰之相背也暨其幽遐獨邃寥（遼）廓閑奥耳目之所不該足趾之所不蹈倜（天歴）儻（他浪）之極異崫（君屈）詭之殊事藏理於終古而未寤於前覺也若吾子之所傳孟浪之遺言略舉其梗概而未得其要妙也劉曰倜儻崫詭皆謂非常詭異之事終古猶永古也周禮曰輪已崇則人不能登也輪已庳則於馬終古登阤也離騷曰吾焉能忍此終古孟子曰伊尹云天之生斯人也使先知覺後知先覺覺後覺也予天民之先覺者也孟浪猶莫絡也莊子曰夫子以爲孟浪之言我以爲妙道之行善曰東京賦曰糊謂實言其梗槩翰曰寥廓閑奥寬深皃該及趾足蹈履也倜儻殊絶之稱崫詭奇異也理美也言幽遐獨邃寬深之處耳目不及足趾不履之所則有殊絶奇異之物蓋藏美終古人所不知而人皆如寐而未寤必不能先事

而覺知向曰孟浪鄙野之語梗概大綱也而王孫夸都邑奢麗尚云如我所傳則鄙野遺言而略舉大綱而未得好妙者誇後之心未已

六臣註文選卷第五

六臣註文選卷第六

梁昭明太子撰

李善并五臣註

京都下

魏都賦

左太冲

劉淵林註

魏國先生有睟遂其容乃盱香于衡而誥曰异異乎交益之士劉曰孟子曰君子所性仁義禮智根於心其生色睟然見於面不言而喻异異也尚書堯典曰岳曰异哉　善曰漢書有交州又改梁曰益有益州又曰公盱衡厲色振揚武怒音義曰眉上曰衡謂舉眉揚目也字林曰盱張目也爾雅曰誥告　良曰睟容溫潤之貌盱舉目大視也先生見吳蜀相夸侈過甚乃張目舉眉愕而告曰交趾吳地也益州蜀都也异乎怪詞也士人通稱也蓋音有楚夏者土風之乖也情有險易者習俗之殊也劉曰論語曰性相近也習相遠也　善曰孫卿子曰人居楚而楚居夏而夏非天性也積靡使然也史記曰淮北陳汝南南郡此西楚也潁川南陽夏人之居故至今謂之夏人周易曰辭有險易春秋說題辭曰中國之性習俗常操　向曰音人語音也夏中國也土土壤風風俗乖別已言在楚楚音居夏夏音居土壤風俗之別也情有嶮險者有通易者皆積習常俗所殊致也言吳蜀二客之言太過土壤風俗所爭積習其俗殊異也雖則生常固非自得之謂也劉曰傳曰習貫生常善曰孟子曰使自得之趙岐曰使取得其本善也　濟曰言人雖則積習爲之常性固非天生自得蓋染而成也昔市南宜僚弄丸而兩家之難解聊爲吾子復翫德音以釋二客競于五臣本作爲辯囿也劉曰公孫龍辯者之徒飾人之

一

心易人之意能勝人之口不能服人之心辯者之囿也　善曰毛詩曰德音孔昭　翰曰白公將與楚子西戰白公使召宜僚將用之也宜僚不從弄丸自若白公感之遂止兵是難解也言吳蜀兩都互相是非而結難先生欲爲解之　銑曰先生言宜僚弄丸而兩家難解今先生復將爲吳蜀二客以德音釋競于辯囿言辯者多詞如苑囿之有草木也夫泰極剖判造化權輿體兼晝夜理包清濁流而爲江海結而爲山嶽善曰周易曰易有太極是生兩儀史記曰鄒衍稱引天地剖判以來淮南子曰大丈夫無爲與造化逍遙權輿始也劇秦美新序曰權輿天地未祛也列子曰昏明之分察故一晝夜又曰夫有形者生於無形清輕者上爲天濁重者下爲地也班固終南山賦曰流澤遂而成水停積結而爲山　濟曰太極天地始也剖判分也太極未分混沌之時而造化之始一晝一夜已作昏明一清一濁是爲天地元氣融流者爲江海結聚者爲山嶽列宿分其野荒裔帶其隅巖岡潭淵限蠻隅夷峻危之竅也劉曰潭淵也屈平卜居曰橫江潭而漁　善曰漢書曰秦地於天官東井輿鬼之分野揚雄州箴曰交州荒裔水與天際方言曰竅空也　向曰九州分野各有星紀荒裔謂邊遐之服帶在中國之隅隅角也竅穴也潭淵江湖也言中國以巖岡江河而限隅蠻夷高危之穴也言蠻夷居峻危之處以爲空穴也陬子侯夷落譯導而通者鳥獸之氓麥耕也劉曰陬落蠻夷之居處名也一名聚居爲陬　善曰杜篤邊論曰親譯導綏步論衡曰四夷入諸夏因譯而通說文曰譯傳四夷之語者漢書賈捐之上書曰駱越之人與禽獸無異毛萇詩傳曰氓民也　翰曰陬聚也落居也譯易也導引也言蠻夷聚居部落言詞殊別不爲中夏所識有來朝者則使人傳易其語引而通之鳥獸之氓則蠻夷也言其穴居木宿不異鳥獸正位居體者以中夏爲喉舌不以邊陲爲襟帶也劉曰易曰正位居體美在其中而暢於四支　善曰喉衿以身及衣爲喻也戰國策頓子曰韓天下之喉咽也魏天下之胸腹也李尤函谷關銘曰衿帶咽喉聲類曰衿衣交領也　翰曰正位謂正於寶位居體謂居君之體言正寶位居君體者以中國爲咽喉之要不以邊陲爲襟帶之險也長世字甿者以道德爲藩不以

文選六　二

襲險爲屏也 善曰左氏傳北宮文子曰有其國家令問長世周書成王曰朕不知字民之道敬問伯父說文曰甿田民也東方朔集曰文帝以道德爲麗以仁義爲藩毛萇詩傳曰藩屏也楊雄城門校尉箴曰盤石唐芒襲險重固毛萇詩傳曰屏蔽也 向曰字養甿民也藩屏皆援也言養人以德不以險 而子大夫之賢尚弗 五臣作不 曾庶翼等威附麗皇極思禀正朔樂率貢職 善曰言不曾與衆庶翼戴上者等其威儀又不附著大中之道也國語越王勾踐曰苟聞子大夫之言賈逵曰親而近之故曰子大夫尚書曰庶明其教而自勉厲翼戴上命左氏傳曰士會曰貴有常尊賤有等威莊子曰附麗不以膠漆王弼周易曰注麗著也尚書曰皇極皇建其有極孔安國曰皇大極中也謂大中之道也又曰禀受也論語比考讖曰正朔所加也莫不歸義又撰考讖曰穿胷儋耳莫不來貢 良曰先生謂客爲子大夫之賢者主客之義也翼佐也等等差威儀也責其不曾庶幾翼佐以等差威儀附著大中之道於魏主也 銑曰先生使吳蜀二客歸義於魏從其正朔納其貢賦也 而徒務於詭隨匪民 五臣作人 宴安於絕域榮其文身驕其險棘 善曰徒務於詭善隨惡同於匪民又曰自宴安於其絕域也毛詩曰無縱詭隨以謹毋良毛萇曰詭人之善隨民之惡者也詩曰獨爲匪民左傳管仲曰宴安鴆毒不可懷也李陵書曰出征絕域漢書曰少康之庶子封於會稽文身斷髮蔡雍𡘋陵碑曰進路孔夷人情險棘毛萇詩傳曰棘急也 向曰詭曲也匪非也匪人謂夷狄人也絕遠也責其不禀魏之正朔而曲從夷狄之人也宴安也言宴然而安懷其鴆毒於絕遠之域 銑曰險阻也東吳誇壯鏤身之卒以爲榮西蜀亦不以德而務驕其險阻也 繆默語之常倫牽膠言而踰侈飾華 若懷 離以矜然假倔 渠屈 彊 巨兩 而攘臂非醇粹之方壯謀踳 舛 駁於王義孰愈尋靡蓱於中逵造沐猴於棘刺 劉曰李尅書曰言語辯聰之說而不度於義者謂之繆言周官曰形方氏掌制邦國之地比而正其封疆無華離之地班固云不變曰醇不雜曰粹莊子曰惠施多方其書五車其道踳駁楚辭天問曰靡蓱九逵枲華安居韓子曰燕王好微巧衛人曰臣能以棘刺之端爲母猴王悅之養以五乘之奉王曰吾請觀客爲棘刺之母猴衛人曰臣爲棘刺之母猴也人主欲觀之必半歲不入宮不飲酒食肉雨霽日出視之晏陰之間而棘刺之母猴乃可見燕王因養衛人而不能觀母猴鄭人有臺下之治者謂王曰臣爲削者諸微巧必以削之所必大於削今棘刺之端不容削則能與不能可知也王曰客爲棘刺之母猴何以理之曰以削王曰吾欲觀客之削也客曰臣請取之因逃治人謂王曰上之無度量言談之士多棘刺之說也 善曰周易曰君子或默或語廣雅曰膠欺也鄭玄禮記注曰矜謂自尊大也毛萇詩傳曰然是也漢書伍被曰倔彊江淮閒孟子曰馮婦善搏虎攘臂下車衆皆悅之楚辭曰玉色頩以開顏精純粹而始壯華口哇反司馬彪莊子注曰踳讀曰舛舛乖也駁色雜不同也頩普丁反王逸楚辭注曰寧有蓱草蔓衒於九逵之道靡蔓也 向曰繆猶昧也倫次也不度義而言曰繆言君子或默或語責二客昧默語之次牽不義之言而越其奢侈也 翰曰華離地形也言蜀都之地小狹華離斜角不正徒誇飾以爲沃壤也倔彊夷狄惡性梗戾謂王孫夸士卒勇悍也云雖有石林之岝崿謂攘臂而靡之是也 銑曰粹美方比壯大踳乖駁亂也言吳蜀二客非能醇美以比於大道是謀乖亂王者之義愈比也逵路也靡蓱流貌言蓱水物者若求於中路不可得也言二客之言差謬如中路尋蓱棘之刺端造沐猴也 劒閣雖嶛憑之者蹶非所以深根固蔕也 善曰劒閣蜀境也酈元水經注曰小劒去大劒飛閣懼故謂之劒閣廣雅曰嶛巢高也力彫反又曰蹶敗也老子曰有國之母可以長久是謂深根固蔕長生久視之道聲類曰蔕果鼻也 濟曰嶛險憑據也言雖險無德而據之者必見顛蹶是以非深根固蔕之道也 洞庭雖濬負之者北非所以愛人治國也 善曰洞庭吳境也史記吳起曰三苗氏左洞庭而右彭蠡恃此險也禹伐之漢書音義服虔曰師敗曰北北南北之北老子曰愛民治國能無知乎 濟曰濬深負恃也言雖爲深阻無德而恃之者必見奔北非愛人治國之理也 彼桑榆之末光踰長庚之初暉況河冀之爽塏 苦改 與江介之湫 子小 湄 善曰東觀漢記光武曰失之東隅收之桑榆毛詩曰東有啓明西有長庚左氏傳齊景公欲更晏子之宅曰子之宅湫隘囂塵請更諸爽塏楚辭曰長江介之遺風薛君韓詩章句曰介界也毛萇詩傳曰水草交曰湄 向曰桑榆末光謂

日將西謝也長庚昏見於西方爽明也塏高也介左也湫湄小水也言桑榆末光上喻越長庚之初暉而況魏都居於河冀高明之地而與江左之小水爲齊也

故將語子以神州之略赤縣之畿魏都之卓犖呂角六合之樞機劉曰鄒衍以爲儒者所謂中國者於天下八十一分居一耳中國名赤縣神州内自有九州禹之所敘九州也是以不得爲州數中國外若赤縣神州者九州者也范睢說秦王曰魏韓中國處而天下之樞也　善曰河圖括地象崑崙謂東南地方五千里名曰神州帝王居之小雅曰路界也周禮曰方千里曰王畿西都賦曰卓躒諸夏卓犖與卓躒音義同呂氏春秋曰神通乎六合也　濟曰語子者先生語二客也近國之地曰畿樞戶所以轉而開閉也機弩牙也所以發箭皆言其要也言魏都高絕六合之要若此也

于時運距陽九漢網絶維姦回内顛備兵纏紫微翼翼京室眈眈眈帝宇巢焚原燎變爲煨燼故荆棘旅庭殷殷於謹寰内繩繩八區鋒鏑縱横化爲戰場故麋鹿寓城也劉曰不飲酒而怒曰顛詩曰内顛于中國漢室之亂起於閹官故曰内顛也紫微宮在南城下于時兵所圍也光熹元年四月靈帝崩八月大將軍何進入省見大后黄門張讓郭進等斬進進部曲將兵突入尚書閤閉虎賁中郎將袁術等攻閤日暮術等起火燒閤初平元年十二月董卓遷都長安其夜燒洛陽南北宮易曰鳥焚其巢尚書曰若火之燎于原春秋穀梁傳曰寰内諸侯非天子之命不得出會尹更始曰天子以千里爲寰伍被謂淮南王曰昔伍子胥諫吴王吴王不用乃曰臣今見麋鹿遊姑蘇臺也臣今見宫中生荆棘露沾衣也　善曰春秋保乾圖曰五運七變各以類驚宋衷曰五運五行用事之運也漢書陽九厄曰初入百六陽九音義曰易傳所謂陽九之厄漢書曰漢興禁網疏闊管子曰國有四維四維不張則滅王逸楚辭注曰維紘也尚書曰崇信姦回毛詩曰商邑翼翼漢書客謂陳涉曰夥涉之爲王沈沈者應劭曰沈沈室深邃之貌沈長含反與眈音義同謝承後漢書曰陽球爲司隸校尉虎視帝宇廣雅曰煨燼也烏懷反廣雅曰煨煙也杜預左氏傳注曰燼火之餘木也似進反毛萇詩傳曰殷衆也毛詩曰子孫繩繩兮長楊賦曰洋溢八區說文曰鋒兵端也又曰矢鋒也戰國策曰綴甲厲兵效勝於戰場也　翰曰距至也陽九災厄也綱法網也維網綱也言當此之時運至災厄漢之法網絶其綱維也　向曰回邪顛奮也紫微帝宫言漢綱既絶綱維姦邪内奮兵革纏繞於宫室也又曰董卓焚洛陽宫殿並盡如焚鳥巢燎原草皆化爲灰燼也旅猶次也宫室既盡故荆棘次生於庭　銑曰翼翼美也殷殷繩繩皆衆也寰内天下也八區八方也鋒鏑兵器也寓寄也言天下八方兵革縱横人不安宅城邑爲之丘墟野多戰場故麋鹿寄於城邑之間

伊洛榛士榛曠崤函荒蕪臨菑側持牢落鄢郢丘墟善曰服虔漢書注曰榛木叢生也賈逵國語注曰蕪穢也漢書曰齊郡有臨菑縣東觀漢記曰第五倫自度仕宦牢落漢書南郡有故鄢縣呂氏春秋燭過曰子胥諫而不聽故吴爲丘墟也　濟曰伊洛東京也崤函西京也臨菑齊地鄢郢楚地牢落閴寂也言此四都皆亂也榛曠荒蕪閴寂丘墟皆謂居人少也

而是有魏開國之日締構之初萬邑譬焉亦猶犨昌由麋之與子都培部苟塿路苟之與方壺也善曰周易曰開國承家廣雅曰締結也犨麋古之醜人也呂氏春秋曰陳有惡人焉曰敦洽讎麋椎顙廣額色如漆陳侯悦之毛詩曰不見子都左氏傳曰太叔曰培塿無松柏培步苟反塿路苟反方壺二山名　向曰而語助也是此也締結也子都美人培塿小堆阜也方壺海中神山言當此時大魏開國結構之初而萬國相比則吴蜀猶醜人小阜魏猶子都方壺

且魏土者畢昴之所應虞夏之餘人先王之桑梓列聖之遺塵考之四隈則八埏延之中測之寒暑則霜露所鈞五臣本作均卜偃前識而賞其隆吴札聽歌而美其風雖則衰代而盛德形於管絃雖踰千祀而懷舊藴於遐年劉曰詩譜云魏地畢昴之分野虞舜及禹所都之地在禹貢冀州雷首之北析城之西周以封同姓其後晉獻公滅魏以封大夫畢萬在晉之南河曲故其詩云彼汾一曲寘之河之干隈猶隅也鄒衍曰四隈不静司相如封禪文曰下泝八埏國語曰卜偃云魏大名也以是始賞天啓之矣　善曰毛詩曰惟桑與梓必恭敬止王逸楚辭注曰考校也周禮曰

以土圭測日影以求地中日南多暑日北多寒禮記曰日月所照霜露所墜左氏傳史趙曰盛德必百世祀吴越春秋曰樂師曰君主之德可記於管絃毛詩序曰懷其舊俗方言曰藴積也　濟曰舜都平陽禹都安邑皆冀州界故曰虞夏餘人先王列聖則禹舜也　翰曰八埏八方也言考之四隅則爲八方之中央也測之寒暑則霜露之所均被言處天地之中也卜偃晉掌卜之官晉獻公封畢萬於魏卜偃曰畢萬之後必大故曰賞其隆隆則大也先知其事故曰前識春秋襄公十九年吴公子季札來聘使工歌魏風札曰美哉大而婉險而易行以德居此則爲明主故曰美其風德也　向曰形見也衰代謂春秋風德時也言雖遇衰微之時而盛德形於管絃則吴季札所美也　銑曰藴積也言魏風雖已没於千祀而我今復都之是懷古而積於遠年

爾其疆域則旁極齊秦結湊冀道開胷殷衛跨躡燕趙山林幽峡烏朗川澤迴繚了恒碣碪五感碍五各於青霄河汾浩淅翰而皓溔與耽南瞻淇澳於六則綠竹純茂北臨漳滏父則冬

夏異沼神鉦迢遞於高巒靈響時驚於四表溫泉毖秘涌而自浪華清蕩邪而難老　劉曰當魏襄王時蘇秦說魏王曰南有鴻溝東有淮潁西有長城北有河水地理志曰魏觜觽秦之分野也自高陵以河東河内南有陳及汝南之邵陵隱強新汲西華長平潁川舞陽郾許鄢陵河南之開封中牟陽武酸棗卷皆魏分也魏武皇帝初封魏公南得河内魏郡北得趙國中山常山鉅鹿安平甘陵東得平原西得東平凡十郡以此爲魏之本國蓋冀州之地恒山北嶽也碣石山名也詩云瞻彼淇澳綠竹猗猗漢書溝洫志曰下淇園之竹漳滏二水名經鄴西北滏水熱故曰滏口水有寒有温劉邵趙都賦曰神鉦發聲俗云石鼓鳴則天下有兵革之事詩云毖彼泉水温水在廣平郡易縣俗以治疾洗百疾華清井華水也　善曰王逸楚辭注曰湊聚也冀道亦二國名也爾雅曰兩河閒曰冀州左氏傳曰江黄道柏方睦於齊杜預曰道國在汝南胷衛前也南都賦曰消水蕩其胷漢書地理志曰河内本殷舊都周分爲邶鄘衛碪碍高貌鄭玄周禮注曰汾水出汾陽縣浩古老反淅古旦反上林賦曰灝溔潢漾廣雅曰浩溔大也皓故老反溔餘耿反山海經曰少山清漳水出焉郭璞曰至武安南入濁漳山海經曰神囷山滏水出焉郭璞曰經鄴西北入漳說文曰泌水駛流也泌與毖同音秘魚豢典略曰浪井者弗鑿而成毛詩曰永錫難老　向曰齊秦國名冀道皆州名　良曰殷都朝歌在鄴南衛亦在南故云開胷如人之胷在前也跨躡猶控帶燕趙國名幽峡深邃也迴繚繚繞貌恒碣二山河汾二水名浩淅皓溔並水大流貌　銑曰純美也淇澳二水名旁亦出美竹漳滏二水名漳水冷滏水熱若出於釜因名焉故云冬夏異沼沼水之通稱也　翰曰鄴西北有鼓山上有石鼓之形俗云時時自鳴故稱靈響驚警也表外也鉦金聲所以節鼓者則此石鼓也云鉦者文之失也　濟曰毖泌也水急流貌言温泉流而涌自爲波浪言其華美而絜清可以蕩滌疾病而延壽

墨井鹽池玄滋素液厥田惟中厥壤惟白原隰畇畇勻墳衍斥斥或嵬烏罪壘力罪而複陸或黋苦廣朗而拓託落乾坤交泰而烟熅嘉祥徽顯而豫作是以兆朕遲[illegible]振古萌柢帝疇昔藏氣讖楚禁緯閟

象竹帛迥時世五臣本作世代而淵黙應期運而光赫暨聖武之龍飛肇受命而光宅　劉曰鄴西高陵西伯陽城西有墨井井深深八丈河東猗氏南有鹽池東西六十四里南北七十里尚書禹貢冀州厥土惟白壤厥田惟中上閟閉也詩云閟宮有洫　善曰周禮曰辨其墳衍原隰之名鄭玄曰水厓曰墳下平曰衍毛詩曰畇畇原隰以絶反斥斥廣大之貌也西京賦曰備致嘉祥文帝答曹植詔曰所獻詩二篇徽顯成章兆猶機事之先見者也淮南子曰欲與物接而未成朕兆者也許愼曰朕兆也直軫反毛詩曰振古如茲毛萇曰振自也廣雅曰萌始也爾雅曰柢本也丁計反禮記曰余疇昔之夜夢鄭玄曰疇發語聲也說文曰讖驗也河洛所出書曰讖墨子曰以其所書於竹帛傳遺後代子孫春秋說題辭曰尚書者所以推期運明命授之際魏志曰太祖武皇帝姓曹諱操爲丞相封魏王文帝受禪追尊曰武皇帝東京賦曰世祖乃龍飛白水毛詩序曰文王受禪追尊曰武皇帝東京賦曰世祖乃龍飛白水毛詩序曰文王受命作周也鄭玄曰受天命而王天下也東京賦曰漢初弗之宅　翰曰墨井井中有石如墨鹽池在河東古冀州之界故此言之玄素則墨井鹽池之色

濊淚並水名冀州田第五厥土白壤也又曰嵬礨高下貌複陸重疊也爌朗光明也拓落寬廣貌言山川或高下重疊也或光明寬廣㦤美也言天地交泰元氣烟熅而豫作嘉祥之美明示我魏祚也謂漢桓之時有黃龍星現於楚宋之間讖者云後五十年當有眞人起於梁沛其鋒不可當至時果太祖應焉故云嘉祥豫作也　向曰昀昀平坦貌墳堤也下平曰衍斥斥廣大貌又曰朕跡也振古疇昔皆往古也萌始柢本也言魏都兆跡之本自於往古謂卜偃吴札之賞美者讖識書預言王者之興云也緯星也即上黃星之應矣閟密也竹簡也帛素也古人所以書言王者氣象皆藏密於讖緯竹帛之上迥曠也淵默謂沉靜也光大赫盛也言有曠大沉靜之量乃可應期運建大盛之業於此都也　良曰暨至也今至聖武始受命而宅之言當天心有曠代之才

爰初自臻，言占其良。謀龜謀筮，亦既允臧。脩其郛郭，繕其城隍。經始之制，牢籠百王。畫雍豫之居，寫八都之宇。鑒茅茨於陶唐，察卑宮於夏禹。古公草創，而高門有閌；（苦浪）宣王中興，而築室百堵。兼聖哲之軌，并文質之狀。商豐約而折中，（去）准當年而為量。思重爻，摹大壯。覽荀卿，采蕭相。僝（士巒）拱木於林衡，授全模（五臣本作謨）於梓匠。

劉曰尚書曰謀及卜筮猶周公之卜都洛邑也詩云爰契我龜又曰卜云其吉終然允臧荀卿曰宮室臺榭以避溫涼養德別輕重也非為奓泰將以明人之大通仁順也春秋左傳曰山林之木衡鹿守之治木器曰梓尚書有梓材之篇也　善曰淮南子曰太一者牢籠天地雍西京豫東京也西京賦曰取殊裁於八都墨子曰堯舜茅茨不翦論語子曰禹卑宮室毛詩美古公亶父曰高門有閌又說文曰僝具也僝鉏免反孟子曰梓匠輪輿能與人規矩不能使人巧趙岐曰梓匠木工　良曰允信臧善也繕理也城隍池也　向曰經始謂經營之始也牢籠百王之制法也僝理木之器兩手合抱曰拱林衡主山林之官梓匠攻木之人　銑曰雍西京豫東京都八方之都皆模寫也　濟曰堯之所居茅茨不翦禹卑宮室今將視省察以為軌則也古公文王祖也為戎狄侵國遷于岐下草創都邑其人亦隨而至言有德也閌門限也言足以限內外也言險者宣王中興復脩宮室儉約而築室百堵也　翰曰聖哲文軌則順舜禹古公宣王也并文質者去太去甚也商度豐約取其折中准當年豐儉而量其人力以使之重爻易也易云上古穴居野處而聖人易之以宮室上棟下宇以待風雨蓋取諸大壯大壯卦名荀卿子云宮室臺榭以避燥濕非為奢侈也故覽而采之蕭何漢相作未央宮

遐邇悅豫而子來，工徒擬議而騁巧。闌鈎繩之筌緒，承二分之正要。揆日晷，考星耀。（五臣本作曜）建社稷，作清廟。築曾宮以迴匝，比岡隒（魚檢）而無陂。造文昌之廣殿，極棟宇之弘規。巑若崇山崛起以（五臣本作而）崔嵬，髟（徒感）若玄雲舒蜺以高垂。

劉曰二分春秋之中者也詩云定之方中作為楚宮揆之以日作為楚室定營室中可以興土功也陂傾也易曰無平不陂文昌正殿名也蜺龍形而五色　善曰難蜀父老曰遐邇一體豫或為務西都賓序曰衆庶悅豫毛詩曰庶人子來周易曰擬之而後言議之而後動擬議以成其變化甘泉賦曰王爾投其鉤繩杜預左傳注曰銓次也筌同周禮曰匠人建國晝參諸日中之景夜考之極星以正朝夕鄭玄曰極星北辰也周禮曰左宗廟右社稷說文曰隒崖也鄭玄禮記注曰陂傾也周易曰上棟下宇以避風雨巑高貌也景福殿賦曰若仰崇山而戴垂雲髟垂貌也淮南子曰玄雲素朝　翰曰隒小山而無草木者陂險也言築宮迴匝比之岡隒而無險也　濟曰闌述也鉤曲尺也繩所以直木者筌次也言述此鉤繩將次古之良工遺緒承二分之正要者言取春分秋分之日日景正時以正東西之位也　銑曰言遠近百姓皆悅豫如子之來成父事者而工匠之徒忖度而騁巧妙又曰言考度星日以定南北也巑山貌髟雲貌言殿之丹青色麗如玄雲之中舒其虹蜺自高而垂下也　良曰清廟祖廟也

瓌材巨世，插（楚立）墊（除立）參差。枌（扶文）橑（老）複結，欒櫨（盧）疊施。丹梁虹申以並亘，朱桷森布而支離。綺井列疏以懸蔕，華蓮重葩而倒披。齊龍首而涌霤，時梗概於滮（被尤）池。

劉曰注爾雅曰榱謂之橑 善曰廣雅曰曲枅謂之欒說文
曰欂櫨柱枅也然欒櫨一也有曲直之殊耳西都賓曰抗應
龍之虹梁西京賦帶倒茄於藻井披紅葩之狎獵薺龍首而
涌霤謂爲龍首承檐四隅而以寫霤也說文曰霤屋水流也
東京賦曰其梗槪如此毛詩曰滮池北流也 濟曰瓌美巨
大也言美材大於當代之者插𢡠相接貌參差不齊貌枌
橑椽也言重複而結聚之欒曲枅櫨斗也累疊而施之又曰
殿屋上四角皆作龍形於椽頭兩水注入於龍口中寫之於
地梗槪猶髣髴也滮池謂停水以灌稻也言涌霤之水髣髴
似也翰曰亘橫也丹梁如虹蜺之並橫朱桷謂榱也森多
也支離歷歷然分布貌屋上綺井以板爲井形飾以丹青如
綺也列行疏布也綺井向下行布如花帶之懸井中皆畫蓮
花自下見上故曰倒披

旅楹閑列暉鑒抰烏浪**振**章人**榱題黮**徒感**䨴**徒對**階隨**述尹**嶙**隣**峋**音詢**長庭砥**至復**平鐘虡夾陳**

風無纖埃雨無微津 劉曰詩云旅楹有閑抰中央也振屋宇穩也文昌殿前有鐘虡其銘
曰惟魏四年歲在丙申龍次大火五月丙寅作蕤賓鐘又作
無射鐘建安二十一年七月始設鐘虡於文昌殿前所以朝

文選六　十一

會四方也 善曰鄭玄毛詩箋曰旅楹衆也薛君韓詩章句
曰閑大也謂閑然大也暉鑒言楹柱光輝遠照抰振也廣雅
曰鑒照也聲類曰黮黑也直感反䨴亦黑也應劭上林賦注
曰階闌橫也西京賦曰坻鍔嶙峋埤蒼曰嶙峋山崖之貌也
毛詩曰風雨攸除墨子曰聖王作爲宮室邊足以御風寒上
足以待露 翰曰旅陳楹柱閑開列行也言棟柱每閒而行
上有朱色翕然後見日光故暉色鑒明於抰振抰振屋內也榱
椽也題頭也言椽頭黮䨴而深黑色謂染之然也階隨階道
上處嶙峋次級也又曰津潤也塡以砂土其平如砥言長庭
雖風而無埃雖雨而不潤 向曰虡鐘格架也夾對陳布也
言相對布於長庭也

巖巖北闕南端攸善本作逌**遵䞣峭雙碣方**

駕比輪西闕延秋東啓長春用覲羣后觀享頤

賓 劉曰文昌殿前值端門之前南當南上東門又有東西上東門端門之外東有長春門西有延秋門文昌殿所以朝
會賓客享四方 善曰魏陽殿賦曰朱闕巖巖凡南方正門
皆謂之端春秋說題辭曰血書魯端門毛萇詩傳曰覲見也
尚書曰肆覲羣后周易曰觀頤觀其所養也頤養亦享也故
曰觀享頤賓許兩反 翰曰巖巖高也南端正南門也攸所

遵法也言南端法於北闕也䞣峭猶峻高也碣立也方駕比
輪言並車也門廣大可並車而行 銑曰闢啓皆開也延秋
長春二門名 向曰於此門用朝百辟諸侯也頤養也賓客也又於此觀享養賓客也

左則中朝

有赩聽政作寢匪樸匪斲去泰去甚木無彫鎪所留

土無綈題**錦玄化所甄**經延**國風所稟** 劉曰中朝內朝也漢
氏大司馬侍中散騎諸吏爲中朝丞相六百石以下爲外朝
也文昌殿東有聽政殿內朝存也墨子書曰堯之爲君采椽
不斲晏子春秋曰明堂之制下之濕潤不能及也上之寒暑
不能入也土事不文木事不鏤示知民節也老子云去甚去
泰爾雅曰鏤鍥也 善曰毛萇詩傳曰赩赤貌也尚書曰既
勤樸斲孔安國曰樸治斲削也西京賦曰木衣綈錦說文曰
綈厚繒也玄化自此陶甄而成國風於是有稟承也蔡雍陳
留太守頌曰玄化洽矣黔首用寧如淳漢書注曰陶人作瓦
器謂之甄吉然反毛詩序曰一國之事繫一人之本謂之風
翰曰赩光也言中朝衣冠盛赩而有光也寢正殿也匪非也
言此殿非樸非斲去泰去甚言取中法不以奢侈爲務 銑
曰鏤鏤也爲木不彫鏤也土無綈錦言土工不文飾也玄聖

文選六　十二

甄成也言皆聖化所成國風所稟謂儉約稟於國風也國風詩以美儉也

於前則宣明顯陽

順德崇禮重闈洞出鏘鏘濟濟珍樹猗猗奇卉

萋萋此禮叶韻**蕙風如薰甘露如醴** 劉曰聽政殿前聽政門前升賢門右崇禮
門崇禮門左順德門三門並南向升賢門前宣明門宣明門
前顯陽門門前有司馬門爾雅曰宮中之門謂之闈洞達也
南北內外東西左右掖門皆洞達相通 善曰禮記曰大夫
濟濟庶士鏘鏘邊讓帝臺賦曰蕙風如春施家語舜曰南風
之薰兮王肅曰薰風至之皃也論衡曰甘露味如飴蜜王者
太平則降鄭玄周禮注曰醴今甜酒 良曰四者皆門名闈
宮門也洞通也言宮重重與諸門相通而出鏘鏘濟濟衣冠
盛皃 銑曰猗猗萋萋草樹盛皃蕙香草也焚香曰薰言草
樹之香風傳之如火焚香也甘露函草樹之上漬其香芬如酒醴之香氣

禁臺省中連闥對

廊直事所繇五臣本作由**典刑所藏藹藹列侍金蜩**

齊光詰朝陪幄納言有章亟以杜後執法內侍

符節謁者典璽儲吏膳夫有官藥劑有司肴醳
亦順時腠理則治劉曰升賢門內聽政闥外東入有納言闥尚書臺宣明門內升賢門內升
賢門外東入有賢署顯陽門內宣明門外東入最南有謁者
臺閣次中央符節臺閣最北御史臺閣三臺並別西向符節
臺東有承相諸曹　善曰魏武集荀欣等曰漢制王所居曰
省中淮南子曰連闥通房人所安也直事若今之當直也蔡
邕獨斷曰直事尚書一人典刑周禮六典八刑也建安十八
始置侍中尚書御史符節謁者金蜩金蟬蔡邕獨斷曰侍中
常侍皆冠惠文加貂附蟬左氏傳曰詰朝將見杜預曰詰朝
平旦也周禮曰寺人掌幄鄭玄曰王所居之帳尚書舜典龍
命汝作納言應劭漢書注曰納言如今尚書官王之喉舌也
毛詩曰出言有章音義曰柱後以鐵為柱今法冠是如淳曰
御史冠也符節掌璽故云典璽漢有尚符璽謁者受事故曰
儲吏漢書謁者掌讚受事周禮膳夫上士又曰醫師掌毒藥
共醫事鄭玄周禮注曰劑和也又禮記注曰舊醳之酒謂昔
酒也呂氏春秋伊尹曰用新去陳腠理遂通高誘曰腠理肌
脉也　銑曰禁臺省中丞相諸曹司也闥門也直事謂寓直
之類言禁臺省中寓直之所由出入典籍刑法之所藏蓄也

翰曰讜讜多盛貌蜩蟬也漢官儀侍中常侍冠皆飾金蟬故
曰齊光詰朝納言喉舌之官早朝陪侍天子帷幄出納喉舌
皆成其文章為天下儀軌楷式又曰亞次也柱後御史官執
法內侍天子以察人過符節掌符契旌節謁者通事者典璽
儲吏掌天子印璽　向曰膳夫掌食之官藥劑主藥品之職
醳酺酒言食與酒各順時而進之藥劑治腠理之疾腠理者
皮膚閒也於後則椒鶴文石永巷壼五臣本作閫術楸梓
木蘭次舍甲乙西南其戶成之匪日丹青炳煥
特有溫室儀形宇宙歷象賢聖圖以百瑞綷祖對
以藻詠芒芒終古此焉則鏡有虞作繢茲亦等
競劉曰近世王者後宮以椒房為通稱聽政殿後有鳴鶴堂楸梓坊木蘭坊文石室後宮所止也壼宮中巷也術道也
鳴鶴堂之前次聽政殿之後東西二坊之中安者溫室中有
畫象讚尚書咎繇禹舜曰予欲觀古人之象日月星辰山龍
華蟲作繪粉米永巷掖庭之別名　善曰列女傳曰姜后待
罪永巷甲乙謂次舍之處以甲乙紀之也毛詩曰築室百堵

西南其戶又曰不日成之藻詠文藻而須詠之也芒芒遠貌
也楚辭曰長無絕兮終古廣雅曰鑒謂之鏡照也鄭玄論語
注曰繪畫也　濟曰文石室也后妃所止永巷庭也闥術謂
宮門道詰曲也宮舍次序有甲乙之次言其有大小也　良
曰西南其戶者言宮內之門或西向或南向言不日而成之
蓋速而易就溫室殿名丹青炳煥畫文也　翰曰言於溫室
殿畫天地之形賢聖之象百瑞之物藻以贊頌使人主見之
以知安危之理可以為古之鏡視於身也言舜作繢畫彝器
以為鑒戒今之溫室亦與齊競也右則踈五臣本作疏圃曲池下畹於遠
高堂蘭渚莓莓石瀨湯湯音傷弱葼子公係實輕葉
振芳奔龜躍魚有聯千麗呂梁馳道周屈於果下
延閣胤宇以經營飛陛方輦而徑西三臺列峙
而崢嶸元陽臺善本作高於陰基擬華山之削成上
累棟而重霤力救下冰室而沍冥劉曰文昌殿西銅爵園中有魚池堂皇班

固曰畹三十畝也離騷曰滋蘭九畹石瀨湍也水激石閒則
怒成湍楊雄方言曰青齊兗豫之閒謂之葼故傳曰慈母怒
子折葼而笞之其東存焉莊周曰呂梁懸水三十仞流沫四
十里黿鼉之所不能遊也漢殿舊有樂浪所獻果下馬高三
尺以駕輦車銅爵園西有三臺中央有銅爵臺南有金鳳臺
北則冰井臺銅爵臺有屋一百一閒金鳳臺有屋百三十五
閒冰井臺上有冰三室與法殿皆閣道相通置行為營建安
十五年作銅雀臺山海經曰文華之山削成四方堅也春秋
左傳曰固陰沍寒　善曰楚辭曰坐堂伏檻臨曲池曹植責
躬詩曰夕宿蘭臺左氏傳曰原田莓莓杜預曰若原田之草
莓莓然莫來反楚辭曰石瀨兮淺淺說文曰聯察也千例反
漢書曰太子不敢絕馳道應劭曰天子道也若今之中道延
相連延也淮南子曰延樓棧道魯靈光殿賦注曰榭而高大
謂之陽基在下故曰陰　良曰蔬圃菜園也畹田也高堂園
中亭也曲池植蘭曰蘭渚莓莓盛貌石瀨有石而淺流湯湯
急流貌　向曰葼木之細枝枝頭垂實而輕葉搖動其芳香
聯下視也呂梁水名其水急流言池中龜魚奔躍如視呂梁
之上延閣胤宇言閣道棟宇相連引也飛陛相接如鳥飛也
言廣可以並輦徑疾而西三臺銅雀臺冰井臺金鳳臺也
銑曰元陽星也謂在於臺上故曰元陽基下曰陰勢如華山

削成也重𩄇重屋簷也冰室沍寒言清陰而寒也周軒中天丹墀臨猋增構
峩峩清塵彯彯四遙切五臣本作飄飄雲雀踶音低甍而矯首
壯翼摛鏤於青霄雷雨窈冥而未半皦日籠光
於綺寮習步頓以升降御春服而逍遙八極可
圍於寸眸萬物可齊於一朝劉曰丹墀以丹與蔣離合用塗地也爾雅曰扶
搖謂之猋猋上也風從下升也班固西都賦說鳳闕曰上觚
稜而棲金雀凡鳥之棲也羽翼戢弭以今揆古言棲非所覩
之形也張衡西京賦曰鳳騫翥於甍標咸溯風而欲翔此鳳
之有定有住尚向風而無一方則不宜言溯風也但鳥時形
定翼住飛則斂之絕據踶則舉羽翮用勢若將飛而尚住故
言雲雀踶甍而矯首也王吉傳曰進退步趨以實下言人不
行則膝脛以下虛弱不實也王褒甘泉賦曰十分未升其一
增惶懼而自眩若播岸而臨坑登木末以闚泉楊雄甘泉賦
說臺曰鬼魅不能自逮半長途而下顛班固西都賦攀井幹
而未半目眩轉而意迷舍靈檻而却倚若顛墮而復稽張衡

西京賦說臺曰將乍往而未半怵悼慄而竦兢非都盧之輕
蹻孰能超而究升凡此四賢所以說臺榭之體皆危峻悚懼
雖掩與鬼神由莫得而目遠也非夫王公大人聊以雍容升
高彌望意之得也異乎老子曰若升臺之為樂焉故引習步
頓以實下稱下方之究遠適可以圍於徑寸之眸子言其理
曠而當情也莊子有齊物之論　善曰軒長廊之有窻也列
子曰周穆王築臺號中天臺漢典職儀曰以丹漆地故稱丹
墀西都曰正殿崔嵬層構七發曰蒙清塵毛萇詩傳曰壯健
也摛鏤摛布其彫鏤也說文曰窈窕深遠也冥幽昧也毛詩
曰有如皦日西京賦曰交綺豁以疏寮論語曾點曰春服既
成毛詩曰於焉逍遙淮南子曰八紘之外乃有八極趙岐孟
子章句曰眸目童子　翰曰長廊有窻而周迴曰周軒中高
天也天子庭曰丹墀猋風也增高也構亦屋也峩峩高貌屋
宇深淨而無濁塵故曰清塵飄飄輕舉也　向曰雲雀鳳也
踶踏甍簷矯舉也言作鳳於簷踏立而舉首也壯大摛發也
言鳳之大翼光發影鏤於青霄窈冥陰暗也寮窻也言臺高
而雷雨陰暗至臺之半日光在上故曰籠光於綺窻　銑曰
謂臺高行步上下頓足天子服習曰御言服春服而行逍遙
閑樂高臺遠視八極之地可入於寸目知天地之理虛曠故萬物齊一在此時也長途牟首豪

徼古弔互經晷漏肅唱明宵有程附以蘭錡魚凡宿
以禁兵司衛閑邪鉤陳罔驚劉曰霍光傳說昌邑王輦道牟首鼓吹歌舞豪
徼道也晷漏之刻也西上東門北有漏刻屋也　善曰說文
曰晷景故曰晷漏漢書旁中歌曰肅倡和聲字書倡亦唱字
也充向反程猶限也程與呈通西京賦曰武庫禁兵設在蘭
錡建安二十二年初置衛尉漢書曰衛尉掌宮門衛屯兵周
易曰閑邪存其誠樂汁圖曰鉤陳後宮也服虔甘泉注曰紫
宮外營鉤陳星　向曰牟首閣道有室者豪徼道也言互有
經過也肅嚴程節也言刻漏嚴肅而唱晝夜明候時而有節
法衛侍衛也閑邪防惡也罔無也鉤陳星名以衛侍帝宮言
侍衛之人防其邪惡故無驚擾也於是崇墉濬洫嬰堞帶涘四門
𨎮𨎮魚竭隆廈重起憑太清以混成越埃壒烏害而
資始邈邈標危亭亭峻峙五臣本作跱臨焦原而弗
怳五臣本作况誰勁捷而無𢘢胥理與岡岑而永固非有

期乎世五臣本作代祀陽靈停曜於其表陰祇濛霧
於其裏劉曰墉城也濬深也洫城溝也張衡西京賦曰經城洫堞城上女墻也賈逵曰翟伐衛寇挾城涘匡
也詩云夏屋渠渠又曰既成藐藐尸子曰莒國有石焦原者
廣尋五十步臨百仞之谿莒國莫敢近也有勇以見莒子者
獨卻行齊踵焉所以服莒國也　善曰鶡冠子曰上及太清
下及太寧老子曰有物混成先天地生西都賓曰軼埃壒之
混濁周易曰萬物資始王逸楚辭注曰藐藐遠也說文曰標
末也鄭玄禮記注曰危棟上也西京賦曰狀亭亭以苕苕說
文曰阯基也論語愼而無禮則葸𢘢與葸同思子反陽靈天
神甘泉賦曰齊乎陽靈之宮周禮曰掌地祇之禮也　銑曰
洫溝嬰繞也堞城上女墻涘水涯也言宮闕繞崇城之堞帶
深溝之涯也𨎮𨎮高也隆廈大屋也言宮闕四門𨎮𨎮而高
也大廈重疊而起也　翰曰太清天也埃壒塵昏之氣謂樓
觀高峻而憑天若混然而自成也超越塵昏之所資混然之
氣以為造作之始也邈邈亭亭高遠也標立也焦原山名代
知其險言樓高之險雖臨焦原亦不比況𢘢懼也言誰有勁
捷之人登此而不懼者言長堅固如山豈可論年代之近遠
乎　良曰陽靈日也陰祇雲雨神言樓臺高峻入天而日至

於此自下望之若停光在其上雲雨之神濛雲霧於內也苑五臣本作宛以玄武陪以
幽林繚了一垣開囿觀宇相臨碩果灌叢圍木竦
尋篁篠懷風蒲善本作蒲桃結陰回淵灌積水深蒹
葭贙胡犬蘿胡官蒻弱森丹藕淩波而的皪綠芰泛
濤而浸七心潭以心羽翮頡頏鱗介浮沈棲者擇木
雊者擇音若咆步交渤蒲沒澥與姑餘常鳴鶴而在
陰表清籞語五臣本作禦勸虞箴思國卹忘從禽樵蘇
往而無忌即鹿縱而匪禁音金　劉曰玄武苑在鄴
城西苑中有魚梁釣臺竹
園蒲萄諸果詩曰集于灌木春秋左氏傳曰鳥則擇木又曰
鹿死不擇音皆自得之謂也雊者麇雉兔之類不傷其時況
其巨者乎楊雄曰渤澥之島淮南子曰軼鶤雞於姑餘易曰
鳴鶴在陰其子和之張衡東京賦曰淵池清籞虞箴虞人之

箴也事見春秋其辭曰芒芒禹跡畫爲九州經啓九道人有
寢廟獸有茂草各有攸處德用不擾在帝夷羿冒于原獸忘
其國恤思其麀牡武不可重是用不恢于夏家獸臣司原敢
告僕夫易曰即鹿無虞往從禽也孟子曰齊宣王問曰文王
之囿方七十里有諸孟子對曰於傳有之曰若是其大乎答
曰民由以爲小也曰寡人之囿方四十里耳民由以爲大何
也答曰文王之囿方七十里芻蕘者往焉雉兔者往焉與民
同之民以爲小不亦宜乎臣始至於境問國之大禁然後敢
入臣聞郊關之内有囿方四十里殺其麋鹿者如殺人之罪
則是四十里爲阱國中民以爲大不亦宜乎言樵蘇往而無
忌即鹿縱而匪禁者蓋同乎周文之德異乎齊宣之意　善
曰西都賦曰幽林穹谷西京賦曰繚垣緜連周易曰碩果不
食莊子曰昇巨木其絜百圍孫子曰水深則回說文曰淵回
水也毛詩曰有漼者泉文子曰積水成海本草曰藕一名水
芝爾雅曰荷芙蕖其根藕此文云淩波而的皪即藕爲徧名
非唯根矣的皪光明也上林賦曰的皪江靡浸潭瀨漬也洞
簫賦曰玉液浸潭而承其根也毛萇詩傳曰飛而上曰頡周
禮曰川澤宜鱗物墳衍宜介物鄭玄曰鱗魚龍之屬介龜鼈
之屬水居陸生者也漢書音義晉灼曰樵取薪也蘇取草也
濟曰玄武苑名中有幽林繚繞也爲牆環繞以爲苑囿園中

觀宇相臨言多也又曰咆鳴也渤澥姑餘皆海也言魚鳥之
類雖近在此若在江海以自得不失其天性鳴鶴在陰皆自
得其類也　良曰碩大也草木雜生曰灌圍木竦尋者大木
也竹叢生曰篁篠竹也言叢竹懷風清肅之氣蒲桃體蔓延
而葉密故多陰也　向曰回曲灌澄也積水衆流相合爲池
贙分別也言衆草森然分別於內又曰禦禁御池沼草木有壘
庇禽獸之處表而不禁任人取之虞箴所以戒勸無爲田獵
卹憂也思國之所憂言忘從禽者言不從禽獸之樂也樵木
蘇草也言苑囿之中草木盛人往取之無忌吝也即鹿苑中
所養任人縱之亦非所禁咸與人共之也　銑曰丹藕蓮也
的皪映水貌芰蔆也浸潭浮貌羽翮鳥也頡頏水浮貌鱗魚
介龜也言或浮或沈也　翰曰雊鳥鳴也言不迫逐不傷其
性皆得安理如此
腜腜莫回坰野奕奕菑畝甘荼途伊蠢芒
種斯阜西門漑其前史起灌其後墱流十二同
源異口畜爲屯雲泄爲行雨水澍之豎稉古衡稌徒五
陸蒔穋黍黝黝一柳桑柘油油麻紵均田畫疇蕃

廬錯列薑芋充茂桃李蔭翳音咽叶韻家安其所而
服美自悅邑屋相望武方而隔踰奕世　劉曰腜腜美
也詩云周原
腜腜菫荼如飴爾雅曰田一歲曰菑詩云薄言采芑于此菑
畝周官曰澤草所生種之芒種鄭司農曰芒種稻麥也今鄴
下有十二墱天井堰在城西南分爲十二墱者也微子麥秀
之歌曰黍苗油油漢制列侯公主田無過三十頃者其餘各
以官次哀帝時董賢賜田猥多王嘉上疏均田之制從此墮
壞疇者界也埒畔際也詩云中田有廬孟子曰五畝之宅樹
之以桑故曰蕃廬錯列老子曰甘其食美其服樂其俗安其
居鄰里相望雞犬之聲相聞人至老死不相與往來　善曰
毛詩曰奕奕梁山維禹甸之賈逵國語曰阜長也史記曰西
門豹引漳水溉鄴以富魏之河内又曰史起爲鄴令遂引漳
水溉鄴人歌之曰鄴有賢令兮爲史公決漳水兮灌鄴旁終
古舃鹵兮生稻粱水陸謂高下之田也二渠之利下則澍生
稉稌高則植立穋黍也說文曰澍時雨所以澍生萬物者也
之樹反方言曰蒔植立也時吏反爾雅曰黑謂之黝郭璞曰
黑貌也聲類曰油油麻肥也莊子曰治邑屋曷嘗不法聖人
哉謝承後漢書曰王翁位二千石奕世相襲　翰曰奕奕盛

也葍蘺也荼苦菜也伊維蠭生也芒種稻麥也阜多也言此
地生荼蘺多稻麥也墱級次泄水之處言有十二也同原同
漳水異口分渠口各别也又曰黝黝黑也桑柘之美色也油
油潤色紵似麻可爲布　銑曰蓄積也言積而不用則如雲
之聚若泄之乃潤田是乃行雨也　良曰稌稻蒔種也又曰
均田晝疇定其分畔蕃昇廬室錯雜也言都人蕃昇廬舍錯
雜而布蔭翳繁盛貌　濟曰言人甘其食美其服也隅阻踰
絕也言太平安無事雖邑屋相望而阻絕終世不相往來
內則街衢善本作衝輻湊朱闕結隅石杠江飛梁出
控漳渠疏通溝以濱路羅青槐以蔭塗比滄浪
平而可濯方步櫩以占而有踰胥胥冠蓋莘莘所中
蒸徒斑白不提行旅讓衢設官分職營處署居
夾之以府寺班之以里閭劉曰言鄴城內諸衞有赤闕黑闕正當東西南北城
門最是其通街也石竇橋在宮東其水流入南北里爾雅曰
石杠謂石橋也蹊通也魏武帝時堰漳水在鄴西十里名曰

漳渠堰東入鄴城經宮中東出南北二溝夾道東行出城所
經石竇者也楚辭曰滄浪之水清可以濯吾纓　善曰杜預
左氏傳注曰衢交道也齒容反文子曰羣臣輻湊李尤德陽
殿賦曰朱闕巖巖晉灼漢書注曰飛梁浮道之橋小雅曰控
引也步櫩長廊也楚辭曰曲屋步櫩宜擾畜上林賦曰步櫩
周流長途中宿蔡邕胡廣碑曰祁祁我君胥胥冠蓋鄭玄曰
雜色曰斑家語曰虞芮二國爭田入文王境行者讓路周禮
曰設官分職以爲民極小雅曰班次也　向曰闕樓隅角控
引杠橋也言街衢輻湊朱樓結角而石橋引在漳水之上也
濱水畔也言流通溝渠於路畔列以槐木渠清可以比滄浪
之濯纓槐樹之蔭可以踰長櫩廊廡之下　銑曰胥胥盛也
莘莘衆也蒸徒人也斑白老者不提挈器物也旅客也言行
客讓路設官司分職務營置居處夾於府寺分布閭里之閒各使得其所也其府寺則位副
三事官踰六卿太善本作奉常之號大理之名厦屋
一撥華屏齊榮肅肅階闕許亮重門再扃師尹爰
止毗世作楨劉曰當司馬門南出道西最北東向相國府第二南行御史大夫府第三少府卿寺道東

最北奉常寺次南大農寺出東掖門正東道南西頭大僕卿
寺次中尉寺出東掖門宮東北行北城下東入大理寺宮內
大社西郎中令府城南有五營魏武帝爲魏王時大常號奉
常廷尉號大理建安十八年始置大理大農少府中尉二十
一年大理鍾繇爲相國始置太常宗正二十二年以軍師華
歆爲御史大夫初置衞尉時武帝爲魏王置相國御史大夫
故云位副三事置卿近九故曰官踰六卿　善曰毛詩曰三
事大夫莫肯夙夜詩云夏屋渠渠鄭玄禮記注曰晝華也爾
雅曰屏謂之樹鄭玄禮記注曰榮屋翼也爾雅曰兩階閒曰
闕周易曰重門擊柝說文曰扃門之關也毛詩曰赫赫師尹
毛萇曰師太師周之三公也尹氏爲太師　毛詩曰天子是毗
又曰王國克生維周之楨毛萇曰楨幹也　翰曰三事正德
利用厚生也正德以率下利用以阜財厚生以養人六卿周
禮六官也太常主宗廟大理斷刑獄厦大厦之屋屏門牆也
言府寺之制其同一撥而牆屏之設亦齊有之肅肅嚴整貌
闕兩階之閒言作爲禎祥肅然嚴整扃關也言有重門故其
關亦當再矣師尹主國之政事者爰於毗佐禎祥也言此居上可以佐主而爲政也其閭閻則長
壽吉陽永平思忠亦有戚里寘宮之東閈出長

者巷苞五臣本作包諸公都護之堂殿居綺窻輿騎
朝猥蹀𨇾古毁其中劉曰長壽吉陽永平思忠四里名也長壽北入皆貴里都護者將軍曹洪
也漢書萬石君傳曰徙其家長安戚里以姊爲美人故　善
曰古詩云交疏結綺窻廣雅曰猥衆也烏罪反聲類曰蹀躡
也蹀徒協反說文曰𨇾嘔也丘知反　良曰四者皆坊名
濟曰戚里外戚所居之里而置在帝宮之東寘置也閈門也
言門出長者而巷亦包括公侯之宅　向曰都護宮名居殿
之中飾爲綺窻　銑曰輿車騎馬猥多也蹀𨇾言累積也天
下朝貢車馬繁多累積而在於都護府內營客館以周坊飾善本作餝賓侶之
所集瑋豐樓之閈閎起建安而首立葺七立牆幕
室房廡雜襲剞居綺劂居衞罔掇五臣本作輟匠斲積習
廣成之傳知戀無以儔槀街之邸不能及劉曰鄴城東有都亭
城東亦有都道北有大邸起樓門臨道建安中所立也古者
重客館故舉年號也春秋左傳曰高其閈閎繕完葺牆以待

賓客巧人以時冪幕館宮室子産曰僑聞文公之爲盟主也宮室卑埤以崇大諸侯之館館如公寢爾雅曰閤巷門也一曰閤門中所從出入也葺覆也巧人塗人也冪墁也館宮室諸侯傳也史記曰藺相如奉璧西入秦秦舍相如廣成傳　善曰說文曰廡堂下周屋也許慎淮南子注曰剞劂曲刀也劂九月反鄭玄論語注曰輟止掇古字通張晏漢書注曰疇等也漢書曰郅支首懸槀街蠻夷邸閒晉灼曰黃圖在長安城內也　銑曰營構館舍也飾賓徒所集之處以備待士璋美也豐大也閈巷門也閤門中道也首初也起建之中初立也　翰曰葺覆幕墁廡簷也言旁簷雜錯以相掩習剞劂斤斧也罔無也匠斲工人也言斤斧工人無輟積習以漸理也廣成傳秦之客館槀街邸蠻夷之館漢時所立言此二者不能及我所制也

廓三市而開廛籍平逵而五臣本作之九達班列肆以兼羅設闤闠以襟帶齊有無之常偏距日中而畢會抗旗亭之嶢堯嶭五結侈所眺之博大劉曰周禮大市日昃而市朝市朝時而市夕市日夕而市此三市之謂也楚辭天問曰靡蓱九逵傳曰逵市在逵之上易曰日中爲市致天下之人聚天下之貨交易而退各得其所　善曰有無謂貨物之多少也二者常偏此能齊之也孟子曰古之爲市也以其所有易其所無西京賦注曰旗亭市樓也嶢嶭高峻之貌也爾雅曰眺視也他吊反　翰曰廓開也廛市中道也逵道也開三市中開道言開市要籍之所則平道九逵之處所以便利於人　向曰班布也言布貨物於市以羅列之闤闠市中巷繞市如衣之襟帶然有無常偏謂多少二者或至巨萬或至貧無此爲常偏也距至也畢盡也言至日中盡會於市也抗立也言此樓至高也侈美眺視也言美所視之貨賄可謂富博廣大也

百隧轂擊連軫萬貫憑軾捶馬袖幕紛半一八方而混同極風采之異觀質劑子遺平而交易刀布貿而無筭劉曰軾車橫覆膝人所憑也周官曰以質劑結信而止訟鄭君曰質劑謂兩書一札而別之也若今下手書保物要還矣賈大賈也劑小賈也刀布錢刀之謂荀卿書曰省刀布之斂　善曰西京賦曰俯察百隧史記蘇秦曰臨菑之塗車轂擊人肩摩連衽成帷舉袂成幕左傳曰楚子王謂晉侯曰君憑軾而觀之說文曰撫擊也河圖龍文曰八方歸德淮南子曰采俗者所以一羣生之短脩明九夷之風采高誘曰風俗也采事也　良曰隧路也言有隧路多也轂擊者車多相摩擊也軫車後言相連貫至於萬數皆憑軾捶馬幕覆車軫者言擊馬衣袖與幕紛然相半　濟曰使八方混同歸於一所風俗也采事也言極俗事之異見質劑市吏交平物價物價平而復交易也刀錢也言錢布相與交易不可勝筭

財五臣本作材以工化賄以商通難得之貨此則不容器周用而長務物背窳庾而就攻不鬻邪而豫五臣本作預賈古著馴致善本作風之醇醲劉曰周官曰百工飭貨八材商賈阜通貨賄漢書貨殖傳曰桁文之後禮義大壞上下相冒於是商通難得之貨工作無用之器攻者堅也詩云我車既攻通物曰商居賣曰賈禮記王制曰器用不中度不鬻於市布帛精麤不中數幅廣狹不中量不鬻於市姦色亂正色不鬻於市禽獸魚鼈不中殺不鬻於市此皆不鬻邪之義周官曰平肆展成鄭君曰展整也成平市者使定物賈防誑豫　善曰廣雅曰財貨也財與材古字通爾雅曰賄財廣雅曰長常也言常習之史記曰河濱器不苦窳晉灼曰窳病也餘乳反淮南子曰黃帝治天下市不豫賈周易曰馴致其道仲長子昌言曰醇醲之化既浹孔安國尚書傳曰醇粹也說文曰醲厚酒也以酒之醲以諭政厚也　翰曰言物之材用皆工人之所化用也賄布帛也則商者通易之難得之貨謂遠方異物寶玉無益之物於市則不容也周備窳濫功堅著明馴順也醇醲樸也器之備用爲常用不在珍麗物皆去濫而就堅去濫禁邪人不使乘時射利爲賈豎賣明順置法以勸醇樸之理也

白藏平之藏去富有無限同賑大內控引世資賨琮幏嫁積墆徒結琛幣充牣仞關石之所和鈞財賦之所底慎燕弧盈庫而委勁冀馬填廄救而駔祖朗駿劉曰白藏庫在西城下有屋一百七十四間爾雅曰秋爲白藏因以爲名也大內京邑都內寶藏也漢書淮南王安上疏曰越人貢財之奉不輸大內食貨志曰賨幏財夏書曰關石和鈞王府則有此夏之逸書禹貢曰庶土交正底慎財賦咸則三壤鄴城西下有乘黃廄燕幽州也弧弓爾雅曰北方之美者有幽都筋角焉春秋左傳曰冀之北土馬之所生　善曰周易曰富有

之謂大業漢書東方朔曰不足以危無限之輿蘇林曰限限也爾雅曰賑富也風俗通曰槃瓠之後輸布一匹二丈是謂賨君之賨巴氏出幏布八丈賨在宗反幏音嫁幏音帶賈逵國語注曰關通也鄭玄儀禮注曰和調也孔安國尚書傳曰金鐵曰石供民器用通之使和平子虛賦曰充仞其中說文曰駔壯馬也子朗反銑曰藏即庫也謂富有財物如大水之無限岸言極多也賑豐也大內寳庫與白藏同豐控引天下之資財　向曰賨南夷稅名幏布也帶貯也言南蠻之稅積貯多也珠玉曰琛布帛曰幣物滿也珠玉布帛充滿於庫關石秤也言亦平也財物貢賦之所致者無失常者亦塡也翰曰燕弧角弓出幽燕地言滿庫委積其勁硬者殷養馬垐也駔壯也冀馬謂冀北所生馬塡溢廏中而呈壯駿也

至乎勍巨京敵紏紛庶土罔寧聖武興言將曜威靈介冑重襲旌旗躍莖弓珧以焦解縈巨景矛鋋飄英三屬之甲縵莫韓胡之纓控弦簡發妙擬更平嬴亦精反劉曰建安十九年五月魏公位諸侯王上赤紱遠遊冠二十一年進爵爲王二十二年得設天子旌旗出警入蹕賜朱冠冕十二旒金根車駕六馬建太常設五時副車爾雅曰弓以蜃者謂之珧蜃骨也縈弓柙也詩云二矛重英漢書刑法志曰魏氏武卒衣三屬之甲趙惠文王好劍劍士夾門而客者三千人趙太子悝謂莊周曰吾王所見劍士皆蓬頭突鬢垂冠漫胡之纓短後之衣瞋目而語難者王乃悅之戰國策更嬴謂魏王曰然則射可至於此乎更嬴曰可有鴈從南方來更嬴虛發而鴈下　善曰左氏傳曰子魚曰勍敵之人隘而不成列杜預曰勍強也尚書曰庶土交正毛詩曰興言出宿長楊賦曰以露威靈金匱曰良弓非勍縈不張說文曰鋋小矛也史記曰冒頓自立爲單于控弦之士三十萬班固漢書李廣述曰控弦貫石威動北鄰爾雅曰簡擇也謂擇處而發也句曰勍大也紏紛亂也庶土天下也罔無寧安也聖武武帝也言大敵亂起天下無安武帝興言兵大振曜其威靈也　良曰介甲也冑兜鍪也重襲重而衣之躍舉也莖旗竿也言旌旗舉竿也以蜃骨飾弓曰珧縈弓匣也解縈開弓匣矛鋋皆兵器爲風飄其英英旗飾也　銑曰屬連也言甲三札相重而連之縵胡武士纓名控引簡擇也言引滿弓弦擇處而發物無不中故妙擬更嬴更嬴古之善射者也

齊被練而銛息廉戈襲偏裻都祿以讚會列畢出征而中律執奇正以四伐碩畫胡麥精通目無匪制推鋒積紀鍇氣彌銳三接三捷既晝亦月剋翦方命吞滅咆白交烋休雲撤叛換席卷虔劉祲子鴆威八紘荒阻率由洗兵海島刷馬江洲振旅輷輷田反旆悠悠凱歸同飲疏爵普疇朝無刓五官印國無費留劉曰春秋左傳曰被練三千馬融曰練爲甲裘史記蘇武曰強弩在前銛戈在後司馬法曰師多則讚孫武曰奇正還相生若環之無端莊子曰庖丁爲文惠屠牛手之所觸莫不中音合於桑林之舞文君曰善哉技庖丁對曰臣好者道烏乎技矣臣始解牛時所見無非牛者三年之後未常見全牛也今臣以神遇而不以目視也良庖歲更刀割也族庖月更刀折也今臣刀十九年矣所解數千牛也而刀刃若新發於硎若被節者有閒而刀刃者無厚以無厚入有閒恢乎其於遊刃必有餘地矣文君曰善吾聞丁之言得養生焉一紀十二年推鋒積紀謂魏武帝從初平元年起兵至建安二十年軍無不剋抑亦庖丁用刀十九年之義也孫武曰避其銳氣謂銳氣之利甚於鋒刃也易曰晉康侯用錫馬蕃庶晝日三接詩云一月三捷既晝亦月者蓋取其頻繁之數或日或月也方命放棄王命也尚書曰咈哉方命剋翦方命者謂始起兵誅董卓之首亂漢室也咆烋猶咆哮也自矜健之貌也詩云咆烋于中國吞滅咆烋者剋默韓暹楊奉之男用王命也換猶恣睢也漢書曰項氏叛換雲徹換叛者謂討破袁紹猶勝項羽也虔劉殺也春秋左傳呂相絶秦曰虔劉我邊陲席卷虔劉者謂擒呂布於徐州剋袁術於揚州平韓約馬超於雍州降劉表於荊州也祲威八紘荒阻率由者謂北羈單于于白屋東懷孫權於吳會西攝劉備於巴蜀也刷小嘗也司馬相如梨賦曰唰嗽其漿蘇秦曰輷輷殷殷若三軍之衆春秋穀梁傳曰入曰振旅無事以嚴衆也春秋左傳曰凡公行告於宗廟反飲至漢書曰疏爵而貴之疏爵普疇疇其爵邑者刓印角刓也韓信傳曰項王有功當封爵印刓忍不能與孫子兵法曰戰勝而不脩其賞者凶命曰費留　善曰國語曰公使申生伐東山衣之偏裻之衣韋昭曰裻在中左右異色故曰偏裻音督說文曰讚列中止也然讚列或止或列周易曰師出以律漢書曰祲威盛容淮南子曰八澤之外乃有八紘尚書曰率由

典常以藩王室魏武兵接要曰大將將行雨濡衣冠是謂洗兵劉劭七華曰漱馬河源遊目崑崙蒼頡篇曰輷輷衆車聲也呼萌反今爲輷字音田毛詩曰攸攸旆旌魏武孫子注曰賞不以時但留費也　向曰言士卒齊整服練而執銛利之戈囊著也偏裻戎衣名以出征四遠行其誅伐師多言讀言使士卒被練執戈衣偏裻之裳以爲行列也軍帥師出行盡中剋勝之法執奇正之計也又曰謂戰勝將休兵欲還師乃洗刷兵馬於海島江洲也兵還曰振旅輷輷衆聲攸攸旆旌飛貔戰勝則凱樂而歸行飲至之禮饗會將士有功者分其爵邑疇度使當其功刓印印角漸銷項羽欲封有功子執其印惜不與令得刓言今有功即封不吝惜之故朝無刓印功不賞曰費留謂今賞之故無此也　銑曰碩大也言大畫奇策精通妙理舉無遺者目見所爲皆合宜制鋒鋒刃推舉也十三年曰紀謂武帝自初平年起兵至建安二十五年故曰積紀言雖積紀鋒鏑之氣彌加猛銳　翰曰言一日三接戰於敵人一月三捷剋之方故也咆咻猶咆哮也言放棄王命咆哮不賓者皆除剪吞滅之撤去也叛反換易也虔劉殺也寖漸也言反易常道之人皆如雲去席卷盡殺之漸以威德布於八方則荒阻之俗皆有相率來賓莫不由大魏之德

喪亂既弭而能宴武人

歸獸而去戰蕭斧戢柯以柙胡甲刃虹旌攝麾以就卷斟洪範酌典憲觀所恒通其變上垂拱而司契下緣督而自勸道來斯貴利往則賤囹圄寂寥京庾流衍

劉曰尚書曰往伐歸獸旌門周說孟嘗君曰以強秦之勢伐弱韓譬猶礪蕭斧以伐朝菌也馬融廣成頌曰建雄虹之長旍洪範箕子陳政術之篇也易曰觀其所恒而天地萬物之情可見矣又曰通其變使民不倦老子曰聖人執左契而不責於人有德司契無德司徹　善曰周公攝政弘化弭亂司馬法曰以戰去戰雖戰可也尚書曰垂拱而天下治莊子曰緣督以爲經可以保身可以全生也司馬彪曰緣順也督中也順守道中以爲常禮記曰仲春省囹圄文子曰法寬刑緩囹圄虛空毛詩曰曾孫之庾如坻如京鄭玄曰庾露積穀也　翰曰弭平也言天下既平而能爲宴樂武王歸馬放牛去其戰士蕭斧越斧也戢斂其柯藏柙其刃虹旌畫爲虹者攝收其麾旌以卷藏之皆示不服用也洪大範法言理天下之大法典常也言息兵革當安人故斟酌大法與常憲不可失也觀人之恒理謂使知其情通而變之使其不倦上則垂衣拱手執法契以御天下緣順督中下則順乎中道而自勸勉而復貴道賤利囹圄獄也寂寥空也京大庾倉也流衍積多也

於是東鯷帝即序西傾順軌荆南懷憓惠朔北思韙偉綿綿迥塗驟山驟水襁居兩負賮慈刃贄職二重譯貢籠髽側爪首之豪鐻渠耳之傑服其荒服斂袵而審魏闕置酒文昌高張宿設其夜未遽庭燎晢晢支列有客祁祁載華載裔入聲叶韻岌岌冠縰所綺纍纍呂追辮髮清酤戶如濟濁醪如河凍醴流澌息茲溫酎凝有躍波豐肴衍衍行庖皤皤愔愔醧一據讌酣湑無譁呼爪

劉曰地理志曰會稽海外有鯷人分爲二十餘國以歲時獻見尚書禹貢曰織皮西傾因桓是來織皮西戎國也憓順也司馬相如封禪書曰義征不憓淮南子曰三苗髽首責禮贄也周官曰九州之外謂之蕃國世一見各以其所貴寶爲贄孟子曰將有遠行行者必以賮建安二十一年匈奴南單于呼韓廚泉將其名王大人來朝待以客禮張衡南都賦曰九醞甘醴十旬兼清蘇秦曰齊有清濟濁河楚辭小招曰挫糟凍飲酎清凉王逸曰凍冷也酎三重釀酒也韓詩云賓爾籩豆飲酒之醧能者飲不能者已謂之醧許氏曰醧者美酒　善曰尚書曰西戎即序尸子曰荆者非無東西也而謂之南其南者分也杜預左氏傳注曰韙是也論語云襁負其子博物志曰織縷爲之以約小兒於背上蒼頡篇曰賮財貨尚書曰厥貢漆絲厥篚織文山海經曰青要之山武羅司之穿耳以鐻郭璞曰鐻金銀之器名雅音神鐻音渠漢書曰夜未央薛君曰未渠央也毛詩曰庭燎晢晢楚辭曰高余冠之岌岌鄭玄禮記注曰縰今之幘也纚與縰同漢書曰諸侯纍纍從楚又終軍曰解編髮削左衽毛詩曰既載清酤說文曰澌流水也周易曰鴻漸于盤飲食衎衎王肅曰衎衎寬饒之貌也皤皤豐多之貌也韓詩曰愔愔夜飲薛君曰愔愔和悅之貌也孔安國尚書傳曰樂酒曰酣毛詩曰迨我暇矣飲此湑矣毛詩曰湑茜也鄭玄曰市酤之也一曰湑樂也醧乙據反　向曰東鯷西傾國名即就次序也軌車迹也言二國之人就成次序順同軌迹韙美

也緜緜遠皃邈長也襁以繩繈絡書賮其土物也言荆南朔
北之夷皆懷恩思義緜緜行於長道懸破山水貢其琛賮書賮
其土物重譯言其來貢也又曰醴酒之味過寒乃東斯水也
酎美酒也言多如河濟故當躍波也此皆甚言之其實不然
也行庖主行食者衍衍皤皤並多皃愔愔和悅之貌能者飲
不能者止醧醼消樂也謂酣樂而不諠譁銑曰壁首鏤耳
皆夷人也褒傑謂酋長言其各衣本服而來斂衽袖也魏闕
帝闕也言斂袖而拜於帝闕之下翰曰置酒於文昌殿以
宴蕃夷也高張其樂先夜而設其夜未遽謂未息明也凡天
子會諸侯必設庭燎以待之晣晣光明也祁祁衆多也載華
載裔言此亦有華夏之臣四裔之人相雜而來朝中國諸侯
有冠纓則岌岌然纓冠也岌岌高皃蕃夷之人則辮髮行列
纍纍然良曰清酤濁醪並酒也濟水清河水濁故比之言多亦如之也延廣樂奏九成冠
韶夏冒六英五莖善本無六英字傮曹五反本作嘈響起疑震
霆天宇駭地廬驚億若大帝之所興作二嬴之
所曾聆善曰賈逵國語注曰延陳也尚書曰簫韶九成鳳凰來儀樂動聲儀曰帝嚳樂曰六英帝顓頊曰五

七·九↑　文選六　九七

莖舜曰大韶禹曰大夏宋衷曰六英能爲天地四時六合也
五莖能爲五行之道立根本也漢書顓頊作六莖夏大承二
帝也韶繼堯也傮與僸古字通西京賦曰大帝說秦穆公而
覲之響以鈞天廣樂史記曰趙簡子病扁鵲視之昔繆公嘗
曰帝告我晉國且大亂今主君之疾與之同二日簡子寤之
曰我之帝所甚樂與百神遊於鈞天廣樂九奏萬舞不類三
代之樂又曰趙氏之先與秦同祖然則秦趙同世故曰二嬴
也博雅曰聆聽也翰曰廣樂天帝樂九成九奏也韶舜樂
大夏禹樂六英帝嚳樂五莖顓頊樂冠首也冒循蘢也言數
奏樂皆首出韶夏蘢羅六英傮聲起如振動雷霆駭驚天地
億遠也太帝天帝言遠若天帝之所與作鈞天廣樂之聲二
嬴謂秦穆公趙簡子趙與秦同祖穆公簡子皆曾夢天帝爲
其奏鈞天廣樂故云二嬴之所曾聆聆聽也金石絲竹之恒韻匏土革木
之常調干戚羽旄之飾好去清謳微吟之要妙
世業之所日用耳目之所閒五臣本作閑覺雜糅汝又
紛錯兼該古孩汜敷梵切善本作泛博䩵都泥𩍐居遇所掌之

音韎邁昧任而金禁金之曲以娛四夷之君以睦
八荒之俗劉曰鞮鞻周掌樂官名也周官鞮鞻氏掌四夷之樂與其聲歌韓詩內傳曰王者舞六代之樂
舞四夷之樂大德廣之所及善曰周禮曰播之以八音金
石土革絲木匏竹禮記注曰干戚羽旄謂之樂鄭玄曰干楯
也戚斧也武舞所執羽翟羽也旄旄牛尾文舞所執魏文帝
樂府曰短歌微吟不能長孔叢子曰世業不替周易曰百姓
日用而不知鄭玄周禮注曰鞮鞻四夷舞者屝也屝讀具反
毛萇詩傳曰東夷之樂曰韎孝經鉤命決曰東夷曰昧南夷
曰任西夷之樂曰株離北夷之樂曰禁韎昧皆東夷之樂而
重之疑悞也甘泉賦曰八荒協兮萬國諧翰曰干盾戚斧
也羽翟羽旄旄牛尾皆舞人執之謳歌也謂樂以防淫和元
氣故王者爲代業不可一日而廢固當常用可以開發耳目
之聰明也糅文綵也紛錯亂雜也該同也汜博徧廣大也言
禮樂之音文綵亂雜兼同普汜而觀之可謂博大也向曰
鞮鞻樂官掌四夷樂所以各爲其方樂以娛之此蓋和睦八荒之風俗也既苗既狩爰遊爰
豫藉田以禮動大閱以義舉去備法駕理秋御

八·三四　文選六　九八

顯文武之壯觀邁梁騶之所著劉曰建安二十一年三月魏武帝親耕藉
田于鄴城東建安二十二年十月甲午訓兵上親執金鼓以
詔進退大閱講武也魯詩傳曰古有梁騶梁騶天子田也
善曰孟子曰夏諺曰吾王不遊吾何以休吾王不豫吾何以
助一遊一豫爲諸侯度禮記曰天子爲藉田千畝公羊傳曰
大閱者何簡車馬也蔡邕獨斷曰天子有法駕莊子曰尹需
學御三年而所得夜夢秋駕於其師明日往朝其師其師望
而謂之曰吾非獨愛道也恐子之未可與也今將教子以秋
駕司馬彪曰秋駕法駕也史記曰此天下之壯觀也銑曰
既已也夏獵曰苗爲苗除害冬獵曰狩狩收也言盡收取之
爰於也春出曰遊秋出曰豫天子躬耕曰藉田以爲農者先
所以勸民也言動以禮也大閱講武也言以舉義也法駕大
輅車六馬駕也言天子出行必以此也秋御御名使人調理
習之文謂習禮樂也武謂田獵講武也百官禮樂辦辦可法
壯觀也邁過也梁騶古者天子田獵地名今則過古書之所
著也林不槎仕雅枿五割澤不伐夭烏老斧斨七羊以時罾
網善本作罟以道德連木理仁挺芝之草皓獸爲之育

藪丹魚爲之生沼矞聿雲翔龍澤馬于恥録阜山
圖其石川形其寶莫黑匪烏三趾而來儀莫赤
匪狐九尾而自擾嘉穎離合以萐莆本子醴泉涌
流而浩浩顯禎祥以曲成固觸物而兼造蓋亦
明靈之所酬酢休徵之所偉兆劉曰草木未成曰夭斨方斧也詩云取彼
斧斨以伐遠揚延康元年木連理芝草生於樂平郡白鹿白麞見於郡國赤魚見於太原郡黃初元年十一月黃龍高四
五丈出雲中張口正赤矞雲者外赤內青也楊雄太玄曰紫霓矞雲澤馬見於上黨郡瑞石靈圖出於張掖之柳谷始見
於建安形成於黃初二年醴泉出河內郡玉璧一枚延康元年嘉禾生醴泉出易曰顯道神德行是故可與酬酢可與祐
神矣賓主俱飲主人先舉名曰酬客酌主人酒名曰酢酬者報也行道德宇神明而祥瑞皆至此蓋明靈感應人理其與
人事交報之義也故曰蓋亦明靈酬酢也　善曰國語里革曰山不槎蘖澤不伐夭文子曰鷹隼未擊羅罔不得張谷穽

文選六　廿九

木未落工不得入山林孝經援神契曰德至草木則木連理
古瑞命記曰王者慈仁則芝草生說文曰亍小步也丑亦反
尚書曰鳳凰來儀應劭漢書曰擾音擾馴也說文曰穎德也
蓴茂盛貌也蒼頡篇曰禎善也周易曰曲成萬物而不遺尚
書有休徵孔安國曰序美行之驗也說文曰偉大也　良曰
槎斬也枿斬去木梢也今復出者夭獸之子斨斧也言非時
不入山林斬枿林木傷伐夭獸禮云斷一樹殺一獸不以其
時非孝也草木落斧斤入山林鷹隼擊然後施罻弋故云斧
斨以時罾網以道　濟曰有德則木連理懷仁則挺生芝草
皓獸丹魚並祥瑞藪澤池沼也　翰曰矞雲赤色雲飛龍出
焉澤馬亍於山阜亍小步山川皆爲之生圖見寶也　向曰
其時三足烏九尾狐見詩云莫黑匪烏莫赤匪狐擾馴擾也
銑曰嘉穎爲嘉禾合穗蓴莆花秀皃浩浩泉流皃此皆明禎
祥曲成我魏邦故乃編類兼造化而出偉大兆示也則明神
酬酢仁德休徵大示於天下旼旼美貧率土遷善罔匱沐浴福應
宅心醰徒南粹遂餘糧栖畝而弗五臣本作不收頌聲載
路而洋溢河洛開奧符命用出翩翩黃鳥銜書

來訊信人謀所尊鬼謀所秩劉宗委馭巽其神
器闚五臣本作窺玉策於金縢案圖錄於石室考曆
數之所在察五德之所莅量寸旬涓吉日陟中
壇即帝位改正朔易服色繼絕世脩廢職徽幟
以變器械以華顯仁翌明藏用玄默菲言厚行
陶化染學讎校篆遲轉籀逐又篇章畢觀優賢著於
揚歷匪蘖形於親戚劉曰河洛開奧河出圖洛出書也黃初元年黃鳥銜丹書見河尚臺
易曰人謀鬼謀百姓與能策玉牒也尚書曰納策于金縢縢
緘也揚雄遺劉歆書曰得觀書於石室莅臨也馬融論語注
曰菲薄也風俗通曰案劉向別錄義曰周宣王太史作大篆
也籀音冑漢書朝錯曰今陛下不尊諸侯應劭曰接之以禮
不庶孽畜之也　良曰旼旼和樂貌言率土和暢去惡遷善
而無遺乏沐浴休徵之應宅居也醰粹猶醇厚也言醇厚之

文選六　三十

化居於人心年穀豐多盈於田畝如鳥之栖宿人不收紀須
聲言歌謠滿路洋洋乎盈耳又曰五德五行也莅臨也言察
五行之行所臨相生也又曰文帝躬言厚行陶染而成其學脩
答校考經史篆籀之書篇什文章莫不盡覽　翰曰河洛出圖
書開秘奧而大魏符命用出也翩翩飛貌訊告也魏將受禪
有黃鳥銜其書書有文告以祥應秩序也人謀所尊謂歌謠
也鬼謀所序謂祥瑞也又曰徽幟旌旗器械兵器華改也
濟曰委棄也神器帝位漢主委棄天下之尊讓於魏也又曰
翌明也言文帝有仁明之德藏用於內守玄默而不言而德
化以著　向曰王策所以記帝王之跡金縢金匱也所謂玉
版金匱石室藏秘書之所帝王圖籍於此藏也又曰著明也
優其賢才明其搜揚而歷試之匪非孽私形見也言文帝非
以私情而見於親戚　銑曰涓擇也言擇吉日就帝位乃改
漢之正朔服色也王侯有絕嗣者命而繼之士有失職者復
之皆王者初受位之體也本枝別榦蕃屏皇家勇若任城才若
東阿抗旍則威險驗秋霜摛翰則華縱春葩英
喆知列雄豪佐命帝室相兼二八將猛四七赫赫

震震開務，有謚故令斯民覩泰階之平，可比屋而爲一。劉曰：建安二十三年，代郡烏丸反，魏武帝以鄢陵侯彰爲北中郎將，行驍騎將軍，入涿郡界。叛胡數千騎卒至，彰唯有步卒千人，騎數百人，身自搏戰，追胡大破之，斬首五千餘級。黃帝泰階六符經曰：泰階者，天之三階也。上階上星爲天子，下星爲女主；中階上星爲諸侯三公，下星爲卿大夫；下階上星爲元士，下星爲庶人。三階平則陰陽和，風雨時，歲大登，民人息，天下平，是謂太平。善曰：毛詩曰：本支百世。說文曰：幹，本也。左氏傳富辰曰：封建懿親，以蕃屏周。蔡邕述行賦曰：皇家赫而天居。彰後爲任城王，植爲東阿王。漢書終軍曰：驃騎抗旌，昆耶左衽。駮，猶猛也，魚贍反。荀悅申鑒曰：人主怒如秋霜。荅賓戲曰：摛藻如春華。易乾鑿度曰：代者赤，兊黃佐命。應劭漢官儀曰：帝室，猶古言王室。周易曰：夫易開物成務。爾雅曰：謐，靜也。音密。尚書大傳曰：周人可比屋而封也。翰曰：本根也。言諸兄弟侯王者，皆帝之同體，如木之同根而別枝幹，皆作社稷之藩援。銑曰：抗，立；駮，猛；摛，發也。立旌節則威猛如秋霜，謂任城王章；發文翰則華縱如春之葩花，謂東阿王植。良曰：二八謂舜之八元八凱，言今之相兼而過也。四七謂光武二十八將，言今之將猛於彼者。向曰：言王侯將相赫赫而盛，震震而壯，皆開物成務，使天下清謐者也。泰階，三星也。三階平則天下太平，故欲使此億兆之人覩之，則比屋可封，而天下一家也。

筭祀有紀，天祿有終。傳業禪祚，高謝萬邦。皇恩五臣本作情綽矣，帝德沖矣。讓其天下，臣至公矣。榮操行之獨得，超百王之庸庸。追亘卷居免領與結繩，睠留重華而比蹤。尊盧赫胥，羲農有熊。雖自以爲道洪化以爲隆世五臣本作代，篤玄同，奚遽不能與之踵武而齊其風。劉曰：淮南子曰：古者有督而卷領以王天下，其爲德生而不殺。莊周曰：昔者軒轅氏、赫胥氏、尊盧氏、虙戲、神農氏，當是時，人結繩而用之，若此之時，則至治也。黃帝一號有熊氏。踵，繼也。武，迹也。楚辭曰：及前王踵之武。善曰：幽通賦曰：且筭祀于契龜。音義曰：筭，數也。尚書曰：天祿永終。王逸楚辭注曰：謝，去也。西京賦曰：皇恩溥。尚書曰：帝德廣運。老子曰：大盈若沖。字書曰：虛也。魏志曰：陳留王奐即皇帝位，後禪位于晉。嗣王魏世譜曰：魏封帝爲留王。臣至公，謂帝爲臣於晉，至公之道也。仲長子昌言曰：人主臨之以至公。司馬相如弔二世文曰：操行之不得。班固曰：漢承百王之弊。馮衍顯志賦曰：非庸庸之所識。庸謂凡常無奇異也。史記曰：舜字重華。高誘淮南子注曰：隆，盛也。老子曰：知者不言，言者不知，是謂玄同。韓子曰：雖厚愛之，奚遽不亂。翰曰：謂魏氏德衰，爲晉所代，筭年有數，天祿去已，遂傳業於晉，退位以謝萬國。則我皇情寬綽，帝德沖深，自退爲臣，實至公矣。濟曰：榮，猶美也。庸庸，瑣瑣也。亘，過也。睠睠，顧也。留，留心也。卷領、結繩，上古有道君。重華，舜也。言魏主有讓德，可謂美操高行，獨得於此，超百王瑣瑣之道，追過卷領結繩之主，睠顧留心於舜，與之比蹤，爲讓禹也。洪，大；崇，高；篤，厚也。玄同，猶大同也。奚，猶何也。遽，急。踵，繼；武，迹也。言其雖自曰道大化高，代有醇厚，宇內大同，亦何急與之比競哉？言我亦不能與之繼迹而齊其風，言猶小也。

是故料聊其建國，析先歷其法度，諮其考室，議其舉厝五臣本作措。復之而無斁亦，申之而有裕。非疏糲魯葛之士所能精，非鄙俚之言所能具。劉曰：詩云斯干，宣王考室也。疏糲，麤也。韓詩曰：糲糧之飯，藜藿之羹。漢書司馬遷傳曰：質而不俚。俚，鄙也。善曰：諮文曰：析，量也。爾雅曰：咨，謀也。陳琳檄吳將校曰：豈輕舉措也哉？毛詩曰：無斁於人。又曰：綽綽有裕。銑曰：料，計也。析，分也。諮，猶詢謀也。言謀度其宮室之制，皆合法則也。立都邑，分析法度，今得其所；詢謀宮室之儉奢，議舉直措枉之事。復，猶覆也。斁，厭也。申，猶用也。裕，寬也。言都邑制度、宮室儉奢、舉措枉直之事，反覆申用於代，可謂無厭倦而有寬裕。言王化天下，無厭用之寬簡，此故非疏賤之士所能精曉、鄙俚之言所能委具而知之。

至於山川之倬陟角詭，物產之魁殊，或名奇而見稱，或實異而可書。生生之所常厚，洵詢美之所不渝其中五臣本無其中字。則有鴛鴦交谷，虎澗龍山，掘鯉之淀見覲，蓋節之淵五臣本作泉。䳘䳘祈精衛，銜木償常怨音宛。常山平干，鉅鹿河閒，列眞非一，往往出焉。昌容練色，犢配

眉連玄俗無影作景五臣本 木羽偶仙琴高沈水而不濡時乘赤鯉而周旋師門使火以驗術故將去而林燔扶原反

劉曰老子曰人之輕死以其生生之厚也謂過生生之精以自厚也鴛鴦水在南和縣西交谷水在鄴南虎淵在鄴西南龍山在廣平涉縣蝌鯉淀在河間莫縣之西淀者如淵而淺也盂節淵在平原鬲縣北山海經曰發鳩之山有鳥狀如烏而文首白喙赤足名曰精衛赤帝之女名女娃女娃遊於海溺而不反精衛常取西山之木石以堙東海焉列眞謂眞仙也列仙傳昌容者常山道人也自稱殷王女食蓬累根二百餘年而顏色如年二十人故曰練色犢子者鄴人也時壯時老時好時醜乃知其仙人也陽都女者生而連眉耳細而長衆以爲異俗皆言此天人也會犢子來過都女悅之遂留相奉侍出門共牽犢耳而走莫能追之玄俗者自言河間人也餌巴豆雲英賣藥於市七丸一錢治百病王病瘕服藥用下蛇十餘頭王家老舍人自言父世見俗俗形無影王呼俗著日中實無影河間故趙也文帝三年以爲國木羽者鉅鹿南和人也母貧賤常助產婦兒生自下唼母母大怖暮夢見大冠赤幘守兒言此兒司命君也當報汝恩使子與木羽俱仙母陰信識之後兒生字之爲木羽兒至年十五夜有車馬來迎之呼木羽木羽爲我御來遂俱去琴高者趙人也浮遊冀州二百餘年後辭入碭水中取龍子與諸弟子期期日皆絜齋待於傍設屋祠果乘赤鯉來出坐祠中留一月復入水去師門者嘯父弟子亦能使火爲孔甲龍師孔甲不能修其心意殺而埋之外野一旦風雨迎之訖則山木皆燔孔甲祠而禱之來還而道死嘯父冀州人也在曲州市上曲州屬廣平郡漢武帝征和二年嘗爲平于國故曰常山平于也師門者本嘯父弟子故附冀州　善曰廣雅曰偉絶也薛綜西京賦注曰詭異也王逸楚辭注曰魁大也鄭玄周禮注曰生猶養也劉瓛周易義曰自無出有曰生毛詩曰洵美且仁鄭玄曰信也毛詩曰舍命不渝毛萇曰渝變也淀音殿說文曰翍亦翅字翼翅也叔政反今音祇翍飛貌也馮衍爵銘曰壽配列眞劉歆移曰天下衆書往往頗出左氏傳太史尅曰奉以周旋　向曰詢信也渝異也言山川偉絶物產大殊名奇實異下文所謂稱而書之者乃生人資厚皆信美而談之非變改而妄說也　濟曰淀泉而淺者周旋爲周遊也　良注翰注同

易陽壯容衞之稚質邯鄲躧步趙之鳴瑟眞定之梨故作固五臣本 安之栗醇酎中山流湎千日淇其洹桓之筍信都之棗雍丘之粱清流之稻錦繡襄邑羅綺朝歌緜纊房子縑總弄子清河若此之屬繁富夥禍夠善本作夠苦侯反 非可單究是以抑而未罄也

劉曰枚乘兔園賦曰易陽之容淮南子曰蔡之幼女衞之稚質史遷記曰趙中山鼓鳴瑟跕躧眞定屬中山郡出御棃故安屬范陽出御栗楊雄幽州箴曰蕩蕩幽州推冀之別禹貢無幽州故安今見屬中山郡中山出好酎酒其俗傳云昔有人曰玄石者從中山酒家酤酒酒家與之千日之酒語其節度比歸百里可至於醉如其言飲之至家而醉其家不知其醉以爲死也棺斂而葬之中山酒家計向千日憶曰玄石前來酤酒其醉向解也遂往問其鄰人曰玄石死來三年服以闋矣於是與其家至玄石冢上掘而開其棺玄石於是醉始解起於棺中其俗語曰玄石飲酒一醉千日信都屬安平出御棗雍丘屬陳留也地理志曰魏參之分野南有陳留柏梲曰雍丘之粱清流鄴西出御稻襄邑屬陳留舊有服官中都賦曰朝歌羅綺又房子出御緜清河出縑總清河一名甘陵也　善曰漢書音義臣瓚曰跕爲躧跕都牒反躧所解反薛君韓詩章句曰均衆謂之流閉門不出容謂之湎詩云瞻彼淇澳綠竹猗猗漢書溝洫志曰下淇園之竹杜預左氏傳注曰水出洹汲郡汲即衞地也洹或爲園洹音垣　銑曰壯容少年美麗之容易陽易水之陽中多美女稚質童顏也邯鄲趙地亦多美女善行步皆妙鼓瑟同飲曰流同醉曰湎　向曰夥夠皆多也單猶一也罄盡也言如是之屬繁富多多豈可一二尋究盡抑情而未盡述也

蓋比物以錯辭述清都之閑麗雖選言以簡章徒九復而遺旨覽大易與春秋判殊隱而一致末上林之隤牆本前脩以作系胡計反

劉曰逸詩九變復貫知言之選擇來比物謂蜀變而還復舊貫則知言之選擇來比物錯辭物土之敍也屈原遠遊曰造旬始觀清都言雖選言簡章徒至九復而猶遺其精旨也春秋推見以至隱易本隱以之顯所言雖殊其合德一也故曰末上林之隤牆本前脩以作系也前脩謂前賢也離騷攬吾法失前脩司馬相如上林賦曰頹牆塡塹使山澤

之人得至楊雄羽獵賦後曰放雉兔收罝罘與百姓共之亂若理也傳曰有亂臣十人此皆二賦以其後居正之義理其前過甚之事也張衡東京賦曰相如壯上林之觀楊雄騁羽獵之辭雖系以隤牆填壍亂以收其罝罘卒無補於風規蓋易有系辭之義而以本於前脩以爲系亂之意也系者亂也且易之系述而辨至於相如初壯上林之觀後說隤牆之事首尾相乖非本系辭之流也而張衡云系以隤牆謂爲系辭同音於義有未安焉諸文賦之後亂者與本絶於隤牆收罝罘雖不與本文絶義張氏同諸系辭之别可知也 善曰韓子曰運類比物列子曰周穆王暨化人之宮王以爲諸清都紫微推見至隱班固漢書司馬相如贊文也言大易春秋隱顯殊而合德若一故觀覽而法則之上林則頹牆塡壍雖本前脩而作系所謂觀百而諷一故輕末而鄙賦 翰曰言美也先生言以其土地物雜錯文辭述魏都之閑麗然雖擇選章句徒至九變迴復而終遺其美上林賦云頹牆塡塹者爲漢氏苑囿之大方欲頹之使山澤之人得志而我無苑囿之大山川萬物皆符自然故以頹牆爲末事也字古人賢聖之道而系襲之以爲本也

其軍容弗犯信身其果毅糾華綏戎以戴公室元勳配管敬之績歌鐘析先歷邦君之肆則魏絳之賢有令聞也

劉曰國語曰鄭伯納女樂二八歌鐘二肆公錫魏絳女樂一分歌鐘一肆曰子教寡人和戎狄而政諸華於今八年七合諸侯寡人無不得志與子共之 善曰司馬法曰古者國容不入軍軍容不入國禮記曰介胄有不可犯鄭玄禮記注曰信讀如屈伸之伸假借字也左氏傳君子曰殺敵爲果致果爲毅班固漢書述曰大祖元勳啓立輔臣毛詩曰令問令望 濟曰糾察華夏使不爲非撫安戎狄使不爲亂元大也勳功也管仲相齊桓公九合諸侯魏絳輔晉悼公七合諸侯故勳功配之析分也邦君晉悼公也魏絳本魏人今論魏德之盛故述絳於此

閑居隘巷室邇心遐富仁寵義職競弗羅千乘爲之軾廬諸侯爲之止戈則干木之德自解紛也

劉曰呂氏春秋曰段干木者魏文侯敬之過其廬而軾之其僕曰干木布衣耳而君軾其廬不亦過乎文侯曰干木不趣俗役懷君子之道隱處窮巷聲馳千里之外未肯以己易寡人也寡人光乎勢干木富於義勢不如德尊財不如義高吾安敢不軾乎秦欲攻魏而

司馬庾諫曰段干木賢者而魏禮之天下皆聞乃不可加乎兵秦君以爲然乃止干木寂然不競於俗故曰職競弗羅也逸詩云兆云詢多職競弗羅 善曰漢書曰司馬相如稱疾閑居毛詩曰誕寘之隘巷又曰其室則邇老子曰解其紛也 銑曰段干木處於窮隘之巷居室雖近而心遠大富有仁義職務之人所競者而其心不羅魏文侯過其廬而軾焉秦欲攻魏聞文侯禮干木乃止故云諸侯爲之止戈此則所謂解紛也

貴非吾尊重士踰山親御監門謙謙同軒搿格女秦起趙威振八蕃則信陵之名若蘭芬也

劉曰史記曰魏有隱士曰侯嬴年七十家貧爲大梁夷門門者公子方置酒大會賓客坐從卓騎虛左自迎侯生秦兵圍邯鄲公子姊爲平原君夫人平原使使讓公子公子數請王及賓客辯士說王萬端王畏秦終不聽公子公子用侯生策使朱亥椎殺將軍晉鄙而奪其軍進擊秦軍秦軍解去邯鄲遂存秦兵伐魏公子駕歸救魏王魏王以上將授公子公子使徧告諸侯諸侯各進兵救魏公子率五國之兵破秦至函谷關秦兵不敢出當是之時公子威振天下 善曰史記曰侯生直上載欲以觀公子公子執轡愈恭然親御謂身自爲御也監門即侯嬴也周易曰謙謙君子卑以自牧嗛古謙 向曰魏公子無忌封信陵君不以貴自尊重天下賢士踰於丘山同軒即爲御也此信陵之名如蘭之芳香不絶也

英辯榮枯能濟其厄位加將相窒知逸隙之策四海齊鋒一口所敵則張儀張禄亦足云也

劉曰史記張儀者魏人也始嘗與蘇秦俱事鬼谷先生學術蘇秦自以不及張儀儀以學而遊說諸侯嘗從楚相飲楚相亡璧楚相門下意張儀曰儀貧無行此必盜相君璧共執儀掠笞數百不服釋之張儀相秦使於諸侯皆說之散其合從之謀秦封儀爲武信君爲秦將取陝築上郡塞范雎者魏人也遊說欲事魏王家貧無以自資乃事魏中大夫須賈賈怨范雎以告魏將魏齊笞擊折脅摧齒雎佯死即盛以簀中范雎謂守者曰公能出我我以厚謝公守者乃請棄簀中死人遂伏匿更名張禄先生隨秦謁者王稽入秦謂昭王曰臣居山東時聞齊有田單而不聞其有王也今大后擅行不顧穰侯出使不報華陽涇陽專斷不請四貴備而國不危者未之有也昭王懼乃疑穰侯收其印而相張禄封爲應侯應侯之相秦蔡澤說曰今君相秦計不下席謀不出廊廟坐制諸侯六國不得合從使

天下皆畏秦也　善曰曹植輔臣論曰英辯博通張升及論
曰蹤枯則冬榮解嘲曰至隙蹈瑕而無所詘也　翰曰言張
祿英辯辯說榮枯在於一朝能濟時厄秦用張儀張祿爲相
窒塞也濛窾也言張儀張祿籌策如以一物塞小竅應時而
合四海諸侯雖齊鋒攻秦一言以說乃
能敵之故此亦兄云二人皆魏人也
摧五回作摧惟庸蜀
與鴝勿鵲同巢苦和句古侯吳與鼃烏華黽猛同穴一
自以爲禽鳥一自以爲魚鼈善曰許慎淮南子注曰榷揚搉略也尚書曰及
庸蜀人孔安國曰庸在江漢之南左氏傳曰鸜鵒株株鸜具
踰反株音誅世本曰吳孰姑徙句吳注孰姑壽夢也句吳太
伯始所居地名句吳句音溝說文曰鼃蝦蟆也胡蝸反鄭玄
周禮注曰黽蝦蟇屬也黽莫耿切漢賈捐之上書曰駱越之
人譬猶魚鼈何足貪也鍾會論曰吳之玩水若魚鼈蜀之便
山若禽獸　良曰摧猶實也蜀多山林且地狹如與鴝鵲之
同巢褊小也吳有江湖
卑濕如與鼃黽同穴也
山阜猥積而崎嶇泉流迸集
而映烏朗咽因隰壤瀸所諧漏而沮子豫洳如豫林藪石留

蕪力又而蕪穢窮岫洩雲日月恒翳宅土熇許驕暑封
疆障癘劉曰山阜猥積蜀也泉流迸集吳也戰國策段規
謂韓王曰分地必取成皐韓王曰成皐石留之地
無所用之也石留之地喻土地多石猶人物之有留結也一
曰礫磧而石也或作溜字　善曰廣雅曰踦嶇傾側也字書
曰映咽流不通也公羊傳曰瀸者何漬也作廉反周易曰甕敝
漏然漏猶滲也滲所禁反毛詩曰彼汾沮洳毛萇曰沮洳其漸
洳也楊惲書曰無穢不治吳蜀皆暑濕其南皆有瘴氣又曰洩
猶出也埤蒼曰熇熱貌許妖反　濟曰言蜀多山阜猥曲積深
崎嶇而險也　良曰言吳地多江海流泉迸集言百川水迸集
於此映咽流也　銑曰下濕曰隰隰之土流瀸水多浸漏而出
沮洳泉沃相和貌林藪礫石地名石間有水曰石留地多草而
荒穢孤窮山岫恒出陰雲不見日月常掩翳多雨　向注同
蔡莽螫適刺力割昆蟲毒噬劉曰蔡莽草也刺多毒草也昆蟲毒噬蝮蛇鴆鳥之屬也　善曰王逸
楚辭注曰蔡草莽也方言曰莽草也南楚曰莽鄭玄禮記注曰
昆明也明蟲者陽而生陰而藏　翰曰刺割噬咬也蔡莽毒草
也所以適割人昆
蟲毒蠱皆咬人也
漢罪流御秦餘徙帑制力宵貌蕞

罪陋稟質遾七和脆蔣衛巷無杼直呂首里罕耆耋或
魋直追髽五臣本作結音計而左言或鏤膚而鑽在官髮或明
發而嬥徒召歌或浮泳而卒歲劉曰楊雄蜀都賦曰秦山東貨殖傳曰秦破趙
遷卓氏於蜀漢時日南北景合浦九真亦皆有徙者息夫躬
孫寵之屬焉　善曰左氏傳舜流四凶族以禦螭魅廣雅曰
帑餘也地理志曰江南卑濕丈夫多夭巴蜀輕易淫泆柔弱
褊陋漢書曰人肖天地之貌方言曰燕記曰豐人杼首杼首
長首也燕謂之杼交益之人率皆弱陋故曰無杼首也左氏
傳曰蕞爾小國杜預曰蕞爾小貌也廣雅曰質軀也遾亦脆
也七戈反說文曰脆少耎易斷也左氏傳曰王使宰孔謂齊
侯曰伯舅耋老杜預曰七十曰耋楊雄蜀記曰蜀之先代人
推結左語不曉文字謳歌巴士人歌也何晏曰巴子謳歌相
引牽連手而跳歌也潛行爲泳詩曰漢之廣矣不可泳思漢
書淮南王曰越鑽髮文身之人張揖以爲古翦字也子踐反
文身即鏤膚也毛詩曰明發不寐爾雅曰嬥嬥契契愈遐急
也郭璞曰賦役不均賢人憂歎遠急切也䠷或作嬥音韋茗
毛詩曰何以卒歲　良曰秦漢遷流罪人於南方以禦魑魅

帑亦罪人也宵小也言其小皃蕞陋醜惡遾脆急躁輕躑之
皃　濟曰罕希也言吳蜀人蕞陋人多不壽故巷無杼首里
希耆老魋結以髮結於兩耳垂者左言謂不曉文字鏤膚即
文身者鑽髮爲一撮於頂後　銑曰發曉也嬥歌人憂者歎
切急之歌言二國政急也居于江
湖若魚鼈浮泳以爲終歲之事
風俗以韰界而倮果爲
嫿五臣本作嫿胡麥反人物以殘害爲藝善曰楊雄反騷曰何文肆而質韰應劭曰韰狹
也方言曰倮勇也果與倮古字通說文曰嫿靜好也音畫左
氏傳曰自內害其君曰殺自外曰戕七良反　良曰言風俗
以狹劣果勇爲好人物
以殘忍殺害爲能也
威儀所不攝憲章所不綴劉曰
孔子憲章文武　善曰毛詩曰朋友攸攝攝以威儀賈逵國
語注曰綴連者也　濟曰言其遐荒風俗殊也綴猶繫之也
由重山之東阸烏介因長川之五臣本作而裾勢距遠
關以闚苦規闒俞時高樔巢而陛制劉曰重山東阸謂蜀也長川裾
勢謂吳也漢書形束壤制　善曰東阸東其民由於湫厄也
裾勢依裾川之形勢也陛制亦以高樔之陛而能約制其民

地形勢足以東制其人也据古據字九御反　向曰据如衣以爲要勢　翰曰言距守遠關闕關中國是居鳥巢而設階陛之制固非其宜矣薄戍緜冪無異蛛蝥莫侯之網弱卒瑣甲無異螳蜋之衞善曰呂氏春秋湯祝曰蛛蝥作罔罟今之人學之蛛音株莊子蘧伯玉謂顏闔曰汝不知夫螳蜋乎怒其臂以當車轍不知其不勝任也　銑曰緜冪纖細也言二國守戍之兵如蛛蝥之網觸而乃破瑣猶碎也弱兵碎甲何異螳蜋之臂以當車轍何足以爲衞與先代善本作世而常然雖信險而勦子了絶揆既往之前跡即將來之後轍成都迄已傾覆建業則亦顛沛善曰書曰天用勦絶其命勦子小反左傳呂相絶秦曰傾覆我社稷論語曰顛沛必於是馬融曰顛沛僵仆也　向曰先代吳王夫差國滅公孫述稱蜀帝而亡雖各以恃險皆勦絶揆度也我度二國則爲後轍喪敗無日矣　翰曰迄竟也成都蜀都建業吳都言竟將顛覆顧非累卵於疊棊焉至觀形而懷怛善曰言其危懼易見不俟覩形也說苑曰晉靈公造九層臺孫息聞之求見曰臣能累十二博棊加九雞子其上公曰子作之孫息以棊子置下加九雞子于其上靈公曰危哉孫息曰是不危復有危於此者九層之臺三年不成鄰國將欲興兵社稷亡滅君欲何望公即壞臺賈逵國語注曰怛懼也　良曰荀息累十二棊子加九卵於上晉平公曰危哉顧二國之危若不同於此何能覩其形而預懷惻怛權假日以餘榮比朝華而菴奄藹善曰權猶苟且也楚辭曰聊假日以須時說文曰木堇朝華暮落　濟曰言二國之君若日在桑榆猶苟且假其餘光如木槿之朝出菴藹然至暮而落覽麥秀與黍離可作謡於吳會善曰尚書大傳曰微子將朝周過殷之墟見麥秀之蘄蘄曰此父母之國宗廟社稷所立也志動心悲欲哭則爲朝周俯泣則婦人推而廣之作雅聲毛詩序曰黍離閔宗周大夫行役過故宗廟宮室盡爲禾黍而作是詩　銑曰微子朝周過殷墟悲而歌曰麥秀蘄蘄兮黍稷離離兮言吳之將亡後必有如此歌謡也二國獨言吳會者舉一足以明蜀矣先生之言未卒吳蜀二客矍音钁善本作戄然相顧瞭天力焉失所

文選六　卅九

有靦他典瞢莫贈反五臣本作懵容神蘂如捶形茹音汝弛氣離坐㥏土典墨而謝劉曰懮懼也春秋傳駟氏懮懼詩曰有靦面目瞢愧也左傳曰亦無瞢焉楊雄方言曰慙也荆揚之閒曰㥏　善曰張以懮先瓏反今本並爲矆矆大視也呼縛反說文曰瞭失意視他狄反字書曰蘂垂也謂垂下也惢與蘂同並而髓反呂氏春秋曰以茹魚驅蠅蠅愈至而不可禁然茹臭敗之義也如舉反廣雅曰弛釋也施紙反㥏勅典反杜預左氏傳注曰墨色下也說文曰謝辭也　向曰矆然驚也瞭焉失意皃靦面慙皃懵愧也形茹曰蘂物之自死曰茹言心死也　翰曰弛解也言向者形容拘束敬聽先生之言愧懼踧踖乃解舒其氣離於坐所㥏墨面色變墨而慙也曰僕黨清狂怵迫閩濮卜習蓼蟲之忘辛翫進退之惟谷非常寐而無覺不覩皇輿之軌躅劉曰漢書昌邑王賀傳曰賀清狂不慧色理清徐而心不慧故清狂也賈誼鵩鳥賦曰怵迫之徒或趨西東　善曰劉淵林注吳都賦曰閩越名也秦并天下以其地爲閩中郡班固述閩越傳曰悠悠外宇閩越東甌孔安國尚書注曰濮國在江漢之南楚辭注曰蓼蟲不知從乎葵藿王逸曰蓼蟲處辛烈食苦惡不從葵藿食甘美毛詩曰人亦有言進退維谷又曰尚寐無覺楚辭曰恐皇輿之敗績漢班嗣書曰伏孔氏之軌躅也　良曰僕黨二客自稱也無疾而狂曰清狂怵迫猶逼迫也閩謂吳也濮謂蜀也言逼迫居於此中如蓼草之蟲忘其辛味如深谷之中進退無所憑據而翫習不覺　濟曰言是非常寐而不覺悟蓋習俗使然所以不見天子上都之軌跡也過以汎剽匹妙之單慧歷執古之醇聽兼重直龍悂邊迷以貤以繆偭彌兖辰光而罔定劉曰揚雄方言曰汎剽輕也　善曰鄭玄禮記注曰過猶誤也王逸楚辭注曰歷逢也老子曰執古之道兼重悂以貤繆言既重其悂而又累其繆也方奚反說文曰貤重次第物也弋豉反漢書音義應劭曰偭背也音面國語曰文亭三辰賈逵曰日月星也　銑曰汎剽輕薄也單惠猶小才也悂用心誤也貤次而視也辰光日也罔無也二客自云已過者由輕薄小才得先生說歷古醇厚之義入於我聽後自思用心之誤次以前者繆言今仰覩先生若目視辰光炫熀不定言敬懼之甚先生玄識深頌靡測得

文選六　四十

闡上德之至盛匪同憂於有聖劉曰老子曰古之士微妙玄通深不可識夫惟不可識故強爲之頌故曰先生玄識深須難測又曰上德無爲而無不爲易曰顯諸仁藏諸用鼓萬物而不與聖人同憂盛德大業至矣哉夫聖人親憂其事然後能立易體無爲而無不爲自然動物而不與聖人同憂蓋謂治念造化出於形器之表者聖人無所復闡無復恤也故曰鼓萬物而不與聖人同憂其上賦中云顯仁翌明藏用玄默故下覆報言之也　善曰王弼周易注曰不與聖人之憂至憂君子之道不長小人之道不消黍稷之不茂禾麥之蕃殖至於乾坤簡易是常無偏於生養無擇於人物不能委曲與彼聖人同此憂之　向曰二客言先生須美魏德深沈莫測也　翰曰匪同謂豈非同也有聖聖人也夫聖人以天下爲憂今先生見我吳蜀之危喩以上皇之盛德使去危就安豈非同聖人之憂乎抑若春霆發響而驚蟄飛競潛龍浮景而幽泉高鏡善曰二客聞言豁然心悟猶春霆響驚蟄紛然而競飛龍彩幽泉煥然而照也呂氏春秋曰開春始雷則蟄蟲動矣詩推度災曰震走而蟄驚易曰潛龍勿用也　良曰言先生之言啓發我心如方春雷霆初震而蟄蟲皆競飛動鏡照也又似潛龍升天浮於日景我於幽泉之中但涵照於其容暉也雖星有風雨之好人有異同之性庶覿蔀部家與剝廬非蘇世而居政劉曰尚書洪範曰庶人惟星星有好風星有好雨言人心之不同如星之所好異易曰豐其屋蔀其家小人剝廬楚辭九章曰蘇世必獨立春秋公羊傳曰君子大居正　善曰言已因此幸見蔀家剝廬之凶非謂悟世而居正道也爾雅曰庶幸也王弼周易注曰蔀覆曖鄣光明之物也既豐其屋又覆其家屋厚家覆闇之甚也王逸楚辭注曰蘇寤之也　濟曰蔀家幽闇之處剝廬小人窮困之居庶近也蘇猶悟也亦二客自言家於幽闇之處其困窮之地不能明悟時事以居正道自責之深也且夫寒谷豐黍吹律以善本無以字暖之也五臣本無也字昏情爽曙箴規以善本無以字顯之也五臣本無也字　劉同銑注　善曰孔安國尚書注爽明也說文曰曙旦明也　銑曰鄒衍居燕地美而谷寒不生五穀鄒子吹律暖氣至遂生黍而豐也　向曰爽明曙曉也箴規教戒也二客言昏曙之情所以明曉者先生戒使然也亦猶寒谷吹律而暖至雖明珠兼寸尺璧有盈曜車二六三傾五城未若申錫典章之爲遠也劉曰太史書曰田敬仲世家傳曰齊威王二十四年與魏惠王會田於郊魏王問曰王亦有寶乎曰無有也魏王曰若寡人小國也尚有徑寸之珠照車前後十二乘者十枚奈何以萬乘國而無寶乎　善曰尹文子曰田父得寶玉徑寸置於廡上其夜照一室史記曰趙惠文王得楚和璧秦昭王聞之願以十五城請易璧毛詩曰申錫無疆　良曰二客言雖此珠璧可貴不如先生申賜教戒之爲遠大也亮曰日不雙麗世無善本作不字兩帝天經地緯理有大歸安得齊給守其小辯也哉劉曰荀卿子曰辯說譬諭給便利而不慎義謂之好說　善曰禮記曰天無二日土無二王漢書文帝賜尉佗書云兩帝並立新序曰單襄公經之以天緯之以地經緯不爽天之象也家語孔子曰小辯害義小言破道也　濟曰亮信也　銑曰天經地緯猶覆育萬物也王者法之而行帝位所立歸於天人心矣　向曰齊給辯說也二客自言安能守此者自悔之也

六臣註文選卷第六

六臣註文選卷第七

梁昭明太子撰

唐李善并五臣註

賦

郊祀祭天曰郊郊者言神交接也祭地曰祀祀者敬祭神明也郊天正於南郊郭外曰郊

甘泉賦 并序

揚子雲善曰漢書曰揚雄字子雲蜀郡人也雄少好學年四十餘自蜀來游京師大司馬王音召以為門下史薦雄待詔歲餘為郎中給事黃門卒桓譚新論曰雄作甘泉賦一首始成夢腸出收而內之明日遂卒然舊有集注者並篇內具列其姓名亦稱臣善以相別佗皆類此　翰曰揚雄家貧好學每制作慕相如之文嘗作緜竹頌成帝時直宿郎揚莊誦此文帝曰此似相如之文莊曰非也此臣邑人揚子雲帝即召見拜為黃門侍郎時帝為趙飛鷰無子往祠甘泉宮雄以制度壯麗因作此賦以諷之也

孝成帝時客有薦雄文似相如者善曰雄荅劉歆書曰雄作成都城四隅銘蜀人有揚莊者為郎誦之於成帝以為似相如雄遂以此得見　良曰客則揚莊也薦進也雄文則緜竹頌也相如司馬相如也上方郊祀甘泉泰時上汾陰后土以求繼嗣善曰上謂成帝也漢書曰武帝幸甘泉令祠官具太一祠壇太一所用如雍時又立后土祠汾陰脽上孟康曰時神靈之所止也脽音誰　良曰泰時壇名汾水名時祭后土於汾南故曰汾陰嗣謂求子也召雄待詔承明之庭善曰諸以材術見知直於承明待詔即見故曰待詔焉西都賦曰又有承明金馬著作之庭漢書曰嚴助為會稽太守帝賜書曰君厭承明之廬張晏曰承明廬在石渠門外　銑曰待詔待天子命也承明殿名

正月從上甘泉還奏甘泉賦以風善曰漢書曰永始四年正月行幸甘泉七略曰甘泉賦永始三年正月待詔臣雄上漢書三年無幸甘泉之文疑七略誤也毛詩序曰下以風刺上音諷不敢正言謂之諷其辭曰

惟漢十世將郊上玄定泰時擁善本作雍神休尊明號善曰晉灼曰擁祐也休美也言見祐護以休美之祥也明號下同符三皇也惟有也是也十世成帝也上玄天也言將祭泰時冀神擁祐之以美祥因尊已之明號也廣雅曰將欲也雍音擁　翰曰成帝當漢之十世上玄天也言設壇郊天冀神之擁祐以休美之祥故尊祭祀加以殊號謂牛曰一元大武是也同符三皇錄功五帝䘏胤錫羡羊箭拓託迹開統善曰文穎曰符合也言同符契於三皇錄功勤於五帝也應劭曰䘏憂也胤續也錫與也羡饒也拓廣也時成帝憂無繼嗣故脩祠泰時后土言神明饒與福祥廣迹而開統也李奇曰統緒也羡弋戰切　銑曰䘏憂胤續錫與羡饒拓廣也言成帝憂無子繼續故脩泰時祭后土也神明饒與福祥廣跡而開理緒也於是迺命羣僚歷吉日協靈辰善曰爾雅曰命告也楚辭曰歷吉日吾將行郭璞上林賦注曰歷選也爾雅注曰辰時也　濟曰僚官也歷選靈善也言命羣官選吉日合善時而行之星陳而天行善曰星陳天行東京賦曰清道按列星陳天行易曰天行健尚書大傳曰明明上天爛然星陳　良曰星陳謂羣臣陳列如星天行天子之行也詔招搖與太善本作泰陰兮伏鉤陳使當兵善曰張晏曰禮記曰招搖在上急繕其怒太陰歲後三辰也服虔曰鉤陳神名也紫微宮外營陳星也西京賦曰鉤陳之外閣道穹隆西都賦曰周之鉤陳之位樂汁圖曰鉤陳後宮也服虔甘泉賦注曰紫宮外營鉤陳星也然王者亦法之鄭玄禮記注曰當主也主謂典領也　銑曰招搖北斗端星太陰太歲前二辰也鉤陳星名主營鉤陳言皆畫於旌旗以取象焉屬堪輿以壁壘兮梢夔魖虛而抶丑栗獝其聿狂善曰張晏曰堪輿天地總名也孟康曰木石之怪曰夔如龍有角人面魖耗鬼也獝狂亦惡鬼也今皆梢而去之杜預左氏傳注曰屬託也淮南子曰堪輿行雄以知雌許慎

曰堪天道也輿地道也說文曰抶擊也丑乙切　向曰堪輿天地之神也使知軍之壁壘梢抶皆擊也夔魖獝狂皆惡神鬼名

八神奔而警蹕兮振殷於謹**轔**栗忍**而軍裝**

善曰服虔曰自招搖遊神之屬也張晏曰堪輿至獝狂八神也言上諸神各有職役夔魖之屬又梢去之故令八方之神奔走而警蹕殷轔之盛而以軍裝也轔栗忍切漢書武帝紀曰用事八神文穎曰八方之神也薛君韓詩章句曰振奮也殷轔言盛多也軍裝如軍戎之裝也　向曰八神八方之神令與天子警蹕也振衆也殷轔盛皃言八神之衆皆軍服而從

蚩尤之倫帶干將而秉玉戚兮飛蒙茸而容**而走陸梁**

善曰張晏曰玉戚以玉爲戚柲也晉灼曰飛者蒙茸而亂走者陸梁而跳謂猛士之輩西京賦曰蚩尤秉鉞奮鬣被般音班山海經曰蚩尤作兵戈黃帝史記曰黃帝與蚩尤戰於涿鹿之野蒼頡篇曰鉞斧也東京賦曰紆黃組要平聲干將蔡邕獨斷曰干將劍名也越絕書曰楚王令歐冶子干將爲鐵劍三枚一曰龍淵二曰太阿三曰工市吳越春秋曰干將者吳人造劍二枚一曰干將二曰莫耶禮記曰朱干玉戚鄭玄曰戚斧也考工記注曰柲猶柄也音秘茸而恭切　濟七六十

曰蚩尤古善用兵者干將劍也秉執也戚斧也玉戚以玉飾斧也蒙茸陸梁亂走皃言使此人帶劍執斧馳走於左右

齊總總玆**以撙撙**損**其相膠轕**葛**兮猋駭雲迅**善本作訊**奮以方攘**如羊反

善曰晉灼曰方攘半散也王逸楚辭注曰總總撙撙束聚貌也吳都賦曰東西膠葛南北崢嶸又曰膠葛長遠之貌魯靈光殿賦曰洞膠葛其無垠鄭玄禮記注曰奮迅也撙子本反迅音信五臣本撙作蕁　銑曰總總蕁蕁攢聚皃膠轕雜亂皃猋駭雲迅言其速也奮亦速也方攘分散貌

騈羅列布鱗以雜沓兮偨初蟻切善本作柴**傂**音豸善本作虒**參差魚頡而鳥䀜**

善曰騈猶併也張揖上林賦注曰柴虒不齊也頡䀜猶頡頏也頡胡結切䀜胡剛切　銑曰騈並羅列也偨傂參差不齊整皃頡䀜皃飛翔也言衆神並列前後其行迅疾如魚躍鳥翔也

翕許急**赫曶**忽**霍霧集而蒙合兮半散照**善本作昭**爛粲以成章**

善曰翕赫盛貌曶霍疾貌爾雅曰天氣下地氣不應曰霧霧與蒙同　濟曰翕赫曶霍盛疾貌霧地氣蒙天氣言師衆如蒙霧之合半散照爛謂分布而光明文章也

於是乘輿迺登夫鳳皇兮而翳華芝

善曰韋昭曰鳳皇爲車飾也翳隱也服虔曰華芝蓋也言以華蓋自翳也　濟曰乘輿天子也鳳皇車名翳隱也華芝蓋名

駟蒼螭兮六素虯蠖烏郭**略蕤**爾隹**綏灕虖蔘**五臣作乎摻**纚**所宜反

善曰高唐賦曰乘玉輿兮駟蒼螭上林賦曰乘鏤象六玉虯說文曰虯龍無角者春秋命歷序曰皇伯駕六龍蠖略蕤綏龍行之貌也灕虖蔘纚龍翰下垂之貌也蠖於縛切蔘音森　向曰駟駕也蒼螭蒼龍也素虯白龍也凡稱龍者皆馬也言龍者美之也

帥爾陰閉霅蘇合**然陽開**

善曰晉灼曰帥聚也霅散也文子曰與陰俱閉與陽俱開霅蘇甲切　良曰帥聚霅散也言聚之則陰閉散之則陽開

騰清霄而軼浮景兮夫何旟余**旐**兆**郅**質**偈**居竭**之旖**於綺**旎**女氏**也**

善曰張晏曰軼過雲與倒景也服虔曰旖旎從風柔弱貌薛君韓詩章句曰騰乘也浮景流景也神女賦曰夫何神女之妖麗何休公羊傳注曰據疑問所不知者曰何周禮曰鳥隼爲

旟龜蛇爲旐郅偈竿之貌也揭音桀旎女氏切　翰曰清霄天也軼過也浮景倒景也夫何歎美之辭旟上畫鳥曰旟畫龜曰旐郅偈竿之貌

流星旄以電燭五臣本作爥字**兮咸翠蓋而鸞旗**

善曰言星旄之流如電之光也周書曰樓煩星旄者羽旄也鄭玄曰可以爲旌旗也高唐賦曰蜺爲旌翠爲蓋蔡邕獨斷曰天子出前驅有鸞旗者編羽毛列繫幢傍　銑曰旄以旄牛尾爲之飾以星文其光如電懸於竿上以指麾也翠蓋翠羽飾蓋鸞旗畫鸞於旗上

屯善本作敦**萬騎於中營兮方玉車之千乘**

善曰軘與屯同王逸楚辭注曰屯陳也鄭玄儀禮注曰方併也玉車以玉飾車也　濟曰中營天子營也萬騎千乘言多也

聲駍普萌**隱以陸離兮輕先疾雷而馺**先合**遺風**

善曰廣雅曰陸離參差也方言曰馺馳也郭璞曰馺疾也聖主得賢臣頌曰追奔電逐遺風　向曰駍隱車騎聲也陸離奔馳貌言車騎之速過於疾雷馳及遺風也

臨高衍之嵱勇**嵷**聳**兮超紆譎之清澄登椽欒而羾**貢**天門兮馳閶闔而**

入凌兢巨矜反　善曰孟康曰衍無崖岸也紆譎曲折也李奇曰嵱音踊嵷音竦如淳曰嵱嵷上下衆多貌服虔曰椽欒甘泉南山也凌兢恐懼貌也楚辭曰令帝閽開閶闔而望予王逸曰閶闔天門也兢鉅陵切　銑曰孤至也嵱嵷衆多也椽欒山名閶闔天門名凌兢寒凉處也言衆臨高平之地乃升椽欒而至於天門過閶闔入於寒凉之處也是時未臻夫甘泉也迺望通天之繹繹善曰臻與臻同或作蓁西京賦曰通天訬以竦峙又曰通天臺名武帝元封二年作漢書舊儀云高三十丈望見長安城薛君韓詩章句曰繹繹盛貌　翰曰臻至也繹繹高皃言未至甘泉宮望見通天臺繹繹然高也下陰潛以慘七敢懔來敢兮上洪紛而相錯善曰慘廩寒貌也善本懔作廩良曰慘懔不明皃言臺高其下潛陰不明其上廣大光彩交錯也直嶢嶢堯以造錯告天兮厥高慶羌而不可乎彌度杜洛反　善曰七發曰條上造天孔安國尚書傳曰造至也爾雅曰彌終也言高不可終竟而度量也度大各切彌或爲𢏚　濟曰嶢嶢高也造至彌終也言其嶢嶢然至天歎其高不可終竟而度量也

平原唐其壇徒汗漫善本作曼兮列新夷善本作雉於林薄善曰鄧展曰唐道也服虔曰新雉香草也雉夷聲相近子虛賦曰案衍壇曼新雉辛夷也本草辛夷一名辛矧廣雅曰草藂生曰薄壇徒旦切曼莫旦切　翰曰唐道也壇曼廣大貌新夷香草也言平原廣大之地香草徧列於林薄之間攢并閭與茇步末葀括兮紛被皮義麗其亡五臣本作無字鄂五各反　善曰蒼頡篇曰攢聚也并閭椶也茇葀草名也被麗分散貌也風賦曰被麗披離鄂垠堮也麗音隸　銑曰攢植也并閭茇葀皆瑞草名也言此草徧植被麗色於林野無涯際也崇丘陵之駊頗騀我兮深溝嶔苦咸巖而爲谷善曰蘇林曰駊騀音叵我駊騀高大貌也嶔巖深貌也嶔口銜切　向曰丘陵山之惣名駊騀高也嶔巖兮深皃言山阜之高溝坑之深迣迣五臣本作往往離宮般班以相燭兮封巒石關迆巳爾切善本作延靡乎連善本作施屬之欲反　善曰應劭曰言秦離宮三百武帝復往往脩理之也往往作迣迣古文往字也往往言非一也般布也與班同三輔黃圖曰甘泉有石闕觀封巒觀施靡相連貌也施弋爾切鄭玄喪服傳註曰屬連也　濟曰般布燭照也言官館分布有光色以相照封巒石闕二觀名迆靡相連屬皃於是大厦雲譎波詭摧子罪嗺子水而成觀工喚切　善曰孟康曰言厦屋變巧乃爲雲氣水波相譎詭也摧嗺林木崇積貌也言大厦之高而成觀闕也　良曰大厦屋也圖爲雲氣水波之文以爲詭異摧嗺林木崇積皃言此屋積材之高以成觀闕仰矯善本作撟首以高視兮目冥莫見眴縣而無見善曰王逸楚辭註曰撟舉也撟與矯同　良曰矯舉也冥眴昏亂皃言舉首高望令目昏亂正瀏劉濫以弘惝敞兮指東西之漫漫善曰孟康曰瀏清也服虔曰惝大貌也又曰瀏濫猶言清淨而汎濫也漫漫無涯際之貌也　銑曰瀏濫清淨也弘敞猶高大也言觀其清淨高大指其東西無涯際徒徊徊以徨徨兮魂魄善本作魂作魄固眇眇而昏亂善曰言迷惑也　翰曰徊徨謂心驚昏亂謂迷惑言驚其壯麗令魂魄眇然迷惑據

軨零軒而周流兮忽坱烏朗圠烏黠而無垠音銀　善曰韋昭曰軨欄也軒檻板也軨與櫺同周流流行周徧也坱北廣大貌也鵩鳥賦曰坱北無垠坱北五臣本作軮軋　向曰據依也軨軒欄檻也軮軋廣大貌言依其欄檻周徧而行廣大無垠畔翠玉樹之青葱兮璧馬犀之璘音隣善本作瞵瑞音斌　善曰漢武帝故事曰上起神屋前庭殖玉樹珊瑚爲枝碧玉爲葉　璧馬犀言作馬及犀爲璧飾也埤蒼曰瞵瑞文貌也晉灼曰瑞音豳　向曰翠碧也謂武帝植玉樹於此宮以碧玉爲葉青葱玉樹色也又作璧馬犀牛等爲飾瞵瑞寶物文彩也金人仡仡魚乙切五臣本有一仡字其承鍾虡巨兮嶔苦咸巖巖其龍鱗善曰孔安國尚書傳曰仡仡壯勇之貌也巖開張之貌也龍鱗似龍之鱗也仡魚乞切嶔火敢切　濟曰仡壯勇皃言壯勇之金人飾以龍文令負鍾虡嶔巖巖皆鱗甲開張皃揚光曜之燎燭兮垂景炎豔之炘炘音忻　善曰晉灼曰景大也廣雅曰炘熱也音欣　濟曰景日也炘炘熱氣皃言宮觀華飾揚其光曜燎燭於上曰光下照之炘

炘然與熱氣同盛

配帝居
五臣本作宮字
之縣圃兮象泰壹
五臣本作太一
之威神
善曰服虔曰曾城縣圃閬風崑崙之山三重也天帝神在其上　銑曰縣圃在崐崘山上天帝所居處也配匹言此宮觀亦可匹之太一天神也居於紫微宮言此神麗亦取象焉

洪臺崛
善本作掘
其獨出兮㩁
陟里
北極之嶟嶟
七旬切　善曰應劭曰崛特貌也晉灼曰嶟嶟欟緻也爾雅曰北極謂之北辰𢫫其勿切㩁竹指切嶟千旬切　銑曰洪大㩁至也言大臺崛然高出上至北極嶟嶟峻秀皃

列宿迺
五臣本作乃字
施
式之
於上榮兮日月纔經於柍
於兩
振
音眞
善曰韋昭曰榮屋翼也服虔曰柍中央也振屋梠也振音辰　翰曰榮搏風也柍振屋宇端也言臺高列宿日月皆經歷於此

雷鬱律於巖窔
烏叫善本作窔
兮電倏忽於轖藩
善曰鬱律小聲也上林賦曰嶻巖窔洞房釋名曰窔幽也倏忽疾貌也藩籬也窔一弔切　翰曰巖窔山之深處也言雷聲小聞於深窔之處電光微見於轖藩之上

鬼魅不能自逮兮半長途而下顛
善曰逮及也爾雅曰顛隕也　良曰顛隊也言鬼魅至神亦不及其上半途而顛隊

歷倒景而絕飛梁兮浮蠛
音滅
蠓
莫孔
而撇
匹列
天
善曰張揖曰陵陽子明經曰倒景氣去地四千里如淳郊祀志注曰在日月之上日月返從下照故其景皆倒在下服虔曰浮高貌也晉灼曰飛梁浮道之橋也孫炎爾雅曰蠛蠓蟲小於蚊張揖三蒼注曰撆拂也　向曰倒景上照也歷浮皆過也撇拂也蠛蠓遊氣也飛梁閣道也言高反出倒景過於遊氣絕出閣道而拂於天也

左欃槍而右玄冥兮前熛
匹遙
闕而後應門
善曰晉灼曰大人賦曰攙搶以為旗又曰左玄冥而右黔雷雄擬相如故云爾也熛闕赤色之闕也南方之帝曰赤熛怒應門正門在熛闕之內也應劭曰大人賦注曰攙槍奔星也張揖曰玄冥北方黑帝佐也　翰曰攙槍星名玄冥北方水神名熛赤色造赤闕於南以象方色應門正門在闕後

蔭西海與幽都兮涌醴汨
于筆
以生川
善曰如淳曰言闕之高乃蔭西海也山海經曰北海之內有山名曰幽都黑水出焉涌醴醴泉涌出也方言曰汨疾也　銑曰汨疾生成也言闕高蔭於西海幽都醴泉涌出疾流而成川

蛟龍連蜷
拳
於東厓兮白虎敦
五臣本作屯字
圉乎崑崙
五臣本作崐崘　善曰連蜷長曲貌也敦圉盛怒貌也春秋漢含孳曰天一之帝居左青龍右白虎服虔曰象崑崙山在甘泉宮中也敦徒昆切與沌同　向曰崐崘山天帝所居左青龍右白虎言此中象而為之連蜷長曲皃屯圉怒盛貌

覽樛流於高光兮溶
勇
方皇
五臣本作彷徨
於西青
善曰服虔曰高光宮名也晉灼曰樛流猶繚繞樛流高曲之貌也溶盛貌也方皇即彷徨觀名也漢書曰甘泉有高光旁皇旁音傍西清西廂清淨之處也上林賦曰象輿婉僤於西清　銑曰樛流長遠皃西清謂西廂清閑處

前殿崔巍兮和氏玲瓏
五臣本作瓏玲　善曰晉灼曰以黃金為璧帶含藍田璧玲瓏明見貌也前殿正殿也諸宮皆有之漢書曰未央宮立前殿　良曰前殿殿名崔巍高也和氏璧也用以飾殿瓏玲光明皃

抗浮柱之飛榱兮神莫莫而扶傾
善曰抗舉也舉浮柱之飛榱言擔宇高峻若神清淨而扶其傾危也抗善作炕與抗同毛詩曰君婦莫莫毛萇曰莫莫清淨也　向曰浮柱梁上柱也飛榱椽也言擔宇高峻若衆神扶持其傾側也莫莫衆多皃

閌
抗
閬閬
郎
其寥廓兮似紫宮之崢嶸
善曰閌高也說文曰閬閬高大之貌也寥廓虛靜貌西京賦曰正紫宮於未央表嶢闕於閶闔又曰天有紫微宮王者象之紫微宮門名曰閶闔辛氏三秦記曰未央宮一名紫微宮然未央為揔稱紫宮其中別名上林賦曰刻削崢嶸司馬彪曰崢嶸深貌也閬音浪寥音僚　翰曰閌閬閬皆高也寥廓虛靜也言此殿高而虛靜有似紫微宮之高深也崢嶸高深貌

駢交錯而曼
萬
衍
弋戰
兮嵈
他賄
嵬
音皐
隗
五賄切五臣本作峩巍
乎其相嬰
善曰西都賦曰遂集乎中囿陳師按屯駢部曲列隊又曰駢猶併也步田切曼衍分布也埤蒼曰嵈山長貌嵬隗高貌嬰繞也嵬音摧巍五迴切　良曰駢交錯言擔榱相屬也曼衍分布皃嵈嵬巍山高長貌言觀與之相嬰繞

乘雲閣而上下兮紛蒙籠以混成
善曰服虔曰蒙籠膠葛皃混成若自然也雲閣言高連雲也老子曰有物混成　良曰雲閣言高連雲也混猶自然也言上下蒙籠與山同體如自然而成

曳紅采

五臣本作虹綵 之流離兮颺 羊 翠氣之宛延 善曰言觀之高殿紅采翠氣流離宛延於其側也 襲琁室與傾宮兮若登高眇 銑注同宛延長曲貌 遠亡國 五臣本若登高眇而遠 肅乎臨淵 善曰服虔曰襲繼也以此微諫也應劭曰登高遠望當以亡國爲戒若臨深淵也桀作琁室紂作傾宮晏子春秋曰夏之衰也其王桀作爲琁室殷之衰也其王紂作爲傾宮 濟注同 迴猋 摽 肆其碭 徒浪切五臣本作盪字 駭兮披 披 桂椒而鬱栘 夷 楊 善曰服虔曰迴猋回風也毛萇詩傳曰肆疾也碭過也廣雅曰駭起也披與披同說文曰鬱木聚生也爾雅曰棠棣栘也楊楊樹也言回風碭駭披散桂椒又鬱衆栘楊也 向注同椒桂香木栘楊木名言迴風疾過而鬱起則披拂香木鬱茂於栘楊也 香芬茀 房勿 以穹隆兮擊薄 五臣本作欂字 櫨 力都 而將榮 善曰言香氣芬茀穹隆而盛乃拂擊薄櫨而及屋榮也說文曰欂櫨柱上枅也薛君韓詩章句曰將辭也薄房隔切 良曰穹崇盛也謂香氣盛擊於曲枅與搏風也欂櫨曲枅也 薌 香 呹 迭 肸 許乙 以棍 乎本 批 蒲結 兮聲駍 普萌 隱而歷鐘 善曰薌亦香字也禮記曰燔燎羶薌呹疾也說文曰肸蠁布也棍同也批擊也歷鐘經歷至鐘也 銑曰呹肸疾散皃言香氣與風同歷於鐘乃駍隱而發聲 排玉戶而颺金鋪兮發蘭蕙與芎藭 善曰李奇曰鋪門鋪首也言風颺香氣既排玉戶而颺金鋪又發揚蘭蕙與芎藭也 翰曰排開也玉戶玉飾戶也鋪門首也言風開玉戶颺門首發蘭蕙芎藭之氣也芎藭香草也 帷 五臣本有首字 弸 普萌 環 音宏 其拂汨 于密 兮稍暗暗 烏敢 而靚 靜 深 善曰弸環風吹帷帳之聲也拂汨鼓動之貌暗深空之貌 向曰弸環聲也拂汨動也稍少也言風擊其帷幔發聲而動少則閽然深靜也 陰陽清濁穆羽相和兮若夔牙之調琴 善曰張晏曰聲細不過羽穆穆然相和也莊子黃帝曰一清一濁陰陽調和尚書曰夔典樂敎胄子列子曰伯牙善鼓琴 濟曰言風擊清濁之音其細如羽聲穆然相和如夔牙彈琴焉夔舜樂官牙伯牙也皆古之善樂者 般倕棄其剞 居綺 劂

居衛 兮王爾 善本作爾 投其鉤繩 善曰應劭曰剞曲刀也劂曲鑿也尚書曰咨倕汝共工般魯般也爾王爾也西京賦曰命般爾之巧匠又曰般魯般一云公輸之子魯哀公時巧人爾王爾皆古之巧者也淮南子曰魯般以木爲鳶而飛之又曰王爾元所錯其剞劂般與班同倕音垂 濟曰般倕王爾皆古巧人也剞劂刀鑿也鉤曲尺繩以准直言見此奇妙皆投棄不敢爲也 雖方征僑與偓佺兮猶彷佛 五臣本作髣髴 其若夢 善曰晉灼曰方常也征行也言宮觀之高峻雖使仙人行其上恐遽不識其形觀猶彷彿若夢也鄭玄毛詩箋曰方且也征僑姓征名僑也司馬相如大人賦曰廝征伯僑漢書曰正伯僑並同也餘依晉說列仙傳曰偓佺槐里采藥父也食松實形體生毛數寸能飛行逮走馬說文曰彷彿相似視不諟也楚辭曰時彷彿以遙見諟即諦字音帝 良曰方且也征僑偓佺皆古仙人名且仙人遊焉亦不識其形狀髣髴如夢中矣 於是事變物化目駭耳回 五臣本作迴字 蓋天子穆然珍臺閒 閑 館琁題玉英蟺 音蟬善本作蜵 蜎 於緣 蠖 烏郭 濩 胡郭 之中 善曰蒼頡篇曰駭驚也回謂回皇也應劭曰題頭也榱椽之頭皆以玉飾言其英華相燭也張晏曰蜵蜎蠖濩刻鏤之形也范子曰玉英出藍田孝經援神契曰玉英玉有英華之色蜵音淵 銑曰言宮觀之上彫鏤變化皆驚駭人之耳目也穆然靜默皃謂天子於珍臺閑館之中靜默思祭祀之事琁題以玉飾椽英華相照也蟺蜎蠖濩宮觀深邃之皃 惟天所以澄心清魂儲精垂恩 善本作恩 善曰鄭玄毛詩箋曰惟思也文子曰澄心清意言儲蓄精誠冀神垂恩也 濟曰言天子澄心清意儲蓄精誠冀神垂心也 感動 五臣本感動上有迺字 天地逆釐三神者 善曰服虔曰釐福也韋昭曰逆迎受福釐也三神天地人也釐音熙 良曰逆迎釐福也言感動上下迎福於天地人之神也 迺搜逑索偶皋伊之徒冠倫魁能 乃來 函甘棠之惠 善本作恩 挾東征之意 相與齊 齋 乎陽靈之宮 善曰韋昭曰搜擇也逑匹也索求也偶對也應劭曰冠其羣倫魁桀也皋皋繇堯臣也伊伊尹湯臣也毛詩序曰甘棠美邵伯也又曰東山周公東征也韓康伯易注曰洗心曰齊

齋側皆切祭天之所故曰陽靈 翰注同甘棠詩篇名美邵公化周公東征管蔡功成周業冠冠羣也魁魁傑也言擇取

賢人臯伊之徒有魁傑之風者與之同齋於陽靈宮陽靈宮名**靡薜荔而爲席兮折**

瓊枝以爲芳噏五臣本作吸字**清雲之流霞**善本作瑕**兮飲**

若木之露英善曰靡謂偃靡之藉地而爲席也楚辭曰折瓊枝以繼佩淮南子曰志厲清雲非夸

矜也司馬相如大人賦曰呼吸沆瀣餐朝霞霞或作瑕古字通山海經曰灰野之山有赤樹青葉名曰若木露英英之含

露者 良曰若木神木也言吸雲表之霞若木之露以取清潔也**集乎禮神之囿登**

乎頌祇之堂善曰禮神謂祭天也晉灼曰后土歌祭之處也爲歌頌以祭地祇 向曰神囿祇堂皆祀

神之所作歌頌以祭之**建光耀之長旓**所交**兮昭華覆之威威**

善曰服虔曰昭明也華覆華蓋也埤蒼曰旓旌旗斿也威猶葳蕤也 翰同善注**攀琁璣而下**

視兮行遊目乎三危善曰漢書曰北斗七星所謂琁璣玉衡楚辭曰忽反顧以遊目尚書

曰導黑水至于三危 銑曰琁璣北斗也三危山名言臺高可攀北斗下視三危山也**陳衆車於**

東阬苦庚**兮肆玉軑**大**而下馳**善曰同濟注晉灼曰軑車轄也韋昭曰軑徒計

切賈逵國語注曰肆恣也楚辭曰齊玉軑而並馳 濟曰東阬東海也玉軑玉飾車軒也言陳列衆車於東海恣其車騎

下馳也**漂龍淵而還**旋**九垠**銀**兮窺地底而上迴**

善曰應劭曰龍淵在張掖服虔曰九垠九重也言從東阬下馳遂浮龍淵而繞其九重乃窺地底而上歸也說文曰漂浮

也莊子曰千金之珠在九重之淵驪龍頷下廣雅曰垠厓也厓亦重之義也 向曰龍淵劍名言浮龍淵旋經九重之高

窺見地底而上歸迴歸也**風傱傱**五臣本作潨潨音叢**而扶轄兮鸞鳳紛**

其銜蕤善曰傱傱疾貌也音竦晉灼曰蕤綏也濟注同言使疾風扶車轄鸞鳳啣纓綏也**梁弱**

水之潚土挺**濙**烏挺**兮躡不周之逶**於爲**迆**音移 善曰服虔曰崑崙

之東有弱水渡之若潚濙耳潚濙小水貌也字林曰濙絕小水也廣雅曰躡履也山海經曰西海之外有山不合名曰不

周逶蛇欲平邈也潚吐定切濙音熒 向注同潚濙不流皃逶迆長曲皃**想西王母欣然而**

上壽兮屏玉女而却宓妃善曰言既臻西極故想王母而上壽乃娛好色之敗

德故屏除玉女而及宓妃亦以此微諫也山海經曰玉山西王母所居也神異經曰東荒中有大石室東王公居之常與

玉女共投壺宓妃東京賦曰宓妃攸館神用挺紀 又楚辭曰迎宓妃於伊洛王逸曰宓妃神女蓋伊洛之水精 銑曰西

王母仙女也玉女美女宓妃洛水東神也言至西極想王母上壽乃娛好色敗德故屏除美女宓妃也**玉女**

亡無**所眺其清矑**盧**兮宓妃曾不得施其蛾眉**

善曰服虔曰矑目童子也毛詩曰螓首蛾眉 良注同言屏棄不用無所呈其眉目**方攬**覽**道德**

之精剛兮侔神明與之爲資善曰晉灼曰等天地之計量也說文曰攬撮持

也精剛精微剛強也 翰注同侔法也言撮取道德精微之理法神明以爲資用也**於是欽柴宗**

祈燎薰皇天善曰恭敬燔柴尊崇所祈也尚書曰至于岱宗柴應劭曰牲玉之香也 銑曰言恭

敬燔柴以尊所求燒牲玉薰天以祭也宗尊也**皐摇泰壹**五臣本作招摇太一**舉洪頤**

樹靈旗善曰如淳曰招作皐皐挈皐也積柴於挈皐頭置牲玉於其上舉而燒之欲近天也張晏曰招摇泰

一皆神名摇與遥同也服虔曰洪頤旌名也應劭曰旌旆布也李奇曰欲伐南越告禱太一畫旗樹太一壇上名靈旗以

指所伐之國也漢郊祀志元鼎五年秋伐南越告禱太一以牡荆畫幡日月北斗登龍以象太一三星爲泰一鋒旗命曰

靈旗爲兵禱則太史奉以指所伐國 向曰招摇太一皆星神名洪頤旌名**樵蒸焜上配藜四**

施善曰張晏曰配藜披離也言燔燎之盛故樵蒸之光同上而披離四布也周禮曰供祭祀之薪蒸鄭玄曰麤曰薪細

曰蒸善本作昆說文曰昆同也昆或爲焜字書曰焜煌火貌 向曰樵蒸炬火也言炬火之光焜然披離施之於四邊也

東爥滄海西燿流沙所宜**北爌**晃**幽都南煬**移尚**丹**

厓五臣本作涯字 善曰服虔曰丹水之涯也尚書曰弱水餘波入于流沙吳都賦曰開北戶以向日齊南冥於幽都

又曰尚書曰宅朔方曰幽都謂日既任北則南冥與幽都同爌與晃音義同方言曰煬炙也 良曰爥燿爌煬皆光照也

謂東西南北極遠而照也玄瓚觩虯䚥幽力秬鬯泔胡敢淡大敢切善曰同濟注張晏曰瓚受五升口徑八寸以大圭爲柄用灌鬯觩䚥其貌也應劭曰泔淡滿也孔安國尚書傳曰黑黍曰秬釀以鬯草濟曰瓚酒器以玄玉飾之觩䚥器皃秬鬯香酒泔淡滿也肸蠁豐融懿懿芬芬炎感黃龍兮熛摽訛碩麟善曰言秬鬯分布芬芳盛美也肸蠁蜀都賦曰景福肸蠁而興作又曰上林賦曰肸蠁布寫甘泉賦注曰說文曰肸蠁布也韋昭曰碩大也言焱熛熾盛感動神物也字林曰焱火光也說文曰熛火飛也毛萇詩傳曰訛動也銑注同豐融謂饒衍也懿懿芬芬香氣盛也碩麟遠方地名言感黃龍之瑞動遠方之地也選巫咸兮叫帝閽開天庭兮延羣神善曰服虔曰令巫祝叫呼天門也山海經曰大荒中有靈山巫咸從此升降王逸楚辭注曰巫咸古神巫也楚辭曰吾令帝閽開兮鄭玄禮記注曰延導也良曰巫咸古神巫之名帝閽天門也言擇取巫咸令叫開天門以延百神儐暗烏感藹兮降清壇瑞穰穰兮委如山善曰張晏曰儐贊也鄭玄周禮注曰接賓曰儐然謂贊禮者也暗藹衆盛也委積也銑注同言神儐從衆多下於清壇致以祥瑞穰穰然委積如山也於是事畢功弘迴車而歸度三巒兮偈憩棠黎五臣本作棃字善曰晉灼曰黃圖無三巒相如傳有封巒觀三巒即封巒觀也漢書曰甘泉有封巒棠棃韋昭曰偈息也翰曰因事畢謂祭畢也功績旣大迴車將歸度三巒山息棠棃館天閫決兮地垠開八荒協兮萬國諧善曰鄭玄禮記注曰閫門限也決亦開也言門決以出德澤故八荒萬國俱協諧也向曰閫限決開也言天地之門開通以出德澤故八荒萬國無不諧和也登長平兮雷鼓磕苦蓋天聲起兮勇士厲善曰如淳曰長平坂名在池陽南字指曰磕大聲也口蓋切天聲如天之聲言其大也杜預左氏傳注曰厲猛也濟曰雷鼓六面鼓也磕大也言天子登此坂擊鼓其聲大如雷故曰天聲也勇士厲謂皆嚴整雲飛揚兮雨滂沛五臣本作霶霈于胥德兮麗萬世善曰言恩澤之多若雲行雨施君臣皆有聖德故華麗至於萬世也毛詩曰于

胥樂兮鄭玄曰于於也胥皆也翰曰謂天之恩澤霶霈如雲雨于胥德謂君聖臣賢以德相輔其麗長至於萬代也亂曰善曰王逸楚辭注曰亂理也所以發理辭指總撮所要也翰注同言重理一賦之意崇崇圜丘隆隱天兮善曰崇崇高貌也廣雅曰圜丘大壇祭天也銑曰圜丘祭天之壇崇崇隱天言高也登降峛力爾崺弋爾單蟬埢拳垣兮善曰登降上下也峛崺邪道也單大貌埢垣圜貌銑同善注增宮參善本作嵾差駢步千嵯材何峨兮良曰參差不齊皃嵯峨高也言宮宇駢列而高也岭零巆營嶙鄰峋旬洞無厓五臣本作涯字兮善曰埤蒼曰岭巆嶙峋深無厓之貌濟曰高深無涯上天之縡載杳旭卉兮善曰縡事也杳深遠也旭卉難知也毛詩曰上天之載無聲無臭銑曰杳高遠也旭美卉衆也言上天之事高遠故其美衆多也聖皇穆穆信厥對兮徠五臣本作來字祇善本作祇郊禋神所依兮善曰李奇曰對配也能與天相對配也詩曰帝作邦作對言來郊禋而甚敬故爲神祇之所依也良曰聖皇帝也對配祇敬也言能與天相配致敬以奉郊禋故爲神所依附也徘徊招搖靈棲遲兮善曰招搖猶彷徨也迡遲即棲遲也毛萇詩傳曰棲遲遊息也招必搖切迡音棲遲大夷切善本棲遲作迡遲向曰招搖神名言神靈徘徊而棲遲於此也煇光善本作光煇眩燿降厥福兮子子孫孫長無極兮良曰言神祇降福故得子孫無極也

耕藉善曰臣瓚漢書注曰景帝詔曰朕親耕本以躬親爲義藉謂蹈藉之也

藉田賦

善曰臧榮緒晉書曰泰始四年正月丁亥世祖初藉于千畝司空掾潘岳作藉田頌也

潘安仁善曰臧榮緒晉書曰潘岳字安仁滎陽中牟人總角辯惠摛藻清豔鄉邑稱爲奇童弱冠辟司空太尉府舉秀才高步一時爲衆所疾然藉田西征咸有舊注以其

釋文膚淺引譖跳略故並不取焉　翰曰同善注善屬文仕西晉爲黄門郎晉武帝時作賦藉者借也借人力理田以奉宗廟示爲天下先也

伊晉之四年正月丁未皇帝親率羣后藉于千畝之甸禮也善曰晉書曰丁亥藉田戊子大赦今爲丁未誤也東京賦曰脩帝藉於千畝又曰禮記曰躬耕帝藉天子三推爲藉千畝　銑曰伊維也四年武帝四年也千畝天子藉田數也甸郊野之稱也於是乃使甸師清畿野廬埽路封人壝以類宮掌舍設枑音互善曰周禮曰甸師掌帥其屬而耕耨王藉鄭玄曰師猶長也然甸師而爲師者避晉景帝諱也周禮曰野廬氏掌達國道路周禮曰封人掌設王之社壝爲畿封而樹之鄭玄曰聚土曰封壝謂壇及堳埒也周禮曰掌舍掌天之會同之舍設梐枑再重杜子春讀爲梐枑梐枑行馬也壝以季切　向同善注青壇蔚其嶽立兮翠幕黕丁敢以雲布善曰國語虢文公曰古者王命司空除壇于藉楊脩許昌宮賦曰華殿炳而嶽立鄭玄周禮注曰帷覆上曰幕魏文帝愁霖賦曰玄雲黕其四塞黕黑貌也封禪書曰雲布霧散　濟曰春上青故用青壇翠幕也嶽立言高也雲布言廣也蔚黕皆色之深也結崇基之靈址兮啓四塗之廣阼善曰崇基謂壇也於壇四面而爲階也說文曰阯基也又曰阼主階也　良曰結構也址壇之基也啓開阼階也餘注同沃野墳腴膏壤平砥清洛濁渠引流激水遐阡繩直邇陌如矢劉曰膏腴肥沃也史記曰京師膏壤沃野千里子虛賦曰激水推移史記曰秦孝公壞井田開阡陌風俗通曰南北曰阡東西曰陌繩直東京賦曰周公初基其繩則直毛詩曰其繩則直毛萇曰言不失繩直之宜也詩曰其直如矢　善曰墳腴平砥魏都賦曰墳衍斥斥鄭玄曰水厓曰墳蜀都賦曰內函要害於膏腴　銑曰砥石也言千畝之田膏壤而平激引河洛之水以灌田阡陌田畔道也言如繩矢之端緫五臣本作葱字犗居服于縹軛於革兮紺轅綴於黛耜善曰緫犗帝耕之牛也說文曰緫帛青色犗牛吳都賦曰鯨輩中於羣犗五臣本作犗說文曰犗騬牛也騬以陵切

【文選七　十五】

又曰縹帛青白色也轅軛犂轅軥也鄭玄周禮注曰轅端壓牛領曰軛說文曰紺染青而揚赤色也鄭玄禮記注曰耜耒之金　向曰犗牛也軛車軛也耜農器也綴謂置之於車也葱縹紺黛皆青色以取東方之象焉儼儲駕於廛左兮俟萬乘之躬履善曰駕牛儼然在於廛左以待天子躬親履之耕以儲畜故曰儲駕也說文曰儼好貌也晉灼漢書曰廛一百畝也然古耕以耒而今以牛者蓋晉時創制不必於古也　向曰儲於廛左以向春郊也俟待也萬乘天子也儲牛以待天子親履耕事百僚先置位以職分自上下下具惟命臣善曰西都賦曰左右庭中朝堂百寮之位尚書曰百僚師師羽獵賦曰先置乎白楊之南漢書曰六卿各有徒屬職分也周易曰自上下下其道大光西京賦曰具惟帝臣鄭玄儀禮注曰命者加爵服之名　向曰僚官也言百官各以位次自一命至九命咸從天子也襲春服之萋萋兮接游車之轔轔善曰司馬彪上林賦注曰襲服也禮記曰孟春衣青衣魏都賦曰習步頓以升降御春服而逍遥論語曾點曰春服既成薛君韓詩章句曰萋萋盛也文穎漢書注曰天子出游車九乘毛詩曰有車轔轔　翰曰蓋春衣青故言春服也萋萋色盛皃游車天子從車也言百官皆隨從車而行轔轔車聲微風生於輕幰許偃兮纖埃起於朱輪善曰幰車幰也釋名車幰所以御熱也吳都賦曰躍馬疊跡朱輪累轍又楊惲書曰朱輪者十人　向曰幰車網也埃細塵也森奉璋以階列兮望皇軒而肅震音眞　善曰森盛貌也毛詩曰奉璋峨峨髦士攸宜階爵之次也爾雅曰震懼也　濟曰森衆盛貌言羣臣皆奉珪璧於階庭位以望天子之車肅然震懼貌若湛露之晞朝陽兮衆星之拱北辰也善曰毛詩曰湛湛露斯匪陽不晞毛萇曰晞乾也言露見日而乾以喻諸侯承命而加敬也論語子曰爲政以德譬如北辰居其所而衆星共之　向曰言諸侯見於天子肅然如湛露之見日衆星向於北辰於是前驅魚麗离屬車鱗萃善曰周禮曰王出入則自左馭而前驅鄭玄曰前驅如今導引也東京賦曰鵝鸛魚麗箕張翼舒又左氏傳曰王伐鄭鄭原繁爲魚麗之陳東京賦曰屬車九九乘軒並轂又漢雜事曰諸侯貳車九乘秦滅九國兼其車服故大駕屬車八

【文選七　十六】

十一乘子虛賦曰珍怪鳥獸萬端鱗萃向同善注前言行列如魚鱗之聚也**閶闔洞啓參塗**

方駟四善曰洛陽宮舍記曰洛陽有閶闔門西京賦曰旁開三門參塗夷庭羽獵賦曰方馳千駟銑曰閶闔天門也參塗謂駟馬而行**常伯陪乘太僕秉轡**善曰尚書曰左右常伯應劭曰漢官儀曰侍中周成王常伯任侍中殿下稱制出即陪乘鄭玄周禮注曰陪乘參乘也漢書儀曰漢乘輿大駕儀公卿奉引太僕御也翰曰常伯官名行則陪王之乘車太僕執御之官也故言秉轡**后妃獻穜**直龍**稑**六

之種司農撰播殖之器挈壺掌升降之節宮正設門閭之蹕善曰周禮曰上春詔王后帥六宮之人而生穜稑之種而獻于王鄭司農曰先種後熟謂之穜後種先熟謂之稑漢書曰大農令武帝更名大司農孔安國論語注曰撰具也史記曰后稷播殖百穀孔安國尚書傳曰播布也蒼頡篇曰殖種也周禮有挈壺氏周禮曰宮正凡邦之事蹕宮中鄭玄曰正長也宮中之長也鄭司農曰蹕謂止行者清道若今時儆蹕良曰播殖器謂耒耜之屬也司農撰之挈壺氏掌刻漏軍行即從之餘注同**天**

子乃御玉輦蔭華蓋衝牙錚苦莖**鎗**叉行**綃**悉遥**紈**九

綷遂七**縩**七大切善曰臧榮緒晉書曰大駕鹵簿有大輦華蓋中道玉輦大輦也華蓋西京賦曰華蓋承宸天畢前驅又曰華蓋星覆北斗王者法而作之禮記曰凡帶必有佩佩玉有衝牙居中央以前後觸也錚鎗玉聲也錚叉耕切鄭玄禮記注曰綃綺屬也許慎淮南子注曰紈素也漢書班婕妤賦曰紛綷縩兮紈素聲綃思樵切綷七悴切良曰同善注綃紈薄素練也綷縩衣聲也**金根照耀以炯**古迥**晃兮龍驥**

騰驤而沛普會**艾**善曰司馬彪續漢書曰漢承秦制御爲乘輿金根安車立乘文畫輈西京賦曰乃奮翅而騰驤龍驤東京賦曰齊龍驤之沛艾綜曰騰驤趣走也沛艾作姿容貌也又司馬相如大人賦曰沛艾赳螑銑曰金根瑞車也龍驤馬之大若騰驤沛艾皆馬行貌**表朱玄於离**善本作離**坎飛**

青縞好老**於震兌中黃曄以發暉兮方綵紛其繁**

會善曰謂鹵簿之儀車騎旌旗各依方色也表猶標也周易曰離南方之卦也坎者正北方之卦也震者東方也兌正西秋也周禮曰東方謂之青南方謂之赤西方謂之白北方謂之黑毛萇詩傳曰縞白色也周禮曰地謂之黃臧榮緒晉書鹵簿曰青立車青安車赤立車赤安車黃立車黃安車白立車白安車黑立車黑安車合十乘並駕駟建旗十二如車色　銑曰同善注言天子行車服旌旗各以方色而引前繁會言盛也**五輅鳴鑾九旗揚**

旆瓊鈒吸**入蔡雲罕晻**烏感**藹**善曰周禮曰王之五路一曰玉路二曰金路三曰象路四曰革路五曰木路又曰掌九旗之物名日月爲常蛟龍爲旂通帛爲旃雜帛爲物熊虎爲旗鳥隼爲旟龜蛇爲旐全羽爲旞析羽爲旌臧榮緒晉書曰雲罕車駕駟轡戴闟與鈒音義同也蒼頡篇曰蔡聚也楚辭曰揚雲霓之晻藹向曰藹繁也鑾鈴也所以節行步瓊鈒以玉飾鈒也入蔡鈒飾也雲罕旛也晻盛皃**簫管嘲**知交**哳**知札

以啾子由**嘈**曹**兮鼓鞞**步迷**磤**火橫**隱以砰**普萌**磕**苦盖反　善曰簫管東都賦曰陳金石絲竹又曰鄭玄曰竹簫管也楚辭曰鵾雞嘲哳而悲鳴蒼頡篇曰啾衆聲也嘈東京賦曰奏嚴鼓之嘈囋綜曰嘈囋鼓聲也周禮曰鍾師掌鞞鄭玄曰擊鞞以和樂字林曰鞞小鼓也鞞與鼙同磤與殷音義同

火宏切字書曰砰大聲也字指曰磕大聲也砰披萌切　向曰嘲哳竹聲磤隱砰磕革聲也**笱**悉尹**虡**巨

嶷以軒翥兮洪鐘越乎區外善曰西京賦曰洪鐘萬鈞猛虡趪趪又曰縣鍾格曰笱植曰虡西京賦曰鳳騫音軒翥於甍標又曰楚辭曰鳳騫而飛說文曰騫飛貌也天子之行擊左右鍾東都賦曰鏗華鍾又曰尚書大傳曰天子左五鍾天子將出則撞黃鍾右五鍾皆應　濟曰笱虡以猛獸爲飾也軒翥猛獸皃洪大也言大鐘踰越在區宇之外**震震**眞**塡塡塵鶩**務**連天以幸乎**

藉田善曰震震盛也郭璞爾雅注曰闐闐羣行聲也東觀漢記曰王邑旗幟蔽野埃塵連天鶩或爲霧非也良曰震震車馬聲也塡塡車馬衆皃鶩上也言塵上連天幸於藉田之所**蟬冕熲**古迥**以灼灼**

兮碧色肅其芊芊似夜光之剖荊璞兮若茂松

之依山巔也於是我皇乃降靈壇撫御耦善曰降謂臨幸也應劭漢官儀曰天子東耕之日天子升壇上空無祭天子耕於壇舉耒三推而已論語曰長沮桀溺耦而耕鄭玄曰耜

廣五寸二耜爲耦王逸楚辭注曰撫持也　向曰蟬冕侍中服也碧玉也謂羣臣珥蟬執玉者衆也灼灼芊芊蟬玉之色也言以夜光之璧出於璞繁茂之松依於山言光彩茂盛也　銑曰撫執也謂天子下壇執耦也二耜爲耦也**坻**五臣本作游字**場染屨洪縻**忙皮**在手**善曰方言曰坻場也蚍蜉犂鼠之場謂之坻場浮壤之名也音傷說文云縻牛轡也　翰曰場壤也言天子游步於壤屨染於土以執洪縻也縻牛轡也**三推而舍庶人終畝貴賤以班或五或九**善曰東京賦曰躬三推於天田又禮記曰躬耕帝籍天子三推國語虢文公曰王耕一墢班三之庶人終于千畝韋昭曰一墢一耜之墢也班次也三之下各三其上王一公三卿九大夫二十七庶人盡耕也既去以牛而又言推者蓋沿古成文不可以文而害實也墢扶發切然國語與禮記不同而潘雜用之禮記曰帝籍三公五推卿諸侯九推　濟注同言貴賤以班也**于斯時也居靡都鄙民**五臣本作人字**無華裔**善曰左氏傳孔子曰裔不謀夏夷不亂華王肅家語注曰裔邊裔也　良曰藉田之時都鄙華裔士女咸至其所**長**知文**幼雜遝**徒荅**以交集士女頒斌而咸戾被褐振裾垂髫**大聊**總髻**善本髻作髮　善曰雜遝衆多貌也頒斌相雜之貌也爾雅曰戾至也老子曰被褐而懷玉杜預左氏傳注曰振整也說文曰褐者粗衣也爾雅曰衱謂之裾郭璞曰衣後裾也衱音劫魏志毛玠曰臣垂髫執簡埤蒼曰髫髦也毛詩曰總角之宴毛萇曰總角結髮也　向曰言少長咸至也雜遝衆多皃頒斌分布也**躡踵側肩掎**居蟻**裳連袂**善本作襼**黃塵爲之四合兮陽光爲之潛翳**善曰說文曰躡追也躡其踵所以爲追逐也聲類曰踵足根也史記馮驩曰夫朝趨市者側肩爭門而入賈逵國語注曰從後牽曰掎方言曰複襦江湖之間或謂之襜襼郭璞方言注曰襼即袂字也說文曰袂袖也山陽公載記曰賈詡嗚戲雷震黃塵蔽天西都賦曰紅塵四合　濟曰言衆多奔競或躡腳連袖以致塵埃翳於光景**動容發音而觀者莫不抃舞乎康衢謳**烏侯**吟乎聖世**善曰列子曰一里老幼喜躍抃儛西都賦曰乎遊童之謠劉子曰昔堯理天下五十年不知天下治歟亂歟堯乃微服遊於康衢聞兒

童謠曰立我蒸人莫匪爾極不識不知順帝之則虞在壽王驃騎論功曰遊童牧豎詠德謳吟　向曰言歡者皆動其容儀發音贊美抃舞衢路歌詠聖德也**情欣樂乎**善本作於**昬作兮慮盡力乎樹蓺**善曰西京賦曰何以昬於作勞邪嬴優而足恃尚書曰不昬作勞韓詩外傳曰子路治蒲孔子曰我入其境田疇甚易草萊甚辟故其人盡力也周禮曰正月之吉頒職事二曰樹蓺鄭玄毛詩箋曰蓺猶樹也　翰曰昬彊也言人皆勸勉而作思慮盡力於種蓺之事**靡推督而常勤兮莫之課而自勵**善曰說文曰誰何也謂責問之也字書曰督察也王逸楚辭注曰課試也善本推作誰勵作厲　向曰靡無督責也言無人責罰人自勸勞不爲程課人自勉勵**躬先勞以悅使兮豈嚴刑而猛制哉**善曰周易曰說以使人人忘其勞史記曰秦繁法嚴刑而天下振　向曰言天子躬先人勞人自悅使豈爲嚴刑猛制以威之哉言不示也**有邑老田父或進而稱曰蓋損益隨時理有常然**善曰周易曰損益盈虛與時偕行又曰隨時之義大矣哉晏子春秋曰物有必至事有常然古之道也　向曰言耕則益不耕則損故云隨時**高以下爲基民以食爲天**善曰老子曰貴必以賤爲本高必以下爲基漢書酈食其曰王者以人爲天而民以食爲天　銑同善注**正其末者端其本善其後者慎其先**善曰言治國之道以商爲末而農爲本以貨爲後而食爲先也陸賈新語注曰治末者調其本李奇漢書注曰本農也末賈也漢書詔曰農天下之本也而人或不務本而事末故生不遂禮記曰善終者如始尚書大傳曰八政何以先食傳曰食者萬物之始人事之本也故八政先食　向曰末謂商賈本謂農田也言理人之道後其寶貨先於穀食也**夫九土之宜弗任四人之務不一**善本作壹　善曰國語展禽曰共工氏之子曰后土能平九土韋昭曰九土九州之土尚書曰禹別九州任土作貢管子曰士農工商四民者國之正民也孔安國尚書傳曰一專一也　翰曰不任謂不以地宜貢賦也四人謂士農工商不一不單修其一業也**野有菜蔬之色朝靡代耕之秩**善曰禮記曰三年耕必有一年食雖有凶旱水溢人無菜

色又曰夫祿足以代其耕銑曰菜蔬之色謂年飢也饑無也言年飢則朝無秩祿也無儲稸畜以虞災徒望歲以自畢善曰言無儲稸以度荒災空自以望於歲也崔寔四民月令曰十月五穀既登家有儲稸禮記曰國無九年之蓄曰不足韋昭曰虞度也左氏傳王曰余一人閔焉如農夫之望歲也善本畢作必　向曰儲稸謂倉廩也虞備也言無倉廩以備凶災徒望歲之空終也三季之衰皆此物也善曰國語郭偃曰夫三季王之亡宜也韋昭曰季末也三季王桀紂幽王也　良曰此物謂農也言三季衰亡皆不脩農之過也今聖上昧旦丕顯夕惕若慄圖匱於豐防儉於逸欽哉欽哉惟穀之恤善曰東京賦曰昧旦丕顯後世猶怠左氏傳鼎之銘曰昧旦丕顯後世猶怠周易曰君子夕惕若厲爾雅曰慄懼也言常節約以戒不虞故圖乏者必於豐殷衛儉者在於奢逸也廣雅曰儉少也尚書曰欽哉欽哉惟刑之恤哉　翰曰聖上君也丕大也言我君昧旦思大明至於夕惕常懷驚慄以憂於人也圖謀匱乏也謂謀乏防儉於豐逸之時欽敬恤憂也敬哉所憂者惟穀也

展三時之弘務致倉廩於盈溢固堯湯之用心而存救之要術也善曰國語虢文公曰三時務農一時講武韋昭曰三時春夏秋也管子曰倉廩實則知禮節蔡邕月令章句曰穀藏曰倉米藏曰廩漢書董仲舒對策曰陛下親耕籍田以爲農先此亦堯舜之用心也　銑曰言能三時爲農以致倉廩充實謂堯湯遭水旱百姓不飢者爲用心於農以存救人之術也若乃廟祧土堯有事祝宗諏作侯日簠甫簋普淖汝教則此之自實縮鬯蕭茅又於五臣本無於字是乎出善曰廟祧東京賦曰躬追養於宗祧禮記曰遠廟爲祧禮記曰宗祝在廟鄭玄曰宗宗人也祝接神者也毛詩箋曰后稷既爲郊祀之酒則諏謀其日應劭漢書注曰諏謀也周禮曰舍人凡祭祀共簠簋實之陳之儀禮曰孝孫某敢用嘉薦鄭玄曰普淖黍稷也普大也淖和也德能大和乃有黍稷故以爲號云淖乃孝切左氏傳管仲曰爾貢苞茅不入王祭不供無以縮酒周禮曰鬯人釀秬以爲酒又曰甸師祭祀共蕭茅杜子春曰蕭香蒿也鄭玄曰既薦然後爇蕭合馨香茅以縮酒國語虢文公曰上

帝之粢盛於是乎出　向注同言謀事於宗廟簠簋豐溢德能大和亦因藉田而致穀實縮酒茅鬯蕭茅皆香草也言亦出於藉田之中黍稷馨香旨酒嘉栗宜其民和善本作人和年登而神降之吉也善曰左氏傳季良奉酒醴以告曰嘉栗旨酒謂其上下皆有嘉德而無違心所謂馨香無讒慝杜預曰栗謹敬也左氏傳季良奉粢盛以告曰絜粢豐盛謂其三時不害而人和年豐也鄭玄周禮注曰登成也左氏傳曰致其禋祀於是乎人和而神降之福　向曰旨美也汸酒告神曰嘉栗言祭禮豐盛必當人和歲豐神降之吉祥也古人有言曰聖人之德無以加於孝乎夫孝者天地之性人之所由靈也善曰孝經曾子曰敢問聖人之德無以加於孝乎子曰天地之性人爲貴人之行莫大於孝夫聖人之德又何以加於孝乎漢書曰人有生之最靈者也　濟曰靈善也言孝者是天地之性人之所善也昔者明王以孝理善本作治天下其或繼之者鮮哉希矣逮我皇晉實光斯道善曰孝經子曰

昔者明王之以孝理天下也論語子曰其或繼周者雖百世可知也鄭玄毛詩箋曰光明也斯道謂孝道也　良曰鮮少也言明聖之君以孝理天下繼之者少逮及也及我天子實光此孝道也儀刑五臣本作形字孚于萬國愛敬盡於祖考善曰毛詩曰儀刑文王萬邦作孚毛萇曰孚信也孝經子曰愛敬盡於事親而德教加於百姓　銑曰形見孚信也言以禮儀見信於萬國盡愛敬之道於祖考故躬稼以供粢盛所以致孝也勸穡以足百姓所以固本也善曰尚書大傳曰王者躬耕所以供粢盛五經要義曰天子藉田千畝所以先百姓而致孝敬也西京賦曰勸穡於原陸論語孔子曰百姓足君孰與不足尚書曰人惟邦本本固邦寧何晏論語注曰本基也　向曰祭以致孝農以固本能本而孝盛德大業至矣哉善曰周易曰盛德大業至矣哉　翰曰能崇農祭之道其盛德大業可謂至也此一役也而二美具五臣本作顯字焉善曰一役謂藉田也二美謂能本而孝也左氏傳陰飴甥曰此一役也秦可以霸　向注同二美謂粢盛豐百姓足也不

亦遠乎不亦重乎善曰論語文也　向曰言遠重之至也敢作頌曰思樂甸畿薄采其茅五臣本作芳字　善曰茅即上甸師之所供者毛詩曰思樂泮水薄采其芹毛萇曰薄辭也　良曰思樂甸畿詩頌篇所以美王之親耕大君戾止言藉其農善曰周易曰大君有命毛詩曰魯侯戾止言觀其旂毛萇曰戾來也止至也　向曰謂天子至止以崇藉田也其農三推萬方以祗音脂　善曰禮記曰耕藉然後諸侯知所以敬爾雅曰祗敬也　濟曰言天子崇三推之禮萬方敬而從勸耨奴豆我公田實及我私善曰鄭玄周禮注曰耨耘耔也毛詩曰雨我公田遂及我私　濟曰耨除草也公田謂千畝田也我私謂粢盛之實我簠斯盛我簠斯齍五臣本作粢字　善曰禮記曰天子藉田以事天地山川以爲齍盛毛萇詩傳曰器實曰齍在器曰盛齍音資　良曰在器曰盛器實曰粢我倉如陵我庾如坻善曰毛詩曰我倉既盈我庾惟億又曰曾孫之庾如坻如京鄭玄曰庾路積穀也坻水中高地　濟曰陵坻皆小山也庾瓦器也言倉庾之多如山焉念茲在茲永言孝思善曰言念此黍稷在此祭祀也尚書禹曰念茲在茲毛詩曰永言孝思　銑曰言念此藉田在於孝敬永長也謂長言孝思之道也民力普存祝史正辭善曰左氏傳季良曰上思利人忠也祝史正辭信也故奉牲以告曰博碩肥腯謂人力之普存也　良曰同善注神祇攸歆逸豫無期善曰左氏傳楚子曰能歆神人杜預曰歆享也毛詩曰爾公爾侯逸豫無期　向曰言神祇所歆享降逸豫之福無限也一人有慶兆民賴之善曰尚書王曰一人有慶兆民賴之　銑曰慶善也賴蒙也言天子有善德天下之人皆蒙之也

畋獵鄭玄禮記注曰田者所以供祭祀庖廚之用王制云天子諸侯無事則歲三田馬融曰取獸田畋

子虛賦善同向注

司馬長卿善曰漢書曰司馬相如少好讀書爲武騎常侍後拜文園令病卒　向曰漢書云司馬相如字長卿蜀郡人也少好學景帝時遊梁乃著子虛賦梁孝王薨歸成都久之後蜀人楊得意侍武帝嘗讀子虛賦而善之曰朕獨不得與此人同時哉得意曰臣邑人司馬相如自言爲此賦上驚乃召問相如相如曰有是然此諸侯之事不足觀請爲天子遊獵之賦上令尚書給筆札相如以子虛虛言也爲楚稱烏有先生者何有此事也爲齊難亡是公者無是人也欲明天子之義故假設此三人爲辭以諷之

楚使子虛使於齊五臣本冉有齊字王悉發五臣本有境內之士備五字車騎五臣本有之衆字與使者出畋善曰司馬彪曰畋獵也家語曰孔子在齊齊侯出畋本或云境內之士備車騎之衆非也　向曰使者謂子虛也餘同善注畋罷子虛過奼五臣作詫烏五臣作焉有先生善曰張揖曰奼誇也丑亞切字當作詫　向曰言獵罷之後子虛過爲誇誕於齊也亡五臣本亡字上有而字是公存焉坐定烏五臣作焉有先生問曰今日畋樂乎子虛曰樂獲多乎曰少然則何樂對曰僕樂齊王之欲夸五臣作誇僕以車騎之衆而僕對以雲夢之事也善曰張揖曰楚藪也在南郡華容縣廣雅曰僕謂附著於人然自卑之稱也夢莫諷切　銑曰焉有先生及亡是公俱在故相與坐定將有問焉　向曰先生問子虛與齊王畋樂乎然則何樂言獲少不應至樂子虛對先生云謂齊王誇車騎僕所樂者對楚雲夢之事曰可得聞乎子虛曰可王車駕五臣本作駕車千乘選徒萬騎畋於海濱善曰郭璞曰濱涯也　良曰先生問子虛可得聞雲夢之事乎　濟曰王齊王也齊近海故言海濱濱涯也列卒滿澤罘網彌山善曰郭璞曰彌覆也鄭玄禮記註曰獸罟曰罘紘罘之網也　翰曰謂行列士卒也言布罘網覆於山也掩兔轔力刃鹿射麋腳麟鶩於鹽浦割鮮染輪善曰司馬彪曰轔轢也音吝韋昭曰腳謂持其腳也鄭玄毛詩箋曰掩覆也張揖曰海水之厓多出鹽也李奇曰鮮生也染擩也切生肉擩車輪鹽而食之也擩揾也擩而緣切揾一損

切向曰兕鹿麋麟皆獸名掩謂以網掩之轔猶車輾也鹺斷也海出鹽故言鹽浦鮮牲也謂割牲之血染於車輪也

射中獲多矜而自功善曰郭璞曰伐其功也鄭玄禮記注曰矜自尊大也　良曰言得獸之多自矜其功也顧謂僕曰楚亦有平原廣澤遊獵之地

饒樂若此者乎楚王之獵孰與寡人乎善曰郭璞曰與猶如也　銑曰顧謂齊王顧子虛而問云楚有遊獵之處如此乎孰誰也問楚王之獵與寡人誰勝也僕下車

對曰臣楚國之鄙人也幸得宿衛十有餘年時

從出遊遊於後園覽於有無然猶未能徧覩也

又焉足以言其外澤五臣本有者字乎齊王曰雖然略以

子之所聞見而言之僕對曰唯唯臣聞楚有七

澤嘗見其一未覩其餘也臣之所見蓋特其小

小者耳名曰雲夢雲夢者方九百里其中有山

焉其山則盤紆憶俱岪房勿鬱隆崇嵂崒岑崟吟參

差日月蔽虧善曰郭璞曰下車謙也廣雅曰鄙小也覽於有無謂或有所見或復無也郭璞曰特獨也隆崇竦起也岪音佛張揖曰高山壅蔽日月虧缺半見也　濟曰子虛稱臣於齊王也鄙陋也言我楚之鄙陋人有幸得宿衛時從君遊觀後園之有無且猶未徧安足知山澤之多乎言不知也　良曰唯唯應敬之辭　向曰言山之詰屈高峻擁蔽日月也交錯糾紛上干青雲罷疲池陂婆陁駞

下屬江河善曰郭璞曰言相繆結而峻絕也孔安國尚書傳曰干犯也郭璞曰言旁穨也屬連也文穎曰南方無何也冀州凡水大小皆謂之河詩賦通方言耳晉灼曰文章假借協陁之韻也　翰曰言山勢繆結峻絕干觸青雲也罷池旁穨皃陂陁寬廣皃言此山旁穨寬廣下連江河也其土則丹青赭堊惡

雌黃白坿附錫碧金銀衆色炫耀照爛龍鱗善曰張揖曰丹丹沙也青青雘也赭赤土也堊白土也蘇林曰白坿白石英也高誘淮南子注曰碧青石也郭璞曰如龍之鱗彩也　向同善注雌黃白坿石英也錫白鑞碧青玉俱生於地故云土也言衆物顏色相照爛然如龍鱗也其

石則赤玉玫瑰琳瑉旻昆吾瑊箴玏勒玄厲碝而兖石碔砆善曰張揖曰琳珠也瑉者石之次玉者昆吾山名出美金尸子曰昆吾之金晉灼曰玫瑰火齊珠也郭璞曰琳玉名張揖曰瑊玏石之次玉者玄厲黑石可用磨也如淳曰瑊音緘張揖曰碝石碔砆皆石之次玉者碝石白者如水半有赤色碔砆赤地白采葱龍白黑不分管子曰陰山碝珉戰國策曰白骨疑象碔砆類玉　銑注同言生於石故云石也其東則有蕙圃衡蘭茝昌亥切善本作芷若射夜

干善本無射干芎藭菖蒲茳蘺蘪蕪諸柘巴苴子餘反善曰張揖曰蕙圃蕙草之圃也蘅杜蘅也其狀若葵其臭如蘪蕪芷白芷也若杜若也司馬彪曰芎藭似藁本薜綜西京賦注曰蘭香草也芷若下或有射干非張揖曰江蘺香草也蘪蕪蘄芷也似蛇牀而香諸柘甘柘也郭璞曰江蘺似水薺文穎曰

巴苴草名一名巴蕉　良曰圃園屬餘皆香草名其南則有平原廣澤登降

陁羊爾靡案衍弋戰壇徒贊曼莫幹緣以大江限以巫山善曰司馬彪曰壇曼平博也張揖曰巫山在南郡巫縣　向曰陁靡邪長皃案衍窊下皃壇曼平寬皃言原澤上下邪長或窊下或寬平緣於大江以巫山爲限畔也其高燥蘇報則生葴之林菥斯苞皮表

荔隸薜莎蘇和青薠音煩善曰張揖曰葴馬藍也菥似燕麥也苞藨也荔馬荔也蘇林曰菥斯蓰切藨皮表切　張揖曰薛賴蒿也莎鎬侯也青薠似莎而大生江湖鴈所食　向曰高燥謂高原也餘皆草名

其埤卑溼則生藏莨落唐蒹葭東蘠彫胡蓮藕

菰音孤善本作觚蘆菴淹閭軒于衆物居之不可勝圖善曰郭璞曰藏莨草名中牛馬芻張揖曰蒹蘼葭蘆也埤音婢莨音郎張揖曰東蘠實可食彫胡菰米也蓮荷之實也其根藕張晏曰觚盧扈魯也菴閭蒿也子可醫疾軒于蕕草也生水中揚州有之蕕音猶郭璞曰圖畫也　良曰埤溼下溼

之地餘草名言衆草不可圖畫其象　其西則有湧泉清池激水推移外發芙蓉菱華內隱鉅巨石白沙善曰郭璞曰波挪揚也應劭曰芙蓉蓮花也　濟曰湍池池名激水謂其波激揚也芙蓉菱華水草名鉅大也言水下有砂石也　其中則有神龜蛟鼉陁瑇瑁鱉黿善曰張揖曰蛟狀魚身而蛇尾皮有珠也　銑曰皆水蟲也言池中有之　其北則有陰林巨善本作其樹楩柟南豫樟桂椒木蘭檗華卜離朱楊樝側加棃梬郢栗橘柚芬芳善曰服虔曰陰林山北之林也尸子曰水積則生吞舟之魚土積則生楩柟豫章本或林下有巨字樹下有巨字樹下有則字非也郭璞曰木蘭皮辛可食張揖曰檗皮可染者離山梨也郭璞曰朱楊赤莖柳也有蓋山之國有樹赤皮幹名曰朱木楊柳也張揖曰樝似梨而甘也梬梬朱也說文曰梬棗似柹而小名曰㮕而兖切蘇林曰梬音郢鄙之郢然諸說雖殊而木一也今依蘇音　銑曰巨大也餘皆果木名芬芳香氣也　其上則有五臣有赤猨玃猱四字鵷鶵孔鸞騰遠射夜干善曰張揖曰孔孔雀也鸞鸞鳥也射干似狐能緣木服虔曰騰遠獸名也　向曰上謂林木之上也鵷鶵孔鸞皆鳥名騰遠射干皆猨類善緣木也　其下則有白虎玄豹蟃萬蜒以戰貙丑朱犴五安反善曰郭璞曰蟃蜒大獸似狸長百尋貙似貍而大犴胡地野犬也似狐而小山海經曰鳥鼠同穴之山其上多白虎又曰幽都之山其上有玄豹郭璞曰黑豹也　翰曰下謂林木之下餘皆猛獸名　於是乎乃使專善本作剸諸之倫手格此獸善曰左氏傳曰吳公子光享王鱄諸寘劍於魚中以進抽劍刺王遂殺闔閭　向曰專諸勇士也格擊也手格謂空手擊之　楚王乃駕馴駮補角之駟乘彫玉之輿靡魚鬚之橈女教旃曳明月之珠旗善曰張揖曰馴擾也駮如馬白身黑尾一角鋸牙食虎豹擾而駕之以當驅馬也郭璞曰刻玉以飾車也張揖曰以魚須為旃柄驅馳逐獸也橈靡也以明月珠綴飾旗也孝經援神契曰蛟珠旗宋均曰蛟魚之珠有光耀可以飾旗　銑曰馴養駮獸名魚鬚竿也旃亦

大コ九十　文選七　九七

旗也橈弱也言楚王養此獸以當驅馬靡曳皆執持之貌　建干將之雄戟左烏號之彫弓善曰張揖曰干將韓王劍師也雄戟胡中有鉅者干將所造也史記趙良曰盧之勁矛干將之雄戟鉅音巨張揖曰黃帝乘龍上天小臣不得上挽持龍鬚鬚拔墮黃帝弓臣下抱弓而號名烏號也郭璞曰彫畫也　向曰建立也彫畫為文彩也左謂佩之於左畔　右夏服之勁箭善曰服虔曰服盛箭器也夏后氏之良弓名繁弱其矢亦良即繁弱箭服故曰夏服也　良曰其箭利故云勁右謂右邊佩之　陽子驂乘孅阿五臣本作纖字為御案節未舒即陵五臣本作淩字狡獸善曰張揖曰陽子伯樂字也秦繆公臣姓孫名陽郭璞曰孅阿古之善御者孅音纖楚辭曰孅阿不御焉司馬彪曰案節行得節未舒馬足未舒也狡獸狡健之獸也天文志曰案節徐行服虔曰謂行遲也　銑曰陽子則孫陽也皆古之善御者案節謂節馬足也未舒猶未馳也言馬足未馳已淩轢狡健之獸也　蹵蛩蛩轔力刃距虛軼野馬轊衛騊善本作陶駼音塗善曰張揖曰蛩蛩青獸狀如野距虛似驘而小說苑孔子曰蛩蛩距虛見人將來必負蟨以走二獸者非性心之愛蟨也為得甘草而貴之故也張揖曰軼過也野馬似馬而小海外經曰北海內有獸狀如馬名騊駼郭璞曰轊車軸頭也軼轊言車之疾能過野馬及騊駼也軼不言車轊不言過互文也　向曰蹵轔轊皆蹂踏也餘皆獸名　乘遺風射游騏倏式六眒式刃倩牆練浰力見雷動猋至星流霆擊善曰張揖曰遺風千里馬也呂氏春秋曰遺風之乘爾雅曰㠧如馬一角不角者騏㠧音攜張揖曰皆疾貌也倩千見切浰音練郭璞曰霆霹靂　濟曰遺風千里馬名游騏天上獸倏眒倩浰奔逐之貌雷動猋至星流霆擊言車騎擊射迅疾也　弓不虛發中必決眦五臣本作眥字洞胷達掖絕乎心繫系獲若雨于貝獸揜草蔽地善曰李奇曰射之巧妙決於目眦說文曰眥目匡也眦眥俱同張揖曰左射之貫胷通右腢中心絕系也說文曰腢肩前也五口切一音五俱切毛萇詩傳曰揜覆也　良曰眥目也言射者不虛發弓必決目洞胷掖絕心系也獲若雨獸言所殺既多如天之雨獸以蔽掩其地焉　於是楚王乃弭

七ヶ卅五　文選七　九八

節裴徊翱翔容與覽乎陰林觀壯士之暴怒與
猛獸之恐懼徼古堯埶劇受詘音屈五臣本作詘　善曰王逸楚辭注曰詘案
也郭璞曰埶疲極也司馬彪曰徼埶遮其倦者受屈取其力屈也銑曰弭節安志也徘徊翱翔容與謂自得也言王安
志自得覽幽深之林觀壯士之奮怒猛獸恐懼邀遮倦者而取之埶倦也殫覩衆物之變態
善曰郭璞曰殫盡也變態姿貌也　向曰殫盡謂盡觀衆獸驚變之態也於是鄭女曼姬善曰
如淳曰鄭女夏姬也曼姬楚武王夫人鄧曼也向曰鄭女鄭國之女曼謂容色曼澤也被阿緆錫
揄五臣本作投字紵縞善曰張揖曰阿細繒也緆細布也揄曳也司馬彪曰縞細繒也列子曰鄭衛之處子
衣阿緆戰國策魯連曰君後宮皆衣紵縞銑曰阿緆細布投空引也紵縞繒也雜纖羅垂霧縠
善曰司馬彪曰纖細也張揖曰縠細如霧垂以爲裳也神女賦曰動霧縠以徐步良曰雜謂錯雜纖細也霧縠其細如
霧垂之爲裳也襞必亦積精褰縐側救紆徐委曲鬱橈谿谷

善曰張揖曰襞積簡齰也褰縮也縐戴也其縐中文理茀鬱有似於谿谷也齰許白切　向曰襞積褰縐縫綴皃紆徐委
曲裙下垂貌鬱橈謂文理茀鬱然有似谿谷之狀衯衯裶裶音非五臣本作紛紛霏霏揚袘
以示戌卹削善曰郭璞曰衯衯裶裶皆衣長貌也張揖曰揚舉也袘衣袖也戌削裁制貌也袘弋爾切　翰
同善注蜚五臣本作飛字纖思兼垂髾色交扶輿猗於綺切五臣本作倚字
靡翕呼甲萃翠蔡下靡五臣本作摩字蘭蕙上拂羽蓋
善曰司馬彪曰纖袿飾也髾燕尾也纖與燕尾皆婦人袿衣之飾也蜚古飛字也張揖曰扶持楚王車輿相隨也翕呷衣
起張也萃蔡衣聲也垂髾飛纖飄揚上下故或摩蘭蕙或拂羽蓋　銑曰髾帶也言美人等被麗服扶楚王之輿猗靡相
隨皃餘同善注錯翡翠之葳蕤繆了繞玉綏眇眇忽忽
若神仙善本無仙之髣髴善曰張揖曰錯其羽毛以爲首飾也楚王車之綏以玉飾之也郭璞
曰綏登車所執言手纏絞之郭璞曰言其容飾奇豔非世所見也西都賦曰俯仰如神戰國策張儀謂楚王曰彼鄭國之

女粉白黛黑立於衢閭非知而見之者以爲神　濟曰言以翠羽爲首飾葳蕤羽毛皃玉綏謂以玉裝綏綏者執以登車
繆繞綏長貌眇眇忽忽猶非人所當見髣髴然若神仙於是乃相與獠良照於蕙
圃媻盤姍蘇寒勃窣蘇骨而上乎金隄善曰說文曰獠獵也韋昭曰媻姍勃
窣匍匐上也司馬彪曰金隄隄名也　向曰獠獵也言與美人同獵於蕙圃媻姍勃窣美人上隄貌揜翡翠
射鵔俊鸃儀微矰曾出孅五臣本作纖字繳之藥施弋白
鵠連駕鵝善本作駕鵝雙鶬下玄鶴加善曰方言曰揜取也許慎淮南
子注曰鵔鸃鷩雉也鸃音儀周禮曰矰矢也鄭玄曰結繳於矢謂之矰矰高也說文曰繳生絲縷也言既弋白鵠而因連
駕鵞也列子曰蒲且子連雙鶬於青雲之上西都賦注曰爾雅曰鶬麋鴰也爾雅又曰下落也戰國策臣能虛發而下鳥
高誘淮南子注曰加制也戰國策莊辛曰黃鵠不知射者脩矰繳將加已也　翰曰揜謂網取禽也翡翠鵔鸃皆鳥名矰
弋矢也繳射綸也駕鵞雙鶬玄鶴皆鳥名連加謂以射綸罥也怠而後發游於清池

善曰郭璞曰怠倦也　向注同言獵士疲倦後發游樂於清池浮文鷁揚旌枻翊祭張
翠帷建羽蓋善曰張揖曰析羽爲旌旌於船上也郭璞曰枻船柂樹旌於上枻依郭說翠帷羽蓋謂以
翠羽飾帷蓋也郭璞曰施之船上也　向曰鷁水鳥也畫於船首故曰文鷁也揚舉也枻楫也帷蓋皆翠羽飾之取其輕
也網善本作罔瑇瑁鉤紫貝善曰郭璞曰紫貝紫質黑文也東京賦曰瑇瑁不簇注曰
瑇瑁珍名不簇不又簇取之爲器也西京賦曰摭紫貝又曰相具經曰赤電黑雲謂之紫貝　銑曰瑇瑁紫貝皆水蟲也
言以網鉤取之摐楚紅金鼓吹鳴籟榜方孟人歌聲流喝於邁反善曰韋
昭曰摐擊也郭璞曰金鼓鉦也月令曰命榜人榜人船長也主唱聲而歌者也郭璞曰聲唱言悲嘶也喝一介切又曰嘶
蘇奚切　良曰喝列籟簫也榜人船人也言擊鼓吹簫與船人歌合故其聲流列也水蟲駭波鴻
沸普蓋涌泉起奔物善本作揚會善曰郭璞曰魚龜躍濤浪作暴溢激相鼓薄也溢普
頓切　濟曰水蟲魚鼈之屬也駭驚也波鴻水鳥也沸猶亂飛也奔物謂急波也言涌泉騰起與波相會合也礧五臣

本作砳字力對切石相擊硠硠礚礚苦蓋反銑曰言轉石相擊而爲聲若雷
霆之聲聞乎數百里之外將息獠良照者擊靈鼓
起烽燧車案行胡郎騎就隊大內纚所綺乎淫淫般盤
乎裔裔善曰文穎曰靈鼓六面鼓應劭曰按次第也左氏傳注曰隊部也司馬彪曰皆行貌也　向曰謂轉
石聲似雷霆也聞數百里之外言聲遠也　翰曰言將息獵者必擊鼓起烽火以招士卒也車兵車也言車騎各案次第
以爲行隊纚行般迴也淫淫裔裔部伍分列之貌於是楚王乃登雲陽五臣本作陽雲
之臺善曰孟康曰雲夢中高唐之臺宋玉所賦者言其高出雲之陽　翰曰陽雲臺則高唐觀言高出雲之陽
故以名焉怕五臣本作泊蒲各切乎無爲憺五臣本作澹徒監切乎自持勺
知略藥音略之和具而後御之善曰郭璞曰養神氣也老子曰我獨怕然而未兆說
文曰怕無爲也廣雅曰憺怕靜也神女賦曰頩薄怒以自持憺與澹同怕與泊同服虔曰具美也或以芍藥調食也文穎

曰五味之和也晉灼曰南都賦曰歸鴈鳴鵽香稻鮮魚以爲芍藥酸恬滋味百種千名之說是也服氏一說以芍藥爲藥
名或者因說今之蕒馬肝脂加芍藥古之遺法晉氏之說以勺藥爲調和之意枚乘七發曰勺藥之醬然則和調之言於
義爲得　銑注同言以無爲之道靜而自持勺藥調和也謂具五味而後食之御食也不若大王
終日馳騁曾不下輿脟力轉割輪焠七內自以爲娛
臣竊觀之齊殆不如善曰韋昭曰焠謂割鮮焠輪也郭璞曰焠染也毛萇詩傳曰殆近也
翰曰不若不如也言楚王雖獵則以無爲自持具五味而食豈如大王終日馳獵曾不下輿以脟割野食而爲娛樂臣竊
觀齊近不如楚矣於是齊王無以應僕也烏五臣作焉有先生
曰是何言之過也足下不遠千里來貺齊國善曰
郭璞曰言有惠賜也戰國策秦王謂蘇秦曰今先生不遠千里而庭教高誘曰不以千里之道爲遠　濟曰是何言之過
也謂責子虛以遊獵之事對齊王也足下者焉有先生稱子虛也貺惠賜也言足下不以千里爲遠而來惠貺齊國也

王悉發境內之士備車騎之衆與使者出畋五臣作田
乃欲勠力致獲以娛左右何名爲夸哉問楚
地之有無者願聞大國之風烈先生之餘論也
五臣本無也字　善曰家語曰越悉起境內之士三千人助吳晉灼曰謙不斥言故云左右言使者左右也國語曰勠力
一心賈逵曰勠并力也春秋考異郵曰後雖殊世風烈猶合於持方宋均曰持方受命者名先生謂子虛也張晏曰願聞
先賢之遺談美論也　銑曰勠力并力也左右謂使者左右謙不斥言齊王欲以車騎與使者出田欲并力致獲以娛
左右何名爲夸哉言非夸也　向曰齊王問楚地有無者欲聞大國風列先生遺餘之論今足下不
稱楚王之德厚而盛推雲夢以爲高奢言淫樂
而顯侈靡竊爲足下不取也必若所言固非楚
國之美也有而言之是彰君之惡無而言之是

害足下之信彰君之惡而傷私義二者無一可
五臣本有也字而先生行之必且輕於齊而累於楚也
善曰郭璞曰以爲高談顯明也奢闊也樂毅與燕王書曰恐傷先王之明有害足下之義非楚國之美彰君惡也害足下
之信傷私義也本或云有而言之是彰君之惡非也文穎曰必見輕於齊輕易於齊也使者失辭爲輕於齊使非其人爲
累於楚也累力瑞切善本無有而言之是彰君之惡一句　向曰言焉有先生責子虛不述楚王之德而陳雲夢田獵侈
靡之事　良曰若如也必如所言淫樂之事則非楚國之美實有而言之是彰君惡無而虛言是傷足下之信也　濟曰
二者謂彰君惡害己信言俱無可行者而先生行之不信是輕齊彰惡是累楚也且齊東渚善本
作睹鉅海南有琅邪善曰蘇林曰小洲曰渚司馬彪曰齊東臨大海爲渚也張揖曰琅邪臺名
也在勃海閒呂氏春秋辛寬曰太公望封於營丘渚海阻山也聲類曰睹或作渚　銑曰自此已下焉有先生陳齊境界
以折子虛也鉅大也言齊以大海爲渚觀乎成山射乎之罘音浮　善曰張揖曰

觀闕也成山在東萊掖縣於其上築宮闕也晉灼曰之罘山在東萊腄縣獵其上也腄直瑞切　良曰成山館名可以遊覽罘山名可以射獵浮渤澥音蟹游孟諸善曰應劭曰渤澥海別枝也文穎曰宋之大澤也故屬齊　向曰浮亦遊也渤澥海分支水名孟諸齊之大澤邪與肅愼爲鄰右以暘善本作湯谷爲界善曰郭璞曰肅愼國名在海外北接之司馬彪曰湯谷日所出也以爲東界也言爲東界則右當爲左字之誤也　翰曰肅愼國名在海外暘谷日所出處言齊境界皆鄰接秋田乎青丘彷善本作徬徨乎海外吞若雲夢者八九於其胷中曾不蔕[illegible]戒芥善曰服虔曰青丘國在海東三百里山海經曰青丘其狐九尾毛詩海外有截張揖子虛賦曰蔕介刺鯁也　濟曰青丘國在海東言齊之秋田至彼彷徨然遊於海外觀其境土之大吞如雲夢澤者八九於齊國之胷中亦不爲刺鯁也若乃俶陀歷儻瑰瑋異方殊類珍怪鳥獸萬端鱗崪五臣本作萃字充牣其中五臣本有者字不可勝記禹不能名卨不能計善曰郭璞曰俶儻猶非常也廣雅曰瑰瑋琦玩也高唐賦曰珍怪奇偉不可稱論張揖曰崪與萃集同禹爲堯司空辯九州名山別草木卨爲堯司徒敷五教率萬事應劭曰契善計也廣雅曰充牣滿也　銑曰言非常瑰美珍怪寶物鳥獸之屬萬端如魚鱗之聚充滿於山澤之中禹善分別草木卨善筭也言其中草木禹不能名之禽獸之多卨不能計也然在諸侯之位不敢言遊戲之樂苑囿之大先生又見客善曰如淳曰見賓客禮待故也言見先生是客也　向曰以在諸侯之位不敢言此遊戲苑囿之事先生謂子虛也且以禮先生爲賓客也是以王辭五臣本有而字不復何爲無以應哉善曰司馬彪曰復荅也　向曰先生言齊王禮客故反荅何爲稱無以應僕哉

六臣音註文選卷第七

六臣註文選卷第八

梁昭明太子撰

唐李善并五臣註

畋獵中

上林賦良曰上林苑名

司馬長卿

亡是公听魚謹然而笑曰善本作是楚則失矣而齊亦未爲得也夫使諸侯納貢者非爲財幣所以述職也善本無也字　善曰說文曰听笑貌也郭璞曰諸侯朝於天子曰述職尚書大傳曰古者諸侯之於天子五年一朝見述其職述者述其所職也　向曰言亡是公笑楚使失對而齊不得理道　銑曰言諸侯納貢獻者豈爲財幣而已述所守之職耳封疆畫界者非爲守禦所以禁淫也善曰郭璞曰天下有道守在四夷立境界者欲以杜絶淫放耳小雅曰淫過也　翰曰言今封列疆界者爲欲禁淫放非爲禦捍也今齊列爲東藩而外私肅愼善曰郭璞曰私與通也　向曰言齊爲東藩私與肅愼交通是淫放之義捐國踰限越海而田其於義固未可也且夫善本無夫二君之論不務明君臣善無臣字之義正諸侯之禮徒事爭游戲之樂苑囿之大欲以奢侈相勝荒淫相越此不可以揚名發譽而適足以貶善本作粤君自損也善曰晉灼曰粤古貶字也鄧析子曰因勢而發譽毛萇詩傳曰秖適也　良曰捐棄踰越也言齊棄國越限田於海外是失禮也國語辭未可言不可也　濟曰二君謂子虛烏有先生也論謂辯論也言俱不能明君臣上下之禮但務夸遊樂苑囿而已　銑曰但以荒淫奢侈之事以

相夸越非揚名發譽之理是貶君於惡損己之道且夫齊楚之事又焉足道
乎君未覩夫巨麗也獨不聞天子之上林乎左
蒼梧右西極丹水更平其南紫淵徑其北善曰文穎曰蒼
梧郡屬交州在長安東南故言左爾雅曰至于豳國爲西極在長安西故言右也應劭曰丹水出上洛冢領山東南至析
縣入汋水文穎曰河南穀羅縣有紫澤在縣北於長安爲在北也　向曰亡是公將陳上林之事故言齊楚不足道也君
謂二客也言二客未覩壯麗之處　翰曰蒼梧郡名西極豳國也丹水水名紫淵紫澤也更亦經也終始灞
滻出入涇渭善曰張揖曰灞滻二水終始盡於苑中不復出也涇渭二水從苑外來又出苑去也
翰同善注酆豐鎬浩潦老潏決紆餘委蛇五臣本作逶迆逶於爲切
經營乎其內善曰張揖曰酆水出鄠縣南山酆谷北入渭鎬在昆明池北潦即澇水也說文曰澇
水出鄠縣北入渭潏水出杜陵今名沇水自南山皇子陂西北流至昆明池入渭郭璞曰經營其內言周旋苑中也　良

曰紆餘逶迆屈曲皃經營猶周旋也言旋於苑內也蕩蕩乎八川分流相背而
異態善曰郭璞曰變態不同也潘岳關中記曰涇渭灞滻酆鄗潦潏凡八川　濟曰蕩蕩流皃態形也言分流
別趣各有異形東西南北馳騖往來力代出乎椒丘之闕
行乎洲淤應慮之浦經乎桂林之中過乎泱烏朗漭
之壄五臣本作野字　善曰郭璞曰言更相錯涉也服虔曰丘名也兩山俱起象雙闕者也郭璞曰椒丘見楚
辭曰馳椒丘兮焉且音昌呂切張揖曰淤漫也浦水崖也方言曰水中可居者曰洲三輔謂之淤也張揖曰桂林林名
也南海經曰桂八樹在番禺東也泱漭之壄山海經所謂大荒之野如淳曰大貌也　向曰馳騖猶交錯也椒丘丘名上
有兩山相對象雙闕焉淤亦洲類林桂林名在苑中言水之經涉於此中也汩骨乎混流順
阿而下赴隘於懈陿五臣作峽之口善曰蘇林曰揚雄方言曰汩遲疾也汩于筆切
郭璞曰混并也阿大陵也夾岸間爲陿　濟曰汩疾混同也阿隈曲也言疾流合順隈曲而下觸穹石激

堆丁回埼巨依沸拂乎暴怒洶虛拱涌彭五臣作滂字浦橫切湃蒲拜
反　善曰張揖曰穹石大石也埼曲岸頭也郭璞曰堆沙堆也沸水聲也音拂字司馬彪曰洶涌跳起也彭湃波相戾也
銑曰堆埼岸曲也洶涌滂湃水聲也言觸石激岸暴涌而爲聲滭畢弗五臣作沸奔孛切宓五臣
作滵音密汩于筆偪逼側泌筆瀄阻乞橫流逆折轉騰潎
匹列冽音列　善曰司馬彪曰滭弗盛貌也宓汩去疾也偪側相迫也泌瀄相楔也先結切逆折旋回也孟康曰
轉騰相過也潎冽相撇也　良曰言水之疾激波橫流迴涌以相騰射也滂浦宏濞普秘沆胡郎溉
害穹隆雲橈女教宛婉潬善膠盭五臣作戾踰波趨浥
於合莅莅音利善本作涖下瀨善曰司馬彪曰滂濞水聲也沆溉徐流也郭璞曰溉胡概切韋昭曰
流胡郎切郭璞曰穹隆隆起回窊也雲橈如雲屈橈也司馬彪曰宛潬展轉也膠盭邪屈也踰波後波凌前波也趨浥輸
入於淵也莅莅水聲也　銑曰滂濞沆溉緩流皃穹崇水石如龍起也宛潬膠戾縈曲貌趨浥趨於下瀨也莅莅流貌下於

磧瀨也批步結巖衝擁奔揚滯直制沛普外臨坻遲注壑
瀺助咸灂助角霣殞墜直類切　善曰司馬彪曰擁曲隈也說文曰批擊也滯沛奔揚之貌也沛
浦蓋切郤展曰坻水中山也字林曰瀺灂小水聲也霣即隕字也　翰曰奔揚滯沛皆湧流貌坻坂也瀺灂水聲也言此
水擊巖衝曲隈湧流臨坂隕墜於谿壑也沈沈隱隱砰普冰磅普萌訇呼宏礚
若蓋潏潏決淈淈骨湁丑立潗子立鼎沸馳波跳沫汩
于筆濦五臣作急吁急切漂匹姚疾悠遠長懷寂漻聊無聲
肆乎永歸然後灝浩溔羊小潢晃漾五臣作洋音養安翔
徐回翯學乎滈滈浩東注太湖衍溢陂也善曰沈沈
深貌也隱隱盛貌也司馬彪曰砰磅訇礚皆水聲也說文曰潏水涌出也周成雜字曰湁潗水沸貌也司馬彪曰汩濦水
聲也郭璞曰懷亦歸變文耳杜預左氏傳曰肆放也言水奔放而長歸於淵海郭璞曰灝溔潢漾皆水無際貌也徐回言

運轉㵳滈水白光貌也太湖吴縣尚書所謂震澤也衍溢言溢而出也陂池江旁小水向曰漂疾已上皆水之深盛相激湧沸奔流之皃懷歸也宓㵾湝深也言水悠遠長歸則清深而無聲也銑曰肆放永長也太湖震澤也陂池江湖邊小水也翯水光也海廣大運轉滈滈然揚光注於震澤溢於陂池衍亦溢也於是乎蛟龍赤螭䱭亘䲛懵漸離鰅顒鰫胏容鰬虔魠託禺禺顒魼榻鰨奴搨反善曰文穎曰龍子爲螭張揖曰赤螭雌龍也李奇曰周洛曰鮪蜀曰䱭鰽出鞏山穴中司馬彪曰漸離魚名也張揖曰未聞郭璞曰鰅魚有文彩鰫似鰱而黑鰬似鱓魠鰄一名黃頰鱓音善鰄音感禺禺魚皮有毛黃地黑文魼比目魚狀似牛脾細鱗紫色兩相得乃行鰨鯢魚也似鮎有四足聲如嬰兒濟曰並龍魚名揵巨言鰭耆掉徒釣尾振鱗奮翼潛處乎深巖善曰郭璞曰揵舉也鰭背上鬣也高唐賦曰振鱗奮翼郭璞曰處隱崖底也銑曰深巖巖穴曲處也言龍魚之徒皆舉掉鬐尾奮振鱗翼於穴曲之處魚鼈讙聲萬物衆夥禍明月珠子的

皪歷江靡善曰小雅曰夥多也應劭曰靡邊也明月珠子生於江中其光耀乃照於江邊也張揖曰靡厓也說文曰玓瓅明珠光也玓瓅與的皪音義同向曰讙嗚也謂魚鼈戲躍聲也萬物非一類也明月珠子水寶也的皪光明皃江靡江邊也蜀石黃碝而兖水玉磊砢洛可反善曰張揖曰蜀石石次玉者也郭璞曰碝碝石黃色水玉水精也磊砢魁壘貌也山海經曰重庭之山其上多水玉向曰磊砢相委積皃磷磷吝爛爛采色澔浩汗叢積乎其中善曰郭璞曰皆土石符采映輝也翰曰言寶玉符彩映曜之皃叢積謂叢積於水中也鴻鷫肅鵠鴇保駕加鵝屬玉交精旋目煩鶩木庸渠箴鍼疵貲鵁火交盧善曰張揖曰鴻大鴈也郭璞曰鷫鷞鷫鷞屬玉似鴨而大長頸赤目紫紺色者交精似鳧而脚高有毛冠辟火災司馬彪曰旋目鳥名也煩鶩鴨屬也庸渠鳥皃灰色而雞脚一名帝渠張揖曰箴疵似魚虎而蒼黑色鵁鶄頭鳥郭璞曰盧盧鷀也向曰並水鳥名羣浮乎其上沆音馮善本作汎淫泛敷劒濫隨風

澹徒感淡與波搖蕩掩善本作奄薄水渚唼所甲喋直甲菁藻咀才汝嚼才削菱藕善曰郭璞曰皆鳥任風波自縱漂貌也張揖曰奄覆也郭璞曰薄猶集也菁水草也通俗文曰水鳥食謂之唼唼與啑同良曰沈淫泛濫皆水鳥浮游皃掩覆薄集也言覆集於水者之上唼喋咀嚼皆食物皃菁藻菱藕水草名於是乎崇山矗矗巃力孔嵸總崔巍五臣作嵬深林巨木嶄士咸巖㠠楚全嵳楚宜反善曰郭璞曰巃嵸崔巍皆高峻貌也嶄巖㠠嵳皆峯嶺之貌也濟曰深林巨木言林木之大也嶄巖㠠嵳險峻不齊皃九嵕子公巀截嶭五結南山峩峩娥巖陁遲甗仰蹇作巘錡魚是摧音罪五臣臧回切崣卒鄙切五臣音委崛音掘五臣牛鬱切崎音錡五臣音倚善曰郭璞曰巀嶭高峻貌也漢書谷口縣九嵕山在西薛綜曰南山終南在長安南司馬彪曰陁靡也甗甗也錡欹也上大下小有似甗也張揖曰崔崣高貌也崛崎斗絶也向曰九嵕南山名巀嶭峩峩高峻皃巖陁甗錡傾欹貌崔崣崛崎嶮貌振溪

通谷蹇產溝瀆谽呼含呀呼加豁閜呼下阜陵別隝都杲切善曰張揖曰振收也水注川曰谿注谿曰谷蹇產詰曲也郭璞曰自溪及瀆皆水相通注也言山石收斂溪水而不分泄司馬彪曰谽呀大貌豁閜空虛也郭璞曰隝水中山也隝音擣銑曰振收也言衆谿谷與詰曲溝瀆皆大而空虛也隔別於陵隝也崴於鬼磈魚鬼切五臣作嵬嵔魚鬼切五臣作嵔廆胡罪丘虛乞居堀窟礨郎罪隱轔力忍鬱㠥力水登降施式氏切五臣作陁以爾切靡善曰郭璞曰皆丘形勢也隱轔鬱壘堆壟不平皃翰曰皆山勢高峻長遠之貌陂彼爲池貏被豸直爾沇允溶容淫鬻以六切善曰郭璞曰陂池旁頹貌也貏豸漸平皃張揖曰水流谿谷之間也沇以水切向曰陂池貏豸旁頹相連貌沇溶淫鬻山川繁鬱皃散渙夷陸亭皋千里靡不被皮義築善曰司馬彪曰布平地也服虔曰皋澤也隄上十里一亭郭璞曰皆築地令平也銑曰散渙寬廣貌夷平也謂廣平地也皋澤中有隄隄上十里置一亭是名亭皋也千里言廣

也築謂築令平也揜五臣作掩以綠蕙被以江五臣作注蘺糅女又以
蘪五臣作蘼蕪雜以留夷五臣作留荑布結縷攢戾莎善曰
張揖曰掩覆也綠王芻也蕙薰草也郭璞山海經曰蕙香草蘭屬也留夷新夷也王逸楚辭注曰留夷香草郭璞曰結縷
蔓生如縷糾結司馬彪曰戾莎莎名也　良曰皆草名也被覆也糅亦雜也分布攢植也言衆草覆地雜生分布攢植於
其中也揭去例車衡蘭槀本射夜干茈紫薑蘘荷葴
針橙衍生善本作持音徵若蓀鮮支黃礫蔣苧五臣作芋云句切
青薠音煩　善曰應劭曰揭車一名芞與香草也揭去竭切芞巨乞切郭璞曰槀本槀茇也方末切司馬彪曰
射干香草也張揖曰茈薑子薑也葴持關若杜若郭璞曰蓀香草也司馬彪曰鮮支支子也張揖曰皆香草蔣菰也苧三
稜也郭璞曰苧音杼翰曰皆香草名布濩護閎宏澤延弋戰蔓萬太原
離力爾切五臣作麗靡眉彼廣衍異善應風披上靡吐芳揚烈

六百九十　文選八　六

鬱鬱菲菲妃衆香發越肸蠁布寫晻烏感薆愛咇
步必茀音勃　善曰郭璞曰布濩猶布露也閎大也離靡而邪靡不絕之貌也孟康甘泉賦注曰衍無崖岸也
列酷烈香氣盛也披丕蟻切郭璞曰發越香氣射散也司馬彪曰肸過也芬芳之過若蠁之布寫也郭璞曰香氣盛馝馞
也說文曰肸蠁布也馝馞咇茀音義同說文曰馣馤香氣奄藹也馣與晻馤與薆音義同晻音奄　向曰言衆草布徧延
蔓於原澤之上麗靡謂邪靡於下平之地披靡謂從風傾倒之貌　濟曰言衆草吐揚芳香也揚動烈華也郁郁菲菲香
美貌肸蠁天中遊氣也言香氣發越積浮而似之布寫謂分布而流也晻薆咇茀言香氣盛也於是乎周
覽泛觀縝丑鄰紛軋芴勿芒芒莫郎怳忽善曰孟康曰縝紛衆盛也
軋芴緻密也郭璞曰言眼亂也　向曰言望視林苑陂池廣遠蒙密芒芒然目亂而不能辨怳忽目亂貌視之
無端察之無崖五臣作涯日出東沼入乎西陂善曰張揖曰日
朝出苑之東池暮入於苑西陂中漢宮闕簿曰長安有西陂池東陂池　銑曰視察不見際畔言廣也其南

則隆冬生長涌水躍波善曰張揖曰其苑南陽燠則盛冬十月草木生長也郭璞
曰躍波言不凍也孫卿子曰松柏經隆冬而不彫　良曰苑南向陽之地盛冬草木生長水不冰凍也其獸則
㺎庸旄貘陌犛黎沈牛麈麋赤首圜題窮奇象
犀善曰郭璞曰㺎似牛領有肉堆也張揖曰旄旄牛也其狀如牛而四節毛貘白豹犛牛黑色出西南徼外沈牛水牛
也能沈沒水中麈似鹿而大南越志曰昔牛形角似水牛一名沈牛張揖曰題額也窮奇狀如牛而蝟毛其音如嘷狗食
人者也　良曰皆南方獸名其北則盛夏含凍裂地涉水揭去例
河善曰司馬彪曰揭褰衣也尸子曰寒凝冰裂地　良曰苑北潛陰之地盛夏含凍地裂也揭猶度也言可涉行水上
而度河也其獸則麒麟角端騊陶駼途橐土各駞蛩蛩
巨恭驒丁賢騱兮駃決騠啼驢驘五臣作騾　善曰郭璞曰麒似麟而無角角端
似貂角在鼻上中作弓韋昭曰背上有肉似橐故曰橐駞也郭璞曰驒騱駏驉類也駃騠生三日而超其母　翰曰皆北
方獸名於是乎離宮別館彌山跨谷高廊四注重

七百廿　文選八　七

坐曲五臣作明閣善曰鄭玄周禮注曰彌徧也司馬彪曰廊廡上級下級皆可坐故曰重坐曲閣閣道委曲也
濟曰言宮館徧據山谷也注猶帀也高廊行廊也謂行廊帀於四邊也閣有兩重上級下級皆可坐故言重坐也華
榱璧璫輦道纚五臣作灑連是切屬步櫚周流長途中
宿善曰韋昭曰裁金為璧以當榱頭也如淳曰輦道閣道司馬彪曰纚屬連屬也張揖曰纚力爾切屬之欲切步櫚步
廊也周徧流行也楚辭曰曲屋步櫚郭璞曰中途樓閣閒陛道司馬彪曰中宿乃至其上　銑曰華榱彩飾椽也璧璫以
璧飾椽首也纚迤相連屬也步櫚謂屋櫚下行也周流謂周徧也長途中宿謂臺閣高遠中道而宿方至其上也夷
嵕子公築堂累臺增成巖突一弔洞房善曰如淳曰嵕山也張揖曰平
比山以作堂也重累而成之故曰增成郭璞曰言於巖突底為室潛通臺上也　翰曰夷平也突巖底也洞通也俯
善本作頫杳眇而無見仰攀橑老而捫門天奔星更

平於閶闔宛於遠虹拕徒可於楯時尹軒善曰聲類曰頫古文俯字奔流
星也行疾故曰奔如淳曰宛虹屈曲之虹也應劭曰楯欄檻也司馬彪曰軒楯下版也更工衡切說文曰頫低頭也楚辭
曰倏忽而捫天晉灼曰仰古舉字也捫摸也良曰音耿深邃皃言臺閣高俯觀深遠不見其地仰攀於椽手可摸及於
天也更經也拕猶越也言流星宛虹經越門窻欄檻之上也青龍蚴伊糾蟉虯酉於東
廂善本作葙象輿婉於遠蟬音善本作僤善於西清善曰郭璞曰蚴蟉龍行貌
孫炎爾雅注曰葙夾室前堂也張揖曰山出象輿瑞應車也西清者葙中清淨處也婉僤動貌也向曰青龍象輿皆車
也東葙西清皆屋也蚴蟉婉蟬龍象迴轉之貌靈圄五臣作圄燕於閒閑館偓於角
佺七全之倫暴於南榮善曰張揖曰靈圄衆仙之號也楚辭曰坐靈圄而來謁閒讀曰閑郭
璞曰偓佺仙人也暴謂偃卧日中也榮屋南簷也向曰閒館閑居之館也燕燕寢也醴泉涌於
清室通川過於中庭善曰郭璞曰醴泉瑞水也言醴泉於室中涌出而通流爲川而過中
庭銑曰醴泉靈泉也涌出於清室通川謂鑿爲渠引水於中庭也盤石振之刃崖嶔口巖
巖倚於綺傾嵯峨嶕捷嶢刻削崢嶸善曰李奇曰振整也以石整頓
池水之涯也郭璞曰嶔巖欹貌也言自然若彫刻也司馬彪曰崢嶸深貌也翰曰以盤石整渠岸也嶔巖倚傾不齊貌
嵯峨嶕嶢高貌崢嶸直峻貌玫瑰碧琳珊瑚叢生善曰晉灼曰玫瑰火齊珠也廣
雅曰珊瑚珠也淮南子曰崐崘有碧樹在其北高誘曰碧青石也向曰碧琳玉也珊瑚寶樹也皆叢生於庭瑉玉
旁唐玢紛豳彬文鱗赤瑕遐駁洛犖角雜臿五臣作揷其
閒晁五臣作朝采琬琰和氏出焉善曰郭璞曰旁唐言盤礴也玢豳文理貌也宋
玉笛賦曰其處磅磄千仞張揖曰赤瑕赤玉也郭璞曰言雜廁崖石中駁犖采點也司馬彪曰晁采玉名尚書曰弘璧琬
琰在西序也齊曰瑉玉旁唐皆玉名玢豳文鱗玉文理也駁犖文彩也雜揷謂雜在其閒也朝采琬琰皆玉名和氏璧
也出焉言出於此於是乎盧橘夏熟善本作熱黄甘橙直更楱湊

枇杷橪而蘭柿楟亭柰厚朴五臣作樸步角切梬代井棗楊
梅櫻桃蒲陶五臣作萄隱夫薁於六棣徒計荅遝沓離力智
支善曰應劭曰伊尹書曰箕山之東青鳥之所有盧橘夏熟晉灼曰此雖賦上林博引異方珍奇不係於一也盧黑也
郭璞曰黄甘橘屬而味精楱亦橘之類也張揖曰楱小橘也出武陵說文曰橙橘屬也張揖曰枇杷似斛樹長葉子如杏
亭山棃也厚朴藥名也郭璞曰橪橪支木也音煙張揖曰楊梅其實似穀而有核其味酢出江南也漢書音義曰櫻桃含
桃也郭璞上林賦注曰蒲陶似燕薁可作酒張揖曰隱夫未詳薁山李也郭璞曰棣實似櫻桃也張揖曰荅遝似李出蜀
晉灼曰離支大如雞子皮麤剝去皮肌如雞子中黄味甘多酢少銑曰皆果木名夏熟謂當夏而熟也羅乎
後宮列于北園貤羊氏丘陵下平原善曰司馬彪曰貤延也向曰言果
木羅列生於宮園也貤連也言連亘丘陵下及平原也揚翠葉杌音兀五臣作扤音兀紫
莖發紅華垂朱榮煌煌皇扈扈戶照曜鉅野善曰
張揖曰杌搖也郭璞曰言其光采之盛也翰曰杌搖也言果木之衆花葉之盛鉅大也煌煌扈扈鮮明貌言光色照曜
於大野沙棠櫟歷櫧諸華胡化楓風枰平櫨盧留落
胥邪以嗟仁頻并閭欃讒檀木蘭豫章女貞善曰張揖
曰沙棠狀如棠黄華赤實其味如李無核呂氏春秋曰果之美者沙棠之實櫧似柃葉冬不落應劭曰櫟採木也音采張
揖曰華皮可以爲索郭璞曰枰平仲木也南都賦曰楓柙櫨櫪郭璞上林賦注曰櫨橐櫨力胡切留未詳落檴也中作器
楈枒似栟櫚皮可作索孟康曰仁頻檳也仙藥録曰檳榔一名椶然仁頻即檳榔也張揖山林賦注曰栟櫚椶也皮可爲
索欃音鑱孟康曰欃檀別名也張揖曰女貞木葉冬不落翰曰皆木名長千仞大連抱夸
條直暢實葉葰峻楙木邁切善曰司馬彪曰七尺曰仞郭璞曰夸張布也司馬彪曰葰
大也良曰言木長或至千仞大或至連抱也楙盛也謂枝條直暢實葉大盛也攢立叢倚於綺
連卷巨專欐力是佹古毀崔千賄錯癹步葛骫委坑苦行衡閜

烏可砢來可反　善曰司馬彪曰攦佹支重累也蓍頡篩曰撍聚也郭璞曰錯相摎也坑衡徑直貌也　良曰謂
木之重疊累積盤結傾欹貌垂條扶疏善本作䟽落英幡纚史是切　善曰說文
曰扶疏四布呂氏春秋曰樹肥無使扶疏張揖曰幡纚飛揚貌也　良曰扶疏分布貌紛溶容箾
蕭蔘所今猗於綺柅五臣作柅女綺切從風瀏流莅卉歙音吸
善曰郭璞曰紛溶箾蔘支䟽擢也張揖曰猗柅猶阿那也司馬彪曰瀏莅卉歙衆聲貌也芔古卉字　銑曰紛溶繁大貌
箾蔘高長貌猗柅隨風貌瀏莅卉歙風吹衆木之聲也蓋象金石之聲管籥藥
之音善曰周禮曰太師下大夫又曰播之以八音金石土革絲木匏竹鄭玄曰金鍾鎛也石磬也土塤也革鼓
鼗也絲琴瑟也木柷敔也匏笙也竹管簫也鄭玄周禮注曰籥舞者所吹也如篴三孔　向曰蓋木之音聲有似於此
偨差池茈此虒直是旋還乎後宮雜襲絫輯五臣作累
集　善曰張揖曰偨池參差也茈虒不齊也郭璞曰還繞也揖重被也絫古累字輯與集同　濟曰偨池言旋繞後宮重
積累集而生也被山緣谷循阪下隰視之無端究之無
窮濟曰言樹木之生緣被陵隰視之不見其畔於是乎五臣無乎玄猨素雌蜼
羊水玃钁飛蠝壘蛭姪蜩條蠼钁猱五臣作蝚奴高切獑讒
胡縠呼谷蛫音詭　善曰張揖曰蜼似獮猴卬鼻而長尾玃似獮猴而大飛蠝鼠也其狀如兔而鼠首以其
髯飛郭璞曰蠝鼯鼠也毛紫赤色飛且生一名飛生蜼音遺玄猨言猨之雄者玄色也素雌猨之雌者素色也司馬彪曰
山海經曰不咸之山飛蛭四翼蜩蟬也玃猱獮猴也郭璞曰蛭蜩未聞如淳曰蛭音質張揖曰獑胡似獮猴頭上有髦要
以後黑郭璞曰縠似貙而大要以後黃一名黃要食獮猴蛫未聞也　翰曰皆獸名似猨而捷水處也棲息
乎其閒長嘯哀鳴翩幡互經夭蟜矯枝格偃蹇
杪亡少顛善曰郭璞曰互經互相經過也皆獮猴在樹縣戲姿態也夭蟜頻申也埤蒼曰格木長貌也廣雅曰
顛末也　銑曰言衆獸或鳴嘯路枝長也杪木末也夭蟜偃蹇蹄挂之狀踰善本作踰絕梁騰殊

榛任人切捷垂條掉記釣切五臣作踔勑教切希閒牢落陸離爛
熳遠遷善曰郭璞曰梁石絕水也張揖曰殊榛異枝也五曷切捷持懸垂之條掉往著稀疏無支之閒也郭
璞曰掉懸擿也牢落陸離牽奔走也牢落猶遼落也廣雅曰陸離參差也郭璞曰爛熳遠遷崩騰牽走貌也　向曰皆獸
騰躍奔散之貌若此五臣有輩者數百千處娛遊往來宮宿
館舍善曰說文曰娛戲許其切郭璞曰皆離宮別館出入所幸也　向曰如此宮者數百千處言多也天子往
來皆於宮館止宿庖廚不徙後宮不移百官備具善曰郭璞曰言所在
有也　向曰庖廚後宮百官之屬皆當自具無所移徙於是乎背秋涉冬天子
校獵乘鏤象六玉虯善曰李奇曰以五校兵出獵也張揖曰鏤象象路也以象牙疏鏤其
重較六玉虯謂駕六馬以玉飾其鑣勒有似虯龍也無角曰虯也郭璞曰韓子曰黃帝駕象車六蛟龍此依古成文而假
言之非謂似也今依郭說　翰曰校獵謂出校隊而獵也拖蜺旌靡雲旗前皮軒
後道游善曰張揖曰析羽毛染以五采綴以縷爲旗有似虹蜺之氣也畫熊虎於旒爲旌似雲氣也此亦假
言也高唐賦曰蜺爲旌雲旗薛綜曰旗謂熊虎爲旗爲高至雲故曰雲旗也楚辭曰載雲旗之逶夷文潁曰皮軒以虎皮
飾車天子出道車五乘游車九乘在乘輿車前賦頌爲偶辭耳言皮軒最居前而道游次皮軒之後此爲前後相對偶辭
耳非謂道游在乘輿之後　向曰畫雲蜺以飾旌旗拖曳靡案也道游車名皆天子儀飾也孫叔奉轡
衛公參乘去聲　善曰鄭玄曰孫叔者太僕公孫賀也字子叔衛公者大將軍衛青也大駕太僕御大將
軍參乘　良曰孫叔謂公孫叔子也奉轡參乘謂御從也扈戶從去橫行出乎四
校之中善曰晉灼曰扈大也張揖曰跋扈縱橫不案鹵簿也文潁曰五校今言四者中一校隨天子乘輿也
濟曰謂大衆從君也四校謂四隊也鼓嚴鑮平碧切善作簿縱獠良照者江河善作
河江爲阹羌魚泰山爲櫓音魯　善曰張揖曰鼓嚴鼓也簿鹵簿也言擊嚴鼓簿鹵之中也郭
璞曰因山谷遮禽獸爲阹櫓望樓　翰曰鼓擊也嚴嚴鼓也鑮大鐘也謂擊之以縱獵者阹櫓謂欄圈也車騎

靁五臣作雷起殷音隱天動地先後陸離離散別追善曰
郭璞曰殷猶震也靁古雷字各有所逐也廣雅曰陸離參差
皃曰謂車騎之聲如雷殷動天地也陸離分布皃別追謂散
遂禽獸也淫淫裔裔緣陵流澤雲布雨施平聲善曰郭璞曰言徧
山野也韓子曰雲布風動周易曰雲行雨施
向曰言士卒之衆流徧山澤如雲雨之布施生貔毗豹搏
搏豺狼手熊羆悲足壄五臣作野羊善曰韋昭曰生抗之也郭璞曰貔執夷虎
屬張揖曰熊犬身人足黑色羆如熊黃白色壄羊麢羊也似
羊而青郭璞曰足謂蹋也　向曰皆獸名生生執搏擊也手
手挺足蒙鶡曷蘇絝苦故白虎被斑文跨壄五臣作野馬
足蹋也　善曰孟康曰鶡鶡尾也蘇析羽也張揖曰鶡似雉鬬死不卻
蒙謂蒙覆而取之鶡以蘇為奇故特言之以成文耳郭璞曰
絝絡也斑文虎豹之皮也司馬彪漢書曰虎賁騎皆虎
文單衣跨謂騎之也　濟曰皆獸名絝絆也被猶駕也淩
三嵏子公之危下磧歷之坻遲徑峻赴險越壑厲
水善曰漢書音義曰淩上也郭璞曰三嵏三倉注曰三嵏山在聞喜
張揖曰磧歷不平也坻下坂道也郭璞曰厲以衣涉水
翰同善注椎追直飛作蜚善本廉弄獬蟹豸直是反善曰郭璞
曰飛廉龍雀也鳥身
鹿頭張揖曰獬豸似鹿而一角人君刑罰得中則生於朝廷
主觸不直者今可得而弄也　銑曰飛廉獸名椎謂擊殺也
獬豸獸名以其觸邪不殺之故云弄也格蝦遐蛤閤鋋市延猛氏羂古犬騕
鳥了褭奴鳥射封豕善曰孟康曰蝦蛤猛氏皆獸名郭璞曰
今蜀中有獸狀如熊而小毛淺有光澤
名猛獸說文曰鋋小矛也張揖曰騕褭馬金喙赤色一日行
萬里者郭璞曰封豕大豬也聲類曰羂係取也左氏傳申包
胥曰吳為封豕長蛇　翰曰皆獸名格鋋羂射皆執殺也箭不苟害解脰豆陷苦濫
腦弓不虛發應聲而倒善曰張揖曰脰頸也　銑曰
言不苟且而害必中頭頸應
弓聲倒斃也於是乎乘輿弭節徘徊翱翔往來睨部曲
之進退覽將帥之變態善曰郭璞曰言周旋也楚辭
曰聊弭節而高厲司馬彪續

文選八　十二

漢書曰將軍皆有部大將軍營五部部有校尉一人部下有
曲曲有軍候一人　向曰睨視也乘輿天子也弭案也言案
節往來以視將
上進退之態然後侵淫促節儵五臣作倏夐呼併遠去
流離輕禽蹴履狡獸善曰郭璞曰言疾驅也侵淫漸
進之貌郭璞曰儵忽長逝也曹
大家幽通賦注曰夐遠也張揖曰流離放散也輕禽飛鳥也
晉灼曰輕小之禽張說是也　翰曰儵夐謂倏忽也言漸促
行伍倏忽遠去追
蹴輕捷之禽獸也轊五臣作轊白鹿捷接狡兔軼逸赤
電遺光耀善曰郭璞曰狡兔健跳故言捷耳張揖曰軼過
也郭璞曰皆妖氣為變怪游光之屬也　良曰
轊車軸頭也言軸轢白鹿追捷狡兔也謂
電之光耀至遠車騎之疾可以過而遺之追怪物出宇
宙彎蕃煩弱滿白羽射游梟古堯櫟歷飛善作蜚遽
音臣　善曰張揖曰怪物奇禽也文穎曰彎牽也蕃弱夏后
氏良弓之名引弓盡箭鏑為滿以白羽羽箭故言白羽也左
氏傳衛子魚曰分魯公以封父之繁弱蕃與繁古字通國語
曰吳夫素甲白羽之矰望之如荼張揖曰梟惡鳥也故射之櫟
梢也飛遽天上神獸也鹿頭而龍身郭璞曰梟羊也高誘淮
南子注曰梟羊山精也似人遠類高誘說是也　向曰宇宙四方
也天子作軍營亦象之今出宇宙則出於軍
營外也言彎之使滿以射游梟也櫟擊也擇肉而後
發先中而命處弦矢分藝殪計一仆音赴善曰郭璞
曰言必如所志也
廣雅曰命名也文穎曰所射準的為藝言發死為殪說文曰仆
頓也　濟曰擇肉選其可射之所也先中命處謂所著皆先
言其處然後依言而中之弦矢謂放箭
也殪仆斃也以有准的故能斃禽獸也然後揚節而上
浮淩驚風歷駭猋乘虛無與神俱善曰郭璞曰言騰
游也楚辭曰鳥託
乘而上浮張揖曰郭璞老子經注曰虛無寥廓與元通靈言
其所乘氣之高故能出飛鳥之上而與神俱者也　向曰揚
舉也節旌節也言舉旌節上遊於空凌
歷風猋乘躡虛無之所故云與神俱也躪五臣作轥玄鶴亂
昆雞遒由孔鸞促鵕峻鸃宜拂翳一兮鳥捎所交鳳
皇捷鵷鶵揜五臣作掩焦朋五臣作鵬善曰張揖曰昆雞
似鶴黃白色郭璞曰躪躒也亂

文選八　十三

者言亂其行伍也遒促皆迫捕貌張揖曰山海經曰九疑之
山有五采之鳥名曰翳鳥張揖曰焦朋似鳳西方之鳥也方
言曰揜取也樂汁圖焦朋狀似鳳皇宋衷曰水鳥也　良
曰皆鳥名也藺亂遒促掩捕揵掩皆執捉蹈藉之稱也道
盡塗善本作途殫迴車而還招善本作消搖乎儴佯上音襄善
作襄羊降集乎北紘善曰司馬彪曰消搖逍遙也張揖曰淮南子云八澤之外乃有八紘北方
之紘曰委羽郭璞曰襄羊猶彷徉也　良曰謂遊獵之塗既盡迴車將還招搖儴佯行遊貌言行遊降集於北紘也謂自
空而還故云降也紘海外也率乎直指晻奄乎反鄉善曰郭璞曰率然馳去也
忽然疾歸貌　向曰率猶疾也晻猶速也直指謂行也言獵罷而速還帝鄉也蹷厥石闕歷封
巒過鳷支鵲望露寒下棠梨息宜春善曰郭璞曰蹷蹏蹋也張揖
曰此四觀武帝建元中作在雲陽甘泉宮外棠梨宮名在雲陽東南二十里郭璞曰宜春宮名在渭南杜縣東也　翰曰
皆宮觀名蹷過下息皆遊止之稱也西馳宣曲濯鷁牛首登龍臺掩
細柳善曰張揖曰宣曲宮名也在昆明池西也牛首池名在上林苑西頭漢書曰鄧通以濯船為黃頭郎音義
曰善濯船於池中也一說能持擢行船也韋昭曰濯今棹也並直孝反張揖曰龍臺觀名也在豐水西北近渭也郭璞曰
細柳觀名也在昆明池南方言曰掩息也　銑曰濯鷁船也謂濯船於此池登升掩止也觀士大夫
之勤略均五臣作鈞獵者之所得獲五臣有觀徒車之所
轥五臣作藺轢步騎之所蹂而柳若五臣作踏音若人臣之所
蹈藉善曰司馬彪曰略巡行也郭璞曰鈞謂平其多少也徒步也轢輾也輾女展切廣倉曰若蹈足貌　良曰
謂觀人殺獲勤勞及車騎所踐踏禽獸也藉謂禽獸死布於地也與其窮極倦五臣作蹷谻
劇驚憚丁曷讋之涉伏不被創刃怖善無怖字而死者他
他徒可藉藉填阬滿谷掩五臣作揜平彌澤善曰郭璞曰窮極倦谻疲
憊者也驚憚讋伏怖不動貌也他他藉藉言交橫也廣雅曰大野曰平　向曰言禽獸疲敗怖懼不傷而死者徧滿山澤

也他他藉藉言多也於是乎游戲懈怠置酒乎顥天之臺
張樂乎膠葛之寓善曰張揖曰臺高上干顥天也郭璞曰言曠遠深貌也　向曰顥天臺名
膠葛廣大貌寓屋也言遊獵疲怠乃置酒設樂於此撞直江千石之鐘立萬石之
虡建翠華之旗樹靈鼉之鼓善曰張揖曰千石十二萬斤也虡獸重百二十
萬斤以俠鍾旁翠華以翠羽為葆也靈鼉鼓以鼉皮為鼓也郭璞曰華葆也　向曰撞擊也虡鐘格也懸鐘以擊之千石之
鐘者明萬石虡乃勝也千萬石皆斤兩之數也翠旗以翠羽飾旗奏陶唐氏之舞聽葛
天氏之歌千人倡五臣作唱萬人和平山陵為之震
動川谷為之蕩波善曰如淳曰舞咸池也尚書曰惟彼陶唐孔安國曰陶唐堯氏也張揖曰
葛天氏三皇時君號也其樂三人持牛尾投足以歌八曲一曰載民二曰玄鳥三曰育草木四曰奮五穀五曰敬天常六
曰徹帝功七曰依地德八曰總禽獸之極韋昭曰葛天氏古之王者其事見呂氏春秋呂氏春秋云葛天氏之樂以歌八
闋一曰載民三曰遂草木六曰建帝功今注以闋為曲以民為氏以遂為育以建為徹皆誤郭璞曰波浪起也　銑曰葛
天氏其樂以三人操牛尾投足而歌使千萬人唱和故其聲震蕩山谷巴渝五臣作俞宋蔡淮
南于遮文成顛歌族居遞奏金鼓迭徒結起善曰郭璞曰巴
西閬中有渝水獠居其上好舞初高祖募取以平三秦後使樂府習之因巴渝舞也張揖曰樂記曰宋音燕女溺志蔡人
謳員三人淮南鼓員四人于遮曲名文穎曰文成遼西縣名也其縣人善歌顛益州顛縣其人能作西南夷歌也顛與滇同
也張揖曰族聚也郭璞曰遞迭也　翰曰聚居衆樂與金鼓更迭而起鏗鎗闛湯鞈塔洞
心駭耳善曰鏗鎗鐘聲也闛鞈鼓音也毛詩曰擊鼓其鏜字書曰鞈鼓聲闛與鏜鞜與鞈古字通　翰曰洞
通也言可通心驚耳荊吳鄭衛之聲善曰郭璞曰皆淫哇也禮記曰鄭衛之音亂世之音也
韶濩五臣作護武象之樂善曰文穎曰韶舜樂也濩湯樂也大武武王樂也張揖曰象周公樂
也南人服象為虐於夷成王命周公以兵追之至於海南乃為三象樂　良同善注陰淫案衍弋戰

之音善曰郭璞曰流沔曲也銑曰流沔聲也鄢郢繽紛激楚結風善曰
李奇曰鄢今宜城縣也郢楚都也繽紛舞也張揖曰楚歌曲也文穎曰激衝激急風也結風亦急風也楚地風氣既自漂
疾然歌樂者猶復依激結之急風為節也其樂促迅哀切也向曰言楚舞之急可縈結迴風也俳排優
侏朱儒狄鞮丁兮之倡五臣作唱善曰三蒼曰俳倡也優樂也禮記曰夫新樂及優侏儒
郭璞曰狄鞮西戎樂名也濟曰俳優侏儒皆樂人所以娛耳目樂心意者麗
靡爛漫於前靡曼美色於後善本無於後善曰郭璞曰言恣所觀也張揖
曰靡細也曼澤也言作樂於前者皆是靡曼也色下或云於後非也良曰麗靡爛漫美音聲也靡曼美色多恣態也言
娛樂耳目則置於前後若夫青琴宓妃之徒絕殊離俗妖冶
野嫺五臣作閑都靚靜糚刻飾便平嬛許緣綽昌約約柔
橈女教嬽嬽於員嫵武媚孅五臣作纖弱善曰伏儼曰青琴古神女也如淳曰宓妃

伏羲氏女溺死洛遂為洛水之神也郭璞曰離俗無雙也字書曰妖巧也說文曰嫺雅也或作閑小雅曰都盛也郭璞曰
靚糚粉白黛黑也刻刻畫鬢髮也便嬛輕利也綽約婉約也莊子曰綽約若處子嬛音翾靚音淨郭璞曰柔撓嬽嬽皆體
耎弱長豔貌也纖弱弱頭也埤蒼曰嫵媚悅也孅弱謂容體孅細柔弱也方言曰自關而西凡物小謂之孅翰曰容色
異於人俗言糚飾衣服美麗而纖弱曳獨繭古典之褕俞袘曳眇閻易
弋示以卹五臣作戌削善曰張揖曰褕襜褕也袘神也郭璞曰獨繭之絲也閻易衣長大貌也卹削言如刻
畫作之也銑曰獨繭謂一繭絲為衣褕袘輕長貌眇閻行貌易迴轉貌戌削言使人如刻畫作便平姍
先嫳步結屑與俗五臣作世殊服善曰郭璞曰衣服婆娑貌良曰言與時代殊也
芬芳漚鬱酷烈淑郁皓齒粲爛宜笑的皪歷長
眉連娟一全微睇大計緜藐邈色授魂與心愉踰於
則善曰郭璞曰鮮明貌也楚辭曰美人皓齒嫮以姱又曰嫭昆宜笑娥眉曼郭璞曰連娟言曲細也緜藐遠視貌張揖

曰彼色來授我魂往與接也濟曰淑郁已上言香氣盈也翰曰的皪鮮白貌言笑則見其皓齒鮮白故云宜笑連娟緜
藐眉目之美也言美女以色授與其君而君溺其魂神以與恩寵則其心愉悅於其側於是酒中
中仲樂酣天子芒然而思似若有亡善曰郭璞曰中半也司馬彪曰亡喪
也銑曰芒然自驚如有所失曰嗟乎此太奢侈朕以覽聽餘閒
五臣作閑無事棄日善曰言聽政既有餘暇無事而虛棄時日也向同善注順天道
以殺伐時休息於此善曰郭璞曰因秋氣也家語孔子曰啓蟄不殺則順天道也郭璞曰
謂苑囿中也良曰言順陰氣殺伐也於此謂息於苑囿中也恐後葉五臣作世靡麗遂
往而不返非所以為于偽繼嗣創業垂統也善曰郭璞曰言
不可以示將來也孟子曰君子創業垂統為可繼也向曰言恐後代以奢侈為常不返純樸也統理也言非繼業垂理
之道也於是乎乃解酒罷獵而命有司曰地可墾

闢悉為農郊以贍萌五臣作甿隸郎計反善曰張揖曰邑外謂之郊郊田也詩
曰稅于農郊韋昭曰萌民也司馬彪曰隸小臣也爾雅曰命告也蒼頡篇曰墾耕也小雅曰贍足也良曰解罷也贍給
也氓隸百姓也言苑囿之地有堪耕種者悉給百姓也頹善本作隤墻塡塹使山澤
之人得至焉善曰郭璞曰芻蕘者往也雉兔者往也良曰頹崩也言崩去苑牆以通山澤之利實
陂池而勿禁虛宮館而勿仞五臣作牣善曰司馬彪曰養魚鼈蒲陂池而不
禁民取也郭璞曰虛言不聚人衆其中也仞滿也翰曰陂池養魚鼈也勿禁謂勿禁人取以充滿虛宮館謂不聚人以
充滿發倉廩以救貧窮補不足恤鰥寡存孤獨出
德號省刑罰善曰蔡邕月令章句曰穀藏曰倉米藏曰廩孟子齊景公興發補不足趙岐曰興惠
政發倉廩以振貧而補不足也郭璞曰號號令也銑曰出德號謂出號令也省減省也改制度易
服色善曰郭璞曰變宮室車服衣尚黑翰曰改宮室壯大之度易衣服美麗之色革正朔與

天下爲更五臣無更始善曰郭璞曰更以十二月爲正平旦爲朔新其事也良曰華政也於是歷吉日以齋戒襲朝服乘法駕善曰張揖曰歷筭也周易曰聖人以此齋戒韓康伯曰洗心曰齋防患曰戒司馬彪曰襲服也法駕六馬也良曰歷選也建華旗鳴玉鑾善曰郭璞曰鑾鈴也楚辭曰鳴玉鑾之啾啾濟曰玉珮也皆以爲行步之節也游乎六藝之囿馳騖乎仁義之塗善曰郭璞曰六藝禮樂射御書數也論語曰游於藝塗道也藝六經也濟曰囿苑囿也謂馳騖仁義之道也覽觀春秋之林射貍首兼騶虞善曰如淳曰春秋義理繁茂故比之於林藪也郭璞曰貍首逸詩篇名諸侯以爲射節騶虞召南之卒章天子以爲射節也向曰貍首騶虞樂章名以節制度也弋玄鶴舞干戚善曰郭璞曰干楯也戚斧也言古者舞玄鶴以爲瑞令弋取之而舞干戚也尚書大傳舜樂歌曰和伯之樂舞玄鶴公羊傳曰朱干玉戚以舞大夏向曰弋取也玄鶴瑞鳥故取之也可以崇樂故舞之載雲罕揜五臣作掩羣雅悲伐檀樂去樂胥先呂切善曰張揖曰罕畢也前有九流雲罕之車掩捕也詩小雅之材七十四人大雅之材三十一人故曰羣雅也先用雲罕以獵獸今載之於車而捕羣雅之士也張揖曰悲伐檀其詩刺賢者不遇明王也毛詩曰君子樂胥受天之祜言王者樂得材智之人使在位故天與之福祿也良曰罕畢也載之所以靜道雅小雅也言捕取衆雅也伐檀刺賢人不遇故悲之樂胥詩名美王者得賢材故樂之脩容乎禮園翱翔乎書圃善曰郭璞曰禮所以整威儀自脩飾也尚書所以疏通知遠者故游涉之銑曰容禮容也綿園圃者言多也述易道放怪獸善曰郭璞曰脩潔靜精微之術張揖曰苑中奇怪之獸不復獵向曰奇怪之獸不復獵故放之登明堂坐清廟次五臣作恣羣臣奏得失四海之內靡不受獲善曰郭璞曰明堂者所以朝諸侯處清廟太廟禮記月令曰天子居太廟太室鄭玄曰太廟太室中央室受獲得恩德也良曰言任羣臣奏得失之事故海內無不受其恩澤也於斯之時天下大說向風而聽

隨流而化芔五臣作卉許蛩切然興道而遷義善曰郭璞曰卉猶勃也許貴切向曰言此時天下恍我王化向我國風如隨流焉卉猶勃也皆勃然興道義也刑錯七故而不用德隆於三王五臣作皇而功羨於五帝若此故獵乃可喜也若夫終日馳騁勞神苦形罷五臣作疲車馬之用抗士卒之精善曰包咸論語注曰錯置也司馬彪曰羨溢也郭璞曰精銳也抗損也音誑銑曰謂德盛於三皇功溢於五帝言如此乃獵之可喜也翰曰馳騁謂獵也言損士卒之精銳也費府庫之財而無德厚之恩善曰管子曰國雖盛滿無德厚以安之國非其國也翰曰以田獵宮觀而費其府庫之物而施不及百姓故無德厚之恩也務在獨樂不顧衆庶忘國家之政貪雉兎之獲則仁者不繇五臣作由也善曰鄭玄毛詩曰顧念也郭璞曰繇道也銑曰由從也言貪殺獲忘國政仁者不從是也從此觀之齊楚之事豈不哀哉地方不過千里而囿居九百是草木不得墾闢善本作辟而民善本作人無所食也善曰蒼頡篇曰墾耕也薛君韓詩章句曰辟除也良曰齊楚矜夸田獵之事亦足可哀也銑曰齊楚之境不過千里而囿廣九百里是人無以耕食也夫以諸侯之細而樂萬乘之五臣有所侈僕恐百姓被其尤也於是二子愀材誘然改容超若自失五臣無超若自失一句逡巡避席善本作廗善曰郭璞曰愀然變色貌也禮記曰孔子愀然作色而對也公羊傳曰逡巡北面再拜廣雅曰逡巡却退也孝經曰曾子避廗廗與席古字通銑曰諸侯小國而受天子奢侈之事僕亡是公自稱也尤怨也向曰二子謂子虛焉有也愀慙懼貌言聞亡是公之言皆作色却退以避其席也曰鄙人固陋不知忌諱乃今日見教謹受命矣善曰廣雅曰鄙小也向曰鄙人子虛焉有謙言也不知忌諱謂不識忌

諱之事

羽獵賦 并序

楊子雲 銑曰此賦有兩序一者史臣序一者雄賦序也

孝成帝時羽獵雄從以爲昔在二帝三王 善曰服虔曰士負羽也高唐賦曰傳言羽獵應劭曰堯舜夏殷周也春秋說題辭曰尚書者二帝之迹三王之義所以推期運明命授之際 向曰羽箭也言使士卒負箭而獵從謂從成帝也 宮館臺榭沼池苑囿林麓藪澤財足以奉郊廟御賓客充庖廚而已 善曰財與饒同毛萇詩傳曰御進也禮記曰天子無事歲三田一爲乾豆二爲賓客三爲充君之庖也 銑曰雄以爲五帝三王之時池臺林澤財幣亦足可奉郊廟禮賓客充庖廚何必羽獵也 不奪百姓膏腴穀土桑柘之地女有餘布男有餘粟國家殷富上

下交 五臣作充 足故甘露零其庭醴泉流其唐鳳皇巢其樹黃龍游其沼麒麟臻其囿神爵棲其林 善曰孟子曰以羨補不足則農有餘粟女有餘布也禮記曰天降膏露地出醴泉孝經援神契曰甘露一名膏露應劭曰爾雅曰廟中路謂之唐也禮記曰鳳皇麒麟皆在郊棷龜龍在宮沼漢書注曰神雀大如鷃雞斑文 翰曰言不奪人也以爲苑囿故布粟有餘而家國俱充足 向曰言家國足故致祥瑞畢集也唐道也 昔者禹任益虞而上下和草木茂 善曰尚書帝曰疇若予上下草木帝曰益汝作朕虞孔安國曰上謂山下謂地也 良曰言夏禹任伯益爲山澤之官山澤草木亦得和盛上謂山下謂澤也 成湯好田而天下用足文王囿百里民以爲尚小齊宣王囿四十里民以爲泰大裕民之與奪民 五臣作人 也 善曰呂氏春秋曰湯見網置四面湯拔其三面也孟子齊宣王問孟子曰文王之囿方七十里有是其大乎荅曰民猶以爲小也寡人之囿方四十里民猶以爲大何也荅曰文王之囿與人同之民以爲小不亦宜乎王之囿四十里殺其麋鹿如殺人之罪人以爲大不亦宜乎孫卿子曰足國之道節用裕民而善藏其餘不知節用裕民雖好取侵奪猶將寡獲也 向曰湯不傷害故用足文王囿百里與人同故以爲小宣王囿四十里禁於人故以爲大裕饒也此則饒人之與奪人也 武帝廣開上林東南至宜春鼎湖御宿昆吾旁 步浪 南山西至長楊五柞北繞黃山濱 賓 渭而東周袤數百里穿昆明池象滇 都堅 河 善曰晉灼曰鼎湖宮黃圖以爲在藍田昆吾地名上有亭郭璞曰宜春宮名在渭南杜縣東也三秦記曰樊川一名御宿漢書曰盩厔有長楊五柞宮又曰槐里有黃山之宮濱涯也言循渭水之涯而東也公羊傳濤塗曰濱海而東說文昆南北曰袤瓚曰西南夷有昆明國又有滇池故作昆明池以象之以習水戰 銑曰御宿苑名袤廣也滇河謂將伐滇池國其國多水故作此池以象彼國之水以習戰也 營建章鳳闕神明馺 颯 娑 思可 漸臺太 善本

作泰 液象海水周流方丈瀛洲蓬萊遊觀侈靡窮妙極麗雖頗割其三垂以贍齊民 善曰孟康曰馺娑殿名也鄭玄毛詩箋曰營治也建章宮名也神明臺名也漢書曰建章其北治太液池漸臺高二十餘丈名曰泰液中有蓬萊方丈瀛洲象海中仙山服虔曰海中三山名法効象之也三垂謂西方南方東方武帝侵三垂以置郡故謂之割漢書杜鄴上書曰三垂蠻夷又雄上書曰北狄中國之堅敵三垂比之縣矣爾雅曰邊垂也如淳曰齊等無有貴賤故謂之齊人若今言平人矣晉灼曰中國被教人也 翰曰贍給也地有四垂割其三垂以給齊民齊民謂上下齊等無貴賤也亦猶平人也 然至羽獵甲車戎馬器械儲偫 值 禁籞 善本作禦 所營尚泰奢麗誇詡 薰宇反 善曰說文曰儲偫待也應劭曰籞禁也謂禁上往來營謂造作也即賦云籞自汧渭經營酆鄗甲或爲由非也毛萇詩傳曰詡大也 良曰禁籞謂禁苑也謂苑囿宮觀尚奢麗誇人也 非堯舜成湯文王三驅之意也 五臣無也字 善曰周易曰王用三驅失

前禽也　銑曰言此非四君三驅法三面網留一面但取背已者餘皆舍之是惡此君主之意文恐後世
五臣作業復脩前好不折中以泉臺故聊因校獵賦
以風之音諷五臣無之字　善曰服虔曰魯莊公築臺非禮也至文公毀之公羊譏云先祖爲之而毀之勿
居而已今揚雄以宮觀之盛非成帝所造勿脩而已當以泉臺爲折中也韋昭曰制或爲折也七畧曰羽獵永始三年十
二月上校獵李奇曰以五校兵出獵也　濟曰後葉後代也前好謂武帝奢侈之事　向同善注其辭曰
或稱羲農豈或帝王之彌文哉善曰假爲人也或人之意言古之樸素而
合禮者或稱羲農是則豈或謂後代帝王彌加文飾而不合禮哉故論者荅之於下　翰曰或謂有人也有人稱伏羲神
農而樸素中禮豈或後之帝王彌加文飾而得合禮也論者云否各五臣無各亦並
時而得宜奚必同條而共貫善曰論者雄自謂也言帝王文質各並隨時而
得宜何必同條而共貫乎言必不然也尚書大傳曰否不也漢書武帝制曰帝王之道豈不同條共貫也　銑曰論者云

謂以對或人也否猶不然也言何必同爲質素始稱合禮也則泰山之封焉得七
十而有二儀善曰孟康曰封禪各言異也管子曰古之封太山禪梁父者七十二家而夷吾所記者十
有二焉　向曰文飾質素禮儀各殊道德一致也是以創業垂統者俱不見
其爽遝邇五三孰知其是非善曰張晏曰爽差也不差其優劣誰知其賢愚
也言創業垂統者各隨時立制皆不見其差爽故五帝三王誰知其是非乎俱文質不同明無是非也廣雅曰爽差也
良曰言古來制業垂理之君俱不見其爽差也　濟曰言帝王禮儀不同而遠近推於五帝二王誰能知其是非盡隨其
時宜也遂作頌曰翰曰頌亦賦之流也
麗哉神聖處於玄宮富既與地乎侔訾五臣作貲貴
正與天乎比崇善曰玄北方也禮記月令曰季冬天子居玄堂右个蔡邕月令章句曰玄黑也
其堂尚玄莊子曰夫道顓頊得之以處玄宮又曰莫神於天莫富於地莫大於帝王故曰帝王之德配天地　向曰麗哉

壯其事也神聖謂成帝也玄宮北方宮也侔法也地出財寶故云富天之至高故云貴言夫貲法於地尊比於天也齊
桓曾不足使扶轂楚嚴未足以爲驂乘狹三王
之阸僻善本作嶠嶠高舉而大興善曰史記曰齊公子小白立是爲桓公又曰楚
穆王卒子莊王立呂氏春秋感精記曰黃池之會重吳子勝辟夾轂魯衞驂乘鄭氏曰阸僻陋小也王逸楚辭注曰
嶠舉也嶠音矯　銑曰齊桓楚莊二主五霸之彊盛比於成帝不足驂乘扶轂也狹小也言三王以爲阸僻仄陋乃嶠然
高舉而大興作也歷五帝之寥廓涉五臣作陟三皇之登閎宏
建道德以爲師友仁義與之爲朋於是玄冬季
月天地隆烈萬物權輿於內殂善本作徂落於外善曰
寥廓高遠也韋昭曰登高也閎大也北方水色黑故曰玄冬隆烈陰氣盛爾雅曰權輿始也大戴禮曰孟春百草權輿
向曰寥廓高也言陟五帝三皇之高大建立道德仁義之事以爲師法朋友　良曰崇烈謂陰氣盛也權輿始也言十二

月萬物始萌於地內草木凋落於外殂落死也帝將惟田于靈之囿開北垠
受不周之制善曰孟康曰西北爲不周風謂冬時也　濟曰帝成帝也惟思也言將思田獵之事於靈
囿也垠涯也冬尚北故云開北垠不周西北方之風其風殺物故王者取之以爲制法也以終始顓
頊玄冥之統乃善本作迺詔虞人典澤東延昆鄰西
馳閶闔善曰應劭曰顓頊玄冥皆北方之神主殺戮者也張晏曰東至昆明之邊也洛陽宮舍記曰洛陽有
閶闔門　向曰統理也理當方之事終始謂起於冬罷於冬也掌山澤之官命典之延及也昆鄰地名閶闔西方門名
儲積共偫雉戍五臣作戎卒夾道斬叢棘夷野草禦
自汧牽渭經營酆鎬五臣作灃滈　善曰郭舍人爾雅注曰共具也偫具也漢書曰
廷中陳車騎戍卒衛官也杜預左氏傳注曰夷殺也孔安國尚書傳曰經營規度也　銑曰供具之物及戍卒皆夾於道
斬去叢棘夷平野草禦謂禁禦也汧渭灃滈四水名言此禁禦經營也章皇周流出入日

月天與地沓善曰韋皇猶彷徨也周流周匝流行也出入日月言其廣大日月似在其中出入也張晏
曰日出扶桑入湯谷應劭曰沓合也　翰曰韋皇猶寬饒也周流謂行列周帀也流徧也營域之廣日月出入於內也遠
而望之若天與地相連合爾廼虎路五臣作落三嵕子公以為司馬圍
經百里而為殿門善曰晉灼曰路音落服虔曰以竹虎落此山也應劭曰外門為司馬門殿
門在內也郭璞三倉注曰三嵕山在聞喜　良曰虎落以竹為蕭落也三嵕山也言圍落此山其經百里也營之外門曰
司馬內門曰殿門也外則正南極海邪界虞淵善曰應劭曰虞淵日所入也爾
雅曰極至也淮南子曰至于虞淵是謂黃昏　向曰虞淵日入處也言營域廣大正南望之以極於南海邪與虞淵為界
鴻胡孔濛莫孔沆胡朗茫莽碣音竭善作揭以崇山善曰韋昭曰鴻濛沆
茫水草廣大貌也薛綜東京賦注曰揭猶表也　向曰鴻濛沆茫水草寬長皃碣表也言以崇岡為表碣也營合
圍會然後先置乎白五臣作長楊之南昆明靈沼之

文選八　廿四

東善曰張晏曰先置供具於前也服虔曰白楊觀名也三秦記曰昆明池中有靈沼神池　銑曰言營圍既合先置供
具於此則當昆明之東也賁奔育之倫蒙盾負羽杖鏌莫鋣邪
而羅者以萬計善曰說苑曰勇士孟賁水行不避蛟龍陸行不避虎狼戰國策范睢說秦王曰
夏育之勇焉而死說文曰鏌鋣大戟也　濟曰賁孟賁育夏育皆秦武王壯士也蒙犢楯牌也言犢牌負羽杖戟而羅列
者萬計也萬計謂計人數至萬也其餘荷垂天之畢必張竟埜之
罘浮靡日月之朱竿曳彗星之飛旗善曰言畢之大垂天之邊
也朱竿太常之竿也又曰日月為太常王建太常穆天子傳曰日月之旗七星之文河圖曰彗星者天地之旗也楚辭曰
攬彗星以為旗　良曰其餘謂萬計之餘也荷負也垂天畢言畢之大如垂天之四邊也竟蒲靡按也朱竿朱旗也謂晝
日月彗星於旗上也畢罘皆網名青雲為紛虹蜺為繯胡犬屬之欲乎
崑崙五臣作崐崘之墟善本作虛　善曰韋昭曰紛旗旒也繯旗上繫也鄭玄喪服傳注曰屬連

也爾雅曰河出崑崙虛　翰曰紛繯皆旗飾言畫雲蜺於旗上也謂連於崐崘之墟也渙若天星
之羅浩如濤水之波淫淫與與前後要遮善曰天星
之羅言光明也濤水之波言廣大淫淫與與皆行貌也　銑曰言儀飾光曜如天星之羅列廣大如濤波之流也要遮謂
要遮禽獸欃槍為闉因明月為候熒惑司命天弧發
射善曰孟康曰闉戰闉自障蔽如城門外女垣也杜預左氏傳注曰候望敵張晏曰熒惑法使司命不祥天弧處上二
星欒韋豬耀嘉曰熒惑主命禮記曰凡生於天地之間者皆曰命漢書狼下有四星曰弧也　向曰欃槍星名闉營曲門
也候亭候也熒惑星名司主也令主天子之命天弧星名主弓矢故使發射也鮮扁篇陸離駢
衍佖一頻路徽揮車輕武鴻胡弄絧徒弄緁五臣作捷獵善曰
服虔曰鮮扁戰鬬軍陣貌也駢衍軍壘駢衍也晉灼曰佖滿也徽疾貌也廣雅曰武健也鴻絧相連貌也緁獵相次貌也
良曰徽廣也鮮扁陸離陳列貌駢衍壘壁相連貌佖路言多也謂疾車輕武之徒相連次也殷殷上軫

文選八　廿五

軫被陵緣岅窮夐五臣作敻極遠者相與列乎高原
之上善曰殷軫盛貌也夐或為敻殷音隱　向曰言師旅之盛窮於幽遠皆陳於高原上敻幽也
營營昈戶分殊事繽紛往來轠雷轤盧不絕若
光若滅者布乎青林之下善曰韋昭曰騎負羽也蘇林曰昈明也毛萇詩傳曰
營營往來貌也昈分謂羽騎分別各殊其事也孟康曰轠轤連屬貌也　銑曰羽騎羽林之騎謂明白分別各殊其事也
繽紛多貌轠轤連接皃言儀仗之盛其色若光其疾若滅也煙色青林映之故云青林於是天子
乃以陽晁五臣作朝始出乎玄宮撞直江鴻鐘建九旒
六白虎載靈輿蚩尤並步浪轂蒙公先驅善曰陽朝陽明之朝
晁古字同也尚書大傳曰天子將出則撞黃鐘之鐘禮記曰龍旗九旒也杜業曰轅車駕白虎白虎馬名也服虔曰靈輿
天子輿也韓子曰黃帝駕象車異方並轂蚩尤居前楚辭曰選衆以並轂漢書音義曰蒙恬也如淳曰蒙公髦頭也晉灼

曰此多說天子事如說是也　濟曰陽朝早朝也天子早朝出玄宮擊大鍾建九旒之旗駕六駮之馬靈輿華車也蒙公
髦頭也謂乘華車使蚩尤被車轂旄頭爲先驅也立歷天之旗善本作旂曳捎色交
星之旃善曰韋昭曰歷千也捎拂也向曰言旗旃之高歷拂於天星也霹普覓靂烈五臣
作列缺吐火施鞭善曰應劭曰霹靂雷也列缺閃隙也火電照也言威德之盛役使百神故霹靂
列缺吐火施鞭而爲衛也閃失染切翰曰謂列缺吐電光施鞭以爲御衛也萃傱五臣作縱沇允
溶容淋離五臣作灕廓落戲麾八鎮而開關飛廉雲
師吸嚊虛利潚肅率鱗羅布烈五臣作列攢以龍翰善曰
應劭曰四方四隅爲八鎮如淳曰不言九者一鎮在中天子居之故也埤蒼曰傱走貌也沇溶盛多之貌也上林賦曰沇
溶淫鬻沇以水切楚辭曰後飛廉使奔屬王逸曰飛廉風伯也雲師畢星也廣雅曰雲師謂之豐隆說文曰吸內息也埤
蒼曰嚊喘息聲也潚率吸嚊之貌鱗羅若鱗之羅也攢以龍翰若龍翰之聚也鄭玄尚書大傳注曰翰毛之長大若鉷

曰八鎮八方也言師旅之盛可麾開八方之關飛廉風神也雲師屏翳也謂使風雲之神吸嚊潚率神動作貌言如魚鱗
龍翼之攢布也啾啾蹌蹌七羊入西園切神光善曰郭璞三蒼解詁曰啾啾衆
聲也啾或爲秋蹌蹌行貌楚辭曰鳴玉鑾之啾啾張晏曰切近也神光宮名也向注同望平樂徑
竹林蹂汝女蕙圃踐蘭唐舉烽烈火轡者施拔五臣
作伎方馳千駟狡五臣作狡騎萬師五臣作師善曰張揖曰平樂館名晉灼曰在
上林中也張揖曰蕙圃蕙草之圃也服虔曰蘭唐蘭生唐中也轡者執轡之人也晉灼曰狡健之騎也鄭玄毛詩箋曰方
併也向曰平樂觀名徑蹂踐皆涉歷也言舉烽火令衆執轡之人施其伎能伎能以千駟齊列也狡騎狡捷之騎萬師
言多也虓火交虎之陳五臣作陣從橫膠轕葛猋拉力荅雷
厲驞五臣作繽疋人切駍普萌駖力耕磕苦蓋反善曰毛詩曰曔如虓虎拉風聲也
翰曰虓虎勇健貌言勇健之夫結陣交錯如風雷之威也繽駍駖磕謂衆聲也鄧展曰拉音臘洶洶旭勇旭

旭天動地岋吴合羨五臣作美漫半散蕭條數千里五臣
有之字外善曰洶洶旭旭鼓動之聲也韋昭曰岋動貌也羨弋戰切良曰言鼓動之聲震搖天地士卒連接
分散蕭條然列於數千里之外言遠也若夫壯士忼慨殊鄉五臣作向別
趣東西南北騁嗜善本作耆奔欲善曰言各隨其嗜欲而奔騁也毛萇詩傳曰趣
趣也向曰忼慨雄勇貌言壯士不依行列別爲趣向以騁奔逐之嗜欲也扡五臣作拕音他蒼豨喜
跋蒲末犀善無犀字犛梨蹷風月浮麋斮側略巨狿延搏玄
猨善曰韋昭曰跋蹋也應劭曰蹷頓也廣雅曰扡引也浮麋過麋也韋昭曰斮斬也服虔曰巨狿獸名也廣雅曰搏擊
也象鼻赤者怒巨狿麈也怒走者爲狿謂能突象鼻又穿麈以著圈挺音延銑曰皆獸名扡跋蹷斮搏皆執殺之名
騰空虛距五臣作岠音巨連卷權踔丑孝夭蟜矯嬉希善作娭
間去善作閒間平聲善曰張晏曰連卷木也距古岠字也孔安國尚書傳曰距至也張晏曰踔夭蟜之枝也

三蒼詁訓曰踔踰也向曰連卷夭蟜樹木盤屈貌言雄勇之士皆騰空虛至此木上也爲下文林叢也間爲娛戲於其
間也莫莫紛紛山谷爲之風猋林叢爲之生塵善曰
莫莫紛紛風塵之貌也濟曰言風塵昏昧於山谷叢林之間及至獲夷之徒蹶松
柏掌蒺蔾獵蒙蘢轔吝輕飛善曰服虔曰獲夷狄若蹶蹋也掌擊之也
爾雅曰茨蒺蔾孫子兵法曰草樹蒙蘢輕飛輕獸飛禽也翰曰獲夷古之壯士也能腳榷松柏手掌蒺蔾蒙蘢草樹轢
窮處也轔轢也輕飛謂禽之善飛也履般班首帶脩虵鉤赤豹牽善本
作摼象犀善曰如淳曰班首虎之頭也履謂踐履之也淮南子曰吴爲封豕長蛇韋昭曰摼拖也銑曰般首
猛獸也脩虵長虵也赤豹象犀皆獸名履謂以履踏之也帶之於身鉤牽皆拖曳也跇曳巒阬岡
超唐陂善曰如淳曰跇超踰也音義曰巒山小而銳阬大坂也良曰跇度也巒阬山也超越也唐陂澤也
車騎雲會登降闇烏感藹泰華爲旒熊耳爲綴善曰

張晏曰旒旛綴旌也綴亦旒也司馬相如大人賦曰垂絳旛之素蜺張揖曰以赤氣旛綴以白氣也向曰言車騎之盛如雲之闇藹以泰華能熊耳等為旌旗也木仆山還旋漫若天外儲與平乎大浦五臣作傅聊浪平乎宇内善曰如淳曰山還言山為之廻旋也宋玉大言賦曰長劍耿介倚天外服虔曰儲與相羊貌也浦水涯也淮南子曰陰陽儲與聊浪放蕩也與音餘浦音普浪音琅濟曰仆倒也謂林木盡倒山為之廻旋漫漫然在天外儲與衆行皃於是天清日晏逢蒙列眥羿王計氏控弦皇車幽於糺輵一轄光純之允天地望舒彌五臣作弭轡善曰許慎淮南子注曰晏安無雲之處也吴越春秋曰黃帝作弓後有楚狐父以其道傳羿羿傳逢蒙說文曰匈奴名引弓曰控弦服虔曰皇車君車也李奇曰純緣縿也幽輵車聲也方言曰紲文也服虔曰望舒月御也如淳曰楚辭曰前望舒使先驅彌轡按行貌也彌與弭古字通彌莫爾反濟曰逢蒙羿氏皆古之善射者言天精明使此人視物控弦也皇車謂天子車翼乎徐至於上蘭移圍徙陣浸七心淫蹵七六部曲隊徒内堅重各案行胡郎伍善本作五善曰晉灼曰上蘭觀在上林中也部軍之部伍也毛萇詩傳曰蹵促也蹵蹙古字通翰曰翼羣盛貌上蘭宮名蹵促也謂移獵圍促部伍使曲隊重而堅密各據行伍之次也壁壘天旋神抶恥栗電擊逢之則碎近之則破鳥不及飛獸不得過軍驚師駭刮古滑野掃先早地善曰言威之盛也埤蒼曰抶笞擊也六韜太公曰當之者破近之者亡高唐賦曰飛鳥未及起走獸未及發言殺獲皆盡野地似乎掃刮也宋衷春秋緯注曰驚動也廣雅曰駭起也良曰壁壘星名今之軍營之壘亦取象焉天旋謂如天之廻旋也言士卒皆如神電之擊禽獸逢近者皆破碎也故鳥獸不及飛走也言軍師齊起殺獲總盡野地之上如掃刮也及至罕車飛揚武騎聿皇蹈飛豹羂工犬嘐古堯陽善曰罕畢罕也聿皇輕疾貌嘐陽即狒狒也西京賦曰[illegible]拂猬拂房拂切向曰罕車獵車也蹈踏羂繫也飛豹嘐陽獸也追天寶出一方應駍

普萌聲擊流光野盡山窮囊括其雌雄善曰應劭曰天寶陳寶也晉灼曰天寶雞頭而人身如淳曰陳寶神來下時駍然有聲又有光精熛下時窮極山川天地之間然後得其雌雄也太康記曰秦文公時陳倉人獵得獸若彘而不知其名道逢二童子曰此名為犢弗述犢弗述亦語曰彼二童子名為寶雞得雄者王得雌者霸陳倉人舍犢弗述逐二童子化為雉雄止陳倉化為石雌如楚止南陽犢浮謂切銑曰天寶陳寶神也其形似雌雉言今追之出於一方其神來聲如雷有光如流星故云應駍聲擊流光其神有雌雄併而執之故云囊括其雌雄沇沇溶溶遥噱渠脚乎紘中善曰晉灼曰口之上下名為噱言禽獸奔走倦極皆張噱吐舌於紘綱之中也向曰沇沇溶溶禽獸奔走皃噱喘息皃紘綱也言禽獸疲弊皆喘息於網中三軍芒莫郎然窮穹冘五臣作宂柔腫切閼於曷與去亶五臣作但觀夫剽五臣作僄頻妙切禽之紲勑制踰犀兕之抵丁禮觸能羆之挐五臣作拏女加切玃五臣作攫玃音钁虎豹之淩遽善曰孟康曰冘行也閼止也言三軍之盛窮閼禽獸使不得逸漏也孟康之意言窮其行止皆無逸漏如淳曰冘者懈怠也灼曰閼與容貌也如晉之意言三軍芒然懈倦容貌閼與而舒緩也今依如晉之說也冘音淫閼於庶切與音豫紲與跇同超踰也文子曰兕牛之動以抵觸也韋昭曰挐攫惶遽也說文曰夌越也遽窘也濟曰窮冘倦怠皃閼與舒緩貌言芒然懈倦容態舒但觀羣獸超越奔急而已徒角槍七羊題注蹴子陸竦讋章涉怖魂五臣作亶亡鬼失善無失字觸輻關脰音豆善曰晉灼曰徒但也服虔曰獸以角觸地也蹴與蹙同爾雅曰竦懼也讋與慴同觸輻關脰言觸車輻因關其頸也銑曰題額也注謂衝也言驚走之甚或角槍地額相衝或自車輻而關其頸脰頸也妄發期中去進退履獲創淫輪夷丘累陵聚善曰言矢雖妄發而期於必中進退之際必踐履而獲之也韓子曰新砥礪殺矢彀弩而射雖冥而妄發其端未嘗不中秋毫者也張晏曰淫過也夷平也言獸被創過與輪平也音義曰創血流平於車輪也丘累陵聚言積獸之多也銑曰夷傷也言獸創過謂輪所傷者累聚如丘陵也於是禽殫

中去衰相與集於靖冥之館以臨珍池灌以岐
梁溢以江河東瞰勘目盡西暢亡涯善作崖隨珠
和氏焯灼爍灼其波善作陂　善曰晉灼曰靖冥深閑之館也服虔曰珍池山下之池梁
梁山尚書曰治梁及岐孔安國曰治山通水故以山名目盡盡目而望也無崖廣遠也　良曰殫盡衰殺也靖冥猶深閑
也珍山下有池以山爲名言禽獸既盡中殺咸集於清閑之館而臨珍池也灌以岐梁謂池水灌岐梁之地溢入於江河
也瞰視也言東視盡目西視平暢無涯際珠玉照曜於其中也玉石嶜岑崟吟眩五臣
作炫燿青熒漢女水潛怪物暗冥不可殫形善曰玉石玉之
與石也李形單行字曰嶜岑高大貌青熒光明貌應劭曰漢女鄭交甫所逢二女也不可殫形不能盡其形也高唐賦曰
曾不可殫形也　向曰漢女漢水神也怪謂奇怪之物暗冥潛隱皃形見也言不可盡見玄鸞孔雀
翡翠垂榮王雎關關鴻鴈嚶嚶烏耕羣嬉虛眉切善作娭

乎其中噍噍將由昆明善作鳴鳥鷖振鷺上下砰普萌
礚苦蓋聲若雷霆善曰榮光榮也毛詩曰關關雎鳩毛萇曰雎鳩王雎也又曰鳥鳴嚶嚶噍與秋
同說文曰昆同也言鳥飛上下翅翼之聲若雷霆也　向曰皆鳥名垂榮謂垂其光榮嚶嚶噍噍皆鳴聲上下謂飛鳥或
上或下砰礚鼓翅之聲若雷霆也乃使文身之伎善作技水格鱗蟲
善曰服虔曰文身越人也能入水取物也翰曰伎謂入水格取鱗蟲鱗蟲水族之類淩堅冰犯嚴
淵探巖排碕巨依薄索蛟螭蹈獱賓獺據黿鼉袪
善作抾靈蠵以觿反五臣作蠵入洞穴出蒼梧乘鉅鱗騎
鯨善作京魚善曰嚴言可畏也嵒嚴岸側嶔巖之勢也孔安國尚書傳曰薄迫也賈逵國語注曰索求也嶔口
銜切郭璞三蒼解詁曰獱似狐青色居水中食魚廣雅曰據引也韋昭曰抾捧也服虔曰蠵觜蠵晉灼曰洞穴禹穴也郭
璞山海經注曰吳縣南大湖中有包山山下有洞庭道也言潛行水底無所不通也京魚大魚也字或爲鯨鯨亦大魚也

良曰巖淵謂寒淵也巖碕謂旁岸探排薄索蹈據袪皆執捉貌洞穴深穴也出於蒼梧郡鉅大也鱗則鯨魚也乘亦騎也
餘皆水蟲名浮彭蠡目有虞方椎直追夜光之流離剖
明月之胎珠善作珠胎鞭洛水之宓妃餉屈原與彭
胥善曰應劭曰彭蠡大澤在豫章有虞謂舜也鄭玄毛詩箋曰方且也明月珠蚌子珠爲蚌所懷也曰胎鄭玄曰彭咸
也晉灼曰胥子胥皆水没也越絶書曰子胥死王使捐於大江口乃發憤馳騰氣若奔馬乃歸神大海蓋子胥水仙也楚
辭曰願依彭咸之遺則王逸曰殷賢大夫自投水而死如淳曰宓妃伏羲氏溺死洛遂爲洛水之神也　濟曰浮遊也謂
舜葬於九疑山故浮彭蠡近於九疑乃目望舜也椎擊也夜光流離皆玉名剖裂也屈原彭咸伍子胥皆賢臣沈於水故
餉之宓妃邪神故鞭之也於茲乎鴻生鉅儒俄軒冕雜衣裳善曰
韋昭曰俄印也車有輜曰軒冕者大冠也管子曰先王制軒冕足以章貴賤雜衣裳言衣裳殊色也　銑曰鴻鉅皆大
也生儒謂有德之稱俄頃也羅列軒冕殊其衣裳也脩唐典匡雅頌揖讓於前

昭光振耀蠁忽善作燿蠁曶如神善曰蠁曶疾也蠁虫曲響同曶與忽同　向曰唐
典堯典也謂堯政理之事也雅頌詩也亦美理政之道匡正昭明也言揖讓之禮光明振耀其疾如神也仁聲
惠於北狄武誼動於南鄰是以旃裘之王胡貉
之長移珍來享抗手稱臣前入圍口後陳盧山
善曰南鄰南方之邑如淳曰以物與人曰移周禮曰職方掌九貉鄭司農曰北方曰貉犍爲舍人爾雅注曰獻珍物曰珍
獻食物曰享毛詩曰莫敢不來享爾雅曰享獻也抗手舉手而拜也孟康曰單于庭南山　向曰仁聲仁惠之聲也武誼
武事言此化及於北狄南鄰也　翰曰言胡貉之君長聞仁惠之風皆奉珍來享稱臣於我王也圍口獵營之門也盧山
單于庭山也前來入營門後循陳列於盧山言多也羣公常伯楊朱墨翟之徒
喟然並稱曰崇哉乎德雖有唐虞大夏成周之
隆何以侈茲夫古之觀東嶽五臣作岳禪梁基舍五臣

作捨此世也其誰與哉善曰常伯侍中也尚書曰左右常伯應劭曰漢官儀曰侍中周成王
常伯任侍中殿下稱制出則陪乘揚朱墨翟取古賢以爲諭列子曰楊朱南游沛逢老聃周易曰先王以作樂崇德樂録
圖曰成康之隆妖孽滅也東嶽泰山也梁梁父也管子曰古之封太山禪梁父者七十二家而夷吾所記者十有二焉
向曰羣公羣官也謂並稱我君崇盛之德也良曰大夏大禹也成成王周周公修大也言古封岳者若捨此代其誰與
也上猶謙讓而未俞也方將上獵三靈之流下
決醴泉之滋善曰張晏曰俞然也如淳三靈日月星垂象之應也服虔曰受福流也賈逵國語注
曰獵取也　銑曰上天子也言夫子謙讓而未然也三靈天地人之靈也方將脩德爲獵以取天地人之福祥決醴泉之
圓滋滂也發黃龍之穴窺鳳皇之巢臨麒麟之囿幸
神雀之林濟曰皆祥瑞也言脩德以感也奢雲夢侈孟諸非章華
是靈臺善曰言以雲夢孟諸爲奢侈而非之也雲夢楚藪澤名也左氏傳曰楚靈王與鄭伯田于江南之雲
夢孟諸宋藪澤也又曰楚穆王欲伐宋昭公導以田孟諸也言以楚章華爲非而以周之靈臺爲是左傳曰楚子成章華
之臺　良同善注罕徂離宮而輟觀游土事不飾木功不
彫丞人五臣作蒸民乎農桑勸之以弗怠善曰罕徂言希往也晏子
曰上事不丈木事不鏤聲類曰丞亦拯字也說文曰拯上舉也　銑曰輟止蒸進也言希往離宮止遊觀之事牆宇咸不
彫飾惟進人農桑勸使不爲怠惰而已儕仕階男女使莫違恐貧窮者
不徧被洋溢之饒開禁苑散公儲創五臣作制道德
之囿弘仁惠之虞善曰杜預左氏傳註曰儕等也莫違謂以時爲婚無違於期也毛詩序曰
男女多違虞與娛古字通　翰曰儕齊也謂齊男女使無違婚姻之期恐貧者不被饒衍之樂開禁苑公儲以散給也
良曰制道德爲苑囿廣仁惠以爲虞官也馳弋乎神明之囿覽觀乎羣臣
之有亡善曰言馳弋神明之囿冀以齊其聖德觀其有無而加恩施　濟曰馳弋不過神明福祥之囿覽覩

不出羣臣有無之事放雉兔收罝罘麋鹿芻蕘與百姓
共之蓋所以臻茲也善曰毛萇詩傳曰芻蕘采薪者也濟曰雉兔不獵故云放罝罘不用
故云收麋鹿芻蕘皆與百姓共有不爲禁禦言至於此也於是醇洪鬯五臣作暢之德
豐茂世之規加勞三皇朂勤五帝不亦至乎善曰
鬯與暢同暢通也　良曰醇厚洪大豐廣朂勉也言厚大通之德廣茂世之法勉爲勤勞過三皇五帝亦爲至矣乃
祇莊雍穆之徒立君臣之節崇賢聖之業未遑
苑囿之麗遊獵之靡也善曰祇敬也雍和也　銑曰祇莊敬也美穆也言和美恭敬之
徒可以崇立君臣賢聖之業遑暇也未暇爲苑囿之麗遊獵侈靡之事因迴軫還衡背阿
房反未央向曰軫車也衡車前横木也謂闡此道因從獵所迴還而歸也

六臣音註文選卷第八

六臣註文選卷第九

梁昭明太子撰

李善并五臣註

畋獵下

長楊賦 并序

楊子雲

明年上將大誇胡人以多禽獸秋命右扶風發民（善無發民字）入南山（善曰明年謂作羽獵賦之明年即校獵之年也班欲敘作賦之明年漢書成紀曰元延二年冬幸長楊宮縱胡客大校獵是也七略曰羽獵賦永始三年十二月上然永始三年去校獵之前首尾四載謂之明年疑班固誤也又七略曰長楊賦綏和元年上綏和在校獵後四歲無容元延二年校獵綏和二年賦又疑七略誤蔡邕曰上者尊位所在呂忱曰誇大言也說文曰誇誕也冬將校獵故秋先命之也爾雅曰命告也漢書曰武帝以右內史更名右扶風扶風在涇州界南山終南山也　濟曰上主上也謂成帝言明年將誇胡今年秋則發人入山捕禽獸明歷時廢農也）西自褒斜（以嗟）東至弘農南敺（五臣作驅）漢中（善曰褒斜谷名梁州記曰万石城泝漢上七里有褒谷南口曰褒北口曰斜長四百七十里漢書有弘農郡武帝置又有漢中郡秦置　翰同善注）張羅網罝罘捕熊羆豪豬（陟居）虎豹狖（弋又）玃（九縛）狐兔麋鹿（善曰山海經曰竹山有獸其狀如豚白毛毛大如笄而黑端以毛射物名豪彘也廣雅曰狖蜼也尾長四五尺郭璞爾雅注曰玃似獼猴豹形如虎而圓文鄭玄曰罔罟曰羅　良曰皆獸名）載以檻車輸長楊射熊館（善曰劉熙釋名曰檻車上施欄檻以格猛獸亦囚禁罪人之車也漢書音義曰或曰檻車有封檻也三輔黃圖曰長楊宮有射熊館在盩厔　銑曰檻車載獸車也長楊宮名射熊館名載獸輸納於此也）以網爲周阹（祛）縱禽獸其中令胡人手搏之自取其獲上親臨觀焉（善曰李奇曰阹遮禽獸圍陣也服虔曰令胡客自取其得也廣雅曰搏擊也　向曰阹圍陣也言以網周圍放縱禽獸於其間　銑曰搏執也其執獲者任取而歸之是時主上自臨望之）是時農民不得收斂雄從至射熊館還上長楊賦聊因筆墨之成文章故藉翰林以爲主人子墨爲客卿以諷（善曰韋昭曰翰筆也翰林文翰之多若林也詩大雅曰有壬有林君也此云林即文翰林猶儒林之義也胡廣云博士爲儒雅之林是也說文曰毛長者曰翰　濟曰人皆驅獸不得收稼穡也　翰曰言林比其茂也子者男子之通稱借以爲主客而諷焉藉借也）其辭曰

子墨客卿問於翰林主人曰蓋聞聖主之養民也仁霑而恩洽動不爲身今年獵長楊先命右扶風左太華而右褒斜（善曰顏監曰動不爲身言憂百姓也山海經曰松梁之山西六十里曰太華山今在弘農縣華陰西也長安東故言左高五千仞廣十里西都賦曰表以太華終南之山　向曰扶風郡名太華山名言命數郡人驅擁禽獸也）椓（卓）嶻（截）嶭（五結）而爲弋紆南山以爲罝（善曰服虔曰嶻嶭山名也孟康曰在池陽北顏監曰嶻嶭即今謂嵯峩也說文曰弋橜也又曰紆詘也嶭音櫱　良曰紆屈也罝網也言椓嶻嶭爲繫網橛取南山周屈爲網明獵場廣遠也）羅千乘於林莽列萬騎於山隅帥軍踤（五臣作萃）阹（音祛）錫戎獲胡（善曰漢書音義曰踤聚也顏監曰踤足蹴也錫戎獲胡言以禽獸賜戎令胡自獲之胡戎一也變文耳踤音萃方言曰踤蹴躡也　向曰乘車也騎兵騎也萃聚也阹圍陣也錫賜也戎亦胡也皆羅列於山林之間帥軍士聚爲圍陣胡人所獲禽獸皆以賜之）搤（厄）熊羆拖（徒可切五臣作拕音他）豪豬（善曰說文曰捉搤也搤與扼古字通於責切又曰拖曳也　銑曰熊羆豪豬皆獸名）木擁槍纍（壘）以爲儲胥（善曰顏監曰胥須也高其儲畜以待所須也蘇林曰木擁柵其外又以竹槍纍爲外儲胥也韋昭曰儲胥

蕃落之類也槍七羊切纍力委切濟曰槍纍作木槍相纍爲柵也藩籬也擁禽獸使不得出也此天下之窮覽極觀也雖然亦頗擾于農人三旬有餘其廑五臣作勤至矣而功不圖善曰古今字詁曰廑今勤字也爾雅曰圖謀也凡人之所爲皆有所圖今則百姓甚勞而無益也愼子曰無法之勞不圖於功　向曰勤勞也不圖無益也言擾亂廢農勞苦至甚而以無益之事爲功者也恐不識者外之則以爲娛樂之游五臣作遊內之則不以爲乾豆之事豈爲民乎哉善同濟注　濟曰恐不識事之人但見爲娛樂不爲乾豆若此豈是天子爲人哉禮記曰天子無事則歲三田一爲乾豆二爲賓客三爲充君之庖且人君以玄默爲神澹泊爲德善曰玄默謂幽玄恬默也魏都賦曰顯仁翌明藏用玄默澹泊與澹怕同老子曰我獨怕然而未兆說文曰怕無爲也廣雅曰憺怕靜也　翰曰玄默無事也澹泊清淨也今樂遠出以露威靈善曰露暴露也　良曰暴露聖德也數搖動以疲車甲本非人主之急務蒙竊惑焉善曰周易曰蒙者蒙也韓康伯曰蒙昧幼少之象也前年獵長楊故言數　濟曰蒙謙稱也客卿設疑惑而問也翰林主人曰吁客何謂茲邪善曰孔安國尚書傳曰吁疑怪之辭也　銑曰吁歎也主人荅客云客謂此爲是邪若客所謂知其一未覩其二見其外不識其內也善曰莊子曰識其一不知其二治其內而不知其外　向曰言客不能周知此事僕嘗倦五臣有其談不能一二其詳請略舉其凡而客自覽其切焉善曰毛萇詩傳曰詳審也廣雅曰都凡也顏監曰凡大指也張晏曰切近也覽其近於義也　濟曰言利害之事我亦屢談今則倦矣不能審說將爲客略舉大都客自覩其近者而明之客曰唯唯聿水反主人曰昔有彊秦封豕其土窫烏黠窳庾其民鑿齒之徒相與磨牙而爭之善曰應劭

淮南子注云堯之時窫窳封豕鑿齒皆爲人害窫窳類貙虎爪食人服虔曰鑿齒齒長五尺似鑿亦食人李奇曰以喻秦貪婪殘食其人也晉灼曰鑿齒之徒謂六國　良曰唯唯猶諾也　濟曰喻秦之君臣也相與磨礪爪牙爭害于人也豪俊麋沸雲擾群黎爲之不康善曰廣雅曰麋饘也毛詩曰羣黎百姓爾雅曰康安也　翰曰豪俊謂秦末陳勝項籍之流也言天下苦秦若此皆起兵若麋之沸雲氣之亂百姓爲此而不安也擾亂也於是上帝眷顧高祖高祖奉命順斗極運天關善曰服虔曰隨天斗極運轉也毛詩曰乃睠西顧孔安國尚書傳曰奉天成命春秋元命苞曰命者天之命雒書曰聖人受命必順斗極宋均尚書中候注曰順斗機爲政也爾雅曰北極謂之北辰天官星占曰北辰一名天關又星經曰牽牛神一名天關也　良曰帝天帝也斗極天關皆星也言上天眷顧而命高祖我高祖奉天命順斗極如天關星之運轉以討暴亂橫巨海漂崐崘善曰橫度大海也漂搖蕩之也匹昭切　濟曰橫至漂疾也言高祖兵威東至自巨海西自崐崘可使卒疾而至提劍而叱之所過麾城摲踈監邑下將降旗一日之戰不可殫記當此之勤頭蓬不暇梳飢不及餐鞮低鍪牟生蟣蝨所乙介胄被霑汗音寒協韻　善曰顏監曰摲舉手擬也蒼頡篇曰摲拍取也鄭玄禮記注曰摲之言芟也字林曰摲山檻切頭蓬髮亂如蓬也說文曰鞮鍪首鎧也韓子曰攻戰無已甲胄生蟣蝨鄭玄禮記注曰介被甲也孔安國尚書傳曰胄兜鍪也鞮鍪即兜鍪也鞮丁奚切蟣居綺切　銑曰高祖提三尺劍叱暴亂之軍指麾之閒若芟刈城邑下虜將帥降取旌旗竟日之戰不可盡記者言多也摲芟殫盡也　向曰言不暇梳頭不及飡食生蟣蝨被霑汗者連年戰不得解甲也此爲人勤除害也以爲去萬姓請命乎皇天善曰淮南子曰高皇帝奮袂執銳以爲百姓請命于皇天家語曰孔子曰分於道謂之命王肅曰分於道始得爲人也　良曰言人不勝其苦故高祖爲請性命於天也廼展民之所詘振民之所乏善曰方言曰展申也詘古屈字也賈逵國語注曰振救也　濟曰各遂其情也規億載恢帝業善曰

杜預左氏傳注曰恢大也　翰曰規謀也千萬曰億恢大也謀長久之道以大帝業七年之間而天下密如也善曰高祖五年誅羽自六年至十二年崩凡七載爾雅曰密靜也濟曰如劭句逮至聖文隨風乘流方垂意於至寧躬服節儉綈衣不弊革鞜沓不穿善曰隨風乘流言順從高祖之風流也綈衣革鞜言不穿不弊不更爲也漢書東方朔曰孝文皇帝身衣弋綈之衣履革舄六翮曰堯衣履不弊盡不更爲服虔曰鞜舄也　濟曰逮及也聖文文帝也隨風乘流言便易也留心於至安之道躬行節儉皁衣皮履不弊穿盡終不爲也寧安服行也綈衣皁衣革鞜皮履也大厦不居木器無文於是後宮賤瑇瑁而踈珠璣祈却翡翠之飾除雕琢之巧惡麗靡而不近斥芬芳而不御抑止絲竹晏衍善作衍弋戰切之樂憎聞鄭衛幼要眇妙之聲善曰晏子曰上事不文木事不鏤廣雅曰踈遠也字書曰璣小珠也爾雅曰玉謂之琱又曰治玉曰琢也廣雅曰斥推也禮記曰絲竹樂之器也晏衍衍雅聲也又曰鄭衛之音亂世之音也　向曰大厦大屋無文不爲文飾珠寶之翫麗靡之色芬芳之氣邪淫之聲皆不御聞也斥去也是以玉衡正而太階平也善曰韋昭曰玉衡北斗也春秋元命苞曰常一不易玉衡正太階平出黃帝六符經泰階者天之三階也上階上星爲天子下星爲女主中階上星爲諸侯三公下星爲卿大夫下階上星爲元士下星爲庶人三階平則陰陽和風雨時歲大登民人息天下平是謂太平　翰曰玉衡斗星也太階三階星也此三星正平則天下太平其後熏鬻作虐東夷橫胡孟叛羌戎睚五懈眥助懈閩旻越相亂善曰服虔曰熏鬻堯時匈奴也東夷東越也一云呂嘉殺其國王立國人殺嘉也橫縱也晉灼曰睚眥瞋目貌也又猜忌不和貌漢書曰立無諸爲閩越王又曰武帝建元四年尉他孫胡爲南越王閩越王郢與兵擊南越邊邑　濟曰其後謂武帝時也熏鬻匈奴也虐害我邊人也橫叛縱橫反叛也羌與戎有睚眥之讎閩與越互相攻伐也睚眥相怒之皃遐氓爲之不安中國

蒙被其難善曰韋昭曰氓音萌萌人也　良曰遐氓遠人也爲此不得安靜中國征役亦遭其患難不安也於是聖武勃怒爰整其旅善曰毛詩曰王赫斯怒爰整其旅　銑曰聖武武帝也勃然而怒於此整其軍旅也爰於也乃命驃衛善曰應劭曰驃驃騎漢書曰霍去病爲驃騎將軍凡六出擊匈奴又曰衛青字仲卿爲大將軍凡七出擊匈奴　濟同善注汾沄五臣作紛紜沸渭雲合電發善曰汾沄沸渭衆盛貌也汾音紛沄音紜　良曰雲合電發皆疾也猋騰波流機駭蠭五臣作蜂軼音逸　善曰爾雅曰扶搖謂之飆機駭蠭軼言其疾也猋與飆古字通也濟曰飆風機弩也言弩發箭若驚蠭而出又如蜂聚飛而過也皆取其盛疾皃軼過也疾如奔星擊如震霆碎轒汾轀於云破穹廬善曰應劭曰轒轀匈奴車也晉義曰穹廬旃帳也服虔曰轒轀百二十步兵車或可寢處　向曰震霆霹靂也　翰同善注腦沙幕五臣作漠髓余吾善曰服虔曰破其頭腦塗沙漠余吾水名北山經曰北鮮之山多馬鮮水出焉而北經余吾水應劭曰在朔方北鄭氏曰折其骨使髓膏水通俗文曰骨中脂曰髓古髓字　良曰沙漠地名破其頭以腦塗其地折其骨使髓入其水遂躐五臣作獵乎王庭善曰孟康曰匈奴王庭王逸楚辭注曰獵踐也　銑曰遂北至于匈奴王之庭以獵也驅橐託駝五臣作駞燒熐覓蠡音騾　善曰張晏曰熐蠡乾酪母燒之褱其蓄生之具也張揖曰熐蠡山名　向曰橐駞大駞也驅之以歸熐蠡聚落也燒之使盡分剓离五臣作犂單于磔竹厄裂屬國善曰韋昭曰犂割也顏師古曰凡言屬國者存其國號而屬朝單于匈奴王號漢書曰單于廣大之貌也言其象天單于然也廣雅曰磔張也漢書曰置屬國以處匈奴降者韋昭曰外國羌胡來屬漢者也　濟曰屬國屬匈奴之國者分割磔裂破也夷阬五臣作坑谷拔五臣作跋蒲末鹵莽莫古刊山石善曰毛詩傳曰夷平也鹵莽中生草莽也說文曰鹵西方鹹地也鄭玄禮記注曰刊削也拔莽削石以通道　良曰言兵騎平其坑谷跋涉鹹草之中削其山石以通道路也蹂如手尸輿厮斯係累平老弱善曰服虔曰蹂尸踐尸也顏師古曰死則蹂躪其尸破傷者輿而行如淳曰輿

厮輪踐其厮徒也賈逵國語注曰係繫也杜預左氏傳注曰累係也　翰曰死者蹂踐其屍厮役之徒以輿輪輾之老弱者盡係之⿰口究五臣作吮辭究切鋋蟬瘢耆金鏃淫夷者數十萬人善曰如淳曰吮括也孟康曰瘢耆馬脊耆創瘢處如氏之說以爲箭括及鋋所中皆爲創瘢於馬耆孟氏以爲耆被金鏃過傷者甚衆也服虔曰耆鬣傷者或矛穳內未出其瘡如含然或箭揷其項未拔藂若髮鬣焉孔安國尚書傳曰淫過也杜預左氏傳注曰夷傷也　濟曰吮猶也鋋矛也瘢耆淫夷皆傷也言猶及矛所中皆成瘡及被金鏃所傷者蓋數十萬人皆稽顙樹頷蛤扶服蛾伏五臣作匍匐蟻伏善曰如淳曰叩頭時頂下向則頷樹上向也說文曰匍匐手行也扶服與匍匐音義同蛾伏如蟻之伏也蛾古蟻字　銑曰顙額也稽顙手至額也叩頭時頂向下則頷樹上向也頷耳下骨也匍匐手行也二十餘年矣五臣無矣字尚不敢惕息善曰漢書曰漢不復出兵擊匈奴三年武帝崩前此者漢兵深入窮邊二十餘年匈奴極苦之單于常欲和親賈逵國語注曰惕疾也說文曰息喘也　濟曰惕息疾喘息也所以不敢者懼漢威也夫天兵四臨幽都先加善曰天兵言兵威之盛如天也尚書曰宅朔方曰幽都　良曰天兵漢之兵也稱天者重其威也臨於四方先加於匈奴矣幽都北方匈奴所居迴戈邪指南越相夷善曰漢書曰南越王胡上書曰今東越擅興兵侵臣天子爲興師往討閩越閩越王弟餘善殺郢以降廣雅曰夷滅也　翰曰戈亦兵也南越自相夷殺以歸于漢靡節西征羌僰蒲北東馳善曰服虔曰僰夷名也漢書曰或曰節所杖信節也　向曰靡桉也皆東馳入朝也是以遐方疏俗殊鄰絶黨之域善曰絶遠也　濟曰遐疏皆遠也域國也自上仁所不化茂德所不綏善曰尚書曰有夏先后方懋厥德　良曰上仁茂德古之有道君也不能安者願安於漢也莫不蹻足抗首五臣作蹻足抗手請獻厥珍善曰服虔曰蹻舉足也音蹻　銑曰蹻抗皆舉也言其舉手足願來獻其珍物也使海內澹然善曰廣雅曰澹安也徒濫切　翰曰謂晏然無事永亡五臣作無邊城之災金革之患善曰史記士蒍曰邊城少

寇禮記子夏曰三年之喪卒金革之事無避也禮歟　濟曰金兵刃也革甲也今朝廷純仁遵道顯義并包書林聖風雲靡英華沈浮洋溢八區普天所覆莫不沾濡善曰英華草木之美者故以喻帝德焉沈浮言多也禮斗威儀曰帝者得其華英王者得其根荄八區八方之區也禮記曰天之所覆難蜀父老曰羣生霑濡矣　向曰言成帝之德若此兼包書學之林聖人之風如雲霏靡而進沈浮言輕重得中洋溢猶盈溢也八區無不沾及者言德化廣遠也士有不談王道者則樵夫笑之意者以爲事罔隆而不殺所戒物靡盛而不虧善曰廣雅曰意疑也鄭玄周禮注曰殺減也文子曰物盛則衰　翰曰樵夫採樵之賤者笑其不稱帝化　銑曰言主上之意以爲人理無有崇高而不隆殺者盛滿而不虧損者故平不肆險安不忘危善曰顏監曰肆放也不放心於險也孫卿子曰平則慮險安則慮危　良曰肆弃也言戒慎之甚今所以備長楊非徒然而已廼五臣作乃時以有年出兵整輿竦戎善曰時言不常也穀梁傳曰有年五穀皆熟爲有年方言曰西秦之間相勸曰聳竦與聳古字通　濟曰乃時猶向時也言我向時以有年出兵者將以整車輿勸戒虜也竦勸也振師五柞作習馬長楊善曰杜預左氏傳注曰振整也盩厔有五柞宮也　良同善注簡力狡獸校武票五臣作影匹妙切禽善曰爾雅曰簡擇也賈逵國語注曰簡習也廣雅曰狡健也賈逵國語注曰校考也票禽輕疾之禽也　翰曰影疾也言考校武力之士比之輕疾之禽狡壯之獸以威夷狄廼萃然登南山瞰烏弋善曰晉灼曰萃集也服虔曰三十六國烏弋最在西西域傳曰去長安萬二千二百里其地暑熱莽平近日所入廣雅曰瞰視也　銑曰然助句也言天子集於南山之上瞰視烏弋國也烏弋極西遠國名西厭五臣作壓月䖿五臣作窟東震日域善曰服虔曰䖿音窟月所生也何休公羊傳注曰厭服也爾雅曰震懼也厭一涉切　良曰月䖿月出穴也在西日域日出處在東言聖德遠及月䖿日域皆厭塞震動也又恐後代迷於一時之事常以此

爲國家之大務淫荒田五臣作畋獵陵夷而不禦也善曰顏監曰禦止也漢書張釋之曰秦陵夷至于二世天下士崩韓詩曰無失我陵薛君章句曰四平曰陵爾雅曰禦禁也　向曰言主上既出獵欲以示兵於外國乃一時之事耳又恐後代子孫迷惑不知反以國之大務荒淫畋獵遂至陵夷而不能禁禦此雄微諷之詞矣是以車不安軔刃日未靡旃從者彷彿五臣作髣髴骫五臣作委屬而還善曰韋昭曰不暇稅駕支車也張晏曰從者彷彿委釋而迴旋王逸楚辭注曰軔支輪木日未靡旃言日未移旌旗之影也委屬而還謂委釋其事連屬而迴還也張以釋爲委軔如振切彷彿或作髣髴骫古委字也屬之欲切　翰曰猶是不息駕支車少留日不迴靡旌旃言不移時也從者髣髴之間委使屬車而還軔支輪木也亦所以奉太尊之烈遵文武之度復三王之田反五帝之虞善曰太尊高祖也爾雅曰烈業也三王之田文王三驅是也尚書帝曰益汝作朕虞　濟曰文文帝武武帝三王謂湯於田解網也五帝謂舜命益作朕虞也今皆反獲之今得其所虞掌山澤之官

使農不輟耰憂工不下機善曰韋昭曰耰所以覆種顏監曰耰田器也晉灼云以耒推塊曰耰工女功也漢書酈食其曰農夫釋耒工女下機　良曰耰以土覆種言得其業也婚姻以時男女莫違善曰毛詩序曰婚姻失時男女多違也　向曰嫁娶以時則不違其志出愷悌行簡易善曰毛詩曰愷悌君子人之父母周易曰乾以易知坤以簡能易則易知簡則易從易簡而天下之理得矣銑曰愷大也出大悌之道示於人簡略易行也矜劬勞休力役善曰毛萇詩傳曰矜憐也毛詩曰之子于征劬勞于野孫卿子曰罕興力役無奪農時　濟曰憂人之苦見百年存孤弱善曰禮記曰百年者就見之說文曰存恤問也春秋說題辭曰存恤幼孤翰曰憂其耄老愍其惸獨帥與之同苦樂然後陳鐘鼓之樂五臣作懸鳴鞀陶磬之和建碣一轄磍轄之虡善曰孟康曰碣磍之虡刻猛獸爲之故其形碣磍而盛怒也鄭玄禮記注曰鞀如鼓而小有柄賓至搖之以奏樂　良曰帥令均其苦樂　濟曰鞀磬樂器名使之相和虡懸鐘架刻猛獸於其上碣磍獸怒皃戛吉黠擊善作拮隔鳴球掉田曜八列之舞善曰韋昭曰拮櫟也鳴球玉磬也韋昭曰戛擊作拮隔古文隔爲擊賈逵國語注曰掉搖也八列八佾也球音求　良曰球樂器戛擊猶撫擊也掉動也動八行之舞八列八行也酌允鑠始酌肴樂胥思與反善曰張揖曰允信也鑠美也言酌信美以當酒帥禮樂以爲肴毛詩曰允矣君子展也大成又曰於鑠王師又曰君子樂胥　向曰言樂得賢人相與理也取此義以當肴饌聽廟中之雍雍受神人之福祜善曰毛詩曰雍雍在宮肅肅在廟又曰受天之祜爾雅曰祜福也音怙翰曰雍雍敬皃以受福祜歌投頌吹合雅善曰服虔曰聲之相投也銑曰歌聲與頌相投吹聲與雅樂相合其勤若此故真神之所勞也善曰張揖曰詩云愷弟君子神所勞矣　濟曰勤情如此眞受神祇之勞賚方將俟元符善曰晉灼曰元符大瑞也　良曰元大也俟待大瑞之符也以禪梁父之基增泰山之高善曰難蜀父老曰增

太山之封加梁甫之事　翰曰皆封禪之禮延光于將來比榮乎往號善曰張晏曰往號三五也李軌法言注曰五帝三王延光至今不絕也　向曰言將傳光輝於將來比榮華於往古之號豈徒欲淫覽浮觀馳騁秔粳稻之地周流梨栗之林蹂踐芻蕘誇詡衆庶盛狖由九玃居縛之收多麋鹿之獲哉善曰孔安國尚書傳曰浮過也說文曰秔稻屬也聲類以爲秔不黏稻也漢書東方朔曰涇渭之南又有秔稻梨栗之饒芻馬草也禮記曰蹴踏馬芻說文曰蕘草薪也毛萇詩傳曰詡大也　銑曰芻蕘皆草也詡亦誇也衆庶百姓也狖玃麋鹿皆獸名言本意不在如此也且盲者不見咫尺而離婁燭五臣作爥千里之隅善曰莊子南榮趎曰盲者不能自見賈逵國語注曰八寸曰咫孟子曰離婁之明趙岐曰古之明目者也蓋黃帝時人趎音樞　向曰離婁視之遠近豈可與盲者同哉客徒愛胡人之獲我禽獸曾不知我亦五臣有將字已獲其王

侯善曰說文曰曾辭之舒也良曰使胡人王侯慕我而常來朝蓋謂我獲之矣言未卒墨客降席再拜稽首曰大哉體乎允非小人之所能及也廼今日發矇五臣作蒙廓然已昭矣善曰體禮法也禮記曰昭然若發蒙矣矇與蒙古字通廓除皃向曰未卒未畢也稽首首至地體者爲國之體也言主人發去蒙暗使我廓然昭明也

射雉賦

潘安仁善曰射雉賦序曰余徙家于琅邪其俗實善射聊以講肄之餘暇而習媒翳之事遂樂而賦之也濟曰岳既徙琅邪其俗善射雉因賦之終以自戒也媒者少養雉子長而狎人能招引野雉翳者所以隱射也

徐爰註爰曰晉邦過江斯藝乃廢歷代迄今寡能厥事甞覽茲賦昧而莫曉聊記所聞以備遺忘

涉青五臣作清林以游五臣作遊覽兮樂羽族之羣飛爰曰樂羽翮之類或羣或飛飲啄姿性也善曰七發曰游涉乎雲林薛君韓詩章句曰青靜也鸂鶒賦曰羽族之可貴者良曰涉經也清林清淨之林羽族鳥之族類也樂其得性也聿采毛之英麗兮有五色之名翬爰曰聿述也述序羽族之中采飾英麗莫過翬也翬雉也英者雄果之目名者聲聞之稱也一本聿作偉善曰爾雅曰伊洛而南素質五彩皆備成章曰翬郭璞曰翬亦雉屬言其毛色光鮮翰同爰注厲耿介之專心兮奓五臣作侈雄豔之姱苦瓜姿爰曰厲嚴整也奓豐也姱好也美色曰豔言雉嚴整其不羣之性奮揚其雄豔之皃見敵必戰不容他雜此之謂英麗也奓赤氏切善曰薛君韓詩章句曰雉耿介之鳥也銑曰厲嚴厲也耿介專一之心也侈豐也氣雄而色豔若此之好容姿也巡丘陵以經略兮畫墳衍而分畿爰曰巡行也言周行丘陵因其墳衍以爲疆界分而護之不相侵越也青幽之間土高且大者謂之曰墳雉一界之內要以一雉爲主餘者雖衆莫敢鳴雊也此以上言雉之形性也善曰左傳楚無宇曰天子經略廣雅曰巡略行也孔安國尚書傳曰分其圻界圻與畿同濟同爰注於是青陽告謝朱明肇授爰曰時四月也善曰爾雅曰春爲青陽夏爲朱明楚辭曰青春受謝王逸曰謝去也良曰春爲青陽告謝爲春終也夏爲朱明肇始也始授謂夏初也靡木不滋無草不茂爰曰草木具榮濟曰靡亦無也初莖蔚其曜新陳柯槭所革以改舊爰曰蔚然初生之茂曜其新暉槭然陳宿之柯變其舊色言新舊咸茂也槭彫柯貌也向曰莖草苗也蔚初生貌光曜而新也陳故也柯樹枝也槭然而落改舊枝爲新也天泱泱以垂雲泉涓涓而吐溜爰曰涓涓清新之色泱音英涓古玄切善曰毛詩曰英英白雲毛萇曰英英白雲貌泱與英古字通家語金人銘曰涓涓不壅終爲江河溜水流貌也翰曰泱泱雲貌涓涓水流聲麥漸漸子廉以擢芒雉鷕鷕以少而朝雊善作鴝古候反

爰曰漸漸含秀之貌也微子曰麥秀漸漸兮鷕鷕雉聲也又云雉之朝雊尚求其雌雉不得言雊顏延年以潘爲誤用也案詩有鷕雉鳴則云求牡及其朝雊則云求雌今云鷕鷕朝雊者互文以舉雄雌皆鳴也此以上序節物氣候雉可射之時也良曰漸漸麥芒皃擢拔也雊雉鳴也眄箱籠以揭驕睨五計驍古堯媒之變態爰曰揭驕志意肆也箱籠竹器盛媒者也凡竹器箱方而密籠員而疏盛媒器籠形者養鳥宜員也箱密者不欲令見明也言感良景之韶淑樂山梁之榮茂悟翬雉之奮逸思騁藝之肆志顧視箱籠詳察驍媒恣睢揭驕意願得也楚辭揭驕字作拮撟揭居桀切善曰楚辭曰意恣睢以拮撟王逸曰縱心肆志所意願高也濟曰揭驕驍健皃眄視也箱籠之中見驍健之雉媒變態之狀也奮勁骹苦交以角槎善作搓倉何反瞵憐悍汗目以旁睞音賴爰曰骹脛也角邪也槎斫也悍戾也瞵視貌睞視也奮其堅勁之脛以利距邪斫瞵其剛戾之目以旁視其敵也瞵力新切善曰曹植鬬雞詩曰悍目發朱光銑曰骹足槎邪也言媒雉奮堅勁之足角邪而立瞵怒目皃言怒悍戾之目以旁顧視睞視也鸑綺翼而䞓勑貞反善

作赬揭都爪灼繡頸而衮背爰曰鷩文章貌也詩云有鷩其羽翼如綺文赬則赤也揭肶也灼盛貌也頸毛如繡背如衮章言五采備也 善曰肶音陛 濟曰揭僻也灼明也言翼如綺之文章僻帶赤色頸如繡采之明背若衮服鬱軒翥以餘怒思長鳴以效能音耐協韻 爰曰鬱暴怒也軒起望也方言云翥舉也鬱然暴怒軒舉長鳴思見野敵效其才能也此以上言媒之形勢 向曰軒者翔將飛皃言鬱然將飛而有餘怒思爲長鳴呼其野敵爾乃崣婁善作犨揚拄翳停僮蔥翠綠栢參差文翩鱗次蕭森繁茂婉轉輕利衷五臣作裏料戾以徹鑒表厭伊輒躡以密緻陳二反 爰曰擊者開除之名也今獵人通有此語射者聞有雉聲便除地爲場拄翳於草停僮翳貌也蔥翠翳色也拄株庾切翳上加木枝衣之以葉上則蕭森下則繁茂而實綢繆輕利也婉轉綢繆之稱料戾小而徹也厭躡重而密也翳外觀密緻與草木無別內視洞徹多所覩見也此以上序翳之形飾 善曰廣雅曰擊除也 翰曰乃除其場拄其翳以待野雉停僮蔥翠翳

形皃挿以栢葉使參差文如鳥翮又似魚鱗之相次望之者若草樹森茂執之則婉弱輕利料戾小窗隙也厭躡重布也其裏則有小隙可以徹鑒於外其表則以重布密緻不見其內也恐吾游五臣作遊之晏起慮原禽之罕至爰曰遊雉媒名江淮間謂之遊遊者言可與遊也言既芟場拄翳又恐媒起不早野雉希至原禽雉也雉不𪍿下濕故曰原禽也 銑曰晏晚也原禽野雉也罕希也言立其翳恐媒雉晚起而鳴野雉希少而至也甘疲心於企想分倦目以寓視爰曰企想雉出專視草際心爲之疲目爲之倦也此以上言拄翳之後遲獲之意也 善曰說文曰企舉踵也左氏傳楚子玉曰得臣與寓目焉杜預曰寓寄也 濟曰由此甘分疲倦心目企想寄視以待之何調翰之喬桀邈疇五臣作儔類而殊才候扇舉而清叫野聞聲而應媒爰曰調翰謂媒也媒性調良故謂調翰喬桀俊逸也言邈絕疇類殊異才氣也扇布也形如手巾叫鳴也將欲媒雛振布令有聲媒便鳴叫野雉聞即應而出也 善曰何疑問之辭也 向曰扇布巾也故使媒鳴即振巾言媒雉一何俊逸邈

然與儔類不同候我振巾而叫野雉聞而果應之也褰微罟以長眺已踉亮蹡七醬而徐來爰曰褰開也罟網也古者當以細網掩翳窗上視外處其制未聞也今則以板矣言聞野雉應媒之聲知其必出開翳戶長視已見踉蹡徐來也踉蹡乍行乍止不迅疾之貌也 善曰踉蹡欲行也廣雅曰蹡走也 良曰罟翳隙上網也踉蹡雉行皃言褰開窗隙上之網以望之已見野雉徐行而來也摛勑知朱冠之赩許力赫敷藻翰之陪鰓蘇來反 爰曰赩赫赤色貌陪鰓奮怒之貌也 善曰廣雅曰摛舒也藻翰翰有華藻也 向曰摛發也雉憤朱色故曰朱冠敷布藻文也布文章之羽翰陪鰓怒皃首葯握綠素身拕五臣作拖黼輔繪爰曰方言曰葯纏也猶纏裹也言雉首綠色頸葯素也黼繡也繪畫文也身采如繪也 翰曰拕曳也青鞦秋莎靡丹臆億蘭綷音最 爰曰鞦夾尾閒也莎草名楚辭曰青莎雜樹則莎色青也言雉尾間青毛如莎草之靡也臆膺也膺色如秋蘭之色也綷同也宋衞之間謂混爲綷也 善曰小雅曰雜采曰綷 銑曰青如莎草之偃靡臆當胷前也丹與鞦蘭之

色同或蹶或啄時行時止爰曰皆得意之形容也 善曰賈逵曰蹶走也鄭玄曰蹶行遽皃字林曰啄鳥食也莊子曰澤雉十步一啄百步一飲也蹶居衞切周易曰時止則止時行則行廣雅曰蹶踶跳 濟曰野雉之來若此斑尾揚翹雙角特起爰曰雉壯之勢也此以上言野雉之狀貌也 善曰說文曰翹尾之長毛也 翰曰翹舉也言揚舉其斑彩之尾首上有兩毛成角特達而起良遊呃厄喔握引之規裏爰曰良遊媒也言媒呃喔其聲誘引令入可射之規內也 向同爰注應叱愕立擢身竦峙爰曰峙立也既入可射之內來迅不上因便叱之雉聞叱即驚竦身而立者也 善曰杜子春周禮注曰愕驚也 濟曰言野雉望媒雉來迅不止恐失於規度故叱之則愕然而立動身驚竦而上也擢動峙止也捧黃閒以密彀搆屬剛挂善作罫古買切以潛擬爰曰捧舉也黃閒弩名也張衡云黃閒機張一名黃肩 善曰說文曰彀張弓弩也屬謂注矢於弦也剛罫弩矢鏃也以鐵爲之形如十字各長三寸方似剛罫故曰罫焉 良曰彀彎也剛挂矢名言捧弩屬矢密彎潛以擬之倒

禽紛以迸落機聲振而未已爰曰射應也禽被箭躍起而反落弩聲猶未歇
言其來疾也濟曰禽雉也迸猶反也山鷩鼈悍汗害猋五臣作飈迅已
甚爰曰鷩雉似山雞而小冠背毛黃腹下赤項綠色其性悍突憨害飛走如風之猋也爾雅曰扶搖謂之猋謂暴風從
下上也善曰字書曰憨愚也呼甘切銑曰山鷩雉名其性悍突而害也鬪媒雉之聲其來甚於風飈之迅疾越
壑凌岑飛鳴薄廩爰曰鷩性悍憋鬪媒聲便越澗凌岑且飛且鳴遥來翳前也廩翳中盛飲
食處今俗呼翳名曰倉也善曰薄至也方言曰憋惡也扶列切翰同爰注鯨五臣作擎牙低鏃
心平望審爰曰鯨當作擎擎舉也舉弩牙低矢鏑以射之善曰禮記曰心平體正持弓矢審固也向曰
雉既近故擎弩牙低矢鏃以就之用心和平下望審定也毛體摧落霍若碎錦爰曰
雉尚不止於飛中射之毛體披散如錦之分碎也銑曰又中也彩毛飛落霍然若錦之碎逸羣之儁
擅場挾兩爰曰逸群儁異之雉不但獨擅一場而已又挾兩雌也善曰東京賦曰秦政利觜長距終得

擅場說文曰擅專也濟同爰注櫟歷雌妬異倐來忽往爰曰櫟擊搏也閒他
雄鳴擊搏其雌倐忽往來無時暫止也善曰楚辭曰荷衣兮蕙帶倐而來兮忽而逝六韜曰倐然而往忽然而來良
曰聞有雉之聲則妬之而擊搏其雌偶倐來忽往來與媒雉鬭也忌上風之餮吐切切
畏映日之儻朗爰曰餮食切微動之聲儻朗不明之狀言其忌聲而畏光也濟曰顧此而畏忌
之是多疑之雉也昇發布而累息徙心煩而伎懩音養爰曰昇除其
布不敢散氣意者恐微有所聞便驚而逝既無由使媒鳴欲射則紛紜不定空心煩而伎懩有伎藝欲逞曰伎懩也善
曰難蜀父老曰心煩於慮應劭風俗通曰高漸離變姓易名庸保於宋子之家久作苦聞其家堂客擊筑伎癢不能毋出
言也翰曰恐此多疑之雉覺有人故昇巾布不敢發累息細喘息也無使媒有聲而心煩悶其射伎復癢不可忍欲射
之無便也伊義鳥之應敵五臣作機啾擭五臣作攫音钁地以厲
響爰曰義鳥媒也爲人致敵故名曰義媒見野雉紛紜難中啾然擭地而鳴引令來鬭埤蒼曰擭地爪持也三蒼

曰啾聲也銑曰伊惟也義鳥媒雉也惟媒雉能應我心機挐攫於地啾然厲其音響也彼聆音而
逕進忽交距以接壤爰曰彼野雉聞媒聲便逕來鬭交距蹴地土壤相接善曰廣雅曰
壤塵也向曰彼聽媒雉之聲逕進於前忽然已交其爪距接其所立之地也聆聽壤地也彤盈窻以
美發紛首頹而臆仰爰曰彤赤也盈滿也言其光彩滿當於窻美取其意而發矢又曰既
與媒戰形當翳窻發弩極美正射其頸首頹向後臆仰却斃也良同爰注或乃崇墳夷靡
農不易去壠爰曰墳大防今呼爲塘也夷靡頹弛也易脩也農不脩壠此言田塘荒廢也善曰毛詩
曰禾易長畝濟同爰注稊帝菽叢糅女又翳烏薈會菶蒲動茸如勇
反爰曰稊稗類也菽豆也謂勞豆之屬野生也田既荒廢雜草繁茂翳薈菶茸深槪貌善曰孫子兵法曰林木翳薈
西京賦曰奔蓁菶茸濟曰稊草名菽野豆叢雜糅積於其閒也翳薈菶茸深槪皃言雉隱於此中也鳴雄
振羽依于其冢爰曰冢山巔也爾雅曰山頂曰冢言野之雄雉振其羽翼鳴雊高墳之上善

曰毛詩曰莎雞振羽翰曰言雄雉振羽翼依止其山頂也冢山頂也撊尸豔降丘以馳敵
雖形隱而草動爰曰撊疾貌也言雉雖於高丘之頂撊然降下向敵不見其形而見草動也撊
一本或作撊字而專切善曰尚書曰是降丘宅土銑曰降下也撊然下高丘馳奔於媒雉雖形體隱蔽覺其草動也
瞻挺廷穟遂之傾掉廷了意淰五臣作淰朱冉切躍失藥以振
踊爰同翰注翰曰挺穟草莖也掉動言瞻草莖傾動知雉將至意淰躍不定而振踊也暾土温出苗
以入場愈情駭而神悚爰曰楚辭曰暾將出兮東方向覩草動冀雉當至暾然而出果
其所願情神愈驚動向曰暾漸出貌言漸出草苗以入射場我情彌驚駭神彌悚動恐射之不中望黶五臣
作壓烏減切合而翳皛胡了雉胅許刧肩而旋踵爰曰言雉出苗望諸處黶
然闇合唯翳皛然獨顯仍斂翼旋反也人斂身謂之胅肩黶於葷切善曰說文曰皛顯也漢書公孫儇曰脅肩低首呂
氏春秋管仲曰車不結軌士不旋踵良曰胅肩斂身也踵足也言雉既入場望草木皆黶黶暗而合其翳皛然獨異其心

疑之乃斂身却還其足也倏五臣作欻余志之精銳擬青顱盧而點
項爰曰雉既反歸乃從後射正中項也顱頭也倏音欣也濟曰青顱頭也點中也自倏我志專精銛銳擬射其頭而
中於項也亦有目不步體邪眺旁剔土歷反爰曰目不步體視與體違也邪
眺旁剔視瞻不正常驚惕也　善曰國語單襄公曰晉侯目不在體而足不步目說文曰惕驚也剔與惕古字通　濟曰
視與體相違目邪望足旁剔也靡聞而驚無見自鷩音脉爰曰鷩亦從脉方言云
脉俗謂黠爲鬼脉言雉性驚鬼黠　翰曰鷩猶疑也靡無也此多驚疑之雉也周環迴復繚繞
盤善作磐字辟音闢　爰曰皆迴從往復不正之貌也　善曰漢書曰何武所舉者盤辟雅拜　向曰周迴不
止見㚇零結翳旋把縈隨所歷爰曰㚇轉也把翳內所執處也言轉翳旋回隨雉所
趣取其便也　向曰把柄也㚇翳之柄縈曲隨雉之行使不見巳彳丑石亍恥錄中輟馥
披逼焉中鏑爰曰彳亍止貌也輟止也鏑矢鏃也馥中鏃聲也　善曰今本並云彳亍中輟張衡舞賦曰蹇
兮宕往彳亍中輟以文勢言之徐氏誤之　銑曰彳亍行皃中少留也輟止也馥中聲也鏑箭也前剡力結
重膺傍截疊翮爰曰正橫射也剡割也前割重膺傍斷兩翮也　濟曰剡割也膺胷也前剡貫
于胷傍截斷于翮重疊言毛厚也若夫多疑少決膽劣心狷古縣反爰曰雉
性怯而多疑膽劣而心狷者　善曰說文曰狷急也　翰曰狷怯也復有此雉也內無固守出不
交戰爰曰內心也固堅也心無堅守外無闘意也　善曰管子曰民無恥外不可以應敵內不可以固守賈逵
國語注曰交共也　濟曰欲闘而懼來若處子去如激電爰曰處子處女也莊周云
藐姑射之山有神人居綽約若處子來若處女之畏人去若激電之迅疾也　善曰司馬兵法曰始如處女答賓戲曰風
颮雷激　向曰處子處女也畏人者也言來遲而去速闐閃黝廉蘺吉玄葉慎覓善作慎
歷乍見胡練反　爰曰蘺麥稍也謂在麥田中蘺葉間闐閃於外乍見乍隱不敢出場也　善曰蘺與稍並
同古玄切　翰曰蘺麥也闐閃於葉下慎歷然乍隱乍見於是算分銖商遠邇爰曰

分銖弩牙後刻畫定矢所至遠近之處也雉既不出將就草射之故計其分銖商其遠近也　濟曰爲其遠故算其分銖
商量遠近邇近也揆懸刀騁絕伎爰曰懸刀弩牙後刀也一名機揆度也籌量可發而發故
言騁絕伎也　善曰釋名曰弩牙外曰郭下曰懸刀其形然也西京賦曰妙材騁伎薛君韓詩章句騁施也　良同爰注
如輊竹二切如軒不高不埤貧美反　爰曰言至平也　善曰毛詩曰如輊如軒輊
與輊同鄭玄周禮注埤短也埤與庳古字通　翰曰如輊如軒輕重得所也不高不埤正可發也當咮竹秀
值胷裂膆素破觜爰曰射面也膆喉受食處也觜喙也裂喉破喙也字書曰咮鳥口也　良曰
咮觜也膆胷也箭發與此相當故破裂也至此凡射六雉也夷險殊地䴥麤異變
爰曰地有平險之殊雉有䴥麤之異隨變而應不可爲一准也　濟曰夷平也言所射之地有平險不同雉有䴥擾麤踈
變態亦異也昃不暇食夕不告勌五臣本作倦　爰曰言幾之者忘飢倦也　銑
曰所以日昃不暇食乃夜不告倦由用心取中也昔賈氏之如皐始解顏於
一箭五臣作之一笑醜夫爲之改貌憾胡暗妻爲之釋怨爰曰
妻所以愁恨者怨其夫之醜也今見獲雉而言笑則是斯藝能使醜夫變皃恨妻釋忿者也　善曰左氏傳曰昔賈大夫
惡娶妻三年不言不笑御以如皐射雉獲之其妻始笑始言　列子曰列子師老商氏五年之後夫子始一解顏而笑也
翰同善注彼遊田之致獲咸秉危以馳騖何斯藝之
安逸嗟禽從其巳豫爰曰騖疾也田獵也言遊獵馳車騁馬飛鷹走犬陵山越淵常秉危
險也　善曰言斯藝安從禽最逸豫言禽來就巳故豫不勞　向曰凡遊獵所獲者皆秉危險以馳騖車馬獨我此射之藝
既安且逸雉自隨我取豫樂嗟歎也清道而行擇地而住爰曰人多則雉驚故辟除
人從清道而行擇善地而住爲場也　善曰司馬相如上疏曰清道而後行班固漢書贊曰馮參鞠躬履方擇地而行
良曰選清閑之道而行擇可止之地而住尾飾鑣悲苗而在服肉登俎而永
御豈唯皁隸此爲君舉音據協韻　善曰說文曰鑣馬銜也董巴輿服志曰馬並

以黃金爲乂髦插以翟尾先多用雉尾周禮王后六服有褕翟闕翟儀禮上大夫庶羞有雉兔鶉鷃左氏傳臧僖伯曰鳥獸之肉不登於俎則公不射若夫山林川澤之實皂隸之事非君所及又曹劌曰君舉必書　銑曰得其尾可以飾馬鑣爲服得其肉可以登俎器而食此事安閑豈燭皁隸賤人所爲亦可使君王舉而爲之也　若乃耽盤流遁放心不移忘其身恤司其雄雌樂而無節端操或虧此則老氏之所誡而君子之所不爲　良曰槃樂也恤憂也司主也老子曰馳騁畋獵令人心發狂善曰東京賦曰若乃流遁忘返放心不覺也左氏傳虞人箴曰忘其國恤思其麀牡也東京賦曰樂而無節楚辭曰內惟省以端操歸田賦曰感老氏之遺誡孫卿子曰此小人之所務而君子之所以不爲也　向曰耽於是自戒也言若耽樂自放忘其身憂但主心於禽獸之雄雌而求獲之既無節度端直之操或便虧損此老氏垂誡且君子之亦不爲也

紀行

北征賦　善曰流別論曰更始時班彪避難涼州發長安至安定作北征賦也

班叔皮　善曰漢書曰班彪字叔皮扶風安陵人也性好莊老祖況成帝時爲越騎校尉父穉哀帝時爲廣平太守彪年二十遭王莽敗劉聖公立未定乃去京師往天水郡歸隗囂囂時據隴擁衆囂不禮彪彪後知囂必敗乃避地於河西就大將軍竇融勸融歸光武光武問融曰比來文章所奏誰作荅云班彪也融知彪有才舉茂才爲徐令卒亦爲望都長　翰曰征行也言北行而賦之彪子固及女曹大家並有文學名高當代父才子賢自古莫及

余遭世之顚覆兮罹离塡塞之阸烏戒災　善曰毛詩序曰閔周室之顚覆孔安國尚書傳曰罹被也王道不通故曰塡塞廣雅曰塡塞也王逸楚辭注曰險阸傾危也　向曰余彪自稱也遭莽亂天下顚墜傾覆罹羅也正罹王道不通塡塞阸險之災時也　舊室滅以丘墟兮

曾不得乎少留　善曰呂氏春秋燭過曰子胥諫而不聽故吳爲丘墟楚辭曰欲少留此靈瑣　濟曰天下既亂舊屋之室毀滅爲丘墟不可留也　遂奮袂以北征兮超絕迹而遠遊　善曰淮南子曰奮袂執銳莊子曰絕迹易廣雅曰絕滅也楚辭曰顛輕舉而遠遊　良曰奮袂舉袖也絕此迹遠遊安定也　朝發軔刃於長都兮夕宿瓠谷之玄宮　善曰楚辭曰朝發軔於天津兮夕余至乎西極長都長安也晉灼漢書注曰有宮觀故稱都楚辭曰夕宿兮帝郊爾雅曰周有焦穫郭璞曰音護今扶風池陽縣瓠中是也按瓠谷玄宮皆地名在長安西羽獵賦曰處於玄宮　銑曰瓠谷谷名玄宮謂甘泉宮也夕宿於其下　歷雲門而反顧望通天之崇崇　善曰雲陽古縣在池陽西北屬右扶風雲門即雲陽縣門也漢書左馮翊有雲陽縣楚辭曰忽反顧而遊目　翰曰雲門雲陽縣門也歷此門反顧見通天臺在甘泉宮中高出也崇高也　乘陵岡以登降息郇詢邠斌之邑鄉　善曰漢書右扶風有栒縣豳國公劉所治邑也栒與郇同豳與邠同應邵曰左氏傳云畢原酆郇文之昭也郇侯賈伯伐晉是也臣瓚曰按汲郡古文晉武公滅郇以賜大夫原黯是爲郇叔又云公城郇然則當在晉之境內不得在右扶風之界也今河東有郇城即古郇國也廣雅曰乘陵也爾雅曰大阜曰陵　向曰陵岡皆山丘也其行或上或下郇邠國名至此邑鄉而止息也　慕公劉之遺德及行葦之不傷　善曰尚書曰公劉克篤前烈孔安國曰公爵劉名也莊子盜跖曰此父母之遺德也毛詩序曰行葦忠厚也詩曰敦彼行葦牛羊勿踐履　濟曰邠公劉所居邑公劉周之遠祖德及草木　彼何生之優渥我獨離王臣作羅字此百殃　善曰毛詩曰既優既渥鄭玄禮記注曰殃禍惡也毛詩曰我生之後逢此百殃　向曰優樂渥厚也言公劉之時草木不傷人樂何厚我今日何故獨羅此禍亂也罹羅殃禍也稱百言多也　故時會之變化兮非天命之靡常　善曰故時會者言此乃時君不能修德致之故使傾覆非天命無常也時世也言人吉凶乃時會之變化豈天之命無常乎爾雅曰時會也毛詩曰侯服于周天命靡常天命上天之命也　翰曰言我會人事變化之亂非天命之無常也靡無也　登赤

須之長坂入義渠之舊城善曰赤須坂在北地郡義渠城名在北地王莽改為義溝酈善長水經注曰赤須水出赤須谷西南流注羅水然坂因水以得名也漢書北地郡有義渠道　濟曰赤須坂名戎王之所居也忿戎王之淫狡穢宣后之失貞嘉秦昭之討賊赫斯怒以北征善曰史記秦本紀曰昭襄王母楚人姓芊氏號宣太后秦昭王時義渠戎王與宣太后亂有二子宣太后詐而殺義渠戎王於甘泉遂起兵伐滅義渠而得其地杜預左氏傳注曰狡猾也毛詩曰王赫斯怒爰整其旅　良曰秦昭王母宣太后與戎王通昭王殺之起兵伐滅其國言忿其淫亂嘉其北伐也淫狡猶狡亂也穢汙宣后使不貞也紛吾去此舊都兮騑非遲遲以歷茲善曰杜預左氏傳注曰紛亂也謂心緒亂也楚辭曰紛吾乘兮玄雲舊都北地郡也說文曰驂傍馬也毛詩曰行道遲遲楚辭曰喟馮心而歷茲　銑曰紛吾彪自謂也言我既去長安舊都車之騑馬何復遲遲不進歷于戎王之邑遂舒節以遠逝五臣有兮指安定以為期善曰舒節將行舒其志節也淮南子

曰縱志舒節以馳大區漢書安定郡武帝元鼎三年置在涇渭之間去長安三百五十里　向曰逝往也涉長路之緜緜兮遠紆迴以樛居幽流善曰毛萇詩傳曰緜緜長不絕貌也劉歆遂初賦曰路脩遠而緜緜說文曰紆屈也樛流曲折貌也　翰曰長路曲迴以繚繞也紆曲也樛流猶繚繞也過泥陽而太息兮悲祖廟之不脩善曰漢書北地郡有泥陽縣漢書曰班壹始皇之末避地於樓煩故泥陽有班氏之廟也泥奴雞切　濟曰泥陽縣名彪之祖伯為定襄守廟在其中遇亂荒廢故歎息其不脩釋余馬於彭陽兮且弭節而自思善曰孝武帝傷李夫人賦曰釋余馬於椒丘楚辭曰步余馬於蘭皋漢書安定郡有彭陽即今彭原是也楚辭曰吾令羲和弭節兮司馬彪上林賦注曰弭節安志者也　良曰彭陽地名遂釋馬於此低弭其節而憂思也日晻晻烏感其將暮兮覩牛羊之下來力而反　善曰楚辭曰日晻晻下而頹說文曰晻不明也毛詩云曰之夕矣牛羊下來君子行役如之何勿思　翰曰言王道未明使有役也寤怨曠之傷情兮

哀詩人之歎時善曰思君子為怨曠嗟行役為歎時毛詩序曰大夫久役男女怨曠廣雅曰歎傷也　銑曰言思君子為怨曠嗟行役為歎時皆詩人之情也越安定以容與兮遵長城之漫漫莫半反　善曰楚辭曰遵赤水而容與又曰路漫漫其脩遠漫與曼古字通　良曰越過也既過安定而行容與與行皃遵循也漫漫廣遠皃劇蒙公之疲民兮為彊秦乎築怨善曰說文曰劇甚也史記曰蒙恬齊人也為秦將拜為內史秦使蒙恬築長城劉歆遂初賦曰劇彊秦之暴虐兮　向曰蒙恬為秦將築長城於此民疲而怨故云築怨言我思此人亦太甚也捨高亥之切憂兮事蠻狄之遼患不耀德以綏遠兮顧厚固而繕藩善曰言不光耀肯德以綏遠方反為厚固繕藩而已廣雅曰切近也史記曰周穆王將征犬戎祭公謀父諫曰不可昔我先王耀德不觀兵杜預左氏傳注曰繕脩也　翰曰捨棄也趙高讒詐胡亥篡立之切憂變事外蕃遠患而備之高則趙高也胡亥二世名　向曰不能以道德耀遠方而安之顧以厚固脩其藩

落以為固也首身分而不寤兮猶數功而辭諐何夫子之妄說五臣作託兮孰云地脈而生殘善曰史記曰趙高者諸蹤遠屬也為中車府令事公子胡亥始皇崩高得幸胡亥欲立為太子太子已立遣使以罪賜蒙恬死蒙恬喟然太息我何罪於天無過而死良久徐曰恬罪固當死矣起臨洮屬之遼東城塹萬餘里此其中不能毋絕地脈哉乃恬之罪也吞藥自殺彪言恬至死不知其過諐過也登障善作鄣隧遂而遙望兮聊須臾以婆娑善曰蒼頡篇曰障小城也漢書武帝謂狄山曰使居一鄣間說文曰隧塞上亭守烽火者也篆文從火者字通班固漢書贊曰不脩障隧其義並同隧或為墜說文曰墜古文地字也須臾少時也楚辭曰何須臾而忘反婆娑容與之貌也毛詩曰市也婆娑　良曰障隧城牆也婆娑容與皃閔獯鬻之猾夏兮弔尉卬昂於朝那善曰史記文紀曰匈奴謀入邊為寇攻朝那塞殺北地都尉卬徐廣曰姓孫尚書曰蠻夷猾夏漢書曰安定郡有朝那縣姚察曰卬姓段　翰曰獯鬻匈奴名猾亂也朝那塞名匈奴入邊殺北地尉卬

故至塞而弔之卬名尉官也從聖文之克讓兮不勞師而幣加
惠父兄於南越兮黜帝號於尉佗音駝降几杖於
藩國兮折吴濞匹備之逆邪善曰尚書曰允恭克讓幣加加之幣帛也史記文紀
曰南越王尉他自立爲武帝上召他兄弟以德報之他遂去
帝稱臣又曰南越王尉他者真定人姓趙氏南海尉然爲尉
故曰尉他又云他秦時爲龍川令使南越值秦亂遂不歸自
立爲越王史記曰吴王濞高帝兄劉仲之子也高祖立爲吴
王孝文時稍失藩臣之禮稱病不朝天子賜吴王几杖老不
朝其謀亦益不解也　濟曰聖文文帝也行克讓之德不勞
師徒但以幣帛加於天下而民自服惟太宗之蕩蕩兮豈曩秦之所
圖善曰言文帝知加幣以懷邊豈如強秦繕藩而禦遠也史
記丞相申屠嘉議曰孝文皇帝廟宜爲帝者太宗之廟尚
書曰王道蕩蕩曩猶向時也　向曰文帝廟號太宗彪云太
宗者互其文也言聖文加幣以懷人彊秦脩邊以禦遠帝德
蕩蕩然不與同其謀也圖猶謀也隮子兮高平而周覽兮望山谷之

嵯峨善曰漢書安定有高平縣高唐賦曰周覽九上　濟曰隮升也高平地名嵯峨高峻皃野蕭
條以莽蕩迥千里而無家善曰楚辭曰山蕭條而無獸爾雅曰迥遠也劉歆遂
初賦曰迥百里而無家　銑曰蕭條莽蕩曠遠之貌風猋五臣作飈發以飄颻善作漂遥兮
谷水灌千碎切善作灌以揚波善曰言水灌注且以揚波也管子曰川水之溝命曰谷水列女
傳津吏女歌曰水揚波兮杳冥冥　良曰飄颻風馳皃灌水流皃飛雲霧之杳杳涉積
雪之皚皚五哀反善曰楚辭曰眴兮杳杳王逸曰杳杳深冥貌也說文曰皚皚霜雪白之貌也劉歆遂
初賦曰漂積雪之皚皚涉凝露之隆霜　翰曰言涉行於此鴈邕邕以羣翔兮鶤
雞鳴以嚌嚌音齊善曰毛詩曰雝雝鳴鴈楚辭曰鶤雞啁哳而悲鳴嚌嚌衆聲也音喈　向曰
邕邕鴈聲鶤雞鳥名遊子悲其故鄉兮心愴悢五臣作恨以傷懷
善曰漢書高祖曰遊子悲故鄉廣雅曰愴悢悲也悢力上切
毛詩曰嘯歌傷懷蒼頡篇曰懷抱也　翰曰遊子彪自謂也

至此思其故鄉所以悲懷悽愴悢憂悲皃撫長劍而五臣作以慨息兮泣漣
落而霑衣五臣作泣連落以沾裳　善曰左氏傳曰晉子朱怒撫劍從之說文曰慨太息也周易泣血漣
如古詩曰淚下沾衣裳　濟曰撫拊也慨息猶歎息也漣落淚流皃攬余涕以於邑五臣作悒
兮哀生民之多故善曰楚辭曰思美人兮攬涕而竚眙又曰氣於邑而不可止又曰哀生人
之長勤國語鄭桓公問於周史伯曰王室多故
良曰涕淚也於邑心不平也多故多事故也夫何陰曀
因計之不陽兮嗟久失其平度善曰陰曀喻昏亂也楚辭曰欲俟時而須臾日
陰曀其將暮毛萇詩傳曰陰而風曰曀　向曰言陰曀
不見陽景喻天下昏亂無明君之道使失和平之法度諒
時運之所爲兮永伊鬱其誰愬五臣作訴　善曰爾稚曰諒信也宋衷春
秋緯注曰五運五行用事之運也楚辭曰獨鬱結其誰語說
文曰愬亦訴字　銑曰伊鬱憂怨也言徒憂怨無所告訴也
亂曰夫子固窮遊藝文兮樂以忘憂惟聖賢兮

善曰論語子曰君子固窮又曰遊於藝又曰樂以忘憂　翰
曰亂理也重理一賦之意　濟曰夫子孔子也惟聖賢能之
藝六藝文文章也達人從事有儀則兮行止屈申與時息
兮善曰毛詩曰我從事獨賢莊子曰形體保神各有儀則周
易曰時止則止時行則行動靜不失其時其道光明家語
孔子曰君子之行己也可以屈則屈可以伸則伸周易曰天
地盈虛與時消息是也　良曰言達人所從之事皆有儀則
以能與時消息也君子履信無不居兮雖之蠻貊何憂懼
兮善曰周易曰履信思乎順　論語曰子張問行子曰言忠信
行篤敬雖蠻貊之邦行矣　向曰彪所以自解也言若能
常履信而行則無處不居雖蠻貊
之鄉何所懼也貊蠻夷之種類也

東征賦

善曰大家集曰子穀爲陳留長大家隨至官作東征賦流別論曰發洛至陳留述所經歷也

曹大家

善曰兄固修漢書不終而死大家續之時馬融受業於大家　翰曰後漢書云
扶風曹丗叔妻者同郡班彪之女名昭字惠姬
和帝數召入宮令皇后貴人師事焉號曰大家

子穀爲陳留長垣縣長大家隨至官作東征賦以敘行歷而見志焉

惟永初之有七兮余隨子兮東征善曰惟是也東觀漢記曰和帝年號永初　銑曰永初後漢年號有七七年也余大家自稱也時孟春之吉日兮撰良辰而將行善曰禮記曰孟春之月日在營室鄭玄禮記注曰撰猶擇也楚辭曰吉日兮良辰毛萇詩傳曰辰時也　翰曰既以吉日又擇良時而行也乃舉趾而升輿兮夕予宿乎偃師善曰左氏傳曰鬬伯比曰莫敖舉趾高杜預注曰趾足也漢書河南郡有偃師縣在洛陽東三十里洛陽故事云帝嚳所都後爲西亳即古之易亭周秦之世爲偃師盤庚所遷處也　良曰舉足升所乘之輿也遂去故而就新兮志愴悢亮而懷悲善曰楚辭曰愴怳懭悢兮去故而就新　向曰去故居就新居所以悽愴也明發曙而不寐兮心遲遲而有違善曰毛詩曰明發不寐又曰行道遲遲中心有違　良曰至明發天曙猶不能寐心中遲留爲有違別也

酌罇酒以弛念兮喟抑情而自非諒不登巢而琢善作椓蠡力戈兮得不陳力而相追善曰漢書東方朔曰銷憂者莫若酒廣雅曰弛絕也爾雅曰念思也登巢椓蠡謂上古未有君臣又無宮室不知火化之時也言信不能同於上古登巢而椓蠡得不陳力就列而相追乎韓子曰上古之世人民少而禽獸衆人不勝禽獸蟲蛇聖人作構木爲巢以羣居天下號曰有巢氏民食果蓏蚌蛤腥臊惡臭聖人作鑽燧取火以化腥臊天下號曰燧人氏鄭玄周禮注曰椓擊也淮南子曰古者人茹草飲水食蠃蚌之肉陳思王遷都賦曰覽乾元之兆域兮本人物乎上世紛混沌而未分與禽獸乎無別椓蠡而食蔬摭皮毛以自蔽然陳思之言蓋出於此也尸子曰如生曰琢胎生曰乳琢與椓蠡與蠃古字通蠡力兮切蚌蒲講切論語子謂冉有曰周任有言陳力就列不能者止也　翰曰弛廢也酌酒而飲廢其思念喟然而歎便抑止其情自以悲愴爲非且上古之人登巢而居琢蠡蚌之肉而食言我既不能如此焉得不使其子陳力從仕而相追隨者乎且從衆而就列兮聽天命之所歸善曰論語曰吾從衆子謂冉有曰周任有言陳力就列不能者止墨子曰貧富治亂固有天命不可損益也　銑曰陳力就列皆進仕也此亦從衆之事但聽其天命也遵通衢之大道兮求捷徑五臣作逕欲從誰善曰楚辭曰夫唯捷徑以窘步王逸曰徑邪道也　良曰惟遵行於直於通衢大道而使我求邪使捷逕將誰乎言不能也乃遂往而徂逝兮聊遊目而遨魂歷七邑而觀覽兮遭鞏縣之多艱善曰楚辭曰忽反顧而游目韓詩曰聊樂我魂薛君曰魂神也史記曰秦莊襄王滅東西周徐廣曰周比亡之時凡七縣河南洛陽登城平陸偃師單父緱氏漢書河南郡有鞏縣楚辭曰路脩遠以多艱鞏居勇切　濟曰徂往逝行也聊且遨遊魂神心目也歷七邑謂鞏縣成皋滎陽武卷陽武原武封丘也並於此行過而觀覽焉惟鞏縣多艱險之地也望河洛之交流兮看成皋之旋門善曰郭璞曰山海經注曰洛水東至河南鞏縣入河廣雅曰交合也漢書河南郡有成皋縣薛綜東京賦注曰東有旋門在城皋西南十數里成皋縣今虎牢是也　翰曰河洛二水交流合流也成皋有旋門坂故看之既免

脫於峻嶮兮歷滎陽而過武卷丘袁切　善曰漢書河南郡有滎陽縣應劭曰卷故虢國今虢亭是也　向曰峻嶮則旋門坂也滎陽武卷皆縣名食原武之息足宿陽武之桑間善曰漢書河南郡有原武縣陽武縣　銑曰於原武縣食而息輿馬之足暮宿於桑間武陽縣名桑林之間涉封丘而踐路五臣有兮慕京師而竊歎平聲　善曰漢書陳留郡有封丘縣應劭曰即春秋所謂敗狄於長丘史記曰紂臨九侯西伯聞之竊歎也　向曰涉經封丘縣界故履踐其路蓋入陳留界乃思慕京邑而竊自歎息小人性之懷土兮自書傳而有焉善曰論語子曰小人懷土孔安國曰懷安也　良曰言小人大家謙也論語云小人懷土故云書傳有焉遂進道而少前兮得平丘之北邊善曰家語曰孔子適齊驅而少前漢書陳留郡有平丘縣　翰曰平丘地名入匡郭而追遠兮念夫子之厄勤彼衰亂之無道兮乃困畏乎聖人

善曰論語曰愼終追遠史記曰孔子將適陳過匡匡人聞之以爲魯之陽虎虎嘗暴於匡人遂止孔子　向曰匡邑名夫
子孔子也論語云子畏於匡言遭匡人圍之也念衰亂之代使聖人困厄勤苦也悵容與而久
駐兮忘五臣作念日夕而將昏善曰神女賦曰時容與以微動漢書門卒謂韓延壽
曰明府父駐未出蒼頭篇曰駐主也　濟曰感念此事駐立及夜到長垣之境界察農
野之居民善曰漢書陳留郡有長垣縣也　良曰長垣即子路所理之縣居人邑中之人也睹
蒲城之丘墟兮生荊棘之榛榛仕巾惕覺寤而顧
問兮想子路之威神衛人嘉其勇義兮訖于今
而稱云善曰長門賦曰惕寤覺而無見韓詩外傳曰周公無所顧問史記徐廣注曰長垣縣有匡城蒲鄉史
記曰子路爲蒲邑大夫論語子曰君子有勇而無義爲亂又曰民到于今稱之稱或爲祠　翰曰蒲城子路所理邑也在
此縣界以荒廢生荊棘榛榛然子路仲由也　向曰惕然驚寤顧問左右想子路威神若在於目言衛太子蒯聵作亂子

路攻之不勝而死衛人美其勇義至今稱其嘉美訖至也蘧氏在城之東南兮民
亦尚其丘墳善曰蘧氏蘧瑗也陳留風俗傳曰長垣縣有蘧鄉有蘧伯玉冢廣雅曰墳高也春秋說題
辭曰丘者墓也　銑曰蘧瑗衛賢大夫也丘墳猶在人猶慕尚其德焉唯令德爲不朽兮
身既歿而名存惟經典之所美兮貴道德與仁
賢善曰毛詩曰顯顯令德左氏傳穆叔曰太上有立德此之謂不朽論語曰文王既歿老子曰莫不尊道而貴德文子
曰親疏係乎勢利不係乎不肖　濟曰謂仲由蘧瑗與仁賢也吳札稱多君子兮其
言信而有徵善曰左氏傳曰吳公子札適衛說蘧瑗史狗史鰌公子荊公叔發公子朝曰衛多君子未
有患也又叔向曰君子之言信而有徵是也　良同善注後衰微而遭患兮遂陵
五臣作陵遲而不興善曰史記衛世家曰成侯貶號曰平侯更貶號曰君朝魏魏殺懷君至君角秦
二世廢爲庶人衛絕祀孫卿子曰百仞之山而豎子馮而游焉陵遲故也今夫世之陵遲亦久矣而能使勿踰乎漢書劉

向上書曰周室多禍遂陵夷不能復興王肅家語注曰陵遲猶陂陁也　翰曰言自後衰亂其人陵遲不復起也知
性命之在天五臣有兮由力行而近仁善曰論語子夏曰死生有命富
貴在天家語孔子曰形於一謂之性王肅曰人各受陰陽剛柔之性故曰形於一也家語孔子曰分於道謂之命王肅曰
分於道始得爲人也禮記子曰好學近乎知力行近乎仁是也　向曰人之性命富貴在於天但爲行近於仁道乃可也
此大家戒其子勉仰高而蹈景五臣有兮盡忠恕而與人善曰
論語子貢問曰有一言而終身行之者乎子曰其恕乎己所不欲勿施於人老子曰天道無親常與善人是也　銑曰詩
云高山仰止景行行止言勉力仰止也蹈履前賢之德而行盡忠恕之道惠與下人好正直而不
回兮精誠通於明神五臣作神明　善曰毛詩曰靖共爾位好是正直神之聽之介爾景
福又曰求福不回鄭玄曰不違先祖之道也文子曰精誠於形動氣於天　濟曰能若此必通於神明庶靈
祇之鑒照五臣作昭兮祐貞良而輔信音申　善曰楚辭曰悃貞良與

明智　濟曰然後近使靈祇福祐貞良之士輔助行信之人使之昌熾也
亂曰君子之思必成文兮盍各言志慕古人兮
善曰揚子法言曰君子言則成文動則成德　向曰孔子云盍各言爾志盍何不也言我爲此賦而言志者慕古人也
先君行止則有作兮雖其不敏敢不法兮善曰論語顏回
曰回雖不敏請事斯語矣　銑曰先君父彪也行止有作則此征賦也不敏大家謙也安敢不法則先君也貴
賤貧富不可求兮正身履道以俟時兮善曰論語子曰富而
可求雖執鞭之士吾亦爲之如不可求從吾所好周易曰履道坦坦孫卿子曰君子博學深謀脩身端行以俟其時　濟
曰言貴賤貧富不向人求但正其身待時而已脩短之運愚智同兮靖恭委
命唯吉凶兮善曰毛詩曰靖恭爾位好是正直鶡冠子曰縱軀委命　良曰言人命之長短共同爾靖
思恭敬委任吉凶而後可也敬愼無怠思嗛五臣作謙約兮清靜少

欲師公綽兮 善曰毛詩曰敬慎威儀尚書曰無怠無荒周易曰人道惡盈而好謙嗛與謙音義同苦兼切封禪書曰上猶嗛讓而未俞也老子曰清淨為天下正論語曰子路問成人子曰若公綽之不欲馬融曰孟公綽也 翰曰當敬行謙約無得怠慢師於孟公綽清靜寡欲之道孟公綽魯大夫也

六臣註文選卷第九

六臣註文選卷第十

梁昭明太子撰

李善并五臣註

紀行下

西征賦 善曰臧榮緒晉書曰岳為長安令作西征賦述行歷論所經人物山水也

潘安仁 善曰岳滎陽中牟人晉惠元康二年岳因行役之感而作此賦岳家在鞏縣東故言西征 向曰岳述所歷古跡美惡勸戒焉

歲次玄枵 許喬 月旅蕤賓丙丁統日乙未御辰 善曰岳傷弱子亭曰元康二年五月余之長安以歷推之元康二年歲在壬子乙未五月十八日也爾雅曰太歲在子曰困敦左氏傳梓慎曰歲在星紀而淫於玄枵杜預曰歲歲星也玄枵在子虛危之次也然玄枵歲星所歷困敦太歲所次今論太歲而曰玄枵疑誤也鄭玄周禮注曰旅猶處也禮記曰仲夏之月律中蕤賓鄭玄曰中猶應也仲夏氣至則蕤賓律應也呂氏春秋曰仲夏其日丙丁高誘曰丙丁火日也然夏為火德故以丙丁統夏也左氏傳云日月之會是謂辰故以配日杜預曰一歲日月十二會所會謂之辰配日謂子丑配甲乙也然其日值乙未也鄭玄禮記注曰御猶主也 銑曰旅亦次也乙未則岳行之辰餘同善注

潘子憑軾西征自京徂秦 善曰潘子岳自謂也馮衍揚節賦曰馮子耕於酈山之阿左傳楚子玉謂晉侯曰君馮軾而觀之爾雅曰徂往也 濟曰軾車上橫木京東京也秦長安也

迺喟然 五臣本有而字 歎曰古往今來邈矣悠哉寥廓忽怳 虛往 善本作恍 化一氣而甄 吉延 三才 善曰論語夫子喟然歎曰吾與點也寥廓忽怳未分之貌也鵩鳥賦曰寥廓忽荒列子曰太易者未見氣也易變而為一又曰一者形變之始也輕清者上為天重濁者下為地沖和之氣者為人張湛曰所謂易者窈冥惚恍不可變也一氣恃之而作化故寄名變耳如淳漢書注曰陶人作瓦器謂之甄周易曰有天道焉有人道焉有地道焉兼三才而兩之 良曰言久遠也喟

歎聲 翰曰甄成也寥廓怳謂天地未開爲一氣其後化此一氣分成三才也此三才者天地人道唯生與位謂之大寶善曰易曰天地之大德曰生聖人之大寶曰位言人之生獨貴在位 向同善注生有脩短之命位有通塞之遇鬼神莫之善本作能要聖智弗能豫善曰東征賦曰脩短之運愚智同通塞猶窮達也班固覽海賦曰運之脩短不豫期也 良曰鬼神聖智尚不能要豫此事不可究知也當休明之盛世兮託菲薄之陋質善曰左氏傳王孫滿曰德之休明楚辭曰質菲薄而無由馬融論語注曰菲薄也 濟曰休明盛代謂晉也菲薄陋質岳自謙也納旌弓於鉉台讚庶績於帝室善曰臧榮緒晉書曰岳弱冠辟太尉府掾孟子曰夫招士以旂大夫以旌左氏傳陳敬仲曰詩云翹翹車乘招我以弓周易曰鼎金鉉鄭玄曰金鉉喻明道能舉君之官職也鄭玄尚書注曰鼎三公象也春秋漢含孳曰三公在天法三台也尚書曰庶績其凝應劭漢官儀曰帝室猶言王室者也 銑曰納招也鉉台謂三公也時賈充爲太尉辟岳爲府掾故讚衆官之功於帝之室庶衆績功也嗟鄙夫之常累五臣本有兮固既得而患失無柳季之直道佐士師而一黜善曰臧榮緒晉書曰岳遷廷尉平爲公事免官論語子曰鄙夫不可與事君其未得之患得之既得之患失之 翰曰岳稱鄙夫謙也懷常人之心是以有累且復見用又患失之 向曰柳下惠爲士師三黜曰直道而事人焉往而不三黜季惠字也岳遷廷尉平爲公事免官故云無此直道而有此一黜也武皇忽其升遐八音遏於四海善曰臧榮緒晉書武紀曰帝諱炎字安世崩謚曰武禮記曰天王崩告喪曰天王登遐尚書曰帝乃徂落三載四海遏密八音孔安國尚書傳曰遏絕密靜也 良曰武皇晉武帝也八音金石絲竹匏土革木之音天子寢於諒闇兮百官聽於冢宰善曰臧榮緒晉書惠紀曰帝諱衷字正度武帝崩太子即皇帝位禮記曰高宗諒闇三年不言于寶晉紀曰楊駿爲太傅百官總己以聽於駿尚書曰百官總己以聽於冢宰 濟同善注彼負荷之殊重兮雖伊

周其猶殆善曰左氏傳曰子產曰其父析薪其子弗克負荷爾雅曰殆危也 向曰謂楊駿以人臣位而負荷帝王之重任雖伊尹周公尚猶危殆況駿不任事者乎夫伊尹相太甲致桐宮之師周公輔成王有流言之謗此二人尚爾於駿可知也窺七貴於漢庭譸五臣本作疇一姓之或在善曰陳元凡表曰向使西京七族皆非姻黨從而悉全決不盡敗聲類曰譸亦疇字也爾雅曰疇誰也 翰曰漢庭七貴呂霍上官丁趙傅王並后族也皆權重受誅無一姓在者今駿居此重任是取戮之地無危明以安位秖居逼以示專陷亂逆以受戮匪降禍之自天善曰言無見危之明以安其位秖爲逼主以示己專也于寶晉紀曰駿被誅禮記曰明於順然後能守危鄭玄曰能守自危之道周易曰危者安其位者也毛詩曰亂匪降自天生自婦人 銑曰危高也言駿既無高明之道以安重位但以勢逼於上示其專權也 濟曰駿既專己是自陷於亂逆之地以受戮非天降禍及之也孔隨時以行藏遽與國而舒卷苟蔽微以繆五臣本作謬章五臣本作彰患過辟亦匹之未遠善曰言孔蘧有知微知章之鑒故隨否泰而行藏與治亂而舒卷中庸之流苟蔽繆於斯術故患此過常之辟未遠其身也周易曰隨時之義大矣哉論語子謂顏回曰用之則行舍之則藏唯我與爾有是夫又曰君子哉蘧伯玉邦有道則仕邦無道則可卷而懷之周易注曰君子知微謂幽昧知章謂明顯也爾雅曰辟罪未遠不離其身也 良曰易曰君子知微知彰岳爲駿主簿故自歎不學孔丘行藏蘧伯玉舒卷乃蔽於深微謬於彰明咎過患難及於我躬固不遠也辟猶及也悟山潛之逸士卓長往而不反善曰班固漢書贊曰山林之士往而不能反 向曰既罹患難方悟山中潛遁之士卓然長往之道爲美也陋吾人之拘攣力全飄萍浮而蓬轉善曰言已闕行藏之明而有蔽繆之累故悟山潛之爲是陋拘攣之寔非謝承後漢書鄭玄戒子書曰黃巾爲害萍浮南北東觀漢記太史官曰栗駭蓬轉因遇際會 銑曰吾人岳自謂岳自陋薄其身拘攣於名位竟如浮萍轉蓬無所上託也寮位儡郎罪其隆替名節漼此會以隤落危素卵之累

鷇苦角切甚玄鷰之巢幕心戰懼以兢悚如臨深而履薄善曰說文曰傴僂敗之貌洛罪切漼亦壞貌七罪切說苑曰晉靈公造九層臺孫息聞之求見曰臣能累十二博棊加九雞子其上公曰子作之孫息以棊子致下加九雞子于其上靈公曰危哉孫息曰是不危復有危於此者九層之臺三年不成鄰國將欲興兵社稷亡滅君欲何望公即壞臺左氏傳吴公子札曰夫子在此猶鷰巢幕上也杜預曰夫子孫文子也毛詩曰戰戰兢兢如臨深淵如履薄冰　翰曰寮官傴壞漼毁隤廢也謂誅駿之時岳免主簿　濟曰鷇亦卵也夕獲歸於都外宵未中而難作善曰王隱晉書曰潘岳爲楊駿府主簿駿被誅日岳取急對人朱振代夷三族　良曰楚王瑋夜誅駿夷三族此夕岳歸家而免於難匪擇木以棲集尠五臣本作鮮林焚而鳥存善曰魏都賦曰棲者擇木春秋左氏傳曰鳥則擇木爾雅曰尠寡也　向曰自喻爲駿主簿猶鳥不擇木而棲其林見焚則存者鮮矣駿且被誅如我之獲全萬無一也遭千載之嘉會皇合德於乾坤善曰聖主得賢臣頌曰上下懽然交欣千載一會周易曰亨者嘉之會也乾坤天地張超宣尼頌曰合量乾坤周易曰大人者與天地合其德　濟曰千年一聖我今遭遇之謂我皇德合天地若也此爲嘉會弛秋霜之嚴威流春澤之渥恩善曰韋昭漢書注曰弛廢也荀悅申鑒曰人主怒如秋霜漢書孫寶勑侯文曰今鷹隼始擊當從天氣取姦惡以成嚴霜之威古今長歌行曰陽春布德澤萬物生光輝洞簫賦曰蒙聖主之渥恩　銑曰渥厚也言不誅我也甄大義以明責反初服於私門善曰宋均尚書緯注曰甄表也楚辭曰進不入以離尤兮退將復脩吾初服戰國策蘇子說魏王曰破公家而成私門　濟曰使我免官歸家復布衣表大義示責而已君恩之深也皇鑒揆余之忠誠俄命余以末班善曰末班謂長安令也楚辭曰皇鑒揆余於初度何休公羊傳注曰俄者須史之間　良曰言我皇揆度我忠誠俄而命我從末班也牧五臣本作枝疲人於西夏攜老幼而入關善曰周禮曰以嘉石平疲民陳思王述征賦曰根西夏之不綱戰國策曰薛人攜老幼迎孟嘗君道中　向曰西夏長安也使我牧養疲弊之人於此我亦扶攜與尊卑俱入于關丘去魯而顧歎季過沛而涕零伊故鄉之可懷疚聖達之幽情善曰韓詩外傳曰孔子去魯遲遲乎其行也漢書曰上過沛留置酒沛宮乃起舞忼慷傷懷泣下數行謂沛父老曰遊子悲故鄉爾雅曰疚病也舞賦曰幽情形而外揚　翰曰丘孔丘也孔子去魯之衞歎曰歸歟季漢高祖高祖過沛置酒泣下信惟故鄉可戀所以能傷聖賢之情也疚猶傷也矧匹夫之安土邈投身於鎬京善曰爾雅曰矧況也漢書元帝詔曰安土重遷黎人之性毛詩序曰王居鎬京　銑曰況我匹夫安於舊土之人適於長安者能不惻傷矧況也鎬京長安也猶犬馬之戀主竊託慕於闕庭善曰曹植責躬表曰不勝犬馬戀主之情東都主人曰闕庭神麗　良曰闕庭天子之庭眷鞏洛而掩涕思纏緜於墳塋善曰河南郡圖經曰潘岳父冢鞏縣西南三十五里楚辭曰長太息以掩涕張升與任彥堅書曰纏緜恩好廡蹈高蹤漢書音義如淳曰塋冢田也音營　翰曰鞏洛二縣名岳家墳塋在此爾五臣本作余乃越平樂過街郵尤秣馬皐門稅駕西周善曰平樂館名也酈善長水經注曰梓澤西有一原古舊亭處即街郵也石卷瀆口高三丈謂之皐門橋左氏傳曰秣馬利兵毛萇詩曰秣粟也韓子曰衞靈公至濮水之上稅馬而牧法言曰仲尼之駕稅矣李軌曰稅舍也失銳切史記曰赧王立東西周分治王赧徙都西周　濟曰平樂觀名皐門周故門名西周河南縣也秣粟稅息也遠矣姬德興自高辛思文后稷厥初生民率西水滸忽古化流岐豳祚隆昌發舊邦惟新善曰左氏傳劉子曰美哉禹功明德遠矣史記曰帝嚳高辛者黃帝曾孫也姜嫄爲帝嚳元妃生弃號曰后稷別姓姬氏毛詩曰思文后稷克配彼天又曰厥初生人時維姜嫄又曰古公亶父來朝走馬率西水滸至于岐下史記曰后稷之孫慶節立國於邠後古公爲戎狄攻之遂去邠止於岐下公季卒子昌立曰文王文王崩太子發立是爲武王毛詩曰周雖舊邦其命惟新徃與豳同邠與豳同　向曰歎周德其來遠矣帝嚳高辛氏也其後生稷爲周祖爲生人之始也后稷之子不窋居於豳豳人慕德至古公亶父自豳遷

于岐岐人亦慕德言周之祚崇盛自此二王也言后稷以來其國是舊及文王受命更惟新也**旋牧野而**
歷茲愈守柔以執競善曰尚書曰武王與受戰于牧野茲此也謂此周也北征賦曰騑遲
遲兮歷茲老子曰守柔曰強毛詩曰執競武王無競維烈鄭
玄曰競強也能道者唯有武王爾　良曰武王剋殷於牧野
而歸洛邑猶守柔道以保競彊執猶保也**夜申旦而不寐憂天保之未**
定善曰楚辭曰獨申旦而不寐　銑曰武王望商邑于周自夜不寐言未定天保何暇寐乎保位也**惟泰**
山其猶危祀八百而餘慶善曰言武王基雖有泰山之固尚以爲危故能載祀
八百猶有餘慶也郭璞爾雅注曰惟發語辭也戰國策呂不
韋曰周凡三十七王八百六十七年然今言八百舉全數也
周易曰積善之家必有餘慶　濟曰同善注**鑒**五臣本作覽**亡王之驕淫竄南**
巢以投命坐積薪以待然方指日而比盛善曰言武王居
安而慮危而桀處險而逾泰也尚書曰成湯放桀於南巢范
曄後漢書趙壹曰奚異涉海之失柂坐積薪而待然尚書大

傳曰伊尹入告於王曰大命之去有日矣王曰天之有日猶
吾之有人日有亡哉日亡吾亦亡鄭玄曰自比於天言常在
也比於日言去復來也　向曰亡王桀也驕淫無道湯伐敗
之而竄于南巢之地其無道驕淫以取滅亡亦猶坐積薪之
上縱火於下其然可立待也而猶自比於日云日豈可亡乎日亡吾乃亡矣**人度量之乖舛**
何相越之遼迥善曰人謂武王與桀也安危異情故曰乖舛也喻巴蜀檄曰人之度量相越豈
不遠哉乖舛不齊也爾雅曰迥遠也今協韻爲呼瞑切　翰
曰武王戒懼而獲安夏桀驕淫而取亡度量不同相去遼遠
考土中于五臣本作於**斯邑成建都而營築既定鼎于**
郟鄏遂鑽龜而啓繇音冑　善曰尚書曰成王欲宅洛邑周公曰王來紹上帝自服于土
中毛詩曰考卜惟王鄭玄曰考稽也東都主人曰建都河洛
左氏傳曰王孫滿曰成王定鼎於郟鄏卜世三十卜年七百
杜預左氏傳注曰繇卜兆辭也　銑曰土中定地之中斯邑
河南縣也言我至此考其地中及建都營築之始蓋成王定
鼎於郟鄏即此王城也鑽龜啓卜謂周公卜代於此也**平失道而來遷繄二國**

而是祐善曰史記曰平王東遷于雒邑二國晉鄭也左氏傳桓公曰我周之東遷晉鄭焉依杜預左氏傳注
曰繄語助也　良同善注言平王遭犬戎難而東遷依于晉鄭**豈時王之無僻賴先**
哲以長懋善曰言周末之王豈無邪僻之行但賴前聖之德所以長茂也左傳韓厥曰三代之令王皆數
百年保天之祿夫豈無僻王賴前哲以免也漢書策詔曰大禹能亡失德夏以長懋說文曰懋盛貌　翰同善注**望**
圉北之兩門感虢鄭之納惠討子穨之樂禍尤
闕西之效戾善曰同濟注包咸論語注曰尤過也爾雅曰戾罪也　濟曰姚姬嬖于周莊王生子穨有
寵及惠王即位衛師燕師伐周立子穨穨享五大夫樂及徧
舞鄭伯聞之見虢叔曰今王子穨歌舞不倦樂禍也盍納王
乎虢公曰寡人之願也同伐王城鄭伯將王自圉門入虢叔
自北門入殺子穨鄭伯享王於闕西辟樂備原伯曰鄭伯效
尤其亦有咎也**重戮帶以定襄弘大順以霸世**善曰左氏傳曰太叔帶以
狄師伐周襄王出適鄭晉侯逆王王入于城取太叔於溫殺
之鄭玄毛詩箋曰弘廣也　良曰重晉文公重耳王子帶周

襄王庶弟因寵篡位文公討之而襄王定位弘順殺逆以霸其代**靈壅**五臣本作擁**川以止**
鬬貫演義以獻說善曰國語曰靈王二十二年穀洛二水鬬賈逵曰鬬者兩會似於鬬小雅
曰演廣遠也　濟曰將毀王宮王欲擁之太子晉諫曰不可
晉聞長人者不墮山防川今吾執政實有所僻而禍夫二川
之神故云演義獻說也**咨景悼以迄丏**古大**政淩遲而彌季俾**
庶朝之構五臣本作遘**逆歷兩王而干位**善曰孔安國尚書傳曰咨嗟也
左氏傳曰王子朝有寵於景王王崩子朝因舊官之喪職秩
者以作亂單子逆悼王於莊宮以歸子朝奔京王子猛卒敬
王即位王子朝入于尹劉子以王如劉王子朝入於王城單
子如晉告急晉智躒師師納王子朝奔楚王人殺子朝于楚
杜預曰悼王子猛也敬王子猛母弟子丏也賈逵國語註曰
子朝景王之長庶子也爾雅曰迄至也呼乞切毛詩序曰禮
義淩遲左氏傳晏子曰此季出也毛詩曰我曰構禍毛萇曰
構成也左氏傳衛彪奚曰魏子干位以令大事　銑曰子朝
再作亂丏敬王名言周德之衰自此彌甚子朝庶子
故云庶朝與悼王敬王爭位故云歷兩王而干位也**踰十**

葉以逮赧女板邦分崩而爲二竟橫噬於虎口輸文武之神器善曰史記曰景王崩子悼王立崩弟敬王立崩子元王立崩子定王立崩子哀王立弟殺哀王立爲思王弟殺思王自立爲考王崩子威烈王立崩子安王立崩子烈王立崩弟立爲顯王崩子慎靚王立崩子赧王立東西周分治王赧徙都西周初考王封其弟于河南桓公卒威公立卒子惠公立乃封其少子于鞏以奉王號東周惠公秦莊襄王滅東西周爾雅曰逮及也論語子曰邦分崩離析虎口喻秦也漢書曰秦二世拜叔孫通爲博士通出曰我幾不免虎口老子曰天下神器不可爲也爲者敗之　濟曰葉代也餘同善注澡孝水而濯纓嘉善名而善作美而在茲善曰字林曰孝水在河南郡元曰在河南城西十餘里楚辭曰滄浪之水清可以濯我纓毛萇詩傳曰濯滌也　翰曰孝水水名嘉美其名躁其身濯其纓纓冠纓也天赤子於新安坎路側而瘞之亭有千秋之号子無七旬之期雖勉勵於延吳實憯善作潛慟乎余慈善曰傷弱子序曰三月壬寅弱子生五月之長安壬寅次于新安之千秋亭甲辰而弱子夭乙巳瘞于亭東廣雅曰夭折也書曰若保赤子書曰瘞埋也猗例切戰國策以吳爲吾濟曰岳子死於新安縣千秋亭瘞之於路側岳子生六十日而死故云無七旬之期延陵季子適齊子死葬嬴博之間深不及泉魏有東門吳子死不憂人怪問之曰吾無子時不憂今子死乃無子時同吾何憂也岳言雖勉勵於此人爲父之慈能無哀慟乎眄山川以懷古悵攬轡於中塗虐項氏之肆暴坑降卒之無辜激秦人以歸德成劉后之來蘇事洄回泬穴而好還卒宗滅而身屠善曰東都賦曰慨長思而懷古楚辭曰攬騑轡而下節杜預左氏傳曰注肆極也史記曰章邯降項王秦吏卒多竊言曰今能入關破秦大善即不能秦必盡誅吾父母妻子諸將聞其計以告項羽於是楚軍夜擊坑秦卒二十餘萬新安城南後羽敗垓下至烏江自刎尚書曰后來其蘇韓詩曰謀猷回泬薛君曰回邪僻也老子曰其事好還　良曰言卒無辜而坑是激勵秦人使歸德於高祖洄泬邪僻也好還猶不定言羽

邪僻其情不定卒敗於烏江宗族皆滅身見屠戮也經澠池而長想停余車而不進善曰漢書弘農郡有澠池縣舞賦曰遠思長想　翰曰想藺相如之風也秦虎狼之彊國趙侵弱之餘燼超入險而高會杖命世之英藺恥東瑟之偏鼓提西缶而接刃辱十城之虛壽奮咸陽以取雋善曰戰國策楚王曰秦虎狼之國也左氏傳齊賓媚人曰請收合餘燼背城借一杜預曰燼火餘之木也左傳曰禹會諸侯於塗山執玉帛者萬國孟子曰五百年必有王者興其間必有命世者廣雅曰命名也李陵書曰命世之才爾雅曰盎謂之缶呂氏春秋曰兵不接刃而人服化說文曰奮翬也取雋自取雄雋也　向曰秦彊暴猶虎狼也趙被侵弱猶火之燼勢既不敵又相會於澠池是入險也秦趙既會秦王曰寡人聞趙王好音請奏瑟趙王乃鼓瑟秦御史記曰某年某月日秦王與趙王會爲之鼓瑟相如前曰趙王竊聞秦王善爲秦聲請奏缶缶瓦器可擊以爲曲秦王怒不許相如曰五步之內請以頸血濺大王矣左右欲刃相如相如叱之皆靡秦王不懌爲擊缶秦之羣臣請以趙十五城爲秦王壽相如亦曰請以秦咸陽爲趙王壽秦王遂不能加勝於趙趙亦盛設兵以待秦秦亦不敢動既罷歸趙王以相如大功拜爲上卿出申威於河外何猛氣之咆蕭包勃入屈節於廉公若四體之無骨善曰河外謂之澠池史記曰秦三使使告趙王爲好會於西河外澠池咆勃怒貌也荀悅申鑒曰高祖申威於秦項宋玉笛賦曰悲猛氣兮飄疾家語子夏曰今夫子欲屈節以救父母之國論語丈人曰四體不勤尸子曰徐偃王有筋而無骨　濟曰廉頗曰我爲趙將有攻城野戰之功而藺相如徒以口舌爲勞而位居我上我見必辱之相如望見頗則引車而避匿其舍人曰臣以委質事公者以慕高義也今廉將軍宣惡言而君避之恐懼何甚庸人尚羞之況將軍乎相如止之曰夫秦不敢加兵於趙者以我兩人故也兩虎共鬬其勢不俱生吾所以先國家之急後私讎也此爲屈節也無骨言柔弱之甚也處智勇之淵偉方鄙吝之忿悁涓雖改日而易歲無等級以寄言善曰智勇相如也忿悁頗也言以相如之比廉頗雖以一日之促方一歲之永

猶未足以寄言言相去遠也史記繆賢曰臣舍人藺相如勇士有智謀太史公曰其處智勇可謂兼之矣范曄後漢書陳蕃曰鄙吝之萌復存乎心戰國策張儀曰秦忿悄含怒之日久良曰淵偉深大也忿悄躁怒也當光武之蒙塵致王誅于五臣本作於赤眉異奉辭以伐罪初垂翅於迴谿五臣本作溪不尤眚以掩德終奮翼而高揮建佐命之元勳振皇綱而更維善曰東觀漢記曰馮異字公孫拜為征西將軍與赤眉相距上命諸將士屯澠池為赤眉所乘反走上迴谿阪異復合兵追擊大破之殽底璽書勞異曰垂翅回谿奮翼澠池左氏傳臧文仲曰天子蒙塵于外東都賦曰天人致誅東觀漢記樊崇欲與王莽戰恐其衆與莽兵亂乃皆朱其眉以相識別由是號曰赤眉尚書曰奉辭伐罪左傳曰吾不以一眚掩大德西京賦曰遊鷮高翬薛綜曰翬飛也揮與翬古字通李陵報蘇武書曰其餘佐命立功之士荅賓戲曰廓帝紘恢皇綱鄭玄周禮注曰維猶連結之登崤坂之威夷仰崇嶺之嵯峨善曰韓詩曰周道威夷薛君曰

威夷險也上林賦曰嵯峨嶫嶫　濟曰崤山名威夷長遠皃崇高也嵯峩高皃臯託善本作記墳於南陵文違風於北阿蹇哭孟以審敗襄墨縗崔而善本作以授戈曾隻輪之不反縶薛三帥以濟河善曰左氏傳曰秦穆公召孟明西乞白乙使出師襲鄭蹇叔之子與師哭而送之曰晉人禦師必於殽殽有二陵焉其南陵夏后皐之墓也其北陵文王之所避風雨也必死是閒余收爾骨焉秦師還晉文公子墨縗經敗秦師于殽獲百里孟明視西乞術白乙丙以歸文嬴請三帥公許之杜預曰公未葬故襄公稱子公羊傳曰晉人敗秦師于殽匹馬隻輪而無反者　向曰縶繫也濟河晉軍歸也墨縗若今起復也值庸主之矜愎皮逼殆肆叔於朝市任好綽其餘裕獨引過以歸己明三敗而不黜卒陵晉以雪恥豈虛名之可立良致霸其有以善曰言若值庸主矜而愎諫殆戮三帥陳之市朝而賴任好綽然寬裕故直引過而歸諸己爾雅曰庸常也鄭玄禮記注曰矜自尊大也左氏傳曰慶鄭曰愎諫違卜杜預曰愎戾也論語子服景伯曰吾力猶能肆諸市朝鄭玄曰陳其尸曰肆史記秦繆公曰任好孟子曰吾進退豈不綽然有餘裕哉左氏傳曰秦伯不廢孟明曰孤之罪也又曰孟明視伐晉侯禦之秦師敗績又曰秦伯伐晉取王官及郊晉人不出然止二敗言三未詳史記秦穆公謂三將曰子其悉雪恥又曰穆公遂霸西戎古詩曰虛名復何益楚辭曰名不可以偽立毛詩曰何其久也必有以也鄭玄曰必以有功德也卒或為雜非也　翰曰愎很也肆捨也任好穆公名言蹇叔之哭師若值庸主自矜很戾豈能捨蹇叔朝市之刑哉殆必殺之也穆公綽然有寬裕之德但引過於己而三帥凡三敗秦師公不黜責後竟敗晉以雪恥也穆公為霸主固非虛名有此所以降曲崤而憐虢託與國於亡虞貪誘賂以賫鄰五臣作憐不及臘而就拘垂棘反於故府屈產服于晉輿德不建五臣作逮而民無援仲雍之祀忽諸善曰劉澄之地理書曰肴有純石或謂石肴如淳漢書注曰相與友善為與國與黨與也左氏傳曰晉荀

息請以屈產之乘垂棘之璧假道於虞以伐虢虞公許之宮之奇曰虞不臘矣晉滅虢虢公醜奔京師還館於虞遂襲虞滅之穀梁傳曰後晉舉虞荀息牽馬操璧而前曰璧猶是馬齒加長矣燕丹子夏扶曰馬無服輿之伎則未可與俟良左氏傳曰臧文仲聞六與蓼滅曰皐陶庭堅不祀忽諸德之不建人之無援哀哉杜預曰忽然而亡也史記曰武王求仲雍之後得虞仲封於周之北故夏墟之地　良曰曲崤地名屬於虢也虢虞相託為與國虞乃背虢尋而取亡虞也晉獻公還師而滅虞曾不得至臘月璧馬皆歸故曰反於故府服晉輿也傷憐其貪賂取亡矣雍之後忽然絕祀由道德不逮人不援也我徂安陽言陟陜郛行乎漫瀆之口憩乎曹陽之墟善曰漢書弘農郡有陜縣酈善長水經注曰橐水出橐山北流出谷謂之漫澗與安陽溪水合又西經陜縣故城南又合一水謂之瀆谷水漫澗水北有逆旅亭謂之漫谷客舍弘農郡圖經曰曹楊桃林縣東十二里也齊曰陜地名郛郭也漫瀆澗水石曹陽亭名美哉邈乎茲土之舊也固乃周邵之所分二南之所交麟趾信於關雎騶虞

應乎鵲巢善曰公羊傳曰自陜以東周公主之自陜以西召公主之毛詩序曰關雎麟趾之化王者之風也故繫之周公鵲巢騶虞之德諸侯之風也故繫之邵公周南邵南正始之道王化之基　銑曰邈遠也餘同善注愍五臣本作慜漢氏之剥亂朝流亡以離析卓滔天以大滌劫宮廟而遷迹五臣本作跡俾萬乘之盛尊降遥思於征役顧請旋於傕五臣作催苦角切汎敷劒旣獲許而中惕追皇駕而驟戰望玉輅而縱鏑善曰魏志曰董卓字仲穎隴西人爲相國卓以山東豪傑並起乃徙天子都長安燔燒洛陽宮室卓至西京呂布誅卓卓將李傕郭汜擅朝政傕質天子於營傕將楊奉叛傕傕衆稍衰天子乃得出至新豐楊奉董承以天子還洛陽傕汜悔遣天子復相與追及天子於弘農之曹陽大戰奉兵敗左氏傳子朝曰單旗劉狄剥亂天下毛詩曰民卒流亡論語子曰邦分崩離析孔安國尚書傳曰滌除也左氏傳晉趙括謂楚曰寡君使羣臣遷大國之迹於鄭淮南子曰雖有盛尊之親說苑曰吳王欲從民飲伍子胥曰昔白龍下清冷之淵化爲魚豫且射中目白魚不化豫且不射君今棄萬乘之位而從於臣恐有豫且之患此言先生責公子陰戒期門微行要屈萬乘天子也　向曰鏑箭也玉輅天子車也痛百寮之勤王咸畢力以致死分身首於鋒刃洞胷腋以流矢有褰裳以投岸或攘袂以赴水傷桴檝五臣本作楫之褊小撮倉括舟中而五臣本作之掬指善曰華嶠後漢書曰李傕等大戰弘農百官士卒死者不可勝數董承率衆擊傕大破之乘輿乃得進承先具舟船帝以絹挽而下餘人匍匐岸側或自投死范曄後漢書獻帝不登船諸不得渡者皆爭攀船上人刃擽其指舟中之指可掬左氏傳狐偃曰求諸侯莫如勤王史記太史公曰忠臣畢力尉繚子曰未有不能得其力而致其死也北征賦曰首身分而不寐子虛賦曰洞胷達腋禮記曰流矢在白肉毛詩曰褰裳涉洧又曰攘袂而興左氏傳曰晉中軍下軍爭舟舟中之指可掬　翰曰桴舟也楫棹也言百官勤王事盡命死戰竟以力盡而敗攘袖褰裳投岸赴水死已殆盡天子纔得濟河舟棹褊少攀附者衆

恐其沈没皆析其手舟中之指可掬而撮也洞通也升曲沃而惆悵惜兆亂而兄替音鐵叶韻枝末大而本五臣本作折字披普彼都偶國而禍結善曰左氏傳曰晉穆侯之夫人姜氏以條之役生太子命之曰仇其弟以千畝之戰生命之曰成師師服曰今君命太子曰仇弟曰成師始兆亂矣兄其替乎後封桓叔于曲沃師服曰吾聞國家之立也本大而末小是以能固天子建國諸侯立家今晉甸侯也本既弱矣其能久乎後曲沃莊伯伐翼殺孝侯曲沃武公伐翼獲翼侯然孝侯亡之後也莊伯武公桓叔成師之後也翼晉都也曲沃在河東聞喜縣酈善長水經注曰春秋晉使詹嘉守桃林之塞處此以備秦時以曲沃之官守之故有曲沃之名然此曲沃在西因彼曲沃而得名今因名而說彼焉辭曰惆悵而私自憐爾雅曰替廢也左氏傳申無宇曰末大必折漢書曰田蚡曰枝大於幹脛大於股不折必披或云枝本大而末披左氏傳辛伯曰大都偶國亂之本也　良曰曲沃地名此若樹末大其本必折封邑大其國必危臧札飄其高厲委曹吳而成節何莊武之無恥徙五臣本作徒利開而義閉并滅反　善曰左氏傳曰吳子諸樊將立季札季札辭曰曹宣公之卒也諸侯與曹人不義曹君將立子臧子臧去之遂不爲也以成曹君君子曰能守節矣君義嗣也誰敢奸君有國非吾節也札雖不才願附於子臧以無失節楚辭注曰委弃也范曄後漢書李固奏記梁商曰夫義路閉則利門開利門開則義路閉　良曰季札委弃曹吳若此高厲莊伯武公伐滅兄弟無愧恥此開利閉義者耳相去何其懸絶躡函谷之重阻看天險之衿帶跡諸侯之勇怯筭嬴氏之利害善曰廣雅曰躡履也戰國策蘇秦曰秦東有殽函之固鹽鐵論曰秦左殽函鸚鵡賦曰崎嶇重阻周易曰天險不可升地險山川丘陵李尤函谷關銘曰衿帶咽喉聲類曰衿衣交領也孫卿子曰勇怯之勢也　翰曰函谷關也實天與之高險衿帶之地覽六國諸侯勇怯之跡筭秦嬴攻守之利害或開關以延敵競遁逃以奔竄善曰言其利也過秦論曰諸侯以百萬之衆叩關而攻秦秦人開關延敵九國之師遯逃而不敢進也　向曰諸侯數爲秦所敗乃開關以待諸侯諸侯奔竄而不敢進此秦利之時諸侯怯也有噤渠蔭門而莫

啓不窺兵於山外善曰言其害也戰國策范雎謂秦王曰秦今反閉關而不敢窺兵於山東者穰侯爲國謀不忠大王計有所失也楚辭曰噤閉而不言然噤亦閉也　良曰蘇秦既約諸侯爲從秦閉關而拒諸侯不敢窺於山外此秦書之時諸侯勇也連雞互而不栖小國合而成大善曰言小國異乎連雞也戰國策秦惠王謂寒泉子曰蘇秦約于諸侯諸侯之不可一猶連雞之不能俱上棲亦明矣　濟曰言諸侯心力不齊若連雞不能俱上栖也心力或齊雖小弱之國亦能相合成其彊大此皆一時之事也豈地勢之安危信人事之否泰善曰言崤函之險未嘗暫改或開關延敵或禁門莫啓明此不徒在地勢亦由在人也湯曰吾欲因其地勢所有而敵之否泰周易二卦名也周易曰泰上下交而其志同也否上下不交而天下無邦　良曰若此則否泰皆由乎人安危不在於地漢六葉五臣本作世而拓土路畿縣弘農而遠關善曰六葉武帝也難蜀父老曰德茂存乎六世應劭漢書注曰拓廣也漢書元鼎三年徙函谷關於新安以故關爲弘農縣也　翰曰開拓王畿餘同善注厭紫極之閑敞甘微行以遊盤長傲賓於柏谷妻覩貌而獻餐疇匹婦其巳泰胡厭夫之謬善本作繆官善曰曹植上表曰情注于皇居心在乎紫極南都賦曰體爽塏以閑敞蒼頡篇曰敞高顯也漢武帝故事曰帝即位爲微行嘗至栢谷夜投亭長宿亭長不納乃宿逆旅翁悪少年十餘人皆持弓矢刀劍令主人嫗出遇客歸謂其翁曰吾觀此丈夫非常人也且有備不可圖也天寒嫗酌酒多與其夫夫醉嫗自縛其夫諸少年皆走嫗出謝客殺雞作食平旦上去還宮乃召逆旅夫妻見之賜嫗金千斤擢其夫爲羽林郎疇猶訓也　向曰武帝召嫗夫爲羽林郎故云謬官既甘微行是厭紫極也昔明王之巡幸固清道而後往懼銜橜巨月之或變峻徒御以誅賞善曰東觀漢記曰西巡幸長安司馬相如上䟽曰夫清道而後行猶時有銜橜之變漢書音義張揖曰銜勒也司馬彪莊子注曰馬口中長銜也毛詩曰徒御不驚　銑曰明王之行使先清道猶懼銜勒之間而有危變故峻法厚惠以誅賞徒御之人欒勒也彼白龍之魚

文選十　廿四

服挂豫且將余之密網輕帝重于五臣本作於天下奚斯漸之可長善曰說苑曰吳王欲從民飲伍子胥曰昔白龍下清泠之淵化爲魚豫且射中目白龍不化豫且不射君今弃萬乘之位而從於臣恐有豫且之患此言先主責公子陰戒期門微行要屈萬乘天子也帝重帝位之重也言輕帝位之重於天下此乃陵上之漸何可長乎　翰注同魚服魚形　濟同善注弔戾園於湖邑諒遺世之巫蠱古探隱伏於難明委讒賊之趙虜加顯戮於儲貳絕肌膚而不顧作歸來之悲臺徒望五臣有子字思其何補善曰漢書曰戾太子據與江充有隙會巫蠱事起充遂至太子宮掘得桐木人太子無以自明乃斬江充與丞相劉屈氂戰兵敗東至湖邑自縊而死車千秋訟太子寃上憐太子無辜乃作思子宮爲歸來望思之臺於湖宣帝即位謚曰戾以湖邑閺鄉爲戾園又太子駡充曰趙虜乃亂吾父子也蒼頡篇曰委任也尚書王曰弗迪有顯戮漢書疏廣曰太子國儲副君宋均元命苞注曰儲君副主言設以待之王命論曰高四皓之名刻肌膚之愛幽通賦曰雖覆醢其何補　良曰戾武帝太子也無罪而死園陵在湖邑故弔之皆責武帝之詞岳言既加顯戮絕其飢膚爲此亦何補也儲貳太子也紛吾既邁此全節五臣有兮字又繼之以盤桓問休牛之故林感徵名於桃園善曰言吾紛然行此全節之野又繼之以盤桓而不前楚辭曰紛吾乘兮玄雲北征賦曰紛吾去此舊都騑遲遲而歷兹爾雅曰邁行也全節即漢書全鳩里戾太子死處圖經曰全節閺鄉縣東十里鳩澗西廣雅曰盤桓不進也周易曰初九盤桓尚書武成曰放牛於桃林之野示天下弗服東征記曰全節地名其西名桃原古之桃林也　銑注同桃園則桃林也發閿文鄉而警策愬五臣本作遡黃巷以濟潼眺華岳之陰崖覿高掌之遺蹤善曰漢書湖有閿鄉曹子建應詔詩曰僕夫警策鄭玄周禮注曰警勑戒之也薛綜西京賦注曰愬向也愬與遡古字同獻帝春秋曰興平二年十一月丙寅車駕東行到黃巷亭庚午到弘農述征記曰河自關北東流水側有長坂謂之黃巷坂雍州圖經曰潼水在華

文選十　廿五

陰縣界水經曰北流注河西京賦曰綴以二華巨靈贔屓高掌遠蹠以流河曲濟注同言向坂行故警策也華岳北面有巨靈神掌跡故云陰崖眺視也憶江使之反璧告亡期於祖龍善曰史記曰秦始皇帝三十六年鄭使者從關東來至華陰之野有持璧與使者曰為我遺鎬池君因言曰明年祖龍死置璧而去忽不見始皇使人視璧乃二十八年渡江所沉璧也蘇林曰祖始也龍人君之象謂始皇也向曰至此地而記憶其事不語怪以徵異我五臣本作吾聞之於孔公善同良注良曰孔子不語怪力亂神岳自止其詞慍韓馬之大憝徒對阻關谷以稱亂善曰何晏論語注曰慍怒也魏志曰建安十六年關中諸將馬超韓遂等反超等屯潼關尚書曰元惡大憝孔安國曰憝惡也杜預左氏傳注曰阻恃也關谷潼關函谷也尚書曰敢行稱亂孔安國曰稱舉也濟同善注魏武赫以霆震奉義辭以伐叛彼雖衆其焉用故制勝於廟筭善曰魏志曰曹公西征與超等夾關為戰大破之尚書曰奉辭伐罪左氏傳隨武子

文選十　十六

曰伐叛刑也柔服德也又屈完曰雖君之衆無所用之孫子曰水因地而制行兵因敵而制勝又曰夫未戰而廟勝得筭之多者也銑注同言彼雖衆曹公奉君命廟堂之筭已勝之砰普耕揚桴以振塵繣呼麥瓦解而氷泮超遂遁而奔狄甲卒化為京觀善曰字書曰砰大聲也魏志曰韓遂馬超走涼州楚辭曰揚桴兮拊鼓左氏傳曰援枹而鼓說文曰枹鼓椎也東觀漢記馮衍吳漢曰得道之兵鼓不振塵鄭玄禮注曰振動也繣破聲也春秋運斗樞曰不能宣德天下瓦解漢書曰徐樂上書曰何謂瓦解吳楚齊趙之兵是也當此之時安土樂俗之人衆故諸侯無境外之助此之謂瓦解淮南子曰氷泮而農桑起左氏傳潘黨曰君盍收晉尸以為京觀杜預曰積尸封土其上謂之京觀向曰砰鼓聲也揚桴而鼓塵振天地繣然若瓦裂氷泮矣超遂走涼州故云奔狄其衆盡殺故為京觀也倦狹路之迫隘烏界軌崎嶇善本作踦嶇以低仰善曰倦極也司馬相如大人賦曰區中之隘陜廣雅曰踦傾側也翰曰言狹路崎嶇登頓故使車軌高低蹈秦郊而始闢豁爽塏以宏

壯黃壤千里沃野彌望華實紛敷桑麻條暢善曰班固高紀述曰粵蹈秦郊尚書曰雍州厥土惟黃壤杜篤論都賦曰沃野千里原隰彌望保殖五穀桑麻條暢春秋文耀鉤曰春致其時華實乃榮洞簫賦曰標紛敷以扶疏廣雅曰暢長也濟曰豁遠也言自於山川迫隘之路至秦郊始開豁然高明壯大彌望千里邪界襃斜右濱汧牽隴善曰西都賦曰右界襃斜隴首之險長楊賦曰命右扶風發人西自襃斜梁州記曰萬石城泝漢上七里有襃谷南口曰襃北口曰斜長四百七十里西京賦曰隔閡華戎岐梁汧雍漢書汧山在扶風汧縣西鹽鐵論曰秦右隴阺漢書幸雍白麟歌曰朝隴首良曰汧水名隴山名寶雞前鳴甘泉後涌面終南而背雲陽跨平原而連嶓波冢九嵕宗切嶻嶭太一巃洛孔嵸子孔善曰漢書曰秦文公獲若石于陳倉阪城祠之其神光輝若流星從東方來集于祠城則若雄雉其聲殷殷野雞夜鳴以一太牢祠之名曰陳寶薛綜曰甘泉山名應劭曰甘泉在馮翊雲陽縣漢書武功山有太一古文以為終南此賦下

文選十　十七

云太一明與終南別山西京賦曰於前則終南太一二山明矣漢書左馮翊有雲陽縣西京賦曰後則高陵平原又曰連嶺乎嶓冢服虔曰嶻嶭山名也孟康曰在池陽北顏監曰嶻嶭即今謂嵯峩也郭璞曰巃嵸高峻皃也良曰陳倉有寶雞祠故云前鳴餘同善注吐清風之飂聊戾納歸雲之鬱蓊善曰孔叢子孔子曰夫山者興吐風雲以通乎天地之間四子講德論曰虎嘯而風寥戾思玄賦曰憑歸雲而遐逝楚辭曰望谿谷兮滃鬱向曰言此山能吐風納雲也飂戾聲鬱蓊雲皃南有玄灞素滻湯井溫谷北有清渭濁涇蘭池周曲善曰玄素水色也灞滻二水名也楚辭曰臨沅湘之玄淵又曰令素水而蒙深湯井溫湯也雍州圖曰溫湯在新豐縣界溫谷即溫泉也雍州圖曰溫泉在藍田縣界毛萇詩傳曰涇渭相入而清濁異三輔黃圖曰蘭池觀在城外長安圖曰周氏曲咸陽縣東三十里今名周氏陂陂南一里漢有蘭池宮銑同善注浸決鄭白之渠漕引淮海之粟善曰史記曰韓聞秦之好興事欲罷無令東伐廼使水工鄭國間說秦令鑿涇水自中山西抵瓠口為渠並北山東注洛漑爲

鹵之地四萬餘頃收皆稅畝一鍾命曰鄭國渠又曰趙中大
夫白公後奏穿渠引涇水首起谷口尾入櫟陽注渭溉田四
千餘頃因曰白渠人得其饒歌之曰田於何所池陽谷口鄭
國在前白渠起後西都賦曰通溝大漕控引淮湖與海通波
也翰曰漕水運也林茂有鄠戶之竹山挺藍田之玉善曰西都賦曰
商洛緣其隈鄠杜濱其足竹林果園芳草甘木漢書扶風有鄠縣西都賦曰藍田美玉范子計然曰玉英出藍田濟同
善注班述陸海珍藏張敘神皐隩烏到區此西賓所
以言於東主安處所以聽於憑虛也可不謂然
乎善曰西都賦曰陸海珍藏西京賦曰寔惟地之奧區神皐勁松彰於歲寒貞臣
見於國危五臣本作危國入鄭都而抵紙掌義栢友之忠
規竭股肱於昏主赴塗炭而不移世善職於司
徒緇衣弊而改爲善曰論語子曰歲寒然後知松栢之後凋老子曰國家昏亂有忠臣史記

文十　十八

曰鄭桓公友者周厲王少子也犬戎殺幽王於驪山下并殺桓公鄭人共立其子爲武公戰國策曰蘇秦說趙王華屋之
下抵掌而言皆談說之客也左氏傳荀息曰竭其股肱之力尚書帝曰臣作股肱又曰民墜塗炭毛詩序曰緇衣美武公
也父子並爲周司徒善於其職詩曰緇衣之宜兮弊予又改爲兮向曰塗炭如布炭火於地而不避也鄭都今鄭縣也
抵撫也履犬戎之侵地疾幽后之詭惑舉僞烽以
沮慈與衆淫嬖褒以縱慝土得軍敗戲水之上身死
驪山之北赫赫宗周威呼滅爲亡國善曰史記宣王崩子幽王宮涅
立幽王嬖愛褒姒竟廢申后及太子而以褒姒爲后褒姒不好笑幽王爲烽燧大鼓有寇至舉烽火諸侯悉至至而無寇
褒姒乃大笑幽王悅之爲數舉烽火其後不信諸侯益亦不至廢后之父申侯乃與西夷犬戎共攻幽王幽王舉烽火徵
兵兵莫至遂殺幽王驪山下毛萇詩傳曰沮止也又曰慝邪也國語里革曰厲流于彘幽滅于戲毛詩曰赫赫宗周褒姒
威之翰曰詭詐沮驚也又有繼於此者異哉秦始皇之爲君

也傾天下以厚葬自開闢而未聞匠人勞而弗
圖俾生埋以報勤外離西楚之禍內受牧豎之
焚善曰漢書劉向上疏曰秦始皇葬驪山之阿石槨爲游館生埋工匠後項籍燔其宮室營宇其後牧兒亡羊入
其鑿中牧者持火照求羊失火燒其藏槨自古至今葬未有盛始皇也數年之間外被項籍之災內離牧豎之禍豈不哀
哉尚書考靈耀曰天地開闢勞而不圖言匠人勞苦而不圖謀其賞生埋報勤謂反以生埋之事以報其功勤也銑曰
始皇葬驪山厚以珠玉工匠皆閉於中不圖其功勞而已此報其勤也語曰行無禮必自
及此非其効歟善曰左氏傳君子曰志有之所謂行無禮必自及者也歟濟曰語曰謂或有
此語也始皇無禮以此自及固是其効也乾坤以有親可以君子以厚德
載物善曰周易曰乾以易知坤以簡能易知則有親易從則有功有親則可久有功則可大可久則賢人之德
可大則賢人之業又曰君子以厚德載物方論高祖之德故以乾坤爲喻焉良曰天地之心惟親有德使其長久君子

文選十　十九

以純厚之德載育萬物言高祖法此用心固能長久也觀夫漢高之興也非徒
聰明神武豁呼達達大度而已也善曰漢書班固高紀述曰寔天生德聰明
神武漢書曰高祖仁愛意豁如也常有大度向曰非獨有此而已復有他美者也乃實慎終追
舊篤誠款愛澤靡不漸恩無不逮率土且猶弗
遺而況於隣里乎而況於鄉士乎善本無而況於鄉士乎六字
斯時也乃摹莫胡寫舊豐制造新邑故社易置枌
榆遷立街衢如一庭宇相襲渾雞犬以善本作而亂
放各識家而競入善曰論語曰愼終追遠左氏傳季孫行父曰明允篤誠廣雅曰款誠也說
苑晏子謂景公曰今君愛老而恩無不逮也三輔舊事曰太上皇不樂關中思慕鄉里高祖徙豐沛屠兒酤酒煑餅商人
立爲新豐西京雜記曰高祖既作新豐并徙舊社放犬羊雞鴨於通途亦競識其家孟子曰變置社稷趙岐曰更置立之

漢書曰高祖禱豐枌榆社張晏曰枌白榆社在豐東北十五里尚書曰欲遷其社孔安國尚書傳曰襲因也渾胡本切翰曰追舊謂造新豐也篤厚誠信靡無斷潤遠及也率士且如此而况卿士乎言皆徧也　向同善注籍含怒於鴻門沛跼五臣本作局蹐而來王范謀害而不善本作弗許陰授劍以約莊撫刃力白刃以萬舞危冬葉之待霜履虎尾而不噬寔要伯於子房樊抗憤以卮酒咀慈與彘肩以激揚善曰漢書曰項羽欲西入關聞沛公已定關中大怒遂至戲於是饗士旦日合戰羽季父項伯素善張良夜馳見良具告事實良與項伯俱見沛公沛公曰吾豈敢反願伯明言不敢背德戒沛公早自來謝沛公旦見羽鴻門因留沛公飲范增數目羽擊沛公羽不應范增起出謂項莊曰汝入以劍舞因擊沛公殺之不者女屬且為所虜莊拔劍起舞項伯亦起舞常翼蔽沛公周書武王曰吾令怒深矣毛詩曰謂天蓋高不敢不局謂地蓋厚不敢不蹐尚書曰四夷來王毛詩曰莫敢不來王撫擬也周易曰履虎尾不咥人亨鄭玄

注本為噬噬齧也音誓漢書曰樊噲聞事急乃持楯撞入項羽目之問之為誰張良曰沛公參乘樊噲項羽曰壯士賜之卮酒彘肩噲飲酒拔劍切肉食之項羽曰能復飲乎曰臣死且不辭豈特卮酒乎又谷永上疏曰替命之臣靡不激揚也翰曰撫擬萬大也其危若首冬之葉待霜而隕備履虎尾而不被噬者是張子房要項伯之力也忽蛐變而龍攄雄霸上而高驤曾遷怒而橫撞碎玉斗其何傷善曰史記褚先生曰丈夫龍變傳曰蛇化為龍不變其文家化為國不變其姓漢書曰元年十月沛公至霸上鄒陽上書曰蛟龍驤首奮翼漢書曰沛公獻璧羽受之又獻玉斗於范增增怒撞其斗曰吾屬今為沛公虜矣論語曰不遷怒又曰何傷乎　銑曰言沛公忽蛐變為龍而舒中其體屈至霸上軍而心高舉也嬰罥古犬組於軹止塗投素車而肉袒善曰蘇林曰軹亭名在長安城東十三里左氏傳曰鄭伯肉袒牽羊以逆杜預曰肉袒示服為臣僕也濟曰沛公入關秦王子嬰素車白馬繫頸以組降軹道傍軹亭名罥繫也踈飲餞於東都五臣本作門畏極位之盛滿善曰

漢書曰疏廣字仲翁為太子太傅兄子受為少傅廣謂受曰吾聞知足不辱知止不殆今官成名立不去懼有後悔遂上疏乞骸骨上皆許之故人邑子為設祖道供張東都門外蘇林曰長安東門也毛詩曰飲餞于禰毛萇曰祖而舍軷飲酒於其側曰餞漢書曰劉德妻死霍光欲以女妻之德不敢取畏盛滿也　良同善注金墉鬱其萬雉峻嵃魚餞峭以繩直善曰西京賦曰橫西洫而絕金墉又曰建金城之萬雉嵃謂棧嵃崄貌也毛詩曰其繩則直毛萇曰言不失繩直之宜也　銑曰金墉長安城也嵃峭高崄兒戾飲馬之陽橋踐宣平之清閾音域善曰爾雅曰戾至也長安圖曰漢時七里渠有飲馬橋夏侯嬰冢在橋南三里陽橋之陽也三輔黃圖曰長安東出北頭第一城門名宣平門清謂華而且清也　向同善注都中雜遝五臣本作沓戶千人億華夷士女駢田五臣本作闐逼側展名京之初儀即新館而莅職勵疲鈍以臨朝勗自彊而不息善曰長安舊都故曰名京潘子初臨攸曰新館莅職謂蒞政也毛萇

詩傳曰莅臨也孔安國尚書傳曰勗勉也又曰勗勉也周易曰君子以自強不息　翰曰岳既入長安城見士女衆盛所以備其禮儀就公館臨其職也勵疲鈍岳自謙也欲以慕君子自彊不息耳即就也於是孟秋爰謝五臣本作孟春受謝聽覽餘日巡省農功周行廬室街里蕭條邑居散逸營宇寺署肆廛五臣本作鄽管庫蕞藏外芮汭於城隅者百不處一五臣本作一處　善曰楚辭曰青春受謝王逸曰謝去也上林賦曰聽覽餘閑舞賦曰餘日怡蕩言今之寺署蕞芮在於城隅方之昔時雖復百分不能處一也漢書曰劉向上疏曰項籍燔其宮室營宇風俗通曰今尚書御史所者所止皆曰寺漢書百官表少府有諸僕射署鄭玄周禮注曰肆市中陳物處鄭司農周禮注曰廛市中空地禮記曰管庫之士鄭玄曰管管鑰也庫物所藏也字林曰蕞聚貌也說文曰芮小貌處一或為一處非也　濟曰蕭條空曠兒散逸無人也蕞芮陋小兒時府寺市井之類皆毀廢有陋小者或在城之偏隅若舊有百處今纔存一處所謂尚冠脩成黃棘宣明建

陽昌陰北，煥南平皆夷漫滌蕩亡五臣本亡作無其處
而有其名善曰皆里名也漢書曰宣帝舍長安尚冠里又曰武帝同母姊金王孫女號脩成君餘未詳
翰同善注向曰夷漫滌蕩平滅皃不知其處但有名而已
爾乃階長樂，登未央，
汎太液，凌建章，縈駁蘇合娑素可而款駘徒改盪，轥五臣
本作轥音藺枍許詣而轢歷承光，徘徊桂宮，惆悵柏梁。
善曰漢書武帝故事上起明光宮桂宮長樂宮皆輦道相屬
辛氏三秦記曰未央宮一名紫微宮然未央為摠稱紫宮其
中別名漢書曰建章宮其西則有唐中數十里其北沼太液
池漸臺高二十餘丈名曰太液又曰柏梁災越俗有火災復
起宮必以大用勝服之於是作建章宮漢武故事曰以香柏
為之香聞數十里薛綜西京賦注曰駁娑駘盪枍詣承光皆
臺名濟曰縈繞款至也良同
善注言盡已毀壞故徘徊惆悵也鷩必滅雉雊善亘於臺陂，
狐兔窟於殿傍。何黍苗之離離，而余思之芒芒。

善曰鷩雉似山雞而小冠背毛黃腹下赤項綠色其性悍戾
懸害飛走如風之疾也微子麥秀之歌曰黍苗油油翰曰
言臺榭陂池荒毀故鷩雉狐兔得居也向曰皆謂耕
田生黍苗離離然岳因自歎見此而心思亦芒芒也洪
鐘頓於毀廟，乘風廢而弗縣。五臣本作不懸二字善曰史游急就章曰乘
風縣鐘華燭樂濟曰洪鐘大鐘
也頓落也乘風懸鐘格皆毀也禁省鞠為茂草，金
狄遷於霸川。善曰如淳漢書注曰本名禁中漢儀注孝
元皇后父名禁避之故曰省毛詩曰踧踧
周道鞠為茂草毛萇曰鞠窮也今在霸城大道南銅人即金
狄也良曰鞠草茂皃秦鑄銅人十二以象長狄董卓壞以
為錢餘二枚魏明帝欲徙詣洛陽到
霸城重不可致便留之故云遷霸川懷夫蕭曹魏邴之
相，善曰漢書曰蕭何沛人漢王即皇帝位拜何為相國又曰
曹參沛人也代蕭何為相國又曰魏相字弱翁濟陰人也
宣帝即位代韋賢為丞相又曰邴吉字少卿魯國人也
宣帝即位代魏相為丞相銑曰懷想也夫者語之端辛
李衛霍之將，善曰漢書曰辛慶忌字子真為左將軍匈
奴西域親附敬其威信本狄道人又曰李

廣隴西人也為右北平太守匈奴號曰漢飛將軍避之數歲
不入界漢書曰霍去病為驃騎將軍凡六出擊匈奴又曰衛
青字仲卿為大將凡七
出擊匈奴翰同善注銜使則蘇屬國，震遠則張博
望。善曰漢書孫寶銜奉使職在刺舉又曰蘇武字子卿杜陵
人也武以中郎將使持節送匈奴使留在漢者匈奴乃徙
武北海上武杖漢節牧羊武留匈奴凡十九歲乃還拜為典
屬國又曰張騫漢中人也以郎應募使月氏去十三年得還
騫以校尉從大將軍擊匈奴知水草處軍
得以不乏封騫為博望侯向同善注教敷而彝倫
敘，五臣本作序兵舉而皇威暢。善曰敷教蕭曹也舉兵衛霍
也尚書曰彝倫攸敘濟曰
敷布彝常也此以疊於前文言蕭曹之流為相布政敷則
常倫有次序辛李之屬為將兵舉於四夷而皇威宣暢也臨
危而智五臣本作致勇奮，投命而高節亮。善曰史記繆賢曰臣舍人
藺相如勇士有智謀太史公曰其處智勇可謂兼之矣吳子
曰一人投命足懼千人杜預左氏傳注曰投棄命也史記曰
魯連好持高節良曰臨危謂張騫
使絕域也投命謂蘇武使匈奴也暨乎秺丁故侯之忠

孝淳深，善曰小雅曰暨及也漢書曰金日磾字翁叔本匈
奴休屠王太子也武帝拜為侍中駙馬都尉莽何
羅矯制發兵明旦上卧未起何羅從外入日磾奏廁心動立
入坐內戶下何羅褏白刃從東廂上日磾抱何羅呼曰何羅
反得禽縛之繇是著忠孝節封為秺侯銑曰金日
磾以篤敬悟主每往甘泉宮見母形像未嘗不涕泣陸賈
之優遊宴喜，善曰漢書曰陸賈楚人也高祖拜賈為太
中大夫有五男分其子子二百金令為生
產賈常乘安車駟馬從歌鼓瑟侍者十人謂其子曰與女約
過女女給人馬酒食後陳平乃以奴婢百人車馬五十乘錢
五百萬遺賈為食飲費賈以此游漢廷公卿間名聲籍甚荅
賓戲曰陸子優游新語以興毛詩曰吉甫燕喜既多受祉
翰同善注長卿淵雲之文，子長政駿之史，善曰史記曰司馬遷字子
長為太史令脩史記歷黃帝以來至太初凡百二十篇漢書
曰劉向字子政元帝擢為宗正著疾讒擿要救危及世頌凡
八篇又著五行傳列女傳新序說苑又曰劉歆字子駿為中
壘校尉為七略向曰司馬相如字長卿王褒字子淵楊雄
字子雲皆工為
文餘同善注趙張三王之尹京，定國釋之之聽

理善曰漢書曰趙廣漢字子都涿郡人守京兆大尹發姦擿伏如神又曰張敞字子高河東人也守京兆尹枹鼓稀鳴市無偷盜又曰王遵字子貢涿郡人也爲諫大夫守京輔都尉行京兆尹事旬月間盜賊清又曰王章字仲卿泰山人也章以選爲京兆尹又曰王駿琅邪人也爲京兆尹趙廣漢張敞王章至駿皆有能名故京師稱曰前有趙張後有三王又曰于定國字曼倩東海人也爲廷尉其決疑平法務在哀鰥寡罪疑惟輕朝廷稱之又曰張釋之字季南陽人也爲廷尉周亞夫見釋之持議平乃結爲親友繇此天下稱之也　濟同善注　汲長孺之正直鄭當時之推士善曰漢書曰汲黯字長孺濮陽人也爲主爵都尉數直諫又曰鄭當時字莊陳人也爲大司農每朝候上間說未嘗不言天下長者聞人之善進之上唯恐後班固贊曰汲黯之正直鄭當時之推賢　良同善注　終童山東之英妙賈生洛陽之才子善曰漢書曰終軍字子雲濟南人也年十八選爲博士弟子上書言事武帝異其文拜爲謁者死時年二十餘故世謂之終童又曰賈誼雒陽人也年十八以能誦詩屬書稱於郡中文帝召以爲博士時年二十餘曹植自試表曰終軍以妙年使越　銑同善注　飛翠緌而惟拖善本作拕鳴玉以出入禁門者衆矣善曰鄭玄禮記注曰緌纓之飾也禮記曰君子行則鳴珮玉東觀漢記杜預上書曰伏湛宜出入禁門補缺拾遺是也　向曰緌玉皆朝臣之所服出入禁門者非一人　或被髮左衽奮迅泥滓善曰謂日磾也論語曰吾其被髮左衽矣凡人沉於卑賤故曰泥滓東觀漢記曰楊憙奮迅行伍李陵與蘇武書曰言爲蝦蟣動增泥滓說文曰滓澱也　翰曰又疊上文謂日磾自夷狄被髮左衽而貴於此若奮迅起於泥滓也　或從容傅附會望表知裏善曰謂陸賈也班固漢書贊曰陸賈從容平勃之間附會將相尚書大傳孔子謂子夏曰子見表未見其裏　濟曰謂陸賈平諸呂有功故云望表知裏　或著顯績而嬰時戮善同良注　良曰皆謂廣漢之屬　或有大才而無貴仕善同翰注　翰曰謂賈誼之類也　皆揚清風於上列善本作烈　垂令聞而不已想珮聲之遺響若鏗鏘之在耳善曰胡廣曰建鴻德流清風毛詩曰令問令望左氏傳穆嬴曰今君雖終言猶在耳　向曰上列上代也鏗鏘珮聲　當音鳳恭顯之任勢也乃熏灼四方震耀都鄙善曰漢書曰王鳳與元后同母爲大司馬大將軍用事上遂謙讓無所專鳳薨從弟音代鳳爲司馬車騎將軍又曰弘恭沛人坐法腐刑爲中尚書明習法令故事又曰石顯字君房少坐法腐刑爲黃門中尚書元帝被疾不親政事事無小大因顯白決漢書谷永曰許班之貴熏灼四方范曄後漢書曰鄧騭寵靈顯赫光震都鄙　翰曰王音王鳳弘恭石顯之徒邪佞用勢熏灼震耀於天下　而死之日曾不得與夫十餘公之徒隸齒名才五臣本無才字　難不其然乎善曰論語曰齊景公死之日民無德而稱焉十餘公之徒謂蕭曹之屬也張湛列子注曰隸猶羣輩也一云徒隸賤人也漢書賈誼曰握重權大官而有徒隸無恥之心乎高誘呂氏春秋注曰齒列也論語子曰才難不其然乎　濟曰音鳳之流其死之日曾不得與蕭曹等十餘公之僕隸齒列名器之難其如此矣　望漸臺而扼腕梟澆巨猾而餘怒善曰漢書曰更始兵從宣平城門入王莽之漸臺上商人杜吳殺莽取其綬史記曰天下之士莫不扼腕而言東京賦曰巨猾閒釁漢書音義曰懸首於木上曰梟　良曰巨猾王莽也莽爲大逆誅於漸臺而梟首故岳望之扼腕而怒　揖不疑於北闕軾樗里於武庫善曰漢書曰雋不疑字曼倩勃海人也爲京兆尹有一男子乘黃犢車詣北闕自謂衛太子公車以聞丞相二千石至者莫敢發言不疑後到叱從吏收縛曰昔蒯聵違命出奔輒距而不納春秋是之衛太子得罪先帝亡不即死今來自詣此罪人也遂送詔獄史記曰樗里子者名疾秦惠王之弟也卒葬于渭南章臺之東曰後百歲當有天子之宮夾我墓至漢興長樂宮在其東未央宮在其西武庫正直其墓也　銑同善注　酒池鑒於商辛追覆車而不寤善曰漢書贊曰武帝設酒池肉林賈氏國語注曰鑒察也六韜太公曰桀紂王天下之時積糟爲阜以酒爲池脯肉爲山林晏子春秋曰諺曰前車覆後車戒賈誼過秦曰三主惑而終身不寤也　翰曰商辛紂也爲酒池以亡國漢武帝復爲之覆覆車之跡而不改寤　曲陽僭於白虎化奢淫而無度善曰漢書曰王根爲曲陽侯五侯大修第室起土山漸臺洞門高廊

百姓歌之曰五侯初起曲陽最怒壞決高都連竟外杜土山漸臺象西白虎毛詩序曰游蕩無度　向曰白虎殿名曲陽侯王根僭溢造第以象之是無法度也　命有始而必終孰長生而久視　善曰家語孔子曰命者性之始也死者生之終也有始必有終矣老子曰長生久視之道　濟同善注　武雄略其焉在近惑文成而溺五利　善曰班固漢書贊曰如武帝有雄才大略漢書曰齊人李少翁以方術見上拜少翁為文成將軍言上即欲與神通宮室被服非象神物不至乃作甘泉宮中為臺畫天地泰一諸鬼神而置祭具以致天神又曰欒成侯登上書言欒大天子見大悅曰臣之師有不死之藥可得仙人可致乃拜大為五利將軍　良曰帝耽溺之其雄才大略亦何在也　俾造化以制作窮山海之奧秘　善曰淮南子曰大丈夫無為與造化逍遙　靈若翔於神島奔鯨浪而失水暴　善本作爆　鱗骼於漫沙隕明月以雙墜擢仙掌以承露于雲漢而上至　善曰薛綜曰海若海神楚詞曰令海若舞馮夷劉淵林吳都賦注曰島海中洲也莊子曰吞舟之魚碭而失水異物志云鯨魚長者數千里或死於沙上得之皆無目俗言其目化為明月珠漢書孝武作柏梁銅柱承露仙人掌之屬矣薛綜曰干犯也　翰曰靈若海神也海島高深翔集此神於此又刻石象鯨魚失水暴於沙上故云雙墜　銑曰又作仙人捧承露盤掍雲表之露　致邛蒟矩其奚難惟余欲而是恣縱　五臣本作從　逸遊於角觝邸絡甲乙以珠翠忍生民　五臣本作人　之減半勦東岳以虛美　善曰班固漢書西域贊曰孝武之時感蒟醬邛竹杖則開牂柯越巂漢書曰武帝作角觝戲文穎曰秦名此樂為角觝兩兩相當角力技藝射御故名角觝也班固漢書贊曰孝武造甲乙之帳絡以隋珠和璧首義曰甲乙帳名也漢書贊曰孝武奢侈海內虛耗戶口減半續漢書曰群臣上言宜封泰山詔曰遠遣吏上壽盛稱虛美　良同善注　超長懷以遐念若循環之無賜　善曰尚書大傳曰三王之統若循連環周則復始窮則反本　銑曰賜盡也言思念此事若循環無盡時也　較角而朝之

煥炳次後庭之猗靡　善曰言先明而朝次至後庭也廣雅曰輚明也周禮曰面朝後市子虛賦曰飛纖垂髾扶輿猗靡輚音校　向曰言見輚量而朝之事煥炳明白可觀也次及後庭之事亦猗靡可述也煥炳明皃猗靡美皃　壯當熊之忠勇深辭輦之明智　善曰漢書曰孝元馮昭儀上幸虎圈鬭獸熊佚圈攀檻欲上殿左右貴人傅昭儀皆走馮婕妤直前當熊而立左右格殺上問何故當熊婕妤曰猛獸得人而止妾恐至御坐故身當之元帝嗟嘆以此倍敬重焉又曰成帝遊於後庭嘗欲與班婕妤同輦載婕妤辭曰觀古圖畫賢聖之君皆有名臣在側三代末主乃有嬖女今欲同輦得近似之楚辭曰招貞良與明智　翰同善注　衛鬒髮以光鑒趙輕體之纖麗　力智反　善曰漢書曰孝武衛皇后字子夫漢武故事曰子夫得幸頭解上見其美髮悅之毛詩曰鬒髮如雲之忍切荀悅漢紀曰趙女善舞號曰飛燕上悅之事由體輕而封皇后也左氏傳叔向之母曰昔有仍氏生女黰黑而甚美光可以鑑　濟曰武帝衛皇后其髮黰黑光可以鑒人　咸善立而聲流亦寵極而禍侈　善曰以奇見幸故曰聲流因廢自裁故曰禍侈　銑曰聲流謂馮班二婕妤之盛德禍侈謂衛趙二后之疾惡　津便門以右轉究吾境之所暨　善曰漢書武帝紀曰三年作便門橋杜預左氏傳注曰暨至也　銑曰便門便橋也至此盡長安界究盡也　掩細柳而撫劒快孝文之命帥周受命而　善本作以　忘身明戎政之果毅距華蓋於壘和案乘輿之尊轡肅天威之臨顏率軍禮以長揖　一利　輕棘霸之兒戲重條侯之倨貴　善曰方言曰掩止也掩與揜同漢書曰孝文後六年匈奴大入邊遣宗正劉禮軍霸上祝茲侯徐厲軍棘門河內守周亞夫軍細柳帝勞軍至霸上棘門直馳入而之細柳軍軍士吏被甲持滿上至不得入於是上使使詔將軍曰吾欲勞軍亞夫乃傳言開壁壁門士謂車騎曰將軍約軍中不得驅馳天子乃案轡徐行至中營亞夫持兵揖曰介冑之士不拜請以軍禮見文帝曰嚮者霸上棘門軍如兒戲至於亞夫可得而犯耶左氏傳曰子朱怒撫劒從之六韜曰為將者受命忘家當敵忘身左氏傳君子曰殺敵為果致果

爲殺薛綜西京賦注曰華蓋星覆北斗王者法而作之劉歆
遂初賦曰奉華蓋於帝側壘營也和軍營之正門也左氏傳
齊侯曰天威不違顏咫尺說文曰揖拜舉手下也漢書曰丞
相條侯至貴倨也杜預左氏傳注曰倨傲也　良曰軍法既
受命而忘其身戎政兵之政也果毅謂能
制敵也華蓋天子之蓋壘和軍門揖揖也索杜郵其焉
在云孝里之前號惘輟駕而容與哀武安以興
悼爭伐趙以徇國定廟筭之勝負扞汗矢言而
不五臣本作弗納反推怨以歸咎未十里於遷路尋
賜劍以刎首嗟主闇而臣嫉禍於五臣嫉作疾於作于何而
不有善曰杜郵亭名在咸陽西今謂之孝里辛氏三秦記
曰畢陌西北有孝里畢陌西有白起墓惘猶罔罔失
志之貌也楚辭曰遵赤水而容與史記曰白起者郿人也善
用兵事秦昭王爲武安君秦使王陵攻趙戰少利秦王欲使
武安君代陵將武安君曰邯鄲未易攻也王自命不行乃使
應侯請之終不可行秦圍邯鄲弗能拔武安君曰不聽臣計

文選十　廿八

今何如矣秦王聞之怒遣白起不得留咸陽中既行出咸陽
西門十里至杜郵秦王乃使使者賜之劍自殺孫子曰夫未
戰而廟勝得筭之多者也尚書曰率籲衆感出矢言何休公
羊注曰刎割也孫卿子曰王闇於上臣詐於下俱害之道西
京賦曰林麓之饒于何不有也　翰曰杜郵白起所死之地
名岳求索此地已改名孝里故云前号惘失意之皃矢直也
言昭王拒扞直言不納反推怨以殺
之闇主即昭王也疾妬之臣謂范睢窺秦墟於渭城冀
闕緬其五臣本作而堙一人盡覓陛殿之餘基裁岥波
岮大河切善本作岮以隱嶙力忍反善曰聲類曰墟故所居也
史記曰秦孝公作爲咸陽築冀闕緬
盡貌也已衔切岥岮頹貌也司馬相如京二世曰登岥岮之
長坂隱嶙絶起貌　良曰渭城古咸陽也冀闕秦闕名緬微
堙滅也岥岮隱嶙將
平之皃陛殿階也想趙使之抱璧瀏力幽睨楹以
抗憤善曰史記曰秦王得趙璧無意償趙城相如曰璧有
瑕請指示王王授璧相如因持璧却立倚柱曰臣觀
大王無償趙王城邑故臣復取璧大王必欲急臣臣頭今與
璧俱碎於柱矣相如以其璧睨柱欲以擊秦王乃辭謝瀏睨

目清貌也　銑曰瀏怒目
怒皃抗憤猶發憤楹柱也燕圖窮而荆發紛絶袖而
自引善曰史記曰荆軻獻燕督亢之地圖圖窮匕首見因
左手把秦王之袖而右手持匕首揕之未至身秦王
驚自引而起袖絶　以其匕首揕秦
王不中揕丁鴆切　濟同善注筑聲厲而高奮狙
七預潛鉛以脫臏頻忍切　善曰史記曰荆軻之客高漸
離變名姓爲人庸保以擊筑聞於秦始
皇始皇召見人有識者乃高漸離秦帝矐其目使擊筑稍益
近之高漸離乃以鉛置筑中舉筑扑秦皇帝不中遂誅論衡
曰高漸離舉筑擊秦王中臏秦王病瘡死蒼頡篇曰狙伺候
也尚書刑德放曰臏者脫去人之臏也郭璞三蒼解詁曰臏
膝蓋矐音各一音格　向
曰臏膝上骨也狙伺候也據天位其若茲亦狼狽而
可愍五臣本作愍　善曰尚書伊尹曰天位艱哉文字集
略曰狼狽猶狼跋也孔叢子曰吾於狼狽見聖人之
志荀悅漢紀論曰周勃狼狽失據塊然囚執狽音
貝　翰曰言始皇據有天位乃狼狽若此可愍也簡良人
以自輔謂斯忠而鞅賢寄苛制於捐灰矯扶蘇

文選十　廿九

於朔邊善曰史記曰商君者衛之諸庶孽子也名鞅姓公
孫氏商君之法刑弃灰於道者又曰李斯者上蔡
人也始皇以斯爲丞相始皇長子扶蘇監兵上郡始皇崩與
趙高謀詐爲受始皇詔立子胡亥爲太子爲書賜長子扶蘇
曰扶蘇不孝其賜劍以自裁扶蘇爲人仁即自殺賈逵國語
注曰苛煩也鄭玄周禮注曰撟稱詐以爲是　銑曰秦簡忠
賢自輔云得李斯商鞅鞅作苛法弃灰於道者
刑也斯乃矯殺太子扶蘇於朔邊也捐弃也儒林填
於坑穽慈性詩書煬而爲煙善曰史記曰盧生爲始皇
求仙藥亡去始皇大怒使
御史案問諸生諸生犯禁者四百六十四人皆坑之咸陽李
斯曰臣請非博士官所職天下敢有藏詩書百家語詣守尉
雜燒之郭璞方言注曰今江東呼火熾猛
爲煬　濟曰李斯勸始皇坑儒士焚詩書國滅亡以斷
後身刑轘患以啓先五臣本作前商法焉得以宿黃
犬何可復牽善曰史記曰秦孝公卒太子立公子虔之
徒告商君反商君亡至關下欲舍客舍人
不知其是商君曰商君之法舍人無驗者坐之商君喟然歎
曰嗟乎爲法之弊一至於此哉秦惠王車裂商君鄭玄周禮

注曰車裂曰轘史記曰李斯具五刑出獄與其中子俱執顧謂其子曰吾欲與若復牽黃犬俱出上蔡東門逐狡兔可得乎遂夷三族商鞅李斯各有食邑故曰國也刑轘之辟二人爲首故曰啓前　良曰國滅亡謂秦也商鞅竟爲車裂李斯要斬**野蒲變而成脯苑鹿化以爲馬**善曰風俗通曰秦相趙高指鹿爲馬東蒲爲脯二世不覺史記曰趙高欲爲亂恐羣臣不聽乃先驗持鹿於二世曰馬也二世笑曰丞相誤耶謂鹿爲馬也　銑曰趙高欲爲亂恐羣臣不聽乃先設驗以蒲爲脯以鹿爲馬獻於二世羣臣言蒲言鹿者皆陰誅之也**假讒逆**五臣本作賊**以天權鉗衆口而寄坐**善曰春秋元命苞曰赤受命持天權莊子曰鉗墨翟之口　向曰二世假借天權與趙高讒賊使賢臣鉗口而自寄坐**兵在頸而顧問何**五臣本有爲**不早而告我頗黔黎其誰聽惟請死而獲可**善曰史記曰趙高恐二世怒誅及其身與其女婿閻樂謀易置上樂遂斬衛令二世怒召左右皆惶擾不鬬旁有宦者一人侍不敢去二世入內謂曰公何不蚤告我宦者曰臣不敢言故得全使臣蚤言皆已誅安得至今閻樂前即告二世曰足下其自爲計二世曰吾願得一郡爲王弗許又曰願爲萬戶侯弗許願與妻子爲黔首弗許閻樂麾其兵陵二世乃自殺國語單襄公曰兵在其頸不可久也　翰同善注**逮子嬰之果決敢討賊以紓**五臣本作舒**禍勢土崩而莫振作降王於路左**善曰史記曰趙高立公子嬰爲秦王子嬰與其子二人謀曰今使我齋見廟此欲因廟中殺我我稱病不行丞相必自來來則殺之高果自往子嬰遂刺殺高於齋宮廣雅曰果能也杜預左氏傳注曰紓除也漢書徐樂上書曰臣聞天下之患在於土崩秦之末世是也人困而主不恤下怨而上不知此之謂土崩賈逵國語注曰振救也漢書曰秦王子嬰素車白馬係頸以組降軹道傍　濟曰子嬰始皇孫趙高既殺二世而立子嬰子嬰立乃手殺高以舒國禍言秦積惡久人心離散勢如土崩雖討一賊不可振舉故降沛公於軹道傍**蕭收圖以相劉料**聊**險易與**五臣本作以**衆寡**善曰說文曰料量也孫卿子曰地若近遠險易又曰識衆寡之用者勝也　良曰沛公入咸陽蕭何收秦相府圖書藏之高祖所以知天下戶口多少地形險易何由是爲漢相**羽天與而弗**五臣本作不**取冠沐猴而縱火**善曰史記曰客有說張耳曰天與不取反受其咎漢書曰羽西屠咸陽燒其宮室楚辭曰若縱火於秋蓬　銑曰項羽既燒秦宮室或說羽都關中羽思東歸說者曰人言楚人如沐猴而冠耳果然沐猴獮猴也此所謂天與不取也**貫三光而洞九泉曾未足以喻其高下也**五臣本無也字　善曰鄧析子曰賢愚之相覺若九地之下重天之顛淮南子曰大道含吐陰陽而章三光許慎曰三光日月星也燕丹太子死懷恨入於九泉　向曰上貫三光謂高祖下及九泉謂項羽豈可相喻也**感市閭之菆**阻留**井歎尸韓之舊處蕪**善本作丞**屬號而守闕人百身以納贖**時谕反協韻**豈生命之易投誠惠愛之洽著訐**居謁**望之以求直亦余心之所惡**温故**思夫人之政術實幹時之良具苟明法以釋憾不愛才以成務弘大體以高貴非所望於蕭傅**善曰說文曰菆麻蒸也然菆井即渭城賣蒸之市也延壽被誅丞屬無守闕者而趙廣漢就戮則有之恐潘誤毛詩曰如可贖兮人百其身論語子貢曰賜也亦有惡乎惡訐以爲直者說文曰訐面相斥罪左氏傳穆叔曰齊人釋憾於弊邑之地又魏犨公欲殺之而愛其材周易曰開物成務莊子曰襄公之應司馬曰吏知大體者也漢書曰蕭望之左遷太子太傅　翰曰韓延壽爲東郡太守爲天下最代蕭望之爲左馮翊望之遷御史大夫延壽在東郡時放官錢千餘萬御史問事東郡望之因令并問之延壽知即案劾望之在馮翊時廩犧官錢放散百餘萬上令窮竟所考望之卒無事實延壽竟坐弃市吏人數千送至渭城菆井即渭城東賣麻蒸之市岳言延壽惠愛在人能使丞屬號泣於闕下人願以百身贖其罪初望之將案驗延壽延壽邴吉上之後聞延壽誣舉事遂復案驗且延壽雖有專擅之罪然有幹時之才而望之宜存公忘私安可訐舉小恨用明法以快其心哉乃不愛人之才成國家之務耳望之左遷太傅是不弘大體非天下之望也**造**千到**長山而慷慨偉龍顏之英主胷中豁其洞開**

羣善湊而必舉善曰漢書高祖隆準而龍顏又曰高祖葬長陵三秦記曰秦名天子冢曰長山漢曰陵故通名山陵漢書曰高祖意豁如也王命論曰英雄陳力羣策畢舉此高祖之大略也潘元茂九錫文曰羣善必舉也濟曰造至也長山漢高陵也高祖龍顏豁達大度天下之士至者必舉用之存威格乎天區亡墳掘其勿而莫禦臨掩坎而累抔步毀垣以延佇善曰尚書周公曰時則有若伊尹格于皇天范曄後漢書曰赤眉焚西京宮室發掘園陵又光武詔曰脩復西京園陵爾雅曰掩蓋也郭璞曰謂覆蓋王逸楚辭注曰擊手曰抔楚辭曰結幽蘭而延佇　良曰言高祖生則存威德至于天地崩亡則墳壠被發掘不能禦也王莽之亂諸陵皆見發掘岳見壞墳毀牆意傷之故撫膺而延佇也越安陵而無譏諒惠聲之寂寞善曰漢書曰惠帝葬安陵穀梁傳曰公會齊侯于讙無譏乎楚辭曰欲寂寞而絶端薛君韓詩章句曰寂無聲之貌也寞靜也　翰曰越於也安陵惠帝陵也其聲寂寞無以褒貶也弔爰絲之正義五臣本作議伏梁劒於東郭善曰漢書曰袁盎字絲楚人也為楚相病免家居梁孝王欲求為嗣盎進說王以此怨盎使人刺殺盎安陵郭門外盎烏狼切

向同善注訊景皇於陽丘奚五臣本作爰信譖五臣本作讒而矜誰隕五臣本作殞吳嗣於局下蓋發怒於一博成七國之稱亂翻助逆以誅錯恨過聽而五臣本作之無討茲沮善而勸惡善曰廣雅曰訊問也何休公羊傳注曰如其事曰訊加誣曰譖爾雅曰戲誰也鄧公謂上曰錯患諸侯強大請削之地計畫始行卒受大戮內杜忠臣之口外為諸侯報仇帝曰公言善吾亦恨之又曰鼂錯潁川人為御史大夫錯七故切今協韻七各切漢書成帝曰過聽將作大匠萬年言昌陵三年可成無計謂不誅盎也左氏傳子鮮曰賞罰無章何以沮勸沮才與切漢書谷永曰虧德沮善毛萇詩傳曰沮止也　銑曰陽丘景帝陵也景帝為皇太子時吳太子侍飲博爭道不恭皇太子引博局提殺之景帝即位鼂錯說上令削吳王起七國兵反爰盎與錯有隙乃說上謂上曰七國之反以誅錯為名今斬錯使赦七國可兵不血刃上遂斬錯信讒謂聽爰盎之計也矜誰謂因博而殺吳太子也誅鼂錯是助七國之逆景帝過聽盎之讒計而不討究其事便即殺錯此事敗天下為善者勸天下為惡者誡可恨之眥茲此孝元於渭塋執奄尹以明貶善曰漢書曰元帝葬渭陵奄尹謂弘恭石顯也班固漢書述曰閹尹之呰穢我明德韋昭曰此呰病也疾移切鄭玄禮記注曰呰毀也何休公羊傳注曰貶損也　濟曰奄尹弘恭石顯也執此以用之明元帝可貶也褒夫君之善行廢園邑以崇儉善曰褒猶贊美也夫君元帝也漢書曰元帝罷衛思園及戾園又詔曰初陵勿置縣邑　良曰元帝以祖宗之廟園不合禮典者皆廢之獨此可褒耳夫君即元帝過延門而責成忠何辜而為戮陷社稷之王章俾幽死而莫鞫善曰漢書曰成帝葬延陵爾雅曰辜罪也漢書曰成帝時日有蝕之王章奏封事召見言王鳳不可任用帝謂章曰微京兆直言吾不聞社稷計後上不忍退鳳章遂為鳳所陷章罪至大逆死獄中爾雅曰俾使也漢書曰趙王幽死張晏漢書曰鞫窮也謂窮問囚情也一曰勤毛萇詩傳注曰鞫告也　翰曰延門成帝陵忲音大淫嬖之

凶忍勦子小皇統之孕育張舅氏之姧漸貽漢宗以傾覆善曰小雅曰伍忲也淫嬖謂趙飛燕也漢書曰司隸解光奏言許美人及官婢曹宮皆御幸孝成皇帝產子隱不見又掖庭中御幸生子者輒死又飲藥傷墮者無數左氏楚令尹子上曰蜂目而豺聲忍人也杜預曰忍行不義也尚書曰天用勦絶其命孔安國曰勦截也截絶其命是也廣雅曰張開也舅氏諸王也爾雅曰貽遺也左氏傳呂相曰傾覆我國家　向曰忲縱也舅氏篡弒之漸自此開張漢宗所以傾覆也勦絶也舅氏王莽族也剌哀主於義域僭天爵於高安欲法堯而承禪善本作嬗永終古而不刋善曰漢書曰哀帝葬義陵又曰封董賢為高安侯後代丁明為大司馬即三公之職也論語曰不恒其德或承之羞楚辭曰長無絶兮終古鄭玄禮記注曰刋削也　銑曰刺譏也義域哀帝陵也董賢有美色帝幸之封為高安侯故云僭天爵也帝欲法堯舜之事禪位與賢羣臣莫敢言王閎切諫乃止此終古不可刋削也職康園之孤墳悲平后之專絜殃厥父之篡逆蒙

漢恥而不雪激義誠而引決赴丹爓五臣本作焰以
明節投宮火而焦糜從灰熛而俱滅善曰漢書曰平帝葬康陵
又曰孝平王皇后莽女也及漢兵誅莽燔燒未央宮后曰何面目以見漢家自投火中而死故云激義誠以明節后不合
葬故曰孤墳　濟曰臧視也東園平帝陵也鶩橫橋而旋軫歷敝五臣本作獘邑
之南垂善曰潘岳關中記曰秦作渭水橫橋橫音光雍州圖曰在長安北二里橫門外也　良曰橫橋橋名
旋軫還車也敝邑岳自謂長安也南垂南界也門礠石而梁木蘭兮構阿房
步郎之屈求勿奇踈南山以表闕倬卓樊川以激池
役鬼傭其猶否矧人力之所為工徒斲而未息
義兵紛以交馳宗祧吐彫汙烏而為沼豈斯宇之
獨隤善曰毛萇詩傳曰倬大也三秦記曰長安正南秦嶺嶺根水流為秦川一名樊川漢武上林唯此為盛史

記由余曰役鬼為之則神怒矣使人為之則人亦苦矣鄭玄周禮注曰傭與庸通漢書高祖曰吾以義兵誅殘賊禮記曰
遠廟為祧又邾婁定公曰臣弒君殺其人壞其室洿其宮而豬焉汙與洿古字通方言曰隤壞也　銑曰阿房宮前殿以
木蘭為梁以磁石為門懷刃者止之以南山為闕以樊川為池如此壯麗役鬼神營之亦猶不可況人力所為而不勞乎
為此宮鄙斲未畢而公義兵已交馳於中矣凡臣弒君汙其宮而豬焉言秦宗廟尚汙為沼況是宮能不湮壞乎由
偽新之九廟誇善本作夸宗虞而祖黃驅吁嗟而妖
臨去搜佞哀以拜郎善曰漢書王莽下書曰定有天下號曰新又王莽九廟一曰黃帝二
曰虞帝三曰陳王四曰齊敬王五曰濟北愍王六曰濟南伯王七曰元城孺王八曰陽平頃王九曰新都顯王又曰鄧曄
于匡起兵南鄉莽憂懣不知所出崔發曰周禮國有大災則哭以厭之乃率群臣至南郊搏心大哭諸生甚悲哀及能誦
策文除以為郎也　翰同善注誦六藝以飾姦焚詩書而面牆心
不則於德義雖異術而同亡善曰漢書曰王莽立樂經徵天下通一藝至皆詣

公車史記李斯曰臣請非博士官所職天下敢有藏詩書百家語詣守尉雜燒之尚書曰不學牆面左氏傳富辰曰心不則
德義之經為頑班固漢書王莽贊曰昔秦焚詩書以立私義莽誦六藝以文姦言同歸殊塗俱用滅亡　向曰莽誦六藝
以飾姦詐奏焚詩書而取面牆為惡不同同歸於亡宗孝宣於樂遊紹衰緒以
中興善曰宣紀贊曰可謂中興侔德殷宗周宣矣　良曰宣帝廟曰樂遊宣帝承昌邑淫亂之後故曰中興
不獲事于敬養盡加隆於園陵兆惟奉明邑號
千人訊諸故老造自帝詢隱王母之非命縱聲
樂以娛神雖靡率於舊典亦觀過而知仁善曰漢書孝武
衛皇后生戾太子太子納史良娣產子男進號曰史皇孫太子敗皆遇害太子遺孫一人史皇孫子王夫人男是為孝宣
帝即位乃葬衛左右追謚曰思后故太子謚曰戾史良娣曰戾夫人史皇孫曰悼母曰悼后悼園稱奉明園潘岳關中記
曰宣帝父曰悼皇考母曰悼夫人墓曰奉明園后曰思后以倡優雜伎千人樂思后園今所謂千人鄉者是也兆塋也詢

宣帝名也毛詩曰召彼故老訊之占夢毛萇詩傳曰隱痛也王母思后也爾雅曰父之妣為王母又曰率循也尚書曰舊
典時式論語子曰人之過也各於其黨觀過斯知仁矣　濟曰宣帝戾太子孫生數月而孤幽之囹圄其色養之心不輟
故於敘園陵之禮有加于舊典宣帝父曰悼皇考母曰悼夫人墓曰奉明園以倡優千人樂千人邑名起於此矣王母即
宣帝母戾太子事時并遇害言宣帝所行之事不必合於禮典然隱而行之過千人情亦以足知其仁也詢宣帝名憑
高望之陽隈體川陸之汙隆善曰廣雅曰憑登也長安圖曰高望堆延興門
南八里隈厓也鄭玄周禮注曰體分也漢書音義或曰汙下也　良曰高望堆名陽隈堆之南也體水陸高下形勢也
開襟乎清暑之館遊目乎五柞之宮善曰曹植閑居賦曰愬寒
風而開襟清暑謂甘泉也西都賦曰九嵕甘泉固陰沍寒日北至而含凍此焉清暑楚辭曰忽反顧而遊目漢書曰盩厔
有五柞宮也　翰曰清暑五柞皆漢宮觀名交渠引漕激湍生風善曰漢書武紀曰穿
漕渠通渭如淳曰水轉曰漕　銑曰交渠漕渠之名生風言水之急也乃有昆明池乎其

中其池則湯湯〔傷〕汗汗混瀁瀰漫浩如河漢〔善曰西都賦曰集乎豫章之宇臨乎昆明之池漢書曰武帝發謫吏穿昆明池蜀都賦曰流漢湯湯驚浪雷奔吴都賦曰瀆㴔泮汗滇濔淼漫又曰泓澄奫潫澒溶沆瀁南都賦曰布濩漫汗漭沆洋溢 向曰言廣大也〕日月麗天出入乎東西〔音先協韻〕旦似暘谷夕類虞淵〔善曰西京賦曰日月於是乎出入象扶桑與濛汜淮南子曰日出暘谷拂于扶桑楚詞曰出自暘谷應劭曰虞淵日所入也淮南子曰至于虞淵是謂黃昏 銑曰麗著也暘谷日出處虞淵日入處〕昔豫章之名宇披玄流而特起儀景星於〔五臣本作以〕天漢列〔五臣本作對〕牛女以雙峙〔善曰西京賦曰豫章珍館揭焉中峙三輔黃圖曰上林有豫章觀西京賦曰海若游於玄渚楚詞曰臨沅湘之玄淵善曰儀謂法象之也西都賦曰左牽牛而右織女漢宮闕疏曰昆明池有二石人牽牛織女象 濟曰景星瑞星也言於池中起豫章觀儀法瑞星以石刻爲牛女之宿列於池邊〕啚〔五臣本作圖〕

萬載而不傾奄摧落於十紀擢百尋之層〔五臣本作曾〕觀今數仞之餘址〔善曰孔安國尚書傳曰十二年曰紀武帝元狩三年穿昆明池至王莽之敗凡一百一十三年今云十紀言其大數耳 濟曰其謀欲使萬代不毁而纔經百餘年而便摧落豫章觀其高百尋至今傾壞只有數仞餘址也〕振鷺于飛鳧躍鴻漸乘雲頡頏〔胡岡〕隨流澹〔徒濫〕淡〔徒感〕瀺〔仕湛反〕灂〔仕捉〕驚波唼〔所甲〕喋〔直甲〕菱〔五臣本作芰〕芡〔渠儼反　善曰蜀都賦曰其中則有振鷺鶄鶶毛詩曰振鷺于飛爾雅曰舒鳧鶩毛萇詩傳曰鳧水鳥又曰大曰鴻小曰鴈周易曰鴻漸于陸魏都賦曰羽翮頡頏毛萇詩傳曰飛而上曰頡飛而下曰頏南都賦曰嚶嚶和鳴澹淡隨波上林賦曰瀺灂霣隊字林曰瀺灂小水聲也西京賦曰散似驚波上林賦曰唼喋菁藻薛綜東京賦注曰菱芰也芡雞頭也 良曰振鷺鳥鳧鴻皆鳥名漸進也 銑曰乘雲言飛高也頡頏鳥聲澹淡浮皃 翰曰瀺灂出沒皃唼喋鳥食皃菱芡草名〕華蓮爛於淥〔五臣本作綠〕沼青蕃〔煩〕蔚乎翠瀲〔善曰說文曰蕃草茂也瀲彼際也力奄切 濟曰蓮蕃皆草名瀲水際〕伊茲池之肇穿肄水戰於荒服志勤〔善本作懃〕遠以極武良無要〔五臣本作邀〕於後福〔善曰釋穿池之意也言志在勤於遠略以極武功良無要於已後之福也福謂水物之利漢書曰越欲與漢用船戰遂乃修昆明池賈逵國語注曰肄習也左氏傳周宰孔曰齊侯不務德而勤遠略鍾會檄曰窮武極戰杜預左氏傳注曰要邀也 向同善注〕而菜蔬芼〔毛〕實水物惟錯乃有贍乎原陸在皇代而物土故毀之而又復〔善曰西都賓曰華實之毛尚書曰海物惟錯字書曰贍足也皇代謂晉也言在皇代物其土宜故前毀之而今又復左氏傳賓媚人曰先王疆理天下物土之宜杜預曰播殖之物各從土宜 翰曰此中物產豐乎原陸先時毀之今更復也芼草也〕凡厥寮司既富而教咸帥貧惰同整檝〔接〕櫂〔五臣本作楫棹〕收罟課獲引繳〔勺〕舉效鱗夫有寔慤民以樂〔五孝反　善曰論語冉有曰既富矣又何加焉曰教之廣雅曰課第也謂品第其所獲也杜預春秋左氏傳曰效致也謂其舉所致多少也 銑曰百寮主司能使人富而又教之人皆相帥同整舟楫漁於此池有所效獲而利之婚姻以時慤人亦爲樂也〕

徒觀其鼓枻〔徒可切　五臣作拖〕迴輪灑釣〔五臣本作鈎〕投罔〔五臣本作網〕垂餌出入挺义〔初加切　五臣作扠〕來往〔善曰言欲迴輪必先鼓枻也郭璞方言曰今江東人呼枻爲軸舊說鈎輪也謂爲車以收鈎緡也輪或爲綸毛萇詩傳曰緡綸也灑亦投也挺拔也义取魚义也西京賦曰义簇之所攙捔 濟曰枻船尾輪鈎釣鈎餌魚餌扠可以刺魚〕纖經連白鳴根〔郎〕厲響貫鰓𩵦〔丁歷〕尾掣〔昌折〕三牽兩〔善曰纖經連白網也連白以白連羽連綴經其上於水中二人對引之說文曰根高木也以長木叩船爲聲言曳纖經於前鳴長根於後所以驚魚令入網也淮南子曰魚若扣舟罟罹繫也書曰掣牽也 良曰言一二度掣鈎兩度得魚〕於是弛青鯤於網鉅解赬鯉於黏徽〔善曰杜預左氏注曰弛解也鯉鯤二魚名也孔安國論語

注曰緡者爲大綱以繳繫鉤羅屬著綱鉅鉤也說文曰黏相著也女廉切又曰繳大索也言魚黏於綱故曰黏繳也向曰緡鉅鉤也繳綱也有在鉤及著緡者皆解取也華魴躍鱗素鱮揚鬐善曰辥綜西京賦注曰鬐脊也爾雅曰魴鱮皆魚名華謂鮮華也躍鱗揚鬐言魚尚生者雍五臣本作饔人縷切鑾刀若飛應刃落俎靃靃私壘霏霏善曰周禮曰內饔中士鄭玄曰饔者割亨煎和之稱也毛詩曰執其鸞刀良曰饔人造食之人縷切言切魚細如綫縷也鑾刀上鈴刀若飛謂疾也應刃而落於俎器中靃靃霏霏細淨皃紅鮮紛其初載賓旅竦而遲去御既餐服以屬饜泊恬靜以無欲音喻協韻迴小人之腹爲君子之慮善曰傅毅七激曰膾其鯉魴積如委紅張衡七辯曰鞏洛之鱒割以爲鮮辥君韓詩章句曰載設也毛萇詩傳曰南方有魚遲之也然遲思待之也毛詩曰以御賓客左氏傳曰梗陽有獄其大宗賂以女樂魏子將受閻沒女寬將諫饋入三歎曰始至恐其不足是以歎中置自咎曰豈將軍食之而有不足是以再歎及饋之畢願以小人之腹爲君子之心屬厭而已獻子辭梗陽人賂廣雅曰恬泊靜也老子曰我好靜而民自正我無欲而民自朴翰曰紅鮮鱠之色載成遲待也言鱠初成賓旅竦踴以待御食既餐服之而屬其美翻然思泊淡無欲迴小人之腹爲君子之慮也爾乃端策拂茵彈冠振衣善曰言將累也策馬檛也茵車中蓐也毛詩曰文茵暢轂楚辭曰新沐者必彈冠新浴者必振衣銑曰整衣冠將還也徘徊酆鎬五臣本作鄗如渴如飢心翹懃五臣作勤以仰止不加敬而自祗善曰酆鄗周所居也孔叢子子思曰君若飢渴待賢賢企佇也毛詩曰高山仰止禮記曰宗廟之中不施敬而人敬良曰酆鄗水名如渴如飢者思賢人而仰止之雖無所加敬常自祗懼也豈三聖之敢夢竊十亂之或希善曰琴操曰崇侯譖文王於紂曰西伯昌聖人也長子發中子旦皆聖三聖合謀將不利於君論語孔子曰吾不復夢見周公尚書曰予有亂臣十人馬融論語注曰周公旦召公奭太公望畢公榮公大顛閎夭散宜生南宮适其一人謂文母也廣雅曰希冀也向曰言思賢之心豈敢望夢三聖如十亂

或欲希冀之經始靈臺成之不日惟酆及鄗五臣本作惟鄗及酆仍京其室庶人子來神降之吉積德延祚莫貳其一善曰毛詩曰經始靈臺經之營之又曰作邑於酆又曰宅是鎬京左氏傳季梁曰人和而神降之福史記曰古公積德行義國人皆戴之漢書翼奉上書曰永世延祚不亦優乎莫二其一謂周祚延之長唯有其一莫能爲二參邑胡黃公頌曰參其二也濟曰靈臺文王所作人願爲之不日而成酆鄗之都固大其屋室庶人如子之來故神降吉祥也此由積道德以延祚嗣天下無有二心之人惟其一也永惟此邦云誰之識越可略聞而難臻其極子嬴鋤以借子夜父訓秦法而著色耕讓畔以閒閑田沾五臣本作治姬化而生棘蘇張喜而詐騁虞芮而銳愧而訟息善曰言誰之識言難識也馬融廣成頌曰三五以來越可略聞周禮嘉量銘曰允臻其極漢書賈誼曰商君遺禮義秦俗日敗借父耰鉏慮有德色音義曰假與父鋤而德之尚書傳曰虞人與芮人質其成於文王入文王之境則見其人萌讓爲士大夫入其國則見士大夫讓爲公卿二國相謂曰此其君亦讓以天下而不居也讓其所爭以爲閑田毛萇詩傳曰耕者讓畔行者讓路劉淵林魏都賦注曰史記張儀魏人也始嘗與蘇秦俱事鬼谷先生學術蘇秦自以不及張儀儀以學而游說諸侯銑曰此邦之風雖以略聞不至其極言秦法父子異居子有嬴鉏之鋤以借於父仍說秦法不許自以有恩而形於色也蘇秦張儀喜秦政多辯得縱騁譎詐也虞芮二國爭田見周人皆讓其畔訟者遂息退爲閑田荊棘已生言其地不改經周秦之化而人情有異耳由此觀之士無常俗而教有定式上之遷下猶善本無猶字鈞善本作均之埏失延埴音植善曰漢書董仲舒曰上之化下下之從上猶泥之在鈞唯甄者之所爲如淳曰陶家作器於鈞上杜預左氏傳注曰均平也老子曰埏埴以爲器河上公曰埏和也埴土也謂和土以爲器也良注同雖善本作此字五方雜會風流溷混淆胡交情農好利不昬善本作昏作勞密邇玁險狁

允戎馬生郊善曰漢書曰秦地五方雜錯風俗不純富人則商賈爲利說文曰溷亂也溷或爲渾尚書曰惰農自安不昏作勞左氏傳曰以魯國之密邇仇讎毛詩曰獫狁孔熾老子曰天下無道戎馬生郊　向曰五方所湊溷亂之地農人怠惰不彊作勞溷亂昏彊也濟曰密邇近也獫狁匈奴也故戎馬生於郊而制者必割實存操平刀善曰漢書賈誼曰黃帝云操刀必割左氏傳子產曰大官大邑而使學者制焉猶未能操刀而使割也　良曰爲政臨人亦由操刀割惟意所斷而成言雖溷淆戎馬之地而化猶上也人之升降隨善本作與政隆替鐵杖五臣本作仗信則莫不用情無欲則賞之不竊善曰左氏傳子展曰杖德莫如信杖信以待晉不亦可乎論語子曰上好信則人莫敢不用情又曰季康子患盜孔子曰苟子之不欲雖賞之不竊也　銑曰言爲政猶人但仗信義雖不盡其情自絕嗜欲雖賞之使竊終不爲也雖智不能理明不善本不並作弗能察信此心也庶免夫戾力結反　善曰言己雖無才能然任其才信無欲之心庶足以理左氏傳太史克曰庶幾免於戾乎戾下或有勞字非也　翰曰言我雖不能明察任信無欲之心庶幾免于罪戾也如其禮樂以俟來哲善曰論語冉求曰如其禮樂以俟君子幽通賦曰訊來哲以通情　向曰至如禮樂化人非我能及以待將來之智者矣

六臣音註文選卷第十

六臣註文選卷第十一

梁昭明太子撰

李善并五臣註

遊覽

登樓賦善曰盛弘之荊州記曰當陽縣城樓王仲宣登之而作賦

王仲宣善曰魏志曰王粲字仲宣山陽人獻帝西遷粲從至長安以西京擾亂乃之荊州依劉表後太祖辟爲右丞相掾魏國建爲侍中卒　良曰魏志云王粲山陽高平人少而聰惠有大才仕爲侍中時董卓作亂仲宣避難荊州依劉表遂登江陵城樓因懷歸而有此作述其進退危懼之情也

登茲樓以四望兮聊暇五臣本作假字日以銷憂善曰馮衍顯志賦曰伏朱樓而四望采三秀之華英孫卿子曰多暇日者其出入不遠也賈逵國語注曰暇閑也暇或爲假楚辭曰遷逡次而勿驅聊假日以銷時邊讓章華臺賦曰冀彌日以銷憂漢書東方朔曰銷憂者莫若酒假古雅切　翰曰時天下喪亂逼迫無暇故假借此日登樓而四望也覽斯宇之所處兮實顯敞而寡仇挾清漳之通浦兮倚曲沮七余之長洲善曰西京賦曰雖斯宇之既坦李尤高安館銘曰增臺顯敞禁室靜幽蒼頡篇曰敞高顯也爾雅曰仇匹也挾猶帶也山海經曰荊山漳水出焉而東南注于睢漢書地理志曰漢中房陵東山沮水所出至郢入江睢與沮同　濟曰斯宇則此樓也敞高仇匹也謂明高少匹也漳沮水名言樓在其傍若挾而倚也背墳衍之廣陸兮臨皋隰之沃流北彌陶牧西接昭丘善曰杜預左氏傳注曰陸道也孟康漢書注曰沃灌溉也爾雅曰彌終也謂終極也盛弘之荊州記曰江陵縣西有陶朱公冢其碑云是越之范蠡而終於陶爾雅曰郊外曰牧荊州圖記曰當陽東南七十里有楚昭王墓登樓則見所謂昭丘　銑曰沃美彌連也陶鄉名郊外曰牧昭

丘楚昭王墓也華實蔽野黍稷盈疇雖信美而非吾土兮
曾何足以少留善曰春秋文耀鉤曰春致其時華實乃榮說文曰疇耕治之田也賈逵國語注
曰一井爲疇楚辭曰雖信美而無禮北征賦曰曾不得乎少留說文曰曾謂辭之舒也　向曰言此雖高明寡匹川原可
賞然非吾鄉何足停留也遭紛濁而遷逝兮漫踰紀以迄今情
眷眷而懷歸兮孰憂思之可任善曰紛濁喻代亂也楚辭曰吸精粹而吐
紛濁孔安國尚書傳曰十二年曰紀毛詩曰以迄于今毛萇曰迄至也韓詩曰眷眷懷顧毛詩曰豈不懷歸毛萇曰懷思
也杜預左氏傳注曰任當也　翰曰踰過也十二年曰紀迄至孰誰也自遇世亂遷逝居此已過一紀至今也眷眷懷歸
之情誰堪此憂思也憑軒檻以遥望兮向北風而開襟平原
遠而極目兮蔽荆山之高岑善曰言感北風逾增鄉思也小雅曰馮依也漢
書曰天子自軒檻上隤銅丸韋昭曰軒檻殿上欄軒上板也風賦曰有風颯然而至王乃披襟而當之楚辭曰目極千里

傷春心漢書臨沮縣荆山在東北也爾雅曰山小而高曰岑濟曰軒檻樓之欄也荆州在帝鄉南故向北開襟思故國
之風而極目遠望爲荆山所蔽終不復見路逶迤而脩迥兮川既漾而濟
深善曰逶迤長貌也爾雅曰迥遠也韓詩曰江之漾矣不可方思薛君曰漾長也毛詩曰濟有深涉爾雅曰濟渡
也漾以上切　翰曰逶迤長貌脩長迥遠也漾大水也言歸路長遠川大濟深以喻時之險難莫能遂濟悲舊
鄉之壅五臣本作擁字隔兮涕横墜而弗禁平昔尼父
之在陳兮有歸歟之歎音善曰楚辭曰忽臨睨夫舊鄉漢中山王勝曰不知涕
泣之横集左氏傳曰孔丘卒公誄之曰尼父無自律論語子在陳曰歸歟歸歟　向曰謂喪亂擁隔也悲涕流下而不禁
哀也孔子在陳絶糧歎曰歸歟歸歟鍾儀幽而楚奏兮莊舃昔顯而
越吟人情同於懷土兮豈窮達而異心善曰左氏傳曰晉侯
觀于軍府見鍾儀問曰南冠而縶者誰也有司對曰鄭人所獻楚囚也使税之問其族對曰伶人也使與之琴操南音公

曰樂操土風不忘舊也史記曰陳軫適楚秦惠王曰子去寡人之楚亦思寡人不陳軫對曰昔越人莊舃仕楚執珪有頃
而病楚王曰舃故越之鄙細人也今仕楚執珪富貴矣亦思越不對曰凡人之思故在其病也彼思越則越聲不思越則
且楚聲人往聽之猶尚越聲也今臣雖棄逐之楚豈能無秦聲者哉窮謂鍾儀達謂莊舃論語子曰小人懷土孔安國曰
懷思也呂氏春秋曰道德於此窮達一也　翰曰楚人鍾儀爲晉所縶晉侯與之琴遂操楚音侯曰樂操土風不忘本也
遂釋之莊舃越人仕楚在病楚王曰舃越之鄙人今日入楚富貴矣必思於越使人往聽之乃爲越吟言思歸者人情所
同豈窮達之際而有殊也惟日月之逾邁兮俟河清五臣本有乎字其
未極冀王道之一平兮假高衢而騁力善曰尚書云日月逾
邁若弗云來左氏傳鄭子駟曰周詩有之俟河之清人壽幾何杜預曰逸詩也爾雅曰極至也賈逵國語注曰覬望也冀
與覬同尚書曰王道正直孔安國曰王道平直也高衢謂大道也薛君韓詩章句曰騁馳也　銑曰黄河清則聖人出粲
苦天下反亂故云日月逾邁河清未極期也冀宇內清平假借帝王之高道馳騁才力以爲輔弼懼匏瓜

之徒懸兮畏井渫之莫食善曰論語子曰吾豈匏瓜也哉焉能繫而不食鄭玄
曰我非匏瓜焉能繫而不食者冀往仕而得禄周易曰井渫不食爲我心惻鄭玄曰謂已浚渫也猶臣脩正其身不事君
也張璠曰可爲惻然傷道未行也然不食以被任用也　翰曰匏瓜爲物繫而不食者也而仲宣自喻懼無寸禄之給井
渫者井不渟汚不爲人食蓋喻修身全潔畏時君之不用也步棲遲以徙倚兮白
日忽其將匿風蕭瑟而並興兮天慘慘而無色
獸狂顧以求羣兮鳥相鳴而舉翼善曰毛詩曰衡門之下可以棲
遲楚辭曰步徙倚而遥思杜預左氏傳注曰匿藏也楚辭曰蕭瑟兮草木揺落而變衰通俗文曰暗色曰黲慘與黲古字
通楚辭曰狂顧南行王逸曰狂猶遽也大戴禮夏小正曰鳴也者相命也　向曰棲遲猶優遊也言於樓上行步優遊遷
徙倚立白日將没風聲並起慘慘暝色言鳥獸之類尚求羣舉翼將歸故所而我獨此羈寓原野闃其
無人兮征夫行而未息心悽愴以感發兮意忉

怛而憯七感惻善曰原野闃無農人但有征夫而已周易曰闃其戶闃其無人埤蒼曰闃靜也毛詩曰駪駪征夫廣雅曰感傷也毛詩曰勞心忉忉毛萇曰憂勞也音刀又曰勞心怛怛猶忉怛也丁達切　翰曰日暮休農故原野無人時既離亂故征夫未息仲宣感發多憯惻忉怛猶悽愴也循階除而下降兮，氣交憤於胸臆。夜參半而不寐兮，悵盤桓以反側。善曰司馬彪上林賦注曰除樓陛也杜預左氏傳注曰交共也王逸楚辭注曰憤懣也說文曰臆胸也於力切方言曰參分也韓子曰衛靈公泊濮水夜分而聞有鼓琴者毛詩曰耿耿不寐易曰初九盤桓利居貞廣雅曰盤桓不進也毛詩曰輾轉反側　濟曰循復也階除樓飛道也降下也言日既夕將復飛道而下彌增憤氣滿於胸臆也參及也盤桓反側皆不安貌謂夜及半不寐情思不安也

遊天台山賦并序

善曰支遁天台山銘序曰余覽內經山記云剡縣東南有天台山

孫興公善曰何法盛晉中興書曰孫綽字興公太原人也為章安令稍遷散騎常侍領著作郎尋轉廷尉卿卒于時才筆之士綽為其冠　翰曰孫綽為永嘉太守意將解印以向幽寂聞此山神秀可以長往因使圖其狀遙為之賦賦成示友人范榮期榮期曰此賦擲地必為金聲也此山在會稽東南也

天台山者，蓋山嶽之神秀也。涉海則有方丈蓬萊，登陸則有四明天台，皆玄聖之所遊化，靈仙之所窟宅。善曰廣雅曰秀異也方丈蓬萊皆海中名山也爾雅曰高平曰陸謝靈運山居賦注曰天台四明相接連四明方石四面自然開窗名山略記曰天台山即是定光寺諸佛所降葛仙公山也　向曰方丈蓬萊四明並山名玄遠也言此山皆遠聖神仙之所遊居變化也夫其峻極之狀，嘉祥之美，窮山海之瓌富，盡人神之壯麗矣。所以不列於五嶽，闕載於常典者，豈不以所立冥奧，其路幽迥？善曰毛詩曰嵩高維嶽峻極于天東京賦曰備致嘉祥埤蒼曰瓌瑋珍琦也爾雅曰太山為東嶽華山為西嶽衡山為南嶽常山為北嶽嵩高山為中嶽常典五經之流也冥奧者冥冥深奧也幽迥遐遠也　良曰瓌富謂珍美之寶靈異之物多也所以不次五嶽之數不載祭祀之常典者蓋以深奧幽遠道路所不致矣或倒景於重溟，或匿峯於千嶺。善曰重溟謂海也山臨水而影倒故曰倒景也　翰曰景影重深溟海匿藏也直上孤立曰峯平高而長曰嶺言此山俯以臨深海山影倒在水中其峻峯遠在嶺後故為千嶺所蔽始經魑魅之塗，卒踐無人之境。善曰杜預左氏傳注曰魑山神獸怪物莊子曰其道幽遠而無人　銑曰始初卒終塗道也魑魅山鬼謂初經鬼魅之道終至無人之處言深遠也舉世罕能登陟，王者莫由禋祀，故事絕於常篇，名標於奇紀。善曰劉兆穀梁注曰舉盡也楚辭曰舉世皆然將誰告孔安國尚書傳曰精意以享謂之禋廣雅曰絕滅也篇即常典也廣雅曰標書也奇紀即內經山記　向曰禹定高山大川而此山不載故云事絕常篇也內經山記所說剡東南有天台山故云名標奇紀也

然圖像之興，豈虛也哉。非夫遺世翫道，絕粒茹芝者，烏五臣本作焉字能輕舉而宅之？非夫遠寄冥搜，篤信通神者，何肯遙想而存之？善曰列仙傳曰赤松子好食松實絕穀孔安國尚書傳曰米食曰粒音立列仙傳讚曰吞水須茹芝至鷰食休糧以除穀氣廣雅曰茹食也讓慮切楚辭曰願輕舉而遠遊言非寄情遐遠搜訪幽冥篤信善道通神感化者何肯存之也　濟曰粒穀茹食也芝草食之可仙者綽使圖畫此山觀而慕之故云豈虛也哉言實美也冥幽搜求篤厚也言非脫遺世事翫翫高道絕穀食芝者何能居之非遠託幽求厚信通神安肯遠思之也余所以馳神運思，晝詠宵興，俛仰之間，若已再升者也。善曰莊子老聃謂崔瞿曰其疾也俛仰之間再撫四海之外也王弼周易注曰若辭也瞿音劬　翰曰宵夜興起也綽志好此山晝夜不捨故云晝詠夜起低首仰首之間忽如再登於此山也俛低首也方解纓絡，永託茲

嶺不任吟想之至聊奮藻以散懷善曰方猶將也纓絡以喻世網也說文曰嬰繞也纓與嬰通郭璞山海經注曰絡繞也歸田賦曰揮翰墨以奮藻　良曰解脫也纓絡縈纏也奮發藻文也言將脫去俗理之縈纏長居於此山不任吟想之極也故聊復發於文詞以散長想之懷　太虛遼廓而無閡魚代運自然之妙有融而爲川瀆結而爲山阜　善曰太虛謂天也自然謂道也無閡謂無名妙有謂一也言大道運彼自然之妙一而生萬物也管子曰虛而無形謂之道鵩鳥賦曰寥廓忽荒老子曰道生一王弼曰一數之始而物之極也謂之爲妙有者欲言有不見其形則非有故謂之妙欲言其無物由之以生則非無故謂之有也斯乃無中之有謂之妙有也阮籍通老子論曰道法自然易謂之太極春秋謂之元老子謂之道也老子曰三生萬物鍾會曰散而爲萬物也融猶銷也班固終南山賦曰流澤遂而成水停積結而爲山　翰曰太虛混氣也遼廓廣遠也妙謂妙理有謂有形言混氣廣遠無所限閡運動自然之妙理是乃萬物有形混氣融者爲水結者爲山瀆亦水也阜亦山也　嗟台嶽之所五臣本無所字奇

挺寔神明之所扶持蔭牛宿秀以曜峯託靈越以正基結根彌於華岱直指高於九疑應配天於唐典齊峻極於周詩　善曰廣雅曰挺出也魯靈光殿賦曰豈非神明依憑支持者也天台越境故云牛宿也漢書曰越地斗牛之分野結猶固也南都賦曰結根竦本華岱九疑皆山名也劉瓛周易義曰彌廣也配猶對也左氏傳周史謂陳侯曰姜太嶽之後也山嶽則配天杜預曰姜姓之先爲堯四嶽故曰唐典也　向曰挺拔也言奇狀者秀異不羣也寔實也實如神明之所扶持也牛星越分野言此星蔭覆以曜其峯託根於此地謂靈越者言山海靈異所出也彌過也言峻極過於華岱二山直指而上復高於九疑九疑山名堯祭五嶽以配天此山神秀亦可應也周詩云嵩高惟岳峻極于天今此山齊也　邈彼絕域幽邃窈窕近智者以守見不之之者以路絕而莫曉　善曰王逸楚辭注曰邈遠也絕遠也魯靈光殿賦曰旋室㛹娟以窈窕洞房叫窱而幽邃王逸曰邃深也近智猶小智也爾雅曰之往也言近智守所見而不之假有之者以其路斷絕莫之能曉也方言曰曉知也　翰曰邈遠也窈窕深極邈近小之往也邈彼者言此山遠也絕域者謂其遠絕人跡也幽邃深極則小智之人但以守其俗見而不往也往者以路徑險絕莫能通曉也　哂夏蟲之疑冰整輕翮而思矯　善曰言淺近小智同乎夏蟲今既哂之故整翮思矯也馬融論語注曰哂笑也莊子北海若謂河伯曰夏蟲不可以語於冰者篤於時也司馬彪曰厚信其所見之時也方言曰矯飛也　銑曰矯舉也夏蟲不知冬有寒冰亦猶小智不識高道故笑之乃思欲整輕翮而高舉以遊於中也翮鳥羽也神仙皆乘駕鳥行故曰輕翮也　理無隱而不彰啓二奇以示兆赤城霞起以建標瀑布飛流以界道　善曰劉向列女傳曰名無細而不聞行無隱而不彰二奇赤城瀑布也賈逵國語注曰兆形也支遁天台山銘序曰往天台當由赤城山爲道徑孔靈符會稽記曰赤城山名色皆赤狀似雲霞懸霤千仞謂之瀑布飛流灑散冬夏不竭天台山圖曰赤城山天台之南門也瀑布山天台之西南峯水從南巖懸注望之如曳布建標立物以爲之表識也戰國策曰舉標甚標卑遥切界道

謂爲道彊界也法華經曰黃金爲繩以界八道　翰曰志所專至無隱不明無爲不成此山上有城赤色如霞起而立標望瀑布泉懸流千仞如垂布而下過於石梁之上故云界道二奇則赤城瀑布也兆跡也　覩靈驗而遂徂忽乎吾之將行仍羽人於丹丘尋不死之福庭　善曰楚辭曰仍羽人於丹丘兮留不死之舊鄉王逸曰因就衆仙於明光也丹丘晝夜常明山海經有羽人之國不死之民　濟曰見此山靈驗神思遂往而忽行也仍因也羽人仙人也言因仙人於丹丘尋求不死之庭謂求仙之處也　苟台嶺之可攀亦何羨於層城釋域中之常戀暢超然之高情　善曰薛君韓詩章句曰羨願也淮南子曰崐崘墟以下地中有層城九重是也老子曰域中有四大漢書音義曰暢通也老子曰雖有榮觀宴處超然　良曰層城在崑崙山上天帝之居也言此山既可攀陟亦何羨於崑崙山將釋捨俗中常情所戀通暢我超縱自然之道　被毛褐之森森振金策之鈴鈴披荒榛之蒙蘢陟峭崿之

崢嶸濟楢由**溪而直進，落五界而迅征。**善曰：七啓曰：余好毛褐，未暇此服也。金策，乃錫杖也。鈴鈴，策聲。高誘淮南子注曰：叢木曰榛。孫子曰：草樹蒙蘢。文字集略曰：崿，崖也。字林曰：崢嶸，山高貌。顧愷之啓蒙記注曰：之天台山，次經油溪。謝靈運山居賦曰：凌石橋之莓苔，越楢溪之縈紆。注曰：所居往來，要經石橋，過楢溪，人迹不復過此。楢字雖殊，並酉留切。落，邪行也。五界，五縣之界也。孔靈符會稽記曰：此山舊名五縣之餘地。五縣，餘姚、鄞、句章、剡、始寧。服虔漢書注曰：鄞音銀。向曰：被，服也。毛褐，羽衣也。金策，錫杖，並仙人所服用也。森森，衣皃。鈴鈴，策聲也。落，經也。荒榛，深林也。峭崿，高峯也。蒙蘢，林密皃。崢嶸，峯高皃。迅，疾也。楢溪，溪名，至深險阻也。五界，峻道名。言濟此險阻，經峻道而疾行也。

跨穹隆之懸磴，臨萬丈之絕冥。踐莓苔之滑石，搏壁立之翠屏。攬樛木之長蘿，援葛藟之飛莖。雖一冒於垂堂，乃永存乎長生。善曰：穹隆，長曲皃。西京賦曰：閣道穹隆。懸磴，石橋也。顧愷之啓蒙記注曰：天台山石橋，路徑不盈尺，長數十步，步至滑，下臨絕

冥之澗。磴，丁鄧切。冥，幽深也。莓苔，即石橋之苔也。翠屏，石橋之上石壁之名也。異苑曰：天台山石有莓苔之險。孔靈符會稽記曰：赤城山上有石橋懸度，有石屏風橫絕橋上，邊有過逕，纔容數人。仲長子昌言曰：斧帳翠屏之不坐。莓音梅。顧愷之啓蒙記注曰：濟石橋者，搏巖壁，援女蘿葛藟之莖。毛詩曰：南有樛木，葛藟纍之。毛萇曰：木下曲曰樛。居虬切。藟，力思切。爾雅曰：女蘿，兔絲。賈逵國語注曰：援，引也。漢爰盎諫上曰：臣聞千金之子，坐不垂堂。老子曰：長生久視之道。東方朔十洲記曰：桂英流丹，服之長生。翰曰：懸磴，石橋也。絕冥，深澗也。此山有石橋，廣不盈尺，下臨萬丈深澗，又有莓苔生於石上，甚滑也。有石屏風如壁立，橫絕橋上，傍有小徑，人以手搏而行，又把攬樛木之蘿，攀援葛藟之莖，然得進度。雖一冒垂堂之險，乃可永保神仙之道。樛木，長木也。蘿附木而生，有蔓者葛藟，葛蔓也。

必契誠於幽昧，履重險而逾平。善曰：幽昧，謂道也。鍾會老子注曰：幽冥晦昧，故稱爲玄。向曰：契，結。逾，甚也。言結誠信不欺於幽昧神明之道，則雖足履此險，而甚於平道之易。

既克隮五臣本作躋字**於九折，路威夷而脩通。恣心目之寥朗，任緩步之從容。**善曰：言其道嶮，曲折有九也。杜篤首陽山賦曰：九折萋嶷而多艱。韓詩曰：道威夷者也。列子曰：晏平仲問養生於管夷吾，曰：恣目之所欲視，恣意之所欲行。寥朗，謂心虛目明也。說文曰：寥，虛空。毛萇詩傳曰：朗，明也。列子曰：子華之容，緩步闊視。向書曰：從容以和。濟曰：威夷，長皃。脩，長也。寥朗從容，寬曠閑樂皃。言山道曲折有九，既能濟之，則長路威夷而通，恣心目，任緩步，自覺寬曠閑樂也。

藉慈夜**萋萋之纖草，蔭落落之長松。覿翔鸞之裔裔，聽鳴鳳之嗈嗈。過靈溪而一濯，疏**五臣作踈**煩想於心胷。蕩遺塵於旋流，發五蓋之遊蒙。追羲農之絕軌，躡二老之玄蹤。**善曰：以草薦地而坐曰藉。楚辭曰：春草生兮萋萋。杜篤首陽山賦曰：長松落落，卉木蒙蒙。裔裔，飛皃也。爾雅曰：嗈嗈，和也。謂聲之和也。靈溪，溪名也。廣雅曰：濯，洗也。賈逵國語注曰：疏，除也。因一濯而假言也。六塵虛假而能不住，故曰蕩；雖遺而未能盡，故曰遺。中論曰：六塵，色聲香味觸法。高誘淮南子注曰：旋流，深淵也。身意皆淨而能不離，故曰發。五蓋非真而蔽己善行，故曰遊。大智度論

曰：五蓋，貪欲、瞋恚、睡眠、調戲、疑悔。禮記曰：昭然發蒙。五蓋或爲神表。羲農，伏羲、神農也。廣雅曰：軌，跡也。又曰：躡，履也。二老，老子、老萊子也。史記曰：老子者，楚苦縣人，名耳，字聃，姓李氏。見周之衰，乃遂去。西至關，關令曰：子將隱矣，強爲我著書。乃著上下二篇，言道德之意。又曰：老萊子亦楚人也，著書十五篇，言道家之用，脩德而養壽也。劉向別錄曰：老萊子，古之壽者。濟曰：藉，鋪。纖，細。蕩，洗。軌，迹。玄，大也。萋萋，草茂皃。落落，松高皃。裔裔，鸞飛皃。嗈嗈，和鳴也。此山有靈溪之水，疏滌煩俗之想。旋流，深淵也。遊蒙，天中清氣也。塵，六塵也，色聲香味觸法。五蓋，貪欲、瞋恚、睡眠、調戲、疑悔，皆洗蕩於深淵，啓發於天中，盡已除矣。羲農二老，皆有高道，故追之。

陟降信宿，迄于仙都。善曰：毛詩曰：陟降庭止。毛萇曰：陟降，上下。左氏傳曰：凡師一宿爲舍，再宿爲信。爾雅曰：迄，至也。十洲記曰：滄浪海島中有石室，九老仙都治處，仙官數萬人。翰曰：迄，至也。再宿爲信。言上下兩宿，至于仙都也。都，猶聚也。

雙闕雲竦以夾路，瓊臺中天而懸居。朱闕五臣作珠閣**玲瓏於林間，玉堂陰映於高隅。**善曰：顧愷之啓蒙記注曰：天台山列雙闕於青霄中，上有瓊樓、瑤林、醴泉，仙物

畢具十洲記曰承淵山金臺玉樓流精之闕瓊華之室西王毋之所治也真官仙靈之所宗也晉灼漢書注曰玲瓏明見皃翰曰闕樓也竦立也雙樓如雲之立夾於路傍高臺在於天半若懸之在空而居也玉堂深邃故云陰映高謂在山之高處東南曰隅

彤雲斐亹以翼欞皦日炯晃於綺疏

善曰斐亹文貌亹亡匪切翼猶承也欞窗閒子也毛詩曰有如皦日皦公鳥切炯明也晃光明也李尤東觀銘曰房闥內布綺疏外陳薛綜西京賦注曰疏刻穿之也然刻爲綺文謂之綺疏也向曰彤雲彩雲也斐亹文色皃翼扶也欞鉤欄也炯晃光明皃綺疏窗也彩雲若扶於鉤欄皦日光明於綺窗

八桂森挺以凌霜五芝含秀而晨敷惠風佇芳於陽林醴泉涌溜於陰渠

善曰山海經曰桂林八樹在賁隅東郭璞曰八樹成林言其大也賁隅音番禺神農本草經曰桂葉冬夏常青不枯又曰赤芝一名丹芝黃芝一名金芝白芝一名玉芝黑芝一名玄芝紫芝一名木芝馮衍顯志賦曰食五芝之茂英邊讓章華臺賦曰惠風春施佇猶積也佇與宁同毛萇詩傳曰山南曰陽鄭玄周禮注曰陽林生於山南史記曰崐崘山上有醴泉

白虎通曰醴泉者美泉狀如醴陰渠山北之渠　銑曰八桂八樹桂叢生也森然挺生凌霜不凋芝草藥也五者青黃赤白黑皆含秀吐榮而布於晨朝惠和佇起芳春也陽謂南陰謂北也林有花故香也

建木滅景於千尋琪樹璀璨而垂珠

善曰淮南子曰建木在廣都衆帝所自上下日中無景呼而無響蓋天地之中也山海經曰神人之丘有建木百仞無枝又曰崐崘之墟北有珠樹文玉樹玗琪樹璀璨珠垂貌玗羽俱切璀七罪切　濟曰景影也建木木名天帝所從上下處此木日中無影故云滅景也千尋言木高也八尺曰尋琪樹玉樹璀璨光色也

王喬控鶴以沖天應真飛錫以躡虛

善曰列仙傳曰王子喬者周靈王太子晉也道人浮丘公接以上嵩高山三十餘年後人於山上見之曰告我家七月七日待我於緱氏山頭果乘白鶴駐山頭毛萇詩傳曰控引也史記楚莊王曰有鳥不蜚蜚乃沖天百法論曰并及八輩應真僧然應真謂羅漢也大智度論曰菩薩常應二時頭陀常用錫杖經傳佛像　翰曰王喬仙人應真得真道之人執錫杖而行於虛空故云飛也

騁神變五臣作變之揮霍忽出有而入無

善曰言衆仙既登正道故能騁其神變出於無有而入無爲也淮南子曰出於無有入於無爲　向曰揮霍變易皃言馳騁神思有若執轡而遊言疾也變易不常出有爲之地或入無爲之境言自然也

於是遊覽既周體靜心閑害馬已去世事都捐

善曰王逸楚辭注曰閑靜也莊子曰黃帝將見大隗于具茨之山適遇牧馬童子黃帝曰請問爲天下小童曰夫爲天下者亦奚以異乎牧馬者哉亦但去其害馬者而已矣郭璞曰馬以過分爲害歸田賦曰與世事乎長辭　翰曰黃帝於襄城下見牧馬童子而問理天下童子曰爲天下何異乎牧馬去其害馬今嗜欲已除亦猶害馬去羣矣捐棄也

投刃皆虛目牛無全凝思幽巖朗詠長川

善曰莊子曰庖丁爲文惠君屠牛文惠君曰善哉技庖丁對曰臣好者道也進乎技矣臣始解牛時所見無非牛者三年之後未嘗見全牛也今臣以神遇而不以目視也廣雅曰凝止也朗猶清徹也　翰曰庖丁解牛三年之後所見皆非全牛巳見其骨節但以神爲不以目視而投刃皆虛言今得道之至妙無所疑㝵亦如此也朗高也疑思坐於幽巖高詠臨於長川

爾乃羲和亭午遊氣高褰

善曰楚辭曰吾令羲和弭節兮王逸曰羲和日御也午日中徐爰射雉賦注曰褰開也　良曰亭至也遊氣海氣也褰收也言海氣蔽日至午而氣乃高收而見日也

法鼓琅以振響衆香馥以揚煙

善曰法華經曰擊大法鼓又曰燒衆名香　翰曰法鼓鐘也琅聲也馥香氣積也

肆覲天宗爰集通仙

善曰天尊謂老君也通仙謂衆仙也其通猶通俠也尚書曰肆覲羣后孔安國曰肆遂也　翰曰肆將覲見宗尊爰乃也言將見天尊乃通集諸神仙人也

挹以玄玉之膏漱以華池之泉

善曰毛萇詩傳曰挹斟也揖與挹同山海經曰密山是生玄玉玉膏之所出郭璞曰言玉膏中又出黑玉史記曰崐崘其上有華池　向曰玄玉華池皆神仙之所食也挹酌漱飲也

散以象外之說暢以無生之篇

善曰象外謂道也周易曰象者像也荀粲別傳粲荅兄俁云立象以盡意此非通乎象外者也象外之意故蘊而不出矣無生謂釋典也維摩詰曰是天女所願具足得無生忍俁牛矩切　銑曰道經云大象無形此無象外之說也維摩經云得無生法忍此則無生之篇也

悟遣有

之不盡覺涉無之有間善曰言道釋二典皆以無爲宗今悟有爲非而遣之遣之而不盡覺無爲是而涉之涉之而有間言皆滯於有也說文曰悟覺也小雅曰間隙也　翰曰我言常時以爲遣於有涉於無足以爲道矣及此乃悟用智遣有終無盡理以心涉無終有間隙何者以其不能使物無不可所以有無並列此謂昔之非今乃是也泯色空以合跡忽即有而得玄善曰言有既滯有故釋典泯色空以合其迹道教忽於有而得於玄郭象莊子注曰泯平泯也又曰本末內外暢然俱得泯然無跡維摩經善見菩薩曰色色空爲二色即是空非色滅空色性自空如是受想行識識空爲二識即是空非識性自空於其中通而達者爲入不二法門有謂有形也王弼老子注曰凡有皆始於無又曰有之所始以無爲本然王以凡有皆以無爲本無以有爲功將欲寤無必資於有故曰即有而得玄也王弼又曰玄冥嘿無有也向曰玄道也色五色空虛空今言視此二者泯然如一、忽自遣有之情而得於道也釋二名之同出消一無於三幡善曰釋謂解說令散也二名即有名物始無名物母也言二名雖異釋之令同出於道也老子曰無名天地之始有名萬物之母故常無欲以觀其妙常有欲以觀其徼此兩者同出而異名同謂之玄王弼曰兩者謂始與母也同出於玄也異名所施不同也在首則謂之始終則謂之母也訓暢令盡也三幡色一也色空二也觀三也言三幡雖殊消令爲一同歸於無也郤敬輿與謝慶緒書論三幡義曰近論三幡諸人猶多欲既觀色空別更觀識同在一有而重假二觀於理爲長然敬輿之意以色空及觀爲三幡識空及觀亦爲三幡　翰曰二名謂有無也此兩者同出於心而異其名今若釋去其有以從其無因有理矣夫道者視之不見名曰希無色也聽之不聞名曰夷無聲也搏之不得名曰微無形也幡則成三無則歸一并消其一道何遠也恣語樂以終日等寂默於不言善曰夫言從道生道因言暢道之因言理歸空一故終日語樂等乎不言莊子曰言而足則終日言而盡道也又曰言無言終身未嘗言終身不言未嘗不言　銑曰既得其道語默自齊渾萬象以冥觀兀同體於自然善曰妙悟玄宗則蕩然都遣不知己之是己不見物之爲物故渾齊萬像以冥觀兀然同體於自然孝經鉤命決曰地以舒形萬象咸載冥昧也言不顯視也兀無知之貌也阮籍通老子論曰道法自然　翰曰冥猶大也此綽慕道之深

所以此賦多述玄妙之理以託焉兀無營皃言無營於心同乎自然之道也

蕪城賦

四言　善曰集云登廣陵故城漢書曰廣陵國高帝十一年屬吳景帝更名江都武帝更名廣陵江都易王非廣陵厲王胥皆都焉

鮑明遠

善曰沈約宋書鮑昭字明遠文辭贍逸世祖時昭爲中書舍人上好爲文章自謂物莫能及昭悟其旨爲文多鄙言累句當時咸謂昭才盡實不然也臨海王子頊爲荊州昭爲前軍掌書記之任子頊敗爲亂兵所殺　翰曰沈約宋書云鮑昭東海人也至宋孝武帝時臨海王子頊鎮荊州明遠爲其下參軍隨至廣陵子頊叛逆昭見廣陵故城荒蕪乃漢吳王濞所都濞亦叛逆爲漢所滅昭以子頊事同於濞遂感爲此賦以諷之

瀰弭迆以爾平原南馳蒼梧漲張海北走去紫塞鴈門善曰瀰迆相連漸平之貌也廣雅曰迆斜也平原即廣陵也南馳北走言所通者遠也漢書有蒼梧郡謝承後漢書曰陳茂常渡漲海如淳漢書注曰走趨也崔豹古今注曰秦所築長城土色皆紫漢塞亦然故稱紫塞漢書有鴈門郡　翰曰瀰迆相連皃蒼梧地名漲海海名紫塞鴈門皆塞名柂善本作弛　柂徒可切以漕渠軸以崑崗重江複關之隩四會五達之莊善曰廣雅曰柂引也漕渠邗溝也左氏傳曰吳城邗溝通江淮杜預曰通糧道說文曰漕水轉穀也又曰軸持輪也崐崗廣陵之鎮平也類車軸之持輪河圖括地象曰崐崗之山橫爲地軸柂或爲陁軸或爲柚南臨二江曰重帶江南曰複蒼頡篇曰隩藏也洛陽記曰銅駞二枝在四會道頭爾雅曰五達謂之康六達謂之莊　濟曰柂舟具也引水轉穀曰漕軸車也崑原岡也言舟浮於漕渠車行海原岡隩要也南有二江以爲關要故曰重江複關道路通於遠近故曰四會五達也莊道也當昔全盛之時車挂轊衛人駕肩廛閈撲普地歌吹沸天善曰全盛謂漢時也史記蘇秦說齊王曰臨菑之塗車轂擊人肩摩說文曰轊車軸端杜預左氏傳

曰駕陵也謂相迫切也鄭玄周禮注曰廛民居區域之稱說文曰閈閭也方言曰㯷盡也郭璞曰今種物皆生云㯷地出也銑曰全盛之時謂吴王濞時轊車軸也駕猶倚也言車軸相挂人肩相倚也廛里也閈里門宫閭里之門徧地歌吹喧沸天也

孳(茲)貨鹽田鏟利銅山才力雄富士馬精妍

善曰聲類曰孳蕃也孳滋古字通也海賦曰陸死鹽田蒼頡曰鏟削平初産切史記曰吴有豫章郡銅山吴王濞盜鑄錢煑海水爲鹽班固傳贊曰材力有餘士馬強盛范曄後漢書曰王允說隗囂曰今天水完富士馬最強 向曰孳滋鏟削也此邑人滋貨在於煑海爲鹽削銅鑄錢勇才壯力以競雄富士人也言人馬皆尚精華妍麗以爲常也

故能侈秦法佚周令劃崇墉刳濬洫圖脩世以休命

善曰聲類曰奓侈字也軼過也佚與軼通西都賦曰覽秦制跨周法字林曰佳刃曰劃刳謂除消其土也周易曰刳木爲舟薛綜西京賦注曰墉謂城洫池也左氏傳北宫文子曰其有國家令問長世尚書曰俟天休命春秋元命苞曰命者天之命也 良曰佚過劃開墉城刳鑿圖謀脩長休美也言奢侈過於秦周之法令乃開崇城鑿深溝以謀長世之美命也

是以板築雉堞之殷井幹(寒)烽櫓之勤格高五嶽袤(茂)廣三墳崪(慈聿)若斷岸矗(丑六)似長雲製磁石以禦衝糊頳壤以飛文觀基扃之固護將萬祀而一君出入三代五百餘載竟瓜剖(五臣作割)而豆分

善曰郭璞曰三蒼解詁曰板築牆上下板築杵頭鐵沓也鄭玄周禮注曰雉長三丈高一丈杜預左氏傳注曰堞女牆也殷盛也淮南子曰大構架興宫室雉棲井幹許慎曰皆屋構飾也郭璞上林賦注曰櫓望樓也蒼頡篇曰格量度也爾雅曰太山爲東嶽華山爲西嶽衡山爲南嶽常山爲北嶽嵩山爲中嶽南北曰袤三墳未詳或曰毛詩曰遵彼汝墳又曰鋪敦淮濆爾雅曰墳莫大於河墳此蓋三墳崪高峻也矗齊平也三輔黄圖曰阿房宫以磁石爲門懷刃者止之廣雅曰衝突也字書曰糊黏也户徒切毛萇詩傳曰頳赤也七啓曰燿飛文說文曰扃外閉之關也凡文士之言基扃汎論城關猶車稱軫舟謂之艫耳非獨指扃也固護言牢固也王逸廣陵郡圖經曰郡城吴王濞所築然自漢迄于晉末故云出入三代五百餘載也漢書賈誼上疏曰高帝瓜分天下王功臣也 翰曰板築築城也一雉長三丈堞城上短牆也井幹樓也櫓却敵也格度也袤周迴也言格度高於五嶽諸侯之城周迴之廣雖讀三墳之書見列國之製亦無此者崪高皃矗直也磁石脅鐵故以爲門有懷刃者則脅之使不得過故云禦衝糊粘也頳壤赤土也以黏和之飾壁故云飛文固護牢固也五代漢魏晉今則五百餘年雖曰牢固竟以亡滅荒蕪若此其土地如瓜之割肌各爲吞食如豆之出莢忽以分散

澤葵依井荒葛罥塗壇羅虺(呼鬼)蜮(羽逼)階鬬麏(居筠五臣作麕)鼯木魅山鬼野鼠城狐風嗥(胡高)雨嘯昏見晨趨

善曰王逸楚辭注曰風萍水葵生於池中罥猶結也壇堂也毛詩曰爲鬼爲蜮毛萇曰蜮短狐也公羊傳曰有麋而角劉兆曰麋麞也麏與麋音義同鼯鼯鼠也說文曰魅老物精也莫愧切楚辭九歌有祭山鬼漢書蘇武掘野鼠草實而食之魏明帝長歌行曰久城育狐兔高墉多鳥聲左氏傳曰豺狼所嗥也 濟曰澤葵莓苔也罥繞壇堂羅列虺蛇也昔日堂構階庭之盛今並爲荒草所蕪蟲獸鬼魅遊焉以爲窟宅嗥嘯風雨昏曉爲常也

飢鷹厲吻寒鴟嚇(呼亞)雛伏虣(五臣作暴)藏虎乳血飡膚

善曰厲摩也鄭玄周禮注曰吻口邊也亡粉切鄭玄毛詩箋曰口拒人曰嚇郭璞爾雅注曰雛生而能自食者謂鳥子也字書曰虣古文暴字薄到切虣或爲甝爾雅曰甝白虎甝户甘切 翰曰厲猛厲也吻觜也雛鵷雛也暴虎虎狼也言飢鷹猛厲開張其觜志爲貪勇將有所擊鵷雛非梧桐不棲非竹實不食非醴泉不飲而鴟得腐鼠鵷雛過其上鴟仰而嚇之此喻臨海王爲逆自恃其威亦猶鷹鳥貪而鴟食也又若虎狼暴猛害人血肉也

崩榛塞路崢嶸古馗白楊早落寒草前衰

善曰服虔漢書注曰榛木叢生也廣雅曰崢嶸深冥也韓詩曰肅肅兔罝施于中馗薛君曰中馗馗中九交之道也㳄悲切崔豹古今注曰白楊葉圓李陵書曰涼秋九月塞外草衰塞或爲寒 翰曰崢嶸深暗皃馗道也榛叢木崩摧塞絕人行路古道深暗塞猶荒也

稜稜霜氣蔌蔌(五臣本作剌剌曹葛)風威孤蓬自振驚砂坐飛灌莽杳而無際叢薄紛其相依

善曰稜稜霜氣嚴冬之貌蔌蔌風聲勁疾

之貌蘇素鹿切無故而飛曰坐飛蓬雅曰雚叢也王逸楚辭注曰草木交曰薄　向曰孤蓬草也無根而隨風飄轉者明遠自喻客遊也坐飛謂忽然而飛喻戎馬起也水草雜生曰灌莽也杳杳遠貌叢薄草木相雜也紛亂也**通池既已夷峻隅又以頹直視千里外唯見起黃埃凝思寂聽心傷已摧**善曰通池城壕也峻隅城隅也王逸楚辭注曰埃塵也天台山賦曰凝思高巖　銑曰通深夷平也峻隅高城也埃塵也**若夫藻扃黼帳歌堂舞閣之基璇淵碧樹弋林釣渚之館吳蔡齊秦之聲魚龍爵馬之玩皆薰歇燼滅光沈響絕**善曰藻扃扃施藻畫也司馬相如美人賦曰芳香芬烈黼帳高張璇淵玉池也碧樹玉樹也楚辭曰吳歈蔡謳漢書藝文志有齊歌秦歌西京賦曰海鱗變而成龍又曰大雀踆踆又曰爵馬同轡杜預左氏傳注曰薰香草也又曰燼火之餘木　濟曰藻黼謂雕畫也弋林射鳥之處釣渚之館觀魚之所也吳蔡之女善歌吟齊秦之女善箏瑟魚龍爵馬皆假為飾以為玩樂而今皆芳香已歇化為灰燼華光以沈歌樂絕矣**東都妙姬南國麗**五臣作佳**人蕙心紈質玉貌絳脣莫不埋魂幽石委骨窮塵豈憶同輿**五臣作輦**之愉樂離宮之苦辛哉**善曰陸機擬東城一何高曰京洛多妖麗玉顏侔瓊蕤然京洛則東都也曹子建詩曰南國有佳人華容若桃李左九嬪武帝納皇后頌曰如蘭之茂好色賦曰腰如束素蘭蕙同類紈素練名文士愛奇故變文耳宋玉笛賦曰頳顏臻玉貌起揚雄蜀都賦曰朓朱顏離絳脣委猶積也魏志曰明帝悼毛皇后有寵出入與帝同輿輦長門賦曰期城南之離宮　銑曰蕙香草喻美也紈輕細綺也玉貌白如玉也絳赤也言妙姬佳人嬌美之心輕細之質白貌赤脣皆已化矣豈知同車之遊以為樂閑在深宮以為苦辛哉**天道如何吞恨者多抽琴命操為蕪城之歌**善曰韓詩外傳曰孔子抽琴按軫以授子貢爾雅曰命名也琴道曰琴有伯夷之操夫遭遇異時窮則獨善其身故謂之操　翰曰人皆樂生而哀死故吞恨者多命操猶述志也言述其所志而為是歌也**歌曰邊風急**五臣

本作起字**兮城上寒井徑滅兮丘隴殘千齡兮萬代共盡兮何言**善曰周禮曰九夫為井又曰夫間有遂遂上有徑莊子曰化窮數盡謂之死　翰曰屋三為井徑道也言人屋室遷毀行道荒蕪而丘隴亦已摧殘言歲已久矣千年之間變改萬代皆已共盡今復何言也

宮殿

魯靈光殿 并序

王文考善曰范曄後書曰王逸字叔師南郡宜城人也子延壽字文考有儁才遊魯作靈光殿賦後蔡邕亦造此賦未成及見延壽所為甚奇之遂輟翰而止後溺水死時年二十餘　銑曰范曄後漢書云王延壽父逸欲作此賦命文考往圖其狀文考因韻之以簡其父父曰吾無以加也時蔡邕亦有此作十年不成邕見文考此賦遂隱而不出文考時年二十至二十四過漢江溺而死也

張載注

魯靈光殿者蓋景帝程姬之子恭王餘之所立也善曰漢書景帝十三王傳曰程姬生魯恭王餘　良曰靈光殿名餘恭王名**初恭王始都下國好治宮室遂因魯僖基兆而營焉**載曰昔魯僖公使大夫公子奚斯上新姜嫄之廟下治文公之宮故曰遂因魯僖基兆而營焉　善曰漢書曰恭王徙魯好治宮室毛詩曰命于下國韋昭國語注曰曲沃在絳下故曰下國然以天子為上國故諸侯為下國史記曰季友奉公子申立是為釐公釐與僖同爾雅曰兆域也　向曰凡諸侯歸國曰下國兆始也僖僖公言因僖公之始跡而營此殿焉**遭漢中微盜賊奔突自西京未央建章之殿皆見隳壞而靈光巋然獨存意者豈非神明依憑支持以保漢室者也**載曰奔突唐突也詩云昆夷突矣未央建章西京二殿之名杜預左氏傳注曰隳毀也巋然

高大堅固貌也　善曰孔叢子孔子曰夫山者巋然高巋丘執切廣雅曰意疑也　銑曰遭漢中微盜賊奔突謂王莽篡也隳廢也言靈光高大堅固而獨存者將爲神明支持以保漢室令其後興者然其規矩制度

上應星宿秀亦所以永安也善曰上應星宿謂觜陬也賦曰規矩應天上憲觜陬　濟曰規矩方圓也上應觜陬之星也予客自南鄙觀藝於魯覩斯

而眙丑吏曰嗟乎詩人之興感物而作載曰南鄙荊州也廣雅曰鄙國也藝六經也魯有周公孔子在焉愕視曰眙本爲藝而來見此驚也見可嗟之物爲作詩作賦　翰曰文考客於荊州故云南鄙言魯有周孔遺風思禮樂之美故云觀藝眙驚視也言見靈光神異而驚視將欲慕詩人感物之義故

奚斯頌僖歌其路寢而功績存乎辭德音昭乎

聲善曰韓詩曰新廟奕奕奚斯所作薛君曰奚斯魯公子也言其新廟奕奕然盛是詩公子奚斯所作也左氏傳司馬侯曰先王務修德音以享神人毛詩曰我有嘉賓德音孔昭　翰曰頌僖公立路寢曰清廟奕奕功績存乎辭辭則

文選十一　十八

頌也德音昭乎聲傳之不已也物以賦顯事以頌宣匪賦匪頌將

何述焉向曰言事物必以賦頌宣而明之遂作賦曰

粵若稽古帝漢祖宗濬哲欽明殷五代之純熙

紹伊唐之炎精載曰若順也稽考也言能順天地考行古之道者帝也濬深也哲智也又有深知欽明詩云濬哲維商書云放勳欽明　善曰書曰粵若稽古帝堯又曰濬哲文明殷盛也五代周殷夏唐虞也言漢盛於五代純熙之道而紹帝堯火德之運毛詩曰時純熙矣爾雅曰純大也孔安國尚書傳曰熙廣也爾雅曰紹繼也詩含神務曰慶都生伊堯孔安國尚書傳曰堯以唐侯升爲天子李尤德陽殿賦曰若炎唐稽古作先東觀漢記序曰漢以炎精布耀或幽而光又馮衍說鮑永曰社稷復存炎精更輝　翰曰粵語辭也餘注同言漢能順考古道深智順明盛五代大廣之德繼惟堯之炎精劉堯後故云紹唐漢火德故云炎精也荷天衢以元亨廓宇

宙而作京敷皇極以創業協神道而太寧載曰衢道

也易曰荷天之衢道大行也元善之長也亨嘉之會也天所覆爲宇中所由爲宙也皇極皇建其有極謂得中也協和神明之道而天下太寧皆謂初漢之盛時也　善曰方言曰張小使大謂之廓鄭玄周易注曰人君在上位負荷天之大道孟子曰君子創業垂統謂可繼也周易曰聖人以神道設教　銑曰荷賴衢道元大亨通廓開故布皇大極中協合寧安也言漢氏賴天道大通開宇宙而作爲京室布大中之道以創制鴻業合於神道而大安也於是百姓

昭明九族敦序乃命孝孫俾侯于魯善曰尚書曰百姓昭明又曰敦叙九族孔安國曰九族高祖玄孫之親也爾雅曰命告也毛詩曰孝孫有慶又曰建爾元子俾侯于魯　向曰敦厚俾使也孝孫則恭王也錫介珪以作瑞宅附庸而開宇載曰介大也圭長尺二寸謂之介瑞信也諸侯錫大圭以爲瑞信又以爲寶由伯之封云錫爾介圭以作爾寶古者附庸百里魯五百里之封也成王以周公有大功錫二十四等附庸方七百里以是開居也　善曰毛詩曰錫之山川土田附庸又曰大啓爾宇爲周室輔　良曰錫賜也玠珪諸侯執者瑞寶宅居也附庸者言其庸稅貢賦附於大國言賜之玠珪使敬寶其

文選十一　十九

位居其附庸之國開我皇家之土宇以作蕃援乃立靈光之秘殿配紫微而

五臣本作以字爲輔載曰詩云秘宮有侐紫微至尊宮在京師也　善曰毛萇詩傳曰秘神也西京賦曰思比象於紫微春秋合誠圖也北辰其星七在紫微中　濟曰秘深也紫微帝宮也言靈光深殿可配帝宮以爲蕃輔也承

明堂於少陽昭列顯於奎之分野善曰言承漢明堂而在少陽其光昭列顯於奎之分野也爾雅曰分次也漢書曰泰山郡奉高縣有明堂武帝造又曰少陽東方也又曰魯地奎婁之分野也一曰春秋說題辭曰心爲天明堂以布政教言靈光承天之明堂在少陽之地　濟曰心星爲明堂也東方曰少陽魯在東故言之也奎婁魯之分野昭列謂星明而行列於天也瞻彼靈光之爲狀也

則嵯峨嶵罪嵬隗嵔羌軌巍五鬼㠥五臣本作嵔枯罪嵔五臣本作嵬盧罪吁可畏乎其駭人也載曰皆其形也駭驚也故覩斯而眙　善曰皆高峻之貌孔安國尚書傳曰吁疑怪之辭　翰曰言其高大之狀可畏而驚人迢嶢倜儻豐麗

博敞洞轇輵兮其無垠也載曰又其形也博廣也敞高平也　善曰迢嶢高貌也倜儻非常也上林賦曰張樂乎膠葛之寓郭璞曰言曠遠深邃貌　濟曰迢嶤高貌倜儻卓異也豐大也博廣博也敞寬也轇輵廣大皃垠畔也言高峻卓異大麗寬敞其無畔也邈希世而特出羌瓌譎而鴻紛屹魚乙山峙以紆鬱隆崛魚屈岉勿乎青雲載曰羌辭也羌亦乃也屹猶嶭也高大貌詩云臨衝茀茀崇墉屹屹隆崛也西京賦曰終南太一隆崛崔崒崛岉乎青雲言此物上逮青雲　善曰瑰異譎詭也甘泉賦曰上洪紛而相錯廣雅曰峙止也　良曰邈遠也希世特出言世希有也瓌奇譎異鴻大紛多也言奇異之狀大而多也屹直上也峙立也紆鬱曲深皃隆崛岉極高皃言直上而立曲深而高入乎青雲之中也鬱坱鞅圠烏黠以嶒七耕竑宏崱助力繒綾而龍鱗載曰崱崱嶷然皆其形也　善曰坱圠無齊限之貌嶒竑深空貌繒綾不平貌甘泉賦曰嶔巖其龍鱗繒如字綾音陵　良曰鬱坱圠揀梁繁而不平貌嶒竑上闊而險也崱繒綾謂參差不齊如龍鱗貌汩于筆磑五哀以璀璨赫燡燡亦而燭坤狀若積石之鏘鏘又似乎帝室之威神載曰皆其形貌光煇也威神言尊嚴也　善曰汨淨貌磑磑高貌璀璨衆材飾貌燡光明貌燭坤光照下土積石山名西都賦曰激神岳之蔣蔣帝室天帝之室春秋合誠圖曰紫宮大帝室也　翰曰汨高也磑磑峻皃璀璨雜綵色也赫燡燡光貌燭照坤地也積石謂崑崙山天帝所居宮名鏘鏘華盛貌帝室天上紫微宮威神言驚人也高峻言雜綵之色燡燡照地狀如天帝之居華盛又似紫微之宮神麗而驚人也

崇墉岡連以嶺屬朱闕巖巖而雙立高門擬于閶闔方二軌而並入載曰閶闔天門也王者因以爲門墉牆也　善曰李尤德陽殿賦曰朱闕巖巖二軌謂容兩車也鄭玄禮儀注曰方併也周禮曰應門二轍鄭玄周禮注曰二軌謂轍廣　銑曰崇高墉牆也言如高牆與平岡相連長嶺相屬朱闕雙立於前殿北也閶闔天門也軌車也言高門比於天門方謂二車相並而入言大也

於是乎乃歷夫太階以造其堂俯仰顧眄東西周章載曰造其堂觀其狀而賦之　善曰孔安國尚書傳曰造至也　翰曰歷過也太階高階也自此已上皆文考遠見其狀此則過其高階以至於殿堂顧眄周章言驚視也彤彩之飾徒何爲乎澔澔浩涆涆汗流離爛漫皓壁暠杲曜以月照丹柱歙翕赩許力而電烻弋戰霞駮雲蔚若陰若陽瀖霍濩鑊燐吝亂煒煒煌煌載曰皓壁暠曜至若陰若陽言其色狀也　善曰澔澔涆涆光明盛貌澔古老切涆古旦切流離爛漫分散遠貌暠白也翟駰七依曰丹柱彫牆烻光盛起瀖濩至煌煌言彩色衆多眩曜不定也　濟曰彤朱漆也彩光也言此光彩之飾且何爲乎自疑問也澔澔涆涆流離爛漫皆光色貌皓白貌暠曜白光也歙赩赤色也電烻赤光也言壁之白如月之照柱之赤如電之光霞駮雲蔚言有光明如霞之斑駮深邃則如雲之繁蔚故若陰陽也瀖濩燐亂煒煒煌煌皆光色亂動目眩曜而不定也

隱陰夏以中處霐烏宏寥立交窲立巢以崢嶸鴻爌呼往炾呼往以爣上浪閬浪善本音郎飋善本作颼字蕭條而清冷載曰鴻大也爌炾爣朗皆寬明也　善曰陰夏向北之殿也韋仲將景福殿賦曰陰夏則有望舒涼室亦與此同霐寥窲崢嶸皆幽深之貌飋蕭條清涼之貌　向曰陰夏謂向北屋也言將隱處於中則或深邃或寬明其清涼之氣如秋霐寥窲崢嶸深邃貌鴻爌炾以爣閬寬明貌飋蕭條而清冷秋氣貌

動滴瀝以成響殷五臣作音字雷應其若驚耳嘈嘈以失聽目矎矎呼玄而喪精駢密石與琅玕齊玉璫與璧英五臣作瑛字　載曰矎矎言炫燿而目不正也琅玕珠也似玉　善曰球琳琅玕　善曰言簷垂滴瀝繞成小響室內應之其聲似雷之驚也說文曰滴瀝水下滴瀝之也埤蒼曰嘈嘈聲衆也廣雅曰矎視也洞簫賦曰愍眸子之喪精又李軌法言注曰駢並也國語曰天子之室加密石焉韋昭曰密密理謂砥也然彼以密石礱琢此亦爲飾也西都賦曰裁金璧以飾璫璧英璧玉之英也孝經援神契曰玉英玉有英華之色　翰曰九深閑之室則必多響故簷溜滴瀝之聲已若雷應之驚嘈嘈聲亂貌故失聽矎矎視不明貌故喪目精也駢次也琅玕

玉也言次密石以爲砌也玉璫璧瑛皆玉也亦齊列於中遂排金扉而北入宵藹藹
而晻曖旋室㛹娟以窈窕洞房叫窱他弔而幽邃
載曰言深邃也宵冥也　善曰淮南子曰傾宮旋室在崐崘閶闔之中徐幹七諭曰連觀飛榭旋室迴房旋室曲屋也㛹
娟迴曲貌楚辭曰姱容脩態亘洞房西京賦曰望叫窱以經廷　銑曰扉門扉也宵謂日將暮也言排金門而北入景將
暮也藹藹晻曖暗色旋曲也㛹娟美貌窈窕深也洞通也叫窱遠也言此殿內更有曲室美麗且深又有通房長遠而幽
邃也西廂踟蹰以閑宴東序重深而奧祕載曰西廂西序也踟
蹰連閣傍小室也閑清閑也可以燕會踟或作移　又曰東序東廂也互言之文相避也爾雅曰東西廂謂之序　善曰踟
蹰相連之貌毛萇詩傳曰宴安也言安靜又廣雅曰奧藏也字書曰祕密也　銑曰踟蹰緩步不進也宴安也言於西廂
緩步清閑以自安息復見東序重深而隱密也屹魚乙鏗苦耕切五臣本作瞷瞋五臣本作瞑麥耕切以
勿罔屑黶翳以懿濞寬悚悚其驚斯五臣本作若驚心

猥猥思以而發悸其季反　載曰瞜瞋黶翳寂寞之形也又曰驚斯於此驚也　善曰瞋莫耕切又蘇
林漢書注曰葸葸懼貌猥猥與葸同說文曰悸心動也悸或爲欿濟曰屹特出貌瞜瞋視不明也勿罔不審貌屑微也黶翳暗蔽
貌懿濞深邃貌悚悚猥猥皆恐懼也悸心動也言東序奧祕特出而高故視之不明望之不審微暗蔽隱深邃不測神驚心動
也於是詳察其棟宇觀其結構規矩應天上憲
觜子移陬子臾反　載曰詳謂欲安心定意審其事也又曰應天文星宿也憲法也　善曰高誘呂氏春秋注
曰結交也構架也又爾雅曰觜陬之星營室東壁也毛詩曰定之方中作爲楚宮毛萇曰定營室也　濟曰詳審也詳察
棟宇觀其結構則規矩乎天文也憲法也觜陬星主架屋故此結構之始法之是應天也倔九勿佹古毀雲
起嶔崟離樓力朱三間四表八維九隅載曰室每三間則有四表
四角四方爲八維并中爲九　善曰甘泉賦曰大夏雲譎波詭離樓衆木交加之貌長門賦曰羅丰茸之遊樹離樓梧而
相撐　銑曰倔佹雲起覆屋貌嶔崟離樓衆木相倚貌東序西廂屋各爲三間也四表謂屋覆上四面也表外也八維四

方四角也中央兼八維是爲九隅隅亦角也萬楹叢倚磊砢盧可相扶浮柱
岧迢嵽遞以星懸漂嶢峴五結而枝柱音駐　載曰楹柱也又曰枝柱
言典根而倚立也　善曰磊砢壯大之貌又甘泉賦曰抗浮柱之飛榱漂輕貌嶢峴不安之貌蒼頡篇曰柱枝也　翰曰
磊砢參差不齊貌言萬柱叢倚參差以相扶持浮柱梁上柱也岧嵽遠也星懸言多也漂浮也嶢峴危貌浮柱高遠而多
其勢皆危以相枝柱也飛梁偃蹇以虹指揭蘧蘧而騰湊曾
櫨磥累佹古毀以岌五合峩五可曲枅要上紹而環句構
芝栭而攢羅以戢側立孴女立枝牚恥孟杈枒牙而
斜據載曰芝栭山節方小木爲之牚居梁之上也各長三尺牚或作棖字　善曰甘泉賦曰歷倒景而飛梁西
都賦曰抗應龍之虹梁崔駰七依曰夏屋蘧蘧高也音渠王逸楚辭注曰湊聚也說文曰欂櫨柱上枅蒼頡篇曰枅柱上
方木然枅櫨爲一此重言之蓋有曲直之殊爾要紹曲貌也又說文曰栭枅上梁蒼頡篇曰攢聚也戢孴衆貌說文曰牚

柱也杈枒參差之貌毛萇詩傳曰據依也　翰曰偃蹇曲貌揭舉貌蘧蘧衆攢貌騰合也言飛梁曲如虹指舉而衆攢更
相合湊曾櫨重斗也曲枅栱也磥佹岌峩重危貌要紹而環句曲而相連貌栭梁上短柱也畫以芝草之文相攢布戢孴
聚貌枝牚梁上交木也杈枒柱而斜據其間也傍夭蟜居表以橫出互黝糾
而搏負五臣作負搏分故切下岪蔚以璀錯上崎綺嶬蟻而
重注捷獵鱗集支離分赴縱橫駱驛各有所趣
善曰夭蟜黝糾特出之貌黝於糾切搏負荷而攢搏也岪蔚特起貌璀錯衆盛貌岪扶弗切崎嶬危嶮貌注猶溜也捷
獵相接貌支離分散也縱橫四散也駱驛不絕　向曰夭蟜黝糾林木相連繞貌橫出於傍而負搏也負荷也搏猶相負
也下岪蔚以璀錯謂壯麗而文飾繁雜也上崎嶬而重注謂高峻而重簷而水注溜也捷獵次比貌言九之次比如鱗集
也支離謂椽一一而分布駱驛相連不絕貌言衆林木所施縱橫相連各有趣向言不虛設也爾乃懸棟
結阿天窻綺踈五臣本作跡字圓淵方井反植荷蕖發

秀吐榮菡萏披敷緑房紫的善本作菂字窋張滑窕丁嫁垂珠載曰天窻爲窻也綺文也踈刻鏤也又曰反植者根在上而葉在下爾雅曰荷芙蕖種之於圓淵方井之中以爲光耀又曰緑房芙蕖之房刻縷爲之緑色紫菂菂中芍也爾雅曰其中菂珠珠之實窋窕也　善曰周書曰明堂咸有四阿屋四垂也李尤東觀銘曰房闥內布綺踈外陳薛綜西京賦注曰踈刻穿之也然刻爲綺文謂之綺踈也又鄭玄周禮注曰植根生之屬又爾雅曰荷其華菡萏菡胡感切萏徒感切菂與芍同音的說文曰窋物在穴中貌窕亦窋也銑曰阿曲也懸棟謂屋下更爲重梁相結屈曲以爲天窻畫以文彩故云綺踈又爲方井圖以圓淵及芙蓉花葉花葉向下故云反植發秀吐榮披敷菡萏紫的皆說其花色披散敷布也緑房連子也窋窕物在穴中貌言井穴中綴之似珠下垂如在於穴也雲楶節藻梲悅之龍桷彫鏤載曰雲節畫雲氣爲山節也梲梁上楹又畫水草之文龍桷畫椽爲龍　善曰爾雅曰栭謂之楶郭璞曰節櫨也楶與節同論語曰山節藻梲包咸曰梲者梁上楹畫爲藻文鄭玄禮記注曰栭謂之梁楚辭曰仰觀刻桷畫龍蛇　向曰楶梁上柱畫以雲文梲以手亦畫以文藻龍桷椽也亦刻鏤爲龍文也飛禽走獸因木生姿載曰爲之形也善曰高堂賦曰狀似走獸或象飛禽　良曰皆於材木之上彫畫禽獸之姿狀也奔虎攫五臣本作玃字挐以梁倚仡魚乙奮亹而軒鬐者虯龍騰驤以蜿蟺善頷王感若動而躨夔跜音尼　善曰攫挐相搏持也羽獵賦曰熊羆之挐攫張揖漢書注曰梁倚相著也仡舉頭也郭璞曰鬐脊上鬣也杜預左氏傳注曰亹動也又曰頷搖頭也李尤辟雍賦曰萬騎躨跜以攫挐躨跜動貌　濟曰畫虎於梁也攫舉爪也挐以手持也若舉爪持梁以相倚仡奮亹而軒鬐謂勇而舉頭也騰飛驤舉也蜿蟺盤屈貌頷動也躨跜動貌言虯龍飛舉盤屈頷然若動也朱鳥舒翼以峙衡騰蛇蟉於酉虯岐糾切五臣作虯而遶榱音衰載曰榱亦椽也有三名一曰椽二曰桷三曰榱　善曰春秋漢含孳曰太一之常居前朱雀銜四阿之長衡也淮南子曰析題不枅文字曰騰蛇無足而騰蟉虯曲貌蟉力鳥切虯巨糺切　翰曰峙立也朱鳥朱雀南方神也畫之於南舒翼而立於衡上衡門上木騰蛇蛇有好文者蟉虯屈盤

文十一

貌榱椽也畫騰蛇於椽上屈盤而遶也白鹿孑蜺五結於欂步碧櫨蟠螭宛轉而承楣善曰古王子喬辭曰王子喬參駕白鹿雲中遨孑蜺延首之貌孑蜺熱切方言曰未升天龍謂之蟠龍　翰曰欂柱頭也櫨斗也孑蜺延首也言柱頭及斗上皆畫爲白鹿而延首也蟠曲蟠龍也宛轉落貌楣門額木一一畫爲龍宛轉以承之也狡兔跧側員伏於柎側猨狖攀椽而相追善曰說文曰跧蹴也壯攣切柎音父　翰曰跧縮足而柎斗上橫木刻狡兔形置木於背也椽頭刻猨狖以手攀而相追狖猴類玄熊蚺天念談土暫以齗齗銀却負載而蹲跠音夷載曰跠踞也齗齒根也廣雅曰蹲跠踞也　善曰蚺談吐舌貌蒼頡篇曰齗　翰曰木上刻作黑熊蚺談吐舌也齗齗齒出貌跠踞也言玄熊吐舌出齒却負戴椽梁而蹲踞也齊首目以瞪直證眄載曰齊首目以徒脈脈五臣本作䁅音脈而狋狋五臣作瞰眄騈頭而相觀視脈脈狋狋視貌　善曰爾雅曰脈相視也莫革切說文曰狋犬怒貌　翰曰瞪直視也脈脈狋狋亦視貌言所刻畫雜類齊舉首目皆爲眄視胡人遙集於上楹儼雅跽渠已而相對仡欺䫜息眉以鵰呼決䫣烏交顤呼交顟遼而睽巨季睢許季狀若悲愁於危處憯七感嚬蹙子六而含悴慈醉反載曰皆胡夷之畫形也人尊於鳥獸故著在上楹儼雅而相對言敬恭也　善曰儼雅跽貌說文曰跽長跪也欺䫜大首也鵰䫣如鵰之視也聲類曰䫣鷟視也䫣與䫣同顤顟大首深目之貌睽睢張目貌孟子曰嚬蹙而言嚬蹙憂貌　翰曰以木刻胡人形在於高處故云遙集上楹儼雅不動也跽長跪而相對仡䫜也欺䫜而俠也鵰鳥嘴曲而目深者顤顟而睽睢鼻高目深之狀悴憂也胡人䫜形俠面目如鵰視又如悲愁處於危苦更若憯怛嚬眉蹙鼻而含憂也神仙岳五角岳五臣本作諤諤於棟間玉女闚窻而下視載曰神女之人又彌高也　善曰岳岳立貌李尤函谷關銘曰玉女流眄而下視　銑曰諤諤行列美貌言刻神仙致於棟間行列而致之刻玉女形於窻上皆闚窻下視於人也忽瞟眇以響像若鬼神之髣髴善曰

瞟眇視不明之貌說文曰瞟瞭也廣雅曰眇莫也響像髣依稀非正形聲也說文曰彷彿相似視不諟也諟與諦同 向曰瞟眇猶依稀也言此形象依稀髣髴若有其形聲

圖畫天地品類羣生雜物奇怪山神海靈寫載其狀託之丹青千變萬化事各繆形隨色象類曲得其情 載曰言委曲得情也 善曰列子曰千變萬化不可窮極繆形形不同也淮南子曰以鏡視形曲得其情 向曰言此圖畫神怪之物其形各殊故曰繆形也皆委曲得其物情也

上紀開闢遂古之初 載曰更畫太古開闢之時帝王之君也 善曰尚書考靈耀曰天地開闢耀滿舒光楚辭曰遂古之初誰傳道也 向曰紀記也遂古上古也

五龍比翼人皇九頭 善曰春秋命曆序曰皇伯皇仲皇叔皇季皇少五姓同期俱駕龍周密與神通號曰五龍又曰人皇九頭提羽蓋乘雲車出暘谷分九河宋均曰九頭九人也提羽蓋鳥之羽 向曰上古有五龍兄弟有五人也黃伯黃仲黃叔黃季黃少兆有羽翼分理九州也人皇九頭理天下有聖德也

伏羲鱗身女媧蛇軀 載曰女媧亦三皇也 善曰列子曰伏羲女媧蛇身而人面有大聖之德玄中記曰伏羲龍身女媧蛇軀 向曰伏羲太昊氏鱗身人首女媧蛇身人首並有聖德

鴻荒樸略厥狀睢許規盱吁 載曰鴻大也朴質也略野略也上古之世爲鴻荒之世也畫其形亦質而野略睢盱質朴之形 善曰法言曰鴻荒之世聖人惡之尚書璇璣鈐曰帝嚳以上朴畧有象難傳西京賦曰睢盱跋扈字林曰睢仰目也盱張目也 向曰鴻荒樸略皆純厚之道其形睢盱不可復見故畫之睢盱質樸之形

煥炳可觀黃帝唐虞軒冕以庸衣裳有殊 載曰至於煥炳可觀唯黃帝堯舜以來易曰黃帝堯舜垂衣裳而天下治又曰車曰軒冠曰冕庸用也作此車服以賜有功章有德書曰車服以庸上曰衣下曰裳有功者賞無功者否故曰殊也 善曰尚書璇璣鈐曰帝堯煥炳隆興可觀 銑曰煥炳明也言黃帝帝堯帝舜有明德可觀也庸用也言軒車冠冕用授賢才而比三代衣裳變易亦有殊也

下及三后淫妃亂主 載曰皆畫其形也三后夏殷周也 善曰國語史蘇曰昔夏桀妹喜有寵亡夏殷辛妲己有寵而亡殷周幽褒姒有寵周於是亡 良曰后君也三后桀紂幽王淫妃則夏有妹喜殷有妲己周有褒姒也亂主則三君也

忠臣孝子烈士貞女賢愚成敗靡不載敘惡以誡世善以示後 載曰忠臣屈原子胥之等孝子申生伯奇之等烈士豫讓聶政之等貞女梁寡昭姜之等 善曰列子曰但伏羲以來賢愚好醜成敗是非無不消滅也家語曰孔子觀於明堂覩四墉有堯舜桀紂之象而各有善惡之狀興廢之誡焉孔叢子子思曰古者則有國史書之以示後世善以爲示惡以爲誡也 翰曰言畫此聖賢愚暗忠孝貞烈莫不載而敘之於此殿中以誡時君以示後嗣也

於是乎連閣承宮馳道周環 五臣本於此有陽榭外望高樓飛觀二句 載曰馳道馳馬之道旋宮而帀毛萇詩傳曰年不順成馳道不脩也 善曰馳道人君所行之道也君以乘車馬故以馳爲名也 向曰承接也言此靈光殿有連閣接宮馳馬之道周而環之高臺曰陽榭言近於日也登榭外望復見高樓飛觀觀闕也言飛者謂高也

長途升降軒檻曼延 載曰長途升降閣道上下也軒檻所以開明也 善曰上林賦曰長途中宿郭璞曰途樓閣間陛道 濟曰軒檻鉤欄也曼延言長而不絕

漸臺臨池層曲九成屹然特立的爾殊形高徑 五臣作經字 華蓋仰看天庭飛陛揭孽緣雲上征中坐垂景頫 五臣作俯 視流星 載曰高徑所徑高上至華蓋 善曰言重高九層也呂氏春秋曰有娀氏有二佚女爲九成之臺也楚辭曰登華蓋兮乘暘谷荅賓戲曰未仰天庭而覩白日揭孽高貌言臺之高自中坐而乘日景也楚辭曰流星墜兮成雨 向曰漸臺星名法星而爲臺名層高也九成九重也高大屈曲九重而成屹然高高貌的爾分明貌華蓋星名謂經高過此星仰視天庭階道也飛者高如鳥飛揭孽極高貌征行也言飛道極高緣雲上行中坐俯視下見星日

千門相似萬户如一巖突 五臣作穴 洞出逶迤詰屈周行數里仰不見日 載曰千門萬户言衆多也相似如一言皆好也又曰或二或三爲數非正之辭也論語孔子曰加我數年可以學易 善曰漢書曰建章宮度爲千門萬户子虛賦曰巖突洞房 銑曰巖穴洞出言屈深如巖穴之中通路而出逶迤長貌詰屈曲貌周行數里仰不見日謂屋宇之多此惣歎其美也

何

六二千　文十一　二十六

文十二　二十七

宏麗之靡靡咨用力之妙勤善曰小雅曰靡靡細也郭璞方言注曰靡靡細好也妙勤精妙功勤也銑曰宏大也咨嗟也此歎其美何大麗細好也嗟用人力之妙可謂勤勞也非夫通神之俊才誰能克成乎此勳據坤靈之寶勢承蒼昊之純殷載曰易曰地勢坤蒼昊皆天之稱也春爲蒼天夏爲昊天純大殷中也言魯承天之大中也善曰移太常博士曰聖上德通神明漢書曰益州刺史王襄聞王褒有俊才爾雅曰勳功也銑曰勳功也謂非鬼神之俊才誰能剋成此功言寶人力寶奇也蒼昊天也言授地靈之奇勢承上天之大中也地在下故云據天在上故云承包陰陽之變化含元氣之烟煴玄醴騰涌於陰溝甘露被宇而下臻載曰烟煴天地之蒸氣也醴泉出地故曰陰溝也善曰荀卿子曰陰陽大化周易曰四時變化春秋命曆序曰元氣正則天地八卦孳周易曰天地絪縕萬物化醇春秋元命包曰天樞得則醴泉出孝經援神契曰德至大則甘露降銑曰言此殿包含陰陽元氣以成之烟煴元氣之貌玄醴醴泉騰涌流貌溝渠也在殿北故稱陰甘露瑞露也被霑臻至也言醴泉涌渠而出甘露霑宇而至者並美言之皆非其實也朱桂黝伊糾儵叔於南北蘭芝阿那五臣本作婀娜於東西祥風翕習以颯灑激芳香而常芬載曰黝儵婀娜皆茂盛之貌風之散物如灑如颯然及激歎草木出其芳滋故云翕習以灑颯善曰尚書大傳曰德先地序則朱草生禮斗威儀曰君秉金而王其政平則蘭芝常生鄭玄曰主調和也伏儼子虛賦注曰芍藥以蘭桂調食也然蘭既爲瑞桂亦宜同春秋運斗樞曰搖光得陵出黑芝朱穆鬱金賦曰丹桂植其東禮斗威儀曰君秉火而王其政平則祥風至翕習盛貌颯素合切向曰朱桂香木名蘭芝香草名黝儵榮盛貌婀娜柔弱貌祥風和風也翕習風來貌颯灑吹草木聲激觸此桂蘭之氣常芬然而馨香也神靈扶其棟宇歷千載而彌堅永安寧以祉福長與大漢而久存實至尊之所御保延壽而宜子孫苟可貴其若斯孰亦有云而不珍載曰毛詩傳曰云言也爾雅曰珍美也善曰甘泉賦曰神莫莫而扶傾爾雅曰彌益也喪服傳曰天子至尊高唐賦曰延年益壽千萬歲毛詩曰宜爾子孫振振兮濟曰謂西京未央建章皆隳壞而此殿獨存若神靈扶持以保漢祚也祉善也至尊天子也凡君之服用居處皆曰御此刺諸侯之居踰於制度過崇奢侈故云實至尊之所御也孰誰也言且榮貴如此誰言不珍美也

亂曰良曰亂治也揔治一篇之美彤彤靈宮巋丘軌嶵助軌穹崇紛厖莫江鴻上兮崱助力屴力嵫茲釐利岑今崰淄嶷疑騈巃力嵸子兮善曰皆高大峻嶮之貌翰曰此上並高大參差不齊貌連拳偃蹇崙倫菌踡巨免蹝産傍歁傾兮善曰皆特起之貌濟曰皆屈曲高大傾側峻險貌歁欻幽藹五臣本作靄雲覆霮徒感䨴徒會洞杳冥兮善曰皆幽邃之貌歁許乞切欻許勿切濟曰洞深也歁欻高敞也餘皆幽邃深遠如雲覆也霮䨴雲貌蔥翠紫蔚尉礧力罪碨五臣作硌音洛瓌五臣作瑰瑋含光晷兮善曰蔚文貌埤蒼曰礧碨碨於賄切郭璞山海經注曰礧硌大石也音洛埤蒼曰瓌瑋珍奇也良曰蔥翠紫蔚雜綵色也晷日也瓌瑋珍奇金玉之物也礧硌綴著貌言綵色金玉皆含日光窮奇極妙棟宇已來未之有兮善曰周易曰上棟下宇以待風雨也翰曰言初制棟宇已來上古穴居故聖人制上棟下宇足以避風雨後積習成俗恣爲奢侈陳列珍怪窮人力極人財故云棟宇已來未之有也神之營之瑞我漢室永不朽兮向曰言其奇異壯麗遂假云神營之瑞美也永長也

景福殿賦

善曰洛陽宮殿簿曰許昌宮景福殿七間

何平叔

善曰典略云何晏字平叔南陽人也尚金鄉公主有奇才美容貌魏明帝將東巡恐夏熱故許昌作殿名曰景福既成命人賦之平叔遂有此作平叔爲散騎常侍遷尚書主選後曹爽反爲司馬宣王斬於東市銑同善注

大哉惟魏世有哲聖武創元基文集大命善曰武武
帝文文帝魏志曰太祖武皇帝姓曹諱操爲丞相封魏王文帝受禪追尊曰武皇帝毛詩曰世有哲王尚書伊尹曰天監
厥德用集大命　向曰大哉歎美之言也皆體天作制順時立政至于帝
皇遂重熙而累盛善曰東都賦曰體元立制順時立政謂依月令而行也禮記曰九舉事必
順其時尚書有立政篇魏志曰明皇帝諱叡字元仲文帝太子也文帝崩即皇帝位東都賦曰至乎永平之際重熙而累
洽也　銑曰謂立化如天有四時寒暑是體天也順時謂順於人心不妨奪農務也帝皇明帝也熙明也言至于明帝遂
繼文帝之明故曰重明累盛遠則襲陰陽之自然近則本人物
之至情上則崇稽古之弘道下則闡長世之善
經善曰周易曰一陰一陽之謂道阮籍通老子論曰道法自然漢書董仲舒對策曰討安天下莫不本於人情也書曰
粵若稽古帝堯尚書序曰謂之三墳言大道也左氏傳曰北宮文子曰有其國家令問長世又隨武子曰兼弱攻昧武之

文十一　三十

善經　翰曰言如陰陽之生萬物覆之育之皆自然而然本人物之至情謂各使得其所也弘大闡開經常也崇考古之
賢君大道開長世之善理以爲常道也庶事既康天秩孔明故載祀二
三而國富刑清善曰尚書咎繇曰庶事康哉又曰天秩有禮毛詩曰祀事孔明魏志明紀曰大
和六年三月行幸東巡四月行幸許昌宮春秋說題辭曰國富民康周易曰聖人以順動則刑罰清班固漢書述曰國富
刑清　銑曰庶衆康安秩祿孔甚也載祀皆年也唐虞曰載夏曰祀二三謂明帝六年也言衆事既安天祿甚明爲君六
年人富而刑獄無失也歲三五臣作二月東巡狩五臣無狩至于許昌望
祠五臣本作祀字山川考時度方存問高年率民耕桑善曰
尚書曰歲二月東巡狩至于岱宗柴禮記王制曰歲二月東巡狩望祠山川問百年者就見之考時月定禮樂制度衣服
正之史記曰撫萬民度四方王齊曰陽定四方而撫安之司馬彪續漢書曰九郡國掌治民常以春行所至縣勸民農桑
向曰許昌地名天子五年一巡狩望祀山川考時謂以長吏之政道有發於時者度方謂度其方物無使不中用存問高

年行孝道也率勸也越六月既望林鍾紀律大火昏正桑梓
繁蕪大雨時行善曰尚書曰惟五月既望孔安國曰十五日日月相望也又曰越於也禮記曰季
夏之月昏火中又曰律中林鍾是月也大雨時行尚書曰庶草蕃廡　向曰越於也既望十五日季夏之月律應林鍾大
火星名昏見南方故云正也桑梓木名繁蕪多也此月當大雨時行之時也三事九司宏儒
碩生五臣本有相與二字感乎溽暑之伊鬱而慮性命之
所平善曰三事三公也毛詩曰三事大夫莫肯夙夜九司九卿也春秋漢含孳曰九卿象河海劇秦美新曰耆
儒碩老爾雅曰宏碩大也禮記曰季夏是月也土潤溽暑伊鬱煩熱貌周易曰乾道變化各正性命家語孔子對魯哀公
曰分於道謂之命形於一謂之性王肅曰分於道始得爲人也各受陰陽剛柔之性故曰形於一　向曰三事三公九司
九卿宏碩皆大也溽濕伊鬱氣不通也平成也言三公九卿大儒皆相與感乎濕暑之氣伊鬱不通而憂乎性命之所不
能生成也惟岷越之不靜寤征行之未寧善曰岷越吳蜀二境也尚

文選十一　三十一

書曰西土人亦不靜　翰曰岷越蜀吳也不靜猶未平也寤覺也征行謂戎馬也寧息也言三公九卿大儒皆知蜀吳未
平戎馬未息也乃昌言曰昔在蕭公暨于孫卿皆先識博
覽明允篤誠莫不以爲不壯不麗不足一民而
重威靈不飾不美不足以訓後而示戒成故當
時享其功利後世賴其英聲善曰尚書曰禹拜昌言蕭公何也荀卿子
曰宮室臺榭以避燥濕養德別輕重也長笛賦序曰博覽典雅左氏傳曰高陽氏有才子明允篤誠漢書曰蕭何治未央
宮上見其壯麗甚怒何曰天子以四海爲家非令壯麗亡以重威且亡令後世有以加也賈逵陳珠曰夫君人者不飾不
美不足以一民國語屈建曰不可以訓後嗣不可以私欲干國毛詩曰我客戾止永觀厥成杜預左氏傳注曰享受也史
記司馬季曰助上養下多其功利封禪書曰飛英聲　濟曰言三公九卿大儒雖知戎馬未息而皆昌言將造宮殿蕭何
造未央宮孫卿子云宮室所以避燥濕別尊卑也則先識博覽明允篤誠者也所以壯麗飾美蓋天子示天下以威靈且

令後世子孫無以加之此謂訓後亦所以示其功成也君者人之所利故當時享其功利後世賴其英美之聲 且五臣有其字許昌者乃大運之攸戾圖讖之所旌苟德義其如斯夫何宮室之勿營善曰獻帝紀曰太史丞許芝奏故白馬令李雲上書曰許昌氣見於當塗高者昌於許當塗高者魏也今魏基昌於許漢徵絕於許春秋元命苞曰許昌爲周當塗春秋說題辭曰大運在五雜書摘亡辭曰五德之運杜預左氏傳注曰戾定也賈逵國語注曰旌表也廣雅曰何問也 翰曰且者重美之言也攸所戾止也大運天運也旌標也且也言許昌乃天運所止圖讖所標也漢時許昌有氣見於當塗高識者以爲昌於許也當塗高魏也且圖讖德義如此夫何宮室之勿營言可營也 帝曰俞哉玄輅既駕輕裘斯御乃命有司禮儀是具審量日力詳度費務鳩經始之黎民五臣作人輯農功之暇豫因東師之獻捷就海孽之賄賂立景福之祕殿備皇居之制度善曰尚書帝曰俞孔安國曰俞然也禮記曰孟冬之月天子乘玄輅又曰是月也天子始裘論語子曰衣輕裘蔡邕月令章句曰凡衣服加於身曰御禮記曰乃命有司漢書景帝詔曰禮官具禮儀漢書曰王延世功費約省用日力寡孫子曰必先算其費務左氏傳郯子曰以鳩其民爾雅曰鳩聚也毛詩曰經始靈臺孔安國尚書傳曰黎衆也又輯集也左氏傳呂相絕秦曰芟夷我農功國語優施曰我教茲暇豫之事君韋昭曰暇閒也豫樂也魏志明帝六年九月脩許昌宮十月田豫討大將周賀於成山殺賀東師獻捷蓋謂此也左氏傳曰齊侯來獻戎捷漢書曰蟲豸之妖謂之孽以吳辟居海曲而稱亂故曰海孽魚列切爾雅曰賄財也魏志明紀曰脩許昌宮起景福殿魯靈光殿賦曰立靈光之祕殿 濟曰俞然也謂明帝聽三公九卿大儒立宮室之言乃曰然哉玄輅車名輕裘暑著服命主司具禮儀計其日功恐多發人力詳其費務恐多用人財鳩集也經始黎人謂梓匠之人也輯因也言集梓匠之衆人因農功之暇豫東師獻捷謂破吳將獲其賄賂就用也孽猶僻也言用海僻之賄賂立此殿備帝居之法度也 爾

乃豐層覆之耽耽建高基之堂堂羅疏五臣本作疎字柱之汨王筆越肅坻直夷鄂五各之鏘鏘善曰西京賦曰大夏耽耽史記曰楚國堂堂之大也羅列也疏柱畫柱也汨越光明貌坻殿基也鄂垠鄂也西京賦曰坻鄂鱗眴 銑曰豐厚層高也覆屋蓋也言厚而且高耽耽深邃貌堂堂高敞貌疏謂一一布之汨越羅列貌肅嚴威貌坻鄂猶畔際也鏘鏘高貌 飛櫚翼以軒翥反宇巘魚桀以高驤流羽毛之葳蕤垂環玭蒲眠之琳琅善曰西京賦曰反宇業業飛櫚轔轔又曰鳳騫翥於甍標西都賦曰荷棟桴而高驤言宮室以羽毛爲飾又垂環玭及琳琅也西都賦曰翡翠火齊葳蕤羽毛之貌爾雅曰肉好若一謂之環說文曰玭珠也 銑曰軒猶高也言飛櫚如鳥翼之高翥翥者羽之飛也反宇謂屋蓋向上偃者巘謂屋上闊也言屋櫚向上偃闊而勢舉也室內飾羽毛翡翠之類葳蕤毛羽美貌環玭琳琅皆珠玉雜垂於中也 參三旗九旒從風飄揚皓皓旰旰丹彩煌煌善曰周禮曰熊旗六斿以象伐毛萇詩傳曰參伐也然伐一星以旗象參故曰參旗周禮曰龍旗九旒今云參旗九旒蓋一指旗名一言旒數可以相明也旰旰煌煌皆盛貌 翰

曰參三也旗上畫日月星九旒九旗也皓皓旰旰丹彩煌煌皆旌旗之光明 故其華表則鎬呆老鎬鑠鑠舒灼赫奕章灼若日月之麗天也善曰華表謂華飾屋之表外也鎬鎬鑠鑠赫奕章灼皆光顯昭明也周易曰日月麗乎天 良同善注 其奧祕則翳蔽曖昧髣髴退概若幽星之纚力氏連也善曰魯靈光殿賦曰西序重深而奧祕蔽翳曖昧髣髴退概皆謂幽深不明也幽猶夜也曖音愛概古愛切纚相連之貌 銑曰言殿內深奧翳蔽曖昧髣髴退概皆幽遠不分明貌幽夜也言深邃之中見珠玉光飾之物若夜星之相連纚綴 既櫛比逸眦而櫕集又宏璉以豐敞兼苞博落不常一象善曰毛詩曰其比如櫛璉未詳一曰宏連大連衆木也王逸楚辭注曰橫木關柱爲連璉與連古字通博落謂所繞若廣也郭璞山海經注曰絡繞也落與絡古字通 翰曰櫛梳宏大璉美敞高也博落廣疎也言殿宇相連接如梳齒相比而櫕集大美敞廣而且疎丹青奇異故不常一象也 遠而望之若摛朱霞

而耀天文迫而察之若仰崇山而載垂雲嗟環
瑋以壯麗紛彧彧郁 其難分此其大較角也 善曰
廣雅曰摛舒也宋衷易緯注曰天文者謂三光王襃甘泉賦
曰却而望之鬱乎似積雲就而察之霽乎若太山南都賦曰
紛郁郁其難詳大較猶大略也孔安國尚書傳曰大較三品
也濟曰摛槃也朱霞言殿形赤有似霞也近見如高山之
上戴霄復繁雲而垂下嗟歎美之辭瓌奇瑋美也紛或或文章
多貌較略也言奇美壯麗文章多難以分別且述其大略如
此也 若乃高甍萌 崔嵬飛宇承霓緜蠻黮徒感䨴徒會
隨雲融泄曳 鳥企山峙若翔若滯 善曰薛綜西京賦注曰甍棟也
韓詩曰緜蠻黃鳥薛君曰緜蠻文貌黮䨴黑貌融泄動貌言
屋形高竦如鳥之企如山之竦若翔若滯山鳥之貌毛詩曰
如鳥斯企說文曰企舉踵也去豉切魯靈光殿賦曰屹山峙
以紆鬱 向曰上言大較此復重述甍屋棡也崔嵬高貌飛
宇承霓言其高承於雲霓緜蠻文貌黮䨴黑貌融泄雲動貌
言屋高入雲若隨雲而動企鳥立也言高峻之勢如鳥立而

欲翔山峙而且止滯止也 峨峨嶫嶫業 罔識所屆雖離朱之至
精猶眩曜而不能昭晰也 五臣本無也字 善曰西京賦曰嵯峨㨗業罔識所則趙
岐孟子章句曰離朱即離婁也淮南子曰離朱之明察箴末
於百步之外箴古針字王逸楚辭注曰眩曜惑亂貌說文曰
昭晰明也晰之逝切 向曰峨峨嶫嶫高貌罔無屆至也離
朱古之明目者則離婁也言此殿高峻人皆無能識其所至
者雖離婁目睛尚猶眩曜不能昭晰也眩曜不分明貌昭晰明也 爾乃開南端之豁達
張筍虡之輪囷華鍾杌几 其高懸悍汗 獸仡以
儷陳體洪剛之猛毅聲訇普宏 磤隱 其若震音眞 善曰
九正門皆謂之端門春秋說題辭曰血書魯端門豁達門涌
之貌輪囷其形也言端門之內爲筍以懸華鍾又植悍獸爲
虡以負之仡然相對而陳列之東都賦曰發華鍾周禮曰鳬
氏爲獸之形大聲有力者以爲鍾虡言當筍下爲兩飛獸以
背負何休公羊傳注曰仡然壯勇貌賈逵國語注曰儷偶也
儷力計切毛詩傳曰磤雷聲也 銑曰南端南門筍虡鍾架
也輪囷多貌華鍾鍾有文飾也杌高懸舉也悍獸熊虎也鍾
架之足刻爲其形仡壯勇貌儷雙也訇磤聲也言華鍾已懸
悍獸勇形雙布陳其形體猛毅也鍾聲訇磤如雷震 爰有遐狄鐐音遼 質輪菌坐
高門之側堂彰聖主之威神 善曰遐狄即長狄也以鐐爲質輪菌然也爾雅
曰白金謂之銀美者謂之鐐郭璞曰音遼也廣雅曰質軀也
輪音倫菌其旻切坐謂爲金狄坐於高門側堂之中以明聖
主之有威神晏子曰景公坐於堂側 翰曰遐狄長狄也古
之長人以銀鑄之其形質輪菌然而高皆坐於門側堂上以
明帝王威神能臣伏異類鐐銀也 芸若充庭槐楓被宸辰 綴以萬年
綷以紫榛或以嘉名取寵或以美材見珍結實
商秋敷華青春藹藹萋萋馥馥芬芬 善曰禮記曰仲冬之月芸
始生鄭玄曰芸香草也若杜若何休公羊傳注曰充滿也槐
楓二木名說文曰宸屋宇也賈逵國語注曰綴連也晉宮閣
銘曰華林園萬年樹十四株綷猶雜也毛詩曰山有紫榛毛
萇曰榛木名萬年嘉名之屬紫榛美材之屬禮記曰孟秋之

月其音商楚辭曰青春受謝王逸曰青東方爲春位其色青
濟曰芸若香草槐楓木名被滿也帝居曰宸言植此草木
滿於宸中萬年紫榛木名綴綷皆錯雜也言此草木或以脩
幹奇花異葉者則見珍貴皆結子秋時布花春節藹藹萋萋盛
貌馥馥芬芬香氣也 爾其結構則脩梁彩制下褰上奇桁梧
複疊勢合形離艷如宛五臣作蜿 虹赫如奔螭南岠
陽榮北極幽崖宜 任重道遠厥庸五臣作用 孔多 善曰
脩梁跨迴故曰褰衆彩殊制故曰奇徐爰射雉賦注曰褰開
也說文曰奇異也桁梁上所施也桁與衡同梧柱也音悟宛
虹奔螭梁上之飾也如淳漢書注曰宛虹屈虹也言椽栱交
結南自陽榮而北至幽崖故云任重道遠其功甚多多當爲
謻廣雅曰謻多也紙移切郭璞上林賦注曰榮屋重簷也在
南曰陽論語曰任重而道遠 良曰脩長褰舉也高險曰奇
言長梁光彩之制自下舉而上險桁梧枓栱也皆重疊而施
其勢或合或離艷然如蜿虹赫然如奔螭龍也距至也陽
榮南簷也幽崖北邊也言長梁南至陽榮北極幽崖
此則任重道遠其用甚多亦如君得良臣任而用之 於是

列髹（休）形之繡桷，垂琬琰之文璫，蝹（於云）若神龍之登降，灼若明月之流光。（善曰：言桷以髹漆飾之，而爲藻繡，以琬琰之玉而爲文璫。漢書曰：殿上髹。周禮曰：王之喪車髹飾。鄭玄曰：赤多黑少謂之髹。韋昭曰：髹，漆爲髹。尚書曰：弘璧琬琰在西序。上林賦曰：華榱璧璫。神龍，繡桷也。明月，文璫也。薛綜西京賦注曰：蝹，龍貌。翰曰：髹形，丹漆也。畫文繡之色於椽上，塗以丹漆。琬琰，玉也。璫，椽頭也。以玉爲文於上。蝹，龍貌。灼，光明也。）爰有禁楄（補沔），勸分翼張，承以陽馬，接以圓方，斑間賦白，疏密有章。（善曰：楄，陽馬之短桷也。說文曰：楄，署也。扁從戶冊者，署門戶也。楄署雖殊，爲文之義則一也。扁與楄同，一音以辯切。冊，楚責切。勸分翼張，言如獸勸之分，鳥翼之張。釋名曰：勸與助古字通。陽馬，四阿長桁也。禁楄列布，承以陽馬，衆材相接，或負方也。馬融梁將軍西第賦曰：騰極受檐，陽馬承楄。廣雅曰：斑，分也。毛萇詩傳曰：賦，布也。考工記曰：畫繪之事，赤與白謂之章。向曰：禁楄，短椽也。勸分翼張，分布之貌。陽馬，屋四角引出以承短椽者，相連接，或圓或方，斑白相間，疏密各有文章也。）

飛柳（五臣作昂）鳥踊，雙轅是荷，赴險（五臣作隘）凌虛，獵捷相和。（善本作加。善曰：飛柳之形類鳥之飛，又有雙轅任承檐以荷衆材。今人名屋四阿拱曰欃柳也。劉梁七舉曰：雙覆井芙，荷垂英柳，吾郎切。銑曰：飛昂，陽馬也。言如鳥之飛踊下，有雙轅負之，故云是荷。雙轅，承柱木也。衆材交構，或赴險而凌虛，獵捷相接皃。）皎皎白間，離離列錢，晃光内照，流景外烻，烈若鉤星在漢，渙若雲梁承天。（善曰：白間，青瑣之側，以白塗之，今猶謂之白間。列錢，金釭也。西京賦曰：金釭銜璧，是爲列錢。晃光曰景也。日光照於室中，而流景外發。白延，起也。西都賦曰：激日景而納光。烻，起貌，式延切。言宮殿列然光明，若鉤星之在河漢，渙然高廣，又似雲梁而承於天也。廣雅曰：辰星或謂之鉤星。雲梁，以雲爲梁也。銑曰：皎皎，白貌。白間，窗也，以白塗之，畫爲錢文。離離，分別貌。烻，光動也。日光照之於中，綵色流出於外，動其輝光。鉤星，星名，在河漢中。言此中光色烈烈然似之也。雲梁承天，言梁高如雲虹之狀，以承於天。）騧（瓜）徙（五臣作徒）增錯，轉縣成郛，茄（加）蔤（密）倒植，吐被

芙蕖，繚（了）以藻井，編以綷（子會）疏，紅葩𩏂（胡甲）韡（直甲），丹綺離婁（力俱），菡（胡感）萏（徒敢）赩翕，纖縟紛敷，繁飾累巧，不可勝書。（善曰：騧或爲蝸，言合衆板上爲井欄，而形文錯若蝸之徙遞，轉縣之，各成郛郭。爾雅曰：荷，芙蕖，其莖茄，其本蔤。郭璞曰：莖下白蒻在泥中者。蒼頡篇曰：植，種也。廣雅曰：繚，繞纏也。西京賦曰：蔕倒茄於藻井，披紅葩之狎獵。又曰：何工巧之瑰瑋，交綺豁以疏寮。綷疏謂繪五彩於刻鏤之中。離婁，刻鏤之貌。劉向熏爐銘曰：雕鏤萬獸，離婁相加。爾雅曰：荷，其華菡萏。萏與菡同。說文曰：縟，采飾也。廣雅曰：勝，舉也。言不可勝而書。翰曰：林木衆合參差，文章如騧蟲之徙，相重雜也。迴旋相連，如郛郭之居相接也。茄蔤芙蕖，皆水草名，並仰畫於屋中，如倒生吐被。其茵𩏂韡，花相次比貌。離婁，顏色相分布貌。菡萏赩翕，芙蕖色也。纖縟紛敷，彩色亂布貌。言巧妙不可盡書。）於是蘭栭積重，㯲（其矩）數矩設，欂（子兼）櫨（盧）各落以相承，欒拱夭（五臣從矢）蟜而交結。（善曰：蘭，木蘭也。以木蘭爲栭，言蘭栭重疊交互，以相承，有似㯲數，故借其名焉。蘇林漢書注曰：㯲數，四股鉤數，所柱切。欂，即柳也。說文曰：櫨，柱上柎也。薛綜西京賦注曰：欒，柱上曲木兩頭受櫨者。拱，欒類而曲也。夭蟜，欒拱長壯之貌。蟜，其夭切。翰曰：蘭，香木。栭，梁上短柱也。皆重積之。㯲數，衆木攢貌。矩，規矩也。言衆木相攢，皆中規矩而安設之。欂櫨，曲枅梁也。各落，危峙貌。欒以承拱，拱以承枓。夭蟜，高貌。言皆相承而交結。）金楹齊列，玉舄承跋，青瑣銀鋪，是爲閨闥。（善曰：金楹，金柱也。而以玉礩承柱之跋也。西京賦曰：雕楹玉碣。廣雅曰：碣，礩也。禮記曰：蠋不見跋。鄭玄曰：跋，本也。方末切。言以青瑣銀鋪是爲閨闥之飾。漢書曰：赤墀青瑣。銀鋪，以銀爲鋪首也。長門賦曰：擠玉戶而撼金鋪。良曰：金楹，金飾柱。玉舄，玉爲礎，以承柱下。跋，柱根也。青瑣，窗也，以青畫爲瑣文。鋪，門飾，以銀。閨闥，門類。）雙枚既脩，重桴乃飾，梍（毗）梠緣邊，周流四極，侯衛之班，藩服之職。（善曰：雙枚，屋内重檐也。重桴，重棟也。在内謂之雙枚，在外謂之重桴。言重檐既長，因達于外，而重棟以施彩飾也。枚，莫回切。言以梍梠緣屋邊隅，周而流移，至於四極。說文曰：梍梠，秦名屋緜聯，楚謂之梠也。言梍梠之居四極，若五服之鎮外藩也。周

書有侯衛藩服小雅曰班次也　濟曰雙枝壂内兩重作梁也重桴在外作兩重牽也棍梠謂連簷木以承瓦也言緣邊周繞四極而徧之如諸侯之班秩五服以守王職也**温房承其東序涼室處其西偏**善曰温房涼室二殿名卞蘭許昌宮賦曰則有望舒涼室羲和温房然卞何同時今引之者轉以相明也　良同善注**開建陽則朱炎豔啓金光則清風臻**善曰建陽門在東金光在西白虎通曰炎者太陽韋仲將景福殿賦曰昭剛義於金光崇柔惠於建陽爾雅曰臻至也　良曰建陽東門朱炎日也豔日光言開東門則日光至金光西門也開之則青風至**故冬不淒寒夏無炎燀**五臣作嘽昌延**鈞調中適可以永年**善曰言寒暑猶門故無寒燀之患毛萇詩傳曰淒寒風也國語太子晉曰水無沈氣火無炎燀韋昭曰燀炎起貌呂氏春秋曰衷也者適也高誘曰適中也舞賦曰永年之術　銑曰燀熱氣言冬則居温房故不淒寒夏則處涼室故無炎氣此則鈞調適志故可以保長年也**墉垣碭**徒浪**基其光昭昭**之紹切五臣本作照照**周制白盛今也維縹**匹眇反　善曰爾雅曰牆謂之墉說文曰碭文石也墉之色也周禮曰掌蜃共白盛之蜃鄭玄注曰盛猶成也謂飾墉使白之蜃也今東萊用蛤謂之叉灰劉梁七舉曰丹墀縹壁紫柱紅梁　銑曰墉垣牆也碭文石以爲牆根其光照照然縹淺碧言周家以白牆爲盛今以淺碧爲華**落帶金釭此焉二等明珠翠羽往往而在**善曰落帶壁帶也而交落之上施金釭而爲二等漢書曰昭陽舍其壁帶往往爲黃金釭函藍田璧漢書曰昭陽舍往往明珠翠羽飾之　銑曰金釭金盞也致寶玉於中自上懸下猶如落帶兩重懸之故云二等兼以明月珠翡翠飾焉往往而在言多也**欽先王之允塞悅重華之無爲**善曰尚書曰重華濬哲文明温恭允塞孔安國曰舜有深智文明温恭之德信充塞四表上下也論語曰無爲而治者其舜也歟　銑曰欽敬允信也言敬先王以信塞於天下悅帝舜無爲之理也**命共工使作繢明五采之彰**五臣作章**施**善曰尚書帝曰垂命汝作共工又曰予欲觀古人之象作會宗彝以五采彰施于五色作服汝明鄭玄曰繢讀曰繪凡畫者爲繪胡對切　銑曰共工舜掌工人之官故將命

此官使作繪畫明五采之服各有文章所施用也**圖象古昔以當箴規椒房之列是準是儀**善曰韋昭國語注曰箴箴刺王闕鄭玄毛詩箋曰規正圓之器以思親正君曰規也漢書舊儀曰皇后稱椒房詩曰椒聊之實蕃衍盈升美其繁興也　翰曰言畫古者明君暗主賢愚之象以爲君王之誡椒房后妃之室亦爲之是標準儀範**觀**五臣作覩**虞姬之容止知治國之佞**五臣作侫**臣**善曰列女傳曰齊虞姬者名娟之齊威王之姬也齊威王即位諸侯並侵之其佞臣周破胡專權擅勢嫉賢妒能即墨大夫賢而日毀之阿大夫不肖反日譽之虞姬謂王曰破胡讒諛之佞臣也不可不退齊有北郭先生者賢明於道可置左右王乃封即墨大夫以萬戶烹阿大夫與周破胡遂收故侵地齊國大治　翰曰虞姬齊威王妃也齊王即位九年國不治姬乃勸王誅讒臣用賢臣國大治侯待也言見虞姬之狀則知國待賢臣也**見姜后之解珮寤前世之所遵**善曰列女傳曰周宣姜后者齊侯之女宣王之后也宣王嘗夜臥而晏起后夫人不出於房姜后既出乃脫簪珥待罪於永巷使其傅母通言於王曰妾不才妾之淫心見矣致君王失禮而晏朝注云永巷宮塗是也　向注同言見此事以寤前代之所遵法也**賢鍾離之讜言懿楚樊之退身**善曰列女傳曰鍾離春者齊無鹽邑之女也爲人極醜自詣宣王願乞一見宣王乃見之乃舉手拊膝曰殆哉殆哉宣王曰願聞命對曰今西有橫秦之患南有強楚之讎春秋四十壯男不立一殆也漸臺五層萬民疲困此二殆也賢者伏匿山林諂諛強於左右此三殆也酒漿流湎以夜繼日女樂俳優縱橫大笑此四殆也宣王喟然而嘆寡人之殆幾不全拜無鹽君以爲王后漢書成帝曰久不見班生今日復聞讜言聲類曰讜善言也列女傳曰楚莊生樊姬者楚莊王之夫人也王嘗聽朝而罷晏樊姬曰何罷之晏王曰今旦與賢者語樊姬曰王之所謂賢者諸侯之客與將國中士也王曰虞丘子也樊姬掩口而笑曰妾幸得充後宮妾所進者九人今賢於妾者二人與妾同列者七人今夫虞丘子之相楚十餘年矣其所薦者非其子孫則族昆弟未嘗聞其進賢而退不肖夫知賢而不進是不忠也若不知賢是無知也豈可謂賢哉　翰曰讜直也餘注同言王以姬之言告虞丘子丘子避位而進孫叔敖敖相楚三年而理故此美楚姬之言而虞丘退身也**嘉班妾之辭輦偉孟母之擇**

隣善曰漢書曰成帝遊於後庭嘗與班婕妤同輦婕妤辭曰三代末主乃有嬖女今欲同輦得無近似之列女傳曰孟軻母者即孟子母也號曰孟母其舍近墓孟子之少也嬉戲爲墓閒之事踊躍築埋孟母曰此非所以居處子也乃去舍市傍其子嬉戲爲賈又曰此非所以居處子也乃舍學宫之傍其子遊嬉乃設俎豆揖讓進退曰此可以居子遂居及孟子長學六藝卒成大儒　翰同善注

故將廣智必先多聞善曰文子曰聰明廣智守以愚多聞博辯守以儉國語曰晉公使趙衰爲卿辭曰胥臣多聞臣不若也　向曰將廣益其智必先多聞古今之道也

多聞多雜多雜眩眞善曰揚子曰雜乎雜人病多知爲雜惟聖人爲不雜賈逵國語注曰眩惑也　向曰人之多聞必有混雜而眩惑其眞性

不眩焉在在乎擇人善曰左氏傳士文伯謂晉侯曰務三而已一曰擇人杜預曰擇賢人也　翰曰使無眩惑之性何在也在乎擇人故人君擇賢臣而後用士則擇賢

故將立德必先近仁善曰言將欲立德必先近而後交乃無眩也於仁賢也左氏傳穆叔曰太上立德禮記曰力行近乎仁也　銑曰仁道柔故先近之

欲此禮之不諐去乾**是以盡乎行道之先民**善曰大戴禮詩曰禮義之不諐何恤人言禮記孔子曰行道之人國語曰古曰在昔昔曰先民也　翰曰諐違也言欲上下之禮不違則爲上盡行其道以先憂人爲務也下人和則附於上故上下之禮長不違也

朝觀夕覽何與書紳善曰言朝夕觀覽圖畫何如書紳之事乎論語曰子張書諸紳　濟曰與用也言此上事皆朝夕觀覽之足爲明鏡亦何用書之於紳乃可爲識也紳帶也

若乃階除連延蕭曼五臣作蔓**雲征**善曰蕭曼蕭條曼延言高遠也西京賦曰涂閣雲曼靈光殿賦曰飛陛揭孽緣雲上征　濟曰此復說宮殿之外除亦皆也連延長貌蕭曼高遠也征行也言其高峻若行於雲中

櫺檻邳五臣作披**張鈎錯矩成**善曰西京賦曰伏櫺檻而頫聽薛綜曰櫺檻臺上欄也邳或爲丕孔安國尚書傳曰丕大也鉤以正曲矩以正方也莊子曰曲者不以鉤方者不以矩錯猶治也　向曰櫺檻欄也言大張設之鉤錯矩成言鉤欄中錯爲斜方之文也

楯類騰蛇槢習**似瓊英**善曰槩楯彫鏤形類騰蛇槩楯文采又似瓊英越絕書曰越王勾踐欲伐吳大夫文

種於是作榮楯嬰以白璧鏤以黃金狀類龍蛇以獻吳王一曰應劭漢書注曰楯欄橫也司馬彪莊子注曰槢械楔也瓊英玉英也此既施之於櫺檻然九楔皆謂之槢楔先結切　向注同

如螭之蟠如虬之停善曰廣雅曰無角曰螭龍有角曰虯龍方言曰未升天龍謂之蟠龍　良注同蟠屈停止也

玄軒交登光藻昭明騶虞承獻素質仁形彰天瑞之休顯照五臣作昭**遠戎之來庭**善曰司馬彪上林賦注曰軒楯下版也上加漆故曰玄軒楯階除之欄故曰交登鄭玄周禮注曰登升也言於騶虞以乘軒版狀軒軒然毛萇詩傳曰騶虞白虎黑文毛詩序曰仁如騶虞則王道成矣劉熙孟子注曰獻猶軒也在物上之稱也廣雅曰質地也司馬相如封禪書騶虞頌曰厥塗靡從天瑞之徵王褒四子講德論曰南郡獲白虎是以北狄賓也　良曰彰明也軒上下道也道中深邃故云玄也交登謂道多交手而上藻文也騶虞白虎黑文也天子有至仁之德則遠方承命而獻之故云有仁形也魏有此瑞今作其形於殿以彰天瑞之休明遠方之來王庭也

陰堂承北方軒九戸右个古賀**清宴西東其宇**善曰在北故稱陰堂也方軒併窻也西京賦曰九戸開闢杜預左氏傳注曰个東西廂也清宴殿名韋誕景福殿賦曰離殿別館繁如列星安昌延休清宴永寧　濟注同方並也軒門上板言陰堂有九門門上並板而作右个西廂也清宴殿名此側室也故東西爲之

連以永寧安昌臨圃遂及百子後宮攸處善曰洛陽宮殿簿曰許昌宮永寧殿七間安昌殿十間臨圃殿名韋誕景福殿賦曰美百子之特居嘉休祥之令名鄭玄毛詩箋曰大姒十子衆妾則宜百子其殿之名蓋取於此　向曰永寧安昌臨圃並殿名與大殿相連百子亦殿名宮女所處

處之斯何窈窕淑女思齊徽音聿求多祜五臣本作其**祜**善曰毛詩曰大姒嗣徽音則百斯男又曰蔡有不克自求伊祜　向曰言處百子殿者何人乃窈窕淑女窈窕美貌淑善也詩云思齊大任文王之母此善其美音也徽美聿循祜福也言循順以求其多福

伊何宜爾子孫五臣本作孫子**克明克哲克聰克敏**音美叶韻

永錫難老兆民賴止善曰詩曰宜爾子孫振振兮蔡邕橋玄碑曰克明克哲實

斂寶聽毛詩曰農夫克敏錫之以難老令其壽考毛詩曰既飲旨酒永錫難老尚書曰一人有慶兆民賴之　銑曰伊惟克能哲智敏達永長錫賜也言能明能智能聰能達則上天長賜其福而難老保壽子孫有德以御天下故兆民慶賴矣止語辭也

於南則有承光前殿賦政之宮納賢用能詢道求中疆理宇宙甄陶國風雲行雨施品物咸融善曰洛陽宮殿簿曰許昌宮承光殿七間西京賦曰表賢簡能毛萇詩傳曰親戚之謀爲詢也左氏傳齊賓媚人謂晉人曰先王疆理天下揚子法言曰甄陶天下其在和乎李軌曰埏埴爲器曰甄陶王者亦甄陶其民也埏失然切周易曰雲行雨施品物流形融猶通也　翰曰賦政宮名納用賢能詢謀臣下求大中之道定封疆以理天下甄陶謂燒土爲器言欲政化純厚亦如甄陶乃成咸皆融通也言天子惠化於人如雲雨霑萬物皆以通及之也

其西則有左城七得右平講肆五臣作肄之場二六對陳殿翼相當善曰七略曰蹵鞠者傳曰黃帝所作王者宮中必左城而右平城循國也言有國當治之也蹵

鞠亦有治國之象左城而右平侯權景福殿賦曰乃造彼鞠室講肄謂習武也賈逵國語注曰肄習也二六蓋鞠室之數而室有一人也李尤鞠室銘曰圓鞠方牆放象陰陽法月衡對二六相當下蘭許昌宮賦曰設御坐於鞠域觀奇材之曜暉二六對而講功體便捷而若飛　濟曰左城右平蹵鞠室名肆猶戲也言此爲講戲之場二六對陳十二人也殿翼相當謂屋勢如鳥翼

僻匹亦脫承便蓋象戎兵察解言歸譬諸政刑將以行令豈惟娛情善曰言相辟脫以要敵人之便以象戎兵習戰之術也七略曰蹵鞠兵勢也漢書音義曰梓胡故今相僻卧輪之類僻匹赤切言察之既解而各言歸斯實譬之政刑於爲戲樂而已七略曰蹵鞠其法律多微意皆因嬉戲以講練士至今軍士羽林無事使得蹵鞠歸田賦曰聊以娛情　濟曰言蹵鞠之徒便僻輕脫承敵人之便以求其勝此乃如戎兵之事考察勝否相解而歸也蹵鞠以行征法律多也皆因戲以教法故譬諸政刑亦將以行令也非所以娛樂其情矣

鎮以崇臺寔曰永始複閣重闈猖狂是俟善同良注韋仲將景福殿賦曰時襲羊以劉覽步華輦於永始知稼穡之艱難壯農夫之克敏莊子曰猖狂妄行也　良曰寔足也永始臺名鎮在宮南闈門也猖狂賊也俟備也此臺下有倉禀使人守備也

京庾之儲無物五臣作所不有不虞之戒於是焉五臣本作焉是取千口反　善曰毛詩曰曾孫之庾如坻如京鄭玄曰庾露積穀也西京賦曰于何不有言有不虞之戒取京庾以給之周易曰君子以除戎器戒不虞　向曰京大庾倉也言倉中儲積無物不有以戒慎戎馬不測度之事此則取給也虞度也

爾乃建凌雲之層盤浚虞淵之靈沼清露瀼瀼而羊淥水浩浩善曰凌雲層盤名也爲之以承甘露也虞淵靈沼名也韋仲將景福殿賦曰虞淵靈沼淥水決決毛詩曰王在靈沼清露層盤之露也毛詩曰零露瀼瀼尚書曰浩浩滔天　銑曰凌雲臺名層高也上有盤以承甘露也虞淵沼名靈者美言之餘同善注

樹以嘉木植以芳草善曰西京賦曰嘉木樹庭芳草如積　翰曰樹植於虞淵之側悠悠玄魚皠皠鶴白鳥沈浮翱翔樂我皇道善曰孔叢子孔子歌曰黃河洋洋悠悠之魚毛

詩曰白鳥翯翯毛萇詩傳曰翯翯肥澤也翯與皠音義同樂我皇道言魚鳥得所　翰曰皇大也悠悠魚浮貌在深泉故云玄也皠皠白貌言魚鳥沉浮翱翔自得天性樂我大道

若乃虬龍灌注溝洫交流陸設殿館水方輕舟善曰言爲虬龍灌溝洫交橫而流東征賦曰望河雒之交流爾雅曰大夫方舟郭璞曰併兩船　向曰方並也言刻虬龍形使吐水注以成溝洫交流於宮中故陸地則有殿館之舍水則並輕舟而遊

篁棲鶤鷺瀨戲鰋鮋紬豐侔淮海富賑山丘叢集委積焉可殫籌雖咸池之壯觀夫何足以比五臣作此[illegible]善曰服虔漢書注曰篁叢竹也鶤鷺二鳥鰋鮋二魚字林曰侔齊等也爵銘曰富如江海孫卿子曰節用裕民且有富厚丘山之積矣爾雅曰賑富鄭玄周禮注曰少曰委多曰積儀禮注曰籌筭也春秋漢含孳曰咸池主五穀宋均曰咸池取池水灌注生物以爲名也元命苞曰其星五者各有職以畜積爲天持五穀爾雅曰[illegible]匹也　向注同瀨波也賑盈殫盡籌筭言萬物之豐富齊於淮海盈於山丘集積不可盡筭也咸池日出處

今雖咸池之廣何足匹於此也**於是碣**五臣作揭音桀**以高昌崇觀表以建城峻廬**善曰韋仲將景福殿賦曰北看高昌邪睨建城向曰揭特高貌表出羣而見也高昌建城二觀名觀樓也崇峻皆高也廬觀舍之通稱**岧**徒聊**嶢岑立崔嵬巒居飛閣干雲浮階乘虛**善曰爾雅曰山小而高曰岑又曰巒山墮郭璞曰山形長狹者荊州謂之巒西都賦曰脩涂飛閣西京賦曰干雲霧而上達浮階飛陛也良曰岑巒並山名岧嶢崔嵬危高貌飛閣浮階言高如鳥飛干雲入於雲乘其虛空也**遙目九野遠覽長圖俯看**善本作頫眺**三市孰有誰無**善曰謂建城也淮南子曰上通九天下貫九野高誘曰九天八方中九野亦如之周禮曰遂人掌邦之野以土地之圖經田野三市謂高昌也韋仲將景福殿賦曰踐高昌以北眺臨列隊之京市周禮曰大市日反而市朝市朝時而市夕市夕時為市孟子曰古之為市以其所有易其所無翰曰遙遠也九野九州言登高樓遠視九州之野覽為國之長圖俯看三市之貨有何物無何物此憂人之至**覩農人之耘耔亮稼穡之艱難惟饗年之豐寡思無逸之所歎**平聲善曰毛詩曰或耘或耔黍稷薿薿尚書無逸篇周公曰嗚呼君子所其無逸先知稼穡之艱難乃逸又曰我聞在昔殷王中宗享國七十有五年高宗之享國五十有九年自是厥後立王生則逸或五六年或四三年銑曰耘除草耔養苗也亮信也種曰稼收曰穡言復見農夫之作勞信知種收之艱難豐多寡少也餘同善注言此享年多少乃思無逸之為歎此戒懼之詞**感物衆而思深因居高而慮危惟天德之不易懼世俗之難知**善曰謂三市也感猶思也居易曰日中為市聚天下之貨又曰君子安而不忘危周易曰用九天德不可為首也尚書曰爾亦弗知天命不易也翰曰天德謂君也言居高樓見天下至廣萬物至衆須安而治之惻然思深慮見危亂則知為君不易亦懼知人之難也**觀器械之良窳**以主**察俗化之誠偽瞻貴賤之所在悟政刑之夷陂**彼義反善曰文子曰器械不惡而職事不慢也鄭玄禮記曰器械禮樂之器及兵甲也史記曰舜陶河濱器

不苦窳晉灼曰窳病班固漢書贊曰孝宣之治至於器械自元成間鮮能及之亦足以知吏稱其職民安其業晏子春秋景公謂晏子曰子之宅近市則識貴賤乎荅曰既竊利之敢不識乎公曰何貴何賤是時也景公繁於刑晏子對曰踊貴而屨賤公是以省刑孔安國尚書傳曰夷平也陂險也銑曰器械器用之物窳濫也誠信夷平也陂險而不平也言觀人器用之物監者去之審察風俗有誠信有偽薄者勸之瞻時物之貴賤者令其均等省悟政刑平否而正之**亦所以省風助教豈惟盤樂而崇侈靡**善曰省風觀器械也國語伶州鳩曰天子省風以作樂助教察政刑也班固漢書述曰威實輔德刑亦助教子虛賦曰奢言淫樂而顯侈靡也向曰言比高樓殿觀亦以觀省是非以助風教豈徒游樂而尚其奢侈乎**屯方列署三十有二星居宿陳綺錯鱗比**毗至反善曰聲類曰坊別屋也方與坊古字通釋名曰坊別屋名星散也列位布散也宿星宿也比比相次也扶至切濟曰屯方屯營也列署百官諸曹有三十二星居言如星宿之陳布室宇錯如鱗之相比次**辛壬癸甲為之名秩房室齊均堂庭如一出此入彼欲反忘術**善曰辛壬癸甲十干之名今取以題房署以別先後也廣雅曰術道也濟曰秩次也言以甲乙為名次也言房室皆門牖相類出入欲反舊所乃迷忘其道也**惟工匠之多端固萬變之不窮物無難而不知乃與造化乎比隆**善曰楚辭曰亦多端而膠加又曰萬變之情豈其可盡列子曰穆王見偃師歎曰人之巧乃與造化同功淮南子曰大丈夫恬然無為與造化逍遙高誘曰造化天地也銑曰言匠人奇巧萬人不窮而物難為者亦以成之實可與造化比成功也**雖天地以開基並列宿而作制制無細而不協於規景作無微而不違於水臬**五結反善曰無細不合皆言合也無微而違言不違也周禮匠人建國水地以縣置槷以縣眡以景為規識日出之景與日入之景鄭玄曰於四角立植而縣以水望其高下高下既定乃為位而平地也槷古文臬假借字也於所平之地中樹八尺之臬以縣正之眡之其景將以正四方也銑曰雖比協合也言比天地上圓下方並列宿紫微星地無

細不協言合也無微而違言不違也水臬水平也言屋南北上下之正以木度日影以水平觀之言無細微差矣皆合於規景不違於水平故其增構如積植木如林區連域絕葉比枝分離背別趣駢田五臣作塡胥附善同向注向曰駢塡多貌胥相也植木以材木相挿如林之多區院域牆也言院皆相連牆為隔絕如葉相比如枝相分堂室正皆雖殊各有異趣駢塡以相附著縱橫踰延各有攸注公輸荒其規矩匠石不知其所斲善曰墨子曰公輸般為雲梯鄭玄禮記注曰公輸若匠師也般若之族多技巧也孔安國尚書傳曰荒廢也莊子曰匠石之齊見櫟社樹觀者如市匠伯不顧司馬彪曰匠石字伯諺父曰斲竹句切濟曰縱橫踰延言多也攸所注合也言材木雖多各有所合而不虛設工輸匠石之工巧者言其皆發方圓之制不知其斤斲之道言不及此之工巧也既窮巧於規摹何彩章之未殫爾乃文以朱綠飾以碧丹善曰言既極規摹之巧而未盡采章之盛故文之以朱綠而飾之以碧丹也傅毅七激曰文以朱綠殫下或有駁字非也濟曰何數詞也彩章文飾也殫盡也數文飾之未盡將更為也

點以銀黃爍以琅玕光明熠以入爚藥文彩璘班五臣本作煸音斌一善曰黃謂黃金漢書曰揚僕懷銀黃也說文曰熠光也爚火光也埤蒼曰璘瑞文貌濟曰爍亦飾也琅玕美玉熠爚璘斑煸光明文彩貌清風萃而成響朝日曜而增鮮雖崐崘之靈宮將何以乎侈旃善曰穆天子傳曰天升於崐崘之丘觀黃帝之宮向曰萃集侈美旃之也言朱綠碧丹銀黃琅玕之屬風集則有聲日照則增光雖崐崘山天帝之居何以美之天帝神居故云靈宮規矩既應乎天地舉措又順乎四時是以六合元亨九有雍熙家懷克讓之風人詠康哉之詩善曰太玄經曰天道成規地道成矩文子曰舉措發置不可不審順乎四時即順時立政也呂氏春秋曰神通乎六合高誘曰四方上下為六合易曰元者善之長也亨者嘉之會也毛詩曰方命厥后奄有九有毛萇曰九有九州也東京賦曰上下共其雍熙尚書曰黎民於變時雍又曰庶績咸熙尚書曰允恭克讓又咎繇乃歌曰元首明哉股肱良哉庶事康哉翰曰措置也謂宮殿方圓應天地之所舉置又順於四時所謂温室在東涼室在西陰堂在北承光在南也元大亨通雍和熙廣也六合九有並天下也言天下大通和平德化廣被家懷能讓之風人誦康哉之詩莫不優遊以自得故淡泊而無所思善曰毛詩曰優哉游哉鄭玄曰優游自安止也東都主人曰莫不憂游而自得玉潤而金聲淮南子曰所謂有天下者自得而已老子曰道之出口淡乎其無味說文曰泊無為也莊子曰知反於帝宮見黃帝而問焉曰何思何慮則知道黃帝曰無思無慮則知道也銑曰謂和平無憂歷列辟而論功無今日之至五臣作所治直之反善曰封禪書曰歷選列辟李尤平樂觀賦曰披典籍以論功蓋罔及乎大漢莊子曰容成氏大庭氏若此時至治也銑曰辟君也言歷觀書記列古之賢君而論功德亦無如魏之所治也彼吳蜀之湮滅固可翹足而待之善曰封禪書曰湮滅而不稱新序趙良謂商君曰君亡可翹足而待也廣雅曰翹舉也銑曰湮沒

也翹一足立言不久也以魏之德如此而吳蜀沒滅固不久也然而聖五臣作望上猶孜孜靡忒求天下之所以自悟招忠正之士開公直之路善曰孟子曰雞鳴而起孳孳為善者舜之徒也孳與孜同鄭玄毛詩箋曰忒變也家語魯君曰微夫子寡人無由自悟也漢書谷永上書曰崇諫爭之官廣開忠直之路濟曰靡不忒差也言明帝尚孜孜勤苦見差失求天下忠正公直之人以自開悟于心也想周公之昔戒慕咎繇之典謨善曰咎繇典謨謂康哉之歌也向曰周公昔戒即上所述無逸篇也今復想之戒懼之至咎繇謨謂水火金木土穀今將循而行之除無用之官省所耿生事之故絕流遁之繁禮反人情於太素善曰史記曰吳起如楚指不急之官漢書蕭望之曰生事於外夷漸不可長公羊傳曰遂者何生事也何休曰生猶造也賈逵國語注曰故謀也淮南子曰九亂之所由生者皆在流遁流遁之所生者五或遁於木或遁於水或遁於土或遁於金或遁於火此五者一足以亡天下也說文曰遁遷也尚書曰禮煩則亂太素

樸素也東都賦曰昭節儉示太素　濟曰生事之故謂國家創立法令者省而減之太素質樸之如也流遁繁禮謂積習以相流傳者如奢葬之類是將絕去之反之於質樸**故能翔岐陽之鳴鳳納虞氏之白環**善曰國語周內史過曰周之興也鸑鷟鳴於岐山世本曰舜時西王母獻白環及珮　翰注同鸑鷟鳳也**蒼龍覿於陂**五臣作流**塘龜書出於河源醴泉涌於池圃靈芝生於丘園**善曰魏志文紀曰青龍見於摩陂魏略文紀曰神龜出於靈池東京賦曰龜書畀姒班固漢書贊曰漢使窮河源也魏志曰延康元年醴泉出芝草生於樂平郡　向曰時有蒼龍見蒼則青也陂塘水也龜書出於河源者河圖也當賓不出美而言之時有醴泉芝草生苑中故云池圃丘園**揔神靈**五臣作明**之貺祐集華**五臣作中**夏之至歡方**五臣本無方字**四三皇而五六帝曾何周夏之足言**善曰王逸楚辭注曰揔合也春秋元命苞曰通三靈之貺長楊賦曰受神人之福祐爾雅曰貺賜也祐福也尚書曰華夏蠻貊鄭玄毛詩箋曰方且也燕丹子夏扶謂荆軻曰何以教太子軻曰高欲令四三王下欲令六五霸於君何如也　良曰貺惠也言揔集神明之惠福在於中夏以為至歡也曾別也時方明帝齊於三皇是為四皇齊於五帝是為六帝則周文王夏禹何足言於今也

六臣註文選卷第十一

六臣註文選卷第十二

梁昭明太子撰

唐李善并五臣註

賦

海賦

木玄虛善曰傅亮文章志曰廣川木玄虛為海賦文甚儁麗足繼前良　銑曰今書七志云木華字玄虛廣川人也文章儁麗為楊駿府主簿

昔在帝媯古為**巨**五臣作臣**唐之世天綱浡**蒲沒**潏**聿**為凋為瘵**側界**洪濤瀾**去**汗萬里無際長波涾**徒合**㴑**徒我**迆**弋爾善本作羊氏切**延**善本作涎**八裔**善曰帝媯謂舜也尚書序曰昔在帝堯尚書曰釐降二女于媯汭孔安國曰舜所居媯水之汭也左氏傳季文子使太史克對宣公曰舜臣堯舉八愷使主后土杜預曰為堯臣也言水之廣大為天綱紀潏沸涌貌桓子新論曰夏禹之時鴻水浡潏說文曰潏水涌出也又說文曰凋半傷也爾雅曰瘵病也尚書曰湯湯洪水方割孔安國曰割害也瀾汗長貌西京賦曰起洪濤而揚波涾㴑相重之貌迆涎邐迤相連也八裔猶八方也涎音延　翰曰水之廣大上善可為天下之綱紀浡潏急流皃言堯遭洪水人傷而病之洪大濤波也瀾汗大貌涾㴑延長貌言大則萬里無際畔長終於八裔**於是乎禹也乃鏟**楚産**臨崖之阜陸決陂潢而相㳂**善本作浚　善曰孟子曰當堯之時洪水橫流氾濫於天下堯獨憂之舉舜舜使禹疏九河瀹濟漯蒼頡篇曰鏟削平也淮南子曰禹有洪水之患陂塘之事高誘曰陂畜也塘堤也說文曰潢積水池也潢灌也　良曰鏟鑿也臨崖謂崖水不通處陂蓄水也潢雨潦也舜既舉禹禹乃鑿水崖阜陸使通流決其蓄水之潢潦使浚蕩而通達**啓龍門之岝**士格**嶺**五格**墾**五臣本作墾字**陵巒而嶄**士咸**鑿羣山既略百川潛渫**息**決**

思朗漭莫廣瀁徒敢汻騰傾善本作波赴勢善曰尚書旋璣鈐曰禹開龍門導積石鄭玄注曰龍門山名也岝嶺高貌廣雅曰𡐨治也𡐨與墾音義同廣雅曰鐫謂之鏨與嶄古字通孔安國尚書傳曰治山通水故以山名尚書曰嵎夷既略孔安國曰用功少曰略周書曰禹渫十川大利天下尚書大傳曰百川趨於海爾雅曰潛深也說文曰渫除去也決漭廣大也瀁汻澄深也音紆銑曰墾斲也陵巒亦山也嶄鑿攻掘之稱既盡也言水潛流漸巳渫理也決漭瀁汻通流貌羣山晝爲川略疏畎百川皆安理而通流騰湧傾注以赴下勢江河既導萬穴俱流椅居蟻拔五嶽竭涸九州瀝滴滲七林淫薈烏外蔚雲霧消流決瀼乃朗莫不來注善曰尚書曰岷山導江又曰導河積石淮南子曰禹有萬穴椅拔竭涸言水既除椅拔而出竭涸而乾也椅引也廣雅曰拔出也五嶽泰華霍恒嵩賈逵國語注曰涸竭也尚書序曰禹別九州說文曰瀝滴水下滴瀝也滲淫小水津液也滲音侵薈蔚雲霧霑潤也毛詩曰薈兮蔚兮南山朝隮消流小流也決瀼渟淤也漢書杜欽曰屯民河羨溢有塡淤反瀼之害決烏黨反瀼乃蕩切說文曰注灌也翰曰導理也萬穴水道也椅亦拔也言江河既理水道俱流五嶽如拔出九州皆竭涸乾也瀝滴滲淫小水也薈蔚雲霧津潤氣也消流亦小水決瀼流貌言此諸水莫不皆來注入于海

於廓靈海長爲委輸去聲善曰毛萇詩傳曰於歎辭也爾雅曰廓大也孟子曰舜使禹疏九河瀹濟漯而注諸海禮記曰三王之祭川也或源或委鄭玄曰委流所聚淮南子曰河水九折注海而流不絕者崐崘之輸也良曰於廓美大也靈者言其神靈多怪異也長爲委輸言衆水皆委輸送而入于海其爲廣也其爲怪也宜其爲大也爾其爲狀也銑曰此說其貌則乃浟由湙亦瀲力冉灩以冉浮天無岸善曰浟湙流行之貌瀲灩相連之貌玄中記曰天下之多者水焉浮天載地說文曰浮汎也銑曰皆漫波狀貌廣大無岸若天浮於上沖冲瀜沆五臣作混胡廣切瀁余兩渺眇瀰彌泼炭漫翰曰平遠貌波如連山乍合乍散善曰沖瀜沆瀁深廣之貌渺瀰泼漫曠遠之貌瀜音融莊子曰波若山翰曰風起波高如山之連合散

不定嘘噏許急百川洗滌淮漢襄陵廣舄五臣作斥漻交渴葛浩汗善曰嘘噏猶吐納也尚書大傳曰百川趨於海淮漢之流小而且纖故洗滌之尚書曰懷山襄陵又曰海濱廣斥史記曰斥爲舄古今字也漻葛廣深之貌翰曰嘘吹吸斂也言潮起則百川逆流若吹之也潮落則如斂之而入也洗滌謂潮往來於中也襄上陵越也廣斥海畔地言潮水上越於畔也漻葛浩汗廣大皃若乃大明撫五臣作鑣轡於金樞之穴翔陽逸駭於扶桑之津善曰大明月也言月將夕也周易曰懸象著明莫大乎日月撫猶攬也月有御故言轡金西方也河圖帝覽嬉曰月者金之精月有窟故言穴伏韜望清賦曰金樞理轡素月告望義出於此撫彼苗切翔陽日也言日初出也淮南子曰日陽之主也日中有烏故言翔逸駭言出疾也廣雅曰駭起也山海經曰陽谷上有扶木者扶桑也十日所浴濟曰鑣轡排沫也金樞西方月之沒處扶桑之津日出之處彯匹遥沙礐苦角石蕩颾聿島濱善曰言此二時風尤疾也易通卦驗曰巽風不至則大風發屋揚沙說文曰礐石聲也春

秋命曆序曰大風飄石颾風疾皃說文曰島海中往往有山可居曰島良曰言月將沒時日初出時風急激動海水水波疾涌乃蕩沙礐石相擊聲蕩颾歷浪急疾於是鼓怒溢浪揚浮更相觸搏飛沫起濤狀如天輪膠戾而激轉又似地軸挺拔而爭迴善曰言風既疾而波鼓怒也上林賦曰沸乎暴怒蒼頡篇曰濤大波也呂氏春秋曰天地如車輪終則復始高誘曰輪轉也上林賦曰宛潬膠盭河圖括地象曰地下有四柱廣十萬里有三千六百軸廣雅曰挺出也向曰言風急鼓擊怒溢浪飛揚浮涌於空相觸搏爲沫起其波濤也膠戾環旋皃波濤相連如輪環旋而不絕也又似地軸拔出於地而波浪爭爲迴復也岑嶺飛騰而反覆五岳鼓舞而相磓都迴反善曰岑嶺五嶽言波濤之形遞相觸激故或反覆故或相磓也爾雅曰山小而高曰岑五岳泰華霍恒嵩磓猶激也丁迴切銑曰岑嶺山也言波浪如山飛騰上下反覆其高大搖動似五岳鼓舞而相磓濕也渭瀆五臣本作汾渭淪而滀丑六漯他荅鬱沏切迭而隆

顡善曰㶁亂皃潰淪相糾皃漯攢聚皃欝巇盛皃沏迭疾皃隆顡不平皃㴋音謂漯音累迭徒結切　向曰皆起伏磓䃶急疾皃盤盓于乙激而成窟消七笑㵾吐甘切五臣作土含切㵿禁而為魁善曰盤盓旋遶也消㵾峻波也毛萇詩傳曰㵿特立也賈逵國語注曰川阜曰魁盓音𥁕　翰曰言波浪盤盓曲折相激忽成深窟消㵾㵿皆浪卒起皃魁大峻皃言浪卒起則大峻潤失冉泊普白栢五臣作洒音陌而迆以爾颺余諒磊洛罪匒苔匌苦合而相豗呼迴反善同翰注　翰曰潤疾也泊栢小波也迆颺小波邪起皃磊大石匒匌重疊波豗擊也言小波疾而邪起猶大波而重疊相擊驚浪雷奔駭水迸集開合解會瀼瀼傷濕濕葩華踧女六沑子丑頩頂濘奴頂潗子立㵽女立反善曰七發曰波湧而濤起横奔似雷字書曰迸散也踧沑蹙聚也頩濘沸皃潗㵽沸聲也　銑曰驚散如雷奔也駭亦驚也迸并也言驚浪如雷而并集如開而復合或散而復會瀼瀼濕濕開合皃葩華分散皃踧沑頩濘潗㵽並蹙聚沸騰之皃若乃

霾莫拝曀一計潛銷莫振莫竦輕塵不飛纖蘿五臣作羅不動猶尚呀呼加呷餘波獨湧澎匹宏濞灪於勿礧烏埋碨烏罪磊山壟善曰爾雅曰風而雨土爲霾陰而風爲曀說文曰潛藏也廣雅曰振動也竦亦動也爾雅曰唐蒙女蘿言風雖靜而餘波猶壯呷呼甲切波相呑吐之皃澎濞水聲洞簫賦曰澎濞慷慨灪礧高峻皃碨磊不平皃　向曰霾曀皆氣也潛消皆氣盡也言昏氣盡消風不振竦塵羅不動尚見呑吐餘波而爲騰湧高峻不平如山壟之形也壟小塊也爾其枝岐潭以審淪藥渤蕩五臣作湧成汜似乖蠻隔夷迴互萬里善曰管子管仲對桓公曰水別於他水入於大水及海者命曰枝穆天子傳曰飲于岐泲之中郭璞曰水岐成泲泲小渚也音止潭淪動搖之皃毛詩曰江有汜毛萇曰決復入爲汜也　翰曰枝岐小浦也渤湧鼓潮也汜曲渚也迴互迴轉也言小浦曲渚所以乖隔蠻夷之國也迴轉即見之萬里言遠也若乃偏五臣作邊荒速告王命急宣飛駿五臣作迅鼓

檝況海淩山於是候勁風揭桀百尺維長綃所交挂帆席望濤遠決冏九永然鳥逝鷸聿如驚鳧之失侶倏如六龍之所掣一越三千不終朝而濟所屆善曰列子曰殊方偏國張湛曰偏邊也毛詩曰肅肅王命爾雅曰駿速也郭璞曰駿猶迅速亦疾也方言曰揖謂之橈東方朔對詔曰淩山越海窮天乃止廣雅曰揭舉也百尺帆檣也綃今之帆綱也以長木爲之所以挂帆也劉熙釋名曰隨風張幔曰帆或以席爲之故曰帆席也蒼頡篇曰冏光也鷸疾皃蘇武荅李陵書曰雖乘雲附景不足以比速晨鳧失羣不足以喻疾春秋命曆序曰皇伯登出扶桑日之陽駕六龍以上下說文曰掣引而縱也充制切左氏傳曰子玉訓兵於睽終朝而畢爾雅曰濟度也孔安國尚書傳曰屆至也　銑曰鼓動檝棹維連也綃連帆繩也遠方之國有急來告將宣君命則飛迅流動輕棹浮帆於海凌歷於山則伺候長風舉百尺之檣連綃繩挂帆席乘長風望波濤決列而去如鳥飛之疾如驚鳧失侶而相求逐也冏鳥飛皃鷸然疾也六龍駕日車言舟得風勢疾又如六龍之所掣日車

也故一日三千里則不終夜而及於所至之處若其五臣作乃負穢臨深虛誓愆祈則有海童邀路馬銜當蹊善曰負穢言身有罪若負荷然尚書曰負罪引慝杜預左氏傳注曰愆失也鄭玄周禮注曰祈禳也吴歌曰仙人齎持何等前謁海童爾雅曰邀遮也陸綏海賦圖云馬銜其狀馬首一角而龍形杜預左氏傳注曰蹊徑也　向曰負穢者謂言不忠信虛爲誓約祈神不荅者則爲海童馬銜邀其路將必害之蹊亦道也馬銜海童並海中神怪天吳乍見而髣髴蝄像暫曉而閃屍羣妖遘迕眇䁱余沼冶夷善曰山海經曰朝陽之谷神爲天吳爲水伯說文曰彷彿見不諟也楚辭曰時彷彿以遥見國語仲尼曰丘聞之水之怪龍罔象木之怪夔蝄蜽韋昭曰罔象食人閃屍暫見之皃閃式染切爾雅曰遘遇也小雅曰迕犯也眇䁱視皃冶夷妖媚之皃也　向曰天吳蝄像並海神也髣髴不分明皃暫曉謂暫見即没也閃屍疾見皃羣妖言多也決帆摧橦直江戕牆風起惡去廓如五臣本作然字靈變惚怳幽暮氣似

天霄𩅦(愛)靆(費)雲布(善曰：橦，百尺也。杜預左氏傳注曰：戢，卒暴之名也。起惡，起爲暴惡也。郭猶開也。言郭然暫開，始神之變，惚怳之頃，而又幽暮也。鄭玄禮記注曰：幽，暗者不明也。言海神吐氣於天，霄𩅦靆昏闇皃。韓子曰：雲布風動。翰曰：言有風起也，乃決破帆席，㩳折橦木也。橦，檣也。戢風，暴風也。言風忽起，舟人惡之，郭然急疾，靈物變化，惚怳不明，以作幽暗。其氣如天雲也。𩅦靆，雲氣皃。霄，天也。)𩆜(叔)昱絕電百色妖露呵(許)㰦(勿)掩𩆪(五臣作忽)𣉐(居縛)睒(失冉)無度(善曰：𩆜昱，疾皃。妖露爲妖而呈露也。呵㰦掩𩆪，不明皃。說文曰：𣉐，大視也。又曰：睒，暫視也。良曰：𩆜昱絕電，言赤光疾出又没，有如雷電光絕，百色見矣。呵㰦掩忽，謂吞吐光色疾也。𣉐睒無度，睒惑於人，亦無節度。)飛𣸣(音勞)相磢(楚爽)激勢相𣸓(楚[illegible])崩雲屑雨浤浤(火宏)汩汩(于筆反　善曰：言戢風迅疾，而波浪相衝也。𣸣，大波也。郭璞方言注曰：磢，錯𣸣與磢同，楚兩切。𣸓，擊也。屑雨，飛灑之貌。言波浪飛灑，似雲之崩，如雨之屑也。李尤辟雍賦曰：興雲動雷，飛霄風雨，浤浤汩汩，波浪之聲也。浤音宏。良曰：𣸓，浪相拂也。言大波之飛相磨激，勢相拂。屑猶分散也。浤浤汩汩，騰湧急激皃。)跳(勑甚)踔(丑角)湛(以甚)濼(藥)沸潰(五臣作渭)渝溢(濟曰：波前却騰躍皃。)濩(呼郭)汫(卉　五臣本音諱)㵳渭蕩雲沃日(善曰：跳踔湛濼，波前却之皃。潰，亂流也。渝亦溢也。濩汫㵳渭，衆波之聲。㵳音鑊。濟曰：水畔生雲，故蕩之；日光浮於中，故沃之。)於是舟人漁子徂南極東或屑没於黿鼉之穴或挂罥於岑(五臣作巖)嶅(敖)之峯或掣掣(充制)洩洩(余制)於裸人之國或汎汎悠悠於黑齒之邦(善曰：言風起而浪驚，故漂浮而無定。毛萇詩傳曰：極，至也。言被漂溺死非一所也。屑猶碎也。禮記曰：屑桂與薑。爾雅曰：罥，係也。爾雅曰：山多小石曰嶅，牛高切。掣掣洩洩，任風之皃。汎汎悠悠，隨流之皃。淮南子曰：自西南至東南，有裸人國、黑齒民。許慎曰：其民不衣也，其人齒黑。翰曰：漁子，取魚人。言風波之勢壯，舟人不制，故東南不定。屑，碎也。言舟碎人没於黿鼉之穴也。潮氷起則漂凌上山，舟人亦隨而上，故挂於山峯也。嶅，敖山也。裸人、黑齒，並海外國名。)或乃萍流而

浮(五臣作逢)轉或因歸風以自反徒識觀怪之多駭乃不悟所歷之近遠(善曰：謝承後漢書鄭玄戒子書曰：黃巾爲害，萍浮南北。蒼頡篇曰：駭，驚也。說文曰：悟，覺也。翰曰：言不生還者多，故去或乃也。言人或不死者，如水萍之流，或因迴風以自歸也。其行人徒見神怪之多，驚駭竟氣散失，亦不知所行歷之近遠。)爾其大量也則南澰(斂)朱崖北灑(五臣作洗)天墟東演(去)析木西薄青徐經途(五臣作綸)瀴(烏岭)溟萬萬有餘(善曰：廣雅曰：澰，漬也。東都主人曰：南燿朱垠。垠亦崖也。爾雅曰：北陸，天墟。音區。說文曰：演，長流也。言流至析木之境。爾雅曰：析木謂之天津。海在青徐之東，故去西薄。小雅曰：薄，迫也。尚書曰：海岱惟青州。又曰：海岱及淮惟徐州。鄭玄周禮注曰：經謂里數也。瀴溟猶絕遠杳冥也。溟，莫岭切。良曰：此言其大也。澰，浸也。朱崖，炎洲也。演，及也。青徐二州在海西。經，闊也。瀴溟亦闊皃。)吐雲霓含龍魚隱鯤鱗(其)潛靈居(善曰：淮南子曰：四海之雲湊。鯤鱗或爲昆山。昆山、方壺之屬也。靈居，衆仙所處也。良曰：霓，紫雲也。鯤，大魚名，大數千里也。靈居謂方丈三山神仙之居。)豈徒積太(五臣作大)顛之寶貝與隨侯之明珠(善曰：琴操曰：紂徙文王於姜里，擇日欲殺之。於是太顛、散宜生、南宮适之屬得水中大貝以獻紂，立出西伯。墨子曰：和氏之璧，隨侯之珠。)將世之所收者常聞所(五臣作其)未名者若無(善曰：言世之所收者常聞其名，其或未名者若本無也。向曰：言海中豈徒多積寶貝與明珠而已，則世所收用者雖常聞之，其有不知名目者若無，言不無矣。)且希世之所聞惡(五臣作焉)審其名故可仿像其色𩆪(於豈)𩆿(虛豈)其形(善曰：言希世乃一聞之，故不能審其名。魯靈光殿賦曰：邈希世而特出。惡音烏。仿像、𩆪𩆿，不審之皃。銑曰：焉，何也。且希世所聞之寶，何能審詳其名，故可仿像其色，𩆪𩆿其形。仿像、𩆪𩆿，不明皃。)爾其水府之內極深之庭則有崇島巨鼇峌(庭結)峴(五結)孤亭擘洪波指太清竭磐石栖百靈颺(平)凱

風而南逝，廣莫至而北征。善曰：劉劭趙都賦曰：其東則有天浪水府，百川是匯。崇島，五岳也。巨鼇，大鼇也。列仙傳曰：巨鼇負蓬萊山而抃滄海之中。列子曰：渤海之東，名曰歸墟，其中有五山，帝命禺彊使巨鼇十五舉首戴五山，峙而不動。說文曰：海中往往有山可依止曰島。嶠峴，高皃。山居海中，故云擘。峻極際天，故云指。鄭衆周禮注曰：擘，破裂也。東方朔十洲記曰：員海洪波百丈。鵾冠子曰：上及太清，下及太寧。鄭玄禮記注曰：竭猶戴也。聲類曰：磐，大石也。百靈，衆仙。言巨鼇多力，翹風而行也。呂氏春秋曰：南方曰凱風，北方曰廣莫風。翰曰：崇島，蓬萊、方丈、瀛洲三山，在海中，大鼇負之而浮。嶠峴，孤亭高皃。太清，天也。山在海中，若鑽擘洪波而出，高峻指天也。竭，立也。言山下磐石如立也。棲百靈，謂神仙在中。凱風，南風，風颸則南往也。廣莫，北風，風至則北行。大鼇力壯勇，常負此山逆風而行也。鼇，水蟲名。

其垠銀**則有天琛水怪，鮫人之室，瑕石詭暉，鱗甲異質。**善曰：天琛，自然之寶也。尚書曰：天球在東序。水怪，奇石生乎水濱也。尚書曰：鉛松怪石。曹子建七啓曰：戲鮫人。劉淵林吴都賦注曰：鮫人水底居。說文曰：瑕，玉之小赤色者也。詭暉，別色。說文曰：詭，變也。異質，殊形

也。廣雅曰：質，軀也。銑曰：天琛、水怪，珍寶也。鮫人，龍屬，人狀，居於水底。瑕石，怪石也。詭異而有光暉。鱗甲皆有奇狀也。

若乃雲錦散文於沙汭之際，綾羅被光於螺蚌之節。善曰：言沙汭之際，文若雲錦；螺蚌之節，光若綾羅也。毛萇詩傳曰：芮，崖也。芮與汭通。曹植齊瑟行曰：蚌蛤被濱崖，光采如錦紅。銑曰：雲錦，朝霞也。沙汭之際，散其文章如此色也。水北曰汭。螺蚌曲節之文，若綾羅之光被。

繁采揚華，萬色隱鮮。陽冰不冶，陰火潛然。善曰：說文曰：隱，蔽也。言其陽則有不冶之冰，其陰則有潛然之火也。晏子春秋曰：陰冰凝，陽冰厚五寸。說文曰：冶，銷也。銑曰：揚華，甲蟲名，采色繁麗也。萬物皆有鮮明之色而隱在於中也。冶，銷也。言陽處雖有冰而不銷，陰處或有火而潛然，皆變化使寒暑不均也。

熺許眉**炭重燔**煩**，吹炯**古永**九泉。朱燉**焰**綠煙，腰**一眇**眇蟬蜎**一緣反**。**善曰：廣雅曰：熺，熾也。重燔，猶重然也。吹，猶然也。漢書趙氏無吹火焉。說文曰：炯，光也。言火之光下照九泉也。有九重，故曰九泉。腰眇蟬蜎，煙豔飛騰皃。燉與燭同。翰曰：熺炭謂炭之有光者重燔感而重然也。吹其光色，炯然耀於九泉幽暗之處。腰眇蟬蜎，遠視皃。

魚王曰本作其魚**則橫海之鯨，突扤孤遊，戛巖𡼖，偃高濤，茹鱗甲，吞龍舟，噏**虛及**波則洪連踧**子六**蹜**所六**，吹澇**去**則百川倒流。**善曰：弔屈原曰：橫江湖之鱣鱏。郭璞山海經注曰：橫，塞也。突扤，高皃。戛猶櫽也。廣雅曰：茹，食也。莊子曰：吞舟之魚，碭而失水。高誘淮南子注曰：龍舟，大舟。劉劭趙都賦曰：巨鼇冠山，陵魚吞舟。吸潦吐洪，氣成雲霧。踧蹜，聚皃。翰曰：鯨魚，大魚，橫於海中。突扤，高皃。戛歷，刮也。言行則戛刮巖山，波濤為之偃伏。言其食魚鼈之類，吞其大般。洪，大；連，浪也。踧蹜，流不進也。澇，高浪也。噏波則洪浪不進，吹浪則百川逆流。

或乃蹭蹬窮波，陸死鹽田，巨鱗插雲，鬐鬣刺天，顱骨成嶽，流膏為淵。善曰：蹭，七鄧切。蹬，音鄧。鹽田，海邊也。張揖上林賦注曰：海水之崖多出鹽也。郭璞上林賦注曰：鬐，魚背上鬣也。南都賦曰：森蕁蕁而刺天。廣雅曰：顱謂之髑髏。顱音盧。魏武四時食制曰：東海有魚如山，長五六里，謂之鯨，時死岸上，膏流九頃。春秋元命

苞曰：積骨成山，流血成淵。濟曰：此說大鯨失浪也。蹭蹬，失勢皃。窮波，波盡也。陸死鹽田，謂死於岸上海畔，故云鹽田。巨，大也。顱骨，頭骨也。膏，脂也。言大鱗插入雲，鬐鬣上刺天，頭骨成山，流脂為淵，並言極大。

若乃巖坻直夷**之隈，沙石之嶔**欽**，毛翼產鷇**苦候**，剖卵成禽，鳧雛離褷**所宜**，鶴子淋滲**所今反**。**善曰：郭璞上林賦注曰：坻，岸也。說文曰：隈，水曲也。嶔，岑也。爾雅曰：生哺鷇。郭璞曰：鳥子須母食也。剖猶破也。西京雜記曰：太液池，其間鳧雛鸛子，布滿充積。銑曰：巖坻，小山也。嶔，沙岸之下傍廻者也。毛翼，鳥族也。產，生也。鷇，鳥子。剖破其卵，子乃出也。鳧，鳥名。雛，鳥兒也。離褷淋滲，毛羽初生皃。言海畔山曲之中有此羣物。

羣飛侶浴，戲廣浮深，翔霧五臣作鶩**連軒，洩洩**余世**淫淫。**善曰：軒，舉也。洩洩淫淫，飛翔之皃。銑曰：侶亦羣也。言此羣鳥或戲廣處，或浮深處。鶩，飛也。言飛翔自得天性。連軒，飛皃。洩洩淫淫，流浮皃。

翻動成雷，擾翰為林。五臣作霧**更相叫嘯，詭色殊音。**善曰：翻動，皃。漢書趙王曰：聚蚊成雷。孔安國尚

書傳曰擾亂也王弼周易注曰翰高飛皃銑曰翻飛言飛動之聲姑雷羽翰擾亂積多姑霖雨詭異也若乃三光既清天地融朗不況陽侯乘蹻去喬絕往覿安期於蓬萊見喬山之帝像善曰淮南子曰夫道紘宇宙而章三光杜預左氏傳注曰融朗也淮南子曰武王渡于孟津陽侯之波逆流而擊曹植苦寒行曰乘蹻追術士遠在蓬萊山抱朴子曰乘蹻可以周流天下蹻道有三法一曰龍蹻二曰氣蹻三曰鹿盧蹻列仙傳曰安期先生謂始皇曰後千歲求我蓬萊山下史記曰武帝祭黃帝冢橋山上曰吾聞黃帝不死今有冢何也或對曰黃帝已仙上天羣臣葬其衣冠也良曰三光日月星融通明也言海氣浮三光清見天地之通明也陽侯波神蹻龍氣也安期仙人也黃帝陵在喬山言不況風波乘龍橫絕往見仙人於蓬萊復見喬山以思黃帝之像也羣五臣作神仙縹匹妙眇餐玉清涯宜履阜鄉之留舄被羽翮之襂所今反纚所宜反善曰縹眇遠視之皃魯靈光殿賦曰忽縹眇以響像列仙傳曰赤松子服玉列仙傳曰安期先生瑯邪阜鄉人自言千歲秦始皇與語賜金數千萬於阜鄉亭皆置去留書以赤舄一量爲報言仙人以羽翮爲衣漢書曰天道將軍衣羽衣襂纚羽垂之皃向曰言食玉漿於清水之畔舄履被服也餘同善注翔天五臣作大沼戲窮溟甄古然有形於無欲永悠悠以長生善曰莊子曰窮發之北有溟海者天池也言衆仙所表有形而無情欲故能久視長生也鄭玄尚書緯注曰甄表也淮南子曰有形之類莫尊於水莊子曰同乎無欲老子曰常無欲以觀其妙又曰長生久視之道翰曰羣仙飛戲於此中也甄明也餘同善注且其爲器也包乾之奧括坤之區善曰周易曰乾爲天坤爲地孔安國尚書傳曰奧內也又曰區域也濟曰言其廣大包括天地之深要惟神是宅亦祇是廬何奇不有何怪不儲善曰神祇衆靈之通稱非惟天地而已禮記曰有天下者祭百神也說文曰儲積也良曰宅居也言神祇之所居處奇怪之所儲積茫茫積流含形內虛曠哉坎德卑以自居善曰班彪覽海賦曰余有事於淮浦觀滄海於茫茫孫卿子曰不積小流無以成河海含形內虛言水能含衆形內虛以乎謙也孫卿子曰水清則見物之形周易曰君子以虛受人周易曰坎爲水家語金人銘曰江海雖左長百川以其卑也周易曰謙謙君子卑以自牧管子曰夫人能趨高水獨趨下卑也而水以爲都居也銑曰茫茫多皃積衆也言海衆川所入含養羣形也內虛言水平則受不遺巨細也曠大也北方坎爲水言大哉美之也居處也言海居卑故爲百川長守卑故爲人之主弘往納來以宗以都品物類生何有何無善曰自海而往弘之而令大自外而來納之而不逆尚書曰江漢朝宗于海山海經曰和山實爲河之九都郭璞曰九水所潛故曰九都品物言諸品物以類相生何所不有何者而無言其多也韓詩外傳曰夫水羣物以生品物以正李尤翰林論曰木氏海賦壯則壯矣然首尾負揭狀若文章亦將由未成而然也翰曰宗尊也都謂聚也大往者潮起而出納來者來則納之不逆細流所以爲百川之尊而所聚萬物集類百生亦何所不有亦何所蔑無之

江賦

善曰釋名曰江者公也出物不私故曰公也風俗通曰江者貢也爲其出物可貢晉中興書曰璞以中興三宅江外乃著江賦述川瀆之美

郭景純

善曰臧榮緒晉書曰郭璞字景純河東人璞性放散不脩威儀爲佐著作後轉王敦記室參軍敦謀逆爲敦所害又云有人見其睡形變鼉云是鼉精向曰璞嗜酒好色有奇才璞以中興王居江外爲著江賦

咨五才之並用寔水德之靈長善曰左氏傳宋子罕曰天生五材人並用之廢一不可杜預曰金木水火土也淮南子曰夫水者大不可極深不可測無公無私水之德也向曰咨歎美之也寔是實也靈長言上善柔德廣大利物也惟岷山之導江初發源乎濫觴善曰惟發語之辭尚書曰岷山導江東別爲沱南都賦曰發源巖穴家語孔子謂子路曰夫江始於岷山其源可以濫觴及其至於江津不舫舟不避風則不可以涉王肅曰觴所以盛酒者言其微也翰曰謂初發源小如一盞聿經始於洛沫眛攏萬川乎巴梁善曰薛君韓詩章句曰聿

辭也漢書廣漢郡雒縣有漳山雒水所出入湔雒與洛通湔
音煎說文曰沬水出蜀西塞外東南入江沬攡猶括束也巴
郡名也梁州名也　良曰聿疾也江初出必經此洛沬而
過巴梁二山名言江水與萬川相攡合於此二山之下**衡**
巫峽以迅激躋江津而起漲善曰盛弘之荆州記曰信陵縣西二十里有巫
峽方言曰躋登也酈元水經注曰馬頭崖北對大岸謂之江
津漲水大之皃　濟曰巫峽山名迅疾躋上津岸漲浪也言
江水至此山爲山所夾疾激上岸而起波浪**極泓**烏宏**量而海運狀滔天以**
淼茫善曰鄭玄禮記注曰極窮也莊子曰大鵬海運則將徙南溟司馬彪曰運轉也尚書曰浩浩滔天　銑曰
泓深滔漫言以深廣之器量朝宗於海運轉其波瀾狀如漫天也淼茫闊流皃**摠括漢泗兼包**
淮湘并吞沅澧禮**汲引沮**七余**漳**善曰南都賦曰總括趨欽郭璞山海經注
曰泗水出魯國卞縣至臨淮下湘縣入淮孟子曰禹決汝漢
排淮泗而注之江景福殿賦曰兼苞博洛郭璞山海經注曰
湘水出鄷陵營道縣陽朔山過秦論曰并吞八荒之心山海
經曰沅水出象郡而東注江合洞庭中應劭漢書地理志曰

七フ七十五

文選十二　　十二

武陵郡充縣歷山澧水所出入沅水經云入江說文曰汲引
水也山海經曰景山睢水出焉南注于沔江又曰荆山漳水
出焉而東南流注于睢沮與睢同　翰曰漢泗淮湘沅澧沮
漳並水名摠括兼包并吞皆相合爲流也沮漳二水橫流入
江故云汲引**源二分於崌**居**崍**來**流九派乎潯陽鼓洪**
濤於赤岸淪餘波乎柴桑善曰山海經曰岷山東北百四十里崍山江水出焉
又東百五十里崌山江水出焉而東流注于大江郭璞曰崍
山中江所出也崌山北江所出也水別流爲派尚書曰荆州
九江孔殷應劭漢書注曰江自廬江潯陽分爲九也漢書廬
江郡有潯陽縣西京賦曰起洪濤而揚波七發曰凌赤岸或
曰赤岸在廣陵輿縣廣雅曰淪沒也餘波濤之餘波也言濤
之餘波至柴桑而盡也尚書曰餘波入于流沙漢書豫章郡
有柴桑縣　向曰鼓激洪大也濤潮水也淪息也言大潮水激浪於赤岸赤岸山名餘同善注**綱**五臣作網**絡**
羣流商搉苦角**涓**古玄**澮**古外**表神委於江都混流宗**
而東會善曰廣雅曰商度也許慎淮南子注曰揚搉粗略也涓澮小流也爾雅曰注溝曰澮也鄭玄曰委流

所聚尚書曰江漢朝宗于海漢書曰廣陵國有江都縣東會
于海尚書曰東會于泗沂　良曰綱絡羣流猶籠羅衆水也
商搉猶都盧也言都盧攝而納之表見也言深廣故曰神也
言見深廣之皃所聚於江都合羣流而爲尊乃將東會于海
也**注五湖以漫漭灌三江而濆**普萌**沛**普會**滈**胡道**汗**
六州之域經營炎景之外所以作限於華裔壯
天地之嶮介善曰墨子曰禹治天下南爲江漢淮汝東流之注五湖之處以利荆楚干越之民史
記太史公曰余登姑蘇望五湖張勃吳錄曰五湖者太湖之
別名也周行五百餘里尚書曰三江既入震澤厎定孔安國
曰自彭蠡江分爲三入震澤又曰震澤吳南太湖名也六州
益梁荆江揚徐臧榮緒晉書曰華陽黑水惟梁州部巴東郡
益州梁州之南地部蜀郡江州本荆州之東界揚州之南境
也海岱及淮惟徐州部廣陵郡上林賦曰經營于其內南方
火故曰炎景言江波之濤既作限於華夷天地嶮介因之益
壯也吳錄曰魏文帝臨江嘆曰天所以隔南北也周易曰天
嶮不可升地嶮山川丘陵郭璞爾雅注曰介閡也　翰曰太
湖水分爲五道故曰五湖三江謂浙江吳松浦陽江也漫漭

七フ九十

文選十二　　十三

寬皃濆沛流聲六州益梁荆江揚徐也域界也滈汗長流皃
經營猶積歷也華中國也裔蠻夷也介大也言江所以限中
國與蠻夷爲別天地險大以益壯也**呼吸萬里吐納靈潮自然往復**
或夕或朝善曰呼吸萬里言其疾也抱朴子曰麋氏云朝者據朝來也言夕者據夕至也　向曰呼吸吐
納謂作潮波而納羣流須臾萬里自然往復或夕或朝皆潮水進退在朝夕而自然也**激逸勢以前**
驅乃鼓怒而作濤峨嵋爲泉陽之揭玉壘作
東別之標善曰泉陽即陽泉也闞野王輿地志云益州陽泉縣蜀分縣竹立揭標皆表也水經曰江
水又東別爲沱開明之所鑿尚書曰岷山導江東別爲沱戰
國策曰舉標甚高　銑曰逸疾也言潮水激疾之勢先於平
水而前走則相鼓擊怒而作波濤也峨嵋玉壘二山名江水
自然下流過泉陽東別並江之別名揭亦標也言江水既經
二水而流皆可作爲標記知江水之本源也**衡霍磊落以連鎮巫廬嵬**魚鬼
崫危勿**而比嶠**音喬協韻善曰周禮曰荆州之鎮山曰衡山鄭玄曰在湘水南鎮山名安地德者

也爾雅曰霍山爲南岳郭璞曰今在廬江西漢書曰南郡巫
縣巫山在西南釋慧遠廬山記曰山在江州潯陽之南爾雅
曰山銳而高曰嶠其嶠切　翰曰連鎮
謂連而作鎮也磊落巃嵸皆山高大皃 **協靈通氣濆** 忿
薄相陶流風蒸雷騰虹揚霄 善曰莊子曰川谷通氣故飄風老子曰陰
陽陶冶萬物韋昭國語注曰蒸升也　良曰協合也合神靈
之變化通山川之氣濆薄氣亂皃相陶猶陶冶所作也流風
激鬱蒸之氣如雷聲也騰起虹蜺復飄而爲薄雲霄薄雲也 **出信陽而長邁淙** 悰 **大**
壑與沃焦 善曰信陽即信陵之陽也臧榮緒晉書曰建平郡有信陵縣吳都賦曰寂寥長邁說文曰淙水
聲也咋宗切列子曰渤海之東不知幾萬億里有大壑無底
之谷其下無底名歸墟玄中記曰天下之大者東海之沃焦
焉水灌之而不已沃焦山名也在東海南方三萬里　良曰
信陽縣名江水出此而長行淙集也渤海東有大壑而江水
集焉 **若乃巴東之峽夏后疏鑿絕岸萬丈壁立赮**
五臣作霞 **駮** 善曰盛弘之荊州記古歌曰巴東三峽巫峽長猨鳴三聲淚沾裳孟子曰當堯之時洪水橫流氾濫

於天下堯獨憂之舉舜舜使禹疏九河赮駮如赮之駮也赮
古霞字　翰曰巴東地名有三峽山禹鑿之通江水絕岸高
萬丈石壁如立而雲霞班駮 **虎牙嵥** 桀 **豎** 樹 **以屹** 魚乙 **崒** 慈聿 **荊門**
闕 五臣作闕 **竦而磐** 五臣作盤 **礴** 善曰盛弘之荊州記曰郡西泝江六十里南岸有山名曰
荊門北岸有山名虎牙二山相對楚之西塞也虎牙石壁紅
色間有白文如牙齒狀荊門上合下開闓達山南有門形故
因以爲名嵥特立皃屹崒高峻皃闕竦如闕之竦也西京賦
曰闕闕竦以造天磐礴廣大皃銑曰兩山夾岸相對而江流
於中竦亦立也盤礴壯皃 **圓淵九迴以懸騰溢** 普寸 **流雷呴** 呼后 **而**
電激 善曰淮南子曰藏志九旋之淵許慎曰九旋之淵至深說文曰騰水涌也蒼頡篇曰溢水聲也聲類曰呴
嘷也莒賈戲曰遊說之徒風颺電激　銑曰峽間江水深急
激岸石而成圓流故云圓淵九迴者言深而至九泉或懸
浪而下或騰波而上溢突擊戚足 **駭浪暴灑驚波飛薄**
如雷呴之聲疾如電光之激
迅澓 扶福 **增澆湧湍疊躍** 善曰灑散也飛薄飛騰湯薄也澓澓流也王逸楚辭注曰

泂波爲澆古堯切　翰曰駭驚暴疾薄止也言波浪疾灑或
飛或止也迅急澓迴增高也澆謂急波疾湧也疊重也言波
急重起也 **砯** 普冰 **巖鼓作漰** 普萌 **湱** 呼陌 **澩** 胡角 **灂** 仕角反 善曰砯水激巖
之聲也漰湱澩灂皆大波相激之聲也爾雅曰夏有水
冬無水曰澩　向曰砯巖江岸坎穴也餘皆水激射聲
蒲冰反五臣作薄萌切 **瀤** 蒲拜 **渹** 火宏 **潚** 呼拜 **濆濩** 穫 **泧** 呼活 **漷** 呼郭反
善曰皆水勢相激流涌皃向曰皆水擊屬不流貌 **潏** 胡決 **湟** 皇 **潨** 烏骨 **泱** 烏朗 **瀌** 叔
潣 失冉 **瀾** 舒感切五臣音審 **瀹** 始灼反 善曰皆水流漂疾之皃銑曰並邅流皃 **漩** 旋
澴 許玄 **濴** 於營 **瀯** 營 **渨** 紆鬼 **灅** 音誄五臣本作力鬼切 **濆** 忿 **瀑** 步角
反　善曰皆波浪回旋濆涌而起之貌也 **溭** 助側 **淢** 域 **濜** 助謹 **溳** 于窘 **龍鱗結**
絡 善曰溭淢濜溳參差相次也龍鱗結絡如龍之鱗連結交絡也潘岳金谷詩曰濫泉龍鱗瀾漫　翰注同 **碧**
沙瀢 杜罪反五臣本作胡罪 **沲** 五臣作沱音徒可 **而往來巨石硉** 九骨 **矹**

五骨 **以前却** 善曰瀢沲硉矹沙石隨水之皃　向曰江水色碧故映沙亦爲碧也往來言隨潮水潰沲進退
皃硉矹石轉動皃潮水急雖大石而得前却 **潛演** 緧 **之所汨** 胡骨 **淈奔溜**
之所磢 楚爽 **錯** 善曰說文曰潛藏也又曰演水脉行地中戈刃切蒼頡篇曰淈水涌皃郭璞方言注
曰磢錯也磢與磢同廣雅曰錯磨也　銑曰潛演岸沙
下流而沸出者汨沸出皃磢磨也言奔溜急而磨錯岸石 **厓**
隒 魚檢 **爲之泐** 勒 **嵃** 魚免 **碕嶺爲之喦崿** 善曰說文曰隒厓也
周禮曰石有時以泐鄭司農曰泐謂石解散嵃猶嶮也楚辭
曰觸石碕而横逝許慎淮南子注曰碕長邊也　濟曰厓隒
岸也碕嶺小山也泐嵃喦崿皆坎穴言水急激之所爲也 **幽澗積岨** 五臣作阻 **礐** 力隔 **硞**
五臣作硌音客 **礐** 盧角 **確** 苦角反 善曰爾雅曰山夾水曰澗澗與澗同礐硞礐確皆水激石嶮峻不平之皃
良曰言山島之中幽僻之澗巨石積阻成險爲江浪急故石相叩爲聲礐硌礐確石聲也 **若乃曾潭**
之府靈湖之淵澄瀅汪洸 烏宏 **瀇** 烏廣 **滉** 胡廣 **囦** 烏玄

泫音玄　善曰鄭玄毛詩箋曰曾重也王逸楚辭注曰楚人名淵曰潭府皆水深廣之皃說文曰汪廣也烏黃切　翰曰曾潭重潭也府猶如人之藏府深不可見也湖水深處多神靈故云靈湖也澄澹汪洸瀇滉困泫平漫不流貴深之皃

泓汯洞烏猛潒胡猛涒紆筠鄰五臣作潾音鄰圖彎灣力銀反　善曰皆水勢回旋之皃汯音宏　濟曰水勢漫流曲折皃

混瀚音翰五臣作扞灦呼見渙流映揚焆音涓　善曰水勢清深而澄澈光映也蒼頡篇曰焆明也　翰曰混瀚灦渙水動清深澄澈映日而有光明也

溟莫冷漭渺沔莫翦汗汗沺沺音田　善曰皆廣大無際之皃　良同善注

察之無象尋之無邊　翰曰水長廣與天一色故察之無象

氣滃烏孔浡蒲没以霧杳時鬱律其如煙　善曰滃渤霧出皃鬱律煙上皃成公綏天河賦曰氣蓬勃以霧蒸說文曰杳冥也　翰曰滃浡霧繁多皃鬱律黑盛皃杳深也言江氣忽如霧深時似煙黑

類胚普杯渾之未凝象太極之搆天　善曰言雲氣杳冥似胚胎渾混尚未

凝結又象太極之氣欲搆天也淮南子曰孕婦三月而胚春秋命歷序曰冥莖無形濛鴻萌兆渾渾沌沌宋均曰渾渾沌沌雖如未分也周易曰是故易有大極是生兩儀韓康伯曰太極者無稱之稱不可得名也　翰曰胚渾渾沌也太極生天地者也言江氣類渾沌渾沌氣未凝結象太極欲構立二儀也

長波浹子叶渫牒峻湍崔嵬盤渦烏和谷轉凌濤山頹　善曰埤蒼曰浹渫水滂漕也小雅曰峻高也渦水旋流也廣雅曰凌馳也王粲遊海賦曰洪濤奮蕩大浪踴躍山隆谷窳宛亶相搏　銑曰浹流連波皃崔嵬嵩高皃盤渦言水深風壯流急相衝盤旋作深渦如谷之轉凌濤起而上凌空者如下如山之頹

陽侯砐五合硪我以岸起洪瀾涴五臣作蜿音於遠演而雲迴峾五臣本作浙音銀淪溛烏華瀤烏懷乍浥烏甲乍堆　善曰淮南子曰武王渡于孟津陽侯之波逆流而擊砐硪搖動皃涴演迴曲之皃峾淪迴旋之皃溛瀤不平之皃　銑曰陽侯波神砐硪高大皃言波高大如岸起也言洪瀾旋曲爲文如雲之迴也浥下也乍平乍高如堆阜之高

㵄呼減如地裂豁

天開　善曰㵄豁開皃易緯曰天下愁地裂山崩漢書曰孝惠二年天開東北廣十餘丈　向曰㵄深穴言水爲烈風所吹四面浪起中爲深穴則㵄然如地裂風波既息煙霧盡銷則豁然若天開

觸曲崖五臣作涯以縈繞五臣作澆音叫駭崩浪而相礧力迴反　善曰相礧擊也音雷　濟曰縈澆環旋礧擊也浪觸曲岸則環旋浪擊崩則相擊

鼓呑苦合窟以漰普萌渤乃湓普寸湧而駕隈　善曰呑亦窟之類也漰渤水聲也渤蒲没切小雅曰駕凌也　良曰呑穴波浪分散曰湓湧言波浪鼓穴窟而有聲或分湧凌駕於山隈隈曲也

魚則江豚徒昆海狶喜叔鮪于軌王鱣邅䱻骨鰊練鰧特登鮋直流鯪陵鰩遥鯩鰱音連　善曰南越志曰江豚似猪水土記曰海狶豕頭身長九尺郭璞山海經注曰今海中有海狶體如魚頭似猪爾雅曰鮥鮛鮪郭璞曰鮪屬大者王鮪小者叔鮪王鱣之大者猶曰王鮪鮥音洛山海經曰䱻魚其狀如魚而鳥翼出入有光其音如鴛鴦郭璞曰音滑舊說曰鰊似鯿音緶山海經曰鰧其狀如鱖居逵切蒼文赤尾郭璞曰鰧

音滕舊說曰鮋似鱓楚辭曰鯪魚何所出王逸曰鯪魚鯪鯉也山海經曰鰩魚狀如鯉又曰鯩魚黑文狀如鮒食之不腫郭璞曰音倫廣雅曰鰱鱮也　良曰並魚名

或鹿觡格象鼻或虎狀龍顏　善曰臨海異物志曰鹿魚長二尺餘有角腹下有脚如人足郭璞山海經注曰麋鹿角曰觡又曰今海中有虎鹿魚體皆如魚而頭似虎鹿龍頭似龍也　翰曰言魚或似此虎龍形也

鱗甲鏙七罪錯煥爛錦斑揚鬐掉尾噴普悶浪飛涎似延反　善曰鏙錯間雜之皃上林賦曰揵鬐掉尾說文曰噴吒也涎沫也　良曰謂魚鱗鏙錯文彩如錦之煥爛揚舉其鬐鬣掉其尾也涎口沫或噴而飛

排流呼哈乎合隨波遊延或爆五臣本作曝采以晃淵或嚇呼乇鰓乎巖間　善曰說文曰爆灼也今以爲曝曬也爆蒲角切曝步木切廣雅曰晃暉也嚇猶開也　向曰排流逆上也遊延隨長波皃曝露出向日言魚或出采色以晃中淵或開鰓於巖穴之下

介鯨乘濤以出入鯼祖洪鮆薺順時而往還　善曰爾雅

曰介大也字林曰鰺魚出南海頭中有石一名石首郭璞山海經注曰鮆狹薄而長頭大者長尺餘一名刀魚常以三月八月出故曰順時銑曰介孤也鯨魚孤乘波濤或出或入爾其水物怪錯則有潛鵠魚牛虎蛟鉤蛇善曰怪錯奇怪雜錯也舊說曰潛鵠似鵠而大山海經曰魚牛其狀如牛陵居蛇尾有翼又曰虎蛟其狀魚身而蛇尾有翼其音如鴛鴦郭璞山海經注曰今永昌郡有鉤蛇其鉤蛇長數丈尾跂在水中鉤取斷岸人及牛馬啖之翰曰錯雜也餘皆水物名蜦倫蟤團鱟候蝞媚鱝墳善本扶粉反鼀且郎鼂迷鼅音麻善曰說文曰蜦蛇屬也黑色潛於神泉之中能興雲致雨山海經曰蟤魚其狀如鮒而彘尾郭璞曰言團如扇之團廣志曰鱟魚似便面常負雄而行失雄則不能獨活出交阯南海中臨海水土物志曰蝞似蝦中食益人顏色有愛媚又曰鱝魚如圓盤口在腹下尾端有毒又曰初寧縣多鼀鼂形薄頭喙似鸚指爪又曰鼂鼊與龜鼊相似形大如簸生乳海邊沙中肉極好中啖濟曰並蟲魚名王珧姚海月土肉石華三蝬子工蜉流江鸚螺力戈蜁旋蝸古花璅五臣作瑣蛣詰腹蟹水母目蝦音遐善曰郭璞山海經注曰珧亦蚌屬也臨海水土物志曰海月大如鏡白色正圓常死海邊其柱如搔頭大中食又曰土肉正黑如小兒臂大長五寸中有腹無口目有三十足炙食又曰石華附石生肉中啖臨海水土物志曰三蝬似蛙蛤蝬子公切舊說曰蜉江似蟹而小有十二腳南州異物志曰鸚鵡螺狀如覆杯頭如鳥頭向其腹視似鸚鵡故以為名也舊說曰蜁蝸小螺也南越志曰璅蛣長寸餘大者長二三寸腹中有蟹子如榆莢合體共生俱為蛣取食又曰海岸間頗有水母東海謂之蛇正白濛濛如沫生物有智識無耳目故不知避人常有蝦依隨之蝦見人則驚此物亦隨之而沒蛇音蜡二字並除嫁切濟曰並水蟲蚌蛤之屬紫蚢胡岡如渠洪蚶專車善曰爾雅曰大貝曰蚢漢書曰尉佗獻紫貝五百尚書大傳曰文王囚於羑里散宜生之江淮之浦而得大貝如車渠以獻紂鄭玄曰渠罔也臨海水土物志曰蚶則徑四尺背似瓦壟有文呼甘切國語孔子曰防風氏其骨節專車賈逵曰專擅也向曰如車渠之寶洪蚶似蛤大者四五丈蠲充一車故云專車璣蚌睎曜以瑩珠石蜐居葉應節

文選十二　十八

而揚葩善曰異物志曰蚌似車螯潔白如玉睎曜向日也揚雄蜀都賦曰蚌含珠而擘裂南越志曰石蜐形如龜腳得春雨則生花花似草華廣雅曰葩花也銑曰璣蚌中出玉常有光曜於水中若瑩光明珠石蜐春生花冬死故云應節揚葩踞居蠩諸森衰以垂翹玄蠣力滯磈苦罪磥力罪而碨烏懷硜烏遐反善曰南越志曰崌蠩一頭尾有數條長二三尺左右有腳狀如蠶可食森衰垂皃翹尾也臨海水土物志曰蠣長七尺南越志曰蠣形如馬蹄磈磥碨硜不平之皃向曰蜛蠩蟲名翹足也森衰足多貌或泛瀲辭豔切五臣作澰音豔於潮波或混淪乎泥沙善曰字書曰瀲泛也水波上及也混淪輪轉之皃廣雅曰混轉也混胡本切淪力本切翰曰泛瀲水上遊浮返覆皃言此蟲魚之類或遊浮波瀾混沒於泥沙若乃龍鯉一角奇鶬倉九頭善曰山海經曰龍鯉陵居其狀如鯉或曰龍魚一角也劉騊駼玄根賦曰一足之夔九頭之鶬濟曰鯉魚名鶬鳥名有九頭有鼈三足有龜六眸莫侯反善曰山海經曰三足鼈岐尾爾雅曰鼈三足曰能郭璞曰今吳興郡陽羨縣山下有池池中出三足鼈又有六眼龜良曰眸眼也躍而吐璣文魮毗磬鳴以孕璆善曰山海經曰珠鼈之魚其狀如肺而有目六足有珠郭璞曰鼈音鼈南越志曰珠鼈吐珠山海經曰文魮之魚其狀如覆銚鳥首而翼魚尾音如磬之聲是生珠玉郭璞曰音毗良同善注赬鼈灼滅胏扶廢鯈條鱅庸拂翼而掣充制耀神蜧麗蝹於粉蜦力殞以沈遊善曰山海經曰鯈鱅狀如黃蛇魚翼出入有光郭璞曰音條容說文曰蜧蛇屬也許慎淮南子注曰黑蜧神蛇也潛於神泉蝹蜦行皃翰曰沈潛於水蝹蜦盤皃以噓虛蹀牒水兕似雷咆薄交乎陽侯善曰山海經曰駮馬牛尾白身一角其音如虎郭璞曰音勃黃伯仁龍馬賦曰噓天慷慨南越志曰西華縣東臨于海其中多水兕形似牛說文曰咆嗥也濟曰駮馬水獸言騰出於波噓噴水也蹀行也水兕水獸咆聲也出而有聲如雷則波浪起也陽侯波神駮蒲沒馬騰波淵客築室於巖底鮫人構館于懸流善曰吳都賦曰淵客慷慨

文選十二　十九

而泣珠曹子建七啓曰戲鮫人劉淵林吴都賦注曰鮫人水底居 向曰淵客鮫人皆水中居故築室構舍於巖流之下鼋布餘糧星離沙鏡善曰鼋布星離言衆多也本草經曰禹餘糧生東海池澤傅玄擬楚篇曰光滅星離舊説曰沙鏡似雲母也 向同善注青綸競糾縟組爭映善曰爾雅曰綸似綸組似組東海有之糾繚也縟繁采也 良曰青綸縟組二草名皆有彩色糾亂爭交也言多而交亂爲暉映也紫菜五臣作萸而轉反熒曄以叢被綠苔鬖所咸髿沙乎研上善曰紫菜色紫狀似鹿角菜而細生海中熒曄光明皃南越志曰海藻一名海苔生研石上風土記曰石髮水苔也青綠色皆生於石通俗文曰髮亂曰鬖髿説文曰研滑石也研與硯同五見切菜或爲萸 向同善注石帆平蒙蘢以蓋嶼序萍實時出而漂泳音詠善曰劉逵吴都賦注曰石帆生海嶼石上草類也又曰嶼海中洲上有山石家語曰楚昭王渡江中流有物大如斗負而赤直觸王舟舟人取之王大怪使聘魯問孔子孔子曰此所謂萍實也可剖而食之吉祥也唯霸者爲能得焉王肅曰萍水草也說文曰漂浮也爾雅曰泳游也 翰曰蒙蘢多密皃言時出者不常有也其下則金礦丹礫歷雲精爥銀珕麗珋留璿瑰古回水碧潛琘美巾反 善曰說文曰礦銅鐵璞也古猛切冊礫用砂也異物志曰雲母一曰雲精入地萬歲不朽穆天子傳曰乃披圖視典曰天子之寶璿珠爥銀郭璞曰銀有精光如爥也說文曰珕蜃屬也又曰珋石之有光者山海經曰大荒之中有西王母之山爰有璿瑰郭璞曰璿瑰亦玉名也旋回兩音山海經曰耿山多水碧郭璞曰亦水玉類也潛琘亦水玉也鳴石列於陽渚浮磬肆乎陰濱善曰山海經曰共水多鳴石郭璞曰晉永康元年襄陽郡上鳴石似玉色青撞之聲聞七八里尚書曰泗濱浮磬孔安國尚書傳曰肆陳也 銑曰鳴石似玉撞之聲聞數千里生皆向陽故云列於陽渚浮磬石也可爲磬者生北岸故大陰濱水南曰陽肆亦列也或熲古迥彩輕漣或焆涓曜涯鄰善曰蒼頡篇曰焆明也說文曰鄰水崖間鄰鄰然也涯作崖 向曰熲光色也焆明也涯鄰皆畔也言珍寶之物或光色輕而相漣或明曜於水畔林無不溽

岸無不津善曰孫卿子曰玉在山而木潤淵生珠而崖不枯廣雅曰津潤也鄭玄周禮注曰津潤也 良曰津津皆潤也言珠玉所出林岸皆潤其羽族也則有晨鵠天雞鴳於紋鷔敖鷗鴃五臣作駁步末反 善曰山海經曰大鷔音如晨鵠郭璞曰晨鵠猶晨鳧也爾雅曰翰天雞孫炎曰黑身一名莎離山海經曰鴢其狀如鳧青身而朱目赤尾郭璞曰音窈窕之窈山海經曰鷔鳥青黃其所集者其國亡郭璞曰音敖山海經曰鴃其狀如鳧皃郭璞曰音鉗鈇之鈇徒計切 濟注同陽鳥爰翔于以玄月善曰尚書曰彭蠡既豬陽鳥攸居爾雅曰九月爲玄郭璞曰國語云至于玄月也 翰同善注千類萬聲自相喧聒濯翮疏風鼓翅翻許聿翃許月反 善曰說文曰聒讙語也疏理也禮記曰鳳以爲畜故鳥不獝麟以爲畜故獸不狘鄭玄曰獝狘飛走之皃翻與獝同 向曰濯洗翮毛鼓動也言毛羽洗濯於水疏理於風翻翅動翅皃揮弄灑珠拊拂瀑蒲到五臣作蒲末切沫善曰洞簫賦曰揚素波而揮連珠說文曰瀑賁也 翰曰言羣鳥揮動於水弄灑成珠拊拂於波瀑沫而爲沫也瀑水飛也集若霞布散如雲霧產毻他積羽往來勃碣其列反 善曰字書曰毻落毛也毻與氄同音唾竹書曰穆王北征行流沙千里積羽行千里漢書曰燕地勃碣之間一都會也伏琛齊地記曰勃海郡東有碣石謂之勃碣也 銑曰言羣鳥有文彩而多集則如霞光之布散又如雲氣糺豁闊積羽地名方千里羣鳥產乳氄毛之處勃碣地名亦鳥之所遊也橉力刃杞稹之忍薄於潯涘栛力計槤連森嶺而羅峯善曰橉杞二木名也字林曰稹緻也薄叢生也淮南子曰南遊江潯許愼曰潯水涯也音潯栛槤亦二木也栛音隷 良曰此木叢生羅列於岸桃枝篔筠簹當實繁有叢葭蒲雲蔓纓一爭五臣本作一諍以蘭紅善曰劉淵林蜀都賦注曰桃枝竹屬也可爲杖又吴都賦注曰篔簹竹生水邊長數丈雲蔓言多而無際也纓采色相映也蘭澤蘭也爾雅曰紅蘢古 良曰同善注揚皜杲毦二擢紫茸而容切蔭潭隩於六被長江善曰皜白也毦茸皆

草花也毦耳刹切爾雅曰隩隈也郭璞曰今江東呼爲浦隩於到切翰曰擢出也潭深水也隩曲也言衆草花葉蘙於深水之曲被長江之岸

繁蔚尉**芳蘺隱藹水松涯灌芊**千見

蘞力見**潛薈**烏外**蔥蘢**郎公反善曰蘺江蘺香草也似水薺水松藥草名也在涯灌垂側叢生也潛薈水中茂盛也芊蘞蔥蘢皆青盛皃也翰曰繁蔚隱藹多皃涯岸也水木雜生曰灌薈深闇也言蒲於涯灌之中

鯪陵**鯥**六**蹄**日眉**跼**具俱**於垠**銀**隒**魚儉**獱**頻**獺睒**失冉**瞲**呼穴**乎厱**去聲**空**善曰楚辭曰鯪魚何所出王逸曰鯪魚綾鯉也山海經曰有魚狀如牛陵居蛇尾其名曰鯥埤蒼曰蹄躍跳也求悲切聲類曰偏舉一足曰蹄踦也渠俱切郭璞三蒼解詁曰獱似青狐居水中食魚山海經曰鼈山濡濡之水出焉有獸名曰獺其狀如鱬其毛如彘鬣郭璞曰音蒼頡之頡與獺同鱬如珠切說文曰睒暫視也聲類曰瞲驚視上也厱岸側空處也呼穴切向曰鯪鯥二魚名有足蹄踞行皃垠隒岸也言二魚行於岸上獱獺水獸捕魚者睒瞲驚視皃厱空坎也言其驚視於坎穴之中

迅蜼聿季**臨虛以騁巧孤**

玃居縛**登危而雍容夔牿**呼口**翹踛**六**於夕陽鴛鶵弄翮乎山東**善曰蜼狖也玃似獼猴也山海經曰岷山多夔牛郭璞曰今蜀山中有大牛重數千斤名爲夔牛又爾雅注曰今青州呼犢爲牿夔牛之子也牿與牯同火口切莊子曰齕草飲水翹毛而踛此馬之眞性也司馬彪曰踛跳也廣雅曰翹舉也山海經曰南禺之山有鵷鶵郭璞曰鵷鶵鳳屬也爾雅曰山西曰夕陽山東曰朝陽翰曰迅行疾也言其疾速臨空跳騁玃登危險雍容自得翹踛一足行也

因岐成渚觸澗開渠善曰穆天子傳曰飲于岐洔之中郭璞曰水岐成洔洔小渚也銑曰岐山岸曲處也停水曰渚言江水觸因曲成渚山夾爲澗波所衝觸之又爲溝渠也

漱所遘**壑生浦區別作湖**善曰周禮曰善爲溝者水漱之鄭玄曰漱齧也論語曰區以別矣向曰漱蕩也壑亦山曲水蕩之則生浦也水小而不流者區分也廣停水曰湖江水分流而爲也

磴之以瀿煩**瀵**糞**潗**息列**之以尾閭**善曰磴猶益也土登切淮南子曰莫鑒於流瀿而鑒於澄水許慎曰楚人謂水暴溢爲瀿瀿扶園切淮南子曰潦水旬月不雨則涸而枯澤受瀵而無源者也許慎曰瀵湊漏之流也瀵昌即切莊子海若曰天下之水莫大於海萬川歸之而不盈尾閭泄之而不虛司馬彪曰尾閭水之從海出也翰曰磴溢也瀿瀵暴溢蕩之水也言此水溢於諸浦湖中之水也泄出水也水從海出曰尾閭矣

標之以翠翳泛之以遊菰善曰標猶表識也翳草之蘙薈也菰菰蔣也浮於水上故曰遊也良同善注

播匪藝之芒種挺自然之嘉蔬善曰孔安國尚書傳曰播布也鄭玄毛詩箋曰藝迺樹也鄭司農周禮注曰芒種稻麥也禮記曰凡祭廟之禮稻曰嘉蔬鄭玄曰嘉善也稻菰蔬之屬翰同善注

鱗被菱荷攢布水菰力果**翹莖瀵**芳問**蘂濯穎散裹**善曰鱗被如鱗之被言多也蒼頡篇曰攢聚也應劭漢書注曰木實曰果草實曰蓏說文曰瀵水浸也廣雅曰蘂華也穎穗也裹謂草實也高唐賦曰綠葉紫裹濟曰散開其包裹之子

隨風猗於宜**萎**於危**與波潭沲**徒我**流光潛映景炎**羊染**霞火**善曰潭音覃流光言草之華蘂流耀潛映波瀾景色外發炎於煆火煆與霞同銑曰皆言草也猗萎隨風皃潭沲逐波動皃流光光色潛映於水光明矣炎盛於霞火之色

其旁則有雲夢雷池彭蠡青草具區洮姚**滆**翮**珠**善本作朱**滻丹漅**子了反善曰雲夢澤名也吳錄曰雷池在晥尚書曰彭蠡既豬孔安國曰澤名也吳錄曰巴陵縣有青草湖具區亦澤名也風土記曰陽羨縣西有洮湖水經注曰中江東南左合滆湖音核又曰朱湖在溧陽又曰沔水又東得滻湖水周三四百里丹湖在丹陽漅湖在居巢翰曰與江水旁通也

極望數百沆胡朗**瀁**余兩**皛**胡了**溔**余少反善曰七發曰極望成林鄭玄禮記注曰極盡也沆瀁廣大之皃皛溔深白之皃翰曰謂大數百里沆瀁皛溔深廣皃

爰有包山洞庭巴陵地道潛逵五臣作逵**傍通幽岫窈窕**善曰郭璞山海經注曰洞庭地穴在長沙巴陵吳縣南太湖中有苞山山下有洞庭穴道潛行水底云無所不通號爲地脉逵水中穴道交通者也向曰巴陵郡名逵道也窈窕深邃也巴陵地道從包山洞庭湖水底潛通諸神仙無所不至而幽岫深邃有奇狀也

金精玉英瑱他見**其**

裛瑶珠怪石琗五臣作綷子會反其表驪虯縝幽樛居由其址上梢雲冠其嫖必眇反善曰穆天子傳河伯曰示汝黄金之膏郭璞曰金膏其精汋也汋音綽孝經援神契曰玉英玉有英華之色也孫卿子曰琁玉瑶珠不知佩山海經曰苟林之山多怪石郭璞曰怪石似玉也瑱琗謂文采相雜也小雅曰雜采曰綷琗與綷同驪虯驪龍也在於九重之泉故云樛其址也莊子曰千金之珠在九重之淵而驪龍頷下宋衷太玄經注曰樛猶糾也孫氏瑞應圖曰梢雲瑞雲人君德至則出若樹木梢梢然也嫖山巔也　良曰地道幽岫之間金精玉英生於内故云飾其裛也瑶珠之寳怪石之珍生其外故云綷其表海童之所巡遊琴高之所靈矯善曰吳歌曰仙人齎持何等前謁仙童列仙傳曰琴高浮遊冀州二百餘年後入碭水中乘赤鯉魚來出泊一月復入水去方言曰矯飛也言飛而去來其中　翰曰海童海神冰五臣作水夷倚浪以傲睨五計江妃含嚬而矊彌延眇㬠凌波而鳧躍吸翠霞而夭矯善曰山海經曰從極之川唯冰夷恒都焉冰夷人面而乘龍郭璞曰冰夷馮夷也莊子曰獨與天地精神往來而不傲睨於萬物傲睨自寛縱不正之皃列仙傳曰江斐二女出遊江濱鄭交甫所挑者孟子注嚬蹙而言嚬蹙憂皃矊眇遠視皃法言曰眇綿作炳鄭玄禮記注曰撫以手按之也廣雅曰夌馳也上林賦曰馳波跳沫廣雅曰吸飲也陵陽子明經曰春食朝霞朝霞者日始出之赤氣夭矯自得之皃　向曰翠霞江上青氣也夭矯飛騰皃言仙人撫凌波浪又似鳧鳥之遊躍而吸食江上之氣而恣爲飛騰也若乃宇宙澄寂八風不翔善曰文中子曰四方上下謂之宇說文曰宙舟車所極覆淮南子曰天有八風條風明庶風清明風景風涼風閶闔風不周風廣莫風洞簫賦曰翔風蕭蕭而逕其末翰曰言風波不動舟子於是搦女角棹涉人於是檥魚綺榜補郎反善曰毛詩曰招招舟子人涉卬否搦捉也應劭漢書注曰檥止也王逸楚辭注曰榜船櫂也補孟切一曰榜併船也補浪切翰同善注漂飛雲運艅艎舳五臣作軸艫相屬萬里連檣善曰劉淵林吳都賦注曰飛雲吳樓船之有名者左氏傳曰楚敗吳師獲其乘舟艅艎杜預曰艅艎舟名

也說文曰舳舟尾也艫船頭也埤蒼曰檣颿柱也才羊切　銑曰舳船傍艫船尾也屬連也檣掛帆木也泝洄沿流或漁或商赴五臣作越交益投幽浪平竭南極窮東荒善曰毛詩曰泝洄從之毛萇曰逆流而上曰遡洄孔安國尚書傳曰順流而下曰沿列子曰中國之人或農或商或佃或漁交益二州名也周禮曰東北曰幽州漢書有樂浪郡也淮南子曰章亥自北極步至南極山海經有東荒經翰同注爾乃鵅五臣作隸雰紛祲子蔭於清旭許玉覘勑詹五兩之動靜長風颼于鬼以增扇廣莫颸麗而氣整善曰方言曰覘視也杜預左氏傳曰氛氣也說文曰雰亦氛字也鄭玄禮記注曰祲陰陽氣相浸漸以成災也毛萇詩傳曰旭日始出也鄭玄禮記注曰覘闚視也兵書曰九侯風法以雞羽重八兩建五丈旗取羽繫其巔立軍營中許慎淮南子注曰綄候風也楚人謂之五兩也綄音桓高唐賦曰長風至而波起颼大風皃廣莫風注見上八風郭璞山海經注曰颸颸急風皃　翰同善注徐而不䬐烏回疾而不猛善曰埤蒼曰䬐風遲也　良曰徐緩䬐遲也言雖緩不遲雖疾不猛和而得所鼓帆平迅越趠陌漲張截泂古迴凌波縱柂徒我電往杳溟莫令反叶韻善曰劉熙釋名曰隨風張幔曰帆或以席爲之故曰帆席趠猶越也截直度也漲泂皆深廣之皃揚雄方言曰船後曰舳郭璞曰今江東柂呼爲舳也王逸荔枝賦曰飛匡上下電往景還王勑往反　良曰迅疾越度趠過漲闊也截直渡也泂遠也柂船尾所以正船也杳溟絕遠之處電謂疾也䨴徒對如晨霞孤征眇若雲翼絕嶺善曰䨴雲征皃晨霞朝霞也莊子曰大鵬翼若垂天之雲故曰雲翼言廣大也　翰曰䨴雲急度皃孤者言相連爲一言船行如朝霞急度而連行若大鵬垂雲之翼奄然絕嶺也倏忽數百千里俄頃飛廉無以睎其蹤渠黃不能企其景五臣作影善曰楚辭曰往來倏忽何休公羊傳注曰俄者須臾之間司馬彪莊子注曰頃久也王肅家語注曰俄有頃也史記曰飛廉善走廣雅曰睎視也穆天子傳曰天子之八駿曰渠黃毛詩曰跂予望之鄭玄曰舉足則望見之企與跂通　向同善注於是

蘆人漁子擯五臣作濱落江山衣則羽褐食惟蔬鱻思延反　善曰謂採蘆捕魚之子也擯落謂被斥擯而漂落也司馬彪莊子注曰擯棄也鄭玄毛詩箋曰褐毛布也聲類曰鱻小魚也銑曰落菴屋之類言其作屋於江濱山側爲菴也衣裳則毛羽所爲短褐衣也蔬菜鱻魚也游筱見𤁹廷見爲涔夾潨在公羅筌筒灑連鋒罾子僧罾雷比船善曰說文曰栫以柴木壅水也劉淵林吳都賦注曰淀如淵而淺㵐與淀古字通爾雅曰椮謂之涔郭璞曰今作椮叢木於水中魚得寒入其裏因以薄捕取之也椮蘇感切涔字廉切說文曰潨小水入大水也筌捕魚之器以竹爲之蓋魚笥之屬舊說曰罾灑鉤名也罾罾皆網名也灑所蟹切　翰曰鋒鉤鉤罾罾網比船下網之船而相比行也或揮輪於懸碕奇或中瀨而橫旋忽忘夕而宵歸詠採菱以叩舷善曰輪鈎輪也埤蒼曰碕曲岸頭也淮南子曰夫歌採菱發陽阿楚辭曰漁父鼓枻而去王逸曰叩船舷也　良曰同善注瀨波也言釣魚者或坐於懸岸之上或行於水中波而船橫旋也貪利忘夕尋夜方歸傲自足於一嘔五臣本作謳字尋風波以窮年善曰字書曰傲倨也嘔與謳同楚辭曰順風波以南比兮霧霄晦以紛紛西京賦曰窮年忘歸猶不能徧也　向曰言嘯傲自足樂一身常尋風波以終百年矣爾乃域之以盤巖豁之以洞壑疏之以沲度河汜似鼓之以朝夕善曰尚書曰沲潛既道孔安國曰沲江別名也毛詩曰江有汜漢書枚乘上書曰游曲臺臨上路不如朝夕之池也　良曰域界也盤巖大山言江以大山爲限界也洞深壑海也言江流壑入于海沲汜謂江水分流故也鼓之以朝夕謂潮水往來也川流之所歸湊雲霧之所蒸液珍怪之所化產傀五臣作瑰奇之所窟宅善曰王逸楚辭注曰湊聚也琴賦曰蒸靈液以播雲淮南子曰山雲蒸而柱礎潤高唐賦曰珍怪奇偉子虛賦曰珍怪鳥獸說文曰傀偉也又曰奇異也　銑曰海下故川流皆歸聚之江氣潤液蒸爲雲霧珍怪瑰奇謂珠玉龜魚之類也化變化也產生也窟穴宅居也納隱淪之列眞挺

異人乎精魄播靈潤於千里越岱宗之觸石善曰桓子新論曰天下神人五一曰神仙二曰隱淪三曰使鬼物四曰先知五曰鑄凝馮衍爵銘曰富如江海壽配列眞說文曰眞仙人變形也班固公孫弘贊曰異人並出孝經援神契曰五岳之精雄四瀆之精仁左氏傳樂祁曰心之精爽是謂魂魄公羊傳曰曷爲祭太山河海山川有能潤乎百里者天子秩而祭之觸石而出膚寸而合不崇朝而徧雨天下者唯太山雲爾海潤于千里何休曰雲氣觸石理而出爲雨無膚寸之地而不徧也河海興雲雨及千里　翰曰挺生也挺異人乎精魄者言異人生於時皆得江漢之英靈也言江中起雲霧疾速乃超越也及其譎決變儵叔怳符祥非一動應無方感事而出善曰孔安國尚書傳曰神妙無方鄭玄論語注曰方常也　向曰儵怳疾速也方常也言譎詭變化離合疾速有如符契而爲災祥蓋非一狀也感事謂致感風雲也經紀天地錯綜人術妙不可盡之於言事不可窮之於筆善曰言以纖爲喻也符祥上則經紀天地下則錯綜人術漢書五行志曰厥風絕經紀如淳曰壞絕四帛之屬周易曰錯綜羣數王肅曰錯交也綜理事也仲長子昌言錯綜人情　銑曰經紀天地謂廣大利育萬物也人術謂樂道法水而爲政言其妙理不可窮盡也若乃岷精垂曜於東井陽侯遯徒寸形乎大波善曰河圖括地象曰岷山之地上爲井絡史記曰五星聚于東井陽右湯疾也高誘淮南子注曰陽國侯溺死於水其神能爲大波莊子曰其死登遐三年而形遯　翰曰岷山之精上爲東井星奇相去得道而宅神乃協靈爽於湘娥善曰廣雅曰江神謂之奇相西京賦曰懷湘娥王逸楚辭注曰堯二女墜湘水之中因爲湘夫人也　良曰宅居協合也奇相者人也得道於江故居江爲神乃合其精爽與湘娥俱爲神也駭黃龍之負舟識伯禹之仰嗟善曰呂氏春秋曰禹南省方濟乎江黃龍負舟舟中之人五色無主禹仰視天而嘆曰吾受命於天竭力以養民死命也余何憂於龍焉龍俛耳曳尾而逃壯荆飛之擒蛟終成氣乎太阿善曰呂氏春秋曰荆有佽飛者得寶劍於干遂反涉江至于中

流有兩蛟夾繞其船佽飛拔寶劍曰此江中腐皮朽骨也赴江刺蛟殺之荆王聞之仕以執珪高誘曰干遂吴邑越絶書曰歐冶子作鐵劍二曰太阿　良曰荆佽飛得太阿寶劍從楚王渡江江神將奪之風波大起兩蛟挾舟佽飛以劍斬蛟風乃止故思而壯之終能成劍之神氣**悍要離之圖慶在中流而推戈**善曰廣雅曰悍勇也呂氏春秋曰要離走往見王子慶忌於衛慶忌喜要離曰請與王子往奪之國王子慶忌與要離俱涉於江拔劍以刺王子慶忌捽而投之於江浮出又取而投之於江如此者三其卒曰汝天下之國士也幸汝以成名要離不死歸吴矣　翰曰戈與劍皆刃器故叶韻而言戈**悲靈均之任石歎漁父之櫂歌**善曰楚辭曰名余曰正則字余曰靈均又曰望大河之洲渚悲申徒之抗直驟諫君而不聽重任石之何益又曰懷沙礫而自沈兮不忍見君之蔽壅史記曰屈原作懷沙賦懷石自投汨羅懷沙即任石也義與王逸不同楚辭曰漁父鼓枻而歌曰滄浪之水清可以濯吾纓　銑曰怨屈原至忠遭遇放逐而懷石自投於江漢漁父賢人不為時所弔**想周穆之濟師驅八駿於黿鼉**善曰紀年曰周穆王三十七年征伐大起九師東至于九江叱黿鼉以為梁列子曰周穆王遠遊命駕八駿之乘驊騮綠耳赤驥白儀渠黃踰輪盜驪山子　張湛曰儀古義字　向同善注**感交甫之喪珮愍神使之嬰羅**善曰廣雅曰感傷也韓詩內傳曰鄭交甫遵彼漢臯臺下遇二女與言曰願請子之珮二女與交甫交甫受而懷之超然而去十步循探之即亡矣廻顧二女亦即亡矣莊子曰宋元君夜半夢人被髮而窺阿門曰予自宰路之淵為清江使河伯之所漁者預且得予元君覺召占夢者占之曰此神龜也元君乃刳龜以卜七十二鑽而無遺策　司馬彪曰鑽命卜以所卜事而灼之　翰曰嬰羅掛網也餘同善注**煥大塊之流形混萬盡於一科**善曰莊子曰夫大塊載我以形勞我以生司馬彪曰大塊自然也周易曰品物流形混萬盡於一科言混萬物盡歸於一科也孟子曰源泉混混不舍晝夜盈科而後進放乎四海趙岐曰科坎也　向曰煥美也大塊元氣也言美元氣之流形使萬物至於窮盡同歸一科**保不虧而永固稟元氣於靈和**善曰春秋元命包曰水者五行始焉元氣之湊液也　良曰水柔弱淡然無欲利育於物故保道不虧而長堅固此乃靈和之氣所以為也靈和和之氣也**考川瀆之妙觀實莫著於江河**善曰班固漢書贊曰中國川原以百數莫著於四瀆而河為宗也　翰曰四瀆江為長河次之故考其妙觀不過此也

六臣註文選卷第十二

六臣註文選卷第十三

梁昭明太子撰

唐李善并五臣註

物色

善曰四時所觀之物色而爲之賦又云有物有文曰色風雖無正色然亦有聲詩注云風行水上曰漪易曰風行水上渙渙然即有文章也

風賦

善曰劉熙釋名云風者汎也爲能汎博萬物又云風者放也動氣放散曾子書曰陰陽偏則風物理志曰陰陽擊發氣也

宋玉 善曰史記曰楚有宋玉景差之徒皆好辭而以賦見稱王逸楚詞序曰宋玉屈原弟子 向曰史記云宋玉郢人也爲楚大夫時襄王驕奢故宋玉作此賦以諷之

楚襄王遊於蘭臺之宮 善曰史記曰楚懷王薨太子橫立爲頃襄王又曰楚有謂頃襄王曰王績繳蘭臺徐廣曰績縈也七見切 翰曰蘭臺臺名 宋玉景差侍有風颯然而至 五臣下有者字 善曰景差亦楚大夫說文曰颯風聲楚辭曰風颯颯兮木蕭蕭 翰曰宋玉景差皆楚大夫侍者侍於王也颯然風聲也至於王之宮也 王乃披襟而當之曰快哉此風寡人所與庶人共者邪 銑曰披衣當風快風之凉因言此風我與衆人共有之邪 宋玉對曰此獨大王之風耳庶人安得而共之王曰夫風者天地之氣溥暢而至不擇貴賤高下而加焉 善曰河圖帝通紀曰風者天地之使也五經通義曰陰陽散爲風風氣無根也管子曰風漂物者也風之所漂不避貴賤美惡 濟曰溥偏暢通也言風乃天地普暢之氣偏通而至貴賤皆及也以宋玉獨爲王風故以此言而折之 今子獨以爲寡人之風豈有說乎宋玉對曰臣聞於師枳只句鉤來巢空穴來風 善曰枳木名也枳句言枳樹多句也說文曰句曲也似橘屈曲也考工記曰橘踰淮爲枳莊子曰騰猿得柘棘枳句之間振動悼慄又曰空閱來風桐乳致巢此以其能若其性者司馬彪曰門戶孔空風善從之桐子似乳者其葉而生其葉似箕鳥喜巢其中也 翰曰枳木名句謂多句曲空穴謂門戶之穴言木之句曲者其多巢鳥門戶之穴風多從也 其所託者 五臣下有因也字 然則風氣 五臣作氣與風 殊焉 善曰者下或有因字非也雖同託戶穴其於清濁亦殊矣 向曰 王曰夫風始安生哉 銑曰問風之所由生也 宋玉對曰夫風生於地起於青蘋之末 善曰莊子曰大塊噫氣其名爲風爾雅曰苹其大者曰蘋郭璞曰水萍也 ○良曰蘋水草也 侵淫谿谷盛怒於土囊之口 善曰春秋元命包曰陰陽怒而爲風侵淫漸進也土囊大穴也盛弘之荊州記曰宜都佷山縣有山有穴口大數尺爲風井土囊當此之類也 良曰侵淫風流散貌土囊谷口也言風自地生起於蘋末流衍溪壑盛於谷之口也 緣 五臣有於字 太山之阿舞於松柏之下 音戶 善曰阿曲也 飄忽淜 普冰 滂 普茫 激颺熛 熛 怒 善曰淜滂風擊物聲熛怒如熛之聲說文曰熛火飛也俾堯切 銑曰言於山木之間激物爲聲 耾 乎宏 雷聲迴穴錯迕 善曰耾侯萌切埤蒼曰耾耾風聲廣雅曰耾聲也十洲記曰玄洲在北海上有風聲響如雷上對天之西北門也凡事不能定者迴穴此即風不定貌錯迕雜錯交迕也 濟曰迴穴猶急也 蹷石伐木梢殺林莽 善曰蹷動也伐擊也漢書曰應劭曰蹷頓也韋昭曰梢擊也 濟曰言風聲如雷急急而交錯頓擊木石林莽 至其將衰也 善本無此五字 被麗披離衝孔動楗 音件 善曰被麗披離四散之貌也字林曰楗拒門也 翰曰衰微也被麗披離輕舉貌楗門也言風之將微輕舉衝穴動門而已 眴 絢 渙粲爛離散轉移 善曰眴渙粲爛鮮明貌 翰曰謂無塵昏四散轉微也移猶微也 故其清涼雄風則飄舉 五臣作忽字 升降乘凌高城入于深宮邸華 五臣作蕚

葉而振氣徘徊於桂椒之間翱翔於激水之上將擊芙蓉之精獵蕙草離秦衡槩新夷被荑五臣作稊徒兮反楊善曰說文曰邸觸也邸與抵古字通廣雅曰菁華也精與菁古字通獵歷也秦衡香草也衡杜衡也又云秦木名范子計然曰秦衡出於隴西天水芳香也楚詞曰露甲新夷飛林薄顏師古曰新夷一名留夷即上林賦雜以留夷也易曰枯楊生稊王弼曰稊者楊之秀也稊與荑同向曰激急也離獵槩皆經歷也言雄風之起陵轢翱翔於城水之上而邸觸香木芳草也迴穴衝陵蕭條眾芳然後倘常佯羊中庭北上玉堂躋于羅帷經于洞房迺五臣本作乃得為大王之風也五臣無也字善曰倘佯猶徘徊也說苑雍門周說孟嘗君曰下羅帷來清風楚辭曰擲容倘態互洞房良曰歷諸芳草忽上衝衡陵蕭條然散眾芳之氣也翰曰倘佯猶盤旋不定也躋升也言風能上升於此者即大王之風也故其風中人狀直憯錯感悽

文選十三　三

惏五臣作淋慄五臣作凓清涼增五臣作曾欷依既切善曰素問曰若汗出逢虛風其中人也楚詞曰憯悽增欷鄭玄曰憯憂也說文曰憯痛也惏寒貌毛萇詩傳曰慄烈寒氣也銑曰憯悽惏慄寒貌言風之吹人涼甚有以至於歔欷清清泠泠愈病析先歷酲善曰清清泠泠清涼之貌也愈猶差也漢書曰恭尊拓縈析朝酲應劭曰酲酒病也濟曰愈差也析解也言風之清涼可以差病而解酒酲發明耳目寧體便人此所謂大王之雄風也五臣無也字濟曰發開寧安便利也言能開耳目之明安利人之身體者乃大王之雄風謂雄駿之風也王曰善哉論事夫庶人之風豈可聞乎宋玉對曰夫庶人之風塕一孔然起於窮巷之間堀窟堁課揚塵善曰塕風起之貌也堀堁風動塵也廣雅曰堀突也淮南子曰揚堁而弭塵許慎曰堁塵塺也塺莫迴切銑曰塕忽起貌堀堁昏闇貌言庶人之風忽然於窮巷昏闇而揚塵也勃鬱煩冤衝孔襲門善曰勃鬱煩冤風迴旋之貌司馬彪莊子注曰襲入也良曰言亂起衝孔入門動沙堁五臣作塸塸音謳吹死灰駭溷胡困濁揚腐扶甫餘善曰堁烏卧切或為塸非也廣雅曰駭起也言風之來既起溷濁之處又舉揚腐臭之餘家語孔子曰惜其腐餘而務施仁人之偶也翰曰塸沙堆也言振動沙堆吹其死灰驚亂濁薄之氣揚腐臭也邪薄入甕牖至於室廬善曰禮記孔子曰儒有蓬戶甕牖向曰言所入者甕牖室廬而已故其風中人狀直憞徒寸溷鬱邑毆驅溫致濕善曰憞徒對切孔安國尚書傳曰憞惡也言此風入於人身體令惡也憞溷煩濁之貌字林曰溷亂也王逸楚辭注曰鬱邑而憂也素問曰冬傷於寒春必病溫又曰中央生濕濕生土也言此風毆溫濕氣來令人致濕病也良曰憞溷惡亂也鬱邑憂也言惡風吹人令人惡亂而憂中心五臣作心中慘錯感怛丁達生病造熱善曰慘怛憂勞也方言曰怛痛也素問黃帝問岐伯曰人傷於寒而轉為熱何也曰夫寒盛則生於熱也濟曰令人悲慘而生熱病中脣為胗

文選十三　四

五臣作胗音軫得目為䁾音蔑善曰說文曰胗脣瘍也呂氏春秋曰氣鬱處目則為䁾䁾為盲高誘曰蔑眵也蔑與䁾古字通眵充支切銑曰言能為脣目之疾啗噉齰壯革嗽所角獲死生不卒七忽切善曰啗齰嗽獲中風口動之貌風疾既甚言死而未即死言生而又有疾也故云不卒說文曰啗食也齰齧也嗽吮也聲類曰嚄大喚也宏麥切獲與嚄古字通濟曰言差與死皆不可卒然而至也此所謂庶人之雌風也良曰雌風卑惡之風

秋興賦并序

潘安仁善曰劉熙釋名曰秋就也言萬物就成也興者感秋而興此賦故因名之

晉十有四年余春秋三十有二始見二毛善曰十四年晉武帝太始十四年也左氏傳宋襄公曰不禽二毛杜預曰二毛頭白有二色也翰同善注以太尉掾兼虎賁中郎將寓直于散騎之省善曰臧榮緒晉書云賈充為太

尉又曰岳爲賈充掾漢書曰期門僕射秩比千石平帝更名虎賁郎置中郎將寓寄也世說曰栢玄既篡將改置直館問左右虎賁中郎將省合在何處有人荅云無省當時殊迕旨問何以知無荅曰潘岳秋興賦叙云兼虎賁中郎將寓直於散騎之省玄咨嗟稱善 向曰寓寄也騎岳任中郎將郎將省官故云寄直**高閣連雲陽景**善曰言閣之高**罕曜珥蟬冕而襲紈綺之士此焉遊處**而且深故曰罕曜其中珥插也蔡邕獨斷曰侍中中常侍加貂附蟬鄭玄禮記注曰襲重衣也漢書曰班伯與王許子弟爲羣在於綺襦紈袴之閒鵩鵰賦曰感平生之遊處銑曰閣高故稱連雲深故曰罕曜蟬以金爲之象蟬也皆侍中散騎之冠冕也綺紈貴戚子弟之服也言此並貴人之遊處也**僕野人也偃息不過茅屋茂林之下**善曰禮記曰唯饗野人皆酒呂氏春秋田碁曰若夫偃息之義則未聞也范曄後漢書曰王霸隱居止茅屋蓬户論衡曰山種棗栗名曰茂林**談話**胡快**不過農夫田父之客攝官承乏猥廁朝列**善曰說文曰話會合善言也毛詩曰餉時農夫播殖百穀禮記曰上農夫食九人尹文子曰魏田父有耕於野者左氏傳韓厥謂齊侯曰敢告不敏攝官承乏蒼頡篇曰廁次也雜也禮記曰爵祿有列於朝 翰曰攝官謂承其闕乏也猥曲也言承乏猥得曲次朝士之列**夙興晏寢匪遑底寧**善曰毛詩曰夙興夜寐又曰不遑寧處 翰曰夙早興起晏晚寢卧匪非遑暇底致寧安**譬猶池魚籠鳥**五臣有而字**有江湖山藪之思於是染翰操紙慨**許既**然而賦于時秋也故以秋興命篇**善曰翰筆毫也說文曰慨太息也字林曰慨壯士不得志也鄭玄周禮注曰興者託事於物 翰曰操執也命名也**辭曰**

四運忽其代序兮萬物紛以迴薄音博 善曰莊子黃帝曰陰陽四時運行各得其序楚辭曰日月忽其不淹兮春與秋其代序鵩鳥賦曰萬物迴薄 向曰薄迫也言四時代爲節序萬物遷相遷迫也**覽花蒔**寔吏**之時育兮察盛衰之所託**善曰字林曰蒔更別種易曰時育萬物 濟曰觀花蒔可明盛衰之理也**感冬索而春敷兮**五臣無兮字**嗟夏茂而秋落雖末士**五臣作事**之榮悴兮伊人情之美惡**善曰孔安國尚書傳曰索盡也又曰敷布也又曰巳布而生也呂氏春秋曰春氣至則草木產秋氣至則草木落舞賦曰慢末士之歡曲文子曰有榮悴者必末榮悴 濟曰草木榮悴誠爲末事且猶有感況惟人情善惡乎**善乎宋玉之言曰悲哉秋之爲氣也**五臣無也字 善曰王逸注曰寒氣聊戾歲將暮也**蕭瑟兮**善曰陰氣促急風暴疾也 濟曰蕭瑟秋聲**草木搖落**善曰花葉隕落肥潤去也**而變衰**善曰形體易色枝枝槁也 濟曰衰謂草木變而枯槁也**憀**聊**慄**栗**兮**善曰息念卷戾心自傷憯音了 濟曰憀慄傷念之皃**若在遠行**善曰遠出之他方**登山臨水**善曰升高遠望視江河也**送將歸**善曰送親別還故鄉巳上皆宋玉九辯辭**夫送歸懷慕徒之戀兮遠行有羈旅之憤**善曰懷思慕戀徒侶也左氏傳陳敬仲曰羈旅之臣杜預曰羈寄旅客 銑曰憤怨悼傷也**臨川感流以歎逝兮登山懷遠而悼近**五臣作以 善曰論語子在川上曰逝者如斯夫不舍晝夜包曰逝往也言凡往者如川之流也晏子春秋曰景公遊於牛山臨齊國乃流涕而歎曰奈何去此堂堂之國而死乎使古而無死不亦樂乎左右皆泣晏子獨笑曰夫盛之有衰生之有死天之數也物有必至事有常然昌有悲老而哀死古之樂也君何有焉懷遠悼近齊景之謂也**彼四慼之疚**五臣作疾**心兮遭一塗而**五臣作共**難忍嗟秋日之可哀兮諒**五臣作良**無愁而不盡**善曰毛詩曰既往既來使我心疚 鄭玄曰疚病也 翰曰四慼謂遠行登山臨水送將歸慼憂疾病也言四憂可以爲心病也一途難忍謂愁也言秋時既哀故云無愁不盡**野有歸燕**五臣作鷰**隰有翔隼遊氛朝興槁葉夕殞**善曰楚辭曰燕翩翩其辭歸鷙鷹擊之鳥通呼曰隼一曰鶻春化爲布穀文子曰鷹隼未擊

文選十三　五

文選十三　六

羅綱不得張杜預左氏傳注曰氛氣也鄭玄毛詩箋曰木葉槁得風乃落　良曰隼鷹也秋則搏擊氛秋氣也與起隕落也
於是五臣作時乃屏輕箑所甲釋纖絺藉莞栢蒻若
御袷衣善曰呂氏春秋曰冬不用箑非愛箑也清有餘也高誘曰箑扇也孔安國尚書傳曰纖細也絺細葛也鄭玄毛詩箋曰莞小蒲席也說文曰蒻蒲子以爲華席也又曰袷衣無絮也　向曰秋氣既寒棄而不用藉鋪也莞蒻蒲席也言將鋪而褻之御服之也
庭樹槭所革以灑落兮勁風戾而吹帷善曰槭枝空之貌戾勁疾之貌　濟曰槭葉落貌戾至也謂葉以灑落勁疾之貌風至而吹帷幔也
蟬嘒嘒呼惠以寒吟兮鴈飄飄而南飛善曰毛詩曰菀彼柳斯鳴蜩嘒嘒毛萇詩曰嘒嘒小聲也飄飄飛貌楚辭曰鴈雝雝而南游　濟曰嘒嘒蟬聲也
天晃朗以彌高兮日悠陽而浸微善曰言秋日天氣高朗晃朗明貌悠陽日入貌楚辭曰天高而氣清禮記曰仲秋殺氣浸盛陽氣日衰　銑曰晃朗天高貌悠揚謂日寒而微也
何微陽之短晷

覺涼夜之方永善曰尚書曰日短星昴以正仲冬毛詩曰夏之日冬之夜毛萇曰言長也　銑曰短晷謂日景已短覺其夜長
月朣徒東朧力東以含光兮露淒清以凝冷善曰埤蒼曰朣朧欲明也　良曰朣朧月初出貌淒清寒露貌
熠燿粲於階闥兮蟋蟀鳴乎軒屏善曰毛詩曰熠燿宵行毛萇曰熠燿鱗也鱗螢火也毛詩曰蟋蟀在堂毛萇曰蟋蟀蛬也崔豹古今注曰熠燿鱗也一曰燿夜竊草爲之食蚊蚋又曰蟋蟀名蛬初秋生得寒則鳴噪濟南謂之懶婦也　良曰熠燿螢也粲明也蟋蟀秋蟲至秋寒故就軒屏言鳴軒階壁也
聽離鴻之晨吟善有兮字望流火之餘景善曰毛詩曰七月流火毛萇曰大火也流下也　翰曰流火心星也秋心星西下將沒故有餘景也
宵耿介而不寐兮獨展轉於華省善曰王逸楚辭注曰耿介執節守度毛詩曰耿耿不寐如有隱憂又曰悠哉悠哉展轉反側　翰曰宵夜也
悟時歲之遒盡兮慨俛首而自省善曰楚辭曰歲忽忽而遒盡毛萇詩傳曰遒終也廣雅曰遒急也列子曰師曠俛首而聽之曾子曰君子旦就業夕而自省也　濟曰遒終也
斑鬢髟四料五臣作彪以承弁兮素髮颯以垂領善曰服虔通俗文曰髮垂而髟說文曰白黑髮雜而髟字林亦同周禮曰士弁服白虎通曰皮弁冠名　濟曰斑謂黑白雜言悟歲之終慨然自省乃見斑白之髮或承冕或垂領也彪髮下垂貌素白也
仰羣儁之逸軌兮攀雲漢以遊騁登春臺之熙熙兮珥金貂之炯炯五臣作熲熲古鼎切　善曰高閣連雲升之以攀雲漢也言羣儁自致高遠老子曰衆人熙熙如享太牢如登春臺漢書谷永對詔曰戴金貂之飾執常伯之職也董巴輿服志曰侍中冠金璫附蟬爲文貂尾爲飾廣雅曰熲熲光也　翰曰羣儁謂蟬冕綺紈之人也仰其逸迹自謂攀於雲漢也志有欲也如此皆謂珥金貂之徒熲熲光明皃
苟趣舍五臣作捨之殊途兮庸詎識其躁靜善曰六韜太公曰夫人皆有性趣舍不同司馬遷書曰趣舍異路莊子王倪曰吾庸詎知吾所謂知非不知邪司馬彪曰庸猶何用也老子曰重爲輕根靜爲躁君　銑曰苟且也趣謂求榮利之人也捨謂不取者也言此二者殊途也庸詎猶何能識其動靜哉

聞至人之休風兮齊天地於一指善曰莊子曰不離於真謂之至人又曰以指喻指之非指不若以非指喻指之非指也以馬喻馬之非馬不若以非馬喻馬之非馬也天地一指也萬物一馬也郭象曰夫自是而非彼我之常情也故以指喻彼指則彼指於我指獨爲非指矣此以喻指之非指也若覆以彼指還喻我指則我指於彼指復爲非指矣此以非指喻指之非指也將明無是無非莫若反覆相喻反覆相喻則彼之與我既同於自是又均於相非均於相非則天下無是同於自是則天下無非何以明其然邪是若果是則天下不得復有非之者也非若果非亦不得復有是之者也今是非無主紛然殽亂明此區區各信其偏見而同於一致耳仰觀俯察莫不皆然是以至人知天地一指也萬物一馬也故浩然大寧而天下萬物各當其分同於我得而無是無非也　銑曰至人謂至德之人常有休美之風齊猶等也一指謂以我指喻彼人指以彼人指喻我指其理固齊矣以天喻地其理亦同故去一指
彼知安而忘危兮固出生而入死善曰周易曰安不忘危存不忘亡老子曰出生入死韓子

曰人始於生而卒於死始之謂出卒之謂入故曰出生入死
也良曰彼謂榮利人也言以榮利爲安而忘危也生謂精
龜也言貪欲出精龜是入死
也貪欲之人固執而入死也 行投趾於容跡兮殆不
踐而獲底闕 掘 側足以及泉兮雖猴猨而不覆
善曰言人之行投趾在乎容跡之地近不踐而獲安若以足
外爲無用欲闕之及泉雖則捷若猴猨亦不能覆也莊子惠
子謂莊子曰子言無用莊子曰知無用而可與言用矣夫地
非不廣且大也人之所用容足耳然則側足而墊之致黃泉
人尚有用乎惠子曰無用莊子曰然則無用之爲用也亦明
矣郭璞爾雅注曰底止也 濟曰富貴之人如投足於一跡
之地爲危殆也且不踐其位是得安全之致也言留側
足之地掘而及泉雖猴猨之捷豈能覆哉言其危也 龜
祀骨於宗祧兮思反身於綠水 善曰莊子曰莊子釣
於濮水楚王使二大
夫往聘莊子曰願以境内累子莊子持竿不顧曰吾聞楚有
神龜死已三千歲矣王巾笥而藏之廟堂之上此龜者寧其
死爲留骨而貴乎寧其生而曳尾塗中乎二大夫曰寧生而
曳尾塗中莊子曰往矣吾將曳尾於塗中矣 向曰神龜見

殺致骨宗廟而祀之貴則貴矣思反綠水不
可得也喻貴者遇患思反於貧賤亦難矣 且斂衽 如甚 以
歸來兮忽投紱以高厲 善曰衽襟也字林曰紱綬也
楚辭曰颯弭節而高厲 向
曰衽衣襟也紱綬也言斂
衣綬棄榮利以自激厲也 耕東皐之沃壤兮輸黍稷
之餘稅 善曰水田曰皐東者取其春意漢書鄭明曰將歸
延陵之皐修農圃之疇張晏曰隱耕皐澤之中阮
籍奏記曰將耕東皐之陽輸黍稷之稅說文曰稅租也
向曰皐澤也言耕於沃壤之地得輸稅餘自供也 泉
涌湍於石間兮菊揚芳乎崖澨 善曰禮記曰仲
秋菊有黃華
翰曰湍流菊草也揚芳謂
揚香氣也澨亦水崖也 渠秋水之涓涓兮玩游鯈
五臣作鯈
長流切 之潎潎 四裔反 善曰莊子曰秋水時至百川
灌河金人銘曰涓涓不壅將成江河莊
子曰莊子與惠子遊於濠梁上莊子曰鯈魚出遊從容是魚
樂也惠子曰子非魚安知魚樂莊子曰子非我安知我不知
魚之樂也潎潎游貌也 良曰渠浴也
涓涓水流皃游鯈小魚也潎潎遊行貌 逍遥乎山川之

阿放曠乎人間之世 善曰莊子有逍遥遊篇司馬彪曰
言逍遥無爲者能遊大道也又有
人間世篇司馬彪曰言處人間之宜居亂世之理與人羣者
不得離人然人間之事故世世異宜唯無心而不自用者爲
能唯變所適而何足累 濟曰逍遥
散逸皃阿山曲也放曠謂無拘束也 優哉游哉聊以卒
歲 善曰家語孔子歌曰優哉游哉聊以卒歲王肅曰言優
游以終歲也 銑曰優游自樂可以終其天年而已

雪賦

善曰說文曰雪凝雨也釋名曰雪綏也水
下遇寒而凝綏綏然下也曾子曰陰氣凝
而爲雪五經通訓曰春
洩氣爲雨寒凝爲雪

謝惠連 善曰沈約宋書曰謝惠連陳郡陽
夏人也幼而聰敏年十歲能屬文
族兄靈運深加知賞本州辟主簿不就後
爲司徒彭城王法曹爲雪賦以高麗見奇
年二十七卒
銑同善注

歲將暮時既昏寒風積愁雲繁 善曰毛詩曰歲亦
暮止劉向七言曰

時將昏暮白日午昏冥也莊子曰風積不厚則其負大翼也
無力傅玄詩曰浮雲含愁色悲風坐自歎班婕妤擣素賦曰
佇風軒而結睇對愁雲之浮沉然疑此賦非婕妤之文行
來已久故兼引之 向曰暮盡昏冥積厚也愁雲陰雲也 梁
王不悅遊於兔園 善曰此假設主客以爲辭也漢書曰
梁孝王文帝子也西京雜記曰梁孝
王好宮室苑囿
之樂築兔園也 乃置旨酒命賓友召鄒生延枚叟
善曰漢書梁孝王侍士鄒陽從孝王游又曰枚乘爲弘農都
尉去官遊梁 翰曰言置酒命賓朋也召延皆招屈之貌
相如末至居客之右 善曰漢書曰相如客游梁又曰田
叔等十人漢廷臣無能出其右者
良曰司馬相如也末至謂後至
也言文章之高故居賓客之右 俄而微霰零密雪下
善曰莊子曰俄而死王肅家語注曰俄有
頃也 良曰俄而猶少間也霰微雪也 王乃歌北風
於衛詩詠南山於周雅 善曰毛詩衛風曰北風其涼
雨雪其雱又小雅詩南山曰
上天同雲雨雪雰雰 銑曰北風衛
詩皆歌雨雪也王乃感事以歌也 授簡於司馬大夫

善曰言大夫尊之也國語越王勾踐曰苟聞子大夫之言爾雅曰簡謂之畢也郭璞曰今簡札也　銑曰簡牘也所以書之者授謂與相如稱大夫者美之
曰抽子秘思騁子妍辭侔莫侯色
揣初委稱爲寡人賦之善曰鄭玄周禮注曰侔等也說文曰揣量也爾雅曰稱好也老子曰王公自謂孤寡不穀　銑曰曰梁王語辭也言抽子深秘之思妍美之辭齊其容色量其所稱爲寡人賦之侔齊也
相如於是避席而起逡巡而揖善曰孝經曰曾子避席公羊曰逡巡北面再拜也廣雅曰逡巡却退也　翰曰逡巡而揖敬王命也
曰臣聞雪宮建於東國
雪山峙於西域善曰孟子曰齊宣王見孟子於雪宮劉熙曰雪宮離宮之名也漢書西域傳曰天山冬夏有雪　濟曰雪宮在齊故云建東國雪山在西域峙峻也
岐昌發詠於來思姬
滿申歌於黃竹善曰岐周所居昌文王名也毛詩曰昔我往矣楊柳依依今我來思雨雪霏霏姬周姓滿穆王名昭王子也孔安國尚書傳曰申重也穆天子傳曰天子遊黃臺之丘大寒北風雨雪天子作詩三章以

哀人夫我徂黃竹負口閟寒乃宿於黃竹　良曰時國中大雪人凍穆王作黃竹歌三章以哀之
曹風以
麻衣比色楚謠以幽蘭儷曲善曰毛詩曹風曰蜉蝣掘閱麻衣如雪宋玉諷賦曰臣嘗行至主人獨有一女置臣蘭房之中臣授琴而鼓之爲幽蘭白雪之曲賈逵曰儷偶也　銑曰郢人能歌白雪之曲郢楚邑名
盈尺則呈瑞於豐年袤丈則表沴麗於
陰德善曰左氏傳曰凡平地尺爲大雪毛萇詩傳曰豐年之冬必有積雪金匱曰武王伐紂都洛邑未成雨雪十餘日深丈餘漢書曰氣相傷謂之沴沴臨莅不和意也春秋潛潭巴曰大雪甚厚後必有女主天雪連月陰作威宋均曰雪爲陰臣道也　向曰隱公之時大雪平地一尺是歲大熟爲豐年也桓公之時平地廣一丈以爲陽傷陰盛之徵沴不和之氣
雪之時義遠矣哉請言其始若乃玄律窮
嚴氣升善曰禮記曰季冬之月日窮於次月窮于紀又曰孟冬之月天地始肅鄭玄曰肅嚴急之氣也孟冬之月天氣上騰夏侯孝若寒雪賦曰嚴氣枯殺玄澤閉凝　濟曰美雪之德請言其初也玄律窮十二月也嚴氣寒氣也

升上
焦溪涸護湯五臣作暘谷凝善曰酈元水經注曰焦泉發于天門之左南流成溪謂之焦泉盛弘之荆州記曰南陽郡城北有紫山東有一水冬夏常溫因名湯谷也　銑曰焦溪溪名暘谷日所出也涸凝冰皆水凍也
火井滅溫泉氷善曰博物志曰臨卭火井諸葛亮往視後火轉盛以盆貯水煑之得鹽後人以火投井即滅至今不然又曰西河郡鴻門縣亦有火井祠火從地出張衡溫泉賦曰遂適驪山觀溫泉　銑曰蜀郡有火井中常自出火溫泉溫湯也滅謂寒而火滅也
沸潭無涌炎風不
興善曰酈元水經注曰以生物投之須臾即熟又曰曲阿季子廟前井及潭常沸故名井曰沸井潭曰沸潭炎風在南海外常有火風夏日則蒸殺其過鳥也呂氏春秋曰何謂八風東北曰炎風高誘曰一曰融風
北户墐覲
扉裸胡卦壤垂繒善曰毛詩曰穹窒熏鼠塞向墐户毛萇曰向北出牖也墐塗也東夷傳曰倭國東四千餘里裸人國也字林曰繒帛總名也　翰曰北户向北之户也墐泥也裸壤不衣國也至是寒切沸潭不能爲涌北户加泥以避寒不衣之俗亦垂繒帛也
於是河海生雲朔漠飛沙連

氛霧五臣作霿淹日韜吐刀霞善曰淮南子曰四海之雲湊又曰大澤之雲以雨九州公羊傳曰河海潤千里何休曰河海興雲雨及千里說文曰北方流沙漢書李陵歌曰徑萬里兮度沙漠范曄後漢書袁安議曰今朔漠既定揚泉物理論曰風怒則飛沙揚礫文字集略曰霧雲狀又曰霧亦霧也毛萇詩傳曰掩覆也於儼切杜預左氏傳曰韜藏也　向曰朔漠北方也言風起飛沙連積氛霧韜掩霞日也
霰蘇見淅先歷
瀝而先集雪紛糅女又而遂多善曰韓詩曰先集惟霰薛君曰霰霙也音英夏侯孝若寒雪賦曰集洪霰之淅瀝渙摧磊以纚索楚辭曰雪紛糅其增加鄭玄禮記注曰糅雜也　良曰霰微雪也淅瀝細下貌細者先下後遂紛雜而多
其爲狀也散漫交錯氛氳蕭索
藹藹浮浮瀌瀌筆苗弈弈善曰王逸楚辭注曰氛氳盛貌毛詩曰雨雪浮浮又曰雨雪瀌瀌廣雅曰藹藹弈弈盛貌　濟曰皆飄流往來繁密之貌
聯翩飛灑徘徊委積
始緣甍而冒棟終開簾而入隙善曰杜預曰甍屋棟也毛詩曰下土

是冒傳曰冒覆也字林云隙壁際孔從阜旁二小夾日也翰曰開猶度也隙壁穴也言雪之飛散委積於甍棟而經過於壁穴初便娟於墀廡末縈盈於帷席善曰便娟縈盈雪迴委之貌楚辭曰嫚娟脩竹王逸曰嫚娟好貌說文曰廡堂下周屋也釋名曰大屋曰廡　銑曰便娟縈盈雪輕迴之貌帷幔也既因方而爲珪亦遇圓而成璧銑曰珪方玉璧圓玉眄隰則萬頃同縞杲瞻山則千巖俱白於是臺如重璧逵似連璐音路善曰廣雅曰縞練也穆天子傳曰爲盛姬築臺是曰重璧之臺劉公幹清廬賦曰璐琳琪之塗然即逵也許慎淮南子注曰璐美玉也　向曰縞白也逵道也言雪冒臺道如累璧連玉庭列瑤階林挺瓊樹善曰瑤階玉階也瓊亦玉也瓊樹恐誤也莊子曰南方積石千里樹名瓊枝　良曰階樹盡如瓊瑤矣瓊瑤玉名皓鶴奪鮮白鷳失素紈袖慙冶玉顏掩姱户故反善曰相鶴經云鶴千六百年形定而色白復二千年大毛落茸毛生色雪白白鷳鳥名也西都賦曰招白鷳說文曰紈素也冶妖也古詩曰燕趙多佳人美者顏如玉楚辭曰美人皓齒嫮與姱同姱好貌　濟曰紈素練也玉顏謂美人顏如玉也嫮美也言此等雖白對雪故皆慙失其鮮美也若乃積素五臣作雪未虧白日朝鮮爛兮若燭龍銜燿五臣作曜照崑山善曰山海經曰赤水之北有章尾山有神人面蛇身其瞋乃晦其視乃明是燭九陰是謂燭龍楚辭曰日安不到燭龍何照王逸曰言天西北有幽冥無日之國有龍銜燭而照之山海經曰鍾山之神名曰燭陰郭璞曰即燭龍也詩含神務曰天不足西北無有陰陽故有龍銜火精以照天門中也班固漢書贊禹本紀云崑崙山高二千五百餘里　翰曰崑山玉山也燭龍崑山神也常銜燭以照其中言積雪未銷白日鮮明光色爛然燭耀崑山之玉爾其流滴垂冰緣霤承隅粲兮若馮夷剖蚌列明珠善曰王逸楚辭注曰霤屋宇也莊子曰夫道馮夷得之以遊大川抱朴子釋鬼篇曰馮夷華陰人以八月上庚日度河溺死天帝署爲河伯說文曰蚌蜃也司馬彪以爲明月珠蚌蛤也蜀志秦宓奏記曰剖蚌求珠　向曰蚌水蟲也

內含明珠河伯剖而列之光明粲然流滴垂冰有如此矣至夫繽紛繁鶩之貌皓旰皦五臣作皎潔之儀迴散縈積之勢飛聚凝曜之奇固展轉而無窮嗟難得而備知銑曰勢狀既多數其不能具述若乃申娛玩之無已夜幽靜而多懷風觸楹而轉響月承幌而通暉善曰包氏論語注曰梲若梁上楹也說文曰楹柱也承上也文字集略曰幌以帛明牕也　良曰觸擊也幌窻簾也酌湘吳之醇酎御狐貉之兼衣善曰吳錄曰湘川酃陵縣水以作酒有名吳興烏程縣若下酒有名魏都賦曰醇酎中山流湎千日論語曰狐貉之厚以居晏子春秋曰景公時雨雪三日公被狐白之裘晏子入公曰怪哉雨雪三日不寒晏子曰古之賢者飽而知飢溫而知寒公曰善出裘發粟以與飢人夏侯孝若寒雪賦曰既增覆而累鎮又加裘而兼衣　濟曰湘吳出酎酒也御著也狐貉皮裘也謂兼衣若之酎三釀酒也對庭鵾之雙舞瞻雲鴈之孤飛善曰西京雜記曰公孫乘月賦曰鵾雞舞於蘭渚蟋蟀鳴於西堂　翰曰鵾鵾鷄也雙舞謂時屬見也雲鴈孤飛謂惠連仕彭城王離其家親以喻也折園中之萱草擿階上之芳薇善無上二句踐霜雪之交積憐枝葉之相違馳遙思於千里願接手而同歸善曰杜篤衆瑞頌曰千里遙思展轉反側毛詩曰攜手同歸　向曰枝葉喻兄弟也惠連累踐霜雪與兄弟相違馳念千里願與之同歸鄒陽聞之懣莫本然心服有懷妍唱敬接末曲於是乃作而賦積雪之歌善曰莊子曰子貢懣然慙又曰使人以心服而不敢忤說文曰懣煩也蒼頡曰悶也　銑曰鄒陽聞其辭悶然心服之思其妍美以爲唱和接賦之末而起歌積雪焉歌曰攜佳人兮披重幄援綺衾兮坐芳縟燎薰鑪兮炳明燭酌桂酒兮揚清曲善曰漢武帝秋風辭曰攜佳人兮不能忘劉向有薰鑪銘楚辭曰奠佳人兮椒漿薰火煙上出也字

從黑　翰曰披開幄帳援引燎燒薰香也桂酒以桂投酒中取香也清曲妙音也又續而爲白雪之歌歌曰曲既揚兮酒既陳朱顏酡兮思自親善曰楚辭曰美人既醉朱顏酡王逸曰酡著也面著赤色徒何切　濟曰謂佳人醉而著赤色也願低帷以昵枕念解五臣作褫直紙切珮而褫五臣作解紳善曰昵近也褫奪衣也孔安國論語注曰紳大帶也怨年歲之易暮傷後會之無因君寧見階上之白雪豈鮮耀五臣作輝於陽春善曰楚辭曰無衣裘以御冬恐死不得乎陽春　銑曰鮮寡也言雪之光輝豈寡於陽春歌卒王乃尋繹吟翫撫覽扼腕顧枚叔起而爲亂善曰毛萇詩傳曰繹悅也方言曰繹理也說文曰扼把也鄭玄曰腕掌後節也史記曰天下之士莫不扼腕以言亂者理也總理一賦之終也　銑曰言王尋繹吟翫扼腕以美其詞使枚叔爲亂以繼之

亂曰白羽雖白質以輕兮白玉雖白空守貞兮未若茲雪因時而滅善曰孟子曰白羽之白也猶白雪之白也歟白雪之白也猶白玉之白也歟劉熙曰孟子以爲白羽之白輕白雪之性消白玉之性堅雖俱白其性不同問告子告子以爲三白之性同因時興滅言隨時行藏也　向曰羽玉雖白或輕或貞不如此雪能與時盛衰玄陰凝不昧其潔太陽曜五臣作耀不固其節善曰蔡邕述行賦曰玄雲黯以凝結零雨集之溱溱正晉曰日太陽也曰不隨玄陰而昧者貞正也日既耀不守節者知退也　翰節豈我名潔豈我貞憑雲升降從風飄零良曰此言貞節之道亦因時行息也憑依也謂上下飄落皆依從風雲而已值物賦像任地班形素因遇立污隨染成縱心皓然何慮何營善曰任猶因也污猶相染污也歸田賦曰苟縱心於域外孟子曰我善養吾浩然之氣敢問何謂浩然之氣曰難言也其爲氣也至大至剛以直養而無害則塞於天地之間鶡安丘嚴平頌曰無營無欲澹爾淵清　銑曰任物像形因事成立皓然與天地合德何思慮營爲之有焉

月賦

善曰周易曰坎爲月陰精也鄭玄曰臣象也廣雅曰夜光謂之月月御謂之望舒說文曰月者太陰之精釋名曰月闕也言有時成有時闕也

謝希逸善曰沈約宋書曰謝莊字希逸陳郡陽夏人也太常弘微子也年七歲能屬文仕至光祿大夫泰始二年卒時年三十六謚曰憲子所著文章四百餘首行於代

陳王初喪應劉端憂多暇善曰假設陳王應劉以起賦端也陳王曹植也應劉應瑒劉楨也魏文帝書曰徐陳應劉一時俱逝孫卿子曰其爲人也多暇日者其出入不遠也　翰曰應劉並魏才子言二子初喪亡植惜其才端然憂愁以多閑暇此皆假設以爲辭綠苔生閣芳塵凝榭善曰言無復娛游故綠苔生而芳塵凝也高誘注淮南子曰苔水衣庾闡揚都賦曰結芳塵於綺疏爾雅注曰榭臺上起屋也悄七小焉疚懷不五臣作弗怡中夜善曰毛詩曰憂心悄悄悄悄憂貌爾

雅曰疚病也怡樂也家語孔子云日出聽政至于中夜　銑曰悄憂也言心憂病其懷不悅至於半夜乃清蘭路肅桂苑騰吹寒山弭蓋秋坂善曰蘭路有蘭之路桂苑有桂之苑楚辭曰皐蘭被徑王逸曰徑路也劉淵林吳都賦注曰吳有桂林苑王逸離騷注曰騰馳也禮記曰季秋入學習吹王逸楚辭注曰弭按也　向曰清肅皆靜也寒山秋坂並苑中山坂也謂車騰風吹弭蓋而上也臨濬壑而怨遙登崇岫而傷遠于時斜漢左界北陸南躔善曰大戴禮曰七月漢案戶漢天漢也案戶直戶也李陵詩曰天漢東南馳左傳申豐曰日在北陸而藏冰杜預曰陸道也漢書曰冬則南夏則北漢書音義韋昭曰躔處也亦次也方言曰日運爲躔躔猶行也　翰曰濬深崇高也秋時又漢西南斜遠於左界謂日在北道接虛危之次白露曖空素月流天沈吟齊章殷勤陳篇善曰長歌行曰昭昭素明月輝光燭我牀楚辭曰意欲兮沈吟毛詩齊風曰東方之月兮彼姝者子在我闥兮又陳風曰月出皎兮佼人僚兮　良曰曖猶蔽也沈吟殷勤習思之深也齊章陳篇

謂將作文章也抽毫進牘以命仲宣善曰此假王仲宣也毫筆毫也文賦曰或含毫
而藐然說文曰牘書版也濟曰假言仲宣以序情仲宣跪渠委而稱曰臣東鄙
幽介長自丘樊善曰聲類曰跪跽也跽奇几切仲宣山陽人故云東鄙戰國策范雎謂秦王曰
臣東鄙賤人爾雅曰樊藩也郭璞曰藩籬也良曰跪拜鄙邊也自言東邊幽賤孤介之人長自丘園藩籬之中樊藩也
昧道懵莫贈學孤奉明恩善曰說文曰懵目不明也銑曰昧闇也言闇於道不明於學
虛奉明王之恩臣聞沈潛既義高明既經善曰尚書曰沈潛剛克高明柔克孔
安國曰沈潛謂地高明謂天左傳子太叔曰子産云禮天之經地之義濟曰沈潛地故稱義高明天故稱經日
以陽德月以陰靈善曰春秋說題辭曰陽精爲日易辯終備曰日之既陽德消鄭玄曰
日既蝕明盡也春秋感精符云月者陰之精翰曰日月陰陽之精也擅扶光五臣作桑於東
沼嗣若英於西冥善曰扶光扶桑之光也東沼湯谷也若英若木之英也西冥昧谷也月盛

於東故曰擅始生於西故曰嗣山海經曰湯谷有扶木九日居下枝一日居上枝又曰灰野之山有赤樹青葉名曰若木
日之所入處郭璞曰扶木扶桑也尚書曰宅西曰昧谷孔安國曰昧冥也淮南子曰日出於湯谷拂於扶桑又曰若木末
有十日其華照下地高誘曰若木端有十日狀如蓮華翰曰扶桑日出處若木日沒處月盛於東可代日之明故云擅
也月生於西可繼於日之曜故云嗣也英木花也冥闇也引玄兔於帝臺集素娥
於后庭善曰張衡靈憲曰月者陰精之宗積成爲獸象兔形春秋元命苞曰月之爲言闕也兩說蟾蠩與兔
者陰陽雙居明陽之制陰陰之倚陽張泉觀象賦曰漸臺可升自注曰漸臺天臺之名四星在織女東淮南子曰羿請不
死之藥於西王母常娥竊而奔月注曰常娥羿妻也歸藏曰昔常娥以不死之藥犇月論語曰皇皇后帝張泉觀象賦曰
寥寥帝庭自注云帝庭謂太微宮也春秋元命苞曰太微爲天庭翰曰玄兔月也中有兔象故以名焉常娥竊藥奔月
因以爲名月色白故云素娥言照曜帝王之臺后妃之庭朒尼竹朓他了警闕朏斐魄
示沖善曰說文曰朒朔而月見東方縮朒然朓而月見西方也朏月未成光魄月始生魄然也尚書五行傳曰

晦而月見西方謂之朓朓則王侯奢也朔而月見東方謂之側匿側匿則王侯肅鄭玄曰朓條達行疾貌也警闕謂朒朓
失度則警言人君有所闕德示沖言朏魄得所則表示人君有謙沖不自盈大也禮記注曰月三日而成魄是以禮有三讓
也向曰月朔見東方曰朒晦見西方曰朓言視此警策君王之闕德也朏盛明也魄初出地明生得宜以示人君謙沖
也順辰通燭從星澤風善曰辰十二辰言月順之以照天下也淮南子曰正
月建寅月從左行十二辰許慎曰歷十二辰而行尚書曰月之從星則以風雨孔安國尚書傳曰月經于箕則多風離于
畢則多雨澤則雨也然增華台室揚彩軒宮善曰台室王公位軒宮軒轅之宮史
記曰中宮文昌魁下六星兩兩相比名曰三能能古台字也齊色則君臣和也淮南子曰軒轅者帝妃之舍高誘曰軒轅
星名銑曰言增華彩於此委照而吳業昌淪精而漢道融善曰
吳録曰長沙桓王名策武烈長子母吳氏有身夢月入懷漢書元后母李親夢月入懷而生后遂爲天下母昌盛也融明
也翰曰吳謂孫堅夫人夢月入懷而生策漢李夫人亦夢月入懷而生元帝謂淪委其精以昌吳漢融亦昌也若

夫氣霽才計地表雲斂天末善曰說文曰霽雨止也西京賦曰眇天末以遠
期濟曰氣止雲斂言晴洞庭始波木葉微脫菊散芳於山椒
鴈流哀於江瀨升清質之悠悠降澄暉之藹藹
善曰楚辭曰洞庭波兮木葉下禮記曰仲秋菊有黃華漢書武帝傷李夫人賦曰釋予馬於山椒山椒山頂也說文曰瀨
水流沙上也楚辭曰白日出兮悠悠長門賦曰望中庭之藹藹若季秋之降霜良曰瀨水石之急也言秋天清迥月光
益明也列宿掩縟長河韜映善曰楚辭曰昔列宿之錯置說文曰縟繁采飾也毛詩曰
倬彼雲漢毛萇曰雲漢天河也向曰月盛明時列星天河皆韜掩光彩也柔祇雪凝圓靈
水鏡連觀霜縞周除冰淨善曰柔祇地也圓靈天也觀宮觀也徐幹七喻曰連
觀飛榭說文曰除殿陛也銑曰言月之光彩照地如凝雪照天如水鏡觀宇庭除皆如霜冰之潔也縞白也君王
乃厭晨歡樂宵宴收妙舞弛清縣善曰邊讓章華臺賦曰妙

舞麗於陽阿長笛賦曰磬襄弛懸周禮曰大憂弛懸鄭玄曰弛釋也字林曰弛解也韋昭曰弛廢也　濟曰懸軒懸也獻晝日之賞樂其夜宴去妙舞廢軒懸之樂 **去燭房即月殿芳酒登鳴琴薦**

若乃涼夜自淒風篁成韻 善曰篁竹叢生也風篁風吹篁也　良曰去燈燭之所就於月殿并進琴酒　翰曰秋涼之夜心自淒傷風吹叢篁自成音韻 **親懿莫從羇** 五臣作羈 **孤遞進聆皐禽之夕聞聽朔管之秋引** 善曰親懿懿親也左氏傳富辰曰兄弟雖有小忿不廢懿親杜預曰懿美也羇孤羇客孤子也言懿親不從遊而羇旅之孤更進也詩曰鶴鳴九皐皐禽鶴也抱朴子曰晙鷇獨立而皐禽之響振也朔管羌笛也說文曰管十二月位在北方故云朔秋引商聲也　向曰聆聽也朔管謂北胡之笛也言親近懿戚皆不相從羇客孤子迭爲進見而聽皐鶴胡笛之聲 **於是絃** 五臣作絲 **桐練響音容選和** 善曰絃桐琴也埤蒼曰練擇也練與柬音義同桓譚新論曰神農始削桐爲琴練絲爲絃吳琰箏賦曰察其風采揀其聲音鄭玄禮記注曰選可選擇也　翰曰言擇妙響選和音

也 **徘徊房露惆悵陽阿** 善曰房露蓋古曲也文賦曰寤房露與霜間又雖悲而不雅房與防古字通淮南子曰夫歌采菱發陽阿　翰曰徘徊反側皃惆悵悲哀皃恨此曲不與知音同聞也 **聲林虛籟淪池滅波** 善曰此言風將息也聲林而籟管虛淪池而大波滅索秀相風賦曰幽林絕響巨海息波莊子曰子綦謂子游曰大夫塊噫氣其名曰風是以無作作則萬竅怒號冷風則小和飄風則大和厲風濟則衆竅爲虛子游曰地籟則衆竅是已郭象曰烈風作則衆竅實及其止則衆竅虛薛君韓詩章句曰從流而風曰淪淪文貌說文曰波水涌也　濟曰謂風止林籟虛而不鳴淪文也池水波文皆滅也 **情紆軫其何託愬** 素 **皓月而長歌** 善楚辭曰鬱結紆軫兮離愍而長鞠王逸曰紆曲軫痛也毛詩曰如彼愬風毛萇曰愬向之也　良曰愬向也言情紆曲軫痛無所依託但向皓月而長歌 **歌曰美人邁兮音塵闕隔千里兮共明月** 善曰楚辭曰望美人兮未來陸機思歸賦曰絕音塵於江介託影響乎洛湄淮南子曰道德之論譬猶日月馳騖千里不能改其處也　銑曰美人喻君子也邁行也君子行去音信復闕隔絕千里共此明月而已千里蓋言君子遠也 **臨風歎兮將焉歇** 五臣作焉 **川路長兮不可越** 善曰楚辭曰臨風怳兮浩歌　向曰臨風歎息不止以思見君子但川路長遠不可踰越 **歌響未終餘景就畢滿堂變容迴遑如失** 善曰說文曰滿堂飲酒莊子子貢曰夫子見之變容失色茫然後漢書曰戴良見黃憲反歸罔然若有失也 **又稱歌曰月既沒兮露欲晞歲方晏兮無與歸佳期可以還微霜霑** 五臣作露 **人衣** 善曰楚辭曰歲既晏兮孰與歸又曰與佳人期兮夕張又曰微霜兮夜降魏文帝善哉行曰谿谷多悲風霜露霑人衣　翰曰晞乾也言明月既沒露澤漸乾歲晚未知所從歸也佳期喻君子微霜喻讒人謂君子可還退不仕恐讒言將及人也 **陳王曰善乃命執事獻壽羞** 五臣作薦 **璧敬佩玉音服之無斁** 善曰左氏傳原成叔曰敢私於執事史記曰平原君以千金爲魯連壽韓詩外傳曰楚襄王遣使持白璧百雙聘莊子毛詩曰無金玉爾音尚書曰俾我有周無斁爾雅曰斁猒也　濟曰言王善其詞藻故命執事令獻壽進璧於仲宣也恭敬佩帶反覆無猒斁猒也

鳥獸 善曰爾雅曰兩足而羽謂之禽四足而毛謂之獸禽即鳥也

鵩鳥賦 并序

賈誼 善曰漢書曰賈誼洛陽人也年十八屬文稱於郡中河南太守吳公聞其秀才召置門下甚幸愛後文帝召爲博士爲絳灌馮敬之屬害之於是天子疏之以爲長沙王傅然賈生英特弱齡秀發縱橫海之巨鱗矯冲天之逸翰而不參謀棘署贊道槐庭虛離謗缺爰傅卑土發憤嗟命不亦宜乎而班固謂之未爲不達斯言過矣　向曰誼爲長沙王傅時有鵩鳥入室巢其承塵而鳴俗云此鳥入人家主人當死作此賦齊死生以自寬也

誼爲長沙王傅 善曰漢書云誼爲長沙王太傅三年鵩入誼舍又云後歲餘文帝思誼徵之拜

為梁王傅然文帝之世王長沙者唯有吳芮之子孫耳經史不載其謚號故難得而詳也又景帝十三王傳曰長沙定王發母唐姬無寵故王卑溼國

三年有鵩鳥飛入誼舍止於坐隅鵩似鴞于嬌不祥鳥也善曰晉灼曰巴蜀異物志曰有鳥小如雞體有文色土俗因形名之曰鵩不能遠飛行不出域濟曰祥善也鵩鴞皆不善之鳥誼既以謫居長沙長沙五臣無長沙二字卑溼誼自傷悼以為壽不得長乃為賦以自廣善曰韋昭曰謫譴也自廣自寬也良曰謫責也天子責之使居長沙卑溼之地其辭曰

單閼烏曷之歲兮五臣無兮字四月孟夏善曰爾雅曰太歲在卯曰單閼徐廣曰文帝六年歲在丁卯庚子日斜兮五臣無兮字鵩集余舍善曰李奇曰日西斜時也向曰斜謂日晚止于坐隅兮五臣無兮字貌甚閑暇異物來萃兮私怪其故善曰李奇曰閑暇不驚恐也萃集也銑曰隅坐角也貌鵩鳥容貌異物則鵩也私心怪其何故也發書占之兮五臣無兮字讖言其度曰野鳥入室主人將去請問于鵩余何去之善曰說文曰讖驗也有徵驗之書河洛所出書曰讖讖于鵩鳥也向曰發讖驗之書言怪異之度于鵩謂問鵩焉吉乎告我凶言其災淹速之度兮語余其期善曰淹遲也速疾也謂死生之遲疾也濟曰問鵩鳥有吉事當告我有凶事當言其災咎也言遲速之度語我長短有期鵩迺歎息舉首奮翼口不能言請對以臆善曰請以臆中之事以對也良曰以歎息請對以臆中之事曰善無曰字萬物變化兮固無休息斡烏活流而遷兮或推而還善曰莊子曰已化而生又化而死斿謂曰斡轉也鶡冠子曰斡流遷徙固無休息翰曰萬物變化遷轉反覆無定形氣轉續兮變化而嬗音蟬善曰韋昭曰

而如也蘇林曰轉續相傳與也如蜩蟬之蛻化也或曰嬗相連也銑曰轉授也言形氣相授與如蟬之蛻皮沕勿穆無窮兮胡可勝言善曰沕穆不可分別也顏監曰沕穆微深也鶡冠子曰變化無窮何可勝言向曰勝舉也言深微之理不可盡能備舉其言也禍兮福所倚福兮禍所伏善曰鶡冠子曰禍乎福之所倚福乎禍之所伏老子注曰倚因也聖人遭禍而能悔過責己脩善則禍去福來也中人得福而為驕恣則福去而禍來也銑曰禍因福生是禍伏匿於福中憂喜聚門兮吉凶同域善曰鶡冠子曰憂喜聚門吉凶同域或多最亦聚也董仲舒曰弔者在門賀者在閭今言皆在門者好惡故言同域也濟曰有喜明必有憂憂喜吉凶如身影之相隨故云聚門同域彼吳彊大兮夫差以敗越棲會稽兮句古侯踐霸世善曰鶡冠子曰失反為得成反為敗吳大兵強夫差以困越棲會稽句踐霸世史記曰越王句踐其先允常與吳王闔閭戰而相怨允常卒子句踐立是為越王闔閭聞允常死乃興師伐越越王句踐使士挑戰射傷吳王闔閭且死告其子夫差曰必無忘越三年句踐聞吳王夫差日夜勤兵且以報越欲先吳未發往伐之范蠡諫曰不可王曰已吳王聞之悉精兵以伐越敗之夫椒越王乃以甲兵五千人棲於會稽吳師追而圍之越王謂范蠡曰以不聽子故至於此為之柰何蠡對曰卑辭厚禮而身以之事勾踐曰諾乃令大夫種行成於吳膝行頓首曰君王亡臣勾踐敢告執事勾踐請為臣妻為妾吳王將許之子胥言於吳王曰天以越賜吳勿許也吳王不聽卒許越平勾踐自會稽歸拊循其士民伐吳大破吳因留圍之三年越遂棲吳王於姑蘇山吳王乃自蔽面曰吾無以見子胥也高誘淮南子注云山處曰棲越滅吳稱霸良曰吳王夫差破越越王勾踐棲於會稽山吳自謂強盛後卒為越王勾踐敗而滅之以成霸業斯遊遂成兮卒被五刑善曰應劭曰李斯西遊於秦身登相位二世時為趙高所讒身被五刑翰曰李斯取相位是成功後為趙高所讒卒被五刑而死傅說胥靡兮乃相武丁善曰尚書曰高宗夢得說使百工營求諸野得諸傅巖爰立作相孔安國曰傅氏之巖通道所經有澗水壞道使胥靡刑人築護此道說賢而隱代胥靡築之莊子曰夫道傅說得之以相武丁濟曰胥靡刑名傅說代人為刑也武丁殷王名求之以為相夫

禍之與福兮何異糾纆善曰字林曰糾兩合繩纆三合繩應劭曰禍福相與爲表裏如糾纆索相附會也臣瓚曰糾絞也纆索也鶡冠子曰禍與福如糾纆也　向曰糾纆繩索也兩股相纆言禍福相糾纆亦如之命不可說兮孰知其極善曰鶡冠子曰終則有始孰知其極河上公老子注曰禍福更相生死孰知其窮極時也顏監曰極止也　銑曰人之命終則有始誰能知其極水激則旱戶但切五臣作悍兮矢激則遠萬物回薄兮振五臣作震盪相轉善曰言矢飛水流各有常度爲物所激或旱或遠斯則萬物變化烏有常則乎鶡冠子曰水激則悍矢激則遠精神回薄振蕩相轉呂氏春秋曰激矢遠激水旱　翰曰水矢以飛流不閡爲通利若觸物激怒勁速更增悍遠言人因禍之激而至於福因福之激而至於禍回薄震盪相轉無常雲蒸雨降兮糾錯相紛善曰黃帝素問曰地氣上爲雲天氣下爲雨韋昭國語注曰蒸升也　良曰禍福相生如雲起雨降紛錯不止大鈞播物兮坱烏朗圠烏八無垠善曰如淳曰陶者作器於鈞上此以造化爲大鈞應劭曰陰陽造化如鈞之造器也其氣坱圠非有限齊也　良曰鈞輪也言天地輪轉萬物生死之理坱圠無涯際也天不可預慮兮道不可預謀善曰鶡冠子曰天不可預謀道不可預慮　濟曰言天之與道其理深遠不可預爲思慮謀度也遲速有命兮焉識其時善曰鶡冠子曰遲速止息必中參伍鶡冠子曰同合消散孰識其時　翰曰言命有遲速何能知其時哉且夫天地爲鑪兮造化爲工陰陽爲炭兮萬物爲銅合散消息兮五臣無兮字安有常則善曰莊子子黎曰今一以天地爲大鑪以造化爲大冶惡乎往而不可哉莊子曰人之生也氣之聚也聚爲生散爲死合散見上注　向曰以鑄冶爲喻鑪也工巧人也言以天地造化陶鑄萬物合而成形散而歸無形自無生自無形出消息之理安有常哉千變萬化兮未始有極善曰列子曰千變萬化不可窮極莊子曰若人之形者萬化而未始有極司馬彪曰當復化而爲無　銑曰變化反覆無始無終忽然爲人兮何足控摶音團　善曰控摶愛

生之意也孟康曰控引也摶持也言人生忽然何足引持自貴惜也如淳曰摶或作揣晉灼曰許慎云揣量也度高曰揣言何足控量己之年命長短而惜之乎按史記英布傳云果如辥公揣之陳平云生揣我何念皆訓爲量與晉灼說同音初毀切又丁果切但字者滋也不可膠柱在此賦訓摶爲量義以未是至於合韻全復參差且史記揣作摶字如淳孟康義爲是也鶡冠子曰彼時之至安可復還安可控摶也　濟曰變化遷轉偶而爲人何足引持以自矜惜控引摶持也化爲異物兮又何足患善曰患音還言人皆死變化我何足患之莊子曰假於異物託於同體郭璞曰假因也今死生聚散變化無方皆異物也　良曰言人死化爲異物此造化之常何足以爲患小智自私兮賤彼貴我善曰列子曰小智自私怨之府莊子北海若曰以道觀之無貴無賤以物觀之自貴而相賤鶡冠子曰小智立趣好惡自懼　良曰小智患之人自私愛其己賤於萬物獨貴我之爲人也達人大觀兮物無不可善曰鶡冠子曰達人大觀乃見其符莊子曰物故有所然物故有所可無物不然無物不可　翰曰通達之人以理觀之萬物不殊於己故云物無不可貪夫徇財

兮烈士徇名善曰列子云晉士之徇名貪夫之徇財天下皆然不獨一人司馬彪曰殉營也臣瓚曰曲身從物曰殉夸者死權兮品庶每生善曰鶡冠子曰夸者死權自貴矜容殉名司馬彪莊子注曰夸虛名也孟康曰每貪也莊子曰貪生失理　銑曰自矜夸其名者死於權利也衆品皆貪生惡死怵戌迫之徒兮或趨娶西東善曰孟康曰怵爲利所誘怵然迫迫貧賤也東西趨利也　濟曰俗人怵惕而迫利或趨西東而不自安也大人不曲兮意變齊同愚士繫俗兮窘求殞若囚拘善曰文子曰大人者與天地合其德莊子曰不肖繫俗窘囚拘之貌　良曰言至人不曲私於身意與變化齊同窘困也愚者繫縛俗累囚如囚人之拘束也至人遺物兮獨與道拘善曰莊子曰不離於眞謂之至人又孔子謂老聃曰形體若槁木似遺物而立於獨也鶡冠子曰聖人捐物又曰至人不遺動與道俱　翰曰至人能遺去物累與道俱行衆人惑惑五臣作或或兮好惡積億善曰李奇曰惑惑東西也所好所惡積之萬億也鶡冠子

西也衆人趨利東西有好惡積億言多也 眞人恬漠兮獨五臣作猶與道息釋智遺形兮超然自喪平聲叶韻 善曰文子曰得天地之道故謂之眞人也莊子曰虛靜恬淡寂漠無爲者道德之至也莊子云仲尼問於顏回曰何謂坐忘回曰墮支體黜聰明離形去智同於大通此謂坐忘司馬彪曰坐而自忘其身老子曰燕處超然莊子曰南伯子綦曰嗟乎我悲人之自喪 銑曰至眞之人其性靜漠絶去人事與道遊息離智慮遺形體超然如喪忘其形體耳 寥廓忽荒上遲兮與道翺翔乘流則逝兮得坻則止善曰寥廓忽荒元氣未分之貌廣雅曰寥深也廓空也鶡冠子曰與道翺翔孟康曰易坎爲險遇險難而止也張晏曰坻水中小洲也坻或爲坎又曰易大明則仕險難則隱鶡冠子曰乘流以逝 良曰寥廓忽荒言空無著也言眞人無著與道同翺翔而已亦猶木之浮水行止隨流也坻小洲也 縱軀委命兮五臣無兮字不私與己善曰鶡冠子曰縱軀委命與時往來 翰曰委身命與萬物同不私愛也 其生兮若浮其死兮若休善曰莊子曰其生若浮其死若休 向曰生爲浮寄死乃休息 澹乎若深淵之靜泛乎若不繫之舟善曰莊子老聃曰其居也淵而靜其唯人心乎鶡冠子曰泛泛乎若不繫之舟 銑曰深淵無波散舟任運眞人用心不擾動無趣向亦似之也 不以生故自寶兮養空而浮五臣無此二句 善曰鄧展曰自寶自貴也鄭氏曰道家養空虛若浮舟也莊子曰汎若不繫之舟虛而遨遊 德人無累兮知命不憂善曰莊子苑風曰願聞德人淳芒曰德人者居無思行無慮也又曰聖人循天之理故無天災故無物累周易曰樂天知命故不憂 良曰有德之人無災累又知天命何憂患哉 細故蔕丑介芥兮何足以疑善曰鶡冠子曰細故袃蒯奚足以疑袃蒯與蔕芥古字通張揖子虛賦注曰蔕芥刺鯁也 良曰細故小狹之人也蔕芥怵惕也言小狹之人怵惕於災變何足與言疑滯之事乎

鸚鵡賦并序

善曰山海經曰黃山有鳥其狀如鶚青羽赤喙人舌能言名鸚鵡也注曰舌似小兒舌脚指前後各兩鵡一作鵡莫口切

禰正平 善曰范曄後漢書曰禰衡字正平平原人也少有才辯而尚氣傲曹操欲見之不肯往操懷忿而以才名不欲殺之送劉表後復侮慢於表表不能容以江夏太守黃祖性急故送衡與之祖長子射爲章陵太守尤善於衡射大會賓客人有獻鸚鵡者射舉札於衡前曰願先生賦之攬筆而作辭彩甚麗後黃祖殺之時年二十六

時黃祖太子射亦賓客大會有獻鸚鵡者舉酒於衡前曰禰處士善曰應劭風俗通曰處士者隱居放言也 銑曰舉酒勸酒也處士隱者之稱今日無用娛賓良曰無諸戲弄以用娛樂賓客竊以此鳥自遠而至明慧聰善羽族之可貴願先生爲之賦使四坐咸共榮觀不亦可乎善曰老子曰雖有榮觀燕處超然 向曰使四坐之人觀衡之文詞以爲榮也衡因爲賦筆不停綴文不加點其辭曰

惟西域之靈鳥兮挺自然之奇姿體金精之妙質含火德之明煇五臣作暉 善曰西域謂隴坻出此鳥也老子曰以輔萬物之自然河上公曰輔萬物自然之性也西方爲金毛有白者故曰金精南方爲火觜有赤者故曰火德歸藏殷筮曰金水之子其名曰羽蒙是生百鳥蔡邕月令章句曰天官五獸前有朱雀鶉火之體 翰曰鸚鵡出西域黃山也靈異也挺特也出自然靈異之姿容西方金也質寄於西故云體金精也朱鳥南方火也鳥皆稟之故曰含火德也 性辯慧而能言兮才聰明以識機善曰禮記曰鸚鵡能言不離飛鳥王弼周易注曰機者事之微也 故其嬉許其遊高峻棲跱五臣作峙幽深飛不妄集翔必擇林紺趾丹觜綠衣翠衿采采麗容咬

咬交好音善曰說文曰嬉樂也跱立也說文曰紺深青而揚赤也韓詩曰采采衣服薛君曰采采盛貌也韻略曰咬咬鳥鳴也毛詩曰睍睆黃鳥載好其音　良曰嬉戲峙立也紺青色趾足也綠衣謂毛綠色觜前翠色故云翠衿咬咬鳥聲雖同族於羽毛固五臣作故殊智而異心配鸞皇而五臣作之等美焉比德五臣作翼於衆禽於是羡芳聲之遠揚偉靈表之可嘉命虞人於隴坻丁禮詔伯益於流沙善曰漢書音義應劭曰天水有大阪曰隴坻尚書帝曰益汝作朕虞孔安國曰伯益也掌山澤官也尚書曰導弱水餘波入于流沙　向曰心智益於衆鳥也可以匹鸞鳥鳳皇之美　銑曰偉美也謂美其聲音儀表可以嘉善乃命山澤之官求之於隴坻流沙也隴坂名流沙地名跨崑崙而播弋冠去雲霓而張羅雖綱維之備設終一目之所加善曰文子曰有鳥將來張羅而待之得鳥者羅之一目也今爲一目之羅即無以得鳥也　翰曰跨度也言度擬崑崙雲霓之高以張羅弋也綱維雖廣所中者不過網之一目且其容止閑暇守植安停逼五臣作迫之不懼撫之不驚寧五臣作能順從以遠害不違忤以喪生善曰鵩鳥賦曰貌甚閑暇王逸楚辭注曰植志也鶡冠子曰迫之不懼足以知勇毛詩序曰君子全身遠害　向曰植生也言能守生故安停於守順從遠害不違逆於人以喪其生故獻全者受賞而傷肌者被刑爾乃歸窮委命離群喪侶閉以彫籠翦其翅羽善曰鶡冠子曰縱軀委命與時往來禮記曰離羣索居淮南子曰天下以爲之籠又何失鳥之有乎然籠所以盛鳥說文曰翅翼也　良曰傷肌謂傷鳥肌肉者則被刑戮歸窮言此鳥迫委性命於人也籠閉鳥器也彫彫飾也流飄萬里崎去奇嶇驅重阻踰岷越障載罹寒暑善曰埤蒼曰崎嶇不平也岷障二山名續漢書曰岷山在蜀郡五道西障縣屬隴西蓋因山立名也毛詩曰二月初吉載離寒暑一曰障亭障也　濟曰崎嶇傾側皃言飄流遠來涉越

岷山邊障載經冬夏女辭家而適人臣出身而事主彼賢哲之逢患猶棲遲以羇旅善曰有以託意也時爲曹操所迫故寄意以申情家語曰女十五許嫁有適人之道漢書鄧都曰已背親而出身周當奉職也毛詩曰衡門之下可以棲遲女適人臣事居逢禍患尚棲遲羇旅也左氏傳陳敬仲曰羇旅之臣杜預曰羇寄旅客矧禽鳥之微物能馴擾以安處眷西路而長懷望故鄉而延佇忖七本陋體之腥臊亦何勞於鼎俎善曰薛君韓詩章句曰鳥微物也說文曰馴順也漢書音義應劭曰擾馴也楚辭曰情悽慨而長懷又曰結幽蘭而延佇毛詩曰予忖度之國語舅犯對晉侯曰偃之肉腥臊將焉用之孔安國尚書傳曰腥臭也　銑曰矧況擾柔也況鳥微賤能順柔安處也自度體陋而又腥臊不堪鼎俎之器應不至被害嗟禄命之衰薄奚遭時之險巇平聲五臣作戲善曰禮斗威儀曰夫其禄命不得極其數楚辭曰何周道之平易然蕪穢而險巇王逸曰險巇顛危也　良曰禄命天命也其天命衰薄奚何也何期如此遭時險難豈言語以階亂將不密以致危善曰周易孔子曰亂之所生則言語以爲階也君不密則失臣臣不密則失身　濟曰豈自發問也豈爲言語以階禍亂邪將復爲事不密以致危邪痛母子之永隔哀伉儷之生離善曰左氏傳曰施氏之婦怒施氏曰已不能庇其伉儷杜預曰儷偶伉敵也楚辭曰悲莫悲兮生別離　翰曰伉儷夫婦也匪餘年之足惜慜衆雛之無知善曰爾雅曰生噣雛謂鳥子初生能自啄食總名曰雛也　向曰言此餘命不足憐愍其衆雛未有所識也背蠻夷之下國侍君子之光儀懼名實之不副恥才能之無奇善曰毛詩曰命于下國非天子之國故曰下也莊子許由曰名者實之賓　向曰名聲名也實所能也恥其才能無異不副聲名羨西都之沃壤識苦樂之異宜懷代越之悠思故每言而稱斯善曰西都長安也鸚鵡言長安樂自古有之未詳所見斯此也此長

安也言類彼鳥馬而懷代越之思故亦每言而稱此古詩曰代馬依北風越鳥巢南枝　銑曰西都西京也今於此愛西京沃壤是知若樂異宜也言感彼鳥馬之懷代越而鸚鵡思西歸故每言長安樂是也若乃少昊司辰蓐收整轡善曰禮記曰孟秋之月其帝少昊其神蓐收　良曰少昊西方帝也蓐收典秋之神整轡御秋也嚴霜初降涼風蕭瑟長吟遠慕哀鳴感類音聲悽以激揚容貌慘以顦顇善曰楚辭曰冬又申之以嚴霜　毛詩曰哀鳴嗷嗷漢書谷永上疏曰賛命之臣靡不激揚答賓戲曰夕而顦顇也　濟曰言秋風動長吟哀鳴思彼羣遊其聲激切容貌顦顇聞之者悲傷見之者隕淚放臣爲之屢歎棄妻爲之歔欷善曰毛詩曰涕既隕之毛萇曰隕墜也放臣棄妻屈原哀姜之徒王逸楚辭注曰歔欷啼聲　翰曰放臣謂得罪見逐遠國者棄妻謂夫放之歔欷悲也感平生之遊處兮若壎喧篪之相須何今日之兩絕若胡越之異區善曰論語曰君子久要不忘平生之言毛詩曰伯氏吹壎仲氏吹篪毛萇曰土曰壎竹曰篪淮南子曰自異者視之肝膽胡越也高誘曰胡越喻遠　向曰感平生雌雄遊處如壎篪相須何今日兩相隔絕各在一方若胡越異域矣壎篪並樂器相和者也胡在北越在南言遠也順櫳五臣作籠檻以俯仰闚戶牖以踟躕知躕躕誅善曰說文曰櫳房室之疏也楯欄檻也王逸楚辭注曰從曰檻橫曰楯說文曰牖穿壁以爲牕也韓詩曰搔首踟躕薛君曰踟躕躑躅也　銑曰順從於籠檻之中窺視人之戶牖思其形也踟躕將飛貌想崑山之高嶽五臣作峻思鄧林之扶疏五臣作踈顧六翮之殘毁雖奮迅其焉如心懷歸而弗果徒怨五臣作冤毒於一隅善曰班固漢書賛禹本紀云崑崙山高二千五百餘里山海經曰夸父與日競走渴死棄其杖化爲鄧林上林賦曰垂條扶疏韓詩外傳蓋乘曰夫鴻鵠一舉千里所恃者六翮耳毛詩曰豈不懷歸廣雅曰毒痛也　翰曰思遊山林顧其翼之殘毁而所懷不遂徒怨痛一隅而已隅方也苟竭心於所事

敢背惠而忘初善曰左氏傳子犯曰背惠食言楚辭曰不敢忘初之厚德　良曰且盡心所事豈敢背惠忘其初始也託輕鄙之微命委陋賤之薄軀期守死以報德甘盡辭以效愚恃隆恩於既往庶彌久而不渝善曰楚辭曰蜂蛾微命力何固論語子曰守死善道毛詩曰欲報之德司馬遷書曰効其癡愚渝變也感恩久不變也　良曰託命委身當守死報德盡辭効愚恃其盛恩既過庶其遠久而不變也

鷦鷯賦并序

善曰毛詩曰肇允彼桃蟲詩義疏曰桃蟲今鷦鷯微小黃雀也鷦音焦鷯音遼又方言曰桑飛郭璞注曰即鷦鷯也自關而東謂之工雀又云女工一云巧婦又云女匠

張茂先善曰臧榮緒晉書曰張華字茂先范陽人也少好文義博覽墳典爲太常博士轉兼中書郎雖棲處雲閣慨然有感作鷦鷯賦後詔加右光祿大夫封壯武郡公遷司空爲趙王倫所害　銑曰華有感作鷦鷯賦以比鳥小而能安也

鷦鷯小鳥也五臣無也字生於蒿萊之間長於藩籬之下翔集尋常之內而生生之理足矣善曰漢書音義應劭曰八尺曰尋倍尋曰常老子曰人之輕死以其生生之厚易繫辭曰生生之謂易韓康伯曰陰陽轉易以化成生也　良曰生養也言翔集於此養生之理足也色淺體陋不爲人用形微處卑物莫之害善曰呂氏春秋曰高節厲行物莫之害　濟曰言毛色淺惡形體醜陋既居處卑下故物無害也繁滋族類乘去居匹遊善曰列女傳姜后曰雎鳩之鳥猶未嘗見其乘居而匹遊　向曰四馬曰乘言族類滋繁故居必乘遊乃匹也翩翩然有以自得五臣作自樂彼鷲就鶚鵾昆鴻孔雀翡翠善曰翩翩自得之貌毛詩曰翩翩者鵻說文曰鷲黃頭赤目五色皆備鶚鵰也山海經曰景山多鷲鳥黑色多力鵾狀如鶴而文漢書音義應劭曰雄曰翡雌曰翠異物志曰翡赤色大於翠頡監曰鳥各別異非雄雌異名也或陵赤霄之際或託絕

垠之外，翰舉足以沖天，觜距足以自衛，善曰絶垠天邊之地也楚辭曰載赤霄而淩太清又曰踔絶垠于塞門王弼周易注曰翰高飛也史記楚莊王曰有鳥三年不蜚蜚乃沖天蜚與飛同字書曰沖中也呂氏春秋曰九人之性爪牙不足以自守衛西京賦曰觜距爲刀鈹　翰曰赤霄至高也絶垠至遠也言大鳥等或生絶遠或能沖天觜距之利足以自衛護也然皆負矰嬰繳，羽毛入貢，何者有用於人也。善曰繳繫箭線也尚書曰厥貢齒革羽毛　銑曰鶩鷄可以贄而鶩鴻可以食孔雀翡翠可以飾皆以有用於人而負矰繳以爲鷦鷯無患也夫言有淺而可以託深，類有微而可以喻大，銑曰喻大謂以人可以退身守愚以保其生故賦之云爾。

何造化之多端兮，播羣形於萬類。善曰易注曰天地造生萬物咸成又曰造化道也淮南子曰大丈夫無爲與造化逍遥楚辭曰多端膠加老子曰道生萬物河圖曰地有九州以包萬類濟曰播布類種也惟鷦鷯之微禽兮，亦攝生而受氣，善曰老子曰善攝生者不然莊子北海若曰吾受氣於陰陽　翰曰攝養也育翩翾許緣之陋體，兮無玄黃以自貴。善曰字林曰翩疾飛也說文曰翾小飛也　良曰育養也翩翾小飛貌陋小也言毛羽無玄黃之色可貴毛弗施於器用兮，肉不登乎俎味。善曰左氏傳臧僖伯曰皮革齒牙骨角毛羽不登於器鳥獸之肉不登於俎則公不射古之制也　向曰毛不可飾器肉不爲俎豆之實鷹鸇之然過猶俄翼兮，善無兮字尚何懼於罿衝罻音尉。善曰左氏傳然明曰見不仁者誅之如鷹鸇之逐鳥雀也爾雅曰晨風鸇也廣雅曰俄邪也毛詩曰側弁之俄箋云俄傾貌罿罻皆網也　銑曰鷹鷂鸇鷙鳥以其小傾翼而過罿罻小網翳薈烏會蒙蘢，是焉遊集，飛不飄颺，翔不翕習。善曰孫子兵法曰林木翳薈草樹蒙蘢翕習盛貌　翰曰翳薈蒙蘢蒿草密貌飄颺高飛貌翕習急疾貌言遊集不過蒿草飛翔不高不疾也其

居易容，其求易給。巢林不過一枝，每食不過數粒。善曰莊子曰鷦鷯巢林不過一枝孔安國尚書傳曰米食曰粒　濟曰粒米也言小而易容給也棲無所滯，遊無所盤。匪陋荊棘，匪榮茝蘭。良曰盤樂也是處可棲故無滯閡是處可樂故無常所以荊棘惡而陋之不以蘭茝香而榮之也動翼而逸，投足而安，委命順理，與物無患。善曰鶡冠子曰縱軀委命與時往來淮南子曰守道順理　向曰不擇處故易安逸任命順道故不爲物患也伊茲禽之無知，何處身之似智。不懷寶以賈古害，不飾表以招累。善曰莊子曰鳥高飛以避矰弋之害鼷鼠深穴乎神丘之下以避熏鑿之患而曾二蟲之無知也左氏傳曰虞叔有玉虞公求之弗獻既而悔之曰周任有言匹夫無罪懷璧其罪吾焉用此以賈其害杜預曰賈賣也　向曰懷寶者人必害而取之如以寶賈人之害也言此鳥不懷寶賣害不以毛彩自飾故不招其累也靜守約五臣作性而不矜，動因循以簡易，任自然以爲資，無誘慕於世僞。善曰文子曰約其所守即察尚書曰汝惟不矜孔安國曰自賢曰矜淮南子曰因循而任下周易曰簡易而天下之理得矣老子曰以輔萬物之自然河上公曰輔萬物自然之性也文子曰去其誘慕除其嗜欲張湛曰遺其術尚爲害真性傅毅七激曰排拌禮學譏讉世僞　濟曰言能守性不自矜持動不煩處任自然資用不爲人詐僞所誘鵰五臣作雕鶡何葛介其觜距，鵠鷺軼五臣作逸於雲際，善曰穆天子傳曰青鵰執犬羊食豕鹿郭璞曰今鵰亦能食麕鹿山海經曰煇諸之山多鶡郭璞曰似雉而大青色有角鬬死乃止出上黨言因觜距而爲人用也　良曰雕鶡二鳥以觜距之大肌肉之充皆爲人所取鶤雞竄於幽險，孔翠生乎遐裔。彼晨鳧與歸鴈，又矯翼而增逝，善曰說苑曰魏文侯嗜晨鳧史記曰楚人有好以弱弓微繳加歸鴈之上解嘲曰矯翼厲翮淮南子曰鳳皇曾逝萬仞之上　翰曰孔雀翡翠晨鳧皆鳥名言其藏竄幽險遠裔之處咸美羽而豐肌，故無

罪而皆斃徒銜蘆以避繳終爲戮於此世善曰文子曰羽翼美者傷其骨骸司馬相如美人賦曰弱骨豐肌淮南子曰鴈銜蘆而翔以避矰繳抱朴子曰智禽銜蘆以避網水牛結陣以却虎史記太史公曰英布不克於身爲世大戮銑曰咸以肌肉羽毛可用無罪爲人所斃斃死也鴈自南向北以體充不能高飛常銜蘆以避繳然終爲時人所殺蒼鷹鷙而受緤五臣作紲音薛鸚鵡惠而入籠善曰李陵詩曰有鳥西南飛熠燿似蒼鷹王逸楚辭注曰緤繫也鸚鵡賦曰性辯惠而能言又曰閉以雕籠濟曰鷙猛也紲係也屈猛志以服養塊苦對幽縶於九重善曰淮南子曰塊然獨處楚辭曰君子之門兮九重濟曰猛志謂鷹性也言屈志從服養也塊獨也言獨幽縶九重謂君門也變音聲以順旨思摧翮而爲庸戀鍾岱之林野慕隴坻丁禮之高松善曰鍾岱二山鷹之所産漢書曰趙地鍾岱迫近胡寇如淳曰鍾所在未聞漢有代郡故代國也東方朔十洲記曰北海外有鍾山鸚鵡賦曰命虞人於隴坻　向曰鸚鵡變音聲以順人之旨趣摧羽翮以爲人用也鍾岱二山名出鷹隴坻出鸚鵡言戀慕所遊之林松也雖蒙幸

於今日未若疇昔之從容善曰左氏傳曰羊斟云疇昔之羊子爲政杜預曰疇昔猶前日也尚書曰從容以和海鳥鶢袁鶋居避風而至善曰國語曰海鳥曰爰居止於魯東門外展禽曰今茲海其有災乎夫廣川之鳥獸常知而避其災是歲海多大風　翰曰鶢鶋避風於魯東門臧文仲祭以鍾鼓條枝五臣作支巨雀踰嶺自致善曰漢書曰條枝國臨西海有大鳥良曰條支國名漢時貢大雀提挈萬里飄颻逼畏善曰漢書曰左提右挈　銑曰提挈萬里謂大雀也飄颻逼畏謂鶢鶋畏鍾鼓聲也夫唯體大妨物而形瓌足瑋也五臣無也字陰陽陶烝萬品一區善曰文子老子曰陰陽陶冶萬物烝氣出貌濟曰體大鶢鶋也形瓌謂巨雀也巨細舛錯種繁類殊鷦螟巢於蚊睫接大鵬彌乎天隅善曰晏子春秋景公曰天下有極細者乎對曰有東海有蟲巢於蚊睫再飛而蚊不爲驚臣不知其名而東海有通者命曰鷦螟莊子曰北溟有魚其名曰鯤化而爲鵬怒而飛翼若垂天之雲　向曰舛錯不齊也言大小不齊種類雖繁其類各殊也鷦螟微蟲也巢於蚊子之睫鵬大鵬其翼滿於天之一隅也將以上方不足而五臣無而字下比有餘普天壤以遐觀吾又安知其小大之所如善曰莊子曰長者不爲有餘短者不爲不足莊子北海若曰以差觀之因其所大而大之則萬物莫不大因其所小而小之則萬物莫不小而差數覩矣歸田賦曰安知榮辱之所如　銑曰上方鵬鳥下比鷦螟也徧天壤遠觀之大小好惡竟不知其所從也

共三万六十

六臣註文選卷第十三

六臣註文選卷第十四

梁昭明太子撰

唐李善并五臣註

鳥獸

赭白馬賦 并序

善曰劉芳毛詩義證曰彤白雜毛曰騢彤赤也即赭白也

顏延年 善曰沈約宋書曰顏延之字延年琅邪人也好讀書無所不覽文章之美冠絕當時吳國內史劉柳以爲行軍參軍後爲祕書監卒官 向曰宋文帝爲中郎將受武帝赭白馬之錫及文帝受禪其馬乃死帝命羣臣賦之而延之同有此作

驥不稱力馬以龍名 善曰論語曰驥不稱其力而稱其德周禮曰凡馬八尺已上爲龍 豈不以國上威容軍駅伏趫去妖迅而已 善曰傳玄乘輿馬賦曰用之軍國則文武之功顯又曰文榮其德武耀其威庚中丞昭君辭曰聯霆隱天山崩風盪河澳朔障裂寒笳氷原嘶代獸以韻言之蓋馬名也顏庚同時未詳所見毛詩曰四牡有驕毛萇曰驕壯貌趫與驕同並綺嬌切 濟曰駅馬名趫壯迅疾也言國之所尚威儀容止軍之所重壯疾而已 實有騰光吐圖疇德瑞聖之符焉 善曰尚書中候曰帝堯即政七十載脩壇河洛仲月辛日禮備至于日稷榮光出河龍馬銜甲赤文綠色臨壇吐甲圖宋均曰稷側也黃伯仁龍馬賦曰或有奇貌絕足蓋爲聖德而生嶹昔也 是以語崇其靈世榮其至 銑曰語謂人之語端也堯有此神馬故人之所語崇美其聖靈代代榮其至德 我高祖之造宋也五方率職四隩入貢 善曰沈約宋書曰高祖武皇帝諱裕字德輿彭城縣人後封宋王受晉禪也禮記曰中國蠻夷戎狄五方之人魏都賦曰樂率職貢尚書曰四隩既宅孔安國曰四方之宅可居四隩四方之隩處也漢書曰古者諸侯以時入貢 秘寶盈於玉府文駟列乎華廐 善曰周禮曰玉府掌王之金玉玩好尚書曰玉府則有周書曰犬戎文馬赤鬣白身左氏傳曰宋人以馬百駟贖華元漢舊儀有承華廐 乃有乘輿赭白特禀逸異之姿妙簡帝心用錫聖皁 善曰潘安仁夏侯湛誄曰妙簡邦良論語曰簡在帝心崔駰武賦曰假皇天兮簡帝心司馬彪莊子注曰皁櫪也 濟曰乘輿天子也逸駿簡當錫賜也皁馬櫪也言白天子擇而賜焉 服御順志馳驟合度 善曰韓子曰造父御駟馬馳驟周旋而惣於馬者轡策制之 良曰服御乘駕也言乘駕順心志也合度合節度也 齒歷雖衰而藝美不忒襲養兼年恩隱周渥 善曰穀梁傳曰馬齒加長矣爾雅曰歷數也毛詩曰其儀不忒賈逵國語注曰襲受也周書曰小人無兼年之食國語注曰隱私也毛萇詩傳曰渥厚也 銑曰齒歷年也言年雖衰老而藝能不差忒受養於暮年是帝之恩私周厚也 歲老氣殫斃于內棧 善曰說文曰殫盡也棧櫪也呂氏春秋曰取之內皁而著之外皁莊子伯樂曰我善治馬編之以皁棧司馬彪曰棧若櫪牀施之濕地也 向曰斃死也棧以板衛濕而承馬足也 少盡其力有惻上仁 善曰韓詩外傳曰昔者田子方出見老馬於道問其御者此何馬也曰公家畜也疲而不用故出之子方喟然歎曰少盡其力老棄其身仁者不爲也束帛而贖之長楊賦曰自上仁所不化 乃詔陪侍奉述中旨末臣庸蔽敢同獻賦 善曰崔瑗胡公碑曰惟我末臣頑蔽無聞 濟曰命陪侍之臣述天子之意末臣延之自謙也同獻謂同諸侍臣 其辭曰

維宋二十有二載 五臣本作十有四載 盛烈光乎重葉 善曰宋文帝十七年也沈約宋書曰文帝諱義隆武帝第三子也烈業也自武至文故曰重葉毛萇詩傳曰葉世也 良曰言盛大之業光明於此 武義粤其肅陳文教迄已優洽 善曰羽獵賦曰武義動於南鄰尚書曰偃武脩文孔安國曰脩文教也 銑曰言宋帝武義文教被於遠方粵於迄盡也武事肅然陳列文化盡已優洽 泰階之平可升興王之軌可 五臣本作既 接 善曰漢書東方朔傳願陳泰階六符孟康注泰階三台也應劭曰黃帝泰階六符經曰太階天之三階三階平則風雨時國語曰興王賞

諫臣向曰泰階三台星也上下皆平謂太平軌迹也言太平可升興王之迹可接於古也訪國美於舊史考方載於往牒善曰兩都賦序曰國家之遺美西京賦曰學乎舊史氏方載四方之事漢書杜下方書音義曰四方之文書說文札牒也翰曰訪古先帝王爲國之美者於書史之中考興王之則於往昔圖牒之上良馬之瑞者以比今也方常載則也牒亦書史之流昔帝軒陟位飛黃服皁善曰春秋命曆序曰帝軒受圖雒授曆尚書曰汝陟帝位淮南子曰黃帝治天下於是飛黃服皁高誘曰飛黃如狐背上有角乘之壽三千歲也后唐膺籙赤文候日善曰后唐謂堯也春秋命曆序曰五德之運徵符合應懋籙次相代赤文候日即至于日稷也已具亭注漢道亨而天驥呈才善曰杜預左氏傳注曰亨通也天馬歌曰天馬來從西極漢書曰武帝元鼎四年馬生渥洼水中李斐曰南陽新野有暴利長武帝時遭刑屯田燉煌界數於水旁見羣野馬中有奇異者與凡馬異來飲此水利長先作土人持勒絆於水旁後馬翫習久之代土人持勒絆收得其馬獻之欲神異此馬云從水中出作天馬歌濟曰言漢德通遠方天馬見魏德楙而澤馬效質善曰說文曰楙盛也魏志曰文帝黃初中於上黨得澤馬魏都賦曰澤馬于皁伊逸倫之妙足自前代而閒出並榮光於瑞典登郊歌乎司律善曰公孫弘贊曰異人閒出瑞典吐圖也作天馬歌歌之以郊祀合于司律也向曰伊推也漢並有故言閒出以光榮瑞應圖也漢得天馬作歌云天馬來龍之媒此皆入於律呂登於郊廟所以崇衛威神扶護警蹕善曰魯靈光殿賦曰又似帝室之威神漢儀曰皇帝輦動則左右侍帷幄者稱警出則傳蹕止行人清道也翰曰威神謂天子也得神馬可以扶衛天子警蹕也警蹕出入清道也是用善本無此二字精曜叶從靈物咸秩善曰協合也論語撰考讖曰下學上達知我者其天乎通精曜也尚書曰龜筮協從又曰咸秩無文秩序也濟曰精曜天駟星也謂星叶從而爲神馬靈物謂天馬也言皆有次序暨明命之初基罄九區而率順善曰爾雅曰暨及也明命謂高祖也九區九服也尚書伊尹曰先王顧諟天之明命劉騊駼郡太守箴

曰大漢遵渦化洽九區良曰暨至也罄盡也九區九州也至明命之初盡九州皆率而順從有肆險以稟朔或踰遠而納賮善曰肆險入慕化也長楊賦曰故平不肆險魏都賦曰思稟正朔孟子曰有遠行者必以賮蒼頡篇曰賮財貨也說文曰賮會禮也銑曰肆棄也言九區之人皆棄險踰遠稟正朔納賮貨也聞王會之阜昌知函含夏之充牣音仞善曰阜盛也周書王會曰成周之會鄭玄曰王城既成大會諸侯及四夷也漢書郊祀歌曰敷華就賮既阜既昌揚雄河東賦曰函夏之大服虔曰函諸夏也漢書音義蘇林曰充物喻多也如淳曰牣滿也總六服以收賢掩七戎而得駿善曰收賢取賢善之馬也周禮曰王畿外侯服甸服男服采服衛服蠻服斯爲六服爾雅曰九夷八狄七戎六蠻謂之四海郭璞曰七戎在西蓋乘風之淑類實先景之洪胤善曰崔駰七依曰服飛兔之中乘驊騠之騄輪躡虛騰雲乘風度津漢書揚雄河東賦曰六先景之乘劉劭魏明帝誄曰先皇嘉其誕授洪胤濟曰乘風先景言迅速也淑美洪大也種類美大而迅疾也故能代驂象輿歷配鉤陳去聲叶韻善曰鄭玄毛詩箋曰在旁曰驂韓子曰黃帝合鬼神於泰山駕象車張揖曰德流則山出象車山之精瑞也上林賦曰象輿婉蟬於西清晉天文志曰鉤陳太帝之座良曰象輿象車也鉤陳天子衛也此馬武帝賜文帝故云代驂歷配也齒筭延長聲價隆振信聖祖之蕃錫五臣本作賜留皇情而驟進善曰鄭玄儀禮注曰筭數也風俗通曰張伯坐養聲價祖高祖也皇文帝也周易晉卦曰康侯用錫馬蕃庶銑曰言長命而聲價盛振此馬帝爲蕃王高祖賜之故云留皇情而驟進徒觀其附筋樹骨垂梢所交植髮雙瞳夾鏡兩權協月善曰相馬經曰良馬可以筋骨相也梢尾之垂者鬐額上毛也尾欲梢而長張敞集曰蒼蠅託驥之髮也傅玄乘輿馬賦曰頭似削成尾如植髮相馬經曰目成人者行千里注云成人若視童子中人頭足皆見言目中清明如鏡或云兩目中央旋毛爲鏡權頰權也相馬經曰頰欲圓如懸璧因謂之雙璧其盈滿如月異相之表也黃伯仁龍馬頌曰雙璧似月翰曰蘭筋勁骨毛髮長植也異體峯生

殊相逸發超攄絕夫塵轍驅騖迅於滅沒善曰峯生若山而生峯也劉歆遂初賦曰馬龍騰以超攄列子秦穆公謂伯樂曰子之年長矣子之姓有可使求馬者乎伯樂對曰良馬可以形容筋骨相也天下之馬者若滅若沒若亡若失若此者絕塵弭轍臣之子皆下才也可告以良馬不可告天下之馬也李尤馬鞍銘曰驅騖馳逐騰躍覆踐　濟曰峯生言多異體與他馬不同也超攄驅騖行走貌絕夫塵轍謂塵不及馬輪不踐轍滅沒皆言疾也

簡偉塞去門獻狀絳闕旦刷幽燕晝秣荊越善曰塞紫塞也崔豹古今注曰秦所築長城土色皆紫漢塞亦然故稱紫塞有關故曰門塞或為寨非也傅玄北都賦曰巍巍絳闕也說文曰刷刮也魏都賦曰刷馬江州毛詩曰言秣其馬杜預曰以粟飯馬曰秣幽燕荊越四地名也　良曰偉美也塞門在北出馬處也絳闕天子門也言簡於塞門獻於絳闕秣飼也幽燕北地名荊越南地名朝旦未出時晝日出後言馬疾也

教敬不易之典訓人必書之舉去聲叶韻　善曰孝經曰聖人因嚴以教敬國語虢文公曰王其監農不易左氏傳曰訓人事君又曹劌諫曰君舉必書　銑曰教習此馬敬依不易之法也君之舉動必書以訓人言此恐君遊逸無度故發此端也

惟帝惟祖爰游爰豫善曰孟子曰一遊一豫為諸侯度　翰曰文帝高祖皆經乘此馬而遊豫也遊豫謂天子巡幸

飛轡軒以戒道環彀騎而清路勒五營使按部聲八鑾以節步善曰轡輕也吳都賦曰轡軒蓼擾彀騎煒煌杜篤迎鍾文曰必令河伯戒道道先也司馬相如上疏曰清道而後行漢書曰王尋勑諸營皆按部薛綜東京賦注曰馬步齊則鸞聲和應劭漢官儀曰大駕鹵簿五營校尉在前名曰填衛毛詩曰四牡彭彭八鸞鏘鏘　向曰轡軒輕車也鑾鈴也彀騎弓騎也五營天子鹵簿也言戒道清路按部伍則裝八鈴以節行步

具服金組兼飾丹雘音汙叶韻

寶鈒星纏鏤章霞布善曰金組二甲也蔡雍女琰詩曰卓衆來東下金甲耀日光左氏傳曰組甲三千馬融曰組甲以組為甲也丹雘二色也郭璞山海經曰雘黝屬倚瓠切鈒裝飾也章采文也袁宏酎宴賦曰朱惟赫以霞布　濟曰言以金組丹青飾其裝具如星霞之文

進迫遮迾五臣本作列卻屬輦輅善曰服虔通俗文曰天子出虎賁伺非常謂之遮迾漢書音義晉灼曰迾古列字也　良曰迫速也遮猶衛也列行也言馬進速於前行者則遮衛天子以為行列也卻後者則充屬徒之車也輦輅車也

欻聳擢以鴻驚時濩略而龍翥善曰薛綜西京賦注曰欻忽也說文曰欻有所吹起也傅玄乘輿馬賦曰形便飛燕勢越鴻驚甘泉賦曰迺濩略綏𧄼張景陽七命曰蚪踊螭騰鱗超龍翥　翰曰皆奔驚之皃

弭雄姿以奉引婉柔心而待御善曰東京賦曰奉引既畢先輅乃發　銑曰弭雄猛之姿奉引塗路婉順其心待天子之駕御也

至於五臣本作于露滋月肅霜戾秋登王于興言闌肆五臣本作肆威稜善曰禮記曰孟秋之月天地始肅爾雅曰戾至也又曰登成也毛詩曰王于興師漢書武帝報李廣曰威稜憺乎鄰國又曰興言出宿聲類曰闌大開也賈逵國語注曰肆習也　濟曰肆縱也言天子候秋時殺氣以縱威稜也

臨廣望坐百層料平武藝品驍古堯騰善曰地理書洛陽故宮曰廣望觀臨金市劉梁舉曰鴻臺百層干雲參差字林曰料量也夏侯淳馳射賦曰參武藝以遊戲說文曰驍良馬也廣雅曰騰奔也　良曰廣望百層皆臺名料擇也言簡擇武藝之士類驍騰之馬也

流藻周施和鈴重設善曰流藻周流藻畫也應瑒馳射賦曰藻飾齊鳴左傳臧孫達曰錫鑾和鈴昭其聲也　向曰藻畫文言周帀畫文重設鈴於上

睨影高鳴將超中折善曰相馬經曰馬有眄影而視者　翰曰睨視也馬有視影高鳴者良馬也超走折住也

分馳迴場角壯永埒善曰南都賦曰翬士放逐馳乎沙場曹毗馬射賦曰儵埒坦其平舒　銑曰分走競壯於迴地長埒也角競也

別輩越羣絢火縣練夐絕捷趫夫之敏手促華鼓之繁節善曰絢練疾貌夐絕迴絕也廣雅曰蹻健也孔安國尚書傳曰敏疾也言射有常儀鼓有常節今以馬馳之疾故加捷促也應瑒馳射賦曰擯動鼓震讃聲雷潰魏略司馬景王與許允書曰震華鼓建朱節　濟曰夐迴絕遠也言越於羣輩疾而迴遠也射必擊鼓以節馬步今馬疾故使趫捷之夫促手而擊之

經玄蹄而雹散歷素支而冰裂

文十四　五

文十四　六

善曰玄蹄馬蹄也素支月支也皆射帖名也言馬既良射者亦中故玄蹄雹散素支冰裂也邯鄲淳藝經曰馬射左邊爲月支二枚馬蹄三枚也　良曰此謂騎射也玄蹄素支皆射帖名經歷着也雹散冰裂皆中帖之聲

膺門沫赭汗溝走血　善曰相馬經曰膺門欲開汗溝欲深漢書天馬歌曰霑赤汗沬流赭應劭曰大宛馬汗血霑濡也流沬如赭也如淳曰沬或作類音悔

蹝迹迴唐畜怒未洩　五臣本作渫

乾心降而微怡都人仰而明　五臣本作朋　**悅**　善曰方言曰洩歇也南都賦曰收歡命駕分背迴唐東都主人曰馬蹶餘足士怒未洩乾喻天帝也周易曰乾爲天毛詩曰彼都人士　翰曰唐道也渫散也蹝跡謂馳驟之勢未散也乾天也言天子微悅都人羣聚而歡也朋猶羣聚也

妍變之態既畢凌遽之氣方屬　五臣本作屬

跼　衢玉　**鑣轡之牽制**　五臣本作掣　**隘通都之圈**　求免　**束眷西極而驤首望朔雲而蹀足**　善曰羽獵賦曰虎豹之陵遽鄭玄喪服注曰屬連也字林曰跼踡行不申也得通都

文十四　七

馳驟猶爲圈束司馬遷書曰通邑大都說文曰圈養畜閑也漢書天馬歌曰天馬來從西極又曰武帝得烏孫馬名天馬後更名西極馬鄒陽上書曰交龍驤首曹顏遠感舊賦曰胡馬仰朔雲越鳥巢南樹又圍棊賦曰良馬蹀足輕車結輪　銑曰言變態既畢勇急之氣增以連屬而牽掣街轡嫌國都之隘窄故眷望西極朔雲冀申奔逸也陵遽勇皃驤舉也西極天馬所出也朔雲朔方雲中二郡也蹀足謂疾行也

將使紫鷰駢衡綠虵衛轂纖驪接趾秀騏　五臣作驥　**齊亍**　丑綠反　善曰尸子曰我得而民治則馬有紫燕蘭池劉劭趙都賦曰良馬則飛兔奚斯常驪紫燕衡車衡也尚書中候曰龍馬赤文綠色鄭玄曰赤文而綠地也李斯上書曰乘纖離之馬尸子曰馬有秀騏逢騩毛萇詩傳曰騏綦文也音其驪京媚切　向曰紫鷰綠蛇纖驪秀騏皆駿馬名也騈並也衡車衡也亍行皃

覲王母於崐墟要帝臺於宣嶽　善曰史記曰造父取驥之乘匹與桃林盜驪驊騮騄駬獻之繆王繆王使造父爲御西巡狩見王母樂之忘歸列仙傳曰西王母在崑崙山山海經曰鼓鍾之山帝臺之所以觴百神也郭璞曰帝臺神人名山海經有宣山　濟曰覲見也言駕此馬經過王母帝臺所居

跨中州之轍迹窮神行之軌躅　善曰司馬相如大人賦曰世有大人在乎中州列子曰黃帝夢游華胥氏之國其國乘空如履寢山谷不躓其步神行而已轍迹見下文監武繆注前漢班嗣書伏孔氏之軌躅　良曰跨偏也言車轍偏中州盡人神所行之迹軌躅皆迹也

然而盤于遊畋作鏡前王肆於人上取悔義方　善曰尚書曰文王弗敢盤于遊畋孟子曰詩云殷鑒不遠在夏后之世趙岐曰以前代善惡爲明鏡也左氏傳師曠諫晉悼公曰天之愛人甚矣豈使一人肆於人上杜預曰肆恣也庾元規表曰爲國取悔左氏傳石蜡曰臣聞愛子敎之義方　向曰前王太康也盤遊喪國思太康之事可以作鏡於今曰豈縱於人上取悔責於道義之方

天子乃輟駕迴慮息徒解裝鑒武穆　五臣本作穆武　**憲文光**　善曰孔叢子曰孔子歌曰喟然迴慮題彼泰山嵇康贈秀才詩曰息徒蘭圃王逸荔枝賦曰裝不及解許慎淮南子注曰裝束也左氏傳右尹子革曰周穆王欲肆其心周行天下將皆有車轍馬跡焉漢書武帝好大宛馬使者相望於道又賈捐之曰孝文皇帝時有獻

文十四　八

千里馬者詔曰鸞旗在前屬車在後吉行日三十凶行日五十朕乘千里之馬獨先安之於是乃還其馬東觀漢記光武記曰是時名都王國有獻名馬駕鼓車　翰曰轂上也天子止遊迴慮解息徒御裝具以穆王漢武帝爲鑒戒文帝光武爲憲法也

振民隱脩國章戒出豕之敗御惕飛鳥之跱衡　善曰小雅曰振救也國語祭公謀父曰勤恤民隱而除其害韋昭曰隱痛也韓子曰王子期爲趙簡子御取道爭千里之表其始發也彘伏溝中王子期齊轡策而進之彘突出於溝中馬驚敗駕古文周書曰穆王田有黑鳥若鳩翩飛而跱於衡御者斃之以策馬佚不克止之躓於乘傷帝左股案漢明帝起居注云帝向太山至滎陽有鳥鳴軛中郎將王吉引弓射殺之將以示帝曰鳥鳴軛欒弓乃射洞胷腋陛下壽萬歲臣受二千石乃賜帛二百匹東觀漢記朱勃上書理馬援曰飛鳥跱衡馬驚觸虎物類相生亦無不有濟曰人有隱痛不濟者發倉廩以濟之國章謂國之禮儀也跱立也衡車轅也言今戒懼比豕突鳥立恐驚馬也

故祗慎乎所常忽敬　五臣本作警　**備乎所未防**　善曰周書芮良夫曰惟禍發於人之慢忽王弼周易注曰敬慎防備可以不敗　良

曰祇敬忽輕也言敬愼常日所輕之事謂省出入也備其所未防以爲警戒輿有重輪之安馬無泛方奉駕之佚音逸善曰蔡雍獨斷曰乘輿重轂外復有一轂副轄其外乃復設轄然重輪即重轂也漢書曰夫泛駕之馬亦在御之而已應劭曰泛覆也如淳曰方腫切　翰曰天子重輪取其安也佚過也處以濯龍之奧委以紅粟之秩善曰盧植集曰詔給濯龍廐馬三百四鄭玄尚書注曰奧內也廣雅曰委累也言累加之也鄭玄周禮注曰秩祿稟也漢書曰太倉之粟紅腐而不可食　銑曰濯龍內廐名奧深委與也服養知仁從老得卒加弊帷收仆質善曰鸚鵡賦曰蚤猛志以服養嵇康養生論曰從得老從老得終禮記孔子曰弊帷不棄爲埋馬也天情周皇恩畢善曰魏都賦曰皇恩綽矣亂曰惟德動天神物儀兮善曰尚書益贊于禹曰惟德動天春秋合誠圖曰黃帝先致白狐白虎諸神物乃下　良曰言德動天故神馬呈其容儀於時駔子朗駿充階街

佳兮善曰說文曰駔壯也言駔駿之馬充於階街也魏都賦曰驥馬塡廐而駔駿王逸楚辭注曰駔駿馬名也稟靈月駟祖雲螭兮善曰春秋考異記云地生月精爲馬漢書曰漢中星爲天駟黃伯仁龍馬賦曰資玄螭之表像似靈虯之矩則郭璞游仙詩曰雲螭非我駕雄志倜惕儻精權奇兮善曰漢書天馬歌曰志俶儻精權奇廣雅曰倜儻卓異也　銑曰言雄壯之志倜儻絕羣也權奇善行皃既剛且淑服鞿機羈兮善曰周禮曰師曠見太子太子曰詩云馬之剛矣轡之柔矣楚辭曰余雖小子脩姱以鞿羈兮王逸曰韁在口曰鞿絡在頭曰羈　濟曰剛壯淑善也鞿羈韁控也言壯而善服於韁控也効足中黃徇驅馳兮善曰曹植與陳琳書曰驥騄不常步應良御而效足漢書舊儀曰中黃門駙馬大宛馬汗血馬乾河馬天馬曹植令曰今皇帝損乘輿之副遇中黃之府　良曰中黃中營也以身從物曰徇言効天子之營以從驅馳願終惠養蔭本枝兮善曰漢書疏廣曰此金者聖主所以惠養老臣毛詩曰本枝百世　良曰願終惠養以及後世覆蔭也竟先朝露長

委離兮善曰朝露至危而又先之言甚遠也漢書李陵謂蘇武曰人生如朝露曹子建自試表曰常恐先朝露楚辭曰遂萎絕而離異禮記曰哲人其萎乎家語爲委萎與委古字通　翰曰竟終也言終先朝露而死委棄恩惠離別服御

舞鶴賦

鮑明遠

散幽經以驗物偉胎化之仙禽善曰相鶴經者出自浮丘公公以自授王子晉崔文子者學仙於子晉得其文藏嵩高山石室及淮南八公採藥得之遂傳於世鶴經曰鶴陽鳥也因金氣依火精火數七金數九故十六年小變六十年大變千六百年形定而色白又云二年落子毛易黑點三年頭赤七年飛薄雲漢又七年學舞復七年應節晝夜十二鳴六十年大毛落茸毛生色雪白泥水不能汚百六十年雄雌相見目精不轉孕千六百年飲而不食食於水故喙長軒於前故後短栖於陸故足高而尾凋翔於雲故毛豐而肉疏行必依洲嶼止必集林

木蓋羽族之宗長仙人之騏驥也隆鼻短口則少眠露眼赤精則視遠頭銳身短則喜鳴四翎亞膺則體輕鳳翼雀毛則善飛龜背鱉腹則能產軒前垂後則善舞洪髀纖趾則能行鍾浮曠之藻質抱清迥之明心善曰曹植九詠章句曰鍾當也　翰曰鍾美也美其輕浮放曠文藻之質清遠之心也指蓬壺而翻翰望崐閬而揚音善曰東方朔十洲記崑崙山有三角一角正北名閬風顛一角正東名崑崙宮　向曰蓬壺崑閬皆仙山名帀日域以迴騖窮天步而高尋善曰相鶴經曰一舉千里不崇朝而徧四海者也長楊賦曰東震日域毛詩曰天步艱難陸機擬古詩曰粲粲光天步然文雖出彼而意並殊不以文害意也　良曰日域天步言至遠也言能窮徧天下而爲遊焉踐神區其既遠積靈祀而方多精含丹而星曜頂凝紫而烟華善曰一舉千里故云既遠壽踰千歲故云方多相鶴經曰露目赤精則視遠　濟曰神區神明之區域祀年也踐踰既遠年壽又多目赤如星頂色如紫烟之華引員五臣本作圓吭何朗

之纖蜿頓脩趾之洪姱苦華反善曰相鶴經曰高腳踈節則多力王逸楚辭注曰姱好也吭胡浲切銑曰吭頸也姱美也引頸細而曲足趾高跡大多姱美也疊霜毛而弄影振玉羽而臨霞善曰閔鴻羽扇賦曰同皦素於凝霜江逌扇賦曰璦澤冰鱗瓊亦玉也翰曰霜毛玉羽言其色白而臨於霞也朝戲於芝田夕飲乎瑤池善曰十洲記曰鍾山在北海之子地仙家數千萬耕田種芝草課計頃畝也穆天子傳曰天子觴王母於瑤池之上向曰言鶴朝夕遊戲飲啄於中也厭江海而遊澤掩雲羅而見羈善曰新序曰晉文公出田漁者曰鴻鵠保河海之中厭而徙之小澤必有矰弋之憂鸚鵡賦曰冠雲霓而張羅濟曰厭棄江海遊山澤掩遭羅網故為人所羈束雲羅言羅高及雲去帝鄉之岑寂歸人寰之喧卑善曰莊子曰乘彼白雲至于帝鄉岑寂猶高靜也良曰帝鄉天帝之鄉也人寰人之寰宇喧卑之處也歲崢嶸而愁五臣作僣暮心惆悵五臣作惕而哀離善曰廣雅曰崢嶸高貌歲之將盡猶物之高楚辭曰惆悵而私自憐銑曰崢嶸零悴白惆惕悲傷貌於是窮陰殺節急景凋年涼沙振野箕風動天善曰禮記曰季冬之月日窮于次神農本草經曰秋冬為陰禮記曰仲秋之月殺氣浸盛易卦通驗曰巽氣至則大風揚沙春秋緯曰月失其行離於箕者風易緯曰箕風飄石折樹銑曰箕星名主風故云箕風嚴嚴苦霧皎皎悲泉冰塞長河雪滿羣山善曰海賦曰羣山既略翰曰嚴嚴慘烈皃寒霧殺物故云苦也既而氛昏夜歇景物澄廓星翻漢迴曉月將落感寒雞之早晨憐霜雁之違漠善曰廣雅曰廓空也魏文帝雜詩曰天漢迴西流向曰氛昏陰氣也歇止也違漠雁背沙漠以就溫也臨驚五臣作清風之蕭條對流光之照灼唳力計清響於丹墀舞飛容於金閣善曰傅休奕雜詩曰一紀妬流光唳鶴聲也八王故事陸機冀曰欲聞華亭鶴唳不可復得漢典職儀曰以丹漆地故稱丹墀

相鶴經云鮮飛注見前向曰蕭條風聲流光謂日光流下也唳鶴鳴也丹墀天子階庭也金閣以金飾閣也始連軒以鳳蹌七良終宛轉而龍躍善曰海賦曰翔霧連軒相鶴經曰鳳翼則翥飛尚書曰鳥獸蹌蹌周易曰見龍在田或躍在淵濟曰鶴舞之貌躑躅徘徊振迅騰摧鷩身蓬集矯翅雪五臣作雲飛善曰或飛騰或摧折如蓬之集如雪之飛相鶴經曰大毛落茸毛生色雪白良曰跳躑騰舉如飄蓬飛雲也離綱別赴合緒相依善曰綱緒謂舞之行列也言或離而別赴或合而相依銑曰舞之行列離合貌將興中止若往而歸颯沓矜顧遷延遲暮善曰颯沓群飛貌矜顧矜莊相顧也遷延徐退也高唐賦曰遷延引身楚辭曰恐美人之遲暮王逸曰暮晚也翰曰將起復止如去復還颯沓矜顧謂自憐顧眄也遷延遲暮謂徐緩逸翮後塵翱翥先路善曰言飛之疾塵起居鶴之後鶴飛在路之先楚辭曰來吾導夫先路翰曰逸翮之急塵在鶴後翱翥飛也先路高路也指會規翔臨岐矩步善曰會四會之道岐岐路也洛陽記曰銅駝二枚在四會道頭爾雅曰二達謂之岐郭璞曰岐道傍出良曰指會臨岐皆舞之節臨指其節翔步皆中規矩態有遺妍貌無停趣濟曰姿態餘言多也皃之移轉亦不停其趣奔機逗徒鬪節角睞力代分形善曰機節舞之機節奔觸赴也說文曰逗止也角猶競也廣雅曰睞視也良曰機會也睞斜視也言奔會止節以眼角斜視各分退一邊也長揚緩騖並翼連聲輕迹凌亂浮影交橫善曰相凌而交橫銑曰言長舉頭緩行相並連聲而鳴也衆變繁姿參差洊寂見密善曰傅玄乘輿馬賦曰繁姿參發字書曰洊仍也翰曰洊重也言鶴變態羽翼參差相重而密也烟交霧凝若無毛質風去雨還不可談悉善曰毛羽與煙霧同色故云若無風雨既除而色愈淨故難悉也向曰悉盡也言烟霧相交與鶴同色如不見毛質如風雨之去來非說可盡其美既散魂而盪目迷不知其所之善曰韓詩曰聊樂我魂薛

君注曰魂神銑曰言觀者意散目盪迷不知所從忽星離而雲罷五臣作羅整神容而自持仰天居之崇絕更惆悵五臣作惕以驚思善曰星離分散也雲罷止也韓子曰雲罷霧霽而龍與螾蟻同矣自持自整持也神女賦曰頩薄怒而自持蔡邕述行賦曰皇家赫赫而天居崇高而懸絕　銑曰星離雲羅謂鶴散立貌整神容鶴將飛貌天居鶴之舊居崇絕高遠言仰望舊居高遠惆惕然驚其所思當是時也燕姬色沮巴童心恥巾拂兩停丸劒雙止善曰左氏傳曰齊人伐北燕燕人歸燕姬巴童巴渝之童也毛萇詩傳曰沮猶壞也沈約宋書曰晉初有公莫舞今之巾舞也相傳云項莊劒舞項伯以袖隔之今之用巾蓋像項伯衣袖之遺式又江左初有拂舞舊云拂舞吳舞西京賦曰跳丸劒之揮霍　良曰巴童燕姬並善歌舞者沮敗恥慙也巾拂舞人所執者丸弄鈴者劒弄刀者言對此鶴舞皆色敗心慙而停止也雖邯鄲其敢倫豈陽阿之能擬善曰漢書有邯鄲鼓員古樂府曰黃金爲君門白璧爲君堂上有雙樽酒使作邯鄲倡淮南子曰夫歌采

菱發陽阿　銑曰邯鄲善爲歌曲陽阿雅曲對此亦不敢倫擬也入衛國而乘軒出吳都而傾市善曰左氏傳曰衛懿公好鶴鶴有乘軒者注云軒大夫車也吳越春秋曰吳王闔閭有小女王與夫人女會食蒸魚王嘗半女怨曰王食魚辱我不忍久生乃自殺闔閭痛之葬於邦西閶門外鑿池積土爲山石爲槨金鼎玉杯銀樽珠襦之寶以送女乃舞白鶴於吳市中萬人隨觀遂使男女與鶴俱入墓門因塞之以送死守馴養於千齡結長悲於萬里善曰養生要曰鶴壽有千百之數阮籍詠懷詩曰鴻鵠相隨飛隨飛適荒裔雙翮凌長風須臾萬里逝　向曰馴順齡年也

志上

幽通賦

善曰漢書曰班固作幽通賦以致命遂志賦云覿幽人之髣髴然幽通謂與神遇也

班孟堅

銑曰是時多用不肖而賢良路塞而固賦幽通述古者得失神明之理以爲精誠信惠是所爲政也

系高頊之玄胄兮善曰曹大家曰系連也胄緒也高高陽氏也頊帝顓頊也言已與楚同祖具帝顓頊之子孫也水北方黑行故稱玄也家語孔子曰顓頊者黃帝之孫昌意之子也曰高陽配水也　濟曰玄水色高陽氏水德故云氏中葉之炳靈善曰漢書曰班氏之先與楚同姓令尹子文之後子文初生棄於夢澤中虎乳之楚人謂虎班其子以爲號秦滅楚遷晉代之閒因氏焉應劭曰中葉謂令尹子文也乳虎故曰炳靈毛詩曰昔在中葉　良曰炳靈炳明也靈胄謂虎乳也颻颽五臣作凱風而蟬蛻稅兮雄朔野以颺聲善曰曹大家曰颻飄颻也南風曰颽風朔北方也言己先人自楚徙北至朔方也如蟬蛻之剖後爲雄桀揚其聲淮南子曰蟬飲而不食三十日而蛻漢書曰始皇之末班懿避地於樓煩當孝惠高后時以財雄北邊　銑曰秦末班氏凌遲懿自楚避難於地如沛如隨風飄去故云颻也颺振也皇十紀而鴻漸兮有羽儀於上京善曰晉灼曰皇漢皇也應劭曰紀世也鴻鳥也漸進也言先人至漢十世始進仕有羽翼於京師也成帝之初班況女爲婕妤父子並在長安周易曰鴻漸于陸其羽可用爲儀

翰曰紀代也鴻水鳥也言如鴻鳥之進有冠冕羽儀於上京巨滔天而泯夏兮考遘愍以行謠善曰應劭曰王莽字巨君曹大家曰滔漫也泯滅也夏諸夏也考父也言父遭亂猶行歌謠意欲救亂也詩云我歌且謠尚書曰象恭滔天行謠言憂思也　向曰莽爲滔天之虐泯滅中夏也遘遇也言父遇王莽亂愍於生人行爲歌謠者救亂之志終保己而貽則兮里上仁之所廬善曰終猶竟也言考能自保己又遺我法則也莊子曰聖人其於人也樂物之通而保己焉曹大家曰貽遺也里廬皆居處名也言我父早終遺我善法則也何謂善法則乎言爲我擇居處也孔子曰里仁爲美　濟曰貽遺則法也言終保愛我父之所遺法則爲我擇仁者之里爲廬舍懿前烈之純淑兮窮與達其必濟音躋叶韻　善曰曹大家曰懿美也前烈先祖也言己先祖窮遭王莽達則必富貴濟渡民人惠利之風有令名於後世也孟子曰窮則獨善其身達則兼善天下呂氏春秋曰古之得道者窮亦樂達亦樂非窮達異也道得於此窮達一也　良曰懿美也前烈先祖也美我先祖有純淑文德身處窮厄也亦有濟時之志身得

榮遠必有經國之義咨孤蒙之眇眇兮將圮平鄙絕而罔階善曰曹大家曰蒙童蒙也眇微也圮毀也言己孤生童微陋鄙薄將毀絕先祖之跡無階路以自成也圮皮義切　銑曰咨嗟蒙闇也嗟我闇微也豈余身之足殉兮違世業之可懷善曰項岱曰殉營也曹大家曰違恨也懷思也違或作愇愇亦恨也孔叢子曰仲尼大聖自茲以降世業不替也　翰曰殉營也言我身不足營先人之事恨此代業毀絕誠可懷也靖潛處以永思兮經日月而彌遠善曰曹大家曰言己安靜長思不欲毀絕先人之功跡日月不居忽復大遠　向曰言潛處長思先人之業欲以經繼之匪黨人之敢拾渠業兮庶斯言之不玷善曰應劭曰拾更也自謙不敢與鄉人更進也曹大家曰庶此與行不玷先人之道也毛詩曰斯言之玷不可為也　濟曰黨鄉拾更也言先人教我謙恭之道令我不敢與鄉人更進自矜己善庶奉先人謙道而無瑕玷魂煢煢求營與神交兮精誠發於宵寐五臣作寤　善曰曹大家曰言人之晝所思想夜為之發夢乃與神靈接也　良曰煢煢孤貌言魂魄孤飛若與神靈交遊發我精誠於夜夢之中夢登山而迥眺兮覿幽人之髣髴善曰項岱曰覿見也張晏曰幽人神人也曹大家曰登山遠望見深谷之中有人髣髴欲來也　銑曰眺望也髣髴不分明貌攬葛藟而授余兮眷峻谷曰勿墜善曰曹大家曰言夢臨深谷欲墜見神持葛來授我也　翰曰葛藟蔓草也言夢臨深峻之谷見神人授我蔓草而謂我曰勿墜落也曰語辭昒昧昕欣寤而仰思兮心矇矇猶未察善曰曹大家曰昒昕晨旦明也言己旦仰思此夢心中矇矇未知其吉凶鄧展曰昒音忽黃神邈而靡質兮儀遺讖以臆對善曰應劭曰黃黃帝也作占夢書邈遠也言黃神邈遠無所質問依其遺讖文以會臆為對也淮南子曰黃神嘯吟遺讖謂夢書也　濟曰黃神黃帝也質猶見也言邈遠無見曰乘高而遌五臣作遌音迕神兮道遐通而不迷善曰曹大家曰遌遇也言己緣高而遇神道術將通不迷惑之象也　良曰言乘高遇神微道遠通

漸不迷惑葛緜緜於樛木兮詠南風以為綏善曰曹大家曰詩周南國風曰南有樛木葛藟纍之樂只君子福履綏之此是安樂之象也　銑曰樛木高木也緜緜葛緣木之貌南風國風之詩綏安也言詠此所以安於下也蓋惴惴之揣臨深兮乃二雅之所祇善曰曹大家曰祇敬也大雅曰人亦有言進退惟谷小雅曰惴惴小心如臨于谷此皆敬慎之戒也　翰曰臨深喻戒懼也二雅皆詩篇名所以美敬慎也既訊爾以吉象兮又申之以烱戒善曰爾雅曰訊告也曹大家曰烱明也登高為吉象深谷為明戒也　向曰謂前日夢登山為吉象也盍孟晉以迨徒改羣兮辰儵忽其不再善曰應劭曰盍何不也曹大家曰孟勉也晉進也迨及也儵過也言何不勉進而及羣時早得進用月日儵忽將復過去楚辭曰時不可兮再得　濟曰辰時也承靈訓其虛徐兮佇盤桓而且俟善曰曹大家曰靈神靈也虛徐狐疑也竚立也盤桓不進也俟待也詩曰其虛其徐周易曰初九盤桓利居貞　良曰言承神靈訓戒故狐疑佇立盤桓且待而不進也惟天地之無窮兮鮮生民之晦武杯在善曰曹大家曰鮮少也晦亡幾也言天地無窮極民在其間上壽一百二十年少者亡幾耳莊子曰天與地無窮人死有時晦　銑曰天地之運無極人生之時少無幾何在於代也紛屯邅與蹇連兮何艱多而知寡善曰漢書音義曰世艱多智少故遇禍也曹大家曰屯蹇皆難也周易曰屯如邅如又曰往蹇來連　翰曰紛亂也屯邅與蹇連皆艱難之多而識知者寡上聖迕五臣作寤而後拔兮豈羣黎之所御善曰曹大家曰迕觸也禦止也言上聖之人舜有焚廩填井湯囚夏臺文王拘羑里孔子畏匡在陳絕糧皆艱難然後自拔張晏曰豈衆人之所能預自防止耶又曰曹大家以寤為迕也毛詩曰羣黎百姓　向曰上聖謂湯文王也昔衛叔之御語昆兮昆為寇而喪予善曰公羊傳曰叔武讓國奈何文公逐衛侯而立叔武叔武立治反衛侯衛侯得反曰叔武篡我然殺叔武何休曰叔武訟治於晉文公令白王者反衛侯使還國也韋昭曰御音訝訝迎也　濟曰衛成公會盟於楚

成公弟衛叔守國有人譖叔於公公將欲自立成公成公皆道
而歸國衛叔方沐握髮迎之成公疑之令前驅射而殺之 **管**
彎弧欲斃讎兮讎作后而成己 善曰讎謂桓公也左氏傳曰呂郤將殺晉
侯寺人披請見公使讓之對曰齊桓公置射鉤而使管仲相
之良曰管仲嘗讎齊桓公射之中鉤相公後立爲君以管
仲爲相是成己也 **變化故而相詭兮孰云預其終始** 善曰曹大家曰
詭反也事變如此誰能預知其始終吉凶
也銑曰言變化之相反如此誰能預知 **雍造怨而先**
賞兮丁繇五臣作因**惠而被戮** 善曰漢書曰六年春正月上已曰封功臣二十餘人上居
南宮從複道上見諸將往往偶語以問張良良曰陛下與此
屬共取天下今已爲天子所封皆故人所愛所誅皆平生仇
怨今軍吏計功以天下爲不足徧封而恐以過失誅故相聚
謀反上曰爲之奈何良曰取上素所不快羣臣共知最甚者
一人先封以示羣臣上曰雍齒與我有故數窘我張良曰今
急先封雍齒羣臣見雍齒先封則人人自堅矣於是封雍齒
爲什方侯什音十又丁公爲項羽將逐窘漢王漢王謂丁公曰兩
賢豈相阨哉丁公引兵而還是謂惠也及項王滅丁公謁見漢王

漢王曰丁公爲臣不忠遂斬之翰曰雍齒與高祖有怨
粟取弔于逌五臣作由**吉兮王膺**五臣作應**慶**
於所慼 善曰應劭曰孝景粟姬也孝景立粟姬男爲太子粟姬妬而廢太子爲臨江王粟姬愈恚以憂死又
曰孝宣王皇后初爲婕妤許后薨上憐太子蚤失母乃選後
宮素謹慎而無子者立王婕妤爲皇后令母養太子孔安國
尚書傳曰逌所也 向曰粟謂漢景帝粟皇后也弔傷也言
初寵見愛驕淫無禮後遂怨恚而死是由吉而致傷怨也王
謂宣帝王皇后也初爲婕妤屬許皇后薨上以太子早失母
乃選後宮無子者養之因立爲皇后褒善慶也王后初無
子竟以無子之善而尊貴也 **叛回穴其若兹兮北叟頗識其倚伏**
善曰曹大家曰叛亂也回邪也穴僻也禍福相反韓詩曰謀
猶迴穴淮南子曰塞上之人有善馬者其馬無故亡而入胡
人皆弔之其父曰此何遽不爲福居數月其馬將胡駿馬而
歸人皆賀之其父曰何遽不爲禍乎家富馬其子好騎墮而
折髀人皆弔之其父曰此何遽不爲福乎居一年胡人大出
丁壯者控弦而戰塞上之人死者十九此獨以跛足故父子
相保故福之爲禍禍之爲福變化不可測鶡冠子曰禍乎福所
倚福乎禍所伏濟曰北叟塞上翁也知禍福相因倚而生也 **單**善**治**

裏而外凋兮張修襮博**而內逼** 善曰曹大家曰治裏謂導氣也襮表也莊子曰田開謂周
威公曰魯有單豹者巖居而水飲行年七十而猶有嬰兒之
色不幸遇餓虎殺而食之有張毅於高門懸薄無不趣義也
行年四十而有內熱之病以死豹養其內而虎食其外毅養
其外病攻其內 良曰單豹道氣於內與人無患而爲餓虎
所食故云外凋也張毅富而修表也後以內熱而死故云內逼也 **聿中龢**五臣作和**爲庶**
幾兮顏與冉又不得 善曰曹大家曰聿惟也顏顏淵也冉冉伯牛也二子居中履和
庶幾聖賢然淵早夭伯牛被疾俱不得其死也論語孔子曰
有顏回者好學不幸短命死矣又曰伯牛有疾也 銑曰惟
以履中和爲庶幾則顏回早夭冉伯牛被
疾俱不壽終凡死不壽終而死曰不得也 **溺招路以從**
已兮謂孔氏猶未可 善曰曹大家曰溺桀溺也謂孔子爲避人之士未可與安身自謂避
世者招子路從已隱也論語曰長沮桀溺耦而耕孔子過之
使子路問津焉桀溺曰孔丘之徒歟對曰然曰滔滔者天下
皆是也而誰以易之且與其從避人之士豈若從避世之士
哉 翰曰言桀溺招子路令從已隱謂孔子不可隨從也

安慆慆滔**不萉**肥**兮卒隕身乎世禍** 善曰曹大家曰滔滔亂貌
萉避也言子路不避慆慆之亂終隕身於世之禍也
向曰言子路仕於衛不能避衛亂終見殺而爲醢 **遊聖**
門而靡救兮雖覆醢其何補 善曰曹大家曰子路遊學聖師之門無救
禍防患之助既身死於衛覆醢不食何補益乎禮記曰孔子
哭子路於中庭引使者而問其故使者曰醢之矣遂命覆醢
濟曰聖門孔子也言子路遊孔子之門不能以聖道救禍身
猶被醢雖夫子令覆醢何所補益也謂孔子聞子路爲衛人
所醢而當食之醢皆命覆棄之不忍食也 **固行行**胡朗**其必凶兮免盜亂爲**
賴道 善曰應劭曰子路行行如也子曰若由也不得其死然又子曰
君子有勇而無義爲亂小人有勇而無義爲盜 良曰行行
剛彊貌言子路用剛毅之德竟至凶殘依義而免爲盜亂者
賴聞仲尼之道也 **形氣發於**五臣作于**根柢**帝**兮柯葉彙**謂**而**
零五臣作蘦**茂** 善曰韋昭曰柢本也應劭曰彙類也曹大家曰零落也張晏曰言人稟氣於父母吉凶夭壽非

燭在人譬諸草木華葉盛與零落由本根也 銑曰言物之生氣皆發根柢也柯葉於類零落茂盛皆由本根言人吉凶衰盛亦在於先祖

恐魍魎之責景景五臣作影**兮羌未得其云已**

善曰應劭曰諸子以顏由季路逢災蹈害或疑其身或非其師是由魍魎問景乃未得有已也言罔兩責景之無操不知其景之行止而有待或非三子之行殊不知吉凶之由命也故云恐罔兩之責景羌未得其實言也莊子曰罔兩問景曰曩子行今子止曩子坐今子起何其無特操與景曰吾有待而然者也郭象爲罔兩司馬彪爲罔浪罔浪景外重陰也 翰曰責問也魍魎影外微陰也言顏由季路逢災蹈害或疑其身或非其師亦由魍魎問影未得其已也

黎淳耀于高辛兮芈弭**彊大於南汜**音似

善曰重黎有大明之德於高辛之世而德流子孫故楚彊大於南汜也國語曰史伯對鄭桓公曰夫黎爲高辛氏火正以淳耀敦大光照四海夫成天地之大功者其子孫未嘗不章韋昭曰淳大也耀明也章顯也史記曰楚之先祖出自重黎毛詩曰江有汜曹大家曰芈楚姓汜涯也 向曰黎本號楚也言黎有淳和耀明之德以事于高辛故楚得彊大於江淮之涯也

文選十四　十九

嬴取威於百儀兮姜本支乎三趾

善曰應劭曰嬴秦姓伯益之後伯益在唐虞爲有儀鳥獸百物之功秦所由取威於六國也姜齊姓也趾禮也齊伯夷之後伯夷爲虞舜典天地人鬼之禮 齊曰秦其先伯益爲虞官典鳥獸盡得其儀秦由是興齊其先伯夷典天地人之三禮齊由是興

既仁得其信然兮仰天路而同軌

善曰劉德曰人道既然仰視天道又同法也仁謂求仁而得仁也馮衍顯志賦曰惟天路之同軌

東鄰虐而殲子廉**仁兮王合位乎三五**

善曰曹大家曰東鄰謂紂也殲盡也仁謂三仁也周易曰東鄰殺牛國語曰伶州鳩對景王曰昔武王伐殷歲在鶉火月在天駟日在析木之津辰在斗柄星在天黿星與日辰之位在北維顓頊之所建也帝嚳受之我姬氏出自天黿及析木者有建星及牽牛焉則我皇妣大姜之姓伯陵之後逢公所馮神也歲之所在則我有周之分野月之所在辰馬農祥也五位歲日月星辰也三逢公所馮周分野所在后稷所經緯也 翰曰殲殺也言暴虐殺仁賢之士也武王合得天心地義人事五行之正運故曰王也

戎女烈五臣本作列**而喪孝兮伯祖歸於龍虎**

善曰曹大家曰戎女驪姬也烈酷也孝子申生也左氏傳曰晉獻公娶驪姬爲夫人生奚齊姬謂太子曰君夢齊姜速祭之太子祭歸胙于公姬寘毒公祭之地地墳與犬犬斃姬泣曰賊由太子太子縊于新城姬譖諸公子曰皆知之重耳奔蒲應劭曰伯文公也孟康曰歲在卯出經十九年過一周歲在酉入卯東方爲龍酉西方爲虎也國語晉侯問簡子曰吾其濟乎對曰公以辰出而以參入皆晉祥也必伯諸侯也 銑曰言驪姬爲酷烈之行以喪申生也伯文公也徂往也將歸於晉也辰星龍也往必應之參虎星也歸則應之

發還師以成命兮重醉行而自耦

善曰曹大家曰發武王名也項岱曰重晉文公重耳也應劭曰與天時耦會也成命以成天命也周書武王觀兵于孟津諸侯皆曰帝紂可伐也武王曰汝未知天命未可也乃還師左氏傳曰晉公子及齊桓公妻之公子安之姜與子犯醉而遣之 向曰武王觀兵盟津乃還終成天命也重耳時在齊齊姜與子犯醉而遣歸卒與天時會而立爲文公

震鱗漦緇助**于夏庭兮匝三正而滅姬**

善曰應劭曰震爲龍鱗蟲之長漦沫也曹大家曰三正謂夏殷周也史記曰夏后氏之衰也有二龍止於夏庭而言

文選十四　二十

曰余褒之二君也於是幣而冊告之龍亡而漦在櫝而藏之比三代莫敢發之至厲王發而觀之漦流于庭化爲玄黿童妾而遭之既笄而孕生子懼而棄之有收之奔褒褒人有罪入棄子以贖罪謂之褒姒幽王發申后立褒姒爲后發后父申侯怒攻幽王遂殺幽王驪山下 良曰姬周姓也夏之衰二龍止於庭以策告之龍去而漦在因藏之厲王發之漦流於庭化爲黿以觸童女既笄生一女棄之有人收之奔褒褒人有罪入所收子幽王愛之而廢申后后父怒攻幽王殺之自此宗周滅也

巽羽化乎宣宮兮彌五辟而成災

善曰曹大家曰易巽卦爲雞雞羽蟲之屬故言羽也應劭曰宣帝時未央宮路軨中雌雞化爲雄元后時始爲太子妃至平帝歷五葉而莽篡也辟謂王后元帝也成帝也哀帝也平帝也辟君也故云終五辟而成災也 濟曰宣帝時雌雞化爲雄至平帝時歷五君而王莽篡焉

道脩長而世短兮敻冥默而不周

善曰曹大家曰敻遠貌也周至也言天道長遠人世促短當時冥默不能見徵應之所至也劉德曰冥默玄深不可通至 銑曰言不能周備知徵應也

胥仍物而鬼諏子侯**兮乃窮宙而達幽**

善曰應劭曰胥須也仍因也諏謀也易曰人謀鬼謀百姓與能往古來今曰宙聖人須因卜筮然後謀鬼神極古今通幽微也　向曰言相因之物使鬼神爲謀乃可窮古今通幽微也**嬀巢姜於孺筮兮旦筭祀于契龜**善曰應劭曰嬀陳姓也巢居也姜齊姓也旦周公名也孺小也音義曰筭數也祀年也左氏傳曰陳公子完奔齊又曰敬仲其少也周史有以周易見陳侯筮之遇觀之否曰是謂觀國之光利用賓于王此其有國乎不在此其在異國非此其身在其子孫若異國必姜姓也又曰懿氏卜妻敬仲其妻占之曰有嬀之後將育于姜杜預曰敬仲陳公子完也左氏傳王孫滿曰周卜世三十卜年七百天所命也毛詩曰爰契我龜　翰曰筮卜也謂公卜年七百契合我龜也**宣曹興敗於下夢兮魯衛名謚於銘謡**善曰曹大家曰宣周宣王也毛詩曰牧人乃夢衆維魚矣大人占之衆維魚矣實維豐年宣王覺中興左氏傳曰初曹人或夢衆君子立於社宮而謀亡曹曹叔振鐸請待公孫強許之及曹伯陽即位公孫強爲政背晉而奸宋宋人伐之執曹伯陽以歸殺又曰師巳曰吾聞文成之世童謡有之禂父喪勞宋父以驕杜預曰禂父昭公宋父定公也應劭曰昭公死于野井定公即位而驕也莊子曰衛靈公卜葬沙丘而吉掘之數刃得石槨焉有銘曰不馮其子靈公奪而埋之靈之爲靈久矣夫**妣聆呱**孤**而劾**何代**石兮許相理而鞫條**善曰應劭曰妣叔向毌石叔向子字林曰呱子啼聲也左氏傳曰叔向娶申公巫臣氏生伯石姑視之及堂聞其聲而還曰是豺狼之聲非是莫喪羊舌氏杜預曰姑叔向母也應劭曰刻其必滅羊舌氏本或爲劾項岱曰舉罪曰劾漢書曰周亞夫爲河內守許負相之曰縱理入口此餓死法也後亞夫封條侯爲丞相人上變告子事連亞夫亞夫詣廷尉不食五日歐血而死毛萇詩傳曰鞫告也　濟曰妣毋聆聽劾刻也叔向生子石伯其母聞石伯啼聲劾之曰滅羊舌氏者必此子也亞夫封條侯許負告云當餓死後果下獄不食而死**道混成而自然兮術同原而分流**善曰曹大家曰大道神明混沌而成言人生而心志在內聲音在外骨體有形事變有會更相爲表裹合成一體此自然之道至於術學論其成敗考其貧賤觀其富貴各取一概故或聽音聲或見骨體或占色理或視威儀或察心志或省言行或考卜筮或本先祖如水同源而分流也老子曰有物混成先天地生又曰道法自然也　良曰

言人骨肉四支聲音五藏合成一體至于術學論其得失頗同一原至于聽察聲色覩變骨體占視威儀考覈言行其流各異**神先心以定命兮命隨行以消息**善曰曹大家曰言人之行各隨其命命者神先定之故爲徵兆在於前也雖然亦在人消息而行之　翰曰言神之微可見先心定命然命亦在人隨事消息而行也**斡流遷其不濟兮故遭罹而贏縮**善曰項岱曰斡轉也遷徙也贏過也縮不及也遭遇也罹憂也言人受先祖善惡之迹轉徙流行故有遭遇福禍相及也**三欒同于一體兮雖移易而不忒**善曰應劭曰晉大夫欒書書子黶黶子盈書賢而覆黶黶惡而害盈曹大家曰天命祐善災惡非有差也然其道廣大雖父子百葉猶若一體也左氏傳秦伯問士鞅曰晉大夫誰先亡對曰其欒氏乎黶汰虐已甚猶可以免其身禍在盈也欒黶死盈之善未能及人武子之施沒矣而黶之惡實彰將於是乎在後晉果滅欒氏　良曰欒氏父子雖爲一體相掩然滅亡之道竟不差忒**洞參差其紛錯兮斯衆兆之所惑**善曰曹大家曰衆庶也兆人也報應參差不齊紛亂錯繆故迷惑不信天道也楚辭曰衆兆之所咍　銑曰洞幽也言天道幽微不齊紛錯紛亂使衆人所惑**周賈盪而貢憤兮齊死生與禍福**善曰曹大家曰周莊周賈賈誼也貢潰也潰亂也盪盪不知所守也莊周賈誼有好智之才而不以聖人爲法憒亂於善惡遂爲放盪之辭莊周曰生爲徭役死爲休息賈誼曰忽然爲人何足控揣化爲異物又何足患　向曰言莊周賈誼皆潰亂不知所守故齊死生禍福以爲放盪之辭**抗爽言以矯情兮信畏犧**許宜**而忌鵩**善曰項岱曰抗極過差之言以矯枉其情耳莊子曰或聘莊子莊子應其使曰子見犧牛乎衣以文繡食以芻菽及其牽入於太廟雖欲爲孤犢其可得乎鵩鳥見賈誼賦　濟曰爽差也言莊周賈誼極爽差之言以矯其情者信畏爲犧牲而忌鵩鳥之患**所貴聖人**五臣有之事**至論兮順天性而斷誼**善曰曹大家曰至論謂五經六藝所以貴之者順天之性也亦當以義斷之不可貪苟生而失名**物有欲而不居兮亦有惡而不避**善曰論語子曰富與貴是人之所欲不以其道得之不處也貧與賤是人之所

惡不以其道得之不去也　銑曰富貴人所欲不以道而得仁者不怨貧賤人所惡不以道得仁者不避**守孔約而不貳兮乃輶德而無累**善曰曹大家曰孔甚也輶輕也言聖人所守甚約而無二端則平心立而思慮輕矣輶德德輕而易行也毛詩曰德輶如毛民鮮克舉曹大家曰以乃爲內晉灼曰與菓物無害累也　翰曰言聖人守約而無二端乃輕用思慮之德而無累害也**三仁殊於一致兮夷惠舛**五臣作異**而齊聲**善曰項岱曰三人所行各異俱至於仁也曹大家曰柳下惠以不去辱身爲善伯夷以高逝爲賢言去留遠等也論語曰微子去之箕子爲之奴比干諫而死孔子曰殷有三仁焉又子曰不降其志不辱其身伯夷叔齊與謂柳下惠降志辱身也　向曰三仁微子箕子比干也言所趣各異俱至於仁也夷伯夷以高逝爲賢惠柳下惠以辱身爲賢去留各殊爲賢齊等也**木偃息以蕃魏兮申重繭**古典**以存荆**善曰木段干木也呂氏春秋曰田贊說荆王曰若夫偃息之義則未之識也高誘曰段干木偃息以安魏也淮南子曰申包胥重繭七日七夜至於秦庭以見秦王曰使下臣告急秦王乃發兵擊吳果

大破之以存楚國高誘戰國策注曰重繭累胝也竹遲切**紀焚躬**五臣作身**以衛上兮皓頤志而弗傾**善曰漢書曰項羽圍漢滎陽將軍紀信白事急矣臣請誑楚可以間出信乃乘王車曰食盡漢王降楚皆之城東觀紀信王得與數十騎出遁羽見信問漢王安在曰已去矣羽燒殺信項岱曰皓四皓也頤養也漢書曰袁公綺里季夏黃公角里先生當秦之世避而入商雒深山　良曰紀紀信也項羽圍漢王於滎陽紀信乘王車詐爲漢王以降羽羽怒焚之漢王因此得遁四皓當秦之代避亂而入商洛山養志不見傾喪**侯草木之區別兮苟能實其必榮**善曰曹大家曰侯候也項岱曰苟誠也張晏曰苟能有仁義之道必有榮名也論語子夏曰君子之道譬諸草木區以別矣　銑曰侯惟也惟此草木而猶區分人豈能一貫哉**要沒世而不朽兮乃先民之所程**善曰論語子曰君子疾沒世而名不稱焉左氏傳穆叔曰魯有先大夫臧文仲既沒其言立此之謂不朽毛詩曰匪先民是程毛萇曰程法也　翰曰程式也要此沒世不朽之名乃爲來世人所法式也**觀天網之紘覆兮實棐**

五臣本作匪**諶而相訓**善曰曹大家曰棐輔也忱誠也相助也訓教也項岱曰天網大覆人上非不信也誠欲有誠實於世閒亦當相輔助教也尚書曰天威棐忱謀與忱古字通也訓或爲順　向曰紘大也**謨先聖之大猷兮亦鄰德而助信**善曰曹大家曰謨謀也猷道也言人當謨先聖之道亦當爲鄰人所助也孔子曰天所助順也人所助信也孔子曰德不孤必有鄰毛詩曰匪大猷是經或作繇字謀也　濟曰鄰近謨謩也言謩先聖之大道使人皆近我德而助信也**虞韶美而儀鳳兮孔忘味於千載**善曰尚書曰簫韶九成鳳皇來儀論語曰子在齊聞韶三月不知肉味　良曰虞舜也韶舜樂名言樂之聲美感鳳凰來儀後孔子過齊聞韶樂之聲音忘其肉味思之深也千載言相去遠也**素文信而底麟兮漢賓祚于異代**善曰應劭曰底致也孔子作春秋素王之文以明示禮度之信而致麟封其後爲紹嘉公係殷爲二代之客也春秋緯曰麟出周亡故立春秋制素王授當興也　翰曰賓祚謂禮其後祚也異代謂漢也**精通靈而感物兮神動氣而**

入微善曰曹大家曰言人參於天地有生之最神靈也誠能致其精誠則通於神靈感物動氣而入微矣　良曰言人能致精誠則通於神靈而感於物神之運動氣志入於幽微也**養流睇而猿號兮李虎發而石開**善曰曹大家曰睇眄也淮南子曰楚有白猨王自射之則搏矢而顧使養由基射之始調弓矯矢未發而猨抱樹號矣流或爲由非也漢書曰李廣居右北平獵見草中石以爲虎而射之中石沒矢視之石也他日射之終不能入**非精神其焉通兮苟無實其孰信**善曰曹大家曰非精神所感誰能若斯　良曰非精神所感焉能通達猿石且無實誰肯信也**操末技猶必然兮矧耽躬於道眞**善曰項岱曰矧況耽樂也言由基李廣奮精神於末伎感獸而開石豈況乃能推至精耽身於大道之中乎莊子曰道之眞以持身也　銑曰言由廣執此射之末伎猶感猿號石開況能以至誠耽身於道眞哉**登孔昊而上下兮緯羣龍之所經**善曰應劭曰昊太昊也孔孔子也羣龍喻羣聖也自伏羲下訖孔子經緯天道備矣孟康曰聖人作經賢者緯之　翰曰

孔子太昊以來羣聖上下經緯天道備矣朝貞觀而夕化兮猶諠已而遺形善曰應劭曰貞正也諠忘也易曰天地之道貞觀者也張晏曰言朝聞大道而夕死可也論語曰朝聞道夕死可矣鵩鳥賦曰釋智遺形　向曰貞正諠忘也言朝聞正觀之道夕則死矣猶忘己而遺形骸也若⿰彳肖彭而偕老兮訴來哲而通情善曰言人若欲⿰彳肖彭祖之年偕老聃之壽當訴之來哲與之適情非己所慕也列仙傳曰彭祖殷賢大夫歷夏至商末號年七百劉向別錄曰老萊子古之壽者　濟曰⿰彳肖續訴告也若得續彭祖之年俱老聃之壽當告之來智與之通情亂曰天造草昧立性命兮善曰曹大家曰亂理也天道始造萬物草創於冥昧之中皆立其性命也周易曰天造草昧　良曰言天始造萬物草創以立性命也復心弘道惟聖賢五臣作賢聖兮善曰曹大家曰明道在人身識能復心而弘之達於天地之性也周易曰復其見天地之心乎孔子曰人能弘道非道弘人　銑曰復心弘道者惟賢聖能也渾元運物流不處兮善曰曹大家曰渾大也元氣運轉也物萬物也

廿五

言元氣周行終始無已如水之流不得獨處也　翰曰渾元天地也言天地運物流轉無常也保身遺名民之表兮善曰曹大家曰言人生能保其身死有遺名民之表也莊子曰可以保身可以全生家語孔子曰凡上者民之表　向曰言能保其身遺令名於後亦爲人之師表舍生取誼亦道用兮善曰應劭曰舍置也　濟曰孟子曰生我所欲義亦我所欲二者不可得兼舍生而取義也憂傷夭物忝莫痛兮善曰曹大家曰忝辱也橫夭於物憂辱傷生恥辱不過於是　銑曰言生爲憂傷身爲物夭者辱莫痛於是皓爾太素曷渝色兮善曰曹大家曰皓白也素質也渝變也言人能篤信好學守死善道不漸染於流俗是爲白爾天質何有渝變之色也　銑曰太素天也曷何也言天之白何有變色人能原於信義不染邪流是與天同也尚越其幾淪神域兮善曰曹大家曰太素不染神色不變則庶幾於神道之幾微而入於神明之域矣子曰知幾其神乎　翰曰尚庶幾也越於也言人能同太素不變易者乃庶幾游於神明之域也

卷第十四

六臣註文選卷第十五

梁昭明太子撰

唐李善并五臣註

志中

思玄賦

玄道也德也其作此賦以修道德志意不可遂顯輕舉歷遠遊六合之外勢既不能義又不可故退而思自反其系曰回志朅來從玄諆獲我所求夫何思思玄而已老子曰玄之又玄衆妙之門平子時爲侍中諸常侍惡直醜正危衡故作思玄非時俗

張平子舊注善曰未詳注者姓名摯虞流別題云衡注詳其義訓甚多踈略而注又稱愚以爲疑辭非衡明矣但行來旣久故不去焉　翰曰衡時爲侍中諸常侍皆惡直醜正危衡故作是賦以非時俗思玄者思玄遠之德而已

仰先哲之玄訓兮雖彌高而弗違衡曰訓教也彌終也違避也　善曰論語顏回曰仰之彌高　銑曰哲智玄遠也言志求遠教故無所違匪仁里其焉宅兮匪義跡其焉追衡曰里宅皆居也焉猶安也　善曰論語曰里仁爲美　濟曰言非仁里義跡不可追而居之潛服膺以永靖善作靚兮縣日月而不衰衡曰綿連也　善曰禮記曰服膺拳拳方言曰靖思也靖與靚同字林曰靖審也　良曰衰歇也伊中情之信脩兮慕古人之貞節衡曰脩善也貞誠也　善曰楚辭曰苟中情其好脩又曰原生受命于貞節　向曰伊維也竦余身而順止兮遵繩墨而不跌徒結　善曰楚辭曰遵繩墨而不頗廣雅曰跌差也　翰曰竦立止禮也言順禮義之繩墨不差跌也志摶摶徒端以應去懸兮誠心固其如

結衡曰摶摶垂貌　善曰戰國策楚王曰寡人心搖搖然如懸旌毛詩曰勞心團團憂勞也又曰心之憂矣如或結之鉒曰言我慕古人之志摶摶然如懸旌旌宛轉不已此心堅固其若結縛旌性行以製佩兮佩夜光與瓊枝纗户圭幽蘭之秋華兮又綴之以江蘺衡曰旌明也製裁也纗系也幽深也　善曰白虎通曰所以必有珮者表德見所能也楚辭曰折瓊枝以繼珮結深蘭之亭亭又曰扈江蘺與辟芷兮紉秋蘭以為珮說文曰繫幃曰縭幃一名縭爾雅曰婦人之幃謂之縭今之香囊在男曰幃在女曰縭然則纗若即縈囊之繩也說文曰纗綱中繩纗音攜　向曰夜光珠也瓊枝玉也幽蘭香草也言明我性行而製佩用珠寶為之又繫香草喻己修仁義美行以立身美襞必積積以酷烈兮允塵邈而難虧衡曰襞積衣縫也　善曰子虛賦曰襞積褰縐上林賦曰酷烈淑郁楚辭曰芳菲菲兮難虧　良曰襞積重疊也酷烈香氣也允信塵久邈遠虧歇也言我仁義美行重疊芬芳信久遠難歇也既姱苦瓜麗而鮮上雙兮非是時之攸珍衡曰姱大麗好鮮寡攸所也　濟曰麗美鮮少也雖大美少雙非時所重奮余榮而莫見兮播余香而莫聞衡曰奮動播散也　銑曰播布奮振也布振節行無人見聞也幽獨守此側善作仄陋兮敢怠遑而舍勤衡曰怠懈也遑暇也勤勞也　善曰楚辭曰幽獨處乎山中尚書曰明明揚仄陋毛詩曰不敢怠遑左氏傳曰人生在勤　翰曰言抱此道居僻側之處終不敢怠暇捨此勤勞之事怠憒也幸二八之遌悟虞兮嘉五臣作喜傳說之生殷衡曰傅姓說名也武丁相也　善曰左氏傳季孫行父曰昔高辛氏有才子八人伯奮仲堪叔獻季仲伯虎仲熊叔豹季貍言此八人忠肅恭懿宣慈惠和天下之民謂之八元元善也長也八愷者高陽氏有才子八人蒼舒隤敳檮戭大臨尨降庭堅仲容叔達言此八人齊聖廣淵明允篤誠天下之民謂之八愷尚書曰高宗夢得說使百工營求諸野得傅巖也　向曰遌遇也二八元八凱也幸遭此人得遇虞舜喜傅說生殷高宗之代而相之尚前良之遺風兮恫童後辰而無及衡曰尚庶幾也良善也恫痛也

選十五　二

言我後時將無及也恫他公切　善曰楚辭曰竊慕詩人之遺風　濟曰言尚二八傅說之餘風餘注同何孤行之煢煢瓊兮子不羣而介立衡曰介特也　善曰毛詩曰獨行煢煢楚辭曰既惸獨而不羣　良曰煢煢獨也介亦獨也感鸞鷖之特栖兮悲淑人之希合衡曰鸞鷖皆鳥名淑善也　善曰鸞鷖喻君子也毛詩曰淑人君子其儀不忒山海經曰蛇山有鳥五色飛蔽曰名鷖鳥廣雅曰鸞鳳屬也　銑曰特獨也善人亦希與人合彼無合其善作而何傷兮患眾偽之冒眞衡曰無合猶不遇也冒覆也　向曰既不與人合者何傷也患眾為偽所冒罔也旦獲讟讀于羣弟兮啓金縢而後信讀音中協韻　善曰尚書曰武王既喪管叔乃流言於國曰公將弗利於孺子秋大熟未穫天大雷電以風王啓金縢之書乃得周公代武王之說王執書以泣曰其勿穆卜乃信周公　翰曰讟謗也周公尚為羣弟流言成王啓金縢之書知周公之德而後信覽蒸民之多僻兮畏立辟以危身衡曰覽觀也僻邪也毛詩曰民之多僻無自立辟　善曰尚書曰蒸民乃粒楚辭曰寧正言不諱以危身　濟曰蒸衆辟法也覽衆人多行邪僻若獨立則被濫法以危其身曾煩毒以迷惑兮羌孰可以善無以字為言已私湛憂而深懷兮思繽紛而不理衡曰湛深也懷恩也繽紛亂貌　善曰楚辭曰獨便悁而煩毒兮焉發憤而舒情又曰中瞀亂兮迷惑宋玉笛賦曰武毅發沈憂結　良曰曾則毒憂也嗟歎詞孰誰也已助句也願竭力以守義善作誼兮雖貧窮而不改執雕虎而試象兮阽鹽焦原而跟古恩止衡曰竭盡也彫虎象獸名也尸子中黃伯曰余左執太行之優而右搏彫虎唯象之未與吾心試焉有力者則又顧為牛欲與象鬬以自試今二三子以為義矣將惡乎試之夫貧窮太行之優也疏賤義之彫虎也而吾曰遇之亦足以試矣阽臨也焦石名也跟踵也尸子又曰莒國有石焦原者廣五十步臨百仞之谿莒國莫敢近也有以勇見莒子者却行齊踵焉所以稱於世夫義之為焦原也亦高矣賢者之於義必且齊踵此所以服一時也　善曰彫虎以喻貧試象以喻竭力

選十五　三

焦原以喻氣言己以執彫虎之貧窮頓竭試象之力而守焦原之義上句爲此張本　翰注同庶斯奉信
善無信字以周旋兮要善作惡既死而後已善曰左氏傳太史克曰奉以周
旋不敢失墜論語子曰死而後已不亦遠乎向曰言我奉此信義以自周旋至死而後止也俗遷渝而
事化兮泯規矩之圓方衡曰遷移也泯滅也規圓也矩方也　善曰楚辭曰因時俗之
工巧兮滅規矩而改錯　銑曰言俗遷變滅規矩之法寶蕭艾於重笥息吏兮謂
蕙芷之不香衡曰蕭艾草名也負曰葦方曰笥並盛食器也　濟曰蕭艾臭草也寶之於重笥蕙
芷香草也以爲不香言國以邪佞爲寶惡賢受邪斥西施而弗御兮縶中立騕
鳥皎褭奴了以服箱衡曰斥却也西施越之美女也御幸也縶羈也服服轅也箱大車也　善曰楚
辭曰西施斥於北宮兮漢書音義應劭曰騕褭古之駿馬也赤喙玄身日行五千里毛詩曰睆彼牽牛不可以服箱　良
曰西施美女斥而不御騕褭善馬羈縶以駕大車賢才之人斥逐不用或在下位也行頗僻而獲

志兮循法度而離殃衡曰頗傾也離遭也殃咎也翰曰頗僻邪佞也離羅也惟
天地之無窮兮何遭遇之無常衡曰鄭玄曰惟思也善曰惟天地之無窮
哀人生之長勤　銑曰言我何遭逢此無常道之代也不抑操而苟容兮譬臨
河而無航衡曰航船也　善曰抑止也孫卿子曰偷合苟容以持祿周書陰符曰四輔不存若濟河無舟
矣楚辭曰昔余夢登天兮魂中道而無航　向曰不抑操行而且容於代如臨河而無舟可渡也欲巧笑
以干媚兮非余心之所嘗衡曰干求也　善曰楚辭曰處濁世而顯榮兮非余心
之所樂　濟曰嘗行也欲巧笑求媚於時非我心所行之事襲溫恭之黻衣兮被
禮義之繡裳衡曰襲衣也黻黼也五色備曰繡善曰毛詩曰君子至止黻衣繡裳辮蒲典
貞亮以爲鞶兮雜五臣作雜伎藝以爲珩音行　衡曰辮交織
也鞶所以繫珮也手伎曰伎體才曰藝珩珮也　善曰禮記曰男鞶革鄭玄曰鞶小囊盛帨巾者大戴禮曰下車以珮玉

爲度珮上有雙衡下有雙璜衎與衡音義同　良曰襲因辮結也言用溫恭禮義貞亮伎藝之美總集其德以飾冠帶
昭綵藻以琱琭五臣作彫琢兮璜聲遠而彌長衡曰綵文
綵也藻華藻也字林曰半璧曰璜　善曰董巴輿服志曰古者君珮玉尊卑有序及秦以采組連結於璲謂之綬漢承秦
制用而弗改　銑曰言冠帶之上綵藻彫琢既明珮玉之聲甚長遠也淹棲五臣作栖遲以恣
欲兮曜靈忽其西藏善曰毛詩曰衡門之下可以棲遲楚辭曰曜靈曄而西征廣雅
曰朱明曜靈東君日也　翰曰淹遲遊息也言我服此美服遊息自恣以匡時而年忽以過故比日之西藏也恃
已知而華予兮鶗啼鴂決鳴而不芳衡曰鶗鴂鳥名也以
秋分鳴　善曰楚辭曰歲既晏兮孰華予又曰恐鶗鴂之先鳴使夫百草爲之不芳臨海異物志曰鶗鴂一名杜鵑至三
月鳴晝夜不止服虔曰鶗鴂一名鵙伯勞順陰陽氣而生　向曰將恃己之華盛冀時知我而鶗鴂之鳴使衆草不芳茂
猶讒邪所蔽不得進也鶗鴂陰鳥鳴則草木凋傷也冀一年之三秀兮遒白露

之爲霜衡曰說文曰遒迫也　善曰楚辭曰采三秀於山閒毛詩曰蒹葭蒼蒼白露爲霜　濟曰三秀芝草
也言以才藝之美而不見用爲邪佞所奪如靈芝一年三度秀茂而乃迫於霜露不得茂盛也時亹亹而
代序兮疇可與乎比伉音康叶韻咨姡五臣作妬嫮曰故之難並
兮想依韓以流亡衡曰伉儷答嗟嫮猶好也韓衆獲道輕舉者故思依之以流亡　善曰楚辭
曰時亹亹而過中又曰恐天時之代序又曰羌韓衆之流得一又曰寧溘死以流亡姡惡也　良曰亹亹進皃疇誰伉偶
姡惡也言歲漸進四序代謝正道不行誰可與我爲偶嗟好惡之勢不得並居韓終獲仙道輕舉者故思依之相與流亡
遠遊也恐漸冉而無成兮留則蔽而不彰衡曰漸進也善曰楚辭曰
漸冉而不自知兮又曰蹇淹留而無成　銑曰恐學仙道漸冉不成留於此又被讒邪所蔽而不彰明心猶
豫而狐疑兮即岐阯而臚閭情衡曰即就也岐山名也臚陳也　善曰楚
辭曰欲從靈氛之吉占兮心猶豫而狐疑孟子曰昔文王之治岐也仕者世祿臚力於切　翰曰阯足也岐山之足文王

所居也言心疑不决故就文王陳情文王善揚因以决疑矣衡實不行蓋以神往其下遊適遐方皆假言之而興比類

文君爲我端蓍兮利五臣作斜**飛遯以保名**衡曰遯卦名也上九曰飛遯無不利謂去而遷也九師道訓曰遯而能飛吉孰大焉此蓋得遯之咸其遯卦艮下乾上上九爻辭云肥遯最在卦上居無位之地不爲物所累矰繳所不及遯之最美故名肥遯處陰長之時而獨如此故曰利飛遯而保名史記曰蓍百莖一根劉向曰蓍百年而一本生百莖也向曰文君文王也文王爲我端蓍而筮遇遯卦上九飛遯無不利謂去代而遯逃也故云欲使我用飛遯以保其名也

歷衆山以周流兮翼迅以揚聲衡曰從初至三爲艮艮爲山故曰歷衆山從二至四爲巽巽爲風故曰翼迅風　善曰謂遁卦也楚辭曰歷衆山而日遠又曰步周流於江畔幽通賦曰雄朔野以揚聲

二女感於崇嶽善作岳**兮或冰折而不營**衡曰崇高也岳五岳也遁上九變爲咸咸也巽長女兌少女故曰二女從三至五爲乾乾爲冰故曰冰折而不營

天蓋高而爲澤兮誰云路之不平衡曰互體四至乾變爲兌兌爲澤故曰天爲澤言天高尚爲澤誰言其路不通者乎欲其行也　善曰周易曰乾爲天兌爲澤

勔緬**自彊**善作強**而不息兮蹈玉階之嶢**堯**崢**仕耕反衡曰勔亡衍切　善曰周易曰天行健君子以自強不息方言曰嶢崢高貌也　翰曰勔勉也乾爲玉故曰蹈玉階

懼筮氏之長短兮鑽東龜以觀禎衡曰長短謂卜筮也左氏傳曰筮短龜長周禮曰東龜甲屬　善曰鄭玄周禮注曰東龜青說文曰禎祥也　向曰言得此吉卦猶懼筮有長短不定更鑽龜卜之以觀其祥周禮有東龜之屬

遇九皋之介鳥兮怨素意之不呈善作逞衡曰逞快也　善曰言卜而遇大鳥之卦也素意不逞謂繇辭也毛詩曰鶴鳴于九皋　濟曰介大也言卜兆遇九皋大鳥謂鶴也亦怨其意不得申呈

遊塵外而瞥四列**天兮據冥翳而哀鳴**衡曰瞥裁見也　善曰莊子曰彷徨塵垢之外　良曰言鶴遊塵埃之外哀鳴於冥翳之中喻孤絜也

雕鶚競於貪婪兮我脩絜以益榮衡曰競逐也　善曰雕鶚喻小人也楚辭曰皆競進以貪婪力含切　銑曰我鶴也衡以自喻

子有故於玄鳥兮歸母氏而後寧善曰此假卜者之辭也玄鳥謂鶴也母氏喻道也言子有故於玄鳥唯歸於道而後獲寧也老子曰天下有始以爲天下母既得其母又知其子河上公曰道爲天下物母也韓子解老曰母者道也　向曰言己之士育類比鳥唯歸於道而後獲安

占既吉而無悔兮簡元辰而俶裝衡曰俶始也裝束也周易曰同人于郊無悔　翰曰元善辰時也始裝而行

旦余沐於清源兮晞余髮於朝陽衡曰晞乾也山東曰朝陽　善曰楚辭曰朝濯髮於暘谷夕晞余身乎九陽　濟曰既沐髮於清源而乾髮於山東矣

漱飛泉之瀝液兮咀慈與**石菌之流英**善曰楚辭曰吸飛泉之微液兮懷琬琰之華英瀝流也菌芝也說文曰漱蕩口也石菌石芝也蒼頡篇曰咀嚼也　良曰瀝液津潤也咀嚼也英華也

翾虛緣**鳥舉而魚躍兮將往走**去**乎八荒**衡曰廣雅曰翾飛也淮南子曰四海之外有八澤八澤之外曰八埏八埏之外曰八荒　善曰走音奏　銑曰翾輕飛也

過少皞五臣作昊**之窮野兮問三丘乎**善作于**句芒**衡曰左氏傳曰少皞氏有四子曰重曰該曰脩曰熙實能金木及水使重爲句芒木正該爲蓐收金正修及熙爲玄冥二子相代爲水正也世不失職遂濟窮桑此其三祀也杜預曰窮桑少皞氏之號也四子能治其官使不失職濟成少皞之功死皆爲民所祀也史記云蓬萊方丈瀛洲此之神山傳在海中去人不遠及到三山反在水下　向曰少昊金天氏都於窮野三丘蓬萊方丈瀛洲羣仙所居也句芒東方神言遊東方故問也

何道貞之淳粹兮去穢累而影四遥**輕**衡曰不澆曰淳不雜曰粹穢德之累也　善曰幽通賦曰翍躭躬於道眞楚辭曰昔三后之淳粹又曰除穢累而反眞　翰曰謂三山上仙者

登蓬萊而容與兮鼇雖抃而不傾衡曰抃手搏也　善曰列仙傳曰巨鼇負蓬萊山而抃於滄海之中　濟曰雖抃擊而不傾側也

留瀛洲而採善作采**芝兮聊且以乎長生**衡曰瀛洲海中神山也　善曰楚辭曰含沆瀣以長生　良曰留此採芝草服之以取長生

憑

歸雲而遐逝兮夕余宿乎扶桑衡曰憑依也遐遠也逝往也　善曰傳毅七激曰仰歸雲而想遊風淮南子曰日出暘谷拂於扶桑十洲記曰扶桑葉似桑樹長數千丈大二千圍兩兩同根更相依倚是以名之扶桑　銑曰扶桑日出處飲青岑之玉醴兮餐沆胡朗瀣胡介以為粻張衡曰青岑山名上高者曰岑沆瀣夕霞也粻糧也廣雅曰沆瀣常氣也　善曰楊雄大玄經曰茹芝英以禦飢兮飲玉醴以解渴楚辭曰飡六氣而飲沆瀣兮漱正陽而食朝霞陵陽子經曰夏餐沆瀣北方夜半氣　向曰岑山峯也王醴玉泉也沆瀣露氣也發昔夢於木禾兮穀崐崘之高岡衡曰昔日夢至木禾今親往是發昔日之夢也穀生也　善曰淮南子曰崐崘之上有木禾焉其穗長五尋山海經曰帝之下都崐崘之墟高萬仞上有木禾長五尋大五圍郭璞曰木禾穀類也說文曰嘉穀也二月生八月孰得中和故曰禾木王而生木衰而死故曰木禾也朝吾行於暘谷兮從伯禹乎稽山衡曰暘谷日所出　良曰伯禹夏禹也稽山會稽山言自東而南行也嘉羣臣之執玉兮疾防風之食言衡曰食僞也　善曰國語曰吳伐越墮會稽獲骨節專車吳之使來問之仲尼曰丘聞之昔禹致羣臣於會稽之山防風後至禹乃殺而戮之其骨節專車此為大矣韋昭曰羣神謂主山川之君為羣神之主故謂之神防風汪芒氏君之名也違命後至故禹殺之陳尸為戮左氏傳曰禹合諸侯於塗山執玉帛者萬國尚書曰朕不食言指長沙以邪徑兮存重華乎南鄰善曰尚書曰重華協于帝山海經曰南方有蒼梧之川其中九疑山舜之所葬在長沙界中說文曰存恤也　向曰南鄰南方也哀二妃之未從兮翩繽處彼湘濱衡曰二妃堯之女娥皇女英舜妻子　善曰禮記曰舜葬蒼梧之野蓋二妃未之從也鄭玄曰離騷所謂湘夫人也舜南巡狩死於蒼梧二妃留江湘之間濱水湄也　翰曰二妃奔之死於江湘之間其神遊於此故哀之翩繽美貌流目眺夫衡阿五臣作阿衡兮覩有黎之丘墳痛火正之無懷兮託山坡善作陂以孤魂衡曰衡山名也阿山下也有黎高辛氏之火正謂祝融也葬靈

文十五　八

王之世衡山崩而祝融之墓壞中有營丘九頭圖矣　善曰馮衍顯志賦序曰遊情宇宙流目八紘圮房鄙切託寄也翰曰眺視圮毀壞歸也祝融之墓壞其魂託於山坡愁鬱鬱以慕五臣作之茂遠兮越卬五剛州而遊遨衡曰卬州正南州名也　四海圖曰交廣南有卬州其處極熱　善曰楚辭曰愁鬱鬱之無快卬五高切躋日中于昆吾兮憩炎火之所陶揚芒熛必遙而絳天兮水泫縣沄云而涌濤衡曰鄭玄曰躋升也　善曰淮南子曰日出于暘谷至于昆吾是謂正中高誘曰昆吾南方山海經曰西海之南有炎火之山爾雅曰再成曰陶丘熛風飈也泫泫沸貌濤水波也芒光芒也熛火飛也楊雄冀州箴曰冀土糜沸泫沄如湯　濟曰躋度憩息也度昆吾息炎火所陶之地芒熛火之芒角絳赤也言南方火氣盛芒角天為赤色也水沸而涌波濤也溫風翕其增熱兮惄奴歷鬱悒其難聊衡曰說文曰翕熾也　善曰淮南子曰南方之極自北戶孫之外南至委火炎風之野萬二千里高誘曰北戶縣國名也爾雅曰惄思也楚辭曰心鬱悒余侘傺賈逵曰聊賴也協韻為勞　良曰翕熱貌惄憂思也鬱悒煩寃也顑苦骨羈旅而無友兮余安能乎留茲衡曰顑獨也羈寄也旅客也　善曰左氏傳陳敬仲曰羈旅之臣楚辭曰廓落兮羈旅而無友顧金天而歎息兮吾欲往乎西嬉衡曰金天少昊位也　善曰家語孔子曰生為明王死配五行少皞配金說文曰嬉樂也　向曰金天西方少昊所主也將西嬉遊故顧歎息也前祝融而善無而使舉麾兮纚力氏朱鳥以承旗衡曰尚書曰右秉白旄以麾案執旄以指撝也秦漢以來即以所執之旄名曰麾謂麾幢曲蓋者也　善曰楚辭曰飛朱鳥使先驅又曰鳳皇翼其承旗　翰曰顓頊至重黎為火正有功命曰祝融纚聯也朱鳥南方星聯之於旗欲往西方故使南方舉麾引道躔建木於廣都兮摭之石若華而躊儔躇除衡曰躔息也摭拾也若華樹名也　善曰淮南子曰建木在廣都若木在建木西末有十日其華照下地韓詩曰愛而不見搔首躊躇薛君曰躊躇躑躅也方言曰摭取也躊直由切躇直於切　良曰廣都地名建木木名言至廣都息建

文十五　九

木之下若華樹名拾其枝而不進超軒轅於西海兮跨汪氏之龍魚
聞此國之千歲兮曾爲足以娛余善曰海外西山經曰軒轅之國
在窮山之際不壽者八百歲龍魚陵居在北狀如鯉在汪野北其爲魚也如鯉汪氏國在西海外此國足龍魚也銑曰
軒轅汪氏龍魚皆國名人皆壽千歲然不足以娛我也思九土之殊風兮從蓐
收而遂徂衡曰蓐收金正該也善曰好色賦曰周覽九土山海經曰濛山神西望日之所入其氣員神
光之所司郭璞曰蓐收金神也人面虎身右手執鉞銑曰九土九州之土也蓐收西方神名徂往也言從西方而往中
野焱神化而蟬蛻兮朋精粹而爲徒衡曰焱輕舉貌善曰楚
辭曰濟江海兮蟬蛻又曰吸精粹而吐氛濁漢書音義韋昭曰蟬蛻出於皮殼也向曰自西方而來焱然若神之化也
蟬之蛻以精粹爲朋友徒侶也蹶厥白門而東馳兮云台怡行乎中
野五臣作西壄衡曰漢書音義韋昭曰蹶蹶也善曰淮南子曰八極西南方曰編駒之山曰白門高誘曰金氣白

故曰白門楚辭曰行中野而散之台音夷翰曰蹶履也白門西方之門也台我也亂弱水之潺
士連湲爰兮逗華陰之湍渚衡曰爾雅曰絕流曰亂郭璞注曰直橫渡也書曰亂
于河逗止也華太華也山北曰陰善曰山海經曰崑崙之丘其下有弱水之川環之郭璞曰其水不勝鴻毛漢書京兆
有華陰縣號馮夷俾清津兮櫂五臣作棹龍舟以濟予音與協韻
衡曰青令傳曰河伯華陰潼鄉人也姓馮氏名夷谷於河中而溺死是爲河伯淮南子曰馮夷服夷石而水仙俾使也又
曰龍舟鷁首良曰號呼也言使河伯清津持棹理舟以濟渡我歸中土也會帝軒之未歸
兮悵徜常徉而延佇衡曰黃帝葬於西海橋山神未東歸也應劭曰在上郡周陽縣有黃
帝冢也悵徜徉思貌春秋命曆序曰帝軒受圖雒授曆楚辭曰且徜徉而氾觀銑曰帝軒黃帝也葬於西海喬山神未
東歸故悵然思之而延佇也怬許利河林之蓁蓁側巾兮偉關雎之戒
女衡曰偉異也詩曰關關雎鳩在河之洲窈窕淑女君子好仇善曰中山經曰北望河林其狀如蒨郭璞曰說者云

蒨木名也毛萇詩傳曰蓁蓁至盛也向曰怬息也偉美也黃帝之神欲未至乃息於河林之中美關雎之詩以戒女也
黃靈詹而訪命兮摎居幽天道其焉如衡曰黃靈黃帝也詹至也
訪謀也摎求也如之也翰曰言黃帝既至爲我訪謀吉凶之命求天道何之也曰近信而遠疑
兮六籍闕而不書衡曰六籍六經也濟曰曰黃帝詞也黃帝言天道不可知若近而信之
與遠而疑之此兩者六經所不書也神逵昧其難覆兮疇克謨善作謀而
從諸衡曰九交道曰逵覆審也疇誰也克能也謀察也諸之也良曰逵道昧闇也言神道昧暗難審誰能察
而從也牛哀病而成虎兮雖逢昆其必噬逝衡曰昆兄也噬
食也淮南子曰牛哀病七日而化爲虎其兄啓戶而入哀搏殺之不自知爲虎也廣雅曰噬齧也銑曰魯哀公時
鼈令零殪烟計而尸亡兮取蜀禪而引世衡曰鼈令蜀王
名也殪死也禪傳也引長也善曰蜀王本紀曰望帝治汶山下邑曰郫積百餘歲荊地有一死人名鼈令其尸亡隨江

水上至郫與望帝相見望帝以鼈令爲相以德薄不及鼈令乃委國授之而去向曰荊人鼈令死棄其尸於江逆流而
上至成都而生見蜀帝杜宇宇以爲相宇自以德不及令乃委國授之而去死生錯其不五臣作而
齊兮雖司命其不晣制協韻五臣作晰衡曰晣昭晣也善曰禮記曰王立七祀
曰司命鄭玄曰司命主督察三命史記扁鵲曰疾在骨髓雖司命無柰之何晣之曳切東方朔曰司命之神捴鬼錄者
翰曰晣明也言死生若此舛錯不齊雖司命不能明之竇號行於代路兮後膺
祚而繁廡武善曰漢書曰孝文竇皇后景帝毋也呂太后出宮人以賜諸王竇姬與在行中家在
清河願如趙近家請其主遣宦者吏必置趙籍之伍中宦者忘之誤置代籍伍中當行竇姬涕泣怨其宦者不欲往相強
乃肯行至代代王獨幸竇姬生景帝後立爲皇后良曰後立爲皇后故云膺祚繁廡茂盛也王肆侈於
漢庭兮卒銜恤五臣作卹而絕緒善曰莽秉政以女配帝遺劉歆奉乘輿法駕迎
后于莽第及莽即眞后常稱疾不朝會莽誅自投火中死國語曰肆侈也不違韋昭曰肆恣也毛詩曰出則銜恤濟曰自

投火而死邮憂也故云絶緒尉尨眉而郎潛兮逮三葉而遘武
衡曰尉官名也尨蒼也　善曰漢武故事曰顔駟不知何許人漢文帝時爲郎至武帝輦過郎署見駟尨眉皓髮上問曰
叟何時爲郎何其老也荅曰臣文帝時爲郎文帝好文而臣好武至景帝好美而臣貌醜陛下即位好少而臣已老是以
三世不遇故老於郎署上遂感其言擢拜會稽都尉　良曰郎尉皆官名也文帝至武帝故云逮三葉也董弱
冠而司袞兮設王隧而弗處善曰漢書曰董賢年二十二爲三公哀帝崩賢
自殺家惶恐夜葬之莽疑其詐死有司奏賢造冢墓不異王制賢既見發贏診其尸因埋獄中禮記曰人生二十曰弱冠
周禮曰三公自袞冕而下左氏傳曰晉侯請隧杜預曰掘地通路曰隧王之葬禮夫吉凶之相
仍兮恒反側善作仄而靡所衡曰仍因也恒常也　向曰此數者是吉凶相因反側無
所定也穆屆天以悦牛兮豎亂叔而幽主善曰孔安國尚書傳
曰屆至也左氏傳曰初穆子去叔孫氏及庚宗遇婦人適齊夢天壓己不勝顧而見人黑而上僂深目而猳喙號之曰牛

文選十五　十二

助余乃勝之魯人召之所宿庚宗之婦人獻以雉曰余子長而見之則所夢也未問其名號之曰牛曰唯使爲豎牛欲亂
其室而有之叔孫疾豎牛曰夫子疾病不欲見人使寘饋于介而退牛不進叔孫不食而卒　翰曰豎官名謂天至穆子
之上而壓也悦牛謂以牛爲豎也幽主謂不進叔孫之食文斷袪而忌伯兮閹奄
謁賊而寧后善曰國語曰初獻公使寺人勃鞮伐文公於蒲城文公踰垣勃鞮斬其袪及入勃鞮
求見於是呂甥冀芮畏逼悔納公謀作亂伯楚知之故求見公公遽見之伯楚以呂郤之謀告公韋昭曰寺人掌内人袪
袂也勃鞮字伯楚也通人闇於好惡兮豈昏惑而能剖良曰通人
穆子文公也剖明也嬴擿他歷讖楚禁而戒胡兮備諸外而發内
善曰史記曰盧生使人奏籙圖曰亡秦者胡也使將軍蒙恬北擊胡略取河南地又曰始皇崩李斯與趙高謀詐受始皇
詔立胡亥爲太子也　銑曰嬴秦姓也胡亥之禍正發於内讖即圖書也擿指也或輦賄而違
車兮孕行五臣作在産而爲對衡曰車人名也孕懷子也昔有周犨者家貧夫婦夜

田天帝見而矜之問司命曰此可富乎司命曰命當貧有張車子財可以假之乃借而與之期曰車子生急還之田者稍
富利及期夫婦輦其賄以逃同宿路逢夫妻寄車下宿夜生子問名於夫夫曰生車間名車子也從是所向失利遂貧困
善曰見鬼神志及搜神記　向曰違避也路逢夫妻寄在車下宿其夜産子故曰孕行而爲對慎竈顯
以言天兮占水火而妄訊信　衡曰訊告也　善曰左氏傳曰昭公二十四年
五月乙未朔日有食之梓慎曰將水昭子曰旱也日過分而陽猶不克克必甚能無旱乎秋八月大雩旱也昭公十八年
夏五月火始昏見丙子風裨竈曰不用吾言鄭又將火鄭人請用之子産曰天道遠人道邇非所及也何以知之竈焉知
天道是亦多言矣豈不或信遂不與亦不復火占謂自隱度而言也梁五臣作良叟患夫黎丘
兮丁厥子而剚五臣作傳側吏反刃衡曰丁當也　善曰呂氏春秋曰梁國之北地名黎丘有
奇鬼焉善効人之子姪昆弟好扶邑丈人而道苦之黎丘丈人之市醉而歸者黎丘之鬼効其子之狀扶而道苦之丈人
歸酒醒而誚其子其子泣而觸地曰孼無苦也其父信之曰譆是必夫奇鬼也我固聞之明日復飲於市欲遇而刺之明

文選十五　十三

旦而醉其眞子恐其父之不能反也遂迎之丈人望其眞子拔劍而刺之丈人知惑於似其子者而殺其眞子高誘曰譙
讓也漢書蒯通曰不敢剚刃公之腹者畏秦法也韋昭曰北方人呼插物地中爲剚親所睼五臣作視而
弗識兮矧幽冥之可信衡曰睼視也矧況也　良曰良叟視其子尚不識而殺之
況此數者幽冥之事豈可定信無緜攣力全以涬胡泠善作倖己兮思百憂
以自疹衡曰毋勿也緜攣係貌倖引也疹疾也　善曰毛詩曰我生之後逢此百憂　銑曰攣緜繫著也涬
引疹病也言不可繫著於世事引己多憂使爲病也彼天監之孔明兮用棐匪
忱市林而祐仁衡曰監視也孔甚也棐輔也忱誠也祐助也　善曰尚書曰天監厥德又曰天威棐忱　向
曰言天監視甚明用輔祐誠信仁德矣湯蠲涓體以禱祈兮蒙厖眉江褫
斯以拯民衡曰湯帝乙也蠲絜也拯濟也　善曰呂氏春秋曰湯尅夏大旱七年乃以身禱於桑林自以
爲犧用祈於上帝民乃甚悦雨乃大至爾雅曰厖大也褫福也祈或爲祊非也　翰曰此由絜體而蒙大福以濟於人

景三慮以營國兮熒惑次於他辰衡曰景謚也慮謀也熒惑火星
也次舍也　善曰呂氏春秋曰宋景公有疾司馬子韋曰熒
惑守心心宋之分野君當之若祭之可移於相公曰相寡人
之股肱除心腹之疾移於股肱可乎曰可移於民公曰民所
以爲國無民何以爲國曰可移於歲公曰歲所以養民歲不
登何以畜民子韋曰君善言三熒惑必退三舍延命
二十一年視之信一舍七度三七二十一嵩更壽二十一年魏顆
亮以從治兮鬼亢回以斃五臣作斃秦善曰左氏傳曰初魏武子有嬖
妾武子有疾命顆曰必嫁是妾疾甚則曰必以殉及卒顆嫁
之及輔氏之役顆見老人結草以抗杜回杜回躓而顛故獲之
夜夢曰余乃所嫁婦人之父也爾用先人之治命余是以報
也良曰杜回秦之力士銑云亢回斃秦亮信也此由顆信
而從治命也咎繇邁而種德兮樹德懋于英六善曰尚書禹曰
咎繇邁種德史記曰帝禹封皐陶之後於英六　銑曰邁行
種布其德禹封咎繇之後於英六之國其德懋於此地楚末
乃滅桑末寄夫根生兮卉既凋而已育衡曰桑末木名也根生寄

生也卉草木凡名也育生也凋落也　善曰舊注之意以卉
卽桑末也言桑末寄夫根生桑末既凋而寄生已茂以喻皐
繇之後封於英六衆國已滅而英六獨存言積德之後必有
餘慶也　向曰桑樹之末而有寄生也衆草皆凋此獨育茂
猶衆德既滅咎繇之後尚存有無言而不酬兮又何往而不復
衡曰復返也　善曰邁德行仁必貽後慶始有言必酬有往
必復也毛詩曰無言不酬無德不報禮記曰往而不來非禮
也周易曰無平不陂無往不復　向曰無
言不酬何往不復此所以荅咎繇之德也盍遠迹以飛
聲兮孰謂時之可蓄善曰言何不遠迹以飛聲遊六合而訪道誰謂時之可蓄而不可行
乎言時易逝也鄭玄論語注曰盍何不也孔安國尚書傳曰
蓄積也　翰曰此皆假黃帝之詞也言吉凶不定惟在道德
而已何不遠遊以飛英聲
時之易逝不可蓄而止也仰矯首以遥望兮魂懺惘
罔五臣作惘懺而無儔善曰甘泉賦曰仰矯首以高視楚辭曰
悵懺惘兮永思　濟曰矯舉也惘懺不
平貌無儔言無儔匹逼五臣作偪區中之隘陋兮將北度而宣遊

衡曰逼迫也　善曰司馬相如大人賦曰悲世俗之逼隘楚
辭曰宣遊兮列宿順極兮彷徨　良曰宣徧也謂宇宙隘陋
將北度徧遊域中行積冰之皚皚善作磑磑兮清泉沍而不流
善曰淮南子曰八紘北方曰積冰高誘曰北方寒冰所積名
積冰也磑磑高貌牛哀切方言曰磑堅也左氏傳曰固陰沍
寒杜預曰沍閉也　銑曰磑磑
冰厚皃沍凍也言北地寒也寒風淒其永至兮拂
穹岫之騷騷衡曰淒寒貌　善曰騷騷風勁貌音脩　向曰穹岫山峯也騷騷風聲玄
武縮于殼中兮騰蛇蜿五臣作蜿而自糾平聲協韻衡曰春秋漢
含孳曰太一常居後玄武蔡邕月令章句曰北方玄武介蟲
之長也子曰騰蛇無足而騰也蜿曲也　翰曰龜與蛇交曰
玄武北方神獸也殼甲也騰蛇似龍亦北方
獸也或縮於甲中殼自蜿而糾繞皆苦寒也魚矜鱗而
并凌去兮鳥登木而失條衡曰凌冰也　善曰矜寒皃凌力證切　濟曰矜竦
其鱗也并凌竦貌鳥
登木失柯條寒也坐太陰之屏室兮慨含欷虛義而

增愁善曰楚辭曰選鬼神於太陰兮漢書曰以陰陽言之
大陰者北方也說文曰屏蔽也慨太息也屏與屏古
字通又曰不泣曰欷何休曰欷悲也火既切
良曰太陰北方也坐於此今我獻欷增憂也怨高陽之相
寓兮佃衆乞顓頊而宅幽衡曰高陽帝顓頊也相視也寓居也佃小貌也　善曰家
語孔子曰高陽配水山海經曰北海之內有山名幽都之山
黑水出焉佃去亂切　銑曰怨顓頊居此小陋之地北攤幽
也庸織路於四裔五臣作垠音銀兮斯與彼其何瘳抽衡曰
瘳愈也南至炎火鬱邑無聊北至積冰含欷增愁此與彼何
以相愈乎庸勞也織曰緯　善曰言涉路東西有似於織也
向曰庸用也織往來於道如織也垠際也言我往
來道路於四遠之際皆不足留言與此無相愈也望寒門
之絕垠兮縱余緤薛乎不周善曰楚辭曰踔絕垠乎寒門又曰登閬風而緤
馬王逸曰緤繫也楚辭曰路不周以左轉王逸曰不周山名
也在崑崙西北漢書司馬相如大人賦曰軼先驅於寒門注
寒門天北門也左氏傳曰臣負羈緤緤馬絆也大荒經西北
海之外大荒隅有山而不合名曰不周淮南子曰昔共工與

顓頊爭爲帝共工怒而觸不周山天維絶地柱折故今此山缺壞不周而巳　翰曰言寒門北極門也絿馬轡也言縱轡於不周山也　迅猋五臣作飆瀟肅其膝弋登我兮鶩翩飄而不

禁越谽火含閜呼加之洞穴兮漂通川五臣作淵之磷磷力金善曰爾雅曰風飆謂之猋谽閜大皃漂浮也磷磷深皃重陰地下也寂寞靜皃墳羊土精怪也上林賦曰通川過於中庭

經重陰瘖善作乎寂寞兮愍墳羊之深潛五臣作潛深國語季桓子穿井獲如土缶中有羊焉使問之仲尼曰土之怪曰墳羊唐云墳羊雌雄不成者也閜火加切磷音林瘖古

字　濟曰迅瀟疾皃膝送也翩飄輕皃不禁言輕疾也谽閜空大皃磷磷深廣皃寂寞幽靖皃言風送我其行輕疾越空大之穴浮廣深之淵經地下幽靜之界念土精於此潛處

追荒上忽於地底兮軼逸無形而上浮善曰荒忽幽昧皃甘泉賦曰窺地底於上回楚辭曰覽方物之荒忽春秋說題辭曰元氣以爲天混沌無形　良曰追馳也荒忽無形皃出此而上浮行

出石密之闇野兮

不識蹊之所由衡曰蹊路也由自也　善曰山海經曰密山是生玄玉黃帝取密山之玉榮而投之鍾山之陰然下既有鍾山此石密疑是密山　銑曰路出石冥密之野不知路徑所從

逮燭龍令執炬兮過鍾山而中休善曰楚辭曰日安不到燭龍何照山海經曰鍾山之神曰燭陰郭璞曰即燭龍也　向曰逮徵也燭龍鍾山神也炬火炬也休息也至鍾山而神息也

瞰瑶谿五臣作溪之赤岸兮弔祖江之見劉衡曰瞰瞻也瑤谿赤岸謂中山東瑤岸也祖江人名也劉殺也　善曰山海經曰欽䲹殺祖江于崑崙之陽帝乃戮于鍾山之東曰瑤岸欽䲹化爲大鶚郭璞曰䲹音丕

聘王母於銀臺兮羞玉芝以療飢五臣作饑衡曰王母西王母也銀臺王母所居羞進也療愈也　善曰史記曰三神山仙人在焉黃金白銀爲宮闕王母仙者故假言之本草經曰白芝一名玉芝　濟曰既至崐崘山聘西王母於銀臺之中進白芝以療其饑也

戴勝慭魚靳其既歡兮又誚才笑余之行遲衡曰戴勝謂西王母也慭笑皃誚讓也　善曰山海經曰西王母其狀如人戴勝是司天之厲郭璞曰勝玉勝　良曰戴勝西王母冠也誚笑也

載太華之玉女兮召洛浦之宓妃衡曰浦涯也　善曰列仙傳曰毛女者字玉姜在華陰山中體生毛所止巖中有鼓琴聲楚辭曰迎宓妃于伊浦　良曰玉女太華神女乘車而來也宓妃洛神也使召取之

咸姣狡麗以蠱媚兮增嫮回故眼五臣作服而蛾眉舒訬五臣作眇婧才姓又音精之纖腰五臣作要兮揚五臣作禓音陽雜錯之袿珪徽善曰楚辭曰嫮目宜笑眉曼只訬婧細要皃劉熙釋名曰婦人上服謂之袿青絳謂之綠袿古攜切爾雅曰婦人之徽謂之縭郭璞曰即今香纓也訬音眇說文曰婧竦婧也　銑曰姣麗蠱媚皆美皃嫮好也眇婧纖腰皃袿徽皆婦人服也

離朱脣而微笑兮顔的礫五臣作皪礫音歷以遺光善曰神女賦曰朱脣的其若丹上林賦曰宜笑的皪　向曰離猶開也的皪明皃

獻環琨與琛縭離兮申厥好之玄黃善曰白虎通曰所以必有佩者表德見所能也故循道無窮則佩環

能本道德則佩琨辭君韓詩章句曰縭帶也尚書曰厥篚玄黃琨音昆　良曰環琨皆玉佩琛玉也縭帶以玉飾又以玄黃之繒申其好也

雖色豔而賂美兮志浩蕩而不嘉衡曰豔美色也　善曰賂美謂環琨玄黃也楚辭曰怨靈脩之浩蕩　濟曰雖二女色豔環琨玄黃之賂甚美而我志浩蕩不以爲嘉善

雙材悲於不納兮並詠詩而清歌善曰雙材謂玉女虙妃也劉歆列女傳頌曰材女脩身廣觀善惡　銑曰雙材卽二神女也悲我不納而詠歌詩也

歌曰天地烟熅百卉含葩衡曰烟熅和皃　善曰周易曰天地烟熅萬物化醇　向曰烟熅美氣也卉草葩華也

鳴鶴交頸鴡五臣作雎鳩相和處子懷春精魂回移善曰周易曰鳴鶴在陰詩曰關關雎鳩莊子曰藐姑射之山有神人居焉綽約若處子毛詩曰有女懷春　翰曰雎鳩鳥名處子處女也懷春有所思

如何淑明忘我實多衡曰淑善也淑明謂衡也　善曰論語擿輔像曰仲弓淑明清理毛詩曰如何如何忘我實多　濟曰忘我實多二女恨詞

將荅賦而

不暇兮爰整駕而亟紀力行衡曰爰於是也亟疾也善曰毛詩曰爾之亟行皇脂爾車　良曰將荅二女所賦之詩而不暇於是整駕疾行也瞻崐崘之巍巍兮臨縈河之洋洋衡曰巍巍高貌縈紆也言河之曲也　善曰史記太史公曰禹本紀言河出崐崘毛詩曰河水洋洋毛萇曰洋洋盛大也　銑曰洋洋流皃伏靈龜以負五臣作貝坻直夷兮亘螭勑加龍之飛梁衡曰坻所以止船也　善曰楚辭曰麾蛟龍以梁津兮詔西皇使涉予　向曰坻洲也可以止舟亘橫也飛梁浮橋也皆使神物爲也登閬風之層城兮構不死而爲牀衡曰閬風崑崙山名也　善曰十洲記曰崑崙北角曰閬風之巔山海經曰崑崙開明北有不死樹郭璞曰言常生也　翰曰崐崘山有不死樹構之以爲牀屑瑤五臣作璦蘂以爲糇五臣作糧兮斁白水以爲漿衡曰屑碎也糇糧也　善曰瑤蘂也楚辭曰精瓊爢以爲粻王逸曰爢屑也毛萇詩傳曰糇食也又曰斁挹也楚辭曰朝吾將濟於白水兮王逸曰淮南子曰白水在崑崙之源也蘂而髓切鄭居于切　濟曰瓊蘂玉英也屑以爲糧斁酌也

抨普萌巫咸使占夢兮乃貞吉之元符善曰言我昔夢木禾今令巫咸占之也楚辭曰巫咸將夕降兮懷椒糈而要之王逸曰巫咸古神巫也當殷中宗之時也抨普耕切　銑曰抨使也令使巫咸占之乃得貞吉之善符滋令德於正中兮含嘉秀以爲敷衡曰滋繁也不華而實謂之秀　善曰言己有令德類禾之有嘉秀也尚書曰惟爾令德孝恭　濟曰滋盛嘉善秀美敷布也言木禾之豐當宜盛發令德爲正中之道含善美以布於人既垂穎而顧本兮亦要思乎故居善曰言禾垂穎以顧本猶人之思故居也淮南子曰孔子見禾三變始於粟生於苗成於穗乃歎曰我其禾乎高誘曰禾穗向根故君子不忘本也　良曰穎穗也既垂而顧本要思於故鄉安和靜而隨時兮姑純懿之所廬衡曰姑且也懿美也廬居也　善曰周易隨時之義大矣哉　銑曰宜以和靜自安隨時順俗且是純美之所居也戒庶僚以夙會兮僉供職而並五臣作來迓衡曰庶僚即下豐隆列缺等也　善曰孔安國尚書傳曰僉皆也　向曰僚官迓迎僉諧也占夢宜還故戒衆神之官早集皆供其職迎我而歸也豐隆軒音萌其震霆兮列缺曄五臣作爗其照夜衡曰豐隆雷公也軒聲貌震霆霹靂也列缺電也曄光貌　善曰楚辭曰吾令豐隆乘雲兮羽獵賦曰霹靂列缺吐火施鞭軯普耕切　翰同衡注雲師䨴徒感以交集兮凍雨沛普賴其灑途音度協韻衡曰雲師雨師也䨴陰貌巴郡謂暴雨爲凍雨沛雨貌塗路也　善曰諸家之說豐隆皆曰雲師此賦別言雲師明豐隆爲雷也故留舊說以廣異聞楚辭曰使凍雨兮灑塵　濟曰言將歸雷電雲雨之神並以從行轙魚綺琱音凋輿而樹葩兮擾應平龍以服輅善曰爾雅曰載轡謂之轙郭璞曰轙車軛上環轡所貫也琱輿琱玉之輿爾雅曰玉謂之琱葩蓋之金華也獨斷曰乘輿車皆車蓋金華爪擾馴也廣雅曰有翼曰應龍輅車也　良曰轙正車也百神森其備從兮屯騎羅而星布衡曰森衆貌屯聚也　善曰楚辭曰百神翳其備降振余袂而就車兮脩劒揭以

低昂衡曰揭卬貌　向曰揭劒動貌冠咢咢其映蓋兮佩綝林纚五臣作䙰音灕以煇混煌衡曰綝纚盛貌咢咢冠貌煇煌珮光貌　善曰咢五咸切　翰曰咢咢高貌綝纚盛飾貌僕夫儼其正策兮八乘去騰而超驤善曰楚辭曰僕夫懷余心悲又曰撰余轡而正策又曰駕八龍之蜿蜿又曰超驤　濟曰儼敬也八乘以八馬駕車驤舉也氛旄溶上以天旋兮蜺旌飄以飛颺五臣作揚善曰氛旄氛氣爲旄也楚辭曰連五宿兮建旄揚氛蜺以爲旌溶盛貌宋玉笛賦曰天旋少陰白日西靡高唐賦曰蜺爲旌溶音勇　良曰旄麾以氛氣爲之溶宛轉貌如天之回旋以蜺爲旌而飛揚也撫軨零軹紙而還睨兮心勺市灼藥五臣作爍其若湯衡曰勺藥熱貌　善曰說文曰無輻曰軨軹車輪小穿也又曰睨邪視也楚辭曰忽臨睨夫舊鄉又曰心涫沸其若湯軹之氏切涫音換　銑曰軨軹車牆間橫木也羨上都之赫戲平兮何迷故而不忘衡曰羨欲也赫戲盛貌迷惑也

何感舊故而不忘新愚以爲當去已之迷故之心也　善曰言已顧上都之赫戲是何迷已之故而不能忘謂不忘上都也楚辭曰陟陞皇之赫戲兮　向曰羨慕也上都天帝居也赫戲光盛貌言從崐崘而歸猶思慕天上之遊何迷棄故鄉不忘遊從也左青琱之五臣作以揵巨偃芝兮右素威以司鉦征善曰芝小蓋也禮記曰君行左青龍而右白虎也說文曰揵豎也鉦鐃也　翰曰青琱青文龍素威白虎言左使青龍豎芝蓋右使白虎主鉦鼓前長離使拂羽兮後五臣無後字委水衡乎玄冥衡曰委屬也水衡官名也　善曰司馬相如大人賦曰前長離後矞皇如淳曰長離朱鳥也禮記曰前行朱鳥而後玄武又曰鳴鳩拂其羽家語季康子曰吾聞玄冥爲水正此即五行之主也司馬相如大人賦曰左玄冥而右黔雷濟曰長離南方朱鳥鳳也使拂羽毛水衡掌山澤之官玄冥北方之神委以此職屬箕伯以函含風兮澄淟他典涊奴典而爲清衡曰函含也懲騰清靜也善曰風俗通曰風師者箕星也主簸揚能致風氣易曰巽爲長女長者伯之故曰風伯也楚辭曰切淟涊之流俗兮王逸曰淟涊垢濁也　良曰淟涊混濁也言函懷其風以澄混濁之氣使清冷也曳雲旗之離離兮鳴玉鸞五臣作鑾之譻譻烏庚反　衡曰鸞鸞鑣也　善曰楚辭曰載雲旗之委蛇又曰鳴玉鸞之啾啾譻古嬰字銑曰離離飛皃譻譻聲也涉清霄而升遐兮浮蠛蔑蠓莫孔切五臣作蠛蠓而上征善曰楚辭曰涉清雲而汎濫兮甘泉賦曰騰清霄而軼浮景又曰浮蠛蠓而撇天楚辭曰溘埃風而上征　向曰清霄天邊纖雲也遐遠也蠛蠓遊氣也征行也紛翼翼以徐戾兮焱五臣作焱必遙切回回其揚靈衡曰戾至也　善曰說文曰焱火華也言光之盛如火之華楚辭曰皇剡剡其揚靈王逸曰揚其光靈也　翰曰紛盛皃翼翼行皃焱光也回回光皃靈神靈也叫帝閽使闢扉兮覿天皇于善作於瓊宮衡曰叫呼也閽主門也闢開也扉宮門闔也善曰楚辭曰吾令帝閽開關兮揚雄甘泉賦曰選巫咸兮叫帝閽　濟曰帝天也閽守門人扉門也覿見也天皇天帝也瓊宮天帝之宮也聆廣樂之九奏兮展洩洩曳以彤彤融

衡曰廣樂樂名也展信也洩洩彤彤皆和樂貌　善曰史記曰趙簡子病二日而寤曰我之帝所甚樂與百神遊于鈞天廣樂九奏萬舞左氏傳曰鄭莊公入而賦大隧之中其樂也彤彤姜出而賦大隧之外其樂也洩洩杜預云融融和也洩洩舒散也融與彤古字通也　良曰聆聽也廣樂大樂也樂成九故九奏也考治亂於律均兮意建五臣作逮始而思終衡曰均所均聲也建立也　善曰琴道曰琴七絃足以通萬物而考治亂也樂汁圖徵曰聖人往承天助以立五均均者亦律調五聲之均也宋均曰均長八尺施絃以調六律五聲銑曰律十二律均五均也言考治亂之聲於此自始及終意而思之惟般五臣作盤逸之無斁亦兮懼樂往而哀來善曰莊子曰樂未畢也哀又繼之向曰惟亦思也盤樂斁猒也言思樂逸無猒懼樂盡而哀至也素女撫絃而餘音兮太容吟曰念哉衡曰建始念終也素素女也淮南子曰素女黃帝時方術之女也　善曰史記曰秦帝使素女鼓五十絃瑟舊注本素下無女字今本並有之尚書曰帝念哉　銑曰素女神女也絃琴瑟也太容黃帝樂師吟歎也樂師歎曰念哉使我戒慎逸樂也既防溢而靖志兮迨我暇以翱翔衡曰靖靜也迨及也廣雅曰翱翔浮游也　善曰毛詩曰迨我暇矣又曰將翱將翔向曰既將防其逸樂以安其志及我閑暇以翱翔也出紫宮之肅肅兮集太微之閬閬郎衡曰天文志曰中宮太極星其一明者泰一常居也旁三星三公後句曲四星一星正妃餘三星後宮之屬也環衞十二星藩臣也皆曰紫宮　善曰紫宮太微二星名也春秋合誠圖曰紫宮帝大宮也又曰太微其星十二字林曰閬高貌甘泉賦曰閬閬其寥廓　翰曰肅肅閬閬二宮室宇貌天帝居紫微宮我出於此入于太微命王良掌策駟兮踰高閣之將將七將反　善曰春秋元命苞曰漢中四星天騎一曰天駟旁一星王良主天馬也漢書曰營室爲清廟又曰離宮閣道　濟曰王良古善御者上爲星主天馬也駟天駟星也踰越也高閣星名將將高皃建罔車之幕幕兮獵青林之芒芒善曰青林天苑星也河圖曰桐栢山下爲旄畢二危山上爲天苑　良曰罔車畢星也幕幕盛也芒芒廣大也言馳獵於此彎威弧之拔

拔[蒲割]剌[力割]兮[五臣無兮]射嶓[波]冢[五臣作冢]之封狼[衡曰彎弓引也威弧星]
名也拔剌彎弓貌　善曰揚雄河東賦曰彎天狼之威弧漢
書曰狼下有四星曰弧淮南子曰琴或撥剌高誘曰撥剌不
正也河圖曰嶓冢上爲狼星拔力割切剌力達切　銑曰嶓冢山上爲封狼星封大也觀壁壘於北
落兮伐河鼓之磅[泊郎]硠[郎　衡曰壁營壁也壘壁中壘也北落星名也伐擊也可鼓星名]
也磅硠鼓聲也　善曰漢書曰羽林天軍西爲壘或曰鉞傍
一大星曰北落爾雅曰河鼓謂之牽牛今荆人呼牽牛星爲
擔鼓擔者荷也乘天潢之汎汎[五臣作泛泛]兮浮雲漢之湯湯
式羊反　衡曰湯湯水流也　善曰樂緯曰商爲五潢宋均
曰五潢天津之別名也毛詩曰倬彼雲漢　翰曰泛泛浮皃
雲漢天河也倚招搖攝提以低回剹[淚幽]流兮察二紀
五緯之綢繆遹[聿]皇[衡曰攝提星名形似車　善曰漢書曰杓端有兩星一內爲矛]
爲招搖孟康曰近北斗者招搖剹流繚繞也漢書曰攝提直
斗柄所指以建時節故曰攝提越絕書范蠡曰天貴持盈不

文選十五　二十二

失日月星辰紀綱易乾鑿度曰五緯順軌四時和粟宋均曰
和粟氣和而嚴正綢繆連綿也遹皇往來貌　濟曰低徊剹
流環繞也二紀日月也五緯五星也綢繆連續也遹皇行皃偃蹇夭矯娩[五臣作嬎芳萬反]連
卷[權]兮[衡曰纂要曰齊人謂生子曰娩　善曰偃蹇驕傲之貌也夭矯自恣之貌也娩蹶也連卷長曲貌娩]
匹萬切　良曰皆二紀五緯運行也雜沓叢顇颯以方驤[善曰衆多之貌顇音悴]
銑曰卞合作離貌䫲[或]汩[于筆]飋[聊]淚沛[普賴]以罔象兮[善曰皆疾貌罔]
象昉彷像也楚辭曰沛罔象而自浮䫲一六切飋力凋切淚音突　向曰或疾或遲皃爛漫麗靡
藐以迭逷[唐]五臣作遏　善曰爛漫分散貌藐遠貌迭過也逷突也　翰曰光彩相過越也
凌驚雷之硠[苦郎]磕[苦蓋]兮弄狂電之淫裔[衡曰凌乘也淫]
裔電皃　善曰楚辭曰凌驚雷軼駭電兮硠磕雷聲也上林
賦曰淫淫裔裔硠音康　濟曰言我旣遊涉星辰更凌雷弄
電驚狂硠磕淫裔皆雷電皃踰痝[上五臣作濛]鴻[上]於宕[蕩]冥兮貫倒

景而高厲[衡曰痝鴻宕冥皆天之高氣也　善曰孝經援神契曰天度痝鴻蘗萌宋均曰痝鴻未分]
之象也楚辭曰貫濛鴻以東朅兮說文曰宕過也冥窈也凌
陽明經曰倒景氣去地四千里其景皆倒在下楚辭曰飄弭
節而高厲痝莫孔切鴻胡孔切宕徒浪切　良曰濛鴻元氣
也宕冥猶窈冥也倒景日在下其光上照踰越貫度於此矣
高舉也廓盪盪其無涯兮乃今窺乎天外據開陽
而頫眂[五臣作俯視]兮臨舊鄉之諳[上善李作暗]藹[烏蓋反　衡曰宋玉]
大言賦曰長劍耿耿倚天外　善曰春秋運斗樞曰北斗七
星第六開陽也楚辭曰忽臨睨夫舊鄉　銑曰開陽星斗中
一星名也旣至天外乃下據北星俯視舊鄉暗藹然纔似見也悲離居之勞心兮情
悁悁而思歸[衡曰楚辭曰將以遺兮離居字林曰悁悁忿恨也　善曰毛詩曰勞心悁悁烏玄切]
向曰悁悁憂心魂眷眷而屢顧兮馬倚輈[張流]而徘徊雖
遊娛[五臣作遨]以媮[俞]樂兮豈愁慕之可懷出閶闔

文選十五　二十三

兮降天途乘焱[五臣作猋必遙切]忽兮馳虛無[衡曰楚辭曰倚閶闔]
而望兮又曰乘迴風而遠遊服虔甘泉賦注曰焱風也上林
賦曰淩驚風歷駭焱乘虛無與神俱　善曰韓詩曰眷眷懷
顧毛詩曰屢顧爾僕楚辭曰聊假日而媮樂兮閶闔天門也
降下也　翰曰輈車轅也媮歡也閶闔天門言雖遨遊媮樂
豈可使我長懷愁慕舊居而已遂出天門從空而下焱忽虛無皆空也雲菲菲[五臣作霏霏]兮
繞余輪風眇眇兮震余旟[余]繽[匹鄰]連翩兮紛暗
[上]曖[愛]儵眩[縣]眃[云]兮反常閭[衡曰楚辭曰雲霏霏而承宇眇眇遠皃周]
禮曰鳥隼爲旟眩眩目視不明貌　善曰眩音縣　濟曰霏
霏雲皃輪車輪眇眇風皃旟旗類也繽連翩盛下來貌紛暗
曖猶恍忽闇也儵眩眃疾皃反常閭歸舊居也收疇昔之逸豫兮卷淫放之
遐心脩初服之婆娑兮長余佩之參參[善曰左氏傳羊]
斟曰疇昔之羊子爲政毛詩曰逸豫無期楚辭曰神要眇以
淫放毛詩曰無金玉爾音而有遐心楚辭曰退將脩吾初服

又曰長余佩之陸離　向曰衡既縱心遠遊念代不可棄去故服歸之於此脩其道德乃收卷放逸之心脩我初之服佩婁婁參參皆盛皃**文章奐**五臣作煥**以粲爛兮美紛紜以從風**翰曰煥光粲爛明皃言衣服光明從風也**御六藝之珍駕兮遊道德之平林**衡同濟注毛詩曰依彼平林　濟曰六藝禮樂射御書數也以駕而御之以道德爲林而於此遊也**結典籍而爲罟**古**兮敺**五臣作驅**儒墨而爲禽**衡曰儒家者述聖道之書也以仁義爲本以禮樂爲用墨家者強本節用之書也以貴儉尚賢爲用　善曰敺音驅墨墨家流也　良曰結典籍之義爲綱驅儒墨之道爲禽而獨取之**玩陰陽之變化兮詠雅頌之徽音嘉曾氏之歸耕兮慕歷阪之欽**五臣作欽**崟**吟　善曰孫卿子曰四時代御陰陽交化周易曰四時變化毛詩曰大姒嗣徽音琴操曰歸耕者曾子之所作也曾子事孔子十有餘年晨覺眷然念二親年衰養之不備於是援琴鼓之曰歔欷歸耕來兮安所耕歷山盤兮　銑曰玩習徽美也曾參耕于太山虞舜耕于歷山嘉慕此道而將爲之欽崟高皃**恭夙夜**五臣作昔**而不貳兮固終始之所服**衡曰不貳不差貳也服所服事也　善曰毛詩曰夙夜在公楚辭曰事君而無貳　向曰服行恭承也夙夜無二心固終始之所行也**夕惕若厲以省諐兮懼余身之未勑**衡曰勑整也　善曰周易曰君子夕惕若厲無咎　翰曰惕驚厲危諐過也言我夕警若有危事以自戒愼將寡省其過懼余身之未整**茍中情之端直兮莫吾知而不恧**女六反　善曰楚辭曰茍余情之端直又曰國無人兮莫我知小雅曰小愧爲恧　濟曰且中情正直人雖不知吾吾亦不愧也**默無爲以凝志兮與仁義乎逍遙不知戶而知天下兮何必**善無必字**遐遠以劬勞**善曰老子曰上德無爲楚辭曰超無爲以志清上林賦曰馳騖乎仁義之塗老子曰不出戶而知天下河上公曰聖人以己身知人身以己家知人家所以見天下矣　毛詩曰之子于征劬勞于野　向曰衡言行道義翦藹籍不出於戶天下可知何必劬勞以遠遊**系**

曰衡曰系繫也重繫一賦之意也　翰注同**天長地遠**善作久**歲不留**善曰老子曰天長地久**俟河之清祗**支**懷憂**衡曰祗適也　善曰左氏傳子駟曰周詩有之曰俟河之清人壽幾何杜預曰逸詩也言人壽促而河清遲也　良曰黃河千年一清以喻明時也言天地長以而人易老明時如河清難待祗令我懷愁也**願得遠渡**五臣作度**以自娛上下無常窮六區**善曰楚辭曰遠渡世以忘歸六區上下四方也周易曰上下無常非爲邪也　銑曰願遊娛徧於六合**超踰騰躍絕世俗飄颻**善作遥**神舉逞所欲天不可階仙夫稀**向曰既與世絕而神遊逞我所欲也　翰曰階升稀少也言天不可階升仙者復少何能去也**柏舟悄悄吝不飛**濟曰柏舟詩篇名其詩云憂心悄悄慍于羣小靜言思之不能奮飛悄悄憂皃吝恨也言怨小人在朝恨不如鳥奮翼而去**松喬高跱孰能離**衡曰松赤松子喬王喬　良曰跱立離附也言仙人赤松子王子喬高立物外誰能往而附之**結精遠遊使心攜**五臣作攜　善曰楚辭曰願舉輕而遠遊　銑曰攜離也言結束精神遠從仙遊徒使我心攜離**迴志朅來從玄謀獲我所求夫何思**衡曰朅去也　善曰劉向七言曰朅來歸耕永自疎　向曰迴其志情以從玄聖之道而復行之亦可謂獲我所求之事夫復何思慮也

歸田賦

張平子翰曰衡遊京師四十不仕順帝時閹官用事欲歸田里故作是賦

遊都邑以永久無明略以佐時徒臨川以羨魚俟河清乎未期善曰淮南子曰臨河而羨魚不如歸家織網高誘曰羨願也左氏傳子駟曰周詩有之曰俟河之清人壽幾何杜預曰逸詩也言人壽促而河清遲也　濟曰無明畧衡謙詞也河清喻明時臨川羨魚不如退而結網衡言徒羨榮祿不如退脩其德矣將待明時固未期也**感蔡子之慷慨從**

唐生以決疑善曰史記曰蔡澤燕人遊學干諸侯不遇從唐舉相舉孰視而笑曰先生曷鼻戴肩魋顏蹙頞吾聞聖人不相殆先生乎澤知舉戲之乃曰富貴吾所自取吾不知者壽也願聞之舉曰先生之壽從今以往者四十三歲澤笑而謝之說文曰慷慨壯士不得志於心也諒天道之微昧追漁父以同嬉善曰司馬遷悲士不遇賦曰天道悠昧王逸楚辭序曰漁父避世隱身釣魚江濱欣然而樂漁父歌曰滄浪之水清可以濯吾纓滄浪之水濁可以濯吾足嬉樂也　銑曰諒信也天道微昧不可知且與漁釣之父同樂於川澤超埃塵以遐逝與世事乎長辭於是仲春令月時和氣清原隰習鬱茂百草滋榮王雎鼓翼鶬庚哀鳴善曰世務紛濁以喻塵埃莊子曰遊乎塵埃之外儀禮曰令月吉日鄭玄曰令善也雎鳩王鳩也郭璞曰雕類也爾雅曰倉庚黃鸝也鸝音利　向曰王雎倉庚皆鳥也交頸頡頏平關關嚶嚶烏耕反　善曰毛萇詩傳曰飛而上曰頡飛而下曰頏爾雅曰關關嚶嚶音聲和也　翰曰相與交其項而爲聲自得其性也於焉逍遙聊以娛情善曰毛詩曰於焉逍遥　濟曰與鳥同樂爾乃龍吟方澤虎嘯山丘善曰言已從容吟嘯類乎龍虎春秋元命苞曰孤星高則羣龍吟淮南子曰虎嘯而谷風至　良曰方澤大澤也雲從龍風從虎故龍虎吟嘯以召風雲仰飛纖繳酌俯釣長流觸五臣作解矢而斃貪餌吞鉤落雲間之逸禽懸淵沈之魦沙鰡留　善曰楚辭曰知貪餌而近斃列子曰詹何以獨繭爲綸芒針爲鉤引盈車之魚於百仞之淵楚王問其故詹何曰蒲且子之弋弱弓纖繳連雙鶬於青雲之際臣因學釣五年始盡其道毛萇詩傳曰魦鮀也字指曰鰡魦屬　銑曰纖繳弋射也鳥飛高所以仰射魚沈深所以俯釣鳥致斃由觸矢魚吞鉤由貪餌逸禽鴻鴈也魦鰡魚也鳥在上故云落魚在下故云懸于時曜靈俄景繼善作係以望舒善曰王逸楚辭注曰望舒月御也俄斜也　向曰曜靈日也俄邪也極盤善本作般遊之至樂雖日夕而忘劬感老氏之遺誡將五臣作且迴駕乎蓬廬善曰尚書曰般遊無度注曰精神安靜馳騁呼吸精散氣亡故發狂劉向雅琴賦曰潛坐蓬廬之中巖石之下　翰曰劬勞也老子曰馳騁田獵令人心發狂感此誡而歸於蓬廬彈五絃之妙指詠周孔之圖書善曰五絃琴也樂記曰舜作五絃之琴以歌南風蔡邕琴操曰伏羲氏作琴絃有五者象五行也周周公孔孔子也　濟曰五絃琴舜所作也圖書周公孔子所脩之書言慕古人之道故彈此琴而詠此書也揮翰墨以奮藻陳三皇之軌模善曰賈逵國語注曰軌法也鄭玄毛詩箋曰模法也莫奴切　良曰翰筆也奮藻謂著文章陳述伏犧神農黃帝之道德苟縱心於域善作物外安五臣作焉知榮辱之所如善曰班固漢書賈鄒述曰榮如辱如有機有樞　向曰衡苦於時政故以此辭自解苟且如往也

六臣註文選卷第十五

六臣註文選卷第十六

梁昭明太子撰

唐李善并五臣註

志下

閑居賦 并序

善曰閑居賦者此蓋取於禮篇不知世事閑靜居坐之意也潘安仁者晉武帝時人也

潘安仁 翰曰禮記有閑居篇岳取以為賦名言將不涉世事自取閑逸

岳嘗讀汲黯傳至司馬安四至九卿而良史題善作書字之以巧宦之目未嘗五臣作曾不慨然廢書而歎 善曰漢書汲黯傳曰黯姊子司馬安巧善宦四至九卿以河南太守卒班固司馬遷贊曰遷有良史之才李陵書曰能不慨然史記太史公曰始齊之蒯通讀樂毅報燕王書未嘗不廢書而泣黯於減切慨許既切 銑曰良史則班固也慨然歎息也 曰嗟乎巧誠有之拙亦宜然 善曰西京賦曰小必有之大亦宜然 向曰宜然宜有之也 顧常以為士之生也非至聖無軌微妙玄通者則必立功立事效當年之用 善曰鄭玄毛詩箋曰顧念也周易曰用無常道事無軌度廣雅曰軌迹也老子曰善行無轍跡又曰古之善為士者微妙玄通深不可識河上公曰玄天也言其節志精微與天通也漢書平當書曰建功立事可以永年延篤與張奐書曰烈士殉名立功立事也杜預左氏傳注曰効致也 向曰軌迹也非至聖及微妙之人必效當時之用也 是以資忠履信以進德脩辭立誠以居業 善曰周易曰履信思乎順又曰君子進德脩業忠信所以進德也脩辭立其誠所以居業也 翰曰資用也脩令詞立誠節以為常業 僕少竊鄉曲之譽 善曰燕丹子夏扶曰士無鄉曲之譽則未可與論行也 濟曰譽美稱也言竊岳謙詞也 忝司空太尉之命所奉之主即太宰五臣作尉魯武公其人也舉秀才為郎 善曰爾雅曰忝辱也命謂舉命之爾雅曰命告也凡尊者之言曰命孝經曰則周公其人也 良曰賈充為司空轉太尉薨謚曰武公岳弱冠太尉舉秀才也 逮事世祖武皇帝為河陽懷令 善曰臧榮緒晉書武紀曰帝崩號上世祖禮記曰逮事父母臧榮緒晉書曰岳出為河陽令轉懷令漢書河內郡有懷縣河陽縣也 向曰逮及也 尚書郎廷尉平 善曰漢書曰宣帝初置廷尉左右平秩皆六百石平皮病切 翰曰岳既宰二邑補尚書郎廷尉平為公事免也 今天子諒闇之際 善曰尚書曰亮陰三祀陰默也信默三年不言天子惠帝也 濟曰晉武帝崩惠皇居喪故曰今天子諒闇也 領太傅主簿府主誅除名為民 善曰臧榮緒晉書曰楊駿為太傅輔政高選吏佐引岳為太傅主簿駿誅除名 良注同 俄而復官除長安令 善曰何休公羊傳注曰俄者須臾之間也漢書音義如淳曰凡言除者除故官就新官也 遷博士未召拜親疾輒去官免自弱冠涉乎五臣作于知命之年 善曰禮記曰二十曰弱冠論語子曰五十而知天命 向曰召拜謂謝而上也免解也 八徙官而一進階再免一除名一不拜職遷者三而已矣雖通塞有遇抑亦拙者之效也 善曰一進階謂從懷令為尚郎也再免謂任廷尉平以公事免還博士以去官免也三遷謂廷尉平領太傅主簿及還博士也周易曰不出户庭知通塞也漢書揚雄曰以為遇不遇命也廣雅曰效驗也 濟曰岳以司馬安為巧自以為拙效力也 昔通人和長輿之論余曰善作也字固謂拙於用多 善曰論衡曰博覽古今者為通人臧榮緒晉書曰和嶠字長輿莊子謂惠子曰夫子固拙於用大 良曰長輿曾為岳論此也謂岳拙於用多者言岳長於用少短於用多 稱多則吾豈敢言拙信而有徵 善曰論語孔子曰若聖與仁則吾豈敢左氏傳叔向曰君子之言信而有徵 濟曰岳言稱用多誠不敢當言拙則嶠說有驗也 方今俊乂

在官百工惟時善曰尚書曰俊乂在官又曰百工惟時向曰方當乂理工官時是也言皆在於是拙者可以絕意乎寵榮之事矣太夫人在堂有羸老之疾善曰漢書曰列侯太夫人如淳曰列侯之妻稱夫人列侯死子復爲列侯乃得稱太夫人左氏傳荀罃曰余羸老也　翰曰岳自爲拙者將絕意榮祿焉　濟曰太大人謂岳母尚何能違膝下色養而屑屑從斗筲所交之役乎善曰孝經曰故親生之膝下以養父母日嚴論語子夏問孝子曰色難左氏傳晉侯謂汝叔齊曰魯侯善禮叔齊曰而屑屑焉習儀以亟方言曰屑屑不靜也論語子曰噫斗筲之人何足算也袁宏後漢紀郭林宗曰大丈夫焉能以處斗筲之役乎　良曰尚猶復也屑屑猶驅驅也筲竹器容二升言我復何能違所親膝下顏色敬養而反驅驅從斗筲之祿自爲役乎言不能也於是覽止足之分庶浮雲之志善曰老子曰知足不辱知止不殆孔子曰不義而富且貴於我如浮雲非己所務也殆近也荅賓戲曰仲尼抗浮雲之志築室種樹逍遙自得池沼足以漁釣舂稅足以代耕善曰毛詩曰築室百堵漢書景帝詔曰藝種樹可衣食物莊子善卷曰余日出而作日入而息逍遙於天地之間而心意自得家語曰原憲衣敝衣術然有自得之志說文曰稅租也禮記曰夫祿足以代其耕　向曰稅謂舂粟爲米稅其利以代耕也灌園鬻蔬以供朝夕之膳善曰列女傳曰於陵子曰終爲人灌園字書曰粥賣也粥與鬻同音義也說文曰膳具食也　向曰鬻賣蔬菜膳食也牧羊酤酪以俟伏臘之費善曰鄭玄周易注曰牧養也廣雅曰酤賣也古護切釋名曰酪乳汁所作也漢書秦德公作伏祠孟康曰六月伏日曆忌釋曰伏者何也金氣伏藏之日也四時代謝皆以相生立春木代水水生木立夏火代木木生火立冬水代金金生水至於立秋以金代火金畏火故至庚日必伏庚者金故也臘者風俗通禮傳曰夏曰嘉平殷曰清祀周曰大蜡漢改爲臘臘獵也言田獵取獸以祭其先祖　翰曰伏臘謂夏有伏冬有臘費用也孝乎惟孝友于兄弟此亦拙者之爲政也善曰論語或謂孔子曰子奚不爲政子曰書云孝乎惟孝友于兄弟施于有政是亦爲政　濟曰既爲此事而孝父母友兄弟是亦我之爲政於家何必在於國也拙者岳復謙也乃作閑居之賦以歌事遂情焉善曰韓詩序曰勞者歌事聲類曰遂從意也　向曰岳以閑居爲遂情故歌詠其事其辭曰

傲墳素之長圃步先哲之高衢善曰左氏傳楚靈王曰左史倚相能讀三墳五典八索九丘賈逵曰三墳三皇之書五典五帝之典八索素王之法九丘亡國之戒也上林賦曰翱翔乎書圃登樓賦曰假高衢而騁力　銑曰三墳之書素王之法以爲長圃嘯傲於中矣哲智衢道也將步遊先古聖帝之道以爲業也雖吾顏之云厚猶內愧於甯蘧有道吾不仕無道吾不愚何巧智之不足而拙艱之有餘也善曰尚書曰顏厚有忸怩楚漢春秋韓信曰臣內愧於心管子曰巧者有餘而拙者不足　向曰甯武子邦有道則知邦無道則愚遽伯玉邦有道則仕邦無道則可卷而懷之言我見先哲之迹雖以厚顏懷甯蘧之事益復內愧　翰曰艱難也天下有道吾不能進仕無道吾不能佯愚是巧智之不足拙艱之有餘也此岳疾時而自責於是退而閑居于洛之涘身齊逸民五臣作人名綴下士善曰楊佺期洛陽記曰城南七里名曰洛水蔡邕祓禊文曰自求多福在洛之涘毛萇詩傳曰涘猶涯也論語子曰逸民伯夷叔齊禮記曰諸侯之上大夫卿下大夫上士中士下士凡五等　良曰逸人散逸之人下士卿士之下者岳將退居故云齊逸人岳嘗從官故云綴下士也　濟曰涘岸也陪京泝伊面郊後市善曰南都賦曰陪京之陽薛綜東京賦注曰泝向也楊佺期洛陽記曰洛水之南名曰伊水周禮曰面朝後市鄭玄儀禮注曰面前也陸機洛陽記曰洛陽凡三市大市名曰金市公觀之西城中馬市在大城之東洛陽縣市在大城南然市洛陽縣也　銑曰郭外曰郊浮梁黝於糾以逕度靈臺傑其高峙五臣作時　善曰河南郡縣境界簿曰城南三里洛水浮橋方言曰造舟謂之浮梁郭璞曰即今浮橋也黝長皃楚辭曰不能凌波以逕度陸機洛陽記曰靈臺在洛陽南去城三里毛萇詩傳曰傑特立也思玄賦曰松喬高跱孰能離縶爰射雉賦注曰跱立也　向曰逕直也靈臺臺

名天子占候之所傑
猶壯被也岳家近此窺天文之祕奧究揆人事之終
始善曰日月五星天之文也陸賈新語曰楚王作乾谿之臺
關天文謝承後漢書曰姚俊九明圖緯祕奧字書曰祕密
也廣雅曰奧藏也禮含文嘉曰禮天子靈臺以考觀天人之
際法陰陽之會周易曰歸妹人之終始　濟曰窺覘也秘奧
精其微也觀其運行遲速干犯
得其精微人事興亡盡以知之其西則有元戎禁營玄
幙綠徽善曰其西宅之西也元戎兵車也詩曰元戎十乘
以先啓行禁營謂五營也陸機洛陽記曰五營校
尉前後左右將軍府皆在城中陸機既不言所處難得而詳
也鄭玄禮記注曰徽旌旗之名也　翰曰岳宅西也元戎大
兵也禁營掌禁兵也徽
旌旗名玄綠皆色也谿五臣作溪子巨黍異絭卷同機
善曰史記蘇秦說韓王曰谿子巨黍者皆射六百步之外許
慎曰南方谿子蠻夷柘弩皆善材也孫卿子曰繁弱巨黍古
之良弓異絭同機言弩絭雖異而一同機也漢書音義張晏
曰連弩三十絭共一臂然絭弩弓也李奇曰絭弓也字林曰
絭音卷孔安國尚書傳曰機弩牙也本或礮五臣作礮
爲異卷同歸誤也　良曰絭發箭處也普皃反石

雷駭激矢蝱盲飛善曰礮石今之抛石也皆匹孝切廣
雅曰駭起也呂氏春秋曰激矢遠法
言曰弩激矢蝱蟲兵法飛石重二十斤爲機發行三百步東
觀漢記光武作飛虻箭以攻赤眉廣雅曰虻飛箭名也方言
曰凡箭三鐮謂之羊頭三鐮長六尺謂之飛虻郭璞曰此謂
今之射箭也鐮稜也　銑曰激石以石激物也其聲如雷之
駭箭去如以先啓行曜我皇威善曰詩曰元戎十乘以
蝱蟲之飛先啓行西都賦曰耀威
而講武事　向曰此在庫其東則有五臣
之先以曜我天子兵威無有明堂辟雍
清穆敞閑善曰陸機洛陽記曰辟廱在靈臺東相去一里
俱魏武所徙三輔皇圖曰大司徒宮奏曰明堂
辟廱其實一也毛詩曰於穆清廟洞簫賦曰又足樂乎其敞
閑也　翰曰岳宅東也明堂天子布政之宮辟廱養國老之
所清穆閑敞言環林縈映圓海迴淵善曰三輔黃圖
清美高大也曰明堂辟廱水
四周於外象四海也　濟曰環
林圓海明堂辟廱水木周繞聿追孝以嚴父宗文
考以配天善曰毛萇詩傳曰聿述也南都賦曰奉先祖而
追孝孝經曰孝莫大於嚴父嚴父莫大於配天

又曰宗祀文王於明堂以配上帝　文考謂晉文王也尚書曰
惟予文考　良曰文考晉文帝之祖也言述追文考之道尊
嚴其父武帝故以祗聖敬以明順養更老以崇年善
文王配於上天曰
言尊祖父以配天所以明順也養三老五更所以崇年也韓
曰湯降不遲聖敬日躋言湯聖敬之道上聞於天白虎通曰
禮三老於明堂所以教諸侯孝也禮五更於太學所以教諸
侯弟也　銑曰祗亦敬也聖敬言聖人之道也祭先祖所以
明敬若乃背冬涉春陰謝陽施去聲　善曰七發曰
敬於是背秋涉冬神農
本草曰春夏爲陽秋冬爲陰楚辭曰青春受謝王逸曰謝去也
莊子曰隨四時之施漢書曰陰陽之施化萬物之終始施猶布
也　向曰言春時天子有事于柴燎以郊祖而展義善
陰氣退陽氣升也曰
左氏傳曰宰孔曰天子有事於文武杜預曰有祭事也爾雅曰
祭天曰燔柴郭璞曰既祭積薪燒之周禮曰以禋祀祀昊天上
帝以實柴祀日月星辰以槱燎祀司中司命鄭司農曰三祀皆
積柴實牲體焉燎而生煙以報陽也禮記曰周人禘嚳而郊稷
鄭玄曰禘郊祖宗謂祀祭以食也左氏傳曰天
子非展義不巡狩　向曰郊祀也展其禮義之事張鈞天之廣

樂備千乘之萬騎善曰史記趙簡子曰我之帝所與百神遊
於鈞天廣樂九奏萬舞蔡邕獨斷曰大法
駕備千乘萬騎　翰曰鈞天廣服振振以齊玄管啾啾子流而
樂天樂也千乘萬騎言多也
並吹去聲　善曰左氏傳卜偃曰童謠云袀服振振音真
服虔曰袀服黑服也杜預曰振振盛貌也說文曰袀
玄服也音均風俗通曰竹曰管王逸楚辭注曰啾煌煌乎
啾鳴聲也　濟曰振振絜皃啾啾吹聲玄黑也
隱隱乎茲禮容之壯觀而王制之巨麗也善曰
蒼頡
篇曰煌煌光明也上林賦曰煌煌扈扈隱隱盛也又曰沈沈
隱隱春秋考異郵曰飾禮容成文法史記曰孔子陳俎豆設
禮容漢書龔遂曰坐則誦詩書立則習禮容史記曰天下之
壯觀上林賦曰君未覩夫巨麗　良曰煌煌隱隱皆盛皃巨
大兩學齊列雙宇如一右延國胄左納良逸善
也曰
郭緣生述征記曰國學在辟廱東北五里太學在國學東二
百步魯靈光殿賦曰萬戶如一爾雅曰延進也國學教胄子
太學招賢良尚書曰夔教胄子李尤明堂銘曰賓
進賢良　銑曰雙宇如一言整齊也良逸則賢也祁祁生

徒濟濟儒術善曰安華伍詩曰祁祁我徒毛詩曰濟濟多士班固公孫弘贊曰蕭望之以儒術進向曰祁祁濟濟禮義得中貌生徒儒術則胄子賢良或升之堂或入之室善曰家語衛將軍文子問於子貢曰吾聞孔子之施教也成之以文德蓋入室升堂七十餘人教無常師道在則是善曰尚書曰德無常師主善為師蔡邕勸學篇曰人無貴賤道在則尊論語叔孫武叔曰吾亦何常師之有道在則是濟曰道在者則以為師故無常故髦士投紱名王懷璽善曰言棄紱藏璽咸來學也毛詩曰髦士攸宜爾雅曰髦俊也漢書曰匈奴單于遣名王奉獻西京賦曰懷璽藏紱銑曰髦俊猶士投棄綬紱名譽之王懷藏璽紱而來學也訓若風行應如草靡善曰論語孔子曰君子之德風小人之德草草上之風必偃向曰應此數訓如風靡草此里仁所以為美孟母所以三徙也善曰論語曰里仁為美鄭玄曰里者人之所居也居於仁者之里是為善也列女傳曰孟母舍近墓孟子嬉戲為墓間之事孟母曰此非所以居子處也乃去舍市旁其子嬉戲為賈衒孟母又曰此非所以居子處也乃舍學宮之旁其子嬉戲乃設俎豆進退揖讓孟母曰此真可以居子矣遂居之及孟子長學六藝卒成大儒翰曰此言近仁里與近學之美也爰定我居築室穿池善曰毛詩曰築室百堵莊子孔子曰魚相造于水者穿池而養給濟曰於此定居長楊映沼芳枳支爾樹籬善曰馮衍顯志賦曰揵六枳而為籬良曰楊柳樹也沼亦池也枳果樹也以為藩籬遊鱗瀺仕咸灂仕角菡萏敷披善曰瀺灂出沒貌高唐賦曰巨石溺之瀺灂毛萇詩傳曰菡萏荷華銑曰敷披開也竹木蓊烏孔藹於害靈果參差張公大谷之梨梁侯烏椑之柿助理反善曰西京雜記曰上林苑有烏椑木大谷梨未詳也椑方彌切良曰蓊藹參差茂貌洛陽有張公居大谷有夏梨海內唯此一樹梁國侯有烏椑柿故代傳之周文弱枝之棗房陵朱仲之李靡不畢殖三桃表櫻胡之別二柰曜丹白之色善曰西京雜記曰上林苑有弱枝棗王逸荔枝賦曰

房陵縹李周文朱仲未詳蒼頡篇曰殖種也漢書音義曰櫻桃含桃也西京雜記曰上林苑有胡桃出西域廣志曰張掖有白柰酒泉有赤柰翰曰靡無植種也周文王時有弱枝棗樹味甚美房陵有朱仲者家有縹李代所希有若此果木無不種之也三桃侯桃櫻桃胡桃也二柰則丹白二色也石榴蒲桃之珍磊落蔓衍弋戰乎其側梅杏五臣作李郁棣之屬繁榮麗藻五臣作藻麗之飾善曰石榴即若榴也蒲桃似燕薁磊落實貌蔓衍長也博物志曰張騫使大夏得石榴李廣利為貳師將軍伐大宛得蒲陶郁今之郁李棣山櫻桃也張揖上林賦注曰薁山李也郁與薁音義同郭璞上林賦注曰棣實似櫻桃濟曰石榴蒲桃梅李郁棣皆果木名言珍美之也磊落蔓衍眾多皃繁榮藻麗果花光色可以飾林園也華實照爛言所不能極也善曰春秋文耀鉤曰春致其時華實乃榮良曰照爛光明也菜則蔥韭蒜筭芋違句青筍昔尹紫薑菫謹薺甘旨蓼了荾綏芬芳善曰毛詩曰菫荼如飴毛萇曰菫菜也居隱切韻略曰荾香菜也相惟切銑曰皆菜名味甘而氣香也蘘而羊荷依陰時藿向陽善曰崔豹古今注曰蘘荷宜陰翳地依陰而生也鄭玄儀禮注曰藿豆葉也曹子建求親表曰葵藿之傾葉太陽向曰蘘荷菜生於陰地藿菜側葉而向陽也綠葵含露白薤負霜於是凜秋暑退熙春寒往善曰楚辭曰竊獨悲此凜秋字書曰凜寒也左氏傳張趯曰火中寒暑乃退老子曰眾人熙熙如登春臺廣雅曰熙熾也周易曰暑往則寒來翰曰當秋節也濟曰重言春秋暑退寒往之時微雨新晴六合清朗善曰呂氏春秋曰神通乎六合太夫人乃御板輿升輕軒遠覽王畿近周家園體以行和藥以勞宣嘗膳載加舊痾有痊七全反善曰禮記曰諸侯曰夫人注夫之言扶也言能以禮自扶版輿車名傅暢晉諸公贊曰傅祗以足疾版輿上殿版輿一名步輿周遷輿服雜事記曰步輿方四尺素木為之以皮為襻攜之自天子至庶人通得乘之周禮曰方千里曰王畿杜預左氏傳注曰宣散也

說文曰痾病也莊子曰今予病少痊司馬彪曰痊除也良曰版輿以版爲輿輕軒輕車王畿近郊城之地言岳母乘車覽矚郊野遊行家園以和其體以宣其樂是時稍加膳食舊疾有瘳岳所以爲樂也席長筵列孫子柳垂陰車結軌善曰曹子建名都篇曰列坐竟長筵結猶屈也言屈軌不行也司馬相如難蜀父老曰結軌還轅濟曰孫子子孫也結軌並迹也陸摘紫房水挂赬鯉善曰馬融高第須曰黃果揚芳紫房濆瀾張載安石榴賦曰紫房獨熟毛萇詩傳曰赬赤也向曰紫房謂果木房實有紫色赬鯉鯉魚赤也或宴于林或禊胡計于氾音似善曰史記曰武帝禊霸上續漢書曰三月上巳官人皆禊於東流水上自洗濯拂除宿疾垢也風俗通曰禊者潔也仲春之時於水祓除故事取於清潔也爾雅曰窮瀆曰氾郭璞注曰水無所通也又水決復入曰氾翰曰禊祓除垢疾也氾水岸也昆弟斑白兒童稚齒善曰礼記曰斑白不提挈爾雅曰幼稚也方言曰稚小也濟曰髮斑白者老也稚幼齒小也稱萬壽以獻觴咸一懼而一喜善曰毛詩曰萬壽無疆史記曰武安君起爲壽如淳曰上酒爲稱壽黃香

天子頌曰獻萬年之玉觴論語子曰父母之年不可不知一則以喜一則以懼良曰萬壽萬歲也獻觴酒也見親衰老而懼見親壽考而喜壽觴舉慈顏和善曰舞賦曰嚴顏和而怡懌向曰慈顏謂母之顏色浮杯樂飲絲竹騈羅善曰說苑曰公乘不仁舉大白浮君廣雅曰浮罰也漢書曰陳平厚具樂飲大尉風俗通曰絲曰絃西京賦曰夾蓬萊而騈羅向曰浮杯流杯也絲竹絃管也騈並羅列也頓足起舞抗音高歌人生安樂孰知其他善曰揚惲報孫會宗書曰奮袖低卬頓足起舞傅武仲舞賦曰抗音高歌爲樂方佗謂榮貴也國語曰晉文公適齊齊侯妻之女甚善焉文公曰人生安樂孰知其佗翰曰抗舉孰誰也他他事也退求己而自省信用薄而才劣奉周任之格言敢陳力而就列善曰論語孔子曰君子求諸己曾子曰日旦就業夕而自省論語孔子曰周任有言曰陳力就列不能者止論語考比讖賜問曰格言成法亦可以次序也濟曰省察也用薄才劣岳謙詞也格至也幾陋身之不保尚五臣作而奚擬於明哲善曰爾雅曰幾近也孟子曰士庶人不仁不保四體毛詩曰既明且哲以保其身良曰陋身岳自謂也言身幾將不保何敢比於明哲明哲謂周任也言遭楊駿之事殆不全也仰衆妙而絕思終優遊以養拙善曰老子曰玄之又玄衆妙之門毛詩曰優哉游哉亦是戾矣鄭玄曰戾止也優游自安止言思不出其位銑曰衆妙則老子云衆妙之門也絕思者盡心於此以養其拙岳復謙詞也

哀傷

長門賦 并序

司馬長卿

孝武皇帝陳皇后時得幸頗妬別在長門宮愁悶悲思善曰外戚傳曰陳皇后者長公主嫖女也曾祖嬰爲唐邑侯傳子至孫午午尚長公主女初武帝得立爲太子長公主有力取女爲妃及即位爲皇后擅寵驕貴十餘年而無子聞衛子夫得幸幾死者數焉元光五年坐女

子楚服等爲皇后巫蠱祠祭呪詛罷退歸長門宮嫖四妙切聞蜀郡成都司馬相如天下工爲文奉黃善無黃字金百斤爲相如文君取酒善曰漢書曰卓氏女文君既奔相如相如與俱之臨卬賣酒舍文君當爐相如身自滌器於市中向曰工善也事不宜斥言與相如金故託爲相如文君取酒因于解悲愁之辭善曰鄭玄儀禮注曰于爲也翰曰欲因此辭解悲愁而相如爲文以悟主上皇后復得親幸善有親字善曰說文曰悟覺也濟曰陳皇后復得親幸案諸史傳並無此文恐敘事之誤其辭曰

夫何一佳人兮步逍遙以自虞善曰神女賦曰夫何神女之妖麗何休公羊傳注曰據疑問不知者曰何佳人謂陳皇后也楚辭曰聞佳人兮召予廣雅曰佳好也爾雅曰虞度也郭璞曰謂測度也良曰逍遙行皃自度量已事魂踰佚逸而不返兮五臣無兮字形枯

槁考而獨居善曰言精䰟踰佚形體枯槁悲悴之甚也蒼頡篇曰佚揚也楚辭曰神儵忽而不反
兮形枯槁而獨留槁古老切銑曰言憂思顛頓之甚也言我朝往而暮來兮飲
食樂而忘人善曰我武帝也言帝昔許朝往暮來幸臨於己今以飲食懽樂而忘於人人所自謂
也向曰樂其飲食與寵衛子夫而忘人心慊慊移而不省故兮交得意
而相親善曰移字或從火非也爾雅曰省察也慊理兼切翰曰慊絕也言君心絕移不省察我故舊新交得
意者而與相親也伊予志之慢愚兮懷貞慤苦角之懽善作
懽心善曰蒼頡篇曰懷抱也鄭玄禮記曰慤原也空角切濟曰伊惟也慢愚謙也望帝之來故常懷貞慤
以自歡也願賜問而自進兮得尚君之玉音善曰願君問己因而
自進也尚猶奉也毛詩曰無金玉爾音良曰願得聞君自己之音而重之因復自進也言玉者貴之也奉虛
言而望誠兮期城南之離宮善曰言奉君虛言望為誠實離宮即長門宮也

在於城南也銑曰言奉君虛言期幸長門我望此以為誠信脩薄具而自設兮君
曾五臣無曾字不肯兮善作乎字幸臨善曰具肴饌也史記曰臨親也向曰薄其清潔之
饌廓獨潛而專精兮天飄飄而疾風善曰楚辭曰悲愁窮慼兮
獨處禮記曰祥而廓然鄭玄曰憂懼在心之貌翰曰廓然潛處等一其精神也登蘭臺而遙
望兮神怳怳况往而外淫善曰王逸楚辭注曰怳失意也韓子曰神不淫放則身全
廣雅曰淫遊也蘭臺臺名濟曰登以望君怳怳思君也浮雲鬱而四塞兮天窈
窈而晝陰雷殷殷而響起兮聲象君之車音善曰
毛萇詩傳曰鬱積也楚辭曰日窈冥兮羌晝晦說文曰窈深遠也毛詩曰殷其雷殷音隱良曰闇此謂君之來也窈窈
暗也殷隱聲也飄風迴而赴善作起字閨兮舉帷幄之襜襜
昌廉反善曰楚辭曰裳襜襜以含風王逸曰襜襜搖貌銑曰赴至也襜襜動貌桂樹交而相

紛兮芳酷烈之誾誾魚巾反善曰酷列誾誾皆氣盛也向曰相紛相盤也孔
雀集而相存兮玄猨嘯而長吟翡翠脅翼而
來萃兮鸞鳳飛而北南皮冰心憑噫依而不舒兮
邪氣壯而攻中善曰說文曰存恤問也憑噫氣滿貌管子曰邪氣襲內正色乃衰翰曰存猶
並也萃聚脅斂也憑噫懷歎邪氣恨氣也言鳥獸飛翔吟嘯與偶相集故心懷歎不得舒洩憂恨之氣壯盛攻於中情也
下蘭臺而周覽兮步從容於深宮善曰好色賦曰周覽九土尚書曰從
容以和正殿塊以造操天兮鬱並起而穹丘弓崇間徙
倚於東廂兮觀夫靡靡而無窮善曰孔安國尚書傳曰造至也郭璞方言
注曰鬱壯大也穹崇高貌高誘呂氏春秋注曰間頃也謂下臺少頃也方言曰靡靡細好也向曰正殿前殿也塊大也
徙倚立也廂廊也靡靡室宇美好也擠濟玉戶以撼胡感金鋪平兮聲噌

測耕吰胡耕而似鍾音善曰字書擠排也說文曰撼搖也金鋪以金為鋪首也噌吰聲也噌音曾吰音
宏濟曰金鋪扉上有金花花中作釦鐶以貫鏁故撼搖有聲似鍾音也刻木蘭以為榱衰
兮飾文杏以為梁羅丰峯茸如恭之游樹兮離樓
梧五故而相撐丑耕善曰丰茸眾飾貌游樹浮柱也離樓攢聚眾木之貌漢書音義曰欑曰邪柱為梧
字林曰撐柱也直庚切良曰木蘭文杏木名榱椽也游樹邪柱也丰茸眾柱皃離樓欑聚木皃梧逆也撐倚也施
瑰木之欂薄碧櫨盧兮委參差以槺康梁善曰言以瑰奇之木
以為欂櫨委積參差以承虛梁說文曰欂櫨柱上枅也方言曰㾮虛也㾮與槺同音康銑曰瑰大也欂櫨斗栱之
屬參差以承虛梁時髣髴以物類兮象積石之將將善曰楚辭
曰時仿佛而遙見說文曰髣髴見不諟也尚書曰導河積石將七羊反向曰積石山名也髣髴象類此五色
炫縣以相曜兮煥爛爗而成光善本作爛耀耀以成光緻

錯石之瓴零甓蒲覓兮象瑇瑁之文章五臣作致 善曰埤蒼曰炫光貌廣雅曰曜照也賈逵國語注曰曜明也鄭玄禮記注曰緻密也錯石雜衆石也言累衆石令之密緻以爲瓴甓采色間雜象瑇瑁之文章也爾雅曰瓴甋謂之甓郭璞曰甋甎也 翰曰錯石衆石也瓴甓甎也言累甎石似瑇瑁之文

張羅綺之幔帷兮垂楚組之連綱 善曰尚書曰荆州厥篚玄纁璣組孔安國曰組綬類也周禮曰幕人掌帷綬之事鄭司農注曰組綬所以繫帷也 濟曰組綬楚人善爲之故用以連繫帷幔也

撫柱楣以從七容兮覽曲臺之央央 白鶴噭叫以哀號兮孤雌跱於枯楊 善曰爾雅曰楣謂之梁三輔皇圖曰未央東有曲臺殿央央廣貌廣雅曰噭鳴也 銑曰白鶴孤雌哀鳴跱立於枯楊無滋潤之樹自喻獨悲於深宮

日黃昏而望絕兮悵獨託於空堂 懸明月以自照兮徂清夜於洞房 善曰楚辭曰姱容脩態亘洞房 向曰黃昏不來望君之心絕矣月在空始懸也徂盡洞深也

援雅琴以變調兮奏愁思之不可長 善曰宋至諷賦曰援琴而鼓之七略曰雅琴琴之言禁也雅之言正也君子守正以自禁也賈逵國語注曰援引也 翰曰援持也調謂變常調以奏愁思之曲不可長者言愁思常難堪

案流徵以却轉兮聲幼要妙而復揚 善曰宋玉笛賦曰吟清商追流徵 良曰案徵絃而却轉之使其聲抑而復揚也幼妙細聲故曰抑也

貫歷覽其中操兮意慷慨而自卬昂 善曰言依曲次第貫穿而歷覽之至其中操也論語曰吾道一以貫之琴道曰琴有伯夷之操窮則獨善其身不失其操故謂之操漢書王章妻謂章曰不自激卬如淳注曰激厲抗揚之意也 濟曰貫猶次第也操曲也罷慨歎息自卬自激厲也言次第歷其聲至於中曲歎息自激厲也

左右悲而垂淚兮涕流離而從橫 善曰流離涕垂之貌

舒息悒而增欷虛義兮蹝所綺履起而彷步郎徨黃 善曰息歎息也悒於悒也楚辭曰憯悽增欷蒼頡篇曰欷泣餘聲也蹝履足指挂履也蹝與躧音義同 銑曰舒息長舒氣也欷歔哀也蹝躡也彷徨猶徘徊也

揄五臣作投長袂以自翳兮數昔日之諐殃 善曰說文曰揄引也爾雅曰諐過也 良曰袂袖翳蔽也自數己之過咎

無面目之可顯兮遂頹思而就牀 善曰廣雅曰頹壞也言懷其思慮而就牀 良曰懷其思慮就牀而寢

摶徒丸芬若以爲枕兮席荃銓蘭而茝昌待香 善曰芬若荃蘭皆香草也言爲枕席與君來而幸臨也摶著也段丸切 濟曰摶持也芬若荃蘭茝皆香草持以爲枕席以喻脩絜其行

忽寢寐而夢想兮魄若君之在旁 惕寤覺而無見兮魂迋迋區往若有亡 善曰琴操聶政之妻曰聶政出遊七年不歸吾常夢想思見之也迋迋恐懼之貌狂往切莊子曰君惝然若有亡 銑曰惕驚也迋迋驚貌覺而不見於君若有所失也

衆雞鳴而愁予兮起視月之精光 觀衆星之行列兮畢昴出於東方 善曰楚辭曰目眇眇兮愁予言將曉也淮南子曰西方其星昴畢今出東方謂五月六月也 向曰予陳后自稱也畢昴之星晨見東方至秋時也

望中庭之藹藹於害兮若季秋之降霜 善曰藹藹月光微闇之貌禮記曰季秋之月霜始降 翰曰藹藹月色始季秋之霜白也

夜曼曼五臣作漫莫半切其若歲兮五臣無兮字 懷鬱鬱其不可再更 善曰楚辭曰終長夜之曼曼又曰望孟夏之短夜何明晦之若歲又曰心鬱鬱之憂思兮獨永歎而增傷鄭玄周禮注曰鬱不舒散也越絕書曰計倪曰會稽之飢不可再更 濟曰漫漫若歲言夜長也更易也言懷愁鬱鬱不可重易歡樂之時而爲之也

澹去偃蹇而待曙兮荒上亭亭而復明 善曰說文曰澹搖也李奇曰澹猶動也偃蹇佇立貌也楚辭曰思不眠而極曙王逸曰曙明也莊子廣成子謂黃帝曰自汝治天下日月之光益以荒矣然荒欲明貌亭亭遠貌 良曰曙曉也亭亭漸明也澹然佇立待曉荒然漸及明也

妾人竊自悲五臣有傷字兮究年歲而不敢忘 善曰管子婦對桓公曰妾人聞之非有內憂必有外患不敢忘不敢忘君也 銑曰

妾人陳右自謂也究盡也雖盡年歲終不忘君也

思舊賦 并序

向子期 善曰臧榮緒晉書云向秀字子期河内懷人也始有不羈之志康既被誅秀應本州計入洛太祖問曰聞有箕山之志何以在此秀曰以爲巢許未達堯心是以來見叉自役作思舊賦後爲黄門郎卒向注同思舊者思其故舊也

余五臣有少字與嵇康吕安居止接近其人並有不羈之才善曰臧榮緒晉書曰嵇康爲竹林之游預其流者向秀劉靈之徒吕安字仲悌東平人也鄒陽上梁孝王書曰使不羈之士與牛驥同皁也翰曰不羈言不可羈束也然嵇志遠五臣作意而踈吕心曠而放其後各以事見法善曰臧榮緒晉書曰安妻其美兄巽報之巽内慙誣安不孝啓太祖徙安遠郡即路與康書太祖見而惡之收安付廷尉與康俱死見法謂被法也説文曰法刑也

翰曰康意高遠於人事踈略安亡曠大於俗表放逸嵇博綜技藝於絲竹特妙臨當就命顧視日影索琴而彈之善曰王肅周易注曰綜理事也國語曰先人就世方言曰就終也文士傳曰嵇康臨死顏色不變謂兄曰向以琴來不兄曰已來康取調之爲太平引曲成數息曰太平引絶於今日邪于寶晉紀云廣陵散於今絶矣濟曰綜集也就命就戮也余五臣無余字逝將西邁經其舊廬善曰言昔逝將西邁今返經其舊廬毛詩曰逝將去汝良曰逝往也西邁者謂秀西行之京也言往日西行今還而過其舊居舊居即山陽竹林也于時日薄虞淵寒冰淒然善曰淮南子曰日入于虞淵之汜良曰虞淵日入處也鄰人有吹笛者發聲寥亮追思五臣作想曩昔遊宴五臣作讌之好感音而歎故作賦云

將命適於遠京兮遂旋反而北徂善曰論語曰將命者出户鄭玄曰將命傳辭者鄭玄毛詩箋曰將奉也徂行也毛詩曰不能旋反爾雅曰適往也銑曰秀爲郡計掾吏故云將命北徂言北歸也濟黄河以汎舟兮經山陽之舊居善曰國語曰秦汎舟於河漢書河内郡有山陽縣瞻曠野之蕭條兮息余駕乎城隅善曰西都賦曰原野蕭條孟子曰孔子自衛反魯息駕乎河梁毛詩曰俟我乎城隅踐二子之遺跡兮歷窮巷之空廬善曰二子謂吕安嵇康也風賦曰起於窮巷之閒歎黍離之愍周兮悲麥秀於殷墟善曰毛詩序曰黍離閔宗周也尚書大傳曰微子將朝周過殷之墟見麥秀之蕲蕲此父母之國志動心悲也翰曰謂過舊居故引此詩惟古昔以懷人善作今字兮心徘徊以躊儔躇除善曰方言曰惟思也説文曰懷念也韓詩曰搔首踟躕心不安躊躇行不進也濟曰徘徊棟宇存而弗毀兮形神逝五臣作遊其焉如善曰家語孔子謂魯哀公曰君仰視榱桷其器皆存而不覩其人也孔安國尚書傳曰如

往也良曰謂嵇吕二子之形神也焉何如之也昔李斯之受罪五臣作戮兮歎黄犬而長吟善曰史記曰李斯出獄顧謂其子曰吾欲與若復牽黄犬俱出上蔡東門逐狡兔可得乎銑曰吟歎聲也悼嵇生之永辭兮顧日影而彈琴託運遇五臣作命於領會兮寄餘命於寸陰善曰運遇五行運轉遇吉凶也領會冥理相會也鄭玄禮記注曰領理也淮南子曰聖人不貴尺之璧而重寸之陰時難得而易失翰曰會合也言康之刑是運遇會合當終之秋索琴而彈是寄命於分寸之陰耳此向生思舊之深故再言也聽鳴笛之慷慨兮妙聲絶而復尋停駕言其將邁兮遂援翰而寫心善曰洞簫賦曰其妙聲則清浄厭瘱長門賦曰聲幼眇而復揚停駕駕將邁遂停不行毛詩曰駕言出遊廣雅曰將欲也胡廣弔夷齊文曰援翰録弔以舒懷兮毛詩曰我心寫兮良曰尋續邁行援持也寫心寫思舊之心也

歎逝賦 并序

陸士衡 善同濟注。濟曰：臧榮緒晉書云：陸機字士衡，吳人也。年二十，閉門勤學，流譽京邑，聲溢四表。爲吳牙門將軍。吳平，楊駿辟機爲太子洗馬，爲司空張華所重。後爲江都王穎司馬，遂穎所害。逝，往也。言日月流邁，人世易往，傷歎是事，因而賦焉。

昔每聞長老追計平生同時親故，或凋落已盡，或僅有存者。善曰：論語曰：久要不忘平生之言。孔安國曰：平生，少時也。賈逵國語注曰：僅，猶言纔能也。銑曰：皆長老之所談者也。凋落，死亡也。余年方四十，而懿親戚屬，亡多存寡；暱交密友，亦不半在。或所曾共遊一塗，同宴一室，十年之內，索然已盡。以是思哀，哀可知矣。善曰：左氏傳富辰曰：兄弟雖有小忿，不廢懿親。爾雅曰：暱，近也。孫林曰：親之近也。長笛賦曰：密友寶索盡貌也。家語孔子謂哀公曰：君以此思哀，則哀可知矣。向曰：言哀之甚也。懿，美也。乃善有爲字賦曰：

伊天地之運流，紛升降而相襲。善曰：禮記曰：地氣上齊，天氣下降，而百化興焉。鄭玄曰：齊讀曰躋。躋，升也。孔安國尚書傳曰：襲，因也。翰曰：伊，惟也。運，流行也。升上降下，襲因也。四時上下相代謝，紛然無極。日望空以駿驅，節循虛而警立。善曰：警，猶驚也。濟曰：日行于空虛，如駿馬之驅馳。四節謂日所迫曾，不得少息，常自警策而立其節矣。此謂歲月之速。嗟人生之短期，孰長年之能執？善曰：素問雷公曰：請問短期。黃帝曰：在經論中。管子曰：導血氣而求長年。良曰：執，守也。時飄忽其不再，老晼於遠晚其五臣作而將及。善曰：楚辭曰：時不可兮再得。思玄賦曰：長倏忽其不再。楚辭曰：白日晼晚其將入。良曰：飄忽，疾貌。不再，不可再來也。晼晚，日暮也。比人年老也。懟直遂瓊蕊之無徵，恨朝霞之難挹。一入反。善曰：字林曰：懟，怨也。西京賦曰：屑瓊蕊以朝湌，必性命之可度。楚辭曰：歎正陽而含朝霞。毛詩傳曰：挹，斟也。挹音揖，斟音俱。銑曰：瓊蕊、朝霞，皆仙者服之以取長年。今我將老，是瓊蕊無驗，朝霞不可挹酌也。望暘善作湯字谷以企遣智予，惜此景之屢戢。善曰：山海經曰：湯谷上於扶桑，一日方出。郭璞曰：上於扶桑，在上也。一日至，一日出，言交會相代也。毛詩曰：企予望之。鄭玄曰：跂足則可望見之。企與跂同。賈逵國語注曰：惜，痛也。戢，藏也。向曰：暘谷，日所出也。景亦日也。戢，藏也。企予，言我企立而望之，歎惜此日屢爲藏沒，使人代謝不居也。悲夫！川閱水以成川，水滔滔而日度；善曰：高誘淮南子注曰：閱，總也。毛詩曰：滔滔江漢。濟曰：滔滔，水流皃。總衆水而成其川，終日流去而後水相續。世閱人而爲世，人冉冉而行暮。善曰：夫世之得名，緣於君上人之父子相繼，亦取其名，故以一代之人通呼爲世人。楚辭曰：老冉冉而逾施。廣雅曰：冉冉，進也。濟曰：冉冉，人老皃。言總衆人而成于世，終日老謝而後人相繼。人何世而弗新，世何人之能故？善曰：言皆滅亡而不能故。銑曰：以新代故，是以不能故也。野每春其必華，草無朝而遺露。

善曰：野每春其必華，喻人何世而弗新；草無朝而遺露，喻世何人之能故。夫露之在草，無一朝有餘，以喻人之居世，無一時而能故也。王逸楚辭注曰：遺，餘也。良曰：無朝遺露，無一朝而不有露也。經終古而常然，率品物其如素。善曰：楚辭曰：已長無絕兮終古。周易曰：品物咸亨。鄭玄禮記注曰：素，故也。向曰：素，舊也。言人世至新，雖及終古而常若此，至於物類亦如舊日。譬日及之在條，恒雖盡而弗五臣作不悟。善曰：言命之行逝，譬乎日及，雖至於盡而不能悟。潘岳朝菌賦曰：朝菌者，世謂之木槿，或謂之日及。翰曰：悟，覺也。日及，木槿華也。朝榮夕落，漸至於盡，不即覺也。雖不痗善作悟字其可悲，心惆焉而自傷。亮造化之若茲，吾安取夫久長？善曰：廣雅曰：惆，痛也。爾雅曰：亮，信也。淮南子曰：大丈夫無爲，與造化逍遙。濟曰：惆悵也。安，何也。痛靈根之夙隕，怨具爾之多喪。平聲協韻。善曰：靈根，祖禰也。具爾，兄弟也。南都賦曰：固靈根於夏葉。良曰：靈根，靈木之根，喻祖考也。夙，早。隕，沒也。具爾，謂兄弟也。詩云戚戚兄弟莫遠具爾 悼堂構之隤 五臣作頹 瘁 萃 愍城闕之丘荒 善曰尚書曰厥子乃弗肯堂矧肯構瘁猶毀也毛詩曰在城闕兮 銑曰堂構祖考所構之堂皆崩頹毀瘁城闕亦丘墟荒蕪此機情多傷吳亡矣 親彌懿其已逝交何戚而不亡 善作忘字 咨余命 善作今字 之方殆何視天之芒芒 善作茫茫 善曰芒芒猶夢夢也詩曰民今方殆視天夢夢鄭玄曰夢夢亂也爾雅曰殆危也 向曰懿美戚近咨嗟殆困也茫茫不明也 傷懷悽其多念慼 善作戚字 貌瘁而尠 五臣作鮮 歡 善曰蒼頡篇曰瘁憂也瘁與悴古字通爾雅曰尠少也 翰曰感思憂瘁病鮮少也 幽情發而成緒滯思叩而興端 善曰舞賦曰幽情形而外揚 良曰言我懷傷叩發自多端緒 慘此世之無樂詠在昔而為言居充堂而衍宇行連駕而比軒彌年時其詎幾夫何往而不殘 善曰毛詩曰自古在昔 充滿於堂盈衍於宇皆殘滅也爾雅曰彌終也 銑曰言昔時賓族衆盛若此也充滿衍溢也 向曰詎幾無多也言思昔雖已終年時亦無多日也而親戚舊人無不殘滅 或冥邈而既盡或寥廓而僅半 平聲協韻 善曰說文曰冥窈也廣雅曰寥深也廓空也 信松茂而柏悅嗟芝焚而蕙歎 平聲協韻 善曰毛詩曰如松之茂淮南子曰巫山之上順風縱火紫芝與蕭艾俱死柏悅蕙歎蓋以自喻 翰曰同類相感也冥邈久遠也僅纔也芝蕙香草也言親友既逝其情無聊 苟性命之不 善作弗字 殊豈同波而異瀾 善曰言人之性命脆促不殊譬水同波而無異瀾也 濟曰性命波瀾既同賓族盡殁自思將復同此 瞻前軌之既覆知此路之良難 善曰此路死路也晏子春秋曰前車覆後車戒 良曰軌車也言觀前車之覆重涉其路固以難也 啓四體而深悼懼茲形之將然 善曰論語曰曾子有疾召門弟子曰啓予足啓予手 銑曰懼已將復化也 毒娛情之 善作而字 寡方怨感目之多

顏 善曰廣雅曰毒痛也歸田賦曰聊以娛情方術也多顏謂亡者既多而非一狀也 向曰毒病寡少也言觸目皆感多在顏而 諒 五臣作亮 多顏之感目神何適而獲怡 善曰爾雅曰怡樂也 翰曰亮善怡悅也顏之憂猶感於目其神何往而獲其怡悅矣言不可得也 尋平生於響像覽前物而懷之 善曰夫響以應聲像以寫形兮形聲既亡故尋其響像魯靈光殿賦曰忽縹緲以響像 濟曰尋思親故音響形像見昔時器物而為增懷也 步寒林以悽惻翫春翹而有思觸萬類以生悲歎同節而異時 善曰翹茂盛貌毛詩曰翹翹錯薪河圖曰地有九州以苞萬類魏文帝與吳質書曰節同時異 濟曰翹英也言節序雖同而時人各異也 年彌往而念廣塗薄暮而意迮 責 楚辭曰年洋洋而日往史記伍子胥曰日暮塗遠故倒行而逆施之聲類曰迮迫也阻格切 良曰如行者塗路尚遠而日已暮以喻天甚長而人已老是以意迫迮也 親落落而日稀友靡靡而愈索顧舊要於遺存得十一於千百 善曰落落稀貌靡靡盡貌索協韻所格切舊要猶久要也遺餘也言顧久要於遺存之中得十一於千百之內十一者謂通千百而計之十分而得其一言亡多而有存寡也論語曰久要不忘平生之言 銑曰靡靡少貌索盡要妙也舊十今得其一舊千今得其百盡失其九分矣 樂隤 善作隤 心其如亡哀緣情而來宅 善曰薛君韓詩章句曰隤猶遺也 向曰隤落亡失宅居也言樂易失而哀易居也 託末契於後生余將老而為客 善曰說文曰契約也論語子曰後生可畏古詩曰人生天地間忽如遠行客 翰曰言後生見我老不與我交以客禮相待復增其憂耳末契下交也 然後弭節安懷妙思天造 善曰楚辭曰夕弭節于北渚王逸曰弭安也論衡曰孔子作春秋妙思自出會中周易曰天造草昧 濟曰弭低也以為理不可強故低志節安懷抱妙思天之造物 精浮神淪忽在世表寤大暮之同寐何矜晚以怨早 善曰表外也大暮猶長夜也言覺斯理則晚死者何足矜早夭者何傷也繆熙伯挽歌曰

大暮安可晨䝉循死也古詩曰潛寐黃泉下　銑曰乃寤古
今爲長夜天下同歸歸後何有早晚而矜悲於其間邪此機
自解之詞**指彼日之方除豈茲情之足攪**校　善曰毛詩曰日月其
除又曰祇攪予心毛萇曰攪亂也　向曰除去也
言彼日之去乃常事耳何足攪亂我情而使憂也**感秋華**
於衰木瘁零露於豐草在殷憂而弗違夫何云
乎識道善曰言達人之忘懷齊死生今反感不衰之秋華
思豐草之零露是乃在殷憂而不去何云於識道
乎毛詩曰零露團兮又曰在彼豐草韓詩曰耿耿不寐如有
隱憂毛萇曰違去也法言曰委大聖而好乎諸子者惡覩其
識道也殷深也　翰曰至於感病於秋華衰木零露茂草之
節是不避深憂之人豈得云識道士也瘁病豐茂違避也
將頤天地之大德遺聖人之洪寶善曰爾雅曰頤養也周易曰天地之
大德曰生聖人之大寶曰位　濟
曰洪大也言將養生而遺榮也**解心累於末迹聊優**
游以娛老善曰莊子曰解心之繆去德之累容動色治氣意
六者繆心者也惡欲喜怒哀樂六者累德者也
累猶負也毛詩曰優哉游哉亦是戾矣班固漢書述曰䟽克
有終散金娛老　良曰言游道德以解中心憂累下末之迹
優游自娛
以終老也

懷舊賦并序

善曰懷舊賦者懷思也謂思於親舊而賦也

潘安仁

余十二而獲見於父友東武戴侯楊君始見知
名遂申之以婚五臣作昏**姻**善曰臧榮緒晉書曰岳父芘琅
邪內史潘岳楊肇碑曰肇字季
初滎陽人封東武伯薨謚曰戴芘音毗言岳有名譽爲肇所
知漢書曰宣皇帝知名者賈弼之山公表注曰楊肇女適潘
岳左氏傳晉呂相絕秦曰相好戮力同心申之以婚姻　向
曰岳父芘與東武伯楊肇嘗同爲官故曰友戴謚余自謂也
申重也**而道元公嗣亦隆世親之愛**善曰賈弼之山公表注曰肇生
潭字道元太中大夫次韶字公嗣射聲司馬　銑曰肇子
亦與岳崇代親而相愛也謂子父各相友代代相親愛**不**

幸短命父子凋殞善曰論語孔子曰有顏回者不幸短
命　翰曰言肇與道元公嗣皆短命
逝沒也**余既有私艱且尋役于外**善曰私艱謂家難也
毛詩曰未堪家多難
余又集于蓼尋役謂之任也王充論衡曰充
罷州役　濟曰岳自遭父憂後從官外郡**不歷嵩丘**
之山者九年于茲矣今而經焉慨然懷舊而賦
之曰善曰陸機洛陽記曰嵩高在洛陽東南五十
里　良曰楊肇塋葬嵩山岳望之而念舊也
啓開陽而朝邁濟清洛以徑渡善曰應劭漢官儀
曰開陽始成未有
名夜有一柱來樓上琅邪開陽縣上言南門一柱飛去光武
使視之因刻記其年月日以名門焉楚辭曰不能凌波以徑
度　銑曰邁行
徑直啓開也**晨風淒以激冷夕雪暠**胡老**以掩路**
善曰埤蒼曰暠白也
向曰晨風朝風也**轍含冰以滅軌水漸**子兼**軔**刃**以**
凝沍胡故反　善曰顏延年纂要解曰車跡曰軌軌並輪
謂之軔王逸楚辭注曰軔支輪木也廣雅曰漸漬也

字林曰凝冰也杜預曰沍閉也　翰曰車轍冰合而
滅軌迹水入車輪凝凍也軌迹漸入軔輪沍凍也**塗艱**
屯其難進日晼紆遠**晚而將暮**善曰周易曰屯難楚辭
曰白日晼晚其將入
翰曰艱屯險阻
也晼晚日落貌**仰睎歸雲俯鏡泉流**善曰傅毅七激曰
仰歸雲迴遊風西
都賦曰鏡清流　濟
曰睎視鏡鑑也**前瞻太室傍眺嵩丘**善曰山海經
曰太室之山
郭璞曰即中嶽嵩高山也今在陽城縣西漢書曰太室嵩高
也戴延之西征記曰嵩高中嶽也東謂太室西謂少室捴名
嵩也小說曰昔傅亮北征在河中流或人問之曰潘安仁作
懷舊賦曰前瞻太室旁眺嵩丘嵩丘太室一山何云前瞻旁
眺哉亮對曰有嵩丘山去太室七十里此是寫書誤耳　良
曰太室嵩丘皆中岳名今云前瞻旁眺似是他山恐傳寫之
誤太室山名在南
多以爲此前瞻矣**東武託焉建塋啓疇**善曰如淳漢
書注曰塋冢
田也賈逵國語注曰一井爲疇
銑曰即楊肇塋葬疇隴也**巖巖雙表列列行**胡郎**楸**
秋　善曰崔豹古今注曰堯設誹謗之木今之華表也以橫
木交柱頭古人亦施之於墓爾雅曰槓大而散楸郭璞曰老

乃皮散皆爲楸也向曰表華表也巖巖高貌楸木名列列行貌 望彼楸矣感于予思 去聲 善曰尚書曰予思日孜孜 既興慕於戴侯亦悼元而哀嗣墳壘壘以接隴 善作壘壘而接隴 栢森森以攢植 直利反協韻 善曰古樂府詩曰還望故鄉鬱何壘壘廣雅曰壘重也說文曰隴丘也仲長子昌言曰古之葬植松栢梧桐以識其墳鄭玄周禮注曰植根生之屬 翰曰戴侯即楊肇元即道元嗣即公嗣也 良曰壘壘墳隴接連貌森森盛貌植生也 何逝没之相尋曾舊草之未異 善曰禮記曰朋友之墓有宿草而不哭焉鄭玄曰宿草陳根 銑曰言相尋而逝舊草未及變異也 余總角而獲見承戴侯之清塵名余以國士眷余以嘉姻 善曰毛詩曰總角丱兮孔安國尚書傳曰承奉也楚辭曰聞赤松之清塵史記豫讓曰智伯國士遇我我故國士報之 向曰總角童子髻也岳是時見楊肇肇以岳爲國士故與昏姻也清塵猶清風皆美言也 自祖考而隆好逮二子而世親歡攜手以偕老庶報德之有鄰 善曰毛詩曰君子偕老家語孔子曰詩云皇皇上帝其命不忒天之與人必報有德論語孔子曰德不孤必有鄰 翰曰偕俱也逮及也二子謂道元與公嗣也恨不得與二子俱老相與爲鄰而我得報國士之德 今九載而來歸 善作一來 空館閴其無人 善曰周易曰闚其戶閴其無人埤蒼曰閴靜也 濟曰館宅也閴空也 陳荄被于堂除舊圃化而爲薪 善曰鄭玄禮記注曰宿草陳根也方言曰荄根也音階說文曰除殿階也 良曰除階道也圃園也薪樵也室宇無人故生草大也 步庭廡以徘徊涕泣流而霑巾 善曰說文曰廡堂下周屋禮記曰孔子泫然流涕張平子四愁詩曰側身北望涕霑巾泫胡犬切 翰曰廡長屋也流泣淚下貌巾衣襟 宵展轉而不寐驟長歎以達晨 善曰毛詩曰展轉伏枕漢書曰劉向或夜觀星宿不寐達旦 銑曰宵夜也展轉反側也驟數也晨明也 獨鬱結其誰語聊綴 五臣作掇 思於斯文 善曰楚辭曰遭

沈濁而汚穢兮獨鬱結其誰語 濟曰鬱結意不申貌言我將與誰語但掇拾餘思於斯文矣

寡婦賦 并序

善曰寡婦者任子咸之妻也子咸死安仁序其寡孤之意故有賦焉少無夫曰寡

潘安仁

樂安任子咸者 善無者字 有韜世之量 善曰賈弼之山公表注曰護字子咸奉車都尉廣雅曰韜藏也言度之大苞藏一世也 向曰任子咸樂安郡人也 與余少而歡焉雖兄弟之愛無以加也 善曰范曄後漢書曰姜肱與二弟仲海季江友愛天至 良曰歡愛加過也 不幸弱冠而終 善曰論語孔子曰有顏回者不幸短命禮記曰二十曰弱冠 良友既沒何痛如之其妻又吾姨也 善無也字 善曰孫卿子曰夫人必將擇良友而友之賈弼之山公表注曰楊肇次子適任護毛詩曰邢侯之姨左氏傳曰蔡哀侯娶於陳息侯亦娶焉息嬀將歸過蔡蔡侯曰是吾姨也 翰曰妻之姊妹曰姨咸妻則岳妻之姊妹吾岳自稱 少喪父母適人而所天又殞 善曰家語曰女年十五有適人之道適謂往嫁也喪服傳曰父者子之天夫者婦之天蔡伯喈女賦曰當三春之嘉月將言歸於所天 向曰言咸妻少喪其父母以之適咸而咸又逝也 孤女藐 邈 焉始孩 善曰左氏傳晉獻公曰以是藐諸孤孟子曰孩提之童無不知愛其親者趙岐曰孩提謂二三歲之間始孩笑可提抱者 向曰藐孤貌孩嬰兒 斯亦生民 五臣作人 之至艱而荼 徒 毒之極哀也 善曰尚書曰不忍荼毒孔安國曰荼毒苦也 翰曰艱難也 昔阮瑀既沒魏文悼之並命知舊作寡婦之賦 善曰魏文帝寡婦賦序曰陳留阮元瑜與余有舊薄命早亡故作斯賦以叙其妻子悲苦之情命王粲等並作之 濟曰悼傷也 余遂擬之以作 善無作字 叙其孤寡之心焉其辭曰

嗟余生之不造兮哀天難去之匪忱市林反善曰毛詩曰閔
予小子遭家不造天難匪忱言天行禍難不由誠信也爾雅
曰忱信也　良曰余爲咸妻稱也造成忱誠也言我生遭家
不成而喪父是天降禍難雖有誠信不能攘却少伶零俜匹成切善作伶俜而偏孤兮痛
怮刀怛丁達以摧五臣作切心善曰偏孤謂喪父也古猛虎行曰少年惶且怖伶俜到他鄉伶
力丁切毛詩曰勞心怮怮又曰勞心怛怛毛萇曰怮怮憂勞
也又怛怛猶怮怮也　銑曰伶俜單子皃母在故云偏孤切
怛悲傷也姑切割其心也覽寒泉之遺歎兮詠蓼六莪俄之餘
音善曰寒泉謂母存也蓼莪謂父母俱亡也　向曰詩云爰有寒泉在浚之下有子七人母氏勞苦又蓼蓼者莪
匪莪伊蒿哀哀父母生我劬勞此皆孝子思養其親故覽詠是篇而有遺歎餘音也情長感以永
慕兮思彌遠而逾深善曰長笛賦曰長感感不能隔居兮曹子建應詔詩曰長懷永
慕　翰曰言思親之深也感慕永長逾遇也

文選十六　廿五

伊女子之有行去兮爰奉嬪
於高族善曰毛詩曰女子有行遠父母兄弟尚書曰嬪于虞孔安國曰奉行婦道於虞氏　濟曰伊惟也女
子謂咸妻稱也有行謂自修德行也高族謂咸族望高也奉嬪謂奉行婦道於咸家承慶雲之光
覆兮五臣無兮字荷君子之惠渥善曰慶雲喻父母也史記曰若煙非煙若雲非
雲郁郁紛紛蕭索輪囷是謂慶雲楚辭注曰慶雲喻尊顯君子謂夫也毛詩曰既見君子不我遐棄詩傳曰渥厚也　良
曰毋言承父母餘蔭光覆又荷咸恩惠之厚顧葛藟力水之蔓延去兮託微
莖於樛居幽木善曰葛藟二草名也言二草之託樛木喻婦人之託夫家也毛詩曰南有樛木葛藟
纍之毛萇曰木下曲曰樛纍猶蔓也樛居虯切纍力追切　銑曰蔓延柔弱貌懼身輕而施夫
重兮若履冰而臨谷善曰曹植鸚鵡賦曰怨身輕而施重恐往惠之中虧丁儀妻寡
婦賦曰恐施厚而德薄若履冰而臨淵毛詩曰惴惴小心如臨于谷又曰戰戰兢兢如履薄冰　向曰施恩也履冰臨谷
戒慎隤僭遵義方之明訓兮憲女史之典戒善曰蔡邕袁公夫人

碑曰義方之訓如川之流毛萇詩傳曰古者后夫人必有女史　翰曰石碏云教子以義方言遵奉我家德義之方以爲
明訓古者后妃皆有女史我取以爲法則典戒也奉蒸嘗以效順兮供灑善作
洒字掃以彌載善曰禮記曰天子諸侯宗廟之祭春礿夏禘秋嘗冬蒸又曰女於大夫曰備掃灑毛
萇詩傳曰灑掃也又曰教成之祭牲用魚芼之以蘋藻所以成婦順也毛萇詩傳曰洒灑同班婕妤自傷賦曰供灑掃於
帷幄永終死以爲期爾雅曰彌終也　濟曰言供奉祭祀灑掃之禮效柔順之道以彌年載彼詩人之
攸歎兮徒五臣作從顧言而心痗妹善曰毛詩曰願言思伯使我心痗毛萇曰
痗病也　銑曰願言皆老而不遂使我心痛爲下文張本何遭命之奇薄兮遘天
禍之未悔善曰魏文帝善哉行曰自惜奇薄少離凶殃爾雅曰遘遇也天禍未悔言天降禍于己未有悛
悔之心也左氏傳曰天其悔禍于我　向曰言自薄命天不悔禍而遘此凶變熒華爆其始茂
兮良人忽以捐背善曰丁儀妻寡婦賦曰榮華爆其始茂所將奄其俱泯楚辭曰及榮華之

文選十六　廿六

未落王逸曰榮華喻顏色也孟子曰齊人有一妻一妾而處室者其良人出必饜酒肉而後反劉熙曰婦人稱夫曰良人
孔安國曰捐棄也　翰曰言己容色始茂而良人忽然棄捐我而逝矣靜闔門以窮居兮
塊煢求營獨而靡依善曰丁儀妻寡婦賦曰靜闔門以却掃塊孤煢以窮居　濟曰闔閉也塊
獨居貌靡無也易錦茵以苫尸沾席兮代羅幬直留以素帷善曰
丁儀妻寡婦賦曰刷朱闕以白堊易玄帳以素幬桓子新論曰吾謂楊子曰君數見乘輿錦綉茵席禮記曰父母之喪寢
苫枕塊楚辭曰翦阿拂壁羅幬張爾雅曰幬謂之帳幬丈尤切　良曰茵褥也居喪者寢苫張素帷言居夫喪故以苫席
易錦褥以素帷代羅幬帳也命阿保而就列兮覽巾箑所甲以舒
悲善曰列女傳曰齊孝孟姬曰后妃下堂必從傅母保阿箑扇也　銑曰阿保傅母也就列就哭位之行列箑扇
也巾箑感平生服翫者故覽之以舒洩悲哀之情也口嗚噎因結以失聲兮淚橫
迸而霑衣善曰韓詩外傳曰嗚歎聲也毛萇詩傳曰咽憂不能息也家語曰公父文伯卒其妻妾行

哭失聲丁儀妻寡婦賦曰涕流迸以淋浪字書曰
迸散走也波諍切　向曰嗚噎哭泣貌迸散也　愁煩寃
其誰告兮提孤孩於坐側善曰誰告言告誰也丁儀妻寡婦賦曰含慘悴其何訴抱
弱子以自慰王粲寡婦賦曰提孤孩兮出戶與之步兮東廂坐側靈坐之側也　時曖曖愛而向
昏兮日杳杳而西匿善曰楚辭曰時曖曖其將罷王逸曰曖曖昏昧貌楚辭曰日杳
杳而西頹丁儀妻寡婦賦曰時翳翳而稍陰日亹亹以西墜曹植贈白馬王詩曰白日忽西匿　濟曰曖曖不明兒昏黃
昏也杳杳遠兒匿藏也　雀羣飛而赴楹兮雞登棲五臣作栖而斂
翼善曰泰嘉贈婦詩曰啾啾雞雀羣飛赴楹丁儀妻寡婦賦曰雞斂翼以登棲雀分散以赴羣　良曰楹柱登上
也雀夜宿於柱　歸空館而自憐兮撫衾幬以歎息善曰楚辭曰私
自怜兮何極毛詩曰抱衾與裯毛萇詩傳曰衾被也裯單被也　銑曰館宅也自憐失其偶也衾被幬帳也　思
纏綿以瞀莫侯亂兮心摧傷以愴惻善曰張奐與任彥堅書曰纏綿

文選十六　廿七

思好庶蹈高蹤楚辭曰中瞀亂兮迷惑瞀莫邁切　向曰瞀亂迷惑也愴惻悲傷也　曜靈曄五臣作驛
而遄邁兮四節運而推移善曰楚辭曰耀靈曄而西征易乾鑿度孔子曰
天有春秋冬夏之節故主四時古詩九秋篇曰寒暑推移　翰曰曜靈日也曄馳遄疾邁行也四節四時也運流也推移
不停也　天凝露而善作以字降霜兮五臣無兮字木葉落而隕
枝善曰毛萇詩傳曰隕墜也　濟曰言秋時露凝而爲降霜殞落也木葉落於枝　仰神宇之寥寥
兮五臣無兮字　瞻靈衣之披披善曰曹植九詠曰葛藟蔽兮冒神宇廣雅曰寥深也空廓
寥寥也楚辭曰靈衣兮披披　良曰神宇靈室也寥寥空也靈衣夫平生衣披披動兒　退幽悲於堂
隅兮進獨拜於牀垂善曰楚辭曰日暮黃昏羌幽悲主縈神女賦曰登延對兮倚牀垂
良曰幽深也隅角也牀靈座也垂邊也　耳傾想於疇昔兮目髣髴乎平
素善曰左氏傳羊斟曰疇昔之羊子爲政杜預曰疇昔猶前日也楚辭曰時髣髴以遙見曹植任城王誄曰目想

宮城心存平素　銑曰髣髴存念平生之形儀　雖冥冥而罔覿兮五臣無兮字猶依
依以憑附善曰冥冥幽昧也蘇武詩曰胡馬失其羣思心常依依依依思戀之貌小雅曰憑依也　向曰
罔無覿見也猶以爲可憑附也　痛存亡之殊制兮將遷神而安措
善曰丁儀妻寡婦賦曰痛存亡之異路將遷靈以大行厝置也孝經曰卜其宅兆而安厝之　翰曰遷神安措謂遷柩歸
葬也與生者異故云殊制也　龍轜而儼以善作其字星駕兮飛旐北翩
以啓路善曰丁儀妻寡婦賦曰駕龍轜於門側旐繽紛以飛揚禮記有龍輴鄭玄注曰龍輴畫轅爲龍也說
文曰轜喪車也音而毛詩曰星言夙駕禮記曰孔子之喪公西赤爲志焉設旐夏也然旐喪柩之旌也楚辭曰前飛廉以
啓路　濟曰儼嚴兒星駕早駕也旐引柩幡也翩飛貌啓路謂先路而行　輪按軌以徐進兮
五臣無兮字　馬悲鳴而跼顧善曰李陵詩曰轅馬顧悲鳴楚辭曰僕夫悲余馬懷兮踡局顧
而不行局與跼古字並通渠足切　良曰執跡也跼顧踡跼顧脟不前也　潛靈邈其不反兮

文選十六　廿八

殷憂結而靡訴善曰毛詩曰耿耿不寐如有殷憂又心之憂矣如或結之靡訴言無所告訴也
銑曰潛靈幽潛不復還也殷深也靡訴無所告訴　晞形影於几筵兮馳精爽於
丘墓善曰家語曰俯察机筵其器存而不覩其人說文曰晞望也左氏傳樂祁曰心之精爽是謂魂魄　向曰
晞視也自視形影雖在几筵之前而魂魄精爽以馳入於丘墓也　自仲秋而在疚兮踰
履霜以踐冰善曰丁儀妻寡婦賦曰自銜恤而在疚履春冬之四節韓詩曰惸惸在疚鄭玄毛詩
箋曰在憂病之中周易曰履霜堅冰至　翰曰在疚居喪也履霜踐冰經秋冬之節　雪霏霏而驟
落兮風瀏瀏留而夙興善曰丁儀妻寡婦賦曰風蕭蕭而日殁雪翩翩以交零毛詩曰　霤力救泠泠
雨雪霏霏楚辭曰秋風瀏以蕭蕭王逸曰瀏風疾貌　濟曰驟數也瀏瀏風聲夙早興起也
而善作以字夜下兮冰善作水字溓溓斂以微凝善曰丁儀妻寡婦賦
曰霜凄凄而夜降水溓溓而晨結說文曰霤屋水流也又曰溓溓薄冰也力檢切　良曰雪夜消而霤于簷也泠泠霤聲

瀌瀌薄冰皃言霜下及地復凝爲冰意惚怳兄往以遷越兮神一夕而九
升善曰老子曰惚兮怳兮其中有象楚辭曰惟郢路之遼遠魂一夕而九逝銑曰言意迷亂遷越不定其神一夕九
度飛揚庶浸遠而哀降兮情惻惻而彌甚善曰東觀漢記曰上
賜東平王蒼書曰歲月騖過山陵浸遠向曰浸衝也以爲時序漸遠哀情降歇而酸惻之懷日以甚也願假
夢以通靈兮五臣無兮字目烱烱古迥而不寢善曰陳琳神女賦曰
儀營魄於髣髴託嘉夢以通精楚辭曰夜烱烱而不寐烱公迥切翰曰假借也通靈通夫之神靈也烱烱目不閉而光
也寢寐也憂思多故無寐也夜漫漫以悠悠兮寒淒淒以凛凛
氣憤薄五臣作懣而乘胷兮涕交橫而流枕善曰楚辭曰終長夜
之曼曼楚辭曰夫白日之昭昭襲長夜之悠悠毛詩曰秋日淒淒說文曰凛凛寒也丁儀妻寡婦賦曰氣憤薄而交縈撫
衾枕而歔欷長笛賦曰泣血泫然交橫而下濟曰漫漫悠悠長皃淒淒凛凛冷皃憤懣鬱結也乘胷上胷也亡

魂逝而永遠兮時歲忽其遒盡善曰丁儀妻寡婦賦曰神爽緬其日永歲
功忽其已戌楚辭曰歲忽忽而遒盡毛萇詩傳曰遒終也廣雅曰遒忽也良曰永長遒然也容貌儡洛罪
以頓顇兮左右淒其相慼善曰鸚賦曰容貌慘以顦顇丁儀妻寡婦賦曰頹頹
貌之儡儡對左右而掩涕洞簫賦曰桀跖鬻博儡頓顇說文曰儡敗也儡普纇切銑曰儡毀也頓顇憔悴也左右見我
如此悽然相慼也感三良之殉秦兮甘捐生而自引善曰毛詩
秦風曰黃鳥哀三良也國人刺穆公以人從死而作是詩左氏傳曰秦穆公卒以子車氏之三子奄息仲行鍼虎爲殉皆
秦之良也杜預曰以人從葬爲殉自引自殺也漢書主簿謂王嘉曰君侯宜引決向曰言我感此三賢且欲捐棄生命
自死以從於咸鞠稚子於懷抱兮嗟低徊而不忍善曰王粲寡婦賦曰
欲引刃以自裁顧弱子兮復停史記曰楚懷王稚子蘭毛詩曰母兮鞠我出入腹我毛萇曰鞠養也鄭玄曰腹懷抱也
翰曰稚子則謂孤女也顧此低徊復不忍棄此而死也嗟歎也獨指景而心誓兮雖形

存而志隕善曰韓詩曰謂余不信有如皦日楚辭曰辭靈脩而隕志濟曰指日心誓歎以自明也
其形雖存志已隕滅俱亡重曰仰皇穹兮歎息私自憐兮何極
省微身兮孤弱顧稚子兮未識如涉川兮無梁
若凌虛兮失翼善曰皇穹天也周易曰利涉大川楚辭曰江河廣而無梁丁儀妻寡婦賦曰鳥
凌虛以徘徊良曰穹天省察也女子幼稚未能識成也銑曰涉川無梁不可濟也凌虛失翼不可飛也自喻喪耦難
以爲生上瞻兮遺象下臨兮泉壤善曰象謂形像也以其已化故謂之遺也
向曰遺象咸之形象竊冥兮潛翳心存兮目想善曰魏太祖祭橋玄文曰幽靈
潛翳心存目想翰曰竊冥幽深也翳滅也奉虛坐兮肅清愬空宇兮曠
朗善曰愬亦訴字濟曰靈坐虛坐也愬向宇室也曠朗虛寂皃廓孤立兮顧影塊
獨言兮聽響善曰楚辭曰廓抱影而獨倚丁儀妻寡婦賦曰睠妾煢煢顧影爲儔良曰廓空也

塊孤皃顧聽者欲一覩聞咸之影響顧影兮傷摧聽響兮增哀遙逝
兮逾遠緬邈兮長乖善曰國語聲子曰椒舉奔鄭緬然引領南望賈逵曰緬思貌也濟
曰緬邈長遠皃乖離也四節流兮忽代序歲云暮兮日西頹
善曰楚辭曰日月忽其不淹春與秋兮代序古詩曰凛凛歲云暮說文曰頹墜也向曰四節四時也霜被
庭兮風入室夜既分兮星漢迴善曰韓子曰衛靈公至濮水夜分而聞有
鼓琴者魏文帝雜詩曰天漢迴西流向曰披覆也夜分夜半也夢良人兮來遊若閶
闔兮洞開善曰楚辭曰倚閶闔而望兮翰曰良人謂夫閶闔天門今以爲室門蓋亦通言也怛
驚悟兮無聞超惝昌兩怳往兮慟懷善曰方言曰怛痛也莊子曰君
憺然若有老子曰惚兮怳兮其中有象良曰怛驚皃悟覺也慟者哀之極也慟懷兮奈何言
陟兮山阿善曰爾雅曰大陵曰阿濟曰陟山阿望咸之墓墓門兮肅肅脩隴

兮峨峨善曰毛詩曰墓門有棘方言曰無墳謂之墓秦晉之間或謂冢爲壟　銑曰肅肅靜皃脩長隴墳也峨峨高皃孤鳥嚶嚶善無一嚶字兮悲鳴長松萋萋善無一萋字兮振柯向曰嚶鳥聲萋茂皃風來振其柯條哀鬱結兮交集淚橫流兮滂沱善曰楚辭曰鬱結紆軫兮又曰涕流交集斑倢好自傷賦曰變淚下兮橫流毛詩曰涕泗滂沱　翰曰鬱結積聚也滂沱淚多皃蹈恭姜兮明誓詠栢舟兮清歌終歸骨兮山足存憑託兮餘華要吾君兮同穴之死矢兮靡他善曰班婕好自傷賦曰願歸骨於山足依松栢之餘休毛詩曰穀則異室死則同穴又曰髧彼兩髦實惟我儀之死矢靡佗毛萇曰矢誓也之至也言至已之死信無佗心　良曰蹈履也詩序曰柏舟恭姜自誓也衛太子恭伯早死其妻守義父母欲奪而嫁之誓而不許詩曰之死矢靡佗靡無也言至死誓無他心自言守志而詠是詩餘華餘年也吾君謂夫也言終當歸骨同於墓穴

恨賦

江文通善曰劉璠梁典曰江淹字文通濟陽人也六歲能屬詩及長愛奇尚異宋桂陽王舉秀才齊與爲豫章王記室天監中爲金紫光祿大夫卒　翰曰同善注眢謂古人遭時否塞有志不申而作是賦也

試望平原蔓草縈骨拱木斂魂善曰毛詩曰野有蔓草左氏傳秦伯謂蹇叔曰中壽爾墓之木拱矣古蒿里歌曰蒿里誰家地聚斂魂魄無賢愚　向曰淹望見平原陵墓蔓延之草合拱之木縈遶人骸骨有如聚斂魂魄於是中也人生到此天道寧論翰曰人生至於此誰復論其天道於是僕本恨人心驚不已直念古者伏恨而死善曰列女傳曰趙津吏女歌曰誅將加兮妾心驚　濟曰僕者淹自稱也恨人恨志不就也復念古人有如我恨而至死者將述之至如秦帝按劍諸侯西馳善曰說苑曰秦始皇太后不謹幸郎嫪毒始皇按劍而坐戰國策蘇代曰伏軾而西馳　良曰秦帝始皇也按劍而怒則六國諸侯西馳朝秦此言始皇盛若此也削平天下同文共規善曰禮記曰書同文車同軌　銑曰規法也既平六國天下同文共法也華山爲城紫淵爲池善曰過秦論曰踐華爲城因河爲池上林賦曰紫淵徑其北　向曰紫淵水名在西河遠取山水以爲城池明壯大也雄圖既溢武力未畢方架五臣作駕字黿鼉以爲梁巡海右以送日善曰鄭玄毛詩箋曰方且也紀年曰周武王伐紂東至于九江叱黿鼉以爲梁列子曰穆王駕八駿之乘乃西觀日所入　翰曰吞一字内心猶未已方將駕黿鼉以爲橋梁度西海而送日入一旦魂斷宮車晚出善曰史記王稽謂范睢曰宮車一日晏駕是事不可知也韋昭曰凡初崩爲晏駕者臣子之心猶謂宮車當駕而晚出　濟曰一朝逝往魂神斷絕天子崩謂宮車晏駕晚出晏駕也志未滿而身遂終不其恨耶若乃趙王既虜遷於房陵善曰淮南子曰趙王遷流房陵思故鄉則爲山木之嘔聞者莫不隕涕高誘曰秦滅趙虜

王遷徙漢中房陵山木之嘔歌曲也薄暮心動昧旦神興別豔姬與美女喪金輿及玉乘善曰楚辭曰薄暮雷電高唐賦曰使人心動左氏傳曰昧旦丕顯杜預左氏傳注曰美色曰豔史記曰爲之金輿總衡以繁其飾玉乘玉輅也　銑曰憂恚相積故心動神興豔姬美女金輿玉乘皆王者翫服於此喪別矣置酒欲飲悲來填膺千秋萬歲爲怨難勝善曰漢書曰上置酒沛宮鄭玄禮記注曰填滿也戰國策楚王謂安陵君曰寡人萬歲千秋之後子誰與爲樂也　向曰膺胷也嘗爲君王遷逐若此其恨固不可勝矣至如李君降北名辱身冤善曰漢書曰李陵至浚稽山與匈奴相值戰敗遂降孫卿子曰功發而名辱社稷必危　翰曰李陵與匈奴戰力窮不勝降匈奴是名之辱身之冤也拔劍擊柱弔影慙魂善曰漢書曰羣臣爭功或妄呼拔劍擊柱曹子建表曰形影相弔晏子春秋曰君子獨寢不慙於魂　濟曰其心不平故拔劍擊柱朝行弔其影夜寐慙其魂以恩已敗情往上郡心留鴈門善曰漢書有上郡鴈門郡並秦置　良曰

上郡鴈門皆漢之塞也陵常思歸漢故心情存於此**裂帛繫書誓還漢恩**善曰漢書曰常惠教漢使者謂單于言天子射上林中得鴈足有係帛書蘇武等在某澤中李陵書曰欲知前書之言報恩於國主耳銑曰裂帛爲書繫以歸鴈誓將報舊恩**朝露溘至握手何言**善曰漢書李陵謂蘇武曰人生如朝露何以自苦如此楚辭曰寧溘死以流亡王逸曰溘奄也史記繆賢曰燕王私握臣手曰願結交潘岳邢夫人誄曰臨命相決交腕握手向曰溘奄也人如朝露豈可以也奄然至此握手何言陵圖報漢德終而不成爲恨固已多也然此皆隨淹賦意而言事不如此且陵自降匈奴漢誅其族便怨於漢沒身匈奴中非有報恩之意按此乃淹丈之誤矣**若夫明妃去時仰天太息**善曰戰國策曰樊於期仰天太息流涕翰曰王昭君齊國王襄女也年十七獻漢元帝會匈奴遣使請一女子帝謂後宮欲至單于者起昭君喟然而歎越席而起乃賜單于後爲閼晉文帝諱改爲明妃君者貴人通稱**紫臺稍遠關山無極**善曰紫臺猶紫宮也古樂府相和歌有度關山曲濟曰紫臺宮也天子所居處明妃適單于故云稍遠極窮也**搖**

選十六　卅三

風忽起白日西匿善曰爾雅曰飆颻謂之飈飆音扶颻與搖同登樓賦曰白日忽其西匿潘岳寡婦賦曰日杳杳而西匿良曰搖風飆風也匿藏也**隴鴈少飛代雲寡色**善曰漢書曰凡望雲氣勃碣海代之間氣皆黑銑曰鴈南飛將盡明妃見而懷鄉仰視雲氣皆無色隴代並山名**望君王**五臣作子**兮何期終蕪絕兮異域**善曰鸞子曰君王欲緣五常之道而不失則可以長矣李陵書曰生爲異域之人向曰域國也蕪猶廢也明妃適異域望漢無期有以斯恨也**至乃**五臣作如字**敬通見抵**丁禮**罷歸田里**善曰漢書曰高后怨趙堯乃抵堯罪馮衍說陰就書曰衍與先事自歸上書報歸田里漢書曰時多上書言便宜輒下蕭望之問狀下者或罷歸田里翰曰馮衍字敬通漢明帝以敬通才過其實抑而不用故歸田里抵拒也**閉關却掃塞門不仕**善曰司馬彪續漢書曰趙壹閉門却掃非德不交吳志曰張昭稱疾不朝孫權恨之土塞其門濟曰閉關塞門却掃家庭不出求仕**左對孺人右**善無右字**顧**善有弄字**稚子**善曰禮記曰天子之妃曰右夫人妻曰孺人潘安仁寡婦賦曰顧稚子兮未識良曰稚子嬰兒也**脫略公卿跌**徒結**宕**徒浪**文史**善曰杜預左氏傳注曰脫易也賈逵國語注曰略簡也楊雄自叙曰雄爲人跌宕銑曰脫略輕易跌宕放逸也**齎**子兮**志沒地長懷無已**善曰馮衍說陰就書曰懷抱不報齎恨入冥鄉鵾賦曰眷西路而長懷毛萇詩傳曰懷思也向曰齎持也受抑之志死沒於地恨情無已**及夫中散下獄神氣激揚**善曰淮南子曰古之人神氣不蕩乎外漢書谷永上疏曰贊命之臣靡不激揚翰曰嵇康爲中散大夫爲呂安事收下獄而戮之康神氣自若**濁醪夕引素琴晨張秋日蕭索浮雲無光鬱青霞之奇意入脩夜之不暘**善曰嵇康與山巨源書曰濁醪一盃彈琴一曲又贈秀才詩曰習習谷風吹我素琴鄭玄禮記注曰素散也青霞奇意志言高也曹毗臨園賦曰青霞曳於前阿素觸流於森管漢武帝李夫人賦曰釋輿馬於山椒奄脩夜之不暘孔安國尚書傳曰暘明也音陽濟曰濁醪濁酒脩長也琴酒康平生所服御若言康臨刑雲日爲之蕭索無晶光負高奇之志入長夜而不明

選十六　三十四

豈不恨然已上恨者凡六人已下雜論其狀淹以爲今古之情皆類於此**或有孤臣危涕孽子墜心遷客海上流戍隴陰此人但聞悲風汨**于筆**起血下霑衿**五臣作襟善曰孟子曰孤臣孽子其操心也危其慮患也深登樓賦曰涕橫墜而弗禁然心當云危涕當云墜江氏愛奇故互文以見義漢書匈奴乃徙蘇武北海上無人處使牧羝羊史記曰婁敬齊人也戍隴西琴道雍門周說孟嘗君曰切無父母壯無妻子若此人若但聞秋風鳴條則傷心矣毛詩曰鼠思泣血尸子曰曾子每讀喪禮泣下霑衿良曰此皆易爲恨者也孽子庶子也海上隴陰皆邊鄙也汨起風疾貌血下泣血也**亦復含酸茹歎銷落湮沈**善曰廣雅曰茹食也又曰湮沒也銷猶散也銑曰酸鼻酸也銷落湮沈滅亡也言抱此酸歎至滅亡而不已故有餘恨**若迺**五臣作乃**騎疊跡車屯軌黃塵帀地歌吹四起**善曰此言榮貴之子車騎之多也吳都賦曰躍馬疊跡楚辭曰屯余車其千乘王逸曰屯陳也山陽公載記曰賈詡鳴鼓雷震黃塵亢敝天李陵書曰邊聲四起向曰屯聚軌跡也四起四面

起也無不煙斷火絶閉骨泉裏善曰煙斷火絶喻人之死也王充論衡曰人死
也猶火之滅火滅而燿不照人死而智不慧也濟曰去卓騎歌吹之歎如煙火斷絶而葬骨於泉裏由是恨也已
矣哉善曰孔安國尚書傳曰已發端歎辭春草暮兮秋風驚秋風罷
兮春草生綺羅畢兮池館盡琴瑟滅兮丘隴平
善曰琴道雍門周曰高臺既已傾曲池又已平墳墓生荊棘狐兎穴其中　翰曰榮枯相待也　銑曰綺羅琴瑟既已滅
絶而池館丘隴亦復何有自古皆有死莫不飲恨而吞聲善曰論語
子曰自古皆有死張奐與崔元始書曰匈奴若非其罪何肯吞聲

別賦

江文通

黯然銷魂者唯別而已矣善曰言黯然魂將離散者唯別而然也夫人魂以守

形魂散則形斃今別而散明恨深也楚辭曰魂魄離散家語孔子曰黯然而黑　向曰黯然失色皃況秦吳
兮絶國復燕宋兮千里善曰言秦吳燕宋四國川塗既遠別恨必深故舉以爲况也文
子曰爲絶國殊俗立諸侯以教誨之　良曰絶遠也或春苔兮始生乍秋風兮
蹔起是以行子腸斷百感悽惻善曰言此二時別恨逾切鮑昭東門行曰
野風吹秋木行子心腸斷　濟曰行者多以此時感物悽傷矣稱百言多也風蕭蕭而異響
雲漫漫而奇色善曰荊軻歌曰風蕭蕭兮易水寒尚書大傳帝唱曰卿雲爛兮糺縵縵兮　銑
曰恨爲離別覺風雲改於常舟凝滯於水濱車逶遲於山側善曰
楚辭曰船容與而不進淹迴水以凝滯廣雅曰凝止也毛詩曰周道逶遲毛萇曰逶遲歷遠皃　向曰凝滯逶遲少留皃
將爲水陸之別櫂五臣作棹容與而詎五臣作未前馬寒鳴而不息
善曰楚辭曰櫂齊揚以容與　翰曰棹楫也容與不進皃皆惜別之意掩金觴而誰御横

玉柱而霑軾善曰韋誕詩曰旨酒盈金觴清顏發朱華毛萇詩傳曰御進也袁叔正情賦曰解蘊
褒瓣之芳衾陳玉柱之鳴箏楚辭曰涕潺湲兮霑軾　濟曰掩覆也觴酒杯也以金爲之瑟有柱以玉爲之言行子覆杯捨
瑟登車而去泮淚霑軾也居人愁卧怳況往若有亡善曰鮑昭東門行曰居人掩閨卧
子曰君惝然若有亡　銑曰初別覲友怳然若有所失日下壁而沈五臣作沉彩月上
軒而飛光善曰軒檻版也　向曰落日下隱於壁升月上照於軒月之十五日夜見紅蘭
之受露望青楸之離霜翰曰蘭至秋色紅也楸木名離羅也巡曾善作
曾字楹而空揜撫錦幙而虛涼善曰揜猶揜涕也涼悲涼也典略曰衛夫人南子
在錦帷中廣雅曰帷幙帳也　濟曰巡歷曾高楹柱也歷高柱揜泣也錦幙錦帳也虛涼悲涼也知離夢
之躑躅意別魂之飛揚善曰說文曰躑躅住足也蹢與躑同馳戟切躅馳錄切曹
植悲命賦曰哀魂靈之飛揚　良曰居人既涕泣相思則意知行子離夢躑躅不進別魂飛揚不安故別雖

一緒事有善作乃字萬族善曰孔安國尚書傳曰族類也　銑曰言多也至若龍
馬銀五臣作金鞍朱軒繡軸善曰周禮曰馬八尺已上爲龍後漢書明德馬皇后云前
過濯龍門上見外家問起居車如流水馬如游龍辛延年羽林郎詩曰銀鞍何煜爚翠蓋空踟躕尚書大傳曰未命爲士
不得朱軒鄭玄曰軒輿也士以朱飾之軒車通稱也魯連子門客罵陳無宇曰君車衣文繡帳飲東都
送客金谷善曰漢書曰高祖過沛帳飲三日漢書曰疏廣字仲翁東海蘭陵人也廣兄子受字公子廣爲
太傅公子爲少傅廣謂受曰吾聞知足不辱知止不殆上疏乞骸骨上以其年老皆許之加賜黄金二十斤皇太子賜五
十斤公卿大夫故人邑子爲設祖道供帳東都門外石崇金谷詩序曰余元康六年從太僕卿出爲使持節青徐諸軍事
征虜將軍有別廬在河内縣金谷澗中時征西將軍祭酒王詡當還長安余與衆賢共送澗中琴羽張兮
簫鼓陳燕趙歌兮傷美人善曰琴羽琴之羽聲說苑曰雍門周以琴見孟嘗君
微揮角羽張晏甘泉賦注曰聲細不過羽漢武帝秋風辭曰簫鼓鳴兮發櫂歌古詩曰燕趙多佳人美者顏如玉　翰曰

琴而奏羽聲與蕭鼓雜陳燕趙美人清歌以和之覩別離之事亦爲悲傷也珠與玉兮豔暮
秋羅與綺兮嬌上春驚駟馬之仰秣善作抹字聳淵
魚之赤鱗善曰言樂之成也韓詩外傳曰昔伯牙鼓琴而淵魚出聽瓠巴鼓瑟而六馬仰秣成公綏琴賦
曰伯牙彈而駟馬仰子野揮而玄鶴鳴濟曰盛飾伎樂暮
秋之月珠玉照之生光色也上春之時綺羅對之增容姿也
良曰伯牙彈琴潭魚出聽瓠巴鼓瑟駟馬仰秣皆聽樂之所致也鱗亦魚也造分手而銜涕
咸善作感字寂寞而傷神善曰謝宣遠送王撫軍詩曰分手東城闉呂氏春秋曰聖人不以感
料傷神銑曰造至也雖樂聲之妙宴緒之樂至於分手爲別皆銜涕傷神乃有劍客慙恩
少年報士善曰漢書李陵曰臣所將屯邊者奇材劍客也又曰郭解以軀藉友報仇少年慕其行亦輒爲
報讎向曰感恩報仇之志韓國趙廁吳宮燕市善曰史記曰聶政者軹深井里人也
濮陽嚴仲子事韓哀侯與韓相俠累有郄嚴仲子告聶政而
言臣有仇闕足下高義故進百金以交足下之驩聶政拔劍

至韓直入上階刺殺俠累又曰豫讓者晉人也事智伯智伯
甚尊寵之趙襄子滅智伯讓乃變姓名爲刑人入宮塗廁欲
刺襄子故言趙廁又曰專諸者堂邑人也吳公子光具酒請
王僚酒既酣使專諸置匕首魚炙之腹中而進既至王前專
諸以匕首刺王僚王僚立死又曰荊軻者衛人也至燕與高
漸離飲於燕市後荊軻爲燕太子丹獻燕地圖圖窮匕首見
因以匕首揕秦王割慈忍愛離邦去里瀝泣共訣抆五臣作刎音問
血相視善曰史記曰今太子請辭訣矣鄭玄毛詩箋曰往矣決別之辭訣與決音義同廣雅曰抆拭也毛詩
曰鼠思泣血抆武粉切濟曰謂別父母去鄉里也良曰刎拭也言泣血爲別驅征馬而不顧
見行塵之時起善曰史記曰荊軻遂發就車不顧銑曰志士專一去不反顧但見馬行塵起方
銜感於一劍非買價於泉裏善曰言銜感恩遇故効命於一劍非買價於泉
裏之中也尉僚子吳起曰一劍之任非將軍也向曰以劍刺人而自死者此感國士之義豈求價於黃泉哉金
石震而色變骨肉悲而心死善曰燕丹太子曰荊軻與武陽入秦秦王陛戟

而見燕使既鼓鐘並發武陽大恐面如死灰色戰國策曰武
陽色變史記曰聶政刺韓相俠累死因自破面決眼屠腹而
死莫知其誰韓取政尸暴於市能知者與千金久之莫知政
姊曰何愛妾之身而不揚吾弟之名於天下哉乃之韓市抱
尸而哭曰此妾弟軹深井里聶政自殺於尸旁晉楚齊聞之
曰非獨政之賢乃其姊亦烈女莊子仲尼謂顏回曰夫哀莫
大於心死或乃邊郡未和負羽從軍善曰司馬相如檄蜀文曰邊郡之士聞烽舉燧
燔漢書曰有障徼曰邊郡羽獵賦曰蒙楯負羽杖鏌邪
而羅者以萬計濟曰箭有羽從軍負之於背而行遼
水無極鴈山參雲善曰水經曰遼山在玄菟高句驪縣遼水所出海內西經曰大澤方百里
鳥所生在鴈山鴈出其間孟子注曰太山之高參天入雲謝
承後漢書劉翊曰程夫人富貴參雲良曰無極言廣深也
參雲言高也閨中風暖陌上草薰善曰薰香氣也銑曰謂春時也閨房陌路薰
香也日出天而曜景露下地而騰文鏡朱塵之
照爛襲青氣之烟因煴善曰楚辭曰經堂入奧朱塵筵王逸曰朱畫承塵也楚辭

曰芳菲菲兮襲人易通卦驗曰震東方也主春分日出青氣
出震此正氣也向曰曜景曜光景也騰文依於草樹騰其
文章翰曰朱塵朱筵塵也青氣薰爐中香青烟也言日景
繞照閨中華筵草薰襲香代爐中香氣也照爛明貌烟煴香
氣也攀桃李兮不忍別送愛子兮霑羅裙善曰言當盛春之時
而分別不忍也左氏傳趙盾曰括君姬氏之愛子杜預曰括
趙盾異母弟趙姬文公女也濟曰桃李喻夫妻也霑裙涕
淚霑於裙也至如一去善作赴字絕國詎相見期善曰琴道雍門周曰遠赴
絕國無相見期臣爲一揮琴而太息未有不悽愴而流涕者絕國絕遠之國良曰絕遠詎無也視喬木
兮故里訣北梁兮永辭善曰王充論衡曰睹喬木知舊都孟子曰故國者非爲喬
木有世臣也楚辭曰濟江海兮蟬蛻決北梁兮永辭銑曰故里有喬木故視而識之北梁分別之地訣別永長也左
右兮魂動親賓兮淚滋善曰蘇武詩曰淚爲生別滋向曰滋多也可班
荊兮增恨惟樽酒兮敘悲善曰左氏傳曰楚伍舉將奔晉聲子將如晉遇之於

鄭郊班荆相與食蘇武詩曰我有一罇酒欲以贈遠人願子留斟酌叙此平生親　翰曰班布也贈猶展也於路側折荆布地坐而置酒以展敘別離之恨值秋鴈兮飛日當白露兮下時怨復怨兮遠山曲去復去兮長河湄善曰毛詩曰居河之湄爾雅曰水草交曰湄　濟曰湄際也又若君居淄右妾家河陽善曰漢書有淄川國又河內郡有河陽縣淄或爲塞　良曰淄右河陽二地名婦人自稱曰妾謂夫曰君同瓊珮之晨照共金爐之夕香善曰毛詩曰有女同車顏如舜華將翱將翔佩玉瓊琚司馬相如美人賦曰金鑪香薰黼帳周垂　銑曰言新昏也晨照謂晨興佩光照曜君結綬兮千里惜瑤草之徒芳善曰結綬將仕也漢書曰蕭育與朱博爲友長安語曰蕭朱結綬宋玉高唐賦曰我帝之季女名曰瑤姬未行而亡封于巫山之臺精神爲草寔曰靈芝山海經曰姑䍤之山帝女死焉名曰女尸化爲䔄草其葉胥成其花黄其實如兎絲服者媚於人郭璞曰䍤與䔄並音遙然䔄與瑤同　向曰結綬從官也瑤草香草以自喻也言君去千里徒爲芬芳慙幽閨五臣作宮之琴瑟晦高臺之流黄善曰張載擬四愁詩曰佳人贈我筒中布何以報之流黄素環濟要略曰間色有五紺紅縹紫流黄也　翰曰幽深宮室也琴瑟不張故慙焉流黄素名言愁多視之不識春宮五臣作閨閟此青苔色秋帳含茲明月光夏簟青兮晝不暮冬釭凝兮夜何長善曰毛萇詩傳曰閟閉也班婕妤自傷賦曰應門閉兮玉階苔劉休玄擬古詩曰羅帳延秋月張儼席賦曰席爲冬設簟爲夏施夏侯湛釭燈賦曰秋日既逝冬夜悠長　濟曰言四時相思也閟閉也不暮言其日長也釭凝謂燈明也織錦曲兮泣已盡迴文詩兮影獨傷善曰織錦迴文詩序曰竇韜秦州被徙沙漠其妻蘇氏秦州臨去別蘇誓不更娶至沙漠便娶婦蘇氏織錦端中作此迴文詩以贈之符國時人也　良曰織錦爲迴文詩使成章句以寄於夫思念別離故泣盡影傷也儻有華陰上士服食還仙善無此二句術既妙而猶學道已寂而未傳守丹

竈而不顧鍊金鼎而方堅善曰方言曰寂安靜也南越志曰長沙郡劉陽縣東有王喬山山有合丹處不顧於世也鍊金鼎鍊金爲丹之鼎也抱朴子曰鄭君惟見授金丹之經又曰九轉丹內神鼎中史記曰黄帝采首山銅鑄鼎鼎成龍下迎黄帝也方堅其志方堅也　銑曰丹竈鍊丹竈也不顧不歸也黄帝采首山銅鑄鼎鼎成龍下迎黄帝方堅力爲之無退歸之志駕鶴上漢驂鸞騰天善曰張僧鑒豫章記曰洪井有鸞岡舊說云洪崖先生乘鸞所憩處也鸞岡西有鶴嶺王子喬控鶴所經過處也　向曰御鸞鶴而升天漢蹔游萬里少別千年惟世間兮重別謝主人兮依然善曰神仙傳曰若士者仙人也燕人盧敖者秦時遊北海而見若士若士曰一舉而千里吾猶未之能今子始至於此乃語窮豈不陋哉馬明先生隨神女還岱見安期生語神女曰昔與女郎遊於安息西海之際意此未久已二千年矣　說文曰謝辭也　翰曰主人之平生游處謝別也依然不能無情下有芍藥之詩佳人之歌善曰毛詩曰維士與女伊其相謔贈之以芍藥漢書李延年歌曰北方有佳人絕世獨立桑中衛女五臣作豔上宮陳娥善曰衛陳二國名也毛詩曰期我乎桑中要我乎上宮方言曰秦晉之間美貌謂之娥　良曰美貌曰娥美色曰豔春草碧色春水淥波送君南浦傷如之何善曰楚辭曰子交手兮東行送美人兮南浦　銑曰送君送夫也南浦送別之處至乃秋露如珠秋月如珪善曰陸雲芙蓉詩曰盈盈荷上露灼灼如明珠遯甲開山圖曰禹遊於東海得玉珪碧色圓如日月以自照目達幽冥　向曰露垂於草其狀如珠夏禹得玉珪碧色圓如日月言秋月類之明月白露光陰往來與子之別思心徘徊是以別方不定別理千名善曰千名言多也南都賦曰百種千名有別必怨有怨必盈善曰蔡琰詩曰心吐思兮匈憤盈　翰曰盈多也使人意奪神駭心折骨驚善曰亦互文也左氏傳衛太子禱曰無折骨　濟曰言別離之所致雖淵雲之墨妙皆善無皆字嚴樂之筆精善曰淵王褒也雲揚

雄也漢書曰嚴安臨淄人也徐樂燕無終人也上疏言時務上召見乃拜樂安皆爲郎中　良曰王襃字子淵揚雄字子雲嚴安徐樂皆文章之士故云墨妙筆精**金閨**善作門字**之諸彥蘭臺之羣英**善曰史記曰金門宦者署承明金馬著作之庭東方朔云公孫洪等待詔金馬門是也蘭臺臺名傅毅班固等爲蘭臺令是也論衡曰孝明好文人並徵蘭臺之官文雄會聚　銑曰英彥皆美士**賦有淩雲之稱**

辯有雕龍之聲善曰漢書曰司馬相如既奏大人賦天子大悅飄飄有淩雲之氣七略曰鄒赫子齊人也齊人爲讚曰彫龍赫言操脩鄒衍之術文飾之若彫鏤龍文故曰彫龍赫　向曰司馬相如奏大人賦鄒奭子脩鄒衍之術文飾之若彫鏤而成龍文二人皆有此声稱此**詎**善作誰字**能摹暫**五臣作蹔**離之狀寫求鈌之情者乎**翰曰雖此數賢之才不能摹寫別離情狀者言苦危之志不可述也

六臣註文選卷之十六

六臣註文選卷第十七

梁昭明太子撰

唐李善并五臣註

論文

文賦 并序

陸士衡善曰臧榮緒晉書曰陸機妙解情理心識文體作文賦

余每觀才士之所五臣無所字**作竊有以得其用**五臣無用字**心**善曰莊子堯曰此吾用心**夫其放言遣辭良多變矣**濟曰遣發良實也　善本無此二句文**妍**五賢**蚩好惡可得而言**善曰范曄後漢書趙壹刺世疾邪曰孰知辯其妍蚩廣雅曰妍好也說文曰妍慧也釋名曰蚩癡也聲類曰蚩騃也然妍蚩亦好惡也　良曰妍美蚩惡也**每自屬文尤見其情**善曰論衡曰幽思屬文著記美言屬綴也杜預左氏傳注曰尤甚也**恒患意不稱物文不逮意蓋非知之難能之難也**善曰爾雅曰逮及也尚書曰非知之艱行之惟艱　翰曰體屬於物患意不似物文出於意患詞不及意蓋非知之爲難能爲者實難也**故作文賦以述先士之盛藻因論作文之利害所由他日殆可謂曲盡其妙**善曰孔安國尚書傳曰藻水草之有文者故以喻文焉言知之易也論語鯉曰他日又獨立趙岐孟子章句曰他日異日也　向曰謂賦成之後異日觀之乃委曲盡其妙道矣殆近也**至於操**錯高**斧伐柯雖取則不遠若夫隨手之變良難以辭逮**善本作逮**蓋所能言者具於此云爾**善本無爾字　善曰毛詩曰執柯伐柯其則不遠言作之難也莊子輪扁謂桓公曰斲輪徐則甘而不固疾則苦而不入不疾不徐得於手而應於心口不能言也有數存焉　翰曰操持也

持其斧伐柯雖得柯不遠而文章隨手變易則難以辭究逐盡述之者具以後文也佇中區以玄
覽頤怡情志於典墳善曰老子曰滌除玄覽河上公曰心居玄冥之處覽知萬物故謂之
玄覽幽通賦曰皓頤志而不傾左氏傳楚子曰左史倚相能讀三墳五典　銑曰佇立也中區中都也玄遠頤養也立志
中都遠覽文章養情於典墳也遵四時以歎逝瞻萬物而思紛善曰
淮南子曰四時者春生夏長秋收冬藏　濟曰逝往紛多也悲落葉於勁秋喜善作嘉
柔條於芳春善曰淮南子曰木葉落長年悲良曰秋氣殺萬物故云勁秋也心懍懍五臣
作凜凜以懷霜志眇眇而臨雲詠世德之駿五臣作俊
烈誦先人之清芬善曰懷霜臨雲言高絜也說文曰凜懍寒也孔融薦禰衡表曰志懷霜雪
舞賦曰氣若浮雲志若秋霜眇眇遠貌毛詩曰王配于京世德作求又曰在昔先民有作　銑曰眇眇長貌謂雲勢長遠
故臨之志亦長也烈美也誦當時俊美之述作誦先賢詞賦之芬芳也游文章之林府嘉

文十七　二

麗藻五臣作藻麗之彬彬善曰包咸論語注曰彬彬文質相半之貌　翰曰林府謂多如林木
富如府庫也慨投篇而援筆聊宣之乎斯文善曰韓詩外傳曰孫
叔敖治楚三年而國霸楚史援筆而書之於策　向曰慨歎詞援引也其始也皆收視反
聽耽思傍訊精鶩八極心游萬仞善曰收視反聽言不視聽也耽
思傍訊靜思而求之也毛萇詩傳曰耽樂之久廣雅曰訊問也精神爽也八極萬仞言高遠也淮南子曰八紘之外乃有
八極包咸論語注曰七尺曰仞　濟曰謂思文之始也訊求也收視不視反聽不聽謂專思傍求遷轉攢緝所以精騖八
極心游萬仞也其致也情曈曨而彌鮮物昭晣之熱而互進
傾羣言之瀝液漱所溜六藝之芳潤善曰埤蒼曰曈曨欲明也說文
曰昭晣明也揚子法言曰或問羣言之長曰羣言之長德言也宋衷曰羣非一也周禮曰六藝禮樂射御書數也　翰曰
文情出自不明而至鮮明也情既鮮明物亦明而互進其文乃成也羣言羣書也瀝液涓滴也且羣書浩汗如海之波瀾

不極人爲文章但傾寫其涓滴而已文章亦經漱蕩其芳香潤澤以成之也浮天淵以安流
濯下泉而潛侵浸音淫善曰劇秦美新曰盈塞天淵之間楚辭曰使江水兮安流毛詩曰
冽彼下泉浸彼苞稂　向曰謂浮心思於天泉及濯下泉者務入深遠以求文意耳潛浸流貌於是沈辭
怫扶勿悅若游魚銜鉤而出重淵之深善曰怫悅難出之貌　銑
曰沈辭謂沈於深邃也怫謂思未出也悅謂思微來也則若游魚銜鉤而出於重泉之深也浮藻聯翩
若翰鳥纓繳之略而墜曾雲之峻善曰聯翩將墜貌王弼周易注曰翰
高飛也說文曰繳生絲縷也謂縷繫矰矢而以弋射　翰曰藻文也聯翩鳥飛貌謂文思將來聯翩然若翰鳥纓繳而墜
自高雲之峻言速也纓纓也繳射也曾高也收百世五臣作代之闕文採千載之
遺韻善曰論語子曰吾猶及史之闕文　銑曰遺韻謂古人闕而未述遺而未用者收而採之謝朝華
於已披啟夕秀於未振善曰華秀以喻文也已披言已用也　銑曰朝華已披謂

文十七　三

古人已用之意謝而去之夕秀未振謂古人未述之言開而用之啟開也觀古今於善本作之須
臾撫四海於一瞬音舜善曰高唐賦曰須臾之間莊子老聃曰俛仰之間再撫四海之外
呂氏春秋曰萬世猶一瞬說文曰開闔目數搖也　向曰馳思速也瞬謂閉目之間然後選義按
部考辭就班善曰小雅曰班次也　濟曰選擇義理按比而用之以爲部次考摘清濁之詞以就
班類而綴之抱景善作暑者咸叩懷響者畢五臣作必彈濟曰謂物有抱
光景者必以思叩觸之而求文理物有懷音響者必以思彈擊之以發文意或因枝以振葉
或沿波而討源或本隱以之五臣作末顯或求易而得
難善曰孔安國尚書傳曰順流而下曰沿源水本也言或本之於隱而遂之顯或求之於易而便得難之或爲末非也
翰曰或賦詠於枝乃思發於葉或流情於波而求討其源也或本深於隱而末至於明也或求思於易得詞於難物理相
推有此迴轉也振發沿流也或虎變而獸擾或龍見而鳥瀾善曰

周易曰大人虎變其文炳也擾馴也莊子曰君子尸居而龍
見大波曰瀾　良曰擾亂也思壯如虎之變其文彩炳然或
湎未致如獸之驚亂不知所之或得其士或妥果帖而易
妙則龍見而有光如水鳥游於波瀾也
施或岨助舉峿語而不安善曰妥帖易施貌王逸楚辭序曰義多乖異事不妥帖岨峿不
安貌楚辭曰圜鑿而方枘兮吾固知其鉏鋙而難入帖吐協切罄澄心以凝思眇衆懆
慮而為言善曰周易曰神也者妙萬物而為言者也向曰罄盡眇深也深原其衆慮而為言也籠
天地於形內挫作過萬物於筆端善曰淮南子曰太一者牢籠天地也說文
曰挫折也韓詩外傳曰辟文士之筆端辟武士之鋒端辟辯士之舌端　銑曰形文章之形也挫折挫也謂天地雖大可
籠於文章形內萬物雖衆可折挫取其形以書於筆之端端筆鋒也始躑躅逐録於燥吻亡粉
終流離於濡翰音寒　善曰廣雅曰躑躅跢跦也鄭玄毛詩箋云志往謂跢跦也躑與蹢同跢
跦與踟跦同蒼頡篇曰吻脣兩邊也流離津液流貌劉公幹詩曰叙意於濡翰毛萇詩傳曰濡漬也濡如娛切漢書音義
韋昭曰翰筆也　翰曰躑躅不進貌亦如文詞難出於口也燥乾也吻脣也謂神思馳逐皆得乾脣也則雖初難出於乾
脣終流離於濡翰謂書於紙也流離水墨染於紙貌濡染也理扶質以立幹五臣作榦文
垂條而結繁善曰廣雅曰榦本也鄭玄禮記注曰繁盛也濟曰質猶本根也為文之理必先扶持本根
乃立其榦謂先樹理次擇詞也故如垂條而結葉繁茂也信情貌之不差故每變
而在顏思涉樂其必笑方言哀而已歎平聲或操
觚孤以率爾或含毫而邈然善曰楚辭曰情與貌其不變觚木之方者古人
用之以書猶今之簡也急就章曰急就奇觚論語曰子路率爾而對毫謂筆毫也王逸楚辭注曰銳毛為毫也毛詩曰聽
我藐藐毛萇曰藐藐然不入　向曰差失也文之情深必見人貌故此理不失變之在顏故思樂必笑言哀則歎矣　銑
曰觚木也古人用之以為筆也率爾謂文速成邈然謂文遲成也伊茲事之可樂固聖
賢之所欽課虛無以責有叩寂寞而求音善曰春秋

說題辭曰虛生有形淮南子曰寂寞音之主也　翰曰伊維也茲事謂文章也欽敬也課率也責求也文章率自虛無之
中以求其象叩擊無聲之外而求音韻寂寞無聲也函含綿邈於尺素吐滂浦皇
沛乎寸心善曰毛萇詩傳曰函含也古詩曰中有尺素書列子文摯謂叔龍曰吾見子之心矣方寸之地
虛矣　良曰綿邈遠也滂沛大也雖遠者含文於尺素之上雖大者吐辭於寸心之間也素帛也古人用以書也言
恢苦回之而彌廣思按之而愈善作逾深善曰杜預左氏傳注曰恢
大也　銑曰按下也以言大之則彌增其廣以思下之則愈益其深也播芳蕤之馥馥發
青五臣作清條之森森粲風飛而猋五臣作飆豎鬱雲起
乎翰林善曰說文曰蕤草木華垂貌爾雅曰飆飄謂之猋長楊賦曰翰林以為主人　向曰文美如芳蕤之
馥馥似清條之森森粲然如風飛飆立鬱然如雲起翰林芳蕤香飄疾風豎立也翰筆也言林者華盛貌體有
萬殊物無一量紛紜揮霍形難為狀善曰淮南子曰斟酌萬殊
紛紜亂貌揮霍疾貌西京賦曰跳丸劍之揮霍　翰曰文體有變故曰萬殊物類既衆故曰紛紜揮霍也氣色運動難說
其形狀也辭程才以效伎忌意司契而為匠在有無
而僶泯俛當淺深而不讓善曰衆辭俱湊若程才效伎取捨由意類司契為匠
老子曰有德司契論衡曰能雕琢文書謂之史匠也毛詩曰何有何無僶俛求之論語子曰當仁不讓於師　良曰程見
效致伎巧司理契要匠宗也僶仰首也俛俯首也文辭見才以致巧示意以理要為宗思在有無之中或俯或仰或深或
淺意務得於妙來必不讓雖離方而遯員五臣作圓期窮形而盡相
善曰方圓謂規矩也　向曰文之未見在於無故雖不見方圓之形終期盡物之象也相象也故夫誇苦華
目者尚奢愜苦頰心者貴當去聲　善曰其事既殊為文亦異故欲誇目者為文
尚奢欲快心者為文貴當愜猶快也　良曰誇目謂相誇眩也尚奢謂浮艷之詞貴當者在於合理故愜心也言
窮者無隘烏介論達者唯曠善曰言其窮賤者立說無非湫隘也其論通達者發

言唯存放曠也　銑曰言窮事者無隘狹論通達者唯尚放曠此作者之用思也詩緣情而綺
靡賦體物而瀏溜亮善曰詩以言志故曰緣情賦以陳事故曰體物綺靡精妙之言瀏亮
清明之稱也　翰曰詩言志故緣情賦象事故體物碑披文以相質誄纏緜而
悽愴善曰碑以叙德故文質相半誄以陳哀故纏緜悽愴　濟曰誄叙哀情故纏緜意密而悽愴悲心也銘
博約而溫潤箴頓挫而清壯善曰博約謂事博文約也銘以題勒示後故博
約溫潤箴以譏刺得失故頓挫清壯　銑曰博謂意深約謂文省箴所以刺前事之失者故須抑折前人之心使文清理
壯也頓挫猶抑折也頌優游以彬蔚鬱論精微而朗暢善曰頌以
褒述功美以辭爲主故優游彬蔚論以評議臧否以當爲宗故精微朗暢包咸論語注曰彬彬文質相半之貌楚辭曰鬱
結紆軫漢書音義曰暢通也　向曰頌以歌頌功德故須優游纖逸而華盛也彬蔚華盛貌論者論事得失必須精審微
密明朗而通暢於情奏平徹以閑雅說始汭煒于鬼曄于劫切善作曄而譎
古穴誑矩況反　善曰奏以陳情叙事故平徹閑雅說以感物爲先故煒曄譎誑　翰曰奏事帝庭所以陳叙情理故
和平其詞通徹其意雍容閑雅此焉可觀說者辯詞也辯口之詞明曉前事詭譎虛誑務感人心煒曄明曉也雖
區分之在茲亦禁邪似嗟而制放要辭達而理舉
故無取乎冗五臣作宂如勇切長行亮反　善曰論語子曰辭達而已矣文潁漢書注曰冗散也
良曰詩賦碑誄銘箴頌論奏說其體各殊故區分在茲禁邪謂禁淫艷制放謂制抑踈遺必須詞達其意理以舉事不在
煩多冗長謂煩多也其爲物也多姿其爲體也屢遷善曰萬物萬形故曰
多姿文非一則故曰屢遷琴賦曰既豐贍以多姿周易曰爲道也屢遷　向曰文體非一故云多姿姿質也未妥帖故屢
遷也其會意也尚巧其遣言也貴妍暨其器音聲之
迭代若五色之相宣善曰言音聲迭代而成文章若五色相宣而爲繡也爾雅曰暨及也
又曰迭更也論衡曰學士文章其猶絲帛之有五色之功杜預左氏傳注曰宣明也　銑曰出言崇美也妍美也　翰曰

文十七　六

暨至也音聲謂宮商合韻也至於宮商合韻遞相間錯猶如五色文彩以相宣明也雖逝止之無常
固崎綺錡擬而五臣作之難便善曰言雖逝止無常唯情所適以其體多變固崎錡難便
也崎錡不安貌楚辭曰嶔岑崎錡　濟曰逝往也謂思雖難往上上下無常固知安之難爲便也便宜也苟達
變而識五臣作相次猶開流以納泉善曰言其易也　銑曰思之通變相次而
至如泉入水泯然相合也如失機而後會恆操末以續顛五臣作巔　善
曰言失次也謬玄黃之秩序善作秩敘故淟他見涊奴見而不鮮
善曰言音韻失宜類繡之玄黃謬敘故淟涊垢濁而不鮮明也禮記曰朱綠之玄黃之以爲黼黻文章楚辭曰切淟涊之
流俗王逸曰淟涊垢濁也　良曰炬思慮失機而後會合則常持尾續首莫能見成錯謬玄黃之次序也淟涊不鮮明也
操持也末尾巔首也秩次也或仰偪善作逼於先條或俯侵於後章
善曰廣雅曰條科條也　向曰謂思之俯仰前後不定故或偪換先成之條倒或侵改後次之章句謂未安也或

辭害而理比毗密或言順而義妨善曰周易曰比輔也說文曰妨害也　翰
曰辭害謂音韻不便也然於理次比亦合於宜言雖順美於義理復有妨也離之則雙美合
之則兩傷考殿當練最於錙銖殊定去留於毫芒
音亡　善曰漢書音義曰下功曰殿上功曰最鄭玄禮記注曰八兩爲錙漢書曰黃鍾之一籥容千二百黍重十二銖然
百黍重一銖也荅賓戲曰銳思毫芒之內音義曰芒稻芒毫兔毫　銑曰謂語各有所宜　濟曰錙銖秤兩也毫細毛也
皆至微小者也謂作史之時考練辭句之上下秤兩捨之取之在於細小之間然後著之於文苟銓衡之
所裁固應繩其必當善曰言銓衡所裁苟有輕重雖應繩墨須必除之聲類曰銓所以稱
物也七全切漢書曰衡平也平輕重也尚書曰惟木從繩則正莊子曰匠石治木直者應繩　翰曰若秤平辭句而裁制
文章則應繩墨而相當也或文繁理富而意不指適極無兩致
盡不可益立片言而五臣作以居要乃一篇之警策

文十七　七

雖衆辭之有條，必待茲而效績。五臣本作勣亮功多而累寡，故取足而不易。善曰：言其理既極，而無兩致，其言又盡而不可益，以文喻馬也。言馬因警策而彌駿，以喻文資片言而益明也。論語子曰：片言可以折獄。曹子建應詔詩曰：僕夫警策。鄭玄周禮注曰：警，勅戒也。必待警策之言以效其功也。家語公父文伯之母曰：男女效績，愆則有辟。也言其功既多，為累蓋寡，故以取足而不改也。良曰：適，中也。謂文意不中於所指之事，但繁文富理而已，至於窮極之際，竟不能便於指適矣。文之終篇，又不可增益其辭，但立片善之言，以居要節，乃能為警策。故雖衆辭已有條序也，必待此警策而效功勳也。信功多而累句亦少，故可自取足於一篇，亦不可改易也。警，驅動貌。策可以擊馬者，謂片善之言光益一篇，亦猶以策擊馬，得其警動也。

或藻思綺合，清麗芊善作千眠。炳若縟蓐繡，悽若繁絃。必所擬之不殊，乃闇合乎曩篇。雖杼除慮軸於予懷，怵他人之我先。苟傷廉而愆義，亦雖愛而必捐。善曰：千眠，光色盛貌。說文曰：縟，繁彩色也。又：繡，五色彩備也。蔡邕琴賦曰：繁絃既抑，雅音復揚。爾雅曰：曩，久也。謂久舊也。杼軸以織喻也。雖出自己情，懼他人先己也。毛詩曰：杼軸其空。必捐，言必去之也。王逸楚辭注曰：不受曰廉。說文曰：捐，弃也。濟曰：綺合，如綺綵之合，文章也。芊眠，盛貌。五色備曰縟。音韻合和，故若繁絃之聲。所作篇目或不殊古人之則，辭句闇合於古篇者，雖經杼軸，懼他人先我而為此，乃苟且之道，有傷廉恥，復違於義，心故雖愛之，必須捐弃也。

或苕發穎豎，離衆絕致。形不可逐，響難為係。塊孤立而特峙，非常音之所緯。心牢落而無偶，意徘徊而不能揥。五臣作褫，音雉。善曰：苕，草之苕也。言作文利害，理難俱美，或有一句同乎苕發穎豎，離於衆辭，絕於致思也。孫卿子曰：蒙鳩為巢，繫之葦苕。小雅曰：禾穗謂之穎。鶡冠子曰：影之隨形，響之應聲。言方之於影，而形不可逐；譬之於聲，而響難係也。文之綺麗，若經緯相成，言斯句既佳，塊然立而特峙，非常音之所能緯也。牢落猶遼落也。言思之心牢落而無偶，揥之意徘徊而未能也。蔡邕瞽師賦曰：時牢落以失次兮，纍纍而陽絕。說文曰：揥，取也。他狄切。協韻他帝切。或為褫，褫猶去也。向曰：謂思得妙音辭，若苕草華發穎，禾秀豎與衆辭離絕，致於精理形響難為追係。塊，孤貌。特峙，峻也。緯，經緯。言非平常之言所能經緯。然有此一句之妙，而心失次，旁求偶對，未無所心意之徘徊，不能褫捨其妙。苕，草華也。穎，禾秀也。牢落，心失次貌。

石韞玉而山暉，水懷珠而川媚。彼榛仕巾楛戶之勿翦，亦蒙榮於集翠。綴下里五臣作俚於白雪，吾亦五臣有以字濟夫所偉。子貴反，協韻。善曰：雖無佳偶，因而留之，譬若水石之藏珠玉，山川為之輝媚也。孫卿子曰：玉在山而木潤，淵生珠而崖不枯。榛楛喻庸音也。以珠玉之句既存，故榛楛之辭亦美。毛詩曰：榛楛濟濟。郭璞山海經注曰：榛，小栗。楛木可以為箭。言以此庸音而偶彼嘉句，譬以下里鄙曲綴於白雪之高唱，吾雖知美惡不倫，然且以益夫所偉也。宋玉對楚王問曰：客有歌於郢中者，其始曰下里。宋玉笛賦曰：師曠為白雪之曲。說文曰：偉，猶奇也。銑曰：謂上佳句雖無耦對在衆辭之中，如石藏美玉，山必有光；水含明珠，川則有媚。如榛楛不翦，亦有榮色攢集成鬱然之青也。猶下里之詞綴白雪之曲，知其美惡雖殊，亦足濟其所美也。榛楛皆木名。翠，青也。下里，鄙辭也。白雪，高曲也。偉，美也。

或託言於短韻，對窮迹而孤興。俯寂寞而無友，仰寥廓而莫承。譬偏絃之獨張，含清唱而靡應。善曰：短韻，小文也。言文小而事寡，故曰窮迹。迹窮而無偶，故曰孤興。言事寡而無偶，俯求之則寂寞而無友，仰而應之則寥廓而無所承。言累句以成文，猶衆絃之成曲。今短韻孤起，譬偏絃之獨張。絃之獨張，含清唱而無應。韻之孤起，蘊麗則而莫承也。毛萇詩傳曰：靡，無也。應，於興切。翰曰：窮迹謂幽窮之處。思慮特起，俯入於寂寞，仰遊於寥廓，尋求文辭，辭無遂志，志無所承，如偏絃獨張，清曲無應也。友，志也。唱，曲之通稱也。

或寄辭於瘁音，言徒靡而弗華。混妍蚩而成體，累去良質而為瑕。善曰：班固漢書贊曰：纖微憔悴之音作，而民思憂。薛君韓詩章句曰：靡，好也。妍，謂言靡；蚩，謂瘁音。既混妍蚩，共為一體，翻累良質而為瑕也。鄭玄禮記注曰：瑕，玉之病也。胡加切。向曰：瘁音謂託詠於鄙物也。言徒侈靡而不華麗，混同美惡，實累風雅之道，如玉之有瑕也。良質謂風雅也。瑕謂玉病也。

象下管之偏疾故雖應而不和善曰言其音既瘁其言徒靡類乎下管其
聲偏疾升歌與之間奏雖復相應而不和諧杜預左氏傳注曰象類也禮記曰升歌清廟下管象王肅家語注曰下管堂
下吹管象武舞也　向曰堂上歌鹿鳴堂下吹下管管聲疾與鹿鳴雅聲不相和叶故此文象之也或遺理
以存異徒尋虛而善作以逐微言寡情而鮮上聲愛
辭浮漂而不歸五臣作頤猶絃么於遙而徽急故雖和而
不悲善曰漂猶流也不歸謂不歸於實說文曰么小也許愼淮南子注曰鼓琴循絃謂之徽　翰曰託思於物
必有至情愛好之者然後形之於言也若遺其理要存於小異務爲虛飾以逐微細言而寡情情復少愛則浮辭漂蕩不
歸於事實矣亦由絃小而調急雖聲和諧則躁烈而不悲也豈如緩調靜雅而悲聲可聞乎徽調也或奔放
以諧合務嘈曹囋才曷而妖冶徒悅目而偶俗固
聲高善作高聲而曲下寤防露與桑閒又雖悲而不

文十七　十

雅善曰埤蒼曰嘈囋聲貌嘈與囋及嘈同張衡舞賦曰既娛心以悅目廣雅曰耦諧也耦偶古字通防露未詳一曰謝
靈運山居賦曰楚客放而防露作注曰楚人放逐東方朔感江潭而作七諫然靈運有七諫有防露之言遂以七諫爲防
露也禮記曰桑閒濮上之音亡國之音也鄭玄曰濮水之上地有桑閒先亡國之音於此水上　濟曰嘈囋浮聲或有
奔馳放縱其思以求和合務成嘈囋之聲以爲美麗悅目偶俗而已此聲之雖高而曲下者乃覺防露之雅樂桑閒濮上
亡國之音雖悲而不雅也謂爲文不可苟徒悅目偶俗而已須窮妙理者也諧和也妖冶美麗也寤覺也或清
虛以婉約每除煩而五臣作以去濫闕大羹之遺味
同朱絃之清氾氾雖一唱而三歎固既雅而不
豔善曰左氏傳君子曰臣除煩而去惑言作文之體必須文質相半雅豔相資今文少而質多故既雅而不豔比之大
羹而闕其餘味方之古樂而同清氾言質之甚也餘味謂樂羹皆古不能備其五聲五味故曰有餘也禮記曰清廟之琴
朱絃而疏越一唱而三歎有遺音者矣大饗之禮大羹不和有遺味者矣鄭玄曰朱絃練朱絃也練則聲濁越瑟底孔畫

疏之使聲遲唱發歌句者三歎三人從而歎之大羹肉湆不調以鹽菜也遺猶餘也然大羹之有餘味以爲古矣而又闕
之甚之辭也　良曰文有專尚清約而質樸者則如大羹不和五味同朱絃之清音也大羹肉汁清廟之瑟朱絃而聲淡
雅奏於清廟一人唱之三人從而歎之此雅而不豔也若夫豐約之裁去聲俯仰
之形因宜適變曲有微情善曰廣雅曰約儉也毛萇詩傳曰適之也楚辭曰結
微情以陳辭說文曰微妙也　銑曰豐約文質也裁制也府仰謂上下也因其所宜逐便而變則委曲而有微情謂文質
相兼也或言拙而喻巧或理朴五臣作樸而辭輕或襲故
而彌新或沿濁而更清善曰孔安國尚書傳曰襲因也禮記曰明王以相沿鄭玄
曰沿因述也　向曰皆謂文質今古相半也樸質沿洄也有襲故事而意乃新者有因言之濁而更清也或覽
之而必察或研之而後精譬猶舞者赴五臣作趍節
以投袂歌者應絃而遣聲善曰王粲七釋曰邪睨鼓下元音赴節左氏傳曰投

選十七　十一

袂而起杜預曰投振也　翰曰謂或初覽拙察見其妙有研味久而後知精美　銑曰文入妙理譬如善舞者趍節舉袖
善歌者與絃相應遣合其聲如一也投舉袂袖也是蓋輪扁蒲典所不得言亦
五臣作故非華說之所能精善曰王充論衡曰虛談竟於華葉之言無根之深安危之際文
人不與徒能華說之效　良曰輪扁古之善斲輪者齊桓公堂上讀書扁曰讀此何爲唯得古人之糟粕耳且臣斲輪經
今七十載矣徐則甘而不固疾則苦而不入各得之於心應之於手而口不能傳之於子於今取古人之言而云達者未
之有也凡發言不能成功者謂之華說也文章之妙故非此輩所能精察而言也普辭條與文
律良予善本作余膺之所服善曰尚書帝曰律和聲孔安國曰律六律也禮記子曰回
得一善則拳拳服膺不失之矣　濟曰普見文章之條流及與音律實我心之所服翫也膺當也練世情
之常尤識前脩之所淑善曰纏子董無心曰罕得事君子不識世情尤非也楚辭
曰蹇吾法夫前脩兮非時俗之所服淑善也　翰曰尤過也前脩者前賢也淑美也練簡時人之常過乃識前賢之所美

也雖濬發於巧心或受欰五臣作嗤於拙目善曰言文之難不能
無累雖復巧心濬發或於拙目受嗤欰笑也欰與嗤同向曰濬深嗤笑也謂作文若雖深發巧思或與拙者見而笑之
言其不知音也彼瓊敷與玉藻若中原之有菽叔同槖籥
之罔窮與天地乎並育善曰瓊敷玉藻以喻文也毛詩曰中原有菽庶人采之毛萇曰
菽藿也老子曰天地之間其猶槖籥乎河上公曰槖籥中空虛故能育聲氣也王弼曰槖排槖籥樂器槖音託籥音藥
銑曰瓊敷玉藻謂文章妙句其爲無限若中原有菽采之則有同天地之氣無窮並育於中也菽豆葉也槖籥天地間氣
也罔猶無也雖紛藹於此世嗟不盈於予五臣作手掬善曰毛詩曰終
朝采綠不盈一掬毛萇曰綠王芻兩手曰掬翰曰紛藹謂繁多也文華之詞雖繁多於人世嗟攬之不滿於手掬也
患挈苦結瓶之屢空病昌言之難屬之欲故踸勑錦踔
勑角於短韻放庸音以足子喻曲善曰左氏傳曰雖有挈瓶之智守不假器論語
曰回也屢空尚書帝曰禹亦昌言王逸楚辭注曰屬續也廣雅曰踸踔無常也今人以不定爲踸踔不定亦無常也莊子
曰夔謂蛇曰吾以一足踸踔而行爾無如矣爾雅曰庸常也濟曰挈瓶小器也謂小智之人才思屢空也昌當屬綴也踸
踔遲滯也短韻小篇也言遲滯於小篇放情常音務添足曲聲也文有音韻故通稱曲也恒遺恨以終
篇豈懷盈而自足善曰荅賓戲曰孔終篇於西狩向曰謂不工文者終篇常有遺恨恨未
盡往境豈有知盈滿之分而以爲自足也懼蒙塵於叩缶方負顧取笑乎鳴
玉善曰缶瓦器而不鳴更蒙之以塵故取笑乎玉之鳴聲也文子曰蒙塵而欲無眯不可得也李斯上書曰擊甕叩缶
良曰玉謂玉磬謂不工文者若蒙氏昏塵之中以叩擊瓦器必取笑於鳴玉之人耳若夫應感之
會通塞之紀來不可遏去不可止藏若景滅行
猶響起方天機之駿利夫何紛而不理善曰周易曰不出戶
庭知通塞也莊子曰其來不可却其去不可止枚乘上書曰景滅迹絕王命論曰趣時如響起莊子蚿曰今予動吾天機

司馬彪曰天機自然也翰曰用情有應感於會合之地者通塞於綱紀之所者則思來不可遏而拒之思去不可止而
留之非人力所致也思之將藏若形影之滅沒也將行如音響之動也比之天機駿利何亂不理也天機自然之性也紛
亂也思風發於胷臆言泉流於脣齒紛葳威蕤而惟
以馺素合遝徒合唯毫素之所擬文徽徽以五臣本作而溢
目音泠泠而盈耳善曰論衡曰吾言滔溢而泉出封禪書曰紛綸葳蕤毫筆也纂文曰書縑
曰素揚雄書曰齎細素四尺延篤仁孝論曰煥乎爛兮其溢目也論語曰洋洋乎盈耳哉向曰思之發也如風起激於
胷臆言之出也如泉之湧動於脣齒矣紛葳蕤盛美貌馺遝壯貌皆著於毫素之上徽徽溢目文章盛也泠泠盈耳音韻
清也毫筆也素帛也及其六情底滯志往神留兀若枯木豁
若涸流善曰春秋演孔圖曰詩含五際六情絕於申宋均曰申申公也仲長子昌言曰喜怒哀樂好惡謂之
六情國語曰夫人氣縱則底底則滯韋昭曰底著也滯廢也莊子曰形固可使如枯木心固可使如死灰涸水盡也濟
曰志往神留謂志思往而神留也兀若枯木思不動也豁若涸流思之竭也謂豁然空虛涸而無水覽善作攬
營魂以探賾頓精爽而善作於自求理翳翳而愈
五臣作逾伏思軋軋烏入切善作乙乙其若抽善曰楚辭曰營魂而升遐周易曰探賾索
隱約深致遠左氏傳樂祁曰心之精爽是謂魂魄孟子曰使自求之方言曰翳奄也乙抽也乙難出之貌說文曰陰氣尚
強其出乙乙然乙音軋新論曰桓譚嘗欲從子雲學賦子雲曰能讀千賦則善爲之矣譚慕子雲之文嘗精思於小賦立
發病彌日廖子雲說成帝祠甘泉詔雄作賦思精苦困倦小卧夢五藏出外以手收而內之及覺病喘悸少氣士衡與弟
書曰思苦生疾濟曰營謂心府中也觀覽心腑與魂魄探賾文理頓蓄精爽而求之思逾伏而不發情若抽而不出翳
翳暗貌軋軋難進也是故善作以或竭情而多悔或率意而寡
尤善曰左氏傳趙武曰范會言於晉國竭情無私淮南子曰人輕小害至於多悔論語子曰言寡尤行寡悔包曰尤過
也翰曰或罄竭情思而猶不佳故多悔或率意而理亦通故少過雖茲物之在我非余

力之所勠音留協韻故時撫空懷而自惋腕吾未識夫開塞之所由也善無也字善曰國語曰勠力一心賈逵曰勠力併力也力周切開謂天機駿利塞謂六情底滯翰曰雖文在我心實難勠力所致惋怨也故時撫懷自怨我亦未識文章開塞之所由言至難也

伊茲文之為用固衆理之所因恢苦回萬里使無閡通億載而為津俯貽則於來葉仰觀象乎五臣作于古人善曰法言曰著古昔之昬昬傳千里之忞忞者莫如書李軌曰昬昬目所不見忞忞心所不了小雅曰閡限也幽通賦曰終保己而貽則尚書曰予恐來世又曰予欲觀古人之象良曰伊惟也惟此文之為用固乃考衆妙之理所因而成使廣大萬里以為一也通文章之津梁使得達也遺法則於來世是見古人之象也泝大億遠貽遺也濟文武於將墜宣風聲於不泯彌隣反善曰論語子貢曰文武之道未墜於地尚書畢命曰章善癉惡樹之風聲毛詩曰靡國不泯毛萇曰泯滅也良曰濟文武之道使不墜於地宣暢風俗申於須聲至於不泯滅也塗無遠而不彌理無微而不綸配霑潤於雲雨象變化乎鬼神善曰法言曰彌綸天地之事記久明遠者莫如書周易曰易與天地準故能彌綸天地之道王肅曰彌綸纏裹也論衡曰山大者雲多太山不崇朝辦雨天下然則賢聖有雲雨之智彼其吐文萬牒以上賈子曰神者變化而無所不為也翰曰文經天地故無遠不彌無微不綸文德可以養人故配霑潤於雲雨出幽入微故象變化乎鬼神被金石而德廣流管絃而日新善曰金鍾鼎也石碑碣也言文之善者可被之金石施之樂章吳越春秋樂師謂越王曰君王德可刻之於金石聲可託之於管絃毛詩序曰漢廣德廣所及也周易曰日新之謂盛德也翰曰辭韻流於金石管絃之聲君王德廣而不衰故曰日新

音樂

善曰樂記曰凡音之起由人心生也心之動物使之然也感於物而動故形於聲聲相應故生變變成方謂之音比音而樂之及干戚羽旄謂之樂注曰方猶文章也又曰聲成文謂之音

洞簫賦

善曰如淳漢書注曰洞簫簫之無底者釋名曰簫肅也言其聲肅肅然大者二十三管長三尺四寸小者十六管一名籟漢書曰元帝為太子嘉褒所為洞簫頌令後宮貴人皆誦讀之

王子淵善曰益州有金馬碧雞之寶使褒祀焉於道病卒濟曰漢書云王褒字子淵蜀人也益州刺史王襄薦於宣帝仕為諫議大夫褒以簫音響清肅故為此賦洞者通也言其無底上下相通故曰洞簫

原夫簫幹五臣作榦之所生兮于江南之丘墟洞條暢而罕節兮標敷紛以扶踈五臣作疏善曰廣雅曰原本也江圖曰慈母山此山竹作簫笛有妙聲丹陽記曰江寧縣慈母山生簫管竹王褒賦云于江南之丘墟即此處也自伶倫採竹嶰谷後見此奇故歷代常給樂府而呼鼓吹山幹小竹也條暢條直通暢也宋玉笛賦曰奇篠異幹罕節簡支敷紛茂盛扶踈四布也向曰洞通條長暢達罕希標立也敷紛茎多貌扶踈茎密貌謂作簫之竹幹生於江南之山而通長暢達而希節立茎敷紛而茎密扶踈也徒觀其旁五臣作傍去声山側兮則嶇區嶔欽巋丘軌崎倚巇丘蟻迤以此切五臣作陁𡾰靡誠可悲乎其不安也善曰皆山險峻之貌迤𡾰邪平之貌向曰言竹傍山側而生也餘皆山勢險峻長連貌良曰悲其生於危地常不安也彌望儻莽聯延曠盪五臣作蕩又足樂乎其敞閑也善曰儻莽曠盪寬廣之貌儻他朗切敞大貌銑曰皆竹相連廣大貌翰曰樂其枝葉相陰其山高敞其地幽閑託身軀於后五臣作厚土兮經萬載而不遷善曰左氏傳晉大夫謂秦伯曰君履后土而戴皇天銑曰謂其自然生故久不遷滅吸至精之滋熙兮稟蒼色之潤堅善曰周易曰精氣為物滋熙潤悦也孔安國尚書傳曰稟受也周易曰震為蒼筤竹也濟曰謂竹吸含天地至精之氣滋熙有光色也稟青光有鮮潤貞堅之色感陰陽之變

化兮附性命乎皇天翔風蕭蕭而逕其末兮迴
江流川而溉其山善曰孫卿子曰陰陽大化周易曰四時變化風賦曰翱翔乎激水之上荆
軻歌曰風蕭蕭兮易水寒說文曰既循灌也翰曰蕭蕭竹聲貌風之逕路翔於竹梢上迴流之水溉灌其山下也末梢
頭也揚素波而揮連珠兮聲礚礚苦蓋而澍五臣作注淵
善曰漢武帝秋風辭曰横中流兮揚素波杜預左氏傳注曰揮揃也音贊說文曰注灌也澍與注古字通向曰素白揮
動也礚礚水漱石聲淵深也江水流於山下飛揚白波而動浪沫如連珠聲漱石而注深處也朝露清冷
而隕其側兮玉液浸侵潤五臣作潭音淫而承其根善曰說文曰液
津也夷石切濟曰清冷露貌隕墜也玉液清泉也浸潭流貌孤雌寡鶴五臣作鵠娛優乎
其下兮春禽羣嬉翱五臣作翶翔乎其顛五臣作巔善曰說文曰
嬉樂也銑曰其下謂水中嬉游也其巔謂竹上也秋蜩條不食抱樸而長吟

兮玄蝯悲嘯搜索乎其間善曰爾雅曰蜩蜋蜩方言曰楚謂蟬爲蜩家語子夏
曰蟬飲而不食抱音附蒼頡篇曰朴木皮也上林賦曰玄蝯素雌搜索往來貌搜所求切索所白切良曰蜩蟬也處
幽隱而奧屏五臣作屏兮密漠泊五臣作嗼嵭上湳百切下音陌以獥五臣
作徼勑鏻切猭勑緣反善曰廣雅曰奧藏也說文曰屏蔽也屏與屏同嗼嵭密貌獥猭相連延之貌漠與嗼同泊
與岶同向曰奧深屏僻也謂竹處於幽深隱僻之處嗼嵭密而相連貌惟詳察其素體
兮宜清靜而弗諠幸得諡爲洞簫兮蒙聖主之
渥恩可謂惠而不費兮因天性之自然善曰方言曰素本也
諡號也實二切論語子曰因人之所利而利之斯不亦惠而不費乎家語孔子曰器用陶匏以天地之性也萬物無可以
稱之者故其自然之體翰曰詳審也素謂幽素之體處清靜之地而宜其不喧也渥澤也謂君王採而用之因天性之
質而爲聲韻則惠而不費也於是般班匠施巧夔襄善作妃准法善曰

墨子曰公輸爲雲梯鄭玄曰般伎巧者莊子曰匠石之齊見櫟社樹匠伯不顧司馬彪曰匠石字伯尚書帝曰夔命汝典
樂教胄子妃未詳也銑曰般匠古之巧匠令施巧而作簫也夔樂官也襄師襄也善音律謂准度簫之法則也帶
以象牙掍胡本其會合善曰帶揗飾也方言曰掍同也言以象牙飾其會合之際言巧密也
濟曰飾之象牙同於會合之處鎪色鄒鏤離灑所宜絳脣錯雜善曰離灑鎪鏤之貌
絳脣謂簫孔以朱飾之向曰鎪鏤彫之爲文離灑文貌絳朱也脣口也以朱飾其吹口而錯雜其文彩鄰菌
去筠繚糾羅鱗五臣作鱗羅捷獵善曰言簫之形也鄰菌繚糾相著貌如羅鱗布列也捷獵
參差也良曰並竹管相連繞貌如魚鱗羅列膠緻直吏理比鼻挹邑抐女立擫擸
五臣作擫捻上於頰切下奴叶切善曰膠緻理比言細密也挹抐擫擸言中制也翰曰膠緻理比謂竹細密相次貌
挹抐擫捻手執之貌於是乃使夫性昧之宕徒浪冥生不覩天
地之體勢闇於白黑之貌形善曰性昧宕冥謂天性闇昧過於幽冥也說文

曰宕過也生初生也淮南子曰夫盲者不能別晝夜分白黑矣銑曰性昧之宕冥謂盲人也昧冥暗也宕大也目不見
天地白黑之體色憤伊鬱而酷䀇五臣作䀇奴谷切愍眸子之喪精
寡所舒其思慮兮專發憤乎音聲善曰鄭玄禮記注曰憤怒氣充
實也伊鬱不通酷猶甚也蒼頡篇曰䀇憂貌趙岐孟子注曰眸子目瞳子也論語子曰發憤忘食銑曰憤怒憂積惜瞳
子之無精光而舒展其思慮乃專心音聲乃至妙理也伊鬱憤怒貌酷䀇憂積貌愍惜也故吻無粉吮詞兗
值夫宮商兮和紛離其匹溢形旖旎五臣作旖旎上音倚下女
綺切以順吹去兮瞋勑眞㖃合𠯗胡以紆鬱善曰言口吻所吮皆
遇宮商紛離四溢聲四散也說文曰吮嗽也言簫聲既發形旖旎以隨之漢書音義張揖曰旖旎猶阿那也說文曰顛顀
也釋名曰咽咽下垂也言氣之盛而㖃𠯗頰瞋也楚辭曰鬱結紆軫王逸曰紆曲也㖃與頷同銑曰吻口吮吸也言者
專心故以口吸皆值合聲韻而有和樂旖旎曲身貌㖃𠯗紆鬱怒貌言者屈曲其形隨順吹勢聲而其貌如含瞋怒焉

氣旁迕以飛射兮，馳散渙以逫知律。善曰旁迕言氣競旁出逫
相逆迕也飛射迅疾也散渙分布也逫律進貌　向曰迕觸也吹者之氣音聲觸飛射而聞於遠也散渙聲分布貌逫律
和貌也趣從五臣作趨縱容其勿述兮，騖合遻徙合以詭譎。
善曰勿述無所逆誤之貌合遻盛多貌封禪書曰奇物譎詭詭譎猶奇怪也　翰曰述逆騖走也謂聲趨走縱容而和無
所乘逆合遻繁被而多奇異也詭譎奇異或渾沌而潺湲兮，獵力合切五臣作攝若
枚折，或漫衍而駱驛兮，沛浦貝焉競溢。迭五臣作軼音善曰渾
沌不分之貌雜字曰潺湲水流貌獵聲也枚折似枚之折也毛萇詩傳曰枚幹也漫衍流溢貌駱驛相連延貌沛多貌
良曰聲或有渾沌繁雜而不分而潺湲如清流之聲者又攝然如木枝摧折或漫衍駱驛而不絶沛然競軼而度也攝木
折聲枚木枝也沛多貌軼度也惏凜慄密率，掩以絶滅，㗱吸霵助立曄
踕五臣作爗捷爗于輒切跳徒彫然復出。善曰惏慄寒貌風賦曰惏悽惏慄密率安靜也掩止息貌
㗱霵曄踕眾聲疾貌說文曰跳躍也霵或爲驟　翰曰惏慄聲清爽貌清爽安靜聲掩然如將絶滅而眾聲復起跳躍而
復出也㗱霵眾聲也爗捷聲復起也若乃徐聽其曲度兮，廉察其賦歌。
啾咇必㘉子逸而將吟兮，行鍖丑錦銋眠凜以和囉。亦善曰廉察也
啾眾聲也咇㘉聲出貌行猶且也胡庚切鍖銋不進貌餘囉相雜貌　向曰緩聽節度謹察曲之名目則繁多而將吟且
紆緩以相應也徐緩廉謹也賦歌作曲之通稱也啾咇㘉聲繁多貌行且也鍖銋紆緩也風鴻五臣作洪胡貢切
洞而不絶兮，優嬈嬈繞以婆娑。素何反善曰鴻洞相連貌嬈嬈柔弱也
婆娑分散貌　翰曰風吹其聲相連不絶而優遊柔雅分散也嬈嬈柔雅貌翩緜連五臣作聯以牢
落兮，漂乍弃而爲他。善曰說文曰漂浮也芳妙切他謂奇聲也言棄其舊調而爲奇聲
良曰聲飛揚而相連或牢落希疎也漂然盡散了弃舊曲將爲異聲他異也要復遮其蹊徑
兮，與謳謠乎相龢。善曰謳謠已發簫聲於其蹊徑要復而遮之與之相和也龢古和字　銑

曰要復猶伺候也謂簫曲伺候謳者發聲如避其道路而與之相和合其音律也蹊徑道路謳謠謂也故聽
其巨音，則周流汜五臣作泛濫，并包吐含，乎暗若慈父
之畜子也。善曰韓詩曰夫爲人父者必懷慈仁之愛以畜養其子也　向曰聞其大音周流泛濫而廣遠
并包眾聲吐含和樂乃如慈父之於子也包含仁愛以養之吐義方以教之巨大畜養也其妙聲則清
靜厭㥦，五臣作㥦音翳順叙卑迖，他戾若孝子之事父也。善曰
妙聲聲之微妙也厭安靜貌曹大家列女傳注曰瘱深邃也字林曰迖滑也　翰曰其妙聲則清和安暢節度無違謬然
如孝子之事親也科條譬類，誠應義理，澎普宏濞普祕慷慨，五臣
作沆瀣上胡朗切下胡界一何壯士，優柔温潤，又似君子。善曰澎濞
波浪相激之聲說文曰慷慨壯士不得志於心也大戴禮曰優之柔之禮記曰温潤而澤仁　濟曰科條名目也謂其聲
曲所以比類至誠必有感應於義理者謂下文壯士君子之事　銑曰澎濞沆瀣勇烈聲也故其武聲，
則若雷霆輘力耕輷，呼萌佚豫以沸渭；善作渭字　善曰輘輷大聲也
埤蒼曰沸渭不安貌沸或爲潰佚味切渭音謂　良曰佚豫聲疾貌沸渭聲勇躍不定貌其仁聲則若
颽五臣作凱風紛披，容與而施惠。善曰呂氏春秋曰南方曰颽風颽風長物故曰施惠
容與寬裕之貌也　向曰凱風南風也溫和而養萬物故云施惠紛披容與和緩貌或雜遝以聚
斂兮，或拔蒲末摋蘇末以奮弃。五臣作弃　善曰雜遝眾多貌拔摋分散也何休公
羊傳注曰側手擊曰摋也　翰曰聲或眾多如相聚或分散奮迅如弃滌也悲愴怳以惻惐
域兮，時恬淡以綏肆。善曰楚辭曰愴怳懭悢兮惻惐傷痛也廣雅曰恬靜也說文曰淡安
綏遲也王肅尚書注曰肆緩也　濟曰悲聲聞則愴怳惻惐而傷感也時或恬淡而安緩也綏安肆緩也被淋
抷灑離其靡靡兮，時橫潰以陽遂。善曰孔安國尚書傳曰被及也
淋灑不絶貌靡靡細好也橫潰旁決貌陽遂清通貌言其聲或盛壯而細密時復橫潰而清通也鄭玄周礼注曰陽清也

又禮記注曰遂達也銑曰忽如水流之縱横潰亂復有清暢之音以通達也淋灑水流聲靡靡流貌哀悁悁烏玄之可懷兮良醰醰徒南而有味善曰毛詩曰中心悁悁說文曰憂悁悁悒憂貌又曰醰甜同長味也良曰哀聲則若悁悒在懷醰濃而有味也悁悁悒也醰醰醇濃也故貪饕土刀者聽之而廉隅兮五臣無兮字狼戾者聞之而不懟音墜善曰尚書曰貪饕曰欽孔安國曰貪饕急憒禮記曰儒者有砥礪廉隅戰國策曰張儀云趙王狼戾無親爾雅曰懟怨也向曰貪財之人聽此和雅之聲則去貪而知清廉之分惡性之人聞之則去惡遷善而不怨蓋樂感人情也貪財曰饕隅分也狼戾惡性也剛毅彊𩴪五臣作暴反仁恩兮嘽歎唌誕逸豫戒其失善曰字書曰𩴪古文暴字也嘽唌逸豫紓緩之貌向曰殺敵為果致果為毅此人聞和雅之音乃反為仁恩之情也紓緩之聲戒人之過失鍾期牙曠悵然而愕立善無立字兮杞梁之妻不能為其氣善曰列子曰伯牙善鼓琴鍾子期善聽左氏傳曰師曠侍於晉侯杜預曰師曠晉樂太師字書曰愕驚也琴操曰杞梁妻嘆者齊邑芑梁殖之妻所作也殖死妻嘆曰上則無父中則無夫下則無子將何以立吾亦死而已援琴而鼓之曲終遂自投水而死芑與杞同也濟曰謂其聞簫皆悵然而驚言此簫聲雖杞妻之感深亦不能為其氣調也師襄嚴春不敢竄其巧兮浸侵淫叔子五臣有兮字遠去聲其類善曰家語曰孔子學鼓琴於師襄七略有莊春言琴宋玉笛賦曰於是天旋少陰白日西靡命嚴春使叔子浸淫猶漸冉相親附之意也毛萇詩傳曰昔顏叔子獨處于室鄰之嫠婦又獨處室夜暴風雨至屋壞婦人趨而至叔子納之而使執燭放於乎旦蒸盡縮屋而繼之自為避嫌不審矣趙岐孟子章句曰放至也方往切銑曰竄措也師襄嚴春皆古之善鼓琴者聞簫皆不敢措其巧妙浸淫叔子古之知音人聞洞簫之妙聲亦去而遠之莫能比類於古者也嚚頑朱均惕復慧兮桀跖之石鬻博儡盧罪以善無以字頑頟五臣作㥫善曰左氏傳富辰曰心不則德義之經為頑口不道忠信之言為嚚史記曰堯子丹朱不肖舜子商均亦不肖桀夏桀也跖盜跖也莊子曰跖及三千

天下大駭矣下有桀跖上有曾史鬻鬻夏育也古字同博申博也未詳其始陸機夏育贊曰夏育之猛千載所布申博角勇臨雖奮推儡羸疾貌頑頟即愁頟也翰曰嚚舜母也頑舜父也鬻鬻拳楚之彊勇人也博朱博漢之俠士也惕驚儡敗壞也謂簫之妙音感此嚚頑不肖彊俠之類皆驚復得明慧敗壞惡性頑拆而困悴矣吹參差而入道德兮故永御而可貴善曰楚辭曰吹參差兮誰思王逸曰參差洞簫良曰參差簫曲名感化之道囊故云入道德也永長也御猶服用也時奏狡弄則彷徨翱翔或留而不行或行而不留善曰言逝上無常狡急也弄小曲也銑曰奏者作樂之總號奏勇曲乃廻旋飛聲去留不常也狡勇也弄曲也愺草恅老瀾漫亡耦五臣作偶失疇薄索合沓五臣作遝徒合切罔象相求善曰埤蒼曰嘈嘐寂靜也嘈嘐與愺恅音義同瀾漫分散也上林賦曰瀾漫遠遷薄迫也索求也合沓重沓也罔象虛無罔象然也莊子曰黃帝遊赤水之北遺其玄珠象罔求之而得銑曰合遝聲多也罔象餘聲也謂聲或寂靜分散亡偶失疇而希疎則迫求而聽之時多餘聲以相集也相求謂相集也故知音者樂而悲之不知音者怪而偉之濟曰知音識悲樂之聲不知者但怪其清美而已偉美也故五臣有其字為悲聲則莫不愴然累欷許意撆五臣作撇匹結切涕抆無扮淚善曰撆拭也廣雅曰抆亦拭也良曰欷悲撇揮也其奏歡娛則莫不憚漫衍五臣作衎苦汗切凱阿烏可那乃可腲腇五臣作㾯痿上一罪切下乃罪切者已善曰憚漫衍凱歡樂貌阿那腲腇舒遲貌翰曰憚漫衍凱和樂貌是以蟋蟀蚸五臣作斥蠖烏郭跂祇行喘昌兖息螻婁蟻魚几蝘烏典蜒徒典切五臣作蜓蠅蠅翊翊遷延從迤五臣作迆音以魚瞰雞睨垂喙虛穢蜿五臣作宛字轉瞪遲澄瞢莫亘忘食況感陰陽之和而化風俗之倫哉善曰言所感深也周書曰蚑行喘息說文曰蚑徐行凡生類之行皆曰蚑方言曰南楚謂螻蛄為桔螻爾

雅曰蚚蛘大蠦蠦與蟻同爾雅曰蚸蜴蝘蜓蠅蠅翊翊遊行貌皆蟲之形也遷延徙迤却退貌魚目不瞑雞好邪視故取睔焉瞰視也睨邪視也韓詩外傳曰楚賓有聲倮介之蟲無不延頸以聽說文曰喙口也或爲味鳥口也都遘切蛩轉動貌埤蒼曰瞪直視也直耕切瞢視不審諦也莫耕切家語曰人者天地之德陰陽之交　翰曰蠛蠓蠕蟯蝘蜓皆蟲名也跂行舉首行也蠅蠅翊翊衆行貌遷延徙迆進而復退貌瞰睨皆視也此蟲類聞樂尚由感而動之皆垂口盤旋直視昏然遺忘其食以聽之況乎感和陰陽之氣遷化風俗之理豈不致也宛轉盤旋也瞪直視瞢昏也

亂曰狀若捷武超騰踰曳五臣作跇余滯切迅漂巧兮善曰曳亦踰也或爲跇漂疾也妨妙切　向曰蕭聲狀如捷武之人超騰於空也踰跇高擲貌又似流波泡薄交溲所交汎五臣作泛音之淒所疇趨許嶬宜道兮善曰泡溲盛多貌汎淒微小貌方言曰泡盛也溲所求切汎房法切埤蒼曰淒裁有水也嶬道嶮巇之道　翰曰又似流波趨走嶮巇之道也泡溲汎淒波急聲嘐呼交呷呼甲呟呼縣喚躋祖雞蹟致連絕淈若骨殄電沌徒本切五臣作沌兮善曰言其聲之大嘐呷呟喚或躋或蹟時連時絕淈然相亂殄沌不分也埤蒼曰嘐赫大怒也杜預左氏傳注曰躋升也漢書音義韋昭曰蹟頓也淈胡忽切　銑曰嘐呷呟喚大聲也躋蹟連絕謂或上或下或連或絕淈殄沌聲雜不分貌躋上蹟下也攪胡卯搜所卯切五臣作挍㶎學捎所學逍遙踊躍若壞頹兮善曰攪搜㶎捎水聲也壞頹言如物崩壞頹毀也搜所卯切　濟曰攪挍㶎捎風振竹木聲也逍遙聲遠也踊躍聲高也聲烈又如物之崩壞頹墜也優游流離躊躇稽詣亦足耽兮善曰韓詩曰搔首躊躇稽詣言聲稽留如有所詣也蒼頡篇曰詣至也　良曰優游流離和緩分散聲也躊躇稽詣聲或稽留不散貌言亦足耽翫也頹五臣作隤唐遂往長辭遠逝漂不還兮善曰頹唐隤墜貌本或無此十二字　向曰隤唐聲微也言聲微遂往長辭而遠去漂流丕不反也賴蒙聖化從谷中道樂不淫兮善曰中於道德雖樂不荒左氏傳曰吳公子札來聘爲之歌頌曰遷而不淫樂而不荒　翰曰賴君王聖化采於幽山以成此器從容和樂中於大道雖樂而不荒淫也

條暢洞達中節操兮終詩卒曲尚餘音兮吟氣遺響五臣作往聯縣漂五臣作飄撇匹滅生微風兮連五臣作聯延駱驛變無窮兮善曰言聲有條貫通暢洞達而中於節操漂擊餘響皆少騰貌　向曰洞通詩志也終志卒曲尚有餘音言聲清遠也　銑曰聯縣不絕也飄撇聲相擊而隨於微風也連延駱驛亦不絕貌

舞賦 并序

傅武仲

善曰同良注　良曰范曄後漢書云傅毅字武仲扶風人也少博學中宗召文學之士以武仲爲蘭令史遷竇憲府司馬早卒

楚襄王既游五臣有於字雲夢使宋玉賦高唐之事善曰高唐賦序曰楚襄王與宋玉遊於雲夢之臺望高唐之觀王曰試爲寡人賦之　翰曰此假設楚襄王宋玉之事以爲賦端也雲夢楚澤名高唐觀名將置酒宴飲謂宋玉曰寡人欲觴五臣作觴群臣何以娛之善曰左氏傳曰樂盈觴曲沃人杜預曰飲酒於曲沃　向曰觴酒器也娛樂也觴群臣謂欲與群臣飲酒問宋玉曰何以樂也玉曰臣聞歌以詠言舞以盡意善曰尚書曰歌永言孔安國曰歌詠其義以長其言毛萇詩序曰言之不足故嗟嘆之嗟嘆之不足故詠歌之詠歌之不足不知手之舞之足之蹈之說苑曰聲樂易良而合於歌情盡舞意是以論其詩不如聽其聲聽其聲不如察其形善曰謂言之不足故詠歌之詠歌之不足故手舞足蹈也　濟曰形謂舞也激楚結風陽阿之舞善曰張晏曰激楚歌曲也列女傳曰聽激楚之遺風結風亦曲名上林賦曰鄢郢繽紛激楚結風文穎曰激衝激急風也結風迴風亦急風也楚地風既自漂疾然歌樂者猶復依激結之急風爲節楚辭曰宮庭震驚發激楚淮南子曰夫足蹀陽阿之舞高誘曰陽阿古之名倡也　良曰激急也楚謂楚舞也舞急縈結其風陽阿亦楚人曲也材人之窮觀天下之至妙噫衣可以五臣無以字進乎五臣有也字善曰孔安國尚書傳

曰噫恨辭也　翰曰窮極也噫歎聲謂上楚曲材人極觀天下至妙歎其美可進爲羣臣之樂王曰其如
鄭何五臣無此一句　善曰樂記曰鄭衛之音亡國之音也恐其同於鄭舞當如之何楚辭曰二八齊容起鄭
舞王逸曰鄭國舞也王曰小大殊用鄭雅異宜善曰韓詩曰舞則篹兮薛君曰
言其舞態雅樂也　翰曰小謂小雅大謂大雅鄭謂淫聲也弛式氏張之度聖哲所施
善曰禮記孔子曰一張一弛文武之道　翰曰弛廢張用度法也謂雅鄭之樂廢用之法聖人所施也故用雅廢鄭者昌
用鄭失雅者亡也是以樂記干戚之容雅美蹲蹲七句之舞
禮設三爵之制頌有醉歸之歌善曰禮記曰干戚羽旄謂之樂鄭玄
曰干楯也戚斧也武舞所執也毛詩小雅曰坎坎鼓我蹲蹲舞我一本或云旄旄之舞禮記曰君子飲酒也禮三爵而油
油以退鄭玄曰油油說敬貌毛詩魯頌曰鼓咽咽醉言歸于胥樂兮　銑曰干戚斧也武舞所執容飾也小雅蹲蹲舞我
者雅曲也禮云凡臣宴君禮有三爵一所以示慈惠二所以訓恭儉三所以行孝敬蓋不取其荒淫也爵酒盞也夫

咸池六英所以陳清廟協五臣作叶神人也善曰樂動聲儀曰黃
帝樂曰咸池帝嚳樂曰六英宋均曰能爲天地四時六合之英華也毛詩曰清廟祀文王也尚書曰八音克諧神人以和
向曰皆雅音陳於清廟以叶和神人也清廟天子祖廟也叶和也鄭衛之樂所以娛密
坐接歡五臣作驩欣也餘日怡蕩非以風民也其何
害哉善曰餘日聽覽之餘日也怡蕩怡悅放蕩也爾雅曰怡樂也毛詩序曰風教也　翰曰密坐相從而坐也
接引也餘日謂常日也鄭衛之音於密坐爲時可用之若常爲怡悅蕩心志非爲風化下人今日用之其何害也王
曰試爲寡人賦之玉曰唯唯
夫何皎皎五臣作皦之閑夜兮明月列以施光五臣作爛以舒
光朱火曄五臣作爗其延寅踐起兮燿五臣作曜華屋而熺虛宜
洞房善曰古詩曰明月何皦皦楚辭曰夜皎皎兮既明古詩曰朱火然其中青煙颺其間廣雅曰熺熾也楚辭

曰姱容脩態絙洞房　向曰皦皦靜貌朱火燭也燭盛爗光延散曜然熺明也黼帳祛而結組
兮鋪首炳以焜煌陳茵因席而設坐兮溢金罍
雷而列玉觴善曰司馬相如美人賦曰黼帳周垂祛循舉也長門賦曰張羅綺之幔帳兮垂楚組之連
綱漢書曰鋪首鳴說文曰鋪著門抪首鄭玄禮記注曰茵蓐也毛詩曰我姑酌彼金罍玉觴玉爵也　銑曰黼繡祛帳裙
也組錦也言繡爲帳裙結錦爲帳帶也鋪首門鋪鎖處也炳以焜煌謂月色與燭光相合於門首也茵褥也金罍樽也以
金飾之玉觴玉盃也言布陳褥席而設坐位溢滿置酒於金樽而行列玉盃也騰觚孤爵之斟
酌兮漫既醉其樂康善曰儀礼曰騰觚于賓又曰小臣請媵爵鄭玄曰今文媵皆作騰禮
記注曰凡觴一升曰爵二升曰觚毛詩曰既醉以酒楚辭曰君欣欣兮樂康毛萇詩傳曰康樂也　濟曰騰酒行疾也酒
爵二升曰觚斟謂量性多少以酌與之漫多康安也嚴顏和而怡懌兮幽情形
而外揚善曰爾雅曰懌樂也　良曰嚴顏君王嚴整之顏怡懌和色也幽深之情皆揚於外蓋言醉也文

人不能懷其藻兮武毅不能隱其剛善曰左氏傳曰致果爲毅
翰曰皆酒酣也懷藏藻辭也文人之醉不能藏其辭藻也武毅之人醉則不能隱其剛勇謂密坐去君臣之禮也簡
惰跳狄聊踃消般五臣作盤紛挐女如兮淵塞沈蕩改恒常
兮善曰言失度也簡惰疎簡怠惰也埤蒼曰踃跳也先聊切紛挐相著也毛詩曰其心塞淵毛萇曰塞實也淵深也
向曰此言醉而失度跳踃動足貌盤樂也言樂而手足相加著也淵深塞滿也謂君王樂情深而且滿沈醉放蕩改恒常
性也於是鄭女出進二八徐侍姣絞服極麗姁許于媮
俞致態善曰楚辭曰二八齊容起鄭舞姁媮和悅貌　銑曰鄭國出女樂也二八者謂十六人也徐謂緩步
謂侍君王之側也姣好也態貌也貌嫽了妙以妖蠱五臣作冶兮五臣無兮字紅
顏曄五臣作爗其揚華善曰毛萇詩傳曰嫽好貌理紹切妖蠱淑豔也揚華揚其光華　良曰妖
冶美豔也謂鄭女妖好媚美豔而紅顏曄爗發揚其光華也眉連五臣作嫙娟伊夫切以增

繞兮五臣無兮字**目流睇而横波**善曰連娟細貌繞謂曲也言眉細而益曲也上林賦曰長眉連娟横波言目邪視如水横流也神女賦曰望余帷而延視兮若流波之將瀾　翰曰連娟細長貌流睇邪視也言眉細長如繞於頞也目邪視如水波之横流謂明而利疾也**珠翠的皪**歷**而炤燿**五臣作照曜**兮華袿**珪**飛髾**所交**而雜纖羅**善曰珠翠珠及翡翠也說文曰的皪珠光也劉熙釋名曰婦人上服謂之袿上林賦曰飛纖垂髾司馬彪曰髾燕尾也子虛賦曰雜纖羅司馬彪曰纖細也　銑曰翠謂畫翡翠羽也的皪照曜珠翠之光色也袿袖也髾髻飾也言華麗之袖飛於髻上雜之纖細綺羅也**顧形影自整裝順微風揮若芳動朱脣紆清陽**善曰裝服也揮動也若杜也美人佩以爲芳香也七發曰揄流波雜杜若動朱脣將歌也神女賦曰朱脣的其若丹毛詩曰有美一人清陽婉兮毛萇曰清陽眉目之閒　翰曰紆低也**亢**五臣作抗**音高歌爲樂之**善本無之字**方**善曰杜預左氏傳注曰方法也　向曰抗舉也方猶常也言舉音高歌爲樂之常道也**歌曰**

攄予意以弘觀兮繹精靈之所束弛緊急之絃張兮慢末事之委善作骫**曲**善曰攄散也弘大也言精靈有所羣束今將舒繹之也方言曰繹理也弛緊急之絃言將觀舞故緊急之絃先已張者今發弛之末事之骫曲者今輕慢之周禮曰弛縣也鄭玄曰弛釋下也說文曰緊纏絲急也蒼頡篇曰骫曲也於詭切言鄭衛之末事而委曲順君之好無益故發而慢之　濟曰此代舞者作歌也　翰曰繹移弛發也散意深觀歌舞之事則欲移其精神心監云此迫束淫弛之音將發而慢之蓋以爲鄭聲末事而委曲順君之好無益於君也**舒恢炱**徒來**之廣度兮闊細體之苛**五臣作荷**縟嘉關雎之不淫兮**五臣無兮字**哀蟋蟀之局促**善曰恢炱廣大之貌苛縟煩數之貌言度之恢炱者更令舒緩體之煩數者使之疎闊楚辭曰收恢台之孟夏兮炱與台字通　賈逵國語注曰苛煩也賀多切鄭玄喪服注曰縟數也言舒廣大之度則細體之事不利於德者疎而闊之毛詩序曰關雎樂得淑女以配君子憂在進賢不淫其色毛詩曰蟋蟀刺晉僖公也儉不中禮蟋蟀在堂歲聿

云暮今我不樂日月其除古詩曰蟋蟀傷局促小見之貌　濟曰苛煩縟密也關雎之樂后妃之德樂而不淫也故嘉之蟋蟀詩篇名刺儉不中禮故哀其局促局促小貌**啓泰貞之否隔兮超遺物而度俗揚激徵騁清角贊舞操奏均曲**善曰太貞太極之氣也否隔不通也言所否閉隔絶使通之呂氏春秋曰陶唐氏之時陰多滯伏陽道壅塞乃作舞宣導之莊子孔子謂老聃曰先生似遺物離人激徵清角皆雅曲名琴操曰伯牙鼓琴作激徵之音韓子師曠曰清徵之聲不如清角舞操而奏操也琴道曰琴有伯夷之操樂汁圖徵曰聖人立五均均者亦律調五聲之均也宋均曰長八尺施絃　良曰遺物謂物有失所者超擢而使濟於俗也以此清曲乃可贊揚舞之節操均雅曲之名也**形態和神意協**五臣作叶**從容得志不劫**善曰雍容閑雅得其大體不相迫劫也協和也鄭玄禮記注曰劫脅也　銑曰叶合也不劫謂不迫而安靜也**於是躡節鼓陳舒意自廣游心無垠遠思長想**善曰言舞人躡鼓以爲節此鼓既陳故志意舒廣莊子曰乘物以遊心晉灼曰垠崖也　翰曰躡節鼓陳謂足躡節與鼓合應也舞曲清雅其志不撓故舒意廣也垠際也**其始興也若俯若仰若來若往雍容惆悵不可爲象**善曰象形象也謂停節之間形態頃之如惆悵失志也變態不極不可盡述其形象也　翰曰俯仰來往雍容皆舞遷轉不定也**其少進也若翺**五臣作翔**若行若竦若傾兀**五臣作杌**動赴度指顧應聲**善曰兀然而動赴其節度手指目顧皆應聲曲　向曰翔飛竦勇也杌然而動以赴節度**羅衣從風長袖交横駱驛飛散颯**蘇合**沓**徒合切　善作颯蹋**合并**善曰王孫子曰衛靈公侍御數百隨珠照日羅衣從風韓子曰長袖善舞駱驛不絶貌颯蹋盤折貌與曲度相合并也　銑曰駱驛相連不絶颯沓盤旋貌合并謂與曲度相合也**鶣**篇**𪇆**飄**燕居拉**力合**揩**徒合**鵠驚綽**五臣作婥　齒藥切**約閑靡機迅體輕**善曰鶣𪇆輕貌拉揩飛貌綽約美貌閑美閑緩而柔美赴曲機疾體自輕妙上林賦曰便姍綽約莊子曰綽約若處子　良曰

拉揩舉翅貌言輕如燕鳥之居又如鵠之驚舉開鶱開緩而柔靡姿絕倫之妙態懷慤素之絜清五臣作情脩儀操以顯志兮獨馳思乎杳冥善曰神女賦曰懷貞亮之絜清說文曰慤貞也薛君詩章句曰素質也杳冥謂遠而出冥也對問曰翱翔乎杳冥之上　翰曰皆舞者姿貌也絕倫妙態謂美色也懷貞素含絜情脩整儀容端理節操以明其志乃馳思於其杳冥寂寞之外以爲妙舞也在山峨峨在水湯湯傷與志遷化容不虛生善曰列子曰伯牙鼓琴志在登高山鍾子期曰善哉峨峨乎若太山志在流水鍾子期曰善哉湯湯然若江河伯牙所念鍾子期必得之言舞人與志遷化亦如此者容不虛生也湯音洋　向同善注明詩表指喟五臣作嘳丘謂切息激昂善曰歌中有詩舞人表而明之指而合節表明也韓詩外傳曰魯哀公喟然太息說文曰喟太息也喟與嘳同漢書王章妻謂章曰今在困厄不自激昂如淳曰激厲抗揚之意也昂我郎切　濟曰歎息激厲昂藏其異狀氣若浮雲志如善作若秋霜善曰言旣高且絜也　濟曰氣若浮雲謂其

志高也志如秋霜謂其凜然清絜也觀者增歎諸工莫善作共當善曰工樂師也　濟曰觀之者以爲諸工歎蓋不可當也於是合場遞進案次而俟善曰遞迭也俟待也言待次第而出也　良曰謂互遞進舞案比次第而相待也埒材角妙夸容乃理善曰晉灼漢書注曰埒等言闘巧妙也夸猶美也理謂裝飾也　銑曰埒校材伎角闘巧妙夸美也軼態橫出瑰姿譎起眄般五臣作眄盤鼓則騰清眸牟吐哇烏佳咬烏交則發皓齒善曰瑰美也譎異也般鼓之舞載籍無文以諸賦言之似舞人更遞蹈之而爲舞節古新成安樂宮辭曰般鼓鐘聲盡爲鏗鏘張衡七盤舞賦曰歷七盤而蹝躡又曰般鼓煥以駢羅王粲七釋曰七盤陳於廣庭疇人儼其齊俟揄皓袖以振策竦并足而軒蹝邪睨鼓下伉音赴節安翹足以徐擊駁頓身而傾折卞蘭許昌宮賦曰振華足以却蹈若將絕而復連鼓震動而不亂足相續而不并姚轉鼓側婈蛇丹庭與七盤其遞奏觀輕捷之翾翾義並同也說文曰哇諂聲也咬淫聲也楚辭曰美人皓齒嫮以㛂兮　翰曰盤鼓謂聲急而將終曲者眄看也騰舉也

昨眼中瞳子也哇咬謟豔聲也皓白色也摘五臣作擿齊行列經營切儗魚紀反善曰指擿行列使之齊整經營往來之貌擿佗歷切切相摩切也鄭玄禮記注曰儗猶比也　向曰指擿排次齊其行列有相摩切而爲比儗也彷彿五臣作徬偟神動迴翔竦峙善曰子虛賦曰若神仙之彷彿說文曰彷彿見不審也　向曰彷偟心不安也迴迴顧也翔謂身輕如飛也竦勇峙立也擊不致筴五臣作策字蹈不頓趾翼爾悠往闇復輟已善曰蹈哉而足不頓言輕且疾也闇猶奄也古人呼闇殆與奄同方言曰奄遽也　濟曰謂相連擊動以相夸翻不待驅策也身輕便捷足蹈於地不聞頓足聲也趾足也輕然遠往疲倦於樂闇而輟已已止也翼輕悠遠也及至回身還入迫於急節善曰已輟止復迴身旋入舞場逼迫於曲之急節也　翰同善注浮騰累跪渠毀跗方無蹋徒臘摩跌徒結反善曰言舞者之容也浮騰跳躍也累跪進跪貌跗蹋摩跌或反足跗以象蹈或以足摩地而蹋跌也鄭玄禮記注曰跗足趾也字書曰跌足　翰曰浮騰輕舉也累跪以膝至地累多也跗蹋足蹋地也摩

跌謂並足而舉後也皆舞之勢也紆形赴遠漼七罪似五臣作以摧折善曰紆曲其形以蹻其身也漼折貌　向曰紆起遠謂勇身也漼迴也謂迴身漼折其體以爲舞態纖縠蛾飛紛猋必遙若絕善曰纖縠細縠也蛾飛如蛾之飛也紛猋飛揚貌上林賦曰垂霧縠大戴禮曰食桑者有絲而蛾郭璞爾雅注曰蠶蛾也　銑曰纖縠細綺羅之類也如蛾蟲之輕飛也超踰俞鳥集縱弛武氏殟烏骨殁沒委紆爲蛇移姌冉嫋若雲轉飄曶忽五臣作善曰殟殁舒緩之貌言舞勢超踰如鳥疾速飛集也縱弛之際又且舒緩弛捨也說文曰委蛇邪行去也姌嫋長貌嬌與透同如雲轉之疾也飄忽如風之疾也毛萇詩傳曰迴風爲飄曶與忽同呼役切　良曰舞勢超踰疾速如鳥之飛集縱捨舒緩邪步行長如雲轉之疾也弛捨也姌嫋長行貌飄忽輕疾貌也體如游龍袖如素蜺五結反叶韻黎力帝收音收善作黎收而拜曲度究畢善曰游龍素蜺喻美麗也神女賦曰蜿若游龍從風翔翔司馬相如大人賦曰垂絳幡之素蜺言舞將罷徐收斂容態而拜曲度於是究畢蒼頡篇曰邀

徐也遰與黎同力奚切　翰曰游龍輕也素蜺明也斂容態而拜曲度盡畢也素白也蜺謂虹蜺也瞭眑斂容也遷
延微笑退復次列觀者稱麗莫不怡悅於是歡
洽宴五臣作讌夜命遣諸客善曰舞畢退次行列也好色賦曰遷延引身言謹情巳洽而宴
迫於夜故命遣諸客也　向曰舞畢遷延退而微笑復次行列也怡悅愛樂也　翰曰夜以樂疲命去諸客也遣去也
擾而沼攘就駕僕夫正策善曰擾攘爭貌僕夫執駕者策鑾也大戴禮曰驪駒在門
僕夫具存銑曰策鞭也車騎並狎巃力孔嵸則孔逼迫善曰狎謂多而相排也巃
嵸聚貌　向曰巃嵸衆多貌良駿逸足蹌七良捍五臣作悍音汗凌越善曰駿馬也逸
疾也蹌捍馬走疾之貌言馬駿逸奔發而走相凌越也　翰曰蹌悍勇躍也凌越急如飛也此以盛述馬者謂良馬亦比
人材也龍驤橫舉揚鑣飛沫善曰鄒陽上書曰蛟龍驤首鑣馬勒旁鐵也馬舉首
而橫走動鑣則飛馬口之沫也　翰曰龍驤橫舉謂舉首而橫走也鑣謂鑾銜之排沫也揚動之則飛馬口之沫也馬

文選十七　三十

材不同各相傾奪善曰傾奪謂馳競也或有踰埃赴轍霆駭
電五臣作雷滅蹠五臣作跖地遠羣闇跳五臣作倏獨絕善曰列子伯樂曰天
下之馬絕塵弭轍言馬踰越於塵埃之前以赴車轍如雷霆之聲忽驚忽滅也蹠踏也遠出於羣言疾速之甚也鄭玄尚
書五行傳曰跳行疾貌闇跳獨絕言行急無比也　濟曰而權奇蹋地駭驚也趾蹋也闇倏獨絕謂行急無比方也或
有宛五臣作踠於遠切足鬱怒般五臣作盤桓不發後往先至遂
爲逐末善曰言馬按足緩步鬱怒氣遲留不發也周易曰初九盤桓利居貞言逸材之馬雖後往而能先至
遂爲馳逐者之末也逐者以發足爲本　翰曰案足頓步鬱如怒氣遲留未發在於衆後而先至前所逐衆之後故云逐
末此馬之逸材也踠足謂緩步盤桓遲留也或有矜容愛儀洋洋羊習習
遲速承意控御緩急車音若雷騖五臣作鶩驟相及
駱漠五臣作驛而歸雲散城邑善曰鄭玄毛詩注曰洋洋莊敬貌又詩箋云習習和

調之貌遲速承意言遲速任意也毛詩曰又良御忌抑罄控忌毛萇曰止馬曰控忌辭也音異家語孔子曰御者同是車
馬其所爲進退緩急異也長門賦曰雷隱隱而響起聲象君之車音言車聲隱隱如遠雷之音相連屬也駱漠駱驛紛漠
奔馳之貌中夜車皆歸城邑之中寂然而空有同雲散也　銑曰此長者之車也矜誇儀容遲速任意車聲殷殷然調緩
如遠雷之音行聯皆相連及不先不後也駱驛不絕貌天王燕宴胥五臣作湑思與切樂
而不泆五臣作溢娛神遺老永年之術優哉游五臣作柔
哉聊以永日善曰毛詩曰籩豆有且侯氏燕胥胥皆也皆來相與燕也孝經曰滿而不溢家語孔子歌
曰優哉游哉聊以卒歲毛詩曰且以喜樂且以永日　向曰湑樂也遺猶不知也永長術道也謂天王宴樂而不溢娛其
神性不知老之將至此長年之道優游柔和且以爲長久之日

三十一

六臣註文選卷第十七

六臣註文選卷第十八

梁昭明太子撰

唐李善并五臣註

音樂下

長笛賦并序善曰說文云笛七孔長一尺四寸風俗通曰笛滌也蕩滌邪穢納之雅正

馬季長善曰范曄後漢書曰馬融字季長扶風茂陵人有俊才好吹笛爲校書郎遷南郡太守免官後拜議郎卒　翰注同

融既博覽典雅精核胡隔切五臣作覈數術又性好音律善無律字能鼓琴吹笛善曰仲長子昌言曰精核是非議之嘉也說文曰覈考實事也核與覈古字通漢書曰術數者皆羲和卜史之職韋昭曰歷數占術也　向曰博廣也典謂墳典雅謂雅頌精考陰陽度數律歷之道術道也而爲督郵無留事獨卧郿縣善無縣字平陽鄔温古中善曰韋昭釋名曰督郵主諸縣罰負殿糾攝之也史記齊威王語即墨大夫曰自子之居即墨無留事漢書右扶風有郿縣平陽鄔聚邑之名也服虔通俗文曰營居曰鄔　銑曰督郵漢官號時季長爲此官事無留滯而多暇故卧郿縣平陽里中也鄔里也有雒五臣作洛字客舍逆旅吹笛爲氣出精列相和善曰左氏傳荀息曰今虢爲不道保於逆旅歌錄曰古相和歌十八曲氣出一精列二魏武帝集有氣出精列二古曲　濟曰有洛客謂時有洛陽客止於客舍也逆旅客舍也相和謂更遞吹也融去京師踰年暫聞甚悲而樂之良曰踰過也暫聞謂笛聲也追慕王子淵枚乘劉伯康傅武仲等簫琴笙頌唯笛獨無故聊復備數作長笛頌善曰王子淵作洞簫賦枚乘未詳所作以序言之當爲笙賦文章志曰劉玄字伯康明帝時官至中大夫作簧賦傅毅字武仲作琴賦　翰曰唯笛獨無謂未有賦頌備數謂備古人之數也賦之言頌者頌亦賦之通稱也其辭曰

惟籦鍾籠龍之奇生兮于終南之陰崖音宜善曰戴凱之竹譜曰籦籠竹名毛詩曰終南何有毛萇曰周之山名尚書大傳曰顛乎南山之陰謂山北　向曰奇生謂生奇質也崖畔也託九成之孤岑兮五臣無兮臨萬仞之石磎五臣作谿字去奚反叶韻　善曰山海經曰柏山四成郭璞曰成亦重也言九者數之多也尸子曰焦原者臨萬仞之谿　銑曰託附也謂山有九重孤高也竹附之而生下臨萬仞深谿也特箭槀而莖立兮五臣無兮字獨聆零風於極危善曰言此二竹或生而莖立或生於極危爾雅曰東南之美者會稽之竹箭焉郭璞方言注曰箭者竹名也鄭玄周禮注曰箭幹謂之槀尚書曰惟箘簵楛鄭玄曰箘簵聆風也　良曰箭竹也立猶生也謂特美竹幹攢莖而生謂竹生於高險之山清風搖之故聞風聲於極危也聆聞也秋潦老漱瘦其下趾兮冬雪揣音團善作揣封乎其枝善曰說文曰潦雨水也鄭玄周禮注曰漱齧也爾雅曰趾足也鄭玄毛詩箋曰團聚貌揣與團古字通　翰曰秋而水漱流於根冬雪擁附其上趾根也揣封猶擁附也巔根跱之槷結刖五刮兮五臣無兮字感迴飈而將頹善曰巔根根生於巔也槷刖危貌感觸也爾雅曰飈謂之猋猋與飈同　濟曰巔山上也跱立也槷刖危也迴飈疾風也感觸也謂竹生山上其根立危激觸疾風將欲頹墜而下也夫其面旁則重巘魚偃增石簡積頵丘隕砡牛六反　善曰面前也爾雅曰重巘隒又曰簡大也說文曰頵頭頵也字林曰砡齊頭也　翰曰面正面也旁側傍也此竹之面旁則有重巘高石大積於中巘者山之下小上闊也頵砡石齊頭貌也兀嵔力于狋助淄鬵魚飢傾昊側倚伏善曰兀嵔狋鬵嶔崟之貌　向曰嶮峻傾側倚伏也嶚苦交窌良交巧老港胡貢洞坑谷善曰嶚窌巧老深空之貌港洞相通也　銑曰深空相通於坑谷之貌嶰古買壑呼各澮古外切五臣作嶒峗徒外峭坎窞徒感巖苦咸覆五臣作覆　善曰爾雅曰小山別大山曰嶰澮峗嶰壑深平之貌峭即坎也周

易曰入于坎窞說文曰窞坎中小坎也巖嶔深巖也說文曰巖
岸也廣雅曰覆窟也字從穴從復扶福切　良曰嶄巉嶮巇
寬大而相連貌峪窞巖覆山下深闇窟穴也運裛於業穿安都洝遏岡連嶺屬
善曰運裛迴旋相纏也穿洝卑下也屬連也穿於孤切洝音
按向曰謂竹為陰陽運氣裛之有潤濕之色岡嶺之上皆
相連屬穿洝潤濕貌也林簫蔓荊森槮所衙柞作樸音卜善曰說文曰篠小
竹也簫與篠通本草經曰蔓荊實味苦森槮長貌鄭玄毛詩
箋曰柞櫟也樸包木也補木切　翰曰謂竹與諸物雜生也
林簫小竹也蔓荊森槮柞樸皆木名於是山水猥至渟亭涔岑障五臣作漳
字潰音會善曰廣雅曰猥衆也埤蒼曰渟水止也薛君韓
詩章句曰涔池也賈逵國語注曰障防也字林曰潰旁
決也濟曰渟涔池也障隄也潰壞也謂山水衆至池水隄岸潰壞也頵胡感淡徒感溶普郎流
碓丁迴投瀺仕咸穴善曰頵淡水搖蕩貌碓投似碓之所投也說文曰碓舂也都誨切瀺水注也瀺穴瀺
注隙穴也士咸切　翰曰頵淡溶流水搖蕩瀆大貌謂水碓擊瀺注山成穴也投擊也爭湍士官萃普萌

瀠汩古沒活澎普萌濞普秘波瀾鱗淪音倫五臣作綸窊烏爪隆詭
戾盧結反善曰許慎淮南子注曰湍水疾也萃縈迴旋之
貌汩活疾貌澎濞波聲也活古活切鱗淪相次貌窊隆高
下貌詭戾乖違貌　銑曰爭湍急浪也萃縈水迴旋貌汩活
澎濞水飛騰廣大貌鱗淪相次不絕貌窊隆詭戾謂水流下
上奇勢迴戾不常之貌瀉乎角瀑蒲角噴普悶沫犇遯奔遁五臣作碭徒郎突
善曰瀉瀑沸湧貌噴沫跳沫也　向曰瀉瀑噴沫水
之勇急噴濺生沫奔走碭突於山石之間遁走也搖演
以緬其山動杌兀其根者歲五六而至焉善曰賈逵國語注曰
演引也　翰曰謂風水搖引動杌竹根一歲五六度如此而至也是以間介無蹊人迹
罕到善曰孟子曰山徑之蹊間介然用之而成路趙岐曰介然人用之不止則蹊成為路漢書曰舟車所不至
人迹所不及　良曰竹間介然幽深無蹊徑人迹希至也猨蜼弋季晝吟鼯吾鼠夜
叫善曰張揖上林賦注曰蜼似獼猴郭璞爾雅注曰鼯鼠一名夷由狀如小狐似蝙蝠肉翅亦謂之飛生聲如人呼

銑曰猨蜼鼯鼠並輕捷之獸皆晝夜栖游於竹上吟叫皆聲也寒熊振頷胡敢特麚加昏
昌叓髟必妙反　善曰振動也方言曰頷頤也昏視髟長髦也言或顧視或振髟　濟曰能熊麚獸名振頷皆動口也昏
髟謂迴顧而起髦鬣寒謂山寒特壯也昏視也髟髦鬣也山雞晨羣野雉朝雊善曰
毛詩曰雉之朝雊尚求其雌求偶鳴命子悲號長嘯由衍識道
噍噍子由讙呼桓切善本作嚾譟蘇告經涉其左右哤武江聒其
前後者無晝夜而息焉善曰羽獵賦曰噍噍昆鳴鄭玄周禮注曰譟讙也國語管
子曰四民雜處則其言哤說文曰聒讙語也　向曰由衍行貌鳥獸行識其道羣聲噍噍讙譟皆行歷竹之左右亂聲聒
於前後無朝夕而休息也經涉循行歷也哤亂聲夫固危殆險巇之所迫也
善曰險巇傾側也翰曰謂在山也衆哀集悲之所積也故其應清
風也纖末奮䇯所交錚士耕鐄侯萌謍呼宏嗃善曰方言曰稍動也䇯與

䇯同錚鐄皆大聲也鐄與鍠同字林曰謍小聲也埤蒼曰嗃大呼也　翰曰謂鳥獸之聲也呼交反　銑曰纖末竹上也
謂清風來則纖末竹之上奮迅而動錚鐄謍嗃聲也䇯頭也若絙古鄧瑟五臣作琴促柱號
鐘高調善曰楚辭曰絙瑟兮交鼓又曰破伯牙之號鐘良曰絙急絃也號鐘琴名言竹聲如急瑟促柱鳴
琴高調也於是放臣逐子棄妻離友彭胥伯奇哀姜
孝己善曰羽獵賦曰餉屈原與彭胥鄭氏曰彭彭咸也晉灼曰胥子胥也琴操曰伯奇者尹吉甫之子也吉甫
聽後妻之言疑其孝子伯奇遂放逐之伯奇自傷無罪投河而死左氏傳曰夫人姜氏歸于齊將行哭而過市魯人謂之
哀姜家語曰曾子遣妻告其子曰高宗之後妻殺孝己尹吉甫以後妻放伯奇吾上不及高宗中不及吉甫庸知得免於
非乎　翰曰放臣謂遷於遐荒者逐子謂逐出之者棄妻謂夫之棄者離友朋離別者彭咸殷賢臣諫紂紂不從而出
奔也伍子胥吳賢臣諫吳王不從而賜劒死今此為放臣丈之失也哀姜謂魯文公夫人也文公死其子不得立而被殺
夫人怨而還齊過市而哭故號哀姜也孝己殷王中宗之子事親一夜五起中宗用後妻言逐之攢乎下

風收精泩耳靁五臣作雷歎頹息掐苦洽膺擗避亦摽避沼
泣血泫胡犬流交横而下通旦忘寐不能自禦善曰
收精不得泩耳專聽楚辭曰叱增歎兮如雷靁與雷古今字
也國語曰無掐膺韋昭曰掐叩也毛詩曰寤擗有摽毛萇曰
擗摽拊心貌毛詩曰鼠思泣血楚辭曰横垂涕兮泫流淮南
子曰病疵瘕者通旦不寐鄭玄周禮注曰禦禁也　翰曰此
放逐弃離别之流聞此竹聲皆攢集於竹風之下收其精思
傾泩其耳同爲歎息魂神摧墜叩胷撫心泣血泫然而流交
頤而下達晨不寢不能自止掐叩膺胷也
擗摽撫心也泫言流多也通達也禦止也於是乃使魯
般五臣作班字宋翟構雲梯抗浮柱善曰魯宋二國名也淮南子曰魯般爲木鳶而
飛之論衡曰魯班爲母作木人爲御機關一發遂去不還人
謂班母亡翟墨子之名也墨子曰公輸般爲雲梯必取宋於
是墨子見公輸般而止之張湛列子注曰雲梯可以淩虚甘
泉賦曰抗浮柱之飛榱　銑曰魯班魯公班魯人宋翟墨翟
宋人也皆古之巧智人矣構交雲之梯
立浮空之柱將取竹以爲笛抗立也蹉七何纖根跋蒲末

幾縷五臣作幾覓結切作纏力矩切膺峭阤五臣作陁音雉腹陘形阻善曰蹉言
以足蹉蹋纖根又跋蹋細縷也方言曰幾小也縷言細以縷
也上林賦曰布結縷被雖草名抑亦義兼似縷也膺言以膺
服於峭阤而腹突於陘阻也淮南子曰岸峭者必阤許慎曰
峭峻也七笑切阤落也爾雅曰山絶陘郭璞曰連山中斷也
向曰蹉蹋其根拔其細縷也縷竹根茹也跋拔茂細也　又
以胷腹磨於峭峻險阻之所也阤連山也陘斷山也逮
乎其上匍匐伐取挑他堯截本末規摹彠於縛矩善曰
鄭玄毛詩箋曰挑之落之説文曰摹規也莫奴切彠亦矱字
王逸楚辭注曰矱度也矩法也　翰曰逮及也匍匐以手足
行也本根也末莖也規摹謂之量度也彠飾也歷於險阻及
於山上猶峻阻乃以手足行而伐取之挑擿裁截其根莖以
量度之乃飾其規矩也夔襄比律子野協呂善曰尚書帝曰夔命汝典樂教胄子
家語孔子學琴於師襄鄭玄周禮注曰比次也左氏傳曰師
曠侍於晉侯杜預曰曠晉樂太師子野也孟子曰師曠之聰
不以六律不能正五音　向曰協合也夔舜樂官也襄妙鼓
琴子野師曠字善鼓琴今將爲笛與之比合律呂之音聲

十二畢具黄鍾爲主善曰呂氏春秋曰黄帝命伶倫爲律伶倫制十二筩聽鳳鳥之鳴以
别十二律以比黄鍾之宫故黄鍾宫律之本也高誘曰六律
六吕各有管也故曰十二筩　翰曰六律六吕爲十二黄鍾
律宫聲也宫爲君故爲主也撟矯揉而酉斤械胡介剸團剡余冉切善作掞字
度擬善曰蒼頡篇曰撟正也鄭玄周禮注曰揉謂以火撟也説文曰斤斫木也又曰械治也字林曰剸裁也又
曰剡鋭也周易曰揆木爲矢揆與剡音義同度擬量度比擬
也　銑曰撟揉者以火煬之斤械者以斧理之裁割量度以
比擬之剡割也鏓蘇董硐徒董頹善作隤字墜程表朱裹善曰説文曰鏓大鑿中木
也然則以木通其中皆曰鏓也廣雅曰硐磨也説文曰隤墜
也徒雷切爾雅曰墜落也説文曰程示也張晏漢書注曰表
揩外也　翰曰鏓硐謂以刀通節中也墜落也言竹節之眉
頹落也程表謂外不加飾但見其竹也朱裹以朱漆塗內
程當爲呈字之誤也定名曰笛以觀賢士善曰以其滌穢故可觀士　良曰採竹於山制
之於匠人然後定名曰笛也謂
有清雅之音故可觀賢士之志陳於東階八音俱起食

舉雍徹勸侑于救君子善曰儀禮太射禮曰樂人宿縣于皆東周禮曰播之以八音蔡雍禮
樂志曰天子中樂殿中食舉樂也周禮曰及徹而歌徹鄭玄
曰歌之者歌雍也周禮曰王以樂侑食鄭玄曰侑助也　向
曰陳列也八音俱起謂笛聲清美如八音雜奏食舉雍徹謂
歌雍詩以徹食謂畢而去食也言笛中亦有此詩曲故也此
以勸君子周禮王者以樂侑食侑勸也然後退理乎黄門之高廊善曰漢書
音義如淳曰今樂家五日一習樂爲理樂栢譚新論曰漢之
三主内置黄門工倡　銑曰黄門署名習樂處也高廊署中
之廊也重丘宋灌名師郭張善曰漢書平原郡有重丘縣名師有名師也　濟曰重丘
縣名宋灌郭張四姓漢朝善樂人重丘縣之出也工人巧士肄異業脩聲善曰
工樂人也巧伎巧也賈逵國語注曰肄習也　濟
曰工人巧士並妙樂者習翫於業脩理於音聲也於是游
閑善本作閒公子暇豫王孫善曰史記曰宛孔氏有游閒公子之名國語優施曰我教暇豫
之事君韋昭曰暇閑豫樂也心樂五聲之和耳比避八音之調徒弔

反　善曰左氏傳曰五聲六律杜預曰五聲宮商角徵羽　良曰比猶便也　乃相與集乎五臣作于字其庭翰曰奏笛之庭詳觀夫曲胤之繁會叢雜何其善本作以富也善曰胤亦曲也字或為引蔡雍琴操有思歸引衛女之所作　濟曰詳審也曲長曰胤也繁會叢雜聲喧也富多也紛葩爛漫誠可喜也善曰紛葩盛多貌　向曰紛葩爛漫聲亂而多也波散廣衍實可異也善曰毛萇詩傳曰衍溢也　銑曰波散廣衍聲散而遠也掌丑耕切善作掌字距劫遌音迕善本作遻又足怪也善曰言聲之相逆遻也說文曰掌柱也鄭玄禮記注曰劫脅也郭璞穆天子傳注曰遌觸也　良曰掌距劫遌聲烈而繁若相凌距以相擊觸可謂奇怪者也掌凌劫擊遌觸也啾咋助白嘈啐慈没似華羽兮絞灼激以轉切善曰蒼頡篇曰啾眾聲也鄭玄周禮注曰咋咋然聲大也埤蒼曰嘈啐聲貌嘈音曹啐才曷切鶡冠子曰南方萬物華羽焉故調以羽絞灼激聲相繞激也切猶磨切也　翰曰啾咋聲之大也鶡冠子云南方萬物華羽焉故樂

文十八　七

有南方之音則聲烈謂南方火也絞灼激聲大貌切急也震鬱怫扶勿以憑怒兮耾呼宏碭徒浪駭以奮肆善曰楚辭曰怫鬱兮弗陳王逸曰蘊積也左氏傳蹶由曰今君震電憑怒杜預曰憑大也埤蒼曰耾聲貌碭突也杜預左氏傳注曰肆放也　銑曰繁壯之聲氣噴普悶勃以布覆兮乍跱蹠之石以狼戾善曰蒼頡篇曰噴叱也或作憤防粉切勃盛貌布覆周布四覆也跱蹠言其聲跱立如有所蹠履也狼戾乖背也戰國策張儀曰越王狼戾無親　向曰氣噴勃謂氣結於笛中而聲不散也或通則分布而四覆入於聽也跱蹠謂聲乍起於地也狼戾壯勇也靁雷叩鍛都亂之岌若叶峇苦合兮五臣本無兮字正瀏流漂以風洌善曰言音如靁之叩鍛岌峇為聲也蒼頡篇曰鍛椎也瀏漂清涼貌洌寒貌　翰曰靁聲也叩鍛椎鐵也岌峇椎鐵聲言笛聲如之也瀏漂風洌謂聲隨風而清也瀏漂隨風貌洌清也寒五臣無寒字薄湊會而淩節兮五臣無兮字馳趣促期而赴躓之日反　善曰淩乘也節曲節也趣向也期會也躓謂顛仆也　濟曰謂聲相集湊

而會合雖以擊節而聲猶溢出故曰淩節馳疾也期亦節也躓下也節言疾而趣節聲勢乃散而赴於下也爾乃聽聲類形狀似流水又象飛鴻善曰列子曰伯牙鼓琴志在流水鍾子期曰洋洋乎若江河琴道曰伯夷操似鴻鴈之音氾五臣作泛濫溥普漠莫浩洋音洋　善曰氾濫任波搖蕩之貌上林賦曰汎淫氾濫溥漠以翱撫水之貌謂飛鴻之狀也　向曰溥漠拂水飛聲餘皆水貌長矕莫千遠引旋復迴皇善曰孟康漢書注曰矕視也廣雅曰引伸也李尤七疑曰迴皇競集　翰曰矕彼也言水聲鴻聲相被遠引不絕旋復迴皇皆聲去往不定高下不常貌充屈鬱律瞋勑鄰菌去倫硍烏回柍烏郎反　善曰皆眾聲鬱積競出之貌屈音掘　濟曰皆聲鬱結不散貌酆普萌琅力耕磊落駢田磅傍唐善曰眾聲宏大四布之貌磅唐廣大盤礴也宋玉笛賦曰磅唐千仞　翰曰聲四布多貌取予預時適去就有方善曰莊子曰去就取予能知六者塞道者也高誘呂氏春秋注曰適中適也毛萇詩傳曰方則也　良曰取謂取聲也予謂沒曲時適謂

文十八　八

哀樂有時也去就謂節變也洪殺所戒衰楚危序希數所角必當善曰鄭玄周禮注曰殺減也左氏傳魏獻子曰遲速衰序杜預曰衰差序次也　向曰洪猶增也衰次也謂增減次序曲度希數必當其理也微風纖妙若存若亡善曰老子曰若存若亡　銑曰聲隨微風而輕妙則若存若亡纖輕也盡辭胤滯抗絕中息更裝奄忽滅没暐五臣作燁然復揚善曰方言曰燼餘也盡與燼同喪服子夏傳曰抗極也許慎淮南子注曰裝束也調更裝而奏之方言曰奄遽也暐盛貌　翰曰謂餘聲沈滯極絕則中道息曲而復調氣緩吹則奄忽而微如滅沒然也厲氣而激則暐然復起暐繁盛貌揚舉也此吹笛聲也而言更裝者謂中道息聲更調理而吹之亦如人之將裝結而出也或乃聊慮固護專美擅工善曰聊慮固護精心專一之貌說文曰擅專也　濟曰聊慮精心也固護堅志也言精心堅志專美此器擅此一工也漂凌五臣作淩絲簧覆冒鼓鍾善曰漂淩謂漂蕩淩駕也覆冒謂掩覆冠冒也風俗通曰簧笙中簧也大笙謂之簧　向曰絲琴瑟也簧笙也漂淩謂過

之覆冒猶掩蔽也

或乃植雉持縼徐戀纆五臣作纆音墨佁勑吏儗疑寬容善曰言聲或植立而相引持似於縼纆也說文曰縼以長繩繫牛也佁儗寬容之貌　良曰植立也縼纆繩也佁儗開緩貌謂聲或乃立而相持如繩結之不散又開緩而寬容也

簫管備舉金石並隆無相奪倫以宣八風善曰毛詩曰既備乃奏簫管備舉漢書曰石曰磬金曰鍾鄭玄禮記注曰隆盛也尚書曰八音克諧無相奪倫呂氏春秋曰舜以夔為樂正於是正六律和均五聲以通八風杜預左氏傳注曰八風八方之風也　銑曰簫管金石不可與笛爭為等倫也笛將宣通八方之風奪猶爭也

律呂既和哀聲五降夏江反　善曰左氏傳醫和曰先王之樂中聲以降五降之後不容彈矣杜預曰聲成五降而息也降罷退也　向曰降疲退也言將止也

曲終闋盡餘絃更興繁手累發密櫛疊重善曰鄭玄禮記注曰闋終也苦穴切左氏傳醫和曰於是有煩手淫聲密櫛密如櫛也毛詩曰其比如櫛　濟曰餘絃謂笛聲漸微復起亦如擊絃之餘響將更起聲也手指繁捻而累舉如梳齒也

踾方伏踧子六攢仄側蜂聚蟻同衆音猥積以送厥終善曰踾踧迫蹙貌攢仄攢聚貌踾音復　翰曰謂笛將終聲急而繁多激烈以送其終曲也踾踧攢仄蜂聚蟻同並聲相擊多貌猥多也

然後少息暫善本作蹔怠雜弄間諫奏易聽駭耳有所搖演向曰少息而更為也怠懈怠也弄曲也　銑曰換易舊聽驚駭其耳將間雜曲之奏搖演心神清貌

安翔駘徒改蕩從容闡長善緩惆悵怨懟墜窳五臣作窊烏爪切圔於洽窴恥葦䆿女甚反　善曰毛萇詩傳曰間代也莊子曰惠施之材駘蕩而不得漢書曰闡諧慢易之音作字林曰懟怨也窳圔聲下貌窴䆿聲緩也　濟曰安翔駘蕩從容闡緩皆聲初發或起或伏寬容閑緩貌惆悵怨懟窳圔窴䆿皆繁怨淡然下聲貌

聿皇求索乍近乍遠臨危自放

若頹復反蚡扶文緼於文蟠音盤善本作繙紆纏因宛蜿宛蟺音善古　善曰聿皇疾貌蚡緼繙紆聲相糺紛貌纏宛蜿蟺盤屈搖動貌　向曰索求相合擊也危高也言聲如臨高自放縱頹下而復反上蚡緼繙紆纏宛蜿蟺聲相糺亂之貌

笢泯笏亡粉抑隱行入諸變絞槩汩于筆湟音皇五臣作隍五音代轉善曰笢笏抑隱手循孔之貌毛萇詩傳曰行往也鄭玄周禮注曰變猶更也樂成則更奏絞槩汩湟音相切磨貌絞古巧切槩古愛切　翰曰行疾也言疾入諸聲以變調五音相代易而運轉也

捘奴回拏女家捘子回臧遞相乘邅女展反商下徵每各異善善曰說文曰捘推也又曰拏牽持也又曰捘推也子潰切臧猶抑也邅邅迴也張連切一云邅當為蹍司馬彪莊子注曰蹍蹈也女展切反商循變宮也淮南子曰變宮生徵變徵生商變商生羽琴道曰下徵七絃總會樞極沈約宋書曰下徵調法林鍾為宮南呂為商注云第三孔也本正聲黃鍾之羽今為下徵之商也　向曰捘拏捘臧遞相乘邅謂聲相擊連會合貌反商下徵謂變調也每各異善聲無不妙也

故聆曲引上者觀法於節奏察度於句投徒鬭以知禮制之不可踰越焉善曰廣雅曰聆聽也引亦曲也蔡邕琴操曰琴引者秦時倡屠門高之所作也禮記曰文采節奏聲之飾也說文曰逗止也投與逗古字通投句之所止也　銑曰句投猶章句也謂曲中之章句有禮制聲韻不相踰越也

聽簉楚救弄者遙思於古昔虞志於怛丁達惕天歷以知長戚五臣作慼之不能閒閑居焉善曰遙弄蓋小曲也毛萇詩傳曰怛怛惕惕憂勞也　翰曰遙雜弄曲遙遠也虞度也怛惕惻愴之聲慼憂也言聞雜曲則遠思古人也度志於惻愴之聲則長憂而不能閒居獨處

故論記其義協比脾至其象彷徨縱肆曠苦廣瀁余兩敞罔老莊之槩也善曰史記曰老子者楚苦縣人名耳字聃姓李氏見周之衰乃遂去西至關關令曰子將隱矣強為我著書乃著上下二篇言道德之意史記曰莊子者蒙人也名周其要本歸於老子之言其言汪洋自恣其適也敞罔寬大貌槩猶節也　良曰協合也言論記笛之義理合比其象以則其聲寬大閑幽老聃莊周之節槩也彷徨縱肆曠瀁敞罔寬大閑幽貌也

溫直優毅孔孟之方也善曰溫和正直柔而能毅也史記曰孔子名丘字仲尼姓孔氏魯昌平鄉陬邑人又曰孟軻鄒人也序詩書述仲尼

之意濟曰方比也溫柔正直優游弘毅之聲則孔丘孟軻之德比也激朗清厲隨光之介也善曰激切明朗清而能厲厲列也莊子曰湯將伐桀因卞隨而謀之卞隨曰非吾事也湯又因務光而謀之務光曰非吾事也湯伐桀克之以讓卞隨卞隨曰再來辱我以其辱行乃自投椆水而死湯又讓務光光曰無道之世不踐其土況尊我乎乃負石而自投廬水劉熙孟子注曰介操也銑同善注曰故笛之激朗清厲之音則卞隨務光耿介之道也牢剌力達拂戾諸賁奔之氣也善曰牢剌牢落乖剌也說文曰剌戾也左氏傳曰吳公子光享王鱄諸抽劍剌王說苑曰勇士孟賁水行不避蛟龍陸行不避虎狼翰曰諸專諸也賁孟賁也二人皆勇士故牢剌拂戾之聲則專諸孟賁之勇氣也節解句九具斷管商之制也善曰史記曰管仲夷吾者潁上人也任政於齊又曰商君者衞之諸庶孽子也名鞅姓公孫氏好刑名之學秦封之於商號商君向曰管仲商鞅二人皆有斷決之材笛聲節曲相解句度斷決則管仲商鞅之制度也條決繽四鄰紛五臣作理申韓之察也善曰言科條能分決繽紛整理也翰曰申申不害也學黃老術主刑獄韓非善刑名法術之學也繽亂也言笛聲有條貫而疏決亂而能理則如申不害韓非之學明察也繁縟絡繹范蔡之說也善曰辭旨繁縟又相連續也說文曰縟彩飾也戰國策范睢說秦王爲秦相史記曰蔡澤燕人遊學干諸侯銑曰范范睢也說秦而爲秦相蔡蔡澤也說范睢而代其相位皆辯士也笛聲繁多相連不絕如范睢蔡澤之說辭也剺力之音棃五臣作犛櫟歷銚他堯𨧫火麥皙先歷切五臣作析龍之惠也善曰剺櫟銚𨧫皆分別節制之貌𨧫胡麥切左氏傳曰鄭駟歂殺鄧析而用其竹刑杜預曰鄧析鄭大夫也史記曰公孫龍爲堅白同異之辯良曰析鄧析龍公孫龍皆辯士惠明也笛聲分別節制如鄧析公孫龍之惠明聲犛櫟分別銚𨧫節制也上擬法於韶箾簫南籥音藥善曰左氏傳曰延陵季子見舞韶箾者曰德至哉杜預曰舜樂也又曰見舞象箾南籥者曰美哉杜預曰象箾舞者所執南籥以籥舞也皆文王樂也箾音朔向曰韶箾南籥並雅樂名笛擬而法之中取度於白雪淥水善曰宋玉諷賦曰臣援琴而鼓之作幽蘭白雪之曲淮南子曰手會淥水之趣高誘曰淥水古詩翰曰白雪淥水雅曲名笛取其法度也下采制於延露巴人善曰淮南子曰歌采菱發陽阿鄙人聽之不若延露以和宋玉對問曰客有歌於郢中者其始曰下里巴人銑曰延露巴人小曲名采其節度也是以尊卑都鄙賢愚勇懼善曰毛萇詩傳曰子都世之美好者鄙陋也呂氏春秋曰愚智勇懼可得而知翰曰尊卑都鄙謂定尊卑於都鄙也夫樂者在於閨門之內父子兄弟同聽之則莫不和親故所以合和父子君臣也故賢者聞之勇愚者聞之懼都謂天子所都鄙邊邑也魚鼈禽獸聞之者莫不張耳鹿駭熊經鳥伸鴟視狼顧拊五臣作附字譟先到踊躍善曰鹽鐵論曰邊境無鹿駭狼顧之憂淮南子曰鴟視而狼顧熊經而鳥伸此養形之人也莊子音義曰熊經若熊之舉樹而引氣也濟曰魚鼈禽獸聞笛之聲皆張耳驚懼伸視而聽之樂感之故也鹿性多驚熊經謂以前足攀木而立鳥伸謂引頸也鴟視謂舉首而視狼顧反顧也附譟踊躍言鳴而舞之各得其齊前細人盈所欲皆反中和以美風俗善曰禮記曰樂者樂也君子樂得其道也小人樂得其欲齊分限也禮記曰喜怒哀樂之未發謂之中發而皆中節謂之和漢書王尊曰廣教化美風俗良曰聞笛者皆遷善故各得分齊而不相踰也人之情欲於此盈滿不復更欲皆反於中和之道美天子之風俗也屈平適樂國介推還受祿善曰言各反其常性也屈平屈原也必適樂國而求仕不沉湘流以殞身也毛詩曰適彼樂國左氏傳曰晉侯賞從亡者介之推不言祿祿亦不及遂隱而死向曰屈平楚大夫逃竄於外言其聞此笛音而改節復之於楚介之推晉臣也高尚不仕亡於山林聞笛聲乃還受晉文公之祿適之也樂國楚國也澹臺載尸歸皐魚節其哭善曰博物志曰澹臺滅明之子溺死於江弟子欲收而葬之明止之曰螻蟻何親魚鼈何仇弟子曰何夫子之不慈乎對曰生爲吾子死非吾鬼遂不收葬韓詩外傳曰孔子出行聞有哭聲甚悲至則皐魚也披褐擁劍哭於路左孔子下車而問其故對曰吾少好學周流天下吾親死一失也高尚其志不事庸君而晚仕無成二失也少擇交遊寡親友而老無所託三失也夫樹欲靜而風不止子欲養而親不待往而不可反者年也逝而不可追者親也吾於是辭矣立哭而死孔子謂弟子曰識矣於是門人辭歸養親者一十三人

銑曰聞笛聲乃易舊性戴尸而歸也今遂節不哭也餘同善注長萬輟五臣作綴逆謀渠彌不復惡善曰左氏傳曰南宮長萬弑閔公於蒙澤杜預曰宋大夫也又曰鄭伯將以高渠彌爲卿昭公惡之固諫不聽昭公立懼其殺已殺昭公而立公子亹亹音尾君子謂昭公知所惡矣　翰曰言聞此笛聲乃輟逆謀之心亦不復有惡性也餘同善注蒯聵五怪能退敵不占成節鄂善曰左氏傳曰衛太子登鐵丘望見鄭師衆懼自投於車下韓詩外傳曰陳不占齊人也崔杼弑莊公不占聞君有難將往赴之食則失哺上車失軾其僕曰敵在數百里外而懼怖如是雖往其益乎不占曰死君之難義也無勇私也乃驅車而奔之至公門之外聞鐘鼓之聲遂駭而死君子謂不占無勇而能行義也可謂志士矣字書曰鄂直言也謂節操蹇鄂而不怯懦也　向曰蒯聵衛太子也靈公逐之而立蒯聵子輒後靈公薨蒯聵帥師將伐其子以取其位今聞笛聲有讓德而退敵也不占陳不占也聞崔杼弑君將往救君餐則失哺上車失軾聞鬭戰之聲遂驚而死今聞笛音亦能成節而增勇矣鄂節也王公五臣作孫保其位翰曰守忠貞也隱處安林薄善曰楚辭曰露新夷死林薄王逸曰草木交曰薄　翰曰堅志也隱處隱居之人林薄草木雜生也官夫樂其業士子世其宅善曰淮南子曰古者至德之時農安其業大夫安其職而處士修其道　良曰業職也謂人和易理也　向曰世安也宅居也鱏似林魚喁魚恭於水裔仰駟馬而舞玄鶴善曰韓詩外傳曰昔伯牙鼓琴而游魚出聽瓠巴鼓琴而六馬仰秣喁魚口上見也尚書大傳曰虞舜歌樂曰和伯之樂舞玄鶴　銑曰鱏魚名喁出口於水裔外也魚聞笛聲出口於水外馬聞之仰首玄鶴聞之而舞也于斯時也縣駒吞聲伯牙毀絃瓠戶巴聑丁挾柱磬襄弛懸善曰孟子淳于髡曰昔緜駒處高唐而齊右善歌韓詩外傳曰伯牙鼓琴而游魚出聽列子曰瓠巴鼓琴而鳥舞魚躍說文曰聑安也論語曰擊磬襄入于海周禮曰大喪令弛縣鄭玄曰弛釋下也　翰曰縣駒善歌人也伯牙瓠巴並善鼓琴磬襄樂師謂聞笛音皆吞聲毀絃太柱發架也聑法馳發也懸鍾架也留眎瞠丑庚切五臣作視瞠眙勑吏累稱屢讚失容墜席搏補莫切五臣作捕拊撫雷抃

善曰蒼頡篇曰瞠直視貌字林曰眙驚貌雷抃抃聲如雷也　濟曰縣駒之徒皆失據直視稱讚笛美失其容儀坐不安席也搏拊擧手也雷抃同拊手也　留視瞠眙直視貌墜席猶不安也僬子小眇睢許維維涕他禮洟他計流漫善曰僬眇睢維目開合之貌眇小也亡小切聲類曰睢大視也周易曰齎諮涕洟王弼曰齎諮嗟嘆之聲也說文曰洟鼻液也　向曰涕洟也言縣駒之徒聞笛音目之開合涕洟交下流漫漫言多是故可以通靈感物寫神喻意致誠效志率作興事善曰喻曉也禮記曰樂和故萬物皆化致極也效驗也尚書咎繇曰率作興事孔安國曰天子率臣下爲治事　良曰寫謂舒也喻比效立也率作興事謂率勸下人以起風俗之美事也溉盥汙穢善作濊字澡雪垢滓矣善曰毛萇詩傳曰溉滌也古載切本或爲槩音義同禮記曰食於貧者盥亦滌也公緩切莊子曰澡雪而精神高誘淮南子注曰雪拭也說文曰滓澱也滓壯里切澱音殿　翰曰溉澡雪皆洗滌也昔庖羲五臣作犧作琴神農造瑟女媧制五臣作製簧暴辛爲塤音喧善曰庖羲即伏犧也琴操曰昔伏羲氏之作琴所以修身理性反天真也淮南子曰神農之初作瑟以歸神反望及其天心也禮記曰女媧之笙簧世本曰女媧作簧暴辛爲塤宋均曰女媧黃帝臣也暴辛周平王時諸侯作塤有三孔郭璞爾雅注曰塤燒土爲之大如雞卵　向曰簧笙也暴辛公作塤塤土樂也倕之和鐘叔之離磬或鑠金礱力東石華睆患切錯善曰禮記曰垂之和鐘叔之離磬鄭玄曰垂堯之共工也叔未聞和離謂次序其聲縣也皆理器之名也樂汁圖徵曰鑠金爲鐘四時九乳鑠金雖出樂緯此金謂黃金揔飾衆器非止鐘也說文曰金有五色黃爲長鑠與爍同國語張老曰天子之室斵其椽而礱之加密石焉韋昭曰礱磨也禮記曰華而睆大夫之簀與鄭玄曰華畫也說者以睆爲刮節目也睆胡綰切毛萇詩傳曰治骨曰切尚書曰錫貢磬錯孔安國曰治玉曰錯　銑曰倕造鐘者叔理磬者離理也鑠銷也金謂銅鐵之類礱磨斲也華睆切錯皆理器之名也丸梃舒延切五臣作挺彫琢刻鏤鑽笮音鑿善曰韓詩曰松栢丸丸薛君曰取松與栢然則丸取也漢書音義如淳曰梃擊也舒連切爾雅曰彫謂之琢郭璞曰治玉石也爾雅曰金謂之鏤木謂

之刻郭璞曰治器之名也說文曰鑽所以穿也又曰鑿穿木也國語臧文仲曰中刑用刀鋸其次用鑽笮韋昭注爲笮而
貫逵注鑿然笮與鑿音義同也鑽子丸切翰曰丸折挺擊也皆謂理器也窮妙極巧曠以
日月善曰解嘲曰曠以日月濟曰曠希也謂日月間希有也然後成器其音如
彼銑曰言皆經磨鑠彫理然後成琴簫鐘磬之器其音各如彼常聞也唯笛因其善本無其字天
姿不變其材伐而吹之其聲如此善曰天姿天然之姿也翰曰
謂不加彫錯也蓋亦簡易之義賢人之業也善曰周易曰乾以易知坤以簡
能易則易知簡則易從易知則有親易從則有功有親則可久有功則可大可久則賢人之德可大則賢人之業翰曰
爲國之體尚其簡易故賢人不爲繁華以儉素爲業志將爲國愛人濟物若然六器者猶以
二皇聖哲黈他斗益善曰淮南子曰二皇鳳至於庭黈猶演也銑曰六器謂上琴瑟簫塤鐘
磬二皇伏犧神農也聖哲謂女媧倕叔也黈猶增益也況笛生乎大漢而學者

不識其可以裨助盛美忽而不讚悲夫善曰說文曰裨益也
婢移切向曰大漢漢朝也笛生乎大漢之朝而當時學士不識其可益助天子之盛美輕忽而不爲讚頌之亦可悲也
夫助辭也有庶士丘仲言其所由出而不知其弘妙
善曰尚書曰庶邦庶士風俗通曰笛武帝時丘仲所作濟曰丘仲漢武時笛人庶士謂無禄位也弘大也言學者忽而
不讚有丘仲言其所由出處尚亦不知其大妙矣其辭曰翰曰此丘仲所言之辭也
近世雙笛從羌起羌人伐竹未及已龍鳴水中
不見胡練已截五臣本作戳竹吹之聲相似善曰風俗通曰又有羌笛然羌
笛與笛二器不同已謂龍也銑曰羌西戎也起謂首作也其人伐竹未畢之間有龍鳴水中不見其身羌人旋即截竹
吹之聲與龍相似也剡其上孔通洞之裁以當去簻竹瓜便五臣本作
使字易持善曰裁笛以當簻故使而易持也簻馬策也裁或爲材良曰剡削也上孔吹處也羌人裁截之以

當馬簻使其易執持而復吹之也簻鞭也易京君明識音律故本四孔加
以一君明所加孔後出是謂商聲五音畢善曰漢書
曰京房字君明武帝時人修易尤好音律知五聲然京房修易故曰易京笛本四孔房加一孔於下爲商沈約宋書曰笛
京房備其五音翰曰笛本四孔少商聲君明復加一孔於下爲商音故云後出兼舊則五音畢備也

琴賦 并序

嵇叔夜善曰臧榮緒晉書云嵇康字叔夜譙國人也少有奇才博覽經籍無所不
見拜中散大夫與呂安友善後與安俱斬東市也濟同善注

余少好音聲長而翫之善曰杜預左氏傳注曰翫習也以爲物有
盛衰而此無變善曰文子曰夫物盛則衰滋味有猒而此不勌
可以導養神氣宣和情志善曰莊子曰聲色滋味之於人心不待學而樂之左
氏傳闕沒女寬曰及饋之畢願以小人之腹爲君子之心屬猒而已管子曰導血氣而求長年淮南子曰古之人神氣不
蕩乎外翰曰導引宣通也處窮獨而不悶者莫近於音聲也
善曰孟子曰柳下惠遺佚而不怨阨窮而不悶也翰曰近猶過也謂解窮獨之悶莫過於音聲也是故復

之而不足則吟詠以肆志吟詠之不足則寄言
以廣意善曰毛詩序曰言之不足故詠歌之詠歌之不足不知手之舞之杜預左氏傳注曰肆申也尚書曰
詩言志銑曰復謂反復而爲之也肆縱也向曰謂作賦頌然八音之器五臣作氣歌舞
之象歷世五臣本作代才士並爲之賦頌其體制風流
莫不相襲善曰仲長子昌言曰秉此風順此流而下走誰復能爲此限者哉孔安國尚書傳曰襲因也
良曰才士謂才人也襲近也稱其材幹則以危苦爲上濟曰危苦謂生於高
峻也賦其聲音則以悲哀爲主美其感化則以垂

涉為貴麗則麗矣然未盡其理也善曰高誘戰國策注曰麗美麗也　翰曰麗好也言歷代才人好則好矣皆未盡理也推其所由似元不解聲音覽善本作音聲者覽其旨趣亦未達禮樂之情也衆器之中琴德最優故綴敘所懷以為之賦善曰趣意也禮記曰故知禮樂之情者能作焉馳琴賦曰曠三奏而神物下降何琴德之深哉　翰曰康謂歷代才人似元不解聲音禮樂之情又以琴德為最優故為之賦焉其辭曰

惟椅梧之所生兮託峻嶽之崇岡善曰毛詩曰椅桐梓漆爰伐琴瑟毛萇曰椅梓屬也　向曰椅梧桐也峻岳高山也岡山上也披重壤以誕載兮參辰極而高驤善曰披開也重壤謂地也泉壤稱九故曰重也毛萇詩傳曰誕大也載生也爾雅曰北極北辰也孔安國尚書傳曰襄上也驤與襄同　向曰披出也重壤厚地也誕生參近也辰極北斗也驤舉也言出厚地而生以載於地近北斗而高舉謂高也

〔文選十八〕　十七

含五臣作合天地之醇和兮吸日月之休光善曰周易曰天地絪縕萬物化醇　良曰醇和陰陽精氣吸合含也休美也鬱紛紜以獨茂兮飛英蕤於昊蒼善曰說文曰蕤草木花貌汝誰切　濟曰鬱紛紜枝葉繁茂盛也英蕤花也昊蒼天也夕納景于虞淵兮旦晞幹五臣本作榦於九陽善曰納藏也淮南子曰日入于虞淵之汜晞乾也幹木也楚辭曰夕晞余身乎九陽王逸曰九陽謂九天之涯也　翰曰虞淵日入處言桐樹至高夕納其光景九陽數也陽日也言夜沐天露早朝則乾其枝幹於日中也經千載以待價兮寂神跱而永康善曰論語子曰我待價者也康安也　銑曰價求也待價謂待人來采也寂幽閑也跱立永長康安也寂然生於幽閑若神靈所樹立而長安本枝於此且其山川形勢則盤紆隱深確徂回嵬五回岑嵓善曰盤紆詰屈也崔嵬岑嵓高峻貌也　向同善注言桐生於中也互嶺巉助咸巖岞助格峈音額善本作崿嶇丘愚

崟音欽善曰皆山石崟崟之貌　良曰並山峻而不齊貌丹崖嶮巇許宜青壁萬尋良曰丹青拒山色壁石壁也嶮巇傾側貌也若乃重巘魚偃增起偃蹇雲覆善曰言高在上偃蹇然如雲之覆下也　翰曰山上闊下小曰巘偃蹇上闊貌雲之覆謂上闊如雲之覆邈隆崇以極壯崛虞山屈巍巍五臣本作嵬嵬而特秀善曰廣雅曰秀出也　銑曰邈遠也隆崇高大貌崛嵬嵬直上貌孤起曰特秀蒸靈液以播雲據神淵五臣作泉而吐溜善曰蒸氣上貌播布也孔子曰夫山者興吐風雲以通乎天地之間溜亦流也　濟曰靈液天地潤氣上蒸以布雲氣下據泉水而吐溜也爾乃顛波奔突狂赴爭流觸巖觝丁禮隈鬱怒彪筆尤休善曰彪休怒貌　翰曰並水急也向曰隈巖曲也水相從鬱然如怒彪休波前卻貌洶許拱湧騰薄奮沫揚濤瀄側乙汩于筆澎蒲萌湃普拜蜿於遠蟺善相糾放肆大川濟乎中州善曰瀄汩疾貌澎湃

〔文十八〕　十八

相戾也蜿蟺展轉也糾繚也糾已糾切肆猶縱也中猶中國也　銑曰洶湧躍貌騰上薄下奮起也濤亦波也瀄汩澎湃水聲也蜿蟺盤旋貌相糾亂而合也放縱於大川江河之中濟渡乎中州中州帝都也安迴徐邁寂爾長浮澹乎洋洋縈抱山丘善曰上林賦曰安翔徐回又曰寂寥無聲說文曰澹水搖也　翰曰謂入大川之中安而迴旋繚流而進寂然長流也澹乎洋洋平漫流貌縈抱山丘謂水繞山丘也　徐緩邁進縈繞也詳觀其區土之所產毓育奧宇之所寶殖珍怪琅玕瑤瑾翕赩許力反善曰廣雅曰奧藏也毛萇詩傳曰宇居也高唐賦曰珍怪奇偉尚書曰球琳琅玕翕赩盛貌　向曰區宇之中深奧產毓萬寶琅玕瑤瑾皆玉名翕赩光色也謂山有玉則草木滋潤此可以益於桐故述之叢集累積奐五臣本作渙衍於其側善曰奐散貌衍益也　良曰先寶玉委累積生於桐木之側奐衍多貌若乃春蘭被其東沙崇殖五臣作植其西音先叶韻善曰楚辭曰春蘭兮秋菊山海經曰崑崙之丘有木焉其狀如棠而黃

華赤實其味如李而無核名曰沙棠御水人食之使不溺　翰曰春蘭香草沙棠仙果木名**涓子宅其陽玉醴涌其前**善曰列仙傳曰涓子者齊人也好餌朮隱於宕山能致風雨其琴心三篇有條理焉揚雄泰玄賦曰歃玉醴以解渴宋玉笛賦曰丹水涌其左醴泉流其右　濟曰涓子隱逸人居於木南南曰陽也玉醴玉漿味如酒涌流於桐前也**玄雲蔭其上翔鸞集其巔清露**善本作霧**潤其膚惠風流其間**善曰邊讓章華臺賦曰惠風春施　銑曰巔謂木梢上也膚謂木皮也惠風南風也溫和所以養物**竦肅肅以靜謐密微微其清閑**善曰爾雅曰謐靜也微微幽靜也　翰曰竦高也肅肅深也謐安也密枝葉密微微幽邃也**夫所以經營其左右者固以自然神麗而足思願愛樂矣**善曰東都主人曰關庭神麗　向曰經營猶優游也言人能優游其左右皆以自然之神以此為美足幽遠之思願愛此事**於是遯世**五臣作俗**之士榮期綺季之疇乃相與登**

飛梁越幽壑援瓊枝陟峻崿以游乎其下善曰周易曰遯世無悶新序曰孔子遊於泰山見榮啓期鹿裘帶索鼓琴而歌班固漢書讚曰漢興有東園公綺季夏黃公角里先生當秦之時避世而入商洛深山以待天下之定飛梁橋也甘泉賦曰歷倒景而絕飛梁莊子曰南方生樹名瓊枝　翰曰遯逃也謂逃去其俗事歸於山丘也榮期榮啓期也綺季綺里季也並隱逸人也乃相與者言隱者相與俱行也飛梁危峯也幽壑深谷也援舉也瓊玉也言玉枝者美言之非玉樹也陟上峻高也崿山頂也經此登越攀上乃得游於椅桐之下**周旋永望邈若凌**五臣作淩**飛**善曰左氏傳史克曰奉君以周旋　銑曰邈遠也**邪睨崑崙俯闞海湄指蒼梧之迢遞臨迴江之威夷**善曰說文曰睨邪視也崑崙山名也闞視也毛萇詩傳曰水草交曰湄漢書有蒼梧郡山海經曰蒼梧之丘其中有九疑山舜之所葬在長沙零陵界洞簫賦曰迴江流川而溉其山韓詩曰周道威夷　向曰睨視也闞下見也崑崙山名海湄海畔也指以手指之臨謂下臨之也蒼梧謂蒼梧之野迥遠也言山高邪視下見山海乎指大野目臨迥江也迢遞威夷長貌**寤時俗之多累仰箕山之餘輝羨斯嶽之弘敞心慷慨以忘歸**善曰呂氏春秋曰昔堯朝許由於沛澤之中曰請屬天下於夫子許由遂之箕山之下西京賦曰赫昈昈以弘敞爾雅曰愷慷樂也史記曰穆天子見西王母樂之忘歸　翰曰寤覺也許由隱於箕山叔夜慕仰其餘光羨慕也弘大敞高也其慕此山高大心乃忘歸慷慨歎聲也**情舒放而遠覽接軒轅之遺音**善曰軒轅黃帝遺音謂琴也　濟曰舒展也軒轅黃帝名也昔黃帝使伶倫入嶰谷取竹調律令遠覽思接其遺音欲取椅桐為琴也**慕老童於騩**五臣作隗五罪切**隅欽泰容之高吟**善曰山海經曰騩山神耆童居之其音常如鐘磬音郭璞曰耆童老童也顓頊之子山海經曰顓頊生老童思玄賦曰太容吟曰念哉騩山在三危西九十里　良曰老童顓頊子也隱居隗山之隅泰容黃帝樂師故慕而欽之以為高吟而引清志也**顧茲桐**善本作梧字**而興慮思假物以託心**善曰莊子曰不以身假物　翰曰康見此梧桐而起慮也託心於桐

以自喻有良材大器不為時用**乃斲孫枝准量所任**善曰說文曰斲斫也張衡應間曰可剖其孫枝鄭玄周禮注曰孫竹枝根之末生者也蓋桐孫亦然　銑曰孫枝側生枝也准度其材也長短隨而用之任用也**至人攄思制為雅琴**善曰莊子曰不離於眞謂之至人　劉向有雅琴賦　向曰至人謂君子也攄舒也**乃使離子督墨匠石奮斤夔襄薦法班**五臣作般**倕騁神**善曰離子離朱也淮南子曰離朱之明察鍼末於百步之外字書曰督察也莊子曰匠石之齊見櫟社樹觀者如市匠石不顧司馬彪曰匠石字伯尚書帝曰夔命汝典樂穀胄子家語孔子學琴於師襄淮南子曰魯般為木鳶而飛之論衡曰魯般為母作木人為御馬季長笛賦曰倕之和鐘鄭玄禮記注曰垂堯之共工也　良曰離子離婁目明者督正也墨繩也所以正木者匠石巧人也奮舉斤斧也夔樂官襄師襄善鼓琴薦進法則也班倕亦工人也**鏤**所流**會裛廁朗密調均華繪彫瑑**善本作琢**布藻垂文**善曰鏤會謂鏤鏤其縫會也裛廁謂裛纏其眞廁之處也說文曰裛纏也孔安國尚書傳曰繪會五

彩也胡攢切　銑曰鈠謂斤去木之中也會合縫也裹廁謂相比䊸緻也剆密謂大小也華繪彫琢布藻垂文皆謂文采飾也錯以犀象，籍以翠綠，絃以園客之絲，徽以鍾山之玉。善曰列仙傳曰園客者濟陰人也常種五色香草積數十年食其實一旦有五色神蛾上香樹末客收而薦之以布生桑蠶焉時有好女夜至自稱妻道蠶狀客與俱蠶得百頭繭皆如甕繅六十日乃盡訖則俱去莫知所如淮南子曰譬若鍾山之玉許慎曰鍾山北陸無日之地出美玉　翰曰錯雜也言雜以象牙犀角布以翠綠之色養蠶百頭繭皆大如甕繅之絲六十日乃盡言取此絲爲絃以玉爲徽鍾山出玉處

爰有龍鳳之象，古人之形，伯牙揮手，鍾期聽聲。善曰西京雜記曰趙后有寶琴曰鳳皇皆以金玉隱起爲龍螭鸞鳳古賢列女之像列子曰伯牙善鼓琴鍾子期聽伯牙鼓琴每奏鍾期輒窮其趣伯牙捨琴而歎曰善哉子之聽夫志相象猶吾心也吾於何逃聲哉　向曰琴有龍脣鳳足

華容灼爍，善本作爚發采揚明，何其麗也。善曰史記曰灼明也又曰爚火光也　良曰謂上飾以文采灼爍光色貌何其麗也者歎美之也

伶倫比律，田連操平張去，進御君子，新聲憀聊亮，何其偉也。善曰漢書曰黃帝使伶倫取竹嶰谷斷兩節間而吹之以爲黃鍾之宮制十二籥以聽鳳皇之音以比黃鍾之宮皆可以生之是爲律本韓子曰田連成竅天下善鼓琴者也然而田連鼓上成竅撅下而不成曲憀亮聲清徹貌　濟曰御用也言進用於君子則新聲憀亮也清新之聲何其偉也者歎美之也偉美也

及其初調，則角羽俱起，宮徵相證，參發並趣，上下累應，踸勑凜踔勑角磥盧罪硌洛，美聲將興，固以和昶而足耽矣。善曰王逸楚辭注曰證驗也廣雅曰踸踔無常也磥硌壯大貌磥與磊同廣雅曰昶通也勑兩切　翰曰角羽俱起宮徵相證謂調斷取聲韻中適也參發並趣以指俱歷七絃參而審之也上下累應謂聲調合韻也踸踔初聲布散貌磥硌大聲貌調絃既畢將奏雅曲故美聲是興敵乃和通情性此足耽樂也

爾乃理正聲，奏妙曲，揚白雪，發清角。善曰宋玉對問曰其爲陽

春白雪韓子師曠曰清徵之聲不如清角　向曰正聲雅聲也白雪清角並弄名紛淋林浪以流離，奐五臣本作渙淫衍而優渥，粲奕奕而高逝，馳岌岌以相屬。善曰廣雅曰奕奕盛貌王逸楚辭注曰岌岌高貌　銑曰聲長貌也　良曰聲高急而相連貌

沛騰遻諤而競趣，翕暐燁善作韡曄二字而繁縟。善曰郭璞爾雅注曰遻相觸遻也　濟曰聲飛騰繁盛貌

狀若崇山，又象流波，浩兮湯湯傷，鬱兮峩峩。善曰列子曰伯牙鼓琴志在登高山鍾子期曰善哉峩峩兮若泰山志在流水鍾子期曰洋洋兮若江河　翰曰伯牙鼓琴志在山鍾期聽之則曰美哉峩峩志在水則曰美哉湯湯故此亦狀而象之

怫扶未愲胃煩冤，善曰怫愲煩冤聲蘊積不安貌風賦曰勃鬱煩冤　向曰聲多而不散貌紆餘婆娑。善曰上林賦曰紆餘委蛇　向曰曲旋而亂繁或散之聲

陵五臣作淩縱播逸，霍濩胡郭紛葩。善曰霍濩盛貌魯靈光殿賦曰霍濩燐亂　銑曰淩縱播逸聲高而分布也霍濩波浪聲紛葩繁亂之音

檢容授節，應變合度，兢名擅業，安軌徐步，洋洋習習，聲烈遐布，含五臣作合顯媚以送終，飄餘響於善作乎泰素。善曰含顯媚之聲以送曲終也列子曰太素者質之始也　翰曰授付也兢懼擅專軌法徐緩烈美也謂曲節將至則當緩而分布故須端撿其容以定其聲乃付手指以成其節則應合於度懼其善名此失其專擅功業安其法則緩用其指猶行而緩步者也洋洋習習聲美遠布含其明美之音以送初終曲餘響飄然已盡皆歸於自然也太素曰自然也洋洋習習清雅貌

若乃高軒飛觀，廣廈閑房，冬夜肅清，朗月垂光，新衣翠粲，纓徽流芳。善曰軒長廊之有牕子虛賦曰翕呷翠粲張揖曰翠粲衣聲也班婕好自傷賦曰紛翠粲兮紈素聲洛神賦曰披羅衣之璀粲字雖不同其義一也爾雅曰婦人之徽謂之縭也郭璞曰今之香纓也　翰曰高軒高堂也飛觀高樓也廣廈重屋也肅寒也翠粲鮮色也纓衣領也徽美芳香也

於是器泠五臣本作冷，絃調心閑，手敏觸攙

如志惟意所擬善曰毛萇詩傳曰閑習也說文批手擊也與擬同蒲結切　濟曰器琴也敏疾也惋動也言觸動皆隨志意所爲也初涉淥五臣作綠水中奏清徵雅昶唐堯終詠微子善曰淮南子曰手會淥水之趣高誘曰淥水古詩韓子曰師曠奏清徵有玄鶴二八集廊門七略雅暢第十七曰琴道曰堯暢逸又曰堯則兼善天下無不通暢故謂之暢昶與暢同也又曰微子操微子傷殷之將云終不可奈何見鴻鵠高飛援琴作操　向曰淥水清徵曲名唐堯微子操名也涉謂志在撰曲若涉於水中也昶通也詠歌詠也琴中所奏皆是歌詠之曲也寬明弘潤優游躊跱五臣作峙善曰躊跱躊躇竦跱　向曰雅曲弘明也躊峙言曲如躊立閑緩不散也拊善作持絃安歌新聲代起善曰楚辭曰翔江洲而安歌王逸曰安意歌吟也漢書曰李延年善歌爲新變之聲　良曰代更代也歌曰凌五臣作陵扶搖兮憩瀛洲要列子兮爲好仇善曰莊子曰摶扶搖而上者九萬里列子曰渤海之中有山曰瀛洲劉向上列子表曰列子者鄭人與鄭繆公同時漢書曰列子名

禦寇先莊子莊子稱之毛詩曰君子好仇　向曰陵上也扶搖風也憩息也瀛洲海中仙山也列子乘風得道者要之以爲仇友也餐沆胡朗瀣胡界兮帶朝霞眇翩翩兮薄天游善曰楚辭曰餐六氣而飲沆瀣兮漱正陽而食朝霞凌陽子明經曰夏食沆瀣沆瀣北方夜半氣也廣雅曰薄至也　銑曰沆瀣清露也餐而飲之朝霞赤雲將帶而佩之翩翩飛貌薄迫也齊萬物兮超自得委性命兮任去留善曰莊子有齊物篇楚辭曰漠虛靜以恬愉澹無爲而自得鵩鳥賦曰縱軀委命不私與己　良曰齊萬物謂心無是非也超然自得天性委付性命任時去留也激清響以赴會何絃歌之綢繆善曰論語曰子之武城聞絃歌之聲毛詩傳曰綢繆猶纏綿也　濟曰以此歌奏於琴曲而相赴會絃與歌音混合而綢繆綢繆密合貌於是曲引向闌衆音將歇善曰引亦曲也闌不歇也改韻易調奇弄乃發揚和顏攘皓腕善曰舞賦曰戲顏和而怡懌洛神賦曰攘皓腕於神滸　向曰攘袂而出腕飛纖指以馳騖紛

綴蘇合譶徒合以流漫善曰綴譶疾貌　翰曰纖細也馳騖走也紛亂也綴譶流漫亂急長遠聲也或徘徊顧慕擁鬱抑按盤桓毓養從容秘翫善曰毓與育同　向曰徘徊聲旋繞也顧慕擁鬱抑按聲駐而下不散貌盤桓謂以指轉歷於絃上也毓養從容謂安息其聲也秘翫謂閑緩而弄也闥爾奮逸風駭雲亂牢落凌厲布濩互半散豐融披離斐韡奐五臣作瞱渙爛善曰闥疾貌七發曰波湧而雲亂牢落猶遼落也洞簫賦曰翩緜連以牢落劉歆遂初賦曰過句注而凌厲上林賦曰布濩宏澤甘泉賦曰半散照爛粲以成章豐融盛貌風賦曰被麗披離斐韡明貌斐敷尾切韡于鬼切風賦曰眴煥粲爛　銑曰闥爾猶豁然也奮逸騰起也駭驚也牢落凌厲希疎貌布濩長多貌半散欲散而還聚也豐融披離聲通暢而清也斐韡瞱渙爛聲繁盛貌英聲發越采采粲粲善曰廣雅曰英美也向曰采采粲粲英聲貌或間聲錯糅女又狀若詭赴雙美並進駢馳翼驅丘遇切善曰鄭玄

禮記注曰糅雜也駢併也翼疾貌　濟曰詭疾駢並也言間聲錯雜狀如疾而相赴並走如鳥翼之相驅逐也初若將乖後卒同趣或曲而不屈或善本無或字直而不倨音據　善曰左氏傳吳公子季札聞歌頌曰直而不倨曲而不屈杜預曰倨傲也　翰曰凡彈琴初緩其聲乍似相乖曲度相調後終同爲趣會也其聲雖曲而志不屈其聲直而志不倨傲也或相凌而不亂或相離而不殊時劫掎几以慷慨或怨𡟄五臣作沮慈預切而躊躇善曰左氏傳曰武城人斷其後之木而不殊漢書音義曰殊猶絕也說文曰掎偏引也𡟄嬌也子庶切或作姐古字通假借也姐子也切　銑曰其聲雖相凌而志不亂其聲雖相離而志不殊皆謂不易其志也劫掎慷慨如高志氣之聲怨沮躊躇怨而不散聲也忽飄颻以輕邁乍留聯而扶踈濟曰邁風輕行之聲也留聯相連聲也扶踈四散聲也或參譚繁促複疊攢仄從橫駱驛奔遁相逼善曰參譚相隨貌參七感切譚徒減切一音並依字長笛賦曰踾踧

攢仄魯靈光殿賦曰從攢駱驛良曰皆聲繁急重疊從橫相連貌拊嗟累讚間不容息
善曰淮南子曰時之反側間不容息高誘曰不容氣息促之甚也　向曰拊迫自嗟累讚其美雖鼓曲之間亦無容息也
瓌豔奇偉殫不可識善曰高堂賦曰譎詭奇偉不可究陳　翰曰偉美殫盡言琴聲
之美不可盡識若乃閑舒都雅洪纖有宜善曰說文曰閑雅也毛萇詩傳曰都
閑也　濟曰舒緩也都美也洪大纖小也言聲閑緩雅大小有宜也清和條昶案衍陸離
善曰案衍不平貌上林賦曰陰淫案衍之音衍弋戰切廣雅曰陸離參差也　銑曰昶通案平衍長也陸離相連貌言琴
聲清和有調亭而通平長而相連矣穆溫柔以怡懌婉順敘而委威蛇
音移　善曰鄭玄毛詩箋曰委蛇委曲自得之貌　向曰穆和也此皆和樂順亭之聲也委蛇長遠之貌或乘
險投會邀隙五臣作隟趨危良曰險空也邀入也隙穴趣向也言聲或乘空以相投會或入
穴而向危也嚶若離鵾鳴清池翼若遊鴻翔曾五臣作增

崖音宜　善曰張衡舞賦曰含清哇而吟詠若離鵾鳴姑耶琴道曰伯夷操似鴻鴈之音　翰曰嚶聲翼疾也增長崖
岸也琴有鵾雞鴻鴈之曲紛文斐尾慊林縿所今離纚師微風餘
音靡靡猗猗音衣　善曰紛文斐尾文彩貌慊縿離纚羽毛貌靡靡順風貌猗猗眾盛貌　良曰紛文
斐尾鵾鴻文彩貌綝縿離纚游鴻羽毛貌微風餘音鳥音靡靡猗猗鳥游貌皆琴中聲似此鳥鳴而游也或摟
批蒲結擽歷捋力活縹四妙繚了潎瞥洌輕行浮彈明
嫿獲睽砌惠疾而不速留而不滯善曰摟批擽捋皆手撫拂絃之
貌劉熙孟子注曰摟牽也力頭切縹繚潎洌聲相糾激之貌上林賦曰轉騰潎洌說文曰嫿靜好也睽察也左氏傳吳公
子札觀樂頌曰勳而不底行而不流淮南子曰流而不滯　翰曰縹繚潎洌相糾亂貌輕行謂輕歷之浮彈謂浮絃上而
彈之嫿好睽視惠美也言手指分明相傳雅曲妙好視而美之疾而不速留而不滯謂聲調緩也翩緜飄
邈微音迅逝向曰翩緜飄邈聲飛而遠也迅疾逝往也遠而聽之若鸞鳳

和鳴戲雲中向曰聲清和而高也迫而察之若眾葩敷榮曜
春風向曰聲柔順婉媚也葩花敷布也既豐贍以多姿又善始而
令終善曰字書曰贍足也封禪書曰豈不善始善終哉毛詩曰高朗令終　銑曰豐贍謂聲繁也姿貌也善始
令終謂終始皆美也嗟姣古卯妙以弘麗何變態之無窮善曰西京
賦曰盡變態乎其中　濟曰姣好弘大麗美也變態謂變聲也若夫三春之初麗服以
時乃攜友生以遨以嬉善曰班固終南山賦曰三春之季孟夏之初西京賦曰麗
服揚菁毛詩曰雖有兄弟不如友生又曰以遨以遊說文曰嬉樂也　翰曰友生朋友也遨游嬉樂也涉蘭
圃登重基背長林翳華芝臨清流賦新詩善曰春秋
運斗樞曰山者地之基甘泉賦曰登夫鳳皇而翳華芝楚辭曰竊賦詩之所明王逸曰賦鋪也　翰曰涉行也蘭香草重
基高山也翳蔭也華芝蓋也言長林之蔭如蓋也嘉魚龍之逸豫樂百卉之

榮滋善曰樂動聲儀孔子曰風雨動魚龍仁義動君子歸田賦曰百卉榮滋　銑曰謂臨清流見魚龍之游得
性而樂也卉草也理重華之遺操慨遠慕而長思善曰重華謂舜
也琴道曰舜操者昔虞舜聖德玄遠遂升天子喟然念親巍巍上帝之位不足保援琴作操　良曰重華舜也遺操舜操
言理其遺操思其聖德也若乃華堂曲宴密友近賓蘭肴兼御
旨酒清醇善曰邊讓章華臺賦曰蘭肴山竦椒酒淵流毛詩曰旨酒思柔　濟曰賓親蘭香肴饍御食旨
美醇釀也進南荊發西秦紹陵陽度巴人善曰南荊即荊豔楚舞也
古妾薄命行歌曰齊謳楚舞紛紛漢書有秦倡員也宋玉對問曰既而曰陵陽白雪國中唱而和之者彌寡然集所載與
文選不同各隨所用而引之宋玉對問曰客有歌於郢中者其始曰下里巴人　向曰南荊西秦陵陽巴人並曲名發哉
紹繼度法也變用雜而並起竦眾聽而駭神翰曰變用謂變曲用聲相
雜而起竦勇也駭驚也料聊殊功而比操豈笙籥之能倫銑曰

料計也殊功謂殊好之曲也以之比其節操則笙籥之氣不可與其相次也若次其曲引所宜良曰引亦曲也則廣陵止息東武太山飛龍鹿鳴鵾雞游絃善曰廣陵等曲今並猶存未詳所起應璩與劉孔才書曰聽廣陵之清散傅玄琴賦曰馬融譚思於止息魏武帝樂府有東武吟曹植有太山梁甫吟左思齊都賦注曰東武太山皆齊之土風謡歌謳吟之曲名也然引應及傅者明古有此曲轉以相證耳非嵇康之言出於此也他皆類此漢書曰房中樂有飛龍章毛詩序曰鹿鳴宴羣臣也蔡邕琴操曰鹿鳴者周大臣之所作也王道衰大臣知賢者幽隱故彈絃風諫古相和歌者有鵾雞曲游絃未詳濟曰八者並曲名更唱迭奏聲若自然流楚窈窕懲躁雪煩善曰高堂賦曰更唱迭和言流行清楚窈窕之聲足以懲止躁競雪蕩煩濊也懲直陵切翰曰唱和迭遞也謂上諸曲更唱而遞奏其聲至妙若自然而流楚怨聲也窈窕意深貌懲戒也躁喧也雪洗也此聲可以戒人心之喧洗人心之煩也下逮謡俗蔡氏五曲王昭楚妃千里別鶴猶

文十八　二十七

有一切此結承間簉初救乏亦有可觀者焉善曰歌録曰空侯謡俗行蓋亦古曲未詳本末俗傳蔡氏五曲游春淥水坐愁秋思幽居琴操曰王嬙女漢元帝時獻入後宮以妻單于昭君心念鄉土乃作怨曠之歌歌録曰石崇楚妃歎歌辭曰楚妃歎莫知其所由楚之賢妃能立德著勳垂名於後唯樊姬焉故令歎詠聲永世不絶疑必爾也相鶴經曰鶴一舉千里蔡邕琴操曰商陵牧子娶妻五年無子父兄欲爲改娶牧子援琴鼓之歎別鶴以舒其憤懣故曰別鶴操鶴一舉千里故名千里別鶴也漢書音義曰一切權時也馬季長笛賦曰聽簉弄者遙思於古昔簉弄小曲也翰曰逮及也謡俗歌風俗之聲也王昭楚妃千里別鶴三者曲名也簉雜也言此諸曲權時以承古雅之間以雜於頓乏之際亦有可觀也然非夫曠遠者不能與之嬉游向曰言人非曠遠之志者不能與琴爲樂游也嬉樂也非夫淵靜者不能與之閒閑止善曰莊子老聃曰其居也淵而靜向曰淵深也非深靜之志不能與琴閑居也止居也非放達者不能與之無吝善曰說文曰吝亦貪惜也良曰吝恡也非放達之志

不能與琴無捨矣謂翫之無已也非至精者不能與之析昔理也善曰周易曰非天下之至精其孰能與於此莊子曰判天下之美析萬物之理良曰非至精之人不能與琴分析條理也若論其體勢詳其風聲濟曰詳審也器和故響逸張夭急故聲清善曰蔡邕月令章句曰凡絃之緩急爲清濁琴緊其絃則清緩則濁濟曰琴之爲器和雅故聲多閑逸也張急謂絃急也間閑遼故音庳婢絃長故徽鳴善曰間遼謂絃間遼遠也絃長謂徽闊而絃長也阮籍樂論曰琵琶箏笛間促而聲高琴瑟之體間遼而音庳義與此同鄭玄周禮注曰庳短也傅毅雅琴賦曰時促均而增徽接角徵而控商良曰遼遠庳下也言聲閑緩而相去遠故音下也絃長其應響清高故沈放徽聲乃鳴於常也性絜靜以端理含至德之和平善曰禮記曰絜靜精微易教也孝經曰昔者先王有至德要道禮記曰樂行血氣和平向曰端理猶正直也謂感於人物之情故云含至德也和謂聲柔也平謂調中也誠可以感盪心志而發洩

文十八　二十八

五臣作渫幽情矣善曰說文曰洩除去也舞賦曰幽情形而外揚也翰曰渫除也幽情憂情也是故懷戚五臣作慼者聞之莫不憯七琰懍力審慘悽愀七小愴傷心含哀懊郁咿伊不能自禁音今善曰憯七感切慘七敢切字林曰懊咿內悲也列子曰喜懼抃舞不能自禁翰曰慼憂也憯懍慘悽愀愴皆悲傷之心也含哀懊咿內悲也言憂者聞琴則若此不自禁矣其康樂者聞之則歙況于愉懽釋抃舞踊溢留連瀾漫嗢烏骨噱巨略終日善曰說文曰歙笑貌也通俗篇曰樂不勝謂之嗢噱翰曰康安也歙愉喜悅貌釋縱也兩手相撫曰抃踊溢言跳躍也留連瀾漫歡情多也嗢噱笑大也若和平者聽之則怡養悅悆淑穆玄眞恬虛樂古弃事遺身善曰廣雅曰養樂也莊子曰虛靜恬惔者道德之至也又曰棄事則形不勞向曰平和者謂平常人也怡通淑美穆和玄大恬閑也遺身猶忘懷也言其聽琴可以通養悅悆之志美和大眞無爲之道閑虛自守樂古人

之義弃其俗事而忘懷於一時也是以伯夷以之廉顏回以之仁比干以之忠尾生以之信善曰論語子曰伯夷叔齊餓於首陽之下又曰顏回問仁子曰克己復禮爲仁列子子夏問孔子曰顏回之爲仁奚若子曰回之仁賢於丘論語曰比干諫而死莊子盜跖曰尾生與女子期於梁下女子不來水至不去抱柱而死銑曰伯夷殺人不食周粟至廉也顏回孔子弟子有仁行也比干諫紂而死至忠也尾生與女子期死於梁下至信也言此廉仁忠信之士聞琴復加其道也惠施以之辯給萬石以之訥愼善曰莊子曰惠施多方其書五車高誘曰惠施宋人仕魏爲惠王相漢書曰萬石君奮恭謹舉朝與比景帝曰石君及四子皆二千石乃集其門凡號爲萬石君濟曰惠施古之辯士萬石謂石奮父子皆謹愼自達故聞琴則辯給者益其辯給訥愼者益其訥愼謂琴以養志而進德也其餘觸類而長五臣有之字所致非一同歸殊途或文或質善曰周易曰引而伸之觸類而長之又曰天下同歸而殊途一致而百慮禮記曰虞夏之質殷周之文至矣翰曰其餘不述者觸類皆是聞琴雖同感事則別憂樂之類是也文質之道交轉無定文聲婉轉而豔媚質聲淡薄而疏散也總善作揔字中和以統物咸日用而不失其感人動物蓋亦弘矣善曰禮記曰樂者天地之命中和之紀周易曰百姓日用而不知禮記曰樂其感人深良曰總合中和謂大道也統理也言琴合於大道以理萬物皆可以終日用之感人動物蓋亦大矣于時也金石寢聲匏庖竹屛氣王豹輟謳狄牙喪味善曰孟子淳于髡曰昔王豹處淇而河西善謳淮南子曰淄澠之水合狄牙嘗而知之銑曰金石匏竹皆樂也今聞琴皆寢聲屛氣王豹古之善謳歌人狄牙古之知味者今聞琴聲皆輟止其謳喪失其味者也天吳踊躍於重淵王喬披雲而下墜善曰山海經曰朝陽之谷神爲天吳爲水伯楚辭曰聲若王喬之乘雲兮載赤霄而凌太清向曰天吳水神王喬仙人皆聞琴踊躍出於深淵披雲而下來聽之也墜落也舞鸑岳鷟仕角於庭階游女飄焉而來萃善曰說文曰鸑鷟鳳屬神鳥也韓詩曰漢有游女不可求思薛君曰游女漢神也言漢神時見不可求而得之翰曰鸑鷟鳳皇也游女仙女飄焉乘虛貌萃集也感天地以致和況蚑巨支行之衆類善曰禮記曰聖人作樂以應天制禮以應地此則樂者天之和也洞簫曰蟋蟀蚸蠖蚑行喘息垂喙蜿轉瞪瞢忘食說文曰蚑行也凡生之類行皆曰蚑也濟曰蚑行蟲獸也言琴能感天地以致和平況蟲獸之類乎嘉斯器之懿茂詠茲文以自慰永服御而不厭信古今之所貴善曰懿美也傅毅雅琴賦曰明仁義以厲己故永御而密親銑曰懿美茂盛也詠茲文謂作賦也向曰御用也

亂曰愔愔琴德不可測兮善曰劉向雅琴賦曰遊予心以廣觀且德樂之愔愔翰曰愔愔深靜也體清心遠邈難極兮翰曰邈遠也言體淸心遠難說其美良質美乎遇今世兮濟曰良質琴之善質也美手人之妙手也紛綸翕響冠衆藝兮向曰紛綸翕響聲繁美貌冠首也衆藝謂衆樂也言首出諸樂也識音者希誰善作孰能珍兮能盡雅琴唯至人兮善曰古詩曰不惜歌者苦但傷知音希翰曰康自說於琴言識音者希謂知我者少誰復重我也能盡知者君子也至人君子也

笙賦

善曰爾雅曰大笙謂之簧郭璞曰列管匏中施簧管端

潘安仁

河汾之寶有曲沃之懸匏步交焉善曰河汾二水名也漢書曰汾水出汾陽北山又曰河東郡聞喜縣故曲沃也崔豹古今注曰匏瓠也有柄曰縣匏可爲笙也曲沃者尤善濟曰曲沃地名匏瓠瓜之類可以爲器者曲沃之地在河汾閒其中所寶者懸匏可爲笙底匏有蔓生皆附木故其實懸垂而下鄒魯之珍有汶陽之孤篠小焉善曰漢書魯國有鄒縣有汶陽縣戴凱之竹譜曰篠出魯郡堪爲笙也翰曰魯國有鄒縣故云鄒魯汶水名言魯國鄒縣汶水之陽所珍者有美竹堪笙管孤者言於衆竹之間獨美也篠小竹也若乃縣蔓萬紛敷之麗潤靈液之

滋隅隈夷險之勢禽鳥翔集之嬉固衆作者之所詳余可得而略之也善曰鄭玄毛詩箋曰隈角也說文曰隈曲賈逵國語注曰略猶簡也向曰此上者皆說匏竹生苗貌霑洽雨露謂之浸潤靈液滋亦潤也隅山角隈山曲夷平嬉遊也衆作謂王褒洞簫馬融長笛嵇康琴賦皆述山川之勢禽獸所游於竹木之上故此略而不云也略輕也徒觀其制器也則審洪纖面短長剫力結生幹幹裁熟簧善曰周禮曰審曲面勢以飾五材鄭司農曰察五材曲直方面形勢之宜剫割也銑曰洪大纖小也剫揉也剫使直也幹竹笙新竹故云生也簧以熟銅爲之故云熟簧設宮分羽經徵列商泄五臣本作渫之反謐密厭於頰焉乃揚善曰鄭玄毛詩箋曰泄出也厭猶捻也於頰切良曰宮羽徵商皆聲也渫舉其指也謐靜也厭指擫之也言舉其指聲反至靜擫其孔而聲乃發管攢羅而表列音要妙而含清各守一以司應統大魁以爲

笙善曰長門賦曰聲幼要而復揚言其管各守一以主相應統揔也鄭玄禮記注曰魁猶首也大魁匏首插定所也翰曰管竹也攢羅謂以竹叢比於外而行列之也司主也統都合也大魁謂匏中也言竹管各守一聲以主相應都合於匏中乃名爲笙焉基黃鍾以舉韻望儀鳳善作鳳儀以擢形善曰毛萇詩傳曰基本也漢書曰黃帝使伶倫取竹斷兩節間而吹之以爲黃鍾之宮說文曰笙十三簧象鳳之身銑曰基本也擢起也謂本黃鍾之律以舉其韻望來儀之鳳以起其形也寫皇翼以插羽摹鸞音以厲聲善曰列管以象鳳翼也列仙傳曰王子喬好吹笙作鳳鳴鸞鳳類故通言之濟曰笙之次比竹管學鳳皇羽翼參差插之其音亦如鳳皇之激聲也厲激也如鳥斯企翾翾許緣岐岐善曰景福殿賦曰鳥企山跱翾翾岐岐飛行貌良曰企立也言笙之形似如此明珠在咮晝若銜若垂善曰咮亦喙也音晝翰曰咮笙觜也飾以明珠如口銜之又如垂之也脩檛都瓜內辟闢餘簫外逶音威善曰脩檛長管也辟開也餘簫衆管也逶逶迤漸邪之貌向曰脩長

也檛大辟開也餘簫衆竹也言竹之最長大者則內開之爲孔也衆竹皆外逶迤漸邪布也駢田儷攦歷鯽押鯀雲參差善曰儷攦不齊也鯽鯀裝飾貌銑曰駢田竹密貌餘皆衆多不齊貌於是乃有始泰終約前榮後悴激憤於今賤永懷乎故貴衆滿堂而飲酒獨向隅而掩淚善曰杜預左氏傳注曰泰奢也約儉也家語孔子曰激憤厲之志始栢子新論雍門周曰臣之所能令悲者先貴而後賤故富而今貧說苑曰古人於天下譬一堂之上今有滿堂飲酒有一人獨索然向隅泣則一堂之人皆不樂也濟曰謂人有初遇申泰之時終逢否約之理或前爲榮官後則困悴乃憤怨今之貧賤想舊之富貴雖衆滿堂而樂獨向一隅掩淚而已隅角也援鳴笙而將吹先嗢烏沒噦紆月以理氣善曰言將欲吹笙咽中先噦而理氣也說文曰嗢咽也又曰噦氣啎也嗢噦或爲溫穢善曰爰引也嗢噦吐歆之貌初雍容以安暇中佛鬱以怫扶味㥜位終嵬五罪峨我以蹇諤

五各切五臣作愕又颯素合遝徒合而繁沸善曰字林曰佛鬱不安貌蹇愕正直之貌良曰佛鬱沸㥜聲繁貌嵬峨蹇愕聲高直貌颯遝繁沸聲勇起貌罔浪孟以惆悵若欲絕而復肆懰留憿音激善作撽糴以奔邀似將放而中匱善曰罔浪孟皆失志之貌憿糴疾貌銑曰罔無也浪孟大聲也惆悵聲慢而怨也肆縱懰烈也憿糴奔邀言疾也放逸匱盡也言聲似將放逸而中道復盡也愀七小愴惻減洫虺毀韡偉煜育熠以入汎逢淫氾泛豔霅素合爗曄善作岌岌魚立反善曰愀愴惻減悲傷貌虺韡煜熠盛多貌減與淢同汎淫氾豔自放縱貌霅曄急疾貌曄于怯切翰曰霅爗岌岌急疾貌或案衍夷靡或竦勇剽匹妙切善作影急善曰夷靡平而漸靡也濟曰案下衍長也夷靡平也言聲或下而長平也或竦立勇起剽猛而急也或既往不返或已出復入良曰皆謂聲不定貌徘徊布濩五臣作護渙衍葺七入龔舞既蹈而

中輟節將撫而不善作弗及善曰賁龒重貌言以笙聲爲主故舞者足蹈中止而
侍之歌者將撫節而恐不及　良曰俳佪布護聲迴旋不散貌渙衍賁龒聲慢緩也言笙聲緩慢故舞蹈中輟聲急則撫
節者不及也樂聲發而盡室歡悲音奏而列坐泣善曰列子
秦靑曰昔韓娥爲曼聲哀哭一里老幼悲愁垂涕相對復爲曼聲長歌一里老幼喜躍抃舞不能自禁　銑曰笙聲之感
攡捻纖翮以震幽簧越上筩同而通下管善曰攡指
捻也翮管也其形類羽故曰翮也周易曰震動也說文曰筩斷竹也　向曰笙翮謂笙之管也言其象鳳翮也簧在內故
云幽簧謂簧聲逾越上筩之孔而通下管之筩應吹噏虛立以往來隨抑揚以
虛滿翰曰翕欲也隨聲抑揚而氣或虛或滿也勃慷慨以憀留亮顧躊
躇以舒緩濟曰勃慷慨怒聲也憀亮淸也顧躊躇以舒緩聲憀慢而不散也輟張女之
哀彈去流廣陵之名散詠園桃之夭夭歌棗下
之纂纂祖管反　善曰閔洪琴賦曰汝南鹿鳴張女羣彈然蓋古曲未詳所起魏文帝園桃行曰夭夭園桃
無子空長虛美難假偏輪不行古咄唶歌曰棗下何攢攢榮華各有時棗欲初赤時人從四邊來棗適今日賜誰當仰視
之攢聚貌也纂與攢古字通　銑曰張女彈曲名也其聲哀言且輟之廣陵散曲名將流行其音園桃棗下古曲名夭夭
桃色纂纂棗花也歌曰棗下纂纂朱實離離宛五臣作苑其
死五臣作落矣化爲枯枝善曰毛詩曰其實離離又曰宛其死矣毛萇曰宛死貌　翰曰棗之
纂纂盛貌實之離離將衰也宛萎也人生不能行樂死何以虛謚爲善曰
揚惲與孫會宗書曰人生行樂耳謚法曰謚者行之迹也　翰曰言人生死如此棗之華茂以至枯枝若生不能爲樂死
雖垂名不朽何以爲也謚名也爾乃引夫飛龍鳴鵾雞雙鴻翔白
鶴飛善曰漢書曰房中樂有飛龍章古相和歌者有鵾雞曲古樂府有飛來雙白鵠篇　向曰並古曲名引鳴
皆作曲之稱也翔飛皆言吹聲所似之子喬輕舉明君懷歸荆王喟其

長吟楚妃歎而增悲善曰歌録曰吟歎四曲王昭君楚妃歎楚王吟王子喬皆古辭荆
王子喬其辭猶存　濟曰子喬仙人也言其飛故云輕舉明君曲名本懷歸作荆王長吟曲名也喟吟聲也楚妃歎亦曲
名笙中吹之則增悲也夫其悽唳麗辛酸嚶嚶關關若離鴻
之鳴命子也善曰爾雅曰關關嚶嚶音和也　銑曰悽唳辛酸聲也嚶嚶關關並鳴聲言辛酸之聲如
離鴻鳴呼其子也含胡胡嘽昌善諧雍雍喈喈皆若羣雛之
從母也善曰洞簫賦曰噴唫啾以紆鬱禮記曰嘽諧慢易繁文簡節之音作而民康樂爾雅曰雍雍和也毛
萇詩傳曰喈喈和聲遠聞也歌録步出夏門古辭歌曰鳳皇鳴啾啾一母從九雛　翰曰皆和樂之聲如鳥雛隨其母也
郁捋力活劫悟泓烏宏宏融裔哇烏佳咬烏交嘲竹交哳竹戛切善
作咭壹何察惠善曰郁捋口循孔貌劫悟氣相衝激泓宏融裔聲大且長貌舞賦曰吐哇咬則發皓齒說
文曰哇謟聲也咬淫聲也楚辭曰鵾雞啁哳而悲鳴哇咬嘲哳聲繁細貌　向曰郁捋聲屈申貌劫悟聲分明貌泓宏融
裔聲寬宂長貌察明惠美也訣厲悄七小切又何磬折善曰訣厲謂決斷淸冽也悄切憂貌
磬折言其聲若磬形之曲折也　銑曰訣厲悄切聲高貌磬折盡曲也若夫時陽初暖臨
川送離善曰神農本草曰春夏爲陽莊子曰暖然似春楚辭曰登山臨水送將歸　良曰時陽春時也送離
謂送別也酒酣徒擾樂闋日移善曰擾謂擾攘裝飾也　濟曰徒徒侶也擾亂闋終
也日移謂將夕踈客始闌主人微疲弛始絃韜籥徹五臣作撤
塤暄屏篪音池　善曰韓子曰穰歲之秋踈客必食文穎漢書注曰闌言希也謂飲酒者半罷半在謂之
闌杜預左氏傳注曰韜藏也孔安國論語注曰徹去也屏除也　翰曰弛廢韜藏撤去屏捨也籥亦管類塤篪樂器也
爾乃促中筵攜友生向曰促近膝坐也筵席也解嚴顏擢幽情
披黃苞以授甘傾縹匹妙瓷以酌醽音零　善本作酃善曰舞賦曰嚴顏
和而怡懌幽情形而外揚尚書曰厥苞橘柚縹綠色也瓷瓶也鄒陽酒賦曰醪醴既成綠瓷既啓又曰其品類則沙洛淥

鄭鄒鄉若下蔡公之情銑曰解去擢起也言各去其嚴整之顏起其幽寂之情以爲歡悅甘橘也縹淺碧色醽酒也甘皮黃故云披黃苞言剝之也授取也傾碧瓷之器以酌酒也**光妓**善作岐**儼其階**善作偕**列雙鳳嘈**曹**以和鳴**善曰光華飾也岐衆管也以其分別故謂之岐或作伎謂光華之伎也西京雜記曰成帝侍郎善鼓琴能爲雙鳳之曲良曰光岐謂舞人也階列言列於階也儼行貌吹笙感雙鳳而至嘈鳴也**晉野悚而投琴況齊瑟與秦箏**善曰子野師曠字晉人故曰晉野杜預左氏傳注曰悚懼也蘇秦說齊王曰臨菑其民無不吹竽鼓瑟歌錄曰美人篇齊瑟行風俗通曰箏蒙恬所造楚辭曰扶秦箏而彈徽翰曰言見吹笙悚懼而投棄其琴也齊國出善鼓瑟人秦多善箏者言師曠尚棄其琴況其餘乎**新聲變曲奇韻橫逸縈纏歌鼓網羅鍾律**銑曰縈纏網羅謂包括含容也言笙極妙故能包括歌鼓含容音律之聲**爛熠**以入**爚**藥**以放豔鬱蓬勃以氣出**善曰熠爚光明貌鬱蓬勃氣出貌向曰爛熠爚以放豔聲如光明而豔者**秋風詠於燕路天光重於朝日**善曰傅玄長簫歌有天光篇魏文帝善哉行有朝日篇言既奏天光又奏朝日故曰重也重逐龍切濟曰魏文帝作燕歌行詞云秋風蕭瑟天氣涼故曰秋風詠於燕路吹之於笙故此言之天光朝日並篇名二曲俱吹故云重也**大不踰宮細不過羽**善曰國語泠州鳩對景王曰臣聞琴尚宮鍾尚羽大不踰宮細不過羽翰曰宮於五音爲君故大不踰也羽於五音爲物故細不過也**唱發章夏導揚韶武協和陳宋混一齊楚**善曰樂動聲儀曰堯樂曰大章禮記曰大章章之也鄭玄曰言堯德章明也樂動聲儀曰舜樂曰簫韶禹曰大夏武曰大武樂動聲儀曰樂者移風易俗所謂聲俗者若楚聲高齊聲下所謂事俗者若齊俗奢陳俗利巫也又曰先魯後殷新周故宋然宋商俗也張衡舞賦曰移風易俗混一齊楚向曰導引揚起也陳宋齊楚皆有國風今皆含和混同之**邇不逼而遠無攜聲成文而節有敘**善曰左氏傳曰吳公子札來聘爲之歌頌曰至矣哉邇而不逼遠而不攜節有度守有敘毛詩序曰聲成文謂之音良曰言聲雖相近者不至逼迫聲雖相遠不

文十八　三十五

至攜離而音聲成其文章而節度各有次序**彼政有失得而化以醇薄**善曰呂氏春秋曰其治厚者其樂厚其治薄者其樂薄銑曰謂政有失得而風化有醇厚有澆薄也**樂所以移風於善亦所以易俗於惡故絲竹之器**五臣本作氣**未改而桑濮之流已作**善曰孝經曰移風易俗莫善於樂禮記曰絲竹樂之器也又曰桑間濮上之音亡國之音鄭玄注曰濮水之上地有桑間者亡國之音於此水出也翰曰所以移風於善者謂爲雅正之聲以防其淫也所以易俗於惡者謂淫雅之聲同出於絲竹之氣終不改易而桑間濮上之流忽已作也**惟簧也能研羣聲之清惟笙也能總**善本作揔**衆清之林衛無所措其邪鄭無所容其淫**善曰禮記曰唱和清濁迭相爲經鄭玄曰清謂蕤賓至應鍾濁謂黃鍾至仲呂禮記曰鄭衛之音亂世之音向曰簧笙中銅也研擊總合措置也言笙簧能擊衆聲而有清雅則笙竹又合衆清之林矣林之言多也故鄭衛邪淫之聲無所容置於此也**非天下之和樂不易之德音其孰能與於此乎**善曰禮記曰順氣成象而和樂興焉又曰德音之謂樂周易曰非天下至精其孰能與於此良曰言笙非天下至和之樂百王不易之德音者其孰能如此不容邪淫之聲也孰誰也

嘯賦

善曰鄭玄毛詩箋曰嘯蹙口而出聲也

成公子安善同翰注翰曰臧榮緒晉書曰成公綏字子安東郡白馬人也少有俊才而口吃張華一見其善之時人以其貧賤不重其文仕爲中臺郎作嘯賦義見於文也

逸羣公子體奇好異傲世忘榮絕棄人事善曰文子曰傲世賤物不汙於俗漢書曰張良願棄人間事欲從赤松子遊向曰假言逸羣公子以爲賦端其實無之**睎**五臣作希**高慕古長想遠思將登箕山以抗節浮滄海**

文十八　卅六

以游志善曰謝承後漢書曰陳謙睎高視遠清舉矯俗馮衍顯志賦曰獨耿介而慕古兮舞賦曰遠思長想呂氏春秋曰昔堯朝許由於沛澤之中曰請屬天下於夫子許由遂之箕山之下論語子曰道不行乘桴浮於海　向曰希望也箕山山名滄海海名也於是延友生集同好善曰尚書序曰與我同好　良曰同志為友故言同好好善也精性命之至機五臣本作幾研道德之玄奧愍流俗之未悟獨超然而先覺音教　善曰周易曰乾道變化各正性命管子曰虛無無形謂之道化育萬物謂之德應德璉馳射賦曰窮百氏之玄奧禮記曰不從流俗老子曰雖有榮觀宴處超然孟子伊尹曰天生斯民使先知覺後知使先覺覺後覺也　翰曰至幾猶幾微也玄大奧遠愍念也言精審其幾微研味其大遠念流俗之人未悟於道故將超然先知妙理狹世路之阨於界僻仰天衢而高蹈善曰羽獵賦曰狹三王之阨僻孔融薦禰衡表曰龍躍天衢左氏傳齊人歌曰魯人之皐使我高蹈　銑曰見人世之間物理阨僻心以為狹小之事將仰視天路而高蹈也衢路也蹈以足履之也邈跨善作姱俗而遺身乃慷慨而長嘯善曰琴賦曰弃事遺身楚辭曰臨深水而長嘯　濟曰邈遠跨越也言遠越時俗遺忘其身不為拘束慷慨猶激揚也言激揚其氣而長嘯也于時曜靈俄景流光濛汜音似　善曰歸田賦曰於時曜靈俄景楚辭曰出自湯谷次于濛汜　良曰曜靈日也俄景言疾而將夕濛汜日入處也逍遙攜手踟蹰善作跦步趾發妙聲於丹脣激哀音於皓齒善曰廣雅曰蹢躅跢跦也跢跦與踟蹰古字通左氏傳蔿啓強謂魯侯曰今君若步玉趾神女賦曰朱脣的其若丹楚辭曰美人皓齒嫮以姱　翰曰踟蹰緩行貌趾足也妙聲哀音謂嘯響音也響抑揚而潛轉氣衝鬱而熛起必遙　善曰熛起言疾　向曰潛轉於脣齒之間激氣衝口而出其聲鬱然如焰起也熛火焰也協黃宮於清角雜商羽於流徵善曰韓子師曠曰清徵之聲不如清角宋玉笛賦曰吟清商追流徵　銑曰協合也謂五音合雜而起黃鍾飄遊雲於泰清集長風乎萬里善曰言所感幽深有同龍虎聖主得賢臣頌曰虎嘯而風冽龍興而致雲泰清天也鶡冠子曰上及泰清下及泰寧　濟曰言聲之清遠飄於遊雲而上於天集於長風如通萬里曲既終而響絕遺餘玩而未已良曰謂欲更為也良自然之至音非絲竹之所擬翰曰非管絃之所能比擬也良實也是故聲不假器用不借物近取諸身役心御氣善曰周易曰近取諸身　翰曰此自然之音不假借於器物自取於身役使御用也動脣有曲發口成音觸類感物因歌隨吟大而不洿鳥細而不沈善曰洿漫也琴道曰大聲不震譁而流漫細聲不湮滅而不聞　向曰觸類感物謂遂目所見則嘯而詠之因歌隨吟謂因歌於物隨則吟之大聲則不諠細聲又不沈而清亮自可樂也洿諠也清激切於竽笙優潤和於琴瑟玄妙足以通神悟靈精微足以窮幽測深善曰老子曰玄之又玄衆妙之門禮記曰夫禮樂通乎鬼神窮高遠而測深厚禮記曰絜靜精微易教也　銑曰切要也竽笙之類也和柔和也瑟與琴通言之神謂人之神思靈謂人之精靈此足以通而悟之也收激楚之哀荒節北里之奢淫善曰楚辭曰宮庭震驚發激楚王逸曰激楚清聲也史記曰紂使師涓作新淫聲北里之舞靡靡之樂　濟曰激楚楚聲哀而荒也北里紂之淫聲也此收而去之節而制之濟洪災於炎旱反亢陽於重陰善曰言有洪水之災濟之以炎旱有亢陽之災反之於重陰　翰曰洪大也雲雨謂之重陰也言嘯之生風風生則雲起雲起則降雨故濟大災於炎旱故反亢陽而為雲雨也亢陽亦旱也唱引去萬變曲用無方和樂怡懌悲傷摧藏善曰鄭玄論語注曰方常也摧藏自抑挫之貌琴操王昭君歌曰離宮絕曠身體摧藏　良曰引曲也用猶度也方比也怡懌喜悅也摧藏謂悲傷之聲聞之可摧折於府藏也時幽散而將絕中矯厲而慨慷善曰矯舉也　向曰厲高也謂聲幽遠似欲絕也中道又舉高而厲慷焉慨慷抑揚意氣也徐婉約而優游紛繁騖

而激揚銑曰徐緩也姚約婉轉也紛亂鶩走揚起也言聲緩姚轉而優游亂繁疾走而激起也情既思而能反心雖哀而不傷善曰毛詩序曰哀而不傷翰曰言將嘯之初情以思物然後爲之則曲終而復不思故曰能反也心哀於物則爲之嘯則曲終而復不哀故云不傷也總八音之至和故善作固極樂而無荒善曰毛詩曰好樂無荒濟曰總合也言其至和之音雖樂而無荒淫之道若乃登高臺以臨遠披文軒而騁望善曰新語曰高臺百仞文軒彫窗楚辭曰白蘋兮騁望良曰披謂出戶也文軒鉤闌言出戶臨軒而馳騁其遠望也喟仰抃而抗首嘈長引而憀留亮善曰嵇叔夜琴賦曰新聲憀亮憀亮聲清徹貌向曰喟歎也兩手相撫曰抃抗舉也言臨軒遠望喟然發歎仰抃而舉首嘈嘈然長引聲也或舒肆而自反或徘徊而復放善曰孔安國尚書傳曰肆緩也翰曰舒中肆逸也言聲或中逸而復息故曰自反也徘徊聲不散也言不散而復放縱之或冉弱而柔撓善作撓或澎亨眾濞普秘而奔壯善曰說文曰冉弱長貌上林賦曰柔撓嫚嫚濟曰冉弱和聲繞也柔撓柔順聲澎濞奔壯勇厲聲也橫鬱鳴善作鳴而滔涸洌繚眺土了而清昶善曰滔涸如水之滔漫或竭涸也繚眺聲清長銑曰橫鬱鳴謂聲直度而繁盛滔涸謂大聲出則如長流滔滔吸聲則如涸水也洌盛也繚眺清昶聲長而清也逸氣奮涌繽紛交錯列列飈必遥揚啾啾響作翰曰奮起也繽紛交錯繁亂交雜也隨風而揚啾啾響也列列風貌飈疾風也五臣作走奏胡馬之長嘶迴善作思向寒風乎北朔又似鴻鴈之將雛羣鳴號乎沙漠善曰古詩曰胡馬思北風琴道曰伯奇操似鴻鴈之音說文曰漠北方流沙良曰言嘯聲似此聲也北朔沙漠皆北塞地名故能因形創聲隨事造曲應物無窮機發響速怫佛鬱衝流參譚雲屬善曰淮南子曰龍舉而景雲屬濟曰因物形以創制其聲故應於萬物無窮盡也

文十八　卅九

機變也怫鬱衝流參譚雲屬皆謂聲多而相連貌若離若合將絕復續翰曰謂聲緩則如離聲急又如合聲小則如絕聲大又如續也飛廉鼓於幽隧猛虎應於中谷善曰楚辭曰後飛廉使奔屬王逸曰飛廉風伯也毛詩曰大風有隧春秋元命苞曰猛虎嘯谷風起類相動也向曰飛廉風師鼓動隧風所出也虎嘯則風生中谷謂谷中也故人嘯亦有風感得此二物相動應也南箕動於穹蒼清飈必遥振乎喬木善曰毛詩曰維南有箕春秋緯曰日月失其行離于箕者風爾雅曰穹蒼蒼天也毛詩曰南有喬木向曰南方箕星好風故感嘯生風則星動於上天風振乎喬木穹蒼上天也飈風喬高也散滯積而播揚流埃靄之溷混濁善曰國語泠州鳩曰太蔟所以金奏贊揚出滯也鄭玄儀禮注曰播散也風賦曰駭溷濁揚腐餘良曰風能散滯積之氣播揚而通之飄流埃靄溷濁之物言風無所不振也變陰陽之至和移淫風之穢俗善曰禮記曰夫禮樂行乎陰陽又曰移風易俗鄭玄曰樂用則正人和陰陽濟曰謂聲因自然而氣調清雅必感天地故變陰陽之和氣移其淫風易其穢俗也若乃游崇岡陵景山臨巖側望流川坐盤石漱清泉藉皐蘭之猗靡蔭脩竹之嬋娟善作蟬蜎善曰聲類曰盤大石也說文曰漱盪口也楚辭曰皐蘭被徑斯路漸猗靡隨風之貌楚辭曰嬋娟之脩竹翰曰景大也藉坐也皐蘭香草也言采皐澤之蘭藉而坐之猗靡蘭美貌脩長也嬋娟竹美貌言此處將復爲嘯下文是也乃吟詠而發散聲駱驛五臣作驛驛而響連舒蓄思之悱憤奮久結之纏緜善曰駱驛不絕貌論語子曰不憤不啓不悱不發毛詩傳曰綢繆猶纏緜也向曰發散謂發散其志駱驛聲連貌舒申蓄積也悱憤心憂也奮起也久結纏緜謂久憂相纏緜也心滌蕩而無累志離俗而飄然善曰莊子曰聖人無天災無物累淮南子曰單豹背世離俗良曰以嘯之清音滌蕩而無煩累飄然高遠貌若夫假象金革擬則陶匏音庖善曰孔安國尚書傳曰象法也禮記曰器用陶匏尚禮然也濟

文十八　四十

曰假借也借象比於嘯也金華匏竹並樂器也眾聲繁奏若笳加若簫硼烹硍郎震隱訇轟磕苦代䃨音勞作䃨嘈善曰皆大聲也嘈音曹銑曰謂嘯之眾聲繁奏也笳簫皆管器向曰皆聲也發徵則隆冬熙蒸騁羽則嚴霜夏凋動商則秋霖春降奏角則谷風鳴條善曰列子曰鄭師文學琴於師襄師襄曰子之琴何如師文曰請嘗試之於是當春而叩商絃以召南呂涼風忽至草木成實及秋而叩角絃以激夾鍾溫風徐迴草木發榮當夏而叩羽絃以召黃鍾霜雪交下川池暴沍及冬而叩徵絃以激蕤賓陽光熾烈堅冰立散師襄曰雖師曠之清角鄒衍之吹律無以加之張湛曰商金音屬秋南呂八月律角木音屬春夾鍾二月律羽水音屬冬黃鍾十一月律徵火音屬夏蕤賓五月律鄭玄禮記注曰熹蒸也聲類曰熹熙字翰曰熙美也徵夏音也故冬發此聲感炎蒸至羽冬音也夏騁此聲感嚴霜至商秋音也春動此聲則秋霖降角春音也秋奏此聲感溫風鳴條也谷風則春風也皆音律至妙感應有如此也音均五臣作韻不恆曲善無恆字有二而字無定制善曰均古韻字也鶡冠子曰五聲不同均然其可喜一也晉灼子虛賦注曰文章假借可以協韻均與韻同良曰隨心而改行而不流止而不滯善曰左氏傳吳公子札觀樂頌曰行而不流淮南子曰流而不滯向曰遲速有度隨口吻而發揚假芳氣而遠逝濟曰吻脣也假借芳美逝往也言嘯聲借人美氣而飄然遠往也音要妙而流響聲激嚁狄而清厲善曰激嚁疾貌銑曰激嚁聲速也信自然之極麗羌去良殊尤而絕五臣作絕世越韶夏與咸池何徒取異乎鄭衛善曰杜預左氏傳注曰尤異也樂動聲儀曰黃帝樂曰咸池禮記曰鄭衛之音亂世之音翰曰麗美也不假於物故曰自然羌歎詞也尤勝絕寡也歎其殊勝以取眾樂可合絕寡之風韶舜樂也夏禹樂也咸池堯樂也言清嘯超越舜禹堯之妙樂何但取異於鄭衛之音聲而已于時緜駒結舌而喪精王豹杜口而失色虞公輟聲而止歌甯子檢

五臣作斂手而歎息善曰孟子淳于髡曰緜駒處於高唐而齊右善歌又曰王豹處於淇而河西善謳鄧析子曰左右結舌西京賦曰喪精亡魄漢書鄧公曰內杜忠臣之口莊子曰見夫子之失色七略曰漢興善歌者魯人虞公發聲動梁上塵呂氏春秋曰甯戚至齊暮宿郭門之外桓公郊迎客夜至關門甯戚飯牛望桓公而悲擊牛角疾歌桓公聞之歌者非常人也命後車載之史記春申君曰秦楚臨韓必斂手良曰緜駒王豹虞公並古之善歌人比之於嘯此皆結舌而不言喪其精神閉口止聲甯子甯戚飯牛擊角而歌聞嘯之妙亦斂手歎息不復歌也杜閉輟止也鍾期棄琴而改聽尼父忘味而不食善曰向注曰鍾期聽琴至妙今乃棄琴而改聽於嘯也尼父孔子也孔子在齊聞韶樂三月不知肉味美其雅聲比之清嘯孔子聞之故亦當忘味而不食也百獸率舞而抃足鳳皇來儀而拊撫翼乃知長嘯之奇妙蓋亦音聲之至極善曰尚書夔曰於予擊石拊石百獸率舞簫韶九成鳳皇來儀翰曰音律至妙遂感百獸相率而舞鳳皇美其光儀而拊弄羽翼抃足以足相拊也至極謂極妙也

六臣註文選卷第十八

六臣註文選卷第十九

梁昭明太子撰

唐李善并五臣註

賦癸

情 善曰易曰利貞者性情也性者本質也情者外染也於是最末故居於癸也

高唐賦 并序

宋玉

昔者楚襄王與宋玉游於五臣本無於字雲夢之臺望高唐之觀其上獨有雲氣崒慈聿兮直上忽兮改容須臾之閒變化無窮善曰漢書音義張揖曰雲夢楚藪也在南郡華容縣其中有臺館爾雅曰崒者厜㕒注謂山峯頭巉巖狀言雲氣形似於山濟曰高唐觀名懷王時游雲夢夢見神女自稱巫山神女乃於山下置此觀焉崒高舉貌言雲之高舉變轉容色王問玉曰此何氣也玉對曰所謂朝雲者也王曰何謂朝雲玉曰昔者先王嘗游高唐怠而晝寢夢見一婦人曰妾巫山之女也善曰襄陽耆舊傳曰赤帝女姚姬未行而卒葬於巫山之陽故曰巫山之女楚懷王游於高唐晝寢夢見與神遇自稱是巫山之女王因幸之遂爲置觀於巫山之南號爲朝雲後至襄王時復遊於高唐爲高唐之客善曰自言爲高唐之客聞君游高唐願薦枕席善曰薦進也欲親於枕席求親暱之意也王因幸之去而辭曰妾在巫山之陽高丘之岨阻善曰山南曰陽土高曰丘漢書注曰巫山南郡巫縣阻險也旦爲朝雲暮爲行雨朝朝暮暮陽臺之下音戶善曰朝雲行雨神女之美也良曰朝行雲暮行雨皆神女自稱陽臺神自言之實無有也旦朝視之如言故爲立廟號曰朝雲向曰至朝視之如見雲雨之象故爲立廟號朝雲之廟王曰朝雲始出狀若何也玉對曰其始出也㬳隊兮若松榯音時善曰㬳茂貌榯直竪貌翰曰榯茂盛貌言朝雲茂盛如松栽也其少進也晰折兮若姣絞姬揚袂鄣日而望所思忽兮改容偈桀兮若駕駟馬建羽旗善曰晰昭晰謂有光明美色揚袂舉袖也如美人之舉袖望所思也韓詩曰偈桀侹也疾驅貌周禮云析羽爲旗謂破五色鳥羽爲之也言氣變改或如駕馬建旗也言立也銑曰晰白姣美袂袖也偈挺舉也言雲之勢色變化如此湫子小兮如風淒兮如雨風止雨霽才細雲無處所善曰湫兮涼貌詩曰風雨淒淒郭璞爾雅注曰今南陽人呼雨止爲霽爾雅曰濟謂之霽濟曰湫淒皆涼也言雲氣如風雨之涼也霽晴也王曰寡人方

今可以游乎玉曰可五臣有也字王曰其何如矣玉曰高矣顯矣臨望遠矣廣矣普矣萬物祖矣上屬於天下見於淵泉珍怪奇偉不可稱論王曰試爲寡人賦之玉曰唯唯善曰方今猶正今也廣雅曰方正也廣闊也普徧也祖始也言萬物皆祖宗生此土良曰言神之所居高敞廣遠可爲萬物之祖至於怪異奇美不可具論說也惟高唐之大體兮殊無物類之可儀比巫山赫其無疇兮道互折而曾累善曰言殊異於常無物可儀比比類也赫然盛貌道路交互曲折曾重也謂橫斜而上翰曰疇匹也言不可比匹也互曲也其道曲折登巉巖而下望兮臨大阺音池善本作丁兮切之稸畜水善曰巉巖石勢不生草木說文曰秦謂陵阪曰阺周禮曰以潴畜水也字書曰稸積也與畜同翰曰登高下望臨太陵稸水之上阺陵也遇天雨之新霽

兮觀百谷之俱集濞普秘洶洶許拱其無聲兮潰胡隗淡淡而並入善曰百谷者衆谷雜水集至山之下字林曰濞水暴至聲也說文曰洶洶涌也謂水波騰貌潰水相交過也淡以冉切平滿貌　向曰天雨初晴百谷之水皆騰涌淡淡並入蓄水之所滂洋洋而四施兮蓊烏孔湛湛而不善本作弗字止長風至而波起兮若麗山之孤畝善曰蓊然聚貌湛湛深貌弗止謂不常靜或行郭象莊子曰麗著也郭璞爾雅注曰有隴界如畝素問岐伯對黃帝曰卒風暴雨風吹水勢波落而隴起言風吹水勢浪文如孤隴之附山銑同善注勢薄岸而相擊兮隘交引而卻會善曰言水之勢既薄岸而相激至迫隘之處其流交引而卻相會會合也言水觸岸相擊波濤自相迫隘交引而卻會濟曰崪慈聿中怒而特高兮若浮海而望碣石善曰崪聚也謂兩浪相合聚而中高也言水怒浪如海邊之望碣石尚書曰夾右碣石入于河孔安國曰海畔山也　良曰碣石海畔山半在水中言此

水波濤崪然而起闕如望碣石以浮海也礫歷磥烏罪切善本作磥字磥盧罪而相摩兮巆音轟震天之磕磕康蓋善曰相摩言水急石流自相摩礪聲動徹天說文曰礫小石也礫磥磥衆石貌巆聲也字林曰磕大聲也　翰曰巆磕皆礫石相摩之聲震天言聲大也巨石溺溺之瀺仕咸灂仕角兮沫末潼潼同而高厲善曰巨石大巨也溺溺沒也瀺灂石在水中出沒之貌沫水高低貌潼潼高皃厲起也　向曰水觸大石溺溺而上瀺灂而下感起沫潼潼然聚於高厲之處水澹澹徒濫而盤五臣作般步干切紆兮洪波淫淫之溶潏音曳　善曰說文曰澹澹水搖也紆回也淫淫去遠皃溶潏猶蕩動也　銑曰水之迴屈緩流之皃奔揚踊而相擊兮雲興聲之霈霈普蓋反善曰言水之奔揚踊起而相擊其狀若雲又興聲霈霈而然上林賦曰穹隆雲橈義出於此纂文曰雲若大波　濟曰水相擊踊波如雲起也霈霈水聲也猛獸驚而跳條駭兮妄奔走而馳邁虎豹豺兕失

氣恐喙許穢鵰鶚鷹鷂飛揚伏竄善曰竄謂不覺東西漫走竄走也說文曰鵰鷙鳥也與昭切　良曰禽獸聞水聲皆驚駭奔竄股戰脅息安敢妄摯善曰股戰猶股栗也脅息猶翕息也　翰曰摯執也禽獸股戰鳥翕氣皆不敢攫執於是水蟲盡暴乘渚之陽善曰水蟲魚鱉之屬驚而陸處方言曰曬暴也蒲卜切巫山所臨之渚陽水北暖言魚鱉游焉　銑曰水族驚出陸處皆爲日暴於渚之陽黿鼉鱣張連鮪于美交積縱橫皇振鱗奮翼蜲於危蜿於袁中阪遙望善曰謂張其鱗甲翼魚腮邊兩鬐也蜲蜲蜿蜿龍蛇之皃上言水中蟲盡暴將色說之中阪之中猶未至山頂　銑曰皆失勢去水相望於中阪之上玄木冬榮煌煌熒熒奪人目精爛兮若列星曾不可殫形榛士巾林鬱盛葩華五臣作葉覆蓋雙椅於奇垂房糾渠幽切善本作糾字枝還會善曰煌煌熒熒草木花光也榛林栗林也葩花栗花

長與葉間生自相覆蓋也雙椅椅相屬也垂房花作房生也房椅實也還會交相也糾枝枝曲下垂也　濟曰雙椅合枝也糾枝交枝也徙靡澹徒濫淡隨波闇藹愛東西施翼猗狔五臣本作椅柅椅音倚柅女倚切豐沛普蓋切五臣本作霈　善曰徙靡言枝往來靡靡然澹淡水波水紋也闇藹者言木蔭水波闇藹然也東西施翼者謂枝四向施布如鳥翼然言東西南北可知其林木多也猗狔柔弱皃猗於宜切狔於危切　良曰言林木繁茂隨風波而動如羽翼之布椅柅柔弱皃豐霈言多也綠葉紫裹去朱莖白蔕音帝善曰裹猶房也　翰曰裹實皮也蔕花根也纖條悲鳴聲似竽籟清濁相和五變四會籟音賴　善曰左氏傳晏子曰先王和五聲也清濁小大以相濟也吹小枝則聲清吹大枝則聲濁五變五音皆變也禮記曰聲相應故生變變成方謂之音四會四縣俱會也又云與四夷之樂聲相會也　向曰纖細也風吹細條似竽籟之聲竽笙屬籟簫也　銑曰四會謂四方之聲與之相會合也感心動耳迴腸傷氣孤子寡婦寒心酸鼻

善曰言上諸聲能迴轉人腸傷斷人氣禮記王制曰少而無父謂之孤寡心謂戰慄也酸鼻鼻辛酸淚欲出也翰曰音聲感傷人之心使孤子寡婦增其悲怨酸鼻將泣皃長吏隳許規切五臣作墮官賢士五臣作人失志善曰尚書曰股肱隳哉孔安國曰隳廢也失其志不知所爲向曰長吏賢士聞此聲皆廢官而失其本志愁思無已歎息垂淚登高遠望使人心瘁秦醉反善曰登高心瘁此下謂至山上高處未至觀也瘁病也盤岸巑在官岏五官裖陳磑磑五哀反善曰王逸楚辭注曰巑岏銳山也裖字當作振字音振振整也以盤石整涯岸也陳列也磑磑高皃銑曰盤盤繞其岸也巑岏磑磑皆山之峻大皃振陳謂陳列於其傍磐石險峻傾崎欺崖隤徒回巖嶇驅參差縱橫相追善曰廣雅曰隤壞也說文曰墜下也勢如相追濟曰皆山勢騰秀之皃陬子溝互五臣作牙橫啎五臣作啎去聲背穴偃蹠音隻善曰廣雅曰陬角也偃蹠言山石之形背穴偃蹇如有所蹈也許慎淮南子注曰蹠蹈也啎逆也攻有橫石逆當其前皆卻也穴孔也卻又當山之孔穴良曰陬山角也啎逆穴深蹠徑也言山角橫逆臨危背深偃塞人徑也交加累積重疊增益狀似砥上柱在巫山之下仰視山巔肅何芊芊善本作千字炫縣燿羊照虹蜺善曰交加者言石相交加累其上別有交加石之勢在巑岏崕上重益其高砥柱山名在水中如柱然此崕岸在巫山下者似砥柱山然說文曰俗望山谷千千青也千與芊古字通言山高如虹蜺炫燿其上翰曰言山峻嶮如砥柱也芊芊山色也言山色可以照燿虹蜺也俯視崝五臣作崢嶸窐呼交寥力交窈冥善曰廣雅曰崝嶸深直皃窐寥空深皃崝士耕切嶸音宏窐若交切寥音勞不見其底虛聞松聲善曰言山下杳遠不見但空聞松聲向曰言谷之深遠傾岸洋洋立而能經善曰言岸既將傾水流又迅故立者恐懼而似能經銑曰洋洋流聲岸傾水急觀者恐懼皃能經如能經攀樹而立其身傴佝久而不去足盡汗出善曰謂阻險之處人所懼見心自戰懼其下流汗而出也濟曰久立其傍恐

懼皆流汗至足悠悠忽忽怊超悵自失善曰悠悠遠貌忽忽迷貌言人神悠悠然遠迷惑不知所斷王逸楚辭注曰怊悵恨貌使人心動無故自恐賁奔育之斷不能爲勇善曰動驚也言無有故對此而驚恐孟賁夏育決斷之士今見此嶮阻亦不能爲勇也斷丁亂切良曰賁謂孟賁育謂夏育皆秦武士對此皆懼不能爲其勇斷卒措骨愕異物不知所出縱縱史倚莘莘所巾若生於鬼若生於神善曰卒七忽切爾雅曰遻見也午故切愕與遻同言卒然復有驚愕之異物從旁而出不知所從來也縱縱莘莘衆多之貌言不可測知翰曰愕驚也言其異物卒然而出令人驚怪不知從來縱縱莘莘然如鬼神出入矣狀似走獸或象飛禽譎詭奇偉不可究陳上至觀側地蓋底上平箕踵漫莫半衍以戰芳草羅生善曰自此已前並述山勢也杜預左氏傳注曰底平也箕踵前闊後狹以箕衍平貌言山勢如箕之踵也向曰異物之狀不可盡陳說也銑曰山之形如敧箕之掌而寬大其上芳草羅列而生秋蘭茝善本作茝字蕙江蘺善本作離字載菁音精青荃七全射夜干揭起竭車居苞并善曰廣雅曰菁華也載則也皆草名薛綜西京賦注曰蘭香草也張揖曰江蘺香草也郭璞曰江蘺似水薺射干烏蓮草也苞并叢生也濟曰皆香草名薄草靡靡聯延夭夭越香掩掩善曰靡靡相依倚貌夭夭以長也越香言氣發越掩掩言同時發也掩同也良曰薄草叢也夭夭美皃越香謂香氣遷越掩掩香氣貌衆雀嗷嗷敖雌雄相失哀鳴相號善曰雀鳥之通稱毛詩曰鴻鴈于飛哀鳴嗷嗷良曰下欲論鳥故先言其聲也王雎鸝離黃正冥楚鳩姊歸思婦垂雞高巢其鳴喈喈皆當年遨游善曰爾雅曰雎鳩王雎也郭璞曰雎鳩類也又曰鶬鶊鵹黃也郭璞曰鸝黃黑也方言曰或謂鸝黃爲楚雀廣雅曰楚鳩一名嗶啁爾雅曰嶲周郭璞曰子嶲也出蜀中或曰即子規一名姊歸嶲胡圭切思婦亦鳥名也地理志云夷道鄉北過仁里有觀山故老相傳云

昔有思婦登北山絶望愁思而死因以爲名垂雞未詳髙巢巢髙也一本云子當千年萬丗遨遊未詳　翰曰皆鳥名也唶唶聲也遨遊戲也更唱迭和赴曲隨流善曰赴曲者鳥之哀鳴有同歌曲故言赴曲隨流者隨鳥類而成曲也　向曰言鳥之唱和與流水合度有方之士羨門髙谿善曰史記曰方士皆掩口杜預左氏傳注曰方法術也史記曰始皇使燕人盧生求羨門髙誓谿疑是誓字上成鬱林公樂聚穀善曰蓋亦方士也未詳所見又鬱然仙人盛多如林木公共也人共在山上作巢穀食也聚食於山阿　銑曰皆古之名術士進純犧禱琁室善曰進謂祭也禱祭也尚書曰神祇之犧牷牲用孔安國曰色純曰犧淮南子曰崑崙之山有瓊宮琁室髙誘曰琁宮以玉飾宮也　濟曰純犧謂純色犧牲也禱祈神也琁室以玉飾室也醮諸神禮太一善曰醮祭也子肖切史記曰冝立太一而上親郊之　良曰諸神百神也太一天神也天神尊敬稱禮也傳祝已具言辭已畢王乃乘玉輿駟蒼螭垂旒旌斾合諧紬抽大弦而

雅聲流冽風過而增悲哀善曰傳祝已具神之語已具言辭即祝所傳辭也畢竟也旒旌謂建太常十二旒雅聲正不淫邪冽寒風也紬引也　翰曰祝告祭辭也駟蒼螭謂以螭龍爲駟也合諧旌斾相和之貌　向曰祝告祭辭也紬抽也言抽大樂之弦雅聲合清冽冽風增其悲哀也於是調謳令人憏慄悷隷憯七感悽脅息增欷善曰並悲傷貌脅息縮氣也增益也　銑曰謳謌也餘皆哀慘貌於是乃縱獵者基趾如星傳言羽獵銜枚梅無聲善曰相傳言語徧告衆士七略曰羽獵永始三年十二月上校獵周禮銜枚氏下士鄭玄曰止語囂讙也枚大如箸橫銜之　濟曰言布士卒如星之羅列也枚削竹箸銜之止語也弓弩不發罘伏侯罕不傾涉漭漭莫朗馳苹苹音平善曰漭漭水廣遠貌說文曰苹苹草貌　良曰罘罕網也傾僭施也苹苹草聚生貌飛鳥未及起走獸未及發弭善本作何字節奄忽蹄足灑血善曰何問辭也言節奄忽之間而獸之蹄足已皆灑血節所執之節也　翰曰弭節猶少時也言鳥獸未及遠飛走少時之間蹄足之上皆以灑血舉功先得獲車已實王將欲往見之必先齋戒差時擇日善曰毛萇詩傳曰差擇也　向曰獲車載獸車也舉其先得者其車已滿矣　銑曰言王將往觀必齋戒擇其時日而後往也簡輿玄服建雲斾蜺爲旌翠爲蓋善曰冬王水水色黑故衣黑服簡略也省也翠翡翠也　濟曰玄服法服也簡擇輿車脩法服以雲蜺爲旌旆翠羽爲蓋風起雨止千里而逝蓋發蒙往自會善曰素問黃帝曰發蒙解惑未足以論也會與神女相會　良曰言如風雨之疾王至廟如發其蒙自暗與神會思萬方憂國害開賢聖輔不逮善曰開導賢聖令其進仕用其謀策輔己不逮此又諫諫於王也　翰曰思萬方之事憂國之利害開賢聖之路以補思慮之不及九竅通鬱精神察滯五臣本無滯字延年益壽千萬歲善曰文子曰九竅者精神之戶牖呂氏春秋曰凡人九竅五藏惡之精氣鬱髙誘曰鬱滯不通也　向曰言今與神會九竅通暢精神得以伺察故延年益壽

神女賦并序　濟曰神女卽巫山神女也

宋玉

楚襄王與宋玉游於雲夢之浦使玉賦髙唐之事其夜王寢夢與神女遇其狀甚麗王異之明日以白玉玉曰其夢若何王對曰晡夕之後精神怳忽若有所喜紛紛擾擾未知何意善曰晡日昳時也怳忽不自覺知之意所喜忽然喜悅　銑曰晡夕晚夕也紛紛擾擾神志淩亂皃目色髣髴乍若有記見一婦人狀甚奇異寐而夢之寤不自識罔兮不樂悵爾失志於是撫心定氣復見所夢

王曰狀如何也善曰如有可寄識也周憂也撫覽也見神女也王善本作玉字曰茂
矣美矣諸好備矣盛矣麗矣難測究矣上古既
無世所未見瓌姿瑋態不可勝讚善本作贊字濟曰瓌美之態
不可盡舉而讚也其始來也耀乎若白日初出照屋梁善曰
韓詩曰東方之日薛君曰詩人所說者顏色美盛若東方之日其少進也皎若明月舒
其光善曰毛詩曰月出皎兮毛萇曰諭婦人有美白皙也須臾之間美貌橫生
爗乎如花溫乎如瑩音榮善曰毛詩曰有女同車顏如舜華逸論語曰如玉之瑩說文
曰瑩玉色也爗盛貌良曰言神女之貌光色如花溫潤如玉五色並馳不可殫丹形
詳而視之奪人目精其盛飾也則羅紈綺繢盛
文章善曰馳施綺五色也蒼頡篇曰繢似纂色赤胡繢切翰曰綺繢羅繡也言衣服盛多文彩也極服

文十九　九

妙綵照萬方振繡衣被袿圭裳襛五臣作穠不短纖
不長善曰劉熙釋名曰婦人上服謂之袿說文曰襛衣厚貌如恭切向曰穠肥纖細也言長短合度步
裔裔兮曜殿堂忽兮改容婉若游龍乘雲翔嫷
唾被服侻他外薄裝善曰裔裔行貌婉美貌方言曰嫷美也說文曰侻好也與婉同又侻可也
言薄裝正相堪可銑曰婉若游龍乘雲翔謂輕妙婉弱也侻宜也沐蘭澤含五臣作含若芳
性和適宜侍旁順序卑調心腸善曰宜侍王旁沐洗也以蘭浸油澤以塗
頭旁宜侍王旁卑柔弱也濟曰言性靈和適心腸調順宜侍君旁王曰若此盛矣試為
寡人賦之玉曰唯唯
夫何神女之姣五臣作妖麗兮含陰陽之渥飾善曰言神女得
陰陽厚美之飾良曰渥飾謂含天地渥厚之美飾也被華藻之可好若翡翠

之奮翼其象無雙其美無極毛嬙牆鄣袂不足
程式西施掩面比之無色善曰慎子曰毛嬙先施則天下之美姣也衣之以皮
倛則見者皆走易之以玄錫則行者皆止先施西施一也良曰毛嬙西施皆古之美姣也若對此神女則必鄣袖掩面
不敢程比姿式近之既妖遠之有望骨法多奇應君之相
視之盈目孰者克尚善曰近看既美復宜遠望也孰誰也克能也誰者能尚言無有也私心獨悅樂之無量交希恩
翰曰既妖美又有姿望骨法殊異正合侍君也疎不可盡暢他人莫覩王覽其狀其狀峩峩何
可極言貌豐盈以莊姝兮苞溫潤之玉顏善曰暢申
也未可申暢己志也豐盈肥滿也莊嚴也毛萇詩傳曰姝美色也禮記曰玉溫潤而澤仁也向曰莊敬姝美也言豐盈
敬美顏色溫潤如玉眸子炯古迥其精朗兮瞭了多美而可觀

文十九　十

善曰鄭玄周禮注曰瞭明目也銑曰眸子瞳子也炯朗也眉聯娟以蛾揚兮朱脣
的其若丹濟曰聯娟微曲貌素質幹之醲女龍實兮志解泰
而體閑既婉委嫿居獲於幽靜兮又婆娑乎人間
善曰言志操解散奢泰多閑不急躁也謂在人中最好無比也婆娑猶盤姍也說文曰婉閑體行也五累切嫿靜好也
良曰婉閑嫿靜也言習閑靜於幽隱之處婆娑放逸貌宜高殿以廣意兮翼放
縱而綽寬動霧縠以徐步兮拂墀聲之珊珊善曰
翼放縱貌如鳥之翼翼隨意放縱縠今之輕紗薄如霧也翰曰宜置高殿之上翼然使放縱自寬也珊珊玉聲也望
余帷而延視兮若流波之將瀾善曰流波目視貌言舉目延視精若
水波將成瀾也向曰言如流水欲為波瀾奮長袖以正衽而審兮立躑躅
而不安善曰說文曰衽衣衿也自矜嚴也銑曰言奮去長袖以正衣衿也躑躅反側皃澹清

靜其愔一嫕淫一計切五臣作悘兮性沈詳而不煩善曰澹靜貌愔和也
嫕淑善也言志度靜而和淑也不煩不擾也韓詩曰愔愔夜飲薛君曰愔愔和悅之貌也洞簫賦曰其妙聲則清靜厭懸
注云善本作瘱曹大家列女傳注曰瘱深邃也濟曰悘閑雅也言澹然閑雅沈默詳審不煩亂也時容與
以微動兮志未可乎得原五臣作原音元意似近而既遠
兮若將來而復旋善曰原本也其自然欲似近而心靜不測是復為遠也將來可親之意更遠
也謂復更遠也褰余幬幬而請御兮願盡心五臣作盡盡之惓
惓音權悵也善曰鄭玄毛詩箋曰幬牀良曰幬帷也惓惓盡心貌懷貞亮之絜清兮
卒與我乎相難翰曰卒終也終與我相難而不相近陳嘉辭而云對
兮吐芬芳其若蘭精交接以來往兮心凱康以
樂歡神獨亨而未結兮魂煢煢善本作煢字以無端

含然諾其不分兮喟揚音而哀歎平頩普幷薄怒
以自持兮曾不可乎犯干善曰精神也未結猶未相著煢煢然無有端次不知
何計分當也言神女之意雖含諾猶不當其心廣雅曰頩色也音匹零切斂容也著頡頏口薄微也斂顏色自矜持也
向曰兮通也言神雖許通竟未結愛也銑曰頩色干求也言顏色薄怒自牢持則不可犯觸而求之於是
搖珮飾鳴玉鸞整衣服斂容顏顧女師命太傅
善曰古者皆有女師教以婦德今神女亦有教也毛詩序曰尊敬師傅可以歸寧父母漢書音義曰婦人年五十無子者
為傅翰曰言神女搖鸞珮整容顏命女師女傅將歸也歡情未接將辭而去遷
延引身不可親附似逝未行中若相首音狩善曰遷延卻
行去也廣雅曰首向也向曰言將去未行之間又迴顧相向目略微眄精彩五臣本作釆相
授志態橫出不可勝記意離未絕神心怖覆副

禮不遑訖辭不及究願假須臾神女稱遽善曰目略
輕看精神光彩相授與也猶未即絕怖覆謂恐怖而反覆也左氏傳竪頭須曰沐則心覆心覆則圖反遽急也言去不任
也銑曰訖究皆盡也徊腸傷氣顛倒失據闇上然而冥忽
不知處情獨私懷誰者可語惆悵垂涕求之至
曙善曰毛萇詩傳曰據依也濟曰徊腸傷氣惜離別也闇然冥忽失所夢形象也言此懷抱誰人可言惆悵至明而
求之也

登徒子好色賦并序

宋玉翰曰宋玉假設登徒子之詞以為諫也

大夫登徒子侍於楚襄善本無襄字王短宋玉曰善曰大夫
官也登徒姓也子者男子之稱戰國策曰孟嘗君至楚楚獻象牀登徒送之高誘淮南子注曰短說其罪闕也良同善

注玉為人體貌閑麗口多微辭五臣作詞又性好色
善曰閑靜也麗美也微妙也公羊傳曰定哀多微辭論語子曰吾未見好德如好色者也翰曰言玉容貌美麗能為幾
微之詞願王勿與出入後宮王以登徒子之言問
於宋玉王曰體貌閑麗所受於天也口多微辭
所學於師也至於好色臣無有也王曰子不好
色亦有說乎善曰遣自解說也有說則止無說則退玉曰
天下之佳人莫若楚國楚國之麗者莫若臣里
臣里之美者莫若臣東家之子臣善本無臣字東家
之子增之一分則太長減之一分則太短著粉
則太白施朱則太赤眉如翠羽肌如白雪善曰莊子曰藐

姑射之山有神人居焉肌膚若氷雪曰眉色如翡翠之羽肌膚之白如雪也向腰如束素齒如含貝善曰莊子孔子謂盜跖曰將軍齒如齊貝貝海螺其色白銑曰素白貝玉也嫣然一笑惑陽城迷下蔡善曰王逸楚辭注曰嫣笑貌陽城下蔡二縣名蓋楚之貴介公子所封故取以喻焉濟曰陽城下蔡楚之二郡名蓋貴人所居中多美人然此女登牆闚臣三年至今未許也善曰字林曰窺傾頭門內視也又小視也登徒子則不然其妻蓬頭攣力全耳齞牛善脣歷齒善曰莊子曰蓬頭突鬢廣雅曰攣病也說文曰齞張口見齒也歷猶疎良曰齞脣謂語而露齒也歷齒謂齒稀疎旁行蝺央矩僂縷又疥且痔音雉善曰蝺僂傴僂也廣雅曰傴僂曲貌說文曰疥瘙也痔後病也翰曰旁行行不正也蝺僂身曲也疥瘙也登徒子悅之使有五子王孰善本作孰字察之誰爲好色者矣是時秦章華大夫在側因進而稱

【文選十九　十三】

曰今夫宋玉盛稱鄰之女以爲美色愚亂之邪臣自以爲守德謂不如彼矣善曰章華楚地名大夫楚人入仕於秦時使襄王愚鈍也亂昏也邪僻也言昏鈍邪僻之臣章華大夫自謙不如彼之登徒所說也言宋玉之所說鄰女美色愚臣守德猶不如登徒之說況宋玉乎臣章華大夫自謂向曰章華大夫亦假言之也大夫言玉稱此自謂守德不如此且夫南楚窮巷之妾焉足爲大王言乎若臣之陋目所曾覩者未敢云也王曰試爲寡人說之大夫曰唯唯臣少曾遠游周覽九土足歷五都善曰九土九州之土五都五方之都銑同善注出咸陽熙邯寒鄲丹從容鄭衛溱臻洧于美之間善曰熙戲也毛詩曰溱與洧方渙渙兮毛萇曰溱洧鄭兩水也濟曰熙猶嬉游也溱洧二水名其

中鄭人游觀之地是時向春之末迎夏之陽鶬倉鶊庚喈喈皆羣女出桑善曰毛詩曰倉庚喈喈又曰十畝之間兮桑者閑閑兮良曰鶬鶊鳥名喈喈鳥聲言羣女出游於桑也此郊之姝華色含光體美容冶不待飾裝翰曰姝美女也臣觀其麗者因稱詩曰遵大路兮攬子袪音墟善曰毛詩曰遵大路兮摻執子之袪兮稱此詩者此本鄭詩故稱以感動向曰大夫自稱觀麗者稱詩以贈大路詩篇名也言逢美者攬衣袖欲與同歸也袪袖也贈以芳華五臣作花辭甚妙善曰折芳草之華以贈之爲辭甚妙銑曰芳花芳草也折芳誦詩以贈游女於是處子怳況往若有望而不來忽若有來而不見意密體疏俯仰異觀含喜微笑竊視流眄善曰謂折芳草之花以贈之欲贈芳華恐不受故先與妙辭以進之處子未嫁者怳失意之貌體疏相離殊遠謂異於未贈花前所視濟曰處子女子也言若有相望

【文選十九　十四】

而又守禮不來情意已密而形體疏也復稱詩曰寤春風兮發鮮榮絜齋俟兮惠音聲贈我如此兮不如無生善曰復殺也寤覺也鮮榮華也喻少年之盛齋莊也言自絜貌矜莊而待惠音聲如此謂贈以芍藥花欲結恩情而女不受毛詩曰知我如此不如無生鄭玄曰則己之生不如不生無生恨之辭良曰處子稱詩以荅大夫也寤見也言見春發萬物之榮乃絜齋戒以待惠和之音而今贈我大路之詩我則不如無贈因遷延而辭避蓋徒以微辭五臣作詞相感動精神相依憑目欲其顏心顧其義揚詩守禮終不過差楚佳故足稱也於是楚王稱善宋玉遂不退善曰微辭謂向所陳辭甚妙者若即折登徒言多微詞宋玉雖不逮大夫之顧義而不同登徒之好色故不退也翰曰雖以微詞精神相感而已執義守禮終不差失如此故足稱於王也

洛神賦

并序　善曰漢書音義如淳曰宓妃宓羲氏之女溺洛水爲神

曹子建　翰曰魏曹植字子建魏武帝第三子也初封東阿王後改封雍丘王死謚曰陳思王洛神謂溺於洛水爲神也植有所感託而賦焉

黃初三年余朝京師還濟洛川古人有言斯水之神名曰宓妃　翰曰黃初文帝年號京師洛陽也還還雍丘也斯水洛水也　感宋玉對楚王說　善本無說字　神女之事遂作斯賦其詞曰　善曰魏志曰黃初三年立植爲鄄城王四年徙封雍丘其年朝京師又文紀曰黃初三年行幸許又曰四年三月還雒陽宮然京城謂雒陽東藩即鄄城魏志及諸詩序並云四年朝此云三年誤　銑曰京師洛陽也東藩雍丘也藩者猶爲國之藩籬

余從京師　善本作域　言歸東藩背伊闕越轘　還　轅　袁　經通谷陵景山　善曰史記吳起曰桀之居伊闕漢書沛公從轘轅臣瓚曰在緱氏東南也華延洛陽記曰城南五十里有大谷舊名通谷河南郡圖經曰景山緱氏縣南七里　濟曰背違也伊闕龍門山越踰也轘轅坂名景山山名經謂經歷也

日既西傾車殆馬煩　五臣作乃　爾迺稅駕乎蘅　胡庚　皋秣駟乎芝田　善曰蘅杜蘅也皋澤也菖蒿山記曰山上有神芝十州記曰鍾山仙家耕田種芝草　良曰殆危煩疲也馬疲故車殆也稅舍也蘅皋香草之澤也秣飼馬也芝田地名也　容與乎陽　五臣作楊　林流眄乎洛川於是精移神駭忽焉思散　善曰楊林地名生多楊因名之移變也情思消散如有所悅　翰曰言精神思緒忽然移散

俯則未察仰以殊觀覩一麗人于巖之畔迺援御者而告之曰爾有覿於彼者乎彼何人斯若此之　五臣作之此　豔也　善曰未察猶未的審所覩殊異毛詩曰彼何人斯　向曰覿見豔美也　御者對曰臣聞河洛之神名曰宓妃則君王之所見也無迺是乎其狀若何臣願聞之余

告之曰其形也翩若驚鴻婉若游龍　善曰襄章華臺賦曰體迅輕鴻榮曜春華神女賦曰婉若游龍乘雲翔翩翩然若鴻鴈之驚婉婉然如游龍之昇　向曰神女之體翩輕如驚鴻婉媚如游龍也　榮曜秋菊華茂春松　善曰朱穆鬱金賦曰比光榮於秋菊齊英茂於春松　銑曰秋菊春松其盛而神女榮茂過之　髣髴兮若輕雲之蔽月飄颻兮若流風之迴雪遠而望之皎若太陽升朝霞　善曰正歷曰太陽日也　濟曰言輕妙光彩似之太陽日也　迫而察之灼若芙蕖出淥波　善曰迫近視之灼然如蓮花出淥波也　穠纖得中　善本作衷字　脩短合度　善曰神女賦曰穠不短纖不長　良曰穠肥纖細也言肥細長短正合體度　翰　肩若削成腰　善曰魏都賦曰巖華山之削成　劉曰太華之山削成四方堅也登徒子好色賦曰腰如束素東素約素謂圓也楚辭曰小腰秀頸若鮮卑說文曰項頸也　如約　善本作束字　素延頸秀項皓質呈露　善曰司馬相如美人賦曰皓質呈露呈見也延秀皆長也　向曰言肩髆如刻削而成也約束素白也頸亦項也皓白也言長項質白皆露之也

芳澤無加鉛華不御　善曰楚辭曰粉白黛黑施芳澤鉛華粉也博物志曰燒鉛成胡粉張平子定情賦曰思在面爲鉛華兮患離塵而無光　銑曰芳澤香油鉛華粉也言不施於首面也　雲髻峩峩脩眉聯娟　善曰毛詩曰鬒髮如雲神女賦曰眉聯娟以蛾揚峩峩高如雲也脩長曲而細也　濟曰雲髻美髮如雲也詩云鬒髮如雲脩長也聯娟微曲貌　丹脣外朗皓齒內鮮明眸善睞　賴　靨　叶於　輔承權　善曰神女賦曰眸子炯其精朗離騷曰靨輔奇牙宜笑嗎王逸曰美人頰有靨輔也權兩頰睞旁視也　良曰眸目也善睞謂美瞻視也言靨面文之生輔承其頰　瓌姿豔逸儀靜體閑　善曰神女賦曰瓌姿瑋態又曰志解泰而體閑儀靜安靜也體閑謂儒雅體閑暇也　翰曰言姿能美逸威儀體德皆閑雅也　柔情綽態媚於語言奇服曠世　善本作代字　骨像應圖　善曰柔弱也綽寬也神女賦曰骨法多奇

應君之相應畫圖也　向曰言情志寬和然於言辭骨法人像皆應圖相**披羅衣之璀粲兮珥**音耳**瑤碧之華琚**音居　善曰璀粲衣聲山海經曰和山其上多瑤碧毛詩曰報之以瓊瑤毛萇曰琚佩玉名　銑曰璀粲明淨貌珥僪服也瑤碧皆玉也**戴金翠之首飾綴明珠以耀軀**善曰司馬彪續漢書曰太皇后花勝上爲金鳳以翡翠爲毛羽步搖貫白珠八劉騊駼玄根賦曰戴金翠珥珠璣劉熙釋名曰皇后首飾曰副　翰曰首飾謂釵冠之屬言黃金翠羽裝其釵冠綴明珠於上以光耀其首也**踐遠遊之文履曳霧綃之輕裾**善曰繁欽定情詩曰何以消滯憂足下雙遠遊有此言未詳其本神女賦曰動霧縠以徐步劉曰俗傳鮫人從水中出曾寄寓人家積日賣綃綃者竹孚俞也向曰遠遊履名文謂文飾也霧綃薄練也裾裾也**微幽蘭之芳藹兮**善曰芳藹芳香晻藹也**步踟躕於山隅於是忽焉縱體以遨以嬉左倚采旄右蔭桂旗**善曰楚辭曰建雄虹之采旄又曰辛夷車兮結桂旗　銑曰微猶映也踟躕徘徊貌言映幽蘭徐步徘徊於山之隅角　濟曰縱體輕舉之貌嬉游也旄旌屬舉以號令桂旗謂以桂爲旗竿也

攘皓腕於神滸荒古**兮采湍瀨之玄芝**善曰毛詩曰在河之滸毛萇曰滸水厓也本草曰黑芝一名玄芝　良曰洛神游之故云神滸**余情悅其淑美兮心振蕩而不怡無良媒以接歡兮託微波而通辭**善曰毛詩曰子無良媒　翰曰悅其美恐不見眷故心振動不樂旣無良媒通接歡情故假託風波以達言辭**願誠素之先達解玉佩而要**平**之嗟佳人之信脩羌習禮而明詩抗瓊琋**徒帝**以和予兮指潛川而爲期**善曰要屈也注人信脩整習禮謂立德明詩謂善言辭古人爲信指水爲信如有如白水之類也琋玉也潛淵謂所居也　向曰願達心素故解所佩玉乃將要而與之歡神女將信習禮抗舉瓊玉以應和我指所居之川爲期會水居曰潛**執眷眷之款實兮懼斯靈之我欺感交甫之棄言兮悵猶豫而狐疑**善曰韓詩內傳曰鄭交甫遵彼漢皋臺下遇二女與言曰願請子之珮二女與交甫交甫受而懷之超然而去十步循探之卽亡矣迴顧二女亦卽亡矣爾雅曰猶如麂善登木此獸情多疑慮常居山中忽聞有聲則恐人來害之每豫上樹久久無度後下須臾又上如此非一故不決者稱猶豫焉一曰隴西俗謂犬子隨人行每豫前待人不得又來迎候故言猶豫也狐之爲獸其性多疑每渡水行且聽且渡故疑者稱狐疑　銑曰靈神也言我持款誠於神恐此神誑我也鄭交甫同善注恐復如之故悵然狐疑**收和顏而靜志兮申禮防以自持於是洛靈感焉徙倚傍**五臣作彷**徨**善曰申展也子建自防持也謝靈運山居賦注曰河靈河伯也東阿所謂洛靈　濟曰言收靜容志以禮自持約也　良曰洛靈洛神也感謂其申禮自持**神光離合乍陰乍陽竦輕軀以鶴立若將飛而未翔**善曰陰去陽來也竦章臺賦曰縱輕軀以迅赴若離鵠之失羣言如鶴鳥之立望　翰曰言神之光彩或明或闇如鶴之立似將飛矣而未翔舉**踐椒塗之郁烈步蘅**衡**薄而流芳**善曰椒塗杜蘅薄言芳香也郁烈香氣之甚　向曰椒塗以椒泥飾道也薄聚生也言神步踐以流芳也**超長吟以永慕兮聲哀厲而彌長爾廼衆靈雜遝**徒合**命儔嘯侶或戲清流或翔神渚或采明珠或拾翠羽從南湘之二妃攜漢濱之游女歎匏瓜之無匹**善本有兮字**詠牽牛之獨處**善曰厲急也雜遝衆貌禮記曰舜葬於蒼梧之野蓋二妃未之從也鄭玄曰離騷所謂湘夫人也舜南巡狩死於蒼梧二妃留江湘之間韓詩曰漢有游女不可求思薛君曰游女漢神也言漢神時見不可求而得之史記曰四星在危南匏瓜牽牛爲犧牲其北織女織女天女孫也天官星占曰匏瓜一名天雞在河鼓東牽牛一名天鼓不與織女值者陰陽不和曹植九詠注曰牽牛爲夫織女爲婦織女牽牛之星各處河之傍七月七日乃得一會阮瑀止慾賦曰傷匏瓜之無偶悲織女之獨勤娟有此言然無匹之義未詳其始　銑曰衆靈衆神也雜遝言多也南湘二妃湘水神也謂舜

妻娥皇女英游女漢水神也皆攜游戲匏瓜星名獨在河鼓
東故云無匹牽牛星名在河之傍其織女相陽故云獨勤此
物無儷之耦故勤詠之以感陳王揚輕袿圭之綺靡翳脩袖以延
佇體迅飛鳧飄忽若神陵五臣作淩波微步羅襪武月
生塵善曰陵波而襪生塵言神人異也洛靈即神而言若者夫神萬靈之捴稱言若所以類彼非謂此爲非神
也淮南子曰聖人行於水無跡也衆生行於霜有跡也說文曰襪足衣也　向曰佳婦人之上服也迅疾也言疾如鳧鳥
之飛也微步輕步也步於水波之上如塵生也動無常則若危若安進止難
期若往若還轉眄流精光潤玉顏善曰神女賦曰苞温潤之玉顏
良曰觀其顏眄精光顏色如玉之温潤也含辭未吐氣若幽蘭善曰神女賦曰吐芬
芳其若蘭是也　翰曰謂含言辭未吐芳香之氣皆如幽蘭也華容婀烏可娜奴可令我忘
飧善曰張衡十辯曰蝤蠐之領婀娜宜顏杜篤祓禊祝曰懷季女使不飧　良曰思此之美遂忘其飧於是

七二十　文選十九　十九

屏併翳收風川后靜波善曰王逸楚辭注曰屏翳雨師名虞喜志林曰韋昭云屏翳雷
師喜云雨師然說屏翳者雖多並無明據曹植結洛文曰河伯與澤屏翳司風植旣皆爲風師不可引他說以非之川后
河伯也傅曰河伯華陰潼鄉人也姓馮氏名夷浴於河中而溺死淮南子曰馮夷服夷石而水仙　向曰屏翳風師也川
后河伯也言使收靜其風波也馮夷鳴鼓女媧清歌善曰馮夷已見上句禮記曰女媧之
笙簧世本曰女媧作簧暴辛爲塤宋均曰女媧黃帝臣也暴辛周平王時諸侯　銑曰馮夷水神女媧造笙簧者使之擊
鼓唱歌騰文魚以警乘鳴玉鸞以偕逝善曰騰升也文魚有翅能
飛故使警乘警戒也楚辭曰文魚兮失賴又曰將騰駕兮偕逝神女賦曰搖珮飾鳴玉鸞楚辭曰鳴玉鸞之啾啾　濟曰
旣見水神故文魚爲之警乘也偕俱逝往也六龍儼其齊首載雲車之容
裔善曰春秋命曆序曰有神人右耳蒼色大肩駕六龍出輔號曰神農儼矜莊貌春秋命曆序曰人皇乘雲車出谷口
博物志曰漢武帝好道西王母七月七日漏七刻王母乘紫雲車而來　良曰神以雲爲車而駕龍也容裔行貌鯨

鯢踊而夾轂水禽翔而爲衞於是越北沚止過
南岡紆素領迴清陽善曰北海魚非洛川所有然神仙之川亦有毛詩曰領如蝤蠐又曰
有美一人清陽婉兮　翰曰以鯨鯢水禽爲侍衞也沚小水也領頸也清陽眉目之間也紆迴言廻首相視也動朱
脣以徐言陳交接之大綱恨人神之道殊善本有兮字
怨盛年之莫當抗羅袂以掩涕兮淚流襟之浪
浪音郎　善曰盛年謂少壯之時不能當君王之意此言微感甄后之情楚辭曰攬茹蕙以掩涕兮沾余襟之浪浪
良曰神動脣陳交會之意言幽明道深怨此盛年不得與君相當因舉袖掩涕淚浪浪然流於衣襟悼良會
之永絕兮哀一逝而異鄉無微情以效愛兮五臣
本無兮字獻江南之明璫善曰良會夫婦之道鄉猶方也淮南子曰禮豐不足以效愛服虔通
俗文曰耳珠曰璫　銑曰悼傷也傷此會永絕各往異鄉空此微情不足效愛故脫明璫獻之璫耳珠也雖潛

文選十九　二十

處於太陰長寄心於君王忽不悟其所舍悵神
宵而蔽光善曰太陰衆神之所居漢書音義孟康曰宵化也　濟曰太陰鬼神道悟見也宵闇冥也言忽
不見所舍止悵然晻冥隱其光彩於是背下陵高足往心留遺情想
象顧望懷愁善本作怨字　善曰楚辭曰思舊故而想像傅毅七激曰無物可樂顧望懷愁　良
曰足雖往矣心留在神所想其形狀顧望生愁焉冀靈體之復形御輕舟而
上泝素　善本作朔字浮長川而忘反思緜緜而增慕夜
耿耿而不寐霑繁霜而至曙善曰泝逆流向上也緜緜密意也毛詩曰耿耿
不寐又曰正月繁霜　翰曰靈體神也形見也言冀其望此神復見浮舟上水以候之旣不能見思慕耿耿霑霜不寐而至
明也命僕夫而就駕吾將歸乎東路攬騑轡以抗
策悵盤桓而不能去向曰僕夫馭人東路東藩路　銑曰抗舉也盤桓不進也

詩甲

補亡詩六首 四言并序 善曰補亡詩序曰皙與同業疇人肄脩鄉飲之禮然所詠之詩或有義無辭音樂取節闕而不備於是遥想既往存思在昔補著其文以綴舊制

東廣微 翰曰王隱晉書曰東晳字廣微陽平人也賈謐請爲著作嘗覽周成王詩有其義亡其辭惜其不備故作辭以補之

南陔古來孝子相戒以養也 善曰毛詩序曰有其義而亡其辭子夏序曰南陔廢則孝友缺矣陔隴也 向曰言南者南方養萬物方此以戒養故取之爲名也

循彼南陔言採其蘭 善曰言蘭芬芳以之故已循陔以采之喻己當自身盡心以養也 銑曰循順也蘭以香孝子採之以養也

眷戀庭闈心不遑安彼居之子罔或游盤 善曰庭闈親之所居眷戀思慕也言我思歸供養心不暇安居謂未仕者無有游盤相戒之辭也尚書曰乃盤游無度 濟曰彼居之子謂未仕之兄弟也

馨爾夕膳絜爾晨餐 善曰言相戒盡心以養也 良曰相戒馨絜其朝夕之食也

循彼南陔厥草油油 善曰草油油而從風喻已亦當柔色以承親史記微子之歌曰麥秀之漸漸禾黍之油油鄭玄禮記注曰油然物始生好貌 翰曰厥其也油油喻柔順也

彼居之子色思其柔眷戀庭闈心不遑留馨爾夕膳絜爾晨羞 善曰言承父母顏色須其柔順也論語子夏問孝子曰色難爲承順父母顏色乃爲難也羞有滋味者 向曰羞食也

有獺有獺在河之涘俟凌波赴汨于筆噬誓鲂防捕鯉 善曰禮記曰獺祭魚然後虞人入澤梁字林曰汨深水也 銑曰獺水獸捕魚以祭先也喻孝子求珍異以養也涘水涯也汨急流也噬齧捕執鲂鯉美魚名

嗷嗷五高林烏受哺于子 善曰爾雅曰純黑而反哺者烏也毛詩曰相彼反哺尚在翔禽 濟曰嗷嗷聲也言烏鳥之微亦聲鳴受哺於子

養隆敬薄惟禽之似 善曰孟子曰食而不愛豕交之愛而不敬獸畜之劉熙曰愛而不敬若人畜禽獸但愛而不能敬也言鳥亦能報恩但不知禮敬耳今人雖有供養而無禮敬禽獸何異乎 濟曰養厚敬薄者與烏相似也

昮增爾虔以介丕祉 善曰鄭玄毛詩箋云介助也毛萇詩傳曰祉福也 翰曰昮勉虔敬丕大也言勉增爾敬以助大福

白華孝子之絜白也 善曰言孝子養父母常自絜如白華無點汙也子夏序曰白華廢則廉恥缺矣 銑曰白華美廉恥也言孝子事父母亦復絜己如白華

白華朱萼被於幽薄 善曰毛詩曰萼不韡韡鄭玄曰承華者曰萼䕺生曰薄此喻兄弟比於華萼在林薄之中若孝子之在衆雜方於華萼自然鮮絜 濟曰喻孝子事父母絜白如朱萼承白花於幽薄之中而鮮絜也

粲粲門子如磨如錯 善曰毛詩曰粲粲衣服周禮曰正室謂之門子鄭玄曰正室適子將代父當門者也毛詩曰如切如瑳如琢如磨 良曰粲粲爽悟貌門子謂嫡子代父當門者如磨如錯自驚勵也

終晨三省匪惰其恪 善曰論語曾子曰吾日三省吾身爲人謀而不忠乎與朋友交而不信乎傳不習乎陳思王魏德論曰位冠萬國不惰厥恪 翰曰盡一日三度省察己之所行事非敢惰其勤恪也匪非也

白華絳趺在陵之陬子溝 善曰鄭玄毛詩箋曰跗萼足也跗與趺同陬山足也 向曰絳赤色也趺花足也陬陵角也

蒨蒨千練士子涅而不渝 善曰蒨蒨鮮明之貌論語子曰不曰白乎涅而不緇渝變也 銑曰涅染渝變也言孝子之鮮明雖染不變也

竭誠盡敬亹亹忘劬 善曰毛萇詩傳曰亹亹勉勉也 濟曰竭盡也言盡其誠敬勉勉忘其劬勞

白華玄足在丘之曲堂堂處子無營無欲 善曰論語曾子曰堂堂乎張也處子處士也應劭風俗通曰處士者隱居放言也梁鴻安丘嚴平頌曰無營無欲澹爾淵清 良曰堂堂出衆貌言孝子不得有所營欲

鮮侔晨葩莫之點辱 善曰孝經鉤命決曰名毀行廢玷辱先人 王逸楚辭注曰點汙也點與玷同古字通 良曰侔法點汙也言鮮絜法於晨葩無所汙辱

華黍時和歲豐宜黍稷也 善曰子夏序曰華黍廢則畜積缺矣 向曰華黍美

時和歲豐也黮黮徒感重雲習習善本作揖揖字和風善曰黮黮黑貌毛詩曰習習谷風毛萇曰習習和舒之貌揖與習同　銑曰言風雨以時黍華陵巔麥秀丘中善曰毛詩曰黍稷方華微子有麥秀之歌鄭玄曰高田宜黍稷下田宜稻麥　濟曰陵巔丘中各以地所宜也華秀皆茂盛也

靡田不播九穀斯豐善曰尚書曰播時百穀周禮曰三農生九穀稷黍秫稻麻大小豆大小麥也　良曰靡無也言無地不播種九穀從此豐稔也

奕奕玄霄濛濛甘霤黍發稠華禾善本作亦字挺其秀善曰鄭玄毛詩箋文曰奕奕光也玄黑也霄雲也毛萇詩傳曰濛濛雨貌凡水下流曰霤廣雅曰稠概也直留切概居致切毛詩曰實發實秀　翰曰玄霄和氣也甘霤雨也挺出也

靡田不殖九穀斯茂無高不播無下不植芒芒其稼參參所今其穡善曰芒芒多貌參參長貌種曰稼斂曰穡　向曰芒芒寬廣貌參參長盛貌

稸許六我王委充我民食善曰公羊傳曰君子之爲國也以有三年之委尚書八政一曰食　銑曰委積也言爲王之稸積以充人食

【文十九】　二十三

玉燭陽明顯猷翼翼善曰爾雅曰四氣和謂之玉燭廣雅曰翼翼明貌猷道也　濟曰言王道明盛

由庚萬物得由其道也善曰由從也庚道也言物並得從陰陽之道理而生也子夏序曰由庚廢則陰陽失其道理矣　良注同

蕩蕩夷庚物則由之善曰尚書曰王道蕩蕩毛萇詩傳曰夷常也萬物由之以生也喻王者之德羣生仰之以安也　翰曰夷平也蕩蕩平道萬物從之而生也

蠢蠢庶類王亦柔之善曰毛萇詩傳曰蠢動也國語曰夏禹能平水土以品處庶類者也孔安國尚書傳曰柔安也　向曰蠢蠢衆多也言庶物之類王者以道安之

道之既由化之既柔木以秋零草以春抽獸在于善本作在在字草魚躍順流四時遞謝八風代扇善曰萬物既由於道羣黎又安於化故草木遂性而零茂隨四時也獸在草魚躍順流言皆得其時也　銑曰言王從道而化萬物各得其所故時和八風不失節八風八方之風也

纖阿案晷星變其躔直連切五臣本作星躔其變　善曰淮南子曰纖阿月御也顏延年纂要曰景曰晷呂氏春秋曰月躔二十八宿漢書曰日月初躔星之紀音義曰躔舍也　翰曰躔星次也言星月各案其晷次不失常也

五緯善本作是字不愆善本作逆字六氣無易善曰尚書云曰雨曰暘曰燠曰風曰時五者來備各以其序庶草蕃廡左氏傳醫和謂晉侯曰天有六氣陰陽風雨晦明易改也謂不改其常行也　良曰同善注言無錯逆變易

愔愔我王紹文之跡善曰左氏傳右尹華曰祈招之愔愔杜預曰愔愔安和貌我王成王也此詩成王時也文周文王也言能繼文王之跡也　翰注同

崇丘萬物得極其高大也善曰萬物生長於高丘者皆遂其性得極其高大也子夏序曰崇丘廢則萬物不遂其性矣　向注同

瞻彼崇丘其林藹藹愛植物斯高動類斯大銑曰藹藹茂盛貌植物草木也動類禽獸也言各得所宜而高大

周風既洽王猷允泰善曰周周室也毛詩曰王猷允塞　濟曰泰通也言周室風化既洽王道信通上下

【文十九】　二十四

漫漫莫干方輿迴迴洪覆善曰淮南子曰以天爲蓋以地爲輿曾子曰天道曰員地道曰方　翰曰方輿地也洪覆天也漫漫迴迴大貌

何類不繁五臣作煩何生不茂物極其性人五臣作民字永其壽善曰易乾鑿度曰統者在上方物常在五位應時羣物遂性漢書公孫洪對策曰故形和則無疾無疾則不夭也　翰曰言生類茂盛各盡性命之壽

恢恢大圓茫茫九壤善曰老子曰天網恢恢九壤九州也左氏傳曰茫茫九土　向曰恢恢茫茫皆大也大圓天也

資生仰化于何不養人無道夭物極則長善曰資取也言取生者皆仰德而化也易曰至哉坤元萬物資生言物盡其性咸生長也莊子曰終天年而不中道夭者是智之盛也年未三十而死曰夭言無夭折之道也　銑曰言天地養萬物皆極其性而無夭殤

由儀萬物之生各得其儀也善曰言萬物之生各由其道得其所儀也毛萇詩傳曰儀宜也蒼頡篇曰宜得所也子夏詩序曰由儀廢則萬物失其道理矣　濟同善注

肅肅君子

由儀率性善曰爾雅曰肅肅敬也郭璞曰容儀謹敬也禮記曰率性之謂道　良曰君子敬其容儀以從道明明后辟仁以爲政魚游清沼鳥萃平五臣作于林善曰爾雅曰明明察也郭璞曰聰明鑒察也爾雅曰后辟君也毛詩曰依彼平林有集維鷮　翰曰后辟皆君也言明君以仁愛爲政則魚鳥各得其性濯鱗鼓翼振振其音賓寫爾誠主竭其心時之和矣何思何脩善曰賓謂羣臣也時既和平矣何所思慮何所脩治易曰天下何思何慮王弼曰一以貫之不慮而盡也莊子老聃曰至人之於德也若天之自高地之自厚夫何脩之爲　向曰遠賓皆寫其誠信明主盡心撫之文化內輯武功外悠善曰輯和也言以文化輯和於內用武德加於外遠也悠遠也　向曰言文化和內武功及外而遠也

述德

述祖德詩二首

五言　善曰陳羣謝錄曰玄字幼度領徐州牧符堅傾國大出玄爲前鋒射傷符堅臨陣殺符融封康樂公靈運述祖德詩序曰太元中王父龕定淮南負荷世業尊主隆人逮賢相徂謝君子道消拂衣蕃岳考卜東山事同樂生之時志期范蠡之舉

【文十九】二十五

謝靈運善曰沈約宋書曰謝靈運陳郡人也博覽羣書文章之美江左莫逮初辟琅邪王大司馬行參軍後爲臨川郡太守爲有司所糾徙封廣州遂令趙欽等要合鄉里健兒於三江口篡取謝要不及有司奏依法收罰詔於廣州弃市　銑曰同善注述其祖謝安謝玄之德

達人貴自我高情屬天雲善曰呂氏春秋曰陽朱貴己高誘曰輕天下而重己也天雲言高也曹植七啓曰獨馳思乎天雲之際　濟曰達人賢達之人謂祖玄也貴我謂輕物重身也言情之高屬及於天雲兼抱濟物性而不纓垢氛善曰纓繞也垢滓也氛氣也謂世事皆惡不相纓繞不離塵霧然康書曰子文三登令尹是君子思濟物之意也　良曰言兼有濟物之心不爲塵垢所纓纏段生藩魏國展季救魯人善曰魏都賦曰千乘爲之軾廬諸侯爲之止戈則干木之德自解紛也幽通賦曰木偃息以蕃魏兮展季挪下惠也劉向列女傳曰柳下惠妻誄之曰蒙恥救人德彌大兮遂謚曰惠　翰曰段干木不仕爲魏國藩屛餘同善弦高犒晉師仲連却秦軍善曰呂氏春秋曰秦將興師伐鄭賈人弦高遇之曰此必襲鄭乃矯鄭伯之命以勞之曰寡君使臣犒勞以璧膳以十二牛秦三帥對曰寡君使丙也術也視也於邊候晉之道也迷惑陷入大國之地再拜受之高誘曰晉國名也音晉今爲晉字之誤也漢書音義服虔曰以師枯槁故饋之猶食勞苦謂之勞也廣雅曰犒勞也史記曰魯仲連齊人也趙孝成王時秦使白起圍趙魏王使將軍新垣衍說趙尊秦昭王爲帝仲連責而歸之新垣衍起再拜請出秦將聞之爲卻十五里　向同善注臨組乍不緤薛對珪寧肯分善曰史記曰平原君欲封魯連連不肯受左太冲詠史詩曰臨組不肯緤對珪不肯分說文曰組綬屬也王逸楚辭注曰緤繫也據仲連文雖不見分珪之事古者封爵

【文十九】二十六

皆隨其爵之輕重而賜之珪璧執以爲端信今仲連不受齊趙之封爵明其不肯分珪也　銑同善注惠物辭所賞勵志故絕人善曰恩惠及物而不受賞言勉其志不與衆同故言絕人也孔安國尚書傳曰勵勉也　濟注同苕苕條歷千載遙遙播清塵清塵竟誰嗣明哲時經綸善曰明哲謂祖玄也楚辭曰聞赤松之清塵周易曰君子以經綸　良曰苕苕遙遙皆遠也謂高讓之德清塵遠播千載也言我祖有明智經綸之才能繼魯仲連委講綴道論改服康世屯善曰漢書曰太史公習道論於黃子左氏傳齊侯謂韓厥曰服改矣杜預曰朝戎異服周易曰屯難也　翰曰康安屯難也言玄委弃講藝與王羲之隱於會稽之山以綴道論後出爲將軍破符堅故云安世難也屯難既云康尊主隆斯民善曰莊子曰語大功立大名此朝廷之士尊主強國之人也魏志詔曰翻然改節以隆斯民　向曰謂敗符堅以尊晉主能盛於國人也中原昔喪亂喪亂豈解已善曰晉中興書曰中原亂中宗初鎮江東中原謂洛

陽也晉懷愍帝時有石勒劉聰等賊破洛陽懷帝
沒於平陽　銑曰言中夏喪亂未解散也巳止也　崩騰永
嘉末逼迫太元始　善曰王隱晉書曰懷帝即位年號永嘉孝武即位年號太元　濟曰永嘉
太元並西晉年號崩騰破壞貌逼迫言爲胡寇等奔逐也　河外無反正江介有蹙　子育
圮　平鄙反　善曰河外謂之瀰池史記曰秦王使使告楚王爲好會於西河外瀰池公羊傳曰撥亂反正莫近於春秋
楚辭曰長江介之遺風薛君韓詩章句曰介界也毛詩曰今也日蹙國百里爾雅曰圮敗覆也　良曰河外洛陽也言爲
賊所破不得反洛陽之正介間也遷於江間迫促陝小屢有毀敗也圮毀也　萬邦咸振懾橫
流賴君子　善曰懾懼也謝靈運山居賦自注曰余祖車騎建大功淮肥左右得免橫流之禍孟子曰洪水
橫流氾濫於天下　翰曰言萬國恐懼得免橫流之禍者蒙君子之力　拯溺由道情龕暴
資神理　善曰拯濟也溺沒也孟子曰天下溺則援之以道莊子曰夫道有情有信曹植武帝誄曰人事既關
聰鏡神理　向曰龕勝也言拯橫流之溺由懷道情勝暴靜亂資神妙之理　秦趙欣來蘇燕
魏遲去文軌　善曰尚書曰徯予后后來其蘇禮記曰書同文車同軌　銑曰遲待也秦趙燕魏四國言
皆欣其蘇息以待文軌同也　賢相謝世運遠圖因事止　善曰賢相即太傅也
山居賦注曰太傅既薨遠圖已輟左氏傳欒成伯曰遠圖者忠也曹大家上疏諸兄曰上指國家累世勳勞遠圖之功
濟曰太傅謝安也謝世運謂死也遠圖謂謀也深遠之謀因此而止　高揖七州外拂衣五
湖裏　善曰山居賦注曰便求解駕東歸以避君側之亂舜分天下爲十二州時晉有其七故云七州也史記太
史公曰余登姑蘇望五湖張敦吳録曰五湖者太湖之别名也周行五百餘里　良曰七州謂東晉之七州揖辭也言辭
七州之命隱於五湖湖有五道故云五湖　隨山疏濬潭傍巖藝枌梓　善曰
山居賦注曰選神麗之所申高棲之意疏開也濬深也楚人謂深水爲潭　翰曰疏鑿濬深藝種也枌榆梓木名　遺
情捨塵物貞觀丘壑美　善曰貞正也觀視也言正充丘壑之美　向曰遺其冠冕
之情是捨塵物也

勸勵　善曰勸者進善之名勵者勖己之稱
諷諫詩　善本無詩字并序四言
韋孟　善曰漢書曰韋賢魯國鄒人也其先韋孟本彭城爲楚元王傅　銑同善注
孟爲元王傅　善本有兩傅字　子夷王及孫王戊戊荒淫不
遵道作詩諷諫　善本有曰字　善曰漢書曰楚元王交字游高祖同父少弟也高祖即位交爲
楚王薨子郢客嗣是爲夷王薨子戊嗣　濟曰戊與七國同反故無謚號
肅肅我祖國自豕韋　善曰應劭曰左氏傳曰在商爲豕韋氏杜預曰國名東郡白馬縣南
有韋城　良曰肅肅敬也我祖孟祖也在殷封東郡韋城故曰豕韋氏也　黼衣朱黻四牡龍
旂　善曰杜預曰白與黑謂之黻朱黻上廣一尺下廣二尺長三尺以皮爲之古者上公服之毛詩曰朱黻斯皇又曰四
牡翼翼又曰龍旂承祀　翰曰謂封爲諸侯故得服黼黻建龍旂　彤弓斯征撫寧遐荒
善曰毛詩曰彤弓弨兮荒荒服也　向曰古者諸侯錫彤弓則得專征伐撫寧遠方　揔齊羣邦以
翼大商迭彼大彭勳績惟光　善曰應劭曰國語曰大彭豕韋爲商伯言豕韋
與大彭互爲伯於商也迭互也　銑曰言能揔齊諸侯以翼佐大殷也迭更也言更至於此其功光大也　至于
有周歷世會同　善曰周禮曰時見曰會殷覜曰同　濟曰言歷世爲諸侯預會同禮　王赧
聽譖寔絶我邦　善曰應劭曰王赧周末王聽讒受譖黜絶豕韋氏史記曰慎靚王立崩子赧王
立東西周分治王赧徙都西周　良注同　我邦既絶厥政斯逸　善曰應劭曰自絶豕韋之
後政教逸漏不由王者臣瓚曰逸放也管子曰令不行謂之放讚說是也　翰曰言絶我國之後王政放逸遂至微弱
賞罰之行非由　善本作繇　王室　善曰繇與由古字通　向曰言賞罰自諸侯出也　庶
尹羣后靡扶靡衛　善曰尚書曰庶尹允諧又曰肆覲羣后尹正也羣后天下諸侯也　銑曰
言衆正羣后無有扶衛之者　五服崩離宗周以墜　善曰應劭曰五服謂甸服侯服綏服

要服荒服論語子曰邦分崩離析詩黍離閔宗周也毛萇注
宗周鎬京也謂之西周　濟曰言崩壞離散周之宗社從此
而隊我祖斯微遷于彭城善曰漢書曰楚國有彭城縣良曰從此微弱始遷居彭城在
寻小子勤唉呼來厥生善曰方言曰唉歎辭也許其切翰曰寻小子孟自稱也歎其生之
微也陀五臣作陀此嫚慢秦耒盧會耜音似斯耕向曰因陀於秦家嫚毒之法而
耕於野悠悠嫚秦上天不寧乃眷南顧授漢于京
銑曰天不安秦而授之於漢也於烏赫有漢四方是征靡適不懷
萬國攸平　善曰言漢之所往無不歸懷故萬國所以皆平濟曰漢征四方所往必來萬國所以平也
乃命厥弟建侯于楚良曰厥弟元王也建立也謂立爲侯伯於楚　俾我小
臣惟傅是輔矜矜元王恭儉靜一善曰孔安國尚書傳曰矜矜戒愼恭
敬靜守一道也　翰曰俾使也小臣韋孟
也言元王戒愼恭儉有沈靜守一之德　惠此黎民五臣作人

文選十九　二十九

納彼輔弼享國漸世垂列於善本作于字　後善曰漸没也應劭曰即位
且三十年漸世没世也　向曰言能惠愛衆庶納用
輔佐之言列業也言已没上代乃垂業於夷王也　乃及
夷王尅奉厥次五臣作緒咨命不永惟王統祀左右陪
臣斯惟皇士善曰夷王立四年薨纂統宗祀也毛詩曰思皇多士皇士美士也　銑曰惟王謂王戊也
言夷王亦能奉其緒然命不長而至
王統祀也左右陪從之臣皆美士也　如何我王不思守保
不惟履冰以繼祖考善曰守其富貴保其社稷丁儀妻寡婦賦曰恐施厚而德薄若履冰
而臨淵毛詩曰戰戰兢兢如履薄冰　濟曰言
王不思守保統緒不爲履冰之戒以繼祖考　邦事是廢
逸游是娛犬馬悠悠是放五臣本作田獵是驅務此鳥獸
忽此稼苗烝民以匱我王以媮俞所弘匪德所
親匪俊唯囿是恢唯諛是信善曰馳騁犬馬悠悠然遠也媮與愉同樂也人

失稼穡以困乏而王反以爲樂也　良曰言王廢政事以田
獵輕忽苗稼匱乏生人以自媮樂所大所親者皆非賢德美
俊但恢大苑囿
而信讒諛焉　睮睮諂夫諤諤黃髮如何我王曾
不是察既藐邈下臣追欲縱五臣作樂逸善曰如淳曰睮睮目媚貌史記
曰不如周舍之咢咢咢與諤同睮以朱切諤諤正直貌黃髮
老人髮落更生黃也應劭曰藐遠也言疏遠忠賢之輔追情
欲縱逸遊也臣瓚曰藐陵藐也儀禮曰凡自稱於君士大夫
則曰下臣　翰曰同善注言王不察諂媚之夫中正之老也
嫚慢彼顯祖輕此削黜善曰尚書曰昭乃顯祖　向曰謂嫚先王之業無德而被削黜
也嗟嗟我王漢之睦親曾不夙夜以休令聞善曰尚書
曰九族既睦尚書曰舊有令聞　銑曰睦亦親
也令善也言王不能早起夜卧以美善聞也　穆穆天子
臨照下土善曰毛詩曰天子穆穆又曰明明上天照臨下土　濟曰穆穆明王也下土猶天下之土　明
明羣司執憲靡顧正遐由近殆其茲怙五臣本作怙茲字

文選十九　三十

善曰茲此謂此親也言欲王遠人先從近始而王怙恃漢戚
以致危殆　良曰言王不顧羣司之法正遠之道必由於近
也怙親也言危
殆親近於此也　嗟嗟我王曷不斯思匪思匪監嗣
其罔則彌彌其逸岌岌其國善曰言王不思之不鑒鏡之是令後嗣無所法　翰
則也應劭曰彌彌猶稍稍也罪過滋甚岌岌欲毀之意
曰曷何也彌彌稍益也岌岌危也言我王何不思此危殆不
自視己之事而嗣位無法則
稍益其放逸國將危亡也　致冰匪霜致墜匪嫚瞻
惟我王時靡不練善曰應劭曰易曰履霜堅冰至言非一日之寒也晉灼曰致冰無不先由
微霜致墜無不先由驕慢時是也練委也言王於上所言之
事無不委練也　向曰謂積霜成冰積慢成敗言我王亦不
受數練
前事也　興國救顛孰違悔過追思黃髮秦繆五臣作穆
以霸善曰言欲與其邦國救其顛墜誰能違於悔過乎尚書秦穆公曰詢于黃髮則罔所愆　銑曰能與一國
救顛危者誰肯違遠悔過之事追
思老人言秦穆公所以成霸業也　歲月其徂年其逮耇

苟於烏赫君子庶顯于後善曰徂往也言日月徂逝年將及老悔過自新理宜在速
爾雅曰耇老壽也歎羌昔之君子能庶幾自悔故光顯于後翰曰逮及耇老也於赫美也言歲月將邁以及於老何不美
君子之道庶光明於後代我王如何曾不斯覽黃髮不近胡不
時鑒向曰我王不覽此美不近老人何不以此時爲鑒戒

勵志詩 四言

張茂先銑曰勵勉也謂勉志以修德業

大儀斡烏括運天廻地游善曰大儀太極也以生天地謂之大成形之始謂之儀鄭
玄曰極中之道淳和未分之氣也斡轉也春秋元命苞曰天左旋地右動河圖曰地有四游冬至地上行北而西三萬里
夏至地中行南而東三萬里春秋二分是其中矣地常動移而人不知譬如閉舟而行不覺舟之運也　濟曰大儀大道
也言大道廻運使天左旋地右旋旋循轉也四氣鱗次寒暑環周善曰禮記曰四氣之

和以著萬物之理李尤辟雍賦曰積羅鱗次差池雜遝范子曰度如環無有端周廻如循環未始有極　良曰四時寒暑
如魚鱗之相次循環而無極星火既夕忽焉素秋善曰星火火星也爾雅曰秋爲白藏
故云素秋　翰曰星火流火也西方色白故曰素秋涼風振落熠以入燿羊照宵流其一
善曰月令孟秋涼風至毛詩曰熠燿宵行毛萇曰熠燿鱗也鱗螢火也　向曰振落也謂振其落葉熠燿螢也宵流謂夜
飛吉士思秋寔感物化善曰思悲也謂鴻鴈來賓雀入大水爲蛤之類毛詩曰有女懷
春吉士誘之淮南子曰春女悲秋士哀而知物化矣　銑曰吉士至秋而哀思是感物遷化也日歟善本作與
字下同月歟荏苒代謝善曰毛詩曰日居月諸淮南子曰二者代謝而蹻馳顏延年曰來者爲代
去者爲謝　濟曰夏盡秋來故曰代秋來夏退故曰謝荏苒猶漸進也言日月相推漸進至此代謝也逝者
如斯曾無日夜善曰論語曰子在川上曰逝者如斯夫不舍晝夜包曰逝往也言凡往者如川
之流也　向曰言性命之往日夜不息嗟爾庶士胡寧自舍其二善曰言逝川之流

不息日夜亦當感之以勵志何得晏然自舍哉　翰曰何寧自舍止不修德業仁道不遐德輶
由如羽求焉斯至衆鮮克舉善曰論語子曰仁遠乎哉我欲仁斯仁至矣毛
詩曰德輶如毛人鮮克舉之　向曰輶輕鮮少克能也言仁德之道其求不遠其輕如羽求之則至然衆人少能舉之
大猷玄漠將抽厥緒善曰毛詩曰秩秩大猷說文曰玄幽遠也又曰漠寂也廣雅曰漠泊
也說文曰漠無爲也言大道玄遠幽漠知之猶從小引其端緒而至於可知　銑曰猷道也言大道玄漠猶將抽其端緒
先民五臣作人有作貽我高矩其三善曰毛詩曰自古在昔先民有作　濟曰言
先聖作法度遺我爲高大之規矩雖有淑姿放心縱逸出般五臣作盤于
游居多暇日善曰孫卿子曰其爲人也多暇日者其出入不遠　良曰言有淑美之姿放心盤游
居有閑暇不脩道業如彼梓材弗勤丹漆雖勞朴斲卓終負
素質其四善曰尚書曰若作梓材既勤樸斲惟其塗丹雘　翰曰梓匠理材不勤以丹漆飾之雖勞於理削

終不成器也丹漆喻人學也養由矯矢獸號平于林蒱盧五臣作蒲盧
縈繳神感飛禽善曰淮南子曰楚有白猨王自射之則搏矢而顧使養由基射之始調弓矯矢
未發而猨抱樹號矣列子曰蒲且子之弋弱弓纖繳乘風振之連雙鶬於青雲也汲冢書曰蒲且子見雙鳧過之其不被
弋者亦下故言感也　向曰楚王游於林中猨緣木射之不中命養由射之矯矢猨抱木而號也蒲盧即蒲且也繳矯射
也蒲且射雙鳧中一而一不中者亦隨之下言皆至妙之感末伎之妙動物應心研
精耽道安有幽深其五善曰物獸與禽也尚書序曰研精覃思苔賓戲曰浮英華耽道德
銑曰末伎謂繳射也言末伎用心尚感如此況窮精樂道豈有幽深而不通焉安心恬蕩棲志
浮雲體之以質彪之以文善曰莊子曰恬淡寂寞道德之篤也淮南子曰使神
蹈蕩而不失其充苔賓戲曰仲尼抗浮雲之志說文曰彪文貌　濟曰言清其思慮棲志於浮雲之上體其質素以文德
飾其身也彪文也如彼南畝力耒既勤藨彼苗蔉古本致功必

有豐殷其六　善曰以農喻也左氏傳趙文子謂祁午曰譬如農夫是藨是蔉雖有饑饉必有豐年杜預曰藨蔉也壅苗爲蔉　良曰言農夫勤耘草壅苗則殷豐喻學者勤於道德亦致光大水積成川載瀾五臣作瀾載清土積成山歊許喬蒸鬱冥善曰荀卿子曰土積成山風雨興焉水積成川蛟龍生焉積善成德而神明自得聖心循焉尸子曰土積成岳則楩柟豫章出焉水積成川則呑舟之魚生焉夫學之積也亦有所出也傅毅顯宗頌曰蕩蕩川瀆既瀾且清張揖字詁曰歊氣上出貌　翰曰川山皆水土所成及其大也則生波濤起雲霧人能積德業至於廣大亦賢智發焉歊蒸雲霧氣貌山不讓塵川不辭盈勉志含弘以隆德聲其七　善曰管子曰海不辭水故能成其大山不辭土故能成其高士不猒學故能成其聖周易曰含弘光大蔡邕表喬碑曰于茲德聲發聞遐邇　向曰言山川不辭讓其塵盈故能高深言人亦當含弘光大以崇德聲高以下基洪由纖起善曰老子曰高必以下爲基又曰合抱之木生於毫末　銑曰言從小至大川廣自五臣作其源成人在始善曰禮記曰王者之祭川也皆先河而後海或源也或委也鄭玄曰始於一勺卒成不測也論衡曰自源發流安得不廣國語晉趙武冠見韓獻子獻子曰戒之此謂成人在始與善　濟曰川之廣大在於泉源人之成德在於初始累上微以著乃物之理善曰孫卿子曰盡小者大積微者著　良曰積微以至於著是物之通謂也纆音墨牽之長實累去千里其八　善曰凡言物之大必資於小故此言若輕於小亦累於大戰國策䟦干越謂韓相新城君曰昔王良弟子駕千里之馬過京父之弟子京父之弟子曰馬千里之馬也服千里之服也而不能取千里何也曰子纆牽長故纆牽於事萬分之一也而難千里之行今臣雖不肖於秦亦萬分之一也而相國見臣不懌者是纆牽長也千里之馬繫以長索則爲累矣人雖有容貌不修德如千里馬也　翰曰纆索也以御馬也言人體貌雖美無才學亦纆牽之累復禮終朝天下歸仁善曰論語子曰一日克己復禮天下歸仁焉　向曰言能復於禮教以終一日則天下之人皆歸於己若金受礪若泥在鈞善曰大戴禮君子曰學不可以已是故金就礪則利漢書董仲舒曰上之化下下之

從上猶泥之在鈞唯甄者之所爲如淳曰陶家作器於鈞上杜預左氏傳注曰均平也謂陶家泥輪以能成器也　銑曰金受磨礪以利泥從鈞以成器人亦因學以就其德鈞作瓦輪者進德脩業暉光日新善曰周易曰君子進德脩業欲及時也又曰君子之光其暉吉又曰日新之謂盛德　濟曰進德脩業則日新之道隰習朋仰慕予亦何人其九　善曰莊子曰管仲有病桓公往問之仲父之病病矣寡人惡乎屬國而可對曰則隰朋可其爲人也愧不若黃帝而哀不己若者朋慕管之德華言隰朋猶慕德我是何人人而不慕乎　良同善注

六臣註文選卷十九

六臣註文選卷第二十

梁昭明太子撰

唐李善并五臣註

獻詩

上責躬應詔詩表 善曰魏志曰黃初四年植朝京都上疏并獻詩二首

曹子建 翰曰植嘗與楊脩應瑒等飲酒醉走馬於司禁門文帝即位念其舊事徙封鄄城侯後求見帝責之置西館未許朝故子建獻此詩也

臣植言臣自抱釁 許覲 歸蕃刻肌刻骨 善曰植集曰植抱罪徙居京師後歸本國而魏志不載蓋魏志略也杜預左氏傳注曰釁瑕隙也賈逵國語注曰釁兆也謂罪萌兆也孝經鉤命決曰削肌刻骨挈挈勤恩 向曰釁罪也蕃鄄城也刻肌刻骨深自誡也 追思罪戾晝分 扶門 而食夜分而寢 善曰爾雅曰戾罪也韓子曰衛靈公至濮水夜分聞有鼓琴者 銑曰戾惡也晝分日中時也夜分夜半時也寢臥也 誠以天網不可重罹 離 聖恩難可再恃竊感相鼠之篇無禮遄死之義 善曰老子曰天網恢恢洞簫賦曰蒙聖主之渥恩感循思也毛詩曰相鼠有體人而無禮人而無禮胡不遄死爾雅曰遄速也市專切 濟曰罹羅相視也視鼠之有身體人甚憎之人之無禮亦如鼠矣故不如速死篇詩篇也言植感此篇之義 形影相弔五情愧赧 女簡切 善曰文子曰昔者中黃子曰色有五章人有五情說文赧面慚也 良曰弔問赧愧也五情喜怒哀樂怨也言形影相問於五情更相愧赧 以罪弃生則違古賢夕改之勸 善曰曾子曰君子朝有過夕改則與之夕有過朝改則與之 翰曰古君子朝有過而夕改今欲以罪弃生則違此義 忍垢 苟 苟全則犯詩人胡顏之譏 善曰即上胡不遄死之義也孔安國尚書傳曰胡何也毛詩曰何顏而不速死也殷仲文表曰亦胡顏之厚義出於此 向曰

一

言何顏居代也若忍垢且全其生則犯當時之譏也詩無此句今言詩者誤也 伏惟陛下德象天地恩隆父母 善曰應劭曰陛升堂之陛王者必有執兵陳於階陛之側臣與至尊不敢指斥故呼在陛者而告之因卑以達尊之意也若稱殿下閤下侍者執事皆此類也漢書曰孝文皇帝德厚侔天地尚書曰天子作民父母 銑曰德象天地言廣恩隆父母言深 施暢春風澤如時雨 善曰漢書音義曰暢通也蘇林曰化侔春風澤配甘雨風賦曰不擇貴賤高下而加焉呂氏春秋曰甘露時雨不私一物 濟曰春風養物也時雨潤物也言天子施惠潤澤通深如此 是以不別荊棘者慶雲之惠也 善曰史記曰若煙非煙若雲非雲郁郁紛紛蕭索輪囷是謂慶雲 良曰慶雲瑞雲也言慶雲蔭物不分荊棘蘭桂而覆之 七子均養者鳲鳩之仁也 善曰毛詩曰鳲鳩在桑其子七兮毛萇曰鳲鳩之養其子旦從上下暮從下上其均平如一 翰曰鳲鳩之鳥育七子朝從上向下暮從下向上言均平之道者有同於仁 舍罪責功者明君之舉也矜愚愛能者慈父之恩也是以愚臣徘徊於恩澤而不敢自棄者也前奉詔書臣等絕朝心離志絕自分黃耇 苟 永無執珪之望 善曰孔安國尚書傳曰矜憐也論衡曰父母之於子恩等豈為貴賢加意賤愚不察乎左氏傳曰士貞伯曰鄭伯其死乎自棄也已分謂甘懨也毛詩序曰尊事黃耇耇者古之諸侯所執周禮曰上公之禮執桓圭諸侯之禮執信圭史記陳軫曰越人莊舃仕楚執珪 向曰先有詔不許蕃王朝故云絕朝若老也言至老無執珪朝會之望 不圖聖詔猥垂齒召至止之日馳心輦轂 善曰猥猶曲也尚書曰降霍叔于庶人三年不齒孔安國曰三年之後乃齒錄之毛詩曰至止肅肅胡廣漢官解詁注曰轂下喻在輦轂之下京城之中 銑曰不圖不意也言不意聖詔曲垂齒召至止住之日馳心於輦轂之下不敢指斥故託輦轂以言之 僻處西館未奉闕庭 善曰東京賦曰闕庭神麗 踊躍之懷瞻望反側 善曰毛詩曰踊躍用兵又曰瞻望不及又曰輾轉反側 不勝

文選二十　二

犬馬戀主之情善曰史記丞相翟青曰臣不勝犬馬之心謹拜表幷獻詩
二篇五臣作首字詞旨淺末不足采覽貴露下情冒顏
以聞臣植誠惶誠恐頓首頓首死罪死罪善曰漢書音義
張晏曰人臣上書當昧犯死罪而言也　濟曰貴呈露其情

責躬詩四言

於烏穆顯考時惟武皇善曰毛詩曰於穆清廟禮記曰王立七廟曰顯考廟毛詩
曰時惟鷹揚武皇謂曹操也　良曰於穆美也明考即武皇也植是子故云明考受命于天寧
濟四方善曰毛詩序曰文王受命作周也鄭玄曰受天命而王天下也傅毅明帝頌表曰體天統物寧濟烝
民　翰曰受命謂受天子之命寧安也朱旗所拂九土披攘姉羊反　善曰李陵與蘇
武書曰雷鼓動天朱旗翳日登徒子好色賦曰周覽九土漢火德操爲漢臣故建朱旗也時獻帝在故　向曰朱旗漢旗
操輔漢故建之九土九州之士也披攘猶披靡也玄化滂流荒服來王善曰廣雅曰玄
道也謂道德之化也蔡邕陳留太守頌曰玄化洽矣尚書曰四夷來王　銑曰言玄遠之化滂沱而流荒遠之服皆來歸
化超商越周與唐比蹤篤生我皇奕世載聰善曰
商周用師故云超越唐虞禪讓故云比蹤我皇文帝也毛詩曰篤生武王國語祭公謀父曰奕世載德　濟曰超越殷周
與唐虞比蹤也篤生謂稟淳厚之德而生言武皇既聰而文帝又聰故云載聰武則肅烈文則
時雍受禪于漢君臨萬邦善曰毛詩曰相土烈烈毛萇曰相土契孫也鄭玄曰
威武之盛烈烈然也尚書曰黎民於變時雍孔安國曰雍和也三都賦序曰魏以交禪比唐虞尚書曰君臨周邦又曰協
和萬邦　良曰武定禍亂文經天地肅烈威猛也時雍時和也謂受漢禪位爲人君以臨萬國萬邦既化
率由舊則廣命懿親以藩王國善曰毛詩曰不愆不忘率由舊章鄭玄曰
率循也爾雅曰命告也尊君令謂之命左氏傳富辰諫王曰昔周公封建親戚以蕃屛周不廢懿親也毛詩曰生此王國

翰曰言脩舊法命懿親以爲王國藩屛帝曰爾侯君茲青土奄有海濱
方周于魯善曰魏志曰建安十九年植封臨淄侯臨淄屬齊郡屬青州之境尚書帝曰爾誥漢書封齊王
曰受茲青土毛詩曰奄有龜蒙毛萇曰奄大也尚書曰青州海濱廣斥孔安國曰濱涯也論語注曰方比方也毛詩曰建
爾元子俾侯于魯　向曰奄同也謂同有海濱之地亦猶周公封伯禽於魯也車服有輝旗章
有敘善曰尚書曰車服以庸國語曰爲車服旗章以旌之毛詩曰庭燎有煇禮記曰以爲旗章以別貴賤鄭玄
曰章幟也應劭漢官典職楊喬曰威儀有序　翰曰言車服旗章各有秩敘濟濟上聲俊乂我
弼我輔伊余五臣本作爾小子恃寵驕盈舉掛善本作桂時
網動亂國經作藩作屛上先軌是隳許規善本作墮傲
我皇使犯我朝儀善曰毛詩曰濟濟多士尚書曰儁乂在官尚書大傳曰天子有四鄰左輔
右弼毛詩曰閔予小子班固漢書景十三王述曰膠東不亮常山驕盈家語曰孔子曰治天下國家有九經其所以行者
一也孔安國尚書傳曰隳廢也魏志曰黃初二年植就國使者灌均希旨奏植醉酒勃逆劫脅使者有司請治罪帝以太
后故貶爵安鄉侯　濟曰謂廢先帝之軌則也皇使謂監國使灌均也奏植醉酒劫脅使者謂傲使犯朝儀也國
有典刑我削我黜將寘于理元凶是率善曰植集曰博士等
議可削爵土免爲庶人尚書曰象以典刑韋孟諷諫詩曰輕此削黜魏志曰有司請罰植罪廣雅曰將欲也周易曰寘于
叢棘毛萇詩傳曰寘致也司馬遷書曰遂下于理鄭玄禮記注曰理治獄之官儀禮曰率導也　良曰削黜謂黜其爵土
將寘于理殺我於大理推罪爲元凶之率明明天子時惟篤類善曰魏志詔云植朕之同
母弟骨肉之親舛而不殊其改封植毛詩曰明明天子令聞不已又曰孝子不匱永錫爾類鄭玄曰長以與汝之族類也
翰曰唯思篤厚也類謂兄弟也言我順天子思厚兄弟不忍我刑暴之朝肆違
彼執憲哀予小子善本作臣字　善曰殺人陳其尸曰肆論語子服景伯曰吾力猶能肆諸
市朝杜預左氏傳注曰肆市列也韋孟諷諫詩曰明明羣司執憲靡顧楊雄交州箴曰牧臣司交敢告執憲儀禮曰小臣

正辭　向曰言天子不忍刑我暴
尸於朝市故違執法者哀矜我也改封兖邑于河之濱
善曰魏志曰帝以太后故貶爵安鄉侯又曰黃初二年改封
鄄城屬東郡舊兖州之境尚書曰濟河惟兖州植表曰行至
延津受安鄉印綬　銑曰植改封鄄城侯
鄄城舊兖州之境近濟河故曰于河之濱股肱弗置有
君無臣荒淫之闕誰弼余身煢煢僕夫于彼冀
方善曰尚書大傳曰股肱惟臣韋孟諷諫詩序曰王戊荒淫
不遵道作諷諫詩植集曰詔云知到延津遂復來求出獵
表曰臣自招罪釁徙居京師待罪南宮然植雖封安鄉侯猶
住冀州也時魏都於鄴鄴冀州之境也一云時魏以雒爲京
師此言之冀方也大戴禮曰驪駒在門僕夫具存毛萇詩傳
曰于往也尚書五子之歌曰惟彼陶唐有此冀方　濟曰煢
煢獨也僕夫御者冀方冀
州也時魏都鄴冀州境也嗟予小子乃罹斯殃赫赫
天子恩不遺物冠去我玄冕要平我朱紱善曰謂
至京師
蒙恩得還也植求習業表曰雖免大誅得歸本國毛詩曰赫
赫在上周易曰曲成萬物而不遺周禮曰王之五冕皆玄冕
朱裏毛詩曰朱芾斯皇芾與紱同禮記曰諸侯佩山玄玉而
朱組綬蒼頡篇曰紱綬也　良曰恩不遺物謂蒙恩得還玄
冕朱紱諸
侯之儀服光光大使我榮我華剖符授玉善本
作土王爵
是加善曰揚雄侍中箴曰光光常伯儵儵貂璫文子曰有榮
華必有愁悴魏志曰黃初三年立爲鄄城王四年封雍
丘王喻巴蜀檄曰剖符而封析珪而爵　翰
曰謂尋有徙封鄄城王也故云剖符授玉仰齒金璽從
俯執聖策皇恩過隆祗承怵惕善曰左氏傳羽人曰
寡人若朝于薛不敢
與諸任齒杜預曰齒列也漢書曰諸侯王皆金璽史記曰高
祖封三王皆以策書西京賦曰皇恩溥尚書曰祗承于帝又
曰怵惕惟厲
曰怵惕戒懼也　向咨五臣本作啓我小子頑凶是嬰逝慙
陵墓存愧闕庭匪敢傲德寔恩是恃威靈改加
足以没齒善曰說文曰嬰繞也班固漢書述曰震我威靈
五世來服四子講德論曰聖德隆盛威靈外覆
論語子曰管仲奪伯氏駢邑没齒無怨言孔安國曰齒年也
向曰逝死也慙先帝陵墓存愧闕庭傲德言不敢愧也没盡

齒年
也昊天罔極生命不圖善曰言生之夭壽不可預謀
也毛詩曰欲報之德昊天罔
極家語孔子曰分於道謂之命毛詩傳曰不顧不圖也　銑
曰昊天罔極盡也言報德之心如天之大亦無盡況生命何
足圖
也常懼顛沛貝抱罪黃壚音盧善曰論語曰顛
沛必於是馬融曰顛沛
偃仆也淮南子曰上際九天下契黃壚高誘曰泉下有壚山
銑曰顛沛猶死也常恐不能酬德抱罪於墳墓中黃壚墳墓
也願蒙矢石建旗東嶽庶立毫氂微功自贖善
曰
左氏傳曰荀偃親受矢石東嶽鎮吴之境子建詩曰我心常
怫鬱思欲赴太山與此義同漢書音義曰十毫爲氂班超上
疏曰冀立微功以自陳効　濟曰願蒙使當
矢石建旗東嶽以鎮吴立微功自贖往罪危軀授命知
足免戾歷結反　善曰論語子曰見危授命亦可以爲成
人矣左氏傳太史克曰庶幾免於戾乎　良曰言
危軀授命知足
立功以免罪也甘赴江湘奮戈吴越天啓其衷得
會京畿善曰左氏傳呂相曰天誘其衷杜預曰衷中
也　翰曰天子開中心眷我故得會於京畿遲去
奉聖顏如渴如飢善曰遲猶思也張奂與許季師書曰
不面之闊悠悠曠久飢渴之念豈當
有忘毛詩曰憂心烈烈載飢載渴
向曰遲待也言侍奉聖顏如飢渴也心之云慕愴矣其
悲天高聽卑皇肯照微善曰史記子韋謂宋景公曰
天高聽卑爾雅曰皇君也又
曰肯可也班固說東平王蒼曰願降照微之明信日昃之聽
銑曰言心遲慕於君也天之高所聽若卑何暇明我微誠也
皇暇照
明也

應詔詩

四言　翰曰言應詔命而來
於道路所見對詔而作也

肅承明詔應會皇都星陳夙駕秣馬脂車善曰
爾雅
曰肅敬也東都賦曰下明詔又曰春王三朝會同漢京曾朝
會也毛詩曰星言夙駕又曰言秣其馬又曰既脂爾車　銑
曰應命也詩曰星言夙
駕秣飼也脂車脂轄也命彼掌徒肅我征旅善曰鄭玄
禮記注曰
肅戒也　向曰
掌徒掌徒御也朝發鸞臺夕宿蘭渚善曰鸞臺蘭渚
以美言之漢宮

闕名曰長安有鳷鵲殿公孫乘月賦曰鶤雞舞於蘭渚　向曰鸞臺蘭渚並路邊地美言之也芒芒原隰
祁祁士女善本作女上　善曰毛詩曰宅殷土芒芒又曰采蘩祁祁經彼公田樂
我稷黍善曰毛詩曰雨我公田又曰我黍與與我稷翼翼良曰芒芒廣也祁祁衆也公田天子之田也樂謂樂其繁盛爰有樛居幽木重陰匪息雖有糇糧飢不遑
食善曰毛詩曰爰有寒泉又曰南有樛木又曰南有喬木不可休息又毛詩曰乃裹糇糧毛萇曰糇糧食也音侯吳越記采葛婦人詩曰飢不遑食四體疲　濟曰雖有高林木重陰不暇息也雖有糇糧飢不暇食謂趣君命望城
不過面邑不游善曰鄭玄周禮注曰面猶向也僕夫警策平路是
由玄駟藹藹愛揚鑣游苗漂沫音昧叶韻　善曰舞賦曰僕夫正策鄭玄周禮注曰警勑戒之廣雅曰藹藹盛也舞賦曰龍驤橫舉揚鑣飛沫銑曰由從也藹藹壯盛貌鑣馬銜也漂沫謂行急馬口中沫出也
流風翼衡輕雲承蓋善曰甘泉賦曰風𩙪𩙪而扶轄楚辭曰雲霏霏而承

文二十　七

宇　向曰翼扶也衡車轅也
涉澗之濱緣山之隈善曰孔安國尚書傳曰濱涯也說文曰隈曲也
遵彼河滸虎黃坂是階善曰毛詩曰在河之滸毛萇曰水崖曰滸爾雅曰階因也　向曰滸涯也黃坂坂名
西濟關谷或降或升騑霏驂倦路
載寑載興善曰陸機洛陽記曰洛陽有西關南伊闕谷即大谷也韓詩曰兩驂鴈行薛君曰兩驂左右騑驂　毛詩曰言念君子載寑載興　向曰載寑載興言疲也
將朝聖皇匪敢晏寧弭
節長騖務指日遄船征善曰楚辭曰吾令羲和弭節兮司馬彪上林賦注曰弭節安志也　蔡琰詩曰遄征日遐邁毛萇詩傳曰遄疾也　濟曰騖走遄速也前驅舉燧後乘抗旌善曰毛詩曰伯也執殳為王前驅　西京賦曰升觴舉燧薛綜曰燧火也漢書終軍曰驃騎抗旌昆邪右衽周禮析羽為旌
濟曰舉燧謂執火夜行也輪不輟運鑾無廢聲爰暨帝室稅此
西墉善曰毛詩曰鑾聲鏘鏘鄭玄周禮注曰鑾在衡以金為鈴也毛詩曰邵伯所稅毛萇曰稅猶舍也又曰墉

城也　濟曰暨至稅舍也西墉西館也嘉詔未賜朝覲莫從仰瞻城閾
俯惟闕庭長懷永慕憂心如酲音呈　善曰毛萇詩傳曰覲見也說文曰閾門梱也楚辭曰情慨慨而長懷毛詩曰憂心如酲誰秉國成　良曰嘉詔未賜謂未召時也不得預朝禮也酲酒病也言懷慕君王憂心如病酒也

關中詩

四言　善曰岳上詩表曰詔臣作關中詩輒奉詔竭愚作詩一篇案漢記孝明時護羌校尉竇林上降羌顛岸以為羌豪岸兄顛吾復降問事狀林對前後兩屈坐誣調下獄死齊萬年編戶隸屬為日久矣而死生異辭必有詭謬故引諡喻以懲不恪也

潘安仁翰曰晉惠帝元康六年氐賊齊萬年與楊茂於關中反亂人多疲敝既定帝命諸臣作關中詩

於烏皇時五臣本作乃晉受命既固善曰毛詩曰於皇時周又曰天立厥配受

文二十　八

命既固鄭玄曰受天命以王天下也　銑曰言受天命已堅固也三祖在天聖皇紹祚
善曰臧榮緒晉書曰宣帝追號曰高祖文帝號曰太祖武帝號曰世祖聖皇惠帝也毛詩曰三后在天王配于京爾雅曰紹繼也　向曰三祖宣帝號高祖文帝號太祖武帝號世祖在天謂列宗廟也聖皇惠帝也祚福也言繼其國福德
博化光刑簡枉錯七故反　善曰周易曰善世而不伐德博而化又曰後得主而有常含萬物而化光尚書曰五辭簡孚正于五刑潛夫論曰簡刑薄威此德之上論語曰舉直錯諸枉　濟曰錯投也言德化光大刑法簡要枉曲者必投弃之微火不戒延我寶庫其二善曰王隱晉書曰惠帝元康五年十月武庫火焚累代之寶　良曰寶庫武庫也惠帝延康五年武庫火戒慎也蠢爾戎狄狡古卯
焉思肆善曰毛詩曰蠢爾蠻荊傳暢諸公讚曰北地盧水胡馬蘭羌因此為亂推齊萬年為主左氏傳申公巫臣曰夫狡焉思啓其封疆賈逵國語注曰肆恣也謂思恣凶逆也　翰曰蠢動也戎狄謂北地胡馬蘭羌推氐賊齊萬年為盟主而作亂也狡亂肆縱也
虔我國眚所幸窺我利器善曰左氏傳荀子曰

孰以我爲虞杜預曰虞度也孔安國尚書傳曰眚過也老子曰國之利器不可以示人國語曰利其器用韋昭曰器兵甲銑曰虞度也言氐賊度我武庫之災竊我機變也**嶽**善本作岳字**牧慮殊威懷理二**善曰尚書曰內有百揆四岳外有州牧侯伯左氏傳魏絳曰戎狄事晉諸侯威懷又曰晉郤缺言於趙宣子曰叛而不討何以示威服而不柔何以示懷非威非懷何以示德無德何以主盟　向曰嶽牧謂梁王解系也慮殊謂梁王欲戰以威服解系欲守以懷撫故云理二**將無專策兵不素肆**音異其二　善曰賈逵國語注曰素預也又曰肆習也　濟曰將無專策戰守不定言兵素不練習**翹翹趙王請徙三萬**善曰傅暢晉諸公讚曰司馬倫字子彝咸熙中封趙王遷征西假節都督雍梁晉諸軍事倫誅羌大酋數十人胡遂反朝議召倫還朱鳳晉書曰宣帝柏夫人生趙王倫位至相國倫請三萬人往平齊萬年朝議不許司馬相如美人賦曰恒翹翹而西顧賈逵國語注曰逞快也　良曰翹翹出羣皃趙王名倫請兵三萬往平氐羌朝議**朝議惟疑未逞斯願**疑不遣故此願不逞**桓桓梁征高牙乃建**善曰于寶晉紀曰梁

文二十　九

王肜爲征西大將軍西討氐尚書曰勗哉夫子尚桓桓牙牙旗也兵書曰牙旗將軍之旗　翰曰桓桓武貌牙大旗也建立也**旗蓋相望偏師作援**音院其三　善曰漢書曰冠蓋相望左氏傳韓獻子曰以偏師陷罪孰大焉又曰要結大援援助也　銑曰以偏師爲梁王援者旗蓋相望於路**虎視眈眈**都南**威彼好畤**音止　善曰于寶晉紀曰肜爲大都督督關中諸軍屯好畤易曰虎視眈眈其欲逐逐　濟曰眈眈深視貌好畤地名梁王出兵屯兵此地**素甲日耀玄幕雲起**善曰楚漢春秋趙中大夫曰臣聞越王句踐素甲三千曹植辯問曰赫然而日曜之漢書五行志曰雲起於山中　良曰素甲明光甲也玄幕軍幕也**誰其繼之夏侯卿士**善曰王隱晉書曰胡閻涇陽遣安西將軍夏侯駿西討氐羌左氏傳曰子產爲政輿人誦之子產若死誰其嗣之又曰楚伐吳子魚先死楚師繼之　良曰夏侯駿從梁王後領兵西討氐羌**惟系**苦計**惟處列營棊**其**跱**音雉其四　善曰王隱晉書曰解系字少連濟南人爲雍州刺史又曰周處字子隱吳興人朝廷以處忠烈欲遣討氐乃拜建威將軍謝承後漢書曰西

夷蠢動蘞雄棊跱　向曰跱立也言營壘如棊之跱立**夫豈無謀戎士承平**善曰漢書師丹曰今累世承平　銑曰言豈無謀策但以士卒承平不經練習故敗也**守有亏郛**孚**戰無全兵**善曰孫子兵法曰凡用師以全兵爲上　翰曰亏全郛城也守者且全其城戰者盡爲賊敗無全也**鋒交卒**子忽**奔孰免孟明**善曰杜篤衆瑞頌曰猛將與虜交鋒左氏傳曰楚師車馳卒奔又曰子墨衰絰敗秦師于殽獲百里孟明視西乞術白乙丙以歸　向曰言鋒刃始交士卒奔北軍將誰免孟明之敗者孟明視秦將胥爲晉所敗以爲喻也**飛檄**刑少**秦郊告敗上京**其五　善曰王隱晉書曰周處解系與賊戰于六陌軍敗漢書高祖曰吾以羽檄徵天下兵應劭曰以雞毛系檄魏武奏事云邊有警輒露檄插羽以檄急之意也左氏傳曰王師敗績于茅戎又曰王人來告敗邊讓章華臺賦曰聲肅恭乎上京　濟曰檄軍書插羽於上以檄兵取其象鳥飛之疾也告敗上京請兵救也**周徇師令身膏氐**低**斧**善曰周處別傳曰氐賊齊萬年爲亂處仰天歎曰古者將受命鑿凶門以出蓋有進無退我爲大臣以身殉國不亦可乎遂戰

文二十　十

死賊禁絕晉書曰氐西戎別名　良曰屈身從物曰徇師令軍令也周處與賊戰不勝遂戰死是從軍令也爲氐所殺故云身膏氐斧也膏潤也**人之云亡貞節克舉**善曰毛詩曰人之云亡邦國殄瘁楚辭曰原生受命于貞節　翰曰周處身雖云亡貞固之節能揚舉於代**盧播違命投畀**必至**朔土**善曰孫盛晉陽秋曰振威盧播伐萬年王隱晉書曰盧播詐論功免爲庶人徙北平廣雅曰違背也毛詩曰投畀有北爾雅曰朔北方也　向曰盧播偏將伐萬年詐論功免爲庶人徙北平北平在北故云朔土畀與也**爲法受惡誰謂荼苦**其六　善曰左氏傳孔子曰趙宣子爲法受惡毛詩曰誰謂荼苦其甘如薺　銑曰言播爲矯詐之法以受惡甘心從之不以爲苦**哀此黎元無罪無辜肝腦塗地白骨交衢**善曰孝經鉤命決曰天有顧眄之義受圖于黎元孔安國尚書傳曰黎衆也高誘戰國策注曰元元善也毛詩曰無罪無辜讒口嗸嗸檄蜀文曰肝腦塗中原漢書曰一敗塗地古出夏北門行曰白骨不覆疫癘流行魏許昌碑表曰白骨旣交輝於曠野　濟曰哀憐此衆人無罪爲氐賊所殺白骨交於衢路**夫行妻**

寡父出子孤俾我晉民五臣本作人化爲狄俘音孚其七善
曰鄭玄孝經注曰五十無夫曰寡禮記曰少而無父謂之孤
詩曰覆俾我悖賈逵國語注曰伐國取人曰俘良曰俾使
也言使我晉人皆爲戎狄所俘虜也亂離斯瘼莫日月其稔善曰言亂離之道於
此將散論其日月爲惡又孰言必亡也韓詩曰亂離斯莫爰
其適歸薛君曰莫散也毛詩曰亂離瘼矣毛萇曰瘼病也今
此既引韓詩宜爲莫字左氏傳曰周毛得殺毛伯過萇弘曰
毛得必亡是昆吾稔之日也杜預曰稔熟也　翰曰瘼病稔
熟也言亂離爲病既久日月已經一熟矣天子是矜旰食晏寢善曰孔安國尚書傳曰矜
憐也左氏傳伍奢曰楚君大夫其旰食乎杜預曰旰晏也旰
古旦切　銑曰矜憐旰晚也天子憐衆人遭禍故晚寢旰食
主憂臣勞孰不祗懍力錦切　善曰史記范睢曰臣聞主憂臣辱主辱臣死周書曰君憂
臣勞主辱臣死孔安國尚書傳曰懍危也愧無獻納尸素以甚其八善曰兩都賦序曰
朝夕獻納薛君韓詩章句曰何謂素飡素飡者質人但有質
朴而無治民之材名曰素飡尸祿者頗有所知善惡不言默

文二十　十二

然不語苟欲得祿而已譬若尸焉　向曰孰誰也言天子
既憂誰不敬懼愧無謀策獻納於君但尸祿素飡而已皇
赫斯怒爰整精銳善曰毛詩曰王赫斯怒爰整其旅戰國策季良謂魏王曰恃兵之精銳而
欲攻邯鄲也　濟曰謂天子發怒整精銳之卒將討之也命彼上谷指日遄逝善曰王隱
晉書曰孟觀字叔時稍遷至積弩將軍封上谷郡公及關中
氐反諸將敗退乃遣觀也曹植應劭詩曰指日遄征　良曰
時天子見諸將敗乃拜觀爲建威將軍令速往擊氐羌也親五臣本作新奉成規稜五臣本作精
威遐厲善曰孫資別傳曰成規之畫資皆管之漢書武帝與李廣書曰威稜憺乎鄰國王逸楚詞注曰厲烈
也廣雅曰厲惡也　翰曰成規謂受天子策規也威稜遐遠厲激也首陷中亭揚聲萬計
其九兵固詭道先聲後實善曰孫盛晉陽秋曰孟觀爲建威將軍擊氐羌于中亭大
破之陷猶敗也萬計謂所誅之數羽獵賦曰仗鏌邪而羅者
以萬計言觀揚聲合於詭道也司馬兵法曰兵者詭道故能
而示之不能漢書廣武君謂韓信曰兵固有先聲後實　銑
曰中亭地名孟觀首陷氐羌於此地揚聲稱斬獲萬計此乃

兵家譎詭之道故先爲聲援後當稱其實也聞之有司以萬爲一善曰言有司疑觀之
詐故觀言誅萬有司以之爲一　濟曰孟觀其誅萬而有司以爲一也紂之不善我未之
必善曰以紂喻觀也言觀雖妄聲而同紂之不善我未以爲
必然疑有司抑之太甚也論語子貢曰紂之不善不如是
之甚也　良曰人稱紂之不善者亦大甚我未必信之虛皛胡皎湳奴感德繆彰甲
吉其十　善曰說文曰皛顯也蒼頡篇曰皛明也孔安國尚
書傳曰彰明也湳甲二羌號也德吉其名也言以虛明誅
二羌之功此觀之過也東觀漢記曰金城隴西卑湳勒姐種
羌反出塞外說文曰湳水出西河美稷縣故羌人因水爲姓
漢沖帝時羌湳狐奴歸化是其先也左氏傳曰晉人滅赤狄
甲氏杜預注曰甲氏赤狄別種　翰曰湳德甲吉氐羌帥也
言孟觀虛明此二人有功也雍門不啓陳汧牽危偪善曰漢書左扶風有雍縣陳倉
縣汧縣左氏傳曰申息之北門不啓　銑曰雍雍縣陳陳倉汧汧城也危偪賊所圍也觀遂虎奮感
恩輸力善曰王隱晉書曰孟觀身當大敵功蓋一時左氏傳欒盈曰昔陪臣輸力於王室　濟曰觀孟觀也

文二十　十二

遂如虎之奮擊感天子之恩輸力而擊之重圍克解蟹危城載色五臣本作邑　善曰
晉中興書曰觀從中亭北出何輝領二萬人以繼之雍圍解
班固耿恭守疏勒城賦曰日兮月兮阨重圍毛詩曰載色載
笑毛萇曰色温潤也　向曰圍賊圍汧城也孟觀擊散危城得載安也邑安也豈曰無過功亦
不測其十一　善曰過謂虛皛湳德功謂重圍克解毛詩曰豈曰無衣黃石公記序曰慮若源泉深不可測
翰曰觀雖有虛稱之過至解陳汧之功亦爲不測情固萬端于何不有紛紜
齊萬亦孔之醜善曰范曄後漢書鄧禹曰變故萬端西京賦曰林麓之饒于何不有謂齊萬年
也王隱晉書曰初夏侯駿上言斬氐帥齊萬年及孟觀至大
戰數十生送萬年　紛紜亂皃長揚賦曰紛紜沸渭毛詩曰日
有食之亦孔之醜　銑曰言人情萬端何種不有此齊萬年之徒亦甚爲醜惡之行曰納其降曰
梟澆其首善曰二若皆語辭也觀曰納降駿曰梟首漢書音義曰納首於木上曰梟　向曰觀稱納賊之
降夏侯駿稱梟賊首曰辭也疇真可掩孰僞五臣本作爲可久其十二善曰言

誰爲眞事而可蔽掩誰行僞事而可久施乎言眞僞之理立見可明爾雅曰疇孰誰也楚辭曰孰虛僞之可長　濟曰疇誰也孟觀功眞不可掩夏侯駿功僞亦不可久

既徵爾辭既蔽爾訟音松叶韻　善曰謂有司考驗之也左氏傳子犯曰明徵其辭周禮曰司寇斷獄蔽訟則以五刑之法鄭司農曰蔽斷其獄訟　翰曰徵驗蔽斷也言驗辭以斷觀駿之爭訟也

當乃明實否則證空善曰其言當者明示以事實其理否者顯告之狀空鄭玄毛詩箋曰否不通也說文曰證告也

好爵既靡五臣本作自　靡音眉　**顯戮亦從**善曰言賞罰之法在乎功過當者既靡之以好爵否者亦從之以顯戮周易曰我有好爵吾與爾靡之尚書王曰不迪有顯戮　銑曰靡繫也有功者繫以好爵虛妄者加以明戮

不見竇林伏尸漢邦其十三　善曰此喻駿也東觀漢記曰護羌竇林奉使羌顛岸降詣林林言其第一豪問事狀林對前後兩屈林以誣調詣獄上不忍誅免官後涼州刺史奏林贓罪復收繫羽林監遂死獄中　濟曰漢校尉竇林討氐羌妄賞爵祿漢主責之遂見殺言以此戒也

周人之詩寔曰采薇微　**北難獫**險　**狁**允　**西患昆夷**善曰毛詩序曰采薇遣戍役也文王西有昆夷之患北有獫狁之難鄭玄曰昆夷西戎也獫狁今匈奴也晉灼曰堯曰葷粥周曰獫狁秦曰匈奴舊說疏曰黃帝曰葷粥唐舜曰鑾夏殷曰鬼方周曰匈奴秦曰胡　良曰文王之時西有昆夷之患北有獫狁之難故作采薇之詩以遣征役

以古況今何足曜威徒愍斯民我心傷悲其十四　善曰言古弱而患今彊而勝之抑亦常理何足以曜威乎西都賦曰曜威而講武事不足曜威而爲詩者爲愍斯民故言之也毛詩曰王事靡盬我心傷悲　翰曰言小患不足曜我國家威武但愍人之苦使我心傷悲

斯民如何荼毒于秦師旅既加饑饉是因善曰毛詩曰生民如何尚書曰不忍荼毒孔安國曰荼毒苦也論語子曰加之以師旅因之以饑饉　銑曰荼毒苦也言秦人因師旅之苦而加饑饉

疫癘淫行荆棘成榛仕巾反　善曰元康七年正月周處死七月雍州疫大旱關中饑米斛萬錢詔骨肉相賣者不禁鄭玄周禮注曰癘疫氣不和之疾也古出夏北門行曰疫癘淫行老子曰師之所處荆棘生焉　向曰癘病淫久也言疫病久行人庶喪亡荆棘荒穢而成榛也

絳陽之粟浮于渭濱其十五　善曰謂運絳陽之粟以賑關中也漢書河東郡有絳縣酈善長水經注曰絳則絳陽也蓋在絳會之陽左氏傳重耳曰余從狄君以田渭濱　濟曰絳陽絳縣也秦人饑運絳縣之粟於渭水以濟秦人

明明天子視民五臣本作人　**如傷**善曰毛詩曰明明天子令問不已左氏傳逢滑曰國人之興也視民如傷　良曰言天子視人如傷於己

申命羣司保爾封疆靡暴于眾無凌于彊善曰誡羣司言無以眾而暴寡無以強而陵弱韓子曰其理國也使強不陵弱眾不暴寡蒼頡篇曰陵侵也　翰曰申命有司命保守封疆無以眾而行暴無以彊而凌人

惴惴寡弱如熙春陽其十六　善曰謂關中民也羣司既整寡弱免於陵暴心皆慕義如悅春陽毛詩曰惴惴其慄毛萇曰惴惴懼也韓子曰其理國也使強不陵弱眾不暴寡爾雅曰熙興也說文曰興悅也神農本草曰春爲陽陽溫生萬物惴惴或煦嘘也　銑曰熙猶煦也言危懼寡弱之人被天子之惠如草木之煦於春陽

公讌

公讌詩　五言

曹子建　善曰贈荅雜詩子建在仲宣之後而此在前疑誤　濟曰公讌者臣下在公家侍讌也此讌在鄴宮與兄丕讌飲

公子敬愛客終宴不知疲善曰公子謂文帝時武帝在謂五官中郎也　良曰時武帝在故稱丕爲公子

清夜游西園飛蓋相追隨明月澄清景列宿正參差善曰字書曰澄湛也說文曰景光也楚辭曰宣遊兮列宿

秋蘭被長坂朱華冒綠池潛魚躍清波好鳥鳴高枝神飈必遙　**接丹轂輕輦隨風移**善曰朱華芙蓉也毛萇詩傳曰冒覆也解嘲曰客徒欲朱丹吾轂　翰曰魚鳥自喻也清波高枝喻公子也謂得躍於公子側也飈疾風也言其疾如神以接丹轂謂朱飾

也飄飄放志意千秋長若斯善曰古詩曰蕩滌放情志戰國策曰舉首爲張儀千秋之祝

公讌詩五言

王仲宣銑曰此侍曹操讌時操未爲天子故云公讌

昊天降豐澤百卉挺葳蕤善曰爾雅曰夏爲昊天毛詩曰百卉具腓字林曰卉草揔名也楚辭曰上葳蕤以防露王逸注曰葳蕤草木初生貌向曰豐澤時雨也涼風撤五臣本作徹蒸暑清雲却炎暉高會君子堂並坐蔭華榱音衰善曰孔安國論語注曰撤去也蒸熱氣也南方爲火而主夏火性炎上故謂夏日爲炎暉也漢書曰漢王置酒高會毛詩曰既見君子並坐鼓瑟上林賦曰華榱璧璫良曰君子曹操也華榱屋也嘉肴充圓方旨酒盈金罍善曰毛詩曰嘉殽脾臄南都賦曰珍羞琅玕充溢圓方毛詩曰旨酒思柔又曰我姑酌彼金罍濟曰嘉美也肉叶骨曰殽充滿也圓方謂豆俎也旨美也罍罇屬管絃發徵音曲度清且悲善曰孔安國尚書傳曰徽美也合坐同所樂但愬音素善曰愬與訴同翰曰愬告也杯行遲常聞詩人語不醉且無歸善曰毛詩曰厭厭夜飲不醉無歸翰同善注今日不極歡含情欲待誰善曰漢書曰田蚡卒飲極驩而去含情謂含其驩情而不暢之也古樂府歌曰今日尚不樂當復待何時見眷良不翅守分豈能違善曰言上見恩遇不翅過於本望已守常分豈敢違越乎言不敢也家語子曰愛人之謂德教何翅惠哉不翅猶過多也翅升豉切論語摘衰聖承進讖曰徐衍守分身亡銑曰不翅猶過多也言見眷過多守分不敢違迕古人有遺言君子福所綏善曰左氏傳正常曰夫子有遺言夫子謂魯季桓子毛詩曰樂只君子福履綏之向曰言君子履福以安人願我賢主人與天享巍巍善曰主人謂太祖也論語子曰巍巍乎惟天爲大惟堯則之杜預左氏傳注曰享受也濟曰主人謂曹公也言與天同享其高克符周公業奕世不可追善曰史記曰周公旦輔翼武王用事居多國語祭公謀父曰奕世載德此詩侍曹操讌濟曰克能也言能符周公輔佐之業奕遠也言遠代不可追及

〔文二十〕十五

公讌詩五言

劉公幹善曰魏志曰東平劉楨字公幹爲司空軍謀祭酒掾屬轉爲平原侯庶子後爲五官將有文學著文賦數十篇卒良曰魏志云劉楨字公幹東平人也魏太子文學著詩賦數十篇此晏與王粲同於鄴宮作也

永日行游戲歡樂猶未央遺思在玄夜相與復翺翔善曰永日長日也尚書曰日永星火毛詩曰且以永日毛萇曰永引也古詩曰遊戲宛與洛蘇武詩曰懽樂殊未央秦嘉贈婦詩曰遺思致款誠毛詩曰河上乎翺翔翰曰元盡日歡樂未央餘思在夜復與夜游戲也輦車五臣本作居飛素蓋從者盈路傍善曰古詩曰日出東南行觀者滿道旁月出照園中珍木鬱蒼蒼清川過石渠流波爲魚防善曰新語曰楩梓豫章立則爲衆木之珍風俗通曰太山松鬱鬱蒼蒼周禮曰以防止水鄭玄曰堰潴畜流水之陂防豬旁隄也銑曰珍木謂珍異之木石渠觀名講論之處流水環之猶堰也言爲堰以防魚逸芙蓉散其華菡胡感萏徒感溢金塘善曰毛萇詩傳曰菡萏荷華也金塘猶金堤也濟曰芙蓉蓮也菡萏花也溢滿也靈鳥宿水裔仁獸游飛梁善曰假美名以言之楚辭曰蛟何爲兮水裔思玄賦曰亘螭龍之飛梁良曰靈鳥鳳也水裔水畔也仁獸麟也飛梁橋也華館寄流波豁達來風涼生平五臣本作年未始聞歌之安能詳善曰毛萇詩傳曰詳審也良曰華館寄流波謂在水中豁然猶通達而達風涼也投翰長歎息綺麗不可忘善曰翰筆毫也

〔文二十〕十六

侍五官中郎將建章臺集詩五言善曰魏志曰建安

十六年正月天子命公丗子丕爲五官中郎將

應德璉 善曰魏志曰汝南應瑒字德璉太祖辟爲丞相掾屬後爲五官中郎將文學卒　翰同善注

朝鴈鳴雲中音響一何哀 善曰以鴈自喻也毛詩曰鴻鴈于飛哀鳴嗸嗸 問子游何鄉戢 側立 翼正徘徊言我塞 善本作寒字 門來將就衡陽棲 善曰毛詩曰鴛鴦在梁戢其左翼鄭玄曰戢斂也淮南子曰北極之山曰寒門高誘曰積寒所在故曰寒門西京賦曰南翔衡陽北棲鴈門尚書曰荊及衡陽惟荊州　銑曰寒門北極山名衡陽衡山之南也瑒自喻卑微不蒙恩澤 往春翔北土今冬客南淮遠行蒙霜雪毛羽日摧頹 善曰管子曰夫鴻鵠春北而秋南不失時者也東觀漢記曰世祖蒙犯霜雪右臨高臺辭曰我欲負之毛衣摧頹　向曰傷命外也 常恐傷肌骨身隕沈黃泥簡珠墮 五臣本作隨 沙石何能中自諧 善曰簡珠喻賢人也沙石喻羣小也淮南子曰周之簡珪產於垢土爾雅曰簡大也又曰諧和　濟曰隕落也恐身落沈泥不能振羽翼也簡珠喻羣小也言不見用與羣小相隨也言如此何能中塗自與君子諧和 欲因雲雨會濯翼陵高梯良遇不可值伸眉路何階 善曰樂動聲儀曰風雨感魚龍仁義動君子范曄後漢書鄧騭上䟽曰披雲雨之渥澤高梯喻尊位也賈逵國語注曰梯猶階也漢書曰左馮翊薛宣爲書曉高陵令楊湛曰君自圖進退可復伸眉於後　良曰雲雨喻五官也謂願因之以陵高梯也言若不值此會無伸眉之地 公子敬愛客樂飲不知疲 善曰漢書曰陳平厚具樂飲太尉也 和顏既以暢乃肯顧細微贈詩見存慰小子非所宜 善曰鄭玄禮記注曰暢充也鬼谷子曰以識細微孔叢子衛君謂子思曰循步玉趾而慰存之鄭玄周禮注曰存省也毛萇詩傳曰慰猶安存之也　翰曰細微瑒自謂也言見存慰非小子所當敢宜 爲且極歡情不醉其無歸 善曰毛詩曰厭厭夜飲不醉無歸 凡百敬爾位以副飢渴懷 善曰毛詩曰凡百君子各敬爾儀孔叢子子思謂魯穆公曰君君飢渴待賢　銑曰相戒敬職位以副主人渴賢之懷

皇太子宴玄圃宣猷堂有令賦詩 四言 善曰王隱晉書曰愍懷太子遹字熙祖惠帝即位立爲皇太子楊佺期洛陽記曰東宮之北曰玄圃園

陸士衡 濟曰皇太子晉惠帝愍懷太子也玄圃園名宣猷堂名在園中衡時爲太子洗馬應令作此詩

三正迭紹洪聖啓運 善曰三正夏殷周也周建子爲正月殷建丑爲正月夏建寅爲正月尚書大傳曰正色三而復者也春秋合誠圖曰赤受天運宋均曰運錄運也　良曰三正夏殷周也正朔不同故云迭紹洪大運錄也謂大聖受天錄大聖大也 自昔哲王先天而順 善曰尚書曰在昔殷先哲王周易曰大人者先天而天弗違又曰湯武革命順乎天而應乎人　翰曰自昔哲王謂堯舜禹遞相禪代言皆先天而行事天不違而順從 羣辟崇替降及近古 善曰國語藍尹亹曰吾聞君子唯獨居思念前世崇替韋昭曰崇終也替廢也班固漢書贊曰近古以來未嘗有也　銑曰言前代衆君有終替廢下及近古亦如之 黃暉既渝素靈承祜 音戶 善曰魏爲土德曰黃晉爲金行曰素干寶搜神記曰魏推五德之運以土承漢又曰程猗說石圖曰金者晉之行也建安五年初桓帝時有黃星見於楚宋之分野遼東殷馗善天文言後五十歲當有真人起於譙沛之間其鋒不可當至此凡五十年而公破紹天下莫敵矣晉世祖武皇帝姓司馬名炎字安世受魏陳留王禪以金德王都洛陽金於西方爲白故曰素靈也爾雅曰渝變也又曰祜福也　向曰魏土德故云黃暉晉金德故云素靈謂魏變而晉承祜 乃眷斯顧祚之宅土 善曰毛詩曰乃眷西顧惟此與宅左氏傳曰衆仲曰胙之土而命之氏尚書曰降丘宅土　濟曰天顧我晉降之以福所使居此土也 三后始基世武丕承 善曰三后謂宣景文也世武世祖武皇帝也國語太子晉曰自后稷

始基静民尚書伊尹曰肆嗣王丕承基緒　良曰言始崇根趾武帝大承其業　協風傍駭天晷
仰澄　善曰國語曰虞幕能聽協風以成樂生物者也韋昭曰協和也説文曰晷日景也澄謂不薄蝕　翰曰協
和駭散也言和風傍散晷日也仰澄謂無薄蝕也　淳曜六合皇慶攸興　善曰國語史伯
對鄭桓公夫黎爲高辛氏火正以淳曜敦大光照四海呂氏春秋曰神通乎六合　銑曰晉之先有黎者爲高辛氏火官
有淳美光曜之德於六合故得皇慶所興　自彼河汾奄齊七政　善曰晉在河汾之陽毛詩
曰自彼氐羌尚書曰璿璣玉衡以齊七政孔安國曰七政日月五星各異政也　向曰河汾水名晉所封境也言從彼河
汾奄有天下以齊七政也　時文惟晉世篤其聖欽翼昊天對揚
成命　善曰周禮栗氏量銘曰時文思索鄭玄曰言文德之君思求可以爲民立法者尚書曰君世篤忠貞毛萇
詩傳曰篤厚也尚書曰欽若昊天毛萇詩傳曰翼敬也毛詩曰對揚王休又曰昊天有成命二后受之　濟曰言晉盛文
化代厚其聖能敬輔上天對明以成休命也翼輔揚明也　九區克咸讌　五臣本作謳　歌以

【文二十　十九】

詠　善曰劉騊駼郡太守箴曰大漢遵周化洽九區尚書夔曰戛擊鳴球以詠祖考來格　良曰咸和也言九州能和謳
歌以詠我王之德　皇上纂隆經教弘道　善曰皇上惠帝也爾雅曰纂繼也經猶理也論
語曰人能弘道　翰曰繼武皇盛德以經教天之大道也纂繼弘大也　于化既豐在工載
考俯釐庶績仰荒大造　善曰毛詩曰在宗載考鄭玄曰考成也尚書曰允釐百工庶績
咸熙孔安國曰釐理也毛萇詩傳曰荒大也左氏傳呂相曰我有大造于西也杜預曰造成也　銑曰工官載則考成也
言化豐而官成　向曰績功也荒猶法也言術理衆功仰法天之大成　儀刑祖宗妥綏天
保　善曰毛詩曰儀刑文王又曰天保定爾　濟曰儀則刑法綏安保位也言法祖宗於是以安　篤生我
后克明克秀　善曰我后謂太子也機爲洗馬故稱我后毛詩曰篤生武王又曰克明克類　良曰我后
謂太子也言能有明秀之德機爲親臣　體輝重光承規景數　善曰尚書曰昔先君文王
武王宣重光爾雅曰景大也尚書周公曰王嗣無疆大歷服又舜曰天之歷數在爾躬　善曰言體輝光之德承明聖之
嗣故曰重光景大也數歷數也謂承規法於天歷之數　茂德淵冲天姿玉裕　善曰尚書曰有
夏先后方懋厥德家語齊大夫子與見孔子曰今知海淵之爲大字書曰冲虚也相子新論曰聖人天然之姿所以絶人
遠者也應劭漢官儀曰太子有玉質爾雅曰裕容也　銑曰冲深也言茂盛之德如淵之深天然之姿容如玉矣　蕞
在外　爾小臣邈彼荒遐　善曰左氏傳子產曰諺云蕞爾小國儀禮曰小臣正辭韋孟諷諫詩
曰撫寧遐荒　濟曰蕞小也小臣機自謂也邈彼荒遐言從吳來也　弛始厥負擔平振纓
承華　善曰臧榮緒晉書曰楊駿誅徵機爲太子洗馬左氏傳陳公子完曰弛於負擔杜預左氏傳注曰振整也
洛陽記曰太子宮在大宮東中有承華門　良曰弛廢也承華太子門也言廢負擔之役振纓緌於太子門也　匪
願伊始惟命之嘉　善曰左氏傳周子曰孤始願不及此爾雅曰嘉善也　翰曰言今日榮寵
非初始所敢願惟君命之善得至於此

大將軍宴會被命作詩　四言

善曰臧榮緒晉書曰成都王

【文二十　二十】

穎字章度趙王倫篡位穎與齊王冏誅之進位大將軍

陸士龍　善曰王隱晉書曰陸雲字士龍少與兄機齊名號曰二陸爲吳王郎中令
出宰浚儀有惠政幾被收幷收雲　銑同善注言雲後與機同被誅也大將軍謂成
都王穎也

皇皇帝祜誕隆駿命　善曰毛詩曰皇皇后帝又曰既受帝祉又曰受天之祜薛君韓詩章
句曰誕信也毛詩曰宜鑒于殷駿命不易毛萇曰浚大也　向曰皇皇美也祜福也誕大隆大也美帝之福能大盛天命
也　四祖正家天禄安　善本作保字　定　善曰四祖宣景文武也周易曰正家而天下定
尚書曰天祿永終毛詩曰天保定爾　濟曰言四祖能正其家天之福祿長安定也　叡　善本作睿字　哲惟
晉世有明聖　善曰尚書曰明作哲叡作聖毛詩曰世有哲王　良曰又哲智也言晉代代有聖王　如
彼日月萬景攸正　其一　善曰尚書曰惟我文考若日月之照臨傅玄歌詩曰日中千影下

夕中萬景傾義與此同　翰曰聖德如日月之明則萬景之表正巍巍明聖道隆自天善曰論語子曰巍巍乎惟天爲大惟堯則之禮記子思曰道隆則從而隆毛詩曰有命自天命此文王　銑曰言明聖之道德天然也則明分爽觀象洞玄陵五臣本作淩風協紀五臣本作極絶輝照淵善曰孝經曰則天之明孔安國尚書傳曰爽明也周易曰仰則觀象於天又曰天玄而地黃言風發上升協於辰極光炎絶遠下照深淵廣雅曰陵乘也然乘亦升也孝經鉤命決曰皇德協極注曰極北辰也封禪書曰末光絶炎劇秦美新曰炎光飛響盈塞天淵　向曰則法也象玄象也洞通也言法天之明以分之觀象之玄以通之風教上升合於宸極光曜絶遠下照深淵肅雍往播福禄來臻其二　善曰毛詩曰肅雍顯相杜預左氏傳注曰播揚也毛詩曰福禄攸降爾雅曰臻至也　濟曰言和睦之道注布於人故天地福禄來至在昔五臣本作晉姦臣稱亂紫微善曰姦臣謂趙王倫也法言曰上失其政姦臣竊國命尚書曰敢行稱亂紫微諭帝位也春秋合誠圖曰北辰其星七在紫微中又曰紫宮大帝室也　良曰紫微帝居也神風潛駭有赫茲威善曰毛詩曰皇矣上帝臨下有赫　翰曰神風神兵也謂齊國河間王顒舉兵十萬四面攻倫迎惠帝反正故言有赫此威靈旗樹旆如電斯揮善曰甘泉賦曰樹靈旗楚辭曰靈旗兮電鶩韓康伯周易注曰揮者散也　銑曰言旗旆如電之揮霍也致天之屆于河之沂善曰臧榮緒晉書曰成都王穎遣趙驤爲前鋒倫遣孫會等前驅未及溫十餘里大戰孫會先退諸軍相次奔潰穎等過河入于京師毛詩曰致天之屆毛萇曰屆極也文穎漢書注曰沂水上橋也　向曰致天子之極于河之沂沂岸也有命再集皇輿凱歸其三　善曰趙王倫廢帝於金墉城既敗倫於溫帝復還故曰再集毛詩曰天監在下有命既集楚辭曰恐皇輿之敗績周禮曰師有功則凱樂　濟曰言天子之命載集於東帝凱謂凱樂而歸洛陽頹綱既振品物咸秩神道見素遺華反質善曰說文曰振舉也周易曰品物咸亨又曰聖人以神道設教素樸素也莊子曰同乎無欲是謂素樸鄭玄禮記注曰凡物無飾曰素華謂采章質謂淳樸也遺棄也　良曰振整也言頹落綱紀既整品物皆有次序遺其

浮華體神道爲質素辰晷重光協風應律善曰漢書倪寬云宣重光張晏曰重光謂日月也國語曰虞幕能聽協風以成樂生物者也韋昭曰協和也應律應律而至也　翰曰辰晷喻天子也重猶載也天子之道載光和風應於律呂函夏無塵海外有謐音密其四　善曰揚雄河東賦曰函夏之大漢東觀漢記曰祭彤爲遼東太守胡夷皆來内附野無風塵毛詩曰海外有截爾雅曰謐靜也　銑曰函夏華夏也謐靜也言内清外靜芒芒忙宇宙天地交泰王在華堂式宴嘉會善曰左氏傳曰芒芒禹跡淮南子曰虛廓生宇宙宇宙生天地周易曰天地交泰毛詩曰王在靈囿又曰嘉賓式宴以敖周易曰嘉會足以合禮　向曰王謂成都王也言上下通泰王於華堂用崇宴禮以會賓客玄暉峻朗翠雲崇靄於蓋冕弁五臣本作弁振纓服藻五臣本作藻服垂帶其五　善曰玄天色也尚書曰藻火粉米鄭玄孝經注曰大夫服藻火毛詩曰彼都人士垂帶而厲　濟曰玄天暉曰峻高朗明也冕纓藻服皆卿大夫法也祁祁臣僚有來雍雍善曰毛詩曰采蘩祁祁又曰有來雍雍　良曰祁祁衆貌僚官也雍雍和悅貌言衆官有來者皆和悅也薄言載考承顏下風善曰毛詩曰薄言采之毛詩曰在宗載考漢書儁不疑曰乃今承顏接辭孔叢子曰伋顏在下風　翰曰薄言云謙也載則考成也謂薄德爲言則成此詩承王之顏色於下風也俯覿嘉客仰瞻玉容善曰毛詩曰我有嘉客亦不夷懌曹植罷朝表曰覲玉容而慶薦奉歡宴而慈潤　銑曰嘉客賓客也玉容謂容如玉也俯仰隨尊卑之理施己唯約于禮斯豐天錫難老如岳之崇其六　善曰魏文帝典論曰君子謹乎約己弘乎接物淮南子曰禮豐不足以効愛賜之難老合壽考也毛詩曰永錫難老又曰如南山之壽　向曰約薄豐厚也言我施用甚薄遇禮且厚是天賜我難老之恵如山岳之崇高

晉武帝華林園五臣本無園字集詩四言

善曰洛陽圖經曰華林園在城内東北隅魏明帝起名芳林園齊王芳改爲華林于寶晉紀曰泰始四年二

月上幸芳林園與羣臣宴賦詩觀志孫
盛晉陽秋曰散騎常侍應貞詩最美
應吉甫 善曰文章志曰應貞字吉甫少以才
聞能談論晉武帝爲撫軍將軍以禎
參軍晉室踐祚遷太子中庶子散騎常侍卒
濟注同華林園名當晉武帝與羣臣射於此
園賦詩
觀志

悠悠太上民五臣本作人之厥初善曰毛萇詩傳曰悠悠遠貌太上太古也老子曰太
上下知有之淮南子曰太上之道生萬物而不有毛詩曰厥初生民　良曰言太上生人之始皇極肇建
彝倫攸斁善曰尚書曰建用皇極又曰天乃錫禹洪範九疇彝倫攸叙　翰曰皇大極中彝常倫理也言
太中之道始立常理從是所布也五德更運膺籙受符善曰七略曰鄒子有終始
五德言土德不勝木德繼之金德次之火德次之水德次之
春秋命曆序曰五德之運同徵合符膺籙次相代春秋漢含
孳曰天子受符以辛日立號　濟曰五德謂金木水
火土也更遞也言五德之君遞相膺運以受符籙陶唐

文選二十　二十三

既謝天歷在虞其一　善曰說文解字云陶丘再成也在濟陰夏書曰東至陶丘陶丘有堯城
堯嘗君之故號陶唐氏論語堯曰咨爾舜天之曆數在爾躬
天歷天之歷數虞謂舜也　濟曰言堯去位歷數歸舜也謝
去也於時五臣本作是上帝乃顧惟眷光我先善本作晉字祚
應期納禪去聲　善曰孔安國尚書傳曰時是也毛詩曰皇矣上帝又曰乃眷西顧此惟與宅魏志曰陳
留王奐即皇帝位後禪位于晉嗣王范曄後漢書伏隆檄張
步曰皇天祐漢聖哲應期尚書刑德放曰河圖帝王終始存
云之期　良曰言上天眷我晉德故應期運而納於魏禪位以龍飛文以虎變善曰周易
曰飛龍在天利見大人又曰大人虎變其文炳也　翰曰龍
飛喻天子起升位也言天子既即位文章蔚然如虎豹之變
也玄澤滂流仁風潛扇善曰玄澤聖恩也曹子建責躬詩曰玄化滂流典引曰仁風翔
于海表　銑曰玄天也天澤滂沛而流仁惠之風潛動也扇動也區內宅心方隅回面
其二　善曰尚書曰宅心知訓孔安國曰常以居心也劇秦
美新曰回面內嚮喁喁然　向曰區宇之內方隅之外皆宅

心歸化回面向風也方隅東夷狄之國也天垂其象地曜其文鳳鳴朝陽
龍翔景雲善曰周易曰天垂象聖人則之韓詩外傳曰天見其象地見其形聖人則之春秋元命苞曰天
質地文毛詩曰鳳皇鳴矣于彼高岡梧桐生矣于彼朝陽注
曰山東曰朝陽孝經援神契曰王者德至山陵則景雲出孫
柔之曰一名慶雲文子曰景雲光潤　濟曰天象日月星也
地文嶽瀆也山東曰朝陽梧桐生焉景雲瑞雲也言日月嶽
瀆含垂光潤也龍鳳皆美瑞也或翔於雲或鳴於梧嘉禾重穎蓂莢載芬善曰孝經援神
契曰王者德至地則嘉禾生東觀漢記曰濟陽縣嘉禾生一
莖九穗田俅子曰堯爲天子蓂莢生於庭爲帝成歷　良曰
穎禾穗也蓂莢瑞草也載則芬盛也率土咸序人胥悅欣其三　善曰胥相也毛詩曰率
土之濱莫非王臣　翰曰咸皆胥相也恢恢苦回皇度穆穆聖容言思其順
貌思其恭在視斯明在聽斯聰善曰老子曰天網恢恢疏而不失禮記曰
天子穆穆尚書曰言曰從貌曰恭視曰明聽曰聰注曰是則
可從恭儼恪也明必精審聰必徹諦也論語曰君子視思明

文選二十　二十四

聽思聰貌思恭言思忠　銑曰恢恢大也穆穆美
也言天子大量度美容貌而有恭順聰明之德登庸以
德明試以功其四　善曰尚書帝曰若時登庸又曰明試以功車服以庸　向曰庸用也言以德登用
爲天子明試謂先帝明試其功其恭惟何昧旦丕顯無理不經無
義不踐行捨其華言去其辯游心至虛同規易
簡善曰左氏傳讒鼎之銘曰昧旦丕顯後世猶怠禮記曰理發乎外而衆莫不順鄭玄曰理謂言行也辯捷也口捷給
則數爲人所憎故云去其辯陸賈新語曰義者德之經履之
者聖也老子曰處其實而不處其華尚書曰君無以辯言亂
舊政嵇康書曰游心於寂寞老子曰致虛極王弼曰言至虛
之極也管子曰虛無形謂之道周易曰乾以易知坤以簡能
易則易知簡則易從簡易而天下之理得矣　濟曰丕大也
言我君恭勤夙夜未明而思政理之事而行之至虛太素也
謂游情太素之道同法於簡易也六府孔修九有斯靖其五　善曰尚書曰四海會同
六府孔修毛詩曰奄有九州　良曰孔甚也六府水火土木金穀也九有九州也澤靡不被化罔

不加聲教南暨西漸尖流沙善曰尚書曰東漸于海西被于流沙朔南暨聲
教孔安國曰漸入也　翰曰暨至漸入也言惠化聲教無所不至無不入也流沙遠國名幽人肆五臣本作
肄音異嶮遠國忘遐善曰毛萇詩傳曰幽遠也長楊賦曰故平不肆險服虔曰肆棄也　銑曰肆習
遐遠也言幽隱者習嶮而來遠國皆忘其路遠而至越裳五臣本作常重譯充我皇
家其六　善曰尚書大傳曰成王之時越裳重譯而來朝曰道路悠遠山川阻深恐使之不通故重三譯而朝也鄭玄
曰欲其轉相曉也何休公羊傳注曰充滿也典引曰盛哉皇家　向曰越常國名重譯謂傳揚其言宣之於天子充滿也
言貢聘滿我國家也峩峩列辟赫赫虎臣善曰毛詩曰奉璋峩峩典引曰德臣列辟毛詩
曰進厥虎臣　濟曰列辟諸侯也虎臣言猛也峩峩赫赫衆盛貌內和五品外威四賓
善曰尚書帝曰五品不遜孔安國曰五品乃五帝也又曰四夷咸賓　良曰五品是五等諸侯四賓是四夷之賓諸侯在
內故云和夷狄外國故云威脩時貢職入覲天人善曰周禮曰施貢分職以任邦國毛

文選二十　二十五

詩曰以其介圭入覲于王莊子曰皆原於一不離於宗謂之天人　翰曰脩因覲見也言各因朝見之時脩職貢於天子
備言錫命羽蓋朱輪其七　善曰毛詩曰備言燕私又序曰不能錫命以禮尚書大傳曰
古諸侯之於天子有功者天子賜其車服號曰命諸侯鄭玄儀禮注曰命加爵服之名子虛賦曰建羽蓋楊惲書曰乘朱
輪者十人　翰曰諸侯來朝天子皆周備與言而賜其命羽蓋朱輪諸侯之車飾貽宴好會不
常厥數神心所受五臣本作授不言而諭善曰史記曰秦王告趙王欲爲
好會數猶禮也左氏傳張耀曰吾得聞此數范曄後漢書鄧騭上疏曰聖策定於神心孟子曰君子所性仁義禮智信根
於心施於四體不言而諭　向曰貽遺諭曉也言天子遺其宴會者不常其數但聖心所與者不言而自曉於是
肄五臣本作肆射食夜弓矢斯御善曰呂氏春秋曰天子講武肄射毛詩曰弓矢斯張毛萇
曰御進也　銑曰肄放也御猶執也發彼五的有酒斯飫其八　善曰毛詩曰發彼有的
以祈爾爵毛萇曰的射質也鄭玄曰發發矢也周禮曰王射三侯五正毛詩曰君子有酒酌言嘗之又曰飲酒之飫杜預

左氏傳注曰飫饜也　良曰五的射的也飫飽宴也文武之道厥猷未墜善曰論語子貢
曰文武之道未墜於地是也　翰同善注在昔先王射五臣本作躬御茲器示武
懼荒過亦爲失首試協韻　善曰周易曰弓矢者器也用之過亦爲失也凡厥羣
后無懈于位其九　善曰毛詩曰匪懈于位民之攸塈　銑曰茲器射禮也荒廢也言其先王崇射以
示武崇禮以懼發過耽之者亦失矣戒懼羣后無爲此懈怠於位

九日從宋公戲馬臺集五臣本無集字送孔令詩

五言　善曰蕭子顯齊書曰宋武帝爲宋公在彭城九日出項羽戲馬臺至今相承以爲
舊準沈約宋書曰孔靖字季恭宋臺初建以爲尚書令讓不受辭事東歸高祖餞之戲馬
臺百僚咸賦詩以述其美

謝宣遠善曰宋書七志曰謝瞻字宣遠陳郡人也幼能屬文宋黃門郎以弟晦權

文選二十　二十六

貴求爲豫章太守卒高祖遊戲馬臺命僚佐賦詩瞻之所作冠于一時　向曰謝瞻幼能
爲文章豫章太守劉裕爲宋公時九月九日出游項羽戲馬臺送尚書令孔靖辭位歸鄉
宋公與百僚賦詩以述其美焉

風至授寒服霜降休百工善曰禮記曰孟秋之月涼風至又曰仲秋之月盲風
至乃命司服衣服有量必循其故鄭玄曰盲風疾風也毛詩曰九月授衣禮記曰季秋之月霜始降則百工休　濟曰季
秋九月涼風至始授衣也霜降膠漆堅不可爲器故美百工之功繁林收陽彩五臣本作揚綵密
苑解華叢巢幕無留鷰遵渚有來五臣本作歸鴻善曰左氏
傳曰吳王子札聘于上國宿于戚聞孫林父擊鍾曰夫子之在此猶鷰之巢于幕也杜預曰夫子孫文子也毛詩曰鴻飛
遵渚禮記曰九月之節鴻鴈來賓　良曰遵依也餘同善注輕霞冠秋日迅商薄
清穹善曰迅商商風之迅疾也楚辭曰商風肅而害之百草育而不長王逸曰商風西風也秋氣起則西風疾

又曰溥附也爾雅曰穹蒼蒼天也　翰曰霞在日
上故曰冠也商風疾而高故云溥清穹穹天也　聖心眷
嘉節揚鑾戾行宮　善曰孫卿子曰積善德而聖心備焉
東觀漢記曰濟陽有武帝行過宮　銑曰鍚鑾和鈴爾雅曰戾至也
嘉節謂九月九日戾至也行宮謂馬臺　四筵霑芳醴中
堂起絲桐　善曰儀禮曰旨酒令芳西京賦曰促中堂之密
坐史記曰鄒忌以鼓琴見齊威王忌曰夫理國
家而彌人倫皆在其中王曰天理國家何
在絲桐之閒　向曰四筵四坐也絲桐琴也　扶光迫西汜　似
歡餘宴有窮　善曰淮南子曰日出暘谷拂于扶桑楚辭曰
出自暘谷次于蒙汜　濟曰扶光日也迫薄
也西汜日入處也　逝矣將歸客養素克有終　善曰歸
言曰没歡晏將極　客謂嵇
也嵇康幽憤詩曰養素全眞王隱晉書曰周馥敎曰參軍杜
夷優遊養素周易曰謙亨君子有終古班固漢書述曰疏克
有終散金娛老　良曰逝往也歸
客孔令也言能養淳素以終事　臨流怨莫從歡心歎
飛蓬　善曰言己牽於時役未果言歸臨流念鄉已結莫從
之怨而以侍宴暫歡之志重歎飛蓬之遠也楚辭曰
臨流水而太息王逸曰念舊鄉也曹植應詔詩曰朝覲莫從
列子宋元君曰適值寡人有歡心商君書曰夫飛蓬遇飄風
而行千里乘風之勢　翰曰宣遠自言臨流相送怨不
得與之相從迴我歡樂之心歎君與飛蓬同飄轉也

樂游應詔詩　五言　善曰丹陽郡圖經曰樂
遊苑宮城北三里晉時藥園也

范蔚宗　善曰與彭城王義康稍遷至太子詹
事坐謀反誅　銑曰沈約宋書云范
曄字蔚宗順陽人也少好學爲高祖相國
掾稍遷太子詹事坐謀反誅樂遊苑名應
宋文帝詔

崇盛歸朝闕虛寂在川岑山梁　五臣本作陽　協孔性黃
屋非堯心　善曰方言曰寂安靜也論語子曰山梁雌雉時
哉時哉何晏曰言山梁雌雉得時鄭玄毛詩箋
曰梁石絕水之梁也漢書曰紀信乃乘王車黃屋左纛李斐
曰天子車以黃繒爲裏堯以位禪務光許由故非堯心所悅
郭象注莊子曰徒見聖人載黃屋佩玉璽便謂足以纓紱其
心矣　向曰崇盛謂崇業之人朝闕朝廷也虛寂謂空靜之

士川岑山澤也山梁雌雉飲啄自得是合孔丘之性
黃屋天子車也堯爲天下但憂萬人而心不在黃屋　軒駕
時未　五臣作來　肅文囿降照　五臣本作昭　臨　善曰言未戒軒駕而愛
物也莊子曰黃帝將見大隗方明爲御昌寓驂乘鄭玄禮記
注曰肅戒也孟子齊宣王問曰文王之囿方七十里毛詩曰
王在靈囿鄭玄曰文王親至靈囿言愛物也毛詩曰明明上
天照臨下土　濟曰軒駕言時游此以就清肅之人文囿謂
文學之士昭明也言
下明德而臨之也　流雲起行蓋晨風引鑾音原薄
信平蔚　紆勿　臺澗備曾深　善曰王逸楚辭注曰草木交
曰薄蔚　良曰草木叢生曰
薄蔚繁茂也備盡曾高
也言臺澗盡高深也　蘭池清夏氣脩帳含秋陰遵
渚攀蒙密隨山上嶇　區　嶔　音欽　善曰三輔黃圖曰
蘭池觀在城外漢書成紀
曰三輔長無供帳之勞張晏曰帳帷帳也詩曰鴻飛遵渚遵
依也尚書曰隨山濬川洞簫賦曰嶇嶔巋崎　翰曰嶇嶔不
平貌　睇　五臣作瞻　目有極覽游情無近尋聞道雖已積年
力互頹侵　善曰廣雅曰睇視也王弼老子注曰滌除邪飾
至于極覽鄭玄禮記注曰極者盡也莊子南郭
子綦問于女偊曰子之年長矣而色若孺子何也曰吾聞道
矣偊音禹陸機應嘉賦曰悲來日之苦短根頹年之方促
銑曰積久也言目覽既極游情自遠也聞道
謂聞人之道已久而年力老弱不能行之　探已謝丹黻
五臣作臒　烏郭切　感事懷長林　善曰毛詩曰赤芾在股毛萇曰
諸侯赤芾鄭玄曰芾太古蔽厀
之象黻與芾古字通江賦曰感事而出　向曰丹臒喻榮
祿也言探己年已老慙榮祿之飾感此事思歸於長林

九日從宋公戲馬臺集送孔令詩

謝靈運

季秋邊朔苦旅鴈違霜雪凄凄陽卉腓　肥　皎皎
寒潭絜　善曰列子曰禽獸之智違寒就溫孔安國尚書傳
曰違避也韓詩曰秋日淒淒百卉俱腓薛君曰腓
變也俱變而黃也毛萇曰痱病也今本作腓字非也　濟
曰腓病也風霜慘悽草木色皆病此言以喻己老患也　良

辰感聖心雲旗興暮節善曰楚辭曰吉日兮良辰東征賦曰撰良辰而將行爾雅曰感動也楚辭曰載雲旗兮逶迤　良曰良辰謂九月九日感聖心謂感天子之心也雲旗畫雲飾旗也興起也鳴葭戾朱宮蘭巵之獻時哲善曰魏文帝書曰從者鳴笳以啓路傅玄西都賦曰彤彤朱宮漢書曰百末旨酒布蘭生晉灼曰芬芳布列若蘭之生應劭曰巵鄉飲酒禮器也受四升鄭玄毛詩箋曰主人酌賓爲獻　翰曰葭笳也天子行鳴笳引路也戾至也朱宮謂戲馬臺有宮觀也蘭巵酒盃也時哲謂孔令也餞宴光有孚和樂隆五臣作信所餞善曰薛君韓詩章句曰送行飲酒曰餞周易曰有孚飲酒無咎毛詩序曰鹿鳴廢則和樂缺矣　銑曰光明孚信也言餞宴之理明朝廷有信也和樂之義信有所終餞終也在宥天下理吹萬羣方悅善曰莊子曰聞在宥天下不聞治天下也司馬彪曰在察也宥寛也郭象曰宥使自在則治也莊子南郭子綦曰夫吹萬不同而使其自已也司馬彪曰言天氣吹煦生養萬物形氣不同也已止也使各得其性而止　向曰在察宥寛也言察寛則天下之理也吹萬謂天氣養萬物雖形氣不同各得其性而悅也歸客遂海隅善本從山脫冠謝朝列弭棹薄枉渚指景待樂闋音鈌　善曰廣雅曰遂往也尚書曰至于海隅蒼生凡仕則冕弁謝職故曰脫冠閑居賦序曰猥厠朝列拄頳左氏傳注曰弭息也楚辭曰朝發枉渚王逸曰枉曲也曹植應詔詩曰指日遄逝禮記曰有司告以樂闋鄭玄曰闋終也　濟曰歸客孔令也海隅謂會稽山陰也脫冠謝中書令薄止也言指日影以待有司奏徹膳之樂終也河流有急瀾浮驂無緩轡善曰言彼去河有急瀾而不止已旅驂無緩轡而不留言相背之疾也孔安國尚書傳曰浮行也豈伊川途念宿心愧將別善曰孔以養素爲榮而已以戀位爲辱故云愧也周禮曰兩山之間必有川焉大川之間必有塗焉趙壹報羊陟書曰惟君明睿平其宿心嵇康幽憤詩曰內負宿心　良曰伊惟也言我豈獨惟此別路之念而已言宿心之事自此將隔彼美丘園道喟焉傷薄劣善曰毛詩曰彼美孟姜周易曰六五賁于丘園束帛戔戔王肅曰失位無應隱處丘園閑居賦曰信用薄而才劣　翰曰美孔令得歸丘園之道歎傷已之薄劣不如也

應詔讌曲水作詩四言　善曰水經注曰舊樂遊苑宋元嘉十一年以其地爲曲水武帝引流轉酌賦詩裴子野宋略曰文帝元嘉十一年三月丙申禊飲于樂遊苑且祖道江夏王義恭衡陽王義季有詔會者賦詩

顏延年銑曰曲水謂引水行酒盃

道隱未形治彰既亂善曰老子曰大象無形又曰道隱無名王弼曰有形則亦有分有分者不溫則涼故象者形者非大象也又曰夫道物以之成而不見形故隱而無名也河上公曰道潛隱使人無能名也大玄經曰亂不極則治不形賈逵國語注曰彰著也　向曰形見也言大道隱而未見謂宋公未爲天子時也彰明謂延晉之亂以明宋之理帝迹懸衡皇流共貫善曰春秋合誠圖曰黃帝有迹必稽功務法宋均曰迹行功績也申子曰君必有明法正義若懸權衡以稱輕重所以一羣臣也長楊賦曰逮至孝文隨風乘流孔安國尚書傳曰萬國共貫　濟曰帝五帝皇三皇言可與齊衡共貫惟王創物永錫洪筭善曰周禮曰智者創物毛詩曰永錫難老鄭玄儀禮注曰筭數也謂年數　良曰王文帝也創物謂創造萬物也洪大也言天賜大筭使長久也仁固開周義高登漢其一　善曰毛詩序曰周家忠厚仁及草木漢書曰五星聚于東井此高祖受命之符當以義取天下也　翰曰言仁義之道高尚於周漢也祚融世哲業光列聖善曰爾雅曰融長也毛詩曰世有哲王魏都賦曰列聖之遺塵　銑曰祚福也言福德豐盛代生哲智德業光於往列之聖也太上正位天臨海鏡善曰漢書薄昭書曰欲以親戚之意望於太上如淳曰太上天子也周易曰女正位于內男正位于外潘岳晉公詩曰如地之載如天之臨孫綽望海賦曰因湛亮以靜鏡俯遊目於渤庭　向曰太上謂文帝也言臨人如天鏡之照海也制以化裁樹之形性善曰周易曰化而裁之謂之變莊子曰流動而生物物成生理謂之形形體保神各有儀則謂之性　濟曰言法制以風化裁形性以寛和樹也惠浸萌生信及翔泳其二　善曰史記文帝詔

曰萬物之萌生翔泳魚鳥也易曰豚魚吉信及豚魚薛君韓詩章句曰文王聖德上及飛鳥下及魚鼈　良曰萌生謂萬物也言恩惠浸養萬物著信及魚鳥也**崇虛非徵積實莫尚豈伊人和寔靈所貺**善曰言崇尚虛假諒非有徵積累成實則莫能尚也演連珠曰積實雖微必動於物崇虛雖廣不能移心杜預左氏傳注曰尚亦上也言化之所感豈上人和乎實亦受天貺左氏傳季良曰於是人和而神降之福春秋元命苞曰通三靈之貺交錯同端也　翰曰豈惟人和而已實上天神靈所賜其福也貺賜也**日宇其朔月不掩望**善曰漢書曰天下太平日不蝕朔月不掩望　向曰宇全也日蝕在朔月蝕在望言今日月朔望皆全也**航琛越水輦賮**慈胤**踰嶂**其三　善曰言遠夷納貢也毛萇詩傳曰琛寶也孟子曰將有遠行行者必以賮賮　爾雅曰上正嶂也郭璞曰山上平　濟曰航舟也輦車也言諸方貢獻琛賮或浮水或踰山而來至矣**帝體麗明儀辰作貳**善曰言太子附帝故有明德也帝體謂太子也沈約宋書曰文帝立皇子劭為太子喪服傳曰長子正體於上周易曰黃離元吉鄭玄曰離南方之卦離為火土託

位焉上色黃火之子猶子有明德能附麗於父之道文王之子發曰是也毛萇詩傳曰儀匹也辰北辰也典引曰辰居其位齊王攸太子箴曰尊以弘道固以貳己　良曰言帝之體胤也麗耦也耦君之明匹辰極以為副貳也**君彼東朝金昭玉粹**音邃　善曰東朝東宮也潘岳贈陸機詩曰繾綣東朝髙誘呂氏春秋注曰東宮太子所居詩曰東宮之妹又曰金玉其相廣雅曰粹純也　翰曰東朝太子朝也言太子德如金玉之明美也昭明粹美也**德有潤身禮不愆器**善曰禮記曾子曰富潤屋德潤身又曰禮器鄭玄曰禮器言禮使人成器　銑曰言富德業以潤其身制度文章不愆失禮樂之器**柔中淵映芳猷蘭秘**其四　善曰易曰其剛柔中陸機宣猷堂詩曰茂德淵沖字書曰秘者謂蘭芳之幽密　向曰柔和也言中心和朗如淵之映也其道如蘭之芳香而積於身秘積也**昔在文昭**五臣作韶**今惟武穆**善曰言昔者在高祖之子為王同於文王之昭今帝之子為王又同武王之穆言其成也左氏傳富辰曰畢原酆郇文之昭也邘晉應韓武之穆也杜預曰皆文王子也杜預曰皆武王子也漢書韋玄成議曰父為昭子為穆孫復為昭昭穆父子之

迭號于祀而一也晉文王諱昭改為韶　濟曰言以高祖比文王文帝比武王韶穆謂繼次也**烏**於**赫王宰方旦居叔**善曰王宰謂王為宰輔比之周旦而亦居叔也沈約宋書曰彭城王義康為司徒毛詩曰於赫湯孫韓詩外傳周公誡伯禽曰吾成王叔父也　良曰於赫美也王宰謂宋彭城王義也言方於周公居伯叔之次也**有睟**遂**徽**銑**蕃爰履奠牧**善曰謂諸王者蕃也孟子曰仁義禮智根於心其生也色睟然見於面二蕃謂江夏衡陽二王也爰履奠牧謂於所履之地能鎮定其郊牧也爾雅曰爰於也左氏傳管中曰賜我先君履杜預曰履所履之界也諸侯得祀名山大川故曰奠牧尚書曰奠高山大川爾雅曰郊外謂之牧　翰曰睟温潤也言有温潤明德履於蕃服以定牧守**寍極和鈞屏**必領**京維服**其五　善曰和鈞謂王宰也屏京謂蕃封也尚書曰關石和鈞周禮曰三曰禮典以和邦國四曰政典以均萬民又曰凡邦國大小相維　銑曰寍安極理也和鈞謂斤兩斛斗也謂安理其斤兩斛斗為京室之蕃屏維持五服之諸侯也**朏**匪**魄雙交月氣參**七男**變**善曰朏魄雙交謂三日也凡朏魄之交皆在月三日之夕今月

未交故以前之文唯止有二故曰雙也孔安國尚書傳曰朏明也月三日明生之名說文曰魄月始生魄然也月氣參變謂三月也月氣每月一變故曰參也周書曰凡四時成歲各有孟仲季以名十有二月月有中氣以著時應　向曰朏魄月月也雙交謂日月交會也二十四氣與日月相參而變也**開榮灑澤舒虹爍電**善曰言時候也禮記曰季春之月桐始華又曰時雨將降又曰虹始見又曰仲春之月始電　濟曰開榮開發萬物之榮灑其渥澤也爍光也言德惣萬化之美如虹電舒光**化際無間皇情爰眷**善曰言既太平故眷斯嘉節解嘲曰纖者入無間杜預左氏傳注曰間隙也　良曰際至也言風化之微入於無間也皇情謂天子之情也爰眷謂眷下人也**伊思鎬**皓**飲每惟洛宴**其六　善曰楚辭曰伊思兮往古毛詩曰王在在鎬飲酒樂凱東陽無疑齊諧記束晳對武帝曰昔周公卜洛邑因流水以汎酒故逸詩曰羽觴隨流波　翰曰惟亦思也**郊餞有壇**五臣作禮**君舉有禮**善曰薛君韓詩章句曰送行飲酒曰餞左氏傳曹劌曰君舉必書　銑曰郊餞謂祭祖也有壇謂作壇以祭也君之舉措必依於禮**幙惟蘭甸畫流**

高陛善曰廣雅曰幙帳也蘭甸蘭生于甸循蘭皐也畫流分流也　向曰蘭甸謂野田有蘭者盖以其香蔚德
馨香也言張帷幙於蘭甸畫地通水於高階之側也陛階也**分庭薦樂析波浮醴**善曰莊子
曰分庭抗禮析音錫　濟曰分庭謂東西廂俱作樂也析波謂分水以流杯也醴酒也**豫同夏諺**音彥
事兼出濟子禮　其七　善曰孟子曰夏諺曰吾王不豫吾何以助　良曰夏諺云吾王不游吾何以休出
濟詩曰出宿于濟言歡豫之事兼同於古**仰閱豐施降惟微物**善曰閱猶數也微物自謂
也薛君韓詩章句曰鳥微物也　翰曰閱視也言我仰視天子豐厚之施下思於己誠爲微物**三妨儲隸**
五塵朝黻音弗　善曰沈約宋書曰高祖受命延年補太子舍人從尚書儀曹郎太子中舍人轉正員外
郎徙員外常侍出爲始安太守徵中書侍郎轉太子中庶子　翰曰三妨儲隸謂三任東宫官五塵朝黻謂五任朝官也妨
妨賢人之路塵汙也**途泰命屯恩充報屈有悔可悛**七全**滯瑕**
難拂其八　善曰泰屯二卦名周易曰泰者通也又曰屯如邅如周易曰盱豫有悔位不當也孔安國尚書傳

曰悛改也廣雅曰瑕穢也毛萇詩傳曰拂去也拂亦作茀古字同　銑曰謂王道泰而已命屯也王恩充滿而已報猶屈
也有過悔之事可自改積滯之瑕難可除拂

皇太子釋奠會作

四言　善曰裴子野宋略曰文帝元嘉二十年三月
皇太子劭釋奠于國學禮記曰凡學春官釋奠于先師秋冬亦如之鄭玄曰官謂禮樂詩
書之官周禮曰凡有道者有德者使教焉死則以爲樂祖祭於瞽宗此之謂先師也若漢
禮有高堂生樂有制氏詩有毛公書有伏生釋奠者設薦饌酌奠而已無迎尸之事

顏延年　向曰宋文帝太子親釋奠於國學

國尚師位家崇儒門善曰漢書元帝詔曰國之將興尊師而重傅鄭玄禮記注曰尊師授
道焉不使處臣位也漢書儒林傳曰嚴彭祖顏安樂各專門教授　濟曰師位謂太子以師位也儒門謂專門教授也
稟道毓育**德講藝立言**善曰王粲贈文叔良詩曰溫溫恭人稟道之極周易曰君

子以振民毓德西都賦曰講論乎六藝左氏傳范宣子曰其次立言　良曰稟授道藝以養德立言也毓養也**浚**
明奭曙達義茲昬善曰以日喻道也大明之道既以奭曙通達之義於此彌昬也尚書曰夙
夜浚明有家馬融曰浚大也魏都賦曰昬情奭曙箴規顯之毛萇詩傳曰奭差也然義與魏都賦微異不以文害意也禮
記曰先王修道以達義桓子新論曰學者既多蔽暗而師道又復缺然此所以滋昬也　濟曰言大明自暗而生且不差
其曙達義從昬情而發明亦猶是焉**永瞻先覺顧惟後昆**其一　善曰言大義漸乖永瞻
先覺之意顧思後昆以正之孟子伊尹曰天生斯人使先覺覺後覺予天人之先覺者也尚書曰垂裕後昆　銑曰永長
也言長瞻先覺之人義有乖舛者顧思後昆以正之也昆猶生也**大人長物繼天接聖**
善曰周易曰利見大人君德也尸子曰天地之道莫見其所以長物而物長聖人之道亦然漢書曰庖犧繼天而王爲百
王先首　向曰大人謂太子也長物謂長育萬物也繼天接太子之聖緒也**時屯必亨運蒙**
則正善曰周易曰屯蒙亨利貞王弼曰剛柔始交是以屯也不交則否故屯乃大亨也運錄運也周易曰蒙亨

利貞王弼曰蒙之所利乃利正也　濟曰言遭時屯蒙必能正也亨通也**偃閉武術闡揚文**
令善曰尚書曰王來自商至于豐乃偃武修文孔安國曰闡修文教賈逵國語注曰偃息也　良曰術道也言偃武道
開舉文學之政令**庶士傾風萬流仰鏡**其二　善曰尚書曰庶邦庶事嵇康高士傳孔
子問項橐曰居何在曰萇流星是也注曰言與萬物同流四也雒書曰秦失金鏡鄭玄曰金鏡喻明道也　翰曰言衆士
萬人皆傾慕其風仰之以爲鑒鏡**虞庠飾館睿圖炳**音丙**睟**音遂　善曰禮記曰有虞
氏養國老於上庠睿圖孔聖之圖畫也炳丹青色也孟子曰仁義禮智根於心其生色也睟然見於面　銑曰今飾館以
象之睿聖也聖圖畫孔子圖象於其中炳然溫潤睟溫潤貌**懷**五臣作深**仁憬**九永**集抱智**
麕五臣作麏俱隕切**至**善曰懷抱謂包韞禮記曰君子有禮故物無不懷仁又曰儒有戴仁而行抱義而處
毛詩曰憬彼淮夷毛萇曰憬遠行貌九永切左氏傳蔿啓彊謂楚子曰求諸侯而麕至杜預曰麕羣也俱殞切　向曰憬
遠也言懷仁智之士皆自遠而羣至**踵門陳書躡屩**抑**獻器**善曰莊子曰有

孫休者踵門而詑扁子司馬彪曰踵至也陳書謂陳列其書而進之也史記曰虞卿躡蹻擔簦器謂樂也漢書曰河間獻王修學好古或有先祖舊書多奉與獻王來朝獻樂器也　濟曰屩履也言至門陳政理之書躡屩獻其禮器

澡身玄淵宅心道祕 其三　善曰禮記曰儒有澡身而浴德王逸妍蚩曰窮聖人之祕奧測六義之淵玄尚書曰宅心知訓孔安國曰常以居心也　良曰玄淵道祕皆道德深遠之處言沐浴居心於此

伊昔周儲聿光往記 善曰禮記曰文王之爲世子朝於王季日三雞初鳴而衣服至寢門外問內豎之御者曰今日安否何如內豎曰安文王乃喜及日中又至亦如之及暮又至亦如之其有不安節則內豎以告文王文王色憂行不能正履王季復膳然後亦復初漢書疏廣曰太子國儲副君孔安國尚書傳曰聿述也　翰曰周儲謂文王爲太子時言恭孝事上一日三朝也聿言述也言述光前史

思皇世哲體元作嗣 善曰毛詩曰思皇多士東都賦曰體元立制繼天而作鄭玄禮記注曰上嗣君之適長子　銑曰皇美也世哲謂太子也元大也謂體居大而爲嗣繼

資此夙和降從經志 五臣作繼　善曰資猶藉也毛詩曰誰夙知而暮成禮記曰一年視離經辨志　向曰夙早降下也言太子資於儒學早知之人下從伏膺以學經典爲之志也

逷 天歷 彼前文矩周規值 其四　善曰尚書大傳曰聖人與聖也猶規之相周矩之相襲當也　濟曰逷遠也前文謂古文也言古文經典相去雖遠學其規矩亦與之相當

正殿虛筵司分簡日 善曰正殿前殿也長門賦曰正殿塊以造天兮虛筵以待賢也左氏傳郯子曰玄鳥氏司分者也爾雅曰簡擇也　良曰正殿太子正殿也司分王曆之官也簡日謂擇吉日也筵席也

尚席函 含 杖丞 五臣作丈承 疑奉帙 善曰漢書音義晉灼曰舊有五尚有尚席禮記曰席閒函丈鄭玄曰函容也丞疑疑丞也禮記曰虞夏商周有師保有疑丞　翰曰尚席儒席也席容一丈分地使得指揮也承疑輔弼之官帙書帙也

侍言稱辭惇 敦 史秉筆 善曰馮衍德誥曰仲尼言語不習則子貢侍禮記曰有善記之爲惇史國語士茁謂襄子曰臣秉筆事君　銑曰侍言稱辭傳太子言語之官也惇史直辭之官也秉執也

妙識幾 平 音王載有述 其五　善曰周易曰知幾其神乎尚書曰陳帝之載王肅曰載事也孔叢子曰使談者有述焉爲之柰何　向曰言侍從之官皆妙識幾微之音載則也言帝王法則有所述作

【文二十　三三五】

肆 五臣作肄音異 議芳訊 信 大教克明 善曰演連珠曰肆議芳訊非庸聽所善孔安國尚書傳曰肆陳也鄭玄毛詩箋曰訊言也　濟曰肆習訊問也言習議者以芳美之道相問故大道能明

敬躬祀典 善曰禮記曰非此族也不在祀典又曰凡人之始立學者先釋奠于先聖先師周易曰觀盥而不薦王弼曰可觀者莫盛乎宗廟宗廟之可觀者莫盛於觀盥也儀禮曰歌南有嘉魚笙崇丘也　良曰言其恭敬行祀典

告奠聖靈禮屬觀盥樂薦歌笙 奠酌先聖之神靈也觀盥謂禮之盛也盥謂貯水器所以淨洗手也薦進也歌笙雅樂也

昭事是肅俎實非馨 其六　善曰左氏傳曰以昭事神尚書成王曰黍稷非馨香明德惟馨　翰曰昭事神祇崇肅敬之德也俎謂祭器也實謂祭物也言俎實非足稱馨蓋德爲馨也

獻終襲吉即宮廣讌堂設象筵庭宿金懸 五臣作縣如字協韻　善曰獻終祭畢也尚書曰乃卜三龜一襲吉孔安國曰襲因也禮記衛孔悝鼎銘曰即宮于宗周劉楨瓜賦曰更鋪象牙之席吳都賦曰桃笙象簟周禮曰宿懸於阼階其南鍾笙鍾則金也　銑曰襲重即就也言獻禮既重得其吉祥還就於宮以廣讌樂也象筵以象牙爲席也金懸謂金鼓之樂也宿謂夜列於庭

台保兼徽皇戚比彥 善曰春秋漢含孳曰三公在天法三能能與台同保太保也皇戚皇家之戚也爾雅曰美士爲彥　向曰台謂三公位也保太保也皇戚皇之親戚也徽美也比彥謂比肩皆是俊彥

肴乾酒澄端服整弁 其七　善曰禮記曰酒清人渴而不敢飲肉乾人飢而不敢食杜預左氏傳曰肴乾而不食淮南子曰酒澄而不飲　濟曰肴乾酒澄祭畢也整服謂去祭服就常服也

六官視命九賓相儀 善曰六官六卿也周禮曰典命掌諸侯之五儀計其衣服禮儀各眡其命之數漢書曰群臣朝十月義大行設九賓臚句傳東京賦曰伯夷起而相儀　銑曰九賓謂九卿也言視王命助行禮儀

纓笏帀序巾卷充街 善曰纓笏垂纓秉笏也皆朝臣之服故舉服以明人爾雅曰東西牆謂之序巾巾箱也所以盛書　翰曰巾盛物也言垂纓笏卷者而於序序滿於街衢

都莊 五臣作莊都 雲動野馗 音逵 風馳 善曰爾雅

【文二十　卅六】

曰六遠謂之莊劇秦美新曰雲動風偃韓詩曰沲于中馗薛君曰中馗馗中九交之道也四子講德論曰風馳雨集雜襲莊至銑曰莊馗皆道也言觀禮之人於道路有如雲動風馳

倫周伍漢超哉邈猗於宜其八　善曰鄭玄禮記注曰倫比也說文曰伍相參伍也蔡邕胡黃二公頌曰超哉邈猗莫參其二　向曰倫比伍參也言比周漢之德超然遠美

清暉在天容光必照　善曰清暉喻日喻帝也孟子云日月有明容光必照趙岐曰容光小隙

物性五臣作任**其情理宣其奧**　善曰周易曰乾元者始而亨者也利貞者性情也王弼曰不爲乾元何能通物之始不性其情何能久行其正是故始而亨者必乾元也利而貞者必性情也此意性情者正也言人君在上以道被物各存其性爲情矯志不入於心老子曰道者萬物之奧廣雅曰奧藏也　良曰言萬物各任其情明理以宣深奧之義

宴先國胄側聞邦教　善曰沈約宋書曰元嘉中延之遷國子祭酒司徒左長史尚書曰命汝典樂教胄子賈誼弔屈原曰側聞先生尚書曰司徒掌邦教　翰曰胄長也國學以教長子延年時爲國子博士故謙云妄居國胄之先而側聞國之教義也

徒愧微冥

文二十　三十七

終謝智效　善曰微冥微賤而闇冥也家語哀公曰寡人愚冥莊子曰智效一官　銑曰自愧微賤而暗昧也言此無智而效故云謝也

侍宴樂游苑送張五臣無張字徐州應詔詩五言

善曰劉璠梁典曰張謖字公喬齊明帝時爲北徐州刺史謖霜六切

丘希範　善曰梁史曰丘遲字希範吳興人八歲能屬文及長辟徐州從事高祖踐祚拜中書郎遷司徒從事中郎卒集題曰兼中書侍郎丘遲上　向曰希範時爲中郎武帝弟宏爲徐州刺史應詔送王

詰丘吉**旦閶闔開馳道聞鳳吹**去　善曰左氏傳曰詰朝將見杜預曰詰朝平旦也西京賦曰表嶢闕於閶闔薛綜曰紫微宮門曰閶闔漢書曰太子不敢絕馳道應劭曰道天子道也呂氏春秋曰伶倫制十二筩聽鳳鳥之鳴以別十二律蔡邕月令章句曰吹者所以通氣也管簫竽笙塤篪皆以鳴吹也　濟曰閶闔天門也鳳吹笙也笙體鳳故也

輕荑啼**承玉輦細草藉龍騎**　善曰毛詩曰自牧歸荑毛萇曰荑茅始生也藉田賦曰天子御玉輦服虔漢書注曰藉薦也周禮曰馬八尺以上爲龍　良曰荑草之初生藉猶鋪也言鋪此荑草輦從上行

風遲山尚響雨息雲猶積恣　善曰集本作漬

巢空初鳥飛荇杏**亂新魚戲**　善曰毛詩曰參差荇菜荇音杏　曰言風雖緩山尚爲聲也荇水草也

寔惟北門重匪親孰爲寄　善曰史記齊威王曰吾吏有黔夫者使守徐州則燕人祭北門裴駰曰齊之北門也史記田肯謂上曰非親子弟莫使王齊　銑曰徐州梁之北門孰誰也言非親王誰者可寄

參差別念舉肅穆恩波被　善曰荀悅漢紀曰大會羣臣於長樂宮成禮而罷莫不肅穆　向曰別念謂武帝別弟也肅穆謂和穆也言天子恩波和睦而被及

小臣信多幸投生豈酬義　善曰左氏傳羊舌職曰諺曰人之多幸國之不幸也征賦曰豈生命之易投　濟曰小臣遲自謂也言雖投捨此命不足荅其義也

文二十　三十八

應詔樂游苑餞呂僧珍詩五言

善曰梁書曰呂僧珍字元瑜爲左衛將軍天監四年冬大舉北伐

沈休文　善曰劉璠梁典曰沈約字休文吳興人少爲蔡興宗所知引爲安西記室梁興稍遷至侍中丹陽尹建昌侯薨謚曰隱　良曰僧珍爲左衛將軍北伐魏故命作詩餞也

丹浦非樂戰負重切君臨　善曰六韜曰堯與有苗戰于丹水之浦高誘呂氏春秋注曰丹水在南陽涓崖也莊子曰兵革之士樂戰鄧析子曰明君之御人若履冰而負重孟子曰舜竊負而逃遵海濱而處左氏傳子囊曰赫赫楚國而君臨之　良曰堯時丹水國不服堯征而克之此非樂戰但切君臨之重懼百姓不安

我皇秉至德忘己用堯心　善曰穀梁傳曰我君接上下論語曰周之德可謂至德矣莊子堯謂舜曰吾不敖無告不廢窮民此吾用心也　翰曰我皇則梁武帝也執至聖之德忘其身用帝堯之心以

安人也
愍兹區宇內魚鳥失飛沈善曰言失常也東京賦曰區宇乂寧大戴
禮曰魚游于水鳥飛于雲　銑曰愍憐也憐此區宇之內萬物失所也言若魏侵掠推士雷轂二崤交
道善作阻揚旆九河陰善曰漢書馮唐曰臣聞上古王者遣將也跪而推轂曰閫以內寡人
制之閫以外將軍制之閫臬列切西都賦曰左據函谷二崤之阻藉田賦曰九旗揚旆尚書曰九河既道穀梁傳曰水南
曰陰　向曰古之遣將天子親推車轂送之二崤山名旆旗也超乘盡三屬選士皆
百金善曰左氏傳曰秦師過周北門超乘者三百乘韋昭國語注曰超乘者跳躍上車也漢書曰魏氏武卒衣
三屬之甲如淳曰上身一髀褌一脛繳一凡三屬也顏野王曰屬猶接也史記曰李牧趙之良將也匈奴入牧選百金之
士五萬擊之漢書音義服虔曰良士直百金言重也　濟曰三屬甲也選擇也百金言直百金以招士也戎車
出細柳餞席樽上林善曰尚書曰武王戎車三百兩漢書曰匈奴大入邊遣內史周亞夫
軍細柳薛君韓詩章句曰送行飲酒曰餞　良曰細柳漢將周亞夫屯營也言兵車出營作餞席樽酒於上林也上林即

樂游苑也取象於漢家上林苑也命師誅後服授律纓前禽善曰公羊傳曰
何喜于服楚楚有王者則後服無王者則先強周易曰王用三驅失前禽也　翰曰言後者執誅前降者纓捨也函
轘還方解帶嶢堯武稍披襟善曰解帶披襟言將隣附也漢書音義應劭曰嶢山
之闕也李奇曰在上洛北文穎曰武關在洛西李尤函谷關銘曰函谷險要衿帶咽喉　銑曰函函谷關也轘轘轅洛東
坂名嶢武二關名盡為中國之襟帶言今披解而出也伐罪芒山曲弔民伊水
潯音尋善曰尚書曰奉辭伐罪郭緣生述征記曰北芒洛陽北芒嶺靡迤長阜自滎陽山連嶺脩亘暨于東垣孟子
曰湯始征自葛誅其君弔其民伊水名也許慎淮南子注曰潯涯也　向曰洛陽魏所都也芒山故王伐罪弔人於此弔
問也問人勞苦也將陪告成禮待此未抽簪善曰尚書曰柴望大告武成也
謂武王誅紂而還燔柴郊天望祀山川大告以武功成也鍾會遺榮賦曰散髮抽簪永縱一壑通俗文曰幘道曰簪　濟
曰言堯平四方必將燔柴以告武成約自云將陪侍此禮故未解簪纓而歸

祖餞善曰崔寔四民月令曰祖道神也黃帝之子好遠游死道路故祀以為道神以求道路之福
送應氏詩二首五言
曹子建良曰送應璩璩兄弟時董卓遷獻帝於西京洛陽被燒故多言荒蕪之事
步登北芒阪遙望洛陽山洛陽何寂寞宮室盡
燒焚音煩協韻　善曰郭緣生述征記曰北芒洛陽北芒嶺靡迤長阜自滎陽山連嶺脩亘暨于東垣說文曰
寂無人聲也獻帝紀曰車駕至洛陽宮室盡燒　翰曰洛陽山洛之南山也漢遭董卓燒宮室垣牆皆頓
擗音闢荊棘上參天不見舊耆老但覩新少年側
足無五臣作不行徑荒疇不復田善曰漢書曰伍被曰臣今見宮中生荊棘孟子曰太
山之高參天入雲東觀漢記馬援曰隗囂側足無所立國語曰田疇荒蕪賈逵曰一井為疇　銑曰頓擗崩倒也不見耆
老言皆遭亂見殺遊子久不歸不識陌與阡善曰漢書高祖曰遊子悲故鄉

風俗通曰南北曰阡東西曰陌　向曰阡陌皆道也言我久不歸此皆不識其道徑也中野何蕭條
千里無人煙念我平常五臣作生居氣結不能言善曰劉歆
遂初賦曰野蕭條而寥廓東觀漢記曰北夷作寇千里無煙火古詩曰悲與親友別氣結不能言　濟曰言思念平生游
居之處所盡成丘墟
清時難屢得嘉會不可常善曰李陵與蘇武書曰策名清時又詩曰嘉會難再
逢　良曰屢數也言清平之時嘉會之賞不可數得而常有天地無終極人命若朝
霜善曰莊子曰天與地無窮人死者有時漢書李陵謂蘇武曰人生如朝露　翰曰無終極言長久也朝霜言易消也
願得展嬿婉我友之朔方善曰毛詩曰嬿婉之求又曰我友敬矣又曰城彼朔
方　銑曰嬿婉喜樂也言我願得舒此歡樂也我友謂應璩也朔北也親暱女乙切五臣作暱並集
送置酒此河陽中饋豈獨薄賓飲不盡觴愛至

望君深豈不愧中腸 善曰爾雅曰昵近也漢書曰上遇曰婦人職中饋儀禮有饋食之禮鄭玄周禮注曰進物於尊者曰饋言恩愛至情之極所望悲苦愈深也漢書杜鄴說王音曰愛至者其求詳鄭玄注禮記曰病猶謂罪苦也 向曰中饋食也言情愛至極相望苦深今爲離別豈不各愧於中腸 山川阻且遠別促會日長願爲比翼鳥施翮起高翔 善曰毛詩曰山川悠遠 又曰道阻且長古詩曰願爲雙鳴鳥奮翼起高飛 濟曰北方有比翼鳥今我願爲此鳥施翼於身與之高飛

征西官屬送於陟陽候作詩 五言

孫子荆 善曰臧榮緒晉書曰孫楚字子荆太原人征西扶風王駿與楚舊好起爲參軍梁令衛軍司馬爲馮翊太守卒 向曰子荆仕晉爲馮翊太守時司馬俊爲征西將軍俊下官屬任者送至陟陽候故於此作也陟陽亭名候亭也

【文選二十　四十二】

晨風飄岐路零雨被秋草 善曰李陵與蘇武詩曰欲因晨風發送子以賤軀毛詩曰零雨其濛 傾城遠追送餞我千里道 善曰傾猶盡也 三命皆有極咄嗟安可保 善曰養生經黃帝曰上壽百二十中壽百年下壽八十 鄭玄禮記注曰司命主督察三命蒼頡篇曰咄啐也說文曰啐驚也咄丁忽切啐倉憒切王弼周易注曰嗟憂嘆之辭 翰曰言三命皆有終極嗟我此身安可長保 莫大於殤子彭聃貪猶爲夭 善曰莊子南郭子綦曰天下莫大於秋毫之末而太山爲小莫壽於殤子而彭祖爲夭郭象曰夫以形相對則太山大於秋毫若各據其性分物冥其極則形大未爲有餘形小未爲不足苟各安其性則秋毫不獨小其小太山不獨大其大矣若以性足爲大則天下之足未有過於秋毫也若性不足者非大則雖太山亦可稱小矣故曰莫大於秋毫之末而太山爲小則天下無大矣秋毫爲大則天下無小矣無大無小無壽無夭是以蟪蛄不羨大椿而欣然自得斥鴳不貴天池而榮願已足列仙傳曰彭祖殷賢大夫歷夏至商末號年七百史記曰老子字聃列仙傳曰李耳生於殷時爲周守藏史積八十餘年後之流沙莫知所終蓋百六十餘歲或言二百餘歲 銑曰七歲已下云曰下殤彭祖老聃皆壽者若達自然之分者殤者亦足爲壽違理而求者雖彭聃猶以爲夭 吉凶如糾纆憂喜相紛繞 五臣作擾 善曰漢書音義應劭曰禍福相爲表裏如糾纆索相附會也按糾纆索也糾兩股索纆三股索言禍福之相糾如此鵩鳥賦曰禍之與福何異糾纆又曰憂喜聚門吉凶同域神女賦曰紛紛擾擾未知何意 濟曰告凶相繞如索兩股纆也紛擾猶互起也 天地爲我鑪萬物一何小 善曰言天地爲鑪陶冶萬物居其間一何微小言不足自愛也鵩鳥賦曰天地爲鑪萬物爲銅 濟曰言以天地爲鑪陶鑄萬物故宜齊同何有大小 達人垂大觀誡此苦不早 善曰此謂愛生也達人大觀死生若一故戒此愛生苦于不早言能早戒之不以經慮也鶡冠子曰達人大觀乃見其理古詩曰立身苦不早 翰曰達人不賤物貴我通爲一觀我覺此道苦其不早 乖離即長衢惆悵盈懷抱孰能察其心鑒之以蒼昊齊契在今朝守之與偕老 善曰楚辭曰惆悵兮秋自憐王孫子曰仲叔諫衛靈公曰百姓乖離說文曰契大約也毛詩曰君子偕老 向曰誰能察我別離之心言當取鑒於天 濟曰偕俱也言齊死生契在於今朝守此與之俱老

【文選二十　四十二】

金谷集作詩 五言 善曰酈元水經注曰金谷水出河南大白原東南流歷金谷謂之金谷水東南流經石崇故居

潘安仁 向曰金谷水名流經石崇之居時崇出爲城陽太守潘安仁送之

王生和鼎實石子鎮海沂 善曰石崇金谷詩序曰余以元康六年從大僕卿出爲使持節監青徐諸軍事有別廬在河南縣界金谷澗時征西大將軍祭酒王詡當還長安余與衆賢共送澗中賦詩以叙中懷應劭漢官儀曰太尉司空司徒長史號爲毗佐三台助鼎和味尚書曰海岱惟青州又曰徐州淮沂其乂蔡邕陳琳碑曰遠鎮南裔 翰曰祭酒助三公和鼎也崇出守城陽在海畔故云鎮海涯沂水名也 親友各言邁中心悵有違何以叙離思攜手游郊畿朝發

晉京陽夕次金谷湄音眉善曰毛詩曰還車言邁又曰行道遲遲中心有違曹子建離詩曰離思故難任晉京洛陽也爾雅曰水草交爲湄向曰國外曰畿晉都洛陽故云晉京湄水岸也迴谿縈曲阻峻阪路威夷善曰七發曰依絕區兮臨迴谿韓詩曰周道威夷薛君曰威夷險也濟曰縈繞也曲阻曲山也峻高也威夷長貌綠池泛淡淡青柳何依依濫泉龍鱗瀾激波連珠揮善曰東京賦曰淥水澹澹與淡同韓詩曰昔我往矣楊柳依依薛君曰依依盛貌爾雅曰濫泉正出正出湧出也鄭元水經注曰允街谷水文成蛟龍允音公街音牙洞簫賦曰揚素波而揮連珠良曰金谷之水蹙爲文如龍鱗激水散石如珠之揮散前庭樹沙棠後園植烏椑卑靈囿繁石善作若榴茂林列芳梨善曰上林賦曰沙棠櫟儲西京雜記曰上林有烏椑沙棠樹毛詩曰王在靈囿廣雅曰石榴若榴也西京雜記曰上林有芳梨翰曰皆果木名囿園也言靈美也飲至臨華沼遷坐登隆坻池玄

文二十　四十三

醴染朱顏但愬杯行遲善曰毛詩曰舍其坐遷鄭玄詩箋曰坻水中之高地邊讓章華臺賦曰激玄醴於清池楚辭曰美人既醉朱顏酡王仲宣公讌詩曰但愬杯行遲銑曰坻岸愬告也玄醴黑黍酒也揚桴撫靈鼓簫管清且悲善曰楚辭曰揚桴兮撫鼓毛詩曰簫管備舉王仲宣公讌詩曰管弦發徽音度曲清且悲向曰揚舉也桴打鼓杖也言擊鼓吹管之聲清而悲春榮誰不慕五臣作耀歲寒良獨希投分寄石友白首同所歸善曰春榮喻少歲寒喻老也周易陰符太公曰春道生萬物榮論語曰歲寒然後知松栢之後凋阮瑀爲魏武與劉備書曰披懷解帶投分託意分猶志也史記蘇秦謂齊王曰此弃仇讎而得石交者也漢書曰石建老白首萬石君尚無恙也易曰殊塗而同歸世說曰孫秀既恨石崇不與綠珠又憾潘岳昔遇之不以禮後秀爲中書令岳省內見之因喚孫令憶疇昔周旋不秀曰中心藏之何日忘之岳於是始知不免後收石崇同日收岳石先送市亦不相知潘後至石謂潘曰安仁卿亦復爾邪潘曰可謂白首同所歸岳金谷集詩乃成其讖王隱晉書曰岳父文德爲琅邪太守孫秀時爲小吏給岳岳於秀不以仁遇也濟曰春草俱耀歲寒不凋落者亦少也喻平常之時誰不相親至於急難而在者良亦希也言我投分義寄於爾與金石比堅白首與爾同歸於終也

王撫軍庾西陽集別作五言

善曰沈約宋書曰王弘爲豫州之西陽新蔡諸軍事撫軍將軍江州刺史又曰庾登之爲西陽太守入爲太子庶子集序曰謝還豫章庾被徵還都王撫軍送至湓口南樓作

謝宣遠善曰瞻時爲豫章太守良曰王弘爲撫軍將軍後庾被徵還撫軍送至湓口瞻亦將赴豫章三人於此敘別故賦是詩

祗召旋北京守官反五臣作及南服善曰言庾被召而旋帝京已守官而莅南服也左氏傳仲尼曰守道不如守官南服南方五服也翰曰祗敬也謂庾西陽召北還也守官謂宣遠南赴職也服諸侯之國也方舟析舊知對筵曠明牧舉觴矜五臣作務飲

文二十　四十四

餞指途念出宿善曰爾雅曰大夫方舟郭璞注曰方舟並兩船也楊仲武誄曰惟我與爾對筵接机著頡篇曰曠明也舊知庾也明牧指王撫軍也劉琨荅盧諶詩序曰舉觴對膝毛詩曰出宿于濟飲餞于禰陸士衡贈弟詩曰指塗悲有餘銑曰方並析別曠遠也明牧謂王庾也出宿此郊也來晨無定端別晷有成速向曰晨時晷影也言來時未期離別日影急速頹陽照通津夕陰曖平陸榜进人理行艫盧輶軒命歸僕善曰楚辭曰日晻曀而下頹張揖子虛賦注曰月令曰命榜人榜人船長也說文曰艫船頭也吳都賦曰輶軒蓼擾毛詩曰輶車鑾鑣揚雄荅劉歆書曰嘗聞先代輶軒之使濟曰頹陽落日也言日暮去者理舟還者命駕將辭也艫舟也輶軒輕舟也分手東城闉因發櫂直教西江隩五臣作澳音郁善曰說文曰闉城曲重門也音因爾雅曰隩隈也郭璞曰今江東人呼浦爲隩良曰闉城曲隩亦曲也離會雖相雜善作親逝川豈往復善曰言離而復會雖有相親之理但逝山川之流豈有往復之義嗟年命之速而會難也

呂氏春秋曰離則復合合則復離親或爲雜非也　翰曰庾
與王離宜遠與王會故云相雜也逝川豈往復喻時不留也
誰謂情可書盡言非尺牘善曰周易曰書不盡言言不盡意杜篤弔比干文曰
敬申弔於比干寄長懷於尺牘也說文曰牘書版也　翰曰言一尺之版不可盡其情也

鄰里相送方山詩五言　善曰沈約宋書曰少帝出靈運永嘉郡守丹陽郡圖經曰方山在江寧縣東五十里下有湖水舊楊州有四津方山爲東石頭爲西

謝靈運銑曰靈運爲永嘉太守故鄰里相送於此作詩

祗役出皇邑相五臣作指期憩甌越善曰役所莅之職也王充論衡曰充罷州役曹子建詩曰清晨發皇邑毛萇詩傳曰憩息也史記曰東越王搖都東甌時俗號東甌王徐廣曰今之永寧也　向曰皇邑京都也憩止也甌越越之別名
解纜及流潮懷舊不能發善曰吳志曰更增舸纜然纜維船索也力斬切西都賦曰攄懷舊之蓄念　銑曰纜繫舟索也潮江潮也言解纜及潮將去懷其故人不能即發

文二十　四十五

析析就衰林皎皎明秋月含情易爲盈遇物難可歇積痾謝生慮寡欲罕所闕善曰王仲宣公宴詩曰含情欲待誰古詩曰所遇無故物說文曰痾病也老子曰少思寡欲　良曰析析風吹木聲也含情謂含別離之情言含別離情已多感歎遇此風物更益難歇言積痾是甚攝生之慮但能寡欲則希有其闕失
資此永幽棲豈伊年歲別各勉日新志音塵慰寂蔑善曰郭璞山海經曰山居爲棲周易曰日新其德陸機思歸賦曰絕音塵於江介荀組七哀詩曰轔兮轔兮何其寂蔑一作滅　翰曰伊惟惟思也資寡欲之理爲幽棲之道當須思年歲之別各勉日新之德時附音塵慰我寂蔑之懷也蔑無也

新亭渚別范零陵詩五言　善曰十洲記曰丹陽郡新亭在中思里吳舊亭也梁書曰范雲齊世爲零陵郡內史

謝玄暉善曰蕭子顯齊書曰謝朓字玄暉陳郡人也少有美名文章清麗解褐豫章王行參軍稍遷至尚書吏部郎兼知衛尉事江祏等謀立始安王遙光朓不肯祏白遙光光收朓下獄死　銑曰新亭名范雲代爲零陵郡內史

洞庭張樂地瀟湘帝子游善曰莊子北門成問於黃帝曰帝張咸池之樂於洞庭之野吾始聞之懼復聞之怠山海經曰洞庭之山帝之二女居之是常游於江淵澧沅風交瀟湘之川郭璞曰言二女游戲江之淵府則能鼓動五江令風波之氣共相交通言其靈響也楚辭湘君曰帝子降兮北渚王逸曰帝謂堯也娥皇女英隨舜不反死於湘水因爲湘夫人　向曰洞庭山名黃帝奏咸池之樂於上瀟湘江之別名帝女游之即楚辭所謂湘夫人是也
雲去蒼梧野水還江漢流善曰歸藏啟筮曰有白雲出自蒼梧入于大梁尚書曰江漢朝宗于海
停驂我悵望輟棹子夷猶善曰鄭玄毛詩箋曰驂兩騑也蔡邕初平詩曰暮宿河南悵望天陰雨雪滂滂楚辭曰君不行兮夷猶王逸曰夷猶猶豫也　濟曰驂馬輟止也夷猶長望貌謝在陸故云停驂范在舟故云止棹

文二十　四十六

廣平聽方籍茂陵將見求善曰言范同廣平而聲聽方向籍已當居茂陵之下將於彼而見求王隱晉書曰鄭袤字林叔爲中郎散騎常侍曾廣平太守鉄宣帝謂袤曰賢叔大匠垂稱於平陽魏郡百姓蒙惠化且盧子家王子雍繼踵此郡欲使山不乏賢故復相屈在郡先以德化善爲條教百姓愛之鄭玄毛詩箋曰方向也漢書曰司馬相如既病免家居茂陵　良曰周勳爲廣平太守三十年滯訟一朝斷決籍籍甚也同馬相如謝病居茂陵言令求爲此
心事俱已矣江上徒離憂善曰楚辭曰思公子兮徒離憂　翰曰上未能及周勳之籍甚下未果同相如之謝病故事俱已矣對此江波之上空懷離憂

別范安成詩五言　善曰梁書曰范岫字懋賓齊代爲安成內史

沈休文銑同善注

生平五臣作平生少年日分手易前期善曰言春秋既富前期非遠分手之際輕而易之言不難也漢書灌夫傳曰生平慕之論語子曰久要不忘平生之言孔安國曰平生少時也賈充上與李夫人書曰

曰每至當別未嘗以爲易言少年之時別離以前期易也向曰**及爾同衰暮非復別離時**善曰言年壽衰暮死日將近交臂相失故曰非時也蜀志曰宋預聘吳孫權捉預手曰今君年長孤亦老恐不復相見也　齊曰言今同其衰老非是別離時恐不復相見**勿言一樽酒明日難重持**善曰蘇武詩曰我有一樽酒將以贈遠人　良曰勿以此一樽酒爲輕生死無期明日恐不得與之重持也持執也**夢中不識路何以慰相思**善曰繆襲嘉夢賦曰心灼爍其如陽不識道之焉如韓非子曰六國時張敏與高惠二人爲友每相思不能得見敏便於夢中往尋但行至半道即迷不知路遂迴如此者三　翰曰楚王夢與朋友相尋迷不識路約云同此無以慰我相思之心

六臣註文選卷第二十

四十七

六臣註文選卷第二十一

梁昭明太子撰

唐李善并五臣註

詠史

詠史詩 五言

王仲宣　向曰謂覽史書詠其行事得失或自寄情焉曹公好以己事誅殺賢良故託言秦穆公殺三良自殉以諷之

自古無殉死達人所共知善作共所知　善曰禮記曰陳乾昔寢疾屬其子曰如我死使吾二婢子夾我乾昔死其子曰殉葬非禮也杜預左氏傳注曰以人從葬爲殉　鷃冠子曰達人大觀　翰曰從死曰殉古無此事人所知之**秦穆殺三良惜**五臣作昔**哉空爾爲**善曰左氏傳曰秦伯任好卒以子車氏三子奄息仲行鍼虎爲殉皆秦之良也毛萇詩傳曰三良三善臣賈逵國語注曰惜痛也鄭玄禮記注曰爾語助也　濟曰殉無益徒彰非禮故云空爾爲**結髮事明君受恩良不訾**音資　善曰漢書曰霍光以結髮內侍又王生謂蓋寬饒曰用不訾之軀良信也賈逵國語注曰訾量也　良曰凡仕曰結髮訾量也言無量也**臨沒要**平**之死焉得不相隨妻子當門泣兄弟哭路垂臨穴呼蒼天涕下如綆**古杏**縻**美悲切　善曰劉德漢書注曰黃鳥之詩刺秦穆公要之從死垂邊也毛詩曰臨其穴惴惴其慄彼蒼者天殲我良人鄭玄曰穴謂冢壙也說文曰綆汲井綆也縻牛轡也　銑曰穴墓門綆縻皆繩索**人生各有志終不爲此移同知埋身劇心亦有所施**善曰說文曰劇甚也包咸論語注曰施行也　向曰甘爲殉而不退　翰曰劇甚也有所施者爲人用也**生爲百夫雄死爲壯士規黃鳥作悲詩至今聲不虧**善曰

毛詩曰維此奄息百夫之特鄭玄曰百夫之中最雄俊者也漢書項羽謂樊噲曰壯士也毛詩序曰黃鳥哀三良也王逸楚辭注曰歔欷也 濟同善注

三良詩 五言

曹子建 良曰亦詠史也義與前詩同植被文帝責黜意者是悔不隨武帝死而託是詩

功名不可爲忠義我所安 善曰言功立不由於己故不可爲也呂氏春秋曰功名之立天也鄭玄禮記注曰名令聞也孝經注曰死君之難爲盡忠謚法曰能制命曰義我謂三良也 銑曰植自言功名不可強爲而致也唯忠義我可安之 秦穆先下世三臣皆自殘 善曰列女傳柳下惠妻誄曰愷悌君子永能厲兮吁嗟惜哉乃下世兮賈逵國語注曰没身爲殘 向曰殘殺也 生時等榮樂既没同憂患 平聲 善曰應劭漢書注曰秦穆與羣臣飲酒酒酣公曰生共此樂死共此哀奄息等許諾及公薨皆從死 誰言捐軀易殺身誠獨難

攬 五臣作攬 涕登君墓臨穴仰天歎 平 長夜何冥冥一往不復還 善曰說文曰揃棄也楚辭曰美人兮攬涕而竚毛詩曰臨其穴惴惴其慄鄭玄曰穴謂塚壙也說文曰歎太息也李陵詩曰嚴父潜長夜慈母去中堂東觀漢記鄧太后報鄧閶曰長歸冥冥往而不反 翰曰墓中不明是謂長夜冥冥暗皃 黃鳥爲悲鳴哀哉傷肺肝 善曰禮記曰親始死惻怛之心傷腎乾肝焦肺古歌曰大憂摧人肺肝心 濟曰黃鳥哀三良詩也傷肺肝悲之至也

詠史詩八首 五言

左太沖 向曰是詩之意多以喻己

弱冠弄柔翰卓犖觀羣書 善曰禮記曰人生二十曰弱冠王粲車渠椀賦曰援柔翰以作賦孔融薦禰衡表曰英才卓躒躒與犖同班固漢書司馬遷贊曰劉向揚雄博極羣書 良曰蓋思自屬矣弱冠年二十也柔翰筆也卓犖特達也 著論準過秦作賦擬子虛 翰曰賈誼作過秦論司馬相如作子虛賦準擬此以爲法則也 邊城苦鳴鏑羽檄飛京都 善曰長楊賦曰永無邊城之災漢書曰冒頓乃作爲鳴鏑習勒騎射音義曰箭鏑也如今鳴箭也漢書曰高祖曰吾以羽檄徵天下兵 銑曰鳴鏑矢名羽檄徵兵之書 雖非甲冑士疇昔覽穰苴 子余反 善曰尚書曰善敹乃甲冑左氏傳羊斟曰疇昔之羊子爲政史記曰司馬穰苴者田完之苗裔也齊景公以爲將軍將兵扞燕晉之師其後田和因自立爲齊威王用兵行威大放穰苴之法而諸侯朝齊威王使大夫追論古者司馬法而附穰苴其中因號曰司馬穰苴兵法 向曰齊將田穰苴有兵法我乃雖非甲冑之士疇昔嘗覽穰苴之術 長嘯激清風志若無東吳 善曰楚辭曰臨深水而長嘯王逸楚辭注曰激感也東吳謂孫氏也 翰曰時吳未平臨風長嘯若無東吳者志高而氣勇也 鉛刀貴一割夢想騁良圖 善曰東觀漢記班超上疏曰臣乘聖漢威神冀俲鉛刀一割之用韓君章句曰騁施也 濟曰以鉛爲刀只可一割不可再用言願當一割之任奮策於敵國也 左眄 莫見 澄江湘右盼 普莧 定羌胡 善曰廣雅曰眄視也方言曰澄清也馬融論語註曰盼動目皃 良曰眄盼皆視也左澄江湘謂取吳右定羌胡謂取蜀蜀在西故云羌胡 功成不受爵長揖歸田廬 善曰漢書曰酈食其長揖不拜毛詩曰中田有廬漢書疏廣曰吾自有舊田廬 銑曰此思之志也爵五等爵也

鬱鬱澗底松離離山上苗 善曰古詩曰鬱鬱園中柳毛萇詩傳曰離離垂皃 銑曰鬱鬱茂美皃離離輕細皃 以彼徑寸莖蔭此百尺條世冑躡高位英俊沈下僚 善曰史記魏王曰寡人有徑寸之珠七發曰高百尺而無枝韓詩內傳曰所以爲世子何言世世不絕孔安國尚書傳曰冑長子也謂卿大夫子弟也廣雅曰躡履也西都賦曰英俊之域爾雅曰僚官也 濟曰彼謂山苗喻世冑此謂澗松喻英俊 地勢使之然由來非一朝金張藉舊業七葉珥漢貂 善曰周書湯曰吾欲因地勢所有而獻之列子俞氏曰病非一朝一夕之故其所由來漸矣班固漢書金日磾贊曰夷狄亡國羈虜漢庭七葉內侍何其盛也七葉自武至平

也又張湯傳贊曰張氏之子孫相繼自宣元已來爲侍中中常侍者凡十餘人功臣之後唯有金氏張氏親近貴寵比於外戚董巴輿服志曰侍中中常侍冠武弁貂尾爲飾　良曰珥挿也

馮公豈不偉白首不見招

善曰漢書馮唐以孝著爲郎中署長事文帝文帝輦過問唐曰父老何自爲郎說文曰偉奇也荀悅漢紀曰馮唐白首屈於郎署　銑曰馮唐白首屈於郎署故云不見招思歎小人在位而君子在野

吾希段干木偃息藩魏君

善曰廣雅曰希庶也呂氏春秋曰田贊說荊王曰若夫偃息之義則未之識也高誘曰段干木偃息以安魏也通幽賦曰干木偃息以藩魏　向曰吾思自稱也希美也段干木偃息德義文侯過其廬而軾之諸侯聞之而畏魏是謂魏之藩屛也

吾慕魯仲連談笑却秦軍

善曰史記曰魯仲連好奇偉俶儻畫策而不肯仕宦任職趙孝成王秦使白起圍趙魏王使將軍新垣衍說趙尊秦昭王爲帝魯連適游趙謂平原君曰梁客新垣衍安在吾請爲君責而歸之乃見辛垣衍垣衍起再拜謝曰吾請出不敢復言秦將聞之爲却五十里　翰曰秦將聞之爲却五十里此謂談笑之間也

當世貴不羈遭難能解紛功成耻善作不**受賞高節卓不羣**

善曰史記曰秦軍引去平原君欲封魯連魯連辭謝平原君乃置酒酒酣起前以千金遺魯連魯連笑曰所貴於天下之士者爲人排患釋難解紛而不取也即有取者是商賈之事而連不忍爲也遂辭平原君而去班固說東平王蒼曰光名宣於當世鄒陽上書曰不羈之士與牛驥同阜史記曰魯仲連好持高節游於趙論語顏回曰如有所立卓爾　濟曰謂不爲貴者所羈而能解紛又不受所賞卓然與天下不羣也

臨組不肯緤薛**對珪寧**善作不**肯分連璽曜前庭比之猶浮雲**

善曰說文曰組綬屬也王逸楚辭注曰緤繫也禮稽命徵曰諸侯執珪解嘲曰析人之珪將加之官又授之以印後仲連爲書遺燕將燕將自殺田單欲爵之仲連逃海上再封故言連璽鄭玄周禮注曰璽印也論語子曰不義而富且貴於我如浮雲　良曰組綬緤繫分受璽印也言仲連視此猶浮雲之遠已也思以干木仲連絜已利物以刺貪夫也

濟濟京城內赫赫王侯居冠蓋蔭四術朱輪竟長衢

善曰毛詩濟濟多士毛萇曰濟濟多威儀也吳質書曰陳威發憤思入京城毛詩曰赫赫師尹毛萇曰赫赫顯盛皃西都賦曰冠蓋如雲廣雅曰術道也楊惲書曰秉朱輪者十人古詩曰長衢夾巷　銑曰濟濟赫赫美盛皃術衢皆道也竟盡也貴人所乘車朱其輪也

朝集金張館暮宿許史廬

善曰漢書蓋寬饒曰上無許史之屬下無金張之託左太沖詠史詩曰金張藉舊業班固漢書金日磾贊曰夷狄亡國羈虜漢庭七葉內侍何其盛也又張湯傳贊曰張氏之子孫相繼自宣元以來爲侍中中常侍者凡十餘人功臣之後唯有金氏張氏親近貴寵比於外戚漢書孝宣許皇后元帝母元帝封外祖父廣漢爲平恩侯又曰史良娣宣帝祖母也兄恭宣帝立恭已死封恭長子高爲樂陵侯　向曰此皆貴盛用事游士皆集宿其館廬也

南鄰擊鍾磬北里吹笙竽

善曰左氏傳曰鄭伯有夜飲酒擊鍾焉呂氏春秋曰帝嚳令人擊磬墨子曰彈琴瑟吹笙竽磬或爲鼓　翰曰鄰里皆貴族故常聞奏樂

寂寂楊子宅門無卿相輿寥寥空宇內善作中**所講在玄虛**

善曰說文曰寂寂無人聲也漢書楊雄自敘曰雄家素貧耆酒人希至其門廣雅曰寥寥深也空廓也楚辭曰閴空宇之孤子漢書曰雄方草創太玄有以自守老子曰玄之又玄衆妙之門管子曰虛無無形謂之道　濟曰寂寥虛靜也楊雄素嗜酒人希至其門故云無卿相車輿也雄方草太玄經以自守故云所講在玄虛也

言論准宣尼辭賦擬相如

善曰漢書曰時有人問雄者雄常用法應之譔爲十三卷象論語號曰法言又曰先是時蜀有司馬相如作賦甚弘麗溫雅雄心壯之每作賦常擬以爲式　良曰法言象論語故云准作賦以相如爲式故云擬

悠悠百世後英名擅八區

善曰論語曰其或繼周者雖百世可知也魏志程昱曰劉備有英名說文曰擅專也解嘲曰天下之士咸營於八區　銑曰雖至百代尚稱擅名於八方也思以雄儉約折以金張奢麗以激於當代也

皓天舒白日靈景耀神州

善曰廣雅曰皓明也傅玄天地理書曰崐崘東南地方五千里名曰神州　向曰皓大也靈景日景也神州京都也

列宅紫宮裏飛宇若雲浮

善曰西京賦曰正紫宮於未央柏寛臨讖論曰梓匠營宮室上成雲氣下成山

林　翰曰紫宫天子所居處雲浮高廣也

峨峨高門內藹藹皆王侯善曰廣雅曰峩峩容也峩與峨同古字通漢書鮑宣曰豈徒欲使臣重高門之地哉毛詩曰藹藹王多吉士廣雅曰藹藹盛也濟曰峨峨高皃

自非攀龍客何為欻許勿來游善曰揚子法言曰攀龍鱗附鳳翼薛綜西京賦注曰欻者言忽也　良曰言我非攀龍附鳳趨競之人何為忽游於此欻忽也

被褐出閶闔高步追許由善曰家語子路曰有人於此被褐而懷玉何如子曰國無道隱者可也晉宮闕名曰洛陽城閶闔門西向皇甫謐高士傳曰許由武陽城槐里人修道冲虛學于齧缺許由為堯所讓由是退隱遯逃於中嶽下　銑曰褐短敝之衣閶闔國門也許由堯時隱居之士思惡世人趨競勢利將被褐出國門追許由之迹而履之也

振衣千仞岡濯足萬里流善曰王粲七釋曰濯身乎滄浪振衣乎高嶽　向曰振衣濯足欲去世塵也

荊軻飲燕市酒酣氣益震平聲協韻　善曰孔安國尚書傳曰樂酒曰酣毛萇詩傳曰震猶威也

哀歌和漸離謂若傍無人善曰史記曰荊軻之燕與屠狗及高漸離飲於燕市酒酣以往高漸離擊筑荊軻和而歌於市中相樂也已而相泣旁若無人　翰同善注

雖無壯士節與世亦殊倫高眄邈四海豪右何足陳善曰臣瓚漢書注曰邈邈遠也張衡四愁詩序曰豪右兼并之家　良曰荊軻與漸離後刺擊秦王不成故云無壯士節觀其志氣亦與一代殊此人高觀越四海之外豪右之人何足可陳也

貴者雖自貴視之若埃塵賤者雖自賤重之若千鈞善曰列子楊朱曰貴非所貴賤非所賤齊貴齊賤漢書曰十六兩為一斤三十斤為一鈞　濟曰言埃塵輕細也千鈞至重也言君王雖貴軻將刺之狗屠雖賤軻乃與飲事雖屬軻實思自謂也思疾當時貴者盡是小人故輕之賤者雖賤則有君子故重之

主父宦不達骨肉還相薄善曰史記或說主父偃曰太橫主父偃曰臣結髮游學四十年身不得遂親不以為子昆弟不收杜預左氏傳注曰宦仕也呂氏春秋曰父母之於子也子之於父母也此之謂骨肉之親薄輕鄙之也史記曰君尊住陽邪　良曰此言宦不達而骨肉之親相薄也

買臣困樵采善作采樵

伉儷不安宅善曰漢書曰朱買臣家貧常刈薪樵賣以給食擔束薪行且誦書妻亦負戴相隨數止買臣無謳歌道中買臣愈益疾歌妻羞之求去買臣笑曰我年五十當富貴今已四十餘矣汝苦日久待我富貴報汝功妻恚怒曰如公等終餓死溝中耳能何富貴買臣不能留即聽去左氏傳曰施氏之婦怒施氏曰己不能庇其伉儷杜預曰儷偶也伉敵也　銑曰伉儷謂妻也宅居也

陳平無產業歸來翳負郭善曰漢書曰陳平家貧好讀書負郭窮巷以席為門然門外多長者車轍方言曰翳薆也郭璞曰謂蔽薆也音愛鄭玄禮記注曰負之言背也　向曰翳依也

長卿還成都壁立何寥廓善曰郭璞曰貧窮也楚辭曰嗟寥廓而無處廣雅曰廓空也　翰曰卓文君既奔司馬相如相如與馳歸成都居徒四壁立寥廓空也

四賢豈不偉遺烈光篇籍善曰班固說東平王蒼曰遺烈著於無窮漢書吳起商鞅垂著篇籍　向曰言此上四賢豈謂不奇偉而遺美業光於篇籍

當其未遇時憂在五臣作其塡溝壑英雄有迍邅由來自古昔何世無奇才遺之在草澤善曰孟子曰志士不忘在溝壑周易曰屯如邅如國語曰古曰在昔孫子曰何世之無才何才之無施　良曰自傷沈淪於此見志

習習籠中鳥舉翮觸四隅落落窮巷士抱影守空廬善曰說文曰習習數飛也鶡冠子曰籠中之鳥空籠不出鄭玄毛詩箋云隅角也落落疏寂貌言士之居窮巷若鳥之在籠中也風賦曰廓抱影而獨倚　銑曰士居窮巷猶鳥之在籠皆不得志也習習屢飛皃落落疏寂皃抱影猶隱身也

出門無通路枳棘塞中塗善曰王仲宣七哀詩曰出門無所見孔叢子孔子山陵之歌曰枳棘充路陟之無緣　向曰無通路謂時無道也枳棘有棘之木喻讒佞也

計策棄不收塊若枯池魚善曰東方朔六言曰計策棄捐不收王逸楚辭注曰塊獨處貌　翰曰計策不見用塊然若涸池之魚

外望無寸祿內顧無斗儲善曰國語叔向

曰絳之宫商而無尋尺之禄鄭玄毛詩箋曰迴首曰顧古出
東門行曰盎中無斗米架上無懸衣説文曰顧還視也儲畜
也謂蓄積以待用也濟曰寸禄斗儲雖至少此皆無之親戚還相蔑朋友日夜
疎善曰鄭玄毛詩箋曰蔑輕也莊子曰親友益疎　良曰思疾時弃賢賤貧兼以自喻蘇秦北游
説李斯西上書俛仰生榮華咄當没嗟復彫枯善曰
史記曰蘇秦乃西至秦説惠王惠王方誅商鞅疾辯士弗用
乃東之趙遂説六國蘇秦爲從約長并相六國後去趙之燕
陽爲得罪於燕而亡自燕之齊齊宣王以爲客卿後齊大夫
多與蘇秦爭寵者而使人刺蘇秦又曰李斯西入秦説秦王
後秦王以斯爲客卿又曰始皇以斯爲丞相二世下斯就五
刑莊子曰其疾也俛仰之間文子曰身有榮華心有愁悴蒼
頡篇曰咄啐也説文曰啐驚也王弼周易注曰嗟憂嘆之辭
啐倉憒切銑曰此者素皆貧賤之士俯仰之間而取榮寵
旋而復見彫殘也言人不可無位及其有位不欲過分咄嗟嘆詞也飲河期滿腹貴足不
願餘巢林棲一枝可爲達士模善曰莊子曰鷦鷯巢林不過一枝偃鼠飲
河不過滿腹　向曰偃鼠鷦鷯取足而已不願餘也此則達士之模思言位過其才必爲其咎

詠史詩　五言

張景陽　善曰臧榮緒晉書曰張協字景陽載之弟也兄弟並守道不競以屬詠自娱少辟公府後爲黄門侍郎因託疾遂絶人事協見朝廷貪禄位者衆故詠此詩以刺之　翰同善注

昔在西京時朝野多歡娱善曰漢書劉向上疏曰衆賢和於朝萬物和於野孟
子曰霸者之民驩虞如也趙岐注曰娱樂也娱與虞古字通用藹藹東都門羣公
祖二疎善曰毛詩曰仲山甫出祖鄭玄曰祖者行犯軷之祭也二疎見下注　濟曰藹藹盛皃東都門長安
東門也祖祭也凡送行而飲酒者假祭道爲名朱軒曜金城供帳臨長衢善
曰尚書大傳曰未命爲士不得朱軒鹽鐵論曰秦金城千里供帳見下注左太冲詠史詩曰朱輪竟長衢古詩曰長衢羅夾巷
良曰朱軒公卿車也金城長安城也衢道也達人知止足遺榮忽如無抽
簪解朝衣散髮歸海隅善曰鍾會有遺榮賦曰散髮抽簪永絶一丘蒼頡篇曰簪
笄也所以持冠也孟子曰如以朝衣朝冠坐於塗炭也尚書曰至于海隅蒼生　銑曰簪冠簪也凡束髮爲從官散髮爲
罷官行人爲隕涕賢哉此丈夫善曰漢書揚惲上書曰行道之人爲之隕涕毛
詩曰心之憂矣涕既隕之　向曰此丈夫即廣受也揮金樂當年歲暮不留儲
善曰韓康伯周易注曰揮散也歲暮喻年老也詩曰蟋蟀在堂歲聿其暮薛君曰暮晚也言君之年歲已晚也　向曰揮
散儲積也顧謂四座賓多財爲累去愚善曰説文曰顧還視也古詩曰
四坐莫不嘆漢書曰疏廣字仲翁東海人也明春秋爲太子
太傅兄子受字公子亦以賢良爲太子家令廣謂受曰吾聞
知足不辱知止不殆今仕至二千石功成名立如此不去懼
有後悔豈如父子相隨出關歸老故鄉以壽命終不亦善乎
遂上疏乞骸骨上以其年篤老皆許之加賜黄金二十斤皇
太子賜五十斤公卿大夫故人邑子爲設祖道供帳東都門

外送車數百兩辭訣而去道路觀者曰賢哉二丈夫或歎息
爲之下泣廣既歸鄉里日令家共具設酒食請族人故舊賓客
與相娱樂居歲餘廣子孫竊謂其昆弟老人廣所愛信者曰
子孫幾及君時頗立産業基址今日飲食費且盡宜從丈人
所勸説君買田宅老人即以閑暇時爲廣言此計廣曰吾豈
老誖不念子孫哉賢而多財則損其志愚而多財則益其過
金者聖主所以惠養老臣也故樂與鄉黨宗族共饗其賜以
盡吾餘日不亦可乎於是族人悦服皆以壽終累猶負也累
愚爲過者之累也清風激萬代名與天壤俱咄此蟬冕客
君紳宜見書善曰胡廣書曰建鵠德流清風史記魯仲連與燕將書曰業與三王爭流名與天壤俱弊
説文曰咄相謂也蔡邕獨斷曰太尉已下冠惠文侍中加貂
蟬論語曰子張問行子曰言忠信行篤敬子張書諸紳　翰
曰蟬冕客謂貴盛者紳大帶也宜書二疎
之事於此而常佩服矣壤地也咄嘆也

覽古詩　五言

盧子諒　善曰徐廣晉紀曰盧諶字子諒范陽人也有才理顯宗徵爲散騎常侍段末波

爱其才託以道險終不遣之未波死諶依石季龍冉閔誅石氏諶隨閔軍遇害　濟曰徐廣晉紀云諶善屬文西晉之末天下喪亂北投劉琨琨以爲從事中郎後爲段匹磾别駕嘗覽史籍至藺相如傳覩其志思其人故詠之

趙氏有和璧，天下無不傳。秦人來求市，厥價徒空言。善曰蔡邕琴操曰楚明光者楚王大夫也昭王得瑶氏璧欲以貢於趙王於是遣明光奉璧之趙瑶古和字史記秦王曰和氏璧天下共傳寶也史記曰趙惠王得和氏璧秦昭王聞之使人遺趙王書願以十五城易璧史記漢王曰空言虛語非所守也價或作償　良曰和氏璧天下所傳寶趙惠文得之秦昭遺趙王書願以十五城易璧而實不欲與城故云其價是空言也

與之將見賣，不與恐致患。平**簡才備行李，圖令國命全。**善曰史記曰趙王得秦王書與大將軍廉頗諸大臣謀欲與秦璧城恐不可得而見欺欲勿與即患秦兵之來計未定求令報秦者未得毛萇詩傳曰將且也見賣謂將賣己也爾雅曰簡擇也左氏傳燭之武謂秦伯曰行李之往來供其乏困杜預曰行李使人孫卿子曰人之命在天國之命在禮　銑曰將與秦璧而不與趙城是見賣也不與秦璧則短在趙是致患也故簡才使秦以全國命

藺生在下位，緤子稱其賢。善曰史記曰宦者令繆賢曰臣舍人藺相如可使王召見問藺相如周易曰在下位而不憂家語曰顏回以德行著名孔子稱其賢　向同善注

奉辭驅出境，伏軾徑入關。善曰史記曰趙王遂令相如奉和璧西入秦尚書曰奉辭罰罪鄭玄禮記注曰辭言語也莊子曰仲尼伏軾而歎曰由之難化也　翰曰軾車上横木入關入秦也

秦王御殿坐，趙使擁節前。揮袂睨金柱，身玉要俱捐。善曰毛萇詩傳曰御進也鄭玄禮記注曰節所以明信輔君命也令趙使者擁節也說文曰揮奮也燕丹子曰荆軻拔匕首擿秦王决耳入銅柱火出然銅有金故稱曰金柱　良曰趙使相如也秦王坐章臺見相如相如奉璧秦王大喜相如視秦王無意償趙城乃曰璧有瑕請指示王王授璧相如持璧却立倚柱曰臣觀大王無意與趙城故臣復取璧大王必欲急臣臣頭與璧俱碎於柱矣乃持璧睨柱欲以擊之秦王恐其毁璧乃辭謝請以十五城與趙而使相如就館揮奮睨視也捐毁弃也

連城既僞往，荆玉亦真還。善曰史記曰相如度秦王特以詐僞爲與趙城實不可得乃使從者衣褐褱其璧從徑道亡歸璧于趙秦乃不以城與趙趙亦終不與璧　濟曰連城謂十五城荆玉謂和氏璧也

爰在澠池會，二主克交歡。昭襄欲負力，相如折其端。善曰爾雅曰爰曰也史記曰秦王欲爲好會於澠池趙王遂與秦王會澠池又曰嚴仲子謂聶政曰故進百金者得以交足下懽漢書曰鄭解入關賢豪爭交歡史記曰秦武王死無子立異母弟是爲昭襄王列子曰不徇愈於負其力乎漢書曰秦王政負力怙威鄭玄周禮注曰負恃也方言曰端緒也　向曰秦趙會於澠池秦昭王欲恃其彊相如折挫其端

眥在計**血下霑襟，怒髮上衝冠。**善曰說文曰眥目匡也列士傳曰朱亥瞋目視虎眥裂血出濺虎史記曰藺相如怒髮上衝冠徐敬業詩曰少年負壯氣耿介立衝冠　翰曰相如怒而目眥血下髮上衝冠

西缶終雙擊，東瑟五臣作琴**不隻彈。**善曰西征賦曰秦虎狼之彊國趙侵弱之餘燼超入險而高會杖命世之英藺耻東瑟以偏鼓提西缶而接刃辱十城之虛壽奄咸陽以取儁　濟曰酒酣秦王謂趙王曰寡人聞趙王好音請奏瑟趙王爲之鼓瑟相如前進曰趙王聞秦王善爲秦聲請奏缶秦王怒不許相如前進曰五步之内請以頸血濺大王矣左右欲刃相如相如張目叱之左右皆靡非秦王不懌爲之擊缶寡哉瑟而言琴者文之失矣

捨生豈不易，處死誠獨難。善曰幽通賦曰捨生取誼史記太史公曰非死者難也處死者難也　良曰捨生而死者蓋易也處死地而能立事難也而相如能矣

稜威章臺顛，彊禦亦不干。善曰漢書武帝報李廣曰威稜憺于鄰國毛詩曰不畏彊禦孔安國尚書傳曰干犯也　銑曰謂相如奉璧入秦時也稜猶奮也彊禦謂秦也

屈節邯鄲中，俛首忍迴軒。善曰史記曰趙王以相如功大拜爲上卿位在廉頗之右廉頗曰相如素賤人吾羞不忍爲之下我見相如必辱之相如聞不肯與會出望見廉頗相如引車避匿家語子貢曰夫子欲屈節以救父母之國節猶操也　向曰相如同善注引車避匿此爲屈節也邯鄲趙都也俛低軒車也

廉公何爲者，負荆謝厥愆。音衍　善曰

史記曰於是舍人相與諫相如曰今君與廉君同列廉君宣
惡言而君畏匿且庸人尚羞之相如曰相如雖駑獨畏廉將
軍哉顧吾念之彊秦所以不敢加兵於趙者徒以吾兩人在
也今兩虎自鬬其勢必不俱生吾所以爲此也以先國家之
急而後私讎也廉頗聞之肉袒負荆因賓客至藺相如門謝
罪曰鄙賤之人不知將軍寬之至也卒相與驩爲刎頸之交
晉灼漢書注曰以辭相告曰謝尚書曰思免
厥愆孔安國尚書傳曰愆過也　翰同善注　**智勇冠當**
世弛張使我歎平聲　善曰史記太史公曰相如其處
智勇可謂兼之矣禮記孔子曰一張一
弛文武之道也鄭玄曰張弛以弓弩喻人也說文曰歎吟也
謂情有所悅吟歎而歌詠　濟曰相如智勇蓋於當世弛解
也下廉頗爲解析秦王爲張
也誠可歎美之我甚自稱也

張子房詩五言　善曰沈約宋書曰姚泓新立關
中亂義熙十三年正月公以舟師進討
軍頓留項城
經張良廟也

謝宣遠善曰王儉七志曰高祖遊張良廟並命
僚佐賦詩瞻之所造冠于一時　良曰

晉末宋高祖北伐見張良廟毀乃脩之并命
諸人爲詩瞻時爲豫章太守遥以和此雖是
和詩而
實詠之

王風哀以思周道蕩無章善曰毛詩序曰關睢麟趾
之化王者之風又曰亡國
之音哀以思毛詩曰顧瞻周道又序曰厲王無道天下蕩蕩
無綱紀文章　銑曰亡國之音哀以思謂周之將亡蕩然無
綱紀文
章也　**卜洛易**去　**隆替與亂罔不亡**善曰尚書曰
予朝至于洛
師卜澗水東瀍水西惟洛食韋昭國語注曰替廢也漢書婁
敬說高祖曰昔成王即位乃營成周都洛以爲此天下中有
德則易以王無德則易以亡又劉向上疏曰自古及今未有
不亡之國也　向曰隆盛替廢也周公卜洛而都之以爲有
德易以盛無德易以廢至于後與於亂道
無不亡之者而周子孫有之是以亡也　**力政吞九鼎苛**
慝暴三殤善曰力政謂秦也墨子曰反天意者力政也如
淳漢書注曰王室微弱諸侯以力爲政相攻伐
也史記曰秦取周九鼎寶器而遷西周苛猶虐也禮記曰苛
政猛於虎同翰注　翰曰力政謂秦以力爲政也吞取九鼎

而伐周也横死曰殤孔子過太山有婦人哭於墓者而哀使
子貢問之曰吾舅死於虎吾夫又死焉今吾子又死焉曰何
不去也曰無苛政孔子曰小子志之苛政猛於
虎也秦之苛法天下怨之其暴甚於此三殤也　**息肩纏民**
思靈鑒集朱光善曰東京賦曰百姓不能忍是用息肩
於漢毛詩曰天監在下有命既集曹植
離友詩曰靈鑒無私賈逵國語注曰鑒察也南都賦曰輝朱
光於白水　濟曰天下苦秦猶終日擔重而行思息其肩者
也故神靈下鑒漢高之德而集
之漢火德故云朱光纏結也　**伊人感代工聿來扶**
興王善曰伊人謂張良也毛詩曰所謂伊人感猶應也尚
書咎繇曰無曠庶官天工人其代之毛詩曰聿來胥
宇孔安國尚書傳曰聿遂也陸機遂志賦曰扶興王以成命
延褒斯乎天祿　良曰興王謂漢高也言人代天理官子房
感此而扶翼興王使
成帝業工官聿疾也　**婉婉幙中畫輝輝**五臣作暉　**天業昌**
善曰婉婉和順貌也漢書高祖曰運籌於帷幄之中吾不如
子房易川靈圖曰攝天之業使之理鄭玄曰天業得其理
銑曰言子房運策於帷幄之中使漢
高帝業昌盛也婉婉美貌暉暉明皃　**鴻門銷薄**博**蝕垓**

下隕善本作殞字　**欃**楚咸**槍**七將協韻　善曰漢書曰亞父范增
說項羽急擊沛公項伯素善張良夜
馳見良具告事實良乃與項伯見沛公沛公曰旦自來謝沛公旦
日從百餘騎見羽鴻門羽因留沛公飲范增數目羽擊沛公
羽不應有頃公從間道走軍使張良留謝又曰漢王追羽至
陽夏謂張良曰諸侯不從奈何用良計諸侯皆會圍羽垓下
薄蝕欃槍皆喻羽也京房易飛候曰凡日蝕皆於晦朔不於
晦朔蝕者名曰薄爾雅曰彗星爲欃槍　向曰同善注皆錯
亂不順之事
隕猶落也　**爵仇建蕭宰定都護儲皇**善曰爵仇謂
封雍齒也漢
書曰良從上出奇計及立蕭相國音義曰何時未爲相國勸
高祖立之漢書又疏廣曰太子國儲副君也　翰曰高祖君
洛陽宮諸將爭功不定以問良良曰陛下所與爲仇者爲誰
曰雍齒張良曰請先封雍齒上從其計諸將聞之皆曰雍齒
且侯吾屬無患此謂爵仇也又勸上立蕭相國故云建蕭宰
婁敬說曰陛下都洛陽不如入關良因勸上入長安是曰車
駕西都長安是謂定都又上欲廢太子立戚夫人子趙王如
意呂后恐以問良良爲畫計得不易太子故云護儲皇也
肇允契幽叟翻善作飜字　**飛指帝鄉**善曰言初即合契幽
叟晚乃遊心帝鄉漢

書曰良從容步下邳圯上有一老父衣褐至良所曰孺子可教後五日與我期此良夜半往有頃父亦來喜出一編書曰讀是則為王者師旦視其書乃太公兵法又曰願棄人間事欲從赤松子遊耳偃學道欲輕舉莊子曰華封人謂堯曰千歲厭世去而上僊乘彼白雲至于帝鄉毛詩曰肇允彼桃蟲翻飛維鳥鄭玄曰肇始也允信也薛君韓詩章句曰翻飛貌　濟曰良嘗步下邳圯上同善注肇始允信幽神也老父言良始信契合神交為王者師及其功成是欲輕舉將乘雲翻飛指于帝鄉帝鄉謂崐崙山天帝居處

惠心奮千祀清埃播無疆善曰周易曰有孚惠心勿問元吉清埃猶清塵也李尤武功歌曰清埃飛連日月毛詩曰惠我無疆　良曰良以明惠之心為漢畫計奮於千載之上清塵布於後代有無窮之美埃塵疆窮也

神武睦三正裁成被八荒善曰神武謂宋高祖也尚書益曰帝德廣運乃聖乃神乃武乃文孔安國尚書傳曰睦和也漢書曰三正子為天正丑為地正寅為人正周易曰后以財成天地之道輔相天地之宜漢書曰監八方被八荒　銑曰神武謂宋高祖睦親也三正天地人之政言宋高祖躬親三正之道裁制成理德被八方

明兩燭河陰慶霄薄汾陽善曰明兩慶霄皆喻宋高祖燭猶明也薄猶輕易也河陰汾陽堯舜二帝所居也以高祖譬舜則高祖光明又以方堯則堯可輕薄也鄭玄曰明兩者取君明上下明德相承其於天下之事無不見也　向曰易云明兩作離大人以繼明照于四方慶霄慶雲也皆以喻宋高祖舜避丹朱於南河之南即河陰也堯見四子汾水之陽窅然喪其天下焉謂高祖之德可以照舜河陰覆堯汾陽言皆過之燭照薄覆也

鑾旍五臣作旌字**歷頹寢飾像薦嘉嘗**善曰宋略曰大軍九月次彭城鑾旍鑾旗也公羊傳秋祭曰嘗　翰曰鑾旍車駕旌旗也言宋高祖歷良廟見頹毀寢廢更使飾其形像而祭之薦進也嘗設祭名也

聖心豈徒甄惟德在無忘善曰大戴禮曰神明自得聖心備矣鄭玄尚書緯注曰甄表也陸機高祖頌曰念功惟德鄭玄毛詩箋曰惟思也　濟曰言宋高祖之意豈徒表飾此廟而已乃思良輔翼漢祖故復為之是不忘祖德矣宋高漢後也甄表也

逝者如可作揆子慕周行善曰逝謂死也死者可起之而令仕度子之志亦慕此周行周行喻宋也國語曰趙文子與叔嚮游於九原曰死者若可作也吾誰與歸毛詩曰嗟我懷人寘彼周行毛萇曰行列也周之列位　良曰作起揆度也子謂子房也言死者可起之而令仕度良之意亦慕我宋朝

濟濟屬車士粲粲翰墨場善曰漢書音義曰大駕屬車八十乘歸田賦曰揮翰墨以奮藻賓戲曰婆娑乎術藝之場項岱曰場圃講經藝之所　銑曰濟濟美皃粲粲盛皃屬車後車也言宋祖後車之士皆文章之士是翰墨之場故能詠良也

瞽夫違盛觀竦踊企一方善曰瞽夫宣遠自謂也毛萇詩傳曰違離也莊子叔連曰瞽者無以與乎文章之觀說文曰企舉踵也毛詩曰相怨一方　向曰瞽自謂盲瞽之夫不得觀此盛觀但竦踊企望而已瞻時在豫章故云一方

四達雖平直蹇步愧無良善曰禮記曰周道四達尚書曰王道正直孔安國曰工道平直也說文曰蹇跛也左氏傳曰孟縶之足不良能行毛萇詩傳曰良善也　翰曰四達謂衢也言天下有道衢路平直瞻自愧蹇跛無良才以游此瞻之謙詞

餐和忘微遠延首詠太康善曰莊子曰聖人其於人也故或不言而飲人以和郭象曰各自得斯飲和矣豈待言哉微遠亦自謂也阮瑀止欲賦曰欽延首以極視魏明帝野田黃雀行曰四夷重譯貢百姓謳吟詠太康琴操伍子胥歌曰庶此太康皆吾力兮　濟曰瞻自謂微人而守遠郡由餐和氣遂復忘此但以舉目延首詠太康之道

秋胡詩　五言

顏延年

善曰列女傳曰魯秋胡絜婦者魯秋胡子之妻秋胡子既納之五日去而宦於陳五年乃歸未至其家見路傍有美婦人方採桑秋胡子悅之下車謂曰今吾有金願以與夫人婦人曰嘻妾採桑奉二親不願人之金秋胡子遂去歸至家奉金遺其母其母使人呼其婦婦至乃向採桑者也秋胡子見之而慙婦曰束髮脩身辭親往仕五年乃得還當見親戚今也乃悅路傍婦人而下子之裝以金與之是忘母不孝也妾不忍見不孝之人遂去而走自投河而死　良曰同善注延年詠此以刺為君之義不固也

椅於宜**梧傾高鳳寒谷待鳴律影響豈不懷自遠**

每相匹善曰毛詩曰其桐其椅其實離離又曰鳳皇鳴矣于彼高崗梧桐生矣于彼朝陽司馬紹統贈山濤詩曰昔也植朝陽傾枝俟鸞鷟鵷向別錄曰鄒衍在燕有谷寒不生五穀鄒子吹律而溫至生黍也言椅梧佇鳳鳥之來儀寒谷資吹律而成煦類乎影響豈不相思故夫婦之儀自遠相匹尚書曰惠迪吉從逆凶惟影響鶡冠子曰影則隨形響則應聲毛萇詩傳曰懷思也銑曰椅亦桐類鳳皇常棲之言椅梧之樹常傾枝以候鳳寒谷之地待人以吹律亦猶影之與響物而應之雖自遠而至因相匹偶此言夫婦之義相感而合懷猶顧也婉彼幽閑女作嬪君子室善曰毛萇詩傳曰婉然美皃又曰窈窕幽閑也爾雅曰嬪婦也向曰幽閑柔順皃謂秋胡妻也君子謂秋胡也峻節貫秋霜明豔侔朝日善曰貫猶連也傅玄有女篇曰容華既以豔志節擬秋霜鄭玄周禮注曰侔等也詩曰東方之日彼姝者子在我室兮薛君曰詩人言所說者顏色盛美如東方之日　翰曰志節高峻過秋霜之厲明惠豔淑等朝日之光嘉運既我從欣願自此畢其一善曰陸機從梁陳詩曰在昔蒙嘉運濟曰偶此嘉會故欣願畢矣欣喜也燕居未及好五臣歡字良人顧有違善曰毛詩曰或燕燕居息又曰妻子好合孟子曰良人出必厭酒肉劉熙曰婦人稱夫曰良人毛詩曰行道遲遲中心有違鄭玄毛詩箋曰顧念也　良曰燕安也秋胡娶後五日而行故云安居未及歡違別也脫巾千里外結綬登王畿善曰巾處士所服綬仕者所佩今欲官於陳故脫巾而結綬也東觀漢記曰江革養母幅巾屐履漢書蕭育與朱博爲友長安諺曰蕭朱結綬言其相薦達也秋胡仕陳而曰王畿詩緯曰陳王者所起也銑曰巾布衣之服綬職事所服千里謂陳國王者所起故曰王畿戒徒在昧旦左右來相依善曰易歸藏曰君子戒車小人戒徒左氏傳曰讒鼎之銘曰昧旦丕顯　向曰昧未也言未明而戒徒者早起使左右相依而行驅車出郊郭行路正威遲善曰古詩曰驅車策駑馬毛詩曰四牡騑騑周道倭遲毛萇曰倭遲歷遠皃韓詩曰周道威夷其義同倭於危切翰注同存爲久離別沒爲長不歸其二善曰蘇武詩曰生當復來歸死當長相思嗟余怨行役三陟窮晨暮善曰

毛詩曰嗟予子行役夙夜無已又曰陟彼崔嵬我馬虺隤又曰陟彼高岡我馬玄黃又曰陟彼砠矣我馬瘏矣　濟曰余謂秋胡稱也怨歎此行役也三陟同善注言爲登山陟險窮盡晨暮嚴駕越風寒解鞌犯霜露善曰楚辭曰嚴車駕兮戲遊鄭玄禮記注曰越蹈也漢書李廣令曰下馬解鞌左氏傳太叔曰跋涉山川蒙犯霜露　良曰嚴駕整駕也解鞌息駕也原隰多悲涼迴飇卷高樹善曰宋均春秋緯注曰涼愁也離獸起荒蹊驚鳥縱五臣作從橫去善曰阮籍詠懷詩曰離獸東南下悲哉游宦子勞此山川路其三善曰漢書薄昭與淮南王書曰亡之諸侯遊宦事人毛詩曰山川悠遠維其勞矣超遙行人遠宛轉年運徂良時五臣作人爲此別日月方向除善曰楚辭曰超逍遙兮今焉薄又曰愁脩夜而婉轉莊子老聃曰予年運而往矣將何以戒我哉李陵詩曰良時不再至離別在須臾毛詩曰昔我往矣日月方除毛萇曰除陳生新曰除鄭玄曰四月爲除廣雅曰方始也　銑曰徂往除盡也孰知寒暑積僶俛見榮枯善曰僶俛猶俯仰也程曉女典曰春榮冬枯自然之理　向曰僶俛猶須臾也春榮秋枯也歲暮臨空房涼風起坐隅寢興日已寒白露生庭蕪其四善曰陸機青青河畔草詩曰空房來悲風鵩鳥賦曰止于坐隅毛詩曰言念君子載寢載興宋玉諷賦曰主人女歌曰歲已暮兮日已寒爾雅曰蕪草也　翰注同勤役從歸願反路遵山河濟曰役謂入仕歸願謂復還也遵從也昔辭善作辭字秋未素今也歲載華良曰未素謂木未落載華謂草已榮蠶月觀時暇桑野多經過善曰毛詩曰蠶月條桑又曰蜎蜎者蠋烝在桑野阮籍詠懷詩曰趙李相經過佳人從所善作此字務窈窕援高柯善曰楚辭曰聞佳人兮召予薛君韓詩章句曰窈窕貞專皃說文曰援引也　銑曰佳人即秋胡妻也窈窕美皃援攀也傾城誰不顧弭節停中阿其五善曰漢書李延年歌曰北方有佳人絕世而獨立一顧傾人城再顧傾人國寧知傾城國佳人不再

得楚辭曰吾令羲和弭節兮鄭玄毛詩箋曰中阿阿中也大陵曰阿王逸曰弭安曰　向曰傾城之皃人誰不顧故秋胡停駕而觀弭按也中阿路之曲也**年往誠思勞路**善作事字**遠闊音形**善曰楚辭曰年洋洋而日往曹子建苔楊德祖書曰思子爲勞陸機贈顧彥先詩曰形影曠不接所說聲與音音聲日夜闊何以慰吾心廣雅曰昧闇也五載之別雖久論情無容不識直爲先昧平生所以致謬孔安國論語注曰平生猶少時也　翰曰闊猶異也昧平生言不相識也

雖爲五載別相與昧平生

捨車遵往路鳧藻馳目成善曰周易曰舍車而徒義弗乘也往路所來從之路也李陵詩曰行人懷往路班彪冀州賦曰感鳧藻以進樂兮楚辭曰滿堂兮美人忽獨與予兮目成王逸曰獨與我睨而相親成爲親也　濟曰秋胡望其妻而前如鳧鳥得水草歡躍而進將以目擊奠成其心捨弃遵從也藻水草也

南金豈不重聊自意所輕義心多苦調密比五臣作此**金玉聲**其六善曰毛詩曰元龜象齒大賂南金鄭玄毛詩箋曰聊且略之辭也潘岳從姊誄曰義心清尚莫之與鄰謂猶辭也毛詩曰無金玉爾音而有遐心濟曰南金雖重孰義不受密然絶之義也

高節難久淹朅綺列**來空復辭**善曰列女傳曰齊母乃作詩以砥礪女之心高其節劉向七言曰朅來歸耕永自踈王逸楚辭注曰朅去也　良曰婦既志高故難久留朅去也空復辭無所得也**遲遲前途盡**

依依造門基上堂拜嘉慶入室問何之善曰閑居賦曰太夫人在堂蘇玄織女詩曰時來嘉慶集室妻之所居女史箴曰正位居室楚辭曰浮雲兮容與導余兮何之　銑曰遲遲行皃造至也至門基謂及家也　向曰見母故云拜嘉慶妻未還所以問何之

日暮行采歸物色桑榆時善曰物色桑榆言日晚也東觀漢記光武曰日出之東隅收之桑榆　翰曰妻自采桑而歸也桑榆時言日暮也

美人望昏至慙歎前相持其七善曰楚辭曰美人皓齒嫮以姱　濟曰美人亦妻也秋胡慙歎已過前持其妻

有懷誰能已聊用申苦難善曰毛詩曰有懷于衛靡日不思鄭玄箋曰已止也　良曰妻既恨之聊述其情

離居殊年載一別阻河關春來無時豫秋至恒早寒善曰楚辭曰折疎麻兮瑤華將以遺兮離居史記曰魏王豹至國即絶河關爾雅曰豫樂也　銑曰豫悦也

明發動愁心閨中起長歎平聲善曰毛詩曰明發不寐曹子建美女篇曰中夜起長歎**慘悽**

歲方晏日落游子顏其八善曰言情之慘悽在乎歲之方晏日之將落愈思遊子之顏楚辭曰歲既晏兮孰華鄭玄毛詩箋曰方向也漢書高祖曰游子悲故鄉　向曰每及歲暮常悽慘煩憂恐秋胡顏皃日就銷落奈何來歸失義如此皆秋胡子妻恨詞

高張生絶絃聲急由調起善曰高張生於絶弦以喻立節期於效命聲急由乎調起以喻辭切興於恨深楊雄解嘲曰弦者高張急徽物理論曰琴欲高張琴欲下聲演連珠曰繁會之音生乎絶弦說苑曰應侯與賈子坐聞有琴聲應侯曰今日琴一何悲賈子曰夫張急調下故使悲矣調猶韻也謂音聲之和　翰曰以琴瑟爲喻也高張以致絶絃立節有以盡命聲急自於調起詞苦由乎恨深

自昔枉光塵結言固終始如何久爲別百行愆善作諐字**諸己**善曰繁欽與魏文帝牋曰冀事速訖旋侍光塵公羊傳曰結言而退楚辭曰解佩纕以結言周易曰歸妹人之終始也孔藏與從弟書曰學者所以飭百行也杜預左氏傳注曰諐失也論語曰君子求諸己　濟曰愆猶失也

君子失明義誰與偕沒齒善曰家語孔子曰淫亂者生於男女無別則夫婦失義昏禮聘享者所以別男女明夫婦之義也論語曰沒齒無怨言　良曰皆俱沒盡齒年也言怨其失義不俱盡年

愧彼行露詩甘之長川汜其九善曰貞女不犯霜露而違禮而我貪生以棄義比之爲劣故有愧焉毛詩曰厭浥行露豈不夙夜謂行多露鄭玄曰豈不知當早夜成婚禮謂道中之露太多故不行耳爾雅曰水決復入河爲汜　銑曰詩序云彊暴之男不能侵陵貞女也詩曰厭浥行露言不可以無禮于有禮也妻愧於此詩甘赴水而死汜水涯也

五君詠五首

五言善曰沈約宋書曰顏延年領步兵好酒疎誕不能斟酌當時劉湛言於彭城王義康出爲永嘉太守延年甚怨憤乃作五君詠以述竹林七賢山濤王

戎以貴顯被黜詠嵇康曰鸞翮有時鎩龍性誰能馴詠阮籍曰物故不可論途窮能無慟詠阮咸曰屢薦不入官一麾乃出守詠劉伶曰韜精日沉飲誰知非荒宴此四句蓋自序也　向同善注

顏延年

阮步兵　善曰袁宏竹林名士傳曰阮籍以步兵校尉缺廚中有數斛酒乃求爲校尉大將軍甚奇愛之　翰注同

阮公雖淪跡識密鑒亦洞　善曰廣雅曰淪沒也識心之別名湛然不動謂之心分別是非謂之識廣雅曰鑒照也洞深也　銑曰淪沈也

沈醉似埋照寓辭類託諷　善曰臧榮緒晉書曰籍拜東平相不以政事爲務沈醉日多善屬文論初不苦思率爾便成作五言詩詠懷八十餘篇爲世所重班固漢書述曰寓言淫麗託諷終始　良曰照光也籍沈醉終日率爾屬文初不苦思詞皆諷諭寓寄也

文選二十一　二十

長嘯若懷人越禮自驚衆　善曰魏氏春秋曰籍少時常遊蘇門山有隱者莫知姓名籍從與談太古無爲之道及論五帝三王之義蘇門生蕭然曾不經聽籍乃對之長嘯清韻響亮蘇門生逌爾而笑籍既降蘇門生亦嘯若鸞鳳之音焉毛詩曰嗟我懷人孫盛晉陽秋曰阮籍嫂嘗歸家籍相見與別或以禮譏之籍曰禮豈爲我設邪嵇康司馬長卿讚曰長卿慢世越禮自放賈逵國語注曰越踰也　濟同善注

物故不可論途窮能無慟　善曰臧榮緒晉書曰阮籍雖放誕不拘禮教發言玄遠口不評論臧否人物魏氏春秋曰籍時率意獨駕不由徑路車跡所窮輒慟哭而返　銑曰同善注此延年自託以爲途窮者

嵇中散　良曰嵇康爲中散大夫

中散不偶世本自餐霞人　善曰孫盛晉陽春秋曰嵇康性不偶俗呂氏春秋曰沈君筮謂孫叔敖曰耦世接俗子不如我餐霞謂仙也楚辭曰漱正陽而含朝霞司馬相如大人賦曰呼吸沆瀣餐朝霞　翰曰餐霞仙者之流

形解驗默仙吐論知凝神　善曰顧凱之嵇康讚曰南海太守鮑靚通靈士也東海徐寧師之寧夜聞靜室有琴聲怪其妙而問焉靚曰嵇叔夜寧曰嵇臨命東市何得在茲靚曰叔夜迹示終而實尸解柏子新論曰聖人皆形解仙去言死示民有終孫綽嵇中散傳曰嵇康作養生論入洛京師謂之神人向子期難之不得屈莊子曰藐姑射之山有神人居焉其神凝郭象曰行若曳枯木止若聚死灰是其神凝也廣雅曰凝定也　濟曰同善注尸解則形解也驗此則康默然而仙矣又康著養生論則可謂知凝神之道也

立俗迕五故流議尋山洽隱淪　善曰竹林七賢論曰嵇康非湯武薄周孔所以迕世爾雅曰迕逆也非有先生論曰欲聞流議神仙傳曰王烈年已二百三十八歲康甚愛之數與共入山遊戲採藥柏子新論曰天神人五二曰隱淪　良曰康非湯武薄周孔所以犯俗而罹流議與王烈入山遊戲是則洽隱淪也

鸞翮有時鎩所拜龍性誰能馴　善曰嵇康別傳曰康美音氣好容色龍章鳳姿天質自然淮南子曰飛高鎩羽許慎曰鎩殘羽也左氏傳曰劉累學擾龍于豢龍氏服虔漢書注曰擾馴也鎩所例切　銑曰鎩殘馴擾也皆以喻康亦復自謂

七刀手　文選二十一　二十一

劉參軍　善曰袁宏竹林名士傳曰劉靈爲建威參軍　向同善注

劉伶善閉關懷情滅聞見　善曰言道德內充情欲俱閑既無外累故聞見皆滅臧榮緒晉書曰靈嘿少言老子曰善閉者無關鍵而不可開王弼曰因物自然不設不施故不用關鍵繩約而不可開解說文曰懷藏也莊子廣成子曰目無所見耳無所聞汝神將守形形乃長生　翰曰言伶懷情不發以滅聞見猶閉關知歸而無事也

鼓鐘不足歡榮色豈能眩　戶徧切　善曰夫鍾鼓以悅耳榮色以悅目今聞見既滅聲色俱喪故鼓鍾不足以爲歡豈榮色之能眩也賈逵國語注曰眩惑也　濟曰眩惑也謂聲色不入

韜精日沈飲誰知非荒宴　善曰廣雅曰韜藏也賈逵國語注曰精明也臧榮緒晉書曰伶常乘鹿車攜一壺酒尚書曰羲和沈湎于酒孔安國曰沈謂醉冥也毛詩曰好樂無荒鄭玄曰荒廢亂也　銑曰韜藏精光也沈飲耽飲也荒廢之宴言人不知伶非爲此宴宴亦有以也

頌酒雖短章深衷自此見　善曰頌酒即酒德頌也衷謂中心也蒼頡篇曰衷別外之辭也　向曰嘗作酒德頌雖曰短章

情自此見謂伶好飲爲居亂代欲晦其才延年自解猶同比美

阮始平　善曰袁宏竹林名士傳曰阮咸字仲容籍之兄子也與籍俱爲竹林之遊官上始平太守　翰同善注

仲容青雲器實稟生民五臣作人秀　善曰青雲言高遠也史記太史公曰夫閭巷之人欲砥行立名者非附青雲之士惡能施於後代哉禮記曰人者五行之秀廣雅曰秀美也　翰曰青雲器高大者也

達音何用深識微在金奏　善曰傅暢晉諸公贊曰中護軍長史阮咸唱議荀勖所造樂聲高聲高則悲亡國之音哀以思今聲不合雅懼非德政中和之善必古今長短之所致後掘地得古銅尺歲久欲腐壞以此尺度於勖今尺短四分時人明咸爲解班固匈奴傳贊曰遠見識微周官曰鍾師掌金奏凡樂事以鍾鼓奏九夏杜預左氏傳注曰擊鍾而奏樂　濟同善注

郭奕已心醉山公非虛覯　善曰名士傳曰阮咸哀樂至到過絕於人太原郭奕見之心醉不覺歎服列子曰有神巫自齊而來處於鄭命曰季咸列子見之而心醉向秀曰迷惑其道也山濤啓事曰咸若在官之職必妙絕於時鄭玄毛詩箋曰覯見也　良同善注

屢薦不入官五臣作官一麾乃出守　善曰曹嘉之晉紀曰山濤舉咸爲吏部郎三上武帝不能用也尚書曰學古入官麾指麾也言爲勖所指麾也傅暢諸公讚曰勖性自矜因事左遷咸爲始平太守　銑曰同善注一麾出守此亦延年自喻

向常侍　向曰秀爲散騎常侍

向秀甘淡薄深心託毫素　善曰說文曰淡薄味也文賦曰惟毫素之所擬也　翰曰甘好也淡薄清靜也毫素筆紙也謂秀志於著述延年自喻好文也

探道好淵玄觀書鄙章句　善曰謂注莊子也世說曰初注莊子者數十家莫能究其指要向秀於舊注外爲解義妙析奇致大暢玄風王逸妍出曰窮聖人之祕奧測六義之淵玄王逸楚辭注曰鄙恥也漢書曰費直治易長於卦筮無章句　濟曰好玄謂秀讀書鄙賤人所解說章句

交呂既鴻軒攀嵇亦鳳舉　善曰向秀別傳曰秀常與嵇康偶鍛於洛邑與呂子灌園於山陽收其餘利以供酒食之費王仲宣贈蔡子篤詩曰歸鴈載軒軒飛貌張衡髑髏賦曰星回日運鳳舉龍驤　向曰鴻鳳鳥之美者故以喻焉

流連河裏游惻愴山陽賦　善曰漢書班伯曰式號式謼大雅所以流連也服虔曰荒樂也魏氏春秋曰康寓居河內之山陽縣與河內向秀相友善遊於竹林思舊賦曰濟黃河以汎舟經山陽之舊居　良曰秀嘗與嵇康寓居河內山陽後經山陽舊居因聞笛作思舊賦流連淚流皃河裏河內也惻愴悲傷也山陽賦則思舊賦也

詠史詩　五言

鮑明遠

五都矜財雄三川養聲利　善曰漢書王莽於五都立均官更名雒陽邯鄲臨淄宛成都市長皆爲五均司市師鄭玄尚書大傳注曰矜夸也漢書曰班壹當孝惠高后時以財雄邊戰國策云張儀曰爭名於朝爭利於市今三川周室天下之朝市韋昭曰有河洛伊故曰三川　銑曰皆邑居豪華

百金不市死明經有高位　善曰史記陶朱公曰吾聞千金之子不死於市漢書夏侯勝常謂諸生曰士病不明經經術苟明其取青紫如俯拾地芥　向曰此有百金之子不死於市者明經術而取高位

京城十二衢飛甍各鱗次　善曰西都賦曰立十二之通門吳都賦曰飛甍舛互李尤辟雍賦曰攢羅鱗次　翰曰甍屋脊也若魚鱗之相次

仕子彯華纓游客竦輕轡明星辰未稀軒蓋已雲至　善曰七啓曰華組之纓楚辭曰竦余駕乎八冥廣雅曰竦上也毛詩曰明星有爛鄭玄曰明爛然也說文曰希疏也希與稀通說苑曰翟璜乘車載華蓋田子方怪而問之對曰吾祿厚得此軒蓋尚書中候曰若雲浮至　濟曰未稀尚多也雲至如雲之至也

賓御紛颯沓鞌馬光照地　善曰孔安國尚書傳曰御侍也吳質答東阿王書曰情踊躍於鞍馬　良曰颯沓衆盛皃

寒暑在一時繁華及春媚　善曰周易曰日月運行一寒一暑應璩與曹長思書曰春生者繁華也

君平獨寂寞身世兩相棄　善曰言身棄世而不仕世棄身

而不任漢書曰蜀有嚴君平卜於成都市日閲數人得百錢
足自養則閉肆下簾而授老子楚辭曰野寂寞其無人莊子
曰夫欲勉於形者莫如棄世棄世則無累
矣銑曰此詩獨美嚴公以誚當時奢麗

詠霍將軍北伐詩五言

虞子陽善曰虞羲集序曰羲字子陽會稽人也七歲能屬文後始安王引爲侍郎尋兼
建安征虜府主簿功曹又兼記室參軍事天監中卒　向曰虞羲同善注霍去病爲漢驃
騎將軍以匈奴義慕之是以詠矣

擁旄爲漢將汗馬出長城善曰班固涿邪山祝文曰伏節擁旄鉦人伐鼓漢書
公孫弘曰臣愚駑無汗馬之勞史記曰秦使蒙恬築長城翰曰旄旌旄也汗馬謂馬出汗有功勞也長城秦所築在北
地長城地勢險萬里與雲平涼五臣作窮秋八九月
虜騎入幽并善曰宋子侯詩曰高秋八九月白露變爲霜　濟曰虜匈奴也幽并二郡名飛狐
白日晚瀚汗海愁雲善作陰字生善曰漢書酈食其曰距飛狐之口臣瓚曰飛狐
在代郡西南塞名漢書曰霍去病率師登臨瀚海如淳曰瀚海海名說文曰陰雲覆日　良曰飛狐地名瀚海北海名
羽書時斷絕刁彫斗晝夜驚善曰羽書即羽檄也楚漢春秋曰黥布反
羽書至上大怒漢書曰李廣行無部曲不擊刁斗自衛孟康曰以銅作鐎受一斗晝炊飯食夜擊持行名曰刁斗今在滎
陽庫中鐎音遙　銑曰羽書徵兵檄也斷絕謂路有寇不通也乗墉揮寶劍蔽日引
高旍五臣作旌字善曰周易曰乗其墉弗克攻杜預左氏傳注曰乗登也廣雅曰揮動也越絕書曰楚王使
風湖子歐冶子干將作劍曰太阿晉鄭聞而求之不得圍楚之城三年不解於是楚王引太阿之劍登城而麾之三軍爲
之破敗史記曰陸賈寶劍直百金楚辭曰旌蔽日兮敵若雲　向曰墉城牆也蔽日言高也雲屯七萃
士魚麗离六郡兵善曰陸機從軍行曰胡馬如雲屯穆天子傳曰天子賜七萃之士郭璞曰
萃聚也亦猶傳有七輿大夫皆衆聚集有智力者爲王爪牙也左氏傳曰王伐鄭鄭原繁爲魚麗之陳漢書曰趙充國以

六郡良家子善騎射補羽林服虔曰金城隴西天水安定北地上郡也　翰曰雲屯如雲之屯萃聚也以智力之士七等
聚之爲爪牙魚麗陣名胡笳關下思羌笛隴頭鳴善曰李陵書曰胡笳互動
沈約宋書有胡篪舊箏笛錄有曲不記所出長笛賦曰近世雙笛從羌起　濟曰笳簫也起於胡笛起於羌思者其声悲
思隴山名骨都先自讋之涉日逐次亡精善曰漢書匈奴有骨都侯又曰匈奴
讋焉文穎曰以懼也漢書匈奴有日逐王西京賦曰喪精亡魂　良曰骨都日逐皆匈奴侯王名自讋讋伏也亡精失魂
貌玉門罷斥候甲第始脩營善曰漢書曰龍勒有玉門關又曰李廣遠
斥候未嘗遇害又曰賜霍光甲第一區又曰上爲霍去病治第令視之對曰匈奴未滅臣無以家爲　銑曰匈奴既破故
斥候皆罷也去病有功而賜之甲第甲第謂第一之宅也位登萬庾積功立百行
成善曰論語曰子華使於齊冉子爲其母請粟子曰與之庾包咸曰十六斗爲庾延年秋胡詩曰如何久爲別百行愆
諸己孔臧與弟書曰學者所以飭百行也　翰曰登升也言粟多也天長地自久人道
有虧盈善曰老子曰天長地久莊子曰天與地無窮人死者有時爾雅曰虧損也　向曰不恒盛也未
窮激楚樂已見高臺傾善曰楚辭曰宮庭震驚發激楚王逸曰激楚清聲也言樂
衆並會復作激楚之聲也桓子新論孟嘗遇雍門周說孟嘗君曰千秋萬歲後高臺既已傾曲池又已平　良曰激楚歌舞
也人既遷化故云高臺傾當令麟閣上千載有雄名善曰漢書甘露三年單于
始入朝上思股肱之美乃圖畫其人於麒麟閣法其形貌署其姓名　銑曰天子思其功德圖形貌於麒麟閣上雖千載後
猶有雄名當令者義將效之

百一

百一詩五言

善曰張方賢楚國先賢傳曰汝
南應休璉作百一篇詩譏切時事徧以示在事者咸皆怪愕或以爲應焚棄之何晏
獨無怪也然方賢之意以有百一篇故曰百
一李充翰林論曰應休璉五言詩百數十篇
以風規治道蓋有詩人之旨焉又孫盛晉陽

秋曰應璩作五言詩百三十篇言時事頗有補益世多傳之據此二文不得以一百一篇而稱百一也今書七志曰應璩集謂之新詩以百言為一篇或謂之百一詩然以字名詩義無所取據百一詩序云時謂曹爽曰公今聞周公巍巍之稱安知百慮有一失乎百一之名蓋興於此也

應璩五臣作璉　善曰文章錄曰璩字休璉博學好屬文明帝時歷官散騎侍郎曹爽多違法度璩為詩以諷焉典著作卒文章志曰璩汝南人也詩序曰下流應侯自誨也　向曰意者以為百分有一補於時政

下流不可處君子慎厥初善曰論語曰紂之不善不如是之甚也是以君子惡居下流天下之惡皆歸焉尚書仲虺曰慎厥終惟其始　翰曰璩自恨居下流也名高不宿著易用受侵誣善曰韓子曰設之以名高史記曰灌夫亦得竇嬰通列侯宗室為名高三略曰侵誣下民

【文廿一　廿六】

國內諠譁　濟曰宿久也誣猶欺也前者隳許規切五臣作墮官去有人適我閭善曰高唐賦曰長吏隳官賢士失志　良曰墮官罷官閭里門也田家無所有酌醴焚枯魚善曰漢書楊惲書曰田家作苦蔡邕與袁公書曰酌麥醴燔乾魚欣然樂在其中矣問我何功德三入承明廬善曰璩初為侍郎又為常侍又為侍中故云三入陸機洛陽記曰五常侍謁帝承明廬問張公張公云魏明帝在建始殿朝會皆由承明門然直廬在承明門側　銑曰承明謂天子待制處也所占之鹽切於此土五臣作所以占此土是謂仁智居善曰言今所占之土是謂仁智之所居予亦問者之辭也爾雅曰隱占也郭璞曰隱度之也論語曰智者樂水仁者樂山　向曰此土謂璩之閭里仁智謂有山水也文章不經國筐篋口頰無尺書善曰典論論文曰文章經國之大業新序孫叔敖曰府庫之藏金玉筐篋之橐簡書說文曰筐篋笥也漢書曰黃武君曰奉咫尺之書以使燕用等稱才學往往見歎譽平聲　善曰言文章既不經國筐篋又無尺書乃用何等而稱才學往往而見譽問者之辭也　翰曰問璩何等用而稱才學往往為人所歎譽也皆有人問詞也避席跪自陳賤子實空虛善曰孝經曰曾子避席漢書曰王邑請召賓邑稱賤子　濟曰避席離席也賤子璩謙稱空虛無也宋人遇周客慚愧靡所如五臣作知字　善曰言己妄竊崇班心常懷恥類宋人之遇周客慚愧而無所如闕子曰宋之愚人得燕石於梧臺之側藏之以為大寶周客聞而觀焉主人齋七日端冕玄服以發寶革匱十重巾十襲客見俛而掩口盧胡而笑曰此特燕石也其與瓦甓不殊主人大怒曰商賈之言醫匠之心藏之愈固守之彌謹杜預左氏傳曰如從也　良同善注言周客知宋人非寶而觀之有人知我無德而問之其於愧也不亦多矣皆諷朝廷之士有其位無其才能不愧乎

遊仙

遊仙詩　五言

何敬祖善曰臧榮緒晉書曰何劭字敬祖陳國人也博學多聞善屬篇章初為相國掾

【文廿一　廿七】

稍遷尚書左僕射薨　銑曰何劭字敬祖同善注以處亂朝思遊仙去世故為是詩

青青陵上松亭亭高山栢善曰古詩曰青青陵上栢劉公幹贈從弟詩曰亭亭山上松亭亭高貌光色冬夏茂根柢無彫落善曰莊子曰受命於地唯松栢獨在冬夏青青爾雅曰柢本也焦貢易林曰溫山松栢常茂不凋落吉士懷貞心悟物思遠託揚志玄雲際流目矚巖石善曰尚書曰綦常吉士七啓曰抗志雲際思玄賦曰流目眺夫衡門　翰曰吉士劭自喻也物謂松栢　濟曰玄雲取其高也巖石取其固矚視也羨昔王子喬友道發伊洛迢遞陵峻岳連翩御飛鶴善曰列仙傳曰王喬者周靈王太子晉也好吹笙作鳳鳴遊伊洛之間道人浮丘公接以上嵩高山三十餘年後求之於山上見桓良曰告我家七月七日待我於緱山頭果乘白鶴駐山頭望之不得到舉首謝時人數日而去立祠緱氏山下文子曰三皇五帝輕天下細萬物上與道為友下與化為人張湛曰上能友於道交或反呂氏春秋曰君子反以修

德思玄賦曰續連翩兮紛晻曖說文曰御使馬也良同善注抗跡遺萬里豈戀生民五臣作人字樂長懷慕仙類眇善作眇字然心緜邈善曰廣雅曰抗舉也楚辭曰悲申屠之抗跡王逸楚辭注曰緜緜細微之思也又曰邈遠也　銑曰抗舉也緜邈遠皃

游仙詩七首 五言

郭景純　善曰凡遊仙之篇皆所以滓穢塵網錙銖纓紱飡霞倒景餌玉玄都而璞之制文多自敘雖志狹中區而辭無俗累見非前識良有以哉　向曰璞詩雖游仙意雜傲誕上下道德信遠乎哉

京華游俠窟五臣作客字山林隱遯棲朱門何足榮未若託蓬萊善曰西京賦曰都邑游俠張趙之倫莊子曰徐無鬼見魏武侯武侯曰先生居山林久矣斯璞山海經注曰山居為棲又曰遯者退也周易曰龍德而隱遯世無悶東方朔十洲記曰臣故捨韜隱而赴王庭

【文二十一】　廿八

藏養生而侍朱門矣史記曰李少君謂武帝曰臣常遊海上見安期生仙者通蓬萊中也　濟曰朱門貴門蓬萊仙山名若如也臨源挹清波陵岡掇都括丹荑音啼　善曰毛萇詩傳曰挹斟也又曰掇拾也本草經曰赤芝一名丹芝食之延年凡草之初生通名曰叢故曰丹荑　良曰陵上掇拾荑草也靈谿可潛盤安事登雲梯善曰靈谿谷名也庾仲雍荆州記曰大城西九里有靈谿水雲梯言仙人昇天因雲而上故曰雲梯墨子曰公輸般為雲梯以取宋張湛列子注曰班輸為梯可以陵虛　銑曰盤樂安何必餘同善注漆園有傲吏萊氏有逸妻善曰史記曰莊子者蒙人也名周嘗為蒙漆園吏楚威王聞莊周賢使使厚幣迎許以為相莊周笑謂楚使者曰亟去無污我　列女傳曰萊子逃世耕於蒙山之陽或言之楚楚王遂駕至老萊之門楚王曰守國之孤願變先生老萊曰諾妻曰妾聞居亂世為人所制能免於患乎妾不能為人所制投其畚而去老萊乃隨而隱　向同善注進則保龍見退為五臣作則字觸藩羝善曰進謂求仙也退謂處俗也周易曰九二見龍在田龍德而正中者也又曰羝羊觸藩羸其角不能退不能遂無攸利　翰曰見龍觸藩同善注言退而受困也將進於道德以保中正之美不可歸於俗務就羸角之困者高蹈風塵外長揖五臣作挹字謝夷齊善曰左氏傳曰魯人之皐使我高蹈莊子曰孔子彷徨塵垢之外說文曰謝辭別也史記曰伯夷叔齊孤竹君之子也父欲立叔齊齊及卒叔齊讓伯夷伯夷曰父命也遂逃去叔齊亦不肯立而逃義不食周粟隱於首陽山　濟曰夷齊伯夷叔齊二人恥武王伐君之事不食周粟隱於首陽山璞將蹈於風塵之外不為夷齊守此小節故長揖謝之而去

青谿千餘仞中有一道士善曰庾仲雍荆州記曰臨沮縣有青溪山山東有泉泉側有道士精舍郭景純嘗作臨沮縣故遊仙詩嗟青溪之美　向曰青谿山名道士有道者雲生梁棟間風出窗戶裏借問此何誰云是鬼谷子善曰史記曰蘇秦東師事於齊而習於鬼谷先生徐廣曰潁川陽城有鬼谷鬼谷子序曰周時有豪士隱於鬼谷者自號鬼谷子言其自遠也然鬼谷之名隱者通號也　銑曰蘇秦學於鬼谷子今所言者璞假稱翹迹五臣作跡字企

【文選二十一】　廿九

潁陽臨河思洗耳善曰廣雅曰翹舉也呂氏春秋曰昔堯朝許由於沛澤之中請屬天下於夫子許由遂之潁川之陽琴操曰堯大許由之志禪為天子由以其言不善乃臨河而洗其耳　銑曰潁陽事同善注翹高也企舉踵也言思慕此事閶闔西南來潛波渙鱗起善曰薛綜西京賦注曰天有紫微宮王者象之紫微宮門名曰閶闔高誘曰兌為閶闔風周易曰風行水上渙　翰曰水波渙然如魚鱗之起靈妃顧我笑粲然啟玉齒善曰靈妃虙妃也毛詩曰顧我則笑鄭玄曰顧猶視也穀梁傳曰軍人粲然皆笑莊子曰女商謂徐無鬼曰吾所以說君者吾未嘗啟齒司馬彪曰啟齒笑也蹇脩時不存要之將誰使善曰楚辭曰吾令豐隆乘雲兮求虙妃之所在解佩纕以結言兮吾令蹇脩以為理王逸曰古賢蹇脩而媒理也廣雅曰將欲也　良曰蹇脩古之賢媒也存在也翡翠戲蘭苕容色更相鮮善曰言珍禽芳草遞相輝映可悅之甚也蘭苕蘭秀也　銑曰翡翠鳥名苕枝鮮明也綠蘿結高林蒙籠蓋一山善曰陸機

毛詩草木疏曰松蘿蔓松而生枝正青毛詩曰蔦與女蘿施于松柏毛萇曰女蘿松蘿也　向曰緑蘿松蘿也
中有冥寂士靜嘯撫清絃放情凌霄外嚼蘂挹飛泉善曰冥玄默也楚辭曰放游志乎雲中淮南子曰大丈夫乘雲凌霄與造化逍遥魏文帝典論曰飢飧瓊蘂渴飲飛泉　翰曰冥幽霄天也蘂藥蘂挹酌也
赤松臨上游駕鴻乘紫煙善曰列仙傳曰赤松子神農時雨師也服氷玉教神農能入火不燒至崐崘山下常止西王母石室中隨風雨上下漢武内傳王母侍者歌曰遂乘萬龍輴馳騁九野嵇康荅難曰偓佺以栢實方目赤松以氷玉乘煙古白鴻須曰茲亦取介橋翻紫煙　濟曰赤松古仙人鴻鳥也
左挹浮丘袖右拍普白洪崖肩善曰列仙傳曰浮丘公接王子喬以上嵩高山說文曰拍拊也西京賦曰洪崖立而指麾神仙傳曰衛叔卿與數人博其子度曰向與博者爲誰叔卿曰是洪崖先生　良曰浮丘洪崖並仙人
借問蜉蝣輩寧知龜鶴年善曰大戴禮夏小正曰蜉蝣朝生而暮死養生要論曰龜鶴壽有千百之數性壽之物也道家之言鶴曲頸而息龜潛匿而噎此其所以爲壽也服氣養性者法焉　銑曰以比世人龜鶴之壽皆千歲以比仙人也

六龍安可頓運流有代謝善曰楚辭曰貫澒濛以東朅兮維六龍於扶桑王逸曰結我車轡於扶桑以留日幸得延年壽也莊子黄帝曰陰陽四時運行各得其序淮南子曰二者代謝舛馳高誘曰代更也謝敘也　向曰六龍日駕也不可頓而止之
時變感人思已秋復願夏淮海變微禽吾生獨不化善曰爾雅曰感動也國語趙簡子歎曰雀入于海爲蛤雉入于淮爲蜃黿鼉魚鼈莫不能化唯人不能哀夫　翰曰言此微禽尚自變化吾獨不能撲恨詞也
雖欲騰丹谿雲螭非我駕善曰魏文帝典論曰夫生之必死成之必敗然而惑者望乘風雲冀與螭龍共駕適不死之國國即丹谿其人浮遊列缺翺翔倒景然死者相襲丘壟相望逝者莫反潛者莫形足以覺也　濟曰丹谿仙者所居騰升也雲螭龍也
愧無魯陽德迴日向五臣作令字三舍善曰魯陽麾曰見淮南子許慎曰二十八宿一宿爲一舍　良曰魯陽公與韓搆難戰酣日暮援戈而麾之日爲之反三舍　撃愧無此德迴日使反得駐其壽也
臨川哀年邁撫心獨悲吒陟訝切　善曰論語子在川上曰逝者如斯尚書曰日月逾邁孔安國曰如日月之並過儀禮曰婦人拊心不哭吒歎聲也楚辭曰憂不暇兮寢食吒增歎兮如雷　銑曰吒嘆聲
逸翮思拂霄迅足羨遠游善曰逸迅思拂霄及遠遊以喻仙者願輕舉而高蹈　向曰逸輕霄天迅疾也言有仙者之資必好仙者之道
清源無增瀾安得運吞舟善曰清源不能行運吞舟之魚以喻塵俗不足容乎仙者劉公幹贈徐幹詩曰方塘含清源楚辭曰谿谷嶄巖水增波韓詩外傳曰孟子曰夫吞舟之魚不居潛澤度量之士不居汚世　翰曰清源水源也增高也瀾大波也吞舟大魚也言小水不能運吞舟之魚俗人不足知遊仙之事
珪璋雖特達明月難闇投善曰珪璋明月皆喻仙也言珪璋雖有特達之美而明月皆喻難闇投以喻仙者雖有超俗之譽非無捕影之譏禮記孔子曰珪璋特達德也鄒陽上書曰明月之珠夜光之璧以闇投人於道衆莫不按劒相眄者　濟曰特達美見珪璋明月雖寶也以闇投人必恐懼不受今以仙道示俗亦猶此也

潛穎怨青陽陵苕哀素秋善曰言世俗不娛求仙而怨天施之偏又歎浮生之促類潛穎怨青陽之晚臻陵苕哀素秋之早至也潛隱在幽潛而結穎也鄒潤甫遊仙詩曰潛穎隱九泉女蘿緣高松義與此同爾雅曰春爲青陽又曰苕陵苕也劉楨與臨淄侯書曰肅以素秋則落楚辭曰青春爰謝也　翰曰穎苕皆草木也生潛隱之處則怨青陽之不至生陵阜之上則哀素秋之早及言仙俗殊事異宜與此相類
悲來惻丹心零淚緣纓流善曰悲俗遷謝故惻心流涕周易曰謂我心惻諸葛亮與李平書曰詳思斯戒明吾丹心淮南子曰雍門子以琴見孟嘗君流涕霑纓
雜縣平寓魯門風煖將爲災善曰國語曰海鳥曰爰居止於魯東門外三日臧文仲使國人祭之展禽曰越哉臧文仲之爲政也今海鳥至巳不知而祀之以爲國典難以爲仁且知矣今茲海其有災乎夫廣川之鳥獸常知風而避其災也是歲也海多大風冬煖文仲曰信吾過也賈逵注曰爰居雜縣也　良同善注
吞舟涌五臣作浮字海底高浪駕蓬萊神仙排雲出

但見金銀臺 善曰韓詩外傳曰孟子曰吞舟之魚不居潛澤度量之士不居汚世漢書齊威宣燕昭使人入海求蓬萊方丈瀛洲此三神山者仙人及不死之藥皆在焉而黃金白銀爲宮闕未至望之如雲 銑曰此中神仙爲之不安而排雲上出但見其金銀臺闕而已 **陵陽挹丹溜容成揮玉杯** 善曰列仙傳曰陵陽子明者銍鄉人也好釣魚於涎溪釣得白魚腸中有書教子明服食之法子明遂上黃山採五石脂服之三年龍來迎去抱朴子曰流丹者石芝赤精蓋石流黃之類也事見太一玉英列仙傳曰容成公者自稱黃帝師見於周穆王能善補導之事髮白復黑齒落復生事老子亦云老子師揮謂以手揮之神仙傳曰茅君學道於齊不見使人金案玉杯自來人前 濟曰陵陽子明容成公皆仙人也挹酌也丹溜石脂流出也揮以手揮也 **姮娥揚妙音洪崖頷**五感**其頤** 善曰淮南子曰羿請不死之藥於西王母常娥竊而奔月許愼曰常娥羿妻也逃月中蓋虛上夫人是也史記蘇秦曰妙音美人以充後宮西京賦曰洪崖立而指麾神仙傳曰衛叔卿與數人博其子度曰向與博者爲誰叔卿曰是洪崖先生列子曰頷其頤則歌合律廣雅曰頷動也 良曰姮娥仙女也妙音謂善歌也洪崖古仙人也聽合律故點其頤 **升降隨長煙飄颻戲九垓** 善曰列仙傳曰甯封子者黃帝時人也積火自燒而隨煙上下淮南子曰盧敖游乎北海至于蒙穀之上見一士焉盧敖仰視之乃與語曰唯敖爲背羣離黨窮觀於六合之外者若敖而已今卒覩夫子於是始可與敖爲交乎士笑曰今子遊始於此而語窮六合豈不亦遠哉然子處矣吾與汗漫期於九垓之上吾不可以久居士舉臂而竦身遂入雲中盧敖視之弗見乃止 銑曰升降上下也九垓九天也 **奇齡邁五龍千歲方嬰孩** 善曰鄭玄禮記注曰齡年也遁甲開山圖榮氏解曰五龍皇后君也昆弟五人皆人面而龍身長曰角龍木仙也次曰徵龍火仙也次曰商龍金仙也次曰羽龍水仙也父曰宮龍土仙也父與諸子同得仙治在五方孔安國論語注曰方比方也釋文曰人初生曰嬰兒說文曰孩小兒笑也 銑曰五龍同善注言此諸仙奇齡過此矣嬰孩小兒也 **燕昭無靈氣漢武非仙才** 善曰燕昭見前金銀臺注漢武內傳西王母劉徹好道然形慢神穢雖語之以至道殆恐非仙才也 良曰燕昭王使人入海往蓬萊山求不死之藥終不能得故云無靈氣漢武同善注

晦朔如循環月盈已復見善作魄 善曰說文曰朔月一日始也晦月盡也尚書大傳曰三王之統若循連環禮記曰四時和而後月生是以三五而盈三五而闕尚書曰惟三月哉生魄孔安國曰十六日明消而魄去也 翰曰循環若循連環而無窮也魄暗也 **蓐收清西陸朱羲將由白** 善曰禮記曰孟秋之月其神蓐收司馬彪續漢書曰日行北陸謂之冬西陸謂之秋朱羲日也楚辭曰吾令羲和弭節兮王逸曰羲和日御也河圖曰立秋秋分月從白道漢書云月有九行立秋秋分西從白道左氏傳曰分同道謂春分秋分日月同道也 濟曰由從也餘同善注 **寒露拂陵苕女蘿辭松栢** 善曰淮南子曰斗指辛則寒露陵爾雅曰苕陵苕也鄒潤甫遊仙詩潛穎隱九泉女蘿緣高松毛詩曰蔦與女蘿施于松栢毛萇曰蔦寄生也女蘿松蘿也 良曰陵苕即陵上草女蘿兔絲也緣於松栢爲寒所拂將以萎死故辭而去 **蕣榮不終朝蜉蝣豈見夕** 善曰潘岳朝菌賦序曰朝菌者時人以爲蕣華莊生以爲朝菌其物向晨而結絕日而殞毛萇詩傳曰蜉蝣朝生夕死 銑曰蕣槿花也朝榮暮落蜉蝣小蟲名朝生夕死此皆比人生之短也 **圓丘有奇草鍾山出靈液** 善曰外國圖曰圓丘有不死樹食之乃壽東方朔十洲記曰此海外有鍾山自生千歲芝及神草靈液謂玉膏之屬也曹植苦寒行曰靈液飛波蘭林叅天 向曰圓丘山名奇草芝草 **王孫列八珍安期鍊五石** 善曰王孫列八珍以傷生安期鍊五石以延壽言優劣殊也漢書漂母謂韓信曰吾哀王孫而進食禮記曰食醫掌和王八珍之齊列仙傳曰安期生自言千歲抱朴子曰五石者丹砂雄黃白礬曾青慈石也 翰曰王孫王公子孫貴者也安期先生仙者言貴者饌八珍之味仙者服五石之藥五石同善注 **長揖當途人去來山林客** 善曰當塗即當仕路也漢書武帝制曰守文法以載冀其世者甚衆徐無鬼見魏武侯武侯曰先生居山林久矣郭璞山海經注曰山居爲棲孟子曰公孫丑問曰夫子當路於齊管仲晏子之功可復許乎趙岐曰當仕路也 濟曰當途人謂執事也揖謝也

六臣註文選卷第二十一

六臣註文選卷第二十二

梁昭明太子撰

唐李善并五臣注

詩

招隱詩二首 五言　善曰韓子曰閑靜安居謂之隱

左太冲 善曰雜詩左居陸後而此在前誤也　良曰思君天下溷濁故將招尋隱者欲以退不仕

杖策招隱士荒塗橫古今 善曰魯連子曰連却秦軍平原君欲封之遂杖策而去說文曰杖持也方言曰木細枝曰策董仲舒士不遇賦曰懼荒塗之難踐鄭玄周禮注曰荒蕪也郭璞山海經注曰橫塞也　向曰荒廢之道橫絕古今以喻時也

巖穴無結構丘中有鳴琴 善曰結構謂交結構架也魯靈光殿賦曰觀其結構尚書大傳子夏曰弟子受書於夫子者不敢忘雖退而巖居河濟之間深山之中作壞室尚彈琴其中以歌先王之風則可以發憤矣

白雲停陰岡丹葩曜陽林 善曰尚書大傳曰相與觀乎南山之陰高誘戰國策注曰山北曰陰爾雅曰山脊曰岡鄭玄周禮注曰陽木生於山南也

石泉漱瓊瑤纖鱗或浮沈 善本或作亦　善曰楚辭曰飲石泉兮蔭松栢漱猶蕩也毛萇詩傳曰瓊瑤美玉也　向曰瓊瑤皆玉言水有之纖鱗小魚也

非必絲與竹山水有清音 善曰禮記曰絲竹樂之器也

何事待嘯歌灌木自悲吟 善曰毛詩曰其嘯也歌又曰集于灌木毛萇詩傳曰灌叢也南都賦曰寡婦悲吟　濟曰木叢生曰灌

秋菊兼餱糧幽蘭間重襟 善曰楚辭曰朝飲木蘭之墜露夕餐秋菊之落英毛詩曰乃裹餱糧毛萇曰餱食也楚辭曰紉秋蘭以為佩然蘭可為佩故以間襟也　良曰菊可以餐故云餱糧蘭可以佩故云間重襟也

躊躇足力煩聊欲投吾簪 善曰言世務勞促故足力煩殆也韓詩曰搔首躊躇阮嗣宗奏記曰負薪疲病足力不彊鄭玄毛詩箋曰聊且略之辭蒼頡篇曰簪笄也所以持冠也　翰曰躊躇周行皃煩勞也欲投弃冠簪而隱於此中

經始東山廬果下自成榛 仕臻切　善曰王隱晉書曰左思徙居洛城東著經始東山廬詩毛詩曰經始靈臺高誘淮南子注曰叢木曰榛小栗小棘曰榛　向曰經始經營之始東山思所居之東山也木叢生曰榛

前有寒泉井聊可瑩心神 善曰周易曰井洌寒泉爾雅曰瑩磨也　銑曰瑩清也

峭蒨青葱間竹栢得其真 峭善本作峭字　善曰峭蒨鮮明貌孫卿子曰桃李蒨粲於一時時至而後殺至於松栢經隆冬而不凋蒙霜雪而不變可謂得其真矣　濟曰峭蒨青葱茂盛美皃真謂不凋也

弱葉棲霜雪飛榮流餘津爵服無常玩好惡有屈伸 善曰言爵服之榮理無常玩時有好惡隨之屈伸管子曰將立朝廷者則爵服不可不貴也爵服加於不義則人賤爵服矣家語孔子曰君子之行己也可以屈則屈可以伸則伸東征賦曰行止屈伸與時息兮　良曰言竹栢之美　翰曰爵五等之爵服五等之服皆不可以常玩必有好惡屈伸於其間

結綬生纓牽彈冠去埃塵 善曰言人出仕非一途或結綬以生纓牽之憂或彈冠而去埃塵之累漢書曰蕭育與陳咸朱博為友著聞當世往者有王陽貢禹故長安語曰蕭朱結綬王貢彈冠言其相薦達也說文曰纓繞也淮南子曰王喬赤松去塵埃之間離群物之紛可謂養生矣　銑曰結綬謂入仕也由此而生纓牽彈冠所以去塵冠既有塵固亦多累

惠連非吾屈首陽非吾仁 善曰論語曰謂柳下惠少連降志辱身矣史記曰伯夷叔齊隱於首陽山論語子貢問曰伯夷叔齊何人也子曰古之賢人也曰怨乎曰求仁而得仁又何怨又子曰我則異於是無可無不可　向曰謂如柳下惠與少連降志辱身吾亦不以為屈如夷齊不仕周居於首陽山吾亦不以為仁當思靜退自得中道

相與觀所尚逍遙撰 五臣極 良辰 善曰趙岐孟子章句曰各崇所尚則義不虧矣廣雅曰尚高也謂中心之所高尚也莊子曰逍遙乎無事之業東征賦曰撰良辰而將行

招隱詩 五言

陸士衡

明發心不夷振衣聊躑躅善曰毛詩曰明發不寐楚辭曰心蛩蛩而不夷王逸曰夷悅也新序曰古老振衣而起杜預左氏傳注曰振整也說文曰躑躅住足也躊與躑同　翰曰夷平也躑躅將行貌

躑躅欲安之幽人在浚谷善曰周易曰履道坦坦幽人貞吉幽通賦曰眷浚谷而勿墜　濟曰幽人隱者浚深也

朝采南澗藻夕息西山足善曰毛詩曰于以采蘋南澗之濱于以采藻于彼行潦史記伯夷叔齊詩曰登彼西山兮採其薇毛萇詩傳曰麓山足也　良曰藻水草也

輕條象雲構密葉成翠幄善曰劉公幹詩大夏雲構又齊都賦曰翠幄浮游杜預左氏傳注曰幄帳也　銑曰雲構大夏也幄帳也

激楚五臣作結風字佇蘭林回芳薄秀木善曰上林賦曰激楚結風楚辭曰遊蘭皐與蕙林王逸楚辭注曰薄附也廣雅曰秀美也　向曰結積佇留也蘭香草也蘭氣廻轉薄迫於秀茂之木

山溜何泠泠飛泉漱鳴玉善曰枚乘上書曰泰山之霤穿石楚辭曰吸飛泉之微液鳴玉亦瓊瑤也楚辭曰飲石泉兮蔭松栢漱猶蕩也毛萇詩傳曰瓊瑤美玉也　翰曰言飛泉漱蕩玉石而有聲也

哀音附靈波頹響赴曾曲至樂非有假安事澆淳善本作醇字樸善曰莊子曰天下有至樂無有哉老聃曰夫得是至美至樂也得至美而遊乎至樂之謂至人又曰唐虞始爲天下澆淳散朴許愼淮南子注曰澆薄也澆與澆同　濟曰言靈者美之也又似崩頹之響赴於幽深之曲曾猶深也　良曰此皆自然而成故云非有假也言賞此則可謂至樂何事趨於榮利而淳樸之風由茲而薄

富貴苟難圖稅駕從所欲善曰論語子曰富而可求也雖執鞭之士吾亦爲之如不可求從吾所好稅駕喻辭榮也史記李斯曰當今人臣之位無居上者可謂富貴極矣吾未知所脫駕也方言曰捨車曰稅脫與稅古字通　銑曰苟且稅捨也從所欲謂隱居也

反招隱詩 五言

王康琚善曰古今詩英華題云晉王康琚然爵里未詳也　向曰今古詩英題云晉王康琚而不述其爵里才行也康琚以爲混俗自處足以免患何必山林然後爲道故作反招隱之詩其情與隱者相反

小隱隱陵藪大隱隱朝市伯夷竄首陽老聃伏柱史善曰史記曰老子名耳字聃列仙傳曰李耳字伯陽生於殷時爲周柱下史又曰武王平殷伯夷叔齊恥之義不食周粟隱於首陽山　翰曰伯夷叔齊自竄首陽之山老聃爲周柱下史伯夷之德不如老聃則小隱劣於大隱明矣

昔在太平時亦有巢居子善曰皇甫謐逸士傳曰巢父堯時隱人常山居不營世利年老以樹爲巢而寢其上故時人號曰巢父　濟曰謂堯有隱人常以樹爲巢而居其間時人號曰巢父

今雖盛明世能無中林士善曰解嘲曰遭盛明之世毛萇詩傳曰中林林中也　班固漢書序曰山林之士往而不能反　良曰今謂晉也偁盛明美之也云能無言亦有也

放神青雲外絶迹窮山裏鵾雞先晨鳴哀風迎五臣作中字夜起凝霜凋朱顏寒泉傷玉趾善曰琴操曰許由云吾志在青雲何乃劣劣爲九州伍長乎莊子曰絶迹易無行地難郭象曰不行則易也王隱晉書李重奏曰陳原絶迹窮山韞櫝道藝楚辭曰鵾雞啁哳而悲鳴崔琦七蠲曰再奏致哀風楚辭曰漱凝霜之雰雰又曰容則秀雅朱顏毛詩曰爰有寒泉左氏傳楚大宰薳啓彊謂魯侯曰今君若步玉趾辱見寡君　銑曰言山中鳥音風聲足茲愁思霜降外結足傷肌膚信不足好也鵾雞鳥名趾足也

周才信衆人偏智任諸己善曰以出仕爲周才隱居爲偏智傅子曰君子周才難論語子曰君子求諸己　良曰從俗爲周才索居爲偏智

推分得天和矯性失至理善曰劉向列子目録曰至於力命篇一推分命莊子曰夫明白於天地之德者此之謂太平大宗與天和者也淮南子曰顏回夭死季由葅於衛皆迫性命之情而不得天和者也列子公孫朝曰矯性命以招名弗若死矣又曰

均天下之至理張湛曰物事皆均則理無不至郭象莊子注曰至理盡於自得　翰曰隨時而行曰推分去人自若曰矯性**歸來安所期與物齊終始**善曰莊子有齊物論又曰萬物一齊孰短孰長又曰遊乎萬物之所始孫卿子曰生人之始也死人之終也　濟曰歸來呼隱者使歸於代也期望安何也

遊覽

芙蓉池作　五言

魏文帝　善曰魏志曰文帝諱丕字子桓太祖太子也爲五官中郎將太祖薨嗣位爲丞相魏王受漢禪即皇帝位　良曰魏姓曹氏此詩未即位時作謂文帝者後人題之芙蓉池名餘注同

乘輦夜行遊逍遙步西園善曰呂氏春秋曰乘輦于宮中毛萇詩傳曰乘升也　銑曰鄴都之西園**雙渠相溉灌嘉木繞通川**善曰西京賦曰嘉木樹庭上林賦曰通川過於中庭**卑枝拂羽蓋修條摩蒼天**善曰子虛賦曰上拂羽蓋東方朔七言曰折羽翼兮摩蒼天　向曰卑低脩長也摩天言高也蒼青天**驚風扶輪轂飛鳥翔我前**善曰張衡羽獵賦曰風翊翊其扶輪**丹霞夾明月華星出雲間**善曰法言曰明星皓皓華藻之力也　翰曰丹赤華光也**上天垂光采五色一何鮮**濟曰謂有五色雲鮮明也此皆美貌**壽命非松喬誰能得神仙**善曰列仙傳曰赤松子者神農時雨師也喬王子喬即周靈王太子晉也道人浮丘公接以上嵩高山　良曰赤松子王子喬皆古仙人也**遨遊快心意保己終百年**善曰莊子曰聖人其於人也樂物之通而保己焉養生經黃帝曰中壽百年

南州桓公九井作　五言

善曰水經注曰淮南郡之于湖縣南所謂姑孰即南州矣庾仲雍江圖曰姑孰至直瀆十里東通丹陽湖南有銅山一名九井山山有九井井與江通何法盛桓玄錄曰桓玄字敬道出姑孰大築府第

殷仲文　善曰檀道鸞晉陽秋曰殷仲文陳郡人也爲驃騎行參軍以桓玄之姊夫玄僭立爲長史帝反正出爲東陽太守愈益憤怒後照鏡不見其面數日而禍及姑孰桓玄所出大築府第於此國南故曰南州其界九井山仲文從玄於此遊故作是詩敍其進退危懼之情也銑同善注

四運雖鱗次理化各有準善曰莊子黃帝曰陰陽四時運行各得其序李尤辟雍賦曰攢羅鱗次字書曰準平也　向曰四運四時也準平也言四時其運行若魚鱗之相次其物理變化亦各均平若一也**獨有清秋日能使高興盡**善曰潘安仁有秋興賦鄭玄周禮注曰興者託事於物也　翰曰清秋感人興喻之情可盡於此**景氣多明遠風物自淒緊**善曰緊猶實也言欲成也　濟曰淒寒緊急也**爽籟驚**善本作警字**幽律哀壑叩虛牝**善曰言風之疾也激爽籟而起其幽律銜哀壑而叩其虛牝也爾雅曰爽差也簫管非一故言爽焉莊子南郭子綦謂子游曰汝聞地籟子游曰地籟則衆竅是已郭象曰人籟簫也夫簫管參差宮商異律故有長短高下萬殊之聲鄭玄禮記注曰驚起也孔安國論語注曰叩擊也大戴禮曰丘陵爲牡谿谷爲牝　良曰爽清也籟風激物之聲也驚起也清風激於幽深之處起其音律牝亦谿谷也風入其中成其哀也**歲寒無早秀浮榮甘夙隕**善曰爾雅曰不榮而實謂之秀賈逵國語注曰浮輕也　銑曰言歲既寒草木無復秀者仲文言我無實乃浮榮之人自甘早隕墜也**何以標貞脆薄言寄松菌**善曰松貞菌脆也松菌殊質故貞脆異性也毛詩曰薄言采之毛萇曰薄辭也論語子曰歲寒然後知松柏之後凋莊子曰朝菌不知晦朔　向曰言己貞正其猶松柏而性危脆同於朝菌謂彼桓玄所制憂懼至斯**哲匠感蕭晨**五臣作辰字**肅此塵外軫**善曰匠謂桓玄也蕭晨言秋晨也言秋晨蕭殺鄧析子曰聖人逍遙一世之間宰匠萬物之形廣雅曰感傷也鄭玄禮記注曰肅成也莊子曰孔子彷徨塵垢之外逍遙無爲之業郭象曰所

謂塵埃之外非伏於山林而已鄭玄考工記注曰軫輿後橫木也言軫所以明車也翰曰哲智也匠謂善宰萬物者謂桓玄也蕭辰謂秋風蕭瑟之辰言玄感此時進駕於高山出於塵外也蕭猶清也軫車也

廣筵散泛愛逸爵紓勝引　善曰論語子曰汎愛衆而親仁說文曰紓緩也勝引勝友也引猶進也良友所以進己故通呼曰勝引　濟曰泛謂玄大設宴席泛博愛士逸爵猶飛杯也邀延妙勝之人相引而飲

伊余樂好仁惑祛吝亦泯　善曰左氏傳曰族穆子曰請立起也與田蘇遊而曰好仁杜預曰蘇晉賢人也蘇言韓起好仁也范曄後漢書黃叔度傳陳蕃周舉常相謂曰時月之間不見黃生則鄙吝之萌復存乎心薛君韓詩章句曰祛去也爾雅曰泯盡也　良曰伊惟也余仲文自稱也言樂桓玄好仁之懷使我疑惑鄙吝祛除泯絕也

猥首阿衡朝將貽匈奴哂　善曰阿衡喻玄也言己以凡猥妄首朝端匈奴聞之理將見哂也許慎淮南子注猥猶凡也尚書曰惟嗣王不惠于阿衡孔安國曰阿倚也衡平也漢書曰車千秋以一言寤意旬月取宰相後漢使至匈奴單于問曰聞漢新拜丞相何用得之使者曰上書言事故單于曰苟如是漢置丞相非用賢也妄一男子上書即得之矣爾雅曰貽遺也馬融論語注曰哂笑也　銑曰言我猥以不才之身爲冠首於阿衡之朝恐匈奴聞之而笑我矣此仲文自謙而美桓玄也玄爲大司馬以比伊尹爲阿衡也

文二十二　七

游西池　五言

謝叔源

善曰臧榮緒晉書云謝混字叔源少有美譽善屬文爲尚書左僕射以黨劉毅被誅西池丹陽西也混思與友朋相與爲樂也向同善注

悟彼蟋蟀唱信此勞者歌　善曰聲類曰悟心解也毛詩曰蟋蟀在堂歲聿云暮今我不樂日月其除韓詩曰伐木廢朋友之道缺勞者歌其事詩人伐木自苦其事故以爲文　翰曰皆思友之詩也

有來豈不疾良遊常蹉跎　善曰陸雲歲暮賦曰年有來而棄予時無筭而弗我劉楨黎陽山賦曰良遊未厭白日潛暉楚辭曰驥垂兩耳中坂蹉跎五臣本無此兩句

逍遙越城肆願言屢經過迴阡被陵闕高臺眺飛霞　善曰說文曰越度也鄭玄禮記注曰肆市中陳物處也毛詩曰願言思子阮籍詠懷詩曰趙李相經過廣雅曰被加也言加大阜而通城闕也　銑曰阡道也陵山陵闕城闕也

惠風蕩繁囿白雲屯曾阿　善曰邊讓章華臺賦曰惠風春施廣雅曰屯聚也　向曰惠風謂春風施惠萬物也蕩動也繁囿謂園囿繁茂也屯聚曾重也阿大陵也

景昃鳴禽集水木湛清華　善曰蒼頡篇曰湛水不流也　翰曰景昃日斜也湛澄華麗也

褰裳順蘭沚徙倚引芳柯　善曰毛詩曰褰裳涉溱鄭玄曰揭衣度溱水也潘岳河陽詩曰歸鴈映蘭洔沚與洔同楚辭曰步徙倚而遥思　濟曰蘭沚水渚有蘭也芳柯蘭枝也徙倚時行也

美人愆歲月遲暮獨如何　善曰楚辭曰惟草木之零落兮恐美人之遲暮王逸曰遲晚也愆謂過期也　良曰美人謂友人也愆過也言友人遲晚不至我將如之何

無爲搴所思南榮戒其多　善曰莊子庚桑楚謂南榮趎曰全汝形抱汝生無使汝思慮營營趎處朱切　銑曰謂相思不已自誠之詞餘注同

文二十二　八

泛湖歸出樓中翫月　五言

善曰靈運山居賦注曰大小巫湖

謝惠連

向曰樓即所居之樓

日落泛澄瀛星羅游輕橈　音饒　善曰楚辭曰倚沼畦瀛兮遥望博王逸曰楚人名池澤中曰瀛羽獵賦曰漠若天星之羅楚辭曰荃橈兮蘭旌王逸曰橈小楫也　翰曰澤中曰瀛星羅謂夜也橈楫也

憩榭面曲汜臨流對迴潮　善曰毛萇詩傳曰憩息也爾雅曰決出復入爲汜韓詩外傳阿谷之女曰阿谷之隧隱曲之汜　濟曰憩息也臺上有木曰榭水決復入曰汜迴潮潮落之名

輟策共騁筵並坐相招要哀鴻鳴沙渚悲猨響山椒　善曰李弘軌法言注曰騁並也漢武帝李夫人賦曰釋予馬於山椒孟康曰山椒山陵名廣雅曰土高四墮曰椒丘　銑曰山椒山頂也

亭亭映江月瀏瀏　音留五臣作飂飂字　**出谷飈**　音標　善曰亭亭迥貌王逸楚辭注曰瀏風疾貌寡婦賦曰風瀏瀏而夙興　向曰亭亭月明皃飂飂風聲飈風也

斐斐氣

幕五臣作冪岫泫泫露盈條善曰斐斐輕貌泫泫垂貌翰曰斐斐山氣皃冪覆也岫山峰也泫泫露光盈滿也條細枝近矚袪幽藴遠視蕩諠囂善曰李奇漢書注曰袪開散也王逸楚辭注曰藴積也鄭玄禮記注曰闇諠囂則人意動作　銑曰矚望袪除幽静藴積蕩洗諠聒囂氣也晤言不知罷從夕至清朝善曰毛詩曰彼美淑姬可與晤言鄭玄曰晤對也悟與晤同古字通　向曰晤對也

從游京口北固應詔五言　善曰水經注曰京口丹徒之西鄉也又曰京城西北有別嶺入江三面臨水高數十丈號曰北固

謝靈運濟曰京口江口北固山名靈運從宋高祖上此山樓望江而應制也凡和天子曰應詔

玉璽戒誠信黄屋示崇高善曰言聖人佩玉璽所以儆戒誠信居黄屋所以顯示崇高鄒析子曰爲之符璽以信之蔡邕獨斷曰璽印也信也古者尊卑共之秦以來天子獨以印稱璽又獨以玉也漢書曰紀信乘王車黄屋左纛　良曰玉璽謂天子傳國璽此者戒人誠信使敬於上黄屋謂人君以黄繒爲蓋此者示人崇高有異於下也事爲名教用道以神理超善曰言上二事乃爲名教之所用而其至道實神理而超然也文子曰聖人所由曰道所爲曰事三國名臣頌序曰名教束物也周易曰聖人以神道設教而天下服曹植武帝誄曰聰竟神理方言曰超遠也　銑曰此二事蓋爲名教而用之至於大道化人在神理超遠而已昔聞汾水游今見塵外鑣善曰莊子曰堯見四子藐姑射之山汾水之陽莊子曰孔子彷徨塵垢之外逍遥無爲之業郭象曰所謂塵垢之外非伏於山林而已説文曰鑣馬銜也言鑣以明馬循軫以表車　銑曰堯見四子藐姑射之山汾水之陽窅然喪其天下故云昔聞也今見者謂宋高祖登北固山若飄然出於塵外正與堯意相合也鑣銜也鳴笳發春渚税鑾登山椒善曰魏文帝書曰從若鳴笳以啓路税鑾循税駕也漢武帝李夫人賦曰釋予馬於山椒孟康曰山椒山陵名廣雅曰土高四墮曰山椒翰曰笳簫也大駕行必吹簫税捨鑾駕也山椒山頂也張組眺倒景列筵矚歸潮善曰吴都賦曰張組帷構流蘇遊天台山賦曰或倒景於重溟王彪之遊仙詩曰遠遊絶塵霧輕舉觀滄溟蓬萊陰倒景崐崙罩曾城並以山臨水而影倒謂之倒景　濟曰組組帷也山臨水而影倒謂之倒景筵席也遠巖映蘭薄白日麗江臯善曰蘭薄即蘭林也楚辭曰朝騁鶩兮蘭薄戶樹瓊木籬些然此意微與王逸注異不可以王義非之楚辭曰朝騁鶩兮江臯王逸曰澤曲曰臯　良曰薄叢也麗美也江臯江曲也原隰荑啼綠柳墟囿散紅桃善曰大戴禮夏小正曰正月柳稊稊者發孚也桃則華荑與稊音義同廣雅曰墟居也　銑曰高平曰原下濕曰隰荑軟枝也墟丘囿園也皇心美陽澤萬象咸光昭善曰莊子舜謂堯曰昔者十日並出萬物皆照司馬彪曰言陽光麗天則無不鑒孝經鉤命決曰地以舒形萬物咸載　向曰皇宋高祖也言宋高美此陽春而布德澤故萬家皆光昭也顧巳枉維縶撫志慙場苗善曰鄭玄毛詩箋曰顧念也毛詩曰皎皎白駒食我場苗縶之維之以永今朝　翰曰白駒喻賢人有絜白之德食場苗喻食禄維縶皆繫也喻羈賢人使入仕也靈運自謙顧巳非賢枉見縶繫而仕循撫其志實慙食禄而巳工拙各所宜終以反林巢善曰呂氏春秋曰至治之世賢不肖各反其質若此則工拙愚智可得而知矣皇甫謐逸士傳曰巢父堯時隱人常山居不營世利年老以樹爲巢而寢其上故時人號曰巢父　濟曰工巧也巧拙各有所宜靈運謙以爲宜在放逸終將歸於山林而巢居也曾是縈舊想覽物奏長謡善曰毛詩曰曾是在位舊想謂隱居之志也歎逝賦曰覽前物而懷之劉琨荅盧諶詩曰引領長謡　良曰曾則謡歌也靈運云素願自退今覩山水樂之則是縈於舊想故覽物色而奏長歌也

晚出西射堂善曰永嘉郡射堂　銑曰射堂在永嘉西靈運獨處常不得意作是詩也

然此以下皆永嘉所作

謝靈運

文二十二　九

文二十二　十

步出西城（五臣作捘字）門，遥望城西岑。連障疊巘（魚偃）崿（五各），青翠杳深沉。善曰：劉公幹贈徐幹詩：步出北寺門，遥望西苑園。爾雅曰：山小而高曰岑。爾雅曰：山正鄣。巘崿，崖之別名。爾雅曰：重巘隒。文字集略曰：崿，崖也。王逸楚辭注曰：杳，深冥也。向曰：岑，山峯也。山横曰障。巘崿，崖之別名。青翠，山色。杳，闇也。

曉霜楓葉丹，夕曛嵐（祿含）氣陰。善曰：楚辭曰：與曛黃而爲期。王逸曰：黃昏時也。夏侯湛山路吟曰：道逶迤兮嵐氣清。埤蒼曰：嵐，山風也。翰曰：楓，才名。曛，黃昏時。嵐，山風也。

節往感不淺，感來念已深。濟曰：節，時。感，憂也。

羇雌戀舊侶，迷鳥懷故林。含情尚勞愛，如何離賞心。善曰：七發曰：暮春則羇雌迷鳥宿焉。毛萇詩傳曰：懷，思也。言鳥含情尚知勞愛，況乎人而離於賞心也。良曰：羇雌無耦也。萬物含情，尚愛壽類，如何使我離賞心之人乎。

撫鏡華緇鬢，攬帶緩促衿。善曰：孫綽子曰：撫明鏡則好醜之貌可見。陸機東宮詩曰：柔顏收紅藻，玄鬢吐素華。古詩曰：衣帶日已緩。銑曰：華，白。緇，黑也。言老瘦帶緩，故促其衣衿也。

安排徒空言，幽獨賴鳴琴。善曰：言安排之事，空有斯言，幽獨不悶，唯賴鳴琴而已。莊子曰：仲尼謂顏回曰：安排而去化，乃入於寥天一。郭象曰：安於推移而與化俱去，故乃入於寂寥而與天惟一也。楚辭曰：幽獨處乎山中。琴賦曰：處窮獨而不悶者，莫近於音聲也。向曰：安排之理，空有其言，幽獨不悶，是賴鳴琴而已。靈運以此自解。

登池上樓

五言　善曰：永嘉郡池上樓。翰曰：靈運被譖出，時有疾，起而作是。

謝靈運

潛虯媚幽姿，飛鴻響遠音。薄霄愧雲浮，棲川怍（前各）淵沉。善曰：虯以深潛而保真，鴻以高飛而遠害，今已嬰俗網，故有愧虯鴻也。說文曰：虯，龍有角者。淮南子曰：蛟龍水居。又曰：鳥飛於雲。穀梁傳孔子曰：聽遠音者，聞其疾而不聞其舒。王逸楚辭注曰：泊，止也。薄與泊同，古字通。馬融論語注曰：怍，慙也。濟曰：虯龍作慙，虯以潛處而自保，鴻以遠飛而去患。靈運既羈世網，故有愧慙虯鴻之義。

進德智所拙，退耕力不任。善曰：周易子曰：君子進德脩業，欲及時也。尸子曰：爲令尹而不喜，退耕而不憂，此孫叔敖之德也。良曰：言進德濟世，智則踈拙；退耕自給，力不堪任。

徇祿反窮海，臥痾對空林。善曰：趙岐孟子注曰：徇，從也。窮海，謂永嘉郡也。說文曰：痾，病也。銑曰：徇，求也。永嘉海畔，故云窮海。痾，病也。

衾枕昧節候，褰開暫窺臨。善本無此兩句。向曰：臥病於衾枕，暗於節候，故云褰開帷簾，窺睨景物也。

傾耳聆波瀾，舉目眺嶇嶔（音欽）。善曰：禮記曰：傾耳而聽之。廣雅曰：聆，聽也。李陵書曰：舉目言笑。洞簫賦曰：嶇嶔巋崎。翰曰：聆，聽。眺，望也。嶇嶔，山高皃。

初景革緒風，新陽改故陰。善曰：楚辭曰：款秋冬之緒風。王逸曰：緒，餘也。神農本草曰：春夏爲陽，秋冬爲陰。濟曰：初景，初春也。革，改。緒，餘也。春爲陽，冬爲陰也。

池塘生春草，園柳變鳴禽。祁祁傷豳歌，萋萋感楚吟。善注同。良曰：塘，陂也。鳴禽，鳥也。銑曰：詩豳風云：春日遲遲，采蘩祁祁。楚辭曰：王孫遊兮不歸，春草生兮萋萋。言感傷此歌吟也。

索居易永久，離羣難處心。善曰：禮記子夏曰：吾離羣索居，亦已久矣。詩曰：我行永久。穀梁傳曰：鄭伯之處心積慮成於殺也。向曰：離羣索居，歲月久而難處其心也。

持操豈獨古，無悶徵在今。善曰：莊子罔兩責影曰：曩子坐，今子起，何其無持操與？周易曰：遯世無悶。翰曰：執持雅操，豈獨於古？無悶也，道驗之於我，將爲之矣。易云：遯世無悶。

游南亭

五言　善曰：永嘉郡南亭。銑曰：靈運所居之南亭。

謝靈運

時竟夕澄霽，雲歸日西馳。善曰：淮南子曰：季夏之月，大雨時行。高誘曰：是月有時雨也。說文曰：霽，雨止也。曹子建詩曰：朝雲不歸山，霖雨成川澤。然雨則雲出，晴則雲歸也。濟曰：時竟，謂日暮之時，竟盡一日也。澄，清也。霽，雨止也。

密林含餘清，遠峯隱半規。善曰：呂氏春秋曰：冬不用箑，清有餘也。張載歲夕詩曰：白日隨天迴，皦皦員如規。良曰：含餘清，謂雨後氣尚清涼也。隱半規，謂日落峯外，隱半

見規圓曰之形也久痗悔昏墊丁念若旅館眺郊岐善曰毛萇詩傳曰痗
病也尚書禹曰洪水滔天下民昏墊孔安國曰言天下民昏瞀墊溺皆困水災也杜預左氏傳注曰旅客舍也　銑曰痗
病也昏霧墊溺也言病比霧雨之苦也旅館客舍也眺視也郊外曰郊岐道也澤蘭漸被徑芙
蓉始發池善曰楚辭曰皐蘭被逕兮斯路漸廣雅曰漸稍也楚辭曰芙蓉始發雜芰荷王逸曰芙蓉蓮華
也向曰被覆也未厭青春好已觀善本作覩朱明移善曰楚辭曰青春受
謝白日昭爾雅曰夏爲朱明　翰曰夏爲朱明慼慼感物歎星星白髮垂
善曰楚辭曰愁鬱鬱之無快居慼慼而不解古長歌行曰慼物懷所思左思白髮賦曰星星白髮生於鬢垂　翰曰慼慼
憂思皃感此節物也星星白髮之皃藥餌情所止衰疾忽在斯善曰餌藥既止
故有衰病蒼頡篇曰餌食也　良曰餌食也言不能進藥食故衰疾忽然在此逝將候秋水息
景偃舊崖善曰毛詩曰逝將去汝莊子罔兩問影曰向也坐而今也起向也行而今也止向也影曰

火與日吾屯也陰與夜吾代也彼吾所以有待也而況乎以有待者乎彼來則我與之來彼往則我與之往司馬彪曰屯
聚也火日明而影見故曰吾聚也陰闇則影不見故曰吾代也夜代謂使得休息也　銑曰言將往候秋水至隨流而歸
息形影於舊居之山崖我志誰與亮賞心惟良知善曰毛萇詩傳曰亮信也
尚書曰時惟良顯哉向曰亮信良美知友也

游赤石進帆海五言善曰靈運遊名山志曰永寧安固二縣中路東南便是赤石
又枕海　翰曰赤石山枕海靈運於此進也

謝靈運

首夏猶清和芳草亦未歇水宿淹晨暮陰霞屢
興沒善曰爾雅曰首始也歸田賦曰仲春令月時和氣清楚辭曰芳以歇而不比杜預左氏傳注曰歇盡也河
圖曰崐崘山有五色水赤水之氣上蒸爲霞陰而赫然　濟曰水宿宿於舟中也淹久興起也周覽倦

瀛壖而緣況乃陵窮髮善曰登徒子好色賦曰周覽九土史記騶衍曰區中者乃有一
州如此者九乃有大瀛海環之漢書曰盡河壖棄地韋昭曰謂緣河邊地鄭玄禮記注曰陵躐也顧啟期婁地記曰浪山
海中南極之觀嶺窮髮之人舉帆揚越以爲標的　良曰瀛海壖岸也周覽於此尚以勞倦況若昔人陵窮髮之地哉窮
髮無毛之地在北海之北也川后時安流天吳靜不發善曰洛神賦曰川后
靜波楚辭曰使江水兮安流山海經曰朝陽之谷神曰天吳是水伯也其獸也八首八足八尾背黃青　銑曰川后波神
天吳水伯揚帆采石華挂席拾海月善曰臨海志曰石華附石肉可啖又曰海
月大如鏡白色揚帆挂席其義一也海賦維長綃挂帆席向曰石華附石生海月如鏡皆中食故采拾之挂席則揚帆
也溟漲無端倪虛舟有超越善曰莊子曰北溟有魚其名曰鯤海運則圖於
南溟李弘範曰廣大窈冥故以溟爲名謝承後漢書曰陳茂常渡漲海莊子孔子曰反覆終始不知端倪音義曰倪音崖
莊子曰有虛舟來觸舟孔安國尚書傳曰越遠也　翰曰溟漲皆海也端倪猶涯際也輕舟而進曰虛舟超越輕疾皃

仲連輕齊組子牟眷魏闕善曰言仲連輕齊組而之海上明海上可悅既悅海
上恐有輕朝廷之譏故曰子牟眷魏闕史記曰齊田單攻聊城不下魯連乃爲書約之矢以射城中遺燕將燕將得書乃
自殺遂屠聊城歸而言魯仲連欲爵之魯連逃隱於海上呂氏春秋曰中山公子牟謂詹子曰身在江海之上心居魏闕
之下奈何高誘曰子牟魏公子一說魏象魏也言身在江海之上心乃在王室也　濟同善注矜名道不
足適己物可忽善曰韓子曰宋君少主也而務矜名郭象莊子注曰德之所以流蕩矜名
故也史記曰莊子其言汪洋自恣以適己　良曰忽忘也矜名則必危身故於道未足適己則不濟於代故於物有忘
請附任公言終然謝天伐善曰莊子曰孔子圍於陳太公任往弔之曰直木先
伐甘泉先竭子其意者飾智以驚愚脩身以明汙昭昭若揭日月而行故不免也孔子曰善乃逃大澤之中入獸不亂羣
入鳥不亂行鳥獸不惡而況人乎王逸楚辭注曰謝去也　銑曰言可用於物則傷於己靈運將依太公任之言不爲人
用謝去天伐以存其生餘同善注

石壁精舍還湖中 五言 善曰精舍今讀書齋是也謝靈運遊名山志曰湖三面悉高山枕水渚山溪澗凡有五處南第一谷今在所謂石壁精舍 向曰靈運遊山寺也

謝靈運

昏旦變氣候，山水含清暉。清暉能娛人，游子憺善本作憺忘歸。善曰楚辭曰羌聲色兮娛人觀者憺兮忘歸王逸曰娛樂也憺安也 向曰憺然安意也出谷日尚早，入舟陽已微。善曰左氏傳趙宣子將朝尚早正曆曰日太陽也楚辭曰陽杲杲其朱光鄭玄毛詩箋曰微不明也 翰曰陽微日落也林壑斂暝色，雲霞收夕霏。善曰霏雲飛貌 濟曰霏日氣也時既暮故收斂也芰荷迭映蔚，蒲稗皮卦相因依。善曰杜預左氏傳注曰稗草之似穀者薄懈切阮籍詠懷詩曰寒鳥相因依 良曰芰荷蒲稗皆水草迭遮也映蔚其色鬱茂隱映也

〔文二十二〕

披拂趨南徑，愉悅偃東扉。善曰莊子曰雲者風起北方一西一東孰居無事而披拂是爾雅曰悅愉樂也賈逵國語注曰偃息也 銑曰南徑東扉即所居也趨疾行偃臥也

〔十五〕

慮澹物自輕，意愜理無違。善曰淮南子曰澹然無慮許慎曰澹猶足也孫卿子曰內省則外物輕矣廣雅曰愜可也 向曰思慮澹然志意愜當則外物自輕於至理無違也寄言攝生客，試用此道推。善曰楚辭曰願寄言於三鳥老子曰善攝生者不然劉淵林吳都賦注曰攝持也左氏傳劉子曰民受天地之中以生所爲命說文曰推排也爲推排以求也 翰曰言養生不出此道也攝養也

登石門最高頂 五言 善曰靈運遊名山志曰石門澗六處石門溯水上入兩山口兩邊石壁右邊石巖下臨澗水 濟曰言靈運登石門山也

謝靈運

晨策尋絕壁，夕息在山棲。善曰江賦曰絕岸萬丈壁立霞駮郭璞遊仙詩曰山林隱遯棲 良曰策策杖也絕懸絕也疏峯抗五臣本作杭高館，對嶺臨迴谿。善曰廣雅曰疏治也西京賦曰疏龍首以抗殿廣雅曰抗舉也 銑曰疏鑿也迴谿谿曲迴也長林羅戶庭，善本作穴字積石擁基階。連巖覺路塞，密竹使徑迷。來人忘新術，去子惑故蹊。善曰景福殿賦曰欲反忘術魏武帝苦寒行曰迷惑失故路 翰曰術蹊皆山路活活夕流駃，色吏噭噭叫夜猨啼。善曰毛詩曰河水洋洋北流活活楚辭曰聲噭噭以寂寥廣雅曰噭鳴也 濟曰活活水聲駃疾也噭噭猨聲沉冥豈別理，守道自不攜。善曰漢書曰蜀嚴湛冥久幽而不改其操孟康注曰蜀郡嚴君平沈深玄默無欲言幽深難測也尸子曰守道固窮則輕王公賈逵國語注曰攜離也 良曰自言沈深冥默豈復別理但欲守道使不攜離

〔文二十二〕

心契九秋幹，目翫三春荑。

〔十六〕

善曰古樂府有歷九秋妾薄相行歌辭曰齊謳楚舞紛紛歌聲上徹清雲班固終南山賦曰三春之季孟夏之初 銑曰九秋幹松之類三春荑草之類言心契堅貞自遊於道翫色亦同於俗也居常以待終，處順故安排。善曰新序榮啓期曰貧者士之常死者人之終居常待終何憂哉莊子曰老聃死秦失弔之曰適來夫子時也適去夫子順也安時而處順憂樂不能入也莊子曰仲尼謂顏回曰安排而去化乃入於寥天一郭象曰安於推移而與化俱去故乃入於寂寥而與天惟一也 向曰居常道以待終夫年處順理而安排代事將使憂樂不能入於我也惜無同懷客，共登青雲梯。善曰陸機詩曰感念同懷子郭璞遊仙詩曰安事登雲梯張湛列子注曰雲梯可以陵虛 良曰同懷謂友人也仙者因雲而升故曰雲梯

於南山往北山經湖中瞻眺 善曰靈運山居賦曰若乃南北兩居水通陸阻又曰永歸其路廼界北山注云兩居謂南北兩處南山是開創卜居之處也又曰大小巫湖中隔一山然往北山經巫湖中過 銑曰則靈運所居南山北山

謝靈運

朝旦發陽崖景落憩陰峯善曰尚書大傳曰相與觀于南山之陽　良曰山南曰陽也景日憩息也舍舟眺逈渚停策倚茂松側徑既窈窕環洲亦玲瓏善曰曹攄贈石荊州詩曰轒輷石行難窈窕山道深甘泉賦曰和氏玲瓏晉灼曰明貌　翰曰逈遠策杖徑路也窈窕長遠皃玲瓏明暗皃俛視喬木杪仰聆大壑淙善本作叢字在冬切　善曰毛詩曰南有喬木楚辭曰聽大壑之波聲薛綜西京賦注曰壑坑谷也毛詩曰鳧鷖在潀毛萇曰潀水會也叢與衆同　良曰俛下喬高杪末聆聽也淙水聲言登於山半下視高木之末仰聽流水之聲石橫水分流林密蹊絕蹤解作竟何感升長皆丰峯容善曰周易曰天地解而雷雨作雷雨作而百果草木皆甲坼爾雅曰感動也周易曰地中生木升丰容悅美貌郭璞曰丰容也　良曰蹊徑蹤迹也　銑曰丰草盛也言雷雨作解竟何感動而令草木升長皆得盛容初篁苞綠籜土各新蒲含紫茸而容切　善曰服虔漢書注曰篁叢竹也籜竹皮也蒼頡篇曰茸草貌然此茸謂蒲華也江賦曰擢紫茸　向曰竹叢生曰篁苞裹也籜竹皮紫茸蒲花也海鷗戲春岸天雞弄和風善曰南越志曰江鷗一名海鷗漲海中隨潮上下爾雅曰鶾天雞毛詩曰習習谷風毛萇曰習習和舒貌　翰曰海鷗天雞鳥名和風春風撫化心無厭覽物眷彌重善曰郭象莊子注曰聖人遊於變化之塗萬物萬化亦與之萬化覽物歎逝賦曰覽前物而懷之眷猶戀也　良曰撫萬物變化雖無厭倦覽春物明媚眷視重疊不惜去人遠但恨莫與同善曰言獨在山中無人共遊人謂古人也　向曰去人謂隱人也但恨不與友人遊陟於此也孤遊非情歎賞發理誰通善曰言已孤遊非情所歎而賞心若發茲理誰為通乎　濟曰言非我情獨為歎息且賞此發此是理誰能通矣

從斤竹澗越嶺溪行五言　善曰靈運遊名山志曰神子溪南山與七里山分流去斤竹澗數里　銑曰越度也

謝靈運

猨鳴誠知曙谷幽光未顯善曰元康地記云猨與猵猴不共山宿臨旦相呼說文曰曙旦明也　向曰曙曉也光日光也巖下雲方合花上露猶泫胡犬切　善曰廣雅曰方始也　翰曰泫露垂貌逶迤傍隈隩烏到迢遞陟陘刑峴刑典切　善曰說文曰隈山曲也爾雅曰隩隈也郭璞曰今江東呼為浦隩又於六反爾雅曰山絕曰陘郭璞曰連山中斷曰陘聲類曰峴山嶺小高也峴與現同　良曰隈曲隩涯也山斷曰陘山嶺曰峴過澗既厲急登棧亦陵五臣作凌字緬善曰毛詩曰深則厲毛萇曰以衣涉水為厲通俗文曰板閣曰棧漢書曰張良說漢王燒絕棧道廣雅曰陵乘也韋昭國語注曰緬猶邈也　濟曰厲涉也急急流也山行險處以板棧路緬遠也川渚屢逕復乘流翫迴轉善曰楚辭曰川谷徑復流孱湲鵾鳥賦曰乘流則逝　銑曰徑復往來也乘隨也蘋萍泛沈深菰蒲冒清淺善曰毛萇詩傳曰蘋大蓱也又曰冒覆也　向曰蘋萍菰蒲皆水草泛浮冒覆也企石挹飛泉攀林摘葉卷善曰說文曰企舉踵也毛萇詩傳曰挹㪺也猶今言酌也楚辭曰吸飛泉之微液　翰曰企舉踵也挹酌也葉卷謂初生未展想見山阿人薜蘿若在眼善注同　良曰楚辭云若有人兮山之阿披薜荔兮帶女蘿靈運想此其猶眼見也握蘭勤徒結折麻心莫展善曰靈運南樓中望所遲客詩曰瑤華未堪折蘭苕已屢摘路阻莫贈問云何慰離析然握蘭摘苕咸以相贈問也楚辭曰被石蘭兮帶杜衡折芳馨兮遺所思王逸曰石蘭香草也棗據逸民賦曰沐甘露兮餘滋握春蘭兮遺芳楚辭曰折疏麻兮瑤華將以遺兮離居王逸曰疏麻神麻也司馬彪莊子注曰展申也又漢家侍中握蘭　濟曰蘭麻皆芳草可以投贈者言事君勤苦空結於懷相知之心無由申展情用賞為美事昧竟誰辨善曰言事無高識而情之所賞即以為美此理幽昧誰能分別乎　銑曰言賞樂忠誠自以為美此事深昧誰能辯

也

觀此遺物慮一悟得所遣善曰淮南子曰吾獨慷慨遺物而與道同出是故有以自得也郭象莊子注曰將大不類莫若無心既遣是非又遣其所遣遣之以至於無遣然後無所不遣而是非去也　向曰觀此山水使人遺忘物慮一悟乎道由此而遣

應詔觀北湖田收五言　善曰丹陽郡圖經曰樂遊苑晉時藥園元嘉中築隄壅水名爲北湖集曰元嘉十年也太祖改景平十二年爲元嘉

顏延年翰曰延年從宋文帝游曲阿北湖觀收田勤苦應詔作此詩也

周御窮轍跡夏載歷山川善曰左氏傳右尹子革對楚王曰昔周穆王欲肆其心周行天下將皆有車轍馬跡焉尚書禹曰予乘四載隨山栞木孔安國曰所載者四謂水乘舟陸乘車泥乘輴山乘樏力追切　濟同善注蓄軫豈明懋善游皆聖仙善曰蓄軫不行豈是欽明懋德之后善遊天下皆是睿聖神仙之君孔安國尚書傳曰蓄積也尨嘩後漢書曰聖德明懋聖謂夏禹仙謂周穆　良曰軫車懋勉也帝暉膺順動清蹕巡廣廛五臣作壥字　善曰周易曰聖人以順動而民服漢儀注曰皇帝輦動出則傳蹕止人清道漢書曰揚雄有田一廛晉灼曰廛一百畝也　銑曰帝文帝暉光膺當也順時而動壥田也樓觀眺豐潁金駕映松山善曰孔安國尚書傳曰潁穗也金駕金輅也言上樓看穗也映猶蔽也　向曰樓觀曲阿城上樓觀豐茂穎穗也金駕金車也飛奔互流綴緹縈代迴環善曰陸景典語曰飛車策馬橫騰超進越絕書曰車奔馬騰續漢書曰緹騎一百人屬執金吾吳都賦曰縈騎熠煌　翰曰飛奔車也或流散或連綴緹縈騎也迴環周行也神行埒浮景爭光五臣作交映字溢中天善曰列子曰黃帝夢遊華胥國其神行而已孟康漢書注曰埒等也張孟陽七哀詩曰浮景忽西沈史記曰與日月爭光可也列子曰穆王築臺號曰中天之臺　良曰埒等也言天子與神明俱行等於浮景與日爭光盈溢於中天開冬眷徂物殘悴盈化先善曰言開冬而視徂落之物雖已殘悴而尚盈於殘悴之先言可觀也開冬猶開春開秋也楚辭曰開春發歲羽獵賦曰玄冬季月萬物徂落於外孔安國尚書傳曰眷視也白虎通曰春萬物始生鄭玄禮記注曰化猶生也　濟曰開冬十月也此時徂落之物雖復殘悴而盈於始春初化之先言其足觀也陽陸團精氣陰谷曳寒煙善曰吳越春秋越王曰崐崘乃天地之鎮柱也五帝處其陽陸賈逵國語注曰精明也山北曰陰　良曰陽陸天道也精氣謂太陽精也陰谷之氣如寒煙也攢素既森藹積翠亦葱芊善曰廣雅曰攢聚也　銑曰言木葉既洛霜封其枝故云攢素森藹霜盛貌松栢重布故云積翠葱芊鬱茂貌息饗報嘉歲通急戒無年善曰禮記曰蜡者索也歲十二月合聚萬物而索饗之黃衣黃冠息田夫也又曰國無六年之畜曰急三年耕必有一年之食九年耕必有三年之食以三十年之通雖有凶旱水溢人無菜色周禮曰無年則公旬用一日焉鄭玄曰無歲無贏儲也急要也通百姓之急者預戒於無年之時　向曰嘉歲豐歲也戒備也無年饑年也息人宴饗以報豐歲通人之急以備饑年溫渥浹輿隸和惠屬後筵善曰說文曰溫仁也毛萇詩傳曰渥厚也字書曰浹洽也左氏傳曰人有十等皁臣輿輿臣隸孔安國尚書傳曰屬逮也　翰曰渥厚也輿隸至賤者言天子溫厚之德布於至賤及後筵延年自謂觀風久有作陳詩愧未妍善曰禮記曰歲二月東巡狩命大師陳詩以觀民風　濟曰言從帝以觀士風而作陳詩既畢愧不妍美疲弱謝凌遽取累非纆墨牽善曰言己才疲弱而謝急遽其所取累非由纆牽西京賦曰百禽㥄遽戰國策段干越謂新城君曰王良弟子駕千里之馬遇京父之弟子曰馬千里之馬而不能取千里何京父弟子曰纆牽長故纆牽於事萬分之一也而難千里之行　良曰纆牽馬轡也太長則累於馬行延年自言疲弱不能捷速非纆牽所累凌遽捷速也

車駕幸京口侍游蒜山作五言　善曰劉楨京口記曰蒜山無峯嶺北臨江集曰元嘉二十六年也蒜山在潤州西二里京口在潤州　銑曰此題延年侍游蒜山觀其詩意乃不得從駕恐題之誤也

顏延年

元天高北列，日觀去臨東溟。善曰：莊子曰闕弈之隸與殷翼之孫遏氏之子三十七相與謀致人於造物共之元天之上元天者其高四見列星司馬彪曰元天山名也漢書儀曰泰山東南日觀者雞一鳴時見日始欲出長三丈所言日觀者望見長安其高始視浮雲孫綽答許詢詩曰囧景淪東溟元天山最高在東北日出即見　向曰元天山名北列北方也日觀泰山東南東溟謂東海

入河起陽峽，踐華因削成。善曰史記曰秦使蒙恬築長城制險塞起臨洮至遼東於是度河據陽山王逸楚辭注曰陿山側峽與陿通過秦論曰踐華為城山海經曰泰華之山削成四方　翰曰秦築長城渡河據陽山峽山側也又踐華山為城華山四面峻如削成

巖險去漢宇，襟衛從吳京。善曰言巖險之固去彼漢宇衿帶周衛從此吳京宋都吳地故曰吳京也西京賦曰巖險周固衿帶易守吳都賦曰山川不足以周衛　濟曰漢水秦之關塞亦居之乃漢末有吳開國巖谷之險襟帶之衛官遷徙江外就吳之京

流池自化造，山闕固神營。善曰鄭玄周禮注曰能生非類曰化魯靈光殿賦曰神之營之　銑曰因流為池據山為城若化造神營非人力能致

文選二十二　二十一

園縣極方望，邑社揔地靈。善曰園縣廟園之縣也邑社陵邑之社也漢書元帝詔曰往人以奉園陵今所為陵者勿置縣邑然陵傍置園邑縣邑也公羊傳曰天子有方望之事無所不通何休曰方望謂郊時所望祭四方羣神日月星辰及五岳四瀆也廣雅曰揔皆也大戴禮大地祝曰皇皇上天照臨下土集地之靈降甘風雨　向曰園縣山陵也方望謂祭四方羣神地靈地祇也言極盡揔括於此宋都其地故美言也

宅道炳星緯，誕曜應辰明。善曰孔安國尚書傳曰宅居也道經界也郭璞南郊賦曰宅昇居紀奄有衡霍吳都賦曰因其經略上當星紀誕曜浮曜也禮斗威儀曰君乘水而王辰星揚光尚書曰洪範五行傳曰辰星者北方水精也宋為水德故云應也　翰曰宅居道界炳光也言帝所居之界皆光星紀之緯辰北方星宋以水德故云誕曜應辰明

睿思纏故里，巡駕帀舊坰。善曰爾雅曰林外謂之坰　銑曰睿聖也聖謂文帝也晉之東遷劉氏本居晉陵丹徒之京口故云故里舊坰纏繞懷也帀猶徧也

陟峯騰輦路，尋雲抗瑤甍。音萌　善曰薛君韓詩章句曰騰乘也西都賦曰輦路經營喪服傳曰抗極也羊祜請伐吳表曰高山尋雲霓杜預左氏傳注曰甍屋棟也　向曰鑿山峯以通輦路尋雲言高也抗舉也以瑤玉飾屋甍甍屋簷也

春江壯風濤，蘭野茂荑。音啼　善本作梯字

英宣遊弘下濟，窮遠凝聖情。善曰楚辭曰宣遊兮列宿順極兮彷徨周易曰天道下濟而光明晉中興書孝武詔曰躬儉以弘下濟之惠　銑曰蘭野美言之荑英初生草也　向曰宣徧弘大凝成也言徧游窮遠大為下濟之道以成聖人之情

岳濱有和會，祥習在卜征。善曰國語曰齊桓公嶽濱諸侯莫不來服尚書曰新作大邑于東國洛四方人大和會左氏傳鄭太宰石臭曰先王卜征五年歲卜其祥祥習則行　濟曰齊桓公時岳濱諸侯莫不來服故云有和會先王卜征五年歲卜其祥祥習則行言我天子亦然

周南悲昔老，留滯感遺萌。五臣作甿字　善曰老謂司馬談也遺萌自謂也言帝方卜征以登封而已巖耕以謝職不獲預觀盛禮所以悲同昔人漢書曰天子始建漢家之封而太史公留滯周南不得與從事曰今天子接千歲統封泰山而予不得從行是命也如淳曰周南洛陽也　向曰漢武封太山司馬談使南陽至周南之地遂子遷謂曰我不登封者命也昔老則談也遺氓延年自謂也言我不能從登封山感慕之情亦與談類

文選二十二　廿二

空食疲廊肆，反稅事巖耕。善曰空食猶素餐也王逸楚辭注曰不空食祿而曠官也廊巖廊朝廷所在也文穎漢書注曰巖廊殿下小屋杜預左氏傳注曰肆列肆也說文曰稅租也揚子法言曰谷口鄭子真不詘其志耕於巖石之下名震乎京師　翰曰言己素餐疲倦於廊廟之列今欲反輸國稅事耕巖石之下此延年之謙詞也

車駕幸京口三月三日侍遊曲阿後湖作

五言　善曰水經注曰晉陵郡之曲阿縣下陳敏引水為湖湖水周四十里號曰曲阿後湖集曰元嘉二十六年也

顏延年

虞風載帝狩，夏諺頌王遊。善曰尚書虞書曰歲二月東巡狩載謂載之於策也

孟子夏諺曰吾王不遊吾何以休春方動宸善本作宸字駕望幸傾五
州善曰禮記曰東方曰春論語子曰爲政以德譬如北辰故謂天子爲宸也司馬相如封禪文曰太山梁父設壇望幸
尚書有十二州宋得其七故謂北境云五州　濟曰春方東方也宸駕天子駕也此蓋言天子巡狩自東方起也九州之
地宋得其五州之人傾心望帝臨幸山祇蹕嶠路水若警滄流善曰山祇山神
也管子曰登山之神有俞兒者長尺人物具焉霸王之君興登山之神見且走馬前導也爾雅曰山銳而高曰嶠楚辭曰
使湘靈鼓瑟兮令海若舞王逸曰海若海神名　銑曰山祇山神水若水神也言感山水之神衛警蹕於川路神
御出瑤軫天儀降藻舟善曰瑤軫玉輅也藻舟畫舟也王符羽獵賦曰天子乘碧
瑤之彫軫建曜天之華旗東觀漢記曰東平王蒼上疏曰賜奉朝請咫尺天顏　向曰神天皆謂帝也御幸也儀容儀也
瑤軫玉車也藻舟畫舡也言自車入舡萬軸胤行衛千翼泛飛浮善曰
萬軸謂車也千翼謂舟也越絶書伍子胥水戰兵法內經曰大翼一艘廣一丈五尺二寸長十丈中翼一艘廣一丈三尺

五寸長五丈六尺小翼一艘廣一丈二尺長九丈　翰曰翼艘也萬軸言多也胤繼也行衛宿衛也千艘言舟多也泛輕
皃飛浮舟行皃彫雲麗琁蓋祥飇被綵斿善曰天台山賦曰彫雲斐亹以
翼檻柘子新論曰乘車玉爪華蓋禮緯曰君政頌平則祥風至斿旌旗之旒也　濟曰麗附也琁蓋以玉飾蓋彫鏤雲氣附
於其上被猶吹也綵斿旗名祥飇瑞風吹使飛揚江南進荊豔河激獻趙謳
善曰吳都賦曰荊豔楚舞列女傳曰趙津女娟者趙河津吏之女也初簡子南擊楚將渡河用楫者少一人娟攘袂操楫
而請簡子遂之遂與渡中流爲簡子發河激之歌其辭曰升彼河兮而觀清水揚波兮杳冥冥禱求福兮醉不醒誅將加
兮妾心驚罰既釋兮瀆乃清妾持楫兮操其維交龍助兮主將歸呼來櫂兮行勿疑簡子大悅以爲夫人　良曰江南地
名荊豔楚歌河激中流也金練照海浦笳鼓震溟洲善曰金練金甲組練也蔡
邕女琰詩曰卓衆來東下金甲曜日光左氏傳曰被練三千西京賦曰鬒聲震海浦列子曰北極之北有溟海　銑曰金
練金甲也笳簫溟海也藐貌盻善本作盼字矚青崖衍漾觀綠疇

善曰藐盻窈窕顧盼也衍漾遊衍漂漾也杜預左氏傳注曰並畔爲疇　向曰藐盻迴顧貌矚見衍漾廣大也疇田也
民善本作人字靈鶩都野鱗翰聳淵丘善曰鶩聳皆驚懼之意也都野
民靈所居淵丘鱗翰所處也曾子曰陰之精氣爲靈　翰曰民靈人神也鱗翰魚鳥也見天子兵甲鼓吹之盛皆鶩聳驚
懼德禮既普洽川岳徧懷柔善曰尚書曰道洽政治澤潤生民孔安國曰道
至普洽其德惠施乃浸潤生民毛詩曰以洽百禮鄭玄曰洽合也毛詩曰懷柔百神及河喬嶽毛萇曰懷來柔安喬高也
鄭玄曰王行狩來安羣神也　濟曰道德禮儀普徧周洽於川岳之神亦歡欣來居此地矣

行藥至城東橋　五言

鮑明遠良曰昭因疾服藥行而宣導之遂至建康城東橋見游宦之子而作是詩

雞鳴關吏起伐鼓早通晨善曰史記曰關法雞鳴出客　良曰伐擊也通晨以
表天明嚴車臨迥陌延瞰歷城闉善曰楚辭曰嚴車駕兮戲遊神女賦

曰望余帷而延視廣雅曰瞰視也毛萇詩傳曰闉城曲也　銑曰嚴整迥遠延長瞰視也蔓草緣高
隅脩楊夾廣津善曰隅城隅也　向曰隅城角脩長也津橋岸也迅風首旦
發平路塞飛塵善曰楚辭曰軼迅風於清涼又曰爲余先乎平路　翰曰迅風喻法令暴急也
飛塵喻時代昏闇擾擾遊宦子營營市井人善曰枚乘七發曰擾擾若三軍
之騰裝漢書薄昭與淮南王書曰遊宦事人列子林類曰吾又安知營營而求生之非惑乎莊子仲尼曰商賈旦於市井
以求其贏司馬彪曰九夫爲井井有市　濟曰言遊宦子同於市井之人擾擾營營皆馳逐皃懷金近從
利撫劍遠辭親善曰范曄後漢書耿弇曰懷金玉者至不生歸抱朴子曰夫程鄭王孫羅裒之
徒乘肥衣輕懷金挾玉者爲之倒屣說文曰懷藏也左氏傳曰子朱怒撫劍從之列女傳秋胡子妻謂秋胡曰子辭親往
仕　良曰謂遠仕者金印也利謂利祿爭先萬里塗各事百年身善曰
王羲之答許詢詩曰爭先非吾事靜照在忘求養生經黃帝曰中壽百年開芳及稚節含

彩吝驚春 善曰以草喻人也草之開芳宜及少節既以含 彩理惜驚春夫草之驚春花葉必盛盛以有衰
固所當惜也陸機桑賦曰豐稚節以夙茂蒙勁風而後凋曹 毗冶城賦曰含彩可以寶珍孔安國尚書傳曰吝惜也 銑
曰夫人開布芳華之德宜在幼稚之年含 其光彩驚惜春序恐時過年謝吝惜也 尊賢永照灼
孤賤長隱淪 善曰說苑曰子賤至單父請耆老尊賢與 之共治范曄後漢書黃香上疏曰江淮孤
賤愚蒙小生隱淪謂幽隱沈淪也 向曰尊貴賢大也照灼 盛觀勢也隱蔽淪沒也言人貴大則長居盛熱孤賤則長見蔽沒
容華坐消歇端爲誰苦辛 善曰陸機長歌行曰容 華宿夜零無故自消歇
古詩曰轗軻長苦辛 翰曰端正也言己道德 不行容華消歇一生苦辛正爲誰也歎恨之深

遊東田 五言 善曰眺有莊在鍾山東 游還作 濟曰則眺所居之東田

謝玄暉

戚戚苦無悰 在冬 攜手共行樂 善曰楚辭曰愁鬱鬱之 無快居戚戚而不解漢

書廣陵王胥歌曰出入無悰爲樂亟韋昭曰悰樂也魏文帝 折楊柳行曰端坐苦無悰駕遊博望山悰裁宗切揚惲報孫
會宗書曰人生行樂耳須富貴何時 良曰 戚戚憂歎皃悰亦樂也行樂謂遊東田也 尋雲陟累榭
隨山望菌閣 善曰羊祜請伐吳表曰高山尋雲霓楚辭 曰層臺累榭臨高山王逸曰層累皆重也
尚書曰隨山刊木楚辭曰菌閣兮蕙樓 銑曰陟 升累重也臺上有木曰榭菌香草也言菌閣美也 遠樹曖
阡阡 善本作仟仟字 生煙紛漠漠 善曰廣雅曰芊芊盛也仟 與芊同 向曰曖不明皃
阡阡茂美皃紛亂 也漠漠布散也 魚戲新荷動鳥散餘花落不對
芳春酒還望青山郭 善曰言野外昭曠取樂非一若不 對茲春酒還則望彼青山魏武帝
短歌行曰對酒當歌陸機悲行曰遊客芳春林毛詩曰爲此 春酒 翰曰古詩云夕宿青山郭且上青山上青山不可上
步步恒惆悵此言不對芳春酒 以消憂還如望青山郭之惆悵

從冠軍建平王登廬山香鑪峯 五言 善曰 沈約宋書曰

建平王景素爲冠軍將軍湘州刺史劉璠梁 典曰江淹年二十以五經授宋建平王景素
待以客禮遠法師廬山記曰山東南有香鑪 山孤峯秀起遊氣籠其上即氤氳若煙氣

江文通 濟曰宋建平王景素爲冠軍廬山東南 有香鑪山孤峯秀起遊氣籠其上氛氳
若香煙也 覩淹詩意乃和 王詩此序不云應教誤矣

廣成愛神鼎淮南好丹經 善曰神仙傳曰廣成子者 古之仙人也居崆峒之山
石室中抱朴子曰服九轉丹內神鼎中夏至之後暴之神仙 傳曰淮南王劉安者漢高皇之孫也好道術之士於是八公
乃往遂授以丹 經 良同善注 此山具鸞鶴往來 五臣作古字 盡仙靈
善曰張僧鑒豫州記曰淺井西有鸞岡舊說云洪崖先生乘 鸞所憩處也鸞岡西有鶴嶺云王子喬控鶴所經處也東方
朔十洲記曰崐崘山正東曰天墉城其北戶山承淵 山西王母之所治真官仙靈之所宗也 銑同善注 瑤草
正翕 許及 赩 許力 玉樹信葱青 善曰瑤草玉芝也本草經 曰白芝一名玉芝 琴賦曰

瑤瑾翕赩甘泉賦曰翠玉樹之青葱 曰瑤草玉樹皆美言之翕赩茂青盛皃 向 絳氣下縈薄
白雲上杳冥 善曰王逸楚辭注曰草木交曰薄楚辭曰 杳杳冥冥而薄天 翰曰絳氣赤霞氣也
縈繞也草木叢生曰薄杳冥 深暗皃則謂似香鑪之煙 中坐瞰蜿虹俛伏視流
星 善曰西京賦曰瞰蜿虹之長鬐魯靈光殿賦曰中坐垂 景頫視流星 濟曰中坐半山坐也俛下也平視蜿虹
下視流星 言山之高 不尋遐怪極則知耳目驚 善曰言未盡尋 遐怪則知其至
此耳目以驚也鄭玄禮記注曰極盡也 良曰 言人不遠尋怪異而至此山者則知驚其耳目 日落長沙
渚曾陰萬里生 善曰曾重也蔡邕月令章句曰陰者密 雲也 銑曰長沙地名曾重也言山高
而陰 遠 藉蘭素多意臨風默含情 善曰多意多佳意 也含情情未申也
隱顯交慮所以未申嘯賦曰藉皐蘭之猗靡楚辭曰臨風怳 兮浩歌王仲宣公讌詩曰今日不極歡含情欲待誰 向曰
藉蘭言於山間以蘭藉地而 坐此意素多幽風默然含情 方學松栢隱羞逐市井

名善曰方猶將也言將隱而棄榮利也楚辭曰山中人兮芳杜若飲石泉兮蔭松柏莊子仲尼曰商賈旦於市井以求其贏司馬彪曰九夫爲井井有市翰曰隱幽隱也幸五臣作奉字承光誦末伏思託後旍五臣作旌字善曰光誦猶華篇也後旍猶後乘濟曰後旌後車也光誦謂建平王首篇也言承此之末伏思託於後車

鍾山詩應西陽王教五言善曰徐爰釋問略曰建康東北十里有鍾山裴子野宋略曰孝武封皇子尚爲西陽王向同善注

沈休文

靈山紀地德險嶠善本作地險字資岳善本作嶽字靈善曰說苑齊景公曰天不雨寡人欲祠靈山可乎鄭玄周禮注曰鎮名山安地德者也周易曰地險山川丘陵王隱晉書荀晞曰淮陽之地北組塗山南枕靈嶽銑曰紀猶表也資猶因也終南表秦觀少室邇王城善曰毛詩曰終南何有有條有枚史記曰始皇表南山巔以爲闕南山則終南也爾雅曰觀謂之闕戴延之西征賦曰嵩中岳也東謂大室西謂少室相去十七里嵩高總名也漢武帝作登仙臺在少室峯下東京賦曰然後以建王城向曰終南山爲秦宮觀之儀表少室山近周王之城翠鳳翔淮海衿帶繞神坰善曰鳳翔淮海喻宋之興也東京賦曰龍飛白水鳳翔參墟李斯上書曰今陛下建翠鳳之旗然但引翠鳳之文不取旗義也西京賦曰巖險周固衿帶易守爾雅曰林外謂之坰向曰鳳翔喻宋興於淮海之地衿帶之固乃在建業焉稱神者美言之野外曰坰北阜何其峻林薄杳蔥青（其一）善曰北阜鍾山也西都賦曰睋北阜陸機擬古詩曰西山何其峻又赴洛詩曰林薄杳阡眠濟曰鍾山在北故云北阜草木叢生曰薄杳深也蔥青茂盛皃也發地多奇嶺干雲非一狀善曰子虛賦曰其山則交錯糾紛上干青雲良曰發地言起發於地也干雲言高也非一言形狀多也合沓共隱天參差互五臣作分字相望善曰謝靈運登廬山詩曰巒隴有合沓揚雄蜀都賦曰碧山隱天子虛賦曰岑崟參差尚書曰

【文二十二　六七　一】

終南惇物至于鳥鼠孔安國注曰三山名言相望也銑曰合沓高大皃衆峯高大共隱蔽於天參差分布相望而列於地鬱律構丹巘魚偃崚盧登嶒在登起青嶂善曰西京賦曰隱轔鬱律爾雅曰山正鄣巘崿崖之別名爾雅曰重巘隒郭璞靈光殿賦曰崱繒綾而龍鱗向曰鬱律直上皃山甗形曰巘言構成此形崚嶒疊重皃山橫曰嶂勢隨九疑高氣與三山壯（其二）善曰楚辭曰道幽谷于九疑山海經曰南山崐崘其氣魂魂漢書曰蓬萊方丈瀛洲此三神山者僊人在焉九疑山在長沙零陵三山在海中翰曰九疑山名三山即海中蓬萊方丈瀛洲之山即事既多美臨眺殊復奇善曰即事即此山中之事也列子曰周之尹氏有老役夫晝則呻呼即事良曰即事山中之事已多美矣臨眺四外復有奇迹南瞻儲胥觀西望昆明池善注同云此皆假言之濟曰儲胥觀昆明池皆在西京今此擬而作也山中咸可悅賞逐四時移春光發隴首秋風生桂枝（其三）銑曰隴首山頭也桂枝者桂樹枝也多值息心侶結架山之足善曰大灌頂經曰息心達本源故號爲妙門毛萇詩傳曰麓山足也向曰大灌頂經曰息心達本源故號爲山門侶從侶也架造廬也八解鳴澗流四禪隱巖曲善曰山海經曰和山五曲郭璞曰曲迴也翰曰維摩經云八解之浴池定水湛然滿言八解之池與澗水俱流而鳴大品經云初禪二禪三禪四禪言此四禪之人隱此山巖之曲窈冥終不見蕭條無可五臣作何所字欲善曰老子曰窈兮冥其中有精王弼曰窈冥深遠之歎深遠不可得而見然而萬物由之不可得見以定其真故曰窈兮冥其中有精老子曰不見可欲使心不亂向曰窈冥深遠皃言皆深遠不可見使人蕭條然無所可欲而近於道所願從之遊寸心於此足（其四）善曰家語孔子曰無聲之樂所願志從莊子曰魯有兀者王駘從之遊者與仲尼相若列子文摯謂叔龍曰吾見子之心矣方寸之地虛矣君王挺逸趣羽旆臨崇基善曰說文曰挺拔也旆旌旗之垂者務旗以羽爲飾故云羽旆陸機樂府詩曰羽旗棲瓊鸞崇基山也春秋運斗樞曰山者地基也濟曰君王則西陽王也羽旆旌類崇基謂鍾

【文廿二　六八　一】

山

白雲隨玉趾青霞雜桂旗善曰左氏傳楚太宰薳啓彊謂魯侯曰今君若玉趾跡辱見寡君曹毗臨園賦曰青霞曳於前阿楚辭曰辛夷車兮結旌旗　銑曰王趾美言王之足也王登于山故曰雲隨其足桂旗旗名其高與青霞相雜淹留訪五藥顧步佇三芝善曰楚辭曰攀桂枝兮聊淹留周禮鄭玄曰五藥草木蟲石穀也日出東南隅行曰顧步咸可憐蒼頡篇曰顧旋也王逸楚辭注曰步徐行也抱朴子曰參成芝木渠芝建實芝此三芝得而服之白日升天　向曰五藥草木蟲石穀也三芝石芝靈芝肉芝也於焉仰鑣皮苗駕歲暮以爲五臣作終字期其五善曰歲暮喻年老也韓詩曰蟋蟀在堂歲聿其暮薛君曰暮晚也言君之年歲已晚　翰曰歲暮喻老也言己於此仰奉王之鑣駕及老終期隱於此也

宿東園五言　濟曰休文家園

沈休文

陳王鬬雞道安仁采樵路善曰陳思王名都篇曰鬬雞東郊道走馬長楸間潘岳詩曰東郊歎不得志也出自東郊憂心搖搖遵彼萊田言采其樵　良曰陳思王曹植詩云鬬雞東郊道潘安仁詩云采樵往東路東郊豈異昔聊可閑余步善曰七啓曰雍容閑步　銑曰閑緩也野徑既盤紆荒阡亦交互善曰子虛賦曰其山則盤紆岪鬱　向曰阡道也盤紆交互盤曲反覆皃槿籬踈復密荊扉新且故善曰謝靈運詩曰插槿當列墉鄭玄禮記注曰蓽門荊竹織門也殷仲堪誄曰荊門晝掩　翰曰以槿作園籬以荊爲門扉樹頂鳴風飈草根積霜露驚麏居雲去不息征馬時相顧善曰毛詩曰野有死麏今以江東人呼鹿曰麏呂氏春秋曰征鳥厲疾高誘曰征猶飛也鄭玄毛詩箋曰迴首曰顧　濟曰飈亦風也麏獐也茅棟嘯愁鴟平岡走寒兎善曰任預雪詩曰寒鳶響雲肅悲鴟竟夜啾夕陰帶曾阜長煙引輕素良曰曾重阜山也飛光忽我遒豈善本作寧字止歲云暮善曰古董逃行曰年命冉冉我遒毛詩曰歲聿云暮　銑曰飛光月光也遒迫也日月迫落豈止歲暮而已老將及我不得游於斯也若蒙西山藥頹齡儻能度善曰魏文帝詩曰西山一何高高高殊無極上有兩仙童不飲亦不食與我一丸藥光輝有五色服藥四五日身體生羽翼陸機應詔曰悲來日之苦短恨頹年之方侵　向同善注曰言我若蒙此藥而頹毀之年儻或能畢於天地斃年也

游沈道士館五言　翰曰休文游道士沈恭館

沈休文

秦皇御宇宙漢帝恢武功善曰過秦論曰始皇振長策而御宇內漢書曰武帝征討四夷銳志武功　濟曰秦皇始皇也漢帝武帝恢大也懽娛人事盡情性猶未充善曰何休公羊傳注曰充滿也　良注同銳意三山上託慕九霄中善曰漢書曰武帝征討四夷銳志武功西征賦曰竊託慕於闕庭潘岳書曰長白絕於埃塵超遊身乎九霄　銑曰銳盡也三山蓬萊方丈瀛洲也九霄九天仙人所居處也既表祈年觀復立望仙宮善曰關中記曰祈年宮在城外秦穆公所造望仙宮在華陰漢武帝所造　向曰祈年秦所立望仙漢所立寧爲心好道直由意無窮善曰漢武內傳曰帝好長生之道　翰曰皆謂秦漢之主曰余知止足是願不須豐善曰老子曰知足不辱知止不殆周易曰豐多也　銑曰余約自稱也須求豐大也遇可淹留處便欲息微躬五臣無此二句　善曰楚辭曰攀桂枝兮聊淹留山嶂遠重疊竹樹近蒙籠開衿五臣作襟字濯寒水解帶臨清風善曰曹子建閑居賦曰愬寒風而開衿　濟曰山橫曰嶂　向曰濯滌也寒水秋水也所累去非外物爲念在玄空善曰慎子曰夫德精微而不見聰明而不發是故外物不累其內爾雅曰玄道也然道體無形故曰空　翰曰玄空道也言我

游此超然自得不爲外物累已所念在於道也 朋來握石髓賓至駕輕鴻 善曰袁彦伯竹林名士傳曰王烈服食養性嵇康甚敬信之隨入山烈嘗得石髓柔滑如飴即自服半餘半取以與康皆凝而爲石郭璞遊仙詩曰駕鴻乘紫煙濟曰石髓石之髓也得而服可長生故朋來握此食之鴻鳥名仙者以爲駕故賓至則相與乘也 都令人徑絶唯使雲路通一舉陵 五臣作凌字 倒景無事適華嵩 善曰吳都賦曰徑路絶風雲通張衡華山堂闕銘曰必雲霄之路可升而起漢書谷永曰及言世有仙人服食不終之藥遥興輕舉登遐倒景廣雅曰陵乘也列仙傳曰呼子先者漢中關下卜師也壽百餘年夜有仙人持二竹竿來至呼子先子騎之乃龍也上華陰山又曰王子喬好笙浮丘公接以上嵩山 良曰倒景在日月之上日月反從下照故謂倒景言我一舉而升於此更何事適嵩華之山而求道也 寄言賞心客歲暮爾來同 善曰歲暮喻年老也韓詩曰蟋蟀在堂歲聿其暮薛君曰暮晚也言君之年歲已晚 銑曰賞心客謂與我賞此之友人歲暮謂年老也言及老與爾同此事

古意酬到長史溉古艾登琅邪城 五言 善曰何之元梁典曰到溉字茂灌爲司徒長史沈約宋書曰南琅邪郡琅邪國人隨晉元帝過江大興三年立懷德縣隸丹楊無土地成帝咸康元年桓溫領郡鎮江乘縣立郡輿地圖曰梁武改南琅邪爲琅邪郡在潤州江寧縣西北十八里

徐敬業 善曰何之元梁典曰徐勉第三息悱字敬業晉安内史有學業最知名卒於郡府 向曰少有才學爲晉安内史古意作古詩之意也酬報也溉爲司徒長史登此城作詩贈悱故悱報之

甘泉警烽候上谷抵 善本作拒字 樓蘭 善曰漢書揚雄上疏曰孝文時匈奴侵暴北邊候騎至雍烽火通甘泉又曰上谷郡秦置又曰鄯善國本名樓蘭王治扜泥城扜音烏 翰曰甘泉山名匈奴犯塞烽火至甘泉宮上谷郡名近樓蘭之國警備警策也抵猶拒也 此江稱豁險兹山復鬱盤 善曰蜀都賦曰豁險吞若巨防子虛賦曰其山則盤紆岪鬱 濟曰此江即岷江也兹山即鍾山也豁險鬱盤重厚皃言此江山比於甘泉上谷 表裏窮形勝襟帶盡巖巒 善曰左氏傳咎犯曰表裏山河必無害也漢書田肯賀上曰秦形勝之國也西京賦曰巖險周固衿帶易守說文曰巒山小山而高 良曰巖巒山也言衿帶之固盡是此山 脩篁壯下屬危樓峻上干 善曰子虛賦曰下屬江河又曰其上則交錯糾紛上干青雲 銑曰脩長篁竹也竹叢曰篁言竹生於山上下及於地益山形之壯矣危高也言城上高樓如山之峻上干於雲也此城依山而作 登陴起遐望迴首見長安 善曰左氏傳曰鄭子產授兵登陴杜預曰陴城上睥睨也王仲宣七哀詩曰南登霸陵岸迴首望長安 向曰陴城上女牆也遐遠也長安謂丹陽城 金溝朝灞滻產甬涌道入鴛鸞 善曰戴延之西征記曰御溝引金谷水從閶闔門入灞滻二水名也雍州圖經曰金谷水出藍田縣西終南山西入灞水小水入大水曰朝尚書曰江漢朝宗于海甬道閣道也淮南子曰甬道相連潘岳關中記曰未央殿東有

鴛鸞殿 翰曰金溝之水入灞滻如江河朝宗於海甬道起土爲道鴛鸞殿名皆西京之事此擬而作之故望見 鮮車騖華轂汗馬躍銀鞍 善曰范曄後漢書曰蜀郡饒富吏民鮮車駕馬以財貨自達漢書劉向上封事曰今王氏一姓乘朱輪華轂者二十三人又公孫弘曰臣馬怠駑無汗馬之勞辛延年羽林郎詩曰銀鞍何煜爚翠蓋空踟蹰 良曰鮮新鶩奔也華轂彫飾其轂銀鞍用銀以飾鞍言見城中車騎若此 少年負壯氣耿介立衝冠 善曰漢書音義曰負恃也韓子曰耿介之士史記曰藺相如怒髮上衝冠 濟曰負恃也耿介猶志操也壯士之怒髮上衝冠排自言少年時壯氣志操既立怒天下未平而髮上衝冠 懷紀燕山石思開函谷丸 善曰後漢書曰竇憲爲車騎將軍與北單于戰于稽落山破之遂登燕然山刻石勒功紀威德又曰隗囂據天水王元說囂曰東收三輔之地案秦舊迹表裏山河元請以一丸泥爲大王東封函谷關此萬世一時也 銑同善注 豈如霸上戲羞取路傍觀 善曰古樂府曰日出東南隅行曰兄弟兩三人中子侍中郎黃金絡馬頭觀者滿路傍 向曰漢時匈奴入邊遣宗正劉禮軍

霸上文帝勞入其軍曰霸上軍兒戲耳排言我不能如劉禮作兒戲使路傍觀之而取笑

寄言封侯者數所具切**奇**居宜切**良可歎** 善曰漢書李廣與望氣王朔語曰自漢擊匈奴廣未嘗不在其中而諸將校尉以軍功取侯者數十人廣不爲人後然終無尺寸之功以得封邑者何也豈吾相不當侯邪又曰大將軍衛青陰受上旨以爲李廣數奇孟康曰奇隻不耦也如淳曰數爲匈奴所敗　翰曰李廣與衛青伐匈奴青陰受上旨以爲李廣數奇無令當單于廣竟失道自殺奇謂無偶也夫將有大功則封爲侯當數奇之時良可歎息也此皆排之心事以報於漑

六臣註文選卷第二十二

六臣註文選卷第二十三

梁昭明太子撰

唐李善并五臣註

詠懷

詠懷詩十七首

五言顏延年曰說者阮籍在晉文代常慮禍患故發此詠耳

阮嗣宗 善曰臧榮緒晉書云阮籍字嗣宗陳留尉氏人容皃瓌傑志氣宏放蔣濟辟爲掾後謝病去爲尚書郎遷步兵校尉籍屬文初不苦思率爾便作成陳留八十餘篇此獨取十七首詠懷者謂人情懷籍於魏末晉文之代常慮禍患及已故有此詩多刺時人無故舊之情逐勢利而已觀其體趣實謂幽深非夫作者不能探測之　向注同

顏延年沈約等註

夜中不能寐起坐彈鳴琴 濟曰夜中喻昏亂不能寐言憂也彈琴欲以自慰其心

薄帷鑒明月清風吹我衿 善曰廣雅曰鑑照也　銑曰帷帳鑒照也

孤鴻號外野翔善作翔字**鳥鳴北林** 善曰廣雅曰號鳴也　向曰孤鴻喻賢臣孤獨在外號痛聲也翔鳥鷙鳥好迴飛以比權臣在近則謂晉文王也

徘徊將何見憂思獨傷心 善曰嗣宗身仕亂朝常恐罹謗遇禍因茲發詠故每有憂生之嗟雖志在刺譏而文多隱避百代之下難以情測故粗明大意略其幽旨也　翰曰由此而憂思

二妃游江濱逍遥順風翔交甫懷環珮婉孌力轉**有芬芳猗**於綺**靡情歡愛千載不相忘** 善曰列仙傳曰江妃二女出游江濱交甫遇之張平子南都賦曰游女弄珠於漢臯之曲韓詩外傳曰鄭交甫將南適楚遵彼漢臯臺下乃遇二女佩兩珠大如荊雞之卵王逸楚辭注曰在衣曰懷毛萇詩傳曰婉孌少好皃子虛賦曰扶輿猗靡　濟曰江妃二女游於

江濱解珮以贈鄭交甫也翔行也婉孌美皃 良曰倚靡相思不相忘者情意深也交甫則未如此籍飾成此文傾
城迷下蔡容好結中腸善曰漢書李延年歌曰一顧傾人城登徒子好色賦曰臣東家
之子嫣然一笑惑陽城迷下蔡 銑曰言美皃傾人之城迷惑下蔡之邑由此容皃美好結人心腸皆謂晉文王初有輔
政之心爲美行佐王有如此者感激生憂思萱草樹蘭房膏沐爲
誰施其雨怨朝陽善曰趙歧孟子章指曰千載聞之猶有感激毛詩曰焉得諼草言樹之背
又曰豈無膏沐誰適爲容又曰其雨其雨杲杲日出鄭玄曰人言其雨其雨杲杲然日復出猶我言伯且來伯且來則復
不來也伯且君子字 銑曰後遂專權而欲篡位使我感激而生憂思萱草忘憂也蘭香草也言我將忘此憂自脩芳香
之行膏沐仁義之道念天下若此將誰爲施之詩云其雨其雨杲杲出日言本望得雨不謂日出亦猶本期輔弼不謂篡
奪也如何金石交一旦更離傷沈約曰婉孌則千載不忘金石之交一旦輕絕
未見好德如好色 善曰漢書曰楚王使武涉說韓信曰足下雖自以爲與漢王爲金石交然今爲漢王所禽矣 翰曰
言臣主初爲金石固交一朝離傷使如此也旦朝也

嘉樹下成蹊東園桃與李秋風吹飛藿零落從
此始顏延年曰左傳季孫氏有嘉樹 沈約曰風吹飛藿之時蓋桃李零落之日華實既盡柯葉又凋無復一
毫可悅 善曰班固漢書李廣贊曰諺曰桃李不言下自成蹊說文曰藿豆之葉也楚詞曰惟草木之零落 濟曰嘉美
也蹊道也藿猶葉也言及秋風而零落也言晉當魏盛時則盡忠及微弱則陵之使魏室零落自此始也繁華
有憔悴堂上生荊杞善曰言無常也丈子曰有榮華者必有愁悴班固荅賓戲曰朝爲榮
華夕爲憔悴山海經曰虖夕之山下爲荊杞郭璞曰杞枸杞 銑曰荊杞喻姧臣言因魏室陵遲姧臣是生姧臣則晉文王
也驅馬舍五臣作捨字之去去上西山趾善曰西山夷齊所居言欲從之以避
世禍 銑曰西山伯夷叔齊隱處也趾山足也言晉無始終不及夷齊故上西山也一身不自保
何況戀妻子沈約曰榮悴去就此人本無保身之術況復妻子者乎 向曰言遇此時不可相保

凝霜被野草歲暮亦云已沈約曰歲暮風霜之時徒然而已耳 善曰繁霜已
凝歲亦暮止野草殘悴身亦當然楚詞曰漱凝霜之紛紛字書曰凝冰堅也毛詩曰歲聿云暮蒼頡篇曰已畢也 向曰
已盡也言霜凝歲暮野草當盡我值今日身亦固然此乃籍憂生之詞也
昔日繁華子安陵與龍陽善曰史記華陽夫人姊說夫人曰不以繁華時樹本
說苑曰安陵君纏得寵於楚恭王江乙謂纏曰吾聞以財事人者財盡則交絕以色事人者華落則愛衰子安得長被幸
乎會王出獵江渚有火若雲蜺兕從南方來正觸王驂善射者射之兕死於車下王謂纏曰萬歲後子將誰與樂纏泣下
沾衣曰大王萬歲後臣將殉恭王乃封纏車萬三百戶故江乙善謀安陵善知時龍陽君釣十餘魚而棄泣下王曰有所
不安乎對曰無王曰然則何爲涕出對曰臣始得魚甚喜後得益多而又欲弃前之所得也今以臣兇惡而得拂枕席今
爵至人君走人於庭避人於塗四海之內其美人甚多矣聞臣之得幸於王畢襄裳而趨王臣亦曩之所得魚也亦將弃
矣安得無涕出乎王乃布令敢言美人者族 濟曰繁華喻人美盛如春華之繁餘同善注夭夭桃李

花灼灼有輝光善曰毛詩曰桃之夭夭灼灼其華 良曰夭夭美皃灼灼明皃悅懌
若九春磬折似秋霜善曰春秋元命苞曰陽氣數成於三故時三月陽數極於九故三月
一時九十日宋衷曰四時皆象此類不唯春也尚書大傳曰諸侯來受命周公莫不磬折 銑曰懌樂也春陽也陽數九
故云九春萬物悅樂之時也磬樂器其形曲折秋霜能摧折萬物言此二人自屈折曲事君有如此者秋殺也流
盼發姿媚言笑吐芬芳攜手等歡愛宿昔同衣
裳善曰神女賦曰陳嘉詞而云對吐芬芳其若蘭廣雅曰宿夜也 向曰昔夜也願爲雙飛鳥
比翼共翱翔善曰建安中無名詩曰中有雙飛鳥自名爲鴛鴦 翰曰此情相得願爲比翼之鳥雙飛
而游丹青著明誓永世五臣作千載字不相忘善曰以財助人者財盡則
交絕以色助人者色盡則愛弛是以嬖女不弊席嬖男不弊輿安陵君所以悲魚也亦豈能丹青著誓永代不忘者哉蓋
以俗衰教薄方直道喪攜手笑言代之所重者乃足傳之永代非止恥會一時故託二子以見其意不在分桃斷袖愛嬖

之懽丹青不渝故以方誓東觀漢記光武詔曰明設丹青之信廣開束手之路　濟曰誓約如丹青分明雖千載而不相志也言安陵龍陽以色事楚魏之主尚猶盡心如此而晉文王蒙厚恩於魏不能竭其股肱而將行篡奪籍恨之甚故以刺也

天馬出西北由來從東道沈約云由西北來東道也善曰漢書曰天馬來從西極涉流沙九夷服天馬來歷無草經千里循東道張晏曰馬從西而來東也　良曰漢伐大宛得駿馬乃作天馬歌言天馬來自西北從於東道此亦萬事不定**春秋非有託**五臣作託**富貴焉常保**沈約曰春秋相代若環之無端天道常也譬如天馬本出西北忽由東道況富貴之與貧賤易至乎　善曰鄭玄禮記注曰託止也　銑曰春秋相代託竟之時而富貴者安能長保持也**清露被皐蘭凝霜霑野草**善曰迅疾也楚詞曰皐蘭被徑兮斯路漸楚詞曰凝霜之紛紛字書曰凝冰堅也古詩曰白露沾野草　向曰春露秋霜互以相代言霜凝歲暮野草當盡我值今日身亦固然此乃籍憂生之詞也**朝為媚**

五臣作美**少年夕暮成醜老自非王子晉誰能常美好**善曰列仙傳曰王子喬者周靈王太子晉也好吹笙作鳳鳴游伊洛之閒道人浮丘公接以上嵩山後於緱山乘白鶴駐山頭舉手謝時人數日而去　翰曰王子晉古仙人以喻貞正之士言世人遂時興衰非有長生者也**登高臨四野北望青山阿松栢翳岡岑飛鳥鳴相過**善曰應劭風俗通曰葬於郭北北首求諸幽之道仲長子昌言曰古之葬植松栢梧桐以識墳　濟曰阿曲翳蔽也但丘墓松栢飛鳥往來而已**感慨懷辛酸怨毒常苦多**善曰蒼頡篇曰懷抱也史記太史公曰怨毒之於人甚矣哉廣雅曰毒痛也　良曰由此而怨歎也慨歎息也辛酸鼻也毒病也**李公悲東門蘇子狹三河求仁自得仁豈復歎咨嗟**沈約曰河南河東河北秦之三川郡古人呼水皆為河耳蘇子以兩周之狹小不足逞其志力故去佩六國印也云二子豈不知進趨之近禍敗哉常以交利貨賕禍故冒而行之所謂求仁得仁也松栢岡岑丘墓所在也

古有皆死之義莫有免者焉達者安小大之涯各遂分内之樂委天任命以至於俱為一丘之土夫何異哉故因此望山阿而發此句明徂謝之理雖同夭逝之途則異也感慨之深誠逝者所不免至於顛沛道夭怨毒求生蘇子李斯張本也善曰李斯蘇秦同銑注漢書東方朔曰漢興去三河之地止霸滻以西論語子貢曰伯夷叔齊何人也子曰古之賢人曰怨乎曰求仁而得仁又何怨　銑曰李公李斯也本楚上蔡人度楚不足仕乃說秦平六國而為丞相臨刑謂其子曰吾欲與汝牽黃犬出上蔡東門逐狡兔之樂其可得乎故云悲東門蘇子蘇秦也本洛陽人洛陽三川之地則三河也蘇秦以其地狹小不足逞其志乃游說六國佩其相印後爭寵於齊為刺客所殺言二子豈不知趨勢利以近禍敗也為而犯之者亦猶求仁得仁誰復為之咨嗟矣籍登高望見丘墳松栢而懷李公蘇子以為世人不知止足後必悔恨有如此者

開秋兆涼氣蟋蟀鳴牀帷善曰開秋秋初開也楚詞曰開春發歲兮四子講德論曰蟋蟀俟秋吟　向曰詩云十月蟋蟀入我牀下今言初秋始涼已鳴牀帷者傷時政迫促**感物懷殷憂悄悄令心悲**善曰古詩曰感物懷所思韓詩曰耿耿不寐如有殷憂毛詩曰憂心悄悄慍于

羣小　翰曰感物感時政也悄悄憂心也**多言焉所告繁辭將訴誰**沈約曰重言之猶云懷哉懷哉　善曰論衡曰甘議繁辭然不見信　良曰言此心無所告訴**微風吹羅袂明月燿**五臣作曜字**清暉晨雞鳴高樹命駕起旋歸**善曰樂録曰雞鳴高樹顛古辭孔叢子孔子歌曰巾車命駕將適唐都毛詩曰薄言旋歸　濟曰微風喻魏將滅散令微也明月喻晉王為專權臣也雞知時者言我亦知時如此將命駕歸于山林隱居而避此亂代**平生少年時輕薄好絃歌西游咸陽中趙李相經過**顏延年曰趙漢成帝趙后飛燕也李武帝李夫人也並以善歌妙舞幸於二帝也　善曰論語曰久要不忘平生之言范曄後漢書曰光武曰孝孫素謹輕薄兒誤之孝孫劉嘉字史記曰秦作咸陽徙都也　良曰漢都咸陽也趙李並善歌舞故託以經過也**娛樂未終極白日忽蹉跎驅馬復來歸反顧望三河黃金百鎰**善作溢字**盡資用常苦**

多北臨太行道失路將如何善曰少年之日志好絃歌及乎歳晩旋歸路失財盡同乎太行之子當如之何乎戰國策曰魏王欲攻邯鄲季梁聞之中道而反衣焦不信頭塵不浴往見王曰今者臣來見人於太行乃北面而持其駕告臣曰我欲之楚臣曰之楚將奚爲北面曰吾馬良臣曰雖良此非楚之道也曰吾用多臣曰雖多此非之楚之路也曰吾善御此數者逾善而離楚逾遠耳今王動欲成霸王舉欲信於天下恃王國之大兵之精銳而欲攻邯鄲以廣地尊名王之動逾數而離王逾遠耳猶至楚而北行也高誘曰面向也駕馬也之至也用資也賈逵國語注曰一溢二十四兩　向曰晉文王河內人故託稱三河言人輕薄之情平生經過游樂於魏都之中及魏室衰暮皆去而望晉　翰曰季良謂魏王曰同善注言雖黃金百鎰資用苦多豈可供其失路之費也喻人素有美行於魏今失路歸晉其於美行盡以喪矣將如之何哉

昔聞東陵瓜近在青門外連畛距阡陌子母相鉤善作拘帶五色曜朝日嘉賓四面會善曰畛當爲畛宋衷太玄經注曰畛界也說文曰畛井田閒陌也孔安國尚書傳曰距至也子母五色俱謂瓜也史記曰邵平者故秦東陵侯秦破爲布衣貧種瓜於長安城東瓜美故時俗謂之東陵瓜從邵平始也漢書曰霸城門民間所謂青門也毛詩曰我有嘉賓　良曰畛界距至也阡陌皆道也子母瓜之子母也鉤帶猶連綴也瓜有五色其光曜日嘉賓邵平之客　濟曰邵平瓜美足供賓客

膏火自煎熬多財爲患害布衣可終身寵祿豈足賴沈約曰當東陵侯侯服之時多財爵貴及種瓜青門匹夫耳寔由善於其事故以味美見稱連畛距陌五色相照非唯周身贍已乃亦坐致嘉賓夫得失榮難久恃膏以明自煎人以財興累布衣可以終身豈寵祿之足賴哉　善曰莊子曰山木自寇也膏火自煎也漢書疏廣曰愚而多財則益其過左氏傳曰石碏曰四者之來寵祿過也又宋華元曰不能治官敢賴寵乎　銑曰膏以明而受煎熬人以財而見患害豈如邵平復爲布衣終身不仕至於寵祿何足恃賴顧朝廷若是願以退居故有此詞

步出上東門北望首陽岑善曰河南郡圖經曰東有三門最北頭曰上東門河南郡境界簿曰城東北十里首陽山上有首陽祠一所　向曰上東門洛陽東門首陽山伯夷叔齊避周之隱處

下有采薇士上有嘉樹林沈約曰夷齊尚不食周粟況取之以不義者乎善曰史記曰武王平殷伯夷叔齊恥之義不食周粟隱於首陽山采薇而食之顏延之曰史記龜策傳曰無蟲曰嘉林　翰曰薇亦藿也可食之采薇士則夷齊也嘉樹謂嘉美之樹

良辰在何許凝霜霑衣襟五臣作衿寒風振山岡玄雲起重陰沈約曰良辰何許言世路險薄非良辰也風霜交至凋殞非一玄雲重陰多所擁蔽是以寄言夷齊望首陽而嘆息　善曰東征賦曰撰良辰而將行王仲宣詩曰白露沾衣　良曰良辰謂和平也凝霜霑衣衿以喻衰代言和平之時今在何處而使衰代及人　銑曰風振雲陰喻晉王專權而冒上

鳴鴈飛南征鶗啼鴂決發哀音沈約曰此鳥鳴則芳歇也芬芳歇矣所存者鶗鴂耳　善曰楚辭曰鴈邕邕而南遊又曰恐鶗鴂之先鳴使夫百草爲之不芳　向曰鳴鴈飛征喻賢臣遠去鶗鴂哀音喻邪臣讒佞

素質由商聲悽愴傷我心沈約曰致此凋素之質由於商聲用事秋時也遊字應作由古人字類無定也　善曰禮記曰孟秋之月其音商鄭玄曰秋氣和則音聲調　翰曰商聲秋之聲也草木凋素由商聲用事國家衰弱由姦臣執政是用傷我心矣

昔年十四五志尚好書詩五臣作詩書字　善曰論語曰吾十有五而志于學被褐懷珠玉顏閔相與期善曰家語子路問於孔子曰有人於此被褐而懷玉何如子曰國無道可也國有道則袞冕而執玉也論語孔子曰有顏回者好學不幸短命死矣史記曰閔損字子騫　濟曰褐布衣珠玉喻道德顏回閔子騫皆孔子弟子言少時學道德與此游從

開軒五臣作都字臨四野登高有善作望所思良曰開都謂出於都外所思謂思古之君子丘墓蔽山岡萬代同一時善曰方言曰冢大者爲丘　銑曰言自古死至於今日故謂同一時也

千秋萬五臣作百字歲後榮名安所之乃悟善作悞字羨門子噭噭叫今自嗤善作蚩字　沈約曰自我

以前祖謝者非一跡或䅽䳄參差向爲今日之一丘夫豈異哉故云萬代同一時也若夫被褐懷玉託好詩書開軒四野昇髙永望志事不同但沒理一追悟羨門之輕舉方自笑耳善曰戰國策曰楚王謂安陵君曰寡人萬歲千秋之後誰與樂此矣淮南子曰死有遺業生有榮名薛綜西京賦注曰安焉也史記曰始皇使燕人盧生求羨門韋昭曰古仙人也說文云嗤笑也嗤與蚩同　向曰羨門子古仙人也乃悟羨門輕舉而我負累所以自嗤安可嗤笑也籍憂於生理故以此詞自釋

徘徊蓬池上還顧望大梁善曰漢書地理志曰河南開封縣東北有蓬池或曰即宋蓬澤也又陳留郡有浚儀縣故大梁也　翰曰蓬池池名大梁古梁城名**綠水揚洪波曠野莽茫茫**善曰毛詩曰率彼曠野楚詞曰莽芒芒之無涯毛萇曰茫茫廣大皃　濟曰洪大莽草也**走獸交橫馳飛鳥相**五臣作自字**隨翔是時鶉火中日月正相望**善曰左氏傳曰晉侯伐虢公問卜偃曰吾其濟乎對曰剋之其九月十月之交乎鶉火中必是時也杜預曰夏之九月十月也尚書曰二月旣望孔安國曰十五日日月相望也　銑曰喻亂時人怖懼　良曰孟冬之月七星中星鶉火坎星也日月相望十五十六也**朔風厲嚴寒陰氣下微霜**善曰爾雅曰朔北方也杜預左氏傳注曰厲猛也曾子曰陰氣勝則凝爲霜　向曰朔北也寒霜喻讒臣之害人者**羇旅無疇匹俛仰懷哀傷**善曰左氏傳曰陳敬仲曰羇旅之臣也　翰曰代多邪佞故我無疇匹而俯仰悲傷**小人計其功君子道其常豈惜終憔悴詠言著斯章**沈約曰豈惜終憔悴蓋由不應憔悴而致憔悴君子失其道也小人計其功而通君子道其常而塞故致憔悴也因乎眺望多懷兼以羇旅無匹而發此詠　善曰孫卿子曰天有常道君子有常體君子道其常小人計其功　翰曰小人計邪諂以爲功君子守正直以爲常　良曰言我守以正道豈能憔悴及已所以著此詩以自明也

炎暑惟茲夏三旬將欲移善曰南方爲火而主夏火性炎上故謂夏月爲炎暑

也薛君韓詩章句曰惟辭也鄭玄毛詩箋曰炎熱氣也　銑曰三旬謂六月之旬欲入於秋也喻魏之末權移於晉**芳樹垂綠葉清雲自逶迤**善曰淮南子曰志厲清雲楚詞曰載雲旗之逶迤　向曰喻魏尚有餘德逶迤長遠也**四時更代謝日月遞差馳**善曰孫卿子曰日月遞照四時代御　翰曰差馳言相次而奔馳也**徘徊空堂上忉怛莫我知**善曰毛詩曰勞心忉忉又曰勞心怛怛楚詞曰國無人兮莫我知　濟曰忉怛憂傷也莫我知莫知我也**願覩卒歡好不見悲別離**善曰言四時代移日月遞運年壽將盡而人莫已知恐被讒邪構遭擯斥故云願卒歡好不見別離　良曰卒終也不見言不欲見別離喻晉篡魏而別離也**灼灼西頹**善作隤**日餘光照我衣**善曰楚詞曰日杳杳而西頹**迴風吹四壁寒鳥相因依**銑曰頹日喻魏也尚有餘德及人迴風喻晉武四壁喻大臣寒鳥喻小臣也**周周尚銜羽蛩蛩亦念飢**善曰韓子曰鳥有周周者首重而屈尾將欲飲於河則必顛乃銜羽而飲今人之所有飢不足者不可以不索其羽矣爾雅曰西方有比肩獸焉與邛邛岠虛比爲邛邛岠虛齧甘草即有難邛邛岠虛負而走其名謂之蟨郭璞曰蟨音厥　向曰周周蛩蛩同善注以喻君臣相須而濟有晉不如於此**如何當路子磬折忘所歸豈爲夸**苦瓜**譽**五臣作與作**名憔悴使心悲**沈約曰天寒即飛鳥走獸尚知相依周周銜羽以免顛仆蛩蛩負蟨以美草而當路者知進趨不念暮歸所安爲者推夸譽名故致憔悴而心悲也　善曰孟子公孫丑問曰夫子當路於齊管晏之功可復許乎綦毋家曰當仕路也尚書大傳曰諸侯來受命周公莫不磬折樂器其形典折呂氏春秋曰古之人有不肯富貴者由重生故也非夸以名也爲其實也司馬彪莊子注曰夸虛名也鄭玄禮記注曰名令聞也　翰曰當路子喻大臣也皆磬折曲從以媚晉氏而忘致君之道　良曰此人皆夸大與名譽而致身趨附之地使我憔悴而心悲**寧與燕雀翔不隨黃鵠飛黃鵠游四海中路將安歸**沈約曰若斯人者不念已之矩蹶不隨燕雀爲侶而欲與黃鵠比游黃鵠一舉沖天翱翔四海

矩翮追而不逮將安歸乎爲其計者宜與燕雀相隨不宜與黃鵠齊舉　善曰漢書息夫躬絶命辭曰玄雲泱鬱將安歸　濟曰鸎雀喻姦佞黃鵠喻賢才言毋人寧與姦佞相濟其要安於爵祿不能與賢才盡力於君而受其黜退也

獨坐空堂上誰可與歡者出五臣作 **門臨永路不見行車馬**銑曰言人皆趨權臣無與己同 **登高望九州悠悠分曠野孤鳥西北飛離獸東南下**向曰孤鳥離獸東南西北喻下人值亂代皆分散而去 **日暮思親友晤言用自寫**善曰毛詩曰彼美淑姬可與晤言鄭玄曰晤對也　翰曰言思志者與舒寫其心晤明也

北里多奇舞濮上有微音善曰史記曰紂使師涓作新聲北里之舞禮記曰桑間濮上之音亡國之音也　濟曰紂使師延作北里之舞靡靡之樂紂亡延投濮水而死衛靈公宿於濮水上聞其音使師涓寫之言時尚其荒淫 **輕薄閑遊**五臣作游閑 **子俯仰乍**五臣作作 **浮**

文二十三　十

沉五臣作沈 **捷徑從狹路僶俛趣荒淫**善曰輕薄之輩隨俗浮沉棄彼大道好從狹路不尊恬淡競赴荒淫言可悲甚也漢司馬遷書曰從俗浮沉與時俯仰　銑曰代人輕薄逐勢興衰而從之　向曰捷徑狹路非正道僶俛亦俯仰也 **焉見王子喬乘雲翔鄧林獨有延年術可以**五臣作用字 **慰我心**善曰子喬離俗以輕舉全性以保眞其人已遠故云焉見其法不滅故云可慰心楚詞云譬若王喬之乘雲兮載赤雲而陵太清山海經曰夸父與日競逐而渴死其杖化爲鄧林楚詞曰延年不死兮壽何所止方言曰延長也毛詩曰仲山父永懷以慰其心毛萇曰慰安也　翰曰王子喬古之仙人也鄧林林名　濟曰藉見時代若此但以全身爲上故美矣

湛湛長江水上有楓樹林善曰楚詞曰湛湛江水兮上有楓樹　良曰湛湛水平皃楓木名 **皋蘭被徑路青驪逝駸駸**善曰楚詞曰皋蘭被徑兮斯路漸又曰青驪結駟齊千乘毛詩曰駕彼駟牡載驟駸駸毛萇曰駸駸驟皃駸七林反　銑曰澤畔曰皋青驪馬也逝去也以喻口去之疾 **遠望令人悲春氣感我心**向曰望此則知春不留人生非久故感我心緒 **三楚多秀士朝雲進荒淫**善曰孟康漢書注曰舊名江陵爲南楚吳爲東楚彭城爲西楚呂氏春秋曰舜耕於歷山秀士從之高唐賦曰妾旦爲朝雲　翰曰三楚謂楚文王都郢昭王都鄀考烈王都壽春秀士謂秀茂之士宋玉之流也玉爲高堂賦云朝爲行雲暮爲行雨諷荒淫之事進諫於君言朝廷之士隨風從流無能如此 **朱華振芬芳高蔡相追尋一爲黃雀哀淚下誰能禁**善曰戰國策曰莊辛諫楚王曰郢必危矣王獨不見黃雀俯啄白粒仰棲茂樹鼓翅奮翼自以爲與人無爭不知夫公子王孫左挾彈右攝丸以其頸爲的晝遊茂樹夕調酸醎耳黃雀其小者也蔡聖侯因是已南遊高陂北陵巫山飲茹溪之流食湘波之魚左視幼妾右擁嬖女與之馳騁乎高蔡之中而不以國家爲事不知夫子發受命于宣王繫己以朱絲而見之也蔡聖侯之事其小者也君王自因是已左州侯從鄢陵與壽陵君飯封祿之粟載方府之金與之馳乎雲夢之中而不以天下國家爲事不知夫穰侯方謀受命乎秦王塡黽池之塞內投己黽池塞

文選二十三　十一

之外襄王聞顏色變四體戰慄於是乃執珪中授之封以爲陽陵君延叔堅戰國策論曰因是已因事已復有是也茹谿谿流所沃者美好色也孔叢子賈子陽謂子思曰吾念周室將滅涕泣不禁禁止也　良曰朱華喻榮盛高蔡事同善注言魏初榮盛後如高蔡黃雀之危一念至此泣涕不能禁止

秋懷詩　五言

謝惠連　銑曰感秋而述其所懷

平生無志意少小嬰憂患如何乘苦心矧復値秋晏善曰論語曰久要不忘平生之言說文曰嬰繞也古詩曰晨風懷苦心淮南子曰秋士哀也　向曰嬰羅矧況晏晚也 **皎皎天月明奕奕河宿爛**善曰古詩曰明月何皎皎薛君韓詩章句曰奕奕盛皃毛詩曰子興視夜明星有爛　翰曰奕奕長盛皃爛光皃 **蕭瑟含風蟬寥唳度雲鴈**善曰楚詞曰秋之爲氣也蕭瑟兮草木搖落而變衰　濟曰蕭瑟寥唳皆聲也 **寒商**

動清閨孤燈曖幽幔善曰寒商秋風也楚辭曰商風肅而害之百草育而不長王逸楚詞注曰曖曖闇昧皃良同善注耿介繁慮積展轉長宵半善曰楚辭曰獨耿介而不隨毛詩曰展轉反側　銑曰耿介專獨也繁慮憂也宵夜也夷險難預善作豫字謀倚伏昧前筭善曰夷險謂道以踰時也演連珠曰才經夷險不爲世巠淮南子曰接徑歷遠直道夷險鶡冠子曰禍兮福之所倚福兮禍之所伏　銑曰夷平倚申伏屈昧闇筭計也雖好相如達不同長卿慢善曰達謂通達不拘禮也嵇康高士傳司馬贊曰長卿慢世越禮自放犢鼻居市不恥其狀託疾避患蔑比卿相乃至仕人超然莫尚　翰曰司馬相如字長卿嵇康高士傳讚曰同善注言我雖好相如明達天下不欲同其慢世頗悅鄭生偃無取白衣官善曰偃謂偃仰不仕也范曄後漢書曰鄭均字仲虞東平任城人也公車特徵再遷尚書後病乞骸骨拜議郎告歸因稱病篤帝東巡過任城乃幸均舍勅賜尚書祿以終其身故人號爲白衣尚書　濟曰鄭均同善注言我頗悅鄭生偃息不欲同其爲白衣官也

文選二十三　十二

未知古人心且從性所翫賓至可命觴朋來當染翰善曰秋興賦序曰染翰操紙慨然而賦　良曰觴酒也翰筆也染筆於墨而制作文章高臺驟登踐清淺五臣作波時陵亂善曰爾雅曰水正絕流曰亂　銑曰驟數也陵亂謂舟馳騖也頹魄不再圓傾義無兩旦善曰魄月魄也義義和謂日也　向曰言月既缺一月之中無再復圓也日既傾一日之中無更朝也喻人老不可更少金石終消五臣作銷毀丹青暫彫煥善曰張綱集曰書功金石圖形丹青　翰曰皆不能長久也彫煥光明皃各勉玄髮歡無貽白首歎善曰阮籍詠懷詩曰玄髮發朱顏睇眄有光華嵇康有白首賦　濟曰勉勵也玄髮少年也貽遺也白首衰老皃因歌遂成賦聊用布親串古患切　善曰爾雅曰串習也　向曰串狎也言因歌詠遂賦此詩聊用布與親狎之人

臨終詩　五言

歐陽堅石作善曰孫盛晉陽秋曰建字堅石臨刑　銑曰王隱晉書云歐陽建字堅石勃海人石崇甥也爲馮翊太守趙王倫之爲征西撓亂關中建每匡政不從私欲迎楚王偉立之由是有隙石崇勸淮南王使誅倫未行事覺倫收崇建及母妻無少長皆斬建臨刑而作是詩也

伯陽適西戎孔善無孔字子欲居善有九字蠻善曰列仙傳曰老子西遊尹喜見之與老子俱之流沙之西襲武猷馬長城窟行曰四時隱南山子欲適西戎論語曰子欲居九夷　向曰老子姓李字伯陽見周無道遂入胡即戎也孔子欲居九夷夷蠻通稱也苟懷四方志所在可游盤善曰左氏傳姜氏謂晉公子曰子有四方之志尚書曰乃盤遊無度　翰曰言平常之人且懷四方之志所在皆可以游樂況乃遭屯蹇顛沛遇災患平聲　善曰周易曰屯如亶如又曰往蹇來連孔叢子歌曰遂邁不復自嬰屯蹇論語子曰顛沛必於是也　濟曰而況遭亂代屯蹇災患者而不

文選二十三　十三

行乎顛沛猶傾覆也古人達機兆策馬游近關善曰周易曰幾者動之微吉之先見者也左氏傳蘧伯玉曰瑗不得聞君之出敢聞其入遂行從近關出也　良曰衛大夫孫林父將作亂蘧伯玉遂行從近關而出言伯玉識機變也策馳游從也咨余沖且暗抱責守微官善曰孔安國尚書傳曰沖童也賈逵國語注曰暗不明也孟子曰吾聞有官守者不得其職則去有言責者不得其言則去　銑曰咨嗟也言我猶童稚暗昧之人抱負罪責守此微官不知去就安居取害也潛圖密已構成此禍福端善曰爾雅曰圖謀也莊子曰而子身若槁木之枝而心若死灰若是禍亦不至福亦不來禍福無有惡有人災枚叔上吳王書曰福生有基禍生有胎傳子曰福生有兆禍來無端方言曰端緒也　向曰謂趙王倫謀亂已欲發彼敗則爲禍成則爲福故云禍福端構就也恢恢六合間四海一何寬天網布紘綱投足不獲安善曰老子曰天綱恢恢疏而不失山海經曰地之所載六合之間許慎淮南子注曰紘維也　翰曰欲行者擬足而投迹也　濟曰恢恢廣大皃四方上

下爲六合紘綱繫綱索也言趙王倫綱捕忠良將以害之使投足無處松栢隆冬悴五臣作瘁
字然後知歲寒善曰孫卿子曰松栢經冬而不凋論語子曰歲寒然後知松栢之後凋也銑
曰言歲寒能瘁松栢時亂則害忠良不涉太行險誰知斯路難善曰淮南子曰
河爲九山曰太行羊腸高誘曰太行今上黨太行河内野王縣　向曰言世路險過太行之山眞僞因
事顯人情難豫觀窮達有定分慷慨復何歎平聲
善曰孟子曰窮則獨善其身達則兼善天下呂氏春秋曰百里奚處虞而虞亡處秦而秦霸有其本也其本也者定分之
謂也　良曰引大分欲以抑其情上負慈母恩痛酷摧心肝下顧
所五臣作嬌憐女惻惻心中酸善曰說文曰負受貸不償然受恩不報亦謂之負也
方言曰傳云慈母怒子折麥以笞之鄭玄毛詩箋曰顧念也　濟曰酷苦酸痛也二子棄若五臣
無若字遺念皆遘五臣作其凶殘凶殘善曰毛詩曰將安將樂棄余如遺　銑曰言毋

亦不免故云棄二子若遺遘遇殘賊也不惜一身死惟此如循環善曰薛君
韓詩章句曰惟念也尚書大傳三王之統若循連環周則復始也　向曰惟思也若循連環而無窮執紙五
情塞揮筆涕汍瀾善曰文子曰昔者中黃子曰色有五色文章人有五情漢書息夫躬絕命
辭曰涕泣流兮萑瀾　瓚曰汍瀾闌干也萑與汍同　翰曰揮奮也汍瀾涕流皃也

哀傷

幽憤詩四言

善曰魏氏春秋曰康及呂安事爲詩自責向子期思舊賦曰余少與嵇
康呂安居止接近其人並有不羈之才然嵇意遠而疏呂心曠而放其後各以事見法班
固史遷述曰幽而發憤乃思乃精

嵇叔夜向曰叔夜爲呂安事連罪收繫遂作此詩憤怨也言幽怨者人莫能見明也

嗟余薄祜五臣作祐少遭不造善曰蔡邕書曰邕薄祜早喪二親毛詩曰閔予小子
遭家不造鄭玄曰造成也不造言家道未成也　濟曰祜福也叔夜少失父哀煢靡識越在
繈緥五臣作繦緥字　善曰左氏傳后成叔曰閽君越在他境淮南子曰成王幼在繈緥之中張華博物志曰
繈織縷爲之廣八寸長丈二以約小兒於背上韋昭漢書注曰緥若今時小兒腹衣李奇曰緥小兒大藉也　銑曰煢獨
靡無越於也繈緥東襆嬰兒衣也母兄鞠育有慈無威恃愛肆姐
子豫不訓不師善曰嵇氏譜曰康兄喜字公穆歷徐揚州刺史太僕宗正卿母孫氏毛萇詩傳曰鞠
養也毛詩曰父兮生我母兮鞠我賈逵國語注曰肆恣也說文曰姐嬌也嬌與姐同耳　翰曰肆縱姐嬌也恃母兄之慈
縱而成嬌不垂訓教不立師傅爰及冠帶憑寵自放善曰無此二句　良曰爰於也男
年二十則冠冠帶亦冠也依憑毋兄之寵自放逸其心也抗心希古任其所尚善作
上　善曰廣雅曰希庶也趙岐孟子章句曰各崇所上則義不虧矣說文曰尚庶幾也　濟曰抗舉希慕也言舉心慕古
人之道任其高尚之志也託好老莊賤物貴身善曰嵇喜謂康長好老莊之業恬靜無欲

淮南子曰原道者欲一言之而寤則尊天而保眞欲再言之而通則賤物而貴身也莊子曰眞者精誠之志　銑曰老謂
老子莊謂莊子賤物賤於寶貴之物貴身謂卑下於人以自保也志在守樸養素全
眞善曰老子曰見素抱樸少私寡欲河上公曰抱守也薛綜東京賦注曰樸質也莊子盜跖言孔子曰子之道非
可以全眞者也又曰眞者精誠之志也　銑曰守樸守其實樸養素全眞謂養其質以全眞性曰余不敏
好善闇人善曰謂與呂安交也孝紀曰參不敏何足以知之左傳曰吳公子札來聘見叔孫穆子曰子好
善而不能擇人也　向曰不敏猶不達也常好善道而闇於人事子玉之敗屢增惟塵
善曰子玉楚大夫也傳曰楚子將圍宋使子文治兵於睽終朝而畢不戮一人子玉復治兵於蔿終日而畢鞭七人貫三
人耳國老皆賀子文子文飲之酒蔿賈尚幼後至不賀子文問之對曰不知所賀子之傳政於子玉子玉之敗子之舉也
舉以敗國將何賀焉毛詩曰無將大車維塵冥冥鄭玄曰喻大夫進舉小人適自作憂患也　翰曰鍾會有憾於叔夜時
呂安兄巽姦通安妻巽爲大將軍長史遂構誣將害安鍾會爲大將軍所善會因勸大將軍誅康與呂安同罪也子玉楚

子玉也令尹子文舉之以自代後子玉與晉戰子玉大敗康此意所以憤呂巽有穢行大將軍用爲長史是不知人亦如子文之用子玉不當也惟塵謂詩人刺進舉小人也謂鍾會有言於大將軍將害康比會爲小人也屢增者言當朝此類多矣

大人含弘藏垢懷恥民之多僻政不由己 善曰周易曰含弘光大品物咸亨左氏傳伯宗謂晉侯曰國君含垢說文曰懷藏也杜預曰忍垢恥也毛詩曰民之多僻鄭玄曰民行多邪僻者汝君臣之過無自謂得法度論語曰爲仁由己 銑曰大人天子也言天子能含其大道包藏垢穢懷納諸恥謂不察臣下之過致使左右多邪臣政不由天子之己而使無辜獲罪僻邪也

惟此褊必緬**心顯明臧否**符鄙**感悟思愆怛若創痏**于軌切 善曰褊心康自謂也郭璞爾雅注曰惟發論辭也毛詩曰惟是褊心是以爲刺又曰於乎小子未知臧否西京賦曰所惡成創痏蒼頡篇曰痏毆傷也方言曰怛痛也說文曰痏瘢也漢書音義曰以杖毆擊人剝其皮膚起青黑無創者謂疻痏也 向曰褊心康自謙也臧善否惡也愆過怛痛創傷痏割也言褊小之心明此朝廷善惡感而覺悟以思其過痛如割傷

欲寡其過

謗議沸騰 善曰論語曰蘧伯玉使人於孔子孔子問焉曰夫子何爲對曰夫子欲寡其過而未能也漢賈山曰古者庶人謗於道商旅議於市毛詩曰百川沸騰 良曰康自謂少過而謗議沸起者謂鍾會譖之云嵇康臥龍也騰起也

性不傷物頻致怨憎 善曰莊子仲尼謂顏回曰聖人處物不傷物者物亦不能傷也 濟曰此自言其性常不傷害於物何乃頻致怨憎之辭也此自歎也

昔慙柳惠今愧孫登 善曰潘安仁西征賦曰嗟鄙夫之常累兮固旣得而患失與柳季之直道兮佐士師而一黜論語曰柳下惠爲士師三黜人曰子未可以去乎曰直道而事人焉往而不三黜魏氏春秋曰初康采藥於中山北見隱者孫登康欲與之言登默然不對踰年將去康曰先生竟無言乎登乃曰子才多識寡難乎免於今之世也 翰曰柳下惠三黜無怨色康今幽憤故歎也

內負宿心外恧女六**良朋** 善曰鄭玄禮記注曰負之言背也趙壹報羊陟書曰惟君明叡平其宿心爾雅曰恧慙也毛詩曰每有良朋 向曰宿心謂宿昔本心也謂慕養生之道今則辜負本心矣恧猶慙也

仰慕嚴鄭樂道閑居 善曰漢書曰谷口有鄭子眞蜀有嚴君平皆脩身保性成帝時元舅王鳳以禮聘子眞子眞遂不詘而終君平卜筮於成都市以爲卜筮賤業而可以惠衆人閱數人得百錢足以自養則閉肆下簾而授老子年九十餘遂以其業終論語子曰貧而樂西漢書曰司馬相如稱疾閑居 銑曰嚴君平鄭子眞皆樂道閑居脩身自保

與世無營神氣晏知 善曰蔡邕釋誨曰安貧樂賤與世無營淮南子曰古之神氣不蕩於外漢書曰揚雄室亡儋石之儲猶晏如也 濟曰晏如無事也

咨予不淑嬰累多虞 善曰毛萇詩傳曰咨嗟也毛詩曰之子不淑云如之何左氏傳趙孟曰以晉國之多虞 翰曰淑善嬰繞虞度也言我不善繞此罪累之多不可度也

匪降自天寔由頑疏 善曰毛詩曰下民爲孽匪降自天噂沓背憎職競由人 良曰匪非降下寔實也言此罪累非下自天實由我頑疏之性所致也

理蔽弊**患結卒致囹圄** 善作患 五臣作圉 善曰杜預左氏傳注曰弊壞也禮記曰仲春省囹圄鄭玄曰所以守禁繫者秦曰囹圄漢曰獄 濟曰邪臣協用私情擁蔽政理之道遂使患難結成終致無辜繫於獄也卒終也囹圄獄也

對荅鄙訊縶此幽阻 善曰言己對荅之辭鄙於見訊也張晏漢書注曰訊者二日復問知之與前辭同不也杜預左氏傳注曰縶拘執也鄙俚也訊問也 向曰荅對獄吏恥爲其所問縶繫也幽阻與親友不通

實恥訟寃善作免 **時不我與** 善曰論語曰陽貨曰日月逝矣歲不我與丈雖出此而意微殊亦不以文害意也免或爲寃非也 銑曰恥謗訟之寃濫時不我與謂不遇明時使我然也

雖曰義直神辱志沮 善曰毛萇詩傳曰沮壞也才與切 翰曰沮亂也言雖義理平直而自明無辜而爲獄吏辱其神氣志亦亂也

澡身滄浪平**豈云能補** 善曰孟子孺子歌曰滄浪之水清可以濯吾纓滄浪之水濁可以濯吾足孔子曰小子聽之清斯濯纓濁斯濯足自取之也劉歆荅父書曰誠思拾遺冀以云補 良曰澡洗也言神辱志沮雖將洗身於滄浪清水豈能補之也

嗈嗈五臣作雝字**鳴鴈奮**五臣作勵**翼北游順時而動得意忘憂嗟我憤歎曾莫能儔**五臣作疇 善曰毛詩曰雍雍鳴鴈管子桓公曰夫鴻鵠有時而南有時而北又曰鴻鵠秋南而不失時毛詩曰嗟我懷人說文曰曾辭之舒也

儔等也　濟曰雝雝和聲也鴈春則北游故云順時而動憤怨曾不疇比也康見此鴈鳴得意忘憂乃自嗟歎則莫能比之矣

事與願違遘茲淹留窮達有命亦又何求善曰淹留謂因縶而留也爾雅曰淹留久也王命論曰窮達有命吉凶由人毛詩曰謂我何求　濟曰遘及也知窮達在命不求苟免

古人有言善莫近名奉時恭默咎悔不生善曰莊子曰為善無近名為惡無近刑司馬彪曰勿脩名也被褐懷玉穢惡其身以無陋於形也郭象曰忘善惡而居中任萬物之自為也尚書曰恭默思道周易曰悔吝者憂虞之象也曾子曰權欣忠信咎故不生可為孝矣　向曰古人有言謂莊子云為善無近名也奉時謂隨時恭默也言謹絜如此則咎責悔禍不生於身也

萬石周慎安親保榮善曰漢書曰萬石君奮長子建為郎中令建老白首萬石君尚無恙每五日洗沐歸謁親建為郎中令奏事事下建自讀之驚恐曰書馬者與尾而五今廼四不足一獲譴死矣其為謹慎雖他皆如此論語摘輔像讖曰曾子未嘗不問安親之道也孔安國尚書注曰周至也　翰曰石奮父子五人各二千石天子号為萬石君皆周慎謹密安親守榮也

世務紛紜祇覺予五臣作子字情安樂必誡乃終利貞善曰漢書曰嚴安徐樂上書言世務毛詩曰祇攪我心攪亂也祇適也家語金人銘曰安樂必戒無行所悔王肅曰雖處安樂必警戒也周易曰乾元亨利貞　濟曰紛紜亂也祇語助也攪動也雖安樂之時必誡危亡之理乃終其利貞

煌煌靈芝一年三秀予五臣作子獨何為有志不就善曰西京賦曰擢靈芝之朱柯楚詞曰采三秀於山閒王逸曰三秀謂芝草也楚詞曰云有志而無誇爾雅曰就成也　濟曰煌煌光也靈芝草藥一年三開花秀服之長生康志尚養生今志不就也

懲難思復心焉內疚庶勖將來無馨無臭善曰潘元茂九錫文曰懲難念功毛詩曰既往既來我心永疚疚病也爾雅曰勖勉也毛詩曰上天之載無聲無臭　良曰見此患難方欲懲誡而反復心內病之誡勖將來無為患害身之本也聲譽於時無使聲臭香也

采薇山阿散髮巖岫永嘯長吟頤性養壽善曰史記曰武王平殷伯夷叔齊恥之義不食周粟隱於首陽山采薇而食之琴操許由曰散髮優游所以安己不懼也范曄後漢書曰袁閎散髮絕世杜篤連珠曰能離光明之顯長吟永嘯爾雅曰頤養也東方朔非有先生論曰故養性受命之士莫肯進禮記曰百年曰期頤鄭玄曰頤猶養也　翰曰使將來之人采薇山曲散髮巖岫之間頤養年壽也采拾也薇草藥也散髮謂不為冠冕所拘束

七哀詩五言

曹子建善曰贈荅子建在仲宣之後而此在前誤也　向曰七哀謂痛而哀義而哀感而哀怨而哀耳目聞見而哀口歎而哀鼻酸而哀也子建為漢末征役別離婦人哀歎故賦此詩

明月照高樓流光正徘徊善曰夫皎月流輝輪無輟照以其餘光未沒似若徘徊前覽以為文外傍情斯言當矣　向曰謂月行疾其光如流也正謂當其時也徘徊謂終夜月光迴轉四面遷照故云徘徊也

上有愁思婦悲歎有餘哀善曰古詩曰慷慨有餘哀

借問歎者誰言是宕善作客子妻君行踰十年孤妾常獨棲五臣作栖字　良曰踰過也君謂夫也

君若清路塵妾若濁水泥浮沈五臣作沈各異勢會合何時諧善曰漢書民歌曰涇水一石其泥數斗爾雅曰諧和也　濟曰清路塵謂風上塵也妾婦人之兼稱也言塵隨風之飄揚此夫從征不息泥在濁水之下以自比幽思不過浮沈既異會合何時諧諧和也

願為西南風長逝入君懷善曰古詩曰從風入君懷四坐莫不嘆　翰曰西南坤地坤妻道故願為此風飛入夫懷

君懷良不開賤妾當何依善曰史記驪姬曰以賤妾之故廢嫡立庶　銑曰言夫行十年復恐志改故云君懷不開我當何所依據

七哀詩二首五言

王仲宣翰曰此詩哀漢亂也

西京亂無象豺虎方遘患音還協韻　善曰左氏傳晉侯問於士弱曰吾聞之宋災於是乎知有天道可必乎對曰國亂無象不可知也班固漢書張耳陳餘述曰據國爭權還爲豺虎道經曰執大象天下往河上公注曰執守也象道也聖人守大道則天下萬民移心歸往也　良曰豺虎喻羣賊貪暴害人也遘及患難也復棄中國去遠身適荆蠻善曰毛詩曰蠢爾蠻荆毛萇曰蠻荆荆州之蠻也　翰曰荆蠻喻荆州仲宣避難在其中也親戚對我悲朋友相追攀向曰謂初去帝都之時出門無所見白骨蔽平原良曰國亂殺戮人多路有飢五臣作饑字婦人抱子棄草間顧聞號泣聲揮涕獨不還善曰言迴顧雖聞其子號泣之聲但知揮涕獨去不復還視也家語曰文伯卒敬姜曰二三婦無揮涕王肅曰揮涕不哭揮涕以手揮之也　濟曰婦人迴顧聞子泣聲但揮涕而去不復還也未知身死處何能兩相完驅馬棄之去不忍聽此言善曰此婦人之辭也說文曰完全也　銑曰此說婦人爲言時遭亂天從征役世既無主皆相攻劫故奔走飢荒未知身死之處弃子草中不能相全棄驅馬而去不忍聽之南登霸陵岸迴首望長安悟彼下泉人喟然傷心肝善曰漢書曰文帝葬霸陵毛詩序曰下泉思治也曹人思明王賢伯也　翰曰下泉人謂戰死人喟然歎聲也荆蠻非我鄉何爲久滯淫善曰國語曰底著滯淫賈逵曰淫久也　向曰淫猶留也方舟溯五臣作泝字大江日暮愁我心善曰爾雅曰大夫方舟郭璞曰併兩船也爾雅曰逆流而上曰泝洄　濟曰方竝也泝逆流行也山岡有餘暎五臣作映巖阿增重陰善曰通俗文曰日陰曰暎　銑曰謂日將沒山脊之上猶暎餘光而巖曲之陰今復曰暮是增爲重陰山脊曰岡狐狸馳赴穴飛鳥翔故林善曰皆言不忘本也文子曰鳥飛反鄉依其所主也楚詞曰鳥飛反故鄉狐死必首丘　良曰狐狸獸名翔歸也流波激清

響猨猴善作猴猨臨岸吟迅風拂裳袂善作袷字白露霑衣襟獨夜不能寐攝衣起撫五臣作樹琴善曰楚詞曰擊迅風於清凉禮記曰孟秋之月白露降說苑曰孺子不覺露之沾衣漢書曰沛公起攝衣延酈食其也韓子曰師涓靜坐撫琴　翰曰攝衣去寢衣也絲桐感人情爲我發悲音善曰史記曰鄒忌以鼓琴見齊威王王曰夫治國家可爲絲桐之間也　向曰絲絃也琴以桐木爲之羇旅無終極憂思壯難任善曰阮嗣宗詠懷詩曰羇旅無疇匹俛仰懷哀傷左氏傳曰陳敬仲曰羇旅之臣也　濟曰壯益也此粲自哀之言

七哀詩二首　五言

張孟陽善曰臧榮緒晉書云張載字孟陽武邑人也有才華起家拜著作郎稍遷領著作遂稱疾抽簪告歸卒於家　翰曰此詩哀人事遷化後詩哀帝室衰

北芒五臣作邙字何壘壘平高陵有四五善曰廣雅曰壘重也古樂府詩曰累塋故鄉鬱鬱何壘壘北芒山名也壘壘冢相次之皃也　向曰北邙山名壘壘重也陵即墓也借問誰家墳皆云漢世主恭文遥相望原陵鬱膴膴音舞　善曰范曄後漢書曰葬孝安皇帝于恭陵又曰葬靈帝于文陵又曰葬光武皇帝于原陵毛萇曰膴膴肥美也　銑曰漢世主謂後漢諸帝墳陵恭文原皆陵号鬱鬱膴膴草木多皃季世五臣作葉喪亂起賊盜如豺虎善曰左氏傳曰叔向曰齊其何如晏子曰此季世也韋昭國語注曰季末也王仲宣七哀詩曰西京亂無象豺虎方遘患漢書張耳陳餘述曰據國爭權還爲豺虎　良曰葉猶世也毀壤過一抔蒲侯便平房啓幽户善曰一抔喻少也餘同翰注　翰曰壤土也漢武帝時有盜高廟王環者廷尉罪之當弃市帝怒其輕當族釋之諫曰假令有取長陵一抔土陛下何以罪之遂止抔謂一掬矣言漢家諸陵既遭季世喪亂毀其陵土已過一掬矣便房冢中室也言其幽暗之户已開之矣珠柙匣離玉體

珍寶見剽匹妙虜善曰魏文帝典論曰喪亂以來漢氏諸陵無不發掘至乃燒取玉柙金鏤體骨并盡西京雜記曰漢帝及王侯送死皆珠襦玉匣玉匣形如鎧甲連以金鏤枚乘七發曰太子玉體不安說文曰剽劫人也又虜獲也漢書注曰虜與鹵同如淳曰鹵鈔掠也　濟曰珠柙漢家送死之物珠玉爲柙言遭發虜掘已離玉體玉體者貴美之言園寢化爲墟周墉無遺堵善曰漢書曰自高祖下至宣帝各自居陵傍立廟又園中各有寢便殿又曰自貢禹建迭毀之議遂毀惠景廟及太上寢園廢而爲墟爾雅曰牆謂之墉毛萇詩傳曰一丈爲板五板爲堵　向曰園寢陵旁廟也墟丘也墉牆也言廟牆皆摧無遺一堵者蒙蘢荆棘生蹊逕五臣作徑登童豎狐兔窟其中蕪穢不復掃先右切　善曰關中記曰漢諸陵守衛掃除廣雅曰掃除也餘見下注掃蘇老切　良曰樵童牧豎也　濟曰蕪穢蔓草之類皆無人掃除之頽隴並墾發萌隸五臣作隸字營農圃善曰蒼頡篇曰墾耕也毛詩曰俊發爾私鄭玄曰俊疾也發伐也疾耕發其私田也司馬相如上林賦曰地可墾闢悉爲農郊以贍萌隸　銑曰頽隴頽墳也萌隸下人也言頽墳之處並爲耕墾開發下人所營農業園圃之事昔爲萬乘君今爲丘山土善曰漢書曰天子畿方千里兵車萬乘故稱萬乘之主方言曰冢大者爲丘淮南子曰吾死也有一棺之土　翰曰萬乘君天子也感彼雍門言悽愴哀往五臣作今古善曰桓子新論曰雍門周以琴見孟嘗君曰臣竊悲千秋萬歲後墳墓生荆棘狐兔穴其中樵兒牧豎躑躅而歌其上行人見之悽愴孟嘗君之尊貴如何成此乎孟嘗君喟然嘆息淚下承睫　向曰雍門周謂孟嘗君曰君百歲之後高臺既傾曲池又平豈不悲乎孟嘗君淚下承睫感恩其言故悽愴也秋風吐商氣蕭瑟掃前林善曰王逸楚辭注曰商風西風也秋氣起則西風急疾鸚鵡賦曰涼風蕭瑟　良曰商爲秋氣陽鳥五臣作烏字收和響寒蟬無餘音善曰陽鳥春鳥也禮記曰孟秋寒蟬應陰而鳴則天涼故謂之寒蟬楚辭曰蟬寂寞而無聲　濟曰陽鳥收息其和聲而秋已深故蟬亦無矣喻帝室之漸衰白露中五臣作朝字夜結木落柯條

森善曰呂氏春秋曰秋氣至則草木落　銑曰露結爲霜也森寒風振聲朱光馳北陸浮景忽西沉五臣作沈字　善曰楚辭曰陽杲杲其朱光續漢書云日行北陸謂之冬杜預左氏傳注曰陸道也孔安國尚書注曰浮行也說文曰景日光也　翰曰朱光日也天道游北故云馳北陸忽西沉言其疾没也顧望無所見唯覩松栢陰善曰仲長子昌言曰古之葬植松栢梧桐以識墳　向曰松栢墓丘所生蕭蕭高桐枝翩翩棲孤禽善曰禮記曰草木皆肅　鄭玄曰肅謂枝葉縮栗也　銑曰此喻帝室政衰䟽在名位若孤鳥栖於高桐也蕭蕭謂寒風著枝聲也翩翩孤鴈兒仰聽離鴻鳴俯聞蜻精蛚列吟善曰易通卦驗曰立秋蜻蛚鳴蔡邕月令章句曰蟋蟀蟲名俗謂之蜻蛚　四子講德論曰蟋蟀俟秋考毛詩曰十月蟋蟀入我牀下　良曰蜻蛚蟲名易感傷觸物增悲心丘隴日已遠纏緜彌思深五臣作思彌深　善曰秦嘉答婦詩曰哀人易感傷古詩曰相去日已遠張升與任彥堅書曰纏緜恩好庶蹈高蹤　銑曰丘隴謂其先人也霜露既降君子履之必有悽愴之心哀於國故亦思親纏緜謂憂思多也憂來令髮白誰云愁可任徘徊向長風淚下霑衣襟五臣作衿　善曰古詩曰座中何人誰不懷憂令我白頭登樓賦曰誰憂思之可任楚詞曰悲長風以徘徊又曰向長風而舒情又曰泣歔欷而沾襟　翰曰徘徊心不安皃向長風見時物衰歇復感時風衰薄故淚下矣

悼亡詩三首五言　善曰風俗通曰愼終悼亡鄭玄詩箋曰悼傷也

潘安仁銑曰悼痛也安仁痛妻亡故賦詩以自寬

荏而枕苒冬春謝寒暑忽流易善曰荏苒猶漸也冉冉歲月流皃也王逸楚詞注曰謝去也列子曰寒暑易節　良曰荏苒漸盡皃謝去忽疾易改也之子歸窮泉重壤永幽隔善曰之子謂妻也毛詩曰之子于歸百兩御之琴賦曰拔重壤以誕載　向曰之子謂亡者也人死曰歸窮深也壤土也永長也幽隔謂幽冥之道長爲阻隔私懷誰克五臣作剋字從淹

留亦何益僶俛恭朝命廻心反初役善曰神女賦曰情獨私懷誰者可語說文曰懷念思也楚辭曰倚躊躇以淹留毛詩曰僶俛從事不敢告勞役謂所任也王充論衡曰充罷州役　濟曰言此哀傷私情欲不就仕誰復尅從此情淹留無益俯仰之間且恭朝命廻私心反初於公役也僶俛俯仰也望廬思其人入室想所歷善曰家語孔子曰思其人愛其樹說文曰歷過也　翰曰廬宅也想亡者所行歷也幃屏無髣髴翰墨有餘跡五臣作迹字　善曰廣雅曰帷帳也聲類作幃說文曰髣髴相似見不諦也歸田賦曰揮翰墨以奮藻　銑曰其妻善屬文髣髴謂不見形象也翰墨餘迹平生所作之文尚有餘迹也流芳未及歇遺挂猶在壁善曰洛神賦曰步蘅薄而流芳廣雅曰挂懸也　濟曰芳謂衣餘香今猶未歇遺挂謂平生翫用之物尚在於壁悵怳如或存周遑五臣作惶忡直中反驚惕善曰王逸楚詞注曰怳失意也　良曰悵怳失志也周章惶懼憂心驚惕然忡憂惕懼也如彼翰林鳥雙栖五臣作飛字一朝隻

〔文選廿三〕　廿四

善曰曹植善哉行曰如彼翰鳥或飛戾天王弼周易注曰翰鳥飛也曹植種葛篇曰下有交頸禽即雙栖禽也　翰曰翰林鳥栖之林潘安仁自此失耦亦如此也如彼游川魚比目中路析先歷切　善曰爾雅曰東方有比目魚焉不比不行　向曰比目魚名雙即行隻即不行又如魚中路分析也春風緣隟來善作隙字晨霤力救承簷善作檐字滴善曰說文曰霤水也　濟曰隟門隟也霤雨水注引於屋簷垂滴而下寢息何時忘沉五臣作沈憂日盈積善曰宋玉笛賦曰武毅發沉憂結　銑曰盈積多也庶幾有時衰莊缶方有猶可擊善曰郭璞爾雅注曰庶幾徼幸也莊子妻死惠子弔之則方箕踞鼓盆子曰與人居長子老身死不哭亦足矣又鼓盆而歌不已甚乎莊子曰不然是其始死也我獨何能無槩察其始而本無生非徒無生而本無形非徒無形而本無氣人見偃然寢於巨室而我噭噭隨而哭之自以為不通乎故止　翰曰莊子妻死擊盆而歌惠子怪之莊子曰其本無生無形今歸無形何哭為也故安仁庶幾於情知有時衰故云莊缶可擊瓦器曰缶

皎皎窻中月照我室南端善曰室南端室之南正門　良曰月光入窻又發思也清商應秋至溽暑隨節闌善曰王逸楚詞注曰商風西風也秋氣起則西風急疾鸕鷀賦曰涼風蕭瑟禮記曰季夏土潤溽暑文穎漢書注曰闌希也說文曰溽暑濕暑也　向曰清商涼風也溽濕也言濕暑之氣逐節而微也闌猶微也凜凜涼風升始覺夏衾單善曰古詩曰涼歲云暮毛萇詩傳曰衾被也　銑曰凜凜涼皃升起涼風起而又思人始覺夏被單也豈曰無重纊誰與同歲寒善曰毛詩曰豈曰無衣與子同袍孔安國尚書傳曰纊細綿也　翰曰言豈無重綿人已亡矣誰同歲寒歲寒無與同朗月何朧朧善曰毛詩曰叔兮伯兮無所與同埤蒼曰朧朧欲明也　濟曰言此特無人見與同翫也朗明也朧朧月光臨牖也展五臣作輾轉眄枕席長簟竟牀空善曰謝惠連詠懷詩曰耿介繁慮積展轉長宵半毛詩曰展轉反側　良曰輾轉志不安也簟亦席也竟盡也牀空委清塵室虛來悲風善曰莊子

〔文選廿三〕　廿五

曰空穴來風司馬彪曰門戶孔空風善從之古詩曰白楊多悲風　向曰委積也清輕也獨無李氏靈髣髴覩爾容善曰桓子新論曰武帝所幸李夫人死方士李少君言能致其神乃夜設燭張幄令帝居他帳遙見好女似夫人之狀還帳坐也　翰曰李夫人同善注安仁嗟其妻無此靈可見其容皃撫衿長歎息不覺涕霑五臣作淚沾字胷霑五臣作沾胷安能已悲懷從中起善曰漢書公孫玃曰累撫衿魏武帝苦寒行曰延頸長歎息魏文帝歌行曰不覺淚下霑衣裳史記曰文帝意慘悽悲懷魏武帝短歌行曰憂從中來　銑曰已止也中謂衷心寢興目五臣作自存形遺音猶在耳善曰毛詩曰言念君子載寢載興禮記曰色不忘乎目揚脩傷夭賦曰悲體兒之暗翳兮目常存乎遺形左氏傳晉穆嬴曰今君雖終言猶在耳　良曰寢臥興起也言臥起之間彷想亡者如存也遺音謂平生所言聲也上慙東門吳下愧蒙莊子善曰列子曰魏有東門吳者死子而不憂莊子蒙縣人故云蒙莊子妻死不哭　濟曰東門吳子死怡然不哭安仁有哀故上

慙下愧不如古人賦詩欲言志此志難具紀善曰尚書曰詩言志賈逵國語注曰紀猶錄也　向曰悲情不可具紀者言多也命也可奈何長戚自令鄙善曰魚豢典略魏武步卒歌白有志無時命也奈何論語曰小人長戚戚長笛賦曰長戚之士能閑居　翰曰死生命也長戚者憂也憂亦是鄙事

曜靈運天機四節代遷逝善曰楚辭曰角宿未旦曜靈焉藏廣雅曰曜靈日也陳琳柳賦曰天機之運旋夫何逝之速也莊子天運篇曰天其運乎郭子玄曰不運而自行也　銑曰天機者言天運動有機關也四節春夏秋冬也逝猶往也淒淒朝露凝烈烈五臣作列夕風厲善曰毛詩曰秋日淒淒又曰冬日烈烈飆風發發　良曰列列風急皃厲嚴也奈何悼淑儷儀容永潛翳善曰左氏傳施氏之婦曰己不能庇其伉儷杜預曰儷偶也魏太祖祭橋玄文曰幽靈潛翳邈哉緬矣　向曰淑美儷耦也潛翳不可見也念此如昨日誰知已

卒歲善曰蒼頡篇曰昨隔日也毛詩曰無衣無褐何以卒歲　濟曰念其妻存如昨日之事誰知忽已終歲改服從朝政哀心寄私制茵幬善張故房朔望臨爾祭善曰鄭玄禮記注曰茵褥也毛詩箋曰幬床帳也　翰曰改凶服從朝政之吉服哀心不易私存其禮也制禮也朔月初望十五日皆哭臨而祭也爾祭詎幾時朔望忽復盡衾裳一毀撤千載不復引善曰爾雅曰引陳也　銑曰祭不幾時月日已盡矣衾被毀除撤去也引陳設也言靈筵被裳一已除去不復重陳設服制終也亹亹朞月周戚戚彌相五臣作想字愍善曰楚辭曰時亹亹而過中又曰居戚戚而不解　良曰亹亹漸進也戚戚憂心也愍痛也漸進歲月已復年周憂心相痛矣悲懷感物來泣涕應情隕善曰古詩曰感物懷所思毛詩曰涕既隕之　向曰感物謂見平生衣服涕泣應其悲情而落矣隕猶落也駕言陟東阜望墳思紆軫善曰毛詩曰駕言出遊又楚辭曰鬱結紆軫兮離愍而長鞠　翰曰駕言謂駕馬言出於東山望其妻墳其思縈紆隱軫而多也徘徊墟墓間欲去復不忍善曰禮記周豐曰墟墓之間未施哀於民而民哀　濟曰徘徊心不安定也墟亦墓之通名徘徊不忍去徙倚步踟躕善曰毛詩序曰彷徨不忍去楚詞曰步徙倚而遙思　銑曰遷移而立時步而不進也徙遷移也倚立也踟躕不進皃落葉委埏延側枯荄古來帶墳隅善曰聲類曰埏墓隧也方言曰荄根也　翰曰委積也埏墓道荄草名隅角也孤魂獨煢煢五臣作焭焭安知靈與無善曰曹子建贈白馬王彪詩曰孤魂翔故城楚詞曰魂煢煢兮不遑寐　向曰煢煢孤皃安何也亡者孤魂不見其象何知其有靈與無靈也投心遵朝命揮涕強就車誰謂帝宮遠路極悲有餘善曰家語曰文伯卒敬姜曰二三婦無揮涕王肅曰揮涕以手揮之也毛詩曰誰謂宋遠莊子曰知反帝宮禮記子路曰吾聞諸夫子喪禮與其哀不足而禮有餘也不若禮不足而哀有餘也　良曰投致也遵奉也悲哀之情不能自已致心奉於朝命拭其涕淚勉強就車以歸帝宮也帝宮帝城也帝城雖則不遠然行盡此路之上悲情不止也

廬陵王墓下作五言

謝靈運善同翰注　翰曰宋武帝子義眞封廬陵王未之藩而高祖崩廬陵聰敏好文常與靈運周旋會帝失德朝廷謀廢立之事次在廬陵言廬陵輕訬不任社稷與少帝不協徐羨之等奏廢廬陵爲庶人徙新安郡羨之等使使殺廬陵也後有詔靈運欲立廬陵王遂遷出之後知其無罪追還至曲阿過丹陽文帝問曰自南行來何所制作對曰過廬陵王墓下作一篇

曉日發雲陽落日次朱方善曰越絕書曰曲阿爲雲陽縣左氏傳曰吴伐楚以報朱方之役杜預曰朱方吴也吴地記曰吴改朱方曰丹徒　向曰曉月發乘夜行雲陽朱方並地名含悽泛廣川灑淚眺連岡善作崗字　善曰史記春申君曰廣川大水山林谿谷楚詞曰還顧高丘

泣如灑。青烏子相冢書曰：天子葬高山，諸侯葬連崗。濟曰：悽，悲也。從舟行也。廣，大也。連岡，平山也。

眷言懷君子，沉五臣作沈痛結五臣作切中腸。善曰：毛詩曰：眷言顧之。阮籍詠懷詩曰：容好結中腸。良曰：君子謂廬陵王。沈，深；切，割也。

道消結憤懣，運開申悲涼。善曰：道消，少帝之日；運開，文帝之初也。沈約宋書曰：少帝諱義符，武帝長子，即位，爲邪安泰所害。周易否卦曰：小人道長，君子道消。白虎通曰：天子崩，赴諸侯何緣？臣子哀痛憤懣，無能不告諸侯者也。春秋說題辭曰：天子崩，黎庶殞涕，海內悲涼。宋均曰：涼，愁也。翰曰：君子道消，羣佞在朝也。憤懣氣結者，謂少帝時王見廢也。今屬大運已開，得申積日悲愁，謂文帝即位，追崇王爲侍中，王如故也。

神期恒若存，善作在字德音初不忘。善曰：家語曰：今之言五帝三王者，威靈若存。王肅曰：其威與明靈常若存也。毛詩曰：彼美孟姜，德音不忘。銑曰：心於神明，期恒如存也。思接德音之初，于今不忘。

徂謝易永久，松栢森已行。善曰：尚書曰：帝乃殂落。毛詩曰：我行永久。曹植寡婦詩曰：高墳鬱兮巍巍，松栢森兮成行。向曰：徂，往；謝，去也。永久，猶陳積也。言往去之事且速易爲陳跡，而古陵之間松栢森然已成行。

延州協心許，楚老惜蘭芳。善曰：新序曰：延陵季子將西聘晉，帶寶劒以過徐君。徐君不言而色欲之。季子爲有上國之事，未獻也，然心許之矣。使於晉，顧反，則徐君死，於是以劒帶徐君墓樹而去。漢書曰：龔勝者，楚人也，字君賓。勝卒，有一老父來弔，其哭甚哀，既而曰：嗟乎！薰以香自燒，膏以明自銷。龔先生竟夭天年，非吾徒也。遂趨而出，莫知其誰。徐州先賢傳曰：楚老者，彭城之隱人也。良曰：延州，地名。延陵季子封於此也。餘同善注。

解劒竟何及，撫墳徒自傷。善曰：史記吳世家曰：季札過徐，徐君好季札劒，口弗敢言。還至徐，徐君已死，乃解其寶劒，繫之冢樹而去。潘岳虞茂春誄曰：嫫撫墳兮告辭，皆莫能兮仰視。顧愷之拜宣武墓詩曰：遠念羨昔存，撫墳哀今亡。翰曰：解劒，則延陵也。謂人已死矣，解劒何及於事。撫墳，楚老也。謂人已夭矣，哀傷徒爲也。

平生疑若人，通蔽互相妨。善曰：若人，謂延州及楚老也。令德高遠，是通也。解劒撫墳，是蔽也。論語子謂子賤曰：君子哉若人。桓子新論曰：漢高祖建立鴻基，侔功湯武，及身病，得良醫弗用，專委婦人，歸之天命，亦以誤矣。此必通之蔽者也。向曰：疑，言若此也。此人謂王也。通，言聰明好古；蔽，謂與羣邪不協，自見滅亡也。此兩者互有其相妨。

理感深情慟，定非識所將。善曰：言已往日疑彼三人，迨乎今辰，已亦復爾。斯則理感既深，情便悲慟，定非心識之所能行也。王隱晉書曰：荀粲與傅嘏善，夏侯玄亦親，常謂嘏、玄曰：子等在世業間，功名必勝我，識減我耳。嘏難曰：能成功名者，識也。天下孰有本不足而末有餘者？粲曰：功名者，志之所將；然則志自一物耳，固非識之所獨濟。我以能役子等爲貴，未能齊子所爲也。毛萇詩傳曰：將，行也。濟曰：考其物理，感慟深情，定其是非，識其所以將亡之端也。

脆促良可哀，夭枉特兼常。一隨往化滅，安用空名揚。善曰：莊子曰：其生也柔脆，其死也枯槁。趙岐孟子章句曰：良，甚。莊子曰：已化而生，又化而死。孝經曰：揚名於後世。翰曰：特兼，言甚於常者，爲枉見殺戮也。今已化滅無形，何用追崇爵位，空揚虛名也。

舉聲泣已灑，五臣作瀝長歎不成章。善曰：孟子曰：君子之志於道也，不成章不達。向曰：舉聲嗟歎，泣已下灑，心志錯亂，不成文章，言悲之深也。

拜陵廟作 五言

善曰：沈約宋書曰：漢儀，上陵歲以爲常。魏無定制。江左元帝崩後，諸侯始有謁陵辭陵事，蓋率情而舉，非京洛之舊。自元嘉來，每正月輿駕必謁初寧陵，復漢儀。

顏延年

良曰：延之從文帝拜高祖陵，作此詩。於陵置廟，故兼言矣。

周德恭明祀，漢道尊光靈。善曰：周書曰：助王恭明祀。東觀漢記：上賜東平王蒼書曰：今送光烈皇后衣一篋，令魯國孔氏尚有仲尼車輿冠履，明德盛者光靈遠也。濟曰：祀，祭祀也。光靈，祖宗之靈光盛也。

哀敬隆祖廟，崇樹加園塋。善曰：漢書房中歌曰：乃立祖廟，敬明尊親。如淳漢書注曰：塋，墓田也。銑曰：樹，立也。園塋，皆墓間道也。

逮事休命始，投迹階王庭。善曰：休命始，高祖之初也。禮記曰：逮事父母。尚書曰：陣于商郊，俟天休命。莊子曰：多物將往，投迹者衆。周易曰：夬揚于王庭。翰曰：逮，及；休，美也。謂及高祖即位美命之始，延年仕於王庭，故云投迹。階王庭，階者猶進也。

陪廁迴天顧，朝讌流聖情。善曰：毛詩曰：不明爾德，時無背無側；爾德不明，以無陪無卿。鄭玄毛

詩箋曰迴首曰顧　向曰延年陪厠朝廷之間爲帝顧遇朝讌之時皆流聖情優也早服身義重晚達生戒輕善曰服服事也早服恩淺也故以存身之義爲重也達官達也晚達恩厚故以養生之戒爲輕也王隱晉書曰孔坦上表曰士死知遇恩令命輕良曰言早服事委身於君方知君臣義重生命之戒可謂輕也否來王澤竭泰往人悔形善曰否來泰往少帝之時也否泰易二卦名也言王之德澤既竭人之悔吝形見班固西都賦序言王澤竭而詩不作周易曰悔吝者憂虞之象也列子曰公孫朝不知世道之安危人理之悔吝周易曰否之匪人不利君子貞又曰泰君子道長小人道消也　翰曰否來泰往謂少帝失德之時小人在位王澤竭盡悔吝形生上下不同勑躬慙積素復與昌運幷善曰孝經鉤命決曰勑躬未濟四子講德論曰非有積素累舊之權春秋孔演圖曰帝當會昌成封岱宗宋均曰應會之期耳銑曰勑誡素故幷合也言雖經帝室多難而戒慎其身慙高祖積故之恩不易志節復與文帝昌運相合爲君臣也恩合非漸漬榮會在逢迎善曰論語糾滑讖曰漸漬以道發消乃行戰國策曰田光造燕太子跪而逢迎却行爲道　翰曰恩惠將合非由漸漬而進榮華會遇在於君王以禮相逢迎則雲霄可致也夙御嚴清制朝駕守禁城濟曰夙早也御猶使也守待也言早使宣嚴備清道之制而羣臣朝駕皆入待曙駐禁城之間以入朝也束紳入西寢伏軫五臣作軾字出東垌善曰紳大帶也論語子曰赤也束帶立於朝西寢廟在西也莊子曰宣尼伏軾而嘆東垌陵所在也　向曰西寢寢殿也延年自述東帶入於寢殿伏於帝車之軾出於東垌則陵所也林外曰垌天子乘車車中有侍臣故延年得伏軾於帝車之上伏之言者其敬甚也衣冠終冥漠陵邑轉葱青善曰漢書曰自高祖已下各自居陵傍立廟月一遊衣冠弔魏武文曰悼繐帳之冥漠漢書景帝紀作陽陵邑張晏曰景帝作壽陵起邑也南都賦曰章陵鬱以青葱　良曰衣冠謂先帝衣冠終虛無不見也冥寞虛無也葱青草木之色松風遵路急山烟冒壠生善曰說文曰冒覆也方言曰秦晉之間冢謂之壠也　銑曰遵遶也路陵中路壠陵也皇心憑容物民思被歌聲善曰皇心謂文

帝也司馬彪續漢書曰根車旋載容衣被歌聲班固漢書贊曰元帝自度曲被歌應劭曰持新曲以爲歌聲也然此言人之思慕被在歌謳之聲　翰曰文帝憑視陵廟之容見御之物哀敬於心而下人思慕被歌頌之聲萬紀載絃吹千歲善作載字託旒旌善曰漢書詔曰制禮作樂各有由歌者所以發德也又曰聖王已沒鐘鼓管絃之聲未衰儀禮士喪禮曰爲銘各以其物鄭玄曰銘明旌也以死者不可別故以其旗識之以別貴賤故云表德也天子各有建也　濟曰十二年曰紀載行也絃吹絃管也有功者銘書於旒旌之上言高祖德音萬紀行於絃管之上千歲託銘於旌旒之中末殊帝世遠已同淪五臣作倫化萌善曰言帝威靈若存故未殊其遠而已質雖存其神已謝故同乎淪化之萌也　向曰淪猶大也言先帝之德歌謳不歇何殊古先帝道年代既遠而芬芳不息矣同大化流行之萌始也幼壯善作牡字困孤介末暮謝幽貞善曰漢書音義臣瓚曰介特也周易曰幽人貞吉　翰曰幼壯謂少年日也末暮謂衰老時也延年自言少時困於孤介之事不能居少帝亂朝也老時復謝幽靜貞吉之道亦不能就爲戀文帝之明德也發軌喪夷易歸軫慎崎傾善曰以車之行喻己之仕也發軌弱冠也王武子答何劭詩曰計終收遐致發軌將先起封禪書曰軌迹夷易易遵也歸軫暮年也楚辭觀軫丘兮崎傾　良曰軌跡夷平喪失也軫車也言發迹入仕在於高祖平易之時高祖既沒遭少帝之難是發跡而失平易之道今老矣如車之將歸宜慎崎傾之險也

同謝諮議銅爵臺詩五言　善曰集曰謝諮議璟魏志曰建安十五年冬作銅爵臺魏武遺令曰吾伎人皆著銅爵臺於臺上施六尺床繐帳朝晡上脯糒之屬月朝十五日輒向帳作伎汝等時時登銅爵臺望吾西陵墓田　翰同善注

謝玄暉

繐歲帷飄井幹寒罇酒若平生善曰鄭玄禮記注曰几布細而疏者謂之繐今南陽有鄧繐淮南子曰大構架興宮室有雞棲井幹許慎曰皆至構飾也司馬彪莊子注曰幹井欄然井幹臺之通

緌也　翰曰帷即帳也風飄動於樓上銅雀臺一名井幹樓言致罇酒於帷帳前若平生存時也

鬱鬱西陵樹詎聞歌吹聲 善曰不敢指斥故以歎言之也　向曰詎猶不也

芳襟染淚迹嬋媛空復情 善曰楚詞云心嬋媛而傷懷兮王逸曰嬋媛牽引也　銑曰芳香也妝人悲泣傍濕香襟而多痕牽引衣襟空有哀情終不見君王也

玉座猶寂寞況廼 五臣作乃 **妾身輕** 善曰易是謀類曰假威出座玉床鄭玄曰坐玉宋勳天之位也寡婦賦曰擺身輕而施重　良曰玉座玉牀也寂寞虛無也言君王玉座尚自虛無若此況羣妾身至輕微何以爲久長也

出郡傳舍哭范僕射 五言　善曰劉璠梁典曰天監二年僕射范雲卒任昉自義興貽沈約書曰永念平生忽爲疇昔然此郡謂義興也劉熙釋名曰傳傳舍也使人所止息而去後復來轉相傳也風俗通曰諸有傳信乃得舍於傳也

任彥昇 善曰劉璠梁典曰任昉字彥昇樂安人年四歲誦古詩數十篇十六舉秀才第

一辭章之美冠絕當時爲寧朔將軍新安大守卒　濟同善注昉出義興傳舍哭范僕射雲遂作此詩傳舍客舍也

平生禮數絕式瞻在國楨 善曰國楨謂范雲也左氏傳曰名位不同禮亦異數女史曰式瞻清懿毛詩曰思皇多士生此王國王國克生惟周之楨毛萇詩傳曰楨幹也　翰曰禮數絕謂交道相得雖品命有異不爲禮數式法也范雲之德天下以爲法則而瞻仰之實爲國家楨幹

一朝萬化盡猶我故人情 善曰莊子曰若人之形者萬化而未始有極也史記范雎謂須賈曰戀戀有故人之情　向曰一朝死矣萬事人道化盡然我故人之情何時忘也

待時屬興運王佐俟民英 善曰易曰君子藏器於身待時而動班固漢書曰劉向稱董仲舒有王佐之才也袁子正書曰立德蹈禮謂之英子產季札人之英也　良曰待時謂不仕於齊也屬興運謂梁也言范雲爲人之英王佐之任故可待而任也

結懽三十載生死一交情 善曰左氏傳曰楚子使椒舉如晉曰寡君願結懽於二三君史記太史公云下邽翟公曰一死一生乃知交情　銑曰結交之情生死如一不復變也

攜手遁衰孽接景事休明 善曰衰孽齊東昏侯也休明梁武帝也班固漢書述曰攜手遯秦鄭玄毛詩箋曰孽支庶也抱朴子曰攜手而遊接景而處左氏傳曰王孫滿曰德之休明　濟曰遁避孽災也謂避齊朝衰災攜手同去之接景事休明謂運事梁武帝也景者義稱前人比於光景也

運阻衡言革時泰玉階平 五臣無此二句　善曰曾子曰天下有道則君子訢然以交同天下無道則衡言不革孔安國尚書傳曰衡平也言平常之言也彼言不革此言革言亂之甚也長楊賦曰玉衡正而泰階平

濬沖得茂彥夫子值狂生 善曰淮南子曰臺無所鑒謂之狂生高誘曰臺持也所鑒者玄德故爲狂生臺古握字也漢書曰酈食其人皆謂之狂生　向曰王戎字濬沖爲吏部尚書得李茂彥爲吏部郞戎以禮待之范雲時爲吏部尚書彥昇亦爲吏部郞與濬沖茂彥相類故云夫子值狂生自比謙也夫子謂雲也

伊人有涇渭非余揚濁清 善曰伊人謂范雲也綜核人物涇渭殊流非余狂生能揚清激濁也毛詩曰涇

以渭濁湜湜其沚孫綽曰涇渭殊流雅鄭異調曹子建贈丁儀詩曰涇渭揚濁清　銑曰涇渭二水名涇濁渭清吏部之職本以激濁揚清爲務言雲自有分別殊其源流非我所能揚也

將乖不忍別欲以遺離情 善曰言將乖之初不忍便訣欲留必須以償離曠之情也　濟曰平生暫欲分別不忍速去常必留言笑以遺離情也

不忍一辰 五臣作晨 **意千齡萬恨生**（其一） 善曰言昔日將乖不忍一辰之意況今千齡永隔萬恨俱生者乎毛萇詩傳曰辰時也應璩與許子後書曰前別倉卒情意不悉追懷萬恨　翰曰一辰分別之意猶不忍去奈何千年永阻萬恨是生

已矣平生事詠歌盈篋笥 善曰新序孫叔敖曰筐篋之橐簡書說文曰篋笥也　良曰詠歌謂平生所述文章也盈滿也篋笥盛書器

兼復相嘲謔常與虛舟值 善曰蒼頡篇曰嘲調也字書曰嘲亦啁也毛詩曰善戲謔兮莊子曰方舟而濟於河有虛舟來觸舟雖有褊心之人不怒也　向曰虛舟同善注言平生相謂嘲謔雖有相陵亦如虛舟值觸謂嘲謔之類也

何時見范侯還敘平生意（其二） 銑曰范侯則

雲也與子別幾辰經塗不盈旬善曰左氏傳曰日月之會是謂辰以子丑配甲乙也經猶歷也　銑曰別後經行塗路不盈一旬弗覩朱顏改徒想平生人善曰楚辭曰美人既醉朱顏酡　濟曰不見疾病顏色改易之時但追想平生安樂之事也徒但也寧知安歌曰非君撤瑟長善曰楚辭曰循憤積而哀娛兮翔江州而安歌王逸曰安息歌兮自寬慰也儀禮曰有疾病者齊撤琴瑟　良曰君子有疾撤琴瑟寧知安然歌樂之曰非君疾病之長也巳矣余何歎毀春哀國均善曰史記趙良謂商鞅曰五羖大夫死秦國男女流涕春者不相杵毛詩曰尹氏太師維周之氏秉國之均四方是維毛萇曰均平也　翰曰已矣哀歎之甚也

贈答上

贈蔡子篤詩四言善曰晉官名曰蔡睦字子篤

王仲宣向曰蔡子篤為尚書仲宣與之為友同避難荊州子篤還會稽仲宣故贈之

文選二十三　卅四

翼翼飛鸞載飛載東善曰楚辭曰高翱翔之翼翼毛詩曰載飛載鳴　良曰翼翼飛皃鸞鳥以喻子篤也載則也東者東行也我友云徂言戾舊邦善曰蔡氏譜曰睦濟陽人毛詩曰我友敬矣又曰周雖舊邦　銑曰徂往戾至也舊國謂子篤本居濟陽也舫舟翩翩以泝大江善曰楚辭曰將舫舟而下流舫與方同　濟曰舫船也翩翩船行皃逆水上行曰泝流也蔚矣荒塗時行靡通善曰董仲舒士不遇賦曰懽荒塗而難踐　翰曰蔚草荒蕪皃荒塗以喻時亂言時既荒亂時行故無通也靡無也慨我懷慕君子所同善曰毛詩曰慨我寤歎封禪書曰懷而慕思也　良曰慨歎也言我歎而思慕與子篤同君子謂子篤也悠悠世路亂離多阻善曰毛詩曰悠悠南行又曰亂離瘼矣向曰時亂人苦別離相阻隔也悠悠遠皃濟岱江行五臣作衡邈焉異處善曰濟岱近兗州子篤所往江行近荊州仲宣所居也　銑曰濟水名岱山名子篤所居於此衡山名謂荊州仲宣客在於中邈遠也言兩鄉相遠而異處也風流雲散

一別如雨善曰鸚鵡賦曰何今日以雨絕陳琳檄吳將校曰雨絕于天然諸人同有此言未詳其始　濟曰言此別離各恨時亂如風流雲散無所定止如雨之降不還雲中也人生實難願其弗與善曰張奐與崔子書曰人生實難所務非此　良曰言人事甚難願則不遂弗與不遂也瞻望遐路允企伊佇善曰毛詩曰瞻望弗及佇立以泣又曰跂予望之鄭玄曰跂足可以望見之跂與企同　翰曰遐遠允信企舉踵望也伊猶惟也烈烈冬日肅肅淒風善曰毛詩曰冬日烈烈左氏傳申豐曰春無淒風　向曰烈烈寒甚也肅肅風急皃潛鱗在淵歸鴈載軒善曰魚鴈言時候也毛詩曰魚潛在淵鄭玄曰寒則逃於淵史記曰楚人有好以弱弓微繳加歸鴈之上軒飛皃　銑曰潛鱗魚也冬寒故潛於泉苟非鴻鵰孰能飛飜五臣作翻　善曰因所見而言之毛詩曰匪鶉匪鳶翰飛戾天毛萇注曰鶉鵰也　濟曰苟且也鵰猛鳥也言且非此鴻鵰誰能飛飜離此亂時之險雖則追五臣作進慕子思罔宣善曰法言曰夫進也者進於道慕於德尚書曰予思日孜

文選二十三　卅五

孜　良曰雖則心之進慕願欲高飛我思終不見其通宣通也瞻望東路慘愴增歎平聲　翰曰東路謂濟陽率彼江流爰逝靡期善曰毛詩曰率彼淮浦　銑曰率循爰引逝往靡無也言任其波流引往亦無期止君子信誓不遷于時善曰毛詩曰言笑晏晏信誓旦旦　翰曰誓約也言君子當信約宿心無以時險遂有遷移及子同寮生死固之善曰左氏傳曰先蔑之使也荀林父止之曰同官為寮吾嘗同寮敢不盡心乎　向曰及與也同官為寮當須堅固生死如一何以贈行言授斯詩善曰晏子春秋曰曾子將行晏子送曰嬰聞贈人以財不若以言請以言乎夫蘭本三年成而湛之以酒則君子不近湛之麋醢貨以匹馬願子觀求所湛　良曰授與也中心孔悼涕淚漣洏善曰毛詩曰中心是悼周易曰泣血漣如杜預左氏傳注曰而語助也　濟曰孔甚悼痛也涕淚如波漣也而亦淚流也嗟爾君子如何勿思善曰毛詩曰君子行役如之何勿思　銑曰君子謂子篤如何勿思言當思此贈之意

贈士孫文始

四言　善曰三輔決錄趙岐注曰士孫萌字文始少有才學年十五能屬文初董卓之誅也父瑞知王允必敗京師不可居乃命萌將家屬至荊州依劉表去無幾果為李傕等所殺及天子都許昌追論誅董卓之功封萌為澹津亭侯與山陽王粲善萌當就國粲等各作詩以贈萌于今詩猶存之翰注同

王仲宣

天降喪亂靡國不夷　善曰毛詩曰天降喪亂滅我立王又曰亂生不夷靡國不泯廣雅曰夷滅也銑曰靡無也

我暨其器我友自彼京師　善曰爾雅曰暨與也毛詩曰自彼氐羌良曰暨與也言從京師來此避難也

宗守盪失越用遁違　善曰杜預左氏傳注曰越遠也鄭玄禮記注曰遁逃也孔安國尚書傳注曰違避也　濟曰宗守謂國家宗廟所守今則盪除顛失遠用避違其難也

遷于荊楚在漳之湄　善曰山海經曰荊山漳水出焉毛詩曰居河之湄　濟曰荊楚荊州漳水在焉湄岸也

在漳之湄亦克宴處　五臣作處字　善曰劉歆七略曰宴處從容觀詩書　翰曰克能宴安也

和通篪直移壎喧比德車輔　善曰毛詩曰伯氏吹壎仲氏吹篪毛萇曰土曰壎竹曰篪鄭玄曰其相應和如壎篪左氏傳曰宫之奇曰諺所謂輔車相依脣亡齒寒其虞虢之謂乎　銑曰篪壎皆樂器吹之者言與文始和通如吹此樂如御車人為車輔侍矣

既度禮義卒獲笑語　善曰毛詩曰獻酬交錯禮儀卒度笑語卒獲　良曰度用卒終獲得也

庶茲永日無諐厥緒　善曰毛詩曰且以喜樂且以永日尚書曰荒墜厥緒　濟曰諐失厥其緒業也

雖曰無諐愆時不我已　善曰鄭玄毛詩箋曰已與也　翰曰已成也言雖無愆時屬喪亂不成我此志終見別離也

同心離事乃有逝止　善曰張衡怨詩曰同心離居絕我中腸　銑曰言二人同心離事言別也逝往止住也

橫此大江淹彼南汜　善曰楚辭曰橫大江兮揚靈王逸曰橫度大江揚已精誠也毛詩曰江有汜之子歸不我已　良曰言文始將離橫度此大江淹南汜汜浦也文始所封澹津在荊州南故也

我思弗及載坐載起　善曰毛詩曰瞻望弗及張衡怨詩曰我聞其聲載坐載起　濟曰我思之既不能及故則坐則起

惟彼南汜君子居之　善曰論語曰君子居之何陋之有　翰曰君子謂文始也

悠悠我心薄言慕之　善曰毛詩曰青青子衿悠悠我心又曰采采芣苢薄言采之　向曰悠悠遠皃薄辭也

人亦有言靡喆五臣作哲不思　善曰毛詩曰人亦有言靡喆不思又曰有懷于衛靡日不思　銑曰人謂古人靡無喆智也言賢智之人無不思之

矧伊嬿婉胡不悽而　善曰毛詩曰矧伊人矣又曰人無兄弟胡不比焉　良曰矧況伊惟也嬿婉好皃胡何也言天下賢智而無不思況惟情好也何不悽愴而助辭也

晨風夕逝託與之期　善曰毛萇詩傳注曰晨風鸇也楚辭曰因歸鳥而致詞羌迅高而難當　翰曰離別之後願因晨風之鳥夕往託附遠情以為期信也晨風鳥名其飛疾

瞻仰王平聲室慨其永歎　善曰毛詩曰瞻仰昊天尚書曰以蕃王室毛詩曰慨其歎矣又曰我思肥泉茲之永歎　濟曰瞻仰王室歎其衰微慨歎聲

良人在外誰佐天官　善曰毛詩曰維此良人弗求弗迪尚書曰天工人其代之孔安國曰人代天理官不以天官私非其材　向曰良人謂賢人謂文始也言文始在外誰當佐天子之官佐任也

四國方阻俾爾歸藩　善曰毛詩曰四國于蕃又曰俾爾多益　翰曰四國為中國也阻限使爾歸國以為蕃屏謂文始之澹津也俾使也

爾之歸藩作式下國　善曰尚書曰世世享德萬邦作式鄭玄毛詩箋曰式法也毛詩曰命于下國　銑曰下國謂文始所封之國也

無曰蠻裔不虔汝德　善曰賈逵國語注曰虔敬也　良曰無以為蠻夷荒裔之國不敬汝德

慎爾所主五臣作之字率由嘉則　善曰毛詩曰慎爾出話又曰不愆不忘率由舊章又曰仲山甫之德柔嘉維則　濟曰所之謂之於澹津也率循由用嘉善也

龍雖勿用志亦靡忒　善曰周易曰潛龍勿用陽在下也鄭玄毛詩箋云忒差也　翰曰潛龍勿用志不可拔也靡無也

悠悠澹澧禮鬱彼唐林　善曰荊州圖曰漢壽縣城南一百步

有澬水出縣西陽山又曰澧陽縣蓋即澧水爲名也在郡西南接澧水晉書曰天門有零陽縣南平郡有作唐縣盛弘之荆州記曰零陵東接作唐然此三縣連延相接唐林即唐地之林也　向曰悠悠遠也澧澧水名在文始封國唐林地名鬱深遠皃

雖則同域邈其迥深善曰爾雅曰迥遠也良曰同域與荆州同界也邈遠迥獨也

白駒遠志古人所箴允矣君子不遐厥心

既往既來無密爾音善曰毛詩曰皎皎白駒在彼空谷生芻一束其人如玉無金玉爾音而有遐心又曰允矣君子展也大成　翰曰允信遐遠厥其也言信矣君子豈不大其心人之往來無絕爾音耕密絕也　銑曰白駒詩篇名刺宣王不能留賢賢者乘白駒而去箴戒也喻時亂不能用其文始也

贈文叔良四言　善曰干寶搜神記曰文穎字叔良南陽人繁欽集又云爲荆州從事文叔良作移零陵文而粲集又有贈叔良詩獻帝初平中王粲依荆州劉表然叔良之爲從事美事劉表也詳其詩意似聘蜀結好劉璋也　銑曰叔良爲劉表從事使聘益州牧劉章贈以此詩戒之

王仲宣

翩翩者鴻率彼江濱善曰毛詩曰翩翩者鵻說文曰翩翩飛疾皃　良曰翩翩孤飛皃率循也

君子于征爰聘西鄰善曰毛詩曰之子于征西鄰謂蜀也　向曰君子謂叔良西鄰益州也

臨此洪渚伊思梁岷善曰楚辭曰伊思兮往古　翰曰洪渚大江也梁岷蜀二山名

爾行孔邈如何勿勤向曰孔甚邈遠勤勞也

君子敬始慎爾所主善曰老子曰慎終如始則無敗事孟子曰吾聞之觀近臣以其所爲主觀遠臣以其所主趙岐曰近臣當爲遠方來賢者爲主遠臣而至主於在朝臣之賢者也　濟曰敬慎其所行

謀言必賢五臣作貞字錯七路說稅申輔善曰鄭玄禮記注曰賢善也所言說當申相輔也申或爲車非也　向曰所謀出之言必正措詞必申臣輔之志說詞貞正也

延陵有作僑肹五臣作僑肹是與善曰公孫僑子產也羊舌肹叔向也左氏傳曰吳公子札聘于鄭見子產如舊相識與之縞帶子產獻紵衣適晉說叔向將行謂叔向曰吾子勉之君侈而多良大夫皆富政將在家吾子直必思自免於難也　翰同善注粲以此事戒叔良也

先民遺跡來世之矩善曰毛詩曰先民有作溫恭朝夕尚書曰予恐來世以台爲口實　良曰跡謂延陵之跡可爲來世之規矩

既慎爾主亦迪知幾探情以華覩著知微善曰華喻皃越絕書子胥曰聖人見微知著覩始知巳　向曰華皃著明微暗也言探其情理形皃見明須知其暗幾也　濟曰爾主謂其所主之事迪蹈也亦須蹈知其幾也

視明聽聰靡事不惟善曰論語孔子曰君子有九思視思明聽思聰字林曰惟思也　濟曰目視須明耳聽須聰無事不思而後行也靡無也

董褐荷名胡寧不師善曰國語曰吳晉爭長未成吳王昏乃戒令秣馬食士於是晉師大駭乃令董褐請事曰兩君偃兵接好日中爲期今大國越境而造於弊邑之軍壘敢請辭故吳王親對之曰天子有令周室既卑約貢獻莫入上帝鬼神而不可以之告孤用親聽命於藩籬之外

董褐既致命乃告趙鞅曰觀吳王之色類有大憂小則嬖妾嫡子死不則國有大難大則越入吳將毒不可與戰王其許之然而不可徒許也趙孟許諾晉乃令董褐復命曰寡君之言周室既卑諸侯失禮於天子今君奄王東海以淫名聞於天下有短垣而自踰之況蠻荆則何有於周室夫諸侯無二君而周無二王君若卑天子以干其不祥而曰吳公孤敢不順從君命長弟吳王許諾乃退就幕而會吳公先歃晉侯亞之韋昭曰董褐晉大夫司馬寅也毛詩曰胡寧忍予　翰曰吳王夫差會晉定公吳帶甲三萬欲劫晉求盟晉人大駭乃令董褐請事於吳吳乃退就幕而會董褐之力也荷重胡何寧安也董褐既有此重名以解國難何得安然不爲師法也以此事喻叔良使益州後解國難也

衆不可蓋無尚我言善曰家語金人銘曰君子知天下之不可蓋也故下之廣雅曰尚高也　良曰天下衆事不可蓋藏無高慢我此言也

梧宮致辯齊楚構患平聲　善曰說苑曰楚使使者聘於齊齊王饗之於梧宮使者曰大哉梧乎王曰江海之魚必吞舟大國之樹必巨圍使者何怪焉使者曰然昔者燕攻齊焚雍門飲馬于淄澠定獲於琅邪王與太后奔宮洸於成陽之山敢問當此之時梧之大小何如王命陳先生對之陳

子曰臣不如貂勃貂勃對曰使者爲閭植梧之始邪昔楚無道殺子胥之父子胥奔吳吳以爲相後將兵伐楚以復父讎楚王奔隨吳王入郢子胥親射宮門鞭平王之墳當此之時梧始生之年也齊楚於是構怨遂舉兵相伐也　銑曰梧宮同善注此戒叔良無作辯說以逆前事

成功有要，在衆思歡。 善曰尚書帝曰成允成功惟汝賢文曰有倫有要　向曰要正言成功存正直之節在天下之衆則思懽也

人之多忌，掩之實難。 善曰左氏傳秦伯謂公孫枝曰夷吾其定乎對曰今其言多忌克難哉　濟曰忌諱也言人多忌諱其所短而掩藏之若能不逆其意實爲難也此深戒叔良逆人意也

瞻彼黑水，滔滔其流。 善曰尚書曰華陽黑水惟梁州毛詩曰滔滔江漢南國之紀　翰曰黑水梁州分則益州屬焉滔滔流皃

江漢有卷，允來厥休。 善曰言彼二國席卷而來信汝之美也漢書劉敬說高祖曰今陛下徑往卷蜀漢定三秦　良曰江漢蜀也言彼有席卷天下之志若彼信服王命而來自昇其美

二邦若否，職汝之由。 善曰言彼二國若懷不順此汝之由毛詩曰邦國若否仲山甫明之毛萇詩傳曰若順也否猶臧否也謂善惡也左氏傳范宣子數諸戎曰言語漏洩則職汝之由也　良曰若二國否塞不通爲之患逆則由汝職來違所戒者也

緬彼行人，鮮克弗留。尚哉君子，異于他仇。 善作于　異字　善曰少能不留言多淹留也賈逵國語注曰緬思皃也左氏傳曰行人言使人也毛詩曰靡不有初鮮克有終左氏傳楚子木語晉范武子之德王曰尚矣哉能歆神人杜預曰尚者上也毛萇詩傳注曰仇匹也　向曰緬遠鮮少克能也尚庶幾也于猶當也仇類也言遠彼行人使於蜀者皆爲劉璋所滯少能不見留者言皆被留也庶幾君子當異於他類善自勉也

人誰不勤，無厚我憂。 善曰楚詞曰惟天地之無窮哀生民之長勤我粲自謂也　翰曰言人誰不爲國家勤勞當自勗厲無使我爲深憂也厚深也

惟詩作贈，敢詠在舟。 善曰言爲詩以贈者有在舟之義憂患同也鄧析子曰同舟渡海中流遇風救患若一言憂患同也　銑曰同舟共濟謂所憂同故以此詩作贈以戒之也

贈五官中郎將四首　五言

劉公幹 濟曰魏文帝初爲五官中郎將副丞相文帝來視楨疾去後楨賦詩以贈之謂未即帝位時也

昔我從元后，整駕至南鄉。 善曰元后謂曹操也至南鄉謂征劉表也尚書曰衆非元后何戴張衡思玄賦曰爰整駕而亟行毛詩曰維彼荊楚居國南鄉　良曰元大后君也謂武帝南鄉譙國帝之舊鄉

過彼豐沛都，與君共翱翔。 善曰豐漢高祖所居以喻譙也君謂五官也毛詩曰將翱將翔　向曰從武帝至舊鄉如漢高過故國豐沛之都翺翔游也言如鳥翼之同飛

四節相推斥，季冬風且涼。 善曰潘安仁悼亡詩曰曜靈運天機四節代遷逝周易曰寒暑相推而歲成焉廣雅曰斥推也　翰曰四節四時之節推斥相推遂也言歲月促而易往也

衆賓會廣坐， 善作坐字 **明鐙** 五臣作燈 **熺** 火其切五臣作熹 **炎光。** 善曰史記侯嬴曰公子自是迎嬴羣衆廣坐之中楚詞曰蘭膏明燭華鐙錯鐙與燈音義同廣雅曰熺熾也熺大明皃　銑曰熹盛皃

清歌製妙聲，萬舞在中堂。 善曰毛詩曰公庭萬舞鄭玄曰萬舞干舞也　濟曰製作萬大也

金罍 魯回切 **含甘** 善作其字 **醴** 禮 **，羽觴行無方。** 善曰毛詩曰我姑酌彼金罍楚詞曰瑤漿蜜勺實羽觴　向曰罍罇也甘醴美酒也羽觴酒盃爲雀形也無方猶無筭也

長夜忘歸來，聊且爲大康。 善曰毛詩曰無已大康職思其居　翰曰言酣樂忘歸也于時戎馬稍息故云大康康安也

四牡向路馳，歡 善作歎字 **悅誠未央。** 善曰四牡謂驪駒也漢書王式曰聞之於師客歌驪駒主人歌無庸歸音義曰逸詩篇名也　良曰四牡四馬也誠志央罷也

余嬰沈 五臣作沉 **痼疾，竄身清漳濱。** 善曰禮記曰身有痼疾說文曰痼久也漢書曰魏郡武始縣漳水至邯鄲入漳山海經曰少山清漳水出焉東流于濁漳之水　翰曰前篇敘昔日游從此述沈疾在鄴都也嬰纏也沈痼疾皆病也竄居也清漳水名濱畔也

自夏涉玄冬，彌曠 五臣作廣 **十餘旬。** 善曰揚雄羽獵賦曰玄冬季月天地隆烈杜預左氏傳注曰彌遠也蒼頡篇曰曠疎曠也　翰

曰冬、曰其神玄冥故云玄冬、言卧疾從夏至冬相與遠疎已十餘旬也爾遠廣疎也　常恐遊岱宗
不復見故人　善曰援神契曰太山天帝孫也主召人魂魄　書曰至于岱宗太山爲四岳宗也　翰曰岱
宗太山也人命屬之卧疾恐死故云恐遊岱宗也故人則文帝也　所親一何篤步趾慰
我身　善曰左氏傳蘧啓強曰今君親步玉趾　良曰所親謂文帝也篤厚趾足也言能行步車足來看我疾以
慰我身也　清談同日夕情眄敘憂勤　善曰毛詩曰朝夕思念至於憂勤也
濟曰言來看疾與之談說同至於夜情相顧眄敘述憂恤勤勞也　便復爲別辭游車
歸西鄰素葉隨風起廣路揚埃塵　善曰西鄰鄴都　濟曰清談至於
日夕文帝便歸洛陽故云西鄰游車則帝所乘也素葉大葉落也　逝者如流水哀此遂
離分　善曰論語曰子在川上曰逝者如斯夫不舍晝夜　銑曰人命將往如水之流況此卧疾遂哀分離恐不
復相見也　追問何時會要我以陽春　善曰楚詞曰無衣裘以御冬恐死不得見

乎陽春　向曰謂別時相問何時爲會期我春時要期也　望慕結不解貽爾新詩
文　善曰蔡邕瞽師賦曰詠新詩以悲歌　翰曰望慕相思愁結而不解故遺爾此詩也新詩文則此詩也　勉
哉脩令德北面自寵珍　善曰左氏傳曰忠爲令德北面臣位也禮記曰君之南鄉荅陽
之義也臣之北面荅君之義也　良曰戒文帝自勗勉勤脩令德北面事君以保寵貴是時漢帝尚在
秋日多悲懷感慨以長歎　平聲　善曰毛萇詩傳曰秋士悲也　良曰慨謂感
歎也　終夜不遑寐敘意於濡翰　善曰毛詩曰不遑假寐楚詞曰魂煢煢兮不遑
寐韋昭漢書注曰翰筆也　向曰遑暇寐卧濡沾敘意沾筆謂作文　明鐙　五臣作燈　曜閨中清
風淒已寒　向曰淒急也　白露塗前庭應門重其關　善曰楚辭
曰白露紛以塗毛詩曰乃立應門爾雅曰正門謂之應門　銑曰應門正南門　四節相推斥歲
月忽欲殫　善曰禮記曰歲既殫矣　良曰殫盡也　壯士遠出征戎事

將獨難　善曰壯士謂五官也漢書高祖曰壯士行何畏出征謂在孟津也魏志曰建安十六年文帝立爲五
官中郎將典畧曰建安二十二年魏郡大疫徐幹劉楨等俱逝然其閒唯有鎮孟津及黎陽而無所征伐故疑出征謂在
孟津也以在鄴故曰出征以有兵衞故曰戎事也　翰曰謂文帝將出征戎馬之事將爲難也征行也　涕泣灑
衣裳能不懷所歡　善曰涕泣幹自謂也　濟曰言別後思懷常日所爲歡會也
涼風吹沙礫霜氣　五臣作氛霜　何皚皚　五來切　善曰易通卦驗曰巽氣不至
則大風揚沙礫小石也說文曰皚皚霜雪皃劉歆遂初賦曰漂積雪之皚皚牛哀切　向曰豫思文帝在軍之時也氛邊
氣皚皚白皃　明月照緹幕華燈散炎輝　五臣作暉　善曰緹丹色也楚
詞曰蘭膏明燭華鐙錯鐙與燈同　銑曰緹丹黃色　賦詩連篇章極夜不知歸
善曰論衡曰與論立說結連篇章者文人鴻儒也　良曰連篇章謂與諸文人連詩不知歸謂不知疲也　君侯
多壯思文雅縱橫飛　善曰漢儀注曰列侯爲丞相稱君侯大戴禮曰天子不知文雅之辭

少師之任　翰曰君侯文帝也文雅之志縱橫如飛　小臣信頑鹵　善作鹵字　僶俛安
能追　善曰儀禮曰小臣正辭李尤東觀賦曰臣雖頑鹵慕小雅斯干歎詠之美毛詩曰僶俛從事不敢告勞論
語曰參也魯孔安國曰魯鈍也魯與鹵同　向曰此自謙才不及文帝也僶俛俯仰也追猶及也

贈徐幹　五言　濟曰是時徐在西掖劉在禁省故有此詩

劉公幹

誰謂相去遠隔此西掖垣　善曰毛詩曰誰謂宋遠跂余望之洛陽故宮銘曰洛
陽宮有東掖門西掖門　銑曰有東西掖兩門徐在西故云隔也垣牆也　拘限清切禁中情
無由宣　善曰史記曰景帝居禁中禁中者門戶有禁非侍御不得入楚詞曰抒中情而爲詩　良曰拘束
限限阻也清切猶嚴切也天子所居曰禁言各有拘束阻限在於嚴切之所中情無由宣通　思子沉
五臣作沈　心曲長歎不能言　善曰毛詩曰在其板屋亂我心曲古詩曰氣結不能言

起坐失次第一日三四遷向曰遷移也步出北寺門逕望西苑園善曰風俗通曰尚書侍御御史謁者所止皆曰寺也　向曰寺司也謂掾主司之地細柳夾道生方塘含清源善曰思玄賦曰且余沐於清源　濟曰塘池源流也輕葉隨風轉飛鳥何翻翻善曰楚詞曰漂翻翻其上下　銑曰葉木葉也翻翻孤飛皃乖人易感動涕五臣作洟字下與衿連仰視白日光皦皦高且懸善曰毛詩曰謂余不信有如皦日毛萇曰皦白也楚詞曰晞白日兮皎皎　良曰乖離也皦皦日光皃日在天垂照於空若懸也兼燭八紘內物類無頗偏善曰韓子曰朱儒對衛靈公曰夫日兼燭天下一物不能當也楊雄解嘲云日月之經不千里則不能燭六合燿八紘音義曰八方之綱維也尚書曰無偏無陂遵王之誼我獨抱深感不得與比焉翰曰言日光照燭天下無所偏頗而我獨抱此深感失志不得與比於衆物也

贈從弟三首五言　濟曰公幹從弟蓋尋究無名

劉公幹

汎汎東流水磷磷平水中石善曰呂氏春秋曰水泉東流日夜不休毛詩曰揚之水白石磷磷毛萇曰清澈也　銑曰磷磷水中見石皃蘋藻生其涯華葉紛擾溺善作華紛何擾弱采之薦宗廟可以羞嘉客善曰蘋藻以喻從弟也左氏傳君子曰苟有明信澗谿沼沚之毛蘋蘩薀藻之菜可薦於鬼神可羞於王公毛詩曰所謂伊人於焉嘉客　向曰蘋藻草名涯岸也紛擾溺多皃　良曰采此蘋藻可薦於宗廟進於王公羞進也嘉賓乃王公也豈無園中葵懿此出深澤善曰古詩曰青青園中葵朝露待日晞爾雅曰懿美也　翰曰深澤謂流水中石也此言豈更無珍美之物以羞進宗廟王公蓋美此出於幽深也亭亭山上松瑟瑟谷中風向曰亭亭高皃瑟瑟風聲風聲一何盛松枝一何勁向曰勁堅也冰霜正慘悽終歲常端正善曰楚詞曰霜露慘悽而交下　濟曰慘悽寒皃端正謂花色不變豈不羅凝寒松栢有本性善曰凝嚴也莊子曰天寒既至霜雪將降吾是以知松栢之茂也　翰曰人心堅貞亦當如此終世不改易

鳳皇集南嶽徘徊孤竹根善曰鳳生丹穴故曰南嶽鄭玄毛詩箋曰鳳皇之性非栢實不食亦喻從弟也　良曰鳳皇生丹穴在南故云南嶽徘徊未安食此竹實也根竹莖莖根通言也於心有不厭奮翅凌紫氛向曰鬲足凌上也紫氛天氣也食此竹實心有不足喻非明時而食祿奮翅羽上出於人也豈不常勤苦羞與黃雀羣善曰黃雀喻俗士也　翰曰勤勞也黃雀喻小人言高飛遠遊豈不勞苦羞恥與小人羣於朝廷何時當來儀將須聖明君善曰尚書曰鳳皇來儀孔安國曰聖人受命則鳳皇至　翰曰言鳳皇一云何時當見來儀將待聖明君也須待也

六臣註文選卷第二十三

六臣註文選卷第二十四

梁昭明太子撰

唐李善并五臣註

贈答二

贈徐幹 五言

曹子建 良曰子建與徐幹俱不見用有怨刺之意故爲此詩

驚風飄白日忽然歸西山 善曰夫日麗於天風生乎地而言飄者夫浮景駿奔倏焉西邁餘光杳杳似若飄然古步出夏門行曰行行復行行白日薄西山 銑曰白日喻君也驚風飄之忽歸西山喻時去不可逐也

圓景光未滿衆星粲以繁 善曰圓景月也論衡曰日月之體狀如正圓鄭玄毛詩箋曰景明也釋名曰望月滿之名也論語曰衆星共之廣雅曰粲明也 銑曰圓景月也喻道不明也衆星喻羣小邪人也繁多也謂文帝不明羣小在位不用賢良

志士營世業小人亦不閑聊且夜行游游彼雙闕閒 善曰論語子曰志士仁人無求生以害仁孔叢子曰仲尼大聖自兹以降世業不替 翰曰志士君子也言小人各有所爲我亦聊且於此闇代行游朝闕之間夜行喻君於闇朝也

文昌鬱雲興迎風高中天 善曰劉淵林魏都賦注曰文昌正殿名也廣雅曰鬱出也爾雅曰興起也地理書曰迎風觀在鄴列子曰周穆王築臺號曰中天之臺 銑曰迎風樓名言高如雲起過在天中也

春鳩鳴飛棟流猋激欞軒 善曰爾雅曰扶搖謂之猋郭璞曰暴風從上下者猋與飆同古字通欞窗間也徐幹齊都賦曰窻欞參差景納陽軒長廊之有窻也 濟曰鳩鳴飛棟喻小人得志處棟梁之地猋風也風主教令也欞軒階畔鉤欄也喻教令從下起而犯於上也

顧念蓬室士貧賤誠足憐薇藿弗充虛皮褐猶不全 善曰蓬室士謂徐幹也蒼頡篇曰顧旋也列子曰北宮子庇其蓬室若廣廈之蔭墨子曰古之人其爲食也足以增氣充虛而已鄭玄周禮注曰充足也淮南子曰貧人冬則羊裘短褐不掩形也 向曰小人得志處棟梁之地蓬室貧賤之士誠可憐惜謂徐幹也薇藿草菜名褐短衣言草菜之食不充飢虛皮褐短衣不能全其體也

忼慨有悲心興文自成篇 善曰說文曰忼慨壯士不得志於心也鄭玄考工記注曰興發也

寶棄怨何人和氏有其愆 善曰寶以喻幹和氏喻知己也韓子曰楚人和氏得璞玉於楚山之中奉而獻之武王武王使玉人相之玉人曰石也刖和氏左足武王薨成王即位和又獻之玉人又曰石也刖其右足成王薨文王即位和乃抱璞而哭於楚山之下王使玉人理其璞而得寶焉遂名曰和氏之璧刖音月孔安國尚書傳曰愆過也 翰曰寶棄謂徐幹也昔者和氏獻玉於楚王王以爲非玉而罪之非和氏之愆言賢才不見用乃召之過也

彈冠俟知己知己誰不然 善曰言欲彈冠以俟知己知己誰不同於棄寶而能相薦乎漢書曰蕭育與朱博友往者有王陽貢公故長安語曰蕭朱結綬王貢彈冠晏子春秋越石父曰士者伸乎知己 銑曰志所望彈冠者待知己入仕也而今知己皆見棄致則與幹同故云誰不然

良田無晚歲膏澤多豐年 善曰良田膏澤喻有德也無晚歲多豐年喻必榮也漢書曰翟義請陛下良田國語子餘曰君若膏澤之使能成嘉穀毛詩曰豐年穰穰 良曰良田雖晚無不穫者膏澤屢降必有豐年言幹有美德必當見用無以晚歲爲意

亮懷璵璠美積久德逾五臣作愈宣 善曰爾雅曰亮信也蒼頡篇曰懷抱也左氏傳曰季平子行東野還未至卒于房陽虎將以璵璠斂杜預曰璵璠美玉君所佩也璵音餘璠音煩也 濟曰宣通也信懷良玉之美彌久之歲道愈通也

親交義在敦申章復何言 善曰莊子曰親交益疏孔安國尚書傳曰敦厚也又曰申重也 翰曰敦重也言榮衰不常有才者必達但保交親義重餘復何言也

贈丁儀 五言

善曰集云與都亭侯丁翼今云儀誤也魏略曰丁儀字正禮太祖辟儀爲掾 向曰魏志云儀有文才子建贈以此詩有怨刺之意也

曹子建

初秋涼氣發，庭樹微銷落。善曰：漢書孝武傷李夫人賦曰：桂枝落而銷亡。銑曰：喻小人道長，從微起也。凝霜依玉除，清風飄飛閣。善曰：楚辭曰：漱凝霜之紛紛。字書曰：凝，冰堅也。玉除，階也。說文曰：除，殿階也。西都賦曰：玉除彤庭。又曰：脩塗飛閣。翰曰：依，覆；除，庭也。覆凝霜至於堅冰，謂陰謀漸長也。清風飄飛閣，喻教令自下而上也。朝雲不歸山，霖雨成川澤。善曰：廣雅曰：八月浮雲不歸。左氏傳曰：凡雨自三日已往爲霖。良曰：謂陰陽不和，故雲不歸山，而霖雨成川澤也。黍稷委疇隴，農夫安所獲。善曰：王逸楚辭注曰：委，棄也。說文曰：疇，耕治之田也。毛詩曰：帥時農夫。濟曰：霖雨久滯，黍稷委死於田中，農夫何所得也。在貴多忘賤，爲恩誰能博。善曰：言俗之常情也。向曰：在貴，謂文帝也；賤，自謂也。博，廣也。言爲恩不能廣也。狐白足禦五臣作御冬，焉念無衣客。善曰：言服狐白者不念無衣，以喻處尊貴者多忘貧賤也。晏子春秋曰：齊景公之時，雨雪三日，公被狐白之裘，坐於堂側，謂晏子曰：雨雪三日，天下不寒，何也？晏子曰：賢君飽知人飢，溫知人寒。公曰：善。遂出裘發粟。楚辭曰：無衣裘以禦冬。毛詩曰：無衣無褐，何以卒歲。翰曰：景公事同善注，此意謂文帝衣裘自足，而不念下人之無衣也。思慕延陵子，寶劍非所惜。善曰：言延陵不欺於死，而況其生者乎？故已思慕之，莫異於俗也。新序曰：延陵季子將西聘晉，帶寶劍以過徐君，徐君不言而色欲之。季爲有上國之事，未獻也，然心許之矣。致使於晉，顧反，則徐君死，於是以劍帶徐君墓樹而去。廣雅曰：惜，愛也。濟曰：言思慕延陵季子心許徐君寶劍，我與爾交亦如之，非所愛惜。子其寧爾心，親交義不薄。銑曰：寧，安也。謂儀云子當安其心，交親之義不薄也。

贈王粲 五言

曹子建

端坐苦愁思，攬五臣作攬衣起西遊。善曰：古詩曰：攬衣起徘徊。良曰：王粲在西，故起西遊。樹木發春華，清池激長流。中有孤鴛鴦，哀鳴求匹儔。我願執此鳥，惜哉無輕舟。善曰：鴛鴦喻粲也。毛萇詩傳曰：鴛鴦，匹鳥也。楚詞曰：覽可與兮匹儔。言願執鳥而無輕舟，以喻己之思粲而無良會也。賈逵國語注曰：惜，痛也。戰國策蘇代曰：水浮輕舟。向曰：求匹儔，謂思王粲。無輕舟，言與粲阻越，如川廣無舟，歎惜不可濟也。欲歸忘故道，顧望但懷愁。善曰：傅毅七激曰：無物可樂，顧望懷愁。鄭玄毛詩箋曰：回首曰顧。悲風鳴我側，羲和逝不留。善曰：楚詞曰：哀江介之悲風。又曰：吾令羲和弭節兮。王逸曰：羲和，日御也。墨子曰：時不可及，日不可留。翰曰：逝，往也。重陰潤萬物，何懼澤不周。善曰：重陰以喻太祖。蔡邕月令章句曰：陰者，密雲也。濟曰：重陰謂雨露，以喻天子也。夫子潤於萬物，何懼恩澤不周。誰令君多念，自五臣作遂使懷百憂。善曰：毛詩曰：我生之後，逢此百憂。濟曰：誰令多有思念，自懷百憂也。君子謂王粲也。

又贈丁儀王粲 五言

善曰：集云荅丁敬禮、王仲宣。翼字敬禮，今云儀，誤也。

曹子建

從軍度函谷，驅馬過西京。善曰：魏志曰：建安二十年，公西征張魯。漢書：弘農縣，故秦函谷關。毛詩曰：驅馬悠悠。山岑五臣作峯高無極，涇渭揚濁清。善曰：毛萇詩傳曰：涇渭相入而清濁異。向曰：涇水濁，渭水清。壯哉帝王居，佳麗殊百城。善曰：漢書曰：高祖南過曲逆，曰：壯哉縣。高誘戰國策注曰：佳，大也；麗，美也。謝承後漢書曰：黃琬拜豫州，威邁百城。銑曰：謂西京壯麗，殊異於天下百郡之城。員闕出浮雲，承露槩泰五臣作太清。善曰：西京賦曰：圓闕竦以造天。淮南子曰：魏闕之高，上際青雲。西都賓曰：抗仙掌與承露。廣雅曰：抗，擧也。槩與抗同，古字通。鶡冠子曰：上及泰清，下及太寧。濟曰：員闕，闕名。出浮雲，高也。承露盤以承露者，槩平太清，天也。皇佐揚天惠，四海無交兵。善曰：皇佐，太子也。邊讓章華賦曰：建皇佐之高勳，飛仁聲之顯赫。左氏傳箴尹克黃曰：君，天也。家語孔子曰：君惠臣忠。楚漢春秋吳廣說陳涉曰：王引兵西擊，則野無交兵。翰曰：皇佐，太祖也能闡揚天子之恵四海皆服故無兵相交也 權家雖愛勝全國爲令名 善曰權家兵家也史記曰呂尚其事多兵權與奇計孫子兵法曰用兵法全國爲上破國次之左氏傳子産曰令名德之輿也鄭玄禮記注曰名令聞也 良曰權家謂兵法言雖戰勝而全國爲上也 君子在末位不能歌德聲 善曰君子謂丁王也琴操曰古者君子在位役不踰時德聲謂太祖令德之聲也 向曰言人在卑位不能歌其德聲謂丁王二君 丁生怨在朝王子歡自營歡怨非貞則中和誠可經 善曰言歡怨非殊俱非忠貞之則惟有中和樂職誠可謂也漢書王襃使王襃作中和樂職宣布詩始得曰言王政中和在官者樂其職鄭玄周禮注曰經法也 銑曰丁儀時爲太祖掾王粲爲侍中儀常怨職卑故曰怨在朝也後植不得立爲太子粲亦免官在家故曰歡自營也營謂營生也 翰曰貞正則法誠信經常也謂二君各爲歡怨非忠正之正忠和自保信可常也

贈白馬王彪 五言

善曰魏志曰楚王彪字朱虎武帝子也初封白馬王後徙封楚樂曰於圈城作又曰黄初四年五月白馬王任城王與植俱朝京師會節氣到洛陽任城王薨至七月植與白馬王還國後有司以二王歸藩道路宜異宿止意每恨之蓋以大別在數日是用自剖與王辭焉憤而成篇 濟同善注植發憤遂賦此詩以贈之

曹子建

謁帝承明廬逝將歸舊疆 善曰陸機洛陽記曰承明門後宫出入之門吾常恠謁帝承明廬問張公云魏明帝作建始殿朝會皆由承明門毛詩曰逝將去汝舊疆謂鄄城也時植雖封雍丘仍居鄄城 翰曰承明門名逝往也疆謂王所封國 清晨發皇邑日夕過首陽 善曰陸機洛陽記曰首陽山在洛東北去洛二十里 向曰清晨日未出時皇邑帝都也首陽山名 伊洛廣且深欲濟川無梁 善曰楚詞曰道壅塞而不達江河廣而無梁 銑曰伊洛水名以國命見阻於橋如欲濟川無橋梁也 汎舟越洪濤怨彼東路長 善曰國語曰秦汎舟于河西京賦曰起洪濤而揚波 濟曰汎舟越洪濤心危懼也東路所往之東路 顧瞻戀城闕引領情内傷 其一 善曰毛詩曰顧瞻周道又曰在城闕兮左氏傳穆叔謂晉侯曰引領西望曰庶幾乎楚辭曰永懷兮内傷 大善作太谷何寥廓山樹鬱蒼蒼 霖雨泥我塗流潦浩縱横 善曰薛綜東京賦注曰太谷在洛陽西南風俗通曰泰山松樹鬱鬱蒼蒼魏志曰黄初四年七月大雨伊洛溢流毛萇詩傳曰行潦流潦也 翰曰大谷所謂經行之大谷寥廓廣遠也霖雨泥我塗亦比事阻難如之也雨水曰潦浩縱横言其多也鬱鬱茂也 中逵絶無軌改轍登高岡 善曰毛詩曰肅肅兎罝施于中逵廣雅曰軌迹也 良曰逵道也既多泥阻而絶車跡改此轍跡登其高岡而行 脩坂五臣作阪造雲日我馬玄以黄 其二 善曰毛詩曰陟彼高岡我馬玄黄毛萇曰玄馬病則黄 向曰脩長造至也言至雲日者阪高也玄黄馬病也 玄黄猶能進我思鬱以紆 善曰楚辭曰顧假簧以舒憂兮志紆鬱其難釋王逸曰紆屈也鬱愁也 翰曰鬱紆愁思繁也 鬱紆將難進 五臣作何念 親愛在離居 善曰楚辭曰將以遺兮離居 銑曰親愛謂兄弟 本圖相與偕中更不克俱 善曰毛萇詩傳曰偕俱也 濟曰本圖相與同往而中間不能俱遂此志 鴟梟鳴衡枙豺狼當路衢 善曰鴟梟豺狼以喻小人也毛詩曰懿厥哲婦爲梟爲鴟漢書杜欽謂孫寶曰豺狼當路不宜復問狐狸公羊傳曰楚莊王伐鄭放乎路衢何休注曰路衢郭内衢也 銑曰鴟梟惡鳥鳴爲人妖者豺狼惡獸志害物者衡枙車軛也鳥獸喻小人讒佞志在相害若鳴於車上當於路衢也謂在道不許同其宿止之處 蒼蠅間白黑讒巧令親疏 善曰毛詩曰營營青蠅止於樊鄭玄曰蠅之爲蟲汙白使黑汙黑使白喻佞人變亂善惡也廣雅曰間毀也 翰曰謂文帝信讒遂踈兄弟如此 欲還絶無蹊攬轡止踟躕 其三 善曰楚辭曰攬騑轡而下節毛詩曰搔首踟躕 向曰言在朝讒人既多欲還無路且攬轡而止踟躕未進也 踟躕亦何善本作可留相思無終極 善曰漢書息夫躬絶命辭曰嗟若是欲何

留也秋風發微涼寒蟬鳴我側善曰蔡邕月令章句曰寒蟬應陰而鳴鳴則天涼故謂之寒蟬也原野何蕭條白日忽西匿善曰楚辭曰山蕭條而無獸又曰日杳杳而西頹良曰蕭條草木衰落皃匿藏也歸鳥赴喬林翩翩厲羽翼善曰毛詩曰翩翩者鵻厲疾皃銑曰喬高也翩翩飛皃厲整也孤獸走索羣銜草不遑食善曰尚書曰不遑暇食翰曰索求遑暇也感物傷我懷撫心長太息〔其四〕善曰廣雅曰感傷也古詩曰感物懷所思列子曰師襄乃撫心高蹈楚辭曰長太息以掩涕濟曰見此歸鳥孤獸皆求羣侶而我獨與兄弟離隔感此傷懷而為歎息太息將何為天命與我違善曰鄭玄周易注曰命所受天命也楚辭曰蠲天命而委之咸池也王逸曰咸池天神也古詩曰同袍與我違毛萇詩傳曰違離也謂不耦也奈何念同生一往形不歸善曰魏志曰武皇帝卞皇后生任城王彰東思王植左氏傳曰鄭罕駟豐同生杜預曰罕子皮駟子晳豐公孫段也三家本同母兄弟也

漢書武帝詔曰梁王親慈同生願以邑分弟向曰同生謂兄弟一往形不歸謂任城王死也孤魂翔故域善作城字靈柩寄京師善曰漢書貢禹上書曰骸骨棄捐孤魂不歸翰曰翔飛也故域謂任城郡存者忽復過亡沒身自衰人生處一世去若朝露晞善曰漢書李陵謂蘇武曰人生如朝露何久自苦如此薤露歌曰薤上零露何易晞毛萇詩傳曰晞乾也良曰存者忽忽且復過於目前亡沒則身衰沒也向曰言人在一世若日照朝露斯乾在須臾年在桑榆間影響不能追善曰日在桑榆以喻人之將老東觀漢記光武曰失之東隅收之桑榆仲長子昌言曰捷疾馳影響人間也銑曰言人年衰老若日在桑榆將沒如影響不可追也自顧非金石咄丁兀唶子夜令心悲〔其五〕善曰鄭玄毛詩箋曰顧念也古詩曰人生非金石豈能長壽考說文曰咄叱也聲類曰唶大呼也言人命叱呼之間或至夭喪也濟曰言身非金石之堅咄唶大驚歎聲心悲動我神棄置莫復陳丈夫志四海萬里猶比鄰恩愛苟不虧在遠分日親何必同衾幬疇善曰鄧析子曰遠而親者志相應也分偕志也毛詩曰抱衾與裯毛萇曰衾被也鄭玄曰裯床帳也幬與裯古字同翰曰丈夫志在四海雖別萬里如比鄰而君當自勉強之辭良曰苟且虧失也言恩愛情長不虧失雖居遠而分義日親何必共被同帳然後申殷勤然後展殷勤憂思成疾疢無乃兒女仁善曰毛詩曰心之憂矣疢如疾首史記曰呂公謂呂媼曰非兒女之所知又韓信謂漢祖曰項王所謂婦人之仁也向曰苦憂思成其疾疢乃兒女之仁心非丈夫之節也倉卒骨肉情能不懷苦辛〔其六〕善曰李陵書云前書倉卒骨肉謂兄弟也蘇子卿詩云骨肉緣枝葉古詩云轗軻長苦辛銑曰然而倉卒分離復有死者能不懷苦辛之心苦辛何慮思天命信可疑虛無求列仙松子久吾欺善曰班固楚辭序曰帝閽虙妃虛無之語論衡曰傳稱赤松王喬好道為仙度世不死是又虛也魏武帝善哉行曰痛哉世人見欺神仙向曰吉凶壽考不定使人疑之

翰曰託志虛無求列仙之道赤松子久來詭欺之說變故在須臾百年誰能持善曰漢書谷永曰三郡所奏皆有變故鄭玄周禮注曰故災也禮記君子曰禮樂不可斯須去身鄭玄曰斯須猶須臾也古詩曰生年不滿百呂氏春秋曰人之壽久不過百濟曰使臣讒邪變故當在須臾百年之生誰能復持離離別永無會執手將何時善曰蔡琰詩曰念別無會期毛詩曰執子之手與子偕老良曰吉凶難知執手敘情復將何時也王其愛玉體俱享黃髮期善曰七發曰太子玉體不安東觀漢記太子執報桓榮書曰君慎疾加餐重愛玉體杜預左氏傳注曰享受也尚書曰詢玆黃髮銑曰王謂白馬王也玉體謂身也美言之故曰玉黃髮期謂壽考也收淚即長路援筆從此辭〔其七〕善曰韓詩外傳曰孫叔敖治楚三年而楚國霸朝楚史援筆而書於策蘇武詩曰去去從此辭向曰即猶就也援猶引也

贈丁翼五言

善曰文士傳曰丁翼字敬禮儀之弟也為黃門侍郎翰曰翼少有才姿博

學植贈此詩以勖厲之爲大度之意

曹子建

嘉賓塡城闕，豐膳出中廚。善曰：鄭玄禮記注曰：塡，滿也。毛詩曰：我有嘉賓。又曰：在城闕兮。銑曰：豐，美。膳，食也。吾與二三子，曲宴此城隅。善曰：論語子曰：二三子以我爲隱乎？吾無隱乎爾。毛詩曰：俟我於城隅。良曰：隅即角也。秦箏發西氣，齊瑟揚東謳。善曰：楚辭曰：挾秦箏而彈徵。歌錄曰：美女篇齊瑟行。史記蘇秦說齊王曰：臨菑甚富，其民莫不吹竽鼓瑟。說文曰：謳，齊歌也。濟曰：秦女善秦箏，秦在西，故云西氣。齊女善鼓瑟，齊在東，故云東謳。肴來不虛歸，觴至反無餘。向曰：有膳觴酒也。言不虛歸，反無餘者，必盡之也。我豈狎異人，朋友與我俱。善曰：毛詩曰：豈伊異人，兄弟匪他。爾雅曰：狎，習也。毛詩序曰：伐木，燕朋友故舊也。翰曰：言豈獨親狎貴游之異人，而朋友亦與我俱樂矣。大國多良材，譬海出明珠。善曰：禮斗威儀曰：其君秉金而玉，則江海出大貝明珠。銑曰：言多良材，如海中之出明珠，甚多矣。君子義休偫，五臣作待。小人德無儲。善曰：言君子之義美而且具，小人之德寡而無儲也。詩文曰：偫，待也。一曰：具也。儲謂蓄積之以待無也。良曰：言君子有義而美，則待用於時。小人纔有小德，不能儲蓄，發於辭色以自爲大也。積善有餘慶，榮枯立可須。善曰：周易曰：積善之家必有餘慶。孔安國尚書傳曰：須，待也。濟曰：而能守之，榮則立可待也；不能守之，枯亦立可見也。滔蕩固大節，時俗多所拘。善曰：淮南子曰：使神滔蕩而不失其充。又曰：曲士不可與語至道，拘於俗而束於教。翰曰：滔蕩，大兒。固，堅也。而時俗之人多所拘束小節。君子通大道，無願爲世儒。善曰：論衡曰：說經者爲世儒。向曰：言君子當通達大道，無爲時儒之教，以自局促其志。

贈秀才入軍五首　四言　善曰：集云：兄秀才公穆入軍贈詩。劉義慶集林曰：嵇熹字公穆，舉秀才。

嵇叔夜　銑曰：康之從弟秀才入軍，贈以此詩，不知其名。

良馬既閑，麗服有暉。善曰：毛詩曰：良馬四之。又曰：君子之馬既閑且馳。鄭玄曰：閑，習也。廣雅曰：麗，好也。楊雄反騷曰：素初貯厥麗服兮。翰曰：麗服，軍戎之服，有光暉也。左攬繁弱，右接忘歸。善曰：新序曰：楚王載繁弱之弓、忘歸之矢，以射兕於夢。翰曰：繁弱，弓名。忘歸，矢名。風馳電五臣作雷逝，躡景五臣作影追飛。善曰：四子講德論曰：風馳雨集，雜襲並至。孫該琵琶賦曰：飄風電逝，蹈疾無方。七啓曰：忽躡景而輕騖。向曰：逝，往也。言士卒如風雷之速。躡影謂捕影也。追飛謂逐飛鳥也。此皆言疾也。凌厲中原，顧盼生姿。善曰：劉歆遂初賦曰：登句注以凌厲。廣雅曰：凌，馳也。厲，上也。風俗通曰：顧色厚所顧盼，若以視盼也。良曰：凌，上。厲，越也。攜我好仇，載我輕車。善曰：毛詩曰：君子好仇。濟曰：仇，匹。載，乘也。好匹則秀才也。南凌長阜，北厲清渠。善曰：廣雅曰：凌，乘也。王逸楚辭注曰：厲，度也。銑曰：阜，山。厲，越也。仰落驚鴻，俯引淵魚。銑曰：謂行軍田獵也。盤于游田，其樂只且。子余切。善曰：西京賦曰：盤于游畋，其樂只且。良曰：盤猶樂樂也。只且，助辭也。

輕車迅邁，息彼長林。良曰：迅，疾。邁，行也。春木載榮，布葉垂陰。良曰：載，則也。習習谷風，吹我素琴。善曰：毛詩曰：習習谷風。秦嘉婦徐氏書曰：芳香既珍，素琴又好。濟曰：谷風，春風。習習，風和兒。咬咬黃鳥，顧疇弄音。善曰：毛詩曰：交交黃鳥。古歌曰：黃鳥鳴相追，咬咬弄好音。向曰：咬咬，鳥聲。疇，匹也。亦如我之思人也。感悟馳情，思我所欽。善曰：古詩曰：馳情整中帶。濟曰：欽，敬也。思我所敬，謂秀才也。心之憂矣，永嘯長吟。善曰：毛詩曰：心之憂矣，我歌且謠。杜篤連珠曰：能離光明之顯，長吟永嘯。浩浩洪流，帶我邦畿。善曰：毛萇詩傳曰：畿，疆也。翰曰：浩浩，水流兒。洪，大也。近國之地曰畿。萋萋綠林，奮榮揚暉。魚龍瀺士咸灂助角，山鳥

羣飛善曰樂動聲儀曰風雨動魚龍仁義動君子上林賦曰瀺灂霣墜劉向七言曰山鳥羣鳴我心懷 向曰萋萋盛皃奮起也瀺灂魚龍游水聲 **駕言出遊**五臣作游之 **日夕忘歸**善曰毛詩曰駕言出遊楚辭曰日將暮兮悵忘歸 **思我良朋如渴如飢**五臣作饑善曰毛詩曰每有良朋曹植責躬詩曰遲奉聖顏如渴如飢 銑曰良朋謂秀才也 **願言不獲愴矣其悲**善曰張衡詩曰願言不獲終然永思曹植責躬詩曰心之云莫愴矣其悲 向曰獲得也願言見秀才不得故愴然而悲之

息徒蘭圃秣馬華山善曰蘭圃蕙圃也毛詩曰之子于歸言秣其馬毛萇詩傳曰秣養也華山山有光華也 銑曰息師徒於蘭圃圃園秣飼也華山山名 **流磻**波 **平皐垂綸長川**善曰說文曰磻以石著繳也鄭玄毛詩箋曰釣者以絲爲之綸 翰曰流磻箭鏃也綸釣絲也流箭平皐之澤垂釣於長川謂軍息而漁獵也 **目送歸鴻手揮五絃**善曰漢書曰周亞夫趍出上以目送之歸田賦曰彈五絃於妙指 翰曰五絃琴也 **俯仰自得游心太**善本作泰字**玄**善曰楚辭曰漠虛靜以恬愉兮澹無爲而自得泰玄謂道也淮南子曰自得者全其身者也全其身則與道爲一矣 良曰太玄大道也

嘉彼釣叟得魚忘筌善曰莊子曰莊子釣於濮水之上又曰筌者所以得魚也得魚而忘筌蹄者所以得兎也得兎而忘蹄言者所以在意也得意而忘言吾焉得夫忘言之人而與之言哉 濟曰叟老也得魚忘筌謂其得道也言與秀才亦相與得意忘言筌引魚者 **郢人逝矣誰與盡言**善曰莊子曰莊子送葬過惠子之墓顧謂從者曰郢人堊墁其鼻端若蠅翼使匠石斲之匠石運斤成風聽而斲之盡堊而鼻不傷郢人立不失容宋元君聞之召匠石曰嘗試爲寡人爲之匠石曰臣則嘗能斲之雖然臣質死久矣自夫子之死也吾無以爲質矣吾無與言也 向曰今秀才與我得妙道相信如此今將往矣誰可與盡言也 **閑夜肅清朗月照軒**善曰舞賦曰夫何皦皦之閑夜明月列以施光徐幹齊都賦曰軒長廊之有牕也 **微風動袿**閨 **組帳高褰**善曰方言曰桂謂之裾音圭桂或爲褘禮曰幕人掌帷帟綬組所以繫帷也王逸楚詞注曰以幕組結束玉璜爲帷帳也 良曰袿衣裾也組所繫帳者褰舉也 **旨酒盈樽**五臣作罇 **莫與交歡**善曰毛詩曰旨酒欣欣漢書曰郭解入關賢豪爭交歡 翰曰旨美也莫與交歡謂秀才不在此也 **鳴琴在御誰與鼓彈**善曰毛詩曰琴瑟在御莫不靜好 濟曰御用也鼓亦彈也 **仰慕同趣其馨若蘭**善曰六韜曰同好相趣薛綜西京賦注曰趣猶意也易曰同心之言其臭如蘭 向曰仰慕秀才願於此趣則相美如蘭之馨 **佳人不在**五臣作存 **能不永歎**平聲 善曰楚辭曰聞佳人兮召予毛詩曰假寐永歎 銑曰佳人謂秀才

贈山濤 五言

司馬紹統善同銑注 銑曰臧榮緒晉書云司馬彪字紹統少篤學爲散騎侍郎初山濤爲吏部侍郎而紹統未仕故贈以此詩欲濤薦也

苕苕椅桐樹寄生於南岳善曰椅桐彪自喻也毛詩曰其桐其椅其實離離馬融琴賦曰惟椅梧之所生在衡山之峻波 向曰椅桐中爲琴瑟此彪自託 **上凌青雲霓下臨千仞谷**善曰蒼頡篇曰凌侵也呂氏春秋曰若決積水於千仞之谿包咸論語注曰七尺曰仞 良曰樹高極上入於雲中霓亦雲也 **處身孤且危於何託余足**善曰毛詩序曰孤危將亡漢書賈山上書曰不得邪徑而託足焉 濟曰孤危謂生幽遠無平居寄足之地 **昔也植朝陽傾枝俟鸑鷟**助角切 善曰毛詩曰鳳凰鳴矣于彼高岡梧桐生矣于彼朝陽鄭玄曰鳳凰之性非梧桐不栖非竹實不食也說文曰鸑鷟鳳屬神鳥也 銑曰也語助辭言昔久已來植育於朝陽之和氣而傾枝以待鳳皇謂鳳皇非梧桐不栖自言有德藏器傾心待時而入事君也鸑鷟鳳也鸞亦鳳類通言之也 **今者絕世用**善作人 **倥**口貢 **傯**子貢 **見迫束**善曰新語曰楩梓仆則爲世用楚辭曰悲余生之無歡兮愁倥傯於山陸王逸曰倥傯困苦也 翰曰今絕於代人所用常在孤危之地故倥傯迫束常不安也 **班**

匠不我顧牙曠不我録善曰班匠及牙曠皆諭執政也墨子曰公輸般爲雲梯鄭玄禮記注曰般伎巧者也莊子曰匠石之齊見櫟社樹匠伯不顧司馬彪曰匠石字伯鄭玄毛詩箋曰顧視也列子曰伯牙善鼓琴左氏傳曰師曠侍於晉侯杜預曰師曠晉樂太師向曰匠人不知我材且不相顧牙曠不知我音亦不收録言甚爲琴瑟雅器焉得成琴瑟何由揚妙曲善曰桓子新論曰黄門工鼓琴者有任眞卿虞長倩能傳其度數妙曲遺聲濟曰木不逢匠人牙曠必不成琴瑟不揚妙曲則比我有材不遇時用安得立功立事也冉冉三光馳五臣作遲逝者一何速善曰廣雅曰冉冉進也淮南子曰夫道含吐陰陽而章三光許愼曰三光日月星也論語曰子在川上曰逝者如斯夫良曰冉冉漸進皃言漸進而馳走時之往者一何速哉歎恐不及時也中夜不能寐撫劒起躑躅善曰毛詩曰耿耿不寐左氏傳曰子朱怒撫劒從之說文曰蹢躅住足也躑躅與蹢躅同翰曰劒謂常佩之者夜起撫之而行躑躅不進皃感彼孔聖歎哀此年命促善曰春秋說題辭曰天嘗有血書魯端門作法孔聖沒周室亡司馬遷悲士不遇賦曰天道悠悠昧人理促銑曰孔子歎逝川云不捨晝夜逝者如斯故感此哀年命短促志願從仕卞和潛幽冥誰能證奇璞善曰韓子曰卞和抱璞而哭於楚山之下向曰卞和知玉者若潛隱於幽冥雖有奇玉之璞誰證之也人雖有良才無媒難以進也冀願神龍來揚光以見燭善曰神龍諭濤也山海經曰赤水之山有神人面虵身其瞑乃晦其視乃明是燭九陰是謂燭龍翰曰假託神龍以諭山濤欲使薦而用之故云願神龍揚其光暉以相照燭鍾山有燭龍能照其萬物

荅何劭二首 五言

張茂先良曰何劭字敬祖贈華詩則此詩之下是也贈荅之體則贈詩當爲先今以荅爲先者蓋依前賢所編不復追改也

吏道何其迫窘然坐自拘善曰班彪與金昭卿書曰遠在東垂吏道迫促鵩鳥賦曰愚士繫俗窘若囚拘向曰吏道謂理人之道也迫逼迫也窘急也自謂拘吏無暇也纓緌儒誰爲徽纆文憲焉可踰善曰纓緌制人同於徽纆國之文憲豈可踰乎禮記曰冠緌纓鄭玄曰緌纓飾也周易曰繫用徽纆孔安國尚書傳曰憲法也翰曰納冠纓也緌所以繼纓冠者徽纆並糾繩憲法踰越也恬曠苦不足煩促每有餘善曰廣雅曰恬靜也蒼頡篇曰曠疏曠也銑曰恬曠閑暇也煩促急迫也良朋貽新詩示我以游娛善曰毛詩曰每有良朋徐幹贈五官中郎將詩曰貽爾新詩又思玄賦曰雖遊娛以媮樂良曰貽遺娛樂也穆如灑清風煥善作奐若春華敷善曰毛詩曰吉父作頌穆如清風淮南子曰猶條風之時灑荅賓戲曰摛藻如春華濟曰穆和敷布也言敬祖之所贈詩恬雅之氣如灑清風煥爛又若春華布色自昔同寮寀於今比園廬善曰臧榮緒晉書曰惠帝即位劭爲太子太師又曰武帝崩華爲太子少傅然考乎其時事正相接故曰同寮也左氏傳曰先蔑之使也荀林父止之曰同官爲寮吾嘗同寮敢不盡心乎爾雅曰寀僚官也南都賦注曰園廬舊宅也向曰同寮寀同官也比園廬謂並宅也衰疾善作夕近辱殆五臣作殆辱庶幾並懸輿善曰王逸楚辭注曰夕以喻衰言日夕將暮己已衰老也老子曰知足不辱知止不殆漢書曰薛廣德乞骸骨賜安車駟馬縣其安車傳子孫也翰曰衰暮之年近於危辱之事將欲庶幾以就懸車致仕之道也輿車也散髮重陰下抱杖臨清渠善曰鍾會遺榮賦曰散髮抽簪銑曰散髮言不爲冠所束也重陰木林之陰策杖相抱於清渠之上屬耳聽鸎鳴流目翫鯈直由魚善曰毛詩曰耳屬于垣鄭玄曰屬耳於壁聽之又儀禮注曰屬注也毛詩曰鸎其鳴矣思玄賦曰流目眺夫衡阿翫猶悅也莊子曰鯈魚出遊從容是魚樂也向曰屬傾也鯈小魚也從容養餘日取樂於桑榆善曰漢書疎廣曰此金者聖主所以惠養老臣也故樂與鄉黨共饗其賜以盡吾餘日不亦可乎東觀漢記光武曰失之東隅收之桑榆良曰餘日謂殘年也桑榆日晚亦比年老之稱

洪鈞陶萬類，大塊稟羣生。善曰：洪鈞，大鈞，謂天也。大塊，謂地也。言天地陶化萬類，而羣生稟受其形也。鵩鳥賦曰：大鈞播物。廣雅曰：陶，化也。河圖曰：地有九州，以苞萬類。莊子曰：大塊載我以形，勞我以生。孔安國尚書傳曰：稟，受也。漢書董仲舒對策曰：羣生和而萬物殖。翰曰：洪鈞，造化也。陶猶作也。萬類，萬物也。大塊，自然也。言萬物皆造化所作，羣生稟自然而成。明闇信異姿，靜躁亦殊形。善曰：劉歆遂初賦曰：非積習之生常，固明闇之所別。老子曰：重爲輕根，靜爲躁君。王弼曰：凡物輕不能載重，小不能鎮大，不行者使行，不動者制動，是以重必爲輕根，靜必爲躁君。濟曰：人性明闇有異，緩速各殊。靜，緩；躁，速也。自予及有識，志不在功名。善曰：李陵與蘇武書曰：陵自有識以來，士之立操，未有如子卿者也。呂氏春秋曰：功名大立，天也。濟曰：有識，自三十成立之後。本謂志不在此，遂功名也。虛恬竊所好，文學少所經。善曰：楚辭曰：漠虛靜以恬愉。良曰：虛恬，謂閑暇也。忝荷既過任，白日已西傾。善曰：白日西傾，以喻年老也。洛神賦曰：日既西傾。翰曰：忝，辱。君祿媿荷天子，以才輕位重，是以過任。又年將衰暮矣，故云白日已西傾。道長苦智短，責重困才輕。善曰：論語曾子曰：士不可以不弘毅，任重而道遠。仁以爲已任，不亦重乎？死而後已，不亦遠乎？呂氏春秋曰：智短則不知化，不知化者，每舉必危。范曄後漢書劉寬曰：任重責大，憂心如醉。曹植上表曰：爵重才輕。向曰：道長，謂道遠也。言國家以我爲任重道遠，苦智慮俊短，不當其人，心雖求成重事，困於才輕，常不就也。責，求也。周任有遺規，其言明且清。善曰：論語孔子云：周任有言曰：陳力就列，不能者止。馬融曰：周任，古之良史。子忠子詩云：昔吾有先正，其言明且清，國家以寧，都邑以成。銑曰：周任，古之賢人也。規，戒也。言其云陳力就列，謂此言明且清也。負乘爲我戒，夕惕坐自驚。善曰：周易曰：負且乘，致寇至。負也者，小人之事也；乘也者，君子之器也。小人而乘君子之器，盜思奪之矣。又曰：夕惕若厲。孔安國尚書傳曰：惕，懼也。翰曰：負，負擔也，小人之事；乘，乘車也，君子之事。使小人爲君子之事，難以安之，故華自謙比小人居重位，爲我戒也。是用感嘉貺，寫心出中誠。發篇雖溫麗，無乃違其情。善曰：感猶荷也。魏文帝書曰：嘉貺益腆。西都賓曰：啓發篇章。漢書曰：司馬相如作賦，甚弘麗溫雅。廣雅曰：違，背也。向曰：貺，賜；誠，志也。言華感何劭善賜其詩，今使華傾寫心事，出於中志，作此荅篇。然何劭所贈，是啓發英先，則雖章句溫麗，而今俱在朝廷，尚未即隱遁，是違其情也。

贈張華　五言

何敬祖

良曰：臧榮緒晉書云：何劭，字敬祖，姿望甚長者，博學多聞，善篇章，爲太子師，與華相善也。

四時更代謝，懸象迭卷舒。善曰：孫卿子曰：日月遞照，四時代御。淮南子曰：二者代謝舛馳。周易曰：懸象著明，莫大乎日月。淮南子曰：陰陽贏縮卷舒，淪於不測。向曰：謝，去也。懸象，日月也。迭，遞也。卷舒，猶往來也。暮春忽復來，和風與節俱。善曰：論語曰：暮春者，春服既成。毛詩曰：習習谷風。毛萇詩曰：習習，和舒之皃。揚泉物理論曰：春氣驕，其風溫和。銑曰：與節俱至也。俯臨清泉涌，仰觀嘉木敷。善曰：西都賓曰：嘉木樹庭。濟曰：敷，布也。春冰初泮，故泉涌正可臨翫，嘉木布其華也。周旋我陋圃，西瞻廣武廬。善曰：臧榮緒晉書曰：吳滅，封張華廣武侯。左氏傳太史克曰：奉以周旋。翰曰：周旋，謂周流也。陋圃，謂敬祖之園。華居在西，故云西瞻也。華封爵廣武侯，故曰廣武廬也。既貴不忘儉，處有能存無。善曰：毛萇詩傳曰：有謂富，無謂貧。良曰：華好儉，雖有貴位，不慠於人，是存無也。鎮俗在簡約，樹塞焉足摹。善曰：周易曰：簡則易從。廣雅曰：約，儉也。論語曰：或問管仲知禮乎？孔子曰：邦君樹塞門，管氏亦樹塞門。向曰：理俗在簡約節儉之道，焉摹學管氏樹塞門也。鎮，理也。在昔同班司，今者並園墟。善曰：張茂先荅何劭詩曰：自昔同寮寀，于今比園廬。臧榮緒晉書曰：惠帝即位，劭爲太子太師。又曰：武帝崩，華爲太子少傅。然考乎其時事，正相接，故曰同寮也。銑曰：昔魯連官，今復並居也。墟，庭落之通言。私願偕黃髮，逍遙綜琴書。善曰：尚書曰：詢茲黃髮。王肅周易注曰：綜，理事也。劉歆遂初賦曰：玩琴書以條暢翰曰偕俱也黃髮老壽也逍遥得性也綜猶理也舉爵茂陰下攜手共躊躇善曰韓詩曰搔首躊躇薛君曰躊躇躑躅也濟曰爵酒盃舉於林木茂陰之下躊躇緩步也奚用遺形骸忘筌在得魚善曰莊子曰申徒兀者謂子産曰吾與夫子遊十有九年矣而未嘗知吾兀者也今子與我遊於形骸之內而子索我於形骸之外不亦過乎莊子曰筌者所以得魚也得魚而忘筌 向曰何用遺忘形骸但自相得意如得魚忘筌也

贈馮文羆遷斥昌夜丘令四言 善曰晉百官名曰外兵郎馮文羆集云文羆爲太子洗馬遷斥丘令贈以此詩闞駰十三州記曰斥丘縣在魏郡東八十里

陸士衡

於安乎皇聖世五臣作代時文惟晉善曰毛詩曰於皇時周周禮栗氏量銘曰時文思索鄭玄曰言是文德之君思索可以爲人立法也 銑曰於美也言美皇聖代時有文德以和天下者惟是晉道也受命自天奄有黎獻善曰謂武帝也毛詩曰有命自天生我文王又曰奄有四方毛萇曰奄大也尚書曰萬邦黎獻共惟帝臣孔安國曰黎衆也獻賢也 良同善注閶闔既闢承華再建善曰謂惠帝也晉宮閣名曰洛陽城閶闔門陸機洛陽記曰太子宮在太宮東薄室門外中有承華門再建謂立愍懷太子國儲以對閶闔故謂之再也 濟曰閶闔天門也闢開也言晉受命自天故天門開也承華太子門名言太子經廢復立故云再建建立也明明在上有集惟彦其一善曰毛詩曰明明在下赫赫在上 向曰明明美稱在上謂天子能集用俊彦在於左右惟辭也奕奕馮生哲問五臣作門允迪善曰方言曰自關而西凡美容謂之奕奕尚書曰允迪厥德謨明弼諧孔安國曰迪蹈也言信蹈行古人之德 翰曰奕奕美盛皃馮生則文羆也哲智允信迪道也言智信之道而爲太子洗馬天保定子靡德不鑠善曰毛詩曰天保定爾亦孔之固劇秦美新曰鑠德懿和之風爾雅曰鑠美也 良曰保安靡無鑠盛也言天之安定子之道無德不盛子則馮生也邁心玄曠矯志崇邈

選廿四　十七

善曰爾雅曰邁行也王逸楚辭注曰矯舉也爾雅曰崇高也 銑曰玄美曠大邈遠也言所行心事美大舉志高遠遵彼承華其容灼灼其二善曰毛詩曰桃之夭夭灼灼其華 濟曰遵奉也承華太子所居門言文羆奉太子之容光也灼灼光貌嗟我人斯戢翼江潭善曰毛詩曰嗟我懷人又曰彼何人斯又曰鴛鴦在梁戢其左翼楚辭曰遊於江潭 向曰斯謂馮也戢斂也如鳥之斂翼於江潭文羆吳人故云此也有命集止翩五臣作翻飛自南善曰周易曰大君有命毛詩曰有命既集又曰翩飛惟鳥又曰凱風自南 翰曰天子有命集止於帝京翩飛往南而來出自幽谷及爾同林善曰謂俱爲洗馬也臧榮緒晉書曰楊駿誅徵機爲太子洗馬毛詩曰出自幽谷遷于喬木 良曰如鳥出於幽谷之中相與同林謂士衡亦爲洗馬雙情交映遺物識心其三善曰映猶照也 銑曰交映謂相明也遺物識心謂得意忘言人亦有言交道實難有頍丘弭者弁千載一彈善曰毛詩曰人亦有言靡哲不愚漢書曰蕭育與朱博後有隙故世以交爲難也毛詩曰有頍者弁實惟伊何毛萇曰頍弁皃也弁皮弁也漢書曰蕭朱結綬王貢彈冠杜預左氏傳注曰弁亦冠也故通言之 濟曰頍冠也弁亦冠也千載一聖人出聖人既出是以彈冠求仕則王陽在位貢禹彈冠言相與交情如此今我與子曠世齊歡善曰言我及子雖與王貢曠世而實齊其歡也班固議曰以漢興以來曠世歷年廣雅曰曠遠也 翰同善注利斷金石氣惠秋蘭其四善曰周易曰二人同心其利斷金同心之言其臭如蘭 翰曰金石至堅也言交情之堅利又能割斷金石堅甚也惠美也言相美之氣如秋蘭之香羣黎未綏帝用勤止善曰毛詩曰羣黎百姓長楊賦曰羣黎爲之不康詩曰文王既勤止 向曰綏安勤勞止辭也我求明德肆于百里善曰毛詩曰我求懿德肆于時夏鄭玄曰肆陳也陳其功列也漢書曰縣大率百里其人稠則盛稀則曠也 銑曰我謂帝也肆置也帝求明德之人置於百里之職謂縣令也僉曰爾諧俾民是紀善曰尚書僉曰垂哉帝曰汝諧毛詩曰四方是維俾民不迷鄭玄毛詩箋曰以綱罟喻爲政理之爲紀也 濟曰僉皆諧

選廿四　十八

和也爾謂馮君俾使也言羣臣皆云罷可誥和其政理使斥丘之人是謂紀綱也乃眷北徂，對揚帝祉。其五 善曰毛詩曰乃眷西顧又曰對揚王休又曰既受帝祉施于孫子　向曰徂往也乃眷北往謂斥丘在此對荅闡揚天子之美祉美也

疇昔之游，好合纏緜。善曰左氏傳羊斟曰疇昔之羊子爲政毛詩曰妻子好合張升與任彥堅書曰纏綿恩好庶蹈高蹤　良曰纏綿密皃

借曰五臣作曰未給，五臣作佮 亦既三年。善曰詩曰借曰未知亦既抱子　翰曰借曰假日也治猶足也言王事無暇常假日而游尚未爲足亦已三年也

居陪華幄，出從朱輪。善曰應璩與趙叔瞀書曰入侍華幄出典禁闈司馬彪續漢書曰皇太子安車朱班輪　銑曰居謂常在朝之時陪侍太子華幄坐帳朝君羣臣也太子出則乘朱輪車

方驂齊鑣，比迹同塵。其六 善曰鄭玄禮儀注曰方供也南都賦曰騄驥齊鑣范曄後漢書孔融薦謝該曰該實卓然比迹前列老子曰和其光同其塵　銑曰方竝驂馬也鑣馬銜言常相與竝轡齊鑣連迹而又同塵也

之子既命，四牡項領。善曰毛詩曰駕彼四牡四牡項領　良曰之子謂文罷也既命謂奉帝命出於斥丘四牡四馬駕車也項領駕木項上也

遵塗遠蹈，騰軌高騁。善曰四子講德論曰未若遵塗之疾也鄭玄考功記注曰軌謂轍也　翰曰騰疾行也軌跡騁馳也

慶雲扶質，清風承景。善曰廣雅曰質軀也　良曰景影也言如慶雲清風望美之也又言疾也

嗟我懷人，其邁惟永。其七 善曰毛詩曰嗟我懷人毛萇曰懷思也　良曰邁行永長也

否泰有善作苟殊，窮達有違。善曰否泰周易二卦名也列子西門子謂北宮子曰汝造事而窮予造事而達此厚薄之驗與賈逵國語注曰違異也　良曰時陸公免官居家故云殊違也

及子春華，後爾秋暉。善曰言否泰殊流窮達異轍今雖及爾春華之美終當後爾秋暉之盛也春華喻少年秋暉喻老成也蘇武詩曰努力愛春華　翰曰與子少壯時同官故云春華今已俱老亦有光暉

逝將去我，陟彼朔陲。善作垂 善曰毛詩曰逝將去汝又曰陟彼高岡朔垂斥丘也爾雅曰朔北方也說文曰垂遠邊也　濟曰逝往陟升朔北陲邊也言馮公既往將離去升彼北邊謂斥丘也

非善作悲子之念，心孰爲悲。其八 向曰非子交親使我思念則我心誰能使悲

荅賈長淵 五臣作謐四言并序 善曰王隱晉書曰賈謐字長淵

陸士衡

余昔爲太子洗馬，善曰漢書曰太子屬官有先馬如淳曰前馳也先作洗也 魯公善無此二字賈長淵以散騎常侍侍善無一侍字東宮積年，善曰高誘呂氏春秋注曰東宮太子所居詩曰東宮之妹　向曰賈謐任散騎常侍侍太子謐食封於魯 余出補吳王郎中令。善曰臧榮緒晉書曰吳王晏字平度武帝第二十三子封吳又曰吳王出鎮淮南以機爲郎中令也　銑曰吳王武帝子封於吳郎中令王府官名 元康六年，入爲尚書郎，善曰臧榮緒晉書曰機爲尚書中兵郎 魯公贈詩一篇，作此詩荅之云爾。五臣無云爾字

伊昔有皇，肇濟黎蒸。善曰爾雅曰伊惟也郭璞曰發語辭也毛詩曰有皇上帝毛萇曰皇君也封禪書曰覺悟黎蒸曰肇始也有皇謂三皇黎蒸衆庶也　翰

先天創物，景命是膺。善曰周易曰先天而天弗違周禮曰智者創物毛詩曰君子萬年景命有僕毛萇曰僕附也毛詩曰戎狄是膺毛萇曰膺當也　翰曰先猶尊也創始景大也言尊奉天時始化萬物大命是當乃爲人主也

降及羣后，迭毀迭興。善曰史記太史公曰遞興遞廢能者用事小雅曰遞迭更也　翰曰降下羣衆后君迭遞毀亡也三皇之下衆君迭有興亡

邈矣終古，崇替有徵。其一 善曰楚辭曰春蘭兮秋菊長無絕兮終古國語藍尹亹謂子西曰吾聞君子唯獨居思念前世之崇替於是乎有歎韋昭曰崇終也替廢也左氏傳曰君子之言信而有徵　翰曰邈遠也崇智亦猶興亡也

在漢之季，皇綱幅裂。善曰韋昭曰國語注曰季末也皇綱以綱爲喻也荅賓戲曰廓帝紘恢皇綱毛萇詩傳曰張之曰綱魏志崔琰曰今天下分崩九州幅裂　濟曰皇家綱紀如帛幅分裂謂其羣雄分其土地

火善作大辰匿暉，金

虎曜習善作質善曰漢書曰東方蒼龍房心心爲明堂大星天王爾雅曰大辰房心尾也石氏星經
曰昴者西方白虎之宿也太白者金之精太白入大昴金虎相薄主有兵亂也濟曰居藏也火辰心星也明則天下和
平闇則天下喪亂故火辰藏暉金虎曜質謂漢亂也雄臣馳鶩義夫赴節善曰解嘲
曰世亂則聖哲馳騖而不足也翰曰英雄之臣馳走天下義勇之夫赴其忠節將救王室也釋位揮戈
言謀王室其二善曰左氏傳王子朝告于諸侯曰居王于貳諸侯釋位以間王政說文曰揮奮也左氏
傳曰會于洮謀王室也銑曰天子有難則諸侯釋去其守位動用干戈以謀匡救王室也揮動也王室之
亂靡邦不泯平聲善曰毛詩曰亂生不夷靡國不泯毛萇曰泯滅也向曰靡無泯平也如
彼墜景曾不可振平善曰丁德禮寡婦賦曰日亹亹以西墜說文曰振舉也向曰墜落
曾則也言漢室衰微如落日之景則不可振而起也乃眷三哲俾乂斯民善曰三哲劉備
孫權曹操也尚書帝曰下民其咨有能俾乂孔安國曰乂治也向曰皇天乃眷三哲使理天下之人俾使乂理也啓

土雖難改物承天其三善曰尚書曰肆邦啓土國語王謂晉侯曰叔父若能更姓改物以
創天下禮記明堂陰陽錄曰王者承天統物也良曰三哲開土宇安患難改漢物制承奉天命爰茲有魏
即宮天邑善曰禮記孔悝鼎銘曰即宮于宗周尚書曰周公曰肆予敢求爾于天邑向曰爰於即就宮
居也言於此有魏就居於天中之邑都也吳實龍飛劉亦岳立善曰東京賦曰乃龍
飛白水良曰吳孫權也龍飛九五位也劉劉備也岳立言如四岳諸侯之立也云吳實龍飛者士衡吳人故有尊吳之
意不忘本也干戈載揚俎豆載戢善曰毛詩曰載戢干戈毛萇曰戢聚也論語孔子
曰俎豆之事則嘗聞之矣良曰載則揚舉戢藏也俎豆禮器也言天下盛舉干戈不暇尚禮也民勞師
興國玩凱入其四善曰毛詩曰民亦勞止玩與翫同古字通周禮曰師有功則愷樂銑曰言所玩
習但爲凱樂之歌而入於國謂但尚戰勝也天厭霸德黃祚五百作祖告釁許覲
切善曰左氏傳鄭伯曰天而既厭周德矣于寶搜神記曰魏惟五德之運以土承漢春秋保乾圖曰漢以魏徵黃精接

期天下歸高賈逵國語注曰釁兆也言禍有兆銑曰霸謂魏也魏土德故曰黃祖言天厭魏主無德乃告其凶釁將有
華也獄訟違魏謳歌適晉善曰孟子萬章曰堯以天下與舜有諸孟子曰否不然天
與之堯崩三年之喪畢舜讓避丹朱於南河之南天下朝覲獄訟者不之堯之子而之舜謳歌者不謳歌堯之子而謳歌
舜舜曰天也夫而後歸中國踐天子之位焉翰曰言決獄定訟謳歌道德皆違去於魏而之於晉也適之也陳
留歸藩我皇登禪去聲善曰魏志曰陳留王諱奐字景明武帝孫燕王宇子也奉皇帝璽
綬策禪位于晉嗣王魏世譜曰封帝爲陳留王濟曰魏帝禪位於晉封魏帝爲陳留王故云歸藩庸岷稽
顙三江改獻其五善曰庸岷蜀境也庸國名也岷山名也禮記孔子曰拜而後稽顙三江吳境也尚
書曰三江既入銑曰稽顙改獻謂歸晉德爲臣赫矣隆晉奄宅率土善曰曹府君陳
寶誄曰赫矣陳君毛詩曰宅殷土芒芒又曰率土之濱向曰赫隆皆盛美皃奄大宅居也率土天下也對揚
天人有秩斯祜善曰書曰敢對揚天子之休命司馬相如封禪文曰天人之際已交毛詩曰嗟
嗟烈祖有秩斯祜爾雅曰祜福也向曰言對荅揚舉天人之事有其次於此福矣秩次斯此也惟公太
宰光翼二祖善曰臧榮緒晉書曰晉太祖爲大將軍以賈充爲司馬右長史及世祖受禪轉太宰左氏
傳康王論晉范會曰宜夫子之光輔五君翰曰太宰賈充也謐之父太祖爲大將軍以充爲右長史及武帝即位復爲
太宰云二祖光翼謂充爲輔弼也誕育洪胄纂戎于魯其六善曰臧榮緒晉書
曰謐父韓壽河南尹毋賈充少女也充平生不議立後充後妻郭槐以外孫韓謐爲黎民子襲封槐自表陳是充遺意
也帝許之以謐爲魯公毛詩曰誕彌厥月毛萇曰誕大也鄭玄曰大矣后稷之在其母終人道十月而生毛詩曰纘戎祖
考鄭玄曰戎汝也毛詩曰俾侯于魯良曰洪胄謂長子即謐也纂繼戎大也武帝封謐爲魯公故云繼大於魯也東
朝既建淑問峩峩善曰謂愍懷太子也毛詩曰淑問如皐陶良曰太子既立美問甚高也
東朝太子也建立淑美問聞也峩峩高皃我求明德濟同以和善曰毛詩曰我求懿德肆
于時夏左氏傳齊侯曰唯據與我和晏子曰據亦同也焉得爲和和如羹焉宰夫和之齊其不及以泄其過君子食之以

平其心君臣亦然杜預曰梁丘據也 向曰我謂太子也言太子求明德之人以濟王事同心而和穆也 魯公戾止袞服委平蛇徒何切 善曰毛詩曰魯侯戾止爾雅曰戾至也周禮曰三公自袞冕而下毛詩曰退食自公委蛇委蛇 銑曰言賈謚至止衣冠委蛇委蛇美皃袞服謂衣冠也 思媚皇儲高步承華其七 善曰王隱晉書曰謚以賈后之妹子數入宮與慇懷處毛詩曰思媚周姜又曰媚于天子漢書疏廣曰太子國儲副君陸機洛陽記曰太子宮在太宮東薄室門外中有承華門 翰曰媚愛也言謚思愛太子高步於承華門也皇儲太子也 昔我逮茲時惟下僚 善曰下僚謂洗馬也 翰曰逮及也機爲太子洗馬故云下僚 及子棲遲同林異條 善曰俱在東宮故曰同林而貴賤殊隔故曰異條毛詩曰或棲遲偃仰 銑曰棲遲游息也同林謂同事太子異條謂謚先貴也 年殊志比服紆五臣作殊義稠直留切 善曰服章服也尊卑殊制故曰紆也說文曰稠多也 濟曰謚少機老故曰年殊相與爲友故曰志比爵秩各異故曰服殊志相善故曰義稠 游跨三春情固

二秋其八 良曰跨越也言同游經越三春情之堅固亦已二秋也 祗承皇命出納無違 善曰尚書曰祗承于帝論語曰樊遲問孝子曰無違也 向曰祗敬也 往踐藩朝來步紫微 善曰藩朝吳也紫微至尊所居謂爲尚書郎 向曰出爲吳王郎中令故云往踐藩朝入爲尚書故云來步紫微紫微天子宮也 升降祕閣我服載暉 善曰謝承後漢書曰謝承父嬰爲尚書侍郎每讀高祖及光武之後將相名臣策文通訓條在南宮祕於省閣唯臺郎升複道取急因得開覽亭云入爲尚書郎作此詩然祕閣即尚書省也 翰曰祕閣尚書郎所司也載則也暉猶光也 孰云匪懼仰肅明威其九 善曰尚書曰我有周佑命將天明威 良曰誰云非懼者仰敬天子之明威也 分索則易攜手實難 善曰鄭玄禮記注曰索散也 銑曰分別則易集會則難 念昔良游茲焉永歎平 善曰劉楨黎陽山賦曰良游未厭白日潛暉毛詩曰茲之永歎 向曰此重述出郎中令在吳時相思也 公之云感貽此音翰平 善曰應劭漢書注曰云有也韋昭曰翰筆也 濟曰魯公感此分別之事遺我此詩音翰謂詩筆也 蔚彼高藻如玉如蘭善作之蘭其十 善曰蔚文皃周易曰君子豹變其文蔚也楚辭曰文彩耀於玉石王逸曰言發文舒詞爛然成章如玉石之有文彩也蘭力旦切協韻力冊切 翰曰蔚歎美也藻文也比盍言魯公高文如玉之美如蘭之芳 惟漢有木曾不踰境惟南有金萬邦作詠 善曰木謂橙也賈謚贈詩云在南稱柑度北則橙故合以此言木度北而變質故不可以踰境金百鍊而不銷故萬邦作詠賈戒之以木而陸自勗以金也穀梁傳曰婦人既嫁不踰境毛詩曰大賂南金 向曰江漢有木謂橘也言度北則爲枳故云不踰境此言物之有變質人之有變節也金剛而堅百鍊不銷故萬國作詠也蓋自勗如金之堅剛不可變易也謚贈詩戒士衡無爲變志故也故以金荅也 民之胥好狂狷絹五臣作狷狂厲聖 善曰爾雅曰胥相也謂相戒勗以所好尚也論語子曰不得中行而與之必也狂狷乎狂者進取狷者有所不爲尚書曰惟聖罔念作狂惟狂克念作聖說文曰厲石也言人之自勗若金之受厲 銑曰狷狂之心厲以作聖喻不善人也言謚之相好贈我以言相戒使

我狷狂之心厲以作聖人之道也 儀形在昔予聞子命其十一 善曰毛詩曰儀形文王萬邦作孚左氏傳晉克曰臣聞命矣 翰曰儀形在昔謂以古之道相戒喻我聞子之命

於承明作與士龍

五言 善曰集云與士龍於承明亭作 良曰承明亭名機從吳入洛與弟士龍別於長林亭作詩與士龍述相思之意

陸士衡

牽世嬰時網駕言遠徂征 善曰鄒陽上書曰豈拘於俗牽於世曹子建責躬詩曰舉挂時網毛詩曰駕言徂東 濟曰嬰纏也駕言謂駕車馬出游也徂往征行也 飲餞豈異五臣作他字族親戚弟與兄 善曰毛詩曰飲餞于禰又曰豈伊異人兄弟匪他 婉孌力轉居人思紆鬱游子情 善曰方言曰惋歡也惋與婉同古字通說文曰孌慕也班固漢書述京紀曰婉孌董公惟亮天工曹子建贈白馬王彪詩曰玄黃猶能進我思鬱以紆楚辭曰願假簧以舒憂志紆

鬱其難釋王逸曰紆屈也鬱鬱愁也　翰曰鬱紆愁思繁也　良曰婉孌深思皃居人謂士龍也紆鬱失志皃　明

發遺安寐寤言涕交纓善曰毛詩曰明發不寐又曰獨寐寤言淮南子曰雍門子以哭見孟嘗君涕流霑纓　銑曰明發初曉時也言將行遺忘其安寐乃覺寤而起淚下而交於纓也纓衣領也　分

塗長林側揮袂萬始亭翰曰長林萬始並亭名　佇眄要遐

景傾耳玩餘聲善曰家語孔子曰傾耳而聽之不可得而聞杜預左氏傳注曰翫貪也　良曰佇立眄看遐遠景影也言揮袂與士龍爲別佇立看其遠影玩想其餘語之聲　南歸憩永安北

邁頓承明善曰毛萇詩傳曰憩息也頓止舍也　銑曰南歸謂弟也北邁自屬也永安承明皆亭也　永

安有昨軌承明子弃予上協韻　善曰毛詩曰棄予如遺也　翰曰言永安亭有兄弟二人昨日之跡至承明則士衡獨止不見其弟故云弃予也軌跡也　俯仰悲林善作外字　薄

慷慨含辛楚善曰范曄後漢書劉瑜上書曰竊爲辛楚泣血漣如楚猶痛也　向曰俯仰於林薄之間但有悲悽慷慨爲數含辛酸痛楚也

懷往歡絕端悼來憂成緒善曰言和悅往歡已絕端哀悼暫來憂便成緒毛萇詩傳曰懷和也楚辭曰欲寂寞而絕端方言曰悼哀也　濟曰言懷思往時之歡絕其端也哀來則憂心成其亂緒也

感別慘舒翮思歸樂遵渚善曰舒翮謂鵠遵渚謂鴻言感別之情慘於舒翮之飛鵠思歸之志樂於遵渚之征鴻也蘇武詩曰黃鵠一遠別酈炎詩曰舒吾凌霄羽毛詩曰鴻飛遵渚　銑曰言我感別鄉邑慘然不能進行汝將歸樂猶其洲渚也慘舒翮謂如鳥分飛慘然不進飛亦如我不能進行

贈尚書郎顧彥先二首

五言　善曰王隱晉書曰顧榮字彥先吳人也爲尚書郎　翰曰顧彥先同爲尚書郎遇雨不相見故贈此詩

陸士衡

大火貞朱光積陽熙自南善曰爾雅曰大火謂之大辰郭璞曰大火心也在中最明故時候主之也孔安國尚書傳曰貞正也朱光朱明也爾雅曰夏爲朱明尚書曰日永星火以正仲夏淮南子曰積陽之熱氣生火火氣之精者爲日爾雅曰熙興也續漢書曰日行南陸謂之夏也　向曰大火南方星也朱光日也此仲夏之月積陽爲日氣也熙熾也自南者則南方爲夏　望舒離金虎屏翳吐重陰善曰言月離畢天將雨也楚辭曰前望舒使先驅王逸曰望舒月御也漢書曰西方金也尚書考靈耀曰西方秋虎漢書曰參白虎三星又曰觜觿爲虎首孔安國尚書傳曰昴白虎中星然西方七星畢昴之屬俱白虎也毛詩曰月離于畢俾滂沱矣楚辭曰屏翳起雨王逸曰屏屏翳雨師名也曹子建贈王粲詩曰重陰潤萬物　良曰畢星西方宿故云金虎也謂月著于畢畢星好雨故雨師吐重陰而爲滯雨者也屏翳雨師也　淒風迕時序苦雨遂成霖善曰左氏傳申豐曰春無淒風秋無苦雨杜預曰苦雨爲人所患苦也小雅曰迕犯也莊子曰陰陽四時運行各得其序　銑曰淒寒迕逆也爲人所患苦故云苦也三日雨爲霖也　朝游忘輕羽夕息憶重衾善曰輕羽謂扇也傅毅有羽扇賦毛詩曰抱衾與裯　濟曰輕羽扇也衾被也言寒風逆時人寒故也　感物百憂生纏緜自相尋善曰張升與任彥堅書曰纏緜恩好綵蹈高蹤　翰曰感此風雨逆序遂生百憂也纏緜思亂皃　與子隔蕭牆蕭牆阻善作隔且深善曰論語子曰吾恐季孫之憂在蕭牆之內也　良曰蕭牆院落之牆　形影曠不接所託聲與音向曰託寄也聲音謂信命往來　音聲日夜闊何用慰吾心善曰毛詩曰仲山父永懷以慰其心　朝游游曾善作層城夕息旋直廬善曰張晏漢書注曰直宿曰廬也　濟曰曾重也直廬直宿之廬　迅雷中宵激驚電光夜舒善曰論語曰迅雷風烈必變楚辭曰凌驚雷軼駭電兮　翰曰宵夜激震也電光夜中布於目前也　玄雲拖徒何朱閣振風薄綺疏善曰說文曰拖曳也鄭玄禮記注曰振動也風以動物故謂之振孔安國尚書傳曰薄迫也李尤東觀銘曰房闥內布綺疏外陳是謂東觀　良曰綺疏窗也　豐注溢脩霤潢潦

浸階除善曰王逸楚辭注曰霤屋宇也說文曰潦雨水也又曰除殿階也　銑曰潦多也注雨水也脩高也潢潦雨水流於地者除庭也言雨水溢於高簷之霤潢潦又浸於階庭停陰結不解通衢化為渠向曰結不解言雲不開也衢道也沉五臣作沈字稼湮梁潁流民沂荆徐善曰廣雅曰湮沒也梁潁二地名也毛萇詩傳曰沂向也荆徐二州名也　翰曰稼謂田苗也梁潁二郡名言此郡田稼沈沒人之流散沂水上於荆徐二州眷言懷桑梓無乃將為魚善曰毛詩曰眷言顧之又曰惟桑與梓必恭敬止左氏傳曰天王使劉定公勞趙孟館於雒汭劉子曰美哉禹功明德遠矣微禹吾其魚乎　濟曰機本吳人其鄉國多水今此尚為沉渠則懼彼已湮沒矣故懷桑梓之人化為魚也

贈顧交阯公真

五言　善曰晉百官名云顧祕字公真為交州刺史　翰曰士衡思之故贈此詩

陸士衡

顧侯體明德清風肅已邁善曰周易曰君子體仁足以長人鄭玄曰體生也尚書曰先王既勤用明德胡廣書曰建爲德流清風　向曰肅嚴邁遠也發迹翼藩后改授撫南裔善曰藩后吳王也顧氏譜曰祕為吳王郎中令解翰曰驃騎發迹於祁連蔡邕陳球碑曰遠鎮南裔近撫侯服鄭玄周禮注曰撫安也　銑曰公真初爲吳王郎中令故云翼藩后南裔即交阯也伐鼓五嶺表揚旌萬里外善曰漢書曰秦北爲長城之役南有五嶺之戍裴淵廣州記五嶺云大庾始安臨賀桂陽揭陽漢書劉向上疏曰甘延壽懸旌萬里之外　良曰伐擊也五嶺交阯也旌旗也擊鼓揚旌言彼蠻夷之地有軍矣遠績不辭小立德不在大善曰左氏傳劉子謂趙孟曰子盍亦遠績功而大庇焉又穆叔曰太上有立德其次立功　濟曰績功也言遠有功績不辭小位立德成理亦不在大國小亦可為之高山安足凌巨海猶縈帶善曰古辯異博游曰衆星累累如連貝江河四海如衣帶　翰曰交州去帝京雖有高山安足凌於上言雖險如易越也大海如繞帶亦言度不難也惆悵瞻飛駕引領望歸旆善曰楚辭曰惆悵兮而私自憐左氏傳穆叔謂晉侯曰引領西望曰庶幾乎　銑曰言惆悵瞻公真之駕引領望其歸旆冀相見也此士衡思之甚矣旆亦旌屬

贈從兄車騎

五言　集云陸士光　善曰

陸士衡

孤獸思故藪離鳥悲舊林善曰周禮曰藪牧養蕃鳥獸鄭玄曰澤無水曰藪　向曰孤獸離鳥尚思故林藪而況人乎此士衡思歸之意翩翩游宦子辛苦誰為心善曰漢書薄昭與淮南王書曰游宦事人　銑曰翩翩旅遊之皃髣髴谷水陽婉孌崐山陰善曰楚辭曰時髣髴以遥見陸道瞻吳地記曰海鹽縣東北二百里有長谷昔陸遜陸凱居此谷東二十里有崐山父祖葬焉穀梁傳曰水北曰陽方言曰涴歡也涴與婉同古字通說文曰孌慕也班固漢書述哀紀曰婉

孌董公惟亮天工　濟曰髣髴似見不明之皃婉孌好皃谷水崐山並吳地山水思之髣髴若見其在於目前也婉孌存思皃水北曰陽山北曰陰營魄懷茲士精爽若飛沉五臣作沈字善曰老子曰載營魄抱一能無離乎鍾會曰載辭也經護為營形氣爲魄謂魂魄經護其形氣使之長存也論語子曰小人懷土左氏傳樂祁曰心之精爽是謂魂魄　銑曰營心府間也言心府魂魄懷於吳土而精爽若飛若沉不定也寤寐靡安豫願言思所欽善曰東京賦曰寤寐多福以安余毛詩曰願言思子嵇康贈秀才詩曰思我所欽　良曰無安豫之志欽敬也所敬謂兄也感彼歸塗艱使我怨慕深善曰孟子萬章問曰舜往于田日號泣於旻天何為其號泣也孟子曰怨慕也集本云歸塗順也　翰曰言感彼歸塗艱難謂人事阻難不遂所心使我怨深也安得忘歸草言樹背與襟善作矜　善曰韓詩曰焉得萱草言樹之背然矜猶前也　向曰忘歸草謂忘憂草言以其名忘憂欲樹於前後以忘憂也斯言豈虛作思鳥有悲音翰曰謂此言不虛也思侶之鳥且有悲聲況人豈無

之也

荅張士然　五言　善曰孫盛晉陽秋云張悛字士然少以文章與士衡友善　良曰機從駕出游士然贈詩故有此荅

陸士衡

絜身躋秘閣秘閣峻且玄　善曰四子講德論曰絜身脩思弔魏武曰機出補著作游乎秘閣然秘書省亦爲秘閣說文曰玄幽遠也謂秘閣之幽遠也　向曰躋升峻高玄深也　終朝理文案薄暮不遑眠　善作瞑　善曰毛詩曰不遑假寐瞑古眠字　銑曰遑暇也　駕言巡明祀致敬在祈年　善曰毛詩曰駕言出游又曰敬祭明祀禮記曰拜至所以致敬也毛詩曰祈年孔夙鄭玄曰我祈豐年甚早也　翰曰此機從駕出巡祭祀致敬鬼神祈年豐也　逍遙春王圃躑躅千畝田　善曰晉宮閣銘曰洛陽宮有春王圃躑躅與蹢躅同禮記曰天子爲藉田千畝　濟曰時晉有春王圃天子游焉逍遙閑樂皃躑躅漸進行皃時天子籍田躬推千畝　迴渠繞曲陌通波扶直阡　善曰風俗通曰南北曰阡東西曰陌　銑曰迴渠曲渠也扶者言水在阡上若從下扶持而上也　嘉穀垂重穎芳樹發華顛　善曰尚書曰農殖嘉穀廣雅曰顛末也　銑曰垂穎穀穗顛樹杪也　余固水鄉士揔轡臨清淵　五臣作泉字　善曰水鄉謂吳也漢書曰武功中水鄉人三舍墊爲池家語孔子曰善御者正身以揔轡　向曰水鄉吳地也臨其清泉意慕也　戚戚多遠念行遂成篇　善曰楚辭曰居戚戚而不解　良曰戚戚憂也

爲顧彥先贈婦二首　五言　善曰集云爲令彥先作今云顧彥先誤也且此上篇贈婦下篇荅而俱云贈疑又誤也

陸士衡

辭家遠行游悠悠三千里　善曰鸚鵡賦曰女辭家而適人蔡琰詩曰悠悠三千里何時復來會　翰曰悠悠遠皃　京洛多風塵素衣化爲緇　上聲　善曰毛萇詩傳曰緇黑色　濟曰言塵染衣黑也　脩身悼憂苦感念同懷子　善曰孟子曰古之人不得志脩身見於世列子曰卑辱則憂若　向曰悼傷也同懷謂同懷抱之子即其婦也　隆思亂心曲沉歡滯不起　善曰薛君韓詩章句曰時風又且暴使己思益隆毛詩曰亂我心曲　良曰隆繁也心曲謂中心也歡情沉滯而不起　歡沉難克興心亂誰爲理願假歸鴻翼翩飛游　善作浙　江汜　善曰魏文帝喜霽賦曰思寄身於鴻鸞舉六翮而輕飛毛詩曰江有汜　銑曰克猶可也興起也　翰曰假借也汜水名言歡沉難起心亂難理是願借歸鴻之翼共飛游江水之涯以見所思也　東南有思婦長歎充幽閨　善曰曹子建七哀詩曰上有愁思婦悲歎有餘哀西京賦曰重閨幽闥　向曰此詩代荅前詩也東南謂吳也充滿也幽閨深閨也　借問歎何爲佳人眇天末　善曰西京賦曰眇天末以遠期　翰曰婦自借問以發詩情佳人則彥先也眇然極望若在天之末畔蓋思遠也　游宦久不歸山川脩且闊　善曰淮南王書曰游宦事人　良曰游宦子仕於中朝脩長也　形影參商乖音息曠不達　善曰左氏傳子產曰昔高辛氏有子伯曰閼伯季曰實沈居曠林不相能日尋干戈以相征討后帝不臧遷閼伯于商丘主辰商人是因故辰爲商星遷實沈于大夏主參唐人是因以服事夏商其季世曰唐叔故參爲晉星法言曰吾不睹參辰之相比也音息音問消息也廣雅曰曠久也　銑曰形影相隨之理夫婦之義今如參辰之相乖音書消息曠絕參商二星常出沒不相見商則辰也　離合非有常譬彼弦　五臣作絃　與筈　音括　善曰呂氏春秋曰夫萬物成則毀合則離離則復合合則復離劉熙釋名曰矢末曰筈括會也與弦會　濟曰人生離合不可常如弓弦與箭筈暫會暫絃乃釋遠去也　願保金石軀慰妾長飢渴　善曰漢書武涉說韓信曰足下

自以爲與漢王爲金石交李陵贈蘇武詩曰思得瓊樹枝以解長飢渴　翰曰金石謂堅固也軀身也言相思如饑渴思飲食也

贈馮文羆

五言　翰曰文羆爲斥丘令前已贈詩今此重贈也

陸士衡

昔與二三子游息承華南善曰論語子曰二三子以我爲隱乎吾無隱乎爾詩曰導彼承華其容灼灼　良曰承華太子所居乃士衡與文羆同爲洗馬拊翼同枝條翻飛各異尋善曰班固漢書曰撫翼俱起銑曰如鳥拊翼同栖於枝條也苟無凌風翮徘徊守故林善無此二句　向曰故林太子宮言尚爲洗馬慷慨誰爲感願言懷所欽善曰嵇叔夜贈秀才詩曰感悟馳情思我所欽陸士衡贈從兄車騎詩曰顧言思所欽　濟曰慷慨歎也欽敬也懷所欽則思文羆發軫清洛汭驅馬大河陰善曰尚書曰東至于洛汭孔安國曰水北曰汭穀梁傳曰水南曰陰　翰曰軫車也言發車洛陽也水南曰汭驅馬於黃河之南也大河黃河也陰謂河南斥丘所在也佇立望朔塗悠悠迴且深善曰馮在斥丘故云朔塗毛詩曰佇立以泣王粲贈士孫文始詩曰雖則固城邈其迴深　向曰朔北也悠悠遠皃迴闊也分索古所悲志士多苦心善曰古詩曰晨風懷苦心悲情臨川結苦言隨風吟善曰張平子書曰酸者不能不苦於言　良曰臨川結謂水聲相感志節之士多勤苦之言隨風則增氣愧無雜佩贈良訊代兼金善曰毛詩曰知子之來之雜佩以贈之孟子曰齊王餽兼金一百而不受趙岐曰兼金其價兼倍於惡金也　銑曰雜佩寶重之物詩人所以贈行也今愧無此物而以善戒之以代兼金兼金好金也訊猶戒也夫子茂遠猷款誠寄惠音善曰尚書曰遠爾猷秦嘉贈婦詩曰何用敘我心遺思致款誠好色賦曰款齊侯兮惠音聲　翰曰夫子謂文羆也茂美猷德也言夫子有美遠之德款誠之志寄惠我音信也

贈弟士龍

五言

陸士衡

行矣怨路長惄溺焉傷別促善曰論語曰君命召不俟駕行矣曹子建贈白馬王詩曰怨彼東路長詩曰我心憂傷惄焉如擣方言曰惄憂也自關而西秦晉之間或曰惄並奴的切曹子建送應氏詩曰別促會日長　向曰惄憂心也指途悲有餘臨觴歎不足我若西流水子爲東跱五臣作峙岳善曰言已逝如西流之不息雲上類東岳之不移也　翰曰言西入京如西流水行不止弟在家不游如東止之岳也峙止也慷慨逝言感徘徊居情育善曰逝機自謂也居謂雲也言慷慨不平逝者之言多感徘徊與戀居者之志彌生　濟曰慷慨歎息往者之言多感衡自謂也徘徊懷戀居人之志情生謂陸士龍育生也安得攜手俱契闊成騑非服善曰毛詩曰死生契闊與子成說文曰攜手同行毛萇曰契闊勤苦也說又曰騑驂傍馬也鄭玄毛詩箋曰兩服中央夾轅也　翰曰具同也騑服之馬常相隨也頗與兄弟雖契闊常同也

爲賈謐作贈陸機

四言

潘安仁向曰大意述晉平吳得陸生與之同官兼言離別勸戒之事

肇自初創二儀烟熅於云切　善曰周易曰易有太極是生兩儀王肅曰兩儀天地也易曰天地絪緼萬物化醇　銑曰肇始也初創猶草創也烟熅元氣也粵有生民伏羲始君結繩闡化八象成文善曰劇秦美新曰爰初生民周易曰上古結繩而治後世聖人易之以書契又曰古者包犧氏之王天下也始作八卦以通神明之德以類萬物之情包犧即伏犧也聲類曰闡大開也　翰曰粵於也伏羲古帝王也八象八卦也言伏羲始爲君結繩闡化後畫八卦以成文字芒芒五臣作茫九有區域以分其一善曰左氏傳魏絳曰虞人之箴曰芒芒禹跡畫爲九州杜預云芒芒遠皃也毛詩曰方命厥后奄有九有毛萇曰九有九州也　濟曰茫茫寬廣皃區域猶都邑也言都邑自此分也

神農更王軒轅承紀善曰史記曰軒轅爲天子代神農氏是爲黄帝順天地之紀家
語孔子曰古之王者易代改號取法五行五行更王終始相生也良曰神農没而黄帝承其統紀畫野離
疆爰封衆子善曰漢書曰昔在黄帝畫壄分州得百里之國萬區史記曰黄帝二十五子得其姓者一
十四人也向曰言分別州土疆界以封衆子也衆子謂黄帝有九子各封一國夏殷既襲宗
周繼祀善曰楚辭曰思堯舜兮襲輿毛詩曰赫赫宗周向曰襲因也言殷因於夏而周繼之商曰祀也緜
緜爪瓞徒結六國互峙其二善曰毛詩曰綿綿爪瓞民之初生自土沮漆六國謂韓燕趙
魏齊楚也翰曰緜緜不絕皃爪瓞爪蔓也言六國如爪蔓之引交互而立也彊善作強秦兼并
吞滅四隅善曰史記曰秦始皇初并天下班固漢書述曰孝武行師吞滅海隅淮南子曰經營四隅還反
於樞高誘曰隅猶方也濟曰彊暴也秦兼六國四方也子嬰面櫬漢祖膺圖五臣
作應符字善曰史記曰趙高立公子嬰爲秦王又曰子嬰降沛公於軹道傍漢書曰高祖隆準而龍顏左氏傳曰楚子

文選二十四　卅三

圍許許僖公見楚子於武城面縛銜璧大夫衰絰士輿櫬東京賦曰高祖膺籙受圖曹植大魏篇曰大魏膺符良曰子
嬰秦王也面縛輿櫬降漢祖漢祖乃應符運也櫬棺也降者輿而自隨以明必死也靈獻微弱在
涅則渝善曰范曄後漢書曰孝靈皇帝諱宏肅宗玄孫也桓帝崩無子即皇帝位又曰孝獻皇帝諱協靈帝
中子也靈帝崩即皇帝位曾子曰沙在泥與之皆黑趙岐孟子章句曰白沙入泥不染自黑爾雅曰渝變也向曰靈帝
獻帝也言二帝微弱也獻帝遭董卓遷之西京天下亂也三雄鼎足孫啓南吳其三
善曰雖即三國之主班固漢書述曰三權是敗漢書蒯通說韓信曰方今足下三分天下鼎足而居銑曰三雄魏曹操
蜀劉備吳孫權啓開也南吳伊何僭號稱王善曰吳志曰黄龍元年權即皇帝位春秋
命曆序曰吳楚駒勝僭號稱王駒景駒也勝陳勝也字書曰僭假也翰曰孫權僭稱帝號大晉統天
仁風遐揚善曰謂武帝也周易曰大哉乾元萬物資始乃統天典引曰仁風翔于海表濟曰大晉理天
下仁惠之風遠揚也僞孫銜璧奉土歸疆善曰僞孫謂皓也吳志曰孫皓字元宗和

子也孫休薨皓立晉命王濬伐皓皓書於濬濬受皓之降左傳曰許僖公面縛銜璧良曰僞孫謂皓銜璧而降奉國土
歸我晉之封疆也璧者國寶降者親奉於君面縛無手以執故用口銜也婉婉長離凌江而
翔其四善曰長離喻機也楚辭曰駕八龍之婉婉漢書曰長離前掞光耀明臣瓚曰長離靈鳥也離與麗古字通也
向曰長離鳳也以喻君子婉婉美皃陸機自凌江而來亦猶鳳翔也長離云誰咨爾陸
生善曰毛詩曰云誰之思又曰咨爾殷商鶴鳴九皐猶載厥聲善曰毛詩曰鶴
鳴九皐聲聞于天又曰厥聲載路銑曰鶴鳴九皐之上其聲聞天詩人猶記之載猶記也況廼海隅
播名上京爰應旌招撫翼宰庭其五善曰海隅謂吳也尚書曰至
于海隅范曄後漢書沮授謂袁紹曰將軍播名海內孔安國尚書傳曰播布也臧榮緒晉書曰太熙末太傅楊駿辟機爲
祭酒孟子曰夫招士以旌班固漢書曰撫翼俱起宰謂駿也宰或爲紫非也翰曰旌招賢之飾撫奮也宰庭天子之庭
也儲皇之選實簡惟良善曰漢書疏廣曰太子師友必於天下英俊爾雅曰簡擇

文選二十四　卅四

也尚書曰時惟良顯哉孔安國曰是惟良臣則君顯明於世濟曰儲皇副主也言擇任賢良以爲左右英
英朱鸞來自南岡善曰鸞亦喻機也毛萇詩傳曰英英鮮明也王逸楚辭序曰虬龍鸞鳳以託
君子毛詩曰我來自東良曰朱鸞瑞鳥也亦喻君子岡山也南岡謂機自南來也曜藻崇正玄
冕丹裳善曰謂爲洗馬也崇正太子之宮也臧榮緒晉書曰世祖以皇太子富於春秋初命講孝經於崇正
殿周禮曰大夫玄冕禮記曰君朱韠環濟要略曰韠以象裳色向曰曜藻文華也崇正殿名太子講藝之所機時爲太
子洗馬故曜文章於此殿玄冕丹裳大夫之儀服如彼蘭蕙載採其芳其六翰曰
載則采取也言陸機如蘭蕙太子則取其道德之芳也藩岳作鎮輔我京室善曰
謂吳王也班固盧綰述曰綰自同閈鎮我北疆毛詩曰大啓爾宇爲周室輔濟曰藩岳謂諸侯也謂惠帝弟吳王晏出
爲大將軍以鎮吳機爲郎中令故云輔我京室也旋反桑梓帝弟作弼善曰毛詩曰惟
桑與梓必恭敬止作弼謂爲吳王郎中令也良曰機吳人今與吳王同鎮吳故云旋反桑梓爲帝弟之輔弼也或

云國官五臣作官清塗彼失善曰漢書曰武有淮南衡山之謀作左官之律應劭曰人道尚左今舍天子而仕諸侯故謂之左官　向曰或有人云自太子洗馬出爲郎中令是失其清官之塗吾子洗然恬淡自逸其七善曰莊子曰庚桑子之始來也吾洒然異之鄭玄禮記注曰洒如肅敬也文子曰靜漠恬淡說文曰淡安也徙敢切毛詩曰我不敢傚我友自逸陳太丘碑曰澹然自逸　銑曰吾子謂機也洗然肅敬之皃言雖失清官之塗而逾肅敬自安逸也廊廟惟清俊乂是延善曰史記曰賢人深謀於廊廟爾雅曰室有東西廂曰廟捷爲舍人曰殿有東西小堂也然廊廟君之居臣朝覲之所故曰俊乂是延也尚書曰俊乂在官鄭玄周禮注曰延進也　向曰乂理也廊廟之官惟擇其清俊能理之材是進用也擢應嘉舉自國而遷善曰方言曰擢拔也　濟曰機從吳王郎中令徵入爲尚書郎國吳國也言拔應悉此舉從吳國遷爲此官齊轡羣龍光讚納言善曰謂爲尚書郎也楊雄河東賦曰建乾坤之貞兆兮將悉總之以羣龍韋昭曰兆羣賢也尚書帝曰龍命汝作納言應劭漢書注曰納言如今尚書官陸爲

〔文選二十四〕　三十五

郎故曰光讚也鄭玄周禮注曰贊佐也　良曰羣龍喻羣賢也讚明也謂尚書郎與羣賢齊轡以明出納天子之言也優游省闥珥筆華軒其八善曰毛詩曰優游爾休矣崔駰奏記竇憲曰珥筆持牘拜謁曹下韋昭漢書注曰欄殿上欄軒上板　向曰闥門也華軒殿上曲欄也珥執也言閑暇於省闥執筆殿上以侍天子也昔余與子繾綣東朝善曰左氏傳臧昭伯曰繾綣從公無通外內也　濟曰謚昔爲散騎常侍侍東宮機亦爲太子洗馬繾綣不離散皃雖禮以賓情同友僚嬉娛絲竹撫鞞步迷舞韶善曰禮記曰絲竹樂之器也字林曰鞞小鼓也尚書曰簫韶九成孔安國曰韶舜樂名　良曰賓敬也雖以禮相敬於情不殊友僚常以絲竹鼓樂以自嬉娛也脩日朗月攜手逍遙其九向曰脩長朗明也逍遙游往也自成五臣作我離羣二周于今善曰禮記曰子夏曰吾離羣索居毛詩曰自我不見于今三年　銑曰謚與機別經二年也于今贈詩時也雖簡其面分著情深善曰孔安國尚書傳曰簡略也袁紹與公孫瓚書曰分著丹青　翰曰簡別著明也言雖面別分義之理明于深情子其超矣實慰我心善曰毛詩曰實獲我心　濟曰超謂爲尚書郎言子超升實歡慰我心發言爲詩俟望好音其十善曰毛詩序曰在心爲志發言爲詩毛詩曰誰將西歸懷之好音　良曰發言舒志爲詩也俟待也言待好音者謂望機荅此詩也欲崇其高必重其層善曰郭璞山海經注曰層重也慈登切　向曰將崇高大之德必須重其增益之事言此以誡機也立德之柄莫匪安宜善作恒善曰周易曰謙德之柄也恒德之固也　銑曰言立德權柄安守其恒恒常也在南稱甘度北則橙宅耕協韻善曰言甘以移植而易名恐人徙居而變節故引以誡之淮南子曰江南橘樹之江北而化爲橙博物志曰橘柚類甚多甘橙枳皆是　翰曰甘果木名生之於江南則芳香種於北地則爲橙枳言木以移而變恐人亦同是而易節故引爲戒崇子鋒穎不頹不崩其十一善曰鄭玄禮記注曰崇猶尊也摯伯陵荅司馬遷書曰有能若見鋒穎之秋毫毛詩曰如南山之壽不騫不崩　濟曰崇爾道德鋒穎勿使崩頹也

〔文選二十四〕　三十六

贈陸機出爲吳王郎中令　四言

潘正叔　善曰文章志云潘尼字正叔少有清才初應州辟後以父老歸養及父終出仕位至太常卿　良同善注

東南之美曩惟延州善曰爾雅曰東南之美者有會稽之竹箭焉左氏傳曰吳子使屈狐庸聘于晉趙文子問焉曰延州來季子其果立乎杜預曰延州來季札邑也　濟曰延州謂延陵季子也曩昔也延陵爲東南昔時之美也顯允陸生於今尠五臣作鮮儔善曰毛詩曰顯允君子莫不令德　銑曰鮮少儔匹也言機有明信之德於今少匹也振鱗南海濯翼清流善曰高唐賦曰振鱗奮翼應德璉建章臺集詩曰濯翼陵高梯　翰曰南海謂吳也清流謂晉也凡言鱗翼者皆龍鳳也君子比之故作若單以鱗翼隨事宜以用之也婆娑翰林容與墳丘其十二善曰荅賓戲曰婆娑乎術藝之場長楊賦曰借翰林以爲主人左氏傳楚左史倚相趨過王曰是良史也能讀三墳五典八索九丘　濟

曰翰筆也林謂儒林也墳丘皆古書也婆娑容與皆游放之皃玉以瑜潤隨以光融善曰禮記孔子曰君子比德於玉焉溫潤而澤仁也瑜不掩瑕忠也鄭玄曰瑜其中間美者班孟堅西都賦曰隨侯明月錯落其間淮南子曰隨侯之珠和氏之璧得之而富失之而貧杜預左氏注曰融朗也　良曰瑜玉上美者隨隨侯珠也玉以瑜而溫潤珠以光色而明朗言人加學亦如之也乃漸上京羽善作乃儀儲宮玩爾清藻味爾芳風善曰玩猶愛也禰衡顏子碑曰秀不實振芳風　向曰漸進也羽儀儲宮謂機為東宮洗馬為太子羽儀也玩習味美也清藻芳風言機之文章也泳之彌廣挹之彌沖其二善曰毛詩曰漢之廣矣泳之游之毛萇曰潛行為泳又曰挹斟也老子曰大滿若沖字書曰中猶虛也　銑曰泳游廣遠挹酌沖深也言游酌道德之源彌覺深遠崑山何有有瑤有珉善曰新序晉平公嘆曰嗟乎安得賢士大夫與共此樂船人固桑對曰夫劍產於越珠產江漢玉產崑山此三寶皆無足而致今君苟好士則賢士至矣說文曰瑤玉美者又曰珉石之美者　翰曰崑山喻省閣也瑤珉喻君子也言省閣之內所有者皆君子也

〈文選二三　卅七〉

及爾同僚具惟近臣善曰臧榮緒晉書曰正叔元康初拜太子舍人陸士衡荅賈長淵詩序曰東宮積年高誘呂氏春秋注曰東宮太子所居毛詩曰我雖異事及爾同僚東京賦曰具惟帝臣國語曰近臣盡規　濟曰僚官也正叔嘗為太子舍人言與機同官俱為近臣子涉素秋子登青春善曰素秋喻老青春喻少也劉楨與臨淄侯書曰肅以素秋則落楚辭曰青春受謝　良同善注愧無老成厠彼日新其三善曰毛詩曰雖無老成人尚有典刑周易曰大畜剛健篤實輝光日新其德　向曰正叔自云愧無老成人之風而厠列日新之德日新者謂機也祁祁大邦惟桑惟梓善曰毛詩曰采蘩祁祁毛萇曰祁祁衆多也　良曰大邦則吳矣謂是機之桑梓機出為吳王郎中令故云爾穆穆伊人南國之紀善曰毛詩曰穆穆魯侯又曰所謂伊人又曰滔滔江漢南國之紀　銑曰穆穆美也伊是也謂美是人為吳綱紀也帝曰爾諧惟王卿士善曰尚書帝曰爾諧　銑曰諧和也惟王謂帝弟吳王也卿士即機也俯僂從命奚恤奚喜其四善曰左氏傳孟僖子召其大夫曰吾聞將有達者曰孔丘聖人之後也而授厲公及正考父佐戴武宣三命茲恭敬其鼎銘曰一命而僂再命而傴三命而俯循牆而走莫余敢侮　翰曰俯僂曲身也言曲身從於王命無憂喜於懷也我車既巾我馬既秣善曰周禮巾車下大夫二人鄭玄曰巾猶衣也毛詩曰之子于歸言秣其馬毛萇詩傳曰秣養也　濟曰巾車衣也秣飼也言將飼車馬而行也星陳夙駕載脂載轄善曰尚書大傳入伯歌曰爛然星陳毛詩曰星言夙駕說于桑田又曰載脂載轄還車言邁　良曰星陳夙駕言早發也脂膏也以滑車也轄車鍵也婉孌二宮徘徊殿闕醪澄莫饗孰慰饑渴其五善曰淮南子曰酒澄而不飲孔叢子子思謂曾穆公曰君若饑渴待賢也　向曰婉孌徘徊皆顧慕皃二宮謂帝及太子宮也機經任之故正叔眷慕二宮之內醪酒之澄無人饗宴慰我饑渴之情也昔子忝私貽我蕙蘭善曰陸集有贈正叔詩　銑曰陸先贈潘詩故云忝私情於我而遺我蕙蘭也蕙蘭香草以喻文章之美

〈文選二十四　卅八〉

今子徂東何以贈旃善曰徂東謂適吳也毛詩曰駕言徂東又曰何以贈之　翰曰徂往旃之也寸晷惟寶豈無璵璠善曰淮南子曰聖人不貴尺之璧而重寸之陰難得而易失也說文曰晷景也璵璠美玉也　濟曰言豈無寶玉不足貴以寸陰可為寶彼美陸生可與晤言其六善曰毛詩曰彼美淑姬可以晤言鄭玄曰晤猶對也　良曰言陸機之美可與申明晤之言

贈河陽五言　向曰潘岳為河陽令是尼從父故不言名

潘正叔

虙善本作密生化單父子奇涖東阿善曰呂氏春秋曰密子賤治亶父彈鳴琴身不下堂而亶父治巫馬期以戴星出入日夜不居以身親之而亶父亦治巫馬期問其故於密子密子曰我之任人子之任力任力者固勞任人者固逸說苑曰子奇年十八齊君使治阿既行齊君悔之遣使追使者返曰子奇必能矣共載者皆白首者也子奇至阿鑄庫兵以為耕器魏聞童子為君庫無兵倉無粟乃起兵擊之阿人父率子兄率弟以私兵戰遂敗魏

師銑曰虙子賤子奇並古良宰也單父東阿二邑名二君以風化臨之其邑稱理也桐鄉建遺列武城播絃歌善曰漢書曰朱邑字仲卿廬江人少時爲舒桐鄉嗇夫廉平不苛後爲大司農病且死屬其子曰我故爲桐鄉吏其人愛我必葬我桐鄉後世子孫奉我不如桐鄉人及死其子葬之桐鄉西郭外人果共立爲邑起冢立祠祭至今不絕班固說東平王蒼曰遺烈著於無窮論語曰子之武城聞弦歌之聲孔安國曰子游爲武城宰　翰曰桐鄉朱仲卿爲桐鄉嗇夫主稼穡之邑武城子游所理邑或以遺愛爲業或以絃歌見美以岳喻此四賢逸驥騰夷路潛龍躍洪波善曰驥龍喻岳也　濟曰驥良馬也夷平也縱良馬於平路躍潛龍於大波喻得塗也弱冠步鼎鉉既立宰五臣作寄三河善曰岳早辟賈充府出爲河陽令禮記曰人生二十曰弱冠周易曰鼎金鉉鄭玄曰金鉉喻明道能舉君之官職也尚書注曰鼎三公象也論語曰三十而立漢書東方朔曰漢去三河之地止霸滻以西　良曰鉉鼎耳環也岳二十爲賈充府掾故云步鼎鉉也年三十曰立三河河東河內河陽也宰理也流聲馥秋蘭摛藻豔春華善曰家語孔子曰流聲後裔非唯學之所致耶楚辭曰秋蘭兮青青說文曰摛舒也荅賓戲曰摛藻如春華　向曰馥香摛發也流其芳聲香逾秋蘭發其文藻美於春華也徒美天姿茂豈謂人爵多善曰風俗通曰太尉掾范滂天姿聰叡孟子曰有天爵有人爵仁義忠信樂善不倦此天爵也公卿大夫此人爵也古之人脩其天爵而人爵從之今之人脩天爵以要人爵既得人爵而棄天爵終亦亡矣　銑曰所美者聰敏仁義天姿之茂豈言此人爵之多也

贈侍御史王元貺五言

向曰周禮大宗伯御史掌書之官至秦以爲理獄之官

潘正叔

崑山積瓊玉廣廈構衆材善曰潘正叔贈陸機詩曰崑山何有有瑤有珉新序晉平公嘆曰嗟乎安得賢士大夫與共此樂船人固桑對曰夫劒産於越珠産江漢玉産崑山此三寶皆無足而致今君苟好士則賢士至矣愼子曰廊廟之材非一木之枝　濟曰廣大構合也崑山大質以喻國也瓊玉衆材以喻羣賢合成於國也游鱗萃靈沼撫翼希天階善曰遊鱗龍也毛萇詩傳曰萃集也毛詩曰王在靈沼楚辭曰攀天階而下視　良曰萃聚希望也靈沼天階喻左右省閣也鱗翼謂龍鳳況君子也言君子皆撫仁義之道聚望天子之左右膏蘭孰爲消濟治由賢能奴來切善曰漢書曰龔遂卒有父老來弔曰薰以香自燒膏以明自銷　向曰膏蘭爲物以明燭暗以香變臭自致銷爍不辭其勞賢能濟理亦猶是也孰誰也王侯厭崇禮迴迹清憲臺善曰漢書上謂嚴助曰君厭承明之廬張孟陽魏都賦注曰聽政殿左崇禮門漢官儀曰御史爲憲臺也　銑曰王侯謂貺也崇禮門名王前爲尚書郎朝奏皆在此門言今厭之迴迹清肅憲臺憲臺即御史署蠖烏縛屈固小往龍翔廼大來善曰周易曰尺蠖之屈以求信也龍虵之蟄以存身也又曰泰小往大來吉亨郭璞方言注曰尺蠖又呼爲步屈也　翰曰蠖屈喻聖人潛隱也龍翔聖人即位也言蠖屈之時喻賢人在外故云小往龍翔之時喻君子入用故云大來協心毗聖世畢力讚康哉善曰尚書曰三后協心毛詩曰天子是毗鄭玄曰毗輔也呂氏春秋曰百官有司之事畢力竭智矣尚書咎繇乃歌曰元首明哉股肱良哉庶事康哉　濟曰協合畢盡讚佐也合心輔於聖代盡力以佐康哉之風

六臣註文選卷第二十四

六臣註文選卷第二十五

梁昭明太子撰

唐李善并五臣註

贈荅三

贈何劭王濟五言并序

傅長虞善曰王隱晉書云傅咸字長虞北地泥陽人也舉孝廉拜太子洗馬後爲司隸校尉　良同善注

劭陵公何敬祖咸之從内兄善曰臧榮緒晉書曰何劭襲封劭陵郡公　向同善注國子祭酒王武子咸從姑之外孫也善曰王隱晉書曰王濟爲國子祭酒並以明德見重於世咸親之重之善曰尚書曰先王旣勤用明德漢書曰霍光以張安世篤行光親重之情猶同生義則師友善曰左氏傳曰鄭罕駟豐同生孫卿子曰人必將求賢師而事之擇良友而友之何公旣登侍中武子俄而亦作善曰臧榮緒晉書曰何劭爲散騎常侍遷侍中傅暢晉諸公讚曰王濟左遷國子祭酒數年入爲侍中　銑曰俄頃也有頃武子亦遷侍中二賢相得甚歡咸亦慶之然自恨闇劣雖願其繾綣而從之末由善曰漢書曰灌夫竇嬰兩人相得歡甚無猒左氏傳臧昭伯曰繾綣從公無通内外毛詩傳曰遡洄從之　翰曰二賢謂何劭王濟也慶善也繾綣猶親密也咸自言恨闇劣願與親密而官爵去遠從之末由禮隔也歷試無效且有家艱善曰書曰歷試諸難毛詩曰未堪家多難余又集于蓼　濟曰歷試謂歷職言歷無功也家艱謂父母憂也心存目替善無此一句賦詩申懷以貽之云爾善曰蒼頡篇曰懷抱也薛君韓詩章句曰云辭也　良曰替發也心常在於何王而目不相見故申懷以贈二君

日月光太清列宿曜紫微善曰鶡冠子曰上及太清下及太寧春秋合誠圖曰北辰其星七在紫微之中也　向曰太清天也列宿二十八宿也紫微天帝宮也謂列宿曜之赫赫大晉朝明明闢皇闈善曰左氏傳子囊曰赫赫楚國而君臨之毛詩曰明明在下赫赫在上張衡陳公誄曰穆穆皇闈公寔省之　銑曰赫赫盛貌謂晉朝之盛闢開闈門也謂開門以待賓也吾兄旣鳳翔王子亦龍飛善曰吳質荅文帝牋曰曹烈曹丹加以公室枝庶骨肉舊恩其龍飛鳳翔寔其分也　翰曰吾兄謂劭也王子王濟也鳳翔龍飛喻君子得用雙鸞游蘭渚二離揚清暉善曰鸞離喻王何也蘭渚喻中書也王逸楚辭序曰虯龍鸞鳳以託君子漢書曰長麗前掞光燿明臣瓚曰長離靈鳥也二離日月也　濟曰離之精爲鸞鳳喻君子也蘭渚比中書省揚謂揚舉清風以生光暉也攜手升玉階並坐侍丹帷善曰毛詩曰攜手同行西都賓曰玉階彤庭毛詩曰旣見君子並坐鼓瑟曹植娛賓賦曰丹帷曄以四張　良曰玉階丹帷皆天子之殿庭金璫綴惠文煌煌發令姿善曰董巴輿服志曰侍中冠弁大冠加金璫附蟬爲文漢書曰昌邑王賀貝冠惠文冠音義曰今侍中所著也服虔通俗文耳珠曰璫　向曰璫耳珠也惠文冠名煌煌光也言冠文彩增發於令善之姿容也斯榮非攸庶繾綣情所希豈不企高蹤麟趾邈難追善曰賈逵國語注曰庶冀也廣雅曰希庶也司馬彪莊子注曰企望也蔡邕袁陽碑曰邈矣高蹤孰能剋茲毛詩曰麟之趾振振公子　銑曰此榮非庶幾所能及但親密之情是所希望豈不慕高軌但蹤跡邈遠難可追攀也臨川靡芳餌何爲守空坻善作空守善曰芳餌以喻令德也歸田賦曰徒臨川以羨魚吳越春秋大夫種曰深川之魚死於芳餌魚食也莊子曰任公爲大鉤犗牛以爲餌淮南子曰黃帝化天下也漁者不爭坻　翰曰餌釣肉也坻河岸也言釣者無餌守於空岸終非得魚言此以喻於己也槁葉待風飄逝將與君違善曰槁葉自喻也毛詩曰蘀兮蘀兮風其吹女鄭玄曰木葉槁得風乃落毛詩曰逝將去女毛萇詩傳曰違離也　濟曰咸時出爲冀州刺史將發如枯槁之葉待風之飄也逝往也違君

能無戀尸素當言歸 善曰韓詩曰何謂素餐素者質人但有質朴無治民之材名曰素餐尸祿者頗有所知善惡不言默然不語苟欲得祿而已譬若尸矣毛詩曰言旋言歸 良曰離君豈能無眷戀但自根尸祿素餐當歸也 歸身蓬蓽廬樂道以忘飢 善曰劉向雅琴賦曰潛坐蓬廬之中禮記孔子曰儒有蓽門圭竇毛詩曰泌之洋洋可以樂飢毛萇曰言可以樂道忘飢 向曰蓬蓽廬草菴也言歸此以樂先王之道將忘其饑也 進則無云補退則恤其私 善曰漢書諸葛豐曰臣誠願之獨恐未有云補廣雅曰云有也論語曰退而省其私 濟曰云補謂以言補闕恤私謂憂其家私 但願隆弘美王度日清夷 善曰東觀漢記陳元上疏曰抉瑕擿釁掩其弘美左氏傳右尹革曰祈招之詩曰思我王度式如玉式如金仲長子昌言曰讐踴清夷 良曰但願二子盛大美之道爲王之法度日益清平夷平也

荅傅咸 五言

郭泰機 善曰傅咸集曰河南郭泰機寒素後門之士不知余無能爲益以詩見激切可施用之才而況沉淪不能自拔於世余雖心知之而未如之何此蓋非復文辭所了故直戲以荅其詩云 向同善注

皦皦白素絲織爲寒女衣 善曰素絲喻德寒女喻賤也傅咸贈詩曰素絲豈不絜寒女難爲容崔駰七言曰皦皦練絲退濁汙曹植閑居賦曰願同衾於寒女 銑曰皦皦絜白也素絲喻才也寒女衣者謂已賤而負美才 寒女雖妙巧不得秉杼機 善曰言不見用也傅咸贈詩曰貧寒猶手拙操杼安能工古詩曰札札弄機杼 向曰秉執也言雖巧不得機杼執之猶有才而不見用也 天寒知運速況復鴈南飛 善曰言歲之方晏以喻年之將老也莊子曰天寒既至霜雪既降楚辭曰鴈雍雍而南遊 濟曰言天寒日月速而鴈南飛逐暖所以多感也 衣工秉刀尺棄我忽若遺 善曰衣工喻傅咸也張衡髑髏賦曰飛鋒曜景秉尺持刀毛詩曰將安將樂棄我如遺 良曰刀尺謂執政事也執其刀尺棄人之寒如遺者也 人不取諸身世事焉所希 善曰言凡人皆不能恕己及物取之於身故世閒之士安可冀而相薦乎周易曰近取諸身 向曰言人不能反身自求當代之事焉所希冀也 況復已朝餐曷由知我飢 善曰言已朝餐而忘我飢猶居貴而遺我賤 銑曰朝餐謂咸先食祿也曷何由知我饑者刺咸不恤己及人也

爲顧彥先贈婦二首 五言

陸士龍 善同向注 向曰集云爲顧彥先贈婦二首爲婦荅亦二首此是婦荅而云贈婦集者悞也

悠悠君行邁煢煢妾獨止 善曰毛詩曰悠悠南行又曰行邁靡靡又曰獨行煢煢 五臣作焭 山河安可踰永路隔萬里京室多妖冶粲粲都人子 善曰上林賦曰妖冶閑都毛詩曰西人之子粲粲衣服又曰彼都人士鄭玄儀禮注曰女子子者女子也別於男也 濟曰煢煢孤也妖冶美貌粲粲衣服鮮明貌都亦美也人子士女也

雅步擢纖腰巧笑發皓齒佳麗良可美衰賤焉足紀 善曰雅閑雅謂妖麗也許慎淮南子注曰擢引也毛詩曰巧笑倩兮楚辭曰美人皓齒嫮以姱戰國策司馬喜曰趙佳麗之所出高誘曰佳大也麗美也賈逵國語注曰紀猶錄也 良曰京室纖麗良可美也衰賤何足紀錄妻自謂也 遠蒙眷顧言銜恩非望始 善曰毛詩曰眷言顧之鄭玄曰顧念也左氏傳鄭伯曰非所敢望魏文帝哀己賦曰蒙君子之博愛垂過望之渥恩 翰曰遠蒙眷顧言謂夫先寄詩也銜恩謂銜此恩德不敢冀望如此者也 浮海難爲水游林難爲觀 善曰林海以喻上京也言遊上京難爲容色也孟子曰觀海者難爲水 銑曰言夫在京所見既麗難爲容態也 容色貴及時朝華忌日晏皎皎彼姝子灼灼懷春粲 善曰說文曰木槿朝華暮落古詩曰

盈盈樓上女皎皎當牕牖毛詩曰彼姝者子又曰有女懷春毛萇曰懷思也毛詩曰今夕何夕見此粲者國語曰女三爲
粲賈逵曰粲亦美貌向曰忌畏晏晚也言容色貴及其時朝華木槿也木槿花暮落故云畏日晚也皎皎明淨貌彼姝謂
彼都美人也灼灼盛貌懷春如春華之美**西城善稚舞總章饒清彈**善曰
陸機洛陽記曰金墉城在宮之西北角魏故宮人皆在中崔豹古今注曰魏文帝宮人尚衣能歌舞一時冠絕孫盛晉陽
秋傳隆議曰其總章伎即古之女樂濟曰西城總章皆出伎樂**鳴簧發丹脣朱絃**
繞素腕善曰毛詩曰吹笙鼓簧神女賦曰朱脣的其若丹禮記曰清廟之瑟朱絃而疏越洛神賦曰攘皓腕
良曰簧笙也朱絃謂箏琴也素腕在上彈故云繞也**輕裾猶電揮雙袂如霧散**
華容溢藻幄哀響五臣作音**入雲漢**善曰張衡舞賦曰裾若飛燕袖如迴雪徘
徊相佯瞥若電伐韓康伯周易注曰揮散也封禪書曰雲布霧散洛神賦曰華容阿那拄頰左氏傳注曰幄帳也列子曰
薛談學謳於秦青辭歸青餞於郊衢撫節悲歌聲震林木響遏行雲張湛曰二人薛秦之善歌者向曰輕裾雙袂運轉

微速猶雷霧矣藻幄謂飾之以文也入雲漢言哀響之遠也**知音世所希非君誰**
能讚善曰古詩曰不惜歌者苦但傷知音稀孔安國論語注曰稀少也希與稀通釋名曰稱人之美曰讚也銑
同善注**棄置北辰星問此玄龍煥**善曰北辰言不移也玄龍喻美女也言弃
彼北辰之心而問此玄龍之色譏好色而不好德陸雲代彥先贈婦詩曰何用結中款仰指北辰星石氏星讚曰軒轅龍
體主后妃然此唯取衆妃即指西城總章宮人不論於后也龍色多玄故取以喻向曰北辰星不移動喻己也玄龍喻
美色言弃不移之心而問美豔之色**時暮復何言華落理必賤**善曰毛詩序曰
華落色衰復相弃背濟曰時暮謂老也復何言自歎也言容華衰落於理當見賤也

荅兄機五言向曰機自吳王郎中寄詩與雲故有此荅

陸士龍善曰士衡前爲太子洗馬時贈別士龍今荅之

悠遠塗可極別促怨會長善曰機贈詩曰行矣怨路長惄焉傷別促鄭玄禮記
注曰極盡也曹子建送應氏詩曰別促會日長良曰悠行極至也言行遠塗路可至別則在近所會之時則長也**銜**
思善作恩**戀行邁興言在臨觴**善曰機詩曰指塗悲有餘臨觴歎不足毛詩曰
念彼共人興言出宿翰曰邁行也與此思戀之言在臨觴也**南津有絕濟北渚無**
河梁善曰言已心有絕濟而可旋機行無河梁而可步也韋昭漢書注曰直渡爲絕爾雅曰濟渡也機詩曰我
若西流水子爲東跱岳故云南北以報之楚辭曰江河廣而無梁銑曰南津北渚謂當時送別處絕濟無梁皆無橋也
神往同逝感形留悲參商善曰言已形雖留而神實往故曰神往同逝言之感
形留悲參商之隔左氏傳子產曰高辛氏有二子伯曰閼伯季曰實沈不相能后帝不臧遷閼伯于商丘主辰商人是因
故辰爲商星遷實沈于大夏主參唐人是因其季世曰唐叔虞故參爲晉星法言曰吾不覩參辰之相比也向曰魂神
隨兄往而形留此如參辰之不相見也商辰星也**衡軌若殊迹牽牛非服箱**
善曰機詩曰安得同攜手契闊成騑服故荅云衡軌若殊其迹則類牽牛不以服箱也毛詩曰睆彼牽牛不以服箱濟

曰衡軌也軌車後木也牽牛星也箱亦車也兄弟相依當如衡軌而今殊迹牽牛有名不堪服車亦猶有兄弟之名而不
得同聚

荅張士然五言良曰張士然平吳後入洛有贈雲雲故荅之

陸士龍

行邁越長川飄颻冒風塵通波激枉渚悲風薄
丘榛善曰新序孔子張曰臣犯霜露冒塵埃曹植出行曰蒙霧犯風塵鄭玄考工記注曰冒蒙也西都賓曰與
海通波楚辭曰朝發枉渚又曰哀江介之悲風高誘淮南子注曰叢木曰榛翰曰激急也枉渚曲渚也丘墓榛棘也
脩路無窮迹井邑自相循善曰周禮曰九夫爲井四井爲邑廣雅曰循從也
銑曰脩長窮極循順也**百城各異俗千室非良鄰**善曰謝承後漢書曰黃琬
拜豫州刺史威邁百城禮記曰廣谷大川異制民生其間異俗論語子曰千室之邑百乘之家晏子春秋曰頗有良鄰則

見君子也　向曰百城郡也言風俗各異無親善之隣謂吳漢之異　歡舊難假合風土豈虛親感念桑梓域善作城髣髴眼中人善曰毛詩曰惟桑與梓必恭敬止楚辭曰時髣髴以遙見魏文帝詩曰迴頭四望眼中無故人　濟曰歡舊既殊風土又異不可假合虛親也感此憶桑梓而思見親識也眼中人謂親識也靡靡日夜遠眷眷懷苦辛善曰毛詩曰行邁靡靡毛萇曰靡靡行貌也韓詩曰眷眷懷顧古詩曰轗軻長辛苦　良曰眷眷顧之將深也

荅盧諶四言并序善作并書

劉越石善曰王隱晉書曰劉琨字越石中山靜王之後也初辟太尉隴西秦王府未就尋爲博士未之職永嘉中爲并州刺史與盧志親善志子諶琨先辟之後爲從事中郎段匹磾領幽州求爲別駕諶牋詩與琨故有此荅琨竟爲匹磾所害也　良同善注

琨頓首五臣重有頓首二字損書及詩備辛酸之苦言暢

經通之遠旨執玩反覆不能釋手慨然以悲五臣作喜善曰張平子書曰酸者不能不苦於言漢董仲舒對策曰天地之常經古今之通義玩猶愛弄也　向曰思事則悲閱文則喜歡然以喜五臣無此一句昔在少壯未嘗檢括善曰蒼頡篇曰檢法度也薛君韓詩章句曰括約束也遠慕老莊之齊物近嘉五臣作喜阮生之放曠怪厚薄何從而生哀樂何五臣作所由而至善曰老莊老聃莊周也阮生嗣宗也莊子有齊物論臧榮緒晉書曰阮籍放誕不拘禮教蒼頡篇曰曠疎曠也列子曰身非愛之所能厚身亦非輕之所能薄愛之或不厚輕之或不薄此似反也自厚自薄或愛之而厚或輕之而薄此似非順也亦自厚自薄信命者亡壽夭信理者亡是非信心者亡逆順信性者亡安危則謂都亡所信亡不信眞矣慤矣奚去奚就奚哀奚樂之謂也　銑曰老子莊周之書以大小是非爲一貫阮生阮籍也執性不以法俗自拘言少縱誕慕此齊物放曠之事以爲厚薄哀樂不關於心自頃輈知由張困於逆

亂善曰輈張驚懼之貌也楊雄國三老箴曰負乘覆餗姦宄侏張輈與侏古字通國破家亡五臣作家國破亡親友彫殘善曰崔鴻前趙錄曰劉聰僭即位于平陽又曰聰遣從弟曜攻晉破洛陽又曰遣子粲攻長安陷之下詩曰未輟之駕已瘵我門二族俱覆三孽並根塊然獨坐則哀憤兩集此二句善置在負杖行今下負杖行吟則百憂俱至善曰淮南子曰卓然獨立塊然獨處禮記曰公叔禺人遇負杖者楚辭曰屈原行吟澤畔毛詩曰逢此百憂　濟曰塊然獨居皃哀謂哀其國家殘喪憤謂憤其賊臣寇亂也時復相與舉觴對膝破涕爲笑排終身之積慘求數刻之暫歡譬由疾疢彌年而欲一丸銷之其可得乎善曰刻漏也說文曰以銅盆受水分時晝夜百刻也毛萇詩傳曰彌終也　良曰排推慘憂也刻謂刻之數也一日一夜一百刻數刻謂少時也銷除也言舉酒破悲涕以爲笑推一世之憂求少時之樂亦猶以一丸之藥而欲銷彌年之疾豈可得也夫才生於世世實須才善曰蘇武荅李陵書曰每念足下才爲世生器爲時出和氏之璧焉得獨曜於郢握夜光之珠何得專玩於隨掌天下之寶固當與天下共之善曰淮南子曰隨侯之珠和氏之璧得之而富失之而貧孫卿子曰和氏之璧爲天下之寶史記秦王曰和氏璧天下所共傳寶也　良曰郢楚也隨隨侯也和璧明珠雖出隨楚其寶玩亦不專在於隨楚此喩諶不得獨留於琨處也但分析之日不能不悵恨爾善作耳然後知聃周之爲虛誕嗣宗之爲妄善作忘也作也善曰孔安國尚書傳曰誕欺也　銑曰聃老子名周莊子名也我慕齊物縱誕之事遭此逆亂至於分析始知彼爲虛妄也昔騄驥倚輈於吳阪鳴於良樂知與不知也善曰戰國策楚客謂春申君昔騏驥駕鹽車上吳坂遷延負轅而不能進遭伯樂仰而鳴之知伯樂知己也今僕殆已以君獨無意使僕爲君長鳴乎思玄賦曰馬倚輈而徘徊鄭玄考工記注曰輈轅也古今地名

曰眞參坂在吳城之北今謂之吳坂良王良也王良無遇驥之事因伯樂而連言之孔融薦禰衡表曰飛兎騕褭良樂之所急也　翰曰騄驥古之良馬也良樂孫陽也昔人以驥馬駕鹽車馬何轅而不肯行遇孫陽以巳馬易得貢爲天下駿此喻琨不能知諶而匹磾知之也

百里奚 五臣有非字 愚於虞而智於秦遇與不遇也今君遇之矣朂之而已 善曰漢書韓信謂廣武君曰僕聞百里奚居虞而虞亡之秦而秦伯非愚於虞而智於秦用與不用聽與不聽耳漢書曰楊雄以爲遇不遇命也孔安國尚書傳曰朂勉也　濟曰今君遇之謂諶見用於匹磾也戒令勉力無二心也

不復屬意於文二十餘年矣久廢則無次 善曰鄭玄儀禮注曰屬綴也　良曰次次序也琨自言文章以發無次序也

想必欲其一反故稱 赤諡 指送一篇適足以彰來詩之益美耳琨頓首頓首 善曰稱旨稱其意旨也毛萇詩傳曰適祇適也以罹厄運故述喪亂多感恨之言也　向曰諶寄詩於琨故亦思琨一反報指意也琨故稱諶意報此一篇言已詩鹵拙但足益明來詩之美

厄運初遘陽爻在六 善曰言晉之遇災也周易曰上九亢龍有悔盈不可久也陽爻在六謂乾上九也　銑曰遘遇也在六謂乾卦第六晝辭云亢龍有悔喻天子運極而有窮厄之災

乾象棟傾坤儀舟覆 善曰乾坤謂天地也左氏傳子產謂子皮曰子於鄭國棟也棟折榱崩僑將厭焉戰國策或謂公叔曰塞漏舟而輕陽侯之波則舟覆矣　翰曰棟屋也天覆如屋地載如舟天地傾覆喻晉之崩亂

橫厲糾紛羣妖競逐 善曰言劉聰之構逆也橫厲從橫猛厲也糾紛亂皃也楚辭曰櫂舟航以橫厲范曄後漢書岑彭曰四方蜂起羣雄競逐　濟曰厲危也羣妖謂劉聰等爲亂也

火燎神州洪流華域 善曰火燎洪流以喻亂也尚書曰若火之燎于原河圖括地象曰崑崙東地方千里名曰神州孟子曰洪水橫流氾濫天下　濟曰神州華域皆帝鄉也洪流大水也喻羣賊橫亂競相奔逐如大水燎火之漂焚而爲患於其中國也

彼黍離離彼稷育育哀我皇晉痛在其目 其一 善作痛心在目　善曰毛詩曰彼黍離離彼稷之苗毛萇詩傳曰育長也左氏傳呂相曰是用痛心疾首也　良曰離離長大貌育育生長貌皇大也哀我大晉宗廟皆生黍稷故痛心在於目前也

天地無心萬物同塗禍淫莫驗福善則虛 善曰無心謂無心愛育萬物即不仁也同塗謂皆爲芻狗也尚書曰天道福善禍淫　向曰塗道淫過也天地萬物同歸一道爲禍過者亦無驗爲福善者亦無徵歎今盜賊爲禍受福而晉室爲福受殃也

逆有全邑義無完都英蘂夏落毒卉冬敷 善曰逆謂劉聰義謂晉室英蘂以喻晉朝毒卉以比胡寇也王逸離騷序曰善馬香草以配忠貞惡禽醜物以比讒佞也　銑曰逆者全其邑境爲義者亡其都郭英蘂喻賢良也毒卉喻亂賊也夏落謂賢者夭枉冬敷謂寇賊橫盛

如彼龜玉韞櫝毀諸 善曰論語孔子曰虎兕出於柙龜玉毀於櫝中是誰之過與又曰有美玉於斯韞櫝而藏諸馬融曰韞藏也　銑曰龜玉謂國寶也韞藏匱匱也國寶在於天子以賢爲匱匣而今毀之者輔佐之過也

芻狗之談其最得乎 其二 善曰老子曰天地不仁

以萬物爲芻狗聖人不仁以百姓爲芻狗結芻爲狗也言天地不愛萬物類祭祀之弃芻狗也然此與談老者不同彼美而此怨耳　翰曰芻狗草狗也解者列於地以祈福其始也被文繡齋戒以將之及其已陳行者踐首樵者取爨亦猶晉盛人所貴及衰人所弃故云此談最得其理

咨余軟 奴亂 弱弗克負荷 善曰漢書曰王尊之子伯爲京兆尹軟弱不勝任左氏傳鄭子産曰古人有言其父析薪其子弗克負荷　濟曰咨嗟也自歎軟弱不能負荷家國之事使存興也

愆舋 善作舋 仍彰榮寵屢加威之不建禍延凶播 音波協韻　善曰孔安國尚書傳曰愆過也杜預左氏傳注曰舋瑕隙也威之不建謂爲聰所敗而父母遇害也凶播琨自謂也言遭凶禍而遷聲類曰播散也　良曰愆過舋瑕仍重彰明也謂忠不能存國孝不能存家是瑕過重明也榮寵數加謂爲太尉并州刺史也威之不立謂遭凶禍而遷播也

忠隕于國孝愆于家斯罪之積如彼山河 善曰范曄後漢書世祖誡馮勤曰能盡忠於國又明帝詔曰陰興在家仁孝　杜預左氏傳曰愆失也山河言高深也毛詩曰如山如河　向曰言喪國亡

家之罪其積如山河之高深也斯釁善作璺字之深終莫能磨其三善曰毛詩曰白圭之玷尚可磨也此瑕至深不可能磨滅也銑曰郁穆舊姻嬿伊典婉新婚善曰臧榮緒晉書曰琨妻即諶之從母也新婚未詳毛詩曰不思舊姻又曰嬿婉之求又曰讌爾新婚濟曰郁穆嬿婉和美貌姻親也舊姻謂與諶父舊相親也新婚與諶如兄弟也詩云嬿婉新婚如兄如弟也不虞其敗唯義是敦善無此二句裹糧攜弱匍匐星奔善曰左氏傳晉趙穿曰裹糧坐甲固敵是求毛詩曰凡民有喪匍匐救之星奔言疾也良曰慮憂敦勉也謂諶昔不憂賊亂勉力於義提攜父母投於琨星奔匍匐言困而急也未輟爾駕已隳五臣作墮我門二族偕覆三孽並根善曰王隱晉書曰劉聰圍晉陽令狐泥以千餘人爲鄉導琨來救荷盧未至太原太守高嶠反應聰逐琨琨父母年老不堪奔馬步擔不免爲泥所害何法盛晉錄曰劉粲襲諶父母三孽謂琨之兄子也張晏漢書曰孺子爲孽一曰謂劉聰劉曜劉粲也班固漢書曰三孽之起本根既朽音義曰孽木斬而復特生喻魏齊韓滅而復更生也何休公羊傳注曰孽猶櫱之孽生者也向曰輟止隳壞也爾之來駕未止亂賊已壞我家也二族謂琨諶兩家俱被滅亡也三孽謂劉聰劉曜劉粲等作亂同是一宗故知並根也長慙舊孤永負冤魂其四善曰結上二句也舊孤謂三孽也冤魂謂二族也王隱晉書曰琨遣兄子演領兗州石勒圍演於三臺突圍得免後演治廩丘遂不守兄少子及演妻息盡爲所虜也銑曰舊久也長恥久老爲孤未能復父之讎也是負冤魂亭亭孤幹獨生無伴綠葉繁縟柔條脩罕善曰孤幹孤生之竹以喻諶宋玉笛賦曰倚篠異幹王逸楚辭注曰伴侶也說文曰縟繁采飾也宋玉笛賦曰罕節簡枝翰曰亭亭孤直皃以喻諶幹謂桐竹也綠葉柔條言才能茂盛也朝採爾實夕捋零括爾竿協韻公旦切竿翠豐尋逸珠盈椀善曰字林曰竿木挺也豐尋言節長盈尋也說文曰豐滿也應劭漢書注曰八尺曰尋珠即以喻德也逸謂過於衆類爲椀言多也濟曰採捋皆取也豐多尋長逸置也珠桐竹實也言諶道德之多採取盈椀椀小器琨自喻也寔消我憂憂急用

緩逝將去矣善作乎庭虛情五臣作憤滿其五善曰去謂之匹磾之所也毛詩曰逝將去女白虎通曰哀痛憤滿良曰言我急憂是用顯道消之令緩往將去我矣使憤怨之情滿於虛庭也虛滿伊何蘭桂移植善無此二句茂彼春林瘁此秋棘善曰春林以喻匹磾秋棘琨自喻也向曰蘭桂喻君子也言諶爲匹磾左右是茂棄琨而去是病也有鳥翻飛不遑休息匪桐不棲匪竹不食善曰鳥謂鳳以喻諶也毛詩曰肇允彼桃蟲拚飛惟鳥鄭玄毛詩箋曰鳳皇之性非梧桐不棲非竹實不食括地圖曰鳳皇食竹實銑曰有鳥喻諶也言昔不暇休息於此桐竹喻賢明之君也棲食喻食祿也永戢東羽翰撫西翼善曰戢斂也翰高飛也翰曰東謂幽州也撫舉也言高舉去并州也我之敬之廢歡輟職其六善曰毛詩曰我之懷矣又曰敬之敬之濟曰輟止也廢歡止職思之深也音以賞奏味以殊珍文以明言言以暢神之子之往四美不臻善曰呂氏春秋曰鍾期死而伯牙乃破琴絕絃以爲世無復賞音者也淮南子曰珍其味人之所美也左氏傳仲尼曰志有之言以足志文以足言家語孔子曰言說者情之導也王肅曰所以道達其情也毛詩曰之子于征四美音味文言也良曰暢達臻至也音聲爲賞識者所奏滋味以殊異而珍重文章之作以明其言其言之作以達於神之子謂諶也自諶之往無相知不復至此四美也澄醪覆觴絲竹生塵素卷莫啟幄無談賓既孤我德又闕我隣其七光光段生出幽遷喬善無此二句資忠履信武烈文昭善曰澄醪絲竹謂音味也淮南子曰酒澄而不飲禮記曰絲竹樂之器也談賓謂文言也臧榮緒晉書曰段匹磾自號大將軍揚雄侍中箴曰光光常伯毛詩曰出自幽谷遷于喬木范曄後漢書順帝詔曰揚偷出幽升喬寵以蕃傳閑居賦曰資忠履信以進德漢武帝贈故朱崖太守董廣詔曰伐叛柔服文昭武烈曹植令曰相者文德昭將者武功烈向曰醪酒也生塵不執玩也啟開也幄帷帳也談賓辯論之賓自諶之去更不爲酒樂書談之事是孤闕我隣近之德也銑曰

叚生叚匹彈也言能資質忠信明盛文武之道也烈盛也昭明也**㨖**善曰矜**弓騂騂與**

馬翹翹善曰孟子曰夫招大夫以旍左氏傳陳敬仲曰詩曰翹翹車乘招我以弓杜預云逸詩也翹翹遠也毛詩曰騂騂角弓毛萇曰騂騂調利也翰曰㨖旗也騂騂調弓貌輿車也**乃奮長縻是纆**

是鑣何以贈子竭心公朝何以叙懷引領長謠（其八）善曰廣雅曰縻索也說文曰鑣馬勒傍鐵也毛詩曰何以贈之鷦鷯賦曰苟竭心於所事曹子建求親親表曰執政不發於公朝也左氏傳云穆叔謂晉侯曰引領西望曰庶幾乎　濟曰奮振也長縻喻厚祿也以厚祿縻諶使控鑣纆而往也贈子謂贈諶言也竭盡也今盡心公朝也叙懷叙己懷也引領謂延頸望諶而長歌也

重贈盧諶

五言　善曰臧榮緒晉書曰琨詩託意非常想張陳以激諶素無奇略以常詞酬琨　良曰前詩未盡復有此贈勸諶欲共輔晉室也

劉越石

握中有懸璧五臣作玄璧**本自荊山璆**善曰懸璧縣黎以爲璧以喻諶也琴操卞和歌曰悠悠沂水經荊山兮穴山采玉玉難爲功兮孔安國尚書傳曰璆玉也　向曰玄璧瑞玉也荊山出玉之山璆美玉也以喻諶也**惟彼太公望昔在渭濱叟**平聲協韻　善曰史記曰太公望以漁釣奸周西伯將出獵果遇太公于渭之陽六韜曰文王卜田史編爲卜田于渭之陽將大得非龍非彲非熊非羆非得公侯天遺汝師文王齋戒三日田于渭陽卒見呂尚坐茅以漁荅賓戲曰周望兆動於渭濱　向曰太公名也叟老也太公隱釣於渭水之濱賓水際也**鄧生何感激千里來相求**善曰東觀漢記曰鄧禹字仲華南陽人也更始既至雒陽以世祖爲大司馬使安集河北禹聞之自南陽發北徑渡河追至鄴謁上見之甚驩謂曰我得拜除長吏生遠來寧欲仕耶禹曰不願也趙岐孟子章指曰千載聞之猶有感激周易曰同氣相求　銑曰鄧生鄧禹也激亦感也**白登幸曲逆鴻門賴留侯**善曰漢書曰陳平從高帝擊韓信至平城爲匈奴所圍用平奇計使單于閼氏解圍以得開高帝既出南過曲逆詔御史封平爲曲逆侯又曰冒頓圍高帝於白登七日如淳曰平城旁高地若丘陵者也又曰沛公從百餘騎見羽鴻門因留沛公飲范增數目羽擊沛公羽不應有頃沛公從間道走軍使張良留謝　翰曰曲逆平所封地名留良所封地名餘同善注**重耳任**

五賢小白相射鉤善曰左氏傳曰晉公子重耳之及於難也遂奔狄從者狐偃趙衰顛頡魏武子司空季子杜預曰孤偃子犯也魏武子魏犨也司空季子胥臣曰季也此五人賢而有大功也左氏傳寺人披謂晉侯曰齊桓公置射鉤而使管仲相杜預曰乾時之役管仲射桓公中鉤　濟曰同善注**苟能隆二**

伯安問黨與讎善曰二伯晉文齊桓公也黨謂五賢讎謂射鉤也　良曰伯長黨朋讎仇也

中夜撫枕歎想與數子游吾衰久矣夫何其不

夢周善曰數子謂太公已下也言數子皆能陳謀以靜亂故己想之而共遊論語曰甚矣吾衰也久矣吾不復夢見周公　向曰撫持也數子同善注中夜撫枕歎息想得與之同游言我衰矣不能夢聖人周公之徒爲我陳策以匡晉室**誰云聖達節知命故不憂宣尼悲獲麟西狩**

涕孔丘善曰毛萇詩傳曰云言也左氏傳曹子臧曰前志有之曰聖達節周易曰樂天知命故不憂公羊傳曰哀公十四年春西狩獲麟何以書記異也孔子曰孰謂來哉孰謂來哉反袂拭面涕沾袍　銑曰誰言聖達之人知命無憂古則孔丘亦抱麟而泣麟瑞獸嘗哀時西狩獲之狩獵也宣孔子謚尼字丘名也**功業未及**

建夕陽忽西流時哉不我與去乎若雲浮善曰家語曰孔子云脩事而能建業注曰建功業夕陽西流喻將老之人也嵇康幽憤詩曰時不我與雲浮言疾也　翰曰琨思復晉室故云功業未立也夕陽謂晚景喻己之老也歎時節易度如雲過也浮過也**朱實隕勁風繁**

英落素秋善曰劉楨與臨淄侯書曰肅以素秋　濟曰英落也秋西方白也故曰素秋朱實繁花將就而爲勁風素秋摧落也喻己事欲立而遭逆賊破敗傾倒也**狹路傾華蓋駭駟摧雙**

輈善曰劉歆遂初賦曰奉華蓋於帝側說文曰輈轅也　濟曰華蓋車蓋也駭驚摧折也**何意百鍊**

剛化爲繞指柔善曰應劭漢書注曰說者以金取堅剛百鍊不耗　濟曰百鍊之鐵堅剛而今

可繞指自喻經破敗而至柔弱也

贈劉琨并書 四言五臣作并序

盧子諒 良曰諶在路被劉聰破遂將妻子往并州投琨後在段匹磾處憶琨前恩故贈此詩也

故吏從事中郎盧諶死罪死罪 善曰傳子曰漢武元光初郡國舉孝廉元封五年舉秀才歷世相承皆向郡國稱故吏漢書音義張晏曰人臣上書當昧犯死罪而言 向曰琨嘗辟諶故稱故吏從事中郎昔嘗任此官也 諶稟性短弱當世罕任因其自然用安靜退 善曰孔安國尚書傳曰稟受也鄭玄周禮注曰任用也鬼谷子曰物有自然樂氏曰自然繼本名也曾子曰君子進則能達退則能靜 銑曰短弱延劣罕希也言受性延劣當世希用故任自然以崇退靜 在木闕不材之資處鴈乏善鳴之分 善曰莊子行於山中見大木枝葉盛茂伐木者止其傍而不取也問其故曰無所可用莊子曰此木以不材得終其天年夫子出於山舍故人之家故人喜令豎子殺鴈亨豎子請曰其一能鳴其一不能鳴請奚殺主人曰殺不能鳴者明日弟子問於莊子曰昨山中之木以不材得終其天年主人之鴈以不材死先生將何處莊子笑曰周將處夫材與不材之間矣材與不材之間似之而非也故未免乎累晉灼漢書注曰資材量也分謂己所當得也 翰曰山木以不材而壽鴈以能鳴而全方之於木則闕其不材比之於鴈則乏其善鳴退不如木進不如鴈也 卷異蘧子愚殊甯生 善曰論語曰蘧伯玉邦有道則仕邦無道則卷而懷之又曰甯武子邦有道則智邦無道則愚 濟曰同善注 匠者時眄不免饌 仕卷 賓 善曰言在木闕不材故匠者時眄在鴈乏之善鳴故不免饌賓莊子惠子謂弟子曰吾有大樹人謂之樗匠者不顧廣雅曰饌進食也饌與饌同 良曰同善注喻己為匹磾時眄不免充饌也 嘗自思惟因緣運會得蒙接事 善曰宋衷保乾圖注曰五運五行用事之運 向曰得蒙接事謂從事中郎也 自奉清塵于今五稔 善曰楚辭曰聞赤松之清塵然行必塵起不敢指斥尊者故假塵以言之清尊之也左氏傳叔向曰所謂不及五稔者杜預曰稔年也 向曰奉清塵者言得從後塵也稔熟也五稔五年也 謨明之效不著候人之譏已 善本作以字 彰 善曰尚書曰允迪厥德謨明弼諧毛詩序曰候人刺近小人也詩曰彼候人兮何戈與祋 向曰候人荷戈於道路之人言我謨明之功不能昭著道路譏謗早已彰露也 大雅含弘量苞山藪 善曰班固漢書贊曰大雅卓爾不羣河間獻王近之矣周易曰含弘光大品物咸亨左氏傳宋伯謂晉侯曰川澤納汙山藪藏疾 銑曰大雅君子謂琨也含弘所容大也言量度廣遠可以苞括山藪 加以待接彌優款眷逾昵與去運籌之謀願讌私之歡 善曰廣雅曰款誠也爾雅曰昵近也漢書高祖曰運籌策於帷幄之中吾不如子房毛詩曰諸父兄弟備言讌私 翰曰優厚款愛也言待接益厚愛眷逾近參預帷幄之謀得偶私宴之樂 綢繆之旨有同骨肉 善曰毛詩曰綢繆束薪毛萇曰綢繆纏綿也骨肉謂父子呂氏春秋曰父母之於子也子之於父母也此之謂骨肉之親 濟曰綢繆相親也旨意也同骨肉者謂琨以諶為兄弟也 其為知己古人罔喻 善曰晏子春秋越石父曰士者申乎知己 良曰言知己之道古人無有比也 昔聶政殉嚴遂之顧荊軻慕燕丹之義意氣之間糜 善作靡字 軀不悔 雖微達節謂之可庶 五臣作度 善曰史記曰聶政避仇如齊以屠為事濮陽嚴仲子事韓哀侯與韓相俠累有郤恐誅亡去游至齊因為聶政言曰竊聞足下義甚高臣之仇韓相俠累欲使人刺之終莫能就聶政乃獨行杖劒至韓韓相俠累方坐府上聶政直入上階刺殺俠累又曰燕太子丹質秦亡歸燕而求為報秦王者荊軻遂見太子太子曰丹之私計愚以為誠得天下之勇士使於秦闚以重利秦王貪其勢必得所願矣荊軻曰誠得樊將軍首燕督亢之地圖奉獻秦王秦王必說見臣臣乃得有以報謝承後漢書楊喬曰朕生為意氣刎頸楚辭曰子胥諫而糜軀比干忠而剖心說文曰糜爛也靡與糜古字通左氏傳曹子臧曰前志有之曰聖達節 良曰聶政荊軻刺客也同善注二人皆以意氣相感糜爛其身亦不悔矣雖無上聖達節可謂不失法度 然苟曰有情孰

能不懷故委身之日夷險已之善曰毛萇詩傳曰懷思也委身猶委質也左氏傳狐突曰策名委質貳乃辟也夷險喻治亂也淮南子曰接徑歷遠直道夷險杜預左氏傳注曰已猶訖竟也　銑曰苟且也言且曰有情之人誰能不思恩也委身之日謂事琨時也夷平已與也言平險與之同也事與願違當忝外役遂去左右收迹府朝蓋本同末異楊朱興哀始素終玄墨翟垂涕善曰役謂別駕也對琨故謂之外嵇康幽憤詩曰事與願違遘茲淹留廣雅曰違背也論衡曰王充以章和二年罷州役淮南子曰楊子見逵路而哭之爲其可以南可以北墨子見練絲而泣之爲可以黃可以黑高誘曰閔其別與化也　翰曰忝辱也外役謂事匹磾去琨之左右也收跡府朝謂琨爲司空三公有府朝也楊朱見岐路乃歎曰本同末異人亦當然故興哀也墨翟見素絲而泣曰入玄則玄豈直絲染人亦有焉諶言不能遂初始之情而變也分乖之際咸可歎慨致感之塗或迫于善作乎字茲亦奚必臨路而後長號

觀絲而後歔欷哉善曰鄭玄周禮注曰致猶會也廣雅曰迫急也楚辭曰泣歔欷而沾衿王逸曰歔欷啼貌也　濟曰歎息也言自古分離事皆然至於感傷之道有逼迫於此者何必視岐路觀素絲而後悲哭也奚何也歔欷悲也是以仰惟先情俯覽今遇感存念亡觸物增眷善作春戀　善曰先謂諶父也今謂琨也尸子曰其生也存其死也亡　良曰先情謂亡者今遇謂見遇者感念亡塗逢物則重心增戀也易曰書不盡言言不盡意然則書非盡言之器言非盡意之具矣況言有不得至於盡意書有不得至於盡言邪善曰周易繫辭文　向曰書本非能盡言言本不能盡意況有不得至於盡者言有深心於琨也不勝猥懣莫本謹貢詩一篇抑不足以揄揚弘美亦以攄其所抱而已善曰廣雅曰猥衆也王逸楚辭注曰懣憤也班固兩都賦序曰雍容揄揚著於後嗣東觀漢記陳元上疏曰抉瑕擿釁掩其弘美抱或爲抱　銑曰猥懣猶煩怨也貢獻揄引揚說攄舒也言不勝煩怨敬獻此詩不足引說大美之事但舒其所抱蘊結而已弘大也若公肆大惠遂其厚恩錫以咳唾之音慰其違離之意善曰左氏傳王使富辛如晉曰伯父若肆大惠杜預曰肆展也廣雅曰遂竟也漢書劉向曰蒙漢厚恩莊子孔子謂漁父曰丘竊侍於下風幸聞咳唾之音也　翰曰遂行錫賜也咳唾之音謂幸琨答詩慰此離闊之意則所謂咸池酬於北里夜光報於魚目善曰樂動聲儀曰黃帝樂曰咸池史記曰紂使師涓作新淫聲北里之舞靡靡之樂雒書曰秦失金鏡魚目入珠鄭玄曰魚目亂眞珠　濟曰咸池黃帝樂北里紂樂夜光寶珠也言琨能酬詩是以雅樂寶珠而報其淫聲魚目也諶之願也非所敢望也諶死罪死罪善曰左氏傳鄭伯曰孤之願也非所敢望也　良曰雖有所願不敢望其益也

濬哲惟皇紹熙有晉振厥弛維光闡遠韻有來

斯雍至止伊順善曰皇謂懷帝毛詩曰濬哲維商爾雅曰紹繼也又曰熙興也韋昭漢書注曰弛廢也蒼頡篇曰闡開也韻謂德音之和也毛詩曰有來雍雍至止肅肅　向曰濬深哲智振舉弛解雍和伊是順從也言懷帝有深智之德能紹興晉統舉其已解之綱開先帝之遠風有來至者皆和順而從之三台摛朗四岳增峻其一　善曰漢書曰北斗魁下六星兩兩而比曰三能也色齊爲和不齊爲乖說文曰摛舒也尚書帝曰諮四岳春秋漢含孳曰三公象五岳在天法三能台與能同　銑曰三台星名也其色齊明則君臣和四岳諸侯也峻高也言琨爲刺史得人故云高也伊陟佐商山甫翼周善曰尚書曰在太戊時則有若伊陟格于上帝毛詩曰肅肅王命仲山甫將之也　翰曰伊陟殷賢臣也仲山甫周賢臣也佐翼謂輔弼也弘濟艱難對揚王休善曰尚書王曰用敬保元子釗弘濟于艱難毛詩曰虎拜稽首對揚王休　濟曰對答休美也賢者能大濟艱難之事答揚王之美命也苟非異德曠世同流加其忠貞宣其徽猷其二　善曰言琨之德苟不異於昔賢雖復與之曠世若同一

流也班固議曰漢興以來曠世歷年廣雅曰曠遠也左氏傳荀息曰公家之利知無不爲忠也送往事居偶俱無猜貞也毛詩曰君子有徽猷　良曰徽美猷道也且非異德謂琨與伊陟山甫不異雖遠代若同一流又加忠正宣揚帝王之美道也

伊諶陋宗，昔遘嘉惠。申以婚姻，著以累世。善曰爾雅曰遘遇也越絕書曰共承嘉惠述暢往事左氏傳呂相曰相好戮力同心申之以婚姻范曄後漢書孔融謂李膺曰與君累世通家　向曰陋宗謂卑陋之姓婚姻謂妹嫁琨弟也著明也累世從父至子也

義等休戚，好同興廢。孰云匪諧，如樂之埶。其三　善曰左氏傳晉侯謂魏絳曰八年之中九合諸侯如樂之和無所不諧爾雅曰諧和也說文曰埶大約也　向曰義善戚憂也言相爲好憂樂興廢皆同之埶合也誰謂不能如樂聲之和合也

王室喪師，私門播遷。善曰喪師謂爲劉聰所敗也左氏傳會于洮謀王室國語曰宣王既喪南國之師法言曰屈國喪師戰國策曰破公家而成私門列子曰岱輿員嶠二山沉於大海仙聖播遷者巨億計也聲類曰播散也　銑曰王室晉室也喪師劉聰破洛陽也遷移也謂諶散移奔琨也

望公歸之，視險忽艱。善曰左氏傳晉趙孟曰望楚而歸之視遠如邇吳季重與曹丕書曰雖云幽深視險若夷　翰曰謂望琨歸之也將輕忽其艱險

茲願不遂，中路阻顛。仰悲先意，俯思身愆。其四　善曰阻顛謂諶父爲劉粲所害也　翰曰中路阻顛謂被賊害父母也仰悲父母遇害之事乃身之過也

大鈞載運，良辰遂往。瞻彼日月，迅過俯仰。善曰鵩鳥賦曰大鈞播物孔安國尚書傳曰載行也莊子曰天道運行楚辭曰吉日兮良辰鄭玄儀禮注曰遂猶因也毛詩曰瞻彼日月悠悠我思莊子老聃謂崔瞿曰其疾也俛仰之間杜預左氏傳注曰俛俯也　濟曰大鈞造化也載則運移也言造化則移良時日月之度迅疾如俯仰之間也

感今惟昔，口存心想。借曰如昨，忽爲疇曩。其五　善曰毛詩曰借曰未知蒼頡篇曰昨隔日也爾雅曰曩久也　良曰感傷今時思昔在琨處不離心口也借假也疇曩昔遠也言日月假如昨時忽成昔遠

疇曩伊何，逝者彌踈。善曰呂氏春秋曰死者彌久生者彌踈　良曰伊是逝往也疇曩是何自問也言已往之事大理益踈也曩昔也

溫溫恭人，慎終如初。善曰恭人謂琨也毛詩曰溫溫恭人惟德之基老子曰慎終如始則無敗事　銑曰溫溫寬柔貌終始如初不變易也

覽彼遺音，恤此窮孤。譬彼樛木，蔓葛以敷。其六　善曰遺音謂諶父之言也窮孤諶自謂也爾雅曰恤憂也禮記曰恤孤獨以逮不足范曄後漢書曰何敞謂宋由曰節省浮費賑卹窮孤樛木喻琨也詩曰南有樛木葛藟纍之　翰曰遺音謂琨先遺諶詩有憂恤之意樛木枝下曲者蔓葛依此敷布也諶自言附琨而起也

妙哉蔓葛，得託樛木。葉不雲布，華不星燭。承侔卞和，質非荊璞。善曰妙猶微也封禪書曰雲布霧散薛君韓詩章句曰承受也謂受恩鄭玄周禮注曰侔等也韓子曰楚人和氏得璞玉於楚山之中奉而獻之武王也　濟曰妙哉歎美蔓葛得託樛木之上不雲布謂踈薄也不星燭謂不光明也侔齊也卞和獻玉之人因以爲玉名言蒙琨奉承齊卞和之玉而我之質非荊山之璞也

眷同尤良，用乏驥騄。其七　善曰左氏傳曰晉趙鞅納衛太子于戚將戰郵無恤御簡子杜預曰郵無恤王良也尤與郵古字通　良曰尤良王良也衛太子所親之臣驥騄駿馬也言我受眷顧同王良才用乏於駿馬也

承亦既篤，眷亦既親。飾獎駑猥，方駕駿珍。善曰方言曰凡相被飾亦曰獎禮記曰凶年乘駑馬廣雅曰駑駘馬也許慎淮南子注曰猥拘凡也西京賦曰方駕授饔鄭玄儀禮注曰方併也駑以方駿猥以方珍也賈逵國語注曰珍寶也　向曰駑猥惡馬也以喻己也駿珍喻賢良也方齊并也言承眷親厚得方駕賢良同游也

弼諧靡成，良謨莫陳。無覬冀狐趙，有與五臣。其八　善曰尚書曰謨明弼諧五臣之從晉文猶諶之事劉氏無敢望同狐趙之立大功有志與彼五臣俱履危厄賈逵國語注曰覬望也左氏傳曰晉公子重耳之及於難也遂奔狄從者狐偃趙衰顛頡魏武子司空季子此五臣也　銑曰弼輔諧和也輔和之道不成良謀妙策無可陳述

五臣奚與，契闊百罹。五臣作羅　善曰言五臣何故敢與五臣契闊逢於百罹毛詩曰死生契闊又曰我生之後逢此百離毛萇曰離憂也離一作罹　翰曰奚何也百罹謂百憂也言五臣與文

公同契闊憂苦亦同我與琨身經危難也身經險阻足蹈幽遐善曰言己與五臣同也左氏傳楚子曰晉侯險阻艱難備嘗之矣義由恩深分隨昵加綢繆委心自同匪他其九善曰分猶節也毛詩曰綢繆束薪毛萇曰綢繆纏綿也漢書韓信謂廣武君曰委心歸計願子勿辭毛詩云豈伊異人兄弟匪他濟曰昵近也言蒙親愛委心於琨同於兄弟故云匪也昔在暇日妙尋通理尤彼意氣狹善作使是節士善曰孟子曰壯者以暇日脩其孝悌忠信也言昔日以意氣而循命皆非正道故尤而使之薛君韓詩章句曰尤非也謝承後漢書楊喬曰侯生為意氣刎頸又曰節士鮑昂有鵠衛浮雲之志慎子曰世高節士良曰昔在閑暇之日尋其通達之理方知以意氣而忘宗立節而隕命皆非正道故非而狹之也理道也情以體生感以情起善曰言今乃知意氣節士之流思情以體信而乃生感向曰體親也情緣親生感激之理自情而起趣舍同善作罔要窮達斯已其十善曰言既感厚恩而吉凶惟命故云趣舍無所要求窮達任

其所止也六韜太公謂武王曰夫人皆有性趨舍不同喜怒不等趨猶向也舍猶置也列子孔子曰脩一身任窮達所謂樂天知命之無憂者也呂氏春秋曰古之得道者窮亦樂達志也道得於此則窮達一也向曰趣進乎止也言進止之理不能激射而取也但任窮通於此而止謂止於匹磾處也由余片言秦人是憚善曰史記秦繆公問內史廖曰孤聞鄰國有聖人敵國之憂也今由余寡人之害將奈何也銑曰由余戎王臣也使秦怪穆公宮室壯大也憚難也而穆公難之以脩德也日磾效忠飛聲有漢善曰漢書曰金日磾本匈奴休屠王太子也武帝拜為侍中駙馬都尉莽何羅矯制發兵明旦上臥未起從外入日磾奏廁心動立入坐內戶下何羅褏白刃從東廂上日磾抱何羅呼曰何羅反得禽縛之繇是著忠孝節思玄賦曰盍遠迹以飛聲翰曰效呈飛忠孝之聲於漢此喻匹磾也桓桓撫軍古賢作冠來牧幽都濟厥塗炭其十一善曰劉琨勸進表曰撫軍幽州刺史臣匹磾尚書曰勖哉夫子尚桓桓漢書曰陳遵張竦為後進冠小雅曰牧臨也尚書曰有夏昏虐民墜塗炭濟曰桓桓武貌撫軍謂匹磾為撫軍將軍幽州牧冠謂在眾

賢上也塗泥也炭火也百姓遭亂如陷墜於泥火之中而匹磾能濟彼塗炭也塗炭既濟寇挫民阜善曰周禮曰以阜人民鄭玄曰阜盛也良曰挫摧也謬其疲隸授之朝右善曰朝右謂別駕也張璠漢記曰王堂為汝南太守教掾史曰其憲章朝右委功曹陳蕃也向曰謬誤也右上也疲隸惡賤謂自比也言誤以我為別駕授任在眾人之上上懼任大下欣施厚實祗高明敢忘所守其十二善曰漢書武帝制曰任大而守重管子曰上施厚則民之報上亦厚也毛詩曰高朗令終鄭玄曰有高明之譽而以善名終也漢書谷永曰有守者循其職也銑曰祗敬也高明謂匹磾也言實敬之不敢忘其職守相彼反哺尚在翔禽孰是人斯而忍斯心善曰毛詩曰相彼鳥矣猶求友聲小雅曰純黑而反哺者謂之烏也斯心謂諶父母見害之心也晉語國人誦共世子曰是人斯而有是臭也翰曰相視也視烏鳥猶能反哺誰是人而能忍此父母之讎而無心者每憑山海庶覬高深善曰山海以喻琨也李斯上書曰太山不讓土壤故能成

其高河海不擇細流故能成其深翰曰憑依覬見也高深謂琨也言每依山海庶得相見也邈眺存亡緬成飛沈其十三善曰韋昭國語注曰緬猶邈也濟曰眺視也緬遠也言視存亡之理遠然成其飛沈眺望也長徽已纓逝將徙舉去收跡西踐銜哀東顧善曰長徽已纓謂彼匹磾所辟類乎徽纆之繫於己也周易曰繫用徽纆說文曰嬰繞也鄭玄毛詩箋曰迴首曰顧良曰徽索也逝往也言往將移舉收彼西踐之跡銜悲哀在東而顧也曷云途遼曾不咫步豈不夙夜謂行多露其十四善曰賈逵國語注曰八寸曰咫毛詩曰豈不夙夜謂行多露銑曰貞女以露多而不往喻己懼威而不行向曰曷何遼遠也言何云途路之遠我心為咫尺寸步之間也豈不能早夜而行恐彼多露濡己畏匹磾疑其二心也緜緜女蘿施于松標必遙切善曰女蘿自喻松標謂琨也毛詩曰蔦與女蘿施于松柏廣雅曰標末也銑曰緜緜長皃女蘿喻己弱而附於匹磾也松標喻匹磾也禀澤洪榦晞陽豐條根淺難固并弱易

彫操彼纖質，承此衡飈。【其十五】善曰說文曰穌本也楚辭曰夕晞余身乎九陽毛萇詩傳曰晞乾也飈喻亂也鹽鐵論曰衝風飄鹵沙石凝積　翰曰稟受也豐茂操執也纖質謂微能也衝飈謂機要之事也言持己微能恐不堪衝機要之事也　纖質寔微，衝飈斯值。誰謂言精，致在賞意。善曰莊子曰可以言論者物之粗者也可以意致者物之精者也鄭玄禮記注曰致之言至也　濟曰寔是值逢致至賞在識意也言誰謂我精蘊至在識意也　不見得魚，亦忘厥餌。善曰莊子曰筌者所以得魚也得魚而忘筌言者所以在意也得意而忘言　良曰餌鉤上食以引魚也　遺其形骸，寄之深識。【其十六】善曰莊子曰申徒嘉兀者也謂子產曰吾與夫子遊十有九年矣而未曾知吾兀者也今子與我遊於形骸之內而子索我於形骸之外不亦過乎王命論曰淵然深識　向曰言我遺喪形骸投之遠識深識謂琨之意也　先民五臣作人頤意潛山隱几。善曰毛詩曰先民有作爾雅曰頤養也莊子曰南郭子綦隱机而坐嗒焉似喪其偶也　良曰先人謂古人也頤養也潛山巢許之徒也隱几謂南郭子綦也　仰熙丹崖，俯澡綠水。無求於和，自附衆美。善曰說文曰熙燥也謂暴燥也莊子曰古之治道者智與恬交相養而和理出其性又曰無不亡也無不有也澹然無極而衆美從之　良曰熙燥也澡浴也言如此之人不和於人而人自和不附於美而美自附　慷慨遐蹤，有愧高旨。【其十七】善曰言心慷慨慕古賢之遠蹤而事與願違故有愧高旨　良曰慷慨歎也歎此遐遠之蹤不能追之也故有慚高人之意旨意也　爰造異論，肝膽楚越。惟同大觀，萬塗善作殊一轍。善曰謂琨被謗也臧榮緒晉書曰衆人謂琨詩懷帝王大志莊子仲尼謂常季曰自其異者視之肝膽楚越也高誘淮南子注曰肝膽喻近也楚越喻遠也同大觀謂琨也鶡冠子曰達人大觀乃見其符文子曰聖人由近知遠以萬異爲一同也淮南子曰萬殊爲一也　良曰異論謂有讒琨於匹磾楚越兩國名喻遠也言平生親近之寸遂爲阻遠琨常懷大觀之理萬端爲一轍也　死生既齊，榮辱奚別。善曰列子楊朱曰生亦齊死亦齊賢亦齊愚亦齊貴亦齊賤亦齊王仲宣七釋曰均同死生混齊榮辱也　銑曰以大觀之道則榮辱死生齊而無別　處其玄根，廓焉靡結。【其十八】善曰廣雅曰玄道也張衡玄圖曰玄者無形之類自然之根作於太始莫與爲先廣雅曰廓空也靡無結謂體道虛通亡無怨結也　翰曰玄根無形類自然之根廓空也處此玄根體空無結閡也　福爲禍始，禍作福階。善曰言無常也韓詩曰利爲用本福爲禍先越記曰禍爲福先福爲禍堂　濟曰禍福相生遞爲階始　天地盈虛，寒暑周迴。善曰言物極必反也周易曰天地盈虛與時消息又曰寒往則暑來暑往則寒來　良曰萬物滋繁爲盈枯槁爲虛寒盡則暑來終而復始故言周迴也　夫差不祀，爨在勝齊。句踐作伯，祚自會稽。【其十九】善曰以喻聰也史記曰吳王夫差北伐齊敗於艾陵越王句踐敗吳王自剄越滅吳以喻琨也又曰句踐已平吳周元王使人賜句踐胙九命爲伯　向曰吳王夫差敗齊於艾陵而驕爲句踐所滅故曰不祀爨兆也亡國之兆在於破齊句踐先爲夫差所敗棲于會稽而今之滅吳也是棲會稽謂滅吳之福也祚福也言琨亦當興復晉室也　邈矣達度，唯道是杖。形有未泰，神無不暢。如川之流，如淵之量。善曰達度亦謂琨也何晏論語注曰泰自縱泰也漢書音義曰暢通也毛詩曰如山之苞如川之流國語齊大夫子高適魯見孔子曰而今而後知泰山之爲高海淵之爲大也　銑曰邈遠也遠矣美琨也杖據也言據道而行形體雖謂人所屈神智則無不通矣川流謂不閡也淵量喻其深也　上弘棟隆，下塞民望。【其二十】善曰周易曰棟隆之吉不撓乎下也鄭玄禮記注曰塞滿也左氏傳師曠謂晉侯曰夫君神之主而民之望也　翰曰琨能興復晉室上大夫國家梁棟下蘊萬人之望也

贈崔温　五言

善曰集曰與温太眞崔道儒何法盛晉錄曰温嶠字太眞又曰崔悅字道儒

盧子諒

逍遥步城隅，暇日聊游豫。北眺沙漠垂，南望舊京路。善曰毛詩曰俟我於城隅孟子曰壯者以暇日脩其孝悌忠信曹植蟬賦曰始遊豫乎芳林說文曰漠北

方流沙也曹子建白馬篇曰揚聲沙漠垂良曰隅城角也眺遠視也沙漠流沙也垂邊也舊曰京洛陽也洛陽被燒破故云舊京平陸引長流岡巒挺茂樹中原厲迅飇山阿起雲霧善曰厲疾貌也向曰陸平地岡巒山也挺拔厲作迅疾也飇風也山阿山曲也游子恒悲懷舉目增永慕良儔不獲偕舒情將焉訴善曰漢書高祖曰遊子悲故鄉李陵書曰舉目言笑誰與為歡曹子建應詔詩曰長懷永慕楚辭曰向長風而舒情銑曰謂旅宦幽州故云游子偕俱也恨不得與嶠悅等俱游也遠念賢士風遂存往古務朔鄙多俠氣豈唯地所固善曰楚辭曰伊思兮往古爾雅曰朔北方也鄭玄周禮注曰都之所居曰鄙漢書曰趙地北通燕涿高氣勢也翰曰賢士風謂古之良將之風也務取也鄙邊也言朔邊非但有游俠之氣亦地之堅固李牧鎮邊城荒夷懷南懼善曰史記曰李牧者趙之北邊良將也常代居鴈門備匈奴匈奴小入佯北不勝以數千人委之單于聞之大率衆來入李牧

多為奇陣張左右翼擊之大破殺匈奴十餘萬騎單于奔走其後十餘歲匈奴不敢近趙邊城說文曰懷念思也濟曰荒夷匈奴也趙奢正疆場亦秦人折北慮善曰史記曰趙奢趙之田部吏也秦伐韓令趙奢將救之大敗秦軍秦軍解而走遂解閼與之圍而歸左氏傳曰疆場之患一彼一此濟曰趙奢亦趙將疆場趙之邊界奢守趙界秦軍自摧無侵北之慮也羇旅及寬政委質與時遇善曰左氏傳齊侯使敬仲為卿辭曰羇旅之臣幸若獲宥及於寬政君之惠也又狐突曰策名委質貳乃辟也良曰謂自云寄客於西磾蒙寬容之政得委身重之是與時遇也恨以駑蹇姿徒煩非善作飛子御善曰王命論曰駑蹇之乘不騁千里之塗史記曰大雒生非子非子居犬丘好馬及玄畜善養息之犬丘人言之周孝王召使主馬于汧渭之閒大蕃息非與飛古字通向曰非子蒙造父之後善御者謂自言我鈍駑之姿徒勞善御者御之御者以喻其匹磾也亦既弛負擔忝位宰黔黎苟云免罪戾何暇收民譽善曰左氏傳陳公子完曰免於罪戾弛於負擔又曰晉悼公即位公宮之長皆民譽也銑曰弛廢也黔黎人也譽聲美也言廢負擔之役忝職理人且免罪至身而已何有容暇以收人之美聲也倪寬以殿黜終乃最衆賦善曰漢書曰倪寬遷左內史時裁闊狹與民相假貸以租多不入後有軍發左內史以負租課殿當免皆恐失之大家牛車小家擔負輸租繈屬不絕課更以最上翰曰殿後最先也何武不赫赫遺愛常在去善曰同濟注濟曰何武字君公為楚內史仁厚居官無赫赫之名去後常有遺愛為人思之赫赫盛皃古人非所希短弱自有素何以敷斯辭惟以二子故善曰鄭玄禮記注曰素猶故也良曰古人謂倪寬何武希望也短弱謙自謂也有素謂素有仁厚之性敷布也二子崔溫也以知我情故有此辭

荅魏子悌五言向曰魏子悌亦為劉琨從事與諶同官

盧子諒

崇臺非一幹珍裘非一腋善曰慎子曰廊廟之材蓋非一木之枝狐白之裘非一狐之皮也治亂安危存亡榮辱之施非一人之力埤蒼曰腋在肘後銑曰崇高幹枝也為高臺非一木之枝而就狐腋下皮白堪為裘然為裘非一狐腋之能成喻為國亦資衆賢之力多士成大業羣賢濟弘績善曰班固漢書贊曰高祖征伐定天下縉紳之徒騁其智辯並成大業翰曰成大業者資衆賢以成大功遇蒙時來會聊齊朝彥跡善曰言富貴榮寵時之暫來也漢書蒯通曰時乎時不再來翰曰朝謂琨府朝也彥謂悌也言我蒙遇其時得與悌齊跡事琨也顧此腹背羽愧彼排虛翮善曰韓詩外傳曰晉平公遊於河而嘆曰安得賢士與之樂此也船人孟胥跪而對曰君亦不好士耳何患無士乎公曰吾食客門左千右千人何謂不好士乎對曰夫鴻鵠一舉千里所恃者六翮耳背上之毛腹下之毳益一把飛不為加高損一把飛不為加下今君之食客門左右各千人亦有六翮在其中矣將皆背上之毛腹下之毳耶翰曰謂自言我腹背之毳愧對悌六翮之用寄身蔭四岳託好

憑三益善曰書帝曰咨四岳論語孔子曰益者三友友直友諒友多聞益矣　濟曰四岳諸侯謂劉琨匹磾也三益友謂悌也言我寄身於琨得託於悌也傾蓋雖終朝大分邁疇昔善曰鄒陽上書曰白頭如新傾蓋若故左氏傳曰楚子文訓兵終朝而畢李固與黃瓊書曰開鄭大分綢繆恩信左氏傳羊斟曰疇昔之羊子為政　良曰昔孔子遇程子於途雖傾蓋而語終朝至於大論分義我與悌過於昔人在危每同險處安不異易協韻以赤切俱涉晉昌艱共更飛狐厄善曰易夷易也王隱晉書曰惠帝以敦煌土界闊遠分立晉郡又曰晉昌護匈奴中郎將別領戶然時段匹磾為此職諶在磾所難斥言之故曰晉昌也晉中與書曰石勒攻樂平劉琨自伐飛狐口奔安次也　向曰晉昌郡名為石勒所攻飛狐塞名嘗為賊所得劉琨與諶悌往伐之為賊所敗奔安次故云同險易厄難也恩由契闊生義隨周旋積善曰毛詩曰死生契闊左氏傳晉公子重耳謂楚子曰晉楚治兵以與君周旋　銑曰契闊厄難也周旋相追逐言恩義之道自此深厚豈謂鄉曲譽謬充

本州役善曰燕丹子曰士無鄉曲之譽則不可以論行匹磾辟諶為幽州別駕故曰本州之役論衡曰王充以章和二年罷州役　翰曰言我不因鄉曲之美譽而謬充此幽州別駕也諶涿郡人涿郡屬幽州故云本州役也乖離令我感悲欣使情惕理以精神通匪曰形骸隔善曰毛萇詩傳曰惕惕猶切切也楚辭曰衆人莫可與論道兮精神之不通莊子曰申徒兀者也謂子產曰今與我遊於形骸之內而子索我於形骸之外不亦過乎　濟曰悲令別離欣昔同聚令我情之驚懼也然理迹苟通不以形遠而為隔也妙詩申篤好清義貫幽賾恨無隨侯珠以酬荊文璧善曰小雅曰賾深也淮南子曰隨侯之珠和氏之璧得之而富失之而貧韓子曰楚人卞和得璞玉於荊山之中文王即位乃使理其璞得寶焉命曰和氏之璧傳玄豫章行曰琅玕溢金匱文璧世所無　良曰篤厚悌之贈詩申其厚好義貫幽賾言我恨無美才如隨侯珠以酬悌之妙詩如荊文之璧也

荅靈運五言

謝宣遠向曰靈運先寄秋霖詩於瞻故有此荅

夕霽風氣涼閑房有餘清開軒滅華燭月露皓五臣作浩已盈善曰何敬祖雜詩曰閑房來清氣呂氏春秋曰冬不用翣清有餘也軒牕也蜀都賦曰高軒以臨山秦嘉贈婦詩曰飄飄帷帳熒熒華燭　銑曰霽晴也軒門窗也盈滿也言月露之色太盛盈滿內外也獨夜無物役寢者亦云寧善曰孫卿子曰是謂以己為物役也　銑曰無物役謂無事役己也寧安也忽獲秋霖唱懷勞奏所誠善作成　善曰靈運秋霖詩序云示從兄宣遠　翰曰秋霖謂靈運所寄也懷勞謂思勤勞書其懇誠也歎彼行旅艱深茲眷言情善曰魏文柳賦曰行旅仰而迴眷毛詩曰眷言顧之　濟曰靈運既歎行旅復深眷戀於瞻伊余雖寡慰殷憂暫為輕牽率酬嘉藻長揖愧吾生善曰長門賦曰伊余懷之慢愚兮毛詩曰耿耿不寐如有殷憂左氏傳智伯曰牽率老夫以至于此文賦曰嘉藻麗之彬彬漢書曰酈食其長揖不拜陸機贈潘岳詩曰僉曰吾生明德惟允　良曰慰安也言我情雖少安為得靈運詩殷憂之情暫為輕也生有德之稱也言雖牽率酬其所贈然揖靈運之德而自愧也

於安城荅靈運五言　善曰謝靈運贈宣遠序曰從兄宣遠義熙十一年正月作守安城其年夏贈以此詩到其年冬有荅　向曰瞻為安城守靈運見贈故有此荅

謝宣遠

條繁林彌蔚波清源逾善作愈濬華宗誕吾秀之子紹前胤善曰阮德猷荅東道彥詩曰體直響正源深流清魏志曹植上疏曰華宗貴族必有應斯舉者毛萇詩傳曰誕大也大矣后稷十月而生也廣雅曰秀美也毛詩曰之子于征尚書曰俾克紹前烈孔安國尚書傳曰胤嗣也　銑曰蔚盛濬深誕生紹繼胤緒也之子謂靈運也言子孫之賢益宗族深盛也謂靈運能繼其緒綢繆結風徽烟熅吐芳訊鴻漸隨事變靈善作雲臺與

年峻其一善曰毛詩曰綢繆東薪周易曰天地絪縕萬物化醇演連珠曰肆義芳訊鄭玄禮記注曰訊問也
鴻漸以喻仕進雲臺以喻爵位也周易曰鴻漸于陸其羽可以爲儀李顒阮彦倫誄曰累土積功以爲雲臺淮南子曰雲
臺之高墮者折脊碎脛高誘曰臺高際於雲故曰雲臺也楚辭曰綢繆纏綿也徽善也謂風雅相善也烟熅和氣也芳訊
芳言也謂贈詩也漸進也隨事變祿秩進變也靈臺喻德也言靈運之德年益高峻也華蕚相光
飾嚶鳴善作嚶嚶悅同響善曰毛詩曰棠棣之華萼不韡韡鄭玄曰興者諭弟以敬事兄兄以
榮覆弟也毛詩曰伐木丁丁鳥鳴嚶嚶鄭玄曰其鳴之志似於求友也濟曰華萼喻兄弟也嚶嚶鳴兩鳥之聲也言我與
爾文章相和亦猶鳥之嚶鳴而悅其同聲響也光明也華飾也親親子敦余賢賢吾
爾賞善曰記曰君子賢其賢而親其親又曰親親故尊祖尊祖故敬宗論語曰賢賢易色　良曰子以親而厚
我賞識也我識爾之賢才也比景後鮮輝方年一日長善曰言比景後爾鮮
輝方年長爾一日也說文曰景光也論語曰子路曾晳冉有公西華侍坐子曰以吾一日長乎爾　向曰比光景與彼則

在後鮮明方年我則一日長於彼也萎葉愛榮條涸流好河廣其二善曰
王逸楚辭注曰枝葉早萎痛絶落潘安仁河陽詩曰峻巖數榮條文賦曰豁若涸流楚辭曰江河廣而無梁　銑曰萎葉
涸流自喻也榮條河廣喻靈運之德茂深也殉五臣作徇業謝成操復禮愧貧
樂善曰司馬彪莊子注曰殉營也論語子曰一日克己復禮天下歸仁焉子曰貧而樂富而好禮者也　翰曰言營事
業無成遂本志不克己復禮居貧樂道故云愧也幸會果代耕符守江南五臣
作南江曲善曰許愼淮南子注曰果成也禮記曰諸侯之下士視上農夫祿足以代其耕漢書曰初與郡守爲
竹使符也濟曰幸會得此祿剖符守於安城安城臨江故云江曲也履運傷荏苒遵塗
歎緬邈善曰莊子曰陰陽四時運行各得其序張茂先勵志詩云日與月與荏苒代謝陸機贈馮文熊詩曰
遵塗遠蹈又擬古詩曰緬邈若飛沉　良曰荏苒流易也緬邈長遠也言所履之運流易遵常之道長遠也布懷
存所欽我勞一何篤其三善曰嵆康秀才詩曰思我所欽我勞如何徐幹荅劉禎

詩曰我思一何篤其愁兼三春　向曰布懷抱所敬於靈運也言我相思爲勞實於爾厚也肇允雖
同規翻飛各異槩善曰毛詩曰肇允彼桃蟲翻飛惟鳥異槩謂異量也凡槩以平量故言槩
而題量焉楚辭曰一槩而相量也　銑曰肇始允信槩節也言我初始信與爾同規摹及騰舉之節各異也迢
遞封畿外窈窕承明內善曰宣遠爲安城守故云封畿外靈運爲秘書監故云承
明內也毛詩曰京畿千里承明假京洛而言之也　翰曰承明殿名迢遞遠貌窈窕深也尋塗塗既
睽即理理已五臣作亦對善曰外內殊職是塗睽也賢愚異任是理對也　濟曰賢者處內不
賢者居外亦理之相對也絲路有恒悲矧廼在吾愛其四善曰淮南子曰墨
子見練絲而泣之爲可以黃可以黑楊子見逵路而哭之爲可以南可以北又絲或爲蹊也　良曰楊朱墨翟感於素絲
岐路尚猶有悲況在我愛而乖別也跬頃弭行安步武鎩殺翮周數仞
善曰漢書公孫玃曰吳失與而無助跬行獨進如淳曰跬以一足行鄭玄禮記注曰武迹也淮南子曰飛鳥鎩羽許愼曰

鎩殘羽也莊子曰有鳥焉其名爲鵬摶扶搖羊角而上者九萬里斥鷃笑之曰我騰躍而上不過數仞而下此亦飛之至
也包咸論語注曰七尺曰仞　向曰跬舉足也言我舉足而行安於一迹之內鎩翮而起不過數仞之上言志之小也
豈不識高遠違方往有吝歲寒霜雪嚴過半路
愈峻五臣作逾峻　善曰阮籍詠懷詩曰豈不識宏大羽翼不相儀郭象莊子注曰亦猶鳥之自得於一方也
周易曰君子舍之往吝窮也言位高而愈懼也莊子孔子曰天寒既至霜雪既降戰國策曰或謂秦王曰行百里者半
於九十此言末路之難也　銑曰言我豈不知高遠之美材德不及違常而往恐有悔吝歲寒喻老也半路謂五十已上
也逾益峻難也年老至是其情益難也量己畏友朋勇退不敢進善曰
庾元規讓中書表曰量己知弊左氏傳陳敬仲曰詩云豈不欲往畏我友朋晏子春秋曰上士難進而易退也　銑曰量
其己材薄劣畏其友朋故難進而勇於退也行矣勵令猷寫誠酬來訊其五
善曰孔安國尚書傳曰勵勉也補亡詩曰寘寫爾誠曹植與吳重書曰得所來訊文采委曲　向曰言勉彼善道寫我誠

心以酬其來問也言此以相誡酬對也

西陵遇風獻康樂　五言　善曰沈約宋書曰靈運襲封康樂侯鄭玄禮記注曰獻猶進也又曰古者致物於人尊之曰獻

謝惠連　濟曰惠連是靈運弟尊之故云獻也西陵蓋所居之西

我行指孟春春仲尚未發趣途遠有期念離情無歡成裝候良辰漾舟陶嘉月　善曰許慎淮南子注曰裝飾也楚辭曰吉日兮良辰蜀都賦曰漾輕舟楚辭曰陶嘉月兮總駕搴五英兮自脩爾雅曰陶喜也　翰曰指擬趣向也成裝謂裝束成就也候時也良辰安靜無風時也漾舟泛舟也陶樂也嘉月謂其春月也　瞻塗意少悰還顧情多闕【其一】善曰韋昭漢書注曰悰樂也　良曰闕謂闕常情也　哲兄感仳匹婢別相送越坰林　善曰兄謂靈運也漢書谷永謝王鳳曰察父哲兄養育子弟誡無以加毛詩曰有女仳離慨其嘆矣毛萇曰仳別也匹視切爾雅曰野外曰林林外曰坰　銑曰越度也同善註　飲餞野亭館分袂澄湖陰悽悽留子言眷眷浮客心迴塘隱艫栧曳遠望絕形音【其二】善曰毛詩曰飲餞于禰范曄後漢書曰郭伋遂止野亭韓詩曰眷眷懷顧孔安國尚書傳曰浮行也南都賦曰分背迴塘說文曰艫船頭也韋昭漢書注曰栧檝也　濟曰袂袖也湖水曲也水南曰陰留子謂靈運住也行客惠連自謂也悽悽眷眷悲戀貌迴塘曲岸也艫舟也栧楫也言舟隱曲岸望聽不見其形音也　靡靡即長路戚戚抱遙悲悲遙但自弭路長當語五臣作悶誰　善曰楚辭曰居戚戚而不解楚辭曰汎容與而遐舉兮聊抑志而自弭杜預左氏傳注曰弭息也古詩曰愁思當語誰　濟曰靡靡行貌戚戚憂傷也既就長路憂傷而抱遠悲弭止也言悲以但自止無人可語之也　行行道轉遠去去情彌遲　善曰陸機赴洛詩曰行行遂已遠韓詩外傳曰孔子之去魯遲遲乎其行也　翰曰行道雖遠相戀之情遲遲然不能絕也　昨發浦陽汭今宿浙折江湄【其三】善曰酈善長水經注曰浦陽江水導源烏傷縣而經上虞縣孔安國尚書傳曰水北曰汭晉灼漢書注曰江水至會稽山陰爲浙江郭璞山海經注曰今錢塘有浙江　良曰浦陽浙江皆江名也汭外之交入也湄水岸也　屯雲蔽曾嶺驚風涌飛流零雨潤墳澤落雪灑林丘　善曰毛詩曰零雨其濛　銑曰蔽障也曾嶺高山也飛流謂浪起也落雪言二月半時尚有餘雪灑謂散灑於林木之上也　浮氣晦崖巘積素惑五臣作或原疇曲氾薄停旅五臣作依通川絕行舟【其四】善曰爾雅曰重巘隒也王逸楚辭注曰泊止也泊與薄古字通韓詩外傳阿谷之女曰阿谷之隧隱也魏文柳賦曰行旅仰而迴眷上林賦曰通川過於中庭魏文帝善哉行曰洋洋川流中有行舟　向曰巘山之險積素謂雪也或亂也積雪之色亂於原野曲巳窮賣也謂舟皆停止通流之處絕而不行　臨津不得濟佇檝阻風波蕭條洲渚際氣色少諧和西瞻五臣作矚興游歎東睇起悽五臣作悽歌　善曰孔叢子孔子歌曰臨津不濟還轅息鄒爾雅曰佇久也家語孔子曰不觀巨海何以知風波之患也　翰曰津濟度處佇久立也蕭條空寂貌也氣色少諧和謂風雲錯迕也西瞻興與兄游故起歎息睇視也悽歌即此詩也　積憤成疢痗晦無萱將如何【其五】善曰韓詩曰焉得萱草言樹之背願言思伯使我心痗薛君曰萱草忘憂也萱與諼通　良曰言累積憤怨成其疢病也萱草可以忘憂也

還舊園作見顏范二中書　五言　善曰沈約宋書曰元嘉三年徐羨之等誅徵顏延之爲中書侍郎范中書蓋謂范泰也

謝靈運　銑曰顏延之范泰俱爲中書侍郎舊園即會稽始寧之園也宋太祖遣范泰與靈運書敦獎令仕故有此行也

辭滿豈多秩謝病不待年偶與張邴合久欲還

文二十五　卅一

文二十五　卅二

東山善曰漢書張良曰今以三寸舌爲帝師封萬戶位列侯此布衣之極於良足矣願弃人間事欲從赤松子學道輕舉又曰瑯邪邴漢亦有清行兄子曼容亦養志自修爲官不肯過六百石輒自免去東山謂會稽始寧也檀道鸞晉陽秋曰謝安有反東山之志每形之於言　向曰言我辭滿不謂多祿謝病不待老年偶然與二賢合意輒自免官歸會稽山也

聖靈昔迴眷微尚不及宣何意衝飆激烈火縱炎煙焚玉發崐峯餘燎遂見遷善曰聖靈謂高祖也陸機弔魏文帝柳賦曰行旅仰而廻眷沈約宋書曰少帝即位權在大臣靈運構扇異同非毀執政司徒徐羨之等患之出爲永嘉太守鹽鐵論曰衝風飄鹵沙石凝積尚書曰火炎崐岡玉石俱焚天吏逸德烈于猛火　濟曰聖靈謂宋太祖也廻眷謂眷顧於己也微小也謂己小爲高尚之志不及宣用也衝飆謂徐羨之等爲亂殺廬陵王并及賢良故云焚玉發崑崒也靈運時爲廬陵王司馬初被遷永嘉守故云餘燎遂見遷也

投沙理既迫如卭願亦愆善曰漢書曰賈誼以謫居長沙長沙卑濕誼自傷悼以爲壽不得長又曰卓文君謂司馬長卿曰第如臨卭從昆弟假貸猶足以爲生何至自苦如此相如與俱之臨卭第但也　翰曰言我被遷既逼迫歸願亦失也愆失也

長與懽愛別永絕平生緣浮舟千仞壑揔轡萬尋巔善曰緣因緣也戰國策蘇代曰水浮輕舟春秋繁露曰水趣千仞之壑而不旋必勇者家語孔子曰善御者正身以揔轡琴賦曰青壁萬尋　銑曰親愛緣爲從頭斷絕也千仞壑謂江也萬尋巔謂山也言所歷危險

流沫不足險石林豈爲艱善曰列子曰孔子觀於呂梁懸水四十仞流沫三十里見一丈夫游之以爲有苦使弟子並水而承之數百步出被髮行歌而游於塘下孔子從而問焉曰蹈水有道乎長於水而安於水性也楚辭曰焉有石林　銑曰石林之險山名也以此比所經涉之處此未足爲艱難也

閩旻中安可處日夜念歸旋善曰漢書曰故越王無諸世奉越祀身帥閩中兵以佐滅秦韋昭曰東越之別名也　向曰閩中東越之名言彼遠不可安處而日夜思歸

事躓陟利兩如直心愜三避賢善曰言史魚有道無道行俱如矢而已有道則見召無道則左遷故云事躓兩如矢直而已雖遷終無悔吝心愜三避之賢韋昭漢書注曰躓頓也謂顛仆也說文曰躓跌也論語子曰直哉史魚邦有道如矢邦無道如矢史記曰孫叔敖相楚三去相而不悔知其非己罪也三避三黜也　濟曰兩直謂邦無道如矢邦有道如矢三避賢謂太祖三徵不就也言我遭困頓亦猶抱二直所以避三賢之路

託身青雲上棲巖挹飛泉善曰陸機詩曰託身承華側嵇康絕交書曰許由之巖棲　翰曰託寄也青雲上言所居高也挹酌也飛泉石上泉也

盛明盪氛昏貞休康屯邅殊方感成貸微物豫采甄善曰盛明貞休謂太祖也言以盛明之德而蕩氛昏之徒又以正美之道以康屯邅之俗也解嘲曰遭盛明之世周易曰乾元亨利貞又曰休否大人吉鄭玄曰休美也王弼曰居尊位能休否也周易曰屯如邅如沈約宋書曰太祖登祚徐羨之等伏誅徵靈運爲祕書監再召不起上使光祿大夫范泰與靈運書敦獎之乃出就文子曰殊方偏國老子曰夫惟道善貸且成說文曰貸施也魏明帝豫章行曰於斯誠微物能不懷傷悴鄭玄尚書緯注曰甄表也　良曰盪去氛昏謂平徐羨之也貞正也言用正美之道以安屯難也殊異之方皆成恩施故我微細之物豫及采錄也甄錄也

感深操不固質弱易板百纏善曰謂應徵也感深感荷情深也楚辭曰悲靈脩之浩蕩何執操之不固應璩與陰中夏書曰體正者則檢於人質弱者則陋於衆版纏猶牽引也　銑曰言我感恩之深然執操不能堅固體質延劣易爲板纏也言就徵也

曾是反昔園語往實款然曩基即先築故池不更穿善曰毛詩曰曾是在位爾雅曰款愛也爾雅曰曩久也謂久舊也仲長子曰築基起功莊子曰相造于水者穿池而養給也　向曰曾則也則是還其故園語往謂昔有此語款然謂款其所欲曩昔也言昔隱居之處不加其穿築

果木有舊行壤石無遠延善曰劉歆甘泉賦曰桂木雜而成行說苑曰楚莊子築曾臺延石千里延壤百里　濟曰所取土石不勞遠引

雖非休憩地聊取永日閑衛生自有經息陰謝所牽善曰毛詩曰且以永日鄭玄曰永別也莊子南榮趎曰願聞衛生之經而已矣老子曰衞生之經能抱一乎能勿失乎能與物委蛇而同其波是衞生之經也司馬彪曰衛生謂衛護其生全性命也息陰即息影也牽

謂俗務也　翰曰言此故園雖非休憩之地聊取永日閑暇而攝衛自有其常也亦猶畏影之人背之而走不知就陰而止影也所牽謂俗務所牽也

夫子照情素探懷授往篇　善曰史記蔡澤謂應侯曰公孫鞅之事孝公也披心腹示情素素猶實也王仲宣詩曰探懷授所歡顯辭不顧身　良曰夫子謂顯范也言二人明我情之本故探己懷抱寫誠授所往之篇

登臨海嶠初發彊中作與從弟惠連可見羊何共和之　善本无可字　五言　善曰謝靈運遊名山志曰桂林頂遠則嵊尖彊中沈約宋書曰靈運既東還與族弟惠連東海何長瑜潁川荀雍太山羊璿之文章賞會共爲山澤之遊時人謂之四友　銑曰臨海郡名嶠山頂也彊中地名羊羊璿何何長瑜此詩與惠連令見羊何二人可共和之也

謝靈運

文二十五　卅五

杪秋尋遠山山遠行不近　善曰楚辭曰靚杪秋之遙夜　與子別山阿含酸赴脩畛中流袂就判欲去情不忍　善曰說文曰畛井田間陌毛萇詩傳曰判分也毛詩曰彷徨不忍去　向曰脩長也袂袖判別也言於中流執袖就別欲去而情不忍也　顧望脰一旦未悄玄於汀曲舟已隱　善曰何休公羊傳注曰脰頸也嗟彥聲詩曰相思心既勞相望脰亦悄說文曰痟疲也痟與悄通文字集略曰汀水際平也　濟曰脰頸也悄正也汀水岸也言相望之頸未正而舟已隱於曲岸也　隱汀絕望舟鶩棹逾驚流　欲抑一生歡并奔千里游　善曰海賦曰驚浪雷奔言遠別已爲抑歡千里逾加離思列子公孫朝曰欲盡一生之歡窮當年之樂古詩曰離家千里客戚戚多思復　翰曰鶩疾也抑止也并共也言欲上一生之歡共汲奔千里游也　日落當棲薄繫纜臨江樓　善曰纜維舟索也吳志曰更增舸纜謝靈運遊名山志曰從臨江樓步路南上二里餘左望湖中右傍長江也　良曰纜船索也日暮栖薄纜船於江樓之上　豈惟夕情斂憶爾共淹留　善曰楚辭曰攀桂枝兮聊淹留　銑曰言夕色雖斂憶汝之情轉增淹留也　淹留昔時歡復增今日歎茲情已分慮況乃協悲端　善曰潘岳哀永逝曰憶舊歡兮增新悲悲端謂秋也楚辭曰悲哉秋之爲氣也　向曰追念昔歡更增悲歎以分思慮況合秋序乎　秋泉鳴北澗哀猨響南巒戚戚新別心悽悽久念攢　善曰爾雅曰巒山隋郭璞曰山形長狹者荊州謂之巒蒼頡篇曰攢聚也　銑曰猨鳴泉響感動人使其憂傷久念皆攢聚於心也　攢念攻別心旦發青谿陰暝投剡時冉中宿明登天姥古莫岑　善曰楚辭曰夕投宿於石城漢書曰會稽有剡縣吳錄地理志曰剡縣有天姥岑　濟曰聚念能攻激別離之心也青谿名水南曰陰暝暗也剡中縣名有天姥山皆行經處也　高高入雲霓還期那可尋　善曰孟子曰太山之高參天入雲羊祜請伐吳表曰高山尋雲霓潘安仁在懷縣詩曰感此還期淹　翰曰入雲霓言高也那可尋謂迷舊路也

文二十五　卅六

儻遇浮丘公長絕子徽音　善曰列仙傳曰王子喬好吹笙道人浮丘公接以上嵩山毛詩曰太姒嗣徽音　良曰浮丘公古仙人徽美也言我儻遇此仙公長絕子美音信

酬從弟惠連　五言　銑曰酬報也報荊西陵遇風獻詩也

謝靈運

寢瘵謝人徒滅迹入雲峯　善曰爾雅曰瘵病也太玄經曰孝子行則滅迹立則隱形　向曰徒衆也言我卧病謝時人之衆滅迹入於雲峯也峯山也　巖壑寓耳目歡愛隔音容永絕賞心望長懷莫與同末路值令弟開顏披心胸　善曰潘安仁詩曰歲寒無與同鄒陽上書曰至其晚節末路古詩曰瘵濟令弟史記蔡澤曰披腹心　濟曰巖壑山水也歡愛謂惠連也寄情山水與隔萬音容也　翰曰言無敢望有識

我心者長懷代人無有甚與同事不衰也衰老始得逢令弟開解我心胷也令弟謂惠連心胷既云披意得咸在斯淩澗尋我室散帙問所知夕慮曉月流朝忌曛日馳善曰莊子善卷曰余逍遙於天地之間而心意自得也説文曰帙書衣也王逸楚辭注曰曛黃昏時也　良曰散帙謂開書帙也相問古今所知之事欣然相樂朝夕不疲畏日月之流馳忌畏也曛日晚也悟對無厭歇聚散成分離其二善曰言事無常故聚而必散成有分離也莊子曰禍福相生聚散以成銑曰以言悟相對無厭息也然人理有聚散遂成分離也

分離別西川迴景歸東山別時悲已甚別後情更延傾想遲去嘉音果枉濟江篇善曰爾雅曰延長也遲猶思也果猶遂也　向曰西川即惠連別處也東山靈運所居也言迴別之光景歸於東山也遲待也傾心待爾音信果然與我詩也濟江篇則惠連與靈運詩也辛勤風波事款曲洲渚言其三善曰家語孔子曰不觀巨海何以知風波之患秦嘉贈婦詩曰思面敘款曲

洲渚既淹時風波子行遲務協華京想詎存空谷期猶復惠來章祗足攪余思儻若果歸言共陶暮春時其四善曰廣雅曰務遠也華京猶京華也郭璞遊仙詩曰京華遊俠窟毛詩曰皎皎白駒在彼空谷毛詩曰胡逝我梁祗攪我心陶喜也楚辭曰陶嘉月兮總駕搴玉英兮自脩　濟曰務趣也言觀詩之趣但合游宦之路不存意山谷也惠我之詩祗足亂我之志果歸言惠連別時有歸言也此言如果當共賜樂暮春之時也

暮春雖未交仲春善游遨善曰未交謂暮春氣節與仲春未交也孔安國尚書傳曰南交言夏與春交也山桃發紅萼野蕨漸紫苞善曰爾雅曰𣟗山桃也毛詩曰言采其蕨毛詩義疏曰蕨山菜也初生紫苞尚書曰草木漸苞孔安國曰漸進長苞叢生也　翰曰紫色也嚶鳴善本作鳴嚶已悦豫幽居猶鬱陶善曰毛詩曰伐木丁丁鳥鳴嚶嚶禮記曰幽居而不淫論衡曰幽居而靜則恬澹自守尚書曰鬱陶乎予心顏厚有忸怩孔安國曰鬱陶哀思也　良曰此時山鳥鳴悦我幽居懷汝之情猶哀思也夢寐佇歸舟釋我吝與勞其五善曰范曄後漢書曰陳蕃周舉常相謂曰數日之間不見黃生則鄙吝之萌復存乎心毛詩曰豈不爾思勞心忉忉　向曰佇待也夢寐待之還解我吝恨與憂勞也

六臣註文選卷第二十五

六臣註文選卷第二十六

梁昭明太子撰

唐李善并五臣註

贈答四

贈王太常 五言 善曰蕭子顯齊書曰王僧達除太常

顏延年

玉水記方流琁源載圓折 善曰尸子曰凡水其方折者有玉其圓折者有珠也濟曰折曲也 蓄寶每希聲雖秘猶彰徹 善曰老子曰大音希聲左氏傳君子曰以險危大人而有名章徹也翰曰水之蓄珠常有音聲雖然秘密光明亦通於上喻君子之道闇而彰也 聆龍睇劒九淵泉善作 聞鳳窺丹穴 善曰廣雅曰聆聽也莊子曰夫千金之珠必在九重之泉驪龍頷下說文曰睇察也山海經曰丹穴之山有鳥焉其狀如鶴五采名曰鳳鳥飲食自歌自舞見則天下安寧 良曰九重之淵龍所居也丹穴山名也鳳鳥所從中出也 歷聽豈多士工善作 唯然覯時世善作 哲舒文廣國華敷言遠朝列烈五臣作 善曰孔安國尚書傳曰工官也王逸楚辭注曰發文舒詞爛然成章國語季文子曰吾聞以德榮為國華尚書曰凡厥衆人極之敷言蔡邕舉賦曰濕則朝列爾雅曰列業也 銑曰覯見數布烈美也言歷聽豈有多士然獨見僧達可為時哲矣舒其文章布其言語可以廣國朝之美也 德輝灼邦懋芳風被鄉耋 善曰禮記曰德輝動乎內而人莫不承聽禰衡顏子碑曰秀不實振芳風 向曰懋盛被加耋老也言德輝可以盛邦國之美芳風可以加鄉老之化 側同幽人居郊扉常晝閉音蔽 善曰周易曰履道坦坦幽人貞吉殷仲堪誄曰掩門晝掩閑庭晏然 濟曰側不敢正謙詞也邑外曰郊扉門扉也言我同僧達幽居於邑外門常晝閉言無事也 林閭時晏開亟器 迴長者轍 善曰爾雅曰野外謂之林鄭玄周禮注云閭里門也漢書淮南王曰早閉晏開又曰陳平門外多長者車轍 翰曰林閭里門晏晚亟數也林中之門雖晚開而數迴長者之車轍 庭昏見野陰山明望松雪靜惟浹羣化徂生入窮節 善曰鄭玄毛詩箋曰惟思也蘇林漢書注曰浹周也莊子曰已化而生又化而死爾雅曰徂往也謂往之死也家語孔子曰化於陰陽象形而發謂之生化窮數盡謂之死 良曰浹及也靜思及於萬物變化之理傷我既往之年入此窮暮之節喻已年老也 豫往誠歡歇悲來非樂閡 善曰周易曰初六鳴豫凶王弼曰樂過則淫志窮則凶爾雅曰豫樂也淮南子曰奏樂而喜曲終而悲鄭玄禮記注曰閡終也 銑曰豫逸歡息也逸樂之往信歡之息也凡奏樂而喜樂閡而悲言今悲來自傷不因樂閡 屬美謝繁翰遙懷具短札祖黠切 善曰屬猶綴也謝猶慙也說文曰懷念思也又曰札牒也 向曰愧我無繁辭之翰綴屬君之美事然遠寫懷抱具短札之中札筆也

夏夜呈從兄散騎車長沙 五言 善曰集曰從兄散騎字敬宗 濟曰顏延年從兄顏敬宗也車長沙字仲遠

顏延年

炎天方埃鬱暑晏闋塵紛 善曰淮南子曰南方曰炎天高誘曰南方五月建午火之中也火性炎上故曰炎天廣雅曰方正也毛萇詩傳曰鬱積也禮記曰仲夏小暑至賈逵國語注曰晏晚也毛萇詩傳曰闋息也杜預左氏傳注曰紛亂也 翰曰言正炎熱時塵氛煩鬱至夜晚乃息也 獨靜闕偶坐臨堂對星分 善曰賈逵國語注曰偶對也周禮曰以星分夜 良曰闕偶猶無對也 側聽風薄木博 遙睇月開雲夜蟬當夏急陰蟲先秋聞 善曰法言曰風薄于山孔安國尚書傳曰薄迫也亦激之意也楚辭曰雲紛紛而薄木禮記曰仲夏之月蟬始鳴易通系卦曰蟋蟀之蟲隨陰迎陽聖主得賢臣頌曰蟋蟀俟秋吟 銑曰睇視也言聞風聲迫林木視月從雲而開也陰蟲蛩也先秋謂秋前聞也 歲候初過半荃蕙豈久芬 善曰楚辭

曰時靈疊而過中又曰荃蕙化而爲茅　向曰雖在夏中閒蟋蟀鳴則知時候過半荃蕙香草也豈能久芬者亦自傷也

屏居惻物變慕類抱情殷善曰漢書曰竇嬰謝病屏居田南山下鵩鳥賦曰萬物變化楚辭曰思慕類兮以悲魏文帝善哉行曰喟然以惋歎抱情不得敘栢玄鸚鵡賦曰眷儔侶而情殷殷憂也　濟曰屏退也類朋類也謂敬宗仲遠也退居痛物之變化思慕朋類而情殷憂也

九逝非空思七襄無成文善曰楚辭曰惟郢路之遼遼兮魂一夕而九逝韓詩曰跂彼織女終日七襄雖則七襄不成報章薛君曰襄反也　翰曰言我魂一夕九往豈空自悲思所思者君也但恨七反而不成文章也

直東宮荅鄭尚書五言　善曰沈約宋書曰鄭鮮之字道子高祖踐阼遷都官尚書　良曰延年時爲太子舍人故有此贈荅

顏延年善曰沈約宋書曰高祖受命延年補太子舍人然荅詩謝舍人之日

皇居體環極設險衹天工善曰孔融薦禰衡表曰帝室皇居西京賦曰若夫長年神仙宣室玉堂譬衆星之環極泮赫羲以輝煌周易曰王公設險以守其國尚書曰天工人其代之　銑曰皇居天子居也體象也象衆星之環北極設險謂禁衛也祇猶敬也工官也言守衛敬天子官也

兩闈阻通軌對禁限清風善曰兩闈謂東宮及中臺也方言曰軌道也各有禁守謂禁中也故曰對也胡廣書曰建洪德流清風　向曰兩闈謂皇宮皇太子宮也俱在禁省故云對禁也限清風謂不見鄭

躋予旅東館徒歌屬南墉善曰毛詩曰誰謂宋遠跂予望之賈逵國語注曰旅客也爾雅曰徒歌曰謡鄭玄儀禮注曰屬注也謂意注之也尚書爲中臺在南曰南墉　濟曰跂舉踵也東館謂東宮舍人居之徒空也言思鄉空爲歌謡墉牆也

寢興鬱無已起觀辰漢中善曰毛詩曰言念君子載寢載興鄭玄考工記注曰鬱不散辰大辰也爾雅曰大辰房心尾也郭璞曰龍星明者以爲時候故曰大辰毛萇詩傳曰漢天河也　翰曰鬱思也或病或起思君之深也辰大火也漢河也中正南也

流雲靄青闕皓月鑒丹宮踟躕清防密徙倚恒漏窮善曰廣雅曰鑒照也毛詩曰搔首踟躕夏侯中荅潘岳詩曰相思限清防企佇誰與言爾雅曰密靜也楚辭曰步徙倚而遙思漏窮言曉也　良曰屏風也徙倚俳佪也漏刻漏也漏盡謂至曉不寐

君子吐芳訊感物惻余衷惜無丘園秀景行彼高松善曰演連珠曰肆義芳訊古詩曰感物懷所思賈逵國語注曰惜痛也周易曰賁于丘園束帛戔戔陸機演連珠曰丘園之秀因時則揚毛詩曰景行行止高松喻守節而不移也論語子曰歲寒然後知松栢之後彫也　銑曰君子謂鄭也芳訊謂所贈詩也言感物痛我之中心也惜傷也高松喻鄭公言我傷無丘園之美徽學彼高松貞堅之節

知言有誠貫美價難克充善曰知汝之言有誠實舊貫美價難以克充漢書武帝詔書曰九變復貫知言之選論語子貢曰有美玉於斯韞櫝而藏諸求善價而沽諸　向曰謂鄭所贈詩有知言誠信之貫我之才薄不能充所贈詩之美價也

何以銘嘉貺言樹絲與桐善曰樹絲桐欲播之琴瑟也魏文帝書曰嘉貺益腆爾雅曰貺賜也毛詩曰言樹之背史記曰騶忌以鼓琴見齊威王王曰夫治國家何異絲桐之閒哉　濟曰何以銘記嘉善之賜將樹絲桐爲琴瑟播之樂章

和謝監靈運五言　善曰沈約宋書曰靈運爲祕書監也　翰曰監祕書監也和前靈運贈顏范二中書也

顏延年善曰沈約宋書曰少帝出顏延之爲始安太守元嘉三年徵爲中書侍郎

弱植慕端操窘求隕步懼先迷善曰左氏傳鄭子產如陳曰陳亡國也其君弱植王逸楚辭注曰植志也楚辭曰內惟省以端操又曰夫唯捷徑以窘步周易曰先迷失道後順得常　良曰植立端直窘急也言以小立身慕端直之操急步追之常恐先迷失其正道也

寡立非擇方刻意藉窮棲善曰孫卿子曰寡立而不勝堅強而不暴周易曰君子以立不易方王弼曰得其所久故不易也孔安國論語注曰方道也謂常道也莊子曰刻意尚行離世異俗此山谷之士非俗之人枯槁赴淵者之所好也韋昭國語注曰山處曰棲　銑曰寡於立身不能擇方正之道以佐時常刻其志意假借幽棲以成其節

伊昔遘多

幸秉筆侍兩閨善曰陸機荅賈謐詩曰伊昔有皇左氏傳羊舌職曰民之多幸國之不幸國語曰士茁謂智襄子曰臣秉筆事君兩閨謂上臺及東宮也沈約宋書曰高祖受命延年補太子舍人從太子中舍人轉太子中庶子上臺謂文帝也東宮謂太子也又曰文帝立皇子劭爲太子　向曰伊惟遘遇秉執也兩閨謂中書侍郎及太子舍人也雖慙丹雘施未謂玄素睽音奎　善曰丹雘喻君恩也玄素喻別也盧諶荅劉琨書曰始素終玄墨翟垂涕周易曰睽者乖也尚書曰惟其塗丹雘　濟曰丹雘喻榮祿也睽別也言雖蒙榮祿之施終不同素絲之變而別也徒遭良時詖彼義王道奄昏霾音埋善曰謂少帝之日也潘岳河陽縣詩曰徒恨良時泰蒼頡篇曰詖謟佞也方言曰奄遽也昏霾喻世亂也爾雅曰風雨土爲霾　翰曰良時明時也詖傾奄久霾暗也言我但遭良時之傾覆而王道久已昏暗謂少帝之日人神幽明絕朋好雲雨乖善曰人神幽明絕言時亂不獲祭享也曾子曰天曰明地曰幽張載詠懷詩曰雲乖雨散心乎愴而　良曰謂謝晦等作亂絕其祭祀朋好各出如雲雨乖離也弔屈汀洲浦謁帝蒼山蹊善曰謂之始安郡也賈誼有弔屈原文楚辭曰搴汀洲兮杜若文字集略曰汀水際也曹子建贈白馬王詩曰謁帝承明廬禮記曰舜葬蒼梧之野　銑曰弔問也屈原忠而被逐自投水而死我今被出同之故問於洲渚之間也謁帝帝舜蒼梧山名舜葬處蹊徑也倚巖聽緒風攀林結留荑音啼　善曰楚辭曰倚石巖以流涕又曰欸秋冬之緒風又曰畦留荑與揭車王逸曰留荑香草也　向曰緒風相續不斷之風留荑香草緒結以贈遠人跂企予間衡嶠曷月瞻秦稽善曰毛詩曰誰謂宋遠跂予望之衡山名也爾雅曰山銳而高曰嶠毛詩曰曷月余還歸哉孔曄會稽記曰秦望山在州城正南史記曰始皇登之望南海越絕書曰禹救水到大越上茅山大會計更名茅山曰會稽　濟曰跂舉踵也嶠山頂也言我間隔此山謂出爲始安守曷何也瞻秦稽謂秦望會稽山也言何月望此山也謂謝公隱此山也皇聖昭天德豐澤振沈泥善曰皇聖謂文帝也孫卿子曰變化代興謂之天德謝承後漢書曰仁風豐澤四海所宗說文曰振舉也葛龔與張略書曰頤闇沈泥　翰曰皇太祖也昭上天之德而降豐霈之澤振起也起沈泥謂誅謝而徵己也惜無雀善作爵雉化何用充海淮善曰國語曰趙簡子歎曰雀入于海爲蛤雉入于淮爲蜃鄭玄禮記注曰充猶也子喻切　良曰惜傷也自傷不能同此之化將何用以充淮海去國還故里幽門樹蓬藜采茨葺昔宇翦棘開舊畦善曰去國謂去始安也莊子曰越之流人去國旬月古詩曰思還故里閭楚辭曰爽玄舍之幽門陸雲荅兄書曰脩庭樹蓬鄭玄周禮注曰茨蓋苫也廣雅曰葺覆也左氏傳戎子駒支曰驅其狐貍翦其荊棘孟子曰病于夏畦劉熙曰今俗以二十五畝爲小畦　銑曰去國謂去職仕也幽門謂幽隱之門樹種也蓬藜草也茨茅葺脩也言采茅脩昔時之屋翦代荒棘理其舊田五十畝曰畦物謝時既晏年往志不偕善曰言年既日往志意已衰不與子俱也王逸楚辭注曰謝去也楚辭曰年洋洋而日往毛萇詩傳曰偕俱也俱亦齊同之意也　向曰萬物退落歲時既晚年已往矣而志不能俱遂親仁敷情昵興玩善作賦究辭悽善曰親仁謂靈運也左氏傳陳五父曰親仁善鄰國之寶也爾雅曰昵近也孫炎曰親之近也說文曰興悅也玩愛也　濟曰敷布究盡也言靈運之詩布情相近而我興玩可謂盡辭之悽切也芬馥歇蘭若清越奪琳珪善曰吳都賦曰芬馥肸蠁說文曰歇息也一曰氣越泄也禮記曰昔者君子比德於玉焉叩之其聲清越以長鄭玄曰越猶揚也　翰曰蘭若香草琳珪美玉也言靈運之詩芬芳清越可以奪美玉香草之音氣盡言非報章聊用布所懷善曰易曰書不盡言韓詩曰雖則七襄不成報章莊子曰有問而應之盡其所懷蒼頡篇曰懷抱也　良曰盡我之言非所能報其文章聊且布懷抱之所有也

荅顏延年五言

王僧達善曰沈約宋書云王僧達琅邪人也少好學善屬文爲始興王行府參軍稍遷至中書令以屢犯上賴於獄中賜死　銑同善注

長卿冠華陽仲連擅海陰善曰長卿相如字也尚書曰華陽黑水惟梁州華陽

國記曰益州地稱天府原曰華陽史記曰魯仲連齊人也穀
梁傳曰水南曰陰向曰司馬相如字長卿冠謂在人上也
華陽益州縣名仲連魯仲連也擅專也海陰海西畔 珪璋既文府精理亦道心
善曰言珪璋之麗既光於文府精理之妙亦窮於道心文賦曰遊文章之林府尚書曰道心惟微 濟曰珪璋玉也喻長
卿文府謂文章為府庫之富精理謂精微之理至道之心謂魯仲連也 君子聳高駕塵軌
實為林 善曰楚辭曰竦余駕兮入冥何劭詩曰亮無風雲會安能襲塵軌司馬遷書曰列於君子之林也
銑曰君子喻延年言高駕之軌與精塵可並二賢為林 崇情符遠迹清氣溢素
襟 善曰思玄賦曰慕遠迹以飛聲陸景典語曰清氣漂於青雲之上聲類曰襟交領也 翰曰崇高符同素本也高情
同往賢之遠迹清淑之氣自盈於本心 結游略年義篤顧棄浮沈寒榮
共偃曝 五臣作暴 春醞時獻斟 善曰莊子曰忘年忘義振於無竟鄭玄毛詩箋曰顧
念也高誘淮南子注曰浮沈猶盛衰也桓子新論曰余與揚子雲奏事坐白虎殿廊廡下以寒故背日曝焉郭璞上林賦

注曰榮屋南檐也曹植酒賦曰或秋藏冬發或春醞夏開良曰結游謂結交游略謂簡略取年德道義之人也篤厚也
相顧眄者亦去浮薄取沈深榮屋翼也偃臥也暴向日以炙背也醞酒也獻斟謂相獻而斟酌 聿來歲序
暄輕雲出東岑 善曰毛詩曰聿來胥宇鄭玄曰聿自也銑曰聿遂也言遂來及此歲序之暄暖
東岑東山也 麥壟 五臣作隴 多秀色楊園流好音 善曰魏文帝登城賦
曰嘉麥被壟廣雅曰秀美也毛詩曰楊園之道又曰睍睆黃鳥載好其音 向曰麥初秀而色美楊柳也流好音謂春鳥
聲也 歡此乘日暇忽忘逝景侵 善曰言人壽不留與景俱逝而壽損侵謂之侵
莊子牧馬童子謂黃帝曰有長者教予曰若乘日之車而遊於襄城之野郭象曰日出而遊日入而息 濟曰言歡樂乘
此暇日之美其光景忽忘逝日之侵我年也 幽衷何用慰翰墨久謠吟 善曰
歸田賦曰揮翰墨以奮操 翰曰言我之深衷何足可慰但歌吟君之文章以安我心也 棲鳳難為
條淑既非所臨 善曰鳳非梧桐不棲故曰難為也 良曰言君文章如鳳而我非梧桐難為待

鳳之條淑善既賜也言不堪當所賜詩也 誦以永 五臣作詠 周旋匣以代兼金
善曰左氏傳太史克曰奉以周旋不敢失墜孟子曰齊王餽兼金一百而不受也 銑曰兼金最好金也言誦詠周旋藏
之於匣以當好金也

郡內高齋閑坐答呂法曹 五言

謝玄暉 向曰在宣城郡內高齋謂安坐以靜心也呂僧珍齊王法曹也先有贈故答之

結構何迢遰 五臣作遞 曠望極高深 善曰結構謂結連構架以成屋宇也魯靈
光殿賦曰觀其結構廣雅曰曠遠也高深謂江山也 魏武帝善哉行曰山不厭高海不厭深吳都賦曰矚瞻迢遰 濟曰
結構作齋屋也迢遰高也何者自問也言遠盡見高深也 窗中列遠岫庭際俯喬
林日出眾鳥散山暝孤猨吟已有池上酌復此
風中琴 善曰曹子建詩曰歸鳥赴喬林石崇思歸引曰宴華池酌玉觴嵇康贈秀才詩曰習習和風吹我素

琴 翰曰言所居高窗中平對遠山臨庭下視高樹池上酌謂酌酒池上也風中琴謂致琴風中令自鳴聽之以為樂也
非君美無度孰為勞寸心 善曰毛詩曰彼其之子美無度又曰勞心忉忉列子
文摯謂叔龍曰吾見子之心矣方寸之地虛矣 良曰無度謂不可量也言非君懷不可量之美誰能勞寸心謂詩以贈
我也 惠而能好我問以瑤華音 善曰毛詩曰惠而好我攜手同行毛萇曰惠愛
也鄭玄曰言愛仁而又好我毛詩曰雜佩以問之毛萇曰問遺也楚辭曰折疏麻兮瑤華將以遺兮離居 銑曰瑤華玉
也言能以恩惠好我故遺我玉音玉音謂詩也 若遺金門步見就玉 五臣作此 山
岑 善曰解嘲曰歷金門上玉堂穆天子傳曰癸巳至羣玉之山容氏所守先王之謂冊府郭璞曰即山海經玉山西王
母所居者皇甫謐釋勸曰排閶闔步玉岑 向曰金門謂金馬門也言若能遺金門步當見就我此山中也

在郡臥病呈沈尚書 五言 善曰集曰沈尚書約也 濟同善注

謝玄暉

淮陽股肱守高卧猶在玆善曰漢書曰季布爲河東郡故時召君耳又曰拜汲黯爲淮陽太守黯伏地不受印上曰君薄淮陽耶顧淮陽吏人不相得吾徒得君重卧而治之也翰曰漢淮陽太守汲黯上書云病上曰淮陽吾股肱地卿爲我卧理之在玆謂在淮陽也況復南山曲何異幽棲時連陰盛農節籉苔笠聚東菑善曰謝靈運南山詩曰擬此永幽棲胡安道秋霖賦曰冀連陰之時退想雲物之見織毛詩曰彼都人士臺笠緇撮毛萇曰薹所以御雨音臺爾雅曰田一歲曰菑　良曰南山曲謂宣城郡在山曲言淮陽猶理況此山曲與幽棲何異乎連陰久雨也盛農則盛夏時薹以禦暑也笠以禦雨也東東皐也菑新田也高閣常晝掩荒階少諍辭珍簟清夏室輕扇動涼颸楚緇嘉魴聊可薦綠蟻善作綠蟻方獨持善曰殷仲堪誄曰閈門晝掩閑庭晏然楚辭曰溢颸風而上征毛詩曰南有嘉魚鄭玄毛詩箋曰聊略也釋名曰酒有沉齊浮蟻在上沈沈然鄭玄毛詩箋曰方且也　銑曰諍訟也簟竹席

也颸風也魴魚名綠蟻酒也言郡內無事但獨爲飲宴而已夏李沈朱實秋藕折輕絲善曰魏文帝與吳質書曰沈朱李於寒水向曰宋李果名沈者沈之於水中使其涼也良辰竟何許夙昔夢佳期善曰佳謂沈也言會面良辰竟在何許而令夙昔空夢佳期阮籍詠懷詩曰良辰在何許凝霜沾衣襟許猶所也尚書曰夙夜浚明有家孔安國曰夙早也浚深也早夜思之須明行之楚辭曰與佳期兮夕張王逸曰不敢斥尊者故言佳也　濟曰許處也言我平生良時竟在何處但夙昔思夢好期而已坐嘯徒可積爲邦歲已朞善曰張璠漢記曰南陽太守弘農成瑨任功曹岑晊時人爲之語曰南陽太守岑公孝弘農成瑨但坐嘯瑨音津晊音質論語子曰善人爲邦百年可以勝殘去殺矣又曰苟有用我者期月而已可也三年有成　翰曰後漢成瑨爲南陽大守爲邦謂爲郡守也言我坐嘯空久爲已經一年而無德化及人也絃歌終莫取撫机五臣作枕令自嗤善曰陸機赴洛詩曰撫机不能寐阮籍詠懷詩曰嗷嗷令自嗤　良曰子游爲武城宰以絃歌化言我於絃歌之化亦無所取唯獨卧病恃枕令我

自輕笑

蹔使下都夜發新林至京邑贈西府同僚

五言　善曰蕭子顯齊書曰謝朓爲隨王子隆文學子隆在荊州好辭賦數集僚友朓以才文尤被賞愛長史王秀之以朓年少相動以密以啓聞世祖敕朓可還都朓道中爲詩以寄西府　銑曰朓爲隨王文學帝徵朓還都道中爲詩寄西府同僚即除新安王記室

謝玄暉

大江流日夜客心悲未央善曰呂氏春秋曰水泉東流日夜不休毛詩曰夜未央廣雅曰央已也　向曰言客悲與江流俱未央息徒念關山近終知返路長善曰古樂府有度關山曲王粲閑邪賦曰關山介而阻險顏延年秋胡詩曰反路遵山河秋河曙耿耿寒渚夜蒼蒼善曰秋河天漢也耿耿光也毛詩曰蒹葭蒼蒼　濟曰耿耿明淨也蒼蒼秋色也

引領善作顧見京室宮雉正相望平善曰潘岳河陽縣詩曰引領望京室東京賦曰京室密清周禮曰王城隅之制九雉古詩曰兩宮遙相望　翰曰京室謂齊郡丹陽也三版曰雉宮雉宮牆也言與己正相望也金波麗鳷支鵲玉繩低建章善曰漢書歌云月穆穆以金波王弼周易注曰麗連也張揖漢書注曰鳷鵲觀在雲陽甘泉宮外春秋元命包曰玉衡北兩星爲玉繩星漢書曰柏梁災於是作建章宮也　良曰金波月也玉繩星名鳷鵲館名麗猶明也建章宮名低謂星下於宮也驅車鼎門外思見昭丘陽善曰古詩曰驅車策駑馬帝王世紀曰春秋成王定鼎于郟鄏其南門名定鼎門蓋九鼎所從入也方言曰冢大者爲丘丘南曰陽荊州圖曰楚昭王墓登樓賦曰所謂昭丘也　銑曰鼎門丹陽郡門也荊州有楚昭王冢言我驅車至都門外乃思見荊州也馳暉不可接何況隔兩鄉善曰馳暉日也朓至尋陽詩曰過客無留軫馳暉有奔箭毛萇詩傳曰鄉所也　向曰旦至暮日光馳度尚不可保交接何況隔兩鄉也風雲五臣作煙有鳥路江漢限無梁善曰南中八志曰交

阯郡治龍編縣自與古鳥道四百里楚辭曰江河廣而無梁濟曰風煙之中有飛鳥來往江漢之水限隔無橋梁也

常恐鷹隼擊時菊委嚴霜善曰毛萇詩傳曰古者鷹隼擊然後罻羅設潘岳河陽詩曰時菊耀秋華委猶悴也楚辭曰冬又申之以嚴霜翰曰秋殺氣至鷹隼擊搏菊秋華也委謂零落也言此恐讒邪之臣致害賢良**寄言罻**尉**羅者寥廓已高翔**善曰喻蜀父老曰猶鷦鵬之翔乎寥廓之宇而羅者猶視乎藪澤廣雅曰寥深也廓空也良曰罻羅者捕鳥之人寥廓空也高翔言遠去也此喻讒人將害於己

酬王晉安

五言　善曰集曰王晉安德元王隱晉書曰晉安郡太康三年置即今之泉州也　銑曰晉安郡守王德元也酬者言先贈詩今有荅也

謝玄暉

梢梢枝早勁塗塗露晚晞善曰爾雅曰梢梢擢也郭璞曰謂木無枝柯梢擢長

而殺也楚辭曰白露紛以塗塗王逸曰塗塗厚貌也毛萇詩傳曰晞乾也　向曰梢梢樹枝勁彊無葉之貌言厚露晚乾

南中榮橘柚寧知鴻鴈飛善曰列子曰吳越之國有木焉其名曰櫾碧樹而冬生櫾則柚字也鴻鴈南棲衡陽不至晉安之境故曰寧知也濟曰言晉安知有橘柚而不知有鴻鴈蓋荅所贈詩意也

拂霧朝青閣日旰坐彤闈善曰左氏傳趙鞅曰日旰矣說文曰旰日晚也　翰曰拂霧言早也青閣朝堂也彤闈宮門謂尚書處也**悵望一塗**五臣作途**阻參差百慮依**善曰蔡邕詩曰暮宿何悵望周易子曰一致而百慮仲長統詩曰百慮何為至安在我　良曰悵望恨也言但恨此一道阻隔之事而參差因漸百慮來相依也

春草秋更綠公子未西歸善曰春草萋萋兮王孫樂之而不反今春草秋而更綠公子尚未西歸楚辭曰王孫遊兮不歸春草生兮萋萋古詩曰秋草萋已綠毛詩曰誰能西歸　銑曰言春草至秋更加綠公子謂元也言歲時已改君猶未歸晉安在國東則西可知也**誰能久京洛緇塵染素衣**善曰陸機為顧彥先贈婦詩曰京洛多風塵素衣化為緇　向曰贈詩蓋有相與幽棲之志故言久滯京洛使緇黑之塵染汙素衣也言此喻讒人將汙己之貞絜也

奉荅內兄希叔

五言　善曰顧氏家譜曰肹字希叔邵陵王國常侍

陸韓卿

善曰蕭子顯齊書曰陸厥字韓卿吳人好屬文州舉秀才王晏少傅主簿後至行軍參軍厥父被誅坐繫尚方尋有令赦厥恨父不及感慟而卒其集云竟陵王舉秀才遷太子太傅功曹掾　濟曰此詩為內兄顧肹先贈詩故有此荅

嘉惠承帝子躧所綺**履奉王孫**善曰帝子謂竟陵也王孫謂太傅王晏也越絕書曰恭承嘉惠述暢往事管子曰君有嘉惠於其臣漢舊儀曰帝子為王長門賦曰躧履起而彷徨魏志蔡邕見王粲曰此王公孫有異才　翰曰帝子太子也言己承其嘉惠也躧步也履衣冠之履奉侍也**屬叨金馬署又點銅龍門**善曰漢書音義曰屬近也叨金馬署謂為秀才也兩都賦序曰內設金馬石渠之署點銅龍門謂為太傅功曹掾也漢書曰上嘗急召太子出龍樓門張晏曰門樓上有銅龍　良曰屬會也金馬署名銅龍太子門名言我無才幸會叨預此中之職誠為點汙也

出入平津邸一見孟嘗尊善曰孟嘗喻太傅也說苑雍門周說孟嘗君曰以孟嘗之尊乃如是也　銑曰公孫弘封平津侯開東閣待士邸國舍也田文封孟嘗君亦好賓客也謂己事太子亦得出入邸舍為公侯所尊敬也**歸來翳桑柘朝夕異涼溫**其一　善曰左太沖詠史詩曰陳平無產業歸來翳負郭涼溫喻貴賤也　向曰歸來謂歸其私家翳桑柘也涼溫冷熱也言朝去官暮則冷也

殂落固云是寂蔑五臣作茂**終始斯**善曰徂落猶彫落也羽獵賦曰萬物徂落於外荀組七哀詩曰何其寂蔑　銑曰殂落死也寂蔑猶寂寞也言人之死固亦如是寂寞**杜門清三徑坐檻臨曲池**善曰漢書曰王陵杜門竟不朝請三輔決錄曰蔣詡字元卿舍中三徑楚辭曰坐堂伏檻臨曲池　翰曰杜塞清淨也蔣詡門有三徑檻欄楯也言感此涼溫之事塞門絕交**梟鴟嘯儔侶荷芰始參差雖無田田葉及爾汎漣漪**其二　善曰蜀都賦曰鴻儔鵠侶古樂府詩曰

江南可采蓮蓮葉何田田毛詩曰河水清且漣漪　濟曰鳧鷖水鳥名荷芰水草名嘯鳴也參差初生不齊也田田蓮葉貌風吹水成文曰漣及爾謂與顧眄汎之也漪水文也

春華與秋實庶子及家臣善曰魏志曰邢顒字子昂爲平原侯植家丞顒防閑以禮無所屈撓由是不合庶子劉楨書諫植曰家丞邢顒北土之彥而植禮遇殊特顒反疎簡私懼觀者將謂君侯習近不肖禮賢不足采庶子之春華忘家丞之秋實　良曰謂盱爲邵陵王常侍故有此言也

王門所以貴自古多俊民五臣作人　善曰鄒陽上書曰何王之門不可曳長裾乎尚書曰畯民用康畯與俊同　良曰王門謂邵陵王門也俊賢俊也

離宮收杞梓華屋富五臣作當**徐陳**善曰離宮華屋皆謂太子也卞壼議曰太子所居宮稱東宮不言太子宮者二宮以東西爲稱明是天子之離宮使太子居之也左氏傳楚聲子曰晉大夫皆卿才也如杞梓皮革自楚往也吳質荅曹子建書曰墳蕭激於華屋魏志曰文帝爲五官郎將北海徐幹廣陵陳琳並見友善　銑曰離宮華屋皆太子宮館也收取也杞梓良木名喻賢才也徐徐幹陳陳琳並以才華爲友善也

平旦五臣作明**上林苑日入伊水濱**其三　善曰言晨夕侍遊良非一所也楚辭曰平明發兮蒼梧漢書曰梁孝王入朝侍帝遊獵上林中論衡曰堯時擊壤者曰吾日入而息列仙傳曰王子喬周靈王太子晉也遊伊雒之閒　翰曰言晨夕侍游不常其所

書記既翩翩賦歌能妙絕善曰魏文帝與吳質書曰公幹五言詩之善者妙絕時人元瑜書記翩翩致足樂之　濟曰阮瑀善書記翩翩輕舉貌劉公幹善於詩賦歌亦詩之通稱妙絕者謂過人也

相如恧溫麗子雲慙筆札善曰西京雜記曰枚皋文章捷疾長卿製作淹遲皆一時之譽長卿首尾溫麗枚皋時有累句故知疾行無善迹矣方言曰恧慙也漢書曰樓護與谷永俱爲五侯上客長安號曰谷子雲之筆札樓君卿之脣舌　銑曰司馬長卿善爲文章谷子雲妙於筆札此人皆王侯賓客對我兄盱則慙恧

駿足思長阪柴車畏危轍善曰駿足喻希叔柴車自喻前也棗臺產荅杜育詩曰矯矯駿足繫纓朱就韓詩外傳齊子曰臣賴君之賜駑馬柴車可得而乘也　向曰駿良馬也良馬思遇長阪以騁其足柴車弱車也畏懼也危轍險路也駿足喻盱柴車喻己也

愧茲山陽讌空此河陽別其四　善曰曹植送應氏詩曰親昵並集送置酒此河陽　濟曰嵇康與向秀居山陽縣常爲竹林之讌石崇河陽有別業言我愧無歡讌空有別業

平原十日飲中散千里遊五臣作游　善曰平原趙勝也史記曰秦昭王聞魏齊在平原君家遺平原君好書曰寡人聞君之高義願與君爲布衣之交君幸過寡人寡人願與君爲十日之飲平原君遂入秦見昭王于寶晉紀曰初呂安友嵇康相思則命駕千里從之　翰曰呂安嵇康相思命駕千里游也中散大夫嵇康官也

渤海方淫滯宜城誰獻酬善曰言已之事竟陵猶徐吳之在渤海漢書渤海郡有南皮縣即徐吳遊之所也國語曰底著淫滯賈逵曰淫久也陳思王酒賦曰酒有宜城濃醪蒼梧漂清毛詩曰獻酬交錯　良曰渤海郡文帝與吳質徐幹所遊處宜城出美酒喻兄盱事邵陵王彼爲淫滯之樂而比美酒無人相與獻酬也

屛居南山下臨此歲方秋善曰漢書曰竇嬰謝病屛居田南山下左氏傳卜徒父曰歲云秋矣漢書路博德曰方秋匈奴馬肥未可與戰廣雅曰方始也　銑曰屛居猶隱居也臨此歲方秋喻已之將老也

惜哉時不與日暮無輕舟其五　善曰言無輕舟以相從也賈逵國語注曰惜痛也劉越石贈盧諶詩曰時哉不我與曹子建贈王仲宣詩曰有彼孤鴛鴦哀鳴無匹儔我願執此鳥惜哉無輕舟　良曰惜傷也傷歲時不相待日將暮矣無輕舟以濟喻已之老不遇濟時之材言此以傷特也

贈張徐州謖　五言　所六

范彥龍　濟曰范雲字彥龍武興人也事齊爲竟陵王子良文學至梁爲散騎侍郎張謖爲徐州刺史臨去就雲別不見雲後作詩贈之

田家樵採五臣作采**去薄**博**暮方來歸**善曰漢書楊惲曰田家作苦張景陽雜詩曰投來脩岸垂時聞樵採音楚辭曰薄暮雷電廣雅曰薄至也毛詩曰來歸自鎬杜預左氏傳注曰來者自外之文也　翰曰樵采謂采樵也

還聞稚子說有客款柴扉善曰史記曰楚懷王稚子子蘭呂氏春秋曰款門而謁高誘曰款叩也柴扉即荊扉也鄭玄禮記注曰蓽門荊竹織門也　良曰稚子小子也

客謂張設也衆門也僕從皆珠玳裘馬悉輕肥善曰吴都賦曰僕從奕奕廣雅曰僕導也史記曰趙平原君使人於春申君春申君舍之於上舍趙使欲夸楚爲瑇瑁簪刀劒並以珠飾之請春申君客論語子曰赤之適齊也乘肥馬衣輕裘　銑曰僕從謂隨設行者玳玳瑁也裘衣裘也珠玳言裝飾之盛衣輕馬肥也

軒蓋照墟落傳瑞生光輝善曰説苑翟璜謂田子方曰吾禄厚得此軒蓋又飾曠謂晉平公曰五鼎不當生墟落應劭風通曰諸侯及使者有傳信乃得舍於傳耳今刺史行部車號傳車從事督郵周禮曰典瑞鄭玄曰瑞節信也　向曰墟居落籬也傳驛馬也謂軒蓋瑞節所居生光輝也

疑是徐方牧既是復疑非思舊昔言有此道今已微物情棄疵賤何獨顧衡闈善曰阮瑀止欲賦曰意謂是而復非穀梁傳曰叔姬歸于紀其不言逆何也逆之道微范甯曰逆者非卿也莊子曰人之有所不得與皆物之情也郭象曰憂娱在懷皆物情耳非理也爾雅曰疵病也衡闈衡門也或以衡闈爲紘韋非也　濟曰以小子説所以疑也徐徐州也方牧謂刺史也言思舊之道於今已微凡人之心弃於卑賤而君獨眷我於衡門之下

恨不具雞黍得與故人揮善曰謝承後漢書曰山陽范式字巨卿與汝南張元伯爲友春别京師以秋爲期至九月十五日殺雞作黍二親笑曰山陽去此幾千里何必至元伯曰巨卿信士不失期者言未絶而巨卿至韓康伯周易注曰揮散也　翰曰言我恨不得殺雞蒸黍與故人敘離散也

懷情徒草草慅音草五臣作慅淚下空霏霏善曰毛萇詩傳曰懷思也毛詩曰驕人好好勞人草草又曰雨雪霏霏　良曰慅慅憂貌霏霏淚下貌

寄書雲間鴈爲我西北飛善曰漢書曰帝思蘇武使謂單于天子射上林中得鴈足有係帛書西北謂徐州也在楊州之西北輿地志曰宋以鍾離置徐州齊以荆州爲北徐州也　銑曰鴈可傳書故言之徐州在西北故云西北飛也

古意贈王中書融五言　善曰集曰覽古贈王中書　向曰古意謂象古詩之意也此贈中書監王融也

范彥龍

攝官青瑣闥遥望鳳皇池善曰王融荅詩題云雜體報范通直雲梁書曰雲爲通直散騎侍郎左氏傳韓厥曰敢告不敏攝官承乏漢舊儀曰黄門郎暮入對青瑣門拜晉中興書曰荀勗從中書監爲尚書令人賀之乃發恚云奪我鳳皇池邪諸人何賀我耶　濟曰青瑣門名雲爲通直郎不敢正言故云攝中書監曰鳳皇池

誰云相去遠脉脉五臣作脈脈阻光儀善曰劉楨贈徐幹詩曰誰謂相去遠古詩曰盈盈一水間脉脉不得語鸚鵡賦曰侍君子之光儀　翰曰脈脈不見貌阻隔光景容儀

岱山饒靈異沂五臣作淮水富英奇善曰尚書曰海岱及淮惟徐州又曰淮沂其乂漢舊有琅邪郡音義曰屬徐州晉書琅邪王氏之先漢紀曰秦選于琅邪之皐虞後徙于臨沂　良曰岱山太山也淮水水名二處並出琅邪王氏也靈英並賢俊

逸翮陵北海摶飛出南皮善曰徐幹居北海吴質遊南皮二人皆蒙魏文恩幸故言地以明之也郭璞遊仙詩曰逸翮思拂霄杜預左氏傳注曰陵侮也謂輕易之也莊子曰鵬摶扶摇而上司馬彪曰摶圜也圜飛而上若扶摇也　銑曰言逸翮摶飛陵出於徐幹吴質者謂王氏多才子也

遭逢聖明后來棲五臣作栖桐樹枝善曰孔安國尚書傳曰聖人受命則鳳皇至鄭玄毛詩箋曰鳳皇之性非梧桐不棲　向曰以鳳喻賢人也言鳳鳥與賢人皆逢聖君而後出桐樹鳳所栖也

竹花何莫莫桐葉何離離善曰鄭玄毛詩箋曰鳳皇非竹實不食毛詩曰葛之覃兮維葉莫莫又曰其桐其椅其實離離　濟曰莫莫盛貌離離下垂貌喻明君厚禄養賢

可棲五臣作栖復可食此外亦何爲善曰古詩曰賤妾擬何爲　翰曰桐樹可栖竹實可食喻中書省官禄可居食也何爲言何所爲當止足也

豈知鷦鷯者一粒有餘貲善曰鷦鷯賦曰巢林不過一枝每食不過數粒蒼頡篇曰貲財也　良曰鷦鷯小鳥也一粒一米也言食少而易有餘貲以此喻已

贈郭桐廬出谿口見候余既未至郭仍進村維舟久之郭生方至五言　善曰顧野王輿地志曰桐廬縣吴分富

陽之桐廬溪也劉孝標集曰郭桐廬峙　任彦昇　銑曰昉爲新安太守郭峙爲桐廬令故伺候也

朝發富春渚蓄意忍相思縣　善曰漢書曰會稽郡富春縣孔安國尚書傳曰蓄積也　向曰富春縣名渚水曲也蓄意謂蓄其舊意以待作相思則郭君也　涿令行春返冠蓋溢川坻音池　善曰范曄後漢書曰滕撫字叔輔北海人也初仕州郡稍遷爲涿令有文武理用太守以其能委任郡職兼領六縣流愛于民行春兩白鹿隨車挾轂而行郭璞上林賦注曰坻岸也坻或爲湄　濟曰滕撫爲涿令風政脩明也行視返還也言峙之德有類於撫故覩百姓春田而還也溢川岸者言冠蓋盛多也　望久方來萃悲歡不自持　善曰毛萇詩傳曰萃集也聚會也望久則悲聚會則歡　翰曰萃慼而感不能自執持也　滄江路窮此湍嶮五臣作險　方自茲疊嶂易成響重以夜猨悲　良曰湍險自此而多疊嶂重山也山深易爲音響更增猨啼而益悲也

客心幸自弭中道遇心期　善曰楚辭曰聊抑志而自弭　銑曰言我爲客之心幸而暫止者爲遇心期也心期謂峙也　親好自斯絶孤游從此辭　善曰謝靈運詩曰孤游非情歎蘇武詩曰去去從此辭　向曰親好亦謂峙也孤游自謂也言從此告辭

行旅上

河陽縣作二首五言

潘安仁　善曰哀傷贈答潘居陸後而此在前疑誤也　翰曰旅舍也言行客多憂故作詩自慰次於贈答也

微身輕蟬翼弱冠忝嘉招　善曰岳弱冠舉秀才曹植表曰身輕蟬翼恩重丘山楚辭曰蟬翼爲輕也　濟曰蟬翼輕薄以喻微細也弱冠謂二十時忝辱被辟爲太祖掾也　在疚妨賢路再升上宰相　善曰言已在病以妨賢路也毛詩曰煢煢在疚說苑楚令尹虞丘子謂莊王曰臣爲令尹處士不升妨羣賢路上宰朝謂司空大尉府　翰曰疚病也自謙以病敗不才之姿再爲上宰府掾是妨賢明之路也再謂楊駿賈充俱辟爲掾　猥荷公叔舉連五臣作違　陪廁王寮　善曰言以凡猥之才而荷薦舉也臧榮緒晉書曰賈充字公閭封魯公爲司空轉太尉岳弱冠太尉舉爲秀才領宰二邑勤於政績調補尚書郎許慎淮南子注曰猥凡也論語曰公叔文子之臣大夫僎與文子同升諸公子曰可以爲文矣又曰陪臣執國命馬融曰陪重也謂家臣也　良曰廁列也魯公叔文子升公朝言我猥荷此時升於公府爲掾而今遠離陪侍列天子之外寮也　長嘯歸東山擁耒耨奴豆時苗　善曰岳天陵詩序曰岳屏居天陵東山下楚辭曰臨深水而長嘯說文曰耒手耕曲木鄭玄周禮注曰耨耘耔也　銑曰擁執耒耕也耨除草也言歡歸東山理農桑業也　幽谷茂纖葛峻巖敷榮條落英隕林趾飛莖秀陵喬卑高亦何常升降在一朝　善曰杜預左氏傳注曰趾足也爾雅曰大阜曰陵二者升降在於倏忽以喻人之榮辱亦在須臾言不足歎也　銑曰纖細隕落趾根也飛莖直生枝也喬高也纖葛生幽谷中而出於陵榮條數峻巖而落於根言高卑升降無常在一朝也

徒恨良時泰小人道遂消　善曰李陵贈蘇武詩曰良時不再至禰衡書曰衡以良時散而復合周易泰卦曰君子道長小人道消　向曰小人自謙也言逢特通泰恨我遣之獨消　譬如野田蓬斡烏活流隨風飄　善曰曹植君書曰今士飛蓬邁飄風而行千里乘風之勢也鶡冠子曰斡流遷徙如淳漢書注曰斡轉也　濟曰皆自謂所似耳　昔倦都邑游今掌河朔傜　善曰歸田賦曰游都邑以永久尚書曰王次于河朔　翰曰都邑游謂昔爲尚書郎河朔謂河陽令傜役也　登城眷南顧凱風揚微綃音消　善曰毛詩箋曰顧視也呂氏春秋曰南方凱風禮記曰綃幕也鄭玄曰綃綀也　良曰凱風長養萬物之風綃輕絲也揚微綃謂和而不猛　洪流何浩蕩脩芒鬱岧嶢　善曰浩蕩或爲瀇瀁蕩音西郭緣生述征記曰北芒城北芒嶺也　銑曰洪流黃河也浩蕩廣也脩芒芒山也岧嶢高也　誰謂晉京遠室邇身實遼　善曰毛詩

曰誰謂宋遠又曰其室則邇其人甚遠 向曰京洛陽也邇近也言去京室雖近而身不得往實遼遠也 **誰謂邑宰輕令名患不劭** 平協韻 善曰左氏傳子產曰令名德之輿也小雅曰劭美也 向曰恐不能劭繼先賢之令名 **人生天地間百年孰能要** 平聲 善曰古詩曰人生天地間又曰生年不滿百 翰曰百年之分誰能要而得之 **頫** 五臣作俛 **如槁** 五臣作敲 **石火瞥** 匹滅 **若截道飈** 善曰爾雅曰頫見也毛詩曰子有鍾鼓弗鼓弗考毛詩曰考亦擊也槁與考古字通古樂府詩曰鑿石見火能幾時說文曰瞥見也張衡舞賦曰瞥若電滅古詩曰人生寄一世奄忽若飈塵 良曰敲擊也瞥暫見也言擊石之火截道之風暫見即滅人之在世亦猶是也 **齊都無遺聲桐鄉有餘謠** 善曰漢書曰朱邑爲桐鄉嗇夫廉正不苛及死子葬之桐鄉邑人爲之起冢立祠也 銑曰齊景公有馬千駟死之日民無得而稱焉是無遺聲也朱邑爲桐鄉嗇夫吏人愛而歌焉是有餘謠 **福謙在純約害盈由矜驕** 善曰周易曰鬼神害盈而福謙左氏傳晉成鱄曰在約思純孔安國尚書傳曰自賢曰矜 向曰純專也言天見約而謙者則福之矜驕而盈者則害之 **雖無君人德視民庶不恌** 音挑 善曰毛詩曰我有嘉賓德音孔昭視民不恌君子是則是傚毛萇曰恌偷也 濟曰猶苟且也言我雖無良宰之德視養人庶幾不爲苟且也

日夕陰雲起登城望洪河 善曰潘元茂九錫文曰濟師洪河 翰曰洪河黃河也 **川氣冒山嶺驚湍激巖阿歸鴈映蘭時** 五臣作洔音止 **游魚動圓波** 善曰史記曰楚以弱弓微繳加歸鴈之上韓詩曰宛在水中沚薛君曰大渚曰沚 良曰冒覆也湍急流也激衝也巖阿山曲也小渚曰洔圓波謂魚動波起而圓也 **鳴蟬厲寒音時菊耀秋華引領望京室南路在伐柯** 善曰禮記曰孟秋寒蟬鳴廣雅曰厲高也謂高而急也禮記曰季秋菊有黃華左氏傳穆叔曰引領西望毛詩曰伐柯伐柯其則不遠 銑曰厲急也菊草名至秋始花故云秋華南路謂京道也今方南路在近伐柯亦不遠也 **大廈** 五臣作夏 **緬**

文選二十六　十九

無觀崇芒鬱嵯峨 善曰陸機洛陽記曰大夏門魏明帝所造有三層高百尺韋昭國語注曰緬猶邈也郭緣生述征記曰北芒去大夏門不盈一里秦嘉詩曰巖石鬱嵯峨 向曰大夏東京門名緬遠覩視也言大夏門遠而不見也芒山名嵯峨山高貌 **揔揔都邑人擾擾俗化訛** 五戈切 善曰楚辭曰紛揔揔兮九州王逸曰揔聚也七發曰擾擾若三軍之騰裝鄭玄毛詩箋曰訛爲也 濟曰揔揔擾擾皆衆也言都邑人衆俗化訛僞也 **依水類浮萍寄松似懸蘿** 善曰淮南子曰夫萍樹根於水木樹根於土天地性也毛詩曰蔦與女蘿施于松柏曹植雜詩曰寄松爲女蘿依水如浮萍 翰曰萍之依水隨水去留蘿之寄松隨松高下人俗與政化遷變亦猶是也 **朱博糾舒慢楚風被琅邪** 善曰漢書曰朱博字子元杜陵人也遷琅邪太守齊部舒緩秎功曹官屬多襃衣大袑不中節度自今掾吏衣皆去地三寸視事數年大改其俗掾史禮節皆如楚趙袑音紹袑袴也 良同善注 **曲蓬何以直託身依叢麻黔黎竟何常政成在民和** 善曰曾子曰蓬生麻中不扶自直漢書婁護曰呂公託身於我史記曰秦更名民曰黔首左氏傳季梁曰民和而神降之福 銑曰蓬之性曲所以直者依叢麻也衆庶之薄所以厚者在政成也 **位同單父邑愧無子賤歌** 善同向注 向曰處子賤理單父常鳴琴而單父理言我位即同之化乃愧其不至也 **豈敢陋微官但恐忝所荷** 濟曰豈敢以此官爲微小但恐辱負荷之任也

文選二十六　二十

在懷縣作二首 五言

潘安仁 翰曰岳自河陽令遷懷令有思京之意

南陸迎脩景朱明送末垂 善曰續漢書曰日行南陸謂之夏淮南子曰仲夏至脩毛詩曰夏之日毛萇曰言時長也爾雅曰夏爲朱明末垂猶末也崔駰臨洛觀賦曰迎夏之首末春之垂 良曰南陸日道也日行南道脩長景影也謂夏至之後則影長也朱明夏也送末垂謂六月將盡之時也 **初伏啓新節隆暑方赫義** 五臣作曦 善曰崔寔四民月令曰六月初伏薦麥瓜于祖禰賈誼

曰千雲賦曰隆暑盛其無時繁欽柳樹賦曰翳炎夏之白日救隆暑之赫羲思玄賦注曰赫羲盛也　銑曰初伏謂三伏之初也此時暑盛故稱赫曦赫曦炎盛貌　**朝想慶雲興夕遅**去**白日移**　**揮汗辭中宇登城臨清池**善曰遲猶思也史記蘇秦曰揮汗成雨賈逵國語注曰揮灑也楚辭曰舉土登高于中宇　向曰慶雲瑞雲也遅待也謂苦熱思待雲起日移也宇屋也言出中屋登城臨池以候涼氣也　**涼颷自遠集輕襟隨風吹靈圃耀華果通**　**衢列高椅**善曰靈圃猶靈囿也東征賦曰遵通衢之大道椅梓屬　濟曰颷風圃園也華果諸果實也衢道也列行列也椅桐類也　**瓜瓞蔓長苞薑芋紛廣畦**善曰韓詩曰緜緜瓜瓞薛君曰瓞小瓜也毛萇詩傳曰苞本也劉熙孟子注曰今俗以五十畝爲大畦也　翰曰苞叢叢生也薑芋菜屬言瓜引蔓於叢草之下薑芋之屬紛滿於廣大之畦也　**稻栽肅仟仟**五臣作芊芊　**黍苗何離離**善曰禮記曰故栽者培之凡蒔草謂之栽也廣雅曰芊芊茂也毛詩曰彼黍離離彼稷之苗　良曰芊芊

離離長茂貌　**虛薄乏時用位微名日卑驅役宰兩邑**　**政績竟無施自我違京輦四載迄于斯**善曰朝子曰工商游食之民少而名卑胡廣漢官解故注曰轂下喻在輦轂之下京城之中也詩曰以迄于今毛萇曰迄至也　銑曰施用虛薄謂無才德乏於時用也兩邑則河陽懷縣也政化績功也京輦謂天子所居輦轂之下也　**器非廊**　**廟姿屢出固其宜**善曰慎子曰廊廟之材非一木之枝史記曰賢人深謀於廊廟孫卿子曰君道行則萬物皆得其宜也　向曰廊廟廟堂也言無是材器數出外職固亦宜之　**徒懷越鳥志**　**眷戀想南枝**善曰古詩曰越鳥巢南枝　濟曰越鳥在北地則巢巢亦南枝言我亦同是而戀京室也　**春秋代遷逝四運紛可喜**去　善曰楚辭曰春與秋其代序莊子曰黃帝曰陰陽四時運行各得其序　楚辭曰綠葉素榮紛其可喜　**寵辱易不驚戀本難爲**　**思**去聲　善曰老子曰寵辱若驚何謂也爲下得之若驚是謂寵辱若驚禮記曰太公封於營丘比及五世皆反葬於

周君子樂其所自生禮不忘其本　翰曰寵辱之事理當驚我則易之以爲不足驚然戀本鄉之深實難爲情思也　**我**　**來冰未泮時暑忽隆熾**善曰毛詩曰我來自東又曰迨冰未泮　良曰泮散熾盛也謂早春已及於夏　**感此還期淹歎彼年往駛**所吏　**登城望郊**　**甸游目歷朝寺**善曰楚辭曰年洋洋而日往楚辭曰忽返顧以遊目風俗通曰今尚書御史所止皆曰寺也　銑曰淹滯駛急也感還期之遲傷年運之急乃登城遠望意歷京邑朝寺也　**小國寡民**　**務終日寂無事**善曰老子曰小國寡民陸賈新語曰君子之治也混然無事寂然無聲　向曰小國謂懷縣也寂閑也　**白水過庭激綠槐夾門植**音值　善曰鄭玄周禮注曰植根生之屬也　**信美非吾土祇攪懷歸志**善曰登樓賦曰雖信美而非吾土毛詩曰祇攪我心孟子曰浩然有歸志　濟曰攪猶亂也　**眷**善作卷　**然顧鞏洛山**　**川邈離異**善曰孔叢子歌曰眷然顧之慘焉心悲鄭玄毛詩箋曰回首曰顧鞏洛岳父墳塋所在也漢書

曰潁川比近鞏洛鞏洛二縣名也河南郡圖經曰潘岳父冢在鞏縣西南三十五里漢書音義如淳曰塋冢田也音縈楚辭曰終免獨離異　翰曰鞏洛潘岳墳塋所在也眷彼與此山川遠而間殊也　**願言旋舊鄉畏**　**此簡書忌**善曰毛詩曰願言思子又曰豈不懷歸畏此簡書毛萇曰簡書戒命也　良曰簡書刑書也言我願還鄉而畏忌此刑書也　**祇奉社稷守恪居處職司**音伺　善曰論語子路使子羔爲費宰子路曰有民人焉有社稷焉左氏傳公鉏曰敬恭朝夕恪居官次　銑曰祇敬恪勤也言我敬奉社稷勤居所處職司

迎大駕

五言　善曰王隱晉書曰東海王越從大駕討鄴軍敗輕騎奔下邳永康二年越率天下甲士三萬人奉迎大駕還洛

潘正叔　向曰尼時預焉故有此詩

南山鬱岑崟洛川迅且急青松蔭脩嶺綠蘩被

廣隰善曰爾雅曰繁膰蕃高也濟曰岑崟峻皃迅疾被滿也下濕曰隰朝日順長塗
夕暮無所集善曰毛詩曰順彼長道魏武帝短歌行曰暮無所宿栖　翰曰順從集止也晝日從
長道而行至夜無所居止此謂時之亂也歸雲乘幰許偃浮淒風尋帷入善曰
傳毅七激曰仰歸雲翔遊風說文曰乘覆也帷車飾也子虛賦曰張翠帷建羽蓋然此雖無翠羽而帷蓋即同也　良曰
幰車網也淒風悲風也帷車幔也道逢深識士舉手對吾揖世故
尚未夷崤函方嶮澁善曰王命論曰超然遠覽淵然深識假爲深識之言也國語栢公問
於史伯曰王室多故鄭玄周禮注曰故災禍也孔安國尚書傳曰夷平也戰國策蘇武曰秦東有崤函之固　銑曰深識
士虛設以發下詞也世亂未平崤谷函關之路尚嶮澁未通也狐貍夾兩轅豺狼當
路立善曰漢書杜文謂孫寶曰豺狼當路不宜復問狐貍　向曰狐貍豺狼皆踰貪亂之臣夾轅當路謂親近執
權勢也翔鳳嬰籠檻騏驥見維縶善曰翔鳳騏驥皆喻賢也楚辭曰騏

驥伏匿而不見鳳皇高飛而不下鶡鵠賦曰順籠檻以俯仰毛詩曰縶之維之　濟曰籠檻維縶言被拘縶不得施其用
也俎豆昔常聞軍旅素未習善曰論語曰衛靈公問陣於孔子孔子對曰俎
豆之事則嘗聞之矣軍旅之事未之學也鄭玄喪服注曰素猶故也　翰曰俎豆禮事也素本也言我禮儀之事昔則閑
也軍旅之事本末閑習且少停君駕徐待干戈戢善曰既假爲彼人之辭故
自謂爲君也毛詩曰載戢干戈　良曰託言深識之士而實君自謂也言願少停君之車駕待兵戈戢斂而行此假言之
其實勸君也

赴洛詩二首五言　善曰集云此篇赴太子洗馬時作下篇云東宮作而此同云赴洛
誤也　銑曰後篇意乃在東宮作蓋撰者合也

陸士衡

希世無高符營道無烈五臣作列心善曰莊子原憲謂子貢曰夫希世而行比
周而反憲不忍爲也漢書音義希世隨世也禮記曰儒有合志同方營道同術　向曰高符瑞命也烈猛也言望於世俗
富貴則無瑞命營道藝之術又無猛心靖端肅有命假檝五臣作楫越江
潭音尋協韻　善曰國語祁午見范宣子曰若能靖端諸侯使服聽命於晉國周易曰大君有命說文曰越度也楚辭
曰游於江潭　濟曰靖清端正肅敬也有命君命也假借舟楫以渡江潭潭江之渡也親友贈予
邁揮淚廣川陰善曰家語公父文伯卒敬姜曰二三婦無揮涕王肅曰揮涕若淚以手揮之
翰曰邁行揮拭也廣川陰江南岸也言親友贈行拭淚而別於此處撫膺解攜手永歎
結遺音善曰列子曰撫膺而恨毛詩曰攜手同行又曰假寐永歎曹子建雜詩曰翹思慕遠人願欲託遺音
良曰膺胷也撫膺解手而離別也言別後長歎攣結思其所遺之音信也無迹有所匿寂寞
五臣作寞聲必沈善曰言分訣之後形聲俱沒視之無迹而形有所匿聽之寂寞而其聲以沈也呂氏春秋
曰作則有所匿其塗也淮南子曰寂寞音之主也迹或爲積非也　銑曰謂離別後迹無所見聲無所聞匿沈皆不見之

貌肆目眇不五臣作弗及緬然若雙潛善曰高誘淮南子注曰肆盡也
毛詩曰瞻望不及韋昭國語注曰緬猶邈也　向曰肆縱緬遠也言縱目遠視而不相見故意相思緬然若雙潛也南
望泣玄渚北邁涉長林善曰西京賦曰海若遊於玄渚　濟曰玄渚江中洲渚也
涉歷也言南望洲渚而泣北行已歷長林谷風拂脩薄油雲翳高岑亹亹
孤獸騁嚶嚶思鳥吟善曰王逸楚辭注曰草木交曰薄孟子曰油然作雲亹亹走貌也曹
子建詩曰孤獸走索羣毛詩曰鳥鳴嚶嚶　翰曰草木叢生曰薄翳蔽也亹亹獸行皃嚶嚶鳥聲感物戀
堂室離思一何深善曰古詩曰感物懷所思曹子建雜詩曰離思一何深　良曰堂謂母室
謂妻佇立愾五臣作慨我歎寤寐涕盈衿惜無懷歸志
辛苦誰爲心善曰毛詩曰佇立以泣又曰愾我寤歎孟子曰浩然有歸志　銑曰歎息也言歎息悲涕
爲仕晉故歎惜不得有懷歸之志辛苦羇旅誰堪爲此心也

文廿六　廿五

羇旅遠游宦託身承華側善曰謂爲太子洗馬也左傳陳敬仲曰羇旅之臣漢書薄昭書曰遊宦事人范曄後漢書王常曰臣託身陛下陸機洛陽曰太子宮有承華門　向曰承華東宮門名撫劒遵銅輦振纓盡祗肅善曰左氏傳曰子朱怒撫劒從之銅輦太子車餝未詳所見漢書匡衡曰祗肅舊禮銅或爲彤　濟曰撫持也銅輦太子車也振整也言整冠纓盡祗敬也歲月一何易寒暑忽已革載離多悲心感物情悽惻善曰毛詩曰二月初吉載離寒暑　翰曰歲月何易流轉冬夏忽焉已改言離經年歲感物變易而情悽惻慷慨遺安愈五臣作念永歎廢餐食五臣作寢食　善曰東京賦曰膺多福以安愈詩曰假寐永歎列子曰杞國有人憂天崩廢寢食蔡琰詩曰飢當食兮不能餐　良曰遺猶復也安何永長也思樂樂難誘曰歸歸未克五臣作尅　善曰國語楚藍尹亹曰飲食思禮同宴思樂毛詩云曰歸曰歸歲亦暮止　銑曰誘進尅遂也憂苦欲何爲纏緜胷與臆善曰列子曰卑寧則憂苦張叔與任彥昇書曰纏綿恩好庶蹈高蹤登樓賦曰氣交憤於胷臆　向曰言憂苦之事但纏於胷臆之間仰瞻陵霄鳥羨爾歸飛翼善曰高誘淮南子注曰羨願也毛詩曰弁彼鸒斯歸飛提提　濟曰霄空也言瞻望陵空之鳥願假爾翼而歸飛

赴洛道中作二首五言　翰曰此詩意與前二篇同

陸士衡

揔轡登長路嗚咽辭密親善曰家語孔子曰吾御者正身以揔轡蔡琰詩曰行路亦嗚咽薛君韓詩章句曰嗚歎辭也毛萇詩傳曰咽憂不能息也　良曰揔攬也嗚咽悲哀也密猶近也借問子何之世網嬰我身善曰江韋荅軍司馬詩曰羇縶繫世網進退惟準繩說文曰嬰繞也　銑曰世網謂官事嬰纏也永歎遵北渚遺思結南津善曰詩曰假寐永歎秦嘉贈婦詩曰遺思致款誠　向曰遵循也北渚向北之渚南津別處也行行遂已遠

文廿六　廿六

野途曠無人山澤紛紆餘林薄杳阡眠善曰周禮曰野塗五軌楚辭曰野寂寞其無人上林賦曰紆餘委迤楚辭曰遠望兮阡眠　濟曰曠空也紛紆餘盤曲皃草木叢生曰薄杳遠也阡眠原野之色虎嘯深谷底鷄鳴高樹顛哀風中夜流孤獸更我前善曰淮南子曰虎嘯而谷風至樂錄曰鷄鳴高樹巔　翰曰哀風謂悲哀之風孤獸失羣獸也更經也悲情觸物感沈思鬱纏緜佇立望故鄉顧影悽自憐善曰張叔與任彥堅書曰纏綿恩好庶蹈高蹤詩曰佇立以泣丁儀寡婦賦曰賤妾煢煢顧影爲儔楚辭曰私自憐兮何極　良曰沈深悽悲也遠游越山川山川脩且廣振策陟崇丘安轡遵平莽善曰楚辭曰願輕舉而遠遊秦嘉妻徐氏荅秦嘉書曰高山嚴嚴而君是越秦嘉詩曰過辭二親墓振策陟長衢漢書曰天子案轡徐行方言曰草南楚謂之莽　銑曰脩長振舉策鞭陟升也崇丘高山也莽草也夕息抱影寐朝徂銜思往善曰楚辭曰廓抱影而獨倚　向曰徂往也頓轡倚嵩五臣作高巖側聽悲風響善曰頓猶舍也爾雅曰嵩高也　濟曰頓轡駐馬也高巖高山也清露墜素輝明月一何朗撫几五臣作机不能寐振衣獨長想善曰新序曰老古振衣所起舞賦曰遊心無垠遠思長想　翰曰墜落也輝謂露色也振整也

吴王郎中時從梁陳作五言　良曰梁陳二國名機爲吴王郎中令行過之故作此詩也

陸士衡

在昔蒙嘉運矯迹入崇賢善曰孫放詩曰矯迹步玄闈東京賦曰昭仁惠於崇賢薛綜曰立崇賢門於東也　銑曰矯舉也崇賢太子門名言已昔蒙嘉善之運得舉迹入此門爲太子洗馬假

翼鳴鳳條濯足升龍淵 善曰應璩與劉公幹書曰鶤鷄棲翔鳳之條嚻囂遊升龍之川識眞者所爲憤結也 向曰鳳鳴於梧龍升於淵然龍鳳皆諭東宮也假翼濯足譏之謙詞 玄冕無醜士治服使我妍 善曰周禮曰大夫玄冕 翰曰治服美服也妍好也言爲大夫者無醜惡之人況服鮮美益使我妍好 輕劒拂鞶厲 五臣作礪 長纓麗且鮮 善曰禮記曰男鞶革帀也毛詩曰垂帶而厲毛萇曰厲帶之垂者鄭玄曰鞶必垂厲以爲飾韓子曰鄭君好長纓左右皆服長纓也 濟曰鞶大帶礪帶之垂言輕劒拂此垂帶而長纓又鮮明也拂飾也 誰謂伏事淺契闊踰三年 善曰周禮曰大司徒頒職事十有二曰服事鄭司農曰服事謂爲公家服事也服與伏同古字通毛詩曰死生契闊 良曰伏事謂伏事於太子也契闊勤苦也踰越也 薄言肅後命改服就藩臣 善曰毛詩曰薄言旋歸左氏傳曰宰孔謂齊侯曰且有後命無下拜漢書曰吴王濞稍失藩臣禮 銑曰薄辭肅敬也敬天子之後命以就藩臣也言辭天子爲吴王郎中令 夙駕尋清軌遠遊越梁陳 善曰毛詩曰星言夙駕廣雅曰軌道也楚辭曰願輕舉而遠游 向曰夙早也言早駕尋古人軌跡經過於梁陳之國 感物多遠念慷慨懷古人 善曰毛詩曰我思古人實獲我心 良曰感我事吴王而遠念古人也古人謂梁孝王召枚臯馬卿之屬

始作鎮軍參軍經曲阿作 五言 善曰臧榮緒晉書曰宋武帝行鎮軍將軍

陶淵明 善同潛注 濟曰沈約宋書曰陶潛字淵明或云字元亮潯陽柴桑人少有高趣爲鎮軍建威參軍後爲彭澤令解綬去職曲阿者縣名

弱齡寄事外委懷在琴書 善曰晉中興書簡文詔曰會稽王英秀玄虛神棲事外鄭玄儀禮注曰委安也劉歆遂初賦曰玩琴書以條暢 翰曰齡年也言我少年之時寄心於事物之外以琴書自安而已 被褐欣自得屢空常晏如 善曰家語曰原憲衣冠弊并日而食蔬衎然有自得之志論語子曰回也其庶乎屢空漢書曰楊雄家産不過十金室無擔石之儲晏如也 良曰褐短衣也屢空謂貧無財也言身雖被短衣家貧無資常晏然欣樂而無憂也 時來苟冥會宛轡憩通衢 善曰盧子諒荅魏子悌詩曰遇蒙時來會宛蛩也言蛩長往之駕息於通衢之中通衢喻仕路也毛萇詩傳曰憩息也東征賦曰遵通衢之大道 銑曰宛蓄也言時命既來且宜與之相會將行徘徊蓄轡息於通衢 投策命晨裝暫與園田疎 眇眇孤舟逝 善作遊字 綿綿歸思紆 善曰七命曰奇父爲之投策楚辭曰安眇眇兮無所歸薄又曰縹綿綿之不可紆王逸曰綿綿細微之思難斷絶也 向曰投捨策杖也謂捨所拄之杖命早行之衆將赴職與田園漸疎也眇眇遠行皃綿綿不絶皃紆縈也 我行豈不遥登降 五臣作陟 千里餘目倦脩塗異心念山澤居 望雲慙高鳥臨水愧遊魚 五臣作游 善曰仲長子昌言曰古之隱士或夫負妻戴以入山澤言魚鳥咸得其所而已獨違其性也文子曰高鳥盡而良弓藏大戴禮曰魚遊於水鳥飛于雲 銑曰言我之行勞此長路念山澤隱逸之居故慙於魚鳥之適性 眞想初在衿 五臣作襟 誰謂形迹拘 五臣作蹟 聊且憑化遷終反 五臣作及 班生廬 善曰淮南子曰全性保眞不虧其身老子曰脩之於身其德乃眞王逸楚辭注曰保眞守玄默也莊子謂惠子曰孔子行年六十而六十化郭象曰與時俱化也班固幽通賦曰終保己而貽則里止仁之所廬漢書曰班彪與從兄嗣共遊學家有賜書揚子雲已下莫不造門 翰曰眞想謂無爲之事言此事久在胷襟誰謂形之與蹟更被拘止聊且復依憑運化之遷移終當同班固里止仁所廬也

辛丑歲七月赴假還江陵夜行塗口作 五言

善曰沈約宋書曰潛自以曾祖晉世宰輔不復屈身後代自高祖王業漸隆不復肯仕所著文章皆題年月義熙已前則書晉氏年號自永初已來唯云甲子而已江圖曰自沙陽縣下流一百一十里至赤圻赤圻二十里至塗口也 良曰潛詩晉所作者皆題年号入

宋所作者但題甲子而已意者恥事二姓故以異之江陵郡名塗口江口名

陶淵明

閑居三十載遂與塵事冥詩書敦宿好林園無世五臣作俗情善曰漢書曰司馬相如稱疾閑居塵事塵俗之事也郭象莊子注曰凡非眞皆塵垢矣說文曰冥窈也又曰窈深遠也左氏傳趙衰曰郤縠說禮樂而敦詩書纏子董無心曰無心鄙人也不識世情　銑曰閑居靜居也塵事塵俗之事也冥遠敦厚也宿好謂舊所好也幽隱之事而無俗塵也如何舍此去遙遙至西五臣作南荊善曰西荊州也時京都在東故謂荊州爲西也　向曰此謂林園也南荊荊州遙遙行皃叩栧曳新秋月善作新五臣作親月船臨流別友生善曰楚辭曰漁父鼓栧而去王逸曰叩船舷也楚辭曰臨流水而太息毛詩曰雖有兄弟不如友生　濟曰叩擊也栧船傍歲親愛也友生明友也涼風起將夕夜景湛虛明昭昭天宇闊皛皛胡了川上平善曰淮南子曰甘暝于大霄之宅覓視于昭昭之宇李顒離思篇曰烈烈寒氣嚴寥寥天宇清說文曰通白曰皛皛明也　翰曰夜景月也湛澄也月有盈虛故曰虛明昭昭晴明皃天宇謂天之覆地如屋宇也闊廣也皛皛謂月光照水上平淨皃懷役不遑寐中宵尚孤征商歌非吾事依依在耦耕善曰毛詩曰不遑假寐淮南子曰甯戚商歌車下而桓公慨然而悟許慎曰甯戚衛人聞齊桓公興霸無因自達將車自往商秋聲也莊子卞隨曰非吾事也論語曰長沮桀溺耦而耕　良曰遑暇宵夜孤獨征行也甯戚商歌車下以干桓公言此非我之事長沮桀溺耦而耕自逸我心依依慕之也投冠旋舊墟不爲好爵縈善曰周易曰我有好爵吾與爾縻之　銑曰投此冠冕將歸舊居不以好爵爲縈華也養眞衡茅下庶以善自名善曰曹子建辯問曰君子隱居以養眞也衡門茅茨也范曄後漢書馬援曰吾從弟少游曰士生一時鄉里稱善人斯可矣鄭玄禮記注曰名令聞也　向曰衡茅茅屋也言養眞無爲之道於茅宇之下庶幾以以爲善名

文選二十六　廿九

永初三年七月十六日之郡初發都五言善曰沈約宋書曰高祖永初三年五月崩少帝即位出靈運爲永嘉郡守少帝猶未改元故云永初

謝靈運濟曰謂高祖崩少帝立出靈運爲永嘉郡守故有幽棲之志

述職期闌暑理棹變金素善曰尚書大傳曰古者諸侯之於天子五年一朝朝見其身述其職述其職者述其所職也漢書王吉傳邵公述職舍於棠下而聽斷焉潘岳悼亡詩曰溽暑隨節闌闌猶尽也金素秋也秋爲金而色白故曰金素也漢書曰西方金也劉楨書曰肅以素秋則落也　翰曰述職述其職事闌暑謂夏末暑氣闌也言期在闌暑比及理棹已變爲秋時秋岸澄夕陰火旻團朝露善曰火大火也毛詩曰七月流火爾雅曰秋爲旻天毛詩曰野有蔓草零露團兮　良曰夕陰晚景也火心星爲秋候團謂露垂而團辛苦誰爲情遊子値頹暮善曰陸機赴洛詩曰辛苦誰爲心楚辭曰歲曶曶其若頹　銑曰辛苦之情已難堪而又屬頹暮之時愛似莊念昔久敬曾存故善曰言游子多悲罹物增戀愛其似者若莊生之念疇昔久而愈敬賴曾子之存故交莊子曰夫越之流人去國旬月見所嘗見於國中喜及期年也見似人者而喜矣論語曰晏平仲善與人交久而敬之韓詩外傳曰子夏過曾子曰入食子夏曰不爲公費乎曾子曰有三費飲食不在其中子夏曰敢問三費曾子曰少而學長而忘之一費也事君有功輕而負之二費也久交友而中絕此三費也　向曰莊舃越人事楚執珪有疾爲越吟曾子耕太山下遇雨作憂思之歌言我同此二人懷舊故愛敬之也如何懷土心持此謝遠度善曰此謂懷土也言如何同彼懷土之心持此彌勤遠度也楚辭曰遠度世以忘歸思玄賦曰願得遠度以自娛　濟曰持此懷土之心慙謝古人之遠度李牧愧長袖郤克慙躧所綺步善曰言手足有疾故或愧或慙也戰國策曰武安君李牧至趙王使韓蒼數之曰將軍戰勝王觴將軍將軍爲壽於前捍上首當死武安君曰身大臂短不能及地起居不敬恐獲死罪於前故使工人爲木杖以接手上若弗信請視之說文曰捍兩手擊

文廿六　三十

也布買切左氏傳曰使郤克徵會于齊頃公帷婦人使觀之郤子登婦人笑於房杜預曰跛而登階故笑也魏都賦曰邯鄲躧步翰同善注**良時不見遺醜狀不成惡**去聲善曰言雖有疾皆不見弃遺也李陵贈蘇武詩曰良時不再至禰衡書曰衡以良時散而復合左氏傳曰醜莠惡杜預曰惡貌醜也**曰余**

亦支離依方早有慕善曰莊子曰支離疏者頤隱於齊肩高於頂會撮指天五管在上兩髀爲脅七賢音義曰形體離不全正也名疏莊子曰子桑戶孟子友子琴張三人相與友子桑戶死孔子使子貢往待事或鼓琴相和而歌子貢反以告孔子孔子曰彼遊方之外者也而丘遊方之內者也子貢曰夫子何方之依曰丘天之戮民也郭象曰以方內爲桎梏明所貴在方外夫遊外者依內司馬彪曰方常也言彼遊心於方教之外也漢書郊祀歌曰天地並況惟予有慕會音括撮租括切髀步米切　良曰遇時雖醜亦爲時所用謂李牧郤克也支離毀瘁也方道也言我形亦復毀瘁也今將依常道有慕養形**生幸休明世親蒙英達顧**善曰左氏傳曰王孫滿曰德之休明英達謂廬陵王也銑曰言我生幸遇明盛之時親蒙賢達所眷顧**空班趙氏**

文二十六　卅一

璧徒乖魏王瓠善曰言見珍同乎趙璧爲用而乖魏瓠言無所施也杜預左氏傳注曰班次也蔡邕琴操曰楚明光者楚王大夫也昭王得璠氏璧欲以貢於趙王於是遣明光奉璧之趙璠古和字莊子惠子謂莊子曰魏王貽我大瓠之種我樹之成而實五石以盛水將其堅不能自舉剖之以爲瓢則瓠落無所容非不掊然大也吾爲其無用掊之莊子曰夫子固拙於用大矣何不慮以爲大罇而浮乎江湖司馬彪曰瓠布濩落零落也掊然大貌掊謂擊破之也翰莊子之言大也若巨瓠之無施也一瓠落大貌徐仙民戶郭切掊許喬切掊方部切　向曰班列也子男執璧也趙氏璧天下之宝故此美言之魏王貽惠子瓠大容五碩爲大而無用也言我空列子男之位而無用於時也貽猶遺也**從來漸二紀始得傍歸路**善曰孔安國尚書傳曰十二年曰紀言欲之郡必塗經始寧故曰歸路　銑曰自從仕來漸進得二十四年傍近也言出爲永嘉太守始近歸家路**將窮山**

海迹永絕賞心悟五臣作晤字　善曰言今遠遊將窮山海之迹賞心之對於此長乖鄭玄毛詩箋曰晤對也　翰曰言我將尋山水窮盡其迹與賞心之友長絕不可復得相對而言

過始寧墅五言　善曰沈約宋書曰靈運父祖並葬始寧縣并有故宅及墅遂脩營舊業極幽居之美水經注曰始寧縣西本上虞之南鄉也　良曰此言自永嘉過故墟也

謝靈運

束髮懷耿介逐物遂推遷善曰韓詩外傳曰夫人爲父者必全其身體及其束髮羈授明師以成其材楚辭曰獨耿介而不隨兮願慕先聖之遺教莊子曰惠施之才逐萬物而不反尚書王曰惟民生厚因物有遷　銑曰束髮謂入仕耿介謂節操言我入仕之時而懷節操及後爲世事所迫因而推遷不成宿心也**違**

志似如昨二紀及茲年緇磷謝清曠疲薾奴結**慙**

貞堅善曰廣雅曰違背也楊雄解嘲曰歷覽者茲年矣論語子曰不曰堅乎磨而不磷不曰白乎涅而不緇蒼頡篇曰曠疎曠也莊子曰薾然疲而不知所歸司馬彪曰薾極貌也　向曰言違我宿志如昨日已經二十四年矣緇黑磷薄也王之爲體染之不黑磨之不薄喻君子處濁亂不易堅白言我隨物遷變故云慙謝清曠貞堅之士也疲薾困極之貌

文廿六　卅二

拙疾相倚薄還得靜者便善曰拙謂拙宦也閑居賦曰巧誠有之拙亦宜然韓康伯周易注曰薄謂相附也論語曰智者動仁者靜五臣無此二句**剖**普口**竹守滄海枉帆**

過舊山善曰漢書曰初與郡守爲竹使符說文曰符信漢制以竹分而相合　濟曰凡爲太守皆剖竹使符也永嘉郡臨海故云守滄海枉帆謂枉曲船帆來過舊居**山行窮登頓水涉盡洄**

沿善曰爾雅曰逆流而上曰遡洄孔安國尚書傳曰順流而下曰沿　翰曰登頓謂上下也洄沿謂逆順也**巖**

峭嶺稠疊洲縈渚連緜白雲抱幽石綠篠媚清

漣葺宇臨迴江築觀基曾巔善曰廣雅曰峭高也又曰稠概也三輔故事曰連緜四百餘里毛詩曰河水清且連猗洞簫賦曰迴江流川而映其山春秋運斗樞曰山者地基也　良曰峭峻也稠疊重疊也連緜不絕皃篠竹箭也連謂風吹水成文也葺脩曾高也言築觀於高山之巔**揮手告**

鄉曲三載期歸旋善曰劉越石扶風歌曰揮手長相謝說文曰揮奮也燕丹子夏扶曰士無

鄉曲之譽則未與論行三載黜陟幽明故以爲限銑曰揮舉告辭也言舉手辭鄉人云三載秩備當期旋歸也且爲樹枌檟無令孤願言善曰左氏傳曰初季孫爲己樹六檟於蒲圃東門之外杜預曰檟欲自爲櫬也　向曰枌檟木名謂鄉人云爲我樹此木於墳之上無令孤我所願之言

富春渚 五言　濟曰富春渚名在錢塘江也

謝靈運

宵濟漁浦潭且及富春郭善曰吳郡記曰富春東三十里有漁浦　翰曰宵夜濟渡也漁浦名富春郡名也定山緬雲霧赤亭無淹薄善曰吳郡緣海四縣記曰錢塘西南五十里有定山去富春又七十里橫出江中濤迅邁以避山難夜發錢塘巳達富春赤亭定山東十餘里王逸楚辭注曰泊止也薄與泊同　良曰定山赤亭皆江中山名緬遠也言遠若雲霧之間無淹薄謂此中水急而不可停上溯流觸驚急臨圻鐖阻參錯亮之伯昏分險

過呂梁壑

善曰爾雅曰逆流而上曰遡洄埤蒼曰碕曲岸頭也碕與圻同參錯謂碕岸之險參差交錯也列子曰列禦寇爲伯昏無人射引之盈貫措杯水其肘上伯昬無人曰是射之射非不射之射也當與汝登高山履危石臨百仞之泉若能射乎於是無人遂登高山履危石臨百仞之泉背逡巡足二分垂在外揖禦寇而進御寇伏地汗流至踵伯昬無人曰夫至人者上闚青天下潛黃泉揮斥八極神氣不變今汝怵然有恂目之志爾於中殆矣夫分猶節也列子曰孔子觀於呂梁懸水三十仞流沫三十里黿鼉魚鼈之不能游也　銑曰遡向圻岸也向流則懼驚濤急浪臨岸則阻石參錯亮信言我無伯昏不懼之分而所經之險過於呂梁洊至宜便平習兼山貴止託善曰周易曰水洊至習坎王弼曰重險縣絕故水洊至也不以坎爲隔絕相仍而至習乎坎者也習謂便習之也周易曰兼山艮又曰艮其止止其所也　向曰洊仍也言水相仍而至兼有山險也言今經險阻宜便習於水貴止託於山言其危也平生協幽期淪躓困微弱久露干祿請始果遠遊諾五臣作翻始果遠諾　善曰論語曰子張學干祿果猶遂也鄭玄毛詩箋曰諾應辭也然古者請於君君許則盡諾以報之　濟曰往時巳有幽隱之期但以沈頓困於微弱當不能就猶此久露干祿之請翻始遂於遠心矣宿心漸申寫萬事俱零落善曰趙壹報羊陟書曰惟君明叡平斯宿心莊子曰致命盡情天地樂而萬事銷亡楚辭曰惟草木之零落　翰曰零落弃捨也宿昔幽隱之心漸得舒散而人俗之事俱從弃捨懷抱旣昭曠外物徒龍蠖善曰莊子苑風謂諄芒曰願聞神人諄芒曰上神乘光與形滅亡此謂昭曠說文曰曠明也周易曰尺蠖之屈以求伸也龍蛇之蟄以存身也　良曰昭明曠遠也言懷抱明遠混齊萬物雖龍騰蠖屈不爲殊觀也

七里瀨 五言　善曰甘州記曰桐廬縣有七里瀨瀨下數里至嚴陵瀨　濟曰瀨水流沙上也七里者言長七里也此瀨下數里有嚴子陵隱居

謝靈運

羇心積秋晨晨積展遊眺孤客傷逝湍徒旅苦奔峭善曰爾雅曰展適也郭璞曰得自申展皆適意曹植九詠曰何孤客之可悲淮南子曰岸峭者必阤許慎曰阤落也然奔亦落也入彭蠡湖口詩曰圻岸屢崩奔與此同也　向曰羇旅之心積於秋晨秋晨遊望展適懷抱湍急流峭峻也言旅客奔往皆多傷苦於此石淺水潺湲日落山照曜荒林紛沃若哀禽相叫嘯善曰楚辭曰觀流水兮潺湲雜字曰潺湲水流貌也毛詩曰羔裘如膏日出有曜毛萇曰日出照曜然見其如膏也毛詩曰桑之未落其葉沃若海賦曰更相叫嘯詭色殊音　濟曰潺湲水聲沃若茂盛皃叫嘯衆鳥相命聲也遭物悼遷斥存期五臣作其得要妙善曰廣雅曰斥推也老子曰湛兮以或存王弼曰和光而不汙其體同塵而不渝其眞不亦湛兮似或存兮莊子曰此之謂要妙也　翰曰遭遇悼傷也遷斥謂貶出也言遇時物則傷貶出存我幽隱之期則爲善要妙也旣秉上皇心五臣作情豈屑先結末代誚善曰莊子曰監照下土天下載之此謂上皇王逸楚辭注曰屑顧也劉向雅琴賦曰末世鎖才兮智孔寡　良曰秉特屑顧誚讓也言我旣持上皇道德之心豈顧末代

人所責讓也目覩嚴子瀨想屬任公釣善曰范曄後漢書曰嚴光字子陵光武除爲諫大夫不屈曰任公子爲太鉤巨緇五十犗以爲餌蹲會稽投竿東海旦旦而釣朞年不得魚已而大魚食之牽巨鉤陷沒而下騖揚而奮鬐白波若山任公子得若魚離而腊之自淛河以東蒼梧以北莫不厭若魚也　銑曰瀨灘名世人傳云嚴子陵釣處任公子有道者以大鉤巨輪釣於東海而獲大魚離而腊之自淛河以東蒼梧以北皆厭此魚喻道也以道養人故衆足言經此釣處屬想其人以道濟衆也誰謂古今殊異代可同調善曰郭象莊子注曰人性有變古今不同樂稽耀嘉曰聖人雖生異世其心意同如一也調猶運也謂音声之和也　向曰古今不殊自謂能與嚴陵任公同其隱遁之調

登江中孤嶼五言　善曰永嘉江也　濟曰嶼江中之山也

謝靈運

江南倦歷覽江北曠周旋懷雜五臣作新道轉迥尋異景不延亂流趨正絶五臣作孤嶼孤嶼媚中川善曰長門賦曰貫歷覽其中操左傳曰奉以周旋不敢失隊尒雅曰迥遠也又曰延長也爾雅曰水正絶流曰亂劉淵林吳都賦注曰嶼海中洲上有山石　良曰懷想新知其道轉遠尋求奇異則光景不長趨向媚好也雲日相輝映空水共澄鮮表靈物莫賞蘊眞誰爲傳想像五臣作象崑山姿緬邈區中緣善曰鄭玄禮記注曰表明也謂顯明之也馬融論語注曰蘊藏也說文曰眞仙人變形也楚辭曰思舊故而想像列仙傳曰西王母神人名王母在崑崙山司馬相如大人賦曰追區中之隘陝　銑曰言嶼上特表神靈藏蘊仙眞而世物莫能賞接誰復得爲傳述也想象崐山上靈仙之姿髣髴然有似緣上此孤嶼之中矣緬邈髣髴也始信安期術得盡養生年善曰列仙傳曰安期生琅邪阜鄉人自言千歲丈子曰靜漠恬淡所以養生也莊子養生篇曰可以盡年郭象曰養生非求過分蓋全理盡年而已　向曰安期先生古仙人也言我見此山靈異始信神仙之道得盡養生也

初去郡五言　善注與濟同　濟曰靈運在永嘉二年稱疾去職作此詩也

謝靈運

彭薛裁知恥貢公未遺榮善曰漢書曰彭宣字子佩淮陽人也遷御史大夫轉爲大司空王莽秉政專權宣上書乞骸骨歸鄉里又曰薛廣德字長卿沛郡人也爲御史大夫乞骸骨班固漢書彭薛平當述曰廣德當宣近於知恥漢書貢禹字少卿琅耶人也爲光祿大夫上書乞骸骨鍾美會有遺榮賦　翰曰裁少也彭宣薛廣德皆御史大夫上書乞骸骨是少知恥也貢禹與王陽善見陽登用而喜故云未遺榮或可優貪競豈足稱達生善曰楚辭曰皆競進以貪婪莊子曰達生之情者傀達於知者脩司馬彪曰傀讀曰瑰瑰大也情在故曰大也脩多智也　良曰言此貪競之人則爲優未足知達生之理伊予秉微尚拙訥謝浮名善曰禮記孔子曰恥名之浮於行也　銑曰秉持微小浮過也惟我持此小尚山水之節又踈拙蹇訥故辭浮過之名廬園當去栖巖卑位代躬耕善曰嵇康絶交書曰子房之巖棲列女傳黔婁先生妻曰先生安天下之卑位禮記曰祿足以代其耕　向曰廬小屋也顧已雖自許心迹猶未并無庸妨周任有疾像五臣作象長卿善曰莊子曰夫神者不自許也論語子曰周任有言曰陳力就列不能者止漢書曰司馬長卿有消渴疾常稱疾閑居不慕官爵　濟曰情雖在栖隱身尚居官是亦未與心合也妨害也周任古賢人也言陳力就列不能者止是害周任之言也司馬相如患消渴之疾言我有疾似之象似也畢娶類尚子薄游似邴生善曰嵇康高士傳曰尚長字子平河內人隱避不仕爲子嫁娶畢敕家事斷之勿復相關當如我死矣嵇康書亦云尚子平范曄後漢書曰向長字子平男娶女嫁既畢乃敕斷家事尚向不同未詳孰是邴生曼容養志自修爲官不肯六百石輙自免去　濟曰尚子平男娶女嫁畢敕斷家事勿復相關邴萬容養志自脩薄爲游宦而已言我皆似類恭承古人意促五臣作倣裝返柴荊善曰越絶書曰恭承嘉惠思玄賦曰簡元辰而促裝高誘曰柴扉即荊扉也鄭玄禮記注云蓽門荊竹織門也　良曰恭敬承奉倣始也柴荊

謂柴門荆扉也言敬奉尚邪之意始爲裝束還於荆扉柴門 **牽絲及元興解龜在景平** 善曰牽絲初仕解龜去官也臧榮緒晉書曰安帝即位改元曰元興靈運初爲琅邪王大司馬行軍參軍沈約宋書曰少帝即位改元曰景平應璩詩曰不𠋫牽朱絲三署來相尋漢書曰辟宣爲左馮翊高陽令楊湛解印綬付吏又曰黄金印龜紐文曰章　銑曰牽絲謂牽王如絲之言而仕也元興晉安帝年号解龜謂解去所佩龜印也景平宋少帝年号言授官於元興謝職於景平 **負心二十載於今廢將迎** 善曰嵇康幽憤詩曰內負宿心文子曰聖人若鏡不將不迎爾雅曰將送也　向曰聖人之用心若鏡不將不迎遇物則照爲官臨人亦如是焉言我負幽隱之心二十年矣而今始能廢於將迎之道 **理棹遄還期遵渚騖脩坰遡谿終水涉登嶺始山行野曠沙岸淨天高秋月明憇石挹飛泉攀林搴**居偃 **落英戰勝臞**具 **者肥止監**五臣作鑒 **流歸停** 善曰潘岳在懷縣詩曰感此還期淹遄速也[illegible]機越洛詩曰永歎遵北渚爾雅曰林外曰坰毛萇詩傳曰挹斟也王逸楚辭注曰搴采取也戰勝明貴不如義止鑒明語不如嘿也韓子子夏曰吾入見先王之義則榮之出見富貴又榮之二者戰于胸臆故臞今見先王之義戰勝故肥也爾雅注曰臞肉之瘦也臣俱切文子曰莫監於流潦而監於止水以其保心而不外蕩也蒼頡篇曰亭定也停與亭同古字通　濟曰遵依坰野遡向曠空憇息挹酌搴取也言去官還歸酌泉取花自樂也臞瘦也幽居之道亦欲之富貴之樂亦欲之三者戰於胸中而幽居之道勝故使瘦者肥也夫水爲人鑒照以其不流而歸停止焉今我將體而止之 **即是羲唐化獲我擊壤聲** 五臣作情　善曰羲包羲也唐唐堯也周處風土記曰擊壤者以木作之前廣後銳長四尺三寸其形如履將戲先側一壤於地遥於三四十步以手中壤擊之中者爲上部論衡曰堯時百姓無事有五十之民擊壤於塗觀者曰大哉堯之德也擊壤者曰吾日出而作日入而息鑿井而飲耕田而食堯何力於我也　翰曰言無事之後即是伏羲唐堯之化而我得同擊壤老人之情

初發石首城 五言　善曰伏韜北征記曰石頭城建康西界臨江城也是曰京師餘注

與良同　良曰靈運謝病東歸會稽太守孟顗乃表其異志靈運馳往京都詣闕上表太祖知其誣不罪不欲使東歸以爲臨川內史至石頭城故作此詩

謝靈運

白珪尚可磨斯言易爲緇 善曰毛詩曰白珪之玷尚可磨也斯言之玷不可爲也毛萇詩傳曰緇黑色也　銑曰珪玉有玷缺可磨而滅惡言及人易爲污染不可去也緇污也 **雖抱中孚爻猶勞貝錦詩** 善曰周易曰中孚以利貞乃應乎天毛詩曰萋兮斐兮成是貝錦鄭玄曰讒人集作己過以成於罪猶女功之集彩色以成錦文也　向曰易中孚卦九五爻有孚攣如孚信也詩云萋兮斐兮成是貝錦喻工者錯彩以成錦文讒者構言以作人過言我雖抱忠信之德猶勞此讒人構作此罪 **寸心若不亮微命察如絲** 善曰列子文摯謂叔龍曰吾見子之心矣方寸之地虛矣亮猶明也楚辭曰蜂蛾微命東觀漢記梁節王暢上疏曰筋骨相連命在絲髮鄭玄毛詩箋曰察省也　濟曰言我寸心若不爲人信明性命如絲之將絕也 **日月垂光景成貸遂兼茲** 善曰日月喻太祖也葛龔薦黃鳳文曰君垂日月之光流萬里之恩老子曰夫唯道善貸且成說文曰貸施也　翰曰日月喻天子言天子垂照貸借我性命更得兼此內史 **出宿薄京畿晨裝摶**團 **曾**五臣作曾 **颸**楚持切 善曰毛詩曰出宿于濟莊子曰摶扶搖而上楚辭曰溢颸風而上征　良曰薄至也晨裝飾行裝也摶持也曾颸高風也謂張帆持高風而行 **重經平生別再與朋知辭故山日已遠風波豈還時** 善曰再謂前之永嘉今適臨川古詩曰相去日已遠家語孔子曰不觀巨海何以知風波之患　銑曰謂重與始平郡所居鄉別也故山謂所居舊山也言今隨波而去豈復有還時謂之臨川郡也 **迢迢**善作苕苕 **萬里帆茫茫終何之** 善曰毛詩曰洪水芒芒莊子曰芒乎何之忽乎向適　向曰迢迢遠也茫茫廣大貌言江水廣大不知所之 **游當羅浮行息必廬霍期** 善曰羅浮山記曰山高三千丈長八百里舊說浮山從會稽來傅子羅山故稱傅羅今羅浮山上猶

有東方草木廬霍二山名也釋慧遠廬山記曰山在江州尋陽之南爾雅曰霍山爲南岳郭璞曰今在廬江西　濟曰羅浮廬霍皆山名言游息期於此也

越海陵三山，游湘歷九嶷。五臣作疑　善曰東方朔集朔對詔曰陵山越海窮天乃上三山在海中衆仙所居九嶷山在長沙零陵舜帝所葬也　翰曰三山蓬萊方丈瀛洲也九疑山名湘江也言越江海游歷於此也

欽聖若旦暮，懷賢亦悽其。善曰范曄後漢書曰朱勃謂馬援曰欽慕聖義莊子曰萬代之後而一遇大聖知其解者是旦暮遇之也毛萇詩傳曰其辭也　良曰欽聖謂舜葬於九疑懷賢謂屈原沈湘江朝暮言近也悽悲也

皎皎明發心，不爲歲寒欺。善曰毛詩曰明發不寐有懷二人說苑曰孔子曰義士不欺心　銑曰言我皎然明發之心松柏不爲歲寒所能欺損者喻雖遭讒人不能欺辱於己

道路憶山中 五言

向曰住臨川郡憶始寧山中

謝靈運

采菱調易急，江南歌不緩。善曰楚辭曰涉江采菱發陽阿王逸曰楚人歌曲也古樂府江南辭曰江南可採蓮　濟曰采菱江南皆楚越歌曲也

楚人心昔絕，越客腸今斷。善曰楚人屈原也越客自謂也沈約宋書曰靈運本在陳郡父祖並葬始寧縣幷有故宅遂籍會稽故稱越客焉　翰曰楚人謂鍾儀也遭冒幽囚而爲楚歌其聲甚哀越客靈運自謂也言聞歌思鄉而心腸斷絕

斷絕雖殊念，俱爲歸慮款。存鄉爾思積，憶山我憤懣。善曰廣雅曰款和也王逸楚辭注曰言己情憤懣也　良曰絕謂鍾儀也斷自謂也殊念者鍾儀思鄉靈運憶山雖則殊念然而懷歸曲則同矣憤懣怨歎也

追尋棲息時，偃卧任縱誕。得性非外求，自已爲誰纂。善曰崔寔荅陸機詩曰棲息高丘范曄後漢書曰光武共嚴光偃卧縱恣而傲誕言得性之理非在外求取足自此爲誰之所纂哉言不爲人之所纂也莊子南郭子綦曰夫吹万不同而使其自已也咸其自取怒者其誰也司馬彪曰已止也使各得其性而止也爾雅曰纂繼也　銑曰言本性好靜非外求學此乃從此而出不知纂繼誰人也

不怨秋夕長，恒善作常字苦夏日短。濯流激浮湍，息陰倚密竿。上聲　善曰字林曰竿竹梃也古寒切今協韻爲古旦切　向曰秋夜可樂故不怨其夕長夏時可游故苦其日短濯流謂水激洗於湍瀨也謂倚密竹以就陰也

懷故五臣作故懷叵普火新歡，含悲忘春㬉。五臣作暖　善曰言春暖當喜爲含悲而忘之字書曰叵不可也莊子曰㥦然似春　濟曰言懷故山不可得爲新歡常含其悲忘至春暖

悽悽明月吹，惻惻廣陵散。善曰古樂府有明月皎夜光應璩與劉孔才書曰聽廣陵之清散　翰曰悽惻皆哀聲也明月吹廣陵散並琴曲名

殷勤訴危柱，慷慨命促管。善曰危柱謂琴也孫氏笙簧賦曰陵危柱以頡頏促管謂笛也阮籍樂論曰琵琶箏笛間促而聲高也　良曰訴告也危柱促管使其聲急而哀以敘其心

入彭蠡湖口作 五言

銑曰彭蠡太湖名向臨川郡從此過也

謝靈運

客游倦水宿，風潮難具論。洲島驟迴合，圻祈岸屢崩奔。善曰孔安國尚書傳曰海曲謂之島　向曰驟數也言人隨風潮之急數見洲島迴曲會合水激其岸崩頹奔波也

乘月聽哀狖，以秀浥於及露馥芳蓀。善曰乘月猶乘日也廣雅曰古乘月而遊以聽哀狖之響霑濕露而行爲馥芳叢之馥狖蜼也說文曰浥濕也　濟曰狖猿類其聲哀也馥香也芳蓀草名

春晚綠野秀，巖高白雲屯。千念集日夜，萬感盈朝昏。攀崖照石鏡，牽葉入松門。善曰張僧鑒潯陽記曰石鏡山東有一圓石懸崖明淨照人見形顧野王輿地志曰自入湖三百三十里窮於松門東西四十里青松徧於兩岸　翰曰秀色屯聚也千念萬感言多也石鏡山名松門澗名攀崖照牽葉入各因事而言之

三江事多往，九派理空存。善曰尚書曰三江既入又曰九江孔殷江賦曰流九派乎潯陽　良曰我所經

三江九派之事已往空有其理因而存想 **靈**善本作露 **物秘**五臣作吝 **珍怪異人祕精魂** 善曰孔安國尚書傳曰秘借也高唐賦曰珍怪奇偉毛萇詩傳曰秘閉也江賦曰納隱淪之列眞挺異人乎精鬼 銑曰此中多靈怪神異之人然皆秘其精魂不可見也 **金膏滅明光水碧綴**五臣作輟 **流溫** 善曰穆天子傳曰河伯示汝黃金之膏山海經曰騩山多水碧郭璞曰碧亦玉也流溫言水玉溫潤也 向曰金膏仙藥也水碧水玉也此江中有之然皆滅其明光止其溫潤而不見 **徒作千里曲絃絕念彌敦** 善曰言奏曲冀以消憂絃絕而念逾甚故曰徒作也琴賦曰千里別鶴演連珠曰繁會之音生乎絕絃 濟曰千里曲謂黃鵠一遠別千里顧徘徊也絃絕謂曲終也言曲終而別念彌厚

入華子崗五臣作岡 **是麻源第三谷** 五言 善曰謝靈運山居圖曰華子崗麻山第三谷故老相傳華子期者祿里先生弟子翔集此頂故華子爲稱也 翰曰華子期角里先生弟子居此山頂故稱爲麻源山名

南州實炎德桂樹陵寒山 善曰楚辭曰嘉南州之炎德麗桂樹之冬榮 良曰謂南中炎暖冬月樹木榮 **銅陵映碧澗**善作潤字 **石磴瀉紅泉** 善曰銅陵銅山也楊雄蜀都賦曰橘林銅陵靈運山居賦曰訊卅沙於紅泉靈運自注云即近山所出然銅陵亦近山 銑曰銅陵碧澗山澗名石磴阪也紅泉謂水自沙中流出故其色紅也 **既枉隱淪客亦棲肥遁賢** 善曰栢子新論曰周易曰肥遁無不利 向曰隱淪肥遁皆幽居者枉曲棲止也客暫過故稱枉賢久住故云棲也 **險逕無測度天路非術阡** 善曰爾雅曰山絕險家語孔子曰人藏其心不可測度仲長子昌言曰蕩蕩乎若昇天路而不知夫所登也 濟曰術阡道也言山逕高險不可測度故云天路非術阡謂不知道路 **遂登郡峯首邈若升雲煙羽人絕髣髴丹丘徒空筌** 善曰論衡曰天寄氣氣如雲曹子建述仙詩曰游將升雲煙楚辭曰仰羽人於丹丘留不死之舊鄉筌捕魚之器莊子以諭言也 翰曰登升筌迹也升來山之高邈而入雲煙也羽人仙人也言仙人不見但空有蹤迹而已 **圖牒復磨滅碑版誰聞傳莫辨百世**五臣作代 **後安知千載前且申獨往意乘月弄潺湲** 善曰蘇林漢書注曰牒譜也孔安國論語注曰版邦國之圖籍也淮南王莊子略要曰江海之士山谷之人輕天下細萬物而獨往者也司馬彪曰獨往任自然不復顧世也 良曰言仙人圖牒碑版之屬皆已磨滅無人傳說且百代之後千載之前無以驗矣潺湲水聲也 **恒充俄頃用豈爲古今然** 善曰言古之獨往必輕天下不顧於世而已之獨往常充俄頃之間豈爲尊古卑今而然哉小雅曰充猶備也江賦曰千里俄頃何休公羊注曰俄者須臾之間也司馬彪莊子注曰常久也莊子曰尊古卑今學者之流也郭象曰古無所尊今無所卑而學者尊古卑今失其原矣 銑曰恒充少時爲樂之用不足爲久長之事

六臣註文選卷第二十六

六臣註文選卷第二十七

梁昭明太子撰

唐李善并五臣註

行旅下

北使洛 五言

顔延年 善曰沈約宋書曰延之爲豫章世子中軍行參軍義熙十二年高祖北伐有宋公之授府遣一使慶殊命參起居延之至洛陽道中作詩一首文辭藻麗爲謝晦傅亮所賞集曰時年三十二　銑曰宋高祖北伐府遣一使起居延之與府參軍北至洛道中作是詩也

改服飭敕徒旅首路跼險艱 善本作難字　善曰左氏傳曰齊侯謂韓厥曰服改矣杜預曰戎朝異服也謝承後漢書序曰徐俶戎車首路毛詩曰謂天蓋高不敢不跼毛萇詩傳曰跼曲也鄭玄曰跼可畏懼之言也　向曰改服改常服旅行旅也飭整首初跼履艱難也 振楫發吳洲秣馬陵楚山 善曰阮籍詠懷詩曰朱鳥躍飛泉夜飛過吳洲毛詩曰言秣其馬杜預曰粟食馬曰秣韓子曰楚和氏得璞玉於楚山之中　翰曰楫棹秣粟也言自水登陸行也吳楚皆國名 塗出梁宋郊道由周鄭閒 善曰漢書曰沛公乃道碭音義曰道由碭也　濟曰梁宋周鄭皆國名 前登陽城路日夕望三川 善曰漢書曰汝南郡有陽城縣音義應劭曰三川今河南郡韋昭曰有河洛伊故曰三川也　銑曰即洛陽也 在昔輟期運經始闊聖賢 善曰毛詩曰自古在昔魏都賦曰應期運而光赫蔡邕陳寔命碑曰應期運之數抱朴子曰闊之前志聖人生率闊五百歲　銑曰闊猶無也在昔晉亂期運暫息無聖賢經理 伊瀔絶津濟臺館無尺椽 善曰伊瀔二水名也曹植毀故殿令曰秦之滅也則阿房無尺椽鄭玄論語注曰津濟渡處也　向曰由時亂故津濟斷絶臺館盡毀故無尺椽 宮陛多巢穴城闕生雲煙 翰曰言其荒蕪如此 王猷升八表嗟行方暮年 善曰言王道被於八荒余行屬於歲暮也摯虞尚書令箴曰補我衮闕我王猷毛詩曰嗟行之人又曰歲聿云暮　濟曰言宋高祖之德被八方之外嗟我之行值冬時冒寒氣而苦辛 陰風振涼野飛雲 善作作雪 瞀茂窮天 善曰陸機苦寒行曰凉野多險難爾雅曰霧謂之晦郭璞曰言昏冥也武賦切窮天謂季冬之日月窮盡也呂氏春秋曰季冬日窮于次月窮于紀　濟曰昏亂窮終也謂終歲之天時 臨塗未及引置酒慘無言 善曰引猶進也漢書曰上置酒沛宮　銑曰引發也 隱憫眉隱徒御悲威遲良馬煩 善曰楚辭曰隱閔而不達韓詩曰周道倭遲洛神賦車殆馬煩　向曰隱憫憂歎皃威遲馬行皃煩勞也 遊役去芳時歸來屢徂諐 善曰言當歸來而更數有所往而諐本期　翰曰游行也芳時春時徂諐失期也言我以冰雪所苦故歸來屢失期也 蓬心旣已矣飛薄殊亦然 善曰言已有蓬心事旣已矣而身飛薄亦復同之自傷之辭也莊子謂惠子曰夫子拙於用大則夫子猶有蓬之心也夫郭象曰蓬非直達者曹植吁嗟篇曰吁嗟此轉蓬居世亦然之　濟曰蓬非直達者然成也言已隨俗之心久已除矣而猶被牽制於時尚勞於行役而當此窮歲之節如蓬之性非自直達復爲飄迫殊不得成我志也飛飄薄迫也

還至梁城作 五言

良曰自洛還也梁國名

顔延年

眇默軌路長憔悴征戍勤 善曰楚辭曰登石巒兮遠望路眇眇兮默默又曰顔色憔悴左氏傳曰勤戍五年　銑曰眇默遠皃軌車跡也征行戍守勤勞 昔邁先祖師今來後歸軍振策睠東路傾側不及羣 善曰陸機赴洛詩曰振徒陟崇丘楚辭曰肩傾側而不容　向曰昔邁謂前北使時在北伐之前師也今來蓋至後軍也　翰曰言雖揚鞭視歸路而欲

疾然道路險阻不能前及其羣息徒顧將夕極望梁陳分善曰嵇康贈秀才詩曰息徒蘭圃陸機從梁陳詩曰逸遊越梁陳濟曰徒徒侶也梁陳二國名分分界首也故國多喬木空城凝寒雲善曰論衡曰觀喬木知舊都良曰故國謂梁城也喬高也丘壟填郛郭銘誌滅無文木石扃幽闥黍苗延高墳善曰說文曰扃門之關也銘誌遺失木石交橫塞於泉戶如有關閉延蔓也銑曰謂遭晉亂也墳墓毀撤惟彼雍門子吁嗟孟嘗君愚賤同堙滅尊貴誰獨聞善曰桓子新論曰雍門周見孟嘗君曰臣竊悲千秋萬歲後墳墓生荊棘行人見之曰孟嘗君尊貴乃如是乎毛詩曰吁嗟女兮封禪書曰堙滅而不稱列子曰伏羲以來三十餘萬歲賢愚好醜無不消滅良曰言貴賤賢愚皆同於死故思此而歎息也曷為久游客憂念坐自殷善曰毛詩曰憂心殷殷翰曰曷何哉深也

始安郡還都與張湘州登巴陵城樓作五言濟曰延年與湘州刺史張劭登巴陵郡城樓而作是詩也都謂建鄴也

顏延年善曰沈約宋書曰延之為貞外常侍出為始安太守徵為中書侍郎集曰張劭

江漢分楚望衡巫奠南服善曰左氏傳曰楚昭王曰江漢睢漳楚之望也衡巫二山名尚書曰奠高山大川孔安國曰奠定也良曰江漢二水名餘同善注三湘淪洞庭七澤藹荊牧善曰盛弘之荊州記曰湘水北流二千里入于洞庭子虛賦曰臣聞楚有七澤嘗觀其一未見其餘郭璞山海經注曰巴陵縣有洞庭陂江湘沅水皆共會巴陵故號三江口也爾雅曰郊外曰牧銑曰淪猶會也三湘蒸謂三江也藹草盛貌荊亦楚也牧亦陶牧地名經塗延舊軌登闉伊人訪川陸善曰周禮曰國中經塗九軌說文曰延長也又曰闉城曲重門也舊軌謂張劭也蜀都賦曰經途所亘鄭玄周禮注曰延進也陸機豫章行曰川陸殊塗向曰延循追也軌迹闉城也水國周地險河山信重複善曰陸機荅張士然詩曰余固水鄉士呂氏春秋注曰鄉國也盛弘之荊州記曰魯陽縣其地重險楚之北塞也左傳子化曰表裏山河必無害也翰曰周帀複疊也却倚雲夢林前瞻京臺囿于目善曰尚書曰荊州雲土夢作乂孔安國曰雲夢之澤在江南西都賦曰合櫺檻而却倚懷舊賦曰前瞻太室說苑曰楚昭王遊於荊臺司馬子期諫曰荊臺左洞庭右彭蠡荊或為京濟曰雲夢澤名京臺臺名囿園也此二者皆楚游觀之地清雰芳云霽岳陽曾暉薄瀾澳於六善曰說曰雰亦氛字也杜預左氏傳注曰氛氣也毛萇詩傳曰山南曰陽爾雅曰澳隈也向曰霽雨止也曾暉日光也瀾水波澳水曲也悽矣自遠風傷哉千里目善曰潘安仁在懷縣詩曰涼飈自遠集楚辭曰湛湛江水兮河上有楓目極千里兮傷春心銑曰遠風謂古迹也萬古陳往還百代勞起伏善曰起伏即倚伏也向曰往還起伏其來遠矣陳設勞倦也存沒竟何人炯介在明淑善曰蒼頡篇曰炯明也劉熙孟子注曰介操也楚辭曰彼堯舜之耿介王逸曰

耿光也介大也耿與炯同古迥切翰曰炯明介獨淑善也言理有存沒其道竟施於何人也其明德獨流於古善之士也請從上世人歸來藝桑竹善曰論衡曰上世之人質樸易化毛萇詩傳注曰藝樹也濟曰上世高尚之人也藝種也

還都道中作五言善曰集曰上潯陽還都道中作都謂都楊州也

鮑明遠良曰照為臨海王參軍從荊州還也都謂楊州也

昨夜宿南陵今旦入蘆洲善曰宣城郡圖經曰南陵縣西南水路一百三十里庚仲雍江圖曰蘆洲至樊口二十里伍子胥初所渡處也樊口至武昌十里然此蘆洲在下非子胥所渡處也銑曰南陵地名蘆洲洲名客行惜日月崩波不可留善曰江賦曰駭浪而相礧言客行既惜日月兼崩波之上不可少留向曰惜日月務疾還也崩波猶奔波也侵星赴早路畢景逐前儔鱗鱗夕雲起獵獵晚善本作颱字風遒

疾由 善曰廣雅曰遄急也 翰曰早路早取路也畢景落日也儔儔侶也 濟曰鱗鱗雲皃獵獵風聲 騰沙鬱黃霧翻浪揚白鷗 善曰鷗水鳥也良曰騰飛也言飛沙鬱然若黃霧也翻浪有似白鷗鳥也 登艫眺淮甸掩泣望荊流 善曰漢書音義李斐曰艫船前頭刺櫂處也楚辭曰長大息而掩涕 銑曰艫櫓軸也眺視也掩泣憶臨海王也荊流楚水也 絶目盡平原時見遠煙浮 善曰絶猶盡也 向曰絶極也 倏悲坐還合俄思甚兼秋 善曰兼猶三也毛詩曰一日不見如三秋 翰曰倏忽俄須之際悲思已合於心若經三秋也此皆言憶臨海王 未嘗違戶庭安能千里游 善曰周易曰不出戶庭無咎古歌曰離家千里客戚戚多思復 向曰昭自責己離親遠游之悲 誰令乏古節貽此越鄉憂 善曰思玄賦曰慕古人之貞節左氏傳宋人曰懷璧不可以越鄉 銑曰古節古人高尚之節越違也皆明責己之詞

之宣城出新林浦向版橋 五言 善曰酈善長水經注曰江水經三山又湘浦出焉水上南北結浮橋渡水故曰版橋浦江又北經新林浦

謝玄暉 向曰新林浦名眺時爲宣城郡太守故出於此

江路西南永歸流東北騖 善曰宋孝武之江州詩曰山曲縈幽南江路結流寒尚書大傳曰大水小水東流歸海也上林賦曰東西南北馳騖往來 天際識歸舟雲中辨江樹 善曰楊雄交州箴曰交州荒裔水與天際應劭風俗通曰太山巖石松樹鬱鬱蒼蒼如雲中 旅思倦搖搖孤游昔已屢 善曰毛詩曰中心搖搖謝靈運湖中詩曰孤遊非情歎 翰曰永長也搖搖不定皃屢數也 既懽懷祿情復協滄洲趣 善曰楊惲書曰懷祿貪勢不能自退楊雄覈靈賦曰世有黃公者起於蒼州精神養性與道浮游謝靈運遊南亭詩曰賞心惟良知 濟曰滄洲洲名隱者所居言我既懽得祿後合此趣矣 囂塵自茲隔賞心於此遇 善曰左氏傳曰景公謂晏子曰子之宅湫隘囂塵 向曰囂喧也至此乃與塵游隔絶而與心事遇會 雖無玄

豹姿終隱南山霧 善曰列女傳曰陶荅子治陶三年名譽不興家富三倍其妻抱兒而泣姑怒以爲不祥妻曰妾聞南山有玄豹隱霧雨七日不食欲以澤其衣毛成其文章至於犬豕肥以取之逢禍必矣朞年荅子之家果被盜誅 銑曰陶荅子不修德其妻泣曰犬豕不擇食故肥而死同善注眺言我雖無豹姿且終得隱居養性

敬亭山 五言 善曰宣城郡圖經曰敬亭山宣城縣北十里

謝玄暉

茲山亘百里合沓與雲齊 善曰方言曰亘竟也賈誼旱雲賦曰遂積聚而合沓相紛薄而慷慨應劭漢書注曰沓合也古詩曰西北有高樓上與浮雲齊 向曰亘長也合沓高皃 隱淪既已託靈異居 善本作俱字 然棲 善曰桓子新論曰天下神人五二曰隱淪海賦曰棲百靈 翰曰隱淪隱逸也靈異靈仙也居安也 上干蔽白日下屬帶迴谿 善曰子虛賦曰日月蔽虧交錯糾紛上干青雲罷池陂陁七發曰依絶區兮臨迴谿 濟曰屬及迴曲也 交藤荒且蔓樛 居幽 枝聳復低 善曰毛萇詩傳曰木曲曰樛 向曰樛長聳舉也 獨鶴方朝唳饑鼯此夜啼 善曰八王故事曰陸機歌曰欲聞華亭鶴唳不可得也孫卿子曰鼯鼠五技而窮 銑曰方當也鼯鼠名啼鳴也 渫 五旦 作泄 雲已漫漫多 作夕 五旦 雨亦淒淒 善曰魏都賦曰窮岫渫雲日月常翳楚辭曰山峻高以蔽日兮下幽冥以多雨 向曰泄猶舒也漫漫雲布皃淒淒雨落皃 我行雖紆組兼得尋幽蹊 善曰楊子雲解嘲曰紆青拖紫說文曰紆屈也一曰縈也又曰組綬也幽蹊山徑也楚辭曰道幽路兮九疑 翰曰言我此行雖紆帶郡守之組綬然而兼得尋幽隱之跡 緣源殊未極歸徑窅 烏皎 如迷 善曰聲類曰窅遠望也於烏切 良曰緣亦尋也源徑路窅深也 要欲追奇趣即此陵丹梯 善曰丹梯謂山也眺鼓吹登山曲曰暮春春服美游駕陵丹梯升嶠既小魯登巒且悵齊謝靈運登石門最高頂詩曰共登青雲梯 濟曰要約也奇趣謂仙奇也丹梯謂山高峯入雲霞處也 皇恩竟已矣茲理庶

五臣作帘無睽善曰西京賦曰皇恩溥周易曰睽乖也王粲從軍行詩曰茲理不可違　銑曰若天子之恩於我終竟止矣此登山之理無乖也

休沐重還道中五言　善曰休假也沐洗也漢書張安世休沐未嘗出如淳曰五日得下一沐　良曰休沐謂休假沐浴也還歸于丹陽

謝玄暉

薄遊第從告思閑願罷歸善曰孫綽子曰或問賈誼不遇漢文將退耕於野乎薄遊於朝乎漢書曰蘇林曰第且也又曰高祖嘗告歸之田李斐曰休謂退之名也又韋賢乞骸骨罷歸　翰曰薄遊薄宦也從告休謁之名閑靜也還卭歌賦似休汝車騎非善曰漢書曰司馬相如家貧素與臨卭令相善於是相如往舍臨卭都亭是時卓文君新寡好音相如以琴心挑之相如時從車騎雍容閑雅甚都文君心悅而好之恐不得當也范曄後漢書曰許劭汝南人爲郡功曹同郡袁紹濮陽令車徒甚盛將入界内曰吾輿服豈可使許子將見遂以單車歸家　濟曰同善注兆言我歌賦有似相如而車騎乃非袁紹也灞池不可別伊川難重違善曰枚乘集有臨灞池遠訣賦應劭曰三川今河南郡韋昭曰有河洛伊潘岳關中記曰灞陵文帝陵也上有池有四出道以寫水　良曰灞池謂西京伊川謂東京言此二京不可違別者以喻丹陽亦不可暫去也汀葭稍靡靡江菼他敢復依依善曰毛詩曰葭菼揭揭毛萇曰葭蘆也菼薍也高唐賦曰薄草靡靡韓詩曰楊柳依依　銑曰汀水際平處也葭菼皆水草名靡靡依依隨風貌田鶴遠相叫沙鴇保忽爭飛雲端楚山見林表吳岫微善曰枚乘樂府詩曰美人在雲端表猶外也　向曰鴇水鳥　翰曰岫亦山也試與征徒望鄉淚盡霑衣善曰古詩曰淚下沾衣裳　濟曰征行徒侶也鄉淚望鄉之淚賴此盈罇酌含景望芳菲善曰嵇康秀才詩曰旨酒盈罇陸機曰日出東南隅清川含藻景　良曰賴此盈罇酒含光景而望芳菲之節稍得解其鄉思問我勞何事霑沐

〔文選二十七〕　七

仰清徽志狹輕軒冕恩甚戀重五臣作閨闈善曰管子曰先王制軒冕以著貴賤　銑曰徽美也我所以勞心者爲天子之澤霑潤我仰清美之道所致　向曰闈門也闈門天子重門也言我志狹不重軒冕蒙主恩甚故戀重門歲華春有酒初服偃郊扉善曰楚辭曰進不入以離尤兮退將復修吾初服顏延之贈王太常詩曰郊扉常晝閉　翰曰此心終願歲初春酒熟衣以初服偃息於故居之門庭也

晚登三山還望京邑五言　善曰山謙之丹陽記曰江寧縣北十二里濱江有三山相接即名爲三山舊時津濟道也　濟曰京邑謂丹陽

謝玄暉

灞涘望長安河陽視京縣善曰王粲七哀詩曰南登灞陵岸迴首望長安潘岳河陽縣詩曰引領望京室南路在伐柯　良曰喻登山望丹陽也涘岸也京縣洛陽也白日麗飛甍參差皆可見善曰吳都賦曰飛甍舛互李尤洪池銘曰嶄臺中起列館參差　銑曰甍屋簷也參差連絕皃餘霞散成綺澄江靜如練喧五臣作暄鳥覆春洲雜英滿芳甸去矣方滯淫懷哉罷歡宴善曰邯鄲湛贈伍處玄詩曰行矣去言別易會難王粲七哀詩曰何爲以淫滯毛詩曰懷哉懷哉曷月余旋歸哉　向曰罷優羞英華也　翰曰言思歸未果故罷歡宴佳期悵何許淚下如流霰善曰楚辭曰與佳人期兮夕張　又曰滯淫淫而若霰　濟曰佳期謂友朋也悵恨也何許謂不見也霰散雨雪相雜也有情知望鄉誰能鬒軫　善本作鬒字不變善曰盧諶與劉琨書曰苟曰有情孰能不懷廣雅曰縝黑也古詩曰還顧望舊鄉張載七哀詩曰憂來令髮白毛萇詩傳曰鬒黑髮也縝與鬒同　向曰言人情有望鄉若誰能鬒髮不變白乎鄉謂丹陽詩云鬒髮如雲

京路夜發五言　銑曰又自丹陽之宣城郡

〔文選二十七〕　八

謝玄暉

擾擾整夜裝，肅肅戒徂兩。善曰枚乘七發曰擾擾若三軍之騰裝尚書曰戎車三百兩廣雅曰擾擾亂也毛詩曰肅肅宵征許慎淮南子注曰裝束也　向曰擾擾卒迫也肅肅嚴敬也徂往也兩車也

曉星正寥落，晨光復泱烏郎漭。莫蕩　善曰寥落星稀之貌也字書曰泱漭不明之貌　翰注同

猶霑餘露團，稍見朝霞上。善曰毛詩曰野有蔓草零露團兮　良曰團露垂貌

故鄉邈已夐，山川脩且廣。善曰班固燕山銘曰夐其邈兮亙地界陸機赴洛詩曰遠遊越山川山川脩且廣　濟曰夐遠脩長也

文奏方盈前，懷人去心賞。勑躬每跼局蹐，脊瞻恩唯震蕩。善曰曹子建聖皇篇曰侍臣首文奏陛下體仁慈毛詩曰嗟我懷人鮑昭白頭吟曰心賞猶難恃孝經鉤命決曰勑躬未濟毛詩曰謂天蓋高不敢不跼謂地蓋厚不敢不蹐楚辭曰心休惕而震蕩　銑曰文奏謂官簿書懷人懷友人也　向曰勑誡躬身也跼蹐危懼也瞻思天子之恩也震蕩不安也

行矣倦路長，無由稅歸鞅。善曰陸機贈弟詩曰行矣怨路長說文曰鞅頸靼也又曰靼柔革也鞅於兩切靼都達切　翰曰稅息鞅駕也

文選二十七　九

望荊山五言

江文通良曰淹時授建平王景素五經而作是詩

奉義至江漢，始知楚塞長。善曰沈約宋書曰建平王景素爲右將軍荊州刺史江淹授景素五經奉義猶慕義也江漢荊楚之境也盛弘之荊州記曰魯陽縣其地重險楚之北塞也　濟注同

南關繞桐柏，西岳善本作嶽字出魯陽。善曰尚書曰導淮自桐柏漢書曰南陽郡魯陽縣有魯陽山　銑曰南關謂所居之南有關也桐栢山名西岳謂西有山魯陽縣名

寒郊無留影，秋日懸清光。悲風橈五臣作繞重林，雲霞肅川漲。善曰周易曰橈萬物者莫疾乎風說文曰橈曲木也奴教切肅寒也江賦曰濟江津而起漲漲水大之皃也　向曰言秋暮氣寒日短也　翰曰肅清明皃漲水也

歲晏君如何，零淚霑衣裳。善曰古詩曰淚下沾衣裳楚辭曰歲既晏兮　濟曰歲晏喻年老君者淹自謂也淹懼年老故落淚也

玉柱空掩露，金樽坐含霜。善曰袁淑正情賦曰解蘊麝之芳衾陳玉柱之鳴箏曹子建樂府詩曰金樽玉杯不能使薄酒更厚楚辭曰衣納納而掩露　良曰玉柱玉徽琴也掩露含霜謂秋夜

一聞苦寒奏，再五臣作載使豔歌傷。善曰沈約宋書曰北上苦寒行魏帝辭又曰羅敷豔歌行古辭也　銑曰言琴酒既無情撫持當此時若一聞奏苦寒之曲則使美豔之歌亦悲傷也苦寒豔歌皆古歌曲

旦發漁浦潭五言

丘希範向曰遲爲新安郡太守經此潭宿明日早發至中流作此詩也

漁潭霧未開，赤亭風已颺。善曰吳郡記曰富春東三十里有漁浦吳郡緣海四縣記曰錢塘西南五十里有定山赤亭定山東十餘里　翰曰赤亭山名

櫂歌發中流，鳴鞞響沓障。五臣作嶂　善曰馬融廣成頌曰發櫂歌縱水謳字林曰鞞小鼓也爾雅曰山上正曰障　翰曰櫂歌鼓櫂而歌也沓嶂重山也

文選二十七　十

村童忽相聚，野老時一望。詭怪石異象，嶄絕峯殊狀。善曰張衡七辯曰蹊路詭怪　良曰詭怪幽奇也嶄絕嶮峻皃

森森荒樹齊，析析寒沙漲。善曰謝靈運山居賦注曰漲者沙始起將成嶼也　銑曰森森長密皃荒樹野樹也析析風聲漲起也

藤垂島易陟，崖傾嶼難傍。去聲　善曰說文曰島海中有山劉淵林吳都賦曰嶼海中洲上有山石說文曰傍附也　向曰島嶼皆水中山也陟升傍近也

信是永幽棲，五臣作栖豈徒暫清曠。善曰謝靈運方山詩曰資此永幽棲又田南詩曰清曠招遠風蒼頡篇曰曠踈曠也　翰曰信可長往豈徒暫遊而已

坐嘯昔有委，卧治今五臣作令可尚。善曰張璠記曰同齊往瑨音津晊音質漢書曰拜汲黯爲淮陽太守黯伏地不受印上曰君薄淮南耶顧淮陽吏人不相得吾徒得君重卧而治之也　濟曰後漢岑晊字公孝有幹國之器

太守成瑨請爲功曹時謡曰南陽太守岑公孝弘農成瑨但坐嘯遲言坐嘯之事昔人已委得賢才卧理之事我今自庶幾也

早發定山 五言 善曰梁書曰約爲東陽太守然定山東陽道之所經也

沈休文 良曰約爲東陽太守宿于定山而早發

夙齡愛遠壑晚涖見奇山 善曰毛萇詩傳曰涖臨也 銑曰夙齡謂少年時也晚涖謂暮年臨職

標峯綵虹外置嶺白雲間 善曰楚辭曰律綵虹以招指穆天子傳西王母謡曰白雲在天丘陵自出

傾壁忽斜豎絶頂復孤圓 善曰江賦曰絶岸萬丈壁立赮駮謝靈運有登廬山絶頂詩毛萇詩傳曰山頂曰冢

歸海流漫漫出浦水濺濺 音箋 善作淺淺 善曰尚書大傳曰大水小水東流歸海也楚辭曰石瀨兮淺淺王逸曰淺淺流疾貌也 向曰漫漫平流皃濺濺淺流急皃

野棠開未落山櫻發欲然 翰曰棠櫻皆果木名而開發其花也花朱色如火欲然也

忘歸屬蘭杜懷禄寄芳荃 善曰楚辭曰遊子懽兮忘歸楊惲書曰懷禄貪勢不能自退楚辭曰荃不察余之中情王逸曰荃香草以喻君子 濟曰蘭杜芳草也言我至此忘歸屬於此草雖懷禄而去長寄其心

眷言採三秀徘徊望九仙 善曰楚辭曰采三秀於山間王逸曰三秀謂芝草也列仙傳曰涓子者齊人好餌术至三百年乃見於齊後授伯陽九仙法 良曰言我終當顧此採芝草而服以望九仙之道

新安江水至清淺深見底貽京邑游好 五言 善曰十洲記曰桐廬縣新安東陽二水合於此仍東流爲浙江 銑曰新安郡名京邑丹陽郡也

沈休文

眷言訪舟客茲川信可珍 善曰廣雅曰珍重也 洞澈隨深

淺皎鏡無冬春千仞寫喬樹 五臣作佀 百丈見游鱗 善曰淮南子曰豐水之深千仞投金鐵焉則形見於外抱朴子曰扶南金鋼生於百丈水底 向曰皎鏡清明如鏡七尺曰仞千仞言高也喬高鱗魚也

滄浪 平 有時濁清濟涸無津 善曰楚辭曰漁父歌曰滄浪之水濁可以濯我足戰國策曰蘇秦曰齊有清濟濁河可吳越春秋曰禹周行宇内竭洛涸濟遷往於澤賈逵國語注曰涸竭也字書曰津渡也涸胡落切 翰曰倉浪之水清兮可以濯我纓滄浪之水濁兮可以濯我足夏禹竭洛涸濟歷往於澤言濟水亦有涸時滄浪水有濁時此江水不曾濁不曾涸

豈若乘斯去俯映石磷磷 善曰鵩鳥賦曰乘流則逝毛詩曰揚之水白石磷磷 濟曰斯謂此水磷磷水中石皃

紛吾隔囂滓寧假濯衣巾 善本作布衣字 願以潺湲水 五臣作沬 霑君纓上塵 善曰囂滓謂夫京師囂塵之地以往東陽自然隔越亦不須濯衣巾楚辭曰紛吾可以濯我纓埤蒼曰潺湲水流貌也楚辭曰滄浪之水清可以濯我纓 良曰紛吾約自謂也君即京邑游好也言我至此已離喧囂濁穢無假浣濯衣巾請以流沬爲洗京邑游好纓上塵

軍戎

從軍詩五首 五言 善曰魏志曰建安二十年三月公西征張魯魯及五子降十二月至自南鄭是行也侍中王粲作五言詩以美其事

王仲宣 銑曰漢相曹操出師征張魯及孫權時粲作詩以美其事

從軍有苦樂但問 善本作聞字 所從誰所從神且武

焉得久勞師 善曰漢書曰李廣程不識爲名將程不識擊刁斗吏治軍簿至明軍不得自便李將軍極簡易其士亦佚樂然士卒多樂從廣而苦程不識班固漢書高祖紀述曰寔天生德聰明神武左氏傳蹇叔曰勞師以襲遠非所聞也周易曰古之神武不殺者夫 向曰謂曹公神武久不勞師旅也

相公征關右赫怒震天威 善曰曹操爲丞相故曰相公也毛詩曰王赫斯怒陸賈新論曰聖人承天威承天功

與之爭功豈不難哉左氏傳齊侯對宰孔曰天威不違顏咫尺　翰曰關右關西也旆盛也天威天子之威一舉
滅獯虜再舉服羌夷善曰漢書曰獯鬻南虐老獸心服虔曰獯鬻堯時匈奴號也　濟
曰獯虜羌夷皆遠著名西收邊地賊忽若俯拾遺善曰漢書曰梅福上書曰高
祖舉秦如鴻毛取楚如拾遺　良曰邊賊謂張魯拾遺言易也陳賞越丘山酒肉踰
川坻善曰六韜曰賞如高山罰如深溪左氏傳晉侯投壺穆子曰有酒如淮有肉如坻寡君中此爲諸侯師
銑曰陳布越過也丘山川坻言酒肉多也軍中善本作人多飫饒人馬皆溢
肥善曰杜預左氏傳注曰飫猒也說文曰饒飽也　向曰饒餘也徒行兼乘還空出
有餘資善曰論語孔子曰以吾從大夫之後不可徒行也　良曰徒步乘騎也拓地三
千里往返速如善本作若字飛善曰虞丘壽王驃騎論功曰拓地萬里海內晏然毛
詩曰王旅嘽嘽如飛如翰毛萇曰疾如飛也　翰曰拓開拓也歌舞入鄴城所願獲

無違善曰漢書曰魏郡有鄴城縣家語孔子曰無聲之樂所願志從之　濟曰鄴魏都也獲盡也晝
善本作盡字日處大朝日暮薄言歸善曰毛詩曰薄言旋歸　向曰大朝
天子朝也外參時明政內不廢家私禽獸憚爲犧良
苗實已揮善曰左氏傳曰賓孟適郊見雄雞自斷其尾問之侍者曰自憚其爲犧也遽歸告王且曰雞其
憚爲人用乎人異於是矣良苗穀也國語曰秦伯將饗公子如饗國君之禮使子餘相公子賦黍苗子餘曰重耳之仰君
也若黍苗之仰陰雨也若君實庇蔭膏澤之使能成嘉穀薦在宗廟君之力也賈逵曰在宗廟爲祭主也揮當爲煇翟翳
七依曰需若膏雨之潤良苗　銑曰同善注粲言我雖有雄雞懼犧之情亦欲不爲人用而沐曹公之德如陰雨之庇黍
苗是以復願仕也禽獸鳥獸之通名良苗五穀之通名賓謂沐恩之賓也揮布也竊慕負鼎翁
願厲朽鈍姿善本無此二句不能效沮溺相隨把鋤犁
善曰論語曰長沮桀溺耦而耕　向曰伊尹負鼎以干湯長沮桀溺耦而耕言我竊慕伊尹之負鼎不學沮溺之耦耕厲

朽鈍粲自謙也孰覽夫子詩信知所言非善曰孔叢子曰趙簡子使聘夫
子將至及河聞鳴犢與竇犨之見殺迴輿而趣爲操曰翱翔于衞復我舊居從吾所好其樂只且然夫子欲從所好而還
居仲宣欲厲節而求仕有乖夫子之志故以所言爲非也翰曰同善注粲將厲鈍朽以求仕夫子翱翔以退居以粲之
情則夫子之言非也
涼風厲秋節司典告詳刑善曰禮記孟秋之月涼風至用始行戮天子乃命將
帥選士厲兵以征不義尚書王曰有邦有土告爾詳刑魏志曰建安二十一年粲從征吳作此四篇　濟曰孟秋之月涼
風至言將順秋氣而行殺罰故主司告以詳刑之事厲嚴也我君順時發桓桓東
南征善曰穀梁傳曰葬我君桓公順時應秋以征也禮記曰舉事必順其時東南謂吳也毛詩曰桓桓于征狄
彼東南　向曰我君曹公也桓桓武皃東南征謂征孫權汎舟蓋長川陳卒被隰
坰善曰國語曰秦汎舟于河爾雅曰林外曰坰　銑曰被徧也征夫懷親戚誰能

無戀五臣作此情拊衿倚舟檣眷眷思鄴城善曰漢書公孫瓚曰
累足撫膺埤蒼曰檣帆柱曰檣韓詩曰眷眷懷歸　向曰時粲從軍哀彼東山人喟然
感鸛鳴善曰毛詩曰我徂東山慆慆不歸我來自東零雨其濛鸛鳴于垤婦歎于室毛萇曰垤蟻冢也鄭玄
曰鸛水鳥也將陰雨而鳴行於陰雨尤苦婦人則歎於室垤徒頡切　翰曰粲自言念室家之意喟歎聲日月
不安處人誰獲恒善作常寧善曰國語姜氏謂晉公子曰日月不處人誰獲安
濟曰此粲自解之詞獲得恒常寧安也昔人從公旦一徂輒三齡善曰毛萇詩序
曰周公東征三年而歸　銑曰齡年徂往也今我神武師暫五臣作蹔往必速
平弃余親睦恩輸力竭忠貞善曰左氏傳欒盈曰陪臣書能輸力於王室又
曰苟息曰公家之事知無不爲忠也送往事居偶俱無猜貞也　銑曰神武謂曹公也速平謂平孫權也親睦親戚也
懼無一夫用報我素餐誠善曰毛詩曰彼君子兮不素餐兮　向曰無能

而食祿曰素餐報猶否也夙夜自怲音丙性思逝若抽縈善曰廣雅曰怲怲慨也翰曰怲性歎息也逝往也抽縈如絹縈也將秉先登羽豈敢聽金聲善曰東觀漢記曰賈復擊青犢於射犬被羽先登所向皆靡仲宣從軍詩曰被羽在先登甘心除國疾秉羽被羽其義同也孫卿子曰聞鼓聲而進聞金聲而退　良曰言我將被羽先登而破敵豈敢聽金聲而止

從軍征遐路討彼東南夷濟曰謂孫權爲夷者務願毀敵方舟順廣川薄暮未安坻善曰史記曰春申君曰廣川大水山林谿谷　銑曰方並也安坻謂繫舟於岸白日半西山桑梓有餘暉善曰古步出夏門行曰行行復行行白日薄西山桑梓二木名也餘暉言將夕也蟋蟀夾岸鳴孤鳥翩翩飛善曰毛詩曰七月在野鄭玄曰謂蟋蟀也向曰蟋蟀秋蟲名翩翩飛皃征夫心多五臣作㤄懷悽善本作惻愴令吾悲善曰禮記曰霜露既降君子履之必有悽愴之心下船登高防草露霑我衣善曰說文曰防隄也春秋元命苞曰露所以潤草說苑曰孺子不覺露之沾衣　良曰高防謂戍守之地迴身赴牀寢此愁當告誰善曰楚辭曰居愁期誰告古詩曰愁思當告誰身服干戈事豈得五臣作能念所私善曰孔安國尚書傳曰戈戟干楯也所私情所親也即戎有授命茲理不可違善曰論語子曰善人教民七年亦可以即戎矣又曰見危授命亦可以成人矣　翰曰即就戎兵也授命授君命也

朝發鄴都橋暮濟白馬津善曰漢書酈食其曰塞白馬之津　向曰白馬津河庳名逍遙河隄上左右望我軍善曰毛詩曰河上乎逍遙連舫踰萬艘帶甲千萬人善曰六韜曰武王伐紂出於河呂尚爲右將以四十七艘舫踰於河國語曰吳王帶甲三萬人也說文曰舫併舟也又曰艘船摠名也　良曰言連舫兵甲之多也艘舫船名率彼東南路將定一舉勳善曰毛詩曰率彼曠野戰國策張儀謂秦王曰一舉而伯王之名可成也

銑曰率循勳功也將定一舉平權之功也籌策運帷幄一由我聖君善曰漢書高祖曰夫運籌策於帷幄之中吾不如子房范曄後漢書光武詔曰將軍鄧禹與朕謀謨帷幄之中　向曰帷帳也聖君謂曹公恨我無時謀譬諸具官臣善曰論語季子然問仲由冉求可謂大臣與孔子對曰今由與求也可謂具臣矣　濟曰粲自恨無應時之謀猶無才而具官位之臣鞠躬中堅內微畫無所陳善曰論語曰入公門鞠躬如也東觀漢記曰光武賜陳俊絳衣三百領以衣中堅同心之士也　良曰然中堅卒伍之名鞠躬敬懼皃言我但敬懼於卒伍之中微少畫策亦無能陳設許歷爲宂士一言猶善作獨字敗秦善曰史記曰秦伐韓趙使趙奢救之令軍中曰軍中有以軍事諫者死許歷請以軍事諫趙奢曰內之許歷曰秦人不意趙師至此其來氣盛將軍必厚集其陳以待之不然必敗趙奢曰請受令許歷曰請就鈇鑕之誅趙奢曰胥後令邯鄲許歷請復諫曰先據北山上者勝後至者敗趙奢許諾即發萬人赴之秦兵後至爭山不得上趙奢縱兵擊之大敗秦軍　完謂全具也言非有奇也論衡曰西門豹董安于誠爲宂具之人能納韋絃之教也　銑曰同善注宂士猶凡士也我有素餐責誠愧伐檀人善曰毛詩曰坎坎伐檀兮寘之河之干兮彼君子兮不素餐兮漢書平當曰吾已負素餐責矣　向曰言我無德受祿有愧於此也雖無鉛刀用庶幾奮薄身善曰東觀漢記班超曰冀立鉛刀一割之用　班孟堅荅賓戲曰搦朽摩鈍鉛刀　翰曰言我雖無鉛刀一割之用庶幾奮微薄之身願以立功事

悠悠涉荒路靡靡我心愁善曰毛詩曰悠悠南行又曰行邁靡靡中心搖搖　濟曰悠悠長也靡靡愁皃四望無煙火但見林與丘善曰東觀漢記曰北虜作寇千里無火煙城郭生榛棘蹊徑無所由善曰高誘淮南子注曰聚木曰榛　良曰榛叢由從也萑桓蒲竟廣澤葭葦夾長流日夕涼風發翩翩漂吾舟寒蟬在樹鳴鸛鵠摩天游善曰禮記曰孟秋寒蟬鳴古烏生八九子歌曰黃鵠摩天極高飛　銑曰萑蒲葭葦皆水草名　向曰鸛鵠皆鳥名摩天言高也

客子多悲傷淚下不可收朝入譙郡界曠然消人憂善曰魏志曰武皇帝譙人也翰曰曹公譙人故粲美之雞鳴達四境黍稷盈原疇善曰孟子曰齊有地矣雞鳴狗吠相聞而達乎四境也說文曰疇耕治之田也濟曰言村落相次稼穡竟野館宅充鄽里士女善作女士滿莊馗五臣作馗音仇協韻善曰韓詩曰肅肅兔罝施于中逵爾雅曰六達謂之莊薛君曰馗九交之道也良曰充亦滿也郭外曰鄽莊馗皆道也自非賢聖善作聖賢國誰能享斯休善曰孔安國尚書傳曰享當也銑曰賢聖謂曹公詩人美樂土雖客猶願留善曰詩曰逝將去汝適彼樂土鄭玄曰樂土有德之國也向曰客粲自謂也願留願留於譙也

郊廟

宋郊祀歌二首四言

顏延年翰曰宋文帝時郊祀天地使延年作詞

夤威寶命嚴恭帝祖善曰尚書曰周公曰嚴恭寅畏又曰王無墜天之降寶命帝上帝祖先祖也濟曰夤敬威畏也寶命天命言天子敬畏天命尊敬先祖炳海表岱系唐胄楚善曰尚書曰海岱及淮惟徐州東京賦曰系唐統接漢緒漢書曰楚元王交高祖同父少弟也為楚王王彭城沈約宋書曰高祖彭城人楚元王之後也彭城徐州之境良曰炳明也胄繼承也海岱及淮惟徐州即彭城東界宋高祖本彭城人故以此明表海岱之地也宋承唐堯及楚元王後故云系承也靈監睿文民屬睿武善曰曹植離友詩曰靈監無私銑曰靈神監察睿聖也奄受敷錫宅中拓宇善曰毛詩曰奄大也尚書曰斂是五福用敷錫厥庶民東京賦曰豈如宅中而圖大范曄後漢書虞詡曰先帝開拓土宇向曰敷大錫賜宅居也言宋高祖奄受天之大賜故居中開拓疆宇亘地稱皇罄天作主善曰燕然山銘曰夐其邈兮亘地界曹植玄暢賦曰罄天壤而作皇孝經鉤命決曰道機合者稱皇張儼請立太子師傅表曰陛下膺期順乾作主翰曰亘徧罄盡也月竁充芮來賓日際奉土善曰甘泉賦曰西壓月出東震日域服虔曰音窟兎竁月所生也尚書曰明王慎德四夷咸賓杜子春周禮注曰今南陽人名穿地為竁曹植玄暢賦曰紐日際而來王潘岳為賈謐贈陸機詩曰奉土歸疆濟曰竁窟也月竁西極日際東極言遠國皆來賓王庭奉獻土物開元首正禮交樂舉善曰張載元康頌曰開元建號班德布化禮記曰禮交動乎上樂交應乎下和之至也良曰元首皆始也正者正月上日言天子布開政教之始起於正月上日也禮交樂舉和之至也六典聯事九官列序善曰周禮曰以官府六聯合邦治一曰祭祀之聯事又曰太宰之職掌建邦之六典以佐王治邦國一曰治典二曰禮典三曰教典四曰政典五曰刑典六曰事典漢書劉向上疏曰舜命九官濟濟相讓應劭曰尚書曰禹作司空弃后稷契司徒皋繇作士師垂共工益朕虞伯夷秩宗夔典樂龍納言也凡九官也銑曰周禮有六典之官以掌萬邦舜命九官以理天下若斯之官皆接聯而事於此羅列皆有次序有牷全在滌有絜在俎善曰周禮曰充人掌繫祭祀之牲禮記曰帝牛必在滌三月鄭玄曰滌牢中所搜除處毛詩曰絜爾牛羊或肆或將鄭玄曰有肆其骨體於俎者或奉將而進也向曰犧牲體完曰牷在滌謂在牢中也絜清絜之物也俎祭器也以薦善作薦饗食字王衷以荅神祜善曰杜預左氏傳注曰薦獻也衷中心也長楊賦曰受神人之福祜翰曰薦進衷善祜福也言進我天子之善以荅神靈之福維聖饗帝維孝饗親善曰禮記曰維聖人為能饗帝孝子為能饗親濟曰維繼帝天饗祭也皇乎備矣有事上春善曰漢書郊祀歌曰大孝備矣休德昭清左氏傳宰孔曰天子有事于郊杜預曰有祭事也周禮上春生穜稑之種良曰言天子備聖孝之道有事謂有祭祀之事禮行宗祀敬達郊禋善曰禮記曰禮行祖廟而孝慈服焉孝經曰宗祀文王於明堂又曰郊祀后稷孔安國尚書傳曰精意以享謂之禋銑曰禮行敬達謂徧禮也宗祀謂先祭於祖郊禋謂祭祀於郊精意以享謂之禋金枝中樹廣樂四陳善曰漢書曰金枝秀華應劭曰金枝銅鐙百二十枝史記

曰趙簡子病瘖蘇曰我與百神聽於鈞天廣樂
矣向曰金枝謂燈以金飾之廣樂天子樂也　**陟配在**
京降德在民 善曰毛詩曰三后在天陟配在京禮記曰后天命冢宰降德于兆民　翰曰陟升也
三后謂大王王季文王既沒精氣在天武王能配行其
道於鎬京言天子升祖考以配天下以德及衆庶也　**奔**
精昭 五臣作照 **夜高燎煬晨** 善曰奔精星流也史記曰漢家常以正月上辛祠甘泉昏
時夜祠到明而終常有流星經於祠壇東京賦曰飆燎之
炎煬致高煙於太一　濟曰同善注燎焚柴煬煙也言焚柴
之煙達于昊也 **陰明浮爍沈祭** 詠 **深淪** 善曰言宋爲水德而主辰故陰明之宿浮
爍而揚光沈祭所祭沈淪而沈靜也尚書考靈耀曰氣在於
冬其紀辰星是謂陰明尚書大傳曰沈四海鄭玄曰祭水曰
沈鄭司農周禮注曰祭祭名也　銑曰宋水德主北方辰星
辰星爲陰明浮爍謂其光上浮也祭水曰沈深淪謂致誠信
於水也淪深水也 **告成大報受釐元神** 善曰禮記曰升中于天鄭玄曰中成也燎柴祭
天告以諸侯之成功又曰大報天而主日也漢書曰上方受
釐坐宣室臣瓚曰釐謂祭祀餘胙也如淳曰釐音僖呂安[illegible]

[illegible]賦曰上奏元神不告皇祇服虔甘泉宮賦注曰釐福也
良曰告其成功以報於天遂受福於天神矣元大也　**月**
御案節星驅扶輪 善曰王逸楚辭注曰望舒月御也同馬彪曰案節行得節天文志曰案節
涂行服虔曰謂行遲也言天神降月御爲之案節星驅爲之
扶輪王濟鍾夫人序德頌曰濟蒙天假星驅肴疾羽獵賦曰
齊桓公曾不足使扶輪羽獵賦曰風謝謝其扶輪　向曰言
天福之降下於國使月御車使星驂乘木玄虛海賦曰大明
撫轡於金樞之穴擥猶攬也月有御故言轡 **遙興遠駕曜曜振振** 善曰漢書房中
歌曰雷震震電曜曜杜預左氏傳注曰振振盛貌遠駕神駕
也　翰曰興起也天神起向於天故云遙興也下至於地故
云遠駕也曜曜振振光明威盛皃

樂府上
善曰漢書曰武帝定郊祀之禮而立樂府

樂府四首
五言

古辭 善曰言古詩不知作者姓名他皆類此　濟曰漢武帝定郊祀乃立樂府散採齊楚趙魏之聲以入樂府也名字磨滅不知其作者故稱古辭

飲馬長城窟行 善曰酈善長水經曰余至長城其下往往有泉窟可飲馬古詩飲馬長城窟行信不虛也然長城蒙恬所築也言征戍之客至於長城而飲其馬婦思之故爲長城窟行音義曰行曲也　銑曰長城秦所築以備胡者其下有泉窟可以飲馬征人路出於此而傷悲矣言天下征役軍戍未止婦人思夫故作是行

青青河畔 善作邊 **草緜緜思遠道** 善曰言良人行役以春爲期期至不來所以增思王逸楚辭注曰緜緜細微之思也　銑曰此謂自春而相思也緜緜心不絕貌也 **遠道不可思夙** 五臣作宿 **昔夢見之夢見在我傍忽覺在他鄉他鄉各異縣展轉不可** 五臣作相 **見** 善曰廣雅曰昔夜也字書曰輾亦展字也說文曰展轉也鄭玄毛詩箋曰轉移也　向曰展轉反側也 **枯桑知天風海水知天寒入門各自媚誰肯相爲言** 善曰枯桑無枝尚知天風海水廣大尚知天寒君子行役豈不離風寒之患乎但人入門咸各自媚誰肯爲言乎皆不能爲言也　翰曰知謂豈知也枯桑無枝葉則不知天風海水不凝凍則不知天寒喻婦人在家不知夫之信息雖有親戚之家皆入門而自愛誰肯相爲訪問而言者乎亦喻朝廷食祿之士各自保己以爲娛游不能薦於賢才 **客從遠方來遺我雙鯉魚呼兒烹鯉魚中有尺素書** 善曰鄭玄禮記注曰素生帛也　向曰相思之甚精誠感通若夢寐之間似有所使自夫所來者遺我雙鯉魚鯉魚者深隱之物不令漏泄之意耳命家童殺而開之中遂得夫書也尺素絹也古人爲書多書於絹 **長跪讀素書書中竟何如** 善曰說文曰跪拜也 **上有加餐食下有長相憶** 銑曰何如謂何言也夫知婦相思不能下食故言加餐

君子行 五言平調　向曰言君子之道宜守謙撝不獲見猜之地然有三調平調清調側調此曲處於平調　善本無此一篇

君子防未然，不處嫌疑間。瓜田不納履，李下不正冠。翰曰納取也取履疑盜瓜正冠疑盜李也 嫂叔不親授，長幼不比肩。銑曰行合於禮授謂傳物也 勞謙得其柄，和光甚獨難。濟曰易云勞謙君子謙者德之柄老子云和其光同其塵言此理甚難明 周公下白屋，吐哺不及餐。一沐三握髮，後世稱聖賢。銑曰白屋草屋無人居也若此之人周公皆謙下見之每一食三吐哺一沐三握髮以待天下士故天下士皆歸心焉後世乃稱其聖賢

傷歌行 五言 向曰側調傷日月代謝年命遒盡離絕知友傷而為歌

昭昭素明月，暉光燭我牀。憂人不能寐，耿耿夜何長。善曰毛詩曰耿耿不寐如有隱憂 翰曰燭照也耿耿夜深長皃 微風吹閨闥，羅帷自飄颻。善曰毛萇詩傳曰闥內門也 濟曰闥門也 攬衣曳長帶，屣履

下高堂。東西安所之，徘徊以彷徨。善曰長門賦曰屣履起而彷徨 濟曰安何也徘徊彷徨皆時行不止皃 春鳥翻南飛，翩翩獨翱翔。悲聲命儔匹，哀鳴傷我腸。感物懷所思，泣涕忽霑裳。佇立吐高吟，舒憤訴穹蒼。善曰毛詩曰佇立以泣谷永與王譚書曰抑於家不得舒憤毛詩曰靡有旅力以念穹蒼李巡爾雅注曰仰視天形穹隆而高其色蒼蒼故曰穹蒼爾雅曰穹蒼蒼天也

長歌行 五言 五臣有平調字 善曰崔豹古今注曰長歌言壽命長短定分不妄求也比上一篇似傷年命而下一首直敘怨情古詩曰長歌正激烈魏武帝燕歌行曰短歌微吟不能長傅玄豔歌行曰咄來長歌續短歌然行聲有長短非言壽命也 良曰當早崇樹事業無貽後時之歎

青青園中葵，朝露待善作行字日晞。善曰毛詩曰湛湛露斯匪陽不晞毛萇曰晞乾也 向同善注 陽春布德澤，萬物生光輝。善曰楚辭曰恐死不見乎陽春淮南子曰光暉萬物 翰曰為事當及少年之時 常恐秋節至，焜胡本黃華葉衰。善曰焜黃色衰皃也 濟曰恐至衰暮年志氣銷歇焜黃華色壞 百川東到海，何時復西歸。善曰尚書大傳曰百川赴東海 銑曰言年一過不可再來 少壯不努力，老大徒善作乃字傷悲。銑曰理固無益

怨歌行 五言 善曰歌錄曰怨歌行古辭然言古者有此曲而班婕妤擬之餘同向注

班婕妤 向曰漢書云孝成帝班婕妤帝初即位選入後宮始為小使俄而大幸為婕妤後趙飛鷰寵盛婕妤失寵故有是篇也婕妤后妃之位名也左曹越騎校尉況之女彪之姑少有才學

新裂齊紈素，鮮善作皎字絜如霜雪。善曰漢書曰罷齊三服官李斐曰紈素為冬服范子曰紈素出齊荀悅曰齊國獻紈素絹天子為三官服也 翰曰紈素細絹出於齊國

裁成善作為字合歡扇，團團似明月。善曰古詩曰文綵雙鴛鴦裁為合歡被 良曰皆喻盛美加之刻飾 出入君懷袖，動搖微風發。善曰蒼頡篇曰振抱也 此謂蒙恩幸之時也 濟曰君愛幸有如此 常恐秋節至，涼飇善作風字奪炎熱。善曰古長歌行曰常恐秋節至焜黃華葉衰炎熱氣也 銑曰懼寵之移 棄捐篋笥中，恩情中道絕。向曰果見遺棄矣篋笥盛扇之器

樂府二首

短歌行 四言 濟曰言人壽命不可得長思與知友及時為樂並自戒勗之意凡樂府詩古皆有詞此則擬而作之已下盡類此

魏武帝 善曰魏志曰太祖武帝姓曹氏諱操字孟德少機警有權數而任俠蕩舉孝廉而

爲郎遷爲頓令後封魏王剏造大業文武並施從軍三十餘年手不捨卷晝則講軍策夜則思經傳登高必賦及造新詩被之管絃皆成樂章文帝立追謚爲武皇帝　翰同善注

對酒當歌人生幾何善曰左氏傳曰俟河之清人壽幾何譬如朝露去日苦多善曰漢書李陵謂蘇武曰人生如朝露銑曰如朝露言短促也去日謂去之日慨當以慷憂思難忘何以解憂唯有杜康善曰毛詩曰微我無酒以敖以遊博物志曰杜康作酒王著與杜康絕交書曰康字仲寧或云黃帝時宰人號酒泉太守漢書東方朔曰臣聞消憂者莫若酒也　銑曰慨慷歎也　向曰杜康古之造酒者在此篇斷以爲酒名未知孰是青青子衿悠悠我心善曰古詩曰驅車整中帶沈吟聊躑躅　翰曰子衿詩國風也俱在學校之中青衿青領者也衿心悠悠謂相思也但爲君故沈吟至今善本無此二句　良曰君爲知友也沈吟謂深思之意呦呦幽鹿鳴食野之苹平我有嘉賓鼓瑟吹笙善曰毛詩小雅文也苹蓱也鹿得蓱草呦呦然而鳴相呼而食以興嘉樂賓客相招以盛禮也鄭玄云苹藾蕭也　濟曰喻人有善賓來即舉樂以相樂魏武帝思此事故引是詩也以結義於文之意無妨害也明明如月何時可掇丁括憂從中來不可斷絕善曰言月之不可掇由憂之不可絕也說文曰掇拾取也豬劣切　銑曰相思之心如明月之光誰能掇去　向曰中謂中心越陌度阡枉用相存善曰應劭風俗通曰里語云越陌度阡更爲客主長門賦曰孔雀集而相存　翰曰阡陌皆道也南北曰阡東西曰陌枉曲也存問也契闊談讌心念舊恩善曰毛詩曰死生契闊漢書曰張賀思念舊恩　良曰契闊勤苦也言勤苦於談讌者念舊情也月明星希烏鵲南飛繞樹三帀何枝可依善曰月明已上四句喻客子無所依託也　銑曰以喻大賢出而小人削而忠信之士游行當擇其棲託之便矣若不得其所依則患害之必至亦如烏鵲而樹求其可託之枝山不厭高海不厭深周公吐哺天下歸心善曰管子曰海不辭水故能成其大山不辭土故能成其高明主不厭人故能成其衆韓詩外傳曰周公踐天子之位七年成王封伯禽於魯周公誡之曰無以魯國驕士吾文王之子武王之弟也成王叔父也又相天下吾於天下亦不輕矣然一沐三握髮一飯三吐哺猶恐失天下之士也論語素王受命讖曰河授圖天下歸心　向曰山海所以不辭土不拒水者是不厭高深周公以聖人之姿一食三吐哺一沐三握髮以待天下之士使歸其心亦猶此也魏武有慕此因爲戒焉

苦寒行

五言　五臣有清調字　善曰歌錄曰苦寒行古辭　翰曰謂因行遇寒而作也古曲有清調

北上太行山艱哉何巍巍羊腸阪詰屈車輪爲之摧善曰呂氏春秋曰天地之間上有九山何謂九山曰太行羊腸高誘曰太行山在河內野王縣北也羊腸其山盤紆如羊腸在太原晉陽北高誘注淮南子曰羊腸坂是太行孟門之限然則坂在太行山在晉陽也　濟曰艱難也巍巍高皃山坂屈盤如羊腸之形宜陟此山車輪爲之摧毀樹木何蕭索善作瑟字北風聲正悲熊羆對我蹲虎豹夾路啼谿谷少人民雪落何霏霏善曰毛詩曰雨雪霏霏延頸長歎息遠行多所懷善曰呂氏春秋曰天下莫不延頸奉踵也　向曰延頸猶延頸我心何怫佛鬱思欲一東歸善曰楚辭曰惆悵兮不陳東歸言望舊鄉也　良曰怫鬱憂恚之皃水深橋梁絕中道善作路字正徘徊迷惑失故路薄五臣無薄暮無五臣有所宿栖善曰雄楚今有英曰當道獨居寡無所宿行行日已遠人馬同時饑擔囊行取五臣作采薪斧冰持作糜善曰莊子擔囊而趨　向曰囊袋謂袋也薪謂柴也天寒水凍故斫冰以作糜粥也悲彼東山詩悠悠使我哀善曰詩云我徂東山慆慆不歸言行役未還故感此詩而哀也　翰注同

樂府二首

善哉行四言　五臣作苦哉行　善曰歌録曰善哉行古詞也古出夏門行曰善哉殊復善絃歌樂我情然善哉歎美之辭也銑曰謂山林之人節行危苦欲其入仕以取逸樂

魏文帝

上山采薇薄暮苦饑善曰毛詩曰陟彼南山言采其薇楚辭曰薄暮雷電歸何憂古豔歌曰居貧衣單薄腸中常苦飢向曰薇草藥名可以食之谿谷多風霜露沾五臣作霑衣善曰說苑曰孺子不覺露之沾衣野雉羣雊古豆猴猨相追善曰毛詩曰雉之朝雊還望故鄉鬱何壘壘善曰廣雅曰壘重也翰曰壘壘山重皃高山有崖林木有枝憂來無方人莫之知善曰言高山之有崖林木之有枝愚智同知之今憂來仍無定方而人皆莫能知之說苑曰莊辛謂襄成君曰昔越人之歌曰山有木兮木有枝心悅存兮君不知　濟曰言山崖木枝衆皆知之憂自心來人不能知人生如寄多憂何爲善曰尸子曰老萊子曰人生天地之閒寄也寄者固也楚辭曰傷楚國之多憂　良曰人之一生若寄於世同朝菌蜉蝣山林之士自取其憂以何爲也今我不樂日善作歲字月如馳善曰毛詩曰今我不樂日月其除　銑曰我文帝自稱也言我所以不樂者但爲其日月之速耳湯湯傷川五臣作中流中有行舟隨波轉薄善作迴轉有似客遊向曰湯湯流皃策我良馬被我輕裘載馳載驅聊以忘憂善曰毛詩曰良馬四之論語子曰赤之適齊也乘肥馬衣輕裘毛詩曰載馳載驅歸唁衛侯楚辭曰聊媮娛以忘憂毛詩曰駕言出遊以寫我憂　翰曰言山林之士可以如此行樂忘憂也載則也

燕歌行七言　善曰歌録曰燕地名猶楚宛之類此不言古辭起自此也佗皆類此　濟曰此婦人思夫之意

秋風蕭瑟天氣涼草木搖落露爲霜善曰楚辭曰悲哉秋之爲氣也蕭瑟兮草木搖落而變衰毛詩曰蒹葭蒼蒼白露爲霜羣鷰善本作燕辭歸鴈南翔念君客遊思斷五臣作游多思腸善曰禮記曰仲秋之月鴻鴈來玄鳥歸鄭玄曰玄鳥燕也楚辭曰燕翩翩其辭歸又曰鴈廱廱而南遊　良曰憂思結於心腸慊慊苦簟思歸戀故鄉何爲淹留寄他方善曰鄭玄禮記注曰慊恨不滿之貌也口簟切　銑曰慊慊心不足皃賤妾煢煢守空房善曰煢單也憂來思君不敢忘不覺淚下霑衣裳善曰古詩曰淚下霑衣裳向曰婦人自謙而稱妾煢煢者孤獨皃援琴鳴絃發清商短歌微吟不能長善曰宋玉風賦曰臣援琴而鼓之宋玉笛賦曰吟清商追流徵　翰曰援引也清商秋聲明月皎皎照我牀星漢西流夜未央善曰古詩曰明月何皎皎照我羅牀幃毛詩曰夜如何其夜未央　濟曰星漢天河央極也牽牛織女遥相望爾獨何辜限河梁善曰史記曰牽牛爲犧牲其北織女織女天女孫也曹植九詠注曰牽牛爲夫織女爲婦織女牽牛之星各處一旁七月七日得一會同矣　銑曰牽牛織女二星各隔天河相望婦人自恨與夫離絕故問此星何辜復如此矣牽牛星何辜星是也

樂府詩四首五言

箜篌引善曰漢書曰塞南越禱祠太一后土作坎侯坎聲也應劭曰使樂人侯調作之取其坎坎應節也因以其姓號名曰坎侯蘇林曰作箜篌　濟曰箜篌樂器名引曲也此詞亦欲使知友存交情爲善事又將行樂以保其天年

曹子建

置酒高殿上親交從我游善曰漢書曰過沛置酒沛宮又曰賢大夫有肯從我遊者吾能尊顯也中廚辦豐膳亨羊宰肥牛善曰鄭玄周礼注曰膳之言善

今時美物曰珍饍類曰羞 良曰膳食具羹也 **秦箏何慷慨齊瑟和且柔** 善曰楚辭曰挾秦箏而彈徽史記蘇秦說齊王曰臨淄其民無不鼓瑟也 銑曰秦人善彈箏齊人亦善鼓瑟慷慨猶激揚也 **陽阿奏奇舞京洛出名謳** 善曰漢書曰孝成趙皇后及壯屬陽阿主家學歌舞 向曰京洛之人皆善謳歌 **樂飲過三爵緩帶傾庶羞** 善曰禮記曰君子之飲酒也一爵而色灑如二爵而言言斯三爵而油油以退儀礼曰上大夫庶羞二十品 翰曰爵酒杯也庶羞衆味也 **主稱千金壽賓奉萬年酬** 善曰史記曰平原君以千金為魯仲連壽毛詩曰君子萬年永錫祚胤 濟曰古人之宴有奉金為壽者或稱萬歲者賓主故以此相酬焉 **久要不可忘薄終義所尤** 善曰論語曰久要不忘平生之言亦可以為成人矣列子曰或厚之於始或薄之於終 良曰久要久交也薄終薄行於終義所非也尤非也 **謙謙君子德磬折欲何求** 善曰周易曰謙謙君子卑以自牧尚書大傳曰諸侯來受命周公莫不磬折 向曰磬折曲躬也言君子以謙德曲躬於人固無所求 **驚風飄白日光景馳西流盛時不可再**五臣作再來 **百年忽我遒生在**五臣作存**華屋處零落歸山丘** 善曰舞賦曰耀華屋而壿洞房古董逃行曰年命冉冉我遒零落下歸山丘毛萇詩傳曰遒終也 良曰言白日之奔流如驚風之飆疾也光景日色也 翰曰遒猶疾也 濟曰零落謂亡沒也 **先民誰不死知命復**善作亦字**何憂** 善曰左氏傳曰子產曰人誰不死周易曰樂天知命故不憂 良曰先民古人也

名都篇 五言 善曰歌錄曰名都篇齊瑟行也 銑曰名都邯鄲臨淄之類也君篇之首故以為名刺時人騎射之妙游騁之樂而忘憂國之心

名都多妖女京洛出少年寶劍直千金被服麗善作光字**且鮮** 善曰王逸荔枝賦曰宛洛少年史記曰陸賈寶劍直千金論衡曰世稱利劍有千金之價 向曰妖美也京洛都也被衣鮮新也 **鬭雞東郊道走馬長楸間** 善曰漢書眭弘少時好鬭雞走馬 翰曰郭外曰郊古人種楸於道故曰長楸 **馳騁未能半雙兔過我前** 濟曰未至半路也 **攬弓捷鳴鏑長**五臣無長**驅上**五臣有彼**南山** 善曰儀礼曰司射搢三挾一鄭玄曰搢插也挾甲切漢書曰匈奴冒頓乃作為鳴鏑習勒其騎射音義曰鏑箭也如今鳴箭也 銑曰捷引也鳴鏑箭名 **左挽因右發一縱兩禽連** 善曰鄭玄周礼注曰凡鳥獸未孕曰禽也毛萇詩傳曰發矢曰縱兩禽雙兔也 良曰縱射也兩禽連謂連中雙兔也禽者鳥獸通稱 **餘巧未及展仰手接飛鳶** 善曰毛詩曰鳶飛戾天鄭玄云鳶鴟屬 向曰接射也 **觀者咸稱善衆工歸我妍** 善曰舞賦曰觀者稱麗 翰曰咸皆工能妍美也 **歸來**善作我歸**宴平樂美酒斗十千** 善曰平樂觀名 濟曰言酒美故價貴 **膾鯉臇**子兖**胎鰕炮**善作寒字**鼈炙熊蹯**音頓 善曰毛詩曰炮鼈膾鯉蒼頡解詁曰臇少汁臛也鹽鐵論曰煎魚切肝羊淹雞寒劉熙釋名曰韓羊韓雞本出韓國所為然寒與韓古字通也左氏傳曰宰夫胹熊蹯不熟 良曰鯉魚名也臇臛也鰕魚名鰕腹有胎在脊也炮燒也熊蹯熊掌也 **鳴儔嘯匹侶**善作旅字**列坐竟長筵** 濟曰鳴嘯皆命呼也儔匹侶皆友朋也列引竟盡筵席也 **連翩擊鞠壤巧捷惟萬端** 善曰漢書曰霍去病在塞外尚穿域蹋鞠也如淳曰域鞠室也郭璞三蒼解詁曰鞠毛丸可蹋戲鞠巨六切史記曰魏公子賓客辯士說王萬端 向曰連翩輕迅皃擊鞠今之打毬捷疾也萬端言多妙也 **白日西南馳光景不可攀** 良曰攀留也言此者以喻少壯不可留 **雲散還城邑清晨復來還** 善曰舞賦曰駱驛而歸雲散城邑 濟曰如雲之散也明晨復來於長楸平樂也終日若此其奈國之事何

美女篇 五言 善曰歌錄曰美女篇齊瑟行也 銑曰以美女喻君子言君子既有美行上願明君而事之若不得其人雖見徵求終不能屈

美女妖且閑采桑歧路間五臣作西字音先協韻善曰說文曰閑雅也上林
賦曰妖冶閑都又曰閑幽閑也向曰妖美閑雅也柔條紛冉冉葉落何翩翩
翰曰柔條嫩枝也冉冉動皃翩翩飛皃攘袖見素手皓腕約金環善曰
攘袖卷袂也環釧也銑曰攘宣皓白約結也頭上金爵釵腰佩翠琅玕善曰
釋名曰爵釵釵頭上施爵尚書曰厥貢惟球琳琅玕良曰釵頭施金爵故以名之琅玕石而似玉明珠交
玉體珊瑚間木難善曰南方草物狀曰珊瑚出大秦國有洲在漲海中廣雅曰珊瑚珠也南
越志曰木難金翅鳥沫所成碧色珠也大秦國珍之良曰交絡也珊瑚亦珠也木難碧色珠也羅衣何
飄颻善作飄飄輕裾隨風還顧眄遺光彩長嘯氣若
蘭善曰神女賦曰吐芬芳其若蘭向曰還轉也言蘭者取其芬香行徒用息駕休者
以忘餐善曰愼子曰毛嗇西施衣以玄錫則行者止杜篤禊祝曰懷秀女使不餐翰曰休止也借

〈文二十七〉　廿九

問女安居乃在城南端青樓臨大路高門結重
關善曰爾雅曰安止也薛綜西京賦注曰安猶焉也南端城之正南門也漢書枚叔上書曰游曲臺臨大路列子
曰虞氏梁之富人高樓臨大路濟曰端陽也重關重門言結閉也容華耀朝日誰不
希令顏善曰神女賦曰耀乎若白日初出照屋梁韓詩曰東方之日兮彼姝者子在我室兮薛君曰詩人言
所說者顏色盛也言美如東方之日出也向曰希慕令善也媒氏何所營玉帛不
時安善曰周禮有媒氏之職爾雅曰安定也銑曰言媒氏何所營求而不及此時安定此親以玉帛者乎
佳人慕高義求賢良獨難善曰楚辭曰聞佳人兮召子濟曰佳人慕義求賢
志寡難拔以諭君子非禮不苟合衆人徒善作何字嗷嗷安知彼所觀
盛年處房室中夜起長歎善曰蘇武荅李陵詩曰低頭還自憐盛年行已衰蔡
邕霖雨賦曰中宵夜而歎息翰曰衆人徒歎嗷喧嘩也安知佳人之所觀采向曰盛年之人既不與偶則中夜起歎

息矣言中才之人雖有慕士之心而勞其志則賢者竟不至矣

白馬篇

五言善曰歌錄曰白馬篇齊瑟行也良曰見乘白馬者故有此曲言人當立功立事盡力爲國不可念私

白馬飾金羈連翩西北馳善曰古羅敷行曰青絲繫馬尾黃金絡馬頭說文曰
羈絡頭也銑曰羈繫也連翩馬馳皃借問誰家子幽并遊俠兒善曰幽并
二州名班固漢書贊曰布衣遊俠劇孟之徒也向曰幽并二地名少小去鄉邑揚聲沙
漠垂善曰幽通賦曰雄朔野以揚聲說文曰漠北方流沙也翰曰揚其騎射之声名沙漠西北地名宿
昔秉良弓楛户矢何參差善曰墨子曰良弓難張然可以及高入深家語孔子
曰肅愼氏貢楛矢濟曰秉執也楛矢竹箭也參差未射在手時也控弦破左的右發摧
月支善曰班固漢書李廣述曰控弦貫石威動北鄰毛詩曰發彼有的射質也邯鄲淳藝經曰馬射左邊爲

〈文選二十七〉　卅

月支三枚馬蹄二枚良曰控引也左的射的月支射帖也言妙皆能摧破仰手接飛猱俯
身散馬蹄善曰凡物飛迎前射之曰接猱猨屬也銑曰猱猨類俯低也散馬蹄言馳騖也狡捷
過猴猨勇剽匹妙若豹螭勑知善曰歐陽尚書說曰螭猛獸也勑離切方言曰剽
輕也向曰狡健捷疾也剽猛也邊城多警急虜騎善本胡虜數遷移
善曰長楊賦曰永無邊城之災翰曰謂匈奴逼邊也羽檄從北來厲馬登高
隄長驅蹈匈奴左顧陵鮮卑善曰漢書曰匈奴其先夏后氏之苗裔也又曰
燕北有東胡山戎或云鮮卑蒼頡篇曰陵侵也濟曰羽檄徵兵之書也厲策也登高隄望寇也銑曰蹈踐陵侵也鮮
卑匈奴也弃身鋒刃端性命安可懷向曰端際懷惜也父母且
不顧何言子與妻善曰鄭玄毛詩箋曰顧念也名編五臣作在壯士
籍不得中顧私捐軀赴國難視死忽如歸善曰呂氏

春秋管子云平原廣城車不結軌士不旋踵鼓之三軍之士視死如歸臣不若王子城也　良曰捐弃也

王明君辭 并序　五言

石季倫 善曰臧榮緒晉書云石崇字季倫敦海南皮人早有智慧稍遷至衛尉卿初崇與賈謐善謐既誅趙王倫專任孫秀崇有妓曰綠珠秀使人求之崇不許於是秀乃勸倫殺崇遂遇害也　銑注同

王明君者本是五臣作為王昭君以觸文帝諱改之善作焉字　善曰琴操曰王昭君者齊國王襄女也年十七獻元帝臧榮緒晉書曰文帝諱昭　向注同匈奴盛請婚於漢元帝以後宮良家子昭五臣作明君配焉善曰琴操曰單于遣使請一女子帝以昭君賜單于漢書曰詔采良家女也昔公主嫁烏孫令琵琶馬上作樂以慰其道路之思善曰漢書曰烏孫使使獻馬願得尚公主乃遣江都王建女為公主以妻烏孫焉　翰同善注琵琶樂名其送明君亦必五臣無必字爾也其造新之善本無之字曲多哀怨之聲濟曰自是造為新樂曲也故敘之於紙云爾

我本漢家子　將適單于庭善曰漢書曰匈奴歲正月諸長小會單于庭祠　向曰我為明君稱也單于匈奴之君號也

辭訣未及終　前驅已抗旌善曰曹子建殯誄曰前驅舉旌後乘抗旌　銑曰訣別也前驅引路者抗舉也旌旗類舉之引路則發行也

僕御涕流離　轅馬悲且鳴善曰魏文帝柳賦曰左右僕御已多亡長門賦曰涕流離而縱橫李陵詩曰轅馬顧悲鳴　良曰流離涕流皃轅車轅

哀鬱傷五內　泣淚霑善作濕字珠纓善曰李陵詩曰行行且自割無令五內傷淮南子曰雍門子以哭見孟嘗君涕流霑纓

行行日已遠　遂造七到匈奴城善曰魏文帝苦哉行曰行行日已遠人馬同時飢　翰曰造至也

延我於穹廬　加我閼於延氏支名善曰漢書曰烏孫公主作歌曰吾家嫁我兮天一方遠託異國兮烏孫王穹廬為室兮旃為牆音義曰旃帳也蘇林曰閼氏音焉支如漢皇后　向曰穹廬旃帳也閼氏單于后名

殊類非所安　雖貴非所榮善曰殊類異類李陵答蘇武書曰但見異類

父子見陵辱　對之慚且驚善曰漢書曰呼韓邪死子雕陶莫臯立為復株若鞮單于復妻王昭君生二女也　良曰羞以女嫁匈奴故對之慚鷩

殺身良不易　默默以苟生善曰曹子建三良詩曰殺身誠獨難賈誼弔屈原曰吁嗟默默墨子曰哀公迎孔子席不端不坐割不正不食子路曰何與陳蔡異孔子曰曩與汝為苟生今與汝為苟義也　濟曰默默隱忍皃苟且也

苟生亦何聊　積思常憤盈善曰楚辭曰蓋怨乎積思王逸曰結根在心慮憤鬱蔡琰詩曰心吐思兮胸憤盈　翰曰盈滿也

願假飛鴻翼　乘之以遐征善曰魏文帝喜霽賦曰思寄身於鴻鸞與六翮而輕飛高誘呂氏春秋曰征飛也　翰曰假借遐遠征行也

飛鴻不我顧　佇立以屏營昔為匣中玉　今為糞上英善曰毛詩曰佇立以泣國語申胥曰昔楚靈王獨行屏營　銑曰不我顧不顧我也屏營迴行皃　良曰玉英皆喻明君匣中喻漢糞上喻匈奴也英花也

朝華不足歡　甘與秋草并善曰古詩曰傷彼蕙蘭花含英揚光輝過時而不采將隨秋草萎說文曰木槿朝華暮落也　銑曰其憂思之心見春朝之華不足與歡樂甘以其身與秋草俱凋隕不願生居匈奴之中

傳語後世人　遠嫁難為情善曰漢書張禹曰有愛女遠嫁為張掖太守蕭咸妻

六臣註文選卷第二十七

六臣註文選卷第二十八

梁昭明太子撰

唐李善并五臣註

樂府下

樂府詩十七首

猛虎行 雜言 善曰雜言古猛虎行曰飢不從猛虎食暮不從野雀棲野雀安無巢遊子爲誰驕　銑曰古猛虎行云饑不從猛虎食但取發首爲名不必以篇中意義他皆類此觀其大體是勸人抗其志節義不苟容

陸士衡

渴不飲盜泉水熱不息惡木陰惡木豈無枝志士多苦心善曰尸子曰孔子至於勝母暮矣而不宿過於盜泉渴矣而不飲惡其名也江邃文釋云管子曰夫士懷耿介之心不蔭惡木之枝惡木尚能恥之況與惡人同處今檢管子近亡數篇恐是亡篇之內而邃見之論語曰志士仁人古詩曰晨風懷苦心

整駕肅時命杖策將遠尋善曰思玄賦曰爰整駕而亟行時君之命也杜預左氏傳注曰策馬檛也廣雅曰將欲也　翰曰整其車駕肅敬時君之命執鞭以將遠適焉

飢食猛虎窟寒棲野雀林濟曰言路多彊暴姦邪之人

日歸功未建時往歲載陰善曰日而逸切言日以晏歸而功未立陸賈新語曰以義建功神農本草曰秋冬爲陰　銑曰由此使日晏西歸歲時載暮功名不能立矣歲陰猶歲暮也

崇雲臨岸駭鳴條隨風吟善曰爾雅曰崇高也廣雅曰駭起也桓子新論雍門周曰秋風鳴條則傷心矣　銑曰駭驚也

靜言幽谷底長嘯高山岑善曰毛詩曰靜言思之又曰出自幽谷楚辭曰臨深水而長嘯爾雅曰山小而高曰岑　向曰經過山谷之閒而靜思長嘯

急絃無懦響亮節難爲音善曰侯瑾箏賦曰急絃促柱變調改曲賈逵國語注曰懦下也爾雅曰亮信也謂有貞信之節言必慷慨故曰難也　翰曰絃急則調高故無懦弱之響貞亮之節亦難擬其德音

人生誠未易曷云開此衿五臣作襟　善曰言人生既多難若誠爲未易何爲開此行役之衿乎王仲宣贈蔡子篤詩曰人生實難　濟曰涉於世路誠爲至難何爲開此遠役之心

眷我耿介懷俯仰愧古今善曰夫蘊耿介之懷者必高蹈風塵之表今乃愧不隨慕先聖之遺教蒼頡篇曰懷抱也　良曰眷此正直之懷而不得施展故愧於古今之人

君子行 五言 善曰古君子行曰君子防未然不處嫌疑閒　翰曰前有此篇其意略相類

天道夷且簡人道險而難五臣作險　善曰莊子曰有天道有人道無爲而尊者天道也有爲而累者人道也孔安國尚書傳曰夷平也又曰簡略也　向曰夷平簡易也天道無私故平易人道多僻故險難

休咎相乘躡翻覆若波瀾善曰尚書有休徵咎徵杜預左氏傳注曰乘登也廣雅曰躡履也　向曰休咎福禍也瀾大波

去疾苦不遠疑似實生患平聲協韻　善曰左氏傳伍負曰樹德莫如滋去疾莫如盡賈逵國語注曰疾惡也呂氏春秋曰使人大迷惑者物之相似者也人主之所患患石似玉者疑似之道不可不察也　翰曰言美惡相去不遠事有疑似則生禍患

近火固宜熱履冰豈惡寒善曰言當慎所習也論衡曰夫近水則寒近火則溫遠之纔微何則氣之所加遠近有差也火位在南水位在北北邊則寒南極則熱毛詩曰如履薄冰　銑曰近冰火必罹寒熱之患近讒佞亦致禍難

掇蜂滅天道拾塵惑孔顏善同良注　良曰尹吉甫前妻子伯奇後妻子伯封後妻欲其子爲太子言於吉甫曰伯奇好妾若不信王上臺觀之後母取蜂除其毒而置於衣領之中使伯奇視而殺之吉甫使讓伯奇使者見袖有死蜂以白吉甫吉甫使追之以投于河矣掇拾也父子之道天性之常由此而滅之呂氏春秋孔子窮於陳蔡之閒七日不嘗粒食顏回得米而爨之孔子望見回攫其甑中飯而食之飯熟乃進於孔子孔子起曰今夢見先君食絜欲饋回曰不可向者炱煤入甑中弃食不祥回因攫而食之孔子歎曰所信者目

所恃者心今心目不足信而恃矣弟子記之㚖煤煙塵也因拾煙塵孔子顏回於是疑惑 **逐臣尚何**
有弃友焉足歎 善曰傳毅七激曰闇君遂臣頑父放子王逸楚辭序曰屈原放逐沅湘之閒毛
詩曰谷風序曰天下俗薄朋友道絕焉鄭玄曰道絕者弃恩舊也 銑曰父子與顏孔滅天道猶生疑惑逐臣弃友比之
何有可恨固不足歎也 **福鍾恒有兆禍集非無端** 善曰言禍福之至皆有漸
也故叔上書曰福生有基禍生有胎傅子銘曰福生有兆禍來有端小雅曰鍾聚也言無端緒也 向曰兆象也 **天**
損未易辭人益猶可懽 五臣作歡 善曰言禍福之有端兆故天損之至非己所
招故安之而未辭人益之來非己所求故受之可爲懽也莊
子孔子謂顏回曰無受天損易無受人益難郭象曰無受天
損易者唯安之故易也所在皆安不以損爲損斯待天而不
受其損也無受人益難者物之儻來不可禁禦至人則玄同
天下故天下樂推而不猒相與社而稷之斯無受人益之所
以爲難矣然文雖出彼而意微殊彼以榮辱同途故安之甚
易此以吉凶異轍故辭之實難 翰曰天損之至非己所招
故安之而不辭也人益之來非已所召故受之可爲歡也

朗鑒豈遠假取之在傾冠 善曰荀悅申鑒曰側弁垢顏不鑒於明鏡矣抱朴子
曰明鏡舉則傾冠見矣以其遞相祖述故引之 濟曰朗明鑒鏡也言鏡之明者豈遠假乎但取之見傾冠也今賢者豈
外求乎但驗之在禍福而已也 **近情苦自信君子防未然** 善曰言小人近情苦
自信而遇禍君子遠慮防未然而蒙福列子蕭叔曰皇子果於自信鄧析子曰慮能防於未然 良曰淺近之情苦自信
任是以遇禍君子之心防慮未然長以受福也

從軍行 五言 濟曰苦天下征伐

苦哉遠征人飄飄 五臣作飖 **窮四遐南陟五嶺巔北**
戍長城阿 善曰漢書曰秦北爲長城之役南有五嶺之戍史記曰始皇以謫遣戍謫罰獄吏不直者築長
城也 向曰飄颻遠行皃四遐四方也五嶺長城皆地名陟升巔上戍守也 **深** 五臣作谿 **谷邈** 五臣
作深 **無底崇山鬱嵯峨** 善曰列子曰夏革曰渤海之東有大壑焉實惟無底之谷秦嘉

詩曰巖石鬱嵯峨 翰曰崇高也嵯峨高皃 **奮臂攀喬木振迹** 五臣作跡 **涉**
流沙 善曰史記曰武臣曰陳王奮臂爲天下唱始尚書曰導弱水入于流沙 濟曰詩曰南有喬木書曰西被
流沙振舉也 **隆暑固已慘涼風嚴且苛夏條集** 五臣作焦
鮮藻寒冰結衝波 善曰賈誼旱雲賦曰隆暑盛其無聊說文曰慘毒也宋均春秋緯注曰苛
者切也文子曰夏條可結毛詩曰誕寘之寒冰 良曰疊上文也隆暑夏條南方也涼風寒冰北方也慘毒苛酷藻華也
焦鮮藻爲熱也結衝波水結爲冰也言經寒炎而辛苦 **胡馬如雲屯越旗亦星**
羅 善曰鄒陽書曰胡馬遂進闚於邯鄲杜篤論都賦曰斬白虵屯黑雲廣雅曰屯聚也國語越王曰吳爲不道敢問諸
大夫戰奚以而可大夫種曰審物則可以戰韋昭曰物旌旗物色徽織之屬也羽獵賦曰渙若天星之羅 銑曰胡北方
越南方如雲之聚如星之布 **飛鋒無絕影鳴鏑自相和** 善曰張衡髑髏賦曰
飛鋒曜景秉尺持刀漢書曰冒頓乃作爲鳴鏑音義曰如今鳴箭也 向曰鋒謂兵刃也鳴鏑髇箭名 **朝食**

五臣作餐 **不免冑夕息常負戈** 善曰戰國策曰衛行人燭過免冑橫戈而進李陵荅
蘇武書曰身負戟而長歎孔安國論語注曰戈戟也 翰曰免脫也冑兜鍪也 **苦哉遠征人撫**
心悲如何 善曰列子曰師襄乃撫心高蹈

豫章行 五言 善曰古豫章行曰白楊初生時乃在豫章山 濟曰本以豫章郡而爲之以敘人代苦辛之意

汎舟清山 五臣作川 **渚遥望高山陰** 善曰國語曰秦汎舟于河列子曰伯牙遊
於泰山之陰 **川陸殊途軌懿親將遠尋** 善曰廣雅曰軌迹也左氏傳富
辰曰昔周公封建親戚以蕃屛周不廢懿親也 向曰懿親謂兄弟遠尋謂遠別也軌道也 **三荆歡同**
株四鳥悲異林 善同良注 良曰三荆三枝共本也昔有田廣田真田慶兄弟三人將別無以
分明日欲分庭有荆樹荆樹經宿萎黃乃相謂曰荆樹尚然況我兄弟乎遂不分荆復悅茂故云歡同株孔子在衛聞哭

者甚哀問顏回曰汝知此何哭回曰此若非但爲死而已又爲生離者也昔恒山之鳥生四子焉羽翼
既成將分四海其母悲鳴而送之爲其往而不返竊以音類知之矣問之果然故云悲異林樂會良自
古悼別豈獨今善曰鄭玄毛詩箋曰悼傷也古詩曰今日良宴會歡樂難具陳又曰別日何易
會日何難向同善注寄世將幾何日昃無停陰善曰尸子老萊子曰人生於天
地之間寄也寄者固歸也左氏傳曰人壽幾何周易曰日昃之離不鼓缶而歌則大耋之嗟凶　翰曰昃日暮也無停陰
言日月之速前路既已多後塗隨年侵善曰前路後塗謂壽命也言前
路已多而罕至後塗隨年侵而又盡言無幾何也　濟曰前路謂日月後塗謂性命促促薄暮景
亹亹鮮克禁善曰景之薄暮喻人之將老也流行不息鮮能止之孔安國尚書傳曰薄迫也楚辭
曰時亹亹而過中　良曰促促短皃亹亹進皃薄暮喻年老也鮮克禁言少能制也曷爲復以茲
曾是懷苦心善曰言何爲復以此暮景不留之志而曾是重懷悲苦之心乎毛詩曰曾是在位古

詩曰晨風懷苦心　銑曰何爲復用離別之事則是懷愁苦之心遠節嬰物淺近情
能不深善曰說文曰嬰繞也　向曰有遠大之節嬰物累之淺有短近之智能不至於深乎行矣
保嘉福景絕繼以音善曰景影也言形影若絕當繼之以惠音　翰曰行矣謂去也但當
自保善福人之一別有如影滅唯繼以音徽矣

苦寒行五言　善曰或曰北上行　良曰前有此作意與是同也

北游幽朔城涼野多嶮難五臣作艱俯入穹谷底仰
陟高山盤善曰尚書曰宅朔方曰幽都毛萇詩傳曰北方寒涼也韓詩曰在彼穹谷王弼周易注曰盤山
石之安也　向曰北稱幽也朔北方也穹窮陟升也盤者山首盤道凝冰結重澗五臣作磵積
雪被長巒善曰爾雅曰巒山嶞也郭璞曰山形長狹者荆州謂之巒　向曰被覆巒山也陰雲
興巖側悲風鳴樹端不覩白日景但聞寒鳥喧

五臣作雚音歡猛虎憑林嘯玄猿臨岸歎平　善曰春秋元命苞曰猛虎
嘯而谷風起小雅曰馮依也上林賦曰玄猨素雌　銑曰嘯嚾皆歡聲夕宿喬木下慘愴
恒鮮懽向曰喬高也慘愴寒皃恒常鮮少也渴飲堅冰漿飢待零露
餐善曰周易曰履霜堅冰至詩曰零露團兮　翰曰言飢渴而飲冰食露也然冰時無露蓋文之躰也離
思固已久五臣作矣寤寐莫與言慼哉行役人慊慊
苦簟恒苦寒善曰曹子建雜詩曰離思一何深毛詩曰獨寐寤言說文曰慼甚也鄭玄禮記注曰慊恨
不滿足之貌也　濟曰莫無也慊慊憂不足皃言別離已久遇此苦寒故寤寐增悲

飲馬長城窟行五言　向曰蓋與前意不異

驅馬陟陰山山高五臣作陰馬不前往問陰山候勁
虜在燕然善曰漢書侯應上書曰臣聞北邊塞有陰山解嘲曰西北一候范曄後漢書曰竇憲征北單于

登燕然山　良曰陟升也候伺望者勁彊也虜匈奴也燕然山名戎車無停軌旌旆
屢徂遷善曰鄭玄考工記注曰軌轍跡也　銑曰戎車兵車也軌迹也旌旆旗類徂往遷徙也仰
憑積雪巖俯涉堅冰川冬來秋未反去家邈以
緜善曰緜遠也　向曰憑猶登也　翰曰邈遠緜長也獫狁亮未夷征人豈
徒旋善曰獫狁匈奴也毛詩曰赫赫南仲獫狁于夷毛萇曰夷平也　良曰亮信也徒猶空也豈徒旋者言賊
未平末德爭先鳴凶器無兩全善曰吳越春秋范蠡曰夫人君勇者逆德也兵
者凶器也爭者國之末也莊子曰三軍五兵之運德之末也左氏傳州綽謂齊侯曰平陰之役先二子鳴　翰曰戰者德
之末也先鳴先登而大呼也與敵相持必有一傷師克薄賞行軍没微軀捐
善曰李陵書曰薄賞子以守節　銑曰克勝捐弃也將遵甘陳迹收功單于旃
善曰漢書曰甘延壽字君況北地人也爲郎中諫大夫使西域與副校尉陳湯共誅斬郅支單于封義成侯又曰陳湯字

子公山陽人也爲西域副校尉與甘延壽俱出同斬單于首賜爵關內侯班固漢書述曰博望仗節收功大夏旃旌旗也良曰遵奉也收取也單于匈奴君也振旅勞歸士受爵槀街傳善曰穀梁傳曰入曰振旅毛詩序曰杕杜勞還役也南都賦曰受爵傳觴漢書陳湯上疏曰斬郅支單于首及名王以下宜懸頭槀街蠻夷邸間晉灼曰黃圖在長安城門內邸謂傳舍也　向曰將士受爵賞傳匈奴之首於槀街

門有車馬客行五言　翰曰言念舊鄉而有是作雖曰擬古機意自屬

門有車馬客駕言發故鄉善曰毛詩曰駕言出遊　濟曰皆假言之念君久不歸濡跡涉江湘善曰毛萇詩傳曰濡漬也　向曰君謂機也濡跡漬足也涉度也江湘水名投袂赴門塗攬衣不及裳善曰左氏傳曰楚子投袂而起古詩曰攬衣起徘徊毛萇詩傳曰上曰衣下曰裳　銑曰謂出見於客也投袂奮袖也不及裳言不暇整衣服也撫膺攜客泣掩淚敘溫涼善曰列子曰撫膺而無恨楚辭曰長太息以掩涕尚書曰以殷仲春鄭玄曰春秋言溫涼也　向曰敘別離之歲月借問邦族間惻愴論存亡善曰毛詩曰言旋言歸復我邦族尸子曰其生也存其死也亡　翰曰邦族謂鄉親也親友多零落舊齒皆凋喪善曰曹子建箜篌引曰親友從我游孔融與曹操書曰海內知識零落殆盡黃石公記曰王聘舊齒萬事乃理　濟曰舊齒耆老也市朝互遷易城闕或丘荒善曰古出夏門行曰市朝人易千歲墓平毛詩曰在城闕兮　銑曰謂吳之市朝城闕墳壟日月多松柏鬱芒芒善曰仲長子昌言曰古之葬松柏梧桐以識其墳也　向曰謂機家墳壟也芒芒盛兒天道信崇替人生安得長善曰國語藍尹亹曰君子獨居思前世之崇替賈逵曰崇終也　翰曰崇興替廢也慷慨惟平生俛仰獨悲傷善曰說文曰慷慨壯士不得志於心莊子曰俛仰之間　濟曰慷慨歎息也惟思也

君子有所思行五言　銑曰言登山下見都邑時俗奢泰因思古之賢哲與前君子行有異也

命駕登北山延佇望城郭善曰孔叢子孔子歌曰巾車命駕楚辭曰結幽蘭而延佇　良曰謂登北邙望晉都廛里一何盛街巷紛漠漠善曰鄭德漢書注曰廛謂城邑之居也　向曰一廛一家之居也五隣爲里漠漠布列兒甲第崇高闥洞房結阿閣善曰漢書音義曰有甲乙次第故曰甲第楚辭曰姱容脩態絙洞房尚書中候曰昔黃帝軒轅鳳皇巢阿閣鄭玄周禮注曰四阿若今四注也　翰曰甲第第一宅也崇重闥門洞通結連阿大也曲池何湛湛清川帶華薄善曰楚辭曰坐堂伏檻臨曲池　濟曰湛湛水平兒草木叢生曰薄邃宇列綺窻蘭室接羅幕善曰楚辭曰高堂邃宇檻層軒古詩曰交疏結綺牕又曰盧家蘭爲室桂爲梁楚辭曰蒻阿拂壁羅幬張　銑曰邃深宇屋也綺窻窻爲錦綺之文也蘭室取其香也羅幕即羅帳淑貌色斯升哀音承顏作善曰言淑貌以色斯而見升哀音亦承顏衰而作也論語曰色斯舉矣　良曰淑美也言以此美色之女升進於君以亡國之樂承君顏而作刺時以聲色冒於上也哀音亡國之音人生誠行邁五臣作過容華隨年落善曰楚辭曰生天地之若過古詩曰人生天地間忽如遠行客　向曰言人生處世實如行過容色隨年歲而凋落也善哉膏粱士營生奧且博善曰國語欒伯請公族大夫公曰夫膏粱之性難止也賈逵曰膏肉之肥者粱食之精者言其食肥美者率驕放其性難止也韋昭漢書注曰生業也廣雅曰奧藏也　翰曰善哉歎美之因以譏膏肉之肥若粱食之精者言富貴食此精肥之士營生深奧且廣博矣宴安消靈根酖毒不可恪善曰左氏傳管敬仲言於齊侯曰宴安酖毒不可懷也杜預曰以宴安比之酖毒也左氏傳曰卿不書緩也以懲不恪爾雅曰恪敬也　濟曰黃庭經云玉池清水灌靈根靈根堅固老不衰然靈根喻身也無以肉食資取笑葵與藿善曰說文曰晉東郭氏上書於獻公公曰肉食者已慮之矣對曰忽使肉食失計於廟堂藿食寧得不肝腦塗地也　良曰無以肉食而自安是以取笑於食葵藿貧賤之士

齊謳行五言善曰漢書禮樂志曰齊謳員六人銑曰此爲齊人謳歌國風也其終篇亦欲使人推分直進不可苟有所營

營丘負海曲沃野爽且平善曰禮記曰太公封於營丘鄭玄曰齊曰營丘兆錯新書曰齊地僻遠負海地大人衆鄭玄禮記注曰負之言背也漢書曰沃野千里左氏傳齊景公欲更晏子之宅曰請更諸爽塏之地向曰營丘地名太公所封也負背爽明也洪川控河濟崇山入高冥善曰毛萇詩傳曰控引也戰國策蘇秦曰齊有清濟濁河傅毅洛都賦曰弋高冥之獨鵠連軒翥之雙鶂崇或爲嵩非也翰曰冥昧極高之處東被姑尤側南界聊攝城善曰左氏傳晏子曰聊攝以東姑尤以西其爲人也多矣杜預曰姑尤齊東界姑水尤水皆在城陽郡東南入海也聊攝齊西界也平原聊縣東北有攝城然西南不同者其地既非正方故各舉一隅言之也濟曰聊攝二縣名皆齊境也海物錯萬類陸產尚千名善曰尚書曰海岱惟青州禹貢海物惟錯河圖曰地有九州以包萬類禮記曰恒豆之葅陸產之物也加豆陸產也其醢水物也南都賦曰百品千名銑曰錯雜也萬類千名言所出非一種孟諸吞楚夢百二侔秦京善曰子虛賦曰齊浮渤澥游孟諸吞若雲夢者八九於其胷中曾不蔕芥漢書田肯賀上曰陛下得韓信又治秦中秦持戟百萬秦得百二焉齊持戟百萬齊得十二焉此所謂東西秦也李斐云持戟百萬秦得百二焉又曰設有持戟百萬之衆齊得十中之二焉百萬十分之二亦二十萬也但文相避耳故言東西秦其勢敵也然李斐之意以百二謂百萬中之二也字林曰侔齊等也良曰孟諸齊之澤名惟師恢東表桓后定周傾善曰毛詩曰惟師尚父時惟鷹揚左氏傳曰季札請觀於周樂爲謌齊曰表東海者其太公乎又曰公及齊侯會于首止謀寧周也公曾僖公也齊侯桓公也鹽鐵論曰定傾扶危濟曰恢大也齊桓公九合諸侯一匡天下故云定周傾也后君也言君者尊之也天道有迭代人道無久盈善曰孫卿子曰日月遞照四時代御王符潛夫論曰廉頗翟公再盈再虛翰曰迭遞盈滿也鄙哉牛山歎未及至人情善曰論語荷蕢曰鄙哉硜硜乎

晏子春秋曰景公遊牛首山北臨其國流涕曰若何去此而死乎艾孔梁丘據皆泣晏子獨笑公收涕而問之晏子曰使賢者常守則太公桓公守之使勇者常守則莊公有之吾君安得有此而爲流涕是不仁也見不仁之君一謟諛之臣二所以獨笑也莊子曰不離於眞謂之至人也向同善注爽鳩苟已徂吾子安得停善曰左氏傳齊侯飲酒樂公曰古而無死其樂若何晏子對曰古而無死古之樂也君何得焉爽鳩氏始居此地季蒯因之而逢伯陵因之蒲姑氏因之而太公因之古若無死爽鳩氏之樂非君所願也蒯助革切良曰苟且徂往也吾子謂齊侯也安得停謂不可求長存行行將復去長存非所營善曰西京賦曰若歷世而長存羽獵賦序曰禁御所營銑曰行行漸去皃長存之事非由經營而得也

日出東南隅行五言

或曰羅敷豔歌善曰崔豹古今注曰陌上桑者出秦氏女也秦氏邯鄲人有女名羅敷嫁爲邑人千乘王仁爲妻王仁後爲趙王家令羅敷出採桑於陌上趙王登臺見而悅之因飲酒欲奪焉羅敷巧彈箏乃作陌上之歌以自明其言其後轉相擬述向同善注

扶桑升朝暉照此高臺端善曰山海經曰湯谷上有扶木扶木者扶桑也十日所浴新語曰高臺百仞臺端猶室端也翰曰扶桑日所出處暉日端上也高臺多妖麗濬房出清顏淑貌耀皎日惠心清且閑善曰呂氏春秋曰列精子高謂侍者曰我奚若侍者曰公妖且麗王逸楚辭注曰妖好也琴道雍門周曰廣廈邃房韓詩曰東方之日兮彼姝者子在我室兮薛君曰顏色盛美如東方之日矣周易曰有孚惠心廣雅曰閑正也濟曰妖美濬深淑善也清顏清潔之顏惠好也閑謂舒綏美目揚玉澤蛾眉象翠翰平聲善曰毛詩曰美目盼兮楚辭曰蛾眉曼睩目騰光王逸曰曼澤也睩視貌也言美女之貌蛾眉玉皃曼好目曼澤睩音錄登徒子好色賦曰眉如翠羽鄭玄尚書大傳注曰翰毛也翰曰目若玉之光澤眉象翡翠之羽翰也鮮膚一何潤秀色

若可餐窈窕多容儀婉媚巧笑言 善曰張衡七辯曰淑性窈窕秀色美豔 毛詩曰窈窕淑女 又曰巧笑倩兮 良曰窈窕婉媚皆美皃

暮春春服成粲粲綺與紈 善曰論語曾點曰暮春者春服既成 毛詩曰粲粲衣服 向曰服衣也 粲粲鮮明皃 綺紈繒類

金雀垂藻翹瓊佩結瑤璠 善曰釋名曰爵釵 釵頭及上施爵也 楚辭曰砥室翠翹 王逸注曰翹羽名也 毛詩曰佩玉瓊琚 杜預左氏傳注曰璵璠美玉也 濟曰金雀釵名 藻翹謂有文章之羽 瑤璠寶名

方駕揚清塵濯足洛水瀾 善曰西京賦曰方駕授綏 鄭玄儀禮注曰方併也 司馬相如諫獵書曰犯屬車之清塵 揚雄太玄賦曰躍弱水而濯足 銑曰方並駕車也 瀾波也

藹藹風雲會佳人一何繁 善曰風雲言多也 過秦論曰天下雲會嚮應 良曰藹藹盛皃 佳人繁多若風雲之會

南崖充羅幕北渚盈軿蒲田軒 善曰蒼頡篇曰軿衣車也 銑曰崖岸也 軿軒皆車也

清川含藻景高崖五臣作岸被華丹 善曰藻景華景也 向曰藻草也 藻景曰光有文也 被覆也 華丹丹華也

馥馥芳袖揮泠泠纖指彈 善曰蘇武詩曰馥馥我蘭芳 又曰誰為遊子吟 泠泠一何悲 翰曰馥馥香氣也 揮舉也 泠泠謂箏聲

悲歌吐清響雅舞播幽蘭 善曰列子曰秦青撫節悲歌 韓詩曰舞則莫兮 薛君曰言其舞則應雅樂也 杜預左氏傳注曰播揚也 宋玉諷賦曰臣援琴而鼓之為幽蘭白雪之曲 良曰播揚 雅美也 幽蘭曲名

丹脣含九秋妍迹陵七盤 善曰洛神賦曰丹脣外朗 廣雅曰陵乘也 南都賦曰結九秋之增傷 怨西荆之折盤 張衡舞賦曰歷七盤而屣躡 銑曰九秋曲名 七盤楚舞 妍美 陵過也

赴曲迅驚鴻蹈節如集鸞 善曰卞蘭七牧曰飄放袂而赴節 若遊鴻之翔天 邊讓章華臺賦曰忽飄然以輕逝 似鸞飛於天漢 淮南子曰龍興鸞集 向曰迅急也 驚鴻集鸞舞之狀

綺態隨顔變沉姿無乏五臣作定源 善曰乏或為定 向曰綺美之態隨逐舞容而有沉深之姿 縱橫而出 其源不定

俯仰紛阿那顧步咸可懽 善曰張衡七辯曰蟠螭之頸 阿那

宜顧 蒼頡篇曰顧視也 王逸楚辭注曰步徐行也 良曰阿那柔弱皃 咸皆也

遺芳結飛飆浮景映清湍 善曰爾雅曰扶搖謂之飆 說文曰湍水疾也 銑曰結束飆風也 舞影映於波瀾

冶容不足詠春遊良可歎 善曰周易曰慢藏誨盜 冶容誨淫 良曰言事雖不足歌詠 然芳春之遊良可歎美

長安有狹邪行 五言

向曰言世路險狹邪僻 正直之士無所措手足矣

伊洛有岐路岐路交朱輪 善曰爾雅曰二達謂之岐旁 郭璞曰岐道旁出也 揚惲書曰乘朱輪者十人 曹植妾薄相行曰輜軿飛轂交輪 翰曰貴者朱其車輪 交於岐路

輕蓋承華景騰步躡飛塵 善曰華景日也 漢書云日華曜也 濟曰華景日光也 躡飛塵言輕疾也

鳴玉豈樸儒憑軾皆俊民 善曰國語曰趙簡子鳴玉以相 禮記曰君子行則鳴佩玉 漢書儒林傳武帝曰吾始以尚書為樸學 左氏傳楚子玉曰請與君馮軾而觀之 尚書曰俊民用章 濟曰珮玉之人皆非樸實儒士 乘軒憑軾者皆輕俊之子

列心厲勁秋麗服鮮芳春 善曰厲嚴貌也 西京賦曰麗服颺菁 銑曰烈猛厲嚴也 言朝廷輕薄之人其心猛暴嚴毅甚於勁秋 其服鮮麗有如芳春

余本倦游客豪彥多舊親 善曰漢書曰司馬長卿故倦游 向曰自謂亦與朝廷之士有舊親也

傾蓋承芳訊欲鳴當及晨 善曰家語曰孔子之郯 遭程子於塗 傾蓋而語 雞及晨而鳴 以喻人及時而仕也 春秋考異記曰雞應旦明 明與鳴同 古字通也 良曰傾蓋新相逢者 芳訊美言也 而有新知之人見我如此 以美言勸我須早進仕 猶雞之鳴及於朝也

守一不足矜岐路良可遵 善曰漢書嚴安上書曰守一而不變者 未睹治之至也 淮南子曰楊子見逵路而哭之 為其可以南可以北也 老子曰聖人抱一為天下式 河上公曰抱守也 守一乃知萬事 故為天下法式 翰曰守貞一之道 自取苦辛 何足矜也 當遵世之路 委曲從人 然後可也

規行無曠迹矩步豈逮人 善曰楊雄覈靈賦曰二子規遊矩步 蘇子曰行務應規 步慮投矩 廣雅曰曠遠也 銑曰若行步中

乎規矩不可致曠遠之迹而逮及前人者矩行以正直之道將求仕進亦如此矣皆新知者之詞 **投足緒已爾四時不必循** 善曰言規行矩步既無所及故投足前緒且當止矣循如四時異節不必相循解嘲曰欲行者擬足而投迹爾雅曰緒事也孫卿子曰日月遞炤日時代御 向曰言我試投足於邪路其事果然寒暑具在於斯不待更循四時而後致耳 **將遂殊塗軌要子同歸津** 善曰周易曰天下同歸而殊塗 翰曰津者會合之所荅祈知者詞也言我自試不能履於邪徑理終殊塗而同亦竟與子歸乎會合之地

前緩聲歌 五言 向曰將前慕仙游與命長緩故流聲於歌曲中也

游仙聚靈族高會曾城阿 善曰淮南子曰掘崑崙墟以下地中有層城九重其高萬一千里一十四步二尺六寸 翰曰曾城九重王母所居處在崐崙山上也仙靈聚族高會於曾城之曲阿曲也 **長風萬里舉慶雲鬱嵯峨** 善曰史記曰若煙非煙若雲非雲郁郁紛紛蕭索輪囷是謂慶雲 良曰慶雲瑞雲也嵯峨雲盛皃 **宓妃興洛浦王韓起太華** 善曰楚辭曰迎宓妃於伊洛魏文帝詩曰王韓獨何人翱翔隨天途神仙傳曰衛叔卿歸華山漢武帝令叔卿子度求之見其父與數人博度曰與博者爲誰叔卿曰是洪崖先生王子晉薛容也又曰劉根初學道到華陰見一人乘白鹿從十餘玉女根頓首乞一言神人乃任曰爾聞有韓衆不荅曰實聞有之神曰即我是也尚書曰至于太華 銑曰宓妃洛水之神王子晉與衛叔卿於華山博劉根遊華山見神人謂根曰汝聞韓終乎根曰聞曰我是也興起也太華即華山也 **北徵瑤臺女南要湘川娥** 善曰爾雅曰徵召也楚辭曰望瑤臺之偃蹇兮見有娀之佚女西京賦曰懷湘娥王逸楚辭注曰堯二女娥皇女英墮湘水之中爲湘夫人也 良注同 **肅肅霄** 善本作宵 **駕動翩翩翠蓋羅** 善曰毛詩曰肅肅宵征曹植飛龍篇曰芝蓋翩翩甘泉賦曰咸翠蓋而鸞旗 翰曰肅肅車行皃霄駕謂薄天而行翩翩輕皃似以翡翠羽爲蓋而羅列 **羽旗棲** 五臣作栖 **瓊鸞金玉衡吐鳴和** 善曰琴道雍門周曰水嬉則建羽旗瓊鸞以瓊爲鸞以施於旗

上鸞鳥故曰棲也楚辭曰鳴玉鸞之啾啾又曰枉玉衡於炎火王逸曰衡車衡也鄭玄周禮注曰鑾和皆以金爲鈴也應劭漢書注曰鑾在軾和在衡 濟曰栖倚瓊玉衡軛也皆在於車上 **太容揮高絃洪崖發清歌** 善曰思玄賦曰太容吟曰念哉注曰太容黃帝樂師廣雅曰揮動也西京賦曰洪崖立而指麾薛綜曰三皇時伎人也 向曰揮發也高絃謂高張琴瑟絃也洪崖三皇時樂人後皆登仙故得作樂于曾城 **獻酬既已周輕舉乘紫霞** 善曰毛詩曰獻酬交錯漢書谷永曰遥輿輕舉登霞倒景 良曰衆仙會畢乘霞而去 **揔轡扶桑枝** 五臣作底 **濯足湯谷波** 五臣作暘 善曰楚辭曰飲余馬乎咸池揔余轡乎扶桑又曰朝濯髮於湯谷 濟曰揔整也扶桑暘谷皆日出處言須臾至此而整轡濯足 **清耀溢天門垂慶惠皇家** 善曰淮南子曰馮夷大禹之御也乘雲車排閶闔淪天門高誘曰天門上帝所居紫宮門也蔡雍述征賦曰皇家赫而天居萬方徂而星集 翰曰羣仙飛舉溢滿天門垂降慶福惠賜我皇家

長歌行 五言 向曰前有是篇其意相類

逝矣經天日悲哉帶地川 善曰上黨太守田邑與馮衍書云日月之經天河海之帶地 良曰逝往也曰行經于天川流帶于地 **寸陰無停晷尺波豈徒旋** 善曰言日無停景川不旋波以喻年命流行曾無止息也淮南子曰聖人不貴尺之璧而重寸之陰時難得而易失也說文曰晷景也 銑曰日景不留川流不反謂寸尺者以少言之 **年往迅勁矢時來亮急弦** 善曰楚辭曰年洋洋而日往釋名曰矢指也其有所指迅疾也漢書蒯通曰時乎時不再來侯瑾箏賦曰急絃促柱變調改曲 向曰年往時來其迅疾信如急弦之發勁矢也弦弓弦也矢箭也 **遠期鮮克及盈數固希全** 善曰管子曰任之重者莫如身期之遠者莫如年左氏傳卜偃曰萬盈數也然此之盈數謂百年也列子楊朱曰人得百年之壽千中無一疾病哀苦居其半矣毛詩曰君子萬年介爾景福鄭玄曰汝有萬年之壽矣又助汝大福也 翰曰遠期謂上壽百二十歲及此期者少能有之滿盈此數者固希全矣希少也希全

謂無一也**容華夙夜零體澤坐自捐**善曰無故自捐曰坐也　濟曰夙早零落也體澤身之光潤捐弃也**茲物苟難停吾壽安得延**善曰爾雅曰延長也　良曰茲物謂容華體澤也苟且也**俛仰逝將過倏忽幾何間**善曰莊子曰俛仰之間詩曰逝將去女毛萇曰逝往也楚辭曰往來倏忽　銑曰言歲月俯仰則往將過人命倏忽能幾何時也**慷慨亦焉訴天道良自然**向曰慷慨歎思也焉亦何也**但恨功名薄竹帛無所宣**善曰四子講德論曰節趨不立則功名不宣墨子曰以其所行書於竹帛傳遺後子孫　翰曰竹帛謂史籍也古人書於竹簡及素帛宣述也**迨大及歲未暮長歌承我閑**善曰毛萇詩傳曰迨及也韓詩曰歲聿其暮薛君曰暮晚也言君之年歲已晚也楚辭曰願承閑而自察　濟曰迨屬也歲未暮喻將老也言屬及我未老以承閑暇之日長歌定分以自慰也

吳趨行五言　善曰崔豹古今注曰吳趨曲吳人以謳其地也　良曰趨步也此曲吳人歌其土風也

楚妃且勿歎齊娥且莫謳善曰楚妃樊姬齊娥齊后也歌錄曰石崇楚妃歎曰歌辭楚妃歎莫知其所由楚之賢妃能立德著勳垂名於後唯樊姬焉故令歎詠之聲永世不絕孟子淳于髡曰昔綿駒處高唐而齊右善謳方言曰秦晉之間美貌謂之娥說文曰謳齊歌也　良曰楚妃楚姬也歎歎其德齊娥齊后也善為謳歌人皆操以為曲**四坐並清聽聽我歌吳趨吳趨自有始請從昌門起**五臣作閶　善曰吳越春秋曰大城立昌門者象天通閶闔風亦名破楚門也　向曰吳王闔閭立閶門象天閶闔門**昌門何峨峨飛閣跨通波**善曰吳地記曰昌門者吳王闔閭所作也名為閶闔門高樓閣道西都賦曰脩除飛閣又曰與海通波　翰曰峨峨高皃飛閣高閣也跨猶帶也帶通波謂連江海也**重欒承游極回軒啓曲阿**善曰西京賦曰跱游極於浮柱結重欒以相承軒長牕也言長牕開於屋之曲阿也周書曰明堂咸有四阿鄭玄周禮注曰四阿若今四注也　銑曰欒拱游浮極棟也回軒長窻阿角也言開窻於曲屋之角**藹藹慶雲被泠泠祥**五臣作鮮**風過**善曰史記曰若煙非煙若雲非雲郁郁紛紛蕭索輪囷是謂慶雲風賦曰清清泠泠　翰曰藹藹雲皃慶雲瑞雲也泠泠風聲也鮮風清風被覆也過度也**山澤多藏育土風清且嘉**善曰左氏傳曰晉侯曰鍾儀樂操土風不忘本也　良曰藏育謂包容生長也嘉善也**泰伯導仁風仲雍揚其波**善曰史記曰吳太伯弟仲雍皆周太王之子而王季歷之兄也季歷賢有聖子昌太王欲立季歷以及昌於是太伯仲雍二人乃奔荊蠻以避季歷季歷果立是為王季而昌為文王太伯之奔荊蠻自號句吳太伯卒無子弟仲雍立典引曰仁風翔於海表楚辭曰汨其泥而揚其波　向曰太伯仲雍二人逃於荊蠻以避之季歷果立故謂導仁風也荊蠻義而歸之立為吳太伯早卒仲雍有後遂啓於吳故云揚其波**穆穆延陵子灼灼光諸華**善曰毛萇詩傳曰穆穆美也左氏傳曰吳公子札來聘其出聘也通嗣君也廣雅曰灼灼明也左氏傳曰吳周之胄裔也今而始大比于諸華　翰曰延陵子吳公子季札也季札聘諸華夏觀樂以知盛衰灼灼然有輝光於華夏

王迹隤五臣作頹**陽九帝功興四遐**善曰孟子曰王者之跡熄而詩亡漢書陽九戹曰初入百六陽九音義曰易傳所謂陽九之戹百六之會若也東都賦曰軒轅氏之所以開帝功　濟曰謂後來王道頹壞由於陽九之戹也九者陽數之極重陽無陰萬物不交理之困極而天下亂矣帝功興於四方謂三國時魏蜀與吳並立也**大皇自富春矯手頓世羅**善曰吳志曰孫權字仲謀吳富春人也薨謚曰大皇帝說文曰矯舉手也頓整也世羅猶皇綱也言大皇生自富春矯手而整天綱也　向曰頓下也謂舉手下羅天下英賢而用**邦彥應運興粲若春林葩**善曰毛詩曰彼已之子邦之彥兮春秋命歷序曰五德之運徵符合應錄次相代也　濟曰國之美士應時運而至粲然如春林之發榮**屬城咸有士吳邑最為多八族未足侈四姓實名家**善曰蔡邕陳留太守行縣頌曰府君勸耕桑于屬城也張勃吳錄曰八族陳桓呂竇公孫司馬徐傅也四姓朱張顧陸也漢書劉敬曰徙齊諸田豪桀名家　良曰十縣為屬城咸皆也

言此八族猶未足後大四姓實有聲名之家言此者譏吳人以重吳也

文德熙淳懿武功侔山河善曰曹植令曰相者文德昭將者武功烈爾雅曰熙興也謂盛多也謝丞後漢書曰朱晧德行純懿才學優裕漢書曰漢興封爵之誓曰使黃河如帶泰山若礪國以永存爰及苗裔　翰曰熙廣淳厚懿美侔等也侔此山河者謂長久也

禮讓何濟濟流化自滂沱善曰毛萇詩傳曰濟濟多威儀也論語曰泰伯三以天下讓毛詩曰月離于畢俾滂沱矣　濟曰濟濟衆盛皃滂沱充溢皃

淑美難窮紀商摧角爲此歌善曰公羊傳宋萬曰魯侯之淑魯侯之美何休曰淑美也美好也賈逵國語注曰紀猶録也廣雅曰商度也許愼淮南子注曰商摧粗略也言商度其粗略也　良曰淑善也

塘上行五言　善曰歌録曰塘上行古辭或云甄皇后造或云魏文帝或云武帝歌曰蒲生我池中葉何一離離　銑曰言婦人衰老失寵行於塘上爲歌也塘堤也

江蘺生幽渚微芳不足宣善曰張揖漢書注曰江蘺香草也郭璞曰似水薺也　濟曰宣布也婦人自喻本在父母家居幽閑之室謙以德微不足以奉君子

被蒙風雲會移居華池邊善曰周易曰潤之以風雨楚辭曰蠡黽遊乎華池　翰曰喻自家適人

發藻玉臺下垂影滄浪平泉善曰西京賦曰西有玉臺連以昆德孟子曰滄浪之水清滄浪水色也　良曰藻花也玉臺以玉飾臺滄浪取其清以喻婦人清貞

沾五臣作霑潤既已渥結根奥且堅善曰毛詩曰既沾既足毛萇曰渥厚也古詩曰冉冉孤生竹結根太山阿奥猶深也　向曰自謂沐君子之德有如此也

四節逝不處華繁五臣作繁華難久鮮淑氣與時殞五臣作隕餘芳隨風捐銑曰淑美殞落捐去也言容顏亦隨歲時而毀

天道有遷易人理無常全善曰司馬遷悲士不遇賦曰天道悠昧人理促兮

男懽智傾愚女愛衰避妍善曰莊子曰喜怒相疑愚智相欺仲長子昌言曰彊者勝弱智者欺愚也　向曰妍美也

不惜微軀退但懼蒼蠅前善曰毛詩曰營營青蠅止于丘樊鄭玄曰蠅之爲蟲汙白使黑汙黑使白喻佞人變亂善惡也　翰曰蒼蠅能變易白黑喻讒人也言不惜已身退棄但懼讒人毀我於君前

願君廣末光照妾薄暮年善曰封禪書曰使獲日月之末光暮年喻老也　翰曰薄暮喻老也欲君子存始終之情也

悲哉行五言　善曰歌録曰悲哉行魏明帝造　良曰客游感物憂思而作焉

游客芳春林春芳傷客心和風飛清響鮮雲垂薄陰蕙草饒淑氣時鳥多好音善曰毛詩曰睍睆黃鳥載好其音　銑曰鮮雲輕雲蕙草香草也淑美也時鳴春鳴之鳥

翩翩鳴鳩羽喈喈倉庚音五臣作吟　善曰禮記曰季春之月鳴鳩拂其羽毛詩曰倉庚喈喈　向曰翩翩飛貌倉庚鳥名喈喈鳥聲長引聲曰吟

幽蘭盈通谷長秀被高岑善曰幽蘭生乎通谷而長秀被乎高岑言有託也楚辭曰結幽蘭而延佇漢書伍被曰通谷數行漢武秋風辭曰蘭有秀兮菊有芳　翰曰蘭生於幽故云幽蘭盈滿也通谷深谷也長秀謂草木長茂者被覆也岑山也

女蘿亦有託蔓葛亦有尋善曰言女蘿葛各有尋託而已獨無所以增思也毛詩曰蔦與女蘿施于松柏毛萇曰女蘿松蘿也詩曰南有樛木葛藟纍之鄭玄曰葛藟纍而蔓之尋猶緣也　濟曰女蘿託松樹而長蔓葛尋山嶺而生言萬物皆有依附而客游獨無也

傷哉遊客五臣作客游士憂思一何深目感隨氣草耳悲詠時禽善曰言己客遊不如蘿葛故憂思逾深也　良曰草色隨氣序而生故目望而懷感也禽聲亦應時月而變故耳聞其悲詠

寤寐多遠念緬然若飛沈善曰韋昭國語注曰緬猶邈也飛沈言殊隔也　銑曰其心邈然若魚鳥之飛沈是傷心也

願託歸風響寄言遺所欽善曰李陵荅蘇武書曰時因北風復惠德音嵇康贈秀才詩曰思我所欽　向曰遺與也所欽敬者謂知友也

短歌行四言　翰曰前有此詞意旨相類

置酒高堂悲歌臨觴人壽幾何逝如朝霜善曰列子曰秦青撫節悲歌王逸楚辭曰悲歌言秋思也左氏傳曰俟河之清人壽幾何曹植送應氏詩曰人壽若朝霜　向曰觴酒器也　良曰言人壽促也逝往也朝霜見日而消時無重至華不再陽五臣作揚善曰論語摘輔像讖曰時不再及宋均曰及亦至也　濟曰言一歲之內時之一過無有重來者花一落無有再發者以喻一生之中年一衰者無復少年矣蘋以春暉蘭以秋芳善曰禮記曰季春蓱始生鄭玄曰蓱萍也其大者曰蘋楚辭曰秋蘭兮青青　向曰蘋生於春蘭茂於秋榮華有時反覆相代來日苦短去日苦長善曰曹植苦短篇曰苦樂有餘魏武帝短歌行曰去日苦多　翰曰將來之日苦少已去之日苦多謂衰老也今我不樂蟋蟀在房善曰毛詩曰蟋蟀在堂歲聿其暮今我不樂日月其除　良曰房即堂感此時故不樂也言思深也樂以會興悲以別章向曰歡會則起其樂別離則明其悲豈曰無感憂為五臣作與子忘銑曰言我豈不感年命之促邪但得與子歡會遂忘其憂也子謂知友我酒既旨我肴既臧善曰毛詩曰爾酒既旨爾肴既嘉　向曰旨美肴肉臧善也短歌有五臣作可詠長夜無荒善曰史記曰紂為長夜之飲毛詩曰好樂無荒　翰曰相與詠短歌飲長夜也荒廢也言雖歌詠樂飲無得廢於政事

樂府詩

會吟行

五言　銑曰會謂會稽也吟謳詠也意與吳趨行同類

謝靈運

六引緩清唱三調佇繁音善曰沈約宋書曰控侯宮引第一商引第二徵引第三羽引第四古有六引其宮引本第二角引本第四也並無歌有絃笛存聲不足故闕二曲又曰第一平調第二清調第三瑟調第四楚調第五側調然今三調蓋清平側也爾雅曰佇立也郭璞曰稽久也　良曰六引古歌曲名凡曲有三調惟所奏之緩佇謂稍息列筵皆靜寂咸共聆會吟善曰廣雅曰聆聽也濟曰列筵謂四坐也咸皆也會吟自有初請從文命敷善曰尚書曰若稽古大禹曰文命敷于四海史記曰夏禹名曰文命孔安國尚書傳曰敷陳也　向曰敷布也書曰文命敷于四海祗承于帝禹會諸侯於塗山故首稱也敷績壺冀始刊木至江汜善曰尚書曰禹敷土隨山刊木孔安國曰敷布也又曰冀州既載壺口治梁及岐又曰岷山導江毛詩曰江有汜　翰曰禹理水之功壺口冀州為始刊木謂斬木通道至於江之汜也水復流曰汜此言禹跡在於吳也列宿炳天文負海橫地理善曰漢書地理志曰吳地斗分野論衡曰天晏列宿炳奐晁錯新書曰齊地僻遠負海地大人眾宋衷易緯注曰天文者謂三光地理謂五土也　向曰星紀吳之分野故云列宿炳天文炳明負背也言後背海水橫鎮於地理連峯競千仞背流各百里善曰上林賦曰蕩乎八川分流相背而異態　良曰山峯連接爭為千仞之高水流背向動有百里之曲滮皮尤池溉粳稻輕雲曖松杞善曰毛詩曰滮池北流浸彼稻田毛萇曰滮流皃也王逸楚辭注曰曖闇昧皃也　銑曰滮池壑水灌田池也曖猶曨也杞亦木名兩京愧佳麗三都豈能似善曰兩京東西二京也曹子建贈丁儀詩曰佳麗殊百城三都蜀吳魏也　向曰兩京三都言皆不及會稽之美豔層臺指中天高墉積崇雉善曰楚辭曰層臺累榭臨高山列子曰周穆王築臺號曰中天之臺周易曰公用射隼于高墉之上爾雅曰崇重也王肅家語注曰高一丈曰堵三堵曰雉也　翰曰層高也中天半天也墉牆也三丈曰雉積雉言高也飛燕五臣作鷰躍廣途鷁首戲清沚善曰西京雜記曰文帝自代還有良馬九匹一名飛燕騮淮南子曰龍舟鷁首毛萇詩傳曰沚渚也　銑曰飛鷰良馬名鷁首舟名肆呈窈窕容五臣作玄路曜便娟子善曰周禮曰立市為其肆鄭玄曰陳物處也毛詩曰窈窕淑女枚乘兔園賦曰若採桑之女連袖方路磨陁長髩便娟數顧阮籍詠懷詩曰路端便娟子常恐日月傾王逸楚辭注曰便娟好貌也　向曰肆市也窈窕美好貌自來彌年五臣作世代賢達不可紀善曰爾雅曰彌終也　濟曰自從彌多紀記也言不能具記將略述之句踐善廢

興越叟識行止善曰史記曰吳伐越越王栖於會稽後句踐平吳周元王賜句踐胙命越史蓋
越公也越絕書曰子胥戰於就李闔閭傷馬軍敗而還欲復
其歸師事越公錄其術周易曰時止則止時行則行動靜不
失其時其道光明良曰吳伐越後句踐平吳故云善發與
當越棲會稽之時句踐欲往朝吳有一老人勸不許往故云
識行止叟
老人也
范蠡出江湖梅福入城市善曰史記曰范蠡既雪會
稽之恥乃喟然而歎曰計然之策七越用其五而得意既已
施於國吾欲用之於家乃乘扁舟浮於江湖變名易姓適齊
爲鴟夷子漢書曰梅福字子眞九江人也少學長安至元始
中王莽顓政福一朝弃妻子去九江至今傳以爲仙其後人
見福於會稽者變姓名爲吳市門卒　翰曰范蠡既佐句踐
平吳乃乘扁舟浮江湖故云出江湖漢梅福變姓名爲吳市
門卒故云
入城市
東方就旅逸梁鴻去桑梓善曰列仙傳曰東方朔者楚人
也久在吳中爲書師武帝時上書拜爲郎至宣帝初弃郎去
以避亂政置冠幘官舍風飄之去後見會稽賣藥旅逸謂爲
客而放逸也杜預左氏傳注曰旅客也范曄後漢書曰梁鴻
字伯鸞扶風人也東出關遂至吳依大家皐伯通居廡下爲

文選二八　廿一

人賃舂伯通異之乃舍之家鴻著書十餘篇毛詩曰維桑
與梓必恭敬止　向曰旅獨也言獨爲隱逸餘同善注　牽
綴書土風辭殫意未已善曰左氏傳晉侯曰鍾儀樂操土風不忘本也　向曰殫窮已
止也

樂府詩八首

東武吟

五言　善曰左思齊都賦注曰東武太山皆齊之土風絃歌謳吟之曲名也　銑曰
人有少壯征伐年老被弃游於東武者不敢論功但戀君耳故託遠以言之東武太山下
小山名

鮑明遠

主人且勿諠賤子歌一言善曰漢書曰主邑請召賓邑自稱賤子　向曰賤子人之
謙稱
僕本寒鄉士出身蒙漢恩始隨張校尉占

五臣作召
募到河源善曰漢書曰張騫漢中人也騫以校尉從大將軍擊匈奴知水草處軍得以不
乏占謂自隱度而應募爲占募也吳志曰中郎將周祗乞於鄱陽占募班固漢書曰自張騫使大夏之後窮河源也　翰
曰召募謂投募也　銑曰寒鄉北土也
後逐李輕車追虜窮塞垣善曰漢書
曰李廣從弟蔡爲郎事武帝元朔中爲輕車將軍擊右賢王有功卒封樂安侯范曄後漢書曰耿夔追虜出塞而還蔡邕
上疏曰秦築長安城廣起塞垣所以別內外異殊俗　銑曰李廣爲輕車將軍從大將軍擊右賢王塞垣長城也
密
塗五臣作途
亘萬里寧歲猶七奔善曰孔安國尚書傳曰密近也方言曰亘竟也
國語曰姜氏告於公子曰自子之行晉無寧歲左氏傳曰巫臣請使於吳晉侯許之乃通吳於晉吳始伐楚子重奔命吳
入州來子重子反於是乎一歲七奔命　良曰亘長也寧歲無寇賊也言其行近途猶長萬里無寇亦歲七度奔命也
肌力盡鞌甲心思歷涼溫善曰孟子曰既竭心思焉尚書曰以殷仲春鄭玄曰
春秋言溫涼也　向曰言苦辛多年歲也
將軍既下世部曲亦罕存善曰列女傳曰

文選二八　廿二

柳下惠妻曰愷悌君子永能厲兮吁嗟惜哉乃下世兮司馬彪續漢書曰大將軍營五部校尉一人部有曲曲有軍候一
人　翰曰下世謂死也言將軍既死其下部曲與俱焉希有存也
時事一朝異孤績誰
復論善曰莊子客難曰時異事異　濟曰孤績獨有功也時事既異誰復爲論
少壯辭家
去窮老還入門善曰古長歌行曰少壯不努力漢書婁護曰呂公窮老託身於我
腰五臣作腰
鎌廉
刈葵藿倚杖收五臣作牧
雞㹠善曰說文曰鎌鍥也鍥古
頡切
昔如韝古侯
上鷹今似檻中猿善曰東觀漢記桓虞謂胡勤曰善吏如良
鷹矢下韝即中淮南子曰置猨檻中則與純同非不巧捷也無所肆其能也　良曰言少時如鷹在韝上擬攻禽獸既老
如猿在檻中無所施巧韝以皮蔽手而臂鷹也
徒結五臣作積
千載恨空負百年
怨善曰言怨在已若何負之　向曰念見弃之深
弃席思君幄疲馬戀君軒
願垂晉主惠不愧田子魂善曰言已窮老而還同夫弃席疲馬願垂晉主之惠

而不見遺則兼愛之道斯同故亦無愧於田子也晉主言惠田子言愧互文也然田子乂謝故謂之魂韓子曰文公至河令曰籩豆捐之席蓐捐之手足胼胝面目黧黑者後之咎犯聞之而夜哭公曰寡人出亡二十年乃今得反國咎犯聞之不喜而哭意者不欲寡人反國邪咎犯對曰籩豆所以食也而君捐之席蓐所以臥也而君棄之手足胼胝面目黧黑有勞功者也而君後之今臣與在後中不勝其哀故哭之文公乃止韓詩外傳曰昔田子方出見老馬於道喟然有志焉以問於御曰此何馬也御曰故公家畜也罷而不用故出放之田子方曰少盡其力而老弃其身仁者不為也束帛而贖之窮士聞之所歸心矣韓詩曰縞衣綦巾聊樂我魂薛君曰魂神也　濟曰言願得同晉主不弃席蓐如田子方更收老馬雖復死沒不愧於蒐也悵帳也

出自薊計北門行五言　善曰漢書曰薊故燕國也　翰曰薊北門名敘征戰苦辛之意

羽檄起邊亭烽火入咸陽善曰漢書高祖曰吾以羽檄徵天下兵史記曰有寇至則舉烽火風俗通曰文帝時匈奴犯塞候騎至甘泉烽火通長安　濟曰羽檄徵兵書也至咸陽謂及京都

徵騎屯廣武分兵救朔方善曰臣瓚漢書注曰律說勒兵而住曰屯班固漢書贊曰聚天下兵軍於廣武又曰太原郡有廣武縣又酈食其曰楚人聞則分兵救之又有朔方郡武帝開　銑曰屯聚也廣武縣名朔方郡名皆在邊也

嚴秋筋竿勁虜陣精且彊善作強　善曰漢書曰匈奴秋馬肥大會蹛林周禮曰弓人為弓筋也者所以為深也竿箭幹也並公旱切　良曰嚴秋謂秋氣嚴厲筋謂弓竿謂箭也勁亦堅也虜謂匈奴也

天子按劒怒使者遙相望善曰說苑曰秦帝按劒而坐漢書曰遣使冠蓋相望於道

鴈行緣石徑魚貫度飛梁善曰漢書曰公孫戎奴以校尉擊匈奴至右賢王庭為鴈行上石山先登周易曰貫魚以宮人寵無不利王弼曰駢頭相次似貫魚也甘泉賦曰貫倒景而歷飛梁　向曰鴈行魚貫皆陣勢也石徑山石嶮峻處飛梁絕水為浮橋以度也

簫鼓流漢思旌甲被胡霜疾風衝塞起沙礫自飄揚善曰易通卦驗曰大風揚沙春秋命歷序曰大風飄石　翰曰胡匈奴也礫石也

馬毛五臣作步縮如蝟角弓不可張善曰西京雜記曰元封二年大雪深五尺野鳥獸皆死牛馬踡縮如蝟韋曜集曰秋風揚沙塵寒露霑衣裳角弓持急絃鳩鳥化為鷹　向曰言天寒也蝟蟲名毛如針刺

時危見臣節世亂識忠良善曰老子曰國家昏亂有忠臣焉　向曰猶歲寒然後知松栢之後凋也

投軀報明主身死為國殤善曰國殤為國戰亡也楚辭有國殤曰身既死兮神以靈魂魄毅兮為鬼雄　良曰殤非命也言以死報國矣嘗為非命

結客少年場行五言　善曰曹植結客篇曰結客少年場報怨洛北芒范曄後漢書曰祭遵嘗為部吏所侵結客報之也　翰曰言少年時結任俠之客為游樂之場終而無成故有斯作也

驄馬金絡頭錦帶佩吳鉤失意杯酒閒白刃起相讎善曰古日出東南行曰黃金絡馬頭觀者滿道傍禮記曰居士錦帶吳都賦曰吳鉤越棘也桓範世要論曰觴酌遲速使用失意淮南子曰今有美酒嘉肴以相賓饗爭盈爵之間乃反為鬭而相傷三族結怨　翰曰以錦為帶吳鉤鉤類頭少曲白刃刃劒之屬此皆言豪俠之士

追兵一旦至負劒遠行遊五臣作游　善曰追兵謂捕己也遠行以避之也范曄後漢書曰世祖會追兵至燕冊太子聽秦王姬人鼓琴琴聲曰鹿盧之劒可負而拔　濟曰追兵即邊郡徵兵也故感義而行

去鄉三十載復得還舊丘善曰廣雅曰丘居也　向曰舊丘謂舊里也

升高臨四關表裏望皇州善曰陸機洛陽記曰洛陽有四關東為成皐南伊闕北孟津西函谷表裏猶內外也左氏傳子犯曰表裏山河　良曰凡帝鄉四面皆有關也

九塗平若水雙闕似雲浮善曰周禮曰匠人營國傍三門國中九經九緯鄭玄曰經緯塗也莊子曰平者水停之盛也其可以為法也古詩曰雙闕百餘尺史記曰三神山黃金白銀為宮闕望之如雲崔駰達旨曰冠蓋雲浮　銑曰大逵可並九軌故云九塗塗道也雲浮言高也

扶宮

羅將相夾道列王侯 善曰漢書曰宣帝登長平坂王侯迎者夾道陳也　翰曰扶亦夾也羅亦列也皆王侯將相之宅

日中市朝滿車馬若川流 流曰周易曰日中為市致天下之人聚天下之貨張協禊飲賦曰車馬膠葛川流波亂

擊鐘陳鼎食方駕自相求 善曰左氏傳曰宋左師每食擊鐘聞鐘聲公曰夫子將食家語曰子路南游於楚積粟萬鍾列鼎而食西京賦曰方駕授綏鄭氏儀禮注曰方併也古詩曰冠帶自相索　翰曰貴者鼎食食必擊鐘亦並車而相尋求也

今我獨何為埳苦感壈洛感懷百憂 善曰嵇康幽憤詩曰予獨何為楚辭曰貧士失職而志不平又曰惟鬱鬱之憂獨兮志坎壈而不違王逸曰坎壈不遇貌也毛詩曰我生之後逢此百憂　向曰百憂言多也

東門行 五言　善曰歌錄曰日出東門行古辭也　良曰東都門長安城門名別離之地故敘去留之情焉

文選二十八　廿五

傷禽惡弦驚倦客惡離聲 善曰戰國策魏加對春申君曰臣少之時好射願以射譬可乎春申君曰可異日更嬴與魏王處京臺之下更嬴謂魏王曰臣能虛發而下鳥魏王曰然則射可至此乎更嬴曰可有鴈從東方來更嬴以虛弓發而下之王曰射之精可至此乎更嬴曰此孽也王曰先生何以知之對曰其飛徐者其創痛也悲鳴者久失羣也故創未息而驚心未忘聞弦音引而高飛故創隕今臨武君常為秦孽不可為拒秦之將也　翰曰禽傷於弓惡於聞弦客倦於別惡聞離聲

離聲斷客情賓御皆涕零 銑曰賓謂送別之人御御車者

涕零心斷絕將去復還訣 善曰訣與決同

一息不相知何況異鄉別 善曰說文曰息喘也　向曰訣亦別也一息言少間也

遙遙征駕遠杳杳落日晚 善曰左氏傳童謠曰鸜鵒之巢遠哉遙遙楚辭曰日杳杳以西頹　翰曰遙遙行貌杳杳暮也

居人掩閨卧行子夜中飯野風吹秋木行子心腸斷食梅常苦酸衣葛常苦寒 善曰淮南子曰百梅足以為百人酸毛詩曰絺兮綌兮淒其以風毛萇曰淒寒風也　良曰梅不可療飢葛非寒服言羈客衣食不得其所

絲竹徒滿坐憂人不解顏 善曰禮記曰絲竹樂之器也列子曰列子師老商氏五年之後夫子始一解顏而笑也　向曰不解顏者無樂情也

長歌欲自慰彌起長恨端 善曰鄭玄禮記注曰彌益也

苦熱行 五言　善曰曹植苦熱行曰行遊到日南經歷交阯鄉苦熱但曝霜越夷水中藏　翰曰謂於南方瘴癘之地盡節征伐而國家賞之太薄

赤阪橫西阻火山赫南威 善曰漢書西域傳杜欽曰又歷大頭痛小頭痛山赤土身熱之阪令人身熱無色頭痛嘔吐東方朔神異經曰南荒外有火山焉長四十里廣四五里其中皆生木晝夜火燃雖暴風雨火不滅　銑曰阻阪也赫盛皃為南方之威色

身熱頭且痛鳥墮魂來歸 善曰東觀漢記馬援謂官屬曰吾在浪泊仰視烏鳶跕跕墮水中楚辭曰魂兮來歸南方不可以止雕題黑齒得人以祀其骨為醢　向曰飛鳶過熱陷墮水中

文選二十八　廿六

湯泉發雲潭焦煙起石圻 善曰王歆之始興記曰雲水源泉涌溜如沸湯有細赤魚出游莫有獲之者焦烟盡熱氣也南越志曰興寧縣有熱水山焉其下有焦石歊蒸之熱恒數四丈楚辭曰觸石碕而衡游埋著曰碕曲岸碕與圻同　翰曰雲潭石圻為湯泉焦煙者盡熱之甚也雲潭山泉也石圻石岸也

日月有恒昏雨露未常晞 善曰魏都賦曰窮岫泄雲日月恒翳曹植感時賦曰惟淫雨之永降曠三旬而未晞毛詩曰白露未晞毛萇曰晞乾也東觀漢記馬援曰吾在浪泊之時下潦上霧　濟曰歊暑之氣上蔽日月而瘴癘地有偏天冬夏常雨露不乾

丹蛇踰百尺玄蜂盈十圍 善曰外國圖曰楊山丹蛇居之去九疑五萬里楚辭曰赤蟻若象玄蜂若壺百尺十圍言其長大也　銑曰皆南方有之丹赤踰過玄黑盈長也十圍三丈也

含沙射流影吹蠱痛五臣作病行暉 善曰干寶搜神記曰有物處于江水其名曰蜮一曰短狐能含沙射人所中者頭痛發熱劇者至死毛詩義疏曰蜮短狐一名射影吹蠱即飛蠱也顧野王輿地志曰江南數郡有畜蠱者主人行

之以殺人行食飲中人不覺也其家絕滅者則飛遊妄走中之則斃行暉行旅之光暉也　良曰江中有物名曰水弩於中流含沙射人之影此言病行客使無光輝也**障**五臣作瘴**氣晝熏體菵**五臣作罔**露夜沾**五臣作霑**衣**善曰吳志華覈表曰蒼梧南海歲有癘風鄣氣宋永初山川記曰寧州鄣氣菵露四時不絕菵草名有毒其上露觸之肉即潰爛　向曰瘴氣毒熱氣也**饑猨莫下食晨禽不敢飛**善曰南越志曰晉石縣有銅澗泉源沸涌謂之毒水飛禽走獸經之者殞斃音弊列女傳陶荅子妻曰玄豹霧雨七日不下食曹植七哀詩曰南方有鄣氣晨鳥不得飛　翰曰畏毒氣也**毒涇尚多死渡瀘寧具肥**五臣作腓善曰言秦人毒涇尚或多死況今毒癘乎諸葛渡瀘寧有俱病也左氏傳曰諸侯之大夫從晉侯伐秦濟涇而次秦人毒涇上流師人多死諸葛亮表曰五月渡瀘深入不毛毛詩曰秋日淒淒百卉具腓毛萇曰腓病也瀘音盧腓音肥　濟曰涇瀘二水名具俱也寧止於病其皆至於死言此毒中人其於彼二處也**生軀蹈死地昌志登禍機**善曰列女傳曰楚子發之母謂子發曰使人入於死地而康樂於上雖有以得勝非其術也曹大家曰軍事險危故爲死地也莊子曰其發若機括其司是非之謂也司馬彪曰言生以是非臧否交接則禍敗之來若機括之發班固漢書述曰禍如發機　良曰言使生軀與昌盛之志蹈此死亡之地翻爲禍之機兆也登升也**戈船榮既薄伏波賞亦微**善曰漢書曰歸義侯嚴爲戈船將軍出零陵下離水沱嘩後漢書曰交阯女子徵側反拜馬援爲伏波將軍擊交阯斬徵側振軍旅還京師朝見位次九卿　銑曰漢侯嚴爲戈船將軍竟不得大官馬援擊交阯還師位纔列卿言皆輕此炎方盡忠効勤而榮薄賞微者是國家報之輕也**財**五臣作爵**輕君尚惜士重安可希**善曰韓詩外傳曰宋燕相齊還逐罷歸舍召門尉田饒等問曰大夫誰與我赴諸侯乎皆伏不對宋燕曰何士易得而難用也田饒對曰君紈素錦繡從風而斃士曾不得緣衣夫財者君所輕死者士所重君不能用所輕欲使士致重乎　向曰小臣計倪對越王句踐曰爵祿君之輕也性命士之重也此言君所輕者尚惜不與士所重者安可望乎希望也

白頭吟

五言　善曰西京雜記曰司馬相如將聘茂陵一女爲妾文君作白頭吟以自絕相如乃止　沈約宋書古辭白頭吟曰淒淒重淒淒嫁娶不須啼願得一心人白頭不相離　濟曰疾人相知以新間舊不能至於白首故以爲名

直如朱絲繩清如玉壺冰善曰朱絲朱紘也禮記曰清廟之瑟朱絃而疏越桓子新論曰神農始削桐爲琴繩絲爲絃秦子曰玉壺必求其以盛下將以求其以斷　翰曰朱絲繩瑟之朱絲也玉壺冰取其絜淨也**何慙宿昔意猜恨坐相仍**善曰馮衍荅任武達書曰敢不露陳宿昔之意東觀漢記段穎曰張奐事勢相反遂懷猜恨方言曰猜疑也爾雅曰仍因也猜千才切　向曰言我清直不慙昔時之意而君疑恨坐而相仍**人情賤恩舊世議逐衰興**善曰毛詩序曰朋友道絕鄭玄曰道絕者弃恩舊也　銑曰謂人世輕絕**毫髮一爲瑕丘山不可勝**善曰李尤戟銘曰山陵之禍起于毫芒仲長子昌言曰事求絲髮之豐孫盛曰劉琨王浚睚眦起於絲髮疊敗成於丘海文子曰禍福之至雖丘山無由職之矣　良曰言人之清移縱見瑕滓如毫髮之小則以爲如丘山之大不可勝載**食苗實碩鼠玷**五臣作點**白信蒼蠅**善曰毛詩曰碩鼠碩鼠無食我苗蒼蠅之爲蟲汙白使黑　翰曰詩云營營青蠅止于樊皆諭讒佞也鼠能害田苗蠅能變白黑言君心移易亦由讒佞也**鳧鵠遠成美薪芻前見陵**善曰韓詩外傳曰田饒事魯哀公而不見察謂哀公曰夫雞頭戴冠文也足有距武也見敵敢鬬勇也有食相呼仁也夜不失時信也雞有五德君猶日瀹而食之者以其所從來近也夫黃鵠一舉千里止君園池食君魚鼈啄君稻粱無此五者而貴之以其所從來遠也故臣將去君黃鵠舉矣公曰吾書子之言文子曰虛無因循常後而不先譬若積薪燎後者處上也蒼頡篇曰陵侵也史記曰汲黯謂武帝曰陛下用羣臣如積薪後來者居上　濟曰鳧亦鵠類故連言之汲黯曰後來者居上故謂前者見陵芻亦草也**申黜褒女進班去趙姬昇周王日淪惑漢帝益嗟稱**善曰毛詩序曰幽王取申女以爲后得褒姒而黜申后孔安國尚書傳曰淪役也班婕好帝初即位選入後宮始爲少使俄而大幸爲婕妤居增成舍後趙飛燕寵盛婕妤失寵希復進見成帝崩婕妤充園陵薨　銑曰周幽王

黜申后而愛褒姒日以淪溺迷惑漢成帝去班婕妤而寵趙飛燕益用嗟歎稱美此由忘故賞新竟招後議心
賞猶難恃貌恭豈易憑善曰呂氏春秋曰所恃者心也而心猶不足恃尚書曰貌
曰恭　良曰假如深心相賞猶難恃也美皃外恭豈足憑也古來共如此非君獨
撫膺善曰列子曰昔人有知不死之道者齊子欲學其道聞言者已死乃撫膺而歎　向曰膺胷也
放歌行五言　善曰歌錄曰孤子生行古辭曰放歌行　翰曰敘放臣之心也
蓼來烏蟲避葵堇習苦不言非五臣作排小人自齷齪
初角安知曠士懷善曰楚辭曰蓼蟲不徙乎葵藿王逸曰言蓼蟲處辛辣食苦惡不徙葵藿食甘
美者也漢書酈食其曰其將齷齪好苛禮也　濟曰小人不知曠士之心亦猶蓼蟲不知葵堇之美言京都貴人競相趨
逐以有德者不與己同陰共排弃耳蓼辛菜葵堇甘菜也蟲有好蓼者不能知他菜也齷齪短狹皃雞鳴洛
城裏禁門平旦開善曰史記曰雞三號平明東觀漢記杜詩曰伏湛出入禁門補缺拾遺

冠蓋縱橫至車騎四方來素帶曳長飈華纓結
遠埃善曰禮記曰大夫帶素爾雅或爲此猋颷與猋同古字通也七啓曰華組之纓　良曰素帶絹也颷風也
纓冠纓也結駁埃塵也日中安能止鐘鳴猶未歸善曰周易曰日中爲市致
天下之人聚天下之貨崔元始正論永寧詔曰鐘鳴漏盡洛陽城中不得有行者　銑曰鐘鳴謂暮也夷世
不可逢賢君信五臣作言愛才明慮自天斷不受外
嫌猜善曰郭象莊子注曰世有夷險左氏傳曰魏犨傷於胷公欲殺之而愛其才李尤上林苑銘曰顯宗備禮
明慮弘深左氏傳箴尹克黃曰君天也杜預左氏傳注曰猜疑也　向曰夷平天君也一言分珪
爵片善辭草萊善曰漢書張竦奏曰一言之勞皆蒙丘山之賞解嘲曰析人之珪擔人之爵莊
子曰農夫無草萊之事則不比　翰曰士有一言合理片善應時則必分珪與之使辭去草萊珪公侯所執者爵則五等
爵也豈伊白璧賜將起黃金臺善曰史記曰虞卿說趙孝成王一見賜黃

金百鎰白璧一雙王隱晉書曰段匹磾討石勒進屯故安縣故燕太子丹金臺上谷郡圖經曰黃金臺易水東南十八里
燕昭王置千金於臺上以延天下之士二說既異故俱引之　向曰言行合於賢主豈惟賜白璧而已亦將起黃金之臺以
待焉今君有何疾臨路獨遲迴銑曰君謂被放者疾患也遲迴不行皃若逢明
時君則無患當今宜去何不行之有也
升天行五言　銑曰言學仙也
家世宅關輔勝帶宦五臣作官王城善曰關輔中也漢書曰右扶風左馮翊京
兆尹是爲三輔東京賦曰然後以建王城　向曰宅居也關輔謂關中三輔也勝帶謂勝冠帶時也備聞十
帝事委曲兩都情善曰十帝兩都俱謂漢也論衡曰漢家三百歲十帝燿德　翰曰兩漢都
兩京各十餘帝其中情事盡已知之倦見物興衰驟覩俗屯平善曰周易曰屯
難也　濟曰驟頻也翩翻類迴掌怳惚似朝榮善曰迴掌言疾也孟子曰武丁

朝諸侯有天下猶運掌也潘岳朝菌賦曰奈何兮繁華朝榮兮夕斃　濟曰翩翻怳惚謂須臾閒也如迴掌之反覆朝榮
之開落也榮華也窮途悔短計晚志五臣作至重長生善曰春秋合誠圖曰
黃帝請問太一長生之道太一曰齋戒六丁道乃可成從師入遠岳結友事仙
靈善曰莊子曰從師不圍郭象曰任其自聚非圍之也楚辭曰與赤松結友兮比王喬而爲偶五圖
發金記九籥隱丹經善曰抱朴子曰余聞鄭君言道書之重莫尚於三皇文五岳真形圖
也又曰鄭君唯見授金丹之經又曰仙經九轉丹金液經皆在崑崙五城之內藏以玉函尚書曰啓籥見書鄭玄易緯注
曰齊魯之間名門戶及藏器之管曰籥以藏經而丹有九轉故曰九籥也　良曰采芝法有五故云五圖出太清金匱記
發開也仙經有九轉金液丹法籥可以盛書故云隱丹經風餐委松宿雲臥恣天
行善曰莊子曰藐姑射之山有神人居焉不食五穀吸風飲露乘雲氣御飛龍　銑曰風餐餐風雲臥臥雲也言委任
風雲所之或宿於松或行於天冠霞登綵閣解玉飲椒庭善曰郭璞遊仙

詩曰振髮戴翠霞解褐禮絳霄陸機雲賦曰似長城曲蜿紆
閣相扶㩊庭取其芬香也洛神賦曰踐椒塗之郁烈　向曰
冠霞冠謂從仙也解玉珮謂去仕也
綠閣椒庭皆仙居也飲飲玉醴也　暫游越萬里近
別數千齡善曰神仙傳若士謂盧敖曰吾一舉千萬里吾
猶未之能馬明先生別傳曰先生隨神士還代
見安期先生語神女曰昔與女郎遊于安
息憶此未久已二千年矣　翰曰齡年也　鳳臺無還駕
簫管有遺聲善曰列仙傳曰簫史者秦穆公時人也善
吹簫穆公有女號弄玉好之公遂以妻焉
遂教弄玉作鳳鳴居數十年吹似鳳聲鳳皇來止其屋為作
鳳臺夫婦止其上不下數年一旦皆隨鳳皇飛去故秦氏作
鳳女祠阮籍詠懷詩曰簫管有遺音梁王安在哉
翰曰有簫史者善吹簫奏作鳳女祠其上每有簫管之聲
何時與爾曹啄腐共吞腥善曰如淳漢書注曰曹輩
也孔安國尚書傳曰腥臭
也　良曰一從仙遊永與世隔不可復
與俗輩相會也啄腐吞腥謂酒肉之人
鼓吹曲五言　善曰集云奉隋王教作古入朝曲蔡
邕曰鼓吹歌軍樂也謂之短簫鐃歌黃帝岐

伯所
作也
謝玄暉銑曰眺奉隋王教作古人入朝
曲鼓吹短簫也所謂歌軍樂也
江南佳麗地金陵帝王州善曰爾雅曰江南曰揚州
吳錄曰張紘言於孫權曰
秣陵楚武王所置名為金陵秦始皇時望氣者云金陵有王
者氣故斷連崗改名秣陵也曹植贈王粲詩曰壯哉帝王居
佳麗殊百城
向曰金陵地名　逶迤帶淥五臣作綠水迢遞起朱樓善曰
王逸楚辭注曰逶迤長貌也吳都賦曰亘以綠水劉逵注曰
迢遞遠望縣絕也馮衍顯志賦曰伏朱樓而四望採三秀之
華英　翰曰
迢遞高皃　飛甍夾馳道垂楊蔭御溝善曰吳都賦
曰飛甍舛互
前漢書曰太子不敢絕馳道應劭曰天子道也洛陽記曰天
淵南有石溝御溝水也崔豹古今注曰長安御溝謂之楊溝
植楊於其上　向曰飛甍屋檐也馳道天子
出行之道御溝長安有之金陵擬而作也　凝笳翼高
蓋疊鼓送華輈獻納雲臺表功名良可收善曰
徐引

聲謂之凝小雅曰翼送也老子曰駟馬高蓋小擊鼓謂之疊
西京賦曰龍輈華轙兩京賦序曰朝夕論思日月獻納范曄
後漢書曰肅宗詔賈逵入講尚書南宮雲臺解嘲曰藺先生
收功於章臺　銑曰凝笳其聲凝咽也疊鼓其聲重疊也笳
簫也翼扶也華輈謂刻畫車之轅也　向曰羣臣有功則圖
畫其形於雲臺之上言獻納忠直於君父則功名可收錄也
挽歌善曰譙周法訓曰挽歌者高帝召田橫至尸鄉自
殺從者不敢哭而不勝哀故為此歌以寄哀音焉

挽歌詩五言

繆亡又熙伯善同翰注　翰曰魏志云繆襲字熙
伯東海人有才學多所敘述官至尚
書光祿勳故為悲歌以寄其情後廣之為薤
露蒿里歌以送喪也至李延年分為二等薤
露送王公貴人蒿里送士大夫庶
人使挽柩者歌之因呼為挽歌
生時游國都死沒棄中野善曰歸田賦曰游都邑以
永久周易曰古之葬者厚
衣之以薪
葬之中野　朝發高堂上暮宿黃泉下善曰論衡曰親之
生也生之高堂之
上其死也葬之黃泉之下服虔左氏傳注曰天玄地黃泉
在地中故言黃泉也　翰曰高堂生所居黃泉死所葬　白
日入虞淵懸車息駟馬善曰淮南子曰日出湯谷至
于悲泉爰息其馬是為懸車
至于虞淵是謂黃昏　良曰虞淵日入處言人
之死如日沒於虞淵矣懸車息馬不復乘之也　造化雖神
明安能復存我善曰淮南子曰丈夫恬然無為與造化
逍遙高誘曰造化天地生也尸子曰其
生也存　銑曰
我為云者稱也　形容稍歇滅齒髮行當墮自古皆
有然誰能離此者善曰穆天子傳七萃
之士曰自古有死生

挽歌詩三首五言

陸士衡

卜擇考休貞嘉命咸在茲善曰儀禮曰筮若不從筮
擇如初儀又曰卜若不從
卜擇如初儀鄭玄曰擇地而筮之也鄭玄毛詩箋云考稽也
鄭衆周禮注曰大貞大卦也廣雅曰命名也　翰曰卜擇葬

地考其貞吉嘉善之命去在此中夙駕警徒御結轡頓重基善曰毛詩曰星言夙駕又曰徒御不驚春秋運斗樞曰山者地基也向曰夙駕早駕也警戒也徒御御車者結連也謂馬轡相連而駕也頓上下也重基山也謂轜車上下於山阜之間龍帷荒被廣柳前驅矯輕旗善曰禮記曰飾棺君龍帷三池振容黼荒鄭玄曰荒蒙也在旁曰帷在上曰荒皆所以衣柳然龍荒畫龍於荒也被猶衣也史記曰周氏置季布於廣柳車中劉熙釋名曰輿棺之車其蓋曰柳晉灼漢書曰柳聚也衆飾之所聚也禮記曰以死者為不可別也故以其旗識之賀循葬禮曰旌今之旐也古以緇布為之絳繒題姓名而已不為畫飾旒與荒同古字通濟曰禮記云飾棺君龍帷翣容黼旒旒蒙也前驅轝旗以引路將啓殯也殯宮何嘈嘈哀響沸中闈善曰釋名曰於西壁下塗之曰殯儀禮曰遂適殯宮良曰嘈嘈衆哭聲闈殯宮之門中闈且勿讙五臣作諠聽我薤露詩善曰崔豹古今注曰薤露蒿里並喪歌出田橫門人橫自殺門人傷之為之悲歌言人命如薤上露易晞滅亦謂人死魂精歸乎蒿里故有二章其

一曰薤上朝露何易晞露晞明朝更復落人死一去何時歸其二章曰蒿里誰家地聚斂魂魄無賢愚鬼伯一何相催促人命不得少踟躕至李延年乃分二章為二曲薤露送王公貴人蒿里送士大夫庶人使挽柩者歌之世亦呼為挽歌也銑曰代歌者言薤露蒿里古挽歌詩死生各異倫祖載當有時善曰范曄後漢書曰唐姬詩曰死生各異兮從此乖周禮曰喪祝掌大喪祖飾棺乃載鄭玄曰祖為行始也其序載而后飾白虎通曰祖者始也載於庭轜車辭祖禰故名曰祖載也白虎通與鄭說不同故俱引之翰曰倫理也祖載謂移柩車為行之始舍爵兩楹位啓殯進靈轜音而善曰儀禮曰遷于祖用轜正柩於兩楹間奠設始初又曰請啓期鄭玄曰請啓殯之期也說文曰轜喪車也禮記孔子曰予疇昔之夜夢坐奠於兩楹之間鄭玄曰是夢坐奠於兩楹之間而見饋食言奠者以為凶也翰曰舍置也爵酒器也楹柱也位祭位儀禮云遷于祖用轜正柩于兩楹間奠設始初靈轜喪車也飲餞觴莫舉出宿歸無期善曰毛詩曰出宿于濟飲餞于禰濟曰飲餞出宿謂相送也言逝者莫能舉酒復無歸期帷衽五臣作衽曠遺

影棟宇與子辭善曰鄭玄禮記注曰衽臥席也孔安國尚書傳曰曠空也向曰言不復見舊居也衽席也曠猶無也周親咸奔湊友朋自遠來善曰尚書王曰雖有周親不若仁人孔安國曰周至也王逸楚辭注曰湊聚也論語子曰有朋自遠方來良曰皆奔湊至來此相送翼翼飛輕軒駸駸楚林策素騏善曰毛詩曰乘其四駱載驟駸駸又曰有驈有騏毛萇曰蒼白曰騏也向曰親友之車馬也翼翼車輕皃飛馳也駸駸馬奔皃策揷也騏良馬名按轡遵長薄送子長夜臺善曰漢書曰天子按轡徐行阮瑀七哀詩曰冥冥九泉室漫漫長夜臺翰曰薄德也草木叢生曰薄子謂亡者謂賓墓一閉無復見明故云長夜臺呼子子不聞泣子子不知歎息重櫬楚觀側念我疇昔時善曰杜預左氏傳曰櫬棺也左氏傳羊斟曰疇昔之羊子為政濟曰送者詞也言疇昔游從之時矣櫬棺也三秋猶足收萬世安可思濟曰詩云一日不見如三秋兮若此之念猶足可收萬世永絕安可思也殉沒

身易亡殺子非所能女夷善曰臣瓚漢書注曰亡身從物曰殉殉或為殯良曰欲以身殉子亡沒甚易獨救子不能致焉含言言哽咽揮涕涕五臣作淚淚流離善曰劉表與袁譚書曰聞之哽咽若存若亡長門賦曰涕流離而從橫向曰含言欲言也哽咽悲哀皃流離淚散見流離親友思惆悵神不泰善曰長門賦曰涕流離而從橫楚辭曰惆悵兮而私自憐翰曰惆悵痛恨也泰通也素驂佇轜軒玄駟騖飛蓋良曰驂駕也玄駟四馬也轜車喪車也佇立騖馳也皆葬之儀注也哀鳴興殯宮迴遅悲野外善曰儀禮曰遂適殯宮向曰輿起也迴遅迴轉遲留也魂輿寂無響但見冠與帶善曰周遷輿服志曰禮葬有魂車儀禮曰薦車直東榮鄭玄曰進車者象生時將行陳駕今時謂之魂車也銑曰魂輿魂車也中有平生冠帶也備物象平生長旌誰為旆善曰禮記

曰孔子爲明器者備物而不可用周禮曰大喪供銘旌　向曰明器皆象平生所服御者長旌銘旌也諱爲旐者言爲亡者之旆

悲風徽五臣作鼓行軌傾雲結流藹善曰爾雅曰徽止也或作鼓軌車也結猶積也文字集略曰靄雲雨狀也藹與靄古字同　翰曰悲風者聽風有以助悲故云悲風鼓擊也哀響震雲有以傾側故曰傾雲結聚流行藹蓋也

振策指靈丘駕言從此逝善曰秦嘉詩曰振策陟長衢曹植感節賦曰登吾鄉之丘顧戀祖宗之靈丘毛詩曰駕言出遊　濟曰振舉策鞭也靈丘墓也遊往也言從此一往無復還期也

重阜何崔嵬玄廬竄其間善曰曹植曹喈誄曰痛玄廬之虛廓　向曰重阜重岡阜也崔嵬高皃玄廬謂墓也竄藏也

旁薄立四極穹隆放蒼天善曰爾雅曰東至於泰遠西至於邠國南至於濮鈆北至於祝栗謂之四極太玄經曰天穹隆而周乎下地旁薄而向乎上故天裏地　銑曰旁薄地之形也穹蒼天之形於壙中儀象天地也四極四方也蒼天青天也

側聽陰溝涌臥觀天井懸善曰古之葬者於壙中爲天象及江河陰溝江河也天井天象也魯靈光殿賦曰玄醴騰涌於陰溝史記曰始皇治驪山以水銀爲江河上具天文天官星占曰東井一名天井　濟曰壙中又作陰溝天井故亡者側聽臥觀之涌謂波涌也懸者在於上如懸也

廣五臣作壙宵何寥廓大暮安可長善曰張奐遺令曰地底冥冥長無曉期　翰曰宵暮皆夜謂壙中也寥深廓空也安可長不可見明也

人往有反五臣作返歲我行無歸年善曰呂氏春秋曰管仲有病桓公往問之對曰今臣將有遠行胡可以問之高誘曰行謂即世也　向曰生人往者皆返其家死者一去無歸也

昔居四民宅今託萬鬼鄰善曰管子曰士農工商四民者國之正民也海水經曰東海中有山焉名度索上有大桃樹東北醜枝名曰鬼門萬鬼所聚　向同善注

昔爲七尺軀今成灰與塵善曰淮南子曰吾生也有七尺之形吾死也有一棺之土韓子曰死者始而灰已而土李尤九曲歌曰肥骨消滅隨塵去

金玉素所佩鴻毛今不振平　善曰漢書郊祀歌曰曳珂錫佩珠玉鄭玄喪服注曰素故也鴻毛喻輕也燕丹子曰死有輕於鴻毛　良曰素昔振舉也如金玉之珍昔者所佩服如鴻毛之輕今不能勝舉

豐肌饗螻蟻妍骸善作姿永夷泯平　善曰司馬相如美人賦曰弱骨豐肌莊子曰莊子將死弟子欲厚葬之莊子曰吾以天地爲棺弟子曰恐烏鳶之食夫子也莊子曰在上爲烏鳶食在下爲螻蟻食奪彼與此何其偏也廣雅曰夷滅也爾雅曰泯盡也　向曰豐肌妍骸平生之美好也今以此饗食螻蟻長爲夷滅也螻蟻土中蟲名

壽堂延螭魅虛無自相賓善曰楚辭曰蹇將澹兮壽宮與日月兮齊光王逸曰壽宮供神之處也左氏傳曰王孫蒲對楚子曰螭魅魍魎莫能逢之杜預曰螭山神獸形魅怪物也周禮曰五州爲鄉使之相賓鄭玄曰賓賓客其賢者也　翰曰壽堂祭祀處言祭祀之處獨螭魅與虎無相延爲賓主螭魅邪鬼也

螻蟻爾何怨螭魅我何親濟曰言螻蟻何怨而饗食於我螭魅何親而馮附於我

拊心痛荼毒永歎莫爲陳善曰列子曰師襄乃撫心高蹈毛詩曰民之貪亂寧爲荼毒又曰假寐永歎　向曰皆假亡者詞也荼毒苦也

挽歌詩五言

陶淵明

荒草何茫茫白楊亦蕭蕭善曰古詩曰四顧何茫茫東風搖百草又曰白楊何蕭蕭松柏夾廣路楚辭曰風颯颯兮木蕭蕭　銑曰茫茫廣大皃蕭蕭風吹聲

嚴霜九月中送我出遠郊善曰楚辭曰冬又申之以嚴霜爾雅曰邑外曰郊　良曰代亡者稱我也遠郊百里也

四面無人居高墳正嶕慈遙嶢音堯　翰曰嶕嶢高皃

馬爲仰天鳴風爲自蕭條幽室一已閉千年不復朝善曰字林曰嶕嶢高皃也蔡琰詩曰馬爲立踟躕漢書息夫躬絕命辭曰秋風爲我吟　濟曰助其悲哀　良曰幽室墳墓也不復朝無生期也

千年不復朝賢達無奈何銑曰皆歸於此故無

奈何

向來相送人各已歸其家親戚或餘悲他人亦已歌向曰言情有厚薄死去何所道託體同山阿翰曰大陵曰阿

雜歌

荊軻歌

七言并序　善曰史記曰荊軻者衛人也好讀書擊劍之燕　濟曰荊軻爲燕太子刺秦王不尅而誅於秦

燕太子丹使荊軻刺秦王向曰燕丹太子名秦王秦始皇也丹祖送於易水上善曰崔寔四民月令曰祖道神祀以求道路之福　銑曰祖者將祭道以相送高漸離擊筑荊軻歌宋如意和之善曰鄧展漢書注曰筑音竹應劭曰狀似琴而大頭安絃以竹擊之故名曰筑也　良曰高漸離宋如意皆壯士而軻之友也筑樂器名曰五臣作歌曰

風蕭蕭兮易水寒壯士一去兮不復還翰曰蕭蕭風聲也易水水名壯士軻自謂也自言爲事成敗俱不還也

文選二八　卅七

漢高祖歌

七言并序　濟曰漢書云高祖姓劉氏諱邦字季沛豐邑中陽里人也項羽封爲漢王後平羽立爲天子謚曰高皇帝爲漢之高祖

高祖還過沛留置沛宮銑曰擊黥布還也沛高祖之里故以置宮悉召故人父老子弟佐酒善曰應劭漢書注曰助行酒也　銑曰佐酒助飲酒也發沛中兒得百二十人教之歌酒酣善曰應劭漢書注曰酣洽也上擊筑自歌曰五臣無曰字　向曰上高祖也

大風起兮雲飛揚威加海內兮歸故鄉安得猛士兮守四方善曰風起雲飛以喻羣兇競逐而天下亂也威加四海言已靜也夫安不忘危故思猛士以鎮之　翰曰風自喻雲喻亂也言已平亂而歸故鄉故思賢才共守之

扶風歌

劉越石善曰集云扶風歌九首然以兩韻爲一首今此合之蓋誤　良曰扶風地名蓋古曲也琨擬而自喻也

朝發廣莫門暮宿丹水山善曰晉宮閣名曰洛陽城廣莫門北向漢書曰高都縣莞谷丹水所出也莞音管　銑曰廣莫門洛陽城門名謂首發晉都丹水出莞谷故因言山也左手彎繁弱右手揮龍淵善曰左氏傳衛子魚曰分魯公以封父之繁弱杜預曰封父古諸侯也繁弱大弓名也戰國策蘇秦說韓曰韓之劒戟龍淵太阿皆陸斷馬牛水擊鵠鴈　良曰龍淵劒名謂晉被胡虜所逼意欲掃滅之顧瞻望宮闕俯仰御飛軒善曰鄭玄毛詩箋曰迴首曰顧　向曰俯仰猶高下也御猶駕也飛軒廊宇也言顧見晉宮據鞍長歎息淚下如流泉

文選二八　卅八

繫馬長松下發鞍高岳頭翰曰發去岳山也烈烈五臣作冽冽悲風起泠泠澗水流向曰冽冽風聲泠泠水聲揮手長相謝哽咽不能言善曰晉灼漢書注曰以辭相告曰謝劉表與袁譚書曰闕之哽咽　濟曰謂別晉都也哽咽哀聲未出也浮雲爲我結歸五臣作飛鳥爲我旋善曰漢書息夫躬絶命辭曰秋風爲我吟浮雲爲我陰　銑曰雲結鳥旋言助我戀宮闕也去家日已遠安知存與亡善曰古詩曰相去日已遠韋弘嗣秋風篇曰辭親向長路安知存與亡慷慨窮林中抱膝獨摧藏善曰琴操王昭君歌曰離宮絶曠身摧藏　向曰慷慨歎聲也摧藏憂傷也麋鹿遊我前猨猴戲我側翰曰羨其游戲得志資糧五臣作粮既乏盡薇蕨安可食善曰史記曰伯夷叔齊隱於首陽山采薇而食之　濟曰薇蕨藥菜名安何也攬轡命徒侶吟嘯絶巖中善曰楚辭曰攬騑轡而下節李陵書曰吟

肅成羣君子道微矣夫子故有窮善曰周易曰君子道消穀梁傳曰叔姬歸于紀其不言逆何也逆之道微矣論語曰夫子在陳絕糧子路慍見曰君子亦有窮乎子曰君子固窮小人窮斯濫矣　良曰當君子道消之時孔子猶有窮厄此自慰之詞惟昔李騫五臣作陵期寄在匈奴庭忠信反獲罪漢武不見明善曰周易曰歸妹愆期遲歸有時王肅曰愆過也騫與愆通也　銑曰愆期謂李陵與匈奴戰失利遂降之而實執忠信之節欲劫匈奴以報於漢而武帝不明其心乃誅其親族也恨誓將立功故引此歎息我欲竸五臣作竟此曲此曲悲且長棄置勿重陳重陳令心傷善曰宋子侯歌曰吾欲竟此曲此曲愁人腸魏文帝雜詩曰弃置勿復陳　良曰此曲則此歌也悲且長言其心不可述也弃置之事不可重陳重陳徒令人心傷也

中山王孺子妾歌　五言

文選二八

陸韓卿善曰如淳曰孺子幼少稱也孺子宮人也　翰曰漢書云詔賜中山靖王噲及孺子妾井未央才人歌四篇厥依是歌以刺人情變移也

如姬寢臥內班婕坐同車善曰史記侯嬴謂魏公子毋忌曰嬴聞晉鄙之兵符常在魏王臥內而如姬出入王臥內力能竊之漢書曰成帝遊於後庭常欲與班婕妤同輦載　濟曰如姬常出入魏王臥內漢成帝欲與班婕妤同輦此皆謂寵盛之時洪波陪飲帳林光宴秦餘善曰韓詩外傳曰趙簡子與諸大夫飲於洪波之臺西都賓曰覩往昔之遺館獲林光於秦餘然秦餘漢帝所幸洪波非魏王所遊疑陸誤也　銑曰洪波趙簡子臺也林光秦之殿名漢因之故曰餘言相與飲宴於宮觀歲暮寒飇及秋水落芙蕖善曰爾雅曰荷芙蕖也郭璞曰別名芙蓉也　向曰歲暮飇及喻年歲催其老也芙蕖芙蓉也喻人之美色秋衰而落子瑕矯後駕安陵泣前魚善曰韓子曰昔者彌子瑕有寵於衛君衛國之法竊駕君車者罪跀彌子毋病人聞夜告彌子彌子矯駕君車以出於門君聞賢之曰孝哉為母之故犯跀罪跀古刖字也說文曰矯擅也戰國策曰魏王與龍陽君共船而釣龍陽君釣得十餘魚而弃之泣下王曰有所不安乎對曰無王曰然則何為涕出對曰臣始得魚甚喜後得益多而大欲弃前之所得也今以臣凶惡而得拂枕席今爵至人君走人於庭避人於塗四海之內其美人甚多矣聞臣之得幸於王畢褰裳而趨王臣亦同曩者所得魚也亦將弃矣得無涕出乎王乃布令曰敢言美人者族然泣魚是龍陽君非安陵疑陸誤矣　向注同賤妾終五臣作恩已矣五臣作畢君子定焉如善曰楚辭曰已矣哉王逸曰已矣絕望之辭也思玄賦曰繆天道其焉如　翰曰言我衰謝將失子瑕龍陽君寵不知君王之意竟如何也

六臣註文選卷第二十八

六臣註文選卷第二十九

梁昭明太子撰

唐李善并五臣註

雜詩

古詩十九首

五言 善曰並云古詩蓋不知作者或云枚乘疑不能明也詩云驅馬上東門又云遊戲宛與洛此則辭兼東都非盡是乘明矣昭明以失其姓氏故編在李陵之上 向曰不知時代又失姓氏故但云古詩

行行重行行與君生別離 善曰楚辭曰悲莫悲兮生別離 銑曰此詩意爲忠臣遭佞人讒譖見放逐也 相去萬餘里各在天一涯 善作一天涯 音宜 善曰廣雅曰涯方也 翰曰涯畔也 道路阻且長會面安可知 善曰毛詩曰遡洄從之道阻且長薛綜西京賦注曰安焉也 胡馬依北風越鳥巢南枝 善曰韓詩外傳曰詩云代馬依北風飛鳥棲故巢皆不忘本之謂也 翰曰胡馬出於北越鳥來於南依望北風巢宿南枝皆思舊國 相去日已遠衣帶日已緩浮雲蔽白日游子不顧返 善曰古樂府歌曰離家日趨遠衣帶日趨緩浮雲之蔽白日以喻邪佞之毀忠良故遊子之行不顧返也文子曰日月欲明浮雲蓋之陸賈新語曰邪臣之蔽賢猶浮雲之鄣日月古楊柳行曰讒邪害公正浮雲蔽白日義與此同也鄭玄毛詩箋曰顧念也 良曰白日喻君也浮雲謂讒佞之臣也言佞臣蔽君之明使忠臣去而不返也 思君令人老歲月忽已晚 翰曰思君謂戀主也恐歲月已晚不得效忠於君 棄捐勿復道努力加餐飯 濟曰勿復道心不敢望返也努力加餐飯自逸之辭 青青河畔草鬱鬱園中柳 善曰鬱鬱茂盛也 銑曰此喻人有盛才事於暗主故以婦人事夫之事託言之言草柳者當春盛時 盈盈樓上女皎皎當窗牖 善曰草生河畔柳茂園中以喻美人當窗牖也廣雅曰嬴容也盈與嬴同古字通 向曰盈盈不得志皃皎皎明也樓上言居危苦當窗牖言潛隱伺明時也 娥娥紅粉粧 五臣作裝 纖纖出素手 善曰方言曰秦晉之閒美皃謂之娥韓詩曰纖纖女手可以縫裳薛君曰纖纖女手之皃毛萇曰摻摻猶纖纖也 翰曰娥娥美皃纖纖細皃皆喻賢人盛才也 昔爲倡家女今爲蕩子婦 善曰史記曰趙王遷母倡也說文曰倡樂也謂作妓者 濟曰昔爲倡家女謂有伎藝未用時也今爲蕩子婦言今事君好勞人征役也婦人比夫爲蕩子言夫從征役也臣之事君亦如女之事夫故比而言之 蕩子行不歸空牀難獨守 善曰列子曰有人去鄉土遊於四方而不歸者世謂之爲狂蕩之人也 翰曰言君好爲征役不止雖有忠諫終不見從難以獨守其志

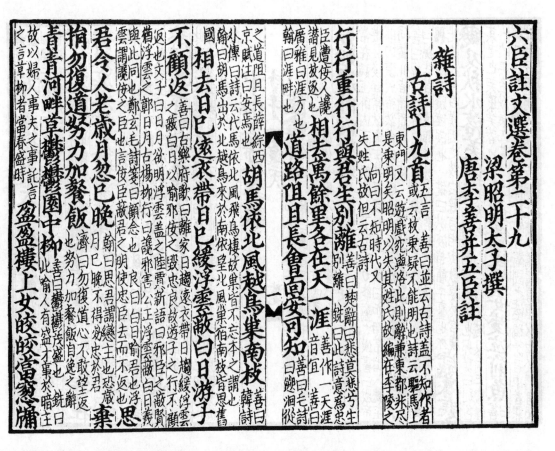

青青陵上柏磊磊澗中石 善曰言長存也莊子仲尼曰受命於地唯松柏獨也在冬夏常青青楚詞曰石磊磊兮葛蔓蔓字林曰磊磊眾石也 銑曰陵山也磊磊石皃此詩歎人生促迫多憂將追宴樂之理 人生天地閒忽如遠行客 善曰言異於松石也尸子老萊子曰人生於天地之閒寄也寄者固歸列子曰死人爲歸人則生人爲行人矣韓詩外傳曰枯魚銜索幾何不蠹二親之壽忽如過客 向曰柏石皆貞堅之物人生之促若客寄於時其死之速反如赴歸信不如柏石二物也 斗酒相娛樂聊厚不爲薄 善曰鄭玄毛詩箋曰聊粗略之辭也 良曰人且以相厚爲本不爲輕薄者也 驅車策駑馬游戲宛 平 與洛 善曰廣雅曰駑駘也謂馬遲鈍者也漢書南郡有宛縣洛東都也 翰曰宛南陽也洛洛陽也時後漢都此南都也 洛中何鬱鬱冠帶自相索 所格反 善曰春秋說題辭曰齊俗冠帶以禮相提賈逵國語注曰索求也 向曰鬱鬱盛皃言冠帶之人自相追求也 長衢羅夾巷王侯多第宅 善曰魏王奏事曰出不由里門面大道者名曰第 銑曰衢四達之道傍羅列小巷巷中多王侯之宅 兩宮遙相望雙闕百餘尺 善曰蔡質漢官典職曰南宮北宮相去七里 濟曰洛陽有南北兩宮雙闕闕名 極宴

娛心意戚戚五臣作慼慼何所迫善曰楚辭曰居戚戚而不可解　翰曰言於此宮闕之間樂其心意則憂思何所相偪迫哉戚戚憂思也

今日良宴會，歡樂難具陳。善曰毛萇詩傳曰良善也陳猶說也　向曰此詩賢人宴會樂和平之時而志欲仕也彈箏奮逸響，新聲妙入神。善曰劉向雅琴賦曰窮音之至入於神　良曰奮起也令德唱高言，識曲聽其真。善曰左氏傳宋昭公曰光昭先君之令德莊子曰是以高言不出於衆人之口廣雅曰高上也謂辭之美者眞猶正也　濟曰令德謂妙歌者高言高歌也識曲謂知音人聽其眞妙之聲齊心同所願，含意俱未申。善曰所願謂富貴也　翰曰齊心同志願得知音包含此意俱未見申謂未達也人生寄一世，奄忽若飆塵。善曰尸子老萊子曰人生於天地之間寄也寄者固歸方言曰奄遽也爾雅曰飄飆謂之猋爾雅或爲此飆　銑曰奄忽疾也風塵之起終歸於滅何不策高足，先據要路津。善曰高上也亦謂逸足也　向曰何不者自勉勸之詞也策進也要路津謂仕官居要職者亦如進高足據於要津則人出入由之無爲守窮賤，轗五臣作坎軻苦賀長苦辛。善曰楚辭曰年既過太半然轗軻不遇也轗與輡同苦闇切

西北有高樓，上與浮雲齊。善曰此篇明高才之人仕宦未達知人者稀也　翰曰此詩喻君闇而賢臣之言不用也西北乾地君位也高樓言居高位也浮雲齊言高也交疏結綺窗，阿閣三重階。善曰薛綜西京賦注曰疏刻穿之也說文曰綺文繒也此刻鏤以象之尚書中候曰昔黃帝軒轅鳳皇巢阿閣周書曰明堂咸有四阿然則閣有四阿謂之阿閣鄭玄周禮注曰四阿若今四注者也薛綜西京賦注曰殿前三階也　良曰交通而結鏤文綺以爲窗也疏通也阿閣重閣也上有絃歌聲，音響一何悲。善曰論語曰子游爲武城宰聞絃歌之聲說苑雍門周曰今日之琴一何悲也　銑曰言樓上有絃歌亡國之音一何悲也謂不用賢近不肖而國將危亡故悲之也誰能爲此曲，

無乃杞梁妻。善曰琴操曰杞梁妻嘆者齊邑杞梁殖之妻所作也殖死妻嘆曰上則無父中則無夫下則無子將何以立吾節亦死而已援琴而鼓之曲終遂自投淄水而死　濟曰既不用直臣之諫誰能爲此曲賢臣乃如杞梁妻之飾歎矣餘同善注清商隨風發，中曲正徘徊。善曰宋玉長笛賦曰吟清商追流徵　翰曰清商秋聲也秋物皆衰以此君德衰隨此風起徘徊志不安也一彈再三歎，慷慨有餘哀。善曰說文曰歎太息也又曰慷慨壯士不得志於心也不惜歌者苦，但傷知音稀。善曰賈逵國語注曰惜痛也孔安國論語注曰稀少也　向曰不惜歌者苦謂臣不惜忠諫之苦但傷君王不知也願爲雙鳴鶴，五臣作鴻鵠奮翅起高飛。善曰楚辭曰將奮翼兮高飛廣雅曰高遠也　良曰君既不用計不聽言不忍見此危亡願爲此鳥高飛於四海也

涉江采芙蓉，蘭澤多芳草。采之欲遺誰，所思在遠道。善曰楚辭曰折芳馨兮遺所思　翰曰此詩懷友之意也芙蓉芳草以爲香美比德君子也故將爲辭贈遠之美意也還顧望舊鄉，長路漫浩浩。同心而離居，憂傷以終老。善曰鄭玄毛詩箋曰迴首曰顧周易曰二人同心楚辭曰將以遺兮離居毛詩曰假寐永歎維憂用老　向曰同心謂友人也憂能傷人故可老矣

明月皎夜光，促織鳴東壁。善曰春秋考異郵曰立秋趣織鳴宋均曰趣織蟋蟀也立秋女功急故趣之禮記曰季夏蟋蟀居壁　濟曰此詩刺友朋貴而易情也述時而後發其志促織蟲名言鳴東壁者隨其時所述玉衡指孟冬，衆星何歷歷。善曰春秋運斗樞曰北斗七星第五曰玉衡淮南子曰孟秋之月招搖指申然上云促織下云秋蟬明是漢之孟冬非夏之孟冬矣漢書曰高祖十月至霸上故以十月爲歲首漢之孟冬今之七月矣　翰曰玉衡斗柄也白露霑野草，時節忽復易。秋蟬鳴樹間，玄鳥逝安適。善曰禮記曰孟秋之月白露降列子曰寒暑易

節禮記曰孟秋寒蟬鳴又曰仲秋之月玄鳥歸鄭玄曰玄鳥鷰也謂去蟄也呂氏春秋曰國危甚矣若將安適高誘曰適之也復云秋蟬玄鳥者此明實候故以夏正言之銑曰上言孟冬此述秋蟬者謂九月已入十月節氣也安何也言鷰往何之怪歎節氣速遷之意

昔我同門友高舉振六翮善曰論語曰有朋自遠方來不亦樂乎韓詩外傳蓋桑曰夫鴻鵠一舉千里所恃者六翮耳　向曰同志曰友同門曰朋高舉謂登高位六翮鳥羽之飛者言其高舉如鳥也

不念攜手好棄我如遺跡善曰毛詩曰惠而好我攜手同車國語楚鬬且語其弟曰靈王不顧於民一國棄之如遺迹焉　翰曰不念攜手同游之好相棄如遺行足之跡不迴顧也

南箕北有斗牽牛不負軛烏格反　善曰言有名而無實也毛詩曰維南有箕不可以簸揚維北有斗不可以挹酒漿睆彼牽牛不以服箱　良曰南箕星也雖名箕反不可得以簸揚也北斗星也雖名斗不可量用也牽牛星也雖名牛不可以得負車軛亦如友朋雖貴而不施惠於我

良無盤五臣作磐石固虛名復何益善曰良信也聲類曰盤大石也　濟曰言其心不固如磐石虛有朋友之名復何益也

冉冉孤生竹結根泰山阿善曰竹結根於山阿喻婦人託身於君子也風賦曰緣太山之阿　翰曰冉冉漸生進皃此喻婦人貞絜如竹也結根太山謂心託於夫如竹生於泰山之深也阿曲也泰山眾山之尊夫者婦之所尊故以喻之

與君為新婚兔五臣作菟絲附女蘿善曰毛萇詩傳曰女蘿松蘿也毛詩草木疏曰今松蘿蔓松而生而枝正青兔絲草蔓聯草上黃赤如金與松蘿殊異此古今方俗名草不同然是異草故曰附也　濟曰菟絲女蘿並草有蔓而密言結婚情如此

兔絲生有時夫婦會有宜善曰蒼頡篇曰宜得其所也千里遠結婚悠悠隔山陂善曰說文曰陂阪也　向曰此意謂結婚之後夫將遠行陂水也

思君令人老軒車來何遲銑曰夫之車馬來歸何遲也

傷彼蕙蘭花含英揚光輝翰曰蕙蘭香草也英潤色也此婦人喻已盛顏之時

過時而不采將隨秋草萎善曰楚辭曰秋草榮其將實微霜下而夜殞　良曰萎落也言蕙蘭過時不采乃隨秋草落矣喻夫之不來亦恐如此草之衰也

君亮執高節賤妾亦何為善曰爾雅曰亮信也　濟曰言君執貞高之節其心不移則賤妾亦何為愛也賤妾婦人之謙卑言此以傷時

庭中五臣作前有奇樹綠葉發華滋攀條折其榮將以遺所思善曰蔡質漢官典職曰宮中種嘉禾奇樹遺所思涉江采芙蓉詩曰采之欲遺誰所思在遠道楚辭曰折芳馨兮遺所思　翰曰此詩思友人也美奇樹華滋思友人共賞故將以遺之也

馨香盈懷袖路遠莫致之善曰王逸楚辭注曰在衣曰懷毛詩曰豈不爾思遠莫致之說文曰致送詣也　向曰思友人德音如此物馨香滿於懷袖而路遠莫能致相思之意

此物何足貴善作貢但感別經時貴　善曰賈逵國語注曰貢獻也物或為榮貢或作　翰曰非貴此物但感別離而時物有改也

迢迢牽牛星皎皎河漢女善曰毛詩曰睆彼牽牛不以服箱又曰維天有漢監亦有光跂彼織女終日七襄雖則七襄不成報章毛萇曰河漢天河也　濟曰牽牛織女星夫婦道也常阻河漢不得相親此以夫喻君婦喻臣言臣有才能不得事君而為讒邪所隔亦如織女阻其歡情也迢迢遠皃皎皎明皃

纖纖擢素手札札弄機杼善曰韓詩曰纖纖女手可以縫裳薛君曰纖纖女手之皃　銑曰纖纖擢素手喻有禮儀節度也札札弄機杼喻進德脩業也擢舉也札札機杼声

終日不成章泣涕零如雨善曰毛詩曰不成報章又曰瞻望弗及泣涕如雨　向曰終日不成章喻臣能進德脩業有文章之學不為君所見知不用於時與不成何異也泣涕謂悲王室微弱朝多邪臣恐國之亡也

河漢清且淺相去復幾許盈盈一水間脈脈莫白切　五臣作脈脈不得語善曰爾雅曰脈相視也郭璞曰脈脈謂相視皃也　良曰河漢清且淺喻近也能相去幾何也盈盈端麗皃脈脈自矜持皃喻端麗之女在一水之間而自矜持不得交語亦猶才明之臣與君阻隔不得啓沃也

迴車駕言邁悠悠涉長道善曰毛詩曰駕言出遊又曰悠悠南行順彼長道

四顧何茫茫，東風搖百草。善曰：莊子曰：方將四顧。王逸楚辭注曰：茫茫，草木彌遠容皃盛也。濟曰：茫茫，廣遠也。東風，春風也。**所遇無故物，焉得不速老。**向曰：言物皆去故而就新，人何得不速衰老。**盛衰各有時，立身苦不早。**銑曰：恐盛時將遷而立身不早。立身謂立功立事。**人生非金石，豈能長壽考。奄忽隨物化，榮名以爲寶。**善曰：韓子曰：雖與金石相弊，兼天下未有日也。化謂變化而死也，不忍斥言其死，故言隨物而化也。莊子曰：聖人之生也天行，其死也物化。翰曰：奄忽，疾也。人非金石，將疾隨萬物同爲化滅矣。將求榮名以爲寶貴，揚名於後世，亦爲美也。

東城高且長，逶迤自相屬。善曰：城高且長，故登之以望也。王逸楚辭注曰：逶迤，長皃也。銑曰：此詩刺小人在位，擁蔽君明，賢人不得進也。東，春也，所以養生萬物。城可以居人，比君也。高且長，喻君尊也。相屬，德寬遠也。**迴風動地起，秋草萋已綠。**向曰：迴風，長風也。風爲號令也。地，臣位也。號令自臣而出，故云迴風動地起。秋草既衰，盛草綠，謂政化改易疾也。萋，盛貌。**四時更變化，歲暮一何速。**善曰：周易曰：四時變化而能久成。毛詩曰：歲聿云暮。尸子曰：人生也亦少矣，而歲往之亦速矣。翰曰：此亦寄情於政令數移之速也。**晨風懷苦心，蟋蟀傷局促。**善曰：毛詩曰：鴥彼晨風，鬱彼北林。未見君子，憂心欽欽。蒼頡篇曰：懷，抱也。毛詩序曰：蟋蟀，刺晉僖公，儉不中禮。漢書景帝曰：局促效轅下駒。濟曰：晨風，鷹鷂屬，志逐鳥也。而賢人懷苦心，將欲逐小人，如鷹鸇之逐鳥也。蟋蟀，詩篇名也。言君局促不中禮，不能去小人，使其蔽賢而不知之。**蕩滌放情志，何爲自結束。**良曰：君當去讒佞，行威惠，是蕩滌情志也。左右置小人，佞讒不止，是自結束也。**燕趙多佳人，美者顏如玉。**善曰：燕趙，二國名也。楚辭曰：聞佳人兮召予。神女賦曰：苞溫潤之玉顏。翰曰：佳人，賢人也。如玉，謂有美德也。所以言燕趙者，非獨此二國有賢，蓋爲其國出美女，故託言之，以隱文意。**被服羅裳衣，當戶理清曲。**善曰：如淳漢書注曰：今樂家五日一習樂爲理樂也。銑曰：羅裳衣，喻有禮儀也。當戶謂志慕明也。理清曲謂脩學業也。**音響一何悲，絃急知柱促。**向曰：響悲謂悲心君左右小人也。絃急謂政令急也。知柱促，恐君將促也。**馳情整巾**善作中**帶，沈吟聊躑躅。**善曰：中帶，中衣帶。整帶，將欲從之。毛萇詩傳曰：丹朱中衣。說文曰：躑躅，住足也。躑躅與蹢躅同。翰曰：整其衣冠，將進用，復懼邪臣所中，故復沈吟也。躑躅，行不進皃。**思爲雙飛鷰，銜泥巢君屋。**良曰：燕，馴善之鳥，故人臣自比，願得親君。

驅車上東門，遥望郭北墓。善曰：阮嗣宗詠懷詩曰：步出上東門。河南郡圖經曰：東有三門，最北頭曰上東門。應劭風俗通曰：葬於郭北北首，求諸幽之道也。濟曰：上東門，東都門名。**白楊何蕭蕭，松柏夾廣路。下有陳死人，杳杳即長暮。**善曰：白虎通曰：庶人無墳，樹以楊柳。楚辭曰：風颯颯兮木蕭蕭。仲長子昌言曰：古之葬者，松柏梧桐，以識其墳也。莊子曰：人而無人道，是之謂陳人也。郭象曰：陳，久也。楚辭曰：去白日之昭昭，襲長夜之悠悠。向曰：杳杳，幽暗也。即，就也。長暮謂墓中長暗也。**潛寐**五臣作寐潛**黃泉下，千載永不寤。**善曰：服虔左氏傳注曰：天玄地黃，泉在地中，故言黃泉。銑曰：寤，覺也。**浩浩陰陽移，年命如朝露。**善曰：神農本草曰：春夏爲陽，秋冬爲陰。莊子曰：陰陽四時運行。漢書李陵謂蘇武曰：人生如朝露。翰曰：浩浩，流皃。陰陽流轉，人命如朝露之易乾。**人生忽如寄，壽無金石固。**善曰：老萊子曰：人生於天地之間，寄也。寄者固歸。良曰：忽忽不知所終，皆如寄住於時。固，堅也。**萬歲更相送，賢聖莫能度。**濟曰：萬歲謂自古也。自古于今，而生者送死，更遞爲之，雖賢聖不能度越此分也。**服食求神仙，多爲藥所誤。不如飲美酒，被服紈與素。**善曰：范子曰：白紈素出齊。向曰：服藥失性，反害生也。紈、羅、素，帛也。

去者日以五臣作巳**疎，來**善作生**者日以**五臣作巳**親。**善曰：呂氏春秋曰：死者彌久，生者彌疎。翰曰：去者謂死也，來者謂生也。不見容皃，故疎也。歡愛終日，故親也。**出郭門**

直視但見丘與墳善曰白虎通曰葬於城郭外何死生異別終始異居古墓犂爲田松栢摧爲薪銑曰新柴樵也謂年代久遠無主矣白楊多悲風蕭蕭愁殺人思還故里閭欲歸道無因善曰楚辭曰哀江介之悲風又曰秋風兮蕭蕭　翰曰或曰人事迫窄或遭亂國故爾

生年不滿百常懷千歲憂善曰孫卿子曰人生無百歲之壽而有千歲之信士何也曰以夫千歲之法自持者是乃千歲之信士矣　向曰人生不滿百年而營千歲之計常以爲憂也晝短苦夜長何不秉燭遊五臣作游　良曰秉執也爲樂當及時何能待來茲善曰呂氏春秋曰今茲美禾來茲美麥　高誘曰茲年　濟曰來茲謂後期也愚者愛惜費但爲後世嗤善曰說文曰嗤笑也　翰曰至愚之人皆愛惜其財不爲費用一朝所滅爲後世所笑仙善作小人王子喬難可與五臣作以等期善曰列仙傳曰王子喬者太子晉也道人浮丘公接以上嵩高山　向曰難可與之同爲不死也

凜凜歲云暮螻婁蛄孤夕五臣作多鳴悲善曰說文曰凜寒也毛詩曰歲聿云暮方言曰南楚或謂螻蛄爲螻蛄廣雅曰螻螻蛄也　銑曰螻蛄寒吟蟲也此喻婦人思夫也涼風率已厲游子寒無衣善曰禮記曰孟秋之月涼風至杜預左氏傳注曰厲猛也毛詩曰無衣無褐何以卒歲　良曰厲嚴也錦衾遺洛浦同袍與我違善曰毛詩曰角枕粲兮錦衾爛兮又曰豈曰無衣與子同袍　濟曰遺與也洛浦宓妃喻美人也同袍謂夫婦也言錦被贈與美人而同袍之情與我相違也獨宿累長夜夢想見容輝良人惟古懽五臣作歡枉駕惠前綏善曰良人念昔之懽愛故枉駕而迎已惠以前綏欲令升車也故下云攜手同車孟子曰齊人一妻一妾而處室者其良人出必厭酒肉禮記曰壻出御婦車而壻授綏御輪三周　翰曰婦人呼夫爲良人尊之也惟思古舊惠授也獨宿累夜夢想見夫思我舊歡初合之日也壻爲婦駕車授綏故云惠前綏凡初婚之禮壻御婦車而婦授綏與壻爾綏而上同坐車中而御車綏條繩也願得常巧笑攜手同車歸善曰毛詩曰巧笑倩兮古詩曰不念攜手好毛詩曰惠而好我攜手同車又曰攜手同歸　向曰同車爲御願得常愛巧笑同車而歸婦人謂嫁曰歸既來不須臾又不處重闈善曰楚辭曰何須臾而忘反　銑曰既夢中見與同車不經須臾之間乃去又不處重闈之中也闈閨門也亮無晨風翼焉能凌五臣作陵風飛善曰爾雅曰晨風鸇也莊子曰鵲凌風而起　良曰亮信也晨風鳥名飛疾也信無此鳥疾翼何能陵風而飛以隨夫去眄睞以適意引領遙相睎濟曰眄睞邪視也言邪視以寬適其意引領遠相望也睎望也徙倚懷感傷垂涕霑雙扉翰曰徙倚於門自懷傷感垂涕淚以霑雙扉扉門扇也

孟冬寒氣至北風何慘慄力失反　善曰毛詩曰二之日栗冽毛萇曰栗冽寒氣也　良曰慘慄寒極也此詩婦人思夫也愁多知夜長仰觀衆星列向曰愁多不眠故知夜長列羅列也三五明月滿四五蟾善作詹兔缺善曰禮記曰地秉陰竅於山川播五行於四時和而后月生也是以三五而盈四五而闕春秋元命苞曰月之爲言闕也兩說以詹諸與兔然詹與占同古字通　銑曰三五謂十五日也四五謂二十日蟾兔月中精形至二十日缺此感時月屢改行人不至喻人盛衰不常客從遠方來遺我一書札善曰說文曰札牒也　銑曰札筆也謂書也上言長相思下言久離別翰曰上謂書初首下謂書末後置書懷袖中三歲字不滅善曰韓詩外傳曰趙簡子少子名無恤簡子自爲書牘使誦之居三年簡子坐青臺之上問書所在無恤出其書於左袂令誦習焉　向曰言置於懷袖久而不滅敬重之至一心抱區區懼君不識察善曰李陵與蘇武書曰區區之心竊慕此爾廣雅曰區區愛也　銑曰識知也敬重之心常抱區區懼夫之不知察也

客從遠方來遺我一端綺善曰說文曰綺文繒也　翰曰綺羅之類相

去萬餘里故人心尚爾 善曰鄭玄毛詩箋曰尚猶也字書曰爾詞之終也 良曰相與雖遠故心尚爾然也

文綵雙鴛鴦裁爲合歡被 濟曰綺上文綵爲鴛鴦文合歡被以取同歡之意

著以長相思緣以結不解 善曰鄭玄儀禮注曰著謂充之以絮也著張慮切鄭玄禮記注曰緣飾邊也緣以絹切 翰曰言被中著綿謂長相思綿綿之意緣被四邊綴以絲縷結而不解之意

以膠投漆中誰能別離此 善曰韓詩外傳子夏曰實之與實如膠與漆君子不可不留意也 向曰以膠和漆堅而不別也

明月何皎皎照我羅牀帷 善曰毛詩曰月出皎兮 銑曰羅綺爲帷故曰羅牀帷

憂愁不能寐攬衣起徘徊 善曰毛詩曰耿耿不寐 濟曰徘徊緩步於月庭也

客行雖云樂不如早旋歸 善曰毛詩曰言旋言歸 翰曰夫之客行雖以自樂不如早歸以解我愁

出戶獨彷徨愁思當告誰 善曰毛詩序曰彷徨不忍去 良曰彷徨行迴旋心不安皃

引領還入房淚下五臣作下淚霑裳衣 善曰左氏傳穆叔謂晉侯曰引領西望曰庶幾乎

文廿九　十二

與蘇武詩三首 五言

李少卿 善曰漢書曰陵少時爲侍中建章監降匈奴爲右校王病死 翰曰漢書云李陵字少卿隴西成紀人善射愛人謙讓下士甚得名譽爲騎都尉與蘇武善武將使匈奴故贈此詩五言詩自陵始也

良時不再至離別在須臾 善曰論語摘輔像讖曰時不再及宋均曰及亦至也古詩曰既來不須臾楚辭曰何須臾而忘反

屛營衢路側執手野踟蹰 善曰周語申胥曰昔楚靈王獨行屛營毛詩曰執子之手又曰搔首踟蹰 翰曰屛營志恐懼也

仰視浮雲馳奄忽互相踰風波一失所各在天一隅 善曰言浮雲之馳奄忽相踰飄颻不定遽乎因風波蕩各在天之一隅以喻人之客遊飛薄亦爾 向曰踰過也言人之離別亦如浮雲飛馳風波失所各在天之一角相去彌遠也

長當從此別且復立斯須 善曰禮記君子曰禮樂不可斯須去身鄭玄曰斯須猶須臾也 銑曰陵言此別當久且復立斯須之間以敘言

欲因晨風發送子以賤軀 善曰晨風早風言欲因風發而已乘之以送子也楚辭曰乘回風兮遠遊言欲以賤身乘晨風以送子 良曰陵自謂武也

嘉會難再遇三載爲千秋 善曰琴操曰鄒虞者邵國之女所作也古者役不踰時不失嘉會 濟曰言一日不見如三秋此積數言之

臨河濯長纓念子五臣作別悵悠悠 善曰夫冠纓仕子之所服濯之以遠遊今因遠遊而感逝川故增別念也 向曰纓衣領也濯之者自潔之意悠悠遠貌

遠望悲風至對酒不能酬 銑曰酬謂酬酢

行人懷往路何以慰我愁獨有盈觴酒與子結綢繆 善曰毛萇詩傳曰懷思也毛詩曰綢繆束薪毛萇曰綢繆纏綿之貌也 翰曰言行人志急於往路何以相慰乃樽酒相與結綢繆之密情也

十三

攜手上河梁遊子暮何之 善曰楚辭曰浮雲兮容與導予兮何之也 良曰河梁橋也假問遊子曰云暮矣將何之也

徘徊蹊路側悢悢五臣作恨恨不能辭 善曰廣雅曰悢悢恨也 向曰蹊道也恨恨相戀之情不能爲別

行人難久留各言長相思 銑曰各相戒以相思之意

安知非日月弦望自有時 善曰劉熙釋名曰弦月半之名也其形一旁曲一旁直若張弓弛弦也望月滿之名也月大十六日月小十五日日在東月在西遙相望也 翰曰我心相思如日月當有弦望無極時也

努力崇明德皓首以爲期 善曰周易曰利用安身以崇德也毛萇詩傳曰崇終也尚書曰先王既勤用明德聲類曰顥白首貌也皓與顥古字通 銑曰陵戒武當崇明友朋之情白首爲期也

詩四首 五言

蘇子卿

善曰武爲栘中監使匈奴十九年歸拜爲典屬國病卒 銑曰漢書云蘇武字子卿京兆人此詩別從弟畢

骨肉緣枝葉結交亦相因善曰骨肉謂兄弟也漢書帝謂燕王旦曰今王骨肉至親古詩曰結交莫羞貧 良曰結交爲友情亦相親因親也四海皆兄弟誰爲行路人善曰論語子夏謂司馬牛曰四海之內皆爲兄弟也君子何患乎無兄弟家語曰子游見行路之人云魯司鐸火也 濟曰天下四海道合即親誰爲行路之人相蹤者況我連枝樹與子同一身向曰兄弟如木連枝而同本昔爲鴛與鴦今爲參與辰善曰毛詩曰鴛鴦于飛畢之羅之鄭玄曰言其止則相偶飛則爲雙尚書大傳曰書之論事離離若參辰之錯行法言曰吾不睹參辰之相比也宋衷曰辰龍星也參虎星也我不見龍虎俱見 翰曰鴛鴦匹鳥常不相離故云昔之也參辰二星常出沒不相見故今將別亦如此星昔者常相近邈若胡與秦善曰淮南子曰肝膽胡越許慎曰胡在北方越居南方然胡秦之義猶相越也 銑曰邈遠也胡秦相去遠也惟念當離別思情日以五臣作已新良曰念離別之後相思之情日日新也鹿鳴思野草可以喻嘉賓善曰毛詩曰呦呦鹿鳴食野之苹我有嘉賓鼓瑟吹笙 向曰鹿鳴詩篇名食野草以喻會嘉賓我有一罇酒欲以贈遠人翰曰遠人即此行人願子留斟酌敘此平生親濟曰願行子以留與斟酌以敘離意也黃鵠一遠別千里顧徘徊善曰韓詩外傳曰田饒謂魯哀公曰夫黃鵠一舉千里 翰曰以人喻黃鵠言鳥飛高遠也徘徊不進皃言顧之未去胡馬失其羣思心常依依善曰古詩曰胡馬依北風依依思戀之皃也 向曰胡馬失群猶思北風依依言人之離別亦如之何況雙飛龍羽翼臨當乖善曰雙龍喻已及朋友也 銑曰言鳥尚如此何況我之羽翼臨當乖別之情也龍美喻也

幸有絃歌曲可以喻中懷請爲游子吟泠泠一何悲善曰琴操曰楚引者楚游子龍丘高出游三年思歸故鄉望楚而長歎故曰楚引蒼頡篇曰吟歎也 向曰絃歌可以散憂故以喻釋離懷言請爲吟之泠泠然一何悲也絲竹厲清聲五臣作音慷慨有餘哀善曰禮記曰絲竹樂之器也王逸楚辭注曰厲烈也謂清烈也古詩曰慷慨有餘哀 良曰厲作也餘哀言哀多也長歌正激烈中心愴以摧濟曰激烈聲高也欲展清商曲念子不能歸善曰古詩曰清商隨風發宋玉長笛賦曰吟清商追流徵 翰曰展申也清商曲謂秋声而多悲也故云欲申此曲恐更思念不能歸也俛仰內傷心淚下不可揮善曰爾雅曰揮竭也郭璞曰揮振去水亦爲竭莊子曰俛仰之間家語曰公父文伯卒敬姜曰二三子無揮涕也 銑曰言淚多揮之不禁也願爲雙黃鵠送子俱遠飛

結髮爲夫妻恩愛兩不疑歡娛在今夕嬿婉及良時善曰結髮始成人也謂男年二十女年十五時取笄冠爲義也漢書李廣曰結髮而與匈奴戰也孟子曰霸者之民驩虞如也毛詩曰今夕何夕又曰嬿婉之求 向曰此詩意者武將使匈奴之時留別妻也嬿婉歡好皃征夫懷往路起視夜何其善曰毛詩曰駪駪征夫又曰夜如何其夜未央毛萇曰其辭也 良曰武自云懷往路起視夜之早晚何如也參辰皆已沒去去從此辭善曰參辰已沒言將曉也行役在戰場相見未有期善曰毛詩曰嗟余子行役戰國策曰綴甲勵兵效勝於戰場握手一長歎淚爲生別滋善曰史記綏賢曰燕王私握臣手古詩曰與君生別離楚辭曰悲莫悲兮生別離 翰曰言以淚爲生別之後益相思也滋益也努力愛春華莫忘歡樂時善曰春華喻少時也 濟曰武勗其妻善愛儀容莫忘平生歡樂之時生當復來歸死當長相思銑曰此言入於匈奴死生未知

燭燭晨明月，馥馥我蘭芳。善曰：蒼頡篇曰：燭，照也。韓詩曰：馥芬孝祀。辭君曰：馥，香皃也。向曰：此詩贈別友人也。燭燭，月光也。謂平曉之際，月猶在；馥馥，香氣也。芬五臣作芳馨良夜發，隨風聞我堂。善曰：秋月既明，秋蘭又馥，遊子感時，彌憎戀本也。濟曰：蘭芳之香，隨風而至於堂中。征夫懷遠路，游子戀故鄉。善曰：漢書，高祖曰：遊子悲故鄉。翰曰：見明月與蘭芳，征夫游子感於時物。寒冬十二月，晨起踐嚴五臣作凝霜。善曰：漢書，武帝太初元年改從夏正，此或改正之後也。楚辭曰：冬又申之以嚴霜。俯觀江漢流，仰視浮雲翔。良友遠離別，各在天一方。善曰：江漢流不息，浮雲去靡依，以喻良友各在一方，播遷而無所託。楚辭曰：仰浮雲而永歎。翰曰：江漢流，浮雲翔，皆喻客游不止。山海隔五臣作隔海，中州相去悠且長。善曰：楚辭曰：蹇誰留兮中州。銑曰：中州，帝都也。悠，遠也。嘉會難兩遇，歡樂殊未央。願君崇令德，隨時愛景光。善曰：李少卿與蘇武詩曰：嘉會難再遇。琴操曰：鄒虞者，邵國之女所作也。古者役不踰時，不失嘉會。古詩曰：令德唱高言。左傳，宋穆公曰：光昭先君之令德。景光，即光景也。楚辭曰：借光景以往來。良曰：兩遇，再遇也。此戒友人言嘉會難以再遇，歡樂之事殊不可止，願君崇令德之美，隨其時物，當愛光景，勿以我爲憂也。

四愁詩四首七言并序

張平子

張衡不樂久處機密，翰曰：時爲太史令，主天文玄象，故稱機密。陽嘉中，出爲河間相。善曰：范曄後漢書順帝紀曰：改永建七年爲陽嘉元年，改陽嘉五年爲永和元年。又曰：順帝初，衡復爲太史令，陽嘉元年造候風地動儀，永和初出爲河間相，而此云陽嘉中，誤也。向曰：陽嘉元年出爲河間王相。河間王，和帝子。時國王驕奢，不遵法度，善曰：范曄後漢書曰：和帝申貴人生河間孝王開，立四十二年，順帝永建六年薨，子惠王政嗣，傲很不奉法憲。然考其年月，此是惠王也。又多豪右并兼之家。善曰：漢書曰：魏郡豪右李竟。文類曰：有權勢豪右大家也。漢書曰：禁兼并之塗。李奇曰：謂大家役小民，富者兼役貧民也。濟曰：豪，謂富家也；右，謂權勢交者。富者取利於貧人曰并兼也。衡下車，治威嚴，能內察屬縣，善曰：漢書曰：班伯爲定襄太守，其下車作威，吏民竦息。向曰：下車，謂始至之時。衡政理威嚴，內明屬縣也。察，明也。姦猾五臣作姧猾行巧劫，皆密知名。銑曰：猾，亂也。行巧詐之人，皆自知其名。下吏收捕，盡服擒。向曰：下命於獄吏使收取之，盡服其罪，皆爲擒繫。諸豪俠游客，悉惶懼逃出境。銑曰：出河間境也。郡中大治，爭訟息，獄無繫囚。時天下漸獘，良曰：謂政教衰，禮義薄，小人在位，君子在野。鬱鬱不得志，善曰：楚辭曰：心鬱鬱之憂思，獨永歎而增傷。鄭玄考工記注曰：鬱鬱，不舒散也。爲四愁詩。五臣有依字屈原以美人爲君子，以珍寶爲仁義，以水深雪雰爲小人，濟曰：雰，氣也。思以道術相報貽於時君，良曰：貽，遺也。而懼讒邪不得以通。銑曰：懼不得通此意也。其辭曰：

一思曰：翰曰：題首爲愁，而此爲思者，愁出於思故也。我所思兮在太山，欲往從之梁父甫艱。善曰：言王者有德，功成則東封太山，故思之。太山以喻時君，梁父以喻小人也。漢書曰：有太山郡。又武帝登封太山之梁父。良曰：太山，東岳也。願輔佐君主致於有德，而爲小人讒邪之所阻難也。梁父，太山下小山名。側身東望涕霑翰。平　善曰：楚辭曰：願側身而無所。韋昭漢書注曰：翰，筆也。濟曰：意愁王室，志所不安，故側身而望也。翰，衣襟也。言如鳥之有羽翰。美人贈我金錯刀，何以報之英瓊瑤。善曰：漢書曰：王莽鑄大錢，又造錯刀，以金錯其文。續漢書曰：佩刀，諸侯王黃金錯環。謝承後漢書曰：詔賜應奉金錯把刀。毛詩曰：投我以木桃，報之以瓊瑤。又曰：尚之以瓊英乎而。向曰：美人，君也。古者諸侯王佩刀以金錯鏤其環。英、瓊瑤，美玉也。喻君榮我以爵祿，願報以仁義之道，以成君德。

也下文類此者以此意推之路遠莫致倚逍遙何爲懷憂心煩勞善曰古詩曰路遠莫致之　翰曰小人在位必不容賢者所入讒邪執權忠臣莫致故雖欲報君以仁義讒邪所疾如路遠不可致也倚立而逍遙不得志也煩勞謂憂王室也但以此意下文皆可知也

二思曰我所思兮在桂林欲往從之湘水深善曰漢書曰鬱林郡故秦桂林郡海南經曰桂林八樹在番禺東又曰湘水出零陵舜死蒼梧葬九疑故思明君　銑曰桂林南郡舜所游也托思明君矣湘水江名深不可涉側身南望涕霑襟善曰楚辭曰泣歔欷而沾襟美人贈我金五臣作琴琅玕何以報之雙玉盤善曰尚書禹貢曰厥貢惟球琳琅玕古詩曰委身玉盤中歷年冀見食漢官儀曰封禪壇有白玉盤　良曰琴雅器也以美玉飾之琅玕美玉也玉盤美器可以致食言雙者美其偶路遠莫致倚惆悵平何爲懷憂心煩傷善曰楚辭曰惆悵兮而私自憐

三思曰我所思兮在漢陽欲往從之隴阪長善曰漢書曰天水郡明帝改曰漢陽應劭曰天水有大坂名曰隴阪秦州記曰隴坂九曲不知高幾里　濟曰漢陽故西也謂西伯行化之所故思之歧西有隴阪言長不可行也側身西望涕霑裳善曰古長歌行曰泣涕忽沾裳美人贈我貂襜昌詹褕逾何以報之明月珠善曰蔡雍獨斷曰侍中中常侍加貂蟬說文曰直裾謂之襜褕淮南子曰隋侯之珠高誘曰明月珠也　向曰襜褕衣服之飾路遠莫致倚踟蹰何爲懷憂心煩紆善曰楚辭曰志紆鬱其難釋王逸曰紆屈也　翰曰踟蹰行而不進也煩紆思亂也

四思曰我所思兮在鴈門欲往從之雪紛紛善曰漢書有鴈門郡楚辭曰雪紛紛而薄木　翰曰鴈門郡名在北帝顓頊之位也北方多雪紛紛雨雪貌側身北望涕霑巾善曰說文田佩巾也美人贈我錦繡段何以報之青玉案善曰錦繡有五采成文章玉案君所憑倚喻大臣亦爲天子所持禮記曰春服青玉楚漢春秋淮陰侯曰臣去項歸漢漢王賜臣玉案之食　良曰玉案美器可以致食路遠莫致倚增歎何爲懷憂心煩惋善曰楚辭曰吒增歎兮如畜　銑曰惋怨也

雜詩五言　善曰雜者不拘流例遇物即言故云雜也

王仲宣翰曰興致不一故云雜詩此意思友人

日暮游西園冀寫五臣作寫我憂思情向曰西園鄴都之西園曲池揚素波列樹敷丹榮善曰楚辭曰坐堂伏檻臨曲池列女傳津吏女歌曰水揚波兮杳冥冥　銑曰列行敷布也丹榮花也上有特栖鳥懷春向我鳴善曰毛詩曰有女懷春　良曰特孤也懷春謂盛春而思儔侶喻人亦然褰袵五臣作衽欲從之路險不得征善曰說文曰袵衣衿也衿音今　濟曰褰舉也衽衣襟也言欲舉衣襟以取此鳥鳥飛高遠路乃懸險不可行之喻思友人遭遇亂代故不得行也徘徊不能去佇立望爾形風飈五臣作飄揚塵起白日忽已冥善曰毛詩曰瞻望弗及佇立以泣鄭玄毛詩箋曰冥夜也　向曰飄舉也風起舉揚塵埃喻兵戈暴起冥暮也迴身入空房託夢通精誠人欲天不違何懼不合并善曰幽通賦曰精誠發於宵寐尚書曰人之所欲天必從之　翰曰何懼不逢聖君合并其道以忠事之

雜詩五言

劉公幹

職事煩善作相塡委文墨紛消散善曰漢書功臣皆曰蕭何徒持文墨顧居臣上　銑曰言事煩塡積於目前也文墨謂案牘紛亂而多或見消散謂跡理也馳翰未暇食日昃不知晏善曰王僧達答顏延年詩曰翰墨久謐吟歸田賦曰揮翰墨以奮藻尚書曰自

朝至于日中昃不遑暇食向曰馳翰謂走筆晏息也沈迷簿領書回回自昏亂
善曰簿領謂文簿而記録之史記曰問上林尉諸禽獸簿司馬彪莊子注曰領録也楚辭曰腸回回兮盤紆　良曰事繁
令人沈迷昏亂簿領書謂文書也回回心亂貌釋此出西城登高且游觀翰曰
去此煩亂出爲游望也方塘含白水中有鳧與鴈善曰楚辭曰乘白水而高
鶩毛詩曰弋鳧與鴈　濟曰塘陂也鳧鴈皆水中游鳥安得肅肅羽從爾浮五臣
作爾從游波瀾去聲協韻　善曰毛詩曰鴻鴈于飛肅肅其羽銑曰肅肅飛貌言厭煩亂願得羽翼與此鳥
同游波瀾中以爲樂也

雜詩二首五言　善曰集云枹中作下篇云於黎陽作

魏文帝濟曰此詩帝未即位尚爲漢行征伐也

漫漫秋夜長烈烈北風涼善曰楚辭曰終長夜之曼曼毛詩曰冬日烈烈又曰
北風其涼展轉不能寐披衣起彷徨善曰毛詩曰展轉不寐古詩曰出户獨彷
徨毛詩序曰彷徨不忍去　良曰展轉側不安貌嗟時亂有志於天下故也彷徨忽已久白
露霑我裳善曰古詩曰白露霑野草禮記曰孟秋之月白露降說苑曰孺子不覺露之霑裳俯
視清水波仰看明月光天漢迴西流三五正從
橫善曰河圖括地象曰河精上爲天漢毛詩曰嘒彼小星三五在東毛萇曰三心五噣四時更見也　向曰天漢河也
詩云嘒彼小星喻小人在朝也從橫言多也草蟲鳴何悲孤鴈獨南翔善曰
毛詩曰喓喓草蟲趯趯阜螽毛萇曰草蟲常羊也楚辭曰鴈雍雍而南遊鬱鬱多悲五臣作愁
思緜緜思故鄉善曰古詩曰緜緜思遠道良曰感時物思故鄉也願飛安
得翼欲濟河無梁善曰葛龔與梁相張府君牋曰悠悠夢想願飛無翼楚辭曰江河廣而無
梁　濟曰願飛思歸速也欲濟無梁謂志欲濟時而無人共也向風長歎息斷絕我中

腸善曰楚辭曰向長風而舒情　翰曰向北而思歸也
西北有浮雲亭亭如車蓋善曰亭亭迴遠無依之皃也易通卦驗曰太陽雲出
張如車蓋　翰曰此意爲漢征吳之時西北浮雲自喻也亭亭高貌車蓋言雲似也惜哉時不遇
適與飄風會善曰何休公羊傳注曰適遇也　向曰不遇平時征伐不止如雲與風相會吹
我東南行行善作南行至吳會善曰當時實至廣陵未至吳會今言至者據已入其
地也　銑曰雲隨風去至於吳會謂代吳也吳會非我鄉安能久留滯棄
置勿復陳客子常畏人善曰楚辭曰然韜軻而留滯向曰棄置伐吳之役勿復陳
說意思歸也畏人謂吳兵彊而退也

朔風詩四言

曹子建翰曰時爲東阿王在藩感北風思歸故有此詩朔北也

仰彼朔風用懷魏都願騁代馬倏忽北徂善曰韓詩外傳
曰詩云代馬依北風　良曰騁馳也代馬胡馬也倏忽疾也徂往也言馳胡馬疾行而北往也謂胡馬依北風與人同思
也凱風永至思彼蠻方善曰毛萇詩傳曰南風謂之凱風禮記曰南方曰蠻毛詩
曰用遏蠻方　濟曰東阿在魏南故自比於蠻方在藩感北風懷魏也在魏見南風思藩也願隨越鳥
翻飛南翔善曰古詩曰越鳥巢南枝銑曰越鳥思南越故也四氣代謝懸景
運周善曰爾雅曰四氣和謂之玉燭淮南子曰二者代謝舛馳周易曰懸象著明　翰曰四時代去日行已周
謂終一歲也謝去懸景日也運行也別如俯仰脫若三秋善曰毛詩曰一日不見如
三秋兮　向曰別兄弟俯仰之間忽如三秋也脫猶忽也昔我初遷朱五臣作未華未
希良曰初遷謂遷出藩時也未華未希言未凋落也今我旋止素雪云善本作雲
飛善曰毛詩曰昔我往矣楊柳依依今我來思雨雪霏霏希與稀同古字通也　銑曰旋還上至也俯降

千仞仰登天阻（善曰莊子曰千仞之高不足以極其深　郭林宗論𪌆不韋曰城闕天阻宮府幽絕　濟曰並言向東阿路險也天阻謂山高若登天也喻時讒謗身在危險亦如此也）風飄蓬飛載離寒暑（善曰商君書曰夫飛蓬遇飄風而行千里乘風之勢也毛詩曰載離寒暑　翰曰植自云如風飄蓬飛常不定止也）千仞易陟天阻可越昔我同袍今永乖別（善曰毛詩曰豈曰無衣與子同袍　銑曰言險事亦易爲也而嗟我兄弟乖別同袍共彼之義）子好芳草豈忘爾貽繁華將茂秋霜悴之（善曰古詩曰蘭澤多芳草方言曰悴傷也　向曰子謂諸兄弟芳草喻道德也言子好道德豈忘遺汝也而道德已茂爲讒邪所毀以致離別故云繁華將茂秋霜悴之）君不垂眷豈云其誠（善曰言君雖不垂眷已則豈得不言其誠眷顧篇曰豈異也　良曰謂文帝信讒不垂眷兄弟豈可申其誠信也）秋蘭可喻桂樹冬榮（善曰蘭以秋馥可以冬榮可以喻性楚辭曰秋蘭兮青青又曰麗桂樹之冬榮　翰曰秋蘭香草可喻德馨不歇也桂樹冬榮志不移也）

文廿九　十二

絃歌蕩思誰與銷憂（五臣作愁）臨川暮思何爲汎舟（善曰絃歌可以蕩滌悲思誰與共奏以消憂也臨川日暮而又相思何爲汎舟而不濟以相從乎國語曰秦汎舟乎河　濟曰兄弟既各分別雖有絃歌可以蕩洗憂思誰與同之日暮臨川而增思何以能爲汎舟言不能也）豈無和樂游非我鄰（善曰言豈無和樂以蕩思乎爲遊非我鄰故不奏也　銑曰絃歌豈無和樂蓋爲遊非我鄉鄰也）誰忘汎舟愧無榜（班孟）人（善曰豈忘汎舟以相從乎愧無榜人所以不濟也榜人喻良朋也張揖漢書注云榜人船長也　翰曰誰忘此汎舟之樂今兄弟別離憂思之情不濟故以榜人託詞榜人行舟人也）

雜詩六首　五言

曹子建（善曰此六篇並託喻傷政急朋友道絕賢人爲人竊勢別京已後在鄄城思鄉而作）

高臺多悲風朝日照北林（善曰新語曰高臺喻京師悲風言教令朝日喻君之明照北林言狹比喻小人新亭曰高堂百仞）之子在萬里江湖迥且深（善曰江湖喻小人隔蔽毛詩曰之子于征爾雅曰迥遠也　良曰此意思友人也之子友人也）方舟安可極離思故難任（善曰爾雅曰大夫方舟郭璞曰併兩船也毛萇詩傳曰極至也　向曰方猶行也）孤鴈飛南遊過庭長哀吟翹思慕遠人願欲託遺音形影忽不見翩翩傷我心（善曰楚辭曰鴈雍雍而南遊翹猶懸也　銑曰翹舉也見孤鴈南度過其庭而飛舉思慕遠人願託附鴈之遺音傳示友人謂友人在南鴈飛既速形影忽復不見乃傷心也）

文廿九

轉蓬離本根飄颻隨長風（善曰說苑曰魯哀公曰秋蓬惡其本根美其枝葉秋風一起根本拔矣　濟曰此詩自喻遭邪讒遂出帝都也）何意迴（五臣作迴）飇舉吹我入雲中（善曰爾雅曰扶搖謂之猋飇與猋同　向曰迴遠也我即比轉蓬也）高高上無極天路安可（善作何）窮（善曰呂氏春秋曰風乎其高無極也仲長子昌言曰蕩蕩乎若昇天路而不知其所登　子若昇天路也　翰曰蓬隨風而上下不可窮極謂輕也）類此游客子捐軀遠從戎（良曰蓬以客遊遠從戎事心之鬱亂不定也）毛褐不掩形薇藿常不充（善曰淮南子曰布衣掩形鹿裘御寒言貧人冬則羊裘短褐不掩形也列女傳曾子謂黔婁妻曰先生在時食不充虛衣不蓋形文子曰聖人食足以充虛接氣衣足以蓋形禦寒　翰曰毛皮裘也褐短衣也薇藿草菜之食也而此衣不掩覆我形此食不充飽我腹謂情理迫窘如此也非植眞然蓋以刺時）去去莫復道沈憂令人老（善曰宋玉笛賦曰武毅發沈憂古詩曰思君令人老　向曰去去莫復道言道之不益但憂令人老而已）

十二

西北有織婦綺縞何繽紛（善曰小雅曰繒之精者曰縞古老切　銑曰綺縞素帛之類繽紛言亂多）明晨秉機杼日昃不成文（善曰言憂甚而志亂　向

曰言秋思多亂故自晨朝執其機杼至暮竟不成文章太息終長夜悲嘯入青雲濟曰悲秋思聲哀故入青雲妾身守空閨良人行從軍善曰良人謂夫也自期三年歸今已歷九春善曰一歲三春故以三年爲九春言已過期也纂要曰九十日故九春飛鳥繞樹翔噭噭叫鳴索羣善曰楚辭曰聲噭噭以寂寥翰曰噭噭鳴貌索求也鳥且求羣而況於人乎願爲南流景馳光見我君銑曰南流景日也日光遠近皆同人無不見故願託馳光見其夫也

南國有佳人容華若桃李善曰楚辭曰受命不遷生南國謂江南也楚辭曰閒佳人兮召子毛詩曰何彼襛矣華如桃李翰曰以佳人喻賢人不見重於時也朝游江北岸夕宿瀟湘沚善作日夕宿湘沚善曰毛萇詩傳曰沚渚也向曰湘亦江水名時俗薄朱顏誰爲發皓齒善曰楚辭曰容則秀雅穉朱顏又曰美人皓齒嫭以姱銑曰朱顏皓齒

皆喻賢人美才也時俗既薄之誰爲相起發而用也俛五臣作俯仰歲將暮榮耀難久恃善曰詩曰歲聿云暮邊讓章華臺賦曰體迅輕鴻榮耀春華翰曰國不理多時故云將暮君之榮耀在於用賢今既薄而不用難久恃

僕夫早嚴駕吾將遠行五臣作行遠游遠游欲何之吳國爲我仇善曰楚辭曰僕夫懷兮心悲又曰嚴車駕兮出戲遊又曰願輕舉兮遠遊說宛楚王謂淳于髡曰吾有仇在吳國子能爲吾報之乎銑曰僕夫御車人也早命嚴整其駕將伐吳也將騁萬里涂東路安足由善曰廣雅曰由行也向曰爲國家者當馳騁萬里之外以開土宇言吳亦安足所由於心江介多悲風淮泗馳急流善曰楚辭曰哀江介之悲風孟子曰禹排淮泗而注之江也良曰介間也淮泗二水名願欲一輕濟惜哉無方舟閑居非吾志甘心赴國憂善曰漢書曰司馬相如稱閑居范曄後漢書梁竦歎曰居可以養志毛詩曰甘心首疾濟曰若濟此水惜無行舟喻心雖願爲而不見下所以志不閑居者意常憂國而君不知

飛觀百餘尺臨牖御五臣作仰櫺軒善曰古詩曰雙闕百尺爾雅曰觀謂之闕御猶馮也說文曰櫺楯闌也韋昭漢書注曰軒檻上板也翰曰觀樓也仰馮倚也遠望周千里朝夕見平原烈士多悲心小人媮五臣作偷自閑善曰風俗通曰烈士者有不易之分良曰勇士見國未安故多悲心小人狹志苟偷朝夕以自閑樂終無所成也國讎亮不塞甘心思喪元善曰塞謂杜絕也孟子曰勇士不忘喪其元向曰亮信塞滅元首也言國讎信今未滅甘爲喪亡之首以爲國也拊劒西南望思欲赴泰山善曰左氏傳曰子朱怒撫劒從之太山接吳之境西喻蜀責躬詩曰願蒙矢石建旗東岳意與此同也銑曰太山東岳也主人寬魄將爲國中死力故赴之也而言西南望者謂從吳望乃在西南也絃急悲聲發聆我慷慨言善曰古詩曰音響何大悲絃急知柱促濟曰絃急以喻情切而聲悲發於此人當聽我此歎言也聆聽也

情詩五言

曹子建

微陰翳陽景清風飄我衣善曰春秋説題辭曰陽精爲日楚辭曰陽杲杲兮失光翰曰陽景日也微陰翳日者佞臣蔽君明而教令偪促於下以多征役風爲教令也衣者近人之體謂教令偪人也游魚潛綠水翔鳥薄天飛善曰言得所也大戴禮曰魚游于水鳥飛于雲向曰此各得其志眇眇客行士遙役不得歸善曰言不如魚鳥也楚辭曰安眇眇兮無所歸薄良曰言不如魚鳥之得志始出嚴霜結今來白露晞善曰楚辭曰冬又申之以嚴霜毛詩曰蒹葭淒淒白露未晞銑曰始出謂初出征時徭役久經歷時也晞乾也游子歎黍離處者歌式微善曰毛詩曰彼黍離離彼稷之苗行邁靡靡中心搖搖役

曰式微式微胡不歸　翰曰游子謂行役者黍離詩閔宗周之衰也式微詩刺不歸也**慷慨對嘉賓悽愴內傷悲**善曰毛詩曰我有嘉賓又曰我心傷悲良曰嘉賓友人也言與友人慨歎相對悲國政也

雜詩 四言

嵇叔夜

微風清扇雲氣四除善曰漢書張竦爲陳崇作奏曰日不移晷霍然四除　向曰扇動除去也**皎皎亮月麗于高隅**善曰古詩曰明月何皎皎周禮曰城隅之制九雉　銑曰亮明隅角也**興命公子攜手同車**善曰毛詩曰惠而好我攜手同車　翰曰祀命公子將同游也**龍驥翼翼揚鑣踟躕**善曰毛詩曰四牡翼翼舞賦曰揚鑣飛沫　濟曰龍驥馬也翼翼飛也揚鑣踟躕緩行也言疾緩自任也**肅肅宵征造我友廬**善曰毛詩曰肅肅宵征　良曰肅肅靜而獨行貌造至廬宅也**光燈吐輝**五臣作曜**華幔長舒**翰曰言宿友人之家乃張燈帳也舒張也**鸞觴酌醴神鼎烹魚**善曰毛詩曰且以酌醴又曰誰能烹魚　銑曰鸞觴盃也刻爲鸞鳥之文醴美酒也神鼎鼎鐵器不汲自滿不炊自沸故曰神鼎烹煮也**絃超子野歎過緜駒**善曰杜預左氏傳注曰子野師曠字也孟子淳于髡曰昔緜駒處高唐而齊右善歌　翰曰絃琴歎歌也子野古之善鼓琴者緜駒古之善歌者今並超而過之**流詠太素俯讚玄虛**善曰列子曰太初形之始太素質之始老子曰玄之又玄衆妙之門管子曰虛無形謂之道史記太史公曰老子所貴道虛無應用變化無方　銑曰太素玄虛皆自然也讚亦詠也**孰克英賢與爾剖符**善曰言詠讚妙道遊心恬漠誰能以英賢之德與爾分符而仕乎班固漢書述曰漢興柔遠與爾剖符然文雖出彼而意微殊東觀漢記韋彪上議曰二千石皆以選出京師剖符典千里　銑曰孰誰克能爾汝也剖竹謂合契也言詠讚自然誰能騁我英賢與汝俗士合契而爲仕乎

雜詩 五言

傅休奕

善曰臧榮緒晉書曰傅玄字休奕北地人勤學善屬文州舉秀才稍遷至司隷校尉卒　翰同善注

志士惜日短愁人知夜長善曰論語子曰志士仁人無求生以害仁古詩曰愁多知夜長仰觀衆星列　良曰進德脩業故惜日短夜愁不寐故知夜長**攝衣步前庭仰觀南鴈翔**善曰漢書沛公攝衣迎酈食其　濟曰夜攝去寢衣步於前庭**玄景隨形運流響歸空房**向曰景影也謂鴈影映於月光而色玄也影又隨其形而動鴈響遂風歸於空房謂下文述清風與微月故此先言之也**清風何飄飆微月出西方**善曰禮記曰月生於西**繁星依**五臣作衣去聲**青天列宿自成行**翰曰繁星布於天如人身著衣也喻邪佞小人也列宿二十八宿也喻正位備員也**蟬鳴高樹間野鳥號東廂**善曰古詩曰秋蟬鳴樹間王逸楚辭注曰牆序之東爲東廂也　銑曰烏鵲之類皆曰野鳥驚於月光而號吟也東廂庭之東也**纖雲時髣髴渥露霑我裳**善曰曹植魏德論曰纖雲不形陽光赫戲劉楨詩曰曒月垂素光玄雲爲髣髴說苑曰孺子不覺露之霑衣裳　銑曰纖輕也髣髴似有不分明貌渥濃也**良時無停景北斗忽低昂**向曰時之不停夜忽已久故北斗迴轉而低昂**常恐寒節至凝氣結爲霜**善曰曾子曰陰氣勝則凝爲霜　翰曰上文所云繁星謂小人在位者多讒邪之道浸潤如渥露初霑人衣也復恐讒積至甚如凝露之結爲霜**落葉隨風摧一絕如流光**濟曰讒邪既成則身危也如霜露木葉隨風而摧則身之滅絕如月光流没矣流光日也此詠夜故云月也

雜詩 五言

張茂先

晷度隨天運四時互相承善曰說文曰晷景也孫卿子曰四時代御　良曰度度數也東壁正昏中固五臣作涸陰寒節升善曰禮記仲冬之月日昏東壁中左氏傳申豐曰深山窮谷固陰沍寒　向曰東壁星名涸陰謂此時有堅冰也升進也繁霜降當夕悲風中夜興善曰毛詩曰正月繁霜朱火青無光蘭膏坐自疑善曰古詩曰朱火然其中青煙颺其間楚辭曰蘭膏明燭華容備王逸注曰以蘭香煉膏也無故自疑曰坐　銑曰朱火燈也青無光謂寒氣迫之也蘭炷也寒氣盛故燈夜凝也重衾無暖氣挾纊如懷冰善曰左氏傳曰楚子圍蕭申公巫臣曰師人多寒王巡三軍拊而勉之三軍之士皆如挾纊　濟曰衾被也纊細綿也伏枕終遥昔寤言莫予應善曰韓詩曰寤寐無爲展轉伏枕廣雅曰昔夜也毛詩曰獨寐寤言　翰曰遥長也寤言謂卧而語無人應我也永思慮崇替慨然獨撫膺善曰楚辭曰永思兮內傷國語藍尹亹曰君子獨居思前世之崇替列子曰撫膺而恨　向曰長思人事遷興亡之理慨然有歎而獨撫膺也崇興替廢膺胷也

情詩二首五言

張茂先

清風動帷簾晨月照五臣作燭幽房銑曰晨月謂夜將曉時燭照也此二詩閨情也佳人處遐遠蘭室無容光善曰古詩曰廬家蘭室桂爲梁曹植離別詩曰人遠精魂近寤寐夢容光　向曰佳人謂夫也蘭香也無容光言寂然也襟懷擁虛善作靈景輕衾覆空牀善曰擁猶抱也　翰曰言襟懷之中但抱虛影而輕衾被覆於空牀也居歡惕五臣作惜夜促在慼五臣作戚怨宵長善曰一云居歡惜夜促爾雅曰惕貪也苦蓋切　濟曰謂夫未行之時居歡愛之情懼其夜促今在憂念怨此夜長惜懼戚憂宵夜也拊五臣作撫枕獨嘯歎感慨心內傷

游目四野外逍遥獨延佇善曰楚辭曰忽反顧以遊目又曰結幽蘭而延佇　向曰逍遥緩步皃佇立也蘭蕙緣清渠繁華蔭綠渚銑曰蘭蕙香草緣清渠而出繁華茎葉蔭覆綠渚也佳人不在茲取此欲誰與翰曰夫行不在今取賞蘭蕙誰與同之巢居知風寒穴處識陰雨不曾遠別離安知慕儔侶善曰春秋漢含孶曰穴藏先知雨陰噎未集魚已噞喁巢居之鳥先知風樹木摇鳥已翔韓詩曰鸛鳴于垤婦歎于室薛君曰鸛水鳥巢居知風穴處知雨天將雨而蟻出壅上鸛鳥見之長鳴而喜　向曰巢居鳥也穴處蟲也言蟲鳥豫知風雨由其久處巢穴習性所知喻人若不曾爲遠別何知慕侶之憂甚邪

園葵詩五言

陸士衡善曰晉書趙王倫篡位遷帝於金墉城後諸王共誅倫復帝位齊王冏譖機爲倫作禪文賴成都王穎救之免死故作此詩以葵爲喻謝穎　翰曰葵之爲物傾心向陽如臣事君以心敬也故託之爲詩也

種葵北園中葵生鬱萋萋向曰鬱盛也萋萋茂貌朝榮東北傾夕潁西南晞善曰淮南子曰聖人之於道猶葵之與日雖不與終始哉其鄉之誠也高誘曰鄉仰也誠實也　銑曰葵性衛足朝日出則東榮葉向東傾夕陽在西則傾心向日潁心晞日也零露垂鮮澤朗月耀其輝善曰毛詩曰零露瀼瀼　良曰零落也言露垂鮮澤以沐之月舒光以照之蓋喻君之恩及臣也時逝柔風戢歲暮商猋五臣作飇飛善曰管子曰東方曰春柔風甘雨乃至楚辭曰商風肅而害之　濟曰逝往也柔風春風也戢藏也商飇秋風也曾雲無温液嚴霜有凝威善曰鄭玄毛詩箋曰曾重也漢書曰孫寶曰當從天氣以成嚴霜之威　向曰曾雲無温液謂重雲無憂雨也此上四句皆喻在吳被破而來也幸蒙高墉德玄景蔭素蕤善曰爾雅曰牆謂之墉說文曰蕤草木華盛貌也　翰曰至晉蒙天子之德以

祿我亦如高牆玄陰之影庇蔭素穀雜花牆牆也玄謂墉陰之色玄黑景影也豐條並春盛落葉後秋衰慶彼晚彫福忘此孤生悲向曰言燊之豐條並於春盛之時落葉後於秋時而衰也心喜晚彫以為福而且忘孤生之悲也謂從吳來至此孤官故也

思友人詩 五言

曹顏遠

善曰臧榮緒晉書云曹攄字顏遠譙國人也篤志好學參南國中郎將遷高密王左司馬流人王逌等侵掠城邑遇戰軍敗死之攄與歐陽建俱以名稱相得故作此詩思之也 良同善注

密雲翳陽景霖潦淹五臣作浩庭除善曰周易曰密雲不雨左氏傳曰凡雨自三日以往為霖說文曰潦雨水也又曰除殿階也 銑曰翳掩也陽景日也除階也嚴霜彫翠草寒風振纖枯善曰鄭玄禮記注曰振動也 良曰纖細也枯槁木也凜凜天氣清落落卉木疎善曰古詩曰凜凜歲云暮杜篤首陽山賦曰長松落落毛萇詩傳曰卉草也感時歌蟋蟀思賢詠白駒善曰毛詩曰蟋蟀在堂歲聿其暮又曰皎皎白駒食我場苗縶之維之以永今朝毛萇曰賢者有乘白駒而去鄭玄曰絆之縶之欲留也 翰曰蟋蟀詩篇名感歲暮也白駒詩篇名思賢人也情隨玄陰滯心與迴飆五臣作飈俱濟曰情隨玄陰閉塞不通為懷人也與迴風俱飛顏遠去見友人也思心何所懷懷我歐陽子善曰顏遠增歐陽堅石詩曰嗟我良友惟彥之選然此歐陽即堅石也 向曰歐陽建也精義測神奧清機發妙理善曰周易曰精義入神以致用也廣雅曰奧藏也機樞機也 銑曰精奧之義若測鬼神之深奧文思清機變動入妙理也自我別旬朔微言絕于耳善曰論語崇爵讖曰子夏共撰仲尼微言以當素王劉子駿書曰夫子沒而微言絕禮記曰聲不絕于耳 良曰十日為旬月初曰朔微妙之言絕于我耳褰裳不足難清陽未可俟善曰詩曰有美一人清陽婉兮邂逅相遇適我願兮毛萇曰清陽眉目之閒也 翰曰詩云子惠思我褰裳涉溱溱水也故此事不足為難蓋友人眉目不可待而見之俟待也延首出階檐佇立增想似善曰阮瑀止欲賦曰佇延首以極視兮意謂是而復非莊子徐無鬼曰夫越之流人去國數日見其所知而喜去國旬月見所嘗見於國中而喜及期年也見似人者而喜矣不亦去人滋久者思人滋深乎 向曰引領出望但益想其形似也階庭階也檐屋檐也

文廿九 廿九

感舊詩 五言

曹顏遠

善曰此篇感故舊相輕人情逐勢

富貴他人合貧賤親戚離善曰鶡冠子曰家富疏族聚居貧兒弟離 濟曰富貴者雖不肖人皆附之以有所請求故雖他人亦合也貧賤者雖賢人皆恥之以無所窺望故雖親乃離也廉藺門易軌田竇相奪移善曰史記曰藺相如出望見廉頗相如引車避匿於是舍人相與諫曰臣去親戚而事君者徒慕君之高義也今君與廉君同列廉君宣惡言而君畏之匿恐懼殊甚且庸人尚羞之況於將相乎臣等不肖請辭去漢書曰竇太后怒免丞相竇嬰太尉田蚡嬰蚡以侯居家蚡雖不任職以太后故親幸數言事多效士趨勢利者皆去嬰而歸蚡也 銑曰廉頗失權而門下賓客皆移於藺相如門後復位門客復來漢竇太后兄丞相竇嬰勢歸於太尉田蚡蚡雖去職以太后故言事多效人趨勢利者皆去嬰歸蚡也勢利相奪有如此者晨風集茂林棲五臣作栖鳥去枯枝善曰毛詩曰鴥彼晨風鬱彼北林國語優施歌曰暇豫之吾吾不如鳥烏鳥皆集於苑已獨集于枯黃石公兵書曰樹杌者鳥不棲也 良曰晨風鸇也其集於茂林則棲鳥皆懼而去飛就枯枝也今我唯困蒙郡五臣作群士所五臣作皆背善曰周易曰困蒙吝 翰曰言我困於蒙暗而羣賢士子皆背我而走鄉人敦懿義濟濟蔭光儀善曰春秋說題辭曰秉懿誠之義思至忠之功鸚鵡賦曰侍君子之光儀 向曰敦重懿美也言鄉人重美義濟濟盛多為我庇蔭假與我光儀也對賓頌有客舉觴詠露

文五 三十

斯善同向江　向曰詩云有客宿宿則爲頌美客也湛湛露斯匪陽不晞厭厭夜飲不醉無歸今鄉人情重皆頌詠此時臨樂何所歎素絲與路歧善曰禮記曰執紼不笑臨樂不歎淮南子曰楊子見逵路而哭之爲其可以南可以北墨子見練絲而泣之爲其可以黃可以黑高誘曰閔其别與化也　濟曰今臨歡樂何所爲歎也蓋恐素絲遂染人心有易也路歧與之多失其所以據也

雜詩五言

何敬祖善曰贈荅何在陸前而此居後誤也

秋風乘夕起明月照高樹善曰賈逵國語注曰乘陵也陵亦侵也閑房來清氣蕩庭發幃素善曰幃素月光也古長歌行曰昭昭素明月輝光燭我牀翰曰清氣微風也幃素月色也靜寂愴然歎惆悵出五臣作忽游顧善曰楚辭曰惆悵兮而私自憐　向曰秋物凋落閑夜無友故愴然發歎出戶游望也顧望也仰視垣上草俯察階下露善曰垣草易彫階露易隕言可傷也　良曰垣墻也俯察下視也心虛體自輕飄飄若仙步善曰言既悟二物故當全形養生列子曰南郭子貌充心虛張湛曰心虛則形全劉梁七舉曰霍爾體輕　銑曰感此時物見草露之理心達於虛無而覺體輕故若仙步瞻彼陵上栢想與神人遇善曰古詩曰青青陵上栢文子曰天地之間有神人眞人　翰曰栢之耐寒而不凋故想與神仙之人與之遇合求長生也道深難可期精微非所慕善曰魏武帝秋胡行曰道深未可得名山歷觀行禮記曰德産之緻也精微鄭玄曰緻密也　濟曰大道深遠難可知精微之理亦非敢所慕也勤思終遥夕永言寫情慮善曰尚書曰歌永言　向曰勤勞遥長也

雜詩五言

王正長善曰臧榮緒晉書云王瓚字正長義陽人也博學有儁才辟司空掾歷散騎侍郎卒　翰同善注

朔風動秋草邊馬有歸心善曰蔡琰詩曰北風厲兮肅泠泠胡笳動兮邊馬鳴　向曰感離别也朔北也邊馬胡馬也胡寧久分析靡靡忽至今善曰毛詩曰胡寧忍予又曰行邁靡靡　濟曰胡何寧安析離也靡靡漸進也言何能安此分離之情漸進時序忽至今日王事離我志殊隔過商參善曰毛詩曰王事靡盬左氏傳子產曰高辛氏有二子伯曰閼伯季曰實沈不相能后帝不臧遷閼伯于商丘主辰商人是因故辰爲商星遷實沈于大夏主參唐人是因其季世曰唐叔虞故參爲晉星尚書大傳曰書之論事離離若參辰之錯行法言曰吾不覩參辰之相比也宋衷曰辰龍星也參虎星也我不見龍虎俱見　良曰國家之事離別我志殊方隔絕過於商參之星不可相望商則辰星也昔往鶬鶊鳴今來蟋蟀吟善曰毛詩曰春日遲遲蒼庚喈喈聖主得賢臣頌曰蟋蟀俟秋吟　翰曰昔往春時相思忽已秋矣鶬鶊春鳥蟋蟀秋蟲人情懷舊鄉客鳥思故林五臣作人情舊鄉客鳥思栖故林　善曰文子曰鳥飛反鄉依其所生　銑曰鳥去巢而游者必還栖故所師涓久不奏誰能宣我心善曰韓子曰衛靈公將之晉至濮水之上而宿夜分而聞有鼓新聲者而說之召師涓而告之曰有鼓新聲者其狀似鬼神子爲我聽而寫之師涓曰諾因端坐撫琴而寫之師涓明日報曰臣得之矣　向曰師涓古之善鼓琴者以喻不見所思之人誰復能宣通我心志也

雜詩五言

棗道彥善曰今書七志曰棗據字道彥潁川人弱冠辟大將軍府遷尚書郎太尉賈充爲伐吳都督請爲從事中郎遷中庶子卒　翰曰晉書云據美容貌善文辭

吳寇未殄滅亂象侵邊疆善曰左氏傳晉侯問於士弱曰吾聞之宋災於是乎知有天道可必乎對曰國亂無象不可知也　向曰吳寇孫氏也殄絕象道也言亂我家國正道勞吾軍旅天子命上宰作蕃于漢陽善曰毛詩曰价人維藩毛萇曰价善也藩屏也左氏傳晉

欒貞子曰漢陽諸姬楚實盡之穀梁傳曰水北曰陽漢陽漢水之陽也　良曰上宰賈充也征吳都督江漢而道彥爲之從事開國建元士玉帛聘賢良善曰周易曰大君有命開國承家小人勿用禮記曰天子八十一元士王逸楚辭注曰天下賢人將持玉帛聘而遺之呂氏春秋曰聘名士高誘曰聘問之也將與興化致治也　濟曰賈充招聘賢士立於軍旅而用之建立元善也玉帛聘賢之重禮予非荊山璞謬登和氏場善曰韓子曰楚人和氏得璞玉於楚山之中　銑曰道彥自謙才非荊山之玉和氏知玉者謂謬當進用如非玉登於王場羊質服虎文燕五臣作鷰翼假鳳翔善曰揚子法言曰敢問質曰羊質而虎皮見草而說見豺而戰也　翰曰人之非材如羊有虎文色也鸞鳥假爲鳳皇之飛既懼非所任怨彼南路長善曰曹子建贈白馬王詩曰怨彼東路長向曰謂賈充用我懼不當所任怨嗟不堪任重致遠故云怨彼南路長千里既悠邈路次限關梁善曰楚辭曰關梁閉而不通向曰悠邈遠也限隔梁橋也僕夫罷五臣作疲遠

涉五臣作陟車馬困山岡善曰曹子建雜詩曰僕夫早嚴駕楚辭曰僕夫懷兮心悲　翰曰僕夫駕車馬人也陟升也深谷下無底高巖暨穹蒼善曰列子夏革曰渤海之東有大壑焉實惟無底之谷杜預左氏傳注曰暨至也爾雅曰穹蒼天也　銑同善注豐草停滋潤霧露沾五臣作霑衣裳善曰毛詩曰湛湛露斯在彼豐草傅休奕雜詩曰溼露霑我裳說苑曰孺子不覺露之霑裳　翰曰豐長也言草上停霧露之滋潤行人拂之乃霑衣裳玄林結陰氣不風自寒涼善曰高唐賦曰玄木冬榮銑曰林深而黑故云玄林顧瞻情感切惻愴心哀傷善曰廣雅曰感傷也士生則懸弧有事在四方善曰禮記曰國君太子生三日卜士負之射人以桑弧蓬矢六射天地四方又孔子曰士使之射不能則辭以疾懸弧之義也韓詩内傳曰男子生桑弓蓬矢六射上下四方明當有事天地四方也　翰曰弧弓也人生男子則懸弓於門左示有志在四方也安得恒逍遥端坐守閨房翰曰人生志在

四方何得恒常逍遥閨房之樂也引義割外情内感實難忘善曰非有先生論曰引義以正身　翰曰但爲義道相引割情行於外而内之感別難可忘也

雜詩五言

左太沖善曰沖于時賈充徵爲記室不就因感人年老故作此詩

秋風何冽冽五臣作烈烈白露爲朝霜善曰毛詩曰蒹葭蒼蒼白露爲霜柔條旦夕勁綠葉日夜黃良曰柔條木之生榮至秋節而成勁也霑於霜露葉復黃也明月出雲崖皦皦流素光善曰劉楨詩曰皦月垂素光　銑曰崖畔也皦皦明皃披軒臨前庭嗷嗷晨鴈翔善曰軒長廊之嗷也毛詩曰鴻鴈于飛哀鳴嗷嗷　濟曰披開軒戶也嗷嗷聲也高志局四海塊然守空堂善曰尸子曰八極爲局淮南子曰塊然獨處　翰曰言高志以四海爲局小而終不遂志獨守空堂也塊獨也壯齒不恒居歲暮常慨慷善曰廣雅曰齒年也　向曰壯齒謂少年也言少年顏色不常居住忽即衰老故常爲歎歲暮謂衰暮之年也慨慷歎聲也

雜詩五言

張季鷹善曰今書七志曰張翰字季鷹吴郡人也文藻新麗齊王冏辟爲東曹掾覩天下亂東歸卒於家　濟曰晉書云張翰有清才而縱任不拘時人號爲江東步兵

暮春和氣應白日照園林青條若揔五臣作總翠黃華如散金良曰總集也言木之青條蒙密若集翡翠之鳥也華花也嘉卉亮有觀顧此難久耽善曰西京賦曰嘉卉灌叢爾雅曰耽樂也毛萇詩傳曰耽樂之久者也　良曰雖嘉卉信有可觀見其榮必有衰難久耽樂感之於心也延頸無良塗頓足託幽深善曰吕氏春秋曰天下莫不延頸舉踵頓猶止也吴季重與曹丕書曰雖云幽深視險若夷　翰曰引領望榮官之路既

已絶矣乃復頫𨑒下流託幽深之居榮與壯俱去賤與老相尋向曰壯少也貧賤衰老之至若故來而相尋歡樂不照顔慘愴發謳吟濟曰既以衰暮貧賤歡樂之色不照於顔故悲而發此歌吟也謳歌也謳吟何嗟及古人可慰心善曰毛詩曰啜其泣矣何嗟及矣又曰我思古人實獲我心又曰仲山父永懷以慰其心　翰曰貧賤不遇天之常理亦何謳吟嗟歎所能及也但古人有甘貧賤知天命者可以自慰也

雜詩十首　五言

張景陽

秋夜涼風起清氣蕩暄濁良曰蕩洗也蜻精蛚列吟階下飛蛾拂明燭善曰易通卦驗曰立秋蜻蛚鳴崔豹古今注曰飛蛾善拂燈火也　銑曰蜻蛚秋蟲也燭燈也君子從遠役佳人守煢獨善曰君子謂夫也毛詩曰未見君子曹子建雜詩曰南國有佳人楚辭曰聞佳人兮召予　濟曰佳人婦人也煢孤也離居幾何時鑽燧忽改木善曰古詩曰同心而離居楚辭曰將以遺兮離居論語曰鑽燧改火禮含文嘉曰燧人始鑽木取火炮生爲熟鄒子曰春取榆柳之火夏取棗杏之火季夏取桑柘之火秋取柞楢之火冬取槐檀之火　向曰言與夫離别而居幾時也燧火也忽疾也改木謂改其鑽火之木也謂經久時也房櫳無行跡庭草萋以五臣作巳綠善曰說文曰櫳房室之踈也古詩曰秋草萋以綠　翰曰櫳亦房之通稱萋盛皃青苔依空牆蜘蛛網四屋善曰淮南子曰窮谷之汙生以蒼苔說文曰鼅鼄蝥也魏文帝詩蜘蛛繞戶牖野草當階生論衡曰蜘蛛結絲以網飛蟲人之用計安能過之感物多所懷沈憂結心曲善曰古詩曰感物懷所思曹子建雜詩曰沈憂令人老宋玉笛賦曰武毅發沈憂毛詩曰亂我心曲又　良曰感此時物憂氣結之於心也大火流坤維白日馳西陸善曰毛詩曰七月流火毛長曰火大火也淮南子曰

文廿九　卅三

坤維在西南又曰斗指西南維爲立秋續漢書曰日行西陸謂之秋杜預左傳注曰陸道也　翰曰大火心星名七月即見西南餘同善注浮陽映翠林迴飆五臣作颷扇綠竹善曰陽日也　向曰浮陽日光也飆風扇動也飛雨灑朝蘭輕露栖叢菊銑曰蘭菊並香草而露其上而栖止也龍蟄直立暄氣凝天高萬物肅善曰周易曰龍蛇之蟄以求伸也禮記曰仲秋之月蟄蟲坏戶廣雅曰凝止也楚辭曰悲哉秋之爲氣天高而氣清毛詩曰九月肅霜毛萇曰肅縮也霜降而收縮萬物也尸子曰西方爲秋秋肅也萬物草木肅敬禮之至也　良曰七月龍蛇蟄藏而夏暄之氣凝而爲霜露秋物凋落天地廓然而高萬物皆被肅殺之氣弱條不重結芳蕤豈再馥善曰文子曰冬冰可折夏條可結時難得而易失　翰曰木之弱條未堅者已爲霜殺不復重結其功芳草之華豈能再香也蕤草木華也馥香也人生瀛海內忽如鳥過目善曰史記鄒衍曰中國名赤縣中州也中國外如赤縣州者九乃所謂九州也於是有瀛海環之人民禽獸莫能相通者如一區中者乃爲一州如此者九乃有大瀛海環之其外天地之外也　濟曰九州外有瀛海以繞人國言人居於此中死生之突如鳥飛於目前也忽疾也川上之歎逝前脩以自勖善曰楚辭曰蹇吾法夫前脩兮非世俗之所服蔡琰詩曰竭心自勗厲　向曰孔子在川上云逝者如斯夫不捨晝夜此前賢所以自勗勉也前脩猶前賢也金風扇素節丹霞啓陰期善曰西方爲秋而主金故秋風曰金風也河圖曰崑崙山有五色水赤水之氣上蒸爲霞陰而赫然魏文帝芙蓉池詩曰丹霞夾明月　銑曰秋爲白藏故云素節赤雲起則雨能開陰之氣候也啓開期候也騰雲似涌煙密雨如散絲寒花發黃采五臣作彩秋草含綠滋翰曰寒花菊也彩色也秋草蘭也滋潤也閑居玩五臣作翫萬物離羣戀五臣作念所思善曰曹子建雜詩曰閑居非吾志漢書曰司馬相如稱疾閑居范曄後漢書梁竦歎曰閑居可以養志禮記子夏曰吾離羣索居亦已久矣　銑曰此持

文二十九　卅六

感物則離羣之情相戀所思之人也**案無蕭氏牘庭無貢公綦**音其善曰漢書曰蕭育與朱博爲友著聞當世時人爲之語曰蕭朱結綬王貢彈冠往者有王陽貢公說文曰牘書版也班婕妤賦曰俯視兮丹墀思君兮履綦晉灼曰綦履跡也良曰蕭育與朱博爲友王陽與貢禹爲密交述此兩事思友人不相往來也牘書也綦行跡也**高尚遺王侯道積自成基**善曰周易曰不事王侯高尚其事太子曰積道德者天與之地助之列子曰無爲無治謂之道基也向曰基本也高尚不仕雖去王侯道積於身自成基**至人不嬰物餘風足染時**善曰莊子曰不離於眞謂之至人又本也南伯子綦曰吾與之乘天地之誠不以物與之相嬰翰曰至道之人不嬰亂於物其餘風足以染學於此時也**朝霞迎白日丹氣臨暘**善作湯**谷**善曰丹氣謂赤水之氣也淮南子曰日出湯谷濟曰日出之際東方有赤氣若迎日也暘谷日出處朝霞亦丹氣也**翳翳結繁雲森森散雨足**善曰毛詩曰曀曀其陰毛萇曰如常陰曀然翳與曀古字通論衡曰初出爲雲繁雲爲緊祭雍

文廿九　卅七

霖賦曰瞻玄雲之晻晻懸長雨之森森良曰翳翳雲初出皃森森雨散貌**輕風摧**五臣作推**勁草凝霜竦高**五臣作喬**木**善曰楚辭曰漱凝霜之紛紛銑曰竦猶驚也**密葉日夜踈叢林森如束**翰曰木葉密則枝重葉既踈落條輕上指森森然如束也**疇昔歎時遲晚節悲年促**善曰左氏傳羊斟曰疇昔之羊子爲政鄒陽上書曰至其晚節末路向曰疇昔少時歎歲時來遲晚節衰暮悲年華促也**歲暮懷百憂將從季主卜**善曰史記曰司馬季主者楚人也卜於長安東市宋忠與賈誼遊於市中謁司馬季主請卜銑曰百憂言多也將求季主卜之吉凶安在也**昔我資章甫聊以適諸越**善曰章甫以喻明德諸越以喻流俗也莊子曰宋人資章甫而適諸越越人斷髮文身無所用之司馬彪曰敦斷也資取也章甫冠名也諸於也爾雅曰適往也濟曰資貨也言將此冠適越而貨**行行入幽荒歐**五臣作甌**駱從祝髮**善曰史記曰東

海王搖者其先越王勾踐之後也姓騶氏搖率越人佐漢漢立搖爲東海王都東甌世俗號爲東甌王徐廣曰騶一作駱穀梁傳曰吳夷狄之國祝髮文身范甯曰祝斷也鄭玄毛詩箋曰從隨也翰曰入行經於幽荒險阻之路而越人之俗皆斷髮而此冠則無用矣甌越名騶越王姓也**窮年非所用此貨將安設**善曰冠無所設以喻德無所效也西京賦曰窮年忘歸向曰冠不用於越將何所設之此疾時君不用賢之甚也**瓴**零**甋**的**夸璵璠**上余下煩**魚目笑明月**善曰言流俗之失也爾雅曰瓴甋謂之甓左氏傳曰季平子卒陽虎將以璵璠斂雜書曰秦失金鏡魚目入珠淮南子曰隋侯之珠銑曰瓴甋瓦也璵璠良玉也魚目魚之目精白者也明月寶珠也今越人以斷髮爲美時君以小人爲賢亦猶以瓦質夸於良玉翫魚物笑於寶珠**不見郢中歌能否居然別陽春無和者巴人皆下節**善曰宋玉對問曰客有歌於郢中者其始曰下里巴人國中屬而和者數千人其爲陽春白雪國中屬而和者不過數十人是其曲彌高者其和彌寡尹文子曰形之與名居然別矣楚辭曰攬騑轡而下節翰曰郢中之歌有

文廿九　卅八

陽春巴人二曲陽春高曲和者甚少巴人下曲和者數千人故知能否斯別亦猶章甫與斷髮之異而賢者與小人不同**流俗多昏迷此理誰能察**善曰禮記曰不從流俗鄭玄曰流俗失俗也翰曰人皆不識賢愚之甚殊也**朝登魯陽關狹路峭且深流澗萬餘丈圍木數千尋**善曰庾仲雍荊州記曰其北有四關魯陽伊關之屬也酈元水經注曰魯陽關水出魯陽關分頭山說苑齊王曰大國之樹必巨圍應劭漢書注曰八尺曰尋良曰魯陽關名其山峻阻路狹也峭峻也**咆虎響窮山鳴鶴聒空林**善曰說文曰咆嘷也杜預左氏傳注曰聒讙也濟曰咆號鳴也窮山空山也聒聲多也**淒風爲我嘯百籟坐自吟**善曰漢書息夫躬絕命辭曰秋風爲我吟莊子子游曰地籟則眾竅是無故自吟曰坐也良曰淒寒也肅風聲也百籟謂諸孔穴草木風所激而爲聲**感物多思情在險易常心揭來戒不虞挺轡越飛**

岑善曰劉向七言曰揭來歸耕永自疏周易曰君子以除戎器戒不虞　翰曰感此山數之物思情多在此險阻復有所懼故易佰常之心　濟曰揭去也見險阻恐有顛墜故戒不虞虞度也險事不可測度恐有非常也　鋌猶舉也飛岑高山也王陽驅九折周文走岑崟音吟　善曰漢書曰琅邪王陽為益州刺史行部至邛棘九折阪歎曰奉先人遺體奈何數乘此險以病去及王遵為刺史至其阪問吏曰此非王陽所畏道邪吏對曰是遵叱其馭曰驅之王陽為孝子王遵為忠臣然此言王陽驅九折蓋驅馬而去之也公羊傳曰百里奚與蹇叔送其子而戒之曰爾即死必殺之嶔巖是文王之所避風雨者也何休曰其處阻險故文王過之驅馳常若避風雨也　向曰周文王行過險阻則走如避風雨也岑崟險阻貌經阻貴勿遲此理著來今善曰漢書杜業上書曰深思往事以戒來今　向曰經阻勿遲恐墜也言思往古王陽文王之事故戒之於今日也此鄉非吾地此郭非吾城羈旅無定心翩翩如懸旌善曰左氏傳陳敬仲曰羈旅之臣戰國策楚王曰寡人心搖搖然如懸旌終無所泊　銑曰旅心不定如懸旌於風翩翩而飛是時從軍行也出覩軍馬陣入聞善本作聞鞞鼓聲善曰禮記曰君子聽鼓鞞之聲則思將率之臣陣或為塵周禮注曰鞞小鼓也　良曰鞞大鼓也常懼羽檄飛神武一朝征善曰漢書高祖曰吾以羽檄徵天下兵班固漢書高紀述曰實天生德聰明神武　濟曰羽檄軍書相通者神武天子也長鋏鳴鞘中烽火列邊亭善曰楚辭曰帶長鋏之陸離王逸曰長鋏劍名也曹植結客篇曰利劍鳴手中一擊兩尸僵說文曰烽燧候表邊有警則舉也　翰曰長鋏神劍名冠敵將至則必鳴於鞘中烽火所以警候遠近也捨我衡門衣善作依更被縵胡纓善曰毛詩曰衡門之下可以棲遲莊子趙太子悝曰吾王所好劍士皆蓬頭突鬢垂縵胡之纓　向曰衡門衣謂野服今將捨而去之縵胡纓軍旅之服更易而被之疇昔懷微志帷幕竊所經善曰帷謂謀於帷帳也兵書曰將軍於營張幕也　銑曰有微妙之志運籌帷幄亦心之所經習也何必操干戈堂上有奇兵善曰呂氏春秋曰士尹池為荊使於宋司城子罕觴

之南面之牆犨於其前而不直西家潦注於庭下而不止問其故子罕曰南家鞔工也吾徙之其父曰吾恃鞔而食三葉矣今徙求鞔者不知吾處吾將不食故不徙也西家高吾宮卑潦注吾宮也今故不禁也荊適興兵攻宋尹池歸諫而止孔子聞之曰夫脩之廟堂之上折衝千里之外其司城子罕之謂乎高誘曰犨出也鞔履也孫武兵法曰奇正還相生若環之無端也　翰曰何必操干戈乃為用兵坐於廟堂之上以運籌策勍敵必滅可謂奇兵也折衝樽俎間制勝在兩楹善曰晏子春秋曰晉平公使范昭觀齊國政景公觴之范昭起曰願得君之樽為壽公令左右酌樽以獻晏子命徹去之范昭不悅而起舞顧太師曰我為奏成周之樂太師曰盲臣不習也范昭歸謂平公曰齊未可并吾欲試其君晏子知之吾欲犯其樂太師知之於是輟伐齊謀孔子聞之曰善不出樽俎之間而折衝千里之外晏子之謂也高誘呂氏春秋注曰折衝者衝車所以衝突也敵之衝能陷破也欲攻己者折還其衝車於千里之外不敢來也孫子兵法曰水因地而制行兵因敵而制勝李奇漢書注曰制折也漢書杜鄴說王音曰所接雖在楹階俎豆之間其於為國折衝厭難豈不遠哉兩楹賓主之位也　良曰折者折挫前敵衝者衝突於鋒銳也制勝謂制謀必勝也樽酒樽也俎致肉盤也兩楹謂階間也言為籌策於此乃可制勝也巧遲不足稱拙速乃垂名善曰孫子兵法曰兵聞拙速不睹工久　陸賈新語曰建大功於天下者必垂名於萬世也　翰曰兵權不尚巧遲尚拙速也垂名謂強也述職投邊城羈束戎旅間善曰尚書大傳曰古者諸侯之於天子五年一朝見其身述其職述其職者述其所職也長楊賦曰永無邊城之患　濟曰羈束猶拘束也下車如昨日望舒四五圓善曰張平子四愁詩序曰衡下車治威嚴漢書曰班伯為定襄大守其下車作威吏民竦息楚辭曰前望舒使先驅王逸曰望舒月御也　向曰下車謂始至也四五圓謂經四五月也借問此何時胡蝶飛南園善曰莊子曰莊周夢為胡蝶栩栩然司馬彪曰蝶蛺蝶也　銑曰欲明時候故自發問此何時也胡蝶飛謂春時南園謂故鄉宅之南流波戀舊浦行雲思故山閩越衣文虵胡馬願度燕土風安所習

由來有固然善曰漢書曰漢立無諸為閩越王王閩中蘇武書曰越人衣文蛇代馬依北風君子於其國也愴愴傷於心度燕即依北風也左氏傳晉侯曰鍾儀樂操土風東京賦曰凡人心是所學體安所習魯連子譚子曰物之必至理固然也翰曰閩越國人皆刻鏤其身為蛇文如人衣服也胡馬本北方故心願度燕也且土風何所習哉蓋由來有之固然也

結宇窮岡曲耦耕幽藪陰善曰論語曰長沮桀溺耦而耕鄭玄周禮注曰藪大澤也濟曰結構屋宇於深山之曲耦謂耕田之器幽藪謂幽遠之藪澤也澤北曰陰窮深岡山也荒庭寂以五臣作巳閑幽岫峭且深淒風起東谷有渰奄興南岑善曰毛詩曰有渰萋萋興雨祁祁毛萇曰渰雲興貌渰與弇同說文曰山有穴曰岫良曰荒庭謂草木生於庭也幽遠之處山岑峭峻入之復深也向曰渰起雲皃言有雲起於南岑也雖無箕畢期膚寸自成霖善曰尚書曰月之從星則以風雨孔安國曰月經于箕則多風離于畢則多雨公羊傳曰觸石而出膚寸而合不崇朝而徧天下者唯太山雲也何休曰膚寸四指為膚銑曰箕星主風畢星主雨期會也月與箕會則風畢會則雨言雖無此星月之會但起膚寸之雲以成霖雨也霖三日雨也澤雉登壟五臣作隴雊寒猨擁條吟善曰莊子曰澤雉十步一啄百步一飲翰曰雊也擁條謂抱樹也磎善從水壑無人跡荒楚鬱蕭森善曰長笛賦曰人迹罕到說文曰森林叢木也向曰荒草也木叢生曰楚鬱盛多也蕭森條長皃投耒盧會循岸垂時聞樵采音善曰左氏傳曰楚公子弃疾過鄭禁芻牧樵采不入田不樵樹不采蓺杜預曰蓺種也濟曰投弃也耒耕具也言弃耕而循其岸邊時聞樵采之人歌音也重基可擬志迴淵可比心善曰春秋運斗樞曰山者地基顔子曰登高使人意遐臨深使人志清良曰重基山也其高可以擬志迴淵深淵也其清而深可以比心也養眞尚無為道勝貴陸沈善曰曹植辯問曰君子隱居以養眞也王逸楚辭注曰守眞玄默也莊子曰天無為以之清地無為以之寧故兩無為相合萬物皆

化人孰得無為哉韓子解老子曰所以貴無為無思為虛者謂其意無所制也愼子曰夫道所以使賢無奈不肖何也所以使智無奈愚何也若此則謂之道勝矣又曰道勝則名不彰莊子曰孔子之楚舍於蟻丘之漿其鄰有夫妻臣妾登極者仲尼曰是陸沈者也是其市南宜僚邪郭象曰人中隱者譬如無水而沈也翰曰養眞謂任性縱逸所尚於無為也道勝謂之勝者所貴隱身也陸沈謂無水而沈淪於山林也游思竹素園寄辭翰墨林善曰風俗通曰劉向為孝成皇帝典校書籍皆先書竹為易刊定可繕寫者以上素也今東觀書竹素也歸田賦曰揮翰墨以奮藻長楊賦曰藉翰林以為主人銑曰竹素皆乃古人所用書之者言游思古人典籍也言園謂廣也翰筆謂寄文辭於筆墨之林言材者謂多也墨蜧麗躍重淵商羊儛野庭善曰淮南子曰犧牛騂毛宜於廟牲其於致雨不若黑蜧高誘曰黑蜧黑蛇也潛於神泉能致雲雨家語曰齊有一足之鳥飛集公朝下止於殿前舒翅而跳齊侯大怪之使使聘魯訪諸孔子孔子曰此名曰商羊水祥也昔童兒有屈其一腳振訊兩臂而跳且謠曰天將大雨商羊鼓儛今齊有之其應至矣告趣治溝渠脩堤防將有大水為災須臾大霖水溢汎諸國傷害民人唯齊備不敗也向曰蜧蛇也生於深淵若踊出則致雲雨商羊鳥亦致雨水也皆天將降雨候飛廉應南箕豐隆迎號屏善曰楚辭曰後飛廉兮使奔屬飛廉風伯也楚辭曰吾令豐隆乘雲兮王逸曰豐隆雲師也楚辭曰屏號起雨何以興之王逸曰屏屏翳雨師名也號呼也與起也言雨師呼則雲起而雨下也翰曰飛廉風神應於南箕星謂好風故也豐隆雷神號屏雨師故雷神迎之風雷雨相成助也雲根臨八極雨足灑四溟善曰淮南子曰八紘之外有八極八極之雲是雨天下高誘曰八方之極也良曰八極四方八角也四溟謂四海也謂天下雲徧起也霖瀝過二旬散漫亞九齡善曰言今淫雨霖瀝已過二旬水流散漫亞乎九齡也鄭玄詩譜曰堯之末洪水九年萬國不粒翰曰言霖雨過二十日也散漫水大亞次於堯時階下伏泉涌堂上水衣生善曰高誘淮南子注曰蒼苔水衣也良曰伏潛也洪潦浩方割人懷昏墊情善曰尚書曰湯湯洪水方割孔安國

曰割害也水方爲害也尚書禹曰洪水滔天浩浩懷山襄陵下民昏墊孔安國曰昏瞀墊溺皆病水災　向曰洪大也潦雨水也言大水浩浩然方爲患害下人懷昏溺之情也

沈液漱陳根綠葉腐父**秋蔕**善曰漱蕩也鄭玄毛詩箋曰陳根可拔　銑曰沈液雨水也言漱蕩草根皆陳萎也而木葉之莖以水火注亦以窗欄也

里無曲突煙路無行輪聲善曰漢書徐福上書曰曲突徙薪無恩澤　翰曰閭里室宇皆已頹壞則竈之曲突水所奔流故無煙也水深塗泥車輪之行故無聲也

環堵自頹毀垣閭不隱形善曰禮記曰儒有環堵之室廣雅曰墉垣牆也釋名曰墉容也所以蔽隱形容也　良曰環堵人之小室也閭里門也皆頹毀故人家家不復隱形也

尺燼重尋桂紅粒貴瑤瓊善曰戰國策曰蘇秦之楚三月乃得見王談卒辭行楚王曰先生不遠千里而臨寡人曾弗肯留願聞其說對曰楚國食貴於玉薪貴於桂謁者難見如鬼王難見於天帝今令臣食玉炊桂因鬼見帝其可得乎漢書曰大倉之粟紅腐而不可食也　良曰燼薪也紅粒米也謂有水災生者失業故一尺之薪價重於一尋之桂而米亦貴於玉也

君子守固窮在五臣作大**約不爽貞**善曰論語曰子路愠見曰君子亦有窮乎子曰君子固窮左氏傳晉成鱄曰居利思義在約思純爾雅曰爽差也周易曰貞正也　銑曰君子雖處約儉之代不爽貞忘之志

雖榮田方贈慙爲溝壑名善曰說苑曰子思居衛縕袍無裏二旬九食田子方使人遺狐白之裘恐其不受因謂之曰吾假人遂忘之吾與人如弃之子思辭曰伋聞忘與不如遺弃物於溝壑伋雖貧不忍身爲溝壑故不敢當卒不肯受　向曰君子固窮雖有贈惠之榮慙爲此名也

取志於烏**陵子比**五臣作之**足黔婁生**善曰孟子章句曰陳仲子豈不誠廉士哉居於陵三日不食耳無聞目無見井上有李實螬食者過半矣匍匐往將而食之三咽然後耳有聞目有見也仲子織屨妻辟纑以易之劉熙曰陳仲子齊一介士也螬蠱也李實有蠱食之過半言仲子目無見也仲子自織屨妻紡纑以易食也緝績其麻曰辟練麻曰纑也列女傳曰黔婁先生死仲子弔之曰先生何以爲謚妻曰以康爲謚曾子曰先生在時食不充虛衣不蓋形何樂於此而謚爲康乎妻曰先生君嘗欲授之政以爲國相而辭不爲是其有餘貴也君嘗賜之粟三十鍾先生不受是其有餘富也其謚爲康不宜何也皇甫謐高士傳曰黔婁先生者齊人也脩清節不求進　翰曰於陵子仲隱於陵地楚王聞其賢使持百金聘之不受黔婁先生亦賢人魯恭公使致禮粟三十鍾將用爲相先生辭而不受故景陽慕也

六臣註文選卷第二十九

六臣註文選卷第三十

梁昭明太子撰

唐李善并五臣註

雜詩下

時興詩 五言

盧子諒 名諶 翰曰時興感時物而興喻情也亦雜詩之類

亹亹 尾 圓象運悠悠方儀廓 善曰楚辭亹亹而過中 曾子天道曰圓地道曰方在天成象故曰圓象天地曰兩儀故曰方儀也 賈逵國語注悠悠長也 尒雅廓大也 向曰亹亹行進也悠悠遠也運動也 忽忽歲云暮游原采蕭藿 善曰楚辭曰歲忽忽而猶盡 毛詩歲聿云暮采蕭穫菽毛萇曰云言也又曰蕭蒿也菽藿也 銑曰遊於原野也蕭香蒿也藿豆苗也惜時逝之意也 北踰芒 五臣作邙 與河南臨伊與洛 善曰芒山名也河及伊洛皆水名 良曰踰度也邙山名 凝霜霑蔓草悲風振林薄摵摵 所隔 芳葉零 蘂蘂 蘂蘂 五臣作 芬華落 善曰楚辭曰激凝霜之紛紛又曰哀江介之悲風 射雉賦陳柯摵以改舊摵凋柯皃所華切 字書蘂垂也 如榷切 濟曰摵摵葉落聲也零落也蘂蘂垂落皃 下泉激洌清曠野增遼索 善曰毛詩曰洌彼下泉毛萇曰洌寒也 司馬彪莊子注流急曰激 毛詩率彼曠野毛萇曰曠空也 向曰下泉流泉也激急曠寬墻盂也言流泉至於秋則急流而清激也寬野之中盂以遼遠疎索然也 登高眺遐荒極望無崖崿 五各反 善曰文字集畧曰崿崖也 翰曰遐遠也荒謂野中多草也崖崿邊畔也 形變隨時化神感因物作 善曰莊子曰形變而有生又曰一龍一蛇與時俱化 爾雅感動也 老子萬物並作吾以觀其復 王弼曰作生長也子曰以虛靜觀其反覆者也 銑曰萬物形變隨時而化神思感之因時而作也 澹乎至人心恬然存玄漠 善曰言已澹乎同彼至人意存玄漠而已 莊子澹而靜乎漠而清乎 王逸楚辭注憺安也憺與澹同 莊子不離於真謂之至人 又曰至人之用心若鏡 淮南子恬然則縱之 廣雅恬靜也 張華勵志詩大猷玄漠 廣雅玄道也又曰漠泊也 說文泊無也 濟曰至人真性澹乎然無所營為唯在玄然寂漠而已

雜詩二首 五言

陶淵明

結廬在人境而無車馬喧 善曰結構也 良曰廬室也 問君何能爾心遠地自偏 善曰鄭玄禮記注尒助語也 琴賦曰体清心遠邈難極 銑曰問君何能如此者自以發問將明下文也 遠謂心自幽遠雖處喧境如偏僻也 采菊東籬下悠然望南山 向曰菊香草黃華可以泛酒悠然遠皃此得性自縱逸也 山氣日夕佳飛鳥相與還此還有真意欲辯已忘言 善曰管子曰夫鳥之飛必還山集谷也 楚辭狐死必首丘夫人孰能反其真情 王逸注真本心也 莊子言者所以在意也得意而忘言 翰曰日暮山氣紫翠所謂佳也飛鳥晝遊而夕相與歸于山林此得天性自任者也而我欲言此真意吾亦自入真意也故遺忘其言而無言也

秋菊有佳色裛 於劫 露掇其英泛此忘憂物遠我達世情 善曰文字集畧曰裛坌衣香也然露坌花亦謂之裛 毛萇詩傳掇拾也 毛詩微我無酒以遨以遊 毛萇曰非我無酒可以忘憂 潘岳秋菊賦汎流英於清波似浮萍之隨波纏子董無心曰無心鄙人也不識世情 良曰掇採英花也菊有佳色故乘裛露而采之泛之於酒自歡天性故遠達世上之情不若我也忘憂物謂酒也 一觴雖獨進盃盡壺自傾 良曰獨酌獨進盃也又自傾壺而滿之 日入羣動息歸鳥趨林鳴 善曰莊子善卷曰余日出而作日入而息 尸子晝動而夜息天之道也 杜育詩臨下覽動 曹子建贈白馬王彪詩歸鳥赴喬木 銑曰衆物之羣動者日入皆息故歸鳥趨

飛於林而喧鳴也此自合其眞理故言之

嘯傲善作傲東軒下聊復得此生善曰郭璞遊仙詩曰嘯傲遺俗羅得此生　劉瓛易注曰自無出有曰生生得性之謂也　向曰嘯傲超逸皃軒檐也言自超逸於東檐之下聊復得此逹生之樂

詠貧士 五言

陶淵明

萬族各有託孤雲獨無依善曰孤雲喻貧士也　陸機鼈賦揔美惡而兼融播萬族平一區　楚辭憐浮雲之相佯王逸注曰相佯無依據之皃也　翰曰万類各有所託附而孤雲逈出獨無所依盖以喻賢士也

曖曖虛中滅何時見餘輝善曰王逸楚辭注曰曖曖昏昧皃　陸機擬古詩曰照之有餘輝　良曰曖曖暗皃言暗昧游於虛中終以消滅復何見有光輝也謂貧士無榮貴之望

朝霞開宿霧衆鳥相與飛善曰喻衆人也　銑曰早朝夜氣已開衆鳥皆飛喻衆人各有所營爲也朝霞謂早時宿霧謂夜氣也

遲遲出林翮未夕復來歸善曰亦喻貧士　向曰此謂困鳥遲遲緩舉其羽未夕來歸謂不及衆鳥之次貧士亦不及衆人也

量力守故轍豈不寒與饑知音苟不存已矣何所悲善曰左氏傳晉荀吳曰量力而行又向戌曰飢寒之不恤誰能恤楚　古詩曰不惜謌者苦但傷知音稀　楚辭曰已矣國無人兮莫我知　濟曰貧士量其微力守其故跡不爲營求常苦飢寒知我者且無矣則爲嗟何所悲也轍跡也　知音謂知我者也苟且也已矣歎也

讀山海經 五言

翰曰山海經者所記衆山百川草木禽獸之書潛讀之因而爲詠

陶淵明

孟夏草木長繞屋樹扶疏善曰上林賦曰垂條扶疏　銑曰此先述時候扶疏謂枝葉四布皃

衆鳥欣有託吾亦愛吾廬既耕亦已種且還讀我書窮巷隔深轍頗迴故人車善曰漢書曰張負隨陳平至其家乃負郭窮巷以席爲門門外多長者車轍　韓詩外傳楚狂接輿妻曰門外車轍何其深　良曰衆鳥皆欣此茂林之扶疏而我亦愛我所居盖各得其所　向曰大路車馬行多故轍跡深也頗少也言窮巷之曲隔此大路少能迴故人之車以過我也謂所居幽僻

歡言酌春酒摘善作擿我園中蔬善曰張協歸舊賦曰若辭既接歡言乃周　毛詩曰爲此春酒　濟曰蔬菜也

微雨從東來好風與之俱善曰閒居賦曰微雨新晴　翰曰夏之暑熱風雨俱來清滌煩氣故曰好風

泛覽周王傳流觀山海圖善曰周王傳穆天子傳也山海圖山海經也　銑曰泛溥也周王傳謂周穆王傳也穆王車轍馬跡遍於天下故先溥覽之然後流目於山海經也圖象也

俛仰終宇宙不樂復何如善曰莊子老聃曰其疾俛仰之間再撫四海之外又善卷曰余立於宇宙之中　毛詩曰既見君子云何不樂　向曰讀此書俛仰之間終見天下之事可謂樂也

七月七日夜詠牛女 五言

善曰齊記記曰桂陽城武丁有仙道常在人間忽謂其弟曰七月七日織女渡河諸仙悉還宮吾向已被召不得停與尔别矣弟問織女何事渡河兄何當還荅曰織女暫詣牽牛吾去後三千年當還耳明日失武丁所在世人至今猶云七月七日織女嫁牽牛

謝惠連

落日隱櫩楹升月照簾櫳善曰毛詩如月之升　說文曰櫳房室之疏也　翰曰楹柱櫳窗也

團團滿葉露析析先歷振條風善曰毛詩曰野有蔓草零露團兮　楚辭曰秋風兮蕭蕭舒芳兮振條　良曰團團露皃析析風聲

蹀牒足循廣除瞬舜目矖力帝曾穹善曰呂氏春秋曰惠盎見宋康王康王蹀足謦欬声類曰蹀躡也　登樓賦曰循階除而下降　說文曰除殿階也又曰瞬開闔目也　蒼頡篇曰矖索視之皃也穹天也　向曰蹀足謂案步也除庭也瞬目謂

動目也矖視也曾穹天也案步雲漢有靈匹彌年闕
循行於庭動目以視高天
相從善曰毛詩倬彼雲漢曹植九詠注曰牛女為夫婦七月七日得一會同也毛萇詩傳曰彌終也銑曰
雲漢天河也靈匹謂牛女相匹耦也謂終年闕於相從會合也遐川阻昵五臣作曬愛脩渚
曠清容善曰曹植九詠注曰織女牽牛之星各處河之旁尔雅曰昵近也孫炎曰親之近也蒼頡篇曰曠踈
曠也翰曰遐長曬親脩遠曠隔也謂長川阻其親愛長隔於清容容儀也長川遠阻皆天河也弄杼不
成藻聳轡騖前蹤善曰古詩曰纖纖擢素手札札弄機杼終日不成章泣涕零如雨王逸楚
辭注曰聳軌也濟曰弄杼謂織也藻文聳踴也言憂此以曠故織不成文聳踴龍轡馳赴前蹤也昔離
秋已兩今聚夕無雙善曰昔離迄今會而秋已兩今聚便別故夕無雙良曰今夕一聚
明晨復離故云今聚夕無雙也傾河易迴斡款情善作顏難久悰
音琮善曰傾河天漢也陸機擬古詩曰天漢東南傾邊讓章華臺賦曰天河既迴歡樂未終如淳漢書注曰斡轉也

文三十　五

字林曰款誠也意有所欲廣雅曰悰樂也向曰傾邪款憂也天河將斜易為迴轉謂向曉也故憂情難為樂久即見分離
沃若靈駕旋寂寥雲幄空善曰毛詩曰我馬維駱六轡沃若陸機雲賦藻帝
髙舒帷虹繞翰曰沃若龍行皃靈駕旋謂牛女龍駕各還歸也寂寥空虛皃靈幄帳也此會合於天而言雲者故其
宜也言別離之後雲幄已空也留情顧華寢遙心逐奔龍善曰龍仙者所駕故
遙心以逐之莊子曰神人承雲氣御飛龍也翰曰謂牛心畱情顧戀華寢之處遠心逐織女之龍車也沈吟
為爾感情深意彌重善曰古詩曰馳情整巾帶沈吟聊躑躅鄭玄毛詩箋曰尔汝也廣
雅曰感傷也鄭玄儀禮注曰彌盡也向曰此惠連沈吟為之感生故情深而意彌多也重猶多也

擣衣五言良曰婦人擣帛裁衣將以寄遠也

謝惠連

衡紀無淹度晷運倏如催善曰漢書曰用昏見者杓夜半建者衡晉灼曰衡斗
之中央也尔雅曰星紀斗牽牛也漢書音義曰二十八舍列
在四方日月行焉起於星紀也說文曰晷日景也周易曰日
月運行銑曰衡紀玉衡星也淹度數遷
轉無復淹停日行倏忽之疾有如相催白露滋園菊秋
風落庭槐濟曰滋潤也肅肅莎雞羽烈烈寒螿子良啼善曰
毛詩曰六月莎雞振羽一名促織一名絡緯一名蟋蟀論衡曰夏末寒蜻蛚鳴將感陰氣也許慎淮南子注曰寒螿蟬
屬也翰曰肅肅羽動聲烈烈聲多皃夕陰空結幕霄五臣作宵月皓中閨
良曰夜陰之氣結集空帷月照於閨房之中也幕帷夕曉霄宿皓照也美人戒裳服端飾
相招攜善曰楚辭曰美人皓齒嫮以姱左氏傳曰招攜以禮何休公羊傳注曰攜持將也向曰戒備端整
也謂美人之徒相與備整衣裳服裝飾以相招攜也簪玉出北房鳴金步南階
善曰魏臺訪議曰以玉為笄也古曰笄今曰簪繁欽定情詩曰何以致拳拳綰臂雙金環濟曰簪玉首飾也鳴金佩飾
也步南庭將擣衣也櫩高砧響發楹長杵聲哀善曰郭璞曰砧木質也然此砧

文選卅　六

為擣帛之質也文字集略曰砧杵之質也猪金切尔雅曰砧謂之虔銑曰室之高深動声響切也楹柱也楹長故擣
高也微芳起兩袖輕汗染雙題善曰說文曰題額也翰曰芳香也運杵用
力故有微汗言雙者兩人對為之紈素既已成君子行未歸善曰君子謂夫
也毛詩曰未見君子向曰紈素謂帛也裁用笥四中刀縫為萬里衣善曰
古詩曰相去萬餘里良曰笥箱也夫在遠方故云萬里衣盈篋音頰自余手幽緘
候五臣作侯君開善曰說文曰篋笥也又曰緘束篋也古減切濟曰篋亦箱也盈滿也自猶出也幽密緘封
候待也腰帶准疇昔不知今是非善曰左氏傳羊斟曰疇昔之羊子為政
翰曰衣腰與帶尺度長短准舊所裁不知今是與非也疇昔謂舊日

南樓中望所遲去客五言善曰謝靈運遊名山志曰始寧又北轉一汀
七里直指舍下園南門樓自南樓百許步對橫山翰曰靈運登樓望所待客未至故作是詩

遲待也

謝靈運

杳杳日西頽，漫漫長路迫。登樓爲誰思，臨江遲來客。善曰：楚辭云：日杳杳以西頽，路長遠而窘迫。王逸注曰：言道路長遠，不得復還，憂心迫窘，無所舒志也。楚辭曰：吹參差兮誰思。遲，猶思也。銑曰：杳杳，遠皃。漫漫，長皃。迫，近也。喻衰老而長逝之路近也。故云登樓爲誰思，但臨江待客以寫憂思也。與我别所期，期在三五夕。善曰：陸機贈馮文羆詩曰：悶子别所期，耀靈緑扶木。三五，謂十五日也。礼記曰：月者三五而盈也。圓景早巳滿，佳人殊五臣作猶未適。善曰：曹子建贈徐幹詩曰：圓景光未滿，衆星粲已繁。魏文帝秋胡行曰：朝與佳人期，日夕殊不來。杜預左氏傳注曰：適，歸也。向曰：客與我别時所期十五日也，今已至期，猶復未至也。三五，十五日也。圓景已滿，謂至期也。佳人，謂君子也。適，謂適所意也。即事怨睽苦圭携，感物方悽戚。善曰：即事，即此離别之意也。列子：周之尹氏有老役夫，晝則呻呼即事，夜則昏憊而熟寐。周易曰：睽，乖也。賈逵國語注：携，離也。古詩曰：感物懷所思。鄭玄論語注曰：方，常也。良曰：即事，此事也。睽攜，乖離也。感物，謂上頽日長路也。悽戚，憂也。

孟夏非長亱，晦明如歲隔。善曰：楚辭曰：望孟夏之短亱，何晦明兮若歲。良曰：心有所待，時延易久，故自亱至明，若隔於一歲也。瑤華未堪折，蘭苕已屢摘。善作擿。善曰：楚辭曰：折疏麻兮瑤華，將以遺乎離居。又曰：被石蘭兮帶杜衡，折芳馨兮遺所思。翰曰：瑤華，麻花也。其色白，故比於瑤。比花香，服食可致長壽，故以爲美，將以遺遠。未堪，所謂孟夏時未花也。蘭苕亦香草，此君子，故屢摘以相思，欲贈遠，苕異也。路阻莫贈問，云何慰離析。先歷切。善曰：楚辭曰：媒絶路阻，言不可結而贈也。毛萇詩傳曰：問，遺也。又曰：慰，安也。杜育金谷詩曰：既而慨爾，感此離析。搔首訪行人，引領冀良覿。善曰：毛詩靜女曰：愛而不見，搔首踟躕。尒雅曰：覿，見也。良覿，謂見良人也。濟曰：雖蘭苕屢摘，而道路遠阻，莫能贈而問之，何以慰分離之情也。登樓望遠，訪於行路之人，引領之間，冀良友之可見也。

田南樹園激流植援五言。銑曰：田南，靈運所居之南也。樹，立。植，種也。引流水，種木爲援，如牆院也。援，衛也。

謝靈運

樵隱俱在山，由來事不同。不同非一事，養痾亦五臣作丘園中。善曰：臧榮緒晉書曰：何琦曰：胡孔明有言，隱者在山，樵者亦在山。在山則同，所以在山則異，豈不信之乎。高處與馬融書曰：公今養痾傲士。說文曰：痾，病也。向曰：樵採隱逸之人，俱在於山，所以不同，亦有養痾園中者也。園中善作中園屏氛雜，清曠招遠風。善曰：范華後漢書：仲長統曰：欲卜居清曠，以樂其志。廣雅曰：曠，遠也。濟曰：屏，去。氛穢，喧雜。招求幽遠之風。卜室倚北阜，啓扉面南江。善曰：西都賦曰：臨峻路而啓扉。良曰：卜，度。倚，背。阜，山。啓，開。扉，門也。激澗代汲井，插槿當列墉。翰曰：激澗處水上高處，用之代汲水於井。栽插槿木，以爲周墉也。列，周。墉，墻也。

羣木既羅戶，衆山亦當善作對窻。向曰：羣木羅列於門，衆山當窗而見也。靡迤趨下田，五臣作岫迢遞瞰高峰。善曰：西京賦曰：亹漫靡迤。銑曰：靡迤，細走皃。迢遞，高遠皃。趨，走。瞰，視也。寡欲不期勞，即事罕人功。善曰：老子曰：少私寡欲。即事，即此營室之事也。列子：周之尹氏有老役夫，晝則呻呼即事，夜則昏憊而熟寐。濟曰：思之少欲，不期爲勞，就此山事，希用人力也。即，就。罕，希。功，力也。唯開蔣生逕，永懷求羊蹤。善曰：三輔決録曰：蔣詡字元卿，隱於杜陵，舍中三逕，唯羊仲、求仲從之遊。二仲皆推廉逃名。毛萇詩傳曰：懷，思也。良曰：將開此逕，長懷比蹤。賞心不可忘，妙善冀能五臣作皆同。善曰：莊子曰：顏成子遊謂東郭子綦曰：自吾聞子之言也，八年而不知死生，九年大妙。郭象曰：妙善同，故無往而不冥也。翰曰：賞心之樂不可忘者，則妙善之道所望同於古人。

齋中讀書五言。善曰：永嘉郡齋也。銑曰：齋，静室也。

謝靈運

昔余游京華未嘗廢丘壑善曰郭璞遊仙詩曰京華遊俠窟漢書班嗣書曰夫嚴子者漁釣於一壑萬物不干其志棲遲於一丘天下不易其樂也向曰京華帝都也言昔遊帝都丘壑之情不忘也丘山壑水也矧乃歸山川心跡雙寂寞善曰尒雅曰矧況也楚辭曰野寂漠兮無人良曰跡事也寂寞閑靜也言心乃所爲事跡皆歸閑靜也虛館絶諍訟空庭來鳥雀善曰張衡四愁詩序曰諍訟息鬻子曰禹治天下朝廷之間可以羅雀也翰曰無俗理喧諍訟言之事但見鳥雀來遊臥疾豐暇豫翰墨時間作善曰國語憂施曰我教茲暇豫之事君韋昭曰暇閑也豫樂也歸田賦曰揮翰墨以奮藻兩都賦曰序時時間作濟曰臥疾養疾也豐多也翰墨文章也懷抱觀古今寢食展戲謔善曰文賦曰觀古今於須臾毛詩曰善戲謔兮不爲虐兮良曰觀古今謂讀書也戲謔樂也既笑沮溺苦又哂子雲閣執戟亦以五臣作已疲耕稼豈云樂善曰論語曰長沮桀溺耦而耕漢書曰王莽既以符命自立即位之後欲絶其源以神前事而甄豐子尋劉歆子棻復獻之莽誅豐父子投棻四裔辭所連及便收不請時揚雄校書天祿閣上理獄使者來欲收雄雄恐不能自免乃從閣上自投幾死京師爲之語曰惟寂惟漠自投於閣潘安仁夏侯湛誄曰執戟疲揚向曰讀書見長沮桀溺之耕笑其苦也見揚子雲校書天祿閣又哂其勞也哂亦笑也執戟子雲爲郎執戟宿衞耕稼即桀溺也萬事難竝歡達生幸可託善曰莊子曰達生之情者傀司馬彪曰傀大也情在無故曰大傀音瑰翰曰萬事有分不可並得歡樂且達生理自守真性乃可託於時也

石門新營所住四面高山迴溪五臣作磯石瀨茂林修竹五言善作修竹茂林向曰新營所住則前篇激流植援之處也

謝靈運

躋險築幽居披雲臥石門善曰方言躋登也論衡曰幽居靜處恬憺自守莊子雲者風起北方一西一東孰居無事而披拂是銑曰躋升也築爲築土爲室苔滑誰能步葛弱豈可捫善曰遊天台山賦曰踐莓苔之滑石又曰援葛藟之飛莖毛萇詩傳曰捫持也濟曰苔石上青苔雖以泉水自滑也誰能步者言不可行於上葛之條蔓細弱上高下深恐有顛墜也捫攀也嫋音鳥嫋秋風過萋萋春艸繁善曰楚辭曰嫋嫋兮秋風王逸注曰嫋嫋風搖木皃也楚辭曰春艸生兮萋萋翰曰嫋嫋風吹皃萋萋草盛皃美人遊不還佳期何由敦善曰楚辭曰望美人兮未來又曰與佳期兮夕張方言曰敦信也翰曰美人友也敦厚也言友人遠遊不還而佳期何時復得敦厚而相叙也覩此故思友人也芳塵凝瑤席清醑滿金罇善本作樽善曰庾闡楊都賦曰結芳塵於綺疏楚辭曰瑤席兮玉瑱毛詩曰飲此醑美埤蒼滑美皃也曹子建樂府詩曰金樽玉杯不能使薄酒更厚向曰芳塵輕塵謂人不在輕塵徧席如凝瑤美言之也醑酒也洞庭空波瀾桂枝徒攀翻善曰楚辭曰洞庭波兮木葉下攀桂枝兮聊淹留銑曰洞庭空波瀾謂秋時至也洞庭波名也桂樹貞芳可以翫游今友人不還故徒爲攀援誰與共之翻援也結念屬霄漢孤景莫與諼音喧善曰言所思念邈若霄漢孤影獨處莫與忘憂蔡琰詩曰煢煢對孤影怛咤靡肝肺毛萇詩傳曰諼忘也張翰詩曰單形依孤影銑曰結念近於高遠故云屬霄漢天屬近也我之孤影無友人可與之言也景影莫無諼言也俯濯石下潭五臣作瀑普秘切俯看條上猨良曰俯則洗心神於石水仰則看猨猨於木條也濯洗也瀑水暴至声早聞夕飈急晚見朝日暾士論反善曰楚辭曰暾將出兮東方王逸注曰始出其形暾暾而盛大也翰曰山村深暗故雖早風如夜也雖晚見日如朝時初出光也暾日初出皃崖傾光難留林深響易奔向曰山崖欹傾蔽日光難久留也林木深遠振動風響易奔急也感往慮有復理來情無存善曰言悲感已往而夭壽紛錯故慮有迴復妙理苦來而物我俱喪故情無所存往謂適

彼可悲之境也　翰曰感往昔之事而思慮有所反復恐物理之失也至於真理來合得喪同也故情無所存繫

庶特五臣作持**乘日用得以慰營魂**善曰莊子牧馬童子謂黄帝曰有長者教予曰若乘日之車而遊襄城之野郭象曰日出而遊日入而息也車或爲居　楚辭曰載營魂而升霞鍾會老子注曰經護爲營也向曰庶近也恬憺無爲不知所用於心謂之日用此道可以近持於身乘而行之以慰心府魂神也

匪爲衆人說冀與智者論善曰司馬遷書曰可爲智者說難爲俗人言　銑曰此道不可與俗人說之當與智者談也

雜詩　五言

王景玄善曰沈約宋書曰王微字景玄江湛舉爲吏部郎卒　良曰沈約宋書王微少好學無不通覽善屬文能書十六舉秀才除右軍諮議徵素無宦情徵並不就

思婦臨高臺長想憑華軒善曰陸機爲顧彥先贈婦詩曰東南有思婦舞賦曰遠思長想　登樓賦曰憑軒檻以遙望潘岳爲賈謐贈陸機詩曰珥筆華軒常昭漢書注軒檻上版也　濟曰臨高臺憑華軒長想夫也軒樓上鉤欄也華者有華飾文彩

弄絃不成曲哀歌送苦言善曰左太冲詠史詩哀調和漸離　張平子書酸者不能不苦於言也　翰曰相思之苦言也

箕箒留江介良人處雁門善曰國語曰吳王夫差伐越越王勾踐乃命諸稽郢行成於吳曰勾踐請盟一介適女執箕箒以備姓於王宮說文曰箕籔也箒糞也　楚辭哀江介之悲風　孟子曰齊人一妻一妾而處室者其良人出必饜酒肉劉淇曰婦人稱夫曰良人漢書有雁門郡　翰曰箕所以籔揚物者箒掃除地者此婦人所執以事夫也今言執此物留居江閭夫在北塞相去遠也介間也良人夫也

詎憶無衣苦但五臣作粗**知狐白溫**善曰曹植贈丁儀詩曰狐白足禦冬焉念無衣客　向曰夫不憶無衣之苦但知自服狐白之裘而爲溫也亦喻君之自溫而不知下人之寒苦也狐白謂狐腋之白毛以爲裘也

日暗牛羊下野雀滿空園善曰毛詩曰日之夕矣牛羊下來古猛虎行曰日莫不從野雀棲　銑曰日暗牧牛羊之人皆下而歸野鳥皆滿空園咸有匹偶安其棲息而我且孤也

孟冬寒風起東壁正中昏善曰礼記曰仲冬之月昏東壁中　良曰東壁星名十月則日昏時見於南故云中昏傷歲暮也

朱火獨照人抱景自愁怨平　善曰古詩曰朱火然其中楚辭曰廓抱景而獨倚　濟曰朱火燈也景影也言燭獨照人抱影多愁也

誰知心曲亂所思不可論善曰毛詩曰乱我心曲　古詩曰所思在遠道　翰曰所思不見復何論也

數詩　五言　翰曰數從一爲首累至十以爲文理述其所情也

鮑明遠

一身仕關西家族滿山東善曰家語孔子曰恭敬忠信四者可以正國豈特一身漢書王衛尉曰蕭何守關中搖足則關西非陛下所有又曰高帝問羣臣羣臣皆山東人也

二年從軍駕齋祭甘泉宮善曰漢書曰元延二年行幸甘泉賦曰正月從上甘泉蔡邕獨斷曰不敢指斥天子故但言車駕　漢書曰武帝作甘泉宮中爲臺置祭具以致天神也　銑曰漢有甘泉宮祈祭之所也

三朝國慶畢休沐還舊邦善曰漢書谷水上書曰食於三朝之會周礼曰國有福事則慶賀之漢書曰張安世休沐未嘗也王粲贈蔡子篤詩曰戾舊邦也　向曰三朝謂正朝也歲之朝月之朝日之朝是也國慶謂朝會既畢乃止息還於舊國也休沐止息也

四牡曜長路輕蓋若飛鴻善曰毛詩曰駕彼四牡　石崇還京詩曰迅風翼華蓋飄飄若飛鴻向曰四牡四馬也富貴榮華故光曜長路其蓋輕疾如鴻鴈飛

五侯相餞送高會集新豐善曰漢書曰成帝悉封舅王譚王立王根王逢王商時爲列侯五人同日封故世謂之五侯又曰漢王置酒會三輔舊事曰太上皇思慕鄉里高祖徙豐沛商人立爲新豐也　良曰新豐邑名

六樂陳廣坐組帳揚春風善曰周礼曰凡六樂者文之以五声鄭玄曰此固所以存六代之樂史記侯嬴曰公子自迎嬴群衆廣坐之中嵇康贈秀才詩曰組帳高褰　濟曰六樂謂六代樂也組緇綬之屬以繫帳也

七盤起長袖庭下列歌鐘善曰張衡舞賦曰歷

文三十　十一

文三十　十二

七盤而屣蹑韓子曰袖善舞國語曰公錫魏絳女樂二八謌鍾一肆　良曰七盤舞名列行也八珍盈
彫俎綺肴紛錯重善曰莊子曰祝宗人説彘曰汝奚惡死吾將加汝肩尻乎彫豆之上應
璩與公琰書繁俎綺錯羽爵飛騰　翰曰周官食醫掌和八珍之齊盈滿也彫俎器也肴膳也謂其品色多名如綺文紛
飾多重言也九族共瞻遲去賓友仰徽容善曰尚書曰敦叙九族孔安國
曰九族高祖玄孫之親也　張載送鍾參軍詩曰善建理不援闡道播徽容　濟曰遲待徽美也十載學無
就善官一朝通善曰漢書曰張釋之事文帝十年不得調又曰司馬安巧善宦四至九卿　向
曰學十年曰大成言無就者謙也善猶良也十者小數之極故數詩至此而止
翫月城西門廨善作解中五言　翰曰廨公府也時昭為秣陵公
鮑明遠
始出善作見西南樓纖纖如玉鉤善曰西京雜記公孫乘月賦曰值圓巖而

似鉤蔽脩㨨如分鏡　王逸楚辭注曰瓊玉鉤也向曰月初出於西南纖纖然有似玉鉤末映東北
墀娟娟似蛾眉善曰説文曰墀塗地也礼天子赤墀上林賦曰長眉連娟毛詩曰螓首蛾眉　向
曰出於西南面宜映東北階也娟娟明媚皃此月初出光微也蛾眉婦人之眉也蛾眉蔽珠櫳
玉鉤隔瑣窗善曰珠櫳以珠飾疏也瑣窗為瑣文也范曄後漢書曰梁冀第舍窗牖皆有綺疏青瑣
也　翰曰蔽隱於欄檻阻於窗牖珠者飾之以珠瑣者畫之以文也三五二八時千里
與君同善曰三八十六日也釋名曰望滿之名月大十六日月小十五日淮南子曰道之論譬如日月
馳騖千里不能改其處　銑曰謂從微至明也三五十五日也千里與居同者言思友朋遠與同也夜移衡
漢落徘徊帷五臣作入戸中善曰衡中中央也漢天漢也陸機擬古詩曰天漢東南傾曹植
七哀詩曰明月照高樓流光正徘徊　翰曰衡北斗也漢天河也夜夕將迴旋入於帷戸之中也歸華先
委露別葉早辭風善曰言歸華先委為露所墮別葉早辭為風所隕華落向本故曰歸本葉

不離枝故云別葉　楚辭注委棄也　翼氏風角木落歸本水流歸末　向曰此言翫月之時見草木華葉皆早委風露
而落也歸別皆落也委著止亦如人從微至著終見衰謝也客游厭苦辛仕子倦
飄塵善曰陸機答張士然詩曰飄颻冒風塵休澣自公日宴慰及私
辰蜀琴抽白雪郢曲發五臣作繞陽春善曰礼記晏子澣衣以朝字
林曰醧私宴飲也　方言慰居也相如工琴而處蜀故曰蜀琴客謌郢中故稱郢曲　宋玉笛賦師曠將為白雪之曲也
又對問曰客有謌於郢中者其為陽春白雪國中屬而和者不過數人　濟曰休息公務之日宴樂私家之辰奏此琴曲
以自娛也澣謂洗濯神思也辰亦日也抽猶奏也白雪陽春並曲名郢國名繞猶弄也肴乾酒未
缺五臣作闋金壼五臣作壺啟夕淪迴軒駐輕蓋留酌待
情人善曰肴雖乾而酒未止金壼之漏已啟夕波　左氏傳注肴乾而不食　尔雅小波為淪　陸機漏賦
伏陰蟲以承波吞恒流其如挹　良曰肴膳已乾而酒情未終金壺之水已開滴漏言夜將盡矣軒車也言迴車將歸復
駐輕蓋而留酌以待情人情人友人之別離者缺終也金壺貯刻漏水者以銅為之故曰金壺啟開也淪猶盡也

始出尚書省五言
謝玄暉善曰蕭子顯齊書朓兼尚書殿中郎高宗輔政以朓為諮議領記室高宗明
帝也　翰曰朓故出尚書省
惟昔逢休明十載朝雲陛善曰休明謂齊武皇帝左傳王孫滿曰德之
休明　齊書朓解褐豫章王行參軍然王故朝也左思七牧開甲第之廣袤建雲陛之嵯峩　翰曰惟思也休明
謂武帝時雲五雲殿也陛階也既通金閨籍復酌瓊筵醴善曰解嘲
曰歷金門上玉堂　應劭漢書注籍者為二尺竹牒記其年紀名字物色懸之宮門案省相應乃得入　袁宏宿醞賦開
金扉坐瓊筵　漢書楚元王敬礼穆生等生不嗜酒元每置酒常為穆之設醴　銑曰金閨金門也謂懸名於門乃通
出入所謂禁門也瓊筵謂天子宴羣臣之席言瓊者珍美言之醴酒宸景厭昭臨昏風

倫繼體善曰宸北辰以帝位也　蕭子顯齊書鬱林王
文惠太子長子武帝崩王即位　毛詩明明上天
照臨下土尚書曰遠耆德比頑童時謂乱風廣雅昏乱也又
曰淪沒也　公羊傳曰是子也繼文之休守文王之法度
向曰宸帝居也景日也天子比於日以臨照天下也言厭者
謂武帝崩也武帝既崩鬱林王昭業即位昏乱淪溺不紹帝
體紛虹亂朝日濁河穢清濟善曰漢書息夫躬絕命
辭曰虹霓耀兮日微張
晏曰虹蜺邪陰之氣也而有照耀以蔽日月方讒言流行忠
良浸微也戰國策張儀說秦王曰清濟濁河足以為阻　孔
安國尚書注曰濟水入河並流十數里清濁異色混為一流
亦喻讒邪之穢忠正也　濟曰紛虹邪陰之氣乱蔽朝日而
濁河之水穢清濟也水皆
喻鬱林王之昏濁不紹也防口猶寬政餐荼更如薺善曰言防衆口實由寬政雖遇餐荼之苦更同如薺之甘時
明帝輔政故曰寬也　左傳陳公子完謂齊侯曰臣幸若獲
宥及於寬政君之惠也仲長子昌言曰有軍興之大役焉有
凶荒之殺用焉如此則清脩潔皎之士固當食荼藍瞻枕藉
菁棘毛詩曰誰謂荼苦其甘如薺　良曰厲王暴虐殺国人
以止謗者召穆公諫曰防人之口甚於防川王不聽之国莫

敢言道路以目比之於鬱林王則猶為寬政失人若其政
甚於餐荼方之苛法則餐荼艸如薺焉荼苦艸薺甘艸英
袞暢人謀文明固天啟善曰英袞謂明帝也初為尚
書令故曰英袞蕭子顯齊書
曰明帝以太后廢鬱林王及海林王即位　周礼曰三公
曰袞冕而下漢書音義曰暢通也周易曰人謀鬼謀百姓與
能又曰見龍在田天下文明左氏傳曰晉侯賜畢萬𥚃卜偃
曰以是始賞天啟之矣　向曰袞三公服也時明帝為丞相
輔政故云英袞袞也通於人謀謂國人謳謠願明帝即位而
明帝文明之德天啟之也謂受太后教廢鬱林而明帝立青
精翼紫軑大黃旗映朱邸善曰春秋元命苞曰殷紂
之時五星聚房房著蒼神
之精周據而興然青即蒼也齊木德故蒼精翼之孔安國尚
書傳曰翼輔也方言曰韓楚之閒輪謂之軑徒計切天子之
車以紫為蓋故曰紫軑司馬德操與刘恭嗣書曰黃旗紫旗
恒見東南終成天下者揚州之君子　史記曰諸侯朝天子
於天子之所立宅舍曰邸漢書曰代王入朝邸諸侯王朱戶
故曰朱邸　翰曰青精星也黃旗瑞雲也皆王者將興之符
應也紫軑天子車也朱邸明帝所居謂青精輔車
黃旗映於帝宅此謂明帝將即位之時瑞也還覲司

隸章復見東都禮善曰東觀漢記更始欲北之雒陽以
上為司隸校尉三輔官府吏東迎雒
陽見更始諸將過者數十輩皆冠幘而衣婦人之衣大為長
安所笑見司隸官屬皆相指視之極望老吏垂涕歎然復見
官府儀体賢者蟻附也　銑曰章儀也更始將軍以光武
為司隸校尉三輔府吏皆迎光武於洛陽也言明帝自丞相
即位下人願之亦如漢光武
也故還復見此儀礼也中區咸已泰輕生諒昭
洒音洗　善曰文賦曰佇中區以玄覽說文曰洒滌也　良
曰中區中國也泰大也言明帝即位聖政流通下人信可
昭明洗滌穢濁也輕生
謂下人也諒信昭明也趨事辭宮闕載筆陪旌棨音啟
善曰謂出殿中而為記室也漢書曰朱博夜寢早起妻希見
面趨事如是慎子曰趨事之有司賤也礼記曰史載筆士載
言司馬彪續漢書曰公以下至二千石騎吏四人皆帶劍棨
戟為前行韋昭漢書注曰棨戟也　濟曰眺自尚書殿中郎
明帝以為諮議領記室故云載筆陪棨旌門之列戟也筆
謂眺以文吏職用筆為務也初趨走王事既見功成將歸邑
里故辭宮闕也語合在旌棨之下
今在上者遂文之便也載用也邑里向疏蕪寒流自

清洮善曰鶡冠子曰士之居邑里　賈逵國語注曰蕪穢也
說文曰洮清也且礼切向曰眺之邑里人物向疏居
處荒蕪謂別離久也
清洮秋水流皃也衰柳尚沈沈凝露方泥泥上善
曰毛詩
曰蓼彼蕭斯零露泥泥廣雅曰方正也毛萇曰泥泥沾濡也
翰曰衰柳自喻也沈沈茂盛也泥泥濡也謂雖衰老尚為君
王所顧猶為茂
盛恩澤沾濡也零落悲友朋歡虞讌五臣作
娛宴兄弟
善曰孔融與曹操書曰海內知識零落殆盡虞與娛通　毛
詩序曰棠棣燕兄弟也　銑曰久辭邑里朋友零落故悲也
既秉丹石心寧流素絲涕善曰丹石言不移也呂氏
春秋曰石可破而不奪其
堅丹可磨而不可奪其赤韓子曰上下相德守道者皆懷金
石之心素絲隨染涕墨子所悲也淮南子曰墨子見練絲而
泣之為其可以黃可以黑高誘曰閔其化也曹顏遠感時詩
曰素絲與路歧　良曰秉執丹赤石堅也既執忠赤堅貞之
心安能為素絲之變
而流涕泪也寧安也秉此終蕭散五臣作因
此得蕭散垂竿深
澗底下善曰孫惠甄賦曰泛舟於清冷之淵垂竿於巖澗之
如淳漢書注曰秉因也　翰曰蕭散逸志也垂

竿釣魚也

直中書省 五言 善曰蕭子顯齊書曰朓轉中書郎 銑曰直謂宿於禁中以備非常

謝玄暉

紫殿肅陰陰彤庭赫弘敞 善曰紫殿紫宮也漢書成紀曰神光降集紫殿莊子曰至陰肅肅至陽赫赫西都賓曰玉階彤庭西京賦曰赫盱盱以弘敞 向曰紫殿天子居也彤庭謂禁中多赤色肅嚴也陰陰沈皃赫盛也弘敞高大皃 風動萬年枝日華承露掌 善曰晉宮闕名曰華林園中萬年樹十四株 漢書曰華曜宣明又曰武帝作栢梁銅柱承露盤仙人掌也 良曰萬年木名承露掌謂起高臺為仙人形以掌承盤盤承甘露也華謂日光照也 𤫊瓏結綺錢深沈映朱網 善曰晉灼甘泉賦注曰玲瓏明見皃也東宮舊事曰窻有四面綾綺連錢 楚辭網戶朱綴刻方連王逸注曰罔綺文縷也綴緣也網與罔同而義異也 濟曰綺錢朱網並宮殿之飾也玲瓏疏皃沈亦深也 紅藥當階翻蒼苔依砌上 善曰淮南子曰窮谷之汙生以蒼苔 銑曰紅藥謂所植草色紅者翻亂蒼青也 茲言翔鳳池鳴珮 五臣作佩 多清響 善曰晉中興書曰荀勗從中書監為尚書令人賀之乃怒恚云奪我鳳凰池卿諸人何賀我耶禮記曰君子行則鳴佩玉 翰曰翔集也鳳池中書省也鳴珮所佩玉也 信美非吾室中園思偃仰 善曰登樓賦曰雖信美而非吾土兮 毛詩曰或棲遲偃仰 向曰中書信為美然非居室也思丘園以自偃仰也 朋情以鬱陶春物方駘 徒改 蕩 善曰尚書鬱陶乎予心顏厚有忸怩 莊子曰惠思之林駘蕩而不得逐物不及司馬彪曰駘猶施散也 良曰不見朋友鬱陶心憂之也駘蕩春光色也 安得凌 五臣作陵 風翰聊恣山泉賞 善曰莊子曰鵲巢於高榆之顛巢折夌風而起毛詩曰如飛如翰鄭玄曰如鳥之飛翰也 翰曰顧如鳥飛恣平生所向也

觀朝雨 五言

謝玄暉

朔風吹飛雨蕭條江上來既灑百常觀復集九成臺 善曰張景陽七命曰表以百常之闕 西京賦曰通天眇以峻峙勁百常而莖擢薛綜曰臺名曰 爾雅曰觀謂之闕 呂氏春秋有娀氏有二佚女為九成臺飲食必以鼓也 銑曰朔北也蕭條雨疋灑水而隨風皃百常觀高闕也九成臺謂九層臺也言雨灑集於水也 空濛如薄霧散漫似輕埃 濟曰空濛散漫雨微皃埃塵也 平明振衣坐重門猶未開 善曰楚辭曰平明發兮蒼梧新序曰古振衣而起周易曰重門擊柝 向曰振舉也重門帝宮也 耳目暫 五臣作蹔 無擾懷古信悠哉 善曰東京賦曰慨長思而懷古 毛詩曰悠哉悠哉毛萇曰悠思也 向曰未理事也擾煩也思古人榮哀之理信遠哉也 戢翼希驥首乘流畏曝鰓 善曰成公綏慰情賦曰惟潛龍之勿用戢鱗翼以匿影 鄒陽上書曰蛟龍驤首奮翼則浮雲出流 鵩鳥賦曰乘流則逝 三秦記曰河一名龍門兩傍有山水陸不通龜魚莫能上江海大魚薄集龍門下上則為龍不得上曝鰓水次也 向曰戢斂希望也龍門之水魚上者則為龍不得上者曝鰓於水次曝露也朓自喻斂翼而退復望舉首以求貴盛又思失勢如乘流曝鰓者也 動息無兼遂岐路多徘徊 善曰動息猶出處言出處之情有疑譬臨岐路而多惑也淮南子曰楊子見逵路而哭之謂其可以南可以北也 銑曰動息猶出處也出處之道不可兩兼而遂之則岐路甚多不知所從故徘徊中心不安定也 方同戰勝者去翦北山萊 善曰言隱勝仕也方猶將也 毛詩曰南山有臺北山有萊 毛萇曰萊艸也 向曰子夏肥而或有問之者子夏曰吾戰勝人問曰何謂戰勝曰吾入見夫子之義則榮之出見富貴又榮之二者戰於胷臆而夫子之義勝故肥也朓欲同之以不仕為勝故將去采北山之草萊草也明雖草之賤物亦不棄也

郡內登望 五言 善曰蕭子顯齊書謝出為宣城太守 翰曰朓出為宣城太守郡內登望也

謝玄暉

借問下車日，匪直望舒圓。善曰：張景陽詩曰：下車如昨日，望舒四五圓。　良曰：自問下車始至之日，非直一月，謂已經時序也。望舒，月也。寒城一以眺，平楚正蒼然。善曰：毛詩曰：翹翹錯薪，言刈其楚。說文：楚，叢木也。鄭玄毛詩箋曰：蒹葭在衆草之中蒼蒼然也。　濟曰：秋氣寒，而登城上，故云寒城。眺，望也。平，楚木叢也。蒼然，草木色也。山積陵陽阻，溪五臣作磎流春穀泉。善曰：江賦曰：幽澗積阻。沈約宋書曰：宣城郡太康中分冊陽立陵陽。子明得仙於廣陽縣山。戰國策曰：飲茹溪之流。漢書曰：冊陽郡有春穀縣。水經注曰：江連春穀縣北，又合春穀水。　銑曰：陵陽，山名。阻，險也。言山之積重者有陵陽之險，磎中所流有春穀之泉。春穀，水名。威紆距遙甸，巉嵒帶遠天。善曰：威紆，威夷紆餘，流長之皃也。孔安國尚書傳曰：距，至也。廣雅曰：巉嵒，高也。　向曰：威紆，長曲皃。謂山川長曲至於遙甸，山高之勢帶於遠天也。距，至也。甸，謂去王城五百里也。切切陰風暮，桑柘起寒烟。翰曰：桑柘，木名。遠望烟生於中也。悵望心已極，惝五臣作㦙怳魂屢遷。善曰：蔡邕詩曰：暮宿悵望楚。楚辭曰：招惝怳而永懷。招，勑驕切。惝，丑兩切。怳，況往切。　銑曰：惝怳，亮神不安皃。結髮倦為旅，平生早事邊。善曰：漢書：霍光結髮內侍。論語：久要不忘平生之言。　向曰：結髮，謂弱冠時也。旅，客也。平生早事於邊疆戎馬之事也。誰規鼎食盛，寧要狐白鮮。善曰：家語曰：子路南遊於楚，列鼎而食。晏子春秋：景公被狐白之裘，坐於堂側。　良曰：規，猶取也。寧，無也。要，猶取也。狐白裘，鮮麗也。方弃汝南諾，言稅遼東田。善曰：續漢書曰：汝南太守南陽宗資任用范滂，時人謠曰：汝南太守范孟博，南陽宗資主畫諾。魏志曰：管寧聞公孫度令行海外，遂至于遼東。皇甫謐高士傳曰：人或生暴寧田者，寧為牽牛著涼處，自飲食也。　濟曰：後漢宗資為汝南郡守，每事委功曹范滂，但唯諾而已，今方弃之也。管寧至遼東，或人有牛暴寧田者，寧牽牛而飼之，其人大慙，於是礼讓大行海表。朓志欲追蹤此事也。

和伏武昌登孫權故城 五言　善曰：徐勉伏曼容墓誌序：曼容為大司馬諮議參軍，出為武昌太守。　翰曰：孫權都在此郡，朓聞曼容作此詩，遂遙和之。

謝玄暉

炎靈遺劍璽，當塗駭龍戰。善曰：炎靈，謂漢也。典引曰：蓄炎上之烈精。漢儀礼志曰：自皇太子即位，中黃門以斬蛇寶劍授畀。晉惠帝元康三年，武庫火，燒漢高斬白蛇劍。吳書曰：初，黃門張讓等作乱，劫天子出奔，尚璽投井中。春秋保乾圖曰：漢以魏御當塗。在世名行四方。獻帝紀：太史丞許芝奏：故白馬令李雲上事曰：許昌氣見於當塗高。當塗高者，魏也。象魏者，兩觀闕是也。當塗而高大者，魏也，當代漢。周易曰：龍戰於野，其血玄黃。　銑曰：遺劍璽，謂失位也。駭龍戰，謂干戈圖天下也。聖朝缺中壤，霸功興寓縣。善曰：論衡曰：孟子云：五百年有王者興。五百年者，以為天出聖期也。桓譚陳便宜曰：所謂霸功者，法度明正，百官修治，威令流行者也。蒼頡篇曰：篇，邊也。說文曰：寓，籒文宇字也。　銑曰：千年一聖人出也。謂漢期聖期失於中国，但有霸功起於區寓郡縣，謂吳蜀魏並起。鵲起登吳山，鳳翔陵楚甸。善曰：莊子曰：鵲上城之垝，巢於高榆之顛，城壞巢折，陵風而起。故君子之居時也，得時則義行，失時則鵲起。司馬彪曰：垝，最高危限之處。起，飛也。東都賦曰：龍飛白水，鳳翔參墟。孫氏初基武昌，後都建鄴，故云吳山楚甸也。垝，居毀切。　翰曰：鳳翔，謂飛高，故比於帝王之興也。陵楚甸，謂吳并楚地得之也。衿帶窮巖險，帷帟盡謀選。善曰：西京賦曰：巖險周固，衿帶易守。漢書高祖曰：運籌策於帷帳之中。左傳蔿啓疆曰：趙成、中行吳，皆諸侯之選也。鄭玄毛詩箋曰：選者，謂於倫等之中最上也。　向曰：吳國以巖險為衿帶，帷帟謀人盡其妙選。帷帟，謂帷幄也。北拒溺驂鑣，西龕五臣作戡收組練。善曰：北距，謂禦曹操。西龕，謂敗劉備也。春秋感精符曰：強傑並侵，戰兵雷合。龍門溺驂。宋均曰：龍門，魯地名也。時齊與宋鄭戰，敗，相殺，血溺驂馬。尚書序曰：西伯戡黎。孔安国曰：戡，勝也。龕與戡音義同。左傳曰：組甲三百，被練三千。馬融曰：組甲以組為甲，被練為甲裏也。　良曰：吳北拒江淮，故溺驂鑣而難度，此所以偪限中國也。驂，馬；鑣，轡也。吳西伐楚，戰勝，收其組練三千。組練，皆甲也。戡，勝也。江海既無波，俯

仰流英盼五臣作眄字　善曰礼斗威儀曰其君乘木而王其政象平則江海不揚波　好色賦竊視眄
濟曰江海無波謂國內清平也將欲圖中原故曰流英眄裦冕類禋郊卜揆崇離
殿善曰周礼曰王祀昊天上帝則服大裘而冕祀五帝亦如之又曰兆王帝於四郊四類亦如之孔安國尚書傳類事
類也又曰精意以享曰禋毛詩曰卜云其吉終然允臧毛萇曰凡建國兆卜之　毛詩曰揆之以日作為楚室毛萇曰揆
度也度日出日入以知東西視定準卜極以正南北　毛萇詩傳曰崇　也西都賦曰外則離殿別寢　翰曰裦冕謂衣冠
也將肆類群后禋祭郊廟山川也卜度其事崇其離宮別館宮殿之屬以為洪業釣臺臨講閱
樊山開廣讌善曰吳志曰孫權於武昌臨釣臺飲酒大歡國語號文公曰一時講武　公羊傳曰大閱
者何簡車馬也　水經曰武昌郡治城南有袁山即樊山也北背大江江上有釣臺　顏延年釋奠詩郎宮廣讌
向曰釣臺臺名臨之講武閱兵也樊山山名於此廣為宴樂也文物共葳蕤聲明且
葱蒨善曰左氏傳臧哀伯曰夫德儉而有度文物以紀之声明以發之　銑曰文物声明謂衣冠礼樂也葳蕤
葱蒨盛皃三光厭分景書軌欲同薦善曰三国名臣頌曰三光參分宇宙
暫隔　礼記子曰今天下車同軌書同文　杜預左傳注曰薦獻也　翰曰謂三國厭分其土地欲使文書軌迹同為一統
以進於晉美薦進也參差世五臣作代祀忽寂漠五臣作寞市朝變善曰魏都
賦曰非有期乎世祀忽謂忽忽然而去也古出夏北門行曰市朝易人千載墓平　濟曰參差時不停皃忽疾也寂寞空
虛也舞館識餘基歌梁想遺轉五臣作囀　善曰蕪城賦曰謌堂舞閣之基　西
征賦曰　陛殿之餘基　謌有繞梁故曰歌梁　淮南子曰秦楚燕趙之謌也異轉而皆樂　高誘曰轉音声也　良曰妙謌者
發声繞梁而塵起故見梁則想其餘声也故林衰木平荒池秋草徧雄
圖帳若茲茂宰深遐睠善曰茂宰謂伏武昌也言孫氏雄圖帳然如此伏氏感之
而深遠睠　翰曰吳國英雄之圖謀悵然若此而曼容深思遠有睠想為之發詠幽客滯江皐
從賞乖纓弁善曰楚辭曰朝馳騁兮江皐王逸注曰澤曲曰皐　良曰幽客朓自謂也纓弁屬曼

容也言我留滯於江畔而相從賞樂遂乖於衣冠之列也皐澤畔也纓弁衣冠也清卮阻獻酬
良書限聞見善曰良書謂伏詩也鄭玄禮記注曰卮酒器也　毛詩獻酬交錯　墨子墨子獻書
惠王王受而讀之曰良書也　濟曰清卮酒盃也相阻不得為獻酬之礼而良書不同披讀也良書謂先王典籍幸
藉芳音多承風采餘絢善曰楚辭曰聞赤松之青塵願乘風之遺則　馬融論語注
絢文皃也　良曰芳音謂曼容言也言其雅風采詠餘美絢美也于役儻有期鄂渚
同游衍善曰毛詩曰君子于役不知其期　楚辭曰乘鄂渚而反顧兮王逸注鄂渚地名也　毛詩曰昊天
曰旦及爾遊衍　毛萇曰遊行也衍溢也　鄭玄曰常與汝入往遊溢相從也　翰曰言行役若期至於武昌則當同為一樂
也于役行役也鄂渚武昌渚名也衍樂也

和王著作八公山詩五言　善曰淮南子曰淮南王安養士數千人中有
高才八人蘇非李上左吳陳由伍被雷被毛被晉昌為八公　神仙傳曰雷被誣告
安謀反人告公曰安可以去矣乃與登山即日升天八公與安所踐石上之馬跡存焉
翰曰王著作融也八公山名也王融登是山有作朓和之　述王導謝玄破符堅事也

謝玄暉

二別阻漢坻直尼雙崤望河澳於六　善曰左傳吳子伐楚子常乃濟漢而陣
自小別至於大別　左傳曰秦穆公召孟明西乞白乙使出師襲鄭蹇叔之子與師哭而送之曰晉人禦師必於殽殽有二
陵焉其南陵夏后皐之墓也其北陵文王之所避風雨也必死於閒余收尒骨焉　尒雅曰小注曰泜又曰隩隈也
銑曰二別大別小別二山也為漢水所阻鎮也雙崤二山名為標望於河曲以為固也澳曲也茲嶺復巑
在丸岏五丸分區奠淮服善曰字林曰巑岏銳山也贈陸機詩曰區域以分　潘岳孔安国尚
書傳曰奠定也　良曰茲嶺八公山也上說二別雙崤之阻此述八公之險也巑岏高峻皃分其區域以定此淮服之地也
東限琅邪臺西距孟諸陸善曰孔安國尚書傳曰距至也　国礼曰正東曰青州

其藪曰孟諸。尔雅曰：宋有孟諸。郭璞曰：今在梁国睢陽縣東北。然孟諸澤在八公山東，而云西距者，謂澤西距山以避上文耳。謂山在澤東是也。向曰：拗閡有琅邪臺，孟諸澤名，距至陸澤山。

阡眠起雜樹，檀欒蔭修竹。善曰：楚辭曰：遠望兮阡眠。枚乘兔園賦曰：修竹檀欒夾池水。濟曰：阡眠，遠望皃。檀欒，竹美皃。登此遥望諸山川而生雜樹，復陰修竹也。起，猶生也。

日隱澗凝空，雲聚岫如複。翰曰：山林幽邃，日光隱蔽，澗暗如空也。雲氣集聚繁鬱，峰岫若動複也。

出沒眺樓雉，遠近送春目。善曰：王肅家語注曰：高丈長丈曰堵，三堵曰雉。呂氏春秋曰：客出田騁，送之以目。銑曰：雉，城也。山之曲直下不一，行陟出入以見樓城遠近，皆送目則以望之也。

戎州昔亂華，素景淪伊穀。善曰：左氏傳曰：衛侯登城以望，見戎州，公曰：我姬姓也，何戎之有焉。又孔子曰：裔不謀夏，戎不亂華。素景謂晉也。于寶搜神記曰：金者，晉之行也。漢書曰：穀水出穀陽谷，東北入洛也。禹貢曰：伊洛瀍澗既入于河。孔安國傳曰：伊水出陸渾山。良曰：戎者，謂秦苻堅也。亂華，謂亂其華夏也。言苻堅伐晉時，見八公山上草木皆是兵，苻堅乃敗，登此山故述堅事也。素景，晉也。晉以金德王，故云素景淪沒也。晉道淪沒，去洛陽而渡江也。伊、穀、洛，三水名也。

阽監危賴宗衮，微管寄明牧。善曰：宗衮，謝安也。明牧，謝玄也。晉中興書曰：時盜賊強盛，侵寇無已，朝議求文武良將可以鎮北方者，衛將軍謝安曰：唯兄子玄可堪此任。於是拜建武將軍、兗州刺史，領廣陵相，監江北諸軍事。漢書賈誼上書曰：安有天下也，危者若是。臣瓚曰：臨危曰阽。或曰：屋檐也。論語子曰：微管仲，吾其披髮左衽矣。翰曰：阽，臨也。宗衮謂導為三公也。宗謂王融同宗，和融詩，故云宗也。衮，三公服也。言晉国臨危，賴王導而破苻堅也。牧謂謝玄為兗州刺史，亦同破苻堅。微，無也。謂無王導、謝玄，猶齊之無管仲，則國不理，故云微管也。

長蛇固能翦，奔鯨自此曝。蒲小切。五臣作暴。善曰：八公山，謝玄敗苻堅之處也。長蛇喻融，奔鯨喻堅也。群謝繇曰：玄領徐州，苻堅傾国大出，玄為前鋒，射傷苻堅，陣殺苻融。左氏傳申包胥如秦乞師曰：吳為封豕長蛇，以荐養上国。又楚子曰：古者明王伐不敬，取其鯨鯢而封以為大戮。杜預曰：鯨鯢，大魚名也。以喻不義之人吞食小国也。向曰：長蛇害人，固能翦滅也。奔鯨大魚，吞食小物者，乃不義也。而此魚亦已殺而暴曬之，皆謂已破苻堅也。

道五臣作導峻芳塵流，業遥年運倏。善作儵。善曰：陸機大暮賦曰：播芳塵之馥馥。莊子老聃曰：予年運而往矣，將何以戒我乎。翰曰：峻，高。遥，遠。倏，疾也。謂王導、謝玄道高而芳塵流於後世，功業遠大而年運倏疾也。

平生仰令圖，吁五臣作于字嗟命不淑。善曰：平生，眺自謂也。左氏傳汝叔齊曰：君子能知其過，必有令圖。令圖，天賛也。薛君韓詩章句曰：吁嗟，嘆辭也。毛詩曰：子之不淑。楊泉五湖賦曰：底功定績，盖寓令圖。毛萇詩傳曰：咨，嗟也。毛詩曰：子之不淑，云如之何。向曰：眺自言平生之志，仰王、謝美謀，將為国致功以清海內，嗟命不善，遇未能致也。謂不居要職也。令，美。圖，謀。淑，善也。

浩蕩別親知，連翩戒征軸。善曰：楚辭曰：志浩蕩而傷懷。思玄賦曰：繽連翩兮紛暗曖。濟曰：浩蕩，不得志也。別親知，謂任宣城太守也。征軸，行車也。連翩，如鳥飛貌，言已似之也。

再遠館娃宮，兩去河陽谷。善曰：方言曰：吳有館娃之宮。石崇思歸引序曰：肥遯於河陽別業。良曰：館娃宮名，河陽谷，皆謂眺行歷處也。

風烟四時犯，霜雨朝夜沐。善曰：曹植遊出行曰：蒙霧犯風塵。淮南子曰：禹沐淫雨，櫛疾風。髙誘曰：以雨為沐浴也，以疾風為櫛梳也。魏書公令曰：沐浴霜露二十餘年。濟曰：眺四出外職，而四時皆犯風煙，晝夜皆霑霜雨也。沐，霑也。

春秀良已凋，秋場庶能築。善曰：孫子曰：秋霜被不凋其秀。毛詩曰：九月築場圃。翰曰：謂年已衰老，故云春秀已凋。秋場庶能築，謂告老將歸田也。詩云九月築場圃，故言之。

和徐都曹五言 出新渚

善曰：集云：和徐都曹勉昧旦出新渚。銑曰：都曹郎徐勉也。

謝玄暉

宛洛佳遨游，春色滿皇州。善曰：古詩曰：驅車策駑馬，游戲宛與洛。鮑照結客年少場曰：表裏望皇州。銑曰：宛，南陽也。洛，洛陽也。皇州，帝都也。時都在江東，而言宛洛者，舉名都以言之也。

結軫青郊路，迴瞰蒼江流。善曰：楚辭曰：結余軫於西山。周禮曰：東方謂之青。蜀都賦曰：列綺䟽以瞰江。向曰：軫，車也。車馬相從如結，迴遠瞰視也。

日華川上

動風光草際浮善曰漢書曰日華曜宣明楚辭曰光風轉蕙汜崇蘭王逸注曰光風謂日出而風草木有光色也　翰曰風本無光草上有光色風吹動之如風之有光也桃李成蹊徑善曰班固漢書贊曰諺曰桃李不言下自成蹊楚辭曰鳴鳩棲於桑榆毛詩曰有杕之杜生于道周毛萇曰周曲也　濟曰人皆好桃李之色游其下故成蹊桑榆茂盛蔭於道路皆帀也周帀也東都已俶載言歸望綠疇善曰毛詩曰以我覃耜俶載南畝毛萇曰覃利也王肅曰俶始也載事也言用我之利始事於南畝也毛詩曰言旋言歸賈逵國語注曰一井為疇　良曰載駕也東都門名謂二疏告老歸田所別處也疏將欲襲古人之跡故云已始駕也將歸田里以望綠疇疇田也

和王主簿怨情五言　翰曰王主簿名季哲此詩言婦人怨曠以自託也

謝玄暉

掖庭聘絕國長門失歡宴善曰漢書元紀曰賜單于待詔掖庭王嬙為閼氏應劭曰名嬙小字昭君娶女曰聘據單于而言也琴道雍門周一赴絕國掖庭王昭君所居也長門陳皇后所居也南都賦曰接歡宴於日夜　向曰掖庭長門二宮名聘絕國謂昭君嫁於匈奴失歡宴謂陳后失寵幽閉長門宮此皆喻失位也相逢詠蘼善曰靡字蕪辭寵悲班五臣作團字扇善曰班婕妤怨詩曰新裂齊紈素鮮潔如霜雪裁為合歡扇團團似明月　良曰古詩云上山採蘼蕪下山逢故夫失寵者相逢各詠此詩也班婕妤失寵悲怨作團扇詩言秋至則扇見弃捐也臣之失位亦然也花叢亂數蝶風簾入雙燕五臣作飛燕　銑曰蝶燕皆比小人在位也婦人之意則數蝶雙燕皆有耦而我独失儔匹喻小人尚在其位而我独見弃置也徒使春帶賒坐惜紅妝變善曰賒緩也　濟曰徒懷憂憤使衣帶已緩年逝顏衰坐自惜也何時復用於時也平生善作生平一顧重宿昔千金賤善曰鄭玄毛詩箋曰顧迴首也列女傳曰楚成鄭子瞀者楚成王之夫人也初成王登臺子瞀不顧王曰顧吾與汝千金子瞀遂行不顧曹植詩曰一顧千金重何况珠玉錢阮籍詠懷詩曰宿昔同衾裳

翰曰平生謂少年日宿昔衰老時也少年日顧顏色以相重衰老恩移則千金之軀忽見捐弃亦猶時君不顧舊臣有功不錄也故人心尚爾故心人不見善曰古樂府曰相去萬餘里故人心尚爾　鄭玄毛詩箋曰尚猶也字書曰爾詞也　向曰故人心尚爾謂君心不迴也故心人不見謂婦人之心戀於夫也忠臣之志戀於君也

和謝宣城五言　翰曰謝朓為宣城太守作卧疾詩沈約今和之

沈休文

王喬飛鳧舃東方金馬門從宦非宦侶避世非善作不避喧善曰范曄後漢書曰王喬者河東人也顯宗時為葉令喬有神術每月朔望自縣詣臺朝帝怪其來數而不見車騎密令太史伺望之言其臨至輒有雙鳧東南飛來於是伺鳧至舉羅張之但得一雙舃焉乃詔尚方診視則四年中所賜尚書官屬履也史記曰武帝時齊人有東方生名朔時坐席中酒酣據地歌曰陸沉於俗避世金馬門也　翰曰王喬則從宦非宦侶東方朔則避世非避喧也揆余發皇鑒短翮屢飛翻善曰楚辭曰皇鑒揆予于初度丁儀周成王論曰振短翮與鸞鳳並翔　濟曰揆度也皇鑒天子鑒也言天子度我才器以發明鑒而短才屢見稱用如鳥之短翮屢為飛翻也晨趨游善作朝建禮晚沐卧郊園善曰漢書典職曰尚書郎晝夜更直於建禮門内沐休沐也　濟曰建禮門名晚節休沐歸卧於郊園賓至下塵榻憂來命綠罇善曰謝承後漢書曰徐稚字孺子豫章人屢辟公府不起時陳蕃為太守以禮請署功曹稚不免之既謁而退蕃在郡不接賓稚稚來特設一榻去則懸之應休璉與曹長思書曰紅塵蔽於机榻傅玄雜詩机榻委塵埃漢書東方朔曰臣聞銷憂者莫若酒也　銑曰言塵者榻上有塵也昔賢侔時雨今守馥蘭蓀善曰字林曰侔齊等也孟子曰君子之所以教者五有如時雨化之者今守即朓也潘正叔贈河陽詩曰流聲馥秋蘭王逸楚辭注曰蓀香草也　良曰馥香也蘭蓀香草也神交疲夢寐路遠隔思存善曰莊子曰子綦曰其寐也魂交其覺也形開

說文曰交會也毛詩曰雖則如雲匪我思存　向曰夢有六候皆魂神所交也與謝眺相去既遠但神交而已故疲於夢寐而思慮所存也

牽拙謬東汜浮惰及五臣作反西峴善曰梁書曰隆昌中約出為東陽太守明帝即位徵為五兵尚書以日之早晏喻年之少老也牽拙牽率庸拙也東汜謂暘谷日之所出也浮惰浮名惰懈也西峴謂崦嵫日之所入也　翰曰東汜日初出處比少壯也西峴日入處比衰老也謂少壯之時牽拙才謬入王事而浮惰疏昧歸於衰老也及歸也

顧循良菲薄何以儷璵璠善曰鄭玄毛詩箋曰顧念也楚辭曰質菲薄而無由馬融論語註曰菲薄也廣雅曰儷偶也左氏傳曰季平子卒陽虎將以璵璠斂杜預曰璵璠美玉也　濟曰菲輕也約謙言自顧循揣良為輕薄之才何以偶於良玉之美也璵璠良玉也

將隨渤澥去刷羽汎清源善曰解嘲曰若江湖之雀渤澥之鳥吳都賦曰刷蕩漪瀾說文曰刷刮也劉公幹詩曰方塘含清源　向曰顧如鳥游渤澥之水薄刷羽毛汎弄清波以自取性

應王中丞思遠詠月五言　善曰蕭子顯齊書曰王思遠為御史中丞

良曰王思遠有詠月之作約和之

沈休文

月華臨靜夜夜靜滅氛埃善曰魏明帝詩曰靜夜不能寐楚辭曰辟氛埃而清涼　翰曰氛埃塵也

方暉竟入入圓影隙中來善曰淮南子曰受光於隙照一隅受光於戶照室中無遺物況受光於宇宙乎說文曰隙壁際也　翰曰光照逐門方故方暉竟盡也隙穴圓故影亦圓也

高樓切思婦西園游上才善曰曹子建七哀詩曰明月照高樓流光正徘徊上有愁思婦悲歎有餘哀魏文帝芙蓉池詩曰乘輦夜行游逍遙步西園丹霞夾明月華星出雲間　向曰高樓思婦見月而思切也西園謂魏氏鄴都之西園也文帝每以月夜集文人才子共游於西園

網軒映珠善本作珠綴應門照綠苔善曰楚辭曰網戶朱綴刻方連下云綠苔此當為朱綴今並為珠疑傳寫之誤漢書班婕妤自傷賦曰潛玄宮兮幽以清應門閉兮禁闥扃華殿塵兮玉階苔中庭萋兮綠草生　銑曰軒屋檐也以網及珠綴而飾之應門門名幽閑之所故多綠苔月光照之增其思也

洞房殊未曉清光信悠哉善曰楚辭曰姱容脩態亘洞房毛萇詩傳曰悠悠遠貌也　良曰洞深悠遠也

冬節後至丞相第詣世子車中作五言　善曰蕭子顯齊書曰豫章王嶷太祖第二子也薨贈丞相揚州牧長子廉字景藹為世子蔡邕獨斷曰諸侯適子稱世子　翰曰冬節冬至日也約往弔之傷其閒寂還於車中作是詩也第宅也

沈休文

廉公失權勢門館有虛盈善曰王符潛夫論曰昔魏其之客流於武安長平之利移於冠軍廉頗翟公再盈再虛　向曰廉頗失權門下客皆去是虛也及復位賓客復來是盈也

貴賤猶如此況乃曲池平善曰漢書曰下邽翟公為廷尉賓客亦塡門及廢門外可設雀羅後為廷尉客欲往翟公大署其門曰一貴一賤交情乃見桓子新論雍門周說孟嘗君曰千秋萬歲後高臺既已傾曲池又以平

良曰且生者時貴賤猶復如此而況沒死者矣曲池巳平謂無人游也

高車塵未滅珠履故餘五臣作無聲善曰漢書曰于定國父于公閭門壞父老方共治之于公謂之曰少高大閭門令容駟馬高蓋說文曰高車其蓋高立載之車也史記曰春申君上客皆躡珠履　濟曰高車車上蓋高也珠履謂門客皆以珠飾履也車行則塵起履步則有聲塵未滅者思昔日之車行若在目故也餘聲者思昔時之履步若在耳故也

賓階綠錢滿客位紫苔生善曰家語曰公自作階孔子由賓階升堂立侍又曰醮於客位加其有成也崔豹古今註曰空室無人行則生苔蘚或青或紫一名綠錢禮記曰主人就東階客就西階又曰賓於客位相於庭　銑曰綠錢者青苔也紫苔亦同也無人行故此物皆生也賓階相揖而上者客位客所居處

誰當九原上鬱鬱望佳城善曰禮記趙文子曰以從先大夫於九原鄭玄曰晉卿大夫之墓地在九原西京雜記曰滕公駕至東都門馬鳴跼不肯前皆以前脚跑地久之滕公懼使卒掘馬所跑地入三尺所得石槨有銘焉銘曰佳城鬱鬱三千年見白日吁嗟滕公居此室滕公曰嗟乎天也吾其即安此乎遂葬焉漢書曰夏

侯嬰號滕公也 翰曰九原卿大夫塋地也欝欝松柏盛貌佳城墓之塋域也

學省愁卧一首 五言

善曰學省國學也梁書曰齊明帝即位約遷國子祭酒 五臣作直學省愁卧

沈休文

秋風吹廣陌蕭瑟入南闈 善曰廣雅曰陌道也 向曰蕭瑟清風貌闈門也 愁人掩軒卧高牕時動扉 善曰楚辭曰愁人兮奈何 掩猶閉也軒長廊也 濟曰軒門也 扉牕扉也 虛館清陰滿神宇曖微微 善曰謝靈運齋中讀曰虛館絕諍訟曹植九詠曰蔓葛滋兮冒神宇王逸楚辭註曰曖曖暗昧貌南都賦曰清廟肅以微微 銑曰室宇深高清陰之氣自滿神宇謂其華飾如神也曖微微不明貌 網蟲垂戶織夕鳥傍櫚飛 善曰張景陽雜詩曰蜘蛛網戶屋魏文帝詩曰蜘蛛繞戶牖 纓珮空爲忝江海事多違 善曰爾雅曰忝辱也莊子曰就藪澤處閑曠此江海之士避世之人也廣雅曰違異也謂乖異也 良曰纓佩官服飾也忝叨忝也江海事謂隱逸不仕 山中有桂樹歲暮可言歸 善曰山中有桂樹即攀桂枝而聊淹留也韓詩曰蟋蟀在堂歲聿其莫薛君曰莫晚也言君之年歲已晚也 銑曰桂樹芳香而貞堅故君子尚之年將衰老可以歸休

詠湖中鴈 五言

沈休文

白水滿春塘旅鴈每迴翔 善曰劉公幹雜詠詩曰方塘含白水中有鳧與鴈謝靈運戲馬臺集詩曰旅鴈違霜雪楚辭曰孔雀兮迴翔穀梁曰掩禽旅范甯曰衆禽也 銑曰塘池翔飛也 唼所甲 流牽弱藻斂翮帶餘霜 善曰楚辭曰鳧鴈皆唼夫梁藻應瑒建章臺集詩曰遠行蒙霜雪 向曰唼入水鳥食貌牽以口牽之弱藻草蔓也藻水草也鴈不巢而宿故帶霜也 羣浮動輕浪單汎逐孤光 善曰上林賦曰鴻鷫鵠鴇浮乎其上 銑曰日照平湖汎汎有光故鴈之單者逐儔侶浮行於遠光也孤猶遠也 懸飛竟不下亂起未成行 善曰吕氏春秋曰羣鳥翔而不下白虎通曰鴈飛則成行 向曰懸高也亂起驚起也 刷羽同揺漾一舉還故鄉 善曰揺漾飛貌也韓詩外傳田饒曰黃鵠一舉千里烏孫公主歌曰願爲黃鵠兮歸故鄉 濟曰刷理也揺漾飛貌故鄉鴈門山也

三月三日率爾成篇 五言

良曰率爾率疾也

沈休文

麗日屬元巳年芳具在斯 善曰南都賦曰暮春之禊元巳之辰 銑曰元巳上巳也具備斯此也 開花巳五臣或作日字而樹流嚶五臣作鸎字復滿枝洛陽繁華子長安輕薄兒 善曰阮籍詠懷詩曰昔日繁華子安陵與龍陽 銑曰後漢書曰李寶勸劉嘉且觀成敗光武聞告語鄧禹曰孝孫素謹當是長安輕薄兒誤之耳嘉字孝孫嚶於耕切 翰曰逐勢背義志在矜夸曰輕薄也 東出千金堰西臨鴈鶩莫卜陂 善曰楊佺期洛陽記曰千金堰在洛陽城西去城三十五里堰上有穀水塢宋起石與兄書曰千金堤舊堰穀水魏時更脩謂之千金塢廣雅曰堰潛堰也謂潛築土以壅水也一作堨音竭塢烏古切堰一建切然三字義同而音則異也漢宮殿疏曰長安有鴈鶩陂承昆明下流也 向曰千金堰名在洛陽東鴈鶩陂在長安西 游絲映空轉高楊拂地垂綠幘責文照耀紫燕五臣作鷰字光陸離 善曰漢書曰董偃與母以賣珠爲事隨母入館陶公主家因留第中偃謁上綠幘傳韝毛萇詩傳曰日出照耀尸子曰我得而民治則馬有紫燕蘭池劉劭趙都賦曰良馬則飛兎奚斯常驪紫鷰楚辭曰玉佩兮陸離 濟曰綠幘寵臣冠其文照耀於日紫鷰良馬也裝飾有光色也陸離光色貌 清晨戲伊水薄暮宿蘭池 善曰曹子建名都賦曰清晨復來還楚辭曰薄暮雷電歸何憂廣雅曰薄至也漢書曰渭城有蘭池宮 良曰蘭池宮名在長安 象

筵鳴寶瑟金瓶汎羽卮善曰吳都賦曰桃笙象簟韜於筩中漢書曰莽何羅行觸寶瑟瓶酒器也古樂府辭曰金瓶素綆汲寒漿羽卮即羽觴也楚辭曰瑤漿密勺實羽觴　銑曰象筵簟也金瓶貯酒器也羽卮盃也上飾以鳥羽文也寤憶春蠶起日暮桑欲萎善曰枚乘兔園賦曰桑萎蠶飢中人望奈何　向曰婦人戲遊不憶蠶之事蠶食曰起萎死也長袂屢以拂彫胡方自炊善曰楚辭曰長袂拂面善留客宋玉諷賦曰主人之女爲臣炊彫胡之飯露葵之羹來勸臣食鄭玄毛詩箋曰方且也　翰曰楚辭曰長袂拂面善留客也言屢以拂者美人留客之義彫胡草名其實凝味美人自爲客炊之愛而不可見宿昔減容儀且當忘情去歎息獨何爲善曰毛詩曰愛而不見公孫尼子曰衆人役物而忘情郭象論曰忘情於無有之域曹子建贈白馬王詩曰太息將何爲　濟曰事有所阻各據其分故雖情甚愛之有不可見者而宿昔之憂可損人儀容且遺忘於情愛違而去之亦何歎息也

雜擬上

擬古詩十二首

陸士衡良曰雜謂非一類擬比也比古志以明今情

擬行行重行行濟曰此明閨婦之思

悠悠行邁遠戚戚憂思深向曰悠悠遠貌邁亦行也戚戚憂也言懷其行人憂思之深也此思亦何思思君徽與音銑曰徽美也言思君美德及晉信也音徽日夜離緬邈若飛沈翰曰緬邈遠也飛沈喻高下懸隔也王鮪懷河岫晨風思北林善曰王鮪已見東京賦晨風已見上文　良曰王鮪魚名晨風鷂屬言魚鳥猶思所居而君何不思歸遊子眇天末遠善作還期不可尋濟曰遊子謂行人也眇遠也言眇在天末久遠之期不堪尋理於心驚飆褰反信歸雲難寄音善曰楚辭曰願寄言於浮雲兮遇豐隆而不將　向曰褰絕也飆風之來絕其反信歸雲之去難以寄音佇立想萬里沈憂萃我心銑曰佇久立也想謂思遠方君所居也沈深萃聚也謂深憂聚於我心也攬衣有餘帶循形不盈衿良曰帶長衿寬言思君而消瘦去去遺情累安處撫清琴濟曰去去遺情累謂棄所思之累安居而撫琴言自寬也

擬今日良宴會向曰此蓋勸人仕進以趨歡樂

閑夜命懽友置酒迎風館善曰迎風已見西京賦　銑曰迎風館名言閑夜無事置酒命賓友歡宴於此齊僮梁甫吟秦娥張女彈善曰南都賦曰齊僮唱兮列趙女蔡邕琴頌曰梁甫悲吟周公越裳琴操曰曾子耕泰山之下天雨雪凍旬月不得歸思其父母作梁山歌應瑒神女賦曰夏姬曾不足以供妾御況秦娥與吳娃方言曰秦俗美貌謂之娥　翰曰齊僮秦娥皆古善歌者梁甫吟張女彈皆樂府曲名哀音繞棟宇遺響入雲漢善曰列子秦青曰昔韓娥東之齊

歌假食既去而餘響繞梁三日不絕又曰薛談學謳於秦青辭歸青餞於郊衢撫節悲歌聲震林木響遏行雲張湛曰二人薛秦韓之善歌者也　良曰棟梁也言清遠之妙四坐咸同志羽觴不可筭濟曰同志謂得意也羽觴置鳥羽於杯以急飲也不可筭言多也高譚善作談一何綺蔚若朝霞爛善曰霞或爲華　向曰爛明也言豈獨譚詰綺美人物繁盛亦如朝霞之明也人生無幾何爲樂常苦晏善曰秦嘉答婦詩曰憂艱常早至爲樂常苦晚　銑曰晏晚也言人生在世若知爲樂之道晚譬彼伺晨鳥揚聲當及旦善曰尸子曰使雞伺晨春秋考異郵曰鶴知夜半雞應旦明明與鳴同古字通　翰曰譬如雞之伺晨當及早人之爲樂須及少也曷爲恒憂苦守此貧與賤善曰列子曰畢辱則憂苦　良曰曷何也何須憂苦守道以居貧賤

擬迢迢牽牛星濟曰此述思婦之情託牽牛以明之也

昭昭清漢暉粲粲光天步善曰晏子春秋曰星之昭昭不如月之曖曖毛萇詩

傳曰粲粲鮮盛也步行也言行止之盛徽步而光輝於天良曰昭昭明貌清漢天河也粲粲衣服鮮潔貌行於天上故云光天步牽牛西北迴織女東南顧善曰大戴禮夏小正曰七月初昏織女正東而向濟曰牽牛在西北織女自秋依東南乃星之常分此喻隔闊華容一何冶揮手如振素善曰冶或爲綺非也向曰冶媚也素練也華態既多姿媚奮舉其手如練之白怨彼河無梁悲此年歲暮跂企彼無良緣睆戶板焉不得度善曰毛詩曰跂彼織女終日七襄又曰睆彼牽牛向曰梁橋睆視也歲暮謂秋也跂舉踵也謂舉踵望彼牽牛無其良緣但相視而不得渡河也引領望大川雙涕如霑露翰曰大川天河也霑露零露也

擬涉江采芙蓉良曰芙蓉水草其花美此言思婦感年其夫遠遊采此以自傷也

上山采瓊蘂穹谷饒芳蘭濟曰瓊蘂玉英也芳蘭香草也上山采玉英欲以自高潔下入穹谷見香草處幽而美感而采之采采不盈掬悠悠懷所歡善曰

文選卅　卅三

毛詩曰終朝采綠不盈一掬向曰掬把也言采之未及盈把悠然懷遠人思與之同歡也故鄉一何曠山川阻且難沈思鍾萬里躑躅獨吟歎平銑曰曠遠鍾注也躑躅不安貌感此阻閡注思萬里情之不安獨爲吟歎

擬青青河畔草翰曰此喻情人感時思遠行也

靡靡江蘺五臣作離字草熠以入燿生河側善曰江蘺香草也郭璞曰江蘺似水薺良曰靡靡細弱貌江蘺香草也熠燿光色盛也皎皎彼姝女阿上那當軒織向曰皎皎明潔貌姝美也阿那柔順貌當軒當門也織纖纖素也粲粲妖容姿灼灼美顏色良人遊不歸偏棲獨隻翼空房來悲風中夜起歎息銑曰良人夫也偏獨也空房謂獨居無人也風入空房益令人悲故曰悲風中夜半夜也

擬明月何皎皎翰曰此謂閨人對月思行人之意

安寢北堂上明月入我牖照之有餘暉攬之不盈手善曰淮南子曰天地之間巧歷不能舉其數手徽惚惚不能攬其光也高誘曰天道廣大手雖能徽其惚惚無形者不能攬得日月之光也濟曰寢臥也安臥之時明月入於我牖之中照則光暉有餘攬而取之不盈於手喻夫空有名而不能見涼風繞曲房寒蟬鳴高柳踟躕感節物我行永已久良曰涼風寒蟬七月時候也踟躕志感此節物而夫婿行久不歸悲之深矣遊宦會無成離思難常守向曰言遠遊仕宦不得成名抱此離別之思常難守之

擬蘭若生朝陽銑曰蘭若皆香草古詩取興閨中守芳香之氣以待遠人機以松栢堅貞取之爲比

嘉樹生朝陽凝霜封其條翰曰嘉樹松栢也山東曰朝陽執心守

文三十　卅四

時信歲寒終不彫美人何其曠灼灼在雲霄善曰枚乘樂府詩曰美人在雲端天路隔無期濟曰言我執持其心同松栢經寒而不彫落也美人謂夫也曠遠也灼灼中心明憶之貌在雲霄言所憶遠也隆想彌年月長嘯入飛飈引領望天末譬彼向陽翹良曰彌終也天末遠也謂思想之盛然於年月長爲嘯聲入於飛風冀達遠情也翹英之秀者曠遠之心亦猶葵藿傾翹以向日也

擬青青陵上栢向曰栢生於高陵而色青蒨言得性而不可攀仰蘋靈草生於高山亦猶是焉故機取以爲比

冉冉高陵蘋習習隨風翰平善曰山海經曰崐崘之丘有草名曰蘋如葵字書曰蘋亦蘋字也銑曰冉冉進長貌習習數飛貌翰羽也人生當幾時譬彼濁水瀾慼慼多滯念置酒宴所歡善曰言濁水之波易竭也翰曰濁水謂潢潦

水也戚戚憂也所歡朋友也言人生如濁水之易竭何多憂滯而不置酒與朋友爲歡方駕振飛轡遠遊入長安名都一何綺城闕鬱盤桓善曰史記曰公仲謂韓王曰不如和秦賂以一名都濟曰方駕並駕也名都長安也綺美也闕樓觀也鬱積也盤桓廣大貌飛閣纓虹帶曾臺冒雲冠善曰吳都賦曰寒暑隔閡於邃宇虹蜺迴帶於雲館西都賓曰虹蜺迴帶於棼楣虹或爲垂非也濟曰飛閣閣道曾臺高臺也纓繞冒覆也言虹雲之依臺閣如冠帶焉高門羅北闕甲第椒與蘭善曰西京賦曰北闕甲第當道直啓椒蘭蓋取其嘉名且芬香也良曰高門王公之宅羅列闕門也第謂第一宅也椒蘭將以塗室取其溫香俠客控絕景都人驂玉軒善曰列子曰晉范氏有子曰子華善養私名使其俠客以鄙相攻魏書曰張繡降而復反上所乘馬名絕景爲流矢所中西都賦曰都人士女殊異乎五方毛詩曰彼都人士國語叔向曰絳之富商而能金玉其車向曰俠客遊人也絕景馬名驂駕也玉軒以玉飾車遨遊放情願慷慨爲誰歎

平　銑曰感彼遊樂各稱所願慷慨之志誰歎息也

擬東城一何高翰曰言高城常存而人易老不如早爲行樂

西山何其峻曾曲鬱崔嵬零露彌天墜蕙葉憑林衰善曰尚書五行傳曰雲起於山彌於天濟曰峻高曾重也崔嵬高大貌彌徧也蕙香草也憑依也言零露徧天而下香草皆依林而衰悴寒暑相因襲時逝忽如頹三閭結飛轡大耋大結嗟落暉善曰離騷曰飲余馬乎咸池總余轡於扶桑周易曰日昃之離不鼓缶而歌則大耋之嗟凶良曰襲重也言寒暑相重時節之往忽如頹落也三閭大夫謂屈原也結飛轡言將遠遊以求長生耋老也言大老之人嗟嘆日暮而惜其時曷爲牽世務中心若有違善曰毛詩曰行道遲遲中心有違向曰曷何也言何爲牽於時事而違歡賞之心京洛多妖麗玉顏侔瓊蕤善曰古詩曰燕趙多佳人美者顏如玉銑曰侔齊也瓊蕤玉花也言妖麗之顏齊於玉花

閑夜撫鳴琴惠音清且悲長歌赴促節哀響逐高徽翰曰惠順也言琴聲順和也調急曰高言歌之哀響逐琴調而急也一唱萬夫歎再唱梁塵飛善曰七略曰漢興魯人虞公善雅歌發聲盡動梁上塵濟曰萬夫歎言稱美者衆也再重也重發其聲清韻繞梁動於飛塵也思爲河曲鳥雙遊豐五臣作澧水湄良曰河曲鳥謂兜央此鳥常雙遊澧水名湄水決也言我思與美人同遊如河曲之鳥

擬西北有高樓向曰此明賢才不見用也

高樓一何峻迢迢善作苕苕峻而安綺窗出塵冥飛陛躡雲端善曰君子有所思行曰邃宇列綺窗古詩曰交疏結綺窗魏都賦曰飛陛方輦而徑曲銑曰峻高也迢迢遠貌綺窗結綺爲窗網也飛陛閣道也塵冥塵外也躡履也雲端雲上也佳人撫琴瑟纖手清且閑芳氣隨風結哀響馥若蘭翰曰佳人喻君子撫

琴瑟喻有才德也清閑芳氣言德之美也蘭香草也言雖不見用哀歎之音猶馥於若蘭玉容誰得五臣作能顧傾城在一彈善曰古詩曰燕趙多佳人美者顏如玉漢書李延年歌曰一顧傾人城濟曰玉容喻美才也言誰能眷顧我之才爲一彈撫當傾於城國而視也佇立望日昃躑躅再三歎平不怨佇立久但願歌者歡良曰佇立久立也日昃斜年老也言少壯既不被用故再三歎也歌者謂唱和之人言我不怨待時之久但願知己之人歡也思駕歸鴻羽比翼雙飛翰平向曰鴻鳥一舉千里言我將駕之與同其心者俱去

擬庭中有奇樹銑曰此言友朋離索相思之情

歡友蘭時往迢迢善作苕苕匿音徽翰曰蘭時春時匿亡也音徽言文章書信虞淵引絕景四節逝若飛善曰廣雅曰虞泉日所入也淮南子曰至于虞淵是謂黃昏濟曰虞淵日入處也言虞淵引日使四節之往如飛芳草久已茂佳人竟

不歸躑躅遵林渚惠風入我懷良曰言芳草久已茂盛而友人竟未歸也躑躅思念循於林池之上惠和之風入我襟懷感物戀所歡采此欲貽誰向曰感此春物思戀所歡所歡未至采此芳草知將貽誰貽遺也

擬明月皎夜光濟曰此喻權臣用事時氣迅速人情漸壞在貴忘賤之意

歲暮涼風發昊天肅明月良曰涼風七月時也發起昊大也言大天之氣嚴而明招搖西北指天漢東南傾善曰呂氏春秋曰季秋之月招搖指戌大戴禮夏小正曰七月漢案戶漢天漢也案戶者直戶也李陵詩曰招搖西北馳天漢東南流向曰招搖斗柄前星天漢天河也東南西北各當時所轉朗月照閑房蟋蟀吟戶庭銑曰蟋蟀蟲名秋則鳴於戶庭翻翻歸鴈集嘒嘒呼桂寒蟬鳴疇昔同宴友翰飛戾高冥善曰史記曰楚人有好以弱弓微繳加歸鴈之上毛詩曰菀彼柳斯鳴蜩嘒嘒毛萇曰嘒嘒小聲也陸士衡擬古詩曰涼風繞曲房寒蟬鳴高柳毛詩曰匪鶉匪鳶翰飛戾天高冥已見齊謳行翰曰嘒嘒鳴也戾至翰翮也飛至高冥喻友朋名位高也冥天邊也服美改聲聽居愉遺舊情織女無機杼大梁不架楹善曰言有名無實也大戴禮夏小正曰七月初昏織女正東而向爾雅曰大梁昴也濟曰位高則衣服美改昔時聲聽安於愉樂棄友人故情也織女星名言有空有梁織之名不堪操杼架楹喻人空有相知之名不爲相知之用

擬四愁詩七言

張孟陽良曰四愁凡四首今一首

我所思兮在營州欲往從之路阻脩向曰分幽州爲營州阻隔修長也登崖遠望涕泗流我之懷矣心傷憂銑曰崖岸也在目曰涕在鼻曰泗言登高遠懷思望聖君故傷憂之也佳人遺我綠綺琴何以

贈之雙南金善曰傅玄琴賦序曰齊桓公有鳴琴曰號鍾楚莊有鳴琴曰繞梁中世司馬相如有綠綺蔡邕有燋尾皆名器也翰曰佳人喻賢德也綠綺琴名喻要術也南金喻忠義也言賢德之人遺我要術我將忠義贈之願因流波超重深終然莫致增詠吟濟曰流波喻信也重深阻險喻讒佞也言我願以忠信超度讒佞之代終不能致故增長歎也

擬古詩五言

陶淵明良曰此言榮樂不常

日暮天無雲春風扇微和佳人美清夜達曙酣且歌善曰尚書曰酣歌于室向曰佳人謂賢人也美猶愛也樂酒曰酣言天清風和賢人愛此良夜至明酣歌也歌竟長歎息持此感人多銑曰樂極悲來故歌竟歎息言是事多感於人心也明明雲閒月灼灼葉中花豈無一時好不久當如何翰曰灼灼明也言月滿則缺花盛則落好惡暫時此安能久當如何言不可奈何

擬魏太子鄴中集八首五言并序濟曰魏太子曹丕也鄴魏都也此代當時諸賢之意

謝靈運

建安末余時在鄴宮朝遊夕讌究歡愉之極良曰余代丕自謂也究盡也言朝夕讌樂盡歡娛之極天下良辰美景賞心樂事四者難并向曰四者謂上良辰等事今昆弟友朋二三諸彥共五臣作備盡之矣古來此娛書籍未見何者銑曰昆弟謂子建友朋謂王粲陳琳等美士曰彥盡謂盡其娛樂言古來君臣未有相得如此者也楚襄王時有宋玉唐景翰曰宋玉唐勒景差皆楚大夫並以辭賦見美梁孝王時有鄒枚嚴

馬遊者美矣而其主不文善曰漢書曰梁孝王來朝從遊說之士齊人鄒陽淮陰枚乘吳莊忌夫子之徒司馬相如見而說之客遊梁濟曰梁孝王漢景帝弟封於梁鄒陽枚乘嚴忌司馬相如皆梁王賓客爲遊者美之其主不文謂梁王無文學漢武帝五臣有時徐樂諸才備應對之能善曰漢書曰徐樂燕無終人也上疏言時務上召見乃拜爲郎中　良曰徐樂東方朔枚皋皆武帝文章應對之臣而雄猜多忌豈獲晤言之適善曰毛詩曰彼美淑姬可與晤言鄭玄曰晤猶對也　向曰武帝剛彊疑忌亦不得明言對之善不誣方將庶必賢於今日爾銑曰我所述不作誣詆庶使後代以我今日爲賢矣歲月如流零落將盡翰曰零落謂應瑒劉楨等死也撰文懷人感往增愴善曰魏文帝與吳質書曰撰其遺文都爲集濟曰言不撰定其文思其人而悽感其辭曰

魏太子

百川赴巨海衆星環北辰善曰尚書大傳曰百川赴東海論語曰譬如北辰居其所而衆星共之　向曰環繞也北辰北極星也百川以海爲尊故赴之衆星以北辰爲王故繞之萬民歸君亦猶是焉照灼爛霄漢遙裔起長津天地中橫潰家王五臣作皇拯生民善曰橫潰以水喻亂也家王謂魏太祖也陳思行女哀辭曰家王征蜀漢司馬相如難蜀文曰拯生民於沈溺說文曰出溺爲拯　銑曰爛文貌遙裔遠也天地中橫潰以水喻亂也家皇謂魏武也潰亂生民皆如此馬而武帝拯救之區宇既滌蕩羣英必來臻善曰東京賦曰區寓乂寧謝承後漢書曰黃向對策爲羣英之表　翰曰滌蕩謂清淨也羣英則王粲陳琳之類臻至也忝此欽賢性由來常懷仁濟曰忝辱欽敬也言我辱此敬賢之性常思見仁德之人況值衆君子傾心隆日新良曰衆君子謂王陳等傾心謂傾己之心以盛日新之德論物靡浮說析先曆理實敷陳善曰莊子曰判天地之美析萬物之理　向曰言著論析理必布陳其實不爲浮說也

羅縷豈闕辭窈窕究天人善曰王延壽王孫賦曰羌難得而羅縷羅或爲覼莊子曰皆原於一不離於宗謂之天人　向曰羅列縷述也謂列述文章無有闕遺皆盡天人之理澄觴滿金罍連榻設華茵銑曰澄觴清酒也金罍樽也榻牀茵褥也急絃動飛聽清歌拂梁塵善曰侯瑾箏賦曰急絃促柱變調改曲抱朴子曰瓠巴操琴翔禽爲之下聽梁塵已見陸機擬東城一何高詩　翰曰急絃謂急調也飛聽謂感飛鳥來聽清歌言清妙歌聲動於梁上塵也何五臣作莫言相遇易此歡信可珍濟曰言歡賞可珍重也

王粲

家本秦川貴公子孫遭亂流寓自傷情多

幽厲昔崩亂桓靈今板蕩善曰幽厲周二王也桓靈後漢二帝也已見上毛詩曰上帝板板鄭玄曰板反也反先王之道也毛詩曰蕩蕩上帝鄭玄曰蕩蕩法度廢壞之貌良注同伊洛既

燎煙函崤沒無像五臣作象　善曰曹子建送應氏詩曰洛陽何寂寞宮室盡燒焚王粲七哀詩曰西京亂無像　向曰燎焚也伊洛二水名謂東都也言東都宮室遭董卓所燒也崤山名謂秦地象道也言陷沒無政之道整裝辭秦川秣馬赴楚壤善曰王粲七哀詩曰復棄中國去遠身適荊蠻魏明帝自惜薄祐行曰出身秦川爰居伊洛　銑曰整齊秣飼也楚壤荊州也謂粲避西京之亂投荊州也沮七余漳自可美客心非外獎善曰沮漳已見登樓賦小雅曰獎勸也　翰曰沮漳二水名言粲中心懷歸非外物所能留勸常歎詩人言式微何由往善曰式微已見曹子建情詩　濟曰式微式微胡不歸言粲常感此而無由得歸往上宰奉皇靈侯伯咸宗長善曰上宰魏太祖也蕭道彥雜詩曰天子命上宰　良曰上宰謂曹操皇靈謂獻帝咸皆宗尊也言曹公奉獻帝威以征諸侯皆尊而爲長雲騎亂漢南宛善作紀郢皆掃盪善曰王肅格虎賦曰羽騎雲布藺車星陳漢書曰郢楚別邑杜預左氏傳註曰楚國今南郡江陵縣北紀南城也　向曰雲騎

言多如雲也漢南謂漢江之南也宛郢楚二縣名埽盪猶平定也排霧屬盛明披雲對清朗善曰盛明清朗喻太祖也王隱晉書曰樂廣爲尚書令衛瓘見而奇之命諸子造焉曰每見此人瑩然若開雲霧之覩青天阮瑀謝太祖牋曰一得披玄雲望白日唯力是視敢有二心　良曰雲霧喻昏亂盛明清朗喻曹公也言我披排昏亂得見曹公亦猶青天白日也慶泰欲重疊公子特先賞善曰公子謂曹植也　翰曰慶善泰通欲猶欣也重疊謂遇曹公及太子丕也特獨賞識也不謂息肩願一旦值明兩善曰左氏傳曰鄭成公子駟曰請息肩於晉杜預曰以負擔喻也明兩謂文帝也易曰明兩作離　濟曰武帝既明而太子又明故謂太子爲明兩也言初遭喪亂但願息肩不謂今日遇太子恩厚也並載遊鄴京方舟汎河廣善曰魏文帝與吳質書曰同乘並載以遊後園　良曰言太子同車船而遊樂綢繆清讌娛寂寥梁棟響善曰陸機集有皇太子清宴詩梁棟響則歌聲繞也列子秦青曰昔韓娥東之齊匱糧假食既去而餘響繞梁三日不絕　向曰綢繆親重貌寂靜寥深言清讌娛樂於靜深之宇歌聲響於梁棟旣作長夜飲豈顧乘日養善曰史記曰紂爲長夜之飲莊子牧馬童子爲黃帝曰有長者教予曰若乘日之車而遊郭象曰日出而遊日入而息也車或爲居　銑曰顧惟養樂也言常爲長夜之賞豈惟乘日而樂

陳琳

袁本初書記之士故述五臣作敘喪亂事多良曰袁紹字本初陳琳先事之以掌書記皇漢逢屯邅天下遭五臣作逢氛慝善曰西都賓曰皇漢之初經營也易曰屯如邅如　翰曰屯邅難也氛不祥氣慝惡也皆喻亂賊董氏淪關西袁家擁河北濟曰長安爲董卓所沒袁紹起兵據河北擁持也單民五臣作人易周章窘身就羈勒向曰單人獨人謂琳也周章惶懼貌窘束也言我孤獨易爲惶懼故束身就紹羈勒豈意事乖己

永懷戀故國向曰豈直所事乖離於己身而亦長思戀故鄉相公實勤王信能定蝥音牟賊善曰王仲宣從軍戎詩曰相公征關右左傳狐偃曰求諸侯莫如勤王使富辛如晉曰諸侯用寧蝥賊遠屏晉之力也杜預曰蝥賊喻災害也食根曰蝥食節曰賊　銑曰相公謂曹公也勤王謂勤於王事也蝥賊蟲名食苗曰蝥食節曰賊言紹卓之徒毒害百姓亦猶是焉故以爲比言曹公能平定之復覩東都輝重見漢朝則善曰東觀漢記曰更始欲北之雒陽以上爲司隸校尉三輔官府吏東迎雒陽見更始諸將過者數十輩皆冠幘而衣婦人之衣大爲長安吏所笑見司隸官屬皆相指視之極望老吏或垂涕然復見官府儀體賢者蟻附也　翰曰言我今歸曹公得再見洛陽輝光漢朝法則餘生幸已多矧迺值明德濟曰言已遭亂當死今蒙遺餘命其幸已深況值太子明德之遇愛客不告疲飲讌遺景刻善曰曹子建公讌詩曰公子敬愛客終讌不知疲刻漏刻也　良曰疲倦遺忘也景刻漏也晝夜一百刻言太子愛客無倦相與飲讌忘其日夜夜聽極星爛五臣作闌朝遊窮曛黑善曰毛詩曰子興視夜明星有爛王逸楚辭注曰曛黃昏時也　向曰聽謂聽音樂也極至闌稀窮盡也哀哇烏佳動梁埃急觴盪幽默善曰法言曰哇則鄭李軌曰哇邪也七略曰漢書魯人虞公善雅歌發聲盡動梁上塵張敏神女賦曰飲澹泊於幽默揚覺寐而中驚　銑曰哇淫聲也埃塵蕩滌也言哀淫之聲動於梁塵促觴滌其深默之趣且盡一日娛莫知古來惑善曰范曄後漢書曰楊秉嘗從容言曰我有三不惑酒色財也　翰曰古人以酒色爲惑我今以極一日歡娛安知古人爲惑義也

徐幹

少無宦情有箕潁之心事故仕世多素辭五臣作詞善曰國語桓公問於史伯曰王室多故余懼及焉　向曰箕山名潁水名許由巢父隱處言幹無仕宦情慕古人隱逸之事故入仕於時多有質素之言也

伊昔家臨淄提攜弄齊五臣作秦瑟善曰魏都賦曰臨淄牢絡鄢郢江嬬漢書曰齊郡有臨菑縣　濟曰伊惟也臨淄齊所都幹舊居也提攜謂與朋友攜手而弄秦瑟秦箏類出於秦置酒飲膠東淹留憇高密善曰漢書膠東國故齊高帝別爲國又曰高密國故齊宣帝更爲高密國　良曰膠東高密皆齊郡國名憇息也置酒淹留敘平生之道此歡謂可終外物始難畢善曰莊子曰外物不可必故龍逢比干僇焉　向曰外物世事也謂此處歡樂可終年爲牽於世事不畢所顧也搖蕩箕濮情窮年迫憂慄善曰箕山許由所隱也濮濮水莊周所釣也莊子盜跖曰搖蕩人心又曰憂慄乎廟堂之上　銑曰蕩動也箕山名許由隱處濮水名莊周隱處言本心將隱至末年逢亂爲憂懼所迫末塗幸休明棲集建薄質已免負薪苦仍五臣作乃游椒蘭室善曰禮記曰君使士射不能則辭以疾言曰某有負薪之憂大戴禮曰與君子遊苾乎如入蘭芷之室久而不聞則與之化矣陸機詩曰甲第椒與蘭　翰曰言臨幸太子休明延及我薄陋之質以同棲集負薪賤役也椒蘭室貴人之居也清論事究萬美話信非一善曰曹植四言詩曰高談虛論問彼道原話會合善言也　濟曰清雅議論究盡萬端美善之譚信非一理行觴奏悲歌永夜繫五臣作繼白日善曰魏文帝與吳質書曰白日既匿繼以明月　良曰觴酒也本無宦情故有悲歌悲歎交集於懷長夜繼日而不歇也華屋非蓬居時髦豈余匹善曰吳質答曹子建書曰墳籍激於華屋毛詩曰髦士攸宜爾雅曰髦俊也　向曰華屋謂飾畫也髦俊也言我當居蓬廬與野人爲偶中飲顧昔心悵焉若有失善曰說苑曰晉靈公欲殺趙宣孟而飲之酒宣孟知之中飲而出淮南子曰悵然有喪漢書曰戴良見黃憲及歸罔然若有失　銑曰中飲謂半酣也言至半酣顧昔隱逸之心悵望然若有所失

劉楨

卓犖偏人而文最有氣所得頗經奇善曰潘勗玄達賦曰匪偏人之自韙訢諸衷於來哲　翰曰卓犖高絶貌偏人謂文才偏美於人

文選卅　卌三

貧居晏里閈少小長東平善曰漢書泰山郡有東平縣音義曰泰山郡屬兗州　濟曰晏安也里閈鄉曲也東平所居縣名河兗當衝要淪飄五臣作漂薄許京善曰謝承後漢書李燮曰京州天下要衝　良曰河濟河也衝通薄至也獻帝遷許州故稱許京言我因通津淪漂至於許都廣川無逆流招納厠羣英善曰管子曰善爲君者宜法江海江海不逆細流故爲百谷長謝承後漢書曰黃向劉寵爲群英之表　向曰廣川喻魏公細流喻已也言曹公不逆我之微細招納厠於羣英之中北渡五臣作度黎陽津南登紀五臣作宛郢城善曰漢書音義臣瓚曰黎陽在魏郡伏滔北征記曰黎陽津名也杜預左氏傳注曰楚國今南郡江陵縣北紀南城也　銑曰黎陽津名北度者謂從太祖征袁紹宛郢二縣名南登謂從征劉表既覽古今事頗識治亂情歡友相解達敷奏究平生善曰解達言相談說而進達也方言曰解說也　翰曰究盡也言我知古今治亂之體歡愛之情相爲解說進達爲官得究陳奏之事盡平生之才矧荷明哲顧知深覺命輕善曰王逸晉書孔坦表曰士死知遇恩令命輕　濟曰矧況哲智也明哲曹公也言我蒙曹公顧盼知恩至深覺身命之輕也朝遊牛羊下暮坐括揭五臣作桀鳴善曰毛詩曰雞棲于桀日之夕矣牛羊下括毛萇曰雞棲於杙爲桀括至也揭與桀音義同　良曰牛羊下來謂日暮時也揭雞棲木括揭鳴謂雞鳴時也言朝遊至暮暮坐至明終歲非一日傳卮弄新聲辰事既難諧歡願如今并唯羨肅肅翰繽紛戾高冥向曰言歡宴之樂終歲爲之非一日也卮酒盃也新聲妙曲也辰時諧和也言明時難遇而今得並合也肅肅羽聲也繽紛飛貌戾至冥遠也歎遇既備之唯願整其羽翰飛至高遠喻將求貴仕

應瑒

汝潁之士流離世故頗有飄薄之歎

文三十　卌四

嗷嗷雲中鴈舉翮自委羽善曰毛詩曰鴻鴈于飛哀鳴嗷嗷淮南子曰燭龍在
鴈門北蔽于委羽之山不見日高誘曰蔽至也委羽北方山名也銑曰嗷嗷哀鳴之聲自從也委羽北方山名求
涼弱水湄違寒長沙渚善曰成公綏鴈賦曰濱弱水之陰岸服虔曰崑崙之東有
弱水渡之若濘濙耳濘土挺切濙烏挺切列子曰禽獸之智違寒就溫漢書曰長沙國屬荆州然則彭蠡之所在翰曰
弱水水名在北方湄水次也違避也長沙國名在南方也渚水曲也言鴈春則向北以求涼也冬則向南以就陽喻瑒逢
亂遷移也顧我梁五臣作涼川時緩步集潁許善曰漢書曰汝南潁川許皆魏
分也魏從大梁故魏一號爲梁濟曰大梁許潁皆魏分郡國名顧惟也言我於大梁遇其明時從容於許潁之地也
一旦逢世難淪薄恒羈旅良曰世難謂漢末遭亂漂淪薄迫也言我逢亂漂迫
爲客於荆州也天下昔未定託身早得所向曰言喪亂未定時而我先託身於曹公
故言得所官度五臣作渡廁一卒烏林預艱阻善曰魏志曰公還軍官渡袁紹

進臨官渡公斬淳于瓊等紹衆大潰漢書音義文穎曰於滎陽下引河東爲鴻溝即今官渡水也盛弘之荆州記曰蒲沂
縣沿江一百里南岸名赤壁周瑜黃蓋比乘大艦上破魏武兵於烏林烏林赤壁其東西一百六十里銑曰官渡烏林
皆謂曹公戰爭之所言我亦充士卒參預其艱阻晚節值衆賢會同庇天宇
翰曰晚節猶暮年也衆賢謂應劉等庇蔭也天宇謂武帝之德能蔭于天下列坐蔭五臣作廕華榱
哀金樽盈清醑思與善曰馬融樗蒲賦曰坐華榱之高殿臨激水之清流毛詩曰欽此醑矣
埤蒼曰滑美貌也曹子建樂府詩曰金樽玉杯不能使薄酒更厚良曰蔭庇也華榱華屋也醑酒也始采
延露曲繼以闌夕語善曰淮南子曰夫歌采菱發陽阿鄙人聽之不若延露以和高誘曰
延露曲也良曰延露曲名闌闌也謂繼夜而語調笑輒酬答嘲謔無五臣作非慙
沮慈與向曰沮止也言調笑嘲戲輒相酬答非有慙恥而止之也傾軀無遺慮在心
良已叙銑曰軀身也言我委公無遺思慮在心之事皆已申叙

阮瑀

管書記之任故有優渥之言
河洲多沙塵風悲黃雲起善曰繁欽述行賦曰泛泛河濱實多沙塵古詩曰白
楊多悲風淮南子曰黃泉之埃上爲黃雲翰曰洲水灘也風悲謂風急而悲也黃雲謂兼埃塵之色黃比喻亂也金
羈相馳逐聯翩何窮已善曰說文曰羈馬絡頭也濟曰羈以金裝之馳逐聯翩皆馬
奔走之貌慶雲惠優渥微薄攀多士善曰慶雲喻太祖也王逸楚辭注曰慶雲
喻尊顯也良曰慶雲瑞雲也惠恩也優渥厚也微薄自謂言蒙恩厚得攀衆賢念昔渤海時
南皮戲清沚善曰漢書渤海郡南皮縣魏帝與吳質書曰每念昔日南皮之遊誠不可忘向曰渤海
郡名南皮縣名沚渚也今復河曲游鳴葭泛蘭汜似善曰魏文帝與吳質
書曰時駕而游北遵河曲從者鳴笳以啓路文學託乘於後車向曰魏近河故云河曲笳笛也汜濱也植蘭於傍謂之

蘭汜躧步陵丹梯並坐侍君子善曰魏都賦曰邯鄲躧步毛詩曰既見君子並
坐鼓瑟銑曰躧緩丹赤梯階也謂階陛赤色並坐謂與諸賢並侍太子妍談五臣作譚既愉心哀
弄五臣作音信睦耳善曰魏文帝與吳質書曰高談娛心哀箏順耳翰曰妍美愉樂睦和也言話之美
足可樂心哀弄之音信可和耳傾酤姑係芳醑思與酌言豈終始善曰毛詩曰君
子有酒酌言嘗之濟曰酤醑皆酒也係續也酌言豈終始謂宴樂無休息也自從食蓱來唯
見今日美善曰毛詩曰呦呦鹿鳴食野之苹毛萇曰苹蓱也良曰苹蓱也食蓱之詩天子宴諸侯而歡
之言我自預嘉賓以來唯今日之美

平原侯植

公子不及世事但美遨遊然顧有憂生之嗟
朝遊登鳳閣日暮集華沼向曰鳳閣内省也華沼謂宴樂之處沼池也傾

柯引弱枝攀條摘蕙五臣作恵草徙所綺倚窮騁望目極盡所討善曰楚辭曰白蘋兮騁望又曰目極千里　銑曰弱枝柳也蕙香草也徙倚移行貌騁平也討尋也言平望盡見所討西顧太行山北眺邯鄲道善曰淮南子曰九山曰太行羊腸高誘曰太行今上黨太行河內野王縣漢書曰文帝指慎夫人新豐道曰此走邯鄲道也平衢脩且直白楊信裊裊奴了切善作褭褭　善曰褭褭風搖木貌　翰曰邯鄲郡縣名裊裊弱貌副君命飲宴五臣作讌歡娛寫懷抱善曰副君謂文帝也漢書疏廣曰太子國儲副君也　濟曰副君謂太子也言爲天子之副良遊匪晝夜豈云晚與早衆賓悉精妙清辭灑蘭藻五臣作蘭蒲　良曰遊樂無日夜早晚也衆賓謂徐陳之屬言辭之清雅如藻之麗如蘭之芳蒲水草而有文蘭香草也哀音下迴鵠餘哇烏佳徹清昊善曰下迴鵠謂師曠也徹清昊謂奏青也韓子曰師曠奏清徵有玄鵠二八集于廊門列子曰薛談學謳於秦青辭歸青餞於郊衢撫節悲歌聲震林木響遏行雲　向曰師曠奏清徵之聲而玄鵠下舞哇謠歌也徹通也清昊天也中山不知醉飲德方覺飽善曰中山有美酒魏都賦曰醇酎中山中山出好酎酒毛詩曰既醉以酒既飽以德　銑曰中山出美酒言飲宴不知其醉但饜飽於道德願以黃髮期養生念將老善曰左氏傳隱公曰使營菟裘吾將老馬菟音塗　翰曰黃髮老人也言我願及此期存養生之理以念將老

六臣註文選卷之第三十

六臣註文選卷第三十一

梁昭明太子撰

唐李善并五臣註

雜擬下

傚曹子建樂府白馬篇

袁陽源善同濟註　濟曰沈約宋書曰袁淑字陽源陳郡陽夏人也好屬文彭城王起爲祭酒後遷至左衛率及兇劭行篡逆淑諫見害白馬篇述遊俠分義之事傚梟也

劍騎何翩翩長安五陵間善曰史記曰游閑公子飾冠劍連車騎西京賦曰南望杜灞北眺五陵　良曰遊俠之人佩劍結騎遊於五陵之間翩翩輕健貌五陵漢帝陵豪傑所居秦地天下樞八方湊才賢善曰戰國策范子見秦王曰今韓魏天下之樞也高誘曰樞要也河圖龍文曰鎮星光明八方歸德賈逵國語註曰湊聚也　向曰湊會也言秦地乃八方賢才之要會荆魏多壯士宛洛富少年善曰呂氏春秋客有語昭文君曰魏氏人張儀壯士也王逸荔支賦曰宛洛少年邯鄲遊士　銑曰荆魏二國名宛洛二都名富亦多也壯士少年皆遊俠之類意氣深自負肯事郡邑權善曰謝承後漢書曰楊喬曰侯生爲意氣刎頸漢書曰郭解姊子負解之勢應劭曰負恃也班固漢書游俠傳贊曰郡國豪傑處處各有又郭解曰奈何從他縣奪人邑賢大夫權也　翰曰言各恃意氣不肯事郡邑執權之人籍籍善作籍關外來車徒傾國鄽善曰籍籍關外來謂被徒關中也車徒傾國鄽從者之多也漢書武帝曰事籍籍如此鄭玄禮記註曰鄽市物邸舍也今云鄽以明市也　濟曰籍籍諠盛貌關外來謂外郡俠客來也言車徒之衆傾於國鄽五侯競書幣羣公亟爲言善曰漢書曰樓護字君卿爲京兆史王氏五侯兄弟爭名護盡入其門咸得懽心五侯已見鮑明遠數詩古人相遺

幣必書之於刺故曰書幣戰國策秦王謂趙使涼殺曰吾所使趙國者小大皆聽吾言則受書幣漢書曰郭解河內軹人
自喜爲俠及徙豪茂陵衛將軍爲言解家貧不中徙上曰布衣權至使將軍此其家不貧解徙諸公送出者千餘　良曰
古人相問必爲書及幣以送之王氏一門五侯樓護皆與之通五侯競致書幣以贈也義分明於霜
信行直如弦五臣作絃　善曰義分則分義也孫卿子曰禮樂則修分義則明仲長子昌言曰絜若清
冰嚴若秋霜應劭風俗通曰順帝之末京師謠曰直如弦死道邊曲如鉤反封侯交歡池陽下留
宴汾陰西音先叶韻　善曰漢書曰郭解入關中賢豪爭交歡又曰左馮翊有池陽縣河東郡有汾陰縣
漢書曰酤留飲食也　銑曰池陽汾陰二縣名遊俠歡宴之處一朝許人諾何能坐相
捐善曰諾相然許之辭也老子曰輕諾者必寡信廣雅曰諾應也　翰曰遊俠之人一許諾終不坐相捐捐弃也影
飄節去函谷投珮出甘泉善曰公羊傳曰曹子摽劍而去之劉兆曰摽辟也影
與摽字同孚堯切　濟曰影死節信也投珮謂去官也言分義之人或以死信去國或以憤怒而出甘泉宮名嗟此

文選卅一　二

務遠圖心爲四海懸善曰左氏傳祭成伯曰遠圖者忠也莊子曰心若懸於天地之閒郭
象曰所希企者高而闊也　良曰嗟歎務趣也遠圖志也言趣忠義之心懸於四海使人明知但榮身意
遂豈校耳目前善曰列子楊朱曰慎耳目之觀聽惜身意之是非失當年之至樂不得自肆於
一時聲類曰遂從意也嵇康養生論曰嗜好常在耳目之前也　向曰校見也言但行我身意得成己志豈見目前榮望
俠烈良有聞古來共知然善曰漢書曰楚田仲以俠聞傅暢晉諸公贊曰劉希
彭俠烈有才用也　銑曰楚田仲以俠聞言俠道之善古今共知如此
傚古翰曰象古人征行辛苦之意
誶訊又息辭此倦遊士本家自遼東善曰誶猶問也漢書曰司馬長卿故倦游
又曰有遼東郡也　濟曰誶問也遼東郡名無此古人假而爲言也昔隸李將軍十載事
西戎善曰將軍李廣也西戎匈奴也毛詩序曰備其兵甲以討西戎也　良曰李將軍謂李廣利隸附也西戎即大

宛國結車高闕下極望見雲中善曰莊子曰車軌結於千里之外高誘呂氏春
秋注曰結交也漢書曰將軍衛青至高闕臣瓚注曰山名也七發曰極望成林漢書有雲中郡秦置也　向曰結聚也高
闕山名雲中郡名俱在邊遠四面各千里從橫起嚴風寒燠豈如
節霜雨多異同善曰陸機從軍行曰涼風嚴且苛毛詩傳曰燠煖也　銑曰嚴風寒風也燠煖也言
地偏節氣與中夏不同夕寐北河陰夢還甘泉宮善曰史記曰秦惠王遊至
北河徐廣曰戎地之河上穀梁傳曰水南曰陰　翰曰北河謂戎地之河陰也言夕卧彼夢還甘泉宮歸見君也勤
役未云已壯年徒爲空迺知古時人所以悲轉
蓬善曰曹植雜詩曰轉蓬離本根飄颻隨長風類此客遊子捐軀遠從戎　濟曰言勞役不已空度壯盛之年古人悲
轉蓬飄流我今乃知之也

擬古二首

文三十一　三

劉休玄善曰沈約宋書曰南平穆王鑠字休玄文帝第四子也少好學有文才元凶弒
立以爲中軍將軍世祖入討歸世祖進侍中司空後以藥內食中毒殺之
爲藥所毒　時年二十三

擬行行重行行銑曰此篇叙閨人思遠之意
眇眇陵長道遙遙行遠之善曰楚辭曰路眇眇之默默廣雅曰眇眇遠也左氏
傳童謡曰遠哉遙遙　向曰遙遙心不安貌回車背京里揮手從此辭善曰古詩
曰迴車駕言邁劉越石扶風歌曰揮手長相謝說文曰揮奮也蘇武詩曰去去從此辭　銑曰京里謂都里也揮手舉手
辭別也堂上流塵生庭中綠草滋善曰曹植曹仲雍誄曰流塵飄蕩魂安歸
翰曰流遊滋茂也言將堂庭無人而塵草生寒螿翔水曲秋兔依山基善曰淮南
子曰兔走歸窟寒螿翔水各哀其所生高誘曰寒螿水鳥哀猶愛也　濟曰言寒螿依水秋兔依山皆得其所而人不歸

芳年有華月佳人無還期日夕涼風起對酒長相思善曰魏文秋胡行曰朝與佳人期日夕殊不來李陵贈蘇武詩曰遠望悲風至對酒不能酬　良曰芳年華月喻盛時也佳人謂夫也涼風起謂漸及秋感時衰暮悲發江南調憂委子衿詩善曰古樂府江南辭曰江南可採蓮毛詩曰青青子衿悠悠我心　向曰江南謌采蓮曲也子衿詩歎無音信也言悲憂之心但委此歌詩而已臥覺明燈晦坐見輕紈緇善曰陸機爲顧彥先贈婦詩曰京洛多風塵素衣化爲緇　銑曰晦暗也夜久則燈暗紈緇帛之黑色言晝夜坐卧唯見此而已淚容不可飾幽鏡難復治善曰曹植七哀詩曰膏沐誰爲容明鏡闇不治　翰曰言泣涕之容不可脩飾幽匣之鏡誰復重理願垂薄暮景照妾桑榆時善曰陸機塘上行曰願君廣末光照妾薄暮年日在桑榆以喻人之將老東觀漢記光武曰失之東隅收之桑榆　濟曰薄暮謂微光也桑榆時喻老也言願垂微光照妾老年

擬明月何皎皎良曰此篇爲遠人未還中閨感月而歎

落宿半遙城浮雲藹曾闕王宇來清風羅帳延秋月善曰鄭玄詩箋曰曾重也曹植芙蓉賦曰退潤王宇進文帝庭羅帳羅帷也桓子新論雍門周說孟嘗君曰今君下羅帳來清風古詩曰明月何皎皎照我羅床帷　向曰宿謂星也浮雲薄雲也藹蓋也曾闕高闕王宇以王飾屋也延引也結思想伊人沈憂懷明發善曰毛詩曰所謂伊人宋玉笛賦曰武毅發沈憂結毛詩曰明發不寐　銑曰伊人謂夫也沈深也言深憂遠懷至於曙色已發誰爲五臣作謂客行久屢見流芳歇河廣川無梁山高路難越善曰潘岳悼亡詩曰流芳未及歇楚辭曰江河廣而無梁秦嘉妻徐氏荅嘉書曰高山嵓嵓而君是越斯亦難矣　翰曰言誰知行者之久數見芳春消歇也思欲就君河廣山高不可踰越而至

和琅邪王依古一首

王僧達

少年好馳俠旅宦遊關源既踐終古跡聊訊五臣作許興亡言善曰楚辭曰長無絕兮終古訊與信通易乾鑿度曰興亡殊方各有其祥　良曰宦學踐歷許問也關源謂關中河源也言少好遊俠旅學關源歷遠古之跡問興亡之事隆周爲數澤皇漢成山樊善曰漢書揚雄河東賦曰瞰隆周之大寧喻蜀父老曰羅者猶視乎藪澤西都賓曰皇漢之初經營也莊子曰彭陽曰公閱休夏則休乎山樊者也毛萇詩傳曰樊藩也　向曰言周漢之居盡成藪澤山樊樊林也久没離宮地安識壽陵園善曰甘泉賦曰遙遙離宮般以相燭張晏漢書注曰景帝作壽陵也又元帝詔曰徙民以奉園陵　銑曰離宮宮名壽陵漢園陵名皆言蕪沒不識其處仲秋邊風起孤蓬卷霜根白日無精景黃沙千里昏顯軌莫殊轍幽塗豈異魂善曰郭象莊子注曰待隱謂之死待顯謂之生廣雅曰軌道也陸機泰山吟曰幽塗延萬鬼神房集百靈　翰曰風起蓬斷黃沙亂昏日無精景此喻時也軌法也明則有禮樂幽則有鬼神生死之理不殊聖賢良已矣抱命復何怨善曰桓範世要論曰聖哲之人知有終之命必至之理不可以智力避列子曰怨年我逝不知命也　濟曰自古聖賢皆亡此生死之理況我抱此區區之命能爲怨嗟乎

擬古三首

鮑明遠良曰此篇刺有德不仕安於幽棲

幽并重騎射少年好馳逐善曰史記曰趙武靈王胡服以習騎射也七發曰馳騁角逐　向曰幽并二州名其中少年多好騎射逐獵氈帶佩雙鞬居言象弧插楚洽彫服善曰搜神記曰太康中以氈爲貊頭及帶身袴口魏志曰董卓有武力雙帶兩鞬左右馳射方言曰所以藏箭弩謂之服引謂之鞬毛詩曰四牡翼翼象弭魚服鄭玄曰彌弓之末彆者以象骨爲之服矢服也　銑曰氈帶以氈

爲帽頭佩帶也韔盛弓者象弧象牙
飾弓也揷亦帶也服盛箭器彫畫　獸肥春草短飛鞚
控越平陸善曰魏文帝典論曰弓燥手柔草淺獸肥埤倉
曰鞚馬勒鞚孫子曰平陸平處　翰曰飛鞚走
馬也越度也
平陸平道　朝遊鴈門上暮還樓煩宿善曰漢書曰
鴈門郡有樓
煩縣濟曰鴈門
郡名樓煩縣名　石梁有餘勁驚雀無全目善曰闞子
曰宋景公
使工人爲弓九年乃成公曰何其遲也工人對曰臣不復見
君矣臣之精盡於此弓矣獻弓而歸三日而死景公登虎圈
之臺援弓東面而射之矢踰於西霜之山集于彭城之東其
餘力逸勁猶飲羽于石梁帝王世紀曰帝羿有窮氏與吳賀
北遊賀使羿射雀羿曰生之乎殺之乎賀曰射其左目羿引
弓射之誤中右目羿抑首而媿終身不忘故羿之善射至今
稱之　良
同善注　漢虜方未和邊城屢翻覆留我一白羽
將以分虎五臣作符竹善曰白羽矢名國語曰吳素甲白羽之
矰望之如荼漢儀曰郡國銅虎符三
竹使符五也　向曰漢武已前匈奴數背故云翻覆白羽箭
也言我留一隻之箭以定四方銅虎符竹使符並國家發兵
遣使之符謂能
立功以分取之

魯客事楚王懷金襲丹素善曰魯客假言揚子法言
或曰使我紆朱懷金其樂
不可量也李軌曰金金印也司馬彪上林賦註曰襲服也毛
詩曰素衣朱襮毛萇曰丹朱中衣也　銑曰魯客謂魯人也
衣襌復具曰
襲丹素中衣　既荷主人恩又蒙令尹顧善曰主人謂
君也王仲宣
公讌詩曰顧我賢主人臣瓚漢書註曰諸侯之卿唯
楚稱令尹其餘國稱相也　翰曰荷負也顧眷也　日晏
罷朝歸輿善作鞍　馬塞衢路宗黨生光華賓僕遠
傾慕富貴人所欲道得善作德　亦何懼善曰論語曰
富與貴是人
之所欲也不以其道得之不處也　濟曰宗族鄉黨皆恃其
勢而生光榮賓僕遠慕也昭言我以道得此富貴何所懼也
南國有儒生迷方獨淪誤善曰儒生自謂也漢書叔
孫通曰弟子儒生隨臣久
矣莊子曰小惑易方郭象曰東西易方於禮未虧孔安國尚
書傳曰誤謬也沈淪謬誤也　良曰南國鮑昭自謂儒生謂

有道術士迷方謂惑於
所向而自沈淪爲誤也　伐木清江湄設罝守毚仕咸兔
善曰毛詩曰坎坎伐檀兮寘之河之干兮河水清且漣猗又
曰肅肅兔罝椓之丁丁又曰趯趯毚兔遇犬獲之　向曰伐
木詩謂燕朋友故舊也湄岸也罝網也
毚兔狡兔也設網守兔喻懷德待祿
十五諷詩書篇翰靡不通善曰論語曰吾十有五而
志于學韋昭漢書注曰翰
筆也　銑曰背文曰諷
言文章篇翰無不通曉　弱冠參多士飛步遊秦宮善
曰
華覈與薛瑩詩曰存者今惟三飛步有匹特　翰曰弱冠
謂年二十也多士朝臣也飛步高步也秦宮西都之宮　側
觀君子論預見古人風善曰魏志太祖謂毛玠曰君有
古人之風　濟曰見君子古人
道德
之風　兩說窮舌端五車摧筆鋒善曰兩說謂魯連說
新垣衍及下聊城史
記曰秦圍邯鄲魏王使新垣衍入邯鄲說平原君尊秦昭
王爲帝秦必罷兵去魯連聞之乃責新垣衍新垣衍請出不敢
言帝秦秦將聞之却五十里又曰田單攻聊城不下魯連乃
爲書約之矢以射聊城中燕將得書自殺韓詩外傳曰避文

士之筆端避武士之鋒端避辯士之舌端莊子曰惠施其書
五車道踳駮也　良曰兩說謂本末之說舌端君子有三端
舌端一也惠子多方其書五車言
其博聞舌端能摧折文士之筆端　羞當白璧貺耻受聊
城功善曰韓詩外傳曰楚襄王遣使者持金千斤白璧百雙
聘莊子以爲相莊子不許史記田單屠聊城歸而言魯
連欲爵之魯連逃隱於海上也　向曰貺賜也楚襄王以金
璧聘莊周爲相莊周不受魯仲連爲齊以書與燕將下燕之
聊城欲以功
爵仲連不受　晚節從世五臣作時務乘障遠和戎善曰鄒陽
上書曰至
其晚節末路漢書曰嚴安上書言世務又曰帝使博士狄山
乘鄣李奇曰乘守也左氏傳晉侯謂魏絳曰子教寡人和諸
戎狄　銑曰晚節末年也務事障邊
也言末年從時事乘邊遠撫戎狄　解佩襲犀渠卷袠
奉盧弓善曰國語曰奉文犀之渠尚書曰平王錫晉文侯
盧弓十　翰曰佩文服也犀渠甲也袠書衣也盧
弓征伐之弓謂
弃筆從戎也　始願力不及安知今所終善曰左氏
傳周子曰
孤始願不及此莊子曰苟爲不知其然也孰知其所終司馬
彪曰誰知禍之所終者也　濟曰始願爲文力已不及今爲

武士未知其終竟

學劉公幹體 良曰此詩言正直被邪佞所損雖行質素而衰盛相陵

鮑明遠

胡風吹朔雪千里度龍山 善曰范曄後漢書蔡琰詩曰處所多霜雪胡風春夏起楚辭曰增冰峨峨雪千里又曰北有寒山逴龍䟾然王逸曰逴龍山名 向曰胡在北朔亦北也龍山山名言風雪自北來度於龍山 集君瑶臺裏飛舞兩楹前 善曰楚辭曰望瑶臺之偃蹇兮鄭玄禮記注曰兩楹之間人君聽治正坐之處 銑曰瑶玉也以玉飾臺也 茲辰自爲美當避豔陽年 善曰神農本草曰春夏爲陽 銑曰茲辰謂冬時喻亂代也豔陽春也喻明君也 豔陽桃李節皎潔不成妍 善曰呂氏春秋曰仲春之月桃李華 銑曰風雪比佞人也桃李比忠直也言未遇至明之時雖忠直之人爲佞者所亂不成其美

代君子有所思 五言 翰曰此言防漸忌滿之戒

西出登雀臺東下望雲闕 善曰鄴中記曰鄴城西北立臺名銅雀臺劉歆甘泉賦曰雲闕蔚之巖巖衆星接之體體 濟曰鄴西有銅雀臺望雲闕言闕高至雲 層閣肅天居馳道直如髮 善曰王逸楚辭注曰層重也蔡邕述征賦曰皇家赫而天居漢書曰太子不敢絶馳道應劭曰天子之道毛詩曰彼君子女綢直如髮 良曰層高也言高閣肅然天帝之居馳走之道端直如髮 繡甍結飛霞璇題納行月 善曰西京賦曰雕楹玉舄繡栭雲楣甘泉賦曰珍臺閒館璇題玉英 向曰甍棟也以五彩飾之似繡連結於飛霞也璇玉也題椽頭也言月過簷頭璇題納引其光也 築山擬蓬壺穿池類溟渤選色遍齊代徵聲市邛越 善曰蓬壺二山名溟渤二海名齊代邛越四地名 銑曰蓬壺仙山溟渤海也色美女也齊國多美女故進之邛越二國名其中人善歌故徵之 陳鍾陪夕讌笙歌待明發 善曰楚辭曰陳鍾按鼓造新歌魏文帝東門行曰朝遊高臺觀夕宴華池陰儀禮曰歌魚麗笙由庚毛詩曰明發不寐 翰曰言陳鍾樂笙歌陪夜讌至於明發也 年貌不可還身意會盈歇蟻壤漏山阿 善作河 絲淚毀金骨 善曰列子西門子謂東郭先生曰北宮子年貌言行與子並列子楊朱曰慎耳目之觀聽惜身意之是非傅玄口銘曰勿謂不然變出無聞蟻孔潰河溜穴傾山絲淚淚之微者金骨之堅喻親之篤者言讒邪之人但下如絲之淚而金骨爲之傷毀也張叔及論曰煩冤俯仰淚如絲兮鄒陽上書曰衆口鑠金積毀銷骨 濟曰貌容也謂年容一謝不可重少身意歡會亦有盈歇蟻蚍蜉也壤蟻穴土也漏因穴漏水山阿猶大隄也言大隄之敗在蟻穴之漏金骨之銷亦在如絲之淚言積微至著 器惡含滿欹物忌厚生没 善曰家語曰孔子觀於魯桓公之廟有欹器焉孔子問於守廟者曰此爲何器對曰此蓋爲宥坐之器孔子曰吾聞宥坐之器虛則欹中則正滿則覆明君以爲至誠故常置於坐側顧謂弟子曰試注水實之中而正滿則覆夫子喟然而歎曰嗚呼夫物惡有滿而不覆者哉老子曰人之生生之厚動皆之死地十有三夫何故以其生生之厚也 良曰器欹器也滿皆覆是以惡滿也忌恐也厚生謂厚於生理也言人養生恐其不厚養既厚矣生理滅焉

智哉衆多士服理辨昭昧 末叶韻 善曰莊子冉求問於仲尼曰未有天地可知乎夫子曰古猶今也昔日吾昭然今日吾昧然敢問何謂也仲尼曰昔之昭然也神者先受之今昧然也且又爲不神者求耶郭象曰思求更致不了 向曰智哉歎美之辭多士謂羣官也服習理道也言習道可以辨物情之明暗

傚古

范彥龍 銑曰此言從征之義

寒沙四面平飛雪千里驚 善曰楚辭曰增冰峨峨飛雪千里 翰曰寒沙風吹故四方之面皆平也飛雪千里言自遠而下 風斷陰山樹霧失交河城 善曰漢書侯應上書曰臣聞陰山草木茂盛又曰車師前國王治交河城河水分流繞城下故號交河 濟曰陰山匈奴山名交河邊城名斷折也失迷也言風勁霧重折樹迷城 朝驅 善作馳 左賢陣夜薄休屠營 善曰

漢書李將軍廣出右北平擊匈奴左賢王陣又曰驃騎將軍霍去病將萬騎出隴西得休屠祭天金人良曰驅逐薄迫也左賢休屠皆戎狄之王號昔事前軍幕今逐嫖姚兵善曰漢書曰大將軍大擊匈奴李廣數自請行上以爲老不許良乃許之以爲前軍又曰霍去病善騎射再從大將軍受詔予壯士爲嫖姚校尉也 向曰李廣爲前將軍霍去病爲嫖姚校尉也事逐皆從行也失道刑既重遲留法未輕善曰漢書曰李廣與右將軍食其合軍出東道大將軍問廣失道狀廣曰校尉無罪乃我者自失道引刀自剄又曰宣帝命虎牙將軍田順出五源虜去塞八百餘里不進上以虎牙不至期逗留不進下吏自殺音義曰律語也謂軍行頓止稽留不進遲或作逗音豆 銑曰失道謂失行軍之道遲留謂稽遲不應期會言此刑法皆至死也所賴今天子漢道日休明善曰太史公自序曰作今上本紀其述事皆云今天子班固漢書文紀述曰登我漢道左氏傳王孫滿曰德之休明翰曰賴蒙也言蒙我天子同漢王之道日日休明也

雜體詩三十首并序

江文通

夫楚謠漢風既非一骨魏製晉造固亦二體譬猶藍朱成彩雜錯之變無窮宮商爲音靡曼之態不極故蛾眉詎同貌而俱動於魄芳草寧共氣而皆悅於魂不其然歟至於世之諸賢各滯所迷莫不論甘而忌辛好丹而非素豈所謂通方廣恕好遠兼愛者哉及公幹仲宣之論家有曲直安仁士衡之評人立矯抗況復殊於此者乎又貴遠賤近人之常情重耳輕目俗之恒弊是以邯鄲託曲於李奇士季假論於嗣宗此其效也然五言之興諒非夐古但關西鄴下既已罕同河外江南頗爲異法故玄黃經緯之辨金碧沈浮之殊僕以爲亦合其美並善而已今作三十首詩斆其文體雖不足品藻淵流庶亦無乖商榷云爾

古離別五臣作別離

遠與君別者乃至鴈門關善曰漢書曰鴈門郡有樓煩縣邊塞故曰關 濟曰鴈門山名其上置關黃雲蔽千里遊子何時還善曰淮南子曰黃泉之埃上爲黃雲古詩曰浮雲蔽白日遊子不顧返江之此製非直學其體而亦無用其文故各自引文而爲之證其無文者乃他說良曰黃雲謂埃塵與雲相連而黃也蔽暗也何時還言未還也送君如昨日簷前露已團善曰張景陽雜詩曰下車如昨日望舒四五圓毛詩曰野有蔓草零露團兮 向曰秋露下垂而團言時節速改不惜蕙草晚所悲道里寒善曰古詩曰香風難久居空令蕙草殘 銑曰蕙香草晚謂衰落也言不惜此草衰落悲歲暮行人道路寒也君在天一涯五臣作君行在天涯妾身長別離願一見顏色不異瓊樹枝善曰古詩曰各在天一涯又曰與君生別離李陵贈蘇武詩曰思得瓊樹枝以解長飢渴 翰曰天涯言遠也瓊樹玉樹也在崑崙山故難見言君行之遠思見之難不異瓊樹枝也兔絲及水萍五臣作洴所寄終不移善曰爾雅曰女蘿兔絲也毛詩曰蔦與女蘿施於松柏淮南子曰夫萍樹根於水木樹根於土天地性也曹植雜詩曰寄松爲女蘿依水如浮萍 濟曰兔絲草名感茯苓而生萍草依水而長亦猶婦人之附於夫言此心終不移易

李都尉從軍陵良曰此擬攜手上河梁

樽酒送征人踟躕在親宴善曰蘇武詩曰我有一樽酒欲以贈遠人 良曰踟

蹰徘徊貌 日暮浮雲滋握手淚如霰 良曰滋多也霰細雨也 悠悠
清川水嘉魴得所薦 善曰言魚處水而得所我萬里而離鄉歎魚之不若也毛詩曰河水
悠悠釋名曰薦藉也 向曰悠悠流水貌魴魚名得所薦謂得其所處 而我在萬里結髮
五臣作友 不相見 善曰古詩曰相去萬餘里蘇武詩曰結髮為夫妻恩愛兩不疑 銑曰結友同心之友言相去
萬里不得相見 袖中有短書願寄雙飛鷰 善曰桓子新論曰若其小說家合叢
殘小語近取譬論以作短書治身治家有可觀之辭陳琳止欲賦曰欲語言於玄鳥玄鳥逝以差池古詩曰願為雙飛鷰
或為南淮南子曰鷰鴈代飛許慎曰鷰春南而鴈北虞羲送別詩曰雖有一字書寄之南飛鷰文與此同 翰曰短書謂
小書也鷰春南飛就暖巢於人家故願以書寄之

班婕妤 詠扇 擬新裂齊紈素 良曰此

紈扇如圓月出自機中素 善曰班婕妤怨詩曰新裂齊紈素鮮絜如霜雪裁為

文選卅一　十二

合歡扇團圓似明月 濟曰紈綺類也圓月陰象取與婦人機織作之具以諭父母 畫作秦王女
乘鸞向煙霧 善曰列仙傳曰蕭史者秦穆公時人善吹簫穆公有女字弄玉好之公遂以妻焉一
旦皆隨鳳凰飛去楚辭曰駕鸞鳳而上游 良曰秦穆公女弄玉能吹簫作鳳鳴聲後隨鳳乘仙言畫此於扇上以慕之
鸞亦鳳 彩色世所重雖新不代故竊愁涼風至吹
我玉階樹 善曰班婕妤怨詩曰常恐秋節至涼風奪炎熱又自傷賦曰華殿塵兮玉階苔 向曰言彩色
雖可重不可以新而代故涼風至謂秋也言恐秋而輕弃不用也 君子恩未畢零落在
中路 善曰班婕妤怨詩曰棄捐篋笥中恩情中道絕 銑曰言君子所愛未畢而時已涼故零落於中路

魏文帝 遊宴 曹丕 濟曰此擬芙蓉池作

置酒坐飛閣逍遙臨華池 善曰曹子建詩曰置酒高殿上西都賦曰脩途飛閣
魏文帝東門行曰朝游高臺側夕宴華池陰 銑曰飛閣高閣 神飆自遠至左右芙
蓉披 善曰曹子建公讌詩曰神飆接丹轂魏文帝詩曰蘭茝生兮芙蓉披 向曰飆風也言天子所處則起神靈之
風披開芙蓉之花 綠竹夾清水秋蘭被幽崖 善作涯 善曰枚乘兔園賦曰
脩竹檀欒夾池水旋兔園曹植公讌詩曰秋蘭被長坂朱華冒淥池 翰曰幽崖深岸也 月出照園中
冠珮相追隨 善曰曹植公讌詩曰清夜遊西園飛蓋相追隨 翰曰冠珮謂近臣服飾 容從
南楚來為我吹參差淵魚猶伏浦 五臣作湎 聽者未
云疲 善曰古詩曰容從遠方來楚辭曰望夫君兮未來吹參差兮誰思淵魚鱏魚也韓詩外傳曰昔伯牙鼓琴
而淵魚出聽 濟曰容席之所尊也南楚者託遠言也參差簫也言深淵之魚聞吹簫之聲亦涌而出況聽者能疲殆乎
高文一何綺小儒安足為 善曰陸機今日良宴會詩曰高談一何綺孫卿子曰
小儒者謂大夫士 良曰高文綺靡通達之才非一經小儒之所為 肅肅廣殿陰雀聲愁
北林 善曰莊子曰至陰肅肅也 向曰肅肅靜也廣殿陰謂日暮也雀鳥之總名愁北林將棲之時 眾賓

文選卅一　十三

還城邑何以慰吾心 善曰曹子建名都篇曰雲散還城邑清晨復來還李陵詩曰何以慰
我心 銑曰言歡宴之賓既散將何以安慰我心

陳思王 贈友 曹植 翰曰擬贈丁儀王粲等詩

君王禮英賢不恡千金璧 善曰孔安國尚書傳曰恡惜也史記曰虞卿說趙孝
成王一見賜金百鎰白璧一雙莊子曰林回棄千金之璧負赤子而趨 良曰君王謂曹公也英賢謂丁儀王粲等恡惜
也 雙闕指馳道朱宮羅第宅 善曰古詩曰兩宮遙相望雙闕百餘尺漢書曰
太子不敢絕馳道應劭曰天子之道傅玄西都賦曰彤彤朱宮古詩曰長衢羅夾巷王侯多第宅 向曰闕門也馳道大
道也朱宮謂朱樓也羅列也第宅王侯之宅 從容冰井臺清池映華薄 善曰
鄴中記曰銅雀臺北則冰井臺陸機君子有所思曰曲池何湛湛清川帶華薄 銑曰魏有冰井臺下有清池言從容於
上見華薄於池中華花也草木叢生曰薄 涼風湯芳氣碧樹先秋落 善曰

論衡曰物至秋而死先榮後落翰曰澁揺也碧樹謂芳樹也先秋初秋也朝與佳人期日
夕望青閣善曰魏文帝秋胡行曰朝與佳人期日夕殊不來曹子建美女篇曰青樓臨大路 濟曰朝夕
望於青閣之上思其來也褰裳摘明珠徙倚拾蕙若善曰毛詩曰褰裳涉溱洛
神賦曰或采明珠或拾翠羽謝靈運鄴中集曰攀條摘蕙草楚辭曰連蕙若以爲佩 良曰褰舉摘取徙倚移行貌蕙若
香草也眷我二三子辭義麗金雘烏郭 善曰曹子建贈丁翼詩曰吾與二
三子揚雄解嘲曰昔人之辭乃玉乃金王仲宣誄曰吾與夫子義貫丹青說文曰雘善丹也 向曰二三子謂丁儀王粲
等金雘彫飾也言此子皆以辭義自相彫飾而爲美麗延陵輕寶劍季布重然
諾善曰吳都賦曰有吳之開國也造自太伯宣於延陵端委至德太伯也高節克讓延陵也漢書曰季布楚人也楚諺
曰得黃金百不如得季布諾又曰貫高趙國立名義不侵爲然諾者也 銑曰延陵聘上國過徐君心許徐君所佩劍使
還徐君已死乃挂劍於墓樹而去季布名義之士楚人重之皆相謂曰得黃金百兩不如季布一諾言此二人義信以廣

二三子處富不忘貧有道在葵藿善曰何敬祖贈張華詩曰既貴不忘儉處
有能存無莊子東郭子問於莊子曰所謂道惡乎在莊子曰無所不在陸機君子有所思曰無以肉食資取笑葵與藿
翰曰言處富貴不可忘於貧者有道之士非不在葵藿言以此爲戒
劉文學感遇楨濟曰感思也思其有幸遭遇
蒼蒼山中桂團團善作團圓霜露色善曰言桂霑霜露而色不渝身經夷險而
操不易也劉楨贈徐幹詩曰亭亭山上松瑟瑟谷中風 良曰蒼蒼桂色團團霜凝貌霜露一何緊
桂枝生自直善曰劉楨贈徐幹詩曰風聲一何盛松枝一何勁廣雅曰緊急也 向曰言霜露雖急不
能損桂枝勁直之性橘柚在南國因君爲羽翼善曰橘柚在南雖珍須君羽翼
乃貴也楚辭曰后皇嘉橘來服受命不遷生南國古詩曰人儻欲我知因君爲羽翼 銑曰大曰橘小曰柚皆果名生於
南國此自喻君謂曹植也羽翼謂聲譽因植爲已聲譽謬蒙聖主私託身文墨

職善曰洞簫賦曰蒙聖主之渥恩鄭玄禮記注曰私之猶言恩也劉楨雜詩曰職事相填委文墨紛消散 翰曰謬誤
也聖主謂文帝也言誤蒙聖恩私及於已得爲文墨之職謂爲平原侯庶子丹彩既已過敢
不自彫飾善曰古詩曰橘柚垂華實乃在深山側聞君好我甘竊獨自彫飾 濟曰丹彩猶恩遇既過敢
不勉勵自彫飾也華月照方池列坐金殿側善曰古歌辭曰上金殿酌玉樽
良曰言良辰月夜蒙提攜坐於金殿之側微臣固受賜鴻恩良未測善曰曹植
天地篇曰復爲時所拘羈絆作微臣東京賦曰洪恩素蓄人心同結 良曰微小也言我小臣受若大恩不可測度
王侍中懷德粲銑曰懷德謂懷魏武帝之德
伊昔值世亂秣馬辭帝京善曰王粲七哀詩曰西京亂無象又曰遠身適荆蠻
翰曰值亂謂董卓作亂辭帝京謂避亂荆州既傷蔓草別方知杕第杜情
善曰毛詩序曰野有蔓草思遇時也君之澤不下流民窮於兵革男女失時不期而會焉毛詩曰有杕之杜其葉萋萋王

事靡盬我心傷悲 濟曰蔓草杕杜詩篇名傷時徹於行旅也崤函復丘墟冀闕
緬縱橫善曰崤函崤谷及函谷也呂氏春秋蠋過曰吳爲丘墟西征賦曰冀闕緬其堙盡 良曰崤山函谷
闕及秦所造冀闕皆沈爲丘墟緬微也縱橫謂亂倚棹泛涇渭日暮山河清
善曰方言曰楫謂之櫂棹與櫂同 向曰倚棹悵望之意涇渭二水名蟋蟀依桑野嚴風吹
枯善作若莖善曰毛詩曰七月在野八月在宇鄭玄曰謂蟋蟀毛詩曰蜎蜎者蠋烝在桑野賈逵國語注曰
若木晚矣 向曰蟋蟀悲秋之蟲也嚴風急風枯莖枯木之莖喻危脆也鸛音貫鵠俄亦在幽草
客子淚已零善曰鸛鵠在幽草謂鸛鳴于垤鵠亦水鳥故連言之王仲宣從軍詩曰哀彼東山人
喟然感鸛鳴毛詩曰有芃者狐率彼幽草 銑曰鸛鵠水鳥名幽深草也客子謂粲也淚已零悲亂也去鄉
二善作三十載幸遭天下平善曰楚辭曰去鄉離家兮來遠客鮑昭結客少年場曰
去鄉三十載禮記曰國治而天下平 翰曰載年也遭逢也賢主降嘉賞金貂服玄

纓善曰賢主魏太祖也時粲爲侍中故云金貂漢書谷永對詔曰戴金貂之飾執常伯之職蔚繚子曰天子玄冠玄纓
也濟曰賢主謂魏武也嘉賞與之遊宴金貂玄纓侍中之服飾也侍宴出河曲飛蓋遊
鄴城善曰魏文帝與吳質書曰時駕而遊北遵河曲曹子建公讌詩曰飛蓋相追隨　良曰飛蓋車蓋也
朝露竟幾何忽如水上滸善曰漢書李陵謂蘇武曰人生如朝露楚辭曰竊哀
兮浮萍汎濫兮無根王逸注曰自比萍隨水浮汎乍東乍西向曰朝露日出則乾人命短促亦猶是焉忽疾貌水滸喻無
依託君子篤惠義柯葉終不傾善曰新語曰君子篤義於惠禮記曰其在人也
如竹箭之有筠如松栢之有心二者雖貫四時而不改柯易葉　銑曰篤厚惠恩也言君子厚其恩義履其禮度則如松
栢之有心不改柯葉傾落福履既所綏千載垂令名善曰王粲公宴詩曰古人
有遺言君子福所綏左氏傳子產曰令名德之輿也　翰曰言能履福自安故得後世垂令名
嵇中散言志　康濟曰言志言本有高尚之志而橫遭讒言

文三十一　十六

曰余不師訓潛志去世五臣作俗塵善曰嵇康幽憤詩曰恃愛肆姐不訓不師楚辭
屈原曰蒙世俗之塵埃　良曰言不受師教訓而深遠於俗事遠想出宏域高步超常
倫善曰左太冲詠史詩曰高步追許由　向曰宏大倫輩靈鳳振羽儀戢景西海
濱朝食琅玕實夕飲玉池津善曰莊子老子歎曰吾聞南方有鳥其名爲鳳
居積石千里河海出下鳳皇居上天爲生樹名瓊枝高百二十仞大三十圍以琳琅爲實周易曰鴻漸于陸其羽可用爲
儀阮籍詩曰朝食琅玕實夕宿丹山際衡山記曰空青嵓有天津玉池傅玄擬楚篇曰登崑崙漱玉池　向曰戢匿也琅
玕瓊實也言得出大域越常輩同靈鳳匿光景食瓊樹之實飲玉池之水者喻高潔也處順故無累
養德乃入神善曰莊子曰夫得者時也失者順也安時處順哀樂不能入也此古之所謂懸解也又曰
欲勉爲形者莫如棄世棄世則無累又曰堯觀乎華華封人請祝聖人使壽使富使多男子堯曰多男子則多懼富則多
事壽則多辱是三者非所以養德也故辭周易曰精義入神以致用也　銑曰有形時也無形順也安時處順憂樂不及

故曰無累養德謂以道德自養道德至妙乃通神明曠哉宇宙惠雲羅更四陳
善曰文子曰四方上下謂之宇說文曰宙舟輿所極覆也鸚鵡賦曰冠雲霓而張羅　翰曰言天地之惠如雲之羅列陳
布於四方哲人貴識義大雅明庇身善曰毛詩大雅曰旣明且哲以保其身左氏傳
曰子反曰信以守禮禮以庇身也　濟曰哲智也言智者貴識義理大雅詩篇名言明知可庇蔭其身莊生
悟無爲老氏守其真善曰莊子曰夫虛靜恬淡寂寞無爲者天地之平而道德之至也老
子曰見素抱樸河上公曰見素者當抱素守真不文飾也　良曰悟明也莊周老聃皆守道者之流無爲任物自爲守真
不汚本性天下皆得一名實久相賓善曰老子曰昔之得一者天得一以清地得一
以寧王侯得一以爲天下正莊子曰堯讓許由天下許由曰而我猶代子吾將爲名乎名者實之賓也吾將爲賓乎　向
曰名者實之賓言名實久相爲賓主咸池饗爰居鍾鼓或愁辛善曰樂動聲儀
曰黃帝樂曰咸池莊子曰海鳥止於魯郊魯侯觴之於廟奏九韶以爲樂具太牢以爲膳鳥眩視憂悲不敢食一臠不敢

文選卅一　十七

飲一杯三日而死此以己養養鳥也　銑曰爰居海鳥也昔臧文仲奏咸池擊鍾鼓具太牢以饗海鳥禮樂雖美鳥聞之
悲愁辛酸此言榮祿信美而康視之亦猶鳥聞鍾鼓之音柳惠善直道孫登庶知
人善曰西征賦曰無柳季之直道佐士師而一黜柳下惠爲士師三黜人曰子未可以去乎曰直道而事人焉往而不
三黜嵇康憂憤詩曰昔慙柳下今愧孫登魏氏春秋曰初康采藥於中山北見隱者孫登康欲與之言登默然不對踰年
將去康曰先生竟無言乎登乃曰子才多識寡難乎免於今之世也　翰曰言康以直道而被幽縶故以登爲知人也餘
同善注寫懷良未遠感贈以書紳善曰論語曰子張問行子曰言忠信行篤
敬子張書諸紳　濟曰謂康寫幽憤之懷未能遠及真理故感此以贈當代書紳以爲戒也紳大帶也

阮步兵詠懷　籍

青鳥海上遊鸒音預斯蒿下飛善曰阮籍詠懷詩曰雖云不可知青鳥明我心
呂氏春秋曰海上有人好青者朝至海上而從青遊青至者前後數百其父曰聞汝從青遊盡取來吾欲觀之其子明旦

至海上羣青翔而不下莊子曰北溟有魚化爲鳥其名曰鵬
齊諧曰鵬之徙南溟搏扶摇而上者九萬里蜩與鷽鳩笑之
我決起而飛槍榆枋時則不至控地而已奚以之九萬里而
圖南爲北溟有鳥焉其名爲鵬摶扶摇羊角而上者行九萬
里斥鴳笑之曰彼且奚適我騰躍而上不過數仞而下翺翔
蓬蒿之間此亦飛之至而彼且奚適也此小大之辨也司馬
彪曰蜩蟬也鷽鳩小鳥毛萇詩傳曰鷽斯鵯居鵯居雅烏也
音豫　良曰青鳥海鳥也海上蒿下寛濫不同適性逍遥其
致一也**沈浮不相宜羽翼各有歸**善曰曹子建七哀詩曰沈浮各異世阮籍
詠懷詩曰鷽斯飛桑榆海鳥運天池豈不識宏大羽翼不相
宜　向曰沈謂蒿下浮謂海上各是所游故云不相宜然同
得其所故云各有歸**飄颻可終年沆**胡朗**瀁安是非**善曰阮籍詠懷詩曰逍遥
可終生又曰蕩漾焉可能列子曰信理者亡是非莊子曰彼
亦一是非此亦一是非飄颻蒿下沆瀁海上逍遥一也　銑
曰飄颻輕飛貌可終年謂鷽斯也沆瀁廣大貌青鳥遊於廣大之處亦安知其是非**朝雲乘變化**
光耀世所希善曰阮籍詠懷詩曰三楚多秀士朝雲進荒淫高唐賦曰須臾之間變化無窮陸雲

詩曰知音世所希　翰曰朝雲高唐神也言高唐神乘雲變化爲其光色當代所希有**精衛銜木石**
誰能測幽微善曰阮籍清思賦曰女娃榮於東海之濱而翩飄於西山之傍山海經曰發鳩之山有鳥
名精衛赤帝之女娃女娃遊於東海溺而死不反化爲精衛
常取西山木石以填東海也　濟曰言此幽微之事難知

張司空離情**華**

秋月映善作照**簾櫳懸光入丹墀**善曰張華情詩曰清風動帷簾晨月
燭幽房班婕妤自傷賦曰俯視兮丹墀　良曰櫳檻墀堦也言月映簾檻垂光入於丹堦**佳人撫鳴琴**
清夜守空帷蘭逕少行迹玉臺生網絲善曰陸機擬古詩曰
佳人撫鳴琴又曰閑夜撫鳴琴曹子建雜詩曰妾身守空閨
楚辭曰皐蘭被徑斯路漸張景陽雜詩曰房櫳無行迹西京
賦曰西有玉臺張景陽雜詩曰蜘蛛網四屋論衡曰蜘蛛經
絲以網飛蟲　向曰帷幔也蘭逕謂來逕時蘭也網絲謂蜘
蛛網也言無人行而致此**庭樹發紅彩閨草含碧滋**善曰張景陽雜詩曰寒花

發黄采秋草含緑滋　銑曰紅彩花也碧滋謂草色翠而滋繁**延佇整綾綺萬里贈所**
思善曰楚辭曰結幽蘭而延佇古詩曰客從遠方來遺我一端綺相去萬餘里故人心尚爾又曰欲以遺所思　翰曰
延頸佇立整理綾綺遠寄於夫所思則夫也**願垂湛露惠信我皦日期**善曰
毛詩曰湛湛露斯匪陽不晞又曰謂予不信有如皦日　濟
曰湛露能潤澤於物喻夫之恩惠皦日謂言誓也願垂恩惠
信我此心

潘黄門述哀**岳**良曰謂悼婦詩

青春速天機素秋馳白日善曰楚辭曰青春受謝潘岳悼亡詩曰曜靈運天機
四節代遷逝劉楨與臨淄侯書曰肅以素秋則落也　良曰天機璇璣運時之急速忽及素秋**美人歸重**
泉悽愴無終畢善曰潘岳悼亡詩曰之子歸窮泉重壤永幽隔　銑曰美人謂岳妻重泉深泉
也悽愴悲傷也無終畢言不極也**殯宮已肅清松柏轉蕭瑟**善曰陸機挽歌

曰殯宮何嘈嘈寡婦賦曰虚坐兮肅清仲長子昌言曰古之
葬者松柏梧桐以識其墳楚辭曰蕭瑟兮草木摇落而變衰
良曰肅清猶寂寞也蕭瑟風吹松柏聲**俯仰未能弭尋念非但一**善曰楚辭曰弭
抑志而自弭賈逵國語注曰弭忘也魏文帝詩曰所憂非但一　濟曰弭止也言尋思哀念非但一塗**撫衿悼**
寂寞怳然若有失善曰潘岳悼亡詩曰撫衿長歎息王逸楚辭注曰怳失意也後漢書曰戴
良見黄憲及歸罔然若有失　良曰悼傷也
怳驚視貌言傷此寂寞驚視左右有所失也**明月入綺窻**
髣髴想蕙質善曰潘岳悼亡詩曰歲寒無與同朗月何朧朧獨無李氏靈髣髴覩爾容古詩曰交
疏結綺窻左九嬪武帝納皇后頌曰如蘭之茂蕙蘭類故
變之耳　向曰髣髴想見貌蕙質言體質芬芳如蘭蕙**銷**
憂非萱草永懷寄善作寐**夢寐**善曰毛詩曰焉得諼草言樹之背毛萇曰諼草
令人忘憂毛詩曰終其永懷寡婦賦曰願假夢以通靈　銑
曰萱草草名可忘憂也言岳之此憂非萱草所能消但懷夢
寐而已**夢寐復冥冥何由覩爾形**善曰潘岳哀永逝賦曰既目遇兮無兆曾

寤寐兮不夢冥冥幽昧也文子曰慮患於冥冥之外　翰曰冥冥昏闇也言夢寐之中又昏闇何從得見爾之形容我慙北海術爾無帝女靈善曰列異傳曰北海營陵有道人能使人與死人相見同郡人婦死已數年聞而往見之曰願令我一見死人不恨遂教其見之於是與婦人相見言語悲喜恩情如生良久乃聞鼓聲恨恨不能出戶掩門乃走其裾爲戶所閉掣絕而去後歲餘此人死家葬之開見婦棺蓋下有衣裾宋玉集云楚襄王與宋玉遊於雲夢之野望朝雲之館有氣焉須臾之間變化無窮王問此是何氣也玉對曰昔先王遊於高唐怠而晝寢夢見婦人自云我帝之季女名曰瑤姬未行而亡封於巫山之臺聞王來遊願薦枕席王因幸之去乃言妾在巫山之陽高丘之阻旦爲朝雲暮爲行雨朝朝暮暮陽臺之下旦起視之果如其言爲之立館名曰朝雲　濟曰自歎無見死之術婦無見夢之靈餘同善註駕言出遠山徘徊泣松銘雨絕無還雲花落豈留英善曰毛詩曰駕言出遊鸜鵒賦曰何今日之雨絕　良曰山墳銘碑也雨絕花落喻死而不還日月方代序寢興何時平善曰潘岳悼亡詩曰四節代遷逝又曰寢興目存形也　向曰言日月雖遠起卧思憶情猶未平

陸平原羈宦　機

儲后降嘉命恩紀被微身善曰漢書疏廣曰太子國儲副君琴操史魚曰思竭愚志以報塞恩紀潘岳河陽詩曰微身輕蟬翼　銑曰儲后太子也機爲太子洗馬言太子之恩被於己明發眷桑梓永歎懷密親善曰陸機贈顧彥先曰眷言懷桑梓又赴洛道中作詩曰嗚咽辭密親又永嘆遵北渚　翰曰明發言發夕至曙歎息懷密友近親流念辭南澨音逝銜怨別西津善曰陸機赴洛道中詩曰永歎遵北渚遺思結南津　濟曰澨水涯津渡口馳五臣作驅馬遵淮泗旦夕見梁陳善曰毛詩曰驅馬悠悠陸機從梁陳詩曰夙駕尋清軌遠遊越梁陳　良曰遵依也淮泗二水名梁漢景帝弟所封國陳曹植所封國服義追上列矯迹廁宮臣善曰楚辭曰身服義而未沫陸機從梁陳詩曰在昔蒙嘉運矯迹入崇賢　良曰服義服古人道義上列謂枚乘相如劉僑應瑒等言我舉迹廁於數人之門朱黻咸髦士長纓皆俊人善曰毛詩曰朱芾斯皇室家君王鄭玄曰芾者諸侯黃朱又曰芾太古蔽膝之象黻與芾古字通毛詩曰烝我髦士又曰髦士攸宜陸機從梁陳詩曰長纓麗且鮮尚書曰俊民用章　銑曰朱黻長纓皆侍臣之服髦亦俊也契闊承華內綢繆踰歲年善曰陸機從梁陳詩曰契闊踰三年又赴洛詩曰託身承華側李陵詩曰與子結綢繆　翰曰契闊勤苦也承華太子門名綢繆纏綿也踰越也言見顧過越於歲華日暮聊揔駕逍遙觀洛川善曰陸機荅張士然詩曰余固水鄉士揔轡臨清川　濟曰揔駕停車也洛川洛水徂沒五臣作役多拱木宿草陵寒煙善曰公羊傳曰秦伯謂蹇叔曰爾之年冢上之木拱矣禮記曾子曰朋友之墓有宿草而不哭焉　良曰徂往也拱木合手之木宿草陳根也行役在路但見墳墓拱木宿草犯寒煙而已遊子易感慨五臣作慨躑躅還自憐善曰劉公幹詩曰平人易感慟陸機道中詩曰佇立望故鄉顧影悽自憐　向曰遊客感此拱木宿草易爲慨歎躑躅不安貌自憐自哀憐顧言寄三鳥離思非徒然善曰楚辭曰三鳥飛以自南覽其志而欲北願寄言於三鳥兮去飄疾而不得陸機赴洛詩曰感物戀堂室離思一何深　銑曰三鳥者楚辭本屬當時所見無定名也言我寄言此鳥申其離思豈空然哉

左記室詠史　思

韓公淪賣藥梅生隱市門善曰范曄後漢書曰韓康字伯休一名恬休京兆人也常采名藥賣於長安市口不二價三十餘年梅生梅福也漢書曰梅福棄妻子去其後人見於會稽者變名姓爲吳市門卒　翰同善注百年信荏苒何用五臣作爲苦心蒐善曰張華勵志詩荏苒代謝漢書廣陵王胥歌曰人生忍死何爲苦心　濟曰荏苒少時也言人百年如少時之間何苦心蒐自爲淪隱當學衛霍將建功在河源善曰衛衛青霍霍去病陸賈新語曰以義建功河源匈奴之境山海經曰崑崙之東北隅實惟海源也　良曰衛青霍去病皆漢將立功於西域河源即西域珪組

賢君眄青紫明主恩善曰漢書夏侯勝曰士病不明經術經術苟明其取青紫如俛拾地芥　向曰珪玉組綬也青紫綬色賢君明主皆天子也眄顧恩惠也終軍才始達賈誼位方尊善曰漢書終軍至長安上書武帝異其文拜爲謁者給事中又曰賈誼爲博士文帝悅之超遷歲中至太中大夫　銑曰尊達謂見任用金張服貂冕許史乘華軒善曰左思詠史詩曰金張藉舊業七葉珥漢貂又曰朝集金張館暮宿許史廬漢書劉向曰王氏乘朱輪華轂　翰曰金日磾張安世並累代仕漢故云貂冕許皇后史良娣之家並盛爲奢侈故云乘華軒王侯貴片議公卿重一言太平多歡善作懽娛飛蓋東都門善曰張景陽詠史詩曰昔在西京時朝野多歡娛藹藹東都門羣公祖二疏　濟曰片議謂婁敬議都而封奉春君一言謂田千秋一言而登卿相歡宴娛樂也飛蓋東都門謂供帳以送疏廣疏受顧念張仲蔚蓬蒿滿中園善曰曹子建贈徐幹詩曰顧念蓬室士趙政三輔決錄注曰張仲蔚扶風人也少與同郡魏景卿隱身不仕明天官博物好爲詩賦所居蓬蒿沒人也　良曰顧念念其遺才

文三十一　廿二

張黃門苦雨協

丹霞蔽陽景綠泉涌陰渚善曰曹子建情詩曰微陰翳陽景張景陽雜詩曰丹霞啓陰期又詩曰階下伏泉涌　良曰陽景日也丹霞赤雲也蔽障也綠水色也陰氣盛故泉涌水鸛巢層甍山雲潤柱礎善曰鄭玄毛詩箋曰鸛水鳥將陰雨而鳴巢層甍未詳淮南子曰山雲蒸而柱礎潤廣雅曰礎礩也音楚　銑曰層高也甍屋棟木也礎礩石雲起則石潤亦陰氣相感也有弇五臣作渰興春節愁霖貫秋序善曰張景陽雜詩曰有弇興南岑王仲宣有愁霖賦　良曰有渰雨師也貫達也言雨起春節而達秋不歇燮燮涼葉奪戾戾飈風舉高談五臣作譚玩四時索居慕儔侶善曰楚辭曰溘飈風余上征　曹子建求親親表曰高談無所與陳禮記子夏曰吾離羣索居亦已久矣張華雜詩曰安知慕儔侶　濟曰燮燮猶漸也奪落戾急慕思也言秋葉漸落急風斯起譚玩四時之事思散居之儔侶青苔五臣作菭日夜黃芳蕤成宿楚善曰張景陽雜詩曰青苔依空牆又詩曰密葉日夜踈又詩曰芳蕤豈再馥又詩曰荒楚鬱蕭森說文曰芳蕤草木華盛貌　良曰苔草梢也蕤蘗也宿楚叢木也言青苔漸黃蘗成叢木歎歲月將盡歲暮百慮交無以慰延佇善曰仲長統詩曰百慮何爲至安在我延佇　向曰慮思也百思言不一友謂交於心也延久佇待也言交人不來無以慰我久待之情

劉太尉傷亂琨善曰臧榮緒晉書曰琨卒後贈太尉　良曰此擬贈盧諶詩

皇晉遘陽九天下橫氛霧善曰劉琨荅盧諶詩曰厄運初遘陽爻在六哀我皇晉痛心在目陽九漢書曰陽九曰初入百六陽九音義曰易傳所謂陽九之厄會也郭璞山海經注曰橫塞也楚詞曰望時風之清激愈氛霧其如塵　銑曰皇大也九陽數之極有災橫氛霧喻亂賊也言大晉遇此陽九之災而亂賊橫叛秦趙值薄蝕幽并逢虎據善曰薄蝕虎據喻羣盜也京房易飛候占曰凡日蝕

文選卅一　廿三

皆於晦朔不於晦朔蝕者名曰薄戰國策蘇秦說楚威王曰王興師襲秦戰於藍田此所謂兩虎相據也　翰曰秦姚泓所據趙石勒所據幽州段匹磾所據并州劉琨所領值亦逢也薄蝕喻亂賊侵晉虎據喻威武之盛伊余荷寵靈感激狥馳騖善曰劉琨勸進表曰荷寵三世左氏傳曰遠啓疆曰寵靈楚國劉琨詩曰鄧生何感激解嘲曰世亂則聖哲馳騖而不足　濟曰言我蒙天子神靈寵愛故感動激發循此馳騁於軍戎雖無六奇術冀與張韓遇善曰漢書曰陳平自初從至天下定後常以護軍中尉從擊臧荼陳豨凡六出奇計輒益邑封奇計或頗秘世莫得聞也　良曰陳平有六奇之策張張良韓韓信言我雖無此六奇之術冀同三賢遇漢高甯戚扣角歌桓公遭乃舉善曰淮南子曰甯戚擊牛角而歌桓公舉以爲大田高誘曰大田官也　向曰甯戚扣角歌商聲於齊門桓公遇而舉之以爲田官荀息冒險難實以忠貞故善曰左氏傳曰初獻公使荀息傅奚齊公疾召之曰其若之何稽首而對曰臣竭其股肱之力加之以忠貞其濟君之靈也不濟則以死繼之公曰何謂忠貞對曰公家之利知無不爲忠也送往事居

羈俱無猜貞也　銑曰言此是胃觸險難　空令日月逝愧無古人度　善曰論語陽虎曰日月逝矣盧諶贈崔溫詩曰古人非所希　翰曰逝往也言我愧無苟甯之度量　飲馬出城濠　北望沙漠路　善曰古有飲馬長城窟行盧諶贈崔溫詩曰北眺沙漠垂南望舊京路　濟曰濠城池沙漠北方也言傷晉亂意欲平定天下　千里何蕭條白日隱寒樹投袂既憤懣　五臣作懣　撫枕懷百慮　善曰左氏傳曰楚子投袂而起白虎通曰天子崩哀痛憤懣劉琨重贈盧諶詩曰中夜撫枕歎想與數子遊仲長統詩曰百慮何爲至安在我延佇　良曰蕭條遠也白日隱寒樹喻年老也投袂猶奮袂憤懣怨也撫枕百慮言不安臥　功名惜未立玄髮已改素　善曰劉琨重贈盧諶詩曰功業未及建夕陽忽西流陸機東宮詩曰柔顏收紅藻玄髮吐素華　向曰謂未能匡復晉室而髮已白　時哉苟有會治亂惟冥數　善曰劉琨重贈盧諶詩曰時哉不我與陶淵明經曲阿詩曰時來苟冥會宜幽冥也數曆數也孫子兵法曰治亂數也范曄後漢書烏丸論曰天之冥數以至於是乎　銑曰言太平之時且當有運會治亂之道冥昧亦有定數然非我所知

盧郎中 感交 諶

大厦須異材廊廟非庸器　善曰盧諶荅魏子悌詩曰崇臺非一榦珍裘非一腋潘岳在懷縣詩曰器非廊廟姿爾雅曰庸常也謂非凡常之器　翰曰厦大屋也構此大屋必須瑰異之材廊廟喻宰臣也言宰臣不可以任庸常之器　英俊著世功多士濟斯位　善曰左氏傳衆仲曰官有世功則有官族盧諶荅魏子悌詩曰多士成大業羣賢濟弘績　濟曰英俊之人著立濟世之功衆多之士共佐天子之位　眷顧成綢繆遒與時髦匹　善曰毛詩曰眷言顧之盧諶荅魏子悌詩曰愚恧家時來會敢齊朝彥跡　良曰諶言常蒙眷以成親密得與當時髦俊爲匹偶　姻媾久不虛　五臣作虧　契闊豈但一　善曰盧諶贈劉琨詩曰申以婚姻又荅魏子悌詩曰恩由契闊生翰文帝詩曰所憂非但一　向曰姻媾謂諶妹嫁琨弟契闊謂同遭亂殺其父母豈但一言非一事也　逢厄既已同

處危非所恤　善曰盧諶荅魏子悌詩曰共更飛狐厄又曰在厄每同險　銑曰言險厄情同是以不憂　常慕先達槩觀古論得失　善曰槩志節也馮衍顯志序曰追觀往古得失之迹　翰曰槩節槩也言我慕先達節槩之人以觀得失則馬服信陵　馬服爲趙將疆場亦得清謐　善曰史記曰趙奢大破秦軍秦軍解而走遂解閼與圍而歸趙惠文王賜奢號爲馬服君左氏傳魯公曰疆場之事慎守其一而備其不虞爾雅曰謐靜也　濟曰趙奢號曰馬服君爲趙守邊疆界清靜秦兵不敢東闚　信陵佩魏印秦兵不敢出　善曰史記曰魏公子無忌號信陵君秦昭王進兵圍邯鄲公子進兵擊秦軍秦軍解去遂救邯鄲存趙公子留趙十年不歸秦聞公子在趙日夜出軍東伐魏魏王患之使使請公子歸救魏魏王以上將軍印授公子公子遂將破秦軍於河水乘勝逐秦至函谷關抑秦兵不敢出也　良同善注　慨無幄中策徒慙素絲質　善曰范曄後漢書詔曰前將軍鄧禹與朕謀謨帷幄決勝千里淮南子曰墨子見練絲而泣之爲其可以黃可以黑高誘曰閔其化也　向曰慨歎也幄中謂帷中陳謀策素絲隨染而變人隨善惡而遷言歎無帷幄之謀而能從善遷變故云慙也　羈旅去舊鄉　五臣作京　感遇喻　五臣作踰　琴瑟　善曰盧諶贈崔溫詩曰羈旅及寬政委質信時遇毛詩曰妻子好合如鼓琴瑟　銑曰言諶羈旅并州感琨恩遇過於琴瑟之和　自顧非杞梓勉力在無逸　善曰左氏傳楚聲子曰晉大夫皆卿材也如杞梓皮革自楚往也尚書曰君子所其無逸　翰曰杞梓美材也自顧非美材勉力之戒在無逸豫而已　更以畏友朋濫吹乖名實　善曰左氏傳陳敬仲曰詩云翹翹車乘招我以弓豈不欲往畏我友朋韓子曰齊宣王使人吹竽南郭處士請爲王吹竽粟食與三百人等宣王死文王即位一一聽之處士乃逃或云韓昭侯嚴使一一聽之乃知濫也莊子曰堯讓天下于許由曰而我猶代子吾將爲名乎名者實之賓也吾將爲賓乎　濟曰此言無能濫在琨下名過其實也

郭弘農 遊仙 璞　善曰臧榮緒晉書曰璞卒後贈弘農太守

崦山多靈草海濱饒奇石　善曰郭璞遊仙詩曰圓丘有奇草鍾山出靈液楚詞

曰吾令羲和弭節兮望崦嵫而勿迫王逸曰崦嵫山也海濱海中三山也　良曰靈草芝草也濱涯也竒石可食而仙謂安期鍊五色石是也**偓蹇尋青雲隱淪駐精魄**善曰江賦曰納隱淪之列真挺異人之精魄抱朴子曰人無賢愚皆知身之有魂魄魂魄分去則人病盡去則人死　向曰偓蹇縈高貌隱淪謂絕迹也駐留也精魄魂魄也不去其身則不死**道人讀丹經方士鍊玉液**善曰道人方術之士列異傳曰北海營陵有道人能使人與死人相見同郡人婦死已數年聞而往見之曰願令我一見死人不恨遂教其見之於是與婦人相見言語悲喜恩情如生良乆乃聞鼓聲恨恨不能出戶掩門乃走其裾為戶所閉掣絕而去後歳餘此人死家葬之闓見婦棺蓋下有衣裾神仙傳曰淮南王好道術之士於是八公乃往遂授以丹經漢書曰燕齊之方士傅玄求仙篇曰玉液涌出華泉楚詞曰吮玉液兮止渴銑曰道人得道人也丹經九轉之法方士術士也玉液謂玉膏**朱霞入窻牖曜靈照空隙**善曰十洲記曰朱霞九光說文曰隙壁縫也翰曰曜靈日也隙穴也言所居之處高**傲睨摘木芝陵波采水碧**善曰江賦

曰冰夷倚浪以傲睨本草經曰紫芝一名木芝洛神賦曰凌波微步江賦曰水碧潛琘山海經曰耿山多水碧郭璞曰碧亦玉也　濟曰傲睨縱誕貌木芝紫芝之別名水玉仙藥**眇然萬里遊矯掌望煙客永得安期術豈愁濛汜迫**善曰神仙傳曰若士謂盧敖曰吾一舉千里說文曰矯舉也郭璞遊仙詩曰駕鴻乘紫煙列仙傳曰安期先生自言千歳楚辭曰出於暘谷次于濛汜　濟曰矯掌舉手也煙客仙人也安期古仙人術仙方也濛汜日入之處言得此仙方不愁歳月迫於濛汜

張五臣作孫**廷尉**雜述**綽**

太素既已分吹萬著形兆善曰列子曰太素者質之始也莊子南郭子綦曰夫吹萬不同而使自已也司馬彪曰言天氣吹煦生養萬物形氣不同已止也使各得其性而止潛夫論曰太素之時元氣窈冥未有形兆　良曰天地未分曰太素吹萬謂元氣吹煦萬物著形不同使各得其性而止**寂動茍有源因謂殤子夭**善曰言大道之要動寂無源今誠以有源即壽夭異轍故以殤子爲夭也呂氐春秋曰一也者至貴也莫知其源莫知其端莫知其始莫知其終而萬物以爲宗高誘曰道無匹敵故曰至貴莊子南郭子綦曰莫壽乎殤子而彭祖爲夭　向曰寂靜也二十以下死者曰殤言物之動靜各稟一源其於壽夭亦有定分人達其分因謂彭祖爲壽殤子爲夭**道喪涉千載津梁誰能了**善曰莊子曰世喪道矣道喪世矣世與道交相喪也司馬彪曰世皆異端喪道道不好世故曰喪耳　銑曰涉歷也津梁喻道也了明也言淳化之喪已歷千載其於至道誰明達也**思乘扶搖翰卓然陵風矯**善曰莊子齊諧之言曰鵬之徙於南溟也水擊三千里搏扶搖而上者九萬里司馬彪曰齊諧人姓名也摶圜也扶搖上行風也圜飛而上者若扶搖也毛詩曰如飛如翰鄭玄曰如鳥之飛也翰其中豪俊也廣雅曰矯飛也　翰曰扶搖風之名也卓高矯舉也思乘此風而高舉也翰飛也**靜觀尺棰義理足未嘗少**善曰莊子曰一尺之棰日取其半萬世不竭辯者以此與惠施相應於身無窮司馬彪曰若其可折則常有兩若其不可折其一常存故曰萬世不竭　濟曰棰杖也言一尺之杖分五寸爲夜五寸爲晝晝陽也主生夜陰也主死晝復夜死復生雖一尺之杖

無有窮時故理足不少**冏冏秋月明憑軒詠堯老**善曰蒼頡篇曰冏大明貌永切登樓賦曰憑軒檻以遙望堯老堯及老子玄宗之太師故莊生稱之　良曰冏冏明也憑依軒檻也詠歌也歌唐堯老子之道德**浪迹無蚩妍然後君子道**善曰晉戴逵栖林賦曰浪迹潁湄棲景箕岑宋賦序曰妍蚩好惡也　向曰浪放蚩醜妍好也言放迹混然無醜好乃得爲君子之道**領畧歸一致南山有綺皓**善曰王文度贈許詢詩曰吾生挺奇餘領略摠玄標鄭玄禮記注曰領理也廣雅曰畧要也周易子曰一致而百慮漢書曰園公綺里季夏黃公角里先生當秦之世避而入商雒深山范曄後漢書孔融曰南山四皓潛光隱曜　銑曰言理要之道異塗而歸一致也綺綺里季皓老人貌南山商洛山也四皓隱所**交臂乆變化傳火乃薪草**善曰莊子仲尼謂顏回曰吾終身與汝交一臂而失之可不哀與郭象曰天變化不可執而留也故雖交臂相守而不能令停若哀死則此亦可哀者也今人未嘗以此爲哀奚獨哀死邪莊子秦失曰指窮於爲薪火傳也不知其盡郭象曰窮盡也爲薪猶前薪也前薪以指指盡前薪之理故火

翰曰言變化之理執持不停薪草相繼火傳不滅如人彊求不死則不可得納養之合中則命續而不絶**亹亹玄思清胷中去機巧**善曰許詢農理詩曰亹亹玄思得濯濯情累除莊子曰子貢南遊於楚反於晉過漢陰見一丈夫方將爲圃畦鑿隧而入井抱甕而出灌搰搰然用力甚多而見功寡子貢曰有械於此一日浸百畦用力甚寡而見功多夫子不欲乎爲圃者仰而視之曰奈何曰鑿木爲機後重前輕挈水若抽數如泆湯名曰桔槔爲圃者忿然作色而笑曰吾聞之吾師有機械者必有機事有機事者必有機心機心藏於胷中則純白不備純白不備則神生不定神生不定道之所不載也子貢慙俯而不對　濟曰亹亹勉也玄遠也言勉力遠思清靜之道去機巧於情府之中則與道相合**物我俱忘懷可以狎鷗鳥**善曰莊子曰吾喪我郭象曰吾喪我我自忘矣我自忘天下何物足識哉又曰海上有人好鷗鳥者旦而之海上從鷗鳥游鷗鳥至者百數其父曰吾聞鷗鳥從汝遊試取來吾從玩之明旦之海上鷗鳥舞而不下　良曰昔有人游於海上與鷗鳥相狎不殊於鷗鳥言彼我忘懷則禽獸不懼於己

許徵君自序　**詢**善曰晉中興書高陽許詢字玄度寓居會稽司徒蔡謨辟不起詢有才藻善屬文時人士皆欽愛之　向曰序謂述隱居之意

張子闇內機單生蔽外像五臣作象　善曰莊子曰田開謂周威公曰魯有單豹者巖居而水飲行年七十而猶嬰兒之色不幸遇餓虎餓虎殺而食之有張毅者高門懸薄無不趣義也行年四十而有內熱之病以死豹養其內而虎食其外毅養其外而病攻其內　向曰象法也張毅是闇內治之幾微單豹是不明外治之法此皆偏而不廣**一時排冥筌泠然空中賞**善曰筌捕魚之器言魚之在筌猶人之處塵俗今既排而去之超在埃塵之外故泠然涉空得中而留也莊子曰列子御風而行泠然善也旬五日而後反司馬彪曰泠然涼貌也郭象莊子注曰天下莫不自是而相非故一是一非兩行無窮唯涉空得中曠然無懷乘之以遊也　翰曰冥理筌迹也泠然輕舉貌循於環之四邊則終始無極若處其環空中則寂然不移言理迹一時排去而輕舉遊於環中以爲樂**遣此弱喪情資神任獨往**善曰莊子曰予惡乎知悅生之非惑邪予惡乎知惡死之非弱喪而不知歸者邪郭象曰少失其故居爲弱喪者遂於彼之所在而不知歸於故鄉淮南王莊子略要曰江海之士山谷之人輕天下細萬物而獨往者也司馬彪曰獨往任自然不復顧世　濟曰弱喪謂少失居而安於他方不知歸故鄉也人知好生惡死亦同弱喪矣資操也言遣此弱喪之情無所不安故操持其神任之獨往

采藥白雲隈聊以肆所養丹葩曜芳蕤綠竹陰閑敞善曰隈曲也賈逵國語注曰肆恣也廣雅曰葩華也洞簫賦曰又足樂乎其閑敞西征賦曰厭紫極之閑敞　良曰藥仙藥芝草屬也閑敞靜廣貌**苕苕寄意勝不覺陵虛上曲櫺激鮮飈石室有幽響**善曰櫺窻間孔也陸機吳趨行曰泠泠鮮風過列仙傳曰赤松子常止西王母石室中也　向曰苕苕遠也寄意謂所寄至道之意勝謂勝於俗情也言至道既勝不覺如乘空而上也櫺屋招也激射也鮮飈鮮絜之風石室石穴也幽響山響也**去矣從所欲得失非外奬**善曰陸機招隱詩曰税駕從所欲李蕭遠運命論曰得與失孰賢謝靈運擬鄴中詩曰客心非外奬小雅曰奬勸也

銑曰言去從所欲之至道得失由心非外物所能奬勸**至哉操斤客重明固已朗**善曰莊子曰莊子送葬過惠子之墓顧謂從者曰郢人堊漫其鼻端若蠅翼使匠石運斤成風聽而斲之盡堊而鼻不傷郢人立不失容宋元君聞之召匠石曰嘗試爲寡人爲之匠石曰臣則嘗能斲之雖然臣質死久矣自夫子之死吾無以爲質矣吾無與言也　翰曰至極也極哉歎之也有堊人污漫其鼻匠石操斤斲之污盡而不傷鼻是二人相明故曰重明固謂固如是朗明也**五難既灑落超迹絶塵網**善曰向秀難嵇康養生論曰養生有五難名利不成此一難喜怒不除此二難聲色不去此三難滋味不絶此四難神慮消散此五難　濟曰養生有五難一曰喜怒二曰聲色三曰滋味四曰神浮五曰消散塵網喻世事言脫落五難超絶去世事

殷東陽興矚　**仲文**

晨遊任所萃悠悠藴真趣善曰毛萇詩傳曰萃集也方言曰藴積也莊子曰道之真以治身謝靈運登江中孤嶼詩曰藴真誰爲傳　良曰萃聚也言陵晨觀望萬物並聚於目中悠悠藴積至道之真

趣雲天亦遝亮時與賞心遇善曰莊子曰黃帝得之以登雲天謝靈運田南樹園詩曰賞心不可忘向曰遝高亮明也言雲天既高復與適我心者相遇青松挺秀萼惠色出喬樹善曰廣雅曰秀美也鄭玄詩箋曰承花者曰鄂鄂與萼同銑曰青松喻眞性萼花惠媚喬高也極眺清波深緬映石壁素瑩情無餘滓拂衣釋塵務善曰韋昭國語註曰緬邈也廣雅曰瑩磨也說文曰滓澱也謂鄙穢左氏傳曰叔向拂衣從之銑曰眺視緬遠瑩磨滓穢也言遠視山水瑩磨滓穢而解塵俗之事求仁既自我玄風豈外慕善曰論語曰求仁而得仁又何怨漢書灌嬰曰侯自我得之玄風謂道也李充玄宗賦曰慕玄風之遐裔余皇祖曰伯陽謝靈運憶山中詩曰得性非外求翰曰求爲仁道則從我身玄遠之風豈在外慕而得直置忘所宰蕭散得遺慮善曰淮南子曰成化象而弗宰高誘曰宰主也謝靈運遊嶺溪行詩曰觀此遺物慮一悟得所遣濟曰蕭散空遠也言直置專一忘其所主者道之本也能縱心空遠遺其思慮者則遁之

謝僕射混遊覽

信矣勞物化憂矜未能整善曰左氏傳商臣曰信矣莊子曰天不産而萬物化又曰既化而生又化而死也良曰矜心整齊也言信勞天地化生而憂心未能與物齊也薄言遵郊衢摠轡出臺省善曰毛詩曰薄言旋歸家語子曰善御者正身摠轡也向曰衢道也以心不能齊物將遵郊外之道而散情慮故持轡出省而往之淒淒節序高寥寥心悟永時菊曜嚴阿雲霞冠秋嶺善曰毛詩曰秋日淒淒楚詞曰天高而氣清注子曰寥巳吾志郭象曰寥然空虛也聲類曰悟心解也潘安仁河陽詩曰時菊曜秋華銑曰淒淒寒風也寥寥高淨貌言時既清明中心覺悟亦長遠也嵒阿山曲也嶺山也言雲霞如冠戴於山眷然惜良辰徘徊踐落景卷舒雖萬緒動復歸有靜善曰孔叢子歌曰眷然顧之東征賦曰撰良辰而將行淮南子曰至道無爲盈縮卷舒與時變化莊子曰虛則靜靜則動者得矣老子曰夫物云云復歸其根歸根曰靜是謂復命王弼曰凡有起於虛動於靜故萬物雖並動作卒復歸於虛靜各反其始歸根則靜也翰曰眷然顧戀貌辰時也落景日暮時也卷息舒散也萬緒言多也言息散動復其理雖多然皆同歸於靜曾是迫桑榆歲暮從所秉善曰毛詩曰曾是在位韓詩曰歲聿其暮薛君曰言年歲已晚也所秉謂心所執也毛詩曰君子秉心鄭玄曰秉執也濟曰曾則迫近也桑榆日將落喻年老言我雖老明歸靜之理故云時運所執舟壑不可攀忘懷寄匠郢善曰司馬彪曰舟水物山壑居者也藏之壑澤非人意所求謂之固有力者或能取之莊子曰莊子送葬過惠子之墓謂從者曰郢人堊漫其鼻端若蠅翼使匠石運斤成風聽而斵之盡堊而鼻不傷郢人立不失容宋元君聞之召匠石曰嘗試爲寡人爲之匠石曰臣則嘗能斵之雖然臣質死久矣自夫子之死吾無以爲質矣吾無與言也良曰藏舟于壑人謂之固夜半有力者負之而趨攀止也亦如人生於世自以爲固四時遷運不可留止郢人以堊塗鼻端使匠石斵之堊盡而鼻不傷此言忘懷於相知

陶徵君田居潛

種苗在東皐苗生滿阡陌善曰歸去來詞登東皐以舒嘯風俗通曰南北曰阡東西曰陌向曰苗五穀之苗皐澤也阡陌田之封疆雖有荷鉏倦濁酒聊自適善曰陶潛詩曰晨興理荒穢帶月荷鋤歸又曰雖欲揮手歸濁酒聊自持莊子曰智不知論極妙之言而自適一時之利者非埳井之蛙與郭象注曰自適其志者也銑曰言雖有荷鉏之勞以酒自樂亦足適歡日暮巾柴車路闇光巳夕善曰歸去來詞或巾柴車鄭玄周禮注曰巾猶衣也翰曰巾飾也柴車麤車也闇夕皆夜也歸人望煙火稚子候簷隙善曰歸去來曰稚子候門濟曰稚子小子也言還晚望火而歸小子候望簷隙之間問君亦何爲百年會有役善曰莊子盜跖曰人上壽百歲陶潛夜行塗中詩曰懷役不遑寐良曰問君謂自舉以問以答何爲辛苦答云人生百年皆有勞役但願桑麻成蠶月得紡績善曰陶潛詩曰相見無雜

言但道枲麻長毛詩曰蠶月條桑家語曰公父文伯之母紡績不懈

素心正如此開逕望三益善曰方言曰素本也謝靈運田南詩曰唯開蔣生逕永懷求羊蹤論語曰益者三友友直友諒友多聞向曰言我宿素之心但願幽靜同蔣詡開三逕望三益之友而已

謝臨川遊山　靈運

江海經遭迴山嶠備盈缺善曰楚辭曰入溆浦兮途遭迴爾雅曰山銳而高曰嶠謝靈運登廬山詩曰山行非前期彌遠不能輟但欲淹昏旦遂復經盈缺春秋元命苞曰月盈而闕者詘鄉尊宋均曰詘還也尊君也　銑曰遭迴轉也嶠亦山也盈亦山缺謂谷

靈境信淹留賞心非徒設平明登雲峯杳與廬霍絶善曰謝靈運田南樹園詩曰賞心不可忘楚辭曰平明發兮蒼梧謝靈運酬惠連詩曰滅迹入雲峯又初發石首城詩曰息必廬霍期　翰曰靈境即會稽也言我賞心此山謂懷仁者之意非空設而已廬霍二山名言所登之山杳然高絶於此二山

碧障五臣作嶂長周

流金潭恒澄澈善曰碧鄣出碧之鄣即玉山也山海經曰耿山多水碧思玄賦曰歷衆山以周流上林賦曰步欄周流臨海記曰白石山下有金潭金光煥然　濟曰碧玉也障小山也周流長遠貌潭水之深澄澈清也言金者下有金砂因名

桐林帶晨霞石壁映初晰音折　善曰說文曰昭晰明也之逝切今協韻以爲之舌切　良曰言霞與桐林相映也初晰謂日出之光石壁照之而明

乳竇既滴瀝丹井復寂泬音血　善曰謝靈運山居賦曰訪鍾乳於洞穴訊丹砂於經泉鮑昭過銅山詩曰乳竇夜涓滴說文曰滴瀝水下滴瀝也抱朴子曰武陵舞陽有丹砂井王逸楚辭注曰泬寥曠蕩空虛靜也向曰乳鍾乳也竇穴也滴瀝乳垂貌丹井朱砂井也寥泬深也

嵒嶢轉奇秀岑崟還相蔽赤玉隱瑤溪雲錦被沙汭若拙反　善曰說文曰嵒山巖也五咸切文字集略曰崿崖也郭璞方言注曰岑崟峻貌上林賦曰赤玉玫瑰也思玄賦曰瞰瑤溪之赤岸海賦曰雲錦散文於砂汭之際　銑曰嵒嶢岑崟並山勢不齊貌赤玉寶也瑤溪玉溪也汭岸也言沙石之文五色如雲錦被於岸

夜聞

猩猩啼朝見鼯鼠逝常列　善曰蜀都賦曰猩猩夜啼郭璞爾雅注曰鼯鼠狀如小狐亦謂之飛生聲如人呼　翰曰猩猩鳥名鼯鼠飛往也逝往也

南中氣候暖朱華凌五臣作陵白雪善曰謝靈運入華子崗詩曰南州實炎德桂樹凌寒山王逸楚辭注曰南方冬溫草木常華　濟曰朱華花也陵犯也言花犯白雪而開

幸遊建德鄉觀奇經禹穴善曰莊子市南宜僚謂魯侯曰南越有邑焉名爲建德之國其民愚朴少私寡欲其生可樂死可以葬吾願君去國捐俗與道相輔而行漢書曰司馬遷南遊江淮上會稽探禹穴　良曰建德國名在南越禹穴夏禹藏圖書之所言遊觀奇異於此

身名竟誰辯善作辯圖史終磨滅善曰謝靈運入華子崗詩曰莫辯百世後又曰圖諜復磨滅　銑曰辨識也言身名誰人能識遊山所記之圖史終見磨滅

且汎桂水潮映月游海澨善曰楚詞曰桂水兮潺湲謝靈運入華子崗詩曰乘月弄潺湲　銑曰桂水水名海涯曰澨

揖生貴處順將爲智者說善曰謝靈運還湖中詩曰寄言攝生客又登石門詩曰處順故安排又石門詩曰匪爲衆人說莫與智者論　翰曰安時處順憂樂不入是攝生之理言我將爲智者陳說此道

顏特進侍宴　延之

太微凝帝宇瑤光正神縣善曰淮南子曰太微者天一之廷孔安國尚書傳曰凝成也魏都賦曰耽耽帝宇周禮曰匠人建國晝參諸日中之景夜考之極星以正朝夕鄭玄曰極星謂北斗也廣雅曰北斗第七星爲瑤光地理書曰崑崙東南地方五千里名神州史記鄒衍曰中國名赤縣神州赤縣神州內自有九州禹之所叙九州是也不得爲州數中國外若赤縣神州者九所謂九州也　濟曰太微星宮名瑤光北斗柄端星也言匠人上法太微宮以成帝宇觀斗柄以定神州赤縣南北之正

揆日粲書史相都麗聞見善曰毛詩曰揆之以日作爲楚室尚書序曰成王在豐欲宅洛邑使召公先相宅孔安國曰欲以爲都也　良曰揆度粲明也度日所損明書於史相視也都謂冊陽也言此都華於所聞所見者

列漢構仙宮開天製寶殿桂棟留夏飈蘭橑停冬霰善曰毛萇詩傳曰漢天河

楚詞曰桂棟兮蘭橑　向曰言宮殿高大上至天漢蘭木蘭也橑椽霰雪也青林結冥濛丹巘被五臣作披葱蒨善曰吳都賦曰迴眺冥濛毛萇詩傳曰巘小山別於大山也　銑曰青林丹巘謂繞宮殿山樹也冥濛葱蒨山樹之色山雲備卿靄池卉具靈變善曰尚書大傳曰百工相和而歌卿雲鄭玄曰卿當爲慶魏文帝東閣詩曰高山吐慶雲西京賦曰濯靈芝之朱柯陳思王靈芝篇曰靈芝生玉池　銑曰卿靄瑞雲也卉草也靈變異狀也重陽集清氛善作氣下輦降玄宴善曰楚詞曰集重陽入帝宮兮造旬始而觀清都西京賦曰恣意所幸下輦成宴尚書曰玄德升聞玄猶聖也　翰曰上爲陽而清澄亦爲陽故云重陽輦車玄幽也言上至天邊就幽處而宴鶩望分寰遂臘曠盡都甸善曰寰猶畿也穀梁傳曰寰內諸侯周禮有六鄉六遂蒼頡篇曰臘曠視之貌也　濟曰鶩望謂馳目遠望寰域遂鄉遂也視臘也都邑甸郊也氣生川岳陰煙滅淮海見中坐溢朱組步櫩五臣作欄遥瓊弁善曰魯靈光殿賦曰中坐正景禮記曰侯伯佩玄玉而朱組綬上林賦曰步櫩周流長途中宿說文曰遥雜字如此左氏傳曰楚子玉爲瓊弁玉纓未之服也　濟曰中坐謂坐中也朱組瓊弁衣冠之飾也溢滿遥比也步櫩謂長廊也禮登佇睿情樂闋延皇眄善曰爾雅曰登成也又曰佇久也謂久留也禮記曰有司告以樂闋鄭玄曰闋終也延引也　良曰禮成樂闋賓客將散故延佇天子之情而顧眄測恩躋踰五臣作愉逸沿牒憒浮賤善曰爾雅曰測深也愉逸耽樂縱逸也漢書長安令楊興說將軍史高曰匡衡無階朝廷隨牒在遠方說文曰憒不明也浮賤浮名微賤也禮記曰恥名浮於行　向曰躋登愉樂憒慙也言天子賜深恩得登樂逸自顧爲隨牒之任慙其浮賤榮重餽兼金五臣作承榮重兼金巡華過盈瑱他殿善曰孟子曰齊王餽兼金一百而不受盈瑱盈尺之玉也說文曰田父得寶玉至尺吳都賦曰尺璧有盈淮南子曰崑山之玉　銑曰瑱璧也言蒙天子賜侍宴其於榮華重兼百金過於盈尺之璧敢飾輿人詠方慙綠水薦善曰左氏傳曰晉侯聽輿人之誦曰原田每每舍其舊而新是謀吳都賦曰樹以青槐亘以淥水淮

南子曰牙會綠水之趨高誘曰綠水古詩也　翰曰晉侯聽輿人之頌言我敢飾舊事而獻此詠然後終慙古人綠水之詩綠水古詩也

謝法曹贈別惠連

昨發赤亭渚今宿浦陽汭而拙切　善曰謝靈運富春渚詩曰赤亭無淹薄獻康樂詩曰昨發浦陽汭今宿浙江湄　濟曰赤亭亭名浦陽江口名水涯曰汭方作雲峯異豈伊千里別善曰謝靈運酬惠連詩曰滅迹入雲峯　良曰千里別古曲名言與爾雲山異隔豈惟古人有千里之曲芳塵未歇席涔五臣作淚猶在袂入停艫望極浦弭棹阻風雪善曰庾闡揚都賦曰結芳塵於綺席楚詞曰泣沾襟而濡袂說文曰艫船頭也楚詞曰望涔陽兮極浦謝惠連獻康樂詩曰停楫阻風波毛萇詩傳曰弭止也　向曰芳塵謂靈運所行處歇止也袂袖也阻風雪言當時也風雪既經時夜永起五臣作豈懷思汎濫北湖游岧善作岹亭南樓期善曰謝靈運詩序曰於南山往北山經湖中又序曰南樓中望所遲客　銑曰北湖游南樓期謂却叙前事也岧亭樓高貌點翰詠新賞開袠瑩所疑善曰謝靈運答惠連詩曰陵澗尋我室散帙問所知翰曰翰筆也袠書衣也瑩磨也疑謂有所不決摘芳愛氣馥拾蘂憐色滋色滋畏沃若人事亦銷鑠善曰毛詩曰桑之未落其葉沃若楚詞曰質銷鑠以汋遠國語注曰鑠銷也　濟曰沃若盛也言草木滋繁則槁人事至盛亦畏銷鑠謂衰散也子衿怨勿往谷風誚輕薄善曰毛詩曰青青子衿悠悠我心縱我不往子寧不嗣音又序曰谷風刺幽王也天下俗薄朋友道絕焉　良曰子衿谷風皆詩篇名刺風俗輕薄而朋友道絕不相往來共秉延州信無慙仲路諾善曰延州信謂挂劍也　向曰秉執也延州謂吳季札也心許徐君劍廻挂於壟上子路無宿諾言執信不慙此二人靈芝望三秀孤筠情所託善曰楚詞曰采三秀於山間王逸云秀謂芝草也禮記曰其在人也如竹

箭之有筠貫四時而不改柯易葉韋昭漢書注曰竹皮筠也于貧切　銑曰靈芝神芝也三秀歲三結實也筠竹箭言情
志託此芝筠之芳堅所託已殷勤祇足攪懷人善曰謝靈運詩曰猶復惠來章
祇足攪余思毛詩曰嗟我懷人　翰曰攪亂也言託殷勤之心只亂所思之志今行嶀呼嵊剩外
銜思至海濱善曰孔曄會稽記曰始寧縣西南有嶀山剡縣有嵊山陸機赴洛道中詩曰朝徂銜
思往尚書曰海濱廣斥嶀他乎切嵊食證切　濟曰嶀嵊二山名濱涯也覿子杳未僝士簡款
睇在何辰善曰孔安國尚書曰僝見也字林曰款誠也意有所欲也廣雅曰睇見也　良曰杳遠睇視也
言我觀子遠未能相見款視知在何時雜珮雖可贈疏華竟無陳善曰毛詩
曰知子之來之雜珮以贈之疏華瑤華也楚辭曰折疏麻兮瑤華將以遺乎離居　向曰雜結也言結芳草為珮折疏麻
之華以贈離居竟無陳謂無所寄無陳心悁一玄勞旅人豈遊遨幸及
風雪霽青春滿江皐善曰毛詩曰中心悁悁說文曰雨止也楚詞曰青春受謝又

曰馳騖乎江皐　銑曰悁憂也羇旅在此非為遨遊但遊風雪耳霽晴也皐江曲也解纜候前侶
還望方鬱陶善曰謝靈運相送方山詩曰解纜及流潮又謝惠連詩曰幽居復鬱陶　翰曰纜繫
船索鬱陶哀思也言解纜望前行之徒迴顧憶所懷而哀思煙景若離遠未響寄
瓊瑤善曰瓊瑤謂玉音也　濟曰言煙景離隔相去既遠後可附音信也投我木桃報之瓊瑤謂書也
王徵君養疾微五臣作徵　銑曰此詩被徵不應隱於瀟湘之間
窈藹瀟湘空翠澗澹無滋善曰窈藹深遠之貌杜育荈賦曰懍豐穰之滋潤
良曰窈藹幽靜貌瀟湘二水名翠澗色言此澗水澹然無滋味寂歷百草晦欻吸鵾雞
悲善曰寂歷彫踈貌說文曰晦盡也謂彫盡也一曰毛萇詩傳曰晦昧也凡草木華實榮茂謂之明枝葉彫傷謂
之晦欻吸疾貌楚辭曰鵾雞啁哳而悲鳴　向曰寂歷闃曠貌晦闇也欻吸猶俄頃鵾雞鳥名悲鳴也清陰
往來遠月華散前墀鍊藥矚虛幌汎瑟卧遙帷

善曰說文曰鍊化金也鍊與練古字通又集略曰幌以帛明窻也文賦曰同朱絃之清氾朱絃琴絃也　銑曰清陰日也
墀增矚對幌窻也汎琴謂撫琴也遙遠也帷謂山中水碧驗未黷金膏靈詎緇
善曰山海經曰耿山多水碧郭璞曰碧亦玉也蒼頡篇曰黷垢黷也穆天子傳河伯曰示女黃金之膏毛萇詩傳曰緇黑
色也　翰曰水碧水玉也與金膏並仙藥其靈驗未可得而緇黷緇黷染也北渚有帝子蕩
瀁不可期善曰楚辭曰帝子降兮北渚目眇眇兮愁予阮籍詠懷詩曰蕩瀁焉可能　濟曰北渚謂所居
之北　帝子娥皇女英蕩瀁言隨波上下不可與之結期悵然山中暮懷痾屬此
詩善曰淮南子曰悵然若有所亾楚辭曰幽獨處乎山中又曰杼中情而屬詩　良曰悵然失志貌言失志山中抱其
痾疾而屬綴此詩
袁太尉從駕淑向曰為御史中丞時從宋高祖拜廟并祭南郊之作
宮廟禮哀敬枌邑道嚴玄善曰顏延年拜陵廟詩曰哀敬隆祖廟枌枌榆社也

漢書　高祖禱豐枌榆社說文曰玄幽遠也謂神道幽遠也銑曰禮祭之法盡哀致敬漢豐邑有枌社宋漢之子孫故祭
枌社之道可敬而遠恭潔由明祀肅駕在祈年善曰毛詩曰敬恭明祀又曰祈
年孔夙　翰曰恭潔謂敬而祭潔清也祀祭祈求也言郊天求明年之穀詔徒登季月戒鳳
藻行川善曰孔安國尚書傳曰登升也羽獵賦曰玄冬季月鳳皇車名甘泉賦曰乃登鳳皇兮翳華芝行川
所行之川也行猶道也　濟曰詔徒謂告衆也季月九月也鳳鳳葢也藻文彩也言鳳葢散文彩於所行之川雲旆
象漢徙宸網擬星懸善曰高唐賦曰建雲旆宸網天畢也西京賦曰天畢前驅薛綜曰畢
網也象畢星魯靈光殿賦曰浮柱岧嵽以星懸　良曰旆雲旗也言侍從部伍象天漢迴移也宸網謂天子車上珠網如
天星之懸朱櫂麗寒渚金鍐無犯映秋山善曰朱櫂以朱漆飾櫂也蔡邕獨斷曰金
鍐者馬冠也高廣各五寸　向曰櫂檣竿也鍐馬飾也麗映謂照曜也寒渚秋山所遊之處羽衛藹流
景綵吹震沉淵善曰羽衛負羽侍衛也綵發吹也淮南子曰浮吹以虞沈川鱗介也　銑曰羽

衛羽葆護衛天子也謁映也流景日也綵吹綵衣人吹簫管震動深淵也

辨詩測京國履籍鑑都壥 善曰禮記曰天下五年一巡狩命太師陳詩以觀民風孫卿子曰履天子之籍聽天下之斷 銑曰辨陳也謂太師陳詩以觀京國之風籍謂聽斷之書鑑視也視都壥之宄𡨥 萌五臣作甿謠響王

律呂頌被丹絃 善曰沈約宋書曰調樂金石有一定之聲故造鍾磬者先律調之然後施之於箱懸司馬彪續漢書曰候氣之法殿中候用玉律十二唯二至乃候靈臺用竹律六十顏延年曲水詩序曰途歌邑誦尚書大傳曰大琴朱絃蔡邕琴賦曰丹絃既張八音既平 翰曰甿田人言采田人之歌邑考之頌以考玉律朱絃之樂

文軫薄桂海聲教燭冰天 善曰禮記曰書同文車同軌尚書曰外薄四海孔安國曰薄迫也言至海也南海有桂故云桂海上林賦曰經乎桂林之中過乎泱漭之野尚書曰朔南暨聲教蒼頡篇曰燭照也淮南子曰八紘北方曰積冰高誘曰北方寒冰所積因以爲名積冰也 濟曰軫車也桂海南極冰天北極也言文軌聲教之盛迫照遠方

和恵頒上笏恩渥浹下筵 善曰禮記曰笏諸侯以象顏延年觀北湖田收詩曰温渥及輿隸和恵屬後筵 良曰頒布也上笏謂大夫之爵言天子和澤布及大臣而恩渥遍浹于下席

幸侍觀洛後豈慕巡河前 善曰尚書中候曰天乙在亳東觀乎雒黃魚雙躍出躋于壇化爲黑玉孝經鉤命決曰舜即位巡省中河録圖授之 向曰湯觀洛得黃魚之瑞堯居河濱神龜負圖而至言我有幸得侍從觀洛豈慕前君巡河之美

服義方無沫展歌殊未宣 善曰楚辭曰身服義而未沫廣雅曰沫已也楚辭曰展詩兮會舞王逸曰展舒也言舒展詩曲作爲雅樂者也 銑曰言我服天子道義無已雖舒展歌詩未能宣其美化

謝光祿 郊遊 莊

肅舲出郊際徙樂 五臣作樂 逗江陰 善曰楚辭曰乘舲船余上沅兮齊吳榜以擊汰王逸曰舲船窻牖也徙樂行樂也說文曰逗止也 翰曰肅敬舲船也江陰北江岸

翠山方藹藹青浦正沈沈 善曰上林賦曰沈沈隱隱 濟曰藹藹盛貌沈沈深靜貌

涼葉照沙嶼秋禜冒水潯 善曰劉淵林吳都賦注曰嶼海中洲上有山石也說文曰潯水傍也 濟曰嶼水中山也秋禜葉黃故云照冒覆也潯水畔也

風散松架險雲鬱石道深 善曰松枝可以爲架故因謂之架焉 濟曰松橫生曰架風散則松架益危雲繁則山路增幽也

靜默 五臣作然 鏡緜野四睇亂曾岑 善曰莊子曰靜默可以補病穀梁傳曰緜地千里 濟曰鏡睇皆視也緜遠曾高也岑峯也言四面視高岑遠野而亂於目

氣清知鴈引露華識猨音

雲裝信解黻煙駕可辭金 善曰雲裝雲衣也蒼頡篇曰紱綬也黻與紱通煙駕煙車也金金印也 良曰氣清露華謂秋時則鴈度猨音稍哀也雲裝仙人以雲霓爲裳也黻冕也言見此仙道可解黻辭榮以從之

始整丹泉術終覿紫芳心 善曰抱朴子曰黃帝南到負隴采若乾之華飲丹巒之泉外國圖曰負丘有赤泉飲之不老紫芳紫芝也鄭潤甫遊仙詩曰紫芝列紅敷丹泉激陽瀆 向曰整信也丹泉丹巒之泉飲之不死

行光自容裔無使弱思侵 善曰楚辭曰雲容兮電騫儵忽兮容裔 銑曰神不滅曰行光容裔自在貌弱思謂俗事言我神之不滅而得自在故不使俗事侵害

鮑參軍 戎行 昭

豪士枉尺璧宵人重恩光 善曰呂氏春秋傳曰文王飾其辭令幣帛以禮豪士史記曰虞卿說趙孝成王一見賜金百鎰白璧一雙淮南子曰聖人不貴尺璧春秋孔演圖曰宵人之世多飢寒宋均曰宵猶小也鄭玄毛詩箋曰爲龍爲光言天子恩澤光耀被及者也 翰曰豪士權勢之人枉盈尺之璧以聘之亦不顧矣言小人重禮遇之恩光

徇義非爲利執羈輕去鄉 善曰莊子曰彼所徇仁義則俗謂之君子又曰小人則以身徇利士則以身徇名禮記曰執羈靮而從靮音的楚辭曰去鄉離家來遠客 濟曰屈身從物曰徇節士徇義不求利也執羈謂執羈靮從軍而去鄉也

孟冬郊祀月殺氣起嚴霜 善曰禮記曰孟冬之月天子迎冬於北郊又曰仲秋之月殺氣侵盛陽氣日衰楚辭曰冬又申之以嚴霜 良曰十月郊祀以報農稔也殺氣寒氣也

戎馬粟不煖軍士冰爲漿 善曰陸機

若寒行曰渴飲堅冰漿不煖甞不煮軍士皆以冰爲漿　向曰晨上城皐坂碃礫皆羊腸善曰薛綜東京賦注曰旋門坂在城皐上林賦曰下碃礫之壇高誘呂氏春秋注曰羊腸其山盤紆似羊腸　向曰城皐坂名碃礫小石也羊腸言坂勢盤曲寒陰籠白日大谷晦蒼蒼善曰夏侯湛歎秋賦曰陰籠景而下翳曹植贈白馬王詩曰大谷何寥廓山樹鬱蒼蒼爾雅曰霧謂之晦郭璞曰蒼蒼昏冥也　銑曰寒陰寒雲也籠蔽也大谷谷名晦暗也蒼蒼晚也息徒稅征駕倚劍臨八荒善曰嵇康贈秀才詩曰息徒蘭圃法言曰仲尼之駕稅矣宋玉大言賦曰方地爲輿員天爲蓋長劍耿介倚天之外甘泉賦曰八荒協兮萬國諧　翰曰徒衆稅舍倚佩也言息衆舍駕佩劍視八荒鷦鵬不能飛玄武伏川梁善曰鷦鵬狀似鳳皇身禮戴信嬰仁膺智負義宋均曰身禮質赤色思玄賦曰玄武縮於殼中兮騰蛇蟉而自糾　濟曰鷦鵬鳥也玄武龜也言寒不能飛伏於川梁之下鎩翮由時至感物聊自傷豎儒守一經未足識行藏善曰淮南子曰飛鳥鎩羽

許慎曰鎩殘羽也古詩曰感物懷所思漢書高祖曰豎儒幾敗乃公事韋昭曰豎猶小也論衡曰能說一經爲儒生論語子謂顏淵曰用之則行舍之則藏唯我與爾有是夫　良曰殘翮自喻也由時謂雪霜之時也言感此雪霜輒自傷結豎小兒稱言儒者獨守一經所識與小人同安足以達行藏之理

休上人怨別善曰沈約宋書曰沙門惠休善屬文徐湛之與之甚厚世祖命使還俗本姓湯位至揚州從事　向曰沙門惠休姓湯氏上人則沙門之尊稱

西北秋風至楚客心悠哉日暮碧雲合佳人殊未來善曰魏文帝秋胡行曰朝與佳人期日夕殊不來　銑曰西北曰不周風悠哉失志貌碧雲青雲也佳人謂所思友人露彩方泛豔月華始徘徊善曰曹子建七哀詩曰明月照高樓流光正徘徊　翰曰泛豔浮光貌寶書爲君掩瑤琴詎能開善曰道學傳曰夏禹撰真靈之玄要集天官之寶書書以南和丹繒封以金英之函檢以玄都之印　翰曰寶書真經也爲君掩言朋友不至無與披翫也瑤琴玉琴也言無人能開匣而彈相思巫山渚悵望陽雲臺善曰高唐賦曰妾在巫山之陽蔡邕詩序曰暮宿河南悵望子虛賦曰楚王乃登雲陽之臺　濟曰巫山陽臺皆楚地名以神女喻朋友也相思悵望皆憂煩貌膏鑪絕沉燎綺席生浮埃善曰鑪熏鑪也取其芬香故加之膏煙而無焰故謂之沉西京雜記鄒陽酒賦曰綃綺爲席犀璩爲鎮　良曰膏燈也鑪香鑪言皆沉滅而不薰燎宴樂之席皆生塵埃桂水日千里因之平生懷善曰言因桂水以通情也楚辭曰桂水兮潺湲李陵詩曰浮雲日千里洛神賦曰託微波而通辭鍾會懷士賦曰託遠念於輿波　向曰桂水水名日千里謂流急言因此急流寄平生懷抱

六臣註文選卷第三十一

六臣註文選卷第三十二

梁昭明太子撰

唐李善并五臣註

騷上

離騷經

屈平 銑曰史記屈原字平仕楚爲三閭大夫上官靳尚妬其才能譖毁之王乃流屈原於江南不知所訴乃作離騷經離別騷愁也言已遭放逐離別愁苦猶陳正道以諷諫也上述唐堯下序桀紂以香草善鳥龍鳳以譬忠貞君子以靈脩美人以喻於君以臭草惡禽飄風雲霓比小人援天引聖終不見省遂赴汨淵而死

王逸註 序曰離騷經者屈原之所作也屈與楚同姓仕於懷王

帝高陽之苗裔兮 逸曰苗胤也裔末也高陽顓頊有天下之號也帝繫曰顓頊娶于滕隍氏女而生老僮是楚先其後熊繹事周成王封爲楚子居於丹陽其孫武王求尊爵於周周不與遂僭號稱王始都於郢是時生子瑕受屈爲客御因胤末之子孫恩深而義厚也翰曰帝顓頊高陽氏言我與楚俱高陽氏之苗裔 朕皇考曰伯庸 逸曰朕我也皇美也父死稱考詩曰既右烈考伯庸字也屈原言我父伯庸體有美德以忠輔楚世有令名以及於己 濟曰屈原自稱也古人質與君同稱朕父死後稱之曰考伯庸原父名也 攝提貞于孟陬子侯兮 逸曰太歲在寅曰攝提孟始也貞正也于於也正月爲陬 良曰于猶於也餘同逸註 惟庚寅吾以降 逸曰惟詞也庚寅日降下也寅爲陽正庚爲陰正言己以太歲在寅正月始春庚寅之日下母之體 向曰庚寅日辰也降下也言我以攝提歲正月庚寅日下母之體是得陰陽中正之氣 皇覽五臣作鑒揆余于五臣本無于字初度兮肇錫余以嘉名 逸曰皇皇考也覽觀也揆度也肇始也錫賜也嘉善也言己美父伯庸觀我始生年時度其日月皆合天地正中故始錫我以美善之名 銑同逸註 名余曰正則兮字余曰靈均 逸曰正平也則法也靈神也均調也言平正可法則者莫過於天養物均調者莫神於地高平曰原故伯庸名我爲平以法天字我曰原以法地夫人非名不榮非字不彰故子生父思善應而名字之以表其德觀其志也翰曰禮始生三月父親名之既冠而字之正平則法靈善也均亦平也言父觀我初生時日法度能正法則善平理故思善應而名之以表其德 紛吾既有此內美兮又重之以脩能 逸曰紛盛貌脩遠也言己之生內含天地之美氣又重有絕遠之能與衆異也濟曰內美謂忠貞也言內有忠貞外有材藝之遠能 扈戶字江離與辟芷兮 逸曰扈被也楚人名被爲扈江離芷皆香草也辟幽也芷幽而香 良同逸注 紐五臣作紉秋蘭以爲佩汨于筆 余若將不及兮 逸曰紐索也蘭香草也秋而芳佩飾也所以象德言已脩身清潔乃取江離辟芷以爲衣被紐索秋蘭以爲佩飾博采衆善以自約束汨去貌疾若水流也 良曰紐結也言已脩身清潔披香草以爲服飾也汨疾也言歲月行疾若將追之不及也 恐年歲之不吾與

逸曰言我念年命汨然流去誠欲輔君心汲汲常若不及又恐年忽過不與我相待而身老 銑曰恐年歲不與我相待而年老不得輔於君也 朝搴阰毗之木蘭兮夕攬五臣作擥洲之宿莽 逸曰搴取也阰山名攬采也水中可居者曰洲草冬生不死者楚人名曰宿莽言己旦起升山采木蘭上事太陽承天度也夕入洲澤采取宿莽下奉太陰順地數也動以神祇自敕誨也木蘭去皮不死宿莽遇冬不枯屈原以喻讒人雖欲困己己受天性終不可變易 翰曰言朝升山取木蘭承陽也夕入洲持莽順陰也木蘭去皮不死宿莽經冬不凋故屈原取以自喻言讒人困己終不能變易忠直也 日月忽其不淹兮春與秋其代序 逸曰淹久也代更也序次也言日月晝夜常行忽然不久春往秋來以次相代言天時易過人年易老 翰同逸注 惟草木之零落兮恐美人之遲暮 逸曰零落皆墮也草曰零木曰落遲晚也美人謂懷王也言天時運轉春生秋殺草木零落歲復盡矣而君不建立道德舉賢用士則年老暮晚而功不成 濟曰草木零落言歲晚喻年老也美人喻君也言歲暮年老而不早用賢於國無成功也 不

撫壯而棄穢兮何不改其此度也五臣本上無不下無也字　逸曰年德盛曰壯棄去也穢行之惡也以喻讒佞百草爲稼穡之穢讒佞亦爲忠直之害也改更也言願君務及年德盛壯之時脩明政教棄遠讒佞無令害賢改此惑誤之度脩先王之法也　良曰撫持也言持盛壯之年廢弃道德用讒邪之言爲穢惡之行何不早改此法度以從忠正之言

乘五臣作策**騏驥以馳騁兮來吾道夫先路**逸曰騏驥駿馬也以喻賢智言乘駿馬一日可致千里以言任賢智即可至於治也言已如得任用將驅先行願來隨我遂爲君導入聖王之道　向曰騏驥駿馬喻賢人言君能任賢人我得申展則導引君入先王之道路

昔三后之純粹兮固衆芳之所在逸曰昔往也后君也謂湯禹文王也至美曰純齊同曰粹衆芳喻羣賢也言往古夏禹殷湯周王所以能純美其德而有聲明之稱者皆舉用衆賢使在顯職故道化興而萬國寧也　銑曰三后謂湯禹文王也純美也粹不雜也衆芳喻衆賢也言三王所以有純美之德以衆賢所在故也

雜申椒與菌桂兮豈維紐五臣作紉**夫蕙茝**昌改切　逸曰申重也椒香木其芳小重之乃香菌薰也葉曰蕙根曰薰也紐索也蕙茝皆香草也以喻賢者言禹湯文王雖有聖德猶雜用衆賢以致於化非獨索蕙茝任一人也　翰曰雜非一也申用也椒蘭桂皆香木紉結也蕙茝香草也皆喻賢者言禹湯文王雖聖明雜用賢人豈獨任一人而已

彼堯舜之耿古迥**介兮既遵道而得路**逸曰耿光也介大也遵循也路正也言堯舜所以能有光明大德之稱者以循用天地之道舉賢任能使得萬事之正也　濟同逸注

何桀紂之昌披兮夫唯捷徑以窘求殞**步**逸曰昌披衣不帶之貌捷疾也徑邪道窘急也言桀紂愚惑違背天道施行惶遽衣不及帶欲涉邪徑急疾爲治故身觸陷阱至於滅亡　良曰桀紂夏殷失道之君昌披謂亂也言桀紂若人使亂用捷疾邪徑急步而理之故身至滅亡

惟五臣本有夫字**黨人之偷樂兮路幽昧以險隘**逸曰黨朋也論語曰羣而不黨偷苟也幽昧不明也險隘諭傾危也言已念彼讒人相與朋黨嫉妬忠直苟且偷樂不知君道不明國將傾危以及其身矣　向曰偷苟且也餘同逸注

豈余身之憚

殃兮恐皇輿之敗績逸曰憚難也殃咎也皇君也輿君之所乘也以喻國也績功也言我欲諫爭者非難身之被殃咎也但恐君國傾危以敗先王之功　銑曰敗績崩壞言我所以不難殃咎諫諍者恐君行事之失崩壞先王之功

忽奔走以先後兮及前王之踵武逸曰踵繼也武迹也詩曰履帝武敏歆言已急欲奔走先後以輔翼君者冀及先王之德繼續其迹而廣其基也奔走先後四輔之職也詩曰予聿有奔走予聿有先後是之謂也　翰曰言欲忽然奔走先後以爲輔翼者冀及先王之德繼續先王之迹

荃不察余之中情兮反信讒而齌怒逸曰荃香草也以喻君也人君被服芬香故以香爲喻惡數指斥尊者故變言荃也齌疾也言懷王不徐察我忠信之情反信讒言而疾怒　濟曰齌同也言君不觀察我之中誠反信讒人與之同怒於我

余固知謇謇之爲患兮忍而不能舍也逸曰謇謇忠言貌也易曰王臣謇謇匪躬之故舍止也言已忠言謇謇諫君之過必爲身患然中心不能自止而不言也　良曰謇謇直言貌言我固知直言之爲已患恐君之敗故忍此禍患而不能止

指九天以爲正兮夫唯靈脩之故也逸曰指語也九天謂中央八方也正平也靈神也脩遠也能神明遠見者君德故以喻君言已將陳忠策內慮之心上指九天告語神明使平正之唯用懷王之故欲自盡也　向曰九陽數謂天也脩長也言有神明長久之道者君德也故以喻君言我指天欲爲君行正平之道而君不用我故將欲自盡

初既與余成言兮後悔遁而有他逸曰遁隱也言懷王始信任已與我平議國政後用讒言中道悔恨隱遁其情而有佗志　銑曰初始成平悔改遁移也言君始與我平議國政後信讒言因改移本情而有他志

余既不難五臣本有夫字**離別兮傷靈脩之數化**逸曰近曰離遠曰別化變也言我竭忠見過非難與君離別也傷念君信用讒言志數變易無常操也　翰曰傷惜也言我不難離別於君但惜君信讒而數變易

余既滋蘭之九畹於遠**兮又樹蕙之百畝**逸曰滋蒔也十二畝爲畹樹種也二百四十步爲畝言已雖見放流猶種蒔衆香脩行仁義勤身自勉朝暮不倦　濟曰滋益也三十畝曰畹樹執也蘭蕙草喻行也言我雖被

所逐脩行彌多畦留夷夷與揭五臣作藒車兮雜杜衡與芳芷逸曰留夷香草也揭車亦芳草一名芞輿五十畝爲畦杜衡芳芷皆香草名也言已積累衆善以自潔飾復植留夷杜衡雜以芳芷芬香益暢德行彌盛良曰言積累衆芳自潔飾其德行冀枝葉之峻五臣作後茂兮願竢時乎吾將刈逸曰冀幸也峻長也刈穫也言已種植衆芳幸其枝葉盛長實核成熟願待天時吾將穫取收藏而成其功也以言君亦宜畜養衆賢以時進用而待仰其治也　向曰後茂盛貌言我種植衆芳冀枝葉之盛願待成時收刈藏而饗之喻君養賢以時進用而委其成理雖萎絕其亦何傷兮哀衆芳之蕪穢逸曰萎病也絕落也言已所種芳草當刈未刈蚤有霜雪枝葉雖蚤萎病絕落何能傷我乎哀惜衆芳摧折枝葉蕪穢而不成也以言已脩行忠信冀君任用而遂斥棄則使衆賢志士失其行也銑曰萎絕黃落也衆芳喻衆賢也言我積行爲讒邪所害見逐亦猶植芳草爲霜露所傷而落雖如是於我亦何能傷但恐衆賢志士見而是蕪穢不自脩也衆皆競進以貪婪力含兮憑不猒

乎求索逸曰競並也愛財曰貪愛食曰婪憑滿也楚人名滿爲憑言在位之人無有潔清之志皆並進取貪婪於財利中心雖滿猶復求索不知猒飽　翰曰言衆在朝者皆競爲進趣貪婪財利在身雖滿不知猒足復爲求索羌內恕已以量人兮各興五臣作與心而嫉妬逸曰羌楚人語詞也以心揆爲恕量度也害賢爲嫉害色爲妬言在位之臣心皆貪婪內以其志恕度他人謂已用不同則各生嫉妬之心推棄清潔使不得用也　濟曰羌乃也言貪婪之人乃內恕於已以量度他人謂與已同貪若否則各生嫉妬之心讒譖之使不得進用忽馳騖以追逐兮非余心之所急逸曰言衆人所以馳騖惶遽者追逐權貴求財利也故非我心之所急務衆急於利我獨急於義者也　良曰忽急也言衆人急於勢利而奔走非我所急也我所急者仁義也老冉冉其將至兮恐脩名之不立逸曰冉冉行貌立成也言人年命冉冉而行我之衰老將以速至恐脩身建德而功不成名不立也　向曰冉冉漸漸也立成也言我之年衰漸將至恐脩理名德而不能成朝飲木蘭之墜露兮

夕餐秋菊之落英逸曰墜墮也言已旦飲香木之墜露吸正陽之津液暮食芳菊之落英言吞陰陽之精蘂動以香淨自潤澤　銑曰英花也飲香木之露食秋菊之花者取其香潔以合已之德苟余情其信姱若瓜以練要兮長顑呼感頷乎感亦何傷逸曰苟誠也練簡也顑頷不飽貌也言已飲食好美中心簡練而合道要雖長顑頷飢而不飽亦無所傷病也　翰曰苟且姱大練擇也且信大擇要道而行雖長飢若亦何傷於我擥五臣作擥木根以結茝兮貫薜荔之落蘂逸曰擥持也貫累也薜荔香草也緣木而生落墮也蘂實貌言已施行常擥木引堅據持根本又貫累香草之實執持忠信不爲華飾之行也　濟曰根本貫拾也蘂花心也言我持木之本佩結香草拾其花心以表已之忠信矯菌桂以紉蕙兮索胡繩之纚纚所綺逸曰胡繩香草也纚纚好貌也矯直也言已行雖據根本猶復矯直菌桂芬芳之性紉索胡繩令之澤好以善自約束終無懈已　良曰矯舉也纚纚索好貌言舉此香木以自比結索其香草以約束於已謇五臣作蹇吾法夫前脩

兮非時五臣作世俗之所服逸曰言我忠信謇謇者乃上法前代遠賢固非今時俗之人所可服行也　向曰謇難也前脩謂前代脩習道德之人服用也言我所以遭難者吾法前脩道德之人故不爲代俗所用雖不周於今之人兮願依彭咸之遺則逸曰周合也彭咸殷賢大夫諫其君不聽自投水而死遺餘也則法也言已所行忠信雖不合於今之人欲依古之賢者彭咸餘法以自率厲也銑同逸注長太息以掩涕兮哀人五臣作民生之多艱逸曰言已自傷施行不合於俗將效彭咸沉身於淵乃太息長悲哀念萬人受命而生遭遇多艱以隕其身也　翰曰艱難也言我自傷忠信不合當代故太息掩涕哀此萬姓遭輕薄之俗而多屯難余雖好脩姱若瓜以鞿居衣羈兮謇朝誶而夕替逸曰鞿羈以馬自喻也韁在口曰鞿革絡頭曰羈言爲人所係累也誶諫也詩云誶予不顧替廢也言已雖有絕遠之智姱好之姿然以爲讒人所鞿羈而係纍矣故朝諫謇謇於君夕暮而身廢弃也　濟曰鞿羈銜勒也言我雖習前聖人之大道而爲讒人所銜勒不避難而諫朝諫而夕暮廢弃旣

替余以蕙纕思羊**兮又申之以攬茝**逸曰纕佩帶也又復也言君所以廢弃己者以余帶佩衆香行以忠正之故也然猶復引芳茝以自結束執志彌篤也　良曰纕佩也言君所以廢棄我者以我佩忠信之心故也申重攬持也然我猶攬芳草自結束以執貞節**亦余心之所善兮雖九死其猶未悔**逸曰悔恨也言己履行忠信執守清白亦我心中之所美善也雖以見過支解九死終不悔恨也　良曰九數之極也言忠信貞潔我心所善以此遇害雖九死無一生未足悔恨**怨靈脩之浩蕩兮終不察夫人**五臣作民**心**逸曰靈脩謂懷王也浩猶浩浩蕩猶蕩蕩無思慮貌也言己所以怨恨於懷王者以其用心浩蕩驕敖放恣無有思慮終不見省察萬人善惡之心故朱紫相亂國將傾危也　銑曰浩蕩法度壞貌言我怨君法度廢壞終不察衆人悲苦**衆女嫉余之蛾眉兮謠諑**丁角**謂余以**五臣作之**善淫**逸曰衆女謂臣衆也蛾眉好貌諑謂毁也諑音啄猶譖也淫邪也言衆女嫉妬蛾眉美好之人譖而毁之謂之善淫不可信也猶衆臣嫉妬忠正言己淫邪不可任也　翰曰衆女喻讒臣也蛾眉美女喻忠直也謠諑謂譖毁也言讒邪之人妬我忠直皆譖毁之謂我善爲淫亂**固時俗之工巧兮偭**面**規矩而改錯**倉故逸曰偭背也圓曰規方曰矩錯置也言今時之工才知彊巧背去規矩更造方圓必不堅固敗材木也以言佞臣巧於言語背違先聖之法以意妄造必亂政化危君國也　濟曰規矩法則也言工巧之人背違繩墨妄爲法則改古之道妄置其妙敗材木而不堅固讒佞之人巧爲言語離聖人之法亦必敗國危政**背繩墨以追曲兮競周容以爲度**逸曰追隨也繩墨所以正曲者周合也度法也言百工不隨繩墨之直道隨從曲木屋必傾危而不可居也以言人臣不脩仁義之道背弃忠直隨從枉佞苟合於世以求容媚以爲常法身必傾危而被刑戮　良曰言背墨繩之直而從其曲則屋壞苟爲邪佞競合當代以取容媚不依法度則國亡矣**忳**徒本**鬱悒余侘**丑加**傺**丑例**兮吾獨窮困乎此時也**逸曰忳徒昆切憂貌也侘傺失志貌　侘丑加切猶堂堂立貌也傺丑世切住也楚人名住曰傺言我所忳忳而憂中心鬱悒悵然住立而失志者以不能隨從時俗屈求容媚故獨爲時人所窮困也　向曰忳鬱憂思貌悒不安也言我憂思而失志者以不能隨代求容媚固獨窮困於當時**寧溘**苦合**死以流亡兮余不忍爲此態也**逸曰溘猶奄也言我寧奄然而死形骸流亡不忍以忠正之性爲邪淫之態也　銑曰言我終不忍爲邪佞之態以自全**鷙鳥之**五臣本無之字**不羣兮自前代**五臣作世**而固然**逸曰鷙執也謂能執服衆鳥鷹鸇之類也以喻忠正言鷙鳥執志剛厲特處不羣以言忠正之士亦執分守節不隨俗人自前代固然非獨於今　翰曰鷙鳥鷹鸇之屬此鳥執志剛厲不與衆鳥同羣忠正之士者亦守節不隨俗爲諂媚從前代固如是非但於代**何方圜之能周兮夫孰異道而相安**逸曰言何所有圜鑿受方枘而能合者誰有異道而相安邪言忠佞不相爲謀也　濟曰方木圓穴不可相合邪佞忠正異道而誰肯相安哉**屈心而抑志兮忍尤而攘詬**呼候逸曰抑案也尤過也攘除也詬恥也言己所以能屈案心志含忍罪過而不去者欲以除去恥辱誅讒佞之人如孔子誅少正卯也　良曰我所以屈心案志者將欲忍過除其深恥誅讒佞清朝廷也**伏清白以死直兮固前聖之所厚**逸曰言士有伏清白之志以死忠直之節者固乃前代聖王所厚哀也故武王伐紂封比干之墓表商容之閭也　向同逸注**悔相道之不察**五臣本有兮字**延佇乎吾將反**逸曰延長也佇立貌詩云佇立以泣言己自恨視事君之道不明察當若比干伏節死義故長立而望將欲還反終己之志　銑曰悔恨相視察審也**迴朕車以復路兮及行迷之未遠**逸曰迴旋也迷誤也言及旋我之車以反故道反迷己誤欲去之路尚未甚遠也同姓無相去之義故欲還也　翰曰迴車復路將還也**步余馬於蘭皋兮馳椒丘且焉止息**逸曰步徐行也澤曲曰皋土高曰丘四墮曰椒丘言己欲還則徐徐行步我之馬於芳澤之中以觀聽懷王遂馳高丘而止息以須君命　濟曰椒丘丘上有椒也行息依蘭椒不忘芳香以自潔也言我行蘭澤馳上椒丘且止息以待君命**進不入以離尤兮退將復**五臣本無復字**脩吾初服**逸曰退去也言己誠欲遂進竭其忠誠君不肯納恐

重遇禍將復去脩吾初始清潔之服　良曰尤過也言我將進入以相君事恐重離過患故將退去餘同逸注　製芰荷以爲衣兮集芙蓉以爲裳　逸曰製裁也芰蔆也荷扶渠也芙蓉蓮華也上曰衣下曰裳言己進不見納猶復制裁芰荷集合芙蓉以爲衣裳被服愈潔脩善益明　向曰製裁集合也芰荷水草言裁合此物而爲衣裳以自脩潔也　不吾知其亦已兮苟余情其信芳　高余冠之岌岌兮長余佩之陸離　逸曰岌岌高貌陸離參差衆貌也言己懷德不用復高我之冠長我之佩尊其威儀整其服飾以異於衆也　銑曰言君不知我我亦將止然既不見用我將高冠長佩整威儀以異衆　芳與澤其雜糅女又兮唯昭質其猶未虧　逸曰芳德之貌也澤質之潤也玉堅而有澤糅雜也唯獨也昭明也虧歇也言我外有芬芳之德內有玉澤之質二美雜會兼在於己而不得施用故獨保明身無有虧失而已所謂道行則兼善天下不用則獨善其身　翰曰芳香澤潤也言我有香潤之德雜會於己不得施用唯獨守其明潔之質猶未爲自虧損也　忽反顧以游目兮將往觀乎四荒　逸曰荒遠也言己欲進忠信以輔事君而不見省故忽然反顧而去將遂游目往觀四遠之外以求賢君也　濟曰忽疾往去也言己不見明故疾反顧遠視四荒之外以求知己者　佩繽紛其繁飾兮芳菲菲其彌章　逸曰菲菲猶勃勃也芳香貌也章明也言己雖欲之四荒猶整飾儀容佩玉繽紛而衆盛忠信勃勃而愈明不以遠故改其行　良曰繽紛盛貌菲菲香氣也言我雖去四荒亦整其衣服佩忠信芳香之行彌加明潔　人生各有所樂兮余獨好脩以爲常　逸曰言萬人稟天命而生各有所樂或樂諂佞或樂貪淫我獨好脩正直以爲常行　向曰言人性所樂各自不同或好財利或愛邪佞而我獨以脩正直之道爲常　雖體解吾猶未變兮豈余心之可五臣作何懲　逸曰懲艾也言己好脩忠信以爲常行雖獲罪支解志猶不艾也　銑曰言我執忠貞之心雖遭支解亦不能變於我心更何所懼懲懼也　女嬃須之嬋媛兮申申其詈五臣作罵予　逸曰女嬃屈原姊也嬋媛猶牽引也申重也言女嬃見己施行不與衆合以見放流故來牽引數怒重詈我也　五臣翰曰言我行不合時故牽引古事而罵詈我　曰鮌五臣作鯀婞胡頂直以亡五臣作方身兮終然殀乎羽五臣本有山字之野　逸曰女嬃詞也鮌堯臣也帝繫曰顓頊後五葉而生鮌婞音脛很也蚤死曰夭言堯使鮌治洪水婞很自用不順堯命乃殛之於羽山死於中野女嬃比屈原於鮌不承君意亦將遇害　濟曰此女嬃之言也鮌禹父堯臣也堯使治水鯀很戾不用堯命終被殛於羽山之野而早死焉言屈原不承君意亦將遇害　汝何博謇五臣作蹇而好脩兮紛獨有此姱節　逸曰女嬃數諫屈原言汝何爲獨博采往古好脩謇謇姱異之節不與衆同而見憎惡於世　向曰嬃數諫原云汝何博好古道於蹇難之世好脩直節獨爲姱大之行　薋茲菉綠葹失移以盈室兮判獨離而不服　逸曰薋蒺藜也菉王芻也葹枲耳也詩曰楚楚者薋又曰終朝采菉三者皆惡草也以喻讒佞盈滿也判別貌也女嬃言衆人皆佩薋菉枲耳爲讒佞之行滿於朝廷而獲富貴汝獨服蘭蕙守忠直判然離別不與衆同故斥弃也　銑曰薋菉葹皆惡草以喻讒佞判別也須言衆人皆體薋菉之行盈滿於朝汝獨佩蘭蕙之德判別不同故見弃斥　衆不可戶說兮孰云察余之中情　逸曰屈原外困羣佞內被姊詈知時莫識言己心志所執不可戶說人告誰當察我中情之善否　翰曰屈原遭姊之罵困邪佞之惡不可門到戶說於人誰能察我情之是非乎　世並舉而好朋兮夫何煢獨而不予聽　逸曰煢孤也詩曰哀此煢獨予我也言時俗之人皆行佞僞相朋黨丞相薦舉忠直之士孤煢特獨何肯聽用我言而納之也　濟曰言世俗之人並相進舉以爲朋黨而我忠耿孤獨誰肯聽我而用之　依前聖之節中兮喟憑心而歷茲　逸曰節度也歷數也言己所言皆依前代聖王之法節其中和喟然舒憤懣之心歷前代成敗之道而作此詞者也　良曰中得也喟歎憑滿歷行也言我依前代聖賢節度而不得用故歎息憤滿而行澤畔矣　濟沅湘以南征兮就重華而陳詞　逸曰帝繫曰瞽叟生重華是爲帝舜葬於九疑山在於沅湘之南言己依聖王法而行不容於俗故欲度沅湘之水南行就舜陳詞自說稽疑聖帝冀聞秘要以自開悟　向曰沅

湘江水名重華舜也葬江南言已行聖人之道不容當代故將濟江南行就舜以陳説之　啓九辯與九歌兮夏康娛以自縱　逸曰啓禹子也九辯九歌禹樂也言禹平治水土以有天下啓能承志續叙其業育養品類故九州之物皆可辯數九功之德皆有次叙而可歌也左傳曰六府三事謂之九功九功之德皆可歌也謂之九歌水火金木土穀謂之六府正德利用厚生謂之三事夏康啓子太康也娛樂也縱放也　銑曰啓開也九辯九歌禹樂名言禹開樹此樂而太康娛樂自縱而喪　不顧難以圖後兮五子用失乎家巷　逸曰圖謀也言夏太康不遵禹啓之樂而更作淫聲放縱情欲以自娛樂不顧患難不謀後業卒以失國兄弟五人家居閭巷失尊位也書序曰太康失國昆弟五人須于洛汭作五子之歌此逸篇也　翰曰言太康不思先王之業不顧禍難以謀其後故使五弟失尊位家於閭巷　羿淫遊以佚田兮又好射夫封狐　逸曰羿諸侯也田獵也封狐大狐也言羿爲諸侯荒淫遊戲以佚田獵又射殺大狐　濟曰羿夏之諸侯淫佚田獵又好射大狐犯天之孽以亾其國　固亂流其鮮終兮

浞任角又貪夫厥家　逸曰鮮少也浞寒浞羿相也厥其也婦謂家言羿因夏衰亂代之爲政娛樂田獵不恤人事信任寒浞使爲國相浞行媚於内施賂於外樹之詐慝而專其權勢羿田將歸使家臣衆逢蒙射而殺之貪取其家以爲妻也羿以亂得政身即滅亡故言鮮終也　良曰厥其家妻也言羿以夏衰亂伐而取其政而又爲荒淫之行故爲浞弒其身貪取其妻以亂易亂故其鮮終　澆五弔身被服强圉兮縱欲而不忍　逸曰澆寒浞子也彊圉多力也縱放也言浞取羿妻而生澆強梁多力縱放其情不忍其欲以殺夏后相也　向曰言澆恃多力故肆情縱欲不忍其諫以殺夏后相　日康娛而自忘兮厥首用夫顛隕　逸曰康安也首頭也自上下曰顛隕墮也言澆既殺夏后相安居無憂日作淫樂忘其過惡卒爲相子少康所誅其首顛隕而墮地　論語羿善射奡盪舟俱不得其死然左氏傳曰昔有夏之方衰也后羿自鉏遷于窮石因夏氏以代夏政恃其射也不脩民事而淫于原獸弃武羅伯因熊髡尨圉而用寒浞寒浞伯明氏之讒子弟也伯明后寒弃之夷羿收之信而使之以爲已相浞行媚于内而施賂于外愚弄其民而虞羿于田樹之詐慝以取其國

家外内咸服羿猶不悛將歸自田家衆殺而亨之以食其子其子不忍食諸死于窮門靡奔有鬲氏浞因羿室生澆及豷恃其讒慝詐僞而不德于民使澆用師滅斟灌及斟尋氏處澆于過處豷于戈靡自有鬲氏收二國之燼以滅浞而立少康少康滅澆于過后杼滅豷于戈有窮由是遂亾失人故也　銑同逸注　夏桀之常違兮乃遂焉而逢殃　逸曰殃咎也言夏桀上背於天道下逆於人理乃遂以逢殃咎爲殷湯所誅滅　翰曰桀夏亾王也言常背天違道乃遂逢殃咎爲湯所誅　后辛之葅醢兮殷宗用而不長　逸曰辛殷之亾王紂名也藏菜曰葅肉醬曰醢言紂爲無道殺比干醢梅伯武王祀黄鉞行天罰殷宗遂不得久長也　濟曰辛紂殷之亡王也葅醢肉醬也　湯禹嚴五臣作儼而祗敬兮周論道而莫差　逸曰嚴畏也祗敬也周周家也差過也言殷湯夏禹周之文王受命之君皆畏天敬賢論議道德無有過差故能獲神人之助子孫蒙福也　良曰言湯禹周文皆嚴肅祗敬論議道德無有差殊故得永年　舉賢而授能兮循五臣作脩繩墨而不頗　逸曰頗傾也言三王選士不遺幽陋

舉賢用能不顧左右循用先聖法度無有傾失故能綏萬國安天下易曰無平不頗　向曰言文王舉賢用能循先聖法度無有頗僻故能安天下也　皇天無私阿兮覽人五臣作民德焉錯七故輔　逸曰竊愛爲私所祐爲阿錯置也輔佐也言皇天明神無所私阿觀萬人之中有道德人者因置以爲君使賢輔佐成其志也故桀爲無道傳與湯紂爲淫虐傳與文王　良曰言皇天無私親阿附之理但萬民之中有道德者因置以爲君使賢者佐而成之　夫維聖哲以茂行兮苟得用此下土　逸曰哲智也茂盛也苟誠也下土謂天下也言天下之所立者獨有聖明之知盛德之行故得用事天下而爲萬人之主　翰曰言人有聖明之智茂盛之誠得用爲天下之王　瞻前而顧後兮相觀人五臣作民之計極　逸曰顧視也相視也計謀也極窮也言前觀禹湯之所以興顧視桀紂之所以亾足以觀察萬人忠佞之謀窮其眞僞　濟同逸注　夫孰非義而可用兮孰非善而可服　逸曰服服事也言人臣誰有行仁義而不可任用誰有不行信義而可服事者乎言人非義則德不可立非善

則行不成　銑曰孰誰服用也言人臣誰有不義不善而可任用者也阽簷余身而危死兮覽余初其猶未悔逸曰阽猶危也言已正言危行身將危亡上觀初代伏節之士我志所樂終不悔恨　向曰言危身危行所以將死兮觀我之初志終竟行猶未爲悔不量鑿而正枘而銳兮固前脩以葅醢逸曰量度也正方也言工不度其鑿而方正其枘則物不固而木破矣臣不量君賢愚竭其忠信則被罪過而身殆也自前代脩名之人以獲葅醢龍逢梅伯是也　銑同逸注曾歔許居欷許毅余鬱悒兮哀朕時之不當逸曰曾累也歔欷懼貌也言我累息而懼鬱悒而憂者自哀生不當舉賢之時而值葅醢之日　翰曰言累益歔欷而憂思有哀我不值明聖之君屬昏闇之代攬五臣作擥茹如呂蕙以掩涕兮霑余襟之浪浪平逸曰茹柔耎也霑濡也衣皆謂之襟浪浪流貌也言自傷放在山澤心悲泣下霑濡我衣浪浪而猶引取柔耎香草以自掩拭不以悲悲故失仁義也　濟曰茹臭也蕙香草以喻忠貞之心跪敷衽以陳辭兮

耿吾既得此中正駟玉虬以乘鷖烏計兮溘苦合埃風余上征逸曰敷布也耿明也言已覩禹湯文王脩德以興天下見羿澆桀紂行惡以亡中知龍逢比干執履忠直身以葅醢乃長跪布衽俛首自省念仰訴於天則中心的明此中正之道精合真人神與化游故得乘雲駕龍周歷天下以慰已情緩憂思也有角曰龍無角曰虬鷖鳳凰别名也山海經鷖身有五采遠猶奄也埃塵也言我設往行游將乘玉虬駕鳳車掩塵埃而上征去離時俗遠羣小也良同逸注朝發軔刃於蒼梧兮夕余至乎縣圃五臣作懸　逸曰軔支輪木也蒼梧舜所居縣圃神山也在崑崙之上淮南言崐崘縣圃雖乃通天言已朝發帝舜之居夕至縣圃之山受道聖王而登神明之山　向曰軔車輪也蒼梧舜所遊懸圃在崐崘山仙人所居言朝夕遠遊神仙之山欲少留此靈瑣先果兮日忽忽其將暮逸曰靈以喻君瑣門鏤也文如連鎖楚王之省閤也言已誠欲少留於君之省閤以須政教日又忽去時將欲暮年歲且盡言已衰老也　銑曰靈君也瑣門閤也言我欲少留於君之省閤日又忽然將夜言年已衰老

吾令羲和弭節兮望崦於廉嵫茲而勿迫逸曰羲和日御也弭按也崦嵫日所入之山也迫附也言我恐日暮年老道德不施欲令日御按節徐行望日所奔入之山且勿附近冀及盛時遇賢君也　翰曰言我使羲和按節徐行望日不使迫於崦嵫山也路漫漫其脩遠兮吾將上下而求索逸曰脩長也言天地廣大其路漫漫遠而且長不可卒徧吾方上下左右以求索賢人與已合志者也　濟曰漫漫遠貌飲余馬於咸池兮揔余轡乎扶桑逸曰咸池日所浴也揔結也扶桑日所拂木也淮南言日出暘谷浴於咸池拂于扶桑爰始將行是謂朏明我乃往至東極之野飲馬於咸池與日俱浴以潔已身結我車轡於扶桑以留日行幸得不老延年壽　良曰飲馬咸池結轡扶桑言遠遊冀得延年也折若木以拂日兮聊須臾五臣作逍遥以相羊逸曰若木在崐崘西極其華照下地拂擊也聊且也須臾相羊皆遊也言已揔結日轡恐不能制年時卒過故復轉之西極折取若木以拂擊日使之還去且相羊而游以俟君命也或謂拂蔽也以若木蔽日使不得過　向曰逍遥相羊

皆遊也言我折取若木之枝擊日御使迴且相羊而遊也前望舒使先驅兮後飛廉使奔屬逸曰望舒月御也月躰光明以喻臣清白飛廉風伯也風爲號令以諭君命言已使清白之臣如望舒先驅求賢使風伯奉君命於後以告百姓　銑曰月喻清白之臣風喻號令言我使清白之人求賢使風伯奉君命以告天下鸞皇爲余先戒兮雷師告余五臣作我以未具逸曰鸞俊鳥也皇雌鳳也以喻明知之士也雷爲諸侯以興君言已使仁知之士如鸞皇先戒百官將往適道而君怠墮告我嚴裝未具　翰曰鸞皇靈鳥喻仁智之士雷師喻君餘同逸注吾令鳳皇飛騰兮又繼之以日夜逸曰言我使鳳皇明知之士飛行天下以求同志續以日夜冀遇之　濟同逸注飄風屯其相離兮帥雲霓五臣作電而來御音迓　逸曰回風曰飄飄風無常之風以興邪惡雲霓惡氣以喻佞人御迎也言已使鳳皇往求同志之士欲與俱共事君反見邪惡之人相與屯聚謀欲離已又遇佞人相帥來迎欲使我變節以隨之　良曰飄風雲霓以喻佞人也言我將求志士欲與共事於君

反見邪惡之人相帥與之結謀迎我使離舊德變節隨邪佞之徒紛緫緫其離合兮班
陸離其上下逸曰緫緫猶僔僔聚貌也班亂貌也陸離分散也言巳游觀天下但見俗人競爲讒佞僔
僔相聚乍離乍合上下之義班然散亂而不可知之也　向曰紛亂也餘同逸注吾令帝閽開
關兮倚閶闔而望予逸曰帝謂天帝也閽主門者閶闔天門也言巳求賢不得嫉惡讒佞
將上愬天帝使閽人開關又倚天門望而距我使我不得入也　銑曰閽主門人也言巳惡讒佞將上訴於天帝使閽人
開天門閽人又倚天門望而拒我不得入時曖曖其將罷五臣作疲兮結幽蘭而
延佇逸曰曖曖昏貌罷極也言時世昏昧無有明君周行罷極不遇賢士故結芳草而長立有還意也　翰曰言時
代昏闇周行疲極不遇賢明故結香草自潔長立而無趣向世溷呼本濁而不分兮好
蔽美而嫉妬逸曰溷亂也濁貪也言時世君亂臣貪不別善惡好蔽美德而嫉妬忠信　濟曰蔽隱也
言時代亂濁不能分別好惡好隱人美行嫉妬忠良朝吾將濟於白水兮登閬

力宕風而緤息列馬逸曰濟度也淮南子曰白水出崐崘之源飲之不死閬風山名在崑崙上緤繫也言
我見中國溷濁則欲度白水登神山屯車繫馬而留止白水潔淨閬風清明言巳脩潔白之行不懈怠也　良曰白水神
泉也閬風仙山也緤係也言世皆濁亂將濟神泉升仙山係馬以遠濁世而自潔清忽反顧以流
涕兮哀高丘之無女逸曰楚有高丘之山女以喻臣言巳雖去意不能巳猶復顧念楚國
無有賢臣心爲之悲而流涕　向曰高丘楚山名女神女喻忠臣也言我將遠逝忽反顧楚國無忠臣心爲之悲而流涕
溘吾遊此春宮兮折瓊枝以繼佩逸曰溘奄也春宮東方青帝舍
繼續也言我游奄然至于青帝宮觀萬物始生皆出於仁復折瓊枝以續佩守行仁義志彌固也　銑曰見萬物始生乃
折取瓊草之枝以續佩帶重其鮮潔及榮華之未落兮相下女之可貽
逸曰榮華喻顏色也落墮也相視也貽遺也言巳既脩行仁義冀得同志願及年德盛時顏貌未老視天下賢人將持玉
帛聘而遺之與俱事君也　翰同逸注吾令豐隆乘雲兮求虙妃之所

在逸曰豐隆雲師虙妃神女也以喻隱士言我令雲師豐隆乘雲周行求隱士清潔若虙妃者欲與并力也　濟曰虙
妃洛水神以喻賢臣言我使雲師求賢臣所在騁之與同治也解佩纕相以結言兮吾
令蹇脩以爲理逸曰纕佩帶也蹇脩伏羲氏之臣也理分理述禮意也言既見虙妃則解我佩帶之
玉以結言語使古賢蹇脩而爲媒理也伏羲時厚朴故使其臣　良曰言我既見虙妃解佩帶取玉結言契令蹇脩爲媒
以通辭理也紛緫緫其離合兮忽緯繣呼陌其難遷逸曰緯繣
乖戾也呼麥切遷徙也言蹇脩既持其珮帶通言而讒人復相聚毀敗令其意一合一離遂以乖戾而見距絕言所居深
僻難遷徙也　向曰紛亂也緫緫聚也言將通佩玉神女逸人亂聚毀敗令其意一合一離忽爲乖戾而難移夕
歸次於窮石兮朝濯髮乎洧于鬼槃五臣作盤　逸曰次舍也再宿
爲信過信爲次淮南言弱水出于窮石入于流沙洧槃水名也禹大傳曰洧槃之水出崦嵫之山言虙妃體好清潔暮
歸舍窮石之室朝沐洧槃之水遁世隱居而不肯仕　銑曰窮石弱水出處洧盤水名出崦嵫山夕舍窮石朝沐洧盤言遁

世之士遠趣清潔保厥美以驕傲兮日康娛以淫遊逸曰倨簡曰驕
侮慢曰傲康安也言虙妃用志高遠保守美德驕傲侮慢日自娛樂以遊戲無事君之意　翰曰淫久也言隱居之人自
保其美德以驕傲於世日日安樂久遊無意以匡君雖信美而無禮兮來違棄
而改求逸曰違去也改更也言虙妃雖有美德驕傲無禮不可與共事君來去相棄而更求賢　濟曰言隱
居之人信有美德而不崇禮敬不可與共事君當違弃此人改求賢者共同志事君也覽相觀於四
極兮周流乎天五臣作天乎余乃下逸曰言我乃復往觀視四極周流求賢然後乃
來下　銑曰言觀視四方之極周遍求賢不得我乃復下來望瑤臺之偃蹇兮見
有娀嵩之佚逸女逸曰偃蹇高貌有娀國名也佚美也謂帝嚳之妃契母簡狄也簡狄配聖帝生
賢子以喻貞賢也詩曰有娀方將帝立子生商呂氏春秋言有娀氏有美女爲之高臺而飲食之言巳望瑤臺高峻睹有
娀氏美女思得與共事君也　良曰瑤臺玉臺也娀女契母簡狄喻貞賢也吾令鴆爲媒兮

鴆告余以不好逸曰鴆惡鳥也明有毒殺人以喻讒賊言我使鴆鳥爲媒以求簡狄其性讒賊不可信用還詐告我言不好　向曰鴆惡鳥喻讒佞言我使讒佞之人往聘忠賢讒佞所疾故云不好雄鳩之鳴逝兮余猶惡其佻他周巧逸曰逝往也言又使雄鳩銜命而往其性輕佻巧利多語而無要實復不可信也　銑曰雄鳩多聲佻輕也言我使辯捷之士往聘忠賢我又惡其輕巧而不信心猶豫而狐疑兮欲自適而不可逸曰適往也言己令鴆爲媒其心讒賊以善爲惡又使雄鳩多言少實故中心狐疑猶豫意欲自往禮又不可也　翰曰言鴆鳩皆不可信故猶豫狐疑而不能決定欲自往以無媒介不可也鳳皇既受詒異眉兮恐高辛之先我逸曰高辛帝嚳有天下號也帝嚳曰高辛氏爲帝嚳次妃有娀氏女生契言己既得賢智之人若鳳皇受禮遺將恐帝嚳先我得簡狄也　濟曰詒遺也高辛帝嚳也言我得賢人如鳳皇者受遺玉帛將行就聘又恐帝嚳先我而得之帝嚳喻諸國賢君欲遠集五臣作進而無所止兮聊浮游以逍遙逸曰言己既求簡狄復後高辛欲遠集他方又無所之故且遊戲觀望以忘憂也　良曰言求忠賢不得欲往遠方又兼無所止且浮游觀而逍遙及少康之未家兮留有虞之二姚逸曰少康夏后相之子也有虞國名也姓姚氏舜後也昔寒浞使澆殺夏后相少康逃奔有虞虞因妻以二女而邑於綸有田一成有衆一旅能布其德以收夏衆遂誅滅澆復禹舊績屈原放至遠方之外博求衆賢索宓妃則不肯見求簡狄又後高辛少康留止有虞而得二姚以成顯功也是不欲遠去貌　向曰言遠遊微隱不遂求賢不得美少康留立而成功是原不欲遠去之意理弱而媒拙兮恐導言之不固逸曰拙鈍也言己欲效少康留而不去又恐媒人弱鈍達言於君不能堅固復使回移　銑曰言我欲留聘二姚又恐道理弱於少康而媒無巧辭導引不能堅固使君回移時五臣作世溷濁而嫉賢兮好蔽美而稱惡逸曰再言時溷濁者懷襄二世不明故羣下好蔽中正之士而舉邪惡之人　翰曰溷亂也言時代亂濁嫉妬賢良蔽隱美行稱揚邪佞閨中既以王逸本無以字邃遠兮哲王又不寤逸曰小門謂之閨邃深也哲知

也寤覺也言君處宮殿之中其閨邃遠忠言難通指語不達自明智之主尚不覺善惡之情高宗殺孝己是也何況不智之君而以闇蔽固其宜也　濟曰閨中宮門中也言宮中深遠視聽難通故哲智之主不能覺察忠佞懷朕情而不發兮余焉能忍五臣有而字與此終古逸曰言我懷忠信之情不得發用安能久與此闇亂之君終古居乎意欲復去也　良曰言我懷忠信之情無所啓發安能忍而與昏主終古居乎復將遠去索所華藑茅以筳廷篿專兮命靈氛爲余占之逸曰索取也藑茅靈草也筳小破竹也楚人名結草折竹以卜曰篿靈氛古明占吉凶者言己欲去則無所集欲止則又不見用憂懣不知所從乃取神草竹筳結而折之以卜去留使靈氛占其吉凶　向曰筳竹筭也靈氛古之善占者言取草筭命靈氛使卜占去住之理曰兩美其必合兮孰信脩而慕之逸曰靈氛言以忠臣而就明君兩美必合楚國誰能信明善惡脩行忠直欲相慕及者乎己宜以時去之也　銑曰曰者靈氛語辭也兩美謂君聖臣忠也言如是則必相合孰誰也楚國誰能信明善惡欲脩行忠正慕己之德者思九州之博大兮豈唯是其有女逸曰言我思念天下博大豈獨楚國有君臣可止乎　翰曰靈氛言天下九州之地甚寬博曰勉遠逝而無狐王逸本無狐字疑兮孰求美而釋女何所獨無芳草兮爾何懷乎故宇逸曰爾女也懷思也宇居也言何所獨無賢芳之君何必思故君而不去也此皆靈氛之詞　濟曰靈氛曰但勤力遠去誰有求忠臣而不擇取汝者時五臣作世幽昧以眩曜兮孰云察余之美惡逸曰眩曜惑亂貌屈原答靈氛曰當時之君皆暗昧惑亂不知善惡誰當察我之善情而用己乎是難去之意　良曰言當代之君皆闇昧惑亂誰能察我之善惡而用之乎原以此答靈氛難去之辭也人五臣本作民好去聲惡烏故其不同兮惟此黨人其獨異逸曰黨鄉黨謂楚國也言天下萬人之所好惡其性不同此楚國尤獨異也　向曰好愛惡憎也言人皆有愛憎之性不同惟楚鄉之人更甚異戶服艾以盈要平兮謂幽蘭其不可佩逸曰艾白蒿也盈滿

也言楚人戸服白蒿滿其要帶以爲芬芳反用幽蘭臭惡爲不可佩也以言君親愛讒佞憎遠忠直而不近也　銑曰言楚國家門比戸皆服艾草滿於要帶謂蘭不堪佩帶言皆好讒佞謂忠正不可行於身

覽察草木其猶未得兮豈珵逞貞美之能當

逸曰察視也珵美玉也相玉書言珵大六寸其曜自照言時人無能識臧否觀視衆草尚不能別其香臭豈當知玉之美惡乎以爲草木易別於禽獸禽獸易別於珠玉珠玉易別於忠佞知人最難　翰曰覽視也言楚人視草木猶未知香臭之宜豈能辨玉之臧否而當之乎玉喻忠貞言忠貞之難知也

蘇糞壤以充幃暉兮謂申椒其不芳

逸曰蘇取也充滿也壤土也幃謂之縢縢香囊也言取糞土以滿香囊佩而帶之反謂申椒臭而不香言近小人而遠君子　濟曰幃香囊言取糞壤滿香袋而帶之反謂申椒臭而不帶此喻近邪佞遠忠貞

欲從靈氛之吉占兮心猶豫而狐疑

逸曰此言巳欲從靈氛勸去之占則心狐疑念楚國也　良曰言巳欲從靈氛勸去之占則心中狐疑不忍弃忠直

巫咸將夕降兮懷椒糈所而要之

逸曰巫咸古神巫也當殷中宗之世降下也椒香物所以降神糈精米所以享神言巫咸將夕從天上下來願懷椒糈要之使筮吉凶　向曰精米也所以享神言巫夕從天下來我則懷椒米要而享之以問吉凶也

百神翳其備降兮九疑繽其並迎

逸曰翳蔽也繽盛貌也九疑舜所葬也言巫咸得巳椒糈則將百神蔽日來下舜又使九疑之神紛然迎我知巳之志　銑曰繽衆多貌言巫咸得巳椒糈則領百神蔽日而下舜又使九疑之神衆來相迎言賢聖知巳之志

皇剡剡琰其揚靈兮告余以吉故

逸曰皇皇天也剡剡光貌言皇天揚其光靈使百神告我當去允吉善也　向同逸註

曰勉升降以上下兮求矩矱紆縛之所同

逸曰矩法也矱於縛切度也言當自勉上求明君下索賢臣與巳合法度者因與同志共為化也　濟曰曰巫咸辭也勉彊也上謂君下謂臣矱度也言當自勉彊上求明君下訪賢臣求法度與巳同者因共爲治此巫咸之言

湯禹儼而求合兮摯皐五臣本作咎繇而能調

逸曰儼敬也合匹也摯伊尹名湯臣也咎繇禹臣也調和言湯禹至聖猶

敬承天道求其匹合得伊尹咎繇乃能調和陰陽而安天下　良曰調和也言湯禹至聖尚敬承天命求合巳之賢臣伊尹咎繇之徒相理陰陽而安天下

苟中情其好脩兮五臣本有又字何必用夫行媒

逸曰行媒諭左右之臣也言誠能中心常好善則精感神明賢君自舉用之不必須左右薦達之　向曰苟且也言且中心好善常自脩潔則明君且當舉作何必須左右之達

說操築於傅巖兮武丁用而不疑

逸曰說傅說也傅巖地名武丁殷之高宗也言傅說抱懷道德而遇刑罰操築作於傅巖武丁思想賢者夢得聖人以其形像使求之因得說登以爲公道用大興爲殷高宗　銑曰說賢人代胥靡刑人操築於傅氏之巖武丁殷王名夢得賢相因使刻所夢之形求得說於傅巖委任之不疑

呂望之鼓刀兮遭周文而得舉

逸曰呂太公之氏姓也鼓鳴也言太公避紂居東海之濱聞文王作興蓋往歸之至於朝歌道窮困自鼓刀而屠遂西釣於渭濱文王夢得聖人於是出獵而遇之遂載以歸用為師　翰曰遭遇也呂望太公也避紂之亂鼓刀爲屠文王夢得聖人於是出獵遇而舉之竟立大功

甯戚之謳歌兮齊桓聞以該輔

逸曰甯戚衛人該備也甯戚脩德不用退而商賈宿齊東門外桓公夜出甯戚方飯牛叩角而歌桓公聞之知其賢舉用爲卿備輔佐也　濟同逸注

及年歲之未晏兮時亦猶其五臣本作而字未央

逸曰晏晚也央盡也言巳所以汲汲欲輔佐君者冀及年未晏晚以成德化然年時亦未盡若三賢之遭遇　良曰言我所以求輔於君者將及年歲未晚以成德化餘同逸注

恐鷤弟鴂桂之先鳴兮使五臣本有夫字百草爲五臣本無爲字之不芳

逸曰鷤鴂一名買鶬常以春分鳴也言我恐鷤鴂以先春分鳴使百草華英摧落芬芳不成以喻讒言先使忠直之士被罪過也　向曰鷤鴂鳥名秋分前鳴則草木彫落言我常恐此鳥之鳴使草木不芳香也喻讒臣爲言以害忠良矣

何瓊珮之偃蹇兮衆薆愛然而蔽之

逸曰偃蹇衆盛貌言我佩瓊玉懷美德偃蹇而衆人薆然而蔽之傷不得施用也　銑曰瓊玉也偃蹇盛貌以喻德也衆小人也薆亦盛也言我有美德爲小人衆盛而蔽之

惟此黨人之不亮兮恐嫉妬而折

之逸曰信亮也言楚國之人不尚忠信之行恐妬我正直欲必折挫而敗也　翰曰此黨謂楚國也時繽
紛其變易兮又何可以淹留逸曰言時俗溷濁善惡變易不可以久留宜速
去也　濟曰繽紛亂也淹久也言世亂變易不可任也蘭芷變而不芳兮荃蕙
化而爲茅逸曰荃蕙皆香草言蘭芷之草變其體而不復香至蕙化而爲茅失其本性也以言君子更爲
小人忠信更爲佞僞　良曰芳惡草以喻讒臣也言時代昏亂君子變爲小人忠信化成邪佞何昔日之
芳草兮今直爲此蕭五臣本無蕭字艾也五臣本無也字逸曰言往昔芬芳之草
今皆直爲蕭艾而已以言往日明智之士今皆佯愚向同逸注豈其有他故兮莫好脩
之害也逸曰言士人所以變直爲曲者以上不好用忠正之人害其善士之故　銑曰言明智之士佯愚者
豈有他故爲君不好脩潔之士而自損害余以蘭爲可恃兮羌無實而容
長逸曰蘭懷王少弟司馬子蘭也恃怙也實誠也言我以子蘭能進賢達能可怙而進不意內無誠信之實但有長大
之貌浮華而已　翰曰蘭懷王弟也羌乃也言我以蘭爲可怙恃乃無實材但容貌長大而已委厥美
以從俗兮苟得引五臣本作列乎衆芳逸曰委棄也言子蘭棄其美質正直
之性隨從諂佞苟欲引於衆賢之位而無進賢之心也　濟同逸注椒專佞以慢慆吐刀兮
樧殺又欲充其佩幃音韋逸曰椒楚大夫子椒也慆淫也樧茱萸也似椒而非以喻子
椒似賢而非賢也幃盛香之囊也以喻親近言子椒爲楚大夫處蘭芷之間而行淫慢諂諛之志又欲援引面從不賢之
類此使居親近無有憂國之心責之也　良曰言子椒專佞而爲慢淫似賢而非賢列大夫位在君左右不爲忠正之行
如茱萸之在香囊妄充佩帶而無芬芳既干進而務入兮又何芳之能
祗逸曰干求也祗敬也言子蘭子椒苟欲求進自入於君身得爵祿而已復何能敬愛賢者而舉之乎　向曰言子蘭
子椒既自求進而務入君之祿何賢人之能敬而舉之固時俗之從流五臣有流從兮
又孰能無變化逸曰言時世俗人隨從上化若水之流二子復以諂諛之行衆人誰有不變節

而從之者乎疾之甚也　銑曰固此諂佞之俗流行相從誰能不變節隨時以容身乎覽椒蘭其若
茲兮又況揭車與江離逸曰言覩子椒子蘭變節若此豈況朝廷衆臣不為佞媚以容
其身邪　翰曰子椒子蘭尚變節若此何況衆賢而不從俗以自容身惟茲佩之可貴兮
委厥美而歷茲逸曰歷逢也茲此也言己內行忠正外佩衆芳此誠可貴重不遭明君棄其至
美而逢此咎也　濟曰惟此原自屬也言我內懷忠正外佩衆芳餘同逸注芳菲菲而難虧
兮芬五臣有兩芬字至今猶未沫亡貝反逸曰虧歇也沫已也言己所行芬芳誠難虧歇至
今尚未已也　良曰虧損也言己芳菲之盛誠難損歇雖遭棄逐至今猶未已也和調度以自
娛兮聊浮游而求女逸曰言我雖不見用猶和調己之行度執守忠貞以自娛樂且徐浮
游以求同志　向曰女同志人也及余飾之方壯兮周流觀乎上下
逸曰上謂君下謂臣　銑曰言脩飾及盛壯之時周遍遠觀四方有君臣上下賢明者欲往就之靈氛既

告余以吉占兮歷吉日乎吾將行逸曰言靈氛既告我以吉占歷
善日吾將去君而遠行　翰曰歷選也言靈氛告我遠去告我今選擇吉辰良日將行訪賢君折瓊枝以
爲羞兮精瓊爢音靡以爲粻音張逸曰羞脯也精鑿也爢屑也粻粮也言我將
行乃折瓊枝以爲脯腊精鑿玉屑以爲儲粮飲食香潔冀以延年也　濟同逸注爲余駕飛龍
兮雜瑤象以爲車逸曰象象牙也言我駕飛龍乘明知之獸載象玉之車文章雜錯以言德
似龍玉而世俗莫識也　良曰飛龍喻道瑤玉名以此君子之德言我遠遊但駕此道德以爲車何離心
之可同兮吾將遠逝以自疏逸曰言賢愚異心何可合同知君與己殊志故
將遠去自疏而流遁也　向曰離別也言忠佞兩心不可同吾將遠去自疏遠也邅吾道夫崑
崘兮路脩遠以周流逸曰邅轉也楚人名轉為邅言己設去楚國遠行轉至崑崘神明之
山其路長遠周流天下以求同志　銑曰以求所安餘同逸注揚志五臣無志字雲霓之晻

鵠兮鳴玉鸞之啾啾逸曰揚披也晻藹蓊欝陰貌鸞鸞鳥也以玉作之著於衡和著於軾啾啾鳴聲言從崑崙將遂升天披雲霓之蓊欝排羣佞之黨羣鳴玉鸞之啾啾而有節度也　翰曰揚舉也雲霓虹也畫之於旌旗晻藹旌旗蔽日貌玉馬珮也鸞車鈴也啾啾鈴佩之聲言我去國亦守節度而行朝發軔於天津兮夕余至乎西極逸曰天津東極箕斗之閒漢津也言已朝發天之東津萬物所生夕至地之西極萬物所成動順陰陽之道且亟疾也　濟曰軔車輪也東極曰天津西極日所入也言朝發東方夕至西極順天道也鳳皇翼五臣作紛字其承旂兮高翺翔之翼翼逸曰翼敬也旂旗也畫龍蛇為旂翼翼和貌也言已動順天道則鳳皇來隨我車敬承旂旗高飛翺翔翼翼而和嘉忠正懷有德也　良曰言我行順天道故鳳皇承旂引路飛翔翼翼然扶衛於已忽吾行此流沙兮遵赤水而容與逸曰流沙沙流如水也尚書曰餘波入於流沙遵循也赤水出崑崙容與遊戲貌言吾行忽然過此流沙遂循赤水而遊戲雖行遠方動以清潔自洒飾也　向曰流沙西極赤水出崑崙山容與遊戲貌麾蛟龍使梁津兮詔西皇使涉予逸曰舉手曰麾小曰蛟大曰龍詔告也西皇帝少皥也涉度也言我乃麾蛟龍以橋西海使少皥渡我動與神獸聖王相接言能渡萬人之厄　銑曰麾招梁橋也西皇少皥也言我招鮫龍使為橋告少昊濟渡言能感神獸聖帝相接路脩遠以多艱兮騰衆車使徑待逸曰艱難也騰過也言崑崙之路險阻多難非人所能由故令衆車先使從邪徑以相待也以言已所行車遠莫能及　翰曰言遊崑崙山道路長遠而多險難故令衆車奔騰於邪徑相待言已遊高遠莫能及也路不周以左轉兮指西海以為期逸曰不周山名在崑崙山西北轉行也指語也期會也言已使語衆車我所行之道當過不周山而左行俱會西海之上也過不周者言道不合於俗也左轉者言君行左乖不與已同志也　濟同逸注屯余車其五臣無其字千乘兮齊玉軑大而並馳逸曰屯陳也軑轄也言乃屯陳我車前後千乘濟以玉為車轄並馳左右從已者衆皆有玉德宜輔千乘之君　良曰屯聚乘車也軑車轄也車所以載已言君子以德自載

亦如車馬聚千乘者言道德之多並逞於已所在可馳走也駕八龍之婉婉於阮兮載雲旗之委移五臣作逶迤逸曰婉婉龍貌言已駕八龍神智之獸其狀婉婉又載雲旗委移而長也駕八龍者言已德如龍可制御八方也載雲旗者言已德如雲雨能潤施　向曰八龍八節之氣也逶迤長貌言我所往皆與神遊故可御氣為載雲為旗也婉婉美貌抑志而弭節兮神高馳之邈邈逸曰邈邈遠貌也言已雖乘雲龍猶自抑案弭節徐行高抗志行邈邈而遠莫能逮及　銑曰言我雖御氣乘雲抑志按節徐行以候世人其邈遠莫能逮及也奏九歌而舞韶兮聊假日以媮樂逸曰九歌九德之歌禹樂也九韶舜樂也尚書曰簫韶九成言已德高智明宜輔舜禹以致太平奏九德歌九韶之舞而不遇其時故假日遊戲媮樂而已　翰同逸注陟升皇之赫戲乎兮忽臨睨五計夫舊鄉逸曰皇皇天也赫戲光明之貌睨視也舊鄉楚國也言已雖陟崑崙過不周度西海舞九韶升天庭據光曜不足以解憂猶復顧楚國愁且思也　濟曰陟升言我升天庭對光曜忽復下視楚國而愁思也僕夫悲余馬懷兮蜷奇員局顧五臣無顧字而不行逸曰僕御也懷思也蜷局詰屈不行貌也屈原設去時離俗周天匝地意不忘舊鄉望見楚國僕御悲感我馬思歸蜷局詰屈而不肯行此終志不失以辭自見以義自明也　良曰懷歸也蜷局不進貌言我升天下見楚國御者悲泣我馬思歸蜷局迴顧而不肯行也此終志不去故辭義自明亂曰逸曰亂理也所以發理詞指總撮行要也屈原舒肆憤懣極意陳詞或去或留文采紛華然後結括一言以明所趣已矣哉國無人莫我知兮又何懷乎故都逸曰已矣絕望之詞也無人謂無賢人也屈原言已矣者我懷德不見用以楚國無有賢人知我忠信之故也自傷之詞也言衆人無有知已已復何為思故鄉念楚國也　向曰言時代無知我之忠正者又何須歸於楚國既莫足與為美政兮吾將從彭咸之所居逸曰言時世人君無道不足與共行美德善政我將自沉汨淵從彭咸而居處也　銑同逸注

九歌四首

屈平銑曰楚南郢之邑沅湘之間其俗信鬼好祠作鼓舞以樂諸神原既遭放逐含懷憂悲見俗人祭祀之禮歌舞之樂其辭鄙陋因爲作九歌之曲上言事神之歌下寄見黜之情以諷焉九者陽數之極自謂否極取爲歌名矣

王逸注序曰九歌者屈原之所作也昔楚南郢之邑其俗信鬼而好祠其祠必作樂鼓舞因爲作九歌之曲託之以諷諫也

東皇太一濟曰每篇之目皆楚之神名所以列於篇後者亦猶毛詩題章之趣

吉日兮辰良穆將愉逾兮上皇逸曰日謂甲乙辰謂寅卯也穆敬也愉樂也上皇謂東皇太乙也言己將脩祭祀必擇吉辰之日齋戒恭敬以宴樂天神　向曰太一星名天之尊神祠在楚東以配東帝故云東皇撫長劒兮玉珥餌璆鏘鳴兮琳琅逸曰撫持也珥謂劒鐔也劒者所以威不服衛有德故撫持之也璆琳琅皆美玉名也鏘佩聲也詩曰佩玉鏘鏘言己供神有道乃使靈巫佩持好劒以辟邪惡垂衆佩周旋而舞動鳴玉鏘五音而和且有節度　翰曰玉珥劒鐔也璆琳琅皆玉名以之爲佩鏘然而鳴瑤席兮玉瑱鎮盍將把兮瓊芳逸曰盍何不也把持也瓊玉枝也言己脩飾清潔以瑤玉爲席美玉爲瑱靈巫何不持乎乃把玉枝以爲香　濟曰言靈巫何不持瓊枝以爲芳香皆取美潔也蕙肴蒸兮蘭藉慈夜奠桂酒兮椒漿逸曰蕙肴以蕙草蒸肉也藉所以藉飯食也易曰藉用白茅桂酒切桂以置酒中也椒漿以椒置漿中也言己供待彌敬及以蕙蒸肴芳蘭爲藉進桂酒椒漿以備五味也　良曰以蕙草蒸肉以蘭藉飲食以桂置酒中以椒置漿中皆取芬芳也肴肉也蕙蘭皆香草也奠祭也桂椒皆香美木揚枹浮兮拊鼓疏緩節兮安歌陳竽瑟兮浩倡逸曰拊擊也疏希也言膳既具不敢寧處親舉枹擊鼓使靈巫緩節而舞徐歌相和以樂神也浩大也言已陳列竽瑟大倡作樂以自竭盡也　銑曰揚舉也枹鼓杖也使疏節希緩而安音清歌復陳列竽瑟大倡作樂以極其情靈偃蹇兮姣服芳菲菲兮滿堂逸曰靈謂巫也偃蹇舞貌也姣好也服飾也菲菲芳貌也言乃使姣好之巫被服盛飾舉足奮袂偃蹇而舞芬芳菲菲盈滿堂室也　向曰菲菲香氣也五音紛兮繁會君欣欣兮樂康逸曰五音宮商角徵羽也紛盛貌也繁衆也欣欣喜貌康安也言已重作衆樂合會五音紛然盛美神已歡欣厭飽喜樂則身蒙慶祐家受多福也屈原以爲神無形聲難事易失然人竭心盡禮則歆其祀而惠降以祉自傷履行忠誠以事於君不見信任而身放逐以危殆也　翰曰繁會錯雜也君謂東皇也欣欣和悅貌言脩潔酒食極陳鼓樂神常歡歆而降之福自傷忠信事上卒不見明而遭放弃以至危苦

雲中君

浴蘭湯兮沐芳華采衣兮若英靈連蜷巨員兮既留爛昭昭兮未央逸曰華采五色也若杜若也言己將修饗祭以事靈神乃先使靈巫先浴蘭湯沐香芷衣五采華衣飾以杜若之英以自潔飾靈巫也楚人名巫爲靈子連蜷巫迎神導引貌也既已也留止也爛光貌也昭昭明貌也未央未已也巫執事肅敬奉迎導引神顏貌矜莊形體連蜷神則歡喜安留見止見其光容爛然昭明長無極已　良曰蘭若皆香草也靈巫也連蜷導引神貌央極也言將祭祀之事先使靈巫沐浴蘭芳衣五色之服務其芳潔又飾若英也導引也雲中君使留心於此神光爛然明明無極雲中君雲師屏翳也蹇將憺徙濫兮壽宮與日月兮齊光逸曰蹇詞也憺安也壽宮供神之處也祠祀皆欲得壽故名爲壽宮也言雲神既至在於壽宮歆饗酒食憺然安樂無有去意也齊同也光明也言雲神豐盛爵位尊高乃與日月同光明也夫雲興而日月暗雲藏而日月明故言齊光也　銑曰蹇辭也壽宮祠神所也神既安樂德又光明乃與日月齊也龍駕兮帝服聊翺游兮周章逸曰龍駕言雲神駕龍帝謂五方之帝也服飾也言天尊雲神使之乘龍兼衣言青黄五采之色與五方帝同服也聊且也周章猶周流也言雲神居無常處動則翺翔周流往來且游且翺也　向曰言神駕雲龍之車爲五方帝服翺游周章往來迅疾貌靈皇皇兮既降猋必遥遠舉兮雲中逸曰靈謂雲神也皇皇美貌也降下也言神來下其皇皇

而美有光文也猋去疾貌雲中其所居也言雲神往來急疾飲食既飽猋然遠舉復還其處　翰曰雲中神所居覽
冀州兮有餘橫四海兮焉窮逸曰覽望也兩河間曰冀州餘猶他方也言雲
神所在高邈乃望於冀州尚復見他方也窮極也言雲神出入奄忽須臾之間橫行四海安有窮極者也　濟曰言神所
居高絶下覽冀州橫望四海皆有餘而無極冀州兗所都也思有道之君故覽之思夫君兮太
息極勞心兮𢥞𢥞五臣作忡忡　逸曰君謂雲神𢥞𢥞憂心貌也屈原見雲一動千里周徧
四海想得隨從觀望四方以志已憂思而念之終不可得故太息而歎中心煩勞而𢥞𢥞　良曰夫君謂靈神以喻君也
言夫君所居高遠下制有國我之思君終不可見故歎息而憂心也

湘君

君不行兮夷猶蹇誰留兮中洲逸曰君謂湘君也夷猶猶豫也言湘
君所在土地肥饒又有險阻故其神常安不肯游蕩既設祭祀使巫請呼之尚復猶豫蹇詞也留待也中洲洲中也水中

可居者爲洲言湘君蹇然難行誰留待於水中之洲乎以爲堯二女妻舜有苗不服舜往征之二女從而不反道死於沅
湘之中因爲湘夫人也所留蓋謂此二女　銑曰君湘水神也蹇語辭也言神樂其所居猶豫不降於此誰將留待於中
洲乎欲神之速至也美要眇妙兮宜脩沛普賴吾乘兮桂舟逸曰
要眇好貌也修飾也言二女之貌要眇而好又宜修飾也沛行貌也舟船也吾屈原自謂也言已雖在湖澤之中猶乘桂
木之船沛然而行　向曰思神容儀美好又宜脩飾也我復乘桂舟以迎神也舟用桂者取香潔之異令沅
湘兮無波使江水兮安流逸曰沅湘水名言已乘船常恐危殆願君令沅湘無
波涌使江順徑徐流則得安也　翰曰願神使波安流而我不危殆也沅湘二水名望夫君兮歸五臣
作未來吹參差兮誰思逸曰君謂湘君參差洞簫也言已瞻望於君而未肯來則吹簫作樂
君當復誰思念　良曰夫君神也謂神肯來斯而我作樂吹聲參差當復思誰言思神之甚駕飛龍兮
北征邅陟連吾道兮洞庭逸曰屈原思神略垂意念楚國駕飛龍北行還巫歸故居

也邅轉也洞庭太湖也言已欲乘龍而歸不敢隨從大道願轉江湖之側安委曲之徑欲急至也　良曰原思既畢念反
楚國願駕飛龍北行轉道於洞庭湖上而直歸也薜薄閉荔麗拍兮蕙綢承五臣
作采荃七全橈而遥兮蘭旌五臣作旗搏辟也綢縛
荃香草也橈小楫也屈原言已居家則以薜荔搏飾四壁蕙草縛屋乘舟船則以荃爲楫櫂蘭爲旌旗動以香潔自脩飾
也　銑曰薜荔荃蘭皆香草也原言我居家縛香草以搏四壁亦以爲楫棹亦以爲旌旗芬芳潔清有如此也望
涔岑陽兮極浦橫大江兮揚靈逸曰涔陽江碕名也近附郢極遠也浦
涯水也靈精誠也屈原思念楚國願乘輕舟上望江海之遠浦附郢之碕以泄憂念橫渡大江揚已精誠冀能感寤懷王
使還已也　向曰涔陽浦接於楚都極遠也言我遠游此浦將橫絶大江揚其精誠於君側冀君感悟復命我也揚
靈兮未極女嬋媛爰兮爲余太息逸曰極已也女謂女嬃也屈原
姊也嬋媛猶牽引也言已遠揚精誠雖欲自竭盡終無從達故女嬃牽引責之數爲已太息悲毒欲使屈原改性易行隨

風俗也　翰曰女謂屈平姊女嬃也言我揚精誠未已女嬃牽引時事以爲不變節從俗終不可而爲我歎息也橫
流涕兮潺仕連湲爲元隱思君兮陫符沸側逸曰潺湲流貌也屈原感
女嬃之言亦欲變節而意不能改內自悲傷涕泣橫流君謂懷王也陫陋也言已雖見放棄隱伏山野猶從側陋之中思
念君也　良曰潺湲流貌陫陋也感女嬃之言泣涕橫流隱伏側陋弥思君子桂櫂兮蘭枻翊例
斲丁角冰兮積雪逸曰斲斫也言已乘船遭天盛寒舉其楫斲斫冰凍紛然如積雪言已勤苦
銑曰櫂楫也枻船傍板也桂蘭取其香也言志不通猶乘舟值天盛寒舉其楫棹斲斫冰凍紛如積雪徒爲勤苦而不得
前采薜荔兮水中搴芙蓉兮木末逸曰搴手取也芙蓉荷華也生
水中屈原言已執忠信之行以事於君其志不合猶入水涉水而求薜荔登山緣木而采芙蓉固不可得　向曰薜荔香
草也生於陸芙蓉荷華也生於水言已執忠信之行求合於君亦猶入水池之中而采薜荔登山木之末而取芙蓉固無
遂理搴取也心不同兮媒勞恩不甚兮輕絶逸曰言婚姻所好心

意不同則媒人疲勞而無功也屈原自喻行與君異終不可合亦疲勞而已言人交接初淺恩不甚篤則輕相與離絕也言已與君同姓共祖無離絕之義　翰曰爲婚姻者其心不同徒使媒人勞苦恩情不能甚厚者則必輕易離絕事君之道亦類此焉　石瀨兮淺淺戔飛龍兮翩翩　逸曰屈原憂愁俯視川水見石瀨淺淺疾流而下將有所至仰見飛龍翩翩而上將有所登自傷棄在草野終無所登至也　濟曰瀨湍水也淺淺流貌原既憂怨下視水石淺淺而流仰觀飛龍翩翩而舉物皆遂性我獨不然也　交不忠兮怨長期不信兮告余五臣作我以不閒音閑　逸曰交友也忠厚也朋友相與不厚則長相怨恨也言已執履忠貞雖獲罪過不敢怨恨於衆人閒暇也言君常與已期欲其爲治後以讒言之故更告我以不閒暇遂以疏遠　良曰言君與臣下爲友而臣爲不忠則怨而責之已爲不信則以爲閑爾疾其君初欲與已爲治後遂相背焉　朝騁騖兮江皋夕弭節兮北渚　逸曰朝以喻已盛也澤曲曰皋言已願及朝明已年盛時任重馳騁以行道德弭安也渚水涯也夕以喻衰言日夕將暮日日衰老弭情安意終於

草野　銑曰夕喻衰也喻已盛少之時願驅馳於君前及衰謝之日反安意於草野自歎之辭也騁騖疾行也弭節安意也　鳥次兮屋上水周兮堂下　逸曰次舍也過信爲次周旋也言已所居在湖澤之中衆鳥舍止我之屋上流水周旋已之堂下自傷與鳥獸魚鼈爲伍　向曰言已在江湖之中鳥止于屋水周繞于堂　捐余玦決兮江中遺余珮兮澧禮浦　逸曰玦玉珮也先王所以命臣之瑞也故與環即還與玦即去也遺離也珮瓊琚之屬也言已雖見放逐常思念君設欲遠去猶捐玦佩置於水涯冀君求已示有還意　濟曰捐遺皆置也玦佩皆朝服之飾置於江澧二水之涯者冀君命已猶可以用也　采芳洲兮杜若將以遺兮下女　逸曰芳洲香草叢生水中之處遺與也女陰也以喻臣謂已之儔匹也言已願於芳芬絕異之洲采取杜若以與貞正之人思與同志終不變更　良曰芳洲多生香草也故於此采杜若爲下女喻賢臣也欲將已之美投於賢臣者思與同志俱爲治道　時不可兮再得聊逍遙兮容與　逸曰言日不再中年不再盛也逍遙游戲也言天時不再至人年不再盛已既老矣不遇於時聊且逍遙而游容與而戲以待天命之至也　銑曰自言憂愁欲以決死死不再生何由復遇逍遙容與待君之命冀得盡其誠心焉

湘夫人

帝子降兮北渚目眇眇兮愁予　逸曰帝子謂堯女也降下也言堯二女娥皇女英隨帝不反墮於湘水之渚因爲湘夫人眇眇好貌也予屈原自謂也堯二女儀德美好眇然絕異又配帝舜而乃沒命水中屈原自傷不遭值堯而遇闇君亦將沈身湘流故曰愁我也　向曰其神儀德美好愁我失志　嫋嫋奴鳥兮秋風洞庭波兮木葉下　逸曰嫋嫋秋風搖木貌言秋風疾則草木搖湘水波而樹葉落矣以言君政急則衆人愁而賢者傷矣　翰曰洞庭湖名言秋風疾則草木搖落江湖生波喻小人用事則君子弃逐　登白薠兮五臣本無登字薠作蘋音煩騁望與佳期兮夕張去聲叶韻　逸曰薠草秋生騁平也佳期謂湘夫人也不敢指斥尊者故言佳也張施也言已願以

始秋蘋草初生望平之時脩設祭具夕早洒埽張施帷帳與夫人期歆饗之也　良曰言已願以此夕設祭祀張帷帳冀夫人之神來此歆饗以喻張設忠信以待君命　鳥萃兮蘋中罾何為兮木上　逸曰萃集也罾魚網也夫鳥當集木巔而言草中罾當在水中而言木上以喻所願不得失其所也　濟曰蘋水草也鳥當集木上今在水中罾宜置水中今在木上以喻已志反覆失所也　沅有芷止兮澧有蘭思公子兮未敢言　逸曰言沅水之中有盛茂之芷澧水之外有芬芳之蘭異於衆草以興湘夫人美好亦異於衆人公子謂湘夫人也重以卑說尊故變言公子也言已想若舜之遇二女二女雖死猶思其神所以不敢達言者士當須介女當須媒也　銑曰芷蘭皆香草也喻已之善也公子謂夫人喻君也未敢言者欲待賢主　慌荒忽兮遠望觀流水兮潺湲　逸曰言神皆荒忽往來無形近而視之彷彿若存遠而望之但見水流潺湲也　向曰荒忽無形貌言遠望不見但覩流水潺湲　麋何爲五臣作食兮庭中蛟何爲兮水裔　逸曰麋獸名蛟龍類也言麋當在山林而在庭中蛟當在

深淵而在水涯以言小人當處野而升朝廷賢者當居尊官而為僕隸　翰曰麋當在山野今在庭中蛟當在深泉今在水際以喻君子小人翻覆失所也裔際也

朝馳余馬兮江皐夕濟兮西澨時制切　逸曰濟渡也自傷驅馳不出湖澤之域　濟曰澤畔曰皐澨水涯也言朝夕往來不出於湖澤之間

聞佳人兮召予將騰駕兮偕逝逸曰予屈原自謂也偕俱也逝往也屈原幽居草澤思神念鬼冀湘夫人有命呼己則願騰駕而往不待侶偶也　良曰佳人謂湘夫人也冀聞夫人召我將騰馳車馬與使者俱往喻有君命亦將然矣

築室兮水中葺七入**之兮以荷蓋**逸曰屈原困於世上願築室水中託附神明而居處也　銑曰葺茨也自傷困於世上願築室結茨於水底用荷葉蓋之務以清潔託附於神而居也

蓀七全**壁兮紫壇播芳椒兮成堂**逸曰以蓀草飾室壁累紫貝為壇布香椒於堂上　向曰蓀香草也紫紫貝椒香木也以此物飾屋壁壇堂也

桂棟兮蘭橑老**辛夷楣**眉**兮葯**烏角**房**逸曰以桂木為屋棟以木蘭為榱辛夷香草以作戶楣葯白芷也房室也　翰曰桂香木蘭辛夷葯香草也橑椽也楣門楣也又以馨香為房之飾

罔薜荔兮為帷擗普覓**蕙**五臣作蓮**櫋**弥緣**兮既張**逸曰罔結也結薜荔為帷帳擗析也以析蕙覆櫋屋　濟曰櫋屋聯也荔薜蕙皆香草罔結以為帷帳擗析以為屋聯盡張設於中也

白玉兮為鎮疏石蘭五臣本有兮字**以為芳**逸曰以玉鎮坐席石蘭香草疏布陳也　良曰以玉鎮坐席也石蘭香草疏布其芳氣

芷葺五臣本有之字**兮荷屋繚**了**之兮**五臣本有以字**杜衡**逸曰葺蓋屋也繚縛束也杜衡香草也　銑曰芷杜衡皆香草也以芷草及荷葉葺以蓋屋又束縛杜衡置於水中

合百草兮實庭建芳馨兮廡門逸曰合百草之華以實庭也馨香之遠聞者也積之以為門廡也屈原生遭濁世憂愁困極意欲隨從鬼神築室水中與湘夫人比鄰而處然猶積聚芳以為殿堂脩飾弥盛行善弥篤也　向曰百草皆香草實滿也建樹馨香廡屋也言又以為門屋矣所築室於此者欲與夫人為隣也

九疑繽兮並迎去**靈之來兮如雲**逸曰言舜使九疑之山神繽然來迎二女則百神侍送衆多如雲　翰曰舜葬九疑山使其山之神靈來迎二女其來之衆繽紛如雲也

捐余袂兮江中遺余褋牒**兮澧浦**逸曰袂衣袖也褋襜襦也屈原設託與湘夫人共鄰處舜復迎之而去窮困無所依故欲捐棄衣物裸身而行將適九夷也　良曰褋禮襜袖襦也皆事神所用也今夫人既去君復背己無所用也故棄遺之

搴汀洲兮杜若將以遺兮遠者逸曰汀平也遠者謂高賢隱士也言己雖欲之九夷絕域之外猶求高賢之士采平洲香草以遺之共與脩道德也　濟曰搴取也杜若以喻誠信遠者神及君也

時不可兮驟得聊逍遙兮容與逸曰言富貴有命天時難值不可數得聊且遊戲以盡年壽也　銑曰驟數也

六臣註文選卷第三十二

六臣註文選卷第三十三

梁昭明太子撰

唐李善并五臣註

騷下

九歌二首

屈平　王逸註

秋蘭兮蘪蕪羅生兮堂下戶逸曰言已供神之室闃而清淨衆香之草又環其堂下羅列而生誠司命君所宜幸集也緑葉兮素華五臣本作枝芳菲菲兮襲予上聲逸曰襲及也予我也言芳草茂盛吐葉垂華芳香菲菲上及我也　向曰菲菲香氣皆喻懷忠潔也夫人自有兮美子蓀何以五臣本作爲兮愁苦逸曰夫人謂萬民也蓀謂司命也言天下萬民人人自有子孫司命爲主握其年命而用思愁苦　翰曰夫凡也蓀香草謂司命也言凡人各自有美愛臣子司命何爲愁苦而司主之蓋自傷也　銑曰司命星名主知生死輔天行化誅惡護善也秋蘭兮青青緑葉兮紫莖逸曰言已事神崇敬重種芳草莖葉五色香益暢也滿堂兮美人忽獨與余兮目成逸曰言萬民衆多美人並會盛滿於堂而司命獨與我睨而相視成爲親親也　濟曰滿堂喻天下也謂天下亦有善人而司命獨與我相目結成親親者爲我脩道德爾謂初與已善時入不言兮出不辭逸曰言神往來奄忽入不語言出不訣辭其志難知也　良曰司命神初與已善後乃往來飄忽出入不言不辭乘回風兮載雲旗逸曰言司命之去乘風載雲其形貌不可得見　良曰乘風載雲以離於我喻君之心與我相背也悲莫悲兮生別離樂莫樂兮新相知逸曰屈原思神略畢意愁復出乃長歎曰人居世悲哀莫痛與妻子生別離傷已當之言天下之樂莫大於男女始相知之時也屈原言已無相知之樂而有生離之憂　銑曰喻已初近君而樂後去君

而悲也荷衣兮蕙帶儵而來兮忽而逝逸曰言司命被服香淨往來奄忽難當值也　向曰言神被服香潔儵忽往來終不可逢以喻君夕宿兮帝郊君誰須兮雲之際逸曰帝謂天帝言司命之去暮宿於天帝之郊誰待於雲之際乎幸其有意而顧已　翰曰須待也謂神宿於天帝之郊青雲之際將誰待乎冀君猶待已而命之與汝游兮九河衝飇起兮水揚波與汝沐兮咸池晞汝髮兮陽之阿逸曰咸池星名也蓋天池晞乾也詩曰匪陽不晞阿曲阿日所行也言已願託司命俱沐咸池乾髮陽阿齋戒潔已冀蒙天祐也　濟曰汝謂司命神也九河天河也衝飇暴風也喻已與君俱行政教於國望美人兮未來臨風怳兮浩歌逸曰美人謂司命也怳失意貌也言已望司命而未肯來臨疾風而大歌冀神聞之而來至也　良曰美人神也以喻望君之使未來臨風怳然而大歌也浩大也孔蓋兮翠旌逸曰言司命以孔雀之翅爲車蓋翡翠之羽爲旌旗言殊飾也九天八方中央也言司命乃昇九天之上撫持彗星欲掃除邪惡輔仁賢也　銑曰又欲以孔雀翡翠毛爲車蓋旌旗飛登于天撫掃彗星也言願將忠正美行還於君前翦除賊矣登九天兮撫彗囚歲星竦長劍兮擁幼艾五臣本作蓀獨宜兮爲民正逸曰竦執也幼少也艾長也言司命持長劍以誅絕惡擁護萬人長少使各得其命言司命執心公方無所阿私善者佑之惡者誅之故宜爲萬民之正　向曰竦執也艾長也蓀香草謂神也言神若能執長劍誅邪臣擁護國之幼長如此則神實宜爲天下萬人之正者矣皆喻其君焉

少司命

若有人兮山之阿被薜荔兮帶女羅逸曰有人謂山鬼也阿曲隅也女羅菟絲也言山鬼彷彿若人見山之阿被薜荔之衣以菟絲爲帶也薜荔菟絲皆無根緣物而生山鬼亦杳忽無形故衣之以爲飾也　翰曰言山鬼若在於山曲被帶美草以爲飾既含睇兮文宜笑子慕予兮善窈窕逸曰睇微眄也言山鬼之狀體含妙容美目盼然又好口齒而宜笑子謂山鬼

也窈窕好貌也詩云窈窕淑女言山鬼之貌既以姱麗亦復慕我有善行好姿是故來見其容　良曰喻君初與己忠誠而用之餘同逸注　乘赤豹兮從文狸辛夷車兮結桂旗逸曰辛夷香草也言山鬼出入乘赤豹從文狸結桂與辛夷以爲車旗言有香潔也　濟曰赤豹文狸皆奇獸也將以乘騎侍從者明異於衆也又以芳香草木爲車旗者彌以自飾也　被石蘭兮帶杜衡折芳馨兮遺所思逸曰石蘭杜衡皆香草也所思謂清潔之士若屈原者也言山鬼脩飾衆香以崇其神屈原履行清潔以厲其身神人同好故折香馨相遺以同其志也　銑曰所思謂君也喻己被帶忠信又以嘉言而納於君也　余處幽篁兮終不見天路險難兮獨後來力知切逸曰言山鬼所處乃在幽昧之内終不見天地所以來出歸有德也或曰幽篁竹深言所處既深其路阻險又難故來晚暮後諸神　向曰幽深也篁竹叢也言己處江山竹叢之間上不見道路險阻欲與神游獨在諸神之後喻己不得見君讒邪填塞難以前進所以索居於此　表獨立兮山之上雲容容兮而

在下音戶杳杳冥冥兮羌晝晦逸曰表特也言山鬼後到獨立於山之上而自異也言山鬼所在至高雲出其下雖白晝猶冥晦　翰曰表明也雖明然自異立於山上終被雲鄣蔽其下使不通也容容雲出貌　濟曰杳深也晦暗也羌語詞也言雲氣深厚冥冥使晝日昏暗　東風飄兮神靈雨逸曰飄風貌也詩云匪風飄兮言東風飄然而起則靈應之而雨以言陰陽相感風雨相和屈原自傷獨無和也　濟曰自傷誠信不能感君　留靈脩兮憺徒濫忘歸歲既晏兮孰華予上聲逸曰靈脩謂懷王也晏晚也孰誰也言己宿留懷王冀其還己心中憺然安而忘歸年歲晚暮將欲罷老誰當復使我榮華也　良曰靈脩謂君也言君若能除去讒邪我則可進留止於君所不然則歲晏衰老孰能榮華我乎　采三秀兮於山間石磊磊兮葛蔓蔓莫盤反叶韻逸曰三秀謂芝草也言己欲服芝草以延年命周旋山間采而求之終不能得但見山石磊磊葛草蔓蔓或曰三秀秀才之士隱處者也言石葛者喻所在深也　銑曰芝草一歲三秀磊磊石貌蔓蔓葛貌芝草仙藥采不可得但見葛石爾亦猶賢哲難逢讒諛者衆也　怨公子兮悵忘歸逸曰公子謂公子椒也言所以怨公子椒者以其知己忠信而不肯達故我悵然失志而忘歸也　向曰言子椒知己忠信而不肯達之於君餘同逸註　君思我兮不得閒音閑逸曰言懷王時思念我顧不肯以閑暇之日召己謀議　向曰君縱相思爲小人在側亦無暇召我也　山中人兮芳杜若飲石泉兮蔭松柏君思我兮然疑作逸曰山中人屈原自謂也言己雖在山中無人之處猶取杜若以爲芬芳飲石泉之水蔭松柏之木飲食居處動以香潔自脩飾君思我兮言懷王有思我時然讒言妄作故令狐疑者也　翰曰自言居山中以杜若爲美飲清潔之水蔭貞實之木君亦有思我之時而讒邪在傍起其疑惑也作起也　雷塡塡田兮雨冥冥猨啾啾兮狖夜鳴風颯颯素合兮木蕭蕭逸曰言己在深山之中遭雷電暴雨猨狖號呴風木搖動以言恐懼失其所也或曰雷爲諸侯以興於君雲雨冥昧以興佞臣猨狖善鳴以興讒言風以喻政木以喻人雷塡塡者君妄怒也雨冥冥者羣佞聚也猨啾啾者讒夫弄口也風颯颯者政

煩擾也木蕭蕭者民驚駭也　濟曰塡塡雷聲冥冥雨貌啾啾猨聲皆喻讒言也　思公子兮徒離憂逸曰言己恐子椒不見達故遂憂愁　良曰思子椒不能用賢使國若此但使我羅其憂愁也離羅也

右山鬼

九章

逸曰序曰九章者屈原之所作也屈原放江南之野故復作九章章著也明也言己所陳忠信之道甚明著　翰曰原既放逐又作九章自述其志九義與九歌同

屈平　王逸注

余幼好此奇服兮年既老而不衰逸曰奇異也或曰奇服好服也衰懈也己少好奇瑋之服履忠貞之行至老不懈　銑曰衰退也原言少好奇服異行雖年老而此心不退　帶長鋏頰之陸離兮冠切雲之崔嵬五回反逸曰長鋏劍名也其所挂長劒楚人名曰長鋏也崔嵬高貌也言己內脩忠信之志外帶長利之劍戴崔嵬之冠其高切青雲也　向曰陸離

鉏低昂貌切雲冠名被明月兮佩寶璐世溷胡困濁而莫余知兮五臣本無兮字逸曰在背曰被寶璐美玉也言己背被明月之珠要佩美玉德寶兼備行度清白溷亂也濁貪也　翰曰被猶服也明月珠名璐玉名言我冠帶佩服莫不盛美加之忠信貞絜而遭世溷濁無相知者吾方高馳而不顧逸曰言時世貪亂遭君蔽闇無有知我之賢然猶高行抗志終不回曲也　濟曰顧世上如此故高馳不顧駕青虬兮驂白螭逸曰言虬螭神獸宜於駕乘以喻賢人清白宜可信任也　濟曰願驂駕虬螭而遠去也虬螭皆龍類吾與重華遊兮瑤之圃登崑崙兮食五臣本作飱玉英逸曰重華舜名也瑤石次玉也圃園也言己想侍虞舜遊玉圃猶言遇聖帝升清朝也猶言坐明堂受爵位　良曰瑤圃玉英皆美言之言願得及聖君游於平代升清朝而食其祿也與天地兮比壽與日月兮齊光逸曰言己年與天地相敝名與日月同曜也　銑曰言君得值於此時而我年德冀如是也哀南夷之莫吾知兮旦余濟

乎五臣作於江湘逸曰屈原怨毒楚俗嫉害忠貞乃曰可哀哉南夷之人無知我賢者也旦明也濟渡也言己放棄以明旦之時始遂渡江湘之水言明旦之者紀時明刻君不明也　向曰南夷謂楚也莫吾知謂莫知我也言渡水而去之乘鄂五各渚而反顧兮欸哀秋冬之緒風逸曰乘登也鄂渚地名也欸歎也緒餘也言己登鄂渚高岸還望楚國嚮秋冬北風愁而長歎之中憂思也　翰曰乘登也鄂渚地名反顧楚都也欸歎也緒餘也秋冬之風搖落萬物比之讒佞是以歎焉步余馬兮山皐低余車兮方林逸曰低舍也方林地名言我馬壯強行山皐無所驅馳我車堅牢舍於方林無所載任也以言己才德方壯誠可任用棄在山野亦無所施也　濟曰低舍也方林地名言馬壯車堅弃在山野喻才行方美不被任用也乘舲音零船余上沅兮齊吳榜普孟切以擊汰音太逸曰舲船船有窗牖者也吳榜船櫂也汰水也言己始去乘窗船西上沅湘之水士卒齊舉大櫂而擊水波自傷去朝堂之上而入湖澤之中也或曰齊悲歌言秋思也　良曰舲船名也吳榜船櫂也汰波也船容與而不

進兮淹回水而疑滯逸曰疑惑也滯留也言士衆雖同力引櫂船猶不進隨水流使己疑惑有意還之者也　銑曰容與徐動貌淹留也回水流也疑滯者戀楚國也朝發枉渚兮夕宿辰陽逸曰枉渚地名辰陽亦地名言己乃從枉渚宿辰陽自傷去國日遠也或曰枉曲也渚沚也辰時也陽明也言己將去枉曲之俗而處時明之鄉　向同逸注苟五臣本作等余五臣本有心其端直兮雖僻遠之何傷逸曰苟誠也僻左也言我惟行正直之心路在遠僻之域猶有善稱無害病也故論語曰子欲居九夷也　翰曰原自解之辭苟且也入漵浦余儃五臣本作邅陟連切佪五臣本作迴兮迷不知吾之所如逸曰漵水名也迷惑也如之也言己思念楚國雖循水涯意猶迷惑不知所之　濟曰漵亦浦類也邅轉迴旋也如往也至此迷惑思君之深也深林杳以冥冥兮乃猨狖余救之所居逸曰草木茂盛非賢士之道徑　良曰冥冥暗貌猨狖輕捷之獸喻國之昏亂邪巧生焉非賢智所能處也山峻高以蔽日兮逸曰言險阻危傾也

銑曰日以喻君山以喻臣下幽晦以多雨逸曰言高者濕泥濘也　銑曰言臣巧佞蔽于君德幽暗多雨喻臣下望施恩惠以自樹也霰雪紛其無垠音銀兮雲霏霏而承宇逸曰涉冰凍之盛寒室屋沉沒與天連也或曰日以喻君山以喻臣霰雪以喻殘賊雲以象佞人山峻高以蔽日者謂臣掩君明也下幽晦以多雨者羣下專擅施恩澤也霰雪紛其無垠者殘賊之政害仁賢也雲霏霏而承宇者佞人並進滿朝廷也　良曰霰雪無垠喻讒夫害政雲承於宇喻佞人滿朝垠畔也霏霏雲貌哀吾生之無樂兮逸曰遭遇讒佞失官祿也幽獨處乎山中逸曰遠離親戚而斥逐也吾不能變心而從俗兮逸曰終不易志隨枉曲也固將愁苦而終窮逸曰愁思無聊身困極也接輿髡坤首兮桑扈臝力果行逸曰接輿楚狂接輿也髡剔也首頭也自刑體避世不仕也桑扈隱士也去衣臝袒效夷狄也言屈原不容於世引此隱者以自慰　良曰言解裳臝裎以倣夷狄比二人者皆因亂世故以自喻忠不必用兮賢不必以

逸曰以亦用也伍子逢殃兮逸曰伍子伍子胥也為吳王夫差臣諫令伐越夫差不聽遂賜劍而自殺
後越竟滅吳故逢殃也　濟註同比干菹莊居醢呼改切逸曰比干紂之諸父也紂淫惑妲己作糟丘
酒池長夜之飲斮朝涉剖孕婦比干正諫紂怒妲己曰聖人之心有七孔於是乃殺比干剖其心而觀之故言菹醢也
濟註同與前世而皆然兮逸曰謂行忠直而遇患害若比干子胥者吾又何
五臣本無何字怨乎今之人逸曰言自古有迷亂之君若紂夫差不用忠信滅國亡身當何為復怨今
之君乎　銑曰言觀接輿桑扈伍子胥比干則我亦何怨此自抑之辭也余將董道而不豫
兮固將重昏而終身逸曰董正也豫猶豫也言己雖見先賢執忠被害猶正身直行志不
猶豫而有狐疑也昏亂也言己不逢明君思慮交錯心將重亂以終年命　向曰董正也豫猶豫也昏亂也言我但將守
正道而不猶豫終思其君使心錯亂以終其年也

涉江

卜居

逸曰序曰卜居者屈原之所作也原放棄乃往太卜之家卜已居俗何所宜行　翰曰原
往太卜之家卜已宜何所居因述其辭

屈平　王逸註

屈平既放三年逸曰違去郢都處山林也不得復見逸曰道路斷遠所在深也
竭智盡忠逸曰建造策謀披胸心也蔽鄣於讒逸曰遏諂佞也心煩意亂
逸曰意憤悶也不知所從逸曰迷瞀眩也乃五臣本無乃字往見太卜鄭詹尹
逸曰稽神明也鄭詹尹工師姓名也　濟曰鄭詹尹卜者姓名曰余有所疑逸曰意惑遑也願因
先生決之逸曰斷吉凶也詹尹乃端策拂龜逸曰整正儀容也良曰策蓍也立
蓍拂龜以展敬也曰君將何以教之逸曰願聞其要　銑曰曰者詹尹辭也君謂原也何
以教者問其要也屈原曰逸曰吐詞請也吾寧悃悃苦本款款逸曰志純也　向曰

悃款勤苦貌朴以忠乎逸曰竭誠信也向曰朴質也將送往勞去聲來逸曰追俗
人也斯無窮乎逸曰不困貧也　向曰送往勞來隨俗高下也以此二事問其所宜以下類此寧
誅鋤草茅逸曰刈蕪薉也以力耕乎逸曰耕稼穡也將遊大人逸曰事貴戚也
以成名乎逸曰榮譽立也大人謂君之貴幸者　翰曰寧正言不諱逸曰諫君惡也
以危身乎逸曰被刑戮也將從俗富貴逸曰食重祿也以媮俞生乎
逸曰身安樂也濟曰媮樂也寧超然高舉逸曰讓官爵也以保真乎逸曰守玄
默也將哫足訾貲慄栗斯逸曰承顏色也喔握咿伊嚅五臣本作嚅音
儒唲兒逸曰強笑噱也以事婦人乎逸曰詘蟠局也　銑曰哫訾慄斯承顏色貌喔咿嚅唲彊
言笑也以事婦人諂君之所寵也寧廉潔正直逸曰志如玉也以自清乎逸曰脩潔
白也將突吐忽梯滑骨稽逸曰轉隨俗也如脂如韋逸曰柔弱曲也以絜

若結楹乎逸曰順滑澤也　向曰突梯滑稽委曲順俗也如脂如韋能滑柔也絜楹謂同諂諛也寧昂
昂逸曰志行高也若千里之駒乎逸曰才絕殊也將氾氾泛五臣本作泛逸曰普
愛衆也若水中之鳧乎逸曰羣戲游也與波上下逸曰隨衆高卑偷以
下偷以全軀苟自免也全吾軀乎逸曰身無憂患　翰曰昂昂馬行貌千里駒展才力也氾氾鳧浮貌水中鳧與羣游也與波上
寧與騏驥抗軛乎逸曰沖天驅也將隨駑馬之
迹乎逸曰安步徐也　濟曰騏驥抗軛喻與賢才齊列也駑馬喻不才之臣抗舉也軛車軛也寧與黃
鵠比翼乎逸曰飛雲際也將與雞鶩爭食乎逸曰啄糠糟也良曰黃鵠喻逸
士也雞鶩喻逸夫也比翼猶並肩也爭食爭食祿也鶩鴨也此孰吉孰凶逸曰誰喜憂也何去
何從逸曰安所由也　銑曰謂詹尹吉凶之所從也世五臣本作俗溷胡困濁而不清逸曰
貨賂行也蟬翼為重逸曰近讒佞也千鈞為輕逸曰遠忠良也　向曰隨俗顛倒重小人

輕君子也。三十斤曰鈞。黃鍾毀棄，逸曰賢人隱藏也。瓦釜雷鳴。逸曰愚讒諂也。翰曰黃鍾樂器喻禮樂之士，瓦釜喻庸下之人，雷鳴者驚衆也。讒人高張，去 逸曰居朝堂也。賢士無名。逸曰身窮困也。濟曰高張居廟堂也。吁嗟默默兮，逸曰世莫論也。誰知吾之廉貞。逸曰不別賢也。良曰默默不言貌。詹尹乃釋策而謝，逸曰愚不能明。銑曰釋捨也，謝辭也。曰夫尺有所短，逸曰騏驥不驟中庭。寸有所長，逸曰鷄知時而鳴。物有所不足，逸曰地虧東南角也。智有所不明，逸曰孔子厄陳蔡也。數有所不逮，逸曰天不可計量也。向曰逮及也。神有所不通，逸曰日不能夜照也。用君之心，逸曰所念慮也。行君之意，逸曰遂本操也。龜策誠不能知此事。五臣本無此 逸曰不能決君之志。

漁父

逸曰序曰漁父者屈原之所作漁父避俗時遇屈原怪而問之遂相應答 翰曰漁父避世而隱於漁者也原因而叙焉

屈平　王逸注

屈原旣放，逸曰身斥逐也。游於江潭，逸曰戲水側也。行吟澤畔，逸曰履荆棘。顏色憔悴，逸曰皯黴黑也。皯古旱切，黴力遲切。形容枯槁。考 逸曰癯瘦瘠也。漁父見而問之，逸曰怪屈原也。曰子非三閭大夫與？逸曰謂其故官。何故至於斯？逸曰曷爲遭此患也。良曰三閭大夫原故官。屈原曰世人五臣本無人皆濁，逸曰衆貪鄙也。我獨清，逸曰志潔已也。衆人皆醉，逸曰惑財賄也。我獨醒，逸曰廉自守也。是以見放。五臣有耳字 逸曰弃草野也。漁父曰：逸曰隱士言也。聖人不凝滯於萬物，五臣本無萬字 逸曰不困辱其身也。而能與世推移。逸曰隨俗方圓。世皆濁，逸曰人貪婪也。何不淈胡骨其泥，逸曰同其風也。而揚其波？逸曰與沉浮也，揚波稍隨其流也。銑曰淈泥濁也。衆人皆醉，逸曰巧佞曲也。何不餔餔其糟，逸曰從其俗也。而歠昌悅其釃？音離 逸曰食其祿也。向曰餔糟歠釃同其事也。餔食也，歠飲也，糟釃皆酒滓。何故深思高舉，逸曰獨行忠直。自令放爲？逸曰遠在他域。翰曰深思謂憂苦與民也。屈原曰：吾聞之，逸曰受聖制也。新沐者必彈冠，逸曰拂土坌也。新浴者必振衣。逸曰去塵穢也。濟曰彈振去其塵也。安能以身之察察，逸曰已清潔也。向曰察察絜白也。受物之汶汶莫奔者乎？逸曰蒙垢塵也。汶汶塵垢也。寧赴湘流，逸曰自沉淵也。葬於江魚腹中，逸曰身消爛也。安能以皓皓之白，逸曰皓皓猶皎皎也。蒙世俗之塵埃乎？逸曰被汙黚也。翰曰皓白喻貞絜，塵埃喻黚汚也。漁父莞五臣作莧胡板切尒五臣作爾而笑，逸曰笑離齗也。濟曰莞爾微笑也。鼓枻五臣本作栧弋例切而去，逸曰叩船舷也。濟注同。乃歌曰：滄浪之水清兮，逸曰喻世昭明。可以濯我纓；逸曰沐浴陞朝。良曰清喻明時可以脩飾冠纓而仕也。滄浪之水江水名也。滄浪之水濁兮，逸曰喻世昏闇。可以濯我足。逸曰宜隱遁也。銑曰濁喻亂世可以抗足遠去。遂去不復與言。逸曰合道真也。

九辯五首

逸曰序曰九辯者楚大夫宋玉之所作也辯者變也九者陽之數也道之綱紀也謂陳說道德以變說君也宋玉屈原弟子閔惜其師忠而放逐故作九辯以述其志也

宋玉　向曰玉屈原弟子惜其師忠信見放故作此辭以辯之皆代原之意九義亦與九歌同

悲哉秋之爲氣也！逸曰寒氣聊戾歲將暮也。蕭瑟兮，逸曰陰令促急風疾暴也。草木搖落五臣本有兮字而變衰。逸曰華葉隕零肥潤去也。形體易色枝枯槁也。自傷不遇將與草木俱衰老也。翰曰蕭瑟秋風貌言屈原枉見放逐其情如秋節之悲故托言秋之爲狀而盛述之。憭

了慄栗兮逸曰思念暴戾心自傷也濟曰憭慄猶悽愴也若在遠行逸曰遠客出去之他
方登山臨水兮逸曰升高遠望視江河也送將歸逸曰族親別逝還故鄉泬
血寥兮逸曰泬寥曠蕩而虛靜也或曰蕭蕭條條無雲貌也天高而氣清逸曰秋天
高朗體清明也言天高朗照見無形傷君昏亂不聰明也寂漻聊兮逸曰溕漬順流漠無聲也良曰寂
漻虛靜貌收潦老而水清逸曰溝無溢潦百川靜也言川水夏濁而秋清傷君無有清明之時也
良曰潦雨水憯千坎悽增欷虛毅兮逸曰憯痛感動歎息也銑曰憯悽悲痛貌欷泣難薄
寒之中人逸曰傷我飢膚變顏色也銑曰薄迫也有似迫寒之傷人愴怳懭曰廣悢朗
兮逸曰中情愴惘意不得也去故而就新逸曰初會鉏鋙志未合也向曰愴怳懭悢皆悲傷也去
故就新別離也坎壈力敢兮逸曰數遭患禍身困窮也翰注同貧士失職逸曰士失財物
逢寇賊也翰曰失職亡其財物也而志不平逸曰心常憤懣意未明也廓落兮逸曰喪志失耦

愧獨立也濟曰廓落空寂也羇旅而無友生逸曰遠客寄居孤單特也惆悵兮逸曰
後黨失輩惆悵毒也良曰惆悵悲哀也而私自憐逸曰竊內念己自閔傷也燕翩翩其
辭歸兮逸曰將入大海飛徊翔也蟬寂漠而無聲逸曰蟪蛄歛翅而復藏也銑
曰言秋深也翩翩飛貌寂漠無聲也餘同逸註鴈廱廱邕而南遊兮逸曰雄雌和樂羣戲行也
鵾雞啁竹交哳陟轄而悲鳴逸曰奮翼呼而低昂也夫燕蟬遇秋寒將穴處而懷懼候鴈鵾雞喜
樂而逸豫言無有候鴈鵾雞之喜而有蟬燕之憂也向曰嚶嚶啁哳皆聲也獨申旦而不寐
兮逸曰夜坐視瞻而終明也哀蟋蟀之宵征逸曰見蜻蛚之夜行自傷放棄與昆蟲爲雙也或曰
宵征謂七月在野八月在宇九月在戶十月蟋蟀入我牀下是其宵征行也翰曰申至宵夜征行也時亹
亹尾而過中兮逸曰年已過半日進往也亹亹進貌也詩曰亹亹文王也濟曰亹亹行貌過中謂漸蹇淹留而
無成逸曰雖以壽考無成功也衰暮也蹇語辭也念已將老淹留草澤無所成者也

悲憂窮戚子六兮逸曰脩德見過愁懼惶也獨處廓逸曰孤立特止居一方也良曰廓
空也謂已窮戚處於空澤者也有美一人兮逸曰位尊服好謂懷王也良曰美人謂君也心不
繹逸曰常念弗解內結藏也良曰繹解也言思君之心常不解也去鄉離家兮逸曰背皇邑里之他
鄉也來遠客逸曰去郢南征濟沅湘也銑曰遠客謂放江南也超逍遙兮逸曰遠出游遨
離州域也銑曰無所依也今焉薄逸曰欲止無賢皆讒賊也銑曰焉何薄止也專思君
兮逸曰執心一意在胷臆也一不可化篤也逸曰同性親職思義向曰化變也君不知兮逸曰瞻明
泯短志迷惑可柰何逸曰頑嚚難啓長難息也蓄怨兮積思逸曰結恨在心慮憤懣也
心煩憺徒濫兮忘食事逸曰思君念主忽不食也翰曰憺憂也言思君煩憂忘其飲食
願一見兮道余意逸曰舒寫忠誠自陳列也良曰願一見君道忠信之意君之
心兮與余異逸曰方圓殊性循白黑也良曰君心以是爲非故與余異車駕兮朅

綺烈而歸不得見兮心悲逸曰迴逝言邁欲反國也自傷流離路隔塞也濟曰朅去也
將去歸國而君不見察故悲心也倚結軨零兮太息逸曰伏車重較而啼泣也銑曰軨車轓
木涕潺湲兮霑軾逸曰泣下交流濡茵席潺湲涕流貌軾車上所憑者銑曰慷慨
絕兮不得逸曰中心恨心剝劫也中瞀莫構亂兮迷惑逸曰思念煩惑忘南
北也銑曰數與相絕而不見使中昏亂迷惑也瞀昏也私自憐兮何極逸曰哀祿命薄常念
慼也翰曰自憐失志也極窮也心怦怦普萌兮諒直逸曰志行忠正無所告也翰曰然而心
存諒直終日不足也怦怦心不足貌
皇天平分四時兮逸曰何宜春生而秋殺也竊獨悲此凜秋逸曰
微霜悽愴寒慄烈也濟曰言秋氣凜然而萬物搖落踰已爲讒邪所害是以播遷故竊悲此也白露
既下降百草兮逸曰萬物羣生將被害也奄離披五臣本作被此梧

楸逸曰病傷茂木人芟刈也　良曰言秋氣傷物之甚也奄同離羅也既凋百草而梧楸同罹此患百草喻百姓材木喻賢人去白日之昭昭兮逸曰違離天明而湮沒也　銑曰白日喻君言放逐去君襲長夜之悠悠逸曰永處冥冥而覆蔽也　銑曰襲長夜謂因受覆蔽也悠悠無窮也離芳藹之方壯兮余萎約而悲愁逸曰去已盛美之光容身體疲病而憂窮　向曰芳藹盛貌言離去芳盛之德方壯之年使余委弃而悲愁也約棄也秋既先戒以白露兮逸曰君不弘德而嚴令冬又申之以嚴霜逸曰刑罰刻峻而重深也　翰曰喻暴虐相濟爲害也申重也收恢台之孟夏兮逸曰上無仁恩以養民夫天制四時春生夏長人君則之以養萬物秋殺冬藏亦順其宜而行刑罰故君賢臣忠政合大中則品庶安寧萬物豐茂上闇下偽用法殘虐則貞良被害草木枯落故宋玉援引天時託譬草木以茂美樹興於仁賢早遇霜露懷德君子忠而被害也　濟曰夏以長物恢台長養也然欿傺勑例而沈藏逸曰民無住足竄巖藪也楚人謂住曰傺　濟曰坎傺陷

止也言收歛長養之氣使陷止沈藏但以秋氣殺物矣皆喻楚之君臣也葉菸於邑五臣本作邑而無色兮枝煩挐五臣本作挐女居切而交橫逸曰顏容變易而蒼黑柯條糺錯而崩嶷也　良曰言草木殘瘁也菸邑傷壞也煩挐擾亂也顏淫溢而將罷兮逸曰形貌羸瘦無潤澤也　銑曰顏容也淫溢積漸也罷毀也柯彷撫罔彿撫貴而萎五臣本作萎於爲切黄逸曰腹內空虛皮乾腊也　銑曰柯枝也萎黃葉凋萷朔櫹槮森之可哀兮形銷鑠而瘀央預傷逸曰華葉已落莖獨立也身體摧枯被病久也　向曰萷櫹槮華葉既落瘀病也皆喻已離愁苦也惟其紛糅女又而將落兮逸曰蓬茸顛仆根蠹朽也　翰曰惟思也紛糅衆雜也言思奸邪衆雜將毀落恨其失時而無當逸曰不值聖主而年老也　翰曰又恨失其明時不與賢君相當覽五臣本作擥騑轡而下節兮逸曰安步徐馬而勿驅也　濟曰爲此擥轡按節徐行游涉草澤也下節按節也聊逍遙以相羊五臣本作佯　逸曰且徐低徊以游戲也

濟曰逍遙相佯游涉貌歲忽忽而遒盡兮恐余壽之弗將逸曰年歲逝往之若流懼我性命之不長也　良曰忽忽運行貌將長也悼余生之不時兮逸曰悼傷也不時不遇明時傷已幼少後三王也　銑曰逢此世之俇丘王攘如羊　逸曰卒遇譖讒而遽惶也　銑曰俇攘憂懼貌澹徒敢容與而獨倚兮逸曰煢煢獨立無朋黨也　向曰澹容與徐步也倚立也蟋蟀鳴此西堂逸曰自閔傷已與蟲並也心怵惕而震盪五臣本作蕩兮逸曰思慮惕動沸若湯也　翰曰怵惕震蕩自驚動也何所憂之多方逸曰內念君父及兄弟也　翰曰方猶端也仰明月而太息兮逸曰上告昊天愬神靈也步列星而極明逸曰周覽九天仰觀星宿不能卧寐乃至明也　濟曰極至也竊悲夫蕙華之曾敷兮紛旖倚旎女綺反五臣作猗柅乎都房逸曰蕙草芬芳以興在位之賢臣被服盛飾於宮殿也旖旎盛貌也詩云旖旎其華　良曰曾重敷布也旖旎

盛貌都大房花房也喻君初好善布德有如此也何曾華逸無華字之無實兮逸曰外貌若忠而心佞也從風雨而飛颺逸曰隨君嗜欲而回傾也夫風爲號令雨爲德惠故風動而草木搖雨降而萬物植故以風雨喻君政言德惠所由出之也　銑曰喻其後隨佞人之言以爲君獨服此蕙兮羌無以異於衆芳逸曰體受正氣而高明乃與佞臣同情也　向曰我謂君獨好美行乃無異於人之心而受其佞也烈歎聲也閔奇思之不通兮逸曰傷已忠策無由入也　向曰閔自傷也奇思謂忠信也將去君而高翔逸曰適彼樂土之他域也　向曰高翔遠去也心閔憐之慘悽兮逸曰內自哀念心惻隱也　濟曰心之憂傷願見君而自明慘悽憂貌願一見而有明逸曰分別忠心與僞惑也重無怨而生離兮逸曰身無罪過而放逐也　良曰重念也自念無怨咎於君而生離隔中結軫而增傷逸曰肝膽破羌心剖腷也普逼切　良曰心中結怨軫憂而增悲傷豈不鬱陶而思君兮

逸曰憤念蓄積盈胷臆也**君之門以九重**逸曰門闈閉道路塞也　銑曰雖思見君而君門深邃不可至也**猛犬狺狺**銀**而迎吠**扶廢**兮**逸曰諓佞讒呼而在側也　向曰猛犬狺狺開口貌迎吠距賢人使不得進也**關梁閉而不通**逸曰闗入承梢呵問急也　向曰閉闗喻塞賢路也**皇天淫溢而秋霖兮**逸曰久雨連曰澤深厚也翰曰霖多雨也**后土何時兮得乾**逸曰山阜濡澤草木茂也翰曰后土地也**塊獨守此無澤兮仰浮雲而永歎**平聲逸曰不蒙恩施獨枯槁愬天語神我何咎也　翰曰言衆人皆蒙君澤而我獨不霑故仰望而長歎也塊獨也**何時俗之工巧兮**逸曰世人辯慧造詐偽也**背繩墨而改錯**七故反逸曰違廢聖典背仁義也夫繩墨者工之法度也仁義者民之正路也繩墨用則曲木截仁義進則讒佞滅二者殊義不可不察也　濟曰喻信詐偽弃忠正易置禮法也錯置也**却騏驥而不乘兮**逸曰斥逐子胥與比干也　良曰騏驥良馬喻賢才也**策駑駘**徒哀**而取路**逸曰言任豎刁與椒蘭也　良曰喻賢才而親不肖也駑駘喻不肖**當世豈無騏驥兮誠莫之能善御**逸曰家有稷契與管晏世無堯舜及相文也　銑曰言豈無賢才但君不能用也御謂御馬者**見執轡者非其人兮故駒跳**條**而遠去**逸曰遭值桀紂之亂昏也被髪爲奴走横奔也　向曰言見君非好善之主賢人皆避而遠去駒即騏驥也跳走貌**鳧鴈皆唼**所甲反**夫梁藻兮鳳愈飄翔而高舉**逸曰羣小在位食重禄賢者伏匿竄山谷也　翰曰喻不肖者食禄則賢人高舉而不留也唼鳥食也梁米藻水草也**圜**貪**鑿而方枘**汭**兮吾固知其鉏**林舉**鋙而難入**逸曰正直邪枉行殊則所務不同若粉墨也　濟曰若鑿圜穴所方木內之而必參差不可入喻邪佞在前忠賢何由能進鉏鋙相距貌**衆鳥皆有所登棲兮鳳獨**五臣本無獨字**遑遑而無所集**逸曰羣佞並進處官爵孔子棲棲而困厄也　良曰喻君羣邪皆有其位賢才竄逐獨無所託遑遑不得所貌**願銜**

枚而無言兮常作嘗五臣本**被君之渥洽**逸曰意欲括囊而靜默前蒙寵遇錫祉福也　銑曰我亦欲不言而自弃爲昔者受君之厚澤故復不能已銜枚所以止言者也渥厚也洽澤也**太公九十乃顯榮兮誠未遇其匹合**逸曰吕尚耆老能後貴遭值文王功冠世也　翰曰太公吕尚年九十而窮困遭西伯而用之當未遇之時故無匹偶而與相合也言已所以棄逐者其行亦不與君意同也**謂騏驥兮安歸**逸曰躊躇乎坂遇伯樂也**謂鳳皇兮安棲**逸曰集接梧桐食竹實也　向曰騏驥安歸在於良樂鳳凰安棲在於聖明自喻時無知己也**變古易俗兮世衰**逸曰以賢爲愚時闇惑也　濟曰言代衰之時則必變古之法改常之道**今之相者兮舉肥**逸曰不量才能視顏色也　濟曰將相士而用盖舉肥美者不言其才行此疾時之深焉**騏驥伏匿而不見兮**逸曰仁賢幽處而隱藏也**鳳皇高飛而不下**逸曰智者遠逝之四方也**鳥獸猶知懷德兮**逸曰慕歸堯舜之明德**何云賢士之不處**逸曰大老太公歸文王也**驥不驟進而求服兮**逸曰干木闔門而辭相也**鳳亦不貪餧**於僞**而妄食**逸曰顔闔鑿坯而逃也**君棄遠而不察兮**逸曰介推割股而自放也**雖願忠其焉得**逸曰申生至孝而被讒也　良曰皆喻己也服御也餧食也**欲寂寞**五臣作漠**而絶端兮**逸曰甯武佯愚而不言　濟曰寂寞止息也**竊不敢忘初之厚德**逸曰常受禄恵識舊恩也　濟曰言我將心不思於君不能忘君昔之厚德耳**獨悲愁其傷人兮**逸曰思念纏結摧肺肝也**馮**五臣作憑**鬱鬱其何極**逸曰憤懣盈胷終年歲也　向曰馮鬱鬱愁心滿結也極窮也

招魂逸曰亨曰招魂者宋玉之所作也宋玉憐哀屈原厥命將落作招魂欲以復其精神延其年壽也　翰曰玉哀屈原夏憂愁山澤魂魄飛散其命將落故作招魂欲以復其精神延其年壽外陳四方之惡內崇楚國之美以諷于君冀其覺悟而還之

宋玉 王逸註

朕幼清以廉潔兮逸曰朕我也不求曰清不受曰廉不汙曰潔身服義而
未沫音昧逸曰沫巳也言我少小脩清絜之行身服仁義未曾有懈巳之時也　濟曰皆代原為辭餘注同主
此盛德兮牽於俗而蕪穢逸曰牽引也不治曰蕪多草曰穢言巳施行常以道
德為主以忠事君以信結交爲俗人所推引德能蕪穢無所用也　良曰主守也言巳主執仁義忠信之德為讒佞所牽
逌使荒蕪穢汙而不得進上無所考此盛德兮逸曰考校也長離五臣作罹
殃而愁苦逸曰殃禍也言巳履行忠信而遇闇主上則無所考校巳盛德長遭殃禍愁苦而巳　銑曰上
君也考察罹羅也帝告巫陽逸曰帝謂天也女曰巫陽其名也向曰王假立天帝及巫陽以爲辭
端曰有人在下我欲輔之逸曰人謂賢人也則屈原也宋玉上設天意祐助貞良故
曰帝告巫陽有賢人屈原在於下方我欲輔成其志以厲黎民也　翰曰人即原也輔祐也魂魄離散

汝筮予之五臣作與逸曰魂者身之精魄者性之決也所以經緯五藏保守形體也著曰筮尚書曰決之
著龜言天帝哀閔屈原魂魄離散身將顛沛巫陽筮問求索得而與之使反其身　翰曰著曰筮使筮其所宜而與招其
魂使復其精神巫陽對曰掌夢逸曰巫陽對天帝言招魂者本掌夢之官所主職也上帝
其命難從逸曰言天帝難從掌夢之官欲使巫陽也若必筮予之恐後謝
之五臣本無之不能復用巫陽焉逸曰謝去也巫陽言如必欲先筮問求魂魄所在然
後與之恐後世怠懈心去卜筮之法不能復脩用但招之可也　濟曰陽對天帝云招魂者乃掌夢官之主也帝既難從
志欲使巫陽若必筮而招之恐後代懈怠去卜筮之法但以招蒐爲事陽意不欲以筮與招相次而行以爲不筮而招亦足
可也乃下招曰逸曰巫陽受天帝之命因下招屈原之蒐也魂兮來歸逸曰還歸屈原之身
去君之恒幹逸曰恒常也幹體也易曰貞者事之幹也何為兮四方些
蘇賀反　逸曰言魂靈當扶人養命何為去君之常體而遠之四方乎夫人須魂而生魂待人而榮二者別離命則霣零

也或曰去君之恒閈里也楚人名里曰閈也　良曰君謂原也言原魂何爲去常體游四方些辭也舍五臣本作捨
君之樂處而離五臣作罹彼不祥些逸曰舍置也祥善也言何爲舍君楚國饒
樂之處陸離走不善之鄉以觸衆惡也　銑曰捨去也罹羅也魂兮歸來東方不可
以託些逸曰託寄也論語曰可以託六尺之孤言東方之俗其人無義不可以託寄身也長人
千仞唯魂是索些逸曰言東方有長人國其高千仞主求人魂而食之也　向曰七尺曰仞
索求也皆假立其惡而甚言之十日代出流金鑠石些逸曰代更也鑠銷也言東
方有扶桑之木十日並在其上以次更行其勢酷烈金石堅剛皆爲銷釋　翰曰鑠融也彼皆習之魂
往必釋些逸曰釋解也言彼十日之處自習其熱魂行到身必解爛也　翰曰謂熱也彼方人皆慣習之
而得不毀魂往彼必見消釋歸來歸來五臣本無下歸來二字不可以託些
逸曰言魂宜急來歸此誠不可託附而居魂兮歸來南方不可以止些

逸曰言南方之俗其人無信不可久留也雕題黑齒逸曰雕畫也題額也得人肉以祀
以其骨爲醢海些逸曰醢醬也言南極之人雕畫其額齒牙盡黑常食龜蚌得人之肉用祭
先祖復以其骨爲醢醬　良曰南方人鏤額墨齒祀祭也醢肉醬也雕鏤也題額也蝮福蛇蓁蓁
側巾　逸曰蝮大蛇也蓁蓁積聚之貌封狐千里些逸曰封狐大狐也言炎土之氣多蝮虺積聚蓁
蓁爭欲齧齒人又有大狐健走千里求食不可逢遇也　向曰蝮蛇毒蛇名蓁蓁聚貌封狐大狐也其長千里雄虺
九首往來儵忽吞人以益其心些逸曰儵忽疾急貌也言復有雄
虺一身九頭往來奄忽常喜吞人魂魄以益其賊害之心也　濟曰虺亦蛇名益其心助其毒也歸來五臣
五臣本作魂兮歸來不可五臣本有以字久淫些逸曰淫遊也言其惡如此不可久遊必被害也
濟曰淫淹也魂兮歸來西方之害流沙千里些逸曰流沙沙流而行
也言西方之地厥土不毛流沙滑滑晝夜流行從橫千里又無舟航者也旋入雷泉逸曰旋轉也泉室也

靡五臣本作糜散而不可止此 逸曰靡碎也言欲涉流沙則回入雷公之室運轉而行身雖糜碎尚不可得休止也 幸而得脫其外曠宇此 逸曰曠大也宇野也言從雷泉得免脫其外復有曠遠之野無人之土也 翰注同 赤蟻若象 逸曰蟻蚍蜉也 玄蠭若 五臣本作蜂 壺此 逸曰壺乾瓠也言曠野之中有赤蟻其大如象又有大飛蜂腹大如壺皆有蠚毒能殺人 翰同逸註 五穀不生藂菅是食此 逸曰柴棘爲藂菅茅也言西極之地不生五穀其人但食菅草若羣牛也 濟同 其土爛人求水無所得此 逸曰言西方之土溫暑而熱燋爛人身肉渴欲求水無有源泉不可得也 良曰爛人言熱 彷蒲怫徉無所倚廣大無所極此 逸曰倚依也言欲彷徉東西無人可依其野廣大行不可極也 銑曰彷徉遊行貌極窮也 歸來歸來恐自遺賊此 逸曰賊害也魂魄欲往者自穿賊害 向曰賊害也 魂兮歸來北方不可以止此 增冰峨峨飛雪千里此 逸曰言北方常寒其冰重累峨峨如山涼風急疾雪隨之飛行千里乃至地也 翰曰增積也峨峨高貌 歸來歸來五臣本無下歸來二字不可以久五臣本有止字此 逸曰言其寒殺人不可久留也 魂兮歸來君無上天此 逸曰天不可得上也 虎豹九關啄害下人此 逸曰啄齧也天門九重使神虎豹執其關閉言啄天下欲上之人而殺之 向同逸註 一夫九首拔木九千此 逸曰言有丈夫一身九頭強梁多力從朝至暮拔大木九千枚也 豺狼從恭切目往來侁侁所臻此 逸曰侁侁行聲也詩曰侁侁征夫有豺狼之獸其目皆從奔走往來其聲侁侁爭欲啗人 銑曰從豎也侁侁衆貌 懸人以嬉投之深淵此 逸曰投擿也言豺狼得人不即啗食先懸其頭用之嬉戲疲倦已後乃擿於深淵之底而棄也 致命於帝然後得瞑五臣本作眠此 逸曰瞑卧也言投人已訖上致命於天帝然後乃得瞑 眠卧也 翰曰致送也送人之命於天帝然後得眠也 歸來歸來往恐危身此 五臣本無此二句 逸曰往則逢害身危殆也 魂

兮歸來君無下此幽都此 逸曰幽都地下后土所治也地下幽冥故曰幽都 濟註同 土伯九約其角觺觺此 逸曰土伯后土之侯伯也約屈也觺觺角利貌也地有土伯執衛門戶其身九屈有角觺觺觸害人也 良曰約屈也土伯后土之諸侯也其身九屈其角銛利而觸害人觺觺銛利貌 敦脄妹血拇母逐人駓駓丕此 逸曰敦厚也脄背也拇手拇指也駓駓走貌也言土伯之狀廣肩厚背逐人駓駓其走捷疾以手中血漫污人 參目虎首其身若牛此 逸曰言土伯之頭其貌如虎而有三目身又肥大狀如牛矣參三也 此皆甘人歸來歸來五臣本無下歸來二字恐自遺災此 逸曰甘美也災害也此物食人以爲甘美往必自害不旋踵 翰曰遺與也餘同 魂兮歸來入脩門此 逸曰脩門郢城門也宋玉設呼屈原之魂歸楚都入郢門欲以感激懷王使還之也 濟曰脩門郢城門使原之魂歸楚都入郢門欲以感激於君 工祝招君背行先此 逸曰工巧也男巫曰祝背倍也言選擇名工巧辯之巫使招呼君倍道先行在前宜隨之也 良曰工祝良巫也君謂原言良巫背行在先君宜在後 秦篝古侯齊縷 逸曰篝落也縷線也 鄭緜絡此 逸曰綿纏也絡縛也言爲君魂作衣乃使秦人織其篝落齊人作綵縷鄭國之工纏而縛之堅而且好也 銑曰篝落縷線也綿纏縶絲也 招具該備永嘯呼此 逸曰該亦備也言撰設甘美招魂之具靡不畢備故長嘯大呼以招君也夫嘯者陰也呼者陽也陰主魂陽主魄故必嘯呼以感之也 向曰言撰設招魂之具無不該備故長嘯大呼以招君也 魂兮歸來反故居此 逸曰反還也故古也言宜急來歸還古昔之處 天地四方多賊姦此 逸曰賊害女姦惡也言天有虎豹地有土伯東有長人西有赤蟻南有雄虺北有增冰皆爲姦惡以賊害也 像設君五臣本作居室靜閑閑安此 逸曰像法也無聲曰靜室寬曰閒言乃爲君造設第室法像舊廬所在之處清淨寬閑可安樂之 高堂邃宇 逸曰邃深也宇屋也 檻層軒此 逸曰檻楯也從曰檻橫曰楯軒樓板也言所造之室其堂高顯屋宇深邃下有檻楯上有樓板形容異制且鮮明也 層臺累榭

逸曰層累皆重也有木謂之臺無木謂之榭臨高山些逸曰言復作層重之臺累石之榭其顛眇眇上
乃臨於高山也或曰臨高山而作臺榭也網戶朱綴逸曰網戶綺文鏤也朱丹也綴緣也刻方
連些逸曰刻鏤也橫木關柱爲連言門戶之楣皆刻鏤綺文朱丹其椽雕鏤綺木使方好也　銑曰織網於戶
上以朱色綴之又刻鏤橫木爲文章連於上使之方好冬有突烏弔廈胡雅切逸曰突複室也
夏大屋也詩云於我乎夏屋渠渠也廈胡駕切室寒些逸曰言隆冬凍寒則有大屋複突盛夏暑
熱則有洞達陰堂其內寒涼也　向曰突夏重屋冬月居之使以溫也夏則居於深室之中使以寒涼川五臣
本作谿谷徑復逸曰流源爲川注谿爲谷徑過也復反也　翰同流潺湲些逸曰言所
居之舍激道川水經過園庭回通反覆其流急疾又絜淨也　翰曰潺湲流貌光風轉蕙逸曰光風
謂雨已日出而風草木有光色轉搖也氾泛崇蘭些逸曰氾猶汎汎搖動貌也言天霽日明微風奮
發動搖草木皆令有光充實蘭蕙使之芬芳而益暢濟曰言日光風氣轉汎薄於蘭蕙之叢崇高也經堂入

文選卅三　廿

奧烏到朱塵筵些逸曰西南隅謂之奧朱丹也筵席也詩云設筵設机言升殿過堂入房至奧觀上則
有朱畫承塵下則筵簟好席可以休息也或曰朱塵筵謂承塵薄壁暴延相連接也　良註同砥旨室翠
翹絓五臣本從才音卦曲瓊些逸曰砥石名翠鳥名翹羽也絓懸也曲瓊玉鉤也言內卧之室以砥
石爲壁平而滑澤以翠鳥之羽雕飾玉鉤以懸衣物也或曰僵室謂僵曲房也　銑註同翡翠珠被爛
齊光些逸曰雄曰翡雌曰翠被衾也齊同也言牀上之被則飾以翡翠之羽及與珠璣刺畫衆華其文爛然
而同光明　向註同蒻弱阿拂壁羅幬儔張些逸曰蒻蒻席也阿曲隅也拂薄
也羅綺屬也張施也言房內則以蒻席薄牀四壁及與曲隅施羅幬輕且涼也　翰注同纂組祖綺
縞逸曰纂組綬類也結奇璜些逸曰璜玉名也言帷帳之細皆用綺縞又以纂組結束璜玉爲帳帷
者也　濟曰纂組綬帶也縞練也言帳中用綺練以綬帶結束玉璜爲其飾也室中之觀多珍
怪些逸曰金玉爲珍詭異爲怪言從觀房室之中四方珍琦玩好怪物無不畢具　良曰怪異也蘭膏

明燭逸曰以蘭香練膏也　銑註同華容備些逸曰容貌也日暮游宴然香蘭之膏張施明燭觀其
鐙錠鏤百獸華奇好備也錠都定切　銑曰華容謂美人也二八侍宿射亦遞代些
逸曰二八二列也言大夫二列之故晉悼公賜魏絳女樂二八歌鍾二肆也射猒也詩云服之無射遞更也言使好女十
六侍君宴宿意有猒倦則使更相代也或曰遞代夕暮也　翰註同九侯淑女多迅衆些
逸曰淑善也迅疾也言復有九國諸侯好善之女夕夕才長意用心齊疾勝於衆人也　翰註同盛鬋咨踐不
同制實滿宮些逸曰鬋鬢也制法也宮猶室也爾雅曰宮謂之室言九使之女工巧妍雅裝飾
兩結垂髮下鬋形貌詭異不與衆同皆來實滿充後宮也容態好比順彌代些逸曰態姿
也比親也彌久也言美女衆多其貌齊同姿態好美自相親比承順上意久則相代　濟曰比密也彌猶次也好相親密
和順次以相代也弱顏固植謇其有意些逸曰固堅植志也謇正言貌也言美
女內多廉恥弱顏易愧心志堅固不可侵犯則謇然言中禮意者也姱苦瓜容脩態絙亘洞

文三十三　廿二

房些逸曰姱好貌也脩長也絙竟也房室也言復有美好之女其貌姱好多意長智羣聚羅列竟於洞達滿房
室也蛾眉曼萬睩祿目騰光些逸曰曼澤也睩視貌也騰馳也言美女之貌蛾
眉玉貌好目曼澤時睩睩然視精光騰馳驚感人也　翰曰曼長睩視貌騰發也靡顏膩女吏理
遺視矊綿些逸曰靡緻也膩滑也遺竊也矊脈也言美女顏容脂緻身體夷滑中心矊脈時竊視安詳
諦志不可動也　濟曰靡好膩滑也矊目中瞳子言目清澈㴩然見其童子離榭脩幕侍君
之閒些逸曰離別也脩長也幕大帳也閒靜也言願令美女於離宮觀長幕之中侍君閒靜而宴游　良註同
翡帷翠幬飾高堂些逸曰言復以翡翠之羽雕飾幬帳張高堂以樂君也　銑註同紅
壁沙版逸曰紅赤白也沙丹沙也玄玉之梁些逸曰玄黑也言堂上四壁皆堊色令之紅
白又以丹沙盡飾軒版承以黑玉之梁五采分別也　向註同仰觀刻桷角畫龍蛇些
逸曰言仰視屋之榱橑皆刻畫龍蛇而有文章　翰曰桷椽也坐堂伏檻臨曲池些逸曰

檻楯也言坐於堂上前伏楯下臨曲水清池可漁釣也　濟註同　芙蓉始發雜芰荷此
逸曰芙蓉蓮華也芰蔆也秦人謂之薢若言池中有芙蓉始發芰蔆雜錯羅列而生俱盛茂也或曰倚荷立生特倚也薢古買切若古后切　良曰芰水草也荷芙蓉之莖　紫莖屏風文緣五臣本作綠波此
逸曰屏風水葵也言復有水葵生於池中其莖紫色風起水動波緣其葉而生文也或曰紫莖言荷葉紫色也屏風謂葉鄭風也　向註同　文異豹飾　逸曰豹猶虎豹也　侍陂波陁馳此　逸曰陂陁長陛也言侍從之人皆衣虎豹異采之飾侍君堂隅衛階陛也或曰侍陂池侍從於君游陂池之中　軒輬涼既低
逸曰軒輬皆輕車名也低屯也　步騎羅此　逸曰徒行爲步乘馬爲騎羅列也言官屬之車既已屯止步騎士衆羅列之陳竢須君也　翰註同　蘭薄戶樹　逸曰薄附也樹種也　瓊木籬五臣本作廾此　逸曰外以柴落爲籬言所造舍種樹蘭蕙附於門戶木爲其籬落守禦堅重又芳香也　濟曰木叢生曰薄言夾戶種叢蘭又裁木爲藩籬以自蔽瓊者美言也　魂兮歸來何遠爲此　逸曰遠爲四方而不歸也　良曰言此足可安居何用遠去爲也

室家遂宗食多方此　逸曰宗衆也方道也言若九族室家以衆盛人人曉味故飲食之和多方道也　稻粢子夷穱側角麥挐尼居　黃粱此　逸曰稻稌也粢稷也穱擇也擇麥中先熟者挐糅也言飯則以稻糅穱擇新麥糅以黃粱和而柔濡且香滑　向註同　大苦鹹酸辛甘行此　逸曰大苦豉也辛謂椒薑也甘謂飴蜜也言取豉汁調和以椒薑鹹酢和以飴蜜則辛甘之味皆發而行也　肥牛之腱紀言臑五臣本作胹若芳此　逸曰腱筋頭也臑若熟爛也言取肥牛之腱熟之則腝美也腝蘊本切臑仁珠切　和酸若苦陳吳羹此　逸曰言吳人工作羹和調甘酸其味若苦而後甘者也　濡鼈炮蒲交羔有柘之夜五臣作蔗漿此　逸曰羔羊子也柘謂蔗也言復以飴蜜濡鼈炮羔令之爛熟取諸蔗之汁以爲漿飲也　銑註同　鵠酸臇臇子兗切五臣本作鳧煎鴻鶬此　逸曰臇小臛也鴻鴻鶬也鵠鵠鶴也言復以酢醬烹鵠爲羹小臇臛鳧煎熬鴻鶬令之肥美也　向註同　露雞臛呼各蠵五臣本作鸆以規切　厲而不爽此　逸曰露雞露栖鷄也有菜曰羹無菜曰臛蠵大龜也厲烈也爽敗也楚人名羹曰爽言乃復烹露棲之肥雞臛蠵龜之肉其清烈不敗也　粔奇舉籹女蜜餌有餦張餭此　逸曰餦餭餳也以蜜和米麪熬煎作粔籹擣黍作餌又有美餳衆味甘具也　濟註同　瑤漿蜜勺酌實羽觴此　逸曰瑤玉也勺沾也實滿也羽翠羽也觴觚也言食已復有玉漿以蜜沾之滿羽觴以漱口　良曰瑤漿玉漿也勺和也實滿也觴酒器也插羽於上也　挫宗臥糟凍飲酎直宥清涼此　逸曰挫捉也凍冰也酎醇酒也言盛夏則爲覆蹙乾釀捉去其糟但取清醇居之冰上然後飲之酒寒清涼又長味也　銑曰挫捉糟酒滓也可以凍飲酎醇酒也夏飲之可使清涼也　華酌既陳有瓊漿此　逸曰酌酒升也言酒罇在前華酌陳列復有玉漿恣意所用者也　向曰華酌謂置華於酒中既陳此味又有瓊玉之漿　歸來歸來五臣本無下歸來二字反故室敬而無妨此　逸曰妨害也言君魂急來歸還反所居故室子孫承事恭敬長無禍害也　肴羞未通女樂羅

此　逸曰魚肉爲肴羞進也言肴膳已具進舉在前賓主之禮慇懃未通則女樂列堂下　陳鍾按鼓造新歌此　逸曰按徐也言乃奏樂作音而撞鍾徐鼓造爲新曲之歌與衆絕異　良曰按猶擊也　涉江採菱發揚五臣本作陽字荷此　逸曰楚人歌曲也言已涉渡大江南入湖池採取菱芰發揚荷葉喩屈原背去朝堂隱伏草澤失其所也　銑曰涉江採菱陽阿皆楚歌曲名荷當爲阿　美人既醉朱顏酡馱此　逸曰朱赤也酡著也言美女飲啗醉飽則面著赤色而鮮好也　向曰酡醉也　娭五臣本作光眇視目曾波此　逸曰娭戲也眇眺也波華也言美人醉樂顧望娭戲身有光文眺視曲眄目采眄然白黑分明精若水波而重華也　翰註同　被文服纖麗而不奇此　逸曰文謂綺繡也纖謂羅縠也麗美貌也不奇奇也猶詩云不顯顯也言美女被服綺繡曳羅縠其容靡麗誠獨怪奇也　長髮曼萬鬋子淺豔陸離此　逸曰曼澤也豔好貌也左氏傳曰宋華督見孔父之妻目逆而送之曰美而豔言美人長髮工結鬢鬋滑澤其狀豔美儀貌陸離而難形也　二八齊容起鄭

舞些〻逸曰齊同也鄭舞鄭國舞也言二八美女其儀容齊一被服同飾奮袂俱起而舞也或曰鄭重折屈而舞也
銑曰使美女十六齊爲容儀起爲鄭國之舞衽而甚若交竿撫案下些逸曰撫抵也言舞者
便旋衣衽掉搖回轉相拘狀如交竿以抵案而徐行者也向曰衽衣襟也言舞人迴轉衣襟相交如竿也以手撫案其
節而徐行也竽瑟會揁田鳴鼓些〻逸曰狂猶並也揁擊也言衆樂並會改竽彈瑟又揁
擊鼓以進八音爲之節也翰註同宮庭震驚發激楚些〻逸曰激清聲也言衆樂並
會宮庭之内莫不震動驚駭復作激楚聲以發其音也濟曰衆樂並奏而庭宇震駭又作激楚之聲吳歈
俞蔡謳奏五臣本作奏大呂些〻逸曰吳蔡國名也歈謳皆歌也大呂律名也周官曰舞雲門奏
大呂言乃復使吳人歌謠蔡人謳吟進雅樂奏大呂五音六律聲和調也銑註同士女雜坐亂而
不分些〻逸曰言醉飽酣樂合尊促席男女雜坐比肩齊膝恣意調戲亂而不分別也放陳組
纓逸曰組綬也班其相紛些〻逸曰紛亂也言男女共坐除其威嚴放其冠纓舒陳印綬班然相亂

不可整理也向註同鄭衛妖玩來雜陳些〻逸曰鄭衛國名也妖玩好女也雜廁也陳列也
言鄭衛二國復遣妖玩好女來雜廁俱坐而陳列之翰註同激楚之結吉詰獨秀先些〻
逸曰激感也結頭髻也秀異也言鄭衛之妖女工於服飾其結殊形能感楚人之心故秀異獨前而先進也良同逸註
崑昆蔽象棊有六簙五臣本作博些〻逸曰崑玉蔽簙著以玉飾之也或言崑蕗今之
箭囊也投六箸行棊故爲六簙也言宴樂既畢乃設六簙崑蕗作著象牙棊妙且好也良註同分曹並
進遒相迫些〻逸曰曹偶也遒亦迫也言分曹列耦並進校巧投箸行棊轉相遒迫使不得擇行也或曰
分曹並進者謂並用射禮進之銑曰曹耦遒急也言務以求勝成梟作梟五臣本而牟呼五
白些〻逸曰倍勝爲牟五白簙齒也言已棊已梟當成牟勝射張食棊下兆於窟故呼五白以助投箸者也向註同
晉制犀比二頻費白日些〻逸曰晉國名也制作也比集者也費光貌也言晉國工作
簙棊著比集犀角以爲雕飾投之皓然如日光翰註同鏗若耕鐘五臣本作鍾搖虡奇舉揳

古八反梓瑟些〻逸曰鏗撞搖動揳鼓也言衆賓既集作以相樂堂下復鳴大鐘左右歌吟鼓琴瑟銑曰
鏗擊也虡懸鐘格言擊鐘則搖動其格揳撫也以梓木爲瑟也娛酒不廢沈日夜些〻逸曰
娛樂也言雖以酒相娛樂不廢政事晝夜沉湎以忘憂也或曰娛酒不廢旦也詩曰明發不寐言歡娛日夜湛樂也又曰
和樂且耽言晝夜以酒相樂也向註同蘭膏明燭華鐙登錯些〻逸曰言鐙錠盡
雕琢錯鏤飾設以禽獸有英華翰曰言以蘭清膏取其香也華謂有光華又琢錯鐙使精好結撰至思
蘭芳假古額些〻逸曰撰猶博也假至也書曰假于上下蘭芳以喻賢人君能結撰博思至心以思賢人賢
人即至也濟註同人有所極同心賦些〻逸曰賦誦也言衆坐之人各欲盡情與已同心
者獨誦忠與道德良曰極盡賦聚也賢人盡至則同心相聚君可還也酎飲既無既五臣本盡歡
樂先故些〻逸曰故舊也言飲酒作樂盡已歡欣者誠欲樂我先祖及與故舊人銑註同魂兮
歸來反故居些〻逸曰言魂神宜急來歸還楚國君舊故之處安樂無憂也亂曰

獻歲發春兮汩于筆吾南征些〻逸曰獻進也征行也言歲始來進春氣奮揚萬物皆
含氣而生自傷放逐獨南行也向註同菉綠蘋煩齊葉兮白芷生些〻逸曰
菉王芻也言屈原於時菉蘋之草其葉適齊白芷萌芽方始欲生懷所見自傷哀也猶詩云昔我往矣楊柳依依也翰
註同路貫廬江兮左長薄逸曰貫出也廬江長薄地名也言屈原行先出廬江過歷
長薄在江北時東行故言左者也濟同倚沼畦胡圭瀛兮遙望博逸曰沼池也畦猶區
也瀛池中也楚人名澤中曰瀛遙遠也博平也言循江而行遂入池澤其中區瀛遠望平博無人也良註同青驪
呂知結駟兮齊千乘逸曰純黑爲驪結連也四馬爲駟也齊同也言屈原嘗與君俱獵於此官
屬駕驪馬或青或黑連車千乘皆同服也懸火延起兮玄顔烝逸曰懸火懸燈也玄天也
言已時從君夜獵懸燈林木之中其火延起燒於野澤煙上蒸天使黑色也步及驟處兮逸曰
驟走也處止也誘騁先逸曰誘導也騁馳也言獵時有步行者有乘馬走驟者有處止者分以圍獸已獨馳

驊爲君先導也抑騖若通兮引車右還音旋逸曰抑止也騖馳也若順也還轉也言
抑止馳騖者順通其護引車右轉以避獸也與王趨夢兮課後先逸曰夢澤中也楚名
澤中爲夢中左氏傳曰楚大夫鬬伯比與鄖公之女淫而生子弃諸夢中言己與懷王俱獵於夢澤之中課第羣臣先至
後至也良曰楚人名草中爲夢君王親發兮憚丁達青兕徐姊反逸曰發射也憚驚也
言懷王是時親自射獸驚青兕牛而不能制也言嘗侍從君田獵今乃放逐歎而自傷閔銑曰憚懼也青兕獸名朱
明承夜兮時不可淹逸曰朱明日也承續也淹久也言歲月逝往晝夜相續年命將老
不可久處當急來歸也向曰言日夜相承四時不得淹止皐蘭被徑兮斯路漸
子廉反逸曰皐澤也被覆也徑路也漸沒也言澤中香草茂盛覆被徑路人無采取者水卒增益漸沒其道將弃捐也
以言賢人久處山野君不事用亦將隕顛也湛湛江水兮上有楓音風逸曰湛湛水
貌楓木名也言湛湛江水浸潤楓木使之茂盛傷己不蒙君惠而身放弃曾不如樹木而得其所也或曰水旁林中鳥獸

所聚不可居也濟註同目極千里兮傷春心逸曰言湖澤博平春時草短望見千里令
人愁思而傷心也或曰蕩春心蕩滌也言春時平望遠可以滌蕩愁思之心良同逸註魂兮歸來哀
江南逸曰言魂魄當急來以歸江南土地僻遠山林嶮阻誠可哀傷不足處也銑曰欲使原復歸于郢故言江南
之地可哀如此皆諷君之辭

招隱士逸曰序曰招隱士者淮南小山之所作也小山之徒閔傷屈原身雖沈沒名德顯聞與隱
處山澤無異故作招隱士之賦以彰其志也

劉安向曰漢書云淮南王安爲人好書招致賓客數千人後謀反自殺招隱士者淮南小山之
所作也初安好士八公之徒咸慕其德各竭材智著述篇章分其辭賦以類相次或稱大山小
山猶詩有大雅小雅也逸同向註

桂樹叢生兮逸曰桂樹芬香以興屈原之忠也山之幽逸曰遠去朝廷而隱藏也翰曰桂
香木喻屈原忠良而竄在草澤偃蹇連卷權兮逸曰容貌美好德茂盛也枝相繚
居休反逸曰信義枝結條理成也以言才德高明宜輔賢君楨幹也濟曰皆桂樹之美貌言喻原之美行山氣
巃五臣本作巄力孔切嵷則孔切兮逸曰岑崟嵯雲蓊鬱也嵷烏孔切良曰巃嵷雲氣貌石嵯峨
逸曰嵯峨巀嶭峻蔽日也良曰嵯峨高貌谿谷嶄仕咸巖兮逸曰崎嶇閑窩險阻㠑也閒呼雅切爲于
軌切巉若滑切銑曰嶄巖險峻貌水曾五臣本作增波逸曰涌躍沛流迅疾也猨狖余救羣
嘯兮逸曰禽獸所居志樂佚也虎豹嗥胡高反逸曰猛獸爭食欲相齧也以言山谷之中幽深嶮阻
非君子之所處也猨狖虎豹非賢者之偶也齧下沒切銑曰嘯嘷皆聲也歎原於山中與此爲偶攀援桂
枝兮逸曰攀引山木遠望愁也聊淹留逸曰便旋中野立踟躕也翰曰援持也言原引持美待淹留
於此以待明君王孫遊兮逸曰隱士避世在山隅也不歸逸曰違背舊土弃室家也濟曰原與楚
同姓故云王孫春草生兮逸曰萬物蠢動抽萌芽也萋萋逸曰垂條吐葉紛榮華也濟曰萋萋草

色歲暮兮逸曰年齒已老壽命衰也良曰歲暮喻老也不自聊逸曰心中煩亂常含憂也
良曰不自聊心煩憂也蟪惠蛄姑鳴兮逸曰蜩蟬得夏喜呼號也良曰蟪蛄夏蟬也啾啾
子由反逸曰秋節將至悲嘹噍也以言物盛則衰樂極則憂不宜久隱失盛時也良曰啾啾聲也坱烏朗兮
軋烏黠反逸曰霧氣昧也翰註同山曲岪佛逸曰盤詰屈也銑註同心淹留兮逸曰
志望絕也向註同洞荒上忽逸曰亡妃匹也向曰洞荒忽憂思深也罔兮沕音勿逸曰精
氣失也濟曰失志貌憭聊兮慄音栗逸曰心剝切也良曰傷切貌虎豹岤五臣本作穴
逸曰嵺穿岤也嵺音料岤音血銑曰既危若又進虎豹之穴叢薄深林兮逸曰攢荊棘也人
上慄逸曰恐變色也向曰慄戰也嶔欽崟吟碕綺礒蟻兮碅其冰磈於鬼
磳在冰硊魚委五臣本作碅磳磈硊逸曰山皐礘嵎也崔巍嵯嵯翰曰山嶮峻貌樹輪濟曰輪橫枝也相
糺五臣本作糾兮逸曰交錯扶疎林木五臣本無林木二字茇五臣本作茷蒲末切骫音委逸曰枝

葉盤紆芟音跋青莎雜五臣本作新樹兮薠煩草靃髓靡逸曰草木列居

隨風披敷良曰莎薠皆草名白鹿麕居筠麚五臣本作麐音加兮或騰或倚

逸曰衆禽並游走任殊異銑曰鹿麕麚皆獸名騰倚猶走任狀貌崟崟吟兮峨峨逸曰

頭角甚殊向曰崟崟峨峨頭角高貌淒淒兮漇漇䟽綺反逸曰淒淒漇漇毛衣若濡獼猴

兮熊羆逸曰百獸皆具也慕類兮以悲逸曰哀己不遇也從此已上皆陳山林傾危草

木茂盛麋鹿所居虎兕所聚不宜育道德養性情欲屈原還歸郢也翰曰言山中之獸猶慕儔類而悲哀放弃獨處實

難爲心也攀援桂枝兮逸曰庇託香木誓同志也聊淹留逸曰踟躕徘徊待明時也

虎豹鬬兮逸曰殘賊之獸忿怒也熊羆咆蒲交反逸曰貪殺之獸跳梁吼也濟曰咆

聲也禽獸駭兮逸曰雉兎之羣驚奔走也良曰駭驚也亡其曹逸曰違離鄉黨失羣

偶也良曰曹耦也務述山中不可居而使原歸也王孫兮歸來逸曰旋反舊邑入故宇也山

中兮不可以久留逸曰誠多患害難隱處也

六臣註文選卷第三十三

六臣註文選卷第三十四

梁昭明太子撰

唐李善并五臣註

七上

七發八首善曰七發者說七事以起發太子也猶楚辭七諫之流

枚叔善曰漢書云枚乘字叔淮陰人也善屬辭賦爲吳王濞郎中令吳王反乘諫不從乃事梁

孝王孝王薨歸於淮陰武帝即位知其賢以蒲輪徵之乘死於路孝王時恐孝王反故作

七發以諫之七者少陽之數欲發陽明於君也八首者第一首是序中六是所諫不欲犯

其顏末一首始陳正道以爭之假立楚太子及吳客以爲語端矣銑同善注

楚太子有疾而吳客往問之曰伏聞太子玉體

不安亦少閒乎善曰言王美之也史記新垣衍謂魯連曰觀先生之玉皃論語曰子疾病閒

太子曰憊謹謝客客因稱曰今時天下安寧四

宇和平太子方富於年善曰凡幼者將來之歲多故曰富也良曰盛也意者

久耽安樂日夜無極邪氣襲逆中若結轖音色善曰

言邪氣入內而爲逆其堅若結也管子邪氣入內玉色乃衰說文轖車籍交革也良曰言以氣察之也極窮襲因也言邪

氣因爲逆迕於腹中其結有此證也紛屯五臣作沌徒門切澹淡噓唏煩酲善曰紛沌澹淡

憒耄煩悶皃噓唏啼皃唏許冀切列子曰季梁病矯氏曰病由精慮煩散病酒曰酲翰曰紛沌澹淡混亂噓唏

哀歎皃煩酲言有如病酒者惕惕怵怵臥不得瞑善曰尚書曰怵惕惟厲中夜以

興素問岐伯曰不得臥者是陽明之逆良曰怵惕驚皃瞑寐也虛中重聽惡聞人聲

善曰素問曰何謂虛荅曰精氣奪則虛黃帝八十一問曰陰病惡聞人聲向曰虛中精氣竭也重聽事不審也精

神越渫百病咸生善曰呂氏春秋曰精神勞則越高誘曰越散也鄭玄毛詩箋渫發也濟曰越散渫發咸皆也聰明眩曜悅怒不平善曰王逸楚辭注曰眩曜惑亂皃也良曰聰明耳目也眩曜惑也不平失常也久執不廢大命乃傾太子豈有是乎善曰鄭玄禮記廢止也毛萇詩傳廢猶去也毛詩曾是莫聽大命以傾銑曰執猶患也廢止傾隕也豈有是乎設疑問也太子曰謹謝客賴君之力時時有之然未至於五臣本無於字是也善曰言賴君之力天下太平故久耽安樂時有此疾也向曰言賴我君之力使我安樂如客言者而未甚至於此客曰今夫貴人之子必宮居而閨處內有保母外有傅父欲交無所善曰禮記曰古者男子外有傅父內有慈母又曰其次爲保母鄭玄曰保母安其居處者也翰曰傅保謂傅訓保養者欲爲交游自放故無所也飲食則溫淳甘膬昌芮腥呈醲濃肥厚善曰溫淳謂凡味之厚也韓子夫香美脆味甘口病形厚酒肥肉曼理皓齒而損精說文膬腝易破也膬音同上腥肥肉也池貞切說文醲厚酒也女龍切濟曰膬美也腥肉之精醲酒之上者言利口之病形也衣裳五臣本無裳則雜遝沓曼萬煖燂似廉爍舒灼熱暑善曰曼輕細也說文燂火熱也詳廉切爍亦熱也音同上良曰皆衣裳厚煖而成其疾雖有金石之堅猶將銷鑠而挺解也善曰韓子曰雖與金石相弊兼天下未有日也高誘呂氏春秋注曰挺猶動也賈逵國語注鑠銷也銑曰挺動也況其在筋骨之間乎哉故曰縱耳目之欲恣支體之安者五臣本有也傷血脈之和且夫出輿入輦命曰蹷厥痿於爲之機五臣本作幾善曰呂氏春秋曰出則以車入則以輦務以自佚命曰佁蹷之機高誘曰佁至也蹷機門內之位也乘輦于宮中游翔至於蹷機故曰務以佚也枚乘引佁蹷而爲蹷痿未詳乘之謬爲好奇而改之聲類佁嗣理切蹷渠月切向曰蹷不足能行痿痺也輿輦之安乃爲此病之幾兆也洞

房清宮五臣作風命曰寒熱之媒善曰呂氏春秋室大多陰臺高多陽多陰則蹷多陽則痿此陰陽不適之患高誘曰蹷逆寒疾也痿蹷不能行也皓齒蛾眉命曰伐性之斧善曰呂氏春秋曰靡曼皓齒鄭衛之音務以自樂命曰伐性之斧高誘曰靡曼細理弱肌美色也皓齒謂齒如瓠犀也鄭衛淫僻以其淫僻滅性故曰伐性之斧也甘脆清歲肥醲命曰腐輔腸之藥善曰呂氏春秋曰肥肉厚酒務以相強命曰爛腸之食高誘注老子曰五味實口爽傷故謂之爛腸之食廣雅脆弱也醲厚之味翰曰腐爛也今太子膚色靡曼萬四支委平隨筋骨挺解善曰王逸楚辭注靡細也曼澤也隨不能屈伸也濟曰靡曼美好也委隨不相着也血脈淫濯手足惰窳音庾善曰淫濯謂過度而且大也爾雅淫過也濯大也郭璞方言注惰懈墮也應劭漢書注窳弱也餘乳切濟曰淫濯不通也惰窳無力也越女侍前齊姬奉後善曰越絕書曰越王飾美女西施鄭巴使大夫種獻於吳王曰越王勾踐竊有天人之遺西施鄭巴越不敢當使獻之大王吳王大悅齊姬齊女也毛詩曰豈其取妻必齊之姜如淳漢書注曰姬衆妾之總稱也良曰齊越二國美人所出往來游讌縱恣乎曲房隱間閑之中此甘餐毒藥戲猛獸之爪牙也銑曰言害人必矣所從來者至深遠五臣本有矣字淹滯永久而不廢雖令扁鵲治內巫咸治外尚何及哉善曰王逸楚辭注曰淹久也史記曰扁鵲勃海鄭人也姓秦氏名越人得長桑君禁方視病盡見五臟韓子曰扁鵲謂晉桓侯曰君有疾在腠理猶可湯熨若在骨髓司命不能豎也桓侯初不信後病遣召扁鵲鵲逃桓侯遂死善曰巫咸雖善祝不能自祓也賈逵國語註曰尚且也今如太子之病者獨宜世之君子博見彊識善曰禮記註曰博聞彊識而讓謂之君子也承閒閑語事變度去易意常五臣本作尚無離側以爲羽翼善曰楚辭曰願承閒而自察也高誘註呂氏春秋曰羽翼佐也翰曰語說也常在

左右如羽翼也淹沈之樂浩唐五臣本作盪之心遁佚之志其奚由至哉善曰唐猶蕩也翰曰淹沈耽好也浩盪無厭也遁佚過度也奚何也太子曰諾病已請事此言濟曰諾有歆納之辭言既病矣願將事客言已助句也客曰今太子之病可無藥石鍼刺灸療而已五臣本有哉字可以要言妙道說而去也善曰言可無用藥石唯可用要言也莊子瞿鵲子問長梧子曰夫子以爲孟浪之言也而我以爲妙道之行也良曰去除也不欲聞之乎銑曰問辭也太子曰僕願聞之

客曰龍門之桐高百尺而無枝善曰周禮曰龍門之琴瑟孔安國尚書傳曰龍門山在河東之西界魯連子曰東方有松樅高千仞而無枝也向曰龍門山名出桐木堪爲琴瑟中鬱結之輪菌丘貧根扶疏五臣本作踈以分離善曰鬱結隆高之貌也說文曰扶踈四布也張晏漢書註曰輪菌委曲也向曰中木中也鬱結輪菌文理屈盤委曲貌上有千仞之峯下臨百丈之谿湍流遡五臣本作素波又澹徒濫淡徒敢之善曰包咸論語註曰七尺曰仞遡逆流之波也澹淡搖蕩之貌也翰曰湍疾流也澹淡洗濯之貌其根半死半生冬則烈風漂霰飛雪之所激也夏則雷霆霹靂之所感也善曰感觸也莊子曰異鵲感周之顙也朝則鸝呂知黃鳱胡葛鴠旦鳴焉善曰爾雅曰鶬鶊黎黃高唐賦曰王雎鸝黃禮記曰仲冬曷旦不鳴鄭玄曰曷旦鳥也郭璞方言註曰鳥似雞冬無毛晝夜鳴鳱與曷並音渴暮則羈雌迷鳥宿焉獨鵠晨號乎其上鵾雞哀鳴翔乎其下善曰楚辭曰鵾雞啁哳而悲鳴濟曰羈雌孤鳥也於是背秋涉冬使琴摯五臣本作班爾斫之若斬以爲琴野繭古典之絲以爲絃善曰論語曰師摯之始關雎之亂洋洋乎盈耳哉鄭玄曰師摯魯太師也以其工琴謂之琴摯猶京房善易謂之易京野繭野蠶之繭也東觀漢記曰光武二年野蠶成繭被山民收爲絮良曰秋冬之間木成實也班公輸班爾王爾皆古之工人野繭蠶之繭孤子之鉤以爲隱九寡之珥二以爲約五臣本作弔字丁亦反善曰古樂府有孤子生行賈逵國語注曰鉤帶鉤也桓子新論曰琴隱長四十五分隱以前長八分列女傳曰魯之母師九子之寡母也不幸早喪夫獨與九子居倉頡篇曰珥珠在耳也珥人志切字書曰約亦的字也的琴徽也銑曰鉤珥皆寶也隱約皆琴上飾取孤子寡婦之寶而用之欲其聲多悲聲九寡九度寡也使師堂操暢五臣本作張字伯子五臣本無子字牙爲之歌善曰師堂樂師也韓詩外傳曰孔子學鼓琴於師堂子京而不進師堂子京曰夫子可以進孔子曰丘已得其曲未得其數也琴道曰堯暢達則兼善天下無不通暢故謂之暢列子曰伯牙善鼓琴也向曰師堂子京伯子牙皆古之善鼓琴者操張張琴也歌曰麥秀蔪子兼兮雉朝飛善曰宋玉笛賦曰麥秀漸兮鳥華翼埤蒼曰漸麥芒也慈歛切翰曰漸麥芒貌向虛壑兮背槁考槐依絕區兮臨迴溪善曰說文曰槀與槁古字通翰曰槁枯也絕區謂危絕之地迴溪曲澗也飛鳥聞之翕許急翼而不能去野獸聞之垂耳而不能行蚑巨宜蟜矯螻蟻聞之柱五臣從扌陟羽切喙而不能前善曰周書曰蚑行喙息說文曰蚑行也凡生類之行皆謂之蚑又曰蟜蟲也居兆切方言曰南楚或謂蛄䗐螻爾雅曰蟻蚍蜉也濟曰皆感琴而然翕歛也蚑蟜螻蟻皆小蟲名也喙口也言柱口而聽此亦天下之至悲也太子能彊起五臣有而字聽之乎太子曰僕病未能也

客曰犓楚俱牛之腴菜以筍息尹蒲善曰說文曰犓以芻莝養國牛也國語曰犓豢幾何犓或爲㹌未詳說文曰腴腹下肥者毛詩曰其蔌維何維筍及蒲良曰犓牛以芻養者腴腹下肉也筍蒲竹筍蒲心肥狗之和去冒以山膚銑曰冒覆也山膚雄白楚苗之

食安胡之飯善曰禮記曰士無故不殺犬豕和謂和羹也鄭玄禮記註曰芼菜也謂以菜調和之也冒
與芼古字通山膚未詳楚苗山出禾可以爲食淮南子曰苗山之鋋高誘曰苗山楚山也安胡未詳一曰安胡彫胡也宋
王諷賦曰爲臣炊彫胡之飯　向曰言用楚地之粳稻爲之食故云楚苗又用彫胡草實以爲飯摶徒丸之
不解一啜常劣而散善曰禮記曰無摶飯徒完切說文曰啜嘗也穿劣切　翰曰摶之不解言
黏也啜嘗也一嘗而散言滑也於是使伊尹煎熬易牙調和善曰呂氏春秋
曰伊尹說湯以至味又白公曰若以水投水奚若孔子曰淄澠之合者易牙嘗而知之　濟曰伊尹負鼎于湯說以至味
故使煎熬也易牙嘗知淄澠之水故使調和也熊蹯煩之臑五臣作臑音而芍步畧藥略
之醬善曰左氏傳曰宰夫臑熊蹯不熟方言曰臑熟也音而韋昭上林賦註曰芍藥和齊鹹酸美味也　良曰
熊蹯熊掌也臑爛也芍藥調和也言又以醬調和之薄補莫耆之炙去鮮鯉之鱠
善曰薄耆未詳一曰薄切獸耆之肉而以爲炙也耆今人謂之耆頭毛詩曰炰鼈膾鯉　銑曰取獸薄耆上肴滑肉爲炙

鯉魚名秋黃之蘇白露之茹人據蘭英之酒酌以滌
口善曰茹菜之揔名也漢書曰百味旨酒布蘭生晉灼曰布列芬芳若蘭之生　良曰秋時蘇黃露下葵滑皆可食也
茹菜之稱酒中漬蘭葉取其香也湯滌於口以自適也山梁之餐豢患豹之胎
善曰論語子曰山梁雌雉時哉時哉鄭玄曰孔子山行見一雌雉食其梁粟杜預左氏傳註曰豢養也音宦六翰曰武王
伐紂得二大夫而問之曰殷國將有妖乎對曰有殷君陳玉杯象箸玉盃象箸不盛菽藿之羹必將熊蹯豹胎　翰曰山
梁之餐豢養之豹取其胎也小飯大歠昌悅如湯沃雪善曰說文曰歠飲也音同
上沃雪言易也家語孔子曰人之棄惡如湯之灌雪焉　良曰歠飲也如湯沃雪言食之易也此亦天下
之至美也太子能彊起五臣有而字嘗之乎太子曰
僕病未能也
客曰鍾岱之牡莫后齒至之車善曰漢書曰趙地鍾岱石北迫近胡寇如淳曰

鍾所在未聞石山險之限在上黨曲陽呂氏春秋曰代故馬郡宜馬齒至之車未詳或說曰公羊傳曰先軫謂晉侯曰君
馬齒至也言以齒至馬駕車也戰國策曰驥之齒至矣服鹽車而上大行也　濟曰壯馬也鍾岱之地在北皆宜良馬
前似飛鳥後類駏距虛善曰黃子曰駿馬有晨風黃鵠皆取鳥名馬言走疾若飛
也范子曰千里馬必有距虛呂氏春秋曰距虛鼠後而兎前　銑曰言此馬類鳥獸之飛走距虛獸名善走穱側角
麥服處五臣作處服躁祖到中煩外善曰以穱麥分齊而食馬馬肥故中躁而外煩也王
逸楚辭註曰稻粢穱麥挈黃梁左氏傳慶鄭謂晉侯曰今乘異產將與人易張脈僨興外強中乾也　向曰以穱麥食此
馬馬既逸則中躁急而外煩擾服駕也羈堅轡附易路善曰易平易也翰曰羈勒也堅牢
易平也於是伯樂相其前五臣有後字王良造父爲之
御秦缺五臣作缺樓季五臣作秀爲之右善曰呂氏春秋曰古之善相馬者若趙之
王良秦之伯樂尤盡其妙文子曰伯樂相之王良御之史記曰周繆王使造父爲御西巡狩秦缺未詳韓子曰夫獵託車

輿之安用六馬之足使王良佐轡則身不勞而易及輕獸今捨車輿則雖樓季之走無時及獸矣許慎淮南子注曰樓季
魏文侯之弟也　濟曰伯樂古之善相馬者王良與造父皆善御車者秦缺樓秀皆善左者右車右也此兩人
者馬佚逸能止之車覆能起之善曰兩人秦缺樓季也家語顏回曰
東野之御善則善矣其馬將必佚也　良曰兩人即王良造父也佚驚也於是使射千鎰之
重爭千里之逐善曰史記曰田忌數與齊公子馳逐重射孫子見其馬足不甚相遠有上中下
輩於是謂田忌曰君弟重射臣能令君勝忌然之與射千金及臨質孫子曰今以君之下駟與彼上駟取君之上駟與彼
中駟取君中駟與彼下駟既馳三輩而忌一不勝而再勝卒得千金賈逵國語註曰一鎰二十四兩韓子曰王子期爲趙
簡王取道爭千里之蔑也　銑曰射猶睹也言睹千鎰之金而爭逐千里之道此亦天下之五臣
無之字至駿也太子能彊起乘之乎太子曰僕病
未能也

客曰既登景夷之臺南望荊山北望汝海左江右湖其樂無有善曰景夷臺名也孔安國尚書傳曰荊山在荊州郭璞山海經注曰汝水出魯陽出東北入淮海汝稱海大言之也戰國策魯君曰楚王登京臺南望獵山左江右湖其樂之忘死無有天下無有於是使博辯之士原本山川極命草木比物屬事離辭連類善曰趙岐孟子注曰命名也禮記孔子曰屬辭比事春秋教也韓子曰多言繁稱連類比物也翰曰言使博學辯辭之士陳說山川之原本盡名草之所出比象其物而屬文章離別辭句以類相次浮游覽觀乃下置酒於虞五臣作娛懷之宮善曰虞懷宮名也　濟曰浮游猶徘徊連廊四注臺城層構紛紜玄綠輦道邪交黃五臣作隍池紆曲善曰鄭玄周禮注曰四阿若今四注也黃當爲湟湟城池也　良曰注連也層重也紛紜盛貌以玄綠之色以飾臺城輦道也紆曲也溷胡困章白鷺孔鳥五臣作雀鶤昆

文選卌四　八

鵾鵷鶵助拘鵁鶄翠鬣獵紫纓善曰溷章鳥名未詳鬣首毛也纓頸毛也　銑註同螭龍德牧邕邕群鳴善曰螭龍德牧並鳥形未詳爾雅曰邕邕鳴聲和也　向曰螭雌龍也鳳背上文曰德收腹下文曰德邕邕聲也陽魚騰躍奮翼振鱗善曰曾子曰鳥魚皆生於陰而屬於陽故鳥魚皆卵生魚游於水鳥飛於雲　翰曰魚者陰之陽也漃寂漻薵儔蓼了蔓草芳苓音連　善曰言水清淨之處生薵蓼二草也上林賦曰悠遠長懷寂漻無聲漃與寂音義同字書曰薵草也丈九切薵音儔毛萇詩傳曰蓼水草也力鳥切苓古蓮字也　良曰漃漻草在水中貌女桑河柳素葉紫莖善曰毛詩曰猗彼女桑毛萇曰女桑荑桑也爾雅曰檉河柳郭璞曰今河旁赤莖小楊也　濟註同苗松五臣作松柏豫章條上造天善曰苗松未詳一曰苗山之松豫章木名也孔安國尚書傳曰造至也梧桐并閭五臣作櫚字極望成林善曰張揖上林賦注曰并閭椶也　向曰極窮也衆芳芬鬱亂於五風善曰

逌甲開山圖曰女媧沒大庭氏之王有天下五風異色也翰曰衆芳草木之香也芬鬱香氣也五風宮商角徵羽之風也從七容容猗靡消息陽陰善曰消滅也息生也林木茂盛隨風披靡故或陽或陰也文子曰與陰俱閉與陽迭開消息或爲須臾也　濟曰從容猶舉動也猗靡隨風貌消息翻覆也葉有陽面陰面也列坐縱酒蕩樂娛心景春佐酒杜連理音善曰孟子景春曰公孫衍張儀豈不誠大丈夫哉孟子曰是焉得爲大丈夫劉熙曰景春孟子時人爲縱橫之術者史記曰上召子弟佐酒如淳漢書注曰今樂家五日一習樂爲理樂杜連未詳也　良曰佐酒助飲也杜連郎田連善鼓琴者理音謂理其琴音也滋味雜陳肴糅女又錯該善曰王逸楚辭注曰該備也　銑曰陳列也肴肉也糅錯皆雜也該備也練色娛目流聲悅耳埤蒼曰練擇也流澤也向曰練選也於是乃發激楚之結風揚鄭衛之皓樂善曰文隸上林賦注曰激衝急風也結風回風亦急風也楚地風氣既漂疾然歌樂者猶復依激結之急風爲節其樂促迅哀切也淮南

文三十四　九

子曰揚鄭衛之皓樂此齊民所以淫泆流湎也許慎曰鄭衛新聲所出國也皓樂善倡也皓下或有齒字誤使先五臣作西施徵舒陽文段干吳娃烏佳閭娵足具傅予與之徒善曰皆美女先施即西施也戰國策魯仲連謂孟嘗君曰君後宮十妃皆衣縞紵食粱肉豈毛廧先施哉徵舒段干傅予皆未詳一曰左氏傳曰楚莊王欲納夏姬申公巫臣曰不可今納夏姬貪其色也史記曰夏姬徵舒母也淮南子曰不待脂粉西施陽文也許慎曰陽文楚之好人也吳都賦注曰吳俗以美女爲娃方言曰吳有館娃宮孫卿子曰閭娵子奢莫之媒漢書注曰閭娵梁王魏嬰之美人雜裾垂髾目窕五臣作窈心與善曰子虛賦注曰髾燕尾也窕當爲挑史記曰目挑心招張晏漢書注曰挑嬈也　良曰裾衣也髾髻也美目曰窈心與心相許也揄俞流波雜杜若善曰言引流波以自潔雜杜若以爲芳若芳也說文曰揄引也　銑曰謂目之光若引水之波杜若香草也其衣之香與此相雜蒙清塵被蘭澤善曰列子曰穆王爲中天之臺鄭衛之處子娥芳澤雜並若以滿之神女賦曰沐蘭澤含若芳也　銑曰望其氣如蒙霞復清塵賢其

髮如被沐蘭澤也蘭澤以蘭漬膏者也 嬿宴服而御 善曰尚書大傳曰古者后夫人至于房中釋朝服襲嬿服入御于君也銑曰嬿好御進也 此亦天下之靡麗 五臣有而字 皓侈廣博之樂也太子能彊起 五臣有而字 游 五臣有之字 乎太子曰僕病未能也 向曰靡美也皓明侈盛也博亦廣也

客曰將爲太子馴騏驥之馬駕飛軨 零 之輿 翰曰馴擾也騏驥馬名飛軨輕輿也 乘牡 莫后 駿之乘右夏服之勁箭左烏號之雕弓 善曰廣雅曰馴擾也說文曰騏馬驪文如綦也尚書大傳曰未命爲士車不得有飛軨鄭玄曰如今窓車也力延切服虔曰服盛箭器也夏后氏之良弓名繁弱其矢亦良繁弱箭服故曰夏服也服即今步义也張揖曰黃帝乘龍上天小臣不得撓持龍髯拔墮黃帝弓臣下抱弓而號名烏號也又古考史曰柘樹枝長而勁烏集之將飛柘起彈烏烏乃號呼比技爲弓快而有力因名也 濟註同夏服箭名勁堅也雕鏤也 游涉乎雲林周馳乎蘭澤弭節乎江潯 善曰雲林雲夢之林楚辭曰羲和弭節兮字林曰潯水涯也 良曰雲林雲夢澤也蘭澤澤中生蘭也弭節按節徐行也江潯江畔者也 掩青蘋游 五臣作遡 清風陶陽氣蕩春心 善曰方言曰掩息也呂氏春秋曰崑崙之蘋也張揖子虛賦註曰青蘋似莎而大薛君韓詩章句曰陶暢也陽氣春也神農本草曰春夏爲陽楚辭曰目極千里蕩春心王逸曰蕩春心蕩滌也 銑曰掩蔽也蘋大萍也遡向也恐鳥獸鬪故逆風行也陶暢也蕩動也 逐狡獸集輕禽 善曰言射而矢集於輕禽也左氏傳曰楚君覩隻矢於其目闕子曰矢集于彭城之東並以所止爲集也向曰狡輕皆捷疾也 於是極犬馬之才困野 五臣有獸字 之足窮相御之智巧 善曰文子曰無相御之勞而致千里也 向曰相謂相馬者御謂御車者 恐虎豹慴之涉鷙質二鳥逐馬鳴鑣魚跨麋角 善曰爾雅曰慴恐也逐馬馳逐之馬鳴鑣鑾鳴於鑣也魚跨跨麌魚也麋角執麋之角也 翰曰慴驚也鷙鷹鸇之類鑣馬銜也言行急故銜鳴也魚跨謂入於水麋角謂殺其角而殺之 履游麕居筠兎 五臣作莬 蹈踐麖京鹿汗流沫墜冤 於袁 伏陵窘 寄殞反 窘迫也 善曰陵猶促也說文曰 濟曰麕麖皆獸名履游蹈踐所著者皆汗流沫墜於地冤屈陵侵窘迫也 無創而死者固足充後乘矣此校獵之至壯也太子能彊起游 五臣有之字 乎 善曰李奇漢書註曰以五校兵出獵 太子曰僕病未能也然陽氣見於眉宇之間侵淫而上幾 乎 滿大宅 善曰周書曰民有五氣喜氣內畜雖欲隱之陽喜必見大宅未詳 良曰陽氣喜色也眉宇眉額間也侵淫漸進貌幾近也大宅謂面也

客見太子有悅色也遂推而進之曰冥火薄天兵車雷運 善曰鄭玄詩箋曰冥夜也廣雅曰薄至也王逸楚辭註曰運轉也音旋也銑曰冥遠也謂燒火四遠而至也雷運取其猛遠 旌旗偃蹇羽旄肅紛 向曰偃蹇高貌羽鳥羽也旄旄牛尾執以指麾者肅紛持旄貌 馳騁角逐慕味爭先 翰曰角競味美也 徼古堯墨廣博觀 五臣無觀字 望之有圻 善曰墨燒田也言逐獸於燒田廣博之所而觀望之有圻堮也墨或爲塵也說文曰圻地圻堮也魚斤切 翰曰徼墨謂燒田之墨廣博寬大貌圻界也 純粹句犨全犧獻之公門 善曰尚書父師曰乃攘竊神祇之犧全牲孔安國曰色純曰犧體完曰全應劭漢書註曰粹淳也毛詩曰獻于公所 濟曰純粹美好不雜也色純曰犧公門諸侯之門 太子曰善願復聞之

客曰未既 五臣有也字 善曰孔安國尚書傳曰既盡也 於是榛仕臻林深澤煙雲闇莫 五臣作漠字 兕徐姊虎並作 善曰莫闇貌也說文曰莫日且冥也 向曰木叢曰榛闇漠不明貌兕亦猛獸名作起也 毅武孔猛袒但裼先歷身薄 善曰左氏傳曰致果爲毅毛萇詩傳曰孔甚也毛詩曰袒裼暴虎毛萇曰袒裼肉袒也孔安國尚書傳曰薄迫也 翰曰毅嚴也身

薄空手執取白刃磑磑五臣作皚皚五哀切矛戟交錯善曰莊子孔子曰白刃交前視
死若生者烈士之勇也六韜書刀銘曰刀刺磑磑牛哀切濟曰刃兵也磑磑白色矛稍也交錯言多也收獲
掌功賞賜金帛善曰鄭玄周禮註曰常主也良曰多收獲者常主記其功而賜金帛掩
蘋肆若爲牧人席善曰張揖上林賦註曰掩覆也毛萇詩傳曰肆陳也銑曰掩蔽也周禮
有牧人職言蔽陳青蘋杜若之草爲牧人之席旨酒嘉肴羞炰膾可外炙之亦以
御賓客善曰毛詩曰旨酒思柔又曰嘉肴脾臄又曰炰鱉鮮魚鄭玄曰炰火熟之漢書東方朔曰生肉爲膾
毛詩曰以御賓客也銑曰旨美也嘉善也肴肉羞食也炰合毛燒者也膾生肉也御食之也涌觸五臣作觴
並起動心驚耳誠必不悔決絶以諾貞信之色
形于金石高歌陳唱萬歲無斁善曰言游獵歡宴忠誠爲之必不有
悔事之決絶但以一諾不俟再三毛詩序曰貞信之教興家語孔子曰夫鍾鼓之音憂而擊之則悲喜而擊之則樂故志

誠感之通于金石而況人乎哉孔安國尚書傳曰斁厭也翰曰涌觸言滿於器也並起言多也動心驚耳言非常所聞
見者也誠必不悔言不可倦也決絶以諾重之至也貞信形於金石感之深也此真太子之所喜
五臣作嘉也能彊起而五臣無而游五臣有之字乎太子曰僕甚願
從直恐爲諸大夫五臣有之字累去耳然而五臣無而有起
色矣濟曰欲於客故謂之大夫恐已之病爲人之累
客曰將以八月之望善曰孔安國尚書傳曰十五日日月相望良曰望十六日日月相
望也與諸侯遠方交游兄弟並往觀濤乎廣陵之
曲江善曰漢書廣陵國屬吳也至則未見濤之形也徒觀水力
之所到則卹思律然足以五臣無以字駭矣善曰卹然驚恐貌觀其
所駕軼迭者所擢拔者所揚汩于筆者所温汾者

所滌汔喜乞者善曰小雅曰駕陵也杜預左氏傳註曰軼突也蒼頡篇曰擢抽也孔安國尚書傳曰汩亂
也古沒切温汾轉之貌也爾雅曰幾汔也郭璞曰謂摩近汔許乞切向曰駕軼陵過也擢拔起也揚汩疾度也温汾結聚
也滌汔洗蕩也雖有心略辭給固未能縷力矩形其所由然
也善曰略智也縷辭縷也翰曰心略心計也辭給辯士也如此之人亦不可縷形說其由言濤之多端怳兮
忽兮聊兮慄兮混汩汩古沒兮善曰老子曰怳兮忽兮其中有物聊慄恐懼之
貌濟曰怳忽聊慄驚狂戰懼貌混汩相合疾流貌皆言濤之形而類於此忽兮慌呼廣兮俶
五臣作倜字兮儻兮浩瀇胡廣兮瀁余兩兮慌五臣作超字曠曠兮
善曰廣雅曰俶儻卓異也翰曰忽慌倜儻浩瀁超曠曠幽深卓異廣大含虛而平行貌秉意乎南山
通望乎東海虹去聲洞兮蒼五臣作倉天極慮乎崖涘
善曰爾雅曰秉執也虹洞相連貌也莊子曰出於崖涘毛萇傳曰涘涯也虹胡洞切良曰言濤之秉意將陵於南山而

與東海相望也虹洞相連貌言若與天相連也有極盡思慮者言思至於山崖海涘而不能入其深矣流攬
無窮歸神日母善曰言周流觀覽而窮然後歸神至日所出也春秋內事云日者陽德之母
汩于筆乘流而下降兮或不知其所止善曰方言曰汩疾貌也爲
筆切或紛紜其流折兮忽繆往五臣有乎字而不來善曰言衆
浪紛紜其流曲折或錯繆俱往而不迴流翰曰紛紜沸貌折曲也繆往猶乍往臨朱汜似而遠
逝兮中虛煩而益怠莫離散而發曙兮內存心
而自持善曰朱汜蓋地名未詳莫離散謂精神不離散也發曙發夕至曙也說文曰曙旦明也良曰朱汜
南方水涯也思濤之形使人中心虛煩益於疲怠不能離散至于天明然後存心自持止其所思於是澡
早槩五臣作溉古代切胷中灑練五藏澹徒濫澉胡敢手足
頮晦濯髮齒善曰毛萇詩傳曰溉滌也槩與溉同練猶汰也莊子曰愁其五藏也澉澹猶洗滌也

漱音同上說文曰頮洗面也頮呼潰切銑曰澡槩灑練澹漱頮濯皆盥滌也揄五臣作抴弃恬怠
輸寫淟聽典濁分決狐疑發皇耳目善曰方言曰揄脫也王逸楚辭
注曰淟垢濁也勑顯切楚辭曰心猶豫以狐疑謚法曰明者曰皇也風賦曰發明耳目也銑曰恬安也怠慢也淟濁垢
穢也皇明也當是之時雖有淹病滯疾猶將伸傴委禹起
躄必亦發瞽披聾而觀望之也善曰廣雅曰傴曲也郁禹切淮南子曰遺躄者
孌洪躄跛不能行也況直眇小煩懣莫本酲醲女龍病酒之徒哉
翰曰眇亦小也懣悶也酲醲中酒也故曰發蒙解惑不足以言也善曰素問
黄帝曰發蒙解惑未足以論也濟曰蒙不明也太子曰善然則濤何氣哉
客曰不記也然聞於師曰似神而非者三疾雷
聞百里江水逆流海水上潮善曰言聲似疾雷而聞百里一也言能令二水

逆流上潮二也良曰此一也言如疾雷之聲聞於百里山出內雲日夜不止善曰
山內雲而日夜不止三也銑曰此二也其形又如山之出雲氣爾衍溢漂匹妙疾波涌而
濤起善曰小雅曰衍散也說文曰漂浮也向曰其三也衍溢平滿貌漂疾急流貌然後涌而濤起其始
起也洪五臣無洪淋淋焉若白鷺之下翔善曰說文曰淋山下水也
淋或為汫聲類曰汫漂也口伶切翰曰淋淋波之聲其少進也浩浩溰溰五哀
如素車白馬帷蓋之張善曰浩浩深廣之貌也溰溰高白之貌也帷或為幃音韋
幃帳也濟注同其波涌而雲亂擾擾焉如三軍之騰裝善曰
高唐賦曰奔揚踊而相擊雲興聲之霈霈雲亂也許慎淮南子注曰裝束也良曰言如雲氣之亂又如三軍之裝束也
其旁作而奔起也飄飄焉如輕車之勒兵六駕
蛟龍附從太白善曰以蛟龍若馬而駕之其數六也淮南子曰昔馮遲太白之御六雲霓游微

霧務驚忽慌許慎曰馮遲太白河伯也銑曰旁作橫出也勒兵習兵也六駕駕六龍也純馳浩蜺前
後駱驛善曰賈逵國語注曰純專也浩蜺即素蜺也波濤之勢若素蜺而馳言其長也向曰純專浩大也
言似專馳大蜺駱驛不絕也顒顒愚恭卬卬昂椐椐五臣從才音居彊彊莘
莘所臻將將七將反善曰顒顒卬卬波高貌也椐椐彊彊相隨之貌椐據於切彊渠章切莘莘多貌也將
將高貌也莘所巾切莘或為萃翰曰莘莘將將相激貌壁壘重平堅沓雜五臣作雜沓
似軍行善曰太公陰符曰弃我勇力重堅壁壘應劭漢書注曰沓合也行戶剛切協韻濟曰言似軍營壁
壘重而且堅雜沓眾盛貌軍行如軍之行列訇呼宏隱匈上磕五臣從水苦蓋切軋烏點
盤涌裔原不可當善曰軋坱無垠貌也盤謂盤礴廣大貌涌裔行貌也良曰訇隱匈溘皆
大聲也軋盤涌裔皆沸騰也原其形勢盛不可當觀其兩傍則滂普渤怫扶勿
䰩闇漠感突上擊下律五臣作硉盧骨切有似勇壯五臣作壯勇

之卒突怒而無畏善曰律當為硉盧骨切銑曰兩傍謂濤之兩邊也滂渤怫鬱怒激貌闇
漠感突衝起貌似勇卒之無畏也蹈壁衝津窮曲隨隈踰岸出追五臣
作䭕都迴切遇者死當者壞善曰說文曰隈水曲也上林賦曰觸穹石激堆埼郭璞曰沙堆
也追音同上追亦堆字今為追古字假借也向曰壁深岸也津渡處也隈亦曲也踰過也追高貌也初發乎
或圍之津涯荄該軫五臣作軫真忍切谷分善曰或圍蓋地名也言涯如轉
而谷似裂也一曰涯如草轉也方言曰荄根也謂草之根也一本無荄字許慎淮南子注曰軫轉也翰曰或圍津名荄隴
也軫隱也言如山隴之相隱如川谷之區分迴翔青篾五臣作篾冥結切銜枚檀桓
善曰青篾檀桓蓋並地名也迴翔水復流也銜枚水無聲也周禮曰銜枚氏鄭玄曰止言語囂讙也枚大如箸橫銜之也
弭節伍子之山通厲胥母之場善曰楚辭曰羲和弭節兮王逸曰弭
按節徐也史記曰吳王殺子胥投之于江吳人立祠於江上因名胥母山王逸楚辭注曰高厲遠行也越絕書曰闔廬且

食鯉山書游於胥母疑胥母字之誤也翰註同通厲上於高也胥母地名淩五臣作陵赤岸篲
因衢扶桑橫奔似雷行善曰赤岸蓋地名也曹子建表曰南至赤岸山謙之南徐州記
曰京江禹貢北江春秋分辭輙有大濤至江乘此激赤岸尤
更迅猛然並以赤岸在廣陵而此文勢似在遠方非廣陵也
說文曰篲掃竹也山海經曰湯谷上有扶木扶木者扶桑也
十日所浴之地良曰陵上也扶桑日出處其奔勢如雷之行
誠奮厥武如振如怒沌沌徒奔渾渾胡奔狀如奔馬
善曰毛詩曰王奮厥武如震如怒毛萇曰震猶威也沌沌渾
渾波相隨之貌也孫子兵法曰渾渾沌沌形圓而不可敗也
越絕書曰王捐子胥於大江口勇士之執乃有遺劇發憤馳
騰氣若奔馬沌徒本切渾胡本切銑曰誠如奮其武藝也
沌渾盛流貌混混胡本庉庉徒本聲如雷鼓善曰混混沌沌波浪之聲也越絕書
越王勾踐曰浩浩之水聲音若雷霆也庉音同上向曰混庉流聲也發怒庢底沓清升
踰跇余滯反善曰言初發怒礙止而涌沸少選之頃清者上升遞相踰跇也說文曰庢礙止也庢竹栗切庢或爲

底古字也杜預左氏傳曰底平也埤蒼曰沓釜沸出也徒荅
切如淳漢書註曰跇超踰也翰曰發怒激涌也庢礙止也沓
合也清升澄上貌踰跇遠跳也侯波奮振合戰於藉藉之口善曰楚辭曰陵
陽侯之汜濫兮王逸曰陽侯大波也藉藉蓋地名也濟曰侯波陽侯之波也合戰謂波相鬬也鳥不及飛
魚不及廻獸不及走善曰高唐賦曰飛鳥未及起走獸未及發良曰言濤之急也
紛紛翼翼波涌雲亂善曰廣雅曰紛紜衆也毛萇詩傳曰翼翼壯健貌也銑曰紛紛翼
翼交錯貌又如雲之亂飛也蕩取南山背擊北岸覆虧丘陵平
夷西畔善曰言水之勢既蕩南山又擊北岸丘陵爲之顛覆然後平夷西畔向曰蕩取散上也背廻也覆
虧蔽没也平夷滿溢也險險戲戲許宜崩壞陂池決勝乃罷善曰
合戰決勝而後乃罷翰曰險戲危貌陂池皆爲之崩壞所衝擊者無不決勝乃罷而長邁也瀄側筆汩于筆
潺湲披揚五臣作揚披流灑橫暴之極魚鼈失勢顛倒

偃側沇沇允湲湲爰蒲伏連延五臣有也字善曰瀄汩瀄波相楔也汩
密汩水流疾也字書曰潺湲流貌也沇沇湲湲魚鼈巔倒之
貌也蒲伏即匍匐也連延相續貌沇禹牛切濟同善註或
飛或揚泛灑爲暴之極矣沇沇湲湲皆聲也蒲伏連延魚鼈起伏不絕之貌神物怪疑不可
勝言直使人踣蒲北焉洄回闇悽愴焉善曰郭璞爾雅曰踣前覆
也薄北切洄與回同也良曰踣前伏也洄闇深不明也由此故悽愴焉此天下怪異詭觀
也太子五臣有就字能彊起觀之乎太子曰僕病未
能也
客曰將爲太子奏方術之士有資略者善曰孔安國論
語註曰方道也晉灼漢書註曰資材量也銑曰奏進也資用也略智略也若莊周魏牟楊
朱墨翟便蜎於緣詹何之倫善曰呂氏春秋中山公子牟謂詹子身在江海之上

心居魏闕之下高誘曰子牟魏公子也詹子古得道者也淮
南子曰雖有鉤鍼芳餌加以詹何蜎蠉之數猶不能與網罟
爭得也高誘曰蜎蠉白公時人宋玉集曰宋玉與登徒子偕
受釣於玄淵七略曰蜎子名淵楚人也然三文雖殊其一人
也向曰六者皆辯士也使之論天下之精微理萬物之是非
善曰家語曰卜商好論精微時人無以尚也孫卿子曰是是非非謂之智也孔老覽觀孟子
籌之五臣作孟子持籌而筭之萬不失一善曰漢書張良曰臣借前箸以籌之音義曰以籌度之也
直流切史記蒯通曰以此參之萬不失一老或爲左也翰曰孔老孔子老子孟子孟軻也筭謂筭精微之理此亦
天下要言妙道也太子豈欲聞之乎於是太子
據几而起曰渙乎若五臣無若字一聽聖人辯士之言
涊乃典然汗出霍然病已善曰涊汗貌也莊子曰涊然汗出涊乃顯切霍疾貌也
濟曰渙明也涊汗出疾貌已止也

七啓八首 并序

曹子建 良曰啓開也欲開發天下令歸正道故託言賢人在山林待明君而後出與明君崇賢也

昔枚乘作七發傅毅作七激張衡作七辯崔駰因作七依辭各美麗余有慕之焉遂作七啓并命王粲作焉

玄微子隱居大荒之庭善曰玄微幽玄精微也山海經曰大荒之中有山名曰大荒之山日月所入是謂大荒之野中也銑曰假立幽玄精微之人以爲端大荒日月所入之地寄遠以言之肥遯離俗澄神定靈善曰九師道訓曰遯而能肥吉孰大焉淮南子曰單豹背世離俗巖居谷飲也向曰肥遯易卦也取其隱遯之義爾輕祿傲五到貴與物無營善曰莊子曰夫輕爵祿人

者之所託材司馬彪曰材身也蔡邕釋誨曰安貧樂賤與世無營也耽虛好靜羨此永生獨馳思乎天雲之際無物象而能傾善曰列子曰莫如靜莫如虛靜也虛也得其居舞賦曰獨馳思乎杳冥左氏傳韓簡曰物生而後有象翰曰永長也雲際言高也萬物之象不可傾動於心言執情定矣於是鏡機子聞而將往說焉善曰鏡機鏡照機微也亦假立以應之駕超野之駟乘追風之輿善曰超野追風言疾也經迥漠出幽墟入乎泱漭之野遂屆玄微子之所居善曰上林賦曰過乎泱漭之野銑曰迥漠幽墟皆遠方之地泱漭廣大也屆至也其居也左激水右高岑背洞溪五臣作壑對芳林善曰子虛賦曰其西則激水推移爾雅曰山小而高曰岑也向曰激急洞深也冠皮弁被文裘善曰儀禮曰皮弁白鹿皮爲冠象上古也文裘文狐之裘也翰曰文裘鹿裘也出山岫之潛穴倚峻崖五臣作巖而嬉

游志飄飄焉嶢嶢堯焉似若狹六合而隘烏賣九州善曰爾雅曰山有穴爲岫山海經曰地之所載六合之間也翰曰潛深也飄飄遠貌嶢嶢高貌若將飛而未逝五臣作游若舉翼而中留於是鏡機子攀葛藟累而登距巖而立善曰毛詩曰南有樛木葛藟纍之孔安國尚書傳曰距至也濟曰葛藟蔓草名距倚也順風而稱曰善曰莊子曰黃帝聞廣成子在崆峒之上故往見之黃帝順風膝行而進子聞君子不遯俗而遺名智士不背世而滅勳善曰周易曰遯世無悶幽通賦曰保身遺名民之表兮鄭玄毛詩箋曰遺忘也又禮記註曰名令聞也淮南子曰單豹背世離俗巖居谷飲也今吾子弃道藝之華遺仁義之英耗精神乎虛廓廢人事之紀經善曰韓子曰精神日耗蒼頡篇曰耗消也史記太史公曰春秋上明三王之道下辯人事之經紀耗呼到切良曰耗費廓空也紀經常理也譬若畫形

於無象造響於無聲善曰言像因形生響隨聲發今欲無聲而造響圖像而無形豈有得哉孫卿子曰下之和上譬響之應聲影之像形楊雄解難曰譬若畫者畫於無形絃者放於無聲也銑曰識其爲物生情獨守異見未之思乎何所規之不通也善曰論語子曰未之思也玄微子俯而應之曰嘻有是言乎善曰鄭玄禮記註曰譆悲恨之聲也譆與嘻古字通也譆音欣碁切向曰嘻歎聲也有是言者重問之夫太極之初渾胡本沌徒本未分萬物紛錯與道俱隆善曰漢書曰太極元氣函三爲一言元氣初爲一後爲天地人也春秋說題辭曰元清氣以爲天混沌無形體宋均曰言元氣之初如此也混沌未分也言氣在易爲元在老爲道義不殊也翰曰太極天地之前也渾沌爲一氣也紛錯言相並而生也蓋有形必朽有跡必窮芒芒元氣誰知其終善曰列子曰形必終也春秋命曆序曰元氣正則天地八卦孳也濟曰芒芒廣大貌元氣則一氣也言若以一氣獨運周而復始誰知其終乎名纖我身

位累去我躬善曰莊子曰行名失己非士也又魏文侯曰夫位真爲我累耳竊慕古人
之所志仰老莊五臣作莊老之遺風善曰思玄賦曰慕古人之貞節毛詩序曰
有堯之遺風如淳漢書註曰遺餘也假靈龜以託喻寧掉徒弔尾於塗中
善曰莊子曰楚王使大夫往聘莊子莊子曰吾聞楚有神龜死已三千歲矣王巾笥而藏之廟堂之上此龜者寧其死爲
留骨而貴乎寧其生而曳尾塗中乎二大夫曰寧生曳尾塗中莊子曰往矣吾將曳尾於塗中也
鏡機子曰夫辯言之豔能使窮澤生流枯木發
榮庶感靈而激神況近在乎人情僕將爲吾子
說游觀之至娛演聲色之妖靡論變化五臣作巧之至
妙敷道德之弘麗願聞之乎善曰羽獵賦曰游觀侈靡小雅曰演廣也尚書
仲虺曰惟王不邇聲色列子隰朋曰妖靡盈庭忠良滿朝也銑曰豔美也窮亦枯也妖好靡妙敷布弘大也玄微

子曰吾子整身倦世探隱拯沈不遠遐路幸見
光臨將敬滌耳以聽玉音善曰倦世倦於人間之世也小雅曰探取也難蜀父
老曰拯民於沈溺說文曰出溺爲拯尚書大傳曰天下諸侯受命於周莫不玉音金聲向曰拯救也不遠遐路言不以
遐路爲遠也滌洗也玉音者敬之也
鏡機子曰芳菰孤精粺五臣作稗霜蓄露葵善曰
張揖上林賦註曰彫菰米也宋玉諷賦曰主人之女爲臣炊彫胡之飯說文曰粺禾別也稗與粺古字通薄解切毛詩曰
我行其野言采其蓫鄭玄曰蓫牛蘈與蓄音義同也宋玉諷賦曰爲臣煮露葵之羹也銑曰菰稗草名其實如細米可
以爲飯蓄菜名此物與葵宜於霜露之時玄熊素膚肥豢患膿女恭肌善曰鄭玄周禮
註曰大豕曰豢膿肥貌也女龍切濟曰素膚熊白豢養也豢蟬翼之割剖纖析先歷微
累如疊縠胡木離若散雪輕隨風飛刃不轉切善曰蟬翼

言薄也楚辭曰蟬翼爲重也良曰皆割切之細薄也縠紗也刃刀也山鵽丁刮斥赤鷃晏珠
翠之珍善曰爾雅曰鵽鳩寇雉郭璞曰鵽大如鴿群飛出北方沙漠莊子曰鵬搏扶搖而上斥鷃笑之曰彼
奚適也許慎淮南子註曰鷃雀飛不過一尺言劣弱也斥與尺古字通珠翠珠柱也南方異物記曰採珠人以珠肉作鮓
也銑曰山鵽斥鷃皆鳥名珠翠之珍謂蚌肉及翠鳥肉以爲珍好也珠生於蚌寒五臣作搴芳苓五臣
作蓮之巢龜膾西海之飛鱗善曰寒今胵肉也鹽鐵曰煎魚切肝羊淹雞寒劉熙
釋名曰韓雞本出韓國所爲寒與韓同史記曰有神龜在江南嘉林中常巢於芳蓮之上苓與蓮同西海飛鱗即文鰩也
山海經曰泰器之山濩水出焉是多鰩魚常行西海而游於東海夜飛而行向曰搴取也臛五臣作臛呼各切
江東之潛鼉徒何臇五臣作臇子兖切漢南之鳴鶉常倫反善曰說文
曰臛肉羹也蒼頡解詁曰臇小汁臛也音同上翰曰江東漢南鼉鶉之所出也臇小臛也糅女又以芳
酸甘和既醇善曰鄭玄禮記註曰糅雜也醇酎酒也濟曰芳椒醇美也玄冥適

鹹蓐辱收調辛善曰禮記曰北方其神玄冥北方水也尚書曰水曰潤下潤下作鹹禮記曰西
方其神蓐收西方金也尚書曰金曰從革從革作辛良曰孟冬之神其神玄冥其味鹹孟秋之月其神蓐收其味辛故
使調適其味也紫蘭丹椒施和必節滋味既殊遺芳射
越善曰禮斗威儀曰君乘金而王其政平則蘭常生鄭玄曰主給調和也張衡七辯曰芳以薑椒拂以木蘭上林賦曰
衆香發越郭璞曰香氣射散也銑曰蘭椒取其香也施張調和必使有節滋美射越言及遠也乃有春
清醥匹少酒康狄所營應化則變感氣而成善曰毛詩曰爲
此春酒鄭玄禮記註曰清酒今之中山冬釀接夏而成也醥綠色而曰也博物志曰杜康作酒戰國策曰梁王請魯
君舉觴魯君曰昔帝女儀狄作酒而美進之於禹禹飲而甘之遂疏儀狄乃絕旨酒淮南子曰物類之相應故東風至而
酒沉溢高誘曰東風木風也木味酸入酒故酢而沉者沸蓋非類相感也春秋說題辭曰黍爲酒陽援陰乃能動故以麥
黍爲酒宋衷曰麥陰也先漬麴黍後入故曰陽援陰相得而沸是其動也彈徵張里則苦發叩

宮則甘生善曰月令云孟夏之月其音徵其味苦中央土其音宮其味甘　翰曰彈此二音而其味隨之
而生美矣於是盛以翠樽酌以彫觴浮蟻鼎沸酷烈馨
香善曰釋名酒有沉齊浮蟻在上汎汎然漢書曰田延年謂霍光曰今羣臣鼎沸上林賦曰酷烈淑郁也　濟曰翠樽
以翠飾樽也觴酒器亦彫飾之酒初開其浮蟻如鼎之沸也酷烈香氣盛可以和神可以娛
腸善曰神人之精爽也此肴饌之妙也子能從我而食之乎
玄微子曰予甘藜藿未暇此食也善曰韓子曰糲糧之飯藜藿之
美也　良曰甘美也藜藿賤菜布衣之所食
鏡機子曰步光之劍華藻繁縟音辱　善曰越絕書曰孔子從弟子
七十人往奏句踐乃身被賜夷之甲帶步光之劍藻文采也說文曰繁縟采飾也　銑曰步光越王之劍也其光可照數
步華藻劍上文也繁縟彩色也飾以文犀彫以翠綠綴以驪龍之

珠錯以荊山之玉善曰國語曰秦文犀之渠莊子曰千金之珠在九重之淵而驪龍頷下韓
子曰楚人和氏得璞玉於楚山之中也向曰文犀犀角有文章者也又彫飾　翠綠二色於上理玉曰錯陸斷犀
象未足稱雋隨波截鴻水不漸子廉刃善曰聖主得賢臣頌曰巧
冶鑄干將之璞陸剸犀革戰國策蘇秦說韓王曰韓卒之劍陸斷牛馬水擊鴻鴈廣雅曰漸漬也　翰曰言劍之利也犀
象之獸其皮堅漸濕也九旒之冕散燿五臣作耀垂文善曰劉梁七舉曰九旒之
冕散耀垂文周禮曰弁師掌王之五冕諸侯繅九就鄭玄曰就成也每繅九成則九游也應劭漢官儀曰冕公侯九游者
也　濟曰周禮上公之冕九旒華組之纓從風紛紜善曰禮記曰玄冠丹組纓諸侯
之齊冠說文曰組綬屬也小者以爲冠纓又曰纓冠系也　濟曰紛紜盛貌佩則結綠懸黎
寶之妙微善曰戰國策應侯謂秦王曰梁有懸黎宋有結綠而爲天下名器也符采照爛
流景揚煇五臣作暉　善曰劉淵林蜀都賦注曰符采玉之橫文也說文曰景光也　良曰符光也照爛

明盛也景暉皆彩也黼黻之服紗縠之裳善曰孔安國尚書傳曰諸侯自龍衮而下至黼
黻漢書曰江充衣紗縠單衣也　銑曰黼黻服之文也縠紗類金華之舃昔動趾遺光
繁飾參差微鮮若霜善曰言以金華飾舃故動足而有飾光也劉欣期交州記曰金華出
珠崖如淳漢書註曰遺餘也　銑曰舃履也以金爲華而飾之趾足遺餘也參差相雜也微妙鮮明如霜之潔白也緄
胡本佩五臣作珮綢繆或彫或錯千故薰以幽若流芳肆布
善曰說文曰緄織成帶也古本切說文曰薰火煙上出也若杜若也若稱幽若猶蘭曰幽蘭也毛萇詩傳曰肆陳也　向
曰緄織帶也綢繆交連也服錯謂爲文章雍容閑步周旋馳燿五臣作曜善曰聖主得
賢臣頌曰雍容垂拱左氏傳晉公子謂楚子曰晉楚治兵若不獲命則與君周旋也　翰曰雍容美貌閑緩也馳曜生光
也南威爲之解顏西施爲之巧笑善曰戰國策曰晉文公得南威
三日不聽朝遂推而遠之曰後世必有以色亡其國者列子曰列子師老商氏五年之後夫子始一解顏而笑戰國策魯

仲連謂孟嘗君曰君後宮十妃皆衣縞紵食粱肉豈毛廧先施哉先施即西施也毛詩曰巧笑倩兮此容飾
之妙也子能從我而服之乎玄微子曰予好毛
褐未暇此服也善曰鄭玄詩箋曰褐毛布也　濟曰毛褐皮布也
鏡機子曰馳騁足用蕩思去游獵可以娛情善曰
子虛賦曰終日馳騁曾不下輿又曰游獵之地　銑樂若此者乎歸田賦曰聊以娛情　良曰蕩散也僕將爲
吾子駕雲龍之飛駟飾玉輅之繁盤纓善曰馬有龍稱而雲
從龍故曰雲龍也周禮曰凡馬八尺已上爲龍又曰王玉輅錫樊纓鄭玄曰樊讀如鞶謂今之馬大帶也纓今馬鞅繁與鞶
古字通　良註同玉輅以玉飾車繁纓馬飾垂宛於元虹之長綏五臣作緌而惟切抗
招搖之華旍善曰楚辭曰建雄虹之采旄禮記曰天子殺則下大綏鄭玄曰綏當爲緌緌有虞氏
之旌旗也禮記曰招搖在上急繕其怒鄭玄曰繕讀爲勁畫招搖星於其上以起居堅勁軍之威怒也　銑曰綏車上所

執者也屈曲如虹之狀也抗舉招搖旍名捷楚甲忘歸之矢秉繁弱之弓善曰儀禮
曰司射搢三挾一个鄭玄曰搢插也楚甲切新序曰楚王載繁弱之弓忘歸之矢以射隨兕於夢也忽躡景而
輕騖逸奔驤而超遺風善曰景日景也躡之言疾也呂氏春秋伊尹說湯曰青龍之匹
遺風之乘高誘曰皆馬名也疾若此遺風翰曰躡景言躡步日景也輕疾騖馳逸奔皆過也驤與遺風皆良馬名於
是磎填谷塞榛七臻數平夷緣山罝罥彌野張罘
下無滿五臣作漏跡上無逸飛鳥集獸屯然後會圍
善曰鄭玄周禮注曰彌遍也廣雅曰屯聚也濟曰大叢曰榛澤無水曰藪夷亦平也罝罘皆網也彌遍漏遺逸過會合也
獠徒雲布武騎霧散丹旗曜野戈殳殊晧旰音汗
善曰說文曰獠獵也韓子曰雲布風動羽獵賦曰武騎聿皇封禪書曰雲布霧散南都賦曰曜野映雲良曰獠獵也徒
卒也雲布霧散言多也曜照也戈殳皆兵器晧旰白色曳文狐掩狡兔善曰禮斗威儀曰其

君乘土而王南海輸以文狐史記李斯曰牽黃犬逐狡兔方言曰掩覆也銑曰文狐狐有文者狡奸也曳掩皆取也
捎所交鷫肅鷞霜拂振鷺善曰鷫鷞振鷺皆鳥之名銑註同捎拂擊也當軌見
藉值足遇踐善曰西京賦曰當足見蹍值輪被轢也向曰軌轍也藉轢也飛軒電逝
獸隨輪轉善曰孫該琵琶賦曰飄風電逝舒疾無力翰曰飛軒輕車也電逝言疾也隨輪言驅迫之甚
翼不暇張足不及騰動觸飛鋒舉挂卦輕罾善曰
西京賦曰鳥不暇舉獸不得發西都賓曰鳥驚觸絲獸駭值鋒罾亦網也班固漢書序曰鷹隼未擊罾弋不施於蹊隧也
濟曰騰運也飛鋒箭也輕罾網也搜所求林索所華險探薄窮阻善曰廣雅曰草
蘩生曰薄銑註同搜索皆求覓也騰山赴壑風厲猋必遙舉善曰古詩曰涼風率
已厲楚辭曰猋遠舉兮雲中王逸注云猋去疾貌說文曰猋火華也銑曰騰之也厲猛也猋火也言如風火之速機
不虛發中必飲羽善曰孔安國尚書傳曰機弩牙也子虛賦曰弓不虛發中必決眥呂氏春

秋曰養由基射兕中石矢飲羽高誘曰飲羽飲矢至羽也於是人稠網密地逼勢
脅哮呼交闞呼檻之獸張牙奮鬣獵善曰毛詩曰進厥虎臣闞如虓虎毛萇曰
虓闞虎怒也哮與虓同也志在觸突猛氣不慴之涉反善曰慴巳見上文向曰脅迫
也哮闞怒貌鬣項上毛也慴懼也乃使北宮東郭之疇善曰孟子曰北宮黝之養勇也
不膚撓不目逃思以一毫挫於人若撻於市朝趙岐曰北宮姓黝名也呂氏春秋曰齊有好勇者一人居東郭一人居西
郭卒然相遇於塗曰姑相飲乎觴數行曰姑求肉乎一人曰子肉也我肉也因抽刀而相啖也生抽豹尾
分裂貙肩形不抗手骨不隱拳批匹迷熊碎掌拉
虎摧斑野無毛類林無羽羣積獸如陵飛翮成
雲善曰爾雅曰貙似貍小雅曰抗禦禁也服虔漢書註曰隱築也於瑾切掌熊蹯也孟子曰熊掌亦我所欲也斑虎文也
上林賦曰被斑文羽獵賦曰創淫輪夷丘累陵聚翰曰北宮東郭皆勇者也疇類也貙亦猛獸名抗當也批擊也掌熊

掌也拉摺也毛類獸也羽羣鳥也獸疊如陵翮落如雲言多也於是駴五臣作駭鍾鳴鼓收
旌弛矢旆頓綱縱網罷五臣作能獠迴邁善曰周禮曰鼓皆駴鄭玄曰雷
擊鼓曰駴駴古駭字杜預左氏傳註曰弛解也頓猶捨也說文曰縱緩也濟曰駴鳴也頓縱徹去也網亦網也獠獵邁行
也駮騄錄齊驤揚鑣飛沫善曰南都賦曰驥騄齊鑣舞賦曰龍驤橫舉揚鑣飛
沫也濟曰駮騄皆良馬驤駕也鑣車上鈴也行疾而馬口中飛沫也俯倚金較角仰撫翠
蓋雍容暇豫娛志方外善曰西京賦曰戴翠帽倚金較說文曰較車上曲鉤高唐賦曰
蜺為旌翠為蓋國語優施曰我教汝暇豫之事君韋昭曰暇閑也豫樂也杜預左氏傳註曰方法也濟曰較車橫木以
金飾之翠蓋以翠羽飾之撫循也此羽獵之妙也子能從我而觀之
乎善曰高唐賦曰傳言羽獵玄微子曰余五臣有性字樂恬靜未暇此
觀也

鏡機子曰閑宮顯敞雲屋皓浩旰汗善曰李尤高安館銘曰增臺顯敞雲屋言高若雲也班婕妤自傷賦曰仰視兮雲屋雙涕下兮橫流　良曰閑大敞高也皓旰明貌崇景山

之高基迎清風而立觀去聲善曰基若景山言極高也毛萇詩傳曰崇立也毛詩曰陟彼景山地理書曰迎風觀在鄴也　良曰崇重景大也迎風取其虛涼也觀樓閣之類也彤軒紫

柱文榱衰華梁綺井含葩金墀玉箱五臣作廂善曰劉梁七舉曰冊墀縹壁紫柱紅梁也金墀循金阤也西京賦曰金阤王階玉箱猶王房也銑曰彤赤色也軒欄檻也榱椽也皆飾以文華又於屋閣爲井形中有蓮花下垂也葩花也墀塗地也廂房也皆以金玉飾溫房則冬服絺

超逴綌五臣作綌音隙清室則中夏含霜善曰劉騊駼玄根頌曰前殿冬絺李尤函谷關賦曰盛夏臨漂而含霜也　向曰絺綌皆葛也言房溫故服之含霜言室凜也華閣緣雲飛陛

凌虛頫眺五臣作俯視流星仰觀八隅善曰魯靈光賦曰飛陛揭孽緣雲上征魯靈光殿賦曰中坐垂景頫視流星　翰曰緣雲乎凌虛言高也　飛陛閣道也八隅八方也升龍攀而不

逮眇天際而高居善曰崔駰七依曰升龍於天者雲也西京賦曰翔鶤仰而不逮周易曰豐其屋天際翔也　翰曰升龍飛龍也攀不逮亦謂高眇遠貌繁巧神怪變名五臣作容異

形班輸無所措其斧斤離婁爲之失睛五臣作精善曰鄭玄禮記註曰公輸匠師也般若之族多技巧者也孟子註曰離婁古之明目者也蓋黃帝時人　濟曰繁眾也怪異也班輸魯國公輸班巧者也離婁明目者也無所措斧斤失其目精言妙細之甚也麗草交植殊品

詭類緣葉朱榮熙天曜日善曰熙光也　良曰麗草芳草也植種詭異熙照也照曜天日言樹之光明素水盈沼叢木成林飛翮凌高鱗甲

隱深善曰楚辭曰含素水而蒙深　銑曰沼池也飛翮鳥也鱗甲水族也於是逍遙暇豫

忽若忘歸善曰楚辭曰觀者澹然忘歸也乃使任子垂釣魏氏發

機善曰莊子曰任子爲大鉤巨緇五十犗以爲餌蹲乎會稽投竿東海旦而釣朞年不得魚已而大魚食之牽巨鉤錎沒而下騖揚而奮鬐白波若山吳越春秋曰越王欲伐吳范蠡進善射者陳音越王問其射所起焉音曰黃帝作弓以備四方後有楚弧父以其道傳羿羿傳逢蒙蒙傳楚琴氏傳大魏大魏傳楚三侯麋侯翼侯魏侯也　向曰任子任公子善釣者魏氏善射者機弩也芳餌沈水輕繳酌弋翼飛落翳雲

之翔鳥援九淵之靈龜善曰吳越春秋大夫種曰深川之魚死於芳餌甲屈原曰襲九淵之神龍　翰曰餌鉤食也繳弋射也翳雲言高也援引也淵言深也然後采菱華擢

水蘋弄珠蜯戲鮫人善曰子虛賦曰外發芙蓉菱華許慎淮南子註曰擢引也毛萇詩傳曰蘋大蓱揚雄蜀都賦曰蜯含珠而擘裂劉淵林吳都賦註曰鮫人水底居也濟註同蜯生珠者水蟲也諷漢

廣之所詠覿游女於水濱善曰韓詩序曰漢廣悅人也詩曰漢有游女不可求思薛君曰游女謂漢神也　良曰諷誦覿見也燿神景於中沚被五臣作披輕縠

之纖羅遺芳烈而靖步抗皓手而清歌善曰毛詩曰宛在水中沚子虛賦曰雜纖羅也廣雅曰抗舉也銑曰神景則游女之光也沚小渚也縠紗類纖細也烈香盛也靖安皓素也

歌曰望雲際兮有好仇天路長兮往無由佩蘭

蕙兮爲誰脩宴五臣作嬿婉絕兮我心愁善曰楚辭曰君誰須兮雲之際毛詩曰君子好仇枚乘樂府曰美人在雲端天路隔無期楚辭曰紉秋蘭兮爲佩王逸註曰脩飾也毛詩曰嬿婉之求毛萇曰嬿安也婉順也鄭玄曰本求嬿婉之人也　良曰仇匹也蘭蕙香草也脩謂脩飾嬿婉美貌言遠望靈仙欲與爲匹無由致之佩服香草謂誰脩飾也美貌隔絕故使心憂也此宮館之妙也子能從

我五臣無我字而居之乎玄微子曰予耽巖穴未暇此

居也善曰巖穴隱者所居黃石公記曰主聘巖穴事乃得實也

鏡機子曰既游觀中原逍遙閑宮情放志蕩淫

樂未終亦將有才人妙妓遺世越俗揚北里之流聲紹陽阿之妙曲善曰漢書曰傅昭儀少爲才人輩昭曰才伎人也廣雅曰遺離也史記曰紂使師涓作新淫之聲北里之舞靡靡之樂淮南子曰夫歌采菱發陽阿鄭人聽之不若延露以和　翰曰才人才能之人妙妓謂女樂也北里紂樂也紹繼也陽阿曲名爾乃御文軒臨洞五臣作彤庭琴瑟交揮五臣作彈左篪呈知右笙鍾鼓俱振簫管齊鳴善曰文畫飾也軒殿檻也洞庭廣庭也尸子曰文軒無四寸之鍵則車不行莊子曰黃帝張咸池之樂於洞庭也新語曰高臺百仞文軒彫窓也廣雅曰揮動也毛萇詩傳曰竹曰篪廣雅曰振動也毛詩曰簫管備舉　濟曰御憑也文軒飾檻爲文彩也彤庭以丹漆飾庭也篪管也振舉也然後姣古郊人乃被文縠之華袿圭振輕綺之飄颻戴五臣作載金搖之熠以入燿五臣作爍揚翠羽之雙翹善曰毛詩曰佼人僚兮劉熙釋名曰婦人上服謂之袿宋玉諷賦曰主人之女垂珠步搖來排臣戶西京雜記曰趙飛鷰爲皇后其弟上遺黃金步搖毛萇詩傳曰熠燿鮮明也司馬彪續漢書曰皇太后入廟先爲花勝上爲鳳皇以翡翠爲毛羽王逸楚辭註曰翹羽名也　良曰姣美也文縠文紗類華袿婦人上服綺羅類飄颻飛揚貌金搖釵也熠爍光色也又飾以翡翠之羽於上也翹舉也揮流芳燿飛文歷盤鼓煥縯紛長裾五臣作袖隨風悲歌入雲善曰韓康伯周易注曰揮散也張衡舞賦曰盤鼓煥以駢羅列子曰薛談學謳於秦青辭歸青餞於郊撫節悲歌響遏行雲也　銑曰揮奮也燿照也飛文謂光相照也盤鼓舞名煥明也縯紛盛貌袖裾也入雲言清徹也蹻綺喬捷若飛蹈虛遠䠥凌五臣作陵躍超驤蜿於遠蟬時闡揮霍善曰廣雅曰趫趫行也今爲蹻古字無定也廣雅曰䠥䞶也楚辭曰超驤推阿西京賦曰跳丸劍之揮霍　向曰皆舞貌蹻輕也䠥跳也陵躍踴身也驤舉也蜿蟬盤屈也揮霍奮迅也翔五臣作翻爾鴻翥之庶濈戢然鳧沒善曰爾雅曰翥舉也戢疾貌也濈側立切　翰曰翻爾輕貌翥騫飛奮迅濈然沉貌縱輕體以迅赴景

追形而不逮善曰西京賦曰紛縱體而迅赴不逮言疾也韓子形影相應而生　濟曰言迴之疾也景影逮及也飛聲激塵依違厲響善曰七略曰漢興善歌者魯人虞公發聲動梁上塵依違猶俳佪也楚辭曰余思舊鄉心依違　良曰激飄也言善歌飛聲飄起梁塵依違乍合乍離也厲盛也才捷若神形難爲象善曰舞賦曰彷彿神動又曰不可爲象也　良曰捷輕也若神謂妙也象比也於是爲歡未渫五臣作洩白日西頹散樂五臣作樂散變飾微步中閨善曰東都賦曰士怒未渫方言曰渫歇也楚辭曰日杳杳以西頹　銑曰洩猶盡也變飾改服也微步綴步也玄眉弛尸氏兮鉛華落收亂髮兮拂蘭澤形媠五臣作䙗服兮揚幽若善曰張平子定情賦曰思在面爲鉛華兮患離塵而無光神女賦曰沐蘭澤含若芳說文曰媠南楚之外謂好也媠湯火切　向曰弛廢也鉛華粉也䙗好也幽若幽蘭杜若香草也言美人歌聲既畢粉黛微落乃復整理鬢髮拂塗蘭膏衣以好服揚其芳香紅顏宜五臣作既笑睇眄流光時與吾子攜五臣作攜手同行善曰楚辭曰既含睇兮又宜笑王逸曰睇微眄貌毛詩曰惠而好我攜手同行　翰曰睇眄皆視也流光生光彩也吾子謂玄微子行列也踐飛除即閑房善曰司馬彪上林賦註曰除樓陛也　濟曰踐履也飛除高陛也即就也華燭爛幄幙張善曰秦嘉贈婦詩曰飄飄帷帳熒熒華燭左氏傳曰子產以幄幙行動朱脣發清商善曰舞賦曰動朱脣神女賦曰朱脣的其若丹宋玉笛賦曰吟清商追流徵也　濟曰清商歌秋聲也揚羅袂振華裳九秋之夕爲歡未央善曰九秋之夕言其長也古樂府有歷九秋妾薄相行蘇武詩曰懽樂殊未央　濟曰振舉也華文彩也央窮也此聲色之妙也子能從我而游之乎玄微子曰予願清虛未暇此游也

鏡機子曰予聞君子樂奮節以顯義烈士甘危

軀以成仁善曰張衡應問曰貫高以端辭顯義論語子曰志士仁人有殺身以成仁是以雄俊之徒交黨結倫重氣輕命感分遺身善曰西京賦曰輕死重氣結黨連羣分分義也鄭玄禮記註曰遺亡也故田光伏劒於北燕公叔畢命於西秦善曰史記燕太子丹謂田光曰丹所言者國之大事也願先生勿泄也光曰諾退見荆軻曰吾聞長者爲行不使人疑已今太子疑光非節俠也欲自殺以激荆軻遂自剄公叔未詳良曰公叔書傳所不載或云荆軻字公叔刺秦王不中而死故云畢命果毅輕斷虎步谷風威慴萬乘華夏稱雄善曰左氏傳曰殺敵爲果致果爲毅李陵詩曰幸託不肖軀且當猛虎步春秋元命苞曰猛虎嘯而谷風起類相動也漢書曰天子畿方千里出兵車萬乘故稱萬乘之主尚書曰華夏蠻貊也銑曰果毅謂威勇也其倫黨相應如風虎之相應慴懼也萬乘天子也華夏中國也辭未及終而玄微子曰善

鏡機子曰此乃游俠之徒耳五臣作爾未足稱妙也若夫田文無忌之儔乃上古之俊公子也善同向註向曰田文齊公子孟嘗君也魏無忌魏公子信陵君者也皆好仁義之士門下食客三千餘人皆飛仁揚義騰躍道藝游心無方抗志雲際善曰莊子曰乘物以游心又曰應物無方晉灼漢書註曰方常也楚辭曰放志游乎雲中也翰曰神妙無方也抗舉也雲際言高也凌五臣作陵字轢力諸侯驅馳當世揮袂則九野生風慷慨則氣成虹蜺去聲叶韻善曰呂氏春秋曰凌轢諸侯說文曰轢車所踐也說文曰揮奮也淮南子曰所謂一者上通九天下貫九野劉邵趙郡賦曰煦氣成虹蜺揮袖起風塵文與此同未詳其本也翰曰陵轢干犯也當世謂形要者也生風成蜺言盛也九野謂九州之野也吾子若當此之時五臣有豈字能從我而友之乎玄微子曰予亮願焉然方於大道

有累去聲如何善曰爾雅曰亮信也良曰言以勢利相傾於大道有累也如何者復問之辭鏡機子曰世有聖宰翼帝霸世善曰謂魏太祖孔安國尚書傳曰翼輔也良曰植謂其父魏太祖者也爲漢丞相故云聖宰翼佐也同量乾坤等曜日月善曰乾坤天地也張超尼父頌曰合量乾坤參曜日月玄化參神與靈合契善曰蔡邕陳留太守頌曰玄化洽矣黔首用寧漢書伍被說淮南王曰今陛下令雖未出化馳如神劇秦美新曰與天剖神符地合靈契惠澤播於黎苗威靈震五臣作振字乎無外善曰國語曰少昊之衰九黎亂德韋昭曰九黎黎氏九人尚書帝曰禹惟時有苗弗率汝徂征孔安國曰三苗之民數干王誅惟騃七旬曰仁臻於行革惠及乎黎苗四子講德論曰威靈外覆公羊傳曰王者無外向曰黎九黎也少昊九黎亂德苗三苗也舜時三苗不循道命禹征之如此之國太祖皆布德及之而兵威神靈震慴無外者言盡天下無有外矣超隆平於殷周踵羲皇而齊泰善曰東都賦曰即土之中有周成隆平之制焉東京賦曰

踵二皇之遐武薛綜曰踵繼也翰曰殷周湯武之朝也羲皇伏羲也泰天下泰平也顯朝惟清王道遐均民望如草我澤如春善曰班固漢書文紀述曰我德如風民應如草古長歌行曰陽春布德澤萬物生光輝翰曰王道三王之道也遐遠均齊也下之望上如草之仰雨上之惠下如春之降澤言和之至也河濱無洗耳之士喬岳無巢居之民善曰洗耳許由也琴操曰堯大許由之志禪以天子由以其不善乃臨河而洗耳毛詩曰墮山喬岳也巢居巢父也皇甫謐逸士傳曰巢父者堯時隱人常山居以樹爲巢而寢其上時人號曰巢父也濟曰濱畔也喬高山也此等之士皆我君化盡已入仕矣故河畔高山皆無也是以俊乂來仕觀國之光善曰尚書曰俊乂在官國語曰秦后來仕韋昭曰仕於晉也周易曰觀國之光利用賓于王良曰皆謂時得賢舉不遺才進各異方善曰左氏傳曰楚子囊曰晉君舉不失選又曰不遺德刑杜預曰遺失也銑曰異方言非一方讚典禮於辟雍講文德於明堂善曰左氏傳曰隨武子曰典禮不易尚書

曰帝乃誕敷文德毛詩曰矢其文德洽此四國　向曰辟雍天子學也明堂布政之處正流俗之華說綜孔氏之舊章善曰禮記曰不從流俗鄭氏曰流俗失俗也王充論衡曰虛談竟於華葉之言無根之深安危之際文人不與徒能華說之効王蕭周易註曰綜理事也左氏傳曰舊章不可忘也　翰曰華說謂不實者也綜理也孔子刪定詩書禮樂故云舊章散樂移風國富五臣作靜民康善曰解嘲曰散以禮樂風以詩書禮記曰樂行移風易俗天下皆寧春秋說題辭曰盡精竭思國富民康也濟曰康安也神應休臻屢獲嘉祥善曰尚書曰休徵東京賦曰總集瑞命備致嘉祥也　良曰休美臻至嘉善祥瑞也故甘露紛而晨降景星宵而舒光善曰禮斗威儀曰其君乘土而王其政太平時則甘露降鶡冠子曰聖人其德上及泰清下及泰寧景星光潤史記曰天精明時有赤方氣與青方氣相連赤方中有兩黃星青方中有一黃星凡三星合爲景星其狀無常出於有道之國也　銑曰甘露景星皆瑞應也紛盛貌晨朝宵夜舒發也觀游龍於神淵聆鳴鳳於高岡善曰

禮斗威儀曰其君乘水而王龜龍被文而見神女賦曰婉若游龍周易曰潛龍勿用又曰或躍在淵樂汁圖徵曰五音克諧各得其倫則鳳凰至廣雅曰聆聽也毛詩曰鳳皇鳴矣向曰游龍鳴鳳亦瑞應也聆聽也岡山脊此霸道之至隆而雍熙之盛際善曰漢書宣帝曰漢家自有制度本以霸王道雜之東京賦曰上下共其雍熙　翰曰雍和熙廣也然主上猶五臣作尚以沈恩之未廣懼聲教之未厲善曰難蜀父老曰湛恩注濊尚書曰朔南暨聲教廣雅曰厲高也濟曰沈深也采英奇於仄陋宣皇明於巖穴善曰遑讓章華臺賦曰舉英奇於仄陋尚書曰明明揚仄陋東都賦曰散皇明以燭幽巖穴隱者所居黃石公記曰主聘巖穴事乃得實也　良曰英奇皆賢才也皇明天子之詔也仄陋幽僻處此寗子商歌之秋而呂望所以投綸而逝也善曰淮南子曰寗戚商歌車下而桓公慨然而悟秋猶時也史記朱亥謂魏公子曰此是効命之秋也尚書中候曰王至磻溪之水呂尚釣厓下趨拜尚亡變名曰望毛詩曰之子于釣言綸之繩鄭玄曰以繩爲之綸

吾子爲太和之民不欲仕陶唐之世乎善曰法言曰或問太和曰其在唐虞成周乎李軌曰天下太和也孔安國尚書傳曰陶唐帝堯氏也向曰吾子謂玄微子也太和太平也陶唐帝堯是也不欲仕者問辭也於是玄微子攘袂而興曰韓五臣作偉哉言乎翰曰攘袂宣袖也偉美也近者吾子所述華淫欲以厲我祇攪予心善曰杜預左氏傳註曰勸勵也毛詩曰胡逝我梁祇攪我心　濟曰攪亂也至聞天下穆清明君莅國善曰史記曰漢興已來受命於穆清蔡邕釋誨曰生穆清之世稟淳和之靈毛萇詩傳曰莅臨也良曰穆和也覽盈虛五臣作虛盈之正義知頑素之迷惑善曰周易曰損益盈虛與時偕行薛君韓詩章句曰素質也言人但有質朴無治人材也良曰盈實也頑素自謙已今五臣作令予廓爾身輕若飛願反初從子而歸善曰劉梁七舉曰先生聆然神悟霍爾體輕楚辭曰進不入以離尤退將復脩吾初服公羊傳楚莊王謂司馬子反曰吾亦從子而歸　銑曰廓爾開悟貌初服未隱居時服

六臣註文選卷第三十四

六臣註文選卷第三十五

梁昭明太子撰

唐李善并五臣註

七下

七命

張景陽張協字景陽載之中弟西晉仕至中書郎河間內史

沖漠公子含華隱曜善曰沖漠沖虛恬漠也范曄後漢書孔融曰南山四皓潛光隱耀世嘉其高也　向曰沖漠幽寂也公子蓋假言之以爲問答言其含華美之德潛隱其耀光也嘉遯龍盤翫五臣作越世高蹈善曰周易嘉遯貞吉　尚書大傳蟠龍賁信於其藏鄭玄曰蟠屈也　左傳濟人歌曰魯人之臯使我高蹈　良曰嘉善遯避蹈跡也公子善守其德以避人狀如龍盤山川之中人莫之知超越時俗以習高跡

游心於浩然玩志乎衆妙善曰莊子乘物以游心　孟子我善養吾浩然之氣敢問何謂浩然之氣曰難言也其爲氣也至大至剛以直養而無害則塞于天地之閒　老子玄之又玄衆妙之門銑曰浩然大道之氣也玩習也衆妙謂大道之門絕景乎大荒之遐阻吞響乎幽山之窮奧烏浩反　善曰山海經大荒之中有山名曰大荒之山日月所入是謂大荒之野　毛詩幽幽南山奧隱處也　翰曰絕滅景影遐遠窮極奧深也謂公子滅跡於大荒遠阻之地吞其聲響於幽山極深之處使人不見不聞於是徇華大夫聞而造七到焉善曰徇營也華浮華　濟曰徇求造就也假立此求華大夫聞沖漠公子就問焉乃勑五臣作整雲輅驂七南飛黃善曰東京賦結飛雲之袷輅　淮南子黃帝治天下於是飛黃服皁也　良曰輅車也驂駕也飛黃神馬也求華大夫乘此車馬往沖漠之所越奔沙輾女輦流霜善曰劉劭之華　超重淵越流沙也　銑曰越過奔流也流霜西北地寒常多霜飛故車足輾行流循飛也陵扶搖之風躡堅冰之津善曰莊子摶扶搖而上者九萬里司馬彪曰扶搖上行風也　列子堅冰立散也　向曰陵扶搖之風謂乘虛而行躡以足躡行之堅冰之津謂寒處旌拂霄崿五各軌出蒼垠善曰淮南子注垠崿端崖也　翰曰旌旗也乘空而行故旌旗拂於雲霄之厓車跡出於蒼天之畔崿厓也軌跡也垠畔也天

清泠而無霞野曠朗而無塵濟曰清泠晴色故無霞也曠遠朗明也無人居故無塵也臨重岫而攬轡顧石室而迴輪善曰仲長子昌言闇上古之隱士或伏重岫之內窟窮臯之底　列仙傳赤松子常止西王母石室中　良曰重岫石室皆所行歷險阻之處轡輪皆求華大夫之車馬遂適沖漠之所居五臣無此一句　善曰尒雅適之也其居也崢嶸幽藹蕭瑟虛玄善曰廣雅崢嶸深冥也說文玄幽遠也　向曰崢嶸幽藹竝深貌蕭瑟虛玄寂靜貌溟海渾胡本濩胡郭涌其後嶰胡買谷嵺勞嶆曹張其前善曰十洲記東王所居處山外有員海員海水色正黑謂之溟海說文曰渾流聲也後衮切

又曰濩霤下貌　漢書取竹之嶰谷音義曰嶰谷崑崙北谷名嵺嶆深空之貌　向曰溟海海名渾濩水涌聲嶰谷山名嵺嶆險貌張列也尋竹竦莖蔭其壑百籟羣鳴聾其山善曰山海經大荒之中有岳出尋竹生焉郭璞曰尋竹大竹也　莊子地籟則衆竅是也聾其山謂衆聲既喧山爲之聾　蒼頡篇聾耳不聞也　良曰尋長竦立壑水也謂長竹立莖蔭其水百籟謂林木孔穴激風成聲者及鳥獸之類羣鳴皆聾聒於山中衝飇發而迴日飛礫力起而灑天善曰鹽鐵論衝風飄鹵砂石凝積　東京賦飛礫雨散也　翰曰衝飇急風也此急風忽發故能迴日光使卻行也礫石因此風而起激拂於天於是登絕巘遡素長風陳辯惑之辭命公子於巖中善曰毛萇詩傳巘小山別大山者　薛綜西京賦注遡向也　論語子張曰敢問崇德辯惑　銑曰絕巘高山也求華大夫陳分辯疑惑之辭命沖漠公子以巖穴之下乃與之言曰蓋聞聖人不卷道而背時智士不遺身而匿跡善曰應瑒釋賓曰聖人不違時

而遯跡賢者不背俗而遺功七啓感分遺身楚辭聊竄
端匿跡也向曰不卷藏其道以背於時君不遺棄其身而
隱匿名跡**生必耀**五臣作輝**華名於玉牒發則勒洪伐於金冊**
善曰東觀漢記曰封禪其玉牒文祕說文牒札也陳林
韋端碑撰勒洪伐式昭德音金匱石室藏祕書之所書乃
納冊千金縢之匱中翰曰玉牒金冊並國史也發死勒記
洪大伐功也謂生死必須垂名記功於史冊以示天下傳於
後代也**今公子違世陸沈避地獨竄**善曰莊子曰孔子之楚舍於蟻丘之
漿其隣有夫妻臣妾登極者仲尼曰是陸沈者也是其市南
宜僚耶郭象曰人中隱者譬如無水而沈也孔安國尚書傳
違避也論語賢者避世其次避地濟曰避代自隱曰陸沈竄藏也**有生之歡滅資**
父之義廢善曰漢書曰天人有生之最靈者孝經資於事父以事君而敬同良曰平生歡娛之道
滅而君臣之義廢失資於事父以事君也**愁洽百年苦溢千歲**善曰
古詩云人生不滿百常懷千歲憂翰曰愁心多於百年苦思盈溢於千歲洽猶多也**何異促鱗之**

游汀濘寧**短羽之棲翳薈**烏會反善曰張升與任彥堅書曰今將老弱處于
窮澤漸漬汀濘當何聊賴汀吐冷切說文曰濘絕小水也
奴冷切孫子兵法林木翳薈也翰曰促鱗小魚也汀濘
淺水也小鳥之棲於蒿草**今將榮子以天人之大寶悅子以縱**
性之至娛善曰周易天地之大德曰生聖人之大寶曰位列子楊朱曰從性而游不逆萬物所好七
啓說游觀之至娛向曰天人之大寶謂富貴榮華也縱性之至娛謂聲色滋味也**窮地而游中天**
而居善曰列子曰穆王執化人之祛騰而上者中天乃止良曰所游處大所居處高也**傾四海之**
歡殫九州之腴善曰說文歡喜樂也腴腹下肥者西都賓曰華實之毛則九州之上腴焉
翰曰傾盡天下所樂膏腴之美盡悅之也殫盡也**鑽屈轂之瓠**護**解蹏屬**市玉
之拘子欲之乎善曰言屈轂之瓠難鑽蹏屬之拘難解今以辯而鑽解之也韓子齊有居
士田仲者宋人屈轂往見之謂之曰轂有巨瓠堅如石
厚而無竅願效之先生田仲曰堅如石不可剖而劉厚而無

竅不可以受水漿吾無用此瓠以為也屈轂曰然其棄物乎曰
然今先生雖不恃人之食亦無益人之國矣猶可棄之瓠也田
仲若有所失慙而不對山海經貳負殺猰貐黃帝乃梏之蹏
屬之山桎其右足及縛兩手也向曰而今大夫喻公子入
仕故如鑽屈轂之瓠使其可用也今公子自若於窮險之地
而大夫欲以榮貴及於公子亦如解此蹏屬之拘桎梏也子
之欲乎謂大夫問於公子**公子曰大夫不遺來萃荒外雖在不**
敏敬聽嘉話下快反善曰詩傳萃集也孝經參不敏說文話會合善言也濟曰大
夫不遺棄不材來集此荒外雖不達義敬聽嘉說也話達話說也**大夫曰寒山之桐出**
自太冥善曰楚辭曰北有寒山卓龍赩然北方極陰故曰太冥也翰曰太冥北方也**含黃鐘**
吐榦據蒼岑而孤生善曰禮記曰中央土律中黃鐘之宮尚書曰嶧陽孤桐孔安國曰孤
特生桐中琴也銑曰黃鐘音律之長也榦枝也蒼岑青山也**既乃瓊巘嶒**層**崚**稜**金**
岸崥步迷**崹**音啼善曰瓊巘玉山也魯靈光殿賦崱繒綾而龍鱗迴崹漸平皃也向曰金岸岸之生

金者嶒崚崥崹險高皃**左**五臣作右**當風谷右**五臣作左**臨雲谿**良曰風所生之谷雲
所生之谿**上無陵虛之巢下無跖**之石**實之蹊**善曰淮南子曰鳥排虛而
飛獸蹠實而走高誘曰實地也廣雅蹠履也跖與蹠同翰曰跖蹈路也上無飛鳥之巢下無蹠石之路謂險極**搖**
刖月**峻挺茗**莫冷**邈若**條**嶢**善曰搖刖危皃也若邈高皃也濟曰刖危也峻高也挺出
也若邈若嶢遠高皃**晞三春之溢露遡九秋之鳴飇**善曰毛萇詩傳晞乾
也班固終南山賦三春之季孟夏之初溯與遡同薛綜西京賦注遡向也古樂府有歷九秋妾薄相行銑曰飇風
也謂桐木之葉春露既乾白秋鳴風**雲**五臣作零**雪寫其根霏霜封其條**善曰
毛萇詩傳曰霏雪皃也霜亦雪類故通言向曰零落也根桐根也封著也**木既繁而受綠草**
未素而先凋善曰傳毅七激陽春後榮涉秋先凋也向曰謂衆木既繁而桐木猶未綠秋草未衰
而枝葉先凋素謂衰也**於是構雲梯陟崢嶸**善曰墨子公輸般為雲梯必取宋長

笛賦曰構雲梯杭浮柱郭璞方言注崢嶸高峻也翰曰構樹也陟升也翦蕤賓之陽柯剖
大呂之陰莖善曰禮記曰仲夏之月律中蕤賓又曰季冬之月律中大呂蒼頡篇剖析也周禮仲
冬斬陽木仲夏斬陰木鄭玄曰陽木生於山南陰木生於山北也銑曰翦伐也蕤賓陽時也大呂陰時也陰莖合陽柯
用以爲琴營匠斲其樸伶倫均其聲善曰營匠未詳莊子匠石之齊見櫟樹
觀者如市匠伯不顧司馬彪曰石字伯說文斲斫也漢書黃帝使伶倫取嶰谷之竹斷兩節閒而吹之以爲黃鐘之
宮制十二籥以聽鳳凰之音以比黃鐘之宮也銑曰營匠匠人也伶倫古之善音者器舉樂奏
曲調高張善曰禮記曰金石絲竹樂之器也楊雄解難絃者高張急徽也翰曰器舉調琴成也高張清
音朗號鐘韻清繞梁善曰楚辭曰操百牙之號鐘兮挾秦箏而彈徵尸子曰繞梁之鳴許
史鼓之非不樂也墨子以爲傷義故不聽也濟曰號鐘繞梁並琴名也朗清者謂勝於此二琴追逸響於
八風采奇律於歸昌善曰風俗通曰聲所以五者繫五行也音所以八者繫八風也淮

南子律之初生也寫鳳之音韓詩外傳鳳舉曰上翔集鳴曰歸昌也良曰八風八方之風歸昌鳳鳴也啟中黃
之少宮發蓐收之變商善曰中黃土色禮斗威儀少宮主政宋均曰聲五而已必加
少商者以君臣任重爲設副也劉向雅琴賦彈少宮之際天授中徵以及泉禮記孟秋之月其神蓐收淮南子變
宮生徵變商生羽濟曰中黃黃帝也蓐收秋神也黃帝聲佐之以少宮之音秋神聲佐之商音如臣佐君若乃
龍火西積暄氣初收善曰漢書曰東宮蒼龍房心心爲火故曰龍火也左傳曰仲尼曰火
猶西流禮記仲秋陽氣日衰也良曰龍火火星秋則西南見也飛霜迎節高風送秋
善曰栢麟七說飛霜厲其末猋風激其崖李尤七歎季秋末際高風猋厲也翰曰節氣遷改名迎秋也羇旅
懷土之徒流宕百罹之疇善曰左傳陳敬仲曰羇旅之臣論語小人懷土謝
承後漢書序曰士庶流宕佗州異境毛詩我生之後逢此百罹向曰懷土謂思歸也流宕謂遠遊百罹憂也撫
促柱則酸鼻揮危絃則流涕五臣作涕流善曰舞賦若緪瑟促柱高

唐賦寒心酸鼻廣雅揮動也鄭玄論語注危高也侯瑾箏賦急絃促柱變調改曲陸機前緩歌行大容揮高絃
意與此同銑曰柱軫也撫而促之使急也酸鼻鼻中悲酸也揮彈也若曰追清哇赴嚴
節善曰張衡舞賦曰含清哇而吟咏蒼頡哇謳也嚴節急節也漢書隤銅丸以擿鼓聲中嚴鼓之節銑曰清哇
淫聲也疾鼓曰嚴節奏綠水吐白雲激楚迴流風結善曰淮南子手
會綠水之趨高誘曰淥水古詩宋王風賦爲幽蘭白雪之曲上林賦激楚結風文穎曰激衝急風也結風迴風亦急風也
楚地風氣自漂疾然歌樂者猶復依激結之急風爲節也翰曰綠水白雪琴曲名激楚流風歌曲名迴調聲之迴還也
結謂聲繫也悲萁荚之朝落悼望舒之夕缺善曰田俅子堯爲天子萁
荚生庭爲帝成曆鄭玄詩箋悼傷也楚辭前望舒使先驅王逸曰望舒月御也古詩四五蟾兎缺翰曰萁荚草日生一
葉至十六日後日落一葉至月終則盡月小餘一葉望舒月也十五日已後則缺皆悲悼歲月之易往也羌
氂五臣作嫠爲之擗避辟摽避曜嬬老爲之嗚咽善曰左氏傳初莒有婦人

莒子殺其夫已爲氂婦杜預曰寡婦爲氂毛詩寤擗有摽毛萇曰擗拊心皃淮南子童子不孤婦人不孀誘曰寡婦曰孀
向曰羌發孤獨人也此孤獨寡老之人聞此琴則驚心悲咽也擗摽驚心也嗚咽悲也王子
拂纓而傾耳六馬噓天而仰秣善曰列仙傳曰王子喬者靈王太子晉也
吹笙則鳳鳴禮記傾耳而聽之孫卿子昔者瓠巴鼓瑟而鐔魚出聽伯牙鼓琴而六馬仰秣黃伯仁龍馬賦或有
噓天慷慨骨騰肉飛說文噓吹噓音虛秣或爲跊也銑曰王子仙人也拂其衣纓傾耳來聽伯牙鼓琴六馬仰秣謂
噓者開口鼻也仰秣者有草而不食仰首而聽曲也此蓋音曲之至妙子豈能
從我而聽之乎善曰舞賦曰天下之衆妙公子曰余病未能也
向曰病此事未能從大夫而聽之
大夫曰蘭宮祕宇彫堂綺櫳音聾善曰楚辭彷徨兮蘭宮魯靈光殿賦
乃立靈光之祕殿說文櫳房室之疏也良曰蘭香祕深也上既說琴而公子未能聽之故述此香宮深宇彫綺之飾

欲以發其心也雲屛爛汗瓊壁青葱善曰禮記曰疏屛天子廟飾也鄭玄曰屛謂之樹刻之爲雲氣玉褎甘泉賦燿照形之玉辟也　翰曰屛牆也畫之爲雲爛汗文色皃瓊壁以玉飾壁青葱玉色應門八襲旋臺九重善曰毛詩乃立應門郭璞爾雅注曰襲猶重也汲古文紂作傾宮飾瑤臺韓子箕子曰紂以爲九重高臺　濟曰應門正南門也旋曲也表以百常之闕圍以萬雉之墉善曰表標也　西京賦徑百常而莖擢　西都賦建金城之萬雉　詩傳墉城也　向曰表立也百常高也闕樓也圍繞也墉墻也三板曰雉言百常者多也爾乃嶢榭迎風秀出中天善曰方言嶢高也郭璞爾雅注榭臺上起屋也　曹子建七啓迎清風而立觀　國語秀出於衆秀出皃也列子周穆王築臺號曰中天之臺　銑曰秀特也有木曰榭翠觀岑青彫閣霞連翰曰翠色樓觀如山岑之青彫畫閣道如雲霞相連長翼臨雲飛陛陵山善曰禮記注榮屋翼也　魯靈光殿賦飛陛揭孽緣雲上征　良曰屋檐如鳥翼之臨雲也飛陛階道也言高如鳥飛而陵上於山望玉繩而結極承倒景而開軒善曰春秋元命苞曰玉衡北兩星爲玉繩說文極棟也陵陽子明經倒景氣去地四千里其景皆倒在下　軒長廊之牕也　濟曰玉繩星名言望此星結構棟宇以爲極麗也倒景近天而下看日之處軒門也赬素炳煥枌汾栱嵯峨善曰毛萇詩傳赬赤也　說文棼複屋棟也棼與枌古字通　銑曰赤白之色雜於石中枌栱屋之木名炳煥光皃嵯峨高重皃陰虬負檐陽馬承阿善曰虯龍也　楚辭仰觀刻桷料馬融梁將軍西第賦極受檐陽馬承阿周書明堂咸有四阿也　向曰虯龍陰物馬爲陽物謂刻作其象負荷檐梁之勢承接木石之曲阿曲也錯以瑤英鏤以金華善曰廣雅錯廁也　范子計然曰玉英出藍田　劉欣期交州記金華出味崖謂金有華彩也　翰曰鏤金玉於室宇之中英華皆謂美也方疏含秀圓井吐葩善曰魯靈光殿賦曰縣棟結阿天牕綺疏圓淵方井反植荷蕖　張載曰疏刻鏤也秀謂華也　向曰疏牕也圓井謂屋内向下作井形畫以蓮花若吐於中也葩花也重殿疊起交綺對幌善曰

西京賦曰交綺豁以疏寮　文字集畧幌以帛明窻也　銑曰重爲殿堂相疊而起交爲綺綵以對窻幌也幽堂晝密明室夜朗良曰晝密謂深也夜朗謂高敞焦螟飛而生風善作風生尺蠖烏郭動而成響善曰晏子春秋景公問於晏子曰天下有極細乎對曰東海有蟲名曰焦螟巢於蚊睫飛乳去來而蚊不覺　周易尺蠖之屈以求伸也　翰曰室之深者自生風易響應故雖焦螟微蟲飛亦成風尺蠖小物動乃成響故其宜也若乃目厭常玩體倦帷幄攜公子而雙游時娛觀於林麓善曰列子曰聲色不可常玩闈　曹大姑列女傳注竹木曰林山足曰麓　濟曰玩習也倦勞也山下林曰麓登翠阜臨丹谷良曰阜小山也華草錦繁飛采星燭銑曰華草雜色如錦文繁又似星之照燭陽葉春青陰條秋綠向曰陰條謂竹松柏桂之流華實代新承意恣歡五臣作觀　翰曰華與實更代而新承任其意恣爲觀賞仰折神虈窮俯采朝蘭善曰本草經曰白芷一名虈許妖切　向曰神虈香草遡素惠風於衡薄眷椒塗於瑤壇善曰邊讓章華臺賦蕙風春施　洛神賦踐椒塗之郁烈步衡薄而流芳　漢書偏觀此眺瑤堂　楚辭注壇猶堂也　銑曰遡向也衡香草也薄聚也椒亦香木種之於玉陛之道塗道也壇猶階也爾乃浮三翼戲中沚音止善曰越絶書伍子胥水戰兵法内經曰大翼一艘長十丈中翼一艘長九丈六尺小翼一艘長九丈　毛詩宛在水中沚也　良曰三翼舩也沚池也潛鰓先才駭驚翰起善曰蘇林漢書注曰鰓音魚鰓今呼魚謂之鰓猶呼車以爲軫也　詩箋翰鳥中豪俊者也　濟曰池之潛魚以船游而驚也翰鳥鰓魚駭驚也沈絲結飛矰理善曰毛詩其釣維何維絲伊緡　毛萇曰緡綸也　鄭玄曰以絲爲之綸　周禮矰矢用諸弋射　鄭玄曰結繳於矢謂之矰　翰曰絲綱也矰弋鳥箭也挂歸翮於青霄之表出華鱗於紫淵之裏善曰歸翮鴻鴈之屬也　淮南子夫鳴鵠背負蒼天膺摩赤霄　上林賦紫淵徑其北也　向曰用飛矰以弋鳥故於赤霄之外施沈綸以取魚故出於深淵之下歸翮鳥也華鱗魚也紫淵謂其深色

然也然後縱棹隨風弭楫乘波善曰杜預左氏傳曰縱放也毛萇詩傳弭止也
翰曰謂逆水上故傾縱棹以接風勢順流下故正楫而從波行也吹孤竹撫雲和善曰周禮曰孤竹之
管雲和之琴瑟鄭玄曰孤竹竹特生者雲和山名翰曰孤竹管也雲和瑟也淵客唱淮南之曲
榜補孟人奏采菱之歌善曰淵客習水者也吳都賦淵客慷慨而泣珠漢書淮南鼓員四人
子虛賦榜人歌張楫曰船長也淮南子歌采菱發陽阿良曰淵客榜人並行舟人也淮南采菱並曲名歌
曰乘鳧五臣作鷁舟兮為水嬉臨芳洲兮拔雲五臣作靈芝
善曰穆天子傳曰天子乘鳧舟郭璞曰舟為鳧形制今吳之青雀舫此其遺象也琴道雍門周曰水嬉則艤龍舟也楚辭
采芳洲兮杜若西京賦曰擢靈芝之朱柯銑曰鷁舟舟名嬉戲也洲水畔之香草樂以忘戚游以
卒時窮夜為日畢歲為期善曰論語樂以忘憂家語孔子歌曰優哉游哉聊
以卒歲也向曰戚憂卒終窮盡也言為樂久也此蓋宴居之浩麗子豈能

文三十五　九

從我而處之乎善曰毛詩曰式燕燕居息濟曰宴安浩大麗美也公子曰余病
未能也
大夫曰若乃白商素節月既授衣善曰周禮西方白禮記孟秋之月
其音商劉楨與臨淄侯書肅以素秋則落毛詩九月授衣天凝地閉風厲
霜飛善曰凝猶結也禮記仲冬之月塗城闕築囹圄助天地之閉藏也翰曰天凝謂霜也地閉謂冰也厲
嚴也柔條夕勁密葉晨稀將因氣以效殺臨金
郊而講師善曰禮記曰季秋之月天子乃教於田獵劉向尚書五行說金西方萬物既成殺氣之始也
故立秋出軍行師西方為金故曰金郊國語虢文公曰三時務農一時講武銑曰木之柔條至秋則成勁葉遇於風
霜日見稀也因氣斂殺言獵也金郊西郊也講師謂講武教戰也爾乃列輕武整
戎剛建雲髦啓雄芝善曰輕武戎剛四車名也司馬彪續漢書輕車古之戰車也不中

不蓋韓子管仲之始作也桓公武車記武車綏旌書戎車三百兩詩元戎十乘漢書衛青令武剛車自環
為營張晏曰兵車也雲髦雲旆竿上施旌也上林賦連雲旆髦與旄古字通子虛賦建干將之雄戟芝鋒刃也漢書賈
誼曰解十二牛而芒刃不頓也向曰輕武車名戎剛兵之剛猛者建立啓開也雲髦旌旗之屬雄芝劍戟之利刃
駕紅陽之飛鸞駿唐公之驌宿驦音霜善曰紅陽飛鸞未詳或曰
駿馬圖有含陽侯驃疑含即紅聲之誤也左傳曰唐成公有兩驌驦馬融曰驌驦鴈也馬似之也銑曰紅陽唐
公人也並有良馬名飛鸞驌驦也駿亦駕也屯羽隊於外林縱輕翼於中
荒善曰羽隊士負羽而為隊也羽獵賦蒙盾負羽而羅者以萬計翼左右甄也越絕書子胥兵分為兩翼夜火相
望濟曰屯聚也羽隊持箭者為隊伍輕翼謂鷹鸇之類爾乃布飛羅五臣作羅張脩罠
陵黃岑挂青巒善曰罠或云飛羅盧蟠切罟謂之罠罠或作罠音旻爾雅曰兔罟也
劉逵吳都賦注罠麋網也然張氏之意蓋同劉說罠成為羅爾雅巒嶞也郭璞曰山嶞長者荊州謂之巒翰曰羅罠網

文選廿五　十

也將此網陵於黃岑挂青巒也黃者謂山居上浸黃道日行處也畫長壑善作谿以
為限帶流谿以為關翰曰畫謂分長川以為限制流谿以為關守恐失禽也既
乃內無疏蹊外無漏跡善曰廣雅疏通也七啓下無漏遠上無逸飛良曰網羅
既密關守已周故獸無疏漏遺走之路叩鉦征數校舉麾旌五臣作讃獲
善曰周禮鼓征鳴鐲車徒皆行鄭玄曰鐲征也散為陣列而行漢書大校獵如淳曰合軍聚眾有幡校也周禮建
大麾以田鄭玄曰不在九旗之中周禮服不氏射則贊張侯以旌居乏而待獲鄭玄曰待獲射者舉旌以獲也向曰
叩擊鉦鼓以數立功校之法舉麾號令論其所獲賞罰之制以示眾人然後馳騁自讚美也麾謂白旄之旌以指揮軍眾
者彀構金機馳鳴鏑的翦剛豪落勁翮善曰說文彀張弓弩機弩
牙也以金為之漢書冒頓乃作為鳴鏑音義箭鏑也如今鳴箭是也銑曰彀張弓金機弩牙也鳴鏑箭也剛豪獸也勁
翮鳥也翦落傷也車五臣作連騎競騖驟武齊轍也善曰說文騖亂馳毛詩傳武迹

也杜左氏傳注轍車迹也濟曰騖馳騁並也翕忽揮霍雲迴風
列良曰並飛走亂急也聲動響飛形移景發善曰孫卿子曰下之和上譬猶響之應聲
影之隨形　良曰景影也舉戈林竦揮鋒電滅善曰東京賦戈矛若林　廣雅
竦上也翰曰竦驚也電滅言疾也仰傾雲巢俯殫地穴善曰周禮有穴氏鄭玄曰
穴搏蟄獸所藏者　向曰雲巢高巢也殫盡也地穴獸居處謂傾盡鳥獸乃有圖文之豜
韋班題之豵音宗　善曰詩傳豕一歲曰豜　又鄭玄曰豕生三子曰豵然此豜豵猜諸尸不專論豕
也　銑曰豜豵獸名圖文者其文圜也班題額也戴鬣獵風生怒目電瞛七容
反　善曰瞛光也　銑曰鼓動鬐鬣則風生怒目如電瞛有光也口𪐴霜刃足撥飛鋒
善曰說文𪐴齧骨也胡狡切　廣雅撥除也補達切濟曰鋒刃也此皆獸與人爭鬬鼿五忽林蹶
厥石扣叩䟢步木幽叢善曰鼿以鼻搖動也　爾雅注蹶動搖之貌也　孔安國論語注扣

擊也　毛萇詩傳䟢蹶也扣䟢或謂却伏也　向曰恐懼馳走之急也䟢謂足攖遏扣䟢擊排也幽叢深木林也
於是飛黃奮銳賁奔石五臣作育逞伎䧾子六封狶喜
僨奮馮豕善曰史記飛廉以材力事紂　子中黃伯余左執太行之優而右搏雕虎　說苑勇士孟
賁水行不避蛟龍陸行不避虎狼　吳越春秋夫差使王孫聖占夢聖曰占之不吉王怒使力士石蕃以鐵椎椎殺聖
博物志石蕃衛臣也背負千二百斤沙　淮南子伍子胥曰吳爲封狶脩蛇　小雅封大也　方言南楚人謂豬爲狶
爾雅僨僵也甫運切僨或爲攢非　王逸楚辭注馮大也翰曰飛飛廉黃中黃賁孟賁育夏育並古之捷勇人也皆奮
起其勇逞示伎巧也封馮大也狶豕獸也拉力荅甝含虪叔挫獬五臣作解廌宅買切五
臣作貔句古侯爪摧鋸牙捭北買反　善曰爾雅甝白虎虪黑虎　張揖漢書注獬廌似鹿而一
角也　淮南子句爪鋸牙於是摯矣　說文捭兩手擊也補買切　銑曰甝虪獬貔猛獸名既爲勇士拉挫爪牙雖如
句鋸之利並見摧捭者也瀾漫狼藉傾榛倒壑殞斷疾賜挂山僵

踣蒲北掩澤善曰說文曰草編狼藉也　鄭玄周禮註四足斃者曰斷　爾雅曰僵仆也　爾雅注踣前
覆也　張揖上林賦注掩覆也濟曰瀾漫狼藉言獸死者多也傾於榛林倒於溪壑蕩肉桂於山峰僵斃掩於川澤榛木
林椅肉也僵踣斃也藪爲毛林隰爲丹薄善曰周禮注澤無水曰藪也　廣雅草叢生
曰薄　翰曰藪澤之中禽獸之毛爲林原隰之木塗禽獸之血爲薄薄亦林也丹赤也於是撤圍頓
罔卷旆收鳶音緣　善曰鄭玄儀禮注曰撤除也頓猶捨也　禮記前有塵埃則載鳴鳶也　良曰撤
去頓下也言獸已盡開去其圍頓下其網卷藏旆旌鳶者剝鳥皮置之竿上虞人數獸林衡
計鮮善曰　周禮有虞人又有林衡　尚書傳鳥獸新殺曰鮮　向曰虞人林衡周時掌山澤官命數其所獲
之獸計其鮮者論最犒苦到勤息馬韜弦善曰張晏漢書曰最功第一也　西京賦
犒勤賞功　左傳注犒勞也　韜藏也　向曰最謂功第一者勤勞謂論其第一之功以勞其勞息馬而藏其弓弦也
肴駟連鑣酒駕方軒善曰說文鑣馬銜也　西京賦酒車酌醴方駕授饔　良曰肴膳也

方並軒車也謂宴軍士其行膳以駟馬連銜並車駕酒而行之千鍾電釂子曜萬燧星繁
善曰孔叢子曰堯飲千鍾　西京賦升觴舉燧既釂鳴鍾說文釂飲酒盡也　翰曰鍾酒器電疾釂盡也燧舉火以知
酒盡星繁言火多也陵阜霑流膏谿谷厭芳烟良曰宰割炮多陵阜之間霑脂脂膏
谿谷之內厭其香烟也芳香也歡極樂殫迴節而旋五臣無此兩句善曰　周禮注曰節信
也行者所執之信也此亦田游之壯觀子豈能從我而爲之
乎善曰封禪文天下之壯觀公子曰余病未能也
大夫曰楚之陽劍歐冶所營善曰越絕書楚王召風胡子而問之曰寡人聞
吳有干將越有歐冶子寡人願齎邦之重寶請此二人作爲鐵劍可乎於是風胡子之吳見歐冶干將使之作鐵劍三枚
一曰龍淵二曰太阿三曰工市　翰曰陽劍劍名歐冶善爲劍者營作也耶谿之鋌徒鼎赤
山之精善曰越絕書越王句踐有寶劍五陽於天下客有能相劍者名曰薛燭王召而商之對曰當造此

劒之時赤堇之山破而出錫若耶之谿涸而出銅淮南子注鋌銅鐵璞也精謂其中尤善者　濟曰耶谿赤山並山名出銅鐵也鋌鐵名精銅之妙者**銷踰羊頭鏷**五臣作鍱**越鍛**丁亂**成**善曰淮南子苗山之鋌羊頭之銷雖水斷龍舟陸剸兕甲莫之服帶許愼曰銷生鐵也高誘曰苗山利金所出羊頭之銷白羊子刀也鏷或謂為鍱廣雅鍱鋌也謝承後漢書孝章皇帝賜諸尚書劒手自署姓名尚書陳寵濟南鍛成　蒼頡篇鍛椎也　翰曰鑄鐵不銷以羊頭骨灰致之乃銷鍱鐵鋌也鍛成謂濟南鍛成之劒踰越皆過也**乃鍊乃鑠**始畧**萬辟**必亦**千灌**善曰說文鍊冶金也賈逵國語注曰鑠銷也說文銷鑠金也辟謂疊之灌謂鑄之典論魏太子丕造百辟寶劒長四尺　王粲刀銘灌辟以數質象以呈也　銑曰鍊鑠辟灌並銷鑄銷鍊之名千言多也**豐隆奮椎**直追**飛廉扇炭**善曰越絕書薛燭曰當造此劒之時雨師灑掃雷公擊橐蛟龍奉爐天帝裝炭思玄賦注豐隆雷公也　楚辭注飛廉風伯也　向曰豐隆雷師也奮舉也飛廉風師也使雷師奮椎風師扇炭以鑄劒也**神器化成陽文陰縵**莫半

文三十五　十三

善曰吳越春秋干將者吳人造劒二枚一曰干將二曰莫耶莫耶者干將之妻名也干將曰吾師之作冶也金鐵之類不銷夫妻俱入冶爐之中莫耶曰先師親爍身以成物妾何難也於是干將夫妻乃斷髮揃爪投入爐中使童女三百鼓橐裝炭金鐵乃濡遂以成劒陽曰干將而作龜文陰曰莫耶而漫理干將匿其陽出其陰而獻之闔閭闔閭甚重之　向曰神器劒也成言其若造化而成劒兩面有陰陽有文章陰則平慢之**流綺**五臣本作既而流綺星連**星連浮彩豔發**善曰綺光色也觀其劒爛如列星之行典論太子丕劒銘流采色似米杠劒齒㨽切　越絕書王取純鈎薛燭謂精氣衝天與星連也浮彩謂色也豔發謂光起也　翰曰流綺謂文章魏星連**光如散電質如耀雪**翟　善曰莊子此劒一用而雷之震電之魏文帝大墻上蒿行我帶長寶劒光白如積雪也**霜鍔水凝冰刃露潔**善曰典論魏太子丕造素質堅而似霜造上首理似堅冰聲類鍔刃刃也漢書凝冰之潔也越絕書曰王取鈍鈎薛燭觀其光如水之溢於塘觀其文煥煥如冰之將釋　濟曰鍔鋒其利如霜其色如水凝亦冰也潔清也氣色凜凜若霜之清潔**形冠豪曹**

名珍巨闕善曰越絕書越王取豪曹薛燭曰豪曹非寶劒也夫寶劒五色並見莫能相勝曹已擅名矣非寶劒也王取巨闕曰非寶劒也夫寶劒者金錫和銅而不離今巨闕已離矣非寶劒也　銑曰豪曹巨闕並劒名冠謂勝也珍謂重也**指鄭則三軍白首麾晉則千里流血**善曰越絕書　楚王作鐵劒三枚晉鄭聞而求之不得興師圍楚之城三年不解於是楚王引太阿之劒登城而麾之三軍破敗士卒迷惑流血千里晉鄭之軍頭畢白也　向同善注**豈徒水截蛟鴻陸灑奔駟**善曰韓非子負長劒赴榛薄折兕豹赴深淵斷蛟龍戰國策蘇秦曰韓卒之劒水擊鴻雁越絕書句踐示薛燭巨闕曰吾坐露壇之宮有駟駕白鹿而過者車奔馬騰吾引劒而指之駟駕上飛揚不知其絕　向曰蛟龍也鴻鳥也越有寶劒而有駕駟車奔騰者以劒指之奔駟上飛不知其極迺猶擊也**斷浮翮以為工絕重甲而稱利云爾而已哉**善曰浮翮鴻鴈也史記蘇秦說韓王曰韓卒之劒當敵則斬堅甲也　翰曰浮翮飛也工能也絕亦斷也重甲兵之兩重亦得斷之云尓而已哉並歎

文選卅五　十四

辭也**若其靈寶則舒辟無方奇鋒異模形震薛燭**善本作蜀**光駭風胡**五臣作湖　善曰說文舒申也　晉灼漢書注方常也　鄭玄詩箋模法也越絕書為燭吳越春秋為蜀蓋一人也　濟曰薛燭風湖二人知劒者也言此劒神靈之寶舒卷不常奇模異狀乃能震動驚駭此人辟卷也神劒者皆柔可卷而懷之復可舒而用之也**價兼三鄉聲貴二都**善曰越絕書句踐示薛燭純鈎曰客有買之者有市之鄉二駿馬千匹千戶之都二可乎薛燭曰雖傾城量金珠王滿河猶不得此一物況有市之鄉二駿馬千匹千戶之都二何足言焉然實二鄉而云三者避下文也　翰曰此劒價兼於彼聲貴於此**或馳名傾秦或夜飛去吳**善曰越絕書曰闔閭無道湛盧之劒去之入水行溱楚楚王臥而設湛盧之劒　秦王聞而求之不得興師擊楚曰與我湛盧之劒還師去汝　楚王不與也　良曰吳有湛盧劒也王無道劒夜飛去入水楚王得之秦聞之求而不與此乃先去吳而後傾秦今先云秦者蓋取韻也**是以功冠萬載威曜無窮揮之者無前擁**

之者身雄善曰說文揮奮也漢書元后詔奮無前之威濟曰此翮之功爲萬載之首威及無窮揮之則敵不敢前執之者爲雄伯也陷首攤執也可以從子容服九國橫制八戎善曰過秦曰秦人開關延敵九國之師逡巡而不敢進史記趙良曰五羖大夫相秦施德諸侯而八戎來服也翰曰可以破從約之親服九國之服制御八方之戎九國謂齊楚燕韓魏宋衛中山也橫大也爪牙景附函夏承風善曰毛詩祈父于王之爪牙將軍夫人殷氏誄英雄景附崔琰大河東賦函夏之大漢家語舜之爲君四海承風也向曰爪牙猶英雄人也景影也言此翮之威天下英雄來附者皆如影之附形也函夏中國也亦言承風而懼矣此蓋希世五臣作代之神兵善曰魯靈光殿賦邈希世而特出翮能威天下故比之神兵向曰子豈能從我而服之乎

公子曰余病未能也

大夫曰天驥之駿逸態超越善曰天驥天馬也驥或爲機傅玄乘輿馬賦九方不能測其天機列子伯樂曰九方皐之所觀天機也銑曰驥馬也奇逸之態超越衆馬稟氣靈淵受精皎月善曰尚書傳稟受也遯甲開山圖曰龍西神馬山有淵也龍馬所生春秋考異記地生月精爲馬月數十二故馬十二月而生向曰靈淵渥洼也月精爲馬皎明也眸莫侯瞯閑黑照五臣作昭玄采紺發善曰孟子注眸子瞳子也說文瞯戴目也說文紺深青而赤翰曰眸眼也瞯白睛也言眼黑白分明玄采黑色也紺青赤色此馬赤黑之色沫如揮紅汗如振血善曰漢書天馬歌霑赤汗沫流赭應劭曰大宛馬汗血霑濡也流沫如赭也周易注揮散也韓詩章句振猶奮也銑曰沫曰沫也紅沫色紅也汗流赤色如振血下秦青不能識其衆尺方堙不能覩其若滅善曰呂氏春秋古者善相馬者管青相脣吻秦牙相前皆天下良士也若趙之王良秦之伯樂九方堙尤盡其妙相馬經夫法千里馬有三十六尺四寸列子伯樂曰天下之馬者若滅若没若亡若失若此者絕塵弭轍濟曰秦青方堙二人名皆善相馬知其尺寸遲速衆相也若滅者言

良馬行疾若滅也爾乃巾雲軒踐朝霧善曰鄭玄周禮注巾猶衣也淮南子馮夷大丙之御也乘雲車入雲蜺游微霧翰曰巾飾也謂馬行疾若入雲霧赴五臣作越春衢路秋御善曰秋御秋駕也莊子注秋駕法駕也良曰越春衢者所以游於春時以騁其駿也秋御駕也所以秋乘也蚪蛹勇螭騰麟超龍翥善曰甘泉賦曰駟蒼螭兮六素蚪劉梁七舉曰天馬之號出自西域纖阿爲右御以術儀攬轡舒節麥雲先螭尸子馬有騏驎徑駿南都賦馬鹿超而龍驤銑曰蚪螭亦龍也麟神獸蛹騰超翥並疾飛也望山載奔視林載赴向曰載則赴告氣盛怒發星飛電五臣作雷駭善曰李尤士歎曰神奔電驅星流矢驚則莫若益野騰駒濟曰駭驚也志陵九州勢越四海翰曰神駿之心遠也影不及形塵不暇起五臣作越字善曰劉廣毋七興曰駿驅之馬影不及形塵不暇興也翰曰行疾影不及隨其形塵雖起已去塵遠也浮箭未移再踐千里翰曰浮箭謂水漏刻曰時節者言刻未移已再及於千里之道爾乃踰天垠越地隔向曰垠畔隔界也過汗漫之所五臣無所字不游躡章亥之所五臣無所字未跡善曰淮南子若士曰吾與汗漫期於九垓之上若士舉臂竦身而遂入雲中禹乃使大章步自東極至於西極二億三萬三千五百里七十步使豎亥步自北極至南極一億三萬三千五百七十里銑曰汗漫能游天者也大章豎亥亦捷行步者也言此馬行過此三人行歷之跡陽烏爲之頓羽夸父爲之投策善曰春秋元命苞陽成於三故日中有三足烏烏者陽精山海經夸父而自競走渴飲河渭河渭不足北飲大澤未至道渴而死弃其杖爲鄧林銑曰陽烏日中烏也夸父鄧夸父杖策競走此馬行過之故烏則不翔而夸父投棄其策也頓下也斯蓋天下之儁乘銑曰此馬天下儁乘也子豈五臣有能字從我而御之乎濟曰御乘也公子曰余病未能也

大夫曰大梁之黍瓊山之禾善曰大梁黍未詳瓊山禾即崑崙之山大禾山海經崑崙之土有木禾長五尋大五圍　良曰大梁郡名出黍瓊山出禾此將說滋味曰腹也此篇所述鳥獸魚蟲之類皆謂食也唐稷播其根農帝嘗其華善曰尚書　帝曰汝后稷播時百穀

賈誼曰神農嘗百草之實教人食穀也　向曰堯有后稷主播種百穀也播布也神農帝嘗百草味將使人食之華苗也

爾乃六禽殊珍四膳異肴善曰周禮庖人掌共六禽鄭司農注曰鴈鶉鷃雉鳩鳴禮記孟春食麥與羊孟夏食菽與雞孟秋食麻與犬孟冬食黍與彘　良曰六禽鳧鴈雉鴽鶉鷃也四膳四時所食各異其肉也肴肉也窮海之錯極陸之毛善曰尚書海物惟錯說加豆陸產也穀梁傳凡地之所生謂之毛　向曰海中滋味者錯雜言多也陸毛獸也伊公爨鼎庖子揮刀善曰伊公伊尹也韋昭漢書注爨灼也庖子庖丁也翰曰爨然也鼎煮器也庖子庖丁也所以宰割肉也味重九沸和兼勺知畧藥音畧善曰呂氏春秋伊尹說湯曰凡味之本

水最為始五味三和九沸九變為火之紀高誘曰紀節也味待火然後成故曰火為之節文穎上林賦注勺藥五味之和翰曰伊尹云五味九沸乃可食之取其熟九陽數之極勺藥五味相和也晨鳧露鵠霜鵽丁刮黃雀善曰說苑曰魏文侯耆晨鳧霜露降鵠鵽美南都賦歸鴈鳴鵽　楚辭煎鰿臛雀王逸曰臛黃雀也　向曰鳧鵠黃雀皆鳥名晨晨飛露露宿霜飛也圞五丘作負按星亂方丈華錯善曰鹽鐵論垂拱持案食者不知蹠耒躬耕者之勤也墨子美食方丈目不能徧視口不能徧味也　列女傳方丈於前所甘不過一肉也　濟曰負案方丈食器也星亂華錯言多而美雜也封熊之蹯煩翰音之跖之石反　善曰左傳晉靈公宰夫胹熊蹯不熟禮記雞曰翰音　呂氏春秋善學者若齊王之食雞也食其跖數千而後足也　濟曰封大也熊獸名蹯掌也翰音雞也跖足也鷰髀薄米猩脣髦殘象白善曰呂氏春秋伊尹說湯曰肉之美者雋燕之髀　孫炎尒雅注雋朋圭切說文髀股外也髀尒切呂氏春秋伊伊白肉之美者猩猩之脣髦象之約高誘曰髦髦牛也在西方象象獸也在南方約美也髦

象之肉美貴異味也殘白蓋煑肉之異名也崔駰博徒論曰燕臛羊殘炙鴈煑鳧也　良曰燕鳥也猩髦象皆獸也殘謂為猛獸所食之殘者亦猶豺殘也白謂脂也亦猶熊白也靈淵之龜萊黃之鮐善曰七啟曰寒方苓之巢龜鹽鐵論曰江湖之魚萊黃之鮐可不勝也漢書東萊郡有黃縣說文曰鮐海魚也待來切　翰曰靈淵深淵也萊黃地名出鮐魚丹穴之鷚五丘本作鷚字玄豹之胎善曰山海經曰丹穴之山有鳥焉其狀如鶴五采名曰鳳說文曰鷚鳥大鶵也列女傳陶荅子妻曰南山有玄豹　六韜曰殷君王孟象箸不盛菽藿之羹必將熊蹯豹胎也　向曰丹山之穴鳳鶵也豹獸名胎謂小者爓昌善以秋橙直耕酤添以春梅善曰左氏傳晏子曰和如羹焉水火醯醢鹽梅以烹魚肉爓之以薪杜預曰爓炊之也博物志曰橙似橘而非若柚而有芬香劉梁七舉曰酤以醯醢和以鹽鮨廣雅曰沾益也酤與沾同也他兼切尚書曰若作和羹尒惟鹽梅　向曰爓煑酤和也梅橙果實也其味酸以煑和諸味橙秋熟梅春熟接以商王之箸直慮承以帝辛之杯善曰商王帝辛皆謂紂也史記曰帝乙崩辛立是為帝辛

天下謂之紂　六韜曰殷君陳玉杯象箸　韓子曰紂為象箸箕子曰象箸玉杯不盛菽藿者也　張銑注亦同范公之鱗出自九溪善曰陶朱公養魚經曰威王聘朱公問之曰公家累億金何術乎朱公曰夫為生之法五水畜第一所謂水畜者魚池也以六畝地為池池中有九洲即求懷子鯉魚以二月上旬庚日內池中養鯉者鯉不相食易長又貴也　濟曰范蠡養魚之浦稱九溪謂池中有洲渚數為九也溪池也赬尾丹鰓紫翼青鬐音耆　善曰毛詩曰魴魚赬尾丹鰓已見上文　上林賦曰捷鬐掉尾振鱗奮翼　翰曰赬赤色也此說魚尾鰓翼鬐之顏色也爾乃命支離飛霜鍔紅肌綺散素膚雪落善曰莊子曰朱泙漫學屠龍於支離益彈千金之家三年技成而無所用其巧　司馬彪曰朱姓也泙漫名也益人名也泙普彭切霜鍔已見上文　七啟曰玄熊素膚　又曰離若散雪　翰曰支離古之屠人也鍔刃也霜者利也肉之紅者如綺素白者如雪肌膚皆肉落散為刃所破也婁子之毫不能厠其細秋蟬之

翼不足擬其薄善曰孟子離婁者古明目者也能視百步之外見秋毫之末　楚辭蟬翼爲重　翰曰厠北也謂厨人切割魚細薄之妙雖明目者能割析毫厘之小不亦不能比此細也繁肴既闋苦決亦有寒羞善曰蒼頡篇闋訖也　周禮朝事之籩鄭司農曰朝事謂清朝未食先進寒具口實之籩也　向曰肴膳闋終也寒羞謂朝之食也謂繁多之膳食既終變有清朝所進滋味者羞進也商山之果漢臯之榛兗豆反　善曰漢書曰四人者秦之出避而入商雒深山漢書弘農郡有商縣　韓詩外傳鄭交甫遵彼漢臯臺下　郭璞上林賦注榛亦橘之類也或曰榛　向曰商山名漢臯漢水之畔榛果名析先歷龍眼之房剖椰以差子之殼口角反　善曰劉淵林吳都賦注曰龍眼如荔枝而小味甘又曰椰樹似檳榔實大如瓠裹有汁美如蜜核可作飲器殼即核也凡物也內盛者皆謂之殼苦角反協韻苦豆切　向曰龍眼椰子果名剖開破也房殼皆皮也芳旨萬選承意代奏善曰　周禮注選擇也　孔安国尚書傳奏進也良曰芳香旨美謂香美之味萬度選擇承意所欲更代

而進之乃有荆南烏程豫北竹葉善曰盛弘之荆州記渌水出豫章康樂縣其間烏程鄉有酒官取水爲酒酒極甘美與湘東酃洁酒年常獻之世稱酃渌酒　吳地理志吳興烏程縣酒有名張華輕薄篇蒼梧竹葉青宜城九醞酒良曰荆南豫北地名烏程竹葉酒名浮蟻星沸飛華蓱接善曰南都賦　醪敷徑寸浮蟻如蓱也　銑曰酒上有浮者如蟻星沸言多亂也如花之飛水蓱之泛相連接者也玄石嘗其味儀氏進其法善曰博物志曰玄石從中山酒家酤酒酒家與之千日之酒　戰國策魯君曰昔帝女儀狄作酒而美進之於禹　向曰玄石古之知酒味者儀氏善造酒者傾罍一朝可以流湎千日善曰薛君韓詩章句齊顏色均衆寡謂之流閉門不出謂之湎　漢書谷永曰流湎媟嫚千日已見上文良曰罍樽也流湎醉也言酒溢多而醉千日醒也單醪投川可使三軍告捷善曰黃石公記　昔良將之用兵也人有饋一簞之醪投河令迎流而飲之夫一簞之醪不味一河而三軍思爲致死者以滋味及之也　翰曰楚與晉戰或人進王一簞酒王欲

與軍士共之則少而不偏乃傾酒於水上源令衆七飲之上卒皆醉乃感恵盡力而戰晉師大敗之醪酒也簞謂一樽也告捷克勝之名斯人神之所歆羨觀聽之所煒燁也善曰毛詩曰帝謂文王無然歆羨　說文歆神食氣也　方言煒盛也郭璞曰煒燁盛皃　銑曰歆食羨美也觀見聽聞也言此滋味與酒人神所食美之見者以爲盛也子豈能彊起而御之乎濟曰御食也公子曰耽口爽五臣作爽口之饌甘腊昔毒之味善曰老子曰五味令人口爽　廣雅爽傷也　國語單襄公謂魯成公曰高位寔疾顛厚味寔腊毒　賈逵曰顛隕也腊久也言味厚者其毒久　濟曰耽樂爽亡饌食也腊乾肉服腐腸之藥御亾國之器善曰呂氏春秋曰肥肉厚酒以務相彊命曰爛腸之食亾國之器六韜殷君玉杯象箸不盛菽藿之羹必將熊蹯豹胎也　翰曰人以括淡寡欲清心爲務以理天下此皆有益於時無味味於口若專食肥鮮則必喪亾其正道之味故比之有毒腐腸之藥可以害人亾國之器謂象箸玉杯紂用而亾也雖子大夫之所榮故亦

吾人之所畏余病未能也大夫曰蓋有晉之融皇風也金華啓徵五臣作運大人有作善曰　杜預左傳注融朗也　周易利見大人又曰聖人作而萬物覩　良曰融通啓開徵應也上說公子皆不入今說晉朝之德以曉之言晉通上皇至理之風也晉金德王故曰金華開應也大人天子也繼明代照配天光宅善曰周易曰明兩作離大人以繼明照于四方　毛詩序思文后稷配天也　尚書序昔在帝堯光宅天下　良曰晉德之明則繼曰照於天下比天覆於萬物而大居中上也配比光大宅居也其基德也隆於姬公之勳岐善曰姬公文王也文王勳岐已見思玄賦　銑曰基本崇盛也姬公文王也言以德爲本則盛於文王之勳岐山之陽其垂仁也富乎有殷之在亳善曰尚書仲虺曰惟王克寛克仁彰信兆民孔安国曰言湯有寛仁之德尚書湯既黜夏命復歸於亳　向曰有殷湯也言湯所都地名也南箕之風不能暢其化離

畢之雲無以豐其澤 善曰尚書曰星有好風星有好雨 春秋緯月失其行離於箕
者風離於畢者雨也 翰曰南箕星名主風風所以養物暢
通也畢星主雨離著也月行著畢則雨也雨可以潤物雲所
以致雨言晉德如風之養物雨之 皇道煥炳帝載緝熙
潤物故通其政化豐其恵澤
善曰景福殿賦樂我皇道 尚書有能奮庸熙帝之載詩維
清緝熙文王之典也 向曰皇大帝天緝安熙廣也言大
道熙明乃天之法則 安 道氣以樂宣德以詩 善曰呂氏
人廣恵炳煥謂照明也 春秋曰陶
唐氏之化陰多滯伏陽道壅塞人氣鬱閼筋骨攣縮作舞宣
導之 國語王將鑄無射問律於泠州鳩對曰律所以立均
度所以宣布哲人之令德示民軌儀也 濟曰道引 教清
也言引和氣以樂宣帝德以謳謠也詩謂謳歌者也
於雲官之世治穆乎鳥紀之時 五臣作官 善曰 左傳郯子來朝公與
之宴昭子問焉曰少皞氏鳥名官何故也郯子曰昔者黃帝
氏以雲紀故為雲師而雲名我高祖少皞摯之立也鳳皇適
至故以鳥紀為鳥師而鳥名也 翰曰雲官 王猷四塞
黃帝時鳥紀少昊帝時教化也穆美也

文三十五　廿一

入 函夏謐寧 五臣作靜 善曰毛詩曰王猶允塞猶與猷
聲 同 尔雅謐寧也 銑曰猷道謐安也函夏
謂中國也言王道四 丹冥投烽青徼 冐 釋警 善曰丹
方充塞中國安靜也 南方朱
冥也 楚辭歷祝融於朱冥王逸曰朱冥之野也青徼東方
也 呂氏春秋禹東至青羌之野南至交趾丹粟 後漢
書曰遼東徼外貊人寇右北平 張揖漢書注徼塞也以木
柵水中為夷狄之界 銑曰丹冥南方遠地謂蜀也言蜀以
破投去烽火不設兵守青徼東方謂吳也已平釋捨 郄 五臣
戍候不用卒也南方赤故云丹冥遠徼邊也 郄走
馬於糞車之轅銘德於昆吾之鼎 五臣作吳 善曰老子曰天下有
道卻走馬以糞王弼曰天下有道脩於內而已故卻走馬以
糞田東京賦卻走馬以糞車墨子昔夏開使飛廉採金於山
以鑄鼎於昆吾 蔡邕銘論呂尚作周太師而封齊其功銘於
昆吾之冶也 翰曰糞甲也兵甲不用卻走馬以理田農也
車營田之車鼎鑄金為器有德銘
於上昆吾地名作鼎之處 羣萌 五臣作氓 反素時文
載郁 善曰素樸素也東京賦遵節儉尚素樸論語周監於
二代郁郁乎文哉 向曰羣氓民也反素謂反於純

素之時文謂禮樂
也載則也郁美也 耕父推畔魚豎讓陸 善曰文子曰黃帝之化天下田
者讓畔 淮南子黃帝化天下漁者不爭隈也 向曰
推亦讓也魚豎謂捕魚人也凡鈞魚據於陸而臨於水今流
王化皆能有讓不
先自安於已也 樵夫耻危冠之飾輿臺笑短後之
服 善曰長楊賦曰士有不談王道者即樵夫笑之韓非子稱其長劒免其危冠左傳人有十等阜臣僕僕臣臺莊子
太子謂莊周曰吾王所見唯劍士短後之服主乃說之也
翰曰樵夫采薪者也輿臺賤人也危冠短後服戎士衣也耻
危冠顧事君也笑短服 六合時邕巍巍蕩蕩 善曰呂
不用也 氏春秋
曰神通乎六合尚書黎民於變時雍論語大哉堯之為君蕩
蕩乎民無能名焉巍巍乎其有成功也 良曰六合四方上
下也邕和也巍巍功高
也蕩蕩德廣也 玄齠徒堯巷歌黃髮擊壤 善曰埤蒼
曰髫髮也髫與齠古字通大聊切 列子堯理天下乃微
服游康衢聞兒童謠曰立我蒸民莫匪尔極不識不知順帝
之則毛詩曰黃髮駘背 尔雅黃髮壽也 論衡堯時天下
大和百姓無事有五十之人擊壤於塗也 濟曰齠亦髮也

文三十五　廿二

謂玄髮童子黃髮壽人並歌謠於衢巷田壤之中也堯治天
下大和有擊壤歌曰日出而作日入而息帝何力於我哉善
和平
之至 解羲皇之繩錯陶唐之象 善曰周易曰上古結繩而治 尚書
大傳唐虞之象刑赭衣不純中刑雜屨下刑墨幪幪音蒙 銑
曰古者文字未生而伏羲氏畫八卦以代之言晉之和平法令
寬理道出百王亦猶伏羲解去結繩之政也陶唐
堯也堯為象刑象法也言晉德雜於文法也 若乃華
裔 五臣作裛 之夷流荒之貊 莫百反 善曰左傳孔子曰裔不謀夏夷不亂華尚書曰
五百里荒服二百里流孔安國曰要服之外五百里界也
周書四夷九貊孔晁曰貊夷之別也 銑曰華中國也裛遠
也流荒窮遠之地貊夷狄總名謂中國之遠 語不傳於輶
窮荒之地夷狄皆來王於晉德也
軒地不被乎正朔 善曰風俗通秦周常以八月輶軒使採異代方言藏之祕府春秋說題辭
曰蠻服流遠正朔不及盛德則感越常重譯至
向曰輶軒輕車也被及也正朔日月歷象之數 莫不駿
奔稽顙委質重譯 善曰毛詩駿奔走在廟喻巴蜀曰稽顙來享禮記拜而後稽顙左傳狐突

曰策名委質貳乃辟也　春秋説題辭蠻夷流遠正朔不及盛德則慼越裳重譯而至　翰曰駿疾也稽顙手至地而拜下委質謂屈身也重譯謂易夷狄之言以宣於帝聽也　于時昆蚑岐感惠

無時不擾　善曰毛詩序　文王德及鳥獸昆蟲焉　説文蚑行也凡生之類行皆蚑也　毛詩無思不服　應劭漢書注　擾馴也　向曰于時謂當時也昆蚑昆蟲也帝德及於昆蟲故感惠也而天子之心無所不及也擾猶及也

苑戲九尾之禽囿棲三足五臣作尺之鳥五臣作烏　善曰春秋元命苞天命文王以九尾狐白虎通曰禽者何鳥獸之總名明爲人所禽制也　典引三足軒翥於茂林蔡邕曰烏反哺之鳥至孝之應也　向曰苑囿天子育禽獸九尾禽狐也三足烏烏也皆天子有至德此物乃見狐游戲於苑禽與獸通言

鳴鳳在林夥禍　於黃帝之園　善曰禮瑞命記曰黃帝服黃服戴黃冠齋于宮鳳乃蔽日而來止帝園食竹實棲帝梧桐終不去　漢書楚人謂多爲夥　翰曰黃帝齋宮有鳳皇來止於帝園夥多也

有龍游淵盈於孔甲之沼　善曰左氏傳蔡墨曰有夏孔甲擾于有帝帝賜之乘龍河漢各二各有雌雄也杜預曰孔甲少康之後九世之君也　良曰帝孔甲好甲好養龍盈過也沼池也

萬物烟因熅於云　天地交泰　善曰周易曰天地絪縕萬物化醇又天地交泰　良曰烟熅和氣也泰通也言天地和氣交通而不亂也

義懷靡內化感無外　善曰莊子徧謂周曰吾知道近乎無內遠乎無外　濟曰王者之義心懷所感無內外皆同此無私之意靡亦無也

林無被褐山無韋帶　善曰老子聖人被褐懷王　漢書曰賈山上疏曰夫布衣韋帶之主脩身於內成名於外　翰曰被褐之衣逸人服也韋皮帶亦野人之帶山林之中無隱逸之人皆悦王道而來

皆象刻於百工兆發乎靈蔡　善曰尚書曰　高宗夢得説使百工營求諸野乃審象旁求於天下孔安國曰審所夢之人刻其形象也　史記呂尚年老矣以漁釣奸周西伯將畋卜之曰所獲霸王之輔於是西伯獵果遇太公　論語臧文仲居蔡鄭玄曰蔡謂國君之守龜　濟曰象刻百工傳説曰兆發靈蔡太公也高宗夢得説使百工刻其形象而求之文王卜出田於渭陽得太公以歸靈靈龜也蔡謂龜出蔡地

搢紳濟濟

軒冕藹藹　善曰封禪書因雜搢紳先生之略術　毛萇詩傳濟濟多威儀也　管子先王制軒冕足以著貴賤　廣雅藹藹盛也　良曰搢紳軒冕衣冠車服也濟濟藹藹美盛皃

功與造化爭流德與二儀比大　善曰淮南子大丈夫無爲與造化逍遥周易易有太極是生兩儀嚴君平老子指歸曰功與造化爭流德與天地齊光　良曰二儀天地

言未終公子蹶然而興　善曰莊子黃帝問廣成子廣成子蹶然而起　司馬彪曰蹶疾起皃　濟曰蹶然而興謂跳起也

曰鄙夫固陋守此狂狷古縣反　善曰論語　鄙夫不可與事君其未得之患得之既得之患失之　司馬遷書請略陳固陋　論語不得中行而與之必也狂狷乎狂者進取狷者有所不爲　濟曰公子聞晉德之盛驚之而言堅志於狹陋守愚蒙之主堅固也狂狷愚蒙也

蓋理有毀之而爭寶之訟解言有怒之而齊王之疾痊　善曰莊子庚市子肩之毀玉也淮南子莊子后解曰庚市子聖人無慾者也人有爭財相鬭者庚市子毀玉於其間而鬭者止　呂氏春秋齊閔王

病痟往宋迎文摯文摯視王疾謂太子曰王病得怒當愈愈則殺摯如何太子曰臣當與母共請於王必不殺子矣摯往不解屨登牀履衣問王之疾王怒叱而起病即瘳將生烹文摯太子與后請不得遂烹文摯　司馬彪莊子注痊除也　翰曰初大夫賂公子以音樂田游之事而公子怒而不應今風闡皇風聖美而怒解疾痊亦如昔有仙人見二人爭寶仙人自毀千金之璧二人曰彼千金璧尚且不愛而毀之何況此乎爭訟遂止齊威王有疾文摯云王疾得大怒必痊文摯乃不脫屨登王牀王大怒殺文摯疾乃痊也痊差也

向子誘我以聾耳之樂棲我以蔀部家之屋　善曰老子五音令人耳聾　周易豐其屋蔀其家覆曖章光之物也既豐其屋又覆其家屋厚家覆闇之甚也　向曰蔀家幽闇也

田游馳蕩利刃駿足既老氏之攸戒非吾人之所欲故靡德而應子　善曰注與向同　向曰遊獵也蕩游也利刃謂劍也駿足大躐也老氏老子也攸所也老子云五音令人耳聾馳騁曰獵令人心發征靡無也應從也

至聞皇風載韙于鬼　時聖道淳　善曰

左氏傳注𨘢是也于匪切　尚書政事惟醇孔安國曰醇粹也　銑曰戴則淳厚也舉賢為秋擒藻為春善曰韓詩外傳曰魏文侯之時子質仕而獲罪謂簡主吾不復樹德簡主曰夫春樹桃李夏以得蔭其下秋得食其實今子樹其非人也　答賓戲擒藻如春華也　銑曰舉用賢能亦如秋時萬物成實也發禮樂大章如春之萬物榮美也擒發也藻文也下有可封之民上有大哉之君善曰尚書大傳周人可比屋而封　論語大哉堯之為君惟天為大惟堯則之民或為屋也　銑曰堯治天下和平比屋可封爵也謂下人皆遷善也大哉之君堯也余雖不敏請尋五臣作從後塵善曰論語回雖不敏請事斯語矣　應援與桓元則書曰敢不策馳散尋後塵也　向曰不敏猶不違也公子請從大夫後塵以從仕也

詔

漢武帝

向曰漢書云武帝諱徹景帝中子謚曰武詔照也天子出言如日之照於天下也此謂下州郡求賢良

詔曰蓋有非常之功必待非常之人故馬或奔踶觀帝而致千里善曰言馬不良或奔或踶御之以道而致千里之塗　聲類踶蹋也杜計切翰曰以馬比賢人也士或有負俗之累而立功名善曰越絕書曰有高世之材者必有負俗之累也　翰曰賢人或以小節犯負時譏而見棄累者則藏器於內可以立功名晉灼曰被世譏論也夫泛方奉切五臣無夫字駕之馬跅拓弛式氏之士亦在五臣无在字御之而已善曰應劭曰泛覆也馬有餘氣力乃能䟴駕如淳曰弛廢也士行卓異不入俗儉如見斥逐也跅或音天　濟曰泛貶也跅逐御用也良馬奔而有餘力者必敗駕車之儀也人有才器卓異必見疾而逐之黜而廢之也此亦在人善用之而已其令州縣察吏民有茂才異等可為將相及使絕國者善曰應劭曰舊言秀才避光武諱改稱茂才異等者栽等

軼羣不與凡同也察觀也察審知然後薦之　桓子新論雍門周曰遠赴絕國無相見期也　銑曰其辭也察來也吏謂在官者民謂百姓也茂美盛也令其美才殊異於等倫堪任將相及奉使遠國者進之絕遠也

賢良詔

銑曰前詔郡國求賢良而賢畢至此詔問之策也

漢武帝

朕聞昔在唐虞畫象而民不犯善曰應劭曰二帝但畫衣冠章服而民不敢犯也　尚書大傳唐虞象形而民不敢犯　墨子畫衣冠而民不犯　銑曰畫衣冠之象以殊於常服將使犯法者服之以當刑罰而人乃無犯者日月所燭莫不率俾善曰大戴禮孔子曰昔舜出入日月莫不率俾　孔安国尚書傳無不循化而使也　良曰燭照率循俾使也帝德廣運日月所照之地皆循順帝道而求使用周之成康刑錯措不用德及鳥獸善曰紀年曰成康之際天下安寧刑措四十年不用　毛詩序文王受命樂其有靈德以及鳥獸焉　尸子湯之德及鳥獸矣　向曰錯置也教通四海海外肅慎北發渠搜氐羌來服善曰晉灼曰東夷傳肅慎今挹婁地是也在夫餘之東北千餘里大海之濱北發似國名　應劭曰禹貢析支渠搜屬雍州在金可關之西挹於甲切　大戴禮昔舜西王母來獻其白玉琯云教通于四海海外肅慎北發國名　大戴禮北發渠搜氐羌來服鄭玄詩箋曰氐羌夷狄國別在西方也　向曰肅慎北發渠搜氐羌四國名皆來服帝命星辰不孛勃日月不蝕翰曰孛亂也山陵不崩川谷不塞善曰大戴禮曰聖人有國日月不蝕星辰不孛川澤不竭山不崩解陵不絕矣　翰曰和氣流通麟鳳在郊藪河洛出圖書善曰禮記聖王所以順故鳳皇麒麟皆在郊藪　周易河洛出圖書聖人則之　濟曰藪澤也天子有道則河出圖洛出書皆應瑞也烏虖何施而臻此乎濟曰烏虖歎美之辭也臻至也言堯舜成康施何德惠以至於此哉今朕獲奉宗廟夙興以求夜寐以思若涉善無涉字淵水未知所濟善曰尚書曰予惟小子若

涉淵水予唯徃求朕攸濟 良曰獲得夙早興起寐卧淵深也言早起以求賢良夜卧思安宗廟若涉於深水未知所濟度言危懼也 猗歟偉歟何行而可以彰先帝之洪業休德 善曰如淳曰猗詩曰猗歟郡歟也猗美也偉大也歟辭也言美而且大 向曰猗歟辭也歎宗廟事大何以行道可以明光先帝大業美德者也 上參堯舜下配三王 翰曰參及配比也三王禹湯武王也 朕之不敏 善本無不不敏二字 不能遠德 良曰敏達也言我不達不能遠比堯舜三王之道 此子大夫之所覩聞也 善曰國語越王句踐曰苟聞子大夫之言賈逵曰覩而近故曰子大夫也 向曰子大夫謂賢良人也此天子之敬辭覩見也 賢良明於古今王事之體受策察問咸以書對著之于篇朕親覽焉 翰曰察明也言受我策文明我疑問皆書之以對述于篇章當親覽之咸皆著述也

冊 善曰說文曰冊符命也諸侯進受於王象其禮一長一短中有二編

文五十五　廿七

冊魏公九錫文

善曰後漢書曹操自爲魏公加九錫 韓詩外傳諸侯之有德天子錫之一錫車馬再錫衣服三錫虎賁四錫樂器五錫納陛六錫朱户七錫弓矢八錫鈇鉞九錫秬鬯謂之九錫

潘元茂 善曰文章志潘勗字元茂獻帝時爲尚書郎遷東海相未發拜尚書左丞病卒魏錫勗所作 向曰文章志潘勗陳留中牟人也少有逸才爲尚書右丞也冊符命也諸侯進爵受於王冊書其功績魏公曹操也錫賜也錫之九物以示功之重

制詔 善曰蔡邕獨斷制詔者王之言必爲法制也詔猶告也三代無其文秦漢有也 翰曰此漢獻帝之制也制者王者言必爲法制 使持節丞相領冀州牧武平侯 善曰魏志建安元年天子假太祖節鉞封武平侯建安九年領冀州牧 良曰持執也執節出外令得專前事以示天子之信以明重臣之忠節也領統也 朕以不德少遭閔凶越在西土遷于唐衛 善曰朕謂獻帝也 左傳楚子曰不穀不德少主社稷文楚少宰如晉師曰寡君少遭閔凶又厚成叔弔于衛曰聞君不撫社稷而越在宄境 尚書湯美西土之人 後漢書獻帝紀初平元年遷都長安興平二年車駕東歸李傕復追戰王師敗帝渡河幸安邑建安元年六月幸聞喜七月車駕至洛陽漢書河東郡有安邑縣聞喜縣然自聞喜入洛必塗經河內河內本衛國河東本唐堯所封故曰唐衛 濟曰不德謂無德也閔病也謂靈帝崩也越遠也西土長安也唐謂安邑堯所居也衛謂河內也 當此之時若綴去旒流然 善曰公羊傳曰君若贅旒然何休曰旒旗旒也贅猶綴也以譬者言爲下所執持東西耳 銑曰旒冠上垂珠而綴於冠者言帝室之危如旒之懸然辭也 宗廟乏祀社稷無位羣凶覬記覦逾連帶城邑 善曰左傳師服曰民服事其上而下無覬覦杜預曰下不冀望上位也 說文覬幸也覦欲也 一人尺土朕無獲焉 善曰孟子紂之去武丁未久也尺地莫非其有也一民莫非其臣也 良曰言天下叛逆而我無一人之柄尺土之分獲得也 即我五臣無我字高祖之命將墜於五臣作于地 向曰墜落也 朕用夙興假寐震悼于厥心 善曰論語子貢曰文武之道未墜於地 毛詩夙興夜寐又曰假寐永歎 楚辭心震悼而不敢 濟曰夙早興起也假寐不脫衣冠而寢震驚悼痛厥其也 曰惟祖惟父股肱先正其孰恤朕躬 善曰尚書曰臣作朕股肱耳目 亦惟先正克左右昭事厥辟 惟祖惟父其伊恤朕躬鄭玄曰先正先臣爲公卿大夫 銑曰先正謂先帝之政也言非曹操祖父爲股肱之臣以輔佐先帝之政其誰憂我身者言曹公憂我也 乃誘天衷誕育丞相 善曰左氏傳甯武與衛人盟曰用昭念盟于爾大神以誘天衷 詩傳誕大也鄭玄曰大矣后稷之生 向曰誘進衷心也誕謂生也言曹公祖父憂深於國乃進至忠之心於上天遂生丞相終保漢室丞相即曹公也 保乂我皇家弘濟于艱難朕實賴之 善曰尚書 天壽平格保乂有殷 又曰用敬保元子弘濟于艱難 左傳

文三十五　廿八

然明曰鄭國其實賴之翰曰言曹公安理我國家大濟艱難我實蒙賴其功德保安又理弘大也今將授君典禮其敬聽朕命翰曰將封為魏公授其古先常行之禮使曹公敬承我命也典常聽承也昔者董卓初興國難羣后釋善本作失位以謀王室君則攝進首啓戎行此君之忠於本朝也善曰魏志曰董卓廢帝為弘農王而立獻帝將軍袁紹等同時俱起卓兵强莫敢先進太祖遂引兵西左氏傳王子朝告于諸侯曰釋位以間王政又曰會于洮謀王室也服虔曰諸侯釋其私政而佐王室向曰董卓為亂之首故云初也興起也羣后謂諸侯也諸侯見王室遭難皆去其位為王室謀安定之策而曹公則引進忠誠先開兵戎之行伍以除亂也攝進啓開也後及黃巾反易天常侵我三州延于平民五臣作人君又討之翦除其跡以寧東夏此又君之功也善曰魏志曰青州黃巾衆有百餘萬入兗州遂轉入東平太祖遂進兵擊黃巾於壽張東

破之黃巾至濟北乞降左傳太史克曰顓頊氏有不才子以亂天常尚書蚩尤惟始作亂延及平民翰曰黃巾賊張角自稱黃帝天兵三十六萬皆著黃巾於首也反易天常而謂亂天之常道也侵我三州謂青州兗州東平郡延于平人謂延及禍難於平居之人也而曹公討之大破翦除其跡謂盡殺也寧安也東夏洛陽也韓暹楊奉專用威命又賴君勳剋黜其難善曰魏志韓暹楊奉以天子還洛陽奉別屯梁太祖遂至洛陽邀走公征奉奉南奔袁術遂攻其梁屯拔之良曰韓暹楊奉並董卓將也專擅其威於闕中賴曹公之功能退其禍難也勳功剋能黜退也遂建許都造其京畿設官兆五臣作祧祀不失舊物天地鬼神於是獲乂此又君之功也善曰魏志曰建安元年洛陽殘破太祖都許于是宗廟社稷制度始立周禮設官分職又曰兆五帝於四郊鄭玄曰兆為壇之營域也左傳伍員曰少康祀夏配天不失舊物也向曰祧壇域祀祭也建立造作獲得乂治也時洛陽宮室並為董卓焚毀遷立都於許作我京兆邦畿設置官班始為壇塋祭祀不失漢家用

事禮樂之物袁術僭逆肆于淮南懾之涉憚君靈用丕顯謀蘄其陽之役橋蕤授首稜威南厲術以殞潰此又君之功也善曰魏志曰袁術字公路欲稱帝於淮南術侵陳公東征之術聞公自來棄君走留其將橋蕤公擊破蕤等斬之左傳肆於民上杜預曰肆施也蘄縣屬沛在陳之東也魏志術為太祖所敗欲至青州從袁譚發病道死漢書武帝報李廣曰威稜憺乎鄰國鄭玄論語注厲嚴整也左傳民逃於上曰潰翰曰肆恣也懾憚猶畏難也丕大役事稜威厲嚴殞死潰亂也言袁術僭號為帝於淮南曹公征之術畏難公之威靈大明之謀術乃棄軍而走曹公斬其將橋蕤於蘄陽蘄陽地名授首謂斬獲其首公奮其威而淮南之逆懼公嚴整而袁術死亂迴戈東指呂布就戮善曰魏志呂布字奉先五原人也為兗州牧建安三年公東征大破之布乃還固守公遂決泗沂水以灌城擒布殺之長揚賦迴戈邪指南越相夷濟曰征袁術迴兵而東又破呂布而殺之乘軒五臣作輇將返張揚沮慈與斃眭雖固

伏罪張繡稽伏此又君之功也善曰魏志曰張揚字稚叔雲中人也董卓以為建義將軍建安四年公征呂布張揚將楊醜殺揚以應太祖揚將眭固殺醜將其衆欲北合袁紹太祖遣史渙邀擊之殺固又曰張繡武威人驃騎將軍濟族子也濟死繡領其衆也宛太祖南征軍育水繡等舉降左傳楚王告令尹改乘轅而北之詩傳沮壞也向曰破呂布而還也轅車也張揚眭固皆敗而誅死也張繡降曹公沮敗斃死也伏罪謂誅之也稽拜也袁紹逆常謀危社稷憑恃其衆稱兵內侮善曰魏志曰袁紹字本初汝南人也天子以紹為太尉會太祖迎天子都許紹於精卒十萬騎萬匹將攻許銑曰袁紹逆亂常道恃其兵衆內懷輕侮天子之心當此之時王師寡弱天下寒心莫有固志善曰說文曰有識之士莫不與凡下寒心羅周說孟嘗君曰寒心酸鼻周易執用黃牛固志也翰曰寡少也寒心謂戰慄所懼漢室不全戰士無堅固之志君執大節精貫白日善曰論語曾子曰臨大節而不可奪戰國策唐雎謂秦王曰聶政之刺韓傀也白虹貫日翰曰精

誠明信通貫白日者天下所見明也言曹公之心亦如日也

奮其武怒運諸神策致屆官度五臣作渡大殲醜類善曰魏志建安五年公軍官渡袁紹遣車運穀使淳于瓊送之公擊瓊斬之紹衆大潰紹棄軍走毛詩致天之罰屆于牧野鄭玄曰致天所以罰殛紂也尒雅殲盡也醜衆也良曰致及屆至也官渡地名殲殺也醜惡也言至官渡大煞惡類謂破袁紹

俾我國家拯於危墜此又君之功也善曰說文曰出溺為拯也良曰俾使拯拔墜落也言使我拔危於若落之中也

濟師洪河拓定四州袁譚高幹咸梟其首善曰青冀幽并也魏志紹出長子譚領青州又曰建安十年公攻袁譚破之斬譚又曰袁紹以甥高幹領并州牧公征幹幹遂走荊州上洛都尉王琰捕斬之漢書音義懸首於木上曰梟濟曰洪太拓定也四州謂青冀幽并袁譚高幹二人名也咸皆梟懸也言皆斬首而懸之

海盜奔迸黑山順軌此又君之功也善曰魏志曰公東征海賊管承至淳行遣樂進擊破之承走入海隝又曰黑山賊張燕率其衆降封為列侯銑曰海盜黑山二賊據險也言其奔散或來順善而降也迸散軌跡也

烏丸三種崇亂二世袁尚因之逼據塞北束馬懸車一征而滅此又君之功也善曰魏志曰三郡烏丸承天下亂破幽州略有漢民袁紹皆立其猶豪為單于遼西單于蹋頓尤彊故尚兄弟歸之數入塞為害尚書乃大降罰崇亂有夏孔安國云崇重也君北征三郡烏丸袁尚袁熙與蹋頓遼西單于樓班右北平單于巨祗等數万騎逆軍公縱兵擊之虜衆大崩斬蹋頓奔遼東遼東太守公孫康即斬尚熙等傳其首管子桓公正孤竹之君懸車束馬踰太行至卑耳之山翰曰烏走三種北狄也崇大也言其大亂已經二主故云二代袁尚因烏丸一亂近據塞北之地以為叛逆而曹公經行險阻束馬懸車以上下也一行羣逆皆滅逼近也

劉表背誕不供貢職善曰魏志曰建安十三年公南征劉表表卒其子琮降左傳楚伯州犁謂鄭行人揮曰子姑憂子晳之欲背誕也管仲曰尔貢包茅不入王祭不供濟曰誕欺也言背國家不供貢賦之職

王師首路威風先逝善曰廣雅首向也濟曰逝往也言天子大軍將行向其衢路而威風之聲已先往所止而聞也

百城八郡交臂屈膝此又君之功也善曰戰國策張儀曰交臂而事齊楚檄蜀文匈奴屈膝請和也銑曰百城八郡謂劉表所據地也交臂屈膝謂來降自縛拜也

馬超成宜同惡相濟濱據河潼所逞五臣作逞所欲善曰魏志曰建安十六年關中諸將馬超韓遂成宜等反超等屯潼關公西征與超等夾關戰於渭南賊夜攻營伏兵擊破之斬成宜周書太公曰同惡相助同好相趨思玄賦飄飆神舉逞所欲向曰馬超成宜據關中反同為惡逆以相濟濱據臨河也河潼二水名逞縱也所欲謂為篡逆也

殄之渭南獻馘古麥萬計善曰小雅曰殄盡也毛詩在泮獻馘鄭玄曰馘所格者左耳也羽獵賦杖鏌鋣而羅者以萬計翰曰言盡殺之於渭水之南皆割耳也戰勝則割死人之耳以獻於君益計數也萬計言多也

遂定邊城撫和戎狄此又君之功也善曰長楊賦永無邊城之災左傳晉侯謂魏絳曰子教寡人和諸戎狄

鮮卑丁令重譯而至單于白屋請吏帥職此又君之功也善曰鮮卑丁令二國名春秋說題辭蠻服流遠正朔不及盛德則感越裳重譯至也博物志曰北方五狄一曰匈奴二曰穢貊三曰密吉四曰單于五曰白屋然白屋今靺鞨也單于今之契丹也本並以單于為單于為疑字誤篳音必計切劉淵林魏都賦注北羈單于白屋范曄後漢書北羈單于謂耿恭曰若降者當封為白屋漢書卬笮請吏北面南夷也滇王降請吏漢為之置吏也向曰鮮卑丁令單于白屋皆夷狄之名重譯謂使人傳易夷人言以宣於君請吏謂清為官吏帥職謂帥其職貢

君有定天下之功重五臣有之字以明德班叙海内宣美風俗善曰左傳史趙曰舜重以明德宣德於遠也翰曰以曹公之明德班述天下宣而行之以為風俗之美

旁施勤教恤慎刑獄善曰尚書曰旁作穆穆迷文武勤教又曰欽哉欽哉惟刑之恤哉文曰文王罔攸兼于庶獄庶慎也良曰勤恵恤憂也

吏無苛政民不回慝善曰禮記曰孔子過山側有婦哭於墓者

而使子貢問之曰昔者吾舅死於虎夫又死焉吾子又死焉夫子曰何不去也曰無苛政　左傳季文子曰少皞氏有不才子曰靖譖庸回服讒蒐慝杜預曰回慝惡也　銑曰苛繁回姧慝惡也**敦崇帝族援繼絶世舊德前功罔不咸秩**善曰尚書曰敦叙九族鄭玄毛詩箋崇厚也論語繼絶世　周易食舊德貞厲終吉　尚書咸秩無文也　濟曰敦重崇尊援引罔無秩序也百官絶世無嗣者引而繼之有者舊美德前代立功之人無不皆序其功德也**維伊尹格于皇天周公光于四海方之蔑如也**善曰尚書曰時則有若伊尹格于皇天　孝經孝悌之至通于神明光于四海　法言世稱東方生之盛其遺書蔑如也　詩傳蔑無也　翰曰格至也伊尹之高德上至皇天周公之明德遠照于四海比之曹公則無如德者若此蓋禮言之辭過實也方並也**朕聞先王並建明德胙**五臣作祚**之以土分之以民**善曰左傳子魚曰昔武王選建明德以蕃屏周　又衆仲曰天子建德因生以賜姓胙之以土而命之氏又子魚曰武王分康叔殷人七族　向曰先

王謂周武王明德謂周公大公祚之以土地封疆分之以民使主治之建立福祚也**崇其寵章備其禮物**善曰鄭玄禮記注崇猶尊也　禮記以為旗章以別貴賤鄭玄曰章識也　尚書統承先王修其禮物　銑曰物文色之類**所以蕃衛王室左右厥世也**善曰尚書率由典常以蕃王室又曰予欲左右有民也　良曰蕃衛謂援護也言左右輔佐其時王也厥其也世時也**其在周成管蔡不靖懲難念功**善曰尚書曰武王既喪管叔及其羣弟乃流言於國西土人亦不靖　翰曰周成謂成王管叔蔡叔也靖安也言其不安者謂其作亂也懲息也言息管叔之難太公之功也**乃使邵康公錫齊太公履**濟曰錫賜也履足履使得行於四方專征伐之意**東至于海西至于**五臣作于**河南至于穆陵北至于無棣五侯九伯實得征之**善曰　左傳管仲對屈完之辭　向曰穆陵無棣地名也五侯公侯伯子男也九伯九州之長伯長有罪者太公實得往征伐也**世祚太師以表東海**善曰　左傳王使劉定公賜齊侯命曰世祚太師以表東海杜預曰表顯也　銑曰祚福也太師則太公也爲周王之師言世福於我太師以明表於東海東海者齊也**爰及襄王亦有楚人不供王職又命晉文登爲侯伯錫以二輅虎賁鈇鉞秬鬯弓矢大啓南陽世作盟主**善曰　左傳曰晉侯及楚人戰于城濮楚人敗績王策命晉侯爲侯伯賜之大輅戎輅秬鬯一卣虎賁三百人　晉文侯朝王王與之陽樊攢茅之田於是始啓南陽　范宣子曰晉主夏盟杜預曰為諸夏盟主　良曰襄王之時楚叛王命晉侯與之戰楚人敗績王乃命晉侯爲諸侯之長賜以二輅車虎賁勇士鈇鉞兵器也秬黑黍鬯香草也令祭宗廟用之大開南陽之地以屬於晉晉於是當伐作諸侯盟之主蓋尊之**故周室之不壞繫**烏奚**二國之**五臣無之字**是賴**善曰二國齊晉也　左傳王使劉定公賜齊侯命曰王室不壞繫伯舅是賴杜預曰繫聲　翰曰言周室不壞亂是賴齊晉二國以為援護蓋將封錫曹公乃引此古典**今君稱丕顯**

德明保朕躬奉答天命導揚弘烈善曰尚書王曰公明保予沖子稱丕顯德以予小子揚文武烈奉答天命　向曰上引古人此重述曹公也言曹公大明之德明安我身奉當天命引明大業也丕大保安朕我躬身荅當導引揚明弘大烈大也**綏爰九域罔不率俾**善曰尚書曰綏爰有衆曰無戲怠　韓詩方命厥后奄有九域薛君曰九域九州也　尚書海隅日出罔不率俾　向曰綏安爰於也九域天下也罔無率循俾使也**功高乎伊周而賞卑乎齊晉朕甚恧**女六**焉**善曰漢書哀帝詔曰惟念德報未殊朕甚恧焉　翰曰伊伊尹周周公言曹公之功高於伊尹周公賞尚卑於齊晉二國我甚慙也恧慙也**朕以眇身託于兆民**五臣作人**之上**善曰漢書宣帝詔曰朕以眇身奉承祖宗託于兆人之上也　良曰眇小也帝自謙也**永思厥艱若涉淵水非君攸濟朕無任焉**善曰尚書曰肆予沖人永思艱又曰予惟小子若涉淵水予惟往求朕攸濟　濟曰言思其艱難若涉深水之危懼也非曹公所濟我無委任之所

焉淵深攸所也今以冀州之河東河內魏郡趙國中山鉅鹿常山五臣無常山安平甘陵平原凡十郡封君為魏公使使持節五臣作使持節御史大夫慮授君印綬册書今虎符第一至第五竹使符第一至第十善曰魏志天子使御史大夫郗慮持節策命公為魏公司馬彪續漢書慮字鴻豫山陽人　應劭漢官儀金銅虎符五竹使符十　杜詩上書舊制發兵皆以虎符其餘徵求竹使符　向曰金虎竹使符漢家符名第五第十符之數錫君玄土五臣作右錫君玄土苴子余以白茅爰契余善曰尔字龜用建冢社善曰尚書緯曰天子社東方青南方赤西方白北方黑上冒以黃土將封諸侯各取方土苴以白茅以為社　毛詩爰始爰謀爰契我龜毛萇曰契開也鄭玄曰契灼其龜　毛詩乃立冢土戎醜攸行毛萇詩傳曰冢土大社也　向曰諸侯有功則名以其方土賜之裹以白茅魏在北故云玄也爰於契灼也言於此灼汝龜以卜用立冢社也冢社立如天子社稷然也昔在周室畢公毛公入為卿佐善曰尚書曰乃召畢公毛公孔安國曰畢毛皆國名入為天子公卿　向曰皆入為天子之卿佐周邵師保出為二伯善曰尚書曰邵公為保周公為師鄭玄毛詩箋布伯姬姓也作上公為二伯　銑曰周公為太師邵公為太保出歸於國則為二國外內之任君實宜之翰曰上言畢毛周邵為內外職此言曹公實宜居之其以丞相領冀州牧如故翰曰其語辭也言丞相兼統牧如故今更下傳璽肅將朕命以允華夏其上故傳武平侯印綬善曰應劭風俗通曰諸侯有傳信乃得舍於傳故既下新傳命上故傳及印綬也　尚書肅將天威又曰夙夜出納朕命惟允　尒雅允信也　銑曰曹公先封武平侯言今更下傳魏國之璽敬將我命以信治華夏之人故武平侯印綬所傳授者宜上還於我此言却入武平侯印於天子也今又加君九錫其敬聽後命善曰左氏傳宰孔曰且有後命也以

君經緯禮律為民軌儀善曰家語唐叔封於晉以經緯其民王肅曰經緯猶織以成之國語泠州鳩曰尔民軌儀也使安職業無或遷志銑曰言無得或有遷移其志是用錫君大輅戎輅五臣無戎輅各一玄牡二駟善曰左傳注大輅金輅戎輅戎直良曰輅車也玄牡馬也二駟八匹君勸分務本嗇所力民昏作五臣作人善曰左氏傳臧文仲曰服食省用務嗇勸分杜預曰勸分有無相濟也漢書詔曰農天下之本也而人或不務本而事末　尚書惰農自安弗暋作勞　良曰嗇愛暋強也粟帛滯積大業惟興善曰漢書注滯積久也　易富有之謂大業濟曰勸人農桑故粟帛滯積而多也是用錫君袞冕之服赤舄性亦副焉善曰漢書注袞卷龍衣玄上纁下冕冠也　周禮王之服屨赤舄青絇　翰曰袞三公服也舄屨也君敦尚謙讓俾民興行善曰左氏傳尚上也孝經曰陳之以德義而民興行先之以敬讓而民不爭也　濟曰敦重俾使也少長有禮上下咸和善曰左氏傳晉侯觀師曰少長有禮其可用也　孝經上下無怨尚書用咸和萬人是用錫君軒懸之樂六佾之舞善曰周禮小胥掌正樂懸之位諸侯軒懸鄭司農曰軒懸去一面也　左傳公問羽數於衆仲衆仲對曰諸侯用六杜預曰六六三十六人也向曰軒懸諸侯樂也佾列也謂以舞為行列有六行行六人也君翼宣風化爰發四方善曰尚書予欲左右有民汝翼予欲宣力四方汝為毛詩賦政于外四方爰發　翰曰翼佐爰於也言佐我宣布風化發於四方遠人回面華夏充實善曰劇秦美新海外遐方回面內向　漢書班固昭紀贊曰匈奴和親百姓充實　良曰回面謂臣服也華夏充實謂人富也是用錫君朱戶以居善曰　虔漢書注朱戶天子之禮也朱戶赤戶也潘勗集制詔魏公朱戶納陛就所治作也　濟曰朱戶天子禮貴之君研其明哲思帝所難善曰鄭玄周易注研喻思慮哲　尚書咎繇曰在知人禹曰咸若時惟帝其難之知人則哲能官人　向曰研精明智思天下之所難也哲智也帝天也官

才任賢群善必舉 善曰尚書伊尹曰任官惟賢材論語子曰舉善而教不能則勸 銑曰官者必以其才任使者必用其賢有善者必舉之於朝 是用錫君納陛以登 善曰漢書音義如淳注剡殿基以為陛以有兩旁上下安也孟康曰謂鑿殿基以為陛不使露也孟說是 尊者不欲露而升陛故內之霤 翰曰納陛者致於殿兩階之間使其上殿 君秉國之均正色處中 善曰毛詩秉國之均四方是維尚書正曰正色率下也 濟曰秉執也正色謂無私也處中處大中之道也 纖毫之惡靡不抑退 善曰謝承後漢書 李咸奏曰春秋之義貶纖介之惡采毫毛之善也 良曰百姓百官有纖毫之姦惡者無不抑折而退之靡無也 是用錫君虎賁奔之士三百人 善曰尚書故誓武王戎車三百兩虎賁三百人 孔安國傳勇士稱也若虎賁獸言其猛也皆百夫長 向曰虎賁壯勇人也 君糾虔天刑章厥有罪 善曰國語敬姜曰太史司載糾虔天刑韋昭曰糾察也虔敬也刑法也 尚書降災于夏以彰厥罪 銑曰察天子刑法明其有罪無罪也章明厥其也 犯關干

紀莫不誅殛 舉力反 善曰左傳季孫明臧氏曰無或如臧孫紇干國之紀犯門斬關 孔安國尚書傳殛誅也 翰曰犯國家之關禁干亂綱紀者莫不誅死之 是用錫君鈇鉞各一 善曰蒼頡篇鈇椹也質也又曰鉞斧也 濟曰鈇鉞兵也 君龍驤虎視旁眺八維 善曰鄒陽上書蛟龍驤首 周易虎視眈眈 楚辭引八維以自道 向曰驤舉也八維天下四方四府也言君如龍舉謂高也虎視謂威也旁眺天下恐不安也 掩討逆賊折衝四海 善曰詩傳掩大也 漢書主父偃說上曰今以法割諸侯則逆節萌起 晏子春秋孔子曰不出樽俎之間而折衝千里之外子之謂也 良曰掩襲征討其逆亂天子之節制者折 姦惡衝突彊敵於四海之內 是用錫君彤 同 弓一彤矢百玈 盧 弓十玈矢千 善曰 左氏傳注彤赤也玈黑也弓一矢百則矢千弓十矣銑曰皆弓矢也謂諸侯有功賜之 君以溫恭為基孝友為德 善曰毛詩曰溫溫恭人惟德之基又曰張仲孝友翰曰基本也 明允篤誠感 五臣作咸 乎朕思 善曰左傳高陽氏有子明允篤誠也 向曰允信篤厚也 是用錫君秬鬯一卣 酉 珪瓚副焉 善曰尚書傳黑黍曰秬釀以鬯草卣中樽也以圭為柄謂之圭瓚 濟曰秬鬯黑黍香草所以為酒使供祭祀也卣樽也瓚杓也以珪為柄珪瓚皆王名 魏國置丞相以下羣卿百僚皆如漢初諸王之制 向曰魏公之國置丞相言及卿大夫百卿如漢諸侯之法也 君往欽哉欽服朕命 銑曰君往欽哉敬哉我命欽敬服用 簡恤爾 五臣作余 眾時亮庶功用終爾顯德 翰曰當簡閱憂恤汝眾士是信眾功用終汝明德也爾汝時是亮信庶眾也 對揚我高祖之休命 善曰尚書簡恤尔命用成尔顯德又曰惟時亮天功又曰敢對揚天子休命 向曰對揚明休美也言當明我高祖之美命以安我漢之社稷

六臣註文選卷第三十五

六臣註文選卷第三十六

梁昭明太子撰

唐李善并五臣註

令

宣德皇后令

善曰蕭子顯齊書曰文安王皇后諱寶明琅邪臨沂人也父曄之齊世祖爲文惠太子納后鬱林即位尊爲皇太后稱宣德宮梁王蕭衍定京邑迎后入宮稱制至禪位梁王於荆州立南康王爲帝進梁王爲相國封十郡爲梁公表讓不受詔斷表宣德皇后勸令受封也

任彦升 良曰太后欲禪位於梁王王固辭沈約等奏太后勸進令昉爲太后令梁王受禪秦法皇后太子稱令令命也

宣德皇后敬問具位 善曰言梁武故曰具也 濟曰具位謂在位百官也 夫功在不賞 五臣作不在賞 故庸勳之典蓋闕 善曰言功績既高在乎不賞故庸勳之典蓋闕而不論周書曰平州之臣功大弗賞謂臣日貴史記蒯通說韓信曰功蓋天下者不賞左氏傳富辰曰庸勳親親昵近尊賢也 銑曰有功存時而不賞者則用功之常典是闕而不行也庸用勳功也 施侔造物則謝德之途已寡也 五臣無也字 善曰言恩施既隆侔於造物則謝德之途已寡而不著莊子曰夫造物者爲人司馬彪曰造物謂道也魏志曰劉廙上疏曰物不荅施於天地而子不謝生於父母也 翰曰梁王施功等造化之成於萬物荅謝之道少者蓋爲功至大不可報謝也侔等途道也 要不得不 五臣無不字 彊爲之名使荃宰有寄 善曰言德顯功高雖無酬謝之理要不強爲酬謝之名庶使君王之情微有所寄也老子曰吾強爲之名曰大楚辭曰荃不察余之中情王逸曰荃香草以喻君也鄧析子曰聖人逍遙一世閒宰匠萬物之形晉中興書孝昭曰誠存匪懈治道有寄也 向曰雖不可荅然要不可彊爲立名以王

天下使君臣有所寄託也荃君也宰臣也 公實天生德齊聖廣淵 善曰班固漢書高祖述曰寔天生德聰明神武尚書曰乃祖成湯齊聖廣淵也 向曰公謂梁王也淵深也 不改參辰而九星仰止不易日月而二儀貞觀 善曰陸賈新語曰堯舜不易日月而興桀紂不興星辰而亡天道不改而人道易也周書王曰余不知九星之光周公旦曰九星星辰日月四時歲是謂九星九星九光毛詩小雅曰高山仰止周易曰易有太極是生兩儀王肅曰兩儀天地也又曰天地之道貞觀者也 良曰不改參辰不易日月謂定天下不經久時也九星謂九州也仰止謂九州之長皆仰望而至止也二儀天地也貞正觀視也暴亂既除則正視於天下也 在昔晦明隱鱗戢翼 善曰周易曰明入地中明夷君子以莅衆用晦而明王弼曰藏明於內乃得明也曹植矯志詩曰仁虎匿爪神龍隱鱗成公綏慰志賦曰惟潛龍之勿用戢鱗翼而匿景也 濟曰梁王在昔微時暗潛其明如龍鳳隱鱗翼也晦暗戢斂也 博通羣籍而讓齒乎一卷之師 善曰謝承後漢書曰范冉博通羣藝范曄後漢書曰馬續博觀羣籍揚子法言曰一卷之市不勝異價一卷之書不勝異意一巷之市必立之平一卷之書必立之師也 銑曰謂潛隱之時廣通經籍推尊師傅也博廣也讓齒謂推尊之也 劒氣凌雲而屈迹於萬夫之下 善曰魏志段灼理鄧艾曰艾勇氣陵雲士衆乘勢六韜太公曰屈一人之下伸萬人之上唯聖人能焉 翰曰劒氣謂勇氣也此謙厚之道必致尊也 辯析 先歷 天口而似不能言 善曰七略曰齊田駢好談論故齊人爲語曰天口駢天口者言田駢子不可窮其口若事天論語曰孔子於鄉黨恂恂如也似不能言者 向曰辯析謂分別事理也 文擅雕龍而成輒削 五臣有其字 藁 善曰說文曰擅專也七略曰鄒赫子齊人齊人爲之語曰雕龍赫赫言鄒衍之術文飾之若彫鏤龍文漢書曰孔光時有所言輒削草藁如淳曰所作起草爲藁 良曰言專擅於文若雕龍之形飾成也則輒削除其藁草之本 爰在弱冠首應弓旌 善曰禮記二十曰弱冠漢書制曰哀然爲舉首左氏傳曰陳敬仲曰詩云翹翹車乘招我以弓孟子曰夫招士以旃大夫以旌也 濟曰弱冠二十時也首初也凡天子招引賢良皆使使執弓旌以爲天子之信 客游

梁朝則聲華籍甚善曰何之元梁典曰高祖起家齊巴陵王法曹漢書曰梁孝王來朝從游說之士相如見而說之客游梁朝淮南子曰聲華嘔符之樂其性者仁也嘔紆武切符音撫漢書曰陸賈游漢庭公卿間名聲籍甚音義或曰狼籍甚盛也　銑曰客游梁朝謂比漢朝司馬相如枚乘之徒游於梁孝王門聲名籍甚於天下謂梁王衍初爲巴陵王府法曹故以比也薦名宰府則延譽自高善曰何之元梁典曰高祖遷儀同王儉東閤祭酒王隱晉書曰周玘累薦名宰府國語曰使張老延君譽于四方也　翰曰薦進也梁王遷爲太尉王儉府祭酒宰相也道德深遠爲天下所譽而高者也隆昌季年勤王始著建武惟新締構斯在善曰蕭子顯齊書曰鬱林王即位改元曰隆昌韋昭國語注曰季末也左氏傳曰狐偃曰求諸侯莫如勤王蕭子顯齊書曰明帝即位改元曰建武毛詩曰周雖舊邦其命惟新魏都賦曰有魏開國之日締構之初也　向曰隆昌建武並年號也勤於王室之事於此末年始爲著威結合謀策又在此年也季末也惟新謂初也締結構合也功隆賞薄嘉庸莫疇善曰陸機高祖功臣頌曰帝疇爾庸後嗣是膺也　良曰嘉善庸功莫無疇報也

一馬之田介山之志愈厲善曰言上有一馬之田以懷讓祿之志纔居六百之秩以秉推功之誠管子曰卜者卜凶吉利害也民之能此者皆一馬之田一金之衣左氏傳曰晉侯賞從亡者介之推不言祿祿亦不及史記曰文公環縣上山中而封子推號曰介山廣雅曰厲高也　濟曰田十井爲通通十爲城一馬言少也介山介之推也謂介之推不受晉侯祿也言齊以梁王功多禪之帝位以報功猶如封一馬之田未爲多也然執志固辭益高於介推也愈益也六百之秩大樹之號斯存銑曰漢郗曼容位至六百石輒謝病而去亦比梁王辭爵祿也漢馮異每舍止處諸將並坐論功而馮異獨屏於樹下不共論功軍中號爲大樹將軍言梁王不受功號亦斯存也　善同銑注及擁旄司部代馬不敢南牧善曰何之元梁典曰司州刺史蕭誕被殺高祖監司州班固涿邪山祝文曰杖節擁旄鉦人伐鼓沈約宋書曰明帝於南豫州之義陽郡立司州韓詩外傳曰代馬依北風過秦論曰胡人不敢南下而牧馬也　翰曰擁執也旄旌旗之屬以麾眾也司部司州也代謂北胡也梁王領司州胡馬不敢南嗷牧故也

推轂樊鄧胡塵罕宵夕起善曰何之元梁典曰虜主拓跋宏既退高祖據樊城漢書馮唐曰臣聞上古王者遣將也跪而推轂曰閫以內寡人制之閫以外將軍制之鄒陽上書曰今胡數涉河北上覆飛鳥蘇林曰言胡來人馬之盛揚塵上覆飛鳥也　向曰王者遣將必跪而推其車轂梁王將兵據樊鄧二城則胡兵之塵希能夕起也惟彼狡童窮凶極虐五臣作窮極凶虐　善曰何之元梁典曰東昏即位媟近羣小誅高祖兄懿弟暢尚書大傳微子歌曰彼狡僮兮不我好兮鄭玄曰狡僮謂紂也　銑曰狡亂也童謂東昏侯即位行暴虐誅戮良善比之童僕也衣冠泯絕禮樂崩喪善曰袁子曰古者命士已上皆有冠冕謂之冠族之家劇秦美新曰弛禮崩樂塗民耳目也　濟曰泯滅也謂東昏侯無道既而鞠旅誓衆言謀王室善曰何之元梁典曰高祖密與呂僧珍謀爲內伐毛詩曰陳師鞠旅毛萇曰鞠告也尚書曰王明誓衆士左氏傳曰公會齊侯于洮謀王室也　良曰言告其軍旅誓戒衆士白羽一麾黃鳥底定善曰呂氏春秋曰武王至殷係墮武王左釋白羽右釋黃鉞免而自爲係出師頌曰素旄一揮

鬻子曰武王率兵車以伐紂紂虎旅百萬陣于商郊起自黃鳥至于赤斧三軍之士靡不失色武王乃命太公把白旄以麾之紂軍反走尚書曰震澤底定　翰曰白羽白旄也黃鳥地名底平也甲既鱗下車亦瓦裂善曰尚書大傳曰武王伐紂戰于牧野紂之卒輻分紂之車瓦裂紂之甲如鱗下賀于武王也　向曰言凶徒既殞其兵甲若推鱗而下之車破如瓦碎裂致天之届拱揖羣后善曰毛詩曰致天之届于牧之野典引曰欽若上下拱揖羣后　銑曰届誅也言致天之誅但拱手以揖百官公卿而已羣后謂百官豐功厚利無得而稱善曰王命論曰帝王之祚必有豐功厚利積累之業論語孔子曰大伯三以天下讓民無德而稱焉　濟曰豐大也功厚利於人無得而稱言功之多不可盡說是以祥光總至休氣四塞善曰尚書中候曰帝堯文明榮光出河休氣四塞鄭玄曰休美也四塞熔燿四方也　良曰祥光休氣並和平之瑞氣也塞滿也五老游河飛星入昴善曰論語比考讖仲尼曰吾聞帝堯率舜等升首山觀河渚乃有五老游渚五老曰河圖將浮龍銜玉苞刻版題命可卷金泥玉檢封書成知我者重瞳

黃姚視五老飛爲流星上入昴注曰入昴宿則復爲星翰曰堯見五老入于河一老人曰河圖將來告帝期又一曰河圖推龜告帝謀又一曰山川魚鼈荷聖恩又一曰河圖推龍銜玉繩歌訖五老飛于天入于昴言梁王亦有此瑞蓋美言之其實無也**元功茂勳若斯之盛**善曰馮衍集曰定國家之大業成天地之元功劉琨勸進表曰茂勳格乎皇天濟曰元大茂盛勳功也**而地狹乎**五臣作于字**四履勢卑乎九伯帝有恧焉輶軒萃止**善曰左氏傳管仲曰昔召康公命我先君太公曰五侯九伯汝實征之賜我先君履東至于海西至于河南至于穆陵北至于無棣杜預曰履踐履也帝貴融也輶軒萃止謂連封梁公之使也漢書哀帝詔曰惟念德報未殊朕甚恧焉揚雄荅劉歆書曰常聞先代輶軒之使毛詩曰有鶉萃止也向曰周賜太公履東西南北方行之地狹謂地狹於太公也九伯九州之長言梁王勢卑於此也恧慙也銑曰輶軒輕車也萃聚也**今遣某位某甲等率茲百辟人致其誠**善曰致誠謂請無讓也毛詩曰百辟其刑之長笛賦曰致誠改志也良曰某官某甲者謂百官名不可具載於此故略不言也百辟謂百官皆致其誠信也**庶匪席之旨不遠而復**善曰梁王固讓同乎匪席之旨百辟固請庶乎不遠而復之義也毛詩云我心匪席不可卷也周易曰不遠復無祇悔良曰言梁王讓位不受有不可卷動之義故率百官以朝之庶使此志不爲久遠而反復也謂帝位宜定也

教

善曰蔡邕獨斷曰諸侯言曰教

爲宋公修張良廟教

善曰裴子野宋略曰義熙十三年高祖北伐大軍次留城今修張良廟

傅季友善同翰注　韓曰沈約宋書云傅亮字季友北地人也博涉經史尤善文辭官至散騎常侍後爲太祖所誅宋公謂宋高祖劉裕也晉封宋公時北伐過彭城修張良廟乃下此教教法諸公王稱教教者教示於人也

綱紀善曰虞預晉書東平王主簿王豹白事齊王曰豹雖陋故大州之綱紀濟曰綱紀謂主簿之司也然皆主簿宣之故若先呼之亦猶今出制首言門下是也**夫盛德不泯義存祀典**善曰左氏傳晉侯問於史趙曰陳其遂亡乎對曰未也臣聞盛德必百世祀虞之世數未也禮記曰非此族也不在祀典也毛萇詩傳曰泯滅也向曰祀典謂祭祀之常典**微管之歎撫事彌深**善同銑注銑曰管仲相齊而國理禮樂大興故孔子歎曰微管仲吾其被髮左衽矣微無也被髮左衽夷狄之服言無管仲爲相則禮樂大壞吾其夷狄也此孔子歎美其功也今宋公撫思此事彌深於情**張子房道亞黃中照隣殆庶**善同良注良曰易坤卦之六二爻辭云君子黃中通理正位居體美在其中言子房之道亞次於此易繫辭曰顏氏之子其殆庶幾乎子房之行與顏回照明以爲隣近也**風雲玄感蔚爲帝師**善曰漢書曰張良從容步游下邳圯上有一老父出一編書曰讀是則爲王者師又良曰以三寸舌爲王者師河圖曰黃石公謂張良讀此爲劉帝師也翰曰易云雲從龍風從虎此深感應也玄深蔚盛也**夷項定漢大拯橫流**善曰廣雅曰夷滅也漢書王逼羽至陽夏諸侯不會用良計諸侯皆會圍羽垓下羽敗自剄說文曰

出溺爲拯孟子曰洪水橫流氾濫於天下向曰夷平也子房能平項羽定漢祖拯拔也橫流謂亂也**固已參軌伊望冠德如仁**善曰典引曰以冠德卓絕者莫崇乎陶唐論語子曰桓公九合諸侯不以兵車管仲之力也如其仁如其仁良曰固已辭也參近軌跡也伊伊尹望呂望言子房近跡於此二賢臣也冠首也仁德乃爲管仲之首**若乃交神**五臣作神交**圯**與之**上道契商洛**善曰荅賓戲曰齊甯激聲於康衢漢書曰良從容步游下邳圯上有一父老衣褐至良所曰孺子可教良受書於邳圯皆俟命而神交匪詞言之所信袁宏三國名臣贊序曰體分冥固道契不墜班固漢書贊曰漢興園公綺李季夏黃公甪里先生當秦之世避而入商山以待天下之定也漢書曰上竟不易太子者良本召此四人之力也翰曰子房受黃石兵法於圯橋黃石公神也商洛山名四皓居其中也子房爲呂后畫策迎之以得太子位遂定契合也**顯默之際窅然難究**銑曰言顯明默窅然深遠難以究探也**淵流浩漾莫測其端矣**善曰言其度量深大不可測度也孫綽桓玄城碑曰俯仰顯默之際優游可否之間莊子老聃曰而知夫道窅然難

言哉吳都賦曰頭容沉瀁莫測其深莫究其廣黄石公說序曰張良慮若源泉深不可測也　濟曰言子房之德深廣浩瀁不測其端涯也　**塗次舊沛佇駕留城**　善曰漢書沛郡有留縣又曰張良爲留侯爾雅曰佇久也謂停久也　向曰宋公行途次沛國立駕留城留城子房所封留侯之地也　**靈廟荒頓遺像陳昧**　善曰范曄後漢書曰薛苞與弟子分田廬取其荒頓者杜預左氏傳注曰頓壞也夏侯湛東方朔畫贊序曰徘徊露寢見先生之遺像廣雅曰昧闇也　向曰像形也　**撫跡懷人永歎寔深**　善曰毛詩曰嗟我懷人又曰寤寐永歎也　翰曰寔實也　**過大梁者或佇想於夷門游九京**　五臣作原　**者亦流連於隨會**　善曰史記魏有隱士曰侯嬴年七十家貧爲大梁夷門門者太史公過見梁之虛求問其所謂夷門者夷門城之東門禮記曰趙文子與叔譽游於九原文子曰死而可作吾誰與歸叔譽曰其陽處父乎文子曰利君不忘其身謀身不遺其友我則隨武子乎鄭玄曰武子士會也食邑於隨京當爲原　銑曰言太史公佇思想侯嬴之迹也九原晉大夫葬所也文子留連下泆以思於隨會　**擬之若人亦足以云**　善曰論語子曰君子哉若人毛萇詩傳曰云言也　向曰擬此也若人言此人謂侯嬴隨會亦足以言子房也　**可改構棟宇脩飾丹青蘋蘩行潦以時致薦**　善曰左氏傳君子曰蘋蘩薀藻之菜潢汙行潦之水可薦於鬼神也　濟曰蘋蘩水草也行潦雨水言守以忠信雖物之微可時薦祀也　**抒懷古之情存不刊之烈**　善曰廣雅曰抒渫也西京賦曰慨長思而懷古左氏傳序曰經者不刊之書也　翰曰抒申刊滅烈業也　**主者施行**

文三十六　七

爲宋公脩楚元王墓教

善曰宋公楚元王後故脩治其墓也　翰曰楚元王名交漢高祖異母弟也封於楚謚曰元墓在彭城宋公過見故脩之

傅季友

綱紀夫褒賢崇德千載彌光　善曰禮緯曰天子辟雍所以崇有德褒有行鄭玄禮記注曰崇尊也　向曰彌益也　**尊本敬始義隆自遠**　善曰魏志明帝詔曰追本敬始所以篤教流化孫卿子曰先祖者類之本也貴始德之本也　良曰本始謂先祖宋公漢之孫也　**楚元王積仁基德啓蕃斯境**　善曰漢書曰楚元王交字游高祖同父異母少弟也漢立交爲楚王王彭城賈子曰君子積於仁而民積於財刑罰廢矣國語太子晉曰基德十五王而始平也　銑曰基本啓開也斯境謂彭城彭城屬楚故也　**素風道業作範後昆**　善曰三國名臣贊曰素風愈鮮習鑿齒襄陽耆舊記龐統曰方欲興長道業郃正釋譏曰創制作範匪時不立尚書曰垂裕後昆也　銑曰素風儉約純素之風道業謂博通經學範法也後昆後嗣也　**本支之祚實隆鄙宗**　善曰毛詩曰本支百世楊脩牋曰述鄙宗之過言也　濟曰支體祚福宗盛也宗盛我鄙賤之宗鄙者謙也　**遺芳餘烈奮乎百世**　善曰抱朴子曰嵇君道云郭有道沒則遺芳永播春秋元命苞曰文王積善所聞之餘烈孟子曰聞伯夷之風者貪夫廉懦夫有立志奮乎百世之下莫不興起也　翰曰烈美奮發也　**而丘封翳然墳塋莫翦**　善曰晉中興書武陵王令曰丞相墳塋翳然飄薄非所也　向曰封疆界也翳然荒蕪莫翦謂無人翦除灑掃　**感遠存往慨然永懷**　善曰李陵書曰能不慨然毛詩曰維以不永懷　良曰感傷遠化存思往事慨然爲歎而長懷者也　**夫愛人懷樹甘棠且猶勿翦**　善曰毛詩曰蔽芾甘棠勿翦勿伐召伯所茇風俗通曰召公出爲二伯止甘棠樹之下聽訟決獄後人思其德美愛其樹而不敢伐也　銑曰愛其人懷其德者則召伯之植甘棠且猶不翦甘棠木名　**追甄**吉然**墟墓信陵尚或不泯**　善曰鄭玄尚書緯注曰甄表也禮記周豐曰墟墓之間未施哀於民而民哀漢書高紀詔曰秦始皇守冢三十家魏公子無忌五家也　濟曰甄榮泯滅也漢詔魏信陵君守冢五家寔爲不滅　**況瓜瓞**庭結**所興開源自本者乎**　善曰毛詩曰緜緜瓜瓞也　翰曰言召伯信陵尚且如此況我與元王如瓜蔓所起相連開源自彭城爲本也瓞蔓也　**可蠲復近墓五家長給灑掃便可施行**　善曰郭璞方言注曰蠲除也　向曰蠲免復除也謂免除近墓五家謂長給灑掃便可常行也

文三十六　八

文

永明九年策秀才文五首

王元長　善同良注　良曰蕭子顯齊書云王融字元長琅邪人也少而神明警惠博涉有文才爲中書郎帝疾融先欲立竟陵王子良及即位下廷尉於獄中賜死

問秀才高第明經　翰曰秀才者言其人如草木之發華秀見者發之高第明經謂德行高遠明於經國之道第一者也　朕聞神靈文思之君聰明聖德之后　善曰史記曰黄帝者生而神靈弱而能言尚書序曰昔在帝堯聰明文思孔安國曰言聖德之遠著也　良曰后君也比述古之聖君至治者也　體道而不居見善如不及　善曰文子曰聖人體道反至動而無爲老子曰聖人功成而弗居論語子曰見善如不及見不善如探湯　濟曰體象大大道成而不居見其善者如望之不可及也　是以崆峒有順風之請　善曰莊子曰黄帝聞廣成子在崆峒之上故往見之廣成南首而臥黄帝順下風膝行而進再拜稽首而問曰治身奈何而可以長久廣成子曰來吾語女至道　向同善注　華封致乘雲之拜　善曰莊子曰堯觀乎華封華封人曰嘻請祝聖人壽且富且多男子堯皆辭曰多男子則多懼富則多事壽則多辱封人曰天之生人必授之職多男子而授之職則何懼之有富而使人分之則何事之有天下有道則與物皆昌天下無道則脩德就閒千歲厭世去而上僊乘彼白雲至于帝鄉三患莫至身無常殃則何辱之有封人去之堯隨之請問封人曰退然崆峒有拜乘雲爲請今不同者蓋請者必拜故互文也　良同善注　或揚旌求士或設虡待賢　善曰求士待賢皆謂請其言也管子曰舜有告善之旌應劭漢書注曰旌幡也設之五達之道鬻子曰昔大禹治天下也以五聲聽治爲銘於筍虡曰教寡人以道者擊鼓教寡人以義者擊鐘教寡人以事者振鐸語寡人以憂者擊磬語寡人以獄者揮鞀也　翰曰揚舉也求士謂求賢才也餘同善注　用能敷化一時餘烈千古　善曰謝承後漢書序曰滲脩敷化二都威敷克平春秋元命苞曰文王積善所聞之餘烈　良曰敷布烈美也　朕夤奉天命恭惟

文卅九、　九

永圖　善曰爾雅曰夤敬也尚書曰茲率厥典奉若天命又曰慎乃儉德惟懷永圖也　銑曰惟思永長也言敬奉天命恭思經國之長圖　審聽高居載懷祗懼　善曰六韜曰王者之道如龍之首高居而遠望徐視而審聽尚書曰予小子夙夜祗懼也　向曰審其聽受高居思危則懷敬懼也載則祗敬也　雖言事必史而象闕未箴　善曰禮記曰動則左史書之言則右史書之鄭玄周禮注曰象魏闕也范曄後漢書曰靈帝熹平中有何人書朱雀門言公卿皆尸祿無忠言者也　濟曰雖言事則左史書之而象魏之闕夫有直言之戒象魏天子闕也所以命百官爲箴戒之言懸之於上言未箴者未有直言之士　寤寐嘉猷延佇忠實　善曰毛詩曰窈窕淑女寤寐求之尚書曰爾有嘉謀嘉猷楚辭曰結幽蘭而延佇也　翰曰寤寐之間思于善道延首佇立以渴待忠實之臣嘉善猷道也　子大夫選名升學利用賓王　善曰國語曰越王勾踐曰苟聞子大夫之言賈逵曰親而近之故曰子大夫也禮記曰鄉論秀士司徒論選士之秀者升之於學曰俊士鄭玄曰學大學也周易曰觀國之光利用賓于王也　良曰言當選名之秀進於太學利於時用賓佐王道升進也　懋陳三道之要以光四科之首　善曰漢書詔策晁錯曰大夫之行當此三道張晏曰國體人事直言也崔寔政論曰詔書故事三公辟召以四科取士　銑曰懋美也此三者何者爲要四科一曰德行高妙志節清白二曰學通行脩經中博士三曰明曉法令足以決疑才中御史四曰剛毅多略遭事不惑才任三輔劇縣令此四者何爲通也　鹽梅之和屬有望焉　善曰尚書曰若作和羹爾爲鹽梅　向曰以子大夫如鹽梅和羹實所屬焉

又問昔周宣惰千畝之禮虢公納諫　善曰國語曰周宣王即位不籍千畝虢文公諫曰夫民之大事在農也　濟曰千畝之禮以爲農先　漢文缺三推才回之義賈生置言　善曰禮記曰躬耕帝籍天子三推漢書曰文帝即位賈誼說上曰一夫不耕或受之飢一女不織或受之寒上感誼言始開籍田躬耕以勸百姓也　翰同善注　良以食惟民天農爲政本　善曰漢書酈食其說漢王曰臣聞王者以民爲天民以食爲天尚書曰八政一曰食孔安國曰

文卅九、　十

勸農業也漢書文帝詔曰農天下大本也民所恃以生也　良曰人以食爲天若無人不生也**金湯非粟而不守水旱有待而無遷**善曰漢書蒯通說武信君曰皆爲金城湯池不可攻也氾勝之書曰神農之教雖有石城湯池帶甲百萬而無粟者弗能守也禮記曰雖有凶旱水溢民無菜色　銑曰假如以金爲城以湯爲池雖險固非粟不可守也雖遭水旱之災有粟待之無遷流亡散者也**朕式照前經寶茲稼穡**善曰范子計然曰五穀者萬民之命國之重寶　向曰前經謂籍田也寶重也種曰稼斂曰穡也**祥正而青旗肅事土膏而朱紘戒典**善曰國語曰虢文公曰太史順時覗土農祥晨正土乃脈發太史告稷曰土膏其動韋昭曰農祥房星也晨正謂立春之日晨中於午也脈理也膏土潤也禮記曰孟春之月天子爲籍田千畝冕而朱紘躬耕秉耒鄭玄周禮注曰朱紘以朱組爲紘一條屬兩端也　濟曰祥善也擇善之日將行籍田之禮也青旗籍田之旗也肅敬也膏膏腴也朱紘冠飾也戒勑典法也言勑正其常法**將使杏花菖葉耕穫不愆**善曰氾勝之書曰杏始華榮輒耕輕土弱土望杏華落復耕之輒藺之此謂一耕而五穫呂氏春秋曰冬至五旬七日菖始生菖者草之先者也於是始耕高誘曰菖菖蒲水草也　翰曰月令云杏花生種百穀穫收苗也愆失也**清甽**古犬**泠風述遵無廢**善曰呂氏春秋后稷曰凡耕之道畝欲廣以平甽欲小以清又曰正其行通其風夬必中央師爲泠風高誘曰泠風和風所以成穀也夬決也必於苗中央師師然蕭泠風以搖長也　良曰甽田中爲隴廣尺深尺所以停水以潤田故云清甽泠風所以養苗明述其義使人法之農事無廢也遵法也**而釋耒**盧對**佩牛相沿莫反**善曰鹽鐵論曰儒者釋耒耜而學不驗之語漢書曰龔遂爲渤海太守民有帶持刀劍者使賣劍買牛賣刀買犢何爲帶牛佩犢拄頭左氏傳注曰沿緣也　向曰釋發也耒耕具也漢書曰龔遂見人佩刀劍者謂之曰毋何爲佩牛春夏不起田畝言刀劍可以易牛而耕也此云有惰業之人廢耕而佩牛者相習而爲如永沿流不返也言惰業之人不復知改也**兼貧擅富浸以爲俗**善曰漢書曰兼并之塗李奇曰謂大家兼役小人富者兼役貧民說文曰擅專也風俗通曰子不以從今爲孝後主固宜是華侵以爲俗豈不謬哉

銑曰富家兼并貧人常奪其利以自專擅其事爲時俗之常然如水浸物日以毀壞言兼并之家可以壞國如此也**若爰井開制懼驚擾愚民**善曰漢書曰民受上田夫百畝中田夫二百畝下田夫三百畝歲耕種者爲不易上田休一歲者爲一易中田休二歲者爲再易下田休三歲更耕之自爰其處賈逵國語注曰爰易也周禮曰畝百爲夫夫三爲屋屋三爲井也　翰曰爰易均田也言欲使人易田開其制度以上中下均易之懼驚煩擾愚民也**舄**五臣作瀉音赤**鹵**魯**可腴恐時無史白**善曰史記曰史起引漳水溉田鄴民歌之曰決漳水兮灌鄴旁終古舄鹵兮生稻粱又曰秦中大夫白公復爲秦穿涇水注渭溉田四千餘頃因曰白渠也　濟曰舄鹵薄地也若使此地可致膏腴恐則時無史起白公爲渠引水溉之也**興發之術矣陳厥謀**善曰尚書序曰咎繇矢厥謨孔安國曰矢陳也　向曰矢直也言易田引渠之術可發興者直陳其謀

又問議獄緩死大易深規善曰周易曰君子以議獄緩死　良曰大易易也易云君子以議獄緩死議其輕重之情以緩赦刑人命深重也規則也**敬法恤刑虞書茂典**善同向注　向曰虞書舜典也舜典云欽哉欽哉惟刑之恤哉欽敬恤憂茂盛也敬法憂刑恐其不中此爲盛典**自氓**式氏**俗澆弛法令滋彰**善曰莊子曰唐虞始爲天下澆淳散朴許慎淮南子注曰澆薄也澆與漉同老子曰法令滋彰盜賊多有也　銑曰氓民也弛廢也言民俗澆薄發本逐末也滋多也**肺石少不冤之人**五臣本作民**棘林多夜哭之鬼**善曰窮民天民之窮而無告者漢書于定國爲廷尉民自以爲不冤周禮曰外朝之法左九棘孤卿大夫位焉右九棘公侯伯子男位焉棘廷辭曰荊棘聚而成林尚書璇璣鈐曰鬼哭山鳴鄭玄曰鬼哭誅無辜也山鳴聽不聰之異也王隱晉書司直劉隗奏曰懷情抱恨雖沒不亡故有殞霜之應夜哭之鬼　翰曰周禮大司寇以肺石達窮民之冤肺石赤石也致之於闕有冤訟者立於傍王司收之春秋元命苞云樹棘槐聽訟於其下言冤人且多復有無辜者**朕所以明發動容昃食興慮**善曰毛詩曰明發不寐尚書曰文王自朝至于日中昃不遑暇食　濟曰明發謂夜待明也昃

食晚食也言見此刑法未中早起晚食動容貌與思慮言憂也傷秋荼之密網惻夏日之嚴威善曰鹽鐵論曰秦法繁於秋荼網密於凝脂左氏傳酆舒問於賈季曰趙衰趙盾孰賢對曰趙衰冬日之日趙盾夏日之日也杜預曰夏日可畏冬日可愛銑曰荼草也其葉繁密謂刑法酷暴亦如之又如夏日赫然威嚴可畏也網刑也言如張網者也永念畫冠緇追刑厝善曰墨子曰畫衣冠異章服謂之戮上世用戮而民不犯賈逵國語注曰緇思貌也紀年曰成康之際天下安寧刑錯四十餘年不用良曰堯畫其衣冠使異於常人之飾有犯罪者使服之人皆不犯故永念之周成王康王刑厝不用厝置也故遠追之緇遠也徒以百鍰環輕科反行季葉四支重罰爰創前古善曰尚書呂刑曰穆王訓夏贖刑墨辟疑赦其罰百鍰孔安國曰六兩曰鍰鍰黃鐵也張孟陽七哀詩曰季葉喪亂起呂氏春秋曰越王勾踐曰孤雖首足異處四支布裂周禮曰司刑掌五刑之法以麗萬民之罪墨罪五百劓罪五百宫罪五百刖罪五百殺罪五百也向曰徙但也百鍰金刑以金贖罪者周穆王有此刑科季葉則穆王時四支謂墨劓宮割也爰於創始也前古謂周也訪游禽於絕澗作霸秦基善曰韓子曰董閼于爲趙上地守行石邑山中深澗峭如牆深百仞問其左右人曰嘗有人入此者乎對曰無有嬰兒盲聾狂勃有入此者乎對曰無有牛馬犬彘嘗有入此者乎對曰無有董閼于喟然太息曰吾能治矣使吾法無赦也猶入澗之必死則民莫敢犯何爲不治鄭玄周禮注曰凡鳥獸未孕曰禽史記曰趙氏之先與秦共祖然則以其共祖故雖趙亦號曰秦翰曰董安于曰此不入者良由深峻也我若明爲峻法天下寧有敢犯者遂作峻法韓非商鞅皆用此治秦乃霸也歌雞鳴於闕下稱仁漢牘善曰班固歌詩曰三王德彌薄惟後用肉刑太倉令有罪就逮長安城自恨身無子困急獨煢煢小女痛父言死者不復生上書詣北闕闕下歌雞鳴憂心摧折裂晨風激揚聲聖漢孝文帝惻然感至誠百男何憒憒不如一緹縈列女傳曰緹縈歌雞鳴晨風之詩然雞鳴齊詩冀夫人早起而視朝晨風秦詩言未見君而心憂也銑曰齊太倉令淳于公有罪當刑淳于公少女緹縈詣闕歌雞鳴之詩上書曰妾父爲吏皆稱清平今坐法當刑妾傷死者不可復生雖欲改過自新亦無由也妾願入爲官婢以贖父罪使得自新書奏文帝憐悲其意遂赦之

令天下除肉刑故稱漢文帝爲仁列於史牘二途如爽即用兼通昌言所安朕將親覽善曰輕重二途似如差爽就其用也彼此兼通言俱濟時尚書曰禹拜昌言孔安國曰昌當也漢書問董仲舒曰朕有所隱朕將親覽焉濟曰二途謂一用峻法一用寬法如有所乖爽不能必行則寬猛兼而用之明所安者何也昌明也又問聚人曰財次政曰貨善曰周易曰何以守位曰仁何以聚人曰財尚書曰八政一曰食二曰貨也良曰財者人之所資故利之而聚書云一曰政二曰貨次於政下故曰次貨者通萬物之名泉流表其不匱懋遷通其有亡五臣作無善曰漢書曰貨流於泉布於布如淳曰流行如泉也尚書帝曰貿遷有無化居向曰表比匱乏也財貨比之泉流使其不乏懋勉也謂遷有貨至於無貨之處以遂其利皆勉力爲之既龜貝積寢緡旻纑兩舉專用善曰漢書曰王莽居攝更作金銀龜貝錢布之品寢猶息也漢書曰武帝初筭緡錢李斐曰緡絲以貫錢也管子曰凶歲糴釜千繈孟康漢書注曰繈錢貫也翰曰古者貨用貝寶用龜比今之用錢以緡纑貫穿之積寢謂積世寢廢也緡纑皆繩也世代兹多銷漏參三倍善曰言錢之銷磨缺漏或復參分或至一倍也良曰謂用錢年代多則銷磨缺漏減薄三倍也下貧無兼辰之業中產闕游歲之貲善曰周書夏箴曰小人無兼年之食妻子非其妻子也班固漢書文帝贊曰上嘗欲作露臺召匠計之直百金曰百金中民十家產也左氏傳晉游飢字書曰游仍也銑曰下貧謂貧人不濟者兼辰謂兩日也中產謂中平之生者游歲謂再歲也貲猶用也惟瘼莫卹隱無捨矜歎善曰毛萇詩傳曰瘼病也國語祭公謀父曰勤恤民隱而除其害也向曰惟思卹憂也言此貧人不濟者思而病之憂隱於心不捨哀矜嗟歎之至也上帝溥臨賜朕休寶命五臣本無命字卭巨恭斜之谷開而出銅善曰漢書曰上帝溥臨不異下防也齊春秋曰永明八年蜀郡太守劉悛啟上曰南廣郡界蒙山有銅坑掘則得銅其利無極上疑之也濟曰言上天廣臨下民賜我美寶山中開而出銅也帝天溥廣朕我休美也卭斜蜀中

山名且有後命事兹鎔範善曰左氏傳曰王使宰孔賜齊侯胙將拜孔曰且有後命也無下拜漢書曰釋其耒耨冶鎔炊炭應劭曰鎔錢模也禮記孔子曰然后範金合土鄭玄曰範鑄作模器用也　翰曰謂此銅後將命工人事此銷法而用之爲錢以利於民鎔銷範法也充都內之金紹圓府之職善曰栢子新論曰漢宜以來百姓賦錢一歲餘二十萬藏於都內　良曰金錢也紹繼也太公爲周立九府圜法圓法錢也今將繼太公之職事但赤仄深巧學之患揄莢難輕重之權善曰言今欲爲錢若赤仄則姦巧學鑄深爲可患揄莢則輕重兼用難可准平漢書曰民多姦錢而公卿請令京師鑄官赤仄一當五如淳曰以赤銅爲其郭也漢書曰漢興以爲秦錢重難用更令民鑄揄莢錢如淳曰如揄莢也國語曰周景王將鑄大錢單穆公曰不可古者量資幣權輕重以救民民患輕則爲之作重幣以行之於是有母權子而行民皆得焉若不堪重則多作輕幣而行之亦不廢重於是乎有子權母而行韋昭曰重謂母輕謂子權平也若物直千二而母當一千則子二百平之也應劭曰其輕重也向曰赤仄錢也以赤銅爲稜揄莢亦錢也言今欲鑄錢赤仄

文選三十六　十五

揄莢輕重難爲權宜也開塞所宜悉心以對善曰淮南子曰通乎動靜之機明乎開塞之節開塞猶取捨也尹文子曰書開塞之宜得周通之路詩緯曰君子悉心研慮推變見事也　銑曰開用塞除悉盡也錢之輕重用者除者盡心以對之

又問治歷明時昭遷革之運善曰周易曰君子以治歷明時毛詩曰去殷之惡就周之德周易曰湯武革命也　翰曰理其歷數以明其時則知帝王遷變改易之運改憲勑法審刑德之原善曰司馬彪續漢書永平詔曰春秋保乾圖云三百年升曆改憲史官用太初鄧公平術有餘分一在三百年之域行度轉差浸以繆錯琁璣不正文象不稽冬至之日日在斗二十二度而歷以爲牽牛中星先立春一日則四分數之立春也而以折獄斷大刑於氣已迕用望平和隨時之義益以遠矣今改四分以遵於堯以順孔聖奉天之文宋均保乾圖注曰三陽而陽備備則宜改憲憲法也易曰雷電噬嗑先王以明罰勑法淮南子曰冬至爲德夏至爲刑　濟曰帝王之興改其法度者當法其刑德之本而行之分命顯於唐官文條炳於鄒說善曰尚書曰分命羲仲宅嵎夷曰暘谷又曰分命和仲宅西曰昧谷鄒說未詳　良曰唐官堯之官炳明也鄒說謂鄒衍說天五勝歷數之事及嵎愚夷發職昧谷虧方善曰言司歷之官發也嵎夷昧谷見上句　良曰嵎夷日出處也發職謂夏羲和湎淫發時亂日也昧谷日入處虧方謂失其方位漢秉素祇之徵魏稱黃星之驗善曰言五德之次云也漢書曰高祖夜徑澤中前有大蛇當路高祖乃前拔劍斬蛇後人來至蛇所有一老嫗夜哭人問嫗何哭嫗曰吾子白帝子也化爲蛇當道今者赤帝子斬之魏志曰初桓帝時有黃星見於楚宋之分遼東殷馗善天文言後五十歲當有眞人起於梁沛之間其鋒不可當至是凡五十年而太祖破袁紹天下莫敵也　向曰漢高祖斬白蛇高祖常執此以自負故云秉素祇也秉執祇神徵應也魏氏將興乃有黃星見於楚宋間驗亦應也紛諍空軫疑論無歸善曰方言曰軫戾謂相乖戾也　銑曰謂律歷五行日月之理紛諍其事者甚多而疑論竟無所指歸朕獲纂洪基思弘至道善曰班固高紀述曰纂堯之緒爾雅曰纂繼也曹植魏德頌曰武創洪基克光

文選三十六　十六

厥德尚書序曰恢弘至道也　翰曰纂繼洪大弘亦大也至道謂妙道也庶令日月休徵風雨玉燭善曰尚書曰休徵日月之行則有冬有夏爾雅曰春爲青陽夏爲朱明秋爲白藏冬爲玄英四氣和謂之玉燭也　濟曰言今日月光輝美而相應風雨四時和順也克明之旨弗遠欽若之義復還於子大夫何如哉善曰尚書曰克明俊德　良曰堯能旨美也堯命羲和欽若昊天言今欲使如堯能明俊德之美不遠而羲和敬順天時復還於理何哉言可致此道乎子大夫秀才也其驪翰改色寅丑殊建別白書之善曰漢書董仲舒對策曰臣前所上對靡不別白指不分明　濟曰夏后氏尚黑戎事乘驪驪黑馬也建寅月爲正則今正月也殷人尚白戎事乘翰翰白馬也建丑月爲正今十二月也言夏殷黑白改色寅丑殊建其何爲可分別明白書之

永明十一年策秀才文五首

王元長

問秀才朕秉籙御天握樞臨極善曰尚書璇璣鈐曰河圖命紀也圖
天地帝王終始存亡之期錄代之矩籙與錄同也周易曰時
乘六龍以御天易通卦驗曰遂皇氏始出握機矩鄭玄曰遂
皇遂人也但持斗機運轉之法春秋運斗樞曰北斗七星第
一星天樞論語素王受命讖曰王者受命布政易俗以御八
極翰曰秉執也籙符也天子受命執之以御制天下也樞
北斗第一星握此以臨八極者以取萬物所仰而知四時之
不失也五辰宣撫九序未歌善曰尚書咎繇曰撫于五辰庶績其凝孔安國曰百官皆
撫順五行之時衆功皆成也又曰德惟善政政在養民水火
金木土穀惟修正德利用厚生惟和九功惟敘九敘惟歌
向曰五辰五行之時也撫順也九序謂六府三事也六府謂
水火金木土穀三事謂正德利用厚生也今未歌者謂其未
治至於思政明臺訪道宣室善曰管子曰黃帝立明臺之義上觀於賢也漢
書曰文帝思賈誼徵之至入見上方受釐坐宣室上因感鬼
神事而問鬼神之本蘇林曰宣室未央前正室也銑曰明
臺明堂也天子布政之宮宣室謂漢召賢良之處殿名也若墜之惻每勤如傷之

文選三十六　十七

念怛軫善曰尚書曰民墜塗炭孔安國曰若陷泥墜火左氏傳逢滑曰國之興也視人如傷許慎淮南子注
曰軫轉也良曰今惻愴哀念每勤勞而軫痛也故恤貧緩賦省徭慎獄善曰
應劭曰繇若役也向曰憂貧人寬賦稅省繇役慎刑獄幸四境無虞三秋式稔
善曰尚書曰四方無虞予一人以寧秋有三月故曰三秋元
命苞曰陽氣數成於三故時別三月宋衷曰四時皆象此類
不唯秋也廣雅曰年稔秋穀熟也濟曰四境無虞備之事謂不起甲兵三秋之稼用有豐稔也虞度也而多
黍多稌杜不興兩穗之謠無褐無衣必盈七月
之歎善曰毛詩曰豐年多黍多稌東觀漢記曰張堪字君游爲漁陽太守勸民耕種以致殷富百姓歌曰桑
無附枝麥穗兩岐張君爲政樂不可支翰曰稌稻穀也豳
七月詩云無衣無褐何以卒歲言今必多此歎者盈多也
豈布政未優將罷五臣作疲民難業善曰毛詩曰敷政優優百祿是遒周禮曰
以圜土數罷民銑曰問豈由布政治之未優洽將爲疲弊之民難成產業也登爾於朝是屬

宏議罔弗同心以匡厥辟善曰漢書詔策鼂錯曰登大夫于朝親諭朕志難蜀
文曰將崇論宏義也良曰爾汝宏大罔無匡正厥其辟君
也言登汝於朝是屬望大議以安治天下無不同心正其君也
又問惟王建國惟典命官善曰周禮曰惟王建國辨方正位尚書堯典曰乃命
羲和向曰惟辭也建立也典常也言王者立國常命賢良居其官秩上叶星象下符川
嶽善曰春秋漢含孳曰故三公象五岳九卿法河海三公在天法三台九卿法北斗濟曰叶合符同也上合星象者
三台星主三公位也下同川嶽九卿象河海三公又象五嶽也必待天爵具脩人紀咸
事然後以才授職五臣作位揆務分司善曰孟子曰仁義忠信樂善不倦此
天爵也公卿大夫此人爵也古之人脩其天爵而人爵從之
漢書詔策公孫弘曰天文地理人事之紀子大夫習焉公孫
弘對曰天地無私親順之和起逆之害生此天文地理人事
之紀也爾雅曰揆度也翰曰仁義忠信禮樂曰天爵人有
此六者具脩則爲人紀綱皆可從於王事然後因才以授其位度事以分其司主也是以五正置

文選三十六　十八

於朱宣下民不忒善曰左氏傳郯子謂昭子曰少皞摯之立鳳鳥適至故紀於鳥鳥師而鳥
名五雉爲五工正河圖曰大星如虹下流華渚女節意感生
白帝朱宣宋均曰朱宣少昊氏鄭玄孝經注曰忒差也向
曰少昊之立有鳳皇至故以鳥名官以鳳皇爲歷正玄鳥司
分伯趙司至青鳥司開丹鳥司閉此五正也朱宣則少昊之
號也言下人皆不差失九工開於黃序庶績其凝善曰漢書劉向上疏曰舜
命九官濟濟相讓和之至也應劭曰尚書禹作司空弃作后稷
契作司徒咎繇作士垂作共工益作虞伯夷作秩宗夔作典
樂龍作納言凡九官皇甫謐帝王世紀曰舜始即真改正朔
以土承火色尚黃尚書中候所謂建黃授正改朔尚書咎繇
曰庶績其凝孔安國曰凝成也良曰工官也黃帝將興有
瑞雲故以雲爲官名有五又有同德者四人以五合四爲九
官也黃序則黃帝也庶衆績功凝成也周官三百漢位兼倍善曰禮記曰有虞氏之官
五十夏后官百殷官二百周官三百漢書曰秦立百官漢因
循不革自佐史至丞相十三萬二百八十五人今云兼倍略
言之耳銑曰周建官號有三百也漢位兼而位之歷茲以降游惰五臣作情實繁

善曰孔叢子趙王曰仲尼太聖自玆以降世業不替禮記曰垂緌五寸游惰之士鄭玄曰惰游罷人也尚書曰寔繁有徒　濟曰歷從玆此降下也謂從漢至齊游散之官怠惰之職者實繁多也 **若閑冗卑**五臣本作畢 **弃則横**去聲 **議無已**善曰荀悅申鑒曰正貪祿省閑冗與時消息昭惠恤下文穎漢書注曰冗散也孟子曰聖王不作諸侯放恣處士横議　翰曰冗散之宜言若閑散之官盡爲弃廢則怨嗟横議無已 **晃笏不澄則坐談彌積**善曰魏志鄭袤說太祖曰劉表坐談客耳　向曰晃笏官之服飾也若官不事澄清之道則坐爲談譏者益復多積也彌益也 **何則可偱善詳其對**善曰家語孔子曰欲善則詳王肅曰欲善其事當詳慎之毛萇詩傳曰詳審也　銑曰則法言用捨二途何法可偱而行之善爲詳審以對我也

又問昔者賢牧分陝良守共治善曰公羊傳曰自陝以東周公主之自陝以西邵公主之袁渙與曹植書曰邵公與周公俱受分陝之任漢書曰孝宣躬親萬機勵精爲治常稱曰與我共治者其唯良二千石乎　濟曰賢牧分陝謂邵公也 **下邑必樹其風一鄉可以爲績**善曰論語曰子之武城聞絃歌之聲鄭玄曰武城魯之下邑尚書曰章善癉惡樹之風聲一鄉謂桐鄉也漢書曰朱邑爲桐鄉嗇夫廉平不苛及死子葬之桐鄉人爲邑起冢立祠　良曰言雖小邑必樹其風化也五州爲鄉萬二千五百家也績功也 **至有旦撫鳴琴日置醇酒**善曰呂氏春秋曰宓子賤治單父彈琴身不下堂而單父治漢書曰曹參代蕭何爲相國日夜飲酒卿大夫以下吏及賓客見參不事事來者皆欲有言至者參輒飲以醇酒度之欲有言復飲醉而後去終莫得開說　翰同善注 **文而無害嚴而不殘故能出人於阽**鹽 **危之域躋**五臣作濟 **俗於仁壽之地**善曰漢書曰蕭何以文毋害爲沛主吏掾音義曰文無所枉害也漢書曰雋不疑爲吏嚴而不殘也漢書賈誼上書曰安有天下阽危者若是臣瓚曰臨危曰阽或曰阽屋檐也漢書王吉上疏曰陛下毆一世之民躋之仁壽之域則俗何以不若成康壽何以不若高宗也　良曰賢吏雖守文法不害於人也雖嚴肅而不殘暴於下故能濟出臨危之人俗爲仁義故使人登壽考也阽臨也域亦猶地也 **是以賈誼言天**五臣無天字 **下之有惡吏之罪也**善曰賈子曰吏能爲善則人必能爲善也故人之不善也吏之罪也　銑曰吏之仁賢黎民不化吏之不肖則民有惡則吏之罪也

頃深汏太 **珪符妙簡銅墨**善曰范曄後漢書曰詔書沙汏刺史二千石以賈琮爲冀州刺史說文曰汏簡也汏達蓋切周禮曰上公之禮執桓珪諸侯之禮執信珪諸伯執躬珪漢書曰文帝初與郡守爲銅虎符竹使符潘安仁夏侯湛誄曰妙簡邦良爾雅曰簡擇也漢書曰縣令長皆秦官秩六百石以上皆銅印墨綬也　濟曰頃猶向來也汏謂沙汏珪符謂刺史銅墨謂縣令 **而春雉未馴秋螟不散**善曰范曄後漢書曰宋均遷九江太守山陽楚沛多蝗其飛至九江東界者輒東西散去　良曰東觀漢記曰魯恭爲中牟令是時郡國螟傷苗稼而獨不入中牟河南尹袁安聞之疑不實使仁恕掾肥親往觀之親與恭俱坐桑下有雉過止其傍傍有兒童親曰何不捕之兒曰雉方育子也親乃曰所以來者察君之迹爾蟲不犯境一異化及鳥獸二異童子有仁心三異也言今雖沙汏刺史妙簡縣令而春雉且未馴秋螟復不散也馴行也螟蟲所以食苗者 **入在朕前湊其智略出連城守關爾無聞**善同銑注　銑曰漢虞丘壽王爲東郡守有詔賜壽王書曰子在朕前之時智略輻湊及十餘城之守職事並廢甚不稱在前時何也言今所選刺史縣令亦如此 **豈薪槱**由 **之道未弘爲網羅之目尚簡**善曰毛詩曰芃芃棫樸薪之槱之毛萇曰山木茂盛萬人得而薪之賢人衆國家得用蕃興也曹子建書曰仲宣獨步於漢南孔璋鷹揚於河朔吾王設天網以該之孔安國尚書傳曰簡略也　翰曰槱積弘大簡略也文子曰有鳥將來張羅而待之得鳥者羅之一目今爲一目之羅無可得鳥言求賢不廣何由得賢者也目網孔也言今之求吏未得賢者豈薪積之未久爲復網羅之目尚略 **悉意正辭無侵執事**善曰漢書詔策晁錯曰大夫其正論毋枉執事音義或曰毋爲有司枉撓　向曰悉盡也無侵執事謂無恐侵誤執事之臣不盡意正辭以對

又問朕聞上智利民不述於禮大賢強國罔圖

惟舊善曰史記商君說秦孝公曰聖人苟可以彊國不法其故苟可以彊民不循其禮也銑曰上智之人且利於民而不述於禮大賢之人彊於國無謀於舊法皆取權宜以爲制度但利民彊國而已豈非療飢不期於鼎食拯溺無待於規行善曰毛詩曰泌之洋洋可以樂飢鄭玄曰泌水洋洋然飢者見之可飲以療飢樂音義與療同家語曰子路南游於楚列鼎而食抱朴子曰規行矩步不可以救火拯溺也濟曰權宜應時之理豈非飢者不擇飡拯濟沉溺者豈待爲規矩之行步貴救之而已是以三王異道而共昌五霸殊風而並列善曰淮南子曰五帝異道而德覆天下三王殊事而名施後世左氏傳賓媚人曰五伯之霸也勤而撫之以役王命杜預曰夏伯昆吾商伯大彭豕韋周伯齊桓晉文戰國策趙王謂趙文曰三代不同服而王五伯不同俗而政良曰三王謂夏殷周也五霸晉文齊桓秦繆楚莊宋襄異道謂異其政道殊風謂殊其風化霸長烈盛也今農戰不循文儒是競善曰商君書曰國待農戰而安君待農戰而尊論衡曰上書白記者文儒也夫文儒之力過儒生況文史也翰曰循理也今田農及兵戰之事並不理文儒之人皆相馳競弃本徇末厥弊滋多善曰漢書詔曰農天下之大本也而人或不務本而事末故生不遂李奇曰本農也末賈也向曰徇求厥其也昔宋臣以禮樂爲殘賊漢王比文章於鄭衛善曰宋臣墨翟也孫卿子曰樂也者和之不可變者也禮也者理之不可易者也墨子非之幾遇刑也墨子賤禮樂而貴勇力貪則爲盜富則爲賊治世反是漢書曰宣帝數從王襃等所幸宮觀輒爲歌頌議者多以爲淫靡不急上曰辭賦大者與詩同義小者辯麗可喜譬如女工有綺縠音樂有鄭衛也濟同善注豈欲非聖無法將以既道而權善曰孝經曰非聖人者無法論語子曰可與共學未可與適道可與適道未可與立可與立未可與權公羊傳曰權者何權者反於經然後有善者也銑曰賤禮樂文章豈欲非先聖之道而以爲無法乎以窮道而權時之宜既窮也今欲專士女於耕桑習鄉閭以弓騎善曰孝經鉤命决曰耕桑得利究年受福史記曰趙武靈王胡服以習騎射也良曰今欲專男士爲耕女士爲桑以資衣食鄉閭之間習於弓騎以備戰也

五都復而事庠序四民富而歸文學善曰漢書曰王莽於五都立均官更名雒陽邯鄲臨淄宛成都五都市長皆爲五均司市師又曰平帝立學官鄉曰庠聚曰序管子曰士農工商四民者國之石民也翰曰五都謂臨淄宛洛邯鄲成都也于時此五都人叛故欲先農戰後庠序之道庠序亦學之待民富歸文學其道奚若爾無面從善曰尚書曰予違汝弼女無面從也向曰奚何若如爾汝也面謂對面順從而退有異言又問自晉氏不綱關河蕩析善曰班固漢書述曰秦人不綱網漏于楚王隱晉書曰石季龍死朝廷欲遂蕩平關河尚書盤庚曰今我民用蕩析離居也翰曰不綱謂失其紀綱也關河州郡爲羣賊分析以僭稱之宋人失馭淮汴崩離善曰荅賓戲曰王塗蕪穢因失其御應劭漢書注曰汴水在滎陽西南論語子曰邦分崩離析而不能守也濟曰宋人宋帝也失馭謂亂也淮汴二水名朕思命作念舊民永言攸濟善曰毛詩曰永言孝思尚書曰予惟小子若涉淵水予惟往求朕攸濟銑曰舊民謂晉宋經離亂之民永言思其所濟也攸所也故選將開邊勞去來去安集善曰漢書嚴尤上疏曰武帝選將練兵深入遠戍班固曰武帝廣關三邊毛詩序曰萬民離散不安其居而能勞來還定安集之良曰選軍將開邊境慰勞百姓之勤苦賜來其復居者使安散者使集加以納款通和布德脩禮善曰納其款關之誠而通其和好之禮漢書曰匈奴呼韓邪單于款五原塞遣名王奉獻始和親呂氏春秋曰季春之月天子布德行惠孫卿子曰管仲爲政者也未及脩禮故脩禮者王爲政者彊也向曰戎狄納言款誠通其和親而我則布德以悅之脩禮以制之歌皇華而遣使賦膏雨而懷賓善曰周禮曰二曰教職以安邦國以懷賓客也翰曰詩云皇皇者華君遣使臣也皇華美也言奉君命爲美也左傳曰季武子如晉晉侯饗之范宣子賦黍苗武子再拜曰小國之仰大國也如百穀之仰膏雨也言今有外蕃懷德來賓亦仰我如膏雨所以關洛動南望之懷燕勲夷遽北歸之念善曰王逸楚辭注曰遽競也濟曰關秦也洛洛陽南望謂

亂巳平齊都江南故云南望燕北狄也言其虜北有歸化於國家之念夫危葉畏風驚禽
易落善曰漢書上曰單于待命加憂今欲攻之如何王恢曰草木遭霜者不可以風過通方之士不可以文亂
今擊之單于可禽淮南子曰使葉落者風搖之也戰國策魏謂春申君曰日者更羸謂魏王曰臣能虛發而下鳥有鴻鴈
從東方來更羸以虛弓下之王曰射爾至此乎更羸曰此孽也其飛徐者創痛也悲鳴者久失羣也故創未息而驚心未
去聞弦音而高飛故創怯今臨武君嘗爲秦孽不可爲秦之將　銑曰危葉謂秋木之葉落霜而畏風鳥之驚擾聞弦乃
落此喻北齊後魏也無待干戈聊用辭辯良曰言其易爲誅伐蓋用辭辯亦可定之片
言而求三輔一說而定五州善曰漢書曰內史武帝更名京兆尹左內史更
名左馮翊主爵中尉更名右扶風是爲三輔尚書有十二州宋得其五故云五州顔延之待遊曲阿詩云春方動宸駕望
幸頒五州　向曰三輔後魏所都五州北齊所據片言之辯說可求而定之豫青徐兖冀州曰五州斯路何
階人誰或可進謀誦志以沃朕心善曰爾雅曰階因也言進嘉謀

【文選三十六　廿三】

當謂須仗志以沃帝心也周禮曰瞽人掌誦王志道國之政事鄭玄曰以王之志與政事論說諸侯撣音探贊雅曰誦言
也然彼言王志與此微殊不以文害意也尚書曰啓乃心沃朕心　翰曰斯路詞辯之路何階言斯路何以及之誰人或
堪爲此事誦述也沃猶洗也

天監三年策秀才文三首善曰何之元梁典曰天監武帝年號也

任彥升銑曰天監梁帝年號

問秀才朕長驅樊鄧直指商郊善曰商謂齊也史記樂毅書曰輕卒
銳兵長驅至國漢書朱買臣曰發兵浮海直指泉山尚書曰武王朝至于商郊也　濟曰樊鄧地名商郊紂都也而齊東
昏侯無道比之於紂因藉時來乘此歷運善曰魏志劉廙上疏曰臣遭乾坤之靈值時來
之運也　向曰謂東昏無道武帝伐之而齊禪位於帝故曰時來而乘此歷數運會也當扆永念猶

懷慙德善曰禮記曰天子當扆而立尚書曰成湯放桀于南巢惟有慙德　向曰扆天子屏風也慙德謂謙
無德而爲人君也何者百王之敝齊季斯甚善曰班固漢書贊曰漢承百王
之敝李謂末年百王謂古來之王也　翰曰衣冠禮樂埽地無餘善曰衣冠制度
禮樂軌儀皆見廢弃故無餘也班固漢書贊曰秦滅六國而上古遺烈埽地盡矣　濟曰言如埽地而淨一無餘者斲
雕五臣作彫斲刓方經綸草昧善曰漢書曰漢興破觚而爲圜斲琱而爲樸蘇林漢書注
曰刓角之刓與刓剸同周易曰雲雷屯君子以經綸又曰天造草昧宜建侯而不寧鄭玄曰造成也草草創昧昧爽也
銑曰彫斲刓方飾圓方也經營綸理也草昧謂造物之始如於冥昧也言欲營理造禮樂也採三王之
禮冠履粗分因六代之樂宮判始辨善曰周禮曰王宮縣諸侯
軒懸卿大夫判懸士特懸　向曰三王夏殷周也粗略也六代黃帝及堯舜三王也宮天子之懸樂判卿大夫也言上下
禮樂略有分辨而百度草創倉廩未實善曰尚書曰百度惟貞論語曰裨諶草創

【文選三十六　廿四】

之管子曰倉廩實知禮節　良曰百度法制也草創造始也言法制造始倉廩無儲若終畝不稅則
國用靡資善曰國語曰王耕三推之庶人終于畝禮記曰古者公田藉而不稅毛萇詩傳曰資財也　翰
曰若不稅賦百姓則國家所用無資也靡無也百姓不足則惻隱深慮善曰論語
有若曰百姓足君孰與不足百姓不足君孰與足孟子曰無惻隱之心非仁也惻隱者仁之端　銑曰惻隱內憂於心
每時入芻藁歲課田租善曰漢舊儀曰民出租芻藁以給經用也尚書曰百里納
藁　濟曰芻藁草也以供廄馬之食課斂也愀子小然疚救懷如憐赤子善曰
禮記曰哀公敢問人道誰爲大孔子愀然作色而對月賦曰悄焉疚懷尚書曰若保赤子惟民其康乂也　向曰愀然憂
色變也疚病也言憂如病在懷也赤子嬰兒言憐下民如此今欲使朕無滿堂之念
民有家給之饒善曰說苑曰古人於天下也譬一堂之上今有滿堂飲酒有一人獨索然向隅
泣則一堂之人皆不樂也鄧析子曰聖人逍遥一世之間而家給人足天下太平也　濟曰一人向隅則滿堂不樂言今

下民未安欲令其安使我無不樂之念人皆有資給之足可得乎饒足也 漸登九年之蓄稍去關市之賦 善曰禮記曰國無九年之蓄曰不足周禮曰以九賦斂財賄七曰關市之賦鄭玄曰賦謂口出泉關市謂占會百物也 銑曰九年耕有三年之蓄以少至多故云漸登蓄積也古者稅關市謂出入由關市之門者稅錢今將去之可乎 子大夫當此三道利用賓王 善曰漢書詔策鼂錯曰大夫之行當此三道張晏曰國體人事直言也周易曰觀國之光利用賓于王 翰曰三道謂國體人事直言也利用賓王謂才可以利於時用爲帝王之賓客 斯理何從佇聞良說 善曰顏延之策秀才文曰發興之要敬佇良說 良曰此理何從謂少賦稅求國家足用百姓不足此理何從而致佇立待也良善也 問朕本自諸生弱齡有志 善曰鍾離意別傳曰嚴遵與光武皇帝俱爲諸生禮記孔子曰大道之行也與三代之英丘未之逮而有志焉 向曰諸生謂諸書生少時有志於學也 閉戶自精開卷獨得 善曰楚國先賢傳曰孫敬入學閉戶牖精力過人太學謂曰閉戶生入市市人相語

文三十六　廿五

閉戶生來不忍欺也陶潛誡子書曰開卷有得便欣然忘食 濟曰精專於學開書卷而獨得其趣 九流七略頗嘗觀覽六藝百家庶非牆面 善曰漢書曰九流有儒家流道家流陰陽家流法家流名家流墨家流從橫家流雜家流農家流又曰劉歆總羣書而奏其七略故有輯略有六藝略有諸子略有詩賦略有兵書略有數術略有方技略廣雅曰頗少也周禮保氏養國子以道乃教之六藝一曰五禮二曰六樂三曰五射四曰五御五曰六書六曰九數淮南子曰百家異說各有所出論語子謂伯魚曰汝爲周南召南矣乎人而不爲周南召南其猶正牆面而立也與 翰曰百家謂諸子凡有一百八十九家言百舉其大數庶近也牆面謂面向牆而無所見者言我好學近非此流也 雖一日萬機早朝晏罷聽覽之暇三餘靡失 善曰尚書曰兢兢業業一日二日萬機墨子曰早朝晏罷斷獄治政也上林賦曰朕以覽聽餘閑無事弃日魏略曰董遇字季直善左氏傳從學者云苦渴無日遇言當以三餘或問三餘之意遇言冬者歲之餘夜者日之餘陰雨者時之餘 向曰靡無也 上之化下草偃風從惟此虛寡

弗能動俗 善曰論語子曰君子之德風小人之德草草上之風必偃蔡邕姜肱碑曰至德動俗邑中化之 銑曰言上之化下如草之偃必從於風而我好學虛寡弗能得動於時俗惟此帝自謂也 昔紫衣賤服猶化齊風 善曰韓子曰齊桓公好服紫一國盡服紫當時十素不得一紫公患之告管仲管仲曰君欲止之何不自誡勿衣也謂左右曰甚惡紫臭公曰諾於是郎中莫衣紫其明日國中莫有衣紫三日境內莫衣紫也 良同善注 長纓鄙好且變鄒俗 善曰韓子曰鄒君好長纓左右皆服長纓甚貴鄒君患之問左右左右對曰君好服之百姓亦多服是故貴鄒君因先斷其纓而出國中皆不服長纓也 翰曰鄒君好服長纓國人皆好長纓君甚患之因自斷之而國中皆亦不服也上之化下有如此者 雖德慙往賢業優前事 向曰言以德薄於往賢而帝業則優於前事意欲儒學化下也 且夫搢紳道行祿利然也 善曰封禪書曰因雜搢紳先王之略術班固漢書贊曰大師衆至千餘人蓋祿利之路然也 濟曰搢紳官服也言此道之所行者蓋以祿利之使然也 朕傾五臣作仰心駿骨非懼

文三十六　廿六

眞龍 善曰新序曰郭隗謂燕王曰古之君有以千金市千里馬者三年不得人請求之三月得馬已死矣買其骨以五百金君大怒之人曰死馬骨且市之況生馬乎天下必以王爲好馬矣於是不能朞年千里馬至者二今王誠願致士請從隗始隗且見事況賢者也莊子曰子張見魯哀公哀公不禮去曰君之好士有似葉公子高之好龍也葉公好龍室屋彫文盡以寫龍於是天龍聞而下之窺頭於牖拖尾於堂葉公見之弃而退走失其魂魄五色無主是葉公非好眞龍也好夫似龍而非龍也今君之好士也好夫似士而非士者 銑同善注 輜緇軿丁薄青紫如拾地芥 善曰范曄後漢書曰袁紹賓客所歸輜軿紫轂塡接街陌說文曰軿車前衣車後爲輜漢書曰夏侯勝每講授常謂諸生曰士病不明經經術苟明其取青紫如俛拾地芥爾言好學明經術以取貴位之服如以車載之多也取之易也如拾地草 良曰輜軿車也青紫貴位之服也芥草也言好學明於經術以取貴位之服如似車載之多也取之易如拾地草也 而惰游廢業十室而九 善曰禮記曰垂緌五寸惰游之士鄭玄曰惰游罷人也抱朴子曰秦降及季抄天下欲反十室而九也 翰曰言學者懶惰游謂游戲以廢道業者十家

有九鳴鳥蔑聞子衿不作善曰言者收敎不及於道者故天下太平而鳳皇至學校
廢則作子衿以刺之而人感恩學今則不然言不如古也尚書周公曰收罔勗弗及耇造德弗降我則鳴鳥不聞毛萇詩
傳曰蔑如也詩序曰子衿刺學校廢也兩都賦序曰王澤竭而詩不作　濟曰此欲收敎不自勗勉之人不及道義者化
之恐不降意爲之則功不成也且天子聖明而功業成則鳳皇見不然則鳳鳥不至今人不自勗勉爲學故鳴鳥無聞鳴
鳥鳳也蔑無也弘獎之路斯既然矣善曰小雅曰獎勸也向曰弘大斯此也既然
猶則如此猶其寂寞應有良規善曰魏志明帝報王朗詔曰欽納至言思聞良規
銑曰秀才猶如寂寞之中必有良善之規摹使致善道而來見於目也道生寂寞故言也
問朕立諫鼓設謗木於茲三年矣善曰鄧析子曰堯置欲諫之鼓
舜立誹謗之木此聖人也　良曰立鼓於朝有欲諫君擊之設謗木於闕有誹謗使人擊之武帝立之已三年矣比
雖輻湊闕下多非政要日伏青蒲五臣作規罕能切

直善曰文子曰羣臣輻湊張湛曰如衆輻之集於轂也范曄後漢書曰詔問蔡邕宜披露得失指陳政要也漢書曰史
丹直入卧內頓首伏青蒲上應劭曰以青規地曰青蒲栢子新論曰切直忠正則汲黯之敢諫爭也　翰曰言諫人多非
政要日伏於庭希能切直青蒲天子內庭也以青色規之而諫者伏其上將齊季多諱風流
遂往善曰毛萇詩傳曰將且也老子曰天下多忌諱而民彌貧淮南子曰晚世風流終敗禮義發上林賦曰遂
往而不反矣　向曰將謂齊末法人多所忌諱此風流而遂去乎將謂朕空然慕古虛
受弗弘善曰漢書曰王莽好空言慕古法多封爵人周易曰君子以虛受人　向曰將謂我空有慕古之志
而虛心受物不大乎此疑問之辭然自君臨萬寓介在民五臣作人上善曰
左氏傳子囊曰赫赫楚國而君臨之方言曰介特也漢書宣帝詔曰朕承洪業託于士民之上也　翰曰萬國介獨也
何嘗以一言失旨轉徙朔方善曰范曄後漢書曰蔡邕上疏帝覽而歎息因
起更衣曹節於後竊視之悉宣語左右事遂漏露程璜遂使人飛章言邕於是下邕洛陽獄詔減死一等與家屬髡鉗徙

朔方詔不得以赦令除也　濟曰徙遷也睚五懈眦仕懈有違論輸左校善曰漢書
曰原涉好睚眦於塵中論輸謂論其罪而輸作也漢書陳萬年傳曰論輸府下范曄後漢書曰李膺爲河南尹時宛陵大
姓羊元羣罷北海郡贓罪很藉膺表欲罰其罪元羣行賂宦豎膺反坐輸作左校漢書曰將作少府有左流令丞也　翰
曰睚眦不和貌輸役也言從役於左隊之中而使直臣杜口忠讜路絕五臣
本作絕路　善曰漢書鄧公謂景帝曰內杜忠臣之口外爲諸侯報怨讎類曰讜善言也　銑曰杜塞也讜正也將
恐弘長之道別有未周善曰韓詩曰將恐將懼薛君曰將辭也檀道鸞晉陽秋曰
謝安爲桓溫司馬不存小察盡弘要之風也　向曰言我雖不肯有譏邪所爲而直臣忠正絕路恐大長之道有所不周
悉意五臣作心以陳極言無隱善曰漢書曰哀帝使傅喜問李尋曰極言無有所諱
周書曰愼問其故無隱乃情也　良曰悉盡也言盡以心陳無有所隱

六臣註文選卷第三十六

六臣註文選卷第三十七

梁昭明太子撰

唐李善并五臣註

表上 善曰表者明也標也如物之標表言標著事序使之明白以曉主上得盡其忠曰表三王已前謂之敷奏故尚書云敷奏以言是也至秦并天下改爲表摠有四品一曰章謝恩曰章二曰表陳事曰表三曰奏劾驗政事曰奏四曰駮推覆平論有異事進之曰駮六國及秦漢兼謂之上書行此五事至漢魏已來都曰表進之天子稱表進諸侯稱上䟽魏已前天子亦得上䟽

薦禰衡表

孔文舉 善曰范曄後漢書云孔融字文舉魯國人也幼有異才性好學舉高第拜御史歷官至將作大匠遷少府曹操既積嫌忌奏誅之下獄弃市　翰同善注

臣聞洪水橫流帝思俾乂 善曰孟子曰當堯之時天下猶未平洪水橫流氾濫於天下尚書曰湯湯洪水方割有能俾乂孔安國曰俾使乂治　銑曰洪大也堯遭大水橫流天下思使治者而衆官舉禹治之而定 旁求四方以招賢俊 善曰尚書曰旁求天下孔安國曰旁非一方也　向曰招引也言於四方招引賢能俊異之人 昔世宗繼統將弘祖業疇咨熙載羣士響臻 善曰世宗孝武廟號也李奇漢書注曰統緒也班固漢書紀述曰世宗曄曄思弘祖業尚書云帝曰疇咨若時登庸又曰有能熙帝之載班固漢書述曰疇咨熙載髦俊並作如響臻應而至也孫卿子曰下之和上譬響之應聲也　濟曰統理弘大疇誰咨嗟熙廣臻至也言武帝繼理大業亦咨嗟求賢廣召能事者故其衆士響應而至者也 陛下叡 五臣作睿 聖纂承基緒 善曰陛下謂獻帝也班固高紀述曰纂堯之緒爾雅曰纂繼也　良曰睿亦聖也緒業也言以聖德承繼大業 遭遇厄運勞謙日仄 善曰說文曰遇逢也周易曰勞謙君子有終吉尚書曰文王自朝至于日中昃弗遑暇食　翰曰厄困也董卓破洛陽遷帝長安也日仄日晚也言勤勞謙恭日晚不食以求賢也 惟岳 善作維嶽 降神異人並 五臣作間 出 善曰毛詩曰維嶽降神生甫及申　銑曰此言山岳降靈間生異人謂禰衡也 竊見處士平原禰衡年二十四字正平淑質貞亮英才卓躒 力角反　善曰孟子曰得天下英才而教育之西都賓曰卓躒諸夏卓躒絕異也　向曰處士不從官者也淑善亮明英美也卓躒高絕貌言善質正美明才高絕於人 初涉藝文升堂覩奧 善曰論語曰子曰由也升堂矣未入於室也爾雅曰西南隅謂之奧　濟曰涉歷也藝文謂道藝文章也奧深也升堂覩奧言初學則見道藝之深 目所一見輒誦於口耳所暫 五臣作覽 聞不忘於心性與道合思若有神 善曰淮南子曰所謂眞人者性合于道也　良曰稟性淳和與天道合思謀深遠有若神明也 弘羊潛計安世默識以衡准之誠不足怪 善曰漢書曰桑弘羊雒陽賈人子以心計年十三拜侍中又曰張安世字少孺爲郎上行幸河東嘗亡書三篋詔問莫能知唯安世識之具作其事後復購得書以相校無所遺失也上奇其能擢爲尚書令　翰曰桑弘羊能以心計事也潛深默闇也言此二人雖聰俊比之於衡彼不足怪餘同善注 忠果正直志懷霜雪見善若驚疾惡若讎 善曰國語楚藍尹亹謂子西曰夫闔廬聞一善言若驚得一士若賞謝承後漢書曰張儉清絜中正疾惡若讎　銑曰果敢斷決也霜雪言絜白而肅物也言執性決斷懷其絜白見善可慕者驚之若不及聞爲惡不忠者憎之如仇讎也 任座抗行史魚厲節殆無以過也 善曰呂氏春秋曰魏文侯飲問諸大夫寡人何如主也任座曰君不肖君也克中山不以封君之弟而以封君之子是以知不肖君也文侯不悅次及翟黄曰君賢君也臣聞其主賢者其臣直是以知君之賢也文侯悅文子曰傲世賤物士之抗行也廣雅曰抗舉也論語子曰直哉史魚廣雅曰厲高也　向曰任座魏文侯臣舉行執直史魚衛大夫邦有道邦無道不改高直之節殆幾也言此二人之直幾不過於衡也 鷙鳥累百不如一鶚使衡立朝必有可觀 善曰史記趙簡子曰鷙鳥累百不如一鶚論語

子曰赤也束帶立於朝可使與賓客言又曰必有可觀者焉漢書成帝詔曰舉博士位卑然可觀　良曰言立衡於朝忠正廉能有可觀矚**飛辯騁辭溢氣坌**蒲悶**涌解疑釋結臨敵有餘**善曰坌涌貌七略曰解紛釋結反之於平安　翰曰坌塵也涌起解判結屈也言辯論之辭溢滿之氣如坌氣也至於判疑解屈臨於所敵必綽有餘**昔賈誼求試屬國詭係單于**善曰漢書賈誼曰何不試以臣爲屬國之官以主匈奴行臣之計必係單于之頸而制其命說文曰詭責也自責必係單于也漢書曰況自詭滅賊　銑曰屬國典夷狄官詭奇也單于匈奴號**終軍欲以長纓牽致勁越**善曰漢書曰南越與漢和親乃遣終軍使南越說其王欲令入朝比內諸侯軍自請願受長纓必羈南越王而致之闕下說文曰組綦小者爲冠纓也　向曰勁彊也餘同善注**弱冠慷慨前世**善作代**美之近日路粹嚴象亦用異才擢拜臺郎衡宜與爲比**善曰說文曰慷慨壯士不得志於心賈誼終軍皆年十八故曰弱冠典略曰路粹字文蔚少學於蔡邕高才與京兆嚴象拜尚書郎象以兼有文武出爲揚州刺史粹後爲軍謀祭酒與陳琳阮瑀等典記室也　濟曰弱冠二十以上也慷慨壯節也美之謂美賈誼終軍之壯氣也路粹嚴象漢末時人皆以高才擢拜尚書郎言衡之才可與此數子爲比用者也**如得龍躍天衢振翼雲漢**善曰李陵詩曰策名於天衢班固漢書述曰攀龍附鳳並集天衢毛詩曰倬彼雲漢　良曰天衢雲漢以喻省閣也龍躍振翼喻任用得施其才也**揚聲紫微垂光虹蜺足以昭近署之多士增四門之穆穆**善曰春秋合誠圖曰北辰其星七在紫微中也尸子曰虹霓爲析翳兩都賦序曰內設金馬石渠之署尚書曰賓于四門四門穆穆　翰曰揚聲垂光言光儀高也昭明增益也四門四方之門也穆穆美也**鈞天廣樂必有奇麗之觀帝室皇居必蓄非常之寶若衡等輩不可多得**善曰史記趙簡子曰我之帝所甚樂與百神遊夫鈞天廣樂九奏萬儛不類三代之樂其聲動心應劭漢官儀曰帝室猶古言王室尚書曰所寶惟賢則邇人安　銑曰鈞天廣樂天帝樂也奇麗之觀謂有奇麗異聲可觀也帝室皇居謂天子省闥也蓄養也非常之寶謂賢人也言衡才有異觀可謂國寶不可多得言少有也**激楚陽阿至妙之容掌伎**五臣作技**者之所貪**善曰楚辭曰宮庭震驚發激楚王逸曰激楚清辭也淮南子曰足蹀陽阿之舞　向曰激楚陽阿皆曲名言舞此曲妙爲容態者主技樂之人所以貪愛也**飛兔騕**烏鳥**褭絕足奔放良樂之所急也**善曰呂氏春秋曰飛兔騕褭古之駿馬也又曰古者善相馬者若趙之王良秦之伯樂尤盡其妙也　濟曰飛兔騕褭皆駿馬名良王良樂伯樂皆古善御者急謂急於所求**臣等區區敢不以聞**善曰李陵書曰區區之心廣雅曰區區愛也　良曰區區猶勤勤也**陛下篤慎取士必須效試乞令衡以褐衣召見**善曰漢書劉敬曰臣衣褐衣褐見　良曰篤厚慎重也褐衣短衣也言天子厚重取士則必效試願令衡以短衣引見而問之材行庶可觀采也**必**善無必字**無可觀采臣等受面欺之罪**善曰漢書曰上以張湯懷詐面欺　翰曰欺誑也面欺謂對面誑天子也

出師表

諸葛孔明善曰蜀志云諸葛亮字孔明琅邪人也時先主屯新野徐庶謂先主曰諸葛孔明乃臥龍也將軍豈欲見之乎先主遂詣見之及即帝位拜爲丞相後主建興五年亮率軍北駐漢中臨發上疏　銑同善注

臣亮言先帝創業未半而中道崩殂今天下三分益州罷弊五臣作疲敝**此誠危急存亡之秋也**善曰孟子曰君子創業垂統歲以秋爲功畢故以喻時之要也馮衍與田邑書曰忠臣立功之日志士馳馬之秋　向曰先帝謂備也創制也崩殂死三分吳魏蜀益州蜀也言蜀小兵弱敵大國故云疲敝危傾急迫也言傾迫存亡在今時者也**然侍衛之臣不懈於內忠志之士亡**五臣作忘**身於**

外者蓋追先帝之遇欲報之於陛下也善曰遇謂以恩相接
也史記豫讓曰以國士遇我　濟曰懈惰也內宮中也志士節士也亡身謂以身許國於邊疆也言此人等皆追先帝顧
遇欲申報於陛下誠宜開張聖聽以先帝遺德恢志士
之氣不宜妄自菲薄引喻失義以塞忠諫之路
也善曰漢書谷永上書曰王法納乎聖聽莊子盜跖曰此父母之遺德方言曰菲薄也郭璞曰微薄也　良曰恢大也
菲薄輕脫也誠須開耳目察善道以光先帝之德廣大志士之氣不宜妄爲輕脫引喻非義以拒忠言之路宮中
府中俱爲一體陟罰臧否不宜異同善曰毛詩曰嗚呼小子未
知臧否何休公羊傳注曰否不也　翰曰宮中禁中也府中大將軍幕府也陟升也臧否善惡也若有作
姦犯科及爲忠善者宜付有司論其刑賞以昭
陛下平明之治善作理不宜偏私使內外異法也

翰曰姦犯謂姦僞犯科條也昭明也偏私謂執情不均侍中侍郎郭攸之費禕
於宜董允等善曰楚國先賢傳曰郭攸之南陽人以器業知名蜀志曰費禕字文偉江夏人也後主襲位亮
上疏曰侍中郭攸之費禕然攸之與禕俱爲侍中又曰董允字休昭後主襲位遷黃門侍郎　銑同善注此皆
良實志慮忠純是以先帝簡拔以遺陛下向曰良善
也實不虛浮也純美遺與也言攸之等先帝選拔以與陛下愚以爲宮中之事事
無大小悉以咨之然後施行必能裨補闕漏有
所廣益也五臣無也字　濟曰咨謀裨益也漏猶缺落也言宮中之事謀郭費等必能益補缺落也將
軍向寵善曰蜀志曰向寵襄陽人也建興元年爲中部督典宿衛兵遷中領軍性行淑均
曉暢軍事善曰廣雅曰暢達也試用於昔日先帝稱之曰能
是以衆議舉寵五臣有以字爲督愚以五臣無以字爲營中

之事悉以諮之必能使行陣和穆優劣得所也
良曰向寵蜀將也淑善均平曉明暢達督率也言寵性善平曉達軍事先帝嘗經試用衆臣舉以爲率與謀營中之事必
能使士卒和美彊弱得其所宜也親賢臣遠小人此先漢所以興
隆也親小人遠賢士此後漢所以傾穨也善本作頹字
先帝在時每與臣論此事未嘗不歎息痛恨於
桓靈也善同翰注　翰曰頹壞也桓靈漢二帝用閹豎所敗也侍中尚書長史
參軍此悉貞亮死節之臣也善曰蜀志曰建興二年陳震拜尚書又曰諸葛
亮出駐漢中張裔領留府長史又曰蔣琬遷參軍統留府事　銑曰侍中尚書謂陳震長史參軍謂蔣琬也此二人皆亮所
進用出師後恐帝不能用故屬之貞正亮明也願陛下親之信之則漢室之
隆可計日而待也臣本布衣躬耕於南陽善曰說苑

唐且謂秦王曰王聞布衣之士怒乎　向曰布衣庶人服也南陽郡名苟全性命於亂世
不求聞達於諸侯善曰論語子張曰在邦必聞又孔子曰在邦必達先帝不
以臣卑鄙猥自枉屈三顧臣於草廬之中諮臣
以當世之事善曰猥猶曲也言已曲蒙先帝自枉屈而來也漢晉春秋曰諸葛亮家于南陽之鄧
縣荆州圖曰鄧城舊縣西南一里隔沔有諸葛亮宅是劉備三顧處劉歆七略詩曰結構野草起室廬　向曰卑鄙賤稱
猥衆也言先帝自同衆人枉屈其身三度顧眄我於廬舍之中也當代事謂陳匡復之義由是感激遂
許先帝以驅馳後值傾覆受任於敗軍之際奉
命於危難之間爾來二十有一年矣善曰趙岐孟子章指曰千
載聞之猶有感激也裴松之蜀志注曰案劉備以建安十三年敗遣亮使吳亮以建興五年抗表北伐自傾覆至此整二
十年然則備始與亮相遇在軍敗前一年也　濟曰感三顧之重內激於心遂許與先帝經營匡復之事值逢傾覆者曹

公敗先主也亮時使吳請周瑜等救之敗曹公奉命危難之間也先帝知臣謹慎故臨崩寄臣以大事也善曰蜀志曰先主於永安病篤召亮成都屬以後事謂亮曰君才十倍曹丕必能安國終定大業若嗣子可輔輔之如其不才君可自取亮涕泣曰臣敢竭股肱之力效忠貞之節繼之以死也良曰寄委託也大事謂社稷也受命以來夙夜憂歎恐託付不效以傷先帝之明故五月度五臣作渡瀘深入不毛善曰蜀志曰建興元年南中諸部並皆叛亂三年春亮率衆征之其秋悉平漢書曰瀘水出牂牁郡句町縣史記鄭襄公曰君王錫不毛之地使復得改事君王何休曰墝埆不生五穀曰不毛句求俱切町庭冷切　翰曰受命謂顧託之命夙早也早夜憂歎恐不稱所職損先帝聰明也瀘水名中有瘴氣不毛謂不生草木也今南方已定兵甲五臣作甲兵已足當帥將善作獎帥三軍北定中原善曰小雅曰獎勸也　銑曰諸侯三軍也中原謂魏也庶竭駑鈍攘除姦凶善曰廣雅曰駑駘也謂馬遲鈍者也毛萇詩傳曰攘除也　良曰竭盡也駑鈍馬亮自比也攘却也姦凶謂曹丕也興復漢室還于舊都此臣之所以報先帝而忠陛下之職分也良曰備中山王後故云興復漢室也舊都謂雍洛二州兩漢所都相則謀存社稷事則開拓境土而亮兼之故云職分也至於斟酌規五臣作損益進盡忠言則攸之禕允之任也願陛下託臣以討賊興復之效不效則治臣之罪以告先帝之靈若無興德之言則戮允等以章其慢五臣作彰　五臣本作責攸之禕允等咎以彰其慢　善曰蜀志載亮表云若無興德之言則戮允等以章其慢今此無上六字於義有闕誤　向曰言事得宜及盡忠節則郭攸之費禕董允堪此任也託委也效功也委我興功如無功則理我之罪以告先帝若攸之等有罪咎則亦責之以彰其慢使衆知之陛下亦宜自課五臣作謀以咨諏足俱善道察納雅言深追

先帝善曰王逸楚辭注曰課試也毛詩曰載馳載驅周爰咨諏毛萇曰訪問於善爲咨事爲諏論語曰子所雅言南都賦曰奉先帝而追孝也　濟曰察視也言當謀咨政事視納正言深追先帝之意也臣不勝受恩感當遠離臨表涕泣不知所云良曰言不勝受恩之重內感於懷今當遠別悲傷失次故不知所云

求自試表

善曰魏志曰太和二年植還雍丘植常自憤怨抱利器而無所施上疏求自試

曹子建翰曰試用也植以抱器無所施上疏求自以己爲君用也

臣植言臣聞士之生世入則事父出則事君善曰論語子曰出則事公卿入則事父兄　銑曰言內孝於家外忠於國事父尚於榮親事君貴於興國故慈父不能愛無益之子仁君不能畜無用之臣善曰墨子曰雖有賢君不愛無功之臣雖有慈父不愛無益之子　向曰榮親謂爵祿名譽與國謂服叛威遠也無如是者父君所不愛畜也夫論德而授官者成功之君也量能而受爵者畢命之臣也善曰史記樂毅報燕惠王書曰察能而授官者成功之君也孫卿子曰論德而定次量能而授官君子之所長也尸子曰君子量才而受爵量功而受祿也　濟曰君授臣之官先觀德優劣量材能以授與之是以能成功自度所能受君爵賞者是盡命之臣畢盡也故君無虛授臣無虛受虛授謂之謬舉虛受謂之尸祿詩之素餐所由作也善曰王符潛夫論曰故明王不敢以私授忠臣不敢以虛受也韓詩曰何謂素餐素者質也人但有質朴而無治民之材名曰素餐尸祿者頗有所知善惡不言默然不語苟欲得祿而已譬若尸矣　良曰謬誤也尸祿謂善惡都不言而食祿也詩曰彼君子兮不素餐兮此詩刺素餐也昔二虢不辭兩國之任其德厚也旦奭不讓燕魯

之封其功大也善曰左氏傳晉侯假道於虞以伐虢宮之奇諫曰虢仲虢叔王季之穆也爲王卿士勳在盟府孫卿子曰德厚者進廉節者起也史記曰武王殺紂封周公旦於少昊之墟曲阜是爲魯公又曰周武王封召公奭於燕　翰曰二虢虢仲虢叔王季之親俱封於虢而不辭者以有厚德於周也周公旦封於魯召公奭封於燕而不辭讓者亦以有平殷之功也今臣蒙國重恩三世于今矣正值陛下升平之際沐浴聖澤潛潤德教可謂厚幸矣善曰三世謂文武明也陛下明帝也孝經鉤命決曰明王用孝升平致譽也史記太史公成王作頌休浴膏澤孝經曰德教加于百姓　銑曰升平太平也潛隱也言己無功於時陰蒙恩澤可謂幸甚矣而位竊五臣作竊位東藩爵在上列善曰論語子曰臧文仲其竊位者與漢書中山靖王曰位雖卑也得爲東藩　向曰竊偷也謂無德偷居其位植封鄄城王在國東蕃身被輕煖口厭百味善曰孝經援神契曰甘肥適口輕煖適神墨子曰衣服之法冬則練帛之中足以爲輕且煖崔駰七依曰雍人調膳展選百味　向曰輕煖謂衣服鮮厚也百味謂調和百種也目極華靡耳倦絲竹者爵重祿厚之所致也善曰鄭玄禮記注曰致之言至也　向曰華靡絲竹謂伎樂也言得如此者祿厚故也退念古之受爵祿者有異於此皆以功勤濟國輔主惠民五臣作人　善曰爾雅曰濟益也　濟曰言古之爵祿者皆以功勤濟國也今臣無德可述無功可紀若此終年無益國朝將挂風人彼己之譏是以上慙玄冕俯媿五臣從小朱紱善曰周禮曰王之五冕玄冕朱紱禮記曰諸侯佩山玄玉而朱組綬蒼頡篇曰紱綬也　濟曰挂懸也詩云惟鵜在梁不濡其翼彼己之子不稱其服此譏無德而衣玄冕言我無功德以益國朝而空衣紱冕恐懸此譏是以慙也方今天下一統九州晏如善曰尚書大傳曰周公一統天下合和四海然一統謂其統緒也　良曰方今魏朝也統理晏安也言天下一理九州之地皆晏然也顧西尚有違

命之蜀東有不臣之吳使邊境未得稅五臣本作脫甲謀士未得高枕者誠欲混同宇內以致大和也善曰爾雅曰稅舍也漢書賈誼曰陛下高枕垂統無山東之憂法言曰或問太和曰其在唐虞成周也李軌曰天下大和　翰曰敵國未平故武士不得脫甲冑謀臣不暇安枕席混大也大和則大同也故啓滅有扈戶而夏功昭成克商奄而周德著善曰尚書序曰啓與有扈戰于甘之野史記曰啓遂滅有扈氏天下咸朝夏也尚書曰武王崩三監及淮夷叛周公相成王將黜殷命孔安國曰三監管蔡商也淮夷徐奄之屬史記曰成王東伐淮夷徐奄也　銑曰啓夏王名也有扈夏之諸侯不供職貢而啓伐之昭明也成王時淮夷徐奄之君皆叛周公誅滅之著明也言二王皆伐叛誅亂而功德著明今陛下以聖明統世將欲卒文武之功繼成康之隆善曰假周之令德以喻魏之先王也臣瓚漢書注曰統攬也毛詩序曰文武之功起於后稷春秋歷序曰成康之隆醴泉涌　向曰言武帝文帝功成也言明帝必能平吳蜀成祖父之業故云繼成王康王之盛也簡良五臣作賢授能以方叔邵虎之臣鎮衛四境爲國爪牙者可謂當矣善曰爾雅曰簡擇也毛詩曰方叔涖止其車三千又曰江漢之滸王命邵虎又曰祈父予王之爪牙　濟曰方叔邵虎皆宣王賢臣言明帝授任鎮蕃服爪牙之臣皆如方叔之賢然而高鳥未挂於輕繳淵魚未懸於鉤餌者恐鉤射之術或未盡也善曰高鳥淵魚喻吳蜀二主　良曰高鳥喻蜀也淵魚喻吳也繳繒射也鉤釣也射釣未息謂吳蜀尚勞征伐也言我有異術能擒之昔耿弇不俟光武亟擊張步言不以賊遺於君父也五臣無也字　善同翰注　翰曰耿弇光武臣也俟待也弇爲張步所攻上聞自救之未至陳俊謂弇曰虜盛可閉營休士以待上來弇曰乘輿至臣子當以牛酒待百官反欲以賊虜遺君父耶遂出擊之及夜而破光武救殆至也故車右伏劒於鳴轂雍門刎首於齊境若

此二子豈惡生而尚死哉誠忿其慢主而陵君
也善同銑注　銑曰齊成王出獵忽然車之左轂鳴車右請死王曰工人之罪也曰臣見轂鳴不見工人遂伏劍而死
雍門雋齊烈士也越伐齊寇至齊境雍門雋請死王曰金鼓未接而死何也對曰昔車右爲先君御車轂鳴而右自殺今
越兵寇境甚於轂鳴也安得不死乎遂伏劍而死越軍聞齊有烈士遂退刎割也慢主謂轂鳴事見說苑夫君
之寵臣欲以除患興利臣之事君必殺身靜亂
以功報主也善曰尸子曰禹興利除害爲萬民種也　向曰寵謂厚其爵祿也殺身謂見危致命以靜
暴亂昔賈誼弱冠求試屬國請係單于之頸而制
其命終軍以妙年使越欲得長纓占五臣作纓其王
羈致北闕善曰漢書賈誼曰何不試以臣爲屬國之官以主匈奴行臣之計必係單于之頸而制其命又
曰南越與漢和親乃遣終軍使南越說其王欲令入朝比內諸侯軍自請願受長纓必羈南越王而致之闕下說文曰組

綦小者爲冠纓也爾雅曰占隱也郭璞曰隱度之　濟曰屬國夷狄官名纓繞也單于匈奴號越南越也言羈繞之使至
北闕稱臣於漢此二臣五臣有者字豈好爲夸主而燿五臣作曜世
俗哉志善無志字或鬱結欲逞五臣有其字才力輸能於明
君也良曰謂賈誼終軍也夸大也此豈好大言於主而曜於俗哉但以志有鬱結欲輸誠於君昔漢武
爲霍去病治第辭曰匈奴未滅臣無以家爲善曰
漢書文也　翰曰霍去病漢將也治脩也第宅也固五臣無固字夫憂國忘家捐軀
濟難忠臣之志也善曰趙岐孟子章指曰憂國忘家　銑曰捐弃軀身今臣居
外非不厚也而寢不安席食不遑味者伏五臣無伏字
以二方未尅爲念善曰戰國策曰秦王告蒙驁曰寡人一城圍食不甘味卧不便席也　銑
曰寢卧遑暇也二方吳蜀未尅言未靜也伏見先帝武臣宿兵年耆即世

者有聞矣善曰左氏傳子朝曰太子壽早夭即世　向曰先帝謂武帝也武臣將也宿兵謂宿素習練之
兵者耆老者也即世死也言將士雖死我有聞前事也雖賢不乏世宿將舊卒由
習戰也善曰史記王翦宿將始皇師之　濟曰雖世不乏賢亦由習耳竊不自量志
在效命庶立毛髮之功以報所受之恩若使陛
下出不世之詔效臣錐刀之用使得西屬大將
軍當一校之隊善曰文子曰欲治之主不世出東觀漢記黃香上疏曰以錐刀小用蒙見宿留
也魏志曰太和二年遣大將軍曹眞擊諸葛亮於街亭司馬彪漢書曰大將軍營伍部校尉一人也　濟曰效致也毛髮
喻小也所受之恩謂爵祿也不世之詔謂非當代所測度之詔謂許行之詔也效臣錐刀言小用也西謂蜀也大將軍謂
曹眞也一校偏師也謙不敢當大將若東屬大司馬統偏師五臣本作舟之
任善曰魏志曰太和二年大司馬曹休率諸軍至皖臣瓚漢書注曰統猶摠覽也　良曰東謂平吳大司馬曹休也統

理也偏舟亦偏師也吳水戰故云偏舟必乘危躡五臣作蹈險騁舟奮驪突
刃觸鋒爲士卒先雖未能禽五臣作擒權馘亮庶將
虜其雄率殲其醜類善曰禮記曰夏后尚黑戎事乘驪鄭玄云馬黑色曰驪漢書伍
被曰大將軍當敵勇常爲士卒先也鄭玄毛詩箋曰馘所獲之左耳也爾雅曰殲盡也又曰醜衆也　翰曰危險謂吳蜀
之路驪馬也擒執斬首斷耳也虜獲也雄大醜惡也必效須臾之捷以滅終身
之愧使名挂史筆事列朝榮雖身分蜀境首懸
吳闕猶生之年也善曰杜預左氏傳注曰捷獲也北征賦曰首身分而不寤漢武帝遣使者
告單于曰南越王頭已懸於漢北闕傅武仲與荆文姜書曰雖死之日猶生之年也　銑曰效致也須臾少時也捷勝也
愧謂虛食祿之愧言我以尅勝之功滅虛祿之愧名書史筆爲朝廷所榮雖身遭吳蜀所分斬亦猶生也如微
才不五臣作弗試沒世無聞徒榮其軀而豐其體生

無益於事死無損於數虛荷上位而忝重祿禽息鳥視終於白首此徒圈牢之養物非臣之所志也善曰論語曰君子疾沒世而名不稱鄭玄周禮注曰凡鳥獸未孕曰禽說文曰圈養獸閑也鄭玄周禮注曰牢閑也向曰沒盡忝辱也禽息謂如鳥獸之視息但求食畏人而已無餘志度白首謂老也言受爵祿無益於時亦何異爲牢圈以養畜也如此非我之本志流聞東軍失備師徒小衄女六反善曰漢書王音曰失行流聞魏志曰休至皖與吳將陸遜戰於石亭敗績衄猶挫折也濟曰流傳衄縮也東軍謂伐吳之軍失守備也時曹休爲陸遜所敗故云此也輟食弃餐奮袂攘衽撫劒東顧而心已馳於吳會矣善曰鄭玄周禮注曰攘却也謂却扱衽也良曰輟止也奮袂舉袖也攘衽褰襟也撫按也按劒東顧馳吳會思報怨也臣昔從先武皇帝南極赤岸東臨滄海西望玉門北出玄塞善曰七發曰凌赤岸篲扶

桑山謙之南徐州記曰京江禹貢北江有大濤濤至乘北激赤岸尤更迅猛漢書燉煌郡龍勒縣有玉門關玄塞長城也北方色黑故曰玄翰曰先武皇帝謂操也極盡也赤岸謂朱崖郡也玉門西域關名玄塞謂黑山伏見所以行軍五臣作師用兵之勢可謂神妙矣五臣作也故兵者不可豫言臨難而制變者也善曰孫子曰兵與敵變化而取勝者謂之神孫卿曰水因地而制行兵因敵而制勝銑曰言已見先帝用兵之要然兵事愼密不可豫前說之言此恐有所問也變謂事異者也志欲自效於明時立功於聖世每覽史籍觀古忠臣義士出一朝之命以殉五臣作徇國家之難善曰司馬遷書曰李陵奮不顧身以殉國家之急也向曰一朝不久也以身從國曰徇言觀史書見古忠義之士皆持不久之命以徇國家之急也身雖屠裂而功銘著於景鍾名稱五臣作績垂於竹帛未嘗不拊五臣作撫心而歎息也善曰

國語晉悼公曰昔克路之役秦來圖敗晉功魏顆以其身却退秦師于輔氏親止杜回其勳銘於景鍾韋昭曰景鍾景公鍾也墨子曰以其功書於竹帛傳遺後子孫也濟曰屠裂謂刳斬也景大也古無紙史書皆竹帛也言見古義士身雖爲敵國刳斬而功勳銘於大鍾名記史典則推心歎息思與之同撫推也臣聞明主使臣不廢有罪故奔北敗軍之將用秦魯以成其功善曰史記曰秦繆公使百里奚子孟明視蹇叔子西乞術及白乙丙將兵襲鄭晉發兵遮秦兵於殽虜秦三將以歸後還秦三將穆公復三人官秩復使將兵伐晉大敗晉人以報殽之役又曰曹沫者魯人也以勇力事魯莊公爲魯將與齊戰三敗北魯莊公懼乃獻遂邑之地以和猶復以爲將齊桓公許與魯會于柯而盟桓公與莊公既盟於壇上曹沫執匕首劫齊桓公公問曰子將何欲曹沫曰齊強魯弱而大國侵魯亦已甚矣今魯城壞即壓境君其圖之桓公乃許盡還魯之侵地曹沫三戰所亡盡復于魯矣良同善注絕纓盜馬之臣赦五臣有而字楚趙以濟其難善曰此秦而謂之趙者史記曰趙氏之先與秦共祖然則以其同祖故曰趙焉餘同翰注翰

曰楚莊王與羣臣夜宴燭滅有引王美人衣美人乃援絕其纓以告王曰飲人以酒如何責人以禮乃命羣臣皆絕纓然後舉火焚與晉戰有人常力戰斬首以退問之乃昔絕纓者穆公失馬野人取之公自求之見野人方食之公曰食駿馬肉不飲酒恐傷汝徧飲而去後晉人與穆公戰公爲晉環之野人率三百餘人畢力疾鬭遂大尅晉及獲惠公以歸此秦事而言趙者植之誤也植時遭讒貶爲侯故有是引也臣竊感先帝早崩威王弃世善作代善曰先帝謂文帝也魏志曰任城王彰薨謚曰威銑曰先帝武帝也威王任成威王章也去世謂死臣獨何人以堪長久常恐先朝露填溝壑墳土未乾而身名並滅善曰漢書李陵謂蘇武曰人如朝露列女傳梁寡婦曰妾之夫先犬馬塡溝壑漢書霍禹曰將軍墳土未乾李宏武功歌曰身非金石名俱滅焉向曰朝露喻不可久也壑坑言恐己不久而死塡於溝坑無功勳而名易滅也臣聞騏驥長鳴伯樂昭其能善曰戰國策楚客謂春申君曰昔騏驥駕車吳坂遷延負轅而不能進遭伯樂御而長鳴今僕屈厄日久君獨無意使僕

爲君長鳴也　濟曰昔騏驥駕鹽車上虞坂適遇伯樂仰而鳴知伯樂識其能也 盧狗悲號韓
國知其才 善曰戰國策曰齊欲伐魏淳于髡謂齊王曰韓盧者天下之壯犬也東郭俊者海內之狡兎也
韓子盧逐東郭俊環山者三騰山者五兎極於前犬廢於後犬兎俱罷各死其處田父見之而擅其功今齊魏相持臣恐
強秦大楚承其後有田父之功高誘曰韓國之盧犬古之名狗也然悲號之義未聞也　良曰盧黑也謂黑狗也齊人韓
國相狗於市遂有狗號鳴而國知其善 是以效之齊楚 五臣作秦 之路以逞
千里之任試之狡兎之捷以驗搏噬之用 善曰齊楚
言遠也孫卿子曰夫驥一日而千里也　翰曰效致逞見也狡兎東郭之兎捷疾噬咬也言狡兎之疾盧狗能搏而咬之
今臣志狗馬之微功竊自惟度終無伯樂韓國
之舉是以於邑而竊自痛者也 善曰楚辭曰長呼吸以於悒王逸曰於悒
嗁貌也　銑曰惟思也於邑猶歎息也言己有志欲立犬馬之功自思無知己舉用是以歎息而自傷也 夫臨

文三十七　圭

博而企竦聞樂而竊抃者或有賞音而識道也 善曰說文曰博局戲也六箸十二棊又曰企舉踵也竦猶立也說文曰抃拊也　向曰博棊也企竦驚立貌抃擊節者識
棊之道知樂之音明已識兵家之要行也 昔毛遂趙之陪隸猶假錐囊之
喻以寤主立功 善曰史記曰秦之圍邯鄲趙使平原君求救合從於楚約與食客門下有勇力
武備具者二十人偕得十九人餘無可取者毛遂前自讚於平原君君曰先生處勝之門下幾年於此矣遂曰三年于此
矣平原君曰夫賢士之處世譬若錐之處囊中其末立見今先生處勝之門下三年勝未有所聞毛遂曰臣乃今日請處
囊中耳使遂蚤得處囊中乃穎脫而出非特其末見而已也平原君竟與毛遂偕十九人平原君與楚合從日出而言日
中不決毛遂按劒歷階而上曰合從者爲楚非爲趙也楚王曰唯謹奉社稷以從　濟同善注 何況巍巍
大魏多士之朝而無慷慨死難之臣乎夫自衒
玄偏 自媒者士女之醜行也 善曰越絕書曰范蠡其始居楚之越越王與言盡日

大夫石買進曰衒女不貞衒士不信客歷諸侯度河津無因自致殆不眞賢也　良曰巍巍盛貌衒露也媒達也士自露
其能女自達其容皆可醜也 干時求進者道家之明忌也 善曰莊子
曰功成者隳名成者虧孰能去功與名而還與衆人　翰曰忌畏也時不可進而求進者必有恥辱故有道者所畏也
而臣敢陳聞於陛下者誠與國分形同氣憂患
共之者也 善曰呂氏春秋曰父母之於子也子之於父母也一體而分形同氣血而異息痛疾相救憂思
相感生則相驩死則相哀此之謂骨肉之親也銑曰分形同氣謂與文帝兄弟也憂愁患害也 冀以塵露
五臣作霧 之微補益山海螢燭末光增暉日月 善曰謝承後漢
書楊喬曰猶塵附泰山露集滄海雖無補益款誠至情猶不敢嘿嘿也淮南子曰人主之居也如日月之明也　向曰言
己如塵霧之微螢燭之光也山海日月喻國也願效末能增其國也 是以敢冒其醜而獻
其忠知必 善本作必知 爲朝士所笑聖主不以人廢言

文選三十七　十六

善曰論語子曰君子不以人廢言　濟曰冒覆也醜謂自媒衒也笑謂笑其所謂也言聖人不以人輕而廢其言也 伏
惟陛下少垂神聽臣則幸矣 良曰垂聽謂顧聽自試之意

求通親親表 善曰魏志曰太和五年植上疏求存問親戚自致其意也　銑
曰植以文帝不聽諸王入朝故上表求存問親戚也

曹子建

臣植言臣聞天稱其高者以無不覆地稱其廣
者以無不載日月稱其明者以無不照 善曰禮記子夏問曰
何謂三無私孔子曰天無私覆地無私載日月無私照此之謂三無私 江海稱其大者以
無不容 善曰管子曰海不辭水故能成其大墨子曰江河不惡小谷之滿己也故能大 故孔子
曰大哉堯之爲君惟天爲大惟堯則之 善曰論語文也　翰

曰大哉歎美之辭則法也夫天德之五臣無之字於萬物可謂弘廣矣蓋堯之爲教先親後䟽自近及遠其傳曰克明俊德以親九族九族既睦平章百姓善曰孔安國曰能明俊德之士任用之以睦高祖玄孫之親也又曰既已也百姓百官也言化九族而平和章明也　銑曰聖人與天地合德故曰天德克能俊深也九族謂玄孫之親也睦親也及周之五臣無之字文王亦崇厥化其詩曰刑于寡妻至于兄弟以御于家邦善曰鄭玄禮記注曰崇猶尊也毛萇曰刑法也鄭玄云御治也寡妻寡有之妻文王以禮接其妻至於宗族又能爲政治於家邦也　向曰化謂和穆親族之化寡妻嫡妻也御理也言文王以禮接其妻至於宗族以爲此政又能理於家邦是以雍雍穆穆風人詠之善曰毛詩曰有來雍雍又曰天子穆穆　濟曰雍和穆美也風人詩人也謂歌其和美也昔周公弔管蔡之不咸廣封懿親

以蕃五臣作藩屏王室善曰左氏傳富辰曰周公弔二叔之不咸故封建親戚以蕃屏周室馬融曰二叔管蔡也　良曰管叔蔡叔周公之弟咸和也言周公以二弟不和故廣封懿親戚以爲王室之藩屏傳曰周之宗盟異姓爲後善曰左氏傳曰滕侯薛侯來朝爭長公使羽父請於薛侯曰周之宗盟異姓爲後　翰曰周之爲盟會列其次位皆以同姓居先異姓爲後言此以勸親誠骨肉之恩爽而不離善曰漢書宣帝詔曰蓋聞象有罪舜封之骨肉之親粲而不殊如淳曰粲或爲散爾雅曰爽差也　銑曰骨肉謂兄弟也言雖有差舛不至離隔也親親之義寔在敦固善曰禮記曰君子賢其賢而親其親　向曰親親骨肉之義寔在厚固未有義而後其君仁而遺其親者也善曰孟子曰未有仁而遺其親者也未有義而後其君者也　濟曰言義士不後君主仁者不弃親戚未有遺此道而行仁義者也伏惟陛下咨帝唐欽明之德體文王翼翼之仁惠洽椒房恩昭九親五臣作族善曰尚書曰放勳欽明毛詩曰惟此文王小心翼翼漢書儀曰皇后稱椒房詩椒聊之實蔓延盈升美其繁與九親猶九族　良曰帝唐堯也欽敬也謂聰明之德翼翼恭敬貌惠恩也皇后稱椒房者美其繁與也羣臣百寮番休遞上善曰列子曰巨鼇迭爲三番江偉上便宜曰上下郎吏計作四五番休　翰曰寮官遞迭也言衆臣百官宿衛當番以次休息遞爲上下執政不廢於公朝下情得展於私室親理之路通慶弔之情展誠可謂恕己治人推惠施恩者矣善曰論語子貢問曰一言可以終身行之者乎子曰其恕乎己所不欲勿施於人三略曰良將恕己而治人又曰推惠施恩士力日新　銑曰言我願迭居宿衛則所持政事亦不廢於公朝亦不廢也展舒也私室謂賀喜曰慶問哀曰弔恕己謂以己身度人言如此可謂推恩惠於親也至於臣者人道絶緒禁固明時臣竊自傷也善曰左氏傳曰申公巫臣奔晉子反請以重幣錮之杜預曰禁固勿仕也錮與固通　向曰言兄弟所親人之常道而今絶其端緒禁固謂不許朝拜也不

敢乃望交氣類脩人事敘人倫善曰毛詩序曰成孝敬厚人倫　向曰氣類僚友也倫道也近且婚媾不通兄弟永絶吉凶之問塞慶弔之禮廢恩紀之違甚於路人隔閡之異殊於胡越善曰蘇子卿詩曰誰爲行路人淮南子曰自其異者視之肝膽胡越許慎曰胡在北方越在南方　濟曰婚媾婚姻也不通謂不得相見也恩紀謂應有恩情相紀録處皆如路人也閡亦隔也言親戚乖隔亦猶是也今臣以一切之制永無朝覲之望至於注心皇極結情紫闥神明知之矣善曰漢書音義曰一切權時也尚書考靈耀曰建用皇極宋均曰建立也皇大極天也崔駰達旨曰攀台階闚紫闥也　良曰一切猶一槩也春見曰朝秋見曰覲皇極紫闥天子所居也言我一槩被制長無朝覲之望注結心情於天子之居神明知我心也然天實爲之謂之何哉善曰毛詩國風文　濟曰言此實天子爲之也退省五臣作推諸王常有

戚戚具爾之心願陛下沛然垂詔使諸國慶問四節得展善曰毛詩曰戚戚兄弟莫遠具爾孟子曰油然作雲沛然下雨　銑曰惟思也戚戚憂思貌具爾謂具憂思於身也沛然謂恩澤也四節謂四時之節得展禮於君也以敘骨肉之歡恩全怡怡之篤義善曰論語子曰兄弟怡怡如也　向曰怡怡兄弟和樂貌篤厚也妃妾之家膏沐之遺歲得再通齊義於貴宗等惠於百司善曰毛詩曰豈無膏沐　濟曰膏脂也沐甘潔之屬貴宗謂外戚及諸公也惠恩也恩同百司之官如此則古人之所歎風雅之所詠復存於聖世矣良曰古人歎謂大哉堯之爲君以親九族風雅謂鹿鳴常棣之詩也臣伏自惟省無錐刀之用善曰東觀漢記黃香上疏曰以錐刀小用蒙見宿留及觀陛下之所拔授若以臣爲異姓竊自料度不後於朝士矣翰曰拔謂簡賢授事也料度商量也言己之材用不在朝士之後也若得辭遠遊戴武弁善曰蔡邕獨斷曰遠遊冠者王侯所服傅子曰侍中冠武弁　銑曰辭辭國遠游謂出征也武弁武士之冠解朱組佩青紱善曰禮記曰諸侯佩山玄玉而朱組綬蒼頡篇曰紱綬也漢書曰凡二千石以上銀印青綬　向曰組紱皆綬也言解諸侯朱紱佩將軍青綬也駙馬奉車趣得一號善曰漢書曰奉車都尉掌御乘輿車駙馬都尉掌駙馬說文曰附近也　濟曰駙馬謂都尉也奉車掌御之官趣疾也言將立功績疾取一勳號也安宅京室執鞭珥筆善曰論語子曰富而可求雖執鞭之士吾亦爲之范曄後漢書岑彭謂朱鮪曰彭往者得執鞭侍從珥筆戴筆也漢書趙卬曰張安世持橐簪筆張晏曰近臣負橐簪筆從也　良曰珥插也插筆謂侍中職出從華蓋入侍輦轂善曰劉歆遂初賦曰奉華蓋於帝側胡廣漢官解詁注曰轂下諭在輦轂之下京兆之中　良曰華蓋輦轂天子車飾也侍謂侍從承荅聖問拾遺左右善曰漢書曰議郎掌顧問應對又曰蕭望之劉更生並拾遺左右　良曰荅謂應荅君命

拾遺謂拾其遺闕於君之左右乃臣丹情之至願不離於夢想者也遠慕鹿鳴君臣之宴中詠常棣匪他之誡善曰毛詩序曰鹿鳴宴羣臣嘉賓也又毛詩序曰常棣燕兄弟也毛詩曰豈伊異人兄弟匪他　翰曰鹿鳴詩篇名美君臣喜宴也常棣詩篇名刺兄弟不睦也下思伐木友生之義終懷蓼莪罔極之哀善曰毛詩序曰伐木燕朋友故舊也詩曰矧伊人矣不求友生毛詩蓼莪曰父兮生我母兮鞠我欲報之德昊天罔極　銑同善注每四節之會塊然獨處左右唯僕隸所對唯妻子高談無所與陳發義無所與展未嘗不聞樂而拊心臨觴而歎息也善曰漢書曰中山靖王勝來朝天子置酒勝聞樂聲而泣對曰臣聞悲者不可爲絫欷思者不可爲歎息今臣心結日久每聞幼妙之聲不知涕泣之橫集　翰曰僕隸下士言所對非賢難可與陳說申展故拊心歎息也臣伏以爲犬馬之誠不能動人譬人之誠不能動天崩城隕霜臣初信之以臣心況徒虛語爾善曰列女傳曰杞梁妻者齊杞梁殖之妻也齊莊公襲莒殖戰死杞梁之妻無子內外皆無五屬之親既無所歸乃就其夫屍於城下而哭之內誠動人道路過者莫不爲之揮涕十日而城爲之崩淮南子曰鄒衍盡忠於燕惠王王信譖而繫之鄒子仰天而哭正夏而天爲之隕霜　濟曰犬馬植自喻也言人之誠不能動天若能動天天子應知我也杞梁妻其夫戰死於莒城妻哭之城爲之崩鄒衍盡忠於君燕惠王信讒而繫之鄒子仰天而哭正夏而天降霜今我懇誠過於前人不見報應故曰徒虛語爾若葵藿之傾葉太陽雖不爲之五臣無之字迴光終五臣作然向之者誠也善曰淮南子曰聖人之於道猶葵之與日雖不能終始哉其鄉之者誠也　良曰葵藿草也傾葉於日然日雖不爲迴光終是向日之誠心也臣竊自比葵藿若降天地之施垂三光之明者寔在陛下臣聞文子曰不爲

福始不爲禍先善曰文子曰與道爲際與德爲鄰不爲福始不爲禍先范子曰文子者姓辛葵丘濮上人也稱曰計然南遊於越范蠡師事 翰曰三光日月星葵藿但向日此言三光文 連言以喻於君也福始禍先謂諸王皆不上表植獨先表故云然今之否隔友于同憂而臣獨唱言者何也五臣無何也字 善曰廣雅曰否隔也尚書曰友于兄弟 銑曰否隔不通也獨唱謂先陳表也竊不顧於聖代五臣作世使有不蒙施之物五臣無有有不蒙施之物六字必有慘毒之懷故栢舟有天只之怨谷風有弃予之歎善曰毛詩栢舟曰母也天只不諒人只毛萇曰諒信也母也天也尚不信我也又谷風曰將安將樂汝轉弃予 向曰慘毒猶憂怨也施惠言物不蒙恩惠則憂怨也 濟曰只辭也餘同善注伊尹恥其君不爲堯舜善曰尚書曰昔先正保衡作我先王乃曰予克俾厥后惟堯舜其心愧恥若撻于市 良曰伊尹殷賢臣也餘同善注孟子曰不以舜之所以事堯

事其君者不敬其君者五臣無者字也翰曰言舜有聖德能盡忠以事於堯豈事君得不敬其君者也臣之愚蔽固非虞伊至於欲使陛下崇光被時雍之美宣緝熙章明之德者善曰尚書曰允恭克讓光被四表協和萬邦黎民於變時雍毛詩曰維清緝熙文王之典尚書曰百姓昭明也 銑曰蔽闇也言我固不如虞舜伊尹然欲其光大被時和之美雍和也緝熙也光明也是臣僂僂婁之誠竊所獨守寔懷鶴立企佇之心敢復陳聞者善曰尚書傳曰僂僂謹愼也戰國策曰吳入郢棼冒勃蘇潛行十日而薄秦鶴立不轉 向曰僂僂敬也鶴立不轉申也企舉踵也佇 也敢冒昧辭也言獨守本國鶴立舉踵以望恩澤也冀陛下儻發天聰而垂神聽也善曰尚書曰天聰明求自試表云伏惟陛下少垂神聽 濟曰自上聽下曰垂聽

讓開府表

羊叔子善曰臧榮緒晉書云羊祜字叔子太山人能屬文爲中書郎陳留王立封鉅平子世祖受禪加散騎常侍後以祜都督荊州諸軍事又爲車騎將軍開府儀同三司祜表讓後以祜爲征南大將軍開府辟召儀同三司薨 良同善注

臣祜言臣昨出五臣無出字伏聞恩詔拔臣使同台司臣自出身以來適十數年受任外內每極顯重之地善曰昨出爲沐浴而出在外台司三公也爲台司故言儀同三司威儀百物使同三司也王隱晉書曰太祖引祜爲從事中郎遷領軍事兼內外 翰曰台司儀同三司儀式與三公同也重謂爵尊祿厚也常以智力不可彊進恩寵不可久謬夙夜戰慄以榮爲憂中謝 善曰裴氏新語曰若薦其君將有所乞請中謝言臣誠惶誠恐頓首死罪 銑曰言智少力弱雖被榮寵早夜戰懼者自量不堪故以榮爲憂臣聞古人之言德未爲衆所

服而受高爵則使才臣不進功未爲衆所歸而荷厚祿則使勞臣不勸今臣身託外戚事遭運會善曰管子曰國有德義未明於朝而處尊位者則良臣不進有功未見於國而有重祿者則勞臣不勸王隱晉書曰祜同產姊配景帝爲弘訓太后 向曰言因外戚運會而蒙尊寵非有才德也誡五臣作誠在過寵不患見遺而猥超然降發中之詔加非次之榮善曰猥猶曲也孔融荅曹公書曰來書懇切訓誨發中 濟曰猥頓也超然越過之貌中詔謂授儀同三司詔也非次謂不依班次臣有何功可以堪之何心可以安之以身誤陛下辱高位傾覆亦尋而至願復守先人五臣有之字弊五臣作敝廬豈可得哉善曰國語單襄公曰高位寔疾顛左氏傳呂相曰傾覆我社稷莊子曰顏闔守陋閭左氏傳齊侯遇杞梁之妻于郊使弔之辭曰有先人之弊廬在下妾不得與郊弔 良曰誤謂誤累

所授之職傾覆言敗禍也復反也先人敝廬謂祖父舊居違命誠忤天威曲從即復若此善曰左氏傳齊侯對宰孔曰天威不違顏咫尺翰曰忤逆也曲從謂受開府也即復若此言禍敗也蓋聞古人申於見知善曰晏子春秋越石父謂晏子曰臣聞之士者屈於不知己而申乎知己銑曰古人申於知己屈於不知己大臣之節不可則止善曰論語子曰周任有言曰陳力就列不能者止向曰大臣以道事君不可則止臣雖小人五臣作輕小敢緣所蒙念存斯義今天下自服化已來方漸八年雖側席求賢不遺幽賤善曰列子曰子産相鄭三年善者服其化也國語曰越王夫人側席而坐韋昭曰側猶特也禮憂者側席而坐也濟曰緣因也所蒙開府之職斯義謂不可則止之義服化謂服晉化側席謂虛其正位以待賢也然臣等不能推有德進有功使聖聽知勝臣者多而未達者不少假令有遺德

於五臣無於字版築之下有隱才於五臣無於字屠釣之閒善曰尚書序曰高宗夢得說說築傅巖之野孟子曰傅說舉於板築之閒郭璞三蒼解詁曰板牆上下板築杵頭鐵沓也尉繚子曰太公屠牛朝歌史記曰太公望呂尚以漁釣奸周西伯良曰板築傅說也屠釣太公也言或有如此之人遺才德於卑賤之役而令五臣無令字朝議五臣無議字用臣不以爲非臣處之不以爲愧所失豈不大哉善曰遺賢不薦而謬處崇班非直身殃抑爲朝累今乃朝議用臣不以爲非已累朝矣處之又不以爲愧已殃身矣此失豈不大哉言甚大也翰曰雖朝議用我以爲得人而我處之不愧儻有如我賢者遺才德於卑賤其失豈不大哉且臣忝竊雖久未若今日兼文武之極寵等宰輔之高位也善曰文武謂車騎及開府等宰輔謂義同三司銑曰兼文武謂爲將軍兼儀同也儀同同於三公故云等宰輔高位也臣所見雖狹據光祿大夫李喜秉節高亮正身在朝善曰晉諸公讚曰喜字季和上黨人少有高行爲僕射年老遜位拜光祿大夫向曰秉執亮明也光祿大夫魯芝絜身寡欲和而不同善曰臧榮緒晉書曰魯芝字世英扶風人也耽思墳籍爲鎮東將軍徵光祿大夫四子講德論曰絜身脩德老子曰少私寡欲論語曰和而不同濟曰言代事與和而貞節不同光祿大夫李胤莅政弘簡在公正色善曰王隱晉書曰李胤字宣伯遼東人也稍遷至尚書僕射轉光祿大夫孔安國尚書傳曰簡大也尚書曰正色率下良曰正色不阿諂也皆服五臣作伏事華髮以禮始終善曰周禮曰大司徒領職曰服事鄭司農曰服謂公家之事也新序閭丘卬曰士之華髮隨頷而後用耳翰曰服事謂衣冠以事君也華髮白髮雖歷內外之寵不異寒賤之家翰曰內謂相外謂將不異寒賤言不奢侈而猶未蒙此選臣更越之何以塞天下之望少益日月是以誓心守節無苟進之志善曰聖主得賢臣頌曰不足以塞厚望日

月喻君淮南子曰人主之居如日月之明也左傳季札曰曹宣公之卒也諸侯與曹人不義曹君將立子臧子臧去之遂弗爲也以成曹君君子曰能守節銑曰此選謂儀同三司也越過三人也塞滿也言已偏蒙此選是不滿天下望也日月喻天子也所以退讓者望益天子之明是以守節不爲進今道路未通五臣作清方隅多事乞留前恩使臣得速還屯善曰王隱晉書曰太始五年出爲都督荊州諸軍事向曰盜賊通行邊隅未靜不爾留連必留速止前恩謂止儀同也勤兵而聚曰屯於外虞有闕臣不勝憂懼謹觸冒拜表惟陛下察匹夫之志不可以奪善曰論語子曰匹夫不可奪志濟曰留連謂令作儀同則於外恐寇至虞度之事有闕也良曰觸聖情冒上之顏也匹夫獨夫也言獨夫執志亦不可奪

陳情表

李令伯善曰華陽國志曰李密字令伯犍爲武陽人父早亡母何氏更適人密見

養於祖母以孝聞侍疾日夜未嘗解帶蜀平後晉武帝徵爲太子洗馬詔書累下郡縣逼迫密上疏武帝覽其表嘉其誠款賜奴婢二人使郡縣供祖母奉膳祖母卒服終從尚書郎爲河內溫令左遷漢中太守一年去官卒密一名虔　翰同善注

臣密言臣以險釁夙遭閔凶善曰賈逵國語注曰釁兆也左氏傳楚少宰曰寡君少遭閔凶　銑曰險釁艱難禍罪也閔憂也憂謂父憂也生孩六月慈父見背善曰孟子曰孩提之童趙岐曰知孩笑可提抱也文子曰慈父之愛子非求報　銑曰背死也行年四歲舅奪母志善曰莊子田開之曰單豹行年七十毛詩序曰衞世子蚤死其妻守義父母欲奪而嫁之　銑曰奪志謂舅嫁其母不得守節祖母劉愍臣孤弱躬親善作見撫養善曰毛詩曰父兮生我母兮鞠我撫我畜我長我育我毛萇曰鞠養也　銑曰愍痛也撫矜憐也臣五臣有少字多疾病九歲不行零丁孤苦至于成立善曰李陵贈蘇武詩曰遠處天一隅苦困獨伶丁國語曰晉趙氏冠韓獻子戒之曰此之謂成人論語曰三十而立　銑曰零丁危弱貌成立謂二十成人也既無叔伯終鮮兄弟善曰毛詩曰終鮮兄弟維予與汝門衰祚薄晚有兒息善曰字書曰祚福也　向曰衰微也外無朞功彊近之親內無應門五尺之僮善曰孫卿子曰仲尼之門五尺豎子羞言五伯　向曰朞功謂大功小功之親彊盛也僮僕也煢煢獨立五臣作煢煢孑子立形影相弔善曰曹植責躬表曰形影相弔五情媿赧　濟曰煢單也弔問也而劉夙嬰疾病常在牀蓐臣侍湯藥未曾廢離逮奉聖朝沐浴清化前太守臣逵察臣孝廉後刺史臣榮舉臣秀才臣以供養無主辭不赴會詔書特下拜臣郎中尋蒙國恩除臣洗馬猥以微賤當侍東宮非臣隕

首所能上報善曰朱浮書曰同被國恩如淳漢書注曰凡言除者除故官就新官也漢書曰太子屬官有洗馬如淳曰前驅也廣雅曰猥頓也漢書谷永上書王鳳曰齊客隕首公門以報恩施史記曰孟嘗君相齊使其舍人魏子收邑三反而不致孟嘗君問其故對曰有賢竊假之數年或毀孟嘗孟嘗乃奔魏子所與粟賢者聞之乃上書言孟嘗不作亂請身盟遂自剄宮門以明孟嘗　良曰聖朝謂晉朝也逵榮並刺史字也無主謂無人主奉供養之事微賤自謙也隕落也言自斷落其首不能報此恩臣具以表聞辭不就職詔書切峻責臣逋慢郡縣逼迫催臣上道州司臨門急於星火臣欲奉詔奔馳則五臣有以字劉病日篤欲苟順私情則告訴不許臣之進退實爲狼狽音貝善曰孔叢子孔子曰吾於狼狽見聖人之志荀悅漢紀論曰周勃狼狽失據塊然囚執也　翰曰前除洗馬時以有表辭逋緩慢倨也篤病甚也許謂許於州司也進謂欲去退謂欲住也狼狽猶悽惶也伏惟聖朝以孝治天下凡在故老猶蒙矜育善曰爾雅曰矜憐也況臣孤苦特爲尤甚且臣少仕僞朝歷職郎署本圖宦達不矜名節今臣亡國賤俘至微至陋善曰鄭玄禮記注曰矜謂自尊大也賈逵國語注曰伐國取人曰俘　銑曰僞朝謂蜀朝也郎署謂尚書郎言我本謀爲官職非隱逸以名節自矜也軍所虜獲曰俘蜀爲晉滅故云此過蒙拔擢寵命優渥豈敢盤桓有所希冀但以劉日薄西山氣息奄奄善曰毛詩曰既優既渥周易曰初九盤桓利居貞揚雄反騷曰臨汨羅而自隕何恐日薄於西山廣雅曰奄困迫也　向曰拔擢謂郎中洗馬也優饒渥厚也盤桓不進貌有所希望言但爲侍養非敢望高官也日迫西山喻劉年老暮也奄奄將絕也人命危淺朝不慮夕善曰左氏傳趙孟曰朝不謀夕何其長也　濟曰危易落淺易拔慮謀也言朝不謀至夕之生也臣無祖母無以至今日祖母無臣無以

終餘年善曰鸚鵡賦曰匪餘年之足惜　良曰餘年殘年也母孫二人更相爲
命是以區區不能廢遠良曰區區猶勤勤也廢遠謂廢養而遠離祖母臣密
今年四十有四祖母劉今年九十有六是臣盡
節於陛下之日長報善本作養字劉之日短也烏鳥私
情願乞終養善曰葛龔喪伯父還傳記曰烏鳥之情誠竊傷痛毛詩曰蓼莪我孝子不得然養也
翰曰烏鳥反哺其母言我有此烏鳥之私情乞畢祖母之養也臣之辛苦非獨五臣作徒蜀
之人士及二州牧伯所見明知皇天后土實所
共鑒善曰左氏傳晉大夫曰皇天后土實聞君之言　銑曰二州謂梁州益州也牧伯謂榮逵也言非但人知
我辛苦天地亦知也願陛下矜愍愚誠聽臣微志庶劉僥倖
保卒餘年善曰禮記曰子曰小人行險以徼倖僥與徼同古堯切　向曰庶冀保安卒終也冀祖母蒙僥

倖之恩安終殘年也臣生當隕首死當結草善曰漢書谷永上書王鳳曰齊客隕首公
門以報恩施　濟曰魏武子有嬖妾無子武子疾命子顆曰吾死嫁之及困又曰殺以殉顆乃從初言嫁之後與秦將杜
回戰顆見老人結草以亢杜回回躓爲顆所獲中夜夢結草老人曰子妾父也報君不殺之心臣不勝犬
馬怖懼之情謹拜表以聞善曰史記丞相翟青曰臣不勝犬馬心

謝平原內史表善曰臧榮緒晉書曰成都王表理機起爲平原內史到官

上表謝恩　良同善注

陸士衡

陪臣陸機言善曰蔡邕獨斷曰諸侯境內自相以下皆爲諸侯稱臣於朝皆稱陪臣　銑曰諸侯之臣
於天子朝稱陪臣此及姓也機前任吳王郎中令故稱此今月九日魏郡太守遣
兼丞張含賫板詔書印綬假臣爲平原內史善曰

凡王封拜謂之板官時成都攝政故稱板詔拜受祇竦不知所裁中謝　翰曰含太守
下丞賫持也板冊文假言假借不以也祇竦敬懼貌裁制也臣本五臣作吳人出自敵國
善曰漢書蒯通說韓信曰敵國破謀臣亡也　銑曰敵國謂仇敵之國也世無先臣宣力之
效才非丘園耿介之秀善曰尚書舜曰予欲宣力四方汝爲易曰賁于丘園束帛
戔戔王肅曰隱處丘園道德彌明必有束帛之聘楚辭曰獨耿介而不隨　銑曰先臣謂父祖也宣用效勤也言非有功
於國耿絜介獨也言負才德清絜獨居丘園不仕之人也皇澤廣被惠濟無遠善曰
四子講德論曰皇澤豐沛尚書曰無遠弗屆擢自羣萃累蒙榮進善曰國語
曰羣萃而同處賈逵曰萃亦處也　向曰萃聚也言拔於羣聚之中入朝九載歷官有六
身登三閣官成兩宮善同向注　向曰入朝謂入晉朝也歷官六爲楊駿祭酒太子洗馬
吳王郎中尚書郎中殿中郎又爲著作郎三閣謂祕書郎掌內外三閣經書也兩宮東宮及上臺也服冕乘

軒仰齒貴游善曰左傳衞太子謂渾良夫曰服冕乘軒三死無與杜預傳注曰齒列也周禮曰師氏以
三德教國子凡國之貴游子弟學焉　濟曰冕冠也軒車也貴游謂與公子同游也振景拔迹顧
邈同列善曰臣瓚漢書注曰邈凌邈也　濟曰言振其光景拔迹越衆迴顧自省遠於同列施重
山岳義足灰没善曰葛龔讓州辟文曰恩重山岳言君之義我身如灰之滅不足報也　濟曰
蒙恩施之重我於事義足爲灰没以報恩德遭國顛沛無節可紀雖蒙曠
盪臣獨何顏俛首頓膝憂愧若厲中謝　善曰周易曰夕惕若厲
良曰遭國顛沛謂趙王倫篡位遷帝金墉無節謂不能見危授命曠盪謂蒙寬宥何顏謂自慚也頓膝謂拜跪也厲危也
而橫爲故齊王冏九永所見枉陷誣臣與衆人共
作禪文善曰王隱晉書曰齊王冏字景治趙王倫篡位冏舉兵討倫臨陳斬之禪文倫受禪之文　翰曰枉
曲誣加也禪文謂禪位之文幽執囹圄當爲誅始臣之微誠不

負天地倉卒之際慮有逼迫善曰司馬遷書曰深幽囹圄之中　銑曰幽隱
縶繫也囹圄獄名誅始謂先台誅也言我幽縶之信不欺天地但恐急暴之閒不得申說乃與弟雲及
散騎侍郎袁瑜中書侍郎馮熊尚書右丞崔基
廷尉正顧榮汝陰太守曹武思所以獲免善曰王隱
晉書曰爰瑜字世都馮熊字文羆顧榮字彥先晉百官名曰曹武字道淵　向曰言此六人初皆同坐共思所以獲免之
計也陰蒙避迴崎善作岐嶇自列善曰言盜自蒙蔽避迴囚黨岐嶇艱阻得自申
列也廣雅曰列陳也　濟曰陰蒙避迴詐發妹衆不顧倫事崎嶇傾側也自列謂自分雪也片言隻字
不關其閒事蹤筆跡皆可推校善曰王隱晉書曰機與吳王晏表曰
禪文本草今見在中書一字一迹自可分別蔡邕書曰惟是筆迹可以當面也　濟曰片言隻字皆不關趙王倫事也
而一朝翻然更以爲罪蕞爾之生尚不足恡善曰

〔文三十七　二十九〕

左傳子產曰諺云蕞爾之國杜預曰蕞小貌也說文曰尚曾也孔安國尚書傳曰恡惜也　良曰翻反也區區
本懷實有可悲善曰李陵書曰區區之心切慕此爾　良曰區區勤勤也可悲謂遭枉橫實可
悲痛也畏逼天威即罪惟謹善曰左氏傳齊侯對宰孔曰天威不違顏咫尺公羊傳曰
不即罪爾何休曰不就罪也漢書曰終軍詰徐偃請下御史徵偃即罪論語曰子在宗廟朝廷便便言惟謹爾　良曰逼
迫天威言逼天威之怒而就罪也鉗口結舌不敢上訴所天善曰莊子曰鉗
墨翟之口愼子曰臣下閉口左右結舌潛夫論曰臣鉗口結舌而不敢言左傳箴尹克黃曰君天也何休墨守曰君者臣
之天也　翰曰鉗以鐵爲劫束也結繫也束口繫舌言不敢語莫大之釁日經聖聽
善曰孝經曰五刑之屬三千而罪莫大於不孝　銑曰釁罪也人之罪莫大不忠不孝日經聖聽謂日日經天子聽察也
肝血之誠終不一聞所以臨難慷五臣作忼慨而不
能不恨恨五臣作悢悢者唯此而已銑曰肝血謂赤心誠實也忼慨失志也悢悢悲

也志無所申但悲而已重蒙陛下愷悌之宥迴霜收電使不
隕越善曰陛下謂成都也毛詩曰愷悌君子杜預左傳注曰宥赦也威如霜已見西征賦荀悅申鑒曰人主威
如雷電之震左傳齊侯對宰孔曰小白恐隕越于下也　向曰宥寬也雷電喻威隕越死也蒙天子寬迴收其威使至不
死也復得扶老攜幼生出獄戶懷金拖徒我紫退就
散輩善曰戰國策曰薛人扶老攜幼迎孟嘗君道中揚子法言曰使我紆朱懷金其樂不可量也解嘲曰紆青
拖紫　濟曰散輩謂不除名爵散官之輩感恩惟咎五情震悼善曰文子曰昔中黃
子曰色有五章人有五情跼高天蹐精亦地若無所容中謝善曰毛詩曰謂天
蓋高不敢不跼謂地蓋厚不敢不蹐史記曰魏公子自責似若無所容也　良曰震悼驚也跼曲也蹐累足行也思前得
罪五情震驚心自愧責於天地若無所容也不悟日月之明遂垂曲照雲
雨之澤播及朽瘁善曰尚書武王曰惟我文考若日月之照臨范曄後漢書鄧騭上疏曰被

〔文三十七　三十〕

雲雨之渥澤也　翰曰日月喻君也播布朽腐瘁病也忘臣弱才身無足采哀
臣零落罪有可察苟削丹書得夷平民善曰左傳曰斐豹隸
也著於丹書晉曰延及平民　翰曰削除也丹書定罪之書夷亦平也平民凡民也言蒙天子照察除其罪書爲凡民也
則塵洗天波謗絶衆口臣之始望尚未至是銑曰
塵喻罪也天波喻天子恩澤謗枉也言初所尚未至天恩洗罪猥辱大命顯授符虎善曰
漢書文紀曰初與郡守爲銅虎符竹使符　向曰猥頓也大命天子命也符虎謂金虎符也謂授內史也使春
枯之條更與秋蘭垂芳陸沉之羽復與翔鴻撫
翼善曰莊子曰孔子之楚其鄰有夫妻臣妾登極者仲尼曰是陸沉者也班固漢書張陳述曰攜手遂秦撫翼俱
起　向曰陸沉謂無水而沉喻己也翔鴻喻朝士也言我頓蒙天恩再得與朝士齊列也雖安國免徒
起紆青組張敞亡命坐致朱軒善曰敞起亡命復奉使典州命名也謂所

犯罪名已定而逃亡避之謂之亡命餘同濟注　濟曰韓安國事梁孝王爲中大夫有罪在徙中漢使張羽拜安國爲內史張敞爲京兆尹殺人被罪遂逃走後起冀州有賊天子思敞使治之敞隨詣拜爲冀州刺史靑組朱軒並二千石之車飾

方臣所荷未足爲泰豈臣蒙垢含忍所宜忝竊善曰范曄後漢書陳蕃曰鄙夲之萌復存于心方言曰貪而不施謂之忝　良曰垢濁也含恨惜也忝辱言我含此汚濁豈能辱竊此位也非臣毀宗夷族所能上報喜懼參并悲慙哽結拘守常憲當便道之官善曰如淳漢書注曰律二千石以上告歸寧不過行在所者便道之官無問也　良曰喜謂喜得內史懼不勝任也參并言雜半也憲法也當時之法據官者便之任也不得束身奔走稽顙城闕瞻係天衢馳心輦轂臣不勝屏營延仰謹拜表以聞善曰李陵詩曰策名於天衢班固漢書述曰攀龍附鳳並集天衢胡廣漢官解詁注曰轂下諭在輦轂之下國語申胥曰昔楚靈王獨行屏營翰曰稽顙拜也言爲奉法赴任不得奔走謝城闕也視天子街衢不得往故馳心也輦天子車轂屏營廻惶也

勸進表

善曰何法盛晉書曰劉琨連名勸進中宗嘉之晉紀曰劉琨作勸進表無所點竄封印既畢對使者流涕而遣之

劉越石

銑曰閔帝爲劉曜所殺琅邪王睿在江南時劉琨在并州段匹磾在冀州此表勸睿爲天子是爲元帝

建興五年善曰晉書曰建興閔帝年號三月癸未朔十八日辛丑使持節散騎常侍都督河北并冀幽三州諸軍事領護軍五臣無軍字匈奴中郎將司空并州刺史廣武侯臣琨使持節侍中都督冀州諸軍事撫軍大將軍冀州刺史左賢王渤海公臣匹磾頓首死罪上五臣有尚字書臣琨臣匹磾頓首頓首死罪死罪臣聞天生蒸民善作人樹之以君所以對越天地司牧黎元善曰左傳鄭文公曰天生人而樹之君以利之也典引曰發祥流慶對越天地左傳師曠曰天生人而立之君使司牧之勿使失性孝經鉤命決曰天有顧眄之義授圖子黎元　向曰蒸衆樹立對配越揚司主牧養也言衆人須立君長配揚天地以主養之聖帝明王鑒其若此善曰易緯曰聖帝明王所以致太平知天地不可以乏饗故屈其身以奉之善曰范曄後漢書袁紹上疏曰洛邑乏祀荀悅申鑒曰聖王屈己以申天下之樂　濟曰饗獻也天地神明依人而行故聖人屈身以奉祭祀知黎元不可以無主故不得已而臨之善曰東觀漢記馮異曰更始敗亡天下無主莊子曰君子不得已而臨涖天下也社稷時難則戚藩定其傾郊廟或替則宗哲纂其祀

濟曰難屯難也替廢也言社稷屯難郊廟廢當取親戚蕃王之英哲以繼祀宗廟也所以弘振遐風式固萬世五臣作代　善曰牽秀衛公誄曰仰晞遐風重輝冠世毛詩曰式固爾猶　良曰弘大式用靡無由從也言使宗子繼者將以大振遠風堅固萬代三五以降靡不由之臣琨臣匹磾頓首頓首死罪死罪伏惟高祖宣皇帝肇基景命善曰史記楚子西曰孔丘述三五之法明周召之業王隱晉書曰宣皇帝河內温人今上受禪追上尊號曰宣皇帝尚書武王曰至于大王肇基王跡詩曰景命有僕毛萇曰僕附也鄭玄曰天之大命又附著於汝也　良曰三五謂三皇五帝也自此以下無不從其繼絕之道也肇始景大也世祖武皇帝遂造區夏三葉重光四聖繼軌善曰世祖武帝廟號書曰惟丕顯考文王用肇造我區夏三世謂宣景文四聖謂武帝也書曰昔我文王武王宣重光廣雅曰軌跡也　翰曰三葉謂宣景文帝也各有文明之德故重光四聖謂武帝惠愍懷也惠澤侔於有虞卜年過於

周氏善曰左傳王孫滿曰成王定鼎於郟鄏卜世三十卜年七百銑曰侔齊也周公卜年七百言晉過之自元康以五臣作已來艱禍五臣作禍難繁興永嘉之際氛厲彌昏善曰晉書曰惠帝即位改元曰元康向曰元康惠帝年號永嘉懷帝年號禍謂趙王倫作亂氛惡氣厲危也謂劉聰石勒等皆亂王室也宸極失御登遐醜裔國家之危有若綴旒善曰王隱晉書懷紀曰羯賊劉曜破洛皇帝崩於平陽宸極喻帝位若賓戲曰周失其御禮曰天王崩告喪曰天王登遐公羊傳曰君若贅旒贅猶綴也向休曰旒旗旒也以譬者言爲下所執持東西㒒濟曰宸極喻君也失御人之道醜惡裔遠也謂懷帝死賊廷也旒冕旒上綴珠下垂而危言國家似之賴先后之德宗廟之靈皇帝嗣建舊物克甄善曰王隱晉書懷紀曰洛陽破大司馬南陽王保於長安立秦王爲皇太子懷帝崩皇太子即位左傳伍員曰少康祀夏配天不失舊物鄭玄尚書緯注曰甄表也良曰賴蒙也先后謂上四帝也皇帝謂秦王也洛陽破後秦王即位長安以嗣懷帝使舊禮物能明也誕授欽明服膺聰哲玉質幼彰金聲夙振善曰尚書曰欽明文思禮曰服膺拳拳應劭漢官儀曰太子太傅琢磨玉質言太子有玉之質琢磨以道也孟子曰孔子之謂集大成集大成也若金聲而玉振之也翰曰誕大也言大授欽明之德而又聰智幼少夙早也詩云金玉其相相質也振奮也家宰攝其綱百辟輔其治四海想中興之美羣生懷來蘇之望善曰尚書曰冢宰掌邦治統百官包咸論語注曰攝猶兼也毛詩曰不顯維德百辟其刑之毛詩序曰宣王任賢使能周室中興尚書曰徯我后后來其蘇銑曰冢宰官位掌邦治以佐王也綱紀也百辟百官也輔佐也言四海衆人皆思想中興懷其蘇息不圖天不悔禍大災荐臻善曰左傳鄭伯曰天其悔禍于許也向曰不圖不意也荐重臻至也言大災重至謂劉曜破長安也國未忘難寇害尋興逆胡劉曜縱逸西都敢肆犬羊陵虐天邑善曰左傳富辰曰人未忘禍王又興之向法盜晉書胡錄曰建興四年劉載使劉曜寇長安漢

名臣奏曰太尉應劭等議以爲鮮卑隔在漠北犬羊爲羣尚書曰肆子敢求爾天邑商濟曰肆縱也犬羊喻劉曜虐害也天邑長安也臣等奉表使還仍承西朝以去年十一月不守主上幽劫復沈虜廷善曰干寶晉紀曰賊入掠京都劉粲寇于城下天子蒙塵于平陽傳暢諸公讚曰葛蕃傳檄平陽求連和迎上上於是見害良曰仍因也言琨等使人奉表詣長安還因知閔帝沒也不守不能守備幽囚劫脅也虜廷謂蒙塵平陽也神器流離再辱荒逆善曰再謂懷愍二帝也老子曰天下神器不可爲也爲者敗之韋昭曰神器天子璽符服御之物也翰曰神器天子位也流離崩喪也再辱謂懷帝先沒閔帝又沒也荒逆謂劉曜也臣每覽史籍觀之前載厄運之極古今未有善曰小雅曰載事也銑曰困厄之運甚於古今苟在食土之毛含氣五臣作血之類莫不叩心絕氣行號巷哭善曰左傳芋尹無宇謂楚子曰食土之毛誰非君臣三略曰含氣之類咸願得志新序子貢曰子産死國人聞之皆叩心流涕曰子産已死吾將安歸皆巷哭向曰毛草也言聞帝蒙塵食土草及有生之類無不推心氣絕而已況臣等荷寵三世位則鼎司善曰三世謂邁至琨也王隱晉書曰琨祖邁相國參軍父蕃太子洗馬侍御史鼎司謂司空也謝承後漢書序曰王龍共幹事咸帷鼎司濟曰琨家三代俱事晉爲者職鼎司三公也謂琨爲司空承問震惶五臣作遑精爽飛越善曰謝承後漢書曰竇武上疏曰奉承詔命精爽隕越良曰遑恐爽亡也承問謂聞破亡之事也飛越猶飛揚也且悲且惋謂王之亡惋謂惋賊之亂五情無主善曰文子曰昔中黃子曰色有五章人有五情莊子葉公見龍失其魂魄五情無主翰曰悲舉五臣作興哀朔垂上下泣血善曰謝承後漢書胡毋班書曰董卓起朔垂毛詩曰鼠思泣血銑曰朔垂謂并州臣琨臣匹磾頓首頓首死罪死罪臣聞昏明迭用否泰相濟善曰昏明謂晝夜也文子曰春秋之代謝日月之晝夜孫卿子云日月遞照周易曰泰者通也物不可終通故受之以否向曰否塞泰通言物不

可久居寒當還明通謂國雖云亦當通濟也天命未改歷數有歸善曰左氏傳王孫滿謂楚子曰周德雖衰天命未改書曰天之歷數在爾躬　濟曰言歷數未改晉當復歸或多難以固邦國或殷憂以啓聖明善曰左氏傳曰楚使椒舉如晉求諸侯晉侯欲勿許司馬侯曰不可鄭國之難不可虞也或多難以固其國啓其疆土齊有仲孫之難而獲桓公至今賴之晉有里丕之難而獲文公是以爲盟主也韓詩曰耿耿不寐如有殷憂漢書路溫舒曰禍亂之作將以開聖人也齊齊字上五臣有是以字有無知之禍而小白爲五伯之長善曰左傳曰初齊襄公立無常鮑叔牙曰君使民慢亂將作矣奉公子小白出奔莒亂作管夷吾召忽奉公子糾來奔雍廩殺無知公伐齊納子糾桓公自莒先入　良曰桓公彊盛居五伯之先也五伯齊桓晉文秦穆宋襄楚莊公也餘同善注晉有驪姬之難而重耳以五臣無以字主諸侯五臣有之盟二字善曰左傳曰初晉獻公以驪姬爲夫人夫人譖太子太子縊于新城遂譖二公子皆知之重耳奔蒲夷吾奔屈漢書路溫舒曰齊有無知之禍而桓公以興晉有驪姬之難而文公用伯繇是觀之禍亂之作將以開聖人也　良曰晉獻公以驪姬爲夫人乃譖公子重耳出奔後獻公薨重耳還國是爲文公以主諸侯之盟多難謂遭無知之難殷憂謂被驪姬之譖也固邦國謂桓公也啓聖明謂文公也言此以喻君也社稷靡安必將有以扶其危黔首幾絕必將有以繼其緒伏惟陛下玄德通於神明聖姿合於兩儀善曰鹽鐵論曰定傾扶危史記曰秦更民曰黔首陛下謂元帝也書曰玄德升聞乃命以位孝經援神契曰十世升平至德通神明兩儀天地也易曰易有太極是生兩儀　翰曰陛下謂元帝也玄德謂潛行道德也兩儀天地也言道德通神明舉動合天地能扶持社稷之危繼續黔首之命黔首百姓也應命代五臣作世之期紹千載之運善曰孟子曰五百年必有王者興其間必有命世者也廣雅曰命名也桓子新論曰夫聖人乃千載一出賢人君子所想思而不可得見也　銑曰紹繼也聖人千載一出言元帝繼此千載之數也夫五臣無夫字符瑞之表天人有徵中興之兆圖讖垂典自京畿隕五臣作殞喪九服崩離善曰東觀漢記羣臣上奏世祖曰符瑞之應昭然著聞矣曹子建責躬詩曰得會京畿周書曰乃辨九服之國方千里曰王圻其外曰侯服甸服男服采服衛服蠻服夷服鎮服蕃服論語子曰邦分崩離析　向曰謂江左有符瑞而與讖文應之殞喪墜失也崩離壞敗貌天下嚻然無所歸懷雖有夏之遘夷羿宗姬之離犬戎以過之善曰班固漢書贊曰海內嚻然喪其樂生之心左氏傳曰魏絳對晉侯曰昔有夏之方衰也后羿自鉏遷于窮石因夏人以代夏政又曰夷羿收之杜預曰夷氏也史記曰幽王嬖愛褒姒竟廢后立褒姒爲后廢后父申侯乃與西夷犬戎共攻幽王遂殺幽王驪山之下　濟曰嚻然憂傷貌夏太康出畋爲羿所逐夷羿氏也姬周姓幽王爲犬戎所滅遘遇離羅也言此二王遇難無能過於晉也宗尊也陛下撫寧江左奄有舊吳柔服以德伐叛以刑善曰王隱晉書曰元帝琅邪恭王之長子永興元年就國二年加揚州諸軍事韋孟諷諫詩曰撫寧遐荒江左江東也春秋歷序曰東方爲左毛詩曰奄有龜蒙左氏傳晉隨武子曰伐叛刑也柔服德也　良曰元帝居琅邪時加撫揚州諸軍事故云撫寧江左今復歸江南故云奄有舊吳奄布也柔安言服用刑德以安蕃服叛亂也抗明威以攝五臣作懾不類仗大順以肅宇內善曰尚書曰我有周佑命將天明威漢書音義曰攝安也禮曰天子以德爲車以樂爲御諸侯以禮相與大夫以法相序天下之肥也是謂大順　翰曰抗舉懾服也不類謂異國也大順天人也純化既敷則率土宅心義風既暢則遐方企踵善曰尚書曰彼不遠惟商耇成人宅心知訓劇秦美新曰海外遐方延頸企踵　翰曰純厚敷布宅居暢通也言純厚之化通仁義之風遠方之人皆企踵而慕之百揆時序於上四門穆穆於下善曰書曰納于百揆百揆時敘賓于四門四門穆穆　銑曰揆度也四門四方之門穆穆和悅貌言度百事有次序於上使四方和悅於下昔少康之隆夏訓以爲美談善曰左氏傳伍員謂吳子曰昔有過澆滅夏后相后緡方娠逃出自竇歸于有仍生少康焉爲仍牧正以牧夏衆使女艾諜澆

遂滅過戈復禹之績堯五叫切公羊傳曰魯人至今以爲美談　向曰夏訓夏書也美談美其成功談說也宣王之興周詩以爲休詠善曰毛詩序曰烝民尹吉甫美宣王也任賢使能周室中興焉故詩人詠之　濟同善注況茂勳格于皇天清輝光于四海善曰尚書曰昔成湯既受命時則有若伊尹格于皇天孝經曰孝悌之至通于神明光于四海　良曰勳功格至也清輝謂天子之化蒼生顒然莫不欣戴善曰尹文子曰堯德化布於四海仁惠被於蒼生淮南子曰聖人呼吸陰陽之氣而羣生莫不喁喁然仰其德以和順國語祭公謀父曰商王大惡庶人不忍欣戴武王　濟曰顒然仰德貌戴荷戴也聲教所加願爲臣妾者哉善曰尚書曰朔南暨聲教史記張良曰百姓莫不願爲臣妾乎　銑曰聲暨教化所加被者皆願臣於君也且宣皇之胤唯有陛下善曰王隱晉書元皇帝宣帝之曾孫左傳介之推曰獻公之子九人惟君在矣　向曰元帝宣帝之曾孫億兆攸歸曾無與二善曰尚書曰受有億兆夷人晏子春秋晏子謂魯哀公曰君嬌魯國化而爲一心君曾無二何暇有三乎　濟曰攸所也言萬姓歸附無二心也天祚大晉必將有主主晉祀者非陛下而誰善曰法言曰昔在有熊高辛唐虞三代咸有顯懿故天因而祚之左傳介之推曰天未絕晉必將有主主晉祀者非君而誰　良曰祚福也祀祭祀是以邇無異言遠無異望善曰漢書曰霍光以內外異言左傳叔向曰我先君文公人從而與之獻無異親民無異望矣　翰曰無異謂遠邇皆望於帝謳歌者無不吟詠徽猷獄訟者無不思于聖德善曰孟子曰堯崩三年之喪畢舜避丹朱於南河之南天下朝覲獄訟者不之堯之子而之舜謳歌者不謳歌堯之子而謳歌舜舜曰天也夫而後歸中國踐天子之位焉詩曰君子有徽猷荅賓戲曰用納乎聖德矣　銑曰徽美猷道也言人皆吟詠其美道聖德天地之際既交華裔之情允洽善曰封禪書曰天人之際已交上下之情允洽左傳孔子曰裔不謀夏夷不亂華　向曰裔遠允信也言天地交通華夏遠裔皆與天地信合一角之獸連理之木

以爲休徵者蓋有百數善曰春秋感精符曰麟一角明海內共一主也王者不刳胎不剖卵則出於郊孝經援神契曰德至草木則木連理尚書有休徵西都賓曰勳乎同列者蓋以百數　濟曰一角獸謂麒麟也連理木異本同末皆王者之美瑞百數言多冠帶之倫要荒之衆不謀而同辭者動以萬計善曰冠帶謂中國也西蜀父老曰封疆之內冠帶之倫尚書曰五百里要服五百里荒服也周書曰不謀同辭會於武王郊下羽獵賦曰杖莫邪而羅者萬計矣　良曰冠帶謂四方士人要服荒服也言外內士人諸侯同爲勸進之辭者萬計也是以臣等敢五臣無敢字考天地之心因函夏之趣昧死以上尊號善曰漢書揚雄河東賦曰函夏之大漢書又曰諸侯昧死再拜言上尊號　翰曰考度也函夏中國趣向也尊號天子號也願陛下存舜禹至公之情狄巢由抗矯之節以社稷爲務不以小行爲先善曰東觀漢記羣臣上奏世祖曰大王社稷爲計萬姓爲心漢書賈誼上書曰人主之行異布衣布衣飾小行以自託於鄉黨人主惟社稷固爾　銑曰舜禹皆受禪以濟時故願存之巢父許由皆舉高節不仕願狄小之行推讓也言勸爲至公無爲推讓以黔首爲憂不以克讓爲事善曰尚書曰允恭克讓　良曰黔首百姓克能也上以慰宗廟乃顧之懷下以釋溥五臣作普天傾首之望善曰詩曰乃眷西顧又曰溥天之下漢書翟義曰天下傾首服從莫能抗扞國難也　向曰慰安也謂宗廟神祇乃顧於君言立君當上安神祇之顧下赴天下傾首之望則所謂生繁華於枯荑育豐肌於朽骨神人獲安無不幸甚善曰易曰枯楊生稊王弼曰稊者楊之秀稊與荑通左傳遂子馮曰所謂生死而肉骨尚書曰帝曰夔命汝典樂神人以和漢書漢王曰以韓信爲大將軍蕭何曰幸甚　向曰荑者楊之秀萬人得君猶枯木朽骨生其枝葉肌肉也神謂宗廟也獲得也臣琨臣匹磾頓首頓首死罪死罪臣聞尊位不可以久虛萬機不可以久曠

虛之一日則尊位以殆曠之浹辰則萬機以亂善曰史記李斯曰明主聖皇所能久處尊位東觀漢記諸將上奏世祖曰帝王不可以久曠公羊傳曰緣臣之心不可一日無君左氏傳君子曰莒恃陋不修其城郭浹辰之間而楚剋其三都杜預曰浹辰十二日也　濟曰曠空殆危也浹及辰時也自甲及癸爲一時方今鍾百王之季當陽九之會善曰曹植九詠章句曰鍾當也班固漢書贊曰漢承百王之弊左傳叔向問晏子曰齊其何如晏子曰此季世也漢書曰陽九之厄曰初入百六陽九音義曰易傳謂陽九之厄百六之會　濟曰季末也九者陽數之極則有災會謂與厄相會也狡寇竊窺窬伺國瑕隙齊人五臣作民波蕩無所繫心安可以廢而不恤哉善曰左氏傳師服曰民服其上下無覬覦杜預曰下不冀望上位也窬與覦同杜預左傳注曰狡猾也說文曰窺小視也又曰覦欲也毛萇詩傳曰瑕猶過也隙謂間隙也漢書曰富人博戲亂齊人如淳曰齊民也等無有貴賤故謂之齊若今平民也范曄後漢書李熊說公孫述曰方今四海波蕩匹夫橫議谷永集曰國家久無繫嗣天下無所繫心　良曰狡寇謂劉聰劉曜也竊窺窬欲伺候齊平也波蕩動散也言聰曜欲候我國家瑕隙而平人動散無所託何可闕而不矜恤陛下雖欲逡巡其若宗廟何其若百姓何善曰公羊傳曰齊侯逡巡而謝范曄後漢書馬武謂世祖曰大王雖執謙退柰宗廟社稷何翰曰逡巡猶退讓也昔惠公虜秦晉國震駭呂郤之謀欲立子圉外以絕敵人之志內以固闔境之情故曰喪君有君羣臣輯穆好我者勸惡我者懼善曰左傳僖十五年晉與秦戰于韓原秦伯獲晉侯以歸郤乞呂甥曰將君君何衆皆曰何爲而可對曰征繕以輔孺子諸侯聞之喪君有君羣臣輯睦甲兵益多好我者勸惡我者懼庶有益乎莊子曰方二千餘里闔四境之內　銑曰駭驚也圉孺子名闔合輯和也前事之不忘後代五臣作世之元龜也善曰戰國策張孟談謂趙襄子曰前事之不忘後事之師也吳志魏文帝策命孫權曰前代之懿事後王之元龜　向曰元大也太龜可卜知吉凶但能不忘前晉侯之事亦可爲今之大龜陛下明並日月無幽不燭深謀遠慮出自胷懷善曰家語孔子曰所謂聖者明並日月東都賦曰散皇明以燭幽過秦論曰深謀遠慮行軍用兵之道不及嚮時之士也　濟曰幽暗燭照言謀慮深遠皆在陛下胷臆不假臣等不勝犬馬憂國之情遲覩人神開泰之路善曰史記丞相程青曰臣不勝犬馬心　良曰遲久也開泰爲泰平是以陳其乃誠布之執事善曰左氏傳晉使呂相絕秦曰敢盡布之執事　翰曰乃誠勤進之誠執事君之左右臣等各忝守方任職在遐外不得陪列闕庭共觀盛禮踊躍之懷南望罔極銑曰盛禮冊尊號之禮踊躍歡喜也罔無也謹上臣琨謹遣兼五臣無兼字左長史右司馬臣五臣無臣字溫嶠善曰王隱晉書曰溫嶠字泰眞太原人也劉琨假守左長史西臺除司空右司馬五年琨使詣江南也主簿臣辟五臣作薛閭訓善曰臧榮緒晉書曰辟閭訓字祖明樂安人也沒石勒爲幽州刺史臣磾遣散騎常侍征虜將軍清河太守領右長史高平亭侯臣榮劭善曰晉百官名曰榮劭字茂世北平人爲清河太守輕車將軍五臣有事字關內侯臣郭穆善曰百官名曰郭穆字景通沒胡中奉表臣琨臣匹磾等頓首頓首死罪死罪

六臣註文選卷第三十七

六臣註文選卷第三十八

梁昭明太子撰

唐李善并五臣註

表下

爲吴令謝詢求爲諸孫置守冢人表

善曰孫盛晉陽春秋曰謝詢河東人終於吴令

張士然 善曰孫盛晉陽春秋云張悛字士然吴國人也元康中吴令謝詢表爲孫氏置守冢人悛爲文詔從之晉百官名曰悛爲太子庶子　翰同善注

臣聞成湯革夏而封杞武王入殷而建宋 善曰尚書王曰乃爾先祖成湯革夏駿命漢書酈生曰昔湯伐桀封其後於杞呂氏春秋曰武王入殷立成湯之後於宋也　銑曰革改也湯伐桀改封夏之後於杞杞國名周滅紂封微子於宋宋國名 春秋征伐則晉脩虞祀燕祭齊廟 善曰左氏傳曰晉滅虢遂襲虞滅之而脩虞祀歸其職貢於王傳子曰樂毅伐齊遂下齊七十餘城置吏屬燕爲郡而脩齊之宗廟也　向同善注 夫一國爲一人興先賢爲後愚廢 善曰成湯夏禹賢興國後桀紂無道而失國 誠仁聖所哀悼而不忍也故三王 五臣作代 敦繼絶之德春秋貴柔服之義 善曰論語曰繼絶世左氏傳晉隨武子曰柔服德也　濟曰三代夏殷周敦厚也言湯武仁聖不忍絶國乃封杞宋是繼絶也傳云伐叛刑也 昔漢高受命追存六國凡諸絶祚一時並 五臣作普 祀 善曰漢書曰高祖撥亂猶脩祀六國又詔曰秦皇帝楚隱王魏安釐王齊愍王趙悼襄王皆絶亡後其餘秦始皇帝守冢三十家趙及魏公子亡忌各五家令視其冢復亡與他事也　良曰諸絶祚謂諸公子絶祀者皆祀 親與項羽對爭存亡逮羽之死臨哭其喪 善曰漢書灌嬰斬羽東城漢王爲發喪哭臨而去也　翰曰逮及也臨謂俯屍哭也 將以位肖侔尊力肖均勢雖功奪其成而恩與其敗且暴興疾顛禮之若舊 善曰班固漢書項羽贊曰舜重瞳子項羽又重瞳子豈其苗裔邪何其興之暴也國語單襄公曰高位寔疾顛也　銑曰侔齊也言項羽肖與高祖齊尊而勢力均平功奪其成謂破之也恩與其敗謂哭之也暴興疾顛謂羽卒起卒亡若舊謂禮與六國同 殘戮之尸乃以公葬 善曰漢書曰初懷王封羽爲魯公乃以魯公禮葬羽於穀城　向曰殘戮謂分斷其身也 若使羽位承前緒世有哲王一朝力屈全身從命則楚廟不墮 許規切善作隳 有後可冀 濟曰使項羽承諸侯之緒代有智王力屈於漢全身歸命則必楚廟不廢可冀望也 伏惟大晉應天順民 五臣作人 武成止戈 善曰禮含文嘉曰湯武順人心應於天左氏傳楚子謂潘黨曰夫文止戈爲武　良曰言用文德不用干戈 西戎有即序之人京邑開吴蜀之館 善曰書曰織皮崑崙析支渠搜西戎即敘洛陽故宮名曰馬市在城東吴蜀二王館與相連　翰曰西戎遠國也序謂有朝聘之次序吴蜀歸序各築館京邑以館之 興滅加乎萬國繼絶接于百世雖三五弘道商周稱仁洋洋之美 善作義 未足以喻 善曰論語子曰興滅國繼絶世　銑曰言國家興滅繼絶雖三皇五帝之行大道湯武之稱仁衆盛之美不足比也 是以孫氏雖家失吴祚而族蒙晉榮子弟量才比肩進取懷金侯服佩青千里 善曰揚子法言曰使我紆朱懷金其樂不可量也漢書曰凡二千石以銀印青綬毛詩曰侯服于周天命靡常東觀漢記楊喬曰臣伏念二千石典牧千里也　向曰孫氏謂皓子弟也祚福也金印也青綬也言孫氏子弟比肩爲諸侯佩晉印綬也千里謂諸侯封疆 當時受恩多有過望 濟曰過望謂恩澤也 臣聞春雨潤木自葉流根鴟鴞恤功愛子及室 善曰

毛詩曰鴟鴞鴟鴞既取我子無毀我室良曰自葉流根謂吳子孫蒙晉官爵榮先祖也鴟鴞鳥也言此鳥憂毀其室子喻皓也室喻吳國**故天稱罔極之恩聖有綢繆之惠**善同翰注翰曰詩云昊天罔極又云徹彼桑土綢繆牖戶言此恩惠深也**追惟吳僞武烈皇帝**善曰吳志孫堅字文臺吳郡人蓋孫武後也權既稱尊號謚堅曰武烈皇帝銑同善注**遭漢室之弱値亂臣之彊首唱義兵先衆犯難破董卓於陽人濟神器於甄井**善曰吳志曰堅屯梁東爲卓軍所攻潰圍而出堅復合戰於陽人大破卓軍漢書音義韋昭曰神器天子璽符也吳書曰初堅入洛軍城南甄官井上每旦有五色氣舉軍驚怪莫敢汲堅命人浚探得漢傳國璽文曰受命于天既壽永昌方圓四寸上紐交五龍龍上一角缺甄音眞銑同善注**威震羣狡名顯往朝桓王才武弱冠承業**善曰吳志曰孫策字伯符堅子也權稱尊號追謚策曰長沙桓王向曰羣狡謂董卓之徒也往朝謂漢朝也堅子策以才武定亂謚曰長沙桓王也承業謂承父堅業**招百越之士奮鷹鳥揚之勢**善曰漢書曰故衡山王芮從百越之兵以佐諸侯誅暴秦詩曰維師尚父時維鷹揚濟曰招集也百越南越之號也言集彼武士奮舉之勢如鷹鳥飛揚之貌**西赴許都將迎幼主雖元勳未終然至忠已著**善曰吳志曰曹公與袁紹相距於官渡策陰謀襲許迎漢帝未發爲吳郡太守許貢客所殺良曰時漢帝都許大功雖則不終至極之忠亦爲著明矣**夫家積義勇之基世傳扶危之業進爲徇漢之臣退爲開吳之主而烝嘗絕於三葉園陵殘於薪采**翰曰義勇謂起義兵也扶危謂扶漢社稷也徇營也開吳謂爲吳主也三葉謂堅策權也言陵墓園邑爲采薪者殘毀也**臣竊悼之伏見吳平之初明詔追錄先賢欲封其墓愚謂二君並宜應書**銑曰破吳之時武帝有詔追錄先賢也愚謝詢自稱也三君堅策也言應書其名自申也**故舉勞則力輸先代論德則惠存江南正刑則罪非晉寇從坐則異世**五臣作代**已輕**向曰言論功勞則當効力於漢在德則經存養江南百姓言正刑則漢魏之時征伐不爲晉寇也若緣孫皓之坐則是遠祖應輕也**若列先賢之數蒙詔書之恩裁加表異以寵亡靈則人望克厭誰不曰宜**濟曰裁淺表明克能厭足也言淺加明異於常人寵貴亡者則百姓意望足皆云合宜也**二君私奴多在墓側今爲平民乞差五人蠲其徭役使四時修護頹**五臣作積**毀掃除塋壟永以爲常**良曰平民百姓也蠲免也

讓中書令表

善曰諸晉書並云讓中書監此云令恐誤也

庾元規善曰何法盛穎川庾錄曰亮字元規爲中書郎肅祖欲使爲中書監上疏肅祖納亮言封永昌公後遷司馬錄尚書事薨翰曰監令不同蓋相類也餘同善注

臣亮言臣五臣無亮言臣**凡庸固陋少無檢操昔以中州多故舊邦喪亂隨侍先臣遠庇有道爰客逃難求食而已**善曰中州爲洛陽庾氏穎川人近洛陽故云中州舊邦何法盛晉書曰亮父琛爲會稽太守亮少隨父會稽又曰中宗爲鎮東將軍鎮建鄴論語季康子以就有道孔安國尚書序曰逃難解散銑曰固陋小也檢操猶節操也庾氏所居喪亂謂遭劉聰劉曜破亡也庇蔭也有道謂元帝也爰於也言我客游逃難以求食而已**不悟遨時之福遭遇嘉運先帝龍興垂異常之顧**善曰先帝謂中宗元帝也尚書序曰漢室龍興向曰時福謂蒙授爵祿也運會也龍興謂先帝中興異常謂眷殊於平人也**既**五臣無既字**眷同國士又申之婚姻**善曰何法盛晉書曰中宗欽亮名德故申婚姻又曰中宗娉亮妹爲皇太子妃史記豫讓曰智伯國士遇我我故國士報之左氏傳晉呂相絕秦曰相好勠力

同心申之以婚姻　向曰國士謂分義之士申重也遂階親寵累忝非服弱冠
濟曰階因累重服任也玄風道教言遂因親寵重厚非常之任弱冠二十也濯纓入仕也言少登仕宦沐浴天子道教
濯纓沐浴玄風善曰孟子曰滄浪之水清兮可以濯我纓史記太史公成王作頌沐浴膏澤
頻繁省闥出揔六軍善曰何法盛晉書曰王敦表亮爲中領軍　良曰頻數繁多也省闥
謂黃門郎散騎侍郎天子六軍出揔六軍謂爲王敦中領軍也十餘年間位超先達翰曰
言爵祿越先進之人無勞被遇無與臣比小人祿薄福過災
生上足之分臣所宜守善曰老子曰知足不辱知止不殆　銑曰言無功而被顧遇無
有與臣爲比者然無德而居厚祿則災害生止足之分臣將宜守之而偷榮昧進日爾一
日謗讟既集上塵聖朝始欲自聞而先帝登遐
善曰先帝元帝也禮曰天王崩告喪曰天王登遐　向曰謗毀讟誹也塵猶穢也言我竊冒榮祿日復一日毀誹既衆是

穢明朝以此事聞徹而元帝崩區區微誠竟未上達陛下踐祚聖
政維新善曰臧榮緒晉書曰明帝諱紹字道畿元帝太子也禮曰成王幼不能莅祚周公作相踐祚而治詩
曰周雖舊邦其命維新　濟曰區區猶勤勤也竟終祚福也言明帝升位政教法令改舊自新也宰輔賢
明庶寮咸允康哉之歌五臣作美實在五臣作存至公善曰尚書
咎繇曰庶事康哉仲長子昌言曰人主臨之以至公行之以至仁也　良曰庶衆寮官咸皆允信也至公無私也而
國恩不已復以臣領中書善又有臣領中書四字則示天下
以私矣何者臣於陛下后之兄也善曰王隱晉書曰明穆皇后庾
氏字文君琛第二女生成帝孫盛晉陽春秋曰庾亮明穆皇后兄也　良曰如國恩於臣不已令臣領中書則非至公之
理是示天下私情也何者自發問之辭姻婭之嫌實與骨肉中表不同
雖太上至公聖德無私善曰老子曰太上下知有之河上公曰太上謂太古無名

之君也禮記孔子曰天無私覆地無私載日月無私照奉斯三者以勞天下此之謂三無私　翰曰姻婭妻族之親骨肉
謂兄弟中表內外姨舅兄弟也此意言母姨之親猶可而妻族最涉嫌疑也故云不同太上謂天子德也言天子之德無
私然世之喪道有自來矣悠悠六合皆私其姻
者也人皆有私則謂天下無公矣是以前後二
漢咸以抑后黨安進婚族危向使西京七族東
京六姓皆非姻黨各以平進縱不悉全決不盡
敗今之盡敗更由姻暱善曰西征賦曰窺七貴於漢庭七族謂呂霍上官趙丁傅
王也東京六姓章德竇后和熹鄧后安思閻后桓思竇后順烈梁后靈思何后　銑曰言大道既喪天下之人皆私厚妻
族以爲更無至公之人咸皆也抑謂抑止后之宗黨不令過寵也如此則宗黨安若后族進用者則宗族危亡言此諸黨
以才平進者則決少敗而今盡敗者則姻親所厚近謂惠懷等后家臣歷觀庶姓在世無

黨於朝無援於時植根之本輕也薄也苟無大
瑕猶或見容向曰庶姓謂與國無親者朝無黨援豈非輕薄也然且小過或見寬容瑕猶過也至
於外戚憑託天地勢連四時根援扶疎重矣大
矣而財居權寵四海側目善曰漢書曰列侯宗室見郅都側目而視也　濟曰
憑依也天地喻天子皇后也四時根援喻諸王也財淺也淺居權寵之地則四方側目而懼事有不允
罪不容誅身既招殃國爲之弊良曰允信也不容誅謂罪大死刑之
中亦不足容受也弊頓仆也其故何耶直由婚媾之私羣情之
所不能免故率其所嫌而嫌之於國翰曰其故何耶自發問故
如是言由婚姻涉衆情之嫌故致毀敗於國是以疏附則信姻進則疑疑
積於百姓之心則禍成重闥之內矣此皆往代

成鑒可爲善作謂寒心者也銑曰疏附謂異姓用賢也姻進謂外戚用事也重閶
宮門也言外戚用則賢臣不進而禍亂之成由於內矣征伐謂呂霍等也以此爲戒足爲寒心戰懼也夫萬
物之所不通聖賢因而不奪冒親以求一才之
用未若防嫌以明公道善曰韓詩外傳曰公道達而私門塞也向曰言物有不
通達者聖人因而任之陛下冒親戚嫌疑求一小才之用不如防備疑慮以明公正之道今以臣之才
兼如此之嫌而使內處善作劇心膂旅外揔兵權善曰
尚書穆王曰今命俊作朕股肱心膂賁逵國語注曰膂脊也膂音呂濟曰以臣才言薄才也如此嫌謂是后兄也言中
書令爲天子心脊揔兵謂爲王敦中領軍也以此求治未之聞也以此招
禍可立待也善曰孫卿子曰亂則危辱滅亡可立而待也良曰言用我以求理未聞其可致我以此招
禍敗佇立可待也雖陛下二相明其愚款善曰二相王敦王導也王隱晉書曰

王敦字處仲中宗時爲大將軍謀逆肅祖以爲丞相不受又曰王導字茂弘中宗時爲侍中肅祖即位敦平進太保不拜
後爲丞相也翰曰二相左右丞相欵誠也朝士百寮頗識其情天下之
人何可門到戶說使皆坦然耶善曰孝經曰君子之教以孝非家至而日
見之鄭玄曰非門到戶至而見之楚辭曰衆不可戶說兮孰云察予之中情尚書序曰坦然明白銑曰察官也頗少也
坦然明白貌衆不能明無私情故生疑也夫富貴寵榮臣所不能忘也刑
罰貧賤臣所不能甘也今恭命則愈違命則苦
臣雖不達何事背時違上自貽患責耶向曰愈勝苦憂貽遺
也言非惡榮寵甘貧賤知恭君命受職則勝違君命則憂雖無知何事違君命自違患責爾實五臣無毎貫字
仰覽殷鑒量己知弊五臣作敝身不足惜爲國取悔
善曰毛詩曰殷鑒不遠在夏后之世濟曰殷厚悔禍也言厚覽前代之戚度己必敝誠不惜身恐爲國禍是以

悾悾口貢屢陳丹欵而微誠淺薄未垂察諒憂惶
五臣作懼屛營不知所厝善曰曹大家蟬賦曰復丹欵之未足留滯恨乎天際也國語申胥曰
昔楚靈王獨行屛營翰曰悾悾誠也察諒見信也懼惶懼也屛營徘徊也厝置也以臣今地不
可以進明矣且違命已久臣之罪又積矣歸骸
私門以待刑書善曰漢書曰彭宣上書乞骸骨歸鄉里韓詩外傳曰公道達而私門塞也尚書
曰哀矜折獄明啟刑書銑曰今地謂嫌疑之地違命謂不受中書令積多也歸骸謂乞骸骨歸家以待罪願
陛下垂天地之鑒察臣之愚誠善無誠字則雖死之
日猶生之年矣向曰天地鑒察日月之明愚誠欵也

薦譙元彥表

善曰孫盛晉陽春秋曰譙秀字元彥巴西人譙周孫性靜不交
於俗李雄盜蜀安車徵秀秀不應躬耕山藪桓溫平蜀反役上表薦秀也

桓元子善曰何法盛晉書曰桓溫字元子譙國人爲琅邪王丈學後進位大司馬
薨濟同善注

臣聞大朴既虧則高尚之標顯道喪時昏則忠
貞之義彰善曰易曰不事王侯高尚其事莊子曰世喪道矣道喪世矣世與道交相喪也左氏傳荀息曰
公家之利知無不爲忠也送往事居偶俱無猜貞也良曰大朴大道也高尚隱逸也標表也喪亡昏暗彰明也言澆薄
之代則隱逸見昏亂之時則忠貞明故有洗耳投淵以振玄邈之風善曰
洗耳許由也琴操曰堯大許由之志禪爲天子由以其不善乃臨河而洗耳莊子曰舜以天下讓其友北人無擇北人無
擇曰異哉后之爲人也欲以其辱行慢我吾羞見之因自投清泠之淵翰曰洗耳河上謂許由也湯以天下讓務光務
光不受遂自投清泠泉而死邈遠也言此可以振玄遠之風也亦有秉心矯跡以敦在
三之節善曰國語曰晉武公伐翼殺哀侯欒共子曰苟無死矣吾令子爲上卿辭曰成聞之人生於三事之

如一父生之師教之君食之韋昭曰三君父師也銑曰秉執矯揉勤厚也言士有執心擇迹厚君父之節是故五臣作以上代之君莫不崇重斯軌所以篤俗訓民靜一流競善曰魏書文帝令曰樹德垂聲崇化篤俗向曰謂輕讓許由禹禮伯成軌迹也皆崇重高尚之迹言重此以厚人俗訓人不爲奔競也伏惟大晉應符御世運無常通時有屯蹇神州丘墟三方圮平鄙裂善曰東觀漢記曰羣臣上奏世祖曰符瑞之應昭然著聞矣論語比考讖曰聖王御世何龍負卷舒圖劉淵林注吳都賦曰崑崙東南方五千里爲神州濟曰符瑞也言世運無常通之理時有險難之道圮毀裂分也神州洛陽也丘墟荒殘也諸處皆賊虜所據晉唯有江南之地故三方分毀兎罝絕響於中林白駒無聞於空谷善曰鄭玄曰罝兎之人能恭敬則是賢者衆多也良曰兎罝網也詩云肅肅兎罝喻殷紂之賢人退於山林網禽獸而食之詩云皎皎白駒在彼空谷此刺宣王不能留賢也絕響無聞謂宰任之無遺也斯五臣無斯字有識之

所悼心大雅之所歎息者也善曰劉歆移書曰有識之所歎愍阮瑀爲曹公與孫權書曰大雅之人不肯爲此也良曰悼傷雅正也言古之弃賢謂大雅君子所傷歎也陛下聖德嗣興方恢天緒善曰何法盛晉書曰孝宗穆帝諱聃字彭子康帝崩乃即位臣昔奉役有事西土鯨鯢既懸思宣大化善曰何法盛晉書曰李勢盜蜀溫伐勢勢出軍戰于柞橋軍敗面縛請命鯨鯢喻李勢也左氏傳楚子曰古者明王伐不敬取其鯨鯢而封以爲大戮杜預曰鯨鯢魚名以喻不義之人吞食小國也銑曰奉役謂將軍征蜀也鯨鯢大魚能吞食小魚喻李勢也既懸謂梟首而平蜀也言思布大化訪諸故老搜揚潛逸庶武羅於羿浞之墟想王蠋蜀於亡齊之境善曰左氏傳魏絳曰昔后羿因夏人以代夏政弃武羅伯因熊髡尨圉而用寒浞寒浞伯明氏之讒子弟也虞羿于田以取其國家杜預曰四子皆羿之良臣也史記曰燕之初入齊聞畫邑人王蠋賢令軍中曰環畫邑三十里毋入以王蠋之故已而使人謂蠋曰齊人多高子之義吾以爲將封子萬家蠋固謝燕人曰子不聽吾引三軍而屠畫邑王蠋曰忠臣不事二君貞女不更二夫齊王不聽吾諫故退而耕於野國既破亡吾不能存今又劫之以兵爲君將是助桀爲暴也與其生無義固不如亨遂經其頸於樹枝自奮絕脰而死蠋音蜀銑曰平蜀之後搜舉逸人言庶幾思想此人於亡國之墟餘同善注竊聞巴西譙秀植操貞固抱德肥遯揚清渭波善曰易曰貞固足以幹事文子曰養生以經世抱德以終年可謂體道矣楚辭曰淈其泥而揚其波潘安仁西征賦曰北有清渭濁涇毛萇詩傳曰涇渭相入而清濁異濟曰植立操志也肥遯隱逸也揚舉也渭水濁波喻李勢也言立貞固抱隱逸之德在李勢之朝能舉清絜之行于時皇極遘道消之會羣黎蹈顛沛之艱善曰周易否卦曰君子道消也陸士衡表曰遭國顛沛良曰皇君也極宸極也遘遇也道消謂君子道衰也黎衆顛沛偃仆艱難也中華有顧瞻之哀幽谷無遷喬之望善曰毛詩曰顧瞻周道中心怛兮又曰出自幽谷遷于喬木范曄後漢書順帝詔曰揚倫出幽升喬翰曰中華中國也謂賊所破

賢者顧瞻而哀也幽谷深谷喬高也此謂賢者相呼召登仕之意望謂無此望也凶命屢招姦威仍逼善曰孫盛晉陽春秋曰李雄安車徵秀雄叔父驤驤子壽辟命皆不應也銑曰凶命謂李雄李壽也言此等或以禮招或以威迫而譙秀終不應命身寄虎吻亡粉危同朝露善曰莊子孔子曰丘幾不免虎口哉漢書李陵謂蘇武曰人如朝露向曰吻口也虎口朝露喻危而能抗節玉立誓不降辱善曰琴操莊周歌曰避世俟道志絜如玉論語子曰不降其志不辱其身伯夷叔齊與濟曰抗舉也玉立言貞也誓不降辱謂不仕亂朝杜門絕跡不面僞庭進免龔勝亡身之禍退無薛方詭對之譏善曰漢書曰王莽既篡遣使者奉璽書太子師友祭酒印綬安車駟馬迎龔勝勝自知不見聽即謂門人高暉曰吾受漢室厚恩無以報今老矣旦暮入地豈宜以一身事二姓下見故主哉語畢遂不復開口飲食積十四日死時年七十九矣又曰薛方字子容王莽以安車迎方方因使者辭謝曰堯舜在上下有巢許今明主方隆唐虞之德亦猶小臣欲守箕山之節也使者以聞莽

說其言不強致之也　良曰僞庭李雄朝也言秀進不至死退不矯辭雖園五臣作袁綺之棲商洛管寧之默遼海善曰漢書曰園公綺李當秦之世避而入商雒深山魏志曰管寧聞公孫度令行海外遂志于遼東博物志廉翻夢人謂巳曰余孤竹君之子遼海漂吾棺槨也　翰同善注方之於秀殆無以過于今西土以爲美談銑曰方比殆近也西土蜀也言皆美秀之節夫旌德禮賢化道五臣作導之所先崇表殊節聖喆五臣作哲之上務方今六合未康豺豕當路遺黎偷薄義聲不聞善曰漢書曰偷薄之政自是滋矣魏志崔琰書諫文帝曰勸遊茲侈義聲不聞　銑曰言禮賢德表異行是先聖上務康安也豺豕喻亂賊也偷薄澆競也言今賊盗澆競道義之聲無聞益宜振起道義之徒以彰流遯之敝良曰言時澆薄流遯不返當須振起道義之人以勸免敝俗若秀蒙蒲帛之徵善曰漢書曰武帝初即位使使者束帛加璧安車以蒲輪駕駟迎申公也　濟曰古之徵賢者皆以束帛之禮蒲裹車輪而徵之足以鎮靜穨風軌訓囂俗善曰魏文帝令曰道薄於當年風穨於百代矣　濟曰穨壞軌法囂薄也言以禮徵秀必能鎮其壞風法敎薄俗幽遐仰流九服知化矣五臣作也　善曰周書曰乃辨九服之國　良曰幽遐遠夷也九服謂九服諸侯也言皆仰風流而知淳化

解尚書表

殷仲文善曰檀道鸞晉陽春秋云桓玄僭位仲文以佐命親貴帝初反王抗表自解　翰同善注

臣聞洪波振壑川無恬鱗驚飆拂野林無靜柯善曰魏略王脩奏記曰涓流之水無洪波之勢七發曰橫暴之極魚鼈失勢顛倒偃側也家語吾丘曰樹欲靜而風搖之　銑曰振動恬安拂擊也言大波動於壑驚飆擊於林則魚無安而條無靜也何者勢弱則受制於巨力質微則莫以自保於理雖可得而言於臣寔所敢喻向曰勢弱謂林魚也巨力謂風波也言已微弱受制於桓玄不能自保也於理則然於臣是不敢以此喻以與玄親也昔桓玄之世五臣作代誠復驅迫五臣作逼者衆至於愚臣罪實深矣進不能見危授命忘五臣作以身殉五臣作徇國善曰論語子張問士子曰見危致命見利思義司馬遷荅任少卿書曰李陵常思奮不顧身以殉國家之急　濟曰逼迫也徇營也言桓玄之時衆人皆被驅迫於己有親罪則實深在進不能見君之危以死命而營國也退不能辭粟首陽拂衣高謝良曰伯夷叔齊不食周粟死於首陽山言己不能效之拂衣以謝世事遂乃宴五臣作晏安昬寵叨昧僞封善曰左氏傳曰宴安酖毒不可懷也　翰曰宴安謂晏然自安氏昏亂之朝寵貴也叨貪也僞封仲文爲東興公也錫文篡事曾無獨固善曰曾無固守之節亦從於衆也晉中興書曰詔加桓玄爲楚王備九錫之禮玄到姑孰朝臣勸進玄遂篡位也　銑曰桓玄進到姑孰羣臣勸九錫及禪位冊文皆仲文作言曾無獨固者謂拒之也名義以之俱淪情節自茲兼撓女敎宜其極法以判忠邪鎮軍臣裕善曰鎮軍宋高祖也　翰曰淪沒撓屈判分也言宜加重法以分忠正邪僻也裕劉裕也匡復社稷大弘善貸善曰焉衍與田邑書曰左平山東右匡社稷老子曰夫惟道善貸且成　濟曰匡正也貸謂假借人性命也裕誅桓玄反正晉之社稷廣爲善以假借人命佇五臣作抒一戮於微命申三驅於大信善曰楚辭曰蜂蛾微命力何固薛綜注東京賦成禮三驅曰周易曰王用三驅失前禽也　良曰抒洩也三驅之禮去三面網而留一面者言寬仁也謂用三驅之人洩漏我微命寬縱令人大信順之旣惠之以首領復引之以縶知立維善曰左氏傳宋公曰君以大夫之靈得保首領以沒　翰曰惠首領謂不殺也詩云維之縶之謂不解尚書于時皇輿否隔天人未泰用忘進退唯力

是視善曰左氏傳曰除君之惡唯力是視言所觀者唯力是求餘無所顧也　銑曰言此時天子爲臣下閉塞天道人事未得大通故忘進退之理爲尚書以力効軍旅也是以僶俛從事自同全五臣作令人善曰毛詩曰何有何無僶俛求之呂氏春秋曰任天下而不強此之謂全人高誘曰全人全德之人無虧闕也　向曰僶俛俯仰也令善也言我屬軍旅未定故俯仰從尚書之任自同令善之人也今宸極反正惟新告始憲章既明品物思舊善曰公羊傳曰撥亂反正莫近於春秋毛詩曰周雖舊邦其命維新禮記曰仲尼憲章文武周易曰品物咸亨　濟曰宸極帝位言天子反正更新禮法條章皆舊太平之時臣亦胡顏之厚可以顯居榮次善曰尚書曰予心顏厚有忸怩　良曰胡何也言何能以此厚愧之顏居尚書之次序乞解所職待罪私門善曰韓詩外傳曰公道達而私門塞也　翰曰所職尚書私門私家之門違謝闕庭乃心愧戀謹拜表以聞

爲宋公至洛陽謁五陵表

傅季友善曰晉書云義熙十二年洛陽平裕命修晉五陵置守衛也　銑同善注

臣裕言近振旅河湄揚旌西邁善曰左氏傳季文子曰中國不振旅蠻夷入伐詩曰居河之湄　向曰振整揚舉邁行也湄水涯旌旗類將屆舊京威懷司雍善曰左氏傳魏絳曰戎狄事晉諸侯威懷又曰晉郤缺言於趙宣子曰叛而不討何以示威服而不柔何以示懷非威非懷何以示德無德何以主盟太康地記曰司州司隸校尉治漢武帝初置其界本西得梁州之地今以三輔爲雍州　濟曰屆至也洛陽晉所都故云舊京威懷謂以威德懷人司雍二州也河流遄疾道阻且長善曰詩曰遡洄從之道阻且長　良曰遄速阻險也加以伊洛榛蕪津塗久廢伐木通徑淹引時月善曰蜀志許靖與曹公書曰袁術方命圯族津塗四塞東觀漢記曰岑彭伐樹木開道直出黎丘　良曰伊洛二水名榛蕪荒穢也徑道也淹遲也始以今月十二日次故洛水浮橋山川無改城闕爲墟宮廟隳頓鍾虡五臣作虡空列觀宇之餘鞠爲禾黍善曰毛詩曰鞠爲茂草毛詩序過故宗廟宮室盡爲禾黍　翰曰晉舊都故稱隳頓壞也虡鍾格言都邑荒蕪唯有鍾格虛設宮觀之餘盡爲田疇而生禾黍也廛里蕭條雞犬罕音感舊永懷痛心在目善曰潘安仁西征賦曰街里蕭條無雞鳴狗吠之聲劉琨荅盧諶詩曰哀我皇晉痛心在目　銑曰廛市也里居里蕭條空迥貌感舊感昔全盛時而目所見者皆痛心焉以其月十五日奉謁五陵善曰郭緣生述征記曰北邙東則乾脯山山西南晉文帝崇陽陵陵西武帝峻陽陵邙之東北宣帝高原陵景帝峻平陵邙之南則惠帝陵　向曰謁拜也墳塋幽淪百年荒翳天衢開泰情禮獲申故老掩涕三軍悽感瞻拜之日憤慨交集濟曰幽暗淪沒也自懷帝至安帝近百年墳陵荒廢也情謂臣子拜謁也禮謂祭物儀也憤慨悲感也行河南太守毛脩之等善曰沈約宋書曰毛脩之字敬文滎陽人也高祖將伐羌爲河南河內二郡太守戍洛陽也既開翦荊棘繕脩毀垣職司既備蕃衛如舊善曰左氏傳戎子駒支曰驅其狐狸翦其荊棘西京賦曰步毀垣而延竚　良曰繕脩也謂脩理荒穢備置蕃衛一如舊儀伏惟聖懷遠慕兼慰翰曰遠慕謂思念父祖兼復慰安陵廟不勝下情謹遣傳詔殿中中郎臣某奉表以聞

爲宋公求加贈劉前軍表

善曰沈約宋書曰劉穆之字道和東莞人爲前將軍卒追贈儀同三司高祖又表於天子於是重贈侍中司徒封南昌縣侯　銑同善注

傅季友

臣聞崇賢旌善王化善作教所先，念功簡勞義深追遠。善曰：王隱晉書衛瓘上言曰：崇賢舉善而教用章。謝承後漢書曰：滕延拜京兆尹，旌善爲務。尚書禹曰：惟帝念功。論語曾子曰：慎終追遠，民德歸厚矣。向曰：崇，重；旌，表；簡，別也。言重賢表善，王化所尚也。念功績，別勤勞，義在追思遠事也。

故司勳秉策，在勤必記；德之休明，没而彌著。善曰：周禮曰：凡有功者，銘書於王之太常。左氏傳王孫滿曰：德之休明。濟曰：司勳，官名，主録公勳也。有休美之德者，身没之後，終益著明。

故尚書左僕射前軍將軍五臣無將軍字臣劉善無劉字穆之，爰自布衣，協佐義始，内竭謀猷，外勤庶政。善曰：裴子野宋略曰：高祖潛謀匡復，署穆之主簿，委以腹心。尚書王曰：爾有嘉謀嘉猷，則入告爾后于内。又曰：庶政惟和，萬邦咸寧。良曰：協，合也。義始，謂初起義兵，得穆之合佐，竭盡猷道也。言内盡謀策之道，外勤軍旅之事。

密勿軍國，心力俱盡。善曰：韓詩曰：密勿同心，不宜有怒。密勿，僶俛也。良曰：言於軍旅之中心盡謀慮，力盡行陣。

及登庸朝右，尹司京畿，敷贊百揆，翼新大猷。善曰：沈約宋書曰：穆之爲尚書左僕射，又曰加丹陽尹。尚書曰：若時登庸。又曰：納于百揆。毛詩曰：匪大猷是經，惟邇言是聽。銑曰：登，升；庸，用也。朝右，謂僕射；尹，長也；敷，布；贊，奏；揆，度；翼，輔；猷，道也。謂爲丹陽長，布奏以度百事，輔新君之大道。

頃戎車遠役，居中作捍，撫寧之勳，實洽朝野；識量局致，棟幹之器也。善曰：沈約宋書曰：高祖北伐，轉穆之左僕射，甲仗五十人入居東城。毛詩曰：左旋右抽，中軍作好。鄭玄曰：居軍中爲容好。蜀志曰：文帝察黄權有局量。易曰：棟隆之吉，不撓乎下也。向曰：言宋公出征，穆之居中以爲捍禦，有持安之功，以合朝野。局，曲；致，至也。識度曲至，有棟梁貞幹之器。

方宣贊盛化，緝隆聖世，志績未究，遠邇悼心，皇恩褒述，班同三事。善曰：蜀志曰：偉度姓胡，爲諸葛亮主簿，故見褒述。尚書曰：三事大夫，敬爾有官。濟曰：緝，光；績，功；究，盡；悼，傷也。言未盡其志而死，遠近傷心焉。褒，厚也。班同三事，謂贈儀同三司。

榮哀既備，寵靈已泰。善曰：論語子貢曰：夫子其生也榮，其死也哀。左氏傳曰：遠啓彊曰：寵靈楚國。良曰：生榮死哀，人理既備，寵其神靈，亦以奢泰。

臣伏思尋自義熙草創，艱患未弭，善曰：王隱晉書曰：義熙，安帝年號。國語太子曰：天禍至于今未弭乎。翰曰：草創，初始也。弭，止也。艱患，謂桓玄作亂。外虞既殷，内難亦荐，時屯世故，靡有寧歲。善曰：沈約宋書曰：義熙五年，慕容超數爲邊患，公抗表北伐。公之北伐也，徐道覆乃有闚閫之志，勸盧循承虛而下，循從之。公羊傳曰：君子避内難，不避外難也。周易曰：屯，剛柔始交而難生。又曰：屯，難也。潘正叔迎大駕詩曰：世故尚未夷。國語姜氏告於公子曰：子之行，晉無寧歲也。銑曰：虞，度；殷，衆；荐，重也。外度，謂慕容超數爲邊患。言屯難多故，無有安寧之年。

臣以寡乏，負荷國重，實賴穆之匡翼之勳，豈唯讜言嘉謀，溢于民聽。向曰：幼弱賴蒙匡正翼佐也。讜，善言也。溢，滿也。言穆之善言善謀，滿於人聽。

若乃忠規密謨，潛慮帷幕，造膝詭辭，

莫見其際，善曰：穀梁傳曰：士造辟而言，詭辭而出。范甯曰：辟，君也。詭辭而出，不以實告人也。風俗通曰：禮諫有五，諷爲上。故入則造膝，出則詭辭。禮曰：善則稱君，過則稱己。王隱晉書曰：樂廣任誠保直，莫見其際。濟曰：密謨潛慮，謂有帷幄之筭。造膝，謂近天子納諫言也。詭辭，謂人間則詭對之。莫見其際，謂隱而不見。

事隔於皇朝，功隱於視聽者，不可勝記五臣作紀。所以陳力一紀，遂克有成。善曰：國語狐偃曰：畜力一紀，可以遠矣。又晉子犯曰：若克有成，晉之柔嘉是甘。良曰：言陳別皇朝，其功不爲天子聞見者多也。一紀，十二年。言陳力十二年，遂有成也。

出征入輔，幸不辱命，微夫人之左右，未有寧濟其事者。善本有矣字。善曰：左氏傳重耳曰：微夫人之力不及此。爾雅曰：左右，助也。傅毅明帝頌表曰：體天統物，寧濟烝民。翰曰：言穆之出將入相，皆不辱君命也。微，無也。言無此人，不能安濟軍國之事。

履謙居寡，守之彌固。善曰：易曰：九三，勞謙君子有終吉。王弼曰：履得其位也。銑曰：履，踐也。言踐謙居寡欲之道，守之彌益堅固。

每議及封

爵輙深自抑絶所以勳高當年而茅土弗及善曰三輔決録曰茂陵馬氏公龍裂茅土 向曰抑絶謂拒封爵也古者天子建諸侯以白茅封五色土賜以爲社不及言不封撫事永念胡寧可昧謂宜加贈正司追甄土宇濟曰胡何也言撫此事何可昧而不言也謂者宋公意也正司謂正爲三公也甄表也謂表其所居土宇俾忠貞之烈不泯於身後大賚所及永秩於善人善曰論語曰周有大賚善人是富 良曰俾使烈業泯滅賚賜也秩禄也言使身没而不朽長賜禄秩於善人臣契闊屯夷旋觀終始金蘭之分義深情感是以獻其乃懷布之朝聽所啓上合請付外詳議善曰易曰二人同心其利斷金同心之言其臭如蘭 翰曰契闊勤苦也屯難夷傷也觀終始謂觀穆之終始也金蘭謂與宋公爲交道其堅如金其臭如蘭言分義既深獻其懷抱布之天聽如合上意即請付議

爲齊明皇帝作相讓宣城郡公第一表

善無皇字 善無作相字 善曰蕭子顯齊書曰明皇帝始安貞王道生子初太祖封西昌侯廢鬱林王海陵王封宣城郡公也

任彦升 銑曰齊明皇帝名鸞初立弟昭文文以帝録尚書事封宣城郡公固讓不受後廢帝自立

臣鸞五臣作公言被臺司五臣無司字召以臣爲侍中中書監驃騎大將軍開府儀同三司揚州刺史五臣作長史録尚書事封宣城郡開國公食邑三千戸加兵五千人臣本庸才智力淺短善曰毋丘儉表曰禹虞之朝不畜庸才東觀漢記李通上疏曰臣經術短淺智能空薄太祖高皇帝篤猶子之愛降家人之慈善曰蕭子顯齊書曰太祖高皇帝諱道成道生即太祖之弟也禮記曰兄弟之子猶子也蓋引而進之漢書曰齊悼惠王肥孝惠二年入朝帝與齊王燕飲太后前置齊王上坐如家人禮 向曰篤厚也猶子謂高祖兄子也家人當家之人慈愛也世祖武皇善無皇字帝情等布衣寄深同氣善曰蕭子顯齊書曰世祖武皇帝諱賾字宣遠太祖長子晉中興庾亮上疏曰先帝諒顧情同布衣曹植求自試表曰與國分形同氣憂患共之 濟曰世祖高祖長子布衣猶平人也同氣兄氣親之也武皇大漸實奉話戸邁言善曰尚書王曰嗚呼疾大漸惟幾毛詩曰其維哲人告之話言 良曰大漸言病進將死也話善言也謂屬後事以輔政也雖自見之明庸近所蔽愚夫一至徧善作偏字識量已善曰韓子曰楚莊王欲伐越莊子曰伐越何也王曰以政亂兵弱莊子曰臣患知之如目見百步之外不能自見其睫故曰自見之謂明劉劭人物志曰一至謂之偏材偏材小雅之質也爾雅曰偶遇也郭璞曰偶爾值也庾元規表曰仰覽殷鑒量已知弊 翰曰言自見者爲明庸人近暗此事愚夫自謂也一至猶偏識也言我偏識之材過量已之分蔽暗也實不忍自固於綴衣之辰拒違於玉几之側善曰尚書顧命曰出綴衣於庭越翼日王崩又曰后憑玉几 銑曰綴衣王將崩之時命執衣於庭而王憑玉几言不忍固違拒此時受託之言遂荷顧託導揚末命善曰尚書顧命曰后憑玉几道揚末命 向曰荷負也導引揚明也末命臨終之命也雖嗣君弃常獲罪宣德善曰嗣君謂君鬱林王也爲宣太后所廢左傳申繻曰人弃常而妖興漢書曰太后召昌邑王賀賀曰我安得罪而召我哉 濟曰嗣君鬱林王也弃常謂廢常道也得罪於宣德太后王室不造職臣之由善曰毛詩曰閔予小子遭家不造鄭玄曰造成也不造言家道未成也左氏傳范宣子數諸戎曰言語漏泄則職汝之由也 良曰鸞輔佐天子不成功是我之罪也何者親則東牟任惟博陸徒懷子孟社稷之對何救昌邑爭臣之譏善同翰注 翰曰漢東牟侯興居惠王子也誅諸呂有功封博陸侯霍光字子孟武帝使輔昭帝帝崩後輔昌邑王賀賀

無道以太后命廢賀賀曰天子有争臣不失天下光曰臣寧負王不負社稷也自發問言何因由我正以我親任之篤雖與彼同兮空懷此無救王畿之言四海之議於何逃責且陵土未乾訓誓在耳善曰曹植求自試表曰墳土未乾而身名並滅左氏傳晉穆嬴曰今君雖終言猶在耳　銑曰言四海聞廢王皆歸咎責於我陵土未乾言帝崩在近約束之言未離於耳家國之事一至於斯善曰謂鬱林倡蹙顛蹶也孫盛晉陽春秋曰郤超假還東簡文帝謂之曰致意尊公家國之事遂至於此也　向曰言家者語其親言國者謂天下一至於斯謂廢鬱林王也非臣之尤誰任其咎善曰毛詩曰發言盈庭誰敢執其咎　向曰尤過任當也將何以肅拜高寢虔奉武園悼心失圖泣血待旦善曰左太沖吳都賦曰起寢廟於武昌張士然表曰園陵殘於薪采左傳楚遠啓彊曰孤與二三臣悼心失圖尚書曰先王昧爽丕顯坐以待旦　濟曰肅虔皆敬也高寢高祖寢廟也武園武帝園陵也悼傷也言心之傷痛失所圖謀也無聲而泣下曰血也寧容復徽榮於家恥宴五臣作晏安於國危善曰晉中興書曰卞壼表曰豈敢干祿位以徽時榮爭左氏傳曰宴安酖毒不可懷也　良曰徽遮也家恥謂嗣君弃常也晏亦安也國危謂鬱林廢後也驃騎上將之元勳神州儀刑之列岳善曰漢書曰霍去病征匈奴有絶漠之勳始置驃騎將軍位在三公上班固衛青述曰長平桓桓上將之元劉淵林注吳都賦曰崑崙東南方五千里曰神州鄭氏毛詩箋曰儀則刑法也　銑曰驃騎上將軍漢置位在三司上神州謂揚州也儀刑謂天下儀餙刑表也列岳謂比於諸侯尚書古稱司會中書實管王言善曰周禮曰司會中大夫二人鄭玄曰司會主天下之事若今之尚書耳沈約宋書曰置秘書令典尚書奏事文帝黄初初改爲中書令　向曰今之尚書古稱司會爲主天下之大計也中書官名掌出納王言此等官當用賢言已不稱也且虛飾寵章委成禦侮臣知不愜物誰謂宜善曰王隱晉書曰武帝詔山濤曰勿復爲虛飾也詩曰予曰有禦侮　濟曰寵章謂封侯也禦侮謂爲驃騎愜可也言自知不可誰以爲得但命輕

文選三十八　十九

鴻毛責重山岳存沒同歸毀譽一貫善曰戰國策唐睢謂楚王曰國權輕於鴻毛而積禍重於山岳陽泉養性賦曰兄性命之幾微如鴻毛之漂輕毋丘儉之遼東詩曰憂責重山岳誰能爲我擔莊子曰哀公曰何謂材命仲尼曰存亡毀譽是事之變吳志周魴與曹休書曰志行雖微存沒一節周易曰殊涂而同歸書曰爲善不同同歸于治莊子老聃曰彼以死生爲一條以可不可爲一貫也　良曰言命有可輕如鴻毛可重如山岳言我不能輔主其命如鴻毛矣貫事也言今輕已故存沒毀譽皆歸一事爾辭一官不減身累增一職已黷朝經便當自同體國不爲飾讓善曰七略曰位累我躬貢遠國語注曰黷慢朝經也家語孔子曰治天下國家有九經其所以行者一也穀梁傳曰大夫國體也何休曰君之卿佐是謂股肱故曰國體孫皓詔紀陟曰故特任使莫復飾讓　翰曰黷汚經法也同體爲已與國親是同一體不爲假飾而求讓名也至於功均一匡賞同千室光宅近甸奄有全邦隕善作殞越爲期不敢聞命善曰論語孔子曰管仲相桓公一匡天下左傳曰晉侯賊赤狄潞氏晉侯賞桓子狄臣千室尚書序曰光宅天下　劉承後漢書曰周防及守近甸嘉瑞表應毛詩曰奄有龜蒙漢書淮南王上書曰淮南全國之時左傳齊侯對宰孔曰小白恐隕越于下也　銑曰均同匡正隕没越墜也千室謂諸侯之封也近甸謂宣城去都近言今使同管仲而爲侯光其所居令大有全國雖則没墜而死終不敢受也亦願曲留降鑒即垂順許鉅平之懇誠彌善作必字固永昌之丹慊苦簟僕申善曰臧榮緒晉書曰羊祜字叔子太山人也陳留王立封鉅平子世祖受禪後以祜都督荆州諸軍事又爲車騎將軍開府儀同三司祜表讓後以祜爲征南大將軍何法盛頴川庾録曰亮字元規肅祖欲使爲中書監上疏肅祖納亮言封永昌公　向曰許謂許所請也懇信也慊不足也乃知君臣之道綽有餘裕善曰孟子曰欲爲君則盡君道欲爲臣則盡臣道又曰吾聞之也有官守者不得其職則去有言責者不得其言則去我無官守我無言責則吾進退豈不綽綽然有餘裕哉　濟曰綽寬裕優也苟曰易昭敢守難奪故可庶心弘

文選三十八　二十

議酌已親物者矣不勝荷懼屏營之誠良曰苟且也且以我情淺近易昭察然我匹夫之志難奪也弘大酌度也屏營猶驚惶也謹附某官某甲奉表以聞善有臣諱誠惶以下十六字

爲范尚書讓吏部封侯第一表

善曰范雲字彥龍與梁武同事齊竟陵王爲八友又與雲任昉相近更增親密及爲天子以爲吏部尚書甚敬雲常語其二弟曰我昔與雲情同昆弟汝當爲我呼雲爲兄翰曰雲以爲太重故不敢受

任彥升

臣雲言被尚書召以臣爲散騎常侍吏部尚書封霄五臣作宵城縣開國侯食邑千戶奉命震驚心顏無措臣雲中謝五臣無臣雲二字臣素門凡流輪翮無取善曰張載贈棗子玖詩曰輶車運在輪飛骨須六翮銑曰素本也輪有輪運之功翮猶轉翼之用言我無此能進謝中庸退慙狂狷古縣反善曰禮記仲尼曰君子中庸小人反中庸論語子曰狂者進取狷者有所不爲也向曰中庸謂中常之人狂狷佯狂也慙謝皆謂不及也固嘗鑽厲求學而一經不治篆刻爲文而三冬靡就善曰漢書曰韋賢少子玄成復以明經歷位至丞相故鄒魯諺曰遺子黃金滿籯不如一經法言曰童子雕蟲篆刻漢書東方朔上書曰臣朔學書三冬文史足用濟曰鑽先王之道勉厲於學不能精治一經也篆謂篆書刻謂雕刻文章也靡無就成也負書燕魏空彈菽粟躡屩腳齊楚徒知貧賤善曰戰國策曰蘇秦說秦王書十上而說不納去秦而歸負書擔橐孟子曰聖人之治天下使菽粟如水火也史記曰虞卿躡蹻擔簦說趙孝成王徐廣曰蹻草履也韓詩外傳曰田子方謂魏太子曰貧賤可以驕人矣志不得則受履而適秦楚耳安往而不得吾貧賤乎良曰蘇秦負書游說於燕魏二國也彈盡也菽豆也躡踏屩履也既而分虎出守以囊被見嗤持斧作牧以薏意苡以興謗善曰漢書文紀曰初與郡守爲銅虎符漢書曰王陽父子皆好車馬衣服其自奉養極爲鮮明及遷徙去處所載不過囊衣爾漢書曰暴勝之持斧逐捕盜賊周禮曰八命作牧范曄後漢書曰吳祐父恢爲南海太守欲殺青簡以寫經書祐諫曰今大人踰越五嶺遠在海濱其俗誠陋然舊多珍怪上爲國家所疑下爲權戚所望此書若成則載之兼兩昔馬援以薏苡興謗王陽以衣囊徼名嫌疑之間誠先賢所慎也翰曰漢儀郡國銅虎符囊衣袋也嗤笑也持斧謂諸侯有功賜以斧鉞得專征伐也馬援爲交趾太守出薏苡可治瘴氣遂取一車將還時人以爲南土珍怪因而流謗也此謂雲爲始興太守而被解落也赭衣爲虜見獄吏之尊除名爲民知井臼之逸善曰漢書賈山上書曰秦赭衣半道羣盜滿山又曰人有上書告周勃欲反下廷尉勃恐不知致辭勃以千金與獄吏獄吏迺書牘背示之曰以公主爲證勃既出曰吾嘗將百萬軍然安知獄吏之貴也孫盛晉陽春秋曰劉弘願望除名爲民東觀漢記曰馮敬通廢於家娶北地任氏女爲妻忌不得畜媵妾兒女常自操井臼也銑曰古得罪之人皆著赭衣虜獲也言其執法者所獲也下獄之時畏其執法之吏而尊之除名謂除其官爵以爲凡人也井臼操舂汲之事而以爲逸樂百年上壽既曰徒然如其誠說亦以過半亂離斯瘼莫欲以安歸善曰莊子盜跖謂孔子曰人上壽百歲中壽八十毛詩曰亂離瘼矣爰其適歸薛君曰瘼散也向曰徒然空言也誠信也雲以上壽百年爲空言縱是信說亦年已過半矣亂離東昏侯作亂也瘼病也安歸不仕也閑門荒郊再離寒暑善曰司馬彪續漢書曰趙壹閑門却埽非德不交毛詩曰載離寒暑濟曰野外曰郊離經也寒暑猶冬夏也兼以東皐數畝控帶朝夕關外一區悵望鍾阜善曰秋興賦曰耕東皐之沃壤輸黍稷之餘稅漢書枚乘上書曰游曲臺臨上路不如朝夕之池也漢書楊僕上書曰恥爲關外人又曰揚雄有宅一區蔡邕詩序曰暮宿河南悵望許慎曰鍾山北陸無日之地良曰皐澤也控引也帶繞也朝夕謂海也丹陽齊門外也一區謂雲宅悵望失志貌鍾阜鍾山雖室無趙女而門多好事善曰揚惲與孫

會宗書曰婦趙女也雅善鼓瑟灌書曰揚雄素貧嗜酒人希至其門時有好事者載酒肴從遊學也　翰曰趙女歌舞妓也好事謂相知者　**禄微賜金而歡同娱老**　善曰漢書曰疏廣字仲翁東海人也明春秋爲太子太傅兄子受字公子亦以賢良爲太子家令廣謂受曰吾聞知足不辱知止不殆今仕至二千石功成名立如此不去懼有後悔豈如父子相隨出關歸老故鄉以壽命終不亦善乎遂上疏乞骸骨上以其年篤老皆許之加賜黄金二十斤皇太子賜五十斤公卿大夫故人邑子爲設祖道供帳東都門外送車數百兩辭決而去道路觀者曰賢哉二大夫或歎息爲之下泣廣既歸鄉里日令家具設酒食請族人故舊賓客與相娱樂　翰曰疏廣得賜金歸與鄉人日同歡娱言我禄則微薄賜金然歡娱同之　**折芰燔枯此焉自足**　善曰謝承後漢書曰鄭敬字次都釣魚大澤折芰而坐以蒲薦肉瓠瓢盈酒琴書自樂又曰蔡邕與袁公書曰酌麥醴燔乾魚欣然樂在其中矣　翰曰芰蔆也可以藉坐也枯乾魚也　**陛下應期萬世接統千祀三千景附八百不謀**　善曰莊子曰萬世之後而一遇大聖知其解者是旦暮遇之也漢書曰馬談曰今天子接千歲之統周書曰湯放桀而歸於亳三千諸侯大會然後即天子之位又曰武王將渡河中流白魚入于王舟王俯取出涘以祭不謀同辭不期同時一朝會武王於郊下者八百諸侯　銑曰陛下謂梁武也祀年也謂應萬代千年之聖也武王有臣三千惟一心八百諸侯不謀而同會于孟津也景影也言天下之人如影之附於身亦猶武王矣　**臣釁**　五臣作亹　**等離心功懟同德泥首在顛輿櫬未毀締構草昧敢叨天功**　善曰尚書武王曰受有億兆夷人離心離德予有亂臣十人同心同德張溫表曰臨去武昌無得泥首闕下輿櫬即輿櫬也左氏傳曰楚子圍許許僖公見楚子於武城面縛銜璧大夫衰絰士輿櫬魏都賦曰有魏開國之日締構之初也周易曰天造草昧鄭玄曰草草創也昧爽也左氏傳介之推曰竊人之財猶謂之盜況貪天之功以爲已力　向曰亹隙也離心謂如紂臣也等謂已爲齊臣武王有臣同心同德言不能爲梁立功故懟之降者泥首輿櫬以歸命也顏面也言泥猶在面櫬猶未毀締結構成也草昧謂初也叨貪也天功天子之功也　**獄訟謳歌示同民志而隆器大名一朝捴集顧已**

及躬何以臻此　善曰孟子曰訟獄者不歸堯之子而歸舜謳謌者不謳謌堯之子而謳謌舜莊子曰語大功立大名此朝廷之士也左傳仲尼曰惟名與器不可以假人　濟曰獄訟之事與歌謠皆歸於梁武所望亦同一人之例爾器謂珪璋也捴集謂集於身言見任用也躬身臻至也自顧其身不堪至此大官　**政當以接閈白水列宅舊豐**　五臣作酆　善曰東觀漢記曰考侯仁從封南陽白水鄉又曰吳漢南陽人也爲人質厚少文上以其南陽人故親之漢書曰盧綰豐人也與高祖同里蕭曹等特以事見禮至其親幸莫及綰也　良曰吳漢與光武同居白水鄉盧綰與高祖同居豐酆邑雲與梁武居止相近故云也　**忝捨講之尤存諸公之費**　善曰東觀漢記曰初光武學長安時過朱祐宅祐留上待講竟乃談話及帝登位駕幸祐第問曰得無去我講乎祐曰不敢尤過也又曰初上學長安南陽人賢者往來長安資用乏與同舍生韓子合錢買驢令從者僦以給諸公之費　良同善注　**俯拾青紫豈待明經**　善曰漢書夏侯勝曰士病不明經術茍明其取青紫如俛拾地芥　翰曰古人明經而取青紫如俯拾地芥言今不待明經而得也　**臣雲**　中謝　**夫銓衡之重關諸隆替遠惟則哲在帝猶難**　善曰陸機顧譚誄曰遷吏部尚書才長於銓衡而綜核人物也尚書咎繇曰在知人禹曰咸若時惟帝其難之知人則哲能官人　銑曰銓衡所以平輕重關猶存也替廢也言吏部之任難遠思之自知不可也　**漢魏以降達識繼軌雅俗所歸唯稱許郭**　善曰孫綽子或問雅俗曰判風流正位分涇渭殊流雅鄭異調顯帖分明標牓可觀斯謂之雅俗矣范曄後漢書曰郭泰字林宗性明知人好獎訓士類其獎拔士人皆如所鑒又曰許劭字子將少峻名節好獎人倫多所賞識故天下言拔士者咸稱許郭也　向曰繼軌言達識者多　**拔十得五尚曰比肩**　善曰習鑿齒襄陽耆舊傳曰龐統爲郡功曹性好人倫每所稱述多過其中時人怪問之統曰方欲興長道業不美其談則聲名不足慕企不足慕企則爲善者少今拔十失五猶得其半而可以崇邁世教使有志自厲不亦可乎戰國策曰淳于髡一日而薦七人宣王曰寡人聞千里一士是比肩而至也今子一朝而見七人不亦衆乎　濟同善注　**其餘得失未聞偶察童**

幼天機暫五臣作蹔發顧無足算五臣作筭　善曰魏志異王基於童幼莊子蚿曰今予動吾天機司馬彪曰天機自然也論語曰斗筲之人何足算也　良曰其餘謂許郭之外未聞得失也偶有鑒察童幼之異天然自知無足稱數也在魏則毛玠公方居晉善曰魏志曰毛玠字孝先陳留人也爲尚書僕射典選舉先賢行狀曰玠雅亮公正魏氏春秋曰山濤爲選曹郎遷尚書也世說袁彥伯曰江山遼落居然有萬里勢也　翰曰毛玠魏尚書典選舉用公方清正之士山濤晉吏部尚書亦取正直之人以我比二賢一何遼落而不相及也則山濤識量以臣況之一何遼落齊季陵遲官方淆亂善曰毛詩序曰禮義陵遲莊子曰是非之塗樊然淆亂　銑曰季末也陵遲零落也官方謂王政淆亦亂也鴻都不綱西園成市善曰華嶠後漢書曰光和元年置鴻都門學其諸生皆敕州郡三公舉用辟召或出爲刺史太守入爲尚書侍中乃有封侯賜爵者士君子皆恥與爲列焉漢記曰靈帝即位太后臨朝於西園賣官自關內侯以下入錢各有差　向曰鴻都學府也不紀謂無綱紀也餘同善注金章有盈笥之談華貂深不足之歎善曰金章盈笥未詳虞預晉錄曰趙王倫篡位侍中常侍九十七人每朝小人滿庭貂蟬半座時人謠曰貂不足狗尾續　濟曰金章印也笥謂盛衣器華貂侍臣之服飾也趙王倫爲亂謠曰金章滿箱尚不可長言小人在位者衆故云此矣草創惟始義存改作恭己南面責成斯在善曰論語子曰舜夫何爲哉恭己正南面而已淮南子曰人主之術責成而不勞　良同善注豈宜妄加寵私以乏王事附蟬之飾空成寵章求之公私授受交失善曰董巴輿服志曰侍中中常侍冠武弁大冠加金鐺附蟬爲文　翰曰言不可以私恩而加尊寵闕乏王事侍中之冠飾以黃金附蟬寵章珪章也無材而蒙此者於公則失授於私則失受近世侯者功緒參差或足食關中或成軍河內善曰漢書曰蕭何以丞相留牧巴蜀使給軍食漢王擊楚何守關中後爲酇侯范曄後漢書曰上拜寇恂河內太守上謂恂曰河內完富吾將因是

文三十八　二五

而起昔高祖留蕭何鎮關中今吾委公以河內後封雍奴侯　銑曰緒業也參差不齊也蕭何留守關中常以食給漢王即位封酇侯也寇恂守河內收租四百萬石轉給光武軍即位封雍奴侯皆言有功而封或制勝帷幄或門人加親善曰漢書高祖云運籌帷幄之中決勝千里之外吾不如子房可封留侯東觀漢記曰光武即位拜鄧禹爲大司徒制曰孔子云自吾有回門人益親可封爲酇侯　向同善注或與時抑揚或隱若敵國善曰班固漢書叔孫通述曰叔孫奉常與時抑揚勝不免冑禮義是創通爲稷嗣君也東觀漢記曰吳漢自初征伐兵有不利軍營不如意漢常獨繕檠弓戟上時令人視吳公何爲還言方作攻具上嘗嗟曰強人隱若一敵國矣封漢廣平侯　濟同善注或策定禁中或功成野戰善曰東觀漢記曰殤帝崩惟安帝宜承大統車騎將軍鄧騭定策禁中封騭爲上蔡侯漢書鄂千秋曰曹參雖有野戰略地之功此特一時之事又曰賜參爵列侯食邑平陽　濟同善注或盛德如卓茂或師道如桓榮善曰東觀漢記曰卓茂字子容南陽人也漢官儀注曰世祖中興特擢盛德南陽卓茂爲太傅封宣德侯東觀漢記曰桓榮字春卿沛國人也治歐陽尚書事九江朱文剛窮極師道賜榮爵關內侯　濟曰卓茂爲密令蝗蟲不入境光武即位慕容盛德封德侯桓榮爲明帝師拜尚書或四姓侍祀已無足紀善曰應劭漢官典職曰四姓侍祠侯顏氏家訓曰漢明帝時外戚有樊氏郭氏陰氏馬氏是爲四姓謂之小侯者或以侍祠非列侯故曰小侯　濟曰紀錄也餘同善注五侯外戚且非舊章而臣之所附唯在恩澤善曰五侯王氏也漢書曰成帝昔封舅王譚王立王根王逢時王商爲列侯五人同日封故世謂之五侯漢書恩澤侯表曰公孫弘自海瀕而登宰相寵以列侯之爵　良曰漢元后弟王崇譚商鳳根皆以外戚之重而封侯是名五侯言此非漢本約故云非舊章漢有恩澤侯無功動但以恩澤而封侯言我今封在於此既義異疇庸實榮乖儒者雖小人貪幸豈獨無心善曰陸機高祖功臣頌曰帝疇爾庸後嗣是膺　翰曰疇酬庸功也言我無功可酬又非儒德雖小人之性貪幸爵祿豈獨無愧於心者哉臣本自諸生家承素業門無富貴易

文三十八　二六

農而仕善曰東觀漢記曰相者謂班超曰祭酒布衣諸生耳董仲舒仕不遇賦曰若不反身於素業莫隨世而轉輪東方朔戒子書曰飽食安步以仕易農　銑曰諸生書生也素謂朴素之業也仕謂祿以代農故曰易農乃祖玄平道風秀世爰在中興儀刑多士位裁元凱任止牧伯善曰晉中興書曰范汪字玄平善言玄理爲吏部郎從吏部尚書徐兗二州刺史也中興元帝也尚書郎古元凱也刺史即古牧伯也左傳太史克曰昔高陽氏有才子八人蒼舒隤敳檮戭大臨尨降庭堅仲容叔達謂之八凱高辛氏有才子八人伯奮仲堪叔獻季仲伯虎仲熊叔豹季貍謂之八元　向曰玄平范雲高祖之父也道風謂妙達玄理秀出也中興謂東晉也刑法也多士衆士裁淺也元凱八元八凱皆堯之賢臣也言遠祖之任淺於元凱止及刺史而已牧伯謂刺史高祖少連夙秉高尚善曰王僧孺范氏譜曰汪生少連　濟曰秉執也高尚不仕也所富者義所乏者五臣作非時善曰富義謂段干木魏都賦曰閑居隘巷室邇心遐富仁寵義職競弗羅千乘爲之軾廬諸侯爲之止戈則干木之德自解紛也漢書文帝曰惜李廣不逢時　濟曰富義謂富於道也所乏之非時言當太平之時薄宦東朝謝病下邑善曰王僧孺范氏譜曰少連太子舍人餘杭令　濟曰東朝謂經任宋太子諮議郎也下邑所居邑先志不忘愚臣是庶且去歲冬初國學之老博士耳五臣作爾今茲首夏將亞冢司善曰劉璠梁典曰齊永元初雲爲廣州刺史因發家居父之爲國子博士梁書曰天監元年雲遷散騎常侍吏部尚書　良曰先志謂先祖隱逸之志將庶幾不忘之亞次也雖千秋之一日九遷荀爽之十旬遠至方之微臣未爲速達善曰東觀漢記馬援與楊廣書曰車丞相高祖園寢郎一月九遷爲丞相者知武帝恨誅衛太子上書訟之然曰當爲月字之誤也范曄後漢書曰荀爽字慈明獻帝即位董卓輔政徵爽爽欲遁吏持之急不得去因復就拜平原相行至宛陵復追爲光祿勳視事三日進拜司空爽自被徵命及登台司九十五日　翰曰連千秋自園寢郎論戾太子事一日超九級至大鴻臚荀爽從徵時及登台司經九十五日言此二人之達不足比於我也臣雖

無識唯利是視至於虧名損實爲國爲身知其不可不敢妄冒善曰尚書伊尹曰臣爲上爲德爲下爲民　銑曰言雖無識好利至於名實不當損國棄身亦知不可故不敢欺冒而進達也陛下不弃菅姧蒯苦怪愛同絲麻善曰左氏傳君子曰詩云雖有絲麻無弃菅蒯雖有姬姜無弃憔悴　向曰菅蒯草名可以爲索雲自喻也言不以我下材而垂愛與絲麻同也絲麻喻賢良也儻平生之言猶在聽覽宿心素志無復貳辭善曰嵇康幽憤詩曰內負宿心王隱晉書甄彬奏曰不宜違人之素志　濟曰平生言謂與帝相知之時有隱逸之言聽覽猶耳目也無復貳辭將不移平生之言也矜五臣作徵臣所乞特迴寵命則彝章載穆微物知免善作表臣今在假不容詣省不任荷懼之至謹奉表以聞善有臣雲誠惶以下六字　良曰乞請也言哀我所請迴此尊寵之命言常法則和穆也微物蓋雲自謂也免謂免咎責也

爲蕭揚州作薦士表

善曰蕭子顯齊書曰始安王遙光爲揚州刺史劉璠梁典曰齊建武初有詔舉士始安王表薦琅邪王暕及王僧孺　銑曰蕭遙光爲揚州刺史餘同善注

任彥昇

臣王言臣聞求賢暫勞垂拱永逸善曰呂氏春秋曰賢主勞於求人而佚於治事　濟曰任昉爲始安王作表故本集云王言撰集者因隨舊文而錄之言求賢人雖暫勞得而任之則君上垂衣拱手永爲逸樂方之疏壤取類導川善曰孟子曰舜使禹疏九河禹掘地而注之海國語太子晉曰伯禹疏川導滯也　向曰疏通導引也通壤引川則溺者安任賢用能則亂者理伏惟陛下道隱旒纊信充符璽善曰老子曰大象無形道隱無名河上公注曰道潛隱使人無能指名也大戴禮曰孔子曰古者絻而前旒所以蔽明也黈絖塞耳所以掩聰也絻古冕字絖古纊字音義並

同莊子曰聖人治天下爲符璽以信之　濟曰旒以蔽視纊以塞聽言天子之道潛隱而信滿四外如符璽焉充滿也符璽印也　**六飛同塵五讓高世**　善曰漢書爰盎謂文帝曰陛下有高世之行三陛下從代乘六乘傳馳不測之淵雖賁育之勇不及陛下至代邸西向讓天子者三南向讓者再夫許由一讓而陛下五以天下讓過許由四矣又曰今陛下騁六飛馳不測老子曰和其光同其塵　良曰言今塵迹與之同　**白駒空谷振鷺在庭**　善曰毛詩曰皎皎白駒在彼空谷生芻一束其人如玉又曰振鷺于飛于彼西雝我客戾止亦有斯容　翰曰白駒賢者所乘空谷言賢人出仕而谷空也振衆也鷺白鳥也以喻絜白之士在庭謂在王庭　**猶懼隱鱗卜祝藏器屠保**　善曰司馬遷書曰僕之先人文史星歷近乎卜祝之間易曰君子藏器於身待時而動鶡冠子曰伊尹酒保太公屠牛皆海內荒亂立爲世師　銑曰隱鱗謂君子如龍之隱也卜祝謂嚴君平也藏器謂藏治國之器也屠謂太公屠牛於朝歌保謂伊尹爲酒家傭保　**物色關下委裘河上**　善曰列仙傳曰關令尹喜內學老子西遊先見其氣知眞人當過物色而遮之果得老子晏子曰治天下君委裘用賢委裘之實指公聽管仲而趙襄子信王登此之謂委裘然委裘謂用賢也神仙傳曰河上公莫知其姓名也常讀老子道德經漢孝文帝駕從而詢之　**非取製於一狐諒求味於兼采**　善曰王褒講德論曰千金之裘非一狐之腋張璠易注序曰蜜蜂以兼采爲味也　濟曰製裘非一狐之皮求美必兼采衆味論爲國者信資衆賢　**而**善無而字**五聲倦響九工是詢**　善曰鬻子曰昔者大禹治天下以五聲聽治漢書劉向上疏曰舜命九官濟濟相讓和之至也應劭尚書禹作司空弃作后稷契作司徒咎繇作士垂作共工益作虞伯夷作秩宗夔作典樂龍作納言凡九官　良曰大禹以五聲聽理三官也詢問也九工謂九官謂六府工事之官言天子倦以聲聽故問於九官　**寢議**五臣作義**廟堂借聽輿皁**　善曰說苑晉東郭氏曰肉食者失計於廟堂藿食得不肝腦塗地班固漢書匈奴贊曰漢與忠言嘉謀之臣相與議事於廟堂之上左氏傳曰晉侯聽輿人之誦左傳臧僖伯曰若夫山林川澤之實皁隸之事　翰曰廟堂謂貴臣輿皁賤士也言寢息卿相之議借聽微賤之言　**臣位任隆重義兼家邦實**

欲使名實不違徼倖路絕　善曰鄧析子曰循名責實君之事也奉法宣令臣之職也禮記曰子曰小人行險以徼幸徼古堯切　銑曰任重謂始安王揚州刺史義兼家邦謂與國爲兄弟也言欲所任人皆取實材而絕徼倖徼倖猶苟且也　**勢門上品猶當格以清談**　善曰說苑晏子曰陂池之魚入於勢門　謝靈運宋書序曰下品無高門上品無賤族王隱晉書曰祖約清談平裁老而不倦　向曰勢門謂權勢之門格舉也言勢門之人有清談者猶舉之　**英俊下僚不可限以位貌**　善曰左太沖詠史詩曰世胄躡高位英俊沈下僚　濟曰僚官也言英俊之材居於下職豈可以位卑貌陋而不用　**竊見秘書丞琅邪臣王暕年二十一字思晦七葉重光海內冠冕**　善曰梁書曰儉子暕字思晦何之元梁典曰侍中領右驍騎王騫字思晦太尉文憲公長子也左僕射王暕字思寂文憲公次子也王筠爲騫碑亦云騫字思晦據此及梁書明梁典及碑誤也晉中興書曰王祥弟覽生導導生洽洽生珣珣生曇首沈約宋書曰王僧綽曇首長子遇害子儉嗣也尚書曰宣重光晉中興書庾冰疏曰臣因循家寵冠冕當世也　良曰七葉謂自王祥以下至暕父曇首凡七代冠冕不絕故云重光而謂海內所推美也　**神清氣茂允迪中和**　善曰淮南子曰神清者嗜欲不能亂蔡洪張錡狀曰錡資氣皁茂才幹足任尚書曰允迪厥德禮記曰以樂德教國子中和祗庸孝友　翰曰迪蹈也言神情俊茂允蹈中和之氣　**叔寶理遣之談彥輔名教之樂**　善曰臧榮緒晉書曰衛玠字叔寶好言玄理拜太子洗馬常以人有不及可以情恕非意相干可以理遣故終身不見喜愠之容世說曰王平子胡毋彥國諸人皆以放任爲達或去衣裸體樂廣曰名教中自有樂地何爲乃爾　銑曰言暕俱有之　**故以暉映先達領袖後進**　善曰孫盛晉陽秋曰裴秀有風操十餘歲時人爲之語曰後進領袖有裴秀　向曰暉映光明也領袖可爲人之儀則　**居無塵雜家有賜書**　善曰韋昭吳書曰劉基不妄交遊門無雜賓漢書曰班彪幼與兄嗣共遊學家有賜書好古之士自遠方至　濟曰塵雜謂塵俗班彪家有賜書此言暕家亦有　**辭賦清新屬言玄遠室邇人曠物踈道**

親善曰陸機陸雲別傳曰雲亦善屬文清新不及機而口辯持論過之臧榮緒晉書曰阮籍雖放誕不拘禮教然發言玄遠也毛詩曰其室則邇其人甚遠尹文子曰處名位雖不肖不患物不親己在貧賤不患物不疎己親疎係乎勢利不係乎不肖與仁賢也　良曰邇近曠遠居近親道疎物也養素丘園台階虛位善曰謝宣遠送孔令詩曰逝矣將歸客養素克有終　翰曰素朴也台三台星主三公也言此人守朴丘園則虛三公之位庠序公朝萬夫傾望五臣作首　善曰孟子曰夏曰校殷曰序周曰庠學則三代共之曹植求親親表曰勳政不廢於公朝　銑曰言使此人居庠序立公朝則萬人皆傾首而欽慕豈徒荀令可想李公不亡而已哉善曰臧榮緒晉書曰荀顗字景倩潁陰人也魏太尉彧之第六子黃初末除中郎高祖輔政見顗異之曰顗令君之子也近見袁侃亦曜卿之子也皆有父風范曄後漢書曰李固字子堅漢中南鄭人司徒郃之子少好學四方之士多慕其風而來學京師咸歎曰是復爲李公矣　向曰言陳繼祖父之德亦如是前晉安郡候官令東海王僧孺年三十五善有字僧孺三字理尚棲約思致恬敏既筆耕爲養亦傭書

成學善曰劉璠梁典曰王僧孺字僧孺東海郯人也六歲解屬文梁興除鎮軍記室稍遷蘭陵太守卒於諮議東觀漢記曰班超家貧爲官傭寫書投筆歎曰丈夫猶不効傅介子立功絕域之地以封侯安久筆耕乎東觀記耕或爲研范曄漢書曰班超爲官傭書以供養吳志曰闞澤字德潤會稽人家世農夫至澤好學無以資常爲人傭書以供紙筆所寫既畢誦讀亦徧矣　濟曰理謂意趣也恬靜敏達也言棲意儉約思至靜達筆耕謂以筆代耕種以取給傭債至乃集螢映雪編蒲緝柳善曰檀道鸞晉陽春秋曰車胤字武子學而不倦家貧不常得油夏月則練囊盛數十螢火以夜繼日焉孫氏世錄曰孫康家貧常映雪讀書清介交遊不雜漢書曰路溫舒取澤中蒲截爲牒編用寫書楚國先賢傳曰孫敬到洛在太學左右一小屋安止母然後入學編楊柳簡以爲經　良同善注先言往行人物雅俗善曰易曰君子多識前言往行以畜其德孫綽子或問人物曰察彪實蕃眞僞斷成敗定終始斯可謂之人物矣或問雅俗曰判風流正位分涇渭殊流雅鄭異調顯帖分明標牓可觀斯謂之雅俗矣　翰曰言古人言行正俗無不備知甘泉遺儀南宮故事善曰胡廣漢官制度曰天子出車駕次第謂之鹵簿長安時出祠天於甘泉用之名曰甘泉鹵簿范曄後漢書曰鄭弘爲尚書令弘前後所陳皆補益王政者著之南宮以爲故事　銑同善注畫地成圖抵掌可述善曰漢書張安世子千秋爲中郎將擊烏桓還霍光問以戰鬭方略山川形勢千秋口對兵事畫地成圖無所忘失戰國策曰蘇秦說趙王抵掌而言　向曰抵掌謂擊手也餘同善注豈直鼮廷鼠有必對之辯竹書無落簡之謬善曰摯虞三輔決錄曰竇攸舉孝廉爲郎世祖光武大會靈臺得鼠如豹文采熒光澤世祖異之以問羣臣莫能知者攸對曰鼮鼠也詔問何以知攸曰見爾雅詔案祕書如攸言賜帛百匹張騭文士傳曰人有於嵩高山下得簡一枚兩行科斗書人莫能識司空張華以問束晳晳曰此明帝顯節陵中策文驗之果然朝廷士庶皆服其博識　濟同善注暕坐鎮雅俗弘益已多僧孺訪對不休質疑斯在善曰班固漢書董仲舒述曰讜言訪對爲世純儒太玄經曰爰質所疑宋

衷曰質問也　良曰言暕進益於俗多僧孺有應對定疑之美質定也並東序之祕寶瑚璉之茂器善曰書曰大玉夷玉天球河圖在東序典引曰御東序之祕寶論語子貢問曰賜也何如子曰汝器也曰何器也曰瑚璉也　翰曰東序講道之處祕寶奇珍也瑚璉黍稷器也言二人可以爲宗廟之任誠言以人廢而才實世資善曰論語子曰君子不以言舉人不以人廢言解嘲曰鄒衍頡頏而取世資班固漢書翟方進述曰用合時宜器周世資　銑曰信有以言而廢人其人之才實可爲世之資用臨表悚戰猶懼未允不任下情善有云云字

爲褚諮議蓁讓五臣無讓字代兄襲封表

善曰蕭子顯齊書曰褚蓁字茂緒爲義興太守改封巴東郡表讓封賁子霽詔許之官至前將軍卒然此表與集詳略不同疑是蓁本辭多兄長向曰蓁南康郡公褚淵嫡子少出外繼有兄賁襲爵蓁既長大賁上表請歸封於蓁天子許焉而蓁上此表讓於賁也

任彦昇

臣綦言 五臣有一字 昨被司徒符仰稱詔旨許臣兄賁 奔 所請以臣襲封南康郡公臣門籍勳蔭光錫土宇臣賁世載 五臣作載世 承 五臣作以 家允膺長德 善曰蕭子顯齊書曰褚淵長子賁字蔚先官歷散騎常侍上表稱疾讓封與弟蓁國語曰祭公謀父曰奕世載德韋昭曰載成也易曰開國承家小人勿用左氏傳王子朝曰王后無嫡則擇立長年鈞以德德鈞以卜也 濟曰司徒官名掌國邦教也勳功錫賜也土宇謂南康郡也卿大夫稱家允信膺當也言兄賁信當年長而復有德所以可承家業 而深鑒止足脫屣千乘 善曰老子曰知足不辱知止不殆吳都賦曰輕脫屣於千乘 良曰言兄賁有止足之鑒視所封郡如脫屣屣履也 遂乃遠謬推恩近萃庸薄能以國讓弘義有歸匹夫難奪守以勿貳 善曰左氏傳公子魚曰能以國讓仁孰大焉 翰曰謬誤也言推此恩踈遠而誤萃聚也庸薄自謂也國讓謂讓南康也弘大也言大義合歸兄也言已執匹夫之志終無二心 昔武始迫家臣之策陵陽感鮑生之言張以誠請丁為理屈 善曰東觀漢記曰張純字伯仁建武初先詣闕封武始侯子奮字穉通兄根常被病純病困敕家丞翕司空無功爵不當傳嗣純薨大行移書問嗣翕上書奪詔封奮奮上書曰根不病哀臣小稱病今翕移臣又曰丁綝為陵陽侯薨長子鴻字季公讓位於弟盛逃去鴻初與鮑駿友善及鴻亡駿遇於東海陽狂不識駿駿乃止讓之曰今子以兄弟私恩而絕父不滅之基可謂智乎鴻感悟垂涕乃還就國 銑曰張純光武封其子奮嗣侯以父遺勑違詔不受有詔書下獄惶懼乃受也丁綝卒子鴻當嗣上書讓於弟不受遂逃去後因門生鮑駿讓之鴻乃感悟因還就國此理屈也 且先臣以大宗絕緒命臣出纂傍統禀承在昔理絕終天永惟情事觸目崩隕 善曰禮記曰繼別為宗鄭玄曰別子之嫡也族人尊之謂之大宗是宗子也天道無終而云終天永訣之辭也徐廣赴謝車騎葬還詩曰潛爌既掩扉終天關幽壤潘岳哀永逝曰今奈何兮一舉邈終天而不反也 向曰先臣謂父也大宗謂伯父宗絕緒謂無嗣也纂繼承大宗稟父在昔之命則理絕終天之哀長思此情觸目則心摧墜矣 若使賁高延陵之風臣忘子臧之節 善曰左傳曰吳子諸樊既除喪將立季札辭曰曹宣公之卒也諸侯與曹人不義曹君將立子臧子臧去之遂不為也以成曹君君子曰能守節君義嗣也誰敢奸君有國非吾節也札雖不才願附於子臧之節 濟同善注 是廢德舉豈曰能賢 善曰左氏傳曰宋公疾召大司馬孔父而屬殤公焉對曰羣臣願奉馮也公曰先君以寡人為賢使主社稷若弃德不讓是廢先君之舉豈曰能賢蓁引此以存讓 良同善注 陛下察其丹款特賜停絕不然投身草澤苟遂愚誠爾 善曰曹大家蟬賦曰復丹款之未足謝承後漢書曰朱寵賢身草澤 翰曰停絕謂不襲封也若不見免當投竄草澤以遂已志 不任 善作勝 丹慊之至謹詣闕拜表以聞臣誠惶誠恐 善作以下二字

〈文選三十八〉　三十三

〈文選三十八〉　三十四

爲范始興作求立太宰碑表 善曰吳均齊春秋曰竟陵文宣王子良薨西昌侯以天子命假黃鉞贈太宰蕭子顯齊書曰建武中故吏范雲上表為子良立碑事不行 銑同善注

任彦昇

臣雲言原夫存樹風猷沒著徽烈既絕故老之口必資不刊之書 善曰尚書曰彰善癉惡樹之風聲應璩與王將軍書曰雀鼠雖愚猶知徽烈西征賦曰非惟奉明邑號千人訊諸故老造自帝詢杜預傳序曰左丘明受經於仲尼以為經者不刊之書也 向曰猷道徽美烈業刊削也言風教道德既當著其美業故老既沒必資於銘記不可削除故云不刊也 而藏諸名山則陵谷遷貿府之延閣則青編落簡 善曰司馬遷書曰僕誠以著此書藏諸名山毛詩曰高岸為谷深谷為陵劉歆七略曰孝武皇帝敕丞相公孫弘廣開獻書之路百年之

簡書積如山故尚則延閣廣内秘書之府又曰尚書有青絲編目録　濟曰遷移貿易也延閣書府也言著書藏名山則恐山谷移易置諸書府則復編簡殘毀言不如立碑之長久也　然則配天之迹存乎泗水之上素王之道紀於沂川之側　善曰漢書平紀曰郊祀高祖以配天酈善長水經注曰泗水南有泗水亭漢高祖廟前有碑延熹十年立家語南宮敬叔曰孔子生於衰周讚明易道以爲法或者天將欲素王之乎何其盛也沂水南有孔子舊廟漢魏以來列七碑二碑無字　良同善注　由是崇師之義擬迹於西河　善曰禮記曾子謂子夏曰事夫子於洙泗之間退而老於西河之上使西河之人疑汝於夫子七略西河燕趙之間　翰曰子夏事夫子於洙泗之間是崇師退居西河西河之人皆疑之以爲夫子是擬迹也　尊王之情致之於堯禹　善曰尊王謂伊尹也恥其君不如堯舜書曰昔先正保衡作我先王乃曰予弗克俾厥后惟堯舜其心愧恥若撻于市禹亦聖帝故連言之　銑曰伊尹恥其君不如堯舜是尊王今言禹者變文也　故精廬妄啓必窮鐫勒之盛君

長一城亦盡刊刻之美況乎甄陶周召孕育伊顏　善曰東觀漢記曰王阜年十一辭父母欲出精廬以尚幼不見聽荆州圖曰陰令劉喜魏時宰縣雅好博古教學立碑陳寔別傳曰寔卒蔡邕爲立碑刻銘然寔爲太丘宰故曰一城也周公召公伊尹顏回也典引曰孕虞育夏甄殷陶周　向曰精廬謂寺觀也一城謂牧宰言寺觀之開牧宰之美猶尚刊勒碑頌況竟陵王有周公召公之化伊尹顏回之德而不立銘記也　故太宰竟陵文宣王臣某與存與亡則義形社稷嚴天配帝則周公其人　善曰漢書文帝即位絳侯爲丞相爰盎進曰丞相何如人上曰社稷臣盎曰絳侯所謂功臣非社稷臣社稷臣主存與存主亡與亡如淳曰人主在時與共治在時之事不以主亡而不行其政令也孝經子曰孝莫大於嚴父嚴父莫大於配天則周公其人也昔者周公郊祀后稷以配天宗祀文王於明堂以配上帝　濟曰社稷之臣主在共理其事主亡則行其政令言義理形見是社稷臣也嚴尊也然尊王配天則與周公同功也　體國端朝出藩入守進思必告之

道退無苟利之專　善曰尚書曰爾有嘉猷則入告爾后于内公羊傳曰大夫出境有可以安社稷利國家者則專之可也左氏傳曰子産曰苟利社稷死生以之　良曰體國謂爲政化之體以正朝廷出藩謂爲刺史也入守謂爲司徒也進用忠以告君之美道退不苟且於利以專擅其事　五教以倫百揆時序　善曰尚書帝曰契汝作司徒敬敷五教在寬又曰納于百揆百揆時序　翰曰五教謂父義母慈兄友弟恭子孝倫理揆度也百事皆有次序　若夫一言一行盛德之風琴書藝業述作之茂　五臣作義　善曰孟子曰舜聞一善言見一善行若決江河沛然莫之能禦也易云日新之謂盛德謝承後漢書曰鄭敬字次都琴書自樂禮記曰作者之謂聖述者之謂明明聖者述作之謂也　銑曰謂人有一言一行之善者藝道藝也述作謂著文章以述明聖之義　道非兼濟事止樂善亦無得而　五臣無而字　稱焉　善曰周易曰智周萬物而道濟天下東觀漢記曰上嘗問東平王蒼曰在家何業最樂者蒼對曰爲善最樂上嗟歎之論語曰齊景公有馬千駟死之日民無得而稱焉　向曰言小才能之人非大道兼濟之事且獨樂一善者亦不得可稱而況大者乎

人之云亡忽移歲序　善曰詩曰人之云亡邦國殄瘁　鴟鴞東徙松檟成行　善曰言成王未知周公之意類鬱林之嫌子良而周公有居攝之情由子良有代宗之議故假鴟鴞以喻焉吴均齊春秋曰鬱林王即位子良謝疾不視事帝嫌之又潘敞以伎防之子良既有代宗議憂懼不敢朝事而子良薨毛詩序曰鴟鴞周公救亂也成王未知周公之志乃作詩以遺王名之曰鴟鴞焉說苑曰梟與鳩相遇鳩曰子安之梟曰我將東徙鳩曰何梟曰西方之人皆惡我聲鳩曰子鳴於是鳴鳩曰子改鳴則可不改子鳴雖東徙猶惡子也左傳伍子胥曰樹吾墓檟　濟曰松檟木名言成行者明年月深遠也　六府臣僚三藩士女　善曰蕭子顯齊書曰子良爲輔國將軍征虜將軍竟陵王鎮北將軍征北將軍護軍將軍斯謂六府子良又爲會稽大守南徐州刺史又南兗州刺史斯謂之三藩也　良曰僚官也　人蓄油素家懷鉛筆　善曰揚雄書曰齎油素四尺鉛筆行誦文書　翰曰蓄積也油素絹也鉛粉筆也所以理書也　瞻彼景山徒然望慕

昔晉氏初禁立碑 善曰景山謂墳也毛詩曰陟彼景山劉楨贈五官中郎將詩曰望墓結不解晉令曰諸葬者不得作祠堂碑石獸 翰曰景謂景行謂高山仰止也言藩府士女皆積懷素輩瞻望王之景行空然思慕願欲立碑 魏舒之亡亦從班列 五臣作例 而阮略既泯故首冒嚴科爲之者竟免刑戮置 善作致 之者反蒙嘉歎 善曰陳留志曰阮略字德規爲齊國內史爲政表賢黜惡化風大行卒於郡齊人欲爲立碑時官制嚴峻自司徒魏舒以下皆不得立齊人思略不已遂共冒禁樹碑然後詣闕待罪朝廷聞之尤歎美其惠 銑曰晉時令諸墓者不得作碑而司徒魏舒死特賜之碑泯滅也爲謂作文者置立也 至於道被如仁功參微管本宜在常均之外 善曰論語子曰桓公九合諸侯不以兵車管仲之力也如其仁又曰管仲相桓公霸諸侯一匡天下民到于今受其賜微管仲吾其被髮左衽矣 向曰被及也言人有大功如管仲者則宜在尋常均禁之外 故太宰淵丞相嶷親賢並軌即爲

〈文選三十八〉　三十七

成規乞依二公前例賜許刊立 善曰褚淵碑即王儉所制蕭子顯齊書曰豫章文獻王嶷字宣儼薨贈丞相南陽樂藹爲建立碑第二子恪託沈約及孔稚珪爲文 濟曰軌迹也言竟陵王賢與褚同迹親與嶷同規請爲立碑以依二公之例 寧容使長想九原樵蘇罔識其禁駐蹕 毋 長陵轄 由 軒不知所適 善曰禮記曰趙文子與叔譽觀乎九原文子曰死者如可作也吾誰與歸戰國策顏觸謂齊王曰秦攻齊令曰敢有去柳下季墓五十步樵採者罪死不赦東觀漢記和帝詔曰高祖功臣蕭曹爲首朕望長陵東門見二臣之壟感焉 良曰九原晉大夫葬地樵蘇采薪人也禁謂不許也駐蹕止行也長陵蕭何曹參陪葬之所和帝詔曰朕望長陵見二臣之壟每有感焉轄軒使車也使采異方之言無碑使無所問 臣里閭孤賤才無可甄值齊綱之弘弛賓客之禁策名委質忽焉二紀 善曰范曄後漢書曰建武中禁網尚寬諸王既長各招引賓客左氏傳狐突曰策名委質其貳乃辟 翰曰閭里門也孤賤范雲自稱也甄明弘大弛廢也言我逢齊綱之寬廢禁賓客游王門之法得委質事太宰已經二十四年 處先犬馬厚恩不答而斃 五臣作斃 唯毀蓋夫膏螻蟻珠襦玉匣遽飾幽泉 善曰列女傳曰梁寡高行曰妾之夫不幸早死先犬馬填溝壑廣貞節曰人受命於天而命長犬馬受命於天而命短妾之夫反先犬馬死矣禮記仲尼曰吾聞之弊帷不棄爲埋馬也弊蓋不棄爲埋狗也戰國策安陵君謂楚王曰犬馬臣願得式黃泉蓐螻蟻延叔堅戰國策論曰爲王先用填黃泉爲王作蓐以禦螻蟻西京雜記曰漢帝及諸侯王送死皆珠襦玉匣匣形如鎧甲連以金縷皆鏤爲交龍鸞鳳龜龍之形所謂交龍玉匣 銑曰蓐藉也螻蟻蟲名雲自方犬馬故云此也襦衣屬匣笥屬以珠玉飾之言我常恐先死不得報恩誰知我末藉螻蟻而太宰已在幽泉 陛下弘獎名教不隔微物使臣得駿奔南浦長號北陵 善曰南浦迎喪北陵送葬 良曰弘大獎勸也隔謂蔽塞也微物雲謙言也駿大奔走也南浦迎喪處也北陵謂竟陵王葬處 既曲逢前施實仰覬後澤儻杜預山頂

三十八

五臣作立峴 之言庶存馬鬣必拜之感 善曰襄陽記曰杜元凱好爲身後名常自言百年後必高岸爲谷深谷爲陵作二碑敘其平吳勳一沈萬山下一沈峴山下謂黍佐曰何知後代不在山頭乎臧榮緒晉書曰扶風王駿字子臧宣帝第七子也都督雍凉州諸軍事後薨民吏樹碑讚述德範長老見碑者無不拜之言其遺愛如此 濟曰前施謂先許送葬也覬幸也後澤者謂望許立碑也餘同善注 臨表悲懼言不自宣 善有臣誠惶以下五字

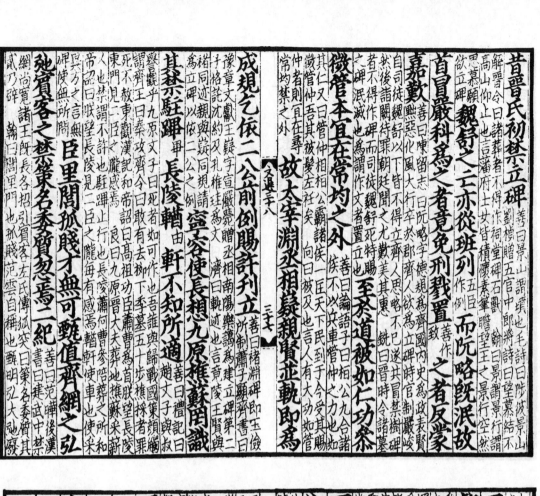

六臣註文選卷第三十八

六臣註文選卷第三十九

梁昭明太子撰

唐李善并五臣註

上書

上書秦始皇一首

李斯 善曰史記曰李斯者楚上蔡人也西說秦秦拜斯為客卿會韓使鄭國來間秦以作溉渠已而覺秦室大臣皆言秦王曰諸侯人來秦者秪為其主游間秦耳請一切逐客李斯議亦在逐中斯乃上書王乃除逐客之令復李斯官後始皇帝以斯為丞相及二世信趙高之譖具斯五刑腰斬咸陽市也良注同

臣聞吏議逐客竊以為過矣 銑曰吏百官也 昔者 善本無者字 穆公求士 向曰士謂賢才也 西取由余於戎東得百里奚於宛 善曰史記曰戎王使由余於秦秦後歸由余繆公又使人間要由余遂去降秦繆公以客禮禮之史記曰晉獻公以百里奚為秦穆公夫人媵於秦百里奚亡秦走宛楚之鄙人執之繆公聞百里奚欲重贖之恐楚子不許以五羖羊皮贖之楚人許與之繆公與議國事大悅授之國政 翰曰戎宛小國名 迎蹇叔於宋來邳豹公孫支於晉 善曰史記曰百里奚謂繆公臣不及臣友蹇叔賢而世莫知繆公使人厚幣迎蹇叔以為上大夫左氏傳曰晉郤芮丕鄭丕豹奔秦又曰秦伯謂公孫支曰夷吾其定乎對曰今其言多忌克難哉杜預曰公孫支秦大夫子桑也 此五子者不產於秦而 善本無而字 穆公用之并國三十遂霸西戎 善曰史記曰秦用由余謀伐戎王益國十二開地千里遂霸西戎 翰曰產生也 孝公用商鞅於兩之法 向曰公孫鞅衛人也號為商君 移風易俗民以殷盛國以富彊百姓樂用諸侯親服 善曰史記曰獻公卒子孝公立又曰衛鞅西入秦說孝公變法脩刑內務耕稼外勸戰死之士賞罰三年百姓便之天子致胙諸侯畢賀也 獲楚魏之師舉地千里至今治彊 善曰史記曰衛鞅將兵圍魏安邑降之又曰衛鞅擊魏公子卬封鞅為列侯號商君卬五剛切 翰曰舉猶開也今秦之治國因此而彊 惠王用張儀之計拔三川之地西并巴蜀北收上郡南取漢中 善曰史記曰孝公卒子惠文君立又曰惠文君八年張儀復相秦攻韓宜陽降之云孝公十年納魏上郡張儀伐蜀滅之又攻楚漢中取地六百里置漢中郡史記云孝公納上郡此云惠王疑此誤也又曰武王立張儀死武王謂甘茂曰寡人欲通車三川窺周室使甘茂伐宜陽拔之然通三川是武王張儀已死此云惠王用張儀之計拔三川疑此誤也三川韓界也 良曰秦至惠王始稱王張儀魏人也 銑曰拔除也上郡地名漢中蜀地名 包九夷制鄢音偃郢東據成皋之險割膏腴之壤遂散六國之從子容使之西面事秦功施到今 善曰九夷屬楚夷也鄢郢楚二縣也蓋秦令人據之也成皋縣名周之東境六國韓魏燕趙齊楚也漢書音義文穎曰關東為從史記曰惠王卒韓魏齊楚皆賓從 銑曰包兼也九夷蠻夷通稱鄢郢楚都也成皋地名膏腴良地也壤亦地關東為從關西為衡從者關西六國合而攻秦用張儀之計散敗之而不得合也施惠也 昭王得范雎廢穰侯逐華陽彊公室杜私門蠶食諸侯使秦成帝業 善曰史記曰武王卒立異母弟為昭襄王又曰穰侯魏冉者秦昭王母宣太后弟太后二弟其異父長弟曰穰侯姓魏氏名冉同父弟曰芈戎為華陽君魏冉為相國范雎說秦昭王言穰侯擅重諸侯秦王乃免相國逐華陽君關外春秋保乾圖曰光闇害蠶蝕食天下高誘淮南子注曰蠶食無餘也 向曰范雎魏人也穰侯魏冉秦相也華陽君芈戎也皆秦之用事者也杜塞也言如蠶之食葉 此上 善本無上字 四君皆以客之功 翰曰四者穆公孝公惠王昭王也以用也此數人者皆非秦人故云客也 由此觀之客何負於秦哉 善曰負猶累也 向使四君却客而

不（善本作弗字）納踈士而不（善本作弗也）與，是使國無富利之實，而秦無彊大之名也。今陛下致崐山之玉，有和氏（善本作隨）之寶，垂明月之珠，服太阿之劒，乘纖（五臣本作纖息廉切）離之馬，建翠鳳之旗，樹靈鼉（徒河）之鼓。（善曰：新序固桑對晉平公曰：夫劒產於越，珠產於江南，玉產於昆山，此三寶皆無足而致。墨子曰：和氏之璧，隨侯之珠。越絕書曰：楚王召歐冶子干將作鐵劒二枚，一曰太阿。孫卿曰：纖離蒲梢，皆馬名。鄭玄禮注曰：鼉皮可以冒鼓也。濟曰：和氏寶，則卞和之璧。太阿，劒名。以翠羽爲鳳形而飾旗也。）此數寶者，秦不生一焉，而陛下悅之，何也？必秦國之所生然後可（五臣本無可字），則夜光之璧不飾朝廷，犀象之器不爲玩好，而趙衛之女不充後庭，駿馬駃（決）騠（啼）不實外廄，（善曰：周書曰：正北以駃騠爲獻。廣雅曰：駃馬屬。良曰：犀角象牙也。駃騠，良馬名。廄，馬屋。）江南金錫不爲用，蜀之丹青不爲采。所（五臣作可字）以飾後宮，充下陳（善曰：下陳猶後列也。晏子曰：有二女願得入身於下陳也。銑曰：充，滿；陳，列也。），娛心意，悅耳目者，必出於秦然後可，則是宛（於元）珠之簪，傅璣之珥，阿縞（古老切）之衣，錦繡之飾不進於前，（善曰：說文曰：珥，瑱也。徐廣曰：齊之東阿縣，繒帛所出者也。此解阿義與子虛不同，各依其說而留之，舊注既少，不足稱善以別之，佗皆類此。銑曰：以宛珠飾簪，傅璣飾珥。珥，璫也。縞，繒帛也，出阿縣。）而隨俗雅化，佳冶窈窕趙女不立於側也。（善曰：隨俗雅化，謂閑雅變化而能隨俗也。向曰：冶，美也。窈窕，美貌。美女出於趙也。）夫擊甕（於貢）扣（善本作叩字）缶（甫友），彈箏搏髀（陛），而歌嗚嗚快耳者，眞秦之聲也。（善曰：說文曰：甕，汲缾也。缶，瓦器也，秦人鼓之以節樂。翰曰：搏，擊也。髀，腿也。嗚嗚，聲也。）鄭衛桑閒，韶虞武象者，異國之樂也。（善曰：禮記曰：鄭衛之音，亂世之音也。又曰：桑閒濮上，亡國之音也。樂動聲儀曰：舜樂曰簫韶。又曰：周樂伐時曰武象。宋約曰：武象，象伐時用干戈也。徐廣曰：韶，一作昭也。銑曰：桑閒，地名。而鄭衛桑閒之樂皆淫樂也。韶虞，舜樂。武象，周樂也。）今棄擊甕而就鄭衛，退彈箏而取韶虞，若是者（五臣本無者字）何也？快意之（善本無之字），當前適觀而已矣。（善曰：高誘呂氏春秋注曰：適，中適也。）今取人則不然，不問可否，不論曲直，非秦者去，爲客者逐。然則是所重者在乎色樂，而所輕者在乎民人。此非所（五臣本作可）以跨海內制諸侯之術也。（濟曰：跨，據也。）臣聞地廣者粟多，國大者人衆，兵彊者則士勇。是以泰山不讓土壤，故能成其大；河海不擇細流，故能就其深；（善曰：管子曰：海不辭水，故能成其大；山不辭土石，故能成其高。）王者不却衆庶，故能明其德。（善曰：文子曰：聖人不讓負薪之言，以廣其名。）是以地無四方，人（善本作民字）無異國，四時充美，鬼神降福，（良曰：率土之內，皆爲王臣，何四方異國之有乎？四時交會，充於內；鬼神歆饗，降福於中。）此五帝三王之所以無敵也。今乃弃黔首以資敵國，却賓客以業諸侯，（善曰：郭象莊子注曰：資者，給濟之謂也。銑曰：黔首，民也。業，事也。）使天下之士退而不敢西，裹足不入秦，（良曰：言雖裹足以欲游秦而不得入。）此所謂藉寇兵而齎（資）盜糧者也。（善曰：戰國策范睢說秦王曰：此所謂藉賊兵而齎盜食者也。說文曰：齎，持遺也。翰曰：藉，借也。寇，賊。齎，遺也。）夫物不產於秦，可寶者多；士不產於秦，

願忠者衆今逐客以資敵國損民以益五臣本作合讎內自虛而外以樹怨諸侯求國無危不可得也

上書吳王一首

鄒陽善曰漢書曰鄒陽齊人也陽事吳王濞王以太子事陰有邪謀陽奏書諫為其事尚隱惡不欲指斥言故先引秦為諭因道胡越齊趙淮南之難然後乃致其意焉 濟注同

臣聞秦倚曲臺之宮懸衡天下畫地而人不犯兵加胡越善曰應劭曰始皇帝所治處也若漢家未央宮也三輔黃圖曰未央有曲臺殿如淳曰衡猶稱之衡也言其懸法度於其上申子曰君必有明法正義若權衡以稱輕重所以一羣臣也 良曰曲臺秦所居宮名懸衡懸法度也畫地不犯教令也胡越南北邊之國也至其晚節末路張耳陳勝連從子容兵之據以叩函谷咸陽遂危善曰史記曰陳勝字涉陽城人也勝為王號為張楚西擊秦又曰張耳大梁人也陳勝起蘄以耳為校尉廣雅曰據引也言相引以為援也 銑曰晚節末路謂二世時也扣擊也函谷關名咸陽秦所都也何則向曰設問辭列郡不相親萬室不相救也翰曰言苦秦之政也今胡數涉北河之外上覆飛鳥下不見伏兔善曰史記曰秦惠王遊至北河徐廣曰戎地之河上也蘇林曰覆盡也言胡上射飛鳥下盡地之伏兔 濟曰胡即匈奴也言胡人馬盛揚塵於馬不見鳥獸鬬城不休救兵不止死者相隨輦車相屬轉粟流輸去千里不絕善曰鄭玄禮記注曰流猶行也 良曰輦車運輦之車屬及也言轉輸千里不絕於道此假言吳與諸國并力為漢所拒胡而實言諸國怨漢與吳連兵北伐於漢耳故說諸國之心不齊必無成矣下文言其所由也何則彊趙責於河閒善曰應劭曰趙幽王為呂后所幽死文帝立其長子為趙王取趙之河間立弟辟彊為河間王至子襄王無嗣國除遂欲復還得河間之地 銑曰責求也趙大國故云彊也餘文同六齊望於惠后善曰孟康曰高后割濟南郡為呂王台奉邑又割琅邪郡封營陵侯劉澤為琅邪王文帝乃立悼惠王六子為王言六齊不保今日之恩而追怨惠帝與呂后漢書曰文帝閔濟北逆亂自滅盡封悼惠王諸子為列侯後齊文王薨無子於是分齊為六將閭為齊王惠為濟北王賢為淄川王雄渠為膠東王卬為膠西王辟光為濟南王也 向曰惠帝時齊悼惠王入朝呂后欲鴆殺之獻城陽地尊魯元公主而得免此六王之心常追怨惠帝及高后城陽顧於盧博善曰孟康曰城陽王喜也喜父章與弟興居討諸呂有功本當盡以趙地王章梁地王興居文帝聞其欲立齊王更以二郡王之章失職歲餘薨興居誅死盧博濟北王治處喜故顧念而怨也又曰二郡謂城陽章所封濟北興居所封興居誅死故喜顧念而恨也泰山郡有博縣濟北縣也 翰注同三淮南之心思墳墓善曰張晏曰淮南厲王三子為三王念其父見遷殺也漢書曰上憐淮南王不軌上乃立厲王三子安為淮南王勃為衡山王賜為廬江王也 濟曰文帝憐淮南厲王不軌遷而失國乃立厲王三子於淮南安為淮南王勃為衡山王賜為廬江王言三子皆望墳墓思其父見遷殺也大王不憂臣恐救兵之不專善曰孟康曰不專救漢也如淳曰皆自私怨宿忿不能為吳也若吳舉兵反天子來討謂四國但有意不敢相救也以孟康解其文故言不專救漢如淳解其意故云不能為吳二說相成義乃可明也 良曰言諸國皆有私怨不為吳也今大王不憂其不可若舉兵伐漢天子來討諸國但有其意無敢相救蓋不能專一可以明矣此陽之微言也胡馬遂進窺於邯鄲越水長沙還舟青陽善曰蘇林曰言胡越水陸共伐漢也此同孟康之義也張晏曰還舟聚舟也言胡為趙難越為吳難不可恃也此微同如淳之說秦始皇本紀曰荊王獻青陽之田已而背約得要擊我南郡 銑曰邯鄲趙都也長沙郡名還聚也青陽水名雖使梁并淮陽之兵下淮東越廣陵以遏越人之糧漢亦折西河而下北守漳水以輔大國胡亦益進越亦益深此臣之所為大王患也善曰大國謂趙也陽假言吳思助漢今胡越俱來伐之漢雖復使梁并淮陽之兵以遏越人之糧漢截西河以下而助於趙終無所益故

胡亦益進越亦益深此臣爲大王患也然其意欲破難吳計雖使當爲乃使越人當爲吳人輒當爲衛字言吳趙欲來伐漢漢乃使梁并淮陽之兵以止吳人之糧漢截西河以禦於趙如此則越不得進吳不得深陽惡指斥故假胡越錯亂其辭自此以下乃致其意焉　向曰此陽惡指斥其事因雜亂其言意者欲以沮吳之計使不舉兵而務隱其言詞矣越假此吳也輔猶拒也胡比趙也言吳趙欲來伐漢漢必使梁并淮陽之兵以止吳人之糧漢截西河以拒於趙如此則吳趙各深不能相濟事則必敗故爲大王憂也

臣聞蛟龍驤首奮翼則浮雲出流霧雨咸集聖王砥善本作底字節脩德則游談之士歸義思名善曰厎與砥同也厎礪也戰國策蘇秦說趙王曰外客游談之士無敢自進於前漢書王莽傳曰游者爲之談說　翰曰言自然相感者也驤舉也龍無翼言斷即鱗也砥礪也陽將致其意也今臣盡智畢議易亦精極慮善曰如淳曰改易精思以謀慮之　濟曰言變易精思極盡謀慮也則無國而不可干善本作奸字飾固陋之心則何王之門不可曳長裾乎善曰爾雅曰奸求也奸與干同　翰曰固陋謙詞也裾衣裾也然臣所以五臣本無所以字歷數王之朝背淮千里而自致者非惡臣國而樂吳民也善本無也字竊高下風之行尤說大王之義善曰新序公孫龍謂平原君曰臣居魯則聞下風高先生之知悅先生之行也　良曰言來游於吳已歷數王也自齊至吳度淮千里也下風之行言王之美行及人如風之驅下也高敬尤甚也故願大王無忽察聽其至臣聞鷙鳥累百不如一鶚善曰孟康曰鶚大鵰也如淳曰鷙鳥比諸侯鶚比天子　向曰忽輕也至謂至情也夫全趙之時武力鼎士袨縣服叢臺之下者一旦成市不能止幽王之沈患善本作湛患　善曰服虔曰全趙趙未分之時應劭曰後分爲三也袨服大盛玄黃服也臣瓚以爲鼎士舉鼎之士叢臺趙王之臺韋昭曰高帝子幽王友也呂后殺之善曰湛今沈字　翰曰全謂未分之時鼎士力舉鼎者趙幽王友高后殺之沈沒也淮南連山東之俠死士盈朝不能還厲王之西也善曰漢書曰淮南厲王長謀反發遷蜀韋昭曰徙蜀嚴道　濟曰死士輕義之士盈滿也朝王朝也淮南厲王長謀反發遷蜀故云西也然則計善本作謀字議不得雖諸賁不能安其位亦明矣善曰左氏傳曰吳公子光享王鱄設諸寘劍於魚中以進抽劍以刺王說苑曰勇士孟賁水行不避蛟龍陸行不避狼虎　良曰諸專諸賁孟賁皆古勇士也不安其位言無益於事故願大王審畫而已始孝文皇帝據關入立寒心銷志不明求衣善曰臣瓚以爲文帝入關而立以天下多難故乃寒心戰栗未明而起也　向曰寒心銷志見國家多難也不明求衣言早起聽朝也　銑曰畫謂畫策自立天子之後使東牟朱虛東褒儀父之後善曰應劭曰天下已定文帝遣東牟朱虛侯章東喻齊王嘉其首舉兵欲誅諸呂猶春秋褒邾儀父者也　翰曰邾魯國也儀父謚也功與齊相類故深割嬰兒王之善曰應劭曰文帝封齊王六子爲王引而連之矣餘文同其中有小嬰兒皆厚割地與之言孝文帝於骨肉厚也濟注同壤子王梁代益以淮陽善曰此言文帝之時梁王揖代王參淮陽王武後梁王揖早薨徙武爲梁王也然參揖皆少故云壤也晉灼曰方言梁益之間所愛諱其肥盛曰壤也又曰方言云瑋其肥盛晉書注以瑋爲諱也　良曰壤子猶愛子也言文帝王其愛子揖爲梁王參爲代王武陽王後梁王揖薨徙武爲梁王也益加也卒仆濟北囚弟於雍者豈非象新垣平等哉善曰漢書曰濟北王興居聞帝之代乃反棘蒲侯擊之興居自殺又曰淮南王道死應劭曰二國有姦臣如新垣平等勸王共反也　銑曰仆頓也濟北王興居聞帝之代乃反使將擊之興居自殺故謂頓也淮南王文帝弟也流徙之蜀至雍不食而死則謂囚也今天子新據先帝之遺業左規山東右制關中變權易勢大臣難知善曰今天子景帝也先帝文帝也　向曰規猶帶也變易權勢合常道也大臣難知難探測也欲其

戒慎大王弗察臣恐周鼎復起於漢新垣過計於朝則我吳遺嗣不可期於世矣善曰如淳曰新垣平詐言鼎在泗水中臣望東北汾陰有金寶氣鼎在其中弗迎則不至爲吳計者猶新垣平之言周鼎終不可得也服虔曰過誤也　翰曰前言豈非象新垣平中言恐周鼎復起下言新垣過計失國云由邪臣詐誤故陽引此爲諫言王爲此謀則吳嗣必不在於世矣過誤也高皇帝燒棧道灌章邯兵不留行善曰應劭曰章邯爲雍王高祖以水灌其城破之又曰燒棧道言高祖涉所燒之棧道也史記曰張良說漢王燒絕棧道也言攻之易故不稽留也　濟曰高祖自漢中絕所燒之棧道至雍以灌章邯而破之兵不稽留收敝善本作蔽人之倦東馳函谷西楚大破善曰張晏曰項羽自號西楚霸王　濟曰收秦疲倦之兵出函谷關而破項羽西楚則項羽所稱也水攻則章邯以亡其城陸擊則荊王以失其地善曰如淳曰荊亦楚謂項王敗走也　良曰此疊上文荊則楚也此皆國家之不幾者也願大王孰察之善曰孟康曰言國家不可庶幾得之也　銑曰言羽等甚彊盛尚見破滅爲國家者不可不慎其幾微也孰猶深也

於獄上書自明一首

鄒陽善曰漢書曰陽以吳王不可說去之梁從孝王遊羊勝公孫詭等疾陽惡之於孝王孝王怒陽下獄吏將殺之陽乃從獄中上書書奏孝王立出之卒爲上客也　向曰陽爲人伉慨不爲苟合介立於羊勝公孫詭之閒勝等疾陽餘同善注

臣聞忠無不報信不見疑臣常以爲然徒虛語耳昔者荊軻慕燕丹之義白虹貫日太子畏之善曰如淳曰白虹兵象日爲君又曰畏畏其不成也列士傳曰荊軻發後太子相氣見白虹貫日不徹曰吾事不成矣後聞軻死事太子曰吾知其然也　翰曰燕太子丹使荊軻往刺秦王使相氣見白虹貫日不徹而畏其事不成衛先生爲秦畫長平之事太白蝕昴昭王疑之善曰蘇林曰白起爲秦伐趙破長平軍欲遂滅趙遣衛先生說昭王益兵糧爲應侯所害事用不成其精誠上達於天故太白爲之食昴如淳曰太白天之將軍也　濟曰秦使白起伐趙破長平軍欲遂滅趙遣衛先生說昭王益兵爲應侯所害事不成故云昭王疑也是時太白食昴昴趙分也將有兵故蝕焉蝕干歷也夫精誠變天地而信不諭兩主豈不哀哉良曰變動諭明也兩主燕太子秦昭王也今臣盡忠竭誠畢議願知左右不明卒從吏訊爲世所疑善曰張晏曰盡其計議願王知之左右不明不敢斥王也訊考三日問之知與前辭同不也　銑曰言左右者不敢斥於王也是使荊軻衛先生復起而五臣本無而字燕秦不悟也願大王孰察之昔者善本無者字玉人獻寶楚王誅之善曰韓子曰楚人和氏得璞玉於楚山之下捧而獻之武王武王使人相之玉人曰石也王刖和左足武王薨成王即位和又獻之玉人又曰石也刖其右足也　向曰卞和得玉璞獻之楚武王武王以爲非玉刖其右足誅亦刑也李斯竭忠胡亥極刑善曰史記曰始皇以李斯爲丞相始皇崩胡亥立斯具五刑者也　向曰李斯忠諫於秦二世而具五刑於市胡亥二世名也是以箕子佯善本作陽字狂接輿避世恐遭此患也善本無也字　善曰史記曰紂淫亂不止箕子懼乃佯狂爲奴論語曰楚狂接輿歌而過孔子曰鳳兮鳳兮何德之衰　翰曰箕子見紂無道佯狂爲奴接輿避世之亂亦佯狂而歌也願大王察玉人李斯之意而後楚王胡亥之聽善曰以其計謬故令後之無使臣爲箕子接輿所笑臣聞比干剖心子胥鴟夷善曰史記曰比干彊諫紂紂怒曰吾聞聖人心有七竅剖比干觀其心又曰子胥自剄王乃以子胥尸盛以鴟夷之革浮之江中應劭曰取馬革爲鴟夷鴟夷榼形　濟曰比干彊諫紂剖其心而觀焉子胥諫吳王吳王賜之死取其屍以鴟夷之革沉之於江鴟夷以皮作鴟形臣始不信乃

今知之良曰知忠而獲罪也願大王孰察少加憐焉語曰白頭如新傾蓋如故善曰漢書音義曰或神不相識相知至白頭不相知文穎曰傾蓋猶交蓋駐車也又曰家語曰孔子之郯遭程子於塗傾蓋而語終日甚相悅銑曰言人不相見自少至老其猶新知情若相得傾蓋之間有同故交也何則知與不知也故樊於期逃秦之燕藉荊軻首以奉丹之善本無之字事善注同　向曰於期爲秦將得罪於秦而逃於燕荊軻見於期曰今聞秦購將軍之首金千斤邑萬家有一言可以解燕國之患報將軍之仇何如於期曰爲之奈何軻曰願得將軍之首以獻於秦王王必喜見臣臣因左手持其袖右手揕其胸於期從之遂自刎藉借也丹即燕太子徐廣曰揕丁鴆切王奢去齊之魏臨城自剄古郢以卻齊而存魏善曰漢書音義曰王奢齊臣也自齊亡之魏齊伐魏奢登城謂齊將曰今君之來不過以奢故也義不苟生以爲魏累遂自剄齊兵遂卻　翰注同夫王奢樊於期非新於齊秦

而故於燕魏也所以去二國死兩君者行合於志而慕義無窮也是以蘇秦不信天下爲燕尾生善曰服虔曰蘇秦於秦不出其信於燕則出尾生之信也又曰史記蘇秦曰尾生與女子期於梁下女子不來水至不去抱梁柱而死　翰曰蘇秦於天下則反覆無信於燕則出有尾生之信也白圭戰亡六城爲魏取中山善曰張晏曰白圭爲中山將亡六城殆欲誅之亡入魏文侯厚遇之還拔中山　良注同何則誠善本作成有有以相知也蘇秦相燕人惡之於燕王燕王按劍而怒食以駃決騠音蹄善曰惡謂讒孟康曰雖有讒惡王更膳以珍奇之味也　銑曰燕王怒其讒者而轉重蘇秦而更烹一駿馬以食秦也駃騠駿馬名白圭顯於中山中山善本少一中山字人惡之於魏文侯文侯五臣本少一文侯字投以夜光之璧善曰言白圭拔中山而尊顯而人說短於文侯　向曰文侯不信讒者而更親白圭而贈以寶玉也何則兩主二臣剖心析昔肝相信豈移於浮詞哉故女無美惡入宮見妬士無賢不肖入朝見嫉昔者司馬喜臏鼻引脚於宋卒相中山善曰戰國策曰司馬喜三相中山尚書呂刑曰臏者脫去人之臏郭璞三蒼解詁曰臏膝蓋也　翰曰司馬喜爲宋所刖而說中山之君而王以爲相也臏刖也范雎摺拉脇折齒於魏卒爲應侯善曰史記曰范雎隨魏中大夫須賈使齊齊襄王賜范雎金十斤及牛酒須賈以爲持魏國陰事告齊以告魏相魏之諸公子魏齊遂使人笞擊范雎折脇摺齒雎得出亡入秦爲應侯廣雅曰摺折也　濟曰范雎爲魏相魏齊之所笞擊折齒摺脇雎得出入亡秦說秦王王以爲應侯也此二人者皆信必然之畫捐朋黨之私挾孤獨之交故不能自免於嫉妬之人也是以申徒狄蹈雍平之河徐衍負石入海善曰服虔曰殷之末世人也如淳曰莊周云申徒狄諫而不聽負石自投河爾雅曰水自河出爲雍言狄先蹈雍而後入河也漢書音義曰徐衍周之末人也見列士傳又曰論語讖曰徐衍負石伐子自狸守分亡身握石失軀宋均曰狸猶殺也力之切如淳同向注　向曰申徒狄諫殷不聽自投於河水自河出爲雍徐衍惡周末之亂負石投於海中不容身於世義不苟取比周於朝以移人主善本作主上之心善曰新語曰窮澤之民身不容於世言皆義不苟取比周朋黨在朝廷以移主上之心妄求合也　六韜曰結連朋黨比周爲權杜預曰比近也周密也　銑曰比周朋黨也故百里奚乞食於道善本無道字路繆善本作穆字公委之以政善曰說苑鄒子說梁王曰百里奚乞食於路而穆公委之以政甯戚飯牛於善本無於字車下而桓公任之以國善曰呂氏春秋曰甯戚飯牛車下望桓公而悲擊牛角疾歌鄒子說梁王曰甯戚扣轅而歌桓公任之以國此二人者善本無者字豈素宦於

朝借譽於左右然後二主用之哉感於心合於意堅如膠漆昆弟不能離豈惑於衆口哉故偏聽生姦獨任成亂昔魯聽季孫之說逐孔子善同向注　向曰齊人饋女樂季桓子受之三日不朝孔子去之魯用季氏故云聽其說宋信子冉之計囚墨翟善曰文子曰子罕也冉音任未詳　翰曰宋用子冉而囚繫墨翟夫以孔翟善本作墨字之辯不能自免於讒諛而二國以危濟曰宋魯竟弱故云危也何則衆口鑠金積毀銷骨善曰國語泠州鳩曰衆心成城衆口鑠金賈逵曰鑠消也衆口所惡金爲之銷亡積毀消國亦云消骨又曰讒毀之言骨肉之親謂之消滅國亦然也是以秦用戎人由余而霸中國齊用越人子臧而彊威宣善曰言齊任子臧故威宣二王所以彊盛史記曰桓公卒子威王因齊立威王卒子宣王辟彊立張晏曰子臧越人也　良曰秦穆公取由余於戎而用之穆公爲霸王齊用越人子臧而威王宣王所以彊盛此二國豈拘於俗牽於世繫奇偏之辭哉公聽並觀垂名善本作明當世善曰公聽無私也並觀無偏也尸子曰論是非者自公心聽之而後可知也　銑曰奇獨也公聽並觀言無私也故意合則胡越爲昆弟由余子臧是也不合則骨肉爲讎敵朱象管蔡是也五臣本作矣字　善曰史記曰舜弟象敖常欲殺舜丹朱堯子讎敵未聞尚書曰周公位冢宰羣叔流言乃致辟管叔于商因蔡叔于郭鄰　向曰丹朱堯子而不肖也象舜弟常欲殺舜管叔蔡叔皆周公弟也流惡言以疑周公周公誅之言此四人於堯舜周公則爲骨肉而不率父兄之德故爲讎敵也今人主誠能用齊秦之明後宋魯之聽則五伯善本作霸字不足侔而善六無而字三王易爲比也是以聖王覺悟捐子之之心而不說田常之賢良善本無良字善同翰注　翰曰五伯齊桓秦穆晉文宋襄楚莊也侔比也三王禹湯武也　濟曰捐棄也燕昭王屬國於子之南面行王事齊國因伐燕燕國君噲死子之亡信可棄也齊田常弒簡公而立平公以常爲相五年齊國政皆歸田常何足悅也封比干之後脩孕婦之墓故功業覆於天下何則欲善無厭也善曰應劭曰紂刳姙者觀其胎產　良曰紂剖比干刳懷孕之婦武王封其後而脩其墓夫晉文公親其讎而彊霸諸侯善曰張晏曰寺人勃鞮也國語曰初獻公使寺人勃鞮伐文公於蒲城文公踰垣寺人斬其袪及入寺人求見於是呂郤畏偪悔納公謀作亂伯楚知之故求見公公遽見之伯楚以呂郤之謀告公韋昭曰寺人掌內袪袂也勃鞮字伯楚　銑曰讎謂寺人勃鞮爲晉獻公之逐文公斬其袪文公即位用其言而免呂郤之難遂以彊霸齊桓公用其仇而一匡天下善曰左傳寺人披謂晉侯曰齊桓公置射鉤而使管仲相論語曰管仲相桓公霸諸侯一匡天下此之謂也　銑曰仇謂管仲爲公子糾射桓公中鉤何則慈仁殷勤誠加善本作嘉字於心此不可以虛辭借也至夫秦用商鞅之法東弱韓魏立彊天下而卒車裂之善曰秦孝公卒太子立公子虔之徒告商君反商君亡至關下欲舍客舍人不知其是商君曰商君之法舍人無驗者坐之商君喟然歎曰嗟乎爲法之弊一至於此哉秦惠王車裂商君鄭玄周禮注曰車裂曰轘越用大夫種之謀禽勁吳而霸中國遂誅其身善曰史記曰越王句踐舉國政屬大夫種越平吳以兵北渡淮東方諸侯畢賀稱霸王范蠡乃去遺大夫種書種見稱疾不朝人或讒種作亂越王乃賜種劍而自殺矣是以孫叔敖三去相而不悔於烏陵子仲辭三公爲人灌園善曰列女傳曰於陵子終賢楚王欲以爲相使使者往聘迎子終出使者與其妻逃乃爲人灌園也　向曰孫叔敖楚之處士三爲相而不喜知其才得之三去相而不悔知其非己罪於陵子仲楚王欲以爲相使使往迎子仲子仲與其妻逃去爲人灌園也今

人主誠能去驕傲之心懷可報之意披心腹五臣本作腸見情素善曰戰國策曰蔡澤說應侯曰公孫鞅事孝王竭心謀示情素隳肝膽施德厚終與之窮達無愛五臣本作變於士善曰於士所求無所愛惜也則桀之犬善本作猶字可使吠堯而跖隻之客可使剌由善曰應劭曰由許由也跖盜跖也韋昭曰言恩厚無不使戰國刁褻謂田單曰跖之狗吠堯非其主也吠音吠並同翰曰隳開也何況因萬乘之權假聖王之資乎濟曰言苟能盡心於人人無有不可使者然則荆軻沈善本作湛字七族要離燔妻子豈足爲大王道哉善曰張晏曰七族上至高祖下至曾孫呂氏春秋曰吳王闔閭欲殺王子慶忌要離曰誠助臣請必能吳王曰諾明旦加罪焉執其妻子燔而揚其灰高誘曰吳王爲加要離罪燒妻子揚其灰也濟曰荆軻爲燕刺秦王不成其七族坐之沈沒也吳王將殺王子慶忌要離詐以罪亡令吳王燔其妻子而揚其灰要離走見慶忌因以劍刺之臣聞明月之珠夜光之璧以暗投人於道路善本無路字衆莫不按劍相眄者何則無因而至前也蟠木根柢帶輪囷去倫離奇衣而爲萬乘器者何則以左右先爲之容也善曰張晏曰抵下本也輪囷離奇委曲盤戾也廣雅曰蟠曲器謂服玩之屬容謂彫飾柱頭左氏傳注曰容形容也銑曰眄顧也蟠木曲木也抵本也輪囷離奇蟠盤高下也萬乘天子也故無因而至前雖出隨侯之珠夜光之璧秪足結怨而不見德故有人先談則枯木朽株樹功而不忘善曰談或爲游　向曰德重者人不以爲德故也今天下布衣窮居之士身在貧賤雖蒙堯舜之術挾伊管之辯懷龍逢比干之意翰曰蒙被術法也伊管伊尹管仲也龍逢比干皆忠臣也欲盡忠當世之君而素無根柢之容雖竭精神欲開忠信輔人主之治善本作政字則人主必襲按劍相眄之跡矣善曰小雅曰開逹也是使布衣之士不得爲枯木朽株之資也善本無也字翰曰襲因也是以聖王制世御俗獨化於陶鈞之上善曰張晏曰陶家名模下圓者爲鈞以其能制器爲大小比之於天也論語考比讖曰引五子以避俗遠邦殊域莫不向風　良曰陶鈞造瓦器者制方圓大小任其所欲故比之矣而不牽乎卑辭之語不奪乎衆多之口善曰聖人不爲卑辭所牽蘇秦曰卑辭以謝君國語泠州鳩曰衆心成城衆口鑠金故秦皇帝任中庶子蒙嘉之言五臣有以字信荆軻之説而匕首竊發周文王獵涇渭載呂尚而歸以王天下善曰戰國策曰荆軻既至秦持千金之資幣厚遺秦王寵臣中庶子蒙嘉嘉爲先言於秦王曰燕願舉國爲内臣如郡縣又曰應劭曰荆軻爲燕刺秦王不成而死其七族通俗文曰匕首其頭類匕故曰匕首短而便用文王遇呂尚西伯遇太公俱爲師也　銑曰爲先言於秦王曰燕願舉國爲内臣貢職如郡縣謹斬樊於期之首及燕督亢之地圖奉秦王聞之喜而見軻軻以匕首擿秦王故謂竊發也周文王獵於渭之陽載太公以歸其國塗遘卒遇若烏鳥之暴集而卒以共成王業也秦信左右而亡周用烏集而王善曰漢書音義曰太公望塗遘卒遇共成王功如烏鵲之暴集也何則以其能越拘攣之語馳域外之議善本作義字獨觀於昭曠之道也向曰拘攣淺近昭曠大明也今人主沈於善本無沈於字諂諛之詞牽於帷牆之制善曰漢書音義曰言爲左右便辟侍帷墻臣妾所見牽制　翰曰沈溺也帷牆妻妾所居也使不羈之士與牛驥同皁此鮑焦所以忿於世而不留富貴之樂

也善曰不羈謂才行高卓食牛馬器以木作如槽列士傳曰鮑焦怨世不用已采蔬於道子貢難之曰非其世而采其蔬此焦之有哉弃其蔬乃立枯於洛水之上蔬即古蔬字濟曰不羈賢才無所拘繫也驥良馬也阜飼牛馬櫪也餘文同臣聞盛飾入朝者不以私汙義砥上礪名號者不以利傷行善曰尚書注曰砥磨石也論語曰子罕言利故里名勝母曾子不入邑號朝歌墨子廻車善曰晉灼曰史記樂書紂作朝歌之音朝歌者不時也淮南子曰墨子非樂不入朝歌古有未詳良曰惡有勝母之名紂作朝歌之音朝歌者不時也朝朝而歌無所用心故醜之今欲使天下恢廓之士誘於威重之權脅於位勢之貴回面汙行以事諂諛之人而求親近於左右則士有伏死堀穴巖五臣本作巖穴藪之中耳安有盡忠信而趨闕下者五臣本無者字哉銑曰恢廓廣大也誘進脅迫也

上書諫獵

司馬長卿向曰是時天子方自擊熊逐獸相如因上疏諫之

臣聞物有同類而殊能者故力稱烏獲捷言慶忌勇期賁育善曰史記曰秦武王有力士烏獲孟說皆至大官呂氏春秋曰吳王欲殺王子慶忌忌謂要離曰吾嘗以逐馬之江上而不能及說苑曰勇士孟賁水行不避蛟龍陸行不避狼虎戰國策范雎曰夏育之勇焉而死翰曰孟賁夏育也臣之愚暗竊以為人誠有之獸亦宜然今陛下好陵阻險射猛獸卒然遇軼才之獸駭不存之地犯屬車之清塵善曰漢書音義曰大駕屬車八十一乘車塵言淸尊之意也濟曰軼才過於衆也駭驚也不存謂勢不可以存也屬車從車言犯清塵不敢指斥之也輿不

及還轅人不暇施功雖有烏獲逢蒙之伎力不得施善本無施字用枯木朽株盡為難矣善曰吳越春秋陳音曰黃帝作弓後有楚狐父以道傳羿羿傳逢蒙也是胡越起於轂下而羌夷接軫也豈不殆哉良曰起轂接軫有如戎狄不遠矣軫車後橫木雖萬全無患然本非天子所宜近也且夫清道而後行中路而馳猶時有銜橛渠月之變善曰張揖曰銜馬勒也橛騑馬口長銜也家語子曰汎掃清路行者必止莊子伯樂曰我善調馬前有飾橛而後鞭策之威銑曰馳行橛勒也而況乎涉豐草騁丘墟善曰毛詩曰湛湛露斯在彼豐草呂氏春秋吳為丘墟也向曰豐茂騁馳也前有利獸之樂而內無存變之意善曰鄭玄禮記注曰利猶貪也其為害也不亦難矣夫輕萬乘之重不以為安而樂出萬有一危之塗以為娛臣竊為陛下不取也翰曰萬乘天子也蓋聞明者遠見於未萌而智者避危於無形善曰太公金匱曰明者見兆於未萌智者避危於無形向曰萌始形見也禍故善本作固字多藏於隱微而發於人所忽者也銑曰忽輕也故鄙諺曰家累千金坐不垂堂善曰張揖曰畏櫩瓦墮中之也銑曰懼瓦墮而傷之此言雖小可以喻大臣願陛下留意幸察

上書諫吳王

枚叔善曰漢書曰枚乘字叔淮陽人為吳王濞郎中吳王初怨望謀為逆也乘奏書諫王不納遂去之從梁孝王遊後景帝拜乘弘農都尉卒然乘之卒在相如之前而今在後誤也濟注同

臣聞得全者昌失全者亡善曰史記淳于髡說鄒忌子曰得全全昌失全全亡 翰曰全謂安全之道舜無立錐之地以有天下禹無十戶之聚以王諸侯湯武之士不過百里善曰韓子曰舜無置錐之地於後世而德結史記蘇秦說趙王曰舜無咫尺之地以有天下禹無百人之聚以王諸侯湯武之士不過百里立爲天子誠得其道者也上不絕三光之明下不傷百姓之心者有王術也善曰不絕其明言合度也高誘淮南子注曰三光日月星也 濟曰不絕其明者舜禹湯武與天合德日月不食五星不亂也故父子之道天性也善曰父子喻君臣也孝經曰父子之道天性也忠臣不避重誅以置五臣本無置字直諫則事無遺策功流萬世良曰遺失也臣乘願披心腹善本作腹心而效愚忠惟大王少加意念惻怛之心於臣乘言銑曰效進怛傷也夫以一縷之任係千鈞之重上懸之無極之高下垂之不測之淵雖甚愚之人猶知哀其將絕也向曰縷絲縷也三十斤曰鈞不測言至深不可得知也馬方駭鼓而驚之係方絕又重鎮之係絕於天不可復結墜入深淵難以復出善曰孔叢子曰齊東郭亥欲攻田氏子貢曰今子士也位卑圖大殆非子之任也夫以一縷之任繫千鈞之重上懸之於無極之高下垂於不測之深傍人皆畏其絕而造之者不知其子之謂乎馬方駭鼓而驚之繫方絕重鎮之馬奔車覆六轡不禁繫絕其高墜入于深其危必矣亥曰吾已矣 翰曰駭驚也鼓擊鼓也鎮壓結續也其出不出閒不容髮善曰蘇林曰臣改討取福正在今日言其微切甚急曾子曰律歷迭相治也其間不容髮矣 濟曰事之幾微切急其間不容一髮言改其過謀脩其政道不可失於今日也能聽忠臣之言百舉必脫善曰孫卿子曰平則慮險安則慮危是百舉不陷也 良曰言雖百度舉措不失善道是盡脫於禍也必若所欲爲危於累卵難於上天變所以善本無以字欲爲易於反掌安於泰山善曰說苑曰晉靈公造九層臺荀息聞之求見曰臣能累十二博棊加九雞卵棊上公曰危哉論語曰升天之無階也反掌言易也孟子曰武丁有天下猶反掌也春秋保乾圖曰安於泰山與日合符 銑曰欲爲謀逆之計變改也今欲極天命之上壽敝善本作弊也無窮之善本有極字樂究萬乘之勢不出反掌之易居泰山之安善曰弊猶盡也 向曰極窮究盡也而欲乘累卵之危走奏上天之難此愚臣之所大惑也顏監曰走趣也人性有畏其景而惡其迹却背而走迹逾多景逾疾不如就陰而止景滅迹絕善曰莊子漁父曰人有畏景惡迹而去之走者舉足逾數而迹疾而景不離自以爲尚遲疾走不休絕力而死不知處陰以休景靜處以息迹愚亦甚矣 濟曰景影也欲人勿聞莫若勿言欲人勿知莫若勿爲欲湯之滄楚諫一人炊之百人揚之無益也不如絕薪止火而已善曰漢書音義或曰滄寒也呂氏春秋曰夫以湯止沸沸愈不止去火則止矣 濟曰滄冷也不絕之於彼而救之於此譬由抱薪而救火也善曰文子曰不治其本而救其末無異鑿渠而止水抱薪而救火也 良曰不絕於彼謂逆謀也救之於此謂以逆求福也養由基楚之善射者善本有也字去楊葉百步百發百中楊葉之大加百中焉可謂善射矣然其所止乃善本無乃字百步之內耳比於臣乘未知操弓持矢也善曰戰國策蘇厲謂周君曰養由基善射去柳葉百步而射百發百中 銑曰言養由基所得百中者百步內耳言已爲謀慮深遠與人相比

則養由未解持弓矢操持也　福生有基禍生有胎善曰服虔曰基胎皆始也　向曰基胎始也　納其基絕其胎禍何自來哉善本無哉字　泰山之霤力救穿石殫極之紞五臣本作綆　斷幹善曰自從也晉灼曰紞古綆字殫盡也極之綆幹井上四交之幹常爲汲者所契傷也　翰曰泰山之水霤以而滴穿其石也綆索也幹井上木也言盡極井索用以而刻斷其木也　水非石之鑽索非木之鋸漸靡使之然也濟曰靡無也　夫銖銖而稱之至石必差寸寸而度之至丈必過善曰張晏曰黍所轉四萬六千八十銖而至於石合而稱之必有盈縮也　銑曰銖權分十絫之重也言自銖銖稱之寸寸度之至石丈必有盈縮差過皆不中也　石稱丈量徑而寡失善曰文子曰夫事煩難治也法苛難行也多求難贍也寸而度之至丈必差銖而稱之至石必過石稱丈量徑而寡失故大較易爲智曲辯難爲惠徑直也　良曰徑疾寡少也若石稱丈量則疾而且易所失又少矣言事大略斷之則定以小智成之則敗也　夫十圍之木始生而蘖足可搔先牢而絕手可擢而拔善本作抓字　善曰尸子曰千丈之木始若蘖足易去也莊子曰櫞樟初生可抓而絕廣雅曰搔抓也字林曰壯交切　銑曰三尺曰圍十圍言大也蘖小也搔擬斷絕擢搖也　據其未生先其未形也善本無也字　向曰言常事在於未發　磨礱砥礪不見其損有時而盡種樹畜養不見其益有時而大積德累行不知其善有時而用棄義背理不知其惡有時而亡善曰賈逵國語注曰礱力公切尚書注曰砥磨石也　翰曰爲事不已必見其效此所以諫王以爲逆謀恐一朝見用矣磨礱砥礪皆磨石　臣願五臣本無臣字　王熟計而身行之此百代不易之道也

上書重諫吳王濟曰晁錯爲御史大夫定制度削諸王地吳王與諸國既舉兵反以誅晁錯爲名漢聞之斬錯以謝諸侯乘復上書說王使罷兵也

枚叔善曰漢書曰吳王舉兵西鄉以誅晁錯爲名漢聞之斬錯以謝諸侯乘於是復說吳王

昔秦西舉胡戎之難去　北備榆中之關南距羌筰音昨善本作莋字　之塞東當六國之從子容反　善曰胡戎爲難舉兵而却也漢書曰金城郡有榆中縣漢書曰南夷白嶲東北君長十數莋都最大莋在洛反六國韓魏燕趙齊楚也　良曰言秦三面有敵而又能東向以當六國矣六國韓魏燕趙齊楚關東連兵曰從距至也羌莋夷名　六國乘信陵之藉明蘇秦之約厲荊軻之威善曰漢書音義曰孟康曰魏公子無忌號信陵君又曰漢書音義曰無忌嘗總五國却秦有地資也　銑曰信陵君無忌嘗率五國兵逐秦至函谷關其後六國乘藉其力蘇秦又約六國連兵以拒秦燕復使荊軻以刺秦王　并力一心以備秦然秦卒禽六國滅其社稷而并天下者善本作是字　何也則地利不同而民輕重不等也今漢據全秦之地兼六國之眾脩戎狄之義而南朝羌筰此其與秦地相什而民相百大王之所明知也善曰言地多十倍民多百倍　向曰項羽分秦地爲三而漢全有之故云全秦而盡有六國之眾又脩恩義以撫戎狄而羌夷來朝比之於秦其地十倍其人百倍過之也　今夫讒諛之臣爲大王計者不論骨肉之義民之輕重國之小大以爲吳禍此臣所以爲大王患也夫舉吳兵以訾於漢譬猶蠅蚋而銳之附羣牛腐輔肉之齒利劍鋒接必無事矣善曰說文曰秦謂之蚋楚謂之蚊齒猶當也　翰曰訾量也蚋蚊也蠅蚋固不能害牛也朽肉觸劍徒自斷耳吳之犯漢有類於斯無事言必敗無成事也腐朽也齒猶觸也　天下聞吳率失職

諸侯願責先帝之遺約〔濟曰失職謂削地也責求先帝約謂本封〕今漢親誅其三公以謝前過〔善曰錯爲御史大夫故曰三公也良曰三公謂晁錯也錯爲御史大夫而言三公者重其事也前過謂削地也〕是大王之〔善本無之字〕威加於天下而功越於湯武也夫吳有諸侯之位而富實於天子有隱匿之名而居過於中國〔銑曰隱匿謂僻在東海也居過中國謂勝於京師〕夫漢并二十四郡十七諸侯方輸〔去〕錯出軍行數千里不絕於郊其珍怪不如山東之府〔善曰張晏曰漢時有二十四郡十七王也又曰此言貢獻之多方輸四方更輸錯雜而出也如淳曰山東吳王之府藏也又曰錯出張云錯互出攻則謂與軍遠行也軍一爲運錯出謂四方更輸交錯出獻之而行也向曰方輸謂貢萬物也錯雜也珍怪寶玩也山東府吳府名也〕轉粟西向陸行不絕水行滿河

不如海陵之倉〔善曰如淳曰言漢京師仰須山東漕運以自給耳濟曰海陵縣有吳太倉〕脩治上林雜以離宮積聚玩好圈〔奇〕守禽獸不如長洲之苑〔善曰服虔曰吳苑也韋昭曰長洲在吳東也良曰上林天子苑長洲吳苑名〕游曲臺臨上路不如朝夕之池〔善曰張晏曰曲臺長安臺臨道上也蘇林曰以海水朝夕爲池銑曰曲臺漢宮臺名臨上路言臺下臨苑路矣朝夕池海也漢宮池小故不如也〕深壁高壘副以關城不如江淮之險〔向曰壁壘軍城也副重也關城函谷嶢武等關淮南吳之所以爲固也〕此臣之所爲大王樂也今大王還兵疾歸尚得十半〔善曰言王早還冀十分之中得半安全翰曰十中有五得免禍〕不然漢知吳之有吞天下之心赫然加怒遣羽林黃頭循江而下襲大王之都〔鄭曰羽林黃頭襲水戰者也掩其不備曰襲都〕

謂吳都廣陵也〕魯東海絕吳之饟〔失讓〕道〔善曰吳饟軍自海入河故命魯國入東海郡以絕其道也地理志有魯國及東海郡也良曰魯東海二郡也使之絕吳人饟饋之道〕梁王飾車騎習戰射積粟固守以備滎陽待吳之饑大王雖欲反都亦不得已〔銑曰梁王武也滎陽縣名〕夫三淮南之計不負其約〔向曰三淮南謂淮南王安衡山王賜廬江王勃也及吳楚反皆守漢約不從吳也〕齊王殺身以滅其迹〔善曰晉灼曰齊孝王將閭也吳楚反堅守距三國不從後欒布等聞初與三國有謀欲伐之王懼自殺漢書曰齊王聞吳楚平乃自殺今乘已言之漢書與此必有一誤也翰注同〕四國不得出兵其郡趙囚邯鄲此不可掩亦已明矣〔善曰晉灼曰膠東膠西濟北吳楚臨淄王也發兵應此謀應劭曰漢將酈寄圍趙王於邯鄲與囚無異也杜預左氏傳注曰掩匿也濟曰四國謂三淮南及齊也言不得出於郡也趙王遂發兵應吳此事以彰不可掩覆〕今大王

已去千里之國而制於十里之內矣〔善曰張晏曰吳地方千里梁下屯兵方十里言王必見制於此地也良注同〕張韓將北地弓高宿左右〔善曰如淳曰張張羽韓韓安國也又曰將北地謂將兵在吳軍之北也服虔曰弓高侯韓穨當也如淳曰宿軍左右銑注同〕兵不得下壁軍不得太息〔向曰言吳兵之急壁軍城〕臣竊哀之願大王孰察焉

詣建平王上書

江文通〔善曰梁書曰宋建平王景素好士淹隨在南兗州廣陵令郭彥文得罪辭連淹繫州獄中上書景素覽書即出之向曰詣謁也餘注同〕

昔者賤臣叩心飛霜擊於燕地〔善曰淮南子曰鄒衍盡忠於燕惠王惠王信譖而繫之鄒子仰天而哭正夏而天爲之降霜春秋考異郵曰相公殺賢吏民含痛流涕叩心也翰曰賤臣鄒衍也〕

叩心言根也庶女告天振風襲於齊臺五臣本作堂善曰淮南子曰庶女告天雷電下擊景公臺隕海水又出許愼曰庶女齊之少寡無子養姑姑無男有女女利母財而殺母以誣告寡婦婦不能自解故寃告天司馬彪莊子注曰襲入也濟曰襲及也餘文同下官每讀其書未嘗不廢卷流涕善曰沈約書曰郡縣爲封國者内史相並於國主稱臣夫任便比世祖並建中始改此制爲下官太史公曰始齊之蒯通讀樂毅報燕書未嘗不廢書而泣也揚雄見屈原作離騷悲其文讀之流涕何者士有一定之論女有不易之行善曰淮南子文也高誘曰士有同志同德其交接有一會而分定故曰有一定之論也貞女專一亦無二心雖有偏喪不須更醮故曰有不易之行信而見疑貞而爲戮是以壯夫義士伏死而不顧者此也善曰史記曰屈原信而見疑忠而被謗能無怨乎法言曰壯夫不爲左氏傳曰義士猶或非之又曰君子曰臣治煩去惑者也是以伏死而爭李陵與蘇武書曰足下遭時不遇至於伏劍不顧良曰伏死不顧寃之

文選三十九　廿五

深也此謂由此下官聞仁不可恃善不可依謂徒虛語乃今知之善曰馬遷悲士不遇賦曰理不可據智不可恃鄒陽書曰臣常以爲然徒虛語耳又曰臣始不言今乃知之伏願王暫停左右少加憐察善曰鄒陽書曰左右不明卒從吏訊又曰願王熟察少加憐焉銑曰停左右欲其靜察下官本蓬戶桑樞之人布衣韋帶之士善曰淮南子曰處窮僻之鄉蓬戶甕牖揉桑以爲樞北齊人所謂形植黎黑憂悲而不得志也高誘曰編蓬爲戶揉桑條爲戶樞說苑唐且謂秦王曰大王嘗聞布衣韋帶之士怒乎伏尸二人流血五步向曰言自微賤退不飾詩書以驚愚進不買名聲於天下善曰淮南子曰古之人同氣于天地與一世而優游及僞之生飾智以驚愚設詐以巧上又曰周室衰而王道廢儒墨於是博學疑聖飾詩書以買名譽於天下日者謬得升降承明之闕出入金華之殿善曰漢書帝賜嚴助書曰君猒承明之廬又曰班伯少受詩於師丹上方向學鄭寬中張禹朝

夕入說尙書論語於金華殿中詔伯受焉翰曰日者猶頃者謬得謙詞也升降出入於承明闕金華殿謂嘗官於朝廷也何嘗不局影凝嚴側身局禁者乎五臣本作也字善曰詩序曰側身脩行班婕妤自傷賦曰廱門閉兮禁門局濟曰局影側身皆戒懼也凝堅嚴敬也局禁宮闕之間也竊慕大王之義復爲門下之賓備鳴盜淺術之餘豫三五賤伎之末善曰史記曰孟嘗君入秦昭王乃囚孟嘗君謀欲殺之孟嘗君謀欲使人抵昭王幸姬求解姬曰願得君狐白裘此時孟嘗君有一狐白裘入獻之昭王無他裘孟嘗君患之徧問客莫能對最下爲狗盜者曰臣能得狐白裘乃夜爲狗以入秦宮藏中取所獻狐白裘至以獻幸姬姬爲言昭王孟嘗君得出馳去至關關法雞鳴出客孟嘗君恐追至客之居下坐者能爲雞鳴遂得出之如食頃追至關已後孟嘗君乃還抱朴子軍術曰大將軍當明案九宮視年在宮常就三居五五爲死三爲生能知三五橫行天下司馬遷書曰使得奏薄伎良同善注大王惠以恩光顧以顏色實佩荆卿黃金之賜

文選三十九　廿六

竊感豫讓國士之分矣善曰鄭玄詩箋曰爲光言天子恩澤光耀被及已也曹植豔歌曰長者賜顏色泰山可動移餘文同銑注銑曰荆軻之燕太子東宮臨池而觀軻拾瓦投鼃太子令人奉盤金軻用抵抵盡復進軻曰非爲太子愛金但臂痛耳佩猶荷也荆卿即軻也豫讓爲智伯將刺趙襄子而不成襄子責之曰子事范中行氏智伯滅之不爲報讎臣事智伯智伯死而子獨何以爲之報讎也讓曰范中行氏以衆人遇我我故衆人報之智伯以國士遇我我以國士報之分分義也常欲結纓伏劍少謝萬一善曰左氏傳曰衞太子迫孔悝於廁強盟之子路曰太子無勇若燔臺未半必舍孔叔太子聞之懼下石乞盂黶敵子路以戈擊之斷纓子路曰君子死冠不免結纓而死又曰晉侯殺里克公使謂之曰子弒二公與一大夫爲子君者不亦難乎對曰若不有廢君何以興欲加之罪其無辭乎臣聞命矣伏劍而死莊子舜問丞曰今於道秋毫之端萬分未得處一焉向曰淹言願殺身如此萬中有一以補於王也餘文同善注剖心摩踵以報所天善曰鄒陽上書自明曰剖心析肝相信豈移於浮辭孟子曰墨子兼愛摩頂放踵利天下爲之劉熙曰放至也左氏傳箴尹克

黄曰君天也何休曰君者臣之天翰曰比干不避殺身而忠諫於紂紂剖其心而觀焉踵足也所天謂建平王不圖小人固陋坐貽謗缺善曰楊惲書曰言固陋之愚也濟曰小人固陋淹自謙也貽取也缺毀也迹墜昭憲身限幽圄履影弔心酸鼻痛骨善曰陸機謝內史表曰幽執囹圄當爲誅始詩曰顧占周道中心弔兮高唐賦曰孤子寡婦寒心酸鼻太子丹請麴武曰今秦王反戾天常每念之痛入骨髓良曰墜陷也昭憲明法也限隔幽圄謂獄也下官聞虧名爲辱虧形次之每以一念五臣作是以每一念來忽若有遺善曰尸子曰衆以虧形爲辱君子以虧義爲辱李陵荅蘇武書曰每一念至忽然忘生銑曰虧損遺失也言如有所失加以涉旬月迫季秋天光沈陰左右無色身非木石與獄吏爲伍善曰司馬遷荅任少卿書曰今少卿抱不測之罪涉旬月迫季冬呂氏春秋曰行秋令則天多沈陰蔡雍月令章句曰陰者密雲也沈雲之重也司馬遷荅任少卿書曰身非木石獨與法吏爲伍

也向曰涉歷也伍對也此少卿所以仰天椎直追心泣盡而繼之以血者善本無者字也善曰韓子曰卞和乃抱其璞而哭於楚山三日三夜泣盡繼之以血向曰少卿李陵字也陵與蘇武書曰何圖志未立而怨已成此陵所以仰天椎心而泣血也言己之恨同於李陵下官雖之鄉曲之譽然嘗聞君子之行矣善曰燕丹子夏扶曰士無鄉曲之譽則未可與論行其上則隱於簾肆之間卧於巖石之下善曰漢書曰谷口有鄭子真蜀有嚴君平君平卜筮於成都市一日裁數人得百錢足自養則閉肆下簾而授老子論曰谷口鄭子真耕於巖石之下名震京師也翰同善注次則結綬金馬之庭高議雲臺之上善曰漢書曰蕭育與朱博友故長安語曰蕭朱結綬西都賦曰承明金馬著作之庭東觀漢記曰建初元年詔賈逵曰南宮雲臺使出左氏大義濟曰蕭朱結綬謂相薦達也金馬待詔處也高議論政理也漢宮有雲臺退則虜南越之君係單于之頸善曰漢書曰南越與漢和親乃遣終軍使南越軍自請願受長纓必羈南越王而致闕下又賈誼曰行臣之計請必係單于之頸而制其命也良同善注俱啓丹冊並圖青史善曰漢書曰高祖論功定封以丹書之信重以白馬之盟又有青史子音義曰古史官記事銑曰啓開也冊書也寧當爭分寸之末競錐刀之利哉下官聞積毀銷金積讒磨骨善曰左氏傳曰叔向詒子產書曰錐刀之末將盡爭之鄒陽上書曰衆口鑠金積毀銷骨向曰言毀讒之深能銷磨金石之堅遠則直生取疑於盜金近則伯魚被名於不義善曰漢書曰直不疑南陽人爲郎事文帝其同舍有告歸誤持其同舍郎金已而同舍郎覺亡意不疑不疑謝有之買金償後告歸者至而歸金亡金郎大慙范曄後漢書曰第五倫字伯魚京兆人舉孝廉補譙國醫長後從王朝京師得會帝戲倫謂倫曰聞卿爲吏篣婦公不過從兄飯寧有之耶倫對曰臣三娶妻皆無父少遭飢亂實不妄過人食帝大笑也翰曰不義謂篣婦公不過兄也餘文同善注彼之二子猶或如是況在下

官焉能自免昔上將之恥絳侯幽獄名臣之羞史遷下室善曰司馬遷荅任少卿書絳侯誅諸呂囚於請室又曰而僕又佴之蠶室良曰絳侯周勃持兵北軍故曰上將後就國有誣告反而下廷尉是謂恥也太史司馬遷爲白李陵而下之蠶室故云名臣之羞蠶室刑人之所至如下官當何言哉夫以善本無以字魯連之智辭祿而不返接輿之賢行歌而忘歸善曰司馬遷書曰如僕尚何言哉史記曰秦使白起圍趙聞魯仲連責新垣衍秦軍遂引去平原君欲封仲連連謝終不肯受也論語曰楚狂接輿歌而過孔子曰鳳兮鳳兮何德之衰銑曰魯仲連爲趙却秦軍趙欲封之不受而去接輿佯狂避世而行歌也子陵閉關於東越仲蔚尉杜門於西秦亦良可知也善曰范曄後漢書曰嚴光字子陵會稽人也與世祖同學及即位變名姓隱身不見趙岐三輔決録注曰張仲蔚扶風人也少與同郡魏景卿隱身不仕所居蓬蒿沒人向曰嚴光餘姚人餘姚越也閉關謂不出也杜門與閉關義同扶

風秦地也良可知言皆恐患難故去於代若使下官事非其虚罪得其實亦當鉗口吞舌伏匕首以殞身善曰莊子曰鉗墨翟之口燕丹子荆軻曰田光向軻吞舌而死　翰曰鉗口吞舌不言也匕首劒也殞自殺也何以見齊魯奇節之人燕趙悲歌之士乎善曰左氏傳子方曰事子我而有私於讎何以見魯衛之士漢書王先生謂鄒陽曰今子欲安之乎陽曰齊楚多辯智韓魏時有奇節吾將歷問之史記荆軻之燕高漸離悲歌擊筑荆軻和而歌於市中又曰趙大夫悲歌慷慨者也　濟曰齊魯燕趙義俠所出方今聖曆欽明天下樂業善曰尚書曰放勛欽明管子曰天下有道人樂其業　良曰聖曆謂天子也曆曆數也欽敬也青雲浮洛善本作雒字榮光塞河善曰尚書中候曰成王觀于洛河沈璧禮畢王退俟至于日昧榮光並出幕河青雲浮洛青龍臨壇銜玄甲之圖坐之而去也　銑曰青雲榮光皆河洛之瑞也西洎臨洮土刀狄道北距飛狐陽原善曰淮南子曰秦之時丁壯丈夫西至臨洮狄道東至會稽浮石南至豫章桂林北至飛狐陽原高誘曰臨洮隴西之縣洮水出北狄道漢陽之臨洮也飛狐蓋在代郡飛狐山陽原蓋在太原　向曰皆邊名洎距皆至也莫不浸仁沐義昭景飲醴善曰揚雄覈靈賦曰文王之始起浸仁漸義會賢贊智贊音贊論語摘輔像曰帝率握沼景飲醴莫莢爲曆宋均曰炤景爲景星所炤也　翰曰言旁及四夷皆浸沐天子之仁義景景星醴醴泉皆瑞也謂昭景星之明飲醴泉之味昭明也而下官抱痛圓門含憤獄戶善曰周禮曰以圜土教罷民鄭司農曰圜土獄城也　濟曰圓門亦獄門抱痛含憤恨之深一物之微有足悲者善曰家語孔子謂哀公曰一物失理亂亡之端　此思憂則憂可知矣　良曰凡一微物失其所足可以悲而況人乎仰惟大王少垂明白則梧丘之魂不愧於沈首鶻善本作鵠字亭之鬼無恨於灰骨善曰晏子春秋曰景公田於梧丘夜坐睡夢見五丈夫倚從擁無罪公問晏子曰昔先公靈公出畋有五丈夫來驚獸㤙斷其頭而葬之命曰丈夫丘命人掘之五頭共孔公令厚葬之乃恩及白骨故云不愧沈首也說苑曰景公畋於梧丘謝承後漢書曰蒼梧廣信女子蘇娥行宿高安鵠巢亭爲亭長龔壽所殺及婢致富取其財物埋致樓下交阯刺史周敞行部宿亭覺壽姦罪奏之殺壽列異傳云鵠奔亭　銑曰交州刺史周敞行部至鵠奔亭夜有婦人來告冤曰妾夫亡妾欲還鄉行至此爲亭長所殺埋井中敞掘之果然言冤得明假使灰粉亦不恨也不任肝膽之切敬因執事以聞

啓

奉荅勑示七夕詩啓

任彦升善曰梁武詔昉曰聊爲七夕詩五韻殊不近詠歌卿雖訥於言而辯於才可即制付使者　向同善注

臣昉啓奉勑并賜示七夕五韻竊惟帝迹多緒俯同不一託情風什希世罕工善曰春秋合誠圖曰黄帝布迹以稽功務法宋均曰迹行迹謂功績也春秋保乾圖曰帝異緒毛詩題曰關雎之什魯靈光殿賦曰遂希世而特出　翰曰緒事也俯下也不一言多也風什謂篇章也罕少也言遠代以來少有如帝善文如此也雖漢在四世魏稱三祖善曰四世漢武帝也三祖謂魏武文明也魏志高貴鄉公詔曰昔三祖神武聖德應天受祚　濟曰謂武帝雖當漢之四世魏三祖謂武帝文帝明帝也高貴鄉公詔云昔在三祖故因言祖也此皆有文之主故昉引之寧足以繼想南風克諧調露善曰家語曰昔者舜彈五絃琴造南風之詩其詩曰南風之薰兮可以解吾民之慍兮南風之時兮可以阜吾民之財兮王肅曰薰風至貌也樂動聲儀曰時元氣者受氣於天布之於地以時出入物者也四時之節動静各有分職不得相越謂調露之樂也宋均曰調露調和致甘露也使物茂長之樂也　良曰舜彈五絃之琴造南風之詩克能諧和也四節不相違謂之調露之樂皆謂帝文章音律君此漢魏之主不足以繼想耳性與天道事絶稱言善曰論語子貢曰夫子之文章可得而聞也夫子之言性與天道不可得而聞也　銑曰言帝之性合於天道不可得稱也豈其多

幸親逢旦暮善曰左氏傳羊舌職曰民之多幸國之不幸莊子曰萬世之後而一遇大聖知其解者是旦暮之遇也　向曰自言多幸而親逢聖人也臣早奉龍潛與賈馬而入室晚屬天飛比嚴徐而待詔善曰荅賓戲曰泥蟠天飛者應龍之神也漢書曰嚴安徐樂上疏言世務上召見乃拜樂安皆爲郎中又曰東方朔待詔金馬門也　翰曰易云潛龍勿用謂帝在齊朝時昉已得承奉也法言云以孔子之門論賈誼升堂相如入室昉自言彼時已有升堂入室之聲也又易曰飛龍在天謂帝建梁而登極也漢嚴安徐樂上疏言世務昉自云此時同此二人而待詔矣惟君知臣見於訥言之旨取求不疵表於辯才之戲善曰左氏傳君子曰古人有言曰知臣莫若君論語子曰君子欲訥於言而敏於行者也左氏傳曰初申侯有寵於楚文王曰唯我知汝汝專利而不厭余取余求不汝疵瑕也裴詭集有辯才論　濟曰言帝知我訥言戲云辯才也謹輙牽率庸陋式酬天獎良曰庸陋謙詞也式用酬荅也獎猶恩也拙速雖效蚩鄙已影善曰孫子兵法曰兵聞拙速未睹工久陳琳牋曰蚩鄙益者闇續上詩表曰勞者歌其事貴露蚩鄙　銑曰謂荅詩便成而附使上也拙速蚩鄙皆謙詞也效呈也蚩輕鄙小影露也臨啓慙恧女六罔識所寘音至恧愧也寘置也謹啓

文選卅九　卅一

爲卞彬謝脩卞忠貞墓啓善曰蕭子顯齊書曰卞彬字士蔚官至綏建太守卒濟陰卞錄曰壺字望之永嘉中除著作郎蘇峻稱兵爲尚書令右將軍領右衛峻至東陵口六軍敗績壺秉馬被甲赴賊二子眕盱見之隨從俱爲賊所害贈侍中開府謚忠貞公眕音真忍切盱休于切

任彥升

臣彬啓伏見詔書并鄭義泰宣勑當賜五臣本無當賜字脩理臣亡高祖晉故驃騎大將軍建興忠貞公壺墳塋臣門緒不昌天道所昧忠構身危孝積家禍名教同悲隱淪惆悵善曰王隱晉書述曰壺及二子死徵士翟湯聞而歎曰父爲忠臣子爲孝子忠孝之道萃於一門可謂賢哉世說樂廣曰名教中自有樂桓子新論曰天下神人五二曰隱淪　濟曰緒胤也昧不明也忠謂壺死王事孝謂眕盱死父難也　良曰名教謂當時士大夫爲之悲傷也隱淪謂徵士翟湯也而年世貿遷孤裔淪塞善曰廣雅貿易也　銑曰裔胤淪沉也言年代遷易後嗣孤弱而沈塞也遂使碑表蕪滅丘樹荒毀狐兔成穴童牧哀歌善曰桓子新論曰雍門周以琴見孟嘗君曰竊悲千秋萬歲後墳墓生荊棘狐兔穴其中樵兒牧豎躑躅而歌其上也　向曰言壺墓摧殘若此也表石表也蕪沒也丘墳也狐兔穴其中童兒牧豎登其上而歌也感慨自哀日月纏迫善曰劉公幹贈五官中郎詩曰感慨以長歎　翰曰言彬自傷感纏迫急速也因此而增歎也陛下弘宣教義非求效於方今善曰杜預左氏傳序曰弘宣祖業仲長子昌言曰引之於教義說苑曰聖王布德施惠非求報於百姓也　濟曰弘大宣示也言壺是晉臣而梁武大示教義故脩理之非求功效於今也壺餘烈不泯固陳力於異世善曰春秋元命苞曰文王積善所潤之餘烈論語子曰周任有言陳力就列不能者止　良曰言壺餘德不滅而彬仕梁代也烈業泯滅也陳力謂入仕也異代謂梁也但加等之渥近闕於晉典善曰左氏傳曰凡諸侯薨于朝會葬加一等死王事加二等　良曰渥厚也言壺爲晉死王事而不加爵賞故云闕於晉典樵蘇之刑遠流於皇代五臣本作世　善曰戰國策顏觸謂齊王曰秦攻齊令曰敢有去柳下季壟五十步樵採者罪死不赦　銑曰此刑以絕今天子脩壺之墓是遠流此代臣亦何人敢謝斯幸向曰非分而得謂之幸言非身所敢謝也不任悲荷之至謹奉啓以聞謹啓

文選卅九　卅二

上蕭太傅固辭奪禮啓善曰劉璠梁典曰昉爲尚書殿中郎父憂去職

居喪不知鹽味冬月單衫廬于墓側齊明作相乃起爲建武將軍驃騎記室再三固辭帝見其辭切亦不能奪　翰注同

任彥升

昉啓濟曰昉家集諱其名但云君撰者因而録之近啓歸訴庶諒窮款奉被還旨未垂哀察良曰諒信也款心也還旨謂不許其辭也悼心失圖泣血待旦善曰左氏傳楚薳啓彊曰孤與二三臣悼心失圖毛詩曰鼠思泣血尚書曰坐以待旦　銑曰言憂感深悼傷也失圖荒迷也昉善本作君字於品庶示均鎔造善曰鵩鳥賦曰品庶每生倉頡篇曰鎔炭所以行銷鐵也　向曰鎔造造化所鎔鑄者也言我於衆類之中微細示同造化之一物耳干祿祈榮更爲自拔虧教廢禮豈關視聽善曰論語曰子張學干祿言已之所陳但正虧教而廢禮豈敢關白於視聽哉　向曰干祿榮寵自拔擢於衆其損禮教不堪關於視聽皆謙也所不忍言具陳茲啓善曰言事迫情切口不忍言故陳此啓公羊傳曰謂之新宮不忍言也昉善本作君字往從末宦祿不代耕善曰晉中興書簡文詔曰祿不代耕非經通之制也　翰曰言祿薄也飢寒無甘旨之資限役廢晨昏之半善曰禮記曰命士已上父子皆異宮昧爽而朝慈以旨甘鄭玄曰慈愛敬進之也又曰凡爲人子之禮冬溫而夏凊昏定而晨省　良曰甘旨飲食晨昏定省由飢寒限役廢闕其半膝下之歡已同過隙善曰孝經曰故親生之膝下以養父母禮記曰君子三年之喪二十五月而畢若駟之過隙然而遂之則是無窮　銑曰言父母生之膝下以養父母此歡有如駟馬過隙之疾也几筵之慕幾何可憑善曰孫卿子孔子謂魯哀公曰君入廟而右登自阼階仰視榱棟俛見几筵其器存其人亡君以此思哀則哀將焉不至矣左氏傳曰人壽幾何　向曰言神靈依憑几筵三年內能幾何時也且奠酹力外不親如在安寄晨暮寂寥闃苦覓若無主善曰鄭玄周禮注曰喪所薦饋曰奠埤蒼類曰酹以酒祭地也論語子曰吾不與祭又曰祭神如神在也埤蒼曰闃靜也喪服傳曰無主者其無祭主王隱晉書曰傳咸遭繼母憂上書曰咸身無兄弟到官之日哀祭無主　翰曰奠酹祭祀也言不親祭祀則祭神如神在何所寄也晨暮無人哭臨則寂寥無祭主矣闃空也所守既無別理窮咽豈及多喻善曰呂安答嵇康論曰易了之理不在多喻也　濟曰言爲服喪無別理也窮咽哀泣也多喻多比喻也明公功格區宇感通有塗善曰尚書曰時則有若伊尹格于皇天東京賦曰區宇乂寧周易曰寂然不動感而遂通　良曰格至也區宇天地也塗道也若霈然降臨賜寢嚴命善曰孟子曰沛然下雨　銑曰言降臨恩澤霈然如雨是知孝治所被爰至無心善曰孝經曰昔者明王之以孝治天下也韓詩外傳曰阿谷之女謂子貢曰吾鄙野之人僻陋無心也　向曰如此則是明王孝治天下聖人無常心以百姓心爲心也爰於也錫類所及匪徒教義善曰詩曰孝子不匱永錫爾類言以此及人非徒以教義爲化也　翰同善注不任崩迫之情謹以善本作奉字啓事陳聞濟曰崩迫切急也謹啓

文選三十九　卅三　卅四

六臣註文選卷第三十九

六臣註文選卷第四十

梁昭明太子撰

唐五臣并李善註

彈事

奏彈曹景宗

良曰曹景宗爲郢州刺史初司州被圍詔荆郢二州發兵往救景宗及荆州援軍至三關頓兵不進聞司州没即日退還延頸敵人縱暴緣邊景宗不能禦遂失三關有司奏景宗罪輙去州詣闕泥首待罪帝一無所問

任彦升　善曰梁典曰高祖即位昉爲吏部郎遷中丞

御史中丞臣任昉稽首言臣聞將軍死綏咫步無却顧望避敵逗撓奴敎有刑善曰司馬法曰將軍死綏注云綏却也有前一尺無却一寸杜預左氏傳注曰古名退軍爲綏漢書曰廷尉王恢逗橈當斬音義曰逗曲行避敵也橈顧望也銑曰八尺曰咫餘同注至乃趙母深識乞不爲坐魏主著令抵罪已輕善曰史記趙王將使趙括爲將其母上書曰括不可使將王曰母置之吾已決矣母曰王終遣之即有不稱妾得無坐乎王許諾魏志太祖令曰自命將征行但賞功而不罰罪非國典也其諸將出征敗軍者抵罪失利者免官也　向曰括果敗而母不坐故云深識已輕言輕於常法餘文同是知敗軍之將身死家戮爰自古昔明罰在斯善本作斯在字　善曰魏志太祖令曰將者軍破于外而家受罪於内也漢書廣武君曰敗軍之將不可以語勇新序曰臣侮其主身死妻子爲戮呂氏春秋曰民有逆天之道者罪死家戮也臣昉頓首頓首死罪死罪竊尋獯勳獫險侵軼暫擾疆陲王師薄伐所向風靡善曰獯獫謂後魏也魏收後魏書曰太祖道武諱珪改稱魏王左氏傳曰北戎侵鄭鄭伯曰彼徒我車懼其侵軼我也杜預曰軼突也毛詩曰於鑠王師又曰薄伐玁狁至于太原晉起居注曰檀道濟所向風靡也　翰曰獯獫匈奴名也謂後魏主也師謂梁軍也是以淮徐獻捷河兗凱歸善曰尚書曰海岱及淮惟徐州左氏傳曰齊侯來獻戎捷尚書曰濟河惟兗州周禮曰師有功則凱樂　濟曰淮徐河兗皆屬梁地也捷軍所獲也師有功則凱樂而歸東關無一戰之勞涂音途善本作塗字中罕千金之費善曰吳曆曰諸葛恪作東關魏軍距之恪令丁奉等兵便亂斫遂破北軍歷陽縣郡圖經曰東關歷陽縣西南一百里史記蔡澤曰白起一戰舉鄢郢吳志曰晉命鎮東大將軍司馬伷向涂中伏滔北征記金城西沂曰塗潤魏步道所出也文子曰起師十萬日費千金張湛曰日有千金之費也　良曰言破敵之易東關涂中皆地名罕亦無也凡起十萬之師日費千金也而司部懸隔斜臨寇境善曰沈約宋書曰宋世分郢州爲司州也　銑曰司部司州也懸隔去都遠也故使狡虜憑陵淹移歲五臣本作年月善曰杜預左氏傳注曰狡狡猾也左氏傳子產曰今陳介恃楚衆憑陵我弊邑也　向曰憑陵依據也故司州刺史蔡道恭率勵義勇奮不顧命全城守死自冬徂秋猶善本有其字轉戰無窮亟摧醜虜善曰劉璠梁典曰天監三年司州刺史漢壽伯蔡道恭卒於壘道恭少以勇力聞及病猶自力戰守城數日不能起聞戰鼓聲憤叱而卒衆猶拒守無有二心攻圍二年無有叛者入秋霖雨洪澍一夜城頹壯士猶不降及城陷捶其餘衆求恭屍卒不能得也　潘安仁汧馬督誄曰率厲有方司馬遷書曰常思奮不顧身汧馬督誄大將軍踈曰臨危奮節保穀全城論語子曰守死善道也　史記曰驃騎將軍轉戰過烏支山毛詩曰鋪敦淮濆仍執醜虜　翰曰亟數也餘文同方之居延則陵降而恭守比之踈勒則耿存而蔡亡善曰漢書曰武帝遣驃騎都尉李陵將兵五千人出居延北與單于戰陵兵敗降匈奴范曄後漢書曰耿恭字伯宗爲戊己校尉恭以踈勒城傍有澗水可固乃據之匈奴復來攻恭於城中穿井十五丈不得水恭仰歎曰聞昔貳師將軍取佩刀刺山飛泉涌出今漢德神明豈有窮哉乃整衣服向井再拜爲吏士禱有飛泉奔出衆皆稱萬歲乃令吏士揚水示虜虜以爲神明引去也

良曰言蔡道恭過於李耿之感若使郢部救兵微接聲援則單于之首久懸北闕善曰鄒陽上書曰臣恐救兵之不專英雄記曰袁術嚴兵爲呂布作聲援也漢書宣帝詔曰傅介子斬樓蘭王安歸首懸之北闕也　銑曰單于後魏主也豈直受降可築涉安啓土而已哉善曰漢武帝遣因杅將軍公孫敖築塞外受降城杅音于盂又曰涉安侯於單于以匈奴單于太子降尚書曰建邦啓土　向曰漢武帝使因杅將軍公孫敖築受降城涉安侯於單于　以匈奴太子降是謂開夷狄之土寔由郢州刺史臣景宗受命致罰善本作討字不時言邁善曰晉起居注詔曰檀道濟奉命致討所向風靡毛詩曰還車言邁　翰曰受命不即行也故使蝟謂結蟻聚水草有依善曰漢書賈誼曰髙帝王功臣反者蝟毛而起吳志曰錢唐大帥种式等蟻聚爲寇漢書曰獫狁獯鬻居于邊地逐水草遷徙也　良曰言景宗縱魏兵使如蝟蟻之結聚而依水草也方復按甲盤桓緩救資敵善曰魏志曰司馬文王征諸葛誕六軍案甲而誕自困廣雅曰盤桓不進也李斯上書曰今逐客以資敵　銑曰按下也盤桓不進貌資助也遂令孤城窮守力屈凶五臣本作匈字威善曰謝承後漢書胡爽曰耿恭以甲兵守孤城於絕域史記李左車謂韓信曰今足下倩見力屈欲戰不拔左氏傳晉溫季曰逃威也杜預曰凶賊爲害故曰威也　向曰孤城謂司州也雖然猶應固守三關更謀進取而退師延頸自貽虧衄善曰劉璠梁典曰宣城王以冠軍將軍曹景宗爲郢州刺史初司州被圍詔荊郢發兵往援曹景宗爲都督及荊州援軍至三關頓兵不進聞司州没即日退還延頸敵人縱暴緣邊景宗不能禦遂失三關諸戍有司奏罰罪景宗聞之輙去州伏闕泥首待罪帝一無所問三關　延頸二戍名也管子曰民無恥不可以固守漢書曰諸將曰楚數進取如淳曰進取多所攻也毛詩曰自貽伊戚陳琳檄豫州曰傷夷折衄衄折挫也　翰曰貽取衄辱也疆場侵駭職是之由不有嚴刑誅賞安寘景宗即主五臣本無景宗即主一句　善曰左氏傳曰齊人侵魯疆場吏來告公曰疆場之事愼守其一　又范宣子數諸戎曰言語漏泄則職汝之由史記曰繁法嚴刑而天下叛西征賦曰峻徒御以誅賞毛萇詩傳曰寘置也主謂爲主首也王隱晉書庾純自劾曰醉酒荒迷昬亂儀度即主臣謹按河南尹庾純云云然以主爲句亞當下讀也　濟曰駭驚寘用也臣謹案使持節都督郢司二州諸軍事左將軍郢州刺史湘西縣開國侯臣景宗擢自行間遘茲多幸善曰漢書衛青曰臣幸得待罪行間左氏傳羊舌職曰民之多幸國之不幸也　銑曰言拔自行陣之間也遘遇也非分而得謂之多幸指蹤非擬獲獸何勤善曰漢書曰上先封蕭何爲酇侯功臣皆曰蕭何未有汗馬勞顧居臣等上何也上曰諸君知獵乎曰知之上曰夫獵追殺獸者狗也而發蹤指示獸處者人也今諸公徒能走得獸者功狗也如蕭何發蹤指示功人也羣臣莫敢言也　向曰言景宗指蹤非擬蕭何獲獸勤勞不同諸將賞茂通侯榮髙列將善曰漢書蘇武謂李陵曰武父子位列將爵通侯應劭曰通侯者言其功德通於王室張晏曰後改爲列侯見序列也方言曰列班列也　翰曰茂重也

負檐丁濫裁弛式氏鐘鼎遽列善曰左傳曰齊侯使敬仲爲卿辭曰弛於負檐君之惠也　又曰宋左師每食擊鐘家語曰子路南遊楚列鼎而食廣雅曰列陳也　濟曰負檐賤役也裁猶適也弛發也擊鐘鼎食貴事也遽疾也和戎莫效二八已陳善曰左氏傳曰鄭人賂晉侯以女樂二八晉侯以樂之半賜魏絳曰子教寡人和諸戎狄也　良曰魏絳爲晉悼公和戎狄而賜女樂二八景宗無此功効而亦當此賜也自頂至踵功歸造化潤草塗原豈獲自已善曰孟子曰墨子兼愛摩頂致於踵趙岐曰致至也淮南子曰大丈夫恬然無爲與造化消遙也蒯巴蜀曰肝腦塗中原膏液潤野草而不辭也　銑曰踵足也造化喻君也言景宗之身負君之恩也爲國苦戰以膏血塗潤原草豈宜有辭且道恭云逝城守累旬景宗之存一朝棄甲善曰史記曰沛令閉城守左氏傳曰宋華元爲植巡功城者謳曰睅其目皤其腹棄甲而復　向曰棄甲退敵也生曹死蔡優劣五臣本作當若是惟此人斯有靦面目

善曰毛詩曰彼何人斯居河之湄又曰有靦面目視人罔極毛萇曰靦姑也鄭玄曰彼姑然有面目也翰曰人斯謂景宗也靦彊也昔漢光命將坐知千里善曰東觀漢記曰代郡太守劉興將數百騎攻賈覽上狀檄至光武知其必敗報書曰欲復進兵恐失其頭首也詔書到興已爲覽所殺長史得檄以爲國家坐知千里也濟注同魏武置法案以從事善曰魏書曰太祖自作兵書諸將征伐皆以新書從事從令者克捷違教者負敗也良注同故能出必以律錙銖無爽善曰鄭玄禮記注曰八兩爲錙漢書曰二十四銖爲兩也銑曰易云師出以律錙銖輕重也爽差也伏惟聖武英挺略不世出善曰漢書蒯通說韓信曰功無二於天下略不世出也向曰挺拔也略謀也不世出言非世人所能出也料敵制變萬里無差奉而行之實弘廟算善曰漢書趙充國頌曰料敵制勝威謀靡亢西征賦曰彼雖衆其焉用故取制於廟算孫子曰夫未戰而廟算勝得算多翰曰出征者必祭廟算吉凶而後行惟此庸固理絶言提

善曰晉起居注宋公表曰臣寔庸固濟曰庸固謂景宗也詩云匪面命之言提其耳理絶言提不可與言也自逆胡縱逸久患諸夏善曰劉琨勸進表曰逆胡劉曜縱逸西都漢書匈奴傳贊曰久矣夷狄之爲患良曰逆胡後魏也諸夏中國也聖朝乃顧將一車書善曰汧馬督誄曰聖朝西顧關右震惶禮記曰書同文車同軌銑曰聖朝謂梁乃顧謂眷顧天下也一車書謂欲平天下使車同軌書同文慜彼司氓致五臣本作累辱非所善曰晉起居注曰大司馬表曰園陵辱於非所也向曰慜傷也司氓司州之人也早朝永歎載懷矜惻致茲虧喪何所逃罪翰曰載則矜憐惻惜也宜正刑書肅明典憲善曰左氏傳仲尼曰叔向古之遺直也刑侯之獄言其貪也以正刑書良曰肅敬憲法也臣謹以劾胡代反劾發其罪請以見事免景宗所居官下太常削爵土收付廷尉法獄治罪其軍佐職僚偏裨脾將帥絓胡卦

諸應及咎者別攝治書侍御史隨違續奏銑曰僚官也偏裨皆小將也絓沾也咎罪也攝追也隨違謂隨所犯之事臣謹奉白簡以聞向曰簡略狀也臣昉誠惶誠恐頓首頓首死罪死罪臣昉稽首以聞翰曰稽首首至手謂拜表

奏彈劉整善曰沈約齊紀曰整宋吳興太守兄子也歷位持節都督交廣越三州也

任彥升

御史中丞臣任昉稽首言臣聞馬援奉嫂不冠不入氾凡毓育字孤家無常子善曰東觀漢記曰馬援事寡嫂雖在閭內必衣冠然後入見王隱晉書氾毓字稚春濟北人也躬睦九族青土號其家兒無常母衣無常主也五臣作宄土良注同是以義五臣本義上無是以二字士節夫聞之有立善曰左氏傳臧哀伯曰武王克商遷九鼎於洛邑義士猶或非之東京賦曰貞夫懦節班固漢書贊曰孟子亦曰聞伯夷之風懦夫有立志銑曰有立謂立志也千載美談斯爲稱去首善曰公羊傳曰魯人至今以爲美談封禪書曰永保鴻名而常爲稱首也

臣昉頓首頓首死罪死罪謹案齊故西陽內史劉寅妻范詣臺訴列稱出適劉氏二十許年劉氏喪亡撫養孤弱叔郎整恒善本作常字欲傷害侵奪分前奴教子當伯五臣本作百後當伯字同並已入衆又以錢婢姊妹弟溫仍留奴自使善本有伯字又奪寅息逡婢綠草私貨得錢並不分逡寅第二庶息師利去歲十月往整田上經十二日整便責范米六斗哺食米未展送忽至戶前隔箔善本

(無闞陷字)攘拳大罵突進房(五臣本作屋)中屏風上取車帷准米去二月九日夜婢采音偷車欄夾杖龍牽范問失物(五臣本無物字)之意整便打息逡整及(五臣作無及字)母并奴婢等六人來共(善本無共字)至范屋中高聲大罵婢采音舉手查范臂求攝檢如許狀輒攝整(善本有亡字)父舊使奴海蛤到臺辦問列稱整亡父興道先為零陵郡得奴婢四人分財(善本作賦字)以奴教子乞大息寅寅亡(善本作亡寅)後第二弟整仍奪教子云應入眾整便留自使婢姊及弟各准錢五千丈不分逡其奴當伯(五臣作百)先是眾奴(善本有整字)兄

弟未(善本無未字)入分財之前整兄寅以當伯(五臣作百)貼錢七千共眾作田寅罷西陽郡還雖未別火食寅以私錢七千贖當伯仍使上廣州去後寅喪亡整兄弟後分奴婢唯餘婢綠草入眾整復云寅未分財贖當伯又應屬眾整意貪得當伯推綠草與逡整規當伯行(善本無行字)還擬欲自取當伯遂經七年不返整疑已死亡不迴更奪取婢綠草貨得錢七千整兄弟及姊共分此錢又不分逡寅妻范云當伯是亡夫私贖應屬息逡當伯天監二年六月從廣州還至整復奪取云應

充眾准雇借上廣州四年夫直今在整處使進責整婢采音劉整(五臣本無整字)兄寅(五臣本無寅字)第二息師利去年十月十二日忽往整墅停住十二日整就兄妻范求米六斗哺食范未得還整怒仍自進范所住屏風上取車帷為質范送米六斗整則納受范今年二月九日夜云(善本無云字)失車欄子夾杖龍牽等范及息逡道是采音所偷整聞聲仍打逡范喚(善本無喚字)問何意打我兒整母子爾時便同出中庭隔箔與范相罵婢(善本無婢字)采音及奴教子楚玉法忠(善本作志字)等四人于時在整子母

(善本作母子)左右整語采音其道汝偷車校具汝何不進裏罵之既進爭口舉手誤查范臂車欄夾杖龍牽實非采音所偷進責寅妻范奴苟奴(善本無苟奴字)列稱(善本無稱字)娘去二月九日夜失車欄夾杖龍牽疑是整婢采音所偷苟奴與郎逡往津陽門糴米遇(善本作過字)見采音在津陽門賣車欄龍牽苟奴登時(五臣本無時字)欲捉取逡語苟奴已爾不須復取苟奴隱僻少時伺視人買龍牽售五千錢苟奴仍隨逡歸宅不見度錢並如采音苟奴等列狀粗與范訴相應重覈當伯教子列稱(善本作孃字)被

奪今在整處使悉與海蛤列不異以事訴法令史潘僧尚議整若輙略兄子逡分前婢貨賣及奴教子等私使若無官令輙收付近獄測治諸所連逮緤五臣本緤作繼應洗之源委之獄官悉以法制從事如法所稱整即主善曰昭明刪此文太略故詳引之令與彈相應也臣謹案新除中軍參軍臣劉整閭閻闒三合茸而勇名教所絕善曰史記太史公曰李斯自閭閻歷諸侯弔屈原曰闒茸尊顯讒諛得志世説曰王平子胡母彥國諸人皆任放爲達或有裸體樂廣曰名教中自有樂也何爲乃爾　向曰閭閻里巷也闒茸小人也名教謂士君子也絕棄也直以前代外戚仕因紈袴善曰漢書曰班伯出與王許子弟爲羣在綺襦紈袴之間非其好也　翰曰前代外戚謂是齊朝后妃之親也綺襦紈袴謂外戚驕奢之服也惡積釁稔親舊側目善曰左氏傳萇弘曰毛得必亡是昆吾稔之日也杜預曰稔熟也惡積與桀同誅漢書音義曰列侯宗室見郅都側目也　濟曰釁罪也稔熟也側目言惡之甚也理絕通問而妄肆醜辭善曰謂大罵也禮記曰嫂叔不通問諸母不漱裳包咸論語注曰肆極意敢言也詩曰好言自口莠言自口毛萇曰莠醜也　良曰禮嫂叔不通問故云理絕肆陳也醜辭謂罵言終夕不寐而謬加大杖善曰謂打逡也謝承後漢書曰或問第五倫曰公有私乎對曰吾兄子常病一夜十往退而安寢吾子有疾雖不省視而竟夕不眠若是者豈可謂無私乎家語曰孔子謂曾子曰汝不聞乎昔瞽叟有子曰舜舜事瞽叟也小捶則待過大杖則逃走故瞽叟不犯不父之罪而舜不失烝烝之孝　銑曰言整私其子則竟夕不寐惡其姪則妄加大杖餘文同辥包善本作苞字分財取其老弱善曰范曄後漢書曰汝南薛苞字孟嘗好學篤行弟子求分異苞不能止乃中分其財奴婢引其老者曰與我共事久若不能使也田廬取其荒頹者曰吾少時所治意所戀也器物取朽敗者曰我素所服食身口所安後徵拜侍中　向曰注高鳳自穢爭訟

寡嫂善曰東觀漢書曰高鳳字文通南陽人也鳳年老名聲著聞太守連召請恐不得免自言鳳本巫家不應爲吏又詐與寡嫂訴訟遂不仕　翰注同未見孟嘗之深心唯傚文通之僞迹善曰顏延年詠向秀曰深心託毫素表彥伯名臣頌曰迹洿必僞　向曰孟嘗薛包字文通高鳳字昔人睦親衣無常主善曰顏延年陶徵士誄曰睦親之行王隱晉書氾毓字稚春濟北人敦睦九族青土號其家兒無常母衣無常主　良曰衣無常主則氾毓也整之撫姪食有故人善曰謂青米也西京雜記曰公孫弘起家徒步爲丞相故人齊高賀從之弘食以脫粟飯覆以布被賀怨曰何用故人富貴爲脫粟布被我自有之弘大慙賀乃告人曰公孫弘內厨五鼎外膳一肴豈可以臨天下於是朝右疑其矯焉弘歎曰寧逢惡賓不逢故人　良曰整之於姪其薄如此何其不能折契鐘庾而襜昌占帷交質徵二反善曰謂取車帷也漢書曰高祖每貰酒歲更而酒家常折券棄債左氏傳晏子曰釜十則鍾杜預曰六斛四斗也　包咸論語注曰十六斗爲庾詩曰漸車帷裳毛萇曰帷裳婦人車飾鄭玄曰帷裳童容也方言曰江淮謂襜褕爲童容也左氏傳曰鄭伯怨王王曰無之故周鄭交質　翰曰漢高帝貰酒酒家折券棄債六斛四斗爲鍾十六斗爲庾言嫂雖負鍾庾之多亦宜折券不論而整爲六斗米而取嫂車帷爲質言整之罪深襜帷裳也人之無情一何至此實教義所不容紳冕所共棄善曰莊子惠子謂莊子曰人故無情乎莊子曰然惠子曰人而無情何謂之人仲長子昌言曰引之於教義嵇康絕交書曰世教所不容　向曰紳冕衣冠也臣等參議請以見事免整新善本作所字除官輙勒外收五臣本無收字付廷尉法獄治罪諸所連逮應洗之源委之獄官悉以法五臣本作付制從事婢采音不款偷車闌善本無闌字龍牽請付獄測實其五臣本無其字宗長及地界職司初無糾舉及諸連逮請不足申盡臣昉誠惶誠恐頓首頓首

死罪死罪稽首以聞

奏彈王源

沈休文 善曰吳均齊春秋曰永平八年沈約爲中丞

給事黄門侍郎兼御史中丞吳興邑中正臣沈約稽首言臣聞齊大非偶著乎前誥辭霍不婚垂稱往烈善曰左氏傳曰齊侯欲以文姜妻鄭太子忽忽辭人問其故太子曰人各有偶齊大非吾偶也漢書曰雋不疑爲京兆尹大將軍霍光欲以女妻之不疑固辭不肯當班固不疑述曰不疑膚敏應變當理辭霍不婚逡巡致仕　良曰不疑畏其盛大而辭不肯詣書烈業也若乃交二族之和辨伉苦浪合之義升降窊烏瓜切善本作窊字隆誠非一揆善曰禮記曰婚禮者將合二姓之好上以事宗廟下以繼後代也左氏傳施氏之婦怒施氏曰已不能庇其伉儷尚書曰道有升降政由俗革吳都賦曰窊隆異等孟子曰先聖後聖其揆一也　銑曰二族夫妻二姓也伉合相敵而合也窊下隆高揆度也固宜本其門素不相奪倫善曰尚書曰八音克諧無相奪倫　向曰使有倫理次第使秦晉有匹涇渭無舛昌兗反　善曰左氏傳曰晉公子重耳至於秦秦伯納女五人懷嬴與焉奉匜沃盥既而揮之怒曰秦晉匹也何以卑我孫綽子曰或問雅俗曰涇渭分流雅鄭異調　翰曰懷嬴謂晉文公曰秦晉匹也何以卑我涇水清渭水濁舛猶雜也自宋氏失御禮教彫衰善曰荅賓戲曰周失其御衣冠之族日失其序善曰范曄後漢書霍諝奏記曰宋光衣冠子孫袁子正書曰古者命士已上皆有冠是故謂之冠族左氏傳鄭莊公曰周之子孫日失其序姻婭亞淪雜罔計廝斯庶善曰毛詩曰瑣瑣姻婭則無膴仕毛萇曰兩壻相謂曰婭漢書曰有廝養卒如淳曰廝賤也　濟曰淪湣也罔無也廝庶皆賤人也販鬻祖曾以爲賈古道善曰鄭玄周禮注曰居賣物曰賈　良曰以祖曾之高門嫁子女而取財利有如商賈之道明目腆上典顏曾無愧畏善曰丁德禮厲志賦曰苟神祇之我昭永明目而無怍孔安國尚書傳曰腆厚也毛詩曰不愧于人不畏於天　銑曰明目張目腆厚也若夫盛德之胤世業可懷善曰左氏傳史趙曰盛德必百世祀幽通賦曰違世業之可懷　向曰胤嗣也世業謂上代德業也後嗣子孫宜常安之不可改也欒郤之家前徽未遠善曰左氏傳叔向曰欒郤胥原降在皁隸杜預曰晉舊臣之族也　翰曰欒郤皆晉大夫其家以比當時公卿之族徽美也既壯而室竊貲莫非皁隸善曰鄭玄曰有室有妻妻稱室也解嘲曰司馬長卿竊貲卓氏左氏傳曰人有十等士臣皁又曰輿臣隸　濟曰禮三十壯有室室妻也皁隸賤者也言嫁娶之家貴賤雜偶以相竊其貲也結褵離以行箕帚之誘咸失其所善曰詩曰親結其褵九十其儀毛萇曰褵婦人之褘也母戒女施衿結褵國語曰越王勾踐行成於吳曰一介適女執箕帚於王宮也　良曰女將嫁母爲結其褵褵帶也婦人適於人而執箕帚也今則非其匹偶是以失所志士聞而傷心舊老爲之歎息自宸歷御寓弘革典憲善曰論語子曰志士仁人無求生以害仁也　銑曰宸歷天子歷數也御寓謂梁御天下也弘大革改憲法也雖除舊布新而斯風未殄善曰左氏傳曰有星孛于大辰申須曰彗所以除舊布新也尚書曰商俗靡靡利口惟賢餘風未殄公其念哉　向曰殄滅陛下所以負扆於紀興言思清澈俗者也善曰禮記天子負斧依南向而立鄭玄曰負之言背也斧依爲斧文屏風扆與依同詩曰興言出宿尚書曰弊俗奢麗萬世同流　翰曰扆屏風也天子所居後有屏風故言負扆澈俗謂雜爲婚姻也臣實懦奴亂品謬掌天憲善曰范曄後漢書曰劉陶上疏曰今權臣口含天憲　濟曰懦弱也御史主天子法自謙已謬妄而在此司雖埋輪之志無屈權右而狐鼠微物亦蠹大猷善曰范曄後漢書曰張綱字文紀爲侍御史順帝遣八使詢風俗餘人受命之部綱獨埋其車輪於洛陽都亭曰豺狼當路安問狐狸遂奏大將軍梁冀東觀漢記曰皇甫嵩上言四姓權右咸各斂手也應璩詩曰城狐不可掘社鼠不可熏晏子春

叔景公問晏子曰治國亦有常乎對曰讒佞之人隱在君側
猶社鼠不熏也去此乃治矣范曄後漢書虞延謂馬成曰爾
民之巨蠹久依城社不畏熏燒毛詩曰秩秩大猷良曰權
勢也右用事也賈誼曰城狐不掘社鼠不燻蠹敗也猷道也
言已雖有張綱埋輪之志未能盡服權勢用事者而
王源事同狐鼠族有承藉一失綱紀亦敗天道也 風聞
東海王源嫁女與富陽滿氏 善曰漢書尉佗曰風聞老夫父母墓已壞削買
逺國語注曰風采也采聽商旅之言也 銑曰源東海人滿璋之富陽人 源雖人品庸陋冑
實參華 向曰冑代也華榮華也 曾祖雅位登八命 善曰檀道鸞晉陽秋曰王
雅字茂德東海郯人爲右僕射周禮曰八命作牧鄭司農曰一州之牧也王之三公亦八命也 翰同善注 祖
少卿內侍帷幄 濟曰少卿爲侍中常侍帷幄謂在天子左右也 父璿升采
儲闈亦居清顯 善曰尚書曰亮采惠疇孔安國注曰采事也何法盛陳郡錄曰謝石以有大勳
遂居清顯 良曰璿爲東宮官采事也儲闈東宮也 源頻叨諸府戎禁預班通

徹 善曰應劭漢書注曰舊曰徹侯避武帝諱曰通侯也 銑曰諸府諸禁府也通徹通侯也源預列此官 而
託姻結 五臣本作好 唯利是求 善曰左氏傳晉侯使呂相絶秦曰秦與晉出入秦唯
利是視 玷辱流輩莫斯爲甚 善曰孝經鉤命決曰名毀行廢玷辱先人 源
人身在遠 向曰在遠謂在南郡丞 輙攝媒人劉嗣之到臺辨
問嗣之列稱吳郡滿璋之相承云是高平舊族
寵奮胤冑 善曰魏志曰滿寵字伯寧景初二年爲太尉竟子偉嗣世說曰偉弟子奮元康中至司隸校尉
荀綽冀州記曰奮高平人也 家計温足見託爲息鸞覓婚 善曰漢書
董仲舒對策曰家温而食厚禄 王源見告窮盡即索璋之簿閥 音伐
善曰漢書音宋博曰王御夏公齋閥閱詣府音義曰明其等曰閥積功曰閱也 見璋之任王國
侍郎鸞又爲王慈吳郡正閤主簿 善曰吳均齊春秋曰王慈字伯

寶早有令譽稍歷侍中吳郡太守 源父子因共詳議判與爲 五臣本無爲字
婚璋之下錢五萬以爲聘禮 善曰娶妻及納徵皆曰聘周禮曰穀圭以聘女
源先喪婦又以所聘餘直納妾如其所列則與
風聞符同竊尋璋之姓族士庶莫辨滿奮身殞
西朝胤嗣殄沒武秋之後無聞東晉 善曰晉初都洛陽故曰西
朝後在江東故曰東晉臧榮緒晉書陳留有譽西朝于寶晉紀曰苗願殺司隸校尉滿奮荀綽冀州記曰滿奮字武秋公
羊傳曰紀子伯者何無聞焉爾 翰曰滿奮爲司隸爲苗願所殺故云殞身西朝謂晉初都洛陽也胤嗣子孫也殄死也
滿奮字武秋言奮後不聞子孫在東晉 其爲虛託不言自顯王滿連
姻寔駭物聽潘楊之睦有異於此 善曰漢書音義曰連親姻也大傳曰
文王施政而物皆聽也潘岳楊仲武誄曰潘楊之睦有自來矣曹子建求自試表曰古之受爵禄者有異於此 濟曰駭

驚也言王滿與此異也 且買妾納媵因聘爲資施衿之費化
充牀笫 善曰左氏傳鄭子産曰故志曰買妾不知其姓則卜之鄭玄曰帨佩巾也左氏傳曰趙武過鄭鄭伯有
賦鶉之賁賁趙孟曰牀笫之言不踰閾杜預曰笫簀也 良曰媵從婦者也禮云女嫁母施衿結帨帨帶也牀笫帳之間
也言買妾納媵本因聘婦之資而取之今源以嫁女之財而納妾成帷房之私罪甚也 鄙情贅
行造次以之紏慝 湯得 繩違允茲簡裁 善曰蜀志諸葛亮表李平
曰臣知平鄙情欲因行止之際逼臣取利也老子曰自伐無功自矜不長其在道曰餘食贅行王弼曰更爲疣贅也言其
違慝信當此簡之所貶裁也尚書曰繩愆糾謬格其非心 銑曰贅惡也言源情行鄙惡造次用之爲事慝亦惡也允信
也簡裁即略狀奏聽裁制之 源即罪 善本無罪字 主臣謹案南郡丞
王源忝藉世資得參纓冕 善曰漢書音義曰無忌却秦有地資也 向曰世資
祖父之業也參謂入仕也 同人者貌異人者心以彼行媒同之

抱布善曰列子曰天下殷紂魯桓齊穆狀貌七竅皆同於人而有禽獸之心也　翰曰禮男女非有行媒不相知名詩云氓之蚩蚩抱布貿絲匪來貿絲來即我謀言源以行媒之禮同抱布之事且非我族類往哲格言薰不猶善本作薰猶不雜聞之前典善曰左氏傳曰公欲求成于楚而叛晉季文子曰史佚之志有之非我族類其心必異論語考比讖曰格言成法汧馬督誄曰聞之前典　濟曰哲智也往智即文子也格至也家語云顏回曰聞薰蕕不同器而藏薰香草蕕臭草也前典即家語也豈有六卿之胄納女於管庫之人善曰尚書曰六卿分職禮記曰晉文謂趙文子知人所舉晉國管庫之士七十有餘家鄭玄曰管管鍵也　良曰周禮有六卿言源祖父之貴也胄胤也管掌庫賤人宋子河魴同穴於輿臺之鬼善曰毛詩曰豈其食魚必河之魴豈其取妻必齊之姜豈其食魚必河之鯉豈其取妻必宋之子又曰穀則異室死則同穴左氏傳曰皁臣輿又曰僕臣臺　銑曰子姜姓也言源如此等家之子孫而使其女嫁於輿臺之賤同穴爲鬼也高門降衡雖自已作蔑祖辱親於事爲甚善曰陸雲答兄書曰高門降衡修庭樹蓬說文曰幾輕易也蔑與幾古字同　向曰衡橫木爲門凡庶之家也言以己高門自降與凡庶連親乃是輕祖考辱親戚也蔑無也此風弗翦其源遂開黷世塵家將被比屋善曰尚書大傳曰周民可比屋而封　翰曰翦除源本塵污也聖明之代比屋可封恐此風被及也宜寘以明科黜之流伍使已汚之族永愧於昔辰方媾之黨華心於來日善曰賈子曰宋昭公華心易行　濟曰伍等也已污謂王氏也方媾謂復姤此婚姻華改也臣等參議請以見事免源所居官禁錮終身輒下禁止視事如故善曰言禁止其視事之法當如故事也　良曰言禁止視事使如昔無官之時也源官品應黃紙臣輒奉白簡以聞臣約誠惶誠恐云云

答臨淄侯

楊德祖

善曰太尉彪子餘同銑注　銑曰典略曰楊脩字德祖謙恭才博舉孝廉除郎中丞相府主簿是時軍國多事總知外內事皆稱意自魏太子以下爭與交好是時臨淄侯才捷愛幸數與脩書脩答牋後曹公以脩前後漏泄言教交關諸侯乃收殺之曹植時爲臨淄侯

脩死罪不侍數日若彌年載豈由愛顧之隆使係仰之情深耶善曰毛萇詩傳曰彌終也　向曰豈由言豈不由也隆重也損辱嘉命蔚矣其文善曰易曰君子豹變其文蔚也　翰曰蔚盛也嘉命植書也辱污也誦讀反覆雖諷雅頌不復過此善曰說文曰諷誦也　濟曰諷猶詠也詩有大雅小雅商頌魯頌若仲宣之擅漢表陳氏之跨冀域徐劉之顯青豫應生之發魏國斯皆然矣善曰仲宣投劉表寓流楚壤故云漢表孔璋竄身袁氏故云冀域偉長淹留高密故云青也公幹論甄許京故云豫德璉時居汝潁汝潁太祖食邑故云魏也　良曰仲宣王粲字也寓於楚壤故云漢表陳琳屬於袁氏故云冀域徐幹昌於高密故云青劉楨游於許京故云顯於豫應瑒時居汝潁此疊植書至於脩者聽采風聲仰德不暇目周章於省覽何遑高視哉善曰尚書曰樹之風聲家語曰孔子出乎四門周章遠望　銑曰周章馳逐也遑暇也植書云足下高視於上京故有此答伏惟君侯少長貴盛體發旦之資有聖善之教善曰毛詩曰凱風自南吹彼棘心母氏聖善我無令人　向曰體同也發武王名旦周公名資用也聖善謂植父武帝也遠近觀者徒謂能宣昭懿德光贊大業而已不復謂能兼覽傳記留思文章善曰毛詩曰宣昭義問又曰人之秉彝好是懿德周易曰富有之謂大業也

翰曰宣布昭明懿美也賛佐也大業父業也今乃含王超陳度越數子矣善曰漢書桓譚曰楊子之書文義至深必度越諸子矣觀者駭視而拭目聽者傾首而竦耳非夫體通性達受之自然其孰能至於此乎善曰老子曰天法道道法自然鍾會曰莫知所出故曰自然　濟曰竦耳傾聽又嘗親見執事握牘持筆有所造作若成誦在心借書於手曾不斯須少留思慮仲尼日月無得即踰焉脩之仰望殆如此矣善曰論語子貢曰仲尼不可毀也仲尼日月也無得而踰焉　良曰執事謂植也尊敬之故不指斥而託左右執事也牘書板也斯須須臾也比植文章不可及也是以對鶡曷而辭作暑賦彌日而不獻見西施之容歸憎其貌者也善曰越絶書曰越王乃飾美女西施鄭巴使大夫種獻之於吳王　銑曰植曾

文選四十　七

作鶡鳥賦命脩作脩辭不爲也又命作暑賦脩雖造成終日不敢獻亦由見西施之美自憎其惡伏想執事不知其然猥受顧錫教使刊定善曰鄭玄禮記注曰刊削也　向曰植書云後誰復相知定吾文耶是使脩刊定也脩以無能頓受眷顧賜命矣猥頓錫賜也春秋之成莫能損益呂氏淮南字直千金善本有然而字弟子拑口市人拱手者賢聖卓犖固所以殊絶凡庸也善曰史記曰孔子在位聽訟文辭有可與共者弗獨有也至於爲春秋筆則筆削則削子夏之徒不能賛一辭桓子新論曰秦相呂不韋請迎高妙作呂氏春秋漢之淮南王聘天下辯通以著篇章成皆布之都市懸置千金以延示衆士而莫能有變易者乃其事約豔體具而言微也　翰曰此皆聖賢用心高大以殊於凡庸之所由致也卓犖高大之貌餘同善注今之賦頌古詩之流不更孔公風雅無別耳善曰兩都賦序曰賦者古詩之流也文雖出此而意微殊　濟曰植書云今往僕少小所著辭賦一通相與更經也脩言今植之賦頌乃

與古詩相類雖不經孔子刪定與詩之風雅無異焉脩家子雲老不曉事彊著一書悔其少失照作善曰植書云揚雄猶云壯夫不爲雄法言曰或問吾子少好賦曰然童子雕蟲篆刻俄而曰壯夫不爲是悔其少作也子雲雄字也與脩同姓故云脩家著一書即法言也　良同善注若比仲山周旦之疇爲皆有諐耶善曰毛詩序曰七月周公遭變陳王業之艱難然詩無仲山甫作者而吉父美仲山父之德未詳德祖何以言之　銑曰仲山甫作周頌周公作鴟鴞詩言如雄言則此二人皆有過也君侯忘聖賢之顯迹述鄙宗之過言竊以爲未之思也善曰楚辭曰吾聞作忠以造怨忽謂之過言論語曰未之思也　向曰鄙宗過言謂壯夫不爲也若乃不忘經國之大美流千載之英聲銘功景鐘書名竹帛斯自雅量素所蓄也豈與文章相妨害哉善曰曹植書曰采庶官之實録成一家之言東京賦曰忘經國之長基封

文選四十　八

禪書曰飛英聲國語晉悼公曰昔克路之役秦來圖敗功魏顆以其身却退秦師于輔氏親止杜回其勳銘于景鐘韋昭曰景鐘景公鐘也墨子曰以其所獲書於竹帛傳遺後世子孫也　翰曰魏顆追秦於輔氏其勳銘于景鐘景公鍾也書名竹帛謂史書也雅量謂植之度量素常也植書云吾雖薄德位爲蕃侯猶庶幾戮力上國流惠下人建永世之業流金石之功豈以翰墨爲勳績辭賦爲君子哉故脩以此言荅也輙受所惠竊備矇蒙瞍叟誦詠而已善曰詩曰矇瞍奏工　濟曰所惠謂賜文章也言己備誦詠之人而已矇瞍昏耄脩謙詞也敢望惠施以忝莊氏善曰植書云其言不慙恃惠子之知我也脩言已豈敢望比惠施之德以忝辱於莊周之相知乎莊周喻植也惠施莊周相知者也故引之　良同善注季緒璅璅何足以云善曰魏志曰劉季緒名脩劉表子官至樂安太守　銑曰植書云劉季緒好詆訶文章脩云何足以云璅璅小器也反荅造次不能宣備脩死罪死罪

與魏文帝牋

繁休伯 善曰文章志曰繁欽字休伯潁川人少以文辯知名以豫州從事稍遷至丞相主簿病卒文章集序云上西征余守譙繁欽從時薛訪車子能喉囀與笳同音欽牋還與余盛歎之雖過其實而其文甚麗 向曰繁步何反餘文同

正月八日壬寅領主簿繁欽死罪死罪近屢奉牋不足自宣頃諸鼓吹廣求異妓時都尉薛訪車子年始十四 善曰左氏傳曰叔孫氏之車子鉏商獲麟 翰曰鼓吹音樂也妓能也都尉官名薛訪車子姓名 能喉囀引聲與笳同音 濟曰笳籥也 白上呈見果如其言 善曰許慎淮南子注曰果成也 良曰上主上也文帝時未受禪 即日故共觀試乃知天壤之所生誠有自然之妙物也 濟曰壤地也 潛氣內轉哀聲 善本作音字 外激大不抗越細不幽散聲悲舊笳曲美常均 善曰樂汁圖徵曰聖人往承天以立五均均者亦律調五聲之均也宋均曰長八尺施絃也 銑曰抗高越過也幽散絕也笳籥也均曲也 及與黃門鼓吹溫胡迭唱迭和喉所發音無不響應曲折沈浮尋變入節 善曰漢書曰鄭聲尤集黃門集樂之所 漢書音義如淳曰今樂家五日一習樂為理樂栢譚新論曰漢之三主內置黃門工倡也 向曰黃門樂官名溫胡姓名也迭更也變曲會也 自初呈試中間二旬胡欲傲其所不知尚之以一曲巧竭意匱既已不能 善曰左氏傳曰韓宣子如楚叔向為介王欲傲叔向以其所不知而不能也 翰曰傲欺尚勝竭盡匱乏也言竟不能勝 而此孺子遺聲抑揚不可勝窮優遊變 善本作轉字 化餘弄未盡 良曰化變弄曲也 曁其清激悲吟雜以怨慕 善曰曁及也 詠北狄之遐征奏

胡馬之長思悽入肝脾哀感頑豔 善曰古詩曰胡馬依北風 濟曰北狄征胡馬思皆古歌曲皆能喉囀為之悽傷也頑鈍豔美者皆感之 是時日在西隅涼風拂衽背山臨溪流泉東逝同坐仰歎觀者俯聽莫不泫泣隕涕悲懷慷慨 善曰說文曰衽衣衿也 銑曰衽衣衿泫流貌隕墜也慷慨歎息貌 自左顛 都年 史妠 奴紺 謇姐名倡 善曰魏志曰文帝令杜夔與左顛等於賓客之中吹笙鼓琴然其史妠謇姐蓋亦當時之樂人說文曰嫿字或作姐古字假借也姐子也切 向曰左顛史妠謇姐皆樂人名倡樂也 能識以來耳目所見僉曰詭異未之聞也 善曰李陵與蘇武書曰陵自有識以來士之立操未有如子卿者也說文曰詭變也 翰曰詭奇也 竊惟聖體兼愛好奇 善曰莊子仲尼謂老聃曰兼愛無私也 濟曰兼愛多所愛也 是以因牋先白委曲伏想御聞必含餘懽冀事速訖旋侍光塵寓目階庭與聽斯調宴喜之樂蓋亦無量 善曰左氏傳曰得臣寓目焉詩曰吉甫宴喜 銑曰御進也事謂西征也訖竟也光塵美言之與及也斯調喉囀也 欽死罪死罪

答東阿王牋

陳孔璋 善曰文章志曰陳琳字孔璋廣陵人也避亂冀州袁紹辟之使典密事紹死魏太祖辟為軍謀祭酒典記室病卒 向曰東阿王曹植也餘同善注

琳死罪死罪昨加恩辱命并示龜賦披覽粲然君侯體高俗 李善本作世字 之材秉青蓱干將之器 善曰漢書爰盎諫文帝曰陛下有高世之行三呂氏春秋曰趙襄子遊於囿中至於梁馬卻不肯進青蓱為參乘青蓱進視下豫讓卻寢佯為死人叱青蓱曰去長者且有事青蓱曰少而與子友子今日為大事而我言之失相與之道子賊吾君而

我不言失爲人臣之道如我者唯死之可也退而自殺青蓱豫讓之友也張叔及論曰青蓱砥礪於鋒鍔庖丁剖犧於用刀越絶書曰楚令歐冶子干將爲鐵劍二枚一曰干將二曰莫邪　翰曰辱命謂得植書粲然明白貌也　濟曰王即諸侯也故云君侯高俗言才高過一代青蓱干將皆劒名也　**拂鐘無聲應機立斷**　善曰說苑曰西閭過東渡河中流而溺船人接而出之問曰子何之過曰欲說東諸侯船人曰子渡河而溺安能說諸侯乎過曰獨不聞干將莫邪拂鐘不錚試物不知然以之綴屨曾不如兩錢之錐今子持檝乘扁舟子所能也若試與子東說諸侯王見一國之主子之蒙蒙然無異於未視狗也又曰淳于髡三稱鄒忌三知之髡等辭屈而去故所以尚干將莫耶者貴於立斷　良曰錚聲也夫所以貴於干將莫耶者貴於立斷截也皆謂植之才藝同於此矣餘文同　**此乃天然異稟非鑽仰者所庶幾也**　善曰言天性自然受於異氣也孔安國尚書傳曰稟受也　銑曰顏回曰鑽之彌堅仰之彌高言植之文堅而且高鑽仰者終不可近而致之　**音義既遠清辭妙句焱**臨念**絶煥炳**　善曰說文曰焱火華也　向曰焱絶煥炳言文辭光明也　**譬猶飛兔流星超山越海龍驥所不敢追況於駑馬可得齊足**　善曰呂氏春秋曰飛兔要褭古之駿馬也流星言疾也李尤七歎曰神奔電驟星流矢驚則莫若益野騰駒楚辭曰驥騏驂蹇而齊足　翰曰飛兔流星神駿也馬八尺以上爲龍驥良馬名可得言不可得也　**夫聽白雪之音觀綠水之節然後東野巴人蚩鄙益著**　善曰宋玉諷賦曰臣援琴而鼓之爲幽蘭白雪之曲淮南子曰手會綠水之趨高誘曰綠水古詩也東野下里之音也宋玉對問曰客有歌於郢中者其始曰下里巴人也　濟曰白雪綠水楚之上曲也比植文也東野巴人楚之下曲琳自比其文見植文之美而覺已文之惡矣　**載懽載笑欲罷不能謹韞櫝玩耽以爲吟頌**　善曰詩曰既見復關載笑載言論語顏淵曰夫子博我以文約我以禮欲罷不能也論語子貢曰有美玉於斯韞櫝而藏諸吟頌謂謳吟歌誦　良曰載則也歡言美之也韞藏櫝匱玩珍耽好也爲吟頌者愛之深也　**琳死罪死罪**

荅魏太子牋

善曰魏略曰魏郡大疫故太子與質書質報之

吳季重　善曰魏志云吳質字季重濟陰人以文才爲文帝所善爲朝歌長官至振威將軍文帝爲太子時重荅此牋也　銑同善注

二月八日庚寅臣質言奉讀手命追亡慮存恩哀之隆五臣本作降**形於文墨**　向曰手命謂太子與質書也其書云二三諸友零落略盡此追亡慮存者也形見也　**日月冉冉歲不與我**　善曰楚辭曰老冉冉而逾施論語陽貨曰歲不我與　翰曰冉冉疾行貌不與我言不留也　**昔侍左右則坐衆賢出有微行之游入有管絃之歡置酒樂飲賦詩稱壽**　善曰漢書曰武帝微行私出張晏曰騎出入市里若微賤之所爲故曰微行漢書曰陳平厚具樂飲太尉史記曰武安君起爲壽如淳曰上酒爲稱壽也　良曰謂在太子所時也列列也衆賢謂陳徐之流也微行謂微服而行也　**自謂可終始相保**五臣本作報**並騁材力效節明主何意數年之閒死喪略盡臣獨何德以堪久長陳徐劉應才學所著誠**五臣本作試**如來命惜其不遂可爲痛切**　銑曰陳琳徐幹劉楨應瑒也來命謂來書之言不遂謂皆死不遂其才志　**凡此數子於雍容侍從實其人也若乃邊境有虞羣下鼎沸軍書輻至羽檄交馳於彼諸賢非其任也**　善曰西京賦序曰雍容揄揚漢書曰嚴助侍從從容漢書田延年曰羣下鼎沸社稷將傾又息夫躬上疏曰軍書交馳而輻湊羽檄重積而狎至　向曰雍容善和貌虞度也有度謂寇至也輻至言衆如車輻之湊於轂也羽檄徵兵之書　**往者孝武之世文章爲盛若東方朔枚臯之徒不能持論即阮陳之儔也**　善曰漢書東方朔枚臯不根持論上頗俳優畜之　翰曰

孝武漢帝也阮瑀陳琳也儔類也其唯嚴助壽王與聞政事然皆不愼其身善謀於國卒以敗亡臣竊恥之善曰漢書曰唯嚴助與吾丘壽王見任用後淮南王朝賂遺助竟坐弃市壽王後坐事誅論語曰冉子退朝子曰何晏也對曰有政子曰其事也如有政雖不吾以吾其與聞之也　濟同善注至於司馬長卿稱疾避事以著書爲務則徐生庶幾焉善曰漢書司馬相如常稱疾避事又長卿妻曰長卿時時著書人又取去文帝書曰偉長著中論二十餘篇爾雅曰尚庶幾也　良曰言徐幹比之相如頗復近也而今各逝已爲異物矣後來君子實可畏也善曰鵩鳥賦曰化爲異物又何足患文帝書曰後生可畏來者難誣　銑曰謂後俊者也孔子云後生可畏伏惟所天善本無伏惟所天字優游典籍之場休息篇章之圃善本作圃字善曰荅賓戲曰眞婆娑乎術藝之場休息乎篇籍之圃項代曰場圃講藝之處也　向曰所天謂君屬太子也言以文章典籍爲場圃而優游休息於其間也發言抗論窮理盡微摛藻下筆鸞龍之文奮矣善曰周易窮理盡性孔安國尚書傳曰微妙也鸞龍鱗羽之有五彩故以喻焉荅賓戲曰摛藻如春華班固與弟超書曰傳武仲下筆不休　向曰抗高也摛亦發也藻文也鸞龍有五色文章也奮振也雖年齊蕭王才實百之善曰文帝書曰吾德不及蕭王年與之齊矣東觀漢記曰更始遣使者立光武爲蕭王漢書劉向上疏曰陳湯比於貳師功德百之也　向曰更始封漢光武爲蕭王光武曰吾三十時在軍中故質以此荅之百謂勝百倍也此衆議所五臣作可以歸高遠近所以同聲也善曰周易曰同聲相應　向曰同聲言俱謂然也然年歲若墜今質已五臣本無已字四十二矣白髮生鬢所慮日深實不復若平生善本作日字之時也但欲保身勑行不蹈有過之地以爲知己之累耳善曰莊子曰可以保身孔安國尚書傳曰勑正

也愼子曰父處無過之地則世俗聽矣　翰曰墜失勑正蹈履游宴之歡難可再遇盛年一過實不可追臣幸得下愚之才值風雲之會善曰論語子曰唯上智下愚不移　濟曰易云雲從龍風從虎聖人作而萬物覩言已與太子幸得同此際會也時邁齒臷徒結猶欲觸冑奮首展其割裂之用也善曰尚書曰日月逾邁左氏傳宰孔謂齊侯曰伯舅耋老杜預曰七十曰耋也　良曰邁往齒年臷大也觸冑奮首割裂謂冒鋒刃甘死而効其用以報德焉不勝慺慺音婁慺慺謹敬也善曰尚書曰銑曰慺慺敬貌以來命備悉故略陳至情質死罪死罪

在元城與魏太子牋善曰魏略曰質遷元城令之官過鄴辭太子到縣與太子牋　向同善注

吳季重

臣質言前蒙延納侍宴終日曜靈匿景繼以華燈善曰鄭玄禮記注曰延進也楚辭曰角宿未旦曜靈藏廣雅曰耀靈日也楚辭曰蘭膏明燭華燈錯　翰曰謂辭太子時曜靈日月匿藏也雖虞卿適趙平原入秦受贈千金浮觴旬日無以過也善曰史記曰虞卿者遊說之士也說趙孝成王一見賜金百鎰再見爲上卿故號爲虞卿又曰秦昭王爲書遺平原君曰寡人聞君之高義願與君爲布衣之交君幸過寡人願與爲十日之飲平原君遂入秦見昭王　濟曰千金言多也浮汎也觴酒器也言此不能過已受太子之賜及宴樂之事餘文同小器易盈先取沈頓醒寤之後不識所言善曰孔安國尚書傳曰沈謂醉冥也頓猶弊也　良曰沈頓酒困也不記醉時所言恐有虧失即以五日到官初至承前未知深淺善曰言每事承前無所改易也深淺猶善惡也　銑曰謂前人之教化然觀地形察土宜西帶恒山連岡平代善曰左氏傳賓媚人

曰先王疆理天下物土之宜漢書有常山郡張晏曰恒山在西漢書代郡有平邑及代二縣 向曰岡山脊也平代二郡北鄰栢人乃高帝之所忌也善曰漢書曰上東擊韓信餘寇東垣還過趙趙相貫高等耻上不禮其王陰謀欲殺上上欲宿心動問縣名何曰栢人上曰栢人者迫於人也夫弗宿 翰曰鄰近栢人縣名餘文同重以泜（祗）水漸漬疆宇喟然歎息思淮陰之奇譎亮成安之失策善曰漢書常山郡元氏縣有泜水首受中丘西山窮泉谷入黃河泜音脂漢書成安君陳餘背漢之趙遣張耳與韓信擊破趙井陘斬陳餘泜水上奇譎謂拔趙幟立漢幟失策謂不用李左車之言也 濟曰漸漬浸也疆界宇居也漢使韓信擊趙信使窺之知趙相成安君陳餘不用李左車之計乃引兵來至井陘口選輕騎二千持赤幟從閒道萆山而望趙軍又使萬人先行背水陣平旦信建大將旗鼓出井陘口大戰良久信棄旗鼓走水上復疾戰趙軍空壁爭信旗鼓萆山二千人入趙壁拔趙幟立漢赤幟趙軍望之大驚乃亂敗遂斬成安泜水上信後爲淮陰侯喟然歎聲亮信也不用左車之言而敗故云失策也南望邯鄲想

【文選四十】

廉藺之風善同良注 良曰廉頗藺相如趙國之賢將也故想其風邯鄲趙所都也東接鉅鹿存五臣本作想李齊之流善曰漢書文帝問馮唐曰吾居代時吾尚食監高祛數爲我言趙將李齊之賢戰於鉅鹿下吾每飲食未嘗不在鉅鹿也 良同善注曰鉅鹿縣名也都人士女服習禮教皆懷慷慨之節包左車之計善曰西都賦曰都人士女殊異乎五方漢書廣武君李左車說成安君曰聞漢將韓信議欲以下趙願假臣奇兵三萬人絕其輜重足下深溝高壘堅壁勿與戰吾奇兵絕其後兩將之首可致戲下成安君不聽也 向曰慷慨謂貞廉也左車即李左車而質闇弱無以莅之善曰毛萇詩傳曰莅臨也 翰曰闇弱謙也莅臨也若乃邁德種恩樹之風聲使農夫逸豫於疆畔女工吟詠於機杼固非質之能也善曰尚書曰咎繇邁種德又曰樹之風聲詩曰爾公爾侯逸豫無期漢書酈食其曰農夫釋耒紅女下機工與紅同毛詩序曰吟詠情性 濟曰邁行豫樂也至於

奉遵科教班揚明令下無威福之吏邑無豪俠之桀善本作傑字 善曰爾雅曰科條也尚書曰臣無有作福作威賦事行刑資於故實抑亦懔懔有庶幾之心善曰國語樊穆仲曰魯侯賦事行刑必問於遺訓而咨於故實孔安國尚書傳曰懔懔危懼貌 良曰賦布也威福擅作威福於人者懔懔敬貌庶幾慕近也往者嚴助釋承明之歡受會稽之位壽王去侍從之娛統東郡之任其後皆克復舊職追尋前軌今獨不然不亦異乎善曰漢書曰嚴助爲中大夫上問所欲對曰願爲會稽太守數年賜書曰制詔會稽太守君猒承明之廬出爲郡吏久不聞問助恐上書謝願奉三年計最詔許因留侍中又曰吾丘壽王善格五召待詔拜侍中後爲東郡尉復徵入爲光祿大夫侍中 銑注同曰皆克復舊任軌迹也今不然者質自言未得重入侍與彼異也張敞在外自謂無奇陳咸憤積思入京城善曰漢書曰張敞爲膠東相與朱邑書曰值敞遠守劇郡馭於繩墨匈臆約結固無奇矣又曰陳咸字子康爲南陽太守咸數賂遺陳湯與書曰即蒙子公力得入帝城死不恨矣後竟入爲少府又曰陳湯字子公 向同善注彼豈虛談夸論誑曜世俗哉斯實薄郡守之榮願善本作顯字左右之勤也翰曰彼謂張敞陳咸薄輕也輕居郡守願在左右亦賢之心古今二揆先後不貿（莫構）焉知來者之不如今善曰爾雅曰貿易也論語曰後生可畏焉知來者之不如今 濟曰揆致也焉知來者不如今謂己情亦與張敞陳咸相類也聊以當覲不敢多云良曰覲見也質死罪死罪

【文選四十】

爲鄭沖勸晉王牋

阮嗣宗善曰臧榮緒晉書曰鄭沖字文和滎陽人也位至太傅又曰魏帝封晉太祖爲晉公太原等十郡爲邑進位相國備禮九錫太祖讓不受公卿將校皆詣府勸進阮

籍爲其辭良同善注

沖等死罪伏見嘉命顯至銑曰嘉命即魏册命竊聞明公固讓沖等眷眷實有愚心以爲聖王作制百代同風褒德賞功有自來矣善曰漢書武帝詔曰古者賞有功褒有德左氏傳叔孫曰叔出季處有自來矣向曰自從也昔伊尹有莘氏之媵由謚臣耳一佐成湯遂荷阿衡之號善曰説苑鄒子説梁王曰伊尹有莘之媵臣湯立以爲三公毛詩曰實維阿衡實左右商王毛萇曰阿衡伊尹也翰曰伊尹欲干湯乃爲有莘氏媵臣佐湯伐桀以爲阿衡周公籍已成之勢據既安之業光宅曲阜奄有龜蒙善曰尚書曰光宅天下又曰魯侯伯禽宅曲阜毛詩曰奄有龜蒙遂荒大東毛萇曰龜山蒙山也翰曰武王既成王業天下既安而封周公之子伯禽爲魯侯治曲阜有龜蒙龜蒙魯之山名光大宅居也呂尚磻磎

之漁者一朝指麾乃封營丘善曰尚書中候曰王即迴駕水畔至磻磎之水呂尚釣於崖史記曰西伯以呂尚爲太師武王東伐師尚父左杖黄鉞右把白旄以誓武王已平商封尚父於齊營丘魏書荀攸勸進曰昔周公承文武之跡受已成之業呂望暫把旄鉞一時指麾皆大啓土宇跨州兼國翰曰呂尚釣於磻磎故云漁者文王用以爲師武王伐殷用其計左杖黄鉞右秉白旄以誓而滅殷故云指麾自是以來功薄而賞厚者不可勝數善曰東觀漢記曹節上書曰功薄賞厚誠有踧踖也然賢哲之士猶以爲美談善曰公羊傳曰魯人至今以爲美談況自先相國以來世有明德善曰王隱晉書宣紀曰天子策命上爲相國又景紀曰天子策上爲相國毛詩曰世有哲王尚書曰明德惟馨濟曰先相謂宣帝爲魏丞相也世有言不絶也翼輔魏室以綏天下朝無闕政人善本作民字無謗言善曰南都賦曰朝無闕政風烈昭宣左氏傳曰晉悼公即位民無謗言所以復霸也良曰綏安也前者明公

西征靈州北臨沙漠榆中以西望風震服羌戎東馳迴首内向善曰王隱晉書文紀曰姜維出隴右上帥輕兵到靈州大破之諸虜震服漢書北地郡有靈州縣金城郡有榆中縣李陵書曰遠聽之臣望風馳命爾雅曰震懼也長楊賦曰靡節西征羌僰東馳封禪文曰昆蟲闓澤迴首面内劇秦美新曰迴首内嚮喁喁如也銑曰沙漠榆中皆邊地名震驚也東馳内向皆來朝服東誅叛逆全軍獨尅禽闔閭之將斬輕鋭之卒以萬萬計威加南海名懾之涉三越善曰王隱晉書文紀曰諸葛誕反上親臨西園四面並攻須臾陷潰斬送誕首魏志曰誕閉城自守遣小子靚至吴請救吴遣唐咨王祚來應誕及斬誕唐咨王祚皆降吴兵萬衆器仗軍實山積孫子兵法曰用兵之法全軍爲上破軍次之闔閭吴王也以比孫權爾雅曰慴懼也郭璞曰即懾字也漢書有三越謂吴越及南越及閩越也向同善注曰叛逆謂諸葛誕反將則唐咨等輕鋭勁利之兵也萬萬計言多也加陵也南海吴界攝服也三越謂越及南越閩越也宇内康寧苛慝

不作善曰過秦論曰包舉宇内尚書五福二曰康寧左氏傳晉叔向曰有楚國者其弃疾乎君居陳蔡苛慝不作盜賊伏隱也翰曰寧安作起也苛慝繁惡之政是以殊俗畏威東夷獻舞善曰范曄後漢書曰東夷自少康以後世服王化獻其樂舞濟曰殊俗遠方東夷東方之夷也獻舞獻樂舞故聖上覽乃昔以來禮典舊章五臣本作制開國光宅顯茲太原善曰毛詩曰率由舊章周易曰大君有命開國承家良曰謂封爲晉公明公宜承聖旨受茲介福允當天人善曰易曰受茲介福以中正也左氏傳癸子曰軍志云允當則歸銑曰旨意也聖意謂魏帝之意也介大允信也天人謂天意人事也元功盛勳光光如彼國土嘉祚巍巍如此向曰元大也光光明貌如彼謂破姜維之類國土嘉祚如此謂晉原之地巍巍高貌内外協同靡愆靡違翰曰協合靡無愆失也内外其心合同無相違也由斯征伐則可朝五臣本無朝字服濟江掃

除吳會善曰國語曰齊教大成定三革隱五刃朝服以濟河而無怵惕焉文事勝矣　銑曰由從斯此也吳會吳地名埽除謂滅吳也西塞江源望祀岷山善曰漢書曰江水祀蜀塞特牲赤牛犢塞謂報神恩也禮記曰東巡狩望祀山川漢書曰秦并天下令祠官祠瀆山瀆山蜀之岷山也　向曰岷山江所在蜀也西塞言滅蜀也望祀謂祭此山焉廻戈弭節以麾天下善曰長揚賦曰廻戈聊指南越相夷靡節西征羌僰東馳今以靡爲弭誤也　翰曰弭按也麾天下謂平一也遠無不服邇無不肅善曰國語祭公謀父曰近無不聽遠無不服也　濟曰肅敬邇近也大魏之德光于唐虞明公盛勳超于桓文良曰唐虞堯舜也桓文齊桓公晉文公皆輔翼周室而公超越之然後臨滄洲而謝支伯登箕山以揖許由豈不盛乎善曰莊子曰舜讓天下於子州支伯子州支伯曰予有幽憂之病方且治之未暇治天下也文或爲交呂氏春秋曰昔堯朝許由於沛澤之中請屬天下於夫子許由遂之箕山之下也　濟曰言公宜受封爵後立功如此然後退身豈不盛也揖謝皆讓也至公至平誰與爲鄰何必勤勤小讓也哉善曰仲長子昌言曰人主臨之以至公莊子魯侯曰其道幽遠而無人吾誰與爲鄰　向曰鄰比也沖等不通大體敢以陳聞翰曰不通謙辭也

文選四十　廿九

拜中軍記室辭隨王牋

謝玄暉善曰蕭子顯齊書曰謝朓爲隋王子隆府文學世祖勑朓可還都遷新安王中軍記室牋辭子隆世祖武皇帝　濟注同

故吏文學謝朓死罪死罪即日被尚書召以朓補中軍新安王記室參軍朓聞潢汙上黃下烏之水顧朝宗而每竭駑蹇之乘希沃若而中疲善曰左氏傳曰潢汙行潦之水尚書曰江漢朝宗于海班固王命論曰駑蹇之乘下騁千里之塗王逸楚辭注曰蹇跛也法言曰希驥之馬亦驥之乘也李軌曰希望也詩曰我馬維駱六轡沃若沃若調柔也　良曰潢汙兩水也沃若良馬行貌言此水雖欲朝宗于海此馬欲希良馬之行必見竭涸疲殆無由致也自喻策鄙才彊小智願事於王不由於己所以終莫遂也何則皁壤搖落對之惆悵歧路西東或以嗚善本作歍字唈烏合反　善曰莊子仲尼謂顏回曰山林與皁壤使我欣欣而樂樂未畢也哀又繼之楚辭曰草木搖落而變衰又曰惆悵兮私自憐淮南子曰楊子見歧路而哭之爲其可以南可以北又曰雍門哭見於孟嘗孟嘗君爲之嗚唈流涕歍與嗚同　銑曰皁壤搖落謂秋也歧路東西謂別也惆悵嗚咽皆悲傷也皁壤川原歧路行道也況五臣本作怳乃服義徒擁歸志莫從善曰楚辭曰身服義而未沫鄭玄儀禮注曰擁抱也孟子曰予浩然有歸志曹植應詔詩曰朝覲莫從　向曰言服習王之道義但以擁塞使我歸王之志莫從也邈若墜雨翩似秋蔕音帝　善曰潘岳楊氏七哀詩曰漼如葉落樹邈然雨絕天論衡曰雲散水墜成爲雨矣郭璞遊仙詩曰在世無千月命如秋葉蔕　翰曰墜雨離於雲秋蔕去於樹喻已別王也邈遠翩落也朓實庸流行能無算善曰鄭玄論語注曰算數也　濟曰皆謙辭也言不足數屬天地休明山川受納善曰天地喻帝山川喻王左氏傳王孫滿曰德之休明　良曰川澤納汙山藪藏疾言遇休明之代容受我不肖之人同於山川之納藏也褒采一介抽揚小善善曰尚書秦穆公曰如有一介臣周書陰符太公曰好用小善不得眞賢也蔡邕玄表賦曰庶小善之有益故捨耒盧對場圃奉筆兎園善曰詩曰九月築場圃西京雜記曰梁孝王好宮室苑囿之樂築兎園也　銑曰捨耒罷耕也場圃田園也奉筆兎園請事於王也梁孝王有兎園東亂三江西浮五臣本作游七澤善曰言常從子隆也蕭子顯齊書曰隋王子隆孔安國尚書傳曰正絕流曰亂尚書曰三江旣入震澤厎定楚辭曰過夏首而西浮子虛賦曰臣聞楚有七澤　向曰王爲東中郎將會稽太守後遷西將軍荊州刺史三江會稽越境也七澤荊州楚境也越東楚西絕流曰亂浮游也契闊戎旃從容讌語善曰毛詩曰死生契闊周禮九旗通帛曰旃劉向七言曰讌處從容觀詩書毛

文選四十　三十

詩曰燕笑語兮是以有譽處兮　翰曰謂從行也契闊勤苦也戎兵也旃旌也**長裾日曳後乘**善同濟注　濟曰鄒陽書曰何王之門不可曳長裾乎裾冠衣之裾也曳謂朝夕遊王門也魏文帝書云文學託乘於後車詩曰載脂載轄**榮立府庭恩加顏色沐髮晞陽**

未測涯涘善曰曹植豔歌行曰長者賜顏色楚辭曰朝濯髮於湯谷兮夕晞余身乎九陽　良曰言沐王之德深故不測崖際也晞乾也**撫臆論報早誓**五臣本作逝**肌骨**善曰演連珠曰撫臆論心陳思王責躬表曰抱釁歸藩刻肌刻骨　銑曰言撫持胷臆論報恩澤將往銘鏤肌骨而不忘逝往也**不寤滄溟未運波臣自蕩**善曰司馬彪曰轉運也又曰莊周謂監河侯曰周顧視車轍中有鮒魚焉曰我東海之波臣也君豈有升升之水而活我哉　向曰寤覺也滄溟海也莊子云鯤化爲鵬海運將徙於南溟滄溟未運王未遷轉也波臣自喻也蕩失也**渤澥方春旅翮先謝**善曰滄溟渤澥皆以喻王波臣旅翮皆自喻也　翰曰解嘲云若渤澥之鳥也渤澥海名方春息鴈時也喻王左右居也旅翮先謝自喻去王也謝去也翮鳥羽也**清切藩房寂寥舊蓽**善曰藩房王府舊蓽眺舍也劉楨贈徐幹詩曰拘限清切禁中情無由宣左氏傳曰蓽門圭竇之人皆陵其上也　濟曰藩房藩國也房謂王府也蓽柴門也謂眺舊所居也清切悽傷也寂寥無人也**輕舟反泝**素**弔影獨留**善曰言舟反而已留也洛神賦曰浮輕舟而上泝曹子建責躬表曰形影相弔五情愧赧也　良曰別王乘輕舟反向而望心已馳於王左右矣而形影相弔則留礙矣**白雲在天龍門不見去德滋永思德滋深**善曰穆天子傳西王母爲天子謠曰白雲在天山陵自出道路悠遠山川間之將子無死尚能復來楚辭曰過夏首而西浮顧龍門而不見王逸曰龍門楚東門也莊子徐無鬼謂女商曰子不聞夫越之流人乎去國數日見其所知而喜去國旬月見所嘗見於國中而喜及朞年也見似人者而喜矣不亦去人滋久者思人滋深乎　銑同善注曰言己想望於王猶白雲在天既與王隔猶龍門不見**唯待青江可望候歸艎於春渚**善曰冀王入朝而已候於江渚也杜預左氏傳注曰艅艎舟名也　翰曰言已不可得往唯待王還京都也青江亦

春晚也艎舟名王乘也**朱邸方開效蓬心於秋實**善曰史記曰諸侯朝天子於天子之所立舍曰邸諸侯朱戶故曰朱邸莊子謂惠子曰夫子拙於用大則夫子猶蓬之心也夫韓詩外傳簡王曰夫春樹桃李秋得食其實也　濟曰朱邸謂王在京之邸朱其戶也蓬心非特達眺自謙也樹桃李秋取其實也眺願因得效已同於此而少報王**如其簪屨或存衽席無改**善同良注　良曰言王如或能存故情於我也少原之野有婦人刈蓍薪而失簪哭甚哀言不忘於舊也楚昭王亡其踦屨已行三十步而還之左右曰何惜此王曰吾悲與之俱出不俱反自是楚國無相棄者晉文公至河令席蓐捐之咎犯哭曰席蓐所卧也而君棄之臣不勝哀衽席單席也**雖復身塡溝壑猶望妻子知歸攬涕告辭悲來橫集**善曰列女傳梁高行曰妾夫不幸早死先狗馬塡溝壑東觀漢記張湛謂朱暉曰願以妻子託朱生楚辭曰思美人兮攬涕而竚眙又曰涕橫集而成行漢書中山靖王曰不知涕泣之橫集　銑曰橫交也**不任犬馬之誠**善曰史記丞相青翟曰臣不勝犬馬心

到大司馬記室牋

任彥升善曰劉璠梁典曰宣德太后以公爲大司馬錄尚書事以任昉爲記室用舊也　向曰齊宣德皇后令以梁高祖武帝爲大司馬錄尚書事以昉爲司馬下記室昉到官而謝之

記室參軍事任昉死罪死罪伏承以今月令辰肅膺五臣本作應**典冊**善曰劉歆甘泉賦曰擇吉日之令辰　翰曰令善辰時肅敬膺當也典冊謂受大司馬**德顯功高光副四海**善曰東觀漢記明帝冊曰副符封侯或以德顯朱浮與彭寵書曰伯通自伐以爲功高天下　濟曰副稱也**含生之倫庇身有地**善曰曹植對酒行曰含生蒙澤草木茂延左氏傳子反曰信以守禮禮以庇身　良曰含生有生之類庇託也**況昉受教君子將二十年**善曰魏文帝令曰況吾託士人之末列曾受教君子哉　銑曰君子

謂高祖與昉有舊也咳若改唾爲恩眄睞力代成飾善曰莊子孔子謂漁父曰丘幸聞咳唾之音古詩曰眄睞以適意　向曰睞視也恩飾謂光益於己也小人懷惠顧知死所善曰論語子曰小人懷惠左氏傳其友謂狼瞫曰盍死瞫曰吾未獲死所　翰曰言懷恩惠自顧知以身命報德也昔承嘉宴屬有緒言提挈五臣本作挈苦結反之旨形乎善謔豈謂多幸斯言善本作其字不渝善曰梁史曰始高祖遇昉於竟陵王西邸從容謂昉曰我登王府當以卿爲記室昉亦戲高祖曰我若登王事當以卿爲騎兵高祖善騎射也至是故引昉符昔言也莊子孔子謂漁父曰曩者先生有緒言而去漢書厮養卒曰兩人左提右挈滅燕易矣詩曰善戲謔兮漢書衛青曰臣幸得待罪行間左氏傳羊舌職曰民之多幸國之不幸詩曰寔命不渝毛萇曰渝變也　濟曰嘉宴乃謂於竟陵王席也緒末也提挈謂許以爲記室也旨意也形是謔戲也餘注同雖情謬先覺而迹淪驕餌善曰知梁武之必貴爲謬先覺也猶仕齊邦是淪驕餌也論語子曰抑亦先覺者是賢乎漢書桓生欲借書班嗣報

【文選四十　卅三】

曰不絓聖人之網不韝驕君之餌也　良曰言誤謬不能先覺高祖之必貴而仕齊是淪沒於驕君之餌餌食也湯沐具而非弔大廈構而相賀五臣本作歡字　善曰淮南子曰湯沐具而蟣虱相弔大廈成而燕雀相賀憂樂別也　銑曰此高祖殺東昏侯昉免死非復相弔也高祖既成大業而得相歡也餘注同明公道冠二儀勳超遂古善曰易曰易有太極是生兩儀楚辭曰遂古之初誰傳道也　向曰明公謂高祖也冠猶高也二儀天地也勳功也遂古往古也將使伊周奉轡桓文扶轂善曰上林賦曰孫叔奉轡羽獵賦曰齊桓曾不足使扶轂　翰曰伊尹周公輔佐殷周也桓文謂齊桓晉文翼戴周室也使之奉轡扶轂謂高祖之功過之神功無紀作物何稱善曰言聖德幽玄同夫二者既無功而可紀亦何名而可稱莊子曰神人無功言脩自然不立功也聖人無名不立名也莊子曰造物者爲人司馬彪曰造物謂道也　濟曰謂高祖如神妙之功無能紀述造化萬物何以稱之作造也府朝初建俊賢翹首善曰阮籍奏記曰羣英翹首俊賢抗足　良曰府謂司馬府也建立翹舉

也維此魚目唐突璵璠扶元反　善曰魚目似珠璵璠魯寶玉也雒書曰秦失金鏡魚目入珠韓詩外傳曰白骨類象魚目似珠左氏傳曰季平子卒陽虎將以璵璠斂孔融汝潁優劣論陳羣曰頗有蕪菁唐突人參也　銑曰魚目似珠自喻也璵璠美玉也喻高祖唐突猶抵顧已循涯寔知塵忝千載一逢再造難荅善曰東觀漢記太史官曰耿況千載而一遇者也易曰天造草昧言王者之恩同於上帝故云再造也　向曰涯分寔是是塵污忝辱也　翰曰言千載一逢聖人不誅已罪又與之官是再成於己其恩難以荅也造成也雖則隕越且知非報善曰左氏傳齊侯曰小白恐隕越于下毛詩曰匪報也永以爲好也　濟曰言雖致命非所能報也隕降越墜也不勝荷戴屛營之至善本作情字　善曰國語申胥曰昔楚靈王獨行屛營謹詣廳奉白牋謝聞昉死罪死罪

百辟勸進今上牋

良曰今上謂梁高祖武皇帝也餘同善注

【文選四十　卅四】

任彥升

善曰何之元梁典曰高祖武皇帝諱衍字叔達姓蕭氏本蘭陵郡縣中都里人也劉璠梁典曰帝詔授公梁公加公九錫公辭於是左長史王瑩等勸進公猶謙讓未之許瑩等又牋並任昉之辭也帝謂寶融也史記曰司馬遷自序作今上本紀然遷以漢武見在故云今上也

近以朝命蘊策冒奏丹誠善曰方言曰蘊崇也謂尊崇而加策命也蘊與韞同　銑曰朝命天子之命也蘊稱策書奏進也丹誠赤心也冒進赤心謂授梁也奉被還命未蒙虛受善曰易曰君子以虛受人　向曰言高祖還讓帝命不虛心而受之搢紳顒顒愚恭深所未達善曰司馬相如封禪書曰因雜搢紳先生之略術李奇曰搢插笏於紳紳大帶薛君韓詩章句曰萬人顒顒仰天告愬論語子曰丘未達也　翰曰搢紳謂百官也顒顒敬仰貌未達言不知高祖之意蓋聞受金於府通人之弘致善曰呂氏春秋曰魯國之法魯人爲人臣妾於諸侯有能

贖之者取其金於府子貢贖魯人於諸侯來而辭不敢取其
金孔子曰賜也失之矣自今以往魯人不贖人矣鄭玄禮記
注曰致之言至也　濟曰皆此言者
言高祖不可復讓弘大也餘注同　**高蹈海隅匹夫之**
小節　善曰莊子曰舜以天下讓其友石戶之農夫石戶之
農夫以舜之德爲未至於是負妻攜子以入于海終
身不反魏書荀攸勸進曰信匹夫細行攸等所大懼　**是以**
良曰謂此者言高祖不可如斯也匹獨也餘注同
履秉石而周公不以爲疑增玉璜而太公不以
爲讓　善曰尸子曰昔者武王崩成王小周公旦踐東宮履
秉石假爲天子七年周禮曰王行洗秉石鄭司農曰
秉石王所登上車之石也尚書中候曰王至磻溪之水呂尚
釣於崖王下拜曰切望公七年乃今見光景于斯尚立變名
荅曰望釣得玉璜刻曰姬受命呂佐旌德合昌來提撰爾雒
鈐報在齊宋均曰旌理也　向曰太公即磻溪之水釣其涯
得玉璜刻曰姬受命呂佐之報在齊及佐周克
殷遂封於齊而不讓者旣功得之又天命也　**況世哲繼**
軌先德在民　善曰毛詩曰世有哲王晉中興書曰王綏
八世德名繼軌左氏傳晉士鞅謂秦伯曰
欒武子之德在人如周人思召公焉　翰曰言況高祖之家
代有聖哲有遺德在人也謂高祖父順爲齊侍中兄懿監郢
州　**經綸草昧歎深微管**　善曰易曰雲雷屯君子以經綸
又曰天造草昧　濟曰綸理也
言經理草創在冥昧之時比孔子之歎微
管仲吾其被髮左衽矣此又深也微無也　**加以朱方之**
役荆河是依　善曰劉璠梁典曰蕭順之生高帝及兄懿懿
爲豫州刺史鎮歷陽護軍將軍崔慧景反破
左興衆十萬於鍾山宮城拒守豫州聞難投袂而起戰於越
城慧景走丹徒追斬之除侍中遷尚書令左氏傳曰冬吳伐
楚以報朱方之役杜預曰朱方吳邑也尚書禹貢曰荆河惟
豫州　良曰今朱方丹徒也荆河豫州也言齊所以破惠景
實依高祖之　**班師振旅大造王室**　善曰尚書曰班師振
兄懿之功也　旅孔安國曰班還也
兵入曰振旅言整衆也左氏傳呂相曰我有大造
于西　銑曰師入曰振旅造成也王室言齊室也　**雖累繭**
救宋重胝竹尼**存楚**　善曰戰國策曰公輸般爲楚設機械
將以攻宋墨子聞之百舍重繭往見
公輸般輸般服焉請見之王王曰善哉請無攻宋高誘曰公
輸般魯班之子百舍百里一舍也重繭累胝也淮南子曰申

包胥累繭重胝七日七夜至于秦庭以見秦王曰使下臣告
急秦王乃發軍擊吳果大破之以存楚國　五臣與善本同
以善本作居字　**今觀古曾何足云**　翰曰以懿觀之墨翟申包不足云也　**而惑**
甚盜鍾功疑不賞　善曰呂氏春秋曰范氏亡有得其鍾者欲負而走則大鍾不可負以椎毀
之鍾怳然有音恐人聞之而奪己遽揜其耳惡聞其過亦由
此也漢書蒯通謂韓信曰臣聞勇略震主者身危功蓋天下
者不賞　濟曰言東昏侯欲揜已言無德也而不能賞懿之
功歸政閹豎而鴆殺懿也有偷鍾者將椎毀之恐人聞之自
揜其耳喻東昏侯欲自掩過也書曰功疑惟重
功高天下者不賞喻懿有惟重不賞之高功矣　**皇天后土**
不勝其酷是以玉馬駿奔表微子之去金版出
地告龍逄之怨　善曰左氏傳晉大夫謂秦伯曰君履后
土而戴皇天也劉璠梁典曰東昏荒淫
歸政閹豎尚書令懿於中書省飲鴆薨論語比考讖曰殷惑
妲己玉馬走宋均曰女妲己有美色也玉馬喻賢臣奔去也
論語陰嬉讖曰庚子之旦金版尅書出地庭中曰臣族虐王
禽宋均曰謂殺關龍之後庚子旦庭中地有此版異也龍同
姓稱族王虐殺我必見禽也　銑曰酷當痛也紂惑妲己玉
馬走宋宋謂微子開於宋也玉馬喻賢人也以喻東昏無道
賢人歸於高祖矣桀殺龍逄於庚子之日有金版出於庭中
地曰族王禽龍逄與夏同姓故稱族王禽言桀必見禽也謂
東昏殺懿懿與齊同
姓其怨咎有如此也　**明公據鞌輟哭厲三軍之志獨**
居掩涕激義士之心　善曰劉璠梁典曰高祖告難於荆
州行事蕭穎冑建牙陳伐吳志曰
孫策亡權悲感未視事張昭謂權曰方今天下鼎沸何得寢
伏哀戚乃扶上馬陳兵而出范曄後漢書曰馬援據鞌顧眄
三國名臣頌曰輟哭止哀晉中書劉徽謂邵續曰莫若亢大
順以激義士之心奉忠正以厲軍民之志　向曰孫權兄策
爲許貢客所殺漢光武兄伯升爲更始所害光武獨居不御
酒肉臥枕席有涕泣處言高祖於兄如此二主三軍義士爲
之激厲也
輟止也　**故能使海若登祇罄圖效祉**　善曰王逸曰海若海神名
也管子曰登山之神有俞兒者長尺人物具焉霸王之君興
登山之神見且走馬前走導也爾雅曰罄盡也　翰曰楚辭
云使湘靈鼓瑟兮海若舞海若海神也齊桓公北伐見一小
兒在馬前走管仲曰登山之神曰俞兒霸王之君興則見祇

神也山海之神璧盡而效其福祉山戎孤竹束馬景從伐罪弔民
一匡靖亂善曰漢書郊祀志曰齊桓公曰寡人北伐山戎過孤竹束馬懸車上辟耳之山西都賦曰天官
景從尚書曰奉辭伐罪孟子曰湯始征自葛誅其君弔其民論語子曰管仲相桓公一匡天下左氏傳宰孔謂晉侯曰君
務靖亂無勤於行也　良曰景從天下如日景之從人也湯伐葛伯殺其君弔其民一匡天下靖亂謂除逆也言高祖征
伐之事而類於此匪叨天功實勤濡足善曰左氏傳介之推曰竊人之財猶謂之盜況
貪天之功以爲己力韓詩外傳曰申屠狄非其世將投于河崔嘉聞而止之曰聖人仁人民之父母今爲濡足故不救人
可乎　銑曰言高祖實同天功非竊叨而得爲天下父母濡足以救於人也且明公本自諸
生取樂名教善曰鍾離意別傳曰嚴遵與光武皇帝俱爲諸生樂贊曰名教中自有樂也何爲乃爾
向曰言高祖起自諸生取樂於名教之間道風素論坐鎮雅俗善曰王隱晉書劉琨表曰
李術以素論門望不可與樵采同日也孫綽子曰或問雅俗曰涇渭分流雅鄭異調　翰曰雅俗謂正風俗不

【文選四十】　廿七

習孫吳遘茲神武善曰曹植上疏曰不取孫吳而闇與之會周易曰古之聰明叡智神武而
不殺者也　良曰孫子吳子皆兵法也遘成也驅蠢誅之氓善本作萌字濟必封之
俗善曰史記周公曰後嗣王紂其民皆可誅尚書大傳曰周民可比屋而封也孔安國尚書傳曰濟成也王充論衡曰
堯舜之民比屋可封桀紂之民比屋可誅也　銑曰言變風俗若此龜玉不毀誰之功歟
向曰李氏將伐顓臾冉有季路見於孔子曰虎兕出於匣龜玉毀於櫝中誰之過也今則不然誰之功歟言高祖之功也
獨五臣本作兕爲君子將五臣本無將字使伊周何地善曰謝承後漢書王
暢誄劉表曰蘧伯恥獨爲君子何地謂何地自處也　翰曰言爲君子將使伊尹周公何地而立也某等不
達通變實有愚誠善曰周易曰通其變使民不倦不任悾口貢款懇
心重謁善曰論語注曰悾悾誠懇也廣雅曰款誠也伏願時膺典冊式
副民望善曰左氏傳師曠謂晉侯曰夫君神之主而民之望也

奏記

奏記詣蔣公

阮嗣宗善曰臧榮緒晉書太尉蔣濟聞籍有才儁而淑黨爲志高問掾王默然後辟之
籍詣都亭奏記初濟恐籍不至得記欣然遣吏卒迎之而籍已去濟大怒王默默懼
與籍書勸說之於是鄉親共喻籍乃就吏後謝病歸　濟同善注

籍死罪死罪伏惟明公以含一之德據上台之
位善曰泰階六符經曰中階上星謂諸侯三公漢書音義曰泰階三台也　良曰書云伊尹作咸有一德含咸也三台
星三公位也濟爲太尉即三公言上台重之也羣英翹首俊賢抗足善曰易通驗卦曰萬
人聞雞鳴皆翹首開府之日人人自以爲掾以絹屬辟書始
下下走爲首善曰辟猶召也司馬遷書曰太史公牛馬走應劭漢書注曰走僕也子夏

【文選四十】　卅八

處西河之上而文侯擁篲五臣本作彗自歲反　善曰史記卜商字子夏禮記
曾子謂子夏曰事夫子於洙泗之間退而老於西河之上呂氏春秋白圭曰魏文侯師子夏李奇漢書注曰擁篲爲恭也
如今卒持篲也　銑曰擁篲申恭敬之禮篲帚也鄒子居五臣本有於字黍谷之陰
而昭王陪乘善曰劉向別錄曰鄒衍在燕有谷寒不生五穀鄒子吹律而溫生黍七略曰方士傳言鄒
子在燕其遊諸侯畏之皆郊迎擁篲鄭玄周禮注曰陪乘參乘也　向曰燕昭王敬其德而陪乘也夫布衣
窮居韋帶之士王公大人所以屈體而下之者
爲道存也善曰鄒陽上書曰布衣窮居之士身在貧賤說苑唐且謂秦王曰大王嘗聞布衣韋帶之士怒
乎呂氏春秋曰王公大人從而化之此得之於學也莊子曰若夫人者目擊而道存焉　翰曰布衣韋帶皆賤服韋皮也
籍無鄒卜之德而有其陋猥煩大禮何以當之
濟曰陋鄙也　良曰猥頓也大禮謂辟命方將耕於東皐之陽輸黍稷之

稅以避當塗者之路善曰漢書武帝制曰守文之君當塗之士欲則先王之法以翼戴其世主者甚衆也　銑曰東皐籍之所居之東也澤畔曰皐稅國稅也當塗謂事貴人也負薪疲病足力不彊善曰孟子曰孟子有疾王使人問疾孟仲子對曰昔者有王命有負薪之憂不能造朝列子曰非足力之所及也　向曰籍言力不可彊不勝王事補吏之日非所克堪乞廻謬恩以光清舉翰曰克能也稱己無德則辟命爲謬恩廻以聘賢則來光於所舉矣

六臣註文選卷第四十

卅九

六臣註文選卷第四十一

梁昭明太子撰

唐李善并五臣註

書上

荅蘇武書一首

李少卿翰曰漢書云李陵字少卿天漢二年陵率步卒五千人出塞與單于戰力屈乃降匈奴中與蘇武相見武得歸爲書與陵令歸漢陵作此書荅之

子卿足下善曰蔡邕獨斷曰陛下者羣臣與至尊言不敢指斥天子故呼在陛下者而告之因卑達尊之意也及羣臣庶士相與言殿下閤下足下侍者執事之屬皆此類也　良曰子卿蘇武字古人貴呼其字者字所以表德也勤宣令德策名清時榮問休暢幸甚幸甚善曰左氏傳僖公二十三年狐突對晉惠公曰策名委質貳乃辟也策名謂君簡書臣之名清時謂昭帝之時小雅曰非分而得謂之幸　向曰令善也　銑曰策立休美暢通也清時謂清平之時保榮令問之德美通時君之道遇之甚也再言之者美之甚也幸遇也遠託異國昔人所悲善曰桓子新論雍門周鼓琴見孟嘗君曰先生鼓琴亦能令悲乎對曰所能令悲者遠赴絕國無相見期若此人者但聞飛鳥之號秋風蕭條則心傷矣　濟同善註望風懷想能不依依翰曰望風謂遠望也依依愁思也昔者不遺遠辱還荅良曰不遺舊情也陵前與蘇武書武有還荅今陵又荅慰誨勤勤有踰骨肉向曰慰誨謂慰勞誨教也踰過也陵雖不敏能不慨然善曰孝經曰參不敏　濟曰敏達也言雖不達事理豈不慨然歎其情深於人致此耶自從初降以至今日身之窮困獨坐愁苦終日無覩但見異類善曰家語孔子曰舜之爲君暢於異類　王肅曰異類四方夷狄也　翰曰異類不同類於己者韋韝古亘

一

毳川芮幕莫以禦風雨善曰說文曰韝臂衣也漢書董君綠幘傅曰韝形如射韝以縛左右
手以事便也毳幙氈帳也　銑曰韋皮也韝衣袖毳氈也帷以皮爲袖以氈爲幕也戎夷之服也羶肉酪
漿以充飢渴善曰烏孫公主歌曰肉爲食酪兮漿舉目言笑誰與爲
歡胡地玄冰邊土慘裂善曰說文曰慘毒也廣雅曰裂分也　良曰冰厚故色玄
上地也慘裂寒之甚也但聞悲風蕭條之聲涼秋九月塞外
草衰夜不能寐側耳遠聽胡笳互動牧馬悲鳴
善曰杜摯笳賦序曰笳者李伯陽入西戎所作也傅玄笳賦序曰吹葉爲聲說文作葭毛詩曰駉駉牡馬　翰曰笳笛之
類胡人吹之爲曲吟嘯成羣邊聲四起向曰笳曲馬鳴鼓吹之屬晨坐聽
之不覺淚下嗟乎子卿陵獨何心能不悲哉銑曰
自嗟而遠呼子卿也聞此之聲陵獨何以爲心而不悲也與子別後益復無聊善曰

賈逵國語注曰聊賴也上念老母臨年被戮妻子無辜並爲
鯨鯢善曰左氏傳楚子曰古者明王伐不敬取其鯨鯢而封之以爲大戮杜預曰鯨鯢大魚以喻不義之人吞
食小國　濟曰武帝以陵降匈奴殺其母妻也鯨鯢魚名喻不義以務吞食也身負國恩爲世
所悲善曰背恩不報爲負恩也鄭玄禮記注曰負背也子歸受榮我留受
辱命也如何身出禮義之鄉而入無知之俗良曰
禮義中國也無知謂匈奴違棄君親之恩長爲蠻夷之域良曰域國也
傷己令先君之嗣更成戎狄之族又自悲矣善曰先君
謂其父當戶也即廣之子　翰曰陵自傷令爲祖父後嗣今乃成戎狄之族又成非也功大罪小
不蒙明察向曰陵有戰功甚大爲罪亦小不蒙天子明察孤負陵心區區之
意銑曰國家孤負其心不知區區之意見誅母妻每一念至忽然忘生濟曰

每念國家不明察陵心忽然不知生之有生陵不難刺七亦心以自明刎亡粉
頸以見向志良曰難懼也刎以刀自斷顧國家於我已矣善曰王逸
注離騷曰已矣絕望之辭也　翰曰顧念已止也言我雖欲自明念國家於我恩情止也殺身無益
適足即喻增羞故每善本無每字攘臂忍辱輒復苟活
善曰孟子曰馮婦善搏虎攘臂下車衆皆悅之　向曰攘奮也忍恥辱在匈奴中苟求於活左右之人
見陵如此以爲不入耳之歡來相勸勉異方之
樂秖音支令人悲增忉怛耳善曰爾雅曰忉憂也方言曰怛痛也　銑曰在陵左
右之人見陵憂情如此乃以音樂相勸勉也不入耳則不樂也秖辭也忉怛內悲也嗟乎子卿人
之相知貴相知心前書倉卒七忽未盡所懷故復
略而言之濟曰略言之則下事也昔先帝授陵步卒五千出

征絕域善曰先帝謂武帝也　翰曰作書時是漢昭帝時而言先謂武帝也絕域遠國也五將
失道陵獨遇戰善曰漢書武紀曰天漢二年將軍李廣利出酒泉公孫敖出西河騎都尉李陵
將步卒五千出居延時無五將未審陵書之誤而武紀略之集表云臣以天漢二年到塞外尋被詔書責臣不進臣輒引
師前到浚稽山五將失道詳此亦不云其名　良曰五將謂軍將有五與陵有期期不至故稱失道獨遇匈奴與之合戰
而裹萬里之糧帥徒步之師向曰師衆也出大漠善本
作天漢字之外入彊胡之域善曰漢書蕭何曰語天漢其稱甚美臣瓚按流俗語曰天漢其
言常以漢配天此美名也以五千之衆對十萬之軍銑曰匈奴軍有十萬也
策疲乏之兵當新羈之馬善曰說文曰羈馬絡頭也　濟曰疲勞倦也新羈之馬
謂胡人驅散馬以被之羈以皮絡馬頭也然猶斬將搴居展旗追奔逐北
善曰史記曰斬將搴旗之士臣瓚按拔取曰搴商君書曰戰勝逐北服虔漢書注曰師敗曰北　翰曰斬賊之將取賊之旗

軍敗曰北賊敗走而陵軍逐之滅跡埽塵斬其梟帥善曰張晏漢書注曰驍勇也若
六博之梟　良曰殺敵之易如滅行跡埽塵則無跡矣梟帥謂賊之勇將而陵軍逐之使三軍之
士視死如歸善曰呂氏春秋管仲謂齊侯曰平原廣域車不結軌士不旋踵鼓之使三軍之士視
死如歸臣不如王子成父　向曰謂得人心陵也不才希當大任善曰呂氏春秋淳于
髡曰臣不肖不足以當大任　銑曰希少也意謂此時功難堪矣善曰說文曰作戡戡
勝也此堪是地名今傳俗用　濟曰堪勝也言此時功大難可勝比匈奴既敗舉國興師
善曰劉兆穀梁注曰舉盡也　翰曰匈奴既爲陵所敗遂退盡其國中更起大軍以敵陵更練精兵
彊踰十萬單于臨陣親自合圍客主之形既不
相如而去步馬之勢又甚懸絕良曰陵入匈奴之境則匈奴爲主陵爲客客且
不如主矣陵步卒匈奴馬騎步勢又相懸絕遠也疲兵再戰一以萬千然猶

扶乘創初良痛決命爭首善曰漢書曰陵與單于連戰士卒矢傷三創者載輦兩創
者將車一創者持兵　向曰扶其創乘其痛以少敵衆見傷者多然士卒用命皆扶其創乘其痛爭爲先首而戰也死
傷積野餘不滿百銑曰餘兵不滿百人而皆扶病不任干戈
濟曰百人之中扶持創痛不堪戰也然後振臂一呼創病皆起舉刃
指虜胡馬奔走翰曰虜謂匈奴奔走猶懼威也兵盡矢窮人無尺
鐵猶復徒首奮呼火故爭爲先登善曰徒空也言空首奮擊無復甲冑
良曰窮亦盡也尺鐵兵器　向曰徒空也言無兵器空首奮迅叫呼猶將先登而戰也當此時也
天地爲陵震怒戰士爲陵飲血善曰血即淚也燕丹子曰太子歔欷飲淚
濟曰飲血謂飲泣也單于謂陵不可復得便欲引還而賊臣
教之遂便復戰故陵不得善本無得字免耳善曰賊臣謂管敢也

李陵傳云軍候管敢爲軍校尉笞之五十乃亡入匈奴于時匈奴與陵戰至塞恐漢有伏兵欲引還敢曰漢無伏
兵匈奴因大進新兵陵戰蘭干山漢軍敗弓矢並盡陵於是遂降　濟曰單于將爲與陵戰不復可得欲引兵還　銑同
善注昔高皇帝以三十萬衆困於平城當此之時
猛將如雲謀臣如雨然猶七日不食僅其靳乃得
免善曰史記曰高祖自將擊韓王信遂至平城爲匈奴所圍七日不得食用陳平祕計始得免毛詩曰齊子歸止其從
如雲又曰其從如雨向休公羊注曰僅纔也　翰同善注如雲如雨言多況當陵者豈易爲
力哉而執事者云云善曰謂漢朝執事之人也　良曰高祖尚如此況當陵者豈容易而
致力也　向曰云云謂多言也苟怨陵以不死然陵不死罪也向曰
以不死謂不以死力爲國也　濟曰言陵之不死亦是罪也亦有所以子卿視陵豈偷生
之士而惜死之人哉寧有背君親捐妻子而反

爲利者乎然陵不死有善本有所字爲也故欲如前
書之言報恩於國主耳善曰李陵前與蘇子卿書云陵前爲子卿死之計所以然者
冀其驅醜虜翻然南馳故且屈以求伸若將不死功成事立則將上報厚恩下顯祖考之明也　翰曰陵前書云若將不
死功成事立則將上報厚恩下明祖考此之是也誠以虛死不如立節滅名
不如報德也善曰琴操曰重耳將自殺子曰申生虛死子復隨之昔范蠡不
殉會稽之恥曹沬亡貝不死三敗之辱卒子律復句
踐之讎報魯國之羞區區之心竊慕此耳善曰史記
曰吳王發精卒擊越敗之越王乃以餘兵五千人保棲於會稽句踐令大夫種行成於吳吳王赦越句踐自會稽七年撫
循其士民吳王北會諸侯於黃池范蠡曰可矣乃發兵伐吳吳師敗乃請成於越後四年越復伐吳吳師敗吳王遂自殺
又曰曹沬者魯人以勇力事魯莊公爲魯將與齊戰三戰三北莊公懼乃以遂邑之地以和猶復以爲將齊桓公許與魯

會于柯桓公與莊公既盟于壇上曹沬執匕首劫齊桓公桓公問曰子將何欲曹沬曰齊強魯弱而大國侵魯亦已甚矣今魯城壞壓境君其圖之桓公乃許盡還魯之侵地 銑曰范蠡越之賢也吳王伐越越敗王走於會稽山後七年用蠡計遂破吳是復句踐之讎也殉死也句踐越王名曹沬與齊三戰三敗失其境土後魯與齊盟曹沬以匕首劫桓公於壇上曰反所侵地桓公許之於是遂得其地是報魯國之羞陵遂心慕此欲爲漢報功 **何圖志未立而怨已成計未從而骨肉受刑** 善曰漢書曰公孫敖捕得生口言陵教單于爲兵以備漢於是族陵家母弟妻子皆伏誅 濟曰骨肉謂母與子 **此陵所以仰天椎**直追**心而泣血也足下又云漢與功臣不薄子爲漢臣安得不云爾乎** 翰曰武與陵書云漢與功臣不薄武爲漢臣何得不云如此其實薄也 **昔蕭樊囚縶韓彭葅醢** 善曰史記曰相國蕭何爲民請曰長安地狹上林中多空弃地願令民得入田收藁無爲獸食上大怒曰相國多受賈人財物乃請吾苑遂下廷尉械繫之又曰高祖病有人惡樊噲黨於呂氏即曰上一日宮車晏駕則噲欲以兵盡誅戚氏趙王如意之屬高祖大怒乃使陳平載絳侯代將而即軍中斬噲陳平畏呂氏執噲詣長安又曰陳豨反韓信在長安欲應之事覺呂后使武士縛信斬於長樂鍾室又曰彭越反高祖赦之遷處蜀道著青衣行至鄭逢呂后從長安來越泣曰願處故昌邑后許諾既至白上曰彭越壯士也今徙蜀自遺患不如誅之令其舍人告越反遂夷三族 黥布傳薛公曰前年醢彭越往年殺韓信說文曰葅肉醬也 良同善注 **鼂**五臣本作晁**錯受戮周魏見辜** 善曰漢書鄧公謂上曰錯患諸侯強大請削之地計畫始行卒受大戮漢書曰周勃爲丞相十餘月上乃免丞相就國歲餘每河東尉守行縣至絳絳侯勃自畏恐誅常被甲令家人持兵以自衛其後人有上書告勃欲反下廷尉捕治之又曰竇嬰景帝時吴楚反拜嬰爲大將軍七國破封嬰爲魏其侯坐灌夫罵丞相田蚡不敬遂論嬰弃市 向曰同善注 **其餘佐命立功之士賈誼亞夫之徒皆信命世之才抱將相之具** 善曰左氏傳曰太上有立德其次有立功漢書曰賈誼洛陽人也年十八屬文稱於郡中河南太守吴公聞其秀材召置門下

甚幸愛後文帝召爲博士爲絳灌馮敬之屬害之於是天子踈之以爲長沙王傅漢書曰周亞夫諫上不用因謝病免相亞夫子爲父買官尚方甲楯五百被召詣廷尉責問曰君侯欲反乎亞夫曰所買乃葬器也何謂反乎吏侵之益急遂入廷尉不食五日歐血而死孟子曰千年一聖五百年一賢聖未出其中有命世者 銑曰佐命謂佐王命也 翰曰命名也言其名流播於時代 **而受小人之讒並受禍敗之辱卒**子律**使懷才受謗能不得**五臣本無得字**展彼二子之遐舉誰不爲之痛心哉** 善曰二子謂范蠡曹沬也言諸侯才能者被囚戮不如二子之能雪恥報功也 向曰文帝欲以賈誼任公卿之位絳灌東陽侯馮敬之屬盡害之乃毀之曰洛陽之人少小初學專欲擅權於是天子踈之不用後出爲長沙王太傅梁孝王與周亞夫有隙孝王每朝常言其短景帝欲封皇后兄王信亞夫曰自高祖約非有功不得侯今信雖皇后兄無功侯之非約也後謝病免竟下獄歐血而死是不展周賈二子遠舉之才以行君代誰不爲痛心哉 **陵先將軍功略蓋天地義勇冠三軍徒失貴臣之意剄**古令**身絕域之表** 善曰先將軍謂李廣也貴臣謂衛青也漢書曰元狩四年大將軍衛青擊匈奴廣爲前將軍出塞捕虜知單于所居處乃自部精兵而令廣出東道東道迴遠廣辭曰臣結髮而與匈奴戰願居前大將軍不聽廣意色慍怒引兵出東道惑失道後大將軍大將軍因問失道狀欲上書報天子廣未對大將軍長史急責廣廣謂其麾下曰結髮與匈奴大小七十餘戰今幸從大將軍出接單于兵而大將軍令廣部行迴遠又迷失道豈非天哉且廣年六十餘終不復對刀筆之吏遂引刀自剄音義鄭德曰以刀割頸爲剄姑鼎切 良曰先將軍廣也功績謀略甚大可蓋於天地義勇冠出於三軍之上也 翰曰同善注絕域遠國表外也 **此**善本無此字**功臣義士所以負戟而長**五臣本無長字**歎者也** 銑曰功臣義士見有功者誅有才者死故負戟而長歎 **何謂不薄哉** 翰曰此國家於功臣才士甚薄而武何謂云不薄哉 **且足下昔以單車之使適萬乘之虜遭時不遇至於伏劍不顧流離辛苦幾**巨依**死朔北之**

野善曰漢書曰漢遣蘇武以中郎將持節送匈奴使留在漢者匈奴方欲使送武會匈奴緱王長水虞常反匈奴中常
以告武副使張勝勝許以貨物與常一人夜亡告之緱王等死虞常生得匈奴使衛律治其事張勝以告武武曰事如此
必及我衛律召武受辭武謂惠等屈節辱命雖生何面目以歸漢引佩刀以自刺衛律驚自抱持武武氣絶半日復息乃
徙武北海上無人處　濟曰武奉使入匈奴單車謂衆以萬乘謂兵甲多也虜者匈奴號也　良曰同善注幾近也丁
年奉使皓首而歸善曰丁年謂丁壯之年也漢書曰武留匈奴凡十九歲始以強壯出及還
鬚髮盡白向曰同善注老母終堂生妻去帷五臣本作室字　善曰漢書陵謂武曰陵
來時太夫人已不幸陵送至陽陵子卿婦年少聞已更嫁濟曰武奉使歿以母死妻嫁也去室謂嫁也終堂謂母亡此
天下所希聞古今所未有也蠻貊亡百之人尚猶
嘉子之節況爲天下之主乎銑曰言匈奴善武志節後得還漢況天子爲天
下之主而不知乎陵謂足下當享茅土之薦受千乘之賞

善曰尚書緯曰天子社東方青南方赤西方白北方黑上冒以黃土將封諸侯各取方土苴以白茅以爲社論語曰道千
乘之國漢書曰兵車千乘諸侯之大者　翰曰茅土千乘皆謂封諸侯之事也享受也薦進也聞子之歸
賜不過二百萬位不過典屬國善曰漢書曰元始六年武至京師拜爲典
屬國秩中二千石賜錢二百万　向曰武自匈奴還賜錢二百万今之二千貫屬國今鴻臚卿無尺土之
封加子之勤良曰勤勞也而妨功害能之臣盡爲萬
戶侯親戚貪佞之類悉爲廊廟宰濟曰謂帝室親戚及貪財巧佞
之臣廊廟貴士居要宰官也子尚如此陵復五臣本無復字何望哉且
漢厚誅陵以不死銑曰厚謂誅母也不死謂不爲國家盡死節薄賞子以
守節欲使遠聽之臣望風馳命此實難矣翰曰謂歸於漢
也　向曰聽聞也所以每顧而不悔者也良曰每內顧雖身辱甚矣而不爲悔陵

雖孤恩漢亦負德善曰言陵無功以報漢爲孤恩漢戮陵母爲負德論語曰德不孤必有鄰
濟曰力屈而降則孤恩也漢誅陵母亦負德也昔人有言雖忠不烈視死如
歸陵誠能安而主豈復能眷眷乎善曰言陵志誠能安於死事　銑曰
昔人雖有忠心不能烈勇者尚能感節義視死如歸陵志誠儻能安於此事主上豈能眷眷念陵也男兒生
以不成名死則葬蠻夷中誰復五臣本無復字能屈身
稽顙還向北闕翰曰稽顙拜也北闕天子所居也使刀筆之吏弄
其文墨耶善曰史記張釋之曰秦任刀筆之吏又功臣曰蕭何徒持文墨於居臣上　向曰刀筆之吏獄
吏也安能使其弄文墨於我爲辨對之事耶願足下勿復望陵良曰勿復望陵歸於漢
嗟乎子卿夫復何言濟曰自嘆而呼子卿也夫復何言謂不復可言此畢竟之辭相
去萬里人絶路殊生爲別世之人死爲異域之

鬼長與足下生死辭矣幸謝故人善曰故人謂任立政大將軍霍
光上官桀等　銑曰幸猶厚也言永別故人厚謝勤勤之辭也勉事聖君足下胤子
無恙勿以爲念善曰漢書曰武在匈奴時胡婦生子名通國楚辭曰賴皇天之厚德兮還及君
之無恙　銑曰勉勸以事聖君相勸戒義　翰曰胤子武之子也武在匈奴中胡婦產一子勿以爲念言勿憂之努
力自愛善曰老子曰聖人自愛時因北風復惠德音良曰上云人絶路殊
故云北風以惠德音謂使我聞道德之聲北風謂南風向北也李陵頓首

報任少卿書一首

司馬子長善曰漢書曰遷既被刑之後爲中書令尊寵任職故人益州刺史任
安乃與書責以進賢之義遷報之遷死後其書稍出史記曰任安滎陽人爲衛將軍後爲
益州刺史　向曰漢書云司馬遷字子長河內人也有良史才武帝將誅李陵母妻遷盛

言李陵才器不可誅之後有讒遷與陵善故
爲游說遂下獄受割刑後爲中書令脩史記
益州刺史任安字少卿與遷書
責以進賢之義遷以此書報也
太史公牛馬走善曰太史公遷父談也走猶僕也言己爲太史公掌牛馬之僕自謙之辭也
濟曰太史公遷之父走猶僕也言己爲太史公牛馬之僕蓋自卑之辭司馬遷再拜言少
卿足下善曰如淳曰少卿任安字也曩者辱賜書五臣本作書賜教以
順於接物推賢進士爲務善曰禮記曰儒有推賢而進翰曰曩昔教示也言
教示接於人物推讓賢才以進用士子爲務謂遷爲中書令意氣勤勤懇懇五臣本作
勤懇勤懇字苦本反善曰勤懇勤懇懇忠款之貌也良曰情切之辭若望僕不相師而
用善本作用而流俗人之言僕非敢如此也善曰蘇林曰而猶如也禮
記曰不從流俗鄭玄曰流俗失俗也銑曰而如也言少卿書若怨望我不相師用以少卿勸戒之辭如流俗之人所言

我非敢如此僕雖罷五臣本作疲字駑奴亦嘗側聞長者之遺
風矣善曰側聞謙辭也列子曰吾側聞之禮記曰與長者坐必異席向曰疲極也駑鈍馬也自比之鈍馬謙
也亦嘗耳聞長者之遺風謂古賢人也顧自以爲身殘處穢濟曰殘謂被刑穢穢惡名
也動而見尤善曰言舉動必爲人之所尤過也欲益反損是善本有以字
獨抑鬱悒邑而誰與善本作與誰語善曰鬱悒不通也楚辭曰獨鬱結其誰語翰
曰身爲殘刑動見猜過本於益而反損既不得志則與誰語此事諺曰銑曰諺言也古今相傳之言曰諺
誰爲去聲爲之孰令聽之善曰誰爲猶爲誰也言己假欲爲善當爲誰爲之乎復欲
誰聽之乎良曰少卿書教遷推賢進士遷意云君非聖明動則有過爲誰爲之又令誰聽用我也孰誰也蓋
鍾子期死伯牙終身不復鼓琴善曰呂氏春秋曰伯牙鼓琴意在泰山鍾
子期曰善哉巍巍若太山俄而志在流水子期曰善哉湯湯乎若流水子期死伯牙破琴絕絃終身不復鼓琴以爲世無

賞音者銑曰蓋辭也鍾子期古之知音者伯牙善鼓琴鍾期知其妙理期既死則無人知音故不復鼓琴矣今君不明
察是無知音使我何爲何則士爲知己者用女爲悅己者容
善曰戰國策曰晉陽之孫豫讓事知伯知伯寵之及趙襄子殺知伯豫讓逃山中曰嗟乎士爲知己者用女爲悅己者容
吾其報智氏矣向曰何則謂自發問上事何則如此也士爲知於己心者必罄誠而爲之用女子爲愛於己貌者而飾
其容今人不知我心不悅我道亦何所爲若僕大質已虧缺矣雖才懷隨
和行若由夷終不可以爲榮適足以見笑而自
點耳善曰隨隨侯珠也和和氏璧也由許由也夷伯夷也點辱也翰曰大質身也虧缺爲被刑也雖才如懷
隨侯之珠卞和之玉行若許由伯夷之貞潔何以爲榮足以見天下所笑自取點污耳書辭宜荅
會東從才用上來又迫賤事善曰往前與我書書宜應荅但有事故不獲荅服虔
曰從武帝還孟康曰卑賤之事若煩務也如淳曰遷爲中書令任職常知中書時偶有賊盜之事晉灼曰賤事家之私事

也濟曰得少卿書詞宜即荅爲東從天子來故未也東東
游也上天子良曰從天子來且復荅書又迫於職掌事卑
各在一方相見日淺卒卒七忽無須臾之間閑得竭志
意善曰文穎曰卒卒促遽之意也間隙也良曰少卿相見時近卒卒無暇不得與書述志意也日淺謂時少也竭盡
也今少卿抱不測之罪涉旬月五臣本無月字迫季冬善曰
如淳曰平居時不肯報其書今安有不測之罪在獄故報往曰書欲使其恕以度已也向曰安爲戾太子事因於獄不
測謂生死不可知銑曰近季冬將刑也僕又薄博從上市丈雍恐卒然
不可爲諱雍紆共反善曰李奇曰薄迫也迫當從行雍言其死故云不可諱翰曰薄迫也上天子也
言又迫從天子將祠祭於雍雍祠神所濟曰卒然言速也不可爲諱謂死也是僕終已不得
舒憤懣門本以曉左右善曰廣雅曰懣悶也楚辭曰惟煩懣以盈胸銑曰恐安死未
荅書是我終身不得申憤懣以曉明少卿左右猶足下也則長逝者魂魄私恨無

窮善曰謂任安恨不見報也良曰長逝者死也言不荅書而少卿死私心之恨無窮也請略陳固陋闕然久不報幸勿為過向曰固陋猶鄙也言今荅書略陳固陋之志幸勿以為過僕聞之修身者智之符五臣本作府字也善曰符信也翰曰府聚也愛施者仁之端也銑曰端首也取與者義之表也翰曰取謂受惠與謂行德也恥辱者勇之決也善曰勇上當於此而果決之向曰受恥辱者是勇者之決性立名者行之極也善曰凡人能立志者行中之最極也士有此五者然後可以託於世而列於君子之林矣五臣本作也字濟曰言君子之德如林之茂盛故禍莫憯慘於欲利悲莫痛於傷心善曰所可憯者唯欲之與利為禍之極也所可痛者唯傷心之事而可為悲也良曰多欲而求利者禍必至憯痛也行莫醜於辱先詬火搆莫大於宮刑善曰醜穢也先謂祖也詬音垢應劭曰詬恥也說文詬或作詢火逅切禮記儒行曰妄常以儒相詬病左氏傳宋元公曰余不忍其詬愚此二書其訓頗同銑曰辱先代祖考謂遷被刑濟曰詬恥也害人之恥者宮刑為大也刑餘之人無所比數濟曰遷自謂也非一世也所從來遠矣翰曰刑餘之人不足比數非此一代然所從來乃遠言自古已來有之謂下文也昔五臣本有者字衛靈公與雍渠同載孔子適陳善曰家語曰孔子居衛月餘靈公與夫人同車出令宦者雍渠參乘使孔子為次乘遊過市孔子曰吾未見好德如好色於是恥之去衛過曹此言孔子適陳未詳向曰雍渠閹人載謂同車而行靈公與此閹人同車孔子為次車孔子恥之去衛之陳也商鞅因景監見見趙良寒心善曰史記商君謂趙良曰我化秦孰與五羖大夫賢趙良曰五羖大夫荊之鄙人也繆公知其賢舉之牛口之下加之百姓之上今君之見秦王也因嬖人景監以為主非所以為名也又趙高謂李斯曰釋此不從禍及子孫足為寒心也良曰同善注寒心謂愧恥也同子參乘袁絲變

文選四十　十二

色自古而恥之善曰蘇林曰趙談也與遷父也諱故曰同子漢書曰上朝東宮趙談參乘袁絲伏車前曰臣聞天子所與共六尺輿者皆天下豪英今漢雖乏人陛下獨奈何與刀鋸餘同載於是上笑下趙談向曰同善注絲盎之字也此則自古恥之也夫中才之人事有關於宦豎莫不傷氣而況於慷慨之士乎銑曰中才謂常才也事有關於閹人皆見傷其氣類不同況慷慨高節之士乎如今朝廷雖乏人奈何令刀鋸之餘薦天下之善本無之字豪俊哉善曰史記覆貂曰臣刀鋸之餘不敢二心良曰刀鋸宮割用刀也餘謂餘生遷歎與宦豎無異奈何得遺進賢士乎薦進也豪俊賢士也僕賴先人緒業善曰廣雅曰緒末也司馬彪莊子註曰緒餘也濟曰先人祖考也得待罪輦轂下二十餘年矣銑曰常懼不繼先人之業若待罪譴也所以自惟上之不能納忠效信有奇策才力之譽自結明主翰曰惟思效用譽名也結謂記奉也次之又不能拾遺補闕招賢進能顯巖穴之士向曰拾國家遺失之事補國家闕亂之職巖穴士謂隱逸大也外之善本有又字不能備行伍攻城野戰有斬將搴蹇旗之功濟曰斬前敵之將拔前敵之旗搴取也下之不能積日累勞取尊官厚祿以為宗族交游光寵向曰交游朋友也光美寵盛也四者無一遂苟合取容無所短長之效可見如此矣善曰上之四事無一遂假欲苟合取容亦無其所也史記蔡澤曰吳起言不苟合行不苟容銑曰言上所述四者無一遂苟且合時取容執事於國無損益之驗可見之志乃如此也言無所堪矣效驗也鄉許亮者僕亦善本無亦字常廁下大夫之列陪奉善本無奉字外廷末議善曰臣瓚曰太史令千石故下大夫也外廷即今僕射外朝也翰曰鄉者謂前者也謂未刑之時廁間

文選四十一　十三

也懸爲大史則大夫也列決也濟曰陪奉羣官朝堂之餘議也外廷謂朝堂也末餘也不以此時引綱維善本作維綱盡思慮良曰不以下大夫之時舉綱維盡思慮以進賢士也引舉也今已善本作也虧形爲埽除之隸在闒吐臘茸而勇之中善曰闒茸猥賤也茸細毛也張揖詁訓以爲闒狑劣也呂忱字林曰闒茸不肖也向曰虧形爲被刑也埽除灑除道也隸僕也闒茸小人不肖之類也乃欲仰首伸眉論列是非不亦輕朝廷羞當代善本作世字之士邪翰曰伸舉也言我所遭刑餘在小人之中乃欲仰首舉眉論列是非意亦羞之當代之士謂天下之人嗟乎嗟乎如僕尚何言哉尚何言哉銑曰痛恨之甚且事本末未易明也濟曰本末謂終始也言凡事始終之理其難預明僕少負不羈之行長無鄉曲之譽善曰不羈言材質高遠不可羈繫也燕丹子夏扶曰士無鄉曲之譽者不可以論行也良曰遷自言性行不羈不可繫也向曰時無知音故不知其才乃與之譽主上幸以先人之故使得奏薄伎出入周衞之中善曰服虔曰薄伎薄才也周衞言宿衞周密也韋昭曰天子有宿衞之官翰曰先人謂遷父也故事奏進伎才也周衞謂朝廷也言天子幸以遷父之事繼爲太史得進薄才出入朝廷之中僕以爲戴盆何以望天善曰言人戴盆則不得望天望天則不得戴盆事不可兼施言己方一心營職不暇修人事也故絕賓客之知亡室家之業日夜思竭其不肖之才力善曰禮記曰某之子不肖應劭風俗通曰生子不似父母曰不肖銑曰竭盡也不肖謂不才也言欲盡不才之力以成先人之業也務一心營職以求親媚於主上善曰毛詩曰藹藹多士媚于天子濟曰言務一心專營其職求親愛於天子也媚愛也而事乃有大謬不然者夫善曰夫語助也論語子曰有是夫良曰主上不知此心有信謬言卒見刑割事之始終難明不然者也僕與李陵俱居門

下翰曰謙同爲侍中官素非能相善也趣舍捨異路善曰太公六韜曰夫人皆有性趣舍不同顏曰趣所向也舍所廢也向曰素心非能與陵相善好趣進退舍各異於路也未嘗銜盃酒接慇勤之餘懽然僕觀其爲人自守奇士銑曰自守奇節之士事親孝與士信臨財廉取與義良曰廉清也言清不濫取取與必有義也分別有讓恭儉下人翰曰下謂謙卑不爭常思奮不顧身以徇國家之急其素所蓄丑六積也善曰言其意中舊所蓄積也濟曰以身從事曰徇素本也僕以爲有國士之風善曰一國之中推而爲士夫人臣出萬死不顧一生之計赴公家之難斯以奇矣善曰新序昭奚恤曰使皆赴湯火蹈白刃出萬死不顧一生司馬子反在此向曰奉天子命出邊不念計生事赴國家之急難此亦以奇節矣今舉事一不當丁浪反銑曰謂陵事迫降匈奴一不當者也而全軀保妻子之臣隨而媒孽魚列反善本作孼其短僕誠私心痛之善曰鄭玄周禮注曰舉猶行也臣瓚以爲媒謂遘合會之孽謂生其罪釁也翰曰朝臣能全養其身保愛妻子不能立適時之功而陵有此一失乃隨後搆結以生其短枉加誅戮誠私心所痛也軀身也媒猶搆結也孽生也且李陵提步卒不滿五千善曰有五千言不滿者痛之甚也良曰提執也深踐戎馬之地足歷王庭垂餌音二虎口善曰胡地出馬故言戎馬單于所居之處號曰王庭銑曰王庭匈奴廷也垂餌猶送食也橫挑徒鳥彊胡仰億萬之師善曰說文曰挑相呼也李奇曰挑身獨戰不須衆挑茶弔切臣瓚曰挑挑敵求戰也古謂之致師北地高故曰仰濟曰橫橫行挑弄引之欲其戰也仰謂遠望師衆也與單于連戰十有餘日所殺過平聲善本有半字當去聲善曰顏野王決曰所殺過半當言陵軍殺已過半向曰言陵軍兵少所殺匈奴倍多故曰過當當敵也

虜救死扶傷不給善曰顏野王決曰給供給也翰曰言胡虜兵傷死多故其救之扶之不能自濟氈裘善本作旃裘二字之君長咸震怖乃悉徵其左右賢王舉引弓之人善曰旃裘謂匈奴所服也故言旃裘之君漢書曰匈奴至冒頓最強大置左右賢王以其善射故曰引弓之人翰曰其君長震驚恐懼乃盡徵其國內之士舉集善射之人也氈裘言所服用也咸皆怖懼悉盡也左右賢王並匈奴王之號引弓之人善射之人也一國共攻而圍之良曰匈奴一國兵共攻陵而圍之轉鬬千里良曰轉謂相馳逐鬬戰也矢盡道窮救兵不至銑曰救兵不至謂五將失道也士卒死傷如積子智然李善本無李字陵一呼勞軍士五臣本有卒字無不起濟曰士卒傷者爲陵撫勞無不感而復起戰也躬自流涕沬沬音妹血飲泣更五臣本無更字張空拳權善曰孟康曰沬音靧靧古沬字言流血在面如盥靧也說文曰靧洗面也李登聲類云拳或作棬此言兵已盡但張空拳以擊耳相質鹽鐵論曰陳勝無將帥之兵師旅之衆奮空捲而破百萬之軍何晏白起故事白起雖坑趙卒向使豫知必死則前驅空捲猶可畏也況三十萬被堅執銳乎顏師古曰讀爲拳者謬矣拳則屈指不當言張陵時矢盡故張弩之空弓非手拳也李奇曰拳弩弓也向曰躬謂李陵之身涕淚也血沾面曰沬淚入口曰飲翰曰張舉也言矢盡道窮人無尺鐵故猶舉空拳以冒白刃之敵也冒亡北白刃北嚮許亮爭死敵者翰曰北嚮謂向賊也爭死敵者謂爭勇死於前敵謂得於人心也陵未沒時使有來報漢公卿王侯皆奉觴上市丈壽善曰史記曰陵至浚稽山使麾下騎陳步樂還以聞步樂召見道陵將得士死力上甚悅之濟曰言有使報漢謂報剋捷也而羣臣皆喜陵之功故賀天子奉觴上壽謂喜宴上天子酒也後數史柱日陵敗書聞向曰聞奏於天子也主上爲之食不甘味聽朝不怡翰曰怡悅也大臣憂懼不知所出銑曰大臣相也僕竊不自料其卑賤

見主上慘愴怛都割悼濟曰憂病也誠欲效其款款之愚善曰款款忠實之貌向曰款款勤心款以爲李陵素與士大夫絕甘分少善曰孝經援神契曰母之於子絕少分甘宋均曰少則自絕甘則分之能得人之善本無之字死力雖古之名將不能過也翰曰味之甘者絕而不食食之少者必與衆分而共也故得人死力也身雖陷敗彼觀其意且欲得其當而報於漢善曰張晏曰欲得相當也言欲立效以當罪而報漢恩良曰彼觀猶觀彼也言其意且欲取得其敵將報漢恩也當敵也事已無可奈何其所摧敗功亦足以暴蒲沃於天下矣善曰謂摧破匈奴之兵其功足暴露見於天下銑曰謂不得已濟曰言其得士卒死力苦戰得寡耳屢摧敗匈奴亦可以舒露於天下暴露也僕懷欲陳之而未有路向曰遷心懷此事欲陳於天子而未有便也適會召問即以此指推言陵之功翰曰此指謂於上所述陵功欲以廣主上之意塞睚魚解眦柴懈之辭善曰言欲廣主上之意及塞羣臣睚眦之辭向曰廣猶開也睚眦怒貌未能盡明明主不曉以爲僕沮才呂貳師而爲李陵游說稅遂下於理善曰漢書曰初上遣貳師李廣利出令陵爲助兵及陵與單于相值而貳師少功上以遷誣罔欲沮貳師而爲陵遊說下遷腐刑鄭玄禮記注曰理治獄官良曰猶未能盡明說之而明王不曉察遷意也拳拳丘辨之忠終不能自列善曰禮記子曰回得一善拳拳不失之矣鄭玄曰拳拳捧持之貌說文曰列分解也翰曰拳拳勤誠也列猶分也因爲誣上卒從吏議善曰言衆吏議以爲誣上翰曰有言以遷爲誣罔天子終從獄吏之議上謂天子也卒終也家貧貨賂不足以自贖向曰法百金贖死罪而遷家無之交游莫救視善本作視字左右親近不爲一言身非木

石獨與法吏爲伍銑曰伍對也深幽囹圄之中誰可告愬者此眞少卿所親見僕行事豈不然乎濟曰囹圄獄也李陵既生降頽善本作隤其家聲而僕又佴二之蠶室善曰蘇林曰家世爲將有名陵降而隤之也顏師古曰隤墜也如淳曰佴次也若人相次也人志切今諸本作茸字蘇林注景紀曰作窨室蔭大如蠶室故言下蠶室衛宏漢儀以爲置蠶宮令丞諸法云詣蠶室與罪人從事云天下至者屬少府顏監云茸推也人勇切推罝蠶室之中銑曰頽壞也頽壞家聲謂陵祖考皆名將而乃降故也佴次也蠶室漢行割刑之室使其避風養創者言我又次之於此刑重爲天下觀笑悲夫悲夫良曰爲天下所看而笑之事未易一二爲俗人言也翰曰言此二事難爲俗人委曲而言者謂俗人不知也未易謂難也一二謂委曲也僕之先五臣本有人字非有五臣本有所字剖符丹書之功善曰漢書曰漢初功臣剖符世爵又曰論功而定封誓於是申以丹書之信重以白馬之盟向曰先人謂遷父也剖符丹書皆掌之符契有功者執之遷言其父無此功也文史星曆近乎卜祝之閒固主上所戲弄倡優所畜許六流俗之所輕也善曰說文倡樂也左氏傳曰鮑氏之圉人爲優杜預曰俳優也銑曰遷父爲太史掌知天文律曆卜筮祠祝之事爲天子所戲弄如倡優女樂所畜以爲調戲者故人俗之所輕也假令僕伏法受誅若九牛亡一毛與螻蟻何以異善曰螻螻蛄也蟻蚍蜉也皆蟲之微者故以自喻濟曰遷刑餘雖不死假令又誅死若九牛亡失一毛不減其少命之輕賤與螻蟻不殊蓋恨俗所輕之也而世俗善本作俗字又不能與善本作與能死節者次比善本無次比二字善曰與如也言時人以我之死又不如能死節者言死無益也良曰言世人輕我見誅死亦不知君之不明枉見罪譴不與死節王事者相比以哀惜也特以爲智窮罪極不能自免卒就死耳何也翰曰特獨也免猶脫也卒終也

言遷之死代人不知獨以遷爲智力窮盡罪累重極不能自脫終就死耳何也者設疑以發下文也素所自樹立使然也翰曰遷自恨之甚故假云皆自樹立使然也人固有一死死善無下死字或重於太山或輕於鴻毛用之所趣異也善曰燕丹子荊軻謂太子曰烈士之節死有重於太山有輕於鴻毛者但問用之所在耳銑曰人生必有一死若生不值明君不以義相及則命重於太山若遇明君臨之以義命則輕如鴻毛故死則一也用之所歸趣殊矣太上不辱先其次不辱身濟曰太上謂第一也辱先謂不忠於君是辱先人祖考辱身謂忠於君君不見明察以見刑罰也其次不辱理色善曰理道理也良曰理義理色顏色也其次不辱辭令善曰辭謂言辭令謂教令翰曰辭文辭令善也其次屈善本作詘字體受辱善曰詘體謂被縲繫其次易服受辱善曰易服謂著赭衣向曰易服謂堯畫衣冠罪人服之是也其次關木索先各被皮義箠之蘂楚受辱善曰漢書曰箠長五尺說文曰捶以杖擊也善與捶同以之笞人同謂之箠楚箠楚皆杖木之名也銑曰關木杻械索繩也以拘縛之也箠杖也楚荊也其次剔他狄毛髮嬰金鐵受辱善曰謂髡鉗也濟曰剔毛髮謂髡刑繞金鐵謂鎖也嬰繞也其次毀肌膚斷短支體受辱最下腐刑極矣善曰謂肉刑也蘇林曰宮刑腐臭故曰腐刑良曰腐刑遷之所刑也極重也傳曰刑不上市丈大夫此言士節不可不勉勵也善曰禮記文也東方朔別傳武帝問曰刑不上大夫何謂曰刑者所以止暴亂誅不義也大夫者天下表儀萬人法則所以共承宗廟而安社稷也翰曰傳謂禮也刑不上於大夫之任天子必擇賢者使居之天下儀表萬人法則刑所以禁小人故不上大夫也士君子不可以不勉勵猛虎在深山百獸震恐及在檻穽之中搖尾而求食積威約之漸也善曰周禮注曰穿地爲塹所以御禽獸其或超踰則陷焉尚書曰杜乃擭敜乃穽言威爲人制約漸積至此銑曰

檻圈也穽穿地為坑以取猛獸也搖尾求食謂求矜以自免也遷自喻志節之士為刑所加威力屈折也故士善本無士字有畫地為牢勢不可入削木為吏議不可對定計於鮮平聲也善曰臣瓚曰以為患吏刻暴雖以木為吏期於不對此疾苛吏之辭也文穎曰未遇刑自殺為鮮明也　銑曰牢獄也勢不可入者謂形勢不可入也吏獄官也不可對者不可辨也此惡苛刻也鮮明也言人當自決定計度於未萌以免於身不可對於獄吏也今交手足受木索暴肌膚受榜薄行箠幽於圜牆之中善曰廣雅曰榜擊也圜牆獄也周禮曰以圜土教罷民　良曰暴露也當此之時見獄吏則頭搶七良地視徒隸則正惕息濟曰徒衆也隸奴也言既被拘繫見衆奴之類則正容驚惕喘息而以求自免何者積威五臣本作畏約之勢也翰曰何為如此若是積累畏懼制約之勢使然也及以至是言不辱者所謂彊顏耳曷足貴乎向曰言人拘繫至此而言不足為辱者乃謂強為厚顏何足貴也曷何也且西伯伯也拘於羑里善曰史記曰季歷卒子昌立是為西伯西伯文王也崇侯虎譖西伯於殷紂曰西伯積善德諸侯皆嚮之將不利於帝紂乃囚西伯於羑里王制曰九州之長曰伯注曰伯長也　銑曰同善注羑里獄名李斯相也具於善本作于字五刑善曰史記曰李斯楚上蔡人也從荀卿學帝王之術入秦秦卒用其計二十餘年竟并天下以斯為丞相二世立以郎中趙高之譖乃具斯五刑腰斬咸陽漢書刑法志曰漢興之初其大辟尚有夷三族之令曰當三族者皆先劓斬左右趾笞殺之梟其首菹其骨肉於市其誹謗詈詛者又斷舌故言具具謂五刑也　良曰李斯相秦為趙高譖乃先行劓墨宮割臏等四刑而後太辟是具五刑也淮陰王也受械於陳善曰漢書曰韓信為楚王都下邳信因行縣邑陳兵出入人有上變告信欲反上聞患之用陳平謀偽遊雲夢信謁上於陳高祖令武士縛信載後車信曰果若人言狡兔死良狗烹上曰人告公反遂械信至雒陽赦以為淮陰侯陳楚之西界也械謂桎梏也　濟曰同善注陳猶徧也言杻械徧於身也彭越張

敖南面稱孤繫獄抵罪善曰史記曰高祖立彭越為梁王梁王稱疾上使使掩捕梁王囚之洛陽漢書曰趙王張耳薨子敖嗣立尚高祖長女魯元公主七年高祖從平城過趙趙王旦暮自上食體甚卑有子婿之禮高祖箕踞罵詈甚慢之趙相貫高趙午說敖曰天下豪桀並起能者先立今王事皇帝甚恭皇帝遇王無禮請為殺之八年上從東垣過貫高等乃壁人柏人要之置廁上過欲宿心動問縣名為何曰柏人上曰柏人者迫於人也遂去貫高怨家知其謀反告之於是逮捕趙王諸反者趙午十餘人皆自剄貫高獨怒罵曰誰令公等為之今王實無謀反檻車與詣長安高下獄曰吾屬為之王不知也　翰曰彭越梁王高祖將誅陳豨徵兵於梁越稱病上捕之囚於洛陽張敖嗣父耳為王人告其反捕繫之南面稱孤者皆言為諸侯也抵罪猶伏罪絳侯誅諸呂權傾五伯囚於請五臣本作清字七淨切室善曰史記曰絳侯周勃與陳平謀誅諸呂而立孝文後勃被囚見李陵荅蘇武書漢書音義如淳曰請室請罪之室若今鍾下也　向曰絳侯周勃也呂后崩諸呂欲危劉氏勃盡誅之立文帝五伯古之齊桓公晉文公之輩言絳侯權勢傾之言盛於彼也後有告絳侯謀反者遂囚於清室清室囚人所也魏其大將也衣赭衣五臣本無下衣字關三木善曰三木在項及手足也漢書曰竇嬰景帝時吳楚反拜嬰為大將軍七國破封嬰為魏其侯坐灌夫罵丞相田蚡不敬遂論嬰弃市周禮曰上罪梏拲而桎應劭漢書注曰在手曰梏兩手同械曰拲在足曰桎韋昭曰梏兩手合也梏音告拲音拱桎之栗切　銑曰魏其竇嬰也赭赤色也罪人之服關穿三木謂杻械枷也季布為朱家鉗奴善曰漢書曰季布楚人也為任俠有名項籍使將兵數窘漢王項籍滅高祖購求布千金敢舍匿者罪三族布匿於濮陽周氏周氏曰漢求將軍急臣敢進計布許之迺髡鉗布衣褐置廣柳車中與其家僮數十人之魯朱家賣之朱家心知季布也買置田舍乃之雒陽見汝陰滕公說曰季布何罪臣各為其主耳君何不從容為上言之滕公許諾待閒果言如朱家事上乃赦布召見謝拜郎中　濟曰同善注灌夫受辱於居室善曰漢書灌夫字仲孺潁陰人也為太僕時坐與衛尉竇甫飲輕重不得先為燕相及竇嬰失勢兩人相引重夫過丞相田蚡蚡曰吾欲與仲孺過魏其侯會孺有服夫曰將軍迺肯幸臨安敢以為辭請語魏其侯張具將軍旦日蚤臨之蚡許諾

夫以語嬰嬰孟牛酒夜洒埽張具自旦侯伺至日中蚡不來夫不懌夫乃自往迎之蚡尚卧駕往又徐行夫益怒遂以爲隙元光四年蚡取燕王女爲夫人太后詔曰列侯宗室皆往賀嬰爲壽夫行酒至蚡蚡半膝席曰不能滿觴夫怒乃嘻言曰將軍貴人也畢之時蚡不肯行酒次至臨汝侯灌賢方與程不識耳語又不避席夫無所發怒乃罵賢曰生毀程不識不直一錢今日長者爲壽延效兒女曹呫囁耳語蚡謂夫曰今衆辱程將軍仲孺獨不爲李將軍地乎夫曰今日斬頭穴胷何知程李乎乃起蚡遂怒曰此吾驕灌夫罪也籍福起爲謝桉夫項令謝夫愈怒不肯謝蚡乃麾騎縛夫置傳舍長史曰今日召宗室有詔劾灌夫罵坐不敬繫於居室如淳曰百官表居室爲保宮今守宮也　濟曰丞相田蚡娶燕王女爲夫人太后詔列侯宗室皆往賀之灌夫爲丞相所怒乃縛之以其罵坐不敬繫於居室居室田蚡所居之室也此人皆身至王侯將相聲聞鄰國向曰此人謂上從西伯下至灌夫九人也及罪至罔加不能引決自裁在塵埃之中古今一體安在其不辱也翰曰罔猶法也言不能引志決列以自裁毀免在於拘執之中此古今一理人亦何在於不辱也塵埃猶拘繫也安何也由此言之勇怯勢也彊弱形也審矣何足怪乎善曰孫子兵法曰佁亂數也勇怯勢也強弱形也　向曰勇怯彊弱皆形勢也勢彊則勇形弱則怯此亦人情共所知亦何怪也夫人不能早善本有自字裁繩墨之外銑曰言不能自裁早至二臧以出獄吏繩墨之外以稍陵遲至於鞭箠之閒乃欲引節斯不亦遠乎濟曰不能早自裁以出繩墨而稍遲疑則至鞭杖欲引節槩此不亦遠於知幾古人所以重施刑於五臣本無於字大夫者殆爲此也良曰重猶難也言大夫明於事理故難加刑近爲此汚辱殆近也夫人情五臣本無情字莫不貪生惡死念父母顧妻子至激於義理者不然乃有所不得已也善曰言激於義理者則不念父母顧妻子也　翰曰至於感激義理者則不貪生念顧者義不得已也今僕不幸早失父

母無兄弟之親獨身孤立少卿視僕於妻子何如哉善曰言己輕妻子故反問之　向曰言父母兄弟已喪無可念矣視我於妻子如何哉言何足顧也且勇者不必死節善曰言勇烈之人不必死於名節也造次自裁耳　銑曰勇者不必知義理故不必爲人死節怯夫慕義何處不勉焉善曰言怯夫慕義以自立名何處不勉於死哉言皆勉勵自殺　良曰慕分義者雖怯夫必勉力焉僕雖怯懦欲苟活亦頗識去就之分矣何至自沈溺縲力追紲五臣本作緤思列切之辱哉善曰孔安國曰縲黑索也紲攣也所以拘罪人　濟曰縲紲謂拘繫也言我亦識去就何至自沈此辱蓋欲成先人之業故未能死也且夫臧獲婢妾由能引決況僕之不得已乎且曰晉灼曰臧獲敗敵所破虜爲奴隸韋昭曰羌人以婢爲妻生子曰獲奴以善人爲妻生子曰臧荊揚海岱淮濟之閒罵奴曰獲齊之北鄙燕之北郊凡人男而歸婢謂之臧女而歸奴謂之獲皆異方罵奴婢之醜稱也　翰曰荊揚淮海之閒呼奴爲臧呼婢爲獲言此里賤之流或有引決自殺者兄我不得已言當須自殺也所以隱忍苟活幽五臣本作函音含於五臣本無於字糞土之中而不辭者恨私心有所不盡鄙陋向曰不耤於生名者糞土中也言不辭糞土之中者恨於私心有所不盡鄙陋謂修史也沒世而文采善本作彩不表於後世也善曰論語曰君子疾沒世而名不稱　濟曰沒死也死於此代文章之士不見於後世采事表見也古者富貴而名五臣本無名字磨善本從手滅不可勝記唯倜儻非常之人稱焉善曰廣雅曰倜儻卓異也　翰曰磨將述史記云古之富貴名皆磨滅不可勝記而盡述之唯奇才高遠之人乃稱之也蓋文王五臣本作西伯二字拘而演周易善曰周易曰易之興也當文王與紂之事邪又曰作易者其有憂患邪史記本紀曰崇侯譖西伯於殷紂曰西伯積善累德諸侯皆嚮之將有不利於帝紂乃囚西伯於羑里西伯演易之八卦爲六十四地理志曰河內湯陰有羑里城西

文四十一　廿三

伯所拘羑里昭曰羑音酉蓍音尸韻篇曰演引之也　良曰演廣也**仲尼厄而作春秋**善曰史記孔子曰吾道不行矣何以自見於後世哉乃約魯史而作春秋　銑曰孔子厄於陳蔡還作春秋**屈原放逐乃賦離騷**善曰史記曰屈原名平楚之同姓爲楚懷王左司徒博文彊志嫻於辭令王甚任之上官大夫與之同列心害其能懷王使原爲憲令原草稾未定上官大夫見而欲奪之不與因讒之曰王使屈原爲令衆莫不知每令出平伐其功以爲非我莫爲王也王怒而疏之平病聽之不聰作離騷經　良曰原事懷王遭放逐乃作離騷歌以諷諫之也**左丘失明厥有國語**善曰漢書曰國語左丘明著失明未詳　良曰左丘左丘明也失明謂無目也厥其也**孫子臏**𦙄忍**脚兵法修列**善曰史記曰孫臏與龐涓俱學兵法涓事魏惠王自以爲能不及臏乃陰使人召臏臏至涓恐其賢於已則以法刑斷其兩足而黥之欲隱勿見齊使者田忌善客待之於是田忌進孫子於威王威王問兵法而師之其後魏伐趙趙急請救於齊齊威王欲將臏臏曰刑餘之人不可於是乃以田忌爲將而孫子爲師居輜車中王爲計謀田忌從之魏果去邯鄲與齊戰於桂陵大破魏軍　濟曰刑斷足曰臏也因此時皆呼爲孫臏修作列美也**不韋遷蜀世傳呂覽**善曰史記曰呂不韋大賈人也莊襄王即位三年薨太子政立爲王尊不韋爲相國號仲父當是時魏有信陵楚有春申趙有平原齊有孟嘗皆下士喜賓以相傾呂不韋以秦之強大受其厚遇乃致食客三千人是時諸侯多辯士如荀卿之徒著書布於天下不韋乃使其客人人著所聞集論爲八覽十二紀三十餘萬言以爲備天下之物古今之事號曰呂氏春秋布咸陽市門懸千金其上延諸侯游士賓客有能增損一字與千金及始皇帝壯太后道不韋恐禍及已私求嫪毐爲舍人詐令以腐罪告之遂得侍太后與太后通九年人告嫪毐實非宦者下吏治之得情實事連相國秦王恐其爲變乃賜不韋書曰君何功於秦秦封君河南食十萬戶君何親於秦號稱仲父後與家屬徙處蜀飲鴆而死　翰曰秦始皇遷呂不韋於蜀於是著書以爲八覽六論十二紀名呂氏春秋而代傳讀之言覽者謂八覽**韓非囚秦說難孤憤**善曰史記曰韓非者韓之公子也見韓稍弱以書諫王王不能用非心廉直不容於邪枉之臣觀枉者得失之變故作孤憤五蠹說難十餘萬言秦王見孤憤五蠹之書曰嗟乎寡人得見此人與游死不恨矣李斯曰

此韓非所著書秦因急攻韓韓乃遣非使秦秦王悅之未信用李斯姚賈毀之曰韓非韓之諸公子也今王欲并諸侯非終爲韓不爲秦此人情也今王不用久留而歸之此自遺患也不如以過法誅之秦王以爲然下吏治非李斯使人遺藥使自殺韓非欲自陳不得見秦王後悔之使人赦而非已死矣說難孤憤韓子之篇名也　翰曰韓非入秦爲李斯毀之下獄而非先著孤憤說難十餘萬言秦王悅之此乃書奏秦王後李斯方毀之下獄非囚而後作也遷但取此類以有才不見用而遭刑也**詩三百篇大底**音指**賢聖**善本作聖賢**發憤之所爲**于僞**作也**善曰論語曰詩三百孔安國曰篇之大數也爾雅曰底致也　向曰底致也言詩三百篇此大雅之致而賢聖發憤之所作也**此人皆意有所**善本無所字**鬱結不得通其道故述往事思來者**善曰言故述往前行事思今將來人知已之志　翰曰述往古興亡賢愚之事思來者以作戒也**乃**五臣本作及字**如左丘無目孫子斷**丁管**足終不可用退而論書策以舒其憤思垂空文以自見**善曰空文謂文章也自見已情　濟曰策即兵法也言身遭刑餘不堪爲用是垂空文以自見其志也**僕竊不遜近自託於無能之辭**善曰論語子曰唯女子與小人爲難養也近之則不遜　濟曰遜順也言我不順於古人志謙也近自託憤思於不才之辭無能猶不才也**網羅天下放失舊聞**向曰言網羅天下放棄亡失之文舊文謂先賢所傳而聞之也**略考其行**五臣本無行字**事綜其終始**銑曰考量綜理也言所述史記略量古人行事理其終始也**稽其成敗興壞之紀**翰曰稽考壞亡紀記也**上計軒轅下至于茲**翰曰軒轅黃帝也于茲漢武也**爲十表本紀十二書八章世家三十列傳七十凡百三十篇亦欲以究天地**善本作人字**之際通古今之變成一家之言**濟曰史記凡一百三十卷　向曰究盡也謂人事成敗天文地理亦可以盡天地之際通古今之變也**草創**

未就會遭此禍良曰草創制作會逢也言作史記未成遭此刑矣惜其不成是以就極刑而無慍色銑曰當被刑時惜所述作未成故就此刑而無恨色不然亦自裁而死也僕誠已善本作以字著此書藏之善本作諸字名山良曰言當時無聖人可以示之故深藏之名山傳之其人通邑大都善曰其人謂與己同志者也濟曰其人謂若知音人者通邑大邑也言北冀傳大邑都也則僕償前辱之責良曰償還也還遷恥辱前刑負責於國今史且成以還於所負也雖萬被戮豈有悔哉向曰雖萬度被刑戮亦無悔恨矣然此可爲知者道難爲俗人言也銑曰俗人不知難爲言之且負下未易居下流多謗議善曰負累之下未易可居論語曰君子惡居下流而訕上者　銑曰且負忠義之節而爲臣下者其地不易居下流至賤左有邪佞多生謗議君則言也僕以口五臣本作此字語遇遭此禍翰曰此語忠義之語論李陵功也

重逐用爲鄉里所戮善本無戮字笑翰曰朝廷以辱笑是一也爲鄉黨辱笑是重也戮辱以汙烏卧辱先人亦何面目復上父母之善本無之字丘墓乎雖累百世垢彌甚耳銑曰垢穢也是以腸一日而九迴翰曰憂思迴復於心腸一日至九九數之極也居則忽忽若有所亡出則不知其所往善曰莊子魯哀公問仲尼曰衛有惡人焉曰哀駘它去寡人而行寡人恤焉若有亡也庚桑子曰吾聞至人尸居環堵之室不知所如往　銑曰忽忽愁亂貌亡失也不知所往憂而心迷也每念斯恥汗未嘗不發背霑衣也良曰斯恥謂被刑也身直爲閨閤之臣寧得自引善本有於字深藏巖穴邪濟曰閨閤臣閹官引出也故且從俗浮沈與時俛仰以通其狂惑善曰鄒衍子曰吾聞之於政也知善不行者謂之狂知惡不改者謂之惑夫狂與惑聖人之戒也濟曰隨時吉凶高下以生也浮吉沈凶俯下仰高也狂惑謂小人也言將順從與之通游焉今少卿乃教以推賢進士無乃與五臣本無與字僕私心刺謬力刺五臣本從系密救切乎向曰刺戾也繆誤也與我心戾誤不同也今雖欲自彫琢曼音萬辭以自飾善曰如淳曰曼美也戰國策蘇秦曰夫從人飾辯曼辭高主之節行銑同善注無益於俗不信銑曰雖欲自飾其美恐益爲人俗所不信也秖善本作適字足取辱耳良曰耳辭也要一召之死日然後是非乃定翰曰還自言及死後名譽流於千載也要及也書不能悉意五臣本有故字略陳固陋翰曰固猶鄙也謹再拜

報孫會宗書一首

楊子幼善曰漢書曰楊惲字子幼華陰人也以才能稱譽爲常侍騎與太僕戴長

樂相失坐事免爲庶人惲見已失爵位遂即歸家閑居自治產業起室以財自娛歲餘友人安定太守西河孫會宗與惲書誡諫之言大臣廢退當杜門惶懼爲可憐之意不當治產業通賓客有稱舉惲乃作此書報之濟曰同善注惲見廢爲懷不服其後有日蝕之變人告惲驕奢不悔過日蝕之咎此人所致下廷尉按驗又得與會宗書宣帝惡之遂腰斬之

惲材朽行五臣作行朽穢文質無所底音旨善曰論語曰文質彬彬然後君子包氏曰彬彬文質相半之貌也銑曰底致也幸賴先人餘業得備宿衛翰曰先人餘業謂惲父敞爲丞相也常侍散騎宿衛官人也故此言之遭遇時變以獲爵位善曰漢書曰霍氏謀反惲先聞知霍氏伏誅惲封爲平通侯向曰霍山霍雲謀反惲覺之霍氏伏誅此曰時變也有功惲以此終非其任卒與禍會良曰非其任者謙也禍會謂見廢也卒亦終也足

下哀其愚矇賜書教督以所不及殷勤甚厚善曰爾雅曰督正也銑曰矇暗督正也所不及謂智所不能及然竊恨足下不五臣本無不字深惟其終始而猥隨俗之毀譽也善曰惟思也猥猶曲也言其深思事之終始乃曲隨俗中相毀譽也濟注同言鄙陋之愚心則若逆指而文過善曰言逆會宗之指自文飾己之過論語子曰小人之過也必文孔安國曰文飾其過不言實也翰曰謂會宗曲隨毀與譽有書見責惲故言鄙陋愚心以報荅此理又如逆會宗指意以惲爲文飾其過默而息乎善本作默而自守恐違孔氏各言爾志之義善曰論語曰顔淵季路侍子曰盍各言爾志翰曰若默息不言則違孔子各言爾志之義故敢略陳其愚唯君子察焉向曰君子謂會宗惲家方隆盛時乘朱輪者十人善曰二千石皆得乘朱輪銑曰謂父敞爲丞相也朱輪以丹漆塗車轂十人謂宗族十人乘之也位在

文選卌一　廿八

列卿爵爲通侯總領從官與去聲聞政事善曰應劭曰舊曰徹侯避武帝諱故爲通言其功德通於天子也從天子侍從官濟曰總領羣官之長與聞國家政事良曰通侯諸侯也曾不能以此時有所建明以宣德化翰曰建立也言不能有所立明正之道以宣布天子德化又不能與羣僚同心并力陪輔朝廷之遺忘音望向曰僚官陪助輔正也言又不與羣僚同心并力助朝廷遺忘闕失之事已負竊位素飡之責久矣善曰論語曰臧文仲其竊位者與知柳下惠之賢而不與立毛詩曰彼君子兮不素飡兮銑曰竊偷也素猶空也言不能宣化輔遺是偷安官位食天子之祿也已負此責久矣懷祿貪勢不能自退善曰曾子曰君子不安貴位不懷厚祿遂遭變故橫被口語身幽北闕妻子滿獄善曰口語即戴長樂所告也如淳漢書注曰上章者於公車有不如法者以付北軍尉北軍尉以法罰之揚惲上書遂幽北闕公車門所在也良曰變故口語謂見廢也惲禁在北闕不在常禁人之所謂帝宮內當此之時自以夷滅不足以塞責善曰史記曰司馬欣謂章邯曰趙高欲以法誅將軍塞責濟曰夷殺塞止也豈意善本無意字得全善本有其字首領復奉先人之丘墓乎善曰左氏傳宋公曰若以大夫之靈得保首領以沒于地伏惟聖主之恩不可勝量音良惟思也君子游道樂以忘憂善曰史記曰陳平游道日廣論語曰樂以忘憂向曰游無欲之道小人全軀說以忘罪善曰楚辭曰與波上下偷以全吾軀兮銑曰軀身也忘罪謂悅樂忘昔日之罪竊自思善本無思字念過已大矣行已虧矣長爲農夫以沒世矣良曰沒終也是故身率妻子戮力耕桑善曰國語曰戮力一心灌園治産以給公上善曰蘇林漢書注曰充縣官之賦斂濟曰治執作也公君也以給君上之賦稅謂免官爲庶人故也不意

文選卌一　廿九

當復用此五臣本有以字爲譏議也五臣本無也字翰曰言不意會宗以治産業起宅室以財自娛爲譏謗之議也夫人情所不能止者聖人弗禁五臣本作不向曰人之情好不可止者故雖聖人弗可禁也故君父至尊親送其終也五臣本無也字有時而既善曰終謂終沒也既盡也張晏漢書注曰喪不過三年臣見放逐降居三月復初銑曰言君父至尊然臣親送其終亦已掩壙其哀有時而盡也臣之得罪已三年矣田家作苦歲時伏臘善曰漢書曰秦繆公作伏祠孟康曰六月伏日也風俗通禮傳曰夏曰嘉平殷曰清祀周曰大蜡故改爲臘亨羊炰羔斗酒自勞良曰惲自謂也上言親送其終有時哀盡況我得罪已三年矣田家之作多所勤勞之苦伏臘歲節以勞宴爲樂焉亨煑炰炙也家本秦也能爲秦聲翰曰謂作樂也秦聲擊缶也婦趙女也雅善鼓瑟五臣本作琴字奴婢歌者數人酒後耳熱仰天撫缶而

呼嗚嗚善曰應劭漢書注曰缶瓦器也秦人擊之以節歌李斯上書曰擊甕扣缶而呼嗚嗚快耳者眞秦聲也濟曰缶樂器陶土爲之嗚嗚聲也其詩曰田彼南山蕪穢不治種一頃豆落而爲萁善曰張晏漢書注曰山高在陽人君之象也蕪穢不治朝廷荒亂也一頃百畝以喻百官也言豆者貞直之物零落在野喻已見放棄也萁曲而不直言朝臣皆諂諛也臣瓚曰田彼南山蕪穢不治言於王朝而遇民亂也種一頃豆落而爲萁雖盡忠竭節徒勞而無獲也向曰田作也南山陽地而膏腴以喻其君良曰喻朝政亂也銑曰萁豆莖也言百官無才若豆零落不實空有莖而無益於時用也人生行樂耳須富貴何時向曰須待也言國既無道但當行樂欲待富貴職位亦何時也言不可求之是日也拂衣而喜奮袖低昂五臣本作卬字頓足起舞向曰奮舉也低卬高下也誠淫荒無五臣本有一字度不知其不可也銑曰樂之極也不知此事不可爲但適性而已惲幸有餘祿五臣本作力方五臣本無方字

糴賤販貴逐什一之利善曰什一謂十中之一也尚書大傳曰王者十一而稅良曰糴其時之賤者乘貴而出之十分中取一分利也販易也此賈豎之事汙烏卧辱之處惲親行之濟曰賈賈賣也豎小人也求利則爲汙辱之處下流之人衆毀所歸不寒而慄善曰言處下流爲衆惡毀所舉翰曰我在下流之中衆人毀聲所歸集不寒而懷戰慄言懼也雖雅知惲者猶隨風而靡尚何稱譽之有善曰楚辭曰世從容而變化隨風靡而成行向曰雅知者謂舊會宗也言會宗猶復隨口如風之靡草亦何求稱善之譽也濟曰會宗書教其求譽之故乃答之董生不云乎明明求仁義常恐不能化民五臣本作人字者卿五臣本無卿字大夫之意也明明求財利常恐之五臣本無之字困乏者庶人之事也善曰漢書董仲舒對策曰夫皇皇求財利常恐匱乏者庶人之意也皇皇求仁義常恐不能化人者大夫之意也銑曰董仲舒對策文也求仁義之人以居位常恐不堪化理天下此大夫之意故道不同不相爲謀翰曰大夫庶人道不同也我亦與子殊矣今子尚安得以卿大夫之制而責僕哉善曰論語曰道不同不相爲謀言今我親行賈豎之事安得責我卿大夫之制乎濟曰謂復爲庶人也夫西河魏土文侯所興有段干木田子方之遺風漂然皆有節槩知去就之分善曰史記李克謂翟璜曰魏成子東得子夏田子方段干木此三人者君皆師之良曰西河會宗居處也魏文侯所興段干木田子方皆清素節槩之人言會宗當得其遺風知去就之分理凜然高遠邈也頃者足下離舊土善曰謂去西河臨安定安定山谷之間昆夷五臣作戎舊壤子弟貪鄙豈習俗之移人哉善曰毛詩曰文王西有昆夷之患北有獫狁之難鄭玄曰昆夷西戎也言豈隨懷安貪鄙之俗而移人之本性哉向曰昆戎西戎也其人子弟多貪鄙之性如子有節槩清素

之風豈能使鄙俗習子之風而移其人心乎言我志亦不可遷也於今乃睹五臣本作覩丁古切子之志矣方當盛漢之隆願勉旃無多談翰曰勉彊旃之也言願子彊爲國家之事無多談以憂及我也

論盛孝章書一首

孔文舉善曰與魏太祖虞預會稽典錄曰盛憲字孝章器量雅偉舉孝廉補尚書郎遷吳郡太守以疾去官孫策平定吳會誅其英豪憲素有名策深忌之初憲與少府孔融善憂其不免禍乃與曹公書由是徵爲都尉詔命未至果爲權所害子匡奔魏位至征東司馬　翰曰是書與魏太祖曹操也會稽典錄云盛憲會稽人也漢末爲吳郡太守孫策定江東以憲江東首望恐人歸之因禁欲殺之故融作書論之欲使曹公致書於吳以救之書未致已誅矣初盛憲爲臺郎路逢童子容貌非常憲怪而問之答曰魯國孔融時

年十餘歲憲以爲異乃載歸與之言知其奇才便結爲兄弟升堂見親也歲月不居時節如流善曰國語文姜曰日月不居人誰不安傅毅詩曰徂年如流鬢茲暇日五十之年忽焉已至公爲始滿融又過二善曰公謂曹操言公年始滿五十融過於二歲也向曰公曹也始滿五十過二謂五十二海內知識零落殆盡銑曰零落死也殆近也惟善本有有字會稽盛孝章尚存五臣本作在其人困於孫氏妻孥湮沒善曰毛詩曰樂爾妻孥孔安國尚書大傳曰孥子也　良曰孫氏謂策也湮沒謂喪亡也單孑獨立濟曰無右臂曰孑言無援助如無右臂孤危愁苦若使憂能傷人此子不得復善本無復字永年矣春秋傳曰諸侯有相滅亡者桓公不能救則桓公恥之善曰公羊傳曰邢亡孰亡之蓋狄滅也曷爲不言狄滅之爲桓公諱也曷爲爲桓公諱上

文選四十一　卅二

無天子下無方伯天下諸侯有相滅亡者桓公不能救則桓公恥之　翰曰齊桓公也時桓公爲諸侯長故有相滅亡者必救之不救則恥弱也言曹公雄霸比於桓公欲使救盛憲於吳故云此今孝章實丈夫之雄也天下談士依以揚聲向曰孝章好士故天下談文史之士皆依倚孝章以發揚美聲而身不免於幽執五臣本作縶字命不期於旦夕銑曰幽執囚也不期朝夕言欲將見殺也是善本無是字吾祖不當復論損益之友而朱穆所以絕交也善曰論語子曰益者三友損者三友漢書曰朱穆感世澆薄莫尚敦厚著絕交論以矯之　良曰吾祖謂孔子融是二十一代孫朱穆著絕交論譏時人澆薄於交道也言今孝章有此困厄若不救之是是無損益之友而有澆薄之譏公誠能馳一介之使加咫尺之書善曰左氏傳晉行人子員對鄭王子伯駢曰君有楚命不使一介行李告於寡君漢書廣武君曰發一乘之使奉咫尺之書　濟曰一介謂單使也長八寸曰咫言加短書以言之則可不假多則孝

章可致友道可弘矣五臣本作也字　向曰可致可至弘大今之少年喜謗前輩或能譏平皮柄切　善本從言孝章翰曰平議也言譏議孝章得失也孝章要一召爲有天下大名九牧之人所共稱歎善曰九牧猶九州也左氏傳王孫滿曰貢金九牧孫鄉子曰文王鑒於殷紂此其所以伐殷王而受九牧銑曰要盛也孝章雖爲少年譏議然盛爲有天下大賢之名九州牧伯皆共稱歎燕君市駿馬之骨非欲以騁道里乃當以招絕足也善曰戰國策郭隗謂燕昭王曰臣聞古之人君有市千里馬者三年而不得於是遣使者齎千金之貨將市於他國未至而千里之馬已死使者乃以五百金買死馬之首以歸其君大怒曰所求者本不市死馬何故損金市死馬乎將誅之使者對曰死馬尚市之況生者乎天下必知君之好也馬將至矣於是朞年而千里馬至者三焉　良曰此則非欲騁道里蓋欲以招遠近之駿足也言孝章縱非賢良可收天下名望以救之必知公好賢賢人必至而用之餘同善注惟公匡復

文選四十一　卅三

漢室宗社將絕又能正之正之之善曰無一之字術實須得賢向曰正猶繼也言漢室危亂宗社將絕公能匡正復其帝位而繼之繼之之術實須得賢人而共佐成之珠玉無脛胡定而自至者以人好之也況賢者之有足乎善曰韓詩外傳曰蓋胥謂晉平公曰珠出於海玉出於山無足而至者好之也士有足而不至者君不好也　銑曰脛足也珠玉遠在深山廣海且無足而至者特君好之故也況賢人者有足而君王好之而不來者乎昭王築臺以尊郭隗隗雖小才而逢大遇竟能發明主之至心故樂毅自魏往劇辛自趙往鄒衍自齊往善曰史記曰燕昭王於破燕之後卑身厚幣以禮賢者謂郭隗曰齊因孤之國亂而襲破燕孤知國小力少不足以報然誠得賢士與共圖以雪先王之恥也願先生視可者得身事之隗曰王必欲致士先從隗始況賢於隗者豈遠千里哉於是昭王爲隗改築宮而師事之樂毅自魏往鄒衍自齊往劇辛自趙往　翰曰同善注乃破齊

國威震諸侯，嚮善本作向字使郭隗倒懸而王不解居蟹臨弱善本作溺字而王不拯，則士亦將高翔遠引以刃莫有北首音嚮燕路者矣。善曰：孟子曰：當今之時，萬乘之國行仁政，民悅而歸之，猶解倒懸也。又曰：今燕虐其人，而王征之，人以爲將拯己於水火之中也。漢書廣武君曰：牛酒以享士大夫，北首燕路。濟曰：向若郭隗勤誠，雖如倒懸之急，而王不爲解急，臨在沈溺，又不拯濟，則賢士亦將以遠去，無有北向燕路者。賴王賢明好賢之至，乃得羣賢也。引，去；首，向也。凡所稱引，自公所知，而復五臣本無復字有云者，欲公崇篤斯義也。善本無也字。銑曰：稱引，謂稱引古義，自曹公所知，而我復云。曹公崇厚招賢之義也。篤，厚也。斯義，招賢之義。因表不悉。良曰：言因孝章以表見志，不盡所懷也。悉，盡也。

爲幽州牧與彭寵書一首

朱叔元

善曰：范曄後漢書曰：朱浮，字叔元，沛國蕭人也。初從世祖光武，拜爲大司馬主簿，遷偏將軍，從破邯鄲，後乃爲大將軍、幽州牧，守薊城。浮少有才能，頗欲厲正風迹，收士心，辟召州中名郡王岑之屬以爲從軍事，及王莽時故吏二千石皆引置幕府，乃多發諸郡倉穀，贍其妻子。漁陽太守彭寵以爲天下未定，不宜多置官屬以費軍資，不從其令。浮密奏寵遣吏迎妻而不迎其母，又受貨賄，殺害友人，多聚兵穀，意計難量。寵既積怨，聞遂大怒，舉兵攻浮。浮以書責之。翰曰：同善注。後爲大司空，事賜死也。

蓋聞智者順五臣本作愼時而謀，愚者逆理而動。常竊悲京城太叔以不知足而無賢輔，卒自棄於鄭也。善曰：左氏傳曰：鄭武公生莊公及共叔段，姜氏愛共叔段，欲立之，亟請於武公，公弗許。及莊公即位，爲之請制。公曰：制，巖邑也，虢叔死焉，佗邑唯命。請京，使居之，謂之京城太叔。既而太叔令西鄙北鄙貳於己。公子呂曰：國不堪貳，君將若之何？公曰：不義不暱，厚將崩。太叔完聚，繕甲兵，具卒乘，將襲鄭。公聞其期，曰：可矣。命子封帥車二百乘以伐京，京叛太叔段，段入于鄢，公伐諸鄢。五月辛丑，太叔出奔共。書曰：鄭伯克段于鄢。向曰：同善注。太叔出奔，是自棄於鄭也。京地地名，大叔號也。伯通以名字典郡，有佐命之功，臨民五臣本作人字親職，愛惜倉庫。善曰：名字，謂聲譽遠聞也。漢書曰：陳遵、劉竦俱著名字。李陵報蘇武書曰：其餘佐命立功之士。銑曰：伯通，彭寵字。名字，謂聲譽也。典郡，謂太守也。佐命，佐天子命也。而浮秉征伐之任，欲權時救急，二者皆爲國耳。善曰：言朱浮所以招致賓客者，此亦權時救急也。翰曰：秉，執也。即疑浮相譖，何不詣闕自陳，而爲族滅善本作滅族之計乎？良曰：言寵疑浮以引置王莽故吏而有異心，欲以此相譖於主上，何不詣天子闕下自陳說所由，起兵作逆，爲誅夷之事。朝廷之於伯通，恩亦厚矣，委以大郡，任以威武，事有柱石之寄，情同

子孫之親。善曰：蔡邕獨斷云：朝廷者，不敢指斥君，故言朝廷。漢書：大司農田延年謂霍光曰：將軍爲國柱石。翰曰：朝廷，天子也。柱石，如屋下柱石然，受重寄之義。匹夫媵以證母，尚能致命一飡。善曰：左氏宣公二年傳曰：初，趙宣子畋于首山，見靈輒餓，問其病，對曰：不食三日矣。食之，舍其半，問之，曰：宦三年矣，未知母之存否，今近焉，請以遺之。使盡之，而爲之簞食與肉。既而與爲公介。靈公比以趙盾驟諫，伏甲將攻殺之，靈輒乃倒戟以禦之。又戰國策曰：楚王伐中山，中山君亡，有二人荷戈而從之。中山君顧二人曰：子何爲者？對曰：昔臣之父嘗餓且死，君捨飡以餔臣父。臣之父且死，曰：中山君有事，汝必赴之。是以今來死君之難。中山君曰：以一杯羹而亡國，以一飡而獲二死士。媵母未詳。向曰：匹夫媵母，皆卑賤無識之人，言此無識之人有感一飡之惠，尚能致死命以報惠也。豈有身帶三綬，職典大邦，而不顧恩義，生心外叛者乎！善曰：三綬者，古人兼官者，一官一綬也。范曄後漢書曰：更始使謁者韓鴻持節徇北州，承制得專拜二千石以下。鴻至薊，以寵鄉閭故人，相見大喜，拜寵偏將軍，行漁陽太守。世祖又以書招寵，寵乃發步騎三千人歸

世祖世祖君制封建忠侯賜號大將軍　銑曰言寵身帶三官紱綬服飾也大邦漁陽也　良曰言匹夫之類尚感恩惠而寵受天子厚恩深義心生背叛也伯通與吏民語何以爲顏行步拜起何以爲容濟曰言其不顧恩義而爲背叛朝夕與人言辭拜起豈不厚顏坐卧念之何以爲心翰曰言豈不內愧也引鏡窺影善本作景字何以五臣本無以字施眉目向曰窺見影也言其引鏡見影豈不恥哉舉厝五臣本作措建功何以爲人銑曰舉措猶進退也建立也言進退自思受王厚恩乃欲立功自建何以爲人生於天地閒也惜乎棄休令之嘉名造梟古堯鴟昌夷之逆謀良曰休美令善嘉順也梟鴟不孝鳥也先食母而後飛以喻逆臣子也捐傳葉之慶祚良曰言光武封寵爲建忠侯可傳後葉子孫慶善福祚也招破敗之重災翰曰謂謀逆必見破敗也高論堯舜之道不忍桀紂之性生爲世笑死爲

愚鬼不亦哀乎向曰言寵爲叛逆常高論堯舜之美道而不棄桀紂之惡性故生死可哀伯通與耿俠游俱起佐命同被皮義國恩善曰范曄後漢書曰吳漢說寵從世祖會上谷太守耿況亦使功曹寇恂詣寵結謀共歸世祖又曰況字俠游　銑曰耿況與寵俱起義心佐光武之命俠游謙讓五臣本作議字屢有降挹之言而伯通自伐以爲功高天下善曰蒼頡篇曰挹損也孔安國尚書傳曰自功曰伐　良曰降挹臣伏也而伯通心懷不義自矜恃其功以爲高於天下也自矜功曰伐往時遼東有豕生子白頭異而獻之行至河東見羣豕皆白懷慙而還若以子之功善本有高字論於朝廷則爲遼東豕也善曰白頭豕未詳　向曰遼東人以白頭豕爲奇異獻之天子　翰曰言寵自矜伐其功以爲天下第一朝廷之人如寵功者不少亦如遼東之豕自以爲異今乃愚妄自比六國善曰張晏漢書注曰

齊燕楚韓趙魏　向曰時伯通自號國爲燕故自比於昔者六國之時六國之時其勢各盛廓土數千里勝兵將百萬銑曰廓開也勝彊也將猶近有也故能據國相持多歷年所良曰所數也今天下幾里列郡幾城濟曰幾者假設問辭言今天下廣於六國時而爲一家奈何以區區漁陽而結怨天子善曰區區言小也公羊傳曰司馬子反謂楚王曰以區區之宋猶有不欺之臣　翰曰區區小貌結怨天子謂怨光武不以故舊禮撫之而以羣臣禮待故怨此而反此猶河濱之人善本作民字捧土以塞孟津多見其不知量也善曰論語曰叔孫武叔毀仲尼子貢曰仲尼日月也無得而踰焉人雖欲自絕其何傷於日月乎多見其不知量也　向曰孟津河流也以一捧之土塞之難矣而人多見此人不知事宜不量其力亦如寵以一小郡欲結怨以敵天下之心也方今天下適定海內願安士無賢不肖皆樂力各立

名於世銑曰不肖愚也皆歡樂而立忠義之名於時也世謂時者也而伯通獨中風狂走自捐盛時良曰言寵之叛逆如病者中風而徒狂走無所成事終自弃死不見漢之盛時內聽驕婦之失計外信讒邪之諛言善曰東觀漢記曰仔密奏寵上徵之寵既自疑其妻勸寵無應徵今漁陽大郡兵馬衆多奈何爲人所奏而棄此去寵與所親信吏計議吏皆怨浮勸寵止不應徵　濟曰寵常與妻度計軍國事諛虛也長爲羣后惡法永爲功臣鑒善本作監字戒豈不誤哉善曰或本云永爲羣后惡法今檢范曄後漢書有此一句然東觀漢記亦載此書大意雖同辭旨全別盡錄事者取舍有詳略矣　翰曰寵爲叛逆必見誅戮則爲同時立功之臣指之以爲見惡而戒身也實爲誤哉鑒見也定海內者無私讎勿以前事自疑向曰言光武不計私讎寵勿以前事有過懼誅疑而不改逆歸順也願留意顧老母少五臣本作幼弟銑曰若叛逆見誅必害老母幼弟願留意改節以顧母弟凡舉

事無爲親厚者所痛良曰不義而死於親厚故痛之而爲見讎者所快善曰漢書曰寵獨在便室蒼頭奴子密等三人因寵卧寐共縛著牀又以寵命呼其妻妻入大驚昏夜後解手令作記告城門將軍云今遣子密等至子后蘭卿所速開門出勿稽留之書成即斬寵及妻頭置囊中便持記馳出城因以詣闕封爲不義侯　濟曰後見誅斬爲讎者所快也

爲曹洪與魏文帝書善曰魏志曰曹洪字子廉太祖從弟

陳孔璋善曰陳琳集曰琳爲曹洪與文帝牋文帝集序曰上平定漢中族父都護還書與余盛稱彼方土地形勢觀其辭如陳琳所叙爲也　向曰文帝從父琳爲之作書報文帝文帝觀其辭知琳所爲

十一月五日洪白前初破賊情侈善本作奓字意奢說事頗過古卧其實翰曰破賊情喜放奢侈說事過實賊謂破蜀將張魯也得九月二十日書善曰得文帝書讀之喜笑把玩無厭亦欲令陳琳作報琳頃多事不能得爲良曰言琳公事多念欲遠以爲歡故自竭老夫之思善曰左氏傳趙孟曰老夫罪戾是懼　銑曰曹洪不工爲文辭多令人所歡弄故云自竭其思念使文帝爲歡也辭多不可一二粗徂古舉大綱以當談笑濟曰一二委曲也漢中地形實有險固四嶽三塗皆不及也善曰左氏傳司馬侯曰四嶽三塗九州之險也杜預曰東嶽岱南嶽衡西嶽華北嶽恒三塗在河南陸渾縣南　向曰漢中謂蜀也四嶽四方之嶽三塗山名彼有精甲數萬臨高守要一夫善本作人字揮戟萬人善本作夫字不得進善曰漢書朱買臣曰一人守險千人不得上　翰曰彼謂蜀山而我軍過之若駭鯨之決細網奔兕之觸魯縞古老未足以喻其易善曰漢書韓安國曰彊弩之末力不能入魯縞音義曰縞曲阜之地俗善作之尤爲輕細故以喻之爾雅曰繒之細者曰縞　銑曰駭驚也鯨大魚也長千里細網魚網也魯縞細繒也言我軍過彼險固若大魚之破密網奔兕之觸細繒其破甚易猶未足爲喻雖云王者之師有征無戰善曰漢書淮南王安上書曰臣聞天子之兵有征無戰言莫之敢校　濟曰天子之兵有征伐而罪者不敢拒戰也不義而彊良其古人五臣本作今常有善曰左氏傳叔向謂趙孟曰不義而彊其斃必速　良曰不義謂逆也言逆臣常有故唐虞之世蠻夷猾夏善曰尚書舜典曰咎繇蠻夷猾夏寇賊姦宄　翰曰猾亂也夏謂中也周宣之盛亦讎大邦詩書歎載言其難也善注同　翰曰言夷狄大國之讎敵也詩云春蠢爾蠻荊大邦爲讎書云蠻夷猾夏寇賊姦宄此爲詩書所歎載也皆謂其難敵也斯皆憑阻恃遠故使其然是以察茲地勢謂爲中才處之殆難倉卒善曰司馬遷報任少卿書曰夫中才之人事有關於宦豎者莫不傷氣　銑曰察蜀之地勢言中庸處之難以急取也殆近也倉卒謂急速也來命陳彼妖惑之罪序王師曠蕩之德豈不信然善曰文帝荅洪書曰今魯包凶邪之心肆蟲蠆之政天兵神拊師徒無暴樵牧不臨　向曰來命謂文帝書陳彼賊妖惑之罪曠蕩威大也豈不信然謂豈不如此也是夏殷所以喪苗扈所以斃婢袂反　善曰尚書帝曰咨禹惟時有苗不率汝徂征又曰啓與有扈戰于甘之野　良曰夏殷桀紂也無道所以喪云苗有苗不歸舜舜命禹討之扈有扈氏威侮五行並爲暴亂故以見斃斃死也我之所以克彼之所以敗也翰曰有道則勝無道則敗克勝也不然商周何以不敵哉善曰左氏傳鬬廉曰師克在和不在衆商周之不敵君之所聞也　濟曰商紂也周武王也言若非有道伐無道不然則紂與武王何以不敵也蓋爲紂無道故然昔鬼方聾昧崇虎五臣本作虐讒凶殷辛暴虐三者皆下科也然高宗

有三年之征文王有退修之軍盟盂音孟津有再駕之役善曰三科之中此等爲下科周易曰高宗之伐鬼方三年克之左氏傳曰子魚言於宋公曰文王聞崇德亂伐之軍三旬而不降退而修德復伐之因壘而降尚書曰惟十有一年武王克殷又曰一月戊午師渡孟津　向曰鬼方匈奴也龍賁昧言其自不分別是非也崇侯武紂之臣好讒邪也殷辛紂也此三者皆下等也武王伐紂至于孟津而還歸是再駕役難也然後殪音翳戎勝殷有此武功焉善本無焉字　善曰尚書曰天乃大命文命文王殪戎殷誕受厥命．銑曰殪一也武王既退盟津之師然後一服戎衣而勝殷紂成此武功也未善本作焉字有星流景集飈奮善本作奪字霆擊長驅山河朝至暮捷若今者也五臣本作焉字　善曰戰國策曰樂毅輕卒銳兵長驅至齊　良曰焉何也星流景集飈舉霆擊言疾速也古之聖賢皆積年歲以克敵何有疾速長驅山河之間朝至暮勝若今日之盛威也景日影飈風奮舉捷勝也由此觀之彼固不逮下愚

則中才之守不然明矣善曰彼張魯也下愚指鬼方等翰曰逮及也有德則全無道則滅由此見之則張魯固不及下愚之人則又知中才守險不如此則明矣不然猶不如此也在中才則謂不然善曰若中才守之則不可得也而來示乃以爲彼之惡稔雖有孫田墨氂力而猶無所救竊又疑焉善曰文帝荅曹洪書曰今魯罪兼苗桀惡稔厲莽縱使宋翟妙機械之巧田單騁奔牛之詐孫吳勤八陣之變猶無益也　向曰來示謂來書也稔積也孫孫武田田單墨墨翟氂禽滑氂言來書乃至以爲張魯惡積雖有田單奔牛之智墨翟妙巧之道禽滑氂之辯無所救之又將疑此理爲不然也何者濟曰自發問上文所疑將述其理古之用兵敵國雖亂尚有賢人則不伐也是故三仁未去武王還師善曰論語曰微子去之箕子爲之奴比干諫而死孔子曰殷有三仁焉史記曰周武王東觀兵於盟津諸侯皆曰紂可伐矣武王曰未知天命未可也乃還師聞殺王子比干囚箕子於是曰殷有重罪不可不伐　銑曰三仁謂殷三人微子箕子比干是也武王欲伐紂聞此三人在朝武王乃還兵也宮奇在虞晉不加戎善曰左氏傳曰晉侯假道於虞以伐虢宮之奇諫曰虢虞之表也虢亡虞必從之諺所謂輔車相依脣亡齒寒其虞虢之謂乎弗聽宮之奇以其族行曰虞不臘矣在此行也不再舉矣　銑曰宮之奇虞之賢臣晉欲伐虞以宮之奇在朝而不加兵季梁五臣本作良字猶在彊楚挫謀善曰左氏傳曰楚王侵隨隨使少師董成鬬伯比言於楚子曰吾不得志於漢東也我則使然我張吾三軍而被吾甲兵以武臨之漢東之國隨爲大隨張必棄小國小國離楚之利也請羸師以張之熊率且比曰季梁在何益注曰季梁隨賢臣也　銑曰楚將伐隨知季良在而不爲伐挫止也曁至衆賢奔絀勅律三國爲墟明其無道有人猶可救也翰曰曁至也衆賢謂上三仁及宮之奇季良也三國謂殷虞隨也及至此三國不用此衆賢之謀奔絀於外而三國已亡故無道有賢人可救也墟謂丘墟無人矣且夫墨子之守縈帶爲垣高不可登折箸爲械堅不可入

善曰墨子曰公輸爲雲梯必取宋於是見公輸九設攻城之機變墨子九距之公輸般之攻城械盡子墨子之守圉有餘公輸般出而曰吾知所以距子矣吾不言子墨子亦曰吾知子之所以距我者吾不言之王問其故子墨子曰公輸子之意不過欲殺臣殺臣宋莫能守乃可攻也然臣之弟子禽滑氂三百人已持守圉之器在宋城上而待楚寇矣雖殺臣不能絕也楚王曰善吾請無攻　向曰公輸子爲雲梯將以攻宋墨翟聞之乃往解衣帶繞以爲城以箸爲械公輸之攻械已盡矣而墨子之守不可入言其有道而妙也縈繞垣城也械戰軍器名若乃距陽平據石門善曰周地圖記曰褒谷西有古陽平關劉淵林蜀都賦注曰石門在漢中之西　向曰陽平古關名石門古鎮名並在蜀攄八陣之列善曰雜兵書曰八陣一曰方陣二曰圓陣三曰牡陣四曰牝陣五曰衝陣六曰輪陣七曰浮沮陣八曰鴈行陣　向曰攄布騁馳也八陣謂孫吳兵法騁奔牛之權善曰史記曰田單爲將軍破燕城時以千餘牛爲絳繒衣畫以五綵龍文束兵刃於角灌脂束葦於尾燒之鑿城數十穴夜縱牛壯士五千人隨其後牛尾熱怒而奔燕軍夜大驚牛尾炬火光明炫燿燕軍視之皆龍文所觸盡死傷五千人因銜枚擊之而城

中鼓譟從之老弱皆擊銅器爲聲聲動天地燕軍大駭敗走齊人遂夷殺其將騎劫燕軍大亂奔走齊人追亡逐北所過城邑叛燕歸田單而齊七十餘城皆復爲齊乃迎襄王於莒向曰田單守即墨城爲燕軍所攻單乃率城牛千餘頭畫以五色爲龍文橫致刃於角束葦灌油括於牛尾火燒之鑿城爲穴夜縱牛出牛驚痛而怒奔突燕軍燕人驚亂死傷無數焉一乾肯土崩魚爛哉善曰漢書徐樂上書曰臣聞天下之患在於土崩公羊傳曰其言梁亡何自亡也魚爛而亡何休注曰魚爛自內發向曰言張魯若距關鎮復用孫吳之法以布行列又用田單之權智何肯潰敗也土崩魚爛謂潰敗也設令守無巧拙皆可攀附則公輸已陵宋城樂毅已拔即墨矣濟曰設令據守之人無有巧拙不由賢愚墨翟之術則其攻城者皆可攀附而上之則公輸已上於宋城樂毅已拔齊於即墨矣即墨城名何稱田單之智何貴老夫不敏未之前聞善曰左氏傳趙孟曰老夫罪矣是懼禮記檀弓曰我未之前聞向曰不敏猶不達也文帝言用賢智不敏無道之國我未之聞於前古

文四十一

四十二

也蓋聞過高唐者效王豹之謳一侯切善曰孟子淳于髡曰昔王豹處淇而西何善謳綿駒處高唐而齊右善歌按此文當過高唐者效綿駒之歌但文人用之誤翰曰高唐齊邑也善歌者綿駒居是焉而齊右之人皆善爲歌者言風俗染人王豹亦善歌者居沂今云過故高唐效王豹之謳歌也游雎息推渙者學藻繢之綵善曰陳留記曰襄邑渙水出其南睢水經其北傳云睢渙之間出文章故其黼黻絺繡日月華虫以奉于宗廟御服焉翰曰睢渙二水名其處人能織藻繢綿綺有游於此者亦將學其風土所爲也閒自入益部仰司馬楊王之善本無之字遺風有子勝斐然之志善曰司馬相如楊雄王褒也墨子曰二三子復於子墨子曰告子勝仁子墨子曰未必然也告子爲仁猶跂以爲長偃以爲廣不可久也論語曰吾黨之小子狂簡斐然成章翰曰我近自入益部乃亦仰司馬長卿楊雄王褒之遺風將述文辭也閒猶近也子勝猶小子也斐然強進之貌故頗奮文辭異於他日怪乃輕其家丘謂爲倩七靖人是何

言歟善曰邴原別傳曰原遊學詣孫崧崧曰君以鄭君而舍之以鄭君爲東家丘也原曰君以鄭君爲東家丘以僕爲西家愚夫邪銑曰頗少奮發也他日謂舊日也乃汝也魯人不識孔丘聖人乃云我東家丘者吾知之矣言輕孔丘也言汝輕我如東家丘謂我文辭皆倩人所作是何言歟怪辭也夫騄綠驥垂耳於善本有林字坰牧善本無牧字鴻雀戢翼於汙音烏池善曰弔屈原曰驥垂兩耳服鹽車爾雅曰野外謂之林林外謂之坰周禮有牧田鴻雀鳥之通稱也毛詩曰鴛鴦在梁戢其左翼列子楊朱謂梁王曰鴻鷹高飛不集汙池良曰騄驥良馬也垂耳謂未效用其力故耳垂也坰牧野外也鴻雀大鳥也戢斂也汙池小水也褻之者固以爲園囿之凡鳥外廄之下乘也善曰穀梁傳晉荀息曰君何不以屈產之乘借道乎公曰此晉國之寶也荀息曰取之中廄置之外廄濟曰褻輕也廄育馬所及其善本無其字整蘭筋揮勁翮善曰相馬經云一筋從玄中出謂之蘭筋玄中者目上陷如井字蘭筋豎者千里向曰蘭筋馬筋節堅者千里足也陵厲清浮

四十三

顧眄善本作盼字千里豈可謂其借翰於晨風假足於六駮補角哉善曰爾雅曰晨風鸇也毛詩曰隰有六駮毛萇曰駮如馬倨牙食虎豹向曰厲高也陵高清浮鴻也顧眄千里馬也言此亦可謂高飛遠遊豈可借翰於六駮之駿乎晨風鸇也六駮馬名恐猶未信丘言必大噱其略也洪白善曰孟康漢書注曰丘空也此雖假孔子名而實以空爲戲也或無丘言二字漢書曰趙季諸侍中皆談笑大噱說文曰噱大笑也翰曰丘虛噱笑也

六臣註文選卷第四十一

六臣註文選卷第四十二

梁昭明太子撰

唐李善并五臣註

書中

爲曹公作書與孫權 善曰吳書曰孫權初與魏武俱事漢，甍周瑜魯肅諫權曰將軍承父兄餘資，兼六郡之衆，兵精糧多，何區區而受制於人也。權遂據江東，西連蜀漢，與劉備和親，故作書與權，望得來同事漢也。

阮元瑜 善曰魏志曰阮瑀字元瑜，宏才卓逸，不羣於俗。太祖爲司空，召爲軍謀祭酒，又管記室，書檄多瑀所作。又轉丞相倉曹屬，卒。文章志曰陳留人也。 良同善注。初孫策與曹公俱事漢，後孫氏割據江東，稱吳王。曹公與此書，說以禍福，令歸事漢。孫權，策之弟。

離絕以來，于今三年，無一日而忘前好。亦 五臣本無亦字 猶姻媾之義，恩情已深，違異之恨，中間尚淺也。善曰爾雅曰壻之父曰姻，婦之父曰婚。毛詩箋曰重婚曰媾。吳志曰策并江東，曹公力未能逞，且欲撫之，乃以弟女配策小弟匡，又爲子章取賁女，禮辟策弟權、翊，又命揚州刺史嚴象舉茂才。 銑曰猶，如也。言姻媾之義亦如舊不移。曹公以弟女配策之弟匡，又爲子章取孫賁女，言所以違異而恨者，恨中間連事結好相知日淺，旋即離絕矣。孤懷此心，君豈同哉？濟曰孤，曹公自稱。豈同，謂豈不同也。每覽古今所由改趣，向曰言人心所由有改趣向者。因緣侵辱，或起瑕釁，善本作舋字 心忿意危，五臣作氣 用成大變。善曰心既忿恨，意不自安。 翰曰因事緣情，有所侵奪恥辱，乃起瑕舋者，心有怨忿，心氣危勇，用成大變。變，亂也。謂下韓信。若韓信傷心於失楚，彭寵積望於無異。善曰漢書曰高祖徙信爲楚王，後以爲淮陰侯。信知漢畏其能，稱疾不朝，由此日怨。陳豨反，高祖自將往，信陰使人之豨所，而與家臣謀，夜詐赦諸官徒奴，欲發兵襲吕后、太子。范曄後漢書曰光武至薊，彭寵上謁，自負功德，光武接之不能滿，以此懷不平。光武知之，以問幽州牧朱浮，浮對曰：陛下昔倚爲北道主人，寵謂至當延閣握手，交歡並坐。今既不然，所以失望也。 良曰韓信爲楚王，人告信反，高祖乃徙爲淮陰侯，信因此遂反，是傷心失楚也。初光武以彭寵爲漁陽太守、大將軍，恃功高，欲帝以殊禮待之，及後見上，上臨之與羣臣無異，乃懷怨望，遂反叛也。盧綰嫌畏於已隙，英布憂迫於情漏，此事之緣也。善曰漢書曰上立盧綰爲燕王。初上如邯鄲擊陳豨，燕王盧綰亦擊其東北。豨使王黃求救於匈奴，綰亦使其臣張勝於匈奴。勝至胡，燕王臧荼子衍亡在胡，見勝曰：公何不令燕且緩豨而與胡和，事寬得長王燕。勝以爲然，迺令匈奴兵擊燕。綰疑勝與胡反，上書請族勝。勝還報，具道所以爲者，綰寤，迺詐論他人，以脫勝家屬，使得爲匈奴間，而陰使范齊之豨所，欲令連兵無決。漢既斬豨，其裨將降，言燕王綰使范齊通謀豨所。上使使召綰，綰稱病。於是上曰綰果反矣，乃遣樊噲伐燕。又曰黥布爲淮南王。漢誅梁王彭越，盛其醢以徧賜諸侯。至淮南，王王大恐，陰令人部聚兵，候伺

旁郡警急。賁赫爲布中大夫，上變言布謀反有端，可先未發誅也。淮南王疑其上言國陰事，漢使又來頗有所驗，遂族赫家，發兵反。 銑同善注。此皆事之緣情而爲之反也。孤與將軍恩如骨肉，向曰將軍謂孫權也。骨肉，兄弟也。割授江南，不屬本州，豈若淮陰捐舊之恨？善曰揚州舊屬江南，江南之地盡屬焉。今魏徙揚州於壽春，而孫權全有江南之地，故不屬本州也。江都圖經曰江西壽春屬魏，魏揚州刺史鎮壽春。捐舊，或爲捐奪，誤也。 翰曰本州，本朝也。言權既授江南之地，漢又不奪其國，令不屬本朝，以爲阻絕，豈若高祖奪韓信之國，捐棄舊情，以致於怨恨乎？蓋自逆臣道也。淮陰，韓信也。抑遏劉馥，相厚益隆，寧放方往朱浮顯露之奏？善曰魏志曰劉馥字元穎，沛國人也。太祖方有袁紹之難，謂馥可任以東南之事，遂爲揚州刺史。後漢書曰朱浮爲幽州牧，奏漁陽守彭寵多買兵器，不迎母，寵遂反。 濟曰遏，絕。寧，豈。放，學也。壽州刺史劉馥每請伐吳，而曹公常遏絕不許，蓋相厚之情崇也。漁陽太守彭寵見光武有怨色，光武知之，以問幽州牧朱浮，浮曰：寵恃功欲握手交歡，今既不然，故怨矣。曹公自言與權相厚，豈學朱浮

明露進言於天子以論權非乎奏謂進言於天子無匿張勝貸他改故之變善曰張勝有故於胡盧綰匿之而加恩貸也貸或爲貳　良曰張勝燕王盧綰之臣也同前段善注綰疑勝與胡反上書請族殺勝勝還報綰前意綰乃詐論他事以脱勝家屬此爲匿藏張勝而恩貸之故以爲亂變言權無此皆是自爲之也匪有隂構賁音肥赫之告銑曰淮南王英布陰謀反叛其大夫賁赫告之固非燕王淮南之疊向曰言非與盧綰英布同事而忍絶王命明弃碩交實爲佞人所構會也五臣本無也字　善曰史記蘇秦謂齊王曰此弃仇讎而得石交者也碩與石古字通論語子曰遠佞人　翰曰王命謂天子之命碩交謂朋友也曹公相屬言權所以絶命弃交實爲諂佞之人所構作會合也當非權獨成也夫似是之言莫不動聽因形設象易爲變觀古亂反　善曰戰國策曰曾參殺人人有告曾參母母不信又有人告之母又不信須臾又有人告之母乃投杼而起　濟曰乃使人之言皆似是加以辯利故能動聽因形勢以設比象故易改觀心必信而爲之者多也示之以禍難激之以恥辱大五臣本無大字丈夫雄心能無憤發五臣作發憤　善曰吴志曰周瑜云受制於人豈與南面稱孤同哉　濟曰辯佞之人相示以禍難之理動以辱恥之惡則雄心能無發憤昔蘇秦說韓羞以牛後韓王按劒作色而怒雖兵折舌地割猶不爲悔人之情也善曰戰國策蘇秦爲楚合從說韓王曰臣聞鄙諺曰寧爲雞尸不爲牛從今西面交臂而臣事秦何以異於牛從也夫以大王之賢也挾彊韓之名臣竊爲大王羞之韓王忿然作色攘臂按劒仰天曰寡人雖死其不事秦　延叔堅戰國策注曰尸雞中主也從牛子也從或爲後非也　向曰蘇秦說韓王云寧爲雞口不爲牛後今交臂事秦何異牛後乎以大王之賢有牛後之名竊爲大王羞之韓王作色攘臂曰寡人雖死不能事秦當是時韓王雖兵敗地割亦不悔此辯佞巧辭以發怒其情也折猶敗也仁君年壯氣盛緒信所發辟計反　善曰楚辭曰竊悲中包胥之氣盛宋均詩緯注曰緒業也　銑曰仁君權也相敬之辭壯少也氣勇氣也緒順發寵

也言權年少勇氣方盛順信所寵之臣也既懼患至兼懷忿恨翰曰患謂敵國之患難也忿恨謂恨敵國之未滅也不能復遠度大各孤心近慮事勢濟曰孤心謂曹公之心遂齎子夷見薄之決計秉翻然之成議良曰齎持也秉執也言權持相輕薄之決計執翻然高飛之成議議謂衆言加劉備相扇揚事結疊連推而行之善曰周易曰推而行之存乎通　向曰劉備蜀帝也權與之結好聘問相通以爲影援疊罪也相推而行不臣也想暢本心不願於此也銑曰暢通也言我想通孫權本心不願此事劉備扇揚而成孤以善本作之字薄德位高任重幸蒙國朝將泰之運翰曰往屬漢朝喪亂今幸將欲泰平也運會也蕩五臣本作盪字平天下懷集異類善曰家語注曰異類夷狄也　良曰盪除也言我除天下逆亂四方夷狄懷德而來也異類謂夷狄喜得全功長享其福而姻親坐離厚援生隙善曰漢書谷永曰因而生隙　向曰姻親厚援皆謂權也謂相援護也隙釁也常恐海内多以相責以爲老夫包善本作苞字藏禍心隂有鄭武取胡之詐善曰左氏傳趙孟曰老夫罪戾是懼焉能恤遠又曰楚公子圍聘于鄭鄭使行人子羽與之言曰大國無乃包藏禍心以圖之韓子曰昔者鄭武公伐胡先以其子妻胡君以娛其意因而問於羣臣曰吾所用兵誰可伐者大夫關其思對曰胡可武公怒而戮之曰胡兄弟之國也子言伐之何胡君聞之以鄭親已遂不備鄭鄭人襲胡取之也　濟曰海内天下也老夫曹公自謂昔者鄭武公伐胡先以其子妻胡君以定其意其後君羣臣言伐胡者殺之曰胡兄弟之國也何以爲伐之胡君於是謂鄭之親於已遂不備鄭鄭於是襲取也曹公與孫氏親姻恐天下相責望爲我包藏禍心有此謀之詐也乃使仁君翻然自絶銑曰言權恐我隂有詐謀翻然高舉遂自與我阻絶以是忿忿懷慙反側常思除棄小事更申前好善曰小事忿恨前好謂婚姻　翰曰小事謂戰爭二族俱榮流祚

後嗣良曰二族謂曹孫也以明雅素中誠之效濟曰雅素猶平生也誠心劾勤也抱懷數年未得散意向曰抱此平生之懷三已上曰數昔赤壁之役遭離疫氣燒船自還以避惡地非周瑜水軍所能抑挫也江陵之守物盡穀殫無所復據徙民還師又非瑜之所能敗也善曰赤壁地名在荆州下吳志曰曹公臨荆州權遣周瑜程普爲左右督各領萬人與劉備俱進遇於赤壁大破曹公軍燒其餘船引退士卒飢疫死者太半備瑜等復追至南郡曹公遂北還留曹仁於江陵瑜仁相守歲餘所殺傷甚衆仁委城走　銑曰赤壁同善注曹公此時以避惡地非瑜抑挫者恥言敗也赤壁謂江岸赤也役難也　翰曰江陵同善注又云物盡穀殫移人還師非瑜侵敗之亦謬矣物謂軍資也殫盡徙移侵陵也荆土本非己分我盡與君冀取五臣無取字其餘非相侵肌膚有所割損也善曰言荆州之土非我之分今盡以與君實冀取餘地耳列子孟孫陽謂禽子曰有侵若肌膚獲萬金者若爲之乎曰爲之　向曰荆本非吳分謂屬蜀也我與君謂曹仁弃城而走其地入吳也志望益權國之地故曰冀其餘也非相侵割者言無傷於孤也冀望也思計此變無傷於孤何以自遂於此不復還之哉善曰言我尚冀君之餘地何以荆州之上不復還我　良曰我思計權此變亂亦無傷我權何以自遂其志迷於臣子之道不復還悔其心高帝設爵以延田橫光武指河而誓朱鮪榮美君之負累力瑞豈如二子是以至情願聞德音善曰漢書高帝紀曰初田橫攻彭越項羽已滅橫懼誅與賓客亡入海上恐其久爲亂遣使赦橫曰橫來大者王小者侯謝承後漢書曰光武攻洛陽朱鮪守之上令岑彭說鮪曰赤眉已得長安更始爲胡殷所反害今公誰爲守乎鮪曰大司徒被害鮪與其謀誠知罪深不敢降耳彭還白上上謂彭復往明曉之夫建大事不忌小怨今降官爵可保況誅罰乎上指水曰河水在此吾不食言毛詩曰彼美孟姜德音不忘　銑曰高帝曰橫來大者王小者侯以其設爵以延引也餘同善注言權負罪累何如二人也豈猶何也是以曹公見田朱之事故願教孫權歸漢之言德音猶美譽往年在譙新造舟船取足自載以並善本作至字九江貴欲觀湖五臣本無湖字漅士交反又子小之形定江濱之民耳非有深入攻戰之計也善本無也字善曰魏志曰建安十四年三月軍至譙作輕舟治水軍自渦入淮出肥水吳志曰初曹公恐江濱郡縣爲權所略徵令内移轉相驚警備自廬江九江蘄春廣陵十餘萬皆東渡江江西遂虛合肥以南唯有晥城裴松之吳志注曰漅祖了切　濟曰譙國名載乘也九江江流有九也漅湖名初曹公恐江濱郡縣爲吳所略當移其人居也故曹公觀其形而安定之非有攻吳之計將恐議者大爲己榮自謂策得長無西患重以此故未肯迴情善曰左氏傳楚子曰安人之亂以爲己榮　翰曰是時江西戶十餘萬渡江入吳恐權之君臣議者大爲己國之榮以自得長無漢患重以此事當未肯迴情事漢也西患謂漢也然智者之慮慮於未形達者所規規於未兆善曰金匱曰明者見於未萌音者避危於無形　向曰達謂達理者規度兆見也是故子胥知姑蘇之有麋鹿輔果識智伯之爲趙禽善曰漢書伍被謂淮南王曰昔伍子胥諫吳王曰臣今見麋鹿遊姑蘇之臺也越絶書曰姑蘇臺名夫差所造高見三百里戰國策曰智伯與韓魏圍趙於晉陽張孟談陰見韓魏之君曰智伯伐趙趙亡則二君爲之次二君乃與孟談陰約夜遣人入晉陽智果見二君說智伯曰二主色動而變必背君矣不如殺之智伯曰不可智果見言之不聽出便易姓爲輔氏也　濟曰吳王不用伍子胥之諫伍子胥知吳王之必亡故子胥曰臣恐麋鹿游姑蘇之臺言國亡荒廢故爲麋鹿所游姑蘇吳臺名智伯晉卿也專權彊盛請地於趙趙不與之因韓魏共圍晉陽韓魏反之於外趙應之於内智伯弟智果必知其兄爲趙所擒乃改姓輔氏而智伯遂亡此乃慮未形度未兆也穆生謝病以免楚難鄒陽北游不同吳禍善曰漢書曰云云同濟注　濟曰穆生者漢楚王戊門下客穆生不嗜酒王常設醴後忘設之穆生曰可逝矣王意怠也

穆生乃謝病免而去鄒陽事吳王濞濞謀反屢諫不納乃北游梁事孝王孝王以爲上客後楚王吳王並與七國連反誅也穆生鄒陽皆不見禍難此亦慮未形度未兆也此四士者豈聖人哉徒通變思深以微知著耳善曰范子計然曰見微知著良曰四士謂子胥蒯果穆生鄒陽也此戒權通變以歸漢也以君之明觀孤術數量良君所據相計土地豈勢少力之不能遠舉割江之表晏安而已哉甚未然也五臣本無也字翰曰相計土地人力我豈少之不能遠舉兵甲割彼江外晏然懷毒者哉甚未然者言能取也若恃水戰臨江塞要欲令王師終不得渡亦未必也向曰但論順逆不在要險故云亦未必也夫水戰千里情巧口孝萬端銑曰謂水戰之情巧越爲三軍吳曾不禦漢潛夏陽魏豹不意江河雖廣

其長難衛也善曰左氏傳曰云云同翰註翰曰越子伐吳吳子禦之笠澤夾水而陳越子爲左右句卒使夜或左或右鼓譟而進吳師分以禦之越子以三軍潛涉當吳中軍而鼓之吳師大亂遂敗之漢書曰韓信爲左丞相進擊魏王豹魏王豹盛兵蒲坂塞臨晉信迺益爲疑兵陳船欲渡至於臨晉而伏兵從夏陽以木甖渡軍襲安邑魏王豹驚張兵迎信遂虜豹而歸向曰言江河雖闊長遠難爲護衛亦不可恃也廣闊也凡事有宜不得盡言良曰事有權時遂其所爲之此不得盡言也將修舊好而張形勢更無以爲善本無爲字威脅重敵人之心善本無之心二字濟曰曹公言所以致此言者將修舊故之好乃張心事之形勢更似以威相脅重生敵人疑阻之心也敵人謂權也然有所恐恐書無益何則往者軍逼而自引還令日在遠而興慰納辭遜意狹謂其力盡適以增驕不足相動向曰赤壁自引軍還而吳以爲勝我已有傲志今復在遠而或起慰問之

書以納勸誠而辭順意小亦謂盡力恐特赤壁之役適以增驕不足相動也但明效古當自圖之耳翰曰但明古人之義當自謀之效學圖謀也昔淮南信左吳之策善本有漢字隗囂納王元之言彭寵受親吏之計三夫不寤終爲世笑善曰漢書曰淮南王安謀反日夜與左吳等按輿地圖部署兵所從出入范曄後漢書曰隗囂字季孟天水人更始亂囂歸天水招聚其衆自稱西州上將軍遣子恂詣闕囂將王元說囂曰天水完富天下士馬最彊元請一丸泥東封函谷此萬世之時也囂心然元計遂反東觀漢記曰朱浮密奏寵上徵之寵既自疑其妻勸寵無應徵令漁陽大郡兵爲永多奈何爲人所奏而棄此去寵與所親信吏計議吏皆怨浮勸寵止不應徵詳在前卷朱叔元書銑曰同善注此三人皆不寤事理以見亡滅爲時人所笑也梁王不受詭勝竇融斥逐張玄二賢既覺福亦隨之願仁善本無仁字君少留意焉善曰漢書曰梁孝王怨袁盎延與羊勝公孫詭之屬陰使人刺殺爰

盎天子意梁遂賊果梁使之遣使覆按梁事捕公孫詭羊勝皆匿王後宮韓安國泣諫王王乃令出之勝詭皆自殺梁王使韓安國因長公主謝上怒稍解范曄後漢書曰竇融字周公扶風人也行西河五大郡大將軍事遣閒光武即位心欲東向隗囂使辯士張玄遊說西河曰今各據土宇與隴蜀合從高可爲六國下不失尉佗融召豪傑計議遂決策東向奉書獻馬光武賜融璽綬爲涼州牧封安豐侯後遷大司空翰曰梁孝王不受謂出之餘同善注二賢梁王竇融也既覺覺其事理也願權留意察前事思禍福也若能內取子布外擊劉備善曰吳志曰張昭字子布良曰張子布吳臣也權委以文武內外之事取謂殺也以效赤心用復前好五臣本有者字則江表之任長以相付高位重爵坦然可觀濟曰坦然寬也上令聖朝無東顧之勞下令百姓保安全之福向曰謂不興兵甲也君享其榮孤受其利豈不快哉向曰謂享榮受利二好俱修也若忽至誠以處僥倖婉彼二

人忍不〔善本作不忍字〕加罪，所謂小人之仁，大人之賊，大雅之人不〔五臣無不字〕肯爲此也。〔善曰：姚猶親愛也。二人，劉備、張昭也。韓子曰：行小忠則大忠之賊也。班固漢書贊曰：大雅卓爾不羣，河間獻王近之矣。銑曰：忽也。姚，親也。二人，謂劉備、張子布也。言孫權親此二人，不忍加罪，則爲小人也。若海內之人，以起兵甲，是害大仁道也。賊，害也。大雅，謂君子。〕若憐子布，願言俱存，亦能傾心去恨，順君之情，更與〔五臣本作以字〕從事，取其後善，〔善曰：史記曰：王溫舒從諸名禍猾吏與從事。廣雅曰：從，行也。翰曰：若欲歸漢，憐子布不忍加罪，願與俱來，我亦能傾心除去宿根，順權之情，更以子布從事，任用於朝，取其後善，亦擒前惡。〕但禽劉備，亦足爲效。開設二者，審處一焉。〔向曰：效，功也。開設二者，設內取子布、外擊備一也；若憐子布，但禽劉備，是二也。此二者，審詳處置其一計也。〕聞荆揚諸將，並得降者，〔良曰：荆，揚州。漢將得吳降者。〕皆言交州爲君所執，豫章距命，不承執事，〔善曰：吳志曰：孫輔字國儀，假節交州刺史，遣使與曹公相聞，事覺，權幽繫之，數歲卒。又曰：劉繇字正禮，避亂淮浦，詔遣爲揚州刺史，繇不敢之州，遂南保豫章。濟曰：吳交州刺史遣使通曹公，權覺之，執而囚焉。又揚州刺史劉正禮濟江保豫章，以距權命，不承吳執事之故也。〕疫旱並行，人兵損減，各求進軍，其言云云。〔銑曰：謂吳遭疫旱，人兵損減，漢將各求進軍，乗獘擊吳。云云，謂辭多略而不能載也。〕孤聞此言，未以爲悅，〔良曰：謂聞受人不齊，故不悅。〕然道路既遠，降者難信，幸人之災，君子不爲。〔善曰：左氏傳曰：秦飢，使乞糴于晉，晉人弗與。慶鄭曰：背施無親，幸災不仁。翰曰：未信有降者，自謙之意也。言吳有旱疫之災，若乗渴此敝以襲於人，君子所不爲也。我亦不許諸將進軍。幸，猶遇也。〕且又百姓國家之有，加懷區區，樂欲崇和，庶幾明德，來見昭副，不勞而定，於孤益貴。〔良曰：言加意區區然，以憂百姓。庶幾，猶愼望。明德，謂孫權。言我冀望君來，昭然爲副貳，言不勞兵馬而得君來，是於孤更益貴也。〕是故案兵守次，遣書致意。古者兵交，使在其中。願仁君及孤虛心迴意，〔善曰：左氏傳曰：晉欒書伐鄭，鄭使伯蠲行成，晉人殺之，非禮也。兵交，使在其閒可也。銑曰：案，止也。守次，不前也。言止兵守道而不前也。古者雖兵相交，而通使往還，必在中。及孤，謂思恩及我也。虛心，謂寬心能容納衆善之言。〕是〔善本無是字〕以應詩人補袞之歎，而愼周易牽復之義，〔善註同。濟曰：詩云：袞職有闕，仲山甫補之。袞，是君之上服也。仲山甫補之，善補過。言權若來降，是補前過矣。易云：牽復吉。言相引復歸順道，以爲善也。牽，引也。〕濯鱗清流，飛翼天衢，良時在茲，冒之而已。〔良曰：言若去逆歸順，宴游明時，爵祿榮美，亦如龍魚濯鱗於清流之水，如鳥飛翼於高天之衢路。來降之時，正在此日，冒勉而已。〕

與梁〔善本無梁字〕朝歌令吳質書〔善曰：典略曰：質爲朝歌長。大軍西征，太子南在孟津小城，與質書。漢書曰：魏郡有朝歌縣。〕

魏文帝〔翰曰：朝歌，縣名。時文帝爲魏王太子，在盟津小城，與質此書。〕

五月二〔善本無二字〕十八日，丕白：季重無恙。〔善曰：爾雅曰：恙，憂也。向曰：丕，文帝名。季重，吳質字也。恙，憂也。言無憂恙者，猶言季重安否。〕塗路雖局，官守有限，〔善曰：小雅曰：局，近也。孟子曰：吾聞有官守者，不得其職則去。〕願言之懷，良不可任。〔善曰：毛詩曰：願言思子。杜預左氏傳註曰：任，當也。濟曰：願言，謂相思也。良，猶實也。任，堪也。〕足下所理，〔善本作治字〕僻左，書問致簡，益用增勞。〔良曰：謂質所理朝歌僻左遠路，書問難以致見，故增勞也。簡，見也。〕每念昔日南皮之游，誠不可忘。既妙思六經，逍遙百氏，〔善曰：漢書：勃海郡有南皮縣。莊子：孔子謂老聃曰：丘治詩、書、禮、樂、易、春秋六經，自以爲久矣。淮南子曰：百家異說，各有所出。翰曰：南皮，縣名。文帝嘗與質同游焉。〕彈棊

閒設終以六博五臣本作博弈　善曰藝經曰碁正彈法二人對局白黑碁各六枚先列碁相
當更先控三彈不得各去控一碁先補角世說曰彈碁出魏宮大體以巾角拂碁子也　向曰彈棊博弈並戲玩之事
高談娛心哀箏順耳銑曰娛樂也哀箏謂箏聲清也所欲則奏故云順耳馳
騁北場旅食南館善曰儀禮曰尊士旅食于門鄭玄註曰旅衆也士衆謂未得正祿所謂庶
人在官者　濟曰旅衆也浮甘瓜於清泉沈朱李於寒水白日
旣匿繼以朗月良曰匿沒也同乘並載以游後園翰曰
同乘並載連車騎輿輪徐動參五臣本作賓字從無聲向曰輿車也徐緩也賓從謂侍
從之人無聲謂嚴懼也清風夜起悲笳微吟樂往哀來愴然
傷懷善曰列女傳陶荅子妻曰樂極必哀莊子仲尼曰樂未畢哀又繼之　銑曰笳笛類言物極則反樂極則
哀故愴然傷懷余顧而言斯樂難常濟曰我相顧而言此樂難常如此足下

之徒咸以爲然良曰足下謂質徒謂諸友今果分別各在一方
元瑜長逝化爲異物善曰司馬遷荅任少卿書曰則長逝者魂魄私恨無窮鵩鳥賦曰化
爲異物又何足患莊子曰假於異物託於同體郭象曰今死生聚散變化無方皆異物也　翰曰元瑜阮瑀也長逝死也
化變也異物謂生死爲物各異每一念至何時可言向曰每一念樂死生之事何時與賓
言之方今蕤賓紀時景風扇物善曰禮記曰仲夏之月律中蕤賓易通卦驗曰
夏至則景風至　銑曰仲夏五月律中蕤賓夏至之日景風至也天氣和暖衆果具繁
時駕五臣本無駕字而五臣本有遨字游北遵河曲濟曰時駕車馬而爲遨游遵循也
從者鳴笳以啓路文學託乘於後車善曰毛詩曰命彼後車謂
之載之　良曰啓路謂引前也文學官名託附也時帝爲太子故文學附乘後車以從前也節同時異
物是人非我勞如何善曰毛詩曰道之云遠我勞如何　翰曰時異謂此時不同游也時物

雖是而友朋非舊我心相思爲勞如何今遣騎到鄴故使枉道相過
平聲行矣自愛丕白善曰老子曰聖人自愛　向曰騎使也鄴鄴都也朝歌僻遠故云枉道行
矣自愛謂勉行政治自愛聲譽

與吳質書善曰典略曰初徐幹劉楨應瑒阮瑀陳琳王粲等與質並見友於太子二
十二年魏大疫諸人多死故太子與質書　濟同善註

魏文帝

二月三日丕白歲月易得別來行復四年善曰行猶且也
銑曰行謂四時運行復謂寒暑往復也三年不見東山猶歎其遠況及
過古臥之思何可支善曰杜預左氏傳註曰不支不能相支持也　濟曰詩曰我徂東山滔滔
不歸自我不見于今三年此歎三年爲遠況四年思何支持也過之爲過三年雖書疏往返五臣

作反字未足解其勞結良曰結謂憂心之結昔年疾疫親故多
離其災徐陳應劉一時俱逝痛可言邪翰曰離逢也徐幹陳
琳應瑒劉楨俱死其痛何可言也昔日游處昌呂行則連輿止則接
席何曾須臾相失向曰輿車騎也止坐也每至觴酌流行絲
竹並奏酒酣耳熱仰而賦詩當此之時忽然不
自知樂也五臣無也字　善曰楊惲報孫會宗書曰酒後耳熱仰天撫缶　銑曰樂極不知所以言故不
自知樂謂百年己紀分去聲可長共相保濟曰百年之歲是己分之
有可長相保也何圖五臣無圖字數年之間零落略盡言之傷
心良曰零落死也頃撰其遺文都爲一集善曰廣雅曰撰定也都凡也觀
其姓名已爲鬼錄追思昔游猶在心目而此諸

子化爲糞壤可復道哉〔翰曰壤土也可復道哉謂不可復追也〕觀古今文人類不護細行鮮皆〔善本無皆字〕能以名節自立〔善曰尚書曰不矜細行終累大德 向曰類例護拘鮮少也言古今文人例不拘細行文章或負小瑕少能以美名奇節獨立於時〕而偉長獨懷文抱質恬淡〔大斬切 善本作惔〕寡欲有箕山之志可謂彬彬君子者矣〔善曰論語子曰文質彬彬然後君子桓子新論雍門周曰身材高妙懷質抱眞老子曰少私寡欲呂氏春秋曰昔堯朝許由於沛澤之中曰請屬天下於夫子許由遂之箕山之下 銑曰許由隱箕山言幹之才文質兼備恬淡無欲有隱人之志彬彬文質貌偉長徐幹字〕著中論二十篇成一家之言辭義典雅足傳于後此子爲不朽矣〔善曰文章志曰徐幹字偉長北海人太祖召以爲軍謀祭酒轉太子文學以道德見稱著書二十篇號曰中論司馬遷書曰通古今之變成一家之言 濟曰同善注言此子之文爲不朽也〕德璉〔力展〕常斐然有述作之意〔善曰論語曰斐然成章又曰述而不作 良曰德璉應瑒字斐斐然彊爲之辭述作謂作文章也〕其才學足以著書美志不遂良可痛惜〔翰曰言瑒不遂志而死矣良實也〕間者〔五臣本無者字〕歷覽諸子之文對之抆〔亡粉〕淚既痛逝者行自念也〔善曰楚辭曰孤行吟而抆淚 向曰間時也痛死者逝去行復自念於己終當於此〕孔璋章表殊健微爲繁富〔銑曰孔璋陳琳字也章書也〕公幹有逸氣但未遒耳其五言詩之善者妙絕時人〔善曰言其詩之善者時人不能逮也 濟曰遒盡也言未盡美矣妙絕時人謂過於時人也〕元瑜書記翩翩致足樂也〔良曰元瑜阮瑀字記亦書類翩翩美貌言其文雅之致足爲樂也〕仲宣獨〔善本作續字〕自善於辭賦惜其體弱不足起其文至於所善古人無以遠過

〔善曰言仲宣最少續彼衆賢自善於辭賦也續或爲獨典論論文曰文以氣爲主氣之淸濁有體弱謂之體弱也 翰曰仲宣王粲字獨善辭賦其體稍弱不足起文至於或有所善妙者雖古人無過也〕昔伯牙絕絃於鍾期仲尼覆醢於子路痛知音之難遇傷門人之莫逮〔音代 善曰呂氏春秋曰子期死伯牙乃破琴絕絃禮記曰孔子哭子路於中庭有人弔者而夫子拜之既哭進使者而問故使者曰醢之遂命覆醢 向曰伯牙善鼓琴而鍾子期妙知伯牙琴音故鍾子期死而伯牙絕絃不復鼓琴痛知音之難遇也衞人殺子路而醢之仲尼盡覆之傷子路之賢門人莫及也逮及也〕諸子但爲未及古人亦〔善本作自字〕一時之儁也〔銑曰諸子謂徐陳應劉阮王也言雖未及古人亦一時之儁才也〕今之存者已不逮矣〔濟曰言今文人存者已不及徐陳諸子也〕後生可畏來者難誣恐〔五臣本無恐字〕吾與足下不及見也〔善曰論語子曰後生可畏焉知來者之不如今 良曰言後生文章亦有可畏而難欺安知不如今者恐我與季重老矣不及見來者之文也來者亦後生也〕年行已長大所懷萬端〔翰曰謂爲太子所懷者萬事也〕時有所慮至乃〔善本無乃字〕通夜不瞑〔銘〕志意何時復類昔日已成老翁但未白頭耳光武有言年已〔善本無已字〕三十餘在兵中十歲所更非一〔善曰東觀漢記光武賜隗囂書曰吾年已三十餘在兵中十歲所更非一猒浮語虛辭耳 向曰通連也瞑睡也言思慮志意不類昔日已如老翁也光武漢光武也更猶歷也〕吾德不及之年與之齊矣〔銑曰言德不及光武年與光武齊〕以犬羊之質服虎豹之文無衆星之明假日月之光〔善曰法言曰敢問質曰羊質而虎皮見草而悅見豺而戰文子曰百星之明不如一月之光賈子曰主之與臣若日月之與星也 濟曰文帝因謙非才實而居太子之位也〕動見瞻觀何時易〔去〕乎恐永不復得爲昔

日遊也 良曰言既非材而處重位與動出入顧眄甚難故恐長不得爲昔日南皮之遊 少壯眞當努力年一過往何可攀援 爰 古人思秉 善本作炳字 燭夜遊良有以也 善曰古詩曰少壯不努力老大乃傷悲又曰莊子比海若曰年不可攀時不可止消息盈虛終則又始古詩曰晝短苦夜長何不秉燭遊秉或作炳 翰曰乃思少壯之時眞可努力以追宴樂歲月一過而往不可攀援而駐之故秉燭夜遊實有以也 頃何以自娛頗復有所述造否 善本作不字 東望於邑裁書敘心不白 善曰楚辭曰長呼吸以於邑 向曰頃近娛樂頗少也否謂述作文章無於邑謂不得志也裁制也

與鍾大理書

善曰魏志曰鍾繇字元常魏國初建爲大理魏略曰後太祖征漢中太子在孟津聞繇有玉玦欲得之而難公索使臨菑侯轉因人說之繇即送之太子與繇書 銑曰潁川長社人也餘同善註

魏文帝 五臣本無魏文帝三字

丕白良玉比德君子珪璋見美詩人 善同濟註 濟曰禮記孔子云君子比德於玉焉詩曰顒顒卬卬如珪如璋此蓋美之也珪璋亦玉也 晉之垂棘魯之璵余璠附蕃宋之結綠楚之和璞 善曰垂棘見下文左氏傳曰季平子卒陽虎將以璵璠斂戰國策應侯謂秦王曰宋有結綠楚有和璞此二者而爲天下之名器也 良曰皆美玉名 價越萬金貴重都城 善曰尹文子曰魏有田父耕于野得玉徑尺不知其玉也弃之于野鄰人盜之以獻魏王王召玉工相之曰賀大王得天下之寶臣所未嘗見王問其價玉工曰此無價以當之五城之都聊可一觀魏王立賜獻者千金長食上大夫之祿 翰曰同善注賜獻玉者千金此言萬者蓋廣言以示貴 有稱疇昔流聲將來 善曰孔子家語曰流聲後裔 向曰疇昔謂古也將來謂自古至今 是以垂棘出晉虞虢雙禽 善曰左氏傳曰晉荀息請以屈產之乘與垂棘之璧假道於虞以伐虢虞公許之宮之奇曰虞不臘矣晉滅虢虢公醜奔京師旋館於虞遂襲虞滅之 銑曰晉既滅虢還而滅虞以復其璧是爲雙禽禽獲也 和璧入秦相如抗節 善曰孝經援神契曰抗節厲義逼乎至德 濟曰抗立也同下文章臺之觀李善注 竊見玉書稱美 五臣本無美字 玉白如截肪 方 黑譬純漆赤擬雞冠黃侔蒸栗 善曰王逸正部論曰或問玉符曰赤如雞冠黃如蒸栗白如豬肪黑如純漆玉之符也通俗文曰脂在腰曰肪音方 良曰截割也肪豬脂也譬比也雞冠雞幘也侔類也栗木實蒸之其色鮮黃言美玉有如此色也 側聞斯語未覩厥狀雖德非君子義無詩人高山景行私所慕仰 善曰毛詩曰高山仰止景行行止 翰曰景明也言雖非君子然願覩美玉有如思古人德如高山賢明之行私心所慕仰也 然四寶邈焉已遠秦漢未聞有良比也 五臣本無也字 向曰四寶謂上白黑赤黃之寶也邈遠言秦漢已來無有良玉比此四也 求之曠年不遇厥

眞私願不果飢渴未副 善曰許慎淮南子注曰果成也孔叢子子思謂魯穆公曰君若飢渴待賢 銑曰言我求美玉曠年不逢其眞也果遂常思見良寶有如飢渴今終未副此情也 近日南陽宗惠叔稱君侯昔有美玦聞之驚喜笑與抃下會 善曰說文曰抃拊手也 濟曰君侯謂繇也玦帶飾美玉爲之也言聞此寶笑而撫手也會謂笑手同發會合喜心撫手曰抃 當自白書恐傳言未審 善曰未敢作書 是以令舍弟子建因荀仲茂時從容喻鄙旨 善曰荀氏家傳曰荀宏字仲茂爲太子文學 良曰仲茂時爲子建先容以勸喻君心述我所欲之鄙意也旨猶意也 乃不忽遺厚見周稱 善曰周稱謂繇書也 翰曰言繇乃不輕遺我所願厚見周至以稱述謂繇有書也 鄴騎既到寶玦初至捧匣跪發五內震駭 善曰繇在鄴城太子在孟津也李陵詩曰行行且自割無令五內傷 向曰謂騎使從鄴都還到盟津 銑曰匣以盛玦者跪坐以開發其匣喜悅

并集故五情震駭繩窮匣開爛然滿目善曰延篤與李文德書曰吾誦伏犧氏之易煥
兮爛兮其滿目濟曰繩繫匣也言繫繩去盡匣開見玦故爛然光色滿目也窮盡也猥以蒙鄙
之姿得覩希世之寶良曰蒙暗也暗鄙之姿文帝謙也不煩一介
之使不損連城之價翰曰一介單使也連城謂十五城秦之所易者言亦不損我此價乃
得奇寶既有秦昭章臺之觀去而無藺生詭奪之
誑善曰史記曰趙惠文王得和氏之璧秦昭王聞之使人遺趙王書願以十五城易璧趙王遂使相如奉璧西入秦秦
王坐章臺見相如相如奉璧奏王相如視秦王無意償趙城乃前曰璧有瑕請指之王授相如相如持璧倚柱怒髮上衝
冠曰觀大王無償趙城色故臣復取璧大王必欲殺臣臣頭與璧俱碎於柱矣　向曰趙使相如奉璧於秦即昭王坐章
臺相如詭奪即上所述也言美觀則如昭王而欺奪之事則無矣乃眞東我也詭猶欺也嘉貺益腆
湯典敢不欽承銑曰貺賜腆厚欽敬也謹奉賦一篇以讚揚璧

質丕白

與楊德祖書

善曰典略曰臨淄侯以才捷愛幸秉意投脩數與脩書論諸才人優劣

曹子建

植白數日不見思子爲勞想同之也僕少小好
爲文章迄至于今二十有五年矣然今世作者
可略而言也昔仲宣獨步於漢南孔璋鷹揚於
河朔善曰仲宣在荊州故曰漢南孔璋廣陵人在冀州袁紹記室故曰河朔仲長子昌言曰淸如冰碧絜如霜
露輕賤世俗高立獨步此士之次也毛詩曰惟師尚父時惟鷹揚　翰曰漢南荊州也鷹揚謂文體抑揚如鷹之飛揚也
朔北也偉長擅名於青土公幹振藻於海隅善曰徐偉長居
北海郡禹貢之青州也故云青土公幹東平寧陽人也寧陽邊齊故云海隅呂氏春秋曰東方爲海隅青州齊也　向曰

海隅東平藻文也德璉發跡於此魏足下高視於上京善曰
德璉南頓人也近許都故曰此魏脩太尉之子故曰上京濟曰足下謂脩也其文最高故云高視上京謂帝都也當
此之時人人自謂握靈蛇之珠家家自謂抱荊
山之玉善曰淮南子曰隋侯之珠高誘曰隋侯見大蛇傷斷以藥傅而塗之後蛇於大江中銜珠以報之因
曰隋侯之珠韓子曰楚人和氏得玉璞於楚山之中奉而獻之文王使玉人治其璞而得寶　良曰珠寶也　向曰言人
皆自以其才如玉也吾王於是設天網以該之頓八紘以掩
之今悉集茲國矣善曰吾王謂操也崔寔本論曰舉彌天之網以羅海內之雄淮南子曰九
州之外是有八澤八澤之外乃有八紘　翰曰該遍頓下悉盡也八紘八方也言此才子我太祖乃設天網下垂於八方
遍掩而取之今盡在此京都矣然此數子猶復不能飛騫許言切善本作軒字
絕跡一舉千里也善本無也字　善曰韓詩外傳蓋胥曰鴻鵠一舉千里所恃者六翮爾

銑曰騫高飛貌絕遠也言文章猶不能高遠以孔璋之才不閑於辭賦而
多自謂能五臣本無能字與司馬長卿同風譬畫虎不成
反爲狗者善本無者字也善曰東觀漢記曰馬援誡子嚴書曰效杜季良而不成陷爲天下輕
薄子所謂畫虎不成反類狗也前有書嘲之反作論去盛道僕讚
其文濟曰子建前有書與陳琳嘲譏其文琳反以爲論其盛道而讚美其文言其不知音夫鍾期
不失聽于今稱之善曰列子曰伯牙善鼓琴鍾子期善聽吾亦不能
妄善本作忘字歎者畏後世之嗤余也翰曰鍾子期知音聽以不失至今稱之我
亦不可妄歎陳琳文美恐後代笑我也嗤笑也世人善本有之字著述不能無病
僕常好人譏彈大旦其文有不善善本有者字應時改
定善曰荀子曰有人道我善者是吾賊也道我惡者是吾師也昔丁敬禮嘗善本作常字

作小丈使僕潤飾之僕自以才不過古卧若人辭
不爲也善曰論語曰行人子羽脩飾之東里子産潤色之若人謂敬禮也論語子謂子賤君子哉若人包曰
若人若此之人也翰曰言我以小才不過此人辭不爲潤飾也若人謂此人敬禮謂僕卿何
所疑難銑曰語及前人曰卿猶今稱君也言不爲我潤飾其丈君何所疑難丈之佳惡
五臣本作麗字吾自得之後世誰相知定吾丈者邪向曰
佳好也但爲我潤飾之後代誰知子建改定吾丈也吾常歎此達言以爲美談
昔尼父之丈辭與人通流至於制春秋游夏之
徒乃不能措一辭過此而言不病者吾未之善本
作之未見也善曰公羊傳曰魯人至今以爲美談禮記魯哀公曰嗚呼尼父史記曰孔子文辭有可與共者
至于春秋子游子夏之徒不能贊一辭　濟曰孔子文辭亦與人通流其議乃成焉　翰曰孔子制春秋之辨美惡則子

游子夏之徒莫能置一辭過此巳往作者而言不病者我未所見也蓋有南威之容乃
可以論於淑媛于戀有龍淵善本作泉字之利乃可以
議於善本作其字斷丁段割善曰爲劉季緒張本戰國策曰晉平公得南威三日不聽朝遂推而
遠之曰後世必有以色亡國者爾雅曰美女爲媛戰國策蘇秦說韓王曰韓之劒戟龍淵大阿陸斷牛馬水擊鴻鴈向
曰南威美女也龍淵寶劒也淑美也媛姻也美姻君王之後宮者有美女之容乃可以論後宮之位有寶劒之利乃可議
其斷割此言知音者可得論其文章也劉季緒才不能逮於作者而
好詆丁禮訶呼哥文章掎居綺摭之石利病善曰摯虞文章志曰劉表子官
至樂安太守著詩賦頌六篇說文曰訶大言也又曰掎偏引也　銑曰逮及也掎偏摭拾利善病惡也言偏拾人善惡
昔田巴毁五帝罪三王訾紫五霸於稷下一旦
而服千人魯連一說使終身杜口善曰魯連子曰齊之辯者曰田巴辯

於狙丘而議於稷下毁五帝罪三王一日而服千人有徐劫弟子曰魯連謂劫曰臣願當田子使不敢復說七略曰齊有
稷城門也齊談說之士期會於稷下者甚衆漢書鄧公謂景帝曰內杜忠臣之口　濟曰稷下服之者有千人訾亦毁也
五帝謂少昊顓頊高辛唐虞三王夏殷周五霸秦繆楚莊越栢晉文宋襄也　翰曰魯仲連聞田巴毁五帝往見而謂曰
今楚軍南趙伐高唐亡在朝夕今臣將罷南陽之師還高唐之兵所貴談說此之謂也如先生之言有似梟音人皆惡之
田巴於是杜口易業終身不談也劉生之辯未若田氏今之仲連
求之不難可無歎善本無歎字息乎善曰毛萇詩傳曰息止也　翰曰劉季緒
詆訶之辯且不如田巴今人談如仲連才過季緒者求之不難豈可不歎息此辯哉人各有好尚
蘭茝昌待蓀蕙之芳衆人所好而海畔有逐臭之
夫善曰喻人許文章愛好不同也　良曰蘭茝蓀蕙皆香草呂氏春秋昔有人身大臭妻妾親戚無能與居此人自居
於海畔海畔有人悅其臭晝夜隨之亦如文人所鑒各異咸池六莖之發衆人所

共五臣本無共字樂而墨翟有非之之論豈可同哉善曰樂動聲儀
曰黄帝樂曰咸池漢書曰顓頊作六莖樂墨子有非樂篇向曰咸池六莖黄帝顓頊樂也而古今所共樂之而墨子著
書乃非之豈可言不可也鑒文好惡類於是也今往僕少小所著辭賦一通
相與夫街談巷說必有可采擊轅之歌有應風
雅匹夫之思未易輕棄也善曰漢書曰小說家者街談巷語道聽塗說之所造
也崔駰曰竊作頌一篇以當野人擊轅之歌班固集曰擊轅相杵亦足樂也我此一通同匹夫之思也　向曰往之也一
通猶一卷也擊轅野人歌也植言今之我少小所著文章一卷相與衆人論之雖街談巷說野人匹夫之言我又病必
可采於風雅不可輕棄辭賦小道固未足以揄揚大義彰五臣
作章示來世也昔楊子雲先朝執戟之臣耳猶稱
壯夫不爲也善曰漢書曰楊雄奏羽獵賦爲郎然郎皆執戟而侍也東方朔荅客難曰官不過侍

郎位不過執戟揚子法言曰彫蟲篆刻壯夫不爲也　銑曰章明也吾雖薄德善本作德薄位爲蕃侯猶庶幾勠力彫力上國流惠下民建永世之業流善本作留字金石之功善曰國語曰勠力一心四子講德論曰質敏以流惠尚書王曰與國咸休永世無窮吳越春秋樂師謂越王曰君王德可刻金石　濟曰蕃侯謂諸侯金石言堅不朽也豈徒以翰墨爲勳績辭賦爲君子哉良曰勳績皆功也若吾志未果吾道不行翰曰果遂也言我若未遂則建功業之志是吾道不行則五臣本無則字將采庶官之實錄辯時俗之得失善曰班固漢書司馬遷贊曰有良史之才其文直其事該不虛美不隱惡故謂之實錄應劭曰言其實錄事也　向曰庶衆也植將著書述百官之時俗事實錄謂不隱其善惡也定仁義之衷成一家之言善曰司馬遷書曰通古今之變成一家之言　銑曰衷心也雖未能藏之於名山將以傳之於同好善曰司馬遷書曰僕誠以著此書藏之名山尚書序曰好古博雅君子與我同志亦所不隱也非要一召之皓首豈今日之論乎其言之不慙恃惠子之知我也善曰張平子書曰其言之不慙恃鮑子之知我　翰曰要約皓白也言著此書非約至於白首尚猶不已豈獨今日之論乎今我有此言而不慙者恃子恩惠之知我也一云惠子惠施明早相迎書不盡懷曹善本無曹字植白

與吳季重書善曰典略曰質出爲朝歌長臨淄侯與質書

曹子建

植白季重足下前日雖因常調大平得爲密坐在卧反善曰曹大家欹器頌曰侍帝王之密坐　向曰常調謂常戲密坐謂環坐也雖讌善本作燕飲彌日向曰彌終也其於別遠會稀五臣作希猶不盡其勞積也若夫五臣本作使字觴酌陵波於前簫笳五臣本作笳簫發音於後足下鷹揚其體鳳觀去聲善本作歎字虎視善曰毛詩曰惟師尚父時惟鷹揚足下謂季重也鳳以喻文也虎以喻武也歎猶歌也取美壯之意也山海經曰丹穴之山有鳥名曰鳳飲食自歌自舞易曰虎視眈眈　濟曰言酒多如水之波瀾也足下謂季重也鳳觀言有和容也虎視謂有威儀也謂蕭曹不足儔五臣本從田衛霍不足侔也良曰侔等也蕭何曹參文吏也衛青霍去病武臣也言吳質文武之道不可以此四子等並若無人豈非君善本作吾字子壯志哉過屠門而大嚼慈躍雖不得肉貴且快意善曰史記曰荊軻與高漸離歌於市已而相泣傍若無人桓子新論曰人聞長安樂則出門向西而笑知肉味美對屠門而大嚼　翰曰喻有文武之道不見用也言我見質容威顏盻若人雖不用於時且快我意亦如過屠者之門而開口大嚼雖不得食其肉亦且快意此植自託也當斯之時願舉泰山以爲肉傾東海以爲酒伐雲夢之竹以爲笛斬泗濱之梓以爲箏善曰尚書曰雲土夢作乂孔安國曰雲夢之澤在江南尚書曰泗濱浮磬　向曰雲夢澤名泗水名梓木名食若塡巨壑飲若灌漏巵其樂固難量豈非大丈夫之樂哉善曰莊子淳芒謂苑風曰夫大壑之爲物也注焉而不滿酌之而不竭淮南子曰今夫霤水足以溢壺榼而江河不能實漏巵　銑曰巨壑大坑也言食多巵酒盃也言飲酒速盡如灌漏盃酒不停於盃中然日不我與曜靈急節善曰楚辭曰角宿未旦曜靈焉藏廣雅曰曜靈日也　濟曰日不我與言不與我等也曜靈日也急節謂遷移速也面有逸景之速別有參商之闊善曰左氏傳子產曰昔高辛氏有二子伯曰閼伯季曰實沈不相能后帝不臧遷閼伯于商丘主辰商人是因故辰爲商星遷實沈於大夏主參唐人是因其季葉曰唐叔故參爲晉星　良曰面謂相見日也逸禍也參商二星各常不相見也言相見恐過度

光景之速別離則如參商之隔闊也思欲五臣本無欲字抑六龍之首頓羲和之轡善曰楚辭曰貫鴻蒙以東竭兮維六龍於扶桑又曰吾令羲和弭節兮　翰曰抑止頓下也六龍日車也羲和日御也言借光景之速思抑止六龍頓下其轡使日留而不去折若木之華閉濛汜之谷天路高邈良無由緣善本作良久無緣四字　善曰楚辭曰折若木以拂日兮聊逍遥以相佯王逸曰若木在崑崙言折取若木以拂擊蔽日使之還却也楚辭曰出自陽谷次於濛汜又曰仲長子昌言曰蕩蕩乎若昇天路而不知夫所登也　良曰若木日過處濛汜日入處折若木而執之而不去閉濛汜之谷使日蹤而不入然天之高遠實無由緣懷戀於日光反側志不安也懷戀反側如何如何向曰戀眷也反側謂眠不孰如如何如何猶柰何也得所來訊文采委曲曄若春榮瀏若清風善曰苔賓戲曰摛藻如春華毛詩曰吉甫作頌穆如清風楚辭曰秋風瀏以蕭蕭兮　銑曰訊問也曄盛美貌瀏清風貌言吳質書如此清美也申詠反覆曠若復

文選四十二　六二

面濟曰曠遠也復面謂若相見也其諸賢所著文章想還所治復申詠之也善曰所治謂朝歌也　良曰還所治謂休治公事之暇可令憙事許記小史善本作吏字諷而誦之善曰周禮曰諷誦言語鄭玄曰背文曰諷以聲節之曰誦　翰曰憙事謂好事少知文者質爲朝歌令言小史者其佐史也夫五臣本作言字文章之難非獨今也古之君子猶亦病諸善曰論語子曰堯舜其猶病諸　向曰病諸猶難之也家有千里驥而不珍焉人懷盈尺和氏而無貴矣善曰言驥及和氏以希爲貴今若家有千里人懷盈尺即驥及和氏寧得珍貴乎呂氏春秋曰所爲貴驥者爲其一日千里也淮南子曰聖人不貴尺璧而重寸陰韓子曰楚人和氏得玉璞於楚山之中遂名曰和氏之璧　銑曰人皆有良馬美玉以其常有之則不以爲珍貴文亦如然矣不可輕而不申詠夫君子而不知音樂古之達論謂之通而蔽五臣本無此三句墨

翟不好伎善本從人下同何爲過朝歌而迴車乎足下好伎而正善本無而正二字值墨氏善本作翟氏迴車之縣想足下助我張目也濟曰墨翟不好樂而朝歌非伎樂何謂過之而迴車也是其有不知音之蔽也足下正值此縣想亦助我張目怒之也好伎樂知音也又聞足下在彼自有佳政夫求而不得者曰善本無曰字有之矣未有不求而自善本無自字得者五臣本無者字也善曰法言曰學者所以求爲君子求而不得者有矣未有不求而得之者也　良曰佳善也言求而不得善者曰有之未有不求善而自得善者言吳質爲政故有善也且改轍易五臣作而行非良樂之御易民而治非楚鄭之政願足下勉之而已矣善曰呂氏春秋曰古之善相馬者若趙之王良秦之伯樂尤盡其妙也左氏傳曰晉趙鞅納衛太子于戚將戰郵無恤御杜預曰郵無恤王良也戰

文選四十二　六二中

國策曰趙告謂趙王曰臣聞之聖人不易民而教智者不變俗而勸史記曰衛吏楚有孫叔敖鄭有子産而二國俱治是不易之民也　翰曰王良伯樂善御馬者也以良馬比吳質言良馬之御車不移改轍跡不變易行步戒吳質善無速移也易俗移風而爲政理非楚之叔敖鄭之子産也此二子俱不易人而治故願質勉之也口授不悉往來數相聞曹植白善曰植集此書別題云夫爲君子而不知適對嘉賓音樂古之達論謂之通而蔽墨翟自不好伎何謂過朝歌而迴車乎足下好伎而正值墨氏迴車之縣想足下助我張目也今本以墨翟之好伎置和氏無貴矣之下蓋昭明移之與季重之書相應耳　向曰對客口授使者而制此書殊不盡意往來使數相問也悉盡聞問也

答東阿王書銑曰東阿王曹植也

吳季重

質白信到奉所惠貺發函伸紙是何文采之巨

麗而慰喻之綢繆乎（濟曰惠貺賜也所奉恩賜謂得前書也發開伸展也綢繆謂殷勤之意也）夫登東岳者然後知衆山之邐（力氏）迤（移尒）也奉至尊者然後知百里之卑微也（善曰法言曰觀書者譬如觀山升東嶽而知衆山之邐迤也況介丘乎下句蓋季重自況也　良曰邐迤小山相連貌　翰曰至尊天子也今借而爲喻百里縣令之任質自謂）自旋之初伏念五六日至于旬時精散思越惘若有失非敢羨寵光之休慕猗頓之富也（善本無也字）誠以身賤犬馬德輕鴻毛（善曰尚書曰要囚服念五六日至于旬時毛詩曰既見君子爲龍爲光毛萇曰龍寵也孔叢子子産問子順曰臣匱於財聞猗頓善殖貨欲學之然先生同國也當知其術願以告我荅曰然我知之猗頓魯之窮士也耕則常飢桑則常寒聞朱公富往之問術焉朱公告之曰子欲速富當畜五牸於是乃適河大畜牛羊于猗氏之南十年之間其滋息不可計貲擬王公馳名天下以興富於猗氏故曰猗頓　戰國策魯連說張相國曰鴻毛之輕也而不能自舉　向曰自從旋還越失也謂質前從朝歌至鄴又從鄴還縣之時也伏念宴樂之事惘然驚懼者非敢羨望寵貴光榮之美猗頓之富誠以身賤德輕故也惘若驚懼貌猗頓古之巨富人也）至乃歷玄闕排金門升玉堂伏虛（五臣本作櫺）檻於前殿臨曲池而行觴（善曰三輔舊事曰未央宮北有玄武闕解嘲曰歷金門上玉堂有曰矣楚辭曰坐堂伏檻臨曲池　銑曰玄北也金門以金飾也玉堂美言之也伏憑也櫺檻鈎欄也言憑鈎欄於前殿以遊也觴盃也）既威儀虧替言辭漏渫（思列反　濟曰替失也言陪遊喜樂不知威儀戲笑談弄言辭過度漏渫而出）雖恃平原養士之懿愧無毛遂燿（五臣本從光）穎之才（善曰史記曰秦之圍邯鄲使平原君求救合從於楚約與食客門下有勇士文武備具者二十人偕得十九人餘無可取者毛遂自讚於平原君平原君曰夫賢士之處俗譬如錐之處囊中其末立見今在左右未有所稱誦是先生無所有也毛遂曰臣今日請處囊中耳使遂蚤得處囊中乃脫穎而出非特其末見而已　良曰趙公子平原君趙勝也懿美愧慙也毛遂同善注及到楚遂爲辯勇之首餘皆莫當之）深蒙薛公折節之禮而無馮諼（火爰）三窟之效（善曰戰國策曰齊人有馮諼者貧乏不能自存使人屬孟嘗君願寄食門下孟嘗君曰諾孟嘗君問門下諸客誰習會計能爲文收債於薛者乎馮諼曰能於是約車促裝單衣載契而辭問曰收債畢何市而反孟嘗君曰視吾家所寡有者驅而之薛矯命以債賜諸人因燒其券人稱萬歲長驅到齊孟嘗君見之曰何市而反曰竊計君家所無不有所乏者義爾爲君市義孟嘗君不悅後有毀孟嘗君於湣王孟嘗君就國于薛未至百里老幼迎於道中孟嘗君顧馮諼曰先生爲文市義乃今見矣馮諼曰狡兔有三窟免其死耳今君有一未得高枕而卧也請爲君復鑿二窟孟嘗君乃與車五十乘金五百斤西遊於梁梁惠王聘孟嘗君齊王聞之君臣恐懼使太傅謝孟嘗君曰願君顧先王之宗廟姑反國統民馮諼謂孟嘗君請先王之祭器立宗廟於薛廟成還謂孟嘗君曰三窟以就請君高枕爲樂矣漢書曰淮南王折節下士　翰曰薛公孟嘗君田文也封於薛餘同善註）屢獲信陵虛左之德又無侯生可述之美（善曰史記曰魏公子虛左自迎夷門侯生侯生攝衣冠直載公子上坐不讓欲以觀公子公子執轡愈恭侯生謂公子曰今日嬴之爲公子亦足矣市人皆以嬴爲小人而以公子爲長者能下士也　向曰信陵君魏公子無忌公子方置酒大會賓客公子從車騎虛左位自迎夷門侯嬴嬴上坐不讓欲以觀公子之德公子愈恭後秦伐趙圍邯鄲平原君使使求救於魏魏王使晉鄙將十萬救趙秦王聞之使人告曰諸侯救趙者必移兵伐之魏王懼秦遂令止晉鄙軍公子諫救趙王不從用侯生計盜兵符使朱亥殺晉鄙代之將以救趙邯鄲遂解此美爲侯生可述之意）凡此數者乃質之所以憤積於胷臆懷眷而悁（一緣）邑者也（銑曰數者謂毛遂馮諼侯生也質所以憤積懷眷於古人願效志誠也悁邑憂貌）若追前宴謂之未究欲（善本無欲字）傾海爲酒并山爲肴伐竹雲夢斬梓泗濱然後極雅意盡歡情信公子之壯觀（去）非鄙人之所庶幾也（善曰封禪書曰天下之壯觀周易曰顏氏之子

其殆庶幾乎濟曰究盡也翰曰此並疊植書文也肴肉也公子謂植也鄙人質自謂也庶幾近也若質之志實在所天善曰左氏傳箴尹克黃曰君天也向曰所天謂所尊敬也言志所尊敬在於子建此古人通言尊敬之意非獨君也思投印釋黻朝夕侍坐銑曰縣令佩銅印黻冠飾投棄釋去此職恒侍坐於子建鑚仲父之遺訓覽老氏之要言善曰仲父仲尼也老氏老子也濟曰仲父孔子也老氏老子也遺訓謂六經要言謂五千文也對清酤户而不酌抑嘉肴而不享善曰毛詩曰既載清酤又曰嘉肴脾臄良曰清酤酒也抑止享食也言得侍坐子建雖對酒而不酌止肉不食亦將醉飽也使西施出帷幙模毋侍側斯盛德之所蹈明哲之所保也善曰越絕書曰越王乃飾美女西施使大夫種獻之於吴王楚辭曰西施媞而不得見兮嫫母勃屑而日侍周易曰日新之謂盛德毛詩曰既明且哲以保其身翰曰西施美女也嫫母醜女也質自言侍子建如美女使醜者爲侍也相與覽孔子之遺訓老子之要言道義相合此可謂盛德所履明智所安也蹈履哲智保安也若乃近者之觀實蕩鄙心向曰近者之觀謂子建所述讌宴之時也蕩動也鄙心質自謂秦箏發徽二八迭奏善曰楚辭曰挾秦箏而彈徽又曰二八齊容起鄭舞銑曰徽美也二八謂舞者十六人迭遞奏進也塤簫激於華屋靈鼓動於座左善本作右善曰舞賦曰躍華屋而嬉洞房周禮曰靈鼓靈鼓也濟曰塤簫樂器也激亦動也靈鼓鼓也耳嘈嘈於五臣本作而無聞情踊躍於鞍馬良曰嘈嘈喧甚也謂歡樂之情極踊躍如鞍馬也謂可北懾肅愼使貢其楛矢南震百越使獻其白雉又況權備夫何足視乎善曰家語曰孔子之陳陳惠公賓之有隼集庭而死楛矢貫之惠公使使如孔子之館問之孔子曰昔武王克商於是肅愼氏貢楛矢石砮其長尺有咫故銘其楛曰肅愼氏貢矢以分大姬配虞胡公而封諸陳王肅曰肅愼北夷國名也楛木名也砮箭鏃也太公金匱曰武王伐殷四夷聞各以來貢越裳獻白

文選卌二　廿七

雉重譯而至翰曰肅愼百越夷狄名權孫權備劉備言音樂之和盛可令夷狄貢獻於國家也懾震懼也楛矢箭也還治諷采所著觀省思郢英瑋實賦頌之宗作者之師表善本無表字也善曰漢書曰司馬相如爲辭宗賦頌之首向曰還治謂休公務之暇乃諷誦子建所賜之文觀省英美也衆賢所述亦各有志昔趙武過平鄭七子賦詩春秋載列以爲美談善曰左氏傳曰趙武與諸侯大夫會過鄭鄭伯享趙孟于垂隴七子從趙孟曰七子從君以寵武也請皆賦詩以卒君貺武亦以觀七子之志子展賦草蟲伯有賦鶉之賁賁子西賦黍苗之四章子產賦隰桑子太叔賦野有蔓草叔段賦蟋蟀公孫段賦桑扈銑曰同善注質小人也無以承命濟曰言無丈才以承君命又所荅貺辭醜義陋申之再三赧然汗下善曰尚書曰至于再至于三小雅曰面慙曰赧良曰貺賜也荅所賜書也赧然謂慙恥而得汗下此邦之人閑習辭賦三事大夫莫不諷誦何但小史善本作吏字之有乎善曰毛詩曰三事大夫莫肯夙夜翰曰此邦謂朝歌也三事大夫官名蓋休職致仕居朝歌者謂植之清文三事大夫皆爲諷誦何但小史而已荅植書文可令喜事小史諷而誦之者重惠苦言訓以政事惻隱之恩形乎文墨善曰史記衛鞅曰苦言藥也甘言疾也謝承後漢書曰甄豐惻隱之恩發於自然向曰政事政理之事也惻隱深也墨子迴車而質四年雖無德與民式歌且舞善曰淮南子曰曾子至孝不過勝母里墨子非樂不入朝歌鄒陽上書曰里名勝母曾子不入邑號朝歌墨子迴車毛詩曰雖無德與女式歌且舞式作或者非銑曰墨子過朝歌即日迴車而質四年言久也雖無德以與下人用歌且舞言人歌樂也式用也儒墨不同固五臣本作因字以久矣濟曰儒道尚樂墨子非樂不同亦以久也然一旅之衆不足以揚名善曰左氏傳伍員曰少康有衆一旅杜預曰一旅五百人也銑曰五百人曰旅言朝歌縣小不足爲揚名步

文選卌二　廿八

武之間不足以騁跡五臣本作巧字 善曰司馬法曰六尺曰步禮記曰堂上接武鄭玄註曰武跡也 翰曰武亦跡也言步跡之間也小何足使良馬馳騁其軌跡也此託言朝歌小邑不足見譽 若不改轍易御將何以效其力哉向曰此疊子建書改轍易行言也質託言若不改職大任將何以用之力也 今處昌吕此而求大功猶絆良驥之足而責以千里之任檻猨猴之勢而望其巧捷之能者五臣本無者字也 善曰淮南子曰兩絆騏驥而求其致千里置猨檻中則與豚同非不巧捷也無所肆其能也 銑曰絆良馬之足何以行千里之逼 濟曰致猨猴於檻中不可見巧捷之形也 不勝見恤謹附遣白荅不敢繁詞銑曰恤憂也 吴質白

與滿公琰書善曰賈弼之山公表註曰滿寵子炳字公琰爲別部司馬

應休璉善曰公琰前日曾過休璉至明日欲遣書謝値公琰又使人來召璩璩別事不得往故爲報翰註同

璩其魚白昨者不遺猥見何見照臨向曰言炳至璩處 雖昔侯生納顧於夷門毛公受眷於逆旅無以過也善曰夷門侯嬴也已見同卷吴季重荅東阿王書史記曰趙有處士毛公藏於博徒薛公藏於賣漿家魏公子欲見之兩人自匿不肯見公子聞所在乃間步往從此兩人遊甚歡左氏傳荀息曰今虢爲不道保於逆旅 向曰言猥照臨則雖侯嬴納無忌之顧毛遂受趙勝之眷實無以過此夷門侯生所居也逆旅客舍也 外嘉郎君謙下去之德內幸頑才見何見誠知己銑曰嘉善也郎君謂炳也頑才璩自謂也言炳見我志誠以爲知己也炳父寵爲太尉璩甞事之故呼曰郎君 歡欣踴五臣本作踊躍情有無量音亮濟曰嘉炳相過也 是以奔騁御僕五臣本作僕御宣命周求良曰騁馳也言奔馳車馬宣我教命周求饌食以給公琰 陽晝喻於詹何揚倩說於范武善曰說苑曰安子賤將適單父陽晝謂子賤曰吾少賤無以遺子今贈子以釣道夫投綸錯餌迎而吸之者揚鱎也其爲魚薄而不美若亡若存若食若不食者魴也其爲魚博而厚味子賤至單父冠蓋迎之者交接於道子賤曰陽晝所謂揚鱎者也乃請耆老尊賢與之共化列子曰詹何楚人也以獨繭絲爲綸芒針爲鈎荊棘爲竿剖粒爲餌而引盈車之魚韓子曰宋人有酤酒者升槩甚平遇客甚謹爲酒甚美懸幟甚高然而不售酒酸怪其故問其所知閭長者楊倩倩曰汝狗猛曰狗猛則酒美何故而不售曰人畏焉或令孺子懷錢挈壺甕而往酤狗迎而齕之此酒所以酸不售也夫國亦然有道之士懷其術而欲以輔萬乘之主大臣爲猛狗迎而齕之人主之所以蔽脅而有道之士所以不用也范武未詳 翰曰陽晝教子賤釣道詹何善釣魚也昔人楊倩有酤酒者酒甚美而不售人問曰其狗猛人畏故也范武古之善爲酒者此言求酒使陽晝曉喻詹何令其釣之楊倩言說范武也使其酤之 故使鮮魚出自善本作於字潛淵芳旨發自幽巷向曰芳旨美酒也發出也 繁俎綺錯羽爵飛騰善曰楚辭曰瑶漿蜜勺實羽觴兮漢書音義曰羽觴作生爵形儀禮曰請

勝爵鄭玄曰今文勝多作騰 銑曰俎几也言繁布於几上如文綺錯亂羽爵酒盃也飛騰盡速也 牙曠高徽義渠哀激善曰列子曰伯牙善鼓琴左氏傳曰師曠侍於晉侯杜預曰師曠晉樂太師也許慎淮南子註曰鼓琴循絃謂之徽戰國策曰義渠君之魏高誘曰義渠西戎國名也其樂未聞 濟曰牙伯牙善鼓琴曠師曠樂官也徽調也義渠國名其樂哀也激重也 當此之時仲孺不辭同產之服孟公不顧尚書之期善曰漢書曰灌夫字仲孺夫常有姊服過丞相田蚡蚡從容曰吾欲與仲孺過魏其侯會仲孺有服夫曰將軍乃肯幸臨魏其侯夫安敢以服爲辭又曰陳遵字孟公嗜酒好賓客每取客車轄投井中雖有急終不去嘗有部刺史奏事過遵值其方飲刺史候君霑醉時突入見遵母叩頭白曰當對尚書有期會狀毋廼令後閤出去良同善註同產謂姊也 徒恨宴樂始酣白日傾夕驪駒就駕意不宣展善曰漢書曰諸博士共持酒肉勞王式江翁謂歌吹諸生曰歌驪駒王式曰聞之於師客歌驪駒主人歌客毋庸歸今諸君爲主人日尚早未可也服虔曰大戴禮篇客欲去歌之文穎曰其辭曰

驪駒在門僕夫具存驪駒在路僕夫整駕翰曰驪駒馬也就駕言將行而歸也言日暮言歸樂意猶未宣展追惟耿介迄于明發善曰楚辭曰獨耿介而不隨毛詩曰明發不寐向曰惟思言宴樂猶未盡情追思不安至于夜曉耿介不安也迄至也明發曉時也適欲遣書會承來命知諸君子復有漳渠之會銑曰會遇也來命謂炳有使來也濟曰漳水名夫漳渠西有伯陽之館北有曠野之望善曰伯陽即老子也詩曰率彼曠野良曰伯陽謂老子廟曠遠也高樹翳朝雲文禽蔽綠水翰曰文綵之鳥也蔽水言多也沙場夷敞清風肅穆是京臺之樂也得無流而不反乎善曰淮南子曰令尹子瑕請飲莊王許諸子瑕具於京臺莊王不往曰吾聞京臺者南望獵山北臨方皇左江右淮其樂忘歸若吾薄德之人不可以當此樂也恐流而不能自反高誘曰京臺高臺也方皇大澤也向曰夷平敞明也言水畔多沙場平坦而光明也肅穆清風貌京臺楚國高臺也是爲楚國觀望之美亦可謂此中之京臺忘歸之樂也流謂耽樂之情如流水之不反

適有事務須自經營善曰何休公羊傳註曰適遇也不獲侍坐良增邑邑善曰邑邑不樂也銑曰不得往侍坐同樂實增悒悒也悒悒不得志之貌也因白不悉璩白

與侍郎曹長思書濟曰曹長思書傳所不載

應休璉

璩白足下去後甚相思想叔田有無人之歌闉因闍都有匪存之思風人之作豈虛也哉善同良注良曰詩云叔于田巷無居人又云出其闉闍有女如荼闉城也下章云匪我思存此皆璩相思之意諷人則詩人也王肅以宿德顯授何曾以後進見拔皆鷹揚虎眎有萬里之望善曰魏志曰王肅字子雍黃初中爲散騎黃門侍郎臧榮緒晉書曰何曾自潁考陳國人也曾弱冠累遷散騎侍郎給事黃門郎東觀漢記梁商上書曰假復起起宿德論語子曰後進於禮樂君子也翰曰宿舊也授謂授職也拔擢而任用之鷹揚虎視言其雄勇之士力有萬里之望謂望富貴薄援助者不能追參於高妙復斂翼於故枝善曰桓子新論曰昔顏淵有高妙次聖之才聞一知十向曰薄援助謂無親朋在朝之貴者高妙謂朝之貴者言不能追參朝貴復如鳥之斂翼栖於故林塊然獨處有離羣之志善曰淮南子曰卓然獨立塊然幽處禮記子夏曰吾離羣索居亦已久矣銑曰塊然獨居貌汲黯樂在郎署何武恥爲宰相千載揆之知其有由也善曰漢書曰汲黯字長孺拜淮陽太守黯伏地謝不受印綬臣願爲中郎出入禁闈臣之願也又曰何武字君公爲御史司空多所舉奏號爲煩碎不稱賢公恥義未詳濟曰言千載思度其事知汲有所由也蓋謂時勢不可處也德非陳平門無結駟之跡善曰漢書陳平家貧好讀書張負隨平至其家家負郭窮巷以席爲門然門外多長者車轍良曰結駟連騎也陳平家貧好道所居窮

巷而門多長者車轍學非楊雄堂無好事之客善曰漢書曰楊雄家素貧嗜酒人稀至其門時有好事者載酒肴從雄游學翰曰同善注才劣仲舒無下帷之思家貧孟公無置酒之樂善曰漢書曰董仲舒廣川人少治春秋孝景時爲博士下帷講習又曰陳遵字孟公嗜酒每大飲賓客滿堂遵遇寡婦左阿君置酒歌謳遵起舞跳梁樂之向曰璩自言才劣仲舒銑曰璩言家貧於孟公無此樂悲風起於閨闥紅塵蔽於机榻幸有袁生時步玉趾樵蘇不爨七亂清淡而已有似周黨之過平閔子善曰左氏傳楚宰遂啓彊謂魯侯曰今君若步玉趾辱見寡君也漢書廣武君李左車說成安君曰樵蘇後爨師不宿飽晉灼曰樵取薪也蘇取草也東觀漢記曰太原閔貢字仲叔與周黨相遇含菽飲水無菜茹也濟曰机案也榻床也良曰幸遇也袁生璩友也時來與璩言談趾足也玉者君子比也樵蘇薪草也爨炊也言薪草不炊蓋無食可爲也周黨每過閔仲叔共飲水而已故璩有似此者夫皮朽者

毛落川涸者魚逝善曰蔡邕正論曰皮朽則毛落水涸則魚逝其勢然也　翰曰逝謂死也春生者繁華秋榮者零悴自然之數豈有恨哉善曰周書陰符太公曰春道生萬物榮秋道成萬物零　向曰秋物雖榮者沾於霜露則零落枯悴也人之貴賤否泰亦自然之數也豈可悵恨哉聊與大弟陳其苦懷耳濟曰大弟謂曹長思也想還在近故不益言璩白

與廣川長岑文瑜書善曰廣川縣時旱祈雨不得作書以戲之　濟曰岑文瑜爲廣川縣令

應休璉

璩白頃者炎旱日更增甚沙礫銷鑠草木焦卷善曰呂氏春秋曰湯時大旱七年煎沙爛石山海經曰十日所落草木焦卷　良曰礫石也處涼臺而有鬱蒸剩之之煩浴寒水而有灼爛之慘濟曰雖在涼臺浴寒泉亦有炎熱之氣矣慘憂也宇宙雖廣無陰以憩雲漢之詩何以過此善曰毛詩雲漢曰赫赫炎炎云我無所鄭玄曰言無所芘廕而處也　翰曰憩息也　向曰雲漢詩美宣王側身脩行以求雨也言宣王之德不能過於今日土龍矯首於玄寺泥人鶴立於闕里善曰淮南子曰聖人用物若用朱絲約芻狗若爲土龍以求雨芻狗待之而求福土龍待之而得食高誘曰土龍致雨雨而成穀故待土龍之神而得穀食玄寺道場也風俗通曰尚書御史所止皆曰寺故後代道場及祠宇皆取其稱焉淮南子曰西施毛嬙猶倛醜也高誘曰倛醜請雨土人也司馬彪續漢書梅福上書曰仲尼之廟不出闕里　濟曰土龍泥人並祈雨之物也矯舉也玄寺謂祈雨祈鬼神之事故玄寺寺司也鶴立者言如鶴之望也闕天子闕也里閭里也脩之歷旬靜無徵效良曰祈雨不降明勸教之術非致雨之備也銑曰在於精誠知恤下民善本作人字躬

自暴露拜起靈壇勤亦至矣善曰司馬彪續漢書曰郡國旱各掃除社稷公卿官長以次行雩禮求雨　翰曰恤憂也暴露謂身立於日也　向曰靈壇祈雨壇也昔夏禹之解居買陽盱盱善本從日殷湯之禱桑林言未發而水旋流辭未卒而澤滂沛善曰說苑曰湯之時大旱七年使人持三足鼎而祝山川蓋未已而天下大雨也　濟曰禹治水以身祈于陽盱之河禹言未發而水治矣旋流不息也湯大旱以身禱於桑林湯辭未終而雨已滂沛桑山之林能興雲雨今者雲重五臣作既積而復散雨垂落而復收得無賢聖殊品優劣異姿割髮宜及膚翦爪宜侵肌乎善曰呂氏春秋曰昔殷湯剋夏而大旱五年湯乃身禱於桑林於是翦其髮鄜其手自以爲犧用祈福於上帝民乃甚悅雨乃大至鄜音酈　銑曰此盡精誠不至而賢聖殊品優劣之異及膚侵肌者信用心苦切也周征殷而年豐衛伐邢而致雨善否之應甚於影響未可以爲不然也善曰左氏傳衛人伐邢於是衛大旱寗莊曰昔周飢克殷而年豐今邢方無道諸侯無伯天其或者欲使衛討邢乎從之師興而雨尚書曰惠迪吉從逆凶惟影響　翰曰殷邢無道征伐之而年豐致雨明其善與不善之應如影隨形響應聲也不可以爲不如此也想雅思所未及謹書起予善曰論語子曰起予者商也　向曰恐其不致至誠不知善否之應故以書起發其章應璩白

與從弟君苗君胄書此書言欲歸田故報二從弟也

應休璉

璩報閒者北遊喜歡無量登芒濟河曠若發矇善曰說文曰芒洛北大阜也禮記曰昭然若發蒙矣如淳漢書注曰以物蒙覆其頭而爲發去其人欲之耳　銑曰閒近也　濟曰芒山名濟渡也曠然游覽開發矇暗之思以至明達也風伯埽涂善本作塗字雨

師灑道 善曰韓子師曠曰黄帝合鬼神於大山之上風伯進掃雨師灑道列仙傳曰赤松子爲雨師 向曰風伯雨師致風雨以埽灑道路者 按轡清路周望山野亦既至止酌彼春酒 善曰詩曰亦既見止又曰至止肅肅又曰爲此春酒 良曰言至其所止之處則酌春酒 接武茅茨涼過去大夏 五臣本作夏 善曰禮記曰堂上接武鄭玄曰武跡也說文曰屋以草蓋曰茨淮南子曰大夏增加擬於崑崙高誘曰大夏大屋也涼或作椋非也 翰曰武跡也言相與接行跡於茅茨之室其清涼已過大厦之室也茅茨以草爲屋大厦大屋也 扶 五臣本作膚 寸肴脩味踰方丈 善曰尚書大傳曰扶寸而合不崇朝而雨天下鄭玄曰四指爲扶扶音膚墨子曰美食方丈目不能偏視口不能偏味 銑曰厚四指曰膚肴肉脩脯也言肉脯雖少味過方丈之食踰過也 逍遥陂塘之上吟詠菀鬱柳之下 善曰淮南子曰禹有陂塘之事毛詩曰菀彼柳斯濟曰陂塘池水也菀猶茂也 結春芳以崇佩折若華以翳日 善曰楚辭曰紉秋蘭以爲佩又曰春蘭兮秋菊毛萇詩傳曰崇充也楚辭曰折若木以拂日兮聊逍遥以相佯王逸曰若木在崑崙言折取若木以拂擊蔽日使之還却也 向曰春芳香華結此以充佩服美其香比德君子也若華日所過處言折取以翳日使蔽其景 弋下高雲之鳥餌二出深淵之魚蒲且子餘讚善便嬛一緣稱妙何其樂哉雖仲尼忘味於虞韶楚人流遁於京臺無以過也 善曰論語曰子在齊聞韶三月不知肉味曰不圖爲樂之至於斯淮南子曰令尹子暇請飲莊王許諾子暇具於京臺莊王不往曰吾聞京臺者南望獵山北臨方皇左江右淮其樂忘歸若吾薄德之人不可以當此樂也高誘曰京臺高臺也 翰曰弋射餌釣也蒲且古之善弋人也讚述也便嬛古之善釣者我之所美遁游也韶舜樂名故云虞韶京臺游觀之處臺名也 班嗣之書信不虚矣 善曰漢書曰桓生欲借其書班嗣報曰漁釣一壑則萬物不奸其志栖遅一丘則天下不易其樂 良同善註 來還京都塊然獨處營宅濵洛困於囂塵 善曰晏子春秋曰景公欲更晏子之宅近市湫隘囂塵不可居 濟曰濵近也 思樂汶上每 善本無每字 發於 五臣本無於字 寤寐 善同銑註 銑曰寤思隱逸不離寤寐也季氏使閔子騫爲費氏宰子騫曰善爲我辭焉如有復我者則吾必在汶上矣故蒙思此樂也汶水名言渡此水不仕也 昔伊尹輟耕郢質惲投竿思致君於有虞濟烝人於塗炭 善曰孟子曰伊尹耕於有莘之野以樂堯舜之道湯使人以幣聘之囂囂然湯三使往聘之既而幡然改之曰與我處畎畝之中是以樂堯舜之道吾豈若使是君爲堯舜之君哉吾豈若使是民爲堯舜之民哉吾豈若於吾身親見之哉東觀漢記曰郅惲字君章汝南人也鄭次都隱於弋陽山中惲即去從次都止漁釣甚娛留數十日惲喟然歎曰天生俊士以爲民也鳥獸不可與同羣子從我爲伊尹乎將爲許巢而去堯舜也次都曰吾年耄矣安得從子子勉正性命勿勞神以害生告別而去惲客於江夏郡舉孝廉爲郎尚書曰民墜塗炭 向曰同善註塗泥也炭猶火也言人如墜泥火意欲濟之令出其難也 而吾方欲秉耒耜於山陽沈鉤 五臣本作鈎字 緡旻於丹水知其不如古人遠矣 善曰漢書河内郡有山陽縣又上黨郡高都縣有莞谷丹水所出莞音管 銑曰秉執也耒耜農器也山陽縣名釣緡並取魚物丹水水名 然山父不貪天地 五臣本作下字 之樂曾參不慕晉楚之富亦其志也 善曰山父即巢父也譙周古考史曰許由夏常居巢故一號巢父琴操曰許由夏則巢居冬則穴處飢則仍山而食渴則仍河而飲堯大其志禪爲天子由曰放髮優游所以安已不懼非以貪天下也孟子曾子曰晉楚之富不可及也 翰曰山父許由也堯大其志欲禪爲天子由曰散髮優游所以安不懼也非以貪天下爲樂曾參云晉楚之富不可及彼以富我以仁彼以爵我以義吾何憂哉此二人亦其美志也 前者邑人念弟無已 良曰鄉邑之人念其才行也 欿令 善本無令字 州郡崇禮師官 善本作官師 授邑誠美意也歷觀前後來入軍府至有皓首猶未遇也徒有飢寒駿奔之勞俟河之清人壽幾何

善曰漢書賈誼上疏曰古者內有公卿大夫外有公侯伯子男然後有官小史延及庶人尚書曰駿奔走左氏傳子駟曰周詩有之曰俟河之清人壽幾何杜預曰言人壽促而河清遲也　濟曰欲令州郡崇禮教取弟爲衆官之師數授鄉邑誠美意也　翰曰俟待也黃河千年一清而聖人出焉言待聖人出則人壽促何可待也**且官無金張之援游無子孟之資而圖富貴之榮望殊異之寵是隴西之游越人之射耳**善曰漢書金日磾贊曰夷狄亡國羈虜漢庭七葉內侍何其盛也又張湯贊曰張氏子孫相繼自宣元已來爲侍中中常侍者凡十餘人功臣之後唯有金氏張氏漢書曰霍光字子孟驃騎將軍去病之弟也淮南子曰夫乘舟而惑者不知東西見斗極則曉然而寤矣性亦人之斗極有自見也則不失物之情無以自見則動而惑譬若隴西之游愈躁愈沈又曰越人學遠射參天而發適在五步之內不易其儀時已變矣而守其故譬猶越之射爾　向曰金金日磾張張安世子孟霍光字也並用勢漢朝唯南子云隴西之游喻躁急也言游者志欲疾而益沈也越人學遠射仰天而發矢矢在五步之內言求宮游宦無金張子孟之援而謀富貴殊異亦如欲疾而沈射遠而近也圖謀也**幸賴先君之靈免負擔之勤**善曰左氏傳陳公子宇曰免於罪戾弛於負擔　銑曰謂賴祖考之餘慶免負擔之勞也勤勞也**追蹤丈人畜雞種黍**善曰漢書鄭朗曰修農圃之疇畜雞種黍　良曰子路從夫子之後遇丈人以杖荷蓧子路問曰子見夫子乎丈人曰四體不勤五穀不分孰爲夫子植其杖而耘止子路宿殺雞爲黍而食之見其二子焉明日子路行以告子曰隱者也言追蹤此丈人乃養雞種黍以爲田家事**潛精墳籍立身揚名斯爲可矣**善曰孝經曰立身行道揚名於後世　濟曰精思也墳籍爲典墳也**無成**善本作或**游言以增邑邑**善曰禮記曰大人不倡游言鄭玄曰遊浮也不可用之言　翰曰游言謂不當言也邑邑失志貌**郊牧之田宜以爲意**善曰爾雅曰邑外曰郊周禮有牧田　向曰郭外曰郊郊外曰野謂負郭之田也**廣開土宇吾將老焉**善曰左氏傳曰隱公使營菟裘吾將老焉菟音塗　銑曰言不用廣開土地屋宇吾將老矣何所用也**劉杜二生想數往來朱明之期已復至矣**善曰爾雅曰夏爲朱明　良曰劉杜璩友人也生者有德之稱也朱明夏節也**相見在近不復爲言**善本作近故不復爲書六字　翰曰言劉杜二生相見在近故此不言**慎夏自愛**向曰慎夏熱之氣以自保愛也**璩報**善本作曰

六臣註文選卷第四十二

六臣註文選卷第四十三

書下

與山巨源絶交書一首

善曰魏氏春秋曰山濤爲選曹郎舉康自代康荅書拒絶因自説不堪流俗而非薄湯武大將軍聞而惡焉　翰曰山濤爲吏部郎欲舉康自代康怒不知己故作此書自言不堪流俗而非湯武大將軍聞而惡焉

嵇叔夜

康白足下昔稱吾於潁川吾常五臣作嘗謂之知言善曰稱謂説其情不願仕也悉其素志故謂知言也虞預晉書曰山嶔守潁川嵇康文集録注曰河内山嶔潁川山公族父莊子曰狂屈黄帝聞之以黄帝爲知言　銑曰山嶔爲潁川太守時山濤謂嶔云康性行不堪職任悉康之志故以爲知言也然經怪此意尚未熟悉於足下何從便得之也善曰言常怪足下何從而便得吾之此意也　向曰經常尚猶也言常怪足下從何便得吾此心前年善曰晉氏從河東還顯宗阿都説足下議以吾自代善曰晉氏八王故事注曰公孫崇字顯宗譙國人爲尚書郎嵇康文集録注曰阿都呂仲悌東平人也康與呂長悌絶交書曰少知阿都志力閑華每喜足下家復有此弟　濟與善注同事雖不行知足下故五臣本無故字不知之善曰言不知己之情　良曰不行謂不許也不知謂不悉我情也足下傍通多可而少怪善曰言足下旁通衆藝多有許可少有疑怪言寛容也周易曰六爻發揮旁通情也法言曰或問行曰旁通厥德李軌曰應萬變而不失其正者唯旁通乎　翰曰傍通謂博通也多可言多有許可也少怪謂少有怪責於人言寛容也吾直性狹中多所不堪偶與足下相知耳善曰偶謂偶然非本志也爾雅曰偶遇也郭璞曰偶值也　銑曰直性謂不從物狹中謂不能容人也偶然相知非本意也間聞足下遷惕然不喜恐足下羞庖人之獨割引尸祝以自助善曰莊子曰庖人雖不治庖尸祝不越樽俎而代之　向曰間頃也遷謂爲大司馬也惕懼也庖人割牲體之人也尸主也祝謂祭時讀辭之人也言恐山濤羞爲獨割引我以爲尸祝之助也手薦鸞五臣作鑾刀漫平之羶腥善曰毛詩曰執其鸞刀以啓其毛莊子北人無擇曰帝欲以辱行漫我高誘呂氏春秋注曰漫汙也　濟曰薦進也鑾刀上鈴也漫汙也羶亦腥也故具爲足下陳其可否吾昔讀書得并介之人或謂無之今乃信其眞有耳善曰并謂兼善天下也介謂自得無悶也趙岐孟子章句曰伯夷柳下惠介然必偏中和爲貴　良曰并謂兼利天下也介謂孤介自守也言我昔讀書得古人有如此者或謂無之今信有耳謂濤兼利而已自守也性有所不堪眞不可強今空語同知有達人無所不堪外不殊俗而内不失正與一世同其波流而悔吝不生耳善曰空語猶虚説也共知有通達之人至於世事無所不堪言己不能則而行之也太玄經曰君子内正而外馴莊子曰與物委蛇而同其波周易曰悔吝者憂虞之象也　翰曰強勸也空語謂虚説也言己不堪不可勸也虚説共知有通達之人於世事無所不堪也内謂心也吝恨也言跡能同俗而心不失正道與時同流而悔恨不生者耳言聞有如是人也老子莊周吾之師也親居賤職柳下惠東方朔達人也安乎卑位吾豈敢短之哉善曰史記曰莊子名周嘗爲蒙漆園吏列仙傳曰李耳爲周柱下史轉爲守藏史論語曰柳下惠爲士師漢書曰東方朔著論設客難己位卑以自慰諭孟子曰爲貧仕者辭尊居卑又曰位卑言高罪也　銑曰康讀莊老之書故云師也賤職謂柱下史漆園吏柳下惠爲士師東方朔爲侍郎是安卑位豈敢短之言不敢以四人居位下而非短之也又仲尼兼愛不羞執鞭子文無欲卿相而三登令尹是乃君子思濟物之意也善曰莊子仲尼謂老聃曰兼愛無私仁之情也論語子曰富而可求雖執鞭之士吾亦爲之子張問令尹子文三仕爲令

尹無喜色三已之無慍色舊令尹之政必以告新令尹何如子曰忠矣　向曰兼愛謂兼物愛人羞恥也執鞭下士也子文三爲令尹無喜色三已之無慍色是皆不欲富貴而卑身濟物也所謂達五臣本有人字能兼善而不渝窮則自得而無悶善曰孟子曰古之人窮則獨善其身達則兼善天下又曰柳下惠遺佚而不怨阨窮而不憫　濟曰古人窮故獨善其身達則兼善天下而不變其本志也窮塞不遇亦澹然自得而不以爲憂悶矣渝變也以此觀之故堯舜之君世許由之巖棲五臣作栖　善曰呂氏春秋曰昔堯朝許由於霈澤之中曰請屬天下於夫子許由遂之箕山之下張升反論曰黃綺引身巖棲南岳　良曰堯舜爲君於世許由隱於箕山子房之佐漢接輿之行歌其揆一也善曰漢書曰上封良爲留侯行太子少傅事論語曰楚狂接輿歌而過孔子孟子曰先聖後聖其揆一也　翰曰張良字子房佐漢滅秦項接輿隱者行歌不仕言堯舜子房安其兼并之善許由接輿守其介特之志揆度也所安不同度之一也仰瞻數君可謂能遂其志

【文四十二】　三

者也善曰賈逵國語注曰遂從也　銑曰數君堯舜已下也遂志謂遂本情也故君子百行殊塗而同致循性而動各附所安善曰周易子曰天下同歸而殊塗一致而百慮淮南子曰循性而行或害或利論語讖曰貧而無怨循性動也　向曰百行言多也君子之行所趣各殊而同歸順性俱得其安也循順也故有處朝廷而不出入山林而不反之論善曰班固漢書贊曰山林之士往而不能反朝廷之士入而不能出二者各有所短　濟曰言仕者不出隱者不仕各有所短也且延陵高子臧之風長卿慕相如之節志氣所託不可奪也善曰左氏傳吳子諸樊既除喪將立季札季札辭曰曹宣公之卒也諸侯與曹人不義曹公將立子臧子臧去之遂弗爲也以成曹君子曰能守節君義嗣也誰能奸君有國非吾節也札雖不才願附於子臧以無失節史記曰司馬相如字長卿其親名之犬子相如既學慕藺相如之爲人更名相如　良曰同善注言此二人志氣所寄亦不可移奪改易也吾每五臣本無吾字讀尚子平

臺孝威傳慨然慕之想其爲人善曰英雄記曰尚子平有道術爲縣功曹休歸自入山擔薪賣以供食飲范曄後漢書曰尚子平隱居不仕性尚中和好通老易尚向不同未詳又曰臺佟者字孝威魏郡人隱於武安山鑿穴爲居採藥爲業佟徒冬切史記太史公曰余讀孔氏書想見其爲人　翰曰尚長字子平王莽時司徒王邑薦之固辭後遂入山隱也臺佟字孝威採藥自業隱於武安山終身不出慨息也康自言隱逸之志故太息想慕二子爲人也少加孤露母兄見驕不涉經學性復疏五臣作疎嬾筋駑肉緩銑曰疎慢嬾懶墮也筋駑謂寬緩若駑馬也頭面常一月十五日不洗不大悶癢不能沐也每常小便而忍不起令胞中略轉乃起耳又縱逸來久情意傲散簡與禮相背嬾與慢相成善曰孔安國論語注曰簡略也言性簡略與禮相背也　向曰傲謂不恭言性簡略與禮相違背而爲儕類見寬不攻

【文四十二】　四

其過又讀莊老重增其放善曰放謂放蕩　濟曰儕輩寬縱攻擊也莊老忘榮辱齊是非故增放逸也故使榮進之心日頹任實之情轉篤此由禽鹿少見馴育則服從教制長而見羈則狂顧頓纓赴蹈湯火善曰楚辭曰狂顧南行王逸曰狂猶遽也　良曰頹墜也任實謂用本情也篤固馴擾育養羈繫纓縻赴奔蹈蹋也雖飾以金鑣饗以嘉肴逾五臣本作愈思長林而志在豐草也善曰毛詩曰茀厥豐草茀甫物切　翰曰鑣馬銜也肴肉實也愈益也此康言少自寬縱長見羈束雖有榮祿終思循逸阮嗣宗口不論人過吾每師之而未能及至性過人與物無傷唯飲酒過差耳善曰莊子仲尼謂顏回曰聖人處物不傷物者物不能傷也李尤盂銘曰飲無求辭纏以相娛荒沉過差可不愼與　銑曰師法至大差失也言每法嗣宗不論人過之事不能及之然嗣宗曠大之性過人

而不傷於物唯飲酒之後有過失至爲禮法之士所繩疾之如讎幸賴大將軍保持之耳善曰孫盛晉陽秋曰何曾於太祖坐謂阮籍曰卿任性放蕩敗禮傷教若不華變王憲豈得相容謂太祖宜投之四裔以絜王道太祖曰此賢素羸病君當恕之　向曰禮法之士謂何曾也阮籍在司馬文王坐時居母喪飲酒食肉曾曰卿任性放蕩敗禮傷教宜投之四裔文王曰此子素羸卿其忍之文王時爲大將軍言爲何曾以禮法糾繩如仇讎也以五臣作吾字不如嗣宗之賢而有慢弛之闕善曰資材量也濟曰弛緩闕失也又不識人情闇五臣本作暗字於機宜無萬石之愼而有好盡之累善曰漢書曰萬石君石奮長子建爲郎中令奏事事下建讀之驚恐曰書馬者與尾而五今廼四不足一獲譴死矣其爲謹愼雖他皆如是又曰建奏事於上前即有可言屏人乃言極切至廷見如不能言者好盡謂言則盡情不知避忌　良曰機者事之微也宜事也石奮有子四人仕皆至二千石并父爲萬石父子皆以謹愼著名康言我遇事便發不能忍愼如萬石也好盡謂好盡發

人之事機是以爲累也久與事接疵釁日興雖欲無患其可得乎又人倫有禮朝廷有法自惟至熟有必不堪者七甚不可者二卧喜晚起而當關呼之不置一不堪也善曰東觀漢記曰汲郁再徵載病詣公車尚書務郁自力受拜郁乘輦白衣詣止車門臺遣兩當關扶郁入拜郎中　翰曰疵病釁瑕倫理熟審也言我久與人事相接則瑕釁日起豈得無患乎又加禮法自思至審必有不堪也　銑曰不堪不可皆不中任用也漢置當關之職欲曉即至門呼人使起言康晚起爲吏呼之不放置放也抱琴行吟弋釣草野而吏卒守之不得妄動二不堪也危坐一時痺必寐不得搖性復多蝨瑟把蒲巴搔無已而當裹以章服揖拜上官三不堪也善曰管子曰少者之事先生出入恭敬如有賓客危坐向師顔色無怍說文曰痺濕病也俾利切　向曰弋繳射也

痺濕病也裹猶著也章服冠衣也上官尊臣也素不便書不喜作書而人間多事堆案盈机不相酬荅則犯教傷義欲自勉強則不能久四不堪也濟曰堆滿也机亦案也教禮教義名義也不喜弔喪而人道以此爲重已爲未見恕者所怨至欲見中傷者善曰言人於已爲未見有矜恕之者而繞有所怨乃至欲見中傷言被疾苦也　良曰言不爲人所矜但多怨者又有欲中傷者雖瞿五臣作戄字久具切然自責然性不可化善曰班固漢書惠帝贊曰聞叔孫通之諫則瞿然晉灼曰瞿音句翰曰戄然自警策也化謂改變也欲降心順俗則詭故不情善曰新序卜偃謂晉侯曰天子降心迎公周書曰飾貌者不情　銑曰詭詐也言欲下意順人則爲詐之道情不願爲亦終不能獲無咎無譽如此五不堪也善曰周易曰括囊無咎無譽　向曰咎凶也譽美聲也不喜俗人而

當與之共事或賓客盈坐鳴聲聒耳囂塵臭處千變百伎五臣作技在人目前六不堪也善曰杜預左氏傳注曰聒讙也　濟曰言與流俗同事則不奈此喧聒塵臭伎巧之物在於前也心不耐煩而官事鞅於兩掌機務纏其心世故繁其慮七不堪也善曰毛詩曰或棲遲偃仰或王事鞅掌尚書曰一日二日萬機　良曰鞅掌衆多貌機事纏繞故事也言事繁於思慮也又每非湯武而薄周孔在人間不止此事會顯世教所不容此甚不可一也翰曰湯與武王以臣伐君故非之周公孔子立禮使人澆競故薄之言非薄不止則必會明於世則爲禮教之人不容我也剛腸疾惡輕肆直言遇事便發此甚不可二也銑曰剛腸謂彊志也肆放也言見患便道不能愼言也以促中小心之性統此九患不有外難當有內病

寧可久處人間邪向曰統理也九患謂上七不堪二不可言我以褊狹之心理此數患縱免外禍亦當內病也又聞道士遺言餌朮黃精令人久壽意甚信之善曰蒼頡篇曰餌食也本草經曰朮黃精久服輕身延年　濟曰道士謂得道之士也餌食也朮黃精藥名也游山澤觀魚鳥心甚樂之一行作吏此事便廢安能舍五臣本作捨字其所樂而從其所懼哉夫人之相知貴識其天性因而濟之良曰行往也懼謂畏上不喜之事天性本志也禹不偪伯成子高全其節也善曰莊子曰堯治天下伯成子高立為諸侯堯授舜舜授禹伯成子高辭為諸侯而耕禹往見之則耕在野禹趨就下風而問焉子高曰昔堯治天下不賞而民勸不罰而民畏今則賞罰而民且不仁德自此衰刑自此立後世之亂自此始矣耕而不顧　翰曰同善注禹曰難化矣乃不偪之是全節也仲尼不假蓋於子夏護其短也善曰家語曰孔子將行雨無蓋門人曰商也有焉孔子曰商之為人也嗇短於財吾聞與人交者推其長者違其短者故能久也王肅曰短吝嗇甚也　銑曰孔子將出而天雨門人曰商有蓋請假焉孔子曰商為人短於財吾聞與人交者推長而違短故久吾非不知商有蓋恐不借而彰其過也護助也近諸葛孔明不偪元直以入蜀善曰蜀志曰潁川徐庶字元直曹公來征先主在樊聞之率其衆南行亮與徐庶並從為曹公所追破庶母見獲庶辭先主而指其心曰本與將軍共圖王霸之業者以此方寸之地也今已失老母方寸亂矣無益於事請從此別遂詣曹公魏略曰庶名福　向曰同善注且先主許之言孔明不偪者謂孔明奉先主之命亦不逼留之孔明亮字也元直庶字也華子魚不強幼安以卿相善曰魏志曰華歆字子魚平原人也文帝即位拜相國黃初中詔公卿舉獨行君子歆舉管寧帝以安車徵之又曰管寧字幼安北海人也華歆舉寧寧遂將家屬浮海還郡詔寧為太中大夫固辭不受　濟曰強勸勉也同善注此可謂能相終始真相知者五臣無者字也足下見直木五臣本有必字不可以為輪曲

者五臣本有必字不可以為桷蓋不欲以枉其天才令得其所也故四民有業各以得五臣本作其字志為樂善曰管子曰士農工商四民者國之石民也　良曰謂上禹仲尼諸葛亮華歆是識其性而首末相知也天才謂質性直者不可曲任曲者不可直任輪輞也桷椽也四民士農工商也言為者各樂其得志唯達者為能通之此五臣本有必字足下度內耳不可自見好章甫強越人以文冕也善曰莊子曰宋人資章甫而適越越人斷髮文身無所用之司馬彪曰斷也章甫冠名也　翰曰言人各有所樂唯達者可知故云度內耳章甫殷冠也越國之人斷髮為飾不用文冕豈可以己好而強使著之言此喻前不好爵祿也已五臣作自以嗜臭腐養鴛雛以死鼠也善曰莊子曰惠子相梁莊子往見之或謂惠子曰莊子來欲代子相於是惠子恐搜於國中三日三夜莊子往見之曰南方有鳥名鴛雛子知之乎夫鴛雛發南海而飛於北海非梧桐不止非竹實不食非醴泉不飲於是鴟得腐鼠鴛雛過之仰天而視之曰嚇今子欲以子國嚇我邪　銑曰鴛雛鳳也非竹實不食非醴泉不飲豈可以己嗜臭爛而以死鼠養鴛雛言此譏濤也吾頃學養生之術方外榮華去滋味游心於寂漠以無為為貴縱無九患尚不顧足下所好者善曰高誘呂氏春秋傳曰外猶賤也莊子曰夫恬淡寂寞虛無無為此天地之平而道德之篤也　向曰術法也外賤也滋味美味也寂漠安靜也無為無事也言我好養生疎榮華縱無九患亦不顧足下所好榮華也又有心悶疾頃轉增篤私意自試五臣本有必字不能堪其所不樂善曰言已所不樂之事必不能堪而行之　濟曰頃時已來疾病增篤自度必不堪已所不樂之事也自卜已審若道盡塗窮則已耳足下無事寃之令轉於溝壑也善曰左氏傳曰侍者謂楚王曰老而無子知擠於溝壑矣　良曰言我自決以審定也道盡塗窮謂死也寃猶枉屈也溝壑坑也吾新失母兄之歡意

常悽切女年十三男年八歲未及成人況復多病顧此悢悢力向如何可言善曰晉諸公讚曰康子劭王隱晉書曰劭字延祖國語曰晉趙武冠見韓獻子獻子曰戒之此謂成人鄭玄禮記注曰女子以許嫁爲成人廣雅曰悢悢悲也翰曰歡愛也悢悢悲恨也今但願守陋巷教養子孫時五臣本作時時與親舊敘五臣本有離字闊陳說平生濁酒一盃彈琴一曲志願畢矣足下若嬲奴了之不置不過欲爲官得人以益時用耳足下舊知吾潦倒麤疏不切事情自惟亦皆不如今日之賢能也若以俗人皆喜榮華獨能離之以此爲快此最近之可得五臣有而字言耳善曰嬲擿嬈也音義與嬈同言俗人皆喜榮華而己獨能離之以此爲快此最近己之情可得言之耳向曰嬲惱置止也言惱我不止欲爲官求人益國利時也我則踈緩又不如當代賢能矣子言俗人皆喜榮華我獨以離榮爲快此最近我情也可得言耳然使長才廣度無所不淹而能不營乃可貴耳善曰鄭玄禮記注曰淹復漬也濟曰若取其大度量之人無所不包而又不求富貴乃可重也言我則多病非爲有大才也若吾多病困欲離事自全以保餘年此眞所乏耳善曰言已離於俗事以自安全保其餘年此乃眞性之所乏耳非如長才廣度之士而不營之良曰言我以病困離俗自全眞性之所乏殊不同長才廣度之士而不營求豈可見黃門而稱貞哉若趣平欲共登王塗期於相致時爲懽五臣本作歡字益一旦迫之必發其狂疾自非重怨不至於此也翰曰黃門閹人也本絕陽道豈是貞哉趣急也王塗天子殿陛也相致謂其職任也是時必以爲歡悅相益也迫偪也言煩事偪則發狂病也野人有快炙背而

文四十三　九

美芹子者欲獻之至尊雖有區區之意亦已疏矣善曰列子曰宋國有田父常衣縕黂至春自曝於日當爾時不知有廣夏隩室綿纊狐貉顧謂其妻曰負日之暄人莫知之以獻吾君將有賞也其室告之曰昔人有美戎菽甘枲莖芹萍子對鄉豪稱之鄉豪取而嘗之蜇於口慘於腹衆哂之李陵書曰孤負陵區區之意銑同善注快喜也言雖有愛心而遠於事理區區愛也願足下勿似之其意如此既以解足下并以爲別嵇康白向曰解謂解足下舉我之意也

爲石仲容與孫皓書一首

善曰臧榮緒晉書曰石苞字仲容太祖輔政都督楊州諸軍事進位征東大將軍又曰太祖遣徐劭孫郁至吳將軍石苞令孫楚作書與孫皓劭至吳不敢爲通五臣注同

孫子荊

苞白蓋聞見機五臣作幾而作周易所貴小不事大春秋所誅善曰周易曰君子見幾而作不俟終日左氏傳曰楚子伐鄭子展曰小所以事大信也小國無信兵亂日至亡無日矣良曰幾者事之微也貴重也誅討也餘同善注此乃吉凶之萌兆榮辱之所由興五臣作生也是故許鄭以銜璧全國曹譚以無禮取滅善曰左氏傳楚子圍許蔡侯將許僖公見楚子於武城許男面縛銜璧楚子問諸逢伯對曰昔武王克殷微子啓如是王親釋其縛禮而命之使復其所楚子從之又曰楚子圍鄭克之鄭伯肉袒牽羊於楚以逆王曰其君能下人退三十里而許之平又曰晉公子重耳奔狄及曹曹共公聞其駢脅欲觀其裸浴薄而觀之及即位晉侯圍曹又曰齊桓公之出也過譚譚不禮焉及其入也諸侯皆賀譚又不至冬齊師滅譚譚無禮也翰曰兆見也言吉凶榮辱在於見機也餘同善注又曰鄭伯非銜璧然以同降故連用之載籍既記其成敗古今又著其愚智矣不復廣引譬類崇飾

文四十三　十

浮辭善曰鄭玄孝經注曰引譬連類尚書序曰翦截浮辭銑曰載籍謂史籍也著明也成智謂許鄭也敗愚謂曹譚也浮虛也言史籍所記非飾虛辭也苟以夸大爲名更喪忠告之實五臣有也字今粗論事勢以相覺悟昔炎精幽昧曆五臣作歷數將終善曰論語曰忠告而善道之不可則止無自辱焉東觀漢記曰漢以炎精布燿或幽而光尚書曰天之曆數在爾躬　向曰夸奢喪失粗麤悟明也漢火德故云炎精幽昧謂暗亂無道也歷數錄籍也終盡也桓靈失德災釁並興豺狼抗爪牙之毒生人陷荼五臣作塗炭之艱善曰孝桓孝靈漢二帝也漢書詔策曰大禹能亡失德漢書杜文謂孫寶曰豺狼當路尚書曰夏有昬德民墜塗炭荼與塗古字通用　濟曰言桓靈失道災釁並起也豺狼惡獸諭亂賊也抗張毒害塗泥炭火也言百姓皆如陷於火而難苦也於是九州絕貫皇綱解紐善曰周禮曰職方乃辨九州之國使同貫利荅賓戲曰廓帝紘恢皇綱　良曰貫綱也紐結也言九州之事斷絕而皇王綱紀解其結也四海蕭條非復漢有太祖承運神武應期善曰春秋緯曰五德之運各象其類宋均曰運錄運也周易曰古之神武不殺者夫河圖闓苞受曰弟感苗裔出應期翰曰四海四方也蕭條空遠貌太祖魏武帝也言太祖有神武之德而應期代漢運也征討暴亂克寧區夏善曰尚書曰用肇造我區夏　銑曰暴亂謂袁紹董卓之徒克能寧安也協建靈符天命既集善曰曹植大魏篇曰大魏應靈符天祿乃始毛詩曰有命既集　向曰協同也靈符謂神靈之瑞符也集會也言天命與人心相會也遂廓洪基奄有魏域善曰曹植魏德論曰武創洪基克光厥德毛詩曰奄有四方　濟曰廓開洪大域國也土則神州中岳器則九鼎猶存善曰河圖括地象曰崑崙東南地方五千里名曰神州中有五岳地圖帝王居之左氏傳王孫滿曰成王定鼎於郟鄏史記曰秦取周九鼎　良曰神州洛陽也中岳嵩山也九鼎九州之金鑄鼎也存在也鼎可烹故云器世載淑美重光相襲固知四隩郁之攸同天下

之壯觀也善曰國語祭公謀父曰奕世載德尚書王曰昔我君文王武王宣重光新序孔子曰聖人雖生異世相襲若規矩　尚書曰九州攸同四隩既宅封禪書曰此事天下之壯觀也　翰曰載則淑善也重光謂文帝也襲因也四隩四方也攸所也壯觀謂壯大觀望也公孫淵承籍父兄世居東裔善曰魏志曰公孫度字叔濟本遼東襄平人度知中國擾攘自立爲遼東侯度死子康嗣位康死子晃淵等皆小衆立兄子恭爲遼東太守淵脅奪恭位景初元年徵淵淵遂發兵逆於遼隧自立爲燕王也擁帶燕胡馮五臣作憑陵險遠講武盤桓不供職貢善曰左氏傳子產曰今陳介恃楚衆馮陵敝邑國語虢文公曰古者三時務農一時講武周禮曰制其職各以其所能制其貢各以其所有家語孔子曰古者分異姓以遠方之職貢所以無忘服也　向曰擁持也燕胡匈奴也馮依陵乘也盤桓不進貌言恃險遠不修職貢內傲帝命外通南國乘桴滄流交疇五臣本作酬字貨賄葛越布於朔土貂馬延乎吳會善曰魏志曰公孫淵遣使南通孫權往來賂遺權使張彌許晏等齎金玉珍寶立爲燕王論語子曰乘桴浮于海孔安國尚書傳曰草服葛越魏志曰夫餘國出名馬貂豽　濟曰傲慢也南國吳也編木濟水曰桴滄海也酬報也葛越草布也出於吳朔土北方也貂鼠皮也言公孫淵與孫皓以方物相連結也自以爲控絃十萬奔走足用信能右折燕齊左振扶桑陵轢沙漠南面稱王也五臣無也字　善曰漢書匈奴傳曰控弦之士三十餘萬山海經曰湯谷上有扶木扶木者扶桑也史記曰楚靈王兵強凌轢中原說文曰漠北方流沙也漢書李陵歌曰經萬里兮度沙漠周易曰聖人南面而聽天下　良曰控絃引弓之士也燕齊二國在遼西故云右折扶桑在海東故云左振陵乘轢踐也言淵恃此威力故稱燕王南面以自尊也宣王薄伐猛銳長驅善曰魏志曰景初三年遣大司馬宣王征淵傳首洛陽戰國策曰樂毅輕卒銳兵長驅至齊　翰曰宣王司馬懿也薄伐用威武也猛健銳利也長驅遠伐也師次遼陽而城池不守桴鼓一震而元凶折首善曰漢書曰遼東郡有遼陽縣左氏傳曰

援桴而鼓周易曰有嘉折首獲非其醜　銑曰次至也逵陽縣名不守謂不能監守也桴打鼓也震動元大凶惡也折首猶斬首也然後遠跡疆場亦列郡大荒善曰史記樂毅書曰吳王遠迹至郢班固漢書述曰列郡祁連山海經有大荒　良曰疆場邊畔也言魏斬公孫淵乃遠開邊疆置郡邑於大荒也收離聚散咸安其居民庶悅服殊俗款附善曰毛詩序曰萬民離散不安其居尚書曰萬姓悅服過秦論曰餘威震于殊俗　濟曰咸皆也殊謂異國也言皆送款誠附我魏國也自茲遂隆九野清泰善曰淮南子曰所謂一者上通九天下貫九野高誘曰九野八方中央也　良曰九野八方中央也言此之盛天下清通也東夷獻其樂器肅慎貢其楛矢曠世不羈應化而至善曰范曄後漢書曰東夷自少康已後世服王化獻其樂舞魏志曰常道鄉公景元三年肅慎國遣使重譯來貢弓長三尺五寸三十張楛矢長一尺八寸石砮三百枚崔寔本論曰芳宣帝方外安靜單于稽顙來朝百世不羈之虜也　翰曰樂器謂樂舞之器也肅慎國名楛矢箭也曠遠也言遠代不羈桀若皆應我皇之化而至也巍巍蕩蕩想所具聞五臣本有也字　善曰論語子曰大哉堯之為君蕩蕩乎民無能名焉巍巍乎其有成功　銑曰巍巍蕩蕩言帝德廣遠也想謂想孫皓當已具聞也吳之先主起自荊州遭時擾攘播潛江表善曰吳志曰董卓專朝政孫堅亦舉兵荊州討卓引軍還住魯陽范曄後漢書馮衍上疏曰遭擾攘之時值兵革之際　向曰擾攘亂也言吳先主權遭時亂播遷於江外也表外也劉備震懼亦逃巴岷善曰蜀志曰益州牧劉璋迎先主入益州至涪璋敕諸將勿復關通先主大怒進圍成都璋降先主領益州　濟曰劉備蜀先主也巴岷蜀二山名遂依丘陵積石之固三江五湖浩汗無涯假氣游魂迄于四紀善曰張載劍閣銘曰巖巖梁山積石峩峩漢書曰吳有三江五湖之利也魏明帝善哉行曰權實堅子備則亡虜假氣游魂鳥魚為伍　良曰積石之固謂蜀多山也三江五湖之水浩大無涯為吳之固也言吳蜀恃此山水假借游魂也迄至也十二年曰紀二邦合從子容東西

唱和互相扇動距捍中國自謂三分鼎足之勢可與泰山共相終始善曰漢書合從連衡力政爭強毛詩曰叔兮伯兮唱予和汝漢書曰蒯通說韓信曰方今足下三分天下鼎足而居戰國策呂不韋曰其寧泰山　翰曰二邦吳蜀也言相合扇動併力以禦中國自謂與中國為鼎足之形言持久可與泰山齊其終始也相國晉王輔相帝室文武桓桓志厲秋霜善曰魏志曰咸熙元年進晉公爵為王荀悅申鑒曰人主怒如秋霜　銑曰輔佐也帝室謂魏室桓桓武貌厲嚴也秋霜殺物也廟勝之筭應變無窮獨見之鑒與眾絕慮善曰孫子曰夫未戰而廟勝得筭多者也又曰善出奇正者無窮如天地春秋元命苞曰明王獨見四海歸往　向曰窮盡鑒明也言謀筭無盡思慮絕於眾人也主上欽明委以萬機善曰魏志曰陳留王奐字景明封常道鄉公高貴鄉公卒公卿議迎立尚書曰放勳欽明又曰一日二日萬幾　濟曰萬機萬事也長轡遠御妙略潛授偏師同心上下用力稜威奮伐罙五臣本作彌字入其阻善曰漢書曰武帝報李廣曰威稜憺乎鄰國毛詩曰罙入其阻裒荊之旅毛萇曰罙深也音彌　良曰長轡遠御謂有長遠之策也潛密奮振彌深也入阻謂入蜀險阻也并敵一向奪其膽氣善曰兵法曰三軍可奪氣將軍可奪心　翰曰兵法曰并敵一向千里殺將奪其膽氣言威可奪蜀將士之膽氣也小戰江介則成都自潰曜兵劍閣而五臣本作則字姜維面縛善曰魏志曰景元四年使征西將軍鄧艾鎮西將軍鍾會伐蜀艾自陰平先登至江介西蜀衛將軍諸葛瞻列陣待艾艾遣子惠唐亭侯忠等大破之斬瞻進軍到雒劉禪遣使奉皇帝璽綬為箋詣艾會統十餘萬眾分從斜谷駱谷入平行至漢中姜維守劍閣距會維等聞瞻已破以其眾東入巴劉禪詣艾降勅維等令降於會維詣會降商君書曰小戰勝逐北無過五里左氏傳曰凡民逃其上曰潰左氏傳曰楚子圍許許僖公見楚子於武城面縛銜璧　銑曰介間也成都蜀郡也潰謂降魏亂破也曜示也劍閣蜀山也姜維蜀將也面縛請降魏將鄧艾也開地五千列郡三十師不踰時

梁益肅清善曰穀梁傳曰伐不踰時戰不逐奔向曰平蜀之後置郡三十梁益二州名肅清謂平定也使竊號之雄稽顙絳闕善曰禮記曰拜而後稽顙傅玄西都賦曰巍巍絳闕濟曰竊號之雄謂劉禪也稽顙謂首至地也絳闕魏闕門也球琳重錦充於府庫善曰左氏傳曰齊侯歸衛侯夫人重錦三十兩良曰球琳玉名重錦美錦也充滿也言滿我魏之府庫也夫虢滅虞亡韓并魏徙此皆前鑒之驗後事之師也善曰左氏傳曰晉滅虢虢公醜奔京師遂襲虞滅之執虞公史記曰秦始皇十七年攻韓得韓王安二十二年攻魏其王請降戰國策張孟談謂趙襄子曰前事不忘後事之師翰曰晉滅虢次及於虞秦并韓而魏徙居大梁此舉前事可明於後也言蜀滅吴亦爲次師法也又南中呂興深覩天命蟬蛻毻內向五臣本作附字願爲臣妾善曰淮南子曰蟬飲而不食三十日而蛻孝經曰治家者不敢失於臣妾銑曰南中嶺南也交趾郡吏呂興殺太守孫諝使如魏請太守及兵是覩天命也背亂向理如蟬之蛻皮也外失

輔車脣齒之援內有毛羽零落之漸善曰左氏傳宮之奇曰諺所謂輔車相依脣亡齒寒向曰輔車陪乘也吴蜀相資猶陪乘之與脣齒也外失謂蜀亡也內漸謂呂興叛吴降魏亦如鳥之毛羽零落也援助也而徘徊危國冀延日月此猶魏武侯却指河山以自強五臣本作彊字大殊不知物有興亡則所美非其地也善曰史記曰吴起者衛人也魏武侯浮西河而下中流顧謂吴起曰美哉山河之固此魏之寶也吴起曰在德不在險若君不脩德則舟中之人盡爲敵國也武侯曰善濟曰危國謂吴起也此言吴王恃險自彊不知滅亡之將至也餘同善注方今百僚濟濟儁乂盈朝虎臣武將折衝萬里善曰尚書曰百寮師師又曰俊乂在官毛詩曰進厥虎臣闞如虓虎晏子春秋孔子曰不出罇俎之間而折衝千里之外晏子之謂也良曰僚官也折摧衝突也言武之盛可以衝突萬里國富兵強五臣作彊六軍精練思復翰飛飲馬南海

善曰新序曰叔孫敖相楚國富兵強毛詩曰翰飛戾天鄭玄曰翰高也李陵與蘇武書曰陵當爲單于畜兵養士循先將軍之令將飲馬河洛收珠南海翰曰練擇也翰高飛也爲將伐吴故云飲馬南海也自頃國家整治器械善曰禮記曰聖人異器械鄭玄曰器械兵甲也銑曰脩兵仗也脩造舟楫簡習水戰伐樹北山則泰五臣本作大行木盡善曰高誘呂氏春秋注曰太行山在河內野王縣北向曰伐斫也太行山名言斫伐以脩舟楫木盡者廣言以爲之濬決河洛則百川通流五臣作流通字樓船萬艘蘇勞切五臣本有則字千里相望善曰尚書大傳曰百川趨於海漢書曰江淮以南樓船十萬也濟曰濬深也樓亦船也艘亦船之總名自刳木以來舟車之用未有如今日五臣本無日字之盛者也善曰周易曰黃帝堯舜刳木爲舟剡木爲檝良曰黃帝刳木爲舟言我以水陸並進其盛如此也驍勇百萬畜力待時役不再舉今日之謂五臣本有也字善曰六

韜太公謂武王曰聖人興兵爲天下除患去賊非利之也故役不再籍一舉而畢翰曰驍健畜養也役不再舉謂一伐必平也然王上眷眷未便電邁者以爲愛民治國道家所尚善曰老子曰愛人治國能無知乎銑曰眷眷迴顧貌邁行也電邁言急也愛惜人命不欲害國是至道之所重也崇城遂五臣本作自字卑文王退舍善曰左氏傳子魚言於宋公曰文王聞崇侯德亂而伐之軍三旬而不降退脩教而復伐之因壘而降向曰舍止也餘同上注故先開示大信喻以存亡殷勤之旨往使所究若能審識安危自求多福善曰毛詩曰永言配命自求多福濟曰示見喻曉也謂服則存不服則亡往去究盡也言能識安危而稱臣是求多福也蹷然改容祇承往告善曰漢書曰陸賈說尉佗佗於是蹶然起坐謝賈稱臣奉漢約良曰蹷然驚起貌言能驚起改尊倨之容敬承所往之書告也追慕南越嬰齊入侍善曰漢書曰南越王胡立天子使嚴助往諭意南越王胡遣其子嬰齊入

侍宿衛曰同善注翰北面稱臣伏聽告策則世祚江表永
爲藩輔善曰禮記曰君之南鄉也答陽之義也臣之北面也答君也左氏傳王賜齊侯命曰世祚太師銑
曰策書也言能稱臣聽所告之書則永世有福於江外長爲諸侯藩輔謂諸侯也豐報顯賞隆
於今日矣若侮慢不式王命然後謀力雲合指
麾風從善曰范曄後漢書張綱謂張嬰曰大兵雲合豈不危乎　向曰豐多也言能臣伏則多報明賞盛於
常日　濟曰式用也命教令也言若輕慢不用我魏之教令謀臣武士當雲合風從而討之雍益二州
順流而東青徐戰士列江而西荆楊兖豫爭驅
八衝征東甲卒虎步秣末陵善曰征東即石苞也李陵詩曰幸託不肖軀且
當猛虎步漢書丹陽郡有秣陵縣　翰曰雍益青徐荆楊兖豫並州名征東將軍石苞自謂也秣陵吳郡名此說征討之
勢以習之也爾乃皇輿整駕六師徐征羽校燭日旌旗

流星善曰羽鳥羽也漢書高祖曰吾以羽檄徵天下兵檄或爲校　翰曰六師六軍也羽箭也燭日謂赤羽若
日也旌旗也畫星辰於上故云流星游龍曜路歌吹盈耳善曰周禮曰凡馬八尺爲龍曜
稽耀嘉曰武王與師誅于商萬國咸喜前歌後舞論語子曰洋洋乎盈耳哉　銑曰曜路盈耳騎樂之盛也餘同善注
士卒奔邁其會如林善曰尚書曰受率其旅若林　向曰邁行也如林言多也煙
塵俱起震天駭地渴賞之士鋒鏑爭先忽然五臣
本作焉字一旦身首橫分宗祀屠覆取誡萬世引領南
望良以寒心善曰左氏傳穆叔謂晉侯曰引領西望曰庶幾乎高唐賦曰寒心酸鼻　濟曰震動駭驚
也渴賞謂貪賞也執兵爭先也屠壞也寒心痛心也夫治膏肓荒者必進苦口
之藥決狐疑者必告逆耳之言善曰左氏傳曰晉景公夢疾爲二豎子一
曰居肓之上一曰居膏之下若我何史記曰沛公入秦宮樊噲諫沛公不聽張良曰忠言逆耳利於行良藥苦口利於病

願公聽樊噲言楚辭曰心猶豫而狐疑　良曰膏心下也肓膈上也言理此病必須服苦口之藥也決定也狐疑不定也
逆耳謂忤己之言也如其迷謬未知所投恐俞附見其巳困
扁鵲知其無功也善曰列子曰楊朱之友曰季梁得病七日大漸謁醫俞氏俞氏曰汝始則
胎氣不足乳湩有餘疾非一朝一夕之故其所由來漸矣梁曰良醫也且食之史記虢中庶子曰上古之時醫病不以
湯液又曰扁鵲過齊桓侯客之入朝見曰君有疾在腠理不療將深桓侯曰寡人無疾後五日扁鵲復見曰君有疾在腸
胃間不療將深桓侯不應後五日扁鵲復見望桓侯而走桓侯使人問其故扁鵲曰疾其在骨髓雖司命無柰何今在骨
髓臣是以無請也後五日桓公體痛使人召扁鵲扁鵲已逃去桓侯遂死郭璞穆天子傳注曰湩乳汁也竹用切　翰曰
謬誤投歸也俞附扁鵲皆古之良醫也凡病則良醫見其可療及入骨髓則良醫雖理亦無功也言吳國有危亡之疾今
用我言而歸服保全首領是猶可療也若傲慢恃險不即從化則猶疾入骨髓雖欲思療亦無功也勉思良
圖惟所去就善曰左氏傳令尹子常曰敢弗良圖曾子曰君子慎其所去就　銑曰圖謀也言勉力思

其善謀在爲去就石苞曰

與嵇茂齊書一首

趙景眞善曰嵇紹集曰趙景眞與從兄茂齊書時人誤謂呂仲悌與先君書故具
列本末趙至字景眞代郡人州辟遼東從事從兄太子舍人蕃字茂齊與至同年相親至
始詣遼東時作此書與茂齊干寶晉紀以爲呂安與嵇康書二說不同故題云景眞而書
曰安　翰曰干寶晉紀云呂安字仲悌東平人也時太祖逐安于遠郡在路作此書與嵇
康安子紹集云景眞與茂齊書且晉紀國史實有所憑紹之家集未足可據何者時紹以
太祖惡安之書又父與康同誅懼時所疾故移此書於景眞考其始末是安所作故以安
爲定也
安白昔李叟入秦及關而歎梁生適越登岳長

謡善曰列子曰楊朱南之沛老聃西遊於秦邀於郊至梁而過老子老子中道仰天歎曰始以汝爲可教今不可教也楊朱曰請聞其過老子曰睢睢而盱盱而誰與居范曄後漢書曰梁鴻字伯鸞扶風人也東出關過京師作五噫之歌曰陟彼北邙兮噫顧瞻帝京兮噫宮室崔嵬兮噫人之劬勞兮噫遼遼未央兮噫肅宗聞而非之求鴻不得居齊魯之間又去適吴然老子之歎不爲入秦梁鴻長謡不由適越且復以至郊爲及關升邙爲發岳斯蓋取意而略文也　向曰叟老稱李老子也梁生鴻也岳山即邙山也　夫以嘉遁之舉猶懷戀恨況乎不得已者哉　善曰周易曰嘉遯貞吉　銑曰嘉遁者隱也謂老子梁鴻也戀恨謂歎及謡也不得已謂被遷也　惟别之後離羣獨遊五臣本作逝字　背榮宴辭倫好經迴路涉沙漠鳴雞五臣作雞鳴　戒旦則飄爾晨征　善曰燕禮曰燕小臣戒盥者鄭玄曰敬言戒告語焉陳琳武軍賦曰啓明戒旦長庚告昏　濟曰逝往倫輩也沙漠安流處所經涉也晨征曉行也　日薄西山則馬首靡託　善曰漢書揚雄反騷曰恐日薄於西山左氏傳荀偃曰唯余馬首是瞻　良曰薄近靡無也言日没車馬之首無所託也　尋歷曲阻則沈思紆結乘高遠眺則山川悠隔或乃迴飈狂厲白日寢光崎嶇交錯陵隰相望徘徊九臯之内慷慨重阜之巔　善曰毛詩曰鶴鳴九臯　翰曰飈急風也厲猛也寢隱也崎嶇不平貌也臯九折之澤也慷慨失志貌阜山巔上也　進無所依退無所據涉澤求蹊披榛覓路嘯詠溝渠良不可度斯亦行路之艱難然非吾心之所懼也　銑曰蹊徑也榛叢林也言雖艱難吾所不懼其所懼者謂已下之事也　至若蘭茝傾頓桂林移植根萌未樹牙淺絃急常恐風波潛駭危機密發斯所以怵惕於長衢按轡而歎息者也　善曰喻身之危也根萌未樹故恐風波潛駭牙淺絃急故

懼危機密發也李或有於長衢之下云按轡而歎息者非也　銑曰蘭茝香草也桂林香木也以喻君子傾頓移植自謂也根萌未樹謂危也牙弩牙絃弓絃言風波急則根易傾牙淺絃急則機易發此喻讒邪爲忠正之風弩也怵惕驚貌衢道也　又北土之性難以託根投人夜光鮮不按劒　善曰鄒陽上書曰夜光之璧以闇投人於道衆人莫不按劒也　濟曰言北土寒不宜蘭桂也鮮少也夜光良玉也以暗投人不知者必懼而按劒　今將植橘柚於玄朔蔕華藕於脩陵表龍章於裸壤奏韶舞五臣本作武字　於聾俗固難以取貴矣　善曰曹植橘賦曰背江州之氣煖處玄朔之肅清淮南子曰夫以其所脩而遊不用之鄉若樹荷山上畜火井中也龍袞龍之服也章章甫之冠也裸壤文身也莊子曰宋人資章甫適諸越越人斷髮文身無所用之又肩吾曰聾者無以與乎鐘鼓之聲　良曰橘柚木名生於南方華藕蓮也生於水龍章袞龍之服也裸壤不衣之國也韶舜樂武武王樂也聾俗耳病之人不貴音也言此四者各失其宜故難以爲美也玄朔北方也脩陵高阜也　夫物不我貴則莫之與莫之與則傷之者至矣　善曰周易曰無交而求則人不與也莫之與則傷之者至矣　翰曰不我貴猶不貴我也言北土不貴我則當傷我也　飄颻遠遊之士託身無人之鄉總轡遐路則有前言之艱懸鞌陋宇則有後慮之戒　善曰前言之艱謂經迴路涉沙漠以下也後慮之戒謂北土之性難以託根以下也　銑曰飄颻謂羈旅也無人之鄉謂安所徙處也總攬也前言謂經過路涉沙漠也懸鞌懸鞍也後慮謂蘭茝傾頓之事戒懼也　朝霞啓暉則身疲於遄征　善曰蔡琰詩曰遄征曰遐邁　向曰啓暉謂明也遄速征行也　太陽戢曜則情劬於夕惕　善曰正曆曰日太陽也周易曰夕惕若厲　濟曰太陽日也戢歛也歛曜謂夜也劬勞惕驚也　肆目平隰則遼廓而無覩極聽脩原則淹寂而無聞吁其悲矣心傷悴矣然後乃知步驟之士不足

爲貴也若𠙽頷影五臣本作景字中原憤氣雲踊哀物悼世激情風烈龍睇大野虎嘯六合猛氣紛紜雄心四據善曰阮元瑜爲曹公與孫權書曰大丈夫雄心能無憤發　良曰遼𡩋遠也倏長奄久倅憂也步驟謂驅馳行役之人也言已自經此乃知不足貴也顧景恐時不再來也憤感悼傷激急烈猛睇視也紛紜多也雄心四據謂威德盛也思躡雲梯橫奮八極披艱掃穢蕩海夷岳善曰田邑與馮衍書曰欲搖太山蕩北海　翰曰公輸作雲梯以攻宋思躡此者言高也橫奮謂梯橫奮振也八極八方也披散也言將散艱難掃凶惡也寫蕩滌夷平也蹴崐崙使西倒蹋太山令東覆平滌九區恢維五臣本作廓宇宙斯亦吾五臣本有人字之鄙願也善曰劉騊駼郡太守箴曰大漢遵因化洽九區　銑曰崐崙太山喻權臣也滌除也九區九州也恢大廓空也宇宙謂天地也鄙小也時不我與垂翼遠逝善曰周易曰明夷于飛垂其翼君子于行三日不食有攸往　向曰垂翼謂不遂志也逝往也遠逝謂徙也鋒鉅靡加翅五臣本作六字翮摧屈自非知命誰能不憤悒者哉善曰周易曰樂天知命故不憂　濟曰鉅鍔也言不加鋒鍔而六翮自摧屈也命天命憤怨也吾子植根芳苑擢秀清流布葉華崖飛藻雲肆良曰植生也生於芳苑猶生於美族也喻嵇康承家世德盛而生也擢出也言康道德如草之出秀清流喻其志絜清也藻文章也肆布也雲布言才廣也俯據潛龍之淵仰蔭棲五臣作游鳳之林榮曜眩其前豔色餌其後良儔交其左聲名馳其右翰曰潛龍游鳳喻君子也亦相感動之意榮曜喻富貴也眩惑豔美餌念儔類也聲名令聞也翱翔倫黨之閒弄姿帷房之裏從容顧眄綽有餘裕俯仰吟嘯自以爲得志矣銑曰翱翔游樂也倫黨朋黨也姿態綽寬裕優也吟嘯自得志貌豈能與吾

同大丈夫之憂樂者哉去矣嵇生永離隔矣煢煢五臣本作煢煢字飄寄臨沙漠矣悠悠三千路難涉矣攜手之期邈無日矣思心彌結誰云釋矣無金玉爾音而有遐心善曰毛詩曰無金玉爾音而有遐心　向曰煢煢猶單獨也　濟曰悠悠長貌涉度邈遠彌深釋解遐遠也言我思爾金玉之音無能聞之使我有遠心相望也身雖胡越意存斷金善曰淮南子曰自其異者視之肝膽胡越也周易曰二人同心其利斷金　良曰胡在北越在南言相去遠也金雖堅剛人同其心則能斷之各敬爾儀敦履璞沈善曰毛詩曰各敬爾儀　翰曰儀善敦厚璞貞沈深也謂交道也繁華流蕩君子弗欽臨書悢然知復何云銑曰繁多華盛也言自多其盛而爲流蕩者君子之所不敬也悢不平貌何云言事既爾何所言也

與陳伯之書一首

善曰劉璠梁典曰帝使呂僧珍寓書於陳伯之丘遲之辭也伯之歸于魏爲通散常侍何之元梁典云天監五年前平南將軍陳伯之以其衆自壽陽歸降不書伯之前史失之梁史以爲丘遲與伯之書

丘希範

向曰梁平南將軍陳伯之初仕齊齊東昏侯遣伯之將兵拒梁武伯之知勢屈乃降梁至是又以衆降魏故遲與此書以喻之

遲頓首陳將軍足下無恙幸甚幸甚將軍勇冠三軍才爲世出善曰李陵與蘇武書曰陵先將軍功略蓋天地義勇冠三軍蘇武荅李陵書曰每念足下才爲出生器爲時出　濟曰恙憂也冠首也言勇可以爲三軍首也才謂文武之才也世出謂應時而出也弃鷰雀之小志慕鴻鵠以高翔善曰史記曰陳涉嘗爲人庸耕輟耕龍上悵恨久之曰苟富貴無相忘庸者笑而應之若爲庸耕何富貴也陳涉太息曰嗟乎燕雀安知鴻鵠之志哉　良曰鷰雀小鳥也鴻鵠大鳥也弃小志謂背齊也慕高翔謂歸梁也昔因機變化遭遇明主

善曰劉璠梁典曰高祖得陳虎牙幢主蘇隆厚加禮賜使致命江州刺史陳伯之虎牙父也蘇隆還稱伯之許降乃遣鄧元起前驅逼之伯之聞師近以應義師　翰曰機者事之微也化謂昔齊歸梁也明主即武帝也

立功立事開國稱孤善曰延篤與張奐書曰列士殉名立功立事周易曰大君有命開國承家老子曰王侯自稱孤寡不穀　銑曰事職也開國謂爲江州刺史也同侯王例故稱孤寡以賊爲稱也

朱輪華轂擁旄萬里何其壯也善曰史記蒯通說武信君曰今范陽令乘朱輪華轂班固涿邪山祝文曰杖節擁旄征人伐鼓荀悅漢紀曰今之州牧號爲萬里漢書樊噲說高祖曰始陛下定天下何其壯也　向曰朱輪華轂謂以丹漆飾之也擁持也旄幢也萬里言威化遠也

如何一旦爲奔亡之虜聞鳴鏑而股戰對穹廬以屈膝又何劣邪善曰漢書曰冒頓乃作爲鳴鏑音義曰箭鏑也如今鳴箭史記曰魏勃退立股戰漢書烏孫公主歌曰穹廬爲室兮旃爲牆音義曰穹廬旃帳也諭巴蜀文曰交臂受事屈膝請和漢書樊噲曰今天下已定又何憊邪　濟曰奔亡之虜謂降魏也鳴鏑髇也股髀也穹廬氈帳也屈膝拜也魏本匈奴人故曰穹廬

尋君去就之際非有他故直以不能內審諸己外受流言善曰呂氏春秋曰君子必審諸己然後任尚書曰管叔乃流言於國　良曰去謂之魏就謂歸國際謂交會之間也他異審詳也流言反間之言也

沈迷猖蹶以至於此善曰劉公幹雜詩曰沈迷簿領書回回自昏亂蜀志先主謂諸葛亮曰孤遂用猖蹶至于今日志猶未已　翰曰沈溺迷惑猖狂蹷還僵也言惑亂佞行至於此也

聖朝赦罪責功弃瑕錄用推赤心於天下安反側於萬物善曰鄒潤甫爲諸葛穆荅晉王令曰高世之君赦罪責功略小收大吳志陸瑁與暨豔書曰此乃漢高棄瑕錄用之時也東觀漢記曰上破銅馬等封降賊渠率諸將未能信賊亦兩心上勑降賊各歸營勒兵待上輕騎入按行賊營賊將曰蕭王推赤心置人腹中安得不効死又曰漢兵破邯鄲誅王郎收文書得吏人謗毀公言可擊者數千章公會諸將燒之曰令反側子自安　銑曰聖朝梁也責求也用謂可施行也言聖朝推赤心於天下不疑滯於物也

將五臣本將字上有此字**軍之**

文選四十三　二十三

所知不五臣本作非**假僕一二談也**善曰長楊賦曰僕嘗倦談不能一二其詳

朱鮪涉牒丁**血於友于張繡剚刃於愛子漢主不以爲疑魏君待之若舊**善曰謝沉後漢書曰光武攻洛陽朱鮪守之上令岑彭說鮪曰赤眉已得長安更始爲胡殷所反害今公誰爲守乎鮪曰大司徒公被害鮪與其謀誠知罪深不敢降耳彭還白上上謂彭復往明曉之夫建大事不忌小怨今降官爵可保況誅罰乎春秋合誠圖曰戰龍門之下涉血相創如淳漢書注曰殺血滂沱爲喋血涉與喋同丁牒切尚書曰孝乎惟孝友于兄弟魏志曰建安二年公到宛張繡率衆降封列侯漢書曰蒯通說范陽令曰慈父孝子所不敢事刃公之腹者畏秦法也李奇曰東方之人以物插地中皆爲剚也　銑曰殺人流血曰涉友于兄弟也魏王曹操與張繡戰於宛長子昂被繡流矢所中繡後降曹公封爲侯剚插也刃箭鏃也餘同善注

況將軍無昔人之罪而勳重於當世夫迷塗知反往哲是與善曰楚辭曰迴朕車而復路及迷塗之未遠　濟曰無昔人之罪謂朱鮪張繡殺兄子之罪哲智也

不遠而復先典攸高良曰謂迷者不遠而能迴是不迷也易曰不遠復無祇悔攸所也

主上屈法申恩吞舟是漏善曰范曄後漢書明帝詔曰先帝不忍親親之恩枉屈大法鹽鐵論曰明王茂其德教而緩其刑罰網漏吞舟之魚　翰曰謂法網之疎漏於吞舟之魚也言輕法而重恩也

將軍松柏不翦親戚安居善曰仲長子昌言曰古之葬松柏梧桐以識其墳　銑曰松柏不翦謂不毀損其先代墳墓也

高臺未傾愛妾尚在善曰栢子新論雍門周說孟嘗君曰千秋萬歲後高臺既已傾曲池又已平　向曰愛幸也言宅宇幸妾皆未追沒也

悠悠爾心亦何可言善曰毛詩曰青青子衿悠悠我心　良曰悠悠憂傷之貌

今功臣名將鴈行有序佩紫懷黃讚五臣本作贊字**帷幄之謀乘軺建節奉疆埸之任**善曰應劭漢官儀典職楊喬糾羊柔曰柔知丞郎鴈行威儀有序魏書荀攸勸進曰諸將佩紫懷金蓋以數百史記曰蔡澤曰懷金之印結紫綬於要東觀漢記詔鄧禹曰將軍深執忠

文選四十三　廿四

孝與朕謀謨帷幄如淳漢書注曰二馬爲軺傳漢書曰終軍爲謁者使行郡國建節東出關左氏傳曰齊人來侵魯疆疆吏來告公曰疆場之事慎守其一　良曰膺飛成行列有尊甲之序故以比焉金印紫綬列侯之飾帷帳也謀策謀也軺使車也節旌節也疆場邊陲也**並刑馬作誓傳之子孫**善曰漢書曰漢王即皇帝之位論功而封之申以丹書之信重以白馬之盟　翰曰刑殺也諸侯會盟取白馬之血飲之以爲誓使太山如礪永傳國於子孫也**將軍獨覥**聽典**顏借命驅馳氈裘之長寧不哀哉**善曰毛詩曰有覥面目司馬遷書曰氈裘之君長咸震懼　銑曰覥強借假也謂假借少時之命而爲夷狄驅馳也哀哉傷痛之聲**夫以慕容超之強**五臣作彊**身送東市姚泓之盛面縛西都**善曰沈約宋書曰慕容超大掠淮北宋公表請北伐遂圍廣固超踰城走高祖獲之送京師斬于建康市又曰公以舟師進討至洛陽王鎮惡尅長安生禽姚泓執送泓斬于建康市左氏傳曰楚子圍許許僖公見楚子於武城面縛銜璧　向曰慕容超寇河北高祖伐之執超斬於建康市鎮西將軍與姚泓戰人破之姚泓將妻子請降也**故知霜露所均不育異類**五臣本有也字　善曰禮記曰天之所覆地之所載日月所照霜露所墜李陵與蘇武書曰但見異類　濟曰均平也謂洛土中也異類匈奴也**姬漢舊邦無取雜種**善曰漢書曰匈奴凡二十四長呼衍氏蘭氏後有須卜氏此三姓其貴種也　良曰姬周姓也言成王光武皆都洛陽故云舊邦也種類也**北虜僭盜中原多歷年所惡積禍盈理至焦爛**善曰魏收後魏書太祖道武諱珪改稱魏王都平城孝文皇帝諱宏自平城遷都洛陽東觀漢記曰北虜遣使和親尚書周公曰故殷禮陟配天多歷年所周易曰惡不積不足以滅身故惡積而不可掩袁崧後漢書朱穆上疏曰養魚沸鼎之中棲鳥烈火之上用之不時必也焦爛　翰曰北虜謂托跋珪僭稱王也中原中國也積多盈滿也言惡既滿理當滅亡也**況僞孽昏狡自相夷戮**善曰魏收後魏書曰世宗宣武帝諱恪景明三年蕭衍廢其主寶融自僭立稱梁宣武即位凡一十六年然梁武之初當宣武之日僞孽蓋指宣武也虞預晉書西陽王羕上書曰朱旗南指自相夷戮　銑曰蕭衍廢其魏主寶

融自立稱曰梁爲宣武僞孽蓋指宣武也狡亂自相夷戮謂廢寶融也**部落攜離酋豪猜貳方當繫頸蠻邸懸首藁街**善曰晉中興書曰胡俗以部落爲種類屠各取豪貴文穎漢書注曰羌胡名大師爲酋國語伯陽父曰國之將亡百姓攜貳韋昭曰攜離也貳二心也漢書曰沛公至霸上秦王子嬰係頸以組又陳湯上疏曰斬郅支首及名王以下宜懸頭藁街蠻夷邸間　良曰部落謂種類也攜亦離也酋豪魁帥也猜忌也貳謂貳心也繫頸謂以繩繫項也蠻邸藁街皆置蠻夷之館也**而將軍魚游於沸鼎之中鷰巢於飛幕之上不亦惑乎**善曰袁崧後漢書朱穆上疏曰養魚沸鼎之中棲鳥烈火之上用之不時必也焦爛左氏傳曰吳季札曰天子之在此也猶鷰之巢于幕之上　濟曰魚游沸鼎鷰巢飛幕言危之甚言魏朝夕將破而將軍居之亦同魚鷰之危飛幕軍幕也**暮春三月江南草長雜花生樹羣鸎亂飛見故國之旗鼓感生平於疇日撫絃登陴豈不愴悢**善曰袁宏漢獻帝春秋臧洪報袁紹書曰每登城勤兵望主人之旗鼓感故交之綢繆撫弦搦矢不覺涕流之覆面也左氏傳曰晉邊吏讓鄭曰今執事撊然授兵登陴陴婢移切　良曰北至寒故以江南物色舊鄉之美感動之旗鼓昔所用也疇日昔日也撫持也絃弓也陴城上女牆也愴悢悲恨也**所以廉公之思趙將吳子之泣西河人之情也將軍獨無情哉**善曰史記曰廉頗爲趙將伐齊大破之拜爲上卿趙孝成王卒悼襄王立使樂乘代之頗怒攻樂乘遂奔魏之大梁久之魏王不能信用而趙亦數困於秦兵趙王思復得廉頗廉頗亦思復用於趙王以爲老遂不召呂氏春秋曰吳起治西河王錯譖之魏武侯武侯使人召吳起至岸門止車而立望西河泣數下其僕曰竊觀公之志視天下若舍屣今去西河而泣何也吳起雪泣應之曰子弗識也君誠知我而使我畢能秦必亡西河今君聽讒人之議不知我西河之爲秦不久矣起入荆西河果入秦司馬遷與任安書曰夫人情莫不念父母顧妻子莊子謂惠子曰人故無情乎　翰曰同善注思趙用泣西河皆人情也無情謂不思舊國**想早勵良規自求多福**善曰魏志明帝報王朗詔曰欽納至言思聞良

規詩曰永言配命自求多福　銑曰勵勉良善規屬也言早勉勵善圖歸梁是多福也當今皇帝盛明天下安樂善曰皇帝梁武也解覩曰遭盛明之世漢書曰孝惠高后時天下安樂　向曰皇帝謂梁武帝也安寧也樂謂樂其德化也白環西獻楛矢東來善曰世本曰舜時西王母獻白環及佩家語孔子曰昔武王克商於是肅愼氏貢楛矢石砮　濟曰同善注夜郎滇五臣本作顛池解辮請職朝鮮昌海蹶角受化善曰漢書曰夜郎滇池皆椎結巂昆明編髮漢拜唐蒙郎中遂見夜郎王多同又曰始楚威王時使將軍莊蹻將兵略巴黔中蹻至滇池欲歸報會秦奪楚黔中郡道塞不通以其衆王滇池又朝鮮王滿燕人孝惠高后時滿爲外臣又曰西域有昌蒲海一名鹽澤去玉門陽關三百餘里孟子曰武王之伐殷也百姓若崩厥角趙岐曰厥角叩頭以額角犀厥地也　良曰夜郎滇池皆南夷國名解辮謂解其辮髮以就衣冠朝鮮遠國名昌海南海也蹶角謂以額角叩地也唯北狄野心掘強沙塞之間欲延歲月之命耳善曰左氏傳令尹子文曰諺云狼子野心漢書伍被說淮南王曰東保會稽南通勁越屈強江淮之間可以延歲月之壽耳范曄後漢書匈奴論曰世祖用事諸夏未遑沙塞之事　翰曰比狄謂魏也野心謂如野獸之心掘強猶強梁也延引也歲月言不久也中軍臨川殿下明德茂親揔茲戎重善曰何之元梁典曰高祖即位以宏爲臨川郡王天監三年以宏爲中軍將軍劉璠梁典曰天監四年詔臨川王宏北討于寶晉紀何間王顒表曰成都王穎明德茂親功高勳重晉中興書桓溫檄曰幕府不才忝荷戎重　銑曰同善注殿下者不斥言王也若今言皇太子殿下然也茂親謂帝弟也揔統也戎兵也弔五臣本弔字上有方字民洛汭伐罪秦中善曰孟子曰湯始征自葛誅其君弔其民尚書曰東至于洛汭又曰奉辭伐罪漢書田肯曰陛下既得韓信又治秦中　向曰弔慰也洛北曰汭秦中關中也若遂不改方思僕言聊布往懷君其詳之丘遲頓首善曰顏延之和謝靈運詩曰聊用布所懷　濟曰僕遲自稱也謂君因此書不改後必困偪方思我言也聊且也往懷謂此書也詳審也

重答劉秣陵沼書一首

善曰劉璠梁典曰劉沼字明信爲秣陵令

劉孝標善曰劉峻自序曰峻字孝標平原人也生於秣陵縣暮月歸故鄉八歲遇桑梓顛覆身充僕圉齊永明四年二月逃還京師後爲崔豫州刑獄參軍梁天監中詔峻東掌石渠閣以病乞骸骨後隱東陽金華山　良曰同善注初孝標以仕不得志作辨命論秣陵令劉沼作書難之言不由命由人行之書荅往來非一其後沼作書未出而死有人於沼家得書以示孝標孝標乃作此書荅之故云重也

劉侯既重有斯難值余有天倫之慼音未之致也善曰孝標集有沼難辨命論書穀梁傳曰兄弟天倫也何休曰兄先弟後天之倫次　向曰難謂難運命之書也余標自謂也天倫之慼謂兄弟死也致至也謂沼難書音未至孝標慼也尋而此君長逝化爲異物緒言餘論蘊五臣本作薀而莫傳善曰魏文帝與吳質書曰元瑜長逝化爲異物莊子謂漁父曰曩者先生有緒言而去子虛賦曰願聞先生之餘論　銑曰長逝謂死也緒遺也蘊藏也莫無也言沼之遺言餘論皆蘊藏而不傳於我也或有自其家得而示余者余悲其音徽未沫昧而其人已亡善曰楚辭曰芳菲菲而難虧兮芳至今猶未沫王逸曰沫已也亡孟切孫卿子曰其器存其人亡以此思哀則哀將焉不至　向曰徽美沫滅也其人謂沼也青簡尚而五臣本作新字宿草將列善曰風俗通曰劉向別錄殺青者直治青竹作簡書之耳禮記曰朋友之墓有宿草而不哭焉　濟曰青簡竹簡也古無紙用以爲書宿草陳根也列行列也泫然不知涕之無從也善曰禮記門人曰防墓崩孔子泫然流涕又曰孔子之衞遇舊館人之喪入而哭之遇一哀而出涕曰予惡夫涕之無從也　良曰泫然淚流貌雖隙駟四不留尺波電謝善曰墨子曰人之生乎地上無幾何也譬之猶駟而過郄也郄古隙字也陸機詩曰寸陰無停晷尺

彼豈徒淀翰曰隙穴也駟馬馳而過穴隙速也波水波與電光皆不久停言人命如之而秋菊春蘭英華靡絕善曰楚辭曰春蘭兮秋菊長無絕兮終古　銑曰言文章之美如蘭菊英妙之華永無絕也故存其梗槩更酬其言善曰東京賦曰其梗槩如此　向曰梗槩粗略也酬報旨意也若使墨翟之言無爽宣室之談有徵善曰墨子曰昔周宣王殺其臣杜伯而不辜杜伯曰吾君殺我而不辜若以死者為無知則止矣若死而有知不出三年必使吾君知之期三年周宣王合諸侯而田於圃車數百乘從數千人滿野日中杜伯乘白馬素車朱衣冠執朱弓挾朱矢追宣王射之車上中心折脊殪車中伏弢而死若書之說觀之則鬼神之有豈可疑哉漢書曰文帝受釐坐宣室因感鬼神事問鬼神之本賈誼具道所以然之故　濟同善注爽差徵驗也言二人說鬼神事有實則我可答書也冀東平之樹望咸陽而西靡蓋合山之泉聞絃歌而赴節善曰聖賢冢墓記曰東平思王冢在東平無鹽人傳云思王歸國京師後葬其冢上松柏西靡宣城記曰臨城縣南四十里蓋山高

選四十三　二十九

百許丈有舒姑泉昔有舒氏女與其父析薪此泉處坐牽挽不動乃還告家比還唯見青泉湛然女母曰吾女本好音樂乃絃歌泉涌迴流有朱鯉一雙今作樂嬉戲泉故涌出也文賦曰舞者赴節以投袂　良同善注但懸劒空隴有恨如何善曰劉向新序曰延陵季子將西聘晉帶寶劒以過徐君徐君不言而色欲之季子為有上國之事未獻也然心許之矣致使於晉顧反則徐君死於是以劒帶徐君墓樹而去　翰曰言今所答亦猶懸劒於墓樹而凡餘同善注

移書讓太常博士一首并序

劉子駿善曰漢書曰劉歆字子駿向少子也少通詩書能屬文為黃門侍郎至中壘校尉王莽篡位為羲和京兆尹卒　銑曰同善注移易也謂以我情移易彼意讓責也太常則周之宗伯也博廣大也謂識用廣大謂之博士

歆親近欲建立左氏春秋及毛詩逸禮古文尚書皆列於學官向曰歆為光祿大夫故云親近建立也逸失也謂下三十九篇者左氏傳毛詩逸禮古文尚書四經漢初已來皆不置博士歆欲立此四經列學官而習之哀帝令歆與五經博士講論其議諸儒博士或不肯置對善曰博士既不肯立左氏而又不肯與歆論議相對　濟曰言諸博士不肯與歆論議相對也歆因移書太常博士責讓之曰

昔唐虞既衰而三代迭興聖帝明王累起相襲其道甚著良曰言堯舜禪讓道衰至夏殷周更代起也累重襲因著明也道謂帝王之道也周室既微而禮樂不正道之難全也如此翰曰言天子微弱政教不行故國家之道所以不全也是故孔子憂道不行歷國應聘自衛反魯然後樂正雅頌乃得其所善曰論語子曰吾自衛反魯然後樂正雅頌各得其所　銑曰歷經也應受聘問也衛魯二國名雅正也美事曰頌也

選四十三　三十

脩易序書制作春秋以記帝王之道善曰論語讖曰自衛反魯刪詩書脩春秋春秋元命包孔子曰丘作春秋王道成　向曰脩易謂作十翼也序書謂作尚書五十八篇序而兼脩春秋及夫子沒而微言絕五臣本作終字七十子卒而大義乖善曰論語讖曰子夏六十四人共撰仲尼微言　濟曰夫子孔子也沒死也微言要妙之言也七十二子謂孔子弟子達者之數也大義謂詩書禮樂之義也重遭戰國弃籩豆之禮理軍旅之陳孔氏之道抑而孫吳之術興善曰論語曰衛靈公問陳於孔子孔子對曰俎豆之事則嘗聞之矣軍旅之事未之學也漢書曰孫子兵法八十二篇又曰吴起三十二篇　良曰遭遇也戰國謂七雄之時也籩豆禮器也二千五百人為軍五百人為旅陳謂行列之法孔子之道詩書禮樂也抑止也孫子吳起並著兵法術法興起也陵夷至于暴秦焚經書殺儒士設挾書之

法行是古之罪道術由此遂滅善曰漢書武帝制曰大道微缺陵夷至于桀紂之行作史記李斯曰臣請天下敢有藏書百家語者悉詣廷尉雜燒之以古非今者族又盧生爲始皇求仙藥亡去始皇大怒使御史按問諸生諸生犯禁者四百六十八人皆坑之咸陽　翰曰謂禮數頽毀也秦暴虐百姓故曰暴秦焚燒也挾藏也秦法有藏書不燒及以古非今者皆族之賢聖之道由是滅亡漢興去聖帝明王遐遠仲尼之道又絕法度無所因襲時獨有一叔孫通略定禮儀善曰漢書叔孫通曰臣願頗采古禮與秦儀雜就之上曰可　銑曰聖帝謂堯舜也明王謂三王也遐亦遠也襲亦因也叔孫通秦二世博士高祖定天下權制禮儀也天下唯有易卜未有他書至於孝惠之世乃除挾書之律善曰漢書曰秦燔書而易爲筮卜之事傳者不絕漢書曰孝惠四年除挾書律　向曰除挾書律挾藏律法也然公卿大臣絳灌之屬咸介冑武夫莫以爲意善曰楚漢春秋曰漢已定天下論羣臣破敵禽將活死不衰絳灌樊噲是也功成名立臣爲爪牙世世相屬百出無邪絳侯周勃是也然絳灌自一人非絳侯與灌嬰　濟曰周勃封絳侯灌灌嬰介冑兵器也言漢初公卿皆武夫軍旅之士莫有措意於經術也至孝文皇帝始使掌故晁錯從伏生受尚書善曰史記曰伏生者濟南人也故爲秦博士孝文聞伏生脩尚書年九十餘老不能行詔太常掌故晁錯往受之　良曰掌故官名伏生秦博士也秦伏生於壁中藏得尚書二十篇至漢初教於齊魯之間文帝使晁錯往受之尚書初出於屋壁朽折散絕善曰漢書曰秦燔書禁學濟南伏生獨壁藏之漢亡失求得二十九篇也　翰曰古書以竹簡寫用繩連之故云朽折散絕今其書見在時師傳讀而已詩始萌芽天下衆書往往頗出皆諸子傳說猶廣立於學官爲置博士在朝之儒唯賈生而已善曰賈生賈誼也　銑曰萌芽謂初始也衆書謂禮公羊春秋諸子孔子弟子學官博士也在朝之

儒生有賈誼作左傳訓詁爲文帝博士也至孝武皇帝然後鄒魯梁趙頗有詩禮春秋先師皆出於建元之間善曰建元孝武皇帝年號也　向曰鄒魯梁趙四國名鄒人夔忌受詩於浮丘伯梁人戴德受禮於后蒼賈誼爲訓詁授於趙人貫公先師謂前進者當此之時一人不能獨盡其經或爲雅或爲頌相合而成善曰成一經也　濟曰雅頌皆詩也雅以正事頌以讚事泰誓後得博士集而讀之善曰七略曰孝武皇帝末有人得泰誓書於壁中者獻之與博士使讚說之因傳以教今泰誓篇是也　良曰孝文末人有得泰誓於壁中者獻之使博士會讀而傳之今泰誓篇也故詔書曰禮壞樂崩書缺簡脫朕甚閔焉善曰禮稽命徵曰文王見禮壞樂崩道孤而無主也　翰曰詔武帝詔也缺斷脫誤閔憂也時漢興已七八十年離於全經固以遠矣善曰服虔漢書注曰漢與秦相去七八十年韋昭曰全經未焚書之時也　銑曰全經謂未焚之時數促也離此日遠也及魯恭王壞孔子宅欲以爲宮而五臣本無而字得古文於壞壁之中逸禮有三十九篇書十六篇天漢之後孔安國獻之遭巫蠱倉卒之難未及施行善曰漢書曰武帝末魯恭王壞孔子宅欲以廣宮而得古文尚書及禮論語孝經孔安國者孔子後也悉得其書以考二十九篇得多十六篇安國獻之遭巫蠱事未列于學官　向曰魯恭王景帝子也同善注天漢武帝年號及春秋左氏丘明所脩善曰漢書曰仲尼以魯周公之國史官有法故有左丘明觀其史記丘明作傳　良曰左姓也丘明名也皆古文舊書多者二十餘通藏於秘府伏而未發孝成五臣本有皇字帝愍學殘文缺稍離其眞乃陳發秘藏校理舊文得此三事以考學官所傳經或脫簡五臣本有傳字或

脫五臣本作間編善曰漢書曰劉向以古文校歐陽大小夏侯三家經文酒誥脫一簡召誥脫二簡　濟曰通卷伏藏也絹斷也言斷缺落頗離真正也校考也舊文古文也三事即尚書左傳逸禮也間差也編比次也博問人間則有五臣本無有字魯國桓公趙國貫公膠東庸生之遺學與此同抑而未施善曰七略曰禮家先魯有桓生說經頗異論語家近琅邪王卿不審名及膠東庸生皆以教然則庸生亦未詳其名也　翰曰桓公貫公庸生皆先進大儒也考校與此古文三事同然抑止之未施行於世此乃有識者之所歎愍士君子之所嗟痛也五臣無也字　銑曰歎愍嗟痛皆惜其不施行也往者綴學之士不思廢絕之闕苟因陋就寡分文析字煩言碎辭學者罷五臣本作疲老且不能究其一藝向曰綴緝也陋隱也言緝學之士不思闕失但就隱少之中分析碎辭使學者不成其才藝信口說而背傳記是末師而非往古至於國家將有大事濟曰口說末師即鄒魯梁趙也傳記往古文者也大事謂封禪等事也若立辟雝封禪巡狩之儀則幽冥而莫知其原良曰辟雝講藝之所也封謂封太山禪謂禪梁甫也巡狩謂勞賚諸侯也冥暗原本也猶欲保殘守缺挾恐見破之私意而亡從善服義之公心翰曰殘缺非古文者挾謂帶私情也恐立左氏破其先師文義也亡無也服用也言無從善用義之正心也或懷疾妬不考情實雷同相從隨聲是非善曰禮記曰無雷同　銑曰疾妬謂不欲立左氏也雷同謂雷之發聲同時而應是非相同不別善惡也抑此三學以尚書為不備謂左氏不傳春秋豈不哀哉善曰臣瓚漢書注曰當時學者謂尚書唯有二十八篇不知本有百篇　向曰抑止也三學謂劉歆欲立者當時學者尚書唯有二十篇以為備矣不知有百篇謂左氏傳別行不傳春秋如此豈不哀哉言可哀

也今聖上德通神明繼統揚業亦愍此文教錯亂學士若茲雖深照其情猶依違謙讓樂與士君子同之濟曰上謂哀帝也統紀揚明也文教謂經教也學士謂當時博士也情謂有私意也依違謂不是非也言帝深知其妬疾私情推讓賢士故因而不違也故下明詔試左氏可立不五臣本作否字遣近臣奉旨銜命將以輔弱扶微與二三君子比意同力冀得廢遺今則不然良曰言下詔令試左氏可立不可近臣歆自謂也微弱謂諸經有闕失者二三君子謂諸博士言同心用功望得發遺以補闕少今則不然謂不肯也深閉固距而不肯試猥以不誦絕之欲以杜塞餘道絕滅微學夫可與樂成難與慮始此乃衆庶之所為耳非所望於五臣無於字士君子也善曰太公金匱曰夫人可以樂成難以慮始　翰曰猥頗也不誦絕之謂諸博士皆云不經習誦以杜塞論試也樂成謂事成則樂而從之慮謀也言如此者乃凡人耳非君子所當然也且此數家之事皆先帝所親論今上所考視五臣本作試字為五臣本作其字古文舊書皆有徵驗內外相應豈苟而已哉銑曰數家之事謂歆欲所立者先帝成帝也應當也言古文與時所行者相當豈為苟且而已夫禮失求之於野古文不猶愈於野乎善曰漢書班固曰仲尼有言禮失而求諸野　向曰愈猶勝也言禮失其序尚求之於鄙野之人今求古文豈不勝求野人乎言勝也往者博士書有歐陽春秋公羊易則施孟善曰漢書曰歐陽生字和伯千乘人也事伏生又曰樂陵侯史高言穀梁子本魯學公羊氏迺齊學又曰施讎字長卿沛人也從田王孫受易又曰孟喜字長卿東海人也從田王孫受易　濟曰同善注然孝皇五臣本作宣字帝猶復廣立穀梁春秋梁丘

易大小夏侯尚書善曰漢書曰梁丘字長翁琅邪人也從京房受易又曰夏侯勝從濟南伏生受尚書勝傳從兄子建建又事歐陽高由是尚書有大小夏侯之學　良曰穀梁子名赤餘同善注義雖相反猶並置之何則與其過而廢之寧五臣本有與字過而立之傳曰文武之道未墜於地在人賢者志其大者不賢者志其小者善曰論語子貢曰文武之道未墜於地在人賢者識其大者不賢者識其小者　向曰言諸家雖義理相反而並置者寧失於存也墜落也言文武之道未落於地在於人也志記也謂使賢愚各盡其分今此數家之言所以兼包大小之義豈可偏絕哉若必專己守殘黨同門妬道真違明詔失聖意以陷於文吏之議甚爲二三君子不取也銑曰包含也守殘謂諸生守殘缺之業黨朋也同門曰朋道真謂古文也陷墜也言違詔書當使刀筆之吏議其罪不取謂不可也

北山移文一首

孔德璋善曰仕至詹事餘同向注　向曰蕭子顯齊書云孔稚珪字德璋會稽人也少涉學有美譽仕至太子詹事鍾山在都北其先周彥倫隱於此山後應詔出爲海鹽縣令欲却過此山孔生乃假山靈之意移之使不許得至故云北山移文

鍾山之英草堂之靈善曰梁簡文帝草堂傳曰汝南周顒昔經在蜀以蜀草堂寺林壑可懷乃於鍾嶺雷次宗學館立寺因名草堂亦號山茨　濟曰蔣子文自謂青骨死當爲神後吳王爲立祠於鍾山下因改山爲蔣山也昔蜀有法師居於草堂寺及東歸至此覩彼林泉之美乃於此山南作草堂以擬焉英靈二神也馳煙驛路勒移山庭夫以耿介拔俗之標蕭灑出塵之想善曰楚詞曰獨耿介而不隨孫盛晉陽春秋曰呂安志量開曠有拔俗風氣莊子曰孔子彷徨塵垢之外逍遥無爲之業　良曰驛傳也謂山之英靈驅馳煙霧刻移文於山庭也耿介謂執節之士也拔出也蕭灑脫落也度白雪五臣本作雲字以方絜干青雲五臣本作霄字而直上吾方知之矣善曰孟子曰白雪之白也猶白玉之白也子虛賦曰上干青雲　翰曰賢者之志清高也絜清干觸也方知之言有如此也若其亭亭物表皎皎霞外芥千金而不盼屣萬乘其如脫善曰爾雅曰芥草也史記曰秦軍引去平原君乃置酒酒酣起前以千金爲魯連壽魯連笑曰所貴於天下之士者爲人排患釋難解紛而不取也即有取者是商賈之事而連不忍爲也遂辭平原君而去淮南子曰堯年衰志閔舉天下而傳之舜猶却行而脫屣也許慎曰言其易也劉熙孟子注曰屣草履可屣銑曰亭亭高聳貌表外也物表霞外言志高遠也芥草也千金萬乘俗皆貴之此高絜之人視之如草芥脫屣而已言輕也聞鳳吹於洛浦值薪歌於延瀨固亦有焉善曰列仙傳曰王子喬周宣王太子晉也好吹笙作鳳鳴游伊洛之間薪歌延瀨未聞　向曰周靈王太子晉吹笙作鳳鳴游於伊洛之閒蘇門先生游於延瀨見一人採薪謂之曰子以終此乎採薪人曰吾聞聖人無懷以道德爲心何怪乎而爲哀也遂爲歌二章而去言有堅固如此

豈期五臣作有終始參差蒼黃翻覆淚翟子之悲慟朱公之哭善曰終始參差歧路也蒼黃翻覆素絲也高誘曰閔其別與化也　濟曰參差不一也翻覆不定也翟墨翟朱楊朱墨子見練絲而泣之曰可以黃可以黑楊朱見歧路而哭之曰可以南可以北言周子其一定之志故宗此二人悲哭以譏之乍迴跡以心染或先貞而後黷何其謬哉善曰蒼頡篇曰黷垢也　良曰乍暫也言周顒暫足迴跡向山中而心猶染於俗也貞正黷垢謬誑也嗚呼尚生不存仲氏既往山阿寂寥千載誰賞善曰尚生子平也英雄記曰尚子平有道術爲縣功曹休歸自入山擔薪賣以供食飲范曄後漢書曰尚子平隱居不仕性尚中和好通老易又仲長統字公理山陽人也性倜儻默語無常每州郡命召輒稱疾不就　翰曰嗚呼歎辭尚長字子平男女娶嫁便隱而不出仲長統嘗歎曰若得背山臨水游覽平原此即足矣

何爲區區於帝王之門哉言此二人無使山阿空虛千載已來無人賞樂世有周子儁俗之
士旣文旣博亦玄亦史然而學遁東魯習隱南
郭善曰蕭子顯齊書曰周顒字彥倫汝南人也釋褐海陵國侍郎元徽中出爲剡令建元中爲長沙王後軍參軍山陰
令稍遷國子博士卒於官莊子曰魯君聞顏闔得道人也使人以幣先焉顏闔守陋閭使者至曰此顏闔之家與顏闔對
曰此闔之家使者致幣顏闔對曰恐聽謬而遺使者罪不若審之使者反審之復來求之則不得已又曰南郭子綦隱机
而坐仰天嗒然似喪其偶郭象曰嗒焉解體若失其配匹也嗒士合切　銑曰周子謂彥倫也儁俗俗中之儁士也博大
通也玄謂莊老之道也史謂文多質少也東魯謂顏闔也南郭子綦也言顒無本性但習學此二人之隱遁也竊
吹草堂濫巾北岳善曰偶吹卽齊竽也偶匹對之名巾隱者之飾東觀漢記曰江革專心養
母幅巾屣蹻　向曰竊盜也濫僭也南郭處士盜居吹竽之位巾隱者之服也北岳卽此山也言顒盜居草堂僭服幅巾
有如南郭濫吹竽也誘我松桂欺我雲壑雖假容於江皐乃

纓情於好爵善曰楚辭曰將馳騖兮江皐周易曰我有好爵吾與爾縻之　濟曰誘謂引誘也欺誑也
言雖假其容貌於江澤然纓情志好於爵祿也其始至也將欲排巢父拉許
由傲百氏蔑王侯風情張去日霜氣橫秋或歎
五臣本作歌字幽人長往或怨王孫不游善曰周易曰幽人貞吉西征賦曰悟
山潛之逸士卓長往而不反楚辭曰王孫遊兮不歸春草生兮萋萋　良曰排推也巢父許由隱者之最也百氏謂百家
諸子也王侯爵之貴也拉折也傲蔑皆輕也張大也橫蓋也幽人王孫隱者之稱慕其長往故歌之疾其不游故怨之言
顒初至如此談空空於釋部覈胡革玄玄於道流善曰蕭子顯齊書曰
顒汎涉百家長於佛理著三宗論兼善老易釋部內典也漢書曰道家流者出於史官曆記成敗存亡禍福古今之道也
翰曰空空以空明空也釋部謂佛經也覈考也玄玄謂玄之又玄也道流謂老子也務光何足比
涓子不能儔善曰列仙傳曰務光者夏時人也耳長七寸好琴服蒲韮根殷湯伐桀因光而謀光曰非

吾事也湯得天下已而讓光光遂負石沉窾水而自匿列仙傳曰涓子者齊人也好餌术隱於宕山能風　銑曰務光涓
子皆古之隱者比方儔匹也及其鳴騶入谷鶴書赴隴善曰如淳漢書注曰
騶馬以給騶使乘之蕭子良古今篆隸文體曰鶴頭書與偃波書俱招板所用在漢則謂之尺一
簡髣髴鵠頭故有其稱　向同善注形馳魄散志變神動爾乃眉軒
席次袂聳筵上焚芰其義製而裂荷衣抗塵容而
走俗狀善曰楚辭曰製芰荷以爲衣集芙蓉而爲裳王逸曰製裁也　濟曰言辟書旣至則神魄動散也軒
舉也舉眉謂喜也次側也袂衣袖也袂聳謂將聳也芰製荷衣隱者之服言皆焚裂之舉髀塵俗之容狀抗舉走髀也
風雲悽其帶憤石泉咽而下愴望林巒而有失
顧草木而如喪至其紐金章綰墨綬善曰漢書曰萬戶以上爲
令秩千石至六百石又曰秩六百石以上皆銅印墨綬　翰曰悽愴憤咽皆怨怒貌言此等雖無情見山人去亦如有喪

失而怨怒也　良曰紐繫綰貫也金章銅印也銅章墨綬縣令之章飾也跨屬城之雄冠百
里之首張英風於海甸馳妙譽於浙右善曰蔡邕陳留太守
行縣頌曰府君勸耕桑于屬縣漢書曰縣大率百里阮籍詠懷詩曰英風截雲霓字書曰江水東至會稽山陰爲浙右
銑曰跨越也管州之城爲屬城言越衆城而爲縣宰之稱首也英風妙譽皆美聲也海甸所理邑近海而在浙江之右也
道帙長殯五臣本作擯字法筵久埋敲扑普木諠囂犯其慮
牒訴倥孔傯摠裝其懷善曰過秦曰執敲扑以鞭笞天下楚辭曰悲余生之無歡兮愁
倥傯於山陸王逸曰倥傯困苦也　向曰帙書衣也擯弃也敲扑謂打人聲也牒文牒也訴告也倥傯繁偪貌言道書講
席久從弃埋而聽訟通於懷抱也琴歌旣斷酒賦無續常綢繆於
結課每紛綸於折獄善曰董仲舒集七言琴歌二首西京雜記鄒陽酒賦廣雅曰課第也
然今考第爲課也尚書王曰哀敬折獄明啓刑書　濟曰琴歌酒賦皆逸人之務言今斷絕無續也綢繆親近也紛綸衆

多之貌結課考第也折獄謂審刑書也籠張趙於往圖架卓魯於前籙音錄　善曰漢書曰張敞字子高稍遷至山陽太守又曰趙廣漢字子都涿郡人也爲陽翟令以化行尤異遷京輔都尉范曄後漢書曰卓茂字子康南陽人也遷密令視人如子吏人親愛而不忍欺又曰魯恭字仲康扶風人也拜中牟令蝗傷稼犬牙緣界不入中牟　良曰張敞趙廣漢俱爲京兆尹有名望魯恭卓茂咸善爲令言將崇樹風猷以籠架之希蹤三輔豪馳聲九州牧善曰漢書曰內史武帝更名京兆尹左內史更名左馮翊主爵中尉更名右扶風是爲三輔左氏傳王孫蒲曰夏之方有德也貢金九牧杜預曰九州之牧貢金也　翰曰渭城以西爲右扶風長安以東爲京兆長陵以北爲左馮翊此謂三輔也秩皆二千石牧長也蹤跡也言希跡及之馳聲譽以過之使我高霞孤映明月獨舉善曰成公綏鷹賦曰陵高霞而輕舉　銑曰我謂鍾山神所稱也言霞月徒舉映無人賞翫也青松落陰白雲誰侶澗石五臣本作澗戶摧絕無與歸石逕荒涼徒延佇向曰摧絕破壞也荒涼蕪穢也言山人之

去松陰零落白雲無與爲偶不復更歸徒爲延望也至於還飇入幕寫霧出楹蕙帳空兮夜鶴五臣本作鵠字怨山人去兮曉猨五臣本作猿字驚昔聞投簪逸海岸今見解蘭縛塵纓善曰投簪疎廣也東海人故曰海岸也摯虞衛也胡昭贊曰投簪卷帶韜聲匿迹蘭蘭佩也　翰曰飇風也寫吐也楹柱也蕙香草山人昔以爲帳此因山言之故託猿鶴以寄驚怨也投弃也謂疎廣弃官而歸東海也幽人佩蘭故云解蘭縛繫也塵纓世事也於是南岳獻嘲北隴騰笑列壑爭譏攢峯竦誚慨游子之我欺悲無人以赴弔善曰禮記曰凡訃於其君之臣曰某死鄭玄曰訃或作赴赴至也　良曰南岳謂南山也嘲調也隴亦山也騰起竦上誚譏也言皆譏笑此山初容此人也慨歎也游子謂周顒也欺誑也弔問也言山爲周顒所誑情懷所喪而無人相問也故其林慙無盡澗愧不歇秋桂遺風春蘿罷月騁西山之逸議馳東皐之素謁善曰史記伯夷叔齊詩曰登彼西山兮採其薇矣阮籍奏記曰將耕東皐之陽稚珪集詶張長史詩曰同貧清風館共素白雲室杜預左氏傳注曰謁告也謂告語於人亦談議之流　翰曰託林澗以申其愧也風月所以滋松桂之美言今無人故遣罷之馳騁宣布也逸議謂隱逸之議皐澤也素貧素之交謁告也謂布告於人使知也今又促裝下邑浪拽翊制上京雖情投於魏闕或假步於山扃善曰楚辭曰漁父鼓栧而去王逸曰船舷也浪猶鼓也韋昭漢書注曰拽楫也呂氏春秋曰中山公子牟謂詹子曰身在江海之上心居魏闕之下高誘曰魏闕象魏也說文曰扃外閉之關也　銑曰促迫也下邑謂山陰也浪鼓也栧棹也言山陰秩滿因向京而過山也上京建業也魏闕朝廷也扃山門也言顒情實在朝廷而假跡於此山門豈可使芳杜厚顏薜荔無恥善曰尚書曰余心顏厚有忸怩碧嶺再辱丹崖重滓塵游躅於蕙路汙淥池以五臣本作於字洗耳善曰皇甫謐高士傳曰巢父聞許由爲堯所讓也以爲汙乃臨池而洗耳

向曰芳杜薜荔皆香草言豈可使芳草懷恥愧以相見崖嶺再被塵穢更以俗跡塵點我蕙草之路汙濁我洗耳之池也宜扃岫幌掩雲關斂輕霧藏鳴湍截來轅於谷口杜妄轡於郊端濟曰扃門也岫幌山窗也雲關謂以雲爲關鍵藏斂湍霧使無聞見也來轅妄轡謂周顒之車乘也谷口郊端山之外也恐其親近故遠杜絕之於是叢條瞋膽疊穎怒魄或飛柯以折輪乍低枝而掃跡請迴俗士駕爲君謝逋客善曰孔安國尚書傳曰逋亡也晉灼漢書注曰以辭相告曰謝　良曰條枝也穎草穗也言條穗瞋怒擊折顒之輪掃去其跡也俗士逋客謂顒也謝去也文言草木謂爲山靈除去之不許來也

六臣註文選卷第四十三

六臣註文選卷第四十四

檄

喻巴蜀檄 善曰漢書曰相如爲郎數歲會唐蒙使略通夜郎僰中發巴蜀吏卒千人郡又多爲發轉漕萬餘人用軍興法誅其渠率巴蜀人大驚恐上聞之乃遣相如責唐蒙等因喻告巴蜀人以非上之意也

司馬長卿 翰曰檄皎也喻彼使皎然知我情也此周末時穆王令祭公謀甫爲威猛之辭以責狄人之情此檄之始也

告巴蜀太守蠻夷自擅不討之日久矣時侵犯邊境勞士大夫陛下即位存撫天下安集中國然後興師出兵北征匈奴單于怖駭交臂受事屈膝請和 善曰戰國策張儀曰儀交臂而事齊楚 銑曰蠻夷外國之通名擅專也不討謂不征伐日久而侵犯邊境勞士大夫征討也陛下謂武帝也存恤撫安也單于匈奴君也怖恐駭驚也交臂拱手也屈膝拜也和謂降服也 康居西域重譯納貢稽顙 五臣作首 來享 善曰禮記王制曰五方之人言語不通北方曰譯說文曰譯傳也傳四夷之語也漢書西域傳曰康居國去長安萬二千三百里春秋說題辭曰盛德則感越裳重譯禮記孔子曰拜之而後稽顙毛詩曰自彼氐羌莫不來享爾雅曰享獻也 向曰康居國名重譯傳易其言納貢獻於中國也稽顙首至地也享亦獻也 移師東指閩越相誅右弔番禺太子入朝 善曰文穎曰弔至也番禺南海郡縣治也東伐越後至番禺故言右也顏師古曰南越爲東越所伐漢以兵救之南越蒙天子德惠故遣太子朝所以云弔也非訓至也太子即嬰齊也閩越地名也越有三此其一也 良曰閩越南夷國名也相誅謂自相誅殺而降也弔問罪也番禺南越王遣太子嬰齊入宿衛也 南夷之君西僰 蒲北切 五臣本有僰字 之長常效貢職不敢憒忌 善曰言君者大之也文穎曰犍爲縣論語撰考讖曰穿胷儋耳莫不貢職 良曰僰犍謂蠻夷名長君效且憒忌傲慢也 延頸舉踵喁喁然皆嚮風慕義欲爲臣妾 善曰呂氏春秋曰聖人南面而立天下皆延頸舉踵矣論語素王受命讖曰莫不喁喁延頸歸德論語撰考讖曰遠都殊域莫不向風又曰孺悲欲見鄉黨慕義史記張良曰百姓莫不嚮風慕義願爲臣妾 翰曰踵足也喁喁衆口向上之貌言蠻夷之人皆喁喁然向國家風義願爲臣妾 道里遼遠山川阻深不能自致夫不順者已誅而爲善者未賞故遣中郎將往賓之 善曰鄭玄禮記注曰致之言至也呂氏春秋曰先王之法爲善者賞爲不善者罰古之道也 濟曰中郎將謂唐蒙也賓服也 發巴蜀之士各五百人以奉幣帛衞使者不然 善曰張揖曰不然之變也 良曰幣帛和戎之貨也衞護也不然謂不意之變也 有兵革之事戰鬬之患今聞其乃發軍興制 善曰張揖曰發三軍之衆也 翰曰靡無也言意不許爲兵戰之患其辭也發軍興制謂起軍法誅將帥也 驚懼子弟憂患 五臣本作恚 長老郡又擅爲轉粟運輸皆非陛下之意也 銑曰擅專也言唐蒙自專而爲轉運非上本意也 當行者或亡逃自賊殺亦非人臣之節也 向曰當行者謂巴蜀人唐蒙點征者也自賊殺自相劫奪也 夫邊郡之士聞烽舉燧燔皆攝 箏牒 弓而馳荷兵而走 善曰張揖曰晝舉烽夜燔燧攝謂張弓往矢而持之也攝奴頰切 濟曰烽燧者舉火以警候燔燒攝持也兵矛戟之屬 流汗相屬唯恐居後觸白刃冒流矢議不反顧計不旋踵人懷怒心如報私讎彼豈樂死惡生非編列之民而與巴蜀異主哉 善曰編列謂編戶也淮南子曰編戶齊民 良曰言邊郡之士觸刃冒矢不轉足者決志陷陣也讎仇也編列謂編戶齊民也異主

哉言與巴蜀人不異王也計深慮遠急國家之難而樂盡人臣
之道也故有剖符之封析珪而爵善曰如淳曰析中分也白藏天
子青在諸侯　翰曰言能急國家之難故得剖符受封生則榮貴死則忠節也珪玉也位爲通侯處
列東第善曰東第甲宅也居帝城之東故曰東第張揖曰列東第在天子下方　翰曰第次也西爲尊東爲
下言爲通侯列在天子之下次終則遺顯號於後世傳土地於子
孫行事甚忠敬居位甚安逸名聲施於無窮功
列五臣本作烈著而不滅是以賢人君子肝腦塗中原
膏液潤野草而不辭也善曰春秋考異郵曰枯骸收胲血膏潤草胲古才切　向
曰號謂王侯之號也行用也言國家重功臣厚爵賞故賢人君子用命至死而不辭也腦髓也膏脂也今奉
幣役至南夷即自賊殺或亡逃抵丁禮誅善曰抵至也亡逃而
至於誅也一曰逃亡被誅而抵拒於誅也　如淳曰抵其罪而誅戮之也一曰誅者亡不肯受誅也　濟曰南夷謂夜郎也
抵觸言自爲賊殺觸我兵之誅也身死無名謚爲至愚善曰無名言無善名也謚猶號
也　良曰謚者行之跡言爲賊而死故謚爲至愚之人也恥及父母爲天下笑人
之度量相越豈不遠哉善曰春秋合誠圖曰君殺妻誅爲天下笑　翰曰言巴蜀
之人不立忠節身被誅戮恥及父母也與此境立功之人相去遠也然此非獨行者之罪
也父兄之教不先子弟之率不謹寡廉鮮恥而
俗不長厚也其被刑戮不亦宜乎陛下患使者
有司之若彼悼不肖愚民之如此故遣信使善曰
誠信之使也　銑曰獨行謂逃亡者也言非逃亡者之罪亦父母之教不至而子弟不脩謹又不崇廉厚之風誅戮亦宜
矣有司謂唐蒙也悼傷也愚人謂巴蜀之人也曉喻百姓以發卒之事因數

之以不忠死亡之罪讓三老孝悌以不教誨之
過善曰漢書景帝詔曰置三老孝悌以道民焉　向曰曉明諭告也言明告百姓發卒奉幣和戎之事也數讓皆責也
景帝時郡置耆年有德者三人以爲三老以教人孝悌也方今田時重煩百姓已
親見近縣善曰重難也不欲召聚之張揖曰檄以示巴蜀城旁近縣　向曰重愼煩擾也言農時煩擾百
姓已親見此相如自謂也近縣近蜀之縣也恐遠所谿谷山澤之民不徧
聞檄到亟下縣道善曰亟急也漢書曰縣有蠻夷曰道使咸喻陛下
之意無忽良曰亟急咸皆忽輕也恐山谷之人不徧聞可急下檄書告之使皆知非天子之意輕忽也

爲袁紹檄豫州善曰魏氏春秋曰袁紹伐許乃檄州郡

陳孔璋善曰魏志曰同翰注　翰曰琳避難冀州袁本初使典文章作此檄以告
劉備言曹公失德不堪依附宜歸本初也後紹敗琳歸曹公曹公曰卿昔爲本初移書但
可罪狀孤而已何乃上及父祖邪琳謝罪曰矢在絃上不可不發曹公愛其才不責之
左將軍領豫州刺史郡國相五臣本作相國守善曰蜀志曰先主歸陶謙
謙表先主爲豫州刺史後歸曹公曹公表爲左將軍　銑曰刺史劉備也相國謂爲侯王相國也守郡守也蓋聞
明主圖危以制變忠臣慮難以立權是以有非
常之人然後有非常之事有非常之事然後立
非常之功善曰難蜀父老曰世必有非常之人然後有非常之事有非常之事然後有非常之功　向曰
圖度權勢也言古明君皆度其危亡思其險難因事立勢以成其賢聖之功也非常之人謂賢聖也夫非常
者故非常人所擬也曩者彊秦弱主趙高執柄
專制朝權威福由己時人迫脅莫敢正言終有
望夷之敗善曰史記曰秦二世夢白虎嚙其左驂馬殺之問占夢卜涇水爲祟二世乃齋望夷宮欲祠涇

水使使責讓趙高以盜事高懼乃陰與其女壻咸陽令閻樂數二世二世自殺張華曰望夷宮在長安西北長平觀故臺處是臨涇水作之以望北夷也漢書曰王氏浸盛羣下莫敢正言　濟曰擬度也言非常之事則非常平之人能度之彊暴也弱主二世也趙高秦相也柄國之機要也威福賞罰也迫脅怕懼也言百姓懼高之威皆不敢正言於君也望夷秦宮名趙高使閻樂殺二世於此宮也**祖宗焚滅汙辱至今永爲世鑒及臻呂后季年產祿專政內兼二軍外統梁趙擅斷萬機決事省禁下陵上替海內寒心**善曰漢書曰張辟彊謂丞相陳平請拜呂台呂產爲將兵居南北軍丞相如辟彊計太后臨朝以呂侯子台爲呂王台弟產爲梁王建成侯釋之子祿爲趙王呂后崩將軍祿相國產顓兵秉政韋昭國語注曰季末也左氏傳閔子騫曰下陵上替能無亂乎高唐賦曰寒心酸鼻　良曰鑒戒臻至季末也呂產爲相國封梁王弟祿拜將軍封趙王擅專也萬機皆專斷於己陵犯替廢也海內國內也寒心謂痛心也**於是絳侯朱虛興兵奮怒誅夷逆暴尊立太宗故能王道興隆光明顯融**五臣本作融顯**此則大臣立權之明表也**善曰漢書曰產祿因謀作亂齊悼惠王子朱虛侯章在京師知其謀使人告兄齊王令發兵章欲與太尉勃內應以誅諸呂又曰呂祿呂產欲作亂朱虛侯章與太尉勃等誅之大臣乃謀迎代王代王立是爲孝文皇帝明表謂明白之表儀也　銑曰漢道興盛而明長者是周勃等權計之儀表也紹此言者亦將爲權道以匡漢室也**司空曹操祖父中常侍騰與左悺**綰**徐璜並作妖孽饕餮放橫傷化虐民**善曰司馬彪續漢書曰曹騰字季興少除黃門桓帝即位加特進范曄後漢書曰左悺河南人也爲小黃門徐璜下邳人也爲中常侍左氏傳史克曰縉雲氏有不才子天下之人謂之饕餮山海經曰鉤吾山有獸羊身人面其口腋下虎齒人爪其音如嬰兒名曰狍鴞食人郭璞云爲物貪婪食人未盡還害其身象在禹鼎左氏傳所謂饕餮者也狍音咆　向曰曹騰操祖桓帝時位加特進與小黃門左悺中常侍徐璜同作妖妄取媚於君爲貪亂之行以殘害人也饕餮貪也**父**

嵩乞匄蓋**攜養因贓假位輿金輦璧輸貨權門**善曰魏志曰曹騰養子嵩官至太尉莫能審其生本末司馬彪續漢書曰嵩字巨高說文曰匄乞也古賴切漢書曰息夫躬交遊貴戚趨走權門爲名　濟曰操父嵩本夏侯氏之子騰無子乞養之匄乞也贓賄賂也輿輦車也權勢也靈帝時賣官言嵩以車載賄寶以輸勢門而官至太尉**竊盜鼎司傾覆重器**善曰周易曰鼎金鉉鄭玄尚書注曰鼎三公象也文子老子曰天下之大器也　良曰鼎司謂司空非才而居此位故云竊也重器謂天子政教也言傾覆天子政教**操贅**職沕**閹遺醜本無懿**五臣本作令**德**善曰贅謂假相連屬也莊子曰附贅懸肬然肬贅假肉也贅之銑切肬音尤　翰曰贅餘肉著身也閹官人也令善也贅喻嵩也閹謂騰也言操是如此種類元無善德以及於人也**僄**匹妙**狡鋒協好亂樂禍幕府董統鷹揚掃除凶逆**善曰魏志曰大將軍何進與紹誅諸閹官進被殺紹遂勒兵捕諸閹人無少長皆殺之漢書音義曰衞青征匈奴大克獲帝就拜大將軍於幕中因曰幕府　銑曰僄劫狡捷也言操性與兵器相合故好樂禍亂　向曰幕府謂紹也董督也鷹鷙鳥也言紹督理鷙鳥掃除閹官也**續遇董卓侵官暴國**善曰魏志曰董卓字仲穎隴西人爲相國卓以山東豪傑並起乃徙天子都長安燔燒洛陽宮室卓至西京呂布誅卓左氏傳欒鍼謂欒書曰侵官冒也失官慢也　濟曰續相連也侵官謂冒官也暴國謂卓遷獻帝於西京**於是提劍揮鼓發命東夏收羅英雄弃瑕取用**善曰魏氏曰董卓呼紹欲廢帝紹不應因橫刀長揖而出奔冀州卓因拜紹勃海太守因舉勃海之衆以攻卓　良曰提攜鼓奮也東夏即勃海也收羅謂采訪賢才弃瑕釁而取其能者餘同善注**故遂與操同諮合謀授以裨**脾**師**五臣作帥**謂其鷹犬之才爪牙可任**善曰裨師偏師也漢書衞青傳曰裨將及校尉侯者九人謝承後漢書陳龜表曰臣累世展鷹犬搏擊之用　翰曰諮議裨偏也紹表操爲兗州刺史授以偏師與同議合謀欲匡復漢室者謂其有犬鷹將搏擊之能可爲爪牙之任也言鷹犬以比操也**至乃愚佻短略輕進易退**善曰字書

曰佻輕也勑聊切銑曰佻輕略法也言操輕薄少有法度傷夷折衄女六數喪師徒
向曰夷殺衄縮也師徒衆也幕府輒復分兵命銳脩完補輯表
行東郡五臣本有太守二字領兖州刺史善曰謝承後漢書曰袁紹以曹操爲東郡太守
劉公山爲兖州公山爲黄巾所殺乃以操爲兖州刺史濟曰專銳精完全也言操數敗喪師旅而紹專以精兵脩輯
之而又表天子令操領東郡太守也被以虎文獎蹴子六威柄善曰被以虎文則羊質虎
文也法言曰敢問質曰羊質虎皮見草而說見豺而戰魏志作獎蹴蹴成也言獎成其威柄也向曰獎勸也言操實羊
質而彼虎文者乃紹蓋勸蹴以成威福之柄冀獲秦師一剋之報善曰左氏傳曰秦孟
明帥師伐晉晉侯禦之秦師敗績又曰秦伯伐晉濟河焚舟取王官及郊晉人不出遂霸西戎用孟明也翰曰秦將孟
明氏數敗秦師穆公不罪遂得敗晉以報秦故云一剋之報言操數敗我不以爲罪者亦冀操一剋之報而操
遂承資跋扈肆行凶忒善曰謝承後漢書曰操得兖州兵衆強盛内懷反紹意毛

詩曰無然畔換鄭玄曰畔換猶跋扈也西京賦曰睢盱跋扈賈逵國語注曰肆恣也孔安國尚書傳曰忒惡也銑曰跋
扈謂掘強也肆縱忒惡也割剥元元殘賢害善善曰太公金匱曰天道無親常與善
人今海内陸沉於殷久矣何乃急急於元元哉高誘戰國策注曰元元善也張奐與屯留君書曰氣厲流行傷賢害善
向曰割剥殘害也元元謂衆人也殘害殺戮也故九江太守邊讓英才俊偉
天下知名直言正色論不阿諂身首被梟懸之
誅妻孥受灰滅之咎善曰臣瓚漢書注曰縣首於木曰梟尚書曰余則孥戮汝濟曰儻
奇阿曲也斬首懸之曰梟孥子也操爲兖州邊讓言議頗侵於操操殺讓而族其家故云灰滅也自是士
林憤痛民怨彌重一夫奮臂舉州同聲善曰林喻多也
司馬遷書曰列於君子之林孔安國尚書傳曰民咨胥怨史記武臣曰陳王奮臂爲天下唱始周易曰同聲相應良曰
林言多也憤怨奮舉也言士人怒怨舉手同聲皆欲討之故躬破於徐方地奪於

呂布彷徨東裔蹈據無所善曰魏志曰陶謙爲徐州刺史太祖征謙糧少引軍
還又曰太祖與呂布戰於濮陽太祖軍不利翰曰操爲徐州刺史爲陶謙所破又與呂布戰於濮陽爲布所敗而走故
云地奪也彷徨驚貌蹈踐據依也言無所依踐也幕府惟五臣作推彊幹弱枝之
義且不登叛人之黨善曰叛人謂呂布也漢書曰徙二千石高貲富人豪傑并兼之家於
諸陵蓋亦以強幹弱枝非爲奉山園也左氏傳曰圍宋彭城非宋地也於是爲宋討魚石故稱宋且不登叛人翰曰幹
本喻君也枝喻諸侯也登成也叛人謂呂布也言我欲強君而弱諸侯故不成呂布之強也故復援旌
擐甲席卷起征金鼓響振布衆奔沮慈與切善曰紹征呂布
諸史不載蓋史略也左氏傳曰擐甲執兵杜預曰擐貫也胡慢切春秋握誠圖曰諸侯氷散席卷各爭恣妄漢書曰膠西
王叩頭漢軍壁弓高侯執金鼓見之向曰援引擐貫金鉦沮壞也言紹聞操敗引軍擊布破之軍衆奔壞也拯其
死亡之患復其方伯之位則幕府無德於兖土

之民而有大造於操也善曰謝承後漢書曰操圍呂布於濮陽爲布所破投紹紹哀之
乃給兵五千人還取兖州說文曰拯上舉也左氏傳呂相絶秦曰秦師克還無害則是我有大造於西也濟曰拯救也
死亡之患謂遭呂布之破也復反也方伯謂兖州刺史也無德於兖土之人謂已舉操爲兖州而操害賢善也造恩也有
大恩謂救之後會鑾駕反旆羣虜寇攻善曰都長安後韓暹以天子還
雒陽良曰鑾駕天子車也旆車飾也魏志曰時董卓徙天子都長安後楊奉韓暹以天子還洛陽也羣虜則董卓韓暹
也寇盜也時冀州方有北鄙之警匪遑離局善曰魏志曰冀州牧
韓馥以冀州讓紹紹遂領冀州謝承後漢書曰公孫瓚非紹立劉伯安欲其衆攻紹禮記曰各司其局鄭玄曰局部分也
翰曰時公孫瓚出軍屯槃阿遂舉兵攻紹紹時爲冀州刺史人衆悉叛紹降瓚大破紹軍鄙邊邑也遑暇也局部分也
故使從事中郎徐勛就發遣操使繕脩郊廟翊
衛幼主操便放志專行脅遷當御省禁善曰魏志曰天

子還洛陽太祖遂至洛陽衛京師脅遷謂迫脅天子而遷徙也銑曰鬼神所居曰廟翊輔衛護也幼主謂獻帝也脅劫遷移也當御謂萬事自當理之不令上知也省亦禁也卑侮王室敗法亂紀坐領三臺專制朝政善曰家語曰是謂壞法亂紀也漢官儀曰尚書爲中臺御史爲憲臺謁者爲外臺　向曰侮輕紀綱也領統領也三臺謂中臺外臺憲臺也制斷也爵賞由心刑戮在口所愛光五宗所惡滅三族善曰宗亦族也漢書徐自爲曰古有三族而王温舒罪至同時而五族乎家語曰宰予爲臨菑大夫與田常之亂夷三族也　濟曰由心不論勳賢也在口不依法令也五宗謂上至高祖下至玄孫也三族父族母族妻族言操之暴如此也羣談者受顯誅腹議者蒙隱戮善曰漢書曰上既造白鹿皮幣令下顏異異不應反脣張湯奏異腹非論死自是之後有腹非之法也　良曰羣談謂議朝政者腹議謂口不言而心惡之者隱戮謂託別事而誅之百寮鉗口道路以目善曰莊子曰鉗墨翟之口史記曰周厲王行暴虐侈傲國人謗王王怒得衛巫使監謗者以告則殺之國人莫敢言道路以目鉗其嚴切　翰曰寮官也鉗關也言百官畏法不敢言時政道路之人但以目相視而已尚書記朝會公卿充員品而已銑曰尚書掌朝會之法也諸侯時見曰會言公卿不敢論時政但具員品故太尉楊五臣作揚彪典歷二司享國極位操因緣眦柴懈睚五懈被以非罪榜楚五臣本作楚榜參并五毒備至觸情任忒不顧憲綱善曰漢書曰王莽誅翟義夷滅三族皆至同坑以五毒參并葬之如淳曰野葛狼毒之屬韓詩外傳曰不肖者觸情縱欲也　向曰彪代董卓爲司空又代黃琬爲司徒故云歷二司也時袁術作亂操託彪與術婚姻誣以欲圖廢置奏下獄劾以大逆眦睚瞋目貌楚榜箠楚也參并謂葬也五毒謂五刑備具也忒惡也言用兼五刑觸情作爲毒惡不顧其法律也又議郎趙彥忠諫直言義有可納是以聖朝含聽改容加飾操欲迷奪時明杜絕言路擅收立殺不俟報聞濟曰

迷惑杜塞擅專也言操將惑明時絕忠諫故立即殺彥不得待奏報聞徹天子也又梁孝王先帝母昆墳陵尊顯桑梓松柏猶宜肅恭而操帥將吏士親臨發掘破棺裸胡寡尸掠取金寶至令聖朝流涕士民傷懷善曰裸作臝漢書曰文皇帝竇皇后生孝景帝梁孝王武曹瞞傳曰曹操破梁孝王棺收金寶天子聞之哀泣昆或爲弟毛詩曰維桑與梓必恭敬止仲長子昌言曰古之葬者松柏以識其墳　良曰言帝弟塋樹猶合恭敬況使吏士發掘墳墓而取金玉手裸露掠取也操發梁孝王墓天子聞之哀泣士人謂有識者也操又特置發丘中郎將摸金校尉所過隳五臣作墮突無骸不露翰曰隳壞突破也言操置發丘中郎摸金校尉之官所過皆破壞冢墓以取金寶而露其骸骨也身處三公之位而行桀虜之態汙國虐民毒施人鬼加其細政慘苛五臣本作荷科防互設罾繳充蹊坑穽塞路舉手挂網羅動足觸機陷是以兗豫有無聊之民五臣本作人帝都有吁嗟之怨善曰戰國策蘇秦曰上下相怨民無所聊家語孔子曰今人之言惡者比之於桀紂民怨其虐莫不吁嗟　銑曰桀虜謂惡人也虐殘毒害施布也殘毒布人鬼謂殺忠賢露骸骨也苛煩慘毒罾網也繳繫縷箭上以射鳥穽亦坑也可以捕獸此喻法令煩酷人之舉手動足皆陷刑網兗豫二州名操所領也吁嗟歎聲歷觀載籍無道之臣貪殘酷烈於操爲甚幕府方詰外姦未及整訓善曰鄭玄禮記注曰詰謂問其罪也去質切　向曰言書史所載未有毒害如操者酷烈猶毒害也詰問也賊在外曰姦整齊訓教也言紹爲問罪於外未及齊教於操也加緒含容五臣作覆冀可彌縫善曰左氏傳展喜對齊侯曰桓公是以糾合諸侯彌縫其闕而匡救其災　濟曰緒餘也言紹加餘含容於操冀可彌縫其過使自改悔也而操豺狼野心潛包禍謀善曰劉向列女傳曰羊舌叔姬

者叔向之母也長姒產男叔姻往觀之曰其聲狼也狼子野心非是莫滅羊舌氏乎　良曰言操之野心潛藏禍亂之謀有同豺狼也乃欲摧撓女教棟梁孤弱漢室善曰周易曰棟橈之凶不可以有輔　翰曰摧折撓曲也棟梁喻大臣也謂操殺司空楊彪也孤弱謂除其輔佐也除滅忠正專爲梟雄往者伐鼓北征公孫瓚善曰魏志曰公孫瓚字伯圭董卓至洛陽遷瓚奮武將軍封薊侯范曄後漢書曰公孫瓚大破黃巾威震河北紹自將擊之　銑曰除滅忠正謂殺趙彦等也梟惡鳥也雄強也言操如惡鳥之強也伐擊也謂紹擊鼓往征瓚也彊寇桀逆拒圍一年操因其未破陰交書命外助王師內相掩襲故引兵造河方舟北濟會其行人發露瓚亦梟夷善曰左氏傳曰凡師輕曰襲杜預曰掩其不備也魏志曰紹悉軍圍瓚瓚自知必敗盡殺其妻子乃自殺　向曰強寇謂瓚也言瓚桀逆拒紹內將掩襲而圍之操因暗與瓚書云外稱助紹內將掩襲而取之行人使人也謂操使自發露操與瓚書

也殺人懸首曰梟夷滅也故使鋒芒五臣作鋩挫縮厥圖不果良曰鋒芒兵戈也挫摧也言發露操不果成其謀也耳五臣作爾乃大軍過蕩西山屠各左校皆束手奉質爭爲前登犬羊殘醜消淪山谷善曰晉中興書曰胡俗其入居塞者有屠各種最豪貴故得爲單于統領諸種　濟曰大軍紹自謂也蕩洗滌也西山鹿腸山也紹入朝歌自於鹿腸山斬賊于毒等滅之又擊左校郭大賢及西營屠各屠各匈奴種也束手謂縛也質以物相屬也前登謂爭先而降也犬羊殘醜謂羌狄雜類也消亡淪沒也言皆畏威亡沒於山谷之中也於是操師震慴章鑯晨夜逋遁屯據敖倉阻河爲固善曰魏志曰袁紹將進軍攻許公留于禁屯河上公軍官度漢書音義曰敖地名在滎陽西北上臨河有太倉　翰曰震慴驚懼貌逋竄遁逃屯聚據依也敖倉地名中有太倉俯臨黃河言操懼紹依此地以爲固也欲以螳蜋之斧禦隆車之隧善曰莊子蘧伯玉謂顏闔曰汝不知夫螳蜋乎怒其臂以當車轍不知其不勝任也

銑曰螳蜋蟲也前有兩足舉之如執斧之象也隧猶轍也言此蟲舉斧禦大車之轍亦猶操之拒紹軍也幕府奉漢威靈折衝宇宙善曰班孟堅與陳文通書曰奉國威靈信志方外晏子春秋孔子曰不出樽俎之間而折衝千里之外晏子之謂也　向曰折摧衝突也宇宙謂四方上下也長戟百萬胡騎千羣奮中黃育獲之士五臣作材騁良弓勁弩之勢善曰尸子中黃伯曰余左執太行之獶而右搏彫虎戰國策范睢說秦王曰烏獲之力焉而死夏育之勇焉而死文子曰狡兔得而獵犬烹高鳥盡而良弓藏史記蘇秦說韓王曰天下之強弓勁弩皆從韓出　濟曰戟戈屬也胡匈奴也百萬千羣言多也中黃伯夏育烏獲皆古之力士也騁縱良善勁強也言紹士卒之盛以威操曲部也并州越太行青州涉濟漯他荅反　善曰魏志曰袁紹出長子譚爲青州外甥高幹爲并州淮南子曰何謂九山曰太行羊腸高誘曰太行直河內野王縣尚書曰浮于濟漯達于河　良曰越逾也涉度也濟漯二水也大軍汎黃河而角五臣本作掎其前荊州下宛葉而

掎居蟻其後善曰左氏傳狄子駒支曰譬如捕鹿晉人角之諸戎掎之征伐軍有前後猶如捕獸一人捉角一人戾足說文曰掎戾足也　翰曰汎濟掎觸也劉表爲荊州刺史與紹相結宛葉二縣名掎擊也雷震虎步並集虜庭善曰李陵詩曰幸託不肖軀且當猛虎步　銑曰雷震虎步皆軍士威勢也虜庭謂操之庭也若舉炎火以焫飛蓬覆滄海以沃熛炭有何不五臣本有消字滅者哉善曰楚辭曰離憂患而逈窮兮若縱火於秋蓬黃石公三略曰夫以義而誅不義若決江河而漑熒火其剋必矣聲類曰焫燒也說文曰熛火飛也　向曰焫燒沃灌也熛火飛也舉炎盛之火而燒枯蓬傾海水以灌飛火言紹之伐操勢亦如此何有不消滅者哉又操軍吏士其可戰者皆出自幽冀或故營部曲咸怨曠思歸流涕北顧善曰毛詩序曰男女怨曠　濟曰幽冀二州名故營謂紹之故營部曲之兵也怨別曠久也言皆怨別鄉之久而北顧思歸也其餘兗豫之民及呂布張揚之遺衆覆

云迫脅權時茍從各被創夷人爲讎敵若迴旆方徂登高岡而擊鼓吹揚素揮以啓降路必土崩瓦解不俟血刃善曰魏志曰呂布字奉先五原人也爲兖州牧建安三年曹公東征大破之布乃還固守公遂決泗沂水以灌城禽布殺之又曰張揚字稚叔雲中人也董卓以爲建義將軍建安四年曹公征呂布張揚將揚醜殺揚以應太祖揚將眭固殺醜將其衆欲北合袁紹太祖遣史渙邀擊之殺固尚書曰父師曰召敵讎弗怠廣雅曰徽幟也徽與揮古通用漢書徐樂上書曰何謂土崩秦之末葉是也人困而主不恤下怨而上不知此之謂土崩何謂瓦解吳楚齊越之兵是也當此之時安土樂俗之人衆故諸侯無外境之助此之謂瓦解孫卿子曰舜伐有苗禹伐共工湯伐有夏文王伐崇武王伐紂遠方慕義兵不血刃良曰張揚與呂布善布被曹操圍張揚將救之其將揚醜殺張揚以應曹操揚醜之將眭固又殺醜欲以衆北合袁紹操遣史渙破之盡收其衆覆敗也張揚之衆皆敗亡權勢無如之何且從之耳然己被操傷害皆以操爲讎敵也旆旗徂往也紹言若我迴旗方往登高山擊鼓吹角舉白幡以開降路則衆之軍士皆不待血刃而崩離也素白揮幡也士崩瓦解謂崩離俟待也方今漢室陵遲綱維弛絶聖朝無一介之輔股肱無折衝之勢善曰尚書秦穆公曰如有一介臣尚書大傳曰股肱臣也晏子春秋孔子曰不出樽俎之間而折衝千里之外晏子之謂也　翰曰陵遲猶漸壞也維紀弛廢也一介謂輕微也言漢室漸壞綱紀無一介之臣以爲輔佐也股髀肱臂也言手足之臣皆無折衝陷陣之權勢也方畿之內簡練之臣皆垂頭搨士獵翼莫所憑恃雖有忠義之佐脅於暴虐之臣焉能展其節銑曰天子畿內千里曰畿內簡練謂選擇也搨斂憑依脅懼也暴虐之臣謂操也言忠義之士懼操不敢展其誠節又操持五臣作特部曲精兵七百五臣本有人字圍守宮闕外託宿衛內實拘執懼其篡逆之萌因斯而作善曰說文曰逆而奪取曰篡又患切　向曰宮闕天子所居也拘止執持也逆而奪取曰篡萌始作起也

此乃忠臣肝腦塗地之秋列五臣本作烈字士立功之會可不勗哉善曰喻巴蜀文曰肝腦塗中原漢書曰一敗塗地尚書曰勗哉夫子　濟曰言操之逆亂如此是忠臣用命之時烈士立功之際可不勉力哉操又矯命稱制遣使發兵恐邊遠州郡過聽給與彊寇弱主違衆旅叛善曰漢書以旅爲助　良曰矯詐過誤旅助也言操詐稱制發其兵恐州郡誤聽給與是強寇賊而弱天子也如此則違衆人以助叛逆也舉以喪名爲天下笑則明哲不取也即日幽并青冀四州並進善曰魏志曰紹以中子熙爲幽州　翰曰舉謂舉兵立忠正之令名哲智也言明智不取也幽并紹中子熙所領也書到荊州便勒見胡甸兵與建忠將軍協同聲勢善曰魏志曰張繡以軍功稱遷至建忠將軍屯宛與劉表合　銑曰張繡爲建忠將軍與劉表相合以攻操勢力也州郡各整戎馬羅落境界舉師揚威並匡社稷則非常之功於是乎著向曰羅落布列也匡正也非常謂立大功也著明也其得操首者封五千戶侯賞錢五千萬部曲偏裨音脾將校諸吏降者勿有所問廣宣恩信班揚符賞布告天下咸使知聖朝有拘偪之難如律令善曰風俗通曰謹按律者法也皐陶謨虞云始造律時主所制曰令漢書著甲令夫吏者始也當先自正然後正人故文書下如律令言當履繩墨動不失律令也　濟曰部曲謂隊帥也偏裨小將也諸吏謂官屬也勿有所問言不與罪也廣遠宣通班布揚舉符書也言布舉軍書賞賜之數使天下知天子爲操所拘偪之難如律令謂賞賜一如律令之法

檄吳將校部曲文良曰此曹公檄江東諸軍將校部曲令背孫權而歸於漢

陳孔璋

年月朔日子尚書令彧善曰魏志曰荀彧字文若潁川人也太祖進彧爲漢侍中守尚書令　翰曰子發檄時也荀彧爲尚書令獨稱者以官高也告江東諸將校部曲及孫權宗親中外蓋闕禍福無門唯人所召善曰左氏傳閔子騫之辭　銑曰孫權吳主也召招也言禍福無有異門但人心所招也夫見機五臣作幾而作不處凶危上聖之明也善曰周易曰君子見幾而作不俟終日　向曰幾者事之微言見事微者不處凶危之地臨事制變困而能通智者之慮也善曰漢書曰江充因變制宜周易曰困而不失其所亨其唯君子乎王弼曰窮必通也　濟曰能制變通之理在困窮而能通是智者之思慮也漸漬荒沈往而不反五臣本有下字愚之蔽也良曰漬浸荒廢也沈謂醉眞也言漸浸廢置不思迴復是下愚之蔽也是以大雅君子於安思危以遠咎悔善曰班固漢書贊曰大雅卓爾不羣河閒獻王近之矣封禪書曰興必慮衰安必思危　翰曰大雅詩篇名以美君子言其能居安思危故能遠離咎悔也小人臨禍懷佚以待死亡二者之量不亦殊五臣本作異乎銑曰佚樂也二者謂君子小人也量度也言度量殊異也孫權小子未辨菽麥善曰左氏傳曰晉周子有兄而無慧不能辯菽麥　向曰菽豆也未辨菽麥言其無識之甚也要領不足以膏齊斧名字不足以洿簡墨善曰漢書音義服虔注曰易曰喪其資斧未聞其說張晏曰斧鉞也以整齊天下應劭曰齊利也虞喜志林曰齊側皆切凡師出必齊戒入廟受斧故曰齊斧也　濟曰領項膏潤也斧所以整齊軍旅故曰齊斧也簡墨謂刑書也言權之要領不足潤斧鉞名字不足洿刑書也譬猶鷇角口卵始生翰毛而便陸梁放肆顧行吠主善曰爾雅曰生而自食曰鷇待哺曰鷇郭璞曰鳥子須母食鄭玄尚書大傳注曰翰毛毛長大者西京賦曰怪獸陸梁戰國策刀勃謂田單曰跖之狗吠堯非其主也　良曰鷇卵鳥子也翰羽也陸梁跳躍貌肆縱也此喻權如鳥獸始生而放縱還視以吠其主不從皇化也戰國策曰跖之犬可使吠堯也謂爲舟楫足以距皇威江湖可逃靈誅不知天網設張以在綱目爨鑊之魚期於消爛也翰曰皇威天子之威也靈神靈也誅討也言我國家張布天網而權以在網目之中也爨炊鑊鼎也言游鼎之魚期於消爛不遠若使水而可恃則洞庭無三苗之墟子陽無荆門之敗善曰尚書帝曰咨禹惟時有苗弗率女徂征三旬苗民逆命帝乃誕敷文德七旬有苗格孔安國曰三苗之國左洞庭右彭蠡范曄後漢書曰公孫述字子陽自立爲蜀王遣任滿據荆門帝令征南大將軍岑彭攻之滿大敗　銑曰同善注言此者欲以權折山水之固也朝鮮之壘不刋南越之旌不拔五臣本有也字　善曰史記曰天子拜涉何爲遼東部都尉朝鮮襲殺何天子遣左將軍荀彘擊朝鮮朝鮮人殺其王右渠來降定朝鮮爲四郡又曰南越呂嘉反以主爵都尉楊僕爲樓船將軍下橫浦咸會番禺南越以平遂爲九郡又曰東越王餘善反遣橫海將軍韓說出句章越建成侯敖殺餘善以其衆降　向曰朝鮮遼東國名壘軍壁也刋除也朝鮮國叛使荀彘擊平之定朝鮮爲四郡呂嘉據南越而叛帝使楊僕征之而平旌旗也此亦據險而已昔夫差承闔閭之遠跡用申胥之訓兵棲越會稽可謂彊矣善曰史記曰吳王闔閭死立太子夫差又樂毅遺燕惠王書曰昔伍子胥說聽於闔閭而吳王遠迹至郢韋昭國語注曰申胥楚大夫伍奢之子子胥也名員員奔吳吳與地故曰申胥史記曰吳王夫差伐越敗之越王句踐乃以甲兵五千人棲於會稽　濟曰吳王夫差承父闔閭遠跡用子胥訓兵之法大破越棲越王句踐於會稽之山誠爲強盛也胥本伍奢之子子胥也奔於吳封申地故曰申胥及其抗衡上國與晉爭長都城屠於句踐武卒散於黃池終於覆滅身罄越五臣作六軍善曰毛萇詩注曰抗舉也鄭玄周禮注曰稱上曰衡抗衡謂對舉以爭輕重也史記陸賈曰以區區之越與天子抗衡爲敵國又曰吳王夫差北會諸侯於黃池欲

霸中國吳王與晉定公爭長晉人擊之大敗吳師越王聞之襲吳吳王聞之去晉而歸與越戰不勝城門不守遂圍吳宮而殺夫差善注屠甖盤盡也良曰同及吳王濞浦秘驕恣屈掘強猖昌
猾胡刮始亂善曰漢書曰吳王濞高帝兄仲之子也立濞爲吳王孝景五年起兵於廣陵左氏傳曰鄭子太叔卒晉趙簡子曰黃父之會夫子語我九言曰無始亂無怙富翰曰恣縱也屈強不順貌猖猾狂狡貌始亂謂爲亂首也自以兵彊國富勢陵京城太尉帥師甫下滎
陽則七國之軍瓦解冰泮善曰漢書曰七國反書聞天子遣條侯周亞夫往擊楚敗之七國吳王濞楚王戊趙王遂膠西王卬濟南王辟光淄川王賢膠東王渠鄭玄周禮注曰甫始也漢書徐樂上書曰何謂瓦解吳楚齊越之兵是也當此之時安土樂俗之人衆故諸侯無外境之助此之謂瓦解淮南子曰冰泮而農桑起銑曰太尉周亞夫也滎陽郡名濞與漢所封七國同叛也瓦解冰泮言破敗之甚也解泮皆破也濞之
罵言未絕於口而丹徒之刃以陷其胷善曰漢書曰吳王敗

乃與麾下壯士千人夜亡渡淮走丹徒保東越漢使人以利啗東越東越即紿吳王吳王出勞軍漢使人鏦殺吳王漢書賈誼上疏曰適啓其口匕首已陷其胷矣紿音殆向曰罵惡言也陷入也刃入於胷謂鏦殺餘注同善何則
天威不可當而五臣無而字悖逆之罪重也且江湖之
衆不足恃也濟曰悖亂也言夫差與鼻皆爲亂逆而誅不足恃也自董卓作亂
以迄於五臣作于今將三十載其間豪桀縱橫熊據
虎跱彊如二袁勇如呂布善曰二袁袁紹袁術也魏志曰呂布便弓馬膂力過人號爲飛將良曰迄至也豪桀縱橫言多也熊虎猛獸也跱止也以比當時英雄也二袁謂紹術也呂布驍將故云勇也跨州連郡有威有名五臣本有者字十有餘輩其餘
鋒捍特起鸇視狼顧爭爲梟雄者不可勝數善曰淮南子曰鴟視虎顧鹽鐵論曰無鹿駭狼顧之憂翰曰跨據也其餘謂諸小賊也得勇特獨也鸇鷙鳥狼惡獸梟惡鳥也雄長也小賊如此鳥獸殘害者不可勝數言其多也然皆伏鈇嬰鉞首腰分
離雲散原燎罔有孑遺善曰尚書曰若火之燎于原毛詩曰周餘黎民靡有孑遺銑曰鈇椹鉞斧也言亂賊之徒皆從椹斧之誅如火燒燎原草無有餘遺也孑餘也近者關中諸將
復相合聚續爲叛亂善曰魏志張魯據漢中遣鍾繇討之是時關中諸將疑繇欲自襲馬超遂與楊秋李堪宜成等反遣曹仁討之超等屯潼關公勑諸將關西兵精悍堅壁勿與戰向曰馬超楊秋叛於關中遣曹公討之超等屯潼關曹公勑諸將曰關西兵精悍堅壁勿與戰續次也阻二華據河渭
驅率羌胡齊鋒東向氣高志遠似若無敵丞相
秉鉞鷹揚順風烈火元戎啓行未鼓而破善曰魏志曰公西征馬超公自潼關北度未濟超赴船急戰丁斐曰放馬以餌賊賊亂取馬公乃得渡循河爲甬而南賊追距渭口公乃分兵結營於渭南賊夜攻營伏兵擊破之進軍度渭超等數挑戰不許公乃與剋日會戰先以輕兵挑之戰良久乃縱

虎騎夾擊大破之斬宜成李堪等漢書元后詔曰運獨見之明奮無前之威毛詩曰武王載旆有虔秉鉞如火烈烈則莫我敢曷又曰元戎十乘以先啓行濟曰二華大華少華二山名河渭二水名馬超阻依此山河險固驅率羌胡自爲無敵矣而曹公討之如順風縱其盛火大兵未及鼓怒而賊以破亡也傳曰時唯鷹揚又曰一鼓作氣元大戎兵也伏
尸千五臣本作尸十萬流血漂櫓魯此皆天下所共知也善曰戰國策秦王謂唐且曰天子之怒伏尸百萬流血千里賈誼過秦曰伏尸百萬流血漂櫓良曰漂浮也櫓大楯也
是後大軍所以臨江而不濟者以韓約馬超逋
逸迸脫走還涼州復欲鳴吠善曰魏志曰公斬宜成遂超走涼州典略曰韓遂字文約在涼州阻兵爲亂積三十年建安二十年乃死翰曰逋竄逸失迸散也鳴吠猶叛亂也大軍所以不濟江伐吳者爲伐韓約馬超也逆賊宋建僭號河首同惡相救並爲
脣齒善曰魏志曰初隴西宋建自稱河首平漢王聚衆枹罕夏侯淵討之屠枹罕斬建涼州銑曰宋建自稱

平漢王聚兵作亂與馬超等同惡以相救援如脣齒相副焉又鎮南將軍張魯負固不恭善曰魏志曰張魯字公祺據漢中以鬼道教人自號師君長據巴漢垂三十年漢末力不能征遂就寵魯爲鎮民中郎將漢寧太祖征之周禮曰負固不服則攺之　向曰負倚也倚巴漢之固不恭帝命皆我王誅所當先加故且觀兵旋旆善曰魏志曰建安十七年公征孫權攻破江西營乃引軍還史記曰武王東觀兵至于孟津諸侯皆曰帝紂可伐武王曰未可乃還師　濟曰皆謂韓宋等當加意先誅也觀兵旋旆謂先臨江將伐吳乃引軍西討建約等復整六師長驅西征致天下誅善曰魏志曰建安二十年公西征張魯　濟曰致天下誅謂奉帝命討罪也偏將涉隴則建約梟夷旍五臣作旌首萬里善曰魏志曰韓遂在顯親夏侯淵欲襲取之遂走後淵大破遂軍得其旍麾又曰宋建自稱河首平漢王聚衆枹罕夏侯淵討之屠枹罕斬建涼州　良曰偏將謂夏侯淵也涉度也隴謂隴山也殺人懸首曰梟夷滅旌表也首謂建約之首萬里謂自涼州入帝都也軍入散關

文選四四　十九

則羣氐率服王侯豪帥奔走前驅善曰魏志曰公西征張魯自陳倉出散關至河池氐王竇茂恃險不服攻屠之　翰曰散關關名同善注自是氐羌侯王豪帥皆奔走降事天子也進臨漢中則陽平五臣本作平陽不守善曰魏志曰西征張魯至陽平魯使弟衞據平陽關曹公遣高祚乘險夜襲大破之　銑曰平陽關名曹公討張魯大破之故云不守也十萬之師土崩魚爛張魯逋竄走入巴中懷恩悔過委質還降善曰漢書曰徐樂上書曰何謂土崩秦之末葉是也人困而主不恤下怨而上不知此之謂土崩公羊傳曰其言梁亡何自亡也柰何魚爛而亡何休曰魚爛從內發左氏傳胡突曰策名委質　向曰十萬之師謂張魯之衆也土崩自下魚爛從內逋亦竄也巴中地名也魯初欲走入巴中曹公遣人尉喻魯盡家屬出降也巴夷王朴胡賨琮邑侯杜濩胡郭各帥種落共舉巴郡以奉王職善曰魏志曰建安二十年七姓巴夷王朴胡賨邑侯杜濩舉巴夷賨民來附於是分巴郡以胡爲巴東太守濩巴西太守孫盛曰朴音浮濩音護　濟曰種類也落聚落也巴賨皆地名朴胡杜濩皆夷王姓名也奉職謂奉天子職事鉦鼓

一動二方俱定利盡西海兵不鈍鋒善曰戰國策司馬錯曰今伐蜀利盡西海而諸侯不以爲貪漢書淮南王安上疏曰不勞一卒不頓一戟又曰不挫一兵之鋒鈍與頓同　良曰鉦鐃也二方謂蜀與漢中也司馬錯曰今之伐蜀利盡西海兵不鈍鋒言不用也若此之事皆上天威明社稷神武非徒人力所能立也翰曰徒空也言皆憑天子之威靈而服羣叛也聖朝寬仁覆載允信允文善曰春秋考異郵曰赤帝之精寬仁大度禮記曰天無私覆地無私載毛詩曰允文允武昭假烈祖　銑曰聖朝謂獻帝也言以寬厚之仁覆載萬物著誠信於文德大啓爵命以示四方魯及胡濩皆享萬戶之封魯之五子各受千室之邑善曰魏志曰胡濩者皆封列侯又曰封魯及五子皆爲列侯　向曰爵謂封侯也命謂一命受職示見也胡濩子弟部曲將

文選四四　二十

校爲列侯將軍已下千有餘人百姓安堵四民反業善曰漢書曰高祖入關吏民皆安堵如故管子曰士農工商四民者國之石民　濟曰將校謂其下軍師也皆爲列國侯將軍已下節給小官千餘人堵牆也安於牆堵不失家業也四民士農工商反還也而建約之五臣作支屬皆爲鯨鯢善曰左氏傳楚子曰古者明王伐不敬取其鯨鯢而封以爲大戮　良曰支屬謂親黨也鯨鯢謂大戮也超之妻孥焚首金城善曰魏志曰南安趙衢討超梟其妻子漢書有金城郡　翰曰孥子焚燒也金城郡名父母嬰孩覆尸許市善曰范曄後漢書曰建安元年遷都于許　銑曰嬰孩小兒也言皆戮於許都市非國家鍾禍五臣作福於彼降福五臣作禍於此也逆順之分不得不然善曰漢書洧勳曰其詩逆順之理　良曰鍾聚也彼謂魯等此謂建約等逆反順從也夫摯五臣作鷙鳥五臣本有之擊字先高攫俱縛鷙之勢也牧野之威孟津之

退也五臣本無也字　善曰此述往年未伐之意尚書序曰武王與受戰於牧野又曰惟十有一年武王伐殷孔安國曰諸侯僉同乃退以示弱　濟曰攖執也言鷙鳥擊物必先高飛者取其勢也牧野地名紂率衆於此與武王戰而滅紂是孟津退師之勢也此言前不伐吳之意也今者枳棘翦扞五臣作刋戎夏以清善曰枳棘以喻殘賊也翦扞翦除而防衞之也杜預左氏傳注曰扞衞也音捍　良曰枳棘惡木也喻殘賊也翦齊刋削也言殘賊齊削戎狄與華夏皆清平也萬里肅齊六師無事故大舉天師百萬之衆善曰魏志曰建安二十一年治兵遂征孫權也　翰曰六師六軍也天子之兵也百萬言多也與匈奴南單于呼完厨及六郡烏桓丁令屠各湟中羌僰蒲墨反　善曰魏志曰建安二十一年匈奴南單于呼厨泉將其名王來朝待以客禮漢書曰諸羌言願得度湟水北然湟水左右羌之所居湟音皇漢書曰匈奴北服丁令也晉中興書曰胡俗其入居塞者有屠各種最豪貴故得爲單于統領諸種　銑曰並戎狄號也霆奮席卷自壽春而南善曰漢書曰九江郡有壽春邑　向曰霆霹靂也奮振也席卷謂盡發其兵也壽春邑名言如霹靂之急自壽春入伐吳也又使征西將軍夏侯淵等率精甲五萬及武都氐羌巴漢銳卒南臨汶江搤戹據庸蜀善曰魏志曰夏侯淵字妙才淳族弟也爲征西將軍魏志曰建安二十年留夏侯淵屯漢中　濟曰武都氐羌郡名巴漢地名銳利也汶江名搤捉也庸蜀地名言使守捉不令爲吳之援也江夏襄陽諸軍橫截湘沅以臨豫章樓船橫海之師直指吳會善曰漢書曰東越反比遣橫海將軍韓說樓船將軍楊僕入軍於越　良曰江夏襄陽豫章皆郡名湘沅二江名樓船橫海皆將軍號也言以前諸軍期至吳會爲五道而入也萬里剋期五道並入權之期命於是至矣丞相銜奉國威爲人除害元惡大憝必當梟夷善曰大舉天師至壽春而南一道也使征西甲卒五萬二道也及武都至庸蜀三道也江夏至

豫章四道也樓船至會稽五道也尚書成王曰元惡大憝　翰曰期命謂權命盡之期至也丞相曹公也元大憝惡也梟夷謂誅滅也至於枝附葉從皆非詔書所特禽疾善曰揚雄覈靈賦曰枝附葉從表立景隨　銑曰枝附葉從謂吳諸將校隊親黨也特獨禽獲疾患也言將帥親黨皆非詔書所獨獲而患之故每破滅彊敵未嘗不務在先降後誅拔將取才各盡其用是以立功之士莫不翹足引領望風響應善曰新序趙良謂商君曰君之可翹足而待也左氏傳穆叔謂晉侯曰引領西望曰庶幾乎尚書曰惟影響孔安國曰若影之隨形響之應聲　向曰言我以降爲先以誅戮爲後也拔將取才謂有文武才皆濟用之也翹舉也言立功之士舉足引望我皇風化如響之應聲而來也昔袁術僭逆王誅將加則廬江太守劉勳先舉其郡還歸國家善曰魏志曰建安四年袁術敗於陳術病死廬江太守劉勳率衆降封爲列侯　濟曰同善注呂布作亂師臨下邳張遼侯成率衆出降善曰魏志曰張遼字文遠鴈門人也以兵屬呂布太祖破呂布於下邳遼將衆降拜中郎將爵爲關内侯　良曰曹公破呂布張遼率衆降拜關内侯下邳縣名侯成小吏不知其所賞也還討眭固薛洪樛音流五臣作摎尚開城就化善曰魏志曰眭固屬袁紹屯射犬公進軍臨河使史渙曹仁度河擊之固使張楊故長史薛洪河内太守樛尚留守自將兵以迎紹求救與渙仁遇交戰大破之斬固公遂濟河圍射犬洪尚率衆降封爲列侯樛音留　翰曰眭固將居袁紹留薛洪樛尚留守射犬曹公擊破固斬之濟河圍洪尚於射犬而洪尚降封爲列侯官度五臣本有渡之役則張郃烏合高奐舉事立功善曰魏志曰公擊淳于瓊留曹洪守紹使張郃高覽攻曹洪郃等聞瓊破遂來降魏志云高覽此云奐蓋有二名　銑曰官渡地名役征也曹公擊袁紹於官渡紹將張郃高覽降曹公今此言高奐當有二名也後討袁尚則五臣本有尚字都督將軍馬延故豫州刺史陰夔射聲校尉郭昭臨陣來降

善曰魏志曰公壓尚營未合尚懼遣故豫州刺史陰夔及陳琳乞降公不許圍益急尚夜遯保此山追擊之其將馬延等臨陣降衆大潰向曰同善注圍守鄴城則將軍蘇游反爲内應善曰魏志曰尚攻譚留蘇由守鄴公進軍到洹水由降游與由同濟曰蘇游袁譚將也譚留使守鄴曹公追譚至洹水而游逆降審配兄子開門入兵善曰魏志曰袁尚走中山盡獲其輜重印綬節鉞使尚降人示其家城中崩沮審配兄子榮夜開所守東城門内兵配逆戰敗生禽配斬之良曰袁譚敗後審配兄子榮開鄴東門納操軍士以降也既誅袁譚則幽州大將焦觸攻逐袁熙舉縣來服善曰魏志曰建安十年袁熙大將焦觸叛熙尚奔三郡烏丸觸等舉其縣來降翰曰焦觸叛熙熙奔烏丸觸等舉縣降操也凡此之輩數百人皆忠壯果烈有智有仁悉與丞相參圖畫策折衝討難芟敵搴旗靜安海内豈輕舉措也哉誠乃天啓其心

計深慮遠善曰西京賦曰天啓其心司馬相如喻巴蜀文曰計深慮遠急國家之難銑曰凡此之輩謂摠括前降服之類也剋亂曰果圖謀芟除搴拔也言此諸將與曹公畫策將靜安海内豈輕爲舉措哉言必破也審邪正之津明可否之分勇不虛死節不苟立屈伸變化唯道所存故乃建丘山之功享不訾之祿朝爲仇虜夕爲上將所謂臨難知變轉禍爲福者也善曰答客難曰所欲必得功若丘山賈逵國語注曰訾量也說苑孔子曰聖人轉禍爲福報怨以德向曰勇有可死有不可死節有可立有不可立屈伸變化在道理耳建丘山也丘山之功言大也享食訾量也爲我國家上將是知變化之理也若夫説誘甘言懷寶小惠善曰毛詩曰盜言孔甘論語曰好行小惠濟曰甘口不利於行小惠不益於世不可懷而實之泥滯苟且沒而不覺隨波漂流與熛五臣作煙俱滅者亦甚衆多吉凶得失豈不哀哉良曰泥溺也言溺滯於苟且之間至沒身而不覺悟言如此之人與煙波俱滅不知吉凶之理故可哀之昔歲軍在漢中東西懸隔合肥遺守不滿五千權親以數萬之衆破敗奔走今乃欲當禦雷霆難以冀矣善曰魏志曰太祖使張遼與樂進等將士千餘人屯合肥太祖征張魯戲而權率十萬衆圍合肥於是遼夜募敢從之士得八百人明日大戰平旦遼被甲持戟先登陷陣殺十人斬二將權登高冢以長戟自守遼呼權不敢動權守合肥十餘日城不可入乃引退翰曰漢中地名曹公討張魯於漢中故云懸隔圍合肥水名也同善注言當時小軍猶且破敗今欲禦我大軍雷霆之威必難冀其存矣夫天道助順人道助信事上之謂義親親之謂仁盛孝章君也而權誅之孫輔兄也而權殺之善曰周易曰天之所助者順也人之所助者信也吳志曰權殺吳郡太守盛憲會稽典錄曰憲字孝章典略曰孫輔恐權不能守江東因權出行東治乃遣人齎書

乎曹公行人以告權權乃還遂爲若不知與張昭共見輔權謂輔曰兄厭樂耶何爲呼他人輔云無是權投書與昭以示輔輔慚無辭乃悉斬輔親近從輔置東吳銑曰言權無順信之道不行仁義也盛孝章爲吳郡太守權吳人故云君也孫輔權兄同善注從輔置東今言殺者蓋欲非之賊義殘仁莫斯爲甚善曰孟子齊宣王曰臣弒其君可乎孟子曰賊仁者謂之賊賊義者謂之殘殘賊之人謂之一夫聞誅一夫紂矣未聞弒其君也向曰賊殘害傷也言傷害仁義之道者莫甚於權也乃神靈之逋罪下民五臣作人所同讎辜讎之人謂之凶賊是故伊摯去夏不爲傷德飛廉死紂不可謂賢善曰尚書曰伊尹去亳適夏既醜有夏復歸于亳孫子曰殷之興也伊摯在夏魏武曰伊摯伊尹也孟子曰周公相武王誅紂驅飛廉於海隅而戮之濟曰逋亡也言權是神靈之中逋亡罪人百姓怨讎而爲人之凶賊也伊摯伊尹也去夏仕殷立爲賢臣武王伐紂飛廉惡來與紂同戮不足稱忠也此言感吳群臣也何者去就之道各有宜也良曰去亂就理是知享宜也

丞相深惟江東舊德名臣多在載籍近魏叔英秀出高峙著名海内虞文繡砥礪清節耽五臣作博學好古周泰明當世儁彦德行脩明皆宜膺受多福保乂子孫善曰尚書曰永膺多福又曰保乂王家　翰曰丞相謂曹公也惟思也舊德謂先世賢德也載籍國史也膺當乂養也言先臣舊德當降受多福安養子孫也而周盛門戶無辜被五臣作受戮遺類流離湮沒林莽言之可為愴然闇魏周榮虞仲翔各紹堂構能五臣作克負折薪善曰吳志曰虞翻字仲翔尚書曰若考作室既底法厥子乃弗肯堂矧肯構左氏傳鄭子産曰古人有言曰其父析薪其子弗克負荷　銑曰周泰明盛孝章言此兩家皆為權所誅戮遺類謂子孫也流離謂逃散也湮沒林莽謂為庶人也愴然不平貌魏周榮叔女子也虞仲翔文繡子也言皆能繼祖父德業也堂構德業也古人有言曰其父析薪其子不克負荷及吳諸顧陸舊族長者世有高位當報漢德顯祖揚名又諸將校孫權婚親皆我國家良寶利器善曰尚書曰所寶惟賢則邇人安聖主得賢臣頌曰夫賢者國家器用也所任賢則趨舍省而功施普器用利則用力少而就効衆也　向曰言顧陸並吳之著姓皆累仕漢朝當報漢德而明揚祖考也良寶利器喻賢臣也而並見驅迮窄兩絕於天有斧無柯何以自濟善曰陸賈新語曰有斧無柯何以治之　濟曰迮迫也兩絕謂兩下於也無還雲之期也新語曰有斧無柯何以理也言並彼驅迫不得却還漢也喻負利器而無處施用之相隨顛沒不亦哀乎蓋鳳鳴高岡以遠罽羅賢聖五臣本作聖賢之德也善曰毛詩曰鳳皇鳴矣于彼高岡梧桐生矣于彼朝陽　良曰言隨權敗亡是若甚也岡山也言賢聖去亂亦猶鳳鳴高山以避羅網也鷄寧鳩決之鳥巢於葦苕苕折子破下愚之惑也

〔文四十四　二十五〕

善曰韓詩曰鴟鴞鴟鴞既取我子無毀我室鴟鴞鸋鴂鳥名也鴟鴞所以愛養其子者適以病之愛憐養其子者謂堅固其窠巢病之者謂不知託於大樹茇枝反敷之葦苕風至苕折巢覆有子則死有卵則破是其病也字林曰鷄鳩鶉也上乃丁切下古定切廣雅曰鷄鳩工雀也荀卿子曰南方鳥名蒙鳩為巢編之以髮繫之葦苕苕折卵破巢非不牢所繫之弱也說文曰葦大葭也苕與蔄同　翰曰鷄鳩小鳥也為巢葦草之上猛風一至則葦折卵破所託危也言不降於漢是同鷄鳩之危也苕草莖也今江東之地無異葦苕諸賢處之信亦危矣聖朝開弘曠蕩重惜民命誅在一人與衆無忌故設非常之賞以待非常之功善曰司馬長卿難蜀父老曰有非常之事然後有非常之功　銑曰諸賢謂權族及將校等曠蕩寬大貌一人謂權也忌惡也言聖朝但擬誅權不惡衆人故設重賞以待大功也乃霸夫烈士奮命之良時也可不勉乎若能翻然大舉建立元勳以應五臣作膺顯祿福之上也良曰霸者把也持把諸侯之權也奮振也翻然迴飛貌大舉謂殺王而降也元大勳功也言能如此必膺厚祿是福之上也如其未能善曰未能如上之計筭量大小以存易亡亦其次也善曰漢書鄒陽上書曰昔者鄭祭仲許宋人立公子突以活其君非其義也春秋記之為其以生易死以存易亡　濟曰筭計量度也大小謂漢大吳小以存易亡謂背吳歸漢也言若未能殺權則當計度大小歸漢背吳亦是其次也夫係蹄在足則猛虎絕其蹯音煩善曰戰國策魏魁謂建信君曰人有置係蹄者而得虎虎怒決蹯而去虎之情非不愛其蹯也然而不以環寸之蹯害七尺之軀有權也今國家者非直七尺之軀也而君之身於王非環寸之蹯也願公早圖之也延叔堅曰係蹄獸紲也　良曰係蹄禽獸之紲紲也蹯足也猛虎著紲則怒絕蹯而去蝮蛇在手則壯士斷其節善曰漢書曰項梁使使趣齊兵擊章邯田榮曰楚殺田假趙殺田角田間乃出兵楚不殺假趙亦不殺角間齊王曰蝮螫手則斬手螫足則斬足何者為害於身也田假田角田間於楚趙非手足之戚何故不殺螫音釋　翰曰蝮毒蛇也螫人

〔文四十四　二十六〕

之手則必斬斷其節恐毒及身而死也何則以其所全者重以五臣本無以字其所弃者輕若乃樂禍懷寧迷而忘復善曰周易曰迷復之凶反君道也　銑曰重謂身也輕謂手足也言吳爵祿是諸公手足之累亦可絕弃來降也寧安復反也闇大雅之所保背先賢之去就善曰大雅云既明且哲以保其身　向曰先賢謂上伊尹也去就謂去夏就殷也言諸侯皆闇背此理忽朝陽之安甘折苕之末日忘一日以至覆沒大兵一放玉石俱碎善曰尚書曰火炎崑岡玉石俱焚　濟曰忽忘暗也詩曰梧桐生矣于彼高岡言鳳所棲也謂暗上鳴高岡之安樂巢葦苕之危曰至一日謂苕存朝夕也玉石俱碎謂舉兵則善惡咸見屠戮也雖欲救之亦無及已善曰史記衛平謂宋玉曰後雖悔之亦無及已　良曰已止也言既敗雖救之無能禁止也故令往購募爵賞科條如左檄到詳思至言如詔五臣本作詔如律令良曰購募謂以財求物也科條謂賞罰等給也如左謂列在檄下詳審也至言謂至極之言

檄蜀文

善曰魏志曰景元四年令鍾會伐蜀會至漢中蜀大將姜維等守劒閣距會會移檄檄蜀將吏

鍾士季　翰曰魏志云鍾會字士季潁川長社人繇之少子也少敏惠夙成爲祕書郎遷鎮西將軍與鄧艾伐蜀蜀將姜維守劒閣距會會移檄蜀將吏士人後平蜀爲司徒謀反於蜀爲衆兵所殺

往者漢祚衰微率土分崩生民之命幾於泯滅銑曰祚福也分崩謂離散也幾近泯盡也言人命近於盡滅也我太五臣本無我字祖武皇帝神武聖哲撥亂反正善曰魏志曰有太武皇帝爲魏太祖公羊傳曰君子曷爲春秋撥亂世反諸正莫近乎春秋　向曰太祖魏武也哲智撥除也言有聖智除亂反正也拯其將墜造我區夏善曰尚書曰文王用肇造我區夏　濟曰拯濟墜落造成也區夏中國也高祖文皇帝應天順民受命踐祚善曰魏志曰文皇帝爲魏高祖　周易曰湯武革命順乎天而應乎人禮記曰成王幼不能莅祚周公相踐祚而治　良曰言文帝受天明命踐天子之福謂受禪於漢也烈祖明皇帝奕世重光恢拓洪業善曰魏志曰明皇帝爲魏烈祖國語祭公謀父曰奕世載德尚書曰昔我君文王武王宣重光漢書武帝詔曰何行而可以彰先帝之洪業休德　翰曰烈盛奕重也文帝既明而烈祖又明故曰重光恢拓洪皆大也言廣大其德業然江山之外異政殊俗善曰毛詩序曰國異政家殊俗　銑曰江山之外謂吳蜀也言國政異而人俗殊也率土齊民未蒙王化善曰難蜀父老曰割齊人以附夷狄如淳曰齊人齊等無有貴賤故謂之齊若今言平人也　向曰齊民謂無貴賤而齊等之民也蒙被也謂未被大魏之化此三祖所以顧懷遺志也善曰劇秦美新曰后土顧懷　濟曰三祖謂太祖高祖烈祖也言三祖眷蜀人有遺言令討之今主上聖德欽明紹隆前緒善曰主上則陳留王奐也尚書曰放勛欽明　良曰紹繼緒業也言有聖明之德而繼先人之業餘同善注宰輔忠肅明允劬勞王室善曰左氏傳史克對魯侯曰齊聖廣淵明允篤誠忠肅恭懿宣慈惠和　翰曰宰輔謂司馬文王也允信也言有明信之德也劬勤也王室國家也布政垂惠而萬邦協和施德百蠻而肅愼致貢善曰毛詩曰布政優優尚書曰百姓昭明協和萬邦毛詩曰因時百蠻大戴禮孔子曰昔舜教通于四海之外肅愼北發渠搜氐羌來服　銑曰協合也萬邦百蠻言向化者衆也肅愼國名致貢謂貢楛矢石砮也悼彼巴蜀獨爲匪民愍此百姓勞役未已善曰毛詩曰哀我征夫獨爲匪民　向曰悼傷愍痛也言傷痛巴蜀百姓獨不爲魏人而勞役未止也是以命授六師龔行天罰征西雍州鎭西諸軍五道並進善曰尚書曰予惟龔行天之罰　魏志曰詔使征西將軍鄧艾督諸軍趣甘松沓中雍州刺史諸葛緒督諸軍趣武街高樓鎭西將軍

鍾會由駱谷伐蜀　濟曰六師謂天子六軍也授授師與將也征西將軍鄧艾出甘松沓中二道雍州刺史諸葛緒出高樓武街二道鎮西將軍鍾會出洛谷二道合成五道也古之行軍以仁為本以義治之王者之師有征無戰善曰司馬法曰古者以仁為本以義治之之謂正曹操曰古者五帝三王以來也仁者生而不名義者成而不有孫卿子曰王者有誅無戰漢書淮南王上書曰天子之兵有征無戰莫敢校之　翰曰以仁謂不尚殘殺也動不為已曰義也有征無戰謂能以勢化導而來也故虞舜舞干戚而服有苗善曰尚書曰帝乃誕敷文德舞干羽于兩階七旬有苗格　翰曰有苗謂三苗舜伐之不剋舜乃脩文德舞干戚七旬而有苗服干楯戚鉞也周武有散財發廩表閭之義善曰尚書曰式商容之閭散鹿臺之財發鉅橋之粟　翰曰武王伐殷發廩粟府財以賑貧乏表飾賢人閭里以存其義今鎮西奉辭銜命攝統戎車善曰尚書禹曰奉辭伐罪漢書孫寶曰臣幸得銜命奉使　向曰鎮西謂鍾會也此檄當時蓋託人言故自稱也命天子之令也統理也戎車兵車也庶弘文告之訓以濟元元之命非欲窮武極戰以快一朝之志善曰國語曰祭公謀父曰有征罰之備有文告之辭太公金匱曰天道無親常與善人今海內陸沈於殷久矣何乃急急於元元哉高誘戰國策注曰元元善也新亭李克對魏武侯曰好戰窮武未有不亡者　濟曰弘大也元元百姓也鎮西庶以文告之令濟百姓之命非欲窮武而快一時之心也故略陳安危之要其敬聽話言善曰毛詩曰告之話言　良曰降則安守則危也話善言也言畧為陳說其要當敬聽我善言也為下設端也益州先主以命世英才興兵新五臣作朔野困躓冀徐之郊制命紹布之手太祖拯而濟之興隆大好中更背違棄同即異善曰蜀志曰先主姓劉諱備字玄德涿郡人也靈帝末黃巾起先主率其屬討賊有功除安喜尉後領徐州呂布襲徐州虜先主妻子乃求和於布後歸曹公曹公厚遇之以為豫州牧後背曹公歸袁紹漢書張良曰湯武伐桀紂封其後者能

制其死命也左氏傳子太叔曰棄同即異是謂離德　翰曰先主謂劉備也靈帝末討賊有功領徐州呂布襲徐州虜先主妻子後歸曹公以為豫州牧後背曹公歸袁紹故云困躓冀徐之郊制命紹布之手也興盛大好謂領豫州也中謂中間也言初與我同而中間更背違是棄同即異也諸葛孔明仍規秦川姜伯約屢出隴右善曰蜀志曰姜維字伯約　銑曰規圖也隴右地名勞動我邊境侵擾我氐羌向曰邊境謂葛亮入秦氐羌天水夷名也擾亂也方國家多故未遑脩九伐之征也善曰周禮有九伐之法馮弱犯寡則眚之賊賢害民則伐之暴內陵外則壇之野荒人散則削之負固不服則侵之賊殺其親則征之放弒其君則殘之犯令陵正則杜之內外亂鳥獸行則滅之也　濟曰故事遑暇也言諸葛亮姜維侵邊之時當國家多事不暇脩九伐之道以征之也此却述前過將誅之意也餘同善注今邊境乂清方內無事蓄力待時併五臣作并兵一向善曰孫子兵法曰併敵一向千里殺將　良曰乂安蓄積也言我國家邊境安寧積兵之力一向攻蜀也而巴蜀一州之衆分張守備難以禦天下之師段谷侯和沮傷之氣難以敵堂堂之陣善曰魏志曰姜維趣上邽鄧艾與戰于段谷大破之又曰姜維寇洮陽鄧艾拒之破維于侯和漢書公乘與上書曰王尊深奔北之吏起沮傷之氣黃帝出軍決曰始立牙之日吉氣來應旗幡指敵或從風而來金鐸之聲揚以清鼓鞞之音婉而鴻是謂堂堂之陣整整之旗此大勝之徵也　翰曰天下之師謂前五道並入者也段谷侯和皆地名鄧艾破姜維之所也沮壞也堂堂盛貌言以壞傷之兵不可敵我全盛之陣比年已來曾無寧歲征夫勤瘁萃難以當子來之民此皆諸賢所共親見善曰國語姜氏告於公子曰自子之行晉無寧歲毛詩曰經始勿亟庶民子來　銑曰比近也無寧歲謂不安也勤勞瘁病也子來謂如父有事而子自來助之也言以勞病之卒不可敵我子來之兵也諸賢蜀將吏也親見見事宜也蜀侯見禽五臣作擒於秦公孫述授首於漢善曰史記曰秦惠文君八年張

儀復相伐蜀滅之范曄後漢書曰公孫述字子陽扶風人也王莽時爲導江卒正更始立述恃其地險衆附遂自立爲天子十二年光武遣吳漢攻述漢因令壯士突之述兵大亂被刺洞胷墮馬左右輿入城其夜死明旦述將延岑舉軍來降漢乃夷述妻子盡滅公孫氏　向曰秦惠王伐蜀而殺蜀侯禽獲也公孫述據蜀稱帝光武使吳漢伐滅之授首謂就戮也九州之險是非一姓此皆諸公所備聞也五臣本無也字　善曰左氏傳司馬侯曰九州之險也是非一姓　濟曰言險塞之所非一姓常居有德則處之備聞謂總聞蜀侯公孫述之事也明者見危於無形智者規福於未萌善曰太公金匱曰明者見於未萌智者避危於無形　良曰形見規圖也萌初生也是以微子去商長爲周賓陳平背項立功於漢善曰毛詩序曰有客微子來見祖廟也鄭玄曰武王既黜殷命殺武庚微子代殷後既受命來朝而見之於廟史記曰陳平懼項王誅遂至脩武降漢拜平爲都尉　翰曰微子紂兄去紂歸周封於宋受命朝見故謂之賓陳平背項羽而歸漢祖立功於漢封曲逆侯豈宴安鴆毒懷禄而不變哉善曰左氏傳管敬仲曰宴安鴆毒不可懷也漢書楊惲曰懷禄貪勢不能自退　銑曰宴樂也言宴然安此鴆毒懷爵禄不爲變通哉鴆毒殺人之藥喻蜀也今國朝隆天覆之恩宰輔弘寬恕之德先惠後誅好生惡殺善曰禮記孔子曰天無私覆地無私載尚書大傳成王問周公曰舜何以也周公曰其政也好生而惡殺　向曰天覆謂如天之覆養也恕猶揞也言以恩惠爲先以誅伐爲後往者吳將孫壹舉衆内附位爲上司寵秩殊異善曰吳志曰孫壹爲江夏太守及孫綝誅滕胤吕據據胤皆壹之妹夫也綝遣宋異潛襲壹異至武昌壹知其攻己率部曲將胤妻奔魏魏以壹爲車騎將軍封吳侯　濟曰江夏太守孫壹以衆歸魏魏以壹爲車騎將軍封吳侯寵榮秩禄也殊異謂異於常人文欽唐咨爲國大害叛主讎賊還爲戎首咨困偪禽五臣作擒獲欽二子還降皆將軍封侯咨豫聞國事善曰魏志曰文欽字仲若曹爽之邑人也與毋丘儉舉兵反大將軍司馬文王臨淮討之諸葛誕殺欽欽子鴦及虎踰城出自歸大將軍大將軍表鴦虎爲將軍各賜爵關内侯大將軍乃自臨圍四面進兵同時鼓譟登城唐咨面縛降拜咨安遠將軍禮記子思曰無爲戎首鄭玄曰爲兵主曰戎首　良曰文欽同善任咨生擒拜安遠將軍叛主讎皆魏也戎首謂爲將伐魏近困偪謂咨見擒也豫聞國事謂爲將軍也壹等窮蹙歸命猶加上寵況巴蜀賢智見機五臣作幾而作五臣作往者哉善曰易曰見幾而作不俟終日　翰曰言孫壹唐咨窮迫歸命尚加寵命況巴蜀父老哉言寵命過之誠能深鑒成敗邈然高蹈投跡微子之蹤措身陳平之軌則福同古人慶流來裔百姓士民安堵樂業農不易畝市不迴肆善曰漢書曰高祖入關吏民皆安堵如故呂氏春秋曰桀爲無道湯立爲天子夏民大悦農不去疇商不變肆　銑曰邈遠措投軌迹也古人謂微子陳平慶善也來裔謂子孫也堵牆肆市變易也言能降則百姓安居而農市俱不變易去累卵之危就永安之計豈不美與五臣本作歟善曰説苑曰晉靈公造九層臺孫息聞之求見曰臣能累十二博棊加九雞子其上公曰作之孫息以棊子置下加九雞子其上公曰危哉　向曰卵鳥卵也重累之其勢危言不降則以累卵之危降則長安也若偷安旦夕迷而不反大兵一放玉石俱碎雖欲悔之亦無及也善曰尚書曰火炎崑岡玉石俱焚　濟曰迷惑也不及謂不降也玉石俱碎謂縱兵破敗之後善惡俱見屠戮也各具宣布咸使知聞

難蜀父老

善曰漢書曰武帝時相如使蜀長老多言通西南夷之不爲國用大臣亦以爲然相如業已建之不敢諫乃著書假蜀父老爲辭而已以語難之以諷天子因宣其使指令百姓知天子意焉　良注同

司馬長卿

漢興七十有八載德茂存乎六世善曰六世謂自高祖至武帝翰曰茂盛也威武紛紜湛沈恩汪濊烏鱠羣生霑濡洋溢乎方外善曰張揖曰汪濊深貌也汪烏黃切濊烏外切銑曰紛紜盛貌湛厚汪廣濊深也羣生百姓也濡潤也洋溢流出貌方外遠方也於是乃命使西征隨流而攘風之所被罔不披上靡因朝冄從駹江蒙定筰鑿存邛善曰冄駹筰邛皆蜀郡西部也應劭曰蜀郡岷江本冄駹也文穎曰邛今為都縣筰今為定筰縣皆屬越巂向曰使自謂也流行攘郄風教罔無也披靡從化貌朝從定存謂招慰得也略斯榆舉苞蒲五臣本無此一句善曰鄭玄曰斯音戔張揖曰斯俞本俞國名也服虔曰苞蒲夷種也結軼還轅東鄉向將報善曰楚辭曰結余軫于西山王逸曰結旋也濟曰軌車也還轅謂將還歸以報命至于蜀都耆老大夫搢紳先生之徒二十有七人儼然

文四十四　三十三

造焉辭畢進曰蓋聞五臣無聞字天子之牧夷狄也其義羈縻勿絕而已善曰應劭漢官儀曰馬曰羈牛曰縻言四夷如牛馬之受羈縻也良曰搢紳謂衣冠也先生有德之稱儼然恭肅貌畢竟也牧養也羈縻謂似以繩縶絆繫而已此皆父老問使之詞今罷皮三郡之士通夜郎之塗三年於茲而功不竟士卒勞倦萬民不贍今又接之以西夷百姓力屈恐不能卒業此亦使者之累也竊為左右患之翰曰三郡三蜀也夜郎縣名贍足也言通夜郎未竟今又續西夷之事恐百姓力屈未能終其事業亦使者罪累也左右侍者也相敬之辭也且夫邛筰西夷之與中國並也歷年茲多不可記已五臣本作也仁者不以德來強者不以力并意者其殆不可乎善曰孟子曰禹之相舜歷年茲多不可循不堪也以其不

甚為用故棄之也銑曰言西夷與中國並也其來久而不可記然前王後帝強者不幷仁者不懷意者耆老自言也殆近也不可乎謂不可用也今割齊民以附夷狄弊所恃以事無用鄙人固陋不識所謂善曰附謂今之親附也難蜀父老曰割齊人以附夷狄如淳曰齊人齊等無有貴賤故謂之齊若今言平人也向曰附近也言割中國之人以事無用夷狄也鄙人耆老自謂也固陋謂辭也所謂所說也使者曰烏謂此乎必若所云則是蜀不變服而巴不化俗也善曰應劭曰巴蜀皆古蠻夷椎結左衽之人也濟曰使者對父老之言安謂此乎言所說非也巴蜀皆椎髻左衽若如父老言則不當變易也僕常惡聞若說然斯事體大固非觀者之所覯也余之行急其詳不可得聞已請為大夫粗陳其略善曰孟子曰其詳不可得聞嘗聞其略矣韋昭曰粗猶略也徂古切良曰惡聞若說謂父老說也斯此也此事謂夜郎之事言體大固

文選四十四　三十四

非觀者所見也余相如自謂也言我行急不得審議為父老粗略而陳之謂下事也蓋世必有非常之人然後有非常之事有非常之事然後有非常之功夫非常者固常人之所異也故曰非常之原黎民懼焉善曰洪指曰非常之事其本難知眾民懼也尚書曰黎民於變時雍翰曰非常人聖人也原本也言立聖人之功本則眾人見而懼及臻厥成天下晏如也銑曰臻至也及至其成則天下眾人皆安之也昔者洪水沸出氾汎濫衍溢善曰張揖曰湓溢也郭璞三蒼解詁曰湓水聲也字林云匹寸切古漢書為湓今為衍非也向曰洪大也言昔者大水沸出堯時也氾濫衍溢大水貌民人升降移徙崎嶇而不安夏后氏五臣本無氏字慼之乃堙洪塞源決江疏河灑五臣本作澌澌息移切沈澹災善曰張揖曰疏通也灑分也韋昭曰灑史紙切蘇林曰澹音淡言分其沈溺搖動之災也灑或作澌

字書曰澌水索也賜移切説文曰澹水揺也徒濫切顔師古曰沈深也澹安也言分散其深水以安定其災也灑所宜也濟曰移徙崎嶇爲避水不得安居也夏后謂禹也慼憂也堙亦塞也决江疏河謂理水也澌盡也澹水揺動貌謂盡除沈没揺動之災也東歸之於海而天下永寧當斯之勤豈唯民哉心煩於慮而身親其勞躬腠奏胝竹尸無胈蒲葛膚不生毛善曰張晏曰躬體也孟康曰腠腠理也韋昭曰胈身中小毛也郭璞三蒼解詁曰胝蹣也竹箠切莊子曰兩袒女浣於白水之上者禹過之而趨曰治天下柰何女曰股無胈脛不生毛顔色烈凍手足胼胝何以至是也胼步千切　良曰永長寧安也豈唯人哉言當理水之時非獨百姓禹亦勞也慮謀腠皮胝繭也胈股上小毛也言艱苦至使皮膚累繭而不生毛也故休烈顯乎無窮聲稱浹乎于兹且夫賢君之踐位也豈特委瑣喔音渥五臣作齷齪拘文牽俗善曰應劭曰喔齪急促之貌也喔音握　翰曰浹及也言禹之美業德聲皆及乎無窮也循誦習傳當世取説云爾哉必將崇論閎議創業垂統爲萬世規善曰鄧展子曰字詁云竑今宏字孟子曰君子創業垂統爲可繼　銑曰言賢君豈脩習古書傳流舊法取當時恱情而已哉言不如此也向曰崇高閎大統紀規法也言將高論大議創業垂統爲萬世法也故馳騖乎兼容并包而勤思乎參天貳地善曰已比德於地是貳地也地與已并天是三也　濟曰兼并謂兼萬國而并四夷也參比也言君德比於天而與天同一能合於地故云貳地也且詩不云乎普天之下莫非王土率土之濱莫非王臣善曰毛詩小雅文濱涯也本或作賓　良曰普徧也是以六合之内八方之外浸淫衍溢懷生之物有不浸潤於澤者賢君恥之翰曰浸淫衍溢言理化遠也懷生之物謂動植之類也言如此等有不霑德澤者則我君之恥也今封疆之内冠帶之倫咸獲嘉祉

靡有闕遺矣銑曰封疆之内謂國内嘉善祉福靡無也而夷狄殊俗之國遼絶異黨之域舟車不通人跡罕至政教未加流風猶微善曰孟子曰故家遺俗流風善政猶有存者向曰遼遠也加被也言遠國政教未被而王之流風尚自微薄也流風謂流化人之風也内之則時五臣本無時字犯義侵禮於邊境外之則邪行横作放殺其上君臣易位尊卑失序父老不辜幼孤爲奴虜係縲號泣内嚮五臣作鄉音向而怨善曰張揖曰爲人所係戰國策曰韓魏父子老弱係虜於道路　濟曰内謂通其朝獻也外謂隔絶不通也放逐辜罪也係縲謂束縛也言巴蜀父老無罪被殺掠取孤幼縛束以爲奴僕所以號泣向中國而怨曰蓋聞中國有至仁焉德洋恩普物靡不得其所今獨曷爲遺己五臣作巳舉踵思慕若枯旱之望雨善曰孟子曰湯始征葛伯民望之若大旱之望雨　良曰至仁謂天子也洋溢普徧靡無曷何遺弃也己謂上號泣者身也踵足也言何爲弃我也舉足思慕天子之化如枯旱而望雨戾夫爲之垂涕況乎上聖又焉能已故北出師以討彊胡南馳使以誚勁越四面風德二方之君鱗集仰流善曰論語比考讖曰賜風德宋均曰賜能言語故可使風諭以德也二方謂西夷南夷也鱗集相次也　翰曰戾很惡人也言很惡之夫見係縲者猶且垂淚況天子能上而不伐乎胡匈奴也誚責勁強也四面四夷也風德謂賜能言語之人使以德喻諷二方即胡越之君因其討責如魚鱗之相次仰承流風也願得受號者以億計銑曰號教今也億數之多也故乃關沫昧若徼叫牂臧牁善曰漢書音義曰以沫若水爲關也張揖曰沫水出蜀西徼外入于江若水出廣平徼外出旄牛入江張揖曰徼寨也以木柵水爲夷狄之界向曰沫若蜀西水名牂牁遠郡各關門徼道也鏤靈山梁孫原善曰張揖曰鑿通山道置靈道

縣蜀越巂郡孫水出登縣南至會無縣入若水李奇曰於孫水之本作橋梁濟曰鏤靈山言鑿山金華縣鏤之者以紀功也孫水名原本也梁謂作橋於上也創道德之塗垂仁義之統將博恩廣施遠撫長駕善曰長駕謂所駕者遠良曰創始也言天子始以道德爲塗以化之垂仁義以理之將廣大恩信以撫御之使疏逖不閉曶晦爽闇昧得輝乎光明善曰韋昭曰曶梅憒切言疏遠之國不被壅閉曶爽闇昧後得乎光明言化之所被者遠也郭璞三蒼解詁曰曶旦明也字林音勿尚書曰甲子昧爽孔安國曰昧早旦也爽明也翰曰疏逖遠也曶爽未明也言天子德化遠及幽國使通不閉如暝昧之闇光明之曜也以偃甲兵於此而息討伐於彼遐邇一體中外褆支福不亦康乎善曰說文曰褆安也銑曰偃息也此國家也討伐征戰也彼夷狄也一體無外內也褆安康樂也夫拯民五臣本作人於沈溺奉至尊之休德反衰世之陵夷繼周氏之

絕業天子之亟五臣作急務也善曰陵夷即陵遲也史記張釋之曰秦凌遲而至於二世天下土崩漢書作陵夷至於二世向曰休美也陵夷謂政教隤毀也周家典禮遭秦焚之漢滅秦而復脩理故云繼周氏絕業也百姓雖勞又惡烏可以已乎哉濟曰惡何已止也且夫王者固未有不始於憂勤而終於逸樂者也善曰毛詩序曰始於憂勤終於逸樂良曰憂勤謂征伐也言王者皆征伐而後逸樂也然則受命之符合在於此翰曰言受命符瑞合於此時也方將增太五臣本作泰山之封加梁父之事鳴和鸞五臣作鑾揚樂頌上減五下登三善曰李奇曰五帝之德比漢爲減三王之德漢出其上銑曰王者太平則封增太山禪梁甫鑾鈴也頌雅頌也言漢德之盛上可減五帝之美下可升三王之上登升也觀者未覩旨聽者未聞音猶鷦鵬已翔乎寥聊廓告郭切之宇五臣無之宇字而羅者猶視五臣本有乎字藪澤悲夫善曰樂緯曰鷦鵬狀如鳳皇爾雅曰寥深也空廓寥寥也向曰旨美也鷦鵬大鳥也寥深廓空也羅若喻大夫先生等也言君之道德已流行深遠而大夫猶視藪澤悲夫謂悲其不知於德化也於是諸大夫芒五臣作茫然喪其所懷來失厥所以進濟曰茫然不自得之貌言諸大夫聞天子之德思欲陳之事皆喪失也喟然並稱曰允哉漢德此鄙人之所願聞也百姓雖勞請以身先之敞罔靡徙遷延而辭退五臣本作避善曰尚書大傳曰魏文侯問子夏子夏乃遷延而退良曰喟然歎美之辭也鄙人大夫自謙也願聞討西夷之事也請以身先謂欲以身先士卒也敞罔驚視貌靡徙移足貌遷延却退貌

六臣註文選卷第四十四

六臣文選卷第四十五

梁昭明太子選

唐李善并五臣注

對問

對楚王問

宋玉

楚襄王問於宋玉曰：先生其有遺行與？何士民衆庶不譽之甚也 善曰遺行可遺弃之行也韓詩外傳子路謂孔子曰夫子尚有遺行乎奚居之隱 向曰先生謂宋玉也王問宋玉不有遺失之行於國中之人乎何爲衆庶百姓不談先生聲譽 宋玉對曰：唯 銑曰唯敬應之辭 然有之 良曰然亦有其所以 願大王寬其罪，使得畢其辭。客有歌於郢中者，其始曰下里巴人，國中屬而和者數千人；其爲陽阿薤露，國中屬而和者數百人；其爲陽春白雪，國中屬而和者 善有不過 數十人 五臣本有而已字 引商刻羽，雜以流徵，國中屬而和者不過數人而已 五臣本無而已字 翰曰下里巴人下曲名也陽春白雪高曲名也 是 五臣本有以字 其曲彌高，其和彌寡。故鳥有鳳而魚有鯤 善曰曾子曰聞諸夫子曰羽蟲之精者曰鳳鱗蟲之精者曰龍淮南子曰孟春之月其蟲鱗許愼曰鱗龍之屬也 濟曰鳳鳥之長鯤魚之長 鳳皇上擊九千里，絕雲霓，負蒼天 五臣本有足亂浮雲字 翱翔乎杳冥之上 向曰杳冥絕遠處 夫蕃籬之鷃，豈能與之料天地之高哉 銑曰蕃籬蒿草之屬鷃小鳥也言栖於蕃籬之上豈能料計天地之高遠哉言其不知也玉自喻高才人安能知之乃肯輒自爲聲譽 鯤魚朝發崑崙之墟，暴鬐 巨夷 於碣石 善曰爾雅曰河出崑崙墟色白郭璞曰墟山下基也孔安國尚書傳曰碣石海畔山 良曰崑崙山黄河之源出焉墟山根也暴露也鬐魚之鬚鬛也 暮宿於孟諸。夫尺澤之鯢 倪 豈能與之量江海之大哉 善曰尺澤言小也 良曰孟諸大澤名鯢小魚名 故非獨鳥有鳳而魚有鯤 善本作鱗字 也，士亦有之 翰曰言亦有大才不可識知者 夫聖人瑰 古回 意琦 巨宜 行，超然獨處 向曰瑰大琦美也 世 善作夫世 俗之民，又安知臣之所爲哉 向曰玉自言其才俗人所不知

設論

答客難

東方曼倩 善曰漢書曰朔上書陳農戰強國之計推意放蕩終不見用因著論設客難己用位卑以自慰諭 銑曰漢書云東方朔字曼倩平原厭次人也武帝時舉賢良方正之士待以不次之位朔乃上書自云其才上偉之也

客難東方朔 翰曰朔上書陳農戰彊國之計終不見用又以位卑故假爲客難以荅之 曰：蘇秦張儀壹 五臣本作一 當萬乘之主，而身都卿相之位，澤及後世 翰曰當遇也 良曰都居也 今子大夫 向曰謂朔也 脩先王之術，慕聖人之義，諷誦詩書百家之言，不可勝記 五臣本作數 著於竹帛，脣腐齒落，服膺而不可釋，好學樂道之 五臣有無字 效明白甚矣 善曰禮記曰回之爲人也得一善則拳拳服膺而不失之矣 翰曰言張儀蘇秦一遇而爲卿相而朔好學樂道位且卑微是好學之無效明白甚矣 自以爲

智能海内無雙則可謂博聞辯智矣然悉力盡忠以事聖帝曠日持久積數十年官不過侍郎位不過執戟意者尚有遺行邪善作也　善曰史記韓信曰臣事項王官不過侍郎位不過執戟　銑曰客意者以朔有才而位下恐其有遺失之行也同胞浦包之徒無所容居其故何也善曰蘇林曰音胞胎之胞言親兄弟也　向曰同胞之徒謂兄弟也言其祿薄兄弟亦無所容居其何故如此東方先生喟然長息仰而應之曰是故非子之所能備五臣本有也字　濟曰言其不能備知也彼一時也此一時也豈可同哉夫蘇秦張儀之時周室大壞諸侯不朝力政爭權相擒以兵并爲十二國未有雌雄善曰孟子謂充虞曰彼一時也此一時也慎子曰昔周室之衰也厲王擾亂天

文選四十五　三

下諸侯力政人欲獨行以相兼張晏曰周千八百國在者十二謂魯衛齊宋楚鄭燕趙韓魏秦中山春秋孔演圖曰天運三百歲雌雄代起　翰曰謂爭彊弱未定也得士者彊失士者亡故說去得行焉善曰孔叢子子思謂曾子曰今天下諸侯方欲力爭競招英雄以自輔翼此乃得士則昌失士則亡之秋也　良曰士謂賢士也身處尊位珍寶充内外有廩倉善作倉廩　善曰蔡邕月令章句曰穀藏曰倉米藏曰廩澤及後世子孫長享今則不然聖帝流德善作德流天下震慴向曰慴懼也諸侯賓服威振四夷善無威振四夷字連四海之外以爲帶安於覆盂善曰韓詩外傳曰君子之居也晏如覆杅盂與杅同音于　翰曰言連如衣帶也盂器也言天下無事人安如在於覆盂器之下天下平均善作均平合爲一家動發舉事猶運之掌賢與不肖何以異哉善曰列子曰楊朱見梁惠王言治天下猶運之掌禮記子曰道之不明也我知之矣賢者過之不肖者不及　向曰言天下易治國家所舉動事如運於手掌之内亦何用賢人也故不異於不肖也遵天之道順地之理物無不得其所故綏之則安動之則苦尊之則爲將卑之則爲虜銑曰虜謂寇敵也抗之則在青雲之上抑之則在深淵之下良曰抗舉也用之則爲虎不用則爲鼠雖欲盡節效情安知前後濟曰言皇德自行故不藉盡節效情者也安知前後謂無所用其才也夫五臣無夫字有方今字天地之大士民之衆竭精馳說並進輻湊者不可勝數悉力慕之困於衣食或失門戶善曰文子曰羣臣輻湊言上書忤旨或被誅戮　翰曰言士人盡力以慕天子之德欲效精誠區區之於下困於衣食或至失道路者門戶謂道路也使蘇秦張儀與僕並生於今

文選四十五　四

之世曾不得掌故安敢望侍郎乎善曰應劭漢書注曰掌故百石吏主故事者　向曰掌故卑吏也傳曰天下無害菑雖有聖人無所施才上下和同雖有賢者無所立功故曰時異事異五臣作殊字　善曰韓子曰文王行仁義而王天下偃王行仁義而喪其國故曰時異則事異雖然安可以不務修身乎哉詩曰鼓鐘于宮聲聞于外鶴鳴九皐聲聞于天善曰毛詩小雅文也毛萇曰有諸中必見於外也苟能脩身何患不榮銑曰皐澤也言人好學脩身聲譽聞於天下亦如鼓鐘于宮中而聲出於外鶴鳴於澤而聲聞于天也太公體行仁義七十有二乃設用於文武得信厥說音稅　濟曰用文武之道以相周室得信用其說策也封於齊七百歲而不絕此士所以日夜孳孳茲脩

學敏行而不敢怠也善曰說苑鄒子說梁王曰太公年七十而相周九十而封齊孟子曰雞鳴而起孳孳爲善舜之徒也 翰曰孳孳敎懼皃怠慢也譬若鶺鴒飛且鳴矣善曰毛詩曰題彼鶺鴒載飛載鳴毛萇曰題視也 向曰鶺鴒鳥飛則以鳴行則搖尾不能自捨亦如人孳孳脩身而不懈怠也傳曰天不爲人之惡烏故寒而輟其冬地不爲人之惡險而輟其廣君子不爲五臣作以小人之匈匈而易其行銑曰匈匈喧頌皃天有常度地有常形君子有常行君子道其常小人計其功良曰道行也言君子行善事乃是其常而小人則自矜夸爭計其功也詩曰禮義之不愆何恤人之言善曰皆孫卿子文濟曰愆失恤憂也水至清則無魚人至察則無徒翰曰水至清魚無所隱人至明察人所疾畏故孤立而無徒侶黨援矣冕而前旒所以

蔽明黈土斗纊曠充五臣作蔽耳所以塞聰善曰皆大戴禮孔子之辭也薛綜東京賦注曰黈纊以黃綿爲丸懸冠兩邊當耳不欲聞不急之言也 向曰冕冠也旒冠前垂者以蔽目前之明窈視不見下人小過也黈黃玉以縣裹之於冠兩邊以塞耳所以示不聞下人之過纊細緜也明有所不見聰有所不聞舉大德赦小過無求備於一人之義也善曰論語曰仲弓爲季氏宰問政子曰先有司赦小過舉賢才尚書曰與人弗求備撿身若不及銑曰不求備才於一人盡收其片善也枉而直之使自得之良曰枉曲也言曲者申之令直使各自得所也優而柔之使自求之濟曰優柔寬容使自求所宜也揆而度之使自索所格之善曰皆大戴禮孔子之辭也家語亦同王肅曰雖當直枉從容使自得也優寬和柔之使自求其宜也揆度其法以開視之使自索得也趙岐孟子注曰使自得其本善性也 翰曰揆度其才性所爲使不相奪倫各自求其分也索求也蓋聖人之教化如此欲其自

得之自得之則敏且廣矣向曰欲使其自得所宜者則必有逸志而才有疾速且廣大其事也今世之處士時雖不用五臣無時雖不用四字塊然無徒廓然獨居銑曰塊獨皃廓空也上觀許由下察接輿良曰許由接輿並隱者計同范蠡忠合子胥善曰史記曰勾踐之棲會稽范蠡令甲辭厚禮以遺吴後欲伐吴勾踐復問范蠡蠡曰可矣遂滅之 濟曰伍子胥吴賢臣也盡忠於吴王而見殺天下和平與義相扶寡偶少徒固其宜也子何疑於予哉翰曰國家昏亂忠臣用焉今雖有賢人且屬於天下和平而百姓皆與義相扶是故賢人無用於時少其匹偶徒侶者其固宜也客何疑於我而有難說也若夫燕之用樂毅秦之任李斯漢用善無漢用字酈歷食異其肌之下齊說行如流曲從如環所欲必得功若丘山海內定國家安是

遇其時者五臣本無者字也子又何怪之邪善曰史記曰樂毅去趙適魏聞燕昭王好賢樂毅爲魏昭王使於燕燕時以禮待之遂委質爲臣下又曰秦卒用李斯計謀竟并天下以斯爲丞相漢書酈食其謂上曰臣請說齊王使爲漢而稱東藩上曰善乃說齊齊王田廣以爲然迺罷歷下守戰之備 向曰燕昭王用樂毅而破齊秦始皇用李斯并六國漢用酈食其說齊下七十餘城如流言易也如環謂諸侯從其言如環之繞指也子謂客也語曰以管窺天以蠡力和測海以莛廷撞濁江鐘豈能通其條貫考其文理發其音聲哉五臣本有者字善曰莊子曰魏牟謂公孫龍曰乃規規而求之以察索之以辯是直用管窺天用錐指地不亦小乎說苑趙襄子謂子路曰吾嘗問孔子曰先生事七十君無明君乎孔子不對何謂賢邪子路曰建天下之鳴鐘撞之以莛豈能發其音聲哉 銑曰管竹管也蠡蚌蛤也測量也莛小木枝也撞擊也言以竹管窺於天以蚌蛤量其海以木枝擊其鐘其條貫文理聲音終不可通發矣朔自言所答客之辭不可通發心意也張晏曰蠡瓠瓢也猶是觀之譬由鼱

精

鼩劬之襲狗孤豚之咋士白虎至則靡亡皮耳何
功之有善曰李巡爾雅注曰鼱鼩一名奚鼠應劭風俗通曰按方言豚豬子也今人相罵曰孤豚之子是也
說文曰靡爛也靡與糜古字通也良曰咋齧也靡耳畏服貌謂以耳向後也言今所荅客言不能感發其意亦猶鼠之
襲狗豚之齧虎但畏服而已矣所彊言者蓋無功也今以下愚而非處士雖欲
勿困固不得已濟曰下愚朔自謙也處士謂客也言今所荅以下愚之言以非斥於客雖彊欲
勿困悴固不可得也此適足以明其不知權變而終惑於大
道也翰曰朔自謙不知權變而迷惑於大道

解嘲　并序

楊子雲　向曰嘲謂戲弄之言

哀帝時丁傅董賢用事善曰漢書曰定陶丁姬哀帝母也兄明為大司馬又曰孝
哀傅皇后哀帝即位封后父晏為孔鄉侯銑曰丁明傅晏董賢皆用權勢天下傾附之諸附離之
者起家至二千石善曰漢書音義莊子曰附離不以膠漆良曰人有附著其勢者起家拔
為二千石之位時雄方草創太玄有以自守泊如也濟曰草創言造
作也太玄經也泊如謂淡泊無為也謂雄造作太玄經以守淡泊無為之務也人有嘲雄以玄
之五臣本無之字尚白善曰服虔曰玄當黑而尚白將無可用翰曰玄道也白喻人俗也化俗歸道亦如
染素於黑黑成則道行也言尚白者譏其道未行也而善無而字雄解之號曰解嘲

其辭曰

客嘲楊子曰吾聞上世之士人綱人紀不生則
已善曰尚書曰先王肇修人紀孔安國曰修為人綱紀也孔叢子子魚曰丈夫不生則已生則有云為於世也
向曰上世之人為人綱紀若不為則止歸於休也生猶為也已止也生必上尊人君下榮

父母析先歷人之珪儋都甘人之爵懷人之符分人
之祿善曰說文曰儋荷也應劭曰文帝始與諸王竹使符銑曰盡忠為尊人君也揚名為榮父母也析分也珪諸
侯所執也儋荷也符信也亦貴者所執也言當分人君之珪以為上列之諸侯荷人君之重爵懷人君之符信分人君之
祿紆青拖徒可紫朱丹其轂善曰東觀漢記曰印綬漢制公侯紫綬九卿青綬漢
書曰吏二千石朱兩轓良曰紆帶也拖服也轂車轂也青紫並貴者服飾也朱丹以朱色飾其車轂也今吾
子幸得遭明盛之世處不諱之朝與羣賢同行
歷金門上玉堂有日矣善曰應劭曰待詔金馬門晉灼曰黃圖有大玉堂小玉堂
濟曰天子多忌諱而人彌窮貧忌諱法令不煩苛也金門天子門也玉堂天子殿也有日矣言久
也曾不能畫一奇出一策上說人主下談公卿
目如燿星舌如電光一從子恭一橫論者莫當善曰

史記秦王曰知一從一橫其說何翰曰電光謂辭辯速如電光之閃也一從一橫謂言辭從橫而生諸所論說者莫能
當矣言雄曾不如此以說人主以談公卿以取重位也顧默而作太玄五千文
枝葉扶疏獨說數十餘萬言善曰以樹喻文也說文曰扶疏四布也向曰
言其不能辯說以求高位反顧其靜默而作太玄經五千文太大也太玄經謂廣大於老子玄言而文辭如枝葉四布至
於數十餘萬言深者入黃泉高者出蒼天大者含元氣細
五臣本作纖者入無間五臣本作倫善曰春秋命歷序曰元氣正則天地八卦孳無間言至微也淮
南子曰出入無間銑曰太玄經文意有深高大小如此也纖小也然而位不過侍郎擢
纔給事黃門善曰蘇林曰擢之纔給事黃門不長作良曰言其位不過侍郎且拔擢之纔至於
給事黃門郎而已意者玄得無尚白乎何為官之拓落也
善曰拓落猶遼落不諧偶也濟曰拓落猶排擯也言其何為官見排擯如此也楊子笑而應之

曰客徒欲善無欲字朱丹吾轂不知一跌翽結將赤吾之族也善曰廣雅曰跌差也赤謂誅滅也　翰曰且富貴朱丹其轂若一逢差失則族亦見誅往者善作昔周綱解結羣鹿爭逸離爲十二合爲六七四分五剖並爲戰國善曰服虔曰鹿喻在爵位者張晏曰周千八百國在者十二謂魯衛齊宋楚鄭燕趙韓魏秦中山又曰齊燕楚韓趙魏爲六就秦爲七晉灼曰此直道其分離之意耳鄒陽傳云濟北四分五裂之國也　向曰綱謂政教也解結謂政教敗亂也羣鹿喻亂兵也逸走也周末諸侯離叛爲十二國後相并合乃爲七國然而秦彊東制諸侯故别言之則有六并而言之則有七故言六七也　銑曰天下喪亂諸侯各保山河故四瀆五岳各爲分剖並爲戰爭之國也剖判也士無常君國無定臣良曰言君臣數遷易不常定得士者富失士者貧善曰春秋保乾圖曰得士則安失士則危　濟曰得賢士則國彊人富失賢士則國弱人貧矯翼厲翮恣意所存翰曰矯舉厲振也言人擇君而

事之如鳥舉翼振翮而恣意高飛意所存慕者乃下事也故士或自盛以橐託或鑿坏普回以遁善曰服虔曰范雎入秦藏於橐中史記王稽辭魏去竊載范雎入秦至湖見車騎曰爲誰王稽曰穰侯范雎曰此恐辱我我寧匿車中有頃穰侯過淮南子曰顏闔魯君欲相之而不肯使人以幣先焉鑿坏而遁之坏普來切　向曰橐袋也坏屋後牆也遁逃也是故鄒衍以頡賢挈頏苦良而取世資善曰應劭曰齊人著書所言多大事故齊人號談天鄒衍仕齊至卿蘇林曰頡音提挈之挈頡頏奇怪之辭也鄒衍著書雖奇怪尚取世以爲資而已爲之師也言資以避下文也　銑曰頡頏猶詭異也世人取資以爲師學孟軻雖連去蹇猶爲萬乘師善曰蘇林曰連蹇言語不便利也趙岐孟子章指曰滕文公尊敬孟子若弟子之問師　良曰連蹇謂往來皆難也言孟軻游齊齊不能用適梁梁亦不用然而雖往來屯難不見任用終亦爲周威王師也今大漢左東海右渠搜善曰應劭曰會稽東海也服虔曰連西戎國也應劭曰禹貢析支渠搜屬雍州在金城河間之西　濟曰在西故言右前

番潘禺音愚　善曰應劭曰南海郡張晏曰南越王都也　翰曰在南故云前也後陶善作椒塗善曰應劭曰漁陽之北界　翰曰在北故曰後東南一尉向曰一尉官名也如淳曰地理志云在會稽西北一候善曰如淳曰地理志曰龍勒玉門陽關有候也　銑曰候所以伺候遠國來朝之賓也候亦官也徽以糾墨製以鑕質鈇方無反　善曰服虔曰制縛束也應劭曰東以繩徽弩之徽說文曰糾三合繩也又曰墨索也公羊傳曰不忍加之鈇鑕何休注曰斬要之刑也　良曰糾墨鑕鈇皆刑法名也徽繫也製裁也散以禮樂風以詩書曠以歲月結以倚廬善曰應劭曰漢律不爲親行三年服不得選舉結爲倚廬以結其心左氏傳曰齊晏桓子卒晏嬰麤斬衰居倚廬　濟曰倚廬堊室也斬衰之服居之以結其心也此言脩喪制之禮以示於人也是以善無是以字天下之士雷動雲合魚鱗雜襲咸營于八區善曰史記蒯通曰天下之士雲合霧集魚鱗雜遝遝徒合切　翰曰區方也家家自以爲稷契

人人自以爲皋陶五臣本作繇　善曰尚書帝曰俞咨禹汝平水土惟時懋哉禹讓于稷契曁皋陶　向曰言家家自言其才能如古人之賢也戴縰五臣作纚音史垂纓而談者皆擬於阿衡善曰鄭玄儀禮注曰纚與縰同縰所氏切詩曰實惟阿衡左右商王毛萇曰阿衡伊尹也　銑曰纚冠也纓衣領也言衣冠者所談皆自擬於伊尹之才也五尺童子羞比晏嬰與夷吾善曰孫卿子曰仲尼之門五尺豎子羞言五伯　良曰五尺童子謂小兒也羞比於霸世之臣謂已得帝王道矣晏嬰管仲並霸者之臣也夷吾管仲字也當塗者升青雲失路者委溝渠旦握權則爲卿相夕失勢則爲匹夫譬若江湖之崖渤澥之島乘去鴈集不爲之多雙鳧飛不爲之少善曰方言曰飛鳥曰雙四鴈曰乘　濟曰以喻羣臣言朝廷之有臣如江湖大海之中四鴈雙鳧之集不爲多飛去不爲之少言國家雖賢臣多集不覺其多去亦不覺其少昔三仁

去而殷墟二老歸而周熾善曰孟子曰伯夷避紂居北海之濱聞文王作興曰
盍歸乎來吾聞西伯善養老者二老者天下之大老也　翰曰三仁比干箕子微子也紂不用忠諫比干死箕子囚微子
去而殷遂亡宗廟爲之丘墟太公歸文王而周業盛是爲一老不聞其二老焉李善引伯夷與太公爲二老甚誤矣且伯
夷去絕周粟死於首陽奈何得去歸周也揚雄言二老亦用事之誤也子胥死而吳亡種
蠡禮存五臣作在而越霸善曰史記曰吳既誅子胥遂伐齊越王勾踐襲殺吳太子王聞乃歸
與越平越王勾踐遂滅吳又曰越王勾踐返國奉國政屬大夫種而使范蠡行成爲質於吳後越大破吳也　向曰吳王不
用伍子胥賜以屬鏤令自死後亡其國越王用大夫種范蠡二臣之計而爲霸主五羖古入而秦
喜樂毅出而燕懼善曰史記曰百里奚亡秦走宛秦繆公聞百里奚欲重贖之恐楚不與請
以五羖皮贖之楚人許與之繆公與語國事繆公大悅樂毅伐齊破之燕昭王死子立爲燕惠王乃使騎劫代將而召毅
毅畏誅遂西奔趙惠大恐趙用樂毅伐燕也銑注同范雎以折支列摺五臣作拉力荅切而

文四十五　十一

危穰侯善曰晉灼曰摺古拉字也　良曰魏齊笞擊范雎折脅拉齒既而不死後入秦說秦王以穰侯爲相
之不忠遂拜雎爲相代穰侯也蔡澤以噤欺禀吟疑甚而笑唐舉善曰史記
曰唐舉見蔡澤孰視而笑曰吾聞聖人不相殆先生乎　濟曰蔡澤就唐舉相舉乃笑之噤吟語而笑皃後乃代范雎爲
相故當其有事也非蕭曹子房平勃樊霍則不
能安翰曰言時亂有事則非蕭何曹參張子房陳平周勃樊噲霍光則不能安國家定社稷當其
無事也章句之徒相與坐而守之亦無所患向曰
章句之徒謂文儒之人也言若當時無事則文儒之士相與守國亦無所患也故世亂則聖哲
馳騖而不足世治則庸夫高枕而有餘善曰說苑曰管仲庸
夫也桓公得之以爲仲父漢書賈誼曰陛下高枕終無山東之憂楚辭曰堯舜皆有舉任兮故高枕而自適　銑曰聖哲
不能獨濟故云不足馳騖謂奔走也　良曰天下無事則庸夫與賢者皆高枕而閑故云有餘也夫上世

之士或解縛而相或釋褐而傅善曰左氏傳曰齊鮑叔帥師來言曰
子糾親也請君討之管召讎也請受而甘心焉乃殺子糾于生竇召忽死之管仲請囚鮑叔受之及堂阜而脫之歸而以
告曰管夷吾治於高傒使相可也公從之墨子曰傅說被褐帶索庸築傅巖武丁得之舉以爲三公　翰注同或倚
夷門而笑善曰應劭曰侯嬴也秦伐趙趙求救魏無忌將百餘人往過嬴嬴無所誡更還見嬴嬴笑之以
謀告無忌韋昭曰笑人不知己也　濟曰注同或橫江潭而漁翰曰此爲漁父也漁捕魚也
或七十說而不遇向曰孔子歷說天下七十君竟不一遇或立談五臣本有間字
而封侯善曰史記曰虞卿說趙孝成王再見爲趙上卿故號爲虞卿譙周曰食邑於虞也　銑曰言立談之
間乃封侯或枉千乘於陋巷善曰呂氏春秋曰齊桓公見小臣稷一日三至弗得見從
者曰萬乘之主見布衣之士一日三至而不得見亦可以止矣桓公曰不然士傲爵祿者固輕其主君傲霸王者亦輕其
士從夫子傲爵祿吾庸敢傲霸王乎或擁篲而先驅善曰擁篲郊衍也七略曰方士傳言

文四十五　十二

鄒子在燕其游諸侯畏之皆郊迎擁篲也　濟曰擁執也篲掃帚也言人主或爲賢人執埽與先驅而行也是
以士頗得信其舌而奮其筆翰曰謂人主貴而信之故也頗少也窒
竹栗隙蹈瑕而無所詘五臣作屈也善曰李奇曰君臣上下有瑕隙乖離之釁則可抵而
取之　向曰窒塞也隙過也瑕亦過也言塞補人君之過君雖蹈履其過終無見屈謂賢士用忠故也當今縣
令不請士郡守不迎師銑曰言今天下太平無有列國則縣令不求諸賢士郡守不迎
致師傅賢人何用羣卿不揖客將相不俛眉良曰不低眉下色以求賢人也
言奇者見疑行胡庚殊者得辟善曰言世尚同而惡異爾雅曰辟罪也行趣步
也　濟曰奇策也殊謂與常理殊也是以欲談者卷舌而同聲欲步
者擬足而投跡善曰言不敢奇異也故欲談者卷舌不言待彼發而同其聲欲行者擬足不前
待彼行而投其迹也周易曰子曰同聲相應莊子曰多物將往投跡者衆　翰曰同聲謂候衆言舉而相效也投跡謂觀

事變而隨行之鄕使上世之士處乎今世策非甲科行非
孝廉舉非方正獨可抗疏時道是非高得待詔
下觸聞罷又安得青紫善曰史記曰歲課甲科爲郎中乙科爲太子舍人然甲科
爲第一言抗疏有所觸化者常報以聞而罷之言不任用也向曰策謂對時務之策也抗舉也疏書也言非對策甲科孝
廉方正之人獨可舉意上書論道是非則是下觸上聞必見罷而不用又安能得青紫之貴乎詩詔謂天子之命且
吾聞之五臣本有也字炎炎者滅隆隆者絕銑曰炎炎隆隆盛皃滅絕者有
盛必衰也觀雷觀火爲盈爲實天收其聲地藏其熱
高明之家鬼瞰其室善曰如淳曰周易云雷雨之動滿盈蒲水也雷極則爲水火之光炎
炎不可久久亦消滅爲灰炭之實也李奇曰鬼神害盈而福謙良曰觀雷聲火光但見其勢盛莫測其所以矣爲復虛
也盈爲復實也忽然天收其聲地藏其熱則聲熱不聞見矣此盛必衰之義也是知高明富貴之家鬼神窺望其室將害其

滿盈之志矣故知天道惡盈鬼神害盈瞰望也攫九縛拏女加者亡默默者存濟曰
攫拏執持也言執權用勢者必亡默默守道者必存也位極者高五臣作宗字危自守者
身全是故知玄知默守道之極爰清爰靜游神
之庭惟寂惟漠守德之宅善曰淮南子曰天道玄默無容無則老子曰知清知
靜爲天下正莊子曰恬惔寂漠虛無無爲此道德之質也翰曰清靜寂漠皆無營欲也庭宅謂精神道德之所居處世
異事變人道不殊彼我易時未知何如善曰李奇曰或能勝
之向曰言古人世異事變人道大體不殊若使古人易居今世我又易處昔時亦未知勝否何如今子乃
以鴟梟而笑鳳皇執蝘烏典蜓徒典而嘲龜龍不亦
病乎善曰孫卿雲賦曰以龜龍爲蝘蜓鴟梟爲鳳皇說文曰在壁曰蝘蜓在草曰蜥蜴　銑曰鴟梟惡鳥也蝘蜓蜥
蜴之類也子之笑我玄之尚白吾亦笑子病甚不遇

俞跗附與扁鵲也悲夫善曰中庶子謂扁鵲曰臣聞上古之時醫有俞跗醫病不
以湯液法言曰扁鵲盧人而善醫良曰言病甚不逢善醫亦可悲也客曰然則靡玄無所
成名乎范蔡以下何必玄哉善曰論語曰君子去仁惡乎成名　濟曰靡無
也言無此太玄經豈無所成名乎范蔡已下何必有太玄而居卿相之位也揚子曰范雎魏
五臣無魏字之亡命五臣本有者字也折脅拉善本作摺髂口亞免於徽
索翰曰髂腰骨也則雎所拉齒齒即骨也徽索刑具也翕肩蹈背扶服入橐善曰
孟子曰脅肩諂笑劉熙曰脅肩悚體也　向曰翕肩畏懼皃雎初入秦道遇穰侯藏於王稽車中恐穰侯知之故懼也書
傳無蹈背之事扶服謂使扶持而入於橐中橐無底袋也激卬萬乘之主介涇陽
抵征氏穰侯而代之當也善曰史記曰范雎至秦上書因感怒昭王昭王乃免相國
逐涇陽君於關外蘇林曰介者間其兄弟使疎也說文曰抵側擊也音紙　銑曰激卬怒也介間抵拒也言雎間秦王兄

弟抑穰侯之權說其是非而代之爲相正當其理涇陽君秦昭王同母弟也穰侯姓魏名冉宣太后長弟也爲秦相用事
甚盛號爲穰侯蔡澤山東之匹夫也顉綺險頤折支列頞於達
涕唾流沫呼潰西揖彊秦之相搤烏革其咽一千而亢
其氣拊其背而奪其位時也善曰韋昭曰曲上曰顉欺其切　史記曰蔡澤聞
應侯內慙乃西入秦應侯使人召蔡澤蔡澤入則揖應侯應侯延入坐數日言於秦昭王曰客有從山東來者曰蔡澤其
人辯士昭王與語悅之應侯請歸相印遂拜蔡澤爲相說文曰頞鼻莖也沫洒面也廣雅曰咽嗌也嗌音益　良曰言澤
醜皃也顉口向前引也折頞謂無鼻莖龍也鼻口之中常有涕唾流沫然能入秦高揖范雎而說之所言必搤其咽喉亢
絕其氣繼其跡而奪其相位此得時也拊背猶隨後繼跡也天下已定金革已平
都於洛陽善曰禮記子夏曰三年之喪卒金革之事無避也禮與漢書曰高祖西都洛陽　濟曰漢高祖
既定天下而兵車已平將都於洛陽也金革兵器也婁敬委輅胡革脫輓亡遠掉三

三寸之舌建不拔之策舉中國徙之長安適也善曰漢書曰婁敬戍隴西過洛陽高帝在焉欲脫輓曰臣願見上言便宜又說上曰陛下都洛陽不便不如入關據秦之固是日車駕西都長安應劭曰輓謂以木當胷以輓車也翰曰婁敬本輓車之人也見高祖所都不便言便宜此適時之務也不拔之策言其策定不可移也五帝垂典三王傳禮百世不易叔孫通起於枹夫鼓之間解甲投戈遂作君臣之儀得也善曰左氏傳曰援枹而鼓漢書叔孫通曰臣願徵魯諸生弟子共起朝儀也向曰漢朝承秦餘敝禮儀敗亂而叔孫通擊鼓於行陣之間及天下既定乃解去兵甲投棄戈戟遂作君臣之儀此謂得所也呂刑靡敝秦法酷烈聖漢權制而蕭何造律宜也善曰尚書呂命穆王訓夏贖刑禮記曰國家靡弊鄭展曰靡音糜漢書曰相國蕭何捃摭秦法取其宜於時者作律九章銑曰靡壞也言刑法壞敝秦爲酷暴善有漢興而蕭何制造律法合其時宜也故有造蕭何之字

律於唐虞之世則誖布內切善作悖字矣善曰服虔曰悖猶繆也悖布迷切悖或作繆良曰誖乖也言時宜不同故不用蕭何律法於唐虞之世有作叔孫通儀於夏殷之時則惑矣善有有字建婁敬之策於成周之世則乖五臣本作繆矣善曰左氏傳曰召公糾合宗族于成周有談范蔡之說於金張許史之間則狂矣善同濟注濟曰並言時異政理不同也前漢金日磾張安世許廣漢史恭史高並貴盛同勢若復使談說之士游於其間則必狂亂之事與也夫蕭規曹隨翰曰蕭何作律法之規矩曹參隨而行之不改留侯畫策陳平出奇向曰留侯張良也奇謂計有六奇也功若泰山響若坻隤五臣作阺頹阺征氏切雖其人之瞻善作瞻智哉亦會其時之可爲也善曰應劭曰天水有大有大阪名曰隴坻其山堆傍著崩落作聲聞數百里故曰坻隤坻丁禮切韋昭曰坻音若是理之是字書曰巴蜀名山堆落曰坻韓子曰太山之功長立於國家日月之名久著於天地銑曰阺山石其有崩落者聲聞數百里言蕭何之徒功響高若山頹之聲也瞻足也故爲可爲於可爲之時則從良曰事本可爲而爲於明主之時則君臣不相違疑言必從計必用也可爲謂適時也爲不可爲於不可爲之時則凶濟曰事本不可爲而彊爲之謂不適時也若夫藺五臣本有先字生收功於章臺善曰晉灼曰相如獻璧於此臺翰曰趙有和氏璧而秦王欲以十五城易之趙王使藺相如時璧入秦秦王見相如於章臺秦王意欲取璧而不與城也相如乃詐言璧有瑕欲指示秦王王乃復與璧令指瑕相如因不與之秦王竟不得璧而還歸於趙趙王以是收藺生之功也四皓采榮於南山善曰四皓史記張良世家高祖欲易太子留侯曰顧上有不能致者天下有四人逃匿山中於是卑辭厚禮迎此四人太子侍四人從年皆八十有餘鬚眉皓白衣冠甚偉上怪之問各言名姓曰東園公角里先生綺里季夏黃公采榮采取榮名也向曰四人皆老而有德避秦亂居於長安之南商洛山中高祖時呂后使求之不來後乃來與太子游也榮猶德

也言呂后采德於南山也公孫創業於金馬驃騎發跡於祁連善曰公孫弘對策於金馬門史記曰弘至太常對策爲第一拜爲博士又曰驃騎將軍霍去病擊匈奴至祁連山捕首虜甚多司馬長卿竊貲於卓氏東方朔割炙於細君善曰史記曰文君夜亡奔相如卓王孫不得已分予文君僮百人錢百萬爲富人居漢書曰伏日詔賜從官肉太官丞日晏不來東方朔獨拔劍割肉即懷肉去太官奏之上曰先生起自責也朔曰受賜不待詔何無禮也拔劍割肉一何壯也割之不多又何廉也歸遺細君又何仁也上笑曰使先生自責乃反自譽復賜酒一石肉百斤歸遺細君割炙害損其炙也良曰竊私取也貲財也炙亦肉也細君妻也僕誠不能與此數子並故默然獨守吾太玄濟曰並謂比並也默然清靜皃

答賓戲 并序

班孟堅

永平中爲郎典校祕書專篤志於儒學以著述爲業或譏以無功善曰項岱曰或有譏班固雖篤志博學無功勞於時仕不富貴也　翰曰或謂或有人也無功謂官尚卑又感東方朔楊雄自諭以不遭蘇張范蔡之時曾不折之以正道明君子之所守故聊復應焉其辭曰

賓戲主人曰蓋聞聖人有一定之論烈士有不易之分亦云名而已矣善曰淮南子曰士有一定之論女有不易之行如淳曰唯貴得名耳　向曰聖人一定其志烈士不易其心者蓋爲求名於一時以振於後世故太上有立德其次有立功善曰左氏傳叔孫豹之辭也銑曰大上謂太古有道之時夫德不得後身而特盛功不得背時而獨彰五臣作章　良曰德者仁

行之先故不得後於身也特獨也功者時合則立故不違背於時也章見也言悳以潤身而功以濟世故德不得後其身而特盛功不得背其時而獨彰言貴及身與時也是以聖哲之治棲棲遑遑孔席不暖乃管反墨突不黔巨炎反　善曰言貴及時故不避棲遑之弊也棲遑不安居之意也韋昭曰暖溫也言坐不暖席也文子曰墨子無黔突孔子無煖席非以貪祿慕位欲起天下之利除萬民之害也　濟曰棲棲遑遑憂時之不濟也席不暖則不安也突不黔不暇食也孔謂孔子墨謂墨翟也突竈孔也黔黑也不暇饌食故不黑也由此言之取舍五臣作捨者昔人之上務著作者前烈善作列之餘事耳善曰劉德曰取者施行道德也舍者守靜無爲也　翰曰取捨謂進退觀時以務安人也　向曰著作謂述作文史也前烈謂前賢也今吾子幸游帝王之世躬帶紱冕之服善曰項岱曰帶大帶也冕服三公卿大夫之服也　向曰吾子賓謂主人也浮英華湛道德矕莫版龍虎之文舊矣

善曰英華草木之美故以諭帝德也浮沉言其洋溢可游泳也禮斗威儀曰帝者德其英華湛古沉字或爲耽於義雖同非古文也孟康曰矕被也蘇林曰謂被龍虎之衣也易曰大人虎變其文炳言文章之盛久也　銑曰浮游於盛美之時沈潜於道德之間見朝廷之事煥然其有文章久矣　英華猶盛美見矕見也龍虎喻有文章之盛也舊久也卒不能攄首尾奮翼鱗良曰卒終也攄舒也奮振也言其終不能如神龍舒其首尾振其翼鱗以游於高遠也喻求富貴也振拔洿烏卧塗跨騰風雲善曰說文曰洿濁水不流也塗泥也　濟曰洿塗淺水而有泥者言當須去卑賤以升高位亦如龍出於淺水以游於風雲之中也跨行也使見之者影五臣作景駭聞之者響震善曰言見之者雖影而必駭聞之者雖響而必震言聲驚懼之甚不俟形聲也　翰曰言富貴則使人聞見其影響則驚懼也景影駭驚震懼也徒樂枕經籍書紆體衡門上無所帶下無所根善曰韋昭曰帶都計切　向曰枕經典而卧鋪詩書而居也紆屈也衡門謂以草木爲門者貧賤之居也上下無根帶謂無援

助也獨攄意乎宇宙之外銳思於毫芒之內善曰項岱曰毫毛也芒毛之顛杪也　銑曰攄舒也宇宙天地也銳精也毫芒細小也言造制文史則舒意於天地之外精思細小之內以成其文章也潛神默記緪五臣作亘以年歲善曰如淳曰緪音亘竟之亘方言曰緪竟也古鄧切晉灼曰以亘爲緪　良曰亘猶終也言常用神思潛默記事以終年歲也然而器不賈古於當已用不效於一世雖馳辯如濤波摛勑施藻如春華猶無益於殿丁見最也善曰劉德曰賈讎也如淳曰潮水之激者爲濤波韋昭曰摛布也藻水草之有文者鹽鐵論曰文學繁於春華漢書音義曰上功曰最下功曰殿　濟曰賈賣也效呈也摛發也藻文也殿後也最先也言有器物不賣與當於己者亦如積學累行而才用不呈於一世雖辨言如濤波之源發文如春物之華終無益於事之先後也意者且運朝夕之策定合會之計使存有顯號亡有美謚不亦優乎翰曰賓勸主人且爲

權宜之計策以取富貴也主人逌由爾而笑曰善曰項岱曰逌寬舒顏色之皃也讀若攸
向曰逌爾寬閑之皃若賓之言所謂見世五臣作勢利之華闇道
德之實守窔五臣作突奥之熒燭未仰天庭而覩白
日也善曰應劭曰爾雅曰西南隅謂之奥東南隅謂之窔字林曰窔一弔切熒小光也銑曰突謂幽深之小
處也熒燭小光也言其見幽深之小光未仰天見白日之光也曩者王塗蕪穢周失
其馭善曰項岱曰周王失牧飾之化也良曰曩昔塗道也穢謂亂也馭理也言周家失其理也侯
伯方軌戰國橫騖音務善曰項岱曰方并也軌轍也東西交馳謂之騖七國爭彊車既并
轍騎復橫騖濟曰言諸侯並軌而行爲戰爭之國也橫騖謂亂走也方並軌跡也於是七雄虓
乎交闞分裂諸夏龍戰虎爭善曰晉灼曰詩云闞如虓虎項岱曰龍以喻人
君周易曰龍戰于野其血玄黃虎以喻猛力爭不以任也翰曰七雄秦楚齊趙燕韓魏也虓闞猛烈也諸夏中國也

文選四十五　十九

游說之徒風颮蒲交電激並起而救之向曰颮急風也電激謂其
口辯疾急也救之謂救諸侯之危也其餘猋必遙飛景附霅爲轍煜育其
間者蓋不可勝載善曰韋昭曰颮風之聚猥者也音庖晉灼曰霅音暴爾之暴說文摽火飛
也炎與熛古字通霅煜光明之皃也銑曰其餘謂史傳所不記者霅煜彊盛皃言游說之人史傳所不記者有辭如烈
火之飛焰馳逐如影之附形然爲彊盛游於其間者不可勝數當此之時搦女捉朽磨
鈍鉛刀皆能一斷善曰韋昭曰搦摩也韓詩外傳陳饒謂宋燕曰鉛刀畜之而干將用之不
亦難乎良曰朽鈍謂不才之人也搦磨皆自激厲也言當此之時不才者皆亦激厲以求僥倖如鉛錫之刀能一斷害
盡亂出易爲才是故魯連飛一矢而蹶千金善曰史記魯仲連事同濟注
濟曰齊圍燕燕將保聊城魯仲連乃爲書約之繫於矢射與燕將燕將得之泣而自殺又仲連游於趙是時秦伐趙秦聞
魯連在趙爲謀秦軍爲之退五十里趙遂安也趙王以千金爲壽仲連弃而不受躧弃也虞卿以顏

聘而揹相印善曰史記曰秦昭王遺趙王書持魏齊頭來魏齊亡出見趙相虞卿虞卿度趙王終不可
說乃解其印與魏齊間行韓同善注言以義相聘之間乃棄相印而去也夫啾發投曲感
耳之聲合之律度淫鼃烏佳而不可聽者非韶夏
之樂也善曰項岱曰啾口吟也投曲投合歌曲也李奇曰淫鼃不正也向曰啾衆聲也投合也淫鼃邪音
也樂有衆聲相合感於人耳又合音律法度而淫邪不可聽者蓋爲非舜禹之雅樂也韶舜樂名大夏禹樂名因
勢合變偶善作遇時之會善作容風移俗易五臣本作移風易俗
乖迕而不可通者非君子之五臣無之字法也善曰項岱曰容宜也
或因際會之勢合變譎之事遇時獨變得容也本遇多爲偶容多爲會銑曰言人因乎權勢合於變通遇與時會者雖
亦移風易俗且復乖迕於道苟合目前此不可通於政體也蓋非賢哲之長法也及至從人合
之衡音橫人散之善曰韋昭曰從人合之助六國者衡人散之佐秦者也良曰關東爲從關西

文選四十五　二十

爲橫從人謂蘇秦合六國以備秦也橫人謂張儀佐秦散六國之徒使棄君事秦也亡命漂說羈
旅騁辭善曰項岱曰委君之徒謂之亡命謂亡君命也左傳陳敬仲曰羈旅之臣杜預曰羈寄也旅客也
濟曰亡命謂弃君命而外游者也羈旅謂客游不得志也漂說謂浮詭之言騁辭謂馳辯之說皆欲感動於人君也商
鞅挾三術以鑽孝公善曰服虔曰王霸富國強兵爲三術翰曰三術謂帝道王道霸道
而商君說秦孝公用此三術孝公用其霸術也鑽者取必入之義也如以鐵鑽之也李斯奮時務
而要始皇善曰項岱曰奮發也時務謂六國更相攻伐爭爲雄伯之務向曰要致也謂致始皇爲彊暴
之法彼皆躡風塵之會履顛沛之勢善曰項岱曰彼謂商鞅李斯輩
也風發於天以喻君上塵從下起以喻臣斯等銑曰風塵顛沛喻危亂也據徼古堯乘邪以求
一日之富貴良曰言據激倖乘邪險以求富貴也一日言不久計也朝爲榮華
夕爲五臣本作而字顦顇福不盈眥齊細禍溢於世善曰李奇曰當富貴

之間視之不滿目濟曰皆目臣也不盈目臣者言不久也凶人且以自悔況吉士而是賴乎且功不可以虛成名不可以僞立韓設辯以激君呂行詐以賈古國善曰項岱曰凶人謂商鞅之輩臨死敗皆悔根之言吉士班固以自託也尚書曰其推吉士翰曰韓非設辯說以激發秦始皇之意也秦昭王子子楚爲質於趙不韋以爲奇貨乃謂之曰吾能大子之門餘見下文善注賈者言如以奇物玩好賈買於國之恩也說難既遒其身乃囚善曰應劭曰遒好也向曰韓非作說難之書欲以爲天下法式上書既終而爲李斯所疾乃因而死遒終也秦貨既貴厥宗亦墜善曰史記曰秦昭王子子楚質於趙呂不韋賈邯鄲見曰此奇貨可居乃以五百金與子楚以五百金買奇物玩好而遊秦獻華陽夫人立子楚爲嫡嗣秦王薨子楚代立爲莊襄王以不韋爲丞相竟飲鴆而死故云厥宗亦墜尚書曰不德罔大墜厥宗銑曰秦貨謂始皇也貴者言爲王也是以仲尼抗浮雲之志孟軻養浩然之

氣善曰孔叢子子思曰抗志則不愧於道浮雲浩然同良注項岱曰皓白也如天之氣皓然也良曰抗舉也孔子云不義而富且貴於我如浮雲孟子云養吾浩然之氣浩然自放逸彼豈樂爲迂羽夫闊哉道不可以貳也善曰項岱曰迂遠也貳二也君子履端於始歸成於終擬聖人之道豈可二行如斯歟韓非不韋之徒也濟曰彼謂孔子孟軻也言孔孟豈樂爲遠闊富貴之事蓋爲人之道不可貳行方今大漢洒所賣埽羣穢夷險芟荒善曰晉灼曰發開也今諸本皆作芟字埽即今埽字也翰曰洒埽羣穢謂剪除暴亂也夷平也言險者平之荒者芟之廓帝紘恢皇綱善曰項岱曰紘張也皇君也許愼淮南子注曰紘維也向曰廓開也恢大也言開大五帝三皇之綱紀也基隆於羲農規廣於黃唐銑曰羲伏羲也農神農也規規矩也黃黃帝也唐唐堯也其君天下也炎之如日威之如神函含之如海養之如春善曰說文曰炎火也謂光照也史記曰帝堯其仁如天其智如神就之如日望之如雲朝錯新書曰臣聞

帝王之道包之如海養之如春良曰如海含養萬物納入百川是以六合之內莫不同源共流善曰韋昭曰天地四方也濟曰同源共流謂同奉天子之化也沐浴玄德稟仰太龢五臣本作和善曰史記太公曰沐浴膏澤尚書曰玄德升聞法言曰或問太和曰共在唐虞成周也龢古和字翰曰稟受也言受大和平均之道也枝附葉著譬猶草木之殖山林鳥魚之毓川澤向曰言上下相親附各得其所有如此也得氣者蕃滋失時者零落善曰項岱曰蕃盛也零凋病也言遇出者昌盛不遇者凋病如萬物於天地之間也銑曰言仕者得太和之氣者則盛失道者則失位也蕃滋盛也零落喻失位也參天地而施化豈云人事之厚薄哉善曰項岱曰參三也言漢家之施化布德周參天地豈人所能論耶良曰言天子之德如天地覆育萬物天地爲一兼天子爲三故云三天地言其如天地之化豈有人事而能知其厚薄之德今吾子處皇代而論戰國曜所聞而疑

所覿濟曰吾子謂賓也曜明也言其以遠之所聞爲明以今之所見爲疑也欲從堥毛敦都回而度高乎泰山懷氿濫音檻而測深乎重淵亦未至也善曰服虔曰敦音頓頓丘也應劭曰爾雅曰前高後丘如覆敦者敦丘也爾雅曰氿泉穴出穴出仄出也濫泉正出正出涌出也郭璞爾雅注敦盂也翰曰堥敦小丘也氿濫小泉也重淵海也喻賓以小見欲窺我大道亦如小丘小泉比度測量太山之高海水之深亦不可至賓曰若夫鞅斯之倫衰周之凶人既聞命矣善曰項岱曰周衰王霸起鞅斯說得行故言衰周凶人也翰曰鞅斯謂商鞅李斯也敢問上古之士處身行道輔世成名可述於後者默而已乎向曰言上古之士行道成名可述於後世者豈有默然無所制作而止於一特主人曰何爲其然也昔者咎繇謨虞箕子訪周言通帝王謀合神聖善曰尚書曰咎繇矢厥謨又曰武王勝殷以箕

子歸又曰王訪于箕子　銑曰言不然也謂亦有所制作也翰曰咎繇為舜謨以致太平武王訪於箕子問以天道政理之事言此二臣所謀皆達帝王之至理合於神明無所不遞殷說夢發於傅巖周望兆動於渭濱善曰尚書曰高宗夢得說使百工營求諸傅巖史記曰太公望以魚釣奸周西伯將出占之曰所獲非龍非虎非熊非羆所獲霸王之輔西伯果遇太公渭濱　向曰殷王高宗夢賢臣乃得說於傅巖之野周文王卜兆遇得太公呂望於渭水之濱也齊甯激聲於康衢漢良受書於邳備眉垠音銀　善曰說苑甯子說梁王曰甯戚飯牛康衢擊車輻而歌桓公得之而霸也爾雅曰五達曰康四達曰衢漢書曰張良從容步遊下邳圯上有一老父出一編書曰讀是則為王者師晉灼曰垠涯也邳水之涯也銑注同皆俟命而神交匪詞言之所信故能建必然之策展無窮之勳也良曰俟待也言上四人皆待天命是神靈之交匪詞言遊說之所相信也故能立必成之計申其大功也建立也展申也無窮言大也勳功也近者陸子優

文選四五　二十三

游新語以興董生下帷發藻儒林善曰鄭玄曰優游不仕也史記曰高帝拜陸賈為太中大夫謂賈曰試為我著秦所以失天下我所以得之者何陸生乃祖述存亡之徵凡著十二篇號其書曰新語又曰董仲舒以治春秋為博士下帷講誦弟子或莫見其面　濟曰近者謂漢時也興行也董仲舒發文謂著春秋繁露也儒林謂列於洪儒之林言文儒多如林木故名林劉向司籍辨章舊聞揚雄譚思法言太玄善曰項岱曰司主也籍書籍也漢書曰光祿大夫劉向校經傳諸子詩賦每一卷書已向輒條其篇目撮其旨意錄而奏之又曰揚雄譚思渾天文㩊十二卷象論語號曰法言渾天即太玄經也　翰曰分辨章句之舊聞以行於世也譚深也皆及時君之門闈究先聖之壼苦本奧善曰應劭曰爾雅曰宮中巷謂之壼　向曰言陸賈之徒所著述皆及時君之意臻之於門闈之下而君納而行之闈宮中門也究盡也壼內奧室也言能盡先聖之大道者如入於先聖所居室中婆娑乎術藝之場五臣本句首有眞字　善曰項岱曰婆娑偃息也場圃講經藝之處也　銑曰婆娑

縱逸皃也休息乎篇籍之囿以全其質而發其文良曰言篇籍多如苑囿之育物也　濟曰言文質相半用納乎聖德烈炳乎後人斯非亞歟善曰項岱曰聖德明君知賢而納用之也烈業也後人看書傳之後世　翰曰烈業也炳光也亞次也言陸賈之徒進納文章發明天子之聖德業光乎後世此豈非次於傅說太公之徒與若乃伯夷五臣無伯字抗行於首陽柳惠五臣無柳字降志而辱仕向曰夷謂伯夷也抗立也首陽山名言其立行不食周粟而死於首陽山也惠謂柳下惠也柳下惠為士師三黜而不去也言其能降志辱身而為仕也顏淵五臣作潛樂於簞瓢孔終篇於西狩善曰論語子曰賢哉回也一簞食一瓢飲在陋巷人不堪其憂回也不改其樂左氏傳曰哀公十四年春西狩獲麟春秋元命包孔子曰丘作春秋始於元終於麟王道成也　銑曰顏回潛於陋巷之中不改其樂魯哀公西狩於大野叔孫氏車子鉏商獲獸以為不祥孔子見之曰此麟也孔子遂脩春秋上自隱公終篇於哀公十四年西狩獲麟也聲盈

文四五　廿四

塞於天淵眞吾徒之師表也五臣無也字　善曰項岱曰言若此之榮名上達皇天下洞重泉也　良曰言伯夷等四人聲名達於天天下塞於深淵眞吾徒之師以為上也表上也且吾聞之一陰一陽天地之方善曰周易曰一陰一陽之謂道孔安國論語注曰方猶常也乃文乃質王道之綱有同有異聖哲之常善曰項岱曰或施質道或施文道此王者所以為綱維也春秋元命苞曰一質一文據天地之道天質而地文又曰正朔三而改文質再而復　項岱曰有同仕遇而進有異不合而退此聖人之常道　濟曰言文質同異各在一時此聖哲之道所常然也哲智也故曰慎脩所志守爾天符委命供己味道之腴庾俱反　善曰項岱曰符相命也腴道之美者也文子曰不言之師不道之道若或通焉謂之天符相譚荅揚雄書曰子雲勤味道腴者也　向曰供猶全也腴膏腴也言研味道德之膏腴　翰曰所謂志之所好也爾汝也天符天性也神之聽之名其舍諸善曰項岱曰有賢智君子行之如此神豈舍之

乎將必禔祿之毛詩曰神之聽之式穀以汝精神聽察時事及有善惡之名皆將捨之勿繫於情也銑曰以賓
又不閒和氏之璧韞於荊石隨侯之珠藏於蚌蛤乎歷世莫眡示覆不知其將含景曜吐英精曠千載而流光也善曰韓子曰楚人和氏得璞玉於楚山之中奉而獻之成王使玉人理其璞而得寶焉遂名曰和氏之璧淮南子曰隋侯之珠和氏之璧得之者富失之者貧高誘曰隨侯見大蛇傷斷以藥傅而塗之後蛇於江中銜大珠以報因名曰隨侯之珠良曰韞藏也言璧藏於石中珠在蚌蛤之內歷世莫能見之及其理而剖之則景曜英精遠千載而有光應五臣作膺龍潛於潢汙烏魚黿媟息列之善曰項岱曰天有九龍應龍有翼服虔曰左氏傳注曰蓄小水謂之潢不流謂之汙濟曰膺龍有翼之龍也媟謂欺慢也不覩其能奮靈德合風雲超忽荒而躨據昊五臣作皓蒼也善曰項岱曰忽荒天上也昊蒼皆天名也徐廣史記注躨音戣躨與據同謂之足戟持之

並京逵切翰曰奮起也忽荒謂天下八荒也躨行也故夫泥蟠盤而天飛者應五臣作膺龍之神也先賤而後貴者和隨之珍也銑曰先賤謂在石蚌之時未見光色也後貴謂理而剖之知其寶也和下和隨隨侯也時暗而久章者君子之眞也善曰項岱曰時暗未顯用時也久舊也章明也言君子懷德雖初時未見顯用後亦終自明達如應龍蟠屈而升天隋和先賤而後貴也如此是比君子道德之眞言屈伸如一無變也淮南子曰君子之道久而章遠而隆也良曰處暗君之時久守明道也若乃牙曠清耳於管絃離婁眇目於毫分善曰項岱曰牙伯牙也曠師曠也管鍾律之管絃琴瑟之調也毫分秋毫之末分也纆子董無心曰離婁之目察秋毫之末於百步之外可謂明矣濟曰伯牙師曠皆善樂者離婁目明者言能察秋毫之末百步之外逢蒙絕技於弧矢般班輸㩁巧於斧斤善曰吳越春秋陳音曰黃帝作弓後有楚狐父以其道傳羿羿傳逄蒙項岱曰公輸若之族名班韋昭曰㩁循專也翰曰逢蒙善射者也絕妙也技能也弧弓也般輸工巧者也良樂軼能於相馭烏獲抗力於千鈞善曰項岱曰良王良晉人也樂伯樂秦穆公時人也千鈞者三萬斤呂氏春秋蓮疑說衛嗣君曰烏獲舉千鈞又況一斤乎向曰王良善御者也伯樂善相馬者也軼過也烏獲壯士力舉千鈞也抗舉也三十斤曰鈞也和鵲發精於鍼之林石研桑心計於無垠音銀善曰左氏傳云晉侯求醫於秦秦伯使醫和視之史記曰扁鵲使弟子子陽厲鍼砥石又曰越王勾踐困於會稽之上乃用范蠡計然韋昭曰研范蠡之師計然之名也漢書曰桑弘羊雒陽賈人子以心計爲侍中也銑曰石藥也垠涯也言計算無涯畔也走亦不任廁技於彼列故密爾自娛於斯文善曰服虔曰走孟堅自謂也爾雅曰密靜也良曰走主人自稱也猶今之言下走然也廁間也彼列謂列牙曠研桑之徒也密爾近也斯文謂文史之業也

辭

秋風辭 幷序

漢武帝

上行幸河東祠后土顧視帝京欣然中流與羣臣飲燕上歡甚乃自作秋風辭曰

秋風起兮白雲飛草木黃落兮鴈南歸蘭有秀兮菊有芳攜佳人兮不能忘善曰禮記曰季秋之月草木黃落鴻鴈來賓濟曰佳人謂羣臣也泛樓船兮濟汾河橫中流兮揚素波善曰應劭漢書注曰作大舡上施樓故號曰樓舡列女傳曰津吏女歌曰水揚波兮杳冥冥翰注同簫鼓鳴兮發棹歌善曰棹歌引棹而歌歡樂極兮哀情多善曰列女傳陶荅子妻曰樂極必哀來向曰物極必反故樂極而哀多也少壯幾時兮奈老何善曰古長

歌行曰少壯不努力老大乃悲傷

歸去來 善曰序曰余家貧又心憚遠役彭澤縣去家百里故便求之及少日眷然有歸與之情自免去職因事順心故命篇云歸去來

陶淵明 銑曰潛爲彭澤令是時郡遣督郵至縣吏當束帶見督郵潛乃歎曰我不能爲五斗米折要向鄉里小兒乃自解印綬將歸田園因而命篇曰歸去來

歸去來兮田園將蕪胡不歸 善曰毛詩曰式微式微胡不歸 良曰蕪謂草也胡猶何也 既自以心爲形役奚惆悵而獨悲 善曰淮南子曰是皆形神俱役者也楚辭曰惆悵兮而私自憐 濟曰思求於祿故形爲而驅役此我自爲何所惆悵而獨爲悲 悟已往之不諫知來者之可追 善曰論語楚狂接輿歌曰往者不可諫來者猶可追 翰曰心悟已往之事不可諫而來事亦可追改謂雖爲官今將歸去是追改也

寔迷途其未遠覺今是而昨非 善曰楚辭曰迴朕車而復路及迷涂兮未遠莊子謂惠子曰孔子行年六十而化始時所是卒而非之未知今之所謂是之非五十九非也 向曰言如人行迷失道路尚猶未遠可早迴也謂休仕也 舟遙遙以輕颺風飄飄而吹衣 銑曰行舟而歸也 問征夫以前路恨晨光之熹許冒微 善曰毛詩曰駪駪征夫聲類曰熹亦熙字也熙光明也 良曰問前路遠近也熹微日欲暮也 乃瞻衡宇載欣載奔 善曰毛詩曰衡門之下可以棲遲 良曰衡宇謂其所居衡門屋宇也載則也欣則奔喜而至也 僮僕歡迎稚子候門 善曰周易曰得僮僕貞史記曰楚懷王稚子子蘭 濟曰稚小也候門謂於門首伺候潛到也 三徑就荒松菊猶存 善曰三輔決錄曰蔣詡字元卿舍中三逕唯羊仲求仲從之遊皆挫廉逃名不出 翰曰昔蔣詡隱居幽深開三徑潛亦慕之言久不行已就荒蕪也 攜幼入室有酒盈罇引壺觴以自酌眄庭柯以怡顏 善曰戰國策曰扶老攜幼迎孟嘗君嵇康贈秀才詩曰旨酒盈樽陸機高祖功臣頌曰怡顏高覽 向曰柯樹枝也怡悅也言其枝柯相掩覆以爲可榮故悅也 倚南窗以寄傲五到審容膝之易安 善曰韓詩外傳北郭先生妻曰今結駟列騎所安不過容膝食方丈於前所甘不過一肉 銑同善注言審思此事則所須非廣亦可謂易安其身也 園日涉以成趣門雖設而常關 善曰爾雅曰堂上謂之行堂下謂之步門外謂之趨中庭謂之走郭璞曰此皆人行步趨走之處因以名趨避聲也七喻切 良曰言田園之中日日游涉自成佳趣 策扶老以流憩時矯首而遐五臣作游觀 善曰易林曰鳩杖扶老衣食百口王逸楚辭注曰矯舉也 濟曰周流而憩息也 雲無心以出岫鳥倦五臣作勌飛而知還 翰曰言雲自然之氣無心意以出於山岫之中自喻心不營事自爲縱逸言鳥晝飛勌而暮還故林亦猶人日出而作日入而息也 景翳翳以將入撫孤松而盤桓 善曰丁儀妻寡婦賦曰時翳翳而稍陰日亹亹以西墜爾雅曰盤桓不進也 向曰撫攀也謂賞其堅貞故盤桓而戀之

歸去來兮請息交以絕游世與我而相遺復駕言兮焉求 善曰列子曰公孫穆屏親昵絕交游桓子新論曰凡人性難極也難知也故其絕異者常爲世俗所遺失焉毛詩曰駕言出游又曰知我者謂我心憂不知我者謂我何求 銑曰焉何也 悅親戚之情話樂琴書以消憂農人告余以春將有事乎西疇 善曰說文曰話會合爲善言也劉歆遂初賦曰玩琴書以滌暢賈逵國語注曰一井爲疇 良曰有事謂耕作也西疇謂潛所居之西也疇田也 或命巾車或棹孤舟 善曰孔叢子孔子歌曰巾車命駕將適唐都鄭玄周禮注曰巾猶衣也 濟曰巾飾也言裝飾其車或舉棹於孤舟將游行也 既窈窕以尋壑亦崎嶇而經丘 善曰曹攄贈石荊州詩曰窈窕山道深堙蒼曰崎嶇不安之皃也 翰曰窈窕長深皃壑澗水也謂行舡以尋之也崎嶇險也駕車以涉之也 木欣欣以向榮泉涓涓而始流 善曰毛萇詩傳曰欣欣樂也家

家語金人銘曰涓涓不壅爲江河　向曰欣欣春色皃涓涓泉流皃善萬物之得時感吾生之行休善曰大戴禮曰君道當則萬物皆得其宜郭璞遊仙詩曰吾生獨不化莊子曰其生若浮其死若休　銑曰休謂死也言感吾人生行將死也已矣乎寓形宇内復幾時曷不委心任去留善曰尸子老萊子曰人生於天地之間寄也琴賦曰委性命兮任去留　良曰寓寄也曷何也言何不委棄常俗之心任性去留也胡爲遑遑欲何之富貴非吾願帝鄉不可期善曰孟子曰傳云孔子三月無君則遑遑如也孔叢子孔子歌曰天下如一欲何之大戴禮孔子曰所謂賢人者躬爲匹夫而不願富貴莊子華封人謂堯曰乘彼白雲至于帝鄉　濟曰帝鄉仙都也懷良辰以孤往或植杖而耘音云耔音茲協韻　善曰東征賦曰選良辰而將行淮南子要略曰山谷之人輕天下細萬物而獨往者也司馬彪曰獨往任自然不復顧世論語曰植其杖而耘毛詩曰或耘或耔　翰曰懷安也孤獨也言安此良辰獨往田園以習其性也植杖謂插其所執之杖於田以除田中之草也耘耔謂除草也登東皐以舒嘯臨清流而賦詩善曰阮籍奏記曰將耕東皐之陽毛萇詩傳曰舒緩也琴賦曰臨清流而賦新詩　向曰東皐營田之所也春事起東故云東皐也聊乘化以歸盡樂夫天命復奚疑善曰家語孔子曰化於陰陽象形而發謂之生化窮數盡謂之死莊子曰生有所乎萌死有所乎歸周易曰樂天知命故不憂　銑曰聊且也乘化謂乘其運會也歸盡謂死也奚何也

文四十五　二十九

序上

毛詩序

卜子夏善曰家語卜商字子夏衛人也　翰曰家語云孔子弟子爲魏文侯師

關雎后妃之德也風之始也良曰關雎篇名美后妃之德也所以風化天下而正夫婦也故用之鄉人焉用之邦國焉風風上平下去也教也風以動之教以化之詩者志之所之也在心爲志發言爲詩情動於中而形於言向曰中謂中心也形見也言之不足故嗟歎之嗟歎之不足故永歌之永歌之不足不知手之舞之足之蹈之也情發於聲聲成文謂之音善曰發猶見也聲謂宮商角徵羽也聲成文者宮商上下相應也治世之音安以樂其政和亂世之音怨以怒其政乖亡國之音哀以思其民困翰曰天下無主兵戈興動故人困也故正得失動天地感鬼神莫近於詩濟曰近猶過也先王以是經夫婦成孝敬厚良曰經治也人倫美教化移風俗翰曰厚謂使其淳厚故詩有六義焉一曰風二曰賦三曰比四曰興五曰雅六曰頌上以風化下下以風刺上主文而譎決諫向曰主文謂主詞文也譎誘也言誘人君之意微以爲諫也言之者無罪聞之者足以自戒故曰風善曰風化風刺皆謂譬喻不斥言也主文主與樂宮商相應也譎諫詠歌依違不直諫也　銑曰言者謂謳謠諫也至于王道衰禮義廢政教失國異政家殊俗而變風變雅作矣翰曰變謂十六國風雅以五至[illegible]之醜國史明乎得失五臣本作失得之跡傷人倫之廢哀刑政之苛良曰苛煩也吟詠情性以風其上達於事變而懷其舊俗者也故變風發乎情止乎禮義發乎情民之性也止乎禮義先王之澤也是以一國之事繫一人之本

文四十五　三十

謂之風 濟曰一人君也 一言天下之事形四方之風謂之雅雅者正也 向曰形見也 言王政之所由廢興也 翰曰政則正也言正天下之事 政有小大故有小雅焉有大雅焉頌者美盛德之形容以其成功告於神明者也是謂四始詩之至也 善曰始者謂王道興衰之所由也 翰曰四始風也小雅也大雅也頌也始者王道興衰之始也 然則關雎麟趾之化王者之風故繫之周公南言化自北而南也 善曰自從也從北而南謂其化從岐周被江漢之域 向曰周南篇名 鵲巢騶虞之德諸侯之風也先王之所以教故繫之召公周南召南正始之道王化之基 善曰先王大王王季文王也 良曰鵲巢騶虞周南召南皆篇名也正始之道謂正王道之始也基本也

文甲十五

三十一

是以關雎樂得淑女以配君子憂在進賢不淫其色哀窈窕思賢才 善曰哀蓋字之誤也哀當為衷謂中心念恕之也 翰曰哀念也 而無傷善之心焉是關雎之義也 善曰無傷善之心謂好仇也

尚書序

孔安國 善曰漢書曰孔安國以治尚書為武帝博士又為臨淮太守 向注同

古者伏犧氏之王天下也始畫八卦造書契以代結繩之政由是文籍生焉 向曰書契謂符信印璽也 伏犧神農黃帝之書謂之三墳言大道也少昊顓頊高辛唐虞之書謂之五典言常道也至于夏商周之書雖設教不倫雅誥奧義其歸一揆 濟曰倫次也誥言也奧深也揆致也 是故歷代寶之以為大訓八卦之說謂之八索求其義也 良曰求天地萬物之義也 九州之志謂之九丘丘聚也 翰曰志記也言書記之也 言九州所有土地所生風氣所宜皆聚此書也春秋左氏傳曰楚左史倚相能讀三墳五典八索九丘即謂上世帝王遺書也先君孔子 向曰孔子即安國十一代祖故云先君 生於周末覩史籍之煩文懼覽之者不一 良曰言見史籍之文煩多恐覽讀者不能一一徧之也 遂乃定禮樂明舊章刪詩為三百篇約史記而脩春秋 翰曰刪謂刪略也約謂依約也 讚易道以黜八索 良曰讚述也黜退也言退而不收也 述職方以除九丘 向曰職方書名也 討論墳典斷自

文甲十五

三十二

唐虞以下訖于周 翰曰討尋也墳典即三墳五典也訖至也 芟夷煩亂翦截浮辭舉其宏綱撮其機要足以垂世立教 向曰芟除草也夷平也言墳典之辭有煩亂雜錯者皆除之如芟荒草而平之也有浮豔之辭如刀翦而截之宏大也垂世謂役於後世 典謨訓誥誓命之文凡百篇 銑曰典謂堯典舜典也謨皋陶謨也訓伊訓也誥康誥之類也誓泰誓等也命顧命之類皆篇名如此之類惣有百篇此略舉之 所以恢弘至道示人主以軌範也 良曰恢大範法也 帝王之制坦然明白可舉而行三千之徒並受其義 翰曰孔子弟子三千人也徒衆也 及秦始皇滅先代典籍焚書坑儒天下學士逃難解散 濟曰逃避也 我先人用藏其家書于屋壁 向曰先人孔子也藏書於壁中也 漢室龍興開設學校旁求儒雅以

闡大猷銑曰闡開猷道也濟南伏生年過九十失其本經口以傳授裁二十餘篇以其上古之書謂之尚書百篇之義世莫得聞至魯共王翰曰魯共王漢景帝子名餘爲魯王謚曰共也好治宮室壞孔子舊宅以廣其居於壁中得先人所藏古文虞夏商周之書及傳論語孝經皆科斗文字向曰科斗古文字也王又升孔子堂濟曰王即共王也聞金石絲竹之音乃不壞宅悉以書還孔氏科斗書廢已久時人無能知者翰曰言時人無能識科斗之字以所聞伏生之書考論文義定其可知者爲隸古定良曰言隸古若削古文之字以書今文乃得定更以竹簡寫之翰曰前漢時猶未有紙故以竹

簡寫書增多伏生二十五篇伏生又以舜典合於堯典益稷合於皋陶謨盤庚三篇合爲一康王之誥合於顧命復出此篇并序凡五十九篇爲四十六卷其餘錯亂摩滅弗可復知悉上送官濟曰悉盡也送官謂進於天子也藏之書府以待能者承詔爲五十九篇作傳良曰承天子之詔以爲訓傳於是遂研精覃思博考經籍向曰於是安國乃研精深思爲之訓解也覃深也采摭羣言以立訓傳約文申義敷暢厥旨庶幾有補於將來翰曰摭拾傳解也約依約也敷布暢通厥其旨意也將來謂後之學者書序序所以爲作者之意昭然義見宜相附近故引之各冠其篇首定五十八篇向曰冠正也言正其篇首以次序也既畢濟曰言定篇已畢也既已也會國有巫蠱事經籍道息用不復以聞銑曰巫蠱謂時江充誣戾太子厭蠱故不復聞奏天子傳之子孫以貽後世翰曰言既不復聞奏天子乃欲自傳子孫以遺後世也貽遺也若好古博雅君子與我同志亦所不隱也

春秋左氏傳序

杜元凱善曰臧榮緒晉書曰杜預字元凱京兆人也起家拜尚書郎稍遷至鎮南大將軍都督荊州諸軍事平吳加位特進薨翰同善注

春秋者魯史記之名也記事者以事繫日以日繫月以月繫時以時繫年所以紀遠近別同異也故史之所記必表年以首事年有四時故錯舉以爲所記之名也良曰錯雜也年有四時舉其春秋以立名不必兼言冬夏也周禮有史官掌邦國四方之事達四方之志諸侯亦各有國史大事書之於策小事簡牘而已向曰大竹曰策小竹爲簡不版爲牘孟子曰楚謂之檮杌晉謂之乘去而魯謂之春秋其實一也銑曰檮杌乘皆春秋之別名韓宣子適魯見易象與魯春秋曰周禮盡在魯矣吾乃今知周公之德與周之所以王善有也字濟曰言知周室爲王之所由韓子所見蓋周之舊典禮經也周德既衰官失其守上之人不能使春秋昭明赴告策書翰曰上之

人謂自孔子已上之人也赴告謂有事則來告於魯乃爲策簡而書之）諸所記注多違舊章仲尼因魯史策書成文考其眞僞而志其典禮（銑曰志記也）上以遵周公之遺制下以明將來之法其教之所存文之所害則刊而正之以示勸戒（濟曰害亂也刊削也）其餘則皆即用舊史史有文質辭有詳略不必改也故傳曰其善志又曰非聖人孰能脩之蓋周公之志仲尼從而明之左丘明受經於仲尼以爲經者不刊之書也故傳或先經以始事或後經以終義或依經以辨理或錯經以合異隨義而發其例之所重舊史遺文略不盡舉非聖人所脩之要故也（良曰略不盡舉謂略之不能盡爲舉說也）身爲國史躬覽載籍必廣記而備言之其文緩其旨遠（向曰緩約旨意也）將令學者原始要終尋其枝葉究其所窮（銑曰究盡也）優而柔之使自求之饜而飫之使自趣之（翰曰使學者優柔尋之自求義理既得若飽而饜飫其自趨進道業而不患不知也饜飫猶食飽也）若江海之浸膏澤之潤渙然冰釋怡然理順然後爲得也其發凡以言例皆經國之常制（向曰凡循條目也）周公之垂法史書之舊章仲尼從而脩之以成一經之通體其微顯闡幽裁成義類者（銑曰其理微暗者使明之其道幽隱者使開之闡開也）皆據舊例而發義指行事以正

褒貶（良曰善者褒之惡者貶之）諸稱書不書先書故書不言不稱書曰之類皆所以起新舊發大義謂之變例然亦有史所不書即以爲義者此蓋春秋新意故傳不言凡曲而暢之也（濟曰暢通也）其經無義例因行事而言則傳直言其歸趣而已非例也故發傳之體有三而爲例之情有五一曰微而顯文見於此而義起於（五臣本作起義在）彼稱族尊君命舍族尊夫人梁亡城緣陵之類是也二曰志而晦約言示制推以知例參會不地與謀曰及之類是也三曰婉而成章曲從義訓以示大順諸所諱辟（善作避諱）璧假許田之類是也四曰盡而不汙直書其事具文見意丹楹刻桷天王求車齊侯獻捷之類是也（翰曰楹屋柱也桷椽也）五曰懲惡而勸善求名而亡欲蓋而章書齊豹盜三叛人名之類是也推此五體以尋經傳觸類而長之（向曰逢事如此猶若生其義矣觸逢也長生也）附于二百四十二年行事王道之正人倫之紀備矣或曰（濟曰假設或有人問將欲復答重明其義）春秋以錯文見義（銑曰錯雜也）若此（五臣本作如）所論則經當有事同文異而無其義也先儒所傳皆不其然（翰曰然猶如此也）荅曰春秋雖以一字爲褒貶然皆須數句以成言非

如八卦之爻可錯綜爲六十四也固當依傳以爲斷古今言左氏春秋者多矣今其遺文可見者十數家大體轉相祖述進不成爲錯綜經文以盡其變退不守丘明之傳於丘明之傳有善作其所不通皆没而不說翰曰謂十數家所言者如此也而更膚引公羊穀梁適足自亂良曰膚淺也言諸家及更淺引公穀以訓解春秋是足以自亂終無益也預今所以爲異濟曰預今言所作異於諸家專脩丘明之傳以釋經經之條貫必出於傳傳之義例揔歸諸凡推變例以正襃貶簡二傳而去異端蓋丘明之志也其有疑錯則備論而闕之以俟後賢

向曰俟待也言有疑錯之事則備論闕而不斷以待後賢而補之然劉子駿創通大義賈景伯父子許惠卿皆先儒之美者也末有潁子嚴者雖淺近亦復名家故特舉劉賈許潁之違以見同異銑曰違謂與理相乖分經之年與傳之年相附比其義類各隨而解之名曰經傳集解又別集諸例及地名譜第歷數相與爲部凡四十部十五卷皆顯其異同從而釋之名曰釋例將令學者觀其所聚異同之說釋例詳之也良曰詳論也或曰春秋之作左傳及穀梁無明文說者以爲仲尼自衛反魯脩春秋立素王丘明爲素臣銑曰孔子卒後而爲或人所謗云孔子自立爲素王以丘明爲素臣言公羊者亦云黜周而王魯危行言孫以辟善作避當時之害故微其文隱其義公羊經止獲麟翰曰至獲麟之時以爲終篇也而左氏經終孔丘卒向曰至孔子卒時爲終篇敢問所安銑曰安何也言敢問所以何爲也荅曰異乎余所聞翰曰言與我所聞異仲尼曰文王既没文不在茲乎此制作之本意也歎曰鳳鳥不至河不出圖吾已矣夫蓋傷時王之政也麟鳳五靈王者之嘉瑞也今麟出非其時虛其應而失其歸此聖人所以爲感也絶筆於善作于獲麟之一句者善無者字所感而起固所以爲終也曰然則善無則字

春秋何始於魯隱公荅曰周平王東周之始王也隱公讓國之賢君也考乎其時則相接言乎其位則列國本乎其始則周公之祚胤也良曰言隱公是周公之祚胤也若平王能祈天永命紹開中興濟曰祈求也紹繼也言平王能求天之福以永天命繼先王之業開中興之道隱公能弘宣祖業光啓王室向曰弘大也啓開也則西周之美可尋文武之迹不隊翰曰西周謂平王未東遷之時是故因其歷數附其行事采周之舊以會成王義垂法將來銑曰會合也所書之王即平王也所用之歷則周正也所稱之公即魯五臣作則隱也安在其黜周而王魯乎濟曰荅上或問之云言公羊者亦云黜周而王魯此所以

分別不黜周王魯之意也子曰如有用我者吾其爲東周乎此其義也若夫制作之文所以章善作彰往考來情見乎辭言高則旨遠辭約則義微良曰旨意也此理之常非隱之也聖人包周身之防濟曰言以忠信禮樂周徧其身以防其患既作之後方復隱諱以避五臣本作辟患非所聞也翰曰言既作忠信方復隱諱其事欲以避當時之患非我所聞也荅上危行言遜以避當時之害也子路欲善無欲字使門人爲臣孔子以爲欺天向曰欲使門人弟子爲臣禮於孔子孔子以爲欺天也天即君也言此所以欺於君爲亂逆之道而孔子不爲而云仲尼素王丘明素臣又非通論也銑曰此亦荅上文也先儒以爲制作三年文成致麟既已妖妄又引經以至仲尼卒亦又近誣向曰誣虛也據公羊經止獲麟而左氏小邾知途射亦不在三叛之數故余以爲感麟而作作起獲麟則文止於所起爲得其實翰曰言作春秋起獲麟之時則文之終篇亦止於所起之歲也可謂得其實事也至於反袂拭面稱吾道窮亦無取焉銑曰或有言孔子獲麟感之而泣以袂拭面曰吾道窮矣言此事虛說亦不可取之爲實也

三都賦序

善曰臧榮緒晉書曰左思作三都賦世人未重皇甫謐有高名於世思乃造而示之謐稱善爲其賦序也

皇甫士安

善曰臧榮緒晉書曰皇甫謐字士安定人年出二十始受書得風痺疾猶手不輟卷舉孝廉不行又辟著作不應卒於家良曰左思三都賦成謐見之爲之作序以稱其善也

玄晏先生曰善曰謐自序曰始志乎學而自號玄晏先生玄靜也先生學人之通稱也濟曰謐有高尚之志以著述爲務號曰玄晏先生也玄道晏安也古人稱不歌而頌謂之賦然則賦也者所以因物造端敷弘體理欲人不能加也善曰漢書曰傳云不歌而頌謂之賦登高能賦可以爲大夫言感物造端材智深美可以列爲大夫也釋名曰賦敷也敷布其義謂之賦翰曰敷布也言布弘體物以合物理使人不能加益之引而申之故文必極美觸類而長之故辭必盡麗善曰周易曰引而伸之觸類而長之天下之能事畢矣然則美麗之文賦之作也善曰法言曰詩人之賦麗以則昔之爲文者非苟尚辭而已善曰法言曰或曰君子尚辭乎曰君子事之爲尚將以紐五臣依貫之王教本乎勸戒也善曰說文曰紐系也女九切自夏殷以前其文隱沒靡得而詳焉周監二代文質之體百世可知善曰夏有五子之歌殷有湯頌論語子曰周監於二代郁郁乎文哉吾從周又子曰其或繼周者雖百世可知也向曰言周兼於夏殷二代文質兼備也監兼也故孔子采萬國之風正雅頌之名集而謂之詩善曰漢書曰古有采詩之官王者所以觀風俗知得失自考正也孔子純取周詩詩人之作雜有賦體子夏序詩曰五臣本無曰字一曰風二曰賦故知賦者古詩之流也善曰兩都賦序曰賦者古詩之流也至于戰國王道陵遲風雅寢頓銑曰頓壞也於是賢人失志詞賦作焉善曰漢書曰春秋之後周道寢壞而賢人失志之賦作矣是以孫卿屈原之屬遺文炳然辭義可觀善曰西都賦序曰文章炳焉論語曰必有可觀者焉良曰炳明也存其所感咸有古詩之意皆因文以寄其

心託理以全其制賦之首也善曰漢書曰大儒孫卿及楚臣屈原離讒憂國
皆作賦以風諭咸有惻隱古詩之義班固漢書述曰蔚爲辭宗賦頌之首及宋玉之徒淫文
放發言過于實誇競之興體失之漸翰曰言後世因宋玉言過
其實故有誇侈爭競之文自此而起風雅體失自此漸長風雅之則於是乎乖善曰
漢書曰其後宋玉唐勒競爲侈麗宏廣之語没其風諭之義法言曰辭人之賦麗以淫逮漢賈誼
頌節之以禮自時厥後綴文之士不率典言並
務恢張其文博誕空類善曰孔安國尚書大傳曰誕大也　濟曰恢誕皆大也空
類謂言不附實但爲空大大者罩天地之表細者入毫纖之内
雖充車聯駟不足以載廣厦善作夏接榱不容以
居也翰曰充滿也廣厦大屋也榱椽也皆謂說事過實也其中高者至如相如
上林楊雄甘泉班固兩都張衡二京馬融廣成
王生靈光善曰范曄後漢書曰馬融爲校書郎時鄧太后臨朝遂寢蒐狩之禮故猾賊縱横融以爲文武
之道聖賢不墜上廣成頌以諷諫　向曰王生謂王文考也靈光謂靈光殿賦也初極宏侈之辭
終以約簡之制銑曰宏大侈麗也煥乎有文蔚爾鱗集皆
近代辭賦之偉也善曰論語子曰大哉堯之爲君煥乎其有文章也周易曰君子豹變其文
蔚也難蜀父老曰鱗集仰流　良曰蔚爾文盛皃鱗集言次序也偉美也若夫土有常産俗
有舊風濟曰常産謂土地所常出之物方以類聚物以羣分善曰周易曰方
以類聚物以羣分吉凶生矣而長卿之儔過以非方之物寄以
中域翰曰司馬長卿楊雄之儔所述物色非本所出也中域謂中國也則長卿上林而言盧橘夏熟楊雄賦甘
泉而言玉樹青葱是也虚張異類託有於無祖搆之士雷同

景善作影附流宕忘反非一時也善曰徐廣史記注曰祖者宗習之謂也蔡
邕郭有道碑曰望形表而景附謝沉後漢書序曰士庶流宕他州異境　向曰祖法也構合也言後世士人法學相如以
合其文章者如雷聲發而衆蟄同啓若影之附於形如水流一過不復反矣如此亦久也景影也宕過也非一時言久也
曩者漢室内潰四海圮平彼裂銑曰曩昔也潰亂也圮毀也毀裂謂三國各據
守一方也孫劉二氏割有交益魏武撥亂擁據函含
夏善曰公羊傳曰撥亂反正楊雄河東賦曰函夏之大服虔曰函夏諸夏也　良曰孫劉謂孫權劉備也交益吴
蜀地名故作者先爲吴蜀二客盛稱其本土險阻
瓌琦可以偏王善曰埤蒼曰瓌瑋珍琦也　良曰作者謂左思也瓌美琦大也而却爲
魏主述其都畿弘敞豐麗奄有諸華之意言吴
蜀以擒五臣作禽滅比亡國而魏氏善無氏字以交禪比
唐虞既已五臣作以著逆順且以爲鑒戒善曰漢書曰甚誘逆之理
西京賦曰鑒戒唐詩蓋蜀包梁岷之資吴割荆南之富魏跨
中區之衍濟曰梁岷二山名荆南地名中區中國也衍大也考分去次之多
少計殖物之衆寡善曰星之分次物之生殖也周禮曰以星土辨九州之地所封域又曰動
物宜毛植物宜皁　翰曰分次謂星之分野也牽牛婺女翼軫星皆楊荆之分屬吴也觜參益州分餘皆屬魏分也殖物
謂土地所出之物也比風俗之清濁課士人之優劣亦不可
同年而語矣善曰過秦曰則不可同年而語矣向曰言二國不可與魏同年而語矣謂魏都美也二
國之士各沐浴所聞善曰史記曰太史公曰成王作頌沐浴膏澤　銑曰二國吴蜀也沐
浴洗滌也所聞謂術蜀其美也謂其所習穢濁一聞美事若洗滌其耳也家自以爲我土樂
人自以爲我民良皆非通方之論也良曰各自說本土爲樂其

人皆善矣良善也作者又因客主五臣無主字之辭正之以魏都折之以王道其物土所出可得按圖而校善曰左氏傳賓媚人曰疆理天下物土之宜杜預曰播殖之物各從土宜濟曰按開校比也言可開圖畫者以比之言土物皆以實說也體國經制可得按記而驗豈誣也哉善曰周禮曰惟王建國體國經野鄭玄曰體猶分也銑曰按憑也誣虛也

思歸引序

石季倫向曰思歸引古曲名崇爲太僕卿有思歸之意故有此作今集者但收有序而不錄其詞

余少有大志夸邁流俗弱冠登朝善曰臧榮緒晉書曰崇早有智慧年二十餘爲修武令有能名范曄後漢書馬援曰吾從弟少遊哀吾慷慨多大志禮記曰不從流俗班固漢書述曰矯矯賈生弱冠登朝銑曰大志謂高尚之志也夸猶極也邁遠也言極遠於流俗之事與世不羣也弱冠謂年二十時也歷位二十五年五十以事去官善曰臧榮緒晉書曰崇爲大司農坐未被書擅去官免晚節更樂放逸篤好林藪善曰魏太祖祭喬玄文曰非至親之篤好胡肯爲此辭哉遂肥遁於河陽別業善曰周易曰肥遁無不利良曰肥猶美也言美其隱遁之事而居於河陽也河陽縣名別業別居也其制宅也却阻長隄前臨清渠柏木幾渠依於萬株流水周於舍下善曰楚辭曰水周兮堂下濟曰幾近也舍謂屋也有觀閣池沼多養鳥魚翰曰觀臺也家素習技頗有秦趙之聲善曰楊惲報孫會宗書曰家本秦人能爲秦聲婦趙女也雅善鼓瑟向曰技樂也出則以游目弋釣爲事入則有琴書之娛善曰楚辭曰忽反顧以遊目劉歆遂初賦曰玩琴書以條暢銑曰出謂出游也弋取鳥也釣取魚也入謂歸入室也又好服食咽伊練氣志在不朽傲然有凌五臣作陵雲之操善曰古詩曰服食求神仙漢書曰司馬相如既奏大人賦天子曰飄飄有陵雲之氣仲長子昌言曰節操淩高雲向曰服食咽氣志在不朽謂求長生也操猶志也欻許勿復見牽羈婆娑於九列善曰臧榮緒晉書曰崇後爲太僕濟曰謂仕宦如以物牽引而羈繫也婆娑游處也九列九卿也時崇爲太僕卿困於人間煩黷常思歸而永歎善曰賈逵國語注曰黷媟也毛詩曰茲之永歎翰曰黷狎也尋覽樂篇有思歸引善曰琴操思歸者衛女之所作也欲歸不得心悲憂傷援琴而歌作思歸引儻古人之情有同於今故制此曲向曰儻疑辭也此曲有絃無歌今爲作歌五臣作樂辭以述余懷恨時無知音者今造新聲而播於五臣無於字絲竹也善曰周禮曰播之以八音銑曰播布也

六臣文選卷第四十五

六臣文選卷第四十六

梁昭明太子撰

唐李善并五臣註

序下

豪士賦序一首

陸士衡 善曰臧榮緒晉書曰機惡齊王冏矜功自伐受爵不讓及齊亡作豪士賦呂氏春秋曰老聃孔子墨翟關尹子列子陳駢楊朱孫臏王廖兒良此十人者皆天下之豪士也然機猶假美號以名賦也　翰曰豪士謂智勇人也機惡見齊王冏自矜其功有簒位之心因此賦以諷之終不寤矣文選但錄其序莫載其賦

夫立德之基有常而建功之路不一善曰左氏傳穆叔曰太上有立德其次有立功　向曰建立也言立功者逐事爲宜故云不一也何則循五臣本作脩心以爲量者存乎我善曰言立德必循於心故存乎我　銑曰立德是因之於心而闓其身進退是非故德賫常存乎我也因物以成務者繫乎彼善曰言建功必因於物故繫乎彼　良曰立功於人以成其事是以心常繫於彼也存夫我者隆殺止乎其域繫乎物者豐約唯所遭遇善曰言德有恒量至域便止功無常則因遇乃成域謂身也　濟曰域謂身也豐約大本也落葉俟微風五臣本作飈以隕而風之力蓋寡善曰漢書王恢謂韓安國曰夫草木遭霜者不可以遇風也孟嘗遭雍門而泣琴之感以末善曰桓子新論曰雍門周以琴見孟嘗君孟嘗君曰先生鼓琴亦能令文悲乎對曰臣竊爲足下有所悲千秋萬歲後墳墓生荊棘游童牧豎躑躅其足而歌其上曰孟嘗君之尊貴亦猶若是乎於是孟嘗君喟然太息涕承睫而未下雍門周引琴而鼓之徐動宮徵揮角羽初終而成曲孟嘗君遂歔欷而就之是琴之感以末也　五臣同善注何者欲隕之葉無所假烈風將墜之泣不足繁哀響也是故苟時啓於天理盡於民庸夫可以濟聖賢之功斗筲可以定烈士之業言遇時也善本無言遇時也一句　善曰時既啓之於天理又盡於人事言立功易也說苑曰管仲庸夫也桓公得之以爲仲父論語子貢曰今之從政者何如子曰噫斗筲之人何足算也　向曰斗筲小器也故曰才不半古而功已倍之蓋得之於時勢也五臣本無也字　善曰孟子曰當今之時萬乘之國行仁政民之悅之猶解倒懸也故事半古之人功必倍之唯此時爲然　銑曰言才不及古之半而立功已倍於古人者蓋得時遇勢也歷觀古今徼一時之功而居伊周之位者有矣善曰孟子曰彼一時此一時　良曰歷徧也徼取也伊周謂伊尹周公也夫我之自我智士猶嬰其累物之相物昆蟲皆有此情善曰孟子曰爾爲爾我爲我文子曰譬吾處於天下亦爲一物也然則我亦物也物亦物也物之與我也有何以相物也禮記曰昆蟲未蟄鄭玄曰昆明也明蟲者陽而生陰而藏　濟曰自我謂自說已是相物謂物皆相輕此雖智士猶嬰繞以爲敗累昆蟲之徒亦有此情也夫以自我之量而挾非常之勳神器暉其顧眄萬物隨其俯仰善曰老子曰天下神器不可爲也爲者敗之　翰曰挾帶也勳功也神器天下也稱其光暉承其顧眄故萬物隨其心意以爲俯仰心玩居常之安耳飽從諛之說豈識乎功在身外任出才表者五臣本無者字哉善曰史記汲黯曰上置公卿寧令從諛承意陷主於不義乎　向曰心玩其所欲以爲常安耳飽其諂諛之說以爲實然也功在身外不可自矜也任出才表言位重才輕也且好榮惡辱有生之所大期善曰孫卿子曰好榮惡辱好利惡害是君子小人之所同　銑曰期猶同也言生人所大同此意也忌盈害上鬼神

猶且不免善曰周易曰鬼神害盈而福謙左氏傳狼瞫曰周志有之勇則害上不登於明堂　良曰忌人盈滿而下之陵上者則鬼神害之也不免謂不免於鬼神之誅也人主操其常柄天下服其大節善曰韓子曰操生殺之柄此人主之勢也左氏傳仲尼曰唯器與名不可以假人君之所司也政之大節也　濟曰操執也言人主執生殺之常柄而天下之臣任其大節佐安社稷也故曰天可讎乎而時有袨服荷戟立乎善本作于字廟門之下援于元旗誓衆奮於阡陌之上善曰漢書曰宣帝祠孝昭廟旄頭劒挺墮地首垂泥土中刃嚮乘輿車馬驚於是召梁丘賀筮之有兵謀不吉上還使是時霍氏外孫代郡太守任宣坐謀反誅宣子章爲公車丞亡在渭城界中夜袨服入廟居郎間執戟立廟門待上至欲爲逆發覺伏誅蘇林曰袨服黑服也過秦論曰陳涉躡足行伍之間而俛起阡陌之中斬木爲兵揭竿爲旗　翰曰袨服黑衣也荷執援引奮起也君命天也而天命可讎之乎而欲有大逆之事也餘同善注楚將項燕爲秦所殺項梁與諸侯引旗誓衆約將滅秦以報父讎也阡陌道路也

況乎代主制命自下裁物者哉善曰后以財成而臣爲之故云自下尸子曰天生萬物聖人財也　向曰異世所聞將讎於君者尚以爲大逆之道況乎今者代天子之政以行制命自臣下而裁成於物此爲臣陵其君非臣下之道廣樹恩不足以敵怨勤興利不足以補害故曰代大匠斲者必傷其手善曰老子曰夫代大匠斲者希有不傷其手　銑曰大匠爲斲固其宜也天子在上同所尊也故人有代匠斲者非其所宜故爲斤斧傷也臣代君制非其所順必爲天下所誅也且夫政由甯氏忠臣所爲慷慨祭則寡人人主所不久堪善曰左氏傳曰衛獻公使與甯喜言曰苟反國政由甯氏祭則寡人　良曰衛獻公之時政由大夫甯氏不由公族但祭祀宗廟則公主之而已此忠臣見之慷慨發憤人主當之不能久堪其歎也是以君奭鞅鞅於亮切五臣本作怏字不悅公旦之舉善曰漢書景帝目送周亞夫曰此之鞅鞅非少主臣也　濟曰君奭邵公也怏怏不悅貌公旦周公也邵公爲保周公爲師相成王邵公不悅疑周公有異志於成王也高平師師側目博陸之勢善曰漢書曰魏相字弱翁遷御史四歲代韋賢爲丞相封高平侯班固述魏相曰高平師師惟辟作威圖黜凶害天子是毗韋昭曰師師相尊法也漢書曰列侯宗室見郅都側目　翰曰漢丞相魏相封高平侯師師謂相法也側目言懼也博陸侯霍光也而成王不遣嫌吝於懷宣帝若負芒刺於背非其然者五臣本無者字與善曰尚書曰武王既喪管叔及羣弟流言於國曰公將不利於孺子孔安國曰成王信流言而疑周公漢書曰宣帝始立見高廟大將軍霍光從驂乘上內嚴憚之若有芒刺在背　向曰言周公霍光所以使其疑懼之者豈不爲臣勢彊而行君之制使之然歟昔者周成王不能遣羣臣之謗疑恨周公於懷嫌疑吝恨也宣帝同善注嗟乎光于四表德莫富焉王曰叔父親莫昵五臣本作暱字焉善曰尚書曰光被四表毛詩曰王曰叔父毛萇曰叔父謂周公也　銑曰周公之志光于四外其德富也成王之叔父其親近也暱近也登帝天位功莫

厚焉守節沒齒忠莫至焉善曰漢書昭帝崩霍光上奏曰太宗亡嗣孝武皇帝曾孫病已可以嗣孝昭皇帝太后詔可尚書伊尹曰天位艱哉李陵與蘇武書曰薄賞子以守節論語或問管仲曰奪伯氏駢邑三百飯疏食沒齒無怨言　良曰周霍二人登帝王於天位其功厚也至死不易其節忠之至也沒齒至死也而傾側顛沛僅而自全濟曰周公爲羣叔流言霍光有芒刺之懼故皆時危勢劣方而得自全也傾側顛沛言危也僅劣也則伊生抱明允以嬰戮文子懷忠敬而齒劒固其所也善曰尚書曰太甲既立弗明伊尹放諸桐左氏傳曰高陽氏有才子明允篤誠紀年曰太甲潛出自桐殺伊尹吳越春秋曰文種者本楚南郢人也姓文字少禽禮記孔子曰儒有懷忠信以待舉史記曰勾踐平吳人或讒大夫種且作亂越王乃賜種劒曰子教寡人伐吳七術寡人用其三而敗吳其四在子子爲我從先王試之種遂自殺枚叔上書諫吳王曰磨肉之齒利劒也　翰曰伊生伊尹也文子越大夫文種也同善注齒及也言明信忠敬之道人之本也以此而死固爲人臣所疑也因斯以言夫以篤

聖穆親如彼之懿善曰謂周公也向曰篤厚也穆和也懿美也言厚聖和親周公之美也尚不能大德至忠如此之盛善曰謂霍光也銑曰謂伊尹文種霍光也取信於人主之懷止謗於衆多之口過此以往惡烏覩其可安危之理斷可識矣善曰鄒陽於獄上書曰不奪乎衆多之口銑曰言聖賢盡忠尚不免讒言過此以往中庸之人何有見其可存者也是以安危之理斷然可知也惡何也識知也又況乎饕土高大名以冒道家之忌運短才而易去聖哲所難平者哉善曰穀梁傳曰君不尸小事臣不專大名老子曰富貴而驕自遺其咎莊子曰功成者隳名成者虧孰能去功與名而還與衆人良曰饕貪也易輕也道家所以為忌富貴而驕也聖哲所難其志不易身危由於勢過而不知去勢以求安濟曰權勢過甚則身危之本也去遠勢利則求安之先也禍積起於寵盛而不

知辭寵以招福翰曰不知此理則喪亡其身也見百姓之謀己則申宮警守以崇不畜之威善曰左氏傳曰公待於壞隤申宮警備設守而後行杜預曰申整宮備也向曰言見百姓謀欲害其己身則申令於宮寢嚴自警守以崇不積之威畜積也言無積德也懼萬民之不服則嚴刑峻制以賈古傷心之怨善曰新序曰商鞅為嚴刑峻法易古三代之制杜預左氏傳注曰賈買也尚書曰民罔不盡傷心銑曰行嚴刑峻法必取怨傷亦如以財買物也賈買也然後威窮乎震主而怨行乎上下善曰漢書蒯通說韓信曰臣聞勇略震主者身危而功蓋天下者不賞良曰震懼也言使人主懼也衆心日陊直氏危機將發而方五臣本無方字偃仰瞪直孕眄謂足以夸世善曰毛詩曰或棲遲偃仰魯靈光殿賦曰齊首目以瞪眄埤蒼曰瞪直視也濟曰陊壞機事也偃仰驕傲貌瞪眄邪視自尊貌夸世謂夸其功能於時世也笑古人之未工忘

善本作亡字已事之已拙翰曰笑古人之道未盡善也而不知已事拙之甚也工善也知曩勳之可矜暗成敗之有會向曰徒知前日之功可以自矜暗成敗之理必有運會也是以事窮運盡必於顛仆音赴銑曰顛仆謂傾倒也風起塵合而禍至常酷也五臣本無也字善曰荅賓戲曰彼皆躡風塵之會履顛沛之勢項岱曰彼謂李斯等也風發於天以諭君上塵從下起以諭斯等良曰風起則塵飛而合暗言禍速應也酷猶法也聖人忌功名之過己惡寵祿之踰量去蓋為此也濟曰過己謂虛有大名而才不足也踰亦過也量才量也蓋謂此也者謂顛仆禍酷之事夫惡欲之大端賢愚所共有善曰禮記曰飲食男女人之大欲存焉死亡貧苦人之大惡存焉故惡欲者心之大端也翰曰人情有所惡心有所欲此人之大端則賢愚所共然而游子徇善本作殉字高位於生前志士思垂名於身後受生之分唯此

而已向曰游子謂游宦之子也徇求也夫蓋世之業名莫大焉善曰漢書曰項羽歌曰力拔山兮氣蓋世震主之勢位莫盛焉善曰見上文注率意無違欲莫順焉借使伊人頗覽天道知盡不可益盈難久持超然自引高揖而退善曰周易曰天道虧盈而益謙毛詩序曰太平之君子能持盈守成司馬遷報任少卿書曰寧得自引深藏巖穴邪銑曰借假也伊人謂有功之人也言假使功成之人少覽天道知運盡不可更益也盈滿不可久持也故超然自引而去高揖時人以從退靜可謂美矣則巍巍之盛仰邈前賢洋洋之風俯冠來籍良曰巍巍高大貌洋洋美盛也俯冠來籍謂為將來史籍之首也冠首也而大欲不乏於身至樂無愆乎舊濟曰大欲謂好道德也愆失也節彌效而德彌廣身愈善本作逾字逸而名愈劭善曰爾雅注曰劭美也翰曰劭謂不絕也愈益也

此之不爲彼之必昧向曰此謂退身也彼謂貪榮也然後河海之跡堙爲窮流一簣之釁善本一作亹字積成山岳善曰論語曰譬如爲山未成一簣止吾止也銑曰河海之大跡塞之成小流喻功大而爲一罪所蔽矣堙塞也窮小也一簣一籠土也釁罪也言若長惡不改如一簣之上漸積以成山岳之大名編凶頑之條身猒荼毒之痛豈不謬哉善曰毛詩曰人之貪亂寧爲荼毒良曰編次也凶頑之條謂書於史籍有凶頑之名也荼毒之痛謂受刑網也故聊賦焉庶使百世少有寤云

三月三日曲水詩序一首善曰風俗通曰周禮女巫掌歲時祓除疾病禊者絜也於水上盥絜也巳者祉也邪疾已去祈介祉也韓詩曰三月桃花水之時鄭國之俗三月上巳於溱洧兩水之上執蘭招魂祓除不祥也續齊諧記曰晉武帝問尚書摯虞曰三月曲水其義何荅曰漢章帝時平原徐肇以三月初生三女至三日而俱亡一村以爲怪乃招携至水濱盥洗遂因水以泛觴曲水之義起於此帝曰若所談非好事尚書郎束晳曰仲治小生不足以知臣請說其始昔周公成洛邑因流水以泛酒故逸詩曰羽觴隨流波又秦昭王三日置酒河曲見有金人出奉水心劒曰令君制有西夏乃因其處立爲曲水二漢相沿皆爲盛集帝曰善賜金五十斤左遷仲治爲陽城令裴子野宋略曰文帝元嘉十一年三月丙申禊飲於樂遊苑且祖道江夏王義恭衡陽王義季有詔會者咸作詩詔太子中庶子顏延年作序

顏延年翰曰鄭國之俗三月上巳之日於溱洧兩水之上執蘭招魂祓除不祥上巳即三日也曲水者引水環曲爲渠以流酒盃而行焉是時宋文帝元嘉十一年三月三日飲于樂遊苑且祖道江夏王義恭衡陽王義季命延年爲序也

夫方策既載皇王之迹已殊鍾石畢陳舞詠之情不一善曰禮記哀公問政子曰文武之道布在方冊春秋說題辭曰尚書者二帝之迹三王之義所推期運明受命之際郭象莊子注曰皇王殊迹隨世爲名漢書曰石曰磬金曰鐘毛詩序曰詠歌之不足不知手之舞之向曰方策今之史書也鐘石樂器也畢陳謂奏之也舞謂手舞詠謌詠也皆帝王宴樂也雖淵流遂往詳略異聞善曰上林賦曰恐後代靡麗遂往而不反春秋序曰史有文質辭有詳略銑曰淵流本源也詳略論說也言帝王之道皆有宴樂宴會雖因時權變源流遂往而論說其道者所聞不同然其宅天衷立民極莫不崇尚其道神明其位善曰東京賦曰豈知宅中而圖大呂氏春秋曰古之王者擇天之中而立國擇國之中而立宮周禮曰設官分職以爲民極周易曰聖人以神明其德良曰宅居衷心也極本也言天子居天心立人本莫不崇高宴樂之道以敬守其位也神明敬也拓土一洛世貽統固萬葉而爲量者也五臣本無也字善曰魏志高堂隆上疏曰拓跡垂統必俟聖賢晉中興書詔桓玄曰蕃衛王家垂固萬葉濟曰拓廣也貽遺統緒也葉代也量大也言廣世葉以遺後緒使堅萬代而成乎大道也有宋函夏帝圖弘遠善曰揚雄河東賦曰函夏之大漢書服虔曰函夏諸夏也孝經鉤命决曰立乃授帝圖撥秘文翰曰函夏中國也言有宋奄居中國也弘大也高祖以聖武定鼎規同造物善曰宋高祖也左氏傳王孫滿謂楚子曰成王定鼎于郟鄏莊子孔子曰夫造物者爲人司馬彪曰造物者爲道向曰定鼎猶定天下也大道造化萬物以得其所者言高祖規矩同於大道也皇上以叡文承歷景屬宸居善曰皇上宋文帝也尚書曰濬哲文明又曰天之曆數在爾躬光景連屬也曲引曰高光二聖宸居其域蔡邕曰如北辰居其所而衆星拱之銑曰皇上謂文帝也叡聖景明屬繼也宸居帝位也言文帝以聖文之德以承歷數明繼先帝位也隆周之卜既永宗漢之兆在焉善曰揚雄河東賦曰瞰隆周之大寧左氏傳王孫滿曰成王定鼎於郟鄏卜世三十卜年七百良曰周室既興卜年七百漢丞相陳平等共誅諸呂使迎代王立之文紀曰王卜得大横占曰大横庚庚余爲天王遂即位爲文帝也宋爲漢後故云宗漢言宋祚將與周漢同也正

體毓德於少陽，王宰宣哲於元輔。善曰：正體，太子也。喪服傳曰：父爲長子三年。傳曰：何以三年？長子正體於上。周易曰：蠱，君子以振民育德。少陽，東宮也。鄭玄禮記注曰：東郊，少陽，諸侯象也。王宰，謂王爲宰輔。毛詩曰：宣哲維人，文武惟后。班固涿邪山文曰：晰晰將軍，大漢元輔。濟曰：正體，謂太子承繼天子之體，以育德於東宮也。東宮曰少陽也。王宰，宰相也。哲，智也。元，君也。言宰相之臣宣智力於君，以爲輔佐也。晷緯昭應，山瀆效靈。善曰：說文曰：晷，日影也。緯，五星也。易乾鑿度曰：五緯順軌，四時和粟。山，五嶽也。瀆，四瀆也。効靈，山出器車，瀆出圖書之類。翰曰：晷，日；緯，星也。昭應，謂明而不錯亂也。山謂五岳，瀆謂四瀆也。效，呈也。言五岳四瀆呈其神靈以示我福也。五方雜遝，徒合四隩於六來暨。善曰：漢書曰：京師五方雜錯。尚書曰：九州攸同，四隩既宅。吳都賦曰：都輦轂而四隩來暨。向曰：五方，四方中國也。雜遝，人物殷衆也。四隩，四方蠻夷也。暨，至也。選賢建戚，則擇之於茂典；施命發號，必酌之於故實。善曰：左氏傳士會曰：楚君之舉也，內姓選於親，外姓選於舊。又曰：蔿敖爲宰，擇楚國之令典。尚書穆王曰：發號施令，罔有不臧。毛詩序曰：能酌先祖之道以養天下。國語樊穆仲謂宣王曰：魯侯賦事行刑，必問於遺訓而咨於故實。銑曰：建，立；戚，親；茂，美；典，則也。言選賢才以居職，立親戚以爲公侯，則擇其美行可法則者。施命，謂行命也。酌，取也。故實，先王之道也。大予協樂，上庠肆教。善曰：東觀漢記孝明詔曰：正大樂官曰大予樂官。禮記曰：有虞氏養國老於上庠。良曰：大予，樂名。協，和也。上庠，儒學也。肆，行也。章程明密，品式周備。善曰：漢書曰：高祖命張蒼定章程。謝承後漢書曰：魏郎爲河內太守，明密法令。漢書曰：宣帝樞機周密，品式備具。濟曰：品，品秩也。式，猶法也。國容眡令而動，軍政象物而具。善曰：司馬法曰：國容不入軍，軍容不入國。左氏傳曰：士會曰：蔿敖爲宰，百官象物而動，軍政不戒而備。翰曰：國容，百官上下之義也。眡令，謂觀號令也。象物，謂象熊羆虎豹之威猛也。箴闕記言，校文講藝之官，采遺於內；輶車朱軒，懷荒振遠之使，論德于外。善曰：左氏傳魏絳曰：昔周辛甲之爲太史也，命百官箴王闕。禮記曰：言則左史書之。西都賓曰：啓發篇章，校理秘文，講論于六藝，稽古於同異。揚雄荅劉歆書曰：常聞先代輶軒之使。風俗通曰：周秦常以八月輶軒使採異代方言。辨亡論曰：輶軒騁於南荒。尚書大傳曰：未命爲士，不得朱軒。西征賦曰：銜命則蘇屬國，震遠則張博望。向曰：箴，戒也。言太史之官作戒以戒天子百官之闕失也。天子所言，則左史書記之。校文講藝之官，謂儒學之職。采遺，謂采拾遺闕之事。銑曰：輶車朱軒，使者之車也。言使臣能來遠荒之國以爲王臣，振起王化於遠方之人也。論德，論天子之德也。赬莖素毳，昌銳并柯共穗之瑞，史不絶書；棧山航海，踰沙軼余日漠之貢，府無虛月。善曰：左氏傳晉司馬叔侯曰：魯之於晉也，職貢不乏，史不絶書，府無虛月。如是可矣。楊雄交州箴曰：航海三萬，東秦其犀。良曰：赬莖，朱草也。素毳，白虎也。并柯，連理木也。共穗，嘉禾也。皆太平之瑞也。言於國史上書之不絶，言常有之。濟曰：言遠方之國，山作棧道，海濟舟航，踰度沙漠，來貢土物，府庫之內，每月無絶也。列燧千城，通驛萬里。翰曰：燧，烽火也。千城，言郡縣多也。穹居之君，內首稟朔；卉服之酋，迴

面受吏。善曰：魏都賦曰：思稟正朔。尚書曰：島夷卉服。劇秦美新曰：海外遐方，迴首內鄉。漢書曰：卭笮之君長欲願爲內臣妾，請吏比面。向曰：穹居之君，匈奴也。卉服之酋，南蠻也。內首迴面，皆賓服爲臣也。稟朔，稟正朔也。受吏，謂受郡縣之化。是以異人慕響，俊民間出。善曰：班固漢書贊曰：羣士響慕，異人並出。尚書曰：俊民用章。漢書曰：漢興，詩書往往間出。銑曰：響慕，德音也。警蹕清夷，表裏悅穆。善曰：仲長子昌言曰：姦慝既弭，警蹕清夷。良曰：天子出入曰警蹕。夷，平也。表裏，內外也。穆，和也。將徙縣中宇，張樂岱郊，善曰：言將徙都洛邑，封禪泰山也。莊子曰：北門成問於黃帝曰：帝張咸池之樂於洞庭之野。濟曰：宋居江東，故將欲移都於中國也。縣，都也。中宇，中國也。張，用也。岱，山也。郊，南郊也。將欲用樂祭岱山，拜南郊也。增類帝之宮，五臣本作壇字飭禮神之館，塗歌邑誦，以望屬車之塵者久矣。善曰：禮記曰：天子將出征，類于上帝。類，祭也。西都賦曰：禮神祇，懷百靈。司馬相如諫獵曰：犯屬車之清塵。翰曰：天子行有屬車三十六乘以從於後也。望屬車者，望天

子來也塵者車行之塵也日躔直連胃維月軌青陸善曰漢書曰日月初躔星之紀
韋昭曰躔處也王仲宣思征賦曰在建安之二八星步次於箕維漢書天文志曰月順入軌道何圖帝覧嬉曰立春春分
月從東青道在頭左氏傳注曰陸道也向曰此始謂三月之時也躔次也胃星名維畔也月令云季春之月日在胃也
言日次胃星之軌行畔也青陸東道也言玄春春分月從東道也言月行於此也皇祇發生之
始后王布和之辰善曰皇天神也祇地神也周禮曰大宗伯掌天神地祇之禮曹植九詠曰
皇祇降兮潛靈舞爾雅曰春為發生禮記曰后王命冢宰降德于衆兆人又曰孟春之月命相布德和令銑曰皇祇天
地也言春時是天地發生萬物之時君王布政惠和之日也后君也辰日也思對上靈之心
以惠庶萌五臣本作氓字之願加以二王于邁出餞戒告
善曰二王已見上注毛詩曰從公于邁韓詩章句曰送行飲酒曰餞儀禮曰小臣戒與者鄭玄曰君以宴禮勞使臣則警
戒告語焉良曰言天子思荅上天之心以惠衆人之望乃加以江夏衡陽二王于行出蕃使布化行惠於百姓也天子
乃與羣臣出餞戒告以勤職業也上靈上天也庶氓衆人也願望也邁行也有詔掌故爰命
司歷善曰封禪書曰宜命掌故左氏傳仲尼曰今火猶西流司歷過也濟曰掌故掌知故事者司歷知時歷
之官也獻洛飲之禮具上巳之儀善曰洛飲上巳並已見上注翰曰昔者
周公禊飲于洛南除輦道北清禁林善曰上林賦曰輦道纚屬西都賓曰集禁林而屯聚
向曰除掃除也輦道天子行之道也禁林苑也左關巖隥都鄧右梁潮源略亭
皐跨芝廛苑太液懷曾山善曰難西蜀父老曰關沬若梁孫原穆天子傳曰天
子東升于三道隥洛神賦曰秣駕乎蘅皐秣駟乎芝田漢書有太液池銑曰關據也隥阪也梁橋也言潮水之上作橋
良曰亭皐謂野作亭也上林賦云亭皐千里言此所游之處陵嶝於上林之大也芝廛芝田也洛陽地名言亦將跨越之
也漢武帝太液池中有高山言我今以彼池為苑包懷其高山也松石峻峗古毀蔥翠陰
煙游泳之所攢在官萃翔驟之所往還於是離宮

設衛別殿周徼音叫善曰西都賓曰離宮別觀三十六所周以鉤陳之位衛以嚴更之署周廬
千列徼道綺錯濟曰峻峗高峻也葱翠青色也陰煙山中氣也翰曰游泳魚龍也攢萃集聚也翔驟鳥獸也向曰
離宮天子出游之宮設衛宿衛也徼循也言周循於山水之間也旌門洞立延帷接枑
五臣本作枑字音乎善曰周礼曰王之會同為帷宮設旌門楊雄蜀都賦曰延帷揚幕接帳連岡又周禮曰王之會同
之舍設梐枑再重杜子春曰梐枑行馬也銑曰旌門以旗為門洞通也言各相對迴行而立之延帷謂列帷使相接而
迴枑也枑即乎也閱水環階引池分席善曰歎逝賦曰閱水以成川良曰閱流也環
繞也分席謂水分流各至席坐之所謂流杯池也春官聯事蒼靈奉塗然後
升秘駕亂緹徒兮騎搖玉鑾發流吹善曰言春官聯事以供職蒼靈
奉塗以衛行也周禮有春官宗伯又曰以官府之六聯合邦治二曰賓客之聯事蒼靈青帝也尚書帝命驗曰帝者承天
立五府蒼曰靈府鄭玄曰蒼帝靈威仰之府續漢書曰緹騎二百人屬執金吾楚辭曰鳴玉鑾之啾啾兮淮南子曰龍舟
鷁首浮吹以虞濟曰春官掌禮之官聯事謂上下聯事出游之禮也蒼靈謂春初句芒也奉塗謂前驅以清道翰曰
秘駕為天子馬也亂引也緹騎金吾騎兵也玉鑾天子法駕也流吹笳簫之類也天動神移淵旋
五臣本作旋字雲被以降于行所禮也善曰羽獵賦曰天動地岋淮南子曰藏志九旋
之淵蔡邕獨斷曰天子以天下為家自謂所居為行在所向曰此皆衆士百官行從多貌行所即游所也既
而帝暉臨幄百司定列鳳蓋俄軫虹旗委旆善曰
俄軫委旆不行也東都主人曰鳳蓋棽纚楚辭曰回朕車俾西引搴虹旗於玉門銑曰帝暉天子也臨幄坐於帳也軫
停也委安也肴蔌速芬藉觴醳亦泛浮善曰毛詩曰其肴維何炰鼈鮮
魚其蔌維何維筍及蒲鄭玄礼記注曰醳旨酒也良曰魚肉曰肴菜蔬曰蔌芬香也藉多也觴醳酒也泛浮言多也
妍歌妙舞之容銜組樹羽之器善曰古妍歌篇曰妍歌展妙聲發曲吐令
辭邊讓章華賦曰妙舞麗於陽阿阮諶三禮圖曰笴虛六兩頭並為龍以銜組曹植九詠曰雲龍兮銜組流蘇兮交橫毛詩

曰設業設簴崇牙樹羽　翰曰鐘磬之格兩頭並刻爲龍頭以銜綵組又樹以羽毛爲幢者皆樂器也三奏四上之調六莖九成之曲競氣繁聲合變爭節善曰韓子曰師曠奏清徵一奏有玄鶴二八來集再奏而列三奏延頸而鳴舒翼而舞馬融琴賦曰師曠三奏而神物下楚辭曰四上競氣極聲變王逸曰四上謂代奏鄭衛也漢書曰顓頊作六莖尚書曰簫韶九成鳳皇來儀　向曰四上六莖九成皆曲名也餘同李善注龍文飾轡青翰侍御善曰班固西域傳贊曰蒲梢龍文魚目汗血之馬也說苑莊辛謂襄城君曰鄂君乘青翰之舟汎新波之中　濟曰龍文馬名青翰船名御侍也華裔殷至觀聽鶩集揚袂風山舉袖陰澤靚靜裝藻野袨服縟川善曰籍田賦曰居靡都鄙民無華裔蜀都賦曰觀聽之所踊躍法言曰震于天風薄于山上林賦曰靚莊刻飾鄒陽上書曰袨服叢臺之下者一旦成市說文曰縟繁彩色也　銑曰華裔内外也殷盛也鶩奔也言侍從衆揚其衣袂動山上草木如風吹山也舉袖則蔽川澤乃成其陰矣靚裝美人脂粉之色袨服美麗之衣也言美人裝服映其川野成其文藻雜色也縟雜色也

故以殷隱賑軫外區煥衍都内五臣本作會字者矣善曰西京賦曰鄉邑殷賑張載劒閣銘曰矧玆狹隘王之外區王粲羽獵賦曰叢華雜沓煥衍陸離　良曰殷賑富有貌區方也煥衍多流貌上膺萬壽下禔氏移百福善曰毛詩曰報以介福萬壽無疆司馬相如難蜀文曰中外禔福毛詩曰卜爾百福　翰曰膺當也帀筵稟和闔堂依德良曰筵席也稟受也闔滿也言羣臣帀席滿堂皆受天子和平之樂依天子仁惠之德也情盤景遽歡洽日斜銑曰盤樂也景亦日也遽疾也洽合也金駕揔駟聖儀載佇向曰金駕天子車也揔駟謂聚其駟馬將駕而行也聖儀天子也載佇謂盤桓未去尚惜此宴也悵釣臺之未臨慨酆宮之不縣善曰左氏傳曰楚子合諸侯於申椒舉言於楚子曰夏啓有鈞臺之享康王有酆宮之朝　濟曰悵慨並歎也鈞臺夏啓會饗諸侯之所也在洛陽酆宮周康王朝諸侯之宮也在長安縣謂縣鐘磬之格朝諸侯則設以樂也縣懸也此蓋歎未至中國之兩京也方且排鳳闕以高游開爵園而廣宴善曰關中記曰建章圓闕臨北道銅鳳在上故號鳳闕鄴中記曰銅爵臺西有爵園　翰曰鳳闕闕名爵園鄴都園名言志欲平中原以爲宴也並命在位展詩發五臣本作發字志則夫誦美有章陳信無愧者歟善曰楚辭曰展詩兮會舞王逸曰展舒也周易曰有孚發君信以發志也毛詩序曰頌者美盛德之形容　向曰楚子木問趙孟云范武子德何如劉曰其祝史陳信於鬼神無愧辭也言其敬鬼神而不虛也言今天子仁明須美德亦無愧也

三月三日曲水詩序一首

王元長善曰蕭子顯齊書曰武帝永明九年三月三日幸芳林園禊飲朝臣勅王融爲序文藻富麗當代稱之

臣聞出豫爲象鈞天之樂張焉善曰史記曰趙簡子病二日而寤曰

我之帝所甚樂與百神遊于鈞天廣樂九奏萬舞莊子曰北門成問於黃帝曰帝張咸池之樂於洞庭之野　良曰易豫卦云先王以作樂崇德象則易象也鈞天乃天帝樂也時乘既位御氣之駕翔焉善曰莊子曰乘天地之正而御六氣之辯穆天子傳曰天子命駕八駿之乘遂東南翔行馳千里郭璞曰行如飛翔也　濟曰易乾卦云時乘六龍以御天也既位謂飛龍喻天子得位也御氣則御行於元氣中也駕則龍也是以得一奉宸逍遙襄城之域善曰老子曰王侯得一而天下正尚書曰惟辟奉天宸與辰同典引曰高光二聖宸居其域蔡邕曰始北辰居其所而衆星拱之莊子曰黃帝將見大隗于具茨之山至襄城之野　翰曰宸天也言得純一之正道以奉天謂黃帝也言黃帝問道至于襄城之野也逍遙游貌城野也體元則大帳望姑射亦之阿然窅烏鳥眇寂寥其獨適者已五臣本作也字　善曰東都主人曰體元立制繼天而作論語子曰唯天爲大唯堯則之　向曰元善也體善則大謂堯也堯出游見四子於姑射之山窅然喪其天下謂得道也阿山也　銑曰言黃帝及堯皆求道深遠

虛無爲其自善者也非與天下同之也杳眇深遠也寂寥虛無也適善也至如夏后兩龍載驅璿臺之上穆滿八駿如舞瑤水之陰亦有饗云固不與萬民五臣本作人字共也善曰山海經曰大樂之野夏后啓於此舞九代馬乘兩龍毛詩曰載驂載驅周易歸藏曰昔者夏后啓筮享神於晉之虛作爲璿臺於水之陽列子曰周穆王遠遊命駕八駿之乘驊騮綠耳赤驥白儀渠黃踰輪盜驪山子張湛曰儀古義字又穆天子傳曰天子北升太山之上以望四野乙丑天子觴西王母於瑤池之上毛詩曰執轡如組兩驂如舞孟子曰今王田獵於此百姓聞王車馬之音羽毛之美父子不相見兄弟妻子離散此無他不與民同樂也　良曰夏后帝啓也有馬號爲兩龍乘游於璿臺之上以饗諸侯百官也璿臺臺名穆滿周穆王也言乘八駿之馬以游行天下也如舞謂馬行貌瑤水瑤池也言穆王游於崑崙山見西王母與宴于瑤池之上也言此二主有宴饗則又不與天下萬人共樂也我大齊之握機創曆誕命建家接禮貳宮考庸太室善曰蕭子顯齊書曰齊太

祖高皇帝諱道成字紹伯受宋禪尚書曰我文考文王誕膺天命又曰永建乃家孟子曰舜尚見帝帝館甥於貳室亦饗舜迭爲賓主是天子而友四夫也趙岐曰尚上也舜在畎畝之時堯友禮之舜上見堯舍之於副宮堯亦就饗舜之所設更爲賓主尚書大傳曰維十有五祀舜爲賓客禹爲主人樂正進贊曰尚考太室之義唐爲虞賓鄭玄曰舜既使禹攝天下之事於祭祀避之居賓客之位獻酒則爲亞獻尚考猶言往時也太室明堂之中央室也義當爲儀儀禮儀也謂祭太室之禮堯爲舜賓也　濟曰握機執天下之柄也創曆改正朔也誕大建立也　翰曰貳宮天子接禮賢人之所也庸用也太室明堂也言考用才能於明堂之宮也幽明獻期雷風通饗昭華之珍既徙延喜之玉攸歸善曰曾子夫子曰天道曰圓地道曰方方曰幽圓曰明禮記曰幽則有鬼神太公伏符陰謀曰武王伐紂四海神河伯皆曰天伐殷立周謹來受命願獻時雨論語讖曰仲尼云吾聞堯率舜等遊首山少河渚一老曰河圖將來告帝期尚書曰納于大麓烈風雷雨不迷尚書大傳曰舜將禪禹八風循通又曰堯得舜推而尊之贈以昭華之玉尚書旋璣玉鈐曰玄圭出刻曰延喜之玉　向曰幽明屬期祥瑞見也雷風通

饗陰陽和也　銑曰舜時西王母獻昭華玉天錫禹玄珪刻曰延喜之字言此二寶從歸于齊也攸所也華宗受天保生萬國度待洛邑靜鹿丘之歎遷鼎息大坰古熒之慙善曰周書武王曰膺受大命革殷受天明命又曰我聞古商先王成湯保生商人又度邑篇曰維王克殷乃永歎曰嗚呼不淑充天之對自鹿至于丘中具明不寢帝王世紀曰湯即天子位遂遷九鼎于亳至大坰而有慙德周書丘或爲苑　良曰齊改宋歷數而受天命以爲天子也　濟曰度邑謂卜度邑都也言武王克殷將度邑自鹿丘而歎恥者以臣伐君之名也成湯即天子位還遷九鼎于亳都至大坰而有慙德亦謂以臣伐君也鹿丘大坰並地名言齊受宋禪讓之位而無慙歎之事靜息皆猶無也紹清和於帝猷聯顯懿於王表善曰言以清和之德繼於大道楊子雲劇秦美新曰鏡淳粹之至精聯清和之正聲蔡邕月令論曰出北闡親帝猷法言曰昔在有熊高辛唐虞三代咸有顯懿故天因而瑞之爲神明王河圖曰成帝德者堯開王表者禹　翰曰紹繼也猷道也懿美也表外也言能繼清和之德於五帝之道達明美之理於三王之外駿發開其

遠祥定爾固其洪業善曰毛詩曰濬哲維商長發其祥又曰駿發爾私劇秦美新曰制作六經洪業　向曰駿疾也言齊帝之德疾發聞於天下故能開遠方之祥瑞也詩云天保定爾亦孔之固謂安定之道堅固其大業也皇帝善曰蕭子顯齊書紀曰世祖武皇帝諱賾字宣遠以太子即位　銑曰齊武帝也體膺上聖運鍾下武善曰墨子曰上聖立爲天子其次立爲三公毛詩序曰下武嗣文也　良曰膺當也鍾聚也下武謂文王之下武王繼之言武帝能繼先業亦如武王繼文王之道故云運聚下武冠五行之秀氣邁三代之英風善曰禮記曰人者五行之秀又孔子曰大道之行也三代之英丘未之逮而有志焉　濟曰五行水火金木土也邁過也三代夏殷周也昭章雲漢暉麗日月善曰毛詩曰倬彼雲漢爲章于天譬猶天子爲法度於天下也周易曰聖人與日月合其明　翰曰昭章雲漢喻文德也日月喻明也牢籠天地彈壓山川善曰淮南子曰帝者體太一牢籠天地彈壓山川　向曰彈壓猶蹴蹋也設神理以景俗敷文化以柔

遠善曰神理猶神道也周易曰聖人以神道設教而天下服劉義恭丹徒宮集曰昭化景俗玄教凝神廣雅曰景炤也尚書曰帝乃誕敷文德錄圖曰女聞偃兵建文化尚書曰柔遠能邇　銑曰景光敷布柔安也澤普氾五臣本作泛字而無私法含弘而不殺善曰淮南子曰覆露昭道普氾而無私周易曰含弘光大品物咸亨又曰古之聰明叡智神武而不殺者夫潛夫論曰簡刑薄威不殺不誅此德之上也　翰曰聖人好生惡殺也猶且具明廢寢昃晷忘餐善曰此具明已見上文鹿丘注尚書曰文王自朝至于日中昃弗皇暇食　濟曰具及也言旦夜及明不寢以憂國政念負重於春冰懷御奔於秋駕善曰鄧析子曰明君之御民若乘奔而無轡履冰而負重也尚書曰若蹈虎尾涉於春冰莊子曰尹儒學御三年而無所得夜夢受秋駕明日往朝師師曰今將教子以秋駕　翰曰明君之治人若負重而履冰恐不勝其重懼見陷於冰若御奔馬於秋駕恐有覆敗也秋駕天子法駕也可謂巍巍弗與蕩蕩誰名善曰論語子曰巍巍乎舜禹之有天下而不與焉又曰大哉堯之為君蕩蕩乎民無能名焉　良曰巍巍高大之貌蕩蕩寬遠之稱言高大寬遠之德人不可與之比也人誰能名焉

秉靈圖而非泰涉孟門其何險善曰春秋漢含孳曰天子南面秉圖書成公綏大河賦曰靈圖授錄於羲皇孟子曰以其道舜受堯之天下不以為泰呂氏春秋曰舜修德而苗服孔子聞之曰通乎德之情則孟門太行不為險矣　向曰秉執也靈圖天子位也言不以天子之位為泰者蓋憂天下也言濟天下之難雖如孟門太行亦不以為險志憂人也孟門山名也儲后睿哲在躬妙善居質善曰蕭子顯齊書曰世祖立皇太子長懋漢書疏廣曰太子國儲副君尚書曰睿作聖明作哲禮記曰清明在躬桓子新論曰聖賢之材不世而妙善之技不傳　銑曰儲后太子也睿聖哲智也質體也內積和順外發英華斧藻至德琢磨令範善曰禮記曰和順積中而英華外發法言曰吾未見斧藻其德若斧藻其楶者應劭漢官儀曰太子太傅日就月將琢磨玉質言太子有玉之質琢磨以道也　良曰斧藻謂脩飾也令善範法也言炳丹青道潤金璧善曰法言或問聖人之言炳若丹青有諸曰丹青初則炳久則渝渝乎哉淮南子曰夫道潤乎草木浸乎金石毛詩曰如金如錫如珪如璧　濟曰言炳丹青文也道潤金璧美也出龍樓而問豎入虎闈而齒胄善曰漢書成紀曰上嘗召太子出龍樓門周禮曰師氏以三德教國子居虎門之左蔡邕明堂月令論曰周官有門闈之學禮記曰行一物而三善皆得者唯世子而已其齒於學之謂也尚書曰夔典樂教胄子　翰曰龍樓漢太子門名也問豎謂文王為太子在寢門外朝於王季問於內豎又曰今日安否如何虎闈教國子之學所也公卿之子為胄子言太子入學以年大小為次不以天子之子為上故云齒胄齒年也愛敬盡於一人光耀究於四海善曰孝經曰愛敬盡於事親毛詩曰夙夜匪懈以事一人呂氏春秋曰愛敬盡於事親光耀加於百姓究於四海此天子之孝也　向曰一人天子也究盡也若夫族茂麟趾宗固磐石跨躡女畏昌姬韜軼炎漢善曰毛詩曰麟之趾振振公子漢書宋昌曰帝王子弟犬牙相制所謂磐石之宗春秋錄圖曰蒼精前姬櫻之後昌東觀漢記序曰漢以炎精布耀或幽而光　銑曰茂盛也麟趾詩篇名美公族之盛

也磐石大石也言宗族堅固如大石不可轉易也跨越也昌姬謂文王也韜藏軼過也言齊帝之德踰越跨躡於文王懷藏超過於炎漢也漢火德故稱炎也元宰比肩於尚父中鉉繼踵乎周南分陝流勿翦之歡來仕允克施之譽善曰元宰冢宰也中鉉司徒也說苑晏子謂莊王曰齊之臨菑比肩繼踵毛詩曰惟師尚父周易曰鼎金鉉鄭玄曰金鉉喻明道能舉君之官職也鄭玄尚書注曰鼎三公象也毛詩序曰周南言化自北而南故繫之周公公羊傳曰自陝以西召公主之國語曰秦右太子來仕其車千乘韋昭曰王仕於晉也班固漢書贊禹贊曰禹既黃髮以德來仕尚書曰君陳克施有政　良曰元宰謂宰相也言宰相之德與太公比肩也鉉鼎耳也以黃金為之黃色為中故言中此三公位也踵跡也周南周公也濟曰周公召公分陝界而治人皆歡悅故詩云蔽芾甘棠勿翦勿伐召伯所茇也允信也克能也言來仕官信能當施惠之譽矣言皆用人得賢才也莫不如珪如璋令問令望朱茀方勿斯皇室家君王者也善曰毛詩曰如珪如璋令問令望又曰朱茀斯皇室家君王　翰曰

珪璋玉名喻賢才也令善也朱茀官之服飾也皇大也宗猶親密也言爲臣皆親密於君一心盡忠也本枝之盛如此稽古之政如彼善曰毛詩曰文王孫子本枝百世尚書曰若稽古帝堯　向曰本枝謂宗族也用能免羣生於湯火納百姓於休和草萊樂業守屛稱事善曰史記曰文帝時會天下新去湯火人人樂業左氏傳君子曰一人刑善百姓休和莊子曰農夫無草萊之事則不比禮記諸侯曰某土之守臣某在邊邑曰某屛尸子曰能官者必稱事　銑曰湯火謂禍亂也休和謂禍亂已平兵戈不用故致之使休息和平也草萊謂山野採樵之人也守屛謂州牧也引鏡皆明目臨池無洗耳善曰譙周考史曰公孫述竊位於蜀蜀人任永乃託目盲及述誅永渠盥引鏡自照曰時清目明皇甫謐高士傳曰堯致天下讓許由巢父聞之以爲汙乃臨池水而洗耳　良同善注言今時清故人皆明目也無洗耳言今太平野無逸人也沈冥之怨既缺邁苦和軸之疾已消善曰漢書曰蜀嚴沈冥矣巳曰嚴君平常病不事沈冥而死亦絜矣毛詩曰考槃在陸碩人之軸考槃在阿碩人之邁毛萇曰軸病也謂賢人隱居而離困病也　濟曰沉冥邁軸皆疾病也缺消謂疾病盡除也興廉舉孝歲時五臣本作貢於外府署行去議年日夕于中甸善曰漢書曰詔執事興廉舉孝又詔曰有懿稱明德者遣詣相國府署行議年蘇林曰行狀年紀也尚書曰五百里甸服　翰曰言舉孝廉賢才每歲貢自州郡也外府州郡也署考也考吏行之殿最議年穀之豐儉而奏於天子使朝夕盈于畿甸之中也協律摠章之司序倫正俗善曰漢書曰李延年爲協律都尉魏志曰明帝立摠章觀荀氏傳曰勗爲光祿大夫公以爲魏杜夔所制律呂檢校大樂摠章鼓吹八音與律呂乖毛詩序曰先王以是厚人倫美教化移風俗風俗通曰爲政之要辨風正俗最其上也　向曰協律樂官摠章禮官也倫次也言各有次序以正風俗也崇文成均之職導德齊禮善曰魏志曰明帝置崇文觀徵善文者以充之周禮曰大司樂掌成均之法以數建國之學校而合國之子弟焉論語子曰導之以德齊之以禮　銑曰崇文成均文學官也言理道德之本齊禮樂之先挈壺宣夜辨

氣朔於靈臺書笏珥彤紀言事於仙室善曰周禮夏官曰挈壺氏掌懸壺祭以邑天文志曰言天體者有三家其一曰宣夜鄭玄毛詩箋曰天子有靈臺者所以觀祲象察氣之妖祥左氏傳曰公既視朔遂登觀臺以望而書雲物禮記曰造受命於君則書於笏說苑曰賈武公誅曰惟帝以公通揚祖宗延登東序服衮珥彤史記曰秦文公初有史以紀事禮記曰動則左史書之華嶠後漢書曰學者稱東觀爲老氏藏室道家蓬萊今故言仙室　良曰挈壺氏掌刻漏之官知晝夜日月氣候之事朔月初也靈臺觀懸象之所也執笏者所以書記事也珥執也彤赤管筆也皆史臣所以書記君言也仙室館名也褰帷斷裳危冠空履之吏善曰漢書曰孟賢鏡初拜爲司馬未出殿斷其單衣令短離地說苑曰楚人長劍危冠而有子西漢書曰唐遵以明經飾行顯名於世衣弊履穿餘同銑注　銑曰後漢賈琮爲冀州刺史車垂赤帷而行及至州自言曰刺史當遠視廣聽何反垂帷於車以自掩蔽乃命御者褰去其帷朱博爲琅邪太守俗多舒緩衣長不中節度皆斷其衣裳令去地三寸以便於事危冠壞冠也空履敝履也言其吏清廉而貧也彯搖武猛扛鼎揭渠列旗之士善曰漢書曰霍去病每從大將軍受詔與壯士爲嫖姚校尉華嶠後漢書曰丁白爲武猛校尉法言曰或問力能扛鴻鼎揭華旗知德亦有之乎曰百人也　良曰彯搖輕便貌扛揭皆舉也勤恤民隱糾逖士力王慝士德反善曰國語祭公謀父曰勤恤民隱而除其害左氏傳曰王謂晉文侯曰以綏四方糾逖王慝　翰曰恤憂隱痛逖遠王大慝惡也言憂勤天下人之所痛糾察風俗遠大惡也射集隼於高墉繳之若大風於長隧不仁者遠惟道斯行善曰周易曰公用射隼于高墉之上毛詩曰大風有隧論語子夏曰舜有天下選於衆舉臯陶不仁者遠矣禮記曰大道之行也　濟曰隼鷙鳥也以喻凶人也墉牆也喻人所居也言射此鳥於高牆之上喻除凶人於平人之間也堯時大風爲害堯使羿繳之於青丘之澤大風風伯繳射也隧道也讒莠蔑聞攘爭掩息善曰毛詩曰好言自口莠言自口尚書曰無敢寇攘　翰曰讒譖之人在朝如苗之有莠言此事於齊朝亦無聞也蔑無也攘爭謂攘臂而爭訟也掩息言無也稀鳴桴伏流於砥路鞠茂草於圓扉善曰說文曰桴

鼓柄也漢書曰張敞爲京兆尹桴鼓稀鳴市無偷盜毛詩曰周道如砥其直如矢又曰踧踧周道鞫爲茂草周礼曰以圜土教罷民　向曰桴擊鼓杖也鼓所以鳴於路者盖爲盜發而擊之也今稀鳴謂少盜賊也砥平也鞫養也茂盛也圜扉獄也言時無犯罪若獄皆久空故養盛草於獄中耆年闕市井之游善曰史記太史公曰文帝時百姓遂安自年六七十翁未嘗至市井遊敖嬉戲如小兒狀　銑曰耆年老人也漢孝文之治至和平老人不游市井也稚齒豐車馬之好宮隣昭泰荒憬九永切清夷善曰閑居賦曰昆弟斑白兒童稚齒應劭漢官儀曰不制之臣相與比周比周者宮鄰金虎宮鄰金虎者言小人在位比周相進與君爲鄰堅若金讒言人惡若虎毛詩曰憬彼淮夷來獻其琛仲長子昌言曰警蹕清夷　濟曰稚齒小子也年五歲有鳩車之樂七歲有竹馬之歡皆謂得其天性也　翰曰宮居隣近憬遠夷平也言天子之道居近昭泰之治荒遠之國感盛德而清平也侮食來王左言入侍離身反踵之君髽側麻首貫胷之長屈膝厥角請受纓縻善曰

漢書匈奴傳曰壯者食肥美老者食其餘貴壯健賤老弱也古本作晦食周書曰東越海食尚書曰四夷來王楊雄蜀王本紀曰蜀之先名曰蠶叢柏濩魚鳧開明是時人民椎髻左言漢書曰南越王太子嬰齊入侍周書曰離身染齒之國以龍角神龜爲獻爾雅曰北方有比肩人焉迭食而迭望郭璞曰此即半體之人人各有一目一鼻孔一臂一脚亦猶魚鼠之相合爾呂氏春秋曰舜登爲天子大人反踵皆被其澤高誘淮南子注曰反踵國名其人南行迹北向也淮南子曰三苗髽首山海經曰有貫胷國其人胷有竅括地圖曰禹平天下會于會稽之野又南經防風之神弩射之有迅雷二神恐以刃自貫其心禹哀之乃拔刃療以不死之草皆生是爲貫胷之民諭巴蜀文曰交臂受事屈膝請和孟子曰武王之伐殷百姓若崩厥角趙岐曰厥角叩頭以額角犀厥地也漢書終軍曰願受長纓必羈南越王致之闕下難蜀父老曰盖聞天子之牧夷狄也其義羈縻勿絶而已　向曰侮食左言蠻夷國也　銑曰離身反踵髽首貫胷四海國名屈膝拜也厥角叩頭也纓縻皆係也言請受國家拘係以輸貢賦也文鉞碧砮之琛奇幹五臣本作翰字善芳之賦善曰文鉞未詳一曰鉞當爲越杜篤展武論曰文越水震鄉風伱流徐廣晉紀

曰鮮卑以碧石爲寶王沉魏書曰東夷矢用楛青石爲鏃孔安國尚書傳曰砮中矢鏃也家語孔子曰昔武王克商於是肅愼氏貢楛矢石砮其長尺有咫周書曰成王時貢奇幹善芳者頭若雄雞佩之令人不昧孔晁曰奇幹亦北狄善芳者鳥名不昧不忘也　良曰善芳遠國異鳥名餘皆遠方物之寶也紈牛露犬之玩乘黄茲白之駟善曰周書曰卜盧國獻紈牛紈牛小牛也又曰渠搜獻䶂犬䶂犬露犬也能飛食虎豹又曰白民乘黄乘黄者似狐其背有兩角又曰西方正北曰義渠獻茲白茲白者若馬鋸齒食虎豹　翰曰皆遠方奇獸也玩美也茲白似馬故云駟也盈衍儲邸充仞郊虞向曰盈衍溢滿也儲邸猶府藏也言遠方之物溢滿於府藏也充仞滿也郊四郊也虞掌山澤之官言遠方所獻奇禽異獸滿於四郊山澤也匭牘五臣本作軌躅相尋鞮丁兮譯無曠善曰尚書曰包匭菁茅匭音軌聘礼曰賈人啓櫝取圭垂繅而受宰晉中興書王禹上言曰貢籠相尋連舟載路禮記曰西方曰狄鞮北方曰譯尚書大傳曰成王時越裳氏重九譯而獻白雉　銑曰軌躅行跡也言萬物貢獻行跡相尋不絶也周官鞮鞻氏掌四夷之樂也譯傳四夷之語而宣之者

也言四夷獻樂譯言歲時不嚬也一尉候於西東合車書於南北暢轂埋轔轔鄰之轍綏而惟旌卷悠悠之旆善曰揚雄解嘲曰東南一尉西北一候禮記曰書同文車同軌毛詩曰文茵暢轂范曄後漢書曰張綱埋其車輪於洛陽都亭毛詩曰有車轔轔禮記曰武車綏旌魏都賦曰虹旌蜺旄以就卷毛詩曰悠悠旆旌　良曰暢長也長轂兵車也轔轔衆車聲也綏車上垂繩也旌旗也悠悠旌旆垂貌埋卷言皆不用也四方無拂扶勿五戎不距偃革辭軒銷金罷刃善曰周書曰四方無拂奄有天下又曰五戎不距加用師旅漢書張良曰昔武王伐殷紂事已畢偃革爲軒陳琳應機曰治刃銷鍔偃武行德　濟曰拂亂也四方之戎有五種不距捍王命也偃息革甲也辭軒去兵車也金刃兵器也皆銷毀罷去之示不用兵也天瑞降地符升善曰詩緯曰天下和同天瑞降地符升　翰曰天瑞謂甘露也地符謂慶雲也澤馬來善曰孝經援神契曰德至山陵則澤出神馬　向曰澤馬瑞馬也器車出善曰礼記曰山出器車車　銑曰器車瑞車也紫脫

華朱英秀善曰禮斗威儀曰人君乘土而王其政太平而遠方神獻其朱英紫脫宋均注曰紫脫北方之物上值紫宮凡言常生者不死也死則主當之尚書大傳曰德光地序則朱草生瑞應圖曰朱草亦曰朱英向曰並瑞草也華秀皆花也侫枝植善同濟注廣曰黃帝有屈軼草出於階若侫人入朝則屈而指之故曰侫枝植生也歷草滋善曰田俅子曰堯爲天子蓂莢生於庭爲帝成曆尚書帝命驗曰舜受命蓂莢孳翰曰堯時有蓂莢草生於階有十五葉從月一日日生一葉至十五日日落一葉若月小則餘一葉見此以知日曆故云曆草也滋茂也雲潤星暉風揚月至善曰京房易飛候曰青雲潤澤蔽日在西北爲舉賢良禮斗威儀曰君乘土其政平則鎮星黃而多暉禮含文嘉曰朋友有舊內外有差則箕爲之直月至風揚宋均曰月至月行以度至也良曰暉明也風揚謂和風也月至謂月行不失度也江海呈象龜龍載文善曰禮斗威儀曰其君乘水而王江海著其象龜龍被文而見宋均曰龜龍水物也文青黃白赤黑也具有此色見於水故曰被方握河沈璧封山紀石五臣本作號字邁三五

而不追踐八九之遙迹善曰帝王世紀曰堯與羣臣沈璧於河乃爲握河記今尚書帙是也孝經鉤命決曰封于太山考績燔柴禪于梁父刻石紀號禮記逸禮曰三皇禪云云五帝禪亭亭史記楚子西曰孔子丘述三五之法明周召之業八九謂七十二君曹植魏德論曰越八九於往素踵黃帝之靈矩濟同善注功既成矣世既貞矣信可以優游暇豫作樂崇德者歟善曰禮記曰王者功成作樂老子曰王侯得一而天下貞曹植魏德論曰帝猷成矣股肱貞矣尚書大傳曰周公作樂優游三年孫子兵法曰人効死而上能用之雖優游暇譽令猶行也譽猶豫古字通周易曰先王作樂崇德于時青鳥司開條風發歲粵上斯巳惟暮之春善曰左氏傳郯子曰青鳥氏司啓者也易通卦驗曰立春條風至楚辭曰獻歲發春汨吾南行韓詩曰三月桃花水之時鄭國之俗三月上巳於溱洧兩水之上執蘭招魂祓除不祥也毛詩曰嗟嗟保介惟暮之春翰曰青鳥春鳥也司開謂壬生也言春氣王生萬物也條風春風也粵上斯巳謂於此上巳也惟詞也同律克和樹草

自樂善曰周禮曰大師掌六律六同以合陰陽之聲鄭玄曰同陰律也尚書曰八音克諧孔安國曰諧和也漢書文帝詔曰方春和時草木羣生之物皆有以自樂向曰太史掌六同之律以合陰陽之聲同謂和六律也禊飲之日在茲風舞之情咸蕩去肅表乎時訓行慶動於天矚善曰禮傳曰禊者絜也仲春之時於水上釁絜也論語曰風乎舞雩詠而歸蔡邕月令章句曰秋冬肅急之後故布生德和政令去肅急禮記曰孟春之月命相布德和令行慶施惠銑曰禊絜也言祓不祥以獲清絜也風舞謂歌詠先王之道也咸皆也蕩動也肅威也表法也言天子春行仁惠之令助時養物故懸其威嚴之法也行時訓謂先王之教也行慶於人動於天子之春矚也載懷平圃乃眺芳林芳林園者福地奧區之湊丹陵若水之舊善曰山海經曰槐江之山實惟帝之平圃南望崑崙十洲記曰芳林園在青溪孤首橋東齊高帝舊宅齊有天子爲舊宮宮東築山鑿池號曰芳林園遁甲開山圖曰驪山之西原有阜名風涼雍州之福地西京賦曰寔惟地之奧區神皋帝王世紀曰堯生於丹陵

良曰載則也平圃芳林園名濟曰丹陵地名堯所生處也若水水名帝顓頊所生處也皆非江東之地此美而比之也殷殷上均乎姚澤膴膴無禹尚於周原善曰呂氏春秋曰顓頊生於若水乃登爲帝又曰舜陶於河濱釣於雷澤登爲天子賢士歸之萬人譽之陳陳殷殷無不戴悅高誘曰殷盛也呂氏春秋曰舜爲天子轉轉啟啟莫不戴悅高誘曰啟啟動而喜貌也殷殷或爲啟啟故兩引之轉知葉切啟仕勤切帝王世紀曰瞽叟之妻曰握登生舜于姚墟故姓姚氏堯求賢而四嶽薦舜堯乃命于順澤之陽毛詩曰周原膴膴菫荼如飴良曰殷殷盛貌姚澤舜生地膴膴美也均者言所遊地盛同於姚澤也尚者言此處之美加於周原也狹豐邑之未宏陋譙居之猶褊早緬反善曰漢高祖豐人魏太祖譙人翰曰豐邑漢高故里也宏大也譙居魏武帝故里也褊小也言皆以豐譙爲狹陋求中和而經處揆景緯以裁基飛觀神行虛擔鹽雲構善曰毛詩曰定之方中作爲楚宮揆之以日作爲楚室東京賦曰飛閣神行莫我能形劉公幹詩曰大夏雲構向曰言於園中作宮也將造作必

求中和也經㮚猶造作也周禮以土圭之法正日影日至影尺有五寸謂之地中陰陽之所和故曰中和也揆度也景日緯星也言度日星以正東西南北之位飛觀高臺也神行言高若鬼神所作也行猶作也雲構言高與雲齊也 **離房乍設層樓閒起負朝陽而抗殿跨靈沼而浮榮** 善曰蜀都賦曰百室離房李尤平樂館銘曰層樓通閣禁闥洞房爾雅曰山東曰朝陽西京賦曰䟽龍首以抗殿狀巍峩以崇岌毛詩曰王在靈沼鄭玄禮記注曰榮屋翼也 銑曰離房側室也層高也 向曰負向也抗立也跨道也榮屋檐也言近池水構屋檐於水上也 **鏡文虹於綺䟽浸蘭泉於玉砌** 善曰傅玄陽春賦曰丹霞播景文虹竟天李尤東觀銘曰房闥內布綺䟽外陳張衡七辯曰迴飈拂其寮蘭泉注其庭劉楨魯都賦曰金陛玉砌玄栭雲阿 翰曰鏡飾也文虹謂飾虹蜺之文於窓也綺䟽窓也渠中生蘭水繞於階故云浸蘭泉於王砌也玉者美言之也砌階也 **幽幽叢薄秩秩斯干曲拂邅迴瀠溪徑復** 善曰楚辭曰叢薄深林人上標毛詩曰秩秩斯干幽幽南山淮南子曰曲拂邅迴以像偶語高誘曰

拂戾邅迴水流也楚辭曰川谷徑復流潺湲 良曰幽幽深貌草木叢生曰薄秩秩水流貌斯干澗水也曲拂邅迴謂水曲折流也潺湲石中水流貌徑復謂出入山谷也 **新萍泛沚華桐發岫雜天平采于柔荑** 啼 **亂嚶聲於緜** 五臣本作錦字 **羽** 善曰禮記月令曰季春之月桐始華萍始生爾雅曰小洲曰沚山有穴爲岫毛詩曰桃之夭夭灼灼其華又曰手如柔荑又曰鳥鳴嚶嚶又曰緜蠻黃鳥薛君注曰緜蠻文貌 向曰沚池也岫山也謂季春之月萍始生桐始華 銑曰夭采桃花也柔荑初生木葉也錦文也 **禁軒承幸清宮侯宴** 善曰如淳漢書注曰省中本爲禁中然乘輿之物通呼曰禁漢書太僕先清宮 濟曰禁軒天子車也天子所御曰幸清宮天子所游宮侯待也 **緹** 啼 **帷宿置帟幕宵懸** 善曰南都賦曰朱帷連綱鄭司農周禮注曰在旁曰帷在上曰幕鄭玄曰帟在幕若幄中坐上承塵也皆以繒爲之 翰曰緹丹黃色也天子帳帷用之也帟平帳也幕帳裙也宿置宵懸皆謂夜預設之至明也 **旣而滅宿澄霞登光辨色** 善曰宿列宿也張平子東京賦曰以須消啓明授朝

霞登天光於扶桑禮記曰朝辨色始入 向曰滅宿隱霞謂天曉而無雲也登光辨色謂日光初上始辨曉色也 **戒** 善本作式 **道執殳展軨** 零 **效駕** 善曰漢書曰式道左右中候也毛詩曰伯也執殳禮記曰君車已駕則僕展軨效駕鄭玄曰展軨具視也效駕白已駕也 銑曰戒道謂清淨其路也殳兵器也軨車也效命也 **徐鑾警節明鐘暢音** 善曰淳于髡斗酒說曰明鐘擊磬調歌絲舞 良曰鑾鈴也馬徐行以警動其節知君之行止也天子出則撞左鐘明謂初曉時也暢通也 **七萃連鑣九斿** 由 **齊軌** 善曰周穆王傳曰天子賜七萃之士郭璞曰萃聚也猶傳有七輿大夫張景陽七命曰駟馬連鑣文穎曰甘泉鹵簿天子出道車五乘斿車九乘蔡邕釋誨曰羣車方奔于險路安能與之齊軌 濟曰七萃壯勇士也鑣馬銜也九斿謂從天子之車九乘名曰九斿車軌車跡也 **建旗拂蜺揚葮振木** 善曰東京賦曰龍輅充庭雲旗拂霓列子曰秦青撫節悲歌聲振林木 翰曰建立也拂蜺謂旗高也葮籥管屬言其聲衆振山木而動也 **魚甲煙聚貝冑星羅** 五臣本作離字 **重英曲瑵** 側絞

之飾絕景追 善本作遺字 **風之騎** 善曰孫卿子曰楚人鮫革犀兕以爲甲堅如金石毛詩曰公徒三萬貝冑朱綅又曰二矛重英西京賦曰葩瑵曲莖魏書曰上所乘馬名絕景爲矢所中呂氏春秋曰故須青龍之匹遺風之乘 向曰魚甲以鮫皮爲甲貝冑以貝飾爲冑也冑兜鍪也煙聚星離言多也 銑曰重英綵畫之矛也曲瑵車蓋玉也絕景追風之騎良馬也 **昭灼甄部驅** 祖 **駭** 函 **列虎視龍超雷駭電逝** 善曰孫子兵法曰長陳爲甄魏都賦曰驥馬塡廄而驅駭周易曰虎視眈眈南都賦曰馬麗超而龍驤潘岳閑居賦曰礮石雷駭嵇康贈秀才詩曰風馳雷逝 良曰昭灼光明也甄部長陣也驅駭良馬也函列行列也 濟曰虎視龍超雷駭電逝並言奔走疾速之甚 **轟轟隱隱紛紛軫軫羌難得而稱計** 善曰說文曰轟轟羣車聲也羽獵賦曰隱隱軫軫被陵緣坂莫莫紛紛山谷爲之風飆左思吳都賦曰羌難得而覼縷 翰曰轟轟隱隱聲也紛紛軫軫多也羌歎辭也 **爾乃迴輿駐罕岳鎮淵渟** 音亭 善曰東觀漢記曰天子行有罼罕石崇楚妃歎曰矯矯莊王淵渟嶽峙

向曰輿天子車也羿猶車名孫武子兵法云其鎮如岳其渟如淵也睟邃容有穆賓儀式
序授几肆筵因流波而成次蕙肴芳醴任激水
而推移善曰孟子曰君子所性仁義禮智根於心其生色也睟然見於面趙岐曰睟潤澤貌也毛詩曰天子
穆穆又曰序賓以賢又曰式序在位又曰或肆之筵或授之几古逸詩云羽觴隨流波楚辭曰蕙肴蒸兮蘭藉子虛賦曰
涌泉清池激水推移　銑曰睟潤澤之貌也穆和也式用也言賓客之儀用有次序也　良曰几玉几天子所憑也肆陳
也因猶也言循環流波坐而成次有酒皆用激水而循行也蕙芳皆言香也肴肉也任用也推移猶循行也褓保
佾陳階金匏在席戚奏翹舞籥動邠豳詩善曰張晏漢書
注曰以翠羽爲褓也佾舞行列也毛詩曰我姑酌彼金罍禮記曰器用陶匏司馬彪續漢書曰執干戚舞雲翹周禮曰籥
章掌土鼓豳籥又曰仲春擊土鼓歌豳詩以迎暑也　向曰褓所以障舞人也佾舞名金匏皆樂器也戚斧也舞者所執
也翹舞名也籥樂器也邠詩所以迎暑節也謂將至于夏也召鳴鳥于弇菴州追

伶倫於嶰谷發參差於王子傳妙靡於帝江善曰
山海經曰弇州之山五采之鳥名曰鳴鳥爰有百樂歌舞之風漢書黃帝使伶倫自大夏之西崑崙之陰取竹嶰谷斷
兩節間而吹之以爲黃鍾之宮孟康曰解脫也谷竹溝也取竹之脫無備節者楚辭曰望夫君兮未來吹參差兮誰思列
仙傳曰王子喬好吹笙作鳳鳴山海經曰天山有神鳥其狀如黃囊其文丹六足四翼渾沌無面目是識歌舞寔惟帝江
翰曰弇州之山有五色鳥名曰鳴鳥其聲皆有曲度伶倫樂人也參差笙曲名王子仙人王子喬也天山有鳥狀赤如丹
是識歌舞至於妙靡名帝江正五臣本作靖字歌有闕缺羽觴無筭上陳
景福之賜下獻南山之壽善曰儀禮曰工告于樂正曰正歌備禮記曰有司告
以樂闋鄭玄曰闋終也楚辭瑤漿蜜勺實羽觴燕禮曰無筭之爵毛詩曰君子萬年介爾景福又曰如南山之壽不騫不
崩　向曰闋終也　銑曰上天子也景大也下謂羣臣也信凱讌之在藻知和樂於
食苹桑榆之陰不居草露之滋方逞善曰毛詩序曰鹿鳴廢則

和樂缺詩曰呦呦鹿鳴食野之苹桑榆日所入也東觀漢記光武曰失之東隅收之桑榆毛詩曰湛湛露斯在彼豐草
良曰凱歡也詩云魚在在藻凱樂飲酒喻羣臣依明君如魚在於水藻之中以樂也食苹鹿鳴之詩也宴羣臣嘉賓之義
也　濟曰日在桑榆之間言景不留也草露之滋方渥喻君恩已被霑矣居留也滋潤也渥厚也有詔曰
今日嘉會咸可賦詩善曰周易曰嘉會足以合禮揚雄蜀都賦曰吉日嘉會凡
四十有五人其辭云爾

王文憲集序

任彥昇翰曰文憲者齊尚書令王儉也薨諡曰文憲集者錄其文章序者述集之所由

公諱儉字仲寶琅邪臨沂魚依人也善曰蕭子顯齊書曰王儉字仲
寶其先向曰其先謂始祖也自秦至宋國史家諜持協詳焉善曰

琅邪王氏錄曰其先出自周王子晉秦有王翦王離世爲名將七略曰子雲家諜言以甘露元年生也晉中
興以來六世名德爲善本無爲字海內冠冕善曰晉中興書曰王
祥弟覽生導導生洽洽生珣珣生曇首沈約宋書曰王僧綽曇首長子遇害子儉嗣晉中興書庾冰疏曰臣因家寵冠冕
當世古語云仁人之利天道運行善曰左氏傳君子曰仁人之言其利
博哉莊子曰天道運而無所積故萬物成　銑曰利者利萬物也天道運行言行仁道者世祚長遠如天運之不絕也
故呂虔歸其佩刀郭璞誓以淮水善曰晉中興書曰魏徐州刺史
任城呂虔有刀工相之爲三公可服此刀虔謂別駕王祥曰茍非其人刀或爲害卿有公輔之量故以此相與及祥死之
日以刀授弟覽曰吾兒凡汝後必興足稱此刀故以相與王氏家譜曰初王導渡淮使郭璞筮之卦成璞曰吉無不利
淮水絕王氏滅良同善注若離翦之上殺吉駿之誠感蓋有助
焉善曰史記曰王翦者頻陽人也事秦始皇使翦將兵攻趙閼與破之後遂拔趙陳勝之反秦秦使王翦之孫王離

擊哉王漢書曰王吉字子陽琅邪人也爲諫議大夫子駿亦爲諫議大夫超遷御史大夫吉居長安其東家有大棗樹垂吉庭中吉婦取棗以啖吉吉後知之乃去婦東家聞而欲伐其樹鄰里固請吉令還婦子駿元帝時爲御史大夫妻死不復娶漢書張賓贊曰賀之脩德亦有助云　向曰龔王龔也剪羽王翦羽也並爲秦將行殺伐故云止殺書云以殺止殺終無犯者漢朝王吉爲諫議大夫吉子駿亦爲諫議大夫俱著誠信蓋仁道所助之**公之生也誕授命世體三才之茂典**善本無典字**踐得二之庶幾**善本無庶字周易曰有天道焉有地道焉兼三才而兩之又子曰知幾其神乎顏氏之子其殆庶幾乎有不善未嘗不知知而未嘗復行韓康伯曰在理則昧造形則悟顏子之分也失之於幾故有不善得之於二不遠而復故知之未嘗復行也　翰曰誕大也千年一生聖人五百年一生賢人其中聖賢未生有命世之才也三才天地人道也茂美也**信乃昴宿垂芒德精降祉有一于此蔚爲帝師**善曰漢書曰張良從容步游下邳圯上有一老父出一編書曰讀是則爲王者師　銑曰漢相蕭何昴星之精垂芒謂發秀也精星也陳

仲弓詣潁川荀季父子德星爲之聚此皆賢人之星也言得此一精則蔚然而起爲帝王之師也**況乃淵角殊祥山庭異表望衢罕窺其術觀海莫際其瀾**善曰論語撰考讖曰顏回有角額似月形淵水也月是水精故名淵　翰曰像曰子貢山庭斗繞口謂面有三庭言山在中鼻高有異相也故子貢至孝顏回至仁孟子曰觀海有術必觀其瀾瀾波也曰瀾水中大波也　良曰淵角山庭賢人之相也祥善也表出也衢術皆道也言人雖欲望其道幽遠常不能見者如觀海水莫能至波瀾深淺者也際至也**若乃宏覽載籍博游才義**濟曰宏大也載籍經典也博廣也**若乃金版玉匱之書海上名山之旨**善曰七略曰太公金版玉匱雖近世之文然多善者抱朴子曰鄭君有玉匱記金版經范曄後漢書曰荀爽遭黨錮隱於海上又潛漢濱以著述爲事題爲新書凡百餘篇司馬遷書曰僕誠著此書藏諸名山　翰曰金版玉匱書名也荀爽隱海上著書百篇名山即司馬遷所述史記也旨美也**沈鬱澹雅之思離堅合異之談**善曰楊雄爲方言劉歆與雄書曰非子雲澹雅之才沈鬱之志不能成此書莊子公孫龍問於魏牟曰龍少學先王之道長明仁義之行合同異離堅白呂氏春秋曰相劍者曰白所以爲堅也黃所以爲紉也黃白雜則堅且紉良劍也難者曰黃白雜則不堅且不紉又柔則錈堅則折劍折且錈焉得爲利劍也　向曰離堅合異之談言能辯辭也離其堅者使不堅辯其白者使不白合其異者使同離其同者使其異也**莫不摠制清衷遞爲心極斯固通人之所包非虛明之絕境不可窮者其唯神用者乎**善曰言金版玉匱之書無不制在情衷爲心之極斯故通人君子或能兼而包之故非王公之絕境也然其不可窮而盡者其唯有神用乎言難測也衷中心也虛明亦心也　銑曰總聚衷思也言諸道術莫不聚其制度運於清思遞互爲用於心中也極中也　良曰虛明心也絕遠也言此道術固乃通人君子所能兼包固非其致心絕遠之境也然其不可窮究者其唯神明之用者乎非此所能論之**然撿鏡所歸人倫以**五臣本作異字**表雲屋天構匠者何工**善本無工字**自函**善本作咸字**洛不守憲章中畿**善曰劉琨勸進表曰仍承西朝不守禮記曰仲尼憲章文武　濟曰函函關謂長安也洛洛陽也言自西晉喪亂不守二京之都而憲章經籍皆中道而懷也**賀生達禮之宗蔡公儒林之亞闕典未補大備茲日**善曰晉中興書曰賀循字彥先博覽羣書尤明三禮爲江東儒宗徵拜博士又曰諸葛恢字道明時潁川荀闓字道明陳留蔡謨字道明俱有名譽號曰中興三明時人爲之歌曰京都三明各有名蔡氏儒雅荀葛清劉秦美新曰帝典闕而不補　翰曰晉朝賀循明三禮爲江東儒宗又有蔡謨亦儒者之流也言賀蔡儒尚有闕典未補者而公乃能備脩於此日也**至若齒危髮秀之老含經味道之生**善曰鄭玄禮記注曰危高也然齒危謂高年也髮秀猶秀眉也東觀漢記杜詩謂功曹郭丹曰今功曹稽古含經可謂至德植譚答楊雄書曰子雲勤味道腴　向曰齒危謂老者齒將落也髮秀謂髮白也生者人有德之稱**莫不北面人宗自同資敬**善曰漢書曰于定國爲廷尉乃迎學春秋身執經北面備弟子禮孝經曰資於事父以事君而敬同　銑曰言老生之

族莫不北面申弟子之禮也人宗謂爲人所尊也自同資敬謂所事之如君父之敬也性託夷遠少
屛塵雜自非可以弘獎風流增益標勝未嘗留
心也善本無也字善曰習鑿齒晉陽春秋曰王夷甫樂廣倶以宅心事外名重於時故天下之言風流者稱
王樂爲首良曰夷易也弘大也標尚也言公性託簡易志在高遠少小屛棄塵雜之事自非大勸風俗增益高勝之道者
未嘗留心言志在大不在小也期歲而孤叔父司空簡穆公早所
器異善曰蕭子顯齊書曰王僧虔兄僧綽之子儉又曰世祖即位遷僧虔爲侍中薨贈司空侍中如故謚簡穆
公濟曰期歲一歲也言公一歲喪父故云孤也早所器異者叔父早以公爲賢也年始志學家
門禮訓皆折衷丁仲於公善曰論語子曰吾十有五而志于學羽獵賦序曰不折中于泉
臺翰曰志學年十五時也折衷者言皆取公所爲以合制度也孝友之性豈伊橋梓
夷雅之體無待韋弦善曰毛詩曰張仲孝友餘同向注向曰伯禽康叔朝於成王見乎周

公三見而三笞之二子有駭色乃問於商子曰吾二子見於周公三見而三笞何也商子曰南山之陽有木名橋南山之
陰有木名梓二子何不往觀之見橋木高而仰見梓木實而俯二子還告商子商子曰橋者父道也梓者子道也言王公
有孝友之性自天而成豈惰見橋梓而知也夷平也體性也韋皮繩喻緩也弦乃弦喻急也西門豹性急故佩韋以自緩
董安于性緩故佩弦以自急言王公平雅之性無待此韋弦以成也蓋自天性得中也汝郁之幼
挺淳至黃琬之早標聰察曾何足尚善同銑注銑曰後漢汝
郁年五歲母病不能飲食常抱持啼泣亦不肯飲食母憐之彊爲餐飯誑言之已愈郁察母顏色未愈循不食宗親異之
挺拔也淳至謂淳孝之甚至也又黃琬七歲失父祖父瓊爲之是時屬日食京師不見瓊以狀奏聞梁太后問所食多少
瓊思其對未知所出琬在傍曰何不言日食之餘如月之初瓊大驚即以其對太后也標立也言此二子淳孝聰察比之
王公則二子曾何足尚也年六歲襲封豫寧侯拜日家人以公
尚幼弗之先告既襲珪組對揚王命因便感咽

甚不自勝善曰蕭子顯齊書曰儉數歲襲爵豫寧侯拜受茅土流涕嗚咽江表傳曰潘濬見孫權涕
泣交橫哽咽不能自勝良曰言王公六歲而襲父祖之業爲侯珪諸侯所執也組綬所以繫印者也感咽謂悲甚不能
言也初宋明帝居蕃與公母武康公主素不協及
即位有詔毀發善本作廢字舊塋投棄棺柩公以死
固請誓不遵奉表啓酸切義感人神太宗聞而
悲之遂無以奪也善曰蕭子顯齊書曰宋明帝以儉嫡母武康公主同太初巫蠱事不可以
爲婦姑欲開冢離葬儉因人自陳密以死請故事不行濟曰誓不遵奉毀塋棄棺之詔也翰曰太宗則明帝也無以
奪謂依其所請也初拜秘書郎遷太子舍人以選善本作遷字
尚公主拜駙馬都尉元徽初遷秘書丞善曰吳均齊春秋曰
宋明帝太始中儉尚陽羨公主拜駙馬都尉爲秘書郎太子舍人沈約宋書曰蒼梧王踐年曰元徽吳均齊春秋曰儉超

遷秘書丞向曰尚配也元徽年號也初謂元年也於是采公曾之中經刊弘
度之四部依劉歆七略更撰七志善曰蕭子顯齊書曰儉又撰宋元徽
四部書目王隱晉書曰荀勖字公曾領秘書監與中書令張華依劉向別錄整理錯亂又得汲冢竹書身自撰次以爲中
經臧榮緒晉書曰李充字弘度爲著作郎于時典籍混亂刪除煩重以類相從分爲四部甚有條貫秘閣以爲永制五經
爲甲部史記爲乙部諸子爲丙部詩賦爲丁部蕭子顯齊書曰秘書丞上表求校墳籍撰七志四十卷上表獻之漢書曰
劉歆總羣書而奏其七略故有輯略有六藝略有諸子略有詩賦略有兵書略有術數略有方技略銑曰言其脩書史
也同善注言儉采削之依前漢劉歆九流七略之書又爲七志之書采拾也刊削也蓋嘗賦詩云
稷契匡虞夏伊呂翼商周自是始有應務之迹
生民屬心矣良曰伊伊尹也呂太公也翼佐也言此四臣皆有至德以佐君故有應合時務之迹
而百姓皆有屬望之心時司徒袁粲有高世之度脫落塵俗

五臣本作風塵字　善曰沈約宋書曰袁粲字景倩順帝即位遷中書監司徒侍中袁與褚左軍解交書曰雖欲虛詠豪肆脫落歲制其能得乎見公弱齡便望風推服歎曰衣冠禮
樂盡善本無盡字在是矣善曰吳均齊春秋曰儉精神秀徹禮識聰典司徒袁粲見之歎曰宰相之門也栝柏豫章雖小已有棟梁之氣矣時粲位亞台司公年始弱冠
年勢不侔公與之抗禮善曰春秋漢含孳曰三公象五嶽在天法三能台與能同禮記曰人生二十曰弱冠漢書婁敬曰今欲比隆成康之時臣竊以不侔矣又曰將軍衞青位既益尊然汲黯與抗禮　向曰
年謂老少勢謂貴賤也侔等抗平也因贈粲詩要以歲暮之期申以
止足之戒善本從言　善曰韓詩曰蟋蟀在堂歲聿云暮薛君曰暮晚也言君之年歲已晚也老子曰知足不辱知止不殆　翰曰要約也歲暮之期謂約以歲寒之志也止足之戒謂戒其滿盈也粲荅詩云
善本作曰字老夫亦何寄之子照清襟向曰老夫袁粲自謂也之子猶夫子

也即謂儉也亦何猶無也照見襟心也言老夫無所寄託賴夫子見我而清心也服闋拜司徒
右長史善同銑注　銑曰儉遭所生母憂服闋也司徒即袁粲也出爲義興太守
風化之美奏課爲最善曰漢書曰倪寬爲司農都尉以司農奏課聯最韋昭曰聯得第一也　良曰課考也最第一也還除給事黃門侍郎旬日遷尚
書吏部郎參選昔毛玠之清公善本作公清字李重之識
會兼之者公也善曰魏志曰毛玠字孝先陳留人也少爲縣吏以公清稱魏國初建以玠爲尚書僕射復典選舉傅暢晉諸公讚曰王戎爲選官時李重李毅二人操異俱處要職戎以識會待之各得其所玠音介
翰曰參掌也　良曰魏毛玠爲典選舉晉李重爲吏部郎識會謂識鑒也言公清識鑒之理能於古人者儉也俄
遷侍中以慜善本作愍字侯始終之職固辭不拜善曰蕭子顯齊書曰升明二年儉遷長史兼侍中以父終此職固讓沈約宋書曰王僧綽遷侍中二凶巫蠱事泄上召僧綽具言之

劭於宮夜饗將士僧綽密以啓聞頃之劭亂撿太祖巾箱得僧綽所啓饗士并廢諸王事乃收害焉世祖贈散騎常侍金紫謚愍侯　向曰愍侯即儉父言父始終經任此職固辭此官而不拜也補太保右長史時
聖武定業肇基王命善曰蕭子顯齊書曰進太祖太尉聖武謂齊高帝也干寶晉武革命論曰高光爭代定功業也尚書曰至于大王肇基王迹　銑曰聖武謂齊高祖也定業謂征伐定亂也肇始基立也言始將立王命之初然未即帝位也寤寐風雲寔資人傑善曰毛詩曰寤寐思服毛萇曰
服思之也周易曰雲從龍風從虎聖人作而萬物覩漢書高祖曰夫運籌於帷幄之中決勝於千里之外吾不如子房鎮
國家撫百姓給餉饋不絕糧道吾不如蕭何連百萬之衆戰必勝攻必取吾不如韓信三者皆人傑吾能用之　銑曰寤
寐風雲謂朝夕思其相感應以成其大業者實資人傑也智倍萬人曰傑是以宸居膺列宿
之表圖緯著王佐之符俄遷左長史齊臺既善本作初字建善曰若漢高祖之膺五星李通之著赤伏典引曰高光二聖宸居其域蔡邕曰如北辰居其所而衆星拱

之班固漢書贊曰劉向稱董仲舒有王佐之才蕭子顯齊書曰進太祖位相國爲齊公　良曰宸居天子宮也膺當也列
宿帝坐星也圖讖也緯謂織也著明也王佐謂賢才可以佐輔天子者符應也以公爲尚書右
僕射領吏部時年二十八濟曰宋帝以齊高帝爲齊公爲立百司臺署故云齊
臺也宋末艱虞百王澆季禮紊舊宗樂傾恒軌善曰
班固漢書贊曰漢承百王之弊　翰曰艱虞猶荒亂也澆季謂末世也浮薄紊亂軌跡也自朝章國
紀典彝備物奏議符策文辭表記素意所不蓄
前古所未行皆取定俄頃五臣本作頃字神無滯用太
祖受命以佐命之功封南昌縣開國公食邑二
千戶向曰章章程紀綱紀也彝常也典常備物朝廷威儀也符策也蓄積也神無滯用謂神用不滯而必決也
銑曰太祖謂齊高帝也受宋禪故云受命建元二年遷尚書左僕射領選

如故自營役瓊部烏荅分司盧欽兼掌舉望所歸允集茲日善曰應劭漢官儀曰獻帝建始四年始置左右僕射以執金吾營部爲左僕射衞臻爲右僕射今以策劭爲營部誤也營役瓊切部烏合切虞預晉書曰盧欽少好學爲尚書僕射領吏部欽淸實選舉稱爲廉平　濟曰同善注言自營部盧欽二人以至於今其聲譽德望所歸者信在於儉也允信也　良曰言知吏部選事如故謂前領吏部也尋表解選翰曰言尋上表請解吏部選事也詔加侍中又授太子詹事侍中僕射如故固辭侍中改授散騎常侍餘如故太祖崩遺詔以公爲侍中尚書令鎮國五臣本作軍字將軍永明元年進號衞將軍二年以本官領丹陽尹善曰本官謂侍中尚書令　翰曰丹陽帝都郡名也六輔殊風五方異俗善曰漢書曰兒寬遷左內史表奏開六輔渠韋昭注曰六輔謂京兆馮翊扶風河東河南南河內漢書曰京師五方雜錯　向曰六輔謂傍有六郡相近也五方者謂四方及帝都也公不謀聲訓而楚夏移情善曰揚雄與桓譚書曰望風景附聲訓自結史記曰淮南沛陳汝南郡此西楚也潁川南陽夏人之居也故至今謂之夏　銑曰訓教也言不作聲譽教示而下人感其道德已移情於善道矣楚謂遠也夏謂近也故能使解劍拜仇歸田息訟善同良注　良曰後漢許荊兄子世嘗殺人其讎操兵將殺世荊乃跪曰今願殺我以代世死仇讎者曰許掾郡中稱君賢何敢相侵遂解劍而去跪即拜也前漢韓延壽爲東郡太守有兄弟相與訟田延壽乃自悔責閉閤不出視事於是訟者自相責讓終不敢爭田也歸田謂不爭也前郡尹溫太眞劉眞長或功銘鼎彝或德標素尚善曰王隱晉書曰溫嶠字太眞太原人也爲郡尹後平蘇峻之亂臧榮緒晉書曰劉惔字眞長沛國人也爲丹陽尹性重莊老禮記曰鼎有銘銘者論譔其先祖之德美功烈勳勞而酌之祭器左氏傳臧武仲曰大伐小取其所得以作彝器銘其功以示子孫孔欣猛虎行曰飢不食邪蒿菜倦不息無終里邪蒿垂素尚無終喪若始　濟曰前郡尹謂前丹陽尹溫嶠字太眞劉惔字眞長也鼎彝皆器也有大功者銘之於上以示後世也素尚謂淸素高尚也臭味風雲千載無爽善曰言其感應千載不差也左氏傳季武子謂晉范宣子曰今譬於草木寡君之臭味也楚辭曰虎嘯而谷風至龍舉而景雲從言物類之相感也王逸曰虎陽物也谷風陽氣也言虎悲嘯而吟則谷風至而應其類龍介蟲陰物也景雲亦陰也言神龍將舉升天則景雲覆而扶之輔其類也　翰曰臭香也言儉繼溫劉之跡而爲尹丹陽聞其餘德如有馨香慕其遺化如有滋味風虎雲龍同氣相感雖千載亦無差爽也親加弔祭表薦孤遺遠協神期用彰世祀善曰左氏傳史趙曰盛德必百世祀　向曰言儉親自弔祭溫劉二尹上表奏薦其孤遺子孫遠合於鬼神之間用明代祠祀之禮也時簡穆公薨以撫養之恩特深情慕表求解職有詔不許善曰同銑注　銑曰簡穆公儉叔父僧虔也儉少失父母所養故特深於常哀表求解職服斬衰有勅不許慕謂哀慕也國學初興華夷慕義經師人表允茲望實善曰漢書平帝曰詔校書置經師一人任昉雜傳魏德公謂郭林宗曰經師易獲人師難遭何法盛晉中興書曰王安期爲東海王越記室參軍勅子毗曰王參軍人倫之表汝其師之　良曰華夷謂華夏四夷慕國家道義經典之師爲人表法允茲其才望美實也復官善本作復以本官　濟曰謂居叔父之服今却居官故云復官領國子祭酒三年解丹陽尹領太子少傅餘悉如故挂服捐駒前良取則卧轍棄子後予胥怨善曰挂服未詳餘同翰注　翰曰魏裴潛爲兗州刺史嘗作一胡牀及去留挂於官第凡所用物必皆呼爲服也王遜爲上洛太守家有私馬生駒留以付郡謂所産故也捐棄也言前代賢良取之以爲法則後漢侯霸爲淮陽太守帝使徵詣都百姓號哭遮使車卧於轍中乞留霸君一年百姓乃戒其乳婦棄其孩子侯君當去必不能全也初成湯征自葛百姓皆曰何後予人皆以此相怨怨湯不早來爲我除害也胥相也言儉解丹陽尹百姓亦如此戀之皇太子不矜天姿俯同人範師友之義穆若金蘭善曰蜀志

曰諸葛亮與杜微書曰朝廷年十八天姿仁敏愛德下士說苑曰燕昭王問於郭隗曰寡人地狹人寡齊人削取八城宗廟恐危社稷存之有道乎郭隗曰帝者之臣其實師也王者之臣其實友也王誠能與隗請爲天下之士開路周易曰二人同心其利斷金同心之言其臭如蘭　向曰皇太子武帝太子也名昭業言太子不矜夸天子之姿俯同常人之法以尊訓學也穆美也金喻堅也蘭喻香也**又領本州大中正頃之解職**銑曰頃之言不久也**四年以本號開府儀同三司餘悉如故**善同良注良曰本號謂衛將軍也**謙光愈遠大典未申**善曰謂辭儀同三司也周易曰謙尊而光卑而不可踰君子之終也爾曰愈益也大典重位也**六年又申前命**善曰儀同三司之命翰曰前命謂故官悉如故**七年固辭選任帝所重違**善曰選任尚書令也謝承後漢書曰楊賜讓還侯爵朝廷重違其志也　向曰固辭知吏部選任之事也重違難不許辭讓之請也**詔加中書監猶參掌選事長輿追專車之**

恨公曾甘鳳池之失善同銑注　銑曰晉和嶠爲中書令荀勗爲監監令合同車而行嶠不禮勗常以意氣加之每專車而坐專獨也勗遷爲尚書令人皆賀之勗不悅謂人曰奪我鳳皇池何所賀也長輿嶠字也公曾勗字也言昔者任不得才故有專車而坐或不悅於遷奪今儉有德故專車者慙而追恨怨奪者愧而甘失也**夫奔競之塗有自來矣**善曰晉諸公讚曰傅宣定九品未訖劉疇代之悉改宣法於是人人望品求者奔競　良曰奔競權勢之道有之自古來也塗道也**以難知之性協易失之情**善曰桓子新論曰凡人性難極也難知也故其絕異者常爲世俗所遺失焉　翰曰人性賢愚深厚難知欲合前人之情故宜易失也協和也**必使無訟事深弘誘**善曰論語子曰聽訟吾猶人也必也使無訟乎　翰曰若使前人無訟其事深在善誘之道也弘善也**公提衡惟允一紀于茲**善曰漢書曰衡平也所以平輕重也言選曹以材授官似衡之平物故取以喻焉韓子曰貴賤不相踰愚智提衡而立孫綽王蒙誄曰提衡左府舉直開邪　向曰提執也允當也一紀十二年也**拔奇**

取異興微繼絕善曰王隱晉書羊祜曰吾不能取異於屠釣拔奇於版築豈不愧知人之難哉興微即興滅也論語子曰興滅國繼絕世　銑曰拔用奇異之才使居其職諸侯公卿有祚微者興之緒絕者繼之**望側階而容賢候景風而式典**善曰燕丹太子曰田光見太子太子側階而迎家語孔子謂魯哀公曰衛有士曰慶足者國有大事則必起而治之國無事則退而容賢靈公悅而敬之王肅曰言其所以退欲以容賢於朝也　良曰側階下階也言其禮賢欲容納之於朝也景風東風也淮南子云景風至則施爵祿賞有功也式法也言欲法此事以爲帝典也**春秋三十有八七年五月三日薨于建康官舍皇朝軫慟儲鉉傷情**善曰漢書疏廣曰太子國儲副君周易曰鼎金鉉鄭玄尚書注曰鼎三公象也　濟曰皇朝謂天子也軫痛也儲謂天子也鉉鼎耳也謂三公也**有識銜悲行路掩泣豈直舂者不相工**五臣本作功字**女寢機而已哉**善曰說苑雍門周說孟嘗君曰有識之士莫不爲足下寒心酸鼻論衡曰行路之人皆能論之史記趙良謂商鞅曰五羖大夫死秦國男女流涕童子不歌謠舂者不相杵劉絹聖賢本紀曰子産治鄭二十年卒國人哭於巷婦人哭於機　翰曰秦大夫百里奚卒國人哀之舂者不相送杵聲也鄭子産卒人思之功女爲之輟機言儉之薨也豈直如此而已哉蓋君臣所共痛傷也**故**善本有以字**痛深衣冠悲纏教義豈非功深砥礪道邁舟航沒世遺愛古之益友**善曰尚書高宗曰若金用汝作礪若濟巨川用汝作舟檝左氏傳曰子産卒仲尼聞之出涕曰古之遺愛也班固漢書贊曰劉向指明梓柱以推廢興豈非直諒多聞古之益友與　向曰以其脩衣冠之禮故衣冠之士痛深也以其明敎義之道故敎義之子悲纏悲纏謂纏繞于心也邁越也砥礪石也所以磨利其器以喻利人舟航船也所以濟平大川喻濟人也沒世遺愛言死後而人思之也益友謂益於朋友之道也**追贈太尉侍中中書監如故給節加羽葆**保**鼓吹增班劍爲**善本無爲字**六十人謚曰文憲禮也**善曰漢官儀曰班劍者以虎皮

飾之謚法曰忠信接禮曰文博聞多能曰憲銑曰羽葆鼓劍並葬之儀衛增於常儀爲六十人也公在物
斯厚居身以約善曰齊春秋曰儉不好聲色未嘗遊宴衣裘服用自周而已良曰利物不利己也
玩好絕於耳目布素表於造次善曰周禮曰凡式貢之餘財以供玩好之用尚書曰弗役耳目百度惟貞論語子曰造次必於是濟曰布素貧素人也表出也造次急遽也言有貧素之人必出財以賑其急遽也
室無姬姜門多長者善曰左氏傳君子曰詩曰雖有姬姜無棄憔悴漢書曰陳平少時家貧然門外多長者車轍翰曰室無姬姜謂不好色也門多長者重賢良也姬姜美女也
立言必雅未嘗顯其所長善曰孝經援神契曰於莊嚴栗出言必雅孫資別傳曰朝臣會議資奏是非擇善者推而成之終不顯已之德向曰不說已長也
持論從容未嘗言人所短善曰風俗通曰太尉范滂辯於持論謝承後漢書曰夏勳從容論議吳志曰是儀時有所進未嘗言人之短濟曰持論謂論政事得失也從容柔和貌也
弘長風流許與氣類善曰檀道鸞晉陽春秋曰謝安爲桓溫司馬不存小察盡弘長之風習鑿齒晉陽春秋曰王夷甫樂廣俱以宅心事外名重於時故天下之言風流者稱王樂焉謝承後漢書曰桓驪邪營氣類經緯士人良曰弘大也風流謂風化流於天下也許與謂招引也氣類謂同氣相求方以類聚也言招引道義之士與己同也
雖單門後進必加善誘善曰三輔決錄曰王豹出自單門論語曰夫子善誘人濟曰單謂寒也言雖寒門後進必加善誘之道使脩行其業也
朂以丹霄之價弘以青冥之期善曰鍾會集言程盛曰丹霄之鳳青冥之龍翰曰朂勉也丹霄天也青冥雲也價美也期契也言朂勉學者使其道業高遠如天雲也
公銓品人倫各盡其用善曰廣雅曰稱謂之銓聲類曰銓所以稱物也向曰各隨才而擢用之
居厚者不矜其多處薄者不怨其少善曰老子曰前識者道之華而愚之始是以大丈夫處厚不處薄銑曰言知分節也
窮涯而反盈量知歸善曰莊子市南子曰君步於江而浮於海望之而不見其涯愈往而不知其所窮送君者

文選四十九　三十九

皆自涯而反良曰言其知止知行窮涯則反也知滿溢以器求物盈於器乃歸也量器也
皇朝以治定制禮功成作五臣本作改字樂思我民譽緝熙帝圖善曰禮記曰王者功成作樂治定制禮左氏傳曰晉緯公即位六官之長皆民譽也毛詩曰惟清緝熙文王之典孝經鉤命決曰丘乃授帝圖掇秘文濟曰人譽謂謳謌美德也緝熙光明也
雖張曹爭論於漢朝荀摯至競爽於晉世無以仰模淵旨取則後昆善曰東觀漢記曰張酺拜太尉章帝詔射聲校尉曹褒案漢舊儀制漢禮酺以爲褒制禮非禎祥之持達有似異端之術上䟽曰褒不被刑誅無以絕毀實亂道之路臧榮緒晉書曰太尉荀顗先受太祖勑述所禮太康初尚書僕射朱整奏付尚書郎摯虞討論之虞表所宜增損條目改正禮新昔異狀凡十五事左氏傳晏子曰二惠競爽猶可之尚書曰以議制事以禮制心垂裕後昆翰曰言雖此四人論競禮義亦不可以仰模儉之深意而欲取法則於後世爽差淵深也
每荒服請罪遠夷慕義宣威授指寔寄宏略向曰荒服遠國也宣國之威授指謂授指揮也寔實宏大也
理積則神無忤往事感則悅情斯來銑曰義理積於心所爲必決則神思無忤往也前事感其義理則皆以喜悅之情而來歸德也
無是己之心事隔於容諂罕愛憎之情理絕於毀譽良曰隔絕也容諂謂諂媚之容也人無愛憎均平妬一則毀譽從何而生也
造理常若可干臨事每不可奪濟曰造至也干犯也言至於大體之理性多寬和故若可犯言而臨事必定故不可奪移也
約己不以廉物弘量不以容非善曰魏文帝典論曰君子謹乎約己弘乎接物魏志孟康薦崔林曰體高雅之弘量謝承後漢書郎顗章曰陛下寬下容非翰曰不以廉謂廣施於物也弘大也不以容非謂不容人爲非也
攻乎異端歸之正義善曰論語曰攻乎異端斯害也已向曰異端謂非常之事爲人害者故攻而伐之使歸正義
公生自華宗世務簡隔善曰魏志曹植上疏曰華宗貴族必應愬斯舉漢書曰嚴安徐樂上書

文選四十九　四十

言世務　銑曰言生於富貴之宗而時務簡略隔絕素所不習也至於軍國遠圖刑政大典既道在廊廟則理擅民宗良曰理擅民宗謂政理之事獨爲人所尊重擅獨也若乃明練庶務鑒達治體懸然天得不謀成心善曰潘尼潘岳碣曰君深達治體垂化三宰濟曰懸遠也言遠然得之於天不謀議於人已暗成於心也求之載籍翰牘所未紀訊之遺老耳目所不接翰曰載籍前代史也翰筆也牘版所以書記事也紀記訊問也言儉之道德古今希有也至若文案自環主者百數皆深文爲吏積習成姧善曰漢書曰張湯務在深文拘守職之吏應劭風俗通曰積習而成不敢獨否向曰文案多而自環繞其坐也主者百數謂訟久不定主司易百數人者此事皆積習以成姧僞矣蓄筆削之刑懷輕重之意善曰漢書曰今有司請定法削即削筆即筆服虔曰言隨君意也又曰嚴延年爲涿郡太守掾趙繡按高氏即

〔文選四十六　四十一〕

爲兩劾欲先白其輕者觀延年意焉怒乃出其重劾銑曰畜積也筆削謂遷易其文不定也輕重之意謂要有加減之狀公秉理照物動必研幾善曰晉中興書謝安石上疏曰王恭超登清任當盡心秉理周易曰夫易所以極深研幾濟曰研幾謂研窮其幾微之理當時嗟服若有神道善曰周易曰聖人以神道設教而天下服矣翰曰言既研幾而爲斷決則當時之人嗟歎而服之若有神明之道也豈非希世之雋民瑚璉之宏器善曰汝南先賢傳曰謝子微高才遠見許劭年十八時有歎息曰此希世之偉人也論語子貢問曰賜也何如子曰女器也曰何器也曰瑚璉也向曰瑚璉黍稷器也宏大也昉行無異操才無異能得奉名節迄將一紀善曰魏志董昭謂大祖曰明公樂保名節而無大責銑曰此任昉自序情也得奉名節謂昉與儉交游也迄盡也十二年曰一紀也一言之譽東陵侔於西山一眄五臣本作面字之榮鄭璞踰於周寶善曰路粹爲曹公與孔融書曰邈一言之譽者計有餘矣莊子

曰伯夷死名於首陽之下盜跖死利於東陵之上彼所殉仁義也則俗謂之君子其所殉貨財也則俗謂之小人其所殉一也司馬彪曰東陵陵名今屬濟南也法言曰夷齊無仲尼則西山餓夫列子曰吾師老商氏三年之後始得夫子一眄而已戰國策應侯曰鄭人謂玉之未理者爲璞周人謂鼠之未腊者爲璞周人懷璞過鄭問賈曰欲賈璞乎鄭賈曰欲之出其璞示之乃鼠也因謝而不取高誘曰理治也鼠未焟腊者號之爲璞尚書曰弘璧琬琰在西序孔安國曰皆歷代傳寶良曰昉自謙不才濫見推譽爲美同善法言濫叨以顏眄則榮過於才亦猶鄭璞過於周寶也士感知己懷此何極善曰曹植祭橋玄文曰士死知己懷此無忘出入禮闈朝夕舊館善曰十州記曰崇禮闈即尚書上省門崇禮東建禮門即尚書下舍門然尚書省二門名禮故曰禮闈也銑曰禮闈尚書省也瞻棟宇而興慕撫身名而悼恩善曰孫卿子孔子謂哀公曰吾入廟仰視榱棟俛見几筵君以此思哀則哀將焉而不至矣公自幼及長述作不倦善曰仲長子昌言曰子長班固述作之士翰曰述作文史詩賦也固以理窮

〔四十二〕

言行事該軍國豈直彫章縟采而已哉善曰說文曰縟繁也彩色也濟曰該及也所有述作言行軍國大事豈直爲彫飾文章以爲縟采乎縟采雜色也若乃統體必善綴賞無地善曰王彪之賦曰於是乎統體而詠之向曰統序也綴賞追賞也無地謂不擇地遇之則爲勝也雖楚趙羣才漢魏衆作曾何足云善本又有曾何足云一句善曰楚有屈原趙齊荀卿漢則司馬揚雄魏則陳思王粲昉嘗以筆札見知思五臣本無思字以薄技效德善曰陸機表詣吳王曰臣本以筆札見知淮南子曰齊伐楚市偷進謂楚將子發曰臣有薄技願而行之是用綴緝遺文永貽世範善曰袁宏三國名臣贊序曰風軌德音爲世作範銑曰貽遺範法也爲如干卷善本如干卷上有如干秩一句所撰古今集記今書七志爲一家之善本無之字言不列于集集錄如左

文選卷第四十六

六臣註文選卷第四十七

頌

聖主得賢臣頌善曰漢書曰王襃既爲益州刺史王襃作中和樂職宣布詩襃因奏言襃有軼才上乃徵襃既至詔爲聖主得賢臣頌

王子淵向注同

夫荷旃被毳者難與道純緜之麗密善曰應劭曰不知純緜之密也贊以爲純絲　良曰荷負也旃氊也被服也純絲繒帛也言夷狄負氊服毛者難與論繒帛之麗密也羹藜唅五臣本作含糗去久者不足與論太牢之滋味善曰服虔曰唅音含糗乾食也　翰曰藜野菜含食也糗麥飯也太牢牛也言人食藜羹糗飯者不足與論太牢之滋味也今臣僻在西蜀生於窮巷之中長於蓬茨之下善曰戰國策張儀曰蜀西僻之國而戎翟之長也風賦曰起於窮巷之間列子曰北宮子庇其蓬室若廣廈之蔭廣雅曰茨覆也　銑曰蓬茨草所以覆屋者無有游觀廣覽之知顧有至愚極陋之累不足以塞厚望應明旨雖然敢不略陳五臣本有其字愚心而杼情素善曰戰國策蔡澤說應侯曰公孫鞅事孝公竭知謀示情素　濟曰王襃奏襃有逸才帝徵之故謙云不充厚望明旨謂宣帝命也言雖不足充厚望敢不述愚心而申情素也塞充杼申也記曰恭惟春秋法五始之要在乎審己正統而已善曰服虔曰恭恭敬也胡廣曰五始一曰元二曰春三曰王四曰正月五曰公即位　翰曰則爲此頌之記也上爲謙辭此立文首也　向曰惟思也言敬思春秋也五始謂元年春王正月公即位也元者氣之始春者四時之始王者受命之始正月者政教之始公即位者一國之始也此五者在乎君王審己而行之正位以統理天下而已夫賢者國家之器用也所任賢則趨舍省而功施普銑曰國家所任官得賢人則進退所作者省而太平之功畢施聖人之德廣矣趨進舍退普廣也器用利則用力少而就效衆濟曰亦如賢人於國則不費人力而成功多也就成效功衆多也故工人之用鈍器也勞筋苦骨終日矻矻苦骨切　翰曰工人匠人也矻矻勤作也亦如國之用愚人如淳曰矻矻健作貌及至巧冶鑄干將之樸五臣本作樸清水淬子會其鋒越砥斂其鍔善曰越絕書曰楚王召風胡子而問之曰寡人聞吳有干將越有歐冶願此二人爲鐵劒吳越春秋曰干將者吳人造劒二枚一曰干將二曰莫耶郭璞三蒼解詁曰焠作刀鑒也焠子妹切鑒工練切說文云鍔劒刃也晉灼曰砥石出南昌故曰越砥應劭曰傳曰得一寶劒不如一歐冶歐冶即巧冶也　良曰巧冶善鑄劒人也干將劒名樸劒未理者淬謂燒刃令熱漬於水中也鋒刃也越砥磨石名也斂謂磨也鍔亦刃也水斷蛟龍陸剸犀革忽若篲氾畫塗善曰胡非子曰負長劒赴榛薄析兕豹赴深淵斷蛟龍字林曰剸截也漢書音義曰剸章兖切如淳曰若以篲掃於氾灑之處也篲音遂塗路也　銑曰剸斬也犀獸名革皮也篲帚也氾灑地也塗泥也言以利劒斬斷蛟犀忽若以帚掃氾灑之地以刀畫泥中言其易也若國用賢臣化惡反善有如此也如此則使離婁督繩公輸削墨雖崇臺五層延袤茂百丈而不溷者工用相得也善曰孟子曰離婁之明趙岐曰古之明目者也黃帝時人鄭玄禮記注曰公輸若匠師也般若之族多伎巧者也史記曰蒙恬築長城延袤萬餘里王逸楚辭注曰溷亂也胡困切　翰曰督正也削度也延長也袤廣也溷亂也言巧拙之理且如上之所述則更使明目者正繩巧工者度墨雖高臺五層長廣百丈而規矩不亂者工用之相得故也國不亂者得賢之效也庸人之御駑馬亦傷吻敝筴五臣作敝策而不進於行胷喘膚汗人極馬倦向曰御駕也駑劣馬也吻口敝勞策鞭也言人駕劣馬則傷馬口勞鞭策而不進行胷喘而膚汗人亦困極馬亦疲倦不肖之人理國則勞下人繁刑法國既亂矣身亦危矣及至駕齧膝驂乘去旦善曰

應劭曰馬怒有餘氣常齧滕而行也張晏曰齧厀乘旦皆良馬名也駕則旦至故以為名　銑曰騄亦駕也王良
執靶霸韓哀附輿善曰張晏曰王良郵無卹也世本云韓哀侯作御也時已有御此復言之
加其精巧也音義或曰靶音霸謂轡也銑曰王良韓哀古善御者輿車也縱騁馳騖忽如
影五臣作景靡良曰靡没也言上良馬良御縱騁奔馳忽如日景之疾没也過都越國蹶
如歷塊濟曰越過蹶疾也言過都國疾如行歷一小塊之間追奔電逐遺風善曰
遺風風之疾者也翰曰電風皆謂疾也周流八極萬里一息何其遼哉
人馬相得也向曰八極八方也遼遠也言此良馬良御何其遼哉此人馬相得之勢也使聖王得賢臣
而用之亦如此也故服絺綌五臣作綌之涼者不苦盛暑之鬱
燠襲狐狢五臣作貉之煖者不憂至寒之淒愴五臣從心
何則有其具者易其備善曰論語曰當暑縝絺綌孔安國曰絺綌葛也論語曰狐

貉之厚以居　翰曰鬱燠熱也襲衣也狐貉裘也淒愴寒之甚也夫服葛衣之涼不苦盛暑之熱衣狐裘之煖不憂至寒
之甚者蓋有具而易為備也故國有賢臣亦無憂也賢人君子亦聖王之所以
易海內也五臣本無也字是以嘔吁喻俞受之開寬裕之
路以延天下之英俊也善曰應劭曰嘔喻和悅貌嘔一候切　向曰易謂海內易
理　銑曰嘔喻喜悅貌受謂用賢臣也延接也夫竭智附賢者必建仁策索
人求士者必樹伯迹良曰為人君當竭盡智力託附賢臣必立仁惠之策故賢臣歸之擇
人求士必樹霸王之迹也索擇伯霸也昔周公躬吐握之勞故有圄五臣
作圍空之隆善曰韓詩外傳曰成王封伯禽於魯周公誡之曰無以魯國驕士吾一沐三握髮一飯三吐哺
猶恐失天下之士也文子曰法寬刑緩囹圄空虛　濟曰握捉隆盛也餘同善注齊桓設庭燎
之禮故有匡合之功善曰韓詩外傳曰齊桓公設庭燎為士之欲造見者朞年而士不至

於是東野人有以九九見者桓公使戲之曰九九足以見乎鄙人曰臣不以九九足以見也臣聞君設庭燎以待士朞年
而士不至夫士之所以不至者君天下之賢君也四方之士皆自以為不及君故不至也夫九九薄能而君猶禮之況賢
於九九者乎桓公曰善乃禮之朞月四方之士相還而並至矣論語子曰管仲相桓公一匡天下民到于今受其賜又子
曰桓公九合諸侯不以兵車管仲之力也　翰注同由此觀之君人者勤於求
賢而逸於得人人臣亦然善曰呂氏春秋曰賢主勞於求賢而逸於治事　銑
曰逸樂也言君王勤於求賢必樂得其賢人也為人臣亦勤君勤求賢良是以忠矣昔賢者之未
遭遇也圖事揆策則君不用其謀陳見悃苦本誠
則上不然其信善曰郭璞三蒼解詁曰悃誠信也　向曰揆度悃至也進仕不
得施效斥逐又非其愆良曰賢臣不見信用雖進仕於朝不得施用其功效而為
邪臣讒疾已遭斥逐又非其過是故伊尹勤於鼎俎太公困於鼓

刀百里自鬻甯子飯牛離此患也善曰魯連子曰伊尹負鼎佩刀
以干湯得意故尊宰舍尉繚子曰太公屠牛朝歌文子曰伊尹負鼎而干湯呂望鼓刀而入周孟子曰萬章問曰或曰百
里奚自鬻於秦要秦穆公信乎孟子曰不然好事者為之也呂氏春秋曰甯戚飯牛車下望桓公而悲擊牛角疾歌　濟
注同及其遇明君遭聖主也運籌合上意諫諍則
見聽進退得關其忠任職得行其術翰曰關猶用去
卑辱奧於六渫辥而升本朝離蔬釋蹻脚而享膏
粱善曰張晏曰奧幽也渫伊也辱汙也如淳曰奧音郁應劭曰離此蔬食釋此木屩蹻按屩以繩為屨也國語欒伯請
公族大夫晉悼公曰夫膏粱之性難正也賈逵曰膏肉之肥者粱食之精者言其食肥美者率驕放其性難正也　向注
同剖符錫壤而光祖考傳之子孫以資說悅士
銑曰剖分也符者所以諸侯與天子分之各執一契舉動所為必合於契然後承命而行之錫賜壤土也言賢人能立太

平之功天子乃分符賜土以爲諸侯光其祖考傳業子孫此則使賢士有所資益而喜悅勸其將來也 故世必有聖智之君而後有賢明之臣 五臣本有故字 虎嘯而谷 五臣本無谷字 風冽龍興而致雲氣 五臣本無氣字 善曰周易曰雲從龍風從虎管輅別傳曰龍者陽精以潛于陰幽靈上通和氣感神二物相扶故能興雲虎者陰精而居于陽依木長嘯動於巽林二數相感故能運風 翰曰君聖然後可見賢臣君暗則賢人皆隱如虎嘯感風而清龍起感雲而隨也冽清也 蟋蟀俟 五臣作候 秋吟蜉 浮 蝣 由 出以陰 善曰易通卦驗曰立秋蜻蛚鳴蔡邕月令章句曰蟋蟀蟲名世謂之蜻蛚也毛詩傳曰蜉蝣渠略也又蟲魚疏曰渠略甲下有翅能飛夏月陰時出地中 向曰蟋蟀蜉蝣皆蟲也候時而鳴知陰以出言如賢人待明君而仕知明時而見也 易曰飛龍在天利見大人 善曰乾卦之辭也龍以喻大人言龍飛在天喻聖人之德顯故天下萬物而利見之王肅曰大人在位之日也 銑曰初九潛龍勿用今飛在天則時以通泰故大人起治萬物而萬物利見之大人則天子也

詩曰思皇多士生此王國 善曰毛詩大雅文也毛萇曰皇天也鄭玄曰思願也願天多生賢人於邦 良曰皇美也多士謂衆賢也言思美衆賢生於此國 故世平主聖俊乂將自至若堯舜禹湯文武之君 濟曰文武文王武王也 獲稷契皋陶伊尹呂望之臣明明在朝穆穆列布 善曰尚書曰厥后惟明明又曰則以穆穆在乃位 翰曰明明穆穆皆美也列布謂分布職位也 聚精會神相得益章雖伯牙操遞 五臣作號 鍾逢 五臣作逄 門子彎烏號猶未足以喻其意也 善曰晉灼曰遞音迭遞之遞二十四鍾各有節奏聲之不常故曰遞鍾璸以爲楚辭曰奏伯牙之號鍾馬融長笛賦曰號鍾高調號鍾琴名也謂伯牙以善鼓琴不說能擊鍾也且漢書多借假或以遞爲號不得便以迭遞判其音也孫卿子曰羿逢蠭門善服射者也吳越春秋陳音曰黃帝作弓後有楚狐父以其道傳羿羿傳逢蒙漢書曰黃帝鼎成龍迎黃帝黃帝上騎小臣持龍髯髯拔墮黃帝之弓百姓仰望黃帝龍髯號故名其弓曰烏號 良曰聚其精爽會其神理君臣道合加以相明上下不疑德義諧和則雖伯牙操琴逢門子彎弓其音韻合和弓矢必中亦未足以喻此君臣之意也 故聖主必待賢臣而弘功業俊士亦俟明主以顯其德 良曰俟待也 上下俱欲懽 五臣作歡 然交欣 翰曰上下謂君臣也言君臣相欲也 千載一會論說無疑 向曰君臣之道不疑雖左右論說其非者不信也 翼乎如鴻毛遇順風沛乎若巨魚縱大壑 善曰春秋保乾圖曰神明之應疾於倍風吹鴻毛 銑曰言君臣道合如鴻鵠遇風一舉千里如大魚游縱於大川得其性也翼飛疾貌沛大水貌 其得意如此則胡禁不止曷令不行 濟曰胡曷皆何也 化溢四表橫被無窮遐夷貢獻萬祥必臻 良曰化滿四方被于無窮而遠方蠻夷歸我君德以貢獻土物而萬善必至也 是以聖主不徧窺望而視已明不殫

傾耳而聽已聰 翰曰言賢臣爲君耳目故君不徧盡視聽已聰明矣殫盡也 恩從祥風翔德與和氣游太平之責塞優游之望得 善曰爲君之道冀太平而優游今已太平是責塞也今已優游是望得也史記泄公曰今王已出吾責塞尚書大傳曰周公作樂優游三年 向曰天子恩德與祥風和氣翱游於四方則太平之理永充於天下人人乃得優游之望也責求也塞充也 遵游自然之勢恬淡無爲之場 善曰莊子曰夫恬淡寂寞虛無無爲此天地之平而道德之至 銑曰遵法場境也言法自然之道致心恬淡之義游於無爲之境以治其身而天下正也 休徵自至壽考無疆雍容垂拱永永萬年 善曰尚書曰垂拱而天下治 濟曰雍容閑和貌言天子靜思乃閑和垂衣拱手天下自治祿福萬年也永長也 何必偃仰詘信 五臣本作屈申 若彭祖呴 吁 噓 虛 呼吸如喬松眇然絕俗離世哉 善曰莊子曰吹噓呼吸吐故納新能經鳥伸爲壽而已矣彭祖壽考

若之所好也列仙傳曰王子喬好吹笙道人浮丘公接以上嵩山又曰赤松子者神農時雨師也至崑崙山上常止西王母石室中　翰曰言我化理天下人歸大道壽考無疆永永萬年何必謝於彭祖七百之壽喬松千年之仙絕於俗離於人世哉言不足尚也

詩曰濟濟多士文王以寧蓋信乎其以寧也　向曰濟濟盛貌多士衆賢也寧安也言此衆賢文王得之以安今信此言可以安也

趙充國頌

善曰漢書曰成帝時西羌嘗有警上思將帥之臣追美充國乃召黃門郎揚雄即充國圖畫而頌之

揚子雲

明靈惟宣戎有先零伶**先零猖狂侵漢西疆**　善曰漢書曰諸羌先零豪然先零羌別號漢書宣紀曰元鳳元年西羌反　翰曰聖明神靈惟我宣帝也能廣大其德奄有諸羌而倡狂背叛侵於西疆也戎大也先零羌名也

漢命虎臣惟後將軍整我六師是討是震　音眞協韻　善曰毛詩曰進厥虎臣闞如虓虎漢書曰昭帝時擢充國爲後將軍漢書曰遣後將軍趙充國擊西羌毛詩曰整我六師以脩我戎又曰徐方震驚　良曰虎臣即充國也言其猛如虎也充國爲後軍將軍故曰後將軍惟辭也六師六軍也震懼也言羌人懼之

既臨其域諭　五臣作諭　**以威德**　善曰漢書曰充國至西部都尉府欲以威信招降罕开乃上跡曰因田致穀威德兼行　濟曰臨羌人之域宣諭天子威德以示之欲令其降也

有守矜功謂之弗克　善曰酒泉太守言充國屯田非便不如擊之論語讖曰重耳反譎伐德矜功　銑曰有守謂酒泉太守辛武賢也奏宣帝請擊罕开帝使與充國共討之充國諭之使降賢謂充國曰諭其使降不勝擊之故云弗克克勝也矜功自說有能也

請奮其旅于罕之羌　善曰韋昭曰罕羌名也蘇林曰在金城南武賢言但擊罕羌先零自降也　向曰辛武賢請奮其兵衆以擊之奮震旅衆也

天子命我從之鮮陽　善曰應劭曰宣帝使充國共討罕开於鮮水陽　銑注同

營平守節屢奏封章　善曰漢書曰充國封營平侯屢奏封章言屯田之便不從武賢之策　良曰守節謂丁忠勇也屢奏封章謂頻進表言勝捷之事也

料敵制勝威謀靡亢　音剛　善曰兵法曰水因地而制行兵因敵而制勝李奇漢書注曰制折也　濟曰料計靡無亢折也言計其前敵制要勝不折其兵威深謀不可拒當也

遂克西戎還師于京　善曰漢書曰充國奏言凡斬首七千六百級降者三萬一千二百請罷屯兵奏可充國振旅而還　翰曰克勝也

鬼方賓服罔有不庭　善曰毛詩曰內奰于中國覃及鬼方毛萇曰鬼方遠方也世本注曰鬼方於漢則先零戎是也尚書曰准周王四征弗庭　向曰鬼方謂遠方也罔無也言無有不臣伏於帝庭也

昔周之宣有方有虎詩人歌功乃列于雅　善同銑注　銑曰宣謂周宣王也方謂周卿士方叔也虎召穆公名詩小雅云方叔涖止其車三千大雅云王命召虎式辟四方美其賢有中興之功可以爲天下儀則也

在漢中興充國作武赳赳桓桓亦紹厥後　五臣本作緒　善曰毛詩曰赳赳武夫公侯干城尚書曰武王曰勗哉夫子尚桓桓　良曰時漢室稍至陵遲及宣帝即位時稱中興也赳赳桓桓武貌也班固贊美宣帝比德殷宗周宣之主故充國亦可以紹周宣之臣也

出師頌

善曰范曄後漢書曰鄧騭字昭伯以女弟爲和熹皇后安帝立騭爲虎賁中郎將封上蔡侯涼部叛羌搖蕩西州詔騭將兵擊之車駕幸平樂觀餞送騭西屯漢陽征西校尉任尚與羌戰大敗之遣中郎將迎拜騭爲大將軍既至大會羣臣賜以束帛乘馬

史孝山

善曰范曄後漢書曰王莽末沛國史岑字孝山以文章顯文章志及集林今書七志並同皆載岑出師頌而流別集及集林又載岑和熹鄧后頌并序計莽之末以訖和熹百有餘年又東觀漢記東平王蒼上光武中興頌明帝問校書郎此與誰等對云前世史岑之比斯則莽末之史岑明帝之時已云前世不得爲和熹之頌明矣然蓋有二史岑字子孝者仕王莽之末字孝山者當和熹之際但書典散亡未詳孝山爵里諸家以孝山之文載於子孝之集非也騭則鄧后之兄元舅則騭也　翰曰文章志及今書七志

並云史岑字子孝出師頌史籍無傳此頌蓋後漢安帝舅鄧騭出征西羌之頌

茫茫上天，降祚有漢。向曰茫茫廣大貌祚福也**兆基開業，人神攸贊。**五臣本作讚　銑曰兆始也攸所也**五曜霄**五臣作宵**映，素靈夜歎。皇運來授，萬寶增煥。**五臣本無皇運來授萬寶增煥兩句　善曰漢書曰元年冬十月五星聚于東井沛公至霸上應劭曰五星所在其下以義取天下也又曰高祖夜經澤中有大蛇當徑拔劍斬蛇蛇分爲兩後人至蛇所有一嫗夜哭人問嫗嫗曰吾子白帝子化爲蛇當道今者赤帝子斬之也　濟曰五曜五星也霄夜也歎則哭也餘注同**歷紀十二，天命中易。**善曰漢書曰漢起元高祖終于孝平王莽之誅十有二世也良注同**西零不順，東夷遘逆。**善曰西零即先零也濟曰西零西羌也遘作也**乃命上將，授以雄戟。**善曰子虛賦曰建干將之雄戟　向曰上將鄧騭也授謂天子授與之也雄戟兵器也**桓桓上將，實天所啓。**善曰桓桓武貌也左氏傳晉侯賜畢萬魏卜偃曰以是始賞天啓之矣　銑曰寔實啓開也言實天所開其忠勇也**允文允武，明詩悅禮。**善曰毛詩曰允文允武昭格烈祖左氏傳趙衰曰郤縠說禮樂而敦詩書　良曰允信也**憲章百揆，爲世作楷。**善曰禮記曰仲尼憲章文武尚書曰納于百揆禮記曰今世行之後世以爲楷　向曰揆度楷則也**昔在孟**五臣作盟**津，惟師尚父。**善曰尚書曰武王伐殷師度孟津毛詩曰維師尚父時惟鷹揚諒彼武王　向曰武王伐紂次盟津太公爲師盟津河也尚父太公也**素旄一麾，渾一區宇。**善曰鬻子曰武王伐紂乃命太公把旄以麾之紂軍反走尚書曰王右秉白旄以麾　翰曰素旄旗類太公執之一麾軍士而破紂軍天下以定**蒼生更始，朔風變律。**五臣作楚　善曰蒼生猶黔首也尚書曰至于海隅蒼生朔北方也楚南方也史記子貢問樂曰舜彈五絃之琴歌南風之詩而天下治紂爲朝歌北鄙之音身死國亡何也夫南風之詩者生長之音舜樂好之故天下治也夫北者敗也鄙者陋也紂樂好之故身死國亡　良曰蒼生百姓也更始謂新正法制以便利下人去紂暴虐之理也謂天子居南面而稱尊故北風以變化於南楚也言王風廣也

薄伐獫狁，至于太原。善曰毛詩小雅文也鄭玄曰薄伐言逐出之而已　向曰獫狁北狄也薄伐言不殺戮逐之於邊而已太原地也**詩人歌之，猶歎其艱。況我將軍，窮城**五臣作域**極邊。鼓無停響，旗不蹔褰。澤霑遐荒，功銘鼎鉉。**音玄協韻　善曰禮記曰夫鼎者有銘銘者論譔其先祖之德美功烈勳勞而酌之祭器自成其名焉周易曰鼎金鉉　銑曰言太公薄伐詩人尚以爲艱難而況乎鄧騭至遠邊鼓旗不捨宣帝澤於遠荒而功銘於鼎鉉鼎杠也乃著述人通言之**我出我師，于彼西疆。**善曰毛詩曰我出我車于彼牧矣　向曰我出謂鄧騭出也我師謂天子之軍也西疆西戎也**天子餞我，路車乘黃。言念伯舅，恩深渭陽。**善同翰注　翰曰天子餞送鄧騭也伯長也鄧騭安帝長舅也詩云我送舅氏曰至渭陽何以贈之路車乘黃路車駟馬車也乘黃馬色也言天子之恩於舅氏深也**介珪既削，列壤酬勳。**善曰毛詩曰錫爾介珪以作爾寶　向曰介珪諸侯所執長尺二寸削剖也言將封騭爲諸侯也列壤謂分土也勳功也**今我將軍，啓土上郡。**善曰尚書曰建邦啓土也　銑曰啓開也上郡謂騭所封也**傳子傳孫，顯顯令問。**善曰毛詩曰假樂君子顯顯令德又曰令問令望　翰曰令善也人有積善則天下相問者皆稱其善故曰令問也

酒德頌

劉伯倫　善曰臧榮緒晉書曰劉靈字伯倫沛國人也志氣曠放以宇宙爲狹著酒德頌爲建威參軍卒以壽終　向注同

有大人先生，向曰假爲辭也**以天地爲一朝，萬期爲須臾，日月爲扃牖，八荒爲庭衢。**銑曰言志廣大也以天地開闢已來爲一日也萬歲之期爲少時也扃牖門也八荒八方也**行無轍跡，居無室廬。**善曰老子曰善行無轍跡馬融琴賦曰遊閒公子中道失志居無室廬罔所自置　翰曰猶隱守愚時人不見其行跡人不知其所居室故云無也

幕天席地縱意所如良曰如往也止則操巵執觚姑動則挈榼提壺善曰說文曰榼酒器也苦闔切濟曰操挈皆執也巵觚榼壺皆酒器也唯酒是務焉知其餘翰曰專於飲酒不知其餘事也有貴介公子搢紳處士善曰左氏傳曰伯州犂謂鄭皇頡曰夫子爲王子圍寡君之貴介弟也司馬相如封禪書曰因雜搢紳先生之略術臣瓚曰縉赤白色紳大帶應劭風俗通曰處士者隱居放言向曰介大也搢紳服飾也處士有德之稱聞吾風聲議其所以銑曰吾則先生自稱也言公子處士風聞我好酒之聲議論我所以得失也乃奮袂攘衿怒目切齒善曰北征賦曰遂奮袂而北征戰國策張儀說魏王曰天下遊士莫不瞋目切齒良曰此公子處士怒先生好酒陳說禮法是非鋒起善曰春秋感精符曰禍亂鋒起君若贅旒濟曰說禮經法制以示先生言其是非如劍戟之鋒刃相競逐而起先生於是方捧甖鶯承槽五臣從米銜杯五臣作盃漱醪善曰劉熙孟子注曰槽者齊俗名之如酒槽也翰曰先生不聽二人之說飲酒自若也醪濁酒也奮髯踑舉其踞據枕麴藉糟善曰漢書曰朱博遷琅邪齊部舒緩博奮髯抵几曰觀齊兒欲以爲俗耶又曰尉佗魋結箕踞銑曰奮動髯鬚也踑踞展足倚據而坐也藉鋪也言動髯展足倚據而坐旋復枕麴鋪糟而卧也無思無慮其樂陶陶善曰毛詩曰君子陶陶向曰陶陶和樂貌兀然而醉豁五臣作怳爾而醒靜聽不聞雷霆之聲熟視不覩五臣作見泰山之形不覺寒暑之切肌利五臣本作嗜欲之感情善曰莊子曰知反於帝宮見黃帝而問焉曰何思何慮則知道黃帝曰無思無慮始知道俯觀萬物擾擾焉如江漢之載浮五臣本無浮字萍善曰爾雅曰擾擾亂也焉如猶何如也向曰言見萬物如水中萍草隨其風波二豪侍側焉如蜾果蠃力果之與螟名蛉音靈善曰二豪公子處士也隨巳而化類蜾蠃之變螟蛉也法言曰螟蛉之子蜾蠃祝曰類我久則肖之矣速哉二三子之化仲尼也李軌曰螟蛉桑蟲也蜾蠃蜂蟲也肖類也蜂蟲無子取桑蟲蔽而殪之幽而養之祝曰類我久則化而成蜂蟲矣速疾哉二三子受學仲尼之化疾也向曰二豪謂公子處士也蜾蠃螟蛉彼小蟲也言此二人侍我之側何如此蟲言見之微小也焉何也

漢高祖功臣頌

陸士衡

相國酇文終侯沛蕭何相國平陽懿侯沛曹參太子少傅留文成侯韓張良丞相曲逆獻侯陽武陳平楚王淮陰韓信梁王昌邑彭越淮南王六黥布趙景王大梁張耳韓王韓信燕王豐盧綰長沙文王吳芮荊王沛劉賈太傅安國懿侯王陵左丞相絳武侯沛周勃相國舞陽侯沛樊噲右丞相曲周景侯高陽酈商太僕汝陰文侯沛夏侯嬰丞相潁陰懿侯睢陽灌嬰代丞相陽陵景侯魏傅寬車騎將軍信武肅侯靳歙大行廣野君高陽酈食其中郎建信侯齊劉敬太中大夫楚陸賈太子太傅稷嗣君薛叔孫通魏無知護軍中尉隨何新成三老董公轅生將軍紀信御史大夫沛周苛平國君侯公右三十一人與定天下安社稷者也五臣無此序頌曰

芒芒五臣作茫茫宇宙上墋楚錦下黷波振四海塵飛五

岳九服徘徊三靈改卜善曰天以清爲常地以靜爲本今上滲下黷言亂常也滲不清
澄之貌也國語觀射父曰民神異業敬而不黷賈逵曰黷媟也波振塵飛以喻亂周書曰乃辯九服之國春秋元命苞曰
浩起天地鑄演人君通三靈之貺交錯同端　翰曰茫茫廣遠貌滲垢黷濁也並言天下昏亂垢濁也波振塵飛謂兵戈
不息四海五岳九服皆謂天下也徘徊謂人無主不知所從也三靈天地人也言天將惡秦獨亂改卜清平之君也赫
矣高祖肇載天祿善曰尚書曰天祿永終向曰赫盛肇始載運也沈跡中鄉
飛名帝錄善曰中鄉即中陽里也漢書曰高祖中陽里人尚書琁璣鈐孔子曰五帝出受錄圖　向曰高
祖中陽里人故云中鄉也飛名帝錄謂預應圖讖如預飛名在其中慶雲應輝皇階授木
善曰漢書范增謂項羽曰吾使人望沛公其氣皆爲龍成五色此天子氣急擊之勿失春秋孔演圖曰天子皆五帝精必
有諸神扶助使開階立遂宋均曰遂道也春秋保乾圖曰黑帝治八百歲運極而授木倉帝七百二十歲而授火言漢之
歷運爲周木德所授也　銑曰慶雲瑞雲也皇階謂天位之次也龍興泗濱虎嘯豐谷

文四十七　十三

善曰尚書序曰漢室龍興漢書曰高祖爲泗水亭長淮南子曰虎嘯而谷風至漢書曰高祖居沛豐　濟曰龍興言如龍
飛於天得高位也虎嘯謂天下英雄皆相應如虎嘯風生也泗濱謂高祖昔爲泗水亭長也豐邑高祖所居邑也彤
雲晝聚素靈夜哭善曰漢書曰高祖隱於芒碭山澤閒呂后求常得之高祖怪問呂后后曰
季所居上常有雲氣故從往常求得季彤丹色也素靈即高祖紀老嫗哭所殺白蛇詳見出師頌素靈夜歎注　良曰彤
丹紫色金精仍頹朱光以渥善曰漢書郊祀志曰秦襄公自以居西主少昊之神作西
時祠白帝至獻公時櫟陽雨金以爲瑞又作畦時祠白帝少昊金德也朱光謂漢也殺之者明漢當滅秦也　向曰金精
秦也朱光漢也渥流也萬邦宅心駿民五臣作人字效足善曰尚書曰宅心知
訓又曰俊民用章曹植與陳琳書曰驥騄不常一步應良御而效足　翰曰宅居也言天下之人懷高祖寬仁之德常居
於心故羣賢如駿馬足以效其用也堂堂蕭公王跡是因善曰蕭何爲丞相故曰公論語
曾子曰堂堂乎張也難與並爲仁矣　向曰此蕭何也堂堂盛貌言高祖因之而升帝位也王者天子之通稱綢繆

徽后無競惟人善曰毛詩曰無競惟人四方其訓之銑曰綢繆親密皃徽聖后君也聖君則
高祖也惟辞也言其無侵競於人能安而悅之也謂留在秦外濟六師內撫三秦善曰
漢書曰漢王與諸侯擊楚何守關中漢王數失軍何常興關中卒輒補缺應劭曰章邯爲雍王司馬欣爲塞王董翳爲翟
王三分王秦地故曰三秦　濟曰六師六軍也高祖留何守關中聚糧以給關外軍也內則撫安百姓也高祖封秦三將爲
王王秦中故謂之三秦拔奇夷難邁德振民善曰漢書曰何進韓信漢王以爲大將軍
黥布反上自將擊之使使問相國何爲曰爲上在軍拊循百姓尚書曰咎繇邁種德周易曰君子以振民育德　良曰何
拔韓信爲將遂平天下行其德惠振給於下人夷平邁行也體國垂制上穆下親善曰
周禮曰惟王建國體國經野班固蕭何述曰營都立宮定制循文然重威則上穆刑約則下親　翰曰能體國家輕重以
約法三章使君臣上下和穆而相親也垂下也制法也名蓋羣后是謂宗臣善曰班固
漢書贊曰蕭何曹參位冠羣后聲施後世爲一代之宗臣　張晏曰宗臣國所宗也　向曰羣后謂諸立功者高祖論何功

文四十七　十四

第一故曰名蓋也何爲羣臣之尊故曰宗臣宗尊也平陽樂道在變則通善曰論語曰貧
而樂周易曰易窮則變變則通　銑曰此謂曹參也好黃老之術故曰樂道臨事能變通而合於理也爰淵
爰嘿有此武功善曰莊子曰淵默而雷聲毛詩曰文王受命有此武功　濟曰爰於淵沈嘿靜
也言於事好沈靜而爲理也長驅河朔電擊壤東善曰漢書曰秦將王離圍鉅鹿
參擊王離軍成陽南大破之又擊三秦軍壤東破之文穎曰壤東地名也班固漢書述曰長驅大舉電擊雷震　良注同
協策淮陰亞跡蕭公善曰漢書曰魏王豹反參以假丞相別與韓信東攻魏將孫遬大破
之又從韓信擊趙大破之又從韓信擊龍且大破之又曰謁者鄂秋曰位次蕭何第一曹參次之　翰曰協合也亞次也
餘同善注文成作師通幽洞冥善曰漢書張良終謚曰文成侯又曰張良從容步游下邳
圯上有老父出一編書曰讀是則爲王者師　向曰此謂張良也凡不言姓名皆所封邑名及號謚也餘皆類此　良自言
以三寸舌爲帝者師幽冥謂受兵法於黃石公也永言配命因心則靈善曰毛詩曰永

言配命自求多福又曰維此文王因心則友　銑曰言配合天命籌策因心而出則如神靈無不必中也**窮神觀化望影**五臣作景**揣情鬼無隱謀物無遁形**善曰周易曰窮神知化德之盛也史記太史公曰虞卿斷事揣情爲趙畫策鬼谷子曰測深揣情　良曰言其觀察事變見其形影已能揣度其情無不知耳故雖鬼神亦不能隱謀萬物亦莫能逃形也**武關是闢鴻門是寧**善曰漢書曰漢王與良西入武關良曰臣聞秦將屠者賈豎易動以利令持重寶啗秦將果欲連和沛公欲聽之良曰此其將欲叛士卒恐不從不如因其解擊之沛公乃擊秦軍大破之又曰項羽至鴻門欲擊沛公良因要項伯見沛公沛公令伯具言沛公不敢背項王項羽然後解周易曰人謀鬼謀百姓與能　翰注同**隨難滎陽即謀下邑**善曰漢書曰漢三年項羽急圍漢王滎陽漢王憂恐與酈食其謀撓楚權良從外來漢王曰客有爲我計撓楚權者良曰誰爲陛下畫此計者陛下事去矣請借前箸以籌之漢王兵還至下邑漢王曰吾欲捐關以東誰可與共功者良曰九江王英布楚梟將彭越反梁地此兩人可急使韓信可屬大事當一面即欲捐之此三人楚可破也

向注同**銷印惎**忌**廢推齊勸立**善曰漢書曰項羽急圍漢王滎陽酈食其曰誠復立六國後楚必斂衽而朝漢王曰善趣刻印先生行佩之良曰誰爲陛下畫此計者陛下大事去矣且楚唯無強六國復撓而從之陛下焉得而臣之漢王曰趣銷印後韓信破齊欲自立爲齊王漢王怒良勸漢王因封之班固漢書述張良曰推齊銷印驅致越信　銑曰惎教也餘注同善**運籌固陵定策東襲三王從風五侯允集**善曰漢書曰漢王與齊王信魏相國彭越期會擊楚至固陵不會漢王謂張良曰諸侯不從柰何良曰今能取睢陽以北至穀城以王彭越從陳以東傅海與齊王信則楚易敗也於是韓信彭越皆引兵來黥布隨劉賈皆會項羽敗自剄淮南子曰施于寡妻至于兄弟天下從風漢書曰漢王用良計諸侯皆至史記曰漢部五諸侯兵東伐楚又蘇秦曰梁從風而動　濟曰羽死烏江而董翳揚喜馬童呂勝楊武等五人各得其一體高祖乃封五人爲列侯是謂五侯允信集至也餘同善注**霸楚寔喪皇漢凱入**善曰周禮曰師有功則愷樂　良曰霸楚謂項羽也寔實也喪亡也皇大也凱入謂戰勝凱歌而還其國言漢勝而入其國也**怡顏高**

覽弭翼鳳翽託跡黃老辭世卻粒善曰史記良曰願棄人間事從赤松子游耳乃學辟穀導引輕身　翰曰謂功成名遂身退也怡和弭止翽藏也言良和顏高覽神仙之事退歸靜理如鳳之止羽翼不見也良時託跡黃帝老子之術卻粒謂絕穀也**曲**區句**逆**遇**宏達好謀能深**善曰西京賦曰大雅宏達論語子曰好謀而成　向曰此謂陳平也宏大達通也**游精杳漠神跡是尋重玄匪奧九地匪沈**善曰鄧析子曰九地之下重天之巔　銑曰平常好道術玄理也　濟曰重玄天也匪非奧深也言平妙知天道地理則天地非爲深沈也**伐謀先兆擠**濟**響于音**善曰言將伐其謀先其未兆欲墜其響在於爲音然兆爲謀始響爲音初也孫子曰上兵伐謀其次伐交鶡冠子曰音者所以調聲也未聞音出而響過其聲者也　良曰言將伐敵其謀策已先見其始事凡響出於音故須音響相濟也亦如君臣相得也則平與高祖亦如之也**奇謀六奮嘉聲四迴**善曰漢書曰陳平凡六出奇計或頗祕之世莫得聞宋仲子法言注曰張良爲高祖畫策六陳平用奇策四皆權謀

非正也然機之此言有符仲子之說未詳相承而誤或別有所憑也　向曰平自定天下凡六出奇計奮出也四迴謂迴轉於天下四方也**規主以足離項于懷**善曰漢書曰淮陰侯破齊王使使來言漢王漢王怒而罵平躡漢王漢王悟乃厚遇齊使音義曰躡謂平躡漢王足也漢書陳平曰項羽骨鯁之臣亞父鍾離昧龍且周殷之屬不過數人大王捐數萬金行反間間其君臣破楚必矣漢王以爲然反間既行羽果疑亞父亞父云發病死　向曰規諫也**格人乃謝楚翼是摧**善曰尚書曰格人元龜罔敢知吉　銑曰格至也謂范增謝病去楚而楚羽翼實已摧折**韓王窘執胡馬洞開**善曰漢書曰人有上書告楚王韓信反陳平曰陛下第出僞遊雲夢信聞天子以好遊出其勢必郊迎謁陛下因禽之此特萬世之事也高祖以爲然信果郊迎即執縛之毛萇詩傳曰窘困也漢書曰上至平城爲匈奴所圍高祖用平奇計使單于閼氏解圍以得出　濟曰胡馬即匈奴也洞通也餘同善注**迎文以謀哭**五臣本作送**高以哀**善曰漢書曰呂太后崩平與太尉勃合謀誅諸呂立文帝平本謀也又曰高帝崩平馳至宮哭殊悲　良注同**灼灼淮陰靈**

武冠世 翰曰此謂韓信也灼灼盛烈貌冠首也言其靈武爲世之首 策出無方思入神契 善曰孔安國尚書傳曰神妙無方蔡邕李咸碑曰明略兼洞與神合契 向曰謀策所出無極思與神合也入猶與也契合也 奮臂雲興騰跡虎噬 銑曰奮振也言其心勇疾如雲起猛烈若虎之噬噬齧也 陵險必夷摧剛 五臣作堅 則脆 善曰呂氏春秋曰凡兵之用也攻亂則脆 濟曰言其雖陵敵險難必以平也摧敵堅陳則如脆矣夷平也 肇謀漢濱還定渭表 善曰漢書蕭何謂高祖曰必長王漢中無所事信必欲爭天下非信無可與計事者漢王乃拜信大將軍信說漢王曰今王舉兵而東三秦可傳檄而定也漢王喜遂聽信計舉兵出陳倉定三秦 良曰肇始也漢濱謂項羽封高祖爲漢王高祖就國漢中蕭何曰必欲爭天下非信不可與計事高祖乃與謀事用其計遂自漢中還定秦地渭水名在秦故也濱表謂水畔也 京索既扼引師北討 善曰漢書曰漢擊楚彭城漢兵敗散而還信復發兵與漢王會滎陽復擊破楚京索閒齊趙魏皆反與楚和以信爲左丞相擊魏 翰注同 濟河夷魏登

山滅趙 善曰漢書曰信遂進擊魏魏盛兵蒲坂塞臨晉信乃益爲疑兵陳船欲渡臨晉而伏兵從夏陽以木罌缶渡軍襲安邑虜魏王豹信請北舉燕趙選輕騎二千人人持一赤幟從閒道登山而望趙軍戒曰趙見我走必空壁逐我若疾入拔趙幟立漢幟後趙空壁爭漢鼓旗奇兵馳入趙壁皆拔旗立漢赤幟趙卒見之大驚遂亂走禽趙王歇向注同 威亮火列 五臣作烈 勢踰風埽 善曰孫子曰兵以詐立以利動合而爲變也故其疾如風侵掠如火則彼三軍可奪氣將軍可奪心此用兵之法也 銑曰亮信踰過也言其威武信爲猛烈破敵之勢過於風埽言易也 拾代如遺偃齊猶草 善曰漢書曰信進擊代禽夏說閼與李奇曰代相也孟康曰音焉預邑名也漢書曰信發趙兵未發者擊齊信引兵東遂渡河襲齊歷下軍至臨菑齊王走高密又梅福上書曰高祖取楚如拾遺論語曰草上之風必偃 濟曰破代齊二國如拾遺物於地如草偃於風也 二州肅清四邦咸舉 善曰據禹貢九州之屬魏趙屬冀州齊代屬青州四邦魏代趙齊也 良注同 乃眷北燕遂表東海 善曰漢書曰信用廣武君策發使使燕燕從風而靡又曰信平齊使人言于漢王齊夸詐多變反覆之國不爲假王以鎮之其勢不定請自立爲假王漢王乃遣張良立信爲齊王左氏傳王使劉定公賜齊侯命曰世胙太師以表東海杜預曰表顯也 翰曰眷向也信既破趙將北伐燕李左車勸按甲休兵然後可也遂表東海謂立爲齊王也東海齊地也表猶立也 克滅龍且 子余 爰取其旅 善曰漢書曰齊王走高密使使于楚楚使龍且救齊與信夾濰水陣信乃夜令人爲萬餘囊盛沙以壅水上流引軍半渡擊龍且佯不勝還走龍且喜曰固知信怯遂追渡水信使人決壅囊水大至龍且軍大半不得渡即急擊殺龍且楚卒皆降之 向曰龍且項羽將也信既勝滅之於是盡取其衆爰於也旅衆也 劉項懸命人謀是與念功惟 五臣作推 德辭通絕楚 善同銑注 銑曰蒯通知天下權在信乃說信曰當今時兩主懸命於足下足下爲漢則漢勝爲楚則楚勝故云劉項懸命也人謀謂蒯通說信反漢爲楚王三分天下信曰我幸得事項王數年官不過執戟故歸漢漢授我上將軍言聽計用背之不祥此則念己之功推高祖之德辭蒯通所說絕楚王之望 彭越觀時發迹 五臣作韜跡 匿光人具爾瞻翼

爾鷹揚 善曰杜預左氏傳注曰韜藏發與韜古字通也毛詩曰赫赫師尹人具爾瞻又曰維師尚父時維鷹揚 濟曰韜藏匿隱也陳涉初起或人謂越曰豪傑相立叛秦公可效之越曰兩龍方鬬且待之此謂觀時藏跡隱光也後高祖擊昌邑越乃助之言其有英雄之才天下所瞻望翼翼爾鷹揚言其勇志疾速如鳥翼之飛若鷹之擊揚 威凌 五臣作陵 楚域質委漢王靖難河濟即宮舊梁 善曰漢書曰使人賜越將軍印綬使下濟陰以擊楚大敗楚軍拜越爲魏相國漢敗彭城越皆亡其所下城獨將其兵北居河上往來爲漢王游兵擊楚絕其糧於梁地項籍死封越爲梁王都定陶禮記孔悝爲鼎銘曰即宮於宗周 良曰楚域謂項王也 翰曰即就宮居也項氏既滅高祖封越爲梁王初爲相國將兵略定梁地後封之故云舊梁也言如舊之有也 烈烈黥布眈眈其眄 五臣作盻音麪 善曰漢書曰黥布姓英氏項梁定會稽布以兵屬之 易曰虎視眈眈 向曰凡有姓名則注不重言也或唯言其名則注重說餘類此 烈烈猛也眈眈虎視貌此於虎言眄視也 名冠彊楚鋒猶駭電 善曰漢書曰楚兵常勝功冠諸侯者以布數以少敗衆

銑曰初布爲項羽將功冠諸侯其鋒銳勇急如雷電之驚也彊楚謂項羽也　覩幾蟬蛻稅悟主革面善曰漢書曰漢王使隨何說布布閒行與何歸漢淮南子曰蟬飲不食三十日而蛻周易曰小人革面以從君也　濟曰言布見幾去楚歸漢亦如蟬蛻去其殼也覺漢主仁明故改操而來北面事之悟覺也革改也　肇彼梟風翻爲我翰善曰漢書曰上立布爲淮南王與擊項籍　良曰肇始也彼謂項羽也梟惡鳥也我謂漢也言始在項羽處休梟鳥之風後乃翻飛而來爲漢助也翰助也　天命方輯王在東夏善曰東夏即陽夏也漢書曰漢王追項羽至陽夏南　翰曰輯運也王在東夏謂布爲淮南王　矯矯三雄至于垓下善曰三雄韓信彭越英布漢書曰漢王發使使韓信彭越至皆列兵來黥布隨劉賈皆會圍羽垓下毛詩曰矯矯武臣　向曰矯矯雄勇貌垓下地名　元凶既夷寵禄來假善曰元凶謂項羽班固漢書張湯述曰既成寵禄亦羅咎愆　銑曰元凶則項羽也夷平也假至也　保大全祚非德孰可謀之不臧舍福取禍善曰左氏傳楚子曰

〈文選四十七〉　十九

保大定功班固漢書張湯述曰子孫遵業全祚保國毛詩曰謀之不臧則具是依左氏傳劉子曰能者養之以福不能者敗以取禍　濟曰安於大位而能全福者非德不可也言布謀及不善之道卒見其禍矣保安祚福孰誰臧善也　張耳之賢有聲梁魏善曰漢書曰張耳大梁人也少時及魏公子毋忌爲客毛詩曰文王有聲　良曰聲譽也謂高祖微時素聞其賢　士也罔極自詒五臣從貝伊媿善曰漢書曰張耳陳餘相與爲刎頸交耳與趙王歇走入鉅鹿王離圍之餘自度兵少不敢前後耳得出鉅鹿責餘餘怒脫印綬與耳耳佩其印綬後餘以兵襲耳耳敗走毛詩曰士也罔極二三其德又曰心之憂矣自詒伊慼詒音怡　翰曰此言陳餘交不固也罔無極窮也言士之結交當堅踰金石至於無窮豈可二三其德終易其初以相誅伐此所以自遺其媿也貽遺伊其也　俯思舊恩仰察五緯善曰漢書耳曰漢王與我有故而項王強立我我欲之楚甘公曰漢王之入關五星聚東井先至必王耳走漢易乾鑿度曰五緯順軌四時和肅　向曰耳與陳餘戰敗走曰漢王與我有故遂歸漢此思舊恩也五緯五星也高祖入關五星聚東井東井秦分野言耳望此而歸漢也　脫跡違難披榛來洎攺策西秦報辱北冀善曰漢書曰漢定三秦方圍章邯廢丘耳謁漢王又曰漢遣張耳與韓信擊破趙井陘斬餘泜水上追殺趙王歇於襄國泜音祗　銑曰脫遺也跡違難謂與陳餘戰敗歸漢也榛草木叢生也洎至也言耳棄馳披冒叢榛之路來至秦中高祖遣耳與韓信擊趙是爲改策矣與韓信破趙斬陳餘於泜水上是報辱也趙冀州分野故曰北冀　悴葉更輝五臣作耀枯條以肄善曰以木爲諭也漢書曰漢立耳爲趙王毛萇詩傳曰斬而復生曰肄　濟曰謂耳敗走已如悴葉枯條矣而高祖厚遇之是謂更有耀光而復生也　王信韓孽宅土開疆我圖爾才越遷晉陽善曰漢書曰韓王信故韓襄王孽孫也漢立信爲韓王上以信壯武乃更以太原郡爲韓國徙信以備胡都晉陽毛萇詩曰我圖爾居　良翰注同　盧綰自微婉孌我皇善曰漢書曰高祖與綰壯學書又相愛也班固漢書孝哀紀曰婉孌董公惟亮天工　向曰綰與高祖同日生微時相愛及貴綰出入帝臥內婉孌相親貌我皇高祖也　跨功踰德祚爾輝章善曰漢書曰羣臣知

〈文選四十七〉　二十

上欲王綰皆曰綰可王上乃立綰爲燕王章印章也　銑曰跨度踰過祚福爾汝也言其功則所封土爵已過其德蓋上心所寵故福汝輝榮之寵章　人之貪禍寧爲亂亡善曰漢書曰高祖崩綰遂將兵衆亡入匈奴死胡中毛詩曰民之貪亂寧爲荼毒鄭玄曰天下之民苦王之政欲其亂亡也　濟曰言人志貪禍乃爲亂亡之道謂綰爲叛亡入匈奴　吳芮之王祚由梅鋗功微勢弱世載忠賢善曰漢書曰天下之初叛秦吳芮率越人舉兵以應諸侯沛公攻南陽遇芮之將梅鋗與偕攻析酈上以鋗有功武關故德芮徙爲長沙王高祖賢之詔御史長沙王忠其著之甲令音義曰鋗呼玄切酈持益切　良注同善　肅肅荊王董我王軍善曰漢書劉賈將二萬人騎數百擊楚孔安國尚書傳曰董督也　翰曰肅肅嚴整貌董正也　我圖四方殷薦其勳善曰漢書曰漢王追項籍至固陵賈使人閒招楚大司馬周殷周殷反楚佐賈　向曰殷多薦進勳功也　庸親作五臣作祚勞舊楚是分往踐厥宇大啓淮濆善曰漢書曰高祖子弟弱昆弟少欲王同姓以鎮天下詔

立賈爲荊王王淮東毛詩曰鋪敦淮濆 銑曰庸用祚福也賈則高祖從兄故用親也祚勞者謂加福於功勞之臣分楚地而爲荊國也 濟曰厥其宇居也言往踐其荊國之居也啓開也淮水名在荊地濆水濱也 **安國違親悠悠我思依依哲母既明且慈引身伏劍永言固之** 善曰漢書曰王陵以兵屬漢項羽取陵母置軍中陵使至則東鄉坐陵母欲以招陵陵母私送使者泣曰爲老妾語陵善事漢王漢王長者毋以老母故持二心妾以死送使者遂伏劍而死毛詩曰青青子佩悠悠我思 良曰此則恐其子事王懷二心故自殺可謂明且慈也 **淑人君子寔邦之基** 善曰毛詩曰淑人君子其儀不忒又曰樂只君子邦家之基 翰曰俶美寔是邦國基本也言陵才器可謂美人君子實國之本也 **義形於色憤發于**五臣作於 **辭王亡與亡末命是期** 善曰漢書曰陵爲人少文任氣好直言高后欲立諸呂爲王問陵陵曰高皇帝刑白馬而盟曰非劉氏而王者天下共擊之今王呂氏非約也公羊傳曰孔父可謂義形於色矣漢書文帝即位絳侯爲丞相爰盎進曰丞相何如人上曰社稷臣盎曰絳侯所謂功臣非社稷臣社稷臣主存與存主亡與亡 向曰高祖既崩呂后欲廢絕漢祚將封呂氏王陵曰昔高帝云非劉氏不王也呂后不悅此則義形於色憤發於辭也言其一心事主志節不移故曰王亡與亡也守其遺命不封呂氏可謂末命是期也 **絳侯質木多略寡言** 善曰漢書曰周勃爲人木強敦厚論語摘輔象曰子然公順多略 銑曰此謂周勃也木素寡少也 **曾是忠勇惟帝攸歎**平声 善曰漢書曰始呂后問宰相高祖曰安劉氏者必勃也 濟注同 **雲騖靈丘景逸上蘭平代禽豨奄有燕韓** 善曰漢書曰陳豨反勃復擊豨靈丘破之斬豨定代郡九縣燕王盧綰反勃破綰軍上蘭定上谷右北平遼西遼東 良曰騖馳逸疾也雲馳景疾者言其用兵之機速也 **寧亂以武斃呂以權滌穢紫宮徵帝太原** 善曰漢書曰高后崩呂產秉權欲危劉氏勃與丞相平誅諸呂左傳欒桓子謂范宣子曰夫剋亂在權漢書曰勃已滅諸呂遂共迎立代王是爲孝文皇帝勃曰臣無功請得除宮乃與太僕滕公入宮載少帝出乃奉天子法駕迎皇帝代邸張衡羽獵賦曰開閶闔兮坐紫宮

【文四七　二十一】

實惟太尉劉宗以安 善曰漢書曰惠帝以勃爲太尉 向曰惟是也時勃爲太尉也劉宗漢也 **挾功震主自古所難** 善曰漢書蒯通說韓信曰功略震主者身危 銑曰挾懷也言其懷挾定社稷之功震動君主自古所難爲也 **勳耀**五臣作曜 **上代身終下藩** 善曰漢書上曰丞相朕所重其爲朕率列侯之國乃免丞相就國薨 濟曰動功也言勃免相國出於下藩而薨也諸侯之國曰下藩即所封絳是也 **舞陽道迎延帝幽藪** 善曰范曄後漢書順帝詔曰張揖寵迎幽藪 良曰此謂樊噲也初噲在沛蕭何使迎高祖立爲沛公高祖嘗在澤中游故曰延帝幽藪也澤無水曰藪也 **宣力王室匪惟厥武揔干鴻門披闥帝宇聳顏誚項掩淚寤主** 善曰漢書曰項羽在鴻門亞父謀欲殺沛公樊噲聞事急乃持楯入曰沛公先入定咸陽以待大王大王聽小人之言與沛公有隙臣恐天下解心疑大王也項羽默然高祖嘗病惡見人臥禁中詔戶者無得入羣臣噲乃排闥直入流涕曰始陛下與臣等起豐沛定天下何其壯也今天下已定又何憊也高帝笑而起尚書帝曰余欲宣力禮記子曰揔干而山立武王事也班固漢書贊曰金日磾以篤敬悟主忠信自者 翰向注同 **曲周之進于其哲兄俾率爾徒從王于征** 善曰漢書曰酈食其進其弟商使將數千人從沛公略地漢書谷永謝王鳳曰祭父哲兄屢育子弟誠無以加 銑曰此謂酈商也兄謂食其言其因食其乃進用於高祖也初陳勝起兵商以數千衆屬高祖略地故云俾率爾徒從王于征也俾使爾汝徒衆也 **振威龍蛻**五臣作脫音奪 **攄武墉城六師寔因克荼禽黥** 善曰漢書曰燕王荼反商以將軍從擊荼戰龍蛻破荼軍音義或曰龍脫地名也音奪漢書曰商又從擊黥布兩陳以破布軍又曰布軍與上兵遇蘄西上乃壁庸城鄧展曰地名也 濟曰龍脫地名墉城垣牆也攄猶用也寔是克勝禽殺也餘同善注 **猗歟汝陰綽綽有裕** 善曰毛詩曰猗歟那歟又曰此令兄弟綽綽有裕 良曰此謂夏侯嬰也猗美也綽裕言其才器寬也 **戎軒肇跡荷策來附** 善曰漢書曰上降沛爲沛公以嬰爲太僕常奉車 翰曰戎軒兵車也肇始荷負也謂高祖初起時以嬰爲太僕嘗奉車故云始跡也負策謂負鞭

【文四七　二十二】

策以奉事也來附謂附高祖也馬煩轡殆不釋擁樹皇儲時乂平
城有謀去聲協韻　善曰漢書曰嬰從擊項籍漢王不利馳去見孝惠魯元載之漢王急馬罷𨇾兩兒棄之
嬰常收載行面擁樹馳臣灼曰今京師謂抱小兒爲擁樹漢書曰平城之難冒頓乃開一角高帝出欲馳嬰固請徐行弩
皆持滿外鄉卒以得脫　向曰馬煩謂馬疲也殆壞也釋捨也皇儲太子也則孝惠帝也時是以安也平城地名向注同
善潁陰銳敏屢爲軍鋒良曰此謂灌嬰也銳精敏達也鋒謂爲先鋒也奮
戈東城禽項定功善曰漢書曰項籍敗垓下去嬰追項籍至東城破之所將卒斬籍　銑注
同乘風藉響高步長江收吳引淮光啓于東善曰
漢書曰嬰渡江定吳還定淮北呂氏春秋曰順風而呼聲乃加疾所因便也左氏傳宋向戌曰光啓寡君羣臣安矣　濟
曰言嬰乘其風勢假藉聲響乃渡江破吳都定豫章會稽還定淮北遂大開東土也光大啓開也陽陵之
勳元帥是承善曰漢書曰傅寬屬淮陰擊破齊歷下軍屬相國參殘博　翰曰此謂傅寬也勳功

也元大也大師謂曹參也言承奉大帥之令以定齊地遂封勳爵信武薄伐揚節江陵
夷王殄國俾亂作懲善曰漢書曰靳歙別定江陵身得江陵王致雒陽上林賦曰揚節上
浮毛詩曰戎狄是膺荊舒是懲　向曰此謂靳歙也從高祖擊項羽別定江陵也江陵郡名薄伐謂以義伐敵克之易也
銑曰夷平殄盡俾使懲止也言平定江陵禽其王盡得其國使亂者止也恢恢廣野誕節令
圖進謁嘉謀退守五臣作宮名都東規白馬北距飛
狐即倉敖庾據險三塗善曰漢書曰漢王數困滎陽成皐計欲捐成皐以東屯鞏
雒以距楚酈食其曰願足下急進兵收取滎陽據敖庾之粟塞成皐之險杜太行之道距飛狐之口守白馬之津以示諸
侯形制之勢則天下歸矣老子曰天網恢恢　班固漢書述曰陳湯誕節救在三哲尚書曰爾有嘉謀嘉猷杜預左氏傳注
曰三塗在河南陸渾縣南　翰曰此謂酈食其也恢恢大也誕大節度令善圖謀也　向曰名都謂滎陽也食其勸高祖
急收滎陽是也　濟曰食其勸高祖守白馬之津距飛狐之口據敖庾之粟也白馬津河也飛狐塞名也敖庾倉名三塗

山名規守即說也輶軒東踐漢風載徂身死于齊非說之
辜善曰漢書曰燕趙已定唯齊未下上使酈食其說齊齊王田廣以爲然罷歷下兵守備漢書曰韓信聞食其下齊乃襲
齊王齊王田廣聞漢兵至以爲食其賣已乃亨食其　銑曰輶軒輕車也東踐謂東行向齊也載則徂往也言漢之風
則往矣云云同善注雖身死于齊非說辭不善之罪也我皇是念言祚爾孤善曰
漢書曰高祖舉功臣思食其封其子疥爲高梁侯　翰曰我皇謂高祖也是實祚福爾汝也言高祖實念其功封子疥爲高
梁侯此蓋福及其孤也建信委輅胡格被褐獻寶善曰漢書婁敬脫輅見虞將軍
曰臣願見上言便宜虞將軍欲與鮮衣敬曰臣衣帛衣帛見衣褐衣褐見不敢易衣虞將軍入言於上上召見　良曰此
謂婁敬也委棄也輅輓車也婁敬本爲輓車者乃棄車被褐衣以見高祖獻說令都長安可謂大寶也指明
周漢銓時論道移帝伊洛定都酆鎬善曰漢書婁敬謂上曰陛
下取天下與周異而都雒陽不便不如入關據秦之固是日車駕西都長安　班固漢書婁敬述曰敬繇役夫還京定都聲

類曰銓所以稱物也　向注同柔遠鎭邇寔敬攸考善曰毛詩曰柔遠能邇以定我
王爾雅曰考成也　濟曰安鎭遠近實敬之所考定也抑抑陸生知言之貫善曰毛詩
曰抑抑威儀維德之隅漢孝武詔曰詩云九變復貫知言之選應劭曰言變政復禮合於先王舊貫選善也　銑曰此謂
陸賈也抑抑昂藏貌言賈善爲言說也貫通也往制勁越來訪皇漢善曰漢書曰中國初
定尉佗平南越因王之高祖使賈賜佗印爲南越王賈卒拜佗爲南越王令稱臣奉漢約歸報高帝大悅爾雅曰訪謀也
翰曰制約也勁彊也皇大也高祖使賈往約南越王尉佗而賜之印物尉佗見賈頗有驕傲賈與之言尉佗蹴然而起謝
賈稱臣受漢約而來歸漢之德也訪歸也附會平勃夷凶翦亂善曰漢書曰諸呂欲危劉
氏陳平患之賈說平曰天下安注意於相天下危注意於將將相和天下雖有變權不分君何不交驩太尉深相結平乃以五
百金爲絳侯壽太尉勃亦報如之則呂氏謀益懷及誅呂氏賈頗有力焉　良曰平謂陳平勃謂周勃會猶接也謂其能
安國家定社稷可以附接於陳周之間矣夷平翦伐也謂與陳周誅呂氏也所謂伊人邦家

之彦善曰毛詩曰所謂伊人於焉逍遥又曰彼已之子邦之彦兮班固漢書王尊贊曰尊實赳赳邦家之彦
向曰伊辟也伊人猶言此人也彦美也百王之極舊章靡存善曰班固漢書贊曰漢承
百王之弊典引曰彝倫斁而舊章缺　銑曰此謂叔孫通也言漢承百王敝極之時而禮儀舊章皆無存者通乃復脩之
漢德雖朗朝儀則昬稷嗣制禮下肅上尊濟曰朗明
昬暗也　翰曰漢拜通爲博士號爲稷嗣君也言其制禮儀下敬而上尊各有分也肅敬也穆穆帝典
煥其盈門風睎三代憲流後昆善曰漢書叔孫通曰臣願徵魯諸生
與臣弟子共起朝儀高帝曰得無難乎通曰臣願采古禮與秦儀雜就之上曰可其儀就皇帝輦出房諸侯王以下莫不
震恐肅敬高帝曰今日知爲皇帝之貴也劇秦美新曰帝典闕而不補毛詩曰韓侯顧之爛其盈門包咸論語注云三代
夏殷周也尚書曰垂裕後昆　向曰穆穆美也煥盛也良曰睎望也憲法也三代謂夏殷周也言所制禮儀之風睎望
與三代同盛而法流於後嗣昆猶嗣也無知叡敏獨照五臣作照奇跡察侔

蕭相貺同師錫善曰蕭何進韓信無知進陳平故曰侔也漢書曰陳平降漢因魏無知求見漢
王後上封平平曰非魏無知臣安得進上乃賞魏無知　向曰此謂魏無知也叡明敏達侔比也貺猶愛也師猶衆也錫
舉也言其明達獨有奇跡謂薦陳平於高祖則亦比蕭何進用韓信而天下定愛同堯時衆舉舜而洪水理書云師錫帝
曰有鰥在下曰虞舜隨河辯達因資於敵紓五臣作舒漢披楚唯
生之績善曰漢書漢王曰孰爲使淮南使之發兵背楚項王必留留數月漢之取天下可萬全隨何曰臣請
使之往說布布歸漢毛詩曰豐水東注維禹之績　銑曰黥布本屬項羽則漢之敵也而何說之背項羽而歸漢乃定天
下是因資於敵也紓成也披毀也楚則項羽也唯生之績謂唯何之功也生者有德之稱皤皤董叟皤音婆
謀我平陰三軍縞素天下歸心善曰漢書曰漢王南渡平陰津至洛陽新
城三老董公遮說漢王曰項王無道放殺其主三軍之衆爲之素服東伐四海之内莫不仰德此三王之舉也漢王曰善
於是爲義帝發喪兵皆縞素擊楚之殺義帝者論語素王受命讖曰河受圖天下歸心　向曰此謂新成三老董公也皤

皤老貌衰生秀朗沈心善照漢旆南振楚威自撓
奴教切大略淵回元功響效邈哉惟人何識之妙
善曰漢書曰袁生說漢王曰願君出武關項王必引兵南走王深壁令滎陽成皐間且得休王乃復走滎陽如此則楚所
備者多力分漢得休復與之戰破楚必矣漢王從其計出軍宛葉間羽乃聞漢王在宛果引兵南漢書曰司馬遷述曰大
略孔明史記太史公曰惟祖元功輔臣股肱　良曰秀朗謂賢明也沈深也言其深心照見事理也　向曰袁生謂高祖
曰分諸將引入楚地而使自分兵相救而楚威權自然撓也大旆旗也南振謂南入楚也撓亂也言其大謀略如淵回之
深大功如響應之速效猶應也邈遠也惟人猶此人也紀信誑項軺以焦軒是乘
攝齊五臣作齋即夷切赴節用死孰懲身與煙消名與
風興善注同翰曰項羽急攻滎陽漢計無所出紀信曰事急矣臣請誑楚可以間出信乃乘王車服王衣
詐爲高祖降項羽以此高祖得與數十騎出矣項羽遂燒殺信軺軒輕車也攝齊攝衣也謂高祖所服衣也懲恐也言其

忠勇是用死節誰復恐懼雖身隨煙滅而忠烈之名與風興也周苛慷慨五臣作慨心若懷
冰善曰應劭風俗通曰言人清高如冰之絜形可以暴志不可凌五臣作陵善曰漢書
曰楚圍漢王滎陽急漢王出去而使苛守滎陽楚破滎陽欲令將苛罵曰若趣降漢王不然今爲虜矣項王怒亨苛　良
曰暴露也言其壯志見於外也陵欺也餘注同善貞軌偕没亮跡雙升帝疇
爾庸後嗣是膺善曰謝承後漢書黃向對策曰雷義陳重出則雙升漢書曰苛子成以父死王
事封爲高景侯又曰襄平侯紀通尚符節張晏曰紀信子也晉灼曰紀信焚死不見其後功臣表曰襄平侯紀通父成以
將軍從定三秦死王事子侯然則通非信子也機之此言與晏同誤也　向曰軌跡亮信升高疇誰庸用膺當也言紀信
周苛忠貞之節俱没於項羽信勇壯之迹雙高也高祖念此二人已死誰可封妥功乃後嗣以當也謂高祖封信子通爲
襄平侯周苛子成爲高平侯天地五臣作命雖順王心有違懷親望楚
永言長悲侯公伏軾皇媼烏老來歸是謂平國寵

命有輝善曰毛詩曰行道遲遲中心有違漢書曰漢遣陸賈說羽請太公羽弗聽漢復使侯公說羽羽歸太公嫗漢書項羽傳曰歸漢王父母妻子漢書音義曰嫗母別名也楚漢春秋曰上欲封侯公匿不肯復見曰此天下之辯士所居傾國故號平國君　銑曰王心有違謂高祖父母並爲項羽軍所執也高祖懷思長悲侯公爲高祖往說羽父母皆得歸漢封侯公爲平國君故云寵命有輝也伏軾謂乘車而往也皇謂高祖父也高祖即位爲太上皇嫗謂高祖母也女老曰嫗此上三十一人頌畢此下摠述其事也震風過物清濁效響善曰文子曰昔堯之治天下也舜爲司徒契爲司馬禹爲司空后稷爲田疇奚仲爲工師是以離叛者寡聽從者衆若風之過蕭忽感之各以清濁應物也　翰曰言風動過於萬物之中無清濁皆應聲響亦如功臣各效其才以成大業大人于興利在攸往善曰周易曰巽小亨利有攸往利見大人　濟曰大人君子也利在所往言君臣相應所往則利也弘海者川崇山惟壤善曰管子曰海不辭水故能成其大山不辭土故能成其高明主不厭人故能成其衆　向曰弘大崇高壤土也海所以大者衆川成之山所以高者積土成之言帝王成功亦須衆賢成之也

韶護錯音袞龍比象善曰漢書曰舜作韶湯作護周禮王之吉服享先王即袞龍衣也左傳曰臧哀伯曰五色比象昭其物也　良曰韶舜樂名護湯樂名錯雜也天下既平功成作樂之義也袞龍服王者之服也比象者諸色備也謂高祖居尊位禮儀也明明衆哲同濟天綱五臣作綱　善曰毛詩曰明明魯侯崔寔本論曰舉彌天之網以羅海內之雄　向曰同濟天綱謂同濟天下離亂若整綱紀綱羅也劒宣其利鑒獻其朗善曰廣雅曰鑒炤也鑑謂之鏡　翰曰宣猶用也鑒鏡則明也言羣臣如用劒之利以斷割事機如獻鏡之明以照察事理也文武四充漢祚克廣善曰尚書曰光被四表孔安國曰光充也充益四外也毛詩曰克廣德心　向曰衆賢文武之道四方充滿故漢祚能廣也克能也悠悠遐風千載是仰

贊

東方朔畫贊并序

夏侯孝若善注同銑　銑曰臧榮緒晉書云夏侯湛字孝若譙國人也美容儀才華富盛早有名譽與潘岳友善時人謂之連璧爲散騎常侍此贊爲當時所重

大夫諱朔字曼倩平原厭琰次人也善曰漢書曰朔字曼倩平原厭次人漢書地理志無厭次縣而功臣表有厭次侯爰類疑地理誤也　良曰朔爲太中大夫魏建安中善曰范曄後漢書曰獻帝改興平三年爲建安元年今云魏疑誤也　翰曰建安年號也分厭次以爲樂陵郡故又爲郡人焉善曰漢書平原郡有樂陵縣也　向曰又爲樂陵郡人也事漢武帝漢書具載其事先生瓌瑋博達思周變通以爲濁世不可以富貴五臣作樂也故薄游以取位善曰家語孔子曰老聃博古而達今王肅曰博達古今而好道周易曰化而裁之謂之變推而行之謂之通又曰變通者趣時者也王逸楚辭序曰不忍以清白以居濁世　銑曰濁世謂武帝奢侈無度也故薄游以取下位也

苟出不可以直道也故頡頏以傲世善曰論語曰直道而事人解嘲曰鄒衍以頡頏而取世資　向曰苟出謂且隨其事勢亦不可以直道言非用直時也頡頏自縱貌傲慢也傲世不可以垂訓也故正諫以明節善曰家語南宮叔曰孔子作春秋垂訓後嗣班固漢書贊曰朔正諫似直　良曰又以傲慢理不可以垂教後人故直諫武帝以明其大臣節也明節不可以久安也故詼苦回諧以取容善曰班固漢書贊曰朔詼諧逢占其事浮淺字書曰詼嘲也口回切　孔安國尚書傳曰諧和也史記太史公曰王翦偷合取容　翰曰正諫恐禍及身故不可久爲也詼諧取容謂戲弄以悅王上之容也絜五臣作潔其道而穢其跡善曰班固漢書贊曰朔穢德似隱　向曰言志清而爲穢跡以混於俗使人不知也清其質而濁其文弛張而不爲邪進退而不離羣善曰禮記孔子曰一張一弛文武之道鄭玄曰張弛以弓弩喻人也班固漢書東方朔述曰弛張沈浮周易曰上下無常非爲邪也進退無常非離

羣也銑曰質謂天性文謂外飾亦所以亂
俗而隱也向曰弛張循衰榮也羣道也若乃遠心曠
度瞻智宏材善曰揚子雲解嘲曰雖其人之贍智　良曰曠覽贍多宏大也倜天力儻博
物觸類多能善曰史記曰魯仲連好奇偉俶儻之畫策左氏傳晉侯聞子產之言曰博物君子也周易
曰觸類而長之論語太宰曰夫子聖者與何其多能也　翰曰倜儻謂奇才也合變以明筭幽
贊以知來善曰周易曰夫爻者何也言乎變者也又曰幽贊於神明而生蓍又曰神以知來智以藏往
向曰合道通變在於妙筭幽通神明知其來事贊猶通也自三墳五典八索九丘
陰陽圖緯之學百家衆流之論善曰左氏傳曰左史倚相趨過王曰
是良史也能讀三墳五典八索九丘漢書曰陰陽家流者蓋出於羲和之官圖河圖也緯五緯也謝承後漢書尤明圖緯
淮南子曰百家異説各有所出漢書曰九流有儒家流道家流陰陽家流法家流名家流墨家流從横家流雜家流農家
流　銑曰圖緯謂圖讖天文也周給敏捷之辯支離覆逆之數善曰

莊子曰支離疏鼓筴播精足以食十人精音所漢書曰上嘗使諸數家射覆不能中使朔射之連中輒賜帛逆逆剌也
濟曰又有疾惠之辯支離卜也覆謂射覆逆謂逆剌豫知前事也數術也經脉藥石之藝射
御書計之術善曰漢書曰醫經者原人血脉經絡而用度箴石湯火之所施調百藥齊和之所宜
周禮曰六藝禮樂射御書數也　向曰計數也乃五臣本有不字研精而究其理不習
而盡其功善曰孔安國尚書序曰研精覃思周易曰不習無不利　良曰究盡也言皆不常習自盡其妙
理謂天性而知也經目而諷於口過耳而闇於心善曰孔融薦禰衡表
曰目所一見輒誦於口耳所暫聞不忘於心　翰曰言諸術皆纔經於目則諷誦不忘近過於耳而闇藏於心謂明惠也
夫其明濟開豁呼括包含弘大陵轢歷卿相謿五臣
從口哂豪傑籠罩靡前跆臺籍貴勢善曰漢書曰張楚並興兵相跆
籍鄧展曰躡也　向曰陵犯轢踐也嘲哂謂戲弄也　銑曰謂豪傑之人所懼無敢前與之通言者朔皆籠罩在於心胷

也跆籍猶殘暴也言不畏貴勢之士也靡無也出不休顯賤不憂戚五臣作慼濟曰出進
也言進入於仕不求其榮貧賤則不憂也慼亦憂也戲萬乘若寮友視儔列如
草芥善曰十洲記曰朔弄萬乘傲王公孟子曰天下大悅而將歸已視之如草芥　良曰萬乘天子也儔列謂
同類者草芥鄙賤之物也雄節邁倫高氣蓋世善曰漢書項羽歌曰力拔山兮氣蓋世
翰曰言英雄之節過人蓋世謂最高也邁過也可謂拔乎其萃游方之外者已
五臣本作也善曰孟子曰聖人之於人亦類也出於其類拔於其萃自生民以來未有盛於孔子也莊子曰子桑戶孟
子反子琴張三人相與友子桑戶死未葬孔子聞之使子貢往侍事焉或編曲或鼓琴相和而歌子貢趨而進曰敢問臨
尸而歌禮乎二人相視而笑曰是惡乎知禮意子貢反以告孔子孔子曰彼遊方之外者也而丘遊方之内者也司馬
彪曰方常也言彼遊心於常數之外也　向曰言其才器超拔羣類游於常俗之外也萃類也方常也談者
又以先生嘘虛吸許急沖和吐故納新善曰莊子曰吹嘘呼吸吐故納

新此導引之士養形之人也　銑曰嘘吸謂吹歙也沖和謂眞氣也吐故謂吐其濁氣納新謂得其清氣皆言養形存神
也蟬蛻龍變棄俗登仙善曰淮南子曰至人蟬蛻蛇遊忽然入冥史記趙高曰聖人能
變而從之列仙傳曰東方朔武帝時爲郎宣帝時棄去後見會稽　濟曰蟬蛻謂脫殼出其身龍變謂解其骨而騰形棄
俗登仙有如此者神交五臣作變造化靈爲星辰善曰淮南子曰大丈夫恬然無
爲與化逍遥高誘曰造化天地也應劭風俗通曰東方朔是太白星精黄帝時爲風后堯時爲務成子周時爲老耼在越
爲范蠡齊爲鴟夷子言其變化無常也　向注同此又奇怪惚恍不可備論
者也大人來守此國善曰此國謂樂陵也其父爲樂陵郡守史傳不載難得而知也　良
曰惚恍謂幽微也僕自京都言歸定省善曰京都洛陽也毛詩曰言告言歸禮記曰凡
爲人子之禮昏定而晨省　翰曰謂湛覲省於父覲先生之縣邑想先生之
高風徘徊路寢見先生之遺像五臣作象善曰楚辭曰馮翼遺像

何以譏之濟曰路寢謂廟也遺象謂所畫形象也逍遥城郭觀先生之祠宇
慨然有懷乃作頌焉銑曰逍遥謂徘徊也祠宇亦廟也　翰曰慨然猶悵然也其
辭曰
矯矯先生肥遁居貞善曰矯矯輕舉之貌也毛詩曰矯矯武臣周易曰肥遯無不利又曰
居貞之吉順以從上也　向曰矯矯高貌肥猶樂也遁隱貞正也言其樂隱於俗而居其正道退不終否
進亦五臣作不避榮善曰周易曰物不可以終否故受之以同人　銑曰退無慍色故不終否否謂志不
通也臨世濯足希古振纓善曰楚辭漁父歌曰滄浪之水清可以濯我纓滄浪之水濁可
以濯我足　良曰臨世而隱如古之漁父濯足振纓也言隨時清濁以隱於俗也振亦濯也希望濯洗也涅而
無滓既濁能清善曰論語子曰涅而不緇老子曰孰能濁以靜之徐清淮南子曰濁而徐清冲
而徐盈　翰曰涅黒泥也滓纖也言其在俗混道自高如在涅中而無纖汚外行則濁中志能清也無滓伊

何高明克柔善曰尚書曰沈潛剛克高明柔克　濟曰伊惟克能也疊上句以自問無滓纖惟何也則
高明能為柔道能清伊何視汙若浮善曰班固東方朔述曰懷肉汙殿弛張沈浮　銑曰
此亦疊上辭也言其視濁汙之理若清也謂不以為恥也浮猶清也樂在五臣作在樂必行處
儉五臣作倫罔憂善曰周易曰樂則行之憂則違之　銑曰處樂時必行樂在沈淪時則無憂言知其時也
罔無也跨世陵時遠蹈獨游向曰跨越也蹈步也瞻望往代爰
想遐蹤邈邈先生其道猶龍善曰莊子曰孔子見老聃而弟子問曰夫子見
老聃亦何規哉孔子曰吾乃於是乎見龍合而成體散而成章乘乎雲氣而養乎陰陽余口張而不能嗋予有何規於老
聃哉　良曰言其思往代之事於是想朔遠跡也爰於也蹤跡也　向曰邈邈遠也猶龍謂如龍變化屈伸小大不常也
染迹五臣作跡朝隱和而不同善曰史記東方朔曰如朔所謂避俗於朝廷閒也論語子
曰君子和而不同　良曰染近於俗隱跡於朝與俗和光而不同其道也棲遲下位聊以從

容善曰毛詩曰或棲遲偃仰孟子曰居下位而不獲於上不可得而治也尚書曰寬而有制從容以和　濟曰下位謂
朔為太中大夫也我來自東言適茲邑善曰茲邑謂樂陵也毛詩曰我來自東零雨其
濛爾雅曰適往也　銑注同敬問墟墳企佇原隰善曰王仲宣贈蔡子篤詩曰企企伊
佇　向曰企佇謂望立也高平曰原下濕曰隰也謂朔故居丘墓之處墟墓徒存精靈永
戢良曰戢藏也民思其軌祠宇斯立翰曰下人思其軌則立祠廟於此也徘
徊寺寢遺像在圖向曰寺司也言其有官司主其寢廟也圖畫也周旋五臣作游
祠宇庭序荒蕪善曰爾雅曰東西牆謂之序　銑曰東西廂曰序榱棟傾落
草萊弗除善曰呂氏春秋曰農夫弗除　良曰榱椽也萊蒿也肅肅先生豈焉
是居濟曰肅肅清貌言其豈於此居是居弗形悠悠我情五臣本作精　善曰
毛詩曰青青子衿悠悠我心　翰曰言不見朔真形使我悠悠遠思也精猶思也昔在有德罔不

遺靈向曰自古有德之人無不遺其神靈以示後代天秩有禮神監孔明善曰
尚書咎繇曰天秩有禮自我五禮五庸哉毛詩曰祀事孔明　銑曰秩次也言天下之次序有祭祀之禮則神監其忠信甚
可明也彷彿五臣作髣髴風塵用垂頌聲良曰言髣髴聞其高風清塵故此用
垂頌聲也

三國名臣序贊

袁彥伯善注同濟　濟曰檀道鸞晉陽春秋云袁宏字彥伯陳郡人也為東郡守
三國魏吳蜀也名臣謂有賢才立功業垂名於後代者也序贊者言并序也

夫百姓不能自治故立君以治之善曰漢書成帝詔曰天生衆民不能
相治為之立君以統理之明君不能獨治則為臣以佐之善曰墨子
曰古者同天之義是故選擇賢者立為天子以其知力為未足獨治天下是以選擇其次立為三公然則三

五迭隆歷世承基 善曰史記楚子西曰孔丘述三五之法明周召之業西京賦曰若歷世而長存又曰繼體承基 翰曰三皇五帝更遞興盛雖歷遠代而後帝王必繼其道也 揖讓之與干戈文德之與武功 善曰孔叢子曾子謂子思曰舜禹揖讓湯武用師非相詭乃時也尚書武王曰稱爾戈比爾干宋均樂動聲儀注曰武象象伐時用干戈也 向曰舜禹揖讓文德以興湯武干戈武功以取言各異道也 莫不宗匠陶鈞而羣才緝熙 善曰鄧析子曰聖人逍遥一世閒宰匠萬物之形漢書鄒陽上書曰聖王制世御俗獨化於陶鈞之上音義曰陶家名模下圓轉爲鈞毛詩曰維清緝熙 銑曰宗本也匠制也陶鈞造化也緝明熙廣也 元首經略而股肱肆力 善曰尚書咎繇歌曰元首明哉股肱良哉 向曰元首君也經略經營也股肱臣也肆陳也 遭離不同 五臣本遭字上有雖字 跡有優劣 五臣本跡字上有且字 善曰王命論曰遭遇異時禪伐不同孝經鈎命決曰俱在隆平優劣殊迹 良曰遭離猶逢遇也言揖讓干戈所遇時亦不同而迹有優劣也 至於體分冥固道契不墜風美 五臣作靡 所扇訓革千載其揆一也 善曰言至於君臣之體分既固於冥兆上下之契亦存而不墜蒼頡篇曰革戒也孟子曰先聖後聖其揆一也 翰曰至於爲君之體爲臣之分冥應之理堅固道合之義不墜皆風靡振於後代雖訓教改於千載其理天下一也契合扇振革改揆理也 故二八升而唐朝 五臣作堯 盛伊呂用而湯武寧 善注同銑 銑曰舜舉八元八愷用之於堯時也成湯得伊尹武王得呂望而社稷安也 三賢進而小白興五臣顯而重耳霸 善曰三賢管仲鮑叔牙隰朋也五臣狐偃趙衰顛頡魏武子司空季子 向曰三賢謂管仲鮑叔隰朋也小白齊桓公名 良曰五臣謂趙衰先軫魏武子賈佗狐偃也重耳晉文公名也 中古凌 五臣作陵 遲斯道替矣 翰曰替廢也 居上者不以至公理物爲下者必以私路期榮御圓者不以信誠率衆執方者必以權謀自顯 善曰呂氏春秋曰天道圓地道方聖人之所以立上下主執圓臣處方方圓不易國乃昌高誘曰上君也下臣也 向曰謂私行請託以求其官榮 翰曰圓天也謂君也言君御下不信於中誠也率理也 向曰方地也謂臣也言臣事上必弄威權以爲詐謀而求榮也 於是君臣離而名教薄世多亂而時不治故蘧寗以之卷舒柳下以之三黜接輿以之行歌魯連以之赴海 善曰論語子曰君子哉蘧伯玉邦有道則仕邦無道則可卷而懷之又曰寗武子邦有道則智邦無道則愚又曰柳下惠爲士師三黜之論語楚狂接輿歌而過孔子史記曰魯連下聊城田單歸而欲爵之魯連逃隱於海上 銑良濟注同 衰世之中保持名 五臣作明 節君臣相體若合符契則燕昭樂毅古之流也 善曰魏志董昭謂太祖曰明公樂保名節論語比考讖曰君子上達與天合符劇秦美新曰地合靈契史記曰樂毅賢好兵爲魏昭王使於燕燕昭王以客禮待之樂毅遂委質爲臣燕王以爲亞卿 向曰燕昭王與樂毅相得上下不疑故立大功 夫未遇伯樂則千載無一驥 善曰戰國策楚客謂春申君曰昔者騏驥駕鹽車上吳坂遷延負轅而不能進見伯樂仰而鳴之知伯樂知己也 向曰伯樂善相馬者驥良馬也言不遇相馬者千年不得一良馬不遇明主而賢亦無人知也 時值龍顏則當年控三傑漢之得材於斯爲貴 善曰漢書曰高祖隆準而龍顏應劭曰顏頟顙也漢書上曰夫運籌於帷帳之中決勝於千里之外吾不如子房也鎮國家撫百姓給餉餽不絕糧道吾不如蕭何連百萬之軍戰必勝攻必取吾不如韓信三者人之傑也 銑曰控猶用也 高祖雖不以道勝御物羣下得盡其忠 向曰道勝謂以道御物勝征伐也羣下盡忠謂言必用計必從也 蕭曹雖不以三代事主百姓不失其業 良曰蕭曹謂蕭何曹參也三代夏殷周也言雖才不及三代之臣而百姓不失其業 靜亂庇人抑亦其次 善曰左氏傳宰孔謂晉侯曰君務靜亂無懃於行又劉子謂趙孟曰盍遠績禹功而大庇民論語子曰抑亦可以爲次也 翰曰言蕭曹佐高祖靜息禍亂庇育生人抑亦次三代

之君臣也夫時方顛沛則顯不如隱萬物思治則默不如語善曰毛詩序曰下泉思治也周易曰君子或默或語　向曰顛沛謂亂也君子當亂代見身則不如隱也恐遇害也　向曰理萬物當作法教垂其禮制故尚語不尚默也是以古之君子不患弘道難遭時難遭時不難遇君難善曰論語子曰人能弘道非道弘人莊子謂魏王曰士有道德而衣弊履穿此所謂非遭時者也文子老子曰欲治之主不世出可與之臣不萬一以不世出求不萬一此至化所以千載不一也　向曰不患廣道為難遭平時為難也　銑曰遭平時亦不足為難逢遇明君是為難也故有道無時孟子所以咨嗟有時無君賈生所以垂泣善曰孟子曰齊人有言雖有智慧不如乘勢雖有鎡基不如待時漢書賈誼上疏曰臣竊惟事勢可為流涕者二　濟良注同夫萬歲一期有生之通塗善曰桓子新論曰夫聖人乃千載一出然此文云萬歲一期蓋甚言之以避下文也莊子曰萬世之後而一遇大聖其解者是旦暮遇之也　翰曰有生謂生人也千載一遇賢智之嘉會善曰東觀漢記太史官曰耿況彭寵俱遭際會順時承風列為蕃輔忠孝之策千載一遇也博奕論曰誠千載之嘉會百世之良遇也周易曰亨者嘉之會也　向曰嘉善也遇之不能無欣喪之何能無慨銑曰慨歎也古人之言信有情哉余以暇日常覽國志濟曰志謂三國志也考其君臣比其行事雖道謝先代亦異世一時也五臣無也字　良曰各得一時之宜文若懷獨見之明而有救世之心善曰文子曰必有獨見之明然後能擅道而行左氏傳子產曰吾以救世　向曰魏臣荀彧字文若也論時則民方塗炭計能則莫出魏武善曰尚書曰有夏昏德民墜塗炭　向曰天下禍亂人如在塗泥炭火之中言文若所能則不過魏武帝也故委面霸朝豫議世事銑曰委質比面以事魏朝舉才不以標鑒故久之而後顯

濟曰言彧舉賢良用之於朝不自出標眩為已明鑒故久而益明也籌畫不以要功故事至而後定良曰要功謂貪功也言畫籌策不貪為已功故有事至其所主而後定也雖亡身明順識亦高矣向曰或有直言於太祖太祖恨之飲藥而死是亡身也欲匡漢故云明順也董卓之亂神器遷偪善曰老子曰天下神器不可為也為者敗之　向曰神器帝位也時卓偪遷獻帝於長安也公達慨然志在致命善曰論語子張曰士見危致命　銑曰荀攸字公達慨然壯勇貌言公達見獻帝危故志在致其命以匡漢室也由斯而談故以大存名節向曰言荀攸存其名節也至如身為漢隸而跡入魏幕濟曰隸官也軍府曰幕源流趣五臣作取舍其亦文若之謂所以存亡殊致始終不同將以文若既明五臣本有且哲字名教有寄乎善曰言文若殞身既明仁義之道且寄跡於名教之地也　良曰源流謂本也取舍謂進退也言攸之本志匡漢亦與荀彧同也　翰曰謂其與彧志同彧之死矣而攸則存焉是為殊致而不同也哲智也言名教忠貞寄在此二子之身夫仁義不可五臣本有以字不明則時宗舉其致善曰莊子曰仁義已明而分守次之　向曰宗尊也致理也言仁義既明則時人尊舉其妙理慕而行之謂荀彧生理不可五臣本有以字不全故達識攝其契善曰鵩鳥賦曰生生之理足矣　銑曰攝行契義也言全生以匡時難故達識君子行其義事也相與弘道豈不遠哉善曰論語子曰人能弘道非道弘人　良曰言二荀相與廣此臣道豈不深遠哉弘廣也崔生高朗折而不撓善曰管子曰夫玉溫潤以澤仁也折而不撓勇也　向曰崔琰也亦魏臣也朗明折勇撓曲也所以策名魏武執笏霸朝者蓋以漢主當陽魏后北面者哉善曰鍾會與吳主書曰執笏之心載在名策左氏傳武子曰諸侯朝正於王王宴樂之於是乎賦湛露則天子當陽諸侯用命也禮記曰君之南鄉答陽之義也臣之北面答君也　濟曰言琰有高明勇直之志義心

臣漢所以策名入仕蓋爲漢主當位魏君北面爲臣不然則不苟求於魏氏也霸朝謂漢也陽君位也后謂君也若乃一旦進璽君臣易位則崔子所五臣本有以字不與魏武所五臣本有以字不容善曰漢書曰羣臣謹奉天子璽符代王遂即天子位　良曰璽謂國璽也君臣易位謂魏武欲取漢位也崔子不與謂琰不許也太祖以琰有怨謗之詞遂賜死此則崔子不許而魏武所不含容者也與許也夫江湖所以濟舟亦所以覆舟仁義所以全身亦所以亡身善曰孫卿子孔子曰君者舟也人者水也水則載舟亦能覆舟　銑曰仁義人之本故曰全身今琰以義見禍是所以亡身也如江湖濟舟亦所以覆舟也然而先賢玉摧於前來哲攘袂於後豈非天懷發中而名教束物五臣作拘者乎善曰漢書公孫玃曰攘袂而正議者獨大王耳　翰曰言先賢謂古者忠義之士言以義見亡如玉之摧碎也來哲謂後智也亦以仁義舉袂而怒又以亡矣豈非自出天性之懷發於中心而名教拘束使至於此也

孔明盤桓俟時而動遐想管樂遠明風流善曰蜀志曰諸葛亮每自比於管仲樂毅時人莫之許也唯博陵崔叔平潁川徐元直與亮友善謂爲信然周易曰君子藏器於身待時而動琴賦曰體制風流莫不相襲　向曰蜀相諸葛亮字孔明也盤桓未進時也俟待也亮未見用之時每自比才如管仲樂毅故遠知此二人高風流於前代可師而行治國以禮民無怨聲刑罰不濫沒有餘泣善曰論語曰爲國以禮孝經援神契曰得萬國之懽心人說喜無怨聲蜀志曰廖立爲長水校尉誹謗先帝於是廢立爲庶人徙汶山郡聞諸葛亮卒垂泣曰吾終爲左衽矣左氏傳聲子曰善爲國者賞不僭而刑不濫謂亮死國人皆泣也沒死也　銑曰雖古之遺愛何以加茲善曰左氏傳曰子產卒仲尼聞之出涕曰古之遺愛也及其臨終顧託五臣本作命受遺作相劉后授之無疑心武侯處五臣作受之無懼色善曰蜀志曰先主於永安病篤召亮成都屬以後事謂亮曰君嗣子可輔輔之如其不才君可自取亮涕泣曰臣敢竭股肱之力繼之以死又勅後主汝與丞相從事事之如父尚書曰成王將崩作顧命班固漢書述曰博陸堂堂受遺武皇　翰曰先主臨終顧託後事於亮亮受遺詔輔佐後主先主授之不疑於亮亮受之又無懼色此君臣不相疑阻也劉后先主也武侯亮也繼體納之無貳情百姓信之無異辭君臣之際良可詠矣善曰春秋元命苞曰繼體守文之君不害聖人之主　向曰先主勅後主云汝與丞相從事如事父而後主納亮之義無猜貳之情也繼體謂後主也言此君臣之間實可讚詠也際間良實也公瑾卓爾逸志不羣總五臣作揔角料主則素契於伯符善曰吳志曰孫策字伯符江表傳策令曰周公瑾與孤有總角之好骨肉之分毛詩曰總角丱兮　銑曰吳將周瑜字公瑾卓爾高貌　良曰揔角謂童子之髻也料度也孫策與瑜同年少小揔角之時常友善升堂拜母相度以義心合於策也伯符策字素猶心也契合也晚節曜奇則參分於赤壁善曰吳志曰曹公入荊州權遂遣周瑜與備并力逆曹公遇於赤壁初一交戰公軍披退　翰曰晚節謂壯年也曜奇謂用兵

也奇策也參分謂參謀與分職於軍事赤壁江陵江口山名謂瑜將兵破曹公軍於赤壁惜其齡促志未可量善曰吳志曰瑜還江陵於道疾卒時年三十六　濟曰言瑜早卒故惜其年促其志深遠未可測量也子布佐策致延譽之美善曰國語曰使張老延君譽于四方　良曰張昭字子布亦吳臣也佐策謂輔佐立計策也輟哭止哀有翼戴之功善曰吳志曰策薨以事授權權哭未及息張昭謂權曰孝廉此寧哭時耶乃扶權上馬使出巡軍士左氏傳叔向謂宣子曰文之伯也翼戴天子　向曰孫策臨終以弟權託於昭昭率羣臣立而輔之權悲哭未視事昭謂權曰方今天下鼎沸何得伏哀感以肆匹夫之情乎權乃上陳兵而出也翼戴謂輔佐也神情所涉豈徒蹇愕五各而已哉善曰周易曰王臣蹇蹇匪躬之故史記趙良謂商君曰千人之諾諾不如一士之愕愕東觀漢記戴馮謝上曰臣無蹇愕之節而有狂瞽之言字書曰愕直言也　銑曰蹇愕正愕直也然而杜門不用登壇受譏善曰吳志曰權以公孫淵稱藩遣張彌至遼東拜淵爲燕王昭諫權不聽昭忿言不用稱疾不朝權

恨之士塞其門昭又於內以土封之江表傳曰權既即尊位請會百官歸功周瑜昭舉笏欲褒贊功德未及言權曰如張公計今已乞食矣昭大慙伏地流汗然而登壇即位之時也　向同善注**夫一人之身所照**五臣作昭**未異而用舍**五臣作捨**之間俄有不同況沈跡溝壑遇與不遇者乎**善曰論語子曰用之則行舍之則藏漢書高祖功臣頌曰沈迹中鄉孟子曰志士不忘在溝壑漢書曰揚雄以為遇不遇命也　向曰初昭之用也委以內外文武之事及其不用有此譏辱此則一人之身好惡所明亦未異也而用之則延譽捨之則譏辱須臾之間何其不同況沈棄於溝壑遇時與不遇也**夫詩頌之作有自來矣**善曰家語孔子曰諸侯之有冠禮有自來矣　向曰有自古來矣**或以吟詠情性或以述德顯功**善曰子夏毛詩序曰國史明乎得失之迹吟詠情性以風其上頌者美盛德之形容以其成功告於神明者也**雖大旨同歸所託或乖**銑曰雖詩頌大意同歸其理所託之事或有乖異也**若夫出處有道名體不滯**良曰君子或出或處各得其道出則進忠於君處則固節自守故曰名體不滯也**風軌德音為世作範不可廢也**濟曰言古人善風高跡著其德音為天下作法度若不可廢而不述**故復撰序所懷以**五臣本無以字**為之讚**五臣作贊**云**

魏志九人蜀志四人吳志七人荀彧字文若諸葛亮字孔明周瑜字公瑾荀攸字公達龐統字士元張昭字子布袁渙字曜卿蔣琬字公琰魯肅字子敬崔琰字季珪黃權字公衡諸葛瑾字子瑜徐邈字景山陸遜字伯言陳羣字長文顧雍字元歎夏侯玄字泰初虞翻字仲翔王經字承宗陳泰字玄伯五臣本無此

火德既微運纏大過平聲協韻　善曰火德謂漢也班固漢書高紀贊曰旗幟尚赤協于火德周易曰大過大若過也　向注同**洪飈扇海二溟揚波**善曰揚波喻亂也　銑曰洪大飈風扇動也二溟謂南溟北溟皆海也**虬虎雖驚風雲未和**善曰周易曰雲從龍風從虎　向曰虬龍也雲從龍風從虎言未和者君臣未相應合也言驚者動而求應也**潛魚擇淵高鳥候柯**善曰周書曰美為士者飛鳥歸之蔽於天魚鼈歸之沸於淵左氏傳曰仲尼曰鳥則擇木木豈能擇鳥　翰曰言臣之求君如游魚之擇淵飛鳥之求柯條也潛游也高飛也候求也**赫赫三雄並迴乾軸**善曰潘岳為賈謐贈陸機詩曰三雄鼎足　良曰赫赫盛貌三雄謂三國之主也乾天也言其競天下若運轉天軸萬物震動也**競收杞梓爭采松竹**善曰國語聲子謂子木曰若杞梓皮革楚寶遺之韋昭曰杞良才也孫子曰眞人在冬則松竹也　向曰杞梓木之良材也松竹貞堅也並比於賢人也言三國之君競收采賢士也**鳳不及栖龍不暇伏谷無幽蘭嶺無亭菊**善曰香草善鳥皆喻賢也　銑曰鳳龍蘭菊並比德英雄君子也言其在山谷之間思濟時難故不暇栖伏也亭秀也言無者皆出見於時也**英英文若靈鑒洞照應變知微探賾**五臣作賾奇**賞要**善曰周易曰君子知微知章又曰探賾索隱鉤深致遠　向曰此謂荀彧也文若字也英英鮮明貌洞通照明也　翰曰賾求賞探也探求奇要之道也**日月在躬隱之彌曜**善曰莊子曰孔子圍於陳蔡之間太公往弔之曰子其意者脩身以明汙昭昭乎如揭日月而行故不免也　良曰言其明也彌益也**文明映心鑽之愈妙**善曰孫卿子曰君子通則文而明窮則約而詳論語顏淵曰鑽之彌堅　向曰言其有文也文明識理映於中心鑽而研之愈至於精妙**滄海橫流玉石同碎**善曰孟子曰當堯之時鴻水橫流尚書曰火炎崐岡玉石俱焚　銑曰滄海橫流言天下逆亂也玉石同碎謂善人凶人俱見危難也**達人兼善廢已存愛**善曰孟子曰古人窮則獨善其身達則兼善天下**謀解時紛功濟宇內**善曰老子曰解其紛　濟曰紛亂也**始救**

生人終明風槩古代反　善曰魏志曰太祖進爵爲漢國公九錫備物以彰殊勳密以咨彧彧以爲太祖本興義兵以匡朝寧國君子愛人以德不宜如此太祖軍至濡須彧病留壽春魏氏春秋曰太祖饋彧食發之乃空器也於是飲藥而卒　翰曰風槩節槩也謂不順太祖取漢位也　公達潛朗思同蓍蔡　善曰法言曰樗里之智也使知國若葬吾以蔡爲蓍蔡也　良曰此謂荀攸也公達字也朗明也蔡龜也蓍以卜龜以筮言思慮潛明有如卜筮預見其事也　運用無方動攝羣會爰初發跡遘此顛沛神情玄定處之彌泰　善曰魏志曰荀攸與議郎何顒等謀殺卓事就而覺收顒攸繫獄顒憂懼自殺攸言語飲食自若會卓死得免班固漢書述曰子明光光發迹西疆蔡邕楊復碑曰景念不延遘此顛沛　向曰言思慮運用而無極也動攝羣會謂統攝衆事也　濟曰遘遇也顛沛亂也　銑曰言其雖遇亂代神情玄遠而有所定處之此時益如通泰言其器量勇大也　愔愔幕裏筭無不經　善曰魏志荀攸自從太祖征伐常謀謨帷幄時人及子弟莫知其所言左氏傳右尹革曰祈昭之愔愔　翰曰愔愔安靜貌幕裏謂軍中也言在軍中籌筭事理無所不經也　亹亹通韻跡不暫停雖懷尺璧顧哂連城　善曰史記趙惠文王得和氏璧秦昭王聞之使人遺惠王書願以十五城易璧　向曰亹亹進也言善謀所進如音樂聲韻通和而事跡不暫停滯也　銑曰尺璧謂趙之和氏璧秦欲以十五城易之者言攸之才可寶過於十五城之價故顧而哂之哂笑也　知五臣本作智能拯五臣作極物愚足全生　善曰魏志曰魏國初建攸爲尚書令從征孫權薨太祖每稱公達外愚內智外怯內勇外弱內強不伐善無施勞知可及愚不可及新序愠斯子曰古者有愚以全身莊子曰可以全生　向曰言其內智筭能極於物而外貌似愚能遠害全身矣則其智可及其愚不可及也　郎中溫雅器識純素　善曰魏志曰魏國初建渙爲郎中令莊子曰聖人貴純素純素之道唯神是守素也者謂其無所雜也純也者謂其不虧其神也能體純素謂之眞人　向曰此謂袁渙也郎中官也純素謂與衆不雜　貞而不諒通而能固恂恂德心汪汪軌度　善曰論語子曰君子貞而不諒又曰孔子於鄉

黨恂恂如也毛詩曰濟濟多士克廣德心范曄後漢書郭林宗曰黃叔度汪汪若萬頃之陂　銑曰貞正也諒信也言其能行正道邪言不信通達物理而能堅固恂恂敬也汪汪大也軌則法度也　志成弱冠道敷歲暮　善曰禮記曰人生二十曰弱冠韓詩曰蟋蟀在堂歲聿其暮薛君曰言君之年歲已晚也　良曰弱冠二十歲也敷布也歲暮謂年老也　仁者必勇德亦有言　善曰論語子曰有德者必有言仁者必有勇　濟曰言煥仁而能勇也太上立德其次立言謂煥言詞忠正也　雖遇履虎神氣恬然　善曰魏志曰呂布擊袁術於阜陵煥往從之遂復爲布所拘留布初與劉備和親後離隙布欲使煥作書罵辱備煥不可再三強之不許布大怒以兵脅煥曰爲之則生不爲則死煥顏色不變笑而應之曰煥聞唯德可以辱人不聞以罵使彼固君子耶且不恥將軍之言彼誠小人耶將復將軍之意則辱在此不在於彼且煥他日之事將軍猶今日之事將軍也如一旦去此復罵將軍可乎布慙而止周易曰履虎尾不咥人亨列子曰至人者神氣不變　翰曰履虎尾喻危懼也言其雖遇危懼之時神氣不易也恬然謂安也　行不脩飾名跡無愆　善曰班固漢贊曰篤不疑遂立名迹終始可述　向曰德行天性故不待脩而名跡無其愆失　操不激切素風愈五臣作逾鮮　良曰志操不待激勸切瑳自有純素之風雖在濁世愈鮮明也　邈哉崔生體正心直天骨疎朗牆宇高嶷魚力反　善曰蔡邕度侯碑曰朗鑒出於自然英風發於天骨論語子貢曰夫子之牆數　翰曰此謂崔琰也天性疎通而明朗若牆宇高不可窺見其內也嶷高貌　忠存軌跡義形風色　善曰公羊傳曰孔父可謂義形於色矣　銑曰謂曹公每欲窺奪漢位琰每折之義見於風神顏色也形見也　思樹芳蘭翦除荊棘　善曰芳蘭以喻君子荊棘以喻小人　向曰芳蘭謂忠賢之士也樹立也荊棘謂亂人也翦除言殺也　人惡其上時不容哲　善曰左氏傳曰伯宗之妻曰盜憎主人民惡其上　翰曰人才在人上者人必惡之時有姦雄不容智士言琰才智過人曹公憚之　琅琅先生雅杖名節雖遇塵霧猶振霜雪　善曰孔融薦禰衡表曰忠果正直志懷霜雪　良曰琅琅珠玉貌先生琰也言琰才如珠玉也杖持也

向曰塵露謂恥辱也謂曹公怒琰罰爲徒隸是恥辱也曹公視之琰詞色無屈是振霜雪也**運極道消，碎此明月。**善曰魏志曰琰爲中尉太祖爲魏王揚訓發表襃述盛德琰取訓表草視之與訓書有曰琰此書傲世怨謗者太祖怒於是罰琰爲徒隸使人視之辭色無撓太祖遂賜琰死周易曰小人道長君子道消　濟曰天運窮極君子道消而曹公忌琰乃殺之如碎明月珠也**景山恢誕，韻與道合。**善曰桓子新論曰老子其心玄遠而與道合　良曰此謂徐邈也景山字也恢誕大也其思如音韻和理與道相合也**形器不存，方寸海納。**善曰周易曰形乃謂之器王輔嗣曰成形曰器列子文摯謂叔龍曰吾見子之心矣方寸之地虛矣　翰曰形器不存謂心存萬物不專存一理方寸之心如海之納百川也言其包含廣也**和而不同，通而不雜。**善曰論語子曰君子和而不同莊子曰純粹而不雜　良曰與時和光其道不同理通於衆其心不雜**遇醉忘辭，在醒貽荅。**善曰魏志曰太祖時科禁酗酒而徐邈私飲至於沈醉校事趙達問以曹事邈曰中聖人達白太祖甚怒度遼將軍鮮于輔進曰平日醉客謂酒清者爲聖人濁者爲賢人邈性脩慎偶醉言耳竟坐得刑文帝踐祚歷潁川典農中郎將車駕幸許昌問邈曰頗復中聖人不邈對曰昔子反斃於穀陽御叔罰於飲酒臣嗜同二子不能自懲時復中之然宿瘤以醜見傳臣以醉見識帝大笑顧左右曰名不虛立後爲光祿大夫薨　向同善注**長文通雅，義格終始。思戴元首，擬伊同恥。**善曰尚書曰昔先正保衡作我先王乃曰予弗俾厥后惟堯舜其心愧恥若撻于市　銑曰此謂陳羣也長文字也格至也言其義心終始不移　濟曰戴輔也元首謂文帝也言其志比擬伊尹佐輔愧恥不能致君如堯舜之德**民未知德，懼若在己。嘉謀肆庭，讜言盈耳。**善曰魏書曰羣前後數陳得失羣爲司空録尚書事薨尚書曰爾有嘉謀漢書成帝曰久不見班生今日復聞讜言論語子曰洋洋乎盈耳哉　翰曰言天下之有未知聞君德者是輔臣之過故懼若在己也　良曰嘉善也肆用也讜直盈滿也言善謀用於帝庭直言滿於帝耳**玉生雖麗，光不踰把。德積雖微，道映天下。**善曰言德踰王　向曰此謂夏侯玄也言玉雖美麗光色不過一把之內雖積德微薄天下所

知也踰過也**淵哉泰初，宇量高雅。器範自然，標**五臣從才**准無假。全身由直，跡洿**烏**必僞。死匪難理，存則易**善曰魏志曰曹爽見誅徵夏侯玄爲大鴻臚數年徙太常中書令李豐謀欲以玄輔政誅大將軍以玄代之大將軍徵聞事下廷尉玄臨斬東市顏色不變舉動自若班固漢書揚雄述曰淵哉若人實好斯文史記太史公曰非死者難處死者難　銑曰泰初夏侯玄字　濟曰器量法度出於自然爲人標望准的無所假借也範法也　良曰全立也由欲也洿濁也匪非也言人之立身皆欲正直及至覆跡濁世必從虛僞而玄終始不變衆姦所疾身臨誅戮辭色自若義心所切以爲勳死非難但正直理存死則易矣玄竟以此被誅**萬物波蕩，孰任其累。六合徒廣，容身靡寄。**善曰范曄後漢書李熊說公孫述曰方今四海波蕩匹夫橫議荀悅漢紀論曰以六合之大一身之微而匹夫無所容豈不哀哉　翰曰萬物波蕩謂天下亂如波浪之沸蕩也孰任其累謂誰堪其敗也言人共苦也　向曰六合謂天下也靡無也言天下大亂姦邪且衆故求明君以容其身竟無所寄託卒見誅戮**君親自然，匪由名教。敬授**五臣作愛**既同，情禮兼到。**善曰孝經曰資於事父以事母而愛同資於事父以事君而敬同　銑曰此謂王經也言君親至尊下之事上自天性之道非由名教所獎以爲浮僞敬愛其君與父同也言經盡善下之節情禮不失**烈烈王生，知死不撓。**女教**求仁不遠，期在忠孝。**善曰漢魏春秋曰魏帝見威權日去不勝其忿乃召侍中王沉尚書王經散騎常侍王業謂曰司馬昭之心路人所知也吾不能坐受廢辱今日當與卿自出討之世語曰王沉王業馳告文王尚書王經以正直不出遂被文王殺之魏志曰清河王經甘露中爲尚書坐高貴鄉公事誅裴松之曰經字彥緯今云承宗蓋有二字也班固漢書述曰樂昌篤實不撓不詘論語子曰仁遠乎哉我欲仁斯仁至矣　翰曰烈烈謂威勇貌王生謂經也撓曲也言求其仁不遠者必在忠孝之中得之矣言經忠孝仁道具於身也**玄伯剛簡，大存名體。**向曰此謂陳泰也玄伯字也剛斷簡大也言能斷割大事**志在高構，增堂及陛。**善曰漢書賈誼上書曰人主之尊譬如堂羣臣如陛故陛九級上廉遠地則堂高陛

亡級廉近地則堂卑高者難攀卑者易夌理勢然也　濟曰
言其立志將欲大成帝功也高大構成增尊也堂喻君也陛
喻羣臣也言泰志在尊崇其君及整治羣臣使有等差**端委虎門正言彌啓臨**
危致命盡其心禮善曰于寶晉紀曰高貴鄉公之弑司馬文王會朝臣謀其故太常陳泰垂
涕入文王待之曲室謂曰玄伯卿何以處我對曰誅賈充以
謝天下文王曰爲吾更思其次泰言唯有進於此不知其次
文王乃父不言爲侍中轉左僕射襲左氏傳曰晏平仲端委
立於虎門之外論語子張曰士見危致命　良曰虎門軍門
也言其端身委質於虎門之下正直之言益開也謂泰請誅
賈充也　銑曰臨危難之間必致命盡死以存臣心盡禮正
救於君也自荀彧至此並魏臣凡九人**堂堂孔明基宇宏邈**善曰論語曾子曰堂堂乎
張也難與並爲仁矣　濟曰此謂諸葛亮也孔明字也堂堂盛貌基宇猶器度也宏大邈遠也**器同生民**
獨稟先覺善曰孟子曰伊尹天之生斯民使先覺覺後覺也予天民之先覺者也　向曰言形與生人同
而獨稟先寤之理知帝王之道可以爲也器形也覺寤也**標**五臣從才**牓風流遠明管樂**
善曰孫綽子曰聖賢極其標牓有大力矣蜀志曰諸葛亮每
自比於管仲樂毅時人莫之許也唯博陵崔叔平潁川徐元
直與亮友善謂爲信然　翰曰標牓諸葛亮見古人之風流遠明管仲樂毅之才以自比也**初九龍盤雅**
志彌確苦角反　善曰周易曰初九潛龍勿用何謂也子曰龍德而隱者也確乎其不可拔潛龍也方言曰
未升天之龍謂之蟠龍　向注同**百六道喪干戈迭用**善曰漢書陽九厄曰初入百六
陽九音義曰易傳所謂陽九之厄百六之會者也　濟曰四
千六百一十七歲爲一元一百六歲曰陽九之厄言漢道喪
亂遭此之厄迭遞也干戈迭用言亂也**苟非命世孰掃**五臣從土**雰雺**莫貢切
善曰孟子曰五百年必有王者興其間必有名世者廣雅曰
命名也爾雅曰天氣下地氣不應曰雺孔安國尚書傳曰雺
陰氣也武公切今協韻音夢　良曰千年一聖人出五百年
一賢人生聖賢未出其中有命世者謂亞於賢也孰誰也雰
雺昏濁氣也以喻亂也言亮若非命世之賢豈能埽除天下之亂**宗子思寧薄言解控**
善曰蜀志曰劉備漢景帝子中山靖王後也故曰宗子也解
控謂彼有急而控告於已已能解之左氏傳王子伯駢曰無

所控告杜預曰控引也　翰曰宗子謂先主也寧安也控急
也言先主思安天下故薄言求於亮以解海内懸急之災先
主漢之孫故稱宗子**釋褐中林鬱爲時棟**善曰亮爲丞相故曰時棟袁崧後漢書郭林宗
與陳留盛仲明書曰足下諸人爲時棟梁　向曰釋去也褐
衣庶人之服言去褐衣棄林野鬱然而起爲棟梁之臣也鬱
盛貌言其爲國之要如屋之有棟**士元弘長雅性內融**善曰謝承後漢書曰嚴遵雅性
高厲　翰曰此謂龐統也士元字也弘大長遠也言其思慮大遠也融明也**崇善愛物觀始**
知終喪亂備矣勝塗未隆先生標五臣從才**之振起**
清風善曰孟子曰親親而仁民仁民而愛物六韜曰聖人見其所始則知其所終周易曰終以知始始以知終
胡廣書曰建洪德流清風　銑曰備多塗道標立也言天下
喪亂多時而勝殘去殺之道未能有盛者統之爲政乃立此
道振古人之清風**綢繆哲后無妄惟時**善曰毛詩曰綢繆束薪毛萇曰綢繆猶纏綿也
周易曰无妄之行窮之災也　良曰綢繆恩密貌哲后謂先
主也无妄惟時謂當窮災之時也易无妄卦云无妄之行窮
之災也**夙夜匪懈義在緝熙**善曰毛詩曰夙夜匪懈以事一人又曰維清緝熙　濟曰
夙早匪非懈惰緝和熙明也言其早夜非敢怠惰義在和明政治以平天下**三略既陳霸業**
已基善曰蜀志曰劉璋既還成都先主爲璋北征漢中統說曰陰選精兵晝夜兼道徑襲成都璋既不武素
無備豫大軍卒至一舉便定此上計也楊懷高沛璋之名將
各杖強兵據守關頭聞數有牋諫璋使發遣將軍還荊州將
軍未去遣與相聞說荊州有急欲還救之並使裝束外作歸
形此二子既服將軍英名又喜將軍之去必乘輕騎來見將
軍因此執之進取其兵乃向成都此中計也退還白帝連引
荊州徐還圖之此下計也若沈吟不去將致大困不可久矣
先主然其中計即斬懷沛還向成都所過輒克爲軍中郎將卒　向注同**公琰殖**五臣作植**根不**
忘中五臣作忠**正豈曰摸**五臣作謨**擬實在雅性亦既羈**
勤負荷時命推賢恭己久而可敬善曰蜀志曰琬爲大將軍錄尚
書事卒司馬遷書曰推賢進士爲務論語子曰君子其行己
也恭又曰晏平仲善與人交久而敬之　翰曰此謂蔣琬也

公瑾字也植立根本謨學擬比也言琬立性之本不忘忠正之道豈曰學比於古人實在雅性自然而有也 銑曰羈馬絡頭也勒控也言琬既受禄秩以爲驅策如良馬之有絡控奉君主之命

公衡仲作冲五臣**達秉心淵塞媚茲一人臨難不惑**善曰毛詩曰秉心塞淵又曰媚茲一人應侯順德 向曰此謂黃權也公衡字也冲幽秉執淵深塞實媚愛也一人天子也言權用情幽遠執心深實愛於天子臨危難之事行而不惑**疇昔不造假翩鄰國**善曰蜀志先主將東伐吳權諫曰吳人悍戰又水戰順流進易退難臣請爲先驅以當寇陛下宜爲後鎮先主不從以權爲鎮北將軍督江北軍先主自在江南吳將陸議秉虛斷圍南軍敗績先主引退而道隔權不得還故率將所領降于魏拜鎮南將軍 濟曰不造謂伐吳軍敗也假翩鄰國謂降魏魏拜爲將軍蓋假借朝夕而已非其欲也**進能徽音退不失德**善曰蜀志曰魏文帝謂權曰君舍逆效順欲追蹤陳韓耶權對曰臣過受劉氏殊遇降吳不可還蜀無路是以歸命且敗軍之將獲免爲幸何古人之可慕先主薨問至魏羣臣咸賀權獨否後爲車騎將軍卒 濟曰徽美也進能美音者謂嘗諫先主也退不失德者謂不得已降魏而志常在蜀也（自諸葛亮至此並蜀臣凡四人）

六合紛紜民心將變鳥擇高梧臣須顧眄善曰左氏傳曰仲尼曰鳥則擇木木豈能擇鳥 翰曰此謂周瑜也紛紜亂也鳥謂鳳鳥也鳳擇梧桐而栖言爲人君者擇地而都而賢臣須君顧眄乃爲用也**公瑾英達朗心獨見**良曰公瑾瑜之字也朗明也獨見猶獨斷也**披草求君定交一面**善曰崔寔本論曰且觀世人之相論也徒以一面之交定臧否之決 銑曰披草謂出自草澤而求明君也定交一面言一見不疑乃委而任之**桓桓魏武外託霸跡志掩衡霍恃戰忘敵**善曰衡霍二山在吳之境 向曰桓桓武貌霸跡謂漢朝也言其外託事漢以示天下而志欲掩取吳國恃其戰勇輕忘吳敵也此所述魏武者欲明周瑜赤壁破魏軍之功也衡霍吳二山名**卓卓若人曜奇赤壁三光參分宇宙暫隔**善曰淮南子曰夫道紘宇宙而章三光 高誘曰三光日月星也 銑曰若人猶此人也言喻破魏於赤壁也曜奇謂曜明奇策也赤壁江口也參三也三光謂日月星三分者言三國也宇宙天下也隔謂各據一方

子布擅名遭世方擾撫翼桑梓息肩江表善曰吳志曰張昭彭城人也漢末大亂徐方士民多避難揚土昭南度江孫策創業命昭爲長史撫軍中郎將升堂拜母如比肩之舊文武之事一以委昭 班固漢書述曰攜手遯秦撫翼俱起 毛詩曰惟桑與梓必恭敬止 左氏傳鄭成公子駟曰請息肩於晉 翰曰此謂張昭也子布字也擾亂也 良曰撫循斂也言其如鳥斂翼於即間且不見其才能及避難於江東遂投孫策也息肩謂安志也表外也**王略威夷吳魏同寶遂獻**五臣作贊**宏謨匡此霸道**善曰應瑒釋賓曰九有威夷始失其政 史記商鞅曰吾說孝公以霸道其意欲之 濟曰略道也威夷險阻也吳魏先同起兵以平天下故云同寶也贊助宏大也霸道謂吳也**桓王之薨大業未純把臂託孤惟賢與親**善曰吳志曰孫策臨亡以弟權託昭昭率羣寮立而輔之東觀漢記張堪把朱暉臂曰欲以妻子託朱生 翰曰孫權即位追謚孫策爲長沙桓王言策之薨時帝業未安而策把臂託昭以權爲後也言以昭爲親矣大業帝業也純安也

輟哭止哀臨難忘身成此南面實由老臣善曰吳志張昭謂權曰昔太后桓王不以老臣屬陛下而以陛下屬老臣 良曰南面天子也寔實也老臣謂昭也**才爲世出**五臣作生**世亦須才**善曰蘇武荅李陵書曰每念足下才爲世生器爲時出 翰曰賢才爲亂世而生亂世亦須賢才而靜亂言君臣相須乃成其業**得而能任貴在無猜**

昂昂子敬拔跡草萊荷檐五臣從才**吐奇乃構雲臺**善曰吳志曰初魯肅見權說權曰爲將軍計惟有鼎足江東以觀天下之釁然後建號帝王以圖天下陸機辯亡論表曰振影拔迹莊子曰農夫無草萊之事淮南子曰雲臺之高高誘曰高際於雲故曰雲臺 向曰君不可猜於臣也 銑曰此謂魯肅也子敬字也昂昂出羣貌雲臺喻帝業之高也荷擔謂賤者之事**子瑜都長體性純懿諫而不犯正而不毅**善曰都長謂體貌都閑而雅性長厚也謝承後漢書曰朱皓德行純懿禮記曰事親有隱而無犯鄭玄曰無犯顏色諫也論語曰事父母幾諫也 濟曰此謂諸葛瑾也子瑜字也都美

長善也　良曰毅剛也言其能諫而不犯逆顏色正直而不剛將命公庭退忘私位豈無鶺鴒固愼名器善曰吳志曰建安二十年權遣使蜀通好劉備與弟亮俱公會相見無私面論語曰將命者出毛詩曰公庭萬舞毛詩曰鶺鴒在原兄弟急難左氏傳仲尼曰唯器與名不可以假人　翰曰私位謂兄弟之次也伯言蹇蹇謇音蹇五臣作謇以道佐世出能勤功入能五臣作亦獻替善曰周易曰王臣蹇蹇匪躬之故國語史黯謂趙簡子曰夫事君者諫過而賞善薦可而替不獻能而進賢　向曰此謂陸遜也伯言字也蹇蹇直也出爲將帥勤事而有功入則獻替其可否獻進也替廢也謂事有可者進之否者替之謀寧社稷解紛挫銳正以招疑忠而獲戾善曰老子曰挫其銳解其紛吳志曰遜爲丞相太子有不安之議遜上疏陳太子正統宜有盤石之固魯王藩臣當使寵秩有差彼此得所上下獲安謹叩頭流血以聞書三四上太傅吳粲坐數與遜交書下獄死權累遣中使責讓遜遜憤恚致卒　銑曰寧安挫折也言折挫前敵之鋒銳也然卒以正直招君主之疑以忠鯁而得其罪矣

元歎穆遠神和形檢五臣從才如彼白珪質無塵玷善曰毛詩曰白圭之玷尚可磨也斯言之玷不可爲也東觀漢記杜詩薦伏湛曰自行束脩訖無毀玷　良曰此謂顧雍也元歎字也穆美也檢整也言其志思美遠神理清和形貌嚴整珪玉無玷缺也立上五臣作行以恒匡上以漸善曰吳志曰雍訪及政職所宜輒密以聞若見納用則歸之上不用終不宣洩周易曰君子以言有物而行有恒　翰曰言其德行有恒也匡正也正其君上必以漸諫不爲彊也清不增潔濁不加染善曰言得清濁之宜也　向曰清不增絜者謂心清而不自恃故不絜也濁不加染者謂時濁而不隨邪故不染也仲翔高五臣作貞亮性不和物善曰吳志曰翻性不協俗多見毀謗　銑曰此謂虞翻也仲翔字也亮明也不和物謂不隨俗而易性好是不羣折而不屈屢摧逆鱗直道受黜嘆五臣作歎過孫陽放同賈屈善曰吳志曰翻數犯顏諫爭權不能悅權與張昭論及神仙翻指昭曰彼皆死人而語神仙世豈有仙人也權積怒非一遂徙翻交州班固漢書贊曰大雅卓爾不羣韓子曰龍之爲蟲也擾柔可狎而騎然其喉下有逆鱗徑尺之處若嬰之則殺人人主有逆鱗說者嬰之則不幾矣論語柳下惠曰直道而事人焉往而不三黜楚辭曰驥躊躇於弊輂兮遇孫陽而得代王逸曰孫陽伯樂姓名也孔叢子子高對魏王曰驚驥同轅伯樂爲之咨嗟玉石相糅和氏爲之歎息漢書曰天子以賈誼任公卿之位絳灌之屬害之乃毀誼天子亦疏之以誼爲長沙王太傅誼既謫去意不自得及度湘水爲賦以弔屈原屈原楚賢臣也被讒放逐作離騷誼追傷之因以自諭　濟曰性不容非故曰好是志多正直故曰折而不屈　翰曰屢摧逆鱗謂犯顏直諫也黜謂遭棄逐也良馬比於賢人也孫陽古之善相馬者言賢臣不爲君主所知乃遭遷逐則歎過於良馬之不遇孫陽也是同乎賈誼屈原身沒於荒裔也上自周瑜至此並吳臣凡七人詵詵衆賢千載一遇善曰毛萇詩傳曰詵詵衆多也使陳　切東觀漢記太史官曰耿况彭寵俱遭際會千載一遇也　向曰此揔述三國之美也詵詵衆美也整轡高衢驤首天路善曰鸚鵡賦曰薦收整轡登樓賦曰假高衢而騁力鄒陽上書曰蛟龍驤首奮翼枚乘樂府詩曰天路隔無期　良曰良臣遇君如龍之整轡以游天路

也高衢亦天路也驤舉也仰挹玄流俯弘時務善曰毛萇詩傳曰挹斞也　向曰玄天也臣仰君之澤流也俯下也弘安也名節殊途雅致同趣善曰周易曰殊塗同歸嵇康贈秀才詩曰仰慕同趣　銑曰人之名節雖則殊道事君之義亦同趣理日月麗天瞻之不墜仁義在躬用之不匱善曰周易曰日月麗乎天禮記曰夫日月星辰所以瞻仰也非此族也不在祀典呂氏春秋曰德行昭美比於日月不可息也論語比考讖曰仁義在身行之可強毛詩曰孝子不匱毛萇曰匱竭也　翰曰日月著天下人瞻之不落仁義在人用之終身不匱也麗著墜落也尚想重暉五臣作遐風載挹載味後生擊節懦夫增氣善曰羊秀衞公誄曰仰睎遐風重暉冠世魏略王朗答太祖曰承旨之日撫掌擊節孟子曰聞伯夷之風者貪夫廉懦夫有立志　向曰言庶幾想衆賢之遠風也則挹其德味其道乃使後生之賢擊其節擽懦弱之夫亦增其壯氣也

六臣註文選卷第四十七

六臣註文選卷第四十八

符命

封禪文

司馬長卿 善曰史記曰長卿病甚武帝使所忠往求其書及至長卿已卒其妻曰長卿未死時爲一卷書曰有使來求書奏之其遺札書言封禪事所忠奏言 濟曰封者封泰山禪者禪梁父皆築土爲壇因高以事天告王者之功成銘於金石以示後代知其盛德也

伊上古之初肇自昊穹 五臣本有之字 生民 善曰張揖曰昊穹春夏天名郭璞爾雅注曰伊發語辭也 銑曰伊惟肇始也昊穹天也 歷選列辟以迄於 五臣作于 秦 善曰文穎曰選數也辟君也 向曰迄至也 率邇者踵武逖聽者風聲 善曰漢書音義曰率循也邇近也踵蹈也武迹也逖遠也近者蹈其跡遠者聽其風聲 良曰踵繼也言歷選列代之君則循其近者繼跡可知遠聽者但聞風聲善惡而已 紛綸威蕤湮滅而不稱者不可勝數 五臣本有也字 善曰湮沒也勝盡也張揖曰紛綸亂貌 翰曰紛綸威蕤言衆多也言自古之君衆多其湮沒磨滅不稱紀於載籍者不可勝計 繼韶 五臣本作昭字 夏崇號謚略可道者七十有二君 善曰文穎曰韶明也夏大也德明大相繼封禪於太山者七十有二人也管子曰封太山禪梁父者七十有二家 向曰昭明夏大也自古之君有繼明大道崇其號謚歷世可稱道者七十二君有封禪之事 罔若淑而不昌疇逆失而能存 善曰應劭曰罔無也若順也淑善也疇誰也服虔曰無有始善而後不昌者又無逆失而能存之者罔與冈同 翰曰言爲君之道無有順美而不昌盛者誰復有逆失之道而求其存乎皆以有道乃可爲也 軒轅之前遐哉邈乎其詳不可 五臣本無可字 得 五臣本有而字 聞已 銑曰軒轅黄帝也遐邈遠也詳求也 五三六經載籍之傳維風 五臣作見 可觀也 善曰漢書音義曰五五帝也三三王也經籍所載善惡可知也 良曰五帝三皇之道六經典籍之所傳述美惡亦可見也維語辭也 書曰元首明哉股肱良哉 善曰尚書益稷之文也 翰曰元首君也股肱臣也 因斯以談君莫盛於唐 五臣無唐字 臣莫賢於后稷后稷創業於唐 五臣本有堯字 善曰漢書音義曰唐堯之世播植百穀 向曰后稷堯臣周之始祖 銑曰創始也 公劉發跡於西戎 善曰漢書音義曰公劉后稷曾孫 濟曰公劉后稷之孫也居於西戎人咸歸其德 文王改制爰周郅 音質 隆大行越成 善曰文穎曰郅至也行道也文王始開王業改正朔易服色太平之道於是成也如淳曰越於也 翰曰爰於郅大越逾也言文王改制遂爲西伯於周大盛大道遂行仁化愈成其功也 而後陵遲衰微千載亡 五臣作無 聲豈不善始善終哉 善曰鄭氏曰無聲無有惡聲也漢書音義曰美周家終始相副若一也莊子曰善始善終人猶效之 銑曰言周室後雖衰微而無惡聲者蓋負積仁之德善終始之道使之然也 然無異端愼所由於前謹遺教於後耳 善曰言周之先王創制垂業既愼其規模又謹其遺教也 良曰言周所以無惡者亦更無異端蓋愼守先王之遺教 故軌跡夷易易遵也 善曰夷易皆平也言周之軌迹平易易可遵奉也二易並盈豉切 向曰夷平遵法也言周軌跡平易而易爲法則 湛恩厖 麥江 鴻易豐也 善曰湛深也厖鴻皆大也言湛恩廣大易可豐厚也湛音沉厖莫江切濟注同 善豐備也言深恩大而備用也 憲度著明易則也垂統理順易繼也 善曰張揖曰垂懸也統緒也理通也文王重易六爻窮理盡性懸於後世其道和順易續而明孔子得錯其象而彖其辭 翰曰憲法也 是以業隆於繈緥 五臣本從衣 而崇冠於二后揆厥所元終都攸卒 善曰孟康曰繈緥謂成王也二后謂文武也周公輔成王以致太平功德冠於文武者遵法易故張揖曰都於也卒終也爾雅曰元始也

翰曰襁褓嬰兒衣也言成王之位在於襁褓而周公攝政以致太平崇盛之功出於文武二后也度其發始之理終見美德盡歸於周矣冠出后君揆度元始都美攸所卒盡也未有殊尤絕跡可考於今者也良曰尤甚也言周德雖已盡美未有殊甚絕遠之跡可考量於今者也今謂漢也然猶躡梁父登太山建顯號施尊名善曰顯號尊名謂封禪也向曰言周猶有封禪之事建明聖之號施行尊上之名漢亦宜然大漢之德逢蜂五臣本作逢湧原泉沕勿潏聿曼羨翊翦反善曰張揖曰逢遇也喻其德盛若遇原泉之涌出也服虔曰潏泉貌徐廣曰沕沒也亡筆切音義或曰曼羨廣散也向曰逢火也言漢之盛德若火原泉之涌出流潤不絕也沕潏泉流貌曼羨長多貌旁魄蒲莫四塞雲布霧散善曰張揖曰旁魄布衍也魄音薄翰曰旁魄通達也言德澤通達於四方如雲霧布散無所不至上暢九垓古來下泝八埏音延善曰孟康曰暢達也垓重也泝流也埏若羨埏地之八際也言其德上達於九重之天流於地之八際銑

曰八埏謂八方也言聖化上達九重之天下流八方之極懷生之類霑濡浸潤善曰懷生氣之類皆被恩澤濟曰萬物皆霑天子之德澤協氣橫流武節猋逝善曰協氣和氣也橫流多也猋逝遠也濟曰協和也威武之節如疾風之逝也猋疾風也邇陿五臣作狹游原遐闊泳詠沫音末善曰孟康曰邇近也原本也遐遠也闊廣也泳浮也恩德比之於水近者游其原遠者浮其沫向曰邇狹近也遐闊遠也泳浮沫波也言天子恩澤近者游其原流遠者浮其波也首惡鬱没晻五臣作闇昧昭晰支列反善曰孟康曰始爲惡者皆湮滅晻昧喻夷狄皆化之也穀梁傳曰諸侯不首惡翰曰天下沐仁惠之積澤則大惡之積者皆自流没闇昧之人皆變而爲明也首大鬱積也昭晰明也昆蟲闓苦改澤五臣本作懌回首面內善曰文穎曰闓澤皆樂也韋昭曰面向也闓音愷澤音繹濟曰闓歌也回首面內皆謂懷天下之仁德也然後囿騶虞之珍羣徼工遼麋鹿之怪獸善曰言騶虞之羣在於苑囿之中毛萇詩傳曰騶虞義獸有至信之德則

應也漢書音義曰徼遮也遮麋鹿得其奇怪者謂獲白麟也良曰囿養獸處也騶虞瑞獸也徼遮也麋鹿麟也天子有德祥瑞畢見導一莖六穗於庖犧雙觡格共抵丁禮之獸善曰鄭玄曰導擇也一莖六穗謂嘉禾之米於庖廚以供祭祀服虔曰犧牲也觡角也抵本也武帝獲白麟角共一本自以爲牲銑曰言擇嘉禾之米用之於庖廚用麟以供祭祀也明至德所感有此瑞也獲周餘珍五臣本無珍字放龜于岐善曰文穎曰周放畜餘龜於沼池之中至漢得之於岐山之旁龜能吐故納新千歲不死向曰獲得也珍寶也放畜也招翠黃乘龍於沼善曰漢書音義曰翠黃乘黃也龍翼馬身黃帝乘之而仙言見乘黃而招呼之也禮樂志曰訾黃其何不來下余吾渥洼水中出神馬故言乘龍於沼翰注同善鬼神接靈圉語賓於閒閑館善曰文穎曰是時上求神仙之人得上郡之巫長陵女子能與鬼神交接療病輒愈置於上林苑中號曰神君有似於古靈圉禮待之於閒館舍中濟曰靈圉猶所居之處也是時武帝求神仙禱鬼神之事故鬼神接於所居而方士巫人之輩賓禮之於閒館之內也奇物

譎詭俶惕儻窮變善曰漢書音義或曰俶儻卓異也奇偉之物譎詭非常卓然絕異窮極事變良曰譎詭謂非常也俶儻謂奇異也欽哉符瑞臻茲猶以爲德薄不敢道封禪向曰欽美臻至也言武帝美哉衆瑞至此尚謙德薄不敢述封禪之事蓋周躍魚隕航休之以燎力照微夫此五臣本作斯之爲符也以登介丘不亦恧女六乎進讓之道何其爽歟善曰應劭曰航舟也休美也尚書旋機鈐曰武得兵鈐謀東觀曰魚入舟俯取魚以燎也服虔曰介大丘也言周以白魚爲瑞登泰山封禪不以慙恧乎小雅曰心慙曰恧張揖曰進周也讓漢也爽差也言周未可封禪爲進漢可封禪而不爲爲讓翰曰隕落航舟也休美也燎謂祭天也微無也介丘泰山也恧慙爽差也言周武之伐紂濟河有魚躍落王舟王以爲瑞乃以祭天且無如我漢家諸瑞以爲符應乃登泰山不亦慙恧乎進讓之道又亦差矣謂武帝時羣臣請封泰山帝讓之於是大司馬進曰陛下仁育羣生義征不譓音惠善曰

（文穎曰大司馬上公也故先進議諛順也向曰大司馬官號也相如假立之以發後辭）諸夏樂貢百蠻執贄（銑曰諸夏中國也言中國之人樂輸貢賦蠻夷執貨而進也贄夷貨名）德侔往初功無與二（濟曰言德齊上古之君功美無雙）休列（五臣作烈）浹洽符瑞衆變期應（五臣本作應期）紹至不特創見（善曰文穎曰不獨一物造見也創初創也　良曰休美烈盛浹及洽徧紹續特獨創初也言美盛之德乃徧天下符瑞衆變如應期而續至不獨初見而已蓋常有也）意（五臣本有者字）泰山梁甫（五臣作父）設壇場望幸蓋號以況榮（善曰漢書音義曰意者言太山梁甫設壇場望幸帝封禪紀號以表榮名也望幸望帝之臨幸也蓋者發語之辭也　翰曰望天子幸于泰山以脩封禪之禮紀聖號以爲萬代之善美也蓋者辭也況善也榮美也）上帝垂恩儲祉將以慶成（善本無此二句　向曰帝天儲多祉福慶善也）陛下謙讓而弗發（五臣本有也字　善曰文穎曰弗發往意銑不爲）契（挈）三神之歡缺王道之儀（善曰應劭曰挈絕也李奇曰缺闕也韋昭曰三神上帝太山梁父也　濟曰三神天地人也缺闕也言不封禪絕三神之意）羣臣恧焉（良曰恧恥也）或曰（五臣本作謂字）且天爲質闇示珍符固不可辭（善曰孟康曰天道質昧以符瑞見意不可辭讓　翰曰天道闇昧而不言故以珍符之異瑞以示王者使知至化之道此天命固不可辭也）若然辭之是泰山靡記而梁父罔幾也（善曰漢書音義曰泰山之上無所表記梁父壇場無所庶幾　向曰自帝王若知此辭之則是泰山無七十二人之記而梁父之禮亦無幾何之跡）亦各並時而榮咸濟厥世而屈說者尚何（五臣作可）稱於後而云七十二君哉（善曰應劭曰屈絕也言古帝王君但作一時之榮畢世而絕者則說無從顯稱於後世也　翰曰言自昔之君若辭天命不崇封禪之道亦當各取一時之榮皆度其世則屈指而說者尚可得稱有七十二君矣言武帝不可讓）夫脩德以錫符奉命（五臣作符）以行事不爲進越也（向曰錫賜符應越踰也言天子脩德則天賜以瑞應也天子乃奉瑞應以行封禪之事不爲苟進以踰禮也）故聖王不替而脩禮地祇謁款天神勒功中嶽（善曰漢書音義曰謁告也款誠也言不廢脩禮地祇告誠天神之義也張揖曰盡先禮中嶽而幸太山　向曰替廢謁申款誠也言聖王之德不廢則脩禮於天地神祇以申其誠也將有事於泰山必先禮中嶽以其處中而尊也）以章至尊舒盛德發號榮受厚福以浸黎元（濟曰章明也至尊天子也浸潤也黎元百姓也）皇皇哉此（五臣本作斯字斯下有事字）天下之壯觀王者之卒（五臣本作丕）業不可貶也願陛下全之（善曰皇皇美也卒終也貶損也卒或爲本張揖曰願以封禪全其終　翰曰皇皇大也丕亦大也貶輕也）而後因雜搢紳先生之略術使獲燿（五臣從日）日月之末光絕炎（焰）以展寀錯（措）事（善曰漢書音義曰寀官也使諸儒記功著業得覩日月末光殊絕之明以展其官職設錯事業也　銑曰搢紳先生謂經儒之人也略教絕遠炎照展申寀官錯致也言雜用經儒之士行其教術使得天子之惠如日月之光遠照也以展其官司以致其事業）猶兼正列其義祓（夫勿）飾厥文作春秋一藝將襲舊六爲七攄之亡（五臣本作無）窮（善曰孟康曰猶因也春秋者正天時別人事諸儒既得展事業因兼正天時別人事敘述大義爲一經也服虔曰舊爲六經漢欲七經孔安國尚書傳曰襲因也　翰曰春秋之義正天時列人義故將欲祓飾文辭作述此理以爲一經將繼舊六經以爲七經行之於終古謂漢欲使諸儒著書也藝經也襲繼也攄循行也無窮謂終古也）俾萬世得激清流揚微波蜚（五臣本作飛）英聲騰茂實（善曰蜚古飛字也　良曰俾使騰傳也言使萬世之後激揚大漢之餘波傳茂實之德也）前聖所以永保鴻名而常爲稱首者用此（向曰永長也鴻大也言古先聖帝明王所以長保大名爲王者之首者用此道也）宜命掌故悉奏其儀而覽焉（善曰

漢書音義曰掌故太史官屬主故事者也向曰掌故謂掌禮樂之故事者也於是天子俙五臣作沛普蓋切然改容曰俞乎朕其試五臣作識哉善曰張揖曰俙感動之意也許皆切俙或爲沛　銑曰沛然滋潤貌俞然也朕我也言我識往哉將然封禪之議乃遷思迴慮摠公卿之議詢封禪之事向曰摠納詢謀也詩大澤之博廣符瑞之富善曰漢書音義曰詩歌詠功德下四章之頌也大澤之博謂自我天覆雲之油油廣博也符瑞之富謂班班之獸以下三章言符瑞應廣大之富饒也　翰曰詩者欲詠美德也大澤謂天子之恩澤遂作頌曰

自我天覆雲之油油善曰漢書音義曰油油雲行貌蓋子曰油然作雲　向曰天子之德如天覆萬物雲行天下也甘露時雨厥壤可游善曰遊遨也言祥瑞曼臻故可游遨也濟曰壤土也游作也謂風雨時可行其農作也滋液滲跡禁漉何生不育善曰說文曰滲下漉也又曰漉水下貌韋昭曰漉音鹿　良曰雨露滋液潤澤滲下於土何物之生者不養也嘉穀六穗我穡曷蓄善曰李奇曰我之稼穡何等不蓄積　翰曰言我之稼穡既豐何所不蓄積也曷何也非唯雨之又潤澤之銑曰此非唯雨也則君之恩化所爲潤澤也非唯徧之我氾似布護之向曰潤澤非唯徧我下人而已蓋君化分散萬物皆霑洽也氾猶君也布護分散貌萬物熙熙懷而慕思五臣作之名山顯位望君之來善曰周書王子晉曰萬物熙熙非舜而誰韋昭曰名山泰山也顯位封禪之事也　濟曰名山泰山也言此山禮明神之位望天子之來幸也君乎君乎侯不邁哉善曰李奇曰侯何也言君何不行封禪　良曰邁往也般般班之獸樂我君圃五臣作囿白質黑章其儀可嘉善曰謂騶虞也春秋考異郵曰虎班文者陰陽雜也毛萇詩傳曰騶虞白虎黑文翰曰般般雜色貌樂游也是時有瑞獸見名曰騶虞身被白黑文也章文也旼旼旻穆穆君

文四十八　七

子之態蓋聞其聲今親其來夫聲協韻　善曰漢書音義曰旼旼和也穆穆敬也言容態和且敬有似君子也態他代切親見其來　向曰旼旼明貌穆穆美也態貌也言瑞獸之形明美如君子之貌蓋曾聞有之今乃親見其來也厥塗靡從天瑞之徵善曰文穎曰其道何從乎此乃天瑞之應　銑曰言其來見之道無從也應蓋天瑞以示明君之徵也茲亦五臣作爾於舜虞氏以興善曰文穎曰百獸率舞則騶虞在其中　濟曰言此獸於舜亦見也濯濯之麟游彼靈畤孟冬十月君徂郊祀馳我君與五臣本作輿帝用享祉善曰漢書音義曰武帝祠五時獲白麟故言遊靈時也毛詩曰麀鹿濯濯帝天帝也白麟馳我君車之前因取燎祭於天天用歆享之荅以祉福也　良曰濯濯游貌武帝元狩元年十月往五時祭祀有白麟見馳於帝車之側此乃上帝享君福也徂往輿車祉福也三代之前蓋未嘗有五臣本作曾字　向曰三代謂夏殷周也宛宛黃龍興德而升善曰文穎曰起至德而見也楚辭曰駕八龍之宛宛　向曰時有黃龍見也宛宛龍貌采色炫縣燿五臣本從日煥炳煇胡本煌向曰龍光也正陽顯見覺悟黎蒸於傳載之云受命所乘善曰文穎曰陽明也如淳曰書傳撰其比類或以漢土德則宜有黃龍之應於成紀是也故言受命者所乘　銑曰陽龍也言龍見乃覺悟下人知天子之德也又於書傳所載黃龍土德也漢本火也今黃龍見當改爲土故云受命所乘也厥之有章不必諄諄之純反　善曰漢書音義曰天之所命表以符瑞章明其德不必諄諄然有語言也孟子萬章曰舜之有天下孰與之孟子曰天與之曰天與之者諄諄然命之乎曰不　濟曰厥其章明也言天以其有德示之祥端不必衆言以美其道也諄諄衆言也依類託寓諭以封巒善曰漢書音義曰寓寄也巒山也言依事類託寄以喻封禪　翰曰言依祥瑞之類託寓其事當諫喻以封山之事巒山也披藝觀之天人之際已交上下相發允荅聖王之德兢兢翼翼善曰尚書曰兢兢業業毛詩曰小心翼翼爾雅曰翼翼敬

文四十八　八

也向曰披覽藝文圖書以觀國家之事天意人事已相交會銑曰上下謂百姓百官也言其相起發意信欲荅天子之德而天子猶兢兢而懼翼翼而恭恐天下未致和平**故曰於**音烏良曰歎美之辭也**興必慮衰安必思危**善曰太公陰謀机之書曰安不忘危存不忘亡向曰此言天子能致和平化尚猶恭懼此興而慮衰安而思危也**是以湯武至尊嚴不失肅祗舜在假**格**典顧省闕遺此之謂也**善曰徐廣曰假大也湯武雖居至尊嚴之位而猶不失肅祗之道舜所以在於大典謂能顧省其遺失言漢亦當不失恭敬而自省也祭天是不忘敬也不封禪是遺失也毛詩曰湯降不遲上帝是祗向曰祗敬也濟曰假大也大典謂重位也言舜居重位常自顧省察恐政治有所闕遺言武帝亦然也

劇秦美新

并序　善曰李充翰林論曰揚子論秦之劇稱新之美此乃計其勝負比其優劣之義漢書王莽下書曰定有天下之號曰新

揚子雲善曰王莽潛移龜鼎子雲進不能辟戟丹墀亢辭鯁議退不能草玄虛室頤性全眞而反露才以耽寵詭情以懷祿素餐所刺何以加焉抱朴方之仲尼斯爲過矣翰曰劇甚也王莽簒漢位自立爲皇帝國號新室是時雄仕莽朝見莽數害正直之臣恐已見害故著此文以秦酷暴之甚以新室爲美將悅莽意求免於禍非本情也

諸吏善曰漢書曰左右曹諸吏皆加官所加或列侯將軍卿大夫良曰謂諸官也此雄自稱**中散大夫臣雄稽首再拜上封事皇帝陛下**銑曰謂莽也**臣雄經術淺薄行能無異數蒙渥恩**五臣本作惠字**拔擢倫比與羣賢並**五臣本有位字**愧無以稱職**濟曰渥澤惠恩比類也言蒙澤恩拔於倫類與羣臣並位自愧無才以當職事也稱當也**臣伏惟陛下以**五臣本無以字**至聖之德龍興登庸欽明尚古**善曰書曰若時登庸又曰欽明文思翰曰庸用也欽敬也尚庶幾也言敬明之德庶幾於古道**作民父母爲天下主**善曰尚書曰天子作人父母又曰爲天下君**執粹清**五臣本作精**之道鏡照四海聽聆風俗博覽廣包參天貳地兼並神明**善曰難蜀父老曰勤思乎參天貳地周易曰聖人以神明其德良曰參合也言明德方於天厚德比於地如更有一地故云貳地也**配五帝冠三王開闢已來未之聞也**善曰尚書考靈耀曰天地開闢**臣誠樂昭著新德光之罔極**向曰新德謂莽之德也罔無也**往時司馬相如作封禪**五臣本有文字**一篇以彰漢氏之休臣常**五臣本作嘗**有顛眴**縣**病恐一旦先犬馬塡溝壑**善曰賈逵國語注曰眩惑也眴與眩古字通史記丞相翟青曰臣不勝犬馬之心銑曰顛眴謂風疾也犬馬雄自謙賤比於莽所乘玩之犬馬也言有疾病恐一朝先於犬馬而死塡於溝壑**所懷不章長恨**

黃泉善曰左氏傳鄭伯曰不及黃泉無相見也服虔曰天玄地黃泉在地中故言黃泉濟曰章見也**敢竭肝膽寫腹心作劇秦美新一篇雖未究萬分之一亦臣之極思也**善曰莊子弇州子曰今於道秋毛之端萬分未得處一焉向曰究盡也**臣雄稽首再拜以聞曰**

權輿天地未祛睢睢許惟**盱盱**音吁善曰言混沌之始天地未開萬物睢盱而不定也爾雅曰權輿始也魯靈光殿賦曰鴻荒樸略厥狀睢盱西京賦曰睢盱跋扈字林曰睢仰目也盱張目也翰曰權輿始也祛開也睢睢盱盱視不分明貌言始天地形未開之時混沌不分也**或玄而萌或黃而牙**善曰言天地方開故玄黃異色而生萌牙也易曰玄黃者天地之雜也良曰玄天也黃地也言其色蒙籠始生萌牙**玄黃剖判上下相嘔**音吁善曰言天地既開玄黃分判故天地上下相與嘔養萬物也易曰天玄而地黃禮記曰煦嫗覆育萬物鄭玄曰以氣曰煦煦與嘔同向曰剖判分也上下天地

也言天地之氣相蒸而生萬物也嘔蒸也爰初生民帝王始存善曰言初有生民之時帝
王之義始存也易曰有天地然後有萬物有萬物然後有男女有男女然後有父子有父子然後有君臣　銑曰天地既
分是育萬物乃生其人則有帝王存焉蓋將治也在乎混混茫茫之五臣本作混茫混茫
時舋五臣本作釁闇罕漫而不昭五臣本作照字察世莫得而
云也善曰混混茫茫天地未分舋闇罕漫不明之貌也言天地肇開君臣始樹善惡罕漫而不昭察故世莫得
而言之也莊子曰古之人在混茫之中與一時而得澹漠焉　翰曰混茫混沌之氣也舋闇罕漫不明貌言此當時事物不
得明察後世之人不可得言其實厥有云者五臣無此一句上罔顯於羲五臣
本作犧皇善曰罔無也顯明也伏羲爲三皇故曰羲皇　向曰其有可云者無有明於伏犧之皇者也罔無也中
莫盛於唐虞邇靡著於成周善曰左氏傳召公曰糾合宗族于成周　銑曰
邇近靡無著盛也仲尼不遭用春秋因斯發善曰司馬遷書曰仲尼厄而作

春秋　翰曰孔子不見用於時故脩春秋因而發思也言神明所祚兆民所託
罔不云道德仁義禮智善曰言有斯四德乃爲神明所祚兆民所託　良曰孔子
作春秋皆言神明所以垂福也人所以依託者無不云道德仁義禮智之君唯秦皆棄此而暴虐獨秦屈
五臣本作崛求勿切起西戎邠斌荒岐雍之疆善曰史記曰秦自非子爲附庸
之邑秦號曰秦嬴　濟曰邠岐雍皆地名荒外也疆界也因襄文宣靈之僭跡善曰
史記曰秦莊公卒襄公立卒文公立卒德公立卒宣公立　又曰懷公卒懷公太子靈公立　良曰襄文宣靈並秦公謚也
言始皇因此跡而起立基五臣本無立字孝公茂惠文奮昭莊善曰史記曰獻
公卒子孝公立孝公卒子惠文君立武王卒立異母弟爲昭襄王文王卒子莊襄王立　翰曰秦至孝公始稱王惠文昭
莊並秦王謚也茂盛奮起也言秦盛起本從此諸王爲首也至政破縱五臣本作從子容切擅
衡橫并吞六國遂稱乎始皇五臣本作皇帝盛從鞅於仰儀

韋斯之邪政善曰史記曰莊襄卒子政立初并天下號始皇帝韋昭曰從人合之助六國者衡人散之
佐秦者也商鞅張儀呂不韋李斯皆秦相　良曰政始皇名關東爲從關西爲橫皆諸侯連爲援助之名始皇皆破之自
專擅其威也　向曰始皇盛從商鞅張儀呂不韋李斯之計以邪爲政馳騖起翦恬賁奔
之用兵善曰史記曰白起攻楚拔鄢郢又曰王翦攻趙拔之翦子賁破定燕齊地又曰蒙恬攻齊大破之
翰曰馳驅白起王翦蒙恬王賁以爲將故云用兵也剗楚簡滅古文刮古八語燒書
善曰史記李斯曰請非博士官所職天下敢有藏書詩百家語者詣守尉雜燒之　向曰剗削也刮除也言除百家之言
弛禮崩樂塗民耳目善曰禮稽命徵曰文王見禮壞樂崩道孤而無主也六韜曰先塗民
耳目　銑曰弛廢塗塞也欲使人愚也遂欲流唐漂虞滌殷蕩周善曰流漂
滌蕩謂除之也　濟曰流漂滌蕩並謂除去其禮法也難然除仲尼之篇籍自勤
公五臣本作功字業善曰難古然字　翰曰難然也勤記也改制度軌量咸稽之

於秦紀善曰稽考也紀本紀也言考校而著之秦紀　向曰稽述紀記也言述之於秦史以記其事是以
耆儒碩老抱其書而遠遜良曰耆舊碩大也大老謂老儒也遜逃也禮
官博士卷其舌而不談來儀之鳥肉角之獸狙
七余古猛獷而不臻善曰來儀鳳也肉角麟也說文曰狙犬齧人也又曰獷犬不可親附也　銑曰
鳳皇麒麟皆以秦如惡狗而不至也狙獷犬齧人者也甘露嘉醴景曜浸侵潭
淫之瑞潛善曰嘉醴醴泉也景曜景星有光曜也浸潭謂滋液浸潤能生萬物也潛藏也　濟曰此瑞潛
而不出大茀浦沒經賁隕巨狄鬼信之妖發善曰茀彗星也穀梁
傳曰星孛入北斗孛之爲言猶茀也步內切茀步忽切史記始皇本紀曰彗星光見東方北方漢書音義曰經謂星出東
入西出西入東也史記始皇本紀曰有墜星下東郡至地爲石漢書曰秦始皇有大人身長五丈夷狄服出於臨洮鬼信
謂告祖龍死也　向曰茀妖星也賁落也始皇時彗星見餘同善注神歇靈繹五臣作液海水

羣飛二世而云何其劇與平聲　善曰繹猶緒也言神靈歇其舊緒不福祐之繹或爲液海水喻萬民羣飛言亂二世胡亥也爲趙高所弑劇甚也言促甚也　良曰天地神祇以秦無道之甚故歇其靈潤滋液不降福祥海水羣飛喻天下亂也

帝王之道兢兢乎不可離已善曰尚書曰兢兢業業　銑曰兢兢懼也言爲君之道兢兢恐懼不可離於身也

夫能貞而明之者窮祥瑞回而昧之者極妖愆善曰貞正也言既正且明故祥瑞咸格回邪也言既邪且闇故妖愆競集也昧或爲蕞　濟曰窮極皆多也回邪也言帝王貞明者多祥瑞邪而暗昧者多妖愆也

上覽古在昔有憑應而尚缺焉壞徹而能全善曰言古帝王之興有憑依瑞應而尚毀缺焉有行壞徹之道而全立者乎言無也　向曰覽古者憑仁義而感應瑞而尚闕有喪缺之理何有爲壞變之道而能全乎言必無全者也徹猶發也此亦微有意言漢有仁義之德尚缺矣

故若古者稱堯舜威侮者陷桀紂善曰尚書曰若稽古帝堯又云若稽古帝舜夏桀殺紂也尚書曰威侮五行　翰曰若順也又曰有談人君威暴侮亂若則必比跡於桀紂之王

況盡汛五臣作訊音信埽前聖數千載功業專用己之私而能享祐者哉善曰況況始皇也私私所爲也而能享祐言不能也毛詩曰洒埽庭内毛萇曰洒灑也洒與汛同所買切　良曰言除埽前聖之書專用己之私以爲酷暴安能享福久遠者乎訊除也

會漢祖龍騰豐沛奮迅宛宛葉音攝　善曰漢高祖發跡在於豐沛滅秦道自宛葉　向曰奮迅威武貴宛葉地名

自武關與項羽五臣本無羽字戮力咸陽善曰漢書曰初高祖將西入武關欲以二萬人擊嶢下秦軍沛公謝羽曰與將軍戮力攻秦不自意先入關　銑曰項項羽也言與項羽戮力攻秦也

創業蜀漢發跡三秦善曰漢書曰項羽立沛公爲漢王王巴蜀漢中又曰韓信因陳三秦易并之計漢王聽信策

克項山東而帝天下善曰漢書曰灌嬰追斬羽東城漢王即皇帝位于汜水之陽

摘秦政慘酷尤煩者應時而蠲古玄反　善曰蠲除也漢書沛公召秦豪傑曰父老苦秦苛法久矣與父老約法三章餘悉除秦法　濟曰尤甚也蠲除也

如五臣作始儒林刑五臣作形辟歷紀圖典之用稍增焉善曰歷紀歷數綱紀也　向曰辟法也言始開學校定刑法也歷紀謂歷代之紀及圖書經典稍益興焉

秦餘制度項氏爵號雖違古而猶襲之善曰其秦政制度及項羽爵號雖知違古而猶襲之也孔安國尚書傳曰襲猶因也　良曰言漢繼秦餘近項羽爵起之號雖知其違於古道不便於人而猶因而襲之未能盡除絕也

是以帝典闕而不補王綱弛而未張善曰爲龔秦項故闕者不補弛者未張也　濟曰典則弛廢也

道極數殫闇忽不還善曰言天道既極曆數又殫故闇忽而滅不能自還也　銑曰漢道已極歷數窮盡闇昧忽亂道散不還

逮至大新受命上帝還資后土顧懷善曰大新王莽也莽字巨君王皇后之弟子也言上帝迴還而資助后土顧眷而懷歸言天地福祐之也　向曰上帝天也后土地也言秦爲酷暴漢與稍寬其猶未能至治道極數盡朴散不還故大新受命上天還祥以爲資助地祇眷顧而懷之

玄符靈契黃瑞涌出善曰玄符天符也靈契地契也黃瑞謂王莽承黃虞之後黃氣之瑞也漢書王莽曰予前在攝黃氣熏蒸以著黃虞之列焉涌出而瑞之　翰曰玄天黃地也言天地符契祥瑞皆見於時也

滭必浡五臣作渤沕勿潏聿川流海渟音庭　良曰言祥瑞多如川流海水之渟貯也餘皆水流貌

雲動風偃霧集雨散善曰言眾瑞之多也

誕彌八圻五臣作圻上陳天庭善曰八圻猶八埏言下終八圻上列天庭　濟曰誕大彌廣也八圻八方也言雲行雨施萬國從化如風偃草霧露潤集布散天下大廣於八方之境德聲上陳於天庭

震聲日景炎光飛響盈塞天淵之閒必有不可辭讓云爾善曰言威聲如雷光景若日也易曰震爲雷炎光日景也飛響音聲也塞乎天淵所及遠也天淵違於天下塞於深淵項岱曰上達皇天下洞重泉不可辭讓言難也　向曰震動明德之聲天下所仰如日景在天炎盛之光萬國歌謠響音飛滿於天淵之閒故受命於漢必不可辭讓也

於是

乃奉若天命窮寵極崇善曰尚書曰明王奉若天道向曰若順也窮寵極崇謂至尊之位也與天剖神符地合靈契創億兆規萬世善曰分天之符合地之契言應録而王也創業經乎億兆規模至於萬世也銑曰剖分也言創治下人規萬世也奇偉倜天歷儻譎詭天祭五臣作際地事善曰言衆瑞所以咸臻者由能祭天事地翰曰奇犬卓異變化之應天地之間亦屢出焉偉大也倜儻謂卓異也譎詭謂變化之速也其異物殊怪存乎五威將帥班乎天下者四十有八章善曰漢書曰莽遣五威將軍王奇等班符命四十二篇於天下向曰莽遣五威將軍王奇等班示符瑞異物殊怪之事於天下四十八章謂録之爲書如篇章然也登假格皇穹鋪衍下土非新家五臣本作室字其疇離之善曰假至也言衆瑞升至於皇天鋪衍於下土離應也良曰登上格至穹天鋪布衍廣疇誰離治也言美聲上至皇天廣布天下非新室其誰能治之若此卓哉煌煌眞天

子之表也五臣本無也字善曰表儀也濟曰卓大煌明表儀也若夫白鳩丹烏素魚斷蛇方斯蔑矣善曰吴録曰孫策使張紘與袁紹書曰殷湯有白鳩之祥然古者此事未詳其本尚書帝驗曰太子發渡河中流火流爲烏其色赤素魚白魚也周以白魚爲瑞漢書曰高祖夜經澤中有大蛇當徑高祖拔劒斬蛇分爲兩道開也銑曰湯有白鳩丹烏之瑞武王有白魚之祥高祖有斬白蛇之應比之於此爲輕蔑也受命甚易格來甚勤善曰格至也言莽德盛故受天命甚易令衆瑞咸至甚勤也翰曰格至勤多也言祥瑞來現甚多也昔帝纘祖管皇王纘帝五臣本無纘帝二字隨前踵古或無爲而治或損益而亡五臣本作巳字豈知五臣本作如字新室委心積意儲思垂務善曰論語子曰無爲而治者其舜也與又曰殷因於夏禮所損益可知也委亦積也向曰纘繼也踵追也昔者五帝繼跡三皇三王繼跡五帝皆隨前事追於古道而舜則無爲而治殷因於夏禮法有所損益其後紂乃亡之豈如新室委積意思垂拱治事也帝

作穆穆明旦也五臣本作亦字不寐勤勤懇懇者非秦之爲與平聲善曰言新室所以旁作穆穆勤勤懇懇者以秦之所爲爲非故欲勤修德政也尚書曰勤施於四方旁作穆穆司馬遷書曰勤勤懇懇銑曰穆穆美也言莽勤勤懇懇整治非秦皇自用心驕逸夫不勤勤則前人不當不懇懇則覺德不愷善曰言不勤勤則不能當先王之意不懇懇則覺德不和也尚書曰篤前人成烈毛詩曰有覺德行左氏傳注曰愷和也良曰前人謂先王也若不勤勤則前王不當天心矣不懇懇則悟大德不和其化也覺悟也愷和也是以發祕府覽書林遥集乎文雅之囿翱翔乎禮樂之場胤殽周之失業紹唐虞之絶風善曰言以文雅爲園囿以禮樂爲場圃胤續也紹繼也翰曰秘書之府良曰胤嗣紹繼也言禮樂法制有所失絶者皆繼之懿律嘉量金科玉條神卦靈兆古文畢發煥炳五臣本作炳煥照耀靡不

宣臻善曰律六律也嘉量斗斛也金科玉條謂法令也言金玉貴之也蓍曰卦龜曰兆神靈尊之也古文先王之典籍也宣徧也臻至也翰曰懿美也律謂正時月之節考神卦靈兆卜筮也言此諸事於國政之要皆美而正之均而平之崇而行之古文前典盡發而明之炳煥照耀明德也言如此明德宣之無所不至臻至也式軨軒旂旗以示之善曰式用也漢書曰莽立大夫卿車服黻冕各有差軨軒皆車也尚書大傳曰未命爲士車不得有飛軨鄭玄曰如今窻車也周禮曰交龍爲旂熊虎爲旗向曰式用也軨軒車也旂旗名也車服有差以示百官有節揚和鸞肆夏以節之善曰大戴禮曰行以和鸞趨中肆夏鄭玄周禮注曰鸞和皆金鈴也漢書音義曰肆夏詩樂也步則歌之以中節銑曰揚動也和鸞金鈴以節車行也肆夏樂名步則歌之以中節也施黼黻衮冕以昭之善曰言制服有差亦明貴賤也尚書曰黼黻絺繡周禮曰公之服自衮冕而下濟曰以衣服昭其等差正嫁娶送終以尊之善曰漢書曰莽請考論五經定娶禮良曰正天下吉凶之禮以知人之次序親九族淑賢以穆之善曰漢書莽詔

曰姚嬀陳田王莽之同族也尚書曰惇敘九族五姓世世復無有所與　翰曰淑美穆和也夫改定神祇上儀也善曰漢書曰莽奏定南郊　良曰改定祭神祇之禮使得其中欽脩百祀咸秩也善曰漢書曰莽奏定羣神之禮尚書召誥曰祀于新邑咸秩無文　銑曰欽敬咸皆秩序也謂敬脩百祀皆得次序也明堂雍臺五臣本作辟廱壯觀也善曰漢書曰莽奏起明堂辟雍　向曰明堂布政室辟廱講藝之所九廟長壽極孝也善曰九廟一曰黃帝二曰虞帝三曰陳王四曰齊敬王五曰濟北愍王六曰濟南伯王七曰元城孺王八曰陽平頃王九曰新都顯王漢書曰王莽隳壞孝元廟獨置孝元廟故殿以爲文母篹食堂既成名曰長壽宮篹士卷切與饌同　銑曰天子七廟莽加黃帝虞舜二廟是爲九矣又置長壽宮以爲文母饌食之堂制成六經洪業也善曰漢書莽奏立樂經然經有五而又立樂故云六經也　翰曰洪大也北懷單于廣德也善曰漢書曰莽重賂匈奴使上書慕從聖制以誑曜太后　濟曰懷來也單于匈奴也若復五爵度三壤善曰晉灼漢書注曰若順及之辭漢書曰莽奏曰周爵五等地四等臣請受爵者爵五等地四等尚書曰列爵惟五分土惟三　向曰若順也五爵公侯伯子男也壤田也言民田有三等之給經井田善曰漢書曰莽令天下公田口井其男口不盈八而田過一井者分餘田與九族周禮曰九夫爲井　良曰經營也井謂田之畝數營而均之免人役善曰漢書曰莽令更名天下奴婢曰私屬皆不得賣之方甫刑善曰漢書曰莽分移律令儀法尚書曰穆王作呂刑孔安國曰後爲甫侯　良曰方比也甫刑尚書篇名言制刑法以比之匡馬法善曰馬法司馬穰苴之法也謂成出革車一乘數戎備也史記曰司馬穰苴者田完之苗裔也齊景公以爲將軍將兵扞燕晉之師其後田和因自立爲齊威王用兵行威大放穰苴之法而諸侯朝齊威王使大夫追論古者司馬法而附穰苴其中因號曰司馬穰苴兵法　良曰匡正也司馬法兵革之事將正而行也恢崇祇庸爍德懿和之風善曰周禮曰以樂德教國子中和祇庸孝友爾雅曰懿爍美也　翰曰恢大祇敬庸用爍盛懿美也崇賢良敬而用之此盛德美和之風也廣彼搢紳講習言諫箴誦之塗善曰搢紳謂經儒之

人也漢書賈山上疏曰古者工誦箴諫瞽誦詩士傳言諫過也　向曰搢紳儒生也言廣用儒生講習經義以爲箴規諷誦之道也塗道也振鷺之聲充庭鴻鸞之黨漸階善曰毛詩曰振鷺于飛于彼西雍我客戾止亦有斯容易曰鴻漸于陸　銑曰振鷺鴻鸞皆喻賢人也充庭漸階言多也漸進也俾前聖之緒布濩流衍而不韞韣五臣本作櫝字　善曰論語子貢曰有美玉於斯韞櫝而藏諸櫝與韣古字通音讀　翰曰俾使緒業也布濩分散貌衍廣也韞櫝藏也言使前古聖帝之業分散流廣與行於時而不藏也郁郁乎煥哉善曰論語曰郁郁乎文哉又曰煥乎其有文章　濟曰郁郁乎煥哉盛美之言也天人之事盛矣鬼神之望允塞善曰言有聖德信能允塞鬼神之望　濟曰允信塞滿也羣公先正罔不夷儀善曰尚書曰羣公既皆聽命又曰亦惟先正夷儀言有常儀也　良曰百官羣公之治既正無不端平有等差也罔無夷平也姦宄寇賊罔不振威善曰尚書曰蠻夷猾夏寇賊姦宄　向曰無不振懼威德紹少典之苗著黃虞之裔善曰史記曰黃帝者少典之子姓公孫河圖著命曰握登見大虹意生黃帝漢書曰予惟黃帝舜帝咸有聖德營求其後將祚厥祀於是封姚恂爲初睦侯奉黃帝後嬀昌爲始睦侯奉虞帝後　向曰黃帝少典之子也著盛也黃帝虞舜莽之先祖帝典闕者已五臣本作以字補王綱弛者已五臣本作既字張炳炳麟麟五臣本作煒煒豈不懿哉善曰麟麟光明也麟與燐古字同用　翰曰炳炳煒煒盛明也懿美也厥被風濡化者京師沈潛甸內市洽侯衞厲揭綺例要荒濯沐善曰言風化所被近者逾深遠者稍淺故京師沈潛而要荒濯沐也論語曰深則厲淺則揭　銑曰被及仁風霑濡傳化者則帝都且深矣沈潛深也　良曰甸內謂近都邑也市洽謂被霑風也侯衞要荒遠服也厲深霑也揭淺霑也濯沐徹霑也近者深遠者漸淺也而術五臣本作述字前典巡四民迄四嶽善曰言法術前典而巡四民至於四嶽也管子曰士農工商四民者國之正民也尚書曰二月東巡狩至于岱宗五月南巡狩至于南嶽八月西巡狩至于西嶽十有一月朔

巡狩至于北嶽翰曰術法也四民四方之民也迄至也言法前代帝王之典禮巡省四方之人問百年考農務至于四嶽申宗祀之儀增封泰山五臣本有廣字禪梁甫斯受命者之典業也善曰典常也言封禪之事王者常業也管子曰昔封泰山禪梁甫者七十有二家漢書音義項岱曰梁父者泰山下小山也向曰典常也蓋受命曰不暇給或不受命然猶有事矣善曰受命謂高祖也言高祖受命而不封禪始皇不受命猶有事乎泰山言俱失也史記曰始皇之上泰山中阪遇暴風雨向曰言自古有受命爲君者四方未寧營營不暇惜日不足亦不及有事於封禪則漢高也或不受天命祥瑞之應猶或登山有禮者則始皇也況堂堂有新正丁厥時崇嶽渟庭海通瀆之神咸設壇場望受五臣本無受字命之臻焉善曰言莽既受命故岳瀆之神皆設壇場而望來祭也堂堂盛也晏子齊景公曰將去此堂堂國者而死乎向曰堂堂盛貌丁當厥其也銑曰高山深海四瀆之神皆設壇場以祭之而望新君之至渟深也受命謂莽也臻至也海外遐方信延頸企踵回面內嚮五臣作向喁喁魚恭如也善曰呂氏春秋曰聖人南面而立天下延頸舉踵矣論語素王受命讖曰莫不喁喁延頸歸德翰曰企舉踵足也回面內向謂順服於君喁喁衆口喜悅貌帝者雖勤五臣本有讓字惡烏可以已乎善曰何休公羊傳注惡猶於何也翰曰帝者謂莽也惡辭也已止也言天下傾心帝者雖欲勤爲辭讓不事封禪之禮可以止乎言不可止也宜命賢哲作帝五臣本無帝字典一篇舊五臣本作奮字三爲一襲以示來人摛之罔極善曰言宜命賢智作帝典一篇足舊二典而成三典也謂堯典舜典良曰宜作帝典一篇述至德令振堯舜之典合三篇以爲一書襲行於時以示來世紓於臣下之心使無極也摛舒奮振罔無也令萬世常戴巍巍履栗栗善曰巍巍高大也論語子曰巍巍乎其有成功尚書曰栗栗危懼濟曰令萬世之後常戴荷巍巍高大之德履其謹敬之道也栗栗謹敬也臭許又馨香含甘實善曰言明德比於馨香甘實故臭而含之向

文四八　十九

曰令天下常臭聞馨香之譽含甘美之實德鏡純粹之至精聆清和之正聲善曰易曰剛健中正純粹精也翰曰鏡鑒也聆聽也言天下謂謡清和之正聲則百工伊凝庶績咸喜五臣本作庶績咸熈善曰尚書曰允釐百工庶績咸熈又曰庶績其凝喜與古熈字通銑曰工官伊惟凝成庶衆績功越逾熈廣也荷天衢提地釐善曰孔安國尚書傳曰釐理也上荷天道而下提地理言則而效之向曰天下之士皆欣荷天道之亨通統其地理以助君之安人也地爲臣道提統也釐理也斯天下之上則已庶可試哉良曰言封禪盛事此天下之上則也近試爲之

典引并序

蔡邕曰典引者篇名也典者常也法也引者伸也長也尚書疏堯之常法謂之堯典漢紹其緒伸而長之也

班孟堅翰曰典者堯典也漢爲堯後故班生將引堯事以述漢德是命曰典引

蔡邕注

臣固言永平十七年臣與賈逵傅毅杜矩展隆郗五臣本作郤字萌等召詣雲龍門善曰范曄後漢書曰賈逵字景伯爲侍中七略曰尚書郎北海展隆然七略之作雖在哀平之際展隆壽或至永平之中翰曰謂帝召固等六人詣此門小黃門趙宣向曰小黃門宦者持秦始皇帝本紀問臣等曰太史遷下贊語中寧有非邪銑曰天子令問固等云太史司馬遷贊始皇語中寧有非也向曰寧猶何也臣五臣本有等字對五臣本有曰字此贊賈誼過秦篇司馬遷秦始皇贊中全述賈誼此篇以明秦事云五臣作言向使子嬰有庸主之才僅得中佐翰曰僅劣也言若劣得中庸之人以爲輔佐秦亦未滅謂是時無賢佐秦之社稷未宜絕也此言非是翰曰固對此贊以過秦篇爲非是也即召臣入

文四八　二十

問本聞此論非邪將見問意開寤耶五臣本無將見問意開寤耶七字臣具對素聞知狀銑曰既有此對天子召入更問之因終奏聞此論爲非也固又具對本所聞知事非之狀於帝矣素本也詔因曰司馬遷著書成一家言揚名後世善曰司馬遷書曰通古今之變成一家之言孝經曰揚名於後世至以身陷刑之故反微文刺譏貶損當世非誼士也良曰帝言司馬遷以陷刑故乃反微其文譏刺朝廷貶損漢世非義士也司馬相如洿行無節濟曰謂私於卓氏女但有浮華之詞不周於用向曰周備也至於疾病而遺忠翰曰謂將死之時述天子之德遺其忠跡而死主上求取其書竟得頌述功德言封禪事忠臣效也至是賢遷遠矣銑曰言相如以此賢於遷相去遠也臣固常伏刻誦聖論昭明好惡不遺微細五臣本作細微緣事斷誼動有規矩雖仲尼之因史見意亦無以加良曰刻治也聖論云司馬遷非義士之論也因史見意謂脩春秋褒貶之事臣固被學最舊受恩浸深誠思畢力竭情昊天罔極翰曰被學謂爲學官也最舊言久也浸深極深也畢盡也言報天子之恩如天之無極臣固頓首頓首五臣本無下頓首二字伏惟相如封禪靡而不典揚雄美新典而亡五臣作無實向曰惟思靡美也然皆游揚後世垂爲舊式臣固才朽不及前人蓋詠雲門者難爲音觀隨和者難爲珍自才朽不及前人至觀隨和者難爲珍五臣本無此一段不勝區區竊作典引一篇雖不足雍容明盛萬分之一濟曰雍容美也言不足以言天子美明之盛德所冀萬分而得其一分也猶五臣本有樂字

啓發憤滿五臣作懣覺悟童蒙銑曰樂謂樂爲其事也光揚大漢軼聲前代五臣本作世字良曰軼過也言光揚大漢之美過聲於前世聖帝明王也然後退入溝壑死而不朽臣固愚戇頓首頓首曰

太極之元兩儀始分烟烟因煴煴於云反蔡邕曰易太極是生兩儀烟烟煴煴陰陽和一相扶貌也翰曰太極混沌氣之初也元始也兩儀天地也烟煴天地之氣有沈而奧有浮而清蔡邕曰奧濁也言兩儀始分之時其氣和同沈而濁者爲地浮而清者爲天善同邕注向曰奧深也言混沌氣有重濁而沈深爲地有浮輕而清爲天也沈浮交錯庶類混成蔡邕曰地體沈而氣升天道浮而氣降升降交錯則衆類同矣善曰國語曰夏禹能平水土以品處庶類者也老子曰有物混成先天地生銑曰沈浮之氣相交雜衆類混合而成其形肇命民主五德初起蔡邕曰民主者天子也尚書曰成湯簡代夏作民主五德五行之德自伏羲已下帝王相代各據其一行始於木終於水則復始也銑曰肇始也五德謂五行也言帝王以五行相承乃初起是法也同于草昧玄混之中蔡邕曰易曰天造草昧混猶溷濁翰曰天地初開至理無名之君則同經于草創冥昧玄混之中踰繩越契寂寥而亡無詔者系不得而綴也蔡邕曰言結繩書契已往其道寂漠亡聲莫能以相告故易系不得綴連也綴知銳切翰曰踰越常理寂寥無言而後世之君系之不連綴也詔言也厥有氏號紹天闡繹亦莫不開元於太昊皇初之首上哉敻乎其書猶五臣本有可字得而脩也蔡邕曰所依爲氏也號功之表也號太昊曰伏羲炎帝曰神農黃帝曰軒轅少昊曰金天顓頊曰高陽帝嚳曰高辛堯曰陶唐舜曰有虞紹天闡繹宗紹天地開道人事向曰其有名氏號令之君紹繼天下開治萬物者莫不始於太昊之主以爲帝皇之首上古遠乎其書尚可得脩治也闡開也繹治也敻遠也亞斯之代五臣本作世字通變神化函含光而未曜翰曰亞次也言次此太昊已上變通神化其光

不見則難可知也若夫上稽乾則降承龍翼而炳諸典謨以冠德卓絕五臣本作綽字者莫崇乎陶唐善曰翼法也言陶唐上能考天之則下能承龍之法也龍法龍圖也春秋合誠圖曰黃帝德冠帝位　銑曰稽考乾天降下也龍翼謂龍飛也炳明卓高綽寬冠首也陶唐堯也言上考天道則下承龍飛利物之道則明著於典謨以爲百王之首高大寬遠者莫崇於堯也陶唐舍胤而禪有虞五臣本作有虞虞亦命夏后稷契熙載越成湯武股肱既周天乃歸功元首將授漢劉蔡邕曰天有五行之序堯與四臣各據其一行而堯爲之正四臣已徧故歸功元首之子孫而授漢劉也高祖始於沛公起兵入關後爲漢王以即尊位故遂曰漢也春秋左氏傳曰陶唐氏既衰其後劉累者在夏爲御龍氏在商爲豕韋氏在周爲唐杜氏成王滅唐宣王殺杜伯杜伯之子隰叔奔晉其後士會奔秦而復歸其子留秦者爲劉氏以是明之漢爲堯後　善曰尚書曰熙帝之載尚書咎繇歌曰元首明哉股肱良哉　翰曰堯位不授其子禪舜舜亦

不授其子而讓禹稷契佐治能廣堯事夏氏之後遂成湯之業湯復遠成武王之祚夏殷周悉有至德股肱備也則堯之道廣知舜禹賢聖之資以至於此而天乃歸功於堯將授漢命以爲天子也熙廣載事越遠也元首謂堯也俾其承三季之荒末值元龍之災孽懸象闇而恒文乖彝倫斁而舊章缺善曰國語郭偃曰夫三季王之亡宜也韋昭曰季末也三季王桀紂幽王也易曰元龍有悔窮之災也又曰懸象著明莫大乎日月尚書曰帝乃震怒弗畀洪範九疇彝倫攸斁左氏傳曰季恒子命藏象魏曰舊章不可忘也　向曰俾使也三季謂夏殷周之末也言使漢承三代荒亂之末值元龍悔窮之災日月暗昧星辰乖錯常理敗壞古書虧缺聖教喪矣而漢能脩之易云元龍有悔窮之災也孽亦災也懸象恒文日月星也彝常倫理斁敗也舊章古書也故先命玄聖使綴學立制善曰玄聖孔子也莊子曰夫虛靜恬淡玄聖素王之道也春秋孔演圖曰玄丘制命帝卯行也　銑曰言漢室既興先命習玄聖之教者使綴於學數立其制度補其缺治其亂宏亮洪業表相祖宗贊揚迪喆

五臣本作哲　蔡邕曰相助也始受命爲祖繼中爲宗皆不毀廟之稱也言仲尼之作亦顯助祖宗揚明其蹈喆之德　向曰宏大亮舉表立相助迪蹈哲智也言大舉洪業立助祖宗贊揚前古以蹈聖哲之跡謂聖王之道備哉粲爛宸神五臣本作聖字明之式也五臣本無也字　向曰古道既備粲爛然其有文章也式法也雖皐夔衡旦密勿之輔比五臣本有茲字褊矣蔡邕曰茲孔子也　善曰謂皐陶后夔阿衡周旦也密勿僶俛也　銑曰褊小也言古道之興皆由孔子神明之法式則雖皐陶之徒僶俛同心爲之輔佐功成德廣比此亦小也是以高光二聖宸五臣本作辰字居其域蔡邕曰言高祖光武如北辰居其所而衆星共之　翰曰同蔡注言有德也域所也時至氣動乃龍見淵躍善曰易曰見龍在田或躍于淵　向曰天命既至則候時而動其出也如龍潛而見天下文明而人利見之似龍躍於淵自試欲飛之意也易乾卦九四云或躍在淵自試也拊翼而未舉則威靈紛紜銑曰拊翼未舉欲飛也紛紜盛多貌海內雲蒸雷動電熛必搖

反　良曰威德振動也熛飛也胡縊一智莽分尚五臣作上不泄其誅蔡邕曰言二祖即位胡亥王莽皆先已誅天之所爲先除也　善曰史記曰始皇崩趙高立子胡亥爲太子襲位爲二世皇帝後陳勝等反趙高乃使閻樂誅二世二世自殺漢書曰王莽地黃四年十月漢兵從宣平城門入城中少年朱弟等恐見虜掠私燒其室門　曰虜王莽何不出來降莽避火之漸臺衆兵上臺商人杜吳殺莽軍人裂莽尸　向曰高光二聖威靈之盛故胡亥死而王莽誅分散謂身首相離也言天子亦不臨而殺之者皆已自誅縊而死泄臨也然後欽若上下恭揖五臣本作輯字羣后正位度宗蔡邕曰度居也宗尊也言二王既除亂諸侯推而尊之然後敬順天地恭揖諸侯王位居尊也　善曰易曰君子正位凝命　向曰欽敬若順也敬順天地之義集其諸侯正位而就其尊號也謂即天子位也羣后諸侯也度就宗尊也有于德不台五臣本台作怠字兼有嗣字淵穆之讓蔡邕曰淵穆深美之辭也　善曰尚書曰舜讓于德不嗣漢書音義韋昭曰古文台爲嗣　翰曰二聖既除暴亂諸侯推而尊之乃將讓于有德者自謙不能嗣於古先聖帝明王之列

此深美之讓也淵深穆美也**靡號師矢敦奮撝之容**蔡邕曰矢陳也敦勉也毛詩曰矢於牧野　善曰言漢取天下無名號師衆陳兵誥誓勸勉秉旄奮麾之容撝與麾音義同　銑曰靡無師衆矢陳敦勉也言二聖取天下無號令兵衆陳列勉勞奮擊指撝之容也蓋以威德自定也撝與麾同**蓋以膺當天之正統受克讓之歸運**善曰尚書曰誕膺天命又曰允恭克讓　向曰言當天心之正理以膺天命授堯堯能讓歸功之運也言堯允恭克讓漢受其福也**蓄炎上之烈精蘊孔佐之弘陳云爾**蔡邕曰謂火漢之德也蓄聚也　善曰尚書曰火曰炎上孔佐即孔子也能表相祖宗故曰佐　翰曰蓄蘊皆積也言漢德之盛如火炎上有其光明孔子垂詩書禮樂以助相於時大陳王道亦如輔佐漢室矣禮樂既盛故云蘊也**洋洋乎若德**良曰洋洋美也若順也**帝者之上儀誥誓所不及已**蔡邕曰本事曰誥戒事曰誓　濟曰誥誓謂尚書也言漢帝之儀則尚書所載亦不及也**鋪觀二代洪纖之度其賾**士責**可探也**蔡邕曰洪大也纖細也　善曰周易曰探賾索隱　銑曰鋪布也言布觀殷周二代大小之度其幽深之跡亦可探究也洪大纖細也賾幽深也**並開迹於一匱**五臣本作簣字**同受侯甸之**五臣本有所字**服弈世勤民以方伯統牧**善曰言殷周二代初皆微開迹於一匱並受夏殷侯甸之服勤勞治人或爲方伯或爲統牧也論語曰雖覆一簣桓子新論曰湯武則久居諸侯方伯之位德惠加於百姓紀年曰武乙即位周王季命爲殷牧師也　翰曰湯及文王累世開迹自於卑微如起一簣之土以成其山漸爲諸侯弈世勤勞以撫下人爲一方之長統養百姓也簣土籠也侯甸諸侯之國也伯長牧養也**秉其命賜彤弧黃鉞之威用討韋顧黎崇之不恪**蔡邕曰韋豕韋顧已姓之國皆夏諸侯黎崇殷諸侯也湯文王誅之毛詩曰韋顧既伐又曰既伐于崇作邑於豐書曰西伯既戡黎　善曰秉因也言曰其命賜以彤弓黃鉞乃始征伐也　向曰湯文二王皆承夏殷之盛用討不敬也弧弓也黃鉞金飾斧也韋顧黎崇皆國名也皆不敬天子之命湯文奉命征之恪敬也**至于參**三**五華夏京遷鎬**

晧**亳**善曰參五謂參五分之也言殷周參五而分華夏之地然後乃始京遷於鎬亳也論語曰參分天下有其二以服事殷解嘲曰四分五割並爲戰國毛詩曰考卜惟王宅是鎬京毛萇曰武王作邑於鎬京尚書湯誥曰王歸自夏至于亳孔安國傳曰湯遷於亳　良曰周后稷至公劉遭夏亂去邰之豳一也至太王爲戎狄所偪遷于岐二也又居鎬三也殷湯至盤庚凡五遷都故曰三五也天子所居曰華夏京大也鎬亳地名**遂自北向虎螭其師革滅天邑**蔡邕曰天邑天子邑也　善曰北面臣位也虎螭如虎如螭也史記武王曰勉哉夫子如虎如羆如豺如離徐廣曰離音義訓並與螭字同尚書曰肆予敢求爾于天邑商　濟曰湯武王自北面臣位用虎龍之兵攻滅桀紂以升天子之位也螭龍也言其兵猛如虎威如龍也師兵也革改也天邑天子之邑也**是故誼士華而不敦武稱未盡護有慙德不其然與**蔡邕曰武周樂也護殷樂也孔子曰韶盡美矣又盡善也謂武盡美矣未盡善也舜禪而周伐故未盡善也延陵季子聘魯觀樂見舞大護者曰聖人之弘也而猶有慙德恥於始伐也豈不然乎　善曰左氏傳臧哀伯曰武王克商遷九鼎于雒邑義士猶或非之　銑曰湯以臣伐君故古今義士以爲華薄之事不爲敦厚之道也武護同蔡注皆以臣伐君也不其然與猶豈不如此**亦猶於**烏**穆猗那翕純皦**皎**繹**亦蔡邕曰周頌曰於穆清廟商頌曰猗歟那歟孔子曰始作翕如也從之純如也皦如也繹如也　翰曰此商頌周頌美殷周用樂於宗廟之中也於穆猗那皆美也翕純皦繹盛明之貌皆謂大也**以崇嚴祖考殷薦宗配帝**善曰周易曰先王作樂崇德殷薦於上帝以配祖考　向曰嚴敬殷厚薦進宗尊帝天也言所以崇敬祖考厚進馨香尊配享於上天也**發祥流慶對越天地者**蔡邕曰對荅也　善曰毛詩曰對越在天鄭玄曰越於也　濟注同**舄弈乎千載豈不克自神明哉**蔡邕曰舄弈光曜流行貌　善曰言二代以臣伐君尚能作樂配天豈不能自神明其道哉周易曰聖人以此齋戒以神明其德　向曰舄長弈盛克能也自猶事也言所以長盛千載者豈不由能事鬼神哉**誕略有常審言行於篇籍光藻朗而不渝耳**五臣無耳字　善曰言二代神明其道大略有

常但審言行於篇籍光藻明而不變言無殊功也 銑曰誕大朗明渝變也言大略有古之常道審言行於禮樂篇籍光其文藻明而不變 **矧夫赫赫聖漢巍巍唐基泝測其源乃先孕虞育夏甄殷陶周** 蔡邕曰言測度漢本至唐乃任舜育禹化契成稷皆為之父丑摸範也 善曰揚子法言曰甄陶天下其在和乎李注曰埏埴為器曰甄陶 向曰矧況也泝上也況我大漢以堯為基上測源流以至深遠乃孕育舜禹而作為殷周矣謂舜禹堯臣也契湯之先祖亦事堯也稷周之祖亦堯臣也故如孕而生之奇而長之甄陶而成也甄謂以土燒器也 **然後宣二祖之重光襲四宗之緝熙** 蔡邕曰宣徧也襲因也高祖光武為二祖孝文曰太宗孝武曰世宗孝宣曰中宗孝明曰顯宗二祖重光天下四宗盛美相因而起也 善曰尚書王曰昔我君文王武王宣重光毛詩曰維清緝熙文王之典 良曰緝熙明也 **神靈日照光被六幽** 蔡邕曰六幽謂上下四方也尚書曰光被四表格于上下 向曰言天子神靈如日照天下也六幽謂天地四方幽遠之處 **仁風翔乎**五臣作于**海表威**

靈行乎鬼區 蔡邕曰鬼區絕遠之區也 善曰尚書曰方行天下至于海表鬼區即鬼方也毛詩曰覃及鬼方毛萇傳曰鬼方遠方也 銑曰區方也鬼方蠻夷遠國也 **匿**五臣作慝**亡**無**回而不泯微胡瑣**五臣本作瑣字**而不頤** 善曰頤養也何細而不養言皆養也 濟曰邪惡者無不絕而殺之微細者無不安而養之慝惡同邪瑣細頤養也 **故夫顯定三才昭登之績匪堯不興** 蔡邕曰言明定天地人之道明登天之功非堯莫能興也尚書曰昭登于上 善曰周易曰易有天道焉有地道焉兼三才而兩之 良曰三才天地人也昭明登成績功也言明定三才明成其功非堯不能興也 **鋪聞遺策在下之訓匪漢不弘厥道** 善曰言布聞古之遺策聖德在下之訓非漢不能弘道毛詩曰明明在下毛萇詩傳曰文王之德明明在天下謂天之下也 翰曰鋪布也遺策謂古之典策有所闕遺者也在下之訓謂政教流訓於下也言布脩古者闕遺之策使聞於天下政教流訓於時則非漢德不弘其道也 **至於經緯乾坤出入三光** 蔡邕曰言使日月星辰出以其節入以其期亡朒朓側匿盈縮之異也 善曰言漢之道能經緯天地出入三光也淮南子曰覆天載地紘宇宙而章三光也 向曰經緯猶政治也三光日月星也使其出入躔次不出其道 **外運渾元內霑豪**五臣作毫**芒** 善曰言漢道外則運行於渾元內則沾潤於豪芒言巨細咸被也 濟曰外則運行造化之氣內則渥恩霑於微細也渾元造化之氣豪芒物之微細也 **性類循**五臣本作脩字**理品物咸亨其已久矣** 善曰易曰品物咸亨 銑曰性生也品物謂萬物也亨通也言物得所其已久矣 **盛哉皇家帝世德臣列辟功君百王榮鏡宇宙尊亡與亢** 蔡邕曰四表曰宇往古來今曰宙 善曰言漢之德能臣古之列辟其功又為百王之君也 良曰帝世謂與堯繼世也 翰曰德臣謂有德之臣也列辟謂百官也功君謂有功之君也百王謂諸侯王也皆得其才能榮名鏡照于宇宙則天子之道尊榮自古帝王無與敵者亢敵也 **乃始虔鞏勞謙兢兢業業貶成抑定不敢論制作** 蔡邕曰鞏亦勞也 善曰易曰勞謙君子有終吉尚書曰兢兢業業

一日二日萬幾禮記曰王者功成作樂治定制禮 向曰虔敬也鞏勞也言漢有此威德乃猶謹敬勞謙戒慎自貶其成功之議自抑其安定之理不敢論制作封禪之事言至謙也 **至於遷正黜色賓監**平**之事渙揚寓內** 蔡邕曰漢承周後當就夏正以十二月為年首而秦以十月為年首高祖又以十月至霸上因而不改至武帝太初始改焉賈誼公孫臣等議以漢土德服色尚黃至光武中乃黜黃而尚赤立殷後曰紹嘉公周後曰承休公以賓而監二代矣於四者宜揚海內制作之事猶未章也 善曰禮記曰聖人南面而治天下也改正朔易服色 銑曰遷正改正朔也黜色易服色也賓監謂光武封殷後曰紹嘉公周後曰承休公以賓客禮之所以敬視此二代之禮樂也則禮樂渙然盛揚於天下也監視也寓內天下也 **而禮官儒林屯用篤誨之士不傳祖宗之髣髴雖云優慎無乃葸**死**與於是三事岳牧之寮僉爾**五臣作人**而進曰** 蔡邕曰慎而無禮則葸 善曰優謂優游也尚書大傳曰周公作樂優游三年毛詩曰三事大夫莫肯夙夜尚書曰內有百揆四岳

外有州牧侯伯　向曰言禮官既不能傳述帝道三公岳牧之官皆欲進言於帝也三事三公也寮官僉皆也陛下仰監唐典中述祖則向曰高祖之則也俯蹈宗軌銑曰俯下也世宗武帝封禪之軌則也躬奉天經善曰孝經曰夫孝天之經也良曰孝者天地之經言天子身行孝道惇敦睦辯章之化洽善曰尚書曰惇敘九族九族既睦平章百姓辯與平古字通也翰曰惇厚九族和睦上下辯析章服其化已洽矣巡靖黎蒸懷保鰥寡之惠浹祖頰反　蔡邕曰懷安也保養也　善曰巡靖巡狩而安之也毛詩曰日靖四方尚書周公曰懷保小人惠鮮鰥寡　濟曰巡謙天下衆庶之人懷安鰥寡之徒其惠浹也浹洽也燔扶元瘞縣五臣本作懸字沈肅祇羣神之禮備善曰爾雅曰祭天曰燔柴祭地曰瘞埋祭山曰庋縣祭川曰浮沈　向曰此言祭天地山川也肅祇皆敬也是以來儀集羽族於觀魏蔡邕曰貌恭體仁則鳳皇來儀　善曰尚書曰鳳皇來儀家語子夏曰商聞山書曰羽蟲三百有六十而鳳爲之長　銑曰來儀鳳也言感天子之德乃與常鳥之族集於闕下觀魏皆闕也肉角馴毛宗於外囿蔡邕曰視明禮修則麒麟來應　善曰廣雅曰麒麟狼題肉角家語子夏曰毛蟲三百有六十而麟爲之長　良曰肉角麟也乃與常獸之類順於外囿之中馴順也毛謂獸也養獸之處曰囿擾緇文皓質於郊蔡邕曰思睿信立則白虎擾　善曰騶虞也　翰曰擾游緇黑皓白也郭外曰郊此謂騶虞瑞獸黑文白質也升黃輝采鱗於沼蔡邕曰聽德知正則黃龍見　善曰禮記曰龜龍在宮沼　濟曰此謂黃龍也天子有至德則黃龍見甘露宵零於豐草蔡邕曰德至天則甘露降　善曰毛詩曰湛湛露斯在彼豐草　銑曰宵夜豐盛也三足軒翥於茂樹蔡邕曰烏反哺之鳥至孝之應也　善曰楚辭曰鸞鳥軒翥而翔飛　向曰三足烏也軒飛貌翥飛也若乃嘉穀靈草奇獸神禽應圖合諜窮祥極瑞者朝夕坰牧蔡邕曰天子家內也　良曰圖諜皆圖書之類也言祥瑞朝夕見於坰牧也林外曰坰郊外曰牧日月邦畿卓犖方州洋溢

乎要荒翰曰日月之下邦畿之內奇異卓犖之瑞生於帝都洋溢於遠國也方州帝都也洋溢言多也要荒遠國也昔五臣本有周字姬有素雉朱烏玄秬黃麰之事莫侯耳善曰素雉白雉也太公金匱曰武王伐殷四夷聞各以來貢越裳獻白雉重譯而至尚書帝驗曰太子發渡河中流火流爲烏其色赤毛詩曰誕降嘉穀惟秬惟秠爾雅曰秬黑黍也韓詩外傳曰貽我嘉麰薛君曰麰大麥也　向曰昔周成之時有白雉赤烏之瑞黑黍黃麰之秀皆爲瑞也秬黍麰麥也君臣動色左右相趨銑曰謂周之君臣喜悅其嘉瑞故動色而相趨也濟濟翼翼峨峨如也善曰毛詩濟濟多士又曰小心翼翼爾雅曰翼翼恭敬也毛詩曰奉璋峨峨　向曰皆盛多貌也蓋用昭明寅畏承聿懷之福蔡邕曰毛詩曰昭事上帝聿懷多福　善曰尚書曰嚴恭寅畏　濟曰寅敬聿脩懷安也言嘉此瑞者蓋用昭明鬼神之感敬畏上天之命奉脩先王之美安於兆人以成多福故作封禪亦以寵靈文武貽燕五臣作宴後昆覆以懿鑠善曰左氏傳遠啓疆曰厚見寡君寵靈楚國毛詩曰貽厥孫謀以燕翼子尚書曰垂裕後昆　良曰又益神靈於文武二王遺安後嗣覆以美盛之德也寵益貽遺宴安昆嗣懿美鑠盛也豈其爲身而有顓五臣本無而有二字顓作專辭也向曰成王所以封禪者豈爲其身而爲專擅之辭也蓋以光祖考之德若然受之亦宜勤恁而深旅力以充厥道蔡邕曰恁思也旅陳也　向曰若如此受命之事漢亦宜勤思陳力以受封禪之事以充美祖考之道也恁思旅陳也啓恭館之金縢御東序之秘寶以流其占蔡邕曰恭館宗廟金縢之所在東序牆也尚書曰顓頊河圖雒書在東序流演也雒書皆存亡之事尚覽之以演禍福之驗也　向曰啓開也恭館置金縢之所也金縢周公請命之書藏之於匱緘之以金書云天球河圖在東序東廂也秘寶則河圖也此二物皆可以占驗受命之事故開而進之以流傳其占也夫圖書亮章天哲也蔡邕曰亮信也章明也言河圖洛書至信至明而出天賜之使視而行之　翰曰亮信章明哲智也言圖書者所以示信天命以明賢哲之道也孔繇先命聖

孚也蔡邕曰繇道也言孔子先定道誠至信也濟曰孔子之道先王數命聖人信而行之也孔謂孔子也繇
道孚信也體行德本正性也蔡邕曰體行正性習堯所復今天子復蹈之逢吉
丁辰景命也蔡邕曰言逢此吉當此時者皇天之大命也良曰丁當也景明也言逢其吉端當於嘉辰
此王者之明命也順命以創制蔡邕曰易曰湯武革命順乎天應乎人銑曰順天命以創立封禪
之制因定以和神蔡邕曰治定作樂以和人神向曰因天下治定以和鬼神以事封禪荅三
靈之蕃頌祉展放唐之明文善曰三靈天地人也春秋元命苞曰造起天地
鑄演人君通三靈之貺交錯同瑞尚書旋機鈐曰述堯治世放唐之文翰曰封禪者所以荅天地人之多福廣帝堯之
明德矣三靈天地人也蕃多祉福展廣也放唐謂堯也茲事體大而允寤寐次
於聖心善曰允信也言此事體大式弘大信能寤寐次於聖上之心也大戴禮曰神明自得聖心備矣向
曰此事體大而信寤寐之間次在天子之聖心矣瞻前顧後五臣本無此一句豈蔑五臣
作蔑清廟憚勑天命五臣本無命乎乎蔡邕曰蔑輕也善曰毛詩序曰清廟祀文王也尚
書曰勑天之命翰曰言天子可以瞻前顧後封禪之事皆以光揚宗廟以開供業以示萬代豈復輕祖而難告天者乎
蔑輕也清廟祖考廟也憚難勑告也伊考自遂古乃降戻爰茲作者
七十有四人蔡邕曰戻至也善曰楚辭曰遂古之初誰傳道之古封禪者七十二君今又加之二漢
向曰伊惟也遂古上古也降下戻至爰於也此謂漢也自古作封禪者七十二君今漢有二是七十四人也有不
俾而假素罔光度五臣作慶而遺章善曰言前封禪之君有天下使之而尚假
竹素未有告之以光明之度而遺其篇章銑曰言自古君王有天命不使封禪而假勤素牒無大慶之端亦妄遺跡於
舊傳俾使罔無光大章也謂書傳也今其五臣作有如台貽而獨闕也善曰尚書
曰夏罪其如台孔安國傳曰台我也良曰自封禪之君豈有如我天子之德者我安可獨闕於此禮也是時
聖上固以五臣作巳垂精游神苞舉藝文濟曰將脩封禪也屢

訪羣儒諭五臣本作俞咨故老翰曰訪問也俞然也咨謀也言天子然納封禪之事謀於
故老問以可否與之斟酌道德之淵源肴五臣本作餚覈胡華仁
誼五臣本作義之林藪以望元符之臻焉蔡邕曰斟酌飲也肴覈食也肉
曰肴骨曰覈水深曰淵水本曰源叢木曰林澤無水曰藪言六藝者道德之深本而仁誼之叢藪也天子與羣儒故老斟
酌肴覈而行以天應之至也詩曰洞酌彼行潦又曰肴覈惟旅向曰斟酌飲也餚覈食也言與羣儒故老求道德之深
源尋仁義之林藪以望符瑞之至亦如飲食以求其醉飽也餚肉也覈木實也臻至也既感羣后之
讜辭又悉經五臣本無經字五繇宙之碩慮矣蔡邕曰讜當也經常
也繇占也王者巡狩頌十五年歲習其祥習則行不則修德而改卜言天下已舉五卜之占而習吉也銑曰羣后百官
也讜正也悉盡也五繇卜辭也碩大也言感百官之正辭知其可以也又盡卜者之大慮以知吉也將絣五臣
本作伻蒲萌切萬嗣揚洪輝奮景炎蔡邕曰揚奮皆振布之意也善曰絣使也絣
與伻古字通也翰曰伻使洪大輝光奮振景明炎盛也言將使萬世揚漢德之大光振大漢之明盛也扇遺
風播芳列良曰扇動播布列業也久而愈五臣本作逾新用而不竭
翰曰德利於人而人不厭故雖久而逾新也其德廣遠故不竭也汪汪乎丕天之大律
其疇能亘之哉唐哉皇哉皇哉唐哉蔡邕曰言誰能竟此道惟
唐堯與漢漢與唐堯而已濟曰汪汪深廣貌丕大律法疇誰亘終也言其德深如水道大如天又立大法其誰能知其
深極之理言不可測也良曰唐堯唐皇大也再言之美之甚也

六臣註文選卷第四十八

六臣註文選卷第四十九

史論上

公孫弘傳贊

班孟堅 翰曰凡史傳之末作一贊以重論傳內人之善惡命曰史論

贊曰 良曰贊亦論之通稱 公孫弘卜式倪寬皆以鴻漸之翼
困於燕雀 善曰李奇漢書注云漸進也鴻一舉而進千里者羽翼之材也弘等言皆以大材初困爲俗所薄若
燕雀不知鴻鵠之志 銑曰此三人進趣相類故連言之鴻水鳥也此三人皆有大材如鴻鳥之羽翼然皆初困俗人所薄燕
雀小鳥喻俗人也 遠迹羊豕之閒非遇其時焉能致此位
乎 善曰漢書曰公孫弘少時家貧牧豕海上年四十餘乃學春秋武帝初即位召賢良文學士是時弘年六十徵賢良
文學對策拜博士遷丞相又曰卜式以田畜爲事式以入山牧羊十餘年羊致千餘頭上拜爲中郎遷御史大夫韋昭漢書注
曰遠迹謂耕牧在遠方也 向曰同善注言皆屈高遠之迹以牧羊豕也時謂徵賢良時此位則丞相大夫也 是時
漢興六十餘載海內乂安府庫充實而四夷未
賓制度多闕上方欲用文武求之如弗及始以
蒲輪迎枚生見主父而歎息 善曰漢書曰武帝爲太子聞枚乘名及即位乘
已年老迺以安車蒲輪徵乘又曰主父偃齊國臨淄人武帝時上言九事其八事爲律令上書闕下朝奏暮召入見謂曰公安在
何相見之晚也 濟曰是時武帝時也四夷四方之夷也賓服也制度禮法也闕缺也不及如前人不能及也餘同善注 羣
士慕嚮異人並出卜式拔於芻牧弘羊擢於賈古
豎 善曰芻牧謂牧羊也拔擢皆舉用也桑弘羊洛陽賈豎子也以善心計爲侍中良同善注 衛青奮
於奴僕日磾出於降虜 善曰漢書曰衛青其父鄭季與陽信長公主家僮衛媼通生青
青姊子入宮幸上召青爲建章監侍中又曰金日磾本匈奴休屠王子王降漢後渾邪王殺之將其衆降日磾以父不降沒
入官輸黃門養馬馬肥好上拜爲馬監 翰曰虜獲也 斯亦曩時板築飯牛之
明已 善曰尚書序曰高宗夢得說使百工營求諸野得諸傅巖孟子曰傅說舉於版築之間呂氏春秋曰甯戚飯牛
居車下望桓公悲擊牛角而疾歌矣 銑曰同善注言此數君之遇亦同之明已辭也 漢之得人於
茲爲盛儒雅則公孫弘董仲舒倪寬 善曰漢書曰倪寬治尚書
爲侍御史上問尚書一篇擢爲中大夫 篤行則石建石慶 善曰漢書曰石奮長子建次子
慶皆以馴行孝謹官至二千石 良曰篤厚也厚行謂孝謹也 質直則汲黯卜式 善曰漢書曰汲
黯字長孺濮陽人也爲主爵都尉數直諫又曰卜式言郡國不便鹽鐵船有筭可罷 濟曰質正也直謂汲黯謂武帝曰陛下
內多慾卜式數言郡國不便帝皆重之 推賢則韓安國鄭當時 善曰漢書曰韓安國
所推舉皆廉士賢於已者於梁舉壺遂臧固至此皆天下名士又曰鄭當時字莊陳人也爲大司農每朝候上間說未嘗不言
天下長者聞人之善進之上唯恐後 銑曰推舉也安國所推舉皆當時能士鄭當時常四郊置驛以迎天下賢士 定令

則趙禹張湯 善曰漢書曰張湯遷太中大夫與趙禹共定諸律令又曰趙禹斄人至中大夫斄音邰
銑同善注 文章則司馬遷相如滑稽則東方朔枚皐
善曰楚辭曰突梯滑稽如脂如韋王逸曰轉隨俗也漢書曰枚皐字少孺不通經術詼笑類俳倡以故得媟黷 向曰相如
與史遷同姓也滑稽猶俳諧也 應對則嚴助朱買臣 善曰漢書曰嚴助爲中大夫與
朱買臣並在左右 濟曰應對謂抗荅君上 曆數則唐都落下閎 善曰漢書曰造漢太
初曆方士唐都邑郡落下閎與焉益部耆舊傳曰閎字長公巴郡閬中人也明曉天文地理隱於落亭武帝時友人同縣譙隆
薦閎待詔太史更作太初曆拜侍中辭不受風俗通曰姓有落下漢有落下閎 良同善注 協律則李
延年運籌則桑弘羊 善曰漢書曰李延年中山人坐法腐刑善歌新聲爲協律都尉桑弘
羊以心計爲侍中 濟曰同善注運籌則心計也 奉使則張騫蘇武 善曰漢書曰張騫漢
中人也以郎應募使月氏去十三年得還騫以校尉從大將軍擊匈奴知水草處軍得以不乏封騫爲博望侯蘇武字子卿杜

陵人也武以中郎將使持節送匈奴使留在漢者匈奴乃徙武北海上武杖漢節牧羊武留匈奴十九歲乃還拜爲典屬國　銑曰張騫蘇武並著誠節也將帥則衛青霍去病善曰漢書曰衛青字仲卿爲大將軍凡七出擊匈奴霍去病爲驃騎將軍凡六出擊匈奴　向曰此二人俱爲漢將破匈奴有功者也受遺則霍光金日磾善曰漢書曰武帝病篤霍光曰如有不諱誰當嗣者上曰立少子君行周公之事光讓日磾日磾亦曰臣不如光並受遺詔輔少主　濟同善注其餘不可勝紀是以興造功業制度遺文後世莫及孝宣承統纂修洪業善曰國語曰祭公謀父曰時序其德纂修其緒　良曰其餘謂諸道術者勝盡也與起也言起作功業制度後代無能及武帝也統紀纂繼洪大也纘脩大業謂脩武帝故事亦講論六藝招選茂異善曰六藝六經也漢書武帝詔曰察吏民茂才異等　翰曰六藝禮樂射御書數也招引選擇也茂異謂茂才異等而蕭望之梁丘賀夏侯勝韋玄成嚴彭祖尹更始以儒術進善曰漢書曰蕭望之修齊詩事同縣后倉梁丘賀字長公從京房受易賀入說上善之以賀爲郎至少府夏侯勝從濟南伏生受尚書至長信少府韋賢修詩傳子玄成至丞相嚴彭祖字次公與顔安樂俱事睦孟公羊春秋有顔嚴之學爲太子太傅穀梁學有尹更始爲諫議大夫　銑曰蕭望之修齊書同善注言此六人並以儒術進爲著職也劉向王襃以文章顯向曰王襃劉向以文章議評見幸於帝將相則張安世趙充國魏相邴吉于定國杜延年善曰漢書曰張安世字少孺宣帝即位爲大司馬車騎將軍杜延年字幼公爲太僕給事中宣帝任信之即奉駕入給事中　濟曰趙充國討西羌有功封營平侯魏相邴吉于定國皆丞相並有名稱治民則黃霸王成龔遂鄭弘召信臣韓延壽尹翁歸趙廣漢嚴延年張敞之屬善曰漢書曰黃霸字次公爲揚州刺史宣帝以爲潁川太守王成爲膠東相政甚有聲宣帝最先褒之龔遂字少卿宣帝以爲勃海太守人皆富實獄訟止息鄭弘字穉卿爲淮陽相以高第入爲右扶風召信臣字翁卿爲南陽太守吏民親愛號之曰召父韓延壽字長公爲東郡大守吏民敬畏趨鄉之斷獄大減爲天下最尹翁歸字子兄拜東海太守東海大治趙廣漢字子都涿郡人守京兆大尹發姦摘伏如神嚴延年字次卿爲涿郡太守道不拾遺張敞字子高河東人守京兆尹枹鼓稀鳴市無偷盜　良曰言此數公皆在職平直而有聲譽皆有功迹見述於後世參其名臣亦其次也翰曰次謂次於武帝時也

晉紀論晉武帝革命

干令升善曰何法盛晉書曰干寶字令升新蔡人始以尚書郎領國史遷散騎常侍卒撰晉紀起宣帝迄愍五十三年評論功中咸稱之善　銑曰論者論革魏命之事革改也言改魏命歸於晉故史官作此論以論之

史臣曰帝王之興必俟天命苟有代謝非人事也善曰尚書曰俟天休命淮南子曰二者代謝舛馳高誘曰代更也謝次也　向曰俟待謝序也言帝王必待天命而後興且有代序興廢皆非人事所能致也文質異時興建不同善曰春秋元命苞曰王者一質一文據天地之道也天質而地文又曰正朔三而改尚書大傳曰文質再而復　濟曰言帝王之興或以文或以質其立不同也故古之有天下者柏皇栗陸以前爲而不有應而不求執大象也善曰莊子曰獨不知至德之時乎昔者栢皇氏栗陸氏若此之時則至治也淮南子曰天地大矣成而弗有老子曰執大象天下往　良曰栢皇栗陸上古帝王號爲謂爲理而不自有其功應謂應德而不求其報象法也言如此之君但執淳素之大法也鴻黃世及以一五臣本作壹民也善曰父子相承以一民之心也左氏傳史克曰昔帝鴻氏有不材子杜預曰帝鴻黃帝也禮記曰大人世及以爲禮　翰曰世及謂父子相序也言如此以一人之心不令有二人也堯舜內禪體文德也漢魏外禪順大名也善曰謝靈運晉書禪位表曰夫唐虞內禪無兵戈之事故曰文德漢晉外禪有翦伐之事故曰順名以名而言安得不僭稱以爲禪代邪靈運之言以出于地文既詳悉故具引之　銑同善注

湯武革命應天人也善曰周易曰湯武革命順乎天而應乎人 向曰湯伐桀武王代紂以啓其昏暴天人厭之故應而伐高光爭伐定功業也善曰漢高祖及光武也仲長子昌言曰高光二祖之神武遇際會而不能得管子曰禹平治天下及桀而亂之湯放桀以定禹功也湯平治天下及紂而亂之武王伐紂以定湯功也 濟曰高祖光武伐滅項羽王莽克定功業各因其運而天下隨時五臣本無時字隨時之義大矣哉善曰周易曰隨元亨隨時之義大矣哉 良曰言各遂運數而天下之人隨大矣哉言此義廣大不可得言也古者敬其事則五臣無則字命以始今帝王受命而用其終善曰尚書曰月正元日舜格于文祖孔安國曰將即政故至文祖廟告也魏志曰陳留王咸熙二年十二月禪位于晉嗣王左氏傳曰晉侯使太子申生伐東山皐落氏狐突歎曰時事之徵也故敬其事則命以始今命以時卒閟其事也 翰曰古者謂堯也事謂萬機之事也始初也今謂陳留王也終謂終帝之事而禪位於晉也豈人事乎其天意乎銑曰言終始不同豈惟人事邪乃天意也

晉紀總論

向曰此論自宣帝至愍帝合其善惡而論之是名總論也

于令升

史臣曰昔高祖宣皇帝以雄才碩量應運而仕善曰范曄後漢書曰陶謙奏記於朱儁曰將軍既文且武應運而出 銑曰雄才謂英雄也碩大也應運謂應聖人之期運也仕謂魏武爲漢丞相時歡任文學掾値魏太祖創基之初籌畫軍國嘉謀屢中善曰于寶晉紀曰魏武帝爲丞相命高祖爲文學掾每與謀策畫多善 良曰籌謀計策也嘉善屢數也遂服輿軫驅馳三世善曰于寶晉紀曰魏文帝即位爲丞相長史明帝即位遷驃騎大將軍 翰曰輿軫車也謂乘輿也三代謂文帝時爲丞相明帝即位遷驃騎大將軍兼武帝文學掾也性深阻有如城府而能寬綽以容納行任數以御物而知人善采拔善曰管子曰聖君任法不任智任數不任說尚書禹曰知人則哲能官人 銑曰言宣帝志性深阻如城府之深固也又能寬綽容納於物數術也御使也言任數術之人使之知其善者必取擢而用矣采取拔擢也故賢愚咸懷小大畢力善曰尚書穆王曰小大之臣咸懷忠良東觀漢記大史官曰明主勞神忠臣畢力 向曰懷來畢盡也爾乃取鄧艾於農隙引州泰於行役委以文武各善其事善曰魏志曰鄧艾字士林義陽人也典農綱紀上計吏因使見太尉司馬宣王奇之辟以爲掾遷尚書郎郭頒世語曰初荊州刺史裴潛以州泰爲從事司馬宣王鎮宛潛數遣詣宣王由此爲宣王所知歷兖豫州刺史 濟曰隙閑細貌艾善武而泰善文言宣王能委任之各盡其事也故能西擒善本不從才孟達東舉公孫淵善曰于寶晉紀曰新城太守孟達反高祖親征之屠其城斬達魏志曰公孫淵爲遼東太守景初元年徵淵遂發兵逆於遼隧自立爲燕王三年遣司馬宣王征淵斬淵傳首洛陽 良曰孟達爲金城太守擒執也内夷曹爽外襲王陵善曰于寶晉紀曰高祖與曹爽俱受遺輔政爽橫恣日甚高祖乃奏事永寧宮廢爽兄弟以侯歸第有司奏黃門張當辭首道爽反狀遂夷三族又曰高祖東襲太尉王陵

于壽春初陵以魏主非明帝親生且不明也謀更立楚王彪陵鬭軍至面縛請降高祖解縛反服見之送之京都飲藥而死翰同善注神略獨斷征伐四克善曰揚雄連珠曰兼聽獨斷聖王之法也法言曰湯武桓桓征伐四克也 銑曰神略言智如神斷決也四克謂克於四方維御群后大權在巳善曰春秋孔演圖曰天子執圖諸侯得之大權成 向曰維持御使也羣后衆官也權柄言國柄在己謂高祖也屢拒諸葛亮節制之兵而東支吳人輔車之勢善曰漢書曰晉桓晉文之兵可謂入其域而有節制矣左氏傳宮之奇曰諺所謂輔車相依脣亡齒寒 濟曰諸葛亮蜀將也節制言亮軍士有節度制法也支亦拒也輔車之勢謂吳與蜀爲援助而宣王能拒之軍旅屢動邊鄙無虧於是百姓與能大象始構矣世宗承基太祖繼業善曰于寶晉紀曰世宗景皇高祖崩以撫軍大將軍輔政又曰太祖文皇帝母弟也世宗崩進位大將軍録尚書事輔政周易曰人謀鬼謀百姓與能 良曰屢數也鄙亦邊也虧闕象法也言晉之興盛大法從此始立也 翰曰繼業謂

相繼以成帝業者也玄豐亂內欽誕寇外善曰干寶晉紀曰中書令李豐推太常夏侯玄謀廢大將軍世宗聞之乃遣王羨迎豐至世宗責之豐知禍及遂放惡言勇士築殺之玄夷三族又曰揚州刺史文欽自曹爽死後陰懷異志乃矯太后令罪狀世宗世宗自帥中軍討之欽敗得入吳又曰鎮東大將軍諸葛誕貳于我太祖親率六軍東征拔之斬誕首夷三族也　銑同善注潛謀雖密而在幾必兆向曰潛謀玄豐也幾微兆見也淮浦再擾而許洛不震咸黜異圖用融前烈善曰左氏傳曰咸黜不端尚書王曰公劉克篤前烈　濟曰淮浦許洛謂欽誕也震動咸皆也言皆黜異心圖謀之人以明前帝之業也然後推轂鍾鄧長驅庸蜀善曰干寶晉紀曰景元四年大舉伐蜀太祖部分諸軍指授方略使征西將軍鄧艾自狄道攻姜維於沓中使鎮西將軍鍾會自駱谷襲漢中漢書馮唐曰上古王者遣將也跪而推轂曰閫以內寡人制之閫以外將軍制之戰國策曰樂毅輕卒銳兵長驅至齊尚書曰及庸蜀人　良曰天子遣將推轂而送鍾會鄧艾為將征蜀破之庸蜀地名也三關電掃劉禪入臣善曰吳志賀邵曰劉氏據三關之險守重山之固張瑩漢南記曰蜀有陽平江關白水此為三關干寶晉紀曰鄧艾進軍城北蜀主劉禪面縛輿櫬詣壘門范曄後漢書閻忠說車騎將軍皇甫嵩曰旬月之間神兵電掃　翰曰電掃言疾也入臣謂降也餘同善注天符善本作府字人事於是信矣善曰東觀漢記耿純說上曰天時人事已可知矣始當非常之禮終受備物之錫善曰干寶晉紀曰天子命太祖為晉公九錫之禮又進公爵為王左氏傳子魚曰備物典策　銑曰非常之禮謂加九錫也備物謂祭器之物名器崇於周公權制嚴於伊尹向曰崇高也周公代成王攝政伊尹夏賢臣輔太甲放於桐宮故云權制嚴也言文帝為魏輔亦去周公伊尹也至於世祖遂享皇極善曰世祖武帝也尚書考靈耀曰建用皇極宋均曰建立也皇極大中也　濟曰享當也皇極天子位也言武帝受禪遂當大中之位正位居體重言慎法善曰周易曰君子正位居體也法言曰重言重行言重則有法行重則有德　良曰正位天子位也體謂得中正之體而重其言語慎其法令仁以厚下儉以足用善曰

周易曰山附於地剝上以厚下安宅毛詩序曰儉以足用寬以愛民和而不弛寬而能斷善曰論語曰君子和而不同韋昭國語注曰弛廢也尚書曰寬而栗斷猶決也　翰曰弛緩也故民詠惟新四海悅勸矣善曰毛詩曰周雖舊邦其命惟新周易曰說以先民民忘其勞說以犯難人忘其死說之大民勸矣哉　銑曰言人皆歌詠思其新君也四方之國俱喜悅相勸勉而從之新君武帝也初受魏禪故云新君聿脩祖宗之志思輯戰國之苦善曰毛詩曰無念爾祖聿脩厥德　向曰聿循脩治也言武帝脩先祖欲伐吳之志思和戰國之艱苦輯和也腹心不同公卿異議濟曰腹心謂近臣也異議謂張華王濬言伐吳便荀勗賈充以為不便也而獨五臣無此二字納羊祜之策以善從五臣無從字為眾善曰干寶晉紀曰征南大將軍羊祜來朝上疏云以國家之盛強臨吳之危斃車不踰時剋可必也上納之而未宣左氏傳欒武子曰善鈞從眾夫善眾之主也從之不亦可乎　良曰上納其策以從眾人之所善故至於咸寧之末遂排善本作非羣議而杖王杜之決善曰干寶晉紀曰咸寧五年龍驤將軍王濬上疏曰吳王荒淫且觀時運宜征伐上將許之賈充荀勗等畢諫以為不可張華固執之杜預亦上疏上先納羊祜之謀重以濬預之決乃發詔諸方大舉　翰曰咸寧武帝年號排推也言排去荀勗賈充之議也杖持也言持任王濬杜預之決汎舟三峽介馬桂陽善曰左氏傳晉飢秦輸之粟命之曰汎舟之役劉淵林蜀都賦注曰三峽巴東永安縣有高山相對民謂之峽左氏傳曰晉郤克與齊侯戰于鞍齊侯不介馬而馳之漢書曰有桂陽郡高帝置之　銑曰三峽山名桂陽郡名役不二時江湘五臣作湖來同善曰干寶晉紀曰咸寧五年十一月命安東將軍王渾龍驤將軍王濬帥巴蜀之卒浮江而下太康元年四月王濬鼓譟入于石頭吳主孫皓面縛輿櫬路于濬毛詩曰淮夷來同也　向曰役謂舉師役也三月一時江湖吳險固也來同謂並歸晉夷吳蜀之壘垣通二方之險塞掩唐虞之舊域班正朔於八荒善曰漢書曰賈捐之曰堯舜之盛也地方不過數千里論語比考讖曰正朔所加莫不歸義甘泉賦曰八荒協兮萬國諧　濟曰夷平也壘垣軍壘也吳蜀俱帶江山故云險

塞唐堯也虞舜也舊域謂舜禹太平之域也班布也正朔謂歷數也八荒八方也**太康之中天下書同文車同軌**善曰禮記子曰今天下書同文車同軌良曰太康武帝年號也吴蜀平故云同文同軌也**牛馬被野餘糧棲畝行旅草舍外閭不閉**善曰東觀漢記曰建武十七年商賈重寶單車露宿牛馬放牧道無拾遺淮南子曰昔容成之時置餘糧於畝首蔡邕胡廣碑曰餘糧棲乎畎畝毛詩曰召伯所茇毛萇曰茇草舍也禮記曰外戶不閉謂之大同　翰曰餘糧棲畝謂禾稼之穗於田畝之中不收如鳥之棲宿可舍宿也行旅草宿閭門不閉言無盜賊也**民相遇者**五臣無者字**如親其匱乏者取資於道路**善曰禮記孔子曰昔者大道之行也人不獨親其親不獨子其子　銑曰言禮義大行也資給也**故于時有天下無窮人之諺**善曰莊子孔子曰當堯舜而天下無窮人非知得也當桀紂而天下無通人非知失也　向曰諺傳言也下無窮人謂百姓盡富**雖太平未洽亦足以明吏奉其法民樂其生百世**善本作代**之一時矣**善曰東觀漢記詔曰吏安其職民樂其業孝經援神契曰天下歸往人人樂生論語曰百世可知言喻遠也　濟曰言雖未洽上古太平之風然亦足以稱明時矣吏平民安可謂百代而有一時也**武皇既崩山陵未乾楊駿被誅母后廢黜**善曰漢書霍禹曰將軍墳墓未乾于寶晉紀曰永平元年誅太傅楊駿遷太后楊氏于永寧宮策廢爲庶人居於金墉城　良曰山陵未乾言時近也駿爲太傅作亂被誅母爲惠帝母**朝士舊臣夷滅者數十族尋以二公楚王之變**善曰于寶晉紀曰太子太傅孟觀知中宮旨因譖二公欲行廢立之事楚王瑋殺太宰汝南王亮大保衛瓘張華以二公既亡楚必專權使董猛言於后遣謁者李雲宣詔免瑋付廷尉瑋以矯詔伏誅　翰曰夷誅也於門也**宗子無維城之助而閼伯實沈之郤歲構**善曰毛詩曰懷德惟寧宗子維城左氏傳子産曰昔高辛氏有二子伯曰閼伯季曰實沈居曠林不相能日尋干戈以相征討閼伯實沈則參商也　銑曰維連也言宗子連城封之以助京室也高辛氏有二子長曰閼伯季曰實沈不相協以干戈相討

言諸王兄弟歲構郤如閼伯**師尹無具瞻之貴而顛墜戮辱之禍日有**善曰毛詩曰赫赫師尹民具爾瞻　向曰師尹大臣也使萬人具瞻之以成其貴顛仆墜落戮殺辱汙也言惠帝朝廷日有此禍**至乃易天子以太上之號而有免官之謠**善曰臧榮緒晉書曰惠帝永康二年禪位于趙王倫倫以兵留守衛上號曰太上皇改金墉曰永安宮中書令繆播云太史案星變事當有免官天子　濟同善注**民不見德唯亂是聞**善曰左氏傳子偃曰民不見德唯戮是聞　良曰人不見爲德但聞爲亂**朝爲伊周夕爲桀跖**善曰莊子曰施不及三王天下大駭矣下有盜跖上有曾史　翰曰言朝居貴如伊尹周公之賢夕見屠戮則爲夏桀盜跖之惡**善惡陷於成敗毀譽脅於勢利於是輕薄干紀之士役姦智以投之如夜蟲之赴火**善曰范曄後漢書曰李寶勸劉嘉且觀成敗光武聞告鄧禹曰當是長安輕薄兒誤之耳左氏傳季孫盟臧氏曰無或如臧孫紇干國之紀呂氏春秋曰人主有能明其德者天下之士歸之若蟬之赴明火也　銑曰成者爲善敗者爲惡實理無能明之者欲爲忠直論其毀譽則見脅於勢利之人干紀謂干犯國之綱紀言輕薄小人役姦惡之智與時攻相投如夜蟲之赴火矣**內外混淆庶官失才**善曰鄭玄毛詩箋曰內謂諸夏也外謂夷狄也尚書曰推賢讓能庶官乃和　向曰混同淆亂庶衆也失才失賢才**名實反錯天網**善本作綱字**解紐**善曰管子曰循名而案實案實而定名名實相爲情　濟曰爲惡者反襃善名是名實反錯也綱維也紐束也解束謂失綱紀也**國政迭移於亂人禁兵外散於四方方岳無鈞石之鎮關門無結草之固**善曰漢書十六兩爲斤三十斤爲鈞四鈞爲石左氏傳曰晉輔氏之役魏顆見老人結草以亢杜回回躓而顛仆　良曰迭更也言亂人彊者更執國政天子禁兵不得自專言岳牧輕薄不堪重任關塞之禁不如結草以攔閡人**李辰石冰傾之於荊楊**善曰于寶晉惠紀曰蜀賊李流攻益州發武勇以西赴益州兵不樂西征李辰因之誑曜百姓以山都民丘沈爲主石冰應之石冰略楊州楊州刺史蘇峻降　翰曰李辰石

永二人晉末掠揚州刺史陳徽起兵爲亂

劉淵王彌撓之於青冀 善曰干寶晉紀曰劉淵遷離石遂謀亂淵在西河離石攻破諸郡縣自稱王又曰王彌攻東莞東安二郡復攻青州 銑曰劉淵以離石之卒攻破諸郡縣自稱王王彌起兵攻東莞復攻青州撓亂也

二十餘年而河洛爲墟戎羯稱制二帝失尊山陵無所 善曰干寶晉懷紀曰賊劉曜入京都百官失守天子蒙塵於平陽又愍紀曰劉曜寇長安劉粲寇於城下天子蒙塵於平陽矣 向曰河洛之都皆爲劉曜劉粲所破化成丘虛戎羯謂羌胡也二帝謂愍懷懷帝爲劉曜所虜愍帝爲劉粲所虜俱蒙塵於平陽死於虜廷故云山陵無所

何哉樹立失權託付非才四維不張而苟且之政多也 善曰管子曰不供祖舊則孝悌不備四維不張國乃滅亡四維一曰禮二曰義三曰廉四曰恥漢書王嘉上疏曰上下相望莫有苟且之意 濟曰失權爲樹立繼嗣失權宜也非才謂不得人也四維謂禮義廉恥也苟且循曲從以爲政也言晉亡在於此也

夫作法於治其弊猶亂作法於亂誰能救之 善曰左氏傳曰渾罕曰君子作法於涼其弊猶貪作法於貪弊將若之何 良曰弊衰也誰能救之言不可救也

故于時天下非暫弱也軍旅非無素也彼劉淵者離石之將兵都尉王彌者青州之散吏也 善曰干寶晉武紀曰太康八年詔淵領北部都尉 翰曰素習也離石縣名都尉官也散吏謂無所主當也

蓋皆弓馬之士驅走之人凡庸之才非有吳先主諸葛孔明之能也新起之寇烏合之衆非吳蜀之敵也 善曰曹子曰烏合之衆初雖相歡後必相咋 銑曰弓馬士謂劉淵也驅走人謂王彌也先主孫權寇賊也烏合之衆謂無部分也言劉淵王彌不如吳蜀之敵遠矣

脫耒爲兵裂裳爲旗非戰國之器也 善曰賈誼過秦論曰斬木爲兵揭竿爲旗 向曰耒農器也裳衣裳也言脫農器爲干戈裂衣裳爲旗幡皆非戰器也

自下逆上非鄰國之勢也然而成敗異效

擾天下如驅羣羊舉二都如拾遺芥 善本無芥字 善曰孔安國尚書傳曰擾亂也淮南子曰兵略者乘勢以爲資清淨以爲常避實就虛若驅羣羊此所以言兵者也漢書梅福上書曰高祖舉秦如鴻毛取楚如拾遺 濟曰自下逆上謂臣伐君也非鄰國謂不如吳蜀之勢也效象也擾亂也驅羣羊言易也二都洛陽長安也拾遺謂如拾遺草於地

將相侯王連頭受戮乞爲奴僕而猶不獲 善曰干寶晉紀曰劉曜入京都殺大將軍吳王晏光祿大夫竟陵王其餘官僚儷尸塗地百不遺一 良同善注

后嬪妃主虜辱於戎卒豈不哀哉 善曰孫盛晉陽秋曰劉曜入于京都六宮幽辱征西將軍南陽王模出降以模妃劉氏賜胡張平爲妻 翰曰虜獲也辱謂遭戎卒所亂者也

夫天下大器也羣生重畜也愛惡相攻利害相奪其勢常也 善曰文子老子曰天下大器也不可執也不可爲也爲者敗之執者失之漢名臣奏陳風對問曰民如六畜在牧養者耳周易曰愛惡相攻而吉凶生情僞相感而利害生六韜曰利害相臻猶循環之無端 銑曰大器天子之器也羣生萬人也畜養也攻害也言愛惡利害相傾是其常勢

若積水于防燎火于原未嘗暫靜也 善本作於字 善曰周禮曰以防止水鄭玄曰偃瀦畜流水之陂尚書曰若火之燎于原 向曰防隄也燎焚也靜息也

器大者不可以小道治勢動者不可以爭競擾 濟曰言治天下之器者當用大道也言天下勢重不可以爭競安也擾安也

古先哲王知其然也是以扞其大患而不有其功禦其大災而不尸其利 善曰禮記曰聖王之制祭祀也能禦其大災則祀之能扞大患則祀之 良曰言哲王知不可爭競安也扞亦禦也尸主也言禦災患爲人已不自主利者也

百姓皆知上德之生己而不謂浚己以生也 善曰左氏傳子產寓書於子西以告宣子曰毋寧使人謂子子實生我而謂子浚我以生乎杜預曰浚取也 翰曰上德謂古之賢王也生養浚取也言聖王布德養百姓凡主取人以自養

是以感而應之悅而歸之如晨風之

鬱北林龍魚之趣淵澤也善曰毛詩曰鴥彼晨風鬱彼北林孫卿子曰川淵深而魚鼈歸之刑政平而百姓歸之川淵者龍魚之居也國家者士人之居也　銑曰感而應之謂聖德之王而人歸之也晨風鳥也林茂鳥歸之淵深魚趣之君有德則人附之此皆相感也順乎天而享其運應乎人而和其義向曰聖人應天順人隨運以和其義然後設禮文以治之斷刑罰以威之善曰孝經曰安上治民莫善於禮毛詩序曰君臣上下動無禮文左氏傳叔向詒子產書曰嚴斷刑罰以威其淫　濟曰設禮文以防君子者刑書以威小人謹好惡以示之審禍福以喻之善曰孝經曰示之以好惡而民知禁謝承後漢書曰朱雋宣國威靈審示禍福　良曰諭曉也言敬示善惡以曉百姓也求明察以官之篤慈愛以固之故衆知向方善曰左氏傳叔向曰猶求聖哲之王明察之官忠信之長慈惠之師禮記曰樂行而人向方　翰曰求明察之人以爲官人君厚慈愛之惠以堅固其心然後人知向正道矣方道也皆樂其生而哀

其死善曰鶡冠子所謂人者惡死樂生悅其教而安其俗君子勤禮小人盡力善曰孟子曰萬乘之國行仁政民悅之猶解倒懸也老子曰安其居樂其俗趙岐孟子章指曰治身勤禮君子所能家語曰子路治蒲孔子曰此其恭敬以信故其人盡力　銑曰言悅教安俗故君子小人各得其分廉恥篤於家閭邪僻銷於胷懷善曰管子四維一曰禮二曰義三曰廉四曰恥禮記曰惰慢邪僻之氣不設於身體　向曰篤厚也閭里門銷除也胷懷心府也故其民有見危以授命而不求生以害義善曰論語子張曰士見危致命又子曰志士仁人無求生以害仁　濟曰言人被君之化見有危難則授命而死終不求生傷義也又況可奮臂大呼聚之以干紀作亂之事乎善曰漢書淮南王安上疏曰陳勝吳廣奮臂大呼天下響應　良曰干犯也紀綱也言人各守節義安可呼之以犯綱紀而爲亂乎言不可也基廣則難傾根深則難拔理節則不亂膠結則不遷善曰文子曰人主之有民

猶城之有基木之有根根深則本固基厚則上安　翰曰傾崩也理節謂政教有條理節度也膠固也言君布仁惠之基根深廣又不失理節則人心固結而不可遷也是以昔之有天下者所以長久也夫豈無僻主賴道德典刑以維持之也善曰左氏傳韓厥曰三代之令王皆數百年保天之祿夫豈無辟王賴前哲以免也毛詩曰雖無老成人尚有典刑　銑曰人心不遷故長久　向曰言昔之累代有天下者中間豈無邪僻之主哉而不亡者蒙先人道德以維持也故延陵季子聽樂以知諸侯存亡之數短長之期者蓋民情風教國家安危之本也善曰左氏傳曰吳公子札來聘請觀於周樂使工爲之歌鄭曰其細已甚民不堪也是其先亡乎爲之歌齊曰表東海者其太公乎國未可量也　濟曰吳公子季札封於延陵子者男子之美稱今連封而美言之故曰延陵季子也善知樂入其國聞樂聲則知存亡長短之期也然樂則體人之情故聽之所以識安危也昔周之興也后稷生於姜嫄而天命五臣作下昭

顯文武之功起於后稷善曰毛詩序曰后稷生於姜嫄文武之功起於后稷　良曰姜嫄也嫄后稷母名也后稷周之祖先播殖百穀以養人而天下皆蒙之而文王武王承至仁之後故能成功而王者也故其詩曰思文后稷克配彼天又曰立我蒸民莫匪爾極善曰毛詩周頌文也鄭玄曰周公思先祖之有文德者后稷之功能配天又播殖百穀蒸民乃粒天下無不於汝得其中者言反其性　翰曰克能也言后稷有功能配天而食蒸衆也極中也言衆民蒙播殖之教皆於后稷而得中又曰實穎實栗即有邰胎家室善曰毛詩大雅文也毛萇曰穎垂穎也鄭玄曰栗成熟也后稷教世種黍稷堯改封於邰就其家室無變更也　銑曰實是也栗急成也言后稷教人播黍稷是穎茂之盛而大成熟也邰后稷舊居堯以有功封之於邰使無變改家室至于公劉遭狄人之亂去邰之豳身服厥勞故其詩曰乃裹糇糧于槖託于囊善曰毛詩大雅文毛萇曰小曰槖大曰囊鄭玄曰爲狄人所迫逐不忍鬬其民裹糧食槖囊之中棄其

餘而去 向曰公劉后稷曾孫也狄人侵邰不忍使與鬭乃棄邰之豳豳戎狄地名大曰槖小曰囊皆盛糧食之器也 陟則在巘復降在原以處其民 善曰毛詩大雅文也毛萇曰巘小山別於大山者也鄭玄曰由原而升巘復下在原言反覆之重民居 濟曰陟升也巘小山也降下也言人從公劉居者或升山或下原反覆重苦也 以至于大王爲戎翟所逼而不忍百姓之命杖策而去之 善曰莊子曰大王亶父居豳狄人攻之太王曰與人之兄居而殺其弟與人之父居而殺其子吾不忍也子皆勉居矣因杖策而去 良曰大王王季父也逼迫也不忍謂不能使百姓與戎狄鬭也杖策猶拄杖也 故其詩曰來朝走馬率 善本作帥字 西水滸至于岐下 善曰毛詩大雅文鄭玄曰來朝走馬言其避惡早且疾也循西水涯漆沮側也謂亶父避狄循漆沮之水而至岐下 翰同善注 周民從而思之曰仁人不可失也故從之如歸市 善曰毛萇詩傳曰古公處豳狄人侵之乃屬其耆老而告之曰吾聞之君子不以其養人而害人二

三子何患無君去之踰梁山邑於岐山之下豳人曰仁人之君不可失也從之如歸市 銑曰周人謂公劉所居豳人也皆曰仁人之君不可失也從之於岐如歸市 居之一年成邑二年成都三年五倍其初 善曰新序曰太王亶父止於岐下百姓扶老攜幼隨而歸之一年成邑二年成都三年五倍其初 向曰言所從者漸多 每勞來而安集之 善曰毛詩序曰萬民離散不安其居而能勞來安集之 濟曰言以仁惠撫養所從之人而人安而集之勞來撫養也 故其詩曰乃慰乃止乃左乃右乃疆乃理乃宣乃畝 善曰毛詩大雅文也毛萇曰慰安也人心定乃安隱其居乃左右而處之乃疆理其經界乃時耕其田畝者鄭玄曰時耕曰宣 良同善注 以至于王季能貊其德音 善曰毛詩曰維此王季帝度其心貊其德音毛萇曰心能制義曰度貊靜也鄭玄曰德政應和曰貊 翰曰王季太王之子也貊猶繼也言能繼太王德政之音 故其詩曰克明克類克長克君載錫之光 善曰毛詩大雅文也左傳勤施無私曰類教誨不倦曰長慶賞

刑威曰君毛萇曰光大也鄭玄曰載始也始使之顯著也 銑曰克能類言也言能明能善爲君長始賜光大之德於子孫也載始錫賜也 至于文王備脩舊德而惟新其命 善曰毛詩曰周雖舊邦其命惟新鄭玄曰太王國於周至文王而受命言新者美之也 向曰備具也舊德謂王季之德也言文王脩王季之德而受命惟新者美也 故其詩曰惟此文王小心翼翼昭事上帝聿懷多福 善曰毛詩大雅文也鄭玄曰小心翼翼恭順之皃也昭明也聿述也懷思也謂能明事上天又能述思多福 向曰翼恭敬貌昭明也聿遂懷來也言能恭敬遂來此多福 由此觀之周家世積忠厚仁及草木內睦九族外尊事黃耇養老乞言以成其福祿 善本有者字 也 善曰毛詩行葦序文 良曰由此觀之謂已上事也仁及草木謂澤及行葦也睦親也黃耇黃髮老人也言能親九族用黃髮也言以成福祿 而其后妃躬行四教 善本作妃后 善曰禮記曰古婦人教以婦德婦言婦容婦功鄭玄毛詩箋曰法度莫大於四

教 翰同善注 尊敬師傅服澣濯之衣脩煩辱之事化天下以婦道 善曰毛詩葛覃序也詩曰葛之覃兮毛萇曰葛所以爲絺綌女功之事煩辱者也 銑曰師傅女師傅母也澣濯先浣之衣也煩辱謂脩女功之事以教天下爲婦人之道使恭儉勤勞也 故其詩曰刑于寡妻至于兄弟以御于家邦 善曰毛詩大雅文也毛萇曰刑法也鄭玄曰御治也文王以禮法接其妻至于宗族又能爲正治於家邦 向曰刑法也寡妻嫡妻也言文王以禮法接其妻至于宗族又能正理於國家 是以漢濱之女守絜白之志中林之士有純一之德 善曰毛詩曰漢有游女不可求思鄭玄曰女雖出游漢水之上人無欲求犯禮者亦由貞絜使之然也毛詩曰肅肅兔罝施于中林赳赳武夫公侯腹心鄭玄曰亦言賢 濟曰言能化之使有絜白純一之德 故曰文武自天保以上治內采薇以下治外始於憂勤終於逸樂 善曰毛詩六月序也鄭玄曰內謂諸夏也外謂夷狄也 良曰天保

詩篇名以上下諸詩也內謂諸侯也言並以禮化中國采薇詩名外謂夷狄**於是**五臣本無是字**天下三分有二猶以服事殷諸侯不期而會者八百猶曰天命未至**善曰論語孔子曰三分天下有其二以服事殷周之德其可謂至德已矣周書曰武王將渡河不期同時一朝會於武王郊祀下者八百諸侯史記曰武王至於孟津諸侯皆曰帝紂可伐武王曰天命未至也翰曰言文王爲西伯三分天下二分屬文王文王猶事紂武王伐紂八百諸侯不期而至武王曰天命未可也言能以謙退之道而人歸焉**以三聖之智伐獨夫之紂猶正其名教曰逆取順守保大定功安民和衆**善曰琴操曰崇侯譖文王於紂曰西伯昌聖人也長子發中子旦皆聖三聖合謀將不利於君尚書武王曰獨夫受洪惟作威孔安國尚書傳曰湯順天應人逆取順守左氏傳楚子曰夫武禁暴戢兵保大定功安民和衆豐財銑曰三聖謂文王武王周公也天下之人皆心離於紂故曰獨夫也名教謂號令也保安也謂安定大功以和衆也**猶著大武之容曰未盡善**

也善曰論語孔子曰謂武盡美矣未盡善也向曰著明也大武武王樂也容盛也雖有大武之功孔子猶曰未盡善也**及周公遭變陳后稷先公風化之所由致王業之艱難者則皆農夫女工衣食之事也**善曰毛詩七月序也濟曰遭變謂管蔡流言也陳列也謂列先祖之德於詩也農謂播殖之事女工謂蠶織煩辱也**故自后稷之始基靜民十五王而文始平之十六王而武始居之十八王而康克安之**善曰國語曰靈王二十年穀洛鬬王欲壅之太子晉諫曰后稷始基靜民十五王而文始平之十八王而康克安之其難也如是韋昭曰基始也靜安也自后稷播百穀以始安民凡十五王世脩其德至文王乃平民受命也十五王謂后稷不窋鞠陶公劉慶節皇僕差弗毀俞公非高圉亞圉公組大王王季文王也十八者加武王成王康王并上十五良曰十六王至武王也始居王位也十八王康王也克能也言積仁至此始能安理天下者**故其積基樹本經緯禮俗節理人情恤隱民事如此之纏綿也**五臣無也字善曰潘元茂九錫文曰經緯禮律王肅家語注曰經緯猶織以成之也國語祭公謀父曰勤恤民隱翰曰節理謂以節度理人也恤憂隱微也纏綿遠也言文王結基本根之遠五臣作人**爰及上代雖文質異時功業不同及其安民立政者其揆一也**善曰春秋元命苞曰王者一質一文據天地之道也天質而地文又曰正朔三而改文質再而復左傳楚子曰夫武安民和衆豐財尚書有立政篇孟子曰先聖後聖其揆一也銑曰言周上代有文有質雖其不同安人爲政度之一致也揆度也**今晉之興也功烈於百王事捷於三代蓋有爲以爲之矣**善曰禮記孔子曰昔者魯公伯禽有爲爲之向曰列盛也百王謂先代之帝王捷急也三代夏殷周也盛急如此蓋取天下爲己而不爲人也**宣景遭多難之時務伐英雄誅庶桀以便事不及脩公劉大王之仁也**善曰左氏傳司馬侯曰或乃多難尸子曰便事以立官也以固其國濟曰多難謂

四方未靜也桀傲也言務在用兵伐其英雄誅其傲慢以便當時是不及公劉脩仁恩也**受遺輔政屢遇廢置故齊王不明不獲思庸於亳**善曰魏志曰齊王芳字蘭卿明帝崩即皇帝位大將軍司馬景王廢帝以太后令遣芳歸藩于齊尚書曰太甲既立弗明伊尹放諸桐宮三年復歸于亳思庸也良同善注言齊王不明不得如太甲反位於亳也亳太甲都也**高貴沖人不得復子明辟**善曰魏志曰高貴鄉公諱髦字士彥齊王廢即皇帝位魏氏春秋曰帝自出討文王鼙戰鼓出雲龍門賈充自外入帝師潰騎督成倅弟濟以矛進帝崩于師尚書曰惟予沖人弗及知又周公曰朕復子明辟翰曰齊王廢立高貴鄉公髦後舉兵相府誅文王不克舍人成濟以戈中帝崩於車也沖童也昔周公攝成王政後復子明辟而高貴童昏不得如成王反明君之位**二祖逼禪代之期不暇待三**善作參**分八百之會也**善曰二祖景文銑曰二祖謂太祖文皇帝代祖武皇帝并言二者但取其逼近也禪傳也既傳而取不暇如武王興兵而會諸侯也**是其創基立本異於先代者也又**

加之以朝寡純德之士鄉乏不二之老善曰景福殿賦曰武創元基尚書曰昔君文武則有不二心之臣　向曰言立根本急速不如先代武王寡少也純厚也不二謂不二心之臣也風俗淫僻恥尚失所學者以莊老爲宗而黜六經善曰干寶晉紀劉弘教曰太康以來天下共尚無爲貴談莊老少有說事　濟曰淫過僻邪也言風俗過邪以高尚爲恥辱而人失所　良曰黜退也莊老放誕爲德六經以莊敬爲本言學者皆尊放誕而退莊敬談者以虛薄爲辯而賤名檢善本作儉　善曰王隱晉書曰王衍不治經史唯以莊老虛談惑衆劉謙晉紀應瞻表曰元康以來以儒術清儉爲羣俗　銑曰虛薄虛談也名檢法度也行身者以放濁爲通而狹節信善曰劉謙晉紀應瞻表曰以容放爲夷達王隱晉書曰貴遊子弟多祖述於阮籍同禽獸爲通又傅玄上疏曰魏文慕通達而天下賤守節也　翰曰時以放情濁行者爲通而以節信爲褊狹也進仕者以苟得爲貴而鄙居正善曰鄭玄毛詩箋曰祿仕者苟得祿而已公羊傳曰君子大居正　向曰苟且之容而進仕者則貴之居正直則見鄙惡當官者以望空爲高而笑勤恪善曰劉謙晉紀應瞻表曰元康以來望白署空顯以台衡之量尋文謹案目以蘭薰之器　濟曰望空謂一不識是非但望空署白而已恪謹也是以目三公以蕭机之稱標上議以虛談之名善曰干寶晉紀云言君上之議虛談也蕭机未詳　良曰言時名目三公皆蕭然自放机爾無爲名稱標著上議以正朝拜者則蒙虛談之名劉頌屢言治道傅咸每糾邪正皆謂之俗吏善曰干寶晉紀曰劉頌在朝忠正才經政事武帝重之訪以治道悉心陳奏多所施行又曰尚書郭啓出赴妹葬疾病不辭左丞傅咸糾之尚書弗過王隱晉書傅玄曰論經禮者謂之俗生說法理者名爲俗吏　翰曰屢數也理道謂理人之道糾彈也言此二人論理道彈邪正時皆謂之俗吏其倚杖虛曠依阿無心者皆名重海內銑曰倚依也杖持曠大也謂虛談惑衆者依阿無心謂曲從不察言如此之人皆負海內重名也若夫文王日昃不暇食仲山甫

夙夜匪懈者蓋共嗤點五臣作黜以爲灰塵而相詬火候病矣善曰尚書曰文王自朝至于日中昃弗皇暇食毛詩曰肅肅王命仲山甫將之夙夜匪懈以事一人鄭玄毛詩箋曰言時人骨肉無相詬病也說文曰詬恥也　向曰嗤笑黜辱也言文王仲山甫之勤者皆共笑辱輕之如灰塵恥之以爲病者由是毀譽亂於善惡之實情慝奔於貨欲善本從心之塗選者爲人擇官官者爲身擇利善曰謝承後漢書呂強上疏曰苟寵所愛私擢所幸不復爲官擇人反爲人擇官也　濟曰言毀譽善惡皆昊不知其實也慝邪也欲貪也選者不復爲官擇賢爲官者但擇所利而趣而秉鈞當軸之士身兼官以十數善曰毛詩曰秉國之鈞四方是維桓寬鹽鐵論曰車丞相當軸處中括囊不言　良曰秉執鈞平軸重也言執權平國家重事則更兼領十餘職大極其尊小録其要機事之失十恒八九五臣有也字　善曰漢書解故曰機事所揔號令攸發胡廣機密之事　翰曰要善也言大任者極其尊重皆必能録人善政故機微之事多失也而世族貴戚之子弟陵邁超越不拘資次善曰崇讓論曰非勢家之子率多因資次而進之　銑曰言貴戚子弟皆昊不拘資次而超進悠悠風塵皆奔競之士五臣無之字　善曰孔安國論語注曰悠悠周流之貌風塵以喻汙辱也晉諸公讚曰人人望品求者奔競　向曰悠悠遠貌風塵喻俗也言久遠以來悉皆奔競勢利列官千百無讓賢之舉善曰孫卿子曰天子千官諸侯百官史記曰司馬季主曰試官不讓賢　銑曰言官雖多無有能讓舉賢人也子眞著崇讓而莫之省善曰干寶晉紀曰時禮讓未興賢者壅滯少府劉寔著崇讓論孫盛晉陽秋曰劉寔字子眞平原人　良曰疾時貪競而時君不能省察子雅制九班而不得用善曰王隱晉書曰劉頌字子雅轉吏部尚書爲九班之制裴頠有所駮　翰曰作九班之制以別尊卑爲裴頠所駮事不見行長虞數直筆而不能糾善曰孫盛晉陽秋曰司隷校尉傅咸勁直正厲果於從政先後彈奏百寮王戎多不見從　銑曰傅長虞爲司隷校尉前後執正彈糾百僚多不見從

其婦女莊櫛織紝女金皆取成於婢僕善曰禮記曰婦事舅姑如事父母雞初鳴咸盥漱櫛縰笄織紝見下句向曰櫛梳也織紝理繒帛也言皆委婢僕而爲之未嘗知女工絲枲胥里之業中饋酒食之事也善曰禮記曰女子十年不出執麻枲治絲繭織紝組紃周易曰在中饋無攸遂毛詩曰乃生女子無非無儀酒食是議　濟曰絲治繭也枲麻也謂緝績也中饋謂祭祀之具言食祿之家婦人皆不嘗知此事矣先時而婚任情而動故皆不恥淫逸之過不拘妬忌之惡有逆于舅姑有反易剛柔有殺戮妾媵有黷亂上下善曰爾雅曰婦稱夫之父曰舅稱夫之母曰姑禮記曰婦將有事大小必請於舅姑又曰男子親迎男先於女剛柔之義也公羊傳曰媵者何諸侯娶一國則二國往媵之以姪娣禮記曰婚禮者上以事宗廟而下以繼後世也尚書說命曰黷于祭祀時謂弗欽　良曰禮男三十而婚女二十而嫁先時不依禮而早婚娶也反易剛柔謂陵夫之政媵亦妾類黷亂上下謂不恭也父兄不善作弗字

選四十九　二十二

之罪也天下莫之非也又況責之聞四教於古脩貞順於今以輔佐君子者哉善曰禮記曰古婦人教以婦德婦言婦容婦功列女傳宋鮑女宗曰貞順婦人之至行也毛詩序曰后妃又當輔佐君子求賢審官　翰曰不罪不非俗以爲是也四教四德也貞順者婦人之志行也言爲淫逸妬忌天下且不以爲非禮況責脩德行以輔佐君子者乎禮法刑政於此大壞始室斯構而去其鑿契始水斯積而決其隄防始火斯畜而離其薪燎也善曰呂氏春秋曰若積大水而失其壅隄矣　銑曰鑿契鑿也言禮法刑政既壞欲望爲理其猶構室而去鑿契積水而決隄防畜火而離薪燎也國之將亡本必先顛其此之謂乎善曰左氏傳齊仲孫湫謂齊侯曰臣聞國之將亡本必先顛而後枝葉從之　向曰謂禮法刑政也顛墜也故觀阮籍之行而覺禮教崩弛之所由五臣有也字　善曰干寶晉紀曰阮籍宏逸曠達居喪不帥常檢　濟曰阮籍放蕩不依禮法代以爲達人則知禮教崩弛也弛廢也察庾純賈充之事五臣作爭而見師尹之多僻善曰干寶晉紀曰賈充饗衆官庾純後至充曰君行常居人前今何以在後純曰有小市井事不了是以後世俗言純乃祖爲伍伯又曰充之先爲市魁故以戲荅　良曰同善注師尹大臣也僻不正也考平吳之功而善無而字知將帥之不讓善曰干寶晉紀曰王渾愧欲造江而王濬先之乃表濬違詔不受已節度濬上書自陳曰臣直醜正實繁有徒欲構南箕成此貝錦　翰曰考校也王渾與王濬平吳爭功更相表奏則知將帥不讓也思郭欽之謀而悟戎狄之有釁善曰干寶晉紀御史大夫郭欽上書曰戎狄彊獷歷古爲患今西北郡皆與戎居若百年之後有風塵之警胡騎自平陽上黨不三日至盟津及平吳之盛出北地西河安定復上郡置馮翊平陽帝弗聽　銑曰悟覺也同善注言思此謀則覺戎狄爲釁覽傅玄劉毅之言而得百官之邪善曰干寶晉紀傅玄上書曰昔魏氏虛無放誕之論盈於朝野使天下無復清議而亡秦之病復發於今又上䟽謂劉毅曰朕方漢何主對曰桓靈帝曰吾雖

選四十九　二十三

不及古賢猶尅己爲治方之桓靈不亦甚乎勤曰桓靈賣官錢入於官陛下賣官錢入私門以此言殆不若也　向同善注核傅咸之奏錢神之論而覩寵賂之彰善曰干寶晉紀司隷校尉傅咸上書曰臣以貨賂流行所宜深絕又曰魯褒字元道南陽人作錢神論左氏傳曰取郜大鼎于宋臧哀伯諫曰官之失德寵賂彰也　濟曰核考也言考此則知貨賂之行明矣民風國勢如此雖以中庸之才守文之主治之善曰賈誼過秦篇曰陳涉材能不及中庸論語曰中庸之爲德也其至矣乎民鮮久矣何晏曰庸常也中和可常行之德也公羊傳曰繼文王之體守文王之法度何休曰引文王者文王始受命制度也　良曰中庸謂非賢非愚之才守文謂守常平理代之主也辛有必見之於祭祀季札必得之於聲樂善曰左氏傳曰初平王之東遷也辛有適伊川見被髮而祭於野者曰不及百年此其戎乎其禮先亡矣又曰季札來聘請觀樂使工爲之歌陳曰國無主其能久乎　翰同善注范燮必爲之請死賈誼必爲之痛哭善曰左氏傳曰范燮反自鄢陵

之役使其祝宗祈死曰君無禮而克敵天益其疾矣愛我者唯祝使我速死無及於難范氏之福也漢書賈誼上疏曰可爲痛哭者一也銑同善注又況我惠帝以蕩五臣作放蕩之德臨之哉善曰臧榮緒晉書惠紀曰帝諱衷字正度武帝崩太子即皇帝位毛詩曰蕩蕩上帝下民之辟　向曰晉室禮樂崩壞賄賂公行庸主守之且猶不濟況我惠帝以放蕩之德而臨之乎故賈后肆虐於六宮韓午助亂於外內其所由來者漸矣豈特繫一婦人之惡乎善曰干寶晉紀曰賈庶人賜死初武帝爲太子取后在宮不恭遂而甚妒忌有孕者輒殺子或以手戟擲之子隨刃墮又曰韓壽妻賈午實始助亂　濟曰賈后惠帝后肆縱虐殘也六宮中宮也言六者取象坤數也韓午壽妻賈后妹也相助爲妒忌婬亂事也言晉室不道而致敗壞豈獨繫賈后一婦人也懷帝承亂之後五臣無之後字得位羈於彊臣善曰干寶晉懷紀曰太傅東海王越總兵輔政　良曰承亂謂繼惠帝之亂也羈束也彊臣謂東海王越也愍帝奔播之後徙厠其虛名善曰干寶晉紀曰洛

京傾覆秦王業避難密南趨許潁豫州刺史閻鼎以天下無主有輔立之計　翰曰洛陽傾覆秦王業避難於許豫州刺史閻鼎立以爲主後遷於長安也言徙厠天子之名而無天下之重也天下之政既已去矣非命世之雄不能取之矣善曰孟子曰五百年必有王者興其間必有名世者廣雅曰命名也　銑曰去謂去晉室也雄謂有威之稱然懷帝初載嘉禾生于南昌善曰徐廣晉紀曰太康五年八月嘉禾生南昌九月懷帝生毛詩曰文王初載天作之合載猶生也　向曰載年也嘉禾瑞穀也南昌郡名望氣者又云豫章有天子氣善曰干寶晉紀曰初望氣者言豫章廣陵有天子氣　濟曰望氣者謂占候之人也及國家多難宗室迭興善曰毛詩曰維予小子未堪家多難史記太史公曰遞興遞廢能者用事　良曰宗室諸王也迭更興起也以愍懷之正淮南之壯成都之功長沙之權皆卒於傾覆善曰王隱晉書以愍懷太子遹立爲皇太子賈后無子妬害欲其廢太子爲庶人送太子于許昌宮

之別坊矯詔使小黃門孫慮害太子趙王倫亂殺賈后帝詔謚遹爲愍懷皇太子又曰武皇帝男允字欽度封淮南王領中護軍孫秀既害石崇等以懼允允遂進圍相府相國趙王倫閉門允兵四勝陷破無前倫息虔僞云有詔助淮南王王下車受詔遂害允又曰穎字章度封成都王拜越騎校尉趙王倫篡位穎謀舉義兵迎天子倫死後廢太子覃立穎爲皇太弟張方廢穎歸藩遣田徽殺之於鄴又曰乂字士度封長沙王拜步兵校尉齊王冏相攻冏敗縛至上前乂叱左右斬之河間王顒欲廢太子立成都王欲先誅乂出征連戰敗走遂誅之　翰曰同善注言此數王俱有權勢而卒見誅戮皆非命也而懷帝以豫章王登天位善曰干寶晉惠紀曰詔豫章王熾爲皇太弟皇弟崩太弟即位崩謚曰孝懷皇帝尚書曰天位艱哉劉向之五臣作文讖云滅亡之後有少如五臣作而水名者得之起事者據秦川西南乃得其五臣無其字朋按愍帝蓋秦王之子也五臣無也字得位於長安長安五臣無此長安二字固秦地也善曰干寶晉懷紀曰關中建秦王業爲皇太子本吳孝王之子出爲秦獻

王後皇帝崩太祖即位于長安崩謚曰愍皇帝　銑曰讖驗也謂驗於前事也易曰西南得朋孟時以南陽王爲右丞相是得朋也而西以南陽王爲右丞相東以琅邪王爲左丞相善曰干寶晉紀愍帝詔琅邪王睿曰今以王爲侍中左丞相督陝東諸軍事右丞相南陽王保督陝右諸軍事臧榮緒晉書曰南陽王保字景度太尉模世子或以南陽王爲秦王非也上諱業故改鄴爲臨漳漳水名也由此推之亦有徵祥而皇極不建禍辱及身善曰尚書考靈耀曰建用皇極宋均曰建立也皇極大中也　向曰徵祥謂讖與嘉禾也皇極謂大中之道也禍辱及身謂被劉聰所虜也豈上帝臨我而貳其心將由人能弘道非道弘人者乎五臣作也字　善曰毛詩曰上帝臨女無貳爾心　濟曰帝天也言豈天於我懷帝有二心乎何其先降祥瑞而速滅亡哉應由人不能弘道淳耀之烈未渝故大命重集于中宗元皇帝善曰晉中興書曰中宗元皇帝諱睿字景文嗣爲

琅邪王愍帝崩于平陽即皇帝位國語史伯曰黎爲高辛氏火正以淳耀敦大光照四海夫成天地之大功者其子孫未嘗不章韋昭曰淳大也耀明也　良曰黎爲高辛氏火正有淳耀之德故其子孫昌盛也烈業也渝變也晉承黎之後故云然言天子業未變故大命再集於東晉也

後漢書皇后紀論

范蔚宗　翰曰配至尊名爲皇后后君也明爲海內小君也

夏殷以上后妃之制其文略矣周禮王者立后三夫人九嬪二十七世婦八十一女御　五臣作御女　以備內職焉后正位宮闈同體天王夫人坐論婦禮九嬪掌教四德世婦主知喪祭賓客女御序于王之燕寢頒官分務各有典司　善曰禮記曰舜葬於蒼梧之野蓋三妃未之從也鄭玄曰帝嚳立四妃矣象后妃四星其一明者爲正妃餘三小者次妃也帝堯因焉至舜不告而娶不立正妃但立三妃而已夏后氏增以三三而九合十二人春秋說云天子娶十二即夏制也以虞夏及周制差之則殷人又增以三九二十七合三十九人周人上法帝嚳立正妃又三二十七爲八十一以增之合百二十一人其位后也夫人也嬪也世婦也女御也五者相參以定尊卑周禮曰九嬪掌婦學之法教九御婦德婦言婦容婦功各帥其屬而以時御敘于王所世婦掌祭祀賓客喪紀之事女御書敘于王之燕寢以歲時獻功事女史掌王后之禮職掌內治之貳以詔后治內政也　銑曰夏殷以上略其禮制不載此文　向曰闈宮中門也四教謂婦德婦言婦容婦功序理也言此百二十員布官分事各有典掌須布務事也女史彤管記功書過　善曰毛詩曰靜女其孌貽我彤管毛萇曰古者后夫人必有女史彤管之法女史不記其過其罪殺之　濟曰皇后有女史之官彤管赤管筆　居有保阿之訓動有環珮之響　善曰列女傳曰齊孝孟姬者華氏之長女齊孝公之夫人也孝公遊於琅邪華姬從後車奔姬墮車碎孝公使駟馬載姬以歸姬曰妾聞踰閾必乘安車輜軿下堂必從傅母保阿進退則鳴玉佩環今立車無軿非敢受命也曹大家曰玉環珮玉有環　良曰保養也阿倚也所謂養母及倚之以爲法則者而教訓之環珮玉爲之以節行步進賢才以輔佐君子哀窈窕而不淫其色　善曰毛詩序曰關雎樂得淑女以配君子憂在進賢不淫其色哀窈窕思賢才　翰曰后妃之德當輔佐君子求賢審官哀思也思得淑女以配君子使不淫其色也　所以能述宣陰化脩成內則　善曰魏文帝典論曰欲納二女充備六宮佐宣陰教聿脩古義又禮記有內則篇　銑曰皇后主陰政也內則禮篇名主教婦人法則也　閨房肅雍險謁　五臣作險詖　不行者也　善曰毛詩序曰王姬猶執婦道以成肅雍之德又曰后妃內有進賢之志而無險詖私謁之心　向曰肅敬雍和也險詖謂不行險詖私謁之心　故康王晚朝關雎作諷宣后晏起姜氏請愆　善曰列女傳曰曲沃負謂其子如耳曰周之康王晏出朝關雎預見虞貞節曰其夫人晏出故作關雎之歌以感誨之列女傳曰姜后者齊侯之女宣王之后也宣王嘗夜臥而晏起后夫人不出於房姜后既出乃脫簪珥待罪於永巷曰妾不才妾之淫心見矣至使君王失禮而晏朝　濟曰關雎詩國風之首諷刺后君愆過也康王晚朝內人誦關雎詩以刺王宣王晚起姜后待罪於永巷曰妾不才使君王失禮晏朝以見君王樂色忘德也　及周室東遷禮序凋缺諸侯僭縱軌制無章　善曰史記曰平王東徙雒邑周室微諸侯以強并弱　良曰東遷洛邑言王室微弱諸侯無尊卑之別章別也　齊桓有如夫人者六人　善曰左氏傳曰齊侯之夫人三王姬徐嬴蔡姬皆無子齊侯好內多寵內嬖如夫人者六人長衛姬生武孟少衛姬生惠公鄭姬生孝公葛嬴生昭公密姬生懿公宋華子生公子雍公與管仲屬孝公於宋襄公以爲太子雍巫有寵於衛恭姬因寺人貂以薦羞於公亦有寵也公許之立武孟管仲卒五公子皆求立齊桓公卒易牙入與貂因寵以殺群吏而立公子無虧孝公奔宋　翰曰齊侯好內嬖如夫人者六人也　晉獻升戎女爲元妃　善曰左氏傳曰初晉侯欲以驪姬爲夫人卜之不吉筮之吉公曰從筮立之生奚齊其娣生卓子及將立奚齊既與中大夫成謀姬謂太子曰君夢齊姜必速祭之太子祭於曲沃歸胙于公公田姬寘諸宮六日公至毒而獻之公祭之地地墳與犬犬斃與小臣小臣亦斃姬泣曰賊由太子太子奔新城自縊而死　銑曰

驪姬戎人之女兀大也終於五子作亂冢嗣遘屯善曰五子齊武孟等冢嗣晉人子也向曰五子齊桓公五子也桓公死五子爭立為亂冢嗣晉驪姬譖太子申生奔於新城自縊也冢長遘遇屯難也爰逮戰國風憲愈薄適情任欲顛倒衣裳善曰毛詩曰綠兮衣兮綠衣黃裳鄭玄曰今衣黑而黃裳諭亂嫡妾之禮也濟曰爰於逮及也戰國謂周秦之間也憲法愈益也詩曰東方未明顛倒衣裳刺為淫亂失明恥之節以至破國亡身不可勝數斯固輕禮弛防先色後德者也秦并天下多自驕大官備七國爵列八品善曰當秦之時凡有七國秦并其六國故內職皆備置之而爵列八品焉漢書曰漢興因秦之稱號正嫡稱皇后妾皆稱夫人又有美人良人八子長使少使之號焉良曰以亂寵愛妾破國亡身者不可勝數也弛廢也防備也言皆輕禮廢備重色之所由秦之特并六國兼秦七也多自驕大備置內職之數八品謂皇后妾夫人良人八子七子長使少使之號漢興因循其號而婦制莫釐

選四十九　廿七

力之切善曰孔安國尚書傳曰釐理也翰曰漢因秦號內制皆循理也高祖帷薄不脩孝文衽席無辨善曰漢書曰高祖時戚姬愛幸常從呂后年長常留守希見大戴禮曰古者大臣坐汙穢淫亂男女亡別者不曰汙穢曰帷薄不修漢書孝文竇皇后景帝母也上幸上林皇后慎夫人從其在禁中常同坐桓子新論曰文帝慎夫人與皇后同席以亂尊卑鄭玄周禮注曰衽席單席銑曰帷薄謂閨房也謂幸戚姬而輕高后也文帝慎夫人與皇后同席是尊卑無辨衽席卧席也然而選納尚簡飾玩華少五臣本作少華自武元之後世增淫費至乃掖庭三千增級十四善曰班固漢書贊曰漢興因秦之稱號至武帝制婕好元帝加昭儀之號凡十四等向曰簡少也武武帝元元帝也言至二帝更增淫逸之費掖庭宮名三千宮人數也武帝置婕妤娙娥容華充衣各有爵位而元帝加昭儀通前八品為十四妖倖毀政之符外姻亂邦之迹前史載之詳矣濟曰言妖麗取倖毀敗王政符亂國之迹者前漢史詳悉矣及光武中興斲雕

為朴善曰漢書班固曰漢興破觚為圜斲雕為朴良曰言斲斫雕鏤卻為朴素也六宮稱號唯皇后貴人金印紫綬俸不過粟數十斛又置美人宮人采女三等並無爵秩歲時賞賜充給而已漢法常因八月筭民遣中大夫與掖庭丞及相工於洛陽鄉中閱視良家童女年十三以五臣本作已上二十以下姿色端麗合法相者載還後宮擇視可否乃用登御所以明慎聘納詳求淑哲善曰應劭風俗通曰采女按采者擇也以歲八月雒陽民遣中大夫與掖庭丞相工閱視童女年十三以上二十以下長壯妖絜有法相者載入後宮翰曰筭計也謂計人口多少聘問納取也詳審淑善哲智也明帝聿遵先旨宮教頗脩登建嬪后必先令德內無出閫

選四九　二十八

之言權無私溺之授可謂矯其弊矣善曰禮記曰外言不入於閫內言不出於閫銑曰今善閫門限也言后妃之權無沉溺政教而授與者矯正也可謂正前後之弊也向使因設外戚之禁編著甲令善曰如淳漢書注曰甲令者前帝第一令向曰謂因明帝之法編為甲令改正后妃之制貽厥方來豈不休哉善曰毛詩曰貽厥孫謀濟曰制法貽遺厥其休美也言作后妃儉約之法以遺後世豈不美哉雖御已有度而防閑未篤善曰毛詩序曰魯桓公不能防閑文姜良曰篤固也言明帝御已雖有節度為防禁不固故使後代變奢麗也故孝章以下漸用色授善曰范曄後漢書曰肅宗孝章皇帝諱炟顯宗第五子也炟丁達切翰曰授與也言章帝之時常以色與寵幸也恩隆好合遂忘淄蠹自古雖主幼時艱五臣本作難字王家多釁委成冢宰簡求忠貞未有專任婦人斷割重器善曰重器

神器也　銑曰好合謂志意合也濟蔵囊蟲蛀冢宰大臣也重器天子位也唯秦芈名爾太后始攝政事故穰侯權重於昭王家富於嬴國善曰史記曰秦武王取魏女為后無子立異母弟為昭襄王襄王母楚人姓芈氏號宣太后又曰穰侯之富富於王家魏人范雎說秦昭王言穰侯擅權於諸侯　向曰芈太后襄王母穰侯秦相魏冄也嬴秦姓漢仍其謬知患莫改東京皇統屢絕權歸女主外立者四帝臨朝者六后善曰范曄後漢書曰孝安皇帝諱祜父清河孝王慶殤帝崩鄧太后與兄騭定策禁中立之又曰安帝崩閻太后與兄顯立濟北惠王子北鄉侯懿又曰桓帝諱志父蠡吾侯質帝崩梁太后與兄冀立之又曰靈帝諱宏父萇解犢亭侯桓帝崩竇太后與父武立之又曰章德竇皇后和帝即位太后臨朝和熹鄧皇后立殤帝太后臨朝安思閻皇后立少帝太后臨朝順烈梁皇后立沖帝太后臨朝桓思竇皇后立靈帝太后臨朝曹節等遷太后於南宮雲臺家屬徙北景又曰靈思何皇后帝崩皇子辯即位太后臨朝董卓遷於永安宮　濟曰仍因謬誤也外立謂非正嫡也四帝謂安帝桓帝靈帝和帝也六后謂鄧太后閻太后竇太后章德竇太后梁太后何太后此六后皆執權勢立闇弱之主臨朝稱詔卒見亡滅莫不定策帷帟委事父兄貪孩童以久其政抑明賢以專其威任重道悠利深禍速身犯霧露於雲臺之上家嬰縲紲於囹犴岸之下善曰范曄後漢書謝弼上封事曰竇太后幽隔空宮如有霧露之疾陛下何面目以見天下論語子曰公冶長可妻也雖在縲紲之中非其罪也毛詩曰宜犴宜獄　良曰帟帳也孩童小兒也言皆貪父長執政故立小兒為帝抑却也任重謂任國事悠遠也享利之深則禍敗速至嬰繞也縲墨索也紲攣也囹犴獄名湮滅連踵傾輈繼路而赴蹈不息燋爛為期善曰運命論曰前監不遠覆車繼軌王隱晉書曰劉胤商貨繼路私東與山巨源書曰禽鹿長而見羈則赴蹈湯火袁崧後漢書朱穆上疏曰養魚沸鼎之中棲鳥烈火之上用之不時必見燋爛也　翰曰踵足也輈車轅也連足繼路以喻專權覆亡者多也赴蹈謂奔競也言奔競勢利不止卒至燋爛也終於陵夷大運淪亡神寶善曰漢書張釋之曰秦陵夷至于二世天下土崩史記作陵遲漢書哀帝詔曰尚書曰考終命言大運一終也　銑曰陵夷微也淪亡滅也神寶喻國位也詩書所歎略同一揆善曰毛詩曰赫赫宗周褒姒烕之毛萇曰烕滅也尚書曰古人有言牝雞之晨惟家之索　向曰言此歎與漢略同一理耳揆理也故考列五臣作烈行迹以為皇后本紀雖成敗事異而同正號者並列于五臣作乎篇濟曰行迹謂所行之事正號謂嫡后其以恩私追尊非當世所奉者則隨他事附出親屬別事各依列傳其餘無所見則五臣本無則字係之此紀以纘西京外戚云爾善曰私恩謂桓順外立即位以私恩尊其母后以此者則隨他事附出不同此篇　良曰追尊謂生非經奉宗廟祭祀而死後追尊者他事謂不隨皇后之事也係繫也言外戚無別事者則繫皇后而追之纘繼也謂繼前漢外戚傳也

六臣註文選卷第四十九

六臣註文選卷第五十

史論下

後漢書二十八將傳論 翰曰光武用二十八人同計議以定天下至明帝時思念文武將帥之臣皆畫形於雲臺曄脩漢書作此論於下

范蔚宗

論曰中興二十八將前世以爲上應二十八宿未之詳也 善曰中興謂漢有王莽簒位後光武復興爲中興也天有二十八宿將以輔君治化者也 銑曰前漢爲王莽所簒至光武復之故云中興 然咸能感會風雲奮其智勇 善曰周易曰雲從龍風從虎史記太史公曰相如其勇智可謂兼之 向曰咸皆也言二十八將皆如風雲相感奮振其智勇 稱爲佐命亦各志能之士也 善曰李陵書曰其如佐命立功之士也 濟曰稱爲佐命者亦是有志操才能之士 議者多非光武不以功臣任職至使英姿茂績委而勿用 善曰謝承後漢書序曰申屠蟠英姿磊落潘岳楊肇誄曰茂績惟嘉 良曰議論也言當時有論者非光武不任功臣理事也績功委棄也 然原夫深圖遠筭固將有以焉爾 翰曰原本圖謀筭計也言本光武深謀遠計慮爲功臣之材多不兼備故不用 若乃王道既衰降及霸德猶能授受惟庸勳賢皆序如管隰之迭升桓世先趙之同列文朝可謂兼 五臣本無兼字 通矣 善曰左氏傳寺人披曰齊桓公置射鉤而使管仲相又曰齊桓衛姬之子有寵於僖公有鮑叔牙隰朋以爲輔佐又曰晉蒐于被廬命趙衰爲卿讓於先軫杜預曰先軫晉下軍之佐原軫也 銑曰王道謂周道也衰微庸用勳功也管仲隰朋俱齊桓之相先軫趙衰俱晉文之輔言此等之臣功賢兼通也 降自秦漢世資戰力至於翼扶王 五臣本有室字 皆武人屈 五臣本作崛 起亦有鬻繒屠 五臣本作盜字 狗輕猾之徒 善曰漢書曰灌嬰睢陽販繒者也高祖爲沛公以中涓從後剖符食潁陰至丞相又曰樊噲沛人也以屠狗爲事高祖爲沛公以舍人從後封舞陽侯 向曰翼輔崛特也鬻販也猾狡也 或崇以連城之賞或任以阿衡之地 善曰班固漢書賛曰藩國大者跨州兼郡連城數十毛詩曰實惟阿衡左右商王毛萇曰阿衡伊尹也 濟曰連城之賞謂韓信彭越也阿衡謂倚平天下事也謂丞相蕭何周勃之屬 故勢疑則隙生力侔則亂起蕭樊且猶縲紲信越終見葅戮 五臣本作醢 不其然乎 善曰李陵書曰昔蕭樊囚執韓彭葅醢 良曰勢疑謂威武彊盛見疑於君也侔齊也蕭蕭何樊樊噲也縲紲謂拘繫也信韓信越彭越也葅醢戮殺也 自玆以降迄于 五臣作乎 孝武宰輔五世莫非公侯遂使縉 五臣本作搢 紳道塞賢能蔽壅 善曰司馬相如封禪書曰因雜縉紳先生之略衛臣瓚曰縉赤色紳大帶也 翰曰迄至也除高祖至武帝皆以勳臣爲宰輔搢紳道塞謂賢才壅塞不得通也 朝有世及之私下多抱關之怨 善曰禮記曰大人世及以爲禮漢書曰蕭望之署小苑東門候王仲翁謂望之曰不肯録録反抱關爲 銑曰世及謂父子相承也 其懷道無聞委身草莽者亦何可勝言 善曰論語陽貨謂孔子曰懷其寶而迷其邦淮南子曰今至人生於亂世含德懷道而死者衆天下莫知貴其不言也 向曰言懷道德委棄草澤者多也 故光武鑒前事之違存矯枉之志 善曰班固漢書賛曰漢興懲強秦之敗大啓九國可謂矯枉過其正也 濟曰鑒視也矯直也言視前漢不任賢能存其曲直之意 雖寇鄧之高勳耿賈之鴻烈分土不過大縣數四所加 五臣本有不過二字 特進朝請而已 善曰范曄後漢書曰寇恂字子翼封雍奴侯邑萬戶爲執金吾鄧禹字仲華爲大司徒封高密侯食邑四縣耿弇字伯昭封好時侯食二縣以列侯奉朝請賈復字君文封膠東侯食六縣以列侯加位特進蔡邕獨斷曰諸侯功德優盛朝廷所異者賜位

特進位在三公下孟康漢書注曰律春曰朝秋曰請良曰鴻大列業也言並高功大業所封不過四縣加位不過特進而已觀其治平臨政課職責咎將所謂導之以法齊之以刑者乎善曰論語子曰導之以政齊之以刑民免而無恥翰曰言光武政平法明得刑法之中若格之功臣其傷已甚銑曰格取也言取功臣而任之其傷政則甚何者良曰蓋自發問以明下文直繩則虧喪恩舊撓五臣本從木情則違廢禁典善曰范曄後漢書第五倫上疏曰臣愚以爲貴戚可封侯以富之不當職事以任之何者繩以法則傷恩私以恩則違憲向曰喪傷撓曲也言於公法直則傷恩私曲情於私則發典憲選德則功不必厚舉勞則人或未五臣本作非賢參任則羣心難塞並列則其弊未遠善曰言選德棄功衆差雜用則怨望必多故云難塞若論功棄德並列於朝即葅戮相仍故云未遠濟曰若選有德則無功若選有功則無德參三也若三分而任則衆意不滿中半並列其政之弊則不遠矣不得不校其勝否即以事相權善曰言尊功而不尊德此功權於德任德而不任功此德權於功漢書曰量資弊權輕重於是有毋權子而行有子權毋而行韋昭曰重爲毋輕爲子衡平濟曰校考否惡也言既功臣之中考取勝者相與制其權宜爲恩舊腹心也故高秩厚禮允荅元功峻文深憲責成吏職善曰漢書曰翟方進爲相峻文深詆中傷者尤多良曰秩禄允信元大也以高禄重禮信荅大功也峻深憲法言立深法責成吏人之職建武之世善曰建武光武年號侯者百數若夫數公者則與參國議分均休咎其餘並優以寬科完其封禄莫不終以功名延慶于後善曰范曄後漢書郎顗上疏曰攘災延慶號令天下翰曰建武光武年號也數公謂鄧禹吳漢等也均同也休咎善惡也其餘謂鄧吳之外功臣也優饒也寬科謂省寬法也完全慶福也後謂子孫也昔留侯以爲高祖悉用蕭曹故人五臣本有

而字郭伋亦議五臣本作譏南陽多顯鄭興又戒功臣專任善同銑注銑曰留侯張良也漢初定天下高祖從複道望見諸將偶語上謂良曰此何語也良曰此人謀反耳上曰何故而反良曰陛下與此屬取天下所封皆蕭曹故人所誅皆平生仇怨故相聚謀反上曰爲之柰何良曰陛下取素不快意一人封之則定矣於是乃封雍齒衆曰雍齒且侯吾屬無患矣郭伋謂光武曰選補衆職當簡天下賢俊不宜專用南陽人帝甚納之鄭興上疏於光武曰道路流言咸曰朝廷欲專任功臣功臣任則位謬也夫崇恩偏授易啓私溺之失至公均被必廣招賢之路意者不其然乎善曰班固漢書引曰崇恩德以撫海內仲長子昌言曰人主臨之以至公向曰言崇舊恩偏授其任則易開沒溺私情之失至公無私均被天下則賢路廣開也永平中顯宗追感前世功臣乃圖畫二十八將於南宮雲臺其外又有王常李通竇融卓茂善曰顯宗明帝范曄後漢書曰王常字顏卿潁川人封山桑侯拜爲横野大將軍位次與諸將絶席又曰李通字次光南陽人封固始侯拜大司空又曰竇融字周公扶風人封安豐侯爲衛尉又曰卓茂字子康南陽人爲密令世祖即位以茂爲太傅向曰永平明帝年號顯宗明帝廟號合三十二人故依五臣本有其字本第係之篇末以志功五臣本有臣字次云爾濟曰係繫也言以次第繫此篇之後

宦者傳論

善曰宦者養也養閹人使其看宦又此是小臣後漢用之尊重故集爲傳論良曰周以爲閹人今謂之宦者官比郎中古者小臣而後漢用尊重故集爲傳作其論云

范蔚宗

易曰天垂象聖人則之宦者四星在皇位之側善曰仲長子昌言曰天文宦者四星在帝座西而周禮有其官職翰曰垂象謂宦者星也皇位則帝座也故周禮置官亦備其數閽者守中門之禁善曰周禮曰閽人掌

守王宫之中門之禁鄭玄曰中門於外内爲中　銑曰備數也
謂周禮云奄十人閽十人奄守門者中門用奄人爲之取所宜
也**寺**侍**人掌女宫之戒**善曰周禮曰寺人掌王之内人及女宫之戒令　向曰寺人亦
奄屬戒令也**又云王之正内者五人**善曰周禮曰寺人王之正内五人内路寢也
濟曰王之正内謂路寢也五人周制之數也**月令仲冬**五臣有命字漢書同**閹尹審**
門閭謹房室善曰禮記文也鄭玄曰閹尹主領閹豎之官也於周則爲内宰掌治王之内政宫令誡出
入及關閉之屬也重閉外内門　良曰閹尹閹官也閽亦門也審謹閉之者順冬氣也**詩之小雅亦**
有巷伯刺讒之篇善曰毛詩小雅曰巷伯刺幽王也寺人傷於讒而作是詩也毛萇曰巷伯
内小臣也　翰曰小雅詩篇名巷伯宫中閹官也幽王聽此人之讒故有此刺之**然宦人之在王**
朝者其來舊矣將以其體非全氣情志專良通
關中人易以役養乎善曰老子曰未知牝牡之合而全作王弼曰作長也無物以損其身

故全長也漢書曰元帝以石顯久典事中人無外黨精專可信
任遂委以政應劭漢官儀曰掖庭後宫所處中宫謂諸中人
銑曰體非全氣謂無陽道也良善也中人謂宫人也養使也**然而後世因之才任稍**
廣其能者則勃貂管蘇有功於楚晉善曰左氏傳曰呂郤
畏偪焚公宫而殺晉侯寺人披請見公見之以難告又曰晉侯
問原守於寺人勃鞮對曰昔趙衰以壺飧從徑餒而弗食故使
處原杜預曰勃鞮披也史記以勃鞮爲履貂上新序曰楚恭王
有疾告諸大夫曰管蘇犯我以義違我以禮與處不安不見不
思然而有德焉吾死之後爵之於朝申侯順吾所欲行吾所樂
與處則安不見則思然未嘗有得焉必速遣之　向曰稍漸也
言漸廣材能者而用之餘同善注**景監繆賢著庸於秦趙**善曰史記曰商鞅入
秦因孝公寵臣景監以求見又曰藺相如爲趙宦者令繆賢舍
人趙求人使報秦者未得宦者令繆賢曰臣舍人藺相如可使
濟曰景監繆賢皆閹人也監進商鞅於孝公以成霸業繆
賢進藺相如於趙惠文王而趙彊盛是著功也庸功也**及**
其弊也則豎刁亂齊伊戾禍宋善曰左氏傳曰齊桓公卒易牙入與寺人

貂因内寵以殺群吏而立公子無虧孝公奔宋杜預曰寺人内
閹官豎刁也史記曰豎貂爲豎刁竝音凋左氏傳曰楚客聘於
晉過宋太子知之請野享之公使往伊戾請從至則爲坎用牲
加書徵之而騁告公公曰太子將爲亂既與楚客盟矣公使視
之則信有焉太子死公徐聞其罪乃亨伊戾　良曰弊惡也同善注**漢興仍襲秦制置中**
常侍官然亦引用士人以參其選皆銀璫左貂
給事殿省善曰范曄後漢書朱穆曰案漢故事中常侍或用士人建武以後乃悉用宦者假貂璫之飾任
常伯之職　翰曰初乃襲因也爲天子給使於殿省之上也**及高后稱制乃以張卿**
爲大謁者出入卧内受宣詔命善曰漢書高后紀曰太后臨朝稱制蔡邕
曰天子命令之别一曰制書然制非皇后所行故曰稱也漢書
劉澤傳田生求事呂氏所幸大謁者張釋卿如淳曰奄人也呂
后紀云張釋劉澤傳又曰張卿然則張釋字子卿今漢書或爲
釋卿誤也仲長子昌言曰宦豎傳近房卧之内交錯婦人之間
銑曰謁者宦人之官**文帝時有趙談北宫伯子頗見親倖**善曰

漢書曰孝文時宦者則趙談北宫伯子**至於孝武亦愛李延年**善曰漢書曰孝
武時宦者李延年**帝數宴後庭或潛游離館故請奏機事**
多以宦人主之善曰漢書曰蕭望之以武帝游燕後庭故用宦者非國舊制仲長子昌言曰至於武
皇游燕後庭置中書之官領受軍事漢官解故曰機事所揔號令攸發胡廣曰機密之事**元帝之世史**
游爲黄門令勤心納忠有所補益善曰漢書曰急就一篇元帝黄
門令史游作董巴輿服志曰禁門曰黄闥中人主之　翰曰著急就一篇故云有所補益**其後弘恭石**
顯以佞險自進卒有蕭周之禍損穢帝德焉善曰
漢書曰前將軍蕭望之及光禄大夫周堪建議以爲宜罷中尚
書宦官應古不近刑人由是大與石顯忤後皆害焉望之自
殺堪廢錮不得復進用　銑曰望之自殺堪被廢不見進用是穢損帝德**中興之初宦官悉用**
閹人不復雜調他士善曰如淳漢書注曰調選也　向曰他士外人也**至永**

平中始置員數中常侍四人小黃門十人和帝即祚幼弱而竇憲兄弟專總權威善曰范曄後漢書曰孝和皇帝諱肇肅宗子也年十歲竇太后詔曰竇憲朕之元兄當以舊典輔斯職焉　濟曰永平明帝年號祚福也竇憲太后兄也權柄威力也言專總國柄有威力於天下內外臣僚莫由親接所與居者唯閹宦而已故鄭衆得專謀禁中終除大憝徒對反　善曰史記曰景帝居禁中如淳漢書注曰省中本爲禁中蔡邕曰禁中者門戶有禁非侍御不得入故曰禁中尚書曰元惡大憝　良曰言和帝幼劣竇憲執權內外官僚皆不得親近所近者唯閹宦而已後憲謀不軌中常侍鄭衆謀誅之憝惡也大惡則憝也遂享分土之封超登宮卿之位於是中官始盛焉善曰范曄後漢書曰鄭衆字季産南陽人和帝初竇憲圖作不軌衆遂首謀誅之以功遷大長秋封鄭鄉侯食邑千五百戶　翰曰同善注宮卿則大長秋也自明帝以後迄乎延平善曰范曄後漢書曰安帝年號延平　銑曰迄至也餘同善注委用漸大而其員稍增五臣本作其員數稍增中常侍至有十人小黃門五臣本有亦字二十人改以金璫右貂兼領卿署之職向曰璫貂侍中服飾卿九卿署司也言閹人兼主之也鄧后以女主臨政而萬機殷遠善曰立殤帝太后臨朝　濟曰鄧后和帝母殷衆也朝臣國議無由參斷帷幄稱制下令不出房闈之間不得不委用刑人寄之國命善曰范曄後漢書朱穆曰自和熹太后以女主稱制不接公卿乃以閹人爲常侍小黃門通命兩宮　良曰言婦人執政無從與朝臣參斷制令所出不過房闈故不得不委用閹人以通國命手握王爵口含天憲善曰范曄後漢書諫議大夫劉陶上疏訟朱穆曰今權宦傾擅朝室手握王爵口含天憲非所以崇尊顯之高業守和平之隆祚　翰曰王爵官柄也天憲謂帝王法令也言皆出於黃門非復掖庭永巷之

職五臣本作役閨牖房闈五臣本作閨之任也善曰漢書曰掖庭八丞又曰永巷官皆取其領事之號或曰永巷則永巷僕射　銑曰宦者本掖庭閨房使役人而今皆執權政故云非復也掖庭永巷皆宮名其後孫程定立順之功曹騰參建桓之策善曰范曄後漢書曰孫程字稚卿涿郡人安帝時爲中黃門時江京等廢皇太子爲濟陰王明年帝崩立北鄉侯爲天子十月北鄉侯疾篤程謂濟陰王謁者長興渠曰王以嫡統遂至廢黜若北鄉不起共斬江京事乃可成渠然之北鄉薨程與十八人謀於西鍾下皆截衣爲誓斬江京迎濟陰王立之是爲順帝封程浮陽侯又曰順帝諱保安帝之子又曰曹騰遷中常侍桓帝立騰以定策封費亭侯大長秋　向曰善注同續以五侯合謀梁冀受鉞善曰范曄後漢書曰單超河南人徐璜下邳人具瑗魏郡人左悺河南人唐衡潁川人桓帝呼超悺入室謂曰梁將軍兄弟專國今欲誅之於常侍意如何超等對曰誠國姦賊當誅日久五人遂定其議帝齧超臂出血爲盟於是詔收冀悉誅之超封新豐侯璜武原侯瑗東武侯悺上蔡侯衡汝陽侯五人同日封故俗謂之五侯　濟同善注迹因公正恩固主心故中外服從上下屏氣善曰屏氣言恐懼也論語曰屏氣似不息者范曄後漢書曰陽球既誅王甫權門聞之莫不屏氣　良曰言內外之官懼閹宦之威皆屏氣而恐或稱伊霍之勳無謝於往載或謂良平之畫復興於當今善同翰注　翰曰伊尹霍光皆先代輔佐之臣陳平張良皆謀畫之臣閹官之屬自稱同也雖時有忠公而竟見排斥舉動回山海呼吸變霜露阿旨曲求則寵光三族直情忤意則參夷五宗漢之綱紀大亂矣善曰陳琳檄曰所愛光五宗所惡滅三族　銑曰迴山海變霜露言其氣勢盛也三族謂母族妻族家族也五宗謂上自曾祖下至玄孫若夫高冠長劍紆朱懷金者布滿宮闈善曰枚乘兎園賦曰高冠扁焉長劍閈焉法言曰或問使我紆朱懷金其樂不可量也李軌曰朱紱也　向曰高冠長劍武夫之服金金印也闈宮門布滿言多也苴子余反茅分虎南面臣民者蓋

以十數善曰尚書緯曰天子社東方青南方赤西方白北方黑上冒以黃土封諸侯各取方土苴以白茅以爲社漢舊儀曰郡國銅虎符三翰曰苴裹也王者以茅裹五色土封諸侯虎謂金虎符也南面謂諸侯南面稱孤也言如此十數人府署第館基五臣本作棊字列於都鄙子弟支附過半於州國南金和寶冰紈霧縠之積盈仞五臣本作牣音刃珍藏善曰毛詩曰元龜象齒大賂南金韓子曰楚人和氏得玉璞於楚山之中奉而獻之王使玉人理其璞而得寶焉漢書曰齊地織作冰紈臣瓚曰紈之細密如堅冰也子虛賦曰織羅垂霧縠良曰第館宅也都鄙皆國也支附謂親屬也天下州國之官過半是閹人親屬紈繒也縠紗也冰者如冰之絜霧者如霧之輕物滿也嬙墻媛侍兒歌童舞女之玩充備綺室善曰左氏傳子西曰今闔夫差宿有妃嬙嬪御焉杜預曰妃嬙貴者也漢書曰初爰盎爲吳相時從史盜私盎侍兒文穎曰婢也仲長子昌言曰爲音樂則歌兒舞女千曹而迭起左氏傳晏子謂齊侯曰高臺深池撞鐘舞女良曰嬙媛嬪御也侍兒侍婢也充滿備具也綺室綺帳也狗

文五十

九

馬飾彫文土木被緹啼繡善曰漢書東方朔曰土木衣綺繡狗馬被繢罽佞倖傳曰董賢起大第闕下土木之功窮極伎巧柱檻衣以綈錦翰曰彫畫也土墻木屋也言皆被以緹繡之文皆剥割萌黎競恣五臣本作氓黎恣極奢欲搆害明賢專樹黨類其有更相援引希附權彊者皆腐五臣本無皆字身熏子以自銜達善曰班固漢書曰司馬遷述曰嗚呼史遷薰胥以行刑韋昭曰古者腐刑必薰合之銑曰泯黎庶人也援引謂舉附也權彊謂閹人之黨也言有仕人託附閹宮以求進者或自腐重其刑體同於閹人以自銜露而求聞達同弊相濟故其徒有繁善曰潘元茂九錫文曰同惡相濟尚書曰簡賢附勢實繁有徒向曰弊惡也繁多也敗國蠹政之事不可殫書所以海内嗟毒志士窮棲寇劇緣間搖亂區夏善曰韋昭國語注曰山呂曰棲劉騊駼與李子堅書曰下車背乘劇賊未禽韓詩曰讒言緣間而起濟曰蠹蟲亦敗也殫盡毒病也窮棲謂深隱也

寇甚劇甚也言閹官爲暴之甚緣其間隙起其讒言動亂於國雖忠良懷憤時或奮發而言出禍從旋見孥戮善曰尚書曰予則孥戮汝良曰憤怨也奮發謂出怒言也孥子也謂諫者并子見戮因復大考鉤黨轉相誣染善曰東觀漢記曰靈帝時故大僕杜密故長樂少府李膺各爲鉤黨尚書曰下本州考治時上年十三問諸常侍曰何鉤黨諸常侍對曰鉤黨人即黨人也即可其奏翰曰考謂捶擊也鉤黨謂鉤取諫者同類使轉相誣謗而殺之也凡稱善士莫不罹五臣本作離被災毒善曰桓子新論曰居家循理鄉里和順出入恭敬言語謹遜謂之善士銑曰離逢被加也言朝廷稱爲善士者逢閹黨皆加其災毒也竇武何進位崇戚近乘九服之囂怨協羣英之勢力而以疑留不斷至於殄敗斯亦運之極乎善曰周書曰乃辨九服之國謝承後漢書曰黃向對策以爲羣英之表范曄後漢書曰竇武字游平扶風人也女立爲皇后武爲大將軍謀誅中官曹節等矯詔將兵誅武又曰何進字

文選五十

十

遂高南陽人也女弟立爲皇后爲大將軍靈帝崩袁紹說進令誅中官謀泄張讓趙忠等因進入省共殺進應劭風俗通曰秦因愚弱之極運向曰同善征戚親辭謂也疑留謂遲留未斷之間而見滅也言此者亦歎之運命盡乎極盡也雖袁紹龔行芟夷無餘善曰范曄後漢書曰袁紹勒兵斬趙忠捕宦官無少長悉斬之張讓投河而死尚書曰今予恭行天之罰左氏傳君子曰周任有言爲國家者見惡如農夫之務去草焉芟夷藴崇之絕其本根勿使能殖濟曰龔行謂奉行天子命罰也芟刈也夷殺也無餘言捴盡初袁紹起義兵誅董卓斬趙忠捕宦無少長悉斬之然以暴易亂亦何云及善曰史記伯夷歌曰登彼西山兮言采其薇以暴易亂兮不知其非良曰袁紹雖誅閹官之暴而自爲亂故云易亂亦何云及謂不可及於政道也自曹騰說梁冀竟立昏弱善曰同翰注翰曰大將軍梁冀欲立清河王以下宦者曹騰說冀曰君若立長禍必及身遂立桓帝是皆弱者魏武因之遂遷龜鼎善曰尚書曰寧王遺我大寶龜紹天明命左氏傳曰孫滿曰桀有昏德鼎遷於商商紂暴虐鼎遷於周銑曰龜國寶鼎大器皆喻帝位也遷謂移禪於魏也所

謂君以此始必以此終信其然矣五臣無然字善曰左氏傳曰晉荀林父及楚子戰於邲楚子見左廣將從之乘屈蕩戶之曰君以此始亦必以此終　向曰言始以閹官得位亦以閹官而失國謂曹操即騰之孫

逸民傳五臣本無傳字論向曰謂自放逸不爲時俗所拘懷道不見雜居無名王侯不能臣榮利不能動爲逸人

范蔚宗善曰何晏論語注曰逸民言節行超逸

易稱遯之時義大矣哉善曰易曰艮下乾上遯彖曰遯之時義大矣哉孔子曰遯逃也謂夫代不求利是其大也　良曰遯逃也喻勢利侵已已能逃避是遯之時義大也又曰不事王侯高尚其事善曰周易蠱卦上九爻辭　良曰事謂幽寂之事也是以堯稱則天而不屈潁陽之高善曰論語子曰唯天爲大唯堯則之呂氏春秋曰昔堯朝許由於沛澤之中請屬天下於夫子許由遂之潁水之陽　良曰許由逃於潁陽而堯不能屈其志武盡美矣終全孤竹之潔善曰論語曰子謂武盡美矣未盡善也史記伯夷叔齊孤竹君之子也武王已平殷亂天下宗周而伯夷叔齊恥之義不食周粟隱於首陽山　翰同善注自茲以降風流彌繁長往之軌未殊而感致之數匪一善曰琴賦曰體制風流莫不相襲西征賦曰悟山潛之逸士卓長往而不返　銑曰自茲以降謂許由伯夷以下也風流謂隱居之流也彌繁言漸多也軌迹也不殊言隱逸同也感致匪一謂以下事或隱居以求其志或迴避以全其道善曰論語孔子曰隱居以求其志行義以達其道又曰賢者避世其次避地　向曰謂迴避濁代以全至道也或靜己以鎮其躁或去危以圖其安或垢俗以動其槩或疵物以激其清善曰言或靜默隱居以鎮心之躁競或去彼危難以謀己之安全也又曰言或垢穢時俗以動其槩或疵點萬物以發其清槩猶操也　濟曰鎮壓躁動圖謀垢穢也槩節槩也疵病激絜也然觀五臣本無觀字其甘心畎畝之中憔悴江海之上善曰莊子曰舜以天下讓其友北人無擇北人無擇曰異哉后之爲人也居於畎畝之中而遊堯舜之門不若是而已又曰就藪澤處閒曠此江海之士避世之人也閒暇者之所好也　濟曰畎畝之耕稼之事憔悴謂枯槁也豈必親魚鳥樂林草哉亦云介性所至而已善曰世說簡文入華林園顧謂左右曰覺鳥獸禽魚自來親人爾　良曰言隱者豈親樂山水哉言特稟耿介之性也故蒙耻之賓屢黜不去其國蹈海之節千乘莫移其情善曰列女傳曰柳下惠死妻誄之曰蒙耻救民德彌大兮雖遇三黜終不蔽兮史記曰魯仲連謂新垣衍曰秦即爲帝則連蹈東海死耳又曰魯連下聊城田單歸而欲爵之魯連逃隱於海上　翰曰蒙冒黜退也言柳下惠冒耻以救人雖三遭退而不逃去其國魯連爲齊却燕軍齊欲爵連連乃逃於海上言雖封千乘之國亦不移其隱逸之情適使矯易去就則不能相爲矣善曰論語曰長沮桀溺耦而耕孔子過使子路問津焉桀溺曰與從避人之士豈若從避世之士哉子路行以告夫子曰天下有道丘不與易也漢書賈誼上書曰胡越之人雖死不相爲者教習然也　銑曰適向也矯直也言直易二賢之性迴其去就彼此不能相爲也彼雖硜硜有類沽名者善曰論語曰子擊磬於衛有荷蕢而過孔氏之門者曰有心哉擊磬乎既而曰鄙哉硜硜乎莫已知也已又子貢曰有美玉於斯韞櫝而藏諸求善價而沽諸孔子曰沽之哉沽之哉我待價者也　向曰硜硜堅勁貌沽名謂沽賣其名聲也然而蟬蛻稅囂埃之中自致寰區之外善曰淮南子曰蟬飲而不食三十日而蛻　濟曰隱者去塵俗之內致寰區之外有如蟬之蛻形耳寰區國之封域也異夫飾智巧以逐浮利者乎善曰淮南子曰古之人同氣于天地與一世而優遊及偽之生飾智以驚愚設詐以巧上　良曰浮利榮華也言去囂俗之人異於脩飾智詐以逐榮華之事荀卿有言曰志意脩則驕富貴道義重則輕王公也善曰荀卿子曰志意脩則驕富貴矣道義重則輕王公矣內省則外物輕矣　翰曰荀卿子隱者也驕輕也言重內者則

輕外物也漢室中微王莽篡位士之蘊藉慈夜反義憤甚矣善曰東觀漢記曰相榮溫恭有蘊藉明經義文穎曰謂寬博有餘也　銑曰微弱篡奪也　向曰蘊藉寬和貌憤怨也言王莽篡漢當時寬和之人皆怨而去之是時裂冠毀冕相攜持而去之者蓋不可勝數善曰范曄後漢書曰胡剛清高有志節值王莽居攝解其衣冠縣府門而去遂亡命交趾隱於屠肆之間左氏傳王使詹桓伯辭於晉侯曰伯父若裂冠毀冕拔本塞原毛詩序曰百姓莫不相攜而去焉　濟曰言漢朝高潔之士怨莽之篡皆毀裂冠冕相攜隱遁揚雄曰鴻飛冥冥弋者何篡焉言其違患之遠也善曰法言曰鴻飛冥冥弋者何篡焉宋衷曰篡取也鴻高飛冥冥薄天雖有弋人執繒繳何所施巧而取焉翰賢者深居亦不罹篡亂之害今篡或為慕誤也　良曰鴻水鳥也冥冥高也篡取也言鳥飛既高弋射者何所取喻隱者居深以避禍患矣光武側席幽人求之若不及善曰國語越王夫人去笄側席而坐韋昭曰側猶特也禮憂者側席而坐班固漢書公孫

弘贊曰上方欲用文武求之如不及　翰曰禮有憂者側席而坐光武側席是憂幽人不至矣旌帛蒲車之所徵賁彼義反相望於巖中矣善曰言招士或旌以帛也漢書曰武帝以枚乘年老乃以安車蒲輪徵周易曰賁于丘園束帛戔戔銑曰旌招賢之表識帛束帛蒲車招隱之車也徵求賁飾也相望巖中言多也若薛方逢步江反萌聘而不肯至善曰漢書曰薛方字子容王莽以安車迎方方因使者辭謝曰堯舜在上下有巢許今明主方隆唐虞之德亦猶小臣欲守箕山之節也使者以聞莽說其言不強致也世祖即位徵方於道病卒范曄後漢書曰逢萌字子康北海人也王莽殺其子宇萌將家屬入海客於遼東光武即位徵萌詔以老耄迷路東西語使者曰朝廷所以徵我者以其有益於政尚不知方面所在安能濟時乎即便駕歸連徵不起以壽終嚴光周黨王霸至而不能屈善曰范曄後漢書曰嚴光一名遵會稽人與光武同游學及光武即位聘之三反而後至舍於北軍車駕即日幸其館光臥不起帝即其臥所撫光腹曰咄咄子陵不可相助為政邪又眠不應良久乃張目熟視曰昔唐堯著德巢父洗耳士故有志何至相迫乎又曰周黨字

伯況太原人辞中徵為議郎以病去職遂將妻子居于澠池後復徵不得已乃著短布單衣穀皮綃頭巾待見尚書及光武引見黨伏而不謁自陳願守所志帝乃許焉又曰王霸字仲儒太原人建武中徵到尚書拜稱名不稱臣有司問其故霸曰天子有所不臣諸侯有所不友以病歸隱居守志　濟同善注羣方咸遂志士懷仁善曰郭象莊子注曰一方得而羣方失論語子曰志士仁人無求生以害仁禮記曰君子有禮故物無不懷仁　良曰言光武之時羣方皆遂志士無不懷其仁心焉斯固所謂舉逸人五臣本作民字則天下歸心者乎善曰論語子曰舉逸人天下之人歸心焉　翰曰君舉逸人則天下之人歸心也肅宗亦禮鄭均而徵高鳳以成其節善曰范曄後漢書曰肅宗孝章皇帝又曰鄭均字仲虞東平任城人建初六年公車特徵再遷尚書數納忠言肅宗敬重之以疾乞骸骨又曰高鳳字文通南陽人建初中將作大匠任隗舉鳳直言到公車託病逃歸隱身漁釣終於家　銑同善注自後帝德稍衰邪孽當朝處子耿介五臣本有蓋字與卿相等列善曰束廣微補

亡詩曰堂堂處子楚辭曰獨耿介而不隨俗　向曰稍漸也邪孽謂閹官之屬也處子謂隱居不仕之人耿介謂執節守度也羞恥也列行列也至乃抗憤而不顧多失其中行焉善曰論語子曰不得中行而與之必也狂狷乎　濟曰高抗憤怒而不迴顧者亦失其順中之行焉蓋錄其絕塵不及五臣本作反字同夫作者列之此篇善曰莊子顏回問於仲尼曰夫子步亦步夫子趨亦趨夫子馳亦馳奔逸絕塵而瞠乎若後耳司馬彪曰言不可及也論語子曰作者七人包咸曰七人謂長沮桀溺丈人石門荷蕢儀封人楚狂接輿　良曰絕塵謂絕塵離俗往而不反者則周末七人列於此篇

宋書謝靈運傳論

沈休文善同翰注　翰曰約脩宋書至靈運傳嘉其文章因為此傳論於下以敘文章利害是非焉

史臣曰民稟天地之靈含五常之德剛柔迭用

喜愠分情善曰漢書曰夫人肖天地之貌有生之最靈者也又曰凡民函五常之性而剛柔不同史記曰況褱五常含好惡鄭玄禮記注曰五常五行也孔安國尚書傳曰五行之德王者相承以取法禮記曰何謂七情喜怒哀懼愛惡欲　銑曰靈異也迭更愠恨也夫志動於中則歌詠外發善曰毛詩序曰情動於中而形於言嗟歎之不足故永歌之又曰情發於聲聲成文謂之音　向曰在心爲志發言爲詩詩則歌詠也六義所因四始攸繫升降謳謠紛披風什善曰鹿鳴之什說者云詩每十篇同卷故曰什也　濟曰六義一曰風二曰賦三曰比四曰興五曰雅六曰頌四始謂國風大雅小雅并頌也攸所也紛披言多也雖虞夏以前遺文不覩稟氣懷靈理無或異善曰虞書有帝庸作歌夏書有五子之歌已前不見歌文古猛毛允行曰稟氣有豐約受形有短長　良曰虞舜夏禹也覩見也受氣懷靈謂人也理人理也言人理古今無異也然則歌詠所興宜自生民始也周室既衰風流彌著善曰幽厲之時多有諷刺在下祖習如風之散如水之流故曰彌著　翰曰歌詠樂也太古已有樂則知歌詠從生人始也周室既衰怨刺之詩隨其風流彌加明著屈平宋玉導清源於前賈誼相如振芳塵於後善曰孫卿子曰君子養源源清則流清陸機大暑賦曰播芳塵之馥馥　銑曰屈原作離騷經宋玉著九辯並楚人也導引源本也賈誼相如並前漢文章之士振舉也芳塵謂美聲英辭潤金石高義薄雲天善曰仲長子昌言曰英辭雨下吳越春秋樂師謂越王曰君王德可刻之於金石淮南子曰夫道潤乎草木浸乎金石法言曰或問屈原相如之賦孰愈曰原也過以浮如也過以虛過浮者蹈雲天過虛者華無根然原上援稽古下引鳥獸其著意子雲長卿亮不可及也　向曰英美也言美辭可以潤澤金石也薄迫也迫雲天言高也自茲以降情志愈廣王褒劉向楊班崔蔡之徒善同濟注　濟曰愈益也楊雄班固崔駰蔡邕此六人並漢朝文章之士異軌同奔遞相師祖善曰禮記曰仲尼祖述堯舜　良曰軌迹奔行師法祖述也言已上六人迹雖異同行於時雖清辭麗曲時發

乎篇而蕪音累氣固亦多矣善曰賈逵國語注曰蕪穢也累猶負也　翰曰言文章清麗之句時時有之蕪穢累重固亦多矣若夫平子艷發文以情變絕唱高蹤久無嗣響善曰平子張衡字也　銑曰艷美也言張平子文章之美無能繼其音響至于建安曹氏基命三祖陳王咸蓄盛藻善曰續晉陽秋曰及至建安而詩章大盛尚書曰王如不敢及天基命定命魏志曰明帝青龍四年有司奏武皇帝爲魏太祖文皇帝爲魏高祖明皇帝爲魏列祖也　向曰建安獻帝年號曹氏基命謂魏太祖始封魏王三祖謂武帝文帝明帝陳王謂武帝子植也咸皆蓄積也言三祖及陳王皆積盛才於懷也甫乃以情緯五臣本有物字以文被質善曰鄭玄周禮注曰甫始也言始將情意以緯於文　濟曰甫始也緯猶織也以文被質謂文質相參也自漢至魏四百餘年辭人才子文體三變相如工爲形似之言二班長於情理之說子建仲宣以氣質爲體良曰二班謂叔皮孟堅也情理謂得事之實也氣質謂有力也三變謂形似情理氣質並標能擅美獨映當時是以一世之士各相慕習源五臣本作原字其飆流所始莫不同祖風騷善曰續晉陽秋曰自司馬相如王褒楊雄諸賢代尚詩賦皆體則風騷詩總百家之言飆流即風流言如風之散如水之流廣雅曰祖法也　良曰擅專也映照也原本也漢魏以來才子風流皆同祖述詩騷也風則詩國風也徒以賞好異情故意製相詭善同銑注　銑曰徒但詭變也言祖述雖同但以賞好者異故隨製作而變降及元康潘陸特秀善曰續晉陽秋曰遠乎西朝之末潘陸之徒有文質而宗師不異　向曰元康晉惠年號潘安仁陸士衡獨爲當代文章之秀特獨也律異班賈體變曹王縟旨星稠繁文綺合善曰論衡曰德彌盛者文彌縟又曰或能陳得失奏便宜應經傳文如星月若谷子雲唐子高者並爲高第漢書宣帝曰辭賦譬如女工有綺縠也　濟曰律法也言潘陸文章體班固賈誼曹植王粲也縟

繁飾也星稠綺合喻文章秀媚綴平臺之逸響采南皮之高韻善曰漢書曰梁孝王廣治睢陽城爲複道自宮連屬於平臺三十餘里招延四方豪傑逸響謂司馬相如之文南皮魏文帝所遊也高韻謂應徐之文也　良曰同善注高韻謂應瑒陳林之文也綴猶緝也遺風餘烈事極江右善曰史記曰宣王法文武遺風春秋元命苞曰文王積善所潤之餘烈　翰曰列業極盡也江右即西晉在晉中興玄風獨扇爲學窮於柱下博物止乎七篇馳騁文辭義殫乎五臣本作於字此善曰續晉陽秋曰正始中王弼何晏好莊子玄勝之談而俗遂貴焉　銑曰玄道扇盛也柱下謂老子爲周柱下史制道德經五千言博大也七篇謂莊周著書內篇有七也言中興之後人承王弼何晏之風學者義理盡於莊老殫盡也自建武暨于義熙歷載將百善曰建武晉元帝年號義熙安帝年號載年也　向同善注雖比響聯辭波屬雲委善曰蒼頡篇曰馳遊如濤波仲長統昌言曰妙句雲布孝經鉤命決曰雲委霧散殊錯沈浮　濟曰屬續委積也言文章盛多也莫不寄言上德託意玄珠善曰孫綽子曰莊子多寄言渾沌得宗象罔得珠老子道德經曰上德不德是以有德莊子曰黃帝遊乎赤水之北登乎崑崙之丘而南望還歸遺其玄珠郭象曰此明得眞之所由　良曰上德謂無爲之化也玄珠喻至道也言爲文者皆寄託於此遒麗之辭無聞焉耳善曰孫綽集字曰綽文藻遒麗公羊傳曰紀子伯者何無聞焉爾　翰曰遒猶美也言皆寄道德不爲美辭者也仲文始革孫許之風叔源大變太元之氣善曰續晉陽秋曰許詢有才藻善屬文詢及太原孫綽轉相祖尚又加以三世之辭而風騷之體盡矣詢綽並爲一時文宗自此作者悉化之至義熙中謝混始改之　銑曰仲文殷仲文革改也孫綽許詢以莊老爲宗仲文改之太元武帝年號也言叔源變武帝時文章之氣而復舊體謝混字叔源爰逮宋氏顏謝騰聲靈運之興會標舉延年之體裁明密並方軌前秀垂範後昆善曰興會情興所會也鄭玄周禮注曰興者託事於物也體裁制也謝承後漢書曰魏朗爲河內太守明密法令也尚書曰垂裕後昆　向曰顏顏延年也謝謝靈運也標高方並軌述範法昆嗣也

若夫敷衽論心商榷前藻善曰楚辭曰跪敷衽以陳辭陸機樂府篇曰商榷爲此歌　濟曰衽襟也榷略也言布襟論心商榷前人文藻之妙工拙之數如有可言夫五色相宣八音協暢善曰文賦曰暨音聲之迭代若五色之相宣　良曰五色五方之色宣明也八音金石絲竹匏土革木也協合暢通也由乎玄黃律呂各適物宜善曰周易曰象其物宜是故謂之象　翰曰言顏色音聲各隨物宜所適也欲使宮羽相變低昂舛節銑曰宮爲君羽爲事低昂高下也舛背也言宮羽之聲相變則高下背節也若前有浮聲則後須切響一簡之內音韻盡殊兩句之中輕重悉異向曰一簡謂一行言一行之中音韻輕重悉須相避不可同聲妙達此旨始可言文至於先士茂製五臣本作制諷高歷賞善曰言諷詠之者咸以爲高歷載辭人所共傳賞　濟曰先士謂先代制文之士也茂盛諷誦也歷賞謂歷代共賞好也子建函京之作仲宣灞岸之篇善曰曹子建贈丁儀王粲詩曰從軍度函谷驅馬過西京王仲宣七哀詩云南登霸陵岸迴首望長安　濟同善注子荊零雨之章正長朔風之句善曰孫子荊陟陽候詩曰晨風飄岐路零雨被秋草王正長雜詩曰朔風動秋草邊馬有歸心　良同善注並直舉胸情非傍詩史正以音律調韻取高前式翰曰式法也言此上四人並以胸臆之辭非附文質但以音律調適取高前法自靈均以來多歷年代善曰尚書周公曰殷禮陟配天多歷年所　銑曰靈均屈原字雖文體稍精而此秘未覩銑曰稍漸也此秘謂音韻諧適也覩見也至於高言妙句音韻天成皆暗與理合匪由思至向曰天成謂天資而成與文理相合也言如此非人思慮所至張蔡曹王曾無先覺潘陸顏謝去之

彌遠 善曰論語曰抑亦先覺者是賢乎 濟曰張衡蔡邕曹植王粲潘岳陸機顔延年謝靈運言此數人曾不先覺
天成之妙而去之遠也 世之知音者有以得之此言非謬如
曰不然請待來哲 善曰西征賦曰如其禮樂以俟來哲 良曰知音者蓋約自謂也有以得此
天成之妙也謬誤也不然謂不如此

恩倖傳論 善曰約言當時遇幸會者即時好官又以晉宋之間皆取門戶不任才能
故作此論 翰曰恩愛倖親也謂以親愛而升榮寵也晉宋之代官以承藉而非才能故約著
此傳以論得失

沈休文

夫君子小人類物之通稱 五臣本無通字 蹈道則爲君子
違之則爲小人 善曰莊子曰天下盡殉也彼其所殉仁義也則俗謂之君子其所殉貨財也則俗謂
之小人 銑曰蹈履也言人之所生其類頗同履道德則爲君子違之則爲小人 屠釣卑事也板
築賤役也太公起爲周師傅說去爲殷相 善曰尉繚子曰
太公屠牛朝歌史記曰太公望呂尚以魚釣奸周西伯戰國策范雎謂秦王曰呂尚之遇文王立爲太師尚書曰高宗夢得說
乃審厥象俾以形旁求於天下說築傅巖之野惟肖爰立作相向曰呂望初屠牛於朝歌市後釣魚於渭濱傳說代胥靡刑人
板築於傅巖之深言此二賢皆自卑賤之役而相於殷周故知君子小人不常處矣 非論公侯之世
鼎食之資 善曰家語曰子路南遊於楚列鼎而食濟曰世冑也鼎食謂三公之家資猶後也 明敭
五臣本作揚 幽仄唯才是與 善曰尚書曰明明敭仄陋 良曰揚舉也幽仄謂暗陋也言殷周之
主皆明舉暗陋之賢人非取公侯之子孫也 逮于 五臣本作乎 二漢茲道未革胡
廣累世農夫伯始致位公相黃憲牛醫之子叔
度名動京師 善曰范曄後漢書曰胡廣字伯始南陽人六世祖剛值王莽居攝亡命交趾莽敗乃歸鄉

里廣少孤貧法雄察廣孝廉試以章奏爲天下第一旬月拜尚書郎凡一履司空再作司徒三登太尉又曰黃憲字叔度南陽
人世貧賤父爲牛醫同郡陳蕃臨朝而歎曰叔度若在吾不敢先佩印綬漢書曰鄭子眞名震乎京師 翰曰逮及也二漢前
後漢也茲道舉賢之道革改也胡廣字伯始安帝時舉孝廉後遷僕射司空黃憲字叔度舉孝廉有大名於京師牛醫乃醫療
牛疾之人 且士 五臣本作仕 子居朝咸有職業雖七葉珥貂
見崇西漢 善曰左太沖詠史詩曰金張藉舊業七葉珥漢貂 銑曰漢金日磾張安世皆七代漢珥插也
貂侍中之服崇重也前漢都長安故曰西漢 而侍中身奉奏事又分掌御
服東方朔爲黃門侍郎執戟殿下 善曰應劭漢書注曰入侍天子故曰
侍中晉令曰侍中除書表奏皆掌署之應劭漢官儀曰侍中出則佩璽抱劒漢書曰東方朔初爲常侍郎後奏泰階之事拜爲
太中大夫給事中嘗醉小遺殿上詔免爲庶人後爲中郎百官表郎中令屬官中有郎比六百石侍郎比四百石又黃門有給
事黃門漢官儀云給事黃門侍郎位次侍中給事中故曰給事黃門然侍郎黃門侍郎二官全別沈以爲同悞也荅客難曰官
不過侍郎位不過執戟非黃門侍郎明矣 向曰侍中之官大出則負璽小出則驂乘執戟守衛天子之官 郡縣
五臣本作郡縣 掾吏並出豪家負戈宿衛皆由勢族 善曰掾吏
卑位負戈賤役豪家世族咸亦爲之言無貴賤之異也子虛賦曰幸得宿衛十有餘年 濟曰豪勢謂權勢之家言並逐才而
用 非若晚代分爲二塗者也 善曰二塗謂士庶也言仕子不居賤職庶族不涉清
階 良曰晚代謂魏晉也士與人異品雜用故云二塗 漢末喪亂魏武始基軍
中倉卒權立九品蓋以論人才優劣非謂世族
高卑 善曰國語曰后稷始基靖民尚書曰太王肇基王迹列子曰子華之門徒皆世族也 翰曰魏武帝曹操也倉
卒事急迫也魏人陳群始立九品之制以平人才高下而不直取承藉之子孫也 因此相沿遂爲
成法自魏至晉莫之能改州都郡正以才品人
善曰言魏晉二朝咸遵魏武之法傅子曰魏司空陳羣始立九品之制郡置中正平人才之高下各爲輩目州置州都而揔其

義銑曰公循也言本立九品以取人才後人相循遂為代資魏晉之主無能改易也州都郡正魏置之以選人才之優劣而舉世人才升降蓋寡徒以憑藉世資用相陵駕善曰人才不甚懸殊故因世資以成貴　向曰言舉人善少知高下者但憑藉世族取相侵陵以成駕馭也都正俗士斟酌時宜品目少多隨事俯仰善曰言法壞之漸也都正既皆俗士不能校其材藝乃隨時斟酌定其品差　濟曰言州都郡正皆俗士不能甄別好惡但斟酌門族時宜品錄聲望多少隨聲望之事而高下也劉毅所云下品無高門上品無賤族者也善曰臧榮緒晉書曰劉毅為尚書左僕射上疏陳九品之弊曰上品無寒門下品無勢族言勢族之人不居下品寒門之子不居上班　濟曰同善注言勢族不居下品寒門不入上班也言如此則失才實矣歲月遷訛斯風漸篤凡厥衣冠莫非二品善曰言衣冠之族皆居三品之中　良曰訛偽也斯風謂用勢族之風二品謂豪家勢族自此以還遂成卑庶善曰衣冠以外皆同下科　翰曰自此之外遂排之以為卑庶也

文五十　二十一

周漢之道以智役愚臺隸參差用成等級善曰左氏傳曰人有十等輿臣隸隸臣僚僚臣僕僕臣臺　翰曰參差不齊貌言高下人不齊而為等級魏晉以來以貴役賤士庶之科較古學反然有辨善曰太玄經曰君子之道較然見矣　銑曰較明辨別也夫人君南面九重奧烏到反絕善曰楚詞曰豈不鬱陶而思君兮君之門以九重　向曰九重天子之門數也奧深絕遠也陪奉朝夕義隔卿士堦闥之任宜有司存善曰論語曾子曰籩豆之事則有司存　銑曰陪奉朝夕謂近倖之臣也隔謂與卿士道殊也堦陛闥門也任謂用閹官為之既而恩以狎生信由恩固無可憚之姿有易親之色孝建泰始主威獨運善曰爾雅曰狎習也沈約宋書曰孝建武帝年號泰始明帝年號　良曰憚難也言與天子習近所以有恩澤生而無畏難之色言為媚諛之色則易親也運用也空置百司權

不外假而刑政糾雜理難遍通耳目所寄事歸近習善曰禮記月令曰仲冬省婦事無得淫雖有貴戚近習無有不禁鄭玄曰貴戚姑姊妹也近習天子所親幸也　翰曰宋武帝明帝事每獨用權柄不以假籍於卿士也為刑政既多不能遍覽故寄於近習之臣糾雜言多也賞罰之要是謂國權出納王命由其掌握於是方塗結軌輻湊同奔善曰莊子曰車軌結乎千里之外文子曰羣臣輻湊張湛曰如眾輻之集于轂　銑曰言國權及王命出納並在近臣掌握故百官皆方軌輻湊而奔之也輻湊言如車輻之湊車轂矣人主謂其身卑位薄以為權不得重曾不知鼠憑社貴狐藉虎威善曰晏子春秋景公問晏子曰理國亦有常乎對曰讒佞之人隱在君側猶社鼠不熏也去此乃治矣戰國策荊宣王問羣臣曰吾聞北方之畏昭奚恤也何如羣臣莫對江乙對曰虎求百獸而食之得狐狐曰子無敢食我天帝命我長百獸今子食我是逆天命子以我為不信吾為子先行子隨我後觀百獸之畏我虎不知百獸之畏已而走也

文五十　二十二

以為畏狐也今王之地方五千里帶甲百萬而專屬之於昭奚恤故北方之畏昭奚恤其實畏王之甲兵也猶百獸之畏虎　向曰言天子但見近臣之職位卑薄不知已權在於彼矣如鼠之賤矣為穴於社則人不敢掘之是憑社以貴也餘同善注今百僚畏近臣為天之威在於彼也外無逼主之嫌內有專用之功勢傾天下未之或悟五臣本作寤挾朋樹黨政以賄成善曰左氏傳曰襄十年王叔陳生與伯輿爭政大夫瑕禽曰今自王叔之相也政以賄成　濟曰嫌疑專擅也寤覺也挾謂相扶挾也賄成謂財貨以成政者也鈇鉞瘡痏構於牀笫側里反之曲善曰西京賦曰所惡成創痏左氏傳趙孟曰牀笫之言不踰閾杜預曰笫簀也　良曰鈇鉆鉞斧也瘡痏喻讒譖成瘢疵也言倖臣構瑕於宮典牀簀之間使公卿伏鈇鉞於外也服冕乘軒出於言笑之下善曰左氏傳衛太子謂渾良夫曰服冕乘軒三死無與　翰曰言有趨附與言笑同即得軒冕之榮也南金北毳來悉方艚徂刀反素縑丹魄五臣本作珀字至

皆兼兩音亮　善曰北毳罽之屬虎魄也色赤故曰丹孔安國尚書傳曰車稱兩　銑曰金州揚所貢故云南金毳衣北方所出故云北毳也艚舟也絕縕也珀琥珀也兩車也言起勢之人賂遺近臣者皆以舟船載貨而與之西
京許史蓋不足云晉朝王石未或能比善同向注向曰漢有許皇后史良娣之家皆勢傾天下晉朝王愷石崇皆富擬王者云比今曰倖臣則不能及及太宗晚運
慮經盛衰善曰太宗明帝也法言曰聖人之法未嘗不閔於盛衰　濟同善注權倖之
徒愲五臣本作愲憚丁達反宗戚良曰言諸王親屬皆畏懼佞倖之臣欲使幼
主孤立永竊國權搆造同異興樹禍隙帝弟宗
王相繼屠勦五臣作剿子小反　善曰六代論曰君孤立於上臣弄權於下尚書曰天用勦絕其命孔安國曰勦截也截絕謂滅之也　翰曰幼主謂明帝孤蜀也言佞倖之臣搆造同異起立禍隙讒譖宗王使相繼被戮而至絕滅剿絕也
民忘宋德雖非一塗寶祚夙傾實由於此

善曰寶祚猶寶命也　銑曰忘猒也言人猒宋德非一事也寶祚謂國命也夙早也實由於此言傾覆之由實從佞倖而起
嗚呼漢書有恩澤侯表又有佞倖傳今采其
名列以為恩倖篇云向曰嗚呼嘆辭言佞倖之徒毀敗王政損穢帝道挾主行威傾覆國家是亦可哀故嘆之

史述贊三首

班孟堅濟曰固脩漢書自作敘傳而重述其旨

述高紀第一五臣本列在後　翰曰列題於後者亦猶毛詩之趣也

皇矣漢祖纂堯之緒善曰漢書曰劉向頌高祖云漢帝本系出自唐帝降及于周在秦作劉　良曰皇大纂繼緒業也言高祖承堯之後故云大漢繼堯之德業也寔天生德聰明
神武善曰項岱曰聽於無聞曰聰照臨四方曰明以內知外曰神剋定禍祿關土斥疆曰武論語子曰天生德於予周易曰古之聰明叡智神武而不殺者夫翰曰寔實也機謀暗合曰神伐無不剋曰武秦人不綱網
漏于楚善曰項岱曰秦重斂殘人天下叛之故畏言入耳網以喻綱網無綱無所成故漏也言秦人不能整其綱維令網目漏也於楚謂陳步反而不能誅故高祖因而起　銑曰網謂綱紀也餘同善注爰茲發迹斷
蛇奮旅神母告符朱旗乃舉善曰爰於也高祖初送徒經豐澤奮振於衆也神母謂所斬蛇邊見老母哭云我子白帝為赤帝子斬焉漢火德尚赤故舉朱旗　向同善注粵于伐反蹈
秦郊嬰來稽首善曰粵於也蹈踐也嬰謂秦王子嬰也稽首謂降於漢　濟同善注革命
創制三章是紀善曰周易曰湯武革命順乎天而應乎人　良曰革改創始也三章謂高祖破秦改秦苛法殺人者死傷人及盜者抵罪紀綱紀也應天順民五星同五臣作合晷善同翰注　翰曰高祖西入關五星聚於東井東井秦分是應天也晷光景也項氏畔換黜我巴
漢善曰漢書曰項羽背約更立沛公為漢王王巴蜀漢中韋昭曰畔換跋扈也　銑曰同善注畔換反易也西

土宅心戰士憤怨善曰尚書曰遏矣西土之人又曰惟克厥宅心鄭玄三蒼解詁曰西土謂長安也　向曰西土謂蜀也宅居也言蜀人皆居心於高祖征戰之士皆憤怨於羽也乘舋五臣本作釁而
運席卷三秦善曰左氏傳士會謂晉侯曰會聞用師觀舋而動春秋握誠圖曰諸侯氷散席卷各爭恣志　濟曰舋隙也言高祖乘戰士之怨隙舉兵自蜀漢而來破三秦如席卷也羽封章邯為雍王司馬欣為塞王董翳為翟王俱封秦中故謂之三秦割據河山保此懷民善曰保安也懷歸也言漢據河山之固民懷歸者能保乂之漢書曰田肯賀上曰秦帶河阻山懸隔千里尚書曰黎民懷之　良曰秦地帶河阻山高祖割據於此保守懷思之人股肱蕭曹社稷是經善曰禮記衛獻公曰有柳莊者非寡人之臣社稷之臣　翰曰股肱臂也言蕭何曹參為高祖手足之臣經理也爪牙信布腹心良平善曰毛詩曰予王之爪牙又曰赳赳武夫公侯腹心　銑曰韓信英布皆武臣也高祖有韓英如獸之有爪牙矣張良陳平為高祖腹心之用恭行天罰赫赫明明善曰尚書曰今予惟恭行天之罰毛詩曰赫赫明明王命

鄉士　向曰天罰言順天罰惡也赫赫盛之貌

述成紀第十

孝成皇皇臨朝有光善曰項岱曰皇皇華色盛也　濟曰有光光明也威儀之盛如珪如璋善曰項岱曰珪璋玉之妙好彫鏤者毛詩曰顒顒昂昂如珪如璋　良曰珪璋玉名闔閭恣趙朝政在王善曰闔闥門之內也門內恣趙昭儀姊妹以元舅侍中封陽平侯王鳳為大將軍領尚書事　翰曰闔閭宮中門也趙謂趙飛鷰王謂帝舅王鳳炎炎燎火光五臣作亦允不陽善曰項岱曰允信也內損於飛鷰外見壅於王鳳等信不得陽也張晏曰天子之威盛若燎火之陽今委政王氏不亦熾乎　銑曰天子之盛當如燎火之陽今內蔽飛鷰外委王鳳信不得陽也陽明也

述韓英彭盧吳傳第四

信惟餓隸布實黥徒善曰漢書曰韓信家貧從下鄉南昌亭長寄食亭長苦之乃晨炊蓐食食時信往不為具食信知之自絕去又曰黥布姓英少時客相之當刑而王及坐法黥欣然笑曰人相我當刑而王幾是乎　向曰隸賤徒侶也餘同善注越亦狗五臣作苟盜芮尹江湖善曰漢書曰彭越常漁鉅野澤中為盜沛公攻昌邑越助之說苑曰管仲故城陰之狗盜漢書曰吳芮秦時番陽令也甚得江湖間心號曰鄱君音義曰尹正也濟曰苟且為盜雲起龍驤化為侯王割有齊楚跨制淮梁良曰驤騰也雲起龍騰言與高祖相感而為侯王也齊楚韓信所封也英布封淮王彭越封梁王善同良注綰自同閈胡旦反鎮我北疆善曰應劭曰閈音扞南楚謂沛名里門曰閈　翰曰盧綰與高祖同里而高祖封綰為燕王北疆謂燕也德薄位尊非祚惟殃善曰周易曰德薄而位尊知小而謀大左氏傳舟之僑曰無德而祿殃也　銑曰祚福也言綰德薄而居尊位非為福乃為殃咎也謂與陳豨有反狀亡入匈奴也吳克忠信胤嗣乃長善曰漢書曰芮為長沙王薨子忠嗣自芮後傳位五世無子國除　向曰克能也言吳芮能為忠信之行故五代嗣位長沙王也

後漢書光武紀贊

范蔚宗銑曰光武皇帝名秀曄修漢書作此贊以美之

贊曰炎政中微大盜移國善曰東觀漢記序曰漢以炎精布曜魯靈光殿賦序曰遭漢中微盜賊奔突　濟曰炎火也大漢火德也中微謂遭王莽篡也大盜則莽也移國謂篡國而盜也九縣飆迴三精霧塞善曰三精日月星也孝經援神契曰天地至貴精不兩明宋均曰天精為日地精為月河圖曰怨德布精上為衆星　良曰九縣九州三精日月星也飆迴謂振動不安霧塞謂昏暗民厭淫詐神思反德世五臣作大祖誕命靈貺自甄善曰尚書曰我文考誕膺天命春秋元命苞曰通三靈之貺交錯同瑞鄭玄尚書緯注曰甄表也　翰曰言民厭王莽淫詐而思復漢室誕大貺賜也言光武大受寶命神靈賜福祚而自成也甄成也沈機生五臣本作先字物深略緯文善曰說文曰機主發之機也周書曰經緯天地曰文矣　銑曰沈深機微略法也言謀策先於萬物智略能經緯天地尋邑百萬貔虎為群長轂雷野高旗彗蘊沒反雲善曰漢書曰劉聖公為天子以光武為偏將軍徇昆陽光武令王常留守光武出收兵王莽遣大司徒王尋大司空王邑將兵百萬旌旗輜車千里不絕又驅諸猛獸虎豹犀象之屬以助威武圍城數重光武遂進尋邑亦遣兵合戰光武奔之斬首數千級光武乃與敢死士三千人衝中堅尋邑陣亂遂殺王尋鬻子曰紂虎旅百萬穀梁傳曰長轂五百乘范甯曰長轂兵車也東都主人曰戈鋋彗雲彗音歲沒切　向曰同善注雷謂如雷之聲於野也彗掃也此言尋邑之盛也英威既振新都自焚善曰漢書曰莽封為新都侯又曰更始兵到城中少年子弟自燒室門呼曰反虜王莽何不出降莽避火宣室火輒隨之　濟曰英威謂漢之兵威也振整也同善注虔劉庸代紛紜梁趙良曰虔劉殺也庸蜀謂公孫述也代燕謂彭寵也梁王劉永擅命睢陽自稱天子小者王郎占天王於邯鄲紛紜謂亂也三河未澄四關重擾善曰范曄後漢書曰赤眉賊入函谷關敗更始光武乃遣鄧禹引兵西乘更始赤眉之亂時更始大司馬朱鮪等屯洛陽光武令馮異守孟津以拒之　翰曰三河

三川也謂洛陽也四關謂長安也澄定擾亂也謂失鯨據洛陽赤眉擾長安也

神旌乃顧，遞行天討。銑曰旌旗也遞更也言光武神旗所顧遞行天討於四方也

金湯失險，車書共道。善曰鹽鐵論曰秦金城千里氾勝之書曰神農之教雖石城湯池無粟者不能守也禮記子曰今天下車同軌書同文　向曰言賊之金城湯池皆失險固而破也車同軌書同文謂天下太平

靈慶既啓，人謀咸贊。善曰靈慶謂天符也易繫辭曰人謀鬼謀百姓與能王弼曰人謀謂衆議西都賓曰天啓之心人惎之謀　濟曰靈神慶福啓開咸皆贊助也言人神皆共助成帝業也

明明廟謀，赳赳雄斷，於音烏赫有命，系我皇五臣本作隆字漢。善曰廟謀廟筭也揚雄連珠曰兼聰獨斷聖王之法也毛詩曰有命自天蔡邕獨斷曰光武以再命復漢之祚　良曰廟謀謂廟筭也赳赳武貌於歎美辭也赫盛貌言武略雄斷之盛能繼前漢也

六臣注文選卷第五十

六臣註文選卷第五十一

論一

過秦論

賈誼　善曰應劭曰賈誼書第一篇名也言秦之過　翰曰誼有過秦二篇論秦之過此第一篇也

秦孝公據殽五臣本作崤函之固，擁雍州之地，善曰韋昭曰崤謂二殽函函谷關也史記張良曰關中左殽函右隴蜀　濟曰秦至孝公益彊盛故先述之崤山秦塞也函谷關名擁據也君臣固守，以窺周室，有席卷天下，苞舉宇内，囊括四海之意，并吞八荒之心。善曰春秋握誠圖曰諸侯冰散席卷天下也周易曰括囊無咎無譽　良曰周室天子之國各爭恣妄張晏曰括結囊也言能苞含天下也括盛也猶囊盛而結之八荒八方也言皆盡欲取之當是時也，商君佐之，内立法度，務耕織，脩守戰之具，外連衡而鬬諸侯。善曰戰國策蘇秦說惠王曰始將連横高誘曰合關東從通之於秦故曰連横文頴曰關西爲横衡音横　銑曰商君衛鞅也說孝公而封於商號爲商君關西連兵曰衡諸侯謂關東六國於是秦人拱手而取西河之外。善曰李斯上書曰孝公用商鞅之法獲楚魏之師舉地千里　向曰拱手取言易也西河魏地名孝公既没，惠文、武、昭，善曰史記曰孝公卒子惠文王立卒子武王立卒立異母弟是昭襄王也　濟曰没死也惠王文王武王昭王也蒙故業，因遺策，南取漢中，西舉巴蜀，東割膏腴之地，收要害之郡。善曰李斯上書曰惠王用張儀之計西并巴蜀南取漢中東據成皋之險割膏腴之壤　濟曰漢中巴蜀皆地名舉破也膏腴土田良沃也要害山川險阻也諸侯恐懼，會盟而謀弱秦，不愛珍器重寶肥饒之地，以致天下之士，合從締交，相與爲一。善曰

文穎曰關東爲從張晏曰締連結也徙帝切　良曰盟誓約也　銑曰締結也當此之時齊有孟嘗趙有平原楚有春申魏有信陵善曰史記曰平原君趙勝者趙之諸公子也又曰孟嘗君者名文姓田氏又曰春申君者楚人也名歇姓黄氏又曰魏公子無忌者魏安釐王弟也爲信陵君此四君者皆明智而忠信寬厚而愛人尊賢而重士約從離横善曰言諸侯約爲從欲以分離秦横也　向曰關東連兵曰從言關東諸侯爲約離散秦之衡也兼韓魏燕趙宋衛中山之衆於是六國之士有甯越徐尚蘇秦杜赫之屬爲之謀善曰呂氏春秋曰齊攻廩丘趙使孔青將而救之與齊人戰大敗齊人書尸三萬以爲二京甯越謂孔青曰苦矣不如歸尸以内攻之彼得尸而府庫盡於葬此之謂内攻之然甯越趙人也徐尚未詳戰國策蘇秦説惠王曰始將連横呂氏春秋曰杜赫以安天下説周昭文君昭文君謂杜赫曰願學所以安周高誘曰杜赫周人也　向曰韓魏燕趙宋衛中山皆國名　翰曰六國韓魏燕趙齊楚也齊明周最陳軫召紹滑樓緩翟亭的景蘇厲樂毅之徒通其意善曰戰國策齊明謂東周君曰臣恐西周之與楚韓齊令之爲己求地於東周也高誘曰齊明東周臣也戰國策曰齊令周最使鄭立韓擾而廢公叔周最患之高誘曰周最周君之子也仕於齊故齊使之也字林曰最才勾切戰國策秦王謂陳軫曰吾聞子欲去秦而之楚信乎軫曰然高誘曰陳軫夏人仕秦亦仕楚也韓子于象謂楚王曰前時王使召滑之越五年而能成之史記范環對楚王曰王前嘗用召滑而郡江東滑音依字戰國策曰秦王伐楚魏王不欲樓緩謂魏王曰不與秦攻楚楚且與秦攻王王不如令秦楚戰王交制之高誘曰樓緩魏相也翟景未詳史記曰蘇秦之弟厲因燕子而求見齊王齊王怨蘇秦欲囚蘇厲燕子爲謝遂委質爲齊臣又曰樂毅賢而好兵爲魏昭王使於燕燕昭王以客禮待之樂毅遂委質爲臣燕昭王以爲亞卿也吳起孫臏帶佗駝兒良王廖留田忌廉頗趙奢之倫制其兵善曰史記曰吳起衛人也聞魏文侯賢事魏文侯以爲將又曰孫臏生阿甄之間臏亦孫武之後也田忌進孫子於齊威王帶佗未詳呂氏春秋曰王廖貴先兒良貴後此二人者皆天下之豪士也兒

五兮切戰國策曰韓魏之君朝田侯鄒忌爲齊相田忌爲將使田忌伐魏三戰三勝高誘曰田侯宣王也史記曰廉頗趙之良將也趙惠文王廉頗爲趙將伐齊大破之又曰趙奢者趙之田部吏也秦伐韓趙王令趙奢將而救之嘗以什倍之地百萬之衆叩五臣本作仰關而攻秦善曰孔安國論語注曰叩擊也叩或爲仰言秦地高故曰仰攻之　良曰言諸侯地與兵於秦什倍百萬仰關函谷關高故云仰攻也秦人開關而延敵九國之師遁逃而不敢進善曰九國謂齊楚韓魏燕趙宋衛中山也遁逃史記作逡巡　銑曰九國謂六國及中山宋衛也秦無亡矢遺鏃之費而天下諸侯已困矣善曰李巡爾雅注曰鏃以金爲箭鏑也於是從散約解爭割地而賂秦秦有餘力而制其弊追亡逐北伏尸百萬流血漂櫓音魯　善曰韋昭曰大楯曰櫓左氏傳曰狄虒彌建大車之輪以爲櫓　濟曰軍敗曰北百萬言多也櫓大楯言流血漂之因利乘便宰割天下分裂河山彊國請服弱國入朝施及孝文王莊襄王享國之日淺國五臣本有家字無事善曰史記曰昭襄王卒子孝文王立卒子莊襄王立公羊傳曰桓公之享國也長何休曰享食也及至始皇奮六世之餘烈善曰張晏曰孝公惠文王武王昭王孝文王莊襄王　翰曰自孝公至始皇六世矣烈業也振長策而御宇内吞二周而亡諸侯善曰以馬喻也説文曰振舉也史記曰始皇滅二周置三川郡　濟曰時周分爲二稱東周西周始皇吞之而并滅諸侯履至尊而制六合執敲苦交扑浦木以鞭笞天下善曰臣瓚以爲短曰敲長曰扑説文曰敲擊也　良曰履至尊謂稱始皇帝也敲扑擊捶也威振四海南取百越之地以爲桂林象郡善曰音義曰百越非一種若今言百蠻也史記曰始皇略取陸梁地爲桂林象郡韋昭曰桂林今鬱林象郡今日南也　銑曰言破南越分爲此二郡也百越之君俛首係計頭五臣本作頸委命下吏向曰

俛低也係頸自係其頭委命下吏言任性命於獄官也乃使蒙恬北築長城而守藩籬却匈奴七百餘里胡人不敢南下而牧馬士不敢彎弓而報怨於是廢先王之道燔百家之言以愚黔首善曰史記李斯曰請廢博士官所職天下敢有藏詩書百家語者詣守尉雜燒之又曰秦更名民曰黔首　銑曰百家言經史之類也秦命民曰黔首隳五臣本作墮名城殺豪俊善曰應劭曰壞城恐復阻以爲己害　向曰隳壞也收天下之兵聚之咸陽銷鋒鍉的鑄善本作鑄鍉以爲金人十二以弱天下之民善曰如淳曰鍉箭足也鄧展曰鍉是扞頭鐵也史記曰始皇收天下兵聚于咸陽以銷鋒鍉爲鍾鐻金人十二重各千石置宮庭中鍉或爲鐻音巨　翰曰兵戰具也咸陽秦所都也鋒鍉兵刃也弱天下民謂去其兵器也然後踐華爲城因河爲池善曰服虔曰斷華山爲城美大之也晉灼曰踐登也　濟曰登踐華山以爲城因河水以爲池取其高深廣大而言也據億丈之城臨不測之谿以爲固良曰疊上文也十萬曰億不測言不可量測也良將勁弩守要害之處信臣精卒陳利兵而誰何善曰誰何問之也漢書有誰何卒如淳曰何謂何官也廣雅曰何問也　銑曰何問也言誰敢問天下已定始皇之心自以爲關中之固金城千里善曰金城言堅也史記張良曰關中所謂金城千里天府之國也子孫帝王萬世之業五臣本有也字　善曰史記秦始皇曰朕爲始皇帝後世以計數二世三世至于萬世傳之無窮　向曰金城千里取其堅固而廣大也始皇既沒餘威震于殊俗濟曰沒死也殊俗遠方也然而陳涉甕牖繩樞之子甿五臣本作氓隸之人而遷徙之徒也善曰史記曰陳勝字涉陽城人勝爲王號爲張楚西擊秦禮記曰儒有蓬户甕牖韋昭曰繩樞以繩扃户爲樞也如淳曰甿古文氓氓人也　良曰樞户樞也謂以甕爲牖以繩繫户氓隸賤稱遷徙之徒謂涉爲戍漁陽之徒也言涉至微

賤也材能不及中庸善曰方言曰庸賤稱也言不及中等庸人也　銑曰庸常也言不及中常之人非有仲尼墨翟之賢陶朱猗頓之富善曰史記曰范蠡之陶爲朱公以爲陶天下之中皆諸侯四通貨物所交易也乃治産積十九年之間三致千金孔叢子曰猗頓魯之窮士也耕則常飢桑則常寒聞朱公富往而問術焉公告之曰子欲速富當畜五牸乃適河東大畜牛羊于猗氏之南其滋息不可計以與富猗氏故曰猗頓也　向曰陶朱公猗頓皆富人也言涉不賢又不富躡足行伍之閒俛起阡陌之中善曰如淳曰躡音疊音義曰俛音免如淳曰時皆卑屈在阡陌之中　翰曰言在兵行伍而起於道路謂涉行至蘄遇雨不得已而舉事也躡足驅馳也俛下也阡陌道路也率罷弊五臣本作疲散之卒將數百之衆轉而攻秦濟曰時兵皆疲於行役而逃散也數百言少也斬木爲兵揭竿爲旗善曰埤蒼曰揭高舉也巨列切莊子曰揭竿求諸海也　良曰斬木爲兵器而無鋒刃揭舉竿爲旗而無旌旙也天下雲會而響應贏糧而景從善曰莊子曰今使民曰其所有賢者贏糧而趣之方言曰贏擔也音盈　銑曰如雲之會如響之應贏糧擔軍糧也景從如影之隨形也山東豪俊遂並起而亡秦族矣向曰自涉之起封建諸侯高祖入關破秦竟始於涉也且夫天下非小弱也雍州之地殽五臣本作崤函之固自若也翰曰秦兼有天下所以非小弱也自若自然也陳涉之位不尊於齊楚燕趙韓魏宋衛中山之君也鉏耰憂棘矜巨巾不銛息廉於鉤戟長鎩所介也善曰孟康曰耰鉏柄也爾雅曰棘戟也言鉏柄及戟槿也槿巨巾切如淳曰鉤戟似矛刃下有鐵横上鉤曲也説文曰鎩鈹有鐔也　濟曰耰鉏柄也棘矜戟也以鉏柄爲之銛利也鉤戟鎩皆兵名謂九國時兵器也謫戍之衆非抗於五臣本無於字九國之師也善曰通俗文曰罰罪曰謫丈厄切　良曰謫戍謂涉戍漁陽也抗敵也深謀遠慮行軍用兵之道非及曩時之士也善曰史記曰賢人深謀於廊廟論語曰人無遠慮必有近憂

銑曰謂不及六國之將相然而成敗異變功業相反試使山東之國與陳涉度長絜大比權量力則不可同年而語矣善曰莊子曰大樹其絜百圍司馬彪曰絜帀也下結切向曰謂六國滅而涉盛也翰曰山東國謂六國也絜圍也然秦以區區之地致萬乘之權招八州而朝同列百有餘年矣善曰鄧展曰招猶舉也蘇林曰招音翹良曰招舉也九州之數秦有雍州餘八州皆諸侯之地朝同列謂六國諸侯嘗與秦爲列國皆使朝服也然後以六合爲家殽五臣本作崤函爲宮一夫作難而七廟隳五臣本作墮身死人手爲天下笑者何也善曰春秋考異郵曰君殺妻誅爲天下笑濟曰一夫謂涉爲首唱也天子七廟墮壞也死人手謂秦王子嬰爲項羽所殺也仁義不施而攻守之勢異也

非有先生論

東方曼倩善本作猜字善曰漢書曰朔又設非有先生論良曰非有謂無有也言無有此先生而假立之以仕吳之事而明君臣之義以諷焉

非有先生仕於吳進不能稱往古以廣主意退不能揚君美以顯其功默然無言者三年矣吳王怪而問之曰寡人獲先人之功寄於衆賢之上夙興夜寐未嘗敢怠也銑曰先人先祖也衆賢羣臣也夙早也興起也怠懈也今先生率然高舉遠集吳地善曰率然輕舉之貌向曰率然猶忽然也高舉者敬之也將以輔治寡人誠竊嘉之體不安席食不甘味目不視靡曼之色耳不聽鍾鼓之音虛心定志欲聞流議者三年於茲矣善曰呂氏春秋曰越王欲致必死於吳身不安枕席口不甘厚味目不視靡曼耳不聽鍾鼓三年苦身勞力高誘曰靡曼好色也流議猶餘論也翰曰嘉善也靡曼好皃也流議猶餘論也今先生進無以輔治退不揚主譽竊五臣本有不字爲先生不取也五臣本無不字蓋懷能而不見五臣本有臣字不忠也見而不行主不明也意者寡人殆不明乎濟曰殆近也非有先生伏而唯唯良曰唯唯敬聽之辭也吳王曰可以談矣寡人將竦意而覽焉先生曰於戲可乎哉可乎哉談何容易善曰於戲歎辭也於音烏戲音呼可乎哉言不可也言談說之道何容輕易乎銑曰竦正也於戲歎也可乎言不可也再言之者所以言談之辭何得輕易而爲之夫談者有悖蒲忽於目而佛於耳謬於心而便於身者善曰韓子曰聖人之救危國以忠佛耳字書曰佛違也佛扶勿切銑曰悖逆佛違謬反也或有悅於目五臣本有而字順於耳快於心而毀於行者非有明王聖主孰能聽之矣吳王曰何爲其然也中人以上可以語上也善曰論語孔子曰中人以上可以語上中人以下不可以語上也先生試言寡人將覽五臣有于直二字焉先生對曰昔關龍逢深諫於桀而王子比干直言於紂善曰尸子曰義必利雖桀殺關龍逢紂殺王子比干猶謂之必利也此二臣者皆極慮盡忠閔五臣本作愍主澤不下流而萬民騷動故直言其失切諫其邪者將以爲君之榮除主之禍也翰曰愍傷也騷動不安也今則不然反以爲誹方未謗君之行無人臣之禮善曰如淳曰漢書注曰誹非上所行也果紛然傷於身蒙不辜之名戮及先人五臣本作於人爲天下笑善曰鄭玄禮記注曰戮猶辱也故曰談何

容易濟曰紛然多皃蒙被無罪見殺之名也戮辱也是以輔弼之臣瓦解而邪諂之人並進春秋考異郵曰瓦解土崩遂及飛廉惡來革等善曰史記曰中潏生蜚廉蜚廉生惡來惡來父子俱以材力事殷紂說苑子石曰費仲惡來革長鼻決耳崇侯虎順紂之心欲以合於意武王伐紂二子身死牧之野良曰飛廉善走者也其子惡來革多力俱事於紂也二人皆詐僞巧言利口以進其身善曰論語子曰巧言令色鮮矣仁又曰惡利口之覆邦家陰奉彫琢刻鏤之好以納其心務快耳目之欲以苟容爲度遂往不戒身沒被戮宗廟崩弛國家爲墟殺戮賢臣親近讒夫銑曰弛壞也言國滅爲墟也詩不云乎讒人罔極交亂四國此之謂也善曰毛詩小雅文也鄭玄曰極猶已也故卑身賤體說色微辭愉愉逾呴呴况于終無益於主上之理五臣本作治即志士仁人不忍爲也善曰愉愉呴呴和悅之皃也孝經鉤命決曰驩忻慎懼嘔嘔愉愉呴呴與嘔同音吁論語子曰志士仁人無求生以害仁也向曰愉愉呴呴進諂之皃將儼五臣本無將字然作矜莊之色深言直諫上以拂人主之邪下以損百姓之害善曰拂與弼同翰曰儼然矜莊皃拂違也則忤於邪主之心歷於衰世之法故養壽命之士莫肯進也遂居深山之間積土爲室編蓬爲戶彈琴其中以詠先王之風亦可以樂而忘死矣善曰尚書大傳曰子夏曰弟子所授書於夫子者不敢忘雖退而窮居河濟之間深山之中作壤室編蓬戶尚彈琴瑟其中以歌先王之風則可以發憤矣是以伯夷叔齊避周餓于首陽之下後世稱其仁善曰論語子曰伯夷叔齊餓於首陽之下人到于今稱之如是邪主之行固足畏也故曰

談何容易於是吳王戄句五臣本作懼然易容捐薦去几危坐而聽善曰戄敬皃也管子曰少者之事先生危坐向師顏色無怍濟曰戄然驚視皃捐薦去几自貶損也捐弃薦席几案也危坐敬之也先生曰接輿避世箕子被髮佯狂此二子者皆避濁世以全其身者也善曰論語曰楚狂接輿歌而過孔子尸子曰箕子胥餘漆體而爲厲被髮佯狂以此免也良曰接輿避世佯狂而歌者也箕子避紂漆身佯狂也使遇明王聖主得賜清讌之閒寬和之色發憤畢誠圖畫安危揆度得失上以安主體下以便萬民則五帝三王之道可幾而見也故伊尹蒙恥辱負鼎俎和五味以干湯太公釣於渭五臣本有水字之陽以見文王善曰魯連子曰伊尹負鼎佩刀以干湯得意故尊宰舍六韜曰文王卜田史扁爲卜曰于渭之陽將大得焉非熊非羆非虎非狼兆得公侯天遺汝師文王齋戒三日田于渭陽卒見呂尚坐茅以漁銑曰負鼎俎是恥辱也心合意同謀無不成計無不從誠得其君也深念遠慮引義以正其身推恩以廣其下善曰孟子曰推恩足以保四海本仁祖誼五臣本作義褒有德祿賢能誅惡亂揔遠方一統類美風俗此帝王所由昌也善曰戰國策蘇代說齊王曰祖仁者王立義者霸向曰本祖皆以仁義爲先揔集也類法昌盛也上不變天性下不奪人倫則天地和洽遠方懷之故號聖王翰曰應天順人故謂不變奪也倫理也臣子之職既加矣於是裂五臣本作列地定封爵爲公侯傳國子孫名顯後世民到于今稱之以遇湯與文王也太公伊尹以如此龍逢比干獨如彼豈不哀哉

故曰談何容易於是吳王穆然俛而深惟仰而泣下交頤 善曰穆猶默靜思貌也孫子兵法曰令發之日士寢者涕交頤 濟曰穆然默然也俛下也惟思也 曰嗟乎余國之不亡也緜緜連連殆哉世之不絕也 善曰說文曰緜聯微也爾雅曰殆危也 良曰緜連將絕之皃殆危也 於是正明堂之朝齊君臣之位舉賢才布德惠施仁義賞有功親 五臣本作躬 節儉減後宮之費損車馬之用放鄭聲遠佞人 善曰論語顏回問爲邦子曰放鄭聲遠佞人鄭聲淫佞人殆 省庖廚去侈靡卑宮館壞苑囿填池塹以與貧民無產業者開內藏振貧窮存耆老恤孤獨薄賦斂省刑罰 銑曰明堂布政之宮鄭聲淫樂也 行此三年海內晏然天下大洽陰陽和調萬物咸

得其宜 善曰孫卿子曰萬物得宜事變得應 向曰晏安和洽也 國無災害之變民無饑寒之色家給人足畜積有餘囹圄空虛 五臣本作囹圄虛空 善曰文子曰法寬刑緩囹圄空虛 向曰囹圄獄也虛空謂無囚人 鳳皇來集麒麟在郊甘露既降朱草萌芽 善曰禮記曰鳳皇麒麟皆在郊藪又曰天降膏露鄭玄曰膏猶甘也尚書大傳曰德光地序則朱草生 翰曰言祥瑞並至也郭外曰郊萌芽草初生也 遠方異俗之人鄉風慕義各奉其職而來朝賀故治亂之道存亡之端若此易見 善曰呂氏春秋曰治亂存亡如可見如不可見 而君人者莫肯爲也臣愚竊以爲過故詩曰王國克生惟周之貞 五臣本作植 濟濟多士文王以寧此之謂也 善曰毛詩小雅文也

四子講德論 并序

王子淵 濟曰四子謂微斯文學虛儀夫子浮游先生陳丘子也褒當假立以爲論端也

褒既爲益州刺史王襄作中和樂職宣布之詩又作傳 善曰漢書曰益州刺史王襄欲宣風化於衆庶聞王褒有俊才使褒作中和樂職宣布詩選好事者令依鹿鳴之聲習而歌之褒既爲刺史作頌又作傳 如淳曰言王政中和在官者樂其職國語所謂宣布哲人之令德也 名曰四子講德以明其意焉

微斯文學問於虛儀夫子曰蓋聞國有道貧且賤焉恥也 善曰論語子曰邦有道貧且賤焉恥也 今夫子閉門距躍專精趨學有日矣 善曰距躍不行也應劭風俗通曰涉始於足足率長十寸十寸則尺一躍三尺法天地人再躍則涉 良曰距止也躍行也趨進也有日謂多日也 幸遭聖主平世而久懷寶 善曰論語陽貨謂孔子曰懷其寶而迷其邦可謂仁乎 銑曰懷寶謂懷德也 是伯牙去鍾期而

舜禹遁帝堯也 善曰廣雅曰遁避也 向曰伯牙善鼓琴鍾期聽其音而知其意遂相與交也舜禹之賢遇帝堯有道而事之也言夫子遇平代而不出有如鍾期去知音之友舜禹逃有道之君遁逃也 於是欲顯名號建功業不亦難乎夫子曰然有是言也夫蚊蝱終日經營不能越階序附驥尾則涉千里攀鴻翮則翔四海 善曰說文曰蚊蝱齧人飛蟲也莊子曰蚊蝱噆膚蚊亡去切蝱莫衡切爾雅曰東西牆謂之序文子曰蝱與驥致千里而不飛 翰曰越過也東西廂曰序驥良馬也 僕雖嚚頑 五臣本作頑嚚 願從足下雖然何由而自達哉 濟曰嚚愚也達通也 文學曰陳懇誠 五臣本作懃誠 於本朝之上行話談於公卿之門 善曰春秋說題辭曰秉懃誠之義思至忠之功高誘淮南子注曰本朝國朝也 良曰懃美誠信也話善言也 夫子曰無介紹之道安從行乎公卿 善曰禮記曰介紹而傳命 銑曰介

紹傳命也文學曰何爲其然也昔甯戚商歌以干齊桓善曰呂氏春秋曰甯戚飯牛車下望桓公而悲擊牛角疾歌淮南子曰甯越商歌車下而桓公慨然而悟許愼曰商秋聲也向曰甯戚飯牛望桓公而爲商歌於車下桓公乃召以爲政故去干商秋聲也越石負芻而寤晏嬰善曰晏子春秋曰晏子之晉至于中牟睹弊冠皮裘負芻息於途側者晏子曰吾子何爲者對曰我越石父者也晏子曰何爲此曰吾爲人臣僕於中牟見使將歸晏子曰何爲僕對曰吾身不免凍餓之地吾是以爲僕也晏子曰可得而贖乎對曰可遂解左驂而贖之因載而與之俱歸至舍不辭而入越石父立而請絕晏子使人應之子何絕我之暴也越石父對曰臣聞之士者詘乎不知已而申乎知已吾三年爲人臣而莫吾知也今子贖我吾以子爲知我矣今不辭而入是與臣我者同矣晏子出見之曰鄉也見客之容而今也見客之意向注同非有積素累舊之歡皆塗覯卒遇而以爲親者也五臣本無也字翰曰覯見也故毛嬙西施善毀者不能蔽其好嫫暮姆毋倭於爲傀古回善譽

選五十一　十二

者不能掩其醜善曰愼子曰毛嬙先施天下之姣也衣之以皮倛則見之者皆走易之玄錫則行者皆止先施西施一也係鄉子曰閭娵子奢莫之媒也嫫姆力父見之喜也倭傀醜女未詳所見濟曰毛嬙西施皆美婦人也嫫姆倭傀皆醜婦人也苟有至道何必介紹夫子曰咨夫特達而相知者千載之一遇也招賢而勵友者衆士之常路也良曰咨歎辭也特獨也是以空柯無刃公輸不能以斲五臣本作斲但懸曼矰蒲苴不能以射善曰聲類曰但徒也薛君韓詩章句曰曼長也鄭玄周禮注曰結繳於矢謂之矰矰高也列子曰蒲苴子弋弱弓纖繳乘風而振之連雙鶬於青雲銑曰公輸班至巧者也與斧柯不與其刃則不能有所制斲也蒲苴子善弋射者也與曼矰不與其弓則不能發射也言事必相須而成也曼長也結繳於矢謂之矰也故膺騰撇波而濟水不如乘舟之逸也衝蒙涉田而能五臣本無能字致遠未若遵塗之疾也善曰

說文曰擎擊也擎與撇同也疋設切向曰浮水而擊波不如乘舟之縱逸涉田而行不如依道之捷疾者言屬仁義之行求賢良之友則功業易立聲名易致也膺胷騰躍撇擊也衝蒙謂衝突蒙蘢也才蔽於無人行衰於寡黨此古今之患唯文學慮之文學曰唯唯敬聞命矣翰曰敬聞求友之命於是相與結侶攜手俱游求賢索友歷于西州濟曰索亦求也蜀在西故云西州也有二人焉乘軺而歌倚倪玉雞而聽之善曰軺車也白虎通曰名車爲軺者何言所以步之於路也包咸論語注曰輗者轅端橫木以縛軛也良曰軺車也輗轅端木也詠歎中雅轉運中律嘽闡緩舒繹曲折不失節善曰禮記曰嘽諧慢易繁文簡節之音作而民康樂濟曰中合也雅大小雅也轉運聲之飄颺也律六律也嘽緩舒繹柔和之聲也問歌者爲誰則所謂浮游先生陳丘子者也於是以士相見之禮友焉善曰儀禮

選五十一　十三

曰士相見之禮贄冬用雉夏用腒左頭奉之銑注同禮文既集善曰韓子曰禮有文禮者義之文向曰謂禮畢也文學夫子降席而稱曰俚力紀人不識寡見尠五臣本作鮮聞善曰劉德漢書注曰俚鄙也翰曰俚人鄙俚之人謙辭也寡尠皆少也曩從末路望聽玉音竊動心焉善曰尚書大傳曰天下諸侯莫不玉音金聲敢問所歌何詩請聞其說浮游先生陳丘子曰所謂中和樂職宣布之詩益州刺史之所作也刺史見太上聖明股肱竭力德澤洪茂黎庶和睦天人並應屢降瑞福善曰如淳漢書注曰太上天子也尚書大傳曰股肱臣也濟曰太上謂主也股肱謂臣也洪大也故作三篇之詩以歌詠之也文學曰君子動作有應從容得度南容三復白珪孔子睹其愼戒太子

擊誦晨風文侯諭其指意善曰論語曰南容三復白珪孔子以其兄之子妻之韓詩外傳曰魏文侯有子曰擊次曰訢訢少而立之以爲嗣封擊中山三年莫往來其傅趙倉唐諫曰何不遣使乎則臣請使擊曰諾於是遂求北犬晨鴈賚行倉唐至曰北蕃中山之君再拜獻之文侯曰嘻擊知吾好北犬嗜晨鴈也即見使者文侯曰中山之君亦何好乎對曰好詩文侯曰於詩何好曰好晨風文侯曰晨風謂何對曰詩云鴥彼晨風鬱彼北林未見君子憂心欽欽如何如何忘我實多此自以忘我者也於是文侯大悅曰欲知其君視其所使中山君不賢惡能得賢傅遂廢太子訢召中山君以爲嗣　良曰白珪之玷尚可磨斯言之玷不可爲喻曉也餘同善注今吾子何樂此詩而詠之也銑曰言古人詠詩皆有所適今子所歌復何尚也先生曰夫樂者感人密五臣本作心深而風移俗易吾所以詠歌之者美其君術明而臣道得也善曰禮記曰樂者聖人所作也其感人深又曰樂者所以移風易俗也君者中心臣者外體外體作然後知心之好惡臣下動然後知君之節趨善曰子思子曰民以君爲心君以民爲體心正則體脩心肅則身敬也　向曰節止趨進也好惡不形五臣本作刑則是非不分節趨不立則功名不宣故美玉蘊於碔武砆夫凡人視之怢他没焉良工砥之然後知其和寶也善曰馬融論語注曰蘊藏也戰國策曰白骨疑象武夫類玉張揖漢書注曰武夫石之次玉者廣雅曰怢忽忘也　翰曰蘊積也碔砆石而次於玉怢不辨皃良工理玉之工也和寶謂如卞和所獻寶精練五臣作鍊藏於鑛朴五臣作璞庸人視之忽焉巧冶鑄之然後知其幹也善曰精練金也金百鍊不耗故曰精練也說文曰鑛銅鐵璞也礦與鑛同瓜並切　翰曰鑛璞謂金石相和未理者也忽焉不識皃巧冶理金之工也幹體也餘同善注況乎聖德巍巍蕩蕩黎善本作民字氓所不能命哉善曰論語子曰大哉堯之爲君也蕩蕩乎民無能名焉巍巍乎其有成功廣雅曰命名也　良曰言物尚如此況天子之德不詠歌其何以知之巍巍高皃蕩蕩大皃命名也是以刺史推而詠之揚君德美五臣本作美德深乎洋洋罔不覆載紛紜天地寂聊五臣信寥宇宙善曰言所覆者廣也紛紜衆多之貌也寂聊曠遠之貌也　銑曰洋洋盛皃罔無也紛紜衆多皃寂寥曠遠皃言君德之多而及於遠明君之惠顯忠臣之節究皇唐之世何以加茲善曰爾雅曰究窮也郭璞曰謂窮盡也　向曰究盡也皇唐謂帝堯也是以每歌之不知老之將至也善曰論語子曰發憤忘食樂以忘憂不知老之將至也　翰曰言歌樂之而忘其老也文學曰書云迪一人使四方若卜筮善曰尚書曰迪一人有事四方若卜筮無不是孚孔安國曰迪道也孚信也　濟曰迪道也一人天子也言道天子行德化使四方之人信順如卜筮夫忠賢之臣導主志承君惠攄盛德而化洪天下安瀾比屋可封何以歌詠詩賦可以揚君哉愚竊惑焉善曰瀾水波安瀾以喻太平也尚書大傳曰周民可比屋而封　良曰攄舒也洪長也瀾波也安瀾言靜也比屋可封謂太平之人也愚謙辭惑疑也浮游先生色勃眥溢善曰論語子曰君召使擯色勃如也　銑曰勃怒也眥溢怒目精出於目眶也曰是何言與善曰孝經子曰是何言與　向曰怪其言不當也昔周公詠文王之德而作清廟建爲頌首吉甫歎宣王穆如清風列于大雅善曰毛詩周頌曰清廟祀文王也周公既成雒邑朝諸侯率以祀文王焉毛詩大雅序曰烝民尹吉甫美宣王也詩曰吉甫作誦穆如清風　翰曰周公清廟之詩爲周頌之首吉甫尹吉甫也大雅詩篇名夫世衰道微僞臣虛稱者殆也世平道明臣子不宣者鄙也鄙殆之累傷乎王道濟曰僞詐也殆過也鄙恥也累辱也故自刺史之來也宣布詔書勞來不怠令百姓徧曉聖德莫不霑濡厖遐江眉耆耇

之老 善曰尨雜也謂眉有白黑雜色良曰濡潤也尨眉耆耇皆老稱尨白黑毛相雜也 感愛惜朝夕願濟須臾觀大化之淳流 良曰淳厚流流行也 於是皇澤豐沛主恩滿溢百姓歡欣中和感發是以作歌而詠之也 善曰感發謂情感於中發言爲詩也銑曰皇澤天子恩澤也豐沛言多也 傳曰詩人感而後思思而後積積而後滿滿而後作言之不足故嗟歎之嗟歎之不足故詠歌之詠歌之不厭 五臣作足 不知手之舞之足之蹈之也 善曰樂動聲儀文也 此臣子於君父之常義古今一也今子執分寸而罔億度處把握而却寥廓乃欲圖大人之樞機道方伯之失得不亦遠乎 善曰億度之言無限也韓子曰有天寸而無億度又曰前識無緣而忘億度也馬融

論語注曰罔誣也大人謂天子也周易曰利見大人又曰言行君子之樞機 向曰罔無也億度尺丈也把握言把握之狹也寥廓廣大也大人天子也樞機權要也方伯諸侯也 陳丘子見先生言切恐二客慙膝步而前曰先生詳之 善曰戰國策曰荊軻見太子太子再拜而跽膝行流涕翰曰詳審也 行潦老暴集江海不以爲多鰌秋鱓善並逃九罭域不以爲虛 善曰左氏傳曰君子曰潢汙行潦之水杜預曰行潦流潦也莊子海若曰天下之水莫大於海百川歸之而不盈爾雅曰鰼鰌郭璞曰今泥鰌也鰌似立功郭璞山海經注曰鱓魚似蛇毛詩曰九罭之魚鱒魴爾雅曰九罭魚網也 濟曰言江海網罟之大不爲一物而虧盈也行潦雨水也鰌鱓魚名九罭大網也 是以許由匿堯而深隱唐民不以衰夷齊恥周而遠餓文武不以卑 善曰呂氏春秋曰昔堯朝許由於沛澤之中請屬天下於夫子許由遂之箕山之下論語子曰伯夷叔齊餓於首陽之下人到于今稱之 良曰言帝王之德不爲一人而屈也許由避堯而隱於箕山伯夷叔齊恥周而自

餓于首陽山也文武謂文王武王也 夫青蠅不能穢垂棘邪論不能惑孔墨 善曰毛詩曰營營青蠅止於樊鄭玄曰蠅之爲蟲汙白使黑汙黑使白左氏傳曰晉荀息請以垂棘之璧假道於虞以伐虢 銑曰青蠅能變白黑也而不能汙其寶玉邪可亂於衆人也而不可亂聖賢垂棘璧名孔孔丘墨墨翟皆賢聖也 今刺史質敏以流惠舒化以揚名 向曰質正敏達舒布也 采詩以顯至德歌詠以董其文受命如絲明之如緡 善曰爾雅曰董正也禮記曰王言如絲其出如綸王言如綸其出如綍音弗鄭玄曰言出彌大也 翰曰董篤也禮記云王言如絲其出如綸綸即緡釣魚繳也王言之出雖小弦之而大也 甘棠之風可倚而俟也 善曰毛詩序曰甘棠美召伯也召伯之教明於南國 翰曰同善注倚立也 二客雖窒計沮孳與議何傷 善曰言二客雖於計窒塞於議沮敗何傷於理乎言不傷也爾雅曰窒塞也 濟曰二客謂文學與夫子也窒塞也沮敗也何傷言無傷於理也 顧謂文學夫子曰先生微矜於談

道又不讓乎當仁亦未巨過也願二子措意焉 五臣本無焉字 善曰論語子曰當仁不讓於師 良曰微少巨大措致也 夫子曰否 銑曰否不然也 夫雷霆必發而潛底震動 善曰呂氏春秋曰開春始雷則蟄蟲動矣 枹孚鼓鏗苦耕鏘七羊而介士奮竦 善曰左氏傳曰郤克援枹而鼓鄭玄周禮注曰介被甲也 向曰霆雷霆也潛底幽隱處也枹擊也鏗鏘聲也介士甲士也竦躍也 故物不震不發士不激不勇今文學之言欲以議愚感敵舒先生之憤願二生亦勿疑 五臣有也字 善曰言議前敵之愚以感動之 翰曰文學先議愚事欲感動前敵之心耳二生謂先生與陳丘子也 於是文繹復集乃始講德 善曰馬融論語注曰繹尋繹也 濟曰繹理也 文學夫子曰昔成康之世君之德與 五臣作歟 臣之力也 善曰韓子曰晉平公問叔向曰齊桓公九合諸侯臣之力耶君之力耶與音余 濟曰問周成王康王也 先生

曰非有聖智之君惡烏有甘棠之臣故虎嘯而風
寥戾龍起而致雲氣善曰周易曰雲從龍風從虎聖人作而萬物覩　良曰聖智謂成康也甘
棠謂邵伯也　銑曰雲從龍風從虎皆相感而生也寥戾風聲蟋蟀俟秋吟蜉浮蝣由
出以陰善曰易通卦驗曰立秋蜻蛚鳴蔡邕月令章句曰蟋蟀蟲也謂之蜻蛚也　向曰皆感事而至矣寥戾風
聲蟋蟀蟲名俟待也蜉蝣亦蟲名陰則出也易曰飛龍在天利見大人鳴聲
相應仇偶相從善曰周易曰同聲相應同氣相求水流濕火就燥　翰曰仇匹也人由
意合物以類同是以聖主不徧窺望而視以明不
殫傾耳而聽以聰何則淑人君子人就者衆也善曰
毛詩曰淑人君子其儀不忒　濟曰殫盡也淑善也故千金之裘非一狐之腋亦
五臣作廈大廈之材非一丘之木太平之功非一人之

略也五臣無也字　善曰慎子曰廊廟之材蓋非一木之枝狐白之裘非一狐之皮也治亂安危存亡榮辱之施非
一人之力也　良曰狐白裘以狐腋下毛爲之而價千金也大廈屋也丘山也略智也蓋君爲元首
臣爲股肱明其一體相待而成有君而無臣春秋
刺焉善曰公羊傳曰宋公與楚人期戰于弘之陽宋師大敗故君子大其不鼓不成列臨大事而不忘大禮有君而
無臣以爲雖文王之戰亦不過此也何休曰惜有其王德而無王佐也　銑曰元首頭也股肱手足也三代以
上皆有師傅五伯以下各自取友善曰說苑郭隗曰帝者之臣其名臣
也其實師也王者之臣其名臣也其實友也霸者之臣其名臣也其實僕也　向曰三代夏殷周也五伯齊桓公晉文公秦穆
公楚莊公宋襄公是也齊桓有管鮑隰甯九合諸侯一匡天下
善曰左氏傳曰鮑叔牙奉公子小白又曰齊桓衛姬之子有鮑叔牙隰朋以爲輔佐說苑鄒子曰甯戚叩轅行歌桓公任之以
國政論語子曰桓公九合諸侯不以兵車管仲之力也又曰管仲相桓公一匡天下民到于今受其賜　翰曰管仲鮑叔牙隰

朋甯戚也匡正也晉文公有咎五臣本作舅犯趙衰楚危取威定霸
以尊天子善曰左氏傳曰晉公子重耳奔狄從者狐偃趙衰顛頡魏武子司空季子杜預曰狐偃子犯也司空
季子胥臣曰季也左氏傳曰先軫謂晉侯曰報施救患取威定霸於是乎在矣秦穆有王由五羖
攘却西戎始開帝緒善曰韓詩外傳曰昔戎將由余使秦秦繆公問之得失之要對曰古
之有國者未嘗不以恭儉也失國者未嘗不以驕奢也繆公然之於是告內史王廖曰鄰國有聖人敵國之憂也由余聖人也
將柰之何王廖曰君其遺之女樂以婬其志然後可圖繆公曰善乃使王廖以其女樂二列遺戎王史記曰百里奚亡秦走宛
秦繆公聞百里奚故重贖之恐楚不予請以五羖羊皮贖之楚人許予之繆公與語國事大悅又曰秦用由余謀伐戎王并國
十二遂霸西戎春秋保乾圖曰五帝異緒宋衷曰緒業也　濟曰王王繆由由余五羖百里奚也緒業也楚莊有
孫叔子反兼定江淮威震諸夏善曰韓詩外傳曰沈令尹進孫叔敖於莊
王叔敖治楚三年而楚國霸左氏傳曰楚子圍鄭子反將右晉師救鄭及楚師戰于邲晉師敗績邲步必切　良曰孫叔敖也

諸夏中國也句踐有種蠡禮渫五臣本作世庸克滅彊吳雪
會稽之恥善曰漢書曰江都王問董仲舒曰越王勾踐與大夫泄庸種蠡謀伐吳遂滅之孔子稱殷有三仁寡
人亦以爲越有三仁史記曰吳王夫差伐越敗之越王勾踐乃以甲兵五千人棲於會稽又曰勾踐自會稽歸拊循其士民伐
吳大破之吳王自殺也　銑曰句踐越王名種文種蠡范蠡吳脅伐越越棲於會稽山竟以滅吳故云雪恥也魏文
有段干田翟秦人寢兵折衝萬里善曰呂氏春秋曰孟嘗君問白圭曰
魏文侯名過桓公而功不及五伯何也白圭對曰文侯師子夏友田子方敬段干木此名之所以過桓公也而名號顯榮者三
士羽翼之也史記魏文侯謂李克曰寡人之相非成則璜翟璜也成魏文侯弟名也呂氏春秋曰段干木者魏文敬之過其
廬而軾秦欲攻魏而司馬康諫曰段干木賢者而魏禮之天下皆聞無乃不可加兵乎秦君以爲然乃止　向曰段干木田子
方翟璜皆魏臣也寢罷也燕昭有郭隗樂毅東破彊齊困閔於莒
善曰史記曰燕昭王以子之之亂而齊大敗燕燕昭王怨齊於是詘身下士先禮郭隗以招賢者樂毅爲魏使於燕燕昭王以

爲亞卿使樂毅伐齊破之追至于臨菑齊湣王走保於莒湣與閔同　翰曰夷平也燕破齊齊閔王走保莒邑故云困也夫以諸侯之細功名猶尚若此而況帝王選於四海羽翼百姓哉善曰高誘呂氏春秋注曰羽翼輔佐也濟曰羽翼謂任賢以輔佐百姓也故有賢聖之君必有明智之臣欲以積德則天下不足平也欲以立威則百蠻不足攘也善曰毛萇詩傳曰攘除也今聖王冠道德履純仁被六藝佩禮文良曰純深也六藝禮樂射御書數也言皆以美事喻衣服也屢下明詔舉賢良求術士招異倫拔駿茂銑曰倫等也是以海內歡慕五臣本作勸慕莫不風馳雨集襲雜並至塡庭溢闕含淳詠德之聲盈耳登降揖讓之禮極目向曰風馳雨集言疾至溢塡闕庭言多也進者樂其條暢怠

【選五十一　二十】

者欲罷不能善曰條猶理也漢書音義曰暢通也　翰曰條暢猶通達也言進者樂之疲怠者亦不能罷偃息善本有偃息二字乎詩書之門游觀乎道德之域濟曰言以詩書道德爲門爲域而游息焉域闕也咸絜身脩思五臣作德吐情素而披心腹各悉精銳以貢忠誠允顧推主上弘風俗而騁太平濟濟乎多士文王所以寧也善曰毛詩小雅文也　良曰貢獻允信弘大也濟濟盛皃若乃美政所施洪恩所潤不可究陳舉孝以篤行崇能以招賢去煩蠲苛以綏百姓祿勤增奉五臣本作俸以厲貞廉善曰漢書宣紀曰律令有可蠲除以安百姓條奏又曰吏不廉平則治道衰今小吏皆勤事祿薄其益吏奉什伍也　銑曰究陳蠲除苛細綏定也減膳食卑宮觀善曰宣紀曰令太官損膳省宰又曰郡國宮觀勿復脩理省田官損諸苑疏繇役振

乏困善曰宣紀曰池籞未御幸者假與貧人又曰流人還歸勿筭繇事又曰遣使者振貸乏困恤民災害不遑游宴善曰宣紀曰今天下頗被疾疫之災朕甚愍之　向曰恤憂遑暇也閔耄老之逢辜憐縗絰之服事善曰宣紀曰朕惟耆老之人髮齒墮落亦無暴虐之心諸年八十以上非誣告人殺傷人佗皆勿坐又曰百姓遭縗絰凶災而吏繇事傷孝子之心自今有大父母父母喪者勿繇事　翰曰閔憐辜罪也縗絰居喪之人也服事謂服役事惻隱身死之腐人悽愴子弟之縲匿善曰宣紀曰今繫者或以掠辜若飢寒死獄中朕甚痛之又曰自今子首匿父母孫匿大父母皆勿坐　濟曰惻隱傷痛也悽愴悲歎也身死腐人謂經拷掠或飢寒死獄中者子弟縲匿父兄之罪而見縲繫者也恩及飛鳥惠加走獸胎卵得以成育草木遂其零茂善曰尸子曰湯之德及鳥獸矣莊子曰至德之世禽獸成羣草木遂長　良曰育養也零落茂盛皆遂其理不夭伐也愷悌君子民之父母豈不然哉善曰毛詩大雅文濟曰愷悌大順也先生獨

【選五十一　二十一】

不聞秦之時邪違三王背五帝滅詩書壞禮義信任羣小憎惡仁智詐僞者進達佞諂者容入宰相刻峭五臣作削大理峻法善曰廣雅曰峭急也謂嚴急也峻與峭同　良曰刻削謂損害也峻深也處位而任政者皆短於仁義長於酷虐狼摯虎攫懷殘秉賊善曰孟子曰賊仁者謂之賊賊義者謂之殘　翰曰言皆如狼虎之暴也摯持也攫亦持也其所臨莅五臣作涖莫不肌栗五臣作慄慴伏吹毛求疵並施螫毒百姓征伀五臣本作怔伀周容切無所措其手足善曰韓子曰古之人君大體者不吹毛而求小疵不洗垢而察難知方言曰征伀惶遽也論語曰刑罰不中則民無所措手足伀章容切　濟曰慄戰也言如蛇虺之螫毒於人者怔伀惶懼皃措置也嗷嗷愁怨遂亡秦族良曰嗷嗷衆聲是以養雞者不畜貍牧獸者不育豺樹木者憂其蠹

保民五臣本作人者除其賊善曰文子曰乳犬噬虎伏雞搏貍又曰所爲立君者以禁暴亂
也夫養禽獸者必除豺狼又況牧民乎又曰木林生蠹還自食人生事因自賊良曰貍能害雞豺能食獸蠹以傷木賊以亂
人故大漢之爲政也崇簡易尚五臣本作上寬柔進淳
仁舉賢才上下無怨民用和睦善曰孝經曰民用和睦上下無怨銑曰淳深
也睦親也令海內五臣作四海樂業朝廷淑清天符既章人
瑞又明品物咸亨山川降靈善曰周易曰雲行雨施品物咸亨向曰天符人瑞品
以下自分也亨通也神光燿五臣本從光暉洪洞朗天善曰宣紀曰薦鬯之夕神光交
錯或降于天或登于地翰曰神天地之神洪洞相通也朗明也鳳皇來儀翼翼邕邕
羣鳥並從舞德垂容神雀仍集麒麟自至甘露滋
液嘉禾櫛比善曰宣紀曰鳳皇集魯羣鳥從之尚書鳳皇來儀爾雅曰翼翼恭也邕邕和也又曰邕邕若聲
和也山海經曰鳳首文曰德宣紀神雀仍集九眞獻奇獸宣紀曰甘露降未央宮又曰嘉穀玄稷降于郡國良曰鳳皇神雀
瑞鳥麒麟瑞獸名甘露瑞露也嘉禾瑞穀也翼翼飛皃邕邕聲也垂容有容儀也滋液津潤櫛比連接也大化隆
洽男女條暢家給年豐咸則三壤豈不盛哉善曰尚書
曰咸則三壤成賦中邦銑曰隆盛給和給足也咸則三壤謂上中下田皆有法則也昔文王應九尾
狐而五臣本無而字東夷歸周武王獲白魚而諸侯同辭
善曰春秋元命苞曰天命文王以九尾狐尚書琁璣鈐曰武王得兵鈐謀東觀白魚入舟俯取以燎八百諸侯順同不謀魚者
視用無足翼從欲紂如魚乃誅向曰謂白魚入于王舟諸侯同辭而伐紂也周公受秬鬯而鬼
方臣也善曰周公受秬鬯未詳鄭玄詩箋曰鬼方遠方翰曰秬黑黍瑞也鬯香草也鬼方遠國名宣王
得白狼而夷狄賓善曰史記曰穆王征犬戎得四白狼以歸今云宣王未詳夫名自
正而事自定也善曰論語曰名不正則言不順言不順則事不成今南郡獲白

虎亦偃武興文之應也獲之者張武武張而猛服
也是以北狄賓合五臣本作洽邊不恤寇甲士寢而旌
五臣本作旌旗仆也濟曰張武南郡太守也賓服洽會恤憂寇賊寢息仆偃也文學夫子
曰天符既聞命矣敢問人瑞先生夫子曰五臣作先生曰夫匈
奴者百蠻之最彊者也善曰毛詩曰因時百蠻良曰百蠻夷狄之通名也天
性憍五臣本從馬蹇習俗傑五臣作桀暴善曰左氏傳曰彼皆偃蹇杜預曰偃蹇憍傲也業在
銑曰蹇逆桀悖也賤老貴壯氣力相高善曰史記曰匈奴貴壯健賤老弱也
攻伐事在獵射善曰史記曰匈奴因射獵爲生業習戰攻以侵伐兒能騎羊
走箭飛鏃善曰史記曰匈奴兒能騎羊引弓射鳥鼠也逐水隨畜都無常處
鳥集獸散往來馳騖周流曠野以濟嗜欲善曰史記曰匈
奴逐水草遷徙無城郭常處向曰畜居也如鳥獸之集散濟遂也其耒耜則弓矢鞍馬播
種則扞胡爛弦掌拊收秋則奔狐馳兔穫胡郭刈則顛
倒殪伊計仆善曰禮記曰左佩決扞鄭玄曰扞拾也言所以拾弦也鄭玄禮記注曰拊弓把也音夫史記曰匈奴
射狐兔用爲食翰曰以此如中國之務農也耒耜耕器也播布也扞弦掌拊用之蔽手以持弓者也奔馳皆追逐也殪仆皆
殺傷也追之則奔遁釋之則爲寇善曰史記曰匈奴利則進不利則退不羞遁走
良曰遁逃寇賊也是以三王不能懷五伯不能綏驁邊杌士
屢犯芻蕘詩人所歌自古患之善曰毛詩曰六月棲棲戎車既飭四牡騤騤載
是常服玁狁孔熾我是用急銑曰懷來綏安也杌動也犯芻蕘言入塞而食漢草也詩云玁狁孔熾我是用急今聖
德隆盛威靈外覆日逐舉國而歸德單于稱臣而
朝賀五臣本無賀字善曰宣紀曰日逐王先賢撣將人衆來降鄭氏曰撣音纏東之纏又曰單于稱臣使弟奉珍

朝賀正月向曰靈神也日逐單于皆匈奴名乾坤之所開陰陽之所接編（蒲典）結（計）沮顏燋齒梟瞯（閑）翦髮黥首文身祼（力果）袒（徒旦）之國（善曰編結即編髮也漢書終軍曰解辮髮削左衽又曰匈奴有罪小者軋音義曰刀刻其面盖沮顏也燋齒未詳又曰大宛深目多鬚盖梟瞯也黥首盖雕題也山海經曰雕題國在鬱林南　翰曰皆蠻夷種類也編結編髮也沮顏刻面也燋齒黑齒也梟瞯眼白也黥首雕額也文身鏤身也祼袒不衣也）靡不奔走貢獻懽忻來附婆娑嘔吟鼓掖（五臣作腋）而笑（濟曰靡無也婆娑舞皃鼓腋鼓腹之類也）夫鴻均之世何物不樂飛鳥翕翼泉（五臣本作淵）魚奮躍（善曰孔安國尚書傳曰洪大也鴻與洪古字通毛萇詩傳曰均平也毛詩曰鴛鴦在梁戢其左翼鄭玄曰明王之時人不驚駭也韓詩曰鳶飛戾天魚躍于泉薛君曰魚喜樂則踴躍於泉中　良曰鴻大均平也翕翼奮躍樂和氣也）是以刺史感懣（莫本）舒音而詠至德鄙人黯（於感）淺不能究

二十四

識敬遵所聞未尅（五臣作克）殫焉（善曰黯不明也烏感切　銑曰殫積也　向曰鄙人先生謙辭也黯不明也殫盡也）於是二客酧于仁義飽于盛德（善曰毛詩曰既醉以酒既飽以德）終日仰歎怡懌而悅服

六臣註文選卷第五十一

六臣註文選卷第五十二

論二

王命論一首（善曰王命帝王受命也漢書曰彪遭王莽敗光武即位於冀州時隗囂據隴擁衆囂問彪曰往者周亡戰國並爭天下分裂意者從橫之事復起於今乎）

班叔皮（向曰此論帝王所以興者必有天命是時屬王莽初敗光武即位而隗囂據隴擁衆欲有分割土宇之意彪時在隗囂以隗所舉必見禍亂故著此論以明天命所歸冀有其悟也）

昔在帝堯之禪曰咨爾舜天之歷數在爾躬舜亦以命禹（善曰論語文也尚書帝曰來禹予懋乃德嘉乃丕績天之曆數在汝躬汝終陟元后孔安國曰曆數謂天道也元后天子也爾雅曰命告也　翰曰舜亦以堯命己之辭以命禹而禪之）暨于稷契咸佐

一

唐虞光濟四海奕世載德至于湯武而有天下（善曰稷武王之祖也契成湯之祖也杜預左氏傳注曰暨至也國語祭公謀父曰奕世載德孔安國尚書傳曰載行也　良曰暨及載行也此言有天下者必資積德累行不可以造次之間而得之也稷者周之先契者殷之祖也皆以佐堯舜有至美之德奕世而行故至成湯武王而有天下）雖其遭遇異時（五臣作世字）禪代不同至于應天順人（五臣本作民）其揆一（五臣本作一揆）焉（善曰周易曰湯武革命順乎天應乎人孟子曰先聖後聖其揆一也　銑曰揆理也）是故劉氏承堯之祚氏族之世著于春秋唐據火德而漢紹之（善曰漢書贊曰春秋晉史蔡墨有言陶唐氏既衰其後有劉累范氏其後也范氏爲晉士師魯文公世出奔秦後歸于晉其處者爲劉氏帝系曰帝堯封于唐爲火德漢書贊曰漢承堯運德祚已盛斷蛇著符旗幟尚赤協于火德自然之應得天統矣　濟曰堯漢之先祖祚福紹繼也）始起沛澤則神母夜號以彰赤帝之

符善曰漢書曰高祖夜徑澤中有大蛇當徑高祖乃拔劒斬蛇後人至蛇所有一老嫗夜哭曰吾子白帝子也化爲蛇
當道今者赤帝子斬之又曰高祖立爲沛公旗幟皆赤由是知所殺蛇白帝子殺者赤帝子故也　翰曰高祖夜行澤中見白
蛇斬之乃有神母號哭曰赤帝子殺吾白帝子符應也由是言之帝王之祚必有
明聖顯懿之德善曰春秋河圖揆命篇曰倉戲農黃三陽翼天德清明法言曰昔在有熊高辛唐虞
三代咸有顯德故天因而祚之　向曰懿美也豐功厚利積累之業善曰史記崇侯虎曰
西伯積善累德諸侯皆嚮之　良曰言必有大功厚利以利於天下積德累行之業也然後精誠通
于神明流澤加於生民善曰孝經子曰孝悌之至通於神明尚書周公曰道洽政治澤
潤生民故能爲鬼神所福饗天下所歸往善曰孟子萬章曰堯
薦舜如何曰使之主祭百神享之使之主事事治而百姓安之易乾鑿度曰王者天下所歸韓詩外傳曰王者往也天下往之
謂之王也未見運世無本功德不紀而得倔起在此

位者也善曰世運五行更運相次之世也不紀不爲人所記也春秋元命苞曰五德之運應録次相代埤蒼曰崛
特起也倔與崛同　濟曰倔起謂平起於匹夫也世俗見高祖興於布衣不達
其故善曰漢書曰高祖曰吾以布衣取天下家語孔子曰舜起布衣而終以帝也　銑曰言人不達高祖起於布衣
所由也以爲適遭暴亂得奮其劒善曰適猶遇也漢書高祖曰吾提三尺劒
取天下游說之士至比天下於逐鹿幸捷而得之
善曰漢書隗囂曰秦失其鹿劉季逐而掎之時人復知漢乎太公六韜曰取天下若逐野鹿得鹿天下共分其肉　翰曰言游
說之人務以口辯乃比爭取天下勢如逐鹿於野幸有捷急者則先得之不知神器有命不
可以智力求悲夫此世之所以多亂臣賊子者
也善曰韋昭曰神器天子璽符服御之物老子曰天下神器不可爲也爲者敗之也孟子曰孔子成春秋亂臣賊子懼　向
曰神器帝位也言悲世人以爲高祖自布衣亦欲効之以捷急之勢取之所以天下多爲亂臣賊子欲懷惡逆之意也若

然者豈徒闇於天道哉又不覩之於人事矣夫
餓饉流隸饑寒道路善曰說文曰餓飢也穀梁傳曰五穀不升謂之饉流隸流移賤隸也
左氏傳曰人有十等輿臣隸也饉或爲殣荀悅曰道瘞謂之殣也　良曰無菜曰饉無穀曰饑流隸謂逃流賤隸之人思
有短褐之褻擔石之蓄善曰韋昭曰短爲裋裋襦也毛布曰褐短丁管切說文曰褻重
衣也字林曰甔大甖也晉灼曰無一擔與一斛之餘　銑曰短褐麤衣也褻重衣也擔謂一擔之重石謂一斛之數蓄積也言
思有擔石之糧以積也所願不過一金終於轉死溝壑善曰韋昭曰一
斤爲一金孟子謂滕文公曰爲人父母使老稚轉乎溝壑惡在爲人父母也　濟曰一金謂一斤之金也何則貧
窮亦有命也善曰墨子曰貧富治亂固有天命不可損益也況乎天子之貴
四海之富神明之祚可得而妄處哉善曰禮記孔子曰舜其大
孝也德爲尊爲天子富有四海之內宗廟饗之子孫保之法言曰天因祚之爲神明主也　翰曰言不可妄處也故雖

遭罹厄會竊其權柄勇如信布彊如梁籍成如
王莽然卒潤鑊伏鑕質亨醢海分裂善曰史記曰項籍其季父項梁
陳勝等起梁爲楚上柱國軍下邳自號武信君北至定陶再破秦軍後秦大破之項梁死　向曰信韓信也布黥布也梁項梁
也籍項籍也卒終也潤鑊伏鑕亨醢分裂皆殺也鑊煮也鑕砧也醢肉醬也分裂謂斷其支體也又況么烏堯
麼不及數子而欲闇干天位者也五百作乎　善曰鶡冠子曰無
道之君任用么麼動則煩濁有道之君任用俊雄動則明白通俗文曰不長曰么細小曰麼莫可切爾雅曰干求也　良曰么
麼小也數子謂信布梁籍干求也是故駑蹇之乘不騁千里之塗燕
雀之疇不奮六翮之用善曰廣雅曰駑駘也今謂馬之下者爲駑王逸楚辭注曰蹇跛
也呂氏春秋曰所爲貴驥者爲其一日千里也史記陳涉曰燕雀安知鴻鵠之志哉韓詩外傳蓋胥曰夫鴻鵠一舉千里所恃
者六翮耳　翰曰六翮謂鴻鵠之翼也楶梲之材不荷棟梁之任善曰應劭曰爾

雅曰栭謂之楶棁侏儒柱說文曰栭枅上梁周易曰棟隆之吉不橈乎下也楶音節棁之劣切銑曰栭謂之楶梁上楹謂之棁蓋小材也荷負也斗筲之子不秉帝王之重善曰音義曰筲竹筥也受一斗論語子曰斗筲之人何足算也向曰斗筲小器也秉執也易曰鼎折足覆公餗速不勝其任也善曰周易鼎卦之辭也說文曰鬻鼎實也鬻與餗同 良曰鼎大器也以喻重任餗鼎中之珍饌喻王位也言鼎折足則覆鼎中之物言非其材而處其任則如此也當秦之末五臣本作時豪傑五臣本有並起二字共推陳嬰而王之嬰母止之曰自吾為子家婦而世貧賤五臣本有今字卒富貴不祥不如以兵屬人事成少受其利不成禍有所歸嬰從其言而陳氏以寧善曰史記文王陵之母亦見項氏之必亡而劉氏之將興也是時陵為漢將而母獲於楚

有漢使來陵母見之謂曰願告吾子翰曰陵母為項羽所擒獲也 良曰陵母見漢使傳言與陵也漢王長者必得天下子謹事之無有二心遂對漢使伏劍而死以固勉陵五臣本無陵字 翰曰陵母恐陵為母在楚有二心於漢遂對漢使者以劍自殺以絕陵望使固心於漢也其後果定於漢陵為漢宰五臣本無宰字相封侯善曰史記文夫以匹婦之明猶能推事理之致探禍福之機五臣本作幾 善曰白虎通曰庶人稱匹夫何言其夫妻為偶也鄭玄周禮注曰致猶會也全宗祀於無窮垂策書於春秋而況大丈夫之事乎善曰張晏曰冊書史記也晉灼曰至周名春秋考紀也孟子曰富貴不能淫貧賤不能移此之謂大丈夫也 向曰春秋史書之通名也是故窮達有命吉凶由人善曰呂氏春秋曰道德於此窮達一也左氏傳周內史叔興曰吉凶由人嬰母知廢

陵母知興審此二者帝王之分決矣蓋在高祖其興也有五一曰帝堯之苗裔二曰體貌多奇異善曰漢書曰高祖為人隆準而龍顏美鬚髯左股有七十二黑子三曰神武有徵應善曰徵應謂下衆瑞也四曰寬明而仁恕善曰漢書曰高祖寬仁愛人意豁如也五曰知人善任使善曰高祖任張良以運籌委蕭何以關內是也加之以信誠好謀達於聽受見善如不及用人如由五臣本作用己善曰論語子曰見善如不及濟曰達聽受謂不信讒譖也從諫如順流趣時如響起善曰左氏傳叔向曰齊桓公從善如流周易曰變通者趣時者也 翰曰趣時謂見時利也響起言疾如響起應聲也當食吐哺納子房之策善曰漢書酈食其欲立六國後漢王以問張良良發八難漢王輟食吐哺曰豎儒幾敗乃公事 良同善注拔足揮洗揖酈生之說善曰漢書曰酈食其

求見沛公方踞牀使兩女子洗足酈生不拜長揖曰足下必欲誅無道秦不宜踞見長者沛公起攝衣謝之延上坐食其說沛公襲陳留 銑曰高祖乃輟洗起謝之納其說也拔足揮洗謂止洗足也揖敬從也餘同善注悟戍卒之言斷懷土之情善曰漢書曰高祖西都洛陽戍卒婁敬說上曰陛下都洛陽不便不如入關據秦之固是日車駕西都長安 翰曰高祖既定天下以家在關東意欲都洛陽納戍卒婁敬說言遂遷都長安故言斷懷土之情也高四皓之名割肌膚之愛善曰漢書曰上欲廢太子立戚夫人子趙王如意呂后不知所為張良曰顧上有所不能致四人令太子為書卑辭安車請以為客令上見之則一助也於是太子迎四人至上破黥布歸愈欲易太子及置酒太子侍四人若從上乃驚曰吾求公公逃避我今公何自從吾兒遊煩公幸卒調護太子竟不易太子者良本招此四人之力也 良曰高祖愛趙王如意欲廢太子而立如意是時南山有四皓者四賢人高祖召之又不至後乃來與太子游太子入朝高祖而四皓為侍高祖遂以太子為賢而不廢也以不立趙王故云割肌膚之愛也舉韓信於行陣收陳平於亡命善曰漢書曰蕭何薦韓信於漢王於是漢王齋

戒設壇場拜信爲大將軍又曰陳平亡楚來降漢王與語說之使驂乘監諸將 濟曰行陣謂軍旅之間也亡命謂自楚逃歸於高祖也英雄陳力羣策畢舉此高祖之大略所以成帝業也善曰莊子許由曰我爲汝言其大略廣雅曰略法也若乃靈瑞符應又可略聞矣初劉媼烏老妊而鴆高祖而夢與神遇震電晦冥有龍蛇之怪善曰略粗略也漢書曰高祖母媼嘗息大澤之陂夢與神遇是時雷電晦冥父往視則見蛟龍據其上已而有娠遂產高祖說文曰妊孕也如蔭切 向曰劉媼謂高祖母初妊謂有娠也言高祖母初妊高祖夢與神合雷電晦暗父太公往視則蛟龍在於上遂生高祖及長而多靈有異於衆是以王武感物而折契呂公覩形而進女善曰漢書曰高祖常從王媼武負貰酒時飲醉臥武負王媼見其上常有怪歲竟此兩家常折券棄債貰食夜切文曰呂公見高祖曰臣少好相人相人多矣無如季相臣有息女願爲箕帚妾也 翰曰高祖微時嘗從王媼武負二人賒酒既醉臥二人見其上有怪異此兩家遂毁契券不取其財也沛令客呂公見高祖奇兒乃妻以女即呂后也秦皇東游以猒其氣呂后望雲而知所五臣本作其處善曰漢書秦始皇帝曰東南有天子氣於是東游以猒當之高祖隱於芒碭山澤間呂后與人俱求常得之高祖怪問呂后曰季所居上常有雲氣故從往常得季說文曰猒塞也於冉切 良曰秦始皇帝曰東南有天子氣於是東游以猒之高祖隱於芒碭山每獨游所至處常有雲氣呂后望雲乃知高祖在中輒求而得之始受命則白蛇分西入關則五星聚善曰漢書曰高祖夜徑澤中有大蛇當徑高祖乃拔劒斬蛇後人來至蛇所有一老嫗夜哭曰吾子白帝子也化爲蛇當道今者赤帝子斬之 銑曰分斷也高祖初入關五星聚於東井高祖受命之應也東井星名故淮陰留侯謂之天授非人力也善曰漢書韓信謂高祖曰且陛下天授非人力也又曰張良數以太公兵法說沛公沛公喜常用其策爲他人言皆不省良曰沛公殆天授故遂從之 濟曰淮陰侯韓信留侯張良並言高祖得天之授也非人力之致也歷古今之得失驗行事之成

敗稽帝王之世運考五者之所謂翰曰五者謂五行相承也取舍五臣本作捨不厭斯位符瑞不同五臣本作周斯度善曰韋昭曰厭合也一艷切 向曰厭合周備度數也而苟昧權利越次妄據外不量力內不知命善曰左氏傳曰息侯伐鄭君子曰不量力論語孔子曰不知命無以爲君子則必喪保家之主失天年之壽善曰左氏傳曰趙孟過鄭印段賦蟋蟀趙孟曰保家之主也莊子弟子問於莊子曰山中之木以不材得終其天年也遇折足之凶伏斧鉞之誅銑曰折足之凶則上所述鼎折足也英雄誠知覺寤畏若禍戒超然遠覽淵然深識收陵嬰之明分絕信布之覬冀覦俞善曰左氏傳師服曰下無覬覦杜預曰下不敢望上位也說文曰覬幸也覦欲也距逐鹿之瞽古說審神器之有授貪不可冀無爲二母之所笑則福祚流于子孫天祿其永終矣善曰韋昭曰幾望也今本作冀尚書曰四海困窮天祿永終 翰曰英雄謂隗囂也言誠能知其天命覺寤人事畏如此斧鉞之禍以自警戒超然遠見淵然深識收王陵陳嬰之事以爲明鑒之分絕韓信黥布之逆無爲窺覦之心也距絕也逐鹿謂上述游說士所比也瞽說謂無知之說也神器帝位也貪不可冀謂勿貪帝位終不可冀望徒爲二母所笑也二母則陵嬰母也

典論論文一首

魏文帝 向曰文帝典論二十篇兼論古者經典文事有此篇論文章之體也

文人相輕自古而然傅毅之於班固伯仲之間耳而固小之與弟超書曰武仲以能屬文爲蘭臺令史下筆不能自休善曰伯仲喻兄弟之次也言勝負在兄弟之間不甚相踰也范曄後漢書曰班超字仲升徐令彪之少子也 良曰伯仲言相次也 銑曰小之謂以其爲小才也超班超也武仲傅毅字也休

息也言其文美不能自息也　夫人善於自見而文非一體鮮能備善是以各以所長相輕所短　濟曰言文人各自見所長輕人所短也　里語曰家有弊帚享之千金斯不自見之患也　善曰東觀漢記曰吳漢入蜀都縱兵大掠上詔讓漢曰城降孩兒老母萬數一旦放兵縱火聞之可爲酸鼻家有敝帚享之千金禹宗室子孫故嘗更職何忍行此杜預左氏傳注曰享通也享或爲亯　翰曰帚謂除地之帚也言家有弊破之帚自以爲寶重者乃通比於千金此則不自見之甚患也　今之文人魯國孔融文舉廣陵陳琳孔璋山陽王粲仲宣北海徐幹偉長陳留阮瑀元瑜汝南應瑒德璉東平劉楨公幹斯七子者於學無所遺於辭無所假咸以自騁驥騄於千里仰齊足而並馳以此相服亦良難矣　善曰呂氏春秋曰所爲貴驥者爲其一日千里也毛萇詩傳曰田獵齊足尚疾也　良曰驥騄良馬也以比賢才之俊逸也　蓋君子審己以度人故能免於斯累　善曰呂氏春秋曰君子必審諸己然後任人楚辭曰羌內恕己以量人王逸曰量度也　銑曰審己之才以度前人則無不相服之累也　而作論文王粲長於辭賦徐幹時有齊氣然粲之匹也　善曰言齊俗文體舒緩而徐幹亦有斯累漢書地理志曰故齊詩曰子之還兮遭我乎峱之間兮此亦其舒緩之體也　翰曰齊俗文體舒緩言徐幹文章時有緩氣然亦是粲之儔也　如粲之初征登樓槐賦征思幹之玄猿漏卮圓扇橘賦雖張蔡不過也然於他文未能稱是　濟曰初征登樓槐賦征思玄猿漏卮圓扇橘並賦名也玄猿黑猿也漏卮酒器也言此諸文雖張衡蔡邕亦不過之如作諸文未勝於此若也稱勝也　琳瑀之章表書記今之雋也　向曰陳琳阮瑀也　應瑒和而不壯劉楨壯

而不密孔融體氣高妙有過人者然不能持論理不勝辭　善曰漢書東方朔枚皐不長持論孔叢子平原君謂公孫龍曰公無復與孔子高辯事也其人理勝於辭公辭勝於理　銑曰言大美理弱也　至於雜以嘲戲及其所善揚班儔也　良曰揚雄班固之儔也　常人貴遠賤近向聲背實又患闇於自見謂己爲賢　翰曰貴遠者謂其不分別文章傳聞遠者爲善乃則貴之也向聲謂向其聲譽而爲美也　夫文本同而末異蓋奏議宜雅書論宜理銘誄尚實詩賦欲麗　向曰銘誄述人德行故不可並也麗美也　此四科不同故能之者偏也唯通才能備　翰曰四科謂奏議書論銘誄詩賦也通才謂諸事皆能通備也　其體文以氣爲主氣之清濁有體不可力彊而致譬諸音樂曲度雖均節奏同檢　善曰蒼頡篇曰檢法度也　濟曰檢法也　至於引氣不齊巧拙有素雖在父兄不能以移子弟　善曰桓子新論曰惟人心之所獨曉父不能以禪子兄不能以教弟也　良曰譬如簫管之類者言其用氣吹之各不同也素本也言其巧妙者雖父兄親於子弟亦不能教而移之也　蓋文章經國之大業不朽之盛事年壽有時而盡榮樂止乎其身二者必至之常期未若文章之無窮　向曰年壽有盡榮樂有時此二者必至之期　是以古之作者寄身於翰墨見意於篇籍　五臣本有不字　假良史之辭不託飛馳之勢而聲名自傳於後　銑曰飛馳言疾速也以喻鳥飛而馬走者言不假託此四物而聲名自至於遠　故西伯幽而演易周旦顯而制禮　善曰司馬遷書曰西伯拘而演周易　不以隱約而弗　五臣本作不字　務不以康樂而加

思善曰周易曰隱約者觀其不偏懼也濟曰隱約失志皃康安也加移也言文章之道不以通塞移思也夫然則古人賤尺璧而重寸陰懼乎時之過已善曰淮南子曰聖人不貴尺之璧而重寸之陰時難得而易失孔叢子孔子曰不讀易則不知聖人之心必不使時過已也良曰已助句也而人多不彊力貧賤則懾五臣本作懼於饑寒富貴則五臣本無則字流於逸樂善曰鄭玄禮記注曰懾恐懼也賈逵國語注曰流放也遂營目前之務而遺千載之功日月遊五臣本作逝字於上體貌衰於下忽然與萬物遷化斯五臣本有亦字志士之五臣本無之字大痛也善曰古詩曰奄忽隨物化榮名以爲寶融等已逝唯幹著論成一家言翰曰融孔融也著論謂徐幹著中論二十篇

六代論一首善曰論夏殷周秦漢魏也

曹元首善曰魏氏春秋曰曹冏字元首少帝族祖也是時天子幼稚冏冀以此論感悟曹爽爽不能納爲弘農太守少帝齊王芳也銑曰六代者夏殷周秦漢魏也餘同善注

昔夏殷周之五臣本無之字歷世數十而秦二世而亡何則善曰紀年曰凡夏自禹以至于桀十七王殷自成湯滅夏以至于受二十九王大戴禮曰殷爲天子二十餘世而周受之周爲天子三十餘世而秦受之秦爲天子二世而亡何殷周有道而長秦無道而暴也良曰設疑問之辭也發後文也三代之君與天下共其民故天下同其憂濟曰三代夏殷周也與天下共民者謂建立諸侯與之共理同有其利也故天下有難則諸侯同憂秦王獨制其民故傾危而莫救翰曰秦不封諸侯故莫有救者夫與人共其樂者人必憂其憂與人同其安者人必拯其危先王知獨治之不能久也故與人共治之善曰班固漢書贊曰孝宣帝稱曰與我共此者其唯良二千石乎知獨守之不能固也故與人共守之善曰班固漢書贊曰昔周盛則周召相其治致刑措衰則五伯扶其弱與共守之兼親疏而兩用參同異而並進向曰親疏者謂天子之宗屬親疏者異謂異姓也言並封爲諸侯兼而用之合而進之共治天下也參合也是以輕重足以相鎮親疏足以相衛并兼路塞逆節不生善曰賈誼過秦曰秦并兼諸侯山東三十郡漢書主父偃說上曰今以法割削諸侯則逆節萌起翰曰輕重謂大小之國也并兼路塞謂不相侵劫也逆節謂不遵王命也及其衰也桓文帥禮善曰齊桓晉文向曰及周室衰微有齊桓公晉文公帥禮以伐不義奉於周室也苞茅不貢齊師伐楚宋不城周晉戮其宰善曰左氏傳曰齊侯伐楚楚子使與師言曰不虞君之涉吾地何故管仲對曰爾貢苞茅不入王祭不共無以縮酒寡人是徵又曰晉魏舒合諸侯之大夫于翟泉將以城成周宋仲幾不受功曰滕薛郳吾役也爲宋役亦職也士伯怒曰必以仲幾爲戮乃執仲幾歸諸京師銑曰苞茅祭藉之草也楚人不貢苞茅不遵王命而齊桓公帥師伐之定王時晉帥諸侯築王城宋宰仲幾不受命晉文公戮之也王綱弛而復張諸侯傲而復肅良曰弛廢也肅敬也言齊桓晉文臣輔王室使紀綱廢而更張諸侯傲叛復得敬懼也二霸之後寖五臣本作浸以陵遲善曰漢書曰二伯之後寖以陵遲濟曰二霸即桓文二君也言二君沒後復陵遲敗亂也吳楚憑江負固方城雖心希九鼎而畏迫宗姬善曰左氏傳屈完對齊侯曰楚國方城以爲城漢水以爲池又曰楚子觀兵于周疆問鼎之大小輕重焉王孫滿對曰周德雖衰天命未改鼎之輕重未可問也翰曰負恃也方城山名定王使王孫滿勞楚子楚子問鼎之大小輕重焉言其欲有篡周之心而猶畏懼同姓之國宗姬同姓國也姦情散於胷懷逆謀消於脣吻亡粉反向曰散消者懼同姓之國不敢爲姦逆也斯豈非信重親戚任用賢能枝葉碩茂本根賴之與善曰班固漢書述曰公族蕃滋枝葉碩茂銑曰碩

大也言枝葉大茂能蔭本根故云賴也自此之後轉相攻伐吳并於越晉分爲三魯滅於楚鄭兼於韓善曰史記曰越王勾踐自會稽歸拊循其士民伐吳大破之吳王自殺又曰魏武侯韓哀侯趙敬侯滅晉後而三分其地又曰楚考烈王伐滅魯又曰韓哀滅鄭并其國良同善注曁乎戰國諸姬微矣濟曰曁及也唯燕衛獨存然皆弱小翰曰燕衛周同姓也西迫彊秦南畏齊楚救於滅亡匪遑相恤向曰言自救滅亡不服相憂也至於王赧赧奴簡降爲庶人猶枝幹相持得居虛位海內無主四十餘年善曰班固漢書贊曰曁于王赧降爲庶人用天年終號位已絕於天下尚猶枝葉相持莫得居其虛位海內無主四十餘年銑曰王赧謂周赧王也秦據勢勝之地騁五臣本作馳譎詐之術征伐關東蠶食九國善曰班固漢書贊曰秦據勢勝之地騁狙詐之兵蠶食山東一切取勝賈誼過秦曰九國之師遁逃而不敢進良曰譎欺也蠶食者言如蠶之食桑漸至於盡也九國謂韓魏燕趙齊楚宋衛中山也至於五臣本作于始皇乃定天位曠日若彼用力若此善曰尚書曰天位艱哉班固漢書贊曰至始皇乃并天下以德若彼用力如此其艱難也濟曰曠日謂積德而祚長也若彼謂周也用力若此謂秦也言秦雖欲彊取周室然爲枝葉廣大難以爲拔至始皇方定天位也豈非深根固蔕不拔之道乎易曰其亡其亡繫于苞桑周德其可謂當之矣善曰老子曰有國之母可以長久是謂深根固蔕長生久視之道班固漢書贊曰所以親親賢賢褒表功德深根固本爲不可拔者也周易否卦之辭也鄭玄曰苞植也否世之人不知聖人有命咸云其將亡矣其將亡矣而聖乃自繫於植桑不亡也王弼曰心存將危乃得固也翰曰苞桑謂叢生之桑也謂根深而相連取其固也危亡者繫之於上取其難拔之義也言周之積德深遠有似於此若故云當也秦觀周之弊將五臣本無將字以爲以弱五臣本作小弱見奪於是廢五等之爵

立郡縣之官善曰班固漢書贊曰秦既稱帝患周之敗以爲諸侯力爭四夷交侵以弱見奪於是削去五等史記李斯奏曰置諸侯不便始皇於是分天下以爲三十六郡郡置守尉監也向曰秦皇觀周所以爲獘者乃以勢弱而諸侯奪其國也遂廢五等諸侯之爵置郡縣之吏也棄禮樂之教任苛刻之政子弟無尺寸之封功臣無立錐之土內無宗子以自毗輔外無諸侯以爲蕃衛善曰班固漢書贊曰秦竊自號謂皇帝而子弟爲匹夫內亡骨肉本根之輔外亡尺土蕃翼之衛莊子曰堯舜有天下子孫無置錐之地銑曰毗佐也仁心不加於親戚惠澤不流於枝葉良曰枝葉謂子弟也譬猶芟所咸刈股肱獨任胷腹浮舟江海捐弃楫櫂觀者爲之寒心而始皇晏然自以爲關中之固金城千里子孫帝王萬世之業也豈不悖五臣本作勃哉善曰法言曰浩浩之海濟樓航之力也航人無楫如航何通俗文櫂楫也過秦曰天下已定始皇之心以爲關中之固金城千里子孫帝王萬世之業也濟曰芟刈猶以刀斷之也肱股手足也捐弃也金城者言其堅如金也勃逆也是時淳于越諫曰臣聞殷周之王封子弟功臣千有餘歲五臣本作人字今陛下君有海內而子弟爲匹夫卒有田常六卿之臣而無輔弼何以相救事不師古而能長久者非所聞也善曰史記曰齊簡公立田常監止爲左右相田氏殺監止簡公出奔田氏執簡公于徐州遂殺之又曰晉昭公卒六卿強公室卑六卿謂范氏中行氏智氏及趙韓魏也論語糺滑讖曰陳滅齊六卿分晉尚書曰事不師古以克永世匪說攸聞翰曰齊相田常殺簡公專政割齊安平以東爲田氏封邑至常曾孫和遷康公於海濱康公卒呂氏因此絕祀晉昭公卒六卿專征盡滅晉族而分其地爲十縣越言不封子弟終恐有此禍亂無人輔弼帝室何以救其敗亂也始皇聽李斯偏說而紬五臣本作黜

其義至五臣有於字身死之日無所寄付委天下之重於凡夫之手託廢立之命於姧臣之口善曰史記曰始皇崩趙高乃與胡亥丞相李斯陰破去始皇所封書賜公子扶蘇者而更詐爲丞相受始皇遺詔立子胡亥爲太子更爲書賜公子扶蘇死　向曰黜退也言退淳于之義也　銑曰始皇遺詔使太子扶蘇與蒙會於咸陽趙高道矯詔賜太子死而立胡亥此謂託廢立之命於姧臣之口也託猶假也至令五臣本作命趙高之徒誅鋤宗室胡亥少習剋五臣本作刻薄之教長遵凶父之業不能改制易法寵任兄弟而乃師謨申商諮謀趙高自幽深宮委政讒賊善曰史記曰二世尊用趙高申法令乃行誅大臣及諸公子春秋合誠圖曰誅鋤民害史記曰趙高故常教胡亥書及獄律令法事史記太史公曰商君其天資刻薄人也史記李斯上書二世曰能明申韓之術而脩商君之法法脩術明而天下亂者未之聞也應劭漢書注曰申不害韓昭侯相衛公孫鞅秦孝公相

李奇曰法皆深刻無恩史記曰二世常居禁中與趙高決事事無大小輒決於高蒼頡篇曰委任之也　良曰申謂申不害商謂商鞅也皆專爲刑法之術而二世復師謨其前法也自幽深宮謂爲趙高所惑常居於宮中不親視事事皆決於高故云委政讒賊也身殘望夷求爲黔首豈可得哉善曰史記曰二世齋望夷宮欲祠涇使使責讓趙高以盜事高懼乃陰與其女壻咸陽令閻樂謀易上樂前即謂二世曰足下其自爲計二世曰願得妻子爲黔首閻樂麾其兵進二世自殺也　濟曰時關東諸侯起兵爭欲亡秦趙高匿之二世不知二世以此責讓高高懼誅乃陰謀使咸陽令閻樂帥千餘人殺二世二世曰乞爲王樂不許又願與妻子爲黔首終不許遂自殺於望夷宮也殘殺也遂乃郡國離心衆庶潰叛善曰尚書曰受有億兆夷人離心離德左氏傳曰人逃其上曰潰潰亂也　翰曰勝廣唱之於前劉項斃之於後善曰史記曰吳廣爲假王擊秦班固漢書贊曰秦窮自號謂皇帝而子弟爲匹夫吳陳奮其白梃劉項隨而斃之　向曰陳勝吳廣先舉兵叛秦其後高祖項羽起兵項羽殺秦王子嬰也向使始皇納淳于之策抑李斯

之論割裂州國分王子弟銑曰裂分也封三代之後報功臣之勞良曰三代夏殷周也士有常居民有定主枝葉相扶首尾爲用濟曰常君定王謂五等諸侯代代相繼也枝葉相扶則諸侯之於帝室也如木枝葉相扶持覆蔭也首尾爲用謂首有難則尾救之尾有禍則首救之雖使子孫有失道之行時人無湯武之賢姧謀未發而身已屠戮何區區之陳項而復得措其手足哉翰曰言封子弟爲諸侯縱使子孫失道人且無成湯武王之賢者雖姧雄有謀逆之事謀未發而身已殺戮矣何得有陳勝項羽復得置手足以爲亂哉區區少貌故漢祖奮三尺之劒驅烏集之衆善曰曾子曰烏合之衆初雖相歡後必相吐也　向曰烏集言如烏鳥之集或聚或散也五年之中而成帝業善曰漢書曰高祖五年斬羽東城即皇帝位於氾水之陽自開闢以來其興功立勳未有若

漢祖之易者也夫伐深根者難爲功摧枯朽者易爲力理勢然也善曰班固漢書贊曰漢無尺土之階繇一劒之任五載而成帝業書傳所未嘗有焉何則古代相革皆承聖王之烈今漢獨收孤秦之斃鐫金石者難爲功摧枯朽者易爲力其勢然也漢鑒秦之失封植子弟及諸呂擅權圖危劉氏善曰漢書曰太后崩上將軍呂祿相國呂產專兵秉政謀作亂賈逵國語注曰權秉即柄字也而天下所以不能五臣本無能字傾動百姓所以不易心者徒以諸侯彊大磐石膠固東牟朱虛授命於內齊代吳楚作衛於外故也善曰漢書宋昌曰高帝王子弟所謂磐石之宗也莊子曰待膠漆而固者是侵其德者也范曄後漢書曰鄭泰曰以膠固之衆當解合之勢漢書宋昌曰諸呂擅權專制太尉卒以滅之內有朱虛東牟之親外畏吳楚齊代之強又曰齊悼惠王肥高祖六年立又曰齊悼惠王子章高后封爲朱虛侯章弟興居爲東牟侯　銑曰磐石大石膠固言堅固也

東牟侯劉興居朱虛侯劉章與諸侯共誅諸呂延迎代王而立之是爲文帝此則諸侯内外之勢彊盛故也向使高祖踵亡秦之法善曰王逸楚辭注曰踵繼也忽先王之制則天下已傳非劉氏有也良曰傳謂傳於他人然高祖封建地過古制大者跨州兼域小者連城數十上下無別權侔京室故有吳楚七國之患善曰班固漢書贊曰漢興懲戒亡秦孤立之敗於是封王子弟大者跨州兼郡小者連城數十宮室百官制同京師濟曰跨帶也權侔京室謂權勢之盛同於天子也景帝時吳楚七國反謂吳王濞膠西王卬楚王代趙王遂濟南王辟光淄川王賢膠東王雄渠賈誼曰諸侯彊盛長亂起姦夫欲天下之治安莫若衆建諸侯而少其力翰曰言多立諸侯少封其地使其力少也令海内之勢若身之使臂臂之使指則下無背叛之心上無

誅伐之事文帝不從善曰漢書賈誼上疏之文向曰不從賈誼計也至於孝景猥用朝五臣本作晁錯之計削黜諸侯親者怨恨疎者震恐五臣本作怒吳楚唱謀五國從風兆發高祖釁成文景由寬之過制急之不漸故也善曰漢書曰朝錯數言吳過可削文帝寬不忍罰及景帝即位錯曰高帝初定天下諸子弱故大封同姓今吳謀作亂逆削之亦反不削亦反於是方議削吳吳王恐因欲發謀舉事諸侯既新削罰震恐多怨錯及吳先起兵膠西膠東淄川濟南楚趙亦皆反猥由也銑曰猥頓也削黜謂削退其土良曰吳楚先起謀反之意故云唱謀也言七國之反其萌兆發於高祖而瑕釁成於文景謂高祖封地廣文帝能漸削之是寬之過制也景帝黜削過急是不漸也所謂末大必折尾大難掉尾同於體猶或不從況乎非體之尾其可掉哉善曰左氏傳楚子問於無宇曰國有大城何如對曰末大必折尾大不掉君所知也杜預曰折折其本也

濟曰此諸侯地廣而彊帝室弱而見侵如末大根小必折也尾大身小難掉也且尾在於身者也欲掉之尚猶不從其心況諸侯彊盛且非己體之尾何掉哉謂難以禁止也武帝從主父之策下推恩之命五臣本作令自是之後齊分爲七趙分爲六淮南三割梁代五分善曰漢書主父偃說上曰今諸侯或連城數十願陛下令諸侯得推恩分子弟以地侯之彼人人喜得所願上以德施實分其國必稍自銷弱矣上從其計又班固贊曰武帝施主父之策下推恩之令使諸侯得分戶邑以封子弟不行黜陟而國自析自是齊分爲七趙分爲六梁分爲五淮南分爲三也翰同善注割亦分也遂以陵遲子孫微弱衣食租稅不豫政事善曰班固漢書贊曰景帝遭七國之難抑損諸侯諸侯唯得衣食租稅不與政事向曰言分其土地遂至陵遲資貴薄故租稅不得輸於國家也不豫猶不輸也政事謂國家也或以酎金免削或以無後國除善曰漢書曰列侯坐獻黃金酎祭宗廟不如法奪爵者百六人漢儀注王子爲侯侯歲以戶口酎黃金於漢廟皇帝臨受獻金助祭大祀曰飲

酎飲酎受金小不如斤兩色惡者王削縣侯免國漢書曰趙哀王福薨無子國除銑曰酎酒也漢諸侯助祭飲酎獻金金不如斤兩色惡者王則削縣侯則免國或以無後嗣者除其國也至於成帝王氏擅朝良曰成帝舅王鳳爲大將軍執政專擅帝命其兄弟七人皆封列侯劉向諫曰臣聞公族者國之枝葉枝葉落則本根無所庇廕方今同姓疎五臣本作踈遠母黨專政排擯宗室孤弱公族非所以保守社稷安固國嗣也善曰漢書劉向上疏之文翰曰母黨即王氏也濟曰公族天子宗族兄弟也其言深切多所稱引成帝雖悲傷歎息而不能用善曰漢書曰成帝即位向數上疏言得失陳法戒書數十上以助觀覽補遺闕上雖不能盡用然嘉其言常嗟歎之向曰稱引謂稱古今之事至乎五臣本作于哀平異姓秉權假周公之事而爲田常之亂高拱而竊天位一朝而臣四海

漢宗室王侯解印釋綬貢奉社稷猶懼不得爲
臣妾或乃爲之符命頌莽恩德豈不哀哉善曰班固
漢書贊曰至哀平之際王莽知中外殫微因母后之權假伊周之稱詐謀既成遂據南面之尊漢諸侯王厥角稽首奉上璽韍
惟恐在後或乃稱美頌德以求容媚豈不哀哉史記曰齊簡公立田常監止爲左右相田氏殺監止簡公出奔田氏執簡公于
徐州遂殺之漢書曰王莽廢漢藩王廣陵王嘉獻符命封扶策侯又曰郚鄉侯閔以莽篡位獻神書言莽得封列侯郚音吾
銑曰異姓謂王莽爲相鴆殺平帝立中山王子嬰爲少主自比周公攝政實爲篡田常殺簡公之亂也高拱謂拱手而盜取天
位一朝稱臣於莽解印釋綬謂奪其位也貢奉謂以漢社稷上歸於莽猶懼不得爲臣妾者恐殺也廣陵王嘉獻莽符命封郚
鄉侯此皆懼誅所以苟取免患而已豈不哀也由斯言之非宗子獨忠孝於
惠文之間而畔五臣本作叛逆於哀平之際也徒以五臣
本無以字權輕勢弱不能有定爾良曰徒但也所以貢奉社稷於王莽者豈爲叛
逆乎但權勢輕弱不能定亂也賴光武皇帝挺不世之姿善曰杜篤論都賦曰
于時聖帝兼不世之姿濟曰挺出也不世謂希世也姿質也禽王莽於已成紹漢嗣
於既絕翰曰成謂成逆篡也絕謂絕社稷也斯豈非宗子之力邪而曾
不鑒秦之失策襲周之舊制踵亡國之法而僥
倖無疆之期向曰言光武不封建子弟踵亡國之法而爲僥倖無疆之期亡國謂秦也不封子弟欲居
帝位傳於無窮者也則以謂無疆之期疆猶窮也至于桓靈奄五臣作閹豎執衡善曰
范曄後漢書曰桓帝立曹騰以定策功遷大長秋又曰靈帝時大將軍竇武謀誅中宮曹節矯詔誅武等鄭玄尚書注曰衡上
曰衡朝無死難之臣外無同憂之國君孤立於上
臣弄權於下善曰班固漢書序曰漢興懲戒亡秦孤立之敗本末不能相御
身手不能相使由是天下鼎沸姦凶並爭善曰張超

牋曰中外雲擾萬夫鼎沸　銑曰本末謂君臣也御制也身手猶親戚也鼎沸謂亂也宗廟焚爲灰
燼辭亂宮室變爲榛藪居九州之地而身無所五臣
本無所字安處悲夫善曰杜預左氏傳注曰燼火餘木也良曰謂董卓爲逆焚洛陽宮室也榛藪謂草
木荒也魏太祖武皇帝躬聖明之資兼神武之略
善曰晉灼漢書注曰資材量也恥王綱之廢絕愍漢室之傾覆龍
飛譙沛鳳翔兗豫善曰魏志曰太祖武皇帝沛國譙人爲兗州牧後太祖遷都於許許屬豫
州東京賦曰龍飛白水鳳翔參墟濟曰譙沛地名兗豫二州名掃除凶逆翦滅鯨鯢
善曰左氏傳曰楚子曰古者明王伐不敬取其鯨鯢而封以爲大戮杜預曰鯨鯢大魚以喻不義之人也　翰曰鯨鯢大魚呑
食小魚者以喻不義人也迎帝西京定都潁邑善曰魏志曰天子東遷敗於曹陽太祖乃
遣曹洪將兵西迎天子還雒董昭勸太祖都許漢書潁川郡有許縣　向曰董卓遷獻帝於西京而曹公迎帝都於許昌然許
昌屬潁也邑州通而言也德動天地義感人神漢氏奉天禪位
大魏大魏之興于今三十有四年矣觀五代之
存亡而不用其長策覩前車之傾覆而不改其
轍迹善曰晏子曰諺曰前車覆後車戒也　銑曰謂魏亦不封子弟也五代夏殷周秦漢也子弟王
空虛之地君有不使之民宗室竄於閭閻不聞
邦國之政良曰空虛謂有其封名寔無其地也有不使之民謂不使其理人也竄致也閭閻邑里之間也權
均匹夫勢齊凡庶內無深根不拔之固外無磐
石宗盟之助非所以安社稷爲萬代五臣本作世之業
也善曰左氏傳曰周之宗盟異姓爲後　濟曰磐石大石也比之堅重不可轉易也宗盟謂同姓諸侯盟會者也且
今之州牧郡守古之方伯諸侯皆跨有千里之

士兼軍武之任或比國數人或兄弟並據而宗室子弟曾無一人間厠其間與相維持非所以彊榦弱枝備萬一之慮也善曰班固漢書賛曰從吏二千石於諸陵蓋亦強榦弱枝也　翰曰厠列也維持連接也天子爲榦封諸侯爲枝所以備萬一危難之事以相蔭庇也今之用賢或超爲名都之主或爲偏師之帥向曰名都之主謂大州刺史也偏師謂佐於大軍也帥將也而宗室有文者必限小縣之宰有武者必置於五臣本無於字百人之上銑曰言宗室文武位卑也百人之上百夫長也使夫廉高之士畢志於衡軛之內才能之人恥與非類爲伍非所以勸進賢能褒異宗族之禮也善曰衡軛車之衡軛也言王者之御羣臣猶人之御牛馬故以衡軛諭焉畢志其內未得騁其足也　良曰衡謂車上横木軛格也君命任使也

夫泉竭則流涸根朽則葉枯枝繁者蔭根條落者本孤濟曰此喻帝室微弱不封諸侯亦如泉竭根朽不得其所也故語曰百足之蟲至死不僵扶五臣本作什字之者衆也此言雖小可以譬大善曰魯連子曰百足之蟲至斷不蹶者持之者衆也司馬相如諫獵書曰此言雖小可以喻大　翰曰蟲所以喻帝室也足所以喻諸侯也且墉基不可倉卒而成威名不可一朝而立皆爲之有漸建之有素善曰文子曰人主之有人猶城之有基木之有根根深即本固基厚即上安也　向曰墉城牆也建立素本也譬之種樹久則深固其根本茂盛其枝葉若造次從於山林之中植於宮闕之下雖壅之以黑墳暖之以春日猶不救於枯槁何暇繁育哉善曰尚書曰厥土黑墳孔安國曰土黑而墳起也　銑曰黑墳肥土也言樹移於本必枯槁不暇繁育其枝葉也喻天子不封子弟是以傷其本雖居尊重之位獨憂天下猶不救目前所見誰與言於久遠之計也夫樹猶親戚士猶士民建置不久則輕下慢上平居猶懼其離叛危急將如之何是以善本無以字聖王安而不逸以慮危也存而設備以懼亡也翰曰逸樂也設備立諸侯也故疾風卒至而無摧拔之憂天下有變而無傾危之患矣

博弈論一首

善曰系本曰烏曹作博許慎說文曰博局戲也六箸十二棊也揚雄方言曰圍棊自關而東齊魯之間謂之弈

韋弘嗣善曰吳志曰韋曜字弘嗣吳郡人爲太子中庶子時蔡穎亦在東宮性好博弈太子和以爲無益命曜論之後爲中書僕射孫皓誅之裴松之曰曜本名昭史爲晉諱改之也　翰曰吳志云韋曜少好學能屬文同善注弈者圍棊也

蓋五臣本有聞字君子恥當年而功不立疾沒世而名不稱善曰論語子曰君子疾沒世而名不稱焉故曰學如不及猶恐失之善曰論語孔子之辭　向曰好學樂道如奔逐於物志恐不及者猶恐失之况於弈乎是以古之志士悼年齒之流邁而懼名稱之不建五臣本作違也銑曰悼傷邁過也勉精厲操晨興夜寐不遑寧息經之以歲月累之以日力五臣本此二句只作經之以日力無歲月累之以五字　良曰操志也謂以積日力也若甯越之勤董生之篤漸漬德義之淵棲遲道藝之域善曰呂氏春秋曰甯越中牟之鄙人也苦耕稼之勞謂其友曰何爲而可以免此苦耕也其友曰莫如學學三十歲則可以達矣甯越曰請以十五歲人將休吾將不休人將臥吾將不敢臥十五歲而周威王師之漢書曰董仲舒修春秋三年不窺園圃其精如此

濟曰同善注篤亦勤也漸漬猶浸潤也栖遲謂優游也且以西伯之聖姬公之才猶有日昃待旦之勞善曰尚書周公曰文王自朝至于日中昃不遑暇食用咸和萬民孟子曰周公思兼三王其有不合者仰而思之夜以繼日幸而得之坐以待旦　翰曰西伯文王也姬公周公也文王自明至於日昃不遑暇食用脩其德以安兆人周公亦夜待曙以憂政事也故能隆興周道垂名億載況在臣庶而可以已乎向曰十萬曰億載年也已止也言勤道之心不可止也歷觀古今功名之士皆有積累殊異之迹勞神苦體契闊勤思平居不惰五臣本作墮其業窮困不易其素銑曰素猶心也是以卜式立志於耕牧而黃霸受道於囹圄終有榮顯之福以成不朽之名善曰漢書曰卜式河南人以田畜爲事入山牧羊十餘年羊致千餘頭又曰黃霸字次公淮陽人遷丞相長史宣帝欲褒先帝夏侯勝曰武帝不宜爲立廟樂勝坐非議詔書霸坐阿縱勝不舉劾皆下獄勝霸既久繫霸欲從勝受經勝辭以罪死霸曰朝聞道夕死可矣勝賢其言遂授之繫更再冬講論不怠　良曰卜式以耕作牧羊爲業後勤學累官榮貴黃霸以罪繫獄是時少府夏侯勝亦下獄霸願受經於勝乃授之霸後爲丞相囹圄獄也故山甫勤於夙夜而五臣本無而字吳漢不離公門豈有遊惰五臣本作憜字哉善曰毛詩曰肅肅王命仲山甫將之夙夜匪懈以事一人東觀漢記曰吳漢字子顏南陽人鄧禹及諸將多薦舉者再三召見其後勤勤不離公門上亦以南陽人漸親之　濟曰仲山甫周相也夙夜勤政以事一人吳漢後漢光武之臣常勤勤不離公門公門職事之府也今世之人多不務經術好翫五臣本作習博弈廢事棄業忘寢與食窮日盡明繼以脂燭當其臨局交爭雌雄未決專精銳意神迷體倦人事曠而不脩賓旅闕而不接雖有太牢之饌韶夏之樂不

暇存也翰曰太牢之饌謂滋味也韶夏雅樂也不暇存者言不暇食而聽也至或賭及衣物徙棊五臣本作棋易行善曰埤蒼賭賜也賭丁古切賜記被切廉恥之意弛而忿戾之色發向曰棋子也弛廢也戾恨也然其所志不出一枰補萌切五臣本作秤之上所務不過方罫古買之間善曰方言曰投博謂之枰皮兵切桓譚新論曰俗有圍棊或言是兵法之類也及爲之上者張置疏遠多得道而爲勝中者務相絕遮要以爭便利下者守邊趍作罫白生於小地猶薛公之言黥布反也上計取吳楚廣道者也中計塞城絕遮要爭利者也下計據長沙以臨越此守邊趍作罫者也更始帝將相不能防衛而令罫中死棊皆生　銑曰枰棊局線道也罫線之間方目也勝敵無封爵之賞獲地無兼土之實伎非六藝用非經國立身者不階其術徵選者不由其道善曰廣雅曰階因也　良曰階上也徵選謂選賢良也求之五臣本有於字戰陣則非孫吳之倫也善曰劉向圍棊賦曰略觀圍棊法於用兵怯者無功貪者先亡漢書曰孫子兵法八十二篇吳起三十八篇　濟曰孫吳謂兵法也考之於道藝則非孔氏之門也翰曰孔氏孔子也以變詐爲務則非忠信之事也以劫殺爲名則非仁者之意也善曰尹文子曰以智力求者喻如弈棊進退取與攻劫殺舍在我者也而空妨日廢業終無補益是何異設木而擊之置石而投之哉向曰擊木投石童子戲也且君子之居室也勤身以致養其在朝也竭命以納忠臨事且猶旰食而何暇五臣本無暇字博弈之足耽善曰左氏傳伍奢曰楚君大夫其旰食乎班固漢書述曰媚茲一人日旰忘食　銑曰致養父母也　良曰旰日晚也言勤於王事不暇早食也夫然故孝友之行立貞純之名章五臣本作彰也濟曰夫然猶如此也言能如此養於

親納忠孝於君故得孝友之行立於世貞純之名彰著也方今大吳受命海內未平聖朝乾乾務在得人善曰周易曰君子終日乾乾班固公孫弘贊曰漢之得人於茲為盛　翰曰乾乾勤心也勇略之士則受熊虎之任儒雅之徒則處龍鳳之署善曰熊虎猛捷故以譬武龍鳳五彩故以喻文尚書曰如虎如貔如熊如羆于商郊蘇武荅李陵書曰其於學人皆如鳳如龍　向曰熊虎喻猛也龍鳳喻文章也署謂文學之司也百行兼包五臣本作苞文武並騖善曰孝經鉤命決曰引與摘暴學管百行　銑曰苞納也騖馳也博選良才旌簡髦俊設程試之科垂金爵之賞善曰賈逵國語注曰旌表也說文曰程品也廣雅曰科條也　良曰程試謂呈其才者必見試用也金爵謂金印紫綬以封人爵也誠千載之嘉會百世之良遇也五臣本無也字　善曰桓子新論曰夫聖人乃千載一出周易曰亨者嘉之會也當世之士宜勉思至道愛功惜力

以佐明時善曰廣雅曰惜愛也使名書史籍勳在盟府乃五臣本無乃字君子之上務當今之先急也五臣本無也字善曰左氏傳宮之奇曰虢叔為文王卿士勳在王室藏於盟府　濟曰勳功也盟府謂掌諸侯誓盟之官也夫一木之五臣本無之字枰五臣本作抨孰與方國之封枯棊五臣本作棋三百孰與萬人之將善曰邯鄲淳藝經曰棊局縱橫各十七道合二百八十九道白黑棊子各一百五十枚　翰曰方國之封謂一國之界枯棋棋子也袞龍之服金石之樂足以兼棊局而貿博弈矣善曰周禮曰三公自袞冕而下鄭玄曰袞龍九章衣也東都賦曰修袞龍之法服左氏傳曰晉侯以樂之半賜魏絳始有金石之樂廣雅曰貿易之也　向曰袞龍諸侯服飾也金石樂也兼并貿易也假令世士移博弈之力用之於詩書是有顏閔之志也銑曰顏回閔子騫有德行好學也用之於智計是有良平之思也良曰張良陳平有計策也用之於資貨是有猗頓之富也善曰孔叢子曰猗頓魯之窮士也耕則常飢桑則常寒聞朱公富往而問焉公告之曰子欲速富當畜五牸乃適河東大畜牛羊于猗氏之南其滋息不可計以與富猗氏故曰猗頓也　濟曰猗頓巨富人也言用以求資貨則富也用之於射御是有將帥之備也如此則功名立而鄙賤遠矣翰曰行此者則功名立於後世而鄙賤之困亦遠於身也

六臣註文選卷第五十二

六臣註文選卷第五十三

論三

養生論

善曰嵇喜爲康傳曰康性好服食常采御上藥以爲神仙稟之自然非積學所致至於導養得理以盡性命若安期彭祖之倫可以善求而得也著養生論

嵇叔夜

世或有謂神仙可以學得不死可以力致者善曰王逸楚辭注曰謂說也鄭玄禮記注曰致之猶言至也或云上壽百二十古今所同過此以往莫非妖五臣本作夭妄者善曰養生經黃帝問天老曰人生上壽一百二十中壽百年下壽八十年不然者皆夭耳良曰言過神仙上壽以往皆是夭妄而死此皆兩失其情請五臣本無請字試粗論之善曰鄭玄禮記注曰粗麤也向曰兩失謂神仙夭妄也言失其論事之情也夫神仙雖不目五臣本作自不見然五臣本作則字記籍所載前史所傳較角而論之其有必矣善曰廣雅曰較明也濟曰較明也其必有矣言必有神仙事也似特受異氣稟之自然非積學所能致也善曰孔安國尚書傳曰稟受也夫自然者不知其然而然老子曰道法自然銑曰言神仙非學之所能成也至於導養得理以盡性命上獲千餘歲下可數百年可有之耳而世皆不精故莫能得之善曰天老養生經老子曰人生大期以百二十年爲限節度護之可至千歲翰曰導攝也向曰神仙則不可學攝養性命使致長年則有之矣而世人皆不知其精妙不得長年也何以言之夫服藥求汗或有弗獲而愧情一集渙然流離善曰漢書曰上問左丞相周勃曰天下一歲決獄幾何勃謝不知問天下錢穀出幾何勃又謝不知汗出洽背媿不能對周易曰渙汗其大號銑曰服藥不得汗也良曰愧懼也言服藥求汗或有不得者或有人懼情一集乃有渙然而汗出者流離汗流貌終朝未餐則囂然思食而曾子銜哀七日不飢善曰毛詩曰終朝采綠終朝謂從旦至食時囂然飢意也禮記曾子謂子思伋曰吾執親之喪也水漿不入口者七日翰曰囂然飢憂貌夜分而坐則低迷思寢內懷殷憂則達旦不瞑音名善曰古眠字韓子曰衛靈公至濮水之上夜分而聞有新聲者韓詩曰耿耿不寐如有殷憂漢書曰劉向曰夜觀星宿或不寐達旦濟曰夜分半夜也良曰閉目曰瞑皆言憂懼損性故不能致長年也勁刷理鬢醇醴發顏僅乃得之善曰通俗文曰所以理髮謂之刷也何休公羊傳注曰僅劣也向曰勁刷謂梳也醇醴酒也言以梳理其髮鬢飲酒以發顏色其鬢髮豎而赤耳僅少也壯士之怒赫然殊觀植髮衝冠善曰淮南子曰荊軻爲燕太子丹刺秦王高漸離宋如意爲擊筑而歌於易水之上荊軻瞋目裂眥髮植衝冠翰曰言其怒色殊觀赫然甚於酒之發色者豎髮衝冠亦甚於梳理者矣言怒亦損性植豎也由此言之精神之於形骸猶國之有君也向曰形骸無精神則困國無君則亂也神躁於中而形喪於外猶君昏於上國亂於下也銑曰精神急躁於腹中形貌失色於外如君暗而國亂也喪失也夫爲稼於湯世偏有一溉之功者雖終歸於燋爛必一溉者後枯然則一溉之益固不可誣也善曰種曰稼言種穀於湯之世值七年之旱終歸是死而彼一既之苗則在後枯亦猶人處於俗同皆有死能攝生者則後終也孫卿子曰禹十年水湯七年旱說文曰溉灌之也濟曰殷湯大旱七年若種稼於其世偏有一水之功者雖終見燋爛則此苗必得一溉之潤而後枯死亦猶今養生雖終歸於死必得一養之益也溉灌也良曰誣輕也而世常謂一怒不足以侵性一哀不足以傷身輕而肆之善曰淮南子曰大怒破陰大喜墜陽養生要彭祖曰憂恚悲哀傷人喜樂過差傷人賈逵國語注曰肆恣也翰曰侵損肆縱也是猶

不識一溉之益而望嘉穀於旱苗者也善曰國語子餘謂秦伯曰使能成嘉穀君之力也　翰曰言世人不識養生之理欲求長年者亦猶不知苗有一灌之益而直欲望嘉穀熟於旱苗終不可得也是以君子知形恃神以立神須形以存悟生理之易失知一理之害生善曰淮南子曰形者生之舍也氣者生之元也神者生之制也一失位則二者傷矣　向曰形無神可恃則死也　銑曰神若無形則何所依存此皆相依憑也　濟曰喜怒過甚則害生理之易也故脩性以保神安心以全身良曰不爲彊梁而本於柔謙也愛憎不棲於情憂喜不留於意泊然無感而體氣和平善曰老子曰我獨泊然而未兆説文曰泊無爲也禮記曰樂行血氣和平也　翰曰棲居也　銑曰泊然無營欲貌無感謂哀樂不能在懷也又呼吸吐納服食養身使形神相親表裏俱濟也善曰莊子曰吹嘘呼吸吐故納新爲壽而已矣古詩曰服食求神仙　濟曰呼吸吐納謂服氣也　翰曰形在外神在內不以憂喜亂之則相親而濟於長年也夫田種者一畝十五臣本有一字斛謂之良田此天下之五臣無之字通稱也不知區種可百餘斛也五臣本無也字　善曰氾勝之田農書曰上農區田大區方深各六寸相去七寸一畝三千七百區丁男女治十畝至秋收區三升粟畝得百斛也區音鄔侯切一曰謂區隴而種非漫田也　銑曰上農區田謂穿坎爲區廣深六寸相去七寸區中種穀一窠秋收每區三斗計畝當百斛也田種一也至於樹養不同則功收相懸謂商無十倍之價農無百斛之望此守常而不變者也向曰相懸謂畝十斛畝百斛也商農所以無十畝百斛之利者爲守其常見不知變通故也亦知人之在生但見目前所欲不識養生之理可致長年也且豆令人重榆令人瞑音名　善曰經方小品倉公對黃帝曰大豆多食令人身重博物志云食豆三年則身重行止難又曰啖榆則瞑不欲覺也　銑曰豆謂大豆也言食大豆則身重食榆則多睡也瞑睡也

合歡蠲忿萱草忘憂愚智所共五臣本無共字知也善曰神農本草曰合歡蠲忿萱草忘憂崔豹古今注曰合歡樹似梧桐枝葉繁互相交結每一風來輒自相離了不相牽綴樹之階庭使人不忿也毛詩曰焉得萱草言樹之背毛萇詩傳曰萱草令人忘憂名醫別錄曰萱草是今之鹿葱也　翰曰蠲除也合歡萱草藥名也薰辛害目豚魚不養常世所識也善曰養生要曰大蒜多食葷害目又神農曰豬肉虛人不可久食又曰㹠肉移人與豬同説文曰蒜葷菜也薰與葷同豚魚無血食之皆不利人蝨山乙處頭而黑麝食柏而香頸處險而癭於井齒居晉而黃善曰抱朴子曰今頭蝨著身皆稍變而白身蝨處頭皆漸化而黑則是玄素果無定質移易存乎漸本草名醫云麝香形似麞常食栢葉五月得香又夏月食蛇多至寒香滿入春患急痛以脚剔去著矢溺中覆之皆有常處人有遇得乃勝殺取淮南子曰險阻之氣多癭謂人居於山險樹木蓊臨其水上飲此水則患癭齒黃未詳　良曰頸項也皆謂所處所食土地所宜而致之也推此而言凡所食之氣蒸性染身莫不相應豈惟五臣本從口蒸之使重而無使輕害之使闇而無使明翰曰豈唯所食之氣害之使重闇者亦有能變之使輕明者也薰之使黃而無使堅銑曰薰之使黃則必脆亦能變之使堅也芬之使香而無使延哉善曰方言曰延年長也　濟曰芬亦薰也言能薰之使黃使堅使香則亦能使人延長明矣故神農曰上藥養命中藥養性者善曰本草曰上藥一百二十種爲君主養命以應天無毒久服不傷人輕身益氣不老延年中藥一百二十種爲臣主養性以應人養生經曰上藥養命五石練形六芝延年中藥養性合歡蠲忿萱草忘憂也誠知性命之理因輔養以通也良曰輔助也而世人不察良曰不察服食之理以養性也惟五臣本從口五穀是見聲色是耽目惑玄黃耳務淫哇烏佳反　善曰法言曰哇則鄭李軌曰哇邪也　周禮鄭玄曰五穀麻黍稷麥豆也　向曰淫哇樂聲也滋味煎其府藏醴醪鬻

五臣本作薰字其腸胃善曰莊子曰聲色滋味之於人心不待學而樂之漢書曰五藏六腑周禮曰凡齊事鬻鹽以待戒令鄭曰鬻鹽謂練化之鬻亦令之薰字也翰曰滋味血肉之食也醴醪酒也香芳腐其骨髓喜怒悖其正氣善曰廣雅曰悖亂也文子曰修理而動者正氣銑曰腐敗悖亂也正氣謂安樂之情也思慮銷五臣作消字其精神哀樂殃其平粹音遂善曰文子曰人之性欲平又曰真人純粹應劭漢書注曰粹淳也濟曰殃傷也平粹謂純和之性也夫以蕞在外爾之軀攻之者非一塗善曰左氏傳子産曰蕞爾小國杜預注曰蕞爾小貌也良曰蕞爾小貌軀身也非一塗謂聲色玄黃滋味芳香喜怒思慮哀樂之事共攻於人身也易竭之身而內外五臣本作外內受敵身非木石其能久乎向曰以百年易盡之身而喜怒形於外思慮攻於內所謂受敵也且非木石之堅以不可久言將死也其自用甚者濟曰言自用其性不依攝養之術也飲食不節以生百病好色不勸以致乏絕

善曰素問黃帝曰有病心腹滿此何病岐伯曰此飲食不節故時病七竅曰百病咸生漢書杜欽上疏曰佩玉晏鳴關雎歎之知好色之伐性短年也翰曰謂形神之氣乏絕也風寒所災百毒所傷中道夭於衆難善曰莊子曰終天年不中道夭者是智之盛銑曰衆難謂上哀樂之事世皆知笑悼謂之不善持生也善曰方言曰悼哀也笑悼謂笑其不善養生而又哀其傾斃也向曰人皆笑之傷之謂其不善持攝生性也悼傷也至於措身失理亡之於微良曰有致養其身有失其理者失於微纖之間也措置亡失也積微成損積損成衰從衰得白從白得老從老得終悶若無端善曰莊子曰藏乎無端之紀翰曰白謂白髮也終謂死也言死者悶然不知其端緒之所由也中智以下謂之自然善曰穀梁傳荀息曰中智以上乃能慮之臣料虞君中智以下也濟曰言中人小智已下謂漸然至死為自然也縱少覺悟咸歎恨於所遇之初而不知慎衆

險於未兆善曰老子曰未兆易謀銑曰中智之人縱少悟養生之事皆限逢遇之初不慎衆險於未始之前也衆險則喜怒哀樂之流也是由五臣本作猶桓侯抱將死之疾而怒扁鵲之先見以覺痛之日五臣本有而字為五臣本有受字病之始也善曰韓子曰扁鵲謂桓侯曰君有疾在腠理猶可湯熨桓侯不信後疾迎扁鵲鵲逃之桓侯遂死史記曰扁鵲療簡子東過齊見桓侯束皙曰齊桓在簡子前且二百歲小白後無齊桓侯田和子有桓公午去簡子首末相距二百八年史記自為舛錯韋昭曰魏無桓侯新序曰扁鵲見晉桓侯然此桓侯竟不知何國也向曰病甚至於覺病方以為得疾之始則中智以下皆然豈預知攝養之事也亦如理國先見安危理之於未亂國乃理也餘文同害成於微而救之於著故有無功之治五臣本作理字翰曰著盛也夫人之患害成於微小之間人所不知及將救之疾已盛矣故醫者無功療之也亦如國家當重賢良以理天下而人和年豐豈可輕棄而不用及國亂乃欲用之則無可施功也馳騁常人之域故有一切之壽仰觀俯

察莫不皆然濟曰馳騁猶歷觀也域閒也一切猶一時也言歷覽常人之間故有一時苟且之壽皆不曉養生長年之理則俯仰觀察莫不皆然言多也以多自證以同自慰謂天地之理盡此而已矣良曰有疾不先醫者皆以為疾狀多同遞相證驗以自寬慰輕於攝養謂言天地之理皆如此也縱聞養性五臣本作生字之事則斷以所見謂之不然向曰中智之人縱知養生之事則自斷於所見苟隨其欲謂養生之理不如此也其次狐疑雖少庶幾莫知所由銑曰言狐疑之心雖少近不知養生之所由何如亦未定也其次自力服藥半年一年勞而未驗志以厭衰中路復廢翰曰言服藥未至於驗志厭而將歇中路則廢者或益之以畎古犬澮古外而泄之以尾閭五臣本有而字欲坐望顯報者善曰尚書曰濬畎澮距川孔安國曰一畝之間廣尺深尺曰畎廣二尋深二仞曰澮畎澮深之亦入海也莊子海若曰天下之水莫大於海萬川歸之不

知何時止而不盈尾閭泄之不知何時已而不虛司馬彪曰尾閭水之從海水出者也一名沃燋在東大海之中尾者在百川之下故稱尾閭者聚也水聚族之處故稱閭也在扶桑之東有一石方圓四萬里厚四萬里海水注者無不燋盡故名沃燋翰曰畎澮細流也尾閭海水泄處也言人之服藥所益如細流之進而乃多泄其積如尾閭之泄其必難及而服藥不慎難求長年亦如是矣顯報謂長年也或抑情忍欲割棄榮願而嗜好常在耳目之前所希在數十年之後又恐兩失內懷猶豫心戰於內物誘於外交賒相傾如此復敗者善曰說文云希望也穀梁傳荀息曰夫人玩好在耳目之前而患在一國之後楚辭曰心猶豫而狐疑尸子曰五尺大犬爲豫說文云隴西謂犬子爲猶顏師古以爲人將犬行豫在人前待人不得又來迎候如此往還至于終日斯乃豫之所以爲未定也故稱猶豫或以爾雅云猶如麂善登木猶獸名聞人聲乃猶豫緣木如此上下故稱猶豫　向曰嗜好之物且在目前藥效之事十年之後欲從其道恐復無驗兩事俱失故猶豫是非未定心爭於內嗜好之物誘目於外以情欲爲交

樂以服食爲賒應二者相傾復有敗攝生之事者戰爭也夫至物微妙可以理知難以目五臣本作自字識譬猶豫章生七年然後可覺耳善曰淮南子曰豫章之生七年可知延叔堅曰豫章與枕木相似須七年乃可別耳枕音尤　向曰豫章木名其初生與林木同類至七年柯條乃覺殊也養生之理初與衆人同道道成然後可覺殊矣今以躁競之心涉希靜之塗意速而事遲望近而應遠故莫能相終善曰老子曰聽之不聞名曰希王逸楚詞注曰無聲曰靜濟曰躁宜塗道也長生之理脩修而遲其應遠矣人意欲速而望近以此莫能有專志以相終而得之也夫悠悠者既未效不求而求者以不專喪業善曰論語桀溺曰滔滔者天下皆是也良曰悠悠者謂心遠於此道者效驗也求者謂求養生者喪失道也言不專心則失業也偏恃者以不兼無功良曰人有偏恃一事者必不兼於他事故養生無功也追術者以小道自溺翰曰追法術苟從名譽者

必偏於小道沈溺其心又不能成矣凡若此類故欲之者萬無一能成也向曰此類謂上所述也善養生者則不然矣清虛靜泰少私寡欲善曰莊子曰廣成子謂黃帝曰必清必靜無勞汝形無搖汝精乃可以長生老子曰少私寡欲知名位之傷德故忽而不營非欲而彊禁也善曰左氏傳曰名位不同禮亦異數　銑曰不是心中實欲而彊自禁止蓋真不欲之故能養生也識厚味之害性故棄而弗顧非貪而後抑也善曰國語單襄公曰厚味實腊毒也　銑曰厚味滋味也外物以累心不存神氣以醇白五臣本作泊字獨著善曰慎子曰夫德精微而不見聰明而不發是故外物不累其內莊子曰外物不可必司馬彪曰物事也忠孝內也而外事或不信受也淮南子曰古之人神氣不蕩乎外莊子曰虛室生白向秀曰虛其心則純白獨著　向曰言外物聲色之類欲以累其心者不存繫之於神氣以醇素淡泊獨明其道著明也曠然無憂患寂然無思慮

又守之以一養之以和和理日濟同乎大順善曰莊子曰聖人平易恬淡則憂患不能入也邪氣不能襲也故其德全而神不虧矣故曰聖人不思慮不預謀也老子曰聖人抱一爲天下式王弼曰一少之極也式猶則也文子曰古之爲道者養以和持以適莊子曰古之治道者以恬養知知生而無以知爲也謂之以知養恬知與恬交相養而和理出其性老子曰玄德深矣遠矣與物反矣乃至大順鍾會曰反俗以入道然乃至於大順也　翰曰道生一故守之而不亂其心不亂其心故養和其神和其神理長年可濟故同乎天地之大理也順理也然後蒸以靈芝潤以醴泉善曰白虎通曰醴泉者美泉也狀如醴酒也晞以朝陽綏以五絃善曰毛萇詩傳曰晞乾也　翰曰晞乾也綏安也晞於朝陽所以養和於物也安於五絃之琴以歌南風所以養羣生也此皆謂得生性之理也無爲自得體妙心玄善曰莊子曰天無爲以之清地無爲以之寧故兩無爲相合萬物皆化之也孰能得無爲哉老子曰玄之又玄衆妙之門忘歡而後樂足遺生而後身存善曰莊子曰天下有至樂無有哉曰至樂無樂

郭象曰忘歡而後樂足樂足而後身存莊子曰棄事則形不勞遺生則精不虧夫形全精復與天爲一者也　向曰忘其歡則形不勞故樂足不勞形則曰遺生故身存也　若此以往恕可與羨門比壽王喬爭年何爲其無有哉　善曰聲類曰恕人心度物也史記曰始皇之碣石使燕人盧生求羨門高誓韋昭曰羨門古仙人也列仙傳曰王子喬者周靈王太子晉也道人浮丘公接以上嵩高山　向曰言將與仙人比年爭壽則何爲其無有長年也

運命論

善曰運謂五德更運帝王所稟以生也春秋元命苞曰五德之運各象其類興亡之名應篆錄以次相代宋均曰運錄運也春秋元命苞曰命者天下之命也

李蕭遠

善曰集林曰李康字蕭遠中山人也性介立不能和俗著遊山九吟魏明帝異其文遂起家爲尋陽長政有美績病卒　銑同善注

夫治亂運也窮達命也貴賤時也　善曰墨子曰貧富治亂固有天命不可損益王命論曰窮達有命吉凶由人莊子北海若曰貴賤有時未可以爲常也　故運之所隆必生聖明之君　善曰春秋河圖揆命篇曰倉戲農黃三陽翼天德聖明　聖明之君必有忠賢之臣其所以相遇也不求而自合其所以相親也不介而自親　善曰介紹介也禮記曰介紹而傳命　翰曰謂不因媒而相親蓋道合也介媒也　唱之而必和謀之而必從　良曰唱和猶從君臣和也　道德玄同曲折合符　善曰老子曰知者不言言者不知是爲玄同論語比考讖曰君子上達與天合符　濟曰委曲相合有如符契　得失不能疑其志讒構不能離其交然後得成功也　向曰不相疑故不信讒不信讒故君臣道成矣　其所以得然者豈徒人事哉授之者天也告之者神也成之者運也　銑曰所以能成君臣道者以此也　夫黃河清而聖人生里社鳴而聖人出　善曰易乾鑿度曰聖人受命瑞應先見於河河水先清清變白白變赤赤變黑黑變黃各三日春秋潛潭巴曰里社明此里有聖人出其呴百姓歸天辟亡宋均曰里社之君鳴則教令行教令明惟聖人之能也呴鳴之怒者聖人怒則天辟亡矣湯起放桀時蓋此祥也明與鳴古字通　翰曰黃河千年一清清則聖人生於時也　良曰里社神祠也　羣龍見而聖人用　善曰易曰見羣龍無首吉又曰聖人作而萬物覩　濟曰龍潛之時道不用也喻君未升位也龍既見矣故用於時喻君功成於天下也　故伊尹有莘所巾氏之媵臣也而阿衡於商　善曰說苑鄒子說梁王曰伊尹有莘氏之媵臣湯立以爲三公毛詩曰實維阿衡左右商王　向曰莘氏國名也媵臣小臣也阿倚衡平也商殷也言殷有伊尹倚以萬事平於天下也　太公渭濱之賤老也而尚父於周　善曰史記曰太公望以漁釣干周西伯六韜曰文王卜田史扁爲卜田于渭之陽將大得焉非熊非羆非虎非狼兆得公侯天遺汝師王乃齋戒三日田于渭之陽卒見呂尚坐茅以漁毛詩大雅曰維師尚父時維鷹揚諒彼武王肆伐大商　銑曰太公呂望也周尊太公故號爲尚父　百里奚在虞而虞亡在秦而秦霸非不才於虞而才於秦也　善曰呂氏春秋曰凡亂也者必始乎近而後及遠始乎本而後及末亦然故百里奚處乎虞而虞亡處乎秦而秦霸百里奚之處乎虞知非遇也其處於秦非加益也有其本也其本也者定分之謂也　翰曰百里奚賢人也初任於虞國虞君不用其言乃滅亡之秦秦用其謀而爲霸蓋一人之身也用之國昌不用則國亡也非在虞則不才在秦則賢　張良受黃石之符誦三略之說　善曰黃石公記序曰黃石者神人也有上略中略下略河圖曰黃石公謂張良曰讀此爲劉帝師　向曰張良漢臣也　以游於羣雄　向曰羣雄諸侯也　其言也如以水投石莫之受也　銑曰石堅水柔以柔投堅其不可入也言道不合亦猶是也　及其遭漢祖也其言也如以石投水莫之逆也　翰曰以堅投柔其勢必入故不逆也向曰以游於羣雄至莫之逆也善本無此一段　非張良之拙說於陳項而巧言於沛公

也善曰漢書張良乃說項梁立韓成爲韓王而漢書張良無說陳涉今此言之未詳其本也　良曰非拙巧之異也蓋識與不識用與不用耳陳謂涉也項謂羽也沛公謂漢高祖也然則張良之言一也不識其所以合離合離之由神明之道也銑曰張良之說前後一也蓋前人不識離合之道也離合之道皆神明之相應合也故彼四賢者名載於籙圖事應乎天人其可格之賢愚哉善曰春秋考異郵曰稽之籙圖參於泰古易坤靈圖曰湯臣伊尹振鳥陵春秋命曆序曰文王受丹書呂望佐昌發春秋保乾圖曰漢之一師爲張良生韓之茂漢以興春秋感精記曰西秦東翹謀襲鄭伯晉成同之睦之殺谷反呼老人百里子哭語之不知泣血何益蒼頡篇曰格量度之也　向曰四賢謂伊尹太公百里奚張良也言此君臣之道應乎天事合於人心其可測至於賢愚之間哉言不可至也格至也孔子曰清明在躬氣志如神嗜慾五臣本作欲字將至有開必先善曰禮記文也鄭玄曰清明在躬氣志如神謂聖人也嗜慾將至謂其王天下之期將至也神有以開之必先爲之生賢智之輔佐　翰曰人之清明其志如神意之所欲事有開通者應必先達君臣相合運命所當者亦如之也天降時雨山川出雲善曰若天將降時雨山川爲之出雲也　銑曰天之將雨必先出雲君臣相感亦如此詩云惟嶽五臣本作岳字降神生甫及申惟申及甫惟周之翰運命之謂也善曰詩大雅文也箋云申申伯甫甫侯也毛萇傳曰翰幹也言周道將興五嶽爲之生佐仲山甫及申伯爲周之幹臣也　良同善注豈惟五臣本作唯字興主亂亡者亦如之焉幽王之惑褒女也祅五臣本作妖字始於夏庭善曰呂氏春秋曰世有興主之士也史記曰昔夏后氏之衰也有二神龍止於夏帝之庭而言曰余褒之二君也夏帝卜殺之與去之與止之莫吉卜請其漦而藏之乃吉於是布幣而策告之龍亡而漦在櫝而去之比三代莫之敢發至厲王之末發而觀之漦流於庭不可除厲王使婦人臝而譟之漦化爲玄黿以入王後宮後宮童妾既齔遭之既笄而孕無夫而生一女子懼而棄之宣王之時童謠曰檿弧箕服實亡周國於是宣王聞之有夫婦賣是器者宣王

使執而戮之於道而得者後宮妾所棄妖子出於路者聞其夜啼哀而取之夫婦遂奔於褒褒人有罪請入棄子以贖罪棄子出於褒是爲褒姒幽王廢申后立褒姒爲后后父申侯怒攻幽王遂殺幽王酈山下漦仕淄切　翰曰亂亡之國亦運命也餘注與善同曹伯陽之獲公孫彊也徵發於社宮善曰左氏傳曰初曹人或夢衆君子立於社宮而謀亡曹曹叔振鐸請待公孫彊許之旦而求之曹無之戒其子曰我死爾聞公孫彊爲政必去之及曹伯陽即位好畋弋曹鄙人公孫彊好弋且言畋弋之說悅之因訪政事說於曹伯從之乃背晉而奸宋宋人伐之執曹伯陽以歸殺之　向曰社宮猶社稷也叔孫豹之暱豎牛也禍成於庚宗善曰左氏傳曰初穆子去叔孫氏及庚宗遇婦人使私爲食而宿焉魯人召之所宿庚宗之婦人獻以雉問其姓對余子長矣召而見之遂使爲豎有寵長使爲政田於蒲丘遂遇疾焉豎牛曰夫子疾病不欲見人使寘饋于个而退弗進則置虛器命徹叔孫不食卒　翰曰魯大夫叔孫豹入齊過庚宗婦人宿遂有子在齊夢天壓己有一人深目而豭喙命之曰牛助余乃勝之後還晉過庚宗婦人見所有之子狀如夢中者豹以夢中命爲牛因呼曰牛乃曰唯豹將歸魯寵而親之使爲豎後豹病豎牛將爲亂羣臣有往食者豎牛皆不進覆之以返空器叔孫遂餓死此則禍成於庚宗矣暱親也豎宮號也吉凶成敗各以數至善曰春秋考異郵曰吉凶有效存亡出象王命論曰驗行事之成敗數曆數也孔安國尚書傳曰曆數謂天道也　良曰謂運數至也咸皆不求而自合不介而自親矣銑曰介媒也昔者聖人受命河洛曰以文命者七九而衰以武興者六八而謀善曰文謂文德即文王也武謂武功即武王也言以文德受命者或七世九世而漸衰微以武功而興起者或六世八世而謀也　翰曰河圖洛書聖人將興之應也文王受命九十七而終武王伐紂之時年八十六衰謂文王沒也謀謂武王謀伐紂也九九十七當言九七而言七九八十六當言八六而言六八蓋言之倒及成王定鼎於五臣本作于字郟鄏卜世三十卜年七百天所命也善曰左氏傳王孫滿之辭也其世之多少年之短長皆天所命也七九六八即卜世數也杜預注曰郟鄏今河南也武王遷之成王定之故自幽厲之間周道

大壞善曰言自成王至于厲王凡有八世即應七而衰也毛詩序曰蕩召穆公傷周室大壞也向曰幽王厲王無道不恤國事故大壞也二霸之後禮樂陵遲善曰二霸齊桓晉文也自厲王至于二霸之卒凡有九世即應九而衰也毛詩序曰禮義廢逸男女淫奔也文薄之弊漸於靈景善曰自二霸之卒至于景王凡有六世即應六而謀也尚書大傳曰周人之教以文上教以文君子其失也小人薄鄭玄曰文謂尊卑之差制也習文法無悃誠也翰曰文德之澆薄其弊漸生於靈王景王之時也辯詐之僞成於七國善曰言文薄既弊詐僞乃成也自景王至于七國凡有八世即應八而謀也良曰七國謂齊楚燕趙韓魏秦也辯詐謂游說之士也酷烈之極積於亡秦善曰言詐僞既成故加之以酷烈也解朝曰呂刑靡弊秦法酷烈也濟曰前述七國則秦在其中今此重言者謂吞滅六國獨擅酷暴於天下也漢亡之故云亡秦也文章之貴棄於漢祖善曰言周人之務以文故漢承之以貴也漢書曰陸賈爲太中大夫賈時上前說稱詩書高帝罵之曰迺公以馬上得之安事詩書也仲長子昌言曰漢祖輕文學而簡禮義向曰漢朝初

雖重文章之士而高祖以武定天下志意輕棄儒士之言也雖仲尼至聖顏冉大賢善曰家語冉有曰孔子者大聖兼該文武並通又曰顏回字子淵以德行著名孔子稱其賢又曰冉求字子有以政事著名性多謙退揖讓於規矩之內誾誾銀於洙泗之上不能遏其端善曰論語曰孔子朝與上大夫言誾誾如也孔安國曰誾誾中正之貌禮記曾子謂子夏曰吾與女事夫子於洙泗之間鄭玄曰洙泗魯水名也史記曰甚哉魯之衰也洙泗之間誾誾如也桓子新論曰遏絕其端其命在天也良曰道之不行雖至賢揖讓規矩亦不能遏絕澆浮之端也誾誾和樂貌洙泗二水名孔子講道之所也孟軻孫卿體二希聖從容正道不能維其末善曰周易子曰君子知幾其神乎顏氏之子其殆庶幾乎有不善未嘗不知知之未嘗復行韓康伯曰在理則昧造形而悟顏氏子之分也失之於幾故有不善得之於二不遠而復故知之未嘗復行也法言曰睎驥之馬亦驥之乘睎顏之人亦顏之徒也顏嘗睎夫子矣李軌曰希望也言顏回嘗望孔子也禮含文嘉曰從容中道陰陽度行也銑曰孟孫二子體法顏冉故云體二志望孔子之道故云希聖當衰弊之世雖體望聖賢之義不能綴繫其末也從容安樂之貌維繫也天下卒至于五臣本作於字溺而不可援五臣本有也字夫以仲尼之才也而器不周於魯衛善曰言小人之失在薄故孔孟所不能援也孟子曰天下溺則援之以道良曰卒終也溺謂大道沈溺也援助也翰曰道不運會而見輕也以仲尼之辯也而言不行於定哀善曰史記曰魯定公以孔子爲司寇季桓子受齊女樂不聽政孔子遂行適衛衛靈公置粟六萬居頃之或譖孔子於靈公孔子恐獲罪去衛也以仲尼之謙也而見忌於子西善曰史記曰楚昭王興師迎孔子將以書社地七百里封孔子楚令尹子西曰王之使使諸侯有如子貢者乎曰無有王之將帥有如子路者乎曰無有王之官尹有如宰予者乎曰無有且楚之祖封於周爲子男五十里今孔丘述三五之法明周召之業王若用之則楚國安得世世土方數千里乎文王在豐武王在鎬卒王天下今孔丘得據土壤賢弟子爲佐非楚之福也昭王乃止向同善注以仲尼之仁也而取讎於桓魋音頹善曰史

記曰孔子適宋與弟子習禮大樹下宋司馬桓魋欲殺孔子拔其樹孔子弟子曰可以速行矣孔子曰天生德於予桓魋其如予何以仲尼之智也而五臣本有受字屈厄五臣本無厄字於陳蔡善曰家語曰楚昭王聘孔子孔子往拜禮焉路出乎陳蔡陳蔡大夫相與謀曰孔子賢聖其刺譏皆中諸侯之病若用於楚則陳蔡危矣遂使徒兵距孔子孔子不得行絕糧七日外無所通藜羹不充以仲尼之行也而招毀於叔孫善曰論語曰叔孫武叔毀仲尼子貢曰無以爲也仲尼不可毀也他人之賢者丘陵也猶可踰也仲尼日月也無得而踰焉人雖自絕也其何傷於日月乎多見其不知量也夫道足以濟天下而不得貴於人善曰周易曰智周萬物而道濟天下言足以經萬世而不見信於時善曰文子曰養生以經世莊子曰未嘗聞任氏之風俗其不可與經於世亦遠矣行足以應神明而不能彌綸於俗善曰孝經曰孝悌之至通於神明周易曰故能彌綸天地之道濟曰彌廣綸理也言時君不能用之使廣理於俗也應聘七十國而

不一獲其主 善曰說苑趙襄子謂子路曰吾嘗問孔子曰先生事七十君無明君乎孔子不對何謂賢也 向曰經歷天下應聘七十國君竟不見用是不得其主而運不合也 驅驟於蠻夏之域 屈辱於公卿之門 善曰蠻謂蔡楚也毛詩曰蠢爾蠻荊夏謂宋衛也公謂魯侯也卿謂季氏也列子楊朱曰孔子屈於季氏見辱於陽虎也 翰曰孔子道不行欲居九夷夷即蠻也夏謂中國也屈謂受屈於季氏辱謂見辱於陽虎並魯之公卿也 其不遇也如此及其孫子思希聖備體而未之至封己養高勢動人主 善曰史記曰伯魚生伋字子思孟子曰子夏子游子張皆有聖人之一體冉伯牛閔子顏回則具體而微劉熙曰體者四支股脚也具體者皆微者也皆具聖人之體微小耳體以喻德也國語晉叔向曰引黨以封己韋昭曰封厚也魏志曰高柔上疏曰三事優息養高者也 銑曰子思孔子之孫也言子思望先聖之道欲先聖之體然而未至聖道但爲厚己養其高名能以權勢動於時君也言其道不如孔子而時君反信之孔子有聖德而時君不用此運命也希望也 其所游歷諸侯莫不結駟

而造門雖造門 五臣本無雖造門三字 猶有不得賓者焉 翰曰言子思游歷天下而諸侯皆結車馬至子思之門而諸侯尚或有不得賓客之位者造至也 其徒子夏升堂而未入於 五臣本無於字 室者也退老於家魏文侯師之 善曰論語子曰由也升堂矣未入於室也家語曰卜子夏孔子卒後教於西河之上魏文侯師事之而諮問國政焉 西河之人肅然歸德比之於夫子而莫敢閒其言 善曰禮記曾子謂子夏曰吾與汝事夫子於洙泗之閒退而老於西河之上使西河之人疑汝於夫子陳羣論語注曰不得有非閒之言者也 向曰西河地名也肅敬也閒非也言西河之人敬子夏而歸附其德比道於孔子而人不敢非其言其道不如孔子而人乃信之蓋運命使之然也 故曰治亂運也窮達命也貴賤時也而後之 五臣本作出字 君子區區於一主歎息於一朝 直喬 屈原以之沈湘賈誼以之發憤不亦

過乎 善曰楚辭曰臨沅湘之玄淵兮遂自忍而沈流漢書曰天子以賈誼任公卿之位絳灌之屬盡害之乃毀誼於是天子亦踈之以誼爲長沙王太傅誼既以謫去意不自得及度湘水爲賦以弔屈原原楚賢臣也被讒遂投江而死誼追傷之因以自諭揚雄反騷曰欽弔楚之湘纍音義曰屈原赴湘故曰湘纍也 銑曰言此二人不達運命之理所爲太過也 然則聖人所以爲聖者蓋在乎樂天知命矣故遇之而不怨居之而不疑也 善曰周易曰樂天知命故不憂 翰曰遇窮厄之時其心不怨居重任之地其心不疑也 其身可抑而道不可屈 善曰漢書孫寶曰道不可屈身詘何傷也 濟曰抑辱屈損也言身可以受辱者推於運命也道不可損者以待其時也則屈原沈湘賈誼發憤適足以彰君之過而自損是不知運命之理也 其位可排而名不可奪 翰曰失位則可以推排運命而忠義之名守之如一不可失也奪失也 譬如水也通之斯爲川焉塞之斯爲淵焉 善曰管子曰水有大小出之溝流於大水及海者命之曰川出於地而不流命曰淵水也 銑曰水

流曰川水深曰淵 升之於雲則雨施沈之於地則土潤 善曰淮南子曰夫水者大不可極深不可測上天爲雨露下地爲潤澤無公無私水之德也周易文言曰雲行雨施天下平也禮記月令曰季夏之月土潤溽暑鄭玄云土潤謂塗溼也 體清以洗物不亂 五臣本作辭字 於濁受濁以濟物不傷於 五臣本作其字 清 善曰晏子春秋景公問晏子曰廉正而長久其行何也晏子對曰其行水也美哉水乎清其濁無不寀塗其清無不灑除是以長久也管子曰夫水淖弱以清好灑人之惡仁也寀式甚切 是以聖人處窮達如一也夫忠直之迕於主獨立之負於俗理勢然也 善曰呂氏春秋曰古人得道者窮亦樂達亦樂所樂非窮達也道得於此則窮達一也小雅曰迕犯也鄭玄禮記注曰負背也 翰曰忠直之言必逆迕人主之意獨立清正則背於俗類此事理之勢所宜皆然矣迕觸也 故木秀於林風必摧之堆出於岸流必湍之 善曰廣雅曰秀出也論衡曰風衝之物不得育水湍之岸不得峭 良曰木高

出於林上者故風吹而先折也　濟曰岸側有堆阜而出於岸侵入於水者故水流必先衝之也湍衝也行高於人衆必非之善曰史記曰商君說秦孝公曰夫有高人之行固見非於世也　向曰德行高遠出乎羣俗故衆人嫉妬共爲非斥亦如木秀先折堆出流衝也前監五臣本作鑒字不遠覆車繼軌而五臣本作然字志士仁人猶蹈之而弗悔操之而弗失何哉將以遂志而成名也善曰毛詩曰殷鑒不遠晏子春秋諺曰前車覆後車戒也史記司馬遷曰詩書隱約者欲遂其志也班固漢書贊曰雖其陷於刑辟自與殺身成名者也　良曰前鑒謂行高忠直之心皆見非斥以成罪累如車之既覆後來者復繼其跡而志士蹈志而不悔執直而不失者何爲哉非所以好其死而惡其生蓋將以遂其所志而成君王之名也求遂其志而冒風波於險塗善曰家語曰不觀巨海何以知風波之患也　銑曰言衝君之威以進忠直如涉風波之險道恐墜落而死矣冒衝也塗道也求成其名而歷誹五臣本無此字謗議於當時彼所以處之蓋有筭矣善曰司馬遷書曰下流多謗議蒼頡篇曰筭計也　翰曰言忠直之人冒險道歷謗議於當時所以甘勳危亡之地蓋有善計而進於君矣子夏曰死生有命富貴在天故道之將行也命之將貴也則伊尹呂尚之興於殷周百里子房之用於秦漢不求而自得不邀而自遇矣善曰論語子夏曰商聞之死生有命富貴在天論語子曰道之將行也與命也論衡曰命吉不求自得富貴之命西京賦曰不邀自遇　翰曰言道之將行命與貴合伊尹用於殷湯呂望用於周文百里奚用於秦穆公張子房用於漢高祖也道之將廢也命之將賤也豈獨君子恥之而弗爲乎蓋亦知爲之而弗得矣善曰論語子曰道之將廢也與命也　向曰道廢命賤豈獨君子羞恥之而不爲政乎蓋亦知爲之而必不得也凡希世苟合之士蘧蒢戚施之人善曰莊子曰原憲謂子貢曰夫希世而行比周而友

憲不忍爲也司馬遷報任安書曰苟合取容毛詩云燕婉之求蘧蒢不鮮又曰燕婉之求得此戚施　銑曰希望也蘧蒢口柔也戚施面柔也言人有所作望得時世苟且求合則其心懷輕薄鄙惡之性而語則詐爲口面柔和以求取於人意也俛仰尊貴之顏逶迤勢利之間善曰杜預左氏傳注曰俛仰伏也鄭玄毛詩箋曰蘧蒢觀人顏色而爲辭故不能俯又曰戚施下人以色故不能仰史記曰蘇秦嫂逶迤而謝曰見季子位高金多也　銑曰言尊貴之人則俛仰媚取其顏色而進行於勢利之中也逶迤行皃意無是非讚之如流言無可否應之如響善曰毛詩曰巧言如流史記淳于髡曰鄒忌其應我若響之應聲也　濟曰貴人之意所爲者無是非好惡皆順而讚美之其如流之順也貴人之言無可不否得失而應對之如響之應聲也以闚看爲精神以向背爲變通善曰周易曰變通者趣時者也　良曰闚看盛衰以爲精神之明盛者向而附之衰者背而去之以此爲見變通之妙勢之所集從之如歸市勢之所去棄之如脫遺善曰孟子曰大王居邠狄人侵之乃踰梁山邑于岐山下從者如歸市焉廣雅曰脫誤也毛詩曰棄予如遺鄭玄曰如人遺忘忽然不省存也　翰曰言其逐勢所集如人歸市以求利也失勢者則棄之如人脫徙而遺之也其言曰名與身孰親也得與失孰賢也榮與辱孰珍也善曰老子曰名與身孰親得與亡孰病也家語子貢曰與其俱失二者孰賢鄭玄儀禮注曰賢猶勝也　向曰其言謂逐勢利之人有言也言立忠直之名而身致危亡困辱失其官爵者也而我苟順人情以取悅媚且全其身以存其榮則名與身孰親言身可親也忠直之名不可近也得與失誰賢言得者賢也榮與辱誰重言榮者重也孰誰也珍重也故遂絜其衣服矜其車徒冒其貨賄淫其聲色五臣本作也字　善曰杜預左氏傳注曰冒貪也　良曰絜謂裝飾使其鮮絜車徒謂車馬侍從也脈脈摸白然自以爲得矣善曰爾雅曰脈脈相視也　銑曰脈脈驕詐貌蓋見龍逄比干之亡其身而不惟飛廉惡來之滅其族也善曰尸子曰我必利雖桀紂殺關龍逄王子比干猶謂義之必利也史記曰中潏

生蜚廉蜚廉生惡來父子俱以材力事殷紂説苑子石曰費仲惡來革長鼻決目崇侯虎順紂之心欲以合於意武王伐紂四子死牧之野　翰曰言其但見龍逢比干忠諫而死以爲不如逐勢變通以全其身則不思飛廉惡來之諂佞竟以誅滅矣族謂家族皆誅也　蓋知伍子胥之屬燭鏤力俱於吳而不戒費無忌之誅夷於楚也　善曰左氏傳曰吳伐齊越子帥其屬以朝焉吳人皆喜惟子胥懼曰是豢吳也夫使於齊屬其子於鮑氏爲王孫氏王聞之賜之屬鏤以死杜預曰屬鏤劒名也左氏傳沈尹戍言於子常曰夫無極楚之讒人也去朝吳出蔡侯朱喪太子建殺連尹奢子而弗圖將焉用之子常曰是瓦之罪也乃殺費無極鄢將師盡滅其族以說其國也　向曰費無忌楚之讒使人也憂害賢良昭王誅之夷滅也言邪佞之人但知子胥忠死以爲不如諂佞以全乃不戒愼無忌諂媚必見殺也　蓋譏汲黯之白首於主爵而不懲張湯牛車之禍也　善曰漢書曰汲黯爲東海太守東海大治召爲主爵都尉又曰上以張湯爲懷詐面欺使使薄湯湯自殺諸子欲厚葬湯湯母曰湯爲天子大臣被惡言而死何厚葬爲載以牛車有棺而無槨　銑同善注

蓋笑蕭望之跋蒲末躓竹利於前而不懼石顯之絞縊於後也　善曰毛詩曰狼跋其胡載躓其尾　良曰跋躓謂折挫也絞縊以繩自繫而死也蕭望之爲太子太傅元帝即位望之以師傅見重遭石顯讒言顯急令車騎圍望之第乃歎曰吾任將相年踰六十矣入牢獄苟求生活不亦鄙乎竟飲鴆自死天子聞之大驚曰殺吾賢傅此爲折挫於前也而後邪佞笑之後成帝立以石顯舊惡免官徙歸故郡憂懣不食在道而死後之邪臣又不懼見前事皆復爲之也石顯病死而言絞縊者誤也　故夫達者之筭也亦各有盡矣曰凡人之所以奔競於富貴何爲者哉若夫立德必須貴乎則幽厲之爲天子不如仲尼之爲陪臣也　善曰左氏傳王饗管仲管仲曰陪臣敢辭杜預注曰諸侯之臣曰陪臣也　翰曰言人立身在於有道不在富貴也周幽王厲王之無道雖爲天子不如仲尼有道而爲陪臣也　必須勢乎則王莽董賢之爲三公不如揚雄仲舒之

闃其門也　善曰漢書曰拜王莽爲大司馬又曰董賢代丁明爲大司馬揚雄自序曰雄家代素貧耆酒人希至其門又曰董仲舒爲博士下帷講誦弟子傳以久次相受業或莫見其面也　向曰王莽董賢皆漢朝竊弄權勢者也揚董皆儒學才藝之士也言其守靜其門闃然不喧雜也　必須富乎則齊景之千駟不如顏回原憲之約其身也　善曰論語子曰齊景公有馬千駟死之日民無得而稱焉又曰顏淵問仁子曰克己復禮爲仁馬融曰克己約身也家語曰原憲宋人字子思淸約守節貧而樂道也　向曰四馬曰駟也　其爲實乎則執杓而飲河五臣本有水字者不過滿腹棄室而灑雨者不過濡身過此以往弗能受也　善曰桓公新論曰子貢對齊景公曰臣事仲尼譬如渴而操杯器就江海飲滿腹而去又焉知江海之深也　濟曰人之爲實理者則執杓飲水於河中則河水雖多所飲不過滿腹棄室而露灑於雨中則雨水雖廣不過濕身而已此各知分守理者也過此已外必不取矣濡濕也受取也　其爲名乎則善惡書于五臣本作於字史

策毀譽流於千載賞五臣本作災字罰懸乎天道吉凶灼乎鬼神固可畏也　善曰淮南子曰三代之善千歲之積譽也桀紂之惡千載之積毀也廣雅曰灼明也　將以娛耳目樂心意乎　善曰南都賦曰遊觀之好耳目之娛　翰曰言人爲善惡流於千載豈可苟從一時耳目之爲娛乎言不可也　譬命駕而游五都之市則天下之貨畢陳矣　善曰孔叢子孔子歌曰巾車命駕漢書曰王莽於五都立均官更名雒陽邯鄲臨淄宛成都市長皆爲五均司市師也　向曰此五都天下所湊會之處　褰裳而涉汶問陽之丘則天下之稼如雲矣　善曰毛詩曰子惠思我褰裳涉溱公羊傳曰莊公會諸侯盟于柯曹子曰願請汶陽之田如雲言多也　銑曰褰舉也涉渡也汶水名水北曰陽丘山也言汶水北山之下田壤良沃此則知天下禾稼如雲之多　椎直追紒五臣本作髻字而守敖庾海陵之倉則山坻之積在前矣　善曰漢書曰尉他魋結服虔曰魋音椎今兵士椎頭結張揖上

林賦注曰紒髻後垂也紒即髻字也于子正文引此而爲髻字漢書曰築甬道屬河以取敖倉粟又枚乘上書曰大漢轉粟西
向不知海陵之倉毛詩曰曾孫之庾如坻如京毛萇詩傳曰京丘也鄭玄曰庾露積穀也　翰曰椎髻以髮向後爲髻蓋南人
爲之也此比賤隸而使其守倉但見倉粟積多如山如坻在前矣終非其有也敖庾海陵並倉名坻小渚也**扱**五臣
作挿**衽而登鍾山藍田之上則夜光璵**余**璠**煩**之**
珍可觀矣善曰爾雅曰扱衽曰襭廣雅曰扱插也並初洽切淮南子曰鍾山之玉范子計然曰玉英出藍
田許慎淮南子注曰夜光之珠有似明月故曰明月也左氏傳曰季平子卒陽虎將以璵璠斂　向曰衽衣襟也言插衣襟以
登山也鍾山藍田並山名皆出美玉也夜光璵璠美玉名也**夫如是也爲物甚衆爲**
已甚寡不愛其身而嗇其神風驚塵起散而不
止善曰呂氏春秋曰凡事之本必理身嗇其大寶高誘曰嗇愛也寶身也風驚塵起喻惡積而釁生塵散而不止喻釁生而
不滅也　銑曰夫如是五都之貨汶陽之稼倉廩之積珍寶之美爲衆多也而爲己之所得者甚少豈可爲志且苟貪於榮祿

賄貨者乎蓋須益於主而利於人也　翰曰夫人立身之本在孝與忠而行其道德去其邪惡是愛身也豈其卑務諂邪不義
則是不愛其身而愛其神也且有身然後安神既不愛其身空愛其命有如風驚塵起一散而塵不復止矣嗇愛也**六**
疾待其前五刑隨其後善曰左氏傳曰昭元年晉侯求醫於秦秦使醫和視之和曰是
謂近女室公曰女不可近乎對曰天生六氣淫生六疾六氣曰陰陽風雨晦明過則爲災陰淫寒疾陽淫熱疾風淫手疾雨淫
腹疾晦淫惑疾明淫心疾今君不節能無及此乎書曰惟敬五刑以成三德也　良曰六疾謂人稟陰陽風雨晦明六氣而生
失度則爲疾矣爲人臣者失道亦如之五刑謂劓墨宮剕臏大辟也言其爲邪諂而五刑常隨後也**利害生其**
左攻奪出其右而自以爲見身名之親疎分榮
辱之客主哉善曰言奔競之倫禍敗若此而乃尚自以爲審見身名親疎之理妙分榮辱客主之義哉
言惑之甚也　濟曰言邪佞逐利之人其利害攻劫奪取之事常在其左右豈可自以爲能見親疎分別其客主哉言非也客
主榮辱也以榮爲主以辱爲客也**天地之大德曰生聖人之大寶曰**

位何以守位曰仁何以正人曰義善曰周易曰天地之大德曰生
聖人之大寶曰位何以守位曰仁何以聚人曰財理財正辭禁人爲非曰義**故古之王者蓋以**
一人治天下不以天下奉一人也善曰淮南子曰古之立帝王者非以
奉養其欲也爲天下捧衆暴寡故立天子以齊一之也**古之仕者蓋以官行其義**
不以利冒其官也善曰論語子曰君子之仕行其義也　翰曰古之所以入仕者以官爲行義之
本不以祿爲利而貪其官位也冒貪也**古之君子蓋恥得之而弗能治**
也不恥能治而弗得也向曰得謂得官位也**原乎天人之性**
核胡革**乎邪正之分**善曰呂氏春秋曰衆正之所積其福無不及衆邪之所積其禍無不違也　銑
曰原本也核考也**權乎禍福之門終乎榮辱之算其昭然**
矣善曰爾雅曰權輿始也尸子曰聖人權福則取重權禍則取輕呂氏春秋曰少多治亂不可不察此禍福之門也管

子曰爲善者有福爲不善者有禍孟子曰仁則榮不仁則辱孫卿子曰先義後利者榮先利後義者辱也　良曰言自上至此
論而筭之則天人邪正禍福榮辱之事皆昭然明白可以知也**故君子舍彼取此**善曰言舍欲利
而取仁義也老子曰故去彼取此也　濟曰捨彼邪佞之道取此忠正之理**若夫出處不違其**
時默語不失其人善曰周易曰君子之道或出或處或默或語　翰曰邦有道則出而仕邦
無道則隱而處也言必不違此時矣道不合則不與之言故曰默道合則與之言故曰語不可失其知人之鑒也**天**
動星迴而辰極猶居其所璣旋輪轉而衡軸猶
執其中善曰言君子之性語默出處雖從其時而中心常不改其操似天動星迴而北辰常居其所而不改也論
語子曰爲政以德譬如北辰居其所而衆星拱之鄭玄曰北極謂之北辰也尚書曰璇璣玉衡以齊七政孔安國曰璣衡王者
正天文之器可運轉者馬融曰璇璣渾天儀可轉旋鄭玄曰轉運者爲機持正者爲衡莊子曰軸不運而輪致千里也　向曰
天之轉動衆星遂移而北斗恒居其所而不動也璇璣謂北斗杓也遂四時以指四方而衡星在七星之中不遷其處也有如

車軸不轉而輪動焉故云執其中也以喻賢聖之人雖遇時各異而志節不改既明且哲以保其身貽厥孫謀以燕翼子者昔吾先友嘗從事於斯矣善曰毛詩大雅文也毛萇詩傳曰燕安也翼敬也箋云貽猶傳也孫順也言傳其所順以天下之謀以安其敬事之子孫謂使行之也論語曾子曰以能問於不能昔者吾友嘗從事於斯矣　銑曰言明智安身遺其遠謀以安敬其子孫者則孔丘嘗爲此事也哲智保安貽遺厥其老子東之先也與孔子同志爲友故云吾先友也

辨亡論上下二首

善曰孫盛曰陸機著辨亡論言吴之所以亡也

陸士衡

翰曰辨亡者所以辨吴興亡之事也

昔漢氏失御姦臣竊命善曰姦臣謂董卓也荅賓戲曰王塗蕪穢周失其御法言曰上失其政姦臣竊國命也　良曰御理也禍基京畿毒徧宇内皇綱弛紊王室遂卑善曰荅賓戲曰廓帝紘恢皇綱劇秦美新曰皇綱弛而未張新序曰及定王王室遂卑矣　濟曰弛廢紊亂也於是羣雄蜂五臣本作鋒字駭義兵四合善曰廣雅曰駭起也漢高祖曰吾以義兵誅殘賊又魏相曰救亂誅暴謂之義兵吴武烈皇帝慷慨下國電發荆南善曰吴志曰漢以孫堅爲長沙太守董卓專權諸州郡並興義兵欲以討卓堅亦舉兵荆州刺史王叡素遇堅無禮堅過殺之比至南陽衆數萬人楚辭曰雷動雷發　銑曰武烈皇帝孫堅也則權之父焉慷慨壯志也下國諸侯之國也電發言威如雷電也堅起兵於荆州故云荆南也及權即皇帝位追謚爲武烈皇帝權略紛紜忠勇伯世威稜則夷羿五計震盪達朗兵交則醜虜授馘善曰公羊傳曰權者反於經而後有善者也漢書曰武帝報李廣書曰威稜憺乎鄰國李奇曰神靈之威曰稜左氏傳魏莊子謂晉侯曰寒浞伯明氏之讒子弟夷羿收之以爲己相杜預曰夷氏也左氏傳曰兵交使在其間毛詩曰仍執醜虜箋云馘所格者之左耳也　向曰言孫堅權變之略爲當出雄伯也紛紜言多也夷羿古之善射者也醜衆也虜服也言其威稜則雖善射者必震盪而懷懼出兵交戰則賊衆咸服而授戮也馘謂殺而割取其耳以計功數也遂掃清宗祊補盲蒸禋因皇祖善曰毛詩曰祝祭于祊毛萇傳曰祊廟門内之祭也爾雅曰冬祭曰蒸尚書孔氏傳曰精意以享謂之禋皇祖謂漢祖也吴書曰堅入洛掃除漢宗廟祠以大牢　翰曰皇祖謂漢祖也宗祊宗廟也蒸禋祭祀也于時雲興之將帶州飈起之師跨邑良曰雲興風起言多而勇也師兵師也帶州跨邑言天下皆是哮呼交闞乎斬之羣風驅熊羆之衆霧集善曰毛詩曰進厥武臣闞如虓虎尚書武王曰勖哉夫子尚桓桓如虎如貔如熊如羆　翰曰哮闞虎振聲也言兵勇叫之勢若虎之振聲如風之驅走熊羆亦猛獸霧集言多也雖兵以義合同盟戮力然皆苞藏禍心阻兵怙亂善曰左氏傳曰諸侯同盟於亳國語曰戮力一心賈逵曰戮力并力也左氏傳曰楚公子圍聘于鄭鄭使行人子羽與之言曰大國無乃苞藏禍心以圖之又衆仲曰夫州吁阻兵而安忍杜預曰阻恃也又君子曰史佚所謂無怙亂也　濟曰羣雄雖義以舉兵同爲盟誓勠力以匡帝室將除暴亂然皆苞藏禍心欲行簒逆阻守彊兵恃託除亂也怙恃也或師無謀律喪威稔寇善曰言出師之法必以律齊之今則不然各恃兵怙亂而出師無律也稔寇言喪其威權令資熟於寇也周易曰師出以律否臧凶左氏傳萇弘曰毛其必亡是昆吾稔之日　向曰言羣雄之兵或無謀策之法喪失兵威於成熟可取之敵也稔熟寇敵也忠規武節未有五臣本作見字如此其著者也善曰漢書武帝詔曰躬秉武節　銑曰言羣雄忠規武節未有如孫堅之盛也著盛也武烈既没長沙桓王逸才命世弱冠秀發善曰吴志曰權稱尊號追謚策曰長沙王言桓王挺英逸之才命世而出也禮記曰人生二十曰弱冠　良曰没死也長沙桓王謂孫策也招攬遺老與之述業神兵東驅奮寡犯衆善曰范曄後漢書陳忠曰旬月之間神兵電掃　翰曰招攬謂收集也遺老謂堅之老臣也述業謂述父業也　向曰謂以少兵犯衆敵也攻無堅城之將戰無交鋒之虜誅叛柔服而江外底上旨定善曰左氏傳隨武子曰君討鄭怒其貳而哀其卑叛而伐之服而赦之伐叛刑也柔服德也二者立矣書曰震澤底定　濟曰

言前敵雖有守堅城之將亦攻而破之前敵不敢交鋒刃而與鬪戰也　銑曰柔安厎致也言叛者誅之服者安之而江外致定也　飾法脩師則威德翕赫　善曰周易曰先王明罰飭法趙充國贊曰飭以威德　良曰脩師謂理兵也翕赫盛貌也　賓禮名賢而張昭爲之雄交御豪俊而周瑜爲之傑　善曰吳志曰策以彭城張昭爲謀主班固漢書曰班伯請所賓禮皆名豪又述曰賓禮故老吳志曰策徙居舒與周瑜相友收合士大夫江淮閒人咸向之　翰曰交雜也御用也　彼二君子皆弘敏而多奇雅達而聰哲　向曰彼二君子謂張昭周瑜也哲智也　故同方者以類附等契者以氣集而　五臣本無而字　江東蓋多士矣　善曰周易曰方以類聚物以羣分又曰同聲相應同氣相求　銑曰言張昭周瑜來附孫策蓋以類聚等於符契相合而同氣相求也用此二賢親而信之則江東多賢士而來也　將北伐諸華誅鉏干紀旋皇輿於夷庚反帝座乎紫闥　善曰

左氏傳曰吳周之胄裔也今而始大比于諸華又季孫盟臧氏曰無或如臧孫紇干國之紀犯門斬關春秋合誠圖曰誅鉏民害也吳志曰曹公與袁紹相拒於官渡策陰謀襲許迎漢帝繁欽辨惑曰吳人者以船檝爲輿馬以巨海爲夷庚臧榮緒晉書司徒王謐議曰夷庚未入乘輿旅館然夷庚者藏車之所崔駰達旨曰攀台階闚紫闥也　翰曰鉏除也干亂也紀謂綱紀也　濟曰皇輿帝車也夷平庚道也紫闥帝宮也言欲襲迎漢獻帝以平王道反其帝座也　挾天子以令諸侯清天步而歸舊物　善曰戰國策張儀謂秦惠王曰挾天子以令天下此王業也毛詩曰天步艱難之子不猶左氏傳伍員曰少康祀夏配天不失舊物　向曰挾持天子以號令諸侯清其帝室天步謂帝室也歸舊物除亂反正也　戎車既次羣凶側目大業未就中世而殞　善曰漢書曰列侯宗室見郅都側目范曄後漢書陳蕃上疏曰羣凶側目禍不旋踵周易曰富有之謂大業也　向曰戎車兵車也次謂次於路也側目言懼其威也中世而殞言孫策不成大業而死也　用集我大皇帝以奇蹤襲於逸軌叡心因於　五臣本作乎字　令圖從政咨於故實播憲稽乎遺風　善曰吳志曰權甍謚曰大皇帝國語樊穆仲對宣王曰魯侯賦事行刑必問於遺訓而諮於故實史記曰宣王即位脩政法文武成康遺風諸侯復宗周室也　良曰大皇帝謂孫權也言天用集會其命於我大皇帝也　向曰言孫權以奇異英雄之蹤繼父兄超逸之跡聖智之心因成善謀也軌跡睿聖令善圖謀也　翰曰咨謀播布憲法稽考也遺風謂父兄之遺風也　而加之以篤固申之以節儉疇咨俊茂好謀善斷　善曰尚書帝曰疇咨若時登庸班固王命論曰信誠好謀也　銑曰篤厚也言其志敦厚而堅固也申重也　濟曰疇咨謀議也俊茂謂賢人也善斷謂所作不疑而必成也　束帛旅於丘園旌命交於　五臣本作乎字　塗巷　善曰周易曰賁于丘園束帛戔戔孟子曰夫招士以弓大夫以旌謝承後漢書曰鄧道不應州郡旌命　翰曰旅次也丘園謂賢人隱逸之處也言以束帛旌命招之將用於朝而使者交乎道路閭巷也旌旗類也求賢使者執之爲君信也塗道也　故豪彥尋聲而響臻志士希光而景騖異人輻湊猛士如

林　善曰班固公孫弘贊曰異人並出文子曰羣臣輻湊張湛曰如衆輻之集轂也漢高祖歌曰安得猛士守四方毛詩曰其會如林　銑曰天下豪彥志士賢人聞吳用賢之聲皆尋聲而至如應於聲也望其光輝如影馳於形也故奇異之人如車輻攢湊於轂也猛士之徒如林木之多也臻至希望景影騖馳　於是張昭爲師傅周瑜陸公魯肅呂蒙之疇入爲腹心出作股肱　善曰吳志曰權待張昭以師傅之禮又曰呂蒙字子明汝南人也爲武威將軍南郡太守三國名臣序贊曰周瑜字公瑾公瑾英達朗心獨見披草求君定交一面陸遜字伯言伯言蹇蹇以道佐世出能勤功入能獻替魯肅字子敬昂昂子敬拔迹草萊荷擔吐奇乃構雲臺毛詩曰赳赳武夫公侯腹心尚書曰命汝予翼作股肱心膂　翰曰周瑜將也陸公謂陸遜也爲丞相機之祖也故不言名呂蒙將軍也疇類也　甘寧淩統程普賀齊朱桓朱然之徒奮其威韓當潘璋黃蓋蔣欽周泰之屬宣其力　善曰吳志曰甘寧字興霸巴郡臨江人也少有氣力好游俠拜西陵太守又曰淩統字公績吳郡人也拜偏將軍又

曰程普字德謀右北平人也領江夏太守遷盪寇將軍又曰賀齊字公苗會稽人也爲新春太守又曰朱桓字休穆吳郡人也拜前將軍領青州牧又曰朱然字義封朱治姊子也姓施氏初治未有子然年十三乃啓策乞以爲嗣爲左大司馬右軍師吳志曰韓當字義公遼西人也遷昭武將軍又加都督之號又曰潘璋字文珪東郡人也拜平北將軍襄陽太守又曰黄蓋字公覆零陵人也拜武鋒中郎將加偏將軍又曰蔣欽字公奕九江人也拜右護軍又曰周泰字幼平九江人也拜漢中太守奮武將軍尚書曰予欲宣力四方　翰曰甘寧等十一人皆吳名將也

風雅則諸葛瑾張承步騭騭之日**以名聲光國**　善曰吳志曰諸葛瑾字子瑜三國名臣序贊曰子瑜都長體性純懿都長謂體貌都閑而雅性長厚也吳志曰張昭長子承字仲嗣少以才學知名爲濡須督奮威將軍又曰步騭字子山臨淮人也孫權爲討虜將軍召騭爲主記權稱尊號代陸遜爲丞相誨門生手不釋卷蔡邕陳太丘碑曰紆佩金紫光國垂勳　**政事則顧雍潘濬呂範呂岱以器任幹職奇偉則虞翻陸績張溫張惇以諷議舉正**　善曰吳志曰顧雍代孫劭爲丞

相平尚書事其所選用文武將吏隨能所任心無適莫又曰潘濬字承明武陵人也弱冠從宋仲子受學權稱尊號拜爲少府遷太常又曰呂範字子衡汝南人也權拜裨將軍亮即位遷揚州牧又遷大司馬又曰呂岱字定公廣陵人也權拜上將軍亮即位拜大司馬岱清身奉公所在可述許慎淮南子注曰幹彊也虞翻字仲翔三國名臣序贊曰吳志曰翻性不協俗數犯顔諫權與張昭論及神仙翻指昭曰彼皆死人而語神仙豈有仙人也權怒徙翻交州又曰陸績字公紀吳郡人也孫權統事辟爲奏曹掾又曰張溫字惠恕吳郡人也權拜議郎從太子太傅甚見信重吳録曰張惇字叔方吳郡人也德量淵懿清虚淡泊又善文辭孫權以爲車騎將軍出補海昏令毛詩曰出入諷諫　向曰器才器也幹舉也諷議謀議以舉正國家之事也

奉使則趙咨沈珩衡**以敏達延譽**　善曰吳志曰權遣都尉趙咨使魏帝問吳王何等主也咨對曰聰明仁智雄略之主也帝問其狀對曰納魯肅於凡品是其聰也拔呂蒙於行陣是其明也獲于禁而不害是其仁也取荆州兵不血刃是其智也據三州虎視於天下是其雄也屈身於陛下是其略也吳書曰咨字德度南陽人拜騎都尉又曰沈珩字仲山吳郡人也權以珩有智謀能專對乃使至魏魏文帝問曰吳嫌魏東向乎珩曰不嫌也曰何以知曰信特舊盟言歸于好是以不嫌若魏渝盟自有備豫文帝善之以奉使有稱封永安鄉侯官至少府國語曰使張老延君譽于四方

術數則吳範趙達以機五臣本作禨字**祥協德**　善曰韋昭漢書注曰曆數占術也吳志曰吳範字文則會稽人也以修曆數知風氣聞於郡中權以範爲騎都尉領太史令又曰趙達河南人也修九宮一筭之術究其微旨孫權行師征伐每令達有所推步皆如其言呂忱字林曰禨袄祥也居衣切天文志曰臣主共憂患其察禨祥如淳曰呂氏春秋曰荆人鬼而越人禨今之巫祝禱祀之比也晉灼曰禨音珠璣之璣　濟曰此二人以天文術數知其機密災祥之事以合其德也協合也

董襲陳武殺身以衛主　善曰吳志曰董襲字元世會稽人也爲偏將軍曹公出濡須口襲從權赴之襲督五樓船往濡須口夜卒暴風樓船傾覆左右散走遠舸乞使襲出怒曰受將軍任在此備賊何等委去也敢復言此者斬於是莫敢干其夜船敗襲死權改服臨殯又曰陳武字子烈廬江人也累有功勞進位偏將軍建安二十年從擊合肥奮命戰死權哀之自臨其喪　銑曰此二人皆死於王命

駱統劉基彊諫以補過　善曰吳志曰駱統字公緒會稽人也權召爲功曹志在補察苟所聞

見多不待旦又曰劉繇長子基字敬輿權爲吳王基爲大司農權嘗宴飲騎都尉虞翻醉酒犯忤權欲殺之威怒甚盛由基諫爭翻以得免左氏傳士季謂晉侯曰詩云袞職有闕惟仲山甫補之能補過也　向曰補君之過也

謀無遺諝思與**舉不失策**　善曰廣雅曰諝智也東觀漢記魯恭上疏曰舉無遺策動不失其中　**故遂割據山川跨制荆吳而與天下爭衡矣**　善曰爭衡謂角其輕重也漢書公孫玃曰吳楚之王西與天子爭衡鄭玄周禮注曰稱上曰衡　翰曰衡平也言與天下英雄爭平其功業

魏氏常五臣本作嘗字**藉戰勝之威率百萬之師**　善曰漢書晁錯曰戰勝之威氣百倍也　濟曰魏氏曹操也　**浮鄧塞**去**之舟下漢陰之衆**　善曰孔安國尚書傳曰順流曰浮酈元水經注曰鄧塞者即鄧城東北小山也先後因之以爲鄧塞漢陰漢水之南也莊子曰子貢南遊於楚過漢陰也　銑曰鄧塞山名言浮舟於下漢水名也水南曰陰衆謂兵衆也

羽楫萬計龍躍順流　善曰羽檝言疾也羽獵曰杖鏌邪而羅者以萬計周易曰見龍在田或躍在淵　翰曰言羽楫者謂其疾也龍躍順

流言船行速也銑騎千旅虎步原隰善曰李陵詩曰幸託不肖軀且當猛虎步　向曰銑利也五百人爲一旅虎步言猛也高平曰原下濕曰隰言布兵陳於此處也謨臣盈室武將連衡善曰包咸論語注曰衡軛也戎車武將所駕故以連衡喻多也喟然有吞江滸忽古之志一宇宙之氣而周瑜驅我偏師黜之赤壁善曰毛萇詩傳曰水涯曰滸也吳志曰曹公入荆州權遂遣瑜與備并力逆曹公遇於赤壁初一交戰公軍破退　翰曰言曹操喟然而嘆有吞吳國平一天下之勇氣而周瑜爲偏將擊之大敗走退也滸浦也宇宙天下也黜退也赤壁江口戰處也喪旗亂轍僅而獲免收跡遠遁善曰左氏傳曹劌曰吾視其轍亂望其旗靡鄭玄禮記注曰遁逃也　向曰喪失也轍車跡也言軍敗人亂遂失旌旗車行跡亂也收跡謂收其敗餘之兵漢王亦憑帝王之號帥巴漢之民乘危騁變結壘千里志報關羽之敗圖收湘西之地而陸公亦

挫之西陵覆師敗績困而後濟絕命永安善曰漢王謂劉備也備是漢景帝之後故依憑先帝王之號也巴漢蜀中也壘軍營壁也蜀將關羽守荆州孫權襲破之取荆州虜關羽劉備怨之遂伐吳備登馬鞍山吳將陸遜促諸軍四面蹙之土崩瓦解圖謀也湘西則荆州地也陸公即遜也西陵馬鞍山之東也大崩曰敗績劉備既敗遂齊于永安宮而劉備殂故云絕命　向同善注續以濡須之寇臨川摧銳善曰吳曆曰曹公出濡須作油船夜度洲上權以水軍圍取得三千餘人其沈溺者數千人　良曰後又續敗曹公軍於濡須濡須水也寇敵也摧銳謂摧其鋒銳也曹公懼而退走也蓬龍籠之戰子輪不反善曰魏志曰張遼之討陳蘭別遣臧霸至皖討吳吳將韓當逆戰于蓬龍楚辭曰登蓬龍而下隕兮王逸曰蓬龍山名也公羊傳曰晉敗秦於殽四馬隻輪無反者　向曰吳將韓當又敗魏軍於蓬龍之山子隻也輪車輪也言大敗隻車不還由是二邦之將喪氣挫鋒勢衄奴六財匱濟曰衄縮也匱乏也而吳莧五臣本作莞字然坐乘其敝故魏人請好漢氏乞盟善曰論語曰子之武城聞絃歌之聲莞爾而笑何晏曰莞爾小笑之貌左氏傳曰隱公攝位而欲求好於邾又曰鄭伯乞盟請服　向曰莞然笑貌示寬樂也請好請和也漢氏謂蜀也乞盟謂乞爲誓信不相伐也謂魏蜀畏懼也遂躋天號鼎跱而立西屠庸益之郊北裂淮漢之涘善曰方言曰躋登也漢書蒯通說韓信曰今爲天下之計莫若三分天下鼎跱而立其勢莫敢先動也　銑曰孫權遂從天命升爲尊而與魏蜀三分鼎足而立也跱足也屠裂也庸益蜀都也裂分也言吳北以淮漢二水爲界涘水涯也東包百越之地南括羣蠻之表善曰賈誼過秦曰南取百越之地薛君韓詩章句曰括約束也　翰曰百越地名括通也表外也蓋言其土地廣遠也於是講八代之禮蒐所愁三王之樂善曰八代三皇五帝也杜預左氏傳注曰蒐閱也蒐與搜古字通三王夏殷周也　銑曰宇內既平講說禮樂以見成功也告類上帝拱揖羣后善曰尚書曰肆類于上帝孔安國曰類謂攝位事類遂以攝告天及五帝也尚書曰頌瑞于羣后典引曰欽若上下恭揖羣后

向曰告類祭祀也帝天也拱揖羣后謂拱手以揖諸侯示無事也虎臣毅卒循江而守善曰毛詩曰進厥虎臣左氏傳君子曰殺敵爲果致果爲毅漢書伍被曰彊弩臨江而守之　良曰虎臣言猛也毅卒言勇也循依也長棘勁鎩殺望颼必遙而奮善曰爾雅曰棘戟也說文曰鎩鈹有鐔也亦曰長刃矛刀之類也　翰曰棘戟也鎩刀類颼風也奮振動也望風而動者勇於鬭也庶尹盡規於上四民展業于下善曰尚書曰庶尹允諧孔安國傳曰尹正也衆官之長國語召康公曰天子聽政近臣盡規又曰內史過曰庶人工商各守其業以供其上　濟曰庶尹百官也四民士農工商也化協殊裔風衍遐圻巨衣反　善曰左氏傳曰天子之地一圻杜預曰一圻方千里圻界也言風教及遠也　翰曰協合也裔遠夷狄之國也衍行遐遠有界也乃俾一介行人撫巡外域善曰左氏傳曰晉人使子貢對鄭使曰君有楚命亦不使一介行李告于寡君　向曰俾使也一介行人獨使也域方也言宇內靖平不用戎馬獨使而撫巡於方也巨象逸駿擾於外閑善曰周禮曰天子十有二閑馬六種鄭玄曰每

既爲一開也銑曰巨大也象獸名也逸駿良馬也言皆馴順育之於外閑也擾順也閑謂育獸坊也明珠瑋寶耀五臣本作輝字於內府善曰周禮曰玉府掌王之金玉玩好良曰瑋美也府庫也珍瑰重跡而至奇玩應響而赴善曰漢書息夫躬曰羽檄重積而狎至濟曰珍瑰奇玩皆寶物也重跡謂遠方貢獻多而車馬之跡重疊也應響言歸君命速也輶由軒騁於南荒衝輣蒲萌息於朔野善曰揚雄荅劉歆書曰嘗聞先代輶軒之使班固漢書述曰戎車七征衝輣閑閑字略作轒樓也音義曰輣兵車名也薄萌切翰曰輶軒輕車也騁行也荒遠國也言使輕車行使安撫遠國也衝輣兵車也息於北野謂不用兵戈也齊民免干戈之患戎馬無晨服之虞而帝業固矣善曰難蜀父老曰今割齊民以附夷狄如淳曰齊等無有貴賤故謂之齊民老子曰天下無道戎馬生郊爾雅曰虞度也向曰齊民百姓也晨服謂晨朝裝鞚戎服以備不虞今則無之此乃帝業之堅固也大皇既沒幼主涖朝姦回肆虐景皇聿興

善曰幼主孫亮也吳志曰孫亮字子明權少子也立爲太子權薨即尊號尚書曰崇信姦回南都賦曰豺狼肆虐吳志曰孫休字子羽權第六子也亮廢孫綝使宗正孫楷迎休即位薨謚曰景帝毛萇詩傳曰聿遂也銑曰大皇權也涖臨回邪肆縱也言幼主臨朝姦邪縱虐乃廢亮爲會稽王立權第孫休爲景帝也度脩遺憲政無大闕守文之良主也善曰南都賦曰朝無闕政公羊傳曰繼文王之體守文王之法度也翰曰度敬憲法也守文良主謂孫休也降及歸命之初典刑未滅故老猶存善曰吳志曰孫皓降晉晉賜號歸命侯尚書曰尚有典刑毛詩曰召彼故老良曰歸命之初謂孫皓即位之初也故老謂老臣也皓即位十六年晉武帝伐吳皓乃降晉晉封爲歸命侯大司馬陸公以文武熙朝左丞相陸凱以謇諤盡規善曰吳志曰孫皓即位拜陸抗大司馬荊州牧又曰陸凱字敬風吳郡人也孫皓遷爲左丞相凱上表疏皆指事不飾忠懇孔安國尚書傳曰熙廣也周易曰王臣謇謇匪躬之故史記趙簡子曰大夫在朝徒聞唯唯子不聞周舍之謇謇諤諤盡規國語召康公曰天子聽政近臣盡規濟曰陸公謂

陸抗也機之父故不言名熙興也向曰謇諤正直也而施績范慎以威重顯善曰吳志曰施績字公緒遷將軍都督領盜賊事持法不傾拜左大司馬吳錄曰范慎字孝敬廣陵人也竭忠知己之君纏綿三益之友時人榮之孫皓以爲太尉良曰施姓也績名也丁奉五臣本有鍾字離斐以武毅稱善曰吳志曰丁奉字承淵廬江人也少以驍勇爲小將亮即位爲冠軍將軍魏將諸葛誕據壽春降魏人圍之使奉與黎斐解圍奉爲先登黎斐力戰有功拜左將軍黎與離音相近是一人但字不同孟宗丁固之徒爲公卿善曰吳志曰孫皓以左右御史大夫丁固孟仁爲司徒司空吳錄曰初固爲尚書夢松樹生腹上謂人曰松字十八公也後十八歲當爲三公乎卒如夢焉又曰孟仁字恭武江夏人也本名宗避皓字易焉楚國先賢傳曰累遷光祿勳遂至三公樓五臣本作婁字玄賀邵之屬掌機事善曰吳志曰樓玄字承光沛郡人也孫皓用玄爲宮下鎭禁中侯主殿中事又曰賀劭字興伯會稽人也皓時爲中書令漢官解故曰機事所總號令攸發也元首雖病股肱猶存五臣本作良字善曰尚書大傳曰元首君也股肱臣也翰

曰元首謂孫皓股肱謂上所述者也爰及末葉羣公既喪然後黔首有尾解之志五臣本作患字皇家有土崩之釁善曰秦更名民曰黔首漢書徐樂上書曰何謂尾解吳楚齊趙之兵是也當此之時安土樂俗之人衆故諸侯無竟外助此謂之尾解又曰何謂土崩秦之末葉是也人困而主不恤下怨而上不知此之謂土崩也良曰葉代也尾解土崩謂曰亂也釁罅也曆五臣本作歷字命應化而微王師躡運而發善曰曆命曆數天命也王師謂晉師也言躡其運數而發也干寶晉紀曰咸寧五年十一月命安東將軍王渾向楊州龍驤將軍王濬帥巴蜀之卒浮江而下向曰言歷數天命應其政化同爲微弱也言晉帝乃踐躡運祚發兵而伐吳也卒散於陣民奔于邑五臣無此二句城池無藩籬之固山川無溝阜之勢善曰過秦論曰楚師深入鵠門曾無藩籬之難銑曰吳有堅地高山大川之固而爲晉所破若無藩籬溝阜之勢言易取也溝小渠水也阜小山也非有工輸雲梯之械智伯灌激之害善曰

工輸班古之巧智人也作陵雲之梯以攻宋城將必取也械具也晉大夫智伯攻趙襄子襄子走保晉陽城智伯乃引汾水灌之城不沒者三版城中懸釜而炊也激射也言吳非有此事而自亡者蓋爲君不明而有疑臣下之心故也　濟同善注**楚子檕室之圍，燕人濟西之隊，**善曰左氏傳曰楚子圍宋宋將去之申叔時曰築室反耕者宋必聽命王從之宋人乃懼遂及楚平史記曰燕昭王使樂毅爲上將軍伐齊破之濟西　向曰隊謂兵之部伍言吳亦非有此患也餘注同**軍未浹辰而社稷夷矣。**善曰左氏傳君子曰莒恃其陋浹辰之間而楚剋其三都干寶晉紀曰太康元年四月王濬鼓入石頭吳主孫皓面縛輿櫬降于濬　翰曰浹辰十二日也夷滅也言晉軍之至不經十二日而吳之社稷已滅**雖忠臣孤憤，烈士死節，將奚救哉！**善曰襄陽記張悌字巨先襄陽人晉伐吳悌逆之吳軍大敗諸葛靚退走使過迎悌悌不肯去靚自牽之悌垂泣曰今日是我死日也靚遂放之爲晉軍所殺韓子有孤憤篇司馬遷書曰世又不與能死節者也**夫曹、劉之將，非一世所選；向時之師，無曩日之衆。**善曰向時謂太康之役也曩日謂昔日之曹劉也　良曰曹劉謂曹操劉備也言其將皆有雄略固非晉一世所能選及也言晉不如曹劉也　銑同善良注**戰守之道，抑有前符；險阻**五臣本作阻險字**之利，俄然未改。而成敗貿理，古今詭趣，何哉？彼此之化殊，授任之才異也。**向曰符法貿易詭變趣事也戰守之道自有古法且吳阻險之間尚亦未改然昔者曹劉之衆勝於晉兵而吳終成帝業今晉師不如曹劉而反敗吳國成敗易理古今事變何也則彼此政化有殊而授任羣臣有疑心故也彼謂孫權時此謂孫皓時言孫權任人不疑皓用人有貳也

辨亡論下

昔三方之王也，魏人據中夏，漢氏有岷益，吳制荆揚而奄五臣本作掩字**交廣。**善曰東都賦曰自中夏以布德毛萇詩傳曰奄覆也　翰曰漢氏謂劉備也　銑曰交廣郡名**曹氏雖功濟諸華，虐亦深矣，其民怨矣。**五臣本無矣字　善曰左氏傳曰吳周之胄裔也今而始大比于諸華毛詩序曰亡國之音哀以思其民怨　良曰曹操好殺戮故云虐深民怨**劉公因險以**五臣本無以字**飾智，功已薄矣，其俗陋矣。**五臣本無矣字　善曰淮南子曰僞之生飾智以驚愚范曄後漢書吳祐曰遠在海濱其俗誠陋也　濟曰劉公即備也言因其險阻得憎飾其智也可謂功少而風俗微陋也**夫吳桓王基之以武，太祖成之以德，聰明睿達，懿度弘**五臣本作深字**遠矣。**善曰周易曰古之聰明叡智神武而不殺者夫　向曰太祖謂孫權也　銑曰懿厚也言權有厚度量也**其求賢如不及，恤民如稚子，**善曰論語曰子曰見善如不及謝承後漢書曰延篤遷京兆尹鄙民如子　翰曰如不及者謂志慕之也恤憂也稚子小兒也**接士盡盛德之容，親仁罄丹府之愛。拔呂蒙於戎行，識潘濬於係虜。**善曰吳志曰呂蒙年十五六隨鄧當擊賊策見而奇之引置左右張昭薦蒙拜別部司馬又曰潘濬字承明武陵人也江表傳曰權剋荆州將吏悉皆歸附而濬獨稱疾不見權遣人以牀就家輿致之濬伏面著牀不起涕泣交橫哀哽不能自勝權慰勞與語呼其字曰承明昔觀丁父鄀俘也武王以爲軍帥彭仲爽申俘也文王以爲令尹此二人卿荆國之先賢也初雖見囚後皆擢楚名臣卿獨不然未肯降意將以孤無古人之量邪使親以巾拭其面濬起下地拜謝即以爲治中荆州諸軍事一以咨之毛萇詩傳曰識用也　良曰盛德之容謂禮節也罄亦盡也丹府謂赤心也　濟曰戎行謂兵行伍之間也虜獲也**推誠信士，不恤人之我欺；量能授器，不患權之我偪。執鞭鞠躬，以重陸公之威；悉委武衛，以濟周瑜之師。**善曰吳志陸機爲遜銘曰魏大司馬曹休侵我北鄙乃假公黃鉞統御六師及中軍禁衛而攝行王事主上執鞭百司屈膝江表傳曰曹公入荆州周瑜夜請見權曰諸人徒見操書言水步八十萬而各恐懼不復料其事實今以實較之不過十五六萬軍已久疲得精兵五萬自足制之權曰五萬兵難卒合已選三萬人船載糧具俱辦卿與子敬便在前發孤當續發人衆多載資糧爲軍後援也　向曰誠心恤憂也我欺猶欺我也言權推腹心信於人士不憂前人

有欺、銑曰不患難貴臣權勢所偪也 翰同善注 良曰時
曹公入荆州權盡委武衛之兵以濟益周瑜之軍也悉盡也武
衛謂權之親近宿衛之兵也 卑宮菲食 善本有貪字 豐功臣之賞披
懷虛己納謨士之筭 善曰論語曰禹菲飲食而致孝乎鬼神卑宮室而盡力乎溝洫馬融
曰菲薄也漢書曰李尋傳曰王根輔政數虛己問尋 濟同善注 向曰披張也虛己者亦猶虛器將容受其物也言權開張
其懷虛己受納謀臣之計也 故魯肅一面而自託士燮蒙險而
致 五臣本作效 命 善曰吳志曰魯肅字子敬臨淮人也周瑜薦肅才宜佐時不可令去也權即召肅與語甚說之
衆賓罷退獨引肅還合榻對飲又曰士燮字威彥蒼梧人也漢時燮為綏南中郎將董督七郡領交阯太守孫權遣步騭為交
州刺史燮率兄弟奉承節度權加燮為左將軍燮遣子欽入質 翰曰同善注故云一面自託也士燮常蒙險阻以致其命也
效致也 高張公之德而省游田之娛 善曰吳志曰張昭為軍師權每田獵
常乘馬射虎虎常突前攀持馬鞍昭變色而前曰將軍何有當爾夫為人君者謂能駕御英雄驅使羣賢豈謂馳逐於原野校
勇於猛獸者乎如有一旦之患柰天下笑何權謝昭曰年少慮事不遠慚君然猶不能已 向曰張公謂昭也 賢諸
葛之言而割情欲之歡 善曰諸葛瑾事未詳也 銑曰諸葛諸葛瑾也情欲女子之屬
也 感陸公之規而除刑法之煩 善曰吳志陸遜陳便宜勸以施德緩刑寬
賦息調權報曰君以為大重孤亦何利焉但不得已而為之耳於是令有司盡寫列條使郎中褚逢齎以就遜意所不安令損
益之 翰同善注 奇劉基之議而作三爵之誓 善曰權既為吳王歡宴之
末自起行酒虞翻伏地陽醉不持權去翻起坐權於是大怒手劒欲擊之侍坐者莫不惶遽惟大司農劉基起抱權諫曰大王
以三爵後殺士雖翻有罪天下孰知之翻由是得免權因勅左右自今酒後言殺皆不得殺之 良曰同善注議亦諫也三爵
謂醉後也誓戒也 屛氣跼 局 蹐 脊 以伺子明之疾分滋損
甘以育凌統之孤 善曰論語曰屛氣似不息者毛詩曰謂天蓋高不敢不局謂地蓋厚不敢不蹐
吳志曰呂子明疾發權時在公安迎置內殿所以療護者萬方募封內有能愈蒙者賜千金欲數見顏色又恐其勞動常穿壁

壁瞻之見其小能下食則喜顧左右言笑不然則咄唶夜不能寐病小瘳為下赦令羣臣畢賀後更增篤自親臨視凌統卒權
為之數日減膳言及流涕乃列封統二子年各數歲權內養於宮愛待與諸子同賓客進見呼示之曰此吾虎子也 濟曰子
明呂蒙字也同善注屛氣跼蹐謂竊壁之時恐其知聞而使其勞也屛息也跼蹐緩行也伺謂伺候也 向同善注 登壇
慷慨歸魯子之功削投惡言信子瑜之節 善曰吳志
曰權既稱尊號臨壇顧謂公卿曰昔魯子敬嘗道此可謂明於事勢矣時或言諸葛瑾別遣親人與備相聞權曰孤與子瑜有
死生不易之誓子瑜之不負吾猶吾不負子瑜也 銑曰登壇謂權即帝位也慷慨雄壯之貌言即位之時顧謂羣臣歸功於
魯肅也魯子謂肅也 濟曰同善注此則棄人惡言信其忠節削投謂棄也子瑜瑾字也 是以忠臣競
盡其謨 五臣本作謀 志士咸得肆力 善曰孔安國尚書傳曰謨謀也又曰肆陳也
翰曰肆用也 洪規遠略固不厭 壹鹽 夫區區者也 善曰言其規略宏遠
不安茲小國也左氏傳曰初楚靈王卜曰余尚得天下不吉投龜詬天而呼曰是區區者而不余畀方言曰獻安也 良曰區
區小也言權大規遠略固不安此區區小國者將欲一統天下故也 故百官苟合庶務未
遑 善曰論語曰子謂衛公子荆善居室始有曰苟合矣少有曰苟完矣 向曰遑暇也 初都建業
羣臣請備禮秩天子辭而不許曰天下其謂朕
何宮室輿服蓋慊 苦簟 如也 善曰漢書文帝曰豫建太子謂天下何劉兆穀梁注曰慊
不足也 銑曰建業郡名天子謂權也初都建業群臣請備禮即天子位而權不許也謂我何者言天下以我無心存漢矣雖
居宮室車服蓋如不足甚也 爰及中葉天人之分既定百度之
缺粗脩 五臣本作粗精 善曰粗古粗字也韋昭漢書注曰粗略也才古切 濟曰中葉謂權中年之時天道人
事既定謂三國各據一方也則百法禮儀有所缺失者粗得增脩也 雖醲化懿綱未齒乎
上代抑其體國經民之具亦足以為政矣 善曰杜預左氏
傳注曰齒列也周禮曰惟王建國體國經野 翰曰言雖醇醲之化美政之理以網羅天下則未列齒於上代帝王之跡然至

其體國理人之事亦足以爲政化也地方幾萬里帶甲將百萬其野沃其民練善曰杜預左氏傳注曰幾音基近也韋昭國語注曰沃肥善也　向曰言吳地廣兵衆也帶甲謂兵也銑曰練謂習戰事也其器利其財豐東負滄海西阻險塞良曰器謂兵器也濟曰負恃也長江制其區宇峻山帶其封域翰曰封域謂疆界也國家之利未巨有弘於茲者矣借使中才守之以道善人御之有術善曰陳琳爲曹洪與文帝書曰謂爲中才處之殆難倉卒論語子張問善人之道子曰不踐跡亦不入於室也　向曰御理也敦率遺典勤民謹政銑曰敦勉率循典法也言借使中才之人勉循孫權遺法也循定策守常險則可以五臣本無以字長世永年未有危亡之患也五臣本無也字　善曰左氏傳北宮文子曰有其國家令聞長世尚書曰降年有永有不永或曰吳蜀脣齒之國蜀滅

則吳亡理則然矣夫蜀蓋藩援之與國而非吳人之存亡也善曰左氏傳宮之奇曰諺所謂輔車相依脣亡齒寒也漢書項梁曰田假與國之王也如淳曰相與友善爲與國黨與也　良曰援助也與黨也言蜀雖爲藩籬之助爲吳國之朋黨然吳之存亡不由蜀也何則其郊境之接重山積險陸無長轂之徑善曰穀梁傳曰長轂五百乘范甯曰長轂兵車也　濟曰其險狹無行車之路也川阨流迅水有驚波之艱雖有銳師百萬啓行不過千夫善曰元戎十乘以先啓行　向曰開行陣不過千人亦言地狹雖人衆無所施用也舳逐艫盧千里前驅不過百艦胡減反　善曰漢書曰自尋陽浮江舳艫千里李斐曰舳船後持柁處也艫船前頭刺櫂處也言其船多前後相銜千里不絕也　翰曰舳艫船也艦戰船也不過百艦言水狹也故劉氏之伐陸公喻之長蛇其勢然也善曰蛇喻以首尾救敵銳師百萬而無所施也　良曰劉氏謂備也陸公謂遜也孫子兵法曰善用兵者如常山之蛇擊其首則尾至言劉氏伐吳之時陸遜比蜀兵爲長蛇者言其地狹首尾不得相救其勢合然也

昔蜀之初亡朝臣異謀或欲積石以險其流或欲機械以御其變善曰戰國策曰公輸班爲攻宋機械　翰曰謂吳朝臣見蜀亡恐禍將及吳或謀欲積石以遏江水令流迅以爲險阻機械兵器之總名也天子總羣誼五臣本作議字而咨之大司馬陸公公五臣本只有一公字以四瀆天地之所以節宣其氣固無可遏之理善曰國語太子晉曰夫天地成而聚於高歸物於下疏爲川谷以道其氣韋昭曰聚聚物也高山陵也下藪澤也疏通也　銑曰天子謂權也總集也咨問也　濟曰陸公謂抗也抗言江水四瀆也無遏絕之理謂不可積石以險流矣四瀆江淮河濟也宣通也而機械則彼我之所共彼若棄長技以就所屈即荊揚而爭舟楫之用是天贊我也將謹守峽口以待禽耳善曰漢書晁錯曰匈奴之長技三中國之長技五左氏傳子魚曰勍敵之人隘而不成列天贊我也　向曰言彼此皆有機械也　銑曰言晉人所長巧於陸戰若棄其所長以就水戰是屈其力也晉人又即於荊揚二州而爭我舟楫之用其不善用舟必速覆敗是天助贊吳也則當守峽山之口以待禽耳

建步闡之亂憑寶城以延彊寇重資幣以誘羣蠻善曰國語單穆公曰量資幣戰國策曰荊軻至秦持千金之幣厚遺中庶子蒙嘉　翰曰西陵督步闡叛吳降晉憑據堅城以招延晉軍也又重以幣帛招誘羣蠻同爲背叛也寶猶堅也于時大邦之衆雲翔電發懸旍江介築壘遵渚襟帶要害以止吳人之西而巴漢舟師沿江東下善曰雲翔言衆也戰國策頓子說秦王曰今楚魏之兵雲翔而不敢拔然此雲翔與戰國微異不以大害意也毛詩曰鴻飛遵渚毛萇傳曰遵循也　向曰大邦謂晉也作此論之時吳亡機仕於晉故云大邦也介間也築壘謂作軍營壁也遵繞也言晉兵守吳要害如襟帶束於身也又以蜀中兵沿江而東下至於吳順流而下曰沿陸公以偏師三

萬北據東坑 苦衡反 善曰東坑在西陵步闡城東北長十餘里陸抗所築之城在東坑上而當闡城之北其迹並存 良曰陸公謂抗也東坑謂海也 深溝高壘按甲養威反虜踠於遠跡待戮而不敢北窺生路彊寇敗績宵遁喪師太半分命銳師五千西禦水軍東西同捷獻俘萬計 善曰吳志曰西陵督步闡據城以叛遣使降晉陸抗聞之因部分諸軍吳彦等徑赴西陵勑軍營更築嚴圍自赤谿至故市內以圍闡外以禦寇圍備始合晉巴東監軍徐胤率水軍詣建平荆州刺史楊肇至西陵抗令張咸固守其城公安督留慮距胤身率三軍憑圍對肇肇攻至月餘計屈夜遁抗使輕騎躡之肇大破敗胤等引還抗遂陷西陵城誅夷闡族左氏傳曰僖二十八年晉侯敗楚師于城濮還師歸國獻俘授馘杜預曰獻楚俘于廟俘即囚也 濟曰反虜謂步闡也踠跡謂俯伏也北窺謂投晉也 翰曰宵夜遁逃也喪失師衆也太半言彊半也 銑曰伐國取人曰俘獻謂獻生虜於君 信哉賢人之謀豈欺我哉 善曰孟子公明儀曰文王我師也周公豈欺我哉 向曰言陸抗之謀豈欺詐於君也 自是烽燧罕警封域寡虞 善曰言少有虞度之事也 翰曰自陸公一燒則烽火之候希有警動而疆界少其虞備也 陸公沒而潛謀兆吳釁深而六師駭 善曰蒼頡篇曰駭驚也 良曰言陸抗亡沒之後而晉潛謀伐吳自此而始孫皓無道釁日深而六軍於是驚駭也兆始也 夫太康之役衆未盛乎曩日之師 濟曰晉太康年滅吳言太康時兵衆未能盛於曩日魏蜀之師且魏蜀兵盛而吳敗之今晉兵不如魏蜀而吳滅者由陸公亡沒後無良將也 廣州之亂禍有愈乎向時之難 善曰曩日向時皆謂曹劉之世餘同翰注 翰曰孫皓天紀三年郭馬反殺廣州刺史當時禍患亦少於魏蜀之難而廣州遭亂豈不由無良臣明主也愈少也向時謂蜀魏也 而邦家顛覆宗廟為墟嗚呼人之云亡邦國殄瘁不其然與 善曰詩大雅文也 銑曰人之云亡謂陸公亡也殄盡瘁病也言邦家顛覆宗廟為丘墟者蓋以陸公亡而邦國之人盡病矣不其然與謂豈不如此也 易曰

湯武革命順乎天玄曰亂不極則治不形 善曰周易革卦之辭也太玄經曰陰不極則陽不生亂不極則德不形 向曰玄謂太玄經也言世亂之極則有理世而見 言帝王之因天時也古人有言曰天時不如地利 善曰孟子曰天時不如地利地利不如人和趙岐曰天時五行王相孤虛之屬 易曰王侯設險以守其國言為國之恃險也 善曰周易坎卦之辭也 向曰恃險則地利也 又曰地利不如人和在德不在險言守險之由人也 善曰史記魏武侯曰山河之固此魏國之寶也吳起對曰在德不在險 吳之興也參而由焉孫卿所謂合其參者也 善曰孫卿子曰天有其時地有其財人有其治夫是之謂能參合所以參而顛其所參則惑矣 翰曰言吳之興也天時地利人和三者並用也參三也由用也孫卿謂孫卿子也合其三者謂道合於天地人 及其亡也恃險而已又孫卿所謂舍 五臣本作捨 其參者也 良曰捨其天地人三者之理也 夫四州之萌 五臣本作氓 非無衆也大江之南非乏俊也 濟曰四州荆揚交廣皆吳地也氓謂百姓也俊謂賢俊人也 山川之險易守也勁利之器易用也 翰曰勁利之器兵器也 先政之策易循也功不興而禍遘者 五臣本無者字 何哉所以用之者失也 向曰先政謂權之政化也遘及也用之者失謂任群臣有疑貳之心故禍及也 是故先王達經國之長規 銑曰先王謂古先帝王也 審存亡之至數謙己以安百姓敦惠以致人和寬冲以誘俊人 五臣作乂 之謀慈和以結士民之愛 銑曰誘進也俊乂謂賢人也士民謂百姓也 是以其安也則黎元與之同慶及其危也則兆庶與之共患安與衆

同慶則其危不可得也危與下共患則其難不足恤也善曰孝經鉤命決曰天有顧眄之義授圖子黎元也翰曰上行其惠而及其下下效其節以匡於上上下和而君臣之道悅則雖危亡患難之事蓋不足憂也夫然故能保其社稷而固其土宇麥秀無悲殷之思黍離無愍周之感矣善曰尚書大傳曰微子將朝周過殷之故墟見麥秀之蘄蘄曰此父母之國宗廟社稷之所亡也志動心悲欲哭則朝周俯泣則婦人推而廣之作雅聲毛詩序曰黍離閔宗周也周大夫行役過故宗廟宮室盡為禾黍故為黍離之詩　向曰言人君能使上下和而君臣不疑者故能安社稷固土宇則長無喪亡之患也若殷周長有正道則無此悲痛之事也愍痛也

六臣註文選卷第五十三

四十一

六臣註文選卷第五十四

論四

五等諸侯論

善曰五等公侯伯子男也言古者聖王立五等以治天下至漢封樹不依古制乃作此論　翰曰蓋論其興廢利害之事也

陸士衡

夫體國經治先王所慎善曰周禮曰惟王建國體國經野鄭玄曰體猶分也漢書王嘉曰王者代天爵人尤宜慎之創制垂基思隆後葉善曰典引曰慎命以創制論語比考讖曰以俟後聖垂基也然而經略不同長世異術善曰左氏傳楚芋尹無宇曰天子有經略古之制也又北宮文子曰有其國家令聞長世五等之制始於黃唐郡縣之治創自秦漢善曰漢書曰周爵五等蓋千八百國而太昊黃帝後唐虞侯伯猶存至秦遂并四海分天下為郡縣前聖苗裔靡有孑遺者矣漢興因秦制度以撫海內班固漢書述曰自昔黃唐經略萬國三代損益降及秦漢革剗五等制立郡縣　銑曰黃謂黃帝也唐謂唐堯也五等之制自黃帝至于周室尚不改易至秦無道并吞天下列置郡縣西漢因秦之澈行而不改也得失成敗備在典謨善曰王命論曰歷古今之得失驗行事之成敗書序曰典謨訓誥是以其詳可得而言向曰詳議也夫先王知帝業至重天下至曠曠不可以偏制重不可以獨任善曰長楊賦曰恢恢帝業孫卿子曰國者天下之大器也重任也廣雅曰曠遠也任重必於借即力制曠終乎因人故設官分職所以輕其任也善曰周禮曰設官分職以為民極　濟曰天子任重必假借羣賢之力因羣賢之才所以分重而輕焉庶事乃濟也並建五長所以弘其制也善曰尚書曰外薄四海咸建五長　良曰五長即五等也於是乎立其封疆之典財其親疏之宜使

一

萬國相維以成盤石之固善曰賈逵國語注曰裁制也裁與財古字通周禮曰凡邦國小大相維漢書宋昌曰漢所謂盤石之宗也　銑曰維連也盤石大石也言萬國相連以固王室如大石之不可轉動也宗庶雜居而定維城之業善曰毛詩曰宗子維城無俾城壞而獨斯畏也　向曰宗謂同姓者庶謂異姓者言二者皆能定此連城盤石之業也又有以見綏世之長御識人情之大方善曰大方法也呂氏春秋曰凡耕之大方力者欲柔　翰曰綏安御理也知其爲人不如厚己利物不如圖身善曰周易曰利物足以和義莊子曰愛人利物之謂仁左氏傳欒武子曰季孫圖其身不忘其君也　濟曰是人之情皆欲如此其爲人君即不然也安上在乎悅下爲己在乎利人善曰孝經曰安上治民莫善於禮左氏傳邾子曰天生民而樹之君以利之也民既利矣孤必與焉　良曰安上謂安居於人上者謂君王也故易曰說以使民民五臣本作人人忘其勞孫卿曰不利而利之不如利而後利之利五臣本作利之利也　善曰周易兌卦之辭也孫卿子曰不利而利之不如利而後利之之利也不愛而用之不如愛而後用之之功也利而後利不如利而不利者之利也愛而後用之不如愛而弃用者之功也利而不利愛而不用也者取天下矣利而後利之愛而後用之者保社稷者也不利而利之不愛而用之者危國家者也　銑曰人已失利而後利之不如在利之時因更利之則其利廣矣可謂惠而不費也是以分天下以厚樂而已得與之同憂饗天下以豐利而我得與之共害善曰孟子謂齊王曰樂以天下憂以天下然而不王者未之有也趙岐曰古賢君樂則以己之樂天下同之憂則以天下之憂與己共之如是未有不王者也鄭玄儀禮注曰食勸強之也　向曰厚樂之事豐利之資與天下共分饗則國之不理與諸侯同憂乃理矣危害與諸侯共除乃安也利博則恩篤樂遠則憂深善曰呂氏春秋曰衆封建非以私賢也所以博利博義也利博義博則無敵也毛詩曰憂深思遠也　翰曰博廣篤厚遠長也憂深謂憂天下之深也故諸侯饗食士之實萬國受世及之祚矣五臣本無矣字　善曰杜預左氏傳注曰享受也禮記曰大人世及以爲禮鄭玄曰大人諸侯之謂也　向曰子孫相承不絶曰世及祚福也夫然則南面之君各務其治善曰論語子曰雍也可使南面包氏曰可使南面者言任諸侯治之也　銑曰南面之君謂諸侯也九服之民知有定主善曰周書曰乃辨九服之國也　良曰九服天下也上之子愛於是乎生下之體信於是乎結善曰周書文王曰周視民如子愛也禮記曰子庶民則百姓勸鄭玄曰子猶愛也禮記曰先王能脩禮以達義體信以達順鄭玄注曰體猶親也　濟曰上之視人如愛己子下之信上情相連結世治足以敦風道衰足以御暴翰曰立諸侯若國理則足以共敦風化也王室道衰則足以相援以禦彊暴也故彊毅之國不能擅一時之勢雄俊之士五臣本作民字無所寄霸王之志善曰孟子曰彼一時也此一時也漢書宣帝曰漢家本以霸王道雜也　向曰言分理各定人無爭也然後國安由萬邦之思治善曰毛詩序曰下泉思治也　銑曰言天子國安由萬邦諸侯思共治之謂各整治於國則天下皆安也主尊賴羣后之圖身良曰諸侯謹敬以事天子則圖身之本羣后諸侯也譬猶衆目營方則天綱自昶善曰目網目也以喻諸侯天綱以喻王室也營布居也老子曰天網恢恢疎而不失呂氏春秋一引其綱萬目皆張廣雅曰昶通也　濟曰言諸侯理萬邦則國安圖身則主尊譬猶衆網之目經營於四方開而張之天下綱徧故網通矣四體辭難而心膂力與獲乂善曰四體亦喻諸侯心膂亦喻王室也論語丈人曰四體不勤尚書穆王曰作股肱心膂　翰曰四體四支喻諸侯也辭去也膂背也心背以喻天子也乂安也言諸侯能安四方以去其難而天子之國獲安也蓋善本無蓋字三代所以直道四王所以垂業也善曰論語子曰三代之所以直道而行也包氏曰三代夏殷周也禮記曰三王四代唯其師鄭玄曰四代謂虞夏商周也漢書武帝策詔曰屬統垂業廢興何如　向曰三代夏殷周也但有三不聞有四今云四者悞也夫盛衰隆弊五臣本作敝字理所固有教之廢興繫

乎其人善曰漢書韓安國曰夫盛之有衰猶朝之必暮禮記哀公問政子曰文武之政布在方策其人存則其政舉其人亡則其政息也　銑曰上教寬仁下人懷惠其化則興行上政急下人怨其化則廢故去繫於人也愿法期於必諒明道有時而闇善曰言法不可常愿故期在於必諒道不可常明故有時而或闇以諭盛衰廢興抑唯常理也孔安國尚書傳曰愿慤也娛萬切左氏傳渾罕曰君子作法於涼其弊猶貪杜預曰涼薄也　良曰愿謹也諒明也言事明暗不常故世及之制弊五臣本作敝字於彊禦厚下之典漏於末折善曰言諸侯世及而盛彊其弊在於彊禦而難制也毛詩曰曾是彊禦言封建踰禮而為害其漏在於末大而本折也周易曰剥上以厚下安宅左氏傳楚子問申無宇曰國有大城何如對曰鄭京櫟實殺曼伯宋蕭亳實殺子游由是觀之則害於國末大必折尾大不掉杜預曰折其本也　濟曰諸侯傳世之法敝於彊禦而難制謂其益盛而天子患之也厚封土地則失於末大而本折也言天子為本諸侯為末亦猶木末大而本小則本必折也偏失也侵弱之釁遘自三季善曰言諸侯秉權而王室侵弱斯乃遘自三季也班固異姓諸侯王表序曰秦思周之敗以為四夷交侵以弱見奪於是削去五等杜預左氏傳注曰釁瑕隙也國語郭偃曰三季王之亡宜也韋昭曰季末也三季王桀紂幽王也　翰曰遘起也三季謂殷周之末年天子無道則諸侯彊者侵弱此釁起自夏殷周之末年也陵夷之禍終于七雄善曰言七雄力政而王道因之陵夷漢書張釋之曰秦陵夷至于二世天下土崩東京賦曰七雄並爭　翰曰陵夷謂頹毀也七雄謂齊燕楚趙韓魏秦也言諸侯之道頹毀終于此時也昔者成湯親照夏后之鑒公旦目涉商人之戒善曰夏后之鑒即殷鑒也毛詩曰殷鑒不遠在夏后之世尚書曰爾唯舊人爾丕克遠省爾知寧王若勤哉孔安國曰目所親見決之又明之也　良曰成湯周公親見夏商封建之事以為鑒戒也照見也涉歷也文質相濟損益有物善曰春秋元命苞曰王者一質一文據天地之道天質而地文論語子曰殷因於夏禮所損益可知也周因於殷禮所損益可知也物禮物也　濟曰文質損益各以取其宜也物事也故五等之禮五臣本作體字不革于時封畛之制有隆焉爾者善曰呂氏春秋曰等步畝封畛所以一之也小雅曰封畛界疆也　銑曰革改也畛疆也爾者謂夏殷周也言成湯周公不改五等之體而立封疆之制有盛於夏殷也豈玩二王之禍而闇經世之筭乎善曰二王謂夏殷也文子曰養生以經世莊子曰未嘗聞任氏之風俗其不可與經於世亦遠矣　向曰言成湯周公豈好夏殷二王之禍不改五等之法而乃暗於理世之計乎蓋聖王之道所宜然也玩好經理計筭也固知百世非可懸御善制不能無弊五臣本作敝字而侵弱之辱愈於殄祀土崩之困痛於陵夷也善曰漢書徐樂上書曰何謂土崩秦之末葉也是人困而主不恤下怨而上不知此之謂土崩家語孔子曰文武之祀無乃殄乎　翰曰懸遠也御猶禁止也愈差也殄絕也言周崇五等非暗經世之計固知百世非可遠為禁止而雖善制必有衰敝蓋否泰之數也且三代之末雖有侵弱之辱猶差於覆宗絕祀也而秦去五等之制有土崩之困亦痛於周末陵夷之時也是以經始權其多福慮終取其少禍非謂侯伯無可亂之符郡縣非致治之具也五臣本無也字　善曰毛詩曰經始靈臺吳越春秋曰大夫種善圖始范蠡善慮終賈逵國語注曰權秉也尸子曰聖人權福則取重權禍則取輕　良曰是以理國之初者權宜之制其在多福思慮其終蓋取少禍豈謂立諸侯則不可亂置郡縣則非政理哉蓋取適於遠圖以安天下使守其分人知其主也經治始初也故國憂賴其釋位主弱憑其翼戴善曰左氏傳王子朝告于諸侯釋位以間王政又叔向語宣子曰文之伯也翼戴天子加之以共　銑曰天子有難則諸侯去位以謀王室使其安也王弱則憑諸侯以為輔佐使不失其位也釋去也翼戴猶輔佐也及承微五臣本無微字積弊五臣本作積其弊王室遂卑善曰新序曰及定王王室遂卑猶保名位祚垂後嗣善曰左氏傳曰名位不同班固漢書叙曰後嗣承序以廣親親　良曰祚福也皇統幽而不輟神器否而必存者豈非置勢使之然歟善曰東京賦曰恐皇統之見替鄭玄論語注曰輟止也老子曰天下神器不可為也為者敗之　濟曰言諸侯翼佐天子則雖王室道卑且使皇家之緒繼而不止天子

雖遭否塞其政必存豈非諸侯置磐石之
勢使之然也統緒繫止也神器天子位也降及亡秦棄道
任術善曰史記曰商鞅見秦孝公謂景監曰吾說君以帝王之道君曰吾不能待吾以彊國之術說君君大說懲
周之失自矜其得善曰言懲周以弱見奪自矜以力滅周也尋斧始於所
庇制國昧於弱下善曰弱下之術前王所棄秦以爲是故謂之闇焉左氏傳宋昭公將去羣公子
樂豫曰不可公族公室之枝葉也若去之則本無所庇蔭矣葛
藟能庇其本根故君子以爲比況國君乎此所謂庇焉而縱尋
斧也賈逵國語注曰尋用也　翰曰同善注秦不封子弟亦如
用斧鑱其所庇廕也秦所以不封諸侯將以弱其下此制國之
道實爲暗昧也國慶獨饗其利主憂莫與共害善曰國語曰晉國有慶未
嘗不怡史記范睢曰主憂臣辱　良曰言秦獨饗天下
之利不封建子弟故國有憂難無人與之共除害也雖速
亡趣亂不必一道顛沛之釁實由孤立善曰毛萇詩傳曰速
召也毛詩曰人亦有言顛沛之揭毛萇曰顛仆也沛拔也揭見
根貌也漢書曰漢興懲戒亡秦孤立之敗也　向曰不必一道
謂不必由奢侈暴虐則顛沛

六

之釁實由不封立所致也是蓋思五等之小怨忘經
國之大德知陵夷之可患闇土崩之爲痛也善曰毛詩曰忘我大德思我小怨　銑曰言秦徒知五等有
陵夷之患心暗於土崩瓦解之勢莫有助援可爲痛也周之
不競有自來矣善曰左氏傳鄭石㚟謂子囊曰今楚實不
競行人何罪又叔孫曰叔出季處有自來
矣　濟曰競彊也國乏令主十有餘世善曰左氏傳公孫夏曰爲乏之令主揚雄連珠曰
古之令主所以統天者不遠焉爾雅曰令善也然片善勤王諸侯必應善曰論語子曰
片言可以折獄左氏傳狐偃言於晉侯曰求諸侯莫如勤王也
翰曰周室雖不彊然天下有一言勤於王事將欲匡正者諸侯
應之一朝振矜遠國先叛善曰公羊傳曰葵丘之會齊桓
公震而矜之叛者九國震之者
何猶曰振然也矜之者何猶莫若我也何
休曰震矜色自美之貌也　向同善注故彊晉收其請
隧之圖暴楚頓其觀鼎之志善曰左氏傳晉侯朝王王享醴命之宥請隧弗

許曰王章也未有代德而有二王叔父之所惡也又曰楚子伐
陸渾之戎遂至于雒定王使王孫滿勞楚子問鼎之大小輕重
焉杜預曰示欲逼周取天下也　銑曰同善注收用
也圖謀也頓猶廢也此二君並盛欲偪周而取天下豈劉項
之能闚關勝廣之敢號澤哉善曰漢書沛公自武關入秦又曰羽至函谷關
使當陽君擊關羽入至戲又曰勝廣爲屯長行至蘄西大澤鄉
勝自立爲將軍廣爲都尉　濟曰言周室雖弱諸侯之彊如
秦之大崩壞豈有漢高祖項羽之徒能闚視關中而
陳勝吳廣之輩敢發號於野澤哉言則無此事也借使秦
人因循周制雖則無道有與共弊五臣本弊作斃有而字覆
滅之禍豈在曩日善曰曩日謂土崩之禍也　翰曰假使秦能用五等之制雖其無道且有諸侯
共理其弊亦不見覆滅之禍在於昔日也漢矯秦枉大啓侯王善曰班固漢書贊曰藩國
大者夸州兼郡可謂矯枉過其正矣毛詩曰大啓爾宇爲周室
輔　向曰矯舉枉弊也言漢室既興舉秦之弊決大開侯王之
國以封子弟也境土踰溢不遵舊典善曰東京賦曰規摹踰溢尚書曰舊典時式也故

七

賈生憂其危晁錯痛其亂善曰漢書賈誼曰夫國固有必相疑之勢下數被其殃上
數爽其憂甚非所以安上而全下也又晁錯曰諸侯之罪過削
其支郡不如此宗廟不安也　銑曰賈誼上書云諸侯彊盛長
亂起姦此所以危國也晁錯又恐諸侯盛以爲亂乃勸景帝削諸侯土地是以諸侯阻其國家
之富憑其士民之力善曰阻恃也　良注同勢足者反疾土狹
者逆遲六臣犯其弱綱七子衝其漏網善曰漢書賈誼曰大
抵彊者先反及淮陰王楚最彊則先反韓信倚胡則又反貫
高因趙資則又反陳狶兵精則又反彭越用梁則又反黥布用
淮南則又反盧綰最弱最後反然誼言八而繳言六者貫高非
五等盧綰亡入匈奴故不數之漢書曰景帝即位朝錯說上令
削吳及書至吳王起兵誅漢吏二千石以下膠西膠東淄川濟
南楚趙亦皆反也　翰曰勢足者謂地廣兵足故爲叛疾也土
狹者並遲謂終懷逆心爲其土狹勢遲足故爲逆遲也　向曰
六臣謂燕王臧荼韓王信淮陰侯韓信梁王彭越淮南王黥布
燕王盧綰等皆反七子謂吳王濞膠東王卬楚王代趙王遂濟
南王辟光淄川王賢膠東王雄渠等亦謀反弱綱謂漢初綱紀

尚弱漏網謂孝景時法網疎寬也

皇祖夷於黥徒，西京病於東帝。善曰皇祖高祖也南都賦曰皇祖止焉史記曰淮南王黥布反高祖自往擊之布走高祖時爲流矢所中行道病杜預左氏傳注曰夷傷也楚漢春秋曰下蔡亭長詈淮南王曰封汝爵爲千乘東南盡日所出尚未足黥徒羣盜所邪而反何也然黥當爲黥漢書曰吳王濞反削吳會稽豫章郡書至起兵反以袁盎爲泰常使吳吳王聞盎來知其欲說笑而應曰我已爲東帝尚誰拜不肯見盎也　濟曰黥徒黥布也西京謂景帝都西京也東帝吳王濞也

是蓋過正之災，而非建侯之累也。善曰班固漢書贊曰藩國大者夸州兼郡可謂矯枉過其正矣周易曰利用建侯行師也　良曰言漢所以諸侯爲亂者境土廣大過於正典所以爲災非是建立諸侯以成累也

然呂氏之難，朝士外顧，宋昌策漢，必稱諸侯。善曰漢書曰呂產呂祿自知背高皇帝約因作亂朱虛侯使人告兄齊王令發兵西太尉勃丞相平爲內應以誅諸呂齊王遂發兵又曰呂后崩大臣迎立代王郎中令張武曰以迎大王爲名實不可往宋昌曰羣臣議非也內有朱虛東牟之親外畏吳楚淮南琅邪齊代之彊故迎大王大王勿疑也　翰曰呂氏將起禍難朝士大夫皆外顧迎代王立之而社稷是安此則諸侯所以爲帝室之援也

逮至中葉，忌其失節，割削宗子，有名無實，天下曠然，復襲亡秦之軌矣。善曰漢書曰諸侯小者淫荒越法大者睽孤橫逆以害身喪國故文帝采賈生之議分齊趙景帝用鼂錯之計削吳楚　向曰逮及也有名無實謂有王侯之名實無其國矣

是以五侯作威，不忌萬邦，新都襲漢，易於拾遺也。善曰成帝悉封舅王譚王立王根王逢王商時爲列侯五人同日封故世謂之五侯尚書曰臣作福作威害于而家凶于而國漢書曰封王莽爲新都侯襲猶取也漢書梅福上書曰昔高祖舉秦如鴻毛取楚如拾遺　銑曰漢既割削宗子不封其土而使王氏作威萬邦無諸侯之忌故王莽襲逆易於拾遺物也

光武中興，纂隆皇統，而猶遵覆車之遺轍，養喪家之宿疾。善曰五臣本作侯字光武猶遵師前漢之失也晏子春秋諺曰前車覆後車戒也尚書曰卿士有一于身家必喪也　良曰遵法也言光武即位又不封建子弟是遵覆車之遺轍也覆車之跡既遵其必喪也故比之喪家宿疾不亦宜乎

僅及數世，姦宄充斥。善曰尚書曰寇賊姦宄軌與宄古字通左氏傳士文伯讓子產曰以政刑之不修寇盜充斥也　濟曰僅劣也言光武中興劣劣然至於數世而姦宄之賊內外充斥充斥言多也

卒有彊臣專朝，則天下風靡。善曰彊臣謂梁冀之屬也楚辭曰世從俗而變化隨風靡而成行

一夫從橫，則城池自夷，豈不危哉。善曰一夫謂董卓也漢書曰從恣意衡古橫字也　翰曰從橫謂亂也夷平也言一夫爲亂而城池已爲寇賊所平豈不危哉爲無諸侯之援故也

在周之衰，難興王室，放命者七臣，干位者三子。善曰左氏傳曰初王姚嬖于莊王生子頹有寵蔿國爲之師及惠王即位取蔿國之圃以爲囿邊伯之宮近於王宮王取之王奪子禽祝跪與詹父田而收膳夫之秩故蔿國邊伯石速詹父子禽祝跪作亂因蘇氏秋五大夫奉子頹以伐王不克出奔溫蘇子奉子頹以奔衛衛師燕師伐周冬立子頹杜預曰石速士也不在五大夫之數左氏傳曰初甘昭公有寵於惠后惠后將立之未及而卒昭公奔齊襄王復之又通於隗氏王替隗氏頹叔桃子曰我實能使狄狄遂奉太叔以狄師伐周大敗周師王出適鄭處于氾杜預曰甘昭公王子大叔帶也又曰王子朝賓起有寵於景王王崩子朝因舊官百工之喪職秩者與靈景之族以作亂單子逆悼王于莊宮以歸杜預曰子朝景王之長庶子悼王子猛也班固漢書述曰孝景莅政諸侯方命韋昭曰方放命不承天子之制七臣蔿國邊伯詹父子禽祝跪及頹叔桃子賓起王命論曰闇于天位爾雅曰干求也三子子頹叔帶子朝　向曰放命謂棄叛王命爲逆也干亂也七臣一曰蔿國二曰邊伯三曰石速四曰詹父五曰子禽六曰祝跪七曰蘇子三子一曰子頹二曰叔帶三曰子朝是皆爲亂王室者也

嗣王委其九鼎，凶族據其天邑。善曰嗣王惠襄悼也凶族三子也史記曰秦取周九鼎寶器尚書曰肆予敢求爾于天邑商　銑曰嗣王謂惠王襄王以三子之亂棄國出奔也委棄也凶族即三子也皆爲勃逆僭即王位以據王城也天邑謂王城也

鉦征鼙震於闈宇，鋒鏑流乎絳闕。善曰傅玄正都賦曰巍巍絳闕　濟曰鉦金聲也鼙鼓也闈宇謂四方也鏑兵鋒也絳闕天子宮闕也言王室微弱諸侯戰爭故令金鼓震動於四方而鋒鏑亂流于天子之宮室也

然禍止畿甸，害不

覃及天下，晏然以治待亂。善曰：毛詩曰：覃及鬼方。萇曰：覃，延也。難蜀父老曰：反衰厥咸天下晏如也。淮南子曰：靜以合譟，治以待亂。良曰：言周雖衰弱，禍難至於近國，患害不能延及於君也。畿甸，近國也。晏，安也。言天下安然以理世，而待危而賴諸侯扶持，尚未至亡也。謂惠襄之時也。是以宣王五臣本作厲宣。興於共和，襄惠振於晉鄭。善曰：史記曰：周人相與畔，襲厲王，王出奔于彘，召公、周公二相行政，號曰共和。十四年，厲王死於彘，二相乃共立宣王。又曰：惠王即位，衛師、燕師伐周，立子穨。鄭伯見虢叔曰：盍納王乎？虢公曰：寡人之願也。同伐王城，殺王子穨及五大夫。又曰：天王出居于鄭，避母弟之難也。晉侯辭秦師而下，右師圍溫，左師逆王。王入於王城，取太叔于溫，殺之。杜預曰：叔帶，襄王同母弟也。翰曰：振，起也。豈若二漢階闥疑擾，而四海已沸。善曰：階闥疑擾，謂王莽也。向曰：言周封立諸侯，而王室雖弱，不至覆滅，豈若二漢宮城之內疑亂，而四海已沸也。階闥，宮城內也。擾，亂也。孽臣朝入，而九服夕亂哉。善曰：孽臣，董卓也。范曄後漢書曰：何進私呼卓入朝，以脅太后。卓至，遂廢少帝為弘農王。銑曰：九服，天下也。所以朝入夕亂者，言速也。蓋無所援助也。遠惟王莽篡逆之事，近覽董卓擅權之際，億兆悼心，愚智同痛。善曰：左氏傳蘧啓彊曰：孤與二三臣悼心失圖。良曰：億兆謂天下人也。悼亦猶痛也。然周以之存，漢以之亡，夫何故哉？豈世乏曩時之臣，士無匡合之志歟？善曰：聖主得賢臣頌曰：齊侯設庭燎之禮，故有匡合之功。論語子曰：管仲相桓公，一匡天下。又曰：桓公九合諸侯。濟曰：曩時謂周時也。匡，正也。合謂合諸侯之衆以正天子之位也。言漢朝豈無此人哉。蓋遠績屈於時異，雄心挫於卑勢耳。故烈士扼腕，終委寇讎之手。善曰：左氏傳劉子謂趙孟曰：子盍亦遠績禹功而大庇民焉。阮瑀與孫權書曰：大丈夫雄心能無憤發者也。漢書曰：燕齊之間，萬士瞋目扼腕。翰曰：言漢所以亡者，豈無同時之臣匡合之志？蓋遠大之功屈於時異，謂時無諸侯可以共為援矣。雖有雄壯之心，欲正王室，所見折挫者，迫於位賤而勢卑，人不威服。其扼腕，謂怒而扼手也。委，死也。言烈士雖怒篡逆之人，而終死於讎敵手也。中人變節

以助虐國之桀。善曰：漢書張博書曰：公卿變節。史記王歜謂燕將曰：公為君將，是助桀為暴也。向曰：中庸之人，不能堅守忠義，或有變節以助暴虐之人矣。桀謂其人暴虐比於夏桀也。雖復時有鳩合同志以謀王室。善曰：漢書曰：王莽居攝，翟義心惡之，遂與劉璜結謀舉義兵。范曄後漢書曰：董卓以尚書韓馥為冀州刺史，侍中劉岱為兖州刺史，馥等到官，各舉義兵討卓。銑曰：鳩，聚也。然上非奧主，下皆市人。善曰：漢書曰：翟義立劉信為天子。左氏傳曰：蔡公召子干、子晳，將納之。子干歸，韓宣子問於叔向曰：子干其濟乎？對曰：難。共有寵子，國有奧主。呂氏春秋曰：驅市人而戰之，可以勝人之敵卒也。濟曰：奧，深也。言非深沈知人之主也。師旅無先定之班，君臣無相保之志。善曰：范曄後漢書曰：卓聞劉馥等兵起，乃鴆殺弘農王。翰曰：師旅，兵衆也。班，次也。言下皆市人，故兵衆悉散，則無闘心，何能有先定之次也。先定謂爭勇於戰而先定其亂。是以義兵雲合，無救劫弒五臣本作殺字。之禍。善曰：文子曰：用兵有五，誅暴救弱謂之義。漢書班彪曰：假號雲合。向曰：謂逆徒劫殺帝族也。民望未改，而已見大漢之滅矣。善曰：漢書曰：莽聞翟義起兵，乃拜王邑為虎牙將軍以擊義，破之。於是莽自謂大得天人之助，遂即真矣。漢書：陳涉詐稱公子扶蘇，從民望也。濟曰：人望謂望漢復安之心未改也。或以諸侯世位，不必常全。善曰：公羊傳曰：諸侯世位，故國君為一體也。全或為今，非也。銑曰：世位謂子孫相傳也。言其子孫不必常有安全之勢也。昏主暴君，有時比迹五臣本作跡字。故五等所以多亂。善曰：唐子曰：暴主闇君，不可生殺。范曄後漢書孔融薦謝該曰：該實卓然，比迹前列。今之牧守，皆以官方庸能。良曰：庸，用也。雖或失之，其得固多，故郡縣易以為治。夫德之休明，黜陟日用。善曰：左氏傳王孫滿曰：德之休明。尚書曰：三載考績，三考黜陟幽明。良曰：言天子有休明之德，能申黜陟之理，日用於時也。長率連屬，咸述其職。善曰：禮記曰：千里之外設方伯，五國以為屬，屬有長；十國以為連，連有帥。尚書傳曰：古者諸侯之於天子，五年一朝，朝見其身，述其職。述其職者，述其所職也。翰同善注。言皆奉天

子休明之德皆述其職也而淫昏之君無所容過善曰左氏傳宋子魚曰又用諸淫昏之鬼向曰君謂諸侯也言雖淫昏遞相防制故無所容過也何則其不治哉故先代有以之興矣銑曰遞相防制既無容過何則不爲理也故先代帝王有立諸侯而祚興也苟或衰陵百度自悖五臣本作勃字善曰尚書曰不役耳目百度惟貞翰曰言天子且或衰微陵遲則百姓自亂法也苟且度法勃亂也鬻官之吏以貨准才向曰鬻賣也貨多者則高官少者下位故云以貨准才則貪殘之萌五臣本作氓字皆如羣后也銑曰氓謂百姓言百姓貪殘富盛皆如羣后諸侯也后君也安在其不亂哉故後王有以之廢矣良曰後之帝王見其鬻官貪殘之事或有發封五等者且要而言之五等之君爲己思治善曰民安己受其利故曰爲己濟曰謂其爲長父子孫計故謂必思理郡縣之長爲利圖物善曰物能利己乃始圖之故云爲利翰曰謂其知不久居官故爲利而圖於百姓之財也何以徵之蓋企及進取仕子之常志善曰企及進取本奔競以招譽禮記曰不至焉者企而及之史記蘇秦說燕王曰忠信者所以自爲進取者所以爲人也向曰企羨也言羨及厚祿進而取之乃常志也脩己安民良士之所希及善曰脩己安民積德以厚下論語子曰脩己以安百姓尚書咎繇曰在安民銑曰希少也言少能及此事也夫進取之情銳而安民之譽遲善曰鄭玄禮記注曰情實也銳猶疾也良曰銳利也是故侵百姓以利己者在位所不憚善曰安民譽遲不善侵之以利己鄭玄論語注曰憚難也濟曰憚懼也言衆皆爲之故不懼也損實事以養名者官長所夙夜也五臣本無也字善曰進取名速故損實事以求之列子曰范氏有子曰子華善養私名也翰曰實謂政化之美日以損之名謂虛譽之名日以養之此事皆夙夜爲之而不止也君無卒歲之圖臣挾一時之志五等則不然知國爲己土衆皆

我民民安己受其利國傷家嬰其病善曰說文曰嬰繞也向曰此郡縣長所爲如此五等諸侯則不然故前人欲以垂後後嗣思其堂構善曰尚書曰若考作室子乃弗肯堂矧肯構銑曰後嗣思繼嗣於先君如先起其堂上構以木則成大廈之屋爲上無苟且之心羣下知膠固之義善曰漢書王嘉上疏曰孝文時吏居官者或長子孫然後上下相望莫有苟且之意莊子曰待膠漆而固者是侵其德者也范曄後漢書鄭泰曰以膠固之衆當解合之勢翰曰謂其知長久之計也膠固謂如膠漆之堅固也使其並賢居治則功有厚薄兩愚處亂則過有深淺善曰言八代同建五等而廢興殊迹者譬並賢居治而功有優劣也言秦漢同立郡縣而脩短異期者譬兩愚居亂而過有輕重也向曰言使諸侯與郡縣並賢而理則諸侯以長久而功多郡縣以數易而功少若愚處亂則諸侯以累世流患過乃淺矣郡縣長以侵人利己過則深焉然則五臣本有探字八代之制幾可以一理貫善曰八代謂五帝三王也然此八代異於辯亡各觀文立義也崔寔政論曰今既不能純法八代故宜參以霸政論語曰吾道一以貫之良曰一理謂合典則也秦漢之典殆可以一言蔽矣善曰論語子曰詩三百一言以蔽之曰思無邪孔安國尚書傳曰蔽斷也濟曰秦棄先王之正道漢封土地之太廣皆可一言蔽之也

辨命論一首

并序　善曰劉璠梁典曰孝標辨命論蓋以自喻云

劉孝標

善曰孝標植根淄右流寓魏庭冒履艱危僅至江左負材矜地自謂坐致雲霄豈圖逡巡十稔而榮慚一命因茲著論故辭多憤激雖義越典謨而足杜浮競也翰曰辨人死生窮通必有命也故因管輅以發此論

主上嘗與諸名賢言及管輅善曰主上謂梁武帝也魏志曰管輅字公明平原人也舉秀才弟辰謂輅曰大將軍待君意厚冀當富貴乎輅長歎曰然天與我才明不與我年壽恐四十七八間不見女嫁男娶婦也是歲八月爲少府丞明年二月卒年四十八歎其有奇才而位不達

時有在赤墀之下豫聞斯議歸以告余善曰漢書梅福上書曰願涉赤墀之塗說文曰墀塗地也禮天子赤墀也余謂士之窮通無非命也善曰莊子孔子謂子路曰聖人知窮之有命知通之有時臨大難而不懼聖人之勇也故謹述天旨因言其致云爾善曰鄭玄禮記注曰致之言至也翰曰天旨謂天子意也臣觀管輅天才英偉珪璋特秀善曰郭璞曰孫子荆上品狀王武子曰天才英博亮拔不羣抱朴子曰故侍郎周生恭遠英偉名儒禮記曰珪璋特達抱朴子曰陸士龍士衡曠世特秀超古邈今實海内之名傑豈日者卜祝之流乎善曰墨子曰墨子北之齊遇日者日者曰帝今日殺黑龍於北方先生之色黑不可以北墨子不聽史記有日者列傳然則占候時日謂之日者司馬遷書曰僕之先人文史星曆近乎卜祝之間也濟曰日者謂掌日月曆數之任者卜祝謂主卜筮祭祝之辭也言輅之才器豈獨此者之流乎而官止少府丞年終四十八天之報施何其寡歟善曰

史記曰司馬遷曰天之報施善人何如哉然則五臣本無則字高才而無貴仕饗餐而居大位自古所歎焉獨公明而已哉善曰左氏傳琵叔伯曰夫有大功而無貴仕其人能靖者與有幾又曰縉雲氏有不才子貪于飲食冒于貨賄天下之人以比三凶謂之饕餮故性命之道窮通之數天烏閼葛紛綸莫知其辨善曰家語魯哀公問於孔子曰人之命與性何謂孔子對曰分於道謂之命形於一謂之性王肅曰分於道始得爲人也人各受陰陽剛柔之性故曰形於一也莊子曰風之積也不厚則其負大翼也無力故九萬里則風斯在下矣而後乃今培風背負青天而莫之夭閼者司馬彪曰夭折閼止也言無有折止使不通者也封禪書曰紛綸葳蕤鄭玄儀禮注曰辨別也良曰夭謂年壽不長也閼止也言年可止住而不逝也紛綸言多也言人之所論者甚多也仲任蔽其源子長闇其惑善曰范曄後漢書曰王充字仲任鄭玄論語注曰蔽塞也論衡曰凡人有生死壽夭之命亦有貴賤貧富之命命當貧賤雖富貴之猶涉患禍失其富貴命當富貴雖貧賤之猶逢福善離其貧賤今言隨操行而至此命在

末不在本也司馬遷字子長蒼頡篇曰闇閉也史記或曰天道無親常與善人伯夷叔齊可謂善人而餓死七十子之徒仲尼獨薦顏淵爲好學然蚤夭盜跖日殺不辜肝人之肉竟以壽終此其尤彰較者也余甚惑焉者也翰曰王充字仲任司馬遷字子長也言貧賤富貴夭壽皆有命不在賢愚也源本也謂一言可以蔽其本也闇閉也謂開人心之所惑也至於鶡五臣本作褐字冠甕牖必以懸天有期鼎貴高門則曰唯人所召善曰七略鶡冠子者蓋楚人也常居深山以鶡冠故曰鶡冠禮記孔子曰儒者蓬户甕牖論衡曰夫命懸於天吉凶在乎時吳都賦曰高門鼎貴漢書賈捐之曰石顯方鼎貴又于公曰少高大門令容駟馬高蓋車也左傳閔子騫曰禍福無門惟人所召向曰甕牖貧賤之居也褐冠貧賤之服也此言貧賤之命懸繫於天必有其運鼎貴高門謂富貴也譊譊女交讙五臣本作喧咋阻格異端斯起善曰蜀志曰孟光好公羊春秋而譏呵左氏每與來敏爭此二義常譊譊讙咋裴松之曰譊音奴交切讙音喧袁切咋音祖格切論語子曰攻乎異端銑曰譊譊喧也謂言語喧繁不定貌蕭遠論其本而不暢其流子玄語其

流而未詳其本善曰李蕭遠作運命論言治亂在天故曰論其本郭子玄作致命由己之論言吉凶由己故曰語其流濟良注同嘗試言之曰善曰莊子曰請嘗試言之天無爲以之清地無爲以之寧杜預左氏傳曰嘗試之也翰曰事在冥昧理不可定故云試言之夫道生萬物則謂之道生而無主謂之自然善曰老子曰大道汎兮萬物得之以生而不辭功成而不有愛養萬物而不爲之主王弼曰萬物皆得道而生老子曰天法道道法自然向曰任其生性故無主自然者物見其然不知所以然同焉皆得不知所以得善曰莊子曰孔子觀於呂梁見一丈夫謂孔子曰吾長於水而安於水性也不知吾所以然而然命也張湛曰固然之理不可以智知知其不可知固謂之命也莊子曰天下誘然皆生而不知其所以生同焉皆得而不知其所以得也銑曰物之生也任夫自然但見其形則不知其何以如此是由不見所生不知所至濟曰萬物所生皆得其所亦不知何爲得所也鼓動陶鑄而不爲功庶類混成而非其力善曰周易曰鼓天下之動

者存乎辭韓康伯曰爻辭也爻以鼓動效天下之動也莊子肩吾謂連叔曰藐姑射之山有神人居焉將猶陶鑄堯舜也孰肯以物爲事典引曰沈浮交錯庶類混成　良曰道之與形則陶鑄萬物混而成之則不求功於萬物矣既不見道形亦非以道爲力矣

生之無亭毒之心死之豈虔劉之志善曰老子曰亭之毒之蓋之覆之王弼曰亭謂品其形毒謂成其質左氏傳呂相曰芟夷我農功虔劉我邊陲　翰曰亭毒均養也虔劉殺也皆任自然也

墜之淵泉五臣本作深淵**非其怒升之霄漢非其悅**善曰墜之淵泉鱗屬也升之霄漢羽族也言各稟性不同非天之有悅怒也淮南子曰鳥魚生於陰屬於陽故魚遊於水鳥飛於雲夫鳥排虛而飛獸蹠實而走蛟龍水居虎豹山處天地之性也　翰曰皆亦任自然所爲非道之有怒悅也

蕩乎大乎萬寶以之化確乎純乎一作而不易善曰莊子曰形非道不生生非德不明蕩蕩乎忽然出勃然動萬物從之乎又曰夫道覆載萬物者也洋洋乎大哉庚桑楚曰夫春氣發而百草生正得秋而萬寶成又楚狂接輿謂肩吾曰夫聖人之治也治外乎正而後行確乎能其事者而已矣司馬彪曰確乎不移易又曰道流而不明純純常常乃比於狂又曰吾愛其一成形而不化以待盡之也又曰性不可易命不可變　銑曰蕩廣也寶物也確堅也純厚也言道廣大萬物以之化生其理堅厚一作其化終不改易之也

化而不易則謂之命命也者自天之命也善曰呂氏春秋曰昔命之不可易春秋元命苞曰命者天之命也所受于帝行正不過得壽命也

定於冥兆終然不變善曰祖台之論命曰存亡壽夭感定冥初魏文帝典論曰夫生之必死天地所不能變也　良曰冥昧也兆始也言命定之於冥昧之始不可變易也

鬼神莫能預聖哲不能謀善曰西征賦曰生有脩短之命位有通塞之遇鬼神莫之要聖哲弗能預也

觸山之力無以抗倒日之誠弗能感善曰淮南子曰昔共工之力怒爭不周之山使地東南傾與高辛爭爲帝許慎曰昔共工古諸侯之強者也不周之山西北之山也陸機弔魏武文曰夫以迴天倒日之力而不能振形骸之內　翰曰共工氏有力觸不周山天維絶地柱折言命運若來雖有此力無能抗捍魯陽公與韓構戰日將暮不勝魯陽公至誠麾戈日爲之退三舍言命將去雖此至誠不能感

留之倒謂卻行之

短則不可緩之於寸陰長則不可急之於箭漏善曰淮南子曰聖人不貴尺之璧而重寸之陰漢書曰漏刻以百二十爲度韋昭曰舊漏晝夜共百刻哀帝有短祚之期故欲增之也　向曰言人命短者不可緩運於寸陰之間長者又不可令急刻於箭漏之內也皆盡於自然箭謂水中置竹箭水漏至刻以知其數也

至德未能踰上智所不免善曰孝經曰先王有至德要道論語曰惟上智與下愚不移魏文帝典論曰夫生之必死賢聖所不能免也

是以放勛之世浩浩襄陵天乙之時焦金流石善曰尚書堯典曰放勛欽明又帝曰湯湯懷山襄陵浩浩滔天史記曰天乙立是爲成湯呂氏春秋曰成湯之旱煎沙爛石楚辭曰十日並出流金鑠石　銑曰言堯之大水九年湯之大旱七歲豈不聖明乎蓋天命也

文公疐徵二**其尾宣尼絶其糧**善曰傅子曰周文王子公旦有聖德謚曰文毛詩曰狼跋美周公也狼跋其胡載疐其尾毛萇曰疐跲也疐音致漢書平紀曰追謚孔子曰宣尼公論語曰子在陳絶糧從者病莫能興也　良曰言進退有難亦命也宣尼孔子也孔子在陳絶糧亦命也

顏回敗其叢蘭冉耕歌其芣浮**苢**音以　善曰薛君曰芣苢澤寫也詩人傷其君子有惡疾人道不通求已不得發憤而作以事興芣苢雖臭惡乎我猶采采而不已者以興君子雖有惡疾我猶守而不離去也　濟曰顏回年二十九而髮白三十二而早死文子曰日月欲明浮雲蓋之叢蘭欲茂秋風敗之冉耕謂伯牛也有德行而有惡疾韓詩曰采芣苢傷夫有惡疾也詩云采采芣苢傳言采之芣苢臭惡草傷君子有惡疾道不通也

夷叔斃淑媛之言子輿困臧倉之訴善曰崔琦七蠲曰三王行化夷叔隱己古史考曰伯夷叔齊者殷之末世孤竹君之二子也隱於首陽山采薇而食之野有婦人謂之曰子義不食周粟此亦周之草木也於是餓死曹植與楊脩書曰有南威之容乃可以論於淑媛傅子曰昔仲尼既歿仲弓之徒追論夫子之言謂之論語其後鄒之君子孟子輿擬其體著七篇謂之孟子然子輿孟子之字也孟子曰魯平公將出嬖人臧倉曰有司未知所之敢請公曰將見孟子曰何哉孟子之後喪踰前喪君無見焉公曰諾樂正子見孟子曰克告於君君爲來見也嬖人有臧倉者沮君君是以不果來也孟子曰吾之不遇魯侯天也臧氏之子焉能使予不遇哉　翰曰夷謂伯夷也叔謂叔齊也

斃死也㤘媛婦人也詬毀也聖賢且猶若此而況庸庸者乎善曰大戴禮孔子曰所謂庸人者口不能道善言而志不邑邑此可謂庸人也馮衍顯志賦曰獨慷慨以遠覽兮非庸庸之所職至乃伍員浮屍於江流三閭沈骸於湘渚善曰史記曰子胥自剄王乃取子胥尸盛以鴟夷之革浮之於江中楚辭漁父見屈原曰子非三閭大夫與漢書曰賈誼度湘水為賦以弔屈原揚雄反離騷曰欽子𦘔之湘纍音義曰諸不以罪死曰纍屈原赴湘死故曰纍也向同善注賈大夫沮志於長沙馮都尉皓髮於郎署善曰漢書曰賈誼為長沙王傅誼以謫去意不自得又曰馮唐以孝著為郎中署長事文帝輦過問曰父老何自為郎也銑同善注沮喪也長沙地名皓髮白首也君山鴻漸鎩殺羽儀於高雲善曰東觀漢記曰桓譚字君山少好學徧治五經光武即位拜議郎詔會議靈臺上問譚曰吾以讖決之何如譚不應良久對曰臣生不讀讖問其故譚頗有所非是上怒曰桓譚非法將去斬之譚叩頭流血乃貰由是失旨遂不復轉遷出補六安太守丞之官意不樂道病卒周易曰鴻漸于陸許慎淮南子注曰鎩羽殘羽也應璩與從弟書曰弋下高雲之鳥向曰言鴻飛自陸漸高以諭仕子也鎩殘也言其為帝所放而死如殘折羽翼於高雲之中敬通鳳起摧迅翮於風穴善曰東觀漢記曰馮敬通少有俶儻之志明帝以為衍材過其實抑而不用遂塌壈失志以壽終於家淮南子曰鳳凰之翔至德也濯羽弱水暮宿風穴許慎曰風穴風所從出翰曰鳳起喻實德也摧迅翮謂帝不用也此豈才不足而行有遺哉善曰韓詩外傳曰子路謂孔子曰夫子尚有遺行乎奚居之隱也濟曰上之所述聖賢遭其時難或有不達而死豈是才不足而行有遺蓋天命也近世有沛國劉瓛桓瓛弟璡律並一時秀士也善曰蕭子顯齊書曰劉瓛字子珪沛國人宋大明四年舉秀才篤學博通五經為安成王撫軍行參軍公事免自此不復仕永明初遇疾卒瓛弟璡字子璥方軌正直宋惠太子召璡入侍東宮每上事輒削草尋署射聲校尉卒官呂氏春秋曰舜耕於歷山秀士從之璥音境良曰近世謂齊朝瓛則關西孔子通涉六經循循善誘服膺儒行善曰范曄後漢書曰

楊震字伯起經明博覽無不窮究諸儒為之語曰關西孔子楊伯起論語顏淵曰夫子循循然善誘人禮記曰回之為人也得一善則拳拳服膺不失之矣又禮記有儒行篇向曰言劉瓛與震同故言關西孔子誘進也璡則志烈秋霜心貞崑玉必亭亭高竦不雜風塵善曰范曄後漢書孔融論曰凜凜焉皜皜焉其與秋霜崑玉比質可也西京賦曰狀亭亭以苕苕郭璞遊仙詩曰高蹈風塵外銑曰崑山名出美玉亭亭高貌也皆毓德於衡門並馳聲於天地善曰周易曰君子以振民毓德毛詩曰衡門之下可以棲遲翰曰衡門橫木為門蓋貧賤之居也而官有微於侍郎位不登於執戟相次殂落宗祀無饗因斯兩賢以言古則善曰答客難曰官不過侍郎位不過執戟尚書曰帝乃殂落孔安國曰殂落死也向曰兩賢瓛璡也言因此兩賢不達故言古之典則也昔之玉質金相英髦秀達皆擯斥於當年韞奇才而莫用善曰毛詩曰追琢其章金玉其相毛萇曰相質也又曰髦俊也司馬彪莊子注曰擯棄也馬融論語注曰韞藏也銑曰玉金所以比美君子質相言其形貌也擯斥猶棄置也候草木以共雕與麋鹿而同死膏塗平原骨填川谷堙滅而無聞者豈可勝道哉善曰楚辭曰願徼幸而有待兮泊莽莽與埜草同死王逸曰將與百草俱殂落也論衡曰身與草木俱朽楚辭曰死日將至兮與麋鹿同坑漢書蜀文曰肝腦塗中原膏液閏野草封禪書曰堙滅而不稱者不可勝數也翰曰其骨肉脂膏塗於平原填於川谷也向曰言古者賢人遭擯斥死亡此滅而無聞於今豈可勝說哉何獨載於典籍也此則宰衡之與皁隸容彭之與殤子善曰尚書曰冢宰掌邦治毛詩曰實維阿衡左右商王左氏傳曰人有十等士臣皁皁臣輿輿臣隸列仙傳曰容成公者自稱黃帝師見於周穆王能善補導之事髮白復黑齒落復生事與老子同亦云老子師又曰彭祖殷賢大夫歷夏至商末號年七百莊子南郭子綦曰天下莫大於秋毫之末而太山為之小莫壽于殤子而彭祖為之夭也良曰宰衡伊尹也言其貴也皁隸賤也容成公彭祖並長壽若殤子夭者也猗頓之與黔婁陽文

之與敦洽善曰孔叢子曰猗頓魯之窮士也耕則常飢桑則常寒聞朱公富往而問術焉公告之曰子欲速富當畜五牸乃適河東大畜牛羊于猗氏之南其滋息不可計以興富猗氏故曰猗頓也皇甫謐高士傳曰黔婁先生脩清節不求進於諸侯及終曾參來弔曰何以爲謚妻曰以康爲謚曾子曰先生存時食不充虛衣不蓋形死則手足不斂傍無酒肉何樂於此而謚爲康哉淮南子曰不待脂粉西施陽文也許愼曰楚之好人也呂氏春秋曰陳有惡人焉曰敦洽讎糜椎顙廣顏色如漆赭垂眼臨鼻長肘而盭股陳侯見而甚悅之高誘曰醜而有德也　翰曰猗頓富者黔婁貧者陽文美女敦洽女咸得之於自然不假道於才智善曰抱朴子曰聖人體天皆得之於自然莊子曰古之至人假道於仁託宿於義者也　翰曰言上之所述貴賤壽夭富貴美醜之事皆得於自然豈假有於才智之理故曰死生有命富貴在天其五臣本無其字斯之謂矣善曰論語子夏曰死生有命富貴在天然命體五臣本作體命周流變化非一或先號五臣本有而字後笑或始吉五臣本有而字終凶或不召自來或因人以濟善曰周易曰同人先號咷後笑老子曰不召而自來傅子曰昔人知下相接之易故因人以致人　良曰言人之運命亦有因人成者也交錯糺紛迴還倚伏非可以一理徵非可以一途驗而其道密微五臣本作微密寂寥忽慌忽慌無形可以見無聲可以聞善曰子虛賦曰交錯糺紛鶡冠子曰禍兮福之所倚福兮禍之所伏思玄賦曰北叟頗識其倚伏抱朴子曰鷙銳不可以一塗驗筭拜下可以膠柱調也鬼谷子曰即欲聞之貴密密之貴微西征賦曰寥廓忽怳文子曰道以無有爲體視之不見其形聽之不聞其聲謂之幽冥管子曰視之不見其形聽之不聞其聲而序其成謂之道也　銑曰忽荒不明貌言運命出於無窮動於幽暗不可以一理一途以爲徵驗又不可以形聲所聞見也必御物以效靈亦憑人而成象譬夫王之冕旒任百官以司職善曰言性命之道雖係于天然其來也必憑人而御物譬如天王冕旒而執契必因百官司職以立政文子曰德仁義禮四者聖人之所以御萬物也　良曰言人若託以運命而不求

於物不憑於人則運命或不相符也若秉物憑人或亦呈其靈象也御猶秉也　向曰冕旒天子服也言天子之命居旒冕之尊須任百官以爲主司之職乃成其命言人之運命或有相資而成象者亦如此焉而或者覩湯武之龍躍謂龕五臣本作戡字亂在神功聞孔墨之挺生謂英睿擅奇響善曰成湯武王也周易曰見龍在田又曰或躍在淵墨子曰夏桀時天乃命湯於鑣宮有神來告曰夏德大亂往攻之予必使汝大戡之商王紂時周武王則三神曰予旣沈漬殷紂于酒德矣攻之予必使汝大戡之孔孔子墨墨翟也蔡邕陳太丘碑曰元方秀方皆命世挺生膺期持授　銑曰龍躍謂欲升天子位也戡勝也言或有人不達運命見成湯武王征伐以取天子之位以爲能勝亂敵者在於神武之功不由命也又以孔子墨翟有道德挺生謂其英智自擅其聲亦非千年五百之運命也視彭韓之豹變謂鷙猛致人爵見張桓之朱紱謂明經拾青紫善曰周易曰君子豹變其文蔚禮記曰鷙蟲攫搏不程其勇者鄭玄曰鷙蟲猛獸也孟子曰有天爵有人爵仁義忠信樂善不倦此天爵也公卿大夫此人爵也漢書曰張禹字子文善說論語令禹授太子遷光祿大夫後賜關內侯范曄後漢書曰桓榮治歐陽尚書授太子爲太子少傅封關內侯禮記曰諸侯佩山玄玉而朱組綬蒼頡篇曰綬紱也漢書夏侯勝曰士病不明經經術苟明其取青紫如俛拾地芥　翰曰彭彭越韓韓信豹變者言其猛而有文也鷙執也言有達運命者見彭韓二人豹變爲列士之王謂其執勇猛之道以征伐得之也人爵則封王是也　良曰張禹桓榮以博學而至貴仕故不知命者見之謂明經青紫可俛拾而得也青紫貴服也豈知有力者運之而趨乎善曰莊子曰夫藏舟於壑藏山於澤謂之固矣然而半夜有力者負之而走其昧者不知也　濟曰言皆是所稟受天道運轉非必己能所至言湯武孔墨彭韓張桓皆天命運轉所爲不必由己也故言而非命五臣本有者字有六蔽焉爾善曰論語子曰由汝聞六言六蔽矣乎然文雖出此故義則殊也請陳其梗槩古代切　善曰東京賦曰其梗槩如此也夫靡顏膩理哆昌也噅許爲顣子六頞烏割形之異也善曰楚辭曰靡顏膩理遺視矊些王逸曰靡緻也膩滑也淮南子曰哆噅蘧蒢戚施醜也說文曰哆張口也音侈通

俗文曰喎口不正也史記唐舉見蔡澤曰先生魋顏蹙齃　銑曰𩕄頞臏理好貌也哆爲張口不正也顁頞鼻高貌也乃人形之異也**朝秀晨終龜鵠千歲年之殊也**善曰淮南子曰朝秀不知晦朔許慎曰朝生暮死蟲也生水上似蠶蛾養生要曰龜鵠壽千百之數注壽之物也　向曰朝謂日未出時晨謂日出時也言朝秀之華至日出乃死龜鵠壽乃千歲故年之殊**聞言如響智昏菽麥神之辨也**善曰史記曰淳于髡說鄒忌趨出曰是人者吾語之微言五其應我若響之應聲足人必封不久矣左氏傳曰程滑殺厲公荀罃士魴逆周子于曰師而立之周子有兄而無慧不能辨菽麥故不可立杜預曰菽麥豆也豆麥殊形易別故以之爲癡者之候也　向曰聞言如響謂且聽也菽豆也辨別也**同知三者定乎造化榮辱之境獨曰由人是知二五而未識於十其蔽一也**善曰淮南子曰大丈夫恬然無爲與造化逍遙高誘曰造化天地也莊子曰定乎內外之分辨乎榮辱之境左氏傳叔興曰吉凶由人史記齊威王使人說越曰晉楚鬬越兵不起知二五而不知十也　銑曰三者謂形異年殊神辨

也且人皆同知此三者定之于造化而榮辱之間獨去由人所得者是知兩五之數未識其數之十也**龍犀日角帝王之表**善曰朱建平相書曰頷有龍犀入髮左角日右角月王天下也　向同善注**河目龜文公侯之相**善曰孔叢子曰夫子適周見萇弘萇弘語劉文公曰孔子仲尼有聖人之表河目而隆顙是黃帝之形貌也王肅家語注曰河目上下匡平而長也范曄後漢書曰李固貌狀有奇表鼎角匿犀足履龜文後爲太尉　翰曰目上下正平曰河目龜文謂足有龜文也**撫鏡知其將刑壓紐顯其膺錄**善曰蜀志曰蜀郡張裕曉相術每舉鏡視面自知刑死未嘗不撲之于地左氏傳曰初楚恭王無冢適有寵子五人無適立焉乃大有事於羣望而祈曰請神擇五人主社稷乃徧以璧見於羣望曰當璧而拜者神所立也與巴姬密埋璧於太室之庭使五人拜康王跨之靈王肘加焉子干子晳皆遠之平王弱抱而入再拜皆壓紐也　銑同善注**星虹樞電昭聖德之符夜哭聚雲鬱興王之瑞**善曰春秋元命苞曰大星如虹下流華渚女節夢意感生朱宣宋均曰華渚渚名也朱宣少昊氏詩含神務曰大電繞樞照郊野感符實生黃帝漢高祖功臣頌曰彤雲晝聚素靈夜哭國語曰興王賞諫臣　向曰漢高祖時送徒酈山斬大澤之蛇有老嫗夜哭曰吾子白帝子爲赤帝子所殺白帝子秦也赤帝子漢也漢高祖隱於芒碭山嘗有聚雲氣如蓋也鬱鬱氣盛貌　翰曰大星如虹下流華渚而生少昊帝舜母感樞星之精而生舜北斗第一星也電光也**皆兆發於前期渙汗於後葉**善曰周易曰渙汗其大號　銑曰兆跡也言帝王之跡發於前期渙汗流布貌**若謂驅貔**頻夷**虎奮尺劍入紫微升帝道則未達窅冥之情未測神明之數其蔽二也**善曰尚書武王曰如虎如貔如熊如羆于商郊孔安國曰貔摯獸虎屬也史記高祖曰吾提三尺劍取天下此非天命乎薛綜西京賦注曰天有紫微宮王者象之曰紫微宮淮南子曰原道者測窅冥之深呂氏春秋曰窅乎冥莫知其情王命論曰神明之祚可得而妄處哉　翰曰言自古帝王所興皆應天命符瑞若謂威猛之道可以取之乃入紫微升帝道是則未達窅冥神明之數矣紫微帝宮也帝道帝位也**空桑之里變成洪川歷陽之都化爲魚鼈**善曰呂氏春秋曰有

莘氏女子采桑得嬰兒于空桑之中獻之其君令烰人養之察其所以然曰其母居伊水之上孕夢有神告之曰臼出水而東走毋顧明日視臼水出告其鄰東走十里而顧其邑盡爲水身因化爲空桑故命之曰伊尹淮南子曰歷陽淮南之縣名今屬九江郡歷陽中有老嫗常行仁義有兩書生過之謂曰此國當沒爲湖嫗視東城門有血便走上山勿反顧也自此嫗數往視門門吏問之嫗對如其言東門吏殺雞以血塗門明日嫗早往視門有血便走上山國沒爲湖　良曰有侁氏女歷陽爲胡人化爲魚鼈餘同善注**楚師屠漢卒雎**息惟**河鯁其流秦人坑趙士沸聲若**五臣本作如字**雷震**善曰漢書曰項羽晨擊漢大戰彭城靈辟東雎水上大破漢軍多殺士卒雎水爲不流戰國策蔡澤謂應侯曰白起率數萬之師越韓魏而敗彊趙北坑馬服屠四十餘萬衆流血成川沸聲如雷使秦業帝白起之勢也論衡曰言有命者曰夫天下之大人民之衆一歷陽之都一長平之坑同命俱死未可怪也命當溺死故相聚於歷陽命當壓死故相積於長平也　濟曰楚師謂項羽也鯁塡也**火炎崑岳礫石與琬琰俱焚嚴霜夜零蕭艾與芝蘭共盡雖**

游夏之英才伊顏之殆庶焉能抗五臣本作亢字之哉其蔽三也善曰尚書曰火炎崑岡玉石俱焚又曰弘璧琬琰在西序傳玄鷹兔賦曰秋霜一下蘭艾俱落毛萇詩傳曰蕭蒿也史記曰言偃吳人字子游孟子曰得天下之英才而教育之易曰顏氏之子其殆庶幾乎王弼曰庶幾於知幾者也向曰礫瓦琰玉也零落也蕭艾臭草也芝蘭香草也游子游夏子夏有文學伊伊尹顏顏回也謂其知幾也言運命所遭銑文學之子知幾之人亦何亢禦也或曰明月之珠不能無纇夏后之璜不能無考善曰淮南子曰夏后之璜不能無考明月之珠不能無纇高誘曰考不平也纇崩也銑曰纇瑕也璜美玉也故亭伯死五臣本作崔駰死駰音因於縣長相如五臣本作長卿卒於園令善曰范曄後漢書曰崔駰字亭伯竇憲爲車騎將軍辟駰爲掾察駰高第出爲長岑長駰自以遠去不得意遂不至官而歸去于家漢書曰相如拜爲孝文園令旣病免家居茂陵而死才非不傑也主非不明也而碎結綠之鴻輝殘懸黎之夜色

選五十四　二十四

抑尺之量有短哉善曰戰國策應侯謂秦王曰梁有懸黎宋有結綠而爲天下名器楚辭鄭詹尹曰尺有所短寸有所長向曰懸黎結綠美玉也鴻闊也若然者主父偃公孫弘對策不升第歷說而不入牧豕淄原見棄州部設令忽如過隙溘苦合死霜露其爲詬呼豆恥豈崔馬之流乎及至開東閤列五鼎善曰漢書曰主父偃齊國臨淄人也學長短從橫術家貧假貸無所得北游燕趙中山皆莫能厚客甚困乃上書闕下拜爲郎至中大夫偃曰大丈夫生不五鼎食死則五鼎亨耳又曰公孫弘淄川人也家貧牧豕海上太常上對諸儒太常奏弘第居下策天子擢弘對爲第一後至丞相於是起客館開東閤以延賢士莊子曰賓放於鄉里逐於州部又曰人生天地之間若白駒之過隙楚辭曰寧溘死以流亡兮余不忍爲此態也漢詔曰公孫弘不幸罹霜露之疾說文曰詬恥也良曰牧養也淄原地名銑曰詬病也電照風行聲馳海外寧前愚而後智先非而終是善曰范曄後漢書吳漢謂臧宮曰將軍嚮者經虜城下震揚威靈風行電照九州春秋閻忠說皇甫嵩曰今將軍威德震本朝風聲馳海外將榮悴有定數天命有至極而謬生妍蚩其蔽四也善曰應璩與曹元長書曰春生者繁華秋榮者零悴自然之數豈有恨哉孫子荊陟陽候詩曰三命皆有極夫虎嘯風馳龍興雲屬善曰淮南子曰虎嘯而谷風至龍舉而景雲屬四子講德論曰風馳雨集翰曰雲從龍風從虎相感應也故重華立而元凱升辛受生而飛廉進善曰史記曰虞舜名曰重華左氏傳季孫行父曰昔高陽氏有才子八人蒼舒隤敳檮戭大臨尨降庭堅仲容叔達天下之民謂之八愷高辛氏有才子八人伯奮仲堪叔獻季仲伯虎仲熊叔豹季貍天下之民謂之八元舜臣堯舉八愷使主后土舉八元使布五教于四方史記曰帝乙崩子辛立是爲帝辛天下謂之紂尚書曰祖伊奔告于受孔安國曰受紂也音相亂史記曰仲潏生蜚廉蜚廉生惡來父子俱以材力事殷紂銑曰言善惡各從而見也然則天下善人少惡人多闇主衆明君寡而薰蕕不

選五十四　二十五

同器梟鸞不接翼善曰莊子曰天下之善人少而不善人多法言曰聖君少庸君多杜篤弔比干文曰闇主之在上豈忠諫之是謀家語顏回曰聞薰蕕不同器而藏堯桀不共國而化以其類異也孫盛晉陽秋王夷甫論曰夫芝蘭之不與茨棘俱植鸞鳳之不與梟鴟同棲天理固然易在睽睽西都賓曰接翼側足濟曰薰香草也蕕臭草也梟惡鳥鸞神鳥也鳳皇之類是使渾胡本敦徒本檮桃杌兀踵種武於雲臺之上仲容庭堅耕耘於巖石之下善曰左氏傳太史克曰昔帝鴻氏有不才子掩義隱賊好行凶德醜類惡物頑嚚不友是與比周天下之人謂之渾敦顓頊氏有不才子不可教訓不知話言告之則頑舍之則嚚傲很明德以亂天常天下之人謂之檮杌楚辭曰忽奔走以先後及前王之踵武東觀漢記曰詔賈逵入講南宮雲臺使出左氏大義仲容庭堅八愷之二法言曰谷口鄭子真不詘其節耕於巖石之下良曰踵武謂繼跡也雲臺書府閣也言不才之子繼跡於書府之上也仲容庭堅賢人也耕耘謂營農也横去謂廢興在我無繫於天其蔽五也善曰漢書董仲舒對策曰治亂廢興在於己非天降命不

可得反也彼戎狄者人面獸心宴安鴆毒善曰戎狄謂貜也班固漢書賛曰夷狄之人被髮左衽人面獸心左氏傳管敬仲曰宴安酖毒不可懷也　良曰言心懷惡以誅殺爲道德以蒸報爲仁義善曰漢書曰匈奴其俗寬則射獵禽獸爲生業急則人習戰攻以侵伐其天性也父死妻其後母兄弟死皆取其妻妻之小雅曰上淫曰蒸下淫曰報雖大風立於青丘鑿齒奮於華野比於狼戾曾何足喻善曰淮南子曰堯之時窫窳九嬰大風封豕鑿齒修蛇皆爲害堯乃使羿誅鑿齒於疇華之澤殺九嬰於凶水之上繳大風於青丘之野上射十日而下殺窫窳斷修蛇於洞庭禽封豕於桑林高誘曰疇華南方地九嬰水火爲人害者北狄之地有凶水大風鷙鳥青丘東方封豕大彘桑林湯禱旱地戰國策張儀曰趙王狼戾無親　翰同善注言今戎狄比於昔日其狼戾惡逆曾何可喻自金行不競天地版蕩左帶沸脣乘間電發善曰金行謂晉也干寶搜神記程倚說石圖曰金者晉之行也左氏傳師曠曰吾驟歌北風歌南風不競毛詩曰上帝版版毛萇曰柸蜺切又曰蕩蕩上帝鄭玄曰蕩蕩法度廢壞之貌也左帶左衽也尚書四夷左衽罔弗咸賴王元長勸給虜書啓曰息沸脣於桑墟然齊梁之間通以虜爲沸脣也魏志詔曰劉備孫權乘間作禍辨亡論曰電發荊南　銑曰不競猶微弱也版蕩亂也左帶戎狄之服也沸脣戎狄之語也言戎狄自晉微弱天地有亂乃乘此間隙如電之疾以爲叛逆也謂劉聰之徒也遂覆瀍洛傾五都善曰東京賦曰泝洛背河左伊右瀍干寶晉紀愍帝詔曰羣邪作逆傾盡五都居先王之桑梓竊名號於中縣善曰毛詩曰維桑與梓必恭敬止漢書高紀詔曰秦徙中縣之人南方三郡　濟曰先王桑梓謂夏殷周之所居也竊名號謂爲帝號也中縣謂中國也與三皇競其萌五臣本作氓黎五帝角其區宇善曰韋昭漢書注曰萌民也孔安國尚書傳曰黎衆也西京賦曰區宇乂寧種落繁熾充牣刃五臣本作仞神州善曰范曄後漢書曰梁商上表曰匈奴種類繁熾不可殫書子虛賦曰充仞其中者不可勝記河圖曰崑崙東南地方千里名曰神州也　良曰牣滿也神州中國也嗚呼福善禍淫徒虛言耳豈非否泰

相傾盈縮遞運而汨骨之以人其蔽六也善曰尚書湯曰天道福善禍淫降災于夏以彰厥罪周易曰泰者通也物不可以終通故受之以否老子曰高下相傾淮南子曰孟春始贏孟秋始縮高誘曰贏長也縮短也孔安國尚書傳曰汨亂也　向曰古人云爲善則福爲亂則禍蓋虛言矣是皆否泰之理盈縮之運以及於此也然所謂命者死生焉貴賤焉貧富焉治亂焉禍福焉此十者天之所賦也善曰論語子夏曰死生有命富貴在天論衡曰凡人有死生夭壽之命亦有貴賤貧富之命墨子曰貧富治亂各有天命不可損益呂氏春秋曰禍福之所自來衆人以爲命焉知其所由之也　銑曰賦布也愚智善惡此四者人之所行也五臣本無也字　善曰桓範世要論曰遇不遇命也善不善人也夫神非舜禹心異朱均才絓卦中庸在於所習善曰舜禹二帝也淮南子曰性命可說不待學問而合於道堯舜文王也不可教以道不可喻以德者丹朱商均也夫上不及堯舜下不若商均此教訓之所喻也廣雅曰絓止也胡卦切賈誼過秦曰陳涉材能不及中庸論衡曰中人之性在所習善爲善習惡爲惡　翰曰舜禹聖帝明王也丹朱堯子商均舜子皆愚暗人也言人有神非聖明又心不愚暗絓及中庸之性者事皆在於所習而成也是以素絲無恒玄黃代起鮑魚芳蘭入而自變善曰言在所習也淮南子曰墨子見練絲而泣之爲其可以黃可以黑高誘曰閔其化也大戴禮曰與君子遊苾乎如入蘭芷之室久而不聞則與之化矣與小人游臭乎如入鮑魚之肆久而不聞則與之化矣是故君子慎其所去就也　向曰言中庸之人逐物遷性有如素絲無有恒色或玄或黃相間代而作或見臭好臭遇香好香隨時而變鮑魚臭也芳蘭香也故季路學於仲尼厲風霜之節善曰尸子曰子路東鄙之野人孔子教之皆爲賢士王隱晉書曰應瞻爲太守人歌之曰威若風霜恩如父母楚穆謀於潘崇成殺五臣本作弑逆之禍善曰左氏傳曰楚子欲立王子職而黜太子商臣商臣聞之告其師潘崇曰能事諸乎不能能行大事乎曰能以宮甲圍成王王縊穆王立潘崇太子師　良同善注而商臣之惡盛業光於後嗣仲

由之善不能息其結纓善曰楚之後業皆商臣之子孫周易曰盛德大業至矣哉尚書
曰在今後嗣王左氏傳曰衛渾良夫與太子入舍於孔氏之外
圃欲劫孔悝而納太子季子曰太子無勇若燔臺半必舍孔叔
太子聞之懼下石乞孟黶敵子路以戈擊之斷纓子路曰君子
死冠不免結纓而死杜預曰季子子路是也　銑曰商臣則穆
王名也言惡者乃盛善者乃死也斯則邪正由於人吉凶在乎命五臣
本有也字或以鬼神害盈皇天輔德善曰周易曰鬼神害盈而福謙尚書曰皇
天無親惟德是輔故宋公一言法星三徙善曰宋景公有熒惑守心熒惑災星心
宋之分野朝臣謂公曰可移禍於相公曰相股肱除心腹之疾
置於股肱不可也曰可移於人公曰國無人何以為君可移於
歲公曰歲所以養人歲不登何以畜人是時熒惑乃退三舍延
祚二十一年由景公之善言也熒惑謂執法之星故云法星也
濟注同殷帝自翦千里來雲善曰呂氏春秋曰湯克夏四年天大旱湯乃以身禱於桑
林於是翦其髮磨其手自以為犧用祈福於上帝雨乃大至淮
南子曰湯之時旱七年以身禱於桑林之祭而四海之雲湊千

里之雨至也若使五臣無若使字善惡無徵未洽斯義善曰因此而言則害盈輔
德其由影響若以善惡之理無徵故未洽乎斯義毛萇詩傳曰
洽合也　向曰謂宋公殷帝若為善無徵則未合此義此義謂
星退雨至也且于公門高五臣本作高門以待封嚴母掃墓以望
喪善曰漢書曰于定國父于公其門閭壞父老方共修之于公謂之曰少高大閭門令容駟馬高蓋車我理獄多陰德
未嘗有所冤子孫必有興者至定國為丞相封侯漢書曰嚴延
年遷河南太守其母從東海來欲從延年臘到雒陽適見報囚
母大驚畢正臘已謂延年曰天道神明人不可獨殺我不自意
當老見壯子被刑戮也行矣去東海歸掃除墓地耳後歲餘果
敗　銑同善注此君子所以自彊不息也善曰言善惡有徵故君子庶幾自彊而不
息也周易象曰天行健君子以自彊不息如使五臣本作若使仁而無報奚為脩善
立名乎斯徑廷定之辭也善曰若必為仁而無報何故脩善而立名乎是不由命明
矣或為茲說者斯乃徑廷之言耳莊子肩吾問于連叔曰秦有
徑廷不近人情焉司馬彪曰徑廷激過之辭也　良同善注此

乃激過之辭矣徑廷激過也夫聖人之言顯而晦微而婉幽遠
而難聞河漢而不測善曰此釋聖人之言顯晦難測也左氏傳君子曰春秋之稱微而顯
志而晦婉而成章莊子市南宜僚見魯侯曰南越有邑焉名建
德之國君曰彼其道幽遠而無人又肩吾問于連叔曰吾聞言
於接輿大而無當也往而不反吾驚怖其河漢而無極也司馬
彪曰極崖也言廣若河漢無有崖也　翰曰婉柔也　濟曰河
漢之水深廣或立教以進庸怠或言命以窮性靈善曰此釋不同
之所由也　向曰聖人立教有詩書禮樂以進中庸嬾惰之人或言運命以至其性靈也怠嬾窮至也積善餘
慶立教也善曰周易曰積善之家必有餘慶徐幹中論曰北海孫翺云積善餘慶誘民於善路耳　向曰古人
所謂積善必有餘慶則有為善而見殃者此蓋是先聖立教教人為善其實在命也鳳鳥不至言命
也銑曰孔子曰鳳鳥不至河不出圖吾已矣夫此蓋歎不遇聖君亦天命也今以其五臣本無其字片言
辯其要趣何異乎夕死之類而論春秋之變哉

善曰毛萇詩傳曰蜉蝣渠略也朝生夕死莊子曰蟪蛄不知春
秋也　向曰理之冥昧其或難知是非反覆紛綸莫定今若以
片言辯之亦如朝生夕死之蟲而論春秋寒暑之變其可及乎且荊昭德音丹雲不卷
善曰左氏傳曰有雲如眾赤鳥夾日飛三日楚子使問周太史
曰其當王身乎若禜之可移於令尹司馬王曰除腹心之疾而
寘諸股肱何益不穀不有大過天其夭諸有罪受罰又焉移之
遂弗禜　濟同善注荊昭德音而氣三日不滅也丹雲則此赤
氣也夫景公熒惑之災則退三舍此則莫應何事同而福異也周宣祈雨珪璧斯罄善
曰毛詩序曰雲漢仍叔美宣王也詩曰圭璧既卒寧莫我聽　良
曰周宣王大旱祈雨罄盡珪璧於神明而雨不至豈不精誠湯
則有千里之雲雨同為明君事則有異于叟種德不逮勛華之高善曰于叟于公
也種借立也勛堯也華舜也言于公立德不及堯舜而有後嗣
定國賢而為丞相而堯則有愚子丹朱舜則有不肖子商均也
翰同善注延年殘獷古猛未甚東陵之酷暴善曰說文曰獷不可附也
莊子曰伯夷死名於首陽之下盜跖死利於東陵之上也　向
曰獷惡也嚴延年殘惡亦未甚盜跖之酷暴而延年速先敗也

而盜跖壽終東陵東陵謂泰山盜跖所居也爲善一爲惡均而禍福異其流發興殊其跡蕩蕩上帝豈如是乎善曰毛詩曰蕩蕩上帝下民之辟　銑曰蕩蕩寬廣貌帝天也詩云風雨如晦鷄鳴不已善曰此釋君子所以自強也毛詩鄭風也鄭玄曰喻君子雖居亂世不變改其節度也　翰曰鷄鳴不失其時也雖風雨晦暝亦鳴不改喻君子雖居暗亂之世其善不改也故善人爲善焉有息哉善曰尚書曰吉人爲善惟日不足家語孔子曰事君之難也焉可以息哉夫食稻粱進芻楚孤豢患衣狐貉鶵襲冰紈善曰論語子曰食夫稻韓詩外傳田饒謂魯哀公曰黃鵠啄君稻粱國語曰芻豢幾何論語子曰狐狢之厚以居漢書曰齊地織作冰紈　向曰粱米也牛馬食曰芻犬食曰豢狐貉謂以狐毛爲裘冰紈素綺也觀窈眇之奇舞聽雲和之琴瑟此生人五臣本作此小人之所急非有求而爲也善曰長楊賦曰惜閻鄭衛窈眇之聲阮籍詠懷詩曰北里多奇舞周禮曰孤竹之管雲和之琴瑟　銑曰非求其榮利而後爲之皆人情所必須也修道德習仁義敦孝悌立忠貞漸禮樂之腴潤蹈先王之盛則此君子之所急非有求而爲也然則君子居正體道樂天知命善曰公羊傳曰君子大居正莊子弇堈弔曰夫體道者天下之君子也郭象曰言體道者人之宗主也周易曰樂天知命故不憂明其無可奈何識其不由智力善曰莊子曰知不可奈何而安之若命唯有德者能之　王命論曰不知神器有命不可以智力求也　翰曰識窮達之理不由智力所致乃在於命也逝而不召來而不距生而不喜死而不慼善曰莊子曰予惡乎知悅生之或非邪予惡乎知惡死之或是邪瑶臺夏屋不能悅其神善曰尸子曰人之言居天下者瑶臺九累而堯白屋楚辭曰冬有大夏王逸曰夏大屋也毛詩曰於我乎夏屋渠渠向同善注土室編蓬未足憂其慮善曰尚書大傳曰子夏曰弟子所授書於夫子者不敢忘雖退而窮居河濟之間深山之中作壤室編蓬戶尚彈琴瑟其中以歌先王之風則可以發憤矣不充詘五臣本作屈字於富貴不遑遑於所欲善曰禮記孔子曰儒有不隕穫於貧賤不充詘於富貴皇甫謐高士傳黔婁先生妻謂曾子曰先生不慼慼於貧賤不遑遑於富貴論語曰富與貴是人之所欲也豈有史公董相不遇之文乎善曰司馬遷爲太史公故曰史公遷集有悲不遇賦法言曰以異董相李軌曰董相江都相董仲舒也仲舒集有士不遇賦　翰同善注二人皆作不遇之賦以述其志然人之貧賤富貴皆在天命豈假在此文乎

六臣註文選卷第五十四

六臣註文選卷第五十五

論五

廣絶交論一首

劉孝標 善曰劉峻見任昉諸子西華兄弟等流離不能自振生平舊交莫有收恤西華冬月著葛帔練裙路逢峻峻泫然矜之乃廣朱公叔絶交論到溉見其論抵几於地終身恨之 翰同善注

客問主人曰朱公叔絶交論爲是乎爲非乎 善曰此假言也爲是爲非疑而問之也范曄後漢書曰朱穆字公叔爲侍御史感俗澆薄莫尚敦篤著絶交論以矯之稍遷至尚書卒贈益州刺史 銑曰朱穆感時澆薄著絶交論以矯之今假設客主以相問以明爲論之是非 主人曰客奚此之問 善曰奚何也何故有此問也未詳其意故審覆之也 向曰奚何也 客曰夫草蟲鳴則阜螽終躍雕虎嘯而清風起 善曰欲明交道不可絶故陳四事以喻之毛詩曰喓喓草蟲趯趯阜螽鄭玄曰草蟲鳴則阜螽跳躍而從之異類相應也尸子中黄伯曰余左執太行之優而右搏雕虎淮南子曰虎嘯而谷風至龍舉而景雲屬許慎曰虎陰中陽獸與風同類也 濟曰草蟲鳴阜螽超躍而從之雕虎嘯則谷風起言此四物相感以喻交不可絶也雕謂虎文如雕畫 故絪因縕於云相感霧涌雲蒸嚶鳴相召星流電激 善曰元氣相感霧涌雲蒸以相應鳥鳴相召星流電激以相從言感應之速也周易曰天地絪縕萬物化醇淮南子曰山雲蒸而柱礎潤毛詩曰伐木丁丁鳥鳴嚶嚶鄭玄云其鳴之志似於友道然曹植辨問曰游説之士星流電耀荅賓戲曰游説之徒風颺電激 良曰絪縕天地之氣也霧涌雲蒸以相應嚶嚶鳴聲也言鳥鳴相召也星流激言相應之速也 是以王陽登則貢公喜罕生逝而國子悲 善曰此明良朋也良朋之道情同休戚故貢禹喜王陽之登朝子産悲子皮之永逝也漢書曰王吉與貢禹爲友世稱王陽在位貢公彈冠言其趣舍同也罕生子皮國子子産也左氏傳曰子産聞子皮卒哭且曰吾以無爲爲善唯夫子知我也 翰曰王陽登朝友人貢禹聞之而喜罕生子皮也逝死也國子子産也悲爲無知己也此明良朋之道休感共之

且心同琴瑟言鬱郁於蘭茝道叶五臣本作協字膠漆志婉孌力轉於塤篪篪移反 善曰心和琴瑟則言香蘭茝道合膠漆則志順塤篪蓋蘭茝塤篪言和順之甚也毛詩曰妻子好合如鼓琴瑟曹子建王仲宣誄曰好和琴瑟鬱郁香也上林賦曰芳香漚鬱酷烈淑郁楚辭曰蘭茝幽而獨芳周易曰同心之言其臭如蘭范曄後漢書曰陳重字景公雷義字仲預重以與義友鄉里爲之語曰膠漆自謂堅不如雷與陳班固漢書贊曰婉孌董公毛詩曰伯氏吹塤仲氏吹篪毛萇曰土曰塤竹曰篪 銑曰琴瑟塤篪皆樂器其聲相和也蘭茝香草膠漆堅固之物鬱郁茂盛貌婉孌相從好貌言友道相合其和如琴瑟塤篪其芬如蘭茝其堅如膠漆謂以茂盛之道相從 聖賢以此鏤金版而鐫盤盂書玉諜牒而刻鐘鼎 善曰聖賢以良朋之道故著簡策而傳之太公金匱曰屈一人之下申萬人之上武王曰請著金版墨子曰琢之盤盂銘於鐘鼎傳於後世東觀漢記曰封禪其玉牒文祕諱文曰牒記也 向曰聖賢以良朋之道鏤於金版盤盂玉牒鐘鼎之上也金版金匱之書盤盂器也衡山有玉璧禹所刻文名玉牒古人有善事則銘鏤於其上以記之也 若乃匠人輟成風之妙巧伯子息流波之雅引 善曰此言良朋之難遇也莊子曰莊子送葬過惠子之墓謂從者曰郢人堊漫其鼻端若蠅翼使匠石斲之匠石運斤成風斲之盡堊而鼻不傷郢人立不失容宋元君聞之召匠石曰嘗試爲寡人爲之匠石曰臣則嘗能斲之雖然臣質死久矣自夫子之死也吾無以爲質矣吾無與言也呂氏春秋曰伯牙鼓琴意在泰山鍾子期曰善哉巍巍若泰山俄而志在流水子期曰善哉湯湯乎若流波子期死伯牙破琴絶絃終身不復鼓琴以爲世無賞音者 濟曰喻交無相知則絶也雅正引曲也餘同善注 范張款款於下泉尹班陶陶於永夕 善曰范曄後漢書曰范式字巨卿少與張劭爲友劭字元伯元伯卒式忽夢見元伯呼曰巨卿吾以某日死當以某時葬永歸黄泉子未我忘豈能相及式怳然覺悟便服朋友之服數其葬日馳往赴之既至壙將窆而柩不進其母撫之曰元伯豈有望邪遂停柩移時乃見素車白馬號哭而來其母望之必范巨卿既至叩喪言曰行矣元伯死生各異永從此辭式執引柩乃前式遂留冢次脩墳種樹然

後乃去司馬遷書曰試欲效其款款之愚王仲宣七哀詩曰悟彼下泉人東觀漢記曰尹敏與班彪相厚每相與談常晏暮不食晝即至冥夜徹旦彪曰相與久語爲俗人所怪然鍾子期死伯牙破琴爲爲陶陶哉　良曰陶陶和樂貌餘同善注　**騁驛縱橫煙霏雨散巧歷所不知心計莫能測**善曰駱驛縱橫不絕也煙霏雨散衆多也魯靈光殿賦曰縱橫駱驛各有所趣陸機列仙賦曰騰煙霧之霏霏劇秦美新曰霧集雨散莊子曰巧歷不能得而況凡乎漢書曰桑弘羊雒陽賈人子以心計侍中　翰曰駱驛縱橫不絕貌煙霏雨散衆多貌言交道多塗雖巧於歷數及心筭之人無能知測其委趣也　**而朱益州汨**骨**彝敘粵謨訓捶**支靡**直切絕交游比黔首以鷹鸇媲人靈於豺虎蒙有猜焉請辨其惑**善曰言朋友之義備在典謨公叔亂常道而絕之故以爲疑也尚書曰彝倫攸敘又曰聖有謨訓家語孔子曰祁奚對平公云羊舌大夫信而好直其切也王肅曰言其切直也爾雅曰丁丁嚶嚶相切直也列子曰公孫穆屏親匠絕交游司馬遷書曰交游莫救視鷹鸇豺虎貪殘而無親也李斯曰秦更名民曰黔首左氏傳太史克曰見無禮於其君者誅之如鷹鸇之逐鳥雀爾雅曰媲妃也尚書曰惟人萬物之靈杜夷幽求子曰不仁之人心懷豺虎長楊賦曰蒙竊惑焉論語子張曰敢問崇德辨惑　銑曰但亂彝常也粵當爲越捶杖也黔首人也鷹鸇鷙鳥豺虎攫獸喻貪而無親媲比也猜疑也言公叔著絕交論是亂常敘越謨訓蒙客自謂也客疑此理故請主人辨昏惑也

主人听魚謹**然而笑曰客所謂撫弦徽音未達燥濕變響張羅沮**將預**澤不覩鴻鴈雲飛**善曰言朋友之道隨時盛衰醇則志叶斷金醨則昌言交絕今以絕交爲惑是未達隨時之義猶撫弦若未知變響張羅者不覩雲飛謬之甚也上林賦曰亡是公听然而笑鄭玄禮記注曰撫以手按之也許慎淮南子注曰鼓琴循弦謂之徽也韓詩外傳曰趙遣使於楚臨去趙王謂之曰必如吾言辭時趙王方鼓琴使者因跪曰大王鼓琴未有如今日之悲也請記其處後將法焉王曰不可夫時有燥濕弦有緩急徽柱推移不可記也使者曰臣愚請借此以譬之何者楚之去趙二千餘里變改萬端亦猶弦不可記也難蜀父老曰鷦鵬已翔乎寥廓之宇而羅者猶視乎藪澤悲夫異物志曰沮有萊蒲也巴東有澤水孟子注言澤生草曰菹沮與菹同子豫切吳都賦曰雲飛水宿　向曰所笑貌循弦曰徽澤有草曰沮言朋友之道隨時盛衰今以絕交之理爲惑是不知隨時之義亦猶撫琴循絃不達燥濕之聲變張網草澤而不覩鳥之高飛乃惑之甚也

蓋聖人握金鏡闡風烈龍驤蠖屈從道汙烏**隆**善曰言聖人懷明道而闡風化如龍蠖之驤屈蓋從道之汙隆也春秋孔錄法曰有人卯金刀握天鏡雒書曰秦失金鏡鄭玄曰金鏡喻明道也春秋考異郵曰後雖殊世風烈猶合於持方宋均曰持方受命者名也班固漢書韓彭述曰雲起龍驤化爲侯王周易曰尺蠖之屈以求伸也郭璞方言注曰尺蠖又呼爲步屈也於縛切禮記子思曰道隆則從而隆道汙則從而汙鄭玄曰汙猶殺也　濟曰握持也金鏡喻明道闡開驤騰也蠖蟲名言聖人持明道開風業騰之如龍屈之如蠖亦隨時隆殺也而況交道乎　**日月聯璧贊亹亹**亡鬼切**之弘致雲飛電**五臣本作雷**薄顯棣華之微旨若五音之變化濟九成之妙曲此朱生得玄珠於赤水謨神睿而爲言**善曰日月聯璧謂太平也雲飛電薄謂衰亂也王者設教從道汙隆太平則明亹亹微妙之弘致道衰則顯棣華權道之微旨然則隨時之義理非一塗若五音之變化乃濟九成之妙曲今朱公叔絕交是得矯時之義此猶得玄珠於赤水謨神睿而爲言謂窮妙理之極也易坤靈圖曰至德之萌日月若聯璧周易曰定天下之吉凶成天下之亹亹者莫善於蓍龜王弼曰亹亹微妙之意也鄭玄周禮注曰致至也漢書高祖歌曰大風起兮雲飛揚淮南子曰陰陽相薄爲雷激而爲電論語曰唐棣之華偏其反而何晏曰逸詩也唐棣之華反而後合賦此詩以言權反而後至於大順也長笛賦曰五音代轉尚書曰簫韶九成鳳皇來儀莊子曰黃帝遊于赤水之北遺其玄珠乃使象罔求而得之司馬彪曰赤水水假名玄珠喻道也孔安國尚書傳曰謨謀也睿聖也　良曰日月聯璧謂太平時亹亹微妙也弘大也雲飛雷薄謂喪亂也棣華反而後合喻權而至順也旨意也九成韶樂也聖人處明時則行微妙大智之理處於喪亂則爲權宜合順之意亦猶五音變化以成韶樂之美也玄珠喻道赤水假名睿聖也言公叔窮妙理之極謨法神聖爲言以成絕交論得矯時之理也

至夫組織仁義琢磨道德驩五臣本作歡**其愉樂恤其陵夷**善曰此言良交每事相成道德資以琢磨仁義因之組織君憂共戚

勲樂同驩仲長統昌言曰道德仁義天性也織之以成其物練之以成其情禮記曰如切如瑳道學也如琢如磨自脩也白虎通曰朋友之交樂則思之患則死之漢書張釋之曰秦陵夷至于二世天下土崩　翰曰組紱類也織謂編之以成也言良友以仁義道德相成亦猶組織琢磨然後爲器物也愉樂也恤憂也陵夷猶彫零也言歡慼同也

寄通靈臺之下遺跡江湖之上風雨急而不輟其音霜雪零而不渝其色斯賢達之素交歷萬古而一遇

善曰良朋款誠始終若一故寄通神於心府之下遺跡相忘於江湖之上也莊子曰萬惡不可内於靈臺司馬彪曰心爲神靈之臺也李陵書曰人之相知貴相知心莊子曰魚相忘於江湖人相忘於道術郭象曰各自足故相忘也今引江湖唯取相忘之義也辨命論曰詩云風雨如晦雞鳴不已毛詩鄭玄曰喻君子雖居亂世不變改其節度也莊子曰天寒既至霜雪既降吾是以知松栢之茂也素雅素也萬古一遇難逢之甚也　銑曰靈臺心也遺跡謂心相知而跡相忘也莊子曰魚相忘於江湖詩云風雨如晦雞鳴不已喻變也素雅也言有心相知而跡相忘臨危難之時而不變節者乃天下之雅交也歷萬古而一遇謂不可逢也

逮叔世民訛狙七余**詐飆起谿谷不能踰其險鬼神無以究其變競毛羽之輕趨錐刀之末**

善曰上明良朋此明損友也左氏傳叔向曰三辟之興皆叔世也毛詩曰民之訛言鄭玄曰訛僞也漢書曰狙詐之兵音義曰狙伺人之間隙也荅賓戲曰游說之徒風颮電激並起而救之莊子孔子曰凡人之心險於山川難於知天董仲舒士不遇賦曰生不丁三代之盛隆兮丁三季之末俗鬼神不能正人事之變兮聖賢亦不能開愚夫之違惑葛龔集曰龔以毛羽之身戴丘山之施左氏傳叔向曰錐刀之末將盡爭之　向曰逮及也叔世謂末年也訛僞也狙詐謂伺人之間隙也飆起踰疾也毛羽謂小利也錐刀小事也言末年之交多詐僞險惡雖鬼神之靈不能究盡其變也而競其小事趨其小利此陳損友之道也

於是素交盡利交興天下蚩蚩鳥驚雷駭善曰毛詩曰氓之蚩蚩廣雅曰蚩亂也崔寔正論曰秦時赭衣塞路百姓鳥驚無所歸淮南子曰月行日動電奔雷駭也　濟曰蚩蚩猶擾擾也鳥驚雷駭言聲勢盛不如素交如水之淡也

然則五臣本無則字**利交同源派流則異較**角**言其略有五術焉**善曰廣雅曰較明也韓詩曰報我不術薛君曰術法也　良曰源本也派別流也較明略要術法也言趨利則同其勢則異明其端要有此五法謂下事也

若其寵鈞董石權壓梁竇善曰漢書曰石顯字君房少坐法腐刑爲黃門中尚書元帝被疾不親政事事無大小因顯白決又曰董賢字聖卿哀帝悅其儀皃拜爲黃門郎詔將作監爲賢起大第北闕下土木之功窮極技巧柱檻衣以綈錦武庫禁兵盡在董氏權猶勢也范曄後漢書曰梁冀字伯卓爲大將軍專擅威柄凶恣日積又曰孝和皇帝諱肇肅宗子也年十歲竇太后詔曰竇憲朕之元兄當以舊典輔斯職焉　翰曰董賢石顯梁冀竇憲並漢朝寵臣威權振於當時鈞壓猶重也泛言利交之中有重於此者

雕刻百工鑪捶朱蘂**萬物吐漱興雲雨呼噏**吸**下霜露九域聳其風塵四海疊其熛灼**

善曰覆載天地刻雕衆形而不爲巧尚書曰百工惟時莊子曰黃帝之忘其知皆在鑪捶之間聲類曰鑪火所居也李頤莊子音義曰捶排口鐵以灼火也之揣切范曄後漢書曰舉動迴山海呼吸變霜露韓詩曰方命厥后奄有九域薛君曰九域九州也爾雅曰聳懼也夏侯湛東方朔畫贊曰彷彿風塵用垂頌聲毛萇詩傳曰疊懼也西征賦曰當恭顯之任勢也熛灼四方震耀都鄙　銑曰雕刻鑪捶喻造化也興雲雨謂恩澤也下霜露謂能爲威刑也九域九州也言吐漱呼吸之間使九州之人四海之士皆懼其威風之盛也聳疊謂懼熛灼威也

靡不望影星奔藉響川鶩雞人始唱鶴蓋成陰高門旦開流水接軫

善曰蔡伯喈郭林宗碑曰于時紳佩之士望形表而影附聆嘉聲而響和者猶百川之歸巨海鱗介之宗龜龍也周禮曰雞人凡國事爲期則告之時鄭玄曰象雞知時也劉楨魯都賦曰蓋如飛鶴馬似游魚吳都賦曰高門鼎貴漢書于公曰少高大門令容駟馬高蓋車也范曄後漢書明德馬后曰前過濯龍門上見外家問起居者車如流水馬如龍也　向曰靡無也言逐勢利之人如星奔川鶩望影聽響而赴於豪貴也雞人告人明時取象於鷄也鶴蓋謂蓋如飛鶴流水車也成陰接軫言多也軫車後之橫木也

皆願摩頂至踵隳許惟切五臣作墮字**膽抽腸約同要離焚妻子誓殉荆卿湛**沈**七族**五臣本作宗族字**是曰勢交其流一**

也善曰孟子曰墨子兼愛摩頂放踵趙岐曰放至也鄒陽上書曰見情素墮肝膽李顒詩曰焦肺枯肝抽腸裂膶鄒陽上書曰荆軻湛七族要離燔妻子豈足爲大王道哉　濟曰頂頭也踵足也墮毀抽拔也言盡心也要離爲吴王僚殺慶忌先焚其妻子誓明盟言也以身從物曰殉湛自殺也謂荆軻爲燕君刺秦王也言此皆附吴王燕君之勢利而至於殺身覆族也　富埒五臣本作埒字陶白貲巨程羅山擅銅陵家藏金穴出平原而聯騎居里閈汗而鳴鍾善曰史記曰范蠡之陶爲朱公以爲陶天下之中皆諸侯四通貨物所交易也乃治産積十九年之間三致千金漢書貨殖傳曰蜀卓氏之臨邛公擅山川銅鐵上爭王者之利下錮齊人之業富至僮八百人程鄭亦冶鑄富埒卓氏司馬相如傳云臨邛富人程鄭僮亦數百人漢書曰白圭周人也樂觀時變天下言治生者祖白圭又曰成都羅裒訾至鉅萬又曰鄧通蜀郡人也文帝賜通蜀嚴道銅山得鑄錢鄧氏錢布天下揚雄蜀都賦曰西有鹽泉鐵冶橘林銅陵范曄後漢書曰光武帝郭皇后弟況爲大鴻臚數賞賜金錢京師號況爲金穴漢書食貨志曰濁氏以賣脯而連騎張里以馬醫而擊鍾應劭漢書注曰里門曰閈　良曰將等擅專也餘同善注　則

〔選五十五　七〕

有窮巷之賓繩樞之士五臣本作子字冀宵燭之末光邀潤屋之微澤魚貫鳧躍颯沓鱗萃分鴈鶩之稻粱霑玉斝之餘瀝善曰漢書曰陳平家貧負郭窮巷以席爲門過秦論曰陳涉甕牖繩樞之子戰國策曰甘茂去秦且之齊出關遇蘇子曰君聞夫江上之處女乎夫江上之處女有家貧而無燭者處女相與語欲去之家貧無燭者將去矣謂處女曰妾以無燭之故常先掃室布席何愛餘明之照四壁者處女相語留之今臣棄逐於秦出關願爲足下掃室布席幸無我逐也賈逵國語注曰邀求也禮記曰富潤屋德潤身周易曰貫以宫人寵無不利王弼曰駢頭相次似貫魚也甘泉賦曰貫倒景而歷飛梁潘岳京辭曰望歸鶖見鳧藻踊躍張衡羽獵賦曰輕車颯沓西京賦曰鳥集鱗萃曾連子曰君鴈鶩有餘粟韓詩外傳田饒謂魯哀公曰黄鵠止君園池啄君稻粱説文曰斝玉爵也史記淳于髡曰親有嚴客持酒於前時賜餘瀝　翰曰繩樞以繩爲戸樞者冀幸也甘茂謂蘇代曰昔有貧女與富女會績曰我無以買燭子之燭可分我餘光禮記曰富潤屋言邀幸富者末光微澤也魚貫謂貧者駢頭相次於富者之門如貫魚也鳧水鳥也曾連子曰君鴈鶩有餘粟斝爵也謂富家之門如鳧之踊躍颯沓鱗萃言多也末其養鴈之粟殘餘之瀝者言少也　銜恩遇進款誠援青松以示心指白水而旌信是曰賄交其流二也善曰陸士龍爲顧彦先贈婦詩曰銜恩非望始遇謂以恩相接也秦嘉婦詩曰何用敘我心遺思致款誠禮記曰其在人也如松柏之有心周松執交論曰推誠歲寒功標松竹左氏傳晉公子曰所不與舅氏同心者有如白水　銑曰言貧者銜其恩遇以進款誠也援引旌表也言引青松以示堅貞指白水以表情信也晉公子曰若不與舅氏同心者有如白水賄謂貨也　陸大夫宴五臣本作讌字喜西都郭有道人倫東國公卿貴其籍甚搢紳羨其登仙善曰漢書曰高祖拜陸賈爲太中大夫陳平以錢五百萬遺賈爲食飲費賈以此公卿間名聲籍甚者義曰狼籍甚盛也西征賦曰陸賈之優游宴喜范曄後漢書曰郭泰字林宗傳通墳籍善談論游洛陽後歸鄉諸儒送之與李膺同舟而濟衆賓望之以爲神仙舉有道不應林宗雖善人倫小爲危言覈論東國洛陽也　向曰陸賈拜太中大夫讌喜謂酣樂也西都長安也漢時公卿貴其名聲籍甚猶名聲也郭泰博通墳籍游於東都人倫欽之後將歸搢紳士子送之與李膺同舟而濟衆賓望之以爲登仙矣羨願也　加

〔選五十五　八〕

以頷羌錦頤蹙將六頞遏涕唾流沫騁黄馬之劇談縱碧雞之雄辯善曰解嘲曰蔡澤頷頤折頞涕唾流沫西揖強秦之相而奪其位時莊子曰惠施其言黄馬驪牛三辯者以此與惠施相應終身無窮司馬彪曰牛馬以二爲三兼與別也曰馬曰牛形之三也曰黄曰驪色之三也曰黄馬曰驪牛形與色之三也蜀都賦曰劇談戲論扼腕抵掌馮衍與鄧禹書曰衍以爲寫神輸意則聊城之説碧雞之辯不足難也王襃碧雞頌曰持節使者敬移金精神馬縹碧之雞歸來歸來漢德無疆黄龍見兮白虎仁歸來歸來可以爲倫歸來翔兮何事南荒也　濟曰蔡澤頷頤蹙頞涕唾流沫西揖強秦之相而奪其位時也頷醜貌頤頞蹙促也頞鼻莖也莊子曰惠施云黄馬驪牛三謂黄驪也爲三也言辯者以此爲劇談也王襃爲碧雞頌雄盛辯辭之謂也　敘温郁五臣本作燠字則寒谷成暄論嚴苦則春叢零葉飛沈出其顧指榮辱定其一言善曰毛萇詩傳曰燠煖也郁與燠古字通也劉向別録曰鄒衍

在燕有谷寒而不生五穀鄒子吹律而温至生黍也王逸楚辭
注曰嚴壯也風霜壯謂之嚴說文曰苦急也張升反論語曰嘘
枯則冬榮吹生則夏落荀悅與李膺書曰任其飛沈與時抑揚
莊子曰手撓顧指四方之民莫不俱至周易曰樞機之發榮辱
之主　良曰温燠煖也嚴苦威急也飛沈喻髙下
也言髙下榮辱在於辯者迴顧言語也餘同善注**於是有弱**
冠王孫綺紈公子道不挂於通人聲未遒於雲
閣攀其鱗翼丐哥賴**其餘論附騏**子助**驥之旄端軼**
歸鴻於碣石是曰談交其流三也善曰禮記曰人生二十曰弱冠漢書
漂毋謂韓信曰吾哀王孫而進食又曰班伯與王許子弟爲羣
在於綺襦紈袴之閒論衡曰夫能該一經者爲儒生博覽古今
者爲通人應劭漢書注曰遒好也應瑒釋賓曰子猶不能騰雲
閣攀天衢揚子法言曰攀龍鱗附鳳翼巽子虚賦曰願聞先生之
餘論說文曰騏壯馬也張敞集曰倉蠅之飛不過十步託騏驥之
旄乃騰千里之路何休公羊傳注曰軼過也淮南子曰馮遲大
丙之御也過歸鴈於碣石也　翰曰王孫公子相推敬辭也綺
紈謂衣羅綺之士也通人謂博達古今也遒美也鱗龍也翼鳳
也喻攀附也丐乞也騏良馬也軼至也碣石海畔山言不能
自博通附辯者乞餘論亦猶蠅附驥旄以過歸鴻之飛而及碣
石謂因此託附而聲名遠也是曰談交言和其談說而爲交也**陽舒陰慘生民大情憂**
合歡善本作驩**離品物恒性故魚以泉涸而呴**五臣作煦**沫**
鳥因將死而鳴哀五臣本作哀鳴　善曰西京賦曰人在陽時則舒在陰時則慘莊子曰藏天下
於天下而不得所遯是恒物之大情也相呴以沫憂合也相忘
江湖驩離也周易曰品物咸亨莊子曰泉涸魚相與處於陸相
呴以濕相濡以沫　向曰涸枯也言水枯則魚相呴以沫以相
親也及游江湖則以相忘矣是憂合驩離之理也論語曰鳥之
將死其鳴也哀**同病相憐綴河上之悲曲恐懼寘懷昭谷**
風之盛典善曰吳越春秋曰伯嚭來奔於吳子胥請以爲大夫吳大夫被離承宴問子胥曰何見而信伯嚭乎
子胥曰吾之怨與嚭同子聞河上之歌者乎同病相憐同憂相
救驚翔之鳥相隨而集瀨下之水回復俱流誰不愛其所近悲
其所思者乎　濟同善注谷風詩刺朋
友失道云將恐將懼寘予于懷寘致也**斯則斷金由於湫**

子小**隘刎頸起於苫蓋**胡臘反　善曰周易曰二人同心其利斷金左氏傳曰景公欲更晏
子之宅曰子之宅湫隘囂塵漢書曰張耳陳餘相與爲刎頸交
左氏傳范宣子數戎子駒支曰乃祖吾離被苫蓋　良曰朋友
之心同金雖堅剛利能斷之也刎割也刎頸之交言
其重也湫隘苦蓋謂貧賤言交結之重在貧賤也**是以伍**
員濯溉於宰嚭蒲几**張王撫翼於陳相是曰窮交**
其流四也善曰言宰嚭由伍員濯溉而榮顯嚭既貴而譖員陳餘因張耳撫翼而奮飛餘既尊而襲耳故曰窮
交也毛詩曰可以濯溉說文曰濯浣也毛萇詩曰溉灌也在於
貧賤類乎泥滓縈之好爵同於濯溉史記曰伍子胥者楚人名
員楚王誅員父奢子胥往吳闔廬既立得志以子胥爲行人楚
又誅大臣伯州犁州犁之孫亡奔吳亦以嚭爲大夫吳越春秋
曰帛否來奔於吳王闔廬問伍子胥帛否何如人也伍子胥對
帛否者楚州犁孫楚平王誅州犁否因懼出奔聞臣在吳而來
吳王因子胥請帛否以爲大夫與之謀於國事史記曰闔廬死
夫差既立以伯嚭爲太宰吳敗越於會稽大夫種厚幣遺吳大
宰請和將許之子胥諫不聽太宰既與子胥有隙因讒子胥王
乃使賜子胥屬鏤之劒乃自剄左氏傳曰哀公會吳于橐皋吳子
使太宰嚭請尋盟然本或作伯喜或作帛否或作太宰嚭字雖
不同其人一也班固漢書述曰張陳之交好如父子攜手遯秦
撫翼俱起　翰曰伍員子胥也濯溉洗濯也宰嚭因子胥洗濯
而榮貴張耳封常山王故云張王陳餘爲梢相故云陳相撫翼
謂相撫持翼佐而致榮貴窮交言窮迫則交謂宰嚭厄楚奔吳陳張困秦立趙也**馳騖之俗**五臣本作倫字
澆薄之倫五臣本作俗字**無不操權衡秉纖纊衡所以揣**
初委**其輕重纊所以屬其鼻息若衡不能舉纊不**
能飛雖顏冉龍翰鳳雛曾史蘭薰雪白善曰阮子政論曰交
游之黨爲馳騖之所廢淮南子曰澆天下之淳許慎曰澆薄也
漢書曰衡平也權重也衡所以任權而鈞物平輕重也鄭衆考
工注曰稱錘曰權鄭玄尚書注曰稱上曰衡尚書曰厥篚織纊
說文曰揣量也儀禮曰屬纊以候氣運命論曰顏冉大賢魏志
崔琰曰邴原張範所謂龍翰鳳翼習鑿齒襄陽記曰舊目諸葛
孔明爲卧龍龐士元爲鳳雛曾曾參史史魚也莊子曰削曾史
之行鉗楊墨之口魏都賦曰信陵之名蘭芬也葛龔薦郝彦文
曰雪白冰折皦然曜世也　銑曰馳騖謂趨走也倫輩操執衡

秤纊緜揣量也言趨走之人澆薄之輩皆執衡秤勢之輕重持
緜量氣之麤細若勢輕氣微雖行如顏回冉耕德如曾參史魚
終不去重也龍翰鳳雛削
君子蘭薰雪白翰芳絜舒向金玉淵海卿雲黼黻
河漢善曰言舒向之辭同於淵海也論衡曰儒世之金玉文
曰劉子駿漢朝之智囊筆墨之淵海言卿雲之文類於
河漢也論衡曰繡之未刺錦之未織恒絲庸帛何以異哉如五
采之巧施針縷之飾文章玄耀黼黻華蟲學士有文章猶絲帛
之有五色之巧也又曰漢諸儒作書者以司馬長卿楊子雲河
漢也其餘涇渭也　向曰董仲舒劉向文章如金玉之珍淵海
之深司馬長卿楊子雲文章如黼
黻之麗河漢之廣黼黻錦繡之屬視若游塵遇同土梗
莫肯費其半菽罕有落其一毛善曰游塵土梗喻輕
賤也左太沖詠史詩
曰視之若塵埃嵇含司馬誄曰命危朝露身輕游塵莊子魏文
侯曰吾所以學眞土梗耳司馬彪曰梗土之榛梗也漢書項羽
曰歲飢人貧卒食半菽孟子曰楊子爲我拔一毛而利天下不
爲之也　濟曰雖有顏冉曾史之行舒向卿雲之文權勢之輕
氣息之薄澆薄之人視之如游塵土梗莫肯以半
豆一毛而濟之土梗謂解所土人木人也菽豆也若衡重錙

文五十五　十二

銖纊微彯飄撇匹滅雖共工之蒐慝驩兜之掩義
南荊之跋扈東陵之巨猾善曰鄭玄禮記注曰八兩
爲錙漢書曰二十四銖爲兩
也侯瑾箏賦曰微風影撆兮氣輕浮左氏傳季孫行父曰少昊
氏有子靖譖庸回伏讒蒐慝杜預曰謂共工也蒐隱慝惡也左
氏傳季孫行父曰帝鴻氏有子掩義隱賊好行凶德杜預曰謂
驩兜也南荊謂楚也演連珠曰南荊有寡和之歌韓子乖周子
謂楚莊王曰莊蹻爲盜於境内吏不能禁西京賦曰睢盱跋扈
莊子曰伯夷死名於首陽之下盜跖死利於東陵之上司馬彪
曰東陵陵名今屬濟南也東京賦曰巨猾閒舋蹻其略切良
曰錙銖輕也影撇飛貌謂有氣勢之人蒐隱慝惡也共工少
昊氏之子有隱惡之行驩兜帝鴻氏之子爲掩義隱賊之行荊
楚也莊蹻爲盜跋扈於南楚巨大猾亂也盜跖爲亂於東陵東
陵地名皆爲匍匐逶迤折枝舐痔金膏翠羽將
其意脂韋便辟婢亦導其誠善曰說文曰逶迤邪行去
也史記曰蘇秦笑謂嫂何
前倨而後恭嫂委虵蒲服而謝曰見季子位高金多也孟子曰
爲長者折枝語人曰吾不能是不爲也非不能也趙岐曰折枝

案摩折手節解罷枝也莊子謂宋人曹商曰秦王有病召醫破
癰潰痤者得車一乘舐痔者得車五乘子豈能療其痔邪穆天
子傳何伯曰示汝黃金之膏郭璞曰金膏其精汋也汋音綽字
漢書曰繇王閩侯亦遺江都王建犀甲翠羽毛詩序曰又實幣
帛筐篚以將其厚意鄭玄曰將助也楚詞曰如脂如韋王逸曰
柔弱曲也論語孔子曰損者三友友便辟損矣　翰曰匍匐仆
行逶迤邪行皆謂恭也折枝案摩手足也痔後病也宜人舐之
言趨勢之人見有威力者雖共工驩兜莊蹻盜跖之徒亦爲之
盡敬按摩手足舐其痔病金膏金冊也將意謂以寶幣申厚意
也脂韋柔弱便辟曲媚貌導引也謂作柔弱之貌引誠心於勢
人也故輪蓋所游必非夷惠之室苞苴將余所入實
行張霍之家謀而後動毫芒寡忒是曰量交其
流五也善曰禮記曰苞苴簞笥問人者鄭玄曰苞苴裹魚肉
者也或以葦或以茅荅賓戲曰銳思毫芒之内　銑
曰輪蓋謂軒冕之人夷伯夷惠柳下惠苞苴簞笥以裹魚肉也
張張安世霍霍光也言從勢之人游於豪貴之門謀其勢力輕
重毫芒不差也忒差也量
度也謂度其輕重而交也凡斯五義同賈古鬻故桓

文五十五　十二

譚譬之於闤闠林回諭之於甘醴善曰杜預左氏傳
注曰賈買也鄭衆
周禮注曰鬻賣也譚集及新論並無以市喻交之文戰國策譚
拾子謂孟嘗君曰得無怨齊士大夫乎孟嘗君曰然譚拾子曰
富貴則就之貧賤則去之請以市喻市朝則滿夕則虛非朝愛
而夕憎之也求存故往亡故去願君勿怨然此以市喻交疑拾
誤爲桓遂居譚上耳莊子林回曰君子之交淡若水小人之交
甘如醴司馬彪曰林回人姓名也　向曰五交謂上五交也鬻
賣也醴甘故速壞也今言桓譚譚無
以市喻交之文疑爲誤也餘同善注夫寒暑遞進盛衰相襲
或前榮而後悴或始富而終貧或初存而末亡或
古約而今泰循環飜覆迅若波瀾善曰周易曰寒往則
暑來暑往則寒來文
中子曰物盛則衰說文曰襲因也說苑雍門周對孟嘗君曰臣之能令
悲者先貴而後賤故富而今貧窒賦曰有始泰終約前榮後悴尚書大
傳曰三王之統若循連環周則復始窮則反本陸機樂府詩曰休咎
相乘躡翻覆若波瀾　濟曰遞迭襲仍約儉泰奢也言人事不恒通
塞之理如循環無際飜
覆迅疾若波瀾相從也此則殉五臣本作徇利之情未嘗異

變化之道不得一由是觀之張陳所以凶終蕭
朱所以隙末斷焉可知矣五臣本作也字　善曰言貪利情同譎詐殊道也范
曄後漢書王丹曰交道之難未易言也張陳凶其終蕭朱隙其
末故知全者鮮矣漢書曰蕭育字次君朱博字子元育少與博
爲友故長安語曰蕭朱結綬王貢彈冠言相薦達也後育爲九
卿博先至丞相與博有隙也　良曰殉求也言求利情同譎詐
則異變化謂貧富貴賤不恒也從此道釁之故張耳陳餘蕭育朱博所以爲凶隙於末也而翟公方規
規然勸門以箴客何所見之晚乎五臣本無乎字　善曰莊子曰
規規然自失也漢書曰下邽翟公爲廷尉賓客填門及廢門外
可設爵羅後爲廷尉賓客欲往翟公大署其門曰一死一生迺
知交情一貧一富迺知交態一貴一賤交情乃見穀梁傳曰王
城下然後知何知之晚也　翰曰規規小貌也箴刺也言人之
從勢盛衰其來久矣謂翟公署門譏客見事晚也然因此五交是生三釁敗
德殄義禽獸相若一釁也善曰杜預左氏傳注曰釁瑕隙也尚書曰侮慢自賢

〔五十五〕　十三

反道敗德史記衛平曰天有五色以辨白黑人民莫知辨也與
禽獸相若也　銑曰殄絕釁隟也言隨勢之人必敗德絕義與
禽獸同也難固易攜讎訟所聚二釁也善曰杜預左氏傳注曰攜離也
向曰攜離訟爭也名陷饕餮貞介所羞三釁也善曰左氏傳曰縉雲
氏有不才子貪于飲食冒于貨賄天下之人以比三凶謂之饕
餮漢書贊曰勢利之交古人羞之　濟曰陷沒也饕餮貪財食
也言趨利役名聲於貪鄙爲貞介之士所羞也古人知三釁之爲梗懼五交
之速尤故王丹威子以檟古雅楚朱穆昌言而示
絕有育哉有育哉善曰毛萇詩傳曰梗病也又曰速召也有梁之初淳風已喪俗多馳競人
尚俘華故敘叔世之交情剌當時之輕薄朱生示絕良會其宜
重言之者數美之至范曄後漢書曰王丹字仲回其子有同門
生喪親家在山中白丹欲奔慰丹怒而捷之令寄縑以祠焉禮
記曰夏楚二物收其威也鄭玄曰夏榎也楚荊也夏與榎古今
字也尚書曰禹拜昌言孔安國曰昌當也孫綽子曰莊多寄言
僤他得宗象罔得珠育哉言乎　良曰梗病尤過也檟楚杖也

昌當也育美也美哉美丹穆之情遠也餘同善注近世有樂安任昉海內髦
傑早綰銀黃夙昭民譽善曰漢書上以書勅責楊僕曰懷銀黃垂三組夸鄉里左氏傳
曰晉悼公即位六官之長皆民譽也　翰曰樂安郡名髦傑俊
英彥也綰貫也銀黃謂銀印黃綬也夙早也言早爲人所稱譽
也遒文麗藻方駕曹王英跱五臣本作特俊邁聯橫
許郭類田文之愛客同鄭莊之好賢善曰孫綽集序曰綽文藻
遒麗鄭玄儀禮注曰方併也曹王子建仲宣也魏志曰崔琰謂
司馬朗子之弟剛斷英跱裴松之案跱或作特竊謂英特爲是
辯亡論曰或將連衡范曄後漢書曰許劭少峻名節好人倫多
所賞識故天下言拔士者咸稱許郭史記曰孟嘗君名文姓田
氏在薛招致諸侯賓客食客數千人漢書曰鄭當時字莊爲大
司農毋朝候上間說未嘗不言天下長者班固贊曰鄭當時之
推賢也　銑曰遒美也麗藻文章之美也方並也曹曹植王
王粲俊邁猶俊異也聯橫連衡也謂與許邵郭林宗齊衡也孟
嘗君姓田名文好養賓客鄭莊置驛長
安諸郊請客以夜繼日是好賢人也見一善則盱吁

〔五十五〕　十四

衡扼腕烏半遇一才則揚眉抵掌雌黃出其脣吻
無粉朱紫由其月旦善曰孟子曰舜聞一善言見一善行若決江河沛然莫之能禦漢書曰公盱衡
厲色振揚武怒音義曰眉上曰衡謂舉眉揚目也字林曰盱張
目也張儀傳曰天下之士莫不扼腕大戴禮曰孔子愀然揚眉
戰國策曰蘇秦說趙王抵掌而言孫盛晉陽秋曰王衍字夷甫
能言於意有不安者輒更易之時號口中雌黃東觀漢記曰汝
南太守宗資等任用善士朱紫區別范曄後漢書曰許子將與
從兄靖俱有高名好共覈論鄉黨人物月旦輒更品題故汝南
俗有月旦評焉　向曰盱衡驚視貌扼捉揚舉也抵掌側
手擊掌也雌黃善惡也吻口也朱紫品藻也餘同善注於
是冠蓋輻湊衣裳雲合輜側眉軿蒲眠擊轊爲歲坐客
恒滿蹈其閫閾若升闕里之堂入其隩隅謂登
龍門之阪善曰西都賓曰冠蓋如雲漢書曰郡國輻湊浮食者多解嘲曰天下之士雷動雲合范曄後漢書曰
袁紹賓客所歸輜軿比轂填接街陌說文曰軿車前衣車後爲
輜史記蘇秦曰臨菑之塗車轂相擊說文曰輜車軸耑范曄後

漢書曰孔融曰座上客恒滿又漢書曰李膺字元禮獨持風裁士有被其容接者名爲登龍門　濟曰輜軿華車也轊車軸頭也閫域門限也闕里孔子里名西南隅謂之奧後漢時人有登李膺之門者謂之龍門言當時衣冠士人得踐任昉門限及奧隅者如昔人得升孔子之堂李膺之門耳**至於顧盼增其倍價翦拂使其長鳴彯組雲臺者摩肩趨走丹墀者疊跡**善曰戰國策蘇代說淳于髡曰客有謂伯樂曰臣有駿馬欲賣之比三旦而立於市人莫與言願子還而視之去而顧之臣請獻一朝之費伯樂乃旋視之去而顧之一旦而馬價十倍又汗明說春申君曰夫驥服鹽車上太行中坂遷延負轅不能上伯樂遭之下車攀而哭之驥於是仰而鳴者何也彼見伯樂之知己今僕居鄙俗之日久矣君獨無湔拔僕也湔拔翦拂音義同也東觀漢記曰詔賈逵入講南宮雲臺使出左氏大義史記蘇秦說齊王曰臨菑之塗人肩相摩漢典職儀曰以丹漆地故稱丹墀吳都賦曰躍馬疊迹　良曰盼視也言士人因昉顧盼翦拂而升臺省者摩肩疊迹言其多也彯亦飄也組綬也雲臺臺名漢儀以丹漆塗地故曰丹墀之庭也**莫不締恩狎結綢繆想惠莊**五臣本作莊惠**之清塵庶羊左之徽烈**善曰過秦論曰合從締交禮記曰賢者狎而敬之鄭玄曰狎習也近也李陵詩曰獨有盈觴酒與子結綢繆淮南子曰惠施死而莊子寢說言世莫可爲語也楚詞曰日聞赤松之清塵列士傳曰羊角哀左伯桃爲死友聞楚王賢往尋之道遇雨雪計不俱全乃并衣糧與角哀入樹中死應璩與王將軍書曰省鼠雖惠猶知徽烈　翰曰締結也綢繆親密貌言當時與任昉交者皆想慕莊周惠子羊角哀左伯桃之美業也徽美烈業也餘同善注**及瞋目東粵歸骸洛浦繐帳猶懸門罕漬酒之彥墳未宿草野絕動輪之賓**善曰東粵謂新安昉死所也洛浦謂歸葬楊州也莊子曰夫差瞋目東粵楚詞曰歸骸舊邦莫誰語魏武遺令曰於臺堂上施六尺牀繐帳朝晡後漢書徐穉字孺子前後州郡選舉諸公所辟雖不就有死喪赴弔萬里常於家預炙雞一隻一兩綿漬酒日中曝乾以裹雞徑到所赴冢隧外以水漬之使有酒氣升米飯白茅藉以雞置前醊酒畢留謁即去不見喪主禮記曰朋友之墓有宿草而不哭焉動輪范式也事具前此篇注　銑曰瞋目死也粵當爲越爲任昉死於新安葬於楊州楊州則梁之洛陽也繐素帟希也宿草墓根也彥美士也動輪之賓謂墓無車馬之謁也餘同善注**藐爾諸孤朝不謀夕流離大海之南寄命鄣癘之地**善曰諸孤昉子也劉璠梁典曰昉有子東里西華南客北叟並無術學隳其家業左氏傳晉獻公曰以是藐諸孤又趙孟曰朝不謀夕何可長也李陵與蘇武書曰流離辛苦幾死朔北之野范曄後漢書朱勃上書曰士人飢困寄命漏刻蔣子萬機論曰許文休東渡江乃在嶂氣之南梁典不言昉子遠之交桂今言大海之南者蓋言流離之甚也　向曰藐小貌諸孤謂昉子也流離行散也大海南海也鄣山癘惡氣也言流離遠惡之處**自昔把臂之英金蘭之友曾無羊舌下泣之仁寧慕郈成分宅之德**善曰此謂到洽兄弟也劉孝標與諸弟書曰任既假以吹噓各登清貫任云亡未幾子姪漂流溝渠洽等視之悠然不相存贍平原劉峻疾其苟且乃廣朱公叔絕交論焉東觀漢記曰朱暉同縣張堪有名德每與相見常接以友道暉以堪宿成名德未敢安也堪至把暉臂曰欲以妻子託朱生其後物故南陽飢暉聞堪妻子貧窮乃自往候視見其困厄分所有以賑給之歲送穀五十斛帛五匹以爲常羊舌氏叔向也春秋外傳曰叔向見司馬侯之子撫而泣之曰自此父之死也吾蔑與比事君也昔者此其父始之我終之我始之夫子終之孔叢子曰郈成子自魯聘晉過于衛右宰穀臣止而觴之陳樂而不作酣畢而送以璧成子不辭其僕曰不辭何也成子曰夫止而觴我親我也陳樂不作告我哀也送我以璧託我也由此觀之衛其亂矣行三十里而聞衛亂作右宰穀臣死之成子於是迎其妻子還其璧隔宅而居之　濟曰同善注自昔謂平生也金蘭喻交道其堅如金其芳如蘭此言烈治兄弟平生與昉親善如金蘭及其死也使孤幼離流而不問是無叔向下泣之仁郈氏分宅之德**嗚呼世路嶮巇**許宜**一至於此太行孟門豈云嶄絕**善曰盧諶詩曰山居是所樂世路非我欲楚詞曰何周道之平易兮然蕪穢而嶮巇王逸曰嶮巇猶顛危也孟門太行二山名也史記曰商紂之國左孟門右太行也　良曰嗚呼歎辭嶮巇傾薄也言到洽一何至此嶮薄也太行孟門二山名嶄絕危斷貌言此二山不足比此人之懷抱也**是以耿介之士疾其若斯裂裳裹足弃之長騖獨立高山之頂歡與麋鹿同羣皦皦然絕其雰濁誠恥之也誠**

畏之也　善曰耿介之士峻自謂也韓子曰耿介之士寡而尚貫之人多墨子曰公輸欲以楚攻宋墨子聞之自魯往裂裳裹足十日至郢曹植應詔詩曰彌節長騖郭象莊子曰曰亢然獨立高山之頂楚辭曰高山崔巍兮水湯湯死日將至兮與麋鹿同坑論語子曰鳥獸不可與同羣孔安國曰隱居山林是同羣也范曄後漢書曰皦皦者易汙楚詞曰吸精氣而吐雺濁兮說文曰雺亦氛字　翰曰耿介之士峻自謂也鶩走也言裂裳裹足弃之而走立於高山之頂以遠之皦皦絜白貌雺濁喻纖俗也言纖俗之人如到俗者信可恥畏也

演連珠

五臣本無演連珠三字　善曰傅玄敍連珠曰所謂連珠者興於漢章之世班固賈逵傅毅三子受詔作之其文體辭麗而言約不指說事情必假喻以達其旨而覽者微悟合於古詩諷興之義欲使歷歷如貫珠易看而可悅故謂之連珠

演連珠五十首

陸士衡　銑曰連珠者假託衆物陳義以通諷諭之道連貫也言穿貫情理如珠之在貫焉漢章帝時班固賈逵已有此作機復引舊義以廣之演引也

劉孝標注

臣聞日薄星迴穹天所以紀物山盈川沖后土所以播氣　劉曰天地所以施生日薄於天星迴於漢穹蒼所以紀陰陽之節在山則實在地則化所以散剛柔之氣也　善曰禮記曰季冬之月日窮于次月窮于紀星迴於天數將幾終歲且更始國語太子晉曰山土之聚也川氣之通也夫天地成而聚於高歸物於下疏爲川谷以通氣也字書曰沖虛也鄭玄考工記注曰播散也　向曰此章喻君象天地運動之節而任賢能也薄迫也沖虛也　日君德星臣德日星迴迫於天以紀寒暑之節亦猶君臣相助以成太平之功山盈滿君象也以含養萬物川沖虛臣體也以達不通后土地也播布也言布氣以成生物五行錯而致用四時違而成歲　劉曰夫五行四時佐天地造物者也然水火相賤金木相代而共成陶鈞之致春秋異候寒暑繼節而俱濟一歲之功也　善曰莊子曰四時殊氣天不私故歲成五官殊職君不私故國治也　濟曰五行水火金木土錯雜也違諧也言五行雜運四時相諧以成其歲亦猶文武雜任可否相攻以成其理也是以百官恪居以赴八音之離明君執契以要克諧之會　劉曰三才理通趣舍不異天地既然人理得不效之哉所以臣敬治其職齊金石之別響君執契居中納鏗鏘之合韻　善曰左氏傳公鉏然之敬恭朝夕恪居官次老子曰聖人執左契而不責於人有德司契無德司徹尚書曰八音克諧呂氏春秋曰宮徵商羽角各處其處音皆調均而不可以相爲此所以無不受也賢主之立官有似於此百官各處其職治其事以待主主無不安矣　良曰恪勤也赴會也八音金石絲竹匏土革木離猶節也契信克能諧和會合也言百官勤居其職君執信以任之則事無不理奏樂者會八音之節則聲和而韻合也

臣聞任重於力才盡則困用廣其器應博則凶是以物勝權而衡殆形過鏡則照窮　劉曰夫錙銖之衡懸千斤之重徑尺之鏡照尋丈之形用過其力傷其本性故在權則衡危於鏡則照暗也　善曰勝或爲稱爾雅曰稱舉也一曰稱亦勝也吳錄子胥曰越未能與我爭稱負也　翰曰此章明君當度才受任臣當度德受官也才亦力也器能也錘曰權秤曰衡殆危也言力以任重力盡則困用廣能寡能盡則凶所秤之物重於錘衡必折所鑒之形大於鏡照必窮皆不稱任也故明主程才以效業貞臣底力而辭豐　劉曰由衡危鏡凶哲人所以爲戒故主則程其才而授官臣則辭其豐而致功此唐虞所以緝熙稷契所以垂美也　善曰說文曰程品也廣雅曰效驗也王肅尚書注曰底致也　銑曰程品效考業事底致豐大也言明君任人必能品藻才能考其事業而後受職貞臣致力佐主常辭爵祿豐大故能安國存身而無叨濫也

臣聞髦俊之才世所希之丘園之秀因時則揚是以大人基命不擢才於后土明主聿興不降佐於昊蒼　五臣本作倉　劉曰此章言賢人雖希而無世不有故云殷三仁辭職隆周十亂入朝故明主之興非天地特爲生賢才在引而用之爲貴爾　善曰毛萇詩傳曰髦俊也周易曰六五賁于丘園束帛戔戔王肅曰失位無應隱處丘園蓋象衡門之人道德彌明必有束帛之聘戔戔委積之貌也鄭玄曰秀士有德行道藝者也尚書曰王如不敢及天基

命定命。向曰：此章明世有賢人，但應時而用耳。髦俊，俊人也，秀美也。大人，天子也。言俊人世世皆有丘園之美，亦逢時而出，故聖主明王之興，賢臣亦相應而起，豈拔之於地下、降之於天上。擢，拔也。昊，天也。

臣聞世之所遺，未爲非寶；主之所珍，不必適治。是以俊乂之藪，希蒙翹車之招；金碧之巖，必辱鳳舉之使。善曰：言末代闇主崇神弃賢，故俊乂無翹車之徵，金碧有鳳舉之使也。毛萇詩傳曰：適，之也。毛詩曰：翹翹車乘，招我以弓，豈不欲往，畏我友朋。漢書曰：或言益州有金馬碧雞之神，可醮祭而致，於是遣諫議大夫王褒使持節而求之。班固功德論曰：朱軒之使，鳳舉於龍堆之表。濟曰：此章明昏主棄賢良、親邪媚。藪，澤也。翹車，使車也。金馬碧雞，神名。鳳舉，使者如鳳鳥之舉也。言昏主所遺者，未爲非賢；所重者，不必適理。何者？俊乂之人隱於藪澤，則不蒙招引；精怪之神處於山巖，則發使徵求之也。漢使王褒迎金馬碧雞神於蜀是也。

臣聞祿放五臣本作施字於寵，非隆家之舉；官私於親，非興邦之選。是以三卿世及，東國多衰弊五臣本作敝之政；五侯並軌，西京有陵夷之運。劉曰：寵謂五侯，親謂三卿。言三桓專魯而哀公見逐，五侯用權而漢氏以亡。善曰：孔安國論語注曰：放，依也。論語孔子曰：政逮大夫四世矣，三桓子孫微矣。孔安國曰：三桓謂仲孫、叔孫、季孫也。東國謂魯也。法言曰：夷惠無仲尼，西山之餓夫，東國之黜臣。漢書曰：成帝悉封舅王譚、王立、王根、王逢、王商，時爲列侯，五人同日封，故世謂之五侯。廣雅曰：軌，迹也。漢書張釋之曰：秦陵夷至于二世，天下土崩。春秋命歷敍曰：五德之運，徵應錄次相代也。良曰：此章明權在寵臣則國危矣。隆，盛也。言卿大夫稱家。三卿謂孟孫、叔孫、季孫。世及，謂相承不絕也。五侯謂王商、王立、王譚、王逢、王根也。軌，跡也。陵，謂頹毀也。言權盛於寵臣，祿厚於私親，非家國舉選之道。魯君之奔，漢祚中缺，蓋由是也。

臣聞靈輝朝覯，稱物納照；時風夕灑，程形賦音。是以至道之行，萬類取足於世；大化既洽，百姓無匱於心。善曰：至道均被，萬物取而咸足；淳化普洽，百姓用而不匱。猶靈輝朝覯而品物納光，清風流而百籟含響也。淮南子曰：猶條風之時灑。許慎曰：灑，猶汎也。翰曰：此章明聖人以百姓心爲心，則萬物各得其所矣。靈輝，日也。覯，見也。灑，猶散也。程，量也。夫日之朝見，隨隙穴大小而納照；風之夕散，因形物巨細而賦音。亦猶至德之君，化及萬物，各盡其分，故百姓無匱乏也。

臣聞頓網探淵，不能招龍；振網羅雲，不必招鳳。是以巢箕之叟，不盻丘園之幣；洗渭之民，不發傅巖之夢。劉曰：古之隱人結巢以居，故曰巢父，或言即許由也。洗耳，一説巢父也，記籍不同，未能詳孰是。又傅説築於傅巖，而精通武丁。言巢許冥心長往，故無發夢之符。善曰：頓，猶整也。説文曰：振，舉也。陸云洗渭，而劉之意云洗耳。據劉之意，則以洗渭爲洗耳乎？呂氏春秋曰：昔者堯朝許由於沛澤之中，曰：請屬天下於夫子。許由遂之箕山之下，潁水之陽。琴操曰：堯大許由之志，禪爲天子。由以其言不善，乃臨河而洗耳。李陵詩曰：許由不洗耳，後世有何徵。嵇子曰：昔者許由之立身也，恬然守志，存己不甘祿位，洗耳不受帝堯之讓，謙退之高也。益部耆舊傳：秦宓對王商曰：昔堯優許由，非不弘也，洗其兩耳。皇甫謐逸士傳曰：巢父者，堯時隱人也。及堯讓位乎許由也，由以告巢父焉。巢父責由曰：汝何不隱汝光？何故見若身，揚若名？今聞若汝非友也。乃擊其膺而下之。由悵然不自得，乃過清泠之水，洗其耳。皇甫謐高士傳云：巢父聞許由之爲堯所讓也，以爲汙，乃臨池水而洗耳。譙周古史考曰：許由，堯時人也，隱箕山，恬泊養性，無欲於世。堯禮待之，終不肯就。時人高其無欲，遂崇大之，曰堯將以天下讓許由，由恥聞之，乃洗其耳。或曰又有巢父與許由同志。或曰許由夏常居巢，故一號巢父，不可知也。凡書傳言許由則多，言巢父者少矣。范曄後漢書嚴子陵謂光武曰：昔唐堯著德，巢父洗耳，士故有志，何至相迫乎？然書傳之説洗耳，參差不同。陸既以巢箕爲許由，洗耳爲巢父，且復水名不一，或亦洗於渭乎？銑曰：此章明大賢不可以禮法而致，能以至道招之，則無不至矣。頓，致。網，網也。巢，巢父也。箕，山名。盻，顧也。幣，帛也。洗渭，或云許由洗耳於渭水。傅，傅説也，隱於傅氏之巖，見夢於高宗，高宗徵之爲相。龍鳳，喻賢人也。言下網振網不可致之，亦由巢父不顧束帛之聘，許由不感時君之夢也。

臣聞鑒之積也無厚，而照有重淵之深；目之察也有畔而眂視周天壤之際何則應事以精不以形造物以神不以器是以萬邦凱樂非悅鍾鼓之娛天下歸仁非感玉帛之惠劉曰鏡質薄而能照目形小而能視以其精明也故聖人以至精感人至神應物爲樂不假鍾鼓之音爲禮不待玉帛之物此所感之至也　善曰廣雅曰鑑謂之鏡莊子曰千金之珠在九重之淵又曰壺子曰吾示之以天壤司馬彪曰壤地也論語子曰禮云禮云玉帛云乎哉樂云樂云鍾鼓云乎哉　向曰此章明聖人化物當以道德不以威儀也鑒鏡也精謂鏡器謂目也凱大也鍾鼓樂也玉帛禮也夫鏡之質薄目之形小所以能照深視遠者以有精明之德聖人能體此精明之德則不假禮樂之化而天下自樂也

臣聞積實雖微必動於物崇虛雖廣不能移心是以都人冶容不悅西施之影五臣本作景字乘馬班如不輟太山之陰劉曰美女之影不感荒婬之人高山之陰不上不進之馬虛實之驗在茲也　善曰周易曰慢藏誨盜冶容誨淫潛夫論曰夫圖西施毛嬙可說於心而不若醜妻陋妾而可御於前也周易曰乘馬班如王肅曰班如槃桓不進也呂氏春秋曰審堂下之陰而知日月之行高誘曰陰晷影也　濟曰此章明積實而小勝名虛而大也都美也景謂畫象也班如馬不進貌輟止也太山東岳也陰影也言積微實必感動於物崇廣虛不能移於心雖美士荒婬不悅西施之畫象東岳陰影不能止難進之馬

臣聞應物有方居難則易藏器在身所乏者時是以充堂之芳非幽蘭所難繞梁之音實縈絃所思劉曰此章言賢明有才不遇知者所以自古爲難芬芳之氣罕有而幽蘭豐其氣才明之術所希而賢人懷其術然則縈曲之絃無繞梁以盡妙不世之姿寡明時以取窮　善曰劉云縈曲之絃謂絃被縈曲而不申者也言縈曲之絃思繞梁以盡妙以喻藏器之士願明時以效績鄭玄論語注曰方常也何休公羊傳曰充滿也周易曰君子藏器於身尸子曰繞梁之鳴許史鼓之非不樂也墨子以爲傷義故不聽也　良曰此章明應物有方則無難矣充滿也幽蘭香草也韓娥善歌餘聲繞梁言應物有法居難亦易畜才於身者候時而行求滿堂之香非幽蘭則難致歌聲繞梁者彈絃之人思與合曲亦由明王將理非賢不可賢人在世亦明主所思與之共理也

臣聞智周通塞不爲時窮才經夷險不爲世屈是以陵飈之羽不求反風曜夜之目不思倒日劉曰鷙鶚能飛不假風力鵂鶹夜見豈藉還曜此與聖人通塞而不窮夷險而不屈何以異哉　善曰莊子曰鵲巢於高榆之顛巢折凌風而起淮南子曰鵂鶹夜撮蚤察毫末晝出瞋目而不見丘山言殊性也高誘曰鵂鶹謂之老菟鵂音休蚤音爪　翰曰此章明賢人遇時則通故無窮屈也飈急風也曜夜之目謂能夜視也倒日過日也賢者隨時應變故無窮屈也言有陵飈之翮者不求反風之力也夜見於物者不思迴日爲明喻賢人居亂闇之時用情與太平之世同也

臣聞忠臣率志不謀其報貞士發憤期在明賢是以柳莊黜殯非貪瓜衍之賞禽息碎首豈要先茅之田劉曰夫黜尸以明諫輔車以進賢並發之於忠誠豈有求而然哉　善曰韓詩外傳曰昔衛大夫史魚病且死謂其子曰我數言蘧伯玉之賢而不能進彌子瑕不肖而不能退死不當居喪正堂殯我於室足矣衛君問其故子以父言聞君召蘧伯玉而貴之彌子瑕退之徙殯於正堂成禮而後去生以身諫死以尸諫然經籍唯有史魚黜殯非是柳莊豈爲書典散亡而或陸氏謬也左氏傳曰晉侯賞桓子狄臣千室亦賞士伯以瓜衍之縣曰吾獲狄土子之功微子吾喪伯氏矣韓詩外傳曰禽息秦人知百里奚之賢薦之穆公爲私而加刑焉公後知百里之賢乃召禽息謝之禽息對曰臣聞忠臣進賢不私顯烈士憂國不喪志奚陷刑臣之罪也乃對使者以首觸楹而死以上卿之禮葬之論衡曰傳言禽息薦百里奚繆公出當門仆頭碎首以達其友應劭漢書注曰繆公出當車以頭擊門而劉云觸車未詳其旨左氏傳曰襄公以再命命先茅之縣賞胥臣曰舉郤缺子之功也杜預曰先茅絕後故取其縣以賞胥臣也　銑曰此章明貞義之臣諫君舉賢皆發自深衷而不求於封賞也瓜衍晉侯賞士伯縣名先茅襄公賞胥臣縣名也昔衛大夫史魚病將死謂其子曰我不能進蘧伯玉之賢退彌子瑕之諂死當殯我於側室足矣是黜尸於側室以進賢也今言柳莊則無黜尸進賢之道是陸生之誤也禽息薦百里奚

於繆公繆公不用乃碎首以達之言此二人碎首黜尸並發於忠貞之志以進賢明豈有求於爵賞也

臣聞利眼臨雲不能垂照朗璞蒙垢不能吐輝五臣本作暉**是以明哲之君時有蔽壅之累俊乂之臣屢抱後時之悲**善曰言讒人在朝君臣否隔明君時有蔽壅喻利眼臨雲而息照俊乂後時而屢歎喻朗玉蒙垢而掩輝論衡曰日月猶人之有目任子云日月天下眼目而人不知德抱朴子云日月之蝕乃至於盡天何爲當故壞其眼目以行讒人乎尸子曰鄭人謂玉未理者爲璞　向曰此章明讒臣在朝壅蔽明君故令賢者不得用也利眼日也天有日月如人有眼故以日爲利眼也此喻君也雲喻讒臣也璞玉也以喻君子蒙垢謂讒言所汙之也夫雲翳於日則不能照垢汙於玉則不能光亦猶明主賢臣遭讒邪壅蔽不能申聖明之德故數有失時之悲後失也

臣聞郁烈之芳出於委灰繁會之音生五臣本作主字**於絶絃是以貞女要名於沒世烈士赴節於當年**善曰香以燔質而發芳絃以特絶而流響喻貞女沒身而譽立烈士效節而名彰也上林賦曰酷烈芳郁王逸楚辭注曰委棄也楚辭曰五音紛其繁會　濟曰此章明烈士貞女身死而後名彰言香委火而香芳音以絃急而繁亦猶烈士貞女沒身知節於當年而後成其名

臣聞良宰謀朝不必借威貞臣衛主脩身則足是以三晉之強屈於齊堂之俎千乘之勢弱於陽五臣本從才**門之哭**劉曰晏嬰立威於樽俎子罕慟哭於介夫絶使晉人輟謀齊宋不撓良宰貞臣有效於斯者也　善曰晏子春秋曰晉平公使范昭觀齊國政景公觴之范昭起曰願得君之樽爲壽公令左右酌樽以獻晏子命撤去之范昭不悅而起舞顧太師曰爲我奏成周之樂太師曰盲成不習也范昭顧謂平公齊未可幷吾欲試其君晏子知之吾欲犯其樂太師知之於是輟伐齊謀孔子聞之曰善不出樽俎之閒而折衝千里之外晏子之謂也禮記曰晉人之覘宋者反報於晉侯曰陽門之介夫死而子罕哭之哀而人說殆不可伐也孔子聞之曰善哉覘國乎史記曰韓宣侯魏武侯趙敬侯共滅晉參分其地故曰三晉陸氏從後通言爾非謂平公之日已有三晉之名也　良曰此章明忠良在朝不假威力而服敵國也樽俎陽門事同善注言此二人脩身衛主執禮節於樽俎哭介夫於陽門雖三晉之強千乘之勢不敢加兵於齊宋也

臣聞赴曲之音洪細入韻蹈節之容俯仰依詠是以言苟適事精麤可施士苟適道脩短可命劉曰此言取其正事而已豈復係門閥乎婁敬一言漢以遷都醜女暫說齊以爲后亦猶鼓缶而會時搖頭而韻曲也　善曰高誘呂氏春秋注曰適中適也　翰曰此章明取人之才隨其所長不待備具而後任也洪大韻調詠歌也言樂音大小雖異俱合於調舞容俯仰殊體必依於歌士有言適於事德合於道才雖精麤長短不同皆可命而用之也

臣聞因雲灑潤則芬澤易流乘風載響則音徽自遠是以德教俟物而濟榮名緣時而顯劉曰此言物有因而易彰也　善曰乘猶因也孔安國尚書傳曰載行也孫卿曰吾嘗順風而呼聲非加疾而聞者彰君子生非異也善假於物也　銑曰此章明賢人負德當際會而成也徽美俟待也言雨之灑潤聲之音響必資風雲而後芬美流遠也亦猶德教待賢而後濟賢人因時而後彰

臣聞覽影偶質不能解獨指跡慕遠無救於遲是以循虛器者非應物之具翫空言者非致治之機劉曰此言爲事非虛立功須實故三章設而漢隆玄言流而晉滅此其驗也　向曰此章明有言而無行者不可用也虛器謂畫器也言猶畫器者不甚應受盛賞空言者不足理機務也

臣聞鑽燧吐火以續暘谷之晷揮翮生風而繼飛廉之功是以物有微而毗著事有瑣而助洪劉曰物有小而益大不可忽也若緹縈獻書而除肉刑此其例也　善曰論語宰予曰鑽燧改火楚辭曰後飛廉使奔屬王逸

曰飛廉風伯也　濟曰此章明人有小能者亦可助成大功也燧鑽火木也暘谷日出處晷日影也飛廉風師也畊贊瑣小也言鑽燧取火揮翮生風亦能續日晷之明繼飛廉之吹足明小能之人亦可贊助大業

臣聞春風朝煦蕭艾蒙其溫秋霜宵墜芝蕙被其涼是故五臣本作以字威以齊物爲肅德以普濟爲弘劉曰春秋不以善惡殊其彫榮人君不以貴賤革其賞罰故詩云柔亦不茹剛亦不吐也　善曰薛君韓詩章句曰煦暖也　良曰此章明人君賞罰不以貴賤而易常也煦烝也蕭艾惡草墜落也芝蕙香草言春秋生殺不以善惡而易寒燠聖王理人不以貴賤而殊威德也肅嚴普偏洪大也

臣聞巧盡於器習數則貫五臣本作慣道繫於神人亡則滅是以輪匠肆目不乏奚仲之妙瞽史清耳而無伶倫之察劉曰此言事在外則易致妙在内則難精奚仲巧見於器故輪工能繼其致也伶倫妙在其神故樂人不傳其術也　善曰杜預左氏傳注曰肆極也世本曰奚仲作車尸子曰造車者奚仲也漢書曰黃帝使伶倫自大夏之西崑崙之陰取竹嶰谷斷兩節閒而吹之以爲黃鍾之宮　翰曰此章明工巧可以習致妙道難以力求也慣猶善也輪匠輪扁也肆信也奚仲造車者瞽無目人也史樂官也伶倫黃帝樂師也言奚仲造車輪扁繼之不乏其妙瞽史靜耳不能得伶倫之妙是由工妙外物易善也聽聲繫神難成也人亡則滅明妙道則難傳也

臣聞性之所期貴賤同量理之所極卑高一歸是以准月稟水不能加涼晞日引火不必增輝善曰言物雖貴賤殊流高卑異級至其極也殊塗共歸雖方諸稟水於月而不加於水之涼陽燧取火於日不加於火之輝也周禮曰司烜氏掌以夫遂取明火於日以鑒取明水於月以共祭祀之明齍明燭共明水鄭玄曰夫遂陽燧也鑒鏡屬也取水者世謂之方諸鄭司農曰夫發聲也明齍謂以明水滫滌粢盛黍稷烜音燬　銑曰此章明貴賤雖異理極則同也言物雖貴賤殊流高卑異級理至其極則同歸矣亦猶方諸取水於月陽燧取火於日其來雖高涼輝之性不加於尋常水火

選五十五　二十五

臣聞絕節高唱非凡耳所悲肆義芳訊非庸聽所善是以南荆有寡和之歌東野有不釋之辯劉曰商鞅言帝王之術而孝公以之睡此其義也　善曰孔安國尚書傳曰肆陳也宋玉集楚襄王問於宋玉曰先生有遺行與宋玉對曰唯然有之客有歌於郢中者其始曰下俚巴人國中屬而和者數千人旣而陽春白雪含商吐角絕節赴曲國中唱而和之者彌寡呂氏春秋曰孔子行於東野馬逸食野人稼野人留其馬子貢說而請之野人絕不聽於是鄙人馬圉乃復往說曰子耕東海至於西海吾馬何得不食子苗野人大悅解馬還之　向曰此章明事至於妙非常人所知也肆陳訊言釋解也南荆東野同善注言楚人其唱雅曲凡耳所不聽子貢辭陳其芳義野人所不善是事不適時也

臣聞尋煙染芬薰息猶芳徵音錄響操終則絕何則垂於世者可繼止乎身者難結是以女皇之風怕存動神之化已滅劉曰周孔以禮樂訓世故其迹可尋倪惠以堅白爲辭故其辯難繼是以唐虞遠而淳風流存鮮張近而解環易絕也　善曰字書曰薰火煙上出也曹植魏德論曰玄晏之化豐洽之政尚書益曰至誠感神　濟曰此章明教跡垂世者可尋故道在身者難繼也薰煙徵驗操曲也玄晏禮教也動神至道也言尋煙染氣煙息猶香驗周孔雖死禮教之風尚在驗音錄響曲終即絕驗堯舜去世至道之化乃滅也

臣聞託闇藏形不爲巧密倚智隱情不足自匿是以重光發藻尋虛捕景大人貞觀探心昭忒善曰日月發輝旣尋虛而捕影欲藏形託闇豈得施其巧密乎以喻聖人正見旣探心而明惑欲隱情而倚智豈足自匿其事乎鄧析子曰藏形匿影鬼谷子曰藏形其有欲也不能隱其情重光日也尚書五行傳曰明王踐位則日儷其精重光以見吉祥說文曰捕取也思玄賦曰朝貞觀而夕化應劭曰貞正也易曰天地之道貞觀者也仲長子昌言曰探心測意世加甚焉　良曰此章明人不可以託闇潛形以智隱詐也匿藏也重光日也貞正昭明忒差也夫人藏形於闇自以爲密日發光藻而照之隱情於智自以爲匿聖人垂貞觀而明之然日非尋捕聖非探顛但以無私之照無情之觀故物不能逃也

選五十五　廿六

臣聞披雲看霄則天文清澄風觀水則川流平是以四族放而唐劭一臣誅而楚寧劉曰凶邪亂正亦由浮雲蔽天疾風激水故舜流四凶而朝穆穆楚戮費鄢而王道洽也善曰尚書舜流共工于幽州放驩兜于崇山竄三苗于三危殛鯀于羽山四罪而天下咸服小雅曰劭美也二臣費無極與鄢將師也左氏傳沈尹戌言於子常曰夫無極楚之讒人也去朝吳出蔡侯朱喪太子建殺連尹太子而弗圖將焉用之子常曰是瓦之罪也乃殺費無極鄢將師盡滅其族以說其國也翰曰此章明誅暴亂則王聖明矣霄天澄淨也四族謂共工驩兜三苗鯀也二臣謂費無極鄢將師也天水喻君也風雲喻亂臣也言去風雲則天清而水平誅暴亂則君聖而時泰也劭繼也故舜能繼唐因放四凶楚之載理由戮二臣也

臣聞音以比耳爲美色以悅目爲歡是以衆聽所傾非假百五臣本作北字里之操萬夫婉孌非俟西子之顏故聖人隨世以擢佐明主因時而命官劉曰物之企競由乎不足政之不治才不合時故也必若自足不假美女之麗用會其朝不勞稷契之賢矣善曰揚雄答客難曰工聲調於比耳張衡舞賦曰既娛心以悅目孟子曰西子蒙不潔則人皆掩鼻而過之趙岐曰西子古好女西施也銑曰此章明君當隨時擢賢不必空慕古人也北里樂名操曲婉順變好俟待也西子西施也夫悅耳目者以適時而爲美何必假北里之樂待西施之容而後樂哉言聖人亦當隨世擢用賢良豈必遠思稷契而後成理也

臣聞出乎身者非假物所隆牽乎時者非克己所勗是以利盡萬物不能叡童昏之心德表生五臣本無生字民五臣本有倫字不能救棲遑之辱善曰下愚由性非假物所移弊俗係時非克己能正是以放勛化被四表不革丹朱之心仲尼德冠生人不救棲遑之辱漢劉向上疏曰雖有堯舜之聖不能化丹朱荅賓戲曰聖哲之治棲棲遑遑孔席不煖墨突不黔向曰比章明性愚不可以教變俗澈不可以力移也勗勉叡明也童昏癡也表上也夫至愚之人非假物而能致其明至澈之時非克己勉力而能正故唐堯能理天下不能化子之癡孔丘德上人倫不能免已之辱也

臣聞動循定檢天有可察應無常節身或難照五臣本作昭字是以望景揆日盈數可期撫臆論心有時而謬劉曰檢謂定檢不瀾漫也此言晷景有節尺圭可以知其數深情難測淵識不能知其心故光武蔽於龐萌魏武失之張邈善曰趙岐孟子章指曰言循性守故天道可知安改常心乖性命之指蒼頡篇曰檢法度也濟曰此章明人事深遠不可抑知也循轉也檢猶分也揆度也盈數長短之數也臆心謬誤也言天之運轉有定分故可察人之變易無常故難明向者天道有定晷刻不差無恒之人心口相誤是明人心難知於天也

臣聞傾耳求音眡優聽苦澄心徇物形逸神勞是以天殊其數雖同方不能分其感理塞其通則並質不能共其休劉曰耳之與目同在於身而苦樂有殊不能相救良由造化隔其通

七竅理其用也善曰莊子曰棄生以徇物又曰譬如耳目鼻口皆有所明不能相通猶百官衆技皆有所長時有所用也良曰此章明量才任人事雖勞不可以殊能兼也優樂登徒徇營感憂塞隔也夫傾聽求聲者則耳苦而目樂定心營物者則神勞而形安然同在一身之上而休戚異者是天理殊宜造化自隔

臣聞遁世之士非受匏瓜之性幽居之女非無懷春之情是以名勝欲故偶影之操矜窮愈達故凌五臣本作陵字霄之節厲劉曰名則傳之不朽窮則身居萬全故謂之勝所以列士貞女棄彼而取此也善曰周易曰遯世無悶王逸楚辭注曰遯隱也論語子曰吾豈匏瓜也哉焉能繫而不食禮記曰幽居而不淫漢書蒯通曰婦人有幽居守寡者毛詩曰有女懷春吉士誘之廣雅曰矜急也厲高也翰曰此章明遁世不仕非樂幽隱貞烈之女豈樂獨居知時不可仕知欲不勝名也言隱者豈性如匏瓜繫在一處貞女豈不知懷春而好偶影以時不可動故厲節不可違故執操也

臣聞聽極於音不慕鈞天之樂身足於蔭無假垂天之雲是以蒲密之黎遺時雍之世豐沛之士忘桓撥之君劉曰搖頭鼓缶秦之樂也秦人樂之此故不賴天帝之音故子路之惠政卓茂之仁如豐沛之甄復二三者自足其樂矣豈復思時雍桓撥之治哉善曰身蔭既足故無假垂天之雲垂天言雲之大也莊子曰北溟有魚名之鯤化為鵬怒而飛翼若垂天之雲家語曰子路為蒲宰夫子入其境而歎子貢執轡而問曰夫子未見由而三稱善何也曰吾入其境田疇甚易草萊甚辟此恭敬以信故其人盡力也入其邑墻屋甚嚴草木甚茂此忠信以寬故其民不偷也至其庭甚閑此明察以斷其民不擾也范曄後漢書曰卓茂字子康南陽人也遷密令視人如子吏人親愛而不忍欺尚書堯典曰黎民於變時雍豐沛謂漢也桓撥謂殷也毛詩曰玄王桓撥毛萇曰玄王契也或者以密為密子賤但子賤為政雖則有聞以邑對姓恐文非體也　銑曰此章明令長政和人得其足矣鈞天中天也言趙簡子夢遊鈞天天鈞為設廣樂也垂天雲謂大雲也蒲子路所理邑密卓茂所理邑也黎衆也時雍太平化也豐沛謂漢高祖也桓撥謂殷湯也夫聽足於音不思廣樂身有所庇不假大雲亦猶蒲密衆人被子路卓茂之化而忘太平之風漢朝之士不思殷德也

【選五十五】　廿九

臣聞飛轡西頓則離朱與矇莫同瞍蘇苟收察懸景東秀則夜光與珷玞善本作武夫匿耀是以才換世則俱困功偶時而並劭劉曰運若時來則賢明易與數逢堯季則愚聖一揆故堯在朝而舜登庸哀公居位而仲尼逐也　善曰飛轡懸景皆謂日也日有御故云轡也頓猶舍也西頓謂已夕也東秀謂旦明也廣雅曰秀出也愼子曰離朱之明韓詩曰矇瞍奏功薛君曰無珠子曰矇珠子具而無見曰瞍大戴禮云日歸于西起明于東月歸于東起明于西鄒陽上書曰夜光之璧戰國策曰白骨疑象武夫類玉張揖漢書注曰武夫石之次玉者　向曰此章明君暗而權臣任事則賢與愚同類矣飛轡謂日也日有御故云日為君也離朱明目人喻賢也矇瞍謂盲人喻愚也懸景月也月象權臣也秀出也夜光璧名喻賢也珷玞石名喻愚也換易也困遲也夫日闇則明目與盲瞽同為無察月出則夜光與珷玞咸歸匿耀亦猶世昏則賢愚俱困逢時則賢者相繼而起劭繼也

臣聞示應於近遠有可察託驗於顯微或可包是以寸管下傃素天地不能以氣欺尺表逆立日月不能以形逃劉曰十管黃鍾九寸之律以灰飛所以辨天地之數即示近之義也以至夏立丈二表於陽城表觀其晷影以知日月之度斯所謂託驗於顯者也　善曰司馬彪續漢書曰候氣之法為室三重戶閉塗釁必周密布緹幔室中以木為案每律各一內庳外高從其方位加律上以葭灰抑其內端案歷而候之氣至者灰去其氣所動者其灰散人及風所動者其灰聚鄭玄禮記注曰傃猶向也周禮曰土圭之法則土深正日景以求地中日至之景天有五寸謂之地中四時之所交也風雨之所會也陰陽之所和也濟曰此章明用人不假臨事而後知也但察志氣之近可驗心迹之遠也管律管也傃向也謂插向地中候氣也欺誑也表以測日影言以寸管測天地之氣尺表候日月之形則天地不能誑日月不能逃而況人情能逃匿乎

臣聞絃有常音故曲終則改鏡無畜影故觸形則照是以虛己應物必究千變之容挾情適事不觀萬殊之妙劉曰常音謂君臣宮商之音夫絃節有恒清濁之聲難越對物有恒則應化之功不廣然明鏡無心物來斯照聖人玄同感至皆應是以滯有之與懷豁道難得而校也　善曰文子曰事由琴瑟每終改調淮南子曰鏡不設形故能形也高誘曰鏡不豫設人形貌清明以待人形見則見之鵩鳥賦曰千變萬化未始有極淮南子曰陽而不通分為萬殊　良曰此章明聖人以道御物不私其情故無不應也畜積也究盡也絃有常音曲終則異以挾改易之情故不能見其妙鏡無積影觸形則照以合應物之體故能盡其容言聖人虛己應人亦猶鏡也

【選五五】　三十

臣聞柷敔五臣本作圉希聲以諧金石之和鼙鼓踈擊以節繁絃之契是以經治必宣其通圖物恒審其會劉曰夫道上環中理貴持會希發而節樂者繫一柷之功也一契而御衆者聖人之能也　善曰爾雅曰踈遲也　翰曰此章明道雖少而合理者亦不可棄也柷圉止樂之物鼙小鼓也夫柷圉鼙鼓音雖希踈皆和金石節亭繁絃也言

經營政化圖謀事物亦資合理之事以審要會也

臣聞目無嘗五臣本作常字音之察，耳無照景之神，故在乎我者不誅之於己，存乎物者不求備於人。善曰言爲政之恕已及物也耳目在身施之異務不以通塞之故而誅之於己是以存乎物者豈求其備哉杜預左氏傳注曰嘗試也論語周公曰無求備於一人孔安國尚書傳曰誅責也銑曰此章明人無周材不可以責備也言目不堪聽耳不堪視斯乃在於一人之身猶不責其通塞之故豈可求諸備於一人

臣聞放身而居，體逸則安；肆口而食，屬饜則充。是以王鮪登俎，不假吞波之魚；蘭膏停室，不思銜燭之龍。劉曰此欲令各當其所而無企羨之心抑之在鵬鷃之義也　善曰杜預左氏傳注曰肆放也左氏傳闞沒汝寬曰及饋之畢願以小人之腹爲君子之心屬饜而已鄭玄周禮注曰充猶足也周禮曰春獻王鮪劉逵注蜀都賦曰巨鼇冠山陵魚吞舟吸波吐波氣成雲霧楚辭曰蘭膏明燭華容備王逸曰以蘭香煉膏也楚辭曰日安不到燭龍何照王逸曰言天西北有幽冥無日之國有龍銜燭而照之也　向曰此章明物各得其所則無傾慕之心矣肆恣厭飽充足也王鮪魚名俎槃也吞波大魚也北方有無日之國有龍銜燭而照之夫放身而居恣口而食在於安飽爲足亦猶俎登王鮪者不得待吞波之魚也室照蘭燈者無假燭龍之光

臣聞衝波安流，則龍舟不能以漂；善曰楚辭曰衝風起兮橫波王逸曰衝隧也言又遇隧風大波涌起楚辭曰使江水兮安流淮南子曰龍舟鷁首天子之乘廣雅曰漂激也　翰曰此章明人性隨化遷易聖人爲理不可不愼風化也龍舟畫龍於舟也漂蕩也震風洞發，則夏屋有時而傾。善曰法言曰吾不見震風能動聾瞶也洞疾貌也楚辭曰夏屋廣大沙堂秀莊子云風謂蛇曰折大木不飛大屋唯我也　良曰震風大風也洞疾貌夏大傾側也何則？牽乎動則靜凝，劉曰言舟牽乎水波靜而舟定故曰靜凝也　善曰屋雖靜而爲動之所牽則靜止而爲動也鄭玄儀禮注曰凝止也自定之貌也　翰曰凝止也舟牽水是動也以波安而反靜止也係乎靜則動貞。劉曰言屋係乎地風動而屋傾是動貞也　善曰舟雖動而爲靜之所係則動正而爲靜也周易曰貞正也然此文勢與上句稍殊不可以文而害意也　銑曰貞正也屋係於地是靜也風震而動正也

是以淫風大行，貞女蒙冶容之悔；淳化殷流，盜跖挾曾史之情。劉曰此謂物無常性惟化所珍故水本驚蕩風靜則安屋本貞堅風來則傾亦由貞專之女值淫奔之俗或有桑中之心凶虐之人被淳風之化當挾賢士之義　善曰言舟本搖蕩流靜則安流爲水及風誤也悔當爲誨曾曾參史史魚莊子曰削曾史之行鉗楊墨之口　向曰殷盛也盜跖東陵大盜也曾參史魚廉絜之士也言人無常性善惡在於化也水本漂蕩風靜則安屋本堅正風漂則側猶貞女之心因淫風而倡蕩大盜之性遇淳化而廉絜也

臣聞達之所服，貴有或遺；窮之所接，賤而必尋。是以江漢之君，悲其墜屨；少原之婦，哭其亡簪。善曰言人居窮則志篤處達則恩輕是以楚君施惠激三軍之澆俗少原流慟消輕薄之頹風賈子楚昭王與吳人戰軍敗走昭王亡其踦屨已行三十步後還取之左右曰大王何惜於此昭王曰楚國雖貧豈無此一踦屨哉吾悲與之偕出而不與之偕返於是楚俗無相棄者韓詩外傳曰孔子出遊少原之野有婦人中澤而哭其聲甚哀孔子怪之使弟子問焉婦人對曰鄉者刈蓍薪而亡吾蓍簪吾是以哀孔子曰刈蓍薪而亡蓍簪有何悲也婦人曰非傷亡簪吾所以悲者不忘故也　濟曰此章明故舊不可忘也服用貴遺棄也墜屨忘簪同善注言人達時所用或有可棄貧賤之交在於貴難忘故楚王之悲少原流慟蓋欲激薄澆俗也

臣聞觸非其類，雖疾弗五臣本作不應；感以其方，雖微則順。是以商飆漂山，不興盈尺之雲；谷風乘條，必降彌天之潤。故闇於治者，唱繁而和寡；審乎物者，力約而功峻。劉曰商風漂蕩本無興雲之候暗君政亂不能懷百姓之心至谷風習習必陰必雨明主在上則天下自安也　善曰毛詩曰習習谷風維風及雨毛萇詩傳曰乘升也洪範五行傳曰雲起於山而彌於天鄭玄周禮注曰彌徧也　良曰此章明君行暴急之政則不能懷百姓也商飆秋風也谷風東風也彌猶徧也峻高

也夫秋飇吹山不能興雲疾不應也東風動條則必降雨微而順也亦猶闇者法繁而人不從明者事約而功高大也

臣聞煙出於火非火之和情生於性非性之適故火壯則煙微性充則情約是以殷墟有感物之悲周京無佇立之跡劉曰殷墟謂紂也周京幽王也棄性逐欲遂令身死國家爲墟故微子視麥秀而悲殷周大夫見禾黍而悲感者也　善曰夫性者生之質情者性之欲故性充則國興情侈則國亂二王皆棄性而縱欲所以滅亡也詩序云彷徨不忍去而疑佇立之跡然序又云盡爲禾黍豈得佇立哉　翰曰此章明情欲縱則必喪身亡國也殷謂紂周謂幽王也微子過殷墟見麥秀於舊居而悲周大夫過周京感黍苗而歎夫煙能生火性能生欲火盛則煙滅欲深則性亡亦猶殷周之君縱欲須身喪國使二賢感歎也宮室盡爲禾黍故無佇立之跡

臣聞適物之技俯仰異用應事之器通塞異任是以鳥棲雲而繳飛魚藏淵而網沈貴鼓密而含響朗笛疎而吐音劉曰賢聖之道動合物宜隨俗汙隆用行其正取其濟物而已由求鳥必高其繳須魚必沈其網也　善曰爾雅曰大鼓謂之鼖賁與鼖古字同鄭玄禮記注曰密之言閉也說文曰疎通也　銑曰此章明聖人不枉物從己故所適必通也繳射也網網也大鼓曰賁朗明疎通也夫鼓笛爲器有通有塞故使任各異而聖人用心俯仰順物升於雲則爲繳沈於淵則爲網故物不能逃而無不通也

臣聞理之所守勢所常奪道之所閉權所必開是以生重於利故據圖無揮劒之痛義貴五臣本作重於身故臨川有投跡之哀善曰性命之道含靈所惜以利方生則生重利不以利喪生是理之所守道之所閉也以身方義則義貴身而以義棄身是勢之所奪權所必開也是以據圖無揮劒之痛以利輕於生臨川有投迹之哀以身輕於義文子曰左手據天下之圖而右手刎其喉愚者不爲身貴乎天下也死君之難者視死若歸義重於身故也天下大利也比身則小身所重也比義則輕臨川自投謂北人無擇也莊子曰舜以天下讓其友北人無擇北人無擇曰異哉后之爲人也欲以其辱行漫我吾羞見之因自投清泠之淵　向曰此章明賢者重義而輕身也文子曰左手據天下圖右手刎其喉愚者不爲也舜讓天下於友北人無擇無擇曰欲以辱行漫我因自投清泠之泉夫理有可守者爲勢力所奪道有可閉者爲威權所開是以據圖之人揮劒不痛以利輕身也投川之士死而可哀者輕身徇義也

臣聞通於變者用約而利博明其要者器淺而應玄是以天地之賾該於六位萬殊之曲窮於五絃劉曰事得其要雖寡而用博易之六爻該綜萬象琴之五絃備括衆聲　善曰廣雅曰玄遠也小雅曰賾深也周易曰大明終始六位時成五絃琴也歸田賦曰彈五絃於妙指　濟曰此章明事能通變者雖小可以窮大也器用宏遠賾深該備也夫事有變要所用淺約逼乎玄遠者亦猶易著六爻備於萬象琴張五絃總於衆聲

臣聞圖形於影未盡纖麗之容察火於灰不覩洪赫之烈是以問道存乎其人觀物必造其質劉曰此言令人尋本而棄末也　善曰法言曰或問經難易曰其人有則易亡則難　良曰此章明棄虛收實也圖畫也言人圖形於影不得容媚察火於灰無見赫烈若信虛言不能存道亦猶畫形於影不至其質也造至也五臣本此段在通於變者一段前

臣聞情見於物雖遠猶疎神藏於形雖近則密是以儀天步晷而脩短可量臨淵揆水而淺深難察劉曰天布列象物所以知其度此即遠猶疎淵之積水人所不能測此即藏於器也　善曰儀猶法象也鄭玄尚書大傳注曰步推也說文曰晷日景也慎子曰離朱之明察毫末於百步之外下於水尺而不能見淺深非目不明也其勢難覩也　翰曰此章明事遠者不必難知近者不必易察也儀法步推晷影脩長揆度也夫天體雖遠可以法推者疎而易知神機至近非能理契者密而難測故聖人用心不重其大不輕其小

臣聞虐暑熏天不減堅冰之寒涸陰凝地無累陵火之熱是以吞縱之彊不能反蹈海之志漂

櫓善本作鹵字之威不能降西山之節善曰言勢有極也虐暑涸陰之隆不能易火氷之性吞縱漂鹵之威不能移貞介之節淮南子曰夫寒之與煖相反寒地坼水凝火弗爲衰其勢暴也事如下文吞縱謂秦也六國爲縱而秦滅之故曰吞縱過秦曰秦有并吞八荒之心史記曰魏將軍新垣衍說趙使尊秦爲帝魯連曰彼秦者棄禮義而上首功之國也即肆然而爲帝則連有蹈東海而死耳吾不忍爲之民尚書序曰武王伐殷尚書曰前徒倒戈攻于後以北血流漂杵過秦曰伏尸百萬流血漂櫓說文曰漂浮也史記曰武王伐紂伯夷叔齊叩馬諫曰以臣伐君可謂仁乎左右欲兵之太公曰此義人也扶而去之武王以平殷亂伯夷叔齊耻之隱於首陽山及餓且死作歌其詩曰登彼西山兮採其薇　銑曰此章明上有勅節者不可以威力移也虐毒也陵原也關東諸侯合縱巨秦而秦吞併之蹈海謂魯連隱於海也櫓大楯也武王伐紂流血漂櫓西山首陽山也夫氷之性寒毒暑不能滅火之性熱凝陰不能累亦猶秦皇之彊不能迴魯連之志周武之威不能屈伯夷之節也

臣聞理之所開力所常達數之所塞威有必窮

是以烈火流金不能焚景沈寒凝海不能結風劉曰金爲火所流海爲寒所凝此是理開而常達也然則能流金而不能焚景能凝海而不能結風此理閉而所窮也　善曰高誘呂氏春秋注曰數術也　向曰此章明理有定分不可越也言火之流金寒之凝海乃理開常達之道是以能之至於焚景結風則數塞必窮之義自是不及也

臣聞足於性者天損不能入貞於期者時累不能淫是以迅風陵雨不謬晨禽之察勁陰殺節不凋寒木之心劉曰夫冒霜雪而松栢不彫此由是堅實之性也天雖損無害也雞善伺晨雖陰晦而不輟其鳴此謂時累不能淫也　善曰莊子謂顏回曰無受天損易無受人益難淫猶侵也法言曰震風陵雨然後知夏屋之帡幪李軌曰陵雨暴雨也帡莫經切幪莫公切　濟曰此章明貞操之士時亂不能易其節也足於性謂松栢也天損謂霜雪也貞於期謂雞鳴也時累謂風雨也喻君子邪亂不能侵其明節亦猶風雨不能誤雞鳴霜雪不能凋松栢也淫侵也

卷終

六臣註文選卷第五十六

箴　銘　誄上

箴

女史箴一首

善曰曹嘉之晉紀曰張華懼后族之盛作女史箴也

張茂先良曰女史女人之官執彤管書后妃之事華懼后族之盛故假女史作箴以戒後宮也

茫茫造化二儀既五臣本作始字分散氣流形既陶既甄善曰淮南子曰大丈夫恬然無爲與造化逍遥高誘曰造化天地周易曰易有太極是生兩儀　又曰家語孔子曰地載神氣流形庶物無非教也漢書董仲舒曰泥之在鈞唯甄者之所爲如淳曰陶人作瓦器謂之甄也　翰曰茫茫廣大貌二儀天地也陶甄謂陶人爲瓦器也言天地散氣流而爲形有似陶人爲器也

在帝庖犧肇經天人爰始夫婦以及君臣善曰周易曰包犧氏之王天下也始作八卦以通神明之德以類萬物之情也　又曰有天地然後有萬物有萬物然後有男女有男女然後有夫婦有夫婦然後有父子有父子然後有君臣　銑曰庖羲伏羲也肇始經治也言伏羲始治天下於是立夫婦君臣之道也

家道以正而五臣本無而字王猷有倫善曰周易曰家道正而天下定毛詩曰王猶允塞猷與猶古字通　向曰猷道倫治也

婦德尚柔含章貞吉善曰周易曰坤至柔而動也剛妻道也　又曰含章貞吉以時發也　翰曰言婦德尚柔順也易曰含章貞吉也

婉嫕翳淑慎正位居室善曰漢書曰孝平王皇后爲人婉嫕有節操服虔曰嫕音翳桑之翳曹大家列女傳注婉柔和嫕深邃也毛詩曰淑慎爾止周易曰女正位乎內　良曰婉順嫕靜淑善也正位謂皇后也

施衿結褵离虔恭中饋善曰儀禮曰女嫁母施衿結帨曰勉之敬之夙夜無違父母之識毛詩曰親結其褵九十其儀毛萇曰褵婦人之幃也褵與離古字通也周易曰在中饋無攸遂　翰曰褵纓也虔敬也中饋酒食之事也女嫁母施衿結纓曰勉之敬之也

肅慎

爾儀式瞻清懿善曰毛詩曰敬慎威儀又曰各敬爾儀　銑曰肅敬儀法式用懿美也樊姬感莊不食鮮禽衛女矯桓耳忘和音志厲義高而二主易心善曰列女傳曰楚莊樊姬者楚莊王之夫人莊王初即位好狩獵畢弋樊姬諫不止乃不食禽獸之內三年王改又曰齊侯衛姬者衛侯之女齊桓公之夫人桓公好淫樂衛姬爲不聽鄭衛之聲曹大家曰衛國作淫泆之音衛姬疾桓公之好是故不聽以厲桓公也玄熊攀檻馮媛趍進夫豈無畏知死不恡五臣本作吝字　善曰漢書曰孝元馮昭儀上幸虎圈鬬獸熊佚出圈攀檻欲上殿左右貴人傅昭儀皆走馮婕妤直前當熊而立左右格殺熊上問何故當熊婕妤曰猛獸得人而止妾恐至御座故身當之帝嗟歎以此倍敬重焉　濟曰能猛獸也美女曰媛言此人豈不懼爲君致命知死不惜也吝惜也班妾有辭割驩五臣本作歡字同輦夫豈不懷防微慮遠善曰漢書曰成帝遊於後庭欲與班婕妤同輦載婕妤辭曰妾觀古圖畫聖賢之君皆有名臣在側三代末主乃有嬖女今欲同輦得無近似乎　良曰言此豈無思念於懷所割歡者防慮微遠也餘同善注

道罔隆而不殺物無盛而不衰日中則昃月滿則微善曰長楊賦曰事罔隆而不殺物靡盛而不虧又曰周易曰日中則昃月盈則蝕毛詩曰彼月而微此日而微鄭玄曰謂不明也　翰曰殺滅昃偏也崇猶塵積替若駭機人咸知飾其容而莫知飾其性善曰蔡邕女誡曰夫心猶首面一旦不脩飾則塵垢穢之人心不思善則邪惡入之人盛飾其面而莫修其心惑矣家語孔子曰容不可不飾也　銑曰替廢也塵積成山喻積小善而成高德也言興德如爲山之難廢如踐機之易也　向曰飾容謂理裝梳也飾性謂脩德行也性之不飾或愆禮正斧之藻之克念作聖善曰法言曰吾未見斧藻其德若斧藻其楶者尚書曰惟狂克念作聖　濟曰愆失也　良曰斧藻謂脩飾也克能也言脩飾道德則爲聖人出其言善千里應之苟違斯義則同衾以疑善曰周易子曰君子居其室出其言善則千里之外應之况其邇者乎居其室出其言不善則千里之外違之况其邇者乎又曰徐幹中論曰苟失其心同衾爲遠　翰曰言善則遠亦應背義則夫婦亦相疑同衾謂夫婦也夫出言如微而榮辱由茲善曰周易曰言行君子之樞機樞機之發榮辱之主　銑曰言榮辱在出言善惡也勿謂幽昧靈監五臣本作鑒字無象勿謂玄漠神聽無響向曰幽昧闇也玄漠靜也勿以爲於闇靜之處而以爲無知者神靈鑒聽不在響象而知也無矜爾榮天道惡盈善曰周易曰鬼神害盈而福謙　濟曰矜大盈滿也言無以榮自大天道惡滿也無恃爾貴隆隆者墜善曰楊雄解嘲曰炎炎者滅隆隆者絕　良曰隆隆盛也墜落也鑒于小星戒五臣本作式字彼攸遂善曰毛詩序曰小星惠及下也詩曰嘒彼小星三五在東周易曰無攸遂王弼曰盡婦人之正義無所以遂也　翰曰詩云嘒彼小星三五在東喻羣妾隨夫人以次序進御於君也易曰無攸遂在中饋貞吉言盡婦人之道比心螽斯則繁爾類善曰毛詩曰螽斯羽詵詵兮宜爾子孫振振兮　銑曰螽斯蚣蝑也言無妬忌故種類繁多而詩人引之以美后妃也

歡不可以黷寵不可以專善曰國語司空季子謂文公曰男女不相及畏黷敬也黷則生怨怨亂毓災災毓滅性韋昭曰畏黷其類也漢書曰孝成趙皇后入宮寵少衰而女弟絕幸娣弟專寵十餘年卒皆無子也　向曰過分曰黷言歡不可過分寵不可專擅專實生慢愛極則遷致盈必損理有固然善曰文子老子曰天道極即反盈即損日月是也魯連子譚子曰物之必至理固然者也　濟曰慢因專擅生損因盈滿至此理之固然也美者自美翩以取尤善曰莊子曰楊朱過宋東之於逆旅人有妾二人其一美其一惡惡者貴而美者賤楊子問其故逆旅小子對曰其美者自美吾不知其美也其惡者自惡吾不知其惡也　良曰翩輕也言美者人各自以爲美懷輕薄之行者則自取尤過冶容求好君子所讎結恩而絕職此之由善曰周易曰慢藏誨盜冶容誨淫漢書曰王立與諸劉結恩左氏傳范宣子數諸戎曰言語漏洩職女之由　翰曰言爲妖冶之容而求好者是君子之讎也結恩而中絕者皆主在於此職主也故曰翼翼矜矜福所以興善曰太公金匱師尚父謂

武王曰舜之居人上矜矜乎如履薄冰湯之居人上翼翼乎懼不敢息也　銑曰翼翼矜矜小心貌興盛也**靖恭自思榮顯所期女史司**五臣本作斯字**敢告庶姬**善曰毛詩曰靖恭爾位好是正直　又曰毛萇詩傳曰古者后夫人必有女史彤管之法女史不記其過其罪殺　向曰言守靖恭敬則榮望自期於汝身司主也庶姬衆妾也

封燕然山銘一首 幷序

善曰范曄後漢書曰齊殤王子都鄉侯暢來弔國憂竇憲遣客刺殺暢發覺憲懼誅自求擊匈奴以贖死會南單于請兵北伐乃拜憲車騎將軍以執金吾耿秉爲副大破單于遂登燕然山刻石勒功紀漢威德令班固作銘

班孟堅濟曰封者增高也燕然山名也銘名也述其功美使可稱名也時固隨竇憲行遂作此銘也

維永元元年秋七月有漢元舅曰五臣本無曰字**車騎將軍竇憲**善曰范曄後漢書曰孝和皇帝母梁貴人爲竇憲后所譖憂卒竇后養帝以爲己子即位改年曰永元又曰竇憲字伯度女弟立爲皇后竇憲和選侍中和帝即位太后臨朝　良曰元長也憲和帝長舅也**寅亮聖皇登翼王室**善曰尚書曰三孤寅亮天地弼予一人登翼謂登輔翼也　翰曰寅敬亮信登升翼輔也言見敬信於君故升爲三公使輔王室**納于大麓惟清緝熙**善曰尚書曰納于大麓烈風雷雨弗迷毛詩曰維清緝熙文王之典　銑曰麓錄也言使大錄萬機之事也緝熙光明也**乃與執金吾耿秉述職巡禦治兵于朔方**善曰范曄後漢書曰耿秉字伯初爲執金吾與竇憲北擊匈奴大破之左氏傳臧僖伯曰三年而治兵杜預曰三年而大習出曰訓兵　向曰耿秉爲執金吾禦禁也朔方北方也**鷹揚之校螭虎之士爰該六師**善曰毛詩曰惟師尚父時惟鷹揚史記曰武王乃作泰誓曰勗哉夫子尚桓桓如虎如貔如熊如羆徐廣曰此音訓並與上同也毛詩曰整我六師　濟曰鷹揚螭虎言士卒驍勇也爰於該備也六師六軍也**暨南單于東胡烏桓西戎氐羌侯王君長之羣驍騎十萬**善曰范曄後漢書曰南單于休蘭尸逐侯鞮單于屯屠何立時北虜大亂南單于將討幷北庭上言願發國中諸部胡會虜北竇太后從之　良曰暨與也與戎羌君長合擊匈奴驍俠也**元戎輕武長轂四分**善曰毛詩曰元戎十乘以先啓行司馬彪續漢書曰輕車古之戰車孫吳兵法曰有巾有蓋謂之武剛車者先驅轂梁傳曰長轂五百乘范甯曰長轂兵車也　翰曰元大戎兵也長轂兵車也四分謂布於四面也**雷輜蔽路萬有三千餘乘**善曰漢書揚雄河東賦曰奮電鞭驂雷輜　銑曰輜車也言兵車之衆如雷聲也蔽塞也**勒以八陣涖以威神**善曰雜兵書八陣者一曰方陣二曰圓陣三曰牝陣四曰牡陣五曰衝陣六曰輪陣七曰浮沮陣八曰鴈行陣　向曰涖臨也謂勒八陣之勢以威神臨之餘同善注**玄甲耀日朱旗絳天**善曰漢書曰發屬玄甲李陵與蘇武書曰雷鼓動天朱旗翳日　濟曰玄黑色絳赤色耀曰絳天言其盛也**遂凌**五臣本作陵字**高闕下雞鹿**五臣本作鹿字　善曰漢書曰遣將軍衛青出雲中至高闕臣瓚曰山名也范曄後漢書曰憲與匈奴萬騎出朔方雞鹿塞　良曰陵上也高闕雞鹿皆山名**經磧鹵絕大漠**善曰說文曰鹵西方鹹地也漢書曰衛青復將六將軍絕漠臣瓚曰沙土曰漠直度曰絕也　翰曰磧石地鹵鹹地也大漠沙漠也**斬溫禺以釁鼓血尸逐以染鍔**善曰范曄後漢書曰匈奴其大臣次左右日逐王次左右溫禺鞮王皆單于子弟次第當爲單于者也其異姓大臣左右骨都侯次左右尸逐都侯左氏傳智罃曰不以釁鼓也　銑曰溫禺尸逐皆匈奴君長名號殺人以血塗軍鼓曰釁鍔劒鍔也**然後四校橫徂**善本作徂字**星流彗掃**向曰校隊也徂行也星流言疾也彗掃言除也此並威武之盛矣**蕭條萬里野無遺寇**濟曰蕭條萬里空遠之貌言寇賊無餘也**於是域滅區殫反旆而旋考傳驗圖窮覽其山川**良曰區亦域也殫盡也旆旗也言旣平匈奴考書傳驗圖牒覽匈奴中山川也**遂踰涿**丁角**邪跨安侯乘燕然**善曰范曄後漢書曰度遼將軍鄧鴻與後諸軍皆會涿邪山又曰南單于上言北單于創刈南兵遯逃遠去依安侯河西　翰曰踰

跨皆越也秉上也㳂邪山名安侯河名燕然山名躡冒墨頓之區落焚老上之龍庭善曰漢書曰頭曼單于有太子曰冒頓冒頓以鳴鏑射殺頭曼遂自立爲單于冒頓死子稽粥立號曰老上單于又曰匈奴正月諸長小會單于庭祠五月大會龍城祭其先天地鬼神龍音龍　銑曰躡蹴焚燒也冒頓老上匈奴君長號也區落部落也龍庭單于祭天所也將上以攄高文之宿憤光祖宗之玄靈善曰祖高祖也宗太宗文帝也史記曰高祖自將擊韓王信遂至平城爲匈奴所圍七日又文紀曰匈奴攻朝那塞殺北地都尉卭徐廣曰姓孫也　向曰攄舒也高祖爲匈奴圍於平城文帝時匈奴殺北地都尉卭言今誅之是舒高祖文帝之宿怨光祖宗之神靈也憤怨玄神也下以安固後嗣恢拓境宇振大漢之天聲善曰甘泉賦曰天聲起兮勇士厲　濟曰恢大拓開也言下固子孫大開境宇振我天子之聲也茲可五臣本作啓所謂一勞而久逸暫費而永寧也乃遂封山刊石昭銘盛德其辭曰善曰漢書揚雄上疏曰以爲不一勞者不久佚不暫費者不永寧刊石削石即謂立銘也　良曰咨歎美也刊削也

鑠舒灼王師兮征荒裔勦凶虐兮截昨結海外善曰毛詩曰於鑠王師遵養時晦又曰相土烈烈海外有截　翰曰鑠美勦絶也言美我王師征伐荒裔絶於凶虐也夐其邈兮亘地界封神丘兮建隆嵑善曰說文曰碣立石也嵑與碣同音義曰渠烈切　銑曰夐邈皆遠也亘徧也神丘燕然山也建立也隆高也嵑碑也熙帝載兮振萬世善曰尚書曰有能奮庸熙帝之載　向曰熙廣也言廣帝之年威振萬世

座右銘一首

崔子玉善曰范曄後漢書曰崔瑗字子玉涿郡人也早孤銳志好學盡能傳其父業舉茂才爲汲令遷濟北相疾卒　濟曰瑗兄璋爲人所殺瑗遂手刃其仇亡命蒙赦而出作此銘以自戒嘗置座右故曰座右銘也餘同善注

無道人之短無說己之長施人愼勿念受施愼勿忘善曰戰國策唐睢謂信陵君曰人之有德於我不可忘也吾之有德於人不可不忘也世譽不足慕唯仁爲紀綱良曰譽聲譽也隱心而後動謗議庸何傷善曰劉熙孟子注曰隱度也周易曰君子安其身而後動易其心而後語呂氏春秋曰內反於心不慚然後動也　翰曰隱度庸常也言能度心而動謗議常理何能傷人乎無使名過實守愚聖所臧善曰越絶書范子曰名過實者滅聖人不使名過實家語孔子曰聰明叡智守之以愚功被天下守之以讓　銑曰臧善也在涅貴不緇曖曖內含光善曰論語子曰不曰堅乎磨而不磷不曰白乎涅而不緇晏子春秋仲尼曰星之昭昭不如月之曖曖周易曰含弘光大品物咸亨　向曰涅黑泥也緇黑色曖曖闇昧貌言在俗不染外如闇昧內含光明也柔弱生之徒老氏誡剛彊善曰老子曰人生也柔弱其死也堅强萬物草木生也柔脆其死也枯槁故堅強者死之徒柔弱者生之徒也又曰柔弱勝剛强河上公曰柔弱者久長剛強

者先亡也　濟曰老子云柔弱者生之徒剛彊者死之徒言以此誡世人也行行鄙夫志悠悠故難量善曰論語曰閔子侍側誾誾如也子路行行如也子曰若由也不得其死然鄭玄曰行行剛彊貌論語曰長沮桀溺耦而耕孔子使子路問津焉桀溺曰滔滔者天下皆是也而誰與易也　良曰行行剛彊貌鄙夫謂庸鄙之人也言庸人爲剛彊之志悠悠然其禍故重也悠悠長遠之貌也愼言節飲食知足勝不祥善曰周易曰君子以愼言語節飲食老子曰知足不辱　翰曰君子愼言語節飲食祥善也知足不辱故勝不善也行之苟有恒久久自芬芳善曰王逸注楚辭曰苟誠也　銑曰苟且恒常也

劍閣銘一首

張孟陽善曰臧榮緒晉書曰張載父收爲蜀郡太守載隨父入蜀作劍閣銘益州刺史張敏見而奇之乃表上其文世祖遣使鐫石記焉　向注同

巖巖梁山積石峩峩善曰揚雄益州箴曰巖巖岷山古曰梁州毛萇詩傳曰巖巖積石貌

也濟曰巖巖積石貌梁山梁州山也峩峩高貌遠屬荆衡近綴岷嶓音波善曰尚書曰荆及衡陽惟荆州孔安國曰北據荆山南及衡山之陽也尚書曰岷嶓既藝良曰蜀綴皆連也荆衡岷嶓皆山名南通邛僰蒲北北達褒斜善曰漢書音義服虔曰邛蜀郡西部也僰夷名也梁州記曰萬石城泝漢上七里有褒谷口南口曰褒北口曰斜也翰曰邛山名僰蠻夷國名也達亦通也褒斜谷名也狹過彭碣高踰嵩華善曰劉淵林蜀都賦注曰岷山都安縣有兩山相對立如闕號曰彭門孔安國尚書注曰碣石海畔山也銑曰彭門碣石二山險故以狹比之嵩華二山名踰越也惟蜀之門作固作鎮向曰大可爲鎮險可爲固也是曰劍閣壁立千仞善曰酈元水經注曰小劍戍北去大劍三十里連山絕險飛閣相通故謂之劍閣也濟曰劍閣言其峯如劍其勢如閣壁立謂峻也千仞言高也窮地之險極路之峻善曰周易曰地險山川丘陵也西都賦曰臨峻路而啓扉良曰言窮盡地之險極道路之峻也世濁則逆道清斯順閉由往漢開自有晉善曰閉由劉備故曰往漢開自鍾會故曰有晉也鍾會皇之伐蜀雖在魏朝政由晉王故歸功於晉也翰曰蜀人負此險固故遇蜀世則逆而拒之逢時清則順而歸之閉謂漢末劉備據而叛也開謂晉使鍾會平蜀而開之秦得百二并吞諸侯齊得十二田生獻籌善曰漢書田肯賀上曰陛下得韓信又治秦中持戟百萬齊得十二此所謂東西秦也銑曰秦地險以一萬之衆可敵百萬故能吞諸侯也齊亦負海之險以二萬敵十萬故能彊大也田生謂肯也獻籌謂獻策於漢高言齊秦形勢之險也剡茲狹隘土之外區向曰剡況茲此也狹隘阻也區域也言其土地自在區域之外也夫趑夷趄七余反善曰陳琳爲曹洪荅文帝書曰一夫揮戟萬人不得進廣雅曰趑趄難行也濟曰趑趄不進貌言負其險阻一人荷戟百人荷戈萬夫不能進也形勝之地匪親勿居善曰漢書田肯曰秦形勝之國也齊有琅邪之饒非親子弟莫可使王齊也良曰匪非也言非國親不可令居此險也昔在武侯中流而喜山河之固見屈吳起興實在德險

〔選五十六　八〕

亦難恃洞庭孟門二國不祀善曰史記曰魏武侯浮西河而下中流顧謂吳起笑曰美哉乎河山此魏國之寶也吳起對曰在德不在險昔三苗氏左洞庭而右彭蠡恃此險也德義不修禹滅之夏桀之居左河濟右太華伊闕在其南羊腸在其北修政不仁湯放之殷紂之國左孟門右太行常山在其北大河經其南修政不德武王殺之由此觀之在德不在險若君不修德舟中之人盡爲敵國武侯曰善翰曰喜歎也同善注洞庭湖名孟門山名不祀謂不得祀其先人也自古迄今天命匪易憑阻作昏鮮不敗績善曰尚書曰爾亦弗知天命弗易又曰左氏傳曰凡師大崩曰敗績杜預曰喪其功績也銑曰迄至昏暴鮮少績功也言天命不易憑險難而作暴亂少不敗其功也公孫既滅劉氏銜璧善曰范曄後漢書曰公孫述爲導江卒正假稱蜀都太守自立爲天子漢使吳漢伐之述死吳漢盡滅公孫氏蜀志曰後主諱禪先主子也魏使鄧艾伐之後主輿櫬自縛詣壘門左氏傳曰楚子圍許僖公面縛銜璧向同善注覆車之軌無或重跡勒銘山阿敢告梁益善曰晏子春秋諺曰前車覆後車戒范曄後漢書陳忠上疏曰覆車之軌其迹不遠濟曰言公孫述劉禪是覆車之跡無或重履之以此言告梁益二州以爲誡也

〔選五十六　九〕

石闕銘一首　并序

陸佐公善曰劉璠梁典云陸倕字佐公吳郡人也少篤學善屬文仕至大常卿詔使爲漏刻石闕二銘冠絕當時賜以束帛朝野榮之良曰同善注此石闕在端門外夾道而置之其上隱起奇獸異禽之狀

昔在五臣本作者字舜格文祖禹至神宗周變商俗湯黜夏政善曰尚書帝曰舜汝陟帝位正月上日受終于文祖又帝曰禹惟汝諧正月朔旦受命于神宗墨子曰紂之亂武王理之當此之時時不渝而人不易上變政而人改俗書曰湯既黜夏命復歸于亳翰曰格至也文祖神宗皆舜禹受命之所也周武王也商紂也湯天乙也黜退也夏桀也雖革命殊乎因襲揖讓異於干戈而晷緯冥合天人啓惎巨吏克明俊德

大庇生民其揆一也善曰舜禹揖讓也湯武干戈也言揖讓干戈之道雖殊而用賢愛人之義爲一也周易曰湯武革命順乎天而應乎人論衡曰漢力勝周多矣舜以司徒受堯禪文王百里武王爲西伯襲文王皆有因緣力易爲也孔叢子曾子謂孔子曰舜禹揖讓湯武用師非相詭此乃時也三國名臣序贊曰揖讓之與干戈說文曰晷日影也緯五星也易乾鑿度曰五緯順軌四時和粟西都賦曰天啓之心人惎之謀尚書曰克明俊德以親九族左氏傳鄭子駟曰以待彊者而庇民焉孟子曰先聖後聖其揆一也　銑曰革改也襲猶繼也晷影也緯星也謂日月星皆有祥瑞之色也啓開庇覆也言舜禹揖讓而禪湯武干戈而伐其道雖殊至於應天地之運開人神之謀明用賢才庇覆兆庶其揆一也在齊之季昏虐君臨威侮五行怠棄三正善曰吳均齊春秋曰東昏侯蕭寶卷高宗第二子也高宗崩太子即位左氏傳曰子囊曰赫赫楚國而君臨之　向曰季末也昏闇暴虐也謂齊東昏侯爲君臨人不道專爲暴虐也書曰威侮五行怠棄三正也刑酷然炭暴踰膏柱民怨神怒衆叛親離踳地無歸瞻烏靡託善曰六韜曰紂患刑

輕乃更爲銅柱以膏塗之加於然炭之上使有罪者緣焉滑跌墮夫中紂與妲己笑以爲樂名曰炮烙之刑鄭玄尚書五行傳注曰民怨神怒左氏傳衆仲曰州吁阻兵而安忍衆叛親離難以濟矣毛詩曰謂天蓋高不敢不跼謂地蓋厚不敢不蹐又曰瞻烏爰止于誰之屋　濟曰紂爲銅柱以膏塗人加於然炭之上東昏侯之酷暴甚於銅柱使人神怨怒親人離叛也踳累足行也人皆怕懼累足而行恐陷刑網也詩云瞻烏爰止于誰之屋言烏歸富人之屋亦猶人望明君而歸之也靡無也怨歎而無所託也於是我皇帝拯之乃操斗極把鉤陳翼百神禔是支萬福善曰我皇梁武帝也斗極天下之所取法鉤陳兵衛之象故王者把操焉長楊賦曰高祖順斗極運天關樂汁圖曰鉤陳後宮也服虔漢書音義曰紫宮外營陳星毛萇詩傳曰翼敬也禮記曰禮行於郊百神受職焉漢書曰司馬相如難蜀父老曰遐邇一體中外禔福毛詩曰樂只君子萬福攸同　良曰我皇謂梁武也拯拔操執也斗極之星天下取則鉤陳星名兵衛之象王者當執把焉翼敬也禔猶足也言敬神祇以取多福也於是善本無於是字龍飛黑水虎步西河雷動風驅天行地止善曰謂舉義旗以伐齊也何之元梁典曰齊明帝崩遺詔授高祖雍州刺史永元二年十一月高祖擁南康王寶融以主號令以高祖督前鋒三年十二月義旗發自襄陽己酉據京師東都賦曰龍飛白水陳孔璋爲袁紹檄豫州曰雷震虎步並集虜庭尚書曰黑水西河惟雍州沈約宋書曰元嘉中割荊州之襄陽爲雍州西京賦曰千乘雷動萬騎龍趨楊脩許昌宮賦曰唵曖低徊天行地止　翰曰龍飛虎步喻聖人之起也黑水西河惟雍州梁武自雍州刺史舉兵故云雷動風驅盛疾貌天行地止謂法天地行止也命旅致屯雲之應登壇有降火之祥龜筮協從人祇響附善曰命旅誓衆也登壇祭天也杜篤論都賦曰大漢開基高祖有勳斬白蛇屯黑雲尚書帝命驗曰太子發渡河中流火流爲烏其色赤鄭玄曰以魚燎於天有火自上復于下至于王屋流爲烏尚書曰詢謀僉同鬼神其依龜筮叶從吳質魏都賦曰英雄響附　銑曰旅衆也高祖斬白蛇屯黑雲登壇祭天也武王濟河火流爲烏此聖人之祥瑞也龜筮謂卜也祇神也響附謂如響應聲也穿胸露頂之豪貫坐椎髻之長莫不援旗請奮執鋭爭先善曰博物志曰昔禹平天下會諸侯會稽

之野防風氏後至殺之夏德盛二龍降之使范成克御之以行域外既周南經防風之神見禹使怒而射之有迅雷二龍升去二臣恐以刃自貫其心死禹哀之乃拔其刃療以不死之草皆生是爲穿胸人去會稽萬五千里范曄後漢書西域傳論曰自兵威之所肅服財賂之所懷誘莫不露頂肘行東向而朝漢書曰高祖使陸賈賜尉佗印爲南越王賈至尉佗魋結箕踞見賈豪士賦序曰援旗誓衆奮於阡陌之上趙充國頌請奮其旅于罕之羌漢書陳餘說陳涉曰將軍被堅執鋭以誅暴秦楚辭曰天之墜兮士爭先　向曰穿胸露頂西南夷之風也箕坐椎髻南越之俗也援引奮振鋭利也言遠夷君長皆引旗執利請振擊無道也夏首憑固庸岷負阻協彼離心抗茲同德善曰楚辭曰過夏首而西浮王逸曰夏首水口也孔安國尚書傳曰庸國名也岷山名也尚書曰受有億兆夷人離德離德予有亂臣十人同心同德　濟曰夏首水口也謂薛天嗣守郢州庸岷謂蜀也協合抗舉也離心謂東昏侯也同德謂梁武也帝赫斯怒秣馬訓兵嚴鼓未通凶渠泥首善曰毛詩曰王赫斯怒爰整其旅左氏傳子重曰秣馬利兵又趙宣子曰訓卒利兵軍戰令曰嚴鼓一通步騎士悉嚴然鼓一曲爲一通

尚書曰殲厥渠魁張温表曰臨去武昌庶得泥首闕下也良
曰赫盛貌秩養訓教也言帝然庸蜀將討之嚴鼓未通而凶惡
之渠皆泥其頭面以降也弘舸連軸巨艦接艫盧鐵馬千羣朱
旗萬里善曰吳都賦曰弘舸連軸巨艦接艫鐵馬鐵甲之馬范曄後漢書公孫瓚與子書曰屬五千鐵騎於北隰
之中陳琳爲袁紹檄豫州曰胡馬之千羣李陵與蘇武書曰雷
鼓動天朱旗翳日　翰曰弘巨皆大也舸軸艦艫皆舡也鐵甲
也言水陸發軍也折簡而禽盧九傳檄以下湘羅兵不血
刃士無遺鏃而五臣本無而字樊鄧威懷巴黔底定善曰魏略
王陵欲立楚王彪司馬宣王自討之陵自縛歸罪遙謂太傅
曰卿直以折簡召我我不當至邪太傅曰以卿非肯逐折簡者
也盧盧江九九江二郡名也伏滔正淮曰盧九之間流溺兵死
者十而七八焉漢書韓信曰三秦可傳檄而定湘羅二水名也
孫卿子曰舜伐有苗禹伐共工湯伐有夏文王伐崇武王伐紂
遠方慕義兵不血刃過秦論曰秦無亡矢遺鏃之費而天下諸
侯已困矣尚書曰大邦畏其力小邦懷其德尚書曰震澤底定
銑曰折簡謂策書檄軍書盧江九江二郡名湘羅二水名兵

不血刃言不交戰也無遺鏃言不放箭也樊鄧巴黔皆郡名懷來底致也言以威來之而致定也於是流湯
之黨握炭之徒守似藩籬戰同枯朽善曰六韜曰紂之卒握炭
流湯者十八人以牛爲禮過秦論曰蒙恬北築長城而守藩籬
班固漢書贊曰漢獨收孤秦之弊鐫金石者難爲功摧枯朽者
易爲力其勢然也　向曰紂之卒握炭流湯者十
八人藩籬言皆踈薄不固也枯朽言其易摧折也革車近次
師營商牧華夷士女冠蓋相望扶老攜幼一旦
雲集壺漿塞野簞食盈塗善曰鄭玄周禮注曰兵車革路也左氏傳曰凡師過
信爲次尚書曰王至于商郊牧野左氏傳曰孔子曰夷不亂華
尚書曰惟其士女篚厥玄黃昭我周王漢書曰天子遣使冠蓋
相望於道覆安梁事又淮南王上書曰越以攜幼扶老以歸聖
德西都賦曰雲集霧散孟子曰葛伯不祀湯往征之其君子實
玄黃于篚以迎君子小人簞食壺漿以迎小人也　濟曰革車
兵車也次比也商商郊牧牧野武王誓衆之地壺瓶簞笥也
言師至齊境士女當以瓶笥盛其漿食迎我師於路岐也似夏民之附成湯殷士之

窺周武安老懷少伐罪弔民善本作人農不遷業市
無易賈五臣本作價字　善曰尚書中候曰天乙在亳夏桀迷惑諸鄰國繈負歸湯帝王世紀曰商容及殷人觀周
軍之入見武王至殷人曰是吾新君也容曰然聖人爲海內討
惡見惡不怒見利不喜顏色相副是以知之論語曰老者安之
少者懷之尚書曰奉辭伐罪孟子曰湯始征自葛誅其君弔其
人呂氏春秋曰桀爲無道湯立爲天子夏人大悅農不去疇商
不變肆也　良曰夏桀之時人皆附湯殷紂之時人皆慕周今
齊思梁德亦猶是也弔問也言安撫老少伐其罪惡問人勞苦使
農市之人各復其業也八方入計四隩奉圖羽檄交馳軍書
狎至一日二日非止萬機善曰何圖龍文曰鎮星光明八方歸德漢書曰張蒼
領主郡國上計者又曰嚴助願奉三年計如淳曰助自欲入奉
之也尚書曰四隩旣宅范曄後漢書曰光武平河北吳漢與諸
將奉圖書上尊號漢書息夫躬曰軍書交馳而輻湊羽檄重迹
而狎至尚書曰兢兢業業一日二日萬機　翰曰四隩四方也
羽檄亦軍書也狎更也言天下皆入會而奉圖諜軍書更至也而尊嚴之度不僭於師

旅淵默之容無改於行陣計如投水思若轉規
策定帷幄謀成几案曾未浹辰獨夫授首善曰班固
漢書贊曰成帝臨朝淵默尊嚴若神可謂穆穆天子之容貌矣
運命論曰張良及其遭漢祖其言也如以石投水莫之逆也范
曄後漢書曰朱勃上疏訴馬援冤曰謀如涌泉勢如轉規又光
武詔曰將軍鄧禹與朕謨謀帷幄決勝千里仲長統昌言曰運
籌於几案之前而所制者乃百代之後左氏傳君子曰莒恃其
陋不修其城郭浹辰之間而楚克其三都杜預曰浹日十二辰
也梁典曰永元三年十二月丙寅張齊殺東昏于含德殿其夜
以黃油裹首縋而下尚書曰獨夫受洪惟作威鍾士季檄蜀文
曰蜀侯見禽於秦公孫述授首於漢　向曰尊嚴淵默天子容
儀也僭失也言梁武雖居軍旅行陣之間不失天子容儀也張
良之策如以石投水莫之逆也規圓也思若轉圓言易也張良
運籌策於帷幄仲長統曰運籌策於几案十二日曰浹辰獨夫
謂齊東昏侯也授首謂引頸受斬也乃焚其綺席棄彼寶衣歸琁臺之
珠反諸侯之玉善曰六韜曰紂時婦人以文綺爲席衣以綾紈者三千人又曰武王伐紂𡊮寶衣投

火而死帝王世紀曰王命歸旋臺之珠玉說苑曰武王大敗殷人上堂見玉曰誰之玉曰諸侯之玉即取而歸於諸侯天下聞之曰王廉於財向曰楚棄綺寶謂崇儉也帝王記曰王命歸琁臺之珠玉於諸侯人咸喜也**指麾而四海隆平下車而天下大定拯茲塗炭救此橫流功均天地明並日月**善曰新序劉向曰先生之所以指麾而四海賓服者誠德之至也孝經鉤命決曰俱在隆平優劣殊流禮記曰下車而封夏后之後於杞封殷人後於宋尚書曰一戎衣天下大定尚書曰夏有昏德民墜塗炭孟子曰當堯之時鴻水橫流氾濫於天下漢書曰德配天地明並日月　濟曰塗泥炭火橫流大水也言齊朝之人皆如陷泥墜火投溺大水而武帝救之也均齊也**於是仰協三靈俯**五臣本作府**從億兆受昭華之玉納龍敘之圖**善曰春秋元命苞曰造起天地鑄演人君通靈之觀交錯同瑞劉琨勸進表曰億兆攸歸曾無與二尚書大傳曰堯得舜推而尊之贈以昭華之玉春秋元命苞曰堯游河渚赤龍負圖以出圖赤如綈狀龍沒圖在揚雄覈靈賦曰大易之始河序龍馬雒貢龜書　良曰協合也三靈天地人也堯得舜而尊之贈昭華之玉赤龍負圖以瑞堯也書曰天球河圖在東序受納者言升爲天子**類帝禋宗光有神器升中以祀羣望攝袂而朝諸夏**善曰尚書曰肆類于上帝又曰禋于六宗國語富辰謂王曰光有天下而和寧百姓老子曰天下神器不可爲也爲者敗之禮記曰升中于天而鳳皇降左氏傳曰乃大有事于羣望漢書徐樂上書曰南面負扆攝袂而揖王公陛下之所服也論語子曰夷狄之有君不如諸夏之亡也　翰曰類禋皆祭名光明也神器天子器也升中謂登中岳也祭祀羣望星辰山川也攝整也袂袖也諸夏中國也**布教都畿班政方外謀協上策刑從中典**善曰周禮曰正月之吉始和布教于邦國都鄙袁淑謝中丞章曰懸法象闕班政甸衛東觀漢記段熲上疏曰先零東羌討之難破降爲上策戰爲下計周禮曰大司寇掌三典以佐王二曰刑平國用中典也　銑曰班布也政法也方外四夷也協合也上策謂降敵也刑平國用中典**南服緩耳西羈反舌劒騎穹廬之國同川共穴之人**五臣本作民字　善曰杜篤論都賦曰連緩耳瑣雕題呂氏春秋曰善爲君者

選五十六　十四

蠻夷舌皆服德厚也高誘曰夷狄語言與中國相反因謂反舌一說南方有反舌國本在前末倒向喉故曰反舌也漢書曰匈奴力能彎弓盡爲甲騎其長兵則弓矢短兵則刀鋋漢書烏孫公主歌曰穹廬爲室兮旃爲牆杜篤論都賦曰同穴裘褐之域共川鼻飲之國　向曰羈縻也餘皆遠國名**莫不屈膝交臂厥角稽顙鑿空萬里攘地千都幕南罷鄣河西無警**善曰喻巴蜀文曰交臂受事屈膝請和孟子曰武王之伐紂也百姓若崩厥角趙岐曰厥角叩頭以額角犀厥地禮記孔子曰拜而後稽顙漢書曰通西北國張騫鑿空蘇林曰鑿開通也戰國策蔡澤謂應侯曰公孫鞅爲秦攘地千里漢書曰驃騎封於狼居胥山匈奴遠逃而漠南無王庭漢書武帝謂狄山曰使居一障間蒼頡曰障小城也漢書晉文公攘戎狄居於西河圁洛之間音銀謝承後漢書曰祝良爲梁州刺史歷年無警　濟曰交臂屈膝謂臣服也厥角叩頭也稽顙拜也鑿空謂鑿山以通道也攘却也千都千城也罷鄣無警言晏清也**於是治定功成邇安遠肅忘茲鹿駭息此狼顧**善曰禮記曰王者功成作樂治定制禮尚書曰柔遠能邇鹽鐵論曰以賢人爲兵聖人爲守則中國無狗吠之警而邊境無鹿駭狼顧之憂也　良曰邇近肅清也鹿駭狼顧喻賊警擾也忘息言無也**乃正六樂治五禮改章程創法律**善曰周禮曰保氏掌諫王而養國子以道乃教之六樂鄭玄曰六樂雲門大咸大韶大夏大護大武尚書曰修五禮孔安國曰五禮吉凶賓軍嘉也漢書曰高祖令張蒼定章程又曰蕭何次律令韓信申軍法　翰曰六樂六代之樂也五禮吉凶賓軍嘉也程權量之平法也創制也**置博士之職而著錄之生若雲開集雅之館而款關之學如市**善曰漢書曰武帝初置五經博士范曄後漢書曰張興稍遷至博士弟子自遠至者著錄且萬人司馬彪續漢書曰負書來學雲集京師劇秦美新曰遥集乎文雅之囿翱翔乎禮樂之場史記曰由余款關請見三輔黃圖曰元始中起明堂列槐樹數百行朔望諸生持經書及當郡所出物於此賣買號槐市　銑曰博士學官也詩有大雅小雅集雅之館則教詩之所也款叩也言叩門請見者如人之趨市也**興建庠序啓設郊丘一介之才必記無文之典咸秩**善曰漢書曰平帝立學官鄉曰庠聚曰序禮記曰立

選五十六　十五

春之日天子迎春於東郊周禮曰冬至於地上之圜丘若樂六變天神皆降尚書曰秦穆公曰如有一介臣又曰穪秩元祀咸秩無文　向曰建立也庠序學名啓開也郊南郊丘圜丘皆祭天地之名也一介謂小才也録記典法秩敘也言未有文記之法皆次敘也　於是天下學士靡然向風人識廉隅家知禮讓　善曰班固漢書賛曰公孫弘以治春秋爲丞相封侯天下學士靡然鄉風矣禮記曰儒有砥礪廉隅論語子曰能以禮讓爲國乎何有　濟曰言庠序之興故學者如順風而靡皆歸之於梁也　教臻侍子化洽期門區宇乂安方面靜息役休務簡歲阜民和　善曰漢書曰呼韓邪遣子右賢王銖婁渠堂入侍漢書曰武帝與北地良家子期諸殿門故有期門之號范曄後漢書曰樊準上疏曰明帝即位自期門羽林介胄之士悉令通孝經匈奴遣伊秩訾王來入就學東京賦曰區宇乂寧思和求中方面四方面也仲長子昌言曰五位以正方面孫楚客主言曰晉主聖明方面割地長楊賦曰休力役賈逵國語注曰阜厚也左氏傳季梁曰民和而神降之福　良曰臻至也侍子謂諸蕃質子奉侍天子故云侍子期門守衛之官言皆蒙學教之化也乂理方面四方之面也靜息謂無

備也簡略也阜厚也　歷代規摹前王典故莫不芟夷翦截允執厥中　善曰史記曰高祖雖日不暇給規摹弘遠矣東觀漢記東平王蒼上疏曰事過典故孔安國尚書序曰芟夷煩亂翦截浮辭尚書帝曰允執厥中　翰曰規法摹則也故事也夷平允信厥其也言前代法則故事有煩亂人者皆芟平翦截使信執其中也　以爲象闕之制其來已遠春秋設舊章之教經禮垂布憲之文　善曰左氏傳曰司鐸火季桓子命藏書象魏曰舊章不可忘也禮記曰經禮三百曲禮三千鄭玄曰禮經謂周禮也周禮曰太宰以正月之吉縣治象之法于象魏使萬人觀治象鄭玄曰吉朔日也象魏闕也周禮曰布憲中士二人　銑曰哀公三年火季桓子命書藏象魏曰舊章不可忘也經禮謂周禮也周禮太宰以正月縣理象之法於象魏使萬人觀理象焉憲法也言布法以示人也　戴記顯游觀之言周史書樹闕之夢　善曰禮記戴聖所傳故號戴記曰昔者仲尼與於蜡賓事畢出遊於觀之上喟然而歎周書曰文王至自商太姒夢見商之庭生棘太子發取周庭之梓樹之于闕間化爲松

栢向注同　北荒明月西極流精海岳黄金河庭紫貝　善曰神異經曰西北荒中有二金闕高百丈金闕銀盤圓五十丈二闕相去百丈上有明月珠徑三丈光照千里十洲記曰崑崙山有三角一正東有墉城有流精之闕西王母所治也又曰史記曰三神山傳在海中黄金白銀爲宮闕楚辭曰魚鱗屋兮龍堂紫貝闕兮珠宮王逸曰言河伯所居以紫貝作闕也　濟曰海岳蓬萊山也有白銀闕紫貝闕名河伯所居　蒼龍玄武之制銅爵鐵鳳之工　善曰三輔舊事曰未央宮東有蒼龍闕北有玄武闕魏文帝歌曰長安城西有雙圓闕上有一雙銅爵一鳴五穀生再鳴五穀熟薛綜西京賦注曰圓闕上作鐵鳳皇令張兩翼舉頭敷尾　良曰皆闕名也　或以聽窮省寃或以布治縣法　善曰李尤闕銘曰悉心聽省無乃窮寃周禮曰正月之吉始和布教于邦國都鄙表叔謝中丞章曰縣法象闕　翰注同　或以表正王居或以光崇帝里　善曰尚書王曰表正萬邦周易曰王居無咎正位也桓子新論曰昔周公光崇周道澤被四表蜀都賦曰崤函有帝皇之宅河洛爲王者之里也　銑曰表飾也光榮崇重也言爲闕者以飾帝王之

居里而榮重也　晉氏浸弱宋歷威夷禮經舊典寂寥無記鴻規盛烈湮没罕稱乃假天闕於牛頭託遠圖於博望有欺耳目無補憲章　善曰漢書曰浸弱微滅也韓詩曰周道威夷左氏傳曰以繼好息民謂之禮經東都主人曰唯子頗識舊典司馬相如美人賦曰上宮閑館寂寥至虚封禪書曰湮滅而不稱不可勝數山謙之丹陽記曰大興中議者皆言漢司徒義興許彧墓二闕高壯可徙施之王茂弘弗欲後陪乘出宣陽門南望牛頭山兩峯即曰此天闕也豈煩改作帝從之今出宣陽望此山良似闕沈約宋書曰孝武太明七年博望梁山立雙闕禮記曰仲尼祖述堯舜憲章文武　向曰浸漸也威夷微弱也寂寥空静貌鴻大烈業湮沈罕希也　晉以牛頭山兩峯以爲大闕宋立雙闕於博望梁山也言晉宋乃微弱經籍無記大業沈没皆假爲觀闕是欺誑耳目無益章程也　乃命審曲五臣本有直字之官選明中之士陳圭置臬魚列瞻星揆地興復表門草創華闕　善曰周禮曰或審曲面勢　明中謂四時昬明各

有中星也尚書考靈耀曰冬至日月在牽牛一度求昏中者取
六項加三旁蠡順除之鄭玄曰盡行十二項中正而分之左右
各六項也蠡猶羅也昏中在日前故言順數也明中在日後故
言却也周禮曰土圭之法測土深正日影以求地中又曰匠人
建國求地中置槷以縣視其影鄭玄曰槷古文臬假借字也周
禮曰晝參諸日中之景夜考之極星以正朝夕東觀漢記博士
等議曰陛下除殘去賊興復祖宗西京賦曰正紫宮於未央表
嶢闕於閶闔論語曰裨諶草創之西都賦曰樹中天之華闕豐
冠山之朱堂濟曰審察也諸察曲直之官也明中謂昏明各
有中星也圭以測日影也臬以平水也瞻其中正揆度也謂度
地形勢也草創謂初始也
言始起華闕以飾國門也於是歲次天紀月旅太簇
善曰天紀星紀也左氏傳梓慎曰歲在星紀而淫於玄枵杜預
曰歲星也星紀斗牛之次也漢書曰太簇位於寅在正月也
良曰太簇乃
正月律也皇帝御天下之七載也構茲盛則興
此崇闕方且趨以表敬觀而知法善曰劉璠梁典曰
天監七年正月戊
戌詔曰昔晉氏青蓋南移日不暇給而兩觀莫築縣法無所今
禮盛化光役務簡便可營建象闕以表舊章於是選匠量功鑄
廿六十五

石爲闕窮極壯麗冠絕古今奇禽異羽莫不畢備漢書曰萬石
君過宮門闕必下車趨列女傳衛靈公夫人曰妾聞禮下公門
式路馬所以廣敬也　翰曰盛則崇麗謂闕也且
復也趨急步言過闕者使急步而行以表敬也物覩雙碣
之容人五臣本
作民字識百重之典善曰周易曰聖人作而萬
物覩西京賦曰圓闕竦以
造天若雙碣之相望徐幹七喻曰豐屋廣夏崇闕百里　銑曰
言立此雙碣使百姓觀之以知百代之常法也重代典法也
作範垂訓赫矣壯乎善曰鄭正繹機曰創制作範匪時
不立家語南宮敬叔曰孔子作春
秋垂訓後嗣曹府君陳寔誄曰赫矣陳
君　向曰範法訓教也赫壯皆盛貌爰命下臣式銘
磐石濟曰下臣倕自謂式
用也磐石大石也其辭曰
惟帝建國正位辨方周營洛涘漢啓岐梁善曰
此言
建國立都不恒一所故洛涘岐梁咸爲帝宅也周禮曰惟王建
國辨方正位周周成王也尚書序曰召公既相宅周公往營成
周作洛誥蔡邕祝禊文曰自求多福在洛之涘漢漢高祖也西
京賦曰岐梁汧雍陳寶鳴鷄在焉　良曰建立也洛水名涘水

涯岐梁謂雍州也言古之帝王辨方
正位立都不恒故雍洛各爲帝宅也居因業盛文以化
光爰有象闕是惟舊章善曰帝王所居因功業而後盛
禮文之德由政化而益光也周
易曰後得主而有常含萬物而化光　翰曰
業事也化光謂德化光大也象闕則舊章也青蓋南泊黃
旗東指懸法無聞藏書弗紀善曰言帝祚南遷王綱
㢮紊懸法藏書咸皆廢
紀青蓋晉也虞預晉書王導上言曰迴青蓋以反上京司馬彪
續漢書曰皇子皆朱班輪青蓋黃旗謂吴也司馬德操與劉恭
嗣書曰黃旗紫氣恒見東南終成天下者揚州之君子藏榮緒
晉書曰孫氏無闕大晉南都亦不暇立門闕遂廢矣藏書則浹
日斂而藏之周禮曰正月乃懸治象之法于象魏使萬人觀治
象浹日而斂之　銑曰青蓋謂晉也黃旗謂吴也言此二君雖
都江南皆無闕故使法
無所懸書無所藏也大人造物龍德休否建此百
常興茲雙起善曰周易曰飛龍在天大人造也莊子孔子
曰夫造物者爲人司馬彪曰造物謂道也周
易曰龍德而正中者也又否卦曰九五休否王弼曰居尊位能
休否道者也張景陽七命曰表以百常之闕雙起猶雙立也魯

靈光殿賦曰崇墉岡連以嶺屬朱闕巖巖以雙立　向曰大人
君也造物謂造萬物也龍德君德也言君以德休息否亂之道
也百常觀名
雙起雙闕也偉哉偃蹇壯矣巍巍旁映重疊上連
翠微善曰王逸楚辭注曰偃蹇高貌也何晏論語注曰巍巍
者高大之稱也重疊宮觀之多者也七命曰重殿疊起
交騎對幌蜀都賦曰鬱岪氤氳以翠微　濟曰偃蹇
巍巍壯大貌重疊謂宮觀多也翠微天邊氣也布教方顯
浹日初暉懸書有附委篋知歸善曰周禮曰正月之
吉始和布教于邦國
又曰正月乃懸治象之法于象魏使萬人觀治象浹日而斂之
懸書則懸法也委篋則藏書也重用之故變文耳　良曰周禮
懸法教於闕浹日而
斂之委篋謂藏書也鬱崛魚勿重軒穹隆反宇形聳飛
棟勢超浮柱善曰甘泉賦曰洪臺崛其獨出西都賦曰重
軒三階穹隆見下句西京賦曰反宇業業向
禎許都賦曰景福鬱㠑以雲起飛棟鳥企而翼舒甘泉賦曰抗
浮柱之飛榱兮神莫莫而扶傾　翰曰鬱崛穹隆壯大貌飛棟
浮柱謂漢甘泉宮之大也
此闕形勢之高而超越焉色法上圓制善本作負
製二字模下

矩周望原隰俛臨煙雨善曰上圜天也下矩地也繁欽建章鳳闕賦曰上規圓以穹隆下矩地而繩直望原隰臨煙雲言其高也　銑曰謂取模法於天地也俛俯也周望原隰俯臨煙雨言其高也前賓四會却背九房北通二轍南湊五方善曰王逸楚辭注曰賓列也陸機洛陽記曰有銅駝二枚在宮之南四會道頭鄭玄禮記注曰却返也東京賦曰復廟重屋八達九房則明堂之制也鄭玄禮記注曰天子廟及路寢皆如明堂制也然路寢在門北故云却背也　向曰賓列也四會道也九房明堂也周禮曰應門二轍漢書曰秦地五方雜錯此五方謂吳之五方也湊至也暑來寒往地久天長神哉華觀永配無疆善曰周易曰寒往則暑來暑往則寒來老子曰天長地久毛詩曰申錫無疆集云磐石鬱嶔崇重軒穹隆色法上負製模十四字是至尊所改也　濟曰言此闕同天地長久配國家之無窮也　疆窮也

新漏刻銘一首并序　良曰武帝以舊漏刻乘舛乃令祖暅更理之故曰新漏刻也

陸佐公善曰劉璠梁典曰天監六年帝以舊漏乖舛乃勑員外郎祖暅治之漏刻成太子中舍人陸倕爲文司馬彪續漢書曰孔壺爲漏浮箭爲刻下漏數刻以考中星昏明星焉

夫自天觀象昬旦之刻未分治歷明時盈縮之度無准善曰周易曰古者包犧氏之王天下也仰則觀象於天俯則觀法於地五經要義曰昬闇也旦明也日入後漏三刻爲昬日出須漏三刻爲明易曰君子以治歷明時淮南子曰孟春始贏孟秋始縮高誘曰贏長也縮短也　翰曰言觀象於天未分明暗之節理歷候時不悉長短之變此明須漏刻之義也維法也挈壺命氏遠哉義用善曰周禮曰挈壺氏下士六人鄭玄曰壺盛水器也挈壺水以爲漏也　銑曰周禮置挈壺氏掌漏刻遠哉歎此義之用遠也揆景測辰徼叫宮戒井守以水火分茲日夜善曰揆景測辰謂晝夜漏也徼宮謂徼巡其宮也衛宏漢書儀曰晝漏盡夜漏起宮中衛宮城門擊刁斗周廬擊木柝周禮曰挈壺氏掌挈壺以令軍共凡喪事懸壺以哭皆以水火守之分以日夜鄭司農曰挈壺以令軍井謂爲軍穿井井成挈壺懸其上令軍中衆皆望見知此下有井也壺所以盛飲故以壺表井也　向曰揆度景晷辰時也徼巡宮也戒井謂宮中穿井成則挈壺氏以壺懸井上以表井成也以水守壺者爲沃漏以火守壺者爲夜視刻數分日夜者爲晝夜異刻也言以漏刻日晷及時晝漏盡夜漏起則守衛者巡於宮中也而司歷亡官疇人廢業孟陬子侯殄滅攝提無紀善曰左氏傳仲尼曰今火猶西流司歷過也漢書曰三代既沒五霸之末史官忘記疇人子弟分散如淳曰家業世世相傳爲疇漢書曰孟陬殄滅攝提失方音義曰正月爲孟陬歷紀廢絶閏餘乘錯不與正歲相值謂之殄滅攝提星名隨斗杓所指建十二月若歷誤春三月當指辰而乃指巳是爲失方　濟曰司歷主歷之官從父學者爲疇人也正月爲孟陬太歲在寅爲攝提殄滅無紀言閏餘乘錯不與正歲相值也衛宏載傳呼之節較而未詳霍融敘分至之差詳而不密善曰衛宏漢舊儀曰夜漏起宮中宮城門傳五伯官直符行衛士周廬擊木柝傳呼備火司馬彪續漢書曰太史令霍融上言

漏刻率九日增減一等不與天相應或時差至二刻半不如夏歷密也　良曰衛宏著漢儀使夜漏起宮衛傳呼以爲備也較考詳審也霍融漢太史令上言時日差失二刻半不如夏歷密也陸機之賦虛握靈珠孫綽之銘空擅崐玉善曰曹子建與楊德祖書曰人人自謂握靈蛇之珠家家自謂抱荆山之玉新亭曰珠產江漢玉產昆山　翰曰陸機作漏刻賦孫綽作漏刻銘靈珠崐玉喻文章美也言此二人虛擅其文而無益也弘度遺篇承天垂旨善曰王隱晉書曰李充字弘度集有漏刻銘沈約宋書曰宋太祖頗好歷數太子率更令何承天私撰新法元嘉二十年上表詔付外詳之有司奏承天歷術令施行　銑曰李弘度何承天二人並爲漏刻之法旨意也布在方冊五臣本作有布方冊無彰器用善曰禮記哀公問政子曰文武之道布在方策左氏傳臧僖伯曰山林川澤之實器用之資也　向曰方冊史書也言雖有法竟未成器用也譬彼春華同夫海棗善曰春華言其文麗海棗譬其無實答賓戲曰摛藻如春華晏子春秋曰齊景公謂晏子曰東海之中有棗華而不實何也晏子曰昔者秦穆公乘舟理天下黃布裹蒸棗至海而捐其布破

蒨、布故水赤蒸、稟故華、不賓、公曰吾佯問子對曰嬰闇佯問著佯對也濟曰春華言不實也海稟同善注言何李法亦無實也**寧可以軌物字民作範垂訓者乎**善曰左氏傳曰隱公將如棠觀魚臧僖伯諫曰君將納民於軌物者也講事以度軌量謂之軌取材以章物采謂之物不軌不物謂之亂政周書成王曰朕不知字民之道敬問伯父鄭正釋機曰創制作範匪時不立家語南宮敬叔曰孔子作春秋垂訓後嗣　良曰寧安軌法也言爲法無實安可以字人垂教也**且今之官漏出自會稽**善曰蕭子雲東宮雜記曰天監六年上造新漏以臺舊漏給官備銘云咸和七年會稽山陰令魏丕造即會稽内史王舒所獻漏也　翰曰舊漏本山陰令魏丕所造故云出自會稽會稽郡名**積水違方導流乖則**善曰陸機漏刻賦曰積水不過一鍾導流不過一筐也　銑曰積聚導引也言衆水引流皆違正法**六日無辨五行不分**善曰淮南子曰冬至子午夏至卯酉冬至加三日則夏至之日也歲遷六日終而復始高誘曰遷六日今年以子冬至後年以午冬至衛宏漢舊儀曰晝夜漏起省中用火中黄門持五夜甲夜乙夜丙夜丁夜戊夜也　向曰夏至加三日冬至加三日歲加六日終而復始漢舊儀中黄門持五夜之法謂甲乙丙丁戊也無辨不分謂失常也**歲躔閹**於掩**茂月次姑洗**善曰太歲在戌曰閹茂禮記曰季春之月律中姑洗　濟注同**皇帝有天下之五載也樂遷夏諺禮變商俗**善曰夏諺曰吾王不游吾何以休尚書曰商俗靡靡利口惟賢　良同善注變易也言易齊政也**業類補天功均柱地**善曰列子曰昔女媧氏練五色之石以補其闕斷鼇之足以立四極其後共工氏與顓頊爭爲帝怒而觸不周之山折天柱絕地維也　翰曰言齊天地壞絕而梁武帝能補柱也**河海夷晏風雲律呂**善曰禮斗威儀曰君乘土而王其政太平則河海夷晏十洲記曰天漢三年西國王使獻靈膠四兩吉光毛裘受以付庫使者曰常占東風入律十旬不休青雲干呂連月不散意者閻浮有好道之君我故搜奇蘊而貢神香猛獸乘毛車以濟弱水于今十三年矣　銑曰夷平晏清也言河海不波浪也東風入律青雲干呂至道之應也**坐朝晏罷再旦晨興**善曰呂氏春秋曰上稱三皇五帝之業以諭其意蚤朝晏罷以告制兵者也尚書大傳曰帝猶反側晨興辟四門來仁賢　向曰晏

晚晨早興起也言天子勤政理也**屬傳漏之音聽雞人之響**善曰集云雞人二字是沈約所改作也　濟曰傳唱漏也周禮雞人掌祭祀夜嘑旦以嘂百官使早起屬繫也言君繫於此**以爲星火謬中金水違用**善曰左氏傳張趯曰火中寒暑乃退鄭玄毛詩箋曰火星中寒暑退陸機漏刻賦曰寤蟾蜍之栖月識金水之相緣　良曰星火心星也中則乃退壺用金漏用水以陰陽之象謬誤也言違誤失常**時乖啓閉箭異錙銖**善曰左氏傳曰凡分至啓閉必書雲物爲備故也鄭玄禮記注曰八兩爲錙漢書曰二十四銖爲兩也　翰曰啓閉以箭漏水也言舊漏壺箭失開閉長短之節**爰命日官草創新器**善曰左氏傳曰天子有日官諸侯有日御論語曰裨諶草創之　銑曰天子有日官章創始制也新器則新漏刻也**於是俯察旁羅登臺升庫**善曰周易曰仰以觀於天文俯以察於地理史記曰黄帝順天地之紀旁羅日月星辰左氏傳曰公既視朔遂登觀臺以望而書禮也又曰宋衛陳鄭皆火梓慎登大庭之庫以望之曰宋衛陳鄭也　向曰易云俯則觀法於地旁羅日月星辰臺謂觀祲之臺也梓慎登大庭之庫庫亦臺屬**則于地四參以天一**善曰言壺用金而漏用水也漢書曰天以得一生水地以得四生金也　濟曰則法也故壺用金漏用水相參而用之也**建武遺蠹咸和餘舛**善曰司馬彪續漢書霍融曰四分施於建武咸和漏刻即上魏丕所造也　良曰建武光武年號咸和晉帝年號蠹朽爛也舛差也**金筒方員**五臣本作金筩方圓**之制飛流吐納之規**善曰金則壺也而形方筒則引水者而形員孫綽漏刻銘曰乃制妙器挈壺氏銘累筒三階積水成川陸機漏刻銘曰口納胷吐水無滯咽　翰曰金謂壺壺形方筩引水其形圓飛箭也流水也吐謂箭納於壺也**變律改經一皆懲革**善曰蔡邕律曆志曰凡歷所革以變律呂相生至六十也　銑曰律法經常懲定革改也言變其常法一皆定改**天監六年太歲丁亥十月丁亥朔十六日壬寅漏成進御以考辰正晷測表候陰**善曰陸機集志議曰考正三辰審其所司是謂天紀綱也測表候陰謂土圭也周禮曰土圭之法測土深正日影以求地中　向曰進御謂進天子也辰時晷日也言可測時日考表影候陰

氣也不謬圭撮無乖黍累善曰漢書曰夫推歷生律制器量多少者不失圭撮權輕重者
不失黍累應劭曰圭自然之形陰陽之始也四圭曰撮十黍一累十累一銖撮麤括切　濟曰謬誤也六粟曰圭十抄曰撮十
黍曰累言新漏刻無乖誤也又可以校運筭之睽合辨分天之
邪正善曰漢書曰造漢太初歷治歷者方士唐都落下閎與焉都分天部而閎運筭轉歷也　良曰校考運移睽離
也分天謂分其晝夜言可考知移筭之數離合晝夜長短之數察四氣之盈虛課六歷
之疎密善曰爾雅曰春為發生夏為長嬴秋為收成冬為安寧四氣和為通正漢書曰史記有黃帝顓頊夏殷周
及魯歷漢興張蒼用顓頊歷比於六歷疎闊中最為微近又曰淳于陵渠覆太初歷晦朔弦望皆最密也　翰曰四氣四時之
氣也盈滿虛損也餘同善注永世貽則傳之無窮赫矣煥乎無
德五臣本作得字而稱也銑曰貽遺也無得而稱言成功非一昔嘉量微物盤
盂小器猶其昭德記功載在銘典善曰周禮㮚氏為量其銘曰嘉

量既成以觀四國永啓厥後茲器維則七略曰盤盂書者其傳言孔甲為之孔甲黃帝之史也書盤盂中為誡法或於鼎名曰
銘蔡邕銘論曰德非此族不在銘典　向曰周禮㮚氏為量銘曰嘉量既成以觀四國盤盂者黃帝之史書盤盂以為戒昭明
也言此小物猶明德紀功以為銘典於上也況入神之制與造化合符成
物之能與坤元等契善曰孫綽子曰藝妙者以入神淮南子曰大丈夫恬然無為與造化
逍遥高誘曰造化天地論語比考讖曰君子上達與天合符又曰周易乾知太始坤作成物又曰至哉坤元萬物資生　濟曰
入神之制謂漏刻也造化謂陰陽也符同也易曰坤作成物又曰至哉坤元萬物資生等齊契信也勳倍楹席
事百巾机善曰蔡邕銘論曰武王踐阼咨于太師而作席机楹杖雜銘又曰黃帝有巾机之法孔甲有盤盂之
戒言也　良曰勳功也楹柱机案也太公有楹席巾机之銘言漏刻之功倍多楹席事過巾机之百倍也寧可使
多謝曾水有陋昆吾善曰郭象莊子注曰不可多謝堯舜而推之為兄也蔡邕銘論曰昔
召公作誥先王賜朕鼎出于武當曾水呂尚作周太師而封于齊其功銘于昆吾之野西都賓序曰有漏洛邑之義　翰曰曾

水水名漢得鼎於其中昆吾山名夏啓鑄鼎之所皆勒銘於上言安可使漏刻不及於彼乎金字不傳
銀書未勒者哉善曰崔玄山瀨鄉記曰老子母碑老子把持仙籙玉簡金字編以白銀紀善掇惡劉
人本觀書賦曰玉牒石記銀書金字煥矣不窮邈乎昭備　銑曰金字銀書謂碑銘之書也乃詔小臣
為其銘曰善曰集曰銘一字至尊所改勑書辭曰故當云銘　向曰此銘字初為辭帝改為銘也
一暑一寒有明有晦神道無跡天工罕代善曰周易曰日
月運行一寒一暑莊子曰消息滿虛一晦一明日改月化也莊子老聃謂孔子曰夫神生於道其來無迹其去無方尚書曰
曠庶官天工人其代之　向曰晦闇也神之與道其來無跡工官罕希也言神妙之道天官希能代也乃置挈
壺是惟熙載氣均衡石晷正權槩善曰尚書曰有能奮庸熙帝之
載呂氏春秋曰仲春日夜分鈞衡石角斗桶正權槩高誘曰角平升桶權槩皆令均等也　濟曰熙廣載事也衡石稱也權槩
斗槩也言置挈壺以廣事使氣平晷正也世道交喪禮術銷亡善曰莊子曰世喪道矣道

喪世矣世與道交相喪也毛詩序曰齊宣公之時禮義消亡　良曰時道交錯喪亂故禮教法術銷散亡滅也遽遷
水火爭倒衣裳善曰周禮挈壺氏掌挈壺以令軍井凡喪事縣壺以哭皆以水火守之分以日夜鄭
玄曰以水守壺者為沃漏也以火守壺者夜視刻數也毛詩曰東方未明顛倒衣裳　翰曰遽急也詩曰東方未明顛倒衣裳
剌失明暗之時節也擊刁舛次叢木乖方善曰漢書曰李廣行無部曲不擊刁斗自衛孟
康曰以銅作鐎受一升晝炊飯食夜擊持行夜周禮挈壺氏曰凡軍事縣壺以序聚㯫鄭玄曰謂擊㯫兩木相敲行夜時也　銑
曰漢儀書漏盡則擊刁斗自衛叢木謂打更木也舛次乖方言失常也爰究爰度時惟我
皇善曰毛詩曰維彼四國爰究爰度　向曰言武帝於此窮究而度也方壺外次圓流
内襲濟曰次敘襲重也方壺體也圓箭體也洪殺殊等高卑異級善曰
陸機漏刻賦曰擬洪殺於漏鍾順卑高而為級曰洪大殺小也言漏刻之體大小高卑各異次也　良靈虬承
注陰蟲吐噏善曰孫綽漏刻銘曰靈虬吐注陰蟲承瀉　翰曰虬龍也陰蟲謂蝦蟇也言漏刻之體以

龍承之作蝦蟇銜承盞而吐噏之倏往忽來鬼出神入善曰呂氏春秋曰倏忽往來而莫知其方淮南子曰並應無窮鬼出神入銑曰言微妙也微若抽繭逝如激電善曰陸機漏刻賦曰形微獨繭之絲逝若垂天之電向曰言水下之微如繭之抽絲機發之疾如激電也耳不輟音眼無留眄銅史司刻金徒抱箭善曰張衡漏水轉渾天儀制曰蓋上又鑄金銅仙人居左壺為胥徒居右壺皆以左手抱箭右手指刻以別天時早晚濟曰輟止也耳不止音謂聽漏聲眼不留眄謂伺機發也渾儀制曰鑄金銅人為胥徒居壺之左右以左手把箭右手指刻以別天時之早晚也履薄非兢臨深罔戰善曰毛詩曰戰戰兢兢如臨深淵如履薄冰良曰言掌壺人恐有差失甚於履冰臨深也授受靡僁登降弗爽善曰衛宏漢舊儀曰夜漏起中黃門持五夜相傳授藉田賦曰挈壺掌升降之節翰曰言時之授受無僁也則升降之節不差也唯精唯一可法可象善曰尚書曰惟精惟一允執厥中孝經曰作事可法左氏傳北宮文子謂衛侯曰有儀可象謂之儀也銑曰言專精之人可為之法象月

不知五臣本作造字來日無五臣本作不字藏往分以符契至猶影響善曰周易曰月往則日來杜預左氏傳注曰分春秋分也至冬夏至也袁彥伯三國名臣序贊曰若合符契尚書曰惠迪吉從逆凶惟影響向曰遁隱也言置漏刻知日月度數故不能藏隱也符契喻信也影響言與時節相應如影響隨於刑聲合昏暮卷蓂莢晨生善曰周處風土記曰合昏槿也葉晨舒而昏合田休子曰堯為天子蓂莢生於庭為帝成歷也濟曰合昏槿也其葉夜合而明舒蓂莢瑞草也每晨生一葉至十五日後則日落一葉尚辯天意猶測地情善曰詩汎歷樞曰靈臺參天意周易曰聖人觀其所感而天地萬物之情可見矣翰曰言合昏蓂莢猶能辯天地明暗之情況我神造通幽洞靈善曰陸機漏刻賦曰來象神造猶鬼之變銑曰洞通靈神也神造謂漏刻也配皇等極為世作程善曰呂氏春秋曰後世以為法程高誘曰程度也曹植列女傳頌曰尚卑貴禮來世作程向曰皇天也極謂北極星也言配皇天齊極星之運為世之法也程謂法也

王仲宣誄一首并序

曹子建濟曰誄者累也言人死後累其德行也

建安二十二年正月二十四日戊申魏故侍中關內侯王君卒嗚呼哀哉皇穹神察喆人是恃如何靈祇殲我吉士善曰毛詩曰彼蒼者天殲我良人良曰穹天也皇天之神不察視我明喆之人乎何天神地祇而殲滅之吉謂善也誰謂不痛善本作庸字早世即冥誰謂不傷華繁中零善曰范曄後漢書桓帝詔曰少遭不造先帝早世又曰史記華陽夫人姊說夫人曰不以繁華時樹本翰曰傷亦痛也零落也言痛其早死也存亡分流夭遂同期善曰莊子曰雖有壽夭相去幾何又曰聖也者遂於命也銑曰夭少死遂終也言存亡雖且殊途夭與壽終同期於死也朝聞夕沒先民所思善曰論語曰朝聞道夕死可也毛詩曰先民有作

向曰先人古人也思聞道而死也何用誄德表之素旗何以贈終哀以送之善曰鄭司農周禮注曰誄謂積累生時德行儀禮士喪禮曰為銘各以其物鄭玄曰銘明也旌雜帛為物大夫士之所建也以死者不可別故以其旌旗識之揚雄元后誄曰著德太常注諸旒旁又曰孝經曰哀以送之濟曰素旗雜帛為之即今之銘旌幡也遂作誄曰

猗歟侍中遠祖彌芳公高建業佐武伐商善曰史記曰魏之先畢公高與周同姓武王伐紂而高封於畢也良曰猗歟歎辭侍中粲官也遠祖畢公高也本與周同姓佐武王伐紂有功封於畢是謂畢公也爵同齊魯邦祀絕亡流裔畢萬勳績惟光晉獻賜封于魏之疆天開之祚末胄稱王善曰史記曰公高苗裔曰畢萬事晉獻公獻公滅魏封畢萬為大夫卜偃曰畢萬數也魏大名也以是始賞天開之矣國猶陳留風俗記曰魏儀縣魏之都也晉獻公以魏封大夫畢萬後世文侯初盛至子孫稱王是為惠王然以稱王因氏焉典詞曰伊伯庸

之末胄也翰曰齊太公之封魯周公之封言畢公高之封同
於齊魯而後代絕亡流裔至畢萬始事晉獻公獻公滅魏封畢
萬於魏是天開其祚也後十代文
侯盛至孫稱惠王因以王爲氏焉厥姓斯氏條分葉散
銑曰斯氏王氏也條葉謂子孫也世滋芳烈揚聲秦漢向曰滋繁烈業也秦有王離王翦之
貴也漢有五侯之盛是揚聲也會遭陽九炎光中矇善曰漢書曰陽九厄曰初入百六陽
九音義曰易稱所謂陽九之厄百六之會者也典引曰蓄炎上之烈精蔡邕曰謂大漢之盛德也中矇謂遭王莽之亂也說文
曰矇不明也濟曰百六之會陽九之厄也炎光謂漢也矇暗也中晴謂王莽篡位世祖撥亂爰建
時雍善曰世祖謂光武皇帝也公羊傳曰撥亂反之正莫近於春秋尚書曰黎民於變時雍良曰撥亂謂平王莽也
建立也時雍太平也三台樹位履道是鍾善曰春秋漢含孳曰三公象五岳在天法三能
台能同周易曰履道坦坦向曰三台星名三公之象也樹立鍾聚也言履道於光武代也寵爵之加匪
惠惟恭銑曰謚法慈仁好與曰惠恭敬事上曰恭自君二祖爲光爲龍善曰

選五十六　二十八

張璠漢紀曰王龔字伯宗有高名於天下順帝時爲大尉暢字叔茂名在八俊靈帝時爲司空毛萇曰龍寵也向曰粲曾祖
龔祖暢皆爲漢三公詩曰既見君子爲龍爲光僉曰休哉宜翼漢邦或統五臣
本作掌字太尉或掌司空百揆惟敘五典克從善曰尚書曰納
于百揆百揆時敘又曰慎徽五典五典克從濟曰僉皆翼輔統領也太尉謂龔司空暢也揆度也言皆度百事使五常之典
能順從而行也天靜人五臣本作民字和皇教遐通良曰言能使天下安和皇王之
教遠通也伊君顯考弈葉五臣本作世字佐時善曰魏志曰粲父謙爲大將軍何進
長史翰曰伊惟考父也弈不絕之稱也謂粲父謙爲大將軍何進長史也入管機密朝政以
治善曰張衡四愁詩序曰久欲機密銑曰機密謂軍謀之事也出臨朔代庶績咸熙
善曰粲父無傳其官未詳尚書曰庶績咸熙向曰粲父出爲代郡太守也庶衆績功也咸熙皆廣也君以淑
懿繼此洪基既有令德材技廣宣彊記洽聞幽

讚微言善曰孔叢子萇弘曰仲尼洽聞強記博物不窮周易曰幽讚於神明而生蓍論語讖曰子夏六十人共撰
仲尼微言也濟曰淑善懿美洪大也言粲有善美能繼祖父大業也洽徧幽深讚明也謂材藝廣達而深明微言也微言爲
先聖之書也文若春華思若涌泉善曰荅賓戲曰摛藻如春華東觀漢記朱敦理馬援
曰詠如涌泉勢如轉圜良曰春華喻繁茂也思才思也泉涌言不絕也發言可詠下筆成
篇何道不洽何藝不閑善曰魏志粲善屬文舉筆便成無所改定時人常以爲宿構
翰曰洽通也藝材藝也閑明也棋局逞巧博弈惟賢善曰魏志曰粲觀人圍碁局壞
粲爲復之碁者不信以帊蓋局使更以他局爲之用相比不誤一道其強記默識如此論語子曰不有博弈者乎爲之猶賢乎
已銑曰棋局逞巧謂粲能覆局及善博弈之術也皇家不造京室隕顛宰臣
專制帝用西遷善曰毛詩曰閔予小子遭家不造帝獻帝也魏志曰董卓以山東豪傑並起恐懼不
寧初平元年二月乃徙天子都長安向曰皇家漢室也造成也京室洛陽也隕顛謂墜落也宰臣謂董卓也言卓專制遷帝

選五十六　二十九

於長安君乃羇旅離此阻艱翕然鳳舉遠竄荆蠻
善曰魏志曰粲以西京擾亂乃之荆州依劉表左氏春秋陳敬仲曰羇旅之臣杜預注曰羇寄也旅客也崔瑗七蠲曰翩然鳳
舉軒爾龍騰毛詩曰蠢爾蠻荆濟曰阻艱謂遭董卓作難也翕然鳳飛貌君子比德於鳳故以此喻粲也竄逃也荆蠻則荆
州也身窮志達居鄙行鮮振冠南嶽濯纓清川善曰
盛弘之荆州記曰襄陽城西南有徐元直宅其西北八里方山山北際河水山下有王仲宣宅故東阿王誄云振冠南岳濯纓
清川集本清或爲滄誤也良曰身窮謂羇旅也志達謂得去亂朝也鄙陋鮮明也南嶽衡山也清川江也此江山皆在荆州
故也潛處蓬室不干勢權善曰列子曰比宮子庇其蓬室若廣廈之蔭也翰曰干求也
勢權執政之人也我公奮鉞耀威南楚善曰我公魏太祖也銑曰我公謂曹操也奮
振也鉞斧也威兵威也南楚荆州也荆人或違陳戎講武善曰禮記曰乃命將帥講
武習射御向曰或違亂也戎兵也講武謂將討亂也君乃義發算我師旅善曰

魏志曰劉表卒粲勸表子琮令降太祖濟曰義發謂勸劉表子琮降曹公粲讚善度知其強盛也高尚霸功投身帝宇善曰桓譚陳便宜曰所謂霸功者法度明正百官修治威令流行者也傅幹後漢王命敘曰世祖撥亂復帝宇良曰高尚大祖有霸功也帝宇謂漢室也斯言既發謀夫是與善曰毛詩曰謀夫孔多是用不售翰曰斯言爲勸琮降漢之言也與用也是與伊何響我明德投戈編鄀若稽顙漢北善曰漢書南郡有編鄀縣音義曰編音鞭鄀音若銑曰奉上曰豐編鄀二縣名言奉上投兵戈於此二縣稽顙從漢而北歸我公寔嘉表揚京國金龜紫綬以彰勳則善曰魏志曰太祖辟粲爲丞相掾賜爵關內侯漢舊儀曰列侯黃金龜紐又曰金印紫綬向曰寔實嘉善揚明也言曹公實善粲之功明舉京國也金龜紫綬謂辟粲爲極爵關內侯也章明勳功也勳則伊何勞謙靡已憂世忘家殊略卓峙善曰周易曰勞謙君子有終吉又曰史記蔡澤曰將受命之日則忘其家趙岐孟子章指曰憂國忘家濟曰靡無卓高峙立也言

勞謙無已憂國政理而忘於家殊異之略高立於時也乃署祭酒與軍行止善曰魏志曰後遷軍謀祭酒周易曰時止則止時行則行良曰曹公署粲爲軍謀祭酒與之軍中行上也算無遺策畫無失理善曰孟子曰計及下者無遺策東觀漢記魯恭上疏曰舉無遺策動不失其中翰曰言計策必中也我王建國百司俊乂善曰周禮曰維王建國尚書曰俊乂在官銑曰天子進曹公爵爲魏王使置百官乂理也謂俊理之人也君以顯舉秉機省闥音太協韻戴蟬珥貂朱衣皓帶善曰魏志曰魏國建拜粲侍中蔡邕獨斷曰侍中常侍皆冠惠文加貂附蟬也向曰秉執機織也省闥宮門謂粲爲侍中執機織之事於此也蟬貂朱衣皆侍中服也珥插皓素也入侍惟幄出擁華蓋榮耀當世芳風晻藹善曰劉歆遂初賦曰奉華蓋於帝側漢書曰韋玄成繼父相位封侯榮當世焉禰衡顏子碑曰秀不實振芳風濟曰言出入侍從魏王而榮華光於當世也晻藹盛貌嗟彼東夷善曰東夷謂吳憑江阻湖騷擾邊境勞

我師徒光光戎路五臣本作輅字霆駭風徂君侍華轂輝輝五臣本作輝耀王塗善曰漢書劉向上封事曰今王氏一姓乘朱輪華轂者二十三人蔡邕劉寬碑曰統文三事以清王塗良曰東夷吳也憑依阻恃騷動擾亂也光光武貌戎輅兵車也言吳國恃險動亂邊境魏王征之而粲爲侍中驂乘故云侍華轂輝耀王塗也思榮懷附望彼來威善曰言仲宣思念寵榮士在懷附異類望彼吳國畏威而來也漢書曰王尊懷來徼外蠻夷歸附其威信也翰曰懷歸也彼謂吳也威德也言粲思酬其榮故來附魏王伐吳亦望彼吳來歸向王德也如何不濟運極命衰寢疾彌留吉往凶歸嗚呼哀哉善曰魏志曰建安二十一年從征吳二十二年春道病卒尚書王曰病曰臻既彌留銑曰言如何不能成濟當是運命衰盡也彌終也吉往凶歸謂粲從操伐吳路病而卒也翩翩孤嗣號慟崩摧善曰蔡邕袁成碑曰呱呱孤嗣含哀長慟向曰翩翩孤貌孤嗣粲子也發軫北魏遠迄南淮經歷山河泣涕如頹善曰楚辭

曰登山長望中心悲怨彼青青泣如頹向曰軫車也迄至也謂粲子自魏至南淮迎喪也頹墜也哀風興感行雲徘徊游魚失浪歸鳥忘栖嗚呼哀哉良曰魚失水鳥忘栖言哀感之深也吾與夫子義貫丹青善曰丹青二色名言不渝也翰曰貫過也植自言與粲親密甚過丹青之分明也好和琴瑟分過友生善曰毛詩曰妻子好合如鼓瑟琴又曰矧伊人矣不求友生良曰友生謂朋友也庶幾遐年攜手同征向曰遐遠征行也如何奄忽棄我夙零濟曰奄遽夙早零落也感昔宴會志各高厲予戲夫子金石難弊五臣本作敝字人命靡常吉凶異制善曰毛詩曰天命靡常春秋保乾圖曰利害同門吉凶異域良曰厲遠也予植自謂也戲爲初與粲有戲言敝壞靡無也異制謂粲先死也此驩五臣本作歡字之人孰先隕越善曰左氏傳齊侯曰小白恐隕越于上翰曰此歡則前宴會也孰誰也誰先隕越者謂前戲言此會之中誰當先沒也何

寤夫子果乃先逝又論死生存亡數度子猶懷疑求之明據儻獨有靈游塊泰素善曰春秋考異郵曰吉凶有數存亡有象又曰列子曰太素者質之始也　銑曰言何寤粲乃先逝也　向曰言與粲論存亡生死之數而粲懷疑求書以訪明據也泰素天也儻獨有神靈當游於天蓋粲有求仙之言也我將假翼飄颻高舉超登景雲要子天路善曰孝經援神契曰德至山陵則景雲出西京賦曰美往昔之喬松要羨門乎天路　濟曰植言子之魂神遊於天我將假借羽翼超於景雲之上要子於天路也喪柩既臻將反五臣本作及字魏京靈轜迴軌白驥悲鳴善曰說文曰轜喪車也李陵詩曰轅馬顧悲鳴五步一彷徨　良曰臻至也魏京魏都也靈轜喪車也軌轍也白驥白馬也謂巨卿所乘以哭元伯虛廓無見藏景蔽形孰云仲宣不聞其聲善曰梁商誄曰孰云忠侯不聞其音　翰曰廓空也藏景蔽形言不見也延首歎息雨泣交頸居盈反　銑曰延引也雨

〔文五十六〕　三十二

泣言泣下如雨而交頸也嗟乎夫子永安幽冥人誰不沒達士徇名善曰莊子小人徇財君子徇名天下皆然不獨一人也　向曰安止也幽冥地下也徇求也言人皆死而達士死於求名也生榮死哀亦孔之榮嗚呼哀哉善曰論語子貢曰夫子其生也榮其死也哀　濟曰孔甚也言生爲時榮死爲人哀亦爲甚榮也

楊荊州誄一首并序

潘安仁良曰楊肇爲荊州刺史是岳妻父故言官不書名

維咸寧元年夏四月乙丑晉故折衝將軍荊州刺史東武戴侯滎陽楊使君薨嗚呼哀哉善曰王隱晉書咸寧武帝年號又曰楊肇碑曰肇字季初滎陽人封東武伯薨謚曰戴　翰曰滎陽郡名戴謚也諸侯死曰薨也夫天子建國諸侯立家選賢與能政是以和善曰左氏傳師服曰吾聞國家之立也天子建國諸侯立家是以人服事其上而下無覬覦也又曰禮記曰選賢與能講信脩睦　銑曰諸侯稱家言能選任賢才是以政教和也周殷尚父殷憑太阿善曰太阿阿衡謂伊尹也毛詩曰惟師尚父時惟鷹揚又曰實維阿衡左右商王　向曰憑依也尚父太公也佐於周而周賴之以治太阿伊尹也相於殷而殷依之以致和平也矯矯楊侯晉之爪牙善曰毛詩曰矯矯武臣又曰予王之爪牙　濟曰矯矯武貌爪牙謂爲將軍也忠節克明茂績惟嘉善曰尚書曰予懋乃德嘉乃丕績　良曰克能績功嘉善也將宏王略肅清荒遐降年不永玄首末華善曰尚書曰降年有永有不永范曄後漢書樊准上疏曰故朝多皤皤之良華首之老　翰曰宏大略道遐遠華白也言將大佐王道肅清遠荒降年不長玄首頭末白而至卒也銜恨沒世命也奈何嗚呼哀哉善曰范曄後漢書東海王彊上疏曰銜恨黃泉論語子曰君子疾沒世而名不稱焉　銑曰銜恨功未著也自古在昔有生必死善曰法言曰有生者必有死有始者必有終白

〔文五十六〕　三十三

然之道也身沒名垂先哲所韙善曰東征賦曰唯令德爲不朽身既沒而名不存也　向曰哲智韙是也言身死名垂先哲以爲是也行以號彰德以述美善曰周書曰謚者行之迹號者功之表也蔡邕郭有道碑曰德音猶存亦賴之見述也　濟曰謚者行之跡號者功之表述美則誄也敢託旒旗爰作斯誄善曰揚雄元后誄曰著德太常注諸旒旗　良曰旒旗謂銘旌旛也古人用以書德行爰於也其辭曰

邈矣遠祖系自有周昭穆繁昌枝庶分流族始伯喬氏出楊侯善曰漢書曰揚雄其先出自有周伯喬者以支庶食菜於晉之楊因氏焉不知伯喬與周何別也楊在何份之間周衰而楊氏或生侯號曰楊侯也　翰曰邈遠系繼也周有伯喬者以枝庶初食菜於晉之陽因氏焉後更在何份之間周衰楊氏或稱侯號曰楊侯肇則其後也奕世丕顯允迪大猷善曰尚書曰公稱丕顯德毛詩曰秩秩大猷聖人莫之　銑曰奕世相連不絕也丕大迪蹈猷道也言奕世大明信蹈大道也

天猷五臣本作繇字漢德龍戰未分善曰左氏傳曰天而既猷周德矣周易曰龍戰于野其血玄黃　向曰龍戰喻羣雄相爭也未分猶未定也伊君祖考方事之殷善曰左氏傳曰鄢陵之戰楚子使工尹襄問郤至以弓曰方事之殷有韎韋而跗注者君子也杜預云殷盛也　濟曰伊惟殷盛也言方以征伐之事而歸於盛也鳥則擇木臣亦簡君投心外五臣本作魏字朝善曰左氏傳仲尼曰鳥則擇木家語孔子曰君擇臣而任之臣亦擇君而事也又曰左氏傳狐突曰策名委身策名委質貳乃辟也　良曰言肇之祖父漢末仕於魏朝也奮躍淵塗跨騰風雲善曰荅賓戲曰振拔洿塗跨騰風雲　翰曰塗泥跨躡也言肇父祖遭魏之任用如龍之奮躍淵泥躡騰風雲或統驍騎或據領軍善曰潘岳楊肇碑序曰肇驍騎府君之嫡孫領軍肅侯之嗣子賈弼之山公表注曰楊𢓭字仲義驍騎將軍生曁字休先鎮軍將軍　銑曰統領也驍騎肇祖也領軍肇父也篤生戴侯茂德繼期纂戎洪緒克構堂基善曰毛詩曰纂戎祖考尚書曰若考作室子弗肯堂矧肯構　向曰篤厚纂承也戎猶汝也緒業也言厚生茂盛之德繼百年之期承汝祖父大業也能構立基本也弱冠味道無競惟時考實烝烝友亦怡怡善曰禮記曰人生二十曰弱冠栢譚荅楊雄書曰子雲勤味道腴又曰毛詩曰無競惟烈尚書曰克諧以孝烝烝乂弗格姦論語子曰兄弟怡怡如也　濟曰二十曰弱冠味道曰好道言好道靜默不競名利於時人也烝烝進也言為孝曰進怡怡和順貌多才豐藝彊記洽聞善曰尚書周公曰不若旦多才多藝孔叢子萇弘曰仲尼洽聞強記博物不窮　良曰豐多也洽徧也目睇毫末心筭無垠草隸兼善尺牘必珍善曰慎子曰離朱之明察秋毫之末荅賓戲曰研桑心計於無垠又曰漢書曰陳遵善書與人尺牘主皆藏去以為榮也　翰曰睇視也毫末微也垠限也言草隸之書皆善也與人尺牘皆珍貴之以為榮也尺牘亦書也足不輟行手不釋文翰動若飛紙落如雲銑曰輟止翰筆也紙落如雲言書疾也學優則仕乃從王政散璞發輝臨軹止作令善曰

選五六　三十甲

論語子夏曰仕而優則學學而優則仕左氏傳子產謂子皮曰僑聞學而後從政未聞以政學者也又曰肇碑曰嘉平初除軹令漢書河內郡有軹縣　向曰優長也言人出仕猶開散玉璞發其光輝也軹縣名也肇為此縣令化行邑里惠洽百姓越登司官肅我朝命善曰肇碑曰肇遷治書侍御史　濟曰化風化也惠愛洽徧也　良曰越度也司官為理書侍御史言肇自軹令越登此官而肅朝命也惟此大理國之憲章君涖其任視民如傷善曰肇碑曰肇兼統大理之任漢書曰廷尉秦官掌刑辟景帝中六年更名大理又曰左氏傳逢滑曰國之興也視人如傷　翰曰肇將兼大理之任憲法也涖臨也視民如傷言重人命也庶獄明慎刑辟端詳善曰尚書周公曰庶獄庶慎　銑曰庶衆辟法端正詳審也聽參皐呂稱侔于張善曰尚書帝曰咎繇蠻夷猾夏寇賊姦宄汝作士惟明克允又序曰呂命穆王訓夏贖刑作呂刑漢書曰于定國為廷尉其決疑平法務在哀鰥寡罪從輕朝廷稱之又曰張釋之為廷尉周亞夫見釋之持議平乃結為親友縣此天下稱之　向曰皐陶舜士師呂侯周穆王法官也侔齊也于定國張釋之並漢法官也言肇之參聽與之齊也改授農政于彼野王善曰肇碑曰除野王典農中郎將魏略曰典農中郎將太祖置秩比二千石漢書河內郡野王縣　濟曰肇為野王典農中郎將野王縣名也倉盈庾億國富兵彊善曰毛詩曰我倉既盈我庾維億新序曰孫叔敖相楚國富兵彊　良曰盈滿也庾亦倉屬十萬曰億倉庾實故兵彊也煌煌文后鴻漸晉室君以兼資參戎作弼善曰肇碑曰文后歷數在躬為參軍周易曰鴻漸于陸其羽可用為儀漢書曰華陰守丞嘉上疏曰朱雲兼資文武　翰曰煌煌明也文后晉文帝也言文帝如鴻鳥之漸高而成晉室兼其資取也言肇以文武之才文帝取為參軍以作輔弼也用錫土宇膺茲顯秩青社白茅亦朱其紱善曰肇碑曰五等初建封東武子毛詩曰錫爾土宇歸章尚書緯曰天子社東方青南方赤西方白北方黑上冒以黃土將封諸侯各取方土苴以白茅以為社毛萇詩傳曰諸侯赤韍韍與紱古今字同　銑曰錫賜也土宇謂封東武也膺當也秩謂東武子也王者封五色土於白茅以賜諸侯朱紱公侯之服飾也魏氏順天聖皇五臣本作王字受終善曰

文五六　卅五

魏志曰陳留王奉皇帝璽綬策禪位于晉嗣王周易曰湯武革命順乎天尚書曰正月上日受終于文祖 向曰魏陳留王順天禪位於晉嗣王而晉王受其終命也 **烈烈楊侯寔統禁戎** 善曰肇碑曰皇祖之始典戎武衛 濟曰烈烈盛貌統領也禁戎禁兵也 **司管閶闔清我帝宮** 善曰晉宮閣銘曰洛陽城閶闔門漢書曰東牟侯興居先清宮應劭曰天子行幸所至先案行清靜殿中以虞非常 良曰司主管鑰也閶闔洛陽城門言主門籥清淨帝宮以備非常也 **苛慝不作穆如和風** 善曰國語內史過曰神人觀其苛慝毛詩曰穆如清風 翰曰苛慝謂亂慝也作起也不作言亂惡不起穆然如清風也 **謂督勳勞班命彌崇** 善曰肇碑曰以清宮勳勞進封東武伯說文曰督察也 銑曰謂言督察崇高也以言察之功進封東武伯啟云班命彌高也 **茫茫海岱玄化未周滔滔江漢疆場分流** 善曰毛詩曰洪水茫茫尚書曰海岱及淮惟徐州蔡邕陳留太守頌曰玄化洽矣又曰毛詩曰滔滔江漢南國之紀尚書曰江漢朝宗于海孔安國曰二水經此州而入海也 向曰茫茫滔滔廣遠貌海岱謂青州江漢謂荊州玄化道化也周被也疆場分流言未同也疆場謂疆界也 **秉文兼武時惟楊侯既守東莞**官**乃牧荊州** 善曰肇碑曰領東莞相荊州刺史漢書琅邪郡有東莞屬徐州也 濟曰秉執也言秉文武之職者此時惟楊肇而已東莞縣名肇時為東莞相及荊州刺史也 **折衝萬里對揚王休** 善曰肇碑曰加折衝將軍晏子春秋孔子曰不出樽俎之間而折衝千里之外晏子之謂也毛詩曰虎拜稽首對揚王休 良曰折摧衝突也言可以摧突萬里也對荅休美也謂荅天子之美命也 **聞善若驚疾惡如讎示威示德以伐以柔** 善曰國語楚藍尹亹謂子西曰夫闔廬聞一善言若驚得一士若賞謝承後漢書曰張儉清黎中正疾惡若讎又曰左氏傳倉葛曰德以柔中國刑以威四夷又曰伐叛刑也柔服德也 一若立矣 翰曰若驚恐不及也柔安也言威以伐叛德以安人也 **吳夷凶侈僞師畏逼將乘讎釁席卷南極** 善曰班固高紀曰乘釁而運席卷三秦 銑曰吳夷凶侈謂孫皓也僞師畏逼謂吳將步闡降晉陸抗攻之甚急詔令迎闡羊祜遣荊州刺史楊肇攻抗不克闡為抗所擒也肇為

庶人言肇初乘闡之降將席卷於吳也 **繼褰糧盡神謀不忒** 善曰吳志曰西陵督步闡據城以叛遣使降晉陸抗聞之因部分諸軍吳彥等徑赴西陵勑軍營更築嚴圍自赤谿至故市內以圍闡外以禦寇圍備始合晉巴東監軍徐胤率水軍詣建平荊州刺史楊肇至西陵抗令張咸固守其城公安督留慮距胤身率三軍憑圍對肇肇攻至月餘計屈夜遁抗使輕騎躡之肇大破敗胤等引還抗遂陷西陵誅夷闡族 向曰褰縮也言由為糧繼不續而敗非肇神謀之差也 **君子之過引曲推直如彼日月有時則食** 善曰左氏傳曰晉師歸桓子請死晉侯欲許之士貞子諫曰桓子其敗如日月之食焉何損於明也 濟曰君子引曲於已推直於人言肇不推糧盡之過乃引罪於已也子貢曰君子之過如日月之食言不損於明也 **負執其咎功讓其力亦既旋旆為法受黜** 善曰毛詩曰誰敢執其咎又曰左氏傳孔子曰趙宣子古之良大夫也為法受惡 良曰咎罪也讓責也言負恃其罪為責不盡力也旆旗也旋旆謂還國也黜退也言以罪退也 **退守丘塋杜門不出** 善曰漢書曰王陵杜門不朝請 翰曰丘隴塋墓也杜閉也 **游目典墳縱心儒術祁祁搢紳升堂入室靡事不咨無疑不質** 善曰毛詩曰采蘩祁祁封禪書曰雜搢紳先生之略術論語子曰由也升堂矣未入於室也又曰毛萇詩傳曰訪問於善為咨咨事為諏漢書曰張竦居貧好事者從之質疑問事也 銑曰祁祁眾多貌搢紳衣冠之類也靡無咨問質定也 **位貶道行身窮志逸** 善曰毛詩曰我位孔貶毛萇傳曰貶墜也論語子曰道之將行也與命也 向曰貶黜也言肇爵位貶黜退而道行身雖窮而志樂也逸樂也 **弗慮弗圖乃寢乃疾昊天不弔景命其卒嗚呼哀哉** 善曰毛詩曰昊天疾威弗慮弗圖楚詞曰寢疾而日愁又曰毛詩曰不弔昊天蔡邕楊公誄曰功成化洽景命有順 濟曰慮思圖謀也不思不謀而有此寢臥之疾也弔傷景大也言昊天不傷愍而使大命終也 **子囊佐楚遺言城郢史魚諫衛以尸顯政** 善曰左氏傳曰楚子囊還自吳卒將死遺言謂子庚必城郢君子謂子囊忠君薨不忘增其名將死不忘衛社稷可不謂忠乎韓詩外傳曰昔衛大夫史魚病且死謂其

子曰我數言蘧伯玉之賢而不能進彌子瑕不肖而不能退死不當居喪正堂殯我於室足矣衛君問其故子以父言聞君召蘧伯玉而貴之子瑕退之徙殯於正堂也良曰言此二人死且不忘忠諫之道也伊君臨終不忘忠敬寢伏牀蓐念在朝廷翰曰蓐席也朝廷謂天子也朝達五臣本作建字厥辭夕隕其命銑曰言朝有思君之言而夕亡也聖王五臣本作主字嗟悼寵贈衾襚誄德策勳考終定謚善曰肇碑曰肇薨天子愍焉遣謁者祠以少牢謚曰戴侯漢書曰列侯薨大行奏謚誄策應劭曰賜與謚及哀策誄文也向曰悼傷也衾單被襚衣服也濟曰肇薨天子追其功祭以少牢謚曰戴侯也羣辟慟懷邦族揮淚良曰辟君也邦族謂國家及同姓也言爲國惜賢也孤嗣在疚寮屬含悴善曰毛詩曰煢煢在疚翰曰孤嗣肇子也疚病寮官悴憂也赴者同哀路人增欷嗚呼哀哉銑曰欷泣之餘聲也余以頑蔽覆露重陰善曰國語張老謂趙文子曰先王覆露子也韋昭曰露潤也向曰余岳自謂也頑蔽猶愚蔽也露潤也言岳父與戴侯爲友故云覆潤重陰也仰追先考執友之心善曰禮記曰見父之執不謂之進不敢進不謂之退不敢退也濟曰考則岳父言我追思父之執友更增痛切之心俯感知己識達之深善曰晏子春秋越石父曰士者申乎知己也良曰知己言戴侯知我之心而我亦識達其深也承諱忉怛涕淚霑襟善曰楚詞曰泣歔欷而霑襟翰曰諱死也岳時在遠聞之故云承諱忉怛悲傷也豈忘載奔憂病是沈在疢不省於亡不臨舉聲增慟哀有餘音嗚呼哀哉銑曰載則沈深省視也言我聞死豈忘其奔走時蜀病深故在疢病不得視省於死不得臨送也

楊仲武誄 并序

潘安仁

楊經字仲武滎陽宛陵人也中領軍肅侯之曾孫荊州刺史戴侯之孫東武康侯之子也善曰肅侯楊暨也戴侯楊肇也潘岳楊肇碑序曰肇驍騎府君之嫡孫領軍肅侯之嗣子賈弼之公山表注曰楊恪字仲義驍騎將軍生暨字休先領軍將軍東康侯楊潭也向曰肅侯名暨康侯名潭也八歲喪父其母五臣本有曰字鄭氏光祿勳密陵成侯之元女善曰賈弼之山公表注曰鄭袤爲司空密陵元侯生默爲光祿勳密陵成侯默女適滎陽潭潭生仲武成或爲元侯誤也漢書音義服虔曰元長也濟曰密陵成侯名默元女長女也操行甚高恤養幼孤以保乂夫家而免諸艱難善曰尚書周公曰巫咸乂王家良曰保安乂理也艱難謂辛苦也戴侯康侯多所論著又善草隸之藝子以妙年之秀固能綜覽義旨而軌式模範矣善曰曹子建自試表曰終軍以妙年使越翰曰妙少秀美也綜猶總也旨美也言其軌跡皆用模法於祖父也雖舅氏隆盛而孤貧守約心安陋巷體服菲薄余甚奇之善曰論語子曰回也在陋巷人不堪其憂又曰禹菲飲食馬融曰菲薄也銑曰舅氏謂鄭袤家也言能約儉菲薄岳甚以爲奇若乃清才儁茂盛德日新善曰周易曰日新之謂盛德向曰茂美也日新謂盛德日加新麗也吾見其進未見其已也善曰論語子謂顏淵曰吾見其進未見其止也濟曰已止也既藉三葉世親之恩而子之姑余之伉儷焉善曰左氏傳曰已不能庇其伉儷而亡之又不能字人之孤而殺之良曰三葉謂曾祖領軍格及祖肅侯父康侯也伉敵儷偶也謂夫婦相敵偶也往歲卒於五臣本作于字德宮里善曰陸機洛陽記曰德宮里名也翰注同喪服周五臣本作同字次綢繆累月銑曰次位也綢繆親密貌言時與仲武喪服其妻親密累月苟人必有心此亦款誠之至五臣本作志字也不幸短命善曰論語孔子對哀公曰有顏回者不幸短命死矣向曰苟且也且人有心於親密亦款之至也短命謂死也春秋二十

九元康九年夏五臣本無夏字五月己亥卒嗚呼哀哉乃作誄曰

伊子之先奕葉五臣本作世字熙隆濟曰奕累熙興也言累世興盛也惟祖惟曾載揚休風顯考康侯無禄早終善曰左氏傳子産曰公孫段無禄早世不獲久享君德　良曰載則揚舉休美也考父也終卒也名器雖光勳業未融篤生吾子誕茂淑姿翰曰篤厚誕大茂美淑善也克岐克嶷知章知微善曰毛詩曰克岐克嶷以就口食周易曰君子知微知章　銑曰幼而有知曰岐嶷易曰君子知微知章也章明微幽也鉤深探賾味道研機善曰周易曰探賾索隱鉤深致遠又曰夫易聖人之所以極深而研幾也　向曰賾幽也言深幽之理皆能鉤探而知之味美研窮機微也謂美其道而窮其微也匪直也人邦家之輝善曰毛詩曰匪直也人秉心塞淵又曰樂只君子邦家之光　翰注同子之邁

閔曾未齓齠善曰鄭玄周禮注曰齓毀齒也埤倉曰髫髦也　良曰遘遇閔病曾則也齓毀齒也髫總髮也如彼危根當此衝猋五臣本作飈德之休明靡幽不喬善曰言德之休明無有幽而不遷喬也左氏傳王孫滿曰德之休明毛詩曰出自幽谷遷于喬木　向曰飈急風也根而衝急風喻仲武抱疾而屬亂朝也靡無喬高也言德之休明無有幽而不高也弱冠流芳雋聲清劭音韶協韻　銑曰二十曰弱冠雋美劭繼也言美聲清遠相繼不絶也爾舅惟榮爾宗惟悴幼秉殊操違豐安匱撰録先訓俾無隕墜舊文新藝罔不必肄向曰違避豐盛匱之也先訓祖父舊作之文也藝法制也罔無肄習也潘揚之穆有自來矣矧乃今日慎終如始善曰老子曰慎終如始則無敗事也　濟曰穆和矧況也謂岳父與仲武祖舊相知好況今日我與仲武順祖父之好如始也爾休爾戚五臣本作慼字如實在己善曰新序曰晉襄公之孫

周爲晉國休戚不倍本也　良曰言憂樂之事皆同於己也覛子猶父不得猶子五臣本作子字　善曰論語曰顏回死門人欲厚葬之子曰回也視予猶父也予不得視猶子也敬亦既篤愛亦既深雖殊其年實同厥心日昊景西望子朝陰翰曰日昊景西岳自喻將老也朝陰喻仲武盛年也如何短折背世湮沈嗚呼哀哉善曰尚書曰六極一曰凶短折孔安國曰短未六十折未三十也　銑曰死未六十曰短未三十曰折湮沈謂死也寢疾彌留守兹孝友臨命忘身顧戀慈母善曰尚書曰王曰病日臻既彌留毛詩傳曰善父母爲孝善兄弟爲友　向曰彌久也善父母爲孝善兄弟爲友臨終謂將死也言將死忘身之苦而乃顧戀慈母也哀哀慈母痛心疾首善曰毛詩曰哀哀父母生我劬勞左氏傳呂相絶秦曰諸侯痛心疾首腆就寡人　濟曰哀哀哭聲也疾首謂頭痛也嗷嗷叫同生悽悽諸舅善曰莊子曰我嗷嗷隨而哭之　良曰嗷嗷哭聲同生謂兄弟也悽悽悲傷也春

蘭摧並方茂其華荊寶挺璞將剖于和含芳委耀五臣本作輝字毀璧摧柯善曰言德業之美類於蘭玉始含芳而積耀遽毀璧而摧柯言早夭也太玄經曰破璧毀珪逢不幸也　翰曰挺出剖破也和下和也含芳謂蘭也委耀謂璧也皆喻王盛而摧毀言死也嗚呼仲武痛哉奈何德宮之艱同次外寢惟我與爾對筵接枕自時迄今曾未盈稔銑曰德宮仲武所居里也艱苦也謂岳妻死於此也次位也迄至稔年也言不滿一年姑姪繼隕何痛斯甚嗚呼哀哉向曰姑謂岳妻謂仲武姑也隕死也未滿一年姑姪相繼而死是痛之甚也披帙散書屢覩遺文有造有寫或草或具執玩周復想見其人紙勞于手涕霑于巾善曰張衡四愁詩曰側身北望涕沾巾　濟曰遺文仲武所作及所寫者玩習也周終也涕淚也巾衣襟也龜筮既襲埏隧五臣本從七既

開善曰尚書曰乃卜三龜一習吉又曰卜不襲吉孔安國曰襲因也聲類曰埏墓隧也　良曰龜筮謂卜也襲因也言因其吉而須也埏隧墓道也痛矣五臣本作哉字楊子與世長乖朝濟洛川夕次山隈歸鳥頡頏行雲徘徊善曰毛詩曰燕燕于飛頡之頏之　翰曰隈曲也頡頏徘徊雲鳥不進貌臨穴永五臣本作長訣撫櫬盡哀善曰毛詩曰臨其穴惴惴其慄杜預左氏傳注曰櫬棺也　翰曰哀慼也穴墓門也訣死別也櫬棺也遺形莫紹增慟余懷瑰兮往矣梁木實摧嗚呼哀哉善曰莊子曰往矣吾將曳尾於塗中禮記曰孔子早作負手曳杖逍遙於門歌曰泰山其頹乎梁木其壞乎鄭玄曰太山衆山所仰梁木衆木所放也　銑曰遺形莫紹謂無嗣也梁木屋之梁棟也摧折也

六臣註文選卷第五十六

四十二

六臣註文選卷第五十七

誄下

夏侯常侍誄并序

潘安仁翰曰湛早有名譽與岳友善時人號爲連璧惠帝時爲散騎常侍卒也

夏侯湛字孝若譙國譙人也少知名弱冠辟太尉府善曰臧榮緒晉書曰湛早有名譽爲太尉掾掾善本無掾字賢良方正徵爲太子舍人尚書郎野王令善曰臧榮緒晉書曰湛舉賢良對策拜郎中遷補太子舍人轉尚書郎出宰野王令漢書曰何武賢良方正徵也　向曰野王縣令也中書郎南陽相善曰臧榮緒晉書曰湛除中書侍郎出補南陽相又曰秦王柬武帝第三子也初封南陽王後徙封秦王　濟曰同善注家艱乞還善曰毛詩曰未堪家多難余又集于蓼　良曰家艱謂父母憂也頃之選爲太子僕未就命而世祖崩善曰穀梁傳曰高曰崩厚曰崩尊曰崩天子之崩以尊也其崩何以在人上故曰崩　翰曰僕太子官世祖武帝也天子以爲散騎常侍從班列也善曰天子惠帝也班次也言以次而任非擢材也　銑曰天子惠帝春秋四十有九元康元年夏五月壬辰寢疾卒于延喜里第嗚呼哀哉乃作誄曰向曰延喜里名湛所居處

禹錫玄珪實曰文命善曰尚書曰禹錫玄圭告厥成功又曰文命敷于四海史記曰夏禹名曰文命　濟曰堯賜禹玄珪以彰成功文命禹名玄黑也克明克聖光啟夏政善曰尚書曰呂上克明又曰克齊聖廣淵左氏傳宋向戌曰以偪陽光啟寡君　良曰啟開光大也言禹有明聖之功大開夏之政教禹初封夏爲侯遂爲氏也其在于漢邁勳惟嬰恩弘儒業小大雙名善曰漢書曰夏侯嬰爲太僕常奉車從擊項籍班固漢書述曰世宗曄曄思弘祖業漢書曰夏侯

勝字長公少好學從夏侯始昌受尚書又曰勝從父兄子建字長卿自師事勝又曰由是尚書有大小夏侯之學 翰曰邁循二立也漢朝立功則有夏侯嬰思廣儒術則夏侯勝及族子始昌故特稱大小夏侯之書也

顯祖曜德牧兖及荆父守淮岱治亦有聲 善曰王隱晉書曰夏侯威字季權歷荆兖二州剌史史記祭公謀父曰先王耀德不觀兵王隱晉書曰威少子莊淮南太守毛詩曰文王有聲 銑曰湛祖威歷荆兖二州剌史父莊淮南太守有聲謂名譽也淮水名岱山名莊在淮南之分也

英英夫子灼灼其雋飛辯摛藻華繁玉振 善曰孔融薦禰衡表曰飛辯騁辭班固荅賓戲曰摛藻如春華孟子曰集大成也者金聲而玉振 向曰英英美也灼灼盛貌辯美辭也摛舒也藻水草有文言文詞如華之繁如玉之振也

如彼隨和發彩流潤如彼錦繢列素點絢 善曰淮南子曰隨侯之珠和氏之璧得之而富失之而貧禮記孔子曰夫玉溫潤而澤仁也論語子夏問曰巧笑倩兮美目盼兮素以為絢兮何謂也子曰繢事後素鄭玄曰繢畫文也 濟曰隨隨侯珠和卞和玉繢繡也絢文彩也言湛文章如珠玉錦繡也

人見其表莫測其裏 善曰尚書大傳孔子謂子夏曰子見其表未見其裏法言曰或問聖人表裏曰威儀文辭表也德行忠信裏也 良曰威儀表也德行裏也測度也

徒謂吾生文勝則史 善曰論語子曰文勝質則史 翰曰徒空也吾生謂湛也

心照神交唯我與子 善曰莊子子綦曰其寐也魂交論語子謂顏回曰唯我與爾有是夫 銑曰言湛與岳心神相照也

且歷少長逮觀終始 善曰孝經曰夫孝始於事親中於事君終於立身 向曰逮及也

子之承親孝齊閔參 善曰漢書武帝詔曰孝子順孫願自竭以承其親論語子曰孝哉閔子騫禮記公明儀問曾子曰夫子可以為孝乎曾子曰君子之所謂孝者先意承志諭父母於道參直養者安能為孝乎 濟曰承事也

子之友悌和如瑟琴 善曰毛詩曰妻子和合如鼓瑟琴 良曰友悌兄弟也琴瑟言聲相和也

事君直道與朋信心雖實唱高猶賞爾音 善曰論語柳下惠曰直道而事人又子夏曰與朋友交言而有信宋玉對問曰曲彌高者其和彌寡曹植求自試表曰或有賞音而識道 翰曰言德高不可為偶如曲高難為唱和矣然我終復真賞爾德音也

弱冠厲翼羽儀幼升公弓既招皇輿乃徵 善曰呂氏春秋曰征鳥厲疾用易曰鴻漸于陸其羽可用為儀左氏傳陳敬仲曰詩云翹翹車乘招我以弓范曄後漢書曰侯瑾州郡累召公車有道徵也 銑曰厲整也言整翼以為羽儀也初升為太尉掾古之招士以弓與車也徵為太子舍人也

內贊兩宮外宰黎蒸 善曰典引曰廵靖黎蒸 向曰贊助也兩宮謂從太子舍人轉為尚書郎外宰謂為野王令黎蒸皆衆也

忠節允著清風載輿 善曰胡廣書曰建鴻德流清風 濟曰允信著明載起也清風謂內外俱有美化也

泱央彼樂都寵子惟王 善曰左氏傳延陵季子曰泱泱乎大風也哉南都賦曰於顯樂都 良曰泱大也樂都南陽也寵光也

設官建輔妙簡邦良用取喉舌相爾南陽 善曰尚書帝曰龍命汝作納言孔安國曰納言喉舌之官毛詩曰出納王命王之喉舌 翰曰簡選良善也喉舌納言之官也相爾南陽謂為南陽王相

惠訓不倦視人如傷 善曰左氏傳祁奚曰惠訓不倦叔向有焉又逢滑曰國之興也視之如傷 銑曰惠愛訓教也不倦不辭勞也視人如傷恐失所也

乃眷北顧辭祿延喜 善曰孟子注德厚受祿德薄辭祿也 向曰自南陽辭祿故北顧也

余亦偃息無事明時疇昔之游二紀于茲 善曰呂氏春秋牛贊曰偃息之義則未之識左氏傳羊斟曰疇昔之羊子為政孔安國尚書傳曰十二年曰紀 濟曰余自謂也事職也十二年曰紀言湛與岳俱不仕至湛死時二紀於此也

班白攜手何歡如之 善曰禮記曰班白者不提挈毛詩曰惠而好我攜手同行 良曰言二人俱鬢髮班白相攜為歡也

居吾語汝衆實勝寡人惡雋異俗疵文雅 善曰論語子曰由居吾語汝愼子曰衆之勝寡必也孔安國尚書傳曰疵病也大戴禮曰天子不知文雅之辭少師之任 良曰寡少惡憎疵病也言小人衆賢者少是衆勝少也時俗憎病雋異之雅之人也

執戟疲楊長沙投賈 善曰曹子建楊德祖書曰楊子雲先朝執戟之臣耳漢書曰賈誼為長沙王太傅誼既以謫去意不自得 銑曰楊子雲才高位下為執戟賈誼博達投於長

沙此皆時俗憎疾之驗無謂爾高恥居物下向曰勿以自爲高恥居人下也自居吾己下皆岳誡湛之辭也子乃洗然變色易容慨然歎曰道固不同善曰史記曰觀范睢之見王者羣臣莫不洒然變色易容者論語子曰道不同不相爲謀　濟曰洗然迴情貌言承岳之誡迴情易容歎息而對云已道與時固不同也爲仁由己匪我求蒙誰毀誰譽何去何從善曰論語顔淵問仁孔子曰克己復禮爲仁爲仁由己而由人乎哉周易曰童蒙來求我匪我求童蒙論語孔子曰吾之於人誰毀誰譽楚辭曰此孰吉孰凶何去何從　良曰蒙不知貌言爲仁者之行由己不曲求無知之人則誰爲毀譽而何有去從矣莫涅匪緇莫磨匪磷子獨正色居屈志申善曰論語子曰不曰堅乎磨而不磷不曰白乎涅而不緇尚書曰正色率下　翰曰緇黑磷薄也言萬物染者皆黑磨者皆薄子獨不變常節於屈而能申志也雖不爾以猶致其身獻替盡規媚茲一人善曰論語周公謂魯公曰不使大臣怨乎不以

又子夏曰事君能致其身國語史黯謂趙簡子曰夫事君者諫過而賞善薦可而替否獻能而進賢毛詩曰媚茲一人應侯順德　銑曰以用替廢規法媚愛也言雖不見用猶致身極諫獻可替否盡規法以愛太子也讜言忠謀世祖是嘉將僕儲皇奉轡承華善曰漢書成帝曰久不見班生今日復聞讜言聲類曰讜善言也漢書曰太子家有僕上林賦曰孫叔奉轡漢舊儀有承華廄　向曰讜正也嘉善也僕太子官也儲皇太子也承華東宮門名也先朝末命聖列顯加入侍帝闥出光厥家善曰尚書曰道揚末命　濟曰先朝武帝也末命臨終之命也列明也加謂加爲常侍也闥門也卿大夫稱家出光其家謂爲南陽相也我聞積善神降之吉善曰周易曰積善之家必有餘慶左氏傳季梁曰於是乎民和而神降之福宜享遐紀長保天秩善曰尚書曰天秩有禮自我五禮有庸哉　良曰享受紀歲也天秩天子祿秩也如何斯人而有斯疾善曰論語曰伯牛有疾子曰斯人也而有斯疾也曾未知命中年隕卒嗚

呼哀哉善曰論語子曰五十而知天命中年猶中身也尚書曰文王受命惟中身也　翰曰五十知命湛四十九卒年未至知命也惟爾之存匪爵而貴善曰孫卿子曰君子無爵而貴無祿而富甘食美服重珍兼味臨終遺誓永錫爾類斂以時襲殯不簡器善曰臧榮緒晉書曰湛族爲盛門性頗豪侈甘食美服窮滋極珍毛詩曰孝子不匱永錫爾類臧榮緒晉書曰湛將沒遺命小棺薄斂不修封樹禮記曰延陵季子適齊長子死其斂以時服漢書曰衣衾複爲襲　銑曰同善往錫賜類善也言湛以薄葬之禮賜其子以爲善也襲衣簡選也器棺槨也誰能拔俗生盡其養孰是養生而薄其葬善曰漢書曰楊王孫家業千金厚自奉養生亡所不致及病且終曰吾欲臝葬淮南子曰節財薄葬簡服亡焉　向曰拔出也言誰能出俗盡滋味爲養復誰能如是養生而能崇薄葬者言湛達死生之分也淵哉若人縱心條暢傑操明達困而彌亮善曰班固楊雄述曰淵哉若人實好斯文　濟曰條暢通達也傑立操志困疾彌益亮明

也柩輅既祖容體長歸存亡永訣逝者不追善曰周禮小喪供柩輅鄭玄曰柩輅載柩車也周禮曰喪祝掌太喪祖飾棺乃載鄭玄曰祖爲行始也家語曰顓孫師有容體姿質鄭玄毛詩箋云往矣訣別之辭論語子在川上曰逝者如斯　良曰柩輅車也祖送也言容儀體質長歸泉壤也訣永別也逝往也言此往不可追而及也望子舊車覽爾遺衣愊被偪抑失聲迸涕交揮善曰禮記曰內人行哭失聲家語公父文伯卒敬姜曰二三婦無揮涕蔡邕陳仲弓碑曰巖藪知名失聲揮涕　翰曰望湛所乘之車所服之衣愊抑哀憤也迸散涕淚揮下也非子爲慟吾慟爲誰嗚呼哀哉善曰論語曰顔淵死子哭之慟從者曰子慟矣子曰非夫人之爲慟而誰爲慟乎　銑曰慟變容貌言我不爲湛慟當使誰爲之也日往月來暑退寒襲零露霑凝勁風淒急慘爾其傷念我良執善曰周易云日往則月來月往則日來寒往則暑來暑往則寒來左氏傳張趯曰火中寒暑乃退孔安國尚書傳曰襲因也禮記曰見父之執

不謂之進不敢進不謂之退不敢退向曰襲及凝結勁緊也言感時遷變慘然傷於湛也良執良朋也適子素館撫孤相泣善曰毛詩曰適子之館兮春秋外傳曰叔向見司馬侯之子撫而泣之曰自此父之死也吾蔑與比事君也昔者此其父始之我終之我始之夫子終之濟曰素故也孤湛子也言適湛故館撫湛之子與之同泣也前思未弭後感仍集積悲滿懷逝矣安及嗚呼哀哉善曰賈逵國語注曰弭忘也良曰前思謂平生所思也弭止也後感謂其孤子也仍重也逝往也言我徒積悲懷往者何能追及也

馬汧督誄

并序善曰臧榮緒晉書曰汧督馬敦立功孤城爲州司所枉死於囹圄汧誄之翰曰馬敦爲汧督爲氐羌所攻執節苦戰而存汧城爲州司所嫉發憤死於獄中

潘安仁

惟元康七年秋九月十五日晉故督守關中侯

扶風馬君卒嗚呼哀哉初雍部之內屬羌反未弭而編戶之氐又肆逆焉善曰傳暢晉諸公讚曰惠帝元康五年武庫火北地盧水胡蘭羌因此爲亂推齊萬年爲主杜預左氏傳注曰弭息也漢書呂后曰諸將與帝爲編戶人銑曰元康惠帝年號弭息也編戶謂附晉爲百姓之氐也肆縱也言縱暴爲逆也雖王旅致討終於殄滅而蜂蠆勑邁有毒縣失小利善曰毛詩曰王旅嘽嘽左氏傳臧文仲曰君無謂邾小蜂蠆有毒況國乎向曰王旅王師也蜂蠆謂蟲之有毒者喻羌氐爲患也縣數也言雖爲國家絕滅然數失小利也俾百姓流亡頻於塗炭善曰毛詩曰民卒流亡尚書曰有夏昏德民墜塗炭濟曰俾使也使百姓流喪頻墜塗炭也建威喪元於好畤州伯宵遯乎大谿善曰王隱晉書周處解系與賊戰于六陌軍敗周處死之孟子曰勇士不忘喪其元左氏傳曰秦師夜遯良曰周處爲建威將軍元首爲氐羌賊齊萬年所殺好畤縣名解系爲雍州刺史爲氐羌賊庶元所破夜走大谿宵夜也大谿地名若

夫稱師裨毗將之隕首覆軍五臣本作車者蓋以十數善曰左氏傳韓子曰彘以偏師陷子罪大矣漢書曰十八將軍霍去病裨將侯者九人漢書谷永上書曰齊客殞首公門以報恩施史記齊使人說趙曰韓之攻楚覆其軍殺其將翰曰裨亦偏也言偏將爲賊所敗殺者數十人也剖符專城紆青拖墨五臣本作紫之司奔走失其守者相望於境善曰東觀漢記韋彪上議曰二千石皆以選出京師剖符典千里古樂府日出東南隅曰三十侍中郎四十專城居解嘲曰紆青拖紫朱丹其轂漢書比六百石以上銅印墨綬云剖符專城則青墨是也墨或爲紫非銑曰剖符謂剖竹分符猶今之印也專擅也謂擅一城也謂守宰之屬青紫綬色也言懼賊奔走失守者相望於境言多也秦隴之僭鞏更爲魁善曰鞏姓也更名也漢書曰羌煎鞏陸東觀漢記曰羌什長鞏便然更蓋其種也尚書曰殲厥渠魁向曰鞏更羌賊率魁主也據秦州隴西郡僭稱王也既已襲汧而館其縣善曰左氏傳曰凡師輕曰襲杜預曰掩其不備濟曰掩其不備曰襲館客舍也子以眇

爾之身介乎重圍之裏良曰眇爾微弱貌也介隔也率寡弱之衆據十雉之城善曰十雉言小也翰曰據依也長三尺曰雉羣氐五臣本作羌字如蝟毛而起四面雨射城中城中鑿穴而處負戶而汲善曰漢書賈誼曰高帝功臣反者如蝟毛而起東觀漢記曰上入昆陽二公環昆陽城積弩射城矢如雨下城中負戶而汲銑曰蝟蟲名其毛如大針言氐羌鋒起似之也鑿穴負戶避矢之中己也木石將盡樵蘇乏竭芻蕘罄絕善曰漢書李左車曰樵蘇後爨師不宿飽晉灼曰樵取薪也蘇取草也毛詩曰詢于芻蕘毛萇曰芻蕘薪采者也向曰樵蘇柴新也芻蕘蒿草也竭絕亦盡也於是乎發梁棟而用之弓的以鐵瑣機關既縱礧五臣作礨盧罪切而又升焉善曰言以鐵鎖繫木爲機關既縱之以礧敵而又收上焉漢書曰匈奴乘隅下壘石又曰高城深塹具藺石如淳曰藺石城上壘石也杜篤論都賦曰一卒舉礧千夫沉滯然礧與壘並同力對切

濟曰發出也言發出屋宇之梁棟而用也罥繫也言以鐵繫也既縱下礧賊而又以機關却升上也爨陳焦
之麥柹孚廢梠吕桷角之松善曰說文曰柹削柹也梠楣也桷榱也良曰爨炊陳久焦
黑也柹木札也餘同善注用能薪芻不匱人畜取給青煙傍起
歷五臣本作攊字馬長鳴善曰古詩曰朱火然其中青煙颺其間司馬彪莊子注曰皁櫪也　翰曰言資
梠桷之給故得人馬不乏也青煙起言有薪也馬長鳴言壯也凶醜駭而疑懼乃闕掘
地而攻子命穴浚塹七念反寘壼五臣本無寘字鐳雷瓶甀
武以偵耻令反之善曰墨子曰若城外穿地來攻者宜於城內掘井以薄城使聰耳者伏甖而聽審知穴處
鑿內迎之東觀漢記曰使先登偵之言虜欲去然偵廉視也方言曰甀罌也　銑曰駭驚也闕地作地道攻城也子謂敦也浚
深穴坑也壼鐳瓶甀並器名言以此器置深坑聽之器中則知穴處偵覘也
作因焚穬古猛火薰之潛五臣本無之字氐殲焉善曰崔寔四月

文五十七　八

令曰四月可糴穬注曰大麥之無皮毛者曰穬潛氐攻之氐也向曰穬大麥潛氐謂穴中者殲殺也言氐將穿城則器中響起
因焚麥薰殺穴中之氐也久之安西之救至竟免虎口之厄善曰
王隱晉書曰齊萬年帥羌胡圍涇陽遣安西將軍夏侯駿西討氐羌莊子孔子曰丘幾不免虎口哉　濟曰安西將軍夏侯駿
西討之氐羌兵散而竟免虎口之厄也全數百萬石之積文契書於幕
府善曰漢書音義曰衛青征匈奴大克獲帝就拜大將軍於幕中因曰幕府　良曰契書部錄糧儲之數也幕府謂大
將軍府也聖朝疇咨進以顯秩殊以幢蓋之制善曰幢蓋將軍
刺史之儀也兵書曰軍主長服赤幢東觀漢記曰段熲爲并州刺史曲蓋朱旗　翰曰聖朝惠帝朝也疇誰也咨謀也言惠帝
稱誰謀進以明秩兼幢蓋之制幢蓋刺史儀制也而州之有司乃以私隸數
口穀五臣本有數字十斛考訊吏兵以檟賈楚之辭連
之善曰禮記曰夏楚二物以收其威鄭玄曰夏榎也楚荆也榎與檟古今字通　銑曰州雍州有司謂法官也隸奴也

訊問也檟楚杖也言考問軍吏兵士辭連馬敦也大將軍屢抗其疏善曰干寶晉紀曰梁
王肜爲征西大將軍　向曰大將軍謂梁王肜屢數也抗舉也疏謂表也言數舉表論馬敦之功也此下肜表敦辭也曰
敦固守孤城獨當羣寇以少禦衆載離寒暑臨
危奮節保穀全城而雍州從事忌敦勳效極推
五臣本作推極小疵善曰管子曰民無恥不可以固守莊子曰晉之善戰者牛丑以寡擊衆周易曰悔吝者言乎其
小疵也　濟曰從事理中也極窮疵過也言忌其功效推窮小過也非所以褒奬元功宜
解敦禁劾假授善曰言請解禁劾而假授之以官也說文曰劾法有罪也何戴切　良曰言推
窮小過非褒奬之道也劾推也謂舉其有罪也請解其罪假授其官也詔書遂許而子固
已下獄發憤而卒也翰曰遽急也許謂許肜所請也子謂馬敦也朝廷聞
而傷之策書曰皇帝咨故督守關中侯馬敦忠

文選五十七　九

勇果毅率厲五臣本作勵字有方固守孤城危逼五臣本作偪字
獲濟寵秩未加不幸喪亡朕用悼焉今追贈牙
門將軍印綬祠以少牢善曰王隱晉書曰贈馬敦詔曰今追贈牙門將軍印綬祠以少牢
銑曰悼傷也帝賜敦印綬以表生時之功也魂而有靈嘉茲寵榮善曰范曄後漢
書曰和帝追謚梁竦詔曰魂而有靈嘉茲寵榮　向曰嘉善也寵榮謂贈將軍也然絜士之聞
識其庸致思乎善曰言絜士之聞已識其庸致思以求生乎家語曰孔子登於農山之上曰於斯思
致無不至矣　濟曰庸用也言清絜之士聞已有識行其用能致思慮乎必自絕也若乃下吏之肆
其噤渠蔭切害則皆妬之徒也嗟乎妬之欺善抑
亦貿莫構切首之讎也善曰楚辭曰口噤閉而不言然則口不言心害之爲噤害也廣雅曰妬害
也言疾妬之徒欺此善士抑亦同彼貿首之讎也戰國策曰甘茂與樗里疾貿首之讎也　良曰肆恣噤毒貿易也言怨害者

皆嫉妬之徒也嗟乎岳歎也言嫉妬之人敗其善行常以己前爲人之前爲讎也語曰或戒其子愼無爲善言固可以若是悲夫善曰淮南子曰人有嫁其子而教之曰爾行矣愼無爲善曰不爲善將爲不善邪應之曰善且由弗爲况不善乎此全其天器者也高誘曰器猶性也　翰曰語古人之言也愼無爲善言斯爲善而見嫉妬也悲夫痛傷之辭昔乘丘之戰縣玄賁奔父甫御魯莊公馬驚敗績賁父曰他日未嘗敗績而今敗績是無勇也遂死之圉人浴馬有流矢在白肉公曰非其罪也乃誄之善曰禮記曰魯莊公及宋人戰于乘丘縣賁父御馬驚敗績公墜縣賁父曰他日不敗績而今敗績是無勇也遂死之圉人浴馬有流矢在白肉公曰非其罪也遂誄之士之有誄自此始也鄭玄曰白肉股裏　銑曰魯與宋戰乘丘地名也縣信賁父名也敗毀績功也他日昔日也遂死之謂賁父以敗績赴敵而死圉人養馬者矢箭也白肉股裏也非其罪言敗績因流矢中馬非賁父之罪也乃誄其赴敵之功士有誄自此始也漢明帝時有司馬叔持者白日於都市手劒父讎視死如歸亦命史臣班固而爲之誄五臣本作誄之善曰公羊傳曰仇牧聞宋萬殺君手劒而叱之何休曰手劒持拔劒也呂氏春秋管子曰三軍之士視死如歸　向曰手持劒殺之也然則忠孝義烈之流慷慨非命而死者綴辭之士未之或遺也五臣本無也字善曰班固漢書賛曰孔子後綴文之士衆矣　濟曰忠謂縣賁父也孝謂司馬叔持也慷慨失志貌綴辭之士謂史臣也遺棄也天子既已策五臣本無已字而贈之微臣託乎舊史之末敢闕其文哉乃作誄曰良曰策贈謂牙門將軍微臣岳自謂也託寄也岳時爲著作郎不敢不正當史官故云末也敢闕言不敢闕也

知人未易人未易知五臣本知人不易人不易知善曰史記曰侯嬴曰人固未易知知人亦未易　翰曰言人不易知也嗟茲馬生位末名卑西戎猾夏乃奮其奇善曰尚書曰蠻夷猾夏孔安國曰猾亂也西戎氐羌也猾亂也奮振也奇謂妙策中之也　銑曰保此汧城救我邊危彼邊奚危城小粟富子以眇身而裁其守兵無加衛墉不增築婪婪魯含羣狄豺虎競逐善曰左氏傳富辰諫王曰杜固貪婪王又啓之說文曰杜林說上黨相詐驗爲婪力南切次書張耳陳餘述曰據國爭權還爲豺虎又曰魏其武安之屬競逐於京師　向曰城小多財粟爲賊所窺故危也裁制也婪婪貪盛貌言能以眇身制守其城不加防衛城不增高遭此貪婪之狄如豺虎之競奔逐也肇吏恣睢許季反潛跱官寺善曰呂氏春秋曰在上聖道倨傲荒惡恣睢自用也楚辭曰意恣睢以指摘史記李斯曰獨行恣睢之心漢書曰任橫攻官寺東觀漢記曰象林蠻夷攻燔官寺　濟曰恣睢大視貌跱止也官寺客舍也齊萬虓呼交反闞呼監反震驚台司善曰毛詩曰進厥虎臣闞如虓虎又曰震驚徐方春秋漢含孳曰三公在天法三台也　良曰虓闞怒盛貌台司三公職司也聲勢沸騰種落熻翕熾善曰謝承後漢書曰匈奴詣張奐降聲勢猛烈毛詩曰百川沸騰風俗通曰諸羌種落熾盛大爲邊害　翰曰沸騰交亂起貌種落部落也熻熾盛貌也旌旗電舒戈矛林植彤珠五臣本作朱字星流飛矢雨集善曰彤珠星流謂治鐵以灌敵司馬兵法曰火攻有五斯爲一焉漢書曰鑪中鐵銷散如星東觀漢記曰上入昆陽二公環昆陽城積弩射城矢如雨下　銑曰電舒林植言賊旗之盛彤朱賊爲鑪銷鐵灌城中散如流星也飛矢雨集言多也惴惴之睡反士女號天以泣善曰爾雅曰惴惴懼也尚書曰號泣於旻天　向曰惴惴懼貌號呼叫也爨麥而炊負戶以汲累卵之危倒懸之急善曰說苑曰晉靈公造九層臺孫息聞之求見曰臣能累十二博碁加九雞子其上公曰子作之孫息以碁子置下加九雞子其上公曰危哉孟子曰當今之時萬乘之國行仁政人悅之猶解倒懸　濟曰言城之危如累卵人之急如倒懸也馬生爰發在險彌亮善曰毛詩曰賦政于外四

文五十七　十

文五十七　十一

方妥發　良曰發謂發
其智謀彌益明亮也
精貫白日猛烈秋霜去聲協韻
善曰戰國
策秦雎曰聶政之刺韓傀也白虹貫日申鑒曰人主怒如
秋霜　向曰白日喻精誠明皎也秋霜喻戒嚴肅物也
稜
威可厲懦夫克壯其猷撫循寒士挾纊善曰漢書
武帝報李
廣曰威稜憺乎鄰國孟子曰聞伯夷之風者懦夫有立志毛詩
曰克壯其猶左氏傳曰楚子伐蕭申公巫臣曰師人多寒王巡
三軍拊而勉之三軍之士皆如挾纊　銑曰厲勸懦弱也言
以威稜勸之弱夫皆能壯也纊綿衣也敦之撫循亦如之也
蠢
蠢犬羊阻衆陵寡潛隧密攻九地之下善曰漢名
臣奏曰太
尉應劭等議以爲鮮卑隔在漢北犬羊爲群韓詩外傳曰強不
陵弱衆不暴寡司馬兵法曰善守者藏於九地之下善攻者動
於九天之上　向曰蠢蠢衆多貌犬羊謂賊也
阻恃陵欺寡少也潛隧謂賊鑿地道以攻城也
愜愜苦頰反
窮
城氣若無假昔命懸天今也惟馬善曰王逸楚辭曰
愜愜畏懼患禍者
也魏明帝善哉行曰假氣游魂魚鳥爲伍論衡曰夫命懸於天
吉凶存於時　濟曰愜愜小息貌言汧城之人皆懼而小息若
氣不可假借少時之命也皆言昔時之命
由於天今日之命惟馬敦計策而存也
惟此馬生才博
智贍偵耻命反以瓶壷𠜇靈結反以長壍善曰解嘲曰
雖其人之贍
智哉孚書曰贍足也徐爰射雉賦注曰𠜇割也說文曰壍坑也
七豔切　良曰博廣也贍足偵覘𠜇掘也言賊爲地道攻城敦
乃掘壍置瓶壷以
覘之皆知所在也
鍤楚甲反
未見鋒火以起焰薰尸
蒲窟掊蒲搆反
穴以歛善曰廣雅曰掊揰也蒲搆切
翰曰鍤鍬也鋒鍬刃也言賊爲
地道鍬刃敦以火薰殺之於穴
中因掊穴以埋之也掊猶培也
木石匱竭萁其稈幹空
虛膕下版反
然馬生傲若有餘善曰左氏傳晉邊吏
讓鄭曰今執事膕然
授兵登埤杜預曰膕然勁忿貌也膕與膕同孔融薦禰衡表曰
臨敵有餘　銑曰木石戰鬬之物拋石礧木也萁稈薪菓供炊
爨之事也膕然自得貌
傲若有餘言不急懼也
罥的
梁爲礧五臣本作礧
字盧會切
柹發
松爲芻守不乏械歷有鳴駒向曰罥繫也柹木札也
械戒器礧木之屬也

哀哀建威身伏斧質悠悠烈將覆軍喪器戎釋
我徒顯誅我帥以生易死疇克不二善曰鄭玄周
禮注曰質木
椹也晉書公孫淩說梁王曰昔宋人立公子突以活其君非義
也春秋記之爲其以生易死以存易亡也　濟曰周處爲建威
將軍與羌苦戰不利身沒於戰場質椹也悠悠衆貌言列將喪
敗者衆也釋放將帥也言放其衆而誅其帥以生易死謂執節
不降也言誰能無二
心唯敦無之疇誰也
聖朝西顧關右震惶分我汧庾
化爲寇糧實賴夫子思謇彌長咸使有勇致命
知方善曰蔡邕趙𡉏碑曰加以思謀深長達於從政孔安國
尚書傳曰謇謀也音模論語曰子路曰千乘之國攝乎
大國之間加之以師旅因之以饑饉由也爲之比及三年可使
有勇且知方也又子張曰士見危致命　良曰關右關西也惶
懼也言夫子分汧城倉庾爲寇賊之糧也賴蒙也夫子謂敦也
彌久咸皆也言敦能謀長久之道使汧人有勇知致命之所故
得存也
方所也
我雖末學聞之前典十世宥能表墓旌
善善曰莊子曰末學古之人有之東京賦曰所謂末學膚受
左氏傳曰宣子囚叔向祁奚聞之而見宣子曰夫謀而鮮
過叔向有焉社稷之固也猶將十世宥之以勸能者今一不免
其身以棄社稷不亦惑乎尚書曰封比干之墓賈逵國語注曰
旌表也　翰曰伐舍自謂也
善注燕人表王蠋墓是旌表也
思人愛樹甘棠勿翦善
曰
左氏傳君子曰詩云蔽芾甘棠勿翦勿伐召伯所茇思其人猶
愛其樹也　銑曰甘棠木名邵伯爲政百姓慕之所舍之樹皆
不翦
伐也
矧乃吾子功深疑淺兩造未具儲隸蓋尠
孰是勳庸而不獲免善曰尚書兩造具備師聽五辭孔
安國曰兩謂囚證也造至也兩至
具備衆聽其入五刑之辭　向曰矧况也言孰有存汧之深功疑
犯之淺罪兩造謂兩囚相證也儲粟也隸私隸也尠少也孰誰
也
猾哉部司其心反側斲善害能醜正惡直善
曰
鄭玄毛詩箋曰惡直醜正　濟曰猾亂也部司謂雍州從
事也反側傾曲也醜惡斲削也言削其善功惡其正直也
牧
人逶迤五臣本
作逶字
自公退食聞穢鷹揚曾不戢

翼善曰國語里革曰且夫君也者將牧人而正其邪毛詩曰逶迤逶迤自公退食毛萇詩傳曰逶迤行可蹤跡也言閒箴以煩若鷹之揚若不戢翼而少留也毛詩曰惟師尚父時惟鷹揚又曰鴛鴦在梁戢其左翼　良曰國語云君以牧人而正邪逶迤委曲自得貌退食減膳也穢惡也言聞有惡必損膳若鷹飛揚曾不戢翼而少息也忘爾大勞猜爾小利苟莫開懷于何不至善曰方言曰猜恨也言人不開懷以相容則瑕釁于何而不至　向曰勞功也大功謂存汧也小利謂穀數十斛也開懷恕小過也言有司不苟恕小過而深劾其罪狀于何不至有也慨慨馬生硠硠即高致發憤囹圄五臣本作圉没而猶眂食至嗚呼哀哉善曰說文曰慷慨壯士不得志也廣雅曰硠硠堅也力唐切左氏傳曰荀偃伐齊卒視不可唅欒懷曰主苟終所不嗣事于齊有如河乃瞑受唅　銑曰慨慷也硠硠堅也囹圄獄也眂滅也言懷此憤怨死而猶憾安平出奇破齊克宁善曰史記曰田單者齊諸田疏屬也燕破齊田單東保即墨燕引兵圍即墨田單乃收城中得千餘牛為絳繒衣畫以五采龍文束兵刃其角而灌脂束葦於尾燒其端鑿城數十穴夜縱牛壯士五千人隨其後牛尾熱怒而奔燕燕軍夜大驚尾炬火光明炫燿燕軍視之皆龍文所觸盡死傷五千人因銜枚擊之燕軍大敗騎走齊人遂夷殺其將騎劫而齊七十餘城皆復為齊襄王封田單號曰安平君太史公曰兵善者出奇無窮向同善注張孟運籌危趙獲安善曰戰國策曰智伯從韓魏兵以攻趙圍晉陽決晉水以灌之襄子謂張孟談曰士大夫病吾不能守矣孟談於是陰見韓魏之君曰今智伯率二君而伐趙趙亡則君次之二君曰我知其然即與張孟談陰約三軍與之期曰夜遣人入晉陽趙氏殺守隄之吏而決水灌智伯智伯軍救水而亂韓魏翼而擊之襄子將卒犯其前大敗智氏軍而擒智伯智伯身死國亡地分為三漢書高祖曰運籌策於帷幄之中濟同善注汧人賴子猶彼談單如何吝嫉搖之筆端善曰吝嫉謂有司貪吝嫉妒也論衡曰文吏搖筆考跡民事韓詩外傳曰避文士之筆端　良曰汧城之人蒙子之謀亦猶齊趙因田單張孟而安也吝恨也害賢曰嫉搖弄也謂吏弄文墨問其小過也傾倉可賞矧云私粟狄隸可頒況曰家僕善曰周禮有蠻隸夷隸鄭玄曰征蠻夷所

獲也頒賦也頒與班古字通　翰曰頒賜也言可頒倉及所虜狄以賜況用家粟私僕以賞有功兵士乎剔子雙龜貫以三木善曰為督守及關中侯故雙龜也司馬遷答任少卿書曰魏其大將也衣赭關三木　銑曰剔奪龜印也汧督及關中侯故雙龜也三木謂杻械枷也功存汧城身死汧獄凡爾同圍心焉摧剝五臣本作割字扶老攜幼街號巷哭五臣本作巷號街哭嗚呼哀哉善曰戰國策曰薛人扶老攜幼迎孟嘗君劉紹聖賢本紀曰子產卒國人哭於巷婦人泣於機　向曰摧割折傷也言同圍者聞勤死老幼相扶哭於街巷也明明天子旌以殊恩光光寵贈乃牙其門善曰毛詩曰明明天子令聞不已　濟曰旌表也未恩謂贈牙門將軍司勳班爵亦兆後昆死而有靈庶慰冤魂嗚呼哀哉善曰周禮曰凡有功者祭於大烝司勳詔之尚書曰垂裕後昆　良曰兆問也後昆勤後嗣也言司勳班爵亦問其後嗣庶以慰勞冤死之魂也

陽給事誄并序

顏延年

善曰沈約宋書曰永初三年索虜嗣自率眾至方城虜悉力攻滑臺城東北崩壞王景度司馬陽瓚堅守不動眾潰抗節不降為虜所殺少帝追贈給事中尚書令傅亮議瓚家在彭城宜即以入臺絹一百匹粟三百斛賜給文士顏延年為之誄焉　翰同善注

惟永初三年十一月十一日宋故寧遠司馬濮陽太守彭城陽君卒嗚呼哀哉善曰沈約宋書曰高祖即位改元曰永初郡國記有東郡濮陽郡瓚少禀志節資性忠果奉上以誠率下有方朝嘉其能故授以邊事永初之末佐守滑臺善曰東郡圖經曰滑臺城即鄭之廩延銑曰果烈也邊事軍旅之事滑臺城名也值

國禍荐臻王略中否獯虜間釁剽五臣作摽剝司兖善曰潘岳楊肇誄曰將宏王略沈約宋書曰司州漢之司隸校尉也武帝北平關洛置司州居虎牢又曰兖州後漢居山陽武帝平河南居滑臺剽與摽音義同　向曰荐重也臻至也否隔也獯虜即索虜嗣也間伺釁隙也摽剝傷害也司兖二州名也幽并騎弩屯逼五臣本作偪字鞏洛列營緣戍相望屠潰善曰物理論曰幽州之騎冀州之弓勁捍之上關中詩曰列營基跱屠謂誅殺其人也漢書曰攻潁川屠之左氏傳曰凡民逃其上曰潰　濟曰弩射也言索虜騎射聚偪鞏洛地名言雖列營緣守賊盛不免屠潰也屠殺潰亂也奮其猛銳志不違難立乎將卒五臣本作率字之間以緝華裔之衆善曰緝會聚也左氏傳孔子曰裔不謀夏夷不亂華　良曰銳利違避也將率謂諸軍率也緝穆也華謂中國也裔謂邊遠也罷五臣本作疲字困相保堅守四旬上下力屈受陷勍寇善曰史記李左車謂韓信曰情見力屈欲戰不拔左氏傳公子魚曰勍敵之人隘而不成列杜預曰勍強也　翰曰疲極勍彊也旬十日也言力屈乃陷沒彊寇也士師奔撓棄軍爭免而瓚誓命沈城恌達彫反身飛鏃兵盡器竭斃于旗下善曰毛詩曰恌恌公子毛萇傳曰獨行貌也　銑曰師衆奔亂棄軍爭免其死　向曰誓約言也恌輕也言瓚自約命沈城下輕出射賊兵器俱盡死于旗下器兵器也竭盡也斃死也非夫貞壯之氣勇烈之志豈能臨敵引義以死徇節者哉善曰非有先生論曰引義以正身　良曰以身從物曰徇也景平之元朝廷聞而傷之濟曰景平少帝年號有詔曰故寧遠司馬濮陽太守陽瓚滑臺之逼五臣本作偪字厲誠固守投命徇節在危無撓古之烈士無以加之善曰左氏傳曰師徒撓敗杜預曰撓敗也　翰曰撓曲也言雖臨危不曲節以求全也加過也可贈給事中振卹遺孤五臣本作孤遺以慰存亡

追寵既彰人知慕節河汴之門有義風矣善曰鄭玄禮記注曰振收也　銑曰振卹收也孤謂瓚子也義風節義之風也逮元嘉鄭祚聖神紀物光昭茂緒旌録舊勳苟有槩於貞孝者實事感於仁明善曰東觀漢記曰章帝壯而仁明　向曰逮及也元嘉文帝年號鄭開祚福紀理茂美緒業也言文帝以聖德理物明其美業而旌録舊功槩節槩也言有節槩貞孝者皆動天子仁明之心宋臣蒙固側聞至訓敢詢諸前典而為之誄其辭曰濟曰末臣延年自謂也我蒙開固隨訓教也至教謂制謚也詢諮謀也謂諮謀前典紀行之法也

貞不常祜義有必甄處父勤君怨在登賢善曰鄭玄尚書緯注曰甄表也穀梁傳曰晉將與狄戰使狐夜姑為中軍將趙盾佐之陽處父曰不可古者君之使臣也使仁者佐賢者不使賢者佐仁者今盾賢夜姑仁其不可襄公曰諾公謂夜姑曰吾使汝佐盾矣處父主境上之事夜姑使人殺之　良曰祜福甄明也陽處父以趙盾之賢請於晉君使代狐射姑將中軍曰使能國之利後賈季使續鞫殺陽處父此則貞正之道亦不常為福也苦夷致果題子行間善曰左氏傳曰苦越生子將待事而名之陽州之役獲焉名之曰陽州杜預曰苦越苦夷也說文曰題名也漢書衛青曰非臣待罪行間之意　翰曰苦夷魯季氏臣名致果為毅也行閒謂行陣之間也忠壯之烈宜自爾先舊勳雖發五臣本作廢字邑氏遂傳善曰左氏傳呂相絶秦曰我襄公未忘君之舊勳又衆仲曰胙之以土而命之氏邑亦如之杜預曰取其舊邑之稱以為族也公羊傳曰其稱劉何以邑氏　銑曰忠謂處父也壯謂苦夷也爾瓚也舊勳即上忠壯之功也廢闕也邑氏謂先代所封氏也惟邑及氏自溫祖陽狐續既降晉族弗昌善曰左氏傳劉子單子謂晉郤至曰襄王勞文公而賜之溫狐氏陽氏先處之言狐射姑續鞫居誅處父之後在晉之族不復昌盛也左氏傳曰賈季使續鞫居殺陽處父杜預曰狐射姑賈季也　向曰晉封處父於溫後改封陽及處父被狐續所殺而在晉陽氏不昌盛也之子之生立績宋皇拳猛沈

毅溫敏肅良善曰毛詩曰之子于征管子曰子之鄉有拳勇秀出者毛萇詩傳曰拳力也戰國策鞠武曰田光先生者其勇沈也　濟曰之子謂瓚也績功也拳力沈深毅決溫和敏達肅敬良善也言其立功於宋皇之世猛而能決和平而能達理至敬而能事上

如彼竹柏負雪懷霜如彼騑駟配服驂衡善曰孫子曰貞人在冬則松竹在火則王英言翼贊宋朝如彼騑之爲駟乃配服而參衡也服謂中央兩馬夾轅者在服之左曰驂右曰騑四馬曰駟　良曰竹柏喻堅貞也騑駟喻能當國家衡軛之任

邊兵喪律王略未恢善曰周易曰師出以律失律凶也廣雅曰略法也　翰曰律軍法也略道也恢大也

函陝堙阻瀍洛蒿萊朔馬東騖胡風南埃善曰毋丘儉左幽州詩曰芒山邈悠悠但見胡地埃　銑曰函函谷關陝虢國也瀍洛二水名堙塞也蒿萊謂亂不通也東騖南埃謂索虜亂中國

路無歸轊衛野有委骸善曰漢書王恢曰轊車相望又高祖令曰士卒從軍死者爲櫝歸其縣邶劭曰櫝小棺也服虔曰轊與櫝古字通司馬彪續漢書順帝詔曰死則委尸原野　翰曰轊小棺也言道路之上無有以棺盛柩而歸者田野之内多委弃之骨

帝圖斯艱五臣本作難簡兵授才寔命陽子佐師危臺濟曰圖謀也危臺謂滑臺也

憬彼危臺在滑之垧周衛是交鄭翟是爭善曰交黨與也毛詩曰憬彼淮夷史記鄭入滑滑聽命已而反與衛於是鄭伐滑周襄王使伯備請滑鄭文公不聽襄王請而囚伯備王怒與翟伐鄭不剋　良曰憬遠也滑國名也林外曰垧周衛鄭翟四國名言古者已有戰爭於此也

昔惟華國今實邊亭憑巘結關負河縈城金柝夜擊和門晝扃善曰金謂刁斗也衛宏漢舊儀曰晝漏盡夜漏起城門擊刁斗周廬擊木柝周禮曰大閱以旌爲左右和之門范曄後漢書章帝詔曰永平之末城門晝閉說文曰扃外閉之關　翰曰言滑國昔是中夏今謂當時元魏所據故云邊亭巘山也言憑山爲關負河縈繞衛也金謂刁也柝打更木也和門軍門也扃閉也

料敵厭難五臣本作壓難時惟陽生善曰楊子雲趙充國頌曰料敵制勝唐子曰將要於折衝厭難決勝而已　銑曰料量也壓難猶定亂也

凉冬氣勁五臣本作嚴冬器勁塞外草衰善曰李陵荅蘇武書云凉秋九月塞外草衰　向曰器弓弩也勁堅也

遏矣獯虜乘障犯威善曰尚書王曰遏矣西土之人漢書曰上遣狄山乘障蒼頡曰障小城也　濟曰遏遠也獯虜謂索虜嗣也障邊也威國威也

鳴鞞横厲霜鏑高騫軼我河縣俘我洛畿善曰漢書曰息夫躬絶命辭曰鷹隼横厲又曰冒頓乃作爲鳴鏑音義曰箭鏑也西京賦曰遊鷸高翬薛綜曰翬猶飛也左氏傳呂相曰迭我殽地入我河縣俘我王官迭與軼古字通　良曰厲整鏑鏃翬飛軼過俘取也言過我河縣虜取我洛畿也

攢鋒成林投鞍爲圍善曰東京賦曰戈矛若林漢書韓安國曰高皇帝圍於平城匈奴至者投鞍高如城者數所也　翰曰攢聚也鋒謂劍戟成林言多也投鞍言兵多相投鞍以成圍也

翳翳窮壘嗷嗷羣悲師老變形地孤援闊卒無半菽馬實拑巨炎反秣善曰左氏傳晉軍吏曰楚師老矣漢書項羽曰歲飢民貧卒食半菽公羊傳曰楚莊王圍宋子反窺宋城見華元華元曰易子而食析骸而炊

子反曰吾聞圍者拑馬而秣之使肥者應客何子之情何休曰以木銜其口　銑曰翳蔽也言滑臺爲寇兵所蔽也嗷嗷悲愁也　向曰老久也變形言被圍既久援救闊遠而形勢變也菽豆也無半菽謂乏糧也寡而聚於櫪以木横口中不使食曰拑秣也此示無有蓄積也

守未焚衝攻已濡褐烈烈陽子在困彌達善曰左氏傳曰公侵齊攻廪丘之郭主人焚衝或濡馬褐以救之周易曰困窮而通　濟曰衝戰車也褐馬衣也言守者未焚敵車而攻者已濡馬衣也列烈盛也彌益也

勉慰痍傷拊巡饑渴力雖可窮氣不可奪善曰左氏傳曰子反令軍吏察夷傷杜預曰夷亦傷也禮記曰儒者身可危也而志不可奪也孫子兵法曰三軍可奪氣將軍可奪心　良曰勉勸也痍創也言勸視被傷及饑渴之人使其用命力雖窮竭勇猛之氣不可傾奪也

義立邊疆身終鋒栝嗚呼哀哉善曰劉熙釋名曰矢末曰栝　翰曰鋒刃也栝矢也

賁父隕節魯人是志汧督效貞晉策攸記善曰禮記曰魯莊公及宋人戰于乘丘縣賁父御馬驚敗績公隊縣賁父曰他日不敗績而今敗

是無勇也遂死之臧榮緒晉書曰幷督馬彭立功孤城爲州司所枉死於囹圄　銑曰貴父爲莊公御敗績死於敵公命誄之汧城督馬彭效節全城晉命誄也**皇上嘉悼思**五臣本作息字**存寵異于以贈之言登給事**善曰毛詩曰何以贈之路車乘黃　向曰悼傷登升也**疏**五臣本作疎字**爵紀庸恤孤表嗣嗟爾義士没有餘喜**善曰漢書滕公謂楚令尹曰黥布上疏爵而貴之　濟曰疏分紀録庸功也謂分爵録功以表殊節也恤孤謂賛子也喜悦也**嗚呼哀哉**

陶徵士誄　幷序

顏延年

善曰何法盛晉中興書曰延之爲始安郡道經尋陽常飲淵明舍自晨達昏及淵明卒延之爲誄極其思致　銑曰陶潛隱居有詔禮徵爲著作郎不就故謂徵士

夫璿玉致美不爲池隍之寶善曰山海經曰升山黃酸之水出焉其中多璇玉說文曰璇亦璿字**桂椒信芳而非園林之實**善曰春秋運斗樞曰椒桂連名士起宋均曰桂椒芬香美物也山海經曰招搖之山多桂又曰琴鼓之山多椒**豈期深而好遠哉蓋云殊性而已故無足而至者物之藉也隨踵而立者人之薄也**善曰言物以希爲貴也藉資藉也韓詩外傳曰晉平公游於河而樂曰安得賢士與之樂此也船人盍胥跪而對曰夫珠出於江海玉出於崑山無足而至者由主君之好也士有足而不至者蓋君王無好士之意耳何患無士乎人以衆爲賤也薄賤薄也戰國策齊宣王曰百代一聖若隨踵而生也此亦不以文而害意　向曰璿美玉也隍城池也　翰曰言人以難得爲貴易致爲賤也淳于髡一日獻七士於齊宣王王曰百世一聖若隨踵而至今何士之多乎藉資踵跡薄輕也**若乃巢高之抗行夷皓之峻節**善曰皇甫謐逸士傳曰巢父者堯時隱人也莊子曰堯治天下伯成子高立爲諸侯堯授舜舜授禹伯成子高辭爲諸侯而耕史記曰伯夷叔齊孤竹君之子也隱於首陽山三輔三代舊事曰四皓秦時爲博士辟於上洛熊耳山西禰衡書曰訓夷皓之風　良曰巢

父堯時隱者伯成子高禹時隱者伯夷周時隱者四皓漢時隱者**故已父老堯禹錙銖周漢**善曰范曄後漢書曰郅惲謂鄭敬曰子從我爲伊呂乎將爲巢許乎而父老堯舜也禮記孔子曰儒有上不臣天子下不事諸侯雖分國如錙銖有如此者鄭玄曰雖分國以祿之視之輕如錙銖矣　濟曰言此數人秉行守節以其身輕細堯禹周漢如平君之父老錙銖猶輕細也**而緜世浸遠光靈不屬**善曰東觀漢記曰上賜東平王蒼書曰歲月驚過山陵浸遠今魯國孔氏尚有仲尼車輿冠履明德盛者光靈遠也　良曰緜歷浸漸也言歷代漸遠此人光景神靈不相連屬也**至使菁華隱没芳流歇絶不其惜乎**銑曰菁英也**雖今之作者人自爲量而首**五臣作道**路同塵輟塗殊軌者多矣豈所以昭**五臣作照**末景泛餘波**善曰論語子曰作者七人老子曰和其光而同其塵陸機俠邪行曰將遂殊塗軌要子同歸津陸機詩曰惆悵懷平素豈樂于茲同堂宴東皐游豫躡餘蹤尚書曰餘波入于流沙　向曰言今之作爲此道者人人自以爲大量觀其道路可與古人同其清塵及其中塗輟止使其跡殊變者多矣豈所以照明古人末景泛浮餘波也**有晉徵士尋陽陶淵明南岳之幽居者也**善曰禮記曰儒有幽居而不淫　翰曰尋陽郡名也淵明潛字也**弱不好弄長實素心**善曰左氏傳郤芮對秦伯曰夷吾弱不好弄長亦不改禮記曰有哀素之心鄭玄曰凡物無飾曰素　濟曰弱少也素無飾也**學非稱師文取指達**良曰學雖可爲人師然不稱其德文章但取指適爲達不以浮華爲務也**在衆不失其寡處言逾見其默**銑曰迹在於事心出於物故雖同於人而不失清寡靜默之道也逾益也**少而貧病居無僕妾**善曰范曄後漢書曰黃香家貧內無僕妾**井臼不任藜菽不給**善曰列女傳曰周南大夫之妻謂其夫曰親操井臼不擇妻而娶　向曰汲井舂臼不任其勞藜取菽不給其食藜草菽豆皆貧之食也**母老子幼就養勤匱**善曰禮記曰事親左右就養無方　翰曰勤苦匱乏也**遠惟田生致親之議追悟毛子**

捧檄之懷善曰韓詩外傳曰齊宣王謂田過曰吾聞儒者親喪三年君之與父孰重田過對曰殆不如父重王忿曰則曷為去親而事君田過對曰非君之土地無以處吾親非吾之祿無以養吾親非君之爵無以尊顯吾親受之於君致之於親凡事君者以為親也宣王悒然無以應之范曄後漢書曰廬江毛義字少卿家貧以孝稱南陽人張奉慕其名往候之坐定而府檄適到以義守令義捧檄而入喜動顏色奉者志尚之士心賤之自恨來固辭而去及義母死去官行服數辟公府為縣令進退必以禮後舉賢良公車徵遂不至張奉歎曰賢者固不可測往日之喜為親屈也濟曰雍思也同善注初辭州府三命後為彭澤令道不偶物棄官從好善曰孫盛晉陽秋曰嵇康性不偶俗論語子曰從吾所好　良曰偶諧遂乃解體世紛結志區外五臣作外區定跡深棲於是乎遠善曰左氏傳季文子曰四方諸侯其誰不解體嵇康幽憤詩曰世務紛紜祭伯皆郭林宗碑曰翔區外以舒翼　銑曰不與俗諧也灌畦鬻蔬為供魚菽之祭善曰閑居賦曰灌園鬻蔬供朝夕之膳　向曰畦園鬻賣也齊大夫陳乞曰常之母有魚菽之祭祭用魚豆示儉也菽豆也織絇衢緯蕭以充糧粒之費善曰穀梁傳曰甯喜出奔晉織絇邯鄲終身不言衛鄭玄儀禮注曰絇狀如刀衣鼻在履頭也音劬莊子曰河上有家貧恃緯蕭而食者司馬彪曰蕭蒿也織蒿為薄　翰曰衛侯之弟專織絇於邯鄲終身不言衛事緯織也絇屨也餘同善注心好異書性樂酒德善曰劉劭集有酒德頌也簡棄煩促五臣本作禮字就成省曠善曰張茂先答何劭詩曰恬曠苦不足煩促每有餘殆所謂國爵屏貴家人忘貧者歟善曰莊子曰夫孝悌仁義忠信貞廉此皆自勉以役其德者也不足多也故曰至貴國爵屏焉至富國財屏焉是以道不渝郭象曰屏者除棄之謂也夫貴在其身猶忘之況國爵乎斯貴之至也莊子曰故聖人其窮也使家人忘貧其達也使王公忘爵祿而化卑郭象曰淡然無欲家人不識貧可苦　濟同善注有詔徵著作郎稱疾不到春秋若干元嘉四年月日卒于尋陽縣之某里近識悲悼遠士傷情冥

默福應嗚呼淑貞善曰張衡靈圖注曰寂寞冥默不可為象　良曰言雖冥默無象周應神也嗚呼歎詞淑善貞正也夫實以誄華名由謚高苟允德義貴賤何筭焉銑曰苟且允信筭數也若其寬樂令終之美好廉克己之操有合謚典無愆前志故詢諸友好宜謚曰靖節徵士善曰謚法曰寬樂令終曰靖好廉自克曰節　向曰愆違也前志前書記也

其詞曰

物尚孤生五臣本作特生人固介立善曰漢書音義臣瓚曰介特也　濟曰特獨也豈伊時遘曷云世及銑曰言非遇時而為此行亦非世世相及繼作其事矣伊惟也遘遇也曷何也嗟乎若士望古遙集向曰若士謂潛也望古逸人遙與相集也韜此洪族蔑彼名級善曰葛龔遂初賦曰承豢龍之洪族既高陽之休基史記曰賜爵一級說文曰級次第也　翰曰韜藏洪大也大族謂祖為大司馬蔑輕也名級爵名階級也睦親之行至自非敦善曰周禮三曰六行孝友睦婣任恤鄭玄曰睦親於九族　濟曰睦敬敦勉也言敬親之行至自天生非勉勵為之也然諾之信重於布言善曰漢書曰季布楚人也諺曰得黃金百兩不如得季布一諾　良曰此人重之也餘同善注廉深簡絜貞夷粹溫銑曰絜清貞正夷平也粹不雜也和而能峻博而不繁善曰論語子曰和而不同家語子貢曰博而不學是曾參之行　良曰峻高繁多也依世尚同詭時則異有一於此五臣本有而字兩非五臣本無非字默置豈若夫子因心違五臣本作達字事善曰言為人之道依俗而行必譏之以尚同詭違於時必譏之以好異有一於身必被譏論非為默置豈若夫子因心而能違於世事乎言不同不異也莊子曰列士壞植散羣則尚同也郭象曰所謂和其光同其塵班固漢書贊曰東方朔戒其子以上容首陽為拙柱下為工飽食安步以仕易農依隱玩世詭時不逢毛詩曰因心則友　向曰詭反置捨也凡人依於世者必務與世同反於時

者必務與時異皆非默括與道之俱也翰曰能和而不同夫子謂潛也畏榮五臣本作勞字好古薄
身厚志善曰論語子曰信而好古　良曰薄身謂自儉約厚志謂敦道德也世霸虛禮
州壤推風善曰世霸謂當世而霸者也蔡伯喈郭有道碑曰州郡聞德虛己備禮推風推挹其風也　濟
曰霸謂當時霸者也虛禮虛心禮之州壤州士也言見辟命也孝惟義養道必懷邦
善曰范曄後漢書曰論言以義養則仲由之菽甘於東鄰之牲論語比考讖曰文德以懷邦　良曰惟思義善也懷邦不亡於
國也言潛爲養親而就彭澤令也人之秉彝不隘不恭善曰毛詩曰民之秉彝好
是懿德綦毋邃曰隘謂惡太甚無所容也不恭謂禽獸畜人是不敬然此不爲褊隘不爲不恭　銑曰人亦謂潛也彝常也孟
子曰伯夷隘柳下惠不恭隘與不恭君子不由也今潛亦不隘而不恭也爵同下士祿等上
農善曰禮記曰諸侯之下士視上農夫祿足以代其耕　向曰同下士言位卑等上農言祿薄也爵位也度量
難鈞進退可限善曰孝經曰容止可觀進退可度　翰曰鈞猶及也言不測其深德也可限者

知不出於至道長卿棄官稚賓自免善曰漢書曰司馬長卿病免客游梁得與諸侯
游士居又曰清居之士太原則郇相字稚賓舉州郡茂才數病去官　濟曰郇稚賓州舉茂才病去官也子之悟
之何悟之辨濟曰悟知也辨明也言潛所知之明也賦詩歸來高蹈
獨善善曰歸來歸去來也左氏傳齊人歌曰魯人之皐使我高蹈孟子曰古之人窮則獨善其身達則兼善天下
濟曰謂潛作歸去來詞也高蹈猶高步也謂去彭澤令也亦既超曠無適非心善曰
呂氏春秋曰大樂有道心亦適莊子曰知忘是非心之適也　銑曰超遠曠明適往也言既遠明事理無往不合其心也汲
流舊巘葺宇家林善曰廣雅曰葺覆也　向曰巘山也葺修宇室也晨煙暮
靄春煦秋陰翰曰煙靄皆山氣也煦陽氣也陳書輟卷置酒絃琴
居備勤儉躬兼貧病人否其憂子然其命善曰尚書
曰克勤于邦克儉于家史記原憲曰昔憲貧也非病也論語子曰賢哉回也一簞食一瓢飲在陋巷人不堪其憂回也不改其

樂墨子曰貧富固有天命不可損益　濟曰躬身也否不堪也然知也隱約就閑遷延辭聘
非直也明是惟道性善曰周書曰隱約者觀其不懾懼登徒子好色賦曰因遷延而辭避
毛詩曰匪直也人秉心塞淵高誘淮南子注曰道性無欲　銑曰謂潛辭徵著作郎隱約儉素也遷延退避也言如此非直能
明是率道之性也糾纆斡流冥漠報施善曰鵩鳥賦曰斡流而遷或推而還夫禍
之與福何異糾纆弔魏武文曰悼繐帷之冥漠史記司馬遷曰天之報施善人何如哉　銑曰糾纆三合繩也斡轉也吉凶斡
覆轉流有似繩纆相纏次也冥莫報施謂神靈報寂寞冥昧不能施善人之善不能明也孰云與仁實
疑明智善曰言誰云天道常與仁人而我聞之實疑於明智此說明智謂老子也老子曰天道無親常與善人　楚
詞曰招賢良與明智　向曰誰云天道與仁於潛不驗使復疑之孰誰也明智謂潛也謂天蓋高胡
諐斯義善曰言天高聽卑而報施無爽何故爽於斯義而不與仁乎毛詩曰謂天蓋高不敢不蹐史記子韋
曰天高聽卑　翰曰常謂天高聽卑何爲諐此仁義也斯此也履信曷憑思順何寘善曰

周易曰履信思乎順毛萇詩傳曰寘置也　濟曰曷何寘置也年在中身疢維痁傷閻反
疢善曰尚書曰文王受命惟中身左氏傳曰齊侯疥遂痁杜預曰痁瘧疾也　良曰上壽百二十年中則六十也痁瘧
疢也視死如歸臨凶若吉善曰呂氏春秋曰遺生行義視死如歸　銑曰達天命也
藥劑弗嘗禱祀五臣本作祠字非恤善曰魏都賦曰藥劑有司論語子曰丘之禱久矣
向曰劑和也恤憂也言不以死爲憂而禱祠求福也傃音素幽告終懷和長畢嗚
呼哀哉善曰傃向也禮記曰幽則有鬼神孫卿子曰死人之終也　翰曰傃向也幽幽冥也懷和平生之志也終
畢皆死也敬述靖五臣本作清字節式尊遺占去聲　善曰漢書曰陳遵口占作書
占謂口隱度其事令人書也　濟曰式用也遺占遺書也占者口隱度其事令人書之也存不願豐沒
無求贍省訃赴卻賻輕哀薄斂善曰禮記曰凡訃於其君云某臣死
鄭玄曰訃或皆作赴至也臣死使人至君所告之也周禮曰喪則令賻補之鄭玄曰謂賻喪家補助不足也　良曰訃至也薄

謂褒之不足也言潛戒令送喪者少至其墓所賻者皆使卻而不受哭者不至極哀斂以時服務從儉約也遭壞以穿旋葬而窆嗚呼哀哉畢驗反　善曰河圖考鉤曰有壞者可穿禮記孔子曰斂首足形還葬而無槨稱其財斯之謂禮說文曰窆葬下棺也　銑曰使逢地即穿疾葬而不棺也遭逢也壞地也窆葬下棺也

深心追往遠情逐化善曰莊子曰既化而生又化而死　向曰延之自言追念往日游遠情隨逐於潛變化也

自爾介居及我多暇善曰漢書陳餘說武臣曰將軍獨介居河北孫卿子曰其爲人也多暇日者其出入不遠　翰曰爾謂潛我延之自稱也暇閑也

伊好之洽接閭鄰舍宵盤晝憩非舟非駕善曰毛萇詩傳曰憩息也　濟曰伊惟洽合也閭門也　良曰盤樂憩息也不用舟車而攜手相隨也

念昔宴私舉觴相誨獨正者危至方則閡善曰毛詩曰諸父兄弟備言燕私孫卿子曰方則止圓則行　向曰誨敎也言爲正方之道者必見患於時俗夫物方則止圓則行此延之誡於潛也

哲人卷舒布在前載取鑒不遠吾規子佩善曰西征賦曰蘧與國而舒卷西京賦曰多識前世之載毛詩曰殷監不遠　翰曰哲人卷舒謂蘧伯玉邦有道則仕邦無道則卷而懷之此事布在於前代載籍取鑒不遠故凡所規諫子皆佩服也

爾實愀然中言而發善曰禮記曰孔子愀然作色而對　濟曰愀然贈延之以言也愀正色貌中言發中之言也

違衆速尤迕風先蹷善曰班固漢書述曰疑殆匪闕違衆忤世淺爲尤悔深作敦害韓詩外傳曰草木根荄淺未必撅也飄風與暴雨墜則撅必先矣　良曰尤責迕過蹷倒也

身才非實榮聲有歇善曰言身及才不足爲實榮華聲名有時而滅恐己恃才以傲物憑寵以陵人故以相誡也　銑曰身與才非至實之具而榮聲必有消歇也

叡音永矣誰箴余闕嗚呼哀哉善曰爾雅曰永遠也左氏傳魏絳曰百官箴王闕　向曰言潛既沒哲音永遠誰復箴我之闕失也

仁焉而終智焉而斃善曰應劭風俗通曰傳云五帝聖焉死三王仁焉死五伯智焉死　翰曰歎自古仁智之人皆不免於死斃亦死也

黔婁既沒展禽亦逝善曰皇甫謐高士傳曰黔婁先生死曾參與門人來弔曾參曰先生終何以爲謚妻曰以康爲謚曾子曰先生存時食不充虛衣不蓋形死則手足不斂傍無酒肉生不得其美死不得其榮何樂於此而謚爲康哉妻曰昔先生君嘗欲授之國相辭而不爲是所以有餘貴也君嘗賜之粟三十鍾先生辭不受是其有餘富也彼先生者甘天下之淡味安天下之卑位不戚戚於貧賤不遑遑於富貴求仁而得仁求義而得義其謚爲康不亦宜乎也展禽柳下惠也論語柳下惠爲士師鄭玄曰柳下惠魯大夫也展禽食采柳下謚曰惠　濟曰展禽死門人將誄之妻曰將誄其德則二三子不如妾之知夫子也乃誄之而謚曰惠

其在先生同塵往世善曰老子曰和其光而同其塵

旌此靖節加彼康惠嗚呼哀哉善曰康黔婁惠柳下惠也　良曰旌表也加過也

宋孝武宣貴妃誄 并序

謝希逸善曰沈約宋書曰孝武殷淑儀薨追進爲貴妃班亞皇后謚曰宣謝莊爲誄　銑注同

惟大明六年夏四月壬子宣貴妃薨律谷罷煖龍鄉輟曉照車去魏聯城辭趙善曰律谷黍谷也吹律以暖之故曰律谷劉向別錄曰鄒衍在燕有谷寒不生五穀鄒衍吹律而溫之至生黍陳留風俗傳曰允吾縣者宋陳楚地故梁國寧陵縣龍鄉也出鳴鷄史記曰齊威王與魏惠王會田于郊魏王問曰王亦有寶乎威王曰無有魏王曰若寡人之國也尚有徑寸之珠照車前後十二乘者十枚奈何以萬乘之國而無寶乎又曰趙惠文王得和氏璧秦王聞之使遺趙王書曰願以十五城易璧趙王遂使相如奉璧西入秦魏文帝與鍾大理書曰不損連城之價　向曰罷輟去辭皆喻貴妃薨而離於帝也餘同善注

皇帝痛掖殿之既閟悼泉途之已宮善曰埤蒼曰閟閉也風俗通曰掖宮者在時所居緣生事云因以爲名也　向曰掖殿掖庭之殿貴妃之居者也閟空悼傷也泉途謂葬於泉下也已宮謂玄宮天子后妃所葬墓皆曰玄宮也

巡步檐而臨蕙路集重陽而望

椒風嗚呼哀哉善曰上林賦曰步櫩周流長途中宿西都賦曰後宮則有蘭林蕙草楚詞曰集重陽入帝宮兮造旬始而觀清都栢子新論曰董賢女弟爲昭儀居舍號曰椒風　翰曰步櫩長御也蕙路香草宮也楚詞云集重陽入帝宮漢董賢女弟爲昭儀居舍號曰椒風也天寵方隆王姬下姻善曰沈約宋書曰淑儀生第二皇女周易曰在師中吉承天寵也毛詩字曰王姬亦下嫁於諸侯　濟曰貴妃生第二皇女言帝方寵貴妃以妃女下降於諸侯詩云王姬亦下嫁於諸侯也故天子女通言王姬肅雍揆景陟屺爰臻善曰言王姬將降至而貴妃遽霣毛詩曰曷不肅雝王姬之車又曰陟彼屺兮瞻望母兮　良曰言王姬將擇日出降而貴妃遽薨也肅敬雍和也揆景擇日也臻至也國軫喪淑之傷家凝霣庀五臣本作霣妣之怨善曰穆天子傳曰天子爲盛姬謚曰哀淑人潘岳秦氏從姊誄曰家失慈覆世喪母儀鄭玄禮記注曰庇覆也庇或爲妣妣亦也　銑曰軫痛淑善凝成也霣亦喪也妣母也家謂皇女也禮曰母死曰妣敢撰德於旂旐庶圖芳於鍾萬善曰周易曰雜物撰德揚雄元后誄曰著德太常注諸旂旌曹植卞太后誄曰敢揚后德表之旂旌國語晉悼公曰昔克潞之役秦來圖敗晉功魏顆以其身卻退秦師于輔氏親止杜回其勳銘于景鍾左氏傳曰九月考仲子之宮將萬焉公問羽數於衆仲對曰天子用八諸侯用六公從之於是初獻六羽始用六佾　向曰撰集也言敢集貴妃之德書於旌旂旛旐之上圖美於景鍾流芳於萬舞也國語云魏顆親止杜回銘勳於景鍾傳云九月考仲子之宮將萬焉謂傳盛德於萬舞中也其辭曰

玄丘煙音因熅瑤臺降芬善曰列女傳曰契母簡狄者有娀氏之長女也當堯之時其妹娣浴於玄丘之水有玄鳥銜卵過而墜之五色甚好簡狄得含之誤而吞之遂生契焉楚辭曰望瑤臺之偃蹇兮見有娀之佚女　翰曰煙熅美氣也芬香也餘同善注高唐渫雨巫山鬱雲善曰高唐賦云昔先王遊高唐夢見一婦人曰妾在巫山之陽高丘之岨旦爲朝雲暮爲行雨　翰曰渫出鬱盛也餘同善注誕發蘭儀光啓玉度善曰楊脩荀爽述讚曰其德允明誕發幼嶷左九嬪武帝納皇后頌曰如蘭之茂如玉之瑩左氏傳曰光啓寡君　濟曰言此神女之美盡積於貴妃矣誕大光明也蘭芳草玉重寶皆喻容儀淑美也塋

月方娥曕星比婺善曰易歸藏曰昔常娥以不死之藥犇月漢書曰北宮有婺女星占曰婺女爲既嫁之女也　良曰婺女星名方亦比也餘同善注毓德素里棲景宸軒善曰周易曰君子以振民毓德劉梁季南碑曰栖景曜於衡門　銑曰毓養素舊也棲託景影也宸軒天子所居之宮也處麗絺紘五臣本作綌字出懋蘋蘩善曰毛詩曰葛之覃兮施于中谷是刈是穫爲絺爲綌又曰于以采蘋南澗之濱又曰于以采蘩于沼于沚　向曰詩云爲絺爲綌服之無斁謂女未知將所適故習絺綌之事能無厭倦是其性貞專也處謂在室也麗比也言貴妃在室可比於此蘋藻也蘩苦高也謂公侯夫人執此以助祭也懋勉也言貴妃勉行此事也脩詩貫道稱圖照言善曰廣雅曰貫美也世本曰史皇作圖宋忠曰史皇黃帝臣也圖謂畫物象也　翰曰脩習貫美也稱舉也圖圖書也照見也言善言也既習詩美道舉以圖書見其善言也翼訓姒幄贊軌堯門善曰列女傳曰塗山氏之女夏禹娶以爲妃既生啓塗山獨明教訓而致其化焉史記曰禹姒爲姓漢書曰孝武鉤弋趙婕妤昭帝母也妊身十四月乃生上曰昔聞堯十四月而生今鉤弋亦然乃命所生門曰堯母

門　濟曰翼輔贊佐也姒禹姓也軌跡也禹娶塗山氏女故姒幄堯母懷堯十四月而生矣堯門堯母門也綢繆史館容與經闈善曰史三史經六經　良曰言貴妃有善於經史之學闈門也言以經史爲門館也綢繆容與逸豫貌陳風緝藻臨彖分微善曰風國風彖易彖　銑曰風詩國風也緝緝綴也藻文章也彖易詞也分微分其精微游藝殫數撫律窮機五臣作幾　善曰藝六藝律六律　銑曰殫盡也幾微也餘同善注躊躇冬愛怡悵秋暉善曰楚辭曰寒淹留而躊躇左氏傳曰酆舒問於賈季曰趙衰趙盾孰賢對曰趙衰冬日之日趙盾夏日之日杜預曰冬日可愛夏日可畏楚辭曰心怡悵以永思　翰曰冬愛冬日秋暉秋月也躊躇行止貌怡悵相望貌言於此時著篇章矣傳云冬日可愛展如之華寔邦之媛五臣本作援　善曰毛詩曰展如之人邦之媛也　濟曰展誠華美援助也國人所依倚以爲援助敬懃顯陽肅恭崇憲善曰沈約宋書曰文帝路淑媛生孝武皇帝即位奉尊號皇太后宮曰崇憲太后居顯陽殿　濟曰宋文帝路淑媛生孝武帝既即位奉尊號曰崇憲皇后居

顯毀言貴妃敬勤肅恭於此奉榮維約承慈以遜良曰榮寵維持約儉慈愛遜順也
逮下延和臨朋違怨翰曰延長朋衆違避也詩云樛木后妃逮下也喻后妃能以心意逮
下則衆妾上事之無怨也祚靈集祉慶藹迎祥善曰毛詩曰既受帝祉施于孫子鄭
玄禮記注曰高辛氏之世玄鳥遺卵娀女簡狄吞而生契後王以爲媒官嘉祥而立其祠焉潘岳上巳日會天淵池詩曰外迎
休祥內和天人　銑曰祚報靈善祉福也藹盛貌皇胤瑨式帝女金相善曰式法
也言皇之胤嗣如玉之有法也沈約宋書曰淑儀生始平王子鸞晉陵王子雲及第二皇女左氏傳祈招之詩云式如玉式如
金毛詩曰追琢其章金玉其相毛萇曰相質也　向注同言似瑨金皆貴也式法質用也聯跗齊潁接
萼均芳善曰毛詩曰棠棣之華萼不韡韡鄭玄曰承華者萼不當作跗跗萼足也　濟曰跗足潁秀也萼承華
者芳香氣也聯接齊均言皇子兄弟之美有如此也以蕃五臣本作藩字以牧燭代輝梁
善曰漢書曰文帝立武爲代王以參爲梁王　良曰言皇子出爲藩牧照輝於彼也燭照也輝耀也餘同善注視五臣

八、四十五　文選五十七　三十

本作眂字朔書氣五臣本作氛字觀臺告祲善曰左氏傳曰公既視朔遂登觀臺以望
而書禮也周禮曰眂祲掌十煇之法鄭玄曰陰陽氣相侵漸以成災也　銑曰謂貴妃薨之徵也眂朔望氣之職也觀臺觀災
祥氣之臺也氛祲皆惡氣也八頌爲和六祈輟滲踈禁反　善曰周禮曰占人掌占龜
以八筮占八頌以視吉凶鄭玄曰以八筮占八頌謂將十八事先以筮筮之言頌者同於龜占周禮曰大祝掌六祈以同鬼神
示一曰類二曰造三曰禬四曰禜五曰攻六曰說滲謂滲漉前祉福也　向曰言惡徵既生卜筮不吉祈禱不享也爲關閉也
和吉祥也滲盡也周禮云占人掌龜以卜筮八頌以八卦占筮之故以視吉凶又云太祝掌六祈以同鬼神也衡總
滅容暈輝翟毀衽善曰包咸論語注曰衡軛也周禮曰王后之五路重翟錫面朱總厭翟勒
面繢總安車彫面鷖總皆有容蓋鄭司農曰總著馬勒直兩耳與兩鑣容謂幨車也周禮曰司服掌王后之六服禕服褕狄闕
狄鞠衣展衣褖衣鄭玄曰狄當爲翟翟雉名也褘衣畫翬者也說文曰褖衣衿也　翰曰周禮云王后之首服有衡以玉爲之
垂于副之兩旁當耳其下以紞懸瑱又云內則曰櫛縰笄總總結束也垂後爲飾又云王后之六服褘衣褕翟褘衣畫翬也衽

衣襟言毀滅者謂貴妃薨也掩綵瑤光收華紫禁嗚呼哀哉善曰
宋孝武傷宣貴妃擬漢武李夫人賦曰閟搖光之窕墮宮虛梁之餘陰又袁伯文美人賦曰居瑤光之嚴奧衒象席之璣珍並
以瑤光爲殿名蓋貴妃之所處也王者之宮以象紫微故謂宮中爲紫禁禁密奧又謂之巖奧　濟曰瑤光即貴妃所居殿名
紫禁即紫宮天子所居也掩綵收華言無光色也帷軒夕改軿蒲田反輅晨遷善曰
劉熙釋名曰容車婦人所載小車也其蓋施帷所以隱蔽其形容也列女傳齊孝孟姬曰妾聞妃后踰閾必乘安車輜軿者頭
節曰軿衣車也　良曰帷軒常所居之處夕改謂異舊居也軿輅衣車也晨遷謂將葬離宮天邃別
殿雲懸善曰西都賦曰徇以離宮　銑曰離宮別殿天子后妃所死處天邃雲懸言與之長隔矣離絕邃深
也靈衣虛襲組帳空煙善曰寡婦賦曰瞻靈衣之披披鄭玄禮記注曰襲重衣也
長門賦曰張羅綺之幔帷垂楚組之連綱　向曰靈衣靈筵之衣襲重也組綬類以繫帳也空煙謂室虛無人似有煙也巾
見餘軸匣有遺絃嗚呼哀哉善曰巾巾箱也匣琴匣也　翰曰巾匣箱器也

七、八十五　文選五十七　卅一

軸謂書也絃琴絃也移氣朔兮變羅紈白露凝兮歲將闌
善曰闌猶晚也　濟曰氣二十四氣朔月一日也闌晚也言貴妃夏薨綺羅輕薄至秋則變也庭樹驚兮
中帷響金釭曖兮玉座寒善曰夏侯湛有金釭燈賦曖不明也易是類謀曰假
威出座玉牀　良曰驚謂風驚也金釭謂金盞置燈也曖不明貌玉座謂靈座也純孝擗其俱毀
共氣摧其同欒仰昊天之莫報怨凱風之徒攀
善曰純孝共氣謂皇子也左氏傳君子曰穎考叔純孝也孝經曰擗踊哭泣哀以送之鄭玄孝經注曰毀瘠羸瘦孝子有之呂
氏春秋曰父母之於子也子之於父母也一體而分形同血氣而異息毛詩曰庶見素冠兮棘人欒欒兮毛詩曰欲報之德昊
天罔極毛詩曰凱風美孝子也　銑曰純孝謂皇子也純至擗踊也俱毀謂痛傷也共氣謂貴妃兄弟也摧割也欒羸瘦貌凱
風篇寬仁父母言既毀不可攀也茫昧與善寂寥餘慶善曰淮南子曰茫茫昧昧
後天之道老子曰天道無親常與善人周易曰積善之家必有餘慶　向曰常言天與善仁積善餘慶今於貴妃如此乃幽暗

壼無而不驗也丞昧幽聽寂寥虛無也

喪過乎哀棘實滅性

善曰周易曰君子以行過乎恭喪過乎哀用過乎儉孝經曰毀不滅性翰曰謂貴妃薨皇子子雲不勝哀而又薨死也棘急也

世覆沖

華國虛淵令嗚呼哀哉

善曰牽秀四言詩曰沖德尚沖毛詩曰秉心塞淵 濟曰冲華至美也淵深令善也覆亡虛絕也

題湊旣肅龜筮旣辰

善曰呂氏春秋曰題湊之室棺槨數襲漢書音義韋昭曰題頭也頭湊以頭內向所以爲固 良曰題湊棺木內向也肅嚴敬言棺槨既其嚴敬於內以龜筮擇葬須日辯辰也

階撤兩奠庭引雙輴

楮倫反 善曰儀禮曰蜀引徹奠乃祖鄭玄曰蜀者也引所以引柩車也在輴曰綍又禮記注曰輴殯車也 銑曰撤去也奠祭也引將行也輴殯車也言兩與雙者貴妃與子雲同時葬也

維慕維愛曰子曰身

善曰沈約宋書曰孝武大明六年俶儀薨又曰大明六年子雲薨潘岳哀辭曰庭祖兩柩路引雙輴爾身爾子哀與世辭 向曰維與曰皆詞也哀思愛惜也子謂子雲身謂貴妃也

慟皇情於容物崩列辟於上旻

善曰司馬彪續漢書曰根車旋戴容衣 翰曰言天子視喪禮容儀衣物而哀慟也凡列辟崩毀而告天子子雲爲晉陵王故云列辟列辟則諸侯也

崇徽章而出寰甸照殊策而去城闉嗚呼哀哉

善曰鄭玄禮記注曰徽旌旗也又曰旌旌乘車所建也毛萇本傳曰章旒也蔡邕獨斷曰以策書誄其行而賜之也穀梁傳曰寰內諸侯非天子之命不得出會尚書曰五百里甸服孔安國曰規方千里之內謂之甸服說文曰闉城曲重門也 濟曰崇樹也徽旌旗也章旒也寰圻也照明也殊策謂特加策命誄其德闉城曲重門也

經建春而右轉循閶闔而逕渡

五臣本作度 善曰河南郡境界簿曰洛陽縣東城第一建春門 楚辭曰驪太皓以右轉晉宮閣銘曰洛陽城閶闔門 楚辭曰凌天地而徑度 良曰建春閶闔皆國城門名逕邪也

旌委鬱於飛飛龍逶遲於步步

善曰毛詩曰周道逶遲 銑曰旌謂銘旌也龍駕也委鬱馳揚貌逶遲徐行貌

銜楚挽於槐風喝邊簫於松霧

善曰銜鳴聲也楚辛楚也廣雅曰喝嘶咽也邊簫鳴聲遠也 向曰銜喝皆鳴也楚般楚也挽挽歌也邊簫邊隨之簫也

涉姑繇而環迴望樂池而顧慕嗚呼哀哉

善曰穆天子傳曰天子西征至玄池之上乃奏樂三日終是日樂池盛姬亡天子乃殯姬於穀丘之廟葬於樂池之南天子乃用姑繇之水以圜喪車郭璞曰繇音謠翰注同

晨輼温解鳳曉蓋俄金

善曰葬訖故車解鳳飾蓋斜金爪漢書曰載霍光尸以轀輬車如淳曰轀輬車形廣大有羽飾甘泉賦曰乃登夫鳳皇然羽飾則鳳皇也杜延年奏曰載霍光柩以轀車以轀輬車爲倅也臣瓚曰秦始皇崩秘其喪載以轀輬車百官奏事如故此不得是轀車類也然轀車言儀瓚說是也輬力強切栢譚新論曰乘輿鳳皇蓋飾以金玉蔡邕獨斷曰凡乘輿皆羽蓋金華爪鄭玄詩箋曰俄傾也濟曰轀輬喪車也解鳳謂鳳羽飾蓋以金爲爪也言欲窆故解去其鳳而斜其蓋也

山庭寢日隧路抽陰

善曰黃圖曰陵冢爲山鄭玄周禮注曰隧墓道也 良曰言山陵之庭及大隧之道寢伏日影抽引幽陰於中也

重扃閟兮燈已黯中泉寂兮此夜深

善曰哀永逝曰戶闔兮燈滅夜何時兮復曉 銑曰重扃謂墓門重關閉也燈謂墓中置燈黯黯不明貌夜深謂墓中無曉時也

銷神躬于壤末散靈魄於天潯

善曰許愼淮南子注曰潯涯也 向曰神躬靈魄謂貴妃神靈也壤土潯畔也

響乘氣兮蘭馭風德有遠兮聲無窮

善曰言惠問乘四氣而飛窮其方譽言馳六風而彌遠 翰曰言貴妃德響若蘭氣馭風遠去而芳香無窮也

嗚呼哀哉

哀永逝文

潘安仁

濟曰此岳傷妻之詞

啓夕兮宵興悲絕緒兮莫承

善曰啓夕將啓殯之前夕也儀禮曰既夕哭請啓期告于殯宿興與緒絀緒也思玄賦曰王肆侈於漢庭卒銜卹而絕緒 良曰啓夕謂啓殯之夕也宵興夜起也絕緒失次序莫承莫能相承

俄龍輴音而兮門側嗟俟時兮將升

善曰儀禮曰遷于祖用軸鄭玄曰軸輁軸也天子畫之以龍說文曰轜喪車也 銑曰俄邪也龍轜喪車也嗟嘆詞也待時待所用之時引上也

嫂姪田結反兮章偟五臣本作慞惶慈姑兮垂矜善曰爾雅曰婦稱夫之母曰姑　向曰慞惶怔遽以助喪事也慈姑即岳母也矜憫也聞鳴雞兮戒朝咸驚號兮撫膺善曰陳琳武軍賦曰啓明戒旦長庚告昏列子曰撫膺而恨　翰曰戒警也膺胷也逝日長兮生年淺憂患衆兮歡樂尠彼遥思兮離居歎河廣兮宋遠善曰毛詩序曰河廣宋襄公母歸于衞思而不能止故作此詩也誰謂河廣一葦杭之誰謂宋遠跂予望之濟曰謂岳妻初嫁之時常思父母之居也餘同善注今來何兮一舉邈終天兮不反善曰天地之道理無終極今云終天不反長逝之辭　良曰舉去也終天謂終竟天地盡余哀兮祖之晨揚明燎兮援靈輴丑倫反　善曰儀禮曰屬引徹奠乃祖禮記注曰輴殯車也儀禮曰宵設燎于門内之右鄭玄曰爲哭者爲明　銑曰祖祭也援持也餘注同撤房帷兮席庭筵舉酹觴兮告永遷善曰

禮記曰士殯帷之儀禮曰商祝御柩乃祖布席乃奠禮記曰祖於庭說文曰酹餟祭也字林曰以酒沃地　向曰撤去也酹謂以酒沃地也悽切兮增欷俯仰兮揮淚想孤魂兮眷舊宇視倏忽兮若髣髴翰曰悽切哀貌欷欷悲聲揮灑也　濟曰眷顧宇室也倏忽卒疾也髣髴謂以平生時也徒髣髴兮在慮靡耳目兮一遇良曰靡猶冀也冀一遇妻魂也停駕兮淹留徘徊兮故處周求兮何獲引身兮當去銑曰徘徊旋行也何獲謂無所見也去華輦兮初邁馬廻首兮旋旆向曰車初去也華輦謂畫喪車也風泠泠兮入帷雲霏霏兮承蓋善曰班婕妤自傷賦曰廣室陰兮帷幄暗房櫳虛兮風泠泠楚辭曰雲霏霏以承宇　良曰帷車帷也鳥俛翼兮忘林魚仰沫兮失瀨翰曰言魚鳥爲感傷俛低也瀨波也悵悵兮遲遲遵吉路兮凶歸濟曰悵悵恨貌遲遲行貌遵循也言平常吉路今以凶歸也思其人兮已滅覽餘跡兮未夷善曰毛萇詩傳曰夷滅也　銑曰夷亦滅也昔同塗兮今異世憶舊歡兮增新悲謂原隰兮無畔謂川流兮無岸望山兮寥廓臨水兮浩汗視天日兮蒼茫面邑里兮蕭散匪外物兮或改固歡哀兮情換銑曰寥廓空虛也浩汗廣大貌蒼茫無色也蕭散無人貌也嗟潛隧兮既敞將送形兮長往翰曰潛隧埏道也敞開也送形謂妻柩入墓周禮注曰隧墓道也委蘭房兮繁華襲窮泉兮朽壤善曰賈逵國語注曰襲還也　濟曰委棄也蘭房妻生所居室也繁華盛貌襲入也窮泉墓中也壤土也中慕叫兮擗摽音鏢之子降兮宅兆善曰毛詩曰寤辟有摽鄭玄箋云擗拊心也摽拊心貌孝經曰卜其宅兆而安厝之　良曰慕哀也擗摽拊心也之子謂妻也宅葬地兆吉兆也撫靈

櫬兮訣幽房棺冥冥兮埏窈窈善曰杜預左氏傳注曰櫬親身之棺聲類曰埏墓隧也　銑曰櫬棺也訣別也幽房墓中便房也冥冥窈窈闇深貌戶闔兮燈滅夜何時兮復曉善曰司馬彪續漢書張奐遺令曰地底冥冥長無曉期　向曰戶墓門也闔閉也燈墓中之燈歸反哭兮殯宮聲有止兮哀無終善曰左氏傳曰不反哭于寢故不曰薨杜預注曰自墓反虞于正寢所謂反哭于寢也釋名曰於西壁下塗之曰殯儀禮曰遂適殯宮是乎非乎何遑趣一遇兮目中善曰漢書曰孝武李夫人卒悲感作詩曰是邪非邪立而望之偏何姍姍其來遲鄭玄毛詩箋曰皇之言暀也又曰暀往也東觀漢記世祖曰虜在吾目中　翰曰遑暇趣求遇逢也言想望其儀形何暇分其是非但求一逢目中也既遇目兮無兆曾寤寐兮弗夢平聲　濟曰兆形也逢於目者皆無形兆寤寐閒亦不夢也既顚瞻兮家道長寄心兮爾躬善曰周易曰夫夫婦婦而家道正　良曰家道謂岳居家之道也爾躬謂

妻之身也重曰已矣此蓋新哀之情然耳銑曰已往也然耳謂如此也淚懷之其幾何庶無愧兮莊子善曰莊子曰莊子妻死惠子弔之則方箕踞鼓盆而歌惠子曰與人居長子老身死不哭亦足矣又鼓盆而歌不已甚乎莊子曰不然是其始死也我獨何能無槩然察其始而本無生非徒無生而本無形非徒無形而本無氣人且偃然寢於巨室而我噭噭隨而哭之自以為不通乎命故止　向曰淚發聲也懷思也我之相思情能幾何亦欲斷之於大道無愧於莊子也莊子妻死惠子弔之則鼓缶而歌也

六臣註文選卷第五十七

三十六

六臣注文選卷第五十八

哀下

宋文皇帝元皇后哀策文一首

善曰沈約宋書曰文帝袁皇后諱齊嬀陳郡人左光祿大夫敬公湛之庶女也適太祖生太子劭上待后禮甚篤及崩于顯陽殿詔前永嘉太守顏延年為哀策文五臣注同謚曰元

顏延年

惟元嘉十七年七月二十六日五臣本作二十八日大行皇后崩于顯陽殿善曰周書曰謚者行之迹是以大行受大名細行受細名風俗通曰皇帝新崩未有定謚故總其名曰大行皇帝行下孟切　濟曰凡天子崩未及有定謚總名曰大行皇后亦同此義也粵九月二十七日將遷座五臣本作將瘞于長寧陵禮也龍輁渠恭反纚音離綍甫勿反容翟結驂善曰龍輁凶飾也容翟吉儀也儀禮曰遷于祖用軸鄭玄曰遷徙於祖朝也軸輁軸也狀如轉轔刻兩頭為軹輁狀如長牀穿桯前後著金而關軸焉天子畫之以龍也輁音卬桯餘征切韓詩曰纚韖也鄭玄儀禮注曰引棺在輴車曰綍周禮曰王后之五路重翟錫面朱總厭翟勒面繢總皆有容蓋鄭司農云容謂幨車也鄭玄曰蓋如今小車蓋也王逸楚詞注曰結連也連驂言將行也鄭玄詩箋曰驂兩騑也　良曰長寧即皇后陵號也　銑曰龍輁凶飾容翟吉制雖為喪事而同生儀也禮記云天子殯菆塗龍輴儀禮云夷牀輁軸餞于西階纚繫也引棺在輴車曰綍周禮王后之五路重翟錫面朱總厭翟勒面繢總皆有容連結也驂兩騑也言將行之威儀也皇塗昭列五臣作照烈神路幽嚴善曰皇塗吉制故曰昭列神路凶飾故曰幽嚴　向曰皇塗吉制也照烈光明也神路凶飾也幽嚴深敬也皇帝親臨祖饋躬瞻宵載善曰周禮曰喪祝掌大喪祖飾棺乃載鄭玄曰祖為行始也其序載而后飾白虎通曰始載於庭䡟轜車辭祖禰也　翰曰祖始行也饋祭也宵夜也載謂始載於庭也飾遺儀於組旒淪徂音乎

珩珮善曰毛詩曰素絲組之鄭玄曰以素絲爲纓縷之旌旗以爲文飾揚雄元后誄曰著德太常注諸旒旌尚書大傳曰太師奏雞鳴后夫人鳴珮玉于房中告去毛萇詩傳曰珮有珩璜琚瑀珩音行琚音居瑀音禹濟曰言皇后組旒之飾有其餘儀珩珮之音盡沈滅矣遺餘淪沈徂往也凡后妃皆鳴玉珮后既崩則與其音俱絶也悲黼筵之移御痛翬音暉褕音揺之重晦善曰周禮大朝覲王設次席黼純又曰司服掌王后之六服褘衣褕狄鄭玄曰褘衣畫翬者也褕畫鷂者也褕與鷂並以招切良曰筵席帷闇紀書云敷重蔑席黼純移御謂改常所也褕狄闕狄鞠衣展衣禒衣褘衣畫翬者褕翟畫雉者重晦謂將入墓也重幽闇也降輿客位撤奠殯五臣本作賓字階善曰降輿謂祖載之時柩降於車也儀禮曰主人入祖乃載鄭玄曰舉柩却下而載之禮記曰殯於客位祖於庭儀禮曰屬引徹鄭乃祖鄭玄曰屬著也引柩車于也禮記曰周人殯於西階之上則猶賓之銑曰降下也輿載柩車也客位西也撤去也奠祭也周人殯柩於西階之上猶賓禮也乃命史臣累德述懷善曰鄭司農周禮注曰誄謂積累生時德行賜之命爲其辭也向曰累德后之德也述懷帝之懷也

其辭曰

倫昭儷升有物有憑善曰言天地未分之前已明倫匹之義又升伉儷之道皆有物象有所依憑毛詩曰天生烝民有物有則鄭玄曰有物象也劇秦美新曰上覽古在昔有憑應而尚缺翰同善注自是物理可得憑據也圓精初爍方祇始凝善曰言天地始分也呂氏春秋説天道之圓也精氣一上一下圜周復雜無所稽留故曰天道圓何以説地之方也萬物殊類形皆有分職不能相爲故曰地道方郭璞方言注云爍言光明也淮南子曰清陽薄靡而爲天重濁凝滯而爲地濟曰圓精謂天也方祇謂地也爍明凝成也言天地分也昭哉世族祥發慶膺善曰祥發猶發祥也毛詩曰長發其祥慶膺猶膺慶也幽通賦曰王者膺慶於所感良曰歎皇后族之明盛而有其善福也祥善慶福膺當也祕儀景胄圖光玉繩善曰祕其令儀而生景胄圖其容光而升玉繩也廣雅曰圖度也沈約宋書曰宋有玉繩殿翰曰祕閉景大胄嗣也言后在室時閉藏儀形於大族之家及配於帝圖發容光於玉繩之內宋有玉繩殿昌暉在陰

柔明將進善曰尚書曰邦乃其昌孔安國曰昌盛也周易曰坤陰物也又曰坤妻道也又曰順而麗乎大明柔進而上行濟曰昌盛暉光也陰妻位也妻者法地柔道也將進謂皇后行此德行進於天下也率禮蹈和稱詩納順善曰南都賦曰率禮無違論語曰禮之用和爲貴史記曰陸賈時稱詩書鄭玄毛詩箋云婦人之行尚柔順自絜清禮記曰婦順者順於舅姑和於室人而后當於夫也良曰率循蹈履稱舉納受也爰自待年金聲夙振善曰左氏傳曰叔姬歸于紀杜預曰至是歸者待年於父母國也孟子曰孔子之謂集大成也者金聲而玉振銑曰同善注金聲美言也夙早也亦既有行素章增絢善曰詩云女子有行遠父母兄弟子夏曰巧笑倩兮美目盼兮素以爲絢兮子曰繪事後素馬融曰絢文貌也向曰同善注象服是加言觀維則善曰詩云象服是宜又曰言觀其旂又曰柔嘉維則俾我王風始基嬪德善曰毛詩曰覆俾我悖尚書曰釐降二女于嬀汭嬪于虞濟曰俾使也詩序云周南召南正始之道王化之基又云關雎后妃之德也嬪婦也惠問川流芳猷淵

塞善曰蔡邕袁公夫人碑曰義方之訓如川之流毛詩曰仲氏任只其心塞淵良曰惠問芳猷皆美稱也川流淵塞言廣深也方江詠五臣本作泳漢載五臣本作動謠南國善曰詩序曰文王之道被于南國江漢之域無思犯禮詩曰漢之廣矣不可泳思江之永矣不可方思毛萇曰方泭也銑曰方觀相也謠歌也餘同善注伊昔不造鴻化中微善曰謂少帝之時陸機詩曰伊昔有皇毛詩曰閔予小子遭家不造東都主人曰鴻化惟神魯靈光殿賦曰遭漢中微向曰少帝之時也伊惟造成鴻大也用集寶命仰陟天機善曰謂文帝即位也尚書曰用集大命又曰無墜天之降寶命天機喻帝位也尚書考靈耀曰璿璣玉衡以齊七政尚書爲此璣曹植秋胡行曰歌以永言大魏承天璣然璣與機同也翰曰謂文帝即位也寶命即大命天機即璿璣玉衡釋位公宮登曜紫闈善曰左氏傳子朝曰諸侯釋位以間王室禮記曰古者婦人先嫁三月祖廟未毀教于公宮魏明帝苦寒行曰脩德乎紫闈八月自懷宋微濟曰謂帝自宜都王升爲天子則皇后是釋諸侯之夫人於公宮而爲天子之后登光輝於紫宮也古者婦人先嫁三月祖廟未毀教乎公宮也欽若

皇姑允迪前徽善曰尚書曰欽若昊天爾雅曰婦稱夫之母曰姑尚書曰允迪厥德　良曰欽若敬順也皇姑謂皇太后也允信迪蹈微美也言能敬順信蹈太后之美也孝達寧親敬行宗祀善曰毛詩曰歸寧父母毛萇曰父母在則有時歸寧毛詩序曰夫人可以奉祭祀則不失職矣　銑曰寧親謂歸寧於父母也宗祀謂祭祀也進思才淑傍綜圖史善曰毛詩序曰關雎樂得淑女思進賢才王肅周易注曰綜理合事也班婕妤自傷賦曰陳列國史以鏡監也　向曰才能淑善綜理也圖圖書史史籍也發音在詠動容成紀善曰國語伶州鳩曰詠之以中音孟子曰動容周旋中禮者盛德之至也韓詩曰淑女奉順坤德成其紀綱　翰曰合於詩禮也壼苦本反政穆宣房樂韶理善曰爾雅曰宮中巷謂之壼禮記曰古者天子后立於宮以聽天下之內治方言曰穆信也儀禮曰有房中之樂鄭玄曰絃歌周南召南之詩房中者后夫人諷誦以事君子禮記曰韶繼也如淳漢書注曰今樂家五日一習樂爲理樂也　濟曰壼政穆宣謂宮中之政明也儀禮有房中樂后夫人諷誦以事君子穆和宣明也坤則順成星

軒潤飾善曰韓詩曰淑女奉順坤德成其紀綱周易曰坤順也漢書曰軒轅黃龍體前大星女主象也　良曰謂能法則坤德而成柔順之道又得軒轅星之光彩而潤飾焉軒轅星女主之象也德之所屆惟深必測善曰尚書曰惟德動天無遠弗屆卞蘭太子頌表曰道無深而不測術無細而不敷　銑曰屆至測度也言后德無遠而不至惟深而必度也下節震騰上清朓土鳥反側善曰言后道得宜即地安靜而月合度也漢書李尋曰月者衆陰之長妃后之象春秋感精符曰月者陰之精地之理也國語曰幽王二年三川皆震毛詩曰百川沸騰山冢崒崩尚書五行傳曰晦日而月見西方謂之朓朔而月見東方謂之側匿鄭玄曰朓猶條達也條達行疾貌側匿猶縮縮行遲貌　向曰下節謂水也上清謂月也皆陰德故比於后也震騰朓側謂皇后將崩之徵也周幽王時三川皆震詩云百川沸騰晦而月見西方謂之朓朔而月見東方謂之側側匿也有來斯雍無思不極善曰毛詩曰有來雍雍又曰無思不服孔安國尚書傳曰極中也　翰曰雍和極中也言后所來所思之事必盡柔和之理而合太中之道也謂道輔仁司化五臣作造字莫晣音制善曰

牽秀四言詩曰乾道輔仁坤道尚中思玄賦曰死生錯而不齊雖司命其不晣說文曰昭晣明也之逝切　濟曰晣明也常言天道輔仁向主司造化者不明而使皇后至於斯也象物方臻眂祲告沴靈細反善曰周禮曰凡樂六變而致象物鄭玄曰象物有象在天所謂四靈也非德之和則不至也周禮曰眂祲鄭玄曰祲陰陽氣相祲漸成祥也眂音視漢書曰氣相傷謂之沴臨莅不和意也　良曰臻至也象物有象在天所謂四靈也非德之和則不至也眂祲主視祆氛者氣相傷曰沴也言今至德之代象物方至后崩之徵沴氣斯發也太和既融收華委世善曰太和謂太平也法言曰或問太和曰其在唐虞成周也李軌曰天下太和蔡邕釋誨曰皇道惟融帝猷不顯廣雅曰融朗也委世棄世也　銑曰太和天下和平也融明也柰何當如此之時而皇后收光華棄世上而崩委棄也蘭殿長陰椒塗弛衛嗚呼哀哉善曰漢武故事曰帝以七月七日旦生於猗蘭殿漢書儀曰皇后稱椒房椒塗室亦取溫煖除惡氣也　向曰蘭殿椒塗后妃所居也言蘭殿取其香也椒塗以椒塗室也長陰謂長閉之而中幽闇也弛廢也衛侍衛也戒涼在律弋二反杪秋即穸音夕善曰

國語單襄公曰火見而清風戒寒賈逵曰戒人爲寒備也儀禮曰死三日而殯三月而葬說文曰殯瘞也楚辭曰覽杪秋之遙夜左氏傳楚子曰唯是春秋窀穸之事杜預曰窀厚也穸夜也厚夜長夜謂葬埋也窀之倫反　翰曰戒涼秋時也杪秋末秋也殯瘞也儀禮云死三日而瘞也穸長夜也言將葬墓中就長夜也霜夜流唱五臣作唱字曉月升魄善曰流唱挽歌也升魄祖載也禮記子曰氣也者神之盛也魄也者鬼之盛也　濟曰流唱挽歌流轉也升魄神靈升天也八神警引五輅遷迹善曰甘泉賦曰八神奔而警蹕兮振殷轔而軍裝周禮曰中車掌王后之五輅也　良曰八神八方神也警策而引哀車也周禮中車氏掌王后之五輅遷跡謂發行也噭噭古弔反儲嗣哀哀列辟善曰噭噭哭音也毛詩曰哀哀父母生我劬勞　銑曰噭噭哀哀皆哭音也儲嗣太子列辟諸王也灑零玉墀雨泗丹掖善曰劉騊駼玄根賦曰致垂棘以爲墀　向曰灑零雨泗皆淚落也玉墀丹掖皆宮殿之閒也而以玉丹飾也撫存悼亡感今懷昔嗚呼哀哉善曰沈約宋書曰哀策既奏上自益此八字以致其意焉潘岳祭庾新婦

文曰伏膺飲淚感今惟昔　翰曰哀策既奏帝自益此八字以致其意焉悼傷也南背國門北
首山園善曰楚辭曰出國門而軫懷廣雅曰首向也漢書曰後徙吏二千石之家於諸陵非獨爲奉國園　濟曰
謂山陵在北也首向也園即山陵也僕人按節服馬顧轅善曰楚辭曰僕人慌悴歎
若流兮子虛賦曰按節未舒鄭玄毛詩箋曰服中央夾轅也李陵詩曰轅馬顧悲鳴五步一彷徨　良曰按低也服馬駕馬也
遥酸紫蓋眇泣素軒善曰傅玄乘輿馬賦曰紫蓋漂以連翩素軒猶素車也　銑曰紫蓋
生儀素車凶飾酸悲眇遠軒車也滅綵清都夷體壽原善曰楚辭曰造旬始觀清
都漢書曰作陽陵邑張晏曰景帝作壽陵起邑漢書音義曰天子未死呼壽原　向曰清都謂生所居也壽原謂葬山陵也滅
綵絕其光彩也夷體毀其支體也夷毀也邑野淪藹戎夏悲讙音喧　善曰京邑朝野淪其
明盛戎狄華夏悲以競讙廣雅曰藹藹盛也國語史蘇曰戎夏交捽也　翰曰邑野都邑郊野也淪藹謂失其茂盛之色也夷
狄諸夏皆號泣相喧也來芳可述往駕弗援鳴呼哀哉濟曰芳塵
將來有足紀述靈駕既往不可攀援也

齊敬皇后哀策文一首

善曰蕭子顯齊書明帝敬劉皇后諱惠端
彭城人光祿大夫道弘女太祖高皇帝爲高宗納之武帝永明七年卒葬江乘縣張山高宗即
位追尊爲皇后高宗崩改葬祔于興安陵高宗即明帝也

謝玄暉

良曰明敬劉皇后諱端惠光祿大夫弘道孫也太祖初爲高宗納之卒葬相承
縣張山高宗即位進尊爲敬皇后高宗崩東昏侯寶卷立改葬祔興安陵

惟永泰元年秋九月朔日敬皇后梓宮啓自先
塋將祔五臣無將字于其陵善曰蕭子顯齊書明帝改年爲永泰其年七月帝崩東昏即位風俗
通曰梓宮者禮天子斂以梓器宮者存時所居緣生事亡因以爲名凡人呼棺亦爲宮也說文曰塋墓地禮記孔子曰魯人之
祔也合之鄭玄曰祔謂合葬也　銑曰以梓木爲棺因通名其陵曰梓宮先塋則張山舊陵也孔子曰魯人祔也祔謂合葬也

其日至尊親奉奠其皇帝善曰至尊東昏也鄭玄周禮注曰奠獻也饋奠明帝
崩未謚故曰某　向曰至尊謂東昏侯也高宗未定謚故曰某皇帝薦饋曰奠乃使兼太尉某
設祖於行宮禮也善曰司馬彪續漢書太尉公一人凡大喪則告謚南郊祖謂將行之祭　向曰
行宮禮過之宮也翠帟舒皇玄堂啓扉善曰張協楔賦曰翠幕蜺連張衡吕司徒
誄曰去此靈寓歸于幽堂玄室冥冥脩夜彌長　濟曰翠帟翠幕也舒布皇山也玄堂謂墓中也啓開扉戶也俎徹
五臣作撤三獻筵卷六衣善曰杜預左氏傳注曰徹去也禮祭必三獻周禮曰司服掌王后之
六服褘衣褕狄闕狄鞠衣展衣褖衣　良曰謂祭畢也俎几也撤去也三獻初獻亞獻終獻也筵席也卷去也哀子
嗣皇帝懷蜃衛而延首想鷖煙計反輅而撫心善曰
周禮曰遂人大喪使帥其屬以蜃車之役衛鄭玄曰蜃車柩路柩載柳四輪迫地而行有似蜃因取名焉沈瑀正欲賦曰佇延
首以極視周禮曰安車雕面鷖總列子曰師襄乃撫心高蹈　銑曰蜃衛蜃車也周禮云安車彫面鷖總皆載棺柩車也延首

謂望之也撫心哀甚也痛椒塗之先廓哀長信之莫臨善曰椒塗
以椒塗壁也應劭漢官儀曰帝祖母爲太皇太后其所居曰長信宮也　向曰椒塗謂后妃所居以椒塗壁也長信宮漢太后
之所居處謂皇后早崩故云先廓莫臨也身隔兩赴時無二展善曰爾雅曰赴至也禮記
顏淵謂子路曰反其國不哭展墓而入鄭玄曰展省視也　良曰展視省也言一身不得於兩處赴喪一時不獲於二所省視
也旋詔左言光敷聖善善曰鄭玄禮記注曰旋便也漢書曰左史記言右史記事于寶
晉紀親帝詔曰三后咸用光敷聖德毛詩曰母氏聖善我無令人　銑曰左謂左史記言也敷布也光布聖善謂述皇后之德
也其辭曰

帝唐遠冑御龍遥緒善曰班固漢書贊曰范宣子曰祖自虞已上爲陶唐氏在夏爲御龍
氏晉主夏盟爲范氏　向曰劉姓自虞以上爲陶唐氏在夏爲御龍氏故云帝唐御龍冑緒末也在秦作
劉在漢開楚善曰班固漢書贊曰范氏爲晉士師魯文公世奔秦後歸于晉其處者爲劉氏漢書

曰楚元王交高祖同父少弟也爲楚王沈約宋書曰高祖楚元王交之後也 翰曰後居秦始爲劉氏及漢高升爲天子以其弟交爲楚王皇后則其後也 肇惟淑聖克柔克令 善曰克能柔善毛詩曰令妻壽母 濟曰肇始淑善克能也 清漢表靈晉沙膺慶 善曰韓詩曰漢有遊女薛君曰遊女謂漢神也謝靈運登江中孤嶼詩曰表靈物莫賞漢書元后傳元城建公曰昔春秋沙麓崩晉史卜之曰後六百四十五年宜有聖女興其齊田乎今王翁孺徙正直其地日月當之元城東有五麓之虛即沙麓地後八十年當有貴女興天下幽通賦曰王者膺慶於所感 良曰同善注言皇后神靈表異慶福膺當有類於此曾高也 爰定厥祥徽音允穆 善曰毛詩曰文定厥祥又曰太姒嗣徽音則百斯男 銑曰厥其徽美允信穆和也 光華沼沚榮曜中谷 善曰詩序曰采蘩夫人不失職也詩云于以采蘩于沼于沚又云葛覃后妃之德也詩云葛之覃兮施于中谷言皇后之德光華榮曜於此也 向注同 敬始紘綖教先種直龍稑 善曰列女傳敬姜曰皇后親織玄紞公侯夫人加之以紘綖周禮曰上春詔王后帥六宮之人出種稑之種而獻於王

翰曰古者后妃親織玄紞公侯夫人加之以紘綖綖冕上覆垂者也周禮上春詔王后帥六宮之人而生種稑之種而獻之於王言此爲敬之始教之先也 睿問川流神禁蘭郁 善曰蔡邕袁公夫人碑曰義方之訓如川之流楊雄書曰賢女聲香芬于蘭苗 濟曰睿聖也聖問謂天下相問聖德也禁留懷也川流言廣大也蘭郁言芳盛也 先德韜光君道五臣本作臨方被 善曰先德謂明帝也韜光謂封西昌侯之時也廣雅曰韜藏也吳志賀劭上疏曰陛下昔韜藏神光潛德東夏于寶晉紀文帝貽吳主書曰韜神光福德父勞于外 良曰韜藏被及也謂高宗未即帝位時藏光於下而爲君之道以及於人者而皇后內助也 于佐求賢在五臣本作所字謁無詖 善曰詩序云卷耳后妃之志也又當輔佐君子求賢審官內有進賢之志而無險詖私謁之心 銑曰言皇后之德佐於此也謁請詖諂也 顗史弘式陳詩展義 善曰班婕妤自傷賦曰顗女史而陳詩 向曰顗視也史女史也弘廣式法陳布展申也 厚下曰仁藏往伊智 善曰周易曰山附於地剝上以厚下安宅于寶晉紀摠論曰仁以厚下易曰蓍之德圓而神卦之德方以智神以知來智以藏往 翰曰

豐厚在下之人自不取功是曰仁藏已過往之善物不得知是惟智也言皇后兼有此德也 十亂斯佚四教罔忒 善曰論語武王曰予有亂臣十人孔子曰才難不其然乎唐虞之際於斯爲盛有婦人焉九人而已馬融曰其一人謂文母也禮記曰古者婦人教以婦德婦容婦言婦功鄭玄詩箋云法度莫大於四教廣雅曰忒差也 良曰武王有亂臣十人文母居其一斯此佚待也今世亦待皇后而成其獻也罔無忒惡也 思媚諸姑貽我嬪則 善曰毛詩曰思媚周姜又曰問我諸姑又曰詒我來牟孔安國傳曰嬪婦也毛詩序曰后妃化天下以婦道 銑曰媚愛也諸姑謂先太后也貽遺也嬪則爲婦之法則也 化自公宮遠被南國 善曰禮記曰古者婦人先嫁三月祖廟未毀教于公宮詩序曰文王之道被于南國 向曰化教也言皇后先學而後配於高宗也餘同善注 軒曜懷光素舒佇德 善曰光德皆謂后也言軒曜思大明以增耀素舒佇聖德而分彩也軒轅星名曜星也劉歆有曜歷楚辭曰前望舒使先驅王逸曰望舒月御也 翰曰軒曜謂軒轅星主女主也素舒謂月亦比后妃也懷光佇德言如星月含懷光彩延道德也 閔予不祐慈訓早違 善曰毛詩曰閔予小子周易曰天命不祐晉中

興書曰肅祖太妃荀氏薨顯宗詔曰朕少遭閔凶慈訓無稟廣雅曰違背也 濟曰閔予東昏自傷之詞也不祐言天不祐助我也慈訓謂皇后也早違謂早棄我而崩 方年沖藐懷袖靡依 善曰尚書曰肆予沖人弗及知左氏傳晉獻公曰以是藐諸孤毛詩曰毋兮鞠我出入腹我鄭玄曰腹懷抱也 良曰沖幼藐小靡無也言方年幼小而皇后遂崩何不得依懷袖之恩也 家臻寶業身嗣昌暉 善曰周易曰聖人之大寶曰位元皇后哀策文曰昌輝在陰 銑曰高宗既至天子之位而已得嗣盛明之時也臻至也寶業天子位也昌盛暉明也 壽宮寂遠清廟虛歸嗚呼哀哉 善曰楚辭曰蹇將憺兮壽宮王逸曰壽宮供神之處也毛詩曰清廟祀文王也 向曰壽宮清廟皆祠祭處也寂遠虛空也不可見其神靈也 帝遷明命民神胥悅 善曰謂明帝即位也毛詩曰帝遷明德串夷載路國語祭公謀父曰至于文武事神保民莫不欣喜又王孫圉曰又能上下悅于鬼神 翰曰高宗升皇帝位應天明命合神人之心矣胥相也 乾景外臨陰儀內鈌 善曰周易曰乾爲君爲父禮記曰后治陰德也 濟曰乾景謂高宗也陰儀謂皇后也內

缺謂后崩也空悲故劒徒嗟金穴善曰漢書曰宣帝許皇后元帝母也字平君曾孫立爲帝平君爲婕好是時公卿議更立皇后亦未有言上乃詔求微時故劒大臣知指白立許婕妤爲皇后范曄後漢書曰光武郭皇后弟況爲大鴻臚數賞賜金錢京師號況爲金穴也良同上注璋瓚粢獻禕褕罔設嗚呼哀哉善曰禮記曰君致齊於外夫人致齊於內君執圭瓚祼尸大宗執璋瓚亞祼鄭玄曰大宗亞祼容夫人有故攝焉又周禮注曰祼謂以圭瓚酌鬱鬯始獻尸也后於是以璋瓚酌亞祼禕褕皆后服也銑曰璋瓚后夫人以致齊也禕褕皆后服也言皇后既崩以此何獻盡無所設粢何罔無也馮相告祲子鴆宸駕長往善曰謂明帝崩也周禮曰馮相氏中士鄭玄曰馮乘也相視也東宮賦曰馮相觀祲典引曰宸居其城蔡邕曰始比辰居其所也向曰周禮馮相氏登高臺視天文告祲言高宗崩之徵祲妖氣也宸駕天子駕也長往謂高宗崩也貽厥遠圖末命是彝善曰謂顧命令祔也毛詩曰貽厥孫謀左氏傳欒成作曰遠圖者忠也尚書曰道揚末命方言曰秦晉之間相勸曰彝也翰曰始遺圖謀也末命臨終之命彝厲也高宗遺我遠謀臨崩有所戒厲於己也懷豐沛之綢繆兮背神京之弘敞善曰豐沛喻帝鄉也漢書曰高祖沛豐邑毛詩曰綢繆東薪毛萇曰綢繆猶纏綿也風俗通曰秦政并合六國苞宇宙之弘敞也濟曰豐沛漢高祖鄉以喻安陵也綢繆相視貌神京謂齊都弘大敞明也陋蒼梧之不從兮遵鮒扶句反隅以同壤嗚呼哀哉善曰禮記曰舜葬於蒼梧之野二妃不從山海經曰大荒之中河水之間鮒禺之山帝顓頊與九嬪葬焉良曰舜葬蒼梧二妃不從故陋之帝顓頊與九嬪葬於大荒之中河水之間鮒禺之山故遵之陳象設於園寢兮映輿鍐亡犯於松楸善曰楚辭曰象設君室靜閑安漢書曰自高祖下至宣帝各自居陵傍立廟又園中各有寢蔡邕獨斷曰金鍐者馬冠也如玉華形在馬髦毛前銑曰園寢陵廟也言陳列生時象於廟中輿車也鍐馬飾也松楸謂陵上所栽也望承明而不入兮度清洛而南游善曰陸機洛陽記曰承明門後宮出入之門籍田賦曰清洛濁渠向曰謂靈駕出赴於陵也承明門與洛水皆在東京今宋都擬而稱之繼池綍於

五臣作之字通輴兮接龍帷於造舟善曰禮記曰飾棺君三池鄭玄曰懸池於荒之爪端若今承霤然又禮記曰飾棺君龍帷振容黼荒鄭玄曰荒蒙也在傍曰帷在上曰荒皆所以依柳毛詩曰造舟爲梁翰曰繼接也禮記曰飾棺君龍帷三池玄池於荒之爪若承霤形也綍引輴車也又云飾棺君龍帷振黼荒通輴謂廣路也造舟浮橋也言靈駕威儀繼接於廣路浮橋之上也迴塘寂其已暮兮東川澹而不流嗚呼哀哉善曰南都賦曰分背迴唐呂氏春秋曰水泉東流說文曰澹水搖也濟曰言景物助其哀也迴塘曲隈也寂空也東川東流也澹水止貌藉閟宮之遠烈兮聞纘祖管反女之遐慶善曰毛詩閟宮曰赫赫姜嫄其德不回是生后稷降之百福又曰纘女維莘長子維行良曰藉承也詩云閟宮有洫赫赫姜嫄其德不回姜嫄稷母也烈業也又云纘女維莘長子維行遐亦遠也慶善也言嘗承此者遠之此業同善也始協德於五臣作之蘋蘩兮終配祀而表命善曰晉中興書策明穆皇后曰正位閨房以著協德之義辨云論曰趙達以機祥協德詩序云采蘋大夫妻能循法度也又云采蘩夫人不失職也漢書曰天地合祭先祖配天先妣配地命爵號也翰曰詩序云采蘋大夫妻能循法度也又云采蘩夫人不失職也言皇后始於高宗未即位時也漢書云天地合祭先妣配地言皇后終加尊謚而爲先妣是表明天命也慕方纏於賜衣兮哀日隆於撫鏡善曰東觀漢記云上賜東平王蒼書曰嚮南宮皇太后因過按行閱視舊時衣物今以光烈皇后假紒帛巾各一衣一篋遺王可視瞻以慰凱風寒泉之思西京雜記曰宣帝被收繫郡邸獄臂上猶帶史良娣合綵轉絲繩係身毒寶鏡一枚舊傳此鏡照見妖魅得佩之者爲天神所福故宣帝從危獲濟及即大位毋持此鏡感咽移辰宣帝崩後不知所在銑曰同善注言是東昏觀皇后舊物悲摧若此也慕思纏結隆盛撫持也思寒泉之罔極兮託彤管於遺詠嗚呼哀哉善曰毛詩曰爰有寒泉在浚之下有子七人母氏勞苦又曰欲報之德昊天罔極毛詩曰靜女其孌貽我彤管毛萇曰古者后夫人必有女史彤管之法向曰同善注言東昏侯慕託此遺詠而增其哀

碑文上

郭有道碑文一首 并序

蔡伯喈 善曰范曄後漢書曰蔡邕字伯喈陳留人也辟橋玄府稍遷至郎中後董卓辟邕遷尚書及卓被誅王允收邕付廷尉遂死獄中五臣注同

先生諱泰字林宗太原界休人也善曰漢書大原郡有界休縣翰曰先生有德之稱其先出自有周王季之穆有虢叔者寔有懿德文王咨焉建國命氏或謂之郭即其後也善曰左氏傳曰晉侯假道於虞以伐虢宮之奇諫曰虢亡虞必從之公曰晉吾宗也豈害我哉對曰虢叔王季之穆也為文王卿士將虢是滅何愛於虞毛詩曰我求懿德國語胥臣曰文王即位而咨于二虢韋昭曰咨謀也左氏傳師服曰天子建國又衆仲曰天子建德因生以賜姓胙之土而命之氏公羊傳晉獻公謂荀息曰吾欲攻郭則虞救之攻虞則郭救之如何高誘戰國策注曰郭古文虢字也良曰王季文王父也穆親寔實懿美也及文王即位咨于二虢咨謂謀事也而虢叔之後因國命氏或謂郭焉即林宗是其後也

先生誕膺天衷聰叡明哲孝友溫恭仁篤慈惠銑曰誕大叡聖哲智篤厚也夫其器量弘深姿度廣大浩浩焉汪汪焉奧乎不可測已善曰黃石公記序曰張良慮若源泉深不可測濟曰奧深也已至也言不可測量其所至若乃砥節礪行直道正辭貞固足以幹事隱括足以矯時善曰孔叢子曰魯人有儀公潛者砥節礪行樂道好古仲長子昌言曰直道正辭貞亮之節周易曰貞固足以幹事韓詩外傳曰設於隱括之中直己不直人蘧伯玉之行也孫卿子曰拘木必將待隱括然後直劉熙孟子注曰隱度也括猶量也晉灼漢書注曰矯正也向曰砥節礪行謂磨礪節行也隱占括度矯直也言占度事理足可以直道行於時也遂考覽六經探綜圖緯周流華夏隨集帝學收文武之將墜拯微言之未絕善曰六經五經及樂經也圖河圖也緯六經及孝經皆有緯也論語子貢曰文武之道未墜於地論語讖曰子夏六十四人共撰仲尼微言翰曰探求綜集也圖圖書也周流謂行也華夏中國也帝學國學也緯天之文也言考覽六經求集圖緯行之於中國隨集於國學也文武之道將墜失者收之也拯猶循也微言謂幽微大道之言也于時纓緌之徒紳珮之士望形表而影五臣作景附聆嘉聲而響和者猶百川之歸巨海鱗介之宗龜龍也善曰禮記曰子事父母冠緌纓鄭玄曰緌纓飾也孔安國論語注曰紳大帶也禮記曰凡帶必有佩玉揚雄覈靈賦曰支附葉從表立景隨莊子曰大人之教若形之於影聲之於響也尚書大傳曰百川趨於東海曾子曰介蟲之精者曰龜鱗蟲之精者曰龍良曰纓緌衣冠之飾也紳大帶也珮玉珮也皆謂在朝百官及儒學諸生所朝服也表所謂立木而有影也景影聆聽也介甲蟲也宗尊也言在朝百官及儒學之士望林宗之德有如人形木表而影所附之聽其善聲如響應相和者亦猶百川以海為尊而歸赴之鱗介之物以龜龍為長也爾乃潛隱衡門收朋勤誨善曰毛萇詩傳曰衡門橫木為門言淺陋也論語子曰誨人不倦何有於我哉濟曰衡門以柴木為門收朋謂重其友朋也勤誨謂勤行訓教於人也

童蒙賴焉用祛其蔽善曰周易曰匪我求童蒙祛猶去也銑曰童蒙謂暗於義理也賴利祛去也言童蒙之人利其開教以去蔽惑皆知禮義也州郡聞德虛己備禮莫之能致群公休之遂辟司徒掾又舉有道皆以疾辭善曰漢書李尋傳曰王根輔政數虛己問尋尋辟猶召也向曰休美也言不應辟皆辭之以疾也將蹈鴻涯之遐跡紹巢許之絕軌善曰西京賦曰洪涯立而指麾神仙傳曰衛叔卿與數人博其子度曰向與博者為誰叔卿曰是洪涯先生皇甫謐逸士傳曰巢父者堯時隱人也及堯之讓位于許由也由以告巢父巢父貴由曰汝何不隱汝光何故見若身也翰曰鴻涯仙人也紹繼也巢巢父許許由皆隱逸人也絕遠也軌亦跡也翔區外以舒翼超天衢以高峙善曰李陵書曰冊名於天衢良曰區方峙立也稟命不融享年四十有二以建寧二年正月乙亥卒善曰毛萇詩傳曰融長也范曄後漢書曰建寧靈

帝年號也　濟曰熹平亦長也建寧靈帝年號也凡我四方同好之人永懷哀悼靡所寘念善曰毛詩曰終其永懷毛萇詩傳曰其寘也銑曰靡無寘致也言無所致念者念之不可及也乃相與惟先生之德以謀不朽之事善曰左氏傳穆叔曰太上有立德此之謂不朽　翰曰惟思也不朽之事謂將謀立碑也僉以爲先民既沒而德音猶存者亦賴之於見述也今其如何而闕斯禮善曰毛詩曰先民有作又曰德音不忘向曰存德音者亦賴於述碑文言不可廢闕此禮也於是樹碑表墓昭銘景行善曰毛詩曰高山仰止景行行止俾芳烈奮于百世今問顯於無窮善曰典引曰扇遺風播芳烈孟子曰聞伯夷之風者貪夫廉懦夫有立志奮乎百世之上百世之下莫不興起毛詩曰顯顯令問五臣本作聞字其辭曰

於音烏休先生明德通玄善曰言其明德而通於玄廣雅曰玄道也銑曰於休歎美辭也純懿淑靈受之自天善曰毛詩曰有命自天濟曰純大懿美善也崇壯幽浚如山如淵善曰家語齊太夫子與適魯見孔子孔子曰乃今而後知泰山之爲高海淵之爲大向曰崇壯高大幽浚深也禮樂是悅詩書是敦善曰左氏傳曰晉謀元帥趙衰曰郤縠可臣亟聞其言矣悅禮樂而敦詩書翰曰敦重也匪惟摭華乃尋厥根善曰法言或曰亦有疾乎曰摭我華而不食我實也　良曰摭拾也言禮樂詩書之事非惟拾其英華乃亦尋其根本宮牆重仞允得其門善曰論語子貢謂叔孫武叔曰夫子之牆數仞不得其門而入不見宗廟之美百官之富得其門者或寡矣　銑曰孔子之宮牆數仞雖百官之富得其門者寡矣此謂夫子道高人不可及言郭生得先聖之道可謂得入聖門也懿乎其純確乎其操善曰周易曰龍德而隱者也確乎其不可拔潛龍也　翰曰懿美純質確堅操志也洋洋搢紳言觀其高五臣本作仰字音告協韻善曰封禪書曰因雜搢紳先生之略術　良曰洋洋盛貌搢紳謂百官儒生之衣服言百官皆觀仰其高德也棲遲

文選五十八　十四

泌丘善誘能教善曰毛詩曰衡門之下可以棲遲泌之洋洋可以療飢論語顏淵曰夫子循循然善誘人赫赫三事幾行其招之邵反協韻　善曰毛詩曰三事大夫莫有夙夜招猶召也　向曰赫赫盛貌三事謂三公之任也謂上司徒辟爲掾也幾數招辟也委辭召貢保此清妙善曰古有召貢者委棄而辭之范曄後漢書曰司徒黃瓊辟泰太常趙典舉泰有道並不應召或爲台　銑曰委累也召貢謂舉也謂上舉有道累辭疾不應自保清妙隱居之理降言不永民斯悲悼善曰尚書祖乙曰降言有永有不永　翰曰言令人於此悲傷也爰勒茲銘摛其光耀善曰韋昭漢書注曰摛布也　濟曰摛發也嗟爾來世是則是効善曰尚書曰予恐來世班固刑法志述曰五刑之作是則是效

陳太丘碑文一首　并序

蔡伯喈　翰曰陳寔字仲弓爲太丘令也

先生諱寔字仲弓潁川許五臣本作許昌人也善曰范曄後漢書曰寔潁川許人漢書潁川郡有許縣魏志曰文帝黃初二年改許縣爲許昌縣然蔡邕之時惟有許縣或云許昌非也含元精之和應期運之數善曰易通卦驗曰天皇之先與耀含元精論衡曰天稟元氣人受元精孟子謂充虞曰五百年必有王者興其間必有名世者由周而來七百有餘歲矣當今之世舍我其誰　向曰元精大道也期運之數謂應五百年而生賢之數也兼資九德總脩百行善曰尚書皐陶曰都亦行有九德禹曰何皐陶曰寬而栗柔而立愿而恭亂而敬擾而毅直而溫簡而廉剛而塞彊而義孔臧與從弟書曰學者所以飾百行也　銑曰咎繇有九德君子有百行於鄉黨則恂恂焉彬彬焉五臣本作斌斌善誘善導仁而愛人善曰論語曰孔子於鄉黨恂恂如也又曰文質彬彬然後君子論語顏淵曰夫子循循然善誘人又論語曰樊遲問仁子曰愛人也　良曰恂恂和樂貌斌斌文質貌使夫少長咸安懷之善曰論語曰老者安之少者懷之其爲道

文五十八　十五

也用行捨藏進退可度善曰論語子謂顏淵曰用之則行捨之則藏孝經曰進退可度濟曰言其道德於時用之則行捨之則藏其進退之禮可爲法度也不徼訐舉謁以干時不遷貳五臣本作怒字以臨下善曰論語子貢曰惡徼以爲智者惡訐以爲直者又哀公問弟子孰爲好學孔子對曰有顏回者好學不遷怒不貳過翰曰徼徼名訐訐發人罪也于亂也遷怒謂移怒於人也四爲郡功曹五辟豫州六辟三府再辟大將軍宰聞喜半歲太丘一年向曰宰聞喜謂爲聞喜令又爲太丘令也德務中庸教敦不肅善曰論語子曰中庸之爲德也其至矣乎民鮮久矣孝經子曰其教不肅而成銑曰庸用也言其行大中之道用之於人其教敦厚不行威肅政以禮成化行有謚善曰左氏傳晉郤至謂子反曰政以禮成民是以息爾雅曰謚靜也良曰謚靜也會遭黨事禁固五臣本作錮字二十年樂天知命澹然自逸善曰周易曰樂天知命故不憂

莊子曰澹然無極衆美從之此天地之道聖人之德也毛詩曰我不敢傚我友自逸濟曰遭黨犯罪而囚於獄竟不憂悔責意自樂交不諂上愛不瀆五臣作黷字下善曰周易曰君子上交不諂下交不瀆翰曰不諂諛順顏以取上意其施惠愛則均不以其下而慢之見機五臣作幾而作不俟終日善曰周易曰君子見幾而作不俟終日向曰俟待也言事必見幾不待終日而隨事變通也及文書赦宥時年已七十遂隱丘山懸車告老善曰漢書曰辟廣德乞骸骨賜安車駟馬懸其車傳子孫左氏傳曰晉韓獻子告老杜預曰告老致仕者也銑曰文書赦宥謂天子詔赦罪人也懸車謂其所乘之車懸而不復乘也四門備禮閑心靜居善曰尚書曰賓于四門四門穆穆良曰四門四方門也閑閉也言當時在位者皆欲徵賢於四方而備脩束帛之禮聘先生先生閑心靜居終不復應也大將軍何公司徒袁公善曰范曄後漢書大將軍何進司徒袁隗遣人敦寔欲特授以不次之位寔謝使者濟曰何進袁隗也前後招辟使人曉諭云

欲特表便可入踐常伯超補三事紆佩金紫光國垂勳善曰應劭漢官儀曰侍中周官號曰常伯選於諸伯言其道德可常尊也環濟要略曰侍中古官或曰風后爲黃帝侍中周時號曰常伯秦始復故三事三公也漢書曰大司徒大司馬大司空皆金印紫綬翰曰特表謂獨出常調擢用之也常伯今之侍中也三事三公也三公皆帶金印繫以紫綬言此可以光國家大功也勳功也先生曰絕望已久飾巾待期而已皆遂不至善曰列子林類曰吾老無妻子死期將至向曰不就所辟而謂使者云絕仕宦之望已久今但整飾衣服待期而終也至赴也弘農楊公東海陳公每在袞職羣寮賀之皆舉手曰潁川郡陳君絕世超倫大位未躋慙於文仲竊位之負善曰范曄後漢書曰太尉楊賜司徒陳耽每拜公卿羣寮畢賀賜等常嘆寔大位未登愧於先之也袞職謂三公也銑曰同善注舉手謂指麾百官也躋登也臧文仲爲大夫知柳下惠賢而不舉之孔子以爲竊位楊陳二公慙負

此名也故時人高其德重乎公相之位也年八十有三中平三年八月丙午遭疾而終臨沒顧命留葬所卒善曰范曄後漢書中平靈帝年號也孔安國尚書傳曰臨終之命曰顧命良曰顧命謂遺令也留葬所卒謂遺令葬於所卒之地不歸本鄉故也時服素棺椁財周櫬喪事唯約用過乎儉善曰周易曰用過乎儉濟曰財纔也櫬棺也羣公百僚莫不咨嗟巖藪知名失聲揮涕善曰禮記曰內人行哭失聲家語曰公父文伯卒敬姜曰無揮涕王肅曰揮涕涕流以手揮之也大將五臣本無大字軍弔祠錫以嘉謚曰徵士陳君稟岳瀆之精苞靈曜之純天不憖魚覲反遺老俾屏我王梁崩哲萎于時靡憲搢紳儒林論德謀跡謚曰文範先生善曰范曄

後漢書曰何進遣使弔祭鉤命決曰五嶽吐精宋均曰吐精生聖人也靈曜謂天也尚書緯有考靈曜左氏傳孔丘卒公誄之曰旻天不弔不憖遺一老俾予一人以在位禮記曰孔子早作負手曳杖逍遥於門歌曰泰山其頹乎梁木其壞乎漢書有儒林傳　翰曰將軍即何進孝經援神契曰五岳之精雄聖四瀆之精仁明故以比之也靈曜謂天地也純和也憖傷也俾使也遺老老臣也言上天不傷惜此老臣使屏我天子而死也孔子將卒而歌曰梁木其壞乎哲人其萎乎壞則崩也哲知也萎死靡無憲法也言哲人既死予今時無可以爲法則也傳曰郁郁乎文哉善曰論語文也書曰洪範五臣本無書曰字九疇彝倫攸敘善曰尚書箕子謂武王曰天乃錫禹洪範九疇彝倫攸敘文爲德表範爲士則存誨没號不亦宜乎向曰言存亦以文範教訓於人而没後以爲號亦爲宜也三公遣令史祭以中牢銑曰中牢羊也刺史敬弔太守南陽曹府君命官作誄曰赫矣陳君命世是生善曰廣雅曰命名也李陵書曰信命世之才　銑曰赫盛也

含光醇德爲士作程善曰孔安國尚書傳曰醇粹也毛萇詩傳曰程法也　良曰醇厚程法也貞始既正守終又令平聲協韻五臣本作有令側聲　善曰周易曰萬物資始史記祭公謀父曰大戎率舊德而守終純固濟曰令善也言始貞正道終有善名也奉禮終没休矣清聲翰曰奉禮終没謂奉先聖禮教存約儉而葬也休美也遣官屬掾吏前後赴會刊石作銘向曰刊刻也府丞與比縣會葬荀慈明韓元長等五百餘人善曰范曄後漢書曰荀爽字慈明獻帝拜爲司空又曰韓融字元長獻帝初官至太僕緦麻設位哀以送之善曰喪服傳曰緦麻十五升布鄭玄曰謂之緦者縷細如絲也音思孝經曰哀以送之遠近會葬千人巳上河南尹种音蟲府君臨郡善曰謝承後漢書曰劉翊穎川人河南尹种拂嘗來臨郡翊爲主簿迎之到官深敬待之然种府君即拂也　銑曰河南尹种拂也追歎功德述録高行以爲遠近鮮能及之良曰遠近古今也鮮少也重部大掾以成時銘善曰重直用切濟曰言重使部內大掾爲銘也斯可謂存榮没哀死而不朽者巳五臣作也字　善曰論語子貢曰夫子其生也榮其死也哀左氏傳穆叔曰太上有立德此之謂不朽乃作銘曰

峩峩崇嶽吐符降神善曰上林賦曰南山峩峩毛詩曰維嶽降神生甫及申　翰曰言立五岳之精吐其符應降其神靈乃先生也於皇先生抱寶懷珍向曰於皇歎美之辭也寶珍喻道德也如何旻穹既喪斯文善曰論語子曰天王既没文不在茲乎天之將喪斯文也後死者不得與於斯文也　銑曰旻穹天也斯文謂先生也謂其有文德故也微言圯平鄙反絶來者曷聞善曰論語讖曰子夏六十四人共撰仲尼微言以幽通賦將圯絶而罔階論語曰焉知來者之不如今也良曰微言道也圯毁也來者謂後人也曷何也交交黃鳥爰集于棘善曰毛詩國風文喻仕於亂時也　濟曰交交小貌黃鳥詩篇名哀三良也言其貌小集於棘林得其所也喻人以壽終亦得其所也命不可贖哀何有極善曰毛詩曰如可贖兮人百其身　翰曰言人命有分一死不可以重寶財以贖取生人哀者何有窮盡也

褚淵碑文一首并序

王仲寶善曰蕭子顯齊書云王儉字仲寶琅邪人也幼好學手不釋卷爲中書監薨五臣注同

夫太上有立德其次有立功此之謂不朽善曰左氏傳曰穆叔如晉范宣子逆之問焉曰古人有言曰死而不朽何謂也穆叔對曰豹聞之太上有立德其次有立功其次有立言雖久不廢此之謂不朽也　銑曰太上謂上古有道之君也所以子產云亡宣尼泣其遺愛隨武既没趙文懷其餘風於文簡公見之

矣善曰左氏傳曰子產卒仲尼聞之出涕曰古之遺愛也毛詩曰人之云亡禮記曰趙文子與叔譽觀乎九原文子曰死者如可作也吾誰與歸叔譽曰其陽處父乎文子曰我則隨武子乎利君不忘其身謀身不遺其友鄭玄曰武子士會也食邑於隨蔡邕郭林宗碑曰先生既沒魏志太祖曰孤到此州嘉其餘風也　良曰鄭子產卒國人皆泣孔子聞之歎曰子產古之遺愛也孔子但歎之不泣也又云泣者增飾也隨武子趙文子並晉大夫也隨武子卒葬於九原之上而諸大夫卒者皆同葬於此原趙文子與叔譽游於九原文子曰死者可起吾誰與歸者叔譽曰陽處父乎文子曰我則與隨武子且武子利於君不忘其身謀其身不遺其友此則趙文子懷其餘風也言於彥回之德亦此二人故云見之也　公諱淵字彥回河南陽翟人也微子以至仁開基宋段以功高命氏善曰史記曰微子開者殷帝乙之首子紂之庶兄武王崩成王少武庚作亂成王命誅武庚乃命微子開代殷國于宋微子以故而仁賢及代武庚故殷餘民甚戴之而愛焉左氏傳曰魯季武子如宋褚師段逆之杜預曰段共公子子石也褚師官也左氏傳衆仲曰天子建德因生以賜姓胙之土而命之氏　濟曰微子殷紂兄也有至仁之德武王既滅紂至成王封微子於宋以為殷後也宋段宋共公子為褚師以功高因官命氏遂為褚氏也褚師掌市之官也

爰逮兩漢儒雅繼及善曰漢書曰褚大通五經為博士勳承後漢書褚禧字叔齊陳留尉氏人博聞廣見聰明智達　翰曰爰於逮及也褚禧亦為儒官繼及謂相繼不絕　魏晉以降奕世重暉乃祖太傅元穆公善曰魏代褚氏未聞晉中興書曰褚裒字季野侍中衛將軍薨贈太傅元穆侯　向曰魏之大臣無褚氏蓋有者職位稍卑故史傳不載也　德合當時行比州壤善曰魏書曰陳寔德冠當時莊子曰行比一鄉銑曰言其德行高比之州壤之間為最也　深識臧否不以毀譽形言善曰王命論曰淵然深識毛詩曰於乎小子未知臧否論語曰吾之於人誰毀誰譽如有所譽者其有所試矣毛詩序曰情動於中而形於言　良曰臧善否惡也毀者以惡言談人譽者以善事說人言穆公則以此事不見於言形見也　亮采王室每懷沖虛之道善曰尚書曰亮采惠疇老子曰大盈若沖字林曰沖猶虛也　五臣濟曰亮信采事也沖虛謂虛懷接士也　可謂婉而成本無成字章志而晦者矣善曰左氏傳君子曰春秋之稱微而顯志而晦婉而成章　翰曰婉曲章明言委曲行物而能明其政事有其明志而不自矜故云晦也　自茲厥後無替前規建官惟賢軒冕相襲公稟川嶽之靈暉含珪璋而挺曜善曰尚書曰建官惟賢管子曰先生制軒冕足以著貴賤劉歆移太常博士曰聖帝明王累起相襲孝經援神契曰五嶽之精雄聖四瀆之精仁明禮記曰珪璋特達廣雅曰挺出也　向曰川岳皆聖靈之精也珪璋美玉也挺出曜光也

和順內凝英華外發善曰禮記曰和順積中而英華外發　銑曰凝上也內謂心思也外謂言語形貌也　神茂初學業隆弱冠善曰禮記曰二十曰弱冠良曰言公神氣俊茂在於初學之年學業至盛在於弱冠初學謂年十歲也弱冠謂年二十歲　是以仁經義緯敦穆於閨五臣本作闈字庭善曰張叶白鳩頌曰經仁緯義王隱晉書曰汜勝之穆敦九族蔡邕何材碑曰孝友盡於閨庭　濟曰言其以仁義為經緯也敦重親穆於閨庭之間也　金聲玉振寥亮於區宇善曰孟子曰孔子之謂集大成也者金聲而玉振鄭玄禮記注曰振猶動也東京賦曰區寓乂寧　翰曰金玉聲喻名譽高也寥亮聲高貌區宇天下也　孝敬淳深率由斯至盡歡朝夕人無間言善曰毛詩序曰成孝敬袁宏竹林名士傳曰山濤淳深慎嘿尚書曰率由典常禮記孔子曰啜菽飲水盡其歡斯之謂孝論語子曰孝哉閔子騫人不間於其父母昆弟之言　向曰言父子兄弟和穆盡歡人之讒言難以相間也　逍遙乎文雅之圃翱翔乎禮樂之場五臣本作圃字　善曰劇秦美新曰逍遙乎文雅之圃翱翔乎禮樂之場　風儀與秋月齊明音徽與春雲等潤善曰音徽即徽音也毛詩曰太姒嗣徽音銑曰徽美也言德音既善必潤於物故比之春雲也　韻宇弘深喜慍莫見其際善曰晉中興書曰衛玠終身不見其慍喜袁宏竹林名士傳曰山濤莫見其際良曰韻宇猶器量也慍怒也際涯畔也　心明通亮用人五臣本無人字言必猶於己善曰王命論曰見善如不及用人如用己濟曰亮信也用人之言若用己言也　汪

汪焉洋洋焉，可謂澄之不清，撓之不濁。善曰范曄後漢書曰郭林宗少遊汝南先過袁閬不宿而退往從黃憲累日方還或問林宗林宗曰奉高之器譬諸氾濫雖清而易挹叔度汪汪若萬頃陂澄之不清撓之不濁不可量也翰曰汪汪洋洋水深大貌以比其德深廣撓攪也袁陽源才氣高奇，綜覈胡隔反精裁。去聲　善曰沈約宋書曰袁淑字陽源少有風氣遷尚書吏部郎臧榮緒晉書曰呂安才氣高奇又曰荀顗綜覈名實風俗澄一范曄後漢書左朱零曰范滂精裁猶以利刃斷腐朽　向曰袁陽源時爲吏部郎言其主司理考人士才器精覈體裁言將選公爲駙馬以尚公主也宋文帝端明臨朝，鑒五臣本作覽字賞無昧。善曰鶡冠子曰所謂命者靡不在君也君也者端神明者也神明者以人爲本者也班固成帝贊曰臨朝淵默表既延譽於遐邇，文亦定婚於皇家。善曰國語曰使張老延君譽于四方蔡邕述行賦曰皇家赫而天居　銑曰言文帝定婚欲以公主妻公也選尚餘姚公主，拜駙馬都尉。漢結叔高，晉姻武子，方斯蔑如也。善曰蕭子顯齊書曰淵少有世譽復尚公主三輔決錄曰平陵竇叔高以經術稱摯虞曰叔高名玄以明經爲郡上計吏朝會數百人叔高儀狀絕衆天子異其貌以公主妻之出朝同輩朝笑焉叔高時以自有妻不敢以聞方欲迎妻與決未發而詔叔高就第成婚王隱晉書曰王武子少知名有俊才尚武帝姊常山公主毛萇詩傳曰蔑無也　良曰漢有韋叔高以明經爲郡上計吏朝會數百人而叔高儀貌絕衆天子愛之以公主妻焉晉有王武子少知名有俊才武帝嫁以常山公主言二人方之褚公蔑如也釋褐著作佐郎，轉太子舍人。濯纓登朝，冠冕當世。善曰楚辭曰滄浪之水清可以濯我纓晉中興書吏水疏曰臣因循家寵冠冕當世濟曰濯纓洗濯其冠纓以清潔登朝而事天子冠冕在首者喻其以道德爲世之首升降兩宮，實惟時寶。善曰陸機謝內史表曰官成兩宮尚書曰所寶惟賢　翰曰升降上下也兩宮謂天子太子入天子宮則爲上入太子宮則爲下也具瞻之範既著，台衡之望斯集。善曰毛詩曰赫赫師尹民具爾瞻春秋漢含孳曰三公在天法三能台與能同毛詩曰實惟阿衡左右商王　向曰具瞻台衡並宰相之位也範法著盛也

出參太宰軍事，入爲太子洗馬。俄遷秘書丞，贊道槐庭，司文天閣。善曰周禮曰面三槐三公位焉晉令曰秘書郎掌三閣經書三輔故事曰天祿閣在大殿北以藏秘書　銑曰贊佐也槐庭三公位也謂爲太宰參軍是爲佐道也司主也言主文史之任於天祿之閣也天祿書閣名謂秘書丞也光昭五臣本作照字諸侯，風流籍甚。善曰韓詩外傳曰爲人君者則顯以爲臣名昭諸侯天下顯焉習鑿齒晉陽秋曰王夷甫樂廣俱宅心事外言風流者稱王樂焉漢書曰陸賈遊漢庭公卿間名聲籍甚　良曰言其風美之聲流下天下甚多也籍甚言多也以父憂去職，善曰蕭子顯齊書曰淵父湛之驃騎將軍喪過乎哀，幾居衣反將毀滅。有識留感，行路傷情。善曰周易曰喪過乎哀孝經曰毀不滅性說文雍門周說孟嘗君曰有識之士莫不爲足下寒心酸鼻論衡曰行路之人皆能論之家語曰子游見行路之人云魯司鐸火　濟曰幾近也留感謂多感也服闋，除中書侍郎。王言如絲，其出如綸。善曰鄭玄禮記注曰閟終也禮記曰王言如絲其出如綸恪居官次，智效惟穆。善曰左氏傳曰閔子騫曰敬恭朝夕恪居官次莊子曰智效一官　翰曰中書侍郎掌知天子詔令宣之於外言王言初出如絲之細宣布於外如綸之大綸麤線也于時新安王寵冠列蕃，越敷邦教，毗佐之選，妙盡國華。善曰沈約宋書曰始平孝敬王子鸞字孝羽孝武帝第八子也初封新安王母殷淑儀寵傾後宮子鸞愛冠諸子凡爲上所遇者莫不入子鸞府國子鸞兼司徒進號撫軍將軍尚書曰司徒掌邦教敷五典國語季文子曰吾以德榮爲國華韋昭曰以德榮顯者可以爲國之光華也　向曰冠拜也列蕃謂諸王也越將敷布邦國毗輔也國華謂英賢也出爲司徒右長史，轉尚書吏部郎。執銓以平，善曰韋昭漢書注曰銓稱錘聲類曰銓所以稱物晉起居注曰太康四年詔曰選曹銓管人材御煩以簡。裴楷清通，王戎簡要，復存於茲。善曰臧榮緒晉書曰裴楷字叔則河東人也爲尚書郎吏部郎缺太祖問其人於鍾會會曰裴楷清通王戎簡

要皆其選也是以楷爲吏部郎　銑曰晉朝裴楷王戎並
爲吏部郎凊而能通簡而能要言二君美跡復居於此　泰
始之初入爲侍中曾不移朔遷吏部尚書是時
天步初夷王途尚阻元戎啓行衣冠未緝　善曰蔡
子野宋
略曰壽寂之前刃少帝廷湘東王升御坐立爲明帝丈曰明皇帝
年號泰始天步初夷謂弒少帝也裴子野宋略曰江州刺史晉安
王子勛作亂蕭子顯齊書曰建安王休仁南討賊屯鵲尾洲遣
淵詣軍選將帥以下勳階毛詩曰天步艱難蔡邕劉寬碑曰綏
文三軍以清王塗答賓戲曰王途蕪穢周失其馭元戎啓行謂
建安出征也毛詩曰元戎十乘以先啓行衣冠謂朝士也范曄
後漢書崔駰奏記曰宋光衣冠子孫爾雅曰輯和也緝與輯同
良曰太始宋明帝年號也不移朔謂不經一月也　濟曰天步
謂天下也夷平途道也元戎兵車
也啓行戰也衣冠朝儀也緝理也　内贊謀莫浮反謨莫胡外
康流品制勝既遠涇渭斯明　善曰東觀漢記世祖策
曰前將軍鄧禹與朕謀
謨帷幄李重集曰爲選部尚書其箴曰銓管人流品藻清濁孫
子兵法曰水因地而制行兵因敵而制勝孫綽子曰或問雅俗

曰涇渭殊流雅鄭異調　翰曰贊助也謀謨謂謀議國事也
康安也流品百姓百官也制勝既遠謂平天下亂也涇渭猶分
別也言分別功勳
厚薄於此明也　賞不失勞舉無失德　善曰左氏傳隨
武子曰楚軍舉
不失德賞不失勞　向曰
有勞必賞有功必舉也　績簡帝心聲敷物聽　善曰
崔駰
武賦曰假皇天乎簡帝心尚書大傳曰文
王施政而物皆聽　銑曰績功也敷布也　事寧　良曰罷兵戈
之事寧也
領太子右衛率固讓不拜尋領驍騎將軍以帷
幄之功贊庸祗之秩封雩都縣開國伯食邑五百
戶　善曰東觀漢記世祖策曰前將軍鄧禹與朕謀謨帷幄尚
書王曰惟乃文考庸庸祗祗威威顯民孔安國曰用可用
敬可敬漢書豫章郡雩都縣　濟曰帷幄謂爲謀策也庸當庸
用祗敬秩序也言當用敬其大功有此次序故封以雩都縣伯
也　既秉辭梁之分　五臣本
作介字　又懷寢丘之志所受田
邑不盈百井　善曰國語曰惠王以梁予魯陽文子辭曰梁
險而遠懼子孫之有貳者縱臣而得全其首

領以殁懼子孫之以梁之臣之祀也乃與魯陽賈逵曰惠王楚
昭王子梁楚北境魯陽文子楚平王之孫司馬子期之子魯陽
公列子曰孫叔敖疾將死戒其子曰王亟封我矣吾不受也我
死王則封汝汝必無受利地楚越之間有寢丘者此地不利而
名甚惡楚人鬼而越人禨可長有者唯此也孫叔敖死王果以
美地封其子子辭而不受請寢丘與之至今不失周禮曰畝百
爲夫夫三爲屋屋三爲井漢
書曰井方一里　翰同善注　久之重爲侍中領右衛
將軍盡規獻替均山甫之庸緝熙王猷兼方叔
之望　善曰國語召康公曰天子聽政近臣盡規又史黯謂趙
簡子曰夫事君者諫過而後賞善薦可而替不獻能而
進賢毛詩曰袞職有闕維仲山甫補之毛詩曰維清緝熙文王
之典又曰王猷嘽嘽如飛如翰又曰方叔涖止其車三千　向
曰獻替謂獻其可行之理廢其不可爲之事也均同也庸用也
仲山甫周之賢臣能補闕王事言褚公同仲山甫之功也緝熙
光明也王猷天子之衆也方叔亦賢臣也
言光明天子之衆兼同方叔之美望也　丹陽京輔遠近
攸則　善曰漢書曰古内史武帝更名京兆尹左内史更名左
馮翊王爵中都尉更名右扶風是爲三輔又百官表有

京輔都尉毛詩曰商邑翼翼四方之極鄭玄曰商邑之禮俗翼
翼然可則效乃四方之中正也　濟曰丹陽郡名京輔言近帝
都也攸所也　吳興衿帶實惟股肱　善曰李尤函谷關銘曰襟
帶咽喉漢書曰季布爲河
東守上召布曰河東吾股肱郡故時召君耳　良曰吳興郡名
言在都之南如人衣之衿帶也股肱謂手足言此郡要害如人
有手足也　頻作二守並加蟬冕　善曰蕭子顯齊書曰尋遷散
騎常侍丹陽尹出爲吳興太
守常侍如故蔡邕獨斷曰侍中中常侍加貂附蟬　濟曰頻作
丹陽吳興二郡太守蟬冕侍中冕也言作任二郡皆入加侍中
也　政以禮成民是以息　善曰左氏傳晉郤至謂子反曰
政以禮成民是以息　翰曰人
皆得禮義之政
安息無競也　明皇不豫儲后幼沖貽厥之寄允
屬時望　善曰沈約宋書曰太宗明皇帝諱彧又曰後廢帝昱
字德融明帝長子也泰始七年立爲皇太子太宗崩
太子即位尚書曰武王有疾弗豫謝承後漢書曰孝靈帝崩皇
太子即位主上幼沖毛詩曰貽厥孫謀以燕翼子　向曰明皇
宋明帝也不豫言有疾也貽厥謂後嗣也寄託允信屬在也言
明帝有疾太子幼小而後嗣之託信在時望欲使公輔少帝故

也徵爲吏部尚書領衛尉固讓不拜改授尚書右僕射端流平衡外寛内直善曰賈子曰視有四則朝廷之視端流平衡韓詩外傳曰外寛内直蘧伯玉之行也　銑曰理有不平若端其條流事有不平若施以權衡權衡秤也言於事平如秤稱焉外謂言詞威儀内謂心慮弘二八之高謩宣由庚而垂詠善曰二八八元八凱也毛詩序曰由庚萬物得由其道也　良曰謩議也由庚詩篇名也言萬物皆由其道而得其性也太宗即世濟曰太宗即明帝也即世崩也遺命以公爲散騎常侍中書令護軍將軍送往事居忠貞允亮秉國之均四方是維善曰左氏傳荀息謂晉獻公曰公家之利知無不爲忠也送往事居偶俱無猜貞也秉國之均四方是維毛詩小雅文也　翰曰往謂明帝也居謂少主也允合亮信也秉執均政維繫也百官象物而動軍政不戒而備善曰左氏傳曰隨武子曰蔿敖爲太宰百官象物而動軍政不戒而備　向曰象物禮也公之登

文選五十八　六六

太階而尹天下君子以爲美談亦猶孟軻致欣於樂正羊職悅賞於士伯者也善曰孔融張儉碑曰借乎不登太階以尹天下致皇代於隆熈公羊傳曰魯人至今以爲美談孟軻曰魯欲使樂正子爲政孟子喜而不寐公孫丑曰奚喜曰其爲人也好善劉熈曰樂正姓也子通稱也名尅左氏傳曰晉侯賞桓子狄臣千室亦賞士伯以瓜衍之縣羊舌職悅之以爲當也　銑曰太階星三公位也尹正也言公爲政於天下而君子美之亦如魯欲使樂正子春爲政孟軻喜而不寐言其好善而進賢也晉侯賞士伯瓜衍之縣羊舌職悅之以爲當也丁所生母憂謝職毀疾之重因心則至善曰蕭子顯齊書曰淵遭庶母郭氏喪葬畢起爲中軍將軍本官如故毛詩曰因心則友朝議以有爲去聲爲平聲之魯侯垂式存公忘私方進明準善曰禮記子夏問曰三年之喪卒哭金革之事無避也禮歟孔子曰吾聞諸老聃曰昔者魯伯禽有爲爲之今以三年之喪從利者吾弗知也漢書曰翟方進字子威汝南人也爲丞相及母既終葬三十六日除服起視事以爲身備

漢相不敢踰國家之制也　良曰魯侯伯禽遭喪有徐戎作難卒哭而征之急王事也此蓋有所爲爲之也式法也漢丞相翟方進遭喪既葬三十六日除服起視事憂國家事惟法也朝臣之議欲使褚公從此惟法也爰降詔書敦還攝任固請移歲表奏相望事不我與屈己弘化善曰沈約宋書曰褚淵以母憂去職詔攝本任爾雅曰敦勉也嵇康幽憤詩曰時不我與荀悅申鑒曰聖王屈己以申天下之樂尚書曰三孤三公弘化　濟曰敦勸也事不我與謂固辭不免也屈己謂屈禮也弘化謂弘天子之化也屬值三季在辰威蕃五臣本作藩字内侮善曰國語郭偃曰三季王之亡也宜哉韋昭曰三季桀紂幽王也藩元茂也錫文曰稱兵内侮　翰曰三季謂夏殷周之末世也辰時也言少帝之世禍亂如三季之時也威藩謂諸王也侮猶亂也桂陽失圖窺窬神器善曰沈約宋書曰桂陽王休範文帝子也封爲桂陽王後爲江州刺史及太宗晏駕主幼時也遂舉兵反休範已至新林朝廷震動平南將軍齊王出次新亭中軍將軍褚淵入衛殿省休範自於新林步上越騎校尉張苟兒直前斬休範首持還休範自新林分遣同黨杜墨蠡等

文五十八　六七

直入朱雀門休範雖死不相知聞墨蠡至杜姥宅宫省恇擾於是城内外遣諸軍東西奮擊諸賊一時奔散斬墨蠡等劉琨勸進表曰狄寇窺窬前左氏傳師服曰民服其上下無覬覦杜預曰下不冀望上位也窬與覦同　向曰桂陽王文帝子也圖謀也窺窬謂欲有篡逆之心也神器帝位也鼓棹則滄波振蕩建旗則日月蔽虧善曰湛方生詩曰鼓棹行遊矚吳都賦曰振蕩汪流曹子建責躬詩曰建旗東岳子虛賦曰岑崟參差日月蔽虧　銑曰言將軍出征桂陽王也鼓棹謂行舟也振蕩搖動也蔽虧言旌旗多而蔽障日月之光也出江泒而風翔入京師而雷動善曰典引曰仁風翔于海表曹植任城王誄曰矯矯元戎雷動雲徂楚辭曰雷動電發　良曰分流曰泒風翔言行疾如飛也雷動言威猛也鳴控絃於宗稷流鋒鏃於象魏善曰班固漢書李廣述曰控絃貫石威動北鄰宗宗社也蔡邕獨斷曰天子立宗社曰泰社稷宗社之稷周禮曰太宰縣治象之法于象魏五等論曰鋒鏑流乎絳闕　濟曰鳴控絃謂用弓也宗稷謂宗廟社稷也鋒鏑戰之屬也鏃矢也象魏天子闕也言賊徒至宗廟社稷闕下也雖英宰臨戎元渠

時殄而餘黨寡聚宮廟憂逼五臣本作偪字　善曰英宰謂齊王也元渠謂休範也晉中興書穆帝詔曰實賴英宰淵謀尚書曰殲厥渠魁餘黨謂杜墨蠡也　翰曰英宰謂褚公也戎兵也元渠謂惡逆之首也殄滅也言雖惡首已滅餘黨尚多在於帝城攻劫宮廟猶有憂懼偪迫也

公乃揔熊羆之士率五臣本無率字不貳心之臣戮力盡規克寧禍亂善曰尚書曰先君文武則亦有熊羆之士不二心之臣國語曰戮力一心賈逵曰戮力并力國語曰召康公曰天子聽政忠臣盡規　向曰熊羆言猛烈也克能也寧安也

康國祚於綴旒拯王維於已墜善曰公羊傳曰君若贅旒然贅猶綴也何休曰旒旗旒也　銑曰康安也綴旒冠上垂珠以喻危也拯救也維綱維也

誠由太祖之威風抑亦仁公之翼佐善曰太祖齊王也　銑曰太祖高皇帝裕也仁公即褚公也翼輔也

可謂德刑詳禮義信戰之器也善曰左氏傳曰楚子救鄭軍過申子反入見申叔時曰師其何如對曰德刑詳禮義信戰之器也杜預曰器猶用也　銑曰詳審也言有賞德有刑罪必審而後行禮義爲人所信此可謂戰之器用必勝之道也

以靜難之功進爵爲侯兼授尚書令中軍將軍給班劒二十人功成弗有固秉撝挹善曰老子曰功成而弗居周易曰無不利撝謙韓詩外傳曰孔子曰持滿之道挹而損之晉起居注安帝詔曰灑落成勳固秉謙挹　良曰班劒謂執劒而從行者也弗有謂不受此賜而堅固其志以執撝謙退讓之道也秉執挹讓也

改授侍中中書監護軍如故又以居母艱去官善曰蕭子顯齊書曰淵後嫡母吳郡公主薨毀瘠如初　濟曰此褚公嫡母吳郡公主也

雖事緣義感而情均天屬善曰莊子桑雩謂孔子曰子獨不聞假人之亡與林回棄千金之璧負赤子而趨何與林回曰彼以利合此以天屬者也司馬彪曰假國名也屬連也　翰曰義感謂非所生也天屬猶天性也

顧丁之合禮二連之善喪亦曷以踰善曰禮記曰顧丁善居喪始死皇皇焉如有求而弗得及殯望望焉如有從而弗及鄭玄曰顧丁魯人也居喪合禮禮記孔子曰少連大連善居喪三日不怠三月不解　向曰曷何也踰過也

天厭宋德水運告謝嗣王荒怠於天位彊臣憑陵於荆楚善曰左氏傳鄭伯曰天而既厭周德矣水運宋也射雉賦曰青陽告謝王逸楚詞注曰謝去也沈約宋書曰後廢帝明帝長子諱昱即位搖亂尚書曰商王受荒怠弗敬又伊尹曰天位艱哉沈約宋書曰荆州刺史沈攸之便有異志左氏傳鄭王子伯駢曰今楚馮陵我城郭　銑曰天厭宋德言大亂也宋水德王故云水運盡也言水運告盡者謂宋祚盡彊臣逆亂之臣也憑陵勇貌也荆楚謂荆州刺史沈攸之起兵反也楚荆州也

廢昏繼統之功龕五臣本作戡字亂寧民之德善曰廢昏謂廢帝爲蒼梧王也繼統謂立順帝也蕭子顯齊書曰蒼梧暴虐稍甚及廢公集議袁粲劉秉既不受淵曰非蕭公無以了此手取筆授太祖太祖曰相與不肯我安得辭事乃定順帝立撽太常曰繼統揚業墨子曰夏桀時天乃命湯於鑣宮有神來告曰夏德大亂往攻之予必使汝大戡之崔寔正論曰及其出也足以濟世寧民也　良曰廢昏廢少帝也繼統謂立順帝也戡勝寧安也

公實仰贊宏規參聞神筭善曰潘岳賈充誄曰使夫疑廟定於神筭　濟曰贊佐宏大規模筭計也言有神祕之計策也

雖無受脤音慎出車之庸亦有甘寢秉羽之績善曰毛詩曰我出我車于彼牧矣莊子仲尼謂楚王曰孫叔敖甘寢秉羽而郢人投兵愼子注曰甘寢安寢也　翰曰左傳云國之大事在祀與戎祀有執膰戎有受脤脤祭肉也言天子遣將必賜其胙肉也言其雖無此受脤之功亦有甘寢秉羽之功楚孫叔敖甘寢秉羽而郢人投兵也羽舞羽也言其但安寢以脩禮樂而有折衝千里之勝

乃作司空山川攸序兼授衛五臣本有將字軍戎政輯音集睦善曰禮記曰司空執度度地居民山川沮澤也牽秀皇甫陶碑曰帝命既允戎政以閑左氏傳隨武子曰楚卒乘輯睦事不奸矣　向曰司空以度山川居其人也攸所也言其有所次序也戎政軍陣之法也輯集也睦和也

既而齊德龍興順皇高禪善曰沈約宋書曰順帝諱準字仲謀明帝第三子廢帝殞奉迎入居朝堂即位後四年禪位于齊帝遜位于東邸孔安國尚書序曰漢室龍興　向曰齊太祖蕭諱道成受宋禪即皇帝位順皇宋順帝禪謂讓位與齊也

深達

先天之運匡贊奉時之業善曰周易曰夫人者與天地合其德先天而天弗違後天而奉天時　良曰易云先天而天弗違後天而奉天時匡正贊佐也弼諧允正徽猷弘遠善曰尚書曰允迪厥德謨明弼諧毛詩曰君子徽猷小人與屬　濟曰弼輔諧和允信徽美猷道弘大也樹之風聲著之話胡怪反言善曰左氏傳君子曰古之王者並建聖哲樹之風聲著之話言　翰曰話言善言也亦猶稷契之臣虞夏荀裴之奉魏晉善曰魏志曰太祖封荀攸亭侯轉爲中軍師魏國初建爲尚書令臧榮緒晉書曰裴秀字季彥河東人也常道鄉公立與議定策遷尚書僕射及世祖受禪進左光祿大夫　向曰稷契二臣名佐舜禹以致和平之化也魏臣荀攸爲尚書令晉臣裴秀爲左光祿大夫並有大功於國自非坦懷至公永監崇替善曰國語藍尹亹謂子西曰吾聞君子惟獨居思念前世之崇替於是乎有歎韋昭曰崇終也替廢也　銑曰坦平監視崇興替廢也孰能光輔五君寅亮二代者哉善曰左氏傳曰楚屈建語康王晉范會之德康王曰神人無怨宜夫子之光輔五君以爲諸侯主也五君宋文明順齊高武然此武猶未立蓋終言之尚書曰寅亮天地弼予一人　銑曰五君謂宋文帝明帝順帝齊高帝武帝也寅敬亮信也二代謂齊宋也大啓南康爰登中鉉時膺土宇固辭邦教善曰蕭子顯齊書曰建元元年進位司徒侍中中書監如故改封南康郡公邑三千戶淵固讓司徒毛詩曰大啓爾宇毛萇曰宇居也東京賦曰廣啓土宇周易曰鼎金鉉鄭玄曰金鉉喻明道能舉君之官職也鄭玄尚書注曰鼎三公象也　良曰齊建元中改封南康郡公進位司徒故云大啓南康中鉉則司徒之位也膺受也時受土宇謂封南康公也固辭邦教謂再讓司徒也司徒掌邦教故云固辭邦教也今之尚書令古之冢宰雖秩輕於袞司而任隆於百辟善曰蕭子顯齊書曰淵尋加尚書令本官如故周禮曰乃立天官冢宰而掌邦治鄭玄曰爾雅曰冢大也冢宰大宰也袞司三公也毛詩曰百辟其形之　濟曰此又加授尚書令也周官冢宰掌邦教之理也則與今尚書令同也雖品序輕於三公而任已盛於百官也秩序也袞司三公也百辟百官也暫逡沖旨改授朝端善曰晉起居注曰帝詔曰若不少順沖旨降損盛制晉中興書謝石上跡曰尸素朝端忽焉五載　翰曰沖深也旨意也言淵改尚書令暫與遂天子深意改授司徒以爲朝臣之首也端首也邇無異言遠無異望善曰劉琨勸進表曰是以邇無異言遠無異望　向曰愜衆心故也帝嘉茂庸重申前冊善曰蕭子顯齊書曰二年重申前命爲司徒　銑曰嘉善茂盛庸功也重申前冊謂復將授司徒也執五禮以正民簡八刑而罕用善曰周禮曰掌邦禮以佐王和邦國鄭玄曰禮謂典禮五吉凶賓軍嘉也孔安國尚書傳曰簡略也　良曰五禮吉凶賓軍嘉也八刑一曰不孝之刑二曰不義之刑三曰不姻之刑四曰不悌之刑五曰不任之刑六曰不恤之刑七曰造言之刑八曰亂人之刑罕希也言希用者寬而中也故能騁績康衢延慈哲后義在資敬情同布衣出陪鑾蹕入奉帷殿善曰登樓賦曰假高衢而騁力鄧耽郊祀賦曰伊皇母以延慈孝經曰資於事父以事君而敬同晉中興書庾亮上疏曰先帝謬顧情同布衣　濟曰績功也康衢道路也延招哲智后君資用也能騁功於道路慈愛於聖君義在用謹敬之心與君相親知布衣之交也出則陪帝居入則奉帝帷殿也鑾天子法駕也蹕蹕也仰南風之高詠餐東杼古序字五臣本作野亦作序之祕寶善曰家語曰舜彈五絃之琴造南風之詩王隱晉書庾峻曰知足如陳廣在列位而居東野東野未詳一曰雒書靈准聽曰顧命云天球河圖在東序天球寶器也河圖今紀圖帝王終始存亡之期典引曰御東序之祕寶然野當爲杼古序字也以是圖緯故曰餐餐美也　翰曰舜彈五絃琴以歌南風之詩言其仰奉明君如仰舜德故也餐猶美也顧命云天球河圖在東序此寶器帝王之美瑞故致在東序美聖明之時故託美此寶　野當爲序此云野者當書寫之誤也雅議於聽政之晨披文於宴私之夕善曰禮記曰君日出視朝退適路寢聽政王廙思逸民賦曰左披文以遊話講六藝之宏數毛詩曰諸父兄弟備言燕私　向曰雅正也披文謂與天子作文章宴私謂去君臣之禮參以酒德間以琴心善曰劉劭有酒德頌列仙傳曰涓子作琴心三篇　銑曰參雜也暖有餘暉遙然留想善曰暖溫貌莊子曰暖然似春遙然流想所慮者深也　良曰暖光也餘暉天子恩光及之遙遠也

留想謂遠相想危之理君臣相戒也君垂冬日之溫臣盡秋霜之戒善曰言君垂恩有如冬日而臣戒懼常若秋霜鄧析子曰爲君者若冬日之陽夏日之陰荀悅申鑒曰士怒如秋霜　良曰冬日之溫謂君恩及之柔和而愛也秋霜蒙寵彌加畏懼如對秋霜凜然也肅肅焉穆穆焉於是見君親之同致知在三之如一善曰爾雅曰穆穆肅肅敬也國語武公伐翼殺哀侯止欒共子曰苟無死吾子見之令子爲上卿辭曰成聞之人生於三事之如一父生之師敎之君食之非食不長非敎不智生之族也故一事之惟其所在則致死矣　濟曰肅肅敬也穆穆美也言臣敬其君君美其臣也於是見其人事君事親愛敬同如一謂親生之師敎之君食之非食不生非敎不成雖在三如一也太祖升遐綢繆遺寄善曰蕭子顯齊書曰太祖崩遺詔以淵録尚書事禮記曰天子崩告喪曰天王登遐西征賦曰武皇忽其升遐也　翰曰升遐天子崩也避言其死故言升遐若升仙而遠遊者也綢繆密意也遺寄謂詔託以後事以輔帝室也以侍中司徒録尚書事五臣無事字稟玉几之顧奉綴

衣之禮善曰尚書顧命曰皇后憑玉几道揚末命又曰出綴衣於庭越翼日乙丑王崩　向曰周成王將崩命召公畢公將顧託後事王憑玉几以告命焉綴衣幄帳也言褚公承后既退徹出幄帳于庭也亦奉此禮以輔少帝也稟受也擇皇齊之令典致聲化於雍熙善曰左氏傳隨武子曰爲敖爲大宰擇楚國之令典東京賦曰上下共其雍熙　銑曰皇大雍和熙廣也內平外成寶昭舊職善曰左氏傳太史克曰舜舉八元布五敎于四方內平外成又晏禽曰桓公糾合諸侯寶昭舊職增給班劒三十人善曰晉公卿禮秩曰諸公給虎賁二十人持劒焉　良曰內執權衡以平外則奉成其政實所謂不曠其官昭明舊職也物有其容徽章斯允位尊而禮卑居高而思降善曰左氏傳臧哀伯曰事有其物物有其容禮記曰殊徽號鄭玄曰徽號旌旗之名也又曰以爲旗章以別貴賤鄭玄曰章幟也　濟曰徽美章明也言其能備行禮物皆有容故美道明德於此宜矣人位尊志謙而能卑禮於人居高慮危心思退下謂欲告病而歸也自夏徂秋以疾陳退朝廷重違謙

光之旨用申超世之尚善曰周易曰謙尊而光卑而不可踰晉起居注安帝詔曰今權順所請以申超世之美也　翰曰陳請也言其疾病請退歸也朝廷謂天子也重難也旨意也言公請退位而天子難違謙光之意故用申超世高尚之事遂其所請也改授司空領驃騎大將軍侍中録尚書如故善曰蕭子顯齊書曰淵寢疾上相星連有變淵憂之表遜位乃改授司空領驃騎將軍侍中録尚書如故　向曰言以此官退歸也旻命不永大漸彌留善曰蔡邕楊公誄曰功成化洽旻命有頹尚書曰降年有永有不永又曰疾大漸惟幾病日臻既彌留　銑曰旻天永長也大漸彌留謂病甚也建元四年八月二十一日薨于私第春秋四十有八昔柳莊疾棘衛君當祭而輟禮五臣本作祀晏嬰既往齊君趨車五臣本作齊侯趨車而行哭善曰禮記曰衛有太史曰柳莊寢疾公曰若疾革雖當祭必告也公再拜稽首請於尸曰臣有柳莊也非寡人之臣社稷之臣聞之死請往不釋服而往遂以襚之晏子曰齊景公遊于菑聞晏子死公擊騶而馳自以爲遲下車而趨知不如車之速則又乘之比至國四下而趨至則伏尸而哭曰百姓誰復於我惡邪韓詩外傳曰趨車馳馬也　良曰棘盛也衛有大史柳莊疾盛衛公當祭於廟聞之輟祭而視之齊有晏嬰死齊侯外遊而聞之下車行哭也公之云亡聖朝震悼於上群后五臣本作臣字恇音匡慟於下豈惟哀纏一國痛深一主而已哉善曰鄭玄禮記注曰恇恐也言萬國同慼豈如柳莊晏嬰事止一國一主而已哉李蕭遠運命論曰區區於一主歎息於一朝　濟曰聖朝天子也震動也群后謂百官諸侯也恇恐也言諸公亡天子驚悼於上百官及天下諸侯皆恐動於下豈如柳莊晏嬰哀纏一國痛深一主而已哉追贈太宰侍中録尚書如故給節羽葆鼓吹五臣本作增字班劒爲六十人謚曰文簡禮也翰曰節信也貴臣行者以執之羽葆以鳥毛爲幢隨柩之儀飾也班劒不劒無刃假作劒形畫之以文故曰班也夫秉德而處萬物不能害其貞五臣本作身字善曰莊子曰夫

乘道德而浮遊則不然無譽無訾浮遊乎萬物之祖物物而不物於物則胡可得而累邪　向曰乘據也言人據守其德以處於時萬物不能害其身正之心也　**虛己以遊當世不能擾其度**　善曰莊子曰方舟而濟於河有虛舟來觸舟雖有褊心之人不能怒人能虛己以遊於世其孰能害之　銑曰虛己謂自下其身而游於世當世之人何能亂其度量擾亂也　**均貴賤於條風忘榮辱於彼我然後可**五臣本有以字**兼善天下聊以卒歲**　善曰淮南子曰夫貴賤之於身也猶條風之時麗也毀譽之於己猶蚊虻之一過也莊子肩吾問於孫叔敖曰子三為令尹而不榮華三去之而無憂色何也孫叔敖曰不知其在彼乎其在我乎其在彼邪亡乎我在我邪亡乎彼何暇至乎人貴人賤哉孟子曰古之人窮則獨善其身達則兼善天下者也家語孔子歌曰優哉游哉聊以卒歲　良曰條風東北風也淮南子云貴賤之於身也猶條風非過言不常也心忘其榮辱者則不以彼辱為辱不以我榮為榮言齊也卒終也　**經始圖終式免祇悔誰云克備公實有焉**　善曰儲公家風詩曰經始復圖終莫宇營丘園周易曰無祇悔　濟曰經理圖謀式用祇大克能也言理事於始謀身於終用免大悔者誰云能備此事褚公實有之　**是以義結君子惠霑庶類言象所未形**五臣本作刑**述詠所不盡**　善曰國語曰夏禹能平水土以品處庶類者也謝靈運答綸書曰至理深玄非言象所喻也　向曰庶眾也公之美德言而狀之者非所能見也述而詠之者非所能盡也　**故吏某甲等感逝川之無捨哀清暉之眇默**　善曰論語子在川上曰逝者如斯夫不捨晝夜傅咸贈何劭王濟詩曰二離揚清暉眇默遠貌也楚辭曰路眇眇之默默　銑曰感流川日夜不捨亦如人命一盡不生也清暉義形也眇默言求從幽冥不復見也　**餐輿誦於丘里瞻雅詠於京國**　善曰左氏傳曰子產為政輿人誦之曰子產若死其誰嗣之　良曰餐聽也輿誦謂輿臺賤者之言也丘里田里之間也春秋云鄭子產為政輿人誦之子產若死其誰嗣之雅詠謂韻其德音之聲也　**思衛鼎之垂文想晉鍾之遺則**　善曰禮記衛孔悝鼎銘曰公曰叔舅予與汝銘若纂乃考服國語晉悼公曰昔克路之役秦來圖敗

晉功魏顆以其身卻退秦師于輔氏親止杜回其勳銘于景鍾韋昭曰景鍾景公鍾也　濟曰衛大夫孔悝有大功銘之於鼎垂文則銘之字也晉大夫魏顆死銘功於景鍾則法也　**方高山而仰止刊玄石以表德**　善曰毛詩曰高山仰止禰衡顏子碑曰刀刊玄石而旌之　翰曰言故吏仰公之德比之高山而仰之刊刻也玄者石之色也表見也　**其辭曰**

辰精感通昴靈發祥　善曰爾雅曰大辰房心尾也王逸楚辭注曰辰星房星也春秋元命苞曰殷紂之時五星聚房房者蒼神之精周據而興齊木德故曰辰精春秋佐助期曰漢將蕭何昴星生於豐通於制度毛詩曰長發其祥　向曰辰星土水也感運謂齊水德也蕭何稟昴星而生齊帝則蕭何後也先言齊帝者欲明君臣相合之義　**元首惟明股肱惟良**　善曰言君感辰精而王故曰惟明臣感昴宿以生故曰惟良也尚書大傳曰元首明哉股肱良哉元首君也股肱臣也　銑曰元首君也股肱即褚公也良善也　**天鑒**五臣本作監**璿曜踵武前王**　善曰言君能鑒照璇璣七曜之道踵武前王而受禪也毛詩曰天監在下有命既集尚書曰在璿璣玉衡以齊七政璇與璿同七政七曜楚辭曰及前王之踵武　良曰尚書云在璿璣玉衡以齊七政七曜也踵繼武跡也前王謂先代明王言齊能監七政之道繼跡前代之王也　**欽若元輔體微知章**　善曰言臣能敬順元輔大臣之義體微知章而匡贊之也尚書曰欽若昊天班固涿邪山文曰毗毗將軍大漢元輔周易曰君子知微知章　濟曰欽敬若順也元輔即褚公也言其體機微之事以見其明也章明也　**永言必孝因心則友**　善曰毛詩曰永言孝思孝思惟則毛詩曰因心則友　翰曰孝友之道因心而生不在於外也　**仁洽兼濟愛深善誘**　善曰莊子仲尼謂老聃曰兼愛無私此仁之情也論語顏淵曰夫子循循然善誘人也　向曰誘進也　**觀海齊量登嶽均厚**　善曰班彪覽海賦曰觀滄海於茫茫海賦曰爾其大量也莊子曰淵淵乎其若海也郭象曰容姿無量也法言曰登東岳而知眾山之峛崺莊子老聃曰至人若地之自厚家語齊大夫子與適魯見孔子曰乃今而後知泰山之為高海淵之為大　銑曰言其道德深高如觀海登岳齊均其器量厚德也　**五臣茲**五臣本作兼**六八元斯九**　善曰呂氏春秋

曰武王之佐五人髙誘曰周公旦召公奭太公望畢公髙蘇公忿生也潘岳魯武公誄曰昴昴公侯實天誕育八元斯九五臣茲六　良曰周有五賢臣兼褚公此爲六也堯有八元亦賢臣也兼褚公此爲九也**内謩帷幄外曜台階**善曰東觀漢記世祖策曰前將軍鄧禹與朕謀謨帷幄黃帝泰階六符經曰泰階者天之三階也上階爲天子女主中階爲諸侯公卿大夫下階爲元士庶人漢書音義三階三台也范曄後漢書郎顗曰三公上應三台　濟曰謩謀也台階星名三公位也曜星光也**遠無不肅邇無不懷**善曰國語祭公謀父曰近無不聽遠無不服阮嗣宗勸晉王牋曰遠無不服邇無不肅　翰曰肅成也懷來也**如風之偃如樂之諧**善曰論語曰草上之風必偃左氏傳曰晉侯以樂之半賜魏絳曰子教寡人和諸戎狄以正諸華八年之中九合諸侯如樂之和無所不諧請與子樂之　向曰諧和也**光我帝典緝彼民黎**善曰劇秦美新曰帝典闕而不補銑曰緝理也**率禮蹈謙諒實身幹**善曰南郊賦曰率禮無違周易曰履道坦坦幽人貞吉王弼曰履道尚謙而二以陽處陰履於謙也左氏傳曰晉侯使郤錡來乞師將事不敬孟獻子曰郤氏其亡乎禮身之幹也敬身之基也　良曰蹈履也諒信也幹用也言信實之行用之於身**跡屈朱軒志隆衡館**善曰尚書大傳曰未命爲士不得乘朱軒衡館衡門之館也　濟曰言其道尚幽閑而屈跡來仕也朱軒貴士之車也衡館衡門也謂隱逸處橫木爲門也**眇眇玄宗萋萋辭翰義旣川流文亦霧散**善曰蔡邕何休碑曰辭述川流文章雲浮孝經鉤命決曰雲委霧散　翰曰眇眇深遠皃玄宗道也萋萋茂盛皃言辭翰盛如草華也言好道義如川流也文章之盛又若霧散言多也**嵩構云頹梁陰載鈌**善曰禮記曰孔子早作負手曳杖逍遙於門歌曰泰山其頹乎向曰嵩高山中岳也梁陰梁木也載則缺壞也言褚公亡如高山之頹墜梁木之摧折**德猷靡嗣儀形長遠**成列反協韻五臣作逝　善曰德猷令德徽猷也儀形容儀形體也鄭玄春秋緯注曰遞去也音逝銑曰猷風也靡無逝往也**怊悵餘徽緢洋遺烈**善曰楚辭曰心怊悵以永思　良曰怊悵悲恨皃徽美也緢洋德音也列盛也**久而彌新用而不竭**善曰典引曰翊遺風播芳烈久而愈新用而不竭　翰曰彌益也竭盡也言其美德遺聲久而益新用之者不可窮盡也

卷終

六臣註文選卷第五十九

碑文下

頭陀寺碑文一首

善曰天竺言頭陀此言斗藪斗藪煩惱故曰頭陀

王簡栖　善曰姓氏英賢錄曰王巾字簡栖琅邪臨沂人也有學業爲頭陀寺碑文詞巧麗爲世所重起家郢州從事征南記室天監四年卒碑在鄂州題云齊國錄事參軍琅邪王巾制　濟曰姓氏英賢錄云王巾字簡栖琅邪臨沂人也齊朝起家郢州從事後爲輔國錄事參軍

蓋聞挹朝夕之池者無以測其淺深仰蒼蒼之色者不足知其遠近善曰家語曰孔子觀於魯桓公之廟有欹器焉使弟子挹之水毛萇詩傳曰挹㪺也枚乘上書吳王曰游曲臺臨上路不知挹朝夕之池桓子新論子貢謂齊景公曰臣之事仲尼譬如渴而操杯就江海飲飲滿而去又焉知江海之深乎挹於入切㪺勾愚切莊子曰天之蒼蒼其正色耶其遠而無所至極耶韓詩外傳子貢謂景公曰臣終身戴天不能知其高　翰曰挹酌也朝夕池海也蒼蒼之色天也**況視聽之外若存若亡心行之表不生不滅者哉**善曰僧肇涅槃論曰視聽之所不暨曰空之所昏昧管子曰聖人之道若存若亡援而用之沒代不忘竺道生曰心行心所行之行也維摩經曰畢竟不生不滅是無常義也　向曰目無所見故若存若亡心無所繫故不生不滅也**是以掩室摩竭用啓息言之津**善曰華嚴經曰佛在摩竭提國寂滅道場始成正覺法華經曰寂滅無言也僧肇論曰釋迦掩室於摩竭鄭玄論語注曰津濟渡水之處　良曰掩室謂斂心入靜也華嚴經云佛在摩竭提國處寂滅道場此言斂心於摩竭之國用開不言之道也**杜口毗邪以通得意之路**善曰至理幽微非言說之所及掩室摩竭示寂滅以息言杜口毗邪現默然而得意維摩經曰佛在毗邪離菴羅樹園佛告文殊師利汝行詣維摩詰問疾文殊師利問維摩詰何等是菩薩入不二法門時維摩嘿然無言文殊師利嘆曰善哉

善哉乃至無有文字語言是眞入不二法門僧肇論曰浮名杜口於毗邪莊子曰言者所以在意也得意而忘言也銑曰杜口謂不言也餘同善注然語彞倫者必求宗於九疇談陰陽者亦研幾於六位善曰眞諦無言俗諦借言以明理故此明言之用也尚書武王訪于箕子曰我不知彞倫攸敘周易曰夫易所以極深研幾也又曰分陰分陽迭用柔剛故易六位而成章王弼曰六位爻之丈也濟曰彞常倫理也言欲語理人之常理者必求事於九疇疇類也九類一曰五行二曰五事三曰八政四曰五紀五曰皇極六曰三德七曰稽疑八曰庶徵九曰五福翰曰六位易卦之六爻也是故三才既辨識妙物之功萬象已陳悟太極之致善曰此顯言之功也周易曰易有天道焉有人道焉有地道焉兼三才而兩之故六又曰神者妙萬物而爲言者也孝經鉤命決曰地以舒形萬象咸載聲類曰悟心曰解周易曰易有太極是生兩儀向曰三才天地人也翰曰太極天地之始言之不可以已其在茲乎善曰言所以識物悟太極者皆藉言明之不可止者其在此乎左氏傳叔

向謂駿萇曰子若無言吾幾失子矣言之不可以已也如是良曰已止也言廣大無窮故不可止然爻繫所筌窮於此域善曰爻六爻也繫繫辭也因爻以立辭亦因辭以明理也故爻繫之所明窮生死於此域也莊子曰筌所以得魚得魚而忘筌筌捕魚之笱莊子以之喻言大智度論曰二乘以生死爲此岸銑曰繫繫辭也筌期也此域謂道也則稱(去)謂所絕形乎彼岸矣善曰至如涅盤妙旨非言說之所能明故稱謂所絕現於涅盤之彼岸矣僧肇論曰玄極無名稱謂絕焉鄭玄禮記注曰稱猶言也王逸楚辭注曰說謂也涅盤經曰心無退轉即便前進既前進已得到彼岸登大高山離諸恐怖多受安樂彼岸山者喻於如來受安樂者喻於常住大高山者喻大涅盤也大智度論曰亦以涅盤爲彼岸也翰曰稱謂名號也言天道無名故名號絕彼岸謂覺悟也彼岸者引之於有則高謝四流推之於無則俯弘六度善曰彼岸絕乎稱謂者若引之而入有則去四流而現無若推之而入無則弘六度以明有僧肇維摩經注曰不可得而有不可得而無者其唯大乘乎何則欲言其有無相無名欲言其無方

德斯行故雖無而有無相無名故雖有而無然則言有不乖無言無不乖有也魏都賦曰高謝萬邦大智度論曰欲流有流無明流有見流三國名臣頌曰俯弘時務瑞應經曰行六度無極布施持戒忍辱精進一心智慧諸經以一心爲禪也向曰謝去也四流謂欲流有流無明流有見流六度者布施以廣仁義也持戒以守信也忍辱以爲謙也精進以思敬也禪定以守靜也智慧以通其理也名言不得其性相隨迎不見其終始善曰法離有無豈名言之所得法無形象豈隨迎之可見維摩經維摩詰曰法無名字言語斷故法無形相如虛空故法同法性入諸法故法相如是豈可說乎竺道生曰法性者法之本分也法相者事之貌也老子曰隨之不見其後迎之不見其首良曰其道廣大名之言之亦不得知其體性質相者也隨而求之迎而望之又不可見其終始之所由也不可以學地五臣本作識智字知不可以意生及其涅槃之蘊也五臣本作乎字善曰妙法蓮花經曰昔住學地佛常教化言我法能離生老病死究竟涅盤勝鬘經曰音生身無偏業生依無明住學地謂三果意生謂菩薩言能變化生死隨意往生法華經曰諸佛弟子衆皆如

舍利弗盡思共度量不能測佛智不退諸菩薩亦復如是不能知周易曰乾坤其易之蘊邪韓康伯注曰蘊淵奥也濟曰言不可以識智廣博而達其理不可以習意所生以及其事者寂滅之道積之也涅槃寂滅也蘊積也夫幽谷無私有至斯響洪鍾虛受無來不應善曰周易曰入于幽谷幽不明也尚書大傳孔子曰夫山生材用而無私爲焉四方皆伐無私與焉論衡曰呼於坑谷之中響立應禮記曰善待問者如撞鍾叩之以小者則小鳴叩之以大者則大鳴劉熙釋名曰鍾空也內空受氣多故聲大也文子曰虛無不受靜無不持牽秀相風賦曰故無來而不應兮向適莫之足要翰曰幽深之谷本無情有聲至則必荅之以響大鍾虛其體以受扣扣來無不應之以聲佛道於物亦如是無私也況法身圓對規矩冥立善曰圓對謂有感斯對而無不周也勝鬘經曰涅槃界者即是如來法身僧肇論曰法身無像應物以形千難殊對而不于其慮禮記曰古之君子周旋中規折旋中矩僧肇維摩經序曰冥權無謀而動與事會銑曰阿毗達摩二義一名無比法一名對法也圓對蓋謂無滯閡也冥立謂與冥昧之道相會而立也一音稱物宮商潛

運善曰維摩經曰佛以一音演說法衆生隨類各得解周易曰稱物平施漢書曰聲者宮商角徵羽也良曰言道合萬物是以如來利見迦維託生王室善曰如來佛號謝靈運金剛般若經注曰諸法性空理無乖異謂之爲如會如解故名如來竺道生維摩經注曰如者謂如與如冥無復有如之理從此中來故曰如來瑞應經曰菩薩下當世作佛託生天竺迦維羅衞國父王名曰靜夫人曰妙迦維羅衞者天地之中央周易曰利見大人左氏傳曰會于鮑謀王室也向曰菩薩下當作佛託生天竺迦維羅衞國王爲子也憑五衍之軾拯溺逝川善曰僧肇論曰聘六通之神驥乘五衍之安車五衍五乘天竺言衍此言乘五乘一人二天三聲聞四辟支佛五菩薩今碑本以爲憑四衢之軾蓋梁代諱衍故改焉左氏傳曰楚子玉使鬬勃謂晉侯曰請與君之士戲君憑軾而觀之說文曰出溺爲拯論語曰子在川上曰逝者如斯銑曰如來乘五衍之安車五衍五乘也軾車上橫木也拯拔也言人爲不善有如逝川之流日夜不止而如來化拔之使濟矣開八正之門大庇交喪善曰維摩經曰雖行八正道而樂行無量佛道是菩薩行僧肇論曰啓八正之平路坦衆聖之夷塗大品經說八正曰正見正思惟正語正業正命正精進正念正定爾雅曰庇蔭也莊子曰世喪道矣道喪世矣世與道交相喪也翰曰一正見二思惟三正語四正業五正命六精進七正念八正定言如來開此八者大蔭其人交喪失於道者也於是玄關幽鍵感而遂通遙源濬五臣本作浚波酌而不竭善曰玄關幽鍵喻法藏也謝靈運金剛般若經注曰玄關難啓善鍵易開戴逵棲林賦曰幽關忽其離鍵玄風暖以雲頹字林曰鍵門距周易曰寂然不動感而遂通天下之故非天下之至神孰能與於此遙源濬波喻法海也文子曰取焉而不損酌焉而不竭莫知其所由也銑曰玄幽謂道之深邃也關鍵皆所以閉拒於門者言如來說喻微妙道門遂通如長源深水酌取不竭也浚深也行不捨之檀而施去聲洽羣有善曰夫心愛衆生而行捨者捨則增愛非爲實捨故大士之捨見不施之捨若及於衆生斯爲不捨以茲而施故羣有俱洽大品經曰不施不慳是名檀波羅蜜僧肇論曰賢劫稱無捨之檀成具美不爲之爲也天竺言檀此言布施波羅蜜此言到彼岸也君羣有謂有色無色有想無想以其不一故曰羣有也僧肇維摩經注曰鏡羣

有以通玄而物我俱一良曰捨止也檀惠也洽徧也羣有謂萬物唱無緣之慈而澤周萬物善曰夫行慈者以衆生爲緣衆生爲緣則慈無所寄故大士之慈離於衆相離相行慈名爲無緣無緣生慈是爲眞實以斯而唱則物無不周涅槃經曰得諸菩薩無緣之慈僧肇論曰禪典唱無緣之慈思益演不知之知涅槃經曰無緣者不住法相反衆生相繹道安曰解從緣散周易曰智周萬物而道濟天下向曰大事之慈空中而行空中行慈故爲無緣之慈演勿照之明而鑒窮沙界善曰天以明照物明盡則照窮而勿照之明猶無得之得無得而得斯爲眞得故勿照之明斯爲眞明矣演眞明而廣照何止鑒窮沙界乎僧肇論曰至人虛心實照理無不統而靈鑒有餘金剛般若經曰諸恒河所有沙數佛世界如是寧爲多不濟曰演廣勿無也大聖無私萬品無有不盡照者故以無私照之明而鑒極於沙數之界導亡機之權而功濟塵劫善曰機謂機心也權方便也夫以機心導物物斯以機心應之物有機心則結累斯起故誘以無機之智何止功濟塵劫乎僧肇論曰至人灰心滅智內無機照之勳辯亡論曰魏氏功濟諸華法華經曰如人以力摩三千大千土復盡末爲塵一塵爲一劫此於微塵數其劫復過是翰曰導引也亡無也若聖人以有機之權人人以機應則多惑矣引以無機故不亂焉是功濟於微塵數劫矣劫猶世也時義遠矣能事畢矣善曰周易曰天下隨時隨時之義大矣哉又曰四營而成易十有八變而成卦天下之能事畢矣然後拂衣雙樹脫屣金沙善曰左氏傳曰叔向拂衣從之涅槃經曰佛在拘尸那國力士生地阿利羅拔提河邊娑羅雙樹間爾時世尊臨涅槃史記武帝曰嗟乎吾誠得如黃帝吾視去妻子如脫屣耳拔河一名金沙河也銑曰言如來演行聖化功濟微塵拂衣於娑羅樹間脫屣於金沙池中將歸乎涅槃示有所終也樹謂娑羅樹也屣履也惟怳惟惚五臣作忽不皦不昧莫繫於去來復歸於無物善曰老子曰道之爲物惟怳惟惚王弼曰怳惚無形不繫之貌也又曰一者其上不皦其下不昧繩繩不可名復歸於無物鍾會曰光而不耀獨而不昧繩繩兮其無繫泥泥乎其無薄也微妙難名終歸於無物維摩經曰法無去來常不住故僧肇曰法若住則從未到現在從現在未過去遙三世則有去來也以法不常住故也向曰怳惚不明貌言如來之道

不明不昧無所從來亦無所去身歸涅槃復無質也物質也因斯而談則棲遑大千
無爲之寂不撓焚燎堅林不盡之靈無歇大矣
哉善曰荅賓戲曰聖哲治之棲遑大千者謂一三千界下至阿毗地獄上非想天爲一世界千世界爲小千世界千小
世界爲中千世界至千中千世界爲大千世界維摩經曰夫出家者爲無爲法瑞應經曰吾虛心樂靜無爲無欲僧肇維
摩經注曰寂謂寂滅常靜之道廣雅曰撓亂也乃飽切涅槃經曰佛以千疊纏裹其身積衆香木以火焚之僧祇律曰如
大涅槃經說世尊向熈連禪河力士生地堅固林雙樹間般涅槃於天冠荅邊闍維僧肇維摩經注曰無實相無法常住
故盡法華經曰方便見涅槃而實不滅度常住此說法也良曰棲遑謂游處也撓亂也如來游處於三千大千世界雖
行其化而無爲之心寂然不動終無亂也濟曰焚燎火也堅林謂衆木也佛以千張白疊纏身積衆香木以火焚之其
質雖盡其聖靈虛空不可盡歇也正法既没象教陵夷善曰曇無羅讖曰釋迦佛正法
任世五百年像法一千年末法一萬年論語曰文王既没漢書張釋之曰秦陵夷至于二世天下土崩翰曰正法既没

謂如來已入涅盤也象教謂爲形象以教人也陵夷頹壞也穿鑿異端者以違方
爲得一善曰孔安國論語注曰妄作穿鑿以成文章不知所以裁製論語子曰攻乎異端斯害也已謝宣遠
贈靈運詩曰違方往有悉杜預左氏傳注曰方法也云得一者鍾會曰一亦道也向曰正法既没人多穿鑿異端競起
違於大法以色相執理以音聲求眞自以爲得道矣方法也一道也順非辯僞者比微言
於目論善曰禮記曰言僞而辯順非而澤維摩經曰於衆言中微妙第一僧肇論曰采微言於聽表史記曰
齊威王使說越王齊使曰幸也越之不亡也吾不貴其用知之如目見毫毛而不自見其睫今知王晉之失計不自知越
之過是目論也銑曰意順於非法以爲是曰辯其僞理以爲眞者則比微妙之聖言於目前狹論也於是
馬鳴幽讚龍樹虛求並振頹綱俱維絕紐善曰摩訶
摩耶經曰正法衰微六百歲已九十六種諸外道等邪見競興破滅佛法有一比丘名曰馬鳴善說法要降伏一切諸外
道輩七百歲已有一比丘名曰龍樹善說法要滅邪見幢燃正法炬周易曰幽贊於神明而生蓍王弼曰幽深贊明也陸

機大將軍宴會詩曰頹綱既振謝莊爲沈慶之荅劉義宣書曰皇綱絕而復紐區夏墜而更維說文曰紐系也翰曰幽
讚謂遠助佛化虛求謂虛心以求道言此二比丘能整頹壞之綱紀繫絕毀之紐帶振整也言大法之要如人衣有紐帶
也蔭法雲於眞際則火宅晨涼善曰華嚴經曰不壞法雲徧覆一切
劉蚪法華經注曰雲譬應身則殊形並現順機不徧此則彌布徧覆之義也維摩經曰同眞際等法性不可量肇師曰眞
際實際法華經曰三界無安猶如火宅衆苦所燒我皆拔濟之向曰華嚴經云不壞法雲徧覆一切法華經云三界無
安猶如火宅衆苦所燒也言馬鳴龍樹二比丘能行正法以濟衆物如雲蔭眞境火宅之難乃凉也際境也曜
慧日於康衢則重昏夜曉善曰劉蚪曰菩薩貪淨照均明兩故曰慧日又曰諸
子安穩得出皆於四衢露坐爾雅曰四達謂之衢五達謂之康頭陀經心王菩薩曰我見覆蔽飲雜毒酒重昏長寢云何
得悟慈心示語使得開解翰曰法華經云慧日大聖尊久乃說是法康衢道也言二比丘演說佛化萬物見明如日照
於道重深昏暗之處夜中亦曉故能使三十七品有樽俎之師善曰

言義徒精銑有樽俎之深謀維摩經曰於諸見不動而修行三十七品是爲宴坐僧肇曰諸見六十二諸見妄也竺道生
曰正觀則三十七品也羅什曰三十七品二乘通大品經說三十七道品曰四念處四正勤四如意足五根五力七覺分
八正道分銑曰大品經三十七品言此諸品爲佛法之要而二比丘與行此法以伏外道亦如晏子於樽俎之間而折
晉軍也晉欲伐齊使覘之齊饗使者使者將亂齊樂而晏子太師知之使還報曰齊不可伐也孔子聞之曰不出樽俎之
間折衝千里之外者晏子之謂也九十六種無藩籬之固善曰邪黨分崩無藩
籬以自固羅什維摩經注曰摩訶秦言無大亦言勝大能勝九十六種論議辯云論曰城池無藩籬之固良曰九十六
種謂外道破滅佛法也一爲說喻其心皆伏悉無障閡若無草木藩籬之固豁然以通既而方廣東
被教肆南移善曰華嚴經題云大方廣佛華嚴經孔安國尚書傳曰被及也周易曰君子以教思
無窮濟曰方廣佛號也教肆謂教人習法也肆習也周魯二莊親昭夜景之
鑒漢晉兩明並勒丹青之飾善曰顧微吳縣記曰佛法詳其始而典籍亦無

聞焉魯莊七年夜明佛生之日也左氏傳曰莊公七年四月辛卯夜恒星不見夜明也史記曰周桓王崩子莊王佗立十五年莊王崩左氏傳莊公三年葬桓王然則周莊王魯莊公爲同時也瑞應經曰到四月八日夜明星出時佛從右脅墮地即行七步牟子曰漢明帝夢見神人身有日光飛在殿前以問羣臣傅毅對曰天竺有佛將其神也後得其形像向法盛晉書曰彭城王紘以肅祖明皇帝好佛手書形像經歷寇難而此堂猶在宜成作頌蔡謨云今發王命稱先帝好佛於義有疑張綱集曰盡功金石圖形丹青 向曰周莊王魯莊公時夜恒星不見謂夜明也乃佛生之日也 銑曰漢明帝晉明帝故稱兩明皆圖畫佛像以崇其法也**然後遺文間**去**出列刹**察**相望**善曰遺文謂經也史記曰天下遺文靡不畢集太史公曰漢興詩書往往間出孔安國尚書傳曰三山言相望也 翰曰列刹佛塔也**澄什結轍於山西林遠肩隨乎江左矣**善曰高僧傳曰天竺佛圖澄西域人本姓帛少出家西域咸得道以晉懷帝永嘉四年來適洛陽以麻油雜茵支塗掌千里外事皆徹見掌中如對面焉後澄死之月人見在流沙又曰鳩摩羅什天竺人七歲出家什既道流西域名被東川符堅遣呂光西伐破龜茲乃將什至涼州姚萇已殺符堅光遂王彼至萇子興破涼州始將什至長安後卒長安漢書文帝詔曰使者冠蓋相望結轍於道班固漢書贊曰秦漢以來山東出相山西出將高僧傳曰支遁字道林本姓關陳留人初至京師王蒙甚重之年二十五出家師釋道安符丕後還吳入剡王羲之遂與披衿解帶留連不能已又曰釋惠遠本姓賈氏鴈門人遊許洛出家師釋道安符丕後還吳入襄陽南達荊州欲往羅浮屆尋陽見廬峯遂居焉三十餘年影不出山迹不入俗晉義熙十二年終禮記曰十年以長則兄事之五年以長則肩隨之晉中興書元帝詔曰朕應天符創基江左春秋命歷序曰東方爲左西方爲右 向曰佛圖澄羅什法師並高道之僧也結轍謂教跡多也 銑曰道林惠遠二僧名並有高道皆游於吳**頭陀寺者沙門釋慧宗之所立也南則大川浩汗雲霞之所沃蕩**善曰瑞應經曰太子出北城門天帝復化作沙門太子曰何謂沙門對曰沙門之爲道舍妻子捐棄愛欲也釋僧肇維摩經注曰沙門秦言義訓勤行趣涅槃也周易曰利涉大川海賦曰㵃潒浩汗又曰灌濟濩渭蕩雲沃日 良曰沃流也蕩動也**北則層峯削成**

日月之所迴薄善曰山海經曰泰華之山削成而四方蜀都賦曰陽烏迴翼於高標揚雄反騷曰何恐日薄於西山 濟曰迴照也薄迫也**西眺城邑百雉紆餘**善曰左氏傳祭仲曰都城過百雉國之害也鍾會懷土賦曰望東城之紆餘 翰曰三版曰一雉紆餘曲直貌**東望平皐千里超忽**善曰楚辭曰出不入兮往不反平原忽兮路超遠 向曰超忽遠貌**信楚都之勝地也宗法師行絜珪璧擁錫來游**善曰毛詩曰有匪君子如珪如璧東觀漢記馮衍說鮑永曰衍珪璧其行東脩其心錫錫杖也大智論曰菩薩常用錫杖經傳佛像莊子曰神農擁杖而起 銑曰珪璧比有德也擁執也錫錫杖也**以爲宅生者緣業空則緣廢**善曰言身從緣生緣亦斯廢也維摩經曰如影從身業緣生見僧肇曰身衆緣所成緣合則起緣散則離金光明經曰所謂無明緣行行緣識識緣名名緣色色緣六入六入緣觸觸緣受受緣愛愛緣取取緣有有緣生生緣老死憂悲苦惱滅聚釋僧肇維摩經注曰諸法之生本乎三業既無三業誰作諸法 良曰宅居也言知緣業皆空虛則存緣之心廢也**存軀者惑理勝則惑亡**善曰惑煩惱也言萬法雖廣解惑則起相受生解者身心寂滅涅盤經曰要因煩惱而得有身竺道生維摩經注曰戀生者愛身情也苟曰無常豈可愛戀若能悟不惑而惑自亡矣惑者無復存身也 濟曰軀身也言人志欲存其身者皆爲迷惑至道若知理存道道勝則迷惑無也亡無也**遂欲捨百齡於中身徇肌膚於猛鷙**善曰禮記曰古者謂年爲齡齒亦齡也田巴報馮衍書曰百齡之期未有能至尚書曰文王受命唯中身列子曰藐姑射之山有神人居焉肌膚若冰雪漢書臣瓚注曰亡身從物曰徇李尤七難曰猛鷙陸嬉龍鼉水處 翰曰言欲中捨百年之身志救萬物也徇猶施也鷙膚肉也猛鷙鳥也稜伽經云自在天王化身爲鴿釋提桓因具諸天王化身作鷹逐此鴿鴿來投我稱己身肉與鷹代鴿也**班荊蔭松者久之**善曰左氏傳曰伍舉奔晉聲子將如晉遇之於鄭郊班荊相與食楚辭曰山中人兮芳杜若飲石泉兮蔭松栢 向曰班荊蔭松謂山野之居班布也**宋大明五年始立方丈茅茨以庇經象**善曰沈約宋書孝武皇帝即位改元曰大明淮南子曰聖

人處環堵之室茨之以生茅高誘曰堵長一丈高一丈面環
一堵爲方丈故曰環堵言其小也說文曰茨蓋也爾雅曰庇
蔭也　銑曰宋孝武皇帝時也言立方
丈之室覆以茅茨之草以置經象也　後軍長史江夏
內史會稽孔府君諱覬　善曰沈約宋書曰孔覬字思
遠會稽人也初舉揚州秀才
補主簿後除冠軍長史江夏內史隨府轉後軍長史覬音冀
濟曰江夏郡名守職處也會稽郡孔君本蠹也諱名也
爲之薙草開林置經行之室　善曰周禮曰薙草下士
二人鄭玄曰薙翦草也
法華經曰經行林中勤求佛道　翰
曰薙芟也經行謂經歷行息之處　安西將軍郢州刺
史江安伯濟陽蔡使君諱興　五臣本無興字　宗　善曰沈約宋
書曰蔡興宗
濟陽人也爲使持節都督郢州
諸軍事安西將軍郢州刺史　復爲崇基表刹立禪誦
之堂焉　善曰維摩經曰佛言諸佛滅後以全身舍利起
七寶塔表刹莊嚴而供養也　良曰刹塔也　以
法師景行大迦葉故以頭陀爲稱首　善曰詩曰高
山仰止景行

行止彌勒成佛經曰彌勒佛讚言大迦葉比丘是釋迦牟尼
佛大弟子釋迦牟尼佛於大衆中常所讚歎頭陀第一通達
禪定解脫三昧封禪書曰前聖所以永保鴻名而常爲稱首
者用此者也　向曰大迦葉佛大弟子也言法師景行如大
迦葉故以頭陀爲寺之稱首頭陀
斗藪也言斗藪煩惱以歸正眞　後有僧勤法師貞節
苦心求仁養志　善曰楚辭曰原生受命于貞節曹植擬
九詠曰徒勤躬兮苦心論語子曰求仁
而得仁莊子曰
養志者忘形也　纂修堂宇未就而沒　善曰國語祭公
謀父曰時序其
德纂修其緒
曰纂繼沒死也　銑　高軌難追藏舟易遠　善曰魏太祖
祭橋玄文曰
懿德高軌況愛博容莊子曰夫藏舟於壑藏山於澤謂之固
矣然而夜半有力者負之而趨昧者不知郭象曰方言死生
變化之不可逃　翰曰軌跡也莊子曰藏舟於壑人以爲固
不知有力者負之而趨喻人性命爲造化所運忽焉而終言
歲月
速也　僧徒闃其無人榱衰椽毀而莫構可爲長
太息矣　善曰周易曰闃其戶闃其無人高誘淮南子注曰
椽榱也榱棟也漢書賈誼曰可太息者此也　銑

曰榱棟也
構架也　惟齊繼五帝洪名紐三王絕業　善曰蕭子
顯齊書曰
高帝太祖諱道成字紹伯蕭何二十四世孫受宋禪史記曰
惟漢繼五帝末流接三代絕業封禪書曰前聖所以永保鴻
名　濟曰洪大
也紐猶綴也　祖武宗文之德昭升嚴配　善曰禮記
曰周人祖
文王而宗武王尚書曰丕顯文武昭升于上孝經曰嚴父莫
大於配天　良曰言祖襲武王尊嚴其父文王以之配天而
昭明升舉此
道而復行之　格天光表之功弘啓興復　善曰尚書曰
成湯時則有
若伊尹格于皇天又曰光被四表格于上下毛詩曰建爾元
子俾侯于魯曰大啓爾宇爲周室輔東觀漢記博士議曰除殘
去賊興復祖宗　向曰格至光充表外弘大啓開也言宋
聖德上至于天傍開四外又大開惠澤興復積壞之理也　是
以惟新舊物康濟多難　善曰毛詩曰周雖舊邦其命
惟新左氏傳伍員曰不失舊
物尚書曰康濟小民禮記晉太子申生使人辭於狐突曰君
老矣國家多難　翰曰帝命惟新而萬物不改故云舊物也
安其下人濟其多難
爲君之道也康安也　步中雅頌驟合韶護　善曰禮記曰
步中武象驟

中韶護所以養耳鄭玄曰韶舜樂護湯樂也　向曰韶
舜樂護湯樂言國家作規矩中於雅頌而合其正樂也　炎
區九譯沙場一候　善曰十洲記曰炎州南海中萬二千
里韓詩外傳曰成王之時越常氏重
九譯而獻白雉於周公尚書曰西被于流沙解嘲曰東南一
尉西北一候　銑曰炎區南方之蠻夷重譯語而來朝天子
也沙場亦邊方也一候者以伺候
非常之事也一候者言少邊患也　粵在於建武焉　善曰
蕭子
顯齊書曰明帝即位改爲建武
良曰粵辭也建武齊帝年號也　乃詔西中郎將郢州刺
史江夏王觀政藩維樹風江漢　善曰蕭子顯齊書曰
江夏王寶玄字智深
明帝第三子也封江夏郡王仍爲持節都督郢司二州諸軍
事西中郎將郢州刺史尚書曰以爾友邦冢君觀政于商又
曰彰善癉惡樹之風聲　濟曰江夏王蕭寶玄明帝子也藩
謂諸侯也維隅也言使觀政作藩衛彼一隅也江漢即郢州
也　擇方城之令典酌龜蒙之故實　善曰方城謂楚龜
蒙謂魯左氏傳屈
完曰楚國方城以爲城又隨武子曰蔿敖爲宰擇楚國之令
典毛詩曰奄有龜蒙遂荒大東國語樊穆仲曰魯侯孝王曰

向以知之斷曰賦事行刑而咨於故實也銑曰方城楚也
龜蒙魯也蒍敖爲宰摽楚國之令典魯侯賦事行刑必問遺
訓而咨於故實言江夏王爲郢州亦有此事也 政肅刑清於是乎在寧遠將
軍長史江夏内史行事彭城劉府君諱諠 善曰孝經
曰其教不肅而成周易曰聖人以順動則刑罰清左氏傳先軫曰取威定霸於是乎在蕭子顯齊書曰劉諠字士穆爲江
夏王郢州行事者謂王年幼内史代之以行州府事故稱行事也 翰曰諠爲江夏内史爲王幼内史代行刑事故曰行
事 智刃所遊 五臣本作由字 日新月故 善曰莊子曰庖丁爲文惠君解牛曰今臣之刀
十九年矣所解千牛而刀刃若新發於硎彼節者有間而刀刃者無厚以無厚入有間恢恢乎其於遊刃必有餘地矣論
語子夏曰日知其所亡月無忘其所能也 向曰明智之理斷割之道如刀刃之利善政來者爲日新去而過者爲月故
道勝之韻虛往實歸 善曰瑞應經曰迦葉二弟問迦葉曰今乃捨梵志道學沙門法
豈獨大其道勝乎迦葉荅曰言佛道最勝莊子曰常季問於仲尼曰王駘兀者也與夫子中分魯立不教坐不議虛而往
實而歸 銑曰虛心求物得道以勝實自歸之 以此寺業廢於巳安功墜於
幾巨衣立慨深覆簣悲同棄井 善曰論語曰譬如爲山雖覆一簣進吾往也孟
子曰有爲者譬若掘井掘井九仞而不及泉猶棄井也 翰曰慨恨也簣土籠也有以籠盛土覆而爲山少一簣之土而
不成山者有掘井雖深將及泉而棄者皆喻此寺廢於巳安墜於幾立也 因百姓之有餘間
天下之無事 善曰孫卿子曰春耕夏耘秋收冬藏四者不失時故五穀不絕而百姓有餘食斬伐養長
不失時故山林不童而百姓有餘材西都賦序曰海内清平朝廷無事 向曰間何也 庀匹耳徒揆日
各有司存 善曰左氏傳宋災使華閱討右官官庀其司杜預注曰庀具也匹婢切毛詩曰揆之以日作爲
楚室論語曾子曰籩豆之事則有司存 銑曰庀具徒衆揆度也 於是民以悅來工以
心競 善曰周易曰悅以使民民忘其勞莊子曰舜之治天下使民心競王隱晉書荀勗議曰君子心競而不力爭
亘立被陵因高就遠 翰曰亘徧也因高丘起高樓故曰就遠也 層軒延袤

茂上出雲霓 善曰楚辭曰高堂邃宇檻層軒王逸曰軒樓板也聖主得賢臣頌曰雖崇臺五層延袤百
丈說文曰南北曰袤東西曰廣司馬紹贈山濤詩曰上陵青雲霓 向曰層軒廊也延長也南北曰袤也 飛閣
逶迤下臨無地 善曰西都賦曰脩除飛閣楚辭曰載雲旗兮逶移王逸曰逶移而長移與迤音
義同楚辭曰下峥嶸而無地上寥廓而無天 銑曰逶迤相連貌言閣高下臨見地若無也 夕露爲珠
網朝霞爲丹雘 濟曰夕露朝霞不假於物任自然也珠網以珠爲網施於殿屋者丹雘以赤飾
殿也 九衢之草千計四照之花萬品 善曰山海經曰少室之山其上
有木焉名曰帝休葉茂狀如楊其枝五衢黃花黑實服者不
怒郭璞曰言樹枝交錯相重五出有象衢路也故離騷云靡
華九衢仲長子昌言曰百夫之豪州以千計山海經曰南山
之首山曰鵲山有木焉其狀如榖而黑其華四照其名曰迷
榖佩之不迷郭璞曰言有光炎若木華赤其光照下地亦此
類也仲長子昌言曰以一人之好惡裁萬品之不同 良曰九衢草其枝交錯相重九出也四照即
若木花其光四照也千計萬品言多也 崖谷共清風泉

相渙金姿寶相永籍閑安 善曰周易曰風行水上渙金光明經曰如來之身金
色微妙其明照曜如金山王又曰光明熾盛無量無邊猶如
無數珍寶大聚楚辭曰像設居室靜閑安 濟曰渙亦清也
金姿寶相言佛之靈象也此處可以長籍幽閑安樂之事 息心了義終焉遊集 善曰
大灌頂經曰息心達本源是故名沙門勝鬘經曰是故世尊
依於了義一向記說班固終南山賦曰固仙靈之所遊集 向曰了覺也 法師釋曇珍業行淳脩理懷淵遠今屈知
寺任永奉神居夫民勞事功既鏤文於鐘鼎 善曰
周禮曰民功曰庸事功曰勞凡有功者銘書於王之太常國
語曰昔克路之役秦來圖敗晉功魏顆以其身却退秦師于
輔氏親止杜回其勳銘于景鐘韋昭曰景公鐘禮記曰夫鼎
有銘銘者論譔其先祖之德美功烈勳勞而酌之祭器自成
其名焉 向曰事功謂成也言有成功者必鏤功於鐘鼎之上以示後世也 言時稱伐 五臣本作代字
亦樹碑於宗廟世彌積而功宣身逾遠而名紹

善曰左氏傳曰季武子以所得齊之兵作林鍾而銘魯功焉
臧武仲謂季孫曰非禮也夫銘天子令德諸侯言時計功大
夫稱伐蔡邕銘論曰碑在宗廟兩階之間近代以來咸銘于
碑也法言曰年彌高而德彌卲者孔子之徒與小雅曰卲美
也銑曰言鏤文樹碑則年代彌多而功名宣
布身大逾遠而其聲相紹繼而不絶積多也
敢寓言於彫篆庶髣髴乎衆妙善曰法言曰吾子少好賦曰然
童子雕蟲篆刻老子曰玄之又
玄衆妙之門　翰曰寓寄也雕篆謂文字也庶近也髣髴
不分明貌言我敢寄言於文字者近亦不明乎衆妙之門
其
辭曰
贊判玄黃氣分清濁善曰周易曰玄黃天地之雜也天
玄而地黃列子曰清輕者上爲天
濁重者下爲地　向
曰天地初分之時也
涉器千名含靈萬族善曰周易曰
形而下者謂
之器器謂品物也南都賦曰百品千名春秋元命苞曰蚑行
喙息蠕動蛸蜚根生浮著含靈盛壯陸機鼈黿賦曰揔美惡而
融融播萬族乎一
區　銑曰器物也
湻源上派澆風下黷善曰莊子曰德
又下衰及唐虞

澆淳散朴淮南子以澆爲澆音義同說文曰派水別流也字
林曰黷持垢也杜木切　濟曰淳和之源自上流派而澆薄
之風垢濁於
下黷垢濁也
愛流成海情塵爲岳善曰瑞應經曰感傷
世間沒於愛欲之海
百法論曰情塵之意合故知生也言人皆沉於愛河則妻子
財帛也言積之多如海情塵之積爲岳爲善曰積亦見多爲
惡曰積亦多也　向曰愛欲至多若
流水成海情想漸積若塵飛爲岳
皇矣能仁撫期命世善曰毛詩曰皇矣上帝臨下有赫天竺言釋迦牟尼此言
能仁不退轉法經佗方菩薩曰能仁如來與此三道之教
法華經曰我釋迦牟尼劉虬曰能仁哀此忍土俯來拯拔故
曰能仁瑞應經曰期運之至當下作佛孟子曰五百年必有
王者興其間必有名世者廣雅曰命名也　翰曰皇大也撫
期謂千年期也言佛之大道能爲仁聖撫應千年之期而命
跡於
世也
乃睠中土聿來迦衛善曰毛詩曰乃睠西顧又曰
聿來胥宇瑞應經曰菩薩下
當世作佛託生天竺迦維羅衛國父王名曰靜夫人曰妙迦
維羅衛者天地之中央　良曰言佛之將見於世乃睠顧中
土聿來生迦衛之國也迦衛之國
在天地之中故言中土聿疾也
奄有大千遂荒三界

善曰毛詩曰奄有龜蒙遂荒大東法華經曰其佛以恒河沙
等三千大千世界爲一佛土又曰如來以智慧方便於三界
火宅拔濟衆生
良曰奄同荒理也
殷鑒四門幽求六歲善曰毛詩曰殷
鑒不遠瑞應經
曰太子至十四啓王出游始出城東門天帝化作病人即迴
車悲念人生俱有此患太子出城南門天帝化作老人迴車
而還愍念人生丁壯不久太子出城西門天帝化作死人迴
車而還愍念天下有此三苦太子出城北門天帝化作沙門
太子曰善哉唯是爲快即迴車還念道清淨不宜在家又曰
佛既歷深山到幽閑處菩薩即拾槀草以布地正箕坐月食
一麻一麥端坐六年　向曰四門同善注後太子居於深山
不飲不食箕坐叉手閉目一心不成道終不起端坐六年故
云幽求
六歲
亦既成德妙盡無爲善曰勝鬘經曰唯有如來
化就一切功德維摩經曰
夫出家者爲無爲法瑞應經曰吾虛
心樂靜無爲無欲　濟曰既已也
帝獻方石天開淥池善曰瑞應經曰佛還樹下道見棄衣取欲浣之天帝知佛
意即頻那山上取四方成理澤好石來置池邊白佛言可
用浣衣又曰明日食時佛持鉢到迦葉家受飯而還於屏處
食已欲澡漱天帝知佛意即下以手指地水出成池令佛得

用名爲指地池
翰同善注
祥河輟水寶樹低枝善曰瑞應經曰時
尼連河水流甚疾
佛以自然神通斷水涌起高出人頭令底揚塵佛在其中法
華經曰諸雜寶樹華菓光茂瑞應經曰佛後日入指池池澡
浴畢欲出無所攀池上素有樹名迦和絶大脩好
其樹自然曲枝下就佛佛牽而出　銑同善注
通莊九折安步三危善曰爾雅曰六達謂之莊漢書曰王陽爲益
州刺史行部至邛棘九折阪歎曰奉先人遺
體柰何數乘此險漢書東方朔誡子曰飽食安步以十易農
尚書曰竄三苗于三危　良曰九折三危並山名言佛之神
通不以山爲阻險皆通
安步而行也莊道也
川靜波澄龍翔雲起善曰頭陀
經曰今身
調善震大法鼓摧伏異學外道邪師入佛性海煩惱風息波
浪不生周易曰雲從龍風從虎聖人作而萬物覩　翰曰波
澄謂心靜雲起
謂其應感也
耆山廣運給園多士善曰法華經曰佛
住王舍城耆闍崛
山中與大比丘衆萬二千人俱尚書曰帝德廣運金剛般若
經曰佛在舍衛國祇樹給孤獨園與大比丘衆千二百五十
人俱毛詩曰濟濟多士　向曰耆山謂耆闍
崛山給園謂給孤獨園多士謂衆比丘也
金粟來儀文

殊夨止善曰發迹經曰淨名大士是往古金粟如來尚書曰鳳皇來儀維摩經曰佛在毗耶離菴羅樹園内告文殊師利汝行詣維摩詰問疾毛詩曰曾侯夨上銑曰金粟佛名也來儀謂見於世文殊師利佛弟子也夨至也**應乾動寂順民終始**善曰春秋元命苞曰乾動川靜周易曰湯武革命應乎天順乎人孫卿子曰生人之始也死人之終也　良曰乾天也天動而地安而佛應之以順人性終始不已**法本不然今則無滅**善曰維摩經曰法本不然今則無是寂滅之義僧肇曰小乘以三界熾然故滅之以求無爲大乘觀法本自不然今何以滅乃眞寂滅　濟曰不然猶無形也無滅謂不生不滅也**象正雖闌希更末鈌**善曰曇無羅讖曰釋迦佛正法住世百年像法一千年末法一萬年史記曰酒闌漢書音義文穎曰闌言希也老子曰視之不見名之曰夷聽之不聞名之曰希王弼曰無象無聲無響無所不通無所不往　翰曰象王謂正法也闌微也希夷謂無聲色也言如來正法雖微然其無爲之道未鈌發也**於昭有齊戒**五臣本作式字**揚洪烈釋網更維玄津重枻**蛚洩反協韻　善曰毛詩曰文王在上於昭于天班固漢書述曰爰著目録略序洪烈揚雄解嘲曰不足以揚洪烈僧叡師十二法門序曰奏希聲於宇宙濟弱喪於玄津漢書音義韋昭曰枻檝也音裔翊泄切叶韻　向曰於歎美之辭也昭明揚擧洪大烈業也言齊有美明之德用擧大業脩其壞法　銑曰釋網玄津並佛法也枻棹也言佛法將壞而齊乃能維持使之復存又如舟之濟川而得其棹也**惟此名區禪慧攸託**善曰禪慧禪定智慧也即六度之二行也　良曰名區謂置寺之所也禪靜慧智攸所也言此處靜智之人所託居也**倚**五臣本作傍字**據崇巖臨睨通壑**善曰楚辭曰忽臨睨夫舊鄉說文曰睨邪視也　濟曰睨視壑川也**溝池湘漢堆阜衡霍**善曰言崇巖之高通壑之大故以湘漢爲溝池衡霍爲堆阜也史記曰屈完曰方城以爲城江漢以爲池　翰曰言此通川崇巖自得奇趣則以湘漢如溝池之小衡霍如堆阜之小湘漢江也衡霍山名**膴膴**武**亭皐幽幽林薄**善曰毛詩曰周原膴膴堇荼如飴上林賦曰亭皐千里靡不被築毛詩曰秩秩斯干幽幽南山鄭玄周禮注曰竹木曰林高誘淮南子注曰深草曰薄也　向曰膴膴草貌亭皐平澤也草木叢生曰薄也**媚**

茲邦后法流是挹善曰毛詩曰媚茲一人　銑曰媚愛也邦后謂江夏王也法流言江夏王本此佛法而挹酌也**氣茂三明情超六入**善曰維摩經曰佛身即法身也從六通生從三明生僧肇曰天眼宿命漏盡爲三明維摩經曰六入無積眼耳鼻舌身心已過　翰曰茂盛也三明謂天眼明宿命明漏盡明言江夏王感此眞氣盛也六入謂眼入色耳入聲鼻入香舌入味身入觸意入法也言其情超越於此六者**眷言靈宇載懷興葺**善曰毛詩曰眷言顧之楚辭曰葺之兮荷蓋王逸注曰葺蓋屋也　良曰靈宇寺也葺脩也**丹刻翬飛輪奐**煥**離立**善曰左氏傳曰丹桓宮楹又曰刻桓宮桷杜預曰刻鏤也毛詩曰如翬斯飛君子攸躋鄭玄曰翬者鳥之奇異者也禮記曰晉獻文子成室晉大夫發焉張老曰美哉輪焉美哉奐焉潘岳關中記曰未央殿東有鳳皇殿春秋元命苞曰火離爲鳳劉邵魏文帝誄曰鳳皇立翥　濟曰丹刻謂殿宇丹色而刻鏤之輪輪囷高大也奐奐文章貌翬雉也離鳳也言丹青文彩似之**象設既闢睟容已安**善曰楚辭曰象設居室靜閑安孟子曰君子仁義禮智信根於心色睟然見於面梢岐曰睟潤澤之貌　向曰象謂佛之形象也闢開也睟容潤澤之貌言佛象既已闢設而有潤澤之容常安於此也**桂林冬煥**於六**松踈夏寒**善曰楚辭曰何所冬煖何所夏寒爾雅曰煥煖也　銑曰深謂業密也煥暖也桂氣辛而冬暖也**神足遊息靈心往還**善曰瑞應經曰佛已神足適變畢已畀**勝幡西振貞石南刊**善曰維摩經曰降服四種魔勝幡建道場禰衡顏子碑曰乃刊玄石而旌之　良曰勝幡幡名西謂佛教來自西也振擧也貞堅也南謂在國南也刊刻也

齊故安陸昭王碑文一首

沈休文向曰安陸郡名昭謚也

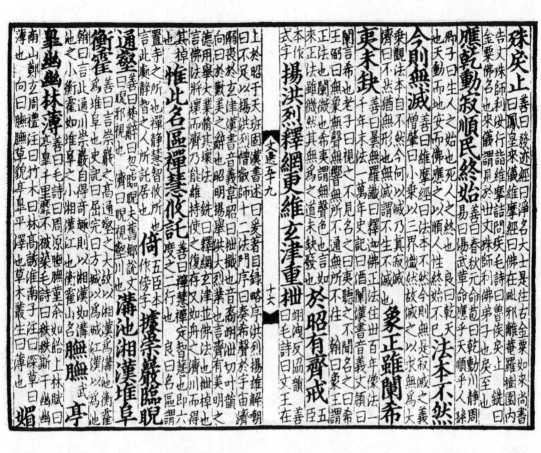

公諱緬字景業南陵五臣本有郡字**人也**善曰蕭子顯齊書曰安陸昭王緬字景業又曰蕭氏之先蕭何居沛至孫侍中彪居東海蘭陵縣東都鄉中都里晉分東海爲東蘭陵郡中朝亂淮陰令整過江居晉陵武進縣僑置本土加以南名於是爲南蘭陵人　翰曰晉分東海郡爲東蘭陵蘭陵爲南也**稷契**

身佐唐虞有大功於天地商武姬文所以膺圖受籙善曰王命論曰暨于稷契咸佐唐虞光濟四海奕世載德至于湯武而有天下國語史伯曰夫成天地之大功者其子孫未嘗不章毛詩商頌曰武王載旆毛萇曰武王湯也春秋命歷序曰五德之運同徵符合膺籙次相代尚書琁璣鈐孔子曰五帝出受籙圖　向曰稷后稷也周之始祖有至德佐堯故周文王爲天子也契殷之始祖有至德佐舜故成湯起爲天子商武湯也圖籙並天子將與之符應蕭曹扶翼漢祖滅秦項以寧亂魏氏時秉五臣本作秉時於前皇齊擢符於後善曰國語太子晉曰自后稷以來寧亂及文武康僅克安民周易曰時乘六龍以御天孝經鉤命決曰帝受命握符出也　銑曰蕭何曹參有大功於漢垂仁德於下故魏主秉天特而爲天子齊帝又握天符而爲人主魏曹參後也齊蕭何後也靈源與積石爭流神基與極天比峻善曰尚書曰導河積石至于龍門毛詩曰崧高惟岳峻極于天　良曰靈源神基謂蕭何之祚也言其祚長如河之流高如山岳極至于天以比其

峻也積石山也言河水流於積石山下因言積石流也祖宣皇帝雄材盛烈名蓋當時善曰蕭子顯齊書曰太祖皇考諱承之字嗣伯少有大志才力過人爲冠軍將軍太祖即位追尊曰宣皇帝班固漢書贊曰武帝雄材大略晉中興書曰諸葛誕名蓋海內又曰鄧遐氣蓋當時　翰曰宣皇帝安陸王之祖也高帝即位追尊也考景皇帝含道居貞卷懷前代善曰蕭子顯齊書曰高帝即位追封兄道生爲始安貞王明帝即位追尊始安貞王爲景皇帝周易曰居貞之吉順以從上也論語讖曰仲尼居鄉黨卷懷道美宋均曰懷藏也　濟曰考父貞正也言含道居正可卷懷前代帝王也公含辰象之秀德體河岳之上靈善曰周易曰在天成象王弼曰象況日月星辰孝經援神契曰五嶽之精雄聖四瀆之精仁明　向曰謂絢也辰象日月星也河岳之精靈雄聖而仁明故體此而生也氣蘊約紛風雲身負日月善曰論衡曰谷子雲唐子高章奏百上筆有餘力然則賢者有風雲之智故吐文萬牒莊子曰孔子圍於陳蔡之間太公任弔之曰子其意者脩身以明汙昭昭若揭日月而行司馬彪曰揭擔也　翰曰蘊積也身負日月言其明也立行五臣本作身字可模五臣本作從才置言成範英華外發清明內昭五臣本作照　善曰仲長子昌言曰規矩可模者師傅之德也曹植學官頌曰言爲世範行爲時矩礼記曰和順積中而英華外發又曰清明在躬氣志如神　向曰範法也　銑曰外謂貌也內謂心也天經地義之德因心必盡善曰孝經曰夫孝天之經地之義民之行也毛詩曰因心則友　翰曰此言行孝道也孝者因於心也簡久遠大之方率由斯至善曰周易曰乾以易知坤以簡能易則易知簡則易從易知則有親易從則有功有親則可久有功則可大可久則賢人之德可大則賢人之業毛詩曰率由舊章　良曰言有可大之道自用於此而能盡至其理也方道率自由用也挹其源者游泳而莫測懷其道者日用而不知善曰毛詩曰泳之游之周易曰百姓日用而不知　濟曰言挹酌其道德之源者游泳其淺深不可測也潛行於水曰泳也　向曰懷歸也日用而不知者言歸其道者其人遷善由日用其道而不知之昭昭若

三辰之麗于天滔滔猶四瀆之紀于地善曰傅子曰二漢之臣爛如三辰之附長天又曰道教者昭昭然猶日月麗乎天春秋漢含孳曰九卿法河海毛詩曰滔滔江漢南國之紀　銑曰三辰日月星也四瀆江河淮濟也六幽允洽一德無爽善曰典引曰神靈日照光被六幽尚書曰德惟一動罔不吉　翰曰六幽天地四方也允信洽合也一德謂法令畫一也爽差也萬物仰之而彌高千里不言而斯應善曰論語顏回曰仰之彌高周易默而成之不言而信存乎德行又子曰君子居其室出其言善則千里之外應之況其邇者乎　向曰言歸其德而自來此應蓋不言而治若夫彈冠出仕之日登庸涖事之年善曰漢書曰王陽與貢禹爲友世稱王陽在位貢公彈冠言其取舍同也尚書帝曰疇咨若時登庸又曰蒞事惟能　銑曰庸用也涖臨也軍麾命服之序監督方部之數斯固國史之所詳今可得五臣本有而字略也善曰周禮曰建大麾以田然麾旌旗之名州將之所執也

命服爵命之服也方部四方州部也漢書武帝南置交趾北置朔方之州凡十三部置刺史數謂等差也賈逵國語注曰略簡也　良曰軍麾以毛爲之以指麾也命謂天子之命也言天子命之以受其戎旅之服序次序也監督謂監督軍事也方部謂官方部統也數術也　濟曰言國史具述其事此文可略而不言也　水德方衰天命未改　善曰水德謂宋也左傳王孫滿曰今周德雖衰天命未改　翰曰未改謂宋祚未終　太祖龍躍侯時作鎮淮泗　善曰蕭子顯齊書曰宋明帝以淮南孤弱以太祖假冠軍將軍鎮淮陰周易曰見龍在田時舍也或躍在淵自試也孫卿子曰君子博學深謀脩身端行以俟其時潘岳金谷會詩曰遂擁朱旄作鎮淮泗　向曰太祖高皇帝龍躍踰升爲天子也俟待也宋明帝以太祖爲冠軍將軍鎮淮陰也淮泗二水名也　如仁夕惕之志中夜九迴　善曰論語子曰桓公九合諸侯不以兵車管仲之力也如其仁如其仁周易曰君子夕惕若厲司馬遷書曰腸一日而九迴　銑曰如仁謂有仁和之心思濟世亂夕驚不安之志至於中夜九迴思慮也惕驚也　龕堪世拯亂之情獨用懷抱　善曰廣雅曰龕取也枯耽切　向曰龕勝也　深圖密慮衆莫能窺公陪奉朝夕從容左右　善曰漢書劉向上疏曰知不可不深圖也　濟曰言緬陪奉太祖左右　蓋同王子洛濱之歲實惟辟彊內侍之年　善曰周書晉平公使叔譽於周見太子與之言五稱而三窮歸告公曰太子晉行年十五而臣不能與言列仙傳曰王子喬者周靈王太子晉也好吹笙作鳳鳴遊伊雒之間漢書留侯子張辟彊爲侍中年十五也　向曰王子晉初游洛濱年十五張辟彊爲侍中年十五言安陸之見委任同此年也　起予聖懷發言中旨　善曰晉中興書王敦上疏曰導動靜顧問起予聖懷　始以文學游梁俄而入掌綸誥　善曰蕭子顯齊書曰緬爲宋劭陵王文學中書郎遊梁謂相如也漢書曰梁孝王來朝從遊說之士相如見而說之客遊梁禮記曰王言如絲其出如綸　翰曰漢梁孝王好文學之士司馬相如枚乘之徒游王門焉言王初爲宋劭陵王文學如游於梁王門也入掌綸誥謂爲中書郎也綸誥謂天子制勑之言使其掌之也　蘭桂有芬清暉自遠

善曰魏都賦曰信陵之名若蘭芬也楚辭曰椒桂罹以顛覆王逸注曰言已見先賢若椒桂之人劉琨勸進表曰茂勳格于皇天清暉光于四海　銑曰芬香也言其德如蘭桂之有香也又清明光暉其心自遠　帝出乎　五臣本作于　震日衣青光　善曰言齊之興也周易曰帝出于震震東方春秋元命苞孔子曰扶桑者日所出房所立其耀盛蒼神用事精感姜原卦得震震者動而光故知周蒼代殷者爲娼昌人形龍顏長大精翼日衣青光宋東曰爲日精所羽翼故以爲名木神以其方色衣之　良曰震東方木也言齊爲木德將登帝位故云帝出于震日比君也衣青光者亦取其木色也　方軌茅社俾侯安陸　善曰蕭子顯齊書曰齊受禪緬其安陸侯漢書曰江夏郡有安陸縣尚書緯曰天子社東方青南方赤西方白北方黑上冒以黃土將封諸侯各取方土苴以白茅以爲社毛詩曰俾侯于魯　向曰太祖既立位乃封緬爲王方軌猶並跡也言與古者諸侯並跡而封土地受其茅土以立其社也俾使也　受瑞析珪遂荒雲野　善曰周禮曰典瑞掌玉瑞鄭玄曰人執曰瑞瑞猶符信也揚子雲解嘲曰析人之珪擔人之爵毛詩曰奄有龜蒙遂荒大東雲野雲夢之野　濟曰瑞猶福也析分也珪諸侯所執猶符信然與天子各執一故云分荒理也雲野即雲夢澤屬安陸故言之　式掌儲命帝難其人　善曰漢書疏廣曰太子國儲副君也尚書禹曰惟帝其難之孔安國曰言帝堯亦以知之爲難　翰曰式用也緬時入爲太子中庶子故云用掌儲命也儲謂儲君太子也帝難其人謂帝重之如此人難有也　公以宗室羽儀允膺嘉選　善曰蕭子顯齊書曰緬轉太子中庶子周易曰鴻漸于陸其羽可用爲儀　向曰允信也膺當也　協隆三善仰敷四德　善曰晉中興書列宗詔曰栢沖協隆治道禮記曰行一物而三善皆得者唯世子而已其齒於學之謂也故世子齒於學其一曰而衆知父子之道矣其二曰而衆知君臣之義矣其三日而衆知長幼之節矣周易曰君子體仁足以長人嘉會足以合禮利物足以和義貞固足以幹事君子行此四德者故曰乾元亨利貞　銑曰協合隆盛敷布也三善謂事君事父事長也餘同善注　博望之苑載暉龍樓之門以峻　善曰漢書曰武帝爲戾太子及冠就宮上爲立博望苑使通賓客從其所好故多異端進者漢書成紀曰上嘗召太子出龍樓門　良曰漢武帝爲戾太子置博望苑使通賓客

從其所好言緬贊助太子是博望苑之載有光暉也龍樓太子門名峻高也獻替帷扆實掌
喉脣善曰國語史黯謂趙簡子曰夫事君者諫過而賞善薦可而替否獻能而進賢帷扆帝坐也禮記曰天子
負斧扆孔融張儉碑曰聖皇克亮命作喉脣　濟曰言緬侍太子獻其事可者廢其事不可者掌於帷幄扆牖之間匡諫
不已喉脣謂出納言辭也扆戶牖間也替廢也奉待漏之書銜如絲之旨善曰
東觀漢記曰樊梵字文高每當直事常晨駐車待漏禮記曰王言如絲其出如綸　翰曰奏事上書皆晨起駐車待其刻
漏銜謂宣太子之言出於外也禮云王言如絲也言意也前暉後光非上恒受五臣
本作授　善曰周書孔子曰文王得四臣丘亦得四友自吾得師也前有光後有暉是非先後邪　向曰言前後所任皆
有光暉非上與恒常百官所授同也公以密戚上賢俄而奉職善曰蕭子顯齊
書曰緬遷侍中越絕書曰吳王書闔閭始得子胥以為上賢無異乎聖人也　銑曰欲遷為天子之近職出納
惟允劒璽增華善曰尚書帝曰龍命女作納言夙夜出納朕命惟允應劭漢官儀曰侍中殿上

文選五十九　二十二

稱制出則陪乘佩璽把劒增華謂自庶子而益其榮華也良曰緬遷侍中出納天子之言也允信也侍中出則陪乘佩
璽抱劒增華謂自庶子而益其榮華也伊昔帝唐九官咸事熊豹臨職
翊善納言是司善曰漢書劉向上疏曰舜命九官濟濟相讓應劭曰尚書曰禹作司空棄后稷契司徒咎
繇作士師垂共工益朕虞伯夷秩宗夔典樂龍納言九官左氏傳曰昔高陽氏有才子八人檮戭大臨高辛氏有才子
八人仲熊叔豹　濟曰伊惟也帝唐堯也九官同善注自此迄今其任無爽爰
自近侍式贊權衡善曰蕭子顯齊書曰世祖即位緬遷五兵尚書淮南子曰准繩連體權衡
合德百工繇焉以定法式輔弼執玉以翼天子也　翰曰自此謂自九官熊豹臨職迄今謂至齊也其任謂上九官等諸
任職也爽差也式用也贊助也權衡謂政理也而皇情眷眷慮深求瘼善曰毛詩
曰皇矣上帝臨下有赫監觀四方求民之瘼班固漢書引詩而為此瘼爾雅曰瘼病也　向曰瘼病也言求下人所病者
將為除之謂欲使緬為吳郡太守也姑蘇奧壤任切關河善曰奧壤猶奧區也韓康伯王

述碑曰述遷會稽太守准海惟楊皇基所託此蓋關河之重泱泱大邦　銑曰姑蘇地名切重也都會殷
負提五臣本作阜隄封百萬善曰史記曰夫吳有海鹽之饒章山之銅三江五湖之利亦江東一都會
也西京賦曰百物殷阜薛綜注曰殷盛阜大也今為此負漢書曰天子畿方千里提封百萬井臣瓚案舊說云提最凡言
大舉頃畝也李奇曰提舉也舉四方為內也韋昭曰積土為封限　良曰都會謂人皆都會於此郡也殷大阜盛也隄封
謂地之頃畝都稱也百萬言多也全趙之袪服叢臺方此為劣善曰
鄒陽漢書曰夫全趙之時武力鼎士袪服叢臺之下者一旦成市也　濟曰全趙謂趙國也袪服謂美人服也叢臺趙王
臺名也言趙雖盛比之吳郡其為劣也臨淄之揮汗成雨曾何足稱善曰
戰國策蘇秦說齊宣王曰臨淄之塗人肩相摩舉袂成幕揮汗成雨高誘曰揮振也　翰曰臨淄齊國人衆多故揮汗成
雨比之吳郡亦何足稱盛也乃鴻騫舊吳作守東楚善曰蕭子顯齊書曰緬出
為吳郡太守吳質魏都賦曰我太公鴻飛兖豫劉琨勸進表曰奄有舊吳秦秀祖孫楚詩曰愛茲明命作守西疆漢書音

文五十九　二十三

義孟康曰舊名吳為東楚也　向曰騫飛也東楚亦吳也謂吳經吞井楚故也弘義讓以朂君
子振平慧以字小人撫同五臣本作用字上德綏用中典
善曰論語讖曰伯夷叔齊義讓龍舉手寶晉紀曰丁固文覽以義讓稱尚書武王曰勗哉夫子周書成王曰朕不知字民
之道敬問伯父尚書王曰無或敢伏小人之攸箴老子曰上德不德是以有德鍾會曰體神妙以存化者上德也周禮曰
刑平國用中典銑曰綏安典法也疑獄得情而弗喜善曰漢書曰張湯以倪寬為獄掾
以古法義決疑獄論語曾子曰上失其道民散久矣如得其情則哀矜而勿喜　良曰哀其有罪宿訟兩
讓而同歸善曰東觀漢記曰魯恭為中牟令宿訟許伯等爭陂澤田積年州郡不決恭平理曲直各退自
相責讓　濟曰宿有爭訟不決者皆沐緬化兩讓而歸也雖春申之大啓封疆鄧
攸之緝熙衰庶不能尚也善曰史記曰楚考烈王立以黃歇為相號春申君請
封於江東王許之因城吳故墟以自為都也國語史伯謂鄭桓公曰加之以德可以大啓王隱晉書曰鄧攸字伯道為吳

郡太守吴人饑死攸到表振貸臺不時聽攸乃輒出倉米一郡蒙濟不受禄俸唯飲吴水毛詩曰緝熙文王之典　翰曰春申君黄歇封江東十二縣鄧攸爲吴郡守吴人饑乃發倉賑貸不取俸禄唯飲吴水一郡皆濟也封疆界也緝和熙養也烝庶百姓也**夏首藩要任重推轂**善曰楚辭曰過夏首而西浮王逸注曰夏首水口也漢書馮唐曰臣聞上古王者遣將也跪而推轂曰閫以内寡人制之閫以外將軍制之　向曰夏首水口名也言此處爲國家藩援之要也謂將出爲荆州牧也古之遣將而天子皆親爲推車轂送之鎮荆州井有軍故也**衿帶中流地殷江漢**善曰李尤函谷關銘曰函谷險要衿帶咽喉尚書曰九江孔殷　銑曰殷正也言荆州以江流爲之衿帶其地正當江之阻也**南接衡巫風雲之路千里**善曰衡巫三江名吴都賦曰徑路絶風雲通　良曰衡巫二山名**西通鄾**憂**鄧水陸之塗三七**善曰左氏傳曰鄧南鄾人杜預曰鄾今鄧鄉縣南江水之北也鄧今潁川邵陵縣西南有鄧城蜀都賦曰水陸所湊　濟曰鄾鄧邑名三七謂二千一百里**是惟形勝閫外莫先**善曰漢書田肯曰秦形勝之國也史記馮唐曰上古王者遣將也閫以内寡人制之閫以外將軍制之鄭玄禮記注曰閫門限也苦本切　翰曰閫門限也邦畿之内如門限之内邦畿之外如門限之外也莫先者天下無先也**建麾作牧明德攸在**善曰蕭子顯齊書曰緬轉郢州刺史周禮曰建大麾以封蕃國又曰八命作牧尚書注曰文王克明德慎罰　向曰麾旗類也以毛爲之**乃暴以秋陽威以夏日**善曰孟子曰江漢以濯之秋陽以暴之綦母邃曰周之秋於夏爲盛陽也左氏傳曰鄷舒問於賈季曰趙衰趙盾孰賢對曰趙衰冬之日趙盾夏之日杜預曰夏日可畏　銑曰暴曬也陽日也言思育下人如秋日之和人曬其光愛其溫也其威明又如夏日之熾人皆畏其猛也**澤無不漸**子鹽**螻蟻之穴靡遺**善曰西征賦曰澤靡不漸恩無不逮尸子曰舜之行其猶河海乎千仞之漢亦滿之螻蟻之穴亦滿之　良曰漸入靡無也**明無不察容光之微必照**善曰孟子曰日月有明容光必照焉趙岐曰容光小隙也言大明照幽微　濟曰容光小隙**由近而被遠自己而及物**善曰史記曰皐陶曰近可遠在己　鄭

玄曰此政由近可以及遠　翰曰其政令以近及遠先行於己而及於人也**惠與八風俱翔德與五材並運**善曰聖主得賢臣頌曰恩從祥風翔淮南子曰天有八風典引曰仁風翔于海表左氏傳子罕曰天生五材民並用之廢一不可　向曰八風八方風也五材水火金木土也運行也**遠無不懷邇無不肅**善曰阮嗣宗勸晉王牋曰遠無不服邇無不肅**邑居不闇夜吠之犬牧人不覯晨飲之羊**善曰司馬彪續漢書曰劉寵字祖榮遷會稽太守徵入爲將作大匠山陰縣民去郡數十里有若耶山中有五六老公年皆七八十聞寵遷相率共送寵人齎百錢寵見勞來曰父老何乃自苦遠來皆對曰山谷鄙老生未嘗到郡縣佗時吏徵發不去民間或夜不絶狗吠竟夕民不得安自明府下車以來狗不夜吠吏希至民間年老遭值聖化聞當棄去故戮力來送寵謝之爲選受一大錢故寵在會稽號爲一錢其清如是家語曰孔子爲大司寇初魯之販羊者沈猶氏常朝飲其羊以詐市人及孔子之爲政也則沈猶氏不敢朝飲其羊也　五臣注同**譽表六條功最萬里**善曰漢書音義曰書刺史所察有六條察民疾苦寃失職者察墨綬長吏以上居官政狀察盜賊爲民之害及大姦猾者察犯田律四時禁者察民有孝悌廉絜行脩正茂才異等者察吏不簿入錢穀放散者所察不得過此漢書曰倪寬爲郡内史課殿當免民恐失之輸租繈屬不絶課更以最揚雄爲益州刺史作節度曰刺史居深門之中總萬里之統者也　良曰功最萬里言風化遠也餘同善注**還居近侍兼饗戎秩**善曰蕭子顯齊書曰緬還爲侍中領驍騎將軍　濟曰謂入爲侍中兼驍騎將軍也饗當也戎秩謂武職也**候府寄隆儲端任顯**善曰魏略曰中領軍延康置故漢北軍中候之官也漢書曰詹事秦官掌皇太子家　翰曰候府宿衛之官也儲端任顯謂緬爲太子詹事也**東西兩晉茲選特難**向曰謂此官晉朝選人任之特難也**羊琇願言而匪獲謝琰功高而後至**善曰晉諸公讚曰羊琇字稚舒泰山人通濟才術與世祖同年相善謂世祖曰後富貴時見用作領護軍太子詹事世祖即位累遷左將軍中護軍特進何法盛晉中興書陳郡謝録曰琰字瑗度安少子也爲輔國將軍距氐進號征虜左僕射領詹事　銑曰晉羊琇少與武帝同年相愛嘗謂武帝曰

若得天下用我爲鎮護軍太子詹事武帝戲許之後武帝即位琇但爲左衛將軍不得詹事故云願言匪獲也又謝琰征羌有功爲輔國將軍領太子詹事故云後至 **升降二宮** 五臣本作君字 **令績斯俟** 善曰蕭子顯齊書曰緬遷中領軍太子詹事 良曰言其政善之功可待成於此時也令善績功斯此俟待也 **禁旅尊嚴主器爾固** 善曰蔡邕表達碑曰乃撫京邑挹齊禁旅周易曰主器者莫若長子 濟曰旅兵也尊謂天子之命嚴謂整守其所職主器謂太子也緬爲詹事以奉太子而勤誠益固矣爾益也 **禹穴神皐地埒分陝** 善曰漢書曰司馬遷南游江淮上會稽探禹穴西京賦曰實惟地之奥區神皐袁煥與曹植書曰召公與周公受分陝之任也 翰曰此緬出爲會稽太守也禹穴會稽山有孔穴人傳禹入此穴中皐地也其地肥沃故云神皐分陝謂陝已東周公主之陝已西邵公主之今緬爲會稽太守其地亦可與分陝之事相捴埒其美也陝地名也 **江左以來常遴斯任** 向曰謂天子都江左已來遴求此任也 **東渚鉅** 五臣本作巨字 **海南望秦稽** 善曰子虛賦曰齊東渚鉅海南有琅耶孔皐會稽記曰秦望山

〔文五十九　二十六〕

在州城正南史記曰始皇登之以望南海越絕書曰禹救水到大越上茅山大會計吏更名茅山曰會稽 銑曰巨大也言會稽東渚有大海也秦望山會稽山二山之名 **淵藪晋萃萑** 栢 **蒲攸在** 善曰尚書曰今商王受爲天下逋逃主萃淵藪 左氏傳曰子叔爲政不忍猛而寬鄭國多盜聚人於萑蒲之澤 良曰言會稽郡舊多盜賊淵藪大澤也晋相萃聚也昔者鄭國多盜聚人萑蒲之澤也萑蒲草也攸所也言會稽有盜亦如在於萑蒲也 **貨殖之民千金比屋** 五臣本作室字 善曰漢書曰千乘之國必有千金之賈者利有所并也 濟曰言家家皆有千金之貨也 **郛㕓之內雲屋萬家** 善曰徐幹陳情詩曰踟蹰雲屋下嘯歌倚華楹屋或爲甍 翰曰郛㕓猶郭邑也雲屋謂高樓上及雲也 **刑政繁舛舊難詳一** 向曰言此郡多姦盜皆豪富難刑政繁倍於常而舊土所然難以詳正使其一也 **南山羣盜未足云多** 善曰漢書曰王遵爲高陵令會南山羣盜傰宗數百人爲吏民害於是王鳳薦遵擢爲諫議大夫守京兆都尉行京兆尹事旬月間盜賊肅清蘇林曰傰音朋 銑曰漢王遵治京兆功効日著往者南山盜賊阻

山橫行剽劫良人遵爲治二旬之間賊亂盡除言南山之盜比會稽未足云多也 **勃海亂繩方斯易理** 善曰漢書曰上以龔遂爲勃海太守問曰勃海廢亂朕甚憂之卿欲何以息其盜賊遂曰臣聞治亂民猶治繩不可急也唯緩之然後可理臣願一切以便宜從事上許焉 良曰漢宣帝時勃海郡歲饑盜賊並起餘同善注 **公下車敷化風動神行** 善曰蕭子顯齊書曰緬出爲會稽太守漢書曰班伯爲定襄太守其下車作威吏民悚息謝承後漢書曰陰脩敷化二郡威教克平太玄經曰風動雷興謝承後漢書曰趙令神行征艾朔士 濟曰下車初至也敷布也風動神行言化無所不至也 **誠恕既孚鈎距靡用** 善曰杜預左氏傳注曰孚大信也漢書曰趙廣漢守京兆尹廣漢善爲鈎距以得事情鈎距者欲知馬價則先問狗已問羊又問牛然後及馬參伍其價以類相推則知馬之賤貴不失實矣晋灼曰鈎致也距閉也設欲知馬價先問狗又問羊然後及馬使對者無疑以知馬價亍若不問而自知以閉其術爲距也 翰曰趙廣漢爲京兆尹尤善鈎距以得事情也孚信鈎置距閉靡無也言致其刑罰以閉姦路而緬爲會稽誠心恕物爲人明信則鈎距無用 **不待赭**

〔文選五十九　二十七〕

汙之權而姦渠必剪 善曰尚書曰殲厥渠魁孔安國曰渠大也 向曰漢宣帝時長安市偷盜尤多百賈苦之乃使張敞爲京兆尹敞問長安父老偷盜酋長數人敞捨其罪令捕諸賊以自贖其偷長曰今忽召詣府恐諸賊驚駭願受一署敞乃以偷長爲吏遣歸假置酒其餘賊悉來賀飲醉偷長以赭色汙其衣吏乃坐里門出有赤色汙衣者收縛之得百人皆罪之由是清治也言緬爲政不待此許而姦惡之長必見誅剪 **無假里** 五臣本作黑字 **端之籍而惡子咸誅** 善曰歌録曰鴈門太守行曰外行猛政內懷慈仁文武備具課民不貧移惡子姓偏著里端 銑曰同善注此云黑者蓋後人書寫之誤里端謂以法令著於里閭也籍用也惡子賊也言緬之有德不假致法令於里端賊皆已誅也 **被以哀矜孚以信順** 善曰曾子曰上失其道民散久矣如得其情則哀矜而勿喜 良曰孚敬也 **南陽葦杖未足** 五臣本作或字 **比其仁** 善曰范曄後漢書曰劉寬字文饒弘農人也遷南陽太守吏民有過但用蒲鞭罰之示辱而已然終不加苦韓詩外傳孔子曰水之精爲土老蒲爲葦顯無怪之曹植對酒歌曰蒲鞭葦杖示有刑 濟曰韓詩外

傳云老蒲爲葦也葦杖即蒲鞭也言此蒲鞭未可比緬之仁政也餘同善注 潁川時雨無以
豐其澤 善曰趙岐三輔決録曰茂陵郭伋爲潁川化如時雨摯虞曰伋字細侯光武拜潁川太守 翰曰郭
伋爲潁川郡守德如時雨下人利之言緬之爲政雖潁川之惠無以豐也 公攬轡升車牧州
五臣本作川字 典郡 善曰范曄後漢書曰范滂爲詔使登車攬轡有澄清天下之志蔡邕橋玄碑曰牧一州典
五郡也 感達民祇非待期月 善曰論語子曰苟有用我者朞月而已可也三年有
成向曰祇神也 老安少懷塗歌里詠 善曰論語子曰老者安之少者懷之 銑曰歌
詠其德也 莫不懽若親戚芬若椒蘭 善曰孫卿子曰夫暴國之君將誰與至哉
其所與至必其民也而其民之親我若父母其好我芬若椒蘭漢書刑法志曰鄰國望我懽若親戚芬若椒蘭 銑曰若
如也人好其德音如椒蘭也 麾旆每反行悲道泣攀車臥轍之
戀爭塗恚遠 善曰東觀漢記曰秦彭字國平爲開陽城門候後拜潁川太守老弱攀車啼號塡道

又曰侯霸字君房王莽敗霸保守臨淮更始元年遣謁者侯盛齎璽書徵霸百姓號呼哭泣遮使者或當道則皆曰願復
留霸朞年 良曰麾旆旗之類也古者刺史行皆執物以行反謂去官也行悲道泣謂百姓戀也 濟曰後漢第五倫爲
會稽太守倫將去官百姓攀車駕啼呼又侯霸爲臨淮太守帝遣使徵之百姓皆遮使車或當道卧言緬之去官人有此
戀皆爭道而前以請其留志其遠路不知疲也塗道也 去思一借之情愈久彌
結 善曰漢書曰何武爲兗州刺史從京兆尹其所居亦無異名去後常見思東觀漢記曰寇恂爲河内太守徵入爲金
吾潁川盜賊羣起車駕南征恂從到潁川盜賊悉降百姓遮道曰願從陛下復借寇君一年上乃留恂 翰曰後漢寇恂
爲潁川太守又拜汝南太守後潁川盜賊百姓遮天子道願陛下復借寇君一年上許之故云一借之情愈漸也 方
城漢池南顧莫重 五臣本作莫過 千里 善本無千里字善曰左氏傳屈完曰方城
以爲城漢水以爲池 北指崤潼平塗不過七百 善曰崤二崤也雍州圖經曰潼
水華陰縣界伏滔正淮論曰壽春北接梁宋平塗不過七百銑曰崤山名潼水名也言山川險阻平道不過七百里也

西接崤武關路曾不盈千 善曰漢書音義應劭曰崤山之關也李奇曰在上洛
北文潁曰武關在析西王隱晉書庾翼表曰襄陽北去河洛不盈千里 良曰崤武二關名不盈千里也 蠻陬
子侯 夷徼 古弔 重山萬里 善曰魏都賦曰蠻陬夷落張揖漢書注曰徼塞也以木柵水爲夷狄
界也魏都賦曰由重山之東阸 濟曰阸聚徼居也 小則俘民略畜大則攻城
剽 四妙 邑 善曰賈逵國語注曰伐國取人曰俘漢書鼂錯上兵事曰胡虜小入則小利大入則大利攻城屠邑
驅略畜産史記曰盜賊滋起大羣至數千人攻城剽邑小羣盜以百數掠鹵鄉里方言曰略強取也 翰曰蠻夷聚居時
爲人患俘謂生得人也畜牛馬之類剽劫也 晉宋迄今有切民患烽鼓相
望歲時不息 向曰鼓烽皆所以警候邊賊也 椎埋穿掘之黨阡陌
成羣 善曰史記曰攻剽椎埋掘冢皆爲財用耳徐廣曰椎殺人而埋之或謂發冢也 銑曰椎埋謂劫殺人而
埋之穿掘謂發冢而取物阡陌道路也 慠法侮吏之人曾莫禁禦 善曰慠慢

侮欺禦止也 累藩咸受其弊歷政所不能裁 善曰賈逵國語注曰
裁制也 濟曰藩國也歷任爲政於此者亦不能裁制也 加以戎羯 居謁 窺窬伺我
邊隙 善曰朱鳳晉書曰前後徙河北諸郡縣居山間謂之羯胡劉琨勸進表曰狡寇窺窬伺國瑕隙 翰曰戎
羯並夷狄名也窺覦也伺我邊隙謂伺候其邊疆也此謂後魏元氏時都洛陽也 北風未起馬
首便以南向塞草未衰嚴城於焉早閉 善曰魏志臧洪
荅陳琳書曰秋風揚塵伯珪馬首南向李陵與蘇武書曰涼秋九月塞外草衰抱朴子鮑生曰人君恐姦釁之不虞故嚴
城以備之戰國策子楚謂秦王曰臣恐邊境早閉晚開也 向曰並謂秋時備守邊疆 永明八載
疆場大駭 善曰吴均齊春秋曰永明八年匈奴寇朐山左氏傳沈尹戌曰吴新有疆場之駭國語曰晉師
大駭揚雄集上書曰候騎至甘泉京師大駭 銑曰永明武帝年號疆場界也駭驚也言羣賊所驚亂也 天子
乃心北眷聽朝不怡 善曰司馬遷書曰主上食不甘味聽朝不怡 良曰怡悅也

揚旆漢南，非公莫可。善曰：蕭子顯齊書曰：緬遷雍州刺史。籍田賦曰：九旗揚旆。呂氏春秋曰：漢南之國，聞湯之德，歸之。濟曰：揚，舉也。旆，旌旗之屬。**於是驅馬原隰，卷甲遄征。**善曰：毛詩曰：驅馬悠悠。又曰：于彼原隰。孫子兵法曰：卷甲趨利，日夜不處。曹植詩曰：指日遄征。翰曰：遄，速也。**威令首塗，仁風載路。**善曰：李尤武功歌曰：恩普洽，威令行。首塗，猶首路也。謝承後漢書序曰：徐淑戎車首路。續晉陽秋曰：謝安賞袁宏爲東郡，安取一扇授之，聊以贈行。宏應聲曰：輒當奉揚仁風，慰彼黎庶。毛詩曰：厥聲載路。向曰：令，號令也。載，行也。**軌躅清晏，車徒不擾。**善曰：漢書音義曰：躅，迹也。銑曰：軌躅，車馬跡也。清晏，謂道路清肅而安，擾亂也。**牛酒日至，壺漿塞陌。**善同良注。良曰：韓信破趙，欲北擊燕，廣武君曰：當今之計，不如案甲休兵，百里之內，牛酒日至，以饗士大夫也。此言燕必懼而來降，獻以牛酒也。昔葛伯不祀，湯往征之，其君子以玄黃于篚以迎其君子，小人以壺漿迎其小人也。言葛伯之民喜湯來征，塞陌多而滿道也。謂緬行征伐，而人服悅，亦如此也。**失義犬羊，其來久矣。**善曰：

漢書名臣奏曰：太尉掾應劭等議，以爲鮮卑隔在漢北，犬羊爲羣。濟曰：言夷狄如犬羊之畜。**歛賦嚴切，唯利是求。**善曰：左氏傳，晉呂相告秦，秦雖與晉出入，秦唯利是視。又曰：唯好是求。翰曰：謂後魏主歛賦百姓嚴切也。**首鼠疆界，災蠹彌廣。**善曰：漢書，田蚡謂韓安國曰：與長孺共一禿翁，何爲首鼠兩端。音義曰：首鼠，一前一却也。說文曰：蠹，木蟲也。以喻殘賊。向曰：首鼠，謂或前或後也。蠹，害也。**公翕以廉風，孚以誠德。**銑曰：翕，舉也。孚，信也。言行忠信之德也。**盡任棠置水之情，弘郭伋待期之信。**善曰：東觀漢記曰：龐參字仲達，拜漢陽太守。郡民任棠者，有奇節。參到，先候之。棠不與言，但以薤一本、水一杯置戶屏前，自抱孫兒伏於戶下。參思其微意，良久曰：棠是欲曉太守也。水者，欲吾清也；拔大本薤，欲吾擊強宗也；抱兒當戶，欲吾開門恤孤也。於是歎息而還。參在職，果能抑豪助弱，以惠政得民。司馬彪續漢書曰：郭伋拜并州牧，行部西河，到美稷，數百小兒各騎竹馬逢迎。伋問曰：兒曹何自遠來？對曰：聞使君到，喜，故來迎。伋謝曰：辛苦諸童。諸小兒復送至郭門外，問使君何日當還。伋謂別駕計日告之。行部還入美稷，先期一日，

伋念負諸兒，即止野亭，須期乃往。伋重信得人心，皆此類也。五臣注同。**金如粟而弗覩，馬如羊而靡入。**善曰：范曄後漢書曰：張奐字然明，燉煌人也。遷安定屬國都尉，破羌，羌豪帥感奐恩，上馬二十匹，先零酋長又遺金鐻八枚。奐並受之，而召主簿於諸羌前，以酒酹地曰：使馬如羊，不以入廄；金如粟，不以入懷。悉以金馬還之。濟注同。言雖賤如羊粟，亦不用也，而況於貴乎。靡，無也。**雛雉必懷，豚魚不爽。**善曰：東觀漢記曰：魯恭爲中牟令，時郡國螟傷稼，犬牙緣界，不入中牟。河南尹袁安聞之，疑其不實，使仁恕掾肥親往察之。恭隨行阡陌，俱坐桑下，有雉過，止其傍，傍有童兒。親曰：何不捕之？兒言：雉方將雛。親曰：所以來者，欲察君之化迹耳。蟲不犯境，此一異也；化及鳥獸，此二異也；豎子有仁心，此三異也。具以狀言安。周易曰：信及豚魚。翰曰：雛雉，謂後漢魯恭爲中牟令，仁政所致。言緬之仁政，雛雉必懷其德也。爽，差也。言其有信於豚魚，亦不差失也。**由是傾巢舉落，望德如歸。**善曰：廣雅曰：落，謂村居也。左氏傳曰：衞遷邢于夷儀，邢遷如歸也。向曰：蠻夷感其仁惠，皆傾其巢居部落，望緬恩德而來也。**椎**直追**髻髽**側瓜**首，日拜門闕。**善曰：

漢書曰：尉佗魋髻箕踞。淮南子曰：三苗髽首。銑曰：椎髻髽首，蠻夷結髮之形。**卉服滿塗，夷歌成韻。**善曰：尚書曰：島夷卉服。蜀都賦曰：夷歌成章。范曄後漢書曰：益州刺史朱輔上疏曰：白狼王唐菆等慕化歸義，作詩三章也。良曰：蠻夷以草爲服，行備於道也。各以其方樂爲歌謠，成其音韻也。**禮義既敷，威刑具舉。**善曰：公羊傳曰：既者何？盡也。毛萇詩傳曰：具，俱也。濟曰：敷，布也。**彊民獷**古猛**俗，反志遷情。**善曰：韓詩曰：獷彼淮夷。薛君曰：獷，覺寤之貌。劉騊駼與李子堅書曰：吏民彊獷，比屋爲賊。獷，古猛切。翰曰：彊暴之人，獷惡之俗，皆沐其仁化，反其本志，遷情歸善也。**風塵不起，囹圄**五臣本作圜字**寂寞。**善曰：東觀漢記曰：蔡彤爲遼東太守，野無風塵。魏都賦曰：囹圄寂寥。向曰：囹圄，獄也。寂寞，言空虛也。**富商野次，宿秉停菑。**側眉切　善曰：國語，叔向曰：絳之富商，韋藩以過於朝。范曄後漢書曰：王渙字稚子，廣陵人，除溫令，境內清夷，商人露宿於道。毛詩曰：彼有遺秉，此有滯穗。又曰：于彼菑畝。毛萇曰：田一歲曰菑。銑曰：次，舍也。野舍，言不遇盜也。秉，禾束也。菑，一歲田也。言將豐熟，宿積禾束，停之於田也。**蝝**緣

蝗弗起豺虎遠跡善曰范曄後漢書曰宋均字叔平南陽人也遷九江太守郡多虎暴數爲民患常設檻穽而猶多傷害均到下記屬縣可一去檻穽除削課制其後傳言虎相與東渡江後山陽楚沛多蝗其飛至九江東界者四散去　良曰蝝蝗蟲之食苗者豺虎獸之害人者感緬仁德故不起爲患遠跡避境也北狄懼威關塞謐靜濟曰北狄謂魏也謐靜也偵諜不敢東窺駝馬不敢南牧善曰偵伺也鄭玄周禮注曰諜賊反間爲國賊者徒頰切范曄後漢書曰鮮卑寇遼東蔡彤擊之虜大破不敢復闚塞過秦論曰胡人不敢南下而牧馬　翰曰偵問也諜夷狄懼言也言夷狄恐懼相問之言不敢有東窺之意不敢南牧謂齊在南畏齊德也方欲振策燕趙席卷秦代善曰過秦論曰振長策而御宇內又曰有席卷天下之意　向曰振舉策謀也席卷謂取之如卷席之易也燕趙秦代並國名也陪龍駕於伊洛侍紫蓋於咸陽善曰楚辭曰龍駕兮帝服聊翱翔兮周章傅玄乘輿馬賦曰紫蓋飄以連翩　銑曰龍駕紫蓋並天子行也言將陪侍天子伐魏也洛陽咸陽並爲魏所都也而遘疾彌留欻焉大漸善曰尚書曰疾大漸惟幾病日臻既彌留　良曰遘遇也彌留謂疾病不去其身也大漸謂疾漸重將死也耕夫釋耒桑婦下五臣本作不字機善曰曹植荀侯誄曰機女投杼農夫輟耕也　濟曰耒耕具言耕夫桑婦感緬之仁惠恐其將薨皆釋去作具以相驚惜參請門衢並走羣望善曰左氏傳曰乃大有事于羣望　翰曰參請謂問疾也羣望謂山川所有祈祭之所也人皆並走往祈祀之以求其福望緬之疾瘳也維永明九年夏五月三十日辛酉薨春秋三十有七城府颯然庶僚如霣善曰颯然吹木葉落貌　向曰颯然謂空而無人也庶衆僚官也霣零落也言衆官如零落有所失也男女老幼大臨去街衢接響傳聲不踰時而達于四境善曰潘勗荀彧碑曰男女老幼里號巷哭臧榮緒晉書曰羊祜薨於是街衢涂巷傳哭悽音邑里相達　銑曰言舉國男女老幼哭臨於街衢其聲響相傳接而至于四達也夷羣戎落幽遠

必至向曰落猶聚也居部落也望城拊膺震動郛邑並求入奉靈櫬芬文藩司拊而弗許良曰櫬棺也藩司府官屬也雖鄧訓致劈面之哀羊公深罷市之慕對而爲言遠有慚德善曰范曄後漢書曰鄧訓字平叔遷護烏桓校尉病卒官吏民羌胡愛惜旦夕臨者數千人戎俗父母死恥悲泣皆騎馬歌呼至聞訓卒莫不號咷或以刀自割又刺殺其犬馬牛羊曰鄧使君已死我曹亦俱死耳尚書曰惟有慚德　翰曰晉羊祜爲都督荊州罷市悲號追慕無已言緬之初薨有過於此二君故對而言之二君遠有慚德也神駕東還號送踰境善曰蕭子顯齊書曰緬喪還百姓緣沂水悲泣　濟曰神駕謂喪車也東還謂自荊州還江東也吏民哭送之出境也奉觴奠以望靈仰蒼天而自訴震響成雷盈塗咽水善曰蕭子顯齊書曰百姓設祭於峴山鄭玄周禮注曰喪所薦饋曰奠韓詩曰萬人顒顒仰天告訴周易曰震動也漢中山靖王曰聚蚊成雷江衛與荀仲茂牋曰舉國顒顒歎慕盈塗　向曰人吏申祭號哭滿道悲泣之聲哽咽如水之不通流也公臨危審正載貽話言善曰說文曰話會合善言也　銑曰臨危謂臨終之時審正其意不至迷亂則遺於話言也楚囊之請惟五臣本作雖字幾而彌固善曰尚書曰疾大漸惟幾孔安國曰幾危殆　良曰楚子囊伐吳還將死而遺言謂子庚必城郢謂必使楚作城於郢也君子謂子囊忠矣將死不忘衛社稷幾謂危殆也謂緬忠於國雖至危殆其情圖也衛魚之心身亡而意結善曰韓詩外傳曰昔衛大夫史魚病且死謂其子曰我數言蘧伯玉之賢而不能進彌子瑕不肖而不能退死不當居喪正堂殯我於室足矣衛君問其故子以父言聞君召伯玉而貴之彌子瑕退之徙殯於正堂　翰曰衛大夫史魚言緬亦有是心雖身亡而意惟鬱結也二宮軫慟五臣本作動遐邇同哀向曰二宮天子太子也謂常事二宮也軫隱也言惻隱而哀慟追贈侍中領五臣本無領字衛將軍給鼓吹一部謚曰昭侯時皇上納麓在辰登庸伊始善曰皇上明帝也尚書曰納于大麓烈風雷雨

不迷孔安國曰麓錄也堯納舜使大錄萬機之政尚書曰若
時登庸 銑曰皇上謂明帝未即位時也麓錄庸用伊惟也
言明帝納政事之辰登用惟始也
謂將欲登用爲天子先試用也 允副朝端兼掌屯衛
善曰蕭子顯齊書曰明帝初爲右僕射加領衛尉晉中興書
謝安石上疏曰尸素朝端忽焉五載漢書曰城門校尉掌京
師城門屯兵 良曰允信也明帝初爲
右僕射加領衛尉故云兼掌屯衛也 聞凶哀震感絶
移時 濟曰移時謂良久也 因遘沈痾緜留氣序 翰曰遘遇也緜留謂不絶
於身也氣序
謂經時也 世祖日夜憂懷備盡寛譬 善曰世祖武帝臧榮緒晉
書賀循箴曰日夜憂懷慷慨發憤
向曰寛喻其意使節去悲情也 勉膳禁哭中使相望
善曰東觀漢記曰樊脩至孝母終上遣中黄門朝暮餐食吳
志曰朱然寝疾孫權夜爲不寝中使醫藥口食之物相望於
道 銑曰勉彊也膳食也禁止也言世祖使勸明
帝彊食止哭中使相望不絶也天子私使曰中使 上雖外
順皇旨內殷私痛獨居不御酒肉坐卧泣涕霑

衣 善曰毛萇詩傳曰殷憂也東觀漢記曰齊武王以譖愬遇
害上與衆會飲食笑語如平常馮異侍從親近見上獨居
不御酒肉坐卧枕席有泣涕處異獨入叩頭寛解上意
良曰上謂明帝也皇旨謂世祖意勸喻也 濟曰御食也 若
此移年癯瘠改貌 求俱切 善曰爾雅曰臞瘠也與癯同
渠俱切 翰曰癯病瘠疲也 天倫
之愛振古莫儔 善曰穀梁傳曰兄弟天倫也何休曰弟
兄先後天之倫次也毛詩曰匪今斯今
振古如茲毛萇曰振自也 向曰兄弟天倫
之次也昭侯與明帝兄弟也振自儔匹也 及俯膺天眷
入纂絶業 善曰蕭子顯齊書明紀曰太后廢海陵王以上
入纂太祖爾雅曰纂繼也漢書司馬遷曰惟漢
接三代絶業 銑曰謂即天子位也膺
當也纂繼也言繼太祖之業而立也 分命懿親台牧
並建 善曰尚書曰分命羲叔左氏傳富辰曰兄弟雖有小
忿不廢懿親春秋漢含孳曰三公在天法三能周禮
曰建大麾以封藩國又曰八命作牧 良曰言
明帝分命近親在於台輔及方牧之任並立 對繁弱以
流涕望曲阜而含悲 善曰左氏傳子魚曰周公相王室
以尹天下於周爲睦分魯公以大

路大旂夏后氏之璜封父之繁弱尚書曰魯侯伯禽宅曲阜
濟曰繁弱弓名謂世祖崩今對弓而流涕昔黄帝升仙遺其
弓而羣臣對之流涕也曲阜周公所封
國名也言思昭王如望周公而含其悲 改贈司徒因謚
爲郡王禮也惟公少而英明長而弘潤風標秀
舉清暉映世學徧書部特善玄言 翰曰玄言
玄道也 鞶
帨之麗篆籀之則 善曰法言曰今之學者非獨爲之
華藻也又從而繡其鞶帨李軌
曰鞶帶帨巾也喻今之文字煩多非獨華藻也巾帶皆文之
如繡也漢書史籀音義曰周宣王太史作大篆 向曰鞶帶
也帨巾也喻禮樂衣冠之
美麗也篆籀皆古文之書 窮六義於懷抱究八體於
毫端 善曰毛詩序曰詩有六義焉一曰風二曰賦三曰比
四曰興五曰雅六曰頌漢書八體六技韋昭曰一曰
大篆二曰小篆三曰刻符四曰蟲書五曰摹印六曰署書
七曰殳書八曰隸書 銑曰詩有六義字書有八體也 弈
思之微秋儲無以競巧 善曰孟子曰弈秋通國之善
弈者也儲謂儲畜精思也馬

融廣成頌曰儲積山藪廣思河澤 良曰博弈之事也儲謂
蓄精思也弈秋天下之善弈也言任之弈思雖弈秋之儲思
無以競其
巧妙也 取睽之妙流睇未足稱奇 善曰周易曰弦
木爲弧剡木爲
矢弧矢之利以威天下蓋取諸睽幽通賦曰養流睇而猿號李
虎發而石開 濟曰取睽射也養由基善射流睇而猿號也睇
邪視
也 至公以奉上鳴謙以接下撫僚庶盡盛德
之容交士林忘公侯之貴 善曰周易曰鳴謙貞吉中
心得也尚書曰奉先思孝
接下思恭辯亡論曰接士盡盛德之容
吳志曾肅曰不失下曹從事交遊士林 虚懷博納幽關
洞開 善曰鄒潤甫爲諸葛穆荅晉王命曰雖曰博納虚懷
下開戴逵棲林賦曰幽關忽其離楗玄風暖以雲頹
西征賦曰智中豁其洞開 翰曰道體幽微本
於閑也人皆難曉而王洞然開通至其妙理也 宴語談笑
情瀾不竭 善曰毛詩曰燕笑語兮是以有譽處兮世說曰
王太尉云郭子玄語議如懸河寫水注而不竭
向曰其情如波
瀾不可竭盡也 譽滿天下德冠生民 善曰孝經曰言
滿天下無口過

于寶晉紀武帝詔曰蓋德冠生民必饗不泯之榮　銑曰冠首也言其德爲生人之首也**蓋百代**五臣本作世字**之儀表千年**五臣本作載字**之領袖曾不憖**魚斳**留梁摧奄及**善曰荀氏家傳曰荀彧德行周備名重天下莫不以爲儀表王隱晉書曰魏舒爲相國參軍晉王特加器敬每朝會罷坐而目送之曰魏舒堂堂實曰人之領袖也左氏傳孔丘卒公誄之曰旻天不弔不憖遺一老禮記曰孔子早起負手曳杖逍遙於門歌曰太山其頹乎梁木其壞乎　良曰憖惜也梁摧謂如屋之梁棟摧折也奄及言速及也**豈唯僑終蹇謝與謠輟相而已哉**善曰潘岳賈充誄曰秦亡蹇叔舂者不相杵　史記趙良曰五羖大夫死舂者不相杵　史記以爲五羖而云蹇叔未詳潘沈之旨　濟曰僑謂子産也蹇謂蹇叔也終謝皆死也子産死鄭人輿歌曰我有子弟子産誨之我有田疇子産殖之子産而死誰其嗣之此則輿謠也秦相蹇叔死秦人皆輟舂而思憶之相送杵聲也**凡我僚舊均哀其戚**翰曰戚憂也**怨天德之無厚痛棠陰之不留**善曰周易曰用九天德不可爲首也鄧析子曰天於人無厚也何足以言之天不能令夭折之人更生爲善之民必壽此於民無厚也淮南子曰日朝發扶桑入于落棠高誘曰扶桑日所出落棠山日所入也曰落棠山名也日所入也言其光陰不復留也　向**思所以克播遺塵敝之穹壤**善曰魏都賦曰列聖之遺塵曹植露盤頌曰敝之天壤以顯元功　銑曰播布穹天壤地也言使遺塵之聲與天地同敝**乃刊石圖徽寄情銘頌**翰曰刊刻也徽美也**其辭曰**

天命玄鳥降而生商善曰毛詩商頌文也　翰曰有娀氏女吞燕卵而生契契殷之先祖也商則殷也蕭氏殷後故述也**是開金運祚始玉筐**善曰金謂殷鄒子曰五德從所不勝虞土夏木殷金周火呂氏春秋曰有娀氏有二佚女爲九成之臺飲食以鼓帝令燕往視之鳴若隘隘二女愛而爭搏之覆以玉筐少選發而視之燕遺卵而北飛遂不反高誘曰帝天也天命燕降卵於有娀氏女吞之生契　濟曰殷以金德王故曰金運也有娀同善注故云祚始玉筐也**三仁去國五曜入房**善曰論語曰微

子去之箕子爲之奴比干諫而死孔子曰殷有三仁焉春秋元命苞曰殷紂之時五星聚房房者蒼神之精周據而興　向曰三仁同善注房蒼神之精則周室木德而與焉**亦白其馬侯服周王**善曰毛詩序曰有客微子來見祖廟詩云有客有客亦白其馬又曰侯服于周天命靡常　銑曰武王勝殷紂微子封於宋以奉殷金德故白其馬侯服謂爲諸侯以奉周王也**本枝派别因菜命氏**善曰微子之後食邑於蕭因氏焉毛詩曰文王孫子本枝百世吳都賦曰百川派別漢書曰揚雄之先初食菜於晉之楊因氏焉左氏傳羽父曰胙之土而命之氏　良曰本枝謂與殷同根枝如木之生焉後乃分族如水同源而分流王畿二百里地曰菜其蕭氏之先蕭叔大心因食菜於蕭命爲蕭氏焉水分流曰派也**涉徐而東義均梁徙**善曰謂從蘭陵也王隱晉書曰徐州部東海郡蘭陵縣班固高紀贊劉向曰戰國時劉氏自秦獲於魏秦滅魏遷大梁都豐故周市說雍齒曰豐故梁徙也頌高祖云涉魏而東遂爲豐公　翰曰蕭氏本從殷涉於徐州東居於蘭陵縣則蕭氏之地均同也言遷居之義與劉氏從大梁移居於豐同也漢氏隨魏從大梁移在豐居中陽里梁地名也**自茲以降懷青拖紫**善曰解嘲曰紆青拖紫朱丹其轂　向曰懷拖皆衣之也青紫貴服飾也**崇基巖巖長瀾瀰瀰**密爾反　善曰毛詩曰節彼南山維石巖巖又曰新臺有泚河水瀰瀰　銑曰巖巖高貌瀰瀰流長貌言其祖宗德高而祚長也**惟聖造物龍飛天步**善曰莊子孔子曰夫造物者爲人司馬彪曰造物謂道也周易曰飛龍在天利見大人毛詩曰天步艱難之子不猶　良曰造物謂利萬物也龍飛爲升帝位天步謂遊於高遠至艱難也**載鼎載革有除有布**善曰鼎革二卦名也周易曰井道不可不革故受之以革革物者莫若鼎故受之以鼎漢書音義文穎曰孛星多爲除舊布新改易君上也　濟曰載則也鼎革易卦也鼎者取新之義革改也改舊之理也除其故事以布新制也**高皇赫矣仰膺乾顧**善曰曹府君陳寔誄曰赫矣陳君毛詩曰乃眷西顧此維與宅　翰曰赫盛也膺當乾天也**景皇蒸哉實啓洪祚**善曰毛詩曰文王蒸哉潘岳羊夫氏謚策文曰光啓洪祚慶流萬國　向曰蒸君啓開洪大祚福也**喬嶽峻峙命世興賢**善曰毛詩曰崧高維岳峻極于天維岳降神生

甫及申鄭玄曰福祚與於子孫孟子曰五百年必有王者興其閒必有名世者廣雅曰命名也　銑曰喬高也

應期誕德絕後光前善曰齊五百歲之期也曹植上文帝誄表曰階青雲而誕德晉起居注安帝詔曰元功盛德超前絕後　良曰謂應五百年之期而誕生賢德後世當更無如此賢者故云絕後其賢德光於祖考故云先也

機以成務覺在民先善曰周易曰夫幾者動之微又曰夫易開物成務孟子伊尹曰天之生斯人使先覺覺後覺予天民之先覺者也　銑曰謂先覺事機也

位非大寶爵乃上天善曰周易曰天地之大德曰生聖人之大寶曰位孟子曰有天爵有人爵仁義忠信樂善不倦此天爵也公卿大夫此人爵也　翰同善注

爰始濯纓清猷潛發善曰楚辭曰滄浪之水清可以濯吾纓毛詩曰濬哲維商長發其祥　向曰於始濯纓謂緬初入仕時也纓衣領也猷謀潛深也

升降文陛逶迤魏闕善曰漢書梅福上疏曰願一登文石之陛涉赤墀之塗夏侯稚景福殿賦曰乃陟乎文陛以登華殿呂氏春秋中山公子牟謂詹子曰身在江海之上心居乎魏闕之下高誘曰魏闕象魏之闕也　銑曰文陛天子殿階也以文石砌之逶迤行貌魏闕天子之闕

惠露霑吳仁風扇越善曰陸機謝成都王牋曰慶雲惠露止於落葉　良曰因惠仁德如露之霑潤風之扇動也吳越二國名緬爲吳郡會稽二太守故也

涉夏踰漢政成期月善曰楚辭曰江與夏之不可涉夏水名也尚書曰逾于漢論語子曰苟有用我者朞月而已可也三年有成　濟曰夏謂荆州漢謂襄陽緬昔曾理也

用簡必從日新爲盛善曰周易曰簡則易從又曰日新之謂盛德　翰曰用事簡下人必易從而理日新其德是爲盛美之道

在上哀矜臨下莊敬善曰論語曾子曰上失其道民散久矣如得其情則哀矜而勿喜又曰季康子問使民以敬如之何子曰臨之以莊則敬　向曰爲上則哀矜下人所不逮也莊敬恭儉禮敬也

草木不夭昆蟲得性善曰毛詩序曰周家忠厚仁及草木又曰民樂其有靈德以及鳥獸昆蟲焉　銑曰草木不以時不伐之禽獸不以時不殺之故不夭而得性也

我有芳蘭民胥攸詠善曰芳蘭即上芳君椒蘭也　良曰芳蘭喻其德盛馨香胥相攸所也言人歌謡所以詠其德也

羣夷蠢蠢巖別嶂分善曰爾雅曰蠢動也　向曰蠢蠢動貌巖嶂山也言各分別四居於山也

傾山盡落其從如雲善曰毛詩曰齊子歸止其從如雲　濟曰落謂蠻夷所聚居處也言其皆歸緬德傾盡山居而來其徒相從如雲之多也

挈妻荷子負戴成羣善曰莊子邠人謂邠王曰挈吾妻子以從王乎此又曰石戶之農夫負妻戴子入海也　銑曰挈維也負戴謂負擔生資之物而來成羣言人多也

迴首請吏曾何足云善曰封禪書曰昆蟲闓澤迴首面內漢書曰卭筰之君長聞南夷與漢通請吏比南夷　翰曰漢朝南夷及卭筰之君長皆迴首請吏比之於齊則漢何足可云也迴首請吏謂願歸帝命以爲臣也

昔聞天道仁罔不遂善曰老子曰天道無親常與善人論語子曰仁者壽莊子曰聖也者遂於命者也　良曰罔無也遂猶輔也

彼蒼如何輿山止簣善曰毛詩曰彼蒼者天殲我良人論語曰譬如爲山未成一簣止吾止也　向曰彼蒼天也輿山止簣謂起土爲山而未成少一簣之土而止作也言緬有開國成務之志未遂而死亦如輿山止於一簣也簣土籠也

四牡方馳六龍頓轡善曰毛詩曰駕彼四牡四牡項領頓轡喻死也楚辭曰貫鴻濛以東竭兮維六龍於扶桑王逸注曰結我車轡於扶桑以留日行幸得延年壽也頓猶舍也　翰曰四牡謂駟馬也言將乘駟馬之駕爲國家馳使四方安靜人難而日御不駐頓下其轡光陰已沒謂緬死矣六龍日御也

斯民曷仰邦國殄瘁善曰毛詩曰人之云亡邦國殄瘁　向曰緬既死矣此下人何所仰焉殄盡瘁病也言邦國之人盡如病也

齊隕晏平行哭致禮善曰晏子曰齊景公遊於淄晏子死公繁騮而馳自以爲遲下車而趨知不如車之駃則又乘之比至國四下而趨至則伏尸而哭曰百姓誰復告我惡耶　銑曰晏子名平仲故云晏平也

趙徂昌國列邦揮涕善曰史記曰樂毅爲燕伐齊破之封樂毅於昌國昭王卒燕惠王疑毅毅降趙號曰望諸君而卒於趙潘岳太宰魯公碑曰趙喪望諸列國同傷家語敬姜曰無揮涕　濟曰樂毅卒於趙列國聞之皆悲泣揮涕也

況我君斯皇之介弟善曰左氏傳伯州犂謂皇頡曰夫子爲王子圍寡君之貴介弟也　良曰君斯猶此君也此君謂緬也皇謂明帝也介大也

哀感徒庶慟

輿雲陛善曰左思七略曰閶甲第之廣廈建雲陛之嵳峨翰曰徒庶下人也雲陛天子殿階也不言天子而云陛者不指斥言也亦言陛下也**喈毀留攢川氾歸軸**善曰禮記曰君殯用輴攢至于上鄭玄曰攢猶叢也殯君棺以龍輴叢木題湊象椁儀禮曰遷于祖用軸鄭玄曰軸輁軸也　向曰攢謂堂中權殯之名也其毀者謂啓發其殯將歸于國也留謂留其殯處餘跡也川氾歸軸謂船載其柩以歸也以船比車故云軸也**競蓋野奠爭攀去轂**銑曰言下人皆競進於野以申奠祭之禮爭攀去轂謂舡去而攀留**遵渚號追臨波望哭**善曰毛詩曰鴻飛遵渚范曄後漢書曰祭遵喪至河南車駕臨之望哭哀慟　濟曰循其洲渚號泣而追送之也遵循也**無絕終古惟蘭與菊**善曰楚辭曰春蘭兮秋菊長無絕兮終古　良曰蘭菊皆草名也喻人德如此物之香不絕至于終古也**塗由帝渚朱軒靡駕**善曰楚辭曰帝子降兮北渚尚書大傳曰未命爲士不得乘朱軒　翰曰帝渚謂湘江也帝堯之女娥皇女英沒於此故云緬柩路由此水而過也言平生朱車之榮今則無此駕**東首塋園即宮長夜**善曰廣雅曰首向也漢書音義如淳曰塋冢田也禮記曰孔悝鼎銘曰即宮于宗周李陵詩曰嚴父潛長夜慈母去中堂　向曰東首謂向東葬也即就也宮居也長夜謂墓中也**逝川無待黃金難化**善曰論語子在川上曰逝者如斯史記少君言上曰祠竈則致物而丹砂可爲黃金黃金成以爲飲食器則益壽　銑曰待猶停也黃金難可化爲神丹以致神仙長生也言逝者如川不停又不能化金以爲長生故至死也**鐘石徒刋芳猷永謝**善曰吳越春秋樂師謂越王曰君王德可以刻之金石王逸楚辭注曰謝去也　翰曰百官有德者刻之於石言已死矣徒爲之也永長謝去也鐘即金也刋刻也

墓誌

善曰吳均齊春秋王儉曰石誌不出禮典起宋元嘉顏延之爲王琳石誌

劉先生夫人墓誌一首

善曰蕭子顯齊書曰太祖爲劉瓛取王氏女瓛卒天監元年下詔爲瓛立碑號曰貞簡先生王僧孺劉氏譜曰瓛取王法施女也

向曰瓛平生與其妻道義相得終身不改志也

任彥升

既稱萊婦亦曰鴻妻復有令德一與之齊善曰列女傳曰老萊子逃世耕於蒙山之陽或言之楚王楚王遂駕車至老萊之門楚王曰守國之孤願變先生老萊曰諾妻曰妾聞之居亂世爲人所制此能免於患乎妾不能爲人所制者投其畚而去老萊乃隨之又曰梁鴻妻者同郡孟氏之女也德行甚脩鴻納之共遯逃霸陵山中後復相將至會稽賃舂爲事雖雜傭保之中妻每進食常舉案齊眉不敢正視以禮脩身所在敬而慕之曹植王仲宣誄曰既有令德材技廣宣禮記曰信婦德也一與之齊終身不改　銑曰老萊子婦梁鴻妻並古之賢婦人也言夫人復有善德一與二婦人齊德也**實佐君子簪蒿杖藜**善曰毛詩序曰又當輔佐君子求賢審官東觀漢記曰梁統與杜林書曰君非隗囂不降志辱身至簪蒿席草不食其粟莊子曰子貢見原憲原憲杖藜應門　翰曰簪首飾也以蒿爲簪以藜爲杖儉也藜蒿類也**欣欣負載在冀之畦**善曰漢書曰朱買臣常刈樵其妻亦負載相隨畦音攜　良曰言夫妻相與負載營業之物以相隨也臼季使過冀見冀缺耨其妻饁之相待如賓冀地名畦田隴也**居室有行亟聞**五臣本作間字**義讓**善曰言初居室及於有行俱聞義讓故曰亟也列女傳鮑蘇妻曰如不教吾以居室之行毛詩曰女子有行左氏傳趙襄曰臣亟聞其言矣　濟曰亟數也**稟訓丹陽弘風丞相**善曰蕭子顯齊書曰瓛晉丹陽尹惔六葉孫也然其妻王氏丞相導之後也　向曰稟受也晉丹陽尹劉惔是瓛六代祖也故瓛稟受其訓焉晉丞相王導是夫人先祖故弘其風教也**籍甚二門風流遠尚**善曰漢書曰陸賈遊漢庭公卿間名聲籍甚晉陽秋曰王夷甫樂廣俱宅心事外言風流者稱王樂焉　銑曰二門謂劉王也**肇允才淑閫德斯諒**善曰毛詩曰肇允彼桃蟲又曰窈窕淑女禮記曰內言不出於閫鄭玄曰閫門限也毛萇詩傳曰諒信也　翰曰肇始也允信也淑美也諒善也言夫人始信才美之盛而閫內之德此爲善也禮云內言不出於閫閫門限也**蕪沒鄭鄉寂寥揚冢**善曰范曄後漢書曰鄭玄字康成北海人也國相孔融深敬玄屣履造門告高密縣爲玄特立一鄉曰齊置士鄉越有君子軍皆異賢之意也今鄭君鄉

宜曰鄭公鄉七略曰揚雄卒弟子侯芭負土作墳號曰玄冢良曰燕没寂寥言人死而荒凉也言劉先生之德如鄭揚三君**參差孔樹毫末成拱**善曰皇覽聖賢冢墓誌注曰孔子冢在魯城北泗水南冢塋中樹以百數皆異種人傳言孔子弟子異國人各持其國樹來種之其樹柞枌雒離五味欃檀之樹魯人莫之識老子曰合抱之木生於毫末公羊傳曰秦伯謂蹇叔曰爾之年老冢上之木拱矣濟曰孔子卒葬於魯城北弟子各以其國樹種之於塋本毫末之小而至於合拱拱合手也參差木不齊貌謂先生卒而墓樹已合拱也**暫啓荒埏長扃幽隴**善曰蕭子顯齊書曰王氏被出今云合葬蓋𤡶卒之後王氏宗合之向曰言夫人將開先生墓而入焉則長閉於幽隴之中矣荒埏墓中道扃關也**夫貴妻尊匪爵而重**善曰喪服傳曰夫尊於朝妻貴於室潘岳夏侯湛誄曰惟爾之存匪爵而貴翰曰其夫以道德見貴於時其妻亦因道德而尊非爲爵禄重也匪非也

六臣註文選卷第五十九

四十二

六臣註文選卷第六十

梁昭明太子撰

唐李善并五臣註

行狀

齊竟陵文宣王行狀一首 良曰述其德行之狀

祖太祖高皇帝

父世祖武皇帝

任彦升

南徐州南蘭陵郡縣都鄉中都里蕭公年三十五行狀

公道亞生知照隣幾庶五臣本作庶幾善曰論語孔子曰生而知之者上也學而知之者次也傳季友脩張良廟教曰道亞黃中照隣殆庶向曰亞次也言道次於生知之性也照明隣近也言明近於庶幾之道也**孝始人倫忠爲令德公實體**五臣本作禮字**之非毀譽所至**善曰毛詩序曰成孝敬厚人倫左氏傳君子曰忠爲令德論語子曰吾之於人誰毀誰譽如有所譽高誘呂氏春秋注曰體行也莊子曰舉世譽之而不加勸舉世非之而不加沮銑曰非人言辭所能毀譽以至於此**天才博贍學綜該明**善曰郭子曰孫子荆上品狀王武子曰天才英博亮拔不羣潘岳任府君畫讚曰學綜羣籍智周萬物濟曰綜理該通也**至若**五臣本作乃字**曲臺之禮九師之易**善曰七略曰宣皇帝時行射禮博士后倉爲之辭至今記之曰曲臺記又曰易傳淮南九師道訓者淮南王安所造也漢書音義曰淮南王安聘明易者九人號九師說翰注同**樂分龍趙詩析**先歷**齊韓**善曰漢書曰雅琴趙氏七篇名定勃海人宣帝時丞相魏相所表又曰雅琴龍氏九十九篇名

德梁人也又曰詩魯齊韓三家應劭曰申公作魯詩韓嬰作韓詩臣瓚曰轅固作齊詩也　良曰雅琴龍氏有九十九篇趙氏七篇韓齊二家作詩而能析理也**陳農所未究河間所未輯**善曰漢書曰成帝時以書頗散亡使謁者陳農求遺書於天下又曰河間獻王德從人得善書必爲好寫與之留其眞加金帛賜以招之由是或有先祖舊書多奉以奏獻王者故得書多與漢朝等　向曰言竟陵王及其所未窮盡者未來集者皆復重興其事也**有一於此罔不兼綜者歟**善曰謝承後漢書曰劉覬方英所載靡不必綜　向曰謂上諸學技之事有一人善者無不兼理而學之**昔沛獻訪對於雲臺東平齊聲於楊史**善曰東觀漢記曰沛獻王輔永平五年秋京師少雨上御雲臺召尚席取卦具自卦以周易卦林占之其繇曰蟻封穴戶大雨將集明日大雨上即以詔書問輔曰道豈有是耶輔上書曰案易卦震之蹇蟻封穴戶大雨將集艮下坎上艮爲山坎爲水出雲爲雨蟻穴居而知雨將雲雨蟻封穴者故以蟻爲興文詔報曰善哉王次序之又曰上以所自作光武皇帝本紀示東平獻王蒼蒼因上世祖受命中興頌上甚善之以問校書郎此與誰等皆言類相如揚雄前代史岑比之　銑曰漢明帝時大旱御雲臺之上筮得蹇卦帝不解以問沛獻王輔輔上書曰蹇者坎上艮下此山有承水雨即至矣果如其言又東平王蒼上書天子甚善之以問左右賢臣左右皆曰其才如揚雄史岑也**淮南取貴於食時陳思見稱於七步方斯蔑如也**善曰漢書曰淮南王安上使爲離騷傳旦受詔日食時上世說曰魏文帝令陳思王七步成詩詩曰萁在竈下然豆居釜中泣本是同根生相煎何太急　良曰漢淮南王安好書天子使爲離騷傳朝受詔至食時進之魏陳思王植有奇才文帝令作詩七步而成比之於王彼則蔑如也**初沈攸之跋扈上流稱亂陝服**善曰沈約宋書曰沈攸之字仲達爲荊州刺史順帝即位攸之師武義至夏口反毛詩傳曰無然畔援猶跋扈也西京賦曰睢盱跋扈尚書曰非台小子敢行稱亂臧榮緒晉書曰武陵王令曰荊州勢據上流將軍休之委以分陝之重　向曰跋扈跋扈也上流荊州也時攸之爲荊州刺史宋順帝即位起兵作亂時以荊州比陝州爲分陝之望也如侯甸之服故云陝服也**宋鎮西晉熙王南中郎邵陵王竝鎮盆口**善曰沈約宋書曰明帝第六子燮字仲綏封晉熙王進號鎮西沈攸之舉兵鎮尋陽之盆城又曰邵陵殤王友字仲賢明帝第七子也年五歲出爲南中郎將江州刺史邵陵王　翰曰二王竝以攸之之亂鎮盆口也盆口江州也**世祖毗贊兩藩而任總西伐**善曰沈約宋書曰齊王太子奉晉熙王燮鎮尋陽之盆城　向曰時齊世祖爲齊王太子輔贊二王之政西伐沈攸之亂也兩藩二王也**入公時從在軍**銑曰從世祖在軍也**鎮西府版寧朔將軍**銑曰以版封授爲寧朔將軍非臺署之補也**軍王南中郎版補行參軍署法曹**善曰沈約宋書曰除拜則爲參軍事府版則爲行參軍　翰曰軍主謂軍中之長也署主也言爲軍守王法之官也**于時景燭雲火風馳羽檄**善曰言雲火之多如景之照羽檄之疾若風之馳太公六韜曰雲火萬炬以防夜四子講德論曰風馳雨集漢書高祖曰以羽檄徵天下兵　良曰雲火烽火也羽檄徵兵書也言烽火照天下如日景之照也軍書之急如風馳羽飛也**謀出股肱任切書記**善曰魏文帝與吳質書曰元瑜書記翩翩　向曰股肱猶左右也書記謂文學之士也**邵陵王主簿記室參軍**向曰掌書記文學之任也**既允焚林之求實兼儀形之寄刀筆不足宣功風體所以弘益**善曰文士傳曰太祖雅聞阮瑀名辟之不應連見逼促乃逃入山中太祖使人焚山得瑀送至召入太祖時在長安大延賓客怒不與語使就伎人列瑀善解音能鼓琴遂撫弦而歌因造歌曲曰弈弈天門開大魏應期運青蓋巡九州在西東人怨士爲知己死女爲悅己玩恩義苟潛暢他人焉能亂爲曲既捷音聲殊妙當時冠坐太祖大悅署爲記室何法盛晉中興書曰王承字安期司空東海王越以爲記室參軍雅相敬重敕子毗曰夫學之所益者淺體之所安者深閑習禮度不如式瞻儀形諷味遺言不如親承音旨王參軍人倫之表汝其師之史記張釋之曰秦任刀筆之吏　濟曰言其有大才故刀筆不足以宣其功蓋以爲技也風儀體氣所以大益於人倫也　銑同善注**除邵陵王友又爲安南邵陵王長史東夏形勝關河重複**善曰尚書王曰爰建爾于上公尹茲東夏漢書田肯曰秦

形勝之國也韓康伯王述碑曰述遷會稽太守此蓋關
河之重複泱泱大邦 銑曰東夏會稽郡也複阻也選
衆而舉彰説斯在 善曰論語子夏曰舜有天下選於衆舉皐陶不仁者遠矣左氏傳曰晉蒐
於被廬謀元帥趙衰曰郤縠可臣亟聞其言矣説禮樂而敦
詩書君其試之 良曰選於衆官舉之爲會稽太守重德悦
才其在於竟陵
王也彰重也 除使持節都督會稽東陽臨海永
嘉新安五郡諸軍事輔國將軍會稽太守太祖
受命廣樹藩屏 善曰左氏傳富辰曰昔周公故封建親戚以藩屏周室 濟曰太祖高皇帝受
宋順帝禪位而爲天子也廣
樹藩屏謂封子弟爲諸侯王 公以高昭韶武穆惟戚惟
賢 善曰西漢書韋玄成曰父爲昭子爲穆孫復爲昭也晉韶漢書文帝詔曰右賢左戚 向曰竟陵王於高祖爲昭於
武帝爲穆惟辭也戚親
也言其爲昭穆親賢也 封聞喜縣開國公食邑千戶
又以奏課連最進號冠軍將軍 善曰漢書曰倪寬爲農都尉大司農
奏課最連韋昭曰最連得第一也 銑曰言其爲太守奏功
課與諸郡相連而比其考爲第一故曰連最也最第一也
越人之巫覡正風而化俗 善曰范曄後漢書曰第五倫字伯魚京兆人也拜會
稽太守會稽俗多淫祀好卜筮民常以牛祭神百姓財産以
之困匱倫到官移書屬縣曉告百姓其巫祝有依託鬼神詐
怖愚民皆案論之有妄屠吏輒行罰於後遂斷絕百姓以安
翰曰事鬼神曰巫言越人好爲淫祀以事鬼神而竟陵王理
之都邑正風而
人俗化一也 篁竹之酋感義讓而失險 善曰漢書淮南王上
書曰臣聞越處谿谷之間篁竹之中范曄光武紀贊曰金湯
失險 良曰越南之俗處於谿谷篁竹之中常恃其險而竟
陵王理之其酋長之徒皆感義讓之風而
棄其險阻以歸其德也竹叢曰篁失棄也 邪叟忘其西
昃 五臣本作忘於西景 龍丘挾其東皐 善曰潘安仁楊經誄云日昃景西望子朝陰范曄後
漢書曰任延字長孫南陽人拜會稽都尉年十九吴有龍丘
萇者隱居志不降辱四輔三公連辟不到掾史白請召之延
曰龍丘先生躬德履義有原憲伯夷之節都尉酒埽其門猶
懼辱焉召之不可使功曹奉謁修書記致醫藥吏使相望於

道積一歲萇乃乘輦詣府門願得先死備錄延詞讓再三遂
署議曹祭酒阮籍奏記曰將耕東皐之陽輸黍稷之稅向
曰邪謂君邪谿也後漢劉寵爲會稽太守帝徵拜將作大匠
有老叟五六人出自君邪谿人賫百錢送寵皆戀寵德義忘
夕而不反西景謂日夕也言説慕德化而
狹其耕農故出往也東皐則耕農之所也 會武穆皇后
崩公星言奔波泣血千里 善曰蕭子顯齊書曰武穆裴皇后諱惠昭河東人父
璣之后生子良禮記曰惟父母之喪見星而行夜見星而舍
毛詩曰星言夙駕仲長子昌言曰救患赴急跋涉奔波者憂
樂之盡也禮記曰高子皐執親之喪泣血三年
未嘗見齒君子以爲難 銑曰星言早行侵星也 水漿不入
於口者至自禹穴 善曰禮記曾子謂子思伋曰吾執親之喪水漿不入於口七日漢書曰司
馬遷南遊江淮上會稽探禹穴 濟曰禹
穴在會稽山言其從會稽而至於都也 逮衣裳外除心
哀內疚 善曰禮記曰親喪外除鄭玄曰日月已竟哀不忘也嵇康幽憤詩曰心焉內疚爾雅曰疚病也 翰
曰逮及也疚病也
謂除脫衰服也 禮屈於厭烏甲 降事迫於權奪 善曰禮記
曰有從有服而無服公子於其妻之父母鄭玄曰凡公子厭
於君降其私親女君之子不降也晉起居注宋公表曰情由
權奪也 良曰禮父在母喪服期爲尊在屈厭而降之事
理又迫於權宜而奪哀情使入仕也謂將授征虜將軍也 而
茹慼肌膚沉痛瘡距 善曰廣雅曰茹食也禮記曰創鉅者其日久痛甚者其愈遲三
年者稱情而立文所以爲至痛極 向曰言茹食憂
苦損其肌膚沉於痛毒如瘡痛之至傷感憂距至也 故知
鍾鼓非樂云之本縗麤非隆五臣本作降字殺所戒之要
善曰論語子曰樂云樂云鍾鼓云乎哉馬融曰樂之所貴者
移風易俗也非謂鍾鼓而已左氏傳曰齊晏桓子卒晏嬰麤
衰斬寢苫枕草孫卿子曰喪三年何也曰加隆焉故三年以
爲隆緦小功以爲殺鄭玄禮記注曰有隆有殺進退如禮莊
子曰本在於上末在於下要在於主詳在於臣鍾鼓之音羽
旄之容樂之末哭泣縗絰隆殺之服哀之末 翰曰樂之與
禮本要在於中情豈以鍾鼓之聲縗
麤之服升降以爲禮樂乎降升殺降 改授征虜將軍丹
陽尹良家入從戚里內屬政非一軌俗備五方

善曰三輔黃圖曰宣帝爲杜陵徙良家五千戶居於陵漢書萬石君傳曰徙其家長安中戚里以妹爲美人故也漢書秦地五方雜錯　良曰漢宣帝爲杜陵徙良家五千戶居於陵天子有親姻者居之名曰戚里言齊亦倣漢有此事內屬當族親也言政非一法使風俗必備五方作則也**公內樹寬明外施**五臣本作簡字**簡惠**善曰馮衍說鮑永曰幸蒙危言之世遭寬明之時臧榮緒晉書曰吳隱之爲晉陵太守布政簡惠**神皐載穆轂下以清**善曰西京賦曰寔惟地之奧區神皐漢書谷永上疏曰薛宣爲御史中丞執憲轂下胡廣漢官解故注曰轂下喻在輦轂之下京城之中也范曄後漢書曰楊璉爲零陵太守郡境以清　翰曰神皐良田也謂都畿之內也載事也穆和也言都畿之內政事以和輦轂之下其化之清也轂下帝都也**武帝**五臣本作皇字**嗣位進封竟陵郡王食邑如千戶**濟曰如千戶猶若干戶也蓋食邑無定戶故也**復授使持節都督南徐兗二州諸軍事鎮北將軍南徐州刺史**翰曰是時有後魏在北而齊在江南北地皆非其所有志思此土故江南別置徐兗等州以爲南州也**遷使持節侍中都督南兗徐北兗青冀五州諸軍事征北將軍南兗州刺史**向曰兗青冀並在北不得至其州蓋遙授也**兗徐接壤素漸河潤**善曰漢書武帝詔曰淮南衡山兩國接壤東甌漢記曰拜郭伋潁川太守召見辭謁帝勞之曰賢能太守去帝城不遠河潤九里冀京師并蒙福也　向曰素本漸及也**未及下車仁聲先洽**善曰漢書曰班伯爲定襄太守其下車作威吏民竦息　銑曰下車謂初至也洽徧也**玉關靖柝北門寢扃**善曰漢書曰龍勒有玉門關周禮曰凡軍事聚擊柝鄭玄曰擊柝兩木相敲行夜時也柝與柝同史記曰齊威王曰吾吏有黔夫者使守徐州則燕人祭北門裴駰曰齊之北門說文曰扃外關門之關　濟曰玉關塞北關名也柝謂夜擊守更木也此言後魏在北故比之匈奴玉關也靖柝謂疆界無守備也此門謂潤州爲國之北門也寢扃謂除其關守也**朝旨以董司岳牧敷典邦教**善曰晉起居注宋公表曰董同乖方過寔引罰孔安國尚

書傳曰董督也潘岳關中詩曰岳牧慮殊禮記司徒明七教以興民德尚書曰司徒掌邦教　翰曰朝旨天子意也董正也司主也岳牧太守也敷布興起邦國也言天子之意以正百官之上司者以太守之任爲重將布起國家之政教也**方任雖重比此爲輕**善曰山濤啓事曰方任雖重比此爲輕　銑曰方任謂太守也言太守雖重比此司徒侍中之職太守爲輕也**徵護軍將軍兼司徒侍中如故又授車騎將軍兼司徒侍中如故即授司徒侍中又如故**良曰謂前兼司徒今即正授司徒即侍中如故**上穆三能**五臣本作台字**下敷五典**善曰漢書曰三能色齊君臣和蘇林曰能音台尚書帝曰契汝作司徒敬敷五教在寬又曰五典克從孔安國曰五典五常之教　銑曰穆和也三台星名主三公位也三台星色齊則君臣和也敷布也五典五常之教父義母慈兄友弟恭子孝也**闢玄闈以闡化寢鳴鍾以體國**善曰玄謂道也太玄經曰玄門混沌難知孫放數詩曰一往縱神懷嬌跡步玄闈范曄後漢書曰柏榮爲五更贊曰待問雅若鳴鍾翰曰闢開也闈門也言開政道之門以闡揚天子化也謂其鳴貴而息其擊鍾鼎食之盛以尚節儉之道以體國家之理也寢息也**翼亮孝治緝熙中教**善曰孝經曰昔者明王之以孝治天下也不敢遺小國之臣司徒故曰中教　向曰翼佐也亮猶行也緝和也熙廣也言佐天子行其孝理使天下大和廣布中平之教**奪金恥訟蹊田自嘿**善曰呂氏春秋曰齊人有欲得金者清旦衣冠之鬻金者之所見人操金攫而奪之吏捕而束縛之問曰人皆在焉子攫人之金何故對吏曰殊不見人徒見金耳左氏傳申叔時謂楚子曰牽牛以蹊人之田而奪之牛牽牛以蹊者信有罪矣而奪之牛罰以重矣　銑曰言竟陵王執政人皆不爲爭訟蓋德化之所及也有牽牛以蹊人之田而奪之牛得奪牛之罪重於蹊田之罪也言金蹊過於田者乃懷其義讓亦嘿然不相爭奪矣蹊道也言牛行於田以成道也**不彫其朴用晦其明聲化之有倫繄公是賴**善曰呂氏春秋曰賢不肖各反其質行其情不彫其素高誘曰素樸也周易曰明入地中明夷君子以莅衆用晦而明王弼曰藏明於內乃得明潘元茂九錫文曰故周室之不壞繄二國是賴　翰曰物皆任其質朴

不作影鏤外貌始晦其内則明也倫次也縏發語之聲也縏公是賴謂政理賴得此公也庠序肇興儀
形國胄師氏之選允師五臣本作歸字人範善曰禮記曰有虞氏養國
老於上庠夏后氏養國老於東序鄭玄曰皆學名也毛詩曰儀刑文王袁山松後漢書曰李膺風格儀形皆可師範尚書
曰夔命汝典樂教胄子周禮師氏掌以媺詔王以三德教國子法言曰務學不如務求師師者人之模範也向曰謂欲
以爲國子祭酒也庠序國學也肇始也胄子也謂百官之子皆學於中也故曰國子也師氏周官掌教國子也允信範法
也言師氏之選信歸於竟陵王以爲合法則也以本官領國子祭酒固辭不
拜八座初啓以公補尚書令善曰陳壽魏志評曰八座尚書即古六卿之任
也晉百官名曰尚書令尚書僕射六尚書古爲八座尚書銑曰八座謂六尚書二僕射式是敷奏百
揆時序善曰尚書曰敷奏以言又曰納于百揆百揆時叙王隱晉書詔曰今之尚書令皆古之百揆之任也
良曰式用也言用是忠良之德敷奏天庭則百事於是有次序揆事時是也夫國家之道互

〔文選六十　八〕七廿

爲公私君親之義遞爲隱犯善曰事親有隱而無犯事君有犯而無隱有諫
諍之義隱謂不稱揚其過犯謂犯顏色而諫也翰同善注公二極一致愛敬同歸
善曰國語欒共子曰成聞之人生於三事之如一父生之師教之君食之生非食不長非教不智生之族也故一事之
唯其所在則致死矣孝經曰資於事父以事母而愛同資於事父以事君而敬同向曰公謂竟陵王也二極謂君親也
一致謂忠孝同爲一也愛敬之道同歸君親也亮誠盡規謀猷弘遠矣善曰國語
召康公曰天子聽政近臣盡規晉中興書册陶侃曰公經德秉哲謀猷弘遠濟曰亮信猷風弘大也又授
使持節都督揚州諸軍事揚州刺史本官悉如
故舊惟淮海今則神牧善曰尚書曰淮海惟揚州地里書曰崑崙東南地方五千
里名曰神州銑曰揚州近淮海二水神牧謂竟陵王治之如神明矣牧即刺史也編戶殷阜萌
五臣本作甿字俗滋繁善曰漢書呂后曰諸將故與帝爲編戶良曰編戶萌俗皆百姓也殷衆阜盛也滋

縏言多也不言之化若門到戶說矣善曰周易曰不言而信存乎德行孝經曰
君子之教以孝非家至而日見之鄭玄曰非門到戶至而日見也楚辭曰衆不可戶說兮孰云察余之中情頃之
解尚書令改授中書監餘悉如故獻納樞機絲
綸允緝善曰兩都賦序曰日月獻納周易曰言行君子之樞機禮記曰王言如絲其出如綸翰曰樞機言
語也絲綸天子之言也允信緝和也武皇晏駕寄深負圖善曰應劭風俗通曰宮車
晏駕謹按史記曰王稽謂范雎曰夫事有不可知者有不可柰何者一日宮車晏駕是事不可知也君雖恨於臣是無可
柰何謂秦昭王以天下終也昔周康王一旦晏起侍人以爲深刺天子當夜寢早作身省萬機如今崩殞則爲晏駕矣家
語孔子觀於明堂覩四門之墉有周公相成王抱之負斧扆南面以朝諸侯之圖焉向曰晏駕謂天子崩寄深負圖謂
授命輔少帝已負圖者負託帝圖以朝百辟也公仰惟國典俛遵遺託俯擗
天倫踊絕于地居處之節復如居武穆之憂善曰

〔文選六十　九〕廿

穀梁傳曰兄弟天倫也何休曰兄先弟後天之倫次也禮記曰婦人擊心爵踊鄭玄曰爵踊足不絕地也濟曰擗撫心
哭也天倫兄弟也言撫心哭其兄弟號踊隕絕于地也銑曰居喪之節如前武穆皇后之憂水漿不入口而哀心内疚
聖王嗣興地居旦奭善同良注良曰蕭子顯齊書曰鬱林王昭業文惠太子長子武帝
崩太孫即位故云嗣興地居旦奭謂如周公邵公輔相成王之事有詔策五臣本作崇字授太
傅領司徒餘悉如故坐而論道動以觀德善曰周禮
曰坐而論道謂之王公禮記曰樂行而民向方可以觀德矣翰曰坐而論道三公之職也其貴重人尊敬之故坐而論道
與百官異也舉動所爲皆天下所觀其德也地尊禮絕親賢莫貳善曰晉中興書恭帝
詔曰大司馬地隆任重親賢莫貳班固諸侯王表序曰親親賢賢褒功表德向曰位居尊重之地與百官禮儀隔絕則
親戚賢臣皆無有二心也又詔加公入朝不趨讚拜不名劒履
上殿銑曰天子敬重其德有詔使入天子之朝不趨走讚言也不名謂不稱名百官皆不得帶劒履上殿而竟

陵一人天子獨許之歎之甚也蕭傳之賢曹馬之親兼之者公也五臣本作矣字善曰漢書曰上賜蕭何帶劍履上殿入朝不趨又曰上欲自行擊陳豨周緤泣曰始秦攻破天下未曾自行今上常自行是無人可使者乎上以爲愛我賜入殿門不趨而綜與傳寬同傳寬無不趨之言疑任公誤也魏志曰曹眞字子丹太祖族子也明帝即位遷大司馬賜劍履上殿入朝不趨晉公卿禮秩曰汝南王亮秦王柬吳王晏梁王彤皆劍履上殿入朝不趨濟曰蕭傳謂蕭何傳說也曹眞魏太祖族子也明帝即位遷大司馬入朝不趨司馬宣王得乗輿上殿今言竟陵賢則如蕭傳親則如曹馬二者公實兼之復以申威重道增崇德統良曰統紀也言更欲益崇其德之紀進督南徐州諸軍事餘悉如故並表疏累上身沒讓存善曰王隱晉書曰武帝贈羊祜詔曰身歿讓存遺言益厲翰曰疏表也身死而讓辭不已謂讓徐州諸軍事天不慭魚靳遺梁岳頹峻善曰左氏傳曰孔丘卒公誄之曰旻天不弔不慭遺一老禮記曰孔子蚤作負手曳杖逍遥於門歌曰太山其頹乎梁木其壞乎翰曰慭且也言天不且遺其福而見亡此人如太岳頹其峻峯也梁山太山也某年某五臣本無某字月日薨春秋三十有五詔給溫明秘器斂以衮章備九命之禮遣大鴻臚監護喪事朝夕奠祭太官供給禮也善曰漢書曰大將軍霍光薨賜東園溫明秘器服虔曰東園處此器象如桶開一端漆畫懸鏡其中置尸上斂并蓋之周禮曰三公自衮冕而下又曰上公九命向曰溫明秘器皆凶器也衮章龍服也九命謂一命受職再命受服三命受位四命受器五命受則六命錫官七命賜國八命作牧九命作伯言將備此禮也銑曰大鴻臚官名也監謂監葬事也護助也太官掌食之官故以慟極津門感充長樂善曰東觀漢記曰東海王彊薨上發魯相所上檄下牀伏地舉聲盡哀長樂宮白太后因出幸津門亭發喪向曰後漢東海王彊死肅宗皇帝從太后出津門亭於長樂宮發哀哭臨悲感無已也豈徒舂人不相傾壥罷肆而已哉善曰史記曰趙良謂商鞅曰五羖大夫死秦國男女莫不

流涕童子不歌謠舂者不相杵翰曰相舂人送杵聲也壥郊野也肆市也秦五羖大夫百里奚卒秦人流涕舂者不相杵也鄭子產相鄭二十年卒國人哭於巷農夫傾郊野而哭商人罷市而哀乃下詔曰褒崇庸德前王之令典追遠尊戚沿情之所隆善曰禮記曰禮樂之情同故明王相沿也鄭玄注曰沿猶因述也濟曰庸功也前王謂古先帝王之善法也追遠亡者尊其親戚蓋因情所感也令善典法沿因也故使持節都督揚州諸軍事中書監太傅領司徒揚州刺史竟陵王新除進督南徐州良曰謂督祭諸軍之事體睿履正神監五臣本作鑒字淵邈道五臣本作首字冠民宗具瞻惟允善曰毛詩曰民具爾瞻翰曰睿聖也履正謂履其正道也淵深邈遠也向曰首冠謂道德高也人宗謂天下所尊仰也具瞻望其美可謂當矣允當也肇自弱齡孝友光備善曰毛詩曰張仲孝友銑曰肇始也弱齡謂幼年也光大也爰及贊契協升景業爕和台曜五教克宣善同良注翰曰贊助天子令升大業也契謂王者所執也景大也良曰爕理也台曜三台星光也王三公之位也五教五常之教也克能也敷奏朝端百揆惟穆善曰尚書曰敷奏以言晉中興書謝石上疏曰尸素朝端忽焉五載尚書曰百揆時敘濟曰揆事穆美也寄重先顧任均負圖善曰先顧則顧命也尚書曰成王將崩命召公畢公相康王作顧命家語孔子觀於明堂覩四門之墉有周公相成王抱之負斧扆南面以朝諸侯之圖焉翰曰謂先帝顧命輔少君也漢武帝畫周公輔成王圖以諭霍光令相昭帝故竟陵之奉顧命任與此同也諒以齊徽二南同規往哲善曰毛詩序曰關雎麟趾之化王者之風也故繫之周公鵲巢騶虞之德諸侯之風也故繫之召公周南召南正始之道王化之基向曰諒信徽美也二南謂周公召公也往哲則二南也謂周召輔成王故與之齊美方憑保祐永翼雍熙善曰東京賦曰上下共其雍熙銑曰保安祐福翼佐雍和熙廣也言國家欲憑竟陵之德安福社稷長佐天下致和平以廣政化也天不

慭魚覲遺奄見薨落善曰左氏傳曰孔子卒公誄之曰昊天不弔不慭遺一老方言曰奄遽也尚書曰帝乃殂落 良曰慭且也薨落死也哀慕抽割震動于厥心今先遠戒期龜謀龍襲吉善曰禮記曰喪事先遠日尚書曰謀及卜筮孔安國曰龜曰卜又曰乃卜三龜一習吉龔與習通 濟曰先遠戒期謂葬日也龜謀謂卜也龍襲吉謂得吉日也茂崇嘉制式弘風猷向曰式用也可追崇假黃鉞善曰尚書曰王左杖黃鉞孔安國曰鉞以黃金飾斧 翰曰假之以名非真得也黃鉞以金飾斧天子賜諸侯乃得專征伐功侍中都督中外諸軍事太宰領太將軍揚州牧綠綟麗綬具九錫服命之禮善曰魏晉官品曰相國丞相綠綟綬范曄後漢書曰曹操自爲魏公加九錫韓詩外傳曰諸侯之有德天子錫之一錫車馬再錫衣服三錫虎賁四錫樂器五錫納陛六錫朱戶七錫弓矢八錫鈇鉞九錫秬鬯謂之九錫也 銑曰綟綵也綬丞相之服飾也九錫一曰車馬二曰衣服三曰樂則四曰朱戶五曰納陛六曰虎賁七曰斧鉞八曰弓矢九曰秬鬯也錫賜也古者諸侯有大功必有此賜以示重賢也

使持節中書監王如故給九旒鑾輅善曰甘泉鹵簿曰游車九乘禮記曰乘鑾輅駕蒼龍輅音路 濟曰九旒旗也鑾輅車也黃屋左纛徒到轀溫輬凉車善曰漢書曰紀信乘王車黃屋左纛李斐曰黃屋天子車以黃繒爲蓋裏纛毛羽幢在乘輿衡左方上注之纛音道漢書曰載霍光尸以轀輬車文穎曰如今喪轜車 良曰此上皆天子服用之具以給之者示親重也黃屋者以黃繒爲車蓋也左纛以毛牛尾爲之在駕車之馬騣上致之轀輬車天子喪車名也前後部羽葆音保鼓吹挽歌二部虎賁班劒百人善曰漢書韓延壽給羽葆鼓車歌車張晏曰羽葆幢也服虔曰如今鼓吹歌車也晉公卿禮秩曰諸公及開府位從公者給虎賁二十人持班劒焉 翰曰以鳥毛爲幢幡者謂之羽葆也 向曰虎賁勇士名也班列也言使勇士行列持劒以爲儀仗也葬禮一依晉安平獻王孚故事善曰王隱晉書曰孚字叔達宣帝次弟也封安平王薨謚曰獻詔喪事一依漢東平獻王蒼故事 翰曰晉宣帝弟謚曰獻竟陵葬禮一依孚故事

八道識虛遠表裏融通淵然萬頃直上千仞善曰范曄後漢書郭林宗曰黃叔度汪汪如萬頃之陂曾連子曰東山有松千仞無枝非爲正直無枉自然僕妾不覩其喜慍近侍莫見其傾弛善曰晉中興書曰衛玠終身不見其慍喜王隱晉書曰王邵爲丹陽尹善禮儀接人近習未嘗見其惰替 銑曰慍怒弛廢也言其道德遐遠故喜怒之色不可覩焉謹奉禮法故傾廢之事莫能見之也他人之善若已有之善曰尚書穆公曰人之有技若已有之民之不臧實五臣本作賓公貽恥善曰尸子曰見人有過則如已有過虞氏之盛德也 向曰臧善也貽猶有也誘接恂恂降以顏色善曰論語曰孔子於鄉黨恂恂如也似不能言者王肅曰恂恂溫恭之貌 濟曰進納賢良則和悅而下其顏色也誘進也恂恂和悅貌降下也方於事上好下規已善曰魏志劉寔曰王肅方於事上而好下接已此一反也 翰曰方正也言以正道事上也每所爲事不善者好下人作規諫於已也而

廉於殖財施人不倦善曰左傳叔向曰齊桓施舍不倦求善不厭 向曰殖猶資也帝子儲季令行禁止善曰文子曰夫抱順效誠者令行禁止 銑曰竟陵王武帝子故曰帝子皇太子弟故曰儲季國網天憲憲寘諸掌握善曰范曄後漢書劉陶曰今權官手握王爵口含天憲淮南子曰執節於掌握之間 良曰寘致也未嘗鞫人於輕刑錮人於重議善曰東觀漢記曰袁安爲尹十餘年政令公平未嘗以贓罪鞫人常嘆曰凡士之學高欲望宰相下及牧守錮人於聖代尹不忍爲也 向曰鞫問也錮執也言人有輕刑者寬而不問議人罪名不執其重科蓋仁人也人有不及內恕諸已非意相干每爲理屈善曰晉中興書曰衛玠常以人有不及可以情恕非意相干可以理遣 翰曰以辭理屈之則非意不能相干也任天下之重體生民之俊善曰孟子曰伊尹其自任以天下之重也如此東觀漢記鄧禪曰天生俊士以爲民也華袞與緼緒張呂同歸山藻與蓬茨俱逸

善曰潘岳密陵侯鄭公碑曰公雖違華衮猶朱其紱韓詩子
路曰曾子褐衣緼緒未嘗完論語曰臧文仲山節藻梲包咸
曰節者栭刻鏤爲山梲者梁上楹畫以藻文聖主得賢臣頌
曰長於蓬茨之下　銑曰言齊其貴賤好惡也華衮三公服
也緼縷貧賤服也山藻華屋也
蓬茨草屋也逸樂也俱皆也　良田廣宅符仲長之言
善曰范曄後漢書曰仲長統字公理山陽人也少好事博涉
書記每州郡召命輒稱疾不就欲卜居清曠以樂其志嘗論
之曰使居有良田廣宅背山臨流溝池環匝竹木周布足以
息四體之役　向曰言竟陵王志願此事嘗有此言故云符
仲長之言也　邙山洛水協應叟之志　五臣本作性字　善曰應璩與程文信書曰故
求遠田在關之西南臨洛水北據邙山託崇岫以爲宅因茂
林以爲蔭　濟曰叟老也應老謂魏應璩與程文信書云南
臨洛水北據邙山託崇岫以爲宅因茂林
以爲蔭言竟陵王亦合此性也協合也　丘園東國錙
銖軒冕　善曰以東國若丘園輕軒冕猶錙銖者鄭玄曰言君分國以祿之視之輕如錙銖矣　良曰東國魯
也謂周公所封以之爲大也八兩爲錙十累爲銖皆言輕也
見東國如丘園之小視軒冕若錙銖之輕欲退靜山居爲重
也　乃依　五臣本作仍字　林構宇傍巖拓架　翰曰拓開險隘之處以架屋也　清
猨與壺人爭旦緹　提　幌與素瀨交輝　善曰劉公幹贈五官中郎
將詩曰明月照緹幕楚辭曰戲疾瀨之素水　銑曰清猨謂
猨鳴聲清也壺人掌刻漏人也夜作聲以候曉也言山中猨
與刻漏之人俱有聲若相爭而候其曉也緹赤繒以爲
幌熏者言張設於水與素波交映爲光輝也瀨波也　置之
虛室人野何辨　善曰莊子曰虛室生白孟子曰舜之居深山之中所以異於深山之野人者幾
希劉熙曰當此之時舜與人野相去豈遠哉殷仲文入剡詩
曰野人雖云隔超悟必有此　向曰置此小山中虛室則貴
人與野人何所
分辨蓋一理也　高人何點躡屩於鍾阿徵士劉虬
獻書於衡岳贈以古人之服弘以度外之禮　善曰
蕭子顯齊書曰何點字子晳廬江人也隱居東離門下望之
墓側豫章王命駕造門點後門逃去竟陵王子良聞之曰豫
章王命尚不屈非吾所議遺點嵇叔夜酒杯徐景山酒鎗以
通意虞孝敬高士傳曰何點常躡草屩時乘柴車蕭子顯齊

書又曰劉虬字虛豫南陽人也豫章王爲荊州牧辟虬爲別
駕遺書禮請虬脩牋答不應命子良致書通意虬答書後以
江陵沙洲人遠乃徙居之魏志曰太祖賜毛玠素屏風素憑
几曰君有古人之風故賜以古人之服干寶晉紀何曾謂太
祖曰阮籍如此何以訓世太祖曰度外人也宜共容之　濟
曰何點皆當時賢人隱居者躡步也屩草鞋也鍾阿鍾山也
竟陵王遺何點嵇叔夜酒杯徐景之酒鎗故云古人之服謂
服用之物也豫章王爲荊州牧辟劉虬虬以書答不應辟故
云獻書也衡山虬所居也自衡山作書以獻於王後豫章王
命竟陵王作書與虬致以殊禮徵士謂德高徵而不就皆曰
徵士也　屈以好士之風申其趨王之意　善曰戰國策曰先生王叔
造門欲見於齊宣王宣王使謁者迎入王叔曰叔趨見王爲
好勢王趨見叔爲好士於王何如使者復還報宣王曰先生
徐入寡人請從宣王
因趨而迎之於門　乃知大春屈己五王君大降節
於　五臣本無於字　憲后致之有由也　五臣本無也字　善曰范曄後漢書井丹字大
春扶風人建武末沛王輔等五王居北宮皆好賓客更遣請
丹不能致信陽侯陰就光烈皇后弟也以外戚貴盛乃詭五
三求錢千萬約能致丹別使人要劫之丹不得已既至就故
爲設麥飯葱菜之食丹推去之曰以君侯能供甘旨故來相
過何其薄乎更致盛饌乃食東觀漢記曰荀恁字君大鴈門
人也永平中驃騎將軍東平憲王蒼辟恁署祭酒敬禮焉後
朝會上戲之曰先帝徵君不奉驃騎辟反來何也對曰先帝
秉德惠下臣故不來驃騎將軍執法檢下臣故不敢不來
良曰憲后即獻王也致之有由言
雖隱逸致而用之必有所由也　其丹木之奇泉石之
美八公所製山居四時序言之已詳　向曰言山居四時有所序述之
文　文皇帝養德東朝同符作者　善曰蕭子顯齊書曰文惠太子懋字雲喬
世祖長子昭業即皇帝位追尊爲文皇帝山濤啓事曰保傅
不可不高天下之選羊祜秉德義克己復禮東宮少事養德
而已論衡曰治國之道一曰養德養德者養名高上之人亦
能敬賢禮記曰作者之謂聖述者之謂明明聖者述作之謂
也　銑曰謂文帝未即位時養德於東
宮也同符契於作者之列有所述焉　爰造九言寶該
百行　善曰竟陵王集有皇太子九言言德言賢言親言生言靜言昭言眞言節言義孔藏與從弟書曰學者所

以飾百行也 翰曰文皇帝著九言之書一曰言德二曰言視三曰言賢四曰言生五曰言言六曰言靜七曰言昭八曰言節九曰言義此書實可以通人之百行也該通也導五臣本作遵衿褵離於未萌申烱古永戒於兹日善曰衿褵於衿結褵也儀禮曰女嫁母施衿結帨曰勉之敬之毛詩曰親結其縭九十其儀毛萇曰離婦人之幃也幽通賦曰既訊爾以吉象又申之以烱戒 向曰導法也褵帶也烱明也言書之可為法則佩於衿帶以慎未萌又可申為明戒行於今世也非直旦暮千載故乃萬世一時也命、公注解善曰莊子曰萬世之後而一遇大聖知其解者是旦暮遇之也竟陵王集有皇太子九言注解 銑曰謂九言非但朝暮見之如千載之遇亦萬世已去有此一時之美故命竟陵王注解衞將軍王儉綴而序之善曰竟陵王集云衞將軍王儉為九言序贊 翰注同山宇初構超然獨往善曰淮南王莊子略要曰江海之士山谷之人也輕天下細萬物而獨往者也司馬彪注曰獨往自然不復顧世 濟曰謂上依林九言之序也傍巖所構屋宇也顧而言曰死

者可歸誰與入室尚想前良俾若神對善曰國語曰趙文子與叔譽觀乎九原曰死者若可作吾誰與歸思玄賦曰尚前良之遺風王隱晉書劉琨曰神爽忽然若己之侍對也 良曰顧山中屋宇而言也死者可歸謂自古賢聖既死矣可復生乎言不可也誰與入室謂無賢聖與共入此室則想前賢良之人欲畫之於室使若魂神與我相對也乃命畫工圖之軒牖既而綃屬賢英傍思才淑善曰賈逵國語注曰綃思貌 翰曰綃遠也淑美也匹婦之操亦有取焉向曰列女亦圖畫也有客游梁朝者從容而進銑曰梁朝謂梁孝王好賢今假設有客游梁朝者以發後詞曰未見好德愚竊惑焉五臣本無焉字即命刊削投杖不暇善曰論語孔子曰吾未見好德如好色者禮記曰子夏喪其子而喪其明弟子弔之子夏曰天乎予之無罪曾子怒曰喪爾親使人未有聞喪爾子喪爾明汝何無罪子夏投其杖而拜之 濟曰言畫列女似好色不好德而游梁之客識之云愚竊惑焉竟陵聞過將還即命使除削列女之圖也曾子言子夏之過子夏投杖而拜之吾過也言竟陵王知過投杖不暇言急而忘投也投弃也杖謂所拄之杖公以為出言自口驥騄不追聽受一謬差以千里善曰鄧析書曰一言而非駟馬不能追一言而急駟馬不能及易乾鑿度曰正其本而萬物理失之毫釐差之千里 翰曰驥騄良馬也聽受人言恐有失差於千里謂去於所言遠也一所五臣本作乃字造箴銘積成卷軸門階戶席寓物垂訓善曰李尤集序曰尤好為銘讚門階戶席莫不有述家語南宮敬叔曰孔子作春秋垂訓後嗣 向曰謂門階戶籍言作箴寄情於物垂示於人以訓戒也先是震于外寢匠者以為不祥將加治葺公曰此天譴也無所改脩以記吾過且令戒五臣本作誡懼不怠善曰左氏傳曰震夷伯廟罪之弔屈原曰逢時不祥杜預左氏傳注曰葺覆也左氏傳曰晉侯求介之推不獲以緜上為之田曰以志吾過且旌善人 翰曰震謂霹靂也外寢外屋也匠者謂占禍福人也治葺謂脩治也譴謂遺告其有罪也

怠慢也言人勤脩所震之室公將記過且為誡懼也從諫如順流虛己若不足善曰王命論曰從諫如順流莊子曰人能虛己以遊於世其孰能害之老子曰太白若辱廣德若不足 良曰虛其己心以受人言常受之不足也至於言窮藥石若味滋旨善曰左氏傳曰孟孫卒臧孫入哭甚哀曰孟孫之惡我藥石也 銑曰受人藥石之言若味滋美之味也藥石謂忠言益於人如藥石之除疾信必由中貌無外悅善曰左氏傳曰周鄭交惡君子曰信不由中質無益也 濟曰中謂中心也言信人忠言實由中心也凡受人忠言者則外貌雖悅而中心實怒故此無外悅者真性悅也貴而好禮怡寄典墳善曰論語子曰未若貧而樂富而好禮者也左氏傳楚子曰左史倚相能讀三墳五典 向曰怡樂也雖牽以物役孜孜無怠善曰孫卿子曰是謂以己為物役矣尚書曰禹曰予思日孜孜又曰無怠無荒 翰曰物役謂從王事也孜孜勸貌謂雖役從王事勤而好道無懈怠也乃撰四部要略淨住子善曰淨住序云遺教經云波羅提木叉是汝大師若住於世無異我

也又云波羅提木叉任則我法任波羅提木叉滅則我法滅是故衆僧於望晦再說禁戒謂之布薩外國云布薩此云淨任亦名長養亦名增進所謂淨任身口意身絜意如戒而任故曰淨任子者紹繼爲義以沙門淨身口七支不起諸惡長養增進菩提善根如是修習成佛無差則能紹續三世佛種是佛之子故云淨任子　向曰又撰集四部書以甲乙丙丁次之述略佛教以爲子史之書淨任子謂佛教也**並勒成一家懸諸日月**善曰漢書曰太史公書序略以拾遺補闕成一家言揚雄方言曰雄以此篇目頒示其成者張伯松伯松曰是懸諸日月不刊之書也　銑曰言此書傳之後世如日月懸於天永不朽也**弘洙泗之風闡迦維之化**善曰禮記曾子謂子夏曰吾與汝事夫子於洙泗之間鄭玄曰洙泗魯水名也瑞應經曰菩薩下當作佛託生天竺迦維羅衛國　良曰洙泗水名孔子講教之處迦維佛國名言能弘大孔子之風闡釋迦之化也**大漸彌留諡言盈耳黜殯之請至誠懇惻**善曰尚書曰疾大漸惟幾病日臻既彌留說文曰諡會合善言也論語子曰師摯之始關雎之亂洋洋乎盈耳哉韓詩外傳曰昔衛大夫史魚病且死謂其子曰我數言蘧伯玉之賢而不能進彌子瑕不肖而不能退死不當居喪正堂殯我於室足矣衛君問其故子以父言聞君召蘧伯玉而貴之彌子瑕退之徙殯於正堂成禮而後去生以身諫死以尸諫　翰曰衛大夫史魚病將卒同善注是爲黜殯也言竟陵將死此請亦歎懇而惻痛**豈古人所謂立言於世沒而不朽者歟易名之典請遵前烈謹狀**善曰左氏傳曰穆叔如晉范宣子逆之問焉曰古人有言曰死而不朽何謂也穆叔對曰豹聞之太上有立德其次有立功其次有立言雖久不廢此之謂不朽也禮記曰公叔文子卒其子戍請謚於君曰日月有時將葬矣請所以易其名者　濟曰言昔古人所謂立言不朽者歟蓋易名立謚典請遵奉古人之盛烈

弔文

弔屈原文一首 并序

賈誼

誼爲長沙王太傅既五臣本無既字**以謫去意不自得**善曰韋昭曰謫譴也字林曰丈戹切　良曰謫責也言誼非罪被責出於長沙遠國也意不自得謂不得志也**及渡湘水爲賦以弔屈原屈原楚賢臣也被讒放逐作離騷賦其終篇曰已矣哉國無人兮莫我知也遂自投汨羅而死**向曰汨羅水名**誼追傷之因**五臣本有以字**自喻其辭曰**善曰應劭風俗通曰賈誼與鄧通俱侍中同位數廷譏之因是文帝遷爲長沙太傅及渡湘水投弔書曰闒茸尊顯佞諛得意以哀屈原離讒邪之咎亦因自傷爲鄧通等所愬也

恭承嘉惠兮俟罪長沙善曰張晏曰恭敬也越絕書曰恭承嘉惠述暢往事琴操伍子胥歌曰俟罪斯國志願得兮　翰曰恭承嘉惠謂承天子命也俟待也**側聞屈原兮自沉汨羅造託湘流兮敬弔先生**善曰韋昭曰皆水名羅今爲縣屬長沙汨水在焉汨音覔列子曰吾側聞之言至湘水託流而弔　銑曰造就也湘水名汨羅水流入湘川故就託此水而弔之先生即屈原也**遭世罔極兮乃隕厥身**善曰張晏曰讒言罔極罔極言無中正周書文王曰惟世罔極汝尚助予　濟曰言遭當世讒邪之人無極乃喪隕其身罔猶無也**嗚呼哀哉逢時不祥鸞鳳伏竄兮鴟梟翺翔闒**土合**茸**如勇**尊顯兮讒諛得志**善曰胡廣曰闒茸不才之人無六翮翺翔之用而反尊顯爲諂諛得志於世也字林曰闒茸不肖也　翰曰鸞鳳喻賢人也鴟梟惡鳥也諭讒人也竄藏也　良曰闒茸皆小人也言小人爲尊重之位讒邪諂諛之人皆得志在朝也**賢聖逆曳兮方正倒植**善曰胡廣曰逆曳不得順道而行也倒植者賢不肖顛倒易位也植史記音值　銑曰逆曳謂不得順其正道也賢良方正之士皆在草澤小人在位故云倒植也**世謂隨夷爲溷**胡本**兮謂跖**之石**蹻**居略**爲廉**善曰服虔曰殷之賢士卞隨也韋昭曰夷伯夷也溷濁也史記隨字作伯李奇曰跖魯之盜跖蹻楚之莊蹻　向曰卞隨伯夷皆古

之貞介士也盜跖莊蹻皆盜賊之人也言人皆反以貞介爲溷濁盜賊爲廉清者喻棄賢用不肖莫邪爲
鈍兮鉛刀爲銛息廉反　善曰吳越春秋曰干將者與歐冶同師俱作劒闔閭得而寶之以故
使干將造劒二枚一曰干將二曰莫邪莫邪干將妻之名也漢書音義曰銛戲謂利也　翰曰莫邪神劒名也鉛錫也銛
利也言君賤賢用不肖以神劒爲鈍以錫刀爲利也于嗟默默生之無故兮善曰
應劭曰默默不得意也臣瓚曰先生謂屈原鄧展曰言屈原無故遇此禍也毛詩曰吁嗟鳩兮　濟曰默默失意貌生謂
屈生也屈生無故有此禍也斡棄周鼎寶康瓠兮善曰如淳曰斡轉也史記音烏
活切爾雅曰康瓠謂之甈李巡曰大瓠瓢也甈丘列切　翰曰斡轉也周有九州之鼎言大鼎也康瓠瓜也言時君棄賢
用不肖亦猶轉棄大鼎之器而寶其瓠爪也騰駕罷五臣本作疲字牛驂蹇驢兮
驥垂兩耳服鹽車兮善曰戰國策汗明曰大驥服鹽車上太行中坂遷延負轅不能上
良曰騰奔也言御車者但奔駕其疲敝之牛乘其蹇跛之驢使良馬駕鹽車亦猶賢人在野小人在位驥良馬也章

文選六十　二十

甫薦屨漸不可久兮善曰冠當加首而以薦履到上爲下故漸不可久也儀禮曰士冠章
甫殷道也　銑曰章甫冠也薦藉也冠之在上履之在下章甫薦履者謂以冠踐藉於足以履之也喻賢在下此爲亂之
漸也其國不可久居之嗟苦五臣本作若字先生獨離此咎兮訊信曰
已矣善曰應劭曰嗟咨嗟苦勞苦屈原遇此難也張晏曰訊離騷下竟亂辭也　向曰訊告也此總告前意亦
如亂曰之類也已止也言止矣不可咨嗟之意也國其莫我知兮獨壹鬱其
誰語濟曰國謂君也言君既不知我心獨聚憂思誰與語事者也壹鬱謂聚憂也鳳漂漂其
高逝兮固自引而遠去善曰張晏曰史記音漂匹遙切　翰曰漂漂高飛貌逝往
也襲九淵之神龍兮沕昧深潛以自珍善曰張晏曰音義曰
襲覆也猶言察也莊子曰千金之珠必九重之淵而驪龍頷下張晏曰沕潜藏也　向曰襲猶察也言察於神龍則知藏
於深淵之處可以自珍寶也言君子在亂世可以隱也偭面蟂古堯獺他葛以隱處兮

夫豈從蝦與蛭質螾音引　善曰應劭曰蟂獺水蟲害魚者偭背也韋昭曰蝦蝦蟇蛭水
蟲食人者也螾丘螾也偭然自絕於蟂獺況從蝦與蛭螾也蝦音遐　銑曰偭殊也蟂獺水蟲食魚者蝦蝦蟇也蛭螾皆
水蟲也言神龍之德且殊於蟂獺以隱處於深淵之中豈復隨從其小蟲也君子但避亂世以隱居不可與小人從仕
所貴聖人之神德兮遠濁世而自藏使騏驥可
得係而羈兮豈云異夫犬羊善曰莊子曰宣尼見蟻丘之將是聖人僕也是
自理於民自藏於畔郭象曰進不榮華退不枯槁也　翰曰騏驥良馬也言君子之德遠避濁世則如良馬見係絆而羈
束也及其用之乃騁千里之道其不用與犬羊之才無異也般五臣本作盤字紛紛其離此
尤兮亦夫子之故也善曰李奇曰般久也紛亂也應劭曰般音班或曰般桓不去紛紛構
讒意也蛙爲舍人爾雅注曰尤怨大也李奇曰亦夫子不如麟鳳翔逝之故罹此咎言般桓不去離此愆尤亦夫子自爲
之故不可尤人也　良曰言屈生盤桓於亂時不能避去遂及此罪亦屈生自爲之故也盤桓不進貌紛亂離及尤罪也

文選六十　二十一

夫子謂屈生也歷九州而相其五臣本無其字君兮何必懷此都
也善曰言知時之亂當歷九州相賢君而事之何必思此都而遭放逐　向曰言天下之君皆可輔相何必懷思此楚
都鳳皇翔于千仞兮覽德輝而下之見細德之
險徵兮遙曾擊而去之五臣本作搖增翮而去之　善曰如淳曰鳳皇曾擊九千
里絕雲氣遙遠也曾高也高上飛意也鄭玄曰擊音攻擊之擊李奇曰遙遠也曾益也史記擊字作翮文子曰鳳皇飛千仞
莫之能致也禮記曰德輝動乎內險徵謂輕爲徵祥也　銑曰鳳皇喻賢人也言鳳皇高飛下覽有聖人之德者乃下
見於時也賢人亦擇明君乃事也千仞言高也　翰曰細德猶無德也言見時君無德左右姦險怒爲徵祥則搖舉羽翮
而去也增舉也彼尋常之汙烏瀆兮豈能容夫吞舟之巨
魚善曰應劭曰八尺曰尋倍尋曰常莊子曰弟子謂庚桑楚曰夫尋常之溝巨魚無所還其體而鯢鰌爲之制也　良
曰汙瀆謂小池水也吞舟巨魚謂大魚腹中可容船也言小池水之中不能容吞舟大魚喻君亦不能用賢也橫江

湖之鱣鯨五臣本作鱏鯨方固五臣本作故守將制於螻蟻五臣本作蟻螻善曰晉灼曰小水不容大魚而橫鱣鯨於汚瀆以爲螻蟻所見制以況小朝王闇不容受忠迕之言亦謂讒賊小人所見害也鱣或作鱏史記鱣張連切莊子庚桑楚謂弟子曰吞舟之魚碭而失水則螻蟻能苦之戰國策齊人說靖郭君曰君不聞海大魚乎蕩而失水則螻蟻得意焉鱏音尋　向曰鱏鯨亦大魚也以喻賢人螻蟻小蟲以喻讒佞人也言大魚橫於江湖之中一朝失勢止於平陸而螻蟻所制蓋賢者失位遭讒佞之所害

弔魏武帝文一首并序

陸士衡

元康八年機始以臺郎出補著作游乎祕閣而見魏武帝遺令愾然歎息傷懷者久之客曰善曰毛詩曰嘯歌傷懷　翰曰假設客言以發意也夫始終者萬物之大歸死生者性命之區域是以臨喪殯而後悲覩陳根而絕哭善曰家語孔子曰命者性之始也死者生之終也有始必有終矣尸子老萊子曰人生於天地之間寄也寄者同歸也國語曰楚子西歎於朝藍尹亹曰吾聞君子思前世之崇替與哀殯喪於是有歎其餘則否禮記曰朋友之墓有宿草而不哭焉鄭玄曰宿草謂陳根也　向曰臨見其喪殯之所則必悲哀也禮云朋友之墓有宿草而不哭焉謂時遠也宿草即陳根也今乃五臣本無乃字傷心百年之際興哀無情之地銑曰以爲世異時遠不可致情今之傷心是興哀於無情之地矣自魏武至機方百年故言也意者無乃知哀之可有而未識情之可無乎良曰言機空知事未識人情亦可無之機荅之曰五臣本無此一句夫日蝕由乎交分山崩起於朽壤亦云數而已矣善曰左氏傳曰秋七月壬午朔日有蝕之公問於梓慎曰是何物也禍福何爲對曰二至二分日有蝕之不爲災日月之行也分同道也至相遇也其他日則爲災陽不克也國語曰梁山崩伯宗問絳人曰若何對曰山有朽壤而崩將若何　向曰日月歲凡十二交會而後分當此交會之際日月相掩故蝕也　銑曰山之崩倒謂年代積遠其土朽故也　濟曰言日蝕山崩亦自然運數而已然百姓怪焉者豈不以資高明之質而不免卑濁之累善曰尚書曰高明柔克高明謂日月也　良曰日月在天故高明不免卑濁之累謂蝕也居常安之勢而終嬰傾離之患故乎善曰穀梁傳曰沙麓崩林屬於山爲麓沙山名無崩壞之道而云崩故志之也　翰曰山止於地而不動故常安也終嬰傾離之患謂崩也夫以迴天倒日之力而不能振形骸之內善曰范曄後漢書曰左迴天唐獨坐謂中官左悺唐衡也淮南子曰魯陽公與韓遘戰酣日暮援戈而麾之日爲之反三舍莊子曰申徒兀者也謂子產曰今子與我遊於形骸之內而子索我於形骸之外　向曰形骸內性命也言壯力亦不能起死者之命也迴天倒日力壯也濟世夷難之智而受困魏闕之下善曰崔寔政論曰及其出也足以濟世寧民呂氏春秋公子牟曰心居魏闕之下許慎淮南子注曰魏闕王之闕也　銑曰夷平也魏闕天子闕也已而格乎上下者藏於區區之木善曰尚書曰格于上下左氏傳楚靈王曰是區區者而不畀余也　濟曰上下謂天地言功雖至于天地者其死則藏之於小木之中也區區小也木棺也光于四表者翳乎蕞徂外爾之土善曰尚書曰光被四表左氏傳子產曰諺曰蕞爾之國杜預注曰蕞爾小貌也　良曰言德聲雖光明徧於四外者死則掩翳乎狹小之土也表外也蕞爾小貌也雄心摧於弱情壯圖終於哀志翰曰弱情謂疾病也哀志謂將死也長筭屈於短日遠跡頓於促路善曰筭計謀也迹功業也思玄賦曰蓋遠迹以飛聲　向曰長筭遠跡謂平生謀長遠之事也短日促路生命窮盡也嗚呼豈特瞽史之異闕景黔黎之怪頹岸乎銑曰特獨也瞽史掌日蝕之官黔黎百姓也言豈獨日蝕山崩可爲變異之怪乎則人命亦可傷也觀其所以顧命冢嗣貽謀四子善曰

尚書曰成王將崩命召公畢公相康王作顧命爾雅曰冢大
也左氏傳里克曰太子奉冢祀社稷之粢盛故曰冢子謂文
帝也毛詩曰貽厥孫謀　良曰謂觀武帝臨終顧命於太子
使其嗣位遺謀於四子也冢嗣長子也貽遺也四子謂丕植
彪章也經國之略既遠隆家之訓亦弘又云吾在
軍中持法是也至於小忿怒大過失不當效也
翰曰武帝自謂四子云吾在軍中所持法皆是也當
依而行之至於有小忿怒及大過失汝等勿學我也善乎
達人之讜言矣善曰聲類曰讜善言也　濟曰讜正也持姬女而指
季豹以示四子曰以累汝因泣下善曰魏略曰太祖杜夫人生沛
王豹及高城公主四子即文帝已下四王也太祖崩文帝受
禪封母弟彰爲中牟王植爲雍丘王庶弟彪爲白馬王又封
支弟豹爲侯然太祖子在者尚有十一人今唯四子者蓋太
祖崩時四子在側史記不言難以定其名位矣　向曰持執
也姬衆妾之揔名也女武帝有小女後爲高城公主豹武帝
小男名豹時年五歲後封沛王武帝臨死時執此孩幼以示

【文選六十　廿四】

四子云此以累
重汝輩因下泣傷哉曩以天下自任今以愛子託
人善曰孟子曰伊尹其自任以天下之重也如此列子相室
謂東門吾曰公之愛子也　銑曰愛子則豹也託人謂託
於四子同乎盡者無餘而得乎亡者無存善曰言人命盡而神
無餘身亡而識無存今太祖同而得之故可悲傷也鄭玄禮
記注曰死言精神盡也　翰曰性命同歸乎盡滅者則無餘
勢也而得乎亡沒者無有存其威神者然而婉孌力婉房
謂武帝平生威勢一朝已盡而無威也
闥之內綢繆家人之務則幾乎密與善曰班固漢書哀紀述曰
婉孌董公力婉切毛詩曰綢繆束薪毛萇曰綢繆猶纏綿也
杜預左氏傳注曰幾近也　銑曰婉孌從順貌綢繆相親貌
幾近也密猶細也言遺令於房闥家人則近於細碎也又曰吾婕妤妓人皆五臣本無
皆字著陟略銅爵五臣本作雀字臺善曰魏志曰建安十五年冬作銅爵臺　良曰著置也武帝又
有遺令云使妓人習歌樂於臺上銅雀臺名於臺堂上施八尺牀五臣本作六尺牀

繐歲五臣本繐字上有張字帳善曰鄭玄禮記注曰凡布細而疏者謂
之繐　向曰繐細布而疏者以爲靈帳
之裙朝晡上五臣本作設字脯糒之屬善曰漢書東方朔曰乾肉
爲脯方武切說文曰糒乾
飯也蒲秘切　濟曰晡日晚時也糒
乾飯也皆著於靈帳之前以祭焉月朝十五五臣本有日字輒
向帳作妓翰曰月朝一日也十五謂十五日也妓樂也汝等時時登銅雀
臺望吾西陵墓田向曰汝等謂四子也又云餘香可分與諸
夫人諸舍中無所爲學作履組賣也善曰舍中謂衆妾衆妾既
無所爲可學作履組賣之晏子春秋曰景公爲履黃金之綦
飾以組連以珠　銑曰諸舍中謂衆妾無所爲者令學作履
賣之組者以綵色飾之也吾歷官所得綬皆著陟略藏中良曰綬綵爲之
以貫玉佩也藏猶櫃中藏也吾餘衣裘可別爲一藏不能者兄
弟可共分之既而竟分焉亡者可以勿求存者

【文選六十　二十五】

可以勿違求與違不其兩傷乎善曰令衣裘別爲一藏是亡者有求
也既而竟分焉是存者有違也求爲吝而虧廉違爲貪而害
義故曰兩傷　翰曰既而武帝崩兄弟盡分其物也　向曰
言亡人本可以勿求謂不可衣裳別爲一藏也既有求則存
者可以勿違令也今武帝有求是一傷也而四子違而竟分
是兩傷也悲夫愛有大而必失惡去有甚而必得智
惠不能去其惡威力不能全其愛善曰言愛是情之所厚故雖大
而必失之惡是行之所職故雖甚而必得之故智惠不能去
其惡威力不能用其愛故可悲也尸子曾子曰父母愛之喜
而不忘父母惡之懼而無咎然則愛與惡其於成孝也無擇
今人雖夫得愛不得惡矣　翰曰人所愛者生也人理有死
故必失生　銑曰人所惡者死也人生有涯故必得死矣
翰曰雖智惠安能去死雖平生有威力身從沒化安能固全
其愛乎故前識所不用心而聖人罕言焉善曰老子曰前識者
道之華論語子曰飽食終日無所用心又曰子罕言利　良
曰前識謂達人也罕希也言愛惡之事難保則達人不用心

謀之聖人希能言及也若乃繫情累於外物留曲念於閨房亦賢俊之所宜廢乎善曰愼子曰德精微而不見是故物不累於内翰曰皆賢俊所不宜行之故可發之也於是遂憤懣而獻弔云爾善曰白虎通曰天子崩臣子哀痛憤懣

接皇漢之末緒值王塗之多違善曰東都賦曰系唐統接漢緒荅賓戲曰王塗蕪穢周失其馭蔡邕釋誨曰王塗壞人極弛漢書元帝詔曰政令多違向曰緒業也塗道也佇重淵以育鱗撫慶雲而遐飛善曰以龍喻太祖也重淵九重之淵也揚雄釋愁曰夔神龍之淵潛兮慶雲而將舉史記曰若煙非煙若雲非雲郁郁紛紛蕭索輪囷是謂慶雲銑曰佇待重深也育鱗謂潛龍也慶雲瑞雲也遐遠也言魏武待時育德乃撫拂於雲天而遠飛也言天命相感有如龍雲也運神道以載德秉靈風而扇威善曰周易曰聖人以神道設教國語曰祭公謀父奕世載德載循行也翰曰載行也摧羣雄而電擊舉勍敵其如遺善曰左氏傳子魚曰君未知戰勍敵之人隘而不成列天贊我也杜預曰勍彊也漢書梅福上書曰高祖取楚如拾遺向曰電擊言如電之威也勍彊也如遺謂擊彊敵如拾遺於地言易也指八極以遠略必翦焉而後綏善曰淮南子曰八紘之外乃有八極也良曰八極天下也略取也翦謂除翦羽暴亂也綏安也言天下可手指麾而遠取之除翦羽暴亂而後安百姓釐三才之闕典啓天地之禁闈善曰周易曰易有天道焉有人道焉有地道焉兼三才而兩之故六范曄後漢書曰梁太后詔曰周舉在禁闈有密靜之風翰曰釐理也三才天地人事也禁闈謂天地之闈元氣閉塞如禁門之不通而武帝皆開之啓開闈門也舉脩綱之絶紀紐大音之解徽善曰老子曰大音希聲許愼淮南子注曰鼓琴循絃謂之徽濟曰漢末政大亂禮樂崩壞而武帝舉循法綱將絶復理且國家之政猶音聲也若音之失調則亂也故武帝又繼大音之樂調者復致太平紀理紐繼解失徽調也掃雲物以貞觀要萬塗

而來歸善曰雲物喻羣凶也左氏傳曰分至啓閉必書雲物周易曰天地之道貞觀者也來歸歸之於己也銑曰言掃除羣凶以致天下清平之理使天下殊塗而來歸其德焉雲物喻羣凶貞觀猶清平也要猶使也萬塗猶殊塗也丕大德以宏覆援日月而齊暉善曰周易曰天地之大德曰生禮記曰天無私覆淮南子曰爲帝異道而德覆天下楚辭曰與天地兮比壽與日月兮齊光宏普也向曰宏普也濟元功於九有固舉世之所推善曰史記太史公曰惟祖元功輔臣股肱毛詩曰奄有九有老子曰天下樂推而不猒翰曰濟成元大也九有謂天下也言能成功於天下則舉一世所推其高德也彼人事之大造夫何往而不臻善曰左氏傳呂相曰我有大造于西也杜預注曰造成也向曰造成臻至也將覆簣於浚谷擠子計爲山乎九天善曰論語孔子曰譬如平地雖覆一簣進吾往也孔安國尚書傳曰擠墜也孫子兵法曰善攻者動於九天之上銑曰將覆簣爲山於深谷之中謂立大業也爲山將至九天忽山頹謂大功既成而死矣覆簣謂盛土以覆之將爲山也浚深也擠墜也苟理窮而性盡豈長筭之所研善曰周易曰窮理盡性以至於命鄭玄曰言窮其義理盡人之情性以至於命吉凶所定又曰研喻思慮也良曰凡事至於窮理盡性則非長計所能研精而知也謂死生事在其中而無定也悟臨川之有悲固梁木其必顛善曰論語子在川上曰逝者如斯禮記曰孔子蚤作負手曳杖消遙於門歌曰太山其頹乎梁木其壞乎濟曰臨川有悲謂逝者不息如流是可悲矣良材之人於國如屋有梁今死矣如梁木之顛墜當建安之三八實大命之所艱善曰大命謂天命也尚書曰天監厥德用集大命翰曰言漢獻帝建安二十四年得病是大命之患也三八謂二十四也艱猶患也雖光昭於曩載將稅駕於此年善曰史記李斯曰當今可謂富貴極矣吾未知所稅駕也法言曰仲尼駕說者也李軌曰稅舍也向曰稅捨也捨駕言死也惟降神之綿邈眇千載而遠期善曰降神謂生聖智也千載一出故曰遠期也毛詩曰惟嶽降神桓子新論曰夫聖人乃千載一出賢人君子所想思而不可得見

者也　銑曰降神謂天生聖智也緜邈遠也言聖智生自幽遠也千載遠期謂千年一聖即武帝應之**信斯武之未喪膺靈符而在茲**善曰茲此也此太祖也論語曰子畏於匡曰文王既没文不在茲乎天之未喪斯文也匡人其如予何曹植大魏篇曰大魏膺靈符天祿方茲始春秋孔演圖曰靈符滋液以類相感　良曰信此神武之道未喪故武帝當靈應之符在此也膺當也**雖龍飛於文昌非王心之所怡**善曰周易曰飛龍在天大人造也東京賦曰龍飛白水漢書曰文昌宮一曰上將二曰次將三曰貴相　濟曰文昌殿名言受王位於文昌殿故云龍飛也當受命時非武帝心所悅欲之蓋天命也**憤西夏以鞠旅泝秦川而舉旗**善曰魏志曰建安二十四年三月王自長安出斜谷劉備因險距守五月引軍還長安陳思王述行賦曰恨西夏之不綱毛詩曰陳師鞠旅魏明帝自惜薄祐行曰出身秦川爰居伊陽　翰曰西夏謂劉備也鞠養也旅衆也泝度也舉旗謂戰也言憤見劉備練兵養衆圖中國乃度秦川而與戰也**踰鎬京而不豫臨渭濱而有疑冀翌日之云**

瘳彌四旬而成災善曰毛詩曰宅是鎬京荅賓戲曰周望兆動於渭濱尚書曰既克商二年王有疾弗豫公乃告大王王季文王公歸王翌日乃瘳孔安國曰翌日明日也瘳差也　向曰踰過也鎬京長安也不豫謂有疾也渭濱亦長安城也疑謂病甚也言伐劉備過長安乃得病却至長安城而病甚重也　銑曰翌明也成災謂疾甚重也言遇疾之時冀明日乃瘳何至四十日而甚重也彌甚也**詠歸塗以反旆登崤澠而朅**去謁**來**善曰魏志曰建安二十四年十月還洛陽東京賦曰乃反旆而迴復漢書王莽冊命王尋曰崤澠之險東向鄭衛新亭大臣曰洛陽西有崤澠思玄賦曰迴志朅來從玄諆　濟曰言疾病既甚言尋歸塗以反旆也崤澠二山名朅來言歸去來也旆旗之屬也**次洛汭而大漸指六軍曰念哉**善曰魏志曰建安二十五年正月至洛陽庚子王崩尚書曰東至於洛汭尚書曰疾大漸惟幾病日臻既彌留尚書曰帝念哉　翰曰次至也洛汭東都也大漸謂病重將死也念哉戒令也臨終留顧六軍之士戒誓無有二心也**伊君王之赫奕寔終古之所難**善曰楚辭曰長無絕兮終古　向曰伊惟也赫奕盛貌寔實也言實終古所難有也**威先天而蓋世力盪海而拔山**善曰周易曰先天而天弗違漢書項羽歌曰力拔山兮氣蓋世時不利兮騅不逝田巴與馮衍書曰欲搖太山而盪北海　銑曰先天謂威勢為天下所先而才德蓋偏於當世盪動也言勇氣一鼓動海拔山也**厄奚險而弗濟敵何彊而不殘**良曰奚何也殘殺也言雖險必濟也雖彊必殺也**每因禍以禔**五臣本作提**福亦踐危而必安**善曰難蜀父老曰遐邇一體中外禔福說文曰禔安也時移切　濟曰禔猶致也言行征伐則為禍也誅暴亂以安百姓是為致福也雖陟踐危險其志如安憂國之深也**迄在茲而蒙昧慮噤閉而無端**善曰楚辭曰口噤閉而不言噤巨蔭切　翰曰迄至也蒙昧謂疾重不曉事也噤閉謂不開口也言至此疾重之時慮其閉口則無遺令之端也**委軀命以待難痛沒世而永言**善曰鶡冠子曰從祀委命鵩鳥賦曰縱軀委命論語子曰君子疾沒世而名不稱　向曰委棄身命以待死終痛沒此世而永言後事有所悲泣也**撫四子**

以深念循膚體而頹歎平聲　銑曰穨歎謂悲思隕絕也**迨營魄之未離假餘息乎音翰**平聲　善曰楚辭曰我營魄而登遐老子曰抱一能無離乎鍾會曰經護為營形氣為魄　良曰迨及也營魂也音翰謂作遺令也言及魂魄未離其形體假借餘息之氣以作遺令也**執姬女以嚬瘁指季豹而漼**千賄**焉**善曰孟子曰嚬顣而言嚬顣謂人嚬眉顣頞憂貌也漼涕泣垂貌　濟曰姬女小女也季豹小男也嚬瘁謂蹙眉而憂也漼深悲貌謂遺囑於四子也**氣衝襟以嗚咽**五臣本作嗚呼字**涕垂睫而汍瀾**桀玖　善曰詩曰行路亦嗚咽栢子新論曰雍門周以琴見孟嘗君孟嘗君淚承睫涕出漢書息夫躬絕命辭曰涕泣流兮萑瀾臣瓚曰萑蘭涕泣闌干也萑與汍古今字同　翰曰嗚呼謂悲多不得言也汍瀾淚疾流貌**違率土以靖**五臣本作靜**寐戢彌天乎**五臣本作以**一棺**善曰毛詩曰率土之濱古詩曰潛寐黃泉下毛萇詩傳曰戢聚也彌天喻志高遠也尚書五行傳曰雲起於山彌於天淮南子曰吾死也朽有一棺之土　向曰言

其違棄天下以死也乃戢斂彌天之大德於棺之中也率土猶天下也静寐猶死也咨宏度之峻邈壯大業之允昌善曰周易曰富有之謂大業銑曰咨嗟宏大峻高邈遠允信也思居終而恤始命臨沒而肇揚善曰穀梁傳曰先君有正終後君有正始也良曰恤憂也肇初也言臨死始有抑揚之氣援貞吝以惎集記悔雖在我而不臧善曰言爲覆組及分香令藏衣裘是引貞吝之道教爲可悔之行也周易曰自邑告命貞吝毛詩曰何用不臧濟曰援引也貞正也惎教也臧善也言引其正道吝悔之事以教其四子不善者則可改悔雖已身亦爲不善也謂上庠所云吾小怨大過不當效者是也惜内顧之纏綿恨末命之微詳善曰西京賦曰嗟内顧之所觀張堅與任彦升書曰纏綿恩好庶躡高蹤尚書曰道揚末命也翰曰内顧家事也纏綿親密也微細也詳悉也此機言武帝之德甚高但惜其臨終下節乃於媿妾親密遺令細碎詳述之甚也紆廣念五臣本作家人於覆組向曰謂遺令云學作覆組賣之也塵清慮於餘香銑曰謂遺令云餘香分與諸夫人結遺情之五臣本作於字婉孌何命促而意長陳法服於帷座陪窈窕於玉房善曰孝經曰非先王之法服不敢服毛詩曰窈窕淑女漢書郊祀歌曰神之出排玉房良曰法服謂平生衣服也窈窕美人貌玉房即銅雀臺上以玉飾也宣備物於虚器發哀音於舊倡善曰禮記曰孔子謂明器者備物而不可用說文曰倡樂也謂作妓人也濟曰宣布也備物謂平生所用物也虚器言虚設終不見用也倡女樂也即向帳作妓是也矯感五臣本作感字容以赴節掩零淚而薦觴善曰家語曰子貢問居父母之喪子曰戚容稱其服楚辭曰長太息以掩涕翰曰此謂衆妓妾奏樂不見君王故憂悲也矯舉也感憂也赴節謂赴曲之節會也薦進也物無微而不存體無惠而不亡善曰言服玩雖微而必存儀形無善而以逝言物在而人亡也家語孔子謂哀公曰君入廟仰視榱桷俯察机筵其器皆存而不覩人君以此思哀則哀可知矣向曰言物之雖微必有長存者人體雖有思惠無不亡也庶

聖靈之響像想幽神之復光善曰響像音影之異名魯靈光殿賦曰忽縹眇以響像孫卿子曰下和上譬響之應聲影之像形苟形聲之翳沒雖音景其必藏善曰音以應聲景以隨形形聲咸已翳沒影響故亦必藏也鶡冠子曰景則隨形響則應聲也銑曰形翳則影滅聲沒則音藏音響景影也徽清絃而獨奏進脯糒而誰嘗良曰徽調也糒乾飯也言雖進脯糒誰復嘗而食之悼繐帳之冥漠怨西陵之茫茫善曰毛詩曰殺土茫茫濟曰悼痛也茫茫草木貌登爵五臣本作雀字臺而羣悲眝直呂美目其何望平聲善曰字林曰眝長眙也埤雅曰眝視也眝與眝同毛詩曰美目盼兮翰曰張目視曰眝言美人張目遠視終不見君王是亦何望也既睎古以遺累信簡禮而薄葬平聲協韻善曰禮繁則易亂厚葬則傷生能遵簡薄所以遺累詩緯曰齊數好道發義簡禮宋均曰簡猶闕也漢書劉向賢臣孝子亦命順意而薄葬史記曰因其俗簡其禮也向曰機言我望古人著華以爲遺累信可以簡略於禮而尚薄葬也彼裘紱於何有貽塵謗於後王善曰言裘紱輕微何所有而空遺塵謗而及後王銑曰謂遺令云吾衣裘別爲一藏後爲四子所分終亦何有也乃遺塵黷之謗於後世帝王也嗟大戀之所存故雖哲而不忘善曰言情苟存乎大戀雖復上聖亦不能忘故可嗟也良曰嗟其大戀愛所在心者雖賢哲之士不能忘情也覽遺籍以慷慨獻兹文而悽傷

祭文

祭古冢文一首 并序

謝惠連善曰沈約宋書曰元嘉七年惠連爲司徒彭城王義康法曹參軍義康修東府城城塹中得古冢爲之改葬使惠連爲祭文留信待成也濟同善注

東府掘城北塹入丈餘善曰丹陽記曰東府城西則簡文會稽王時第東則孝文

王道子府道子領揚州仍住先舍故俗稱東府得古冢上無封域不用塼甓步覓反善曰毛萇詩傳曰甓瓴甋也今謂之塼翰曰封界也域墻也甓亦塼也以木爲槨中有二棺正方兩頭無和善曰呂氏春秋惠公說魏太子曰昔王季歷葬渦山之尾欒水齧其墓見棺之前和向曰棺題曰和明器之屬材瓦銅漆有數十種善曰禮記曰孔子曰明器者神明之器也多異形不可盡識刻木爲人長三尺可有二十餘頭初開見悉是人形以物棖撥之應手灰滅善曰說文曰棖杖也宅庚切然南人以物觸物爲棖也廣雅曰撥除也補達切銑曰應手即破如灰滅也棺上有五銖錢百餘枚善曰漢書曰武帝罷半兩錢行五銖錢也良曰五銖謂上有五銖字蓋漢朝所用也水中有甘蔗節及梅李核胡隔爪瓣皆浮出不甚爛壞善曰爾雅曰瓠犀瓣說文曰瓣瓜中實也白莧切一作辯字音練瓣與練字通濟曰瓜瓣謂瓜中子與肉心也翰曰浮出散在棺外也銘誌不存世代不可得而知也公命城者改埋於東岡向曰公謂彭城王也城者謂築城人也祭之以豚酒既不知其名字遠近故假爲之號曰冥漠君云爾

元嘉七年九月十四日司徒御屬領直兵令史統作城録事臨漳令亭侯朱林具豚醪之祭敬薦冥漠君之靈忝總徒旅版築是司銑曰旅衆也版築謂墻版築杵也司主也窮泉爲塹聚壤成基善曰窮泉言深也壤熟土也一槨既啓雙棺在茲捨畚本悽愴縱鍤漣而五臣本作洏字善曰左氏傳曰宋災陳畚挶杜預曰畚簣籠也挶居局切爾雅曰鍬謂之鍤周易曰泣血漣如杜預左傳注曰而語助也濟曰畚土籠也鍤鍬也漣洏流涕貌芻靈已毀塗車既摧善曰禮記曰塗車芻靈自古有之也翰曰芻草也言束草爲人馬也塗車以塗爲車即明器也几筵糜腐俎豆傾低盤或梅李盎烏浪或醢醯善曰爾雅曰盎謂之缶又曰肉謂之醢郭璞曰肉醬也音海說文曰醯酸也呼蹄切向曰几筵墓中所設靈座也糜爛腐朽也俎豆皆食器也盎瓦器也醢肉醬也醯醋也蔗傳餘節瓜表遺五臣本作餘字犀善注見序文銑曰犀瓜瓣也追惟夫子生自何代曜質幾年潛靈幾載爲壽爲夭寧顯寧晦銘誌湮滅姓字不傳今誰子後曩誰子先善曰寡婦賦曰潛靈邈其不反良曰今時人誰爲子後曩古之人誰爲子之先祖功名美惡如何蔑然百堵皆作十仞斯齊善曰毛詩曰百堵皆興濟曰七尺曰仞五版曰堵皆謂牆高下長短墉不可轉塹不可迴翰曰墉牆也言牆塹既作不可曲轉以迴避此冢也黃腸既毀便房已頹循題興念撫俑五臣本作襯增哀善曰漢書曰霍光薨賜便房黃腸題湊各一具蘇林曰以栢木黃心致累棺外故曰黃腸木頭皆內向故曰題湊如淳曰便房冢壙中室也埤蒼曰俑木送人葬也餘腫切俑或爲偶偶刻木以像人形五苟切向曰以栢木黃心累在棺外謂之黃腸也房墓中室也題棺兩頭也櫬棺也射聲垂仁廣漢流渥善曰范曄後漢書曰曹褒遷射聲校尉射聲營舍有停棺不葬百餘所褒親履行問其意故吏對曰此等多是建武以來絕無後者故不得埋掩褒爲買空地悉葬其無主者設祭以祀之東觀漢記曰陳寵字昭公沛國人也轉廣漢太守先是雒陽城南每陰常有哭聲聞於府中寵使案行昔歲倉卒時骸骨不葬者多寵乃勅縣葬埋由是即絕也祠骸府阿掩骼格城曲善曰禮記曰孟春之月掩骼埋胔鄭玄曰骨枯曰骼音格良曰祠祭也府東府也阿亦曲也骸骼並骨也掩藏也仰羨古風爲君改卜善曰孝經曰卜其宅兆而安厝之濟曰禮記月令孟春之月掩骼埋胔此爲古風也謂卜改葬也輪移北隍窀穸五臣本作窆穸東麓

善曰說文曰城池無水曰隍音皇左氏傳楚子曰窀穸之事杜預曰窀厚也穸夜也厚夜長夜葬爲埋也說文曰穸葬下棺也穀梁傳曰林屬於山爲麓　濟曰輪葬車之輪也隍城也窀穸墓中埏道山足曰麓

壙即新營

棺仍舊木善曰鄭玄周禮注曰壙謂冢中也棺或爲㙯非也　向曰壙墓也

合葬非古

周公所存善曰禮記武子曰合葬非古自周公已來未之有也　銑曰言夫婦合葬非古有也自周公以來存此禮也

敬遵昔義還祔雙魂善曰禮記孔子曰魯人之祔也合之鄭玄曰祔謂合葬也　良曰祔合也本有二棺今還合雙魂而葬也

酒以兩壺牲以特豚濟曰特一也

幽靈髣髴歆我犧樽嗚呼哀哉五臣本無此一句　善曰魏太祖祭橋玄文曰幽靈潛翳李康髑髏賦曰幽魂髣髴忽有人形禮記曰祀周公於太廟牲用白牡尊用犧象也許宜切　翰曰畫牛於樽故云犧樽也

祭屈原文一首

顏延年善曰沈約宋書曰少帝即位出延年爲始平太守之郡道經汨潭爲湘州刺史張邵作祭屈原文以致其意　向注同

維有宋五年月日銑曰少帝即位之五年**湘州刺史吳郡張邵**善曰沈約宋書曰張邵字茂宗吳郡人**恭承帝命建旟舊楚**善曰賈誼弔屈原曰恭承嘉惠兮俟罪長沙周禮曰州里建旟鄭玄毛詩箋曰謂州長之屬陸機高祖功臣頌曰舊楚是分　良曰旟旗幡之流也以鳥毛爲之刺史則建之行則引之於前湘州蓋舊楚地也

訪懷沙之淵得捐珮之浦善曰楚詞曰懷沙礫而自沈兮不忍見之蔽壅又曰捐余玦兮江中遺余珮兮澧浦　濟曰屈生懷沙石自沈於汨羅之水離騷經云遺余珮兮澧浦遺即棄捐也

弭節羅潭艤魚几**舟汨渚**善曰楚詞曰路漫漫其脩遠兮弭節而高厲漢書曰烏江亭長艤船待如淳曰南方人謂整船向岸曰艤　翰曰弭節謂上駕也艤舟謂船附岸羅潭汨渚屈生自沈處也

乃遣戶曹掾某敬祭故楚三閭大夫屈君之靈善曰王逸楚辭序曰屈原與楚同姓仕於懷王爲三閭大夫　向曰戶曹掾三閭大夫並官名

蘭薰而摧玉縝作貞　五臣本**則折**善曰語林曰毛伯成負其才氣常稱寧爲蘭摧玉折不作蒲芬艾榮管子曰夫玉折而不撓勇也禮記孔子曰君子比德於玉焉縝密以栗智也鄭玄曰縝緻也　銑曰蘭以香人好而採故多摧也玉以貞白人皆寶而琢故有折者人有才識亦亡身之本

物忌堅芳人諱明絜善曰堅芳即玉及蘭劉熙孟子注曰白玉之性堅芬芳豈度尚碑曰明絜鮮白珪　良曰明絜謂忠直也

日若先生逢辰之缺善曰賈誼弔屈原曰嗟若先生獨離此咎楚詞曰悼余生之不辰逢此世之匡攘　濟曰先生謂屈原也辰時也謂逢時君之道缺也

溫風怠時飛霜急節善曰溫風長物飛霜殺物也周書曰小暑之日溫風至京房占曰三月建辰風衰怠柜鱗七說曰飛霜厲其末猋風激其崖　翰曰溫風所以養萬物而及於時也喻君以養人及時也飛霜之積至於堅冰喻讒言積乃見棄逐急節謂溫風忽然已變至於飛霜之時言政令苛急也

嬴芊弭**遘紛昭懷不端**善曰嬴秦姓芊楚姓王逸楚辭序曰是時秦昭王使張儀譎詐懷王令絕齊交又使誘懷王請與俱會武關遂脅與俱歸拘留不遣卒客死於秦大戴禮曰太子處位不端受業不敬此屬太保之任也　向曰嬴秦也芊楚也是時秦昭王楚懷王遘紛爲亂君道不正棄逐賢能也紛亂端正也

謀折儀尚貞蔑椒蘭善曰史記曰楚懷王既絀屈平秦乃令張儀事楚秦昭王欲與懷王會欲行屈平曰秦不可信王問子蘭蘭勸王行秦因留懷王王逸楚詞序曰同列大夫上官靳尚妬害其能共譖毀之楚辭曰椒專佞以慢諂兮極又欲充夫佩幃王逸曰椒大夫子椒也楚詞曰余以蘭爲可恃兮羌無實而害長王逸曰蘭懷王之少弟司馬子蘭也　銑曰儀張儀也尚靳尚也是時楚謀與齊爲變以備秦兵乃爲張儀靳尚等折之遂絕齊交也貞正也蔑輕易也椒楚大夫椒蘭懷王少弟子蘭也言屈生懷貞正之節而爲輕易者蓋爲椒蘭所譖也

身絕郢闕跡徧湘干善曰郢楚都也毛萇詩傳曰干崖也　良曰絕遠也郢即楚也湘即水名干間也言其遊如湘江故跡徧其間也

比物荃蓀連類龍鸞善曰韓子曰連類比物見者以爲虛而無用王逸楚詞序曰善鳥香草以配忠貞虯

龍鸞鳳以託君子　銑曰荃蓀香草也屈生作離騷以香草龍鳳喻君子鸞鳳瑞鳥也聲溢金石志
華日月善曰金石樂也金曰鍾石曰磬吳越春秋樂師曰君王之德可刻之於金石史記太史公曰屈原蟬蛻於濁穢以浮游塵埃之外推此志也與日月爭光可也　翰曰金石言不朽也日月言光明也如彼樹
芳五臣本作芬實穎實發善曰毛詩曰實發實秀實穎實栗　翰曰芬香也穎禾秀也言屈生猶如樹芬香之草也實秀發於時也望汨心欷許毅瞻羅思越善曰吳質荅東阿王書曰精散思越　良曰欷悲也越遠也言懷思古人故思遠也藉用可塵昭忠難闕善曰周易曰藉用白茅何咎之有夫茅爲物薄而用可重也左氏傳君子曰風有采蘩采蘋雅有行葦泂酌昭忠信也　向曰塵久也苟藉順詔諫取用於時其可久矣蓋昭其忠信雖死難以闕也

祭顏光禄文一首

王僧達善曰顏光禄即顏延年也　五臣注同

維宋孝建三年九月癸丑朔十九日辛未王君以山羞野酌敬祭顏君之靈嗚呼哀哉夫德以道樹禮以仁清善曰沈約宋書曰孝建孝武年號尚書曰樹德務滋孔安國曰樹立也清明也　良曰道之尊德之貴相須而成焉禮者以仁義清其本也惟君之懿早歲飛聲善曰思玄賦曰盍遠迹以飛聲　濟曰懿美也義窮幾彖文蔽班揚音盈協韻善同翰注郭璞三倉解詁曰揚音盈協韻　翰曰幾彖易道也班班固揚揚雄言顏君之文蔽此二人也性婞幸剛潔志度淵英善曰楚詞曰體婞直以亡身兮婞猶直也　向曰婞直淵深英智也登朝光國寶宋之華善曰班固漢書述曰弱冠登朝蔡邕陳太丘碑曰紆珮金紫光國垂勳國語李文子曰吾聞以德榮爲國華韋昭曰爲國光華　銑曰言寶爲宋國之華美才通漢魏譽浹龜沙善曰漢書曰龜茲化王延城去長安七千四百八十里尚書曰西被於流沙漢書李陵歌曰經萬里渡沙漠說文曰北方

流沙　濟曰漢魏之時多賢才故言顏君才過於前代也浹及也龜茲流沙遠國名言其聲譽遠也服爵帝典棲志雲阿善曰言服爵雖依帝典而棲志實在雲阿言高遠也管子曰將立朝廷者則爵服不可貴也張華勵志詩曰棲志浮雲　翰曰言衣服爵命雖奉帝典而棲志實在雲山之曲阿猶曲也清交素友比景共波善曰共波猶連波以喻多　向曰言交友清絜而我接比光景共游波瀾也氣高叔夜嚴方仲舉善曰司馬彪續後漢書曰陳蕃字仲舉性方峻不接賓客　銑曰叔夜嵇康也仲舉陳仲舉也爲豫章太守性嚴峻不接賓客時人畏之言顏君嚴明也方比也逸翮獨翔孤風絕侶善曰郭璞遊仙詩曰逸翮思拂霄廣雅曰風聲也　良曰言孤介不羣也流連酒德嘯歌琴緒善曰漢書班伯曰式乎式乎大雅所流連劉靈有酒德頌毛詩曰嘯歌傷懷琴緒緒引緒也　濟曰流連言好也緒猶遠也游顧移年契闊宴處善曰何敬祖雜詩曰惆悵出遊顧毛詩曰死生契闊　翰曰僧達與顏君交游顧眄眷移年歲雖契闊爲苦眷同宴語居處也春風首時

爰談爰賦秋露未凝歸神大素善曰列子曰大素者質之始　向曰言春與游談賦詠至秋乃死大素無者也言人死後歸於無形也明發晨駕瞻廬望路善曰毛詩曰明發不寐　銑曰明發謂從夕而至明也晨駕謂靈車早出也瞻廬謂視平生所居也望路謂凶儀在路也心悽目泫情條雲互善曰李陵詩曰仰視驚雲逝紛紛互相踰　良曰泫謂下淚條理也言情理忽失次而亂如雲之互更變也涼陰掩軒娥月寢耀善曰姮娥捧月故曰娥月周易歸藏曰昔常娥以西王母不死之藥服之遂奔月爲月精　濟曰言涼陰之氣掩蔽門軒也寢曜謂無光也微燈動光几牘誰炤翰曰几牘謂平生披讀典籍之處也雖有燈光誰用其炤曜也衾袵長塵絲竹罷調向曰長生者也擘悲蘭宇屑涕松嶠善曰楚詞曰涕漸漸其如屑　銑曰宇室也屑下也松嶠謂墓所也古來共盡牛山有淚善曰晏子春秋曰景公遊於牛山北臨其國流涕曰若何去此而死乎艾孔梁丘據皆泣唯晏子獨笑公收涕而問之晏

子曰使賢者常守則太公桓公有之使勇者常守則莊公有之吾君安得此泣而為流涕是曰不仁也見不仁之君一諂諛之臣二所以獨笑也**非獨昊天殲我明懿**善曰毛詩曰彼蒼者天殲我良人　濟曰言古來皆有一死非獨昊天喪我明美之德也殲喪懿美也**以此忍哀敬陳奠饋**五臣本作敬奠于饋　善曰蒼頡篇曰饋祭名也**申酌長懷顧望**五臣本作我**戲欷**

嗚呼哀哉善曰范曄後漢書曰劉陶上疏曰渭爾長懷中篇而歎　翰曰戲欷悲也

六臣註文選卷第六十